圖解 百科透視 大辭典

英漢對照

全球資訊網

自從1993年起，**全球資訊網**成為有史以來，擴增最快的通訊體系。由個別的公司、組織與個人所設計的**首頁群**組成傳播合用庫，也因此不斷的加添。任何人只要能連上網際網路，就能獲得相關的資訊。全球資訊網之引人入勝，具有兩大特性：一是非線性的資訊顯示，即是一般習稱的**超文件**它能夠讓使用者，在文件的主題相關素材之間，藉著滑鼠來加以切換；二是資訊網各首頁設計，可包含多媒體格式，這意味複雜的聲音、動畫與圖形，能直接用**圖畫瀏覽程式**在螢光幕上觀賞。而瀏覽功能的不斷推陳出新，與網際網路的日益普及，相信全球資訊網的探索，會變得更多采多姿。

網際網路與資訊網

提姆伯納-李這位物理學者，是1989年首位倡議資訊網構想的人。資訊網與網際網路相較，後者就好像是頭腦，但前者是思想。實際來說，網際網路是物理層次的通信方法，而資訊網是訊息本身。

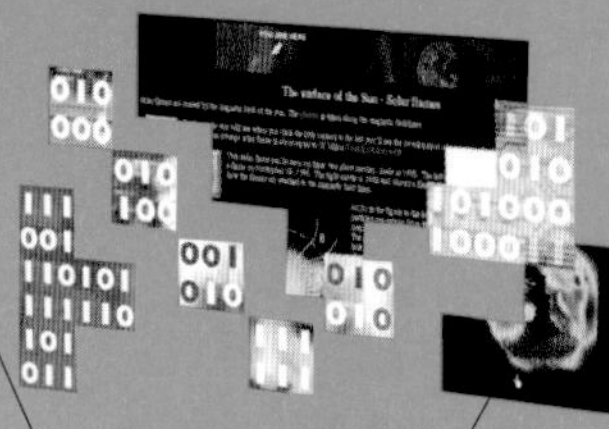

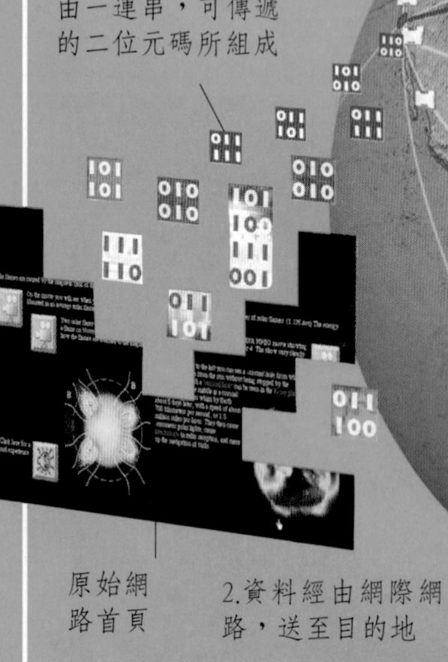

1.網路的各首頁是由一連串，可傳遞的二位元碼所組成

5.網路首頁被轉至使用者的屏幕上

4.一連串遞的二位元碼，被轉成可讀的資訊

3.數據機將類比的聲音訊號，轉成二位元資料

網站位址

網站位址

當有一批，相關連的文件儲存於單機電腦，它就可以作為一網站位址，只要每一個網站，都能用超聯結彼此互連。這些網站位置，可分布在世界每一個角落。

原始網路首頁

2.資料經由網際網路，送至目的地

在網路中巡游

目前在全球資訊網上，已有成千上萬的首頁，可供使用。而作為瀏覽功能的莫塞克與網翼等驅動程式，能提供電腦屏幕，從極為詳盡的視窗顯示。關鍵字的檢索，也可用"檢索引擎"來進行(一種網路功能)。特定標題的檢索，則採用稱為"主題樹"，一種類似辭典的資料結構來探討。指定的首頁，可鍵入絕對位置，或是全球資源位址(URL)或藉助其它的瀏覽工具，諸如"沿革列表"、"熱點列表"、"書籤"等。

歡迎詞

全球資源位址

字首：是「超文件傳遞規定」的縮寫，它顯示一處網站或是首頁將被取用

指定的檔案或檔案夾

http:// www.astro.uva.nl michielb/sun kaft.htm.

瀏覽指令所找尋的首頁，應在這台電腦

所抽取的文件名稱

全球資訊網(World Wide Web)：全球資訊網(THE WORLD WIDE WEB,WWW)；首頁群(home "pages")；超文件(hypertext)；多媒體格式(multimedia format)；圖畫瀏覽程式(graphical browser)。**網際網路與資訊網**(THE INTERNET AND THE WEB)：提姆伯納-李(Tim Berners-Lee)；二位元碼(*binary data*)；原始網路首頁(*Original Web page*)；數據機(*modem*,即*modulator-demodulator*,調變解調器)。**網站位址**(WEB SITES)：超聯結(hyperlinks)。**在網路中巡游**(NAVIGATING THE WEB)：莫塞克(Mosaic, Macro-Operation Symbolic Assembler and Information Compiler編譯組合程式)；網翼(Netscape)；關鍵字

網際網路的選擇與變化

兒童用網站位址
不論是筆友的交往，或是找尋合適的教育資源，網路能提供兒童資訊或教育的樂趣。

網路的商機
在全球資訊網上佔一角，已經變成許多公司，在行銷策略上，愈來愈受歡迎的一環。

音樂頁碼
音樂家能將自己與他們的音樂，藉此推廣出去，而樂迷也能找到喜愛樂隊的更多資訊。

新聞與訊息
許多的報紙與雜誌，像是英國每日電訊報已定期更新他們線上的版面資訊。

超文件與超媒體
使用超文件或是超媒體格式，會使得網路的文件，包含不同頁碼的文字、圖片、視訊與聲音，同時藉文件中的劃線字、強調字，以及圖示經滑鼠按鈕而加以活化，這也就是習知的"超聯結"與"熱點"。上述的連接，一般藉著HTML(超文件標識語言)，來從事撰寫。這種程式語言，也用來定義是那些文字與圖形，應該出現在頁碼上。

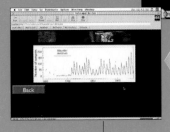

全球資源位址或是網路頁碼位址

網翼的瀏覽驅動器，包含巡游按鈕。

瀏覽器圖示

首頁屏幕又稱爲歡迎頁，通常包含一段介紹與內容目錄。

網路頁碼，可包含一段影片、動畫，或是一段聲音。(這也是爲何最近超文件，常被視爲超媒體來引介)

音效點

藏在超聯結與熱點內的一道指令，是找出相關的文件或"節點"。

當目錄裡有許多網站位址時，可用多彩的圖形顯示。

這網站位址，稱做"虛擬太陽"，是由一位阿姆斯特丹大學天文研究生撰寫的。

非線性組織的資訊，讓使用者能夠追尋特別感興趣的題目。

頁碼能夠包含若干相關的資訊頁碼，或是其它網站位址的直接連接。

南美龐龍

一副新發現的巨型恐龍骨骼,**卡羅里尼氏的龐龍**,最近由阿根廷的兩位科學家,掘出並重建完成。南美龐龍(Giganotosaurus),意指來自南方的巨型爬蟲,據信是目前已尋獲的,最大型肉食恐龍之一。龐龍的體長,可達42呎,也就是12公尺半,而體重據估計,約在6至8噸之間。以此算之,幾乎與恐龍的**霸王-暴龍**是不相上下,但體長更是略勝一籌。龐龍在分類上與暴龍類似,歸為**獸腳亞目**是**蜥臀目**的一支,這一類以短小的前肢,和S形的頸部聞名。它的存在,約距今1億年左右,也就是**白堊紀**期間,而龐龍的外觀,則與獸腳亞目的另一支,異特龍頗為接近,但異特龍約早5千萬年左右。

撒哈拉的鯊齒龍

另一獸腳亞目,也是暴龍的鯊齒龍,在臨摩洛哥的撒哈拉沙漠被掘出。該項發現,於1996年5月,由芝加哥大學的一組科學家所發布。發現的頭骨,長達1.65米(5.4呎)(註:圖中與人的頭顱相比較),以此估計,鯊齒龍的身長,可達13.7米(45呎),身高3.65米(12呎),而體重約在8.3噸左右。頭骨上面銳如刀片的牙齒,可以輕易的咬進並撕裂掠物,鯊齒龍被推定是一種可怕的恐龍。

重建恐龍骨架

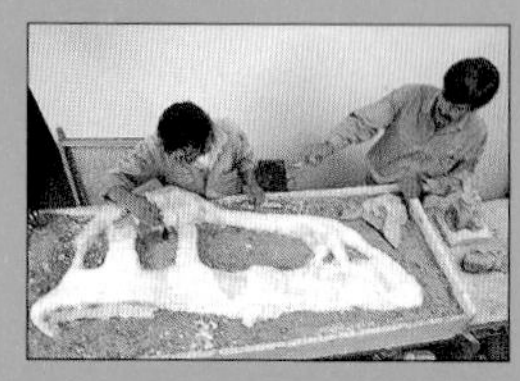

龐龍的全副骨架,已在1993年,由魯賓·卡羅里尼所發現,並加以確定,因此龐龍的全名,依習稱為卡氏南美龐龍。隨後兩位古生物學家,羅道夫·柯瑞亞與里奧納德·薩加多,則展開重建,也就是拼合骨骼與研究骨骼特性的工作。在完成了上述工作與全部的檢查之後,柯、薩兩位,將他們的成果,在1995年9月號,自然(Nature)學報發表。

長而重的尾部

後肢

藝術家想像出整體骨骼結構

由於超過七成的骨骼,早已消逝在塵土之中,因此重建骨架一事,需要賦予藝術家清楚的觀念並發揮其想像力。

背椎骨　頸椎　顳腔　眼眶
龍骨　　　　　　　　　眶前窗
尾椎骨
　　　　　　　　　　　下顎
神經棘　人字骨　　　　　腕關節
　　　坐骨　　　　　腹肋骨
腓骨　　　恥骨
　　　蹠(腳)骨　　四趾足
大趾　　　尖爪　　　　　鱗皮足

南美龐龍(Giganotosaurus):卡羅里尼氏的龐龍(*Giganotosaurus carolinii*);霸王-暴龍(*Tyrannosaurus rex*)(T-Rex);獸腳亞目(*Theropoda*);蜥臀目(Saurischia);白堊紀(Cretaceous period)。
重建恐龍骨架(RECONSTRUCTING THE SKELETON):魯賓·卡羅里尼(Ruben D. Carolini);羅道夫·柯瑞亞(Rodolfo A. Coria);里奧納德·薩加多(Leonardo Salgado)。藝術家想像出整體骨骼結構(ARTIST'S IMPRESSION OF THE FULL SKELETON):尾椎骨(*Caudal vertebra*);髖骨(*Ilium*);背椎骨(*Dorsal*

白堊紀的前後距今，分別為1億4千4百萬年與6千5百萬年，在此期間龐龍與暴龍，則分別出現，也眼見恐龍時代的結束，而前者更早3千萬年，所以龐龍被視為獨立演化的一支。事實上，兩者均為肉食動物，也都擁有巨大的身軀，同樣能夠抓攫大量食植物的恐龍。

獸腳亞目的時間表

單位為百萬年

248	208	144	65
三疊紀	侏羅紀	白堊紀	

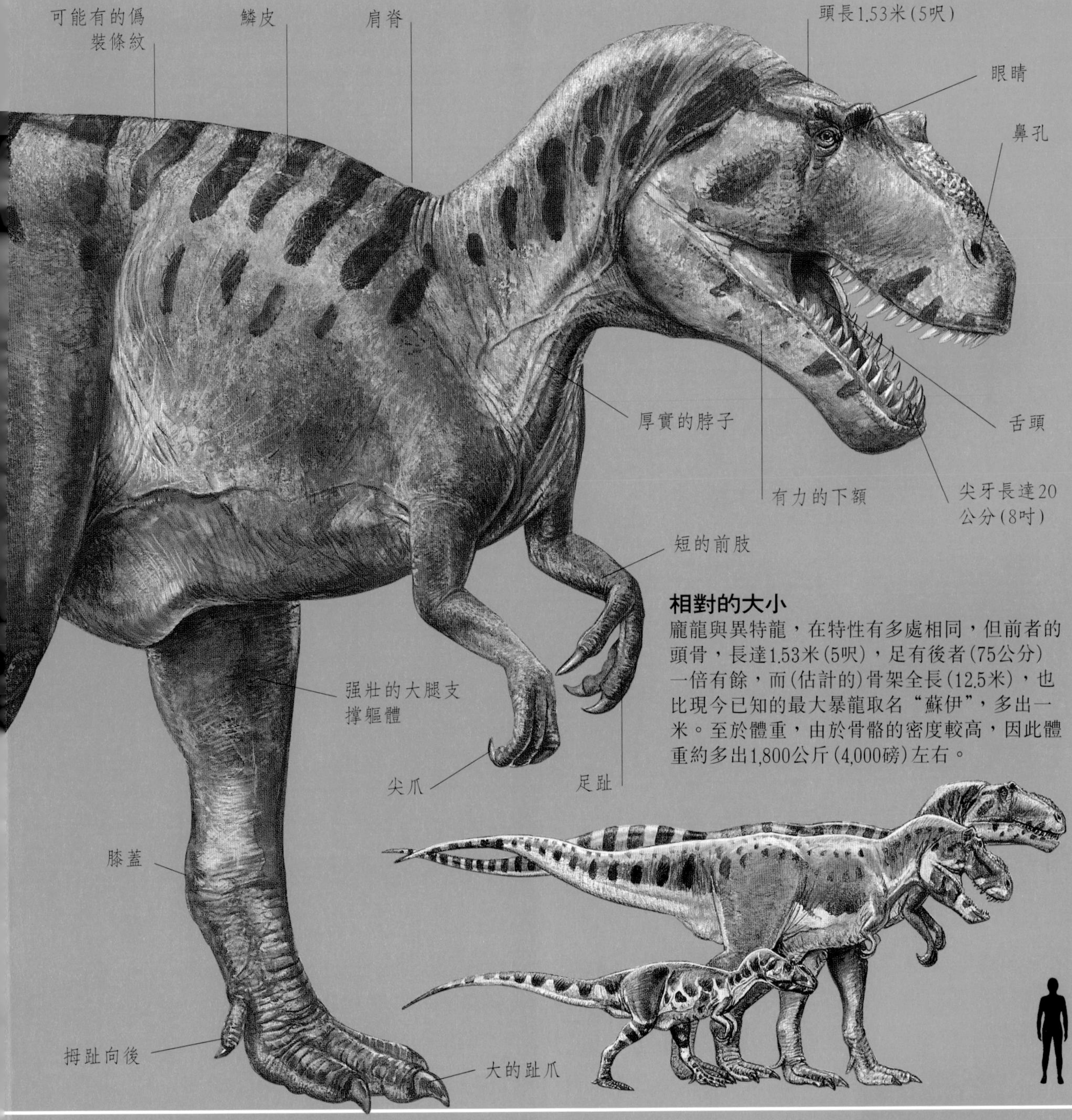

可能有的偽裝條紋

鱗皮

肩脊

頭長1.53米(5呎)

眼睛

鼻孔

厚實的脖子

舌頭

有力的下頜

尖牙長達20公分(8吋)

短的前肢

相對的大小

龐龍與異特龍，在特性有多處相同，但前者的頭骨，長達1.53米(5呎)，足有後者(75公分)一倍有餘，而(估計的)骨架全長(12.5米)，也比現今已知的最大暴龍取名"蘇伊"，多出一米。至於體重，由於骨骼的密度較高，因此體重約多出1,800公斤(4,000磅)左右。

強壯的大腿支撐軀體

尖爪

足趾

膝蓋

拇趾向後

大的趾爪

vertebra)；腕關節(Wrist joint)；腹肋骨(Gastralium)；恥骨(Pubis)；大趾[Hallux(first toe)]；坐骨(Ischium)。**撒哈拉的鯊齒龍**(CARCHARODONTOSAURUS SAHARICUS)：鯊齒龍(Carcharodontosaurus saharicus)。**相對的大小**：異特龍(Allosaurus)；蘇伊(Sue)；鱗皮(Scaly skin)；膝蓋(Ankle)；後肢(Hind limb)。**獸腳亞目的時間表**(THEROPOD TIMELINE)：三疊紀(TRIASSIC)；侏羅紀(JURASSIC)。

醫學研究

近年來在去氧核糖核酸(DNA)的研究，出現了若干重大的突破，隱含著控制與治療疾病的契機，是不可言喻的。諸如：複製相同的有機體(**無性繁殖系**)及"**解碼**"或**序列作用**，即將組成一個有機體的DNA("**基因組的排列**")，加以解碼並列出基因的排序。在1996年5月，牛津大學的一組科學家宣布，他們已經分出職司"開關"並調控的基因(CFTR)，在缺損的情況下，會出現**膽囊纖維化**的病變。這項發現，使得健康的基因複本，能引介進入病人體內，並被活化產生相關的細胞。現今的遺傳學家首次已經能夠排列出，比細菌還要龐大的基因組，這將對未來研究人類遺傳，產生巨大而深遠的影響。另一項發展，包括使用高度特殊化的電腦科技，來提供長程的醫療程序，以及臨床、訓練、甚至基礎研究，所需的**虛擬實境**。

DNA(去氧核糖核酸)的組成

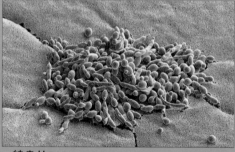

人體細胞

核細胞

核仁

核仁小體

染色體(人體細胞有23對)

鍵結的蛋白質中心，外有DNA包纏

糖磷酸鹽的骨架

拆開的DNA雙螺旋

遺傳編碼

從結構來說，染色體是束密實的DNA股，人體細胞有23對染色體，總合起來約含10萬個基因；而每種基因，都有DNA片段，經由排成三聯體的方式，配成一對對的核苷酸基。上圖係電腦畫面，顯示相鄰的基因的基對結構，而完整(全面)的基對排序，能夠形成特定的遺傳編碼，就是構成一有機體的整組基因。一項全球的研究工作，稱為人類基因組計畫，其主要目標就是鑑定並確立，在人體DNA的所有基因編碼。

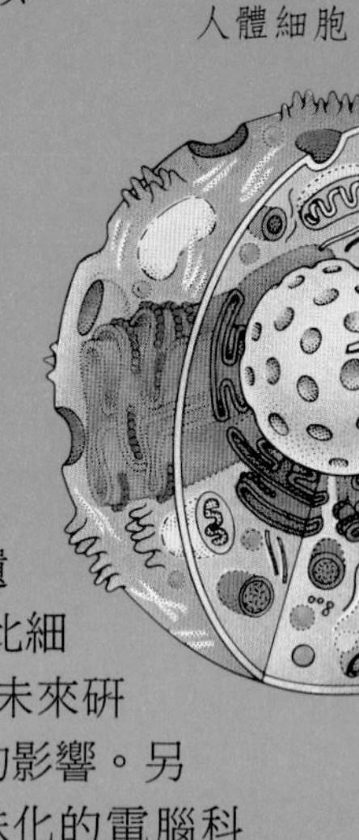

DNA基因組的排列

首次能將完整生命體，其規模超過細菌的基因組，全部定序出來，此是由300位科學家對啤酒酵母，所進行的基因排列，前後的工作超過6年，檢索出12,071個基對，這項成就，隨後在1996年歐盟委員會正式宣布。

酵母細胞

寄生線蟲

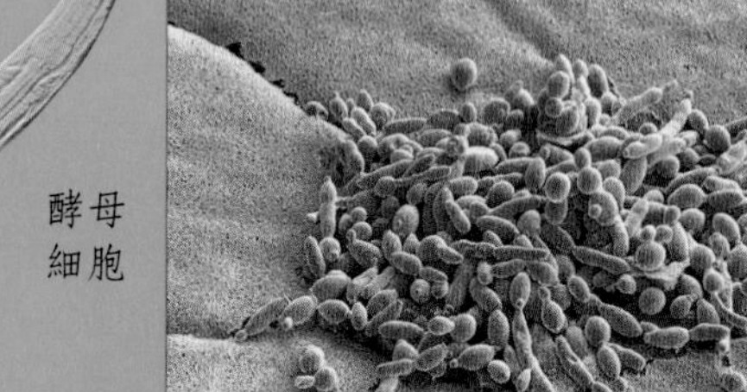

線蟲的DNA

另一項基因的研究，是針對土壤線蟲一種居住在土壤中的軟體動物。目前科學家，已經能判圖，並從約有1億個基對裡，逐步斷定其特定的排序。

一DNA片段

由電腦繪圖，顯示一段雙螺旋(藍色)DNA，藉著基對(黃色與紅色)連結在一起。

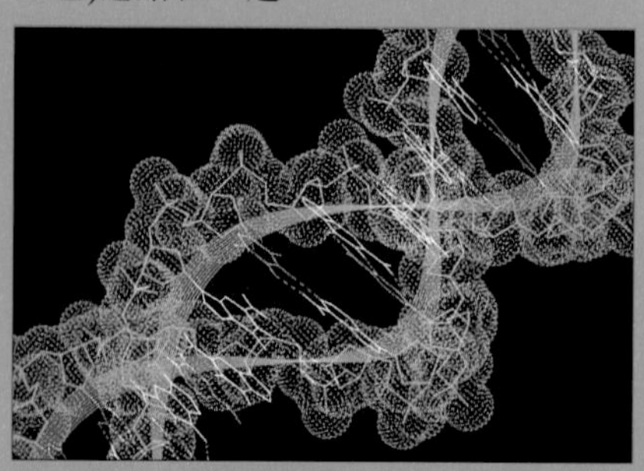

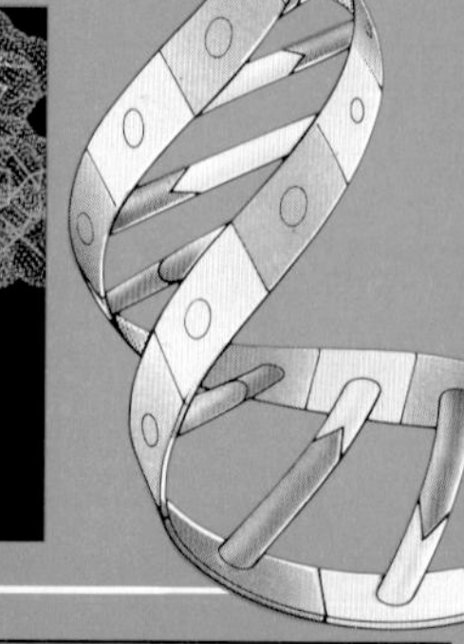

醫學研究(Medical Research)：無性繁殖系(cloning)；解碼(decoding)；序列作用(Listing)；基因組的排列(genome sequencing)；膽囊纖維化(cystic fibrosis)；虛擬實境(virtual reality)。**DNA基因組的排列**(DNA GENOME SEQUENCING)：啤酒酵母(*Saccharomyces cerevisiae*)；基對(base pairs)；寄生線蟲(NEMATODE WORM)；土壤線蟲(*Caenorhabditis elegans*)。**遺傳編碼**(GENETIC CODING)：三聯體(triplets)；核苷酸基(nucleotide bases)；基對結構(base-pair structure)；人類基因組計畫(Human Genome Project)。**DNA(去氧核糖核酸)的組成**[(THE COMPOSITION OF DNA(DEOXYRIBONUCLEIC ACID)]：核細胞(*Nucleus*)；核仁(*Nucleolus*)；核仁小體(*Nucleosome*)；糖磷酸鹽(*Sugar phosphate*)。一

基對的關鍵

- 腺嘌呤
- 鳥糞嘌呤
- 胸腺嘧啶
- 胞核嘧啶

無性繁殖系

1996年3月，由遺傳工程師，宣布另一項育種的突破，顯示2隻9個月大的威爾斯山綿羊，它們是用一只實驗室培養的細胞，與未受精的卵(缺另一半的染色體)，用電流進行融合。這項的刺激也使細胞受精。之後進行的分裂，發展成一胚胎，再轉至一母羊(腹中)代理生產。

同本源的綿羊 米根與摩拉

一組組的基對

基對是由四種化合物組合而成"梯級"(即核苷酸基)所聚成三聯體，經配對與增輻的方式，形成所謂的雙螺旋"階梯"。這些基對的排序，包含繼承的指令(基因)會為生命體的發展負責。

核苷酸基

配對之核苷酸基

基因是由三聯體(連續三個基對)的片段所組成

體素工程

人耳的人工製造，近年在麻省理工學院，由瓦坎第博士執行的實驗，將生長中之人類軟骨，置有生物降解性質的聚酯骨架裡，並成功的接植在老鼠的背上。隨後觀察是否皮膚能夠生成，同時血液能夠循環，使用這類(生命)結構，是未來人體移植手術的重要步驟。

電腦科技與醫學

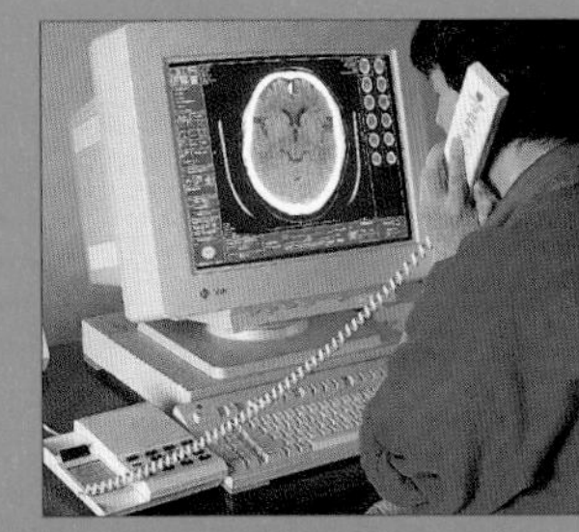

腦部掃描的遙診醫學分析

遙診醫學

所謂遙診醫學，是臨床醫學的一新分支；它用電腦網路與遠方的病人連繫。這方面的先驅是美航太空總署(NASA)，為太空人所支援的醫療服務。如今不僅在邊遠與分散的地區，給予病人互動的諮詢，也可在邊遠災區，提供緊急的醫療服務。

虛擬的(醫療)實體

正如許多駕駛員的演練，改在飛行模擬器裡進行；虛擬實境發展到了今天，已經能夠提供外科手術，這一類高度專業的技巧，相當真實的研習。只需開一"診孔"就可進行手術，這類最小的伸入性質的器械，諸如食道鏡(右圖)，就可用虛擬實境，來模擬人體組織的性質，從事逼真的練習。下圖是一個虛擬環境是發展作為眼科手術的模擬，在此外科醫生可以體驗，如同執行(真實)手術所帶來的，觀察與器械接觸具備有雙重的感知。

手術觀察窗

從診孔手術器械傳回的視訊

控制鈕

食道鏡

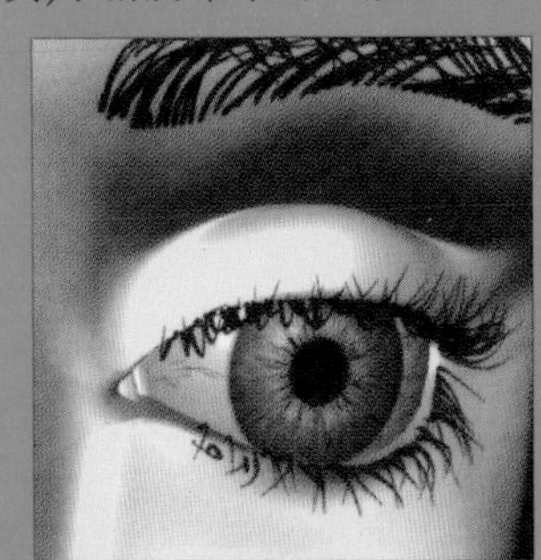

眼科手術的虛擬環境

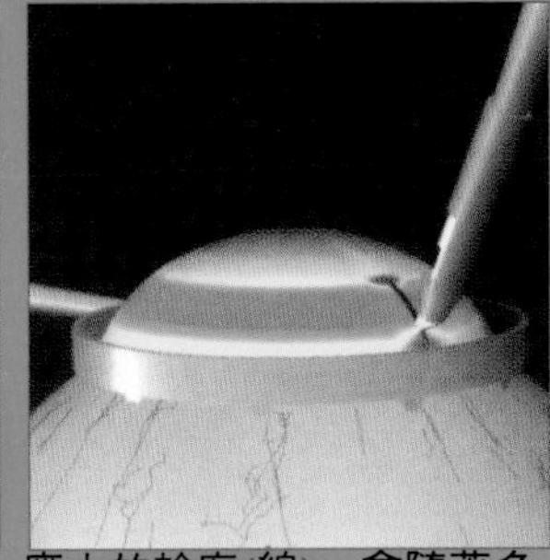

應力的輪廓(線)，會隨著角膜的切開而顯現

有保護鑽石的手術刀

外科醫生(動手)的能譜

病人的生命跡象

眼科(手術)固定環

標的切割區

使用虛擬的眼睛與手術器械，所衍生的互動

諾曼第大橋

跨越**塞納河河口**的諾曼第大橋，已於1995年1月正式通車。諾曼第橋之令人驚嘆，不僅因採用尖端的工程技術，這也是全球最長的造型最美的**直索橋**。此橋的懸空跨幅，**全長**達856米(2,808呎)，直越河口，而橋面中央離水面，最高可達52米(170.6呎)，足以讓各型的船隻從底下通過。任職於法國公路總局(SETRA)的**米榭·凡洛格**，負責領導這支工程團隊，在設計要求上，橋的每一點需能挺受住從任一方向吹來，時速達180公里(112哩)的海岸強風；同時承載每天六千部的各型車輛。諾曼第大橋的建成，從**勒哈福**到**亨弗里**之間的旅程，足足縮短了50公里(31哩)；而這項工程，也是"**艾司渡瑞公路**"通車專案，所設計的一套貫通比利時到西班牙，各河口計畫的一部份。

直索橋的設計

直索橋的橋面與橋塔之間，係直接將纜索採一對一的連接，而橋塔的數目可以是一或一座以上，橋面兩端的引道，則從橋墩獲得額外的支撐。採行此項設計的原因之一，是塞納河的河口兩岸為沼澤土質濕軟，無法支持傳統吊橋所需，使之扯住鋼纜的巨大錨座。

橋基

諾曼第大橋的橋塔基礎，是由28根，深入地裡50至60公尺(164-197呎)的地樁組成；而工程進行時，藏在地層中疊障的黏土與大型卵石，曾是主要的困擾。

橋塔的基座

沙層的頂端

地樁(支持橋塔的部份，深入河床)

每根椿深入地裡，達18公尺(60呎)

每對纜索，被固定在橋塔的頂脊上

倒Y字型的橋塔，不僅要降低風阻，也要提高結構的穩定

23對纜索，將橋塔兩邊的橋面扯住

支撐北岸橋塔的人工島

四線車道

支撐引道的橋墩

諾曼第大橋(Pont de Normandie)：諾曼第大橋(Pont de Normandie)；塞納河(river Seine)；河口(estuary)；直索橋(cable-stayed bridge)；全長(span)；米榭·凡洛格(Michel Virlogeux)；勒哈福(Le Havre)；亨弗里(Honfleur)；艾司渡瑞公路(The Road of the Estuaries)。**橋基**(THE FOUNDATION)：地樁(Piles)；橋塔的基座(*Base of pylon*)。**橋樑的剖面設計**(DESIGN OF THE VEHICLE DECK)：空氣動力學(aerodynamic)；倍力混凝土(reinforced concrete)；鋼質盒狀桁樑(*Steel box-girder*)；塞弗恩橋(*Severn*

橋樑的剖面設計

諾曼第大橋的剖面,採類似飛機的空氣動力學設計,所以兩側的邊緣,漸次變薄。在橋的中央懸空部位,使用倍力混凝土,逐段包覆鋼質盒狀桁樑的外層。諾曼第大橋呈流線型的外觀,不僅減輕了橋體的重量,較之其他的直索橋,多出四成的穩定性。

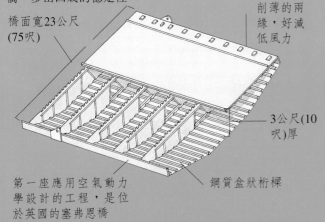

橋面寬23公尺(75呎)

削薄的兩緣,好減低風力

3公尺(10呎)厚

第一座應用空氣動力學設計的工程,是位於英國的塞弗恩橋

鋼質盒狀桁樑

橋樑工程的基本原理

橫樑(桁)橋
這是橋樑最基本的類型,橋桁是由一串強固的框格組成;而框格的壓縮(受力內聚)與伸張(受力外延),兩者之間取得平衡;橋體則由兩端支撐。

拱橋
當負荷加重時,拱穹上的物質會因推張而彼此壓縮;這種效應向下向外傳遞,落於兩端支撐的橋墩。

懸臂橋
發展這一原理,是從橋中央算起,樑臂的兩側與上下皆採對稱設計,由於受力與支撐,橋面得以延伸。

吊橋
這一類橋樑原理,是運用張力的特性,橋面由懸吊的纜索或鍊條所支撐,主纜索是懸垂於橋塔之間,兩端以錨座固定。

橋體大小

橋塔間距856公尺(2,810呎)

鋼質盒狀桁樑624公尺(2,047呎)

橋的全長2141,25公尺(7,025呎)

空氣動力學的車道設計

離水面達52公尺(170呎)的橋面,可以讓各型船隻通過

另一側23對纜索

南岸橋塔

纜索
總數達184的纜索,分別由30到51條不等的鋼纜組成,纜索的外部以聚丙烯包裹;這項設計,除了可以阻絕雨滴的累積所造成的腐蝕,也額外的可以降低風阻。

Bridge)。**橋樑工程的基本原理**(BASIC PRINCIPLES OF BRIDGE ENGINEERING):橫樑(桁)橋[BEAM(OR GIRDER)BRIDGE];拱橋(ARCH BRIDGE);懸臂橋(CANTILEVER BRIDGE);吊橋(SUSPENSION BRIDGE)。**直索橋的設計**(CABLE-STAYED BRIDGE DESIGN):沼澤(marshy);錨座(anchorage);四線車道(*Lanes of traffic*);人工島(*Artificial island*);橋塔的頂脊(*pylon crest*)。纜索(THE CABLES):聚丙烯包裹(Polypropylene sheaths)。**橋體大小**(BRIDGE DIMENSIONS)。

ＡＰＳ與數位攝影

在 1995年，**超階攝影系統**(APS)的發表，被認為是攝影技術的一項突破。這項研究工作，前後超過5年，是由軟片與相機製造商結合〔包括**柯達、尼康(日光)、富士、佳能與美樂達**〕所組成的聯合協會進行開發計畫。超攝系統(APS)的設計，是讓業餘攝影師所拍攝的影像，獲得最高品質的發揮，同時克服一些最常見的問題。系統的關鍵，是**"智慧"的軟片**，它的外裝，則賦予嵌入與**自動裝卡式**的功能。軟片的本身含有一條**磁質帶狀物**，它能夠記錄每一次拍攝的特定資料，諸如曝光條件、放大、日期與時間，這些與沖印有關的資訊，能在**迷你型實驗室**裡被解讀出來。一旦沖印完成，攝影師可收到三種格式之一，所沖印的相片，與一套相片索引，而完成的軟片，仍存於原來的卡匣裡。由於APS軟片，能直接的進行**掃描**與**數位化**處理，據信這新系統，將是傳統35釐米軟片與數位攝影之間的橋樑。

沖印的格式

允許多種的格式被沖印出來，是APS軟片的一大優點，而照像時，有三種格式可供選取。傳統(C)格式，是提供正常的35釐米；高畫質(HDTV,H)格式，則提供寬域的景觀；至於全景(P)格式主要是用在特別加寬的風景圖像。

H與P格式
C格式
P格式
H與C格式

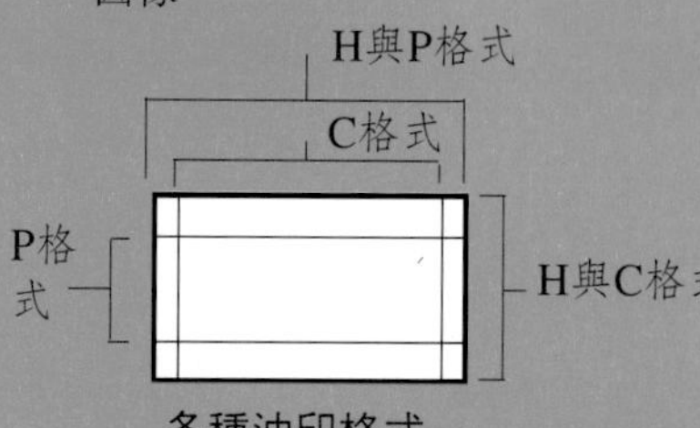

各種沖印格式

資訊交換("IX")

每一圖像的資訊諸如採光條件，沖印格式的選取與曝光速度，都記錄在一條磁質資料帶上。這一道程序，稱為"資訊交換(IX)"，之後資料被沖印設備讀取，再加以調整，使每張圖像呈現最佳的效果。

資訊交換軌跡

曝光完成的磁帶碼

製造商的光學首碼　相機的光學數據　相機的磁質資料　製造商的圖框資料

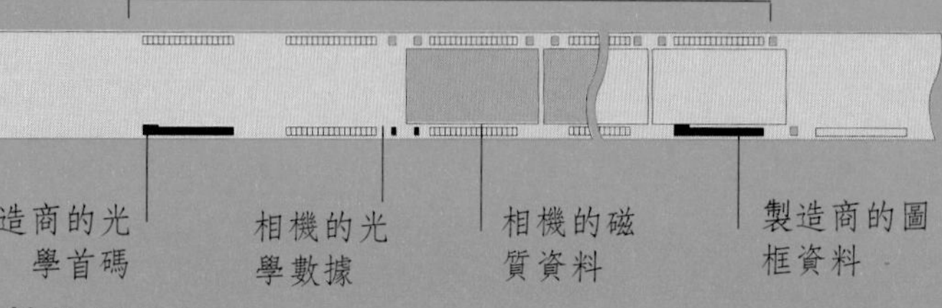

美樂達VECTIS-40相機

觀景窗

屈光度調整器

主題模式顯示器

印標題在背面

印出日期與時間

閃光燈需求指示器

閃光燈充電

PRINT
SEL　TITLE
ADJ　DATE

APS軟片與外裝

為避免軟片在移動時偏位，其外裝就是軟片卡匣，除了裝填軟片，同時擔負自動前進與後退的功能。沖印完成的軟片，仍裝回原外殼內。附裝的資料碟，則將軟片速度、種類、曝光長度等資訊轉知相機。

磁質記錄區
光學資料
24釐米軟片
資料碟置於卡匣的側面

遮光開啓機制

卡匣捲軸

狀態指示器

○ 未曝光
D 部份曝光
⊕ 全曝光但未沖片
□ 已沖片

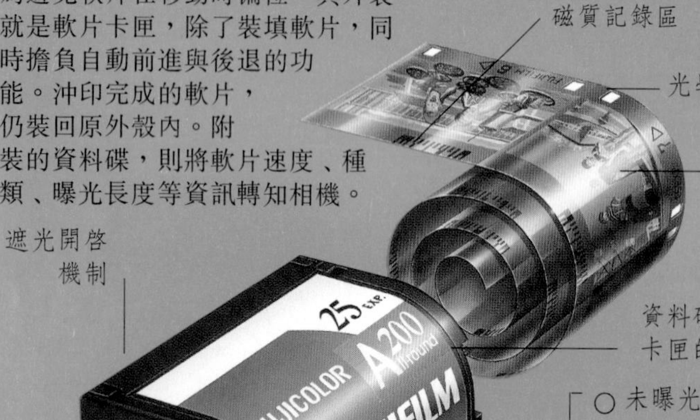

數位影像掃描器

連接個人電腦的數位影像掃描器，能夠將已沖印的軟片輸入；並讓所有儲存的相片經索引瀏覽，在瞬間看到如拇指甲大小的圖像。

軟片卡匣插入口

軟片退出鈕

電源開關

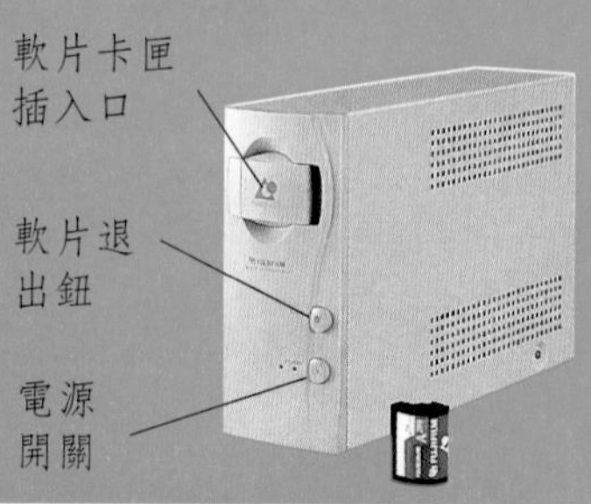

APS與數位攝影(APS and Digital Photography)：APS與數位攝影(APS and Digital Photography)：超階攝影系統(APS, ADVANCED PHOTO SYSTEM)；柯達(Kodak)；尼康(Nikon)(日光)；富士(Fuji)；佳能(Canon)；美樂達(Minolta)；"智慧"的軟片("Smart"film)；自動裝卡式(automatic-load cassette)；磁質帶狀物(magnetic strip)；迷你型實驗室(minilab)；掃描(Scanned)；數位化(digitized)。**美樂達VECTIS-40相機**(THE MINOLTA VECTIS-40)：液晶顯示(*LCD panel*)；自設計時器(*Self-timer*)；閃光燈需求指示器(*Flash mode indicator*)；屈光度調整器(*Diopter adjuster*)。**沖印的格式**(PRINT FORMATS)：傳統(C, C Lassic)；高畫質(HDTV,H)；全景(P, Panorama)。**資訊交換**("IX")(INFORMATION EXCHANGE"IX")。**資訊交換軌跡**(IX DATA TRACKS)：曝光完成的磁帶碼(*Photofinishing magnetic data*)；製造商的光學首碼(*Manufacturer's optical leader data*)；相機的光學數據(*Camera optical data*)。**APS軟片與外裝**(APS FILM

資訊交換的資料與相片索引

訊交格式(IX)允許不同的資訊,被載明於相片的背後,這包括每張相片的日期、時間與選定的標題;而相片索引也提供,每格圖像的沖印格式(C,H或P)與沖印編號。

相片索引

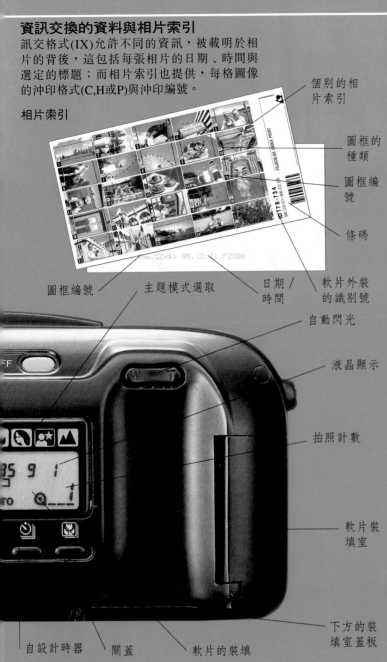

個別的相片索引

圖框的種類

圖框編號

條碼

圖框編號　主題模式選取　日期/時間　軟片外裝的識別號

自動閃光

液晶顯示

拍照計數

軟片裝填室

自設計時器　關蓋　軟片的裝填　下方的裝填室蓋板

數位相機

不需軟片與沖洗設備

柯達DC50

在專業攝影領域,數位相機的無軟片特色是科技的一大進步。只要照像完成,可在一分鐘內,藉助電話或電子郵件,將圖像傳至世界任一角落。數位相機也用於桌上排版系統,商業簡報,以及科學與工業多方面的應用。

佳能EOS-1相機連同柯達DCS 3C基座

閃光燈附槽

快門釋出鈕

伸縮鏡頭

鏡頭卡榫

背後的PCM-CIA插版

轉化為數位資料的光線

相機內置的電子感知器,傳遞不同層次並穿過紅綠藍濾片的光(見下圖),之後進入CCD元件(光敏半導體);而CCD的數位影像,則儲存於PCM-CIA插卡,後者為一種小型的硬碟裝置。

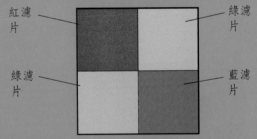

紅濾片　綠濾片

綠濾片　藍濾片

從畫訊轉為螢幕影像

插在個人電腦系列介面的數位相機,可在瞬間將相機硬碟的畫訊,輸入到常用軟體上,諸如Word Perfect或PageMaker等。

數位影像工作站

相片經過數位化的影像,能夠以圖檔的形式置於此處理,或是用彩色列表機輸出。這些圖檔也可存於軟碟,或者用聯線傳至他處。

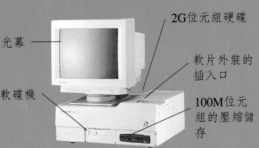

螢光幕

軟碟機

2G位元組硬碟

軟片外裝的插入口

100M位元組的壓縮儲存

電動車 / 穿梭車

在 1995年，**標緻汽車**發表首部為自用車駕駛所設計的電動車。標緻106電動車，與傳統的燃油推動車不同，**"零排放"**燃燒的優點，使得這類車輛不會對環境造成污染傷害。其它的優點包括安靜而耐用的引擎，在機械方面，幾乎不會有任何保養問題。此車的每小時最高速為90公里(56哩)，每部電池能維持80公里(50哩)；而標緻106曾進行長期的努力，克服電動車常見的缺點(低速與過短的行車距離)，這限制了它的推廣，尤其是商業的利用。作為**燃油推動車**的替代品，此種新車的開發，代表著實質的一大步。畢竟其它的"零排放"污染車輛的發展，像是太陽能驅動車輛(右上方)，都只停留在實驗階段。

標緻106電動車

在法國各地進行的一連串試驗之後，標緻106電動車已對公眾銷售。由於採用的車體是標緻牌既有的型式，因此它在外型上並無什麼不同，對於短程的都市交通的駕駛特別適合。

電池

電池組由20個電池接合而成，從零到50公里/小時的加速率，需要8.3秒時間，最高時速為90公里(56哩)，而最遠行程車距為80公里(50哩)。

充電

這電池可接上任何220伏/16安培的插座來充電，全部充滿需6小時，大約每充電1小時，可行走20公里(12.5哩)。

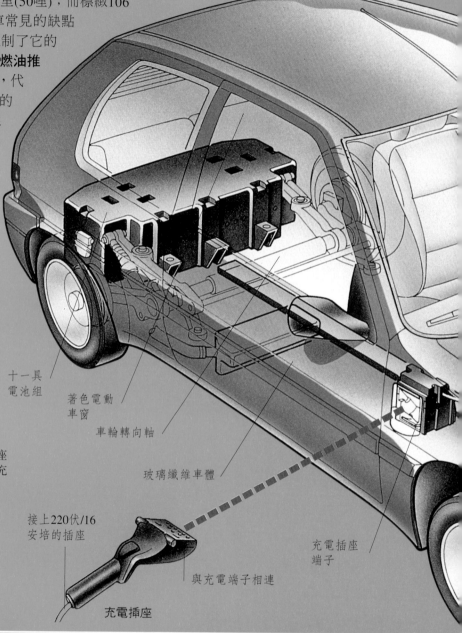

十一具電池組

著色電動車窗

車輪轉向軸

玻璃纖維車體

接上220伏/16安培的插座

與充電端子相連

充電插座端子

充電插座

電動車/穿梭車(Electric Car/Le Shuttle)：標緻汽車(PEUGEOT LAUNCHED)；零排放(Zero emission)；燃油推動車(petrol-driven cars)。**標緻106電動車(THE PEUGEOT 106 ELECTRIC)**：水冷系統(*Cooling system*)；電動馬達(*Electric motor*)；散熱器(*Radiator*)；排檔驅動(*Drive shaft*)；玻璃纖維車體(*Fibreglass body*)；車輪轉向軸(*Wheel shaft*)；著色電動車窗(*Tinted electric window*)。充電插座(THE CHARGING PLUG)。電池(THE BATTERY)。**充電(RECHARGING)**。**太陽能動力車(SOLAR-POWERED CARS)**：再生的能源(renewable source of energy)；外裝的太陽電池板(external solar cell panels)；畢爾工程學

太陽能動力車

對空氣污染這項問題而言，太陽能動力車較之電動車是更好的解決方案。它代表一種可以再生的能源，此能量的使用，並無耗盡地球有限資源的疑慮。太陽能動力車配有外裝的太陽電池板，可將所吸收的陽光轉化為電力。這部競賽用太陽能原型車"瑞技莫比"，是最近由瑞士的畢爾工程學校，所開發出來的。

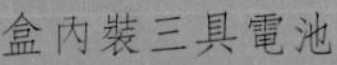

"瑞技莫比"

水冷系統

盒內裝三具電池

電動馬達

電子組件

風扇

散熱器

排檔驅動

電池置於下方

穿梭列車

穿梭服務

從1995年春天起，由於英法海峽隧道的貫通，兩國之間的通勤火車-穿梭列車，不僅能搭載汽車與沉重的貨物，還以每小時160公里(100哩)的高速行駛。

駕駛人的舒適座艙　　搭載車輛的車廂　　保養修護用隧道

通勤火車-穿梭列車　　客車歐洲之星

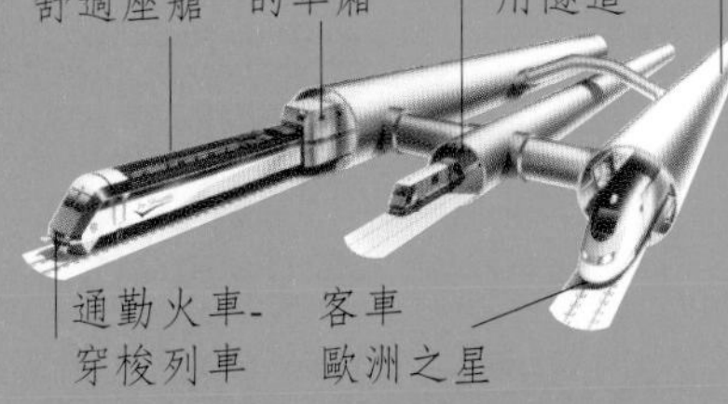

車輛的裝載

不論車輛的大小轎車、巴士及HGVs，都可分別由設在英法的終端站-福克斯東與康克耳勒斯完成裝載。一旦定位後，各個駕駛人可移至穿梭列車的舒適前艙，進行35分鐘旅程。

隧道的剖面

隧道工程的本身長達51.8公里(32哩)，是由倍力混凝土涵管銜接而成；其中配備有複雜的排水、冷卻與通風系統。至於內部軌道的鋪設，正式完工於1994年。

通勤車廂　　主要照明　　緊急軌道

水冷管線　　排水處　　疏散走道

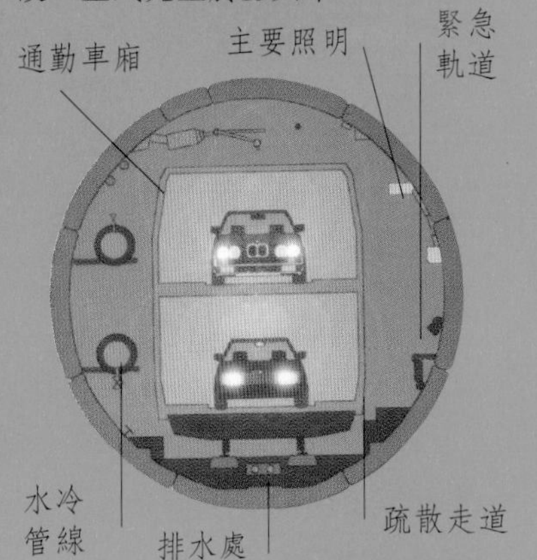

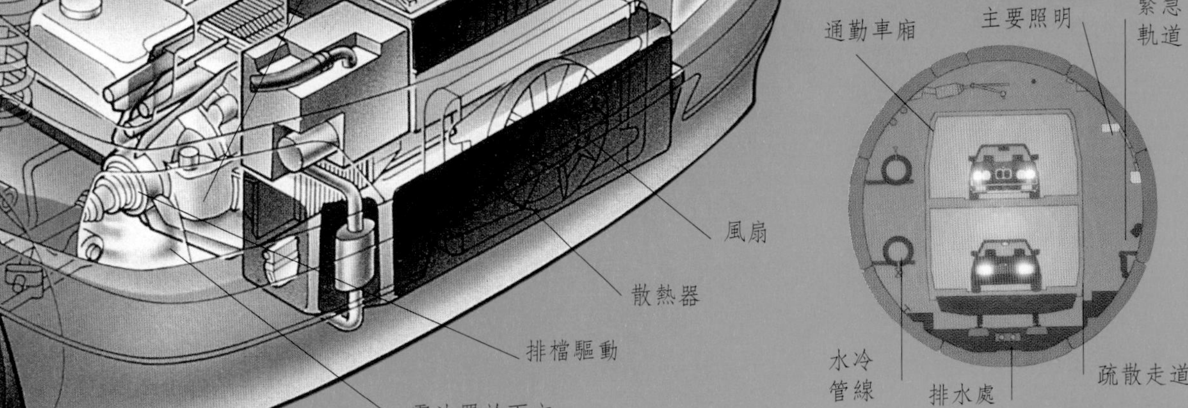

校(Biel Engineering School)。瑞技莫比(Swatchmobile)。**穿梭列車**(THE SHUTTLE)：穿梭服務(SHUTTLE SERVICE)；海峽隧道(Channel Tunnel)；穿梭列車*(Le Shuttle)*；客車－歐洲之星*(Eurostar passenger train)*。車輛的裝載(LOADING THE CARS)：福克斯東*(Folkestone)*；康克耳勒斯(Coquelles)。隧道的剖面(CROSS-SECTION OF THE TUNNEL)：緊急軌道*(Hand-rail)*；通勤車廂*(Wagon containing cars)*；排水處*(Drains)*；疏散走道*(Evacuation walkway)*。

哈柏太空望遠鏡

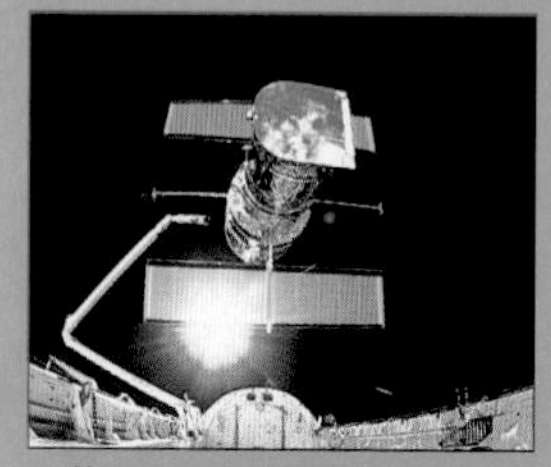

距地球360哩的太空，繞著軌道運行的哈柏望遠鏡，因可以避開大氣層的**朦朧效應**，天文學家所獲得的天空景像，是從未有過的清晰度並深度。在1995年，哈柏望遠鏡傳回的景像，讓我們對宇宙又有新一步的認識。以往科學家相信，在這宇宙中約有100億個銀河，經由哈柏的更新景深，使他們能夠重新估算，如今這個數字已接近500億。據已經有的記載，觀察**天鷹星座**附近的**星雲**與**塵柱**，這些星際照片所顯示的驚人細節，科學家首次發現**"光逸散"**，一種星球形成的程序，是描述從鄰近星球發出的紫外光，銷蝕環繞的周遭並逸入太空的雲氣。由於能夠更仔細的觀察**獵戶星座**，所提供進一步的證據顯示，目前其中找到的暗**"斑"**，是環漩在**原星團**(即**幼星群**)外圍的**盤狀星塵**。這些進展相信在宇宙中，除了太陽系之外，找到生命的機會大增。

哈柏太空望遠鏡

當哈柏望遠鏡，在1990年由太空梭送入軌道，當時美航太空總署的科學家，曾發現若干結構上的缺陷，其中包括2.4米的反射鏡，而維修工作，已於1993年12月，太空人一次成功的任務中被執行完畢。

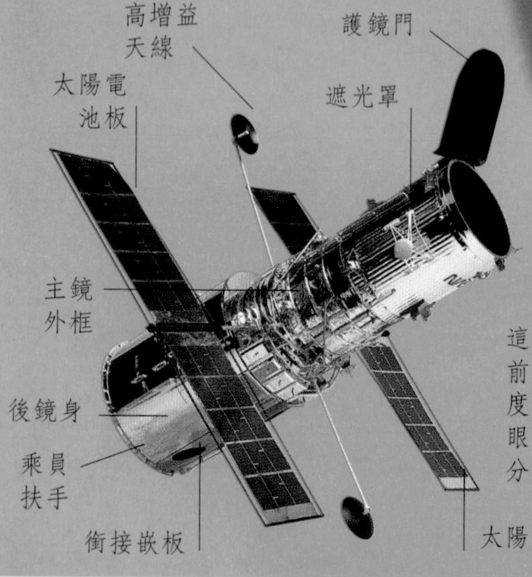

高增益天線
太陽電池板
護鏡門
遮光罩
主鏡外框
後鏡身
乘員扶手
衔接嵌板
太陽電池板

這些顯然比較前端的星群光度爲強，是肉眼極限的40萬分之1。

偏藍色的星河，是由較年輕的星群組成，彼此也較接近。

深邃的景象

在1995年12月，一組天文學家開始探索北斗七星，勺柄附近的天空，並從該位置一直延伸到可見的天際。這一段計算銀河的數目，至少有1500個，以此數作外差估算，宇宙的銀河總數約在500億之譜。

最遙遠古老星河傳來的光(星紅色)，約在90億年左右。

這完整天象是由紅色、藍色以及紅外線影像，模擬自然光所組合而成。

最遠星河的光度，是視感極限的40億分之1。

哈柏太空望遠鏡(Hubble Space Telescope)：哈柏太空望遠鏡(Hubble Space Telescope)；朦朧效應(blurring effects)；天鷹星座(Eagle Nebula)；星雲(interstellar cloud)；塵柱(dust columns)；光逸散(photo-evaporation)；獵戶星座(Orion Nebula)；暗"斑"(dark "splotches")；原星團(protostars,即幼星群baby stars)；盤狀星塵(discs of dust)。**哈柏太空望遠鏡(HUBBLE SPACE TELESCOPE)：**太空梭(Space Shuttle)；護鏡門(*Aperture door*)；高增益天線(*High-gain aerial*)；衔接嵌板(*Access panel*)。**深邃**

獵戶星座

經由一連串針對獵戶星座(在我們銀河當中,一團星塵與雲氣)的詳細影像,顯示神秘的暗斑群,其實是環漩在非常年輕星團外圍的星塵。科學家相信,這可能是一個初期的太陽恆星系群。

恆星的寂滅

藉助哈柏望遠鏡的顯示,有關於MYCN18的細密圖像,使科學家了解到類似太陽的恆星,是如何步入滅亡。每隔數千年,恆星會噴出層層的氣體逸入太空,然後逐漸變得更紅,也更冷。

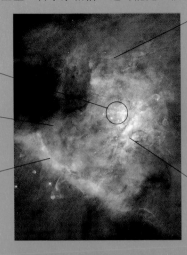

四個巨大的年輕星團,構成"不等邊四角形"

分子雲

一道"長城"或"明牆",由發光的氣體匯成

獵戶星座有1500光年,而跨幅有90萬億哩(90 million million miles,即9×10¹³哩)之遙

熾熱的離子氣體星團,產生紫外輻射

伴隨紫外輻射的發光星塵

噴射劇烈的恆星內層

從恆星外層穿插式的噴出,形成一圈圈的同心環

熾熱的核心冷卻,變成白矮星(塌陷的冷恆星)

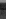

天鷹星雲的星塵與氣體

擁有六萬億(6×10¹²)哩的高度,與7000光年的距離(一光年等於六萬億哩行程),這些星際的雲柱與氣體,在天鷹星雲被發現。一項稱為逸散氣體聚滴(EGGs)的計畫,就是觀察這雲雲表面的投影,其形如小指,它的大小,約於我們的太陽系相彷。在這氣體特別緻密的區域,年輕的恆星正在發展中;數百萬年之後,環繞的氣體聚滴並釋出,形成新興的恆星。

臨近的群星呈戲劇化輝映

相較於雲柱表面,這EGG只是一小段隆起

前向的恆星

來自光逸散與EGG的陰影保護,形成較小的雲柱

氫分子氣體,飄散進入太空

光逸散

每道雲柱的周遭,那些發白的薄雲,代表氫氣飄入太空,這種散失的過程叫做光逸散;它是由附近恆星的紫外輻射所導致。

雲柱是由緻密的氣體構成,而星塵漸被蝕去

一道聚滴星雲(EGG),其主要表面已漸被蝕入

的景像(DEEP FIELD VIEW):北斗七星(Big Dipper)。獵戶星座(ORION NEBULA):離子氣體(ionises gas);不等邊四角形(The Trapezium);分子雲(Molecular cloud);長城(Great Wall);明牆(Bright Bar)。恆星的寂滅[STAR DEATH(MYCN 18)]:穿插式的噴出(Episodic ejections);白矮星(White dwarf)。天鷹星雲的星塵與氣體(INTERSTELLAR GAS AND DUST IN THE EAGLE NEBULA):逸散氣體聚滴(EGGs,Evaporating Gas Globules);前向的恆星(Foreground star)。光逸散(PHOTOEVAPORATION)。

哈柏太空望遠鏡(2)

溫遊星雲

在天鵝星座的方向，離地球約有三千光年的溫遊星雲(NGC 7027)，是由一即將寂滅的恆星，噴出的氣體所組成。

中央是白矮星

大片的藍色環是恆星外層的噴出物

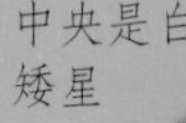

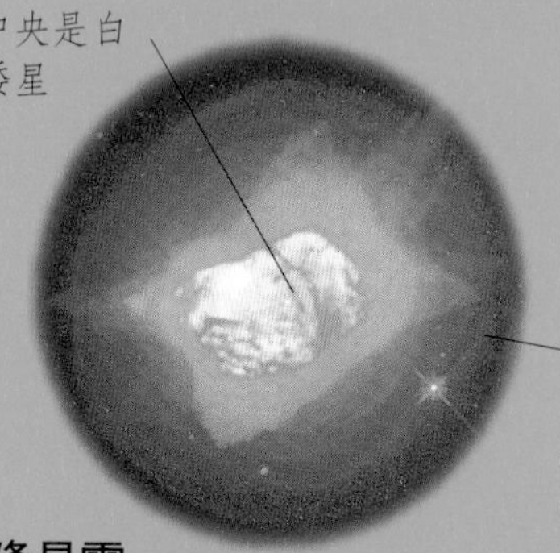

七隆星雲

當中有兩道明顯隆凸的七隆星雲，是一顆比太陽重百倍的巨星，但也是即將寂滅的恆星，它不平的表面，每一塊的大小，都可與我們的太陽系等量齊觀。

七隆星本體

外層的紅色發亮部位是氮氧組成

從寂滅恆星噴出的氣體

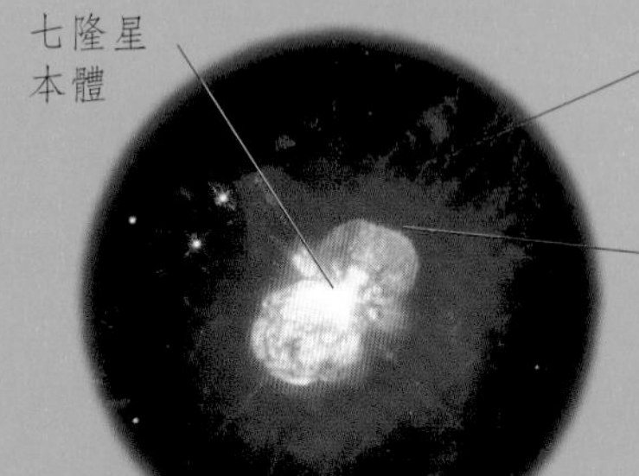

螺旋星雲中的"彗星結"

一些狀如蝌蚪形的物體，被發現在螺旋星雲裡，而星雲的深處，含一即將寂滅的恆星，正在不斷噴出一層層的氣體。這些前後層次的氣體，其深度、密度與溫度也不盡相同，在星際熱風的推波助瀾下，藉著相碰即可形成"彗星結"。

每一"彗星結"的寬度，有我們太陽系的兩倍。

來自星際風的壓力，造成彗星結的尾端，並指向恆星的中央。

螺旋星雲中央的將寂滅恆星周遭，估計的慧星結有3500個。

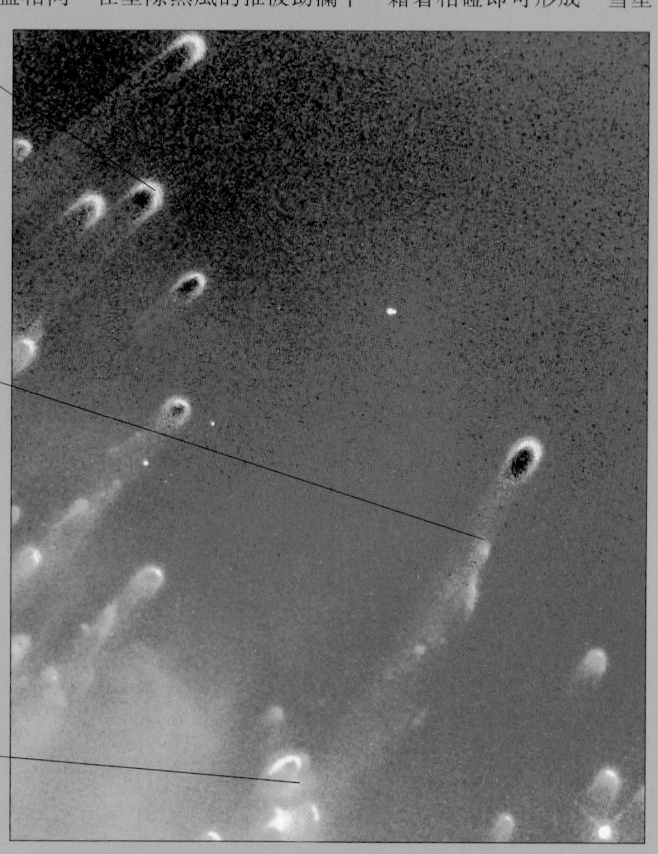

1997年版圖解百科透視大辭典(1997 ULTIMATE VISUAL DICTIONARY)原版編輯工作小組

哈柏太空望遠鏡 2(Hubble Space Telescope 2)。**溫遊星雲**[PLANETARY NEBULA(NGC 7027)]；天鵝星座(constellation Cygnus)；恆星(dying star)。**七隆星雲**(ETA CARINAE NEBULA)：七隆星雲(Eta Carinae)。**螺旋星雲中的"彗星結"**("COMETARY KNOTS" IN THE HELIX NEBULA)：星際熱風(hot stellar wind)；彗星結(cometary knots)；螺旋星雲(*Helix Nebula*)。

圖解 英漢對照 百科透視 大辭典

蝴蝶外部特徵

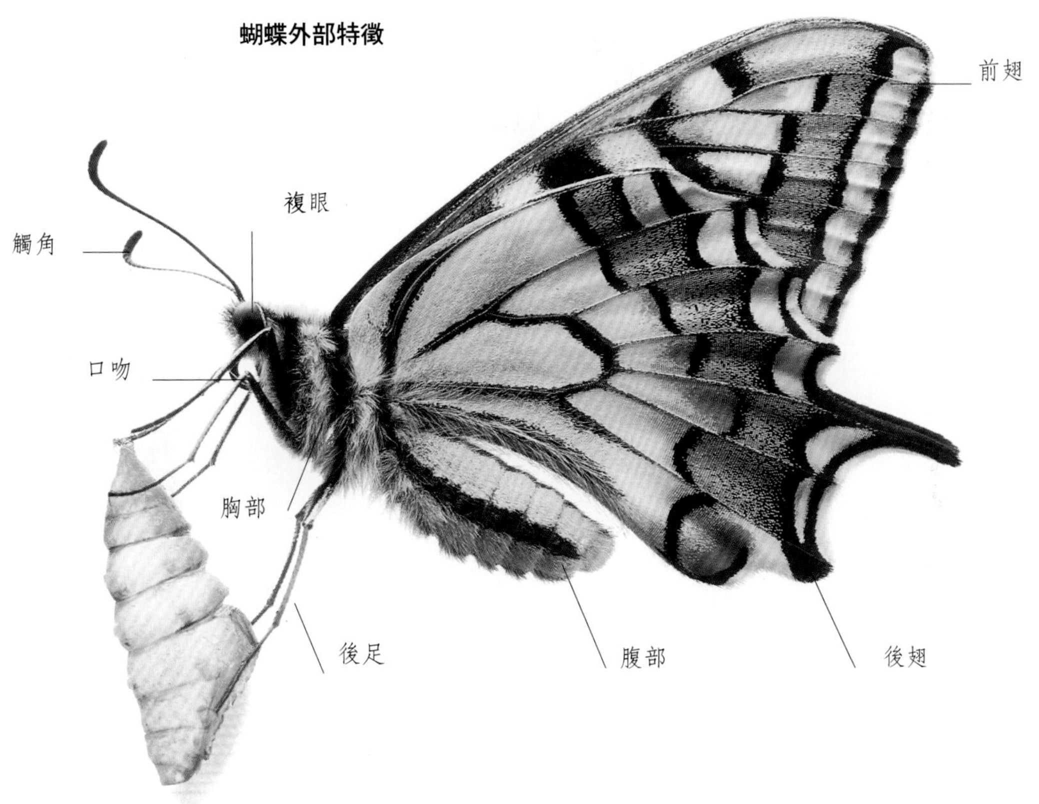

觸角

複眼

口吻

胸部

後足

前翅

腹部

後翅

臺灣麥克股份有限公司
Since 1983

對知識的摯愛

年逾九旬，歷閱人生無數，終身始終不變的是對知識的摯愛，嗜好讀書熱情不減。不管時代如何演變、影視動畫、電視螢幕、電腦網路及唯讀光碟等，光電科技改變人們生活方式和學習方法，至深且鉅。但閃動的畫面，總有浮光掠影之嫌；駐留腦海的印象不夠深刻，不易引發探索思惟。尤其遺憾的是以觸鍵按鈕代替書寫筆算，減退了讀書的樂趣，鈍化了數理的技巧，多少影響到學習的實事求是精神。

憶及童年求學生涯，八歲因舉家歸鄉而轉入番禺縣立高小，學校雖是舊制小學，比較重視國文和修身，但也開設有科學課程和外語，在嚴格家教和校訓之下，養成規矩內向的性格與認真負責的態度，爾後進入著名的天津南開中學與南開大學，嚴師出高徒是顛撲不破的真理。

熱愛學問是偉大人物的共同特徵，他們不但熱愛知識，而且不辭辛勞地追求學問；知識並不就是智慧或理解，不過沒有知識，就不會有智慧和理解，就如沒有播種、沒有耕作，就不會有收成一樣。事實孕育出知識，知識是智慧的根源，而能適切地運用知識，才能發揮理解的功能。多年來自己堅守一個信念：就是書籍圖文字有恒久性、傳授性和不變性的可貴價值。

科技的進步提升圖書印製的水準，配合專業學術與美工設計的編輯作業，使得書籍在步入廿一世紀的資訊時代後，仍然還能擁有一片天地。書冊便於攜帶，勿需電源和裝置，貼身如知己，其出版走向，細目分科或統合集約，實用方便或完美精緻都是今後知識傳播的主流。這本《圖解百科透視大辭典》（ULTIMATE VISUAL DICTIONARY）便是個明證；通過學科的名詞術語，用清楚的照片和精美的插圖加以註釋，分層次的解理，用剖析透視的方法予以解說，成為各類科目的最佳對照輔助參考工具書，適於不同年齡和程度的讀者需要。尤其難得的是中文版編譯作業十分謹慎，採用中英併列擴大原書版面，編排周詳索引，使全書增色不少。主其事者陳國成君，十餘年前，曾擔任《幼獅數學大辭典》總編輯職務，以主修生物化學的背景，集合國內近百位數學家從事數學詞彙詮釋訂正工作，其熱衷科學教育推廣志願，殊堪嘉許。

當此活動畫面在文化中日益擴大影響的時候，這類圖文併重的讀物還能堅守自己的崗位，值得鼓勵，樂為之序。

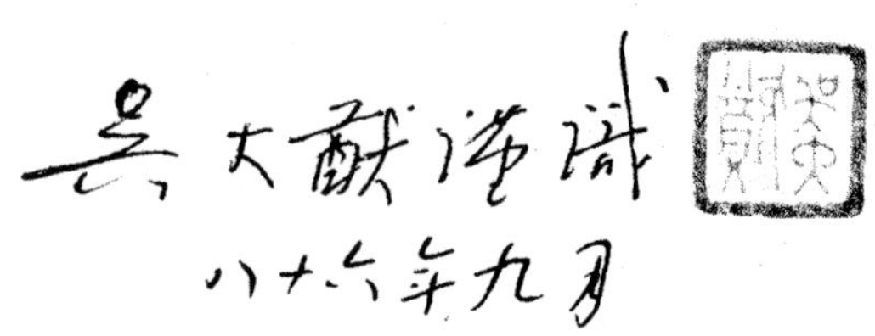

吳大猷謹識
八十六年九月

頭胸部　吐絲器

腿

蜘蛛的外部特徵

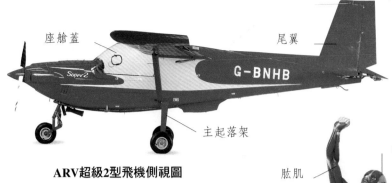

座艙蓋　尾翼

主起落架

ARV超級2型飛機側視圖

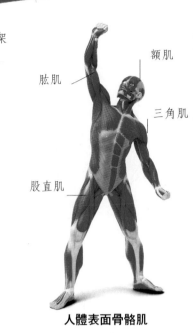

額肌

肱肌

三角肌

股直肌

人體表面骨骼肌

目錄

吸墨水管

永久黑
色墨水

鋼筆和墨水

導言(INTRODUCTION) 6
宇宙(THE UNIVERSE) 8
史前地球(PREHISTORIC EARTH) 54
植物(PLANTS) 110
動物(ANIMALS) 164
人體(THE HUMAN BODY) 208
地質、地理和氣象
(GEOLOGY,GEOGRAPHY,AND
METEOROLOGY) 262
物理和化學(PHYSICS AND
CHEMISTRY) 304
鐵路和公路(RAIL AND ROAD) 322
航海和航空(SEA AND AIR) 370
觀賞藝術(THE VISUAL ARTS) 428
建築(ARCHITECTURE) 456
音樂(MUSIC) 500
體育運動(SPORTS) 522
日常用品(EVERDAY THINGS) 564

附錄：有用的數據
(APPENDIX：USEFUL DATA) 590

索引(INDEX) 592

楣樑

墩座牆

**義大利第沃利的維斯塔神廟，
約公元前80年**

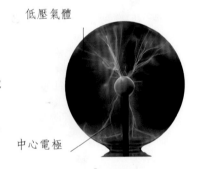

低壓氣體

中心電極

含高溫氣體（等離子體）的球

萼片　花梗

花托膨起
的果肉組織

草莓縱剖面圖

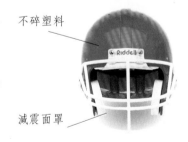

不碎塑料

減震面罩

橄欖球頭盔

臺灣麥克股份有限公司

Since 1983

序 言

從事科學教育推廣工作逾四十年，堅信科學要在國內生根，第一要務是"讓科學講中國話"，用中國語文來說和寫，樹立起我們的科學性語言和文字，大家彼此討論和溝通，建立好各類學科的專門術語和詞彙，方便進行實驗和研究，更重要的是我們的科學語文，能和世界重要語文串聯起來，顯然的翻譯和編輯工作極爲重要，這是座聯結外界的橋樑，也是到達彼岸的渡船，讓「兩岸」（包括海峽、海洋、河岸和國界）之間好學的人們，增進認識、拉近距離、破除隔閡與提升智慧，以開朗和無私的胸懷迎接未來多元化的廿一世紀。

過去譯介近百冊科學性圖書，難得尋覓到如 DORLING KINDERSLEY 公司出版「ULTIMATE VISUAL DICTIONARY」《圖解百科透視大辭典》這部鉅著，幾乎任何一位愛書人，不論學習的背景如何，只要翻閱一下，必定會愛不釋手，心目中所有待解的疑問，在這部書裡都可以找到答案，內心不禁讚歎，現代的讀者眞是有福了，爲此決心將這個福份，轉授給國人，從愛心的媽媽到各級學校的師生；從工廠生產的勞工朋友到各種行業的服務人員，只要人手一冊便可擁有知識的寶庫，從圖片到文字，包含國際通用的英文和自己的母語，深信我們的努力，定能贏得賞識本書讀者的讚許。

以往見到的英漢圖文對照辭典主要是供從事英語工作的人員翻譯使用，發揮形象化詞典作用，或者是對詞認物、看圖識字得到認識，例如《 The Oxford-Duden Pictorial English Dictioary 》及《 Oxford-Duden Bildworterbuch Deutsch und Englisch 》的中譯本屬此類。《圖解百科透視大辭典》是一種內容獨特、編排別具風格的全新辭典，除了具備一般圖文對照辭典的功能外，主要是供人們學習科學技術知識之用。該辭典收錄 16 個學科，包含了 207 個子科目，約 6,000 多幅圖、30,000 多個科學名詞，既是一本科學詞彙工具書，也是一本科學知識參考書。

當前科學技術日益顯示出，它推動經濟發展和社會進步的強大力量，不斷地改變著世界面貌和人們的生活。任何人的工作和生活都與科學技術緊密聯繫，直接或簡接地要同它打交道。因此，不論是在校學習的，還是已走上工作崗位的，也不論他們的職業如何，都有必要學習最新的科學知識，即使是學自然科學的，或從事科技工作的，也不可能人人都成爲各科的專家，完全有必要重新學習，做到知識面更廣一些、深一些，以適應現代社會不斷發展的要求。而《圖解百科透視大辭典》正是爲適應此需要而翻譯出版的。

《圖解百科透視大辭典》所收錄的科學領域，考慮了在現代化社會生活的人們，應該知道和掌握的科學知識，從基本粒子的微觀世界到宇宙天體的宏觀世界；從基本科學原理到實踐性很強的技術，以至與人們生活密切相關的技術和日常事物，內容十分豐富，但又不是包羅萬象，

面面俱到，而是考慮了科學的基礎和發展，有選擇、有重點，兼顧了科學知識的全面性和代表性、基礎性、新穎性、理論性和實踐性，具有大全和薈萃的雙重特色。因此，這本辭典的翻譯本問世為國人提供了一個極有價值的科學知識庫。

知識就是力量。在人類的知識寶庫中科學知識蘊藏量最為豐富，並日益滲透和泛化到各個知識領域，出現了科學與藝術的結合，物質文明與精神文明之融合，永恒性與時代性之共存，以至在當前社會、人類的文化藝術活動與科學技術活動相互交叉和綜合，物質生產在科學基礎上的統一，形成一種科學 ─ 藝術 ─ 文化現象。在此情況下，人們學習科學知識就不能僅僅局限於對科學本身的理解和掌握，學習其它知識也不能離開對科學知識的了解，而需要站在更高的層次上來拓寬知識面，開闊思路和視野，更清楚地理解自己的專業在整個科技、生活中的地位，或者理解科學技術對自己所處的文化藝術環境及生活之作用和影響。本辭典在內容上以科學知識為主體，也介紹了滲透著科學和技術的文化藝術和生活用品，正是為適應社會發展對人們學習和掌握知識之要求。

《圖解百科透視大辭典》與已出版的圖解辭典相比，最大特點在於它不是以詞彙為主要對象，而是以知識概念為主要對象，詞彙僅是為表達和注釋知識概念服務的。在本辭典中，對每個學科，從總體到部分直至分解為組成單元，分層次用通俗易懂的文字、形象化的圖解、具體的實物圖形，深入淺出地加以剖析，形成本學科知識的有機集合，給予讀者的不是一些孤立詞彙和圖形，而是較為系統、完整的知識體系。

本辭典既可作為一般讀者理解分析的寶典，也是學生學習的輔助讀物，更可作為教師授課的參考圖冊，對於想學點科學知識的人們，更是一本理想的入門讀物，即使專業科技人員讀了，也可起溫故知新，擴大知識領域的作用；至於對學習英語或從事英語翻譯工作的人來說，無疑是一本很好的翻譯參考工具書。因此，該辭典的中譯本出版將有助於推動科學知識的普及，對社會科技進步將起積極作用。

非常幸運的是國內出版界新秀台灣麥克股份有限公司獨具慧眼，爭取到此一鉅著的中文版權，在該公司黃長發總經理的積極策劃和產品企劃部賴美伶經理的精誠合作，各項作業得以順利展開。尤為難能可貴的是成立編輯小組，同意以嶄新面貌，突破原版形態，擴大版面編印全書，使之成為獨創的中文版本，也是一個新的嘗試。

由於本辭典涉及面既廣且深，詞目的訂定有的比較新穎，有的在中國和國外也不盡然一致，翻譯中不當和錯誤在所難免，懇望廣大讀者賜予指正，以便在適當時候進行修訂和補充。

陳國成

於中興大學雲平樓
一九九七年五月十一日　母親節

導言

圖解百科透視大辭典是一部完全最新型的參考書。它用普通辭典從不曾用過的方法提供了圖畫和名詞術語之間的聯繫。大多數辭典只簡單地告訴你一個名詞的意義，而**圖解百科透視大辭典**則通過詳細的註釋、清晰的照片和插圖結合起來的方式向你展示這個名詞。在**圖解百科透視大辭典**中，插圖可對其周圍的註釋文字作出明確的顯示。你不只是閱讀所註釋的詞語的定義，並且看到了它們。由於**圖解百科透視大辭典**清晰易懂，註釋詳盡，而且涉及的學科範圍廣泛，所以它是一部獨特而有用的參考工具書。

如何使用《圖解百科透視大辭典》

你會發現**圖解百科透視大辭典**使用簡單。它按學科分為 14 部分：宇宙、史前地球、植物、動物、人體等等。每一部分開始為目錄表，列舉該部分的主要詞目。例如，觀賞藝術部分含有素描（ Drawing ）、蛋膠畫（ Tempera ）、壁畫（ Fresco ）、油畫（ Oils ）、水彩畫（ Watercolour ）、色粉條畫（ Pastels ）、丙烯畫（ Acrylics，壓克力，甲基丙烯酸甲酯）、書法（ Calligraphy ）、版畫（ Printmaking ）、鑲嵌畫（ Mosaic ）和雕塑（ Sculpture ）。每個詞目均有一段說明照片及插圖的目的和註釋含義的簡短介紹。

如果你只知道某樣東西是什麼樣子，但不知道它的名稱，你可以查閱圖周圍的註釋；如果你知道一個詞但不知它指的是什麼，你可以利用書後的詳細索引找到你所需要的那一頁。

譬如：假設你想知道小指端的骨頭的名稱，利用一般標準辭典，你會不知從何入手。但是如果你使用**圖解百科透視大辭典**，只要翻到《人體》部分稱為《手》的那個詞目，便可發現四張附帶詳細註釋人手的皮膚、肌肉和骨頭的彩色照片。在這個詞目中，你將很快找到你所要查索的骨頭稱為遠端指骨（ distal phalanx ）。此外，你還會發現它是透過遠端指節間關節和中節指骨相連的。

你或許想知道＂催化裂化器＂（ catalytic converter ）是什麼樣子。如果你用一本普通辭典查找＂催化裂化器＂這個名詞，它會告訴你這是什麼東西或許還會告訴你它有什麼用處，但是你不能知道它的形狀或它是用什麼材料製造的。但是，如果在**圖解百科透視大辭典**的索引中查找＂催化裂化器＂，它將指示你翻到 344 頁的＂現代機器＂詞目，那裡的一段介紹將提供有關催化裂化器是什麼東西的基本信息；它還指示你查閱 350 頁，在那裡你將看到一幅 Renault Clio 機器的醒目的部分解析圖的照片。從這兩頁中，你將不僅得知催化裂化器的模樣如何，還將看出它一端接排氣管，另一端接消音器。

無論你是想查找一樣東西的名稱，還是想按名稱查找一樣東西的圖形，你都能快捷方便地在**圖解百科透視大辭典**中找到答案。你或許需要知道鞋子的什麼地方是鞋面（ vamp ），倒卵形葉和披針形葉（ obovate and lanceolate leaves ）有什麼區別，漩渦星系（ spiral galaxy ）像什麼樣子，或者鳥類有沒有鼻孔（ nostrils ）。如果你有一冊**圖解百科透視大辭典**在手，那麼，你就能找到這些問題以及成千上萬個更多問題的現成答案。

圖解百科透視大辭典不僅告訴你一個物體各個不同部分的名稱，而且它的照片、插圖和註釋全都經過了精心的安排，

以便幫助你了解物體的哪些部分是互相聯繫的，它們怎樣起作用。

有了**圖解百科透視大辭典**，你便能夠在幾秒鐘之內找到你要查找的名詞或圖形。你也可以簡單地瀏覽這部辭典。

圖解百科透視大辭典並不企望取代標準的辭典或百科全書，相反的，它乃是普遍應用參考工具書中一項很有幫助很有價值的補充。它使你了解天文學家和建築學家、音樂家和機械師、飛行員和專業運動員所用的語言，因而是各種年齡的專家和初學者的理想參考書。

《圖解百科透視大辭典》各部分簡介

圖解百科透視大辭典分為 14 部分，共包含涉及廣泛課題範圍的詞彙 30,000 多個。

● 第一部分**宇宙**用壯觀的照片和插圖展示了恆星和行星的名稱，說明了太陽系、星系、星雲、彗星和黑洞的構造。

● **史前地球**敘述地球形成以來的演變歷史，包含了史前植物群和動物群的實例以及迷人的恐龍模型，其中有些還把身體的各部分剖開以展示其解剖面。

● **植物**部分收集了大量常見的和稀少的種類。除了植物的彩色照片之外，這部分還有許多展示諸如花粉顆粒、孢子以及莖和根的橫剖面等植物細部的顯微照片。

● **動物**部分對動物身體的骨骼、解剖圖和各個不同部分都作詳細的註釋，並廣泛介紹動物學分類和動物生理學的詞彙。

● **人體**部分介紹了人體的結構、身體的各個部分及其系統，還包括了許多逼真的三維模型和最新假色圖像。清楚而權威性的註釋出正確的解剖學術語。

● **地質、地理和氣象**部分描述了地球從內核到大氣圈的結構以及構成地球表面的火山、河流、冰川和氣候等自然現象。

● **物理和化學**部分是對於構成客觀宇宙基礎原理的目視巡遊，提供了這兩門科學的重要詞彙。

● **鐵路和公路**部分描述了各式各樣的火車、有軌電車和公共汽車、轎車、自行車和摩托車，有極清晰地顯示機械細部的分解圖照片。

● **航海和航空**部分圖示了船舶和飛機的成百上千個零件，記載歷史上和現代的民用及軍用艦船與飛行器。

● **觀賞藝術**部分展示了畫家、雕塑家、版畫家和其他藝術家所用的設備和材料，選擇了一些名作來說明藝術家的技巧和功力。

● **建築**部分刊載了典型建築範例的照片，用圖片說明了圓柱、圓頂和拱頂等幾十種補充特例。

● **音樂**部分直觀地介紹了音樂的特殊語言和各種樂器，刊載了每類主要傳統樂器（銅管樂器、木管樂器、弦樂器和打擊樂器）和現代電子樂器，且附有清楚註釋的圖片說明。

● **體育**運動部分是當今最普及的許多體育運動所需的運動場、隊形、器械和技術的指南。

● 在**日常用品**部分，我們所熟悉的物品如鞋、鐘和土司烤箱等，被拆開（拆至最小的螺絲或一段線）以顯示其內部情況，使人深入了解這些物品的製造者所用的語言。

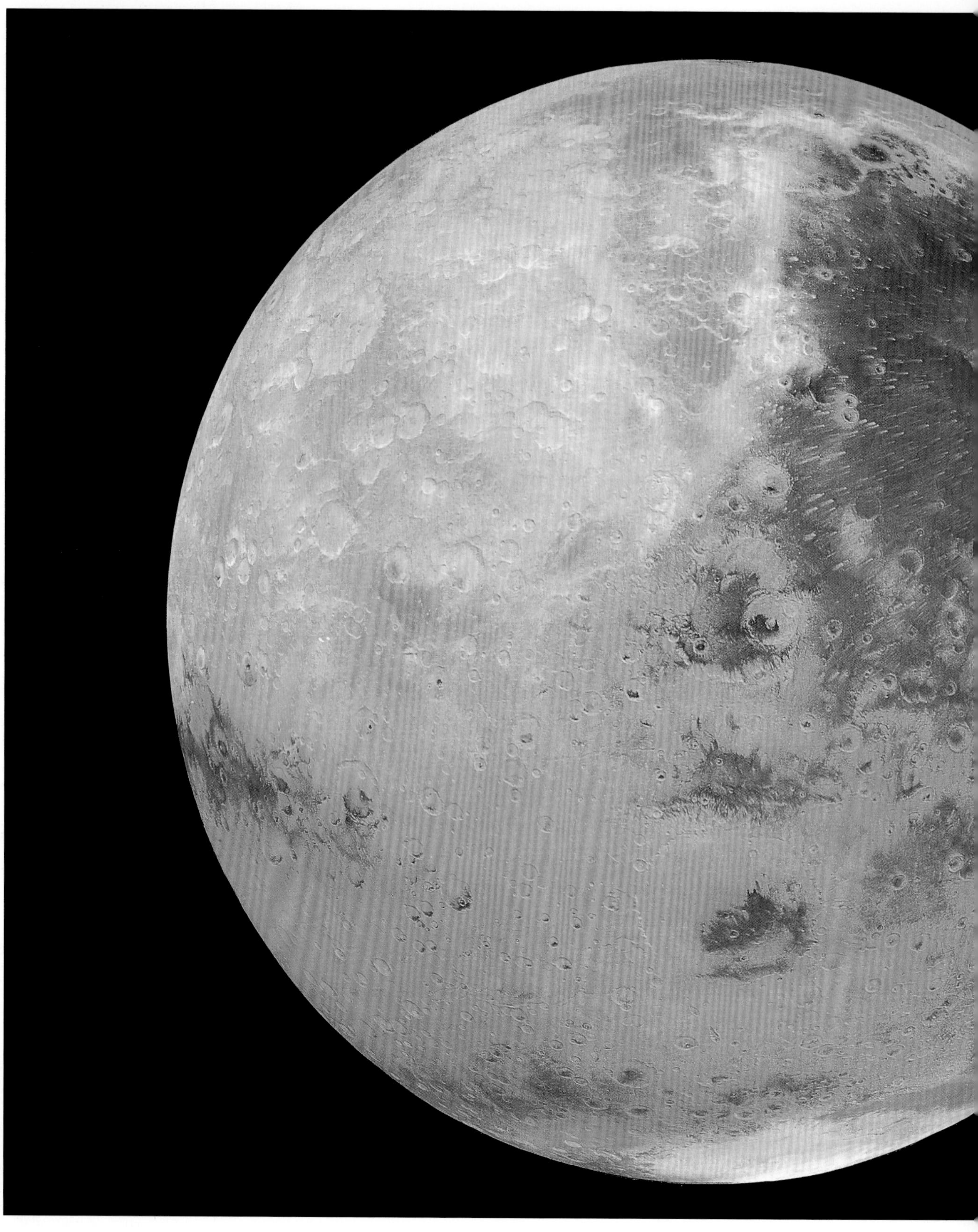

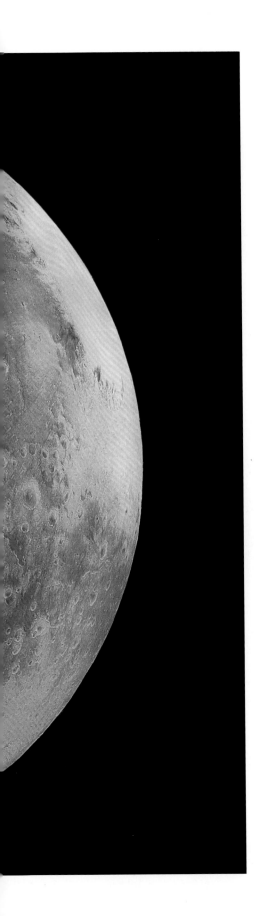

宇宙篇
THE UNIVERSE

宇宙的剖析(Anatomy of the universe) 10

星系(Galaxies) 12

銀河(The milky way) 14

星雲和星團(Nebulae and star clusters) 16

北天空的恆星(Stars of northern skies) 18

南天空的恆星(Stars of southern skies) 20

恆星(Stars) 22

小恆星(Small stars) 24

大質量恆星(Massive stars) 26

中子星和黑洞(Neutron stars and black holes) 28

太陽系(The solar system) 30

太陽(The sun) 32

水星(Mercury) 34

金星(Venus) 36

地球(The earth) 38

月球(The moon) 40

火星(Mars) 42

木星(Jupiter) 44

星土(Saturn) 46

天王星(Uranus) 48

海王星和冥王星(Neptune and Pluto) 50

小行星、彗星和流星體
(Asteroids, comets, and meteoroids) 52

宇 宙 的 剖 析

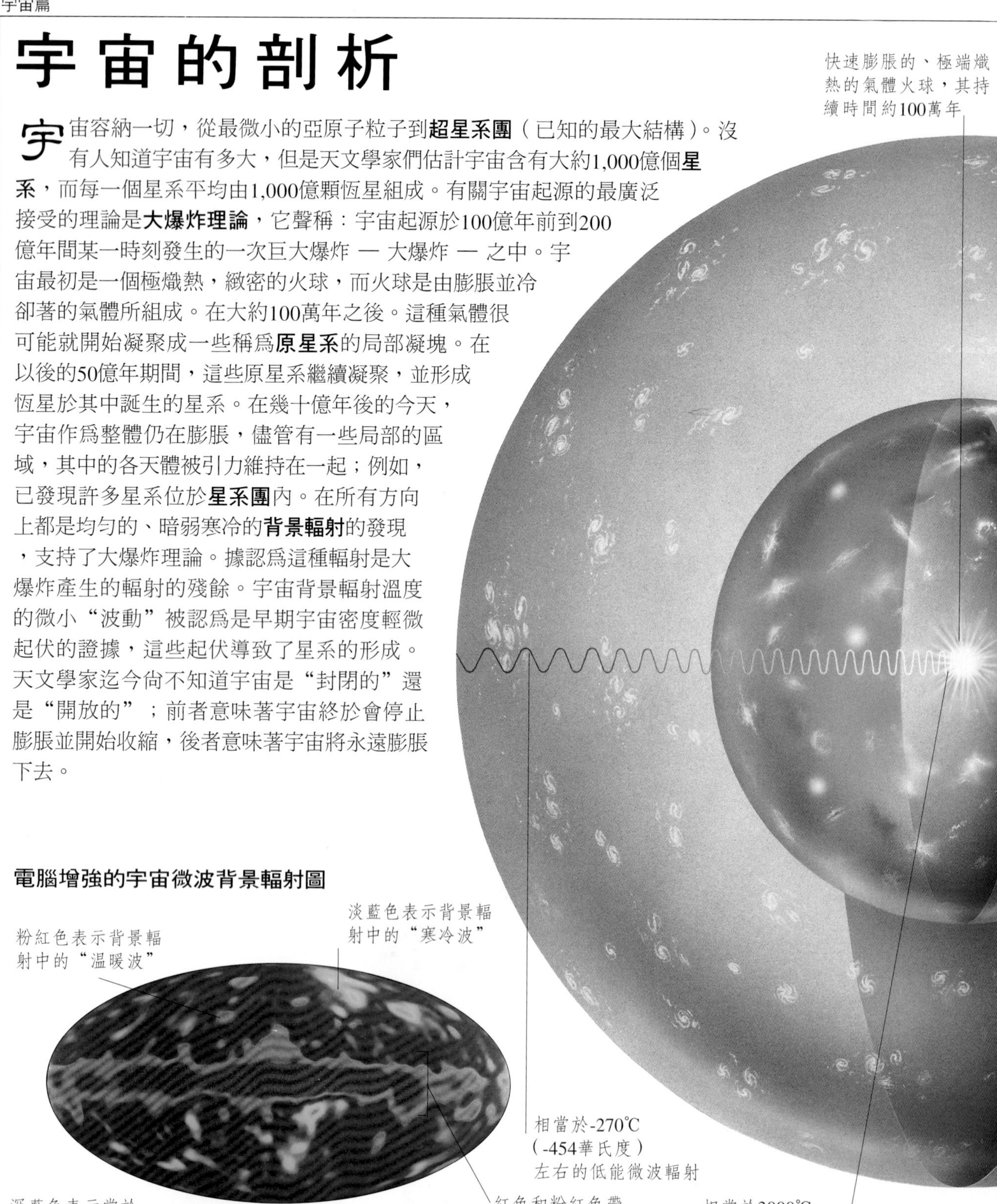

快速膨脹的、極端熾熱的氣體火球，其持續時間約100萬年

宇宙容納一切，從最微小的亞原子粒子到**超星系團**（已知的最大結構）。沒有人知道宇宙有多大，但是天文學家們估計宇宙含有大約1,000億個**星系**，而每一個星系平均由1,000億顆恆星組成。有關宇宙起源的最廣泛接受的理論是**大爆炸理論**，它聲稱：宇宙起源於100億年前到200億年間某一時刻發生的一次巨大爆炸 — 大爆炸 — 之中。宇宙最初是一個極熾熱，緻密的火球，而火球是由膨脹並冷卻著的氣體所組成。在大約100萬年之後。這種氣體很可能就開始凝聚成一些稱爲**原星系**的局部凝塊。在以後的50億年期間，這些原星系繼續凝聚，並形成恆星於其中誕生的星系。在幾十億年後的今天，宇宙作爲整體仍在膨脹，儘管有一些局部的區域，其中的各天體被引力維持在一起；例如，已發現許多星系位於**星系團**內。在所有方向上都是均勻的、暗弱寒冷的**背景輻射**的發現，支持了大爆炸理論。據認爲這種輻射是大爆炸產生的輻射的殘餘。宇宙背景輻射溫度的微小"波動"被認爲是早期宇宙密度輕微起伏的證據，這些起伏導致了星系的形成。天文學家迄今尚不知道宇宙是"封閉的"還是"開放的"；前者意味著宇宙終於會停止膨脹並開始收縮，後者意味著宇宙將永遠膨脹下去。

電腦增強的宇宙微波背景輻射圖

粉紅色表示背景輻射中的"溫暖波"

淡藍色表示背景輻射中的"寒冷波"

深藍色表示當於 -270.3℃（-454.5華氏度）的背景輻射（大爆炸的殘餘輻射）

相當於-270℃（-454華氏度）左右的低能微波輻射

紅色和粉紅色帶表示來自銀河系的輻射

相當於3000℃（5,400華氏度）左右的高能伽馬輻射

宇宙的剖析(Anatomy of the Universe)：超星系團(galactic superclusters)；星系(galaxies)；大爆炸理論(the Big Bang theory)；原星系(protogalaxies)；星系團(clusters)；背景輻射(background radiation)。**電腦增強的宇宙微波背景輻射圖** (COMPUTER-ENHANCED MICROWAVE MAP OF COSMIC BACKGROUND RADIATION)：溫暖波*(warm ripples)*；寒冷波*(cool ripples)*。**宇宙的起源和膨脹**(ORIGIN AND EXPANSION OF THE UNIVERSE)：類星體*(Quasar)*；黑洞*(black hole)*；大爆炸*(Big Bang)*；原星系(凝聚的氣體雲)*[Protogalaxy (condensing gas cloud)]*；暗雲*(Dark cloud)*；橢圓星系*(Elliptical galaxy)*；星系團*(Cluster of galaxies)*；不規則星系*(Irregular galaxy)*；旋渦星系*(Spiral galaxy)*。**宇宙中的若干天體**

宇宙的起源和膨脹

宇宙中的若干天體

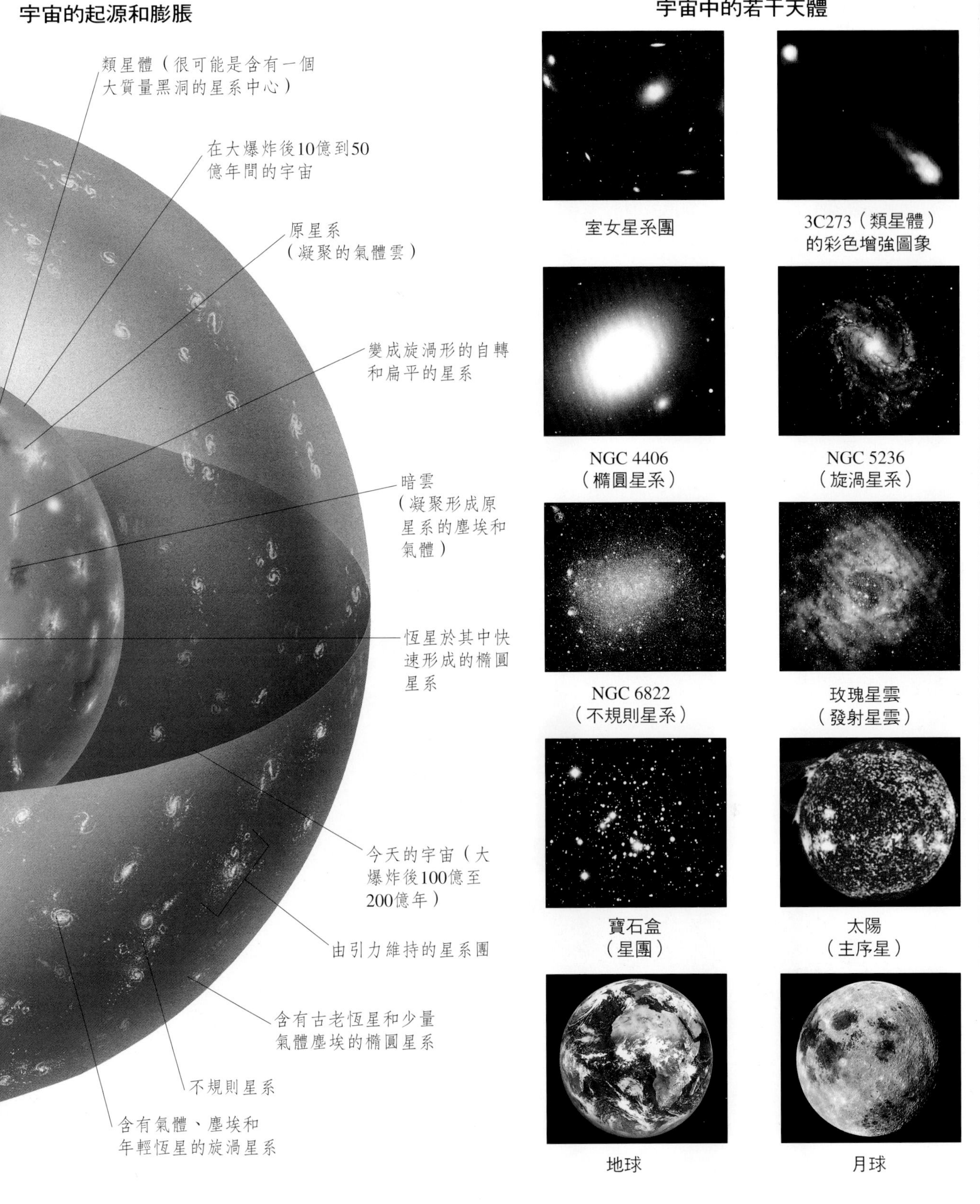

類星體（很可能是含有一個
大質量黑洞的星系中心）

在大爆炸後10億到50
億年間的宇宙

原星系
（凝聚的氣體雲）

變成旋渦形的自轉
和扁平的星系

暗雲
（凝聚形成原
星系的塵埃和
氣體）

恆星於其中快
速形成的橢圓
星系

今天的宇宙（大
爆炸後100億至
200億年）

由引力維持的星系團

含有古老恆星和少量
氣體塵埃的橢圓星系

不規則星系

含有氣體、塵埃和
年輕恆星的旋渦星系

室女星系團

3C273（類星體）
的彩色增強圖象

NGC 4406
（橢圓星系）

NGC 5236
（旋渦星系）

NGC 6822
（不規則星系）

玫瑰星雲
（發射星雲）

寶石盒
（星團）

太陽
（主序星）

地球

月球

(OBJECTS IN THE UNIVERSE)：室女星系團(CLUSTER OF GALAXIES IN VIRGO)；3C273(類星體)的彩色增
強圖象[COLOR-ENHANCED IMAGE OF 3C273(QUASAR)]；NGC 4406(橢圓星系)[NGC 4406(ELLIPTICAL
GALAXY)]；NGC 5236(旋渦星系)[NGC 5236(SPIRAL GALAXY)]；NGC 6822(不規則星系)[NGC
6822(IRREGULAR GALAXY)]；玫瑰星雲(發射星雲)[THE ROSETTE NEBULA(EMISSION NEBULA)]；寶石盒(星
團)[THE JEWEL BOX(STAR CLUSTER)]；太陽(主序星)[THE SUN(MAIN SEQUENCE STAR)]；月球(THE
MOON)。

星　系

"草帽"星系，
一個旋渦星系

NGC 4486的光學象
（橢圓星系）

含有很古老紅巨星的球狀星團

含有古老紅巨星的中心區

恆星不那麼稠密的區域

鄰近星系

一個星系就是一群巨大數量的恆星、星雲和星際物質。最小的星系含有約10萬顆恆星，而最大的星系則含有多達3兆顆的恆星。星系根據其形狀可分爲三個主要類型：**橢圓星系**，呈卵形；**旋渦星系**，有著從中心核球向外盤旋而出的若干旋臂；以及**不規則星系**，沒有明顯的形狀。有時，星系的形狀會由於同另一個星系的碰撞而發生畸變。類星體（類似恆星的天體）據認爲是**星系核**，但是距離太遙遠以致其眞實性質仍不確定。它們是已知宇宙外部區域內緻密的、高度發光的天體；已知最遠的**"普通"星系**大約有100億光年遠，而已知最遠的類星體大約有150億光年遠。**活動星系**（例如**塞佛特星系**和**射電星系**）發射出強烈的輻射。在塞佛特星系中，這種輻射來自於星系核；而在射電星系中，輻射是來自星系兩側的兩個巨大外瓣。來自活動星系和類星體的這種輻射據認爲是由黑洞引起的（參見28～29頁）。

大麥哲倫雲的光學象（不規則星系）

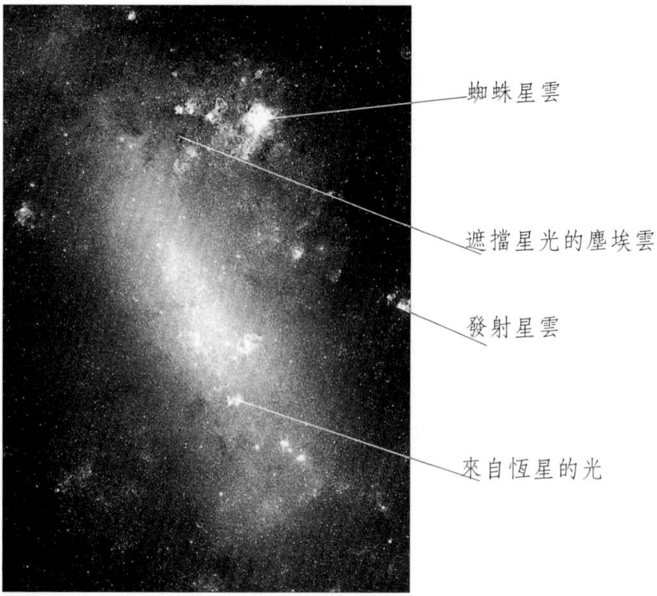

蜘蛛星雲

遮擋星光的塵埃雲

發射星雲

來自恆星的光

NGC 2997的光學象（旋渦星系）

旋臂內的發光星雲

含年輕恆星的旋臂

含古老恆星的星系核

旋臂內的塵埃，它們反射來自熾熱年輕恆星的藍光

發射紅光的熾熱電離氫氣

塵埃線

星系(Galaxies)：橢圓星系(elliptical)；旋渦星系(spiral)；不規則星系(irregular)；星系核(galactic nuclei)；"普通"星系（"ordinary" galaxies）；活動星系(Active galaxies)；塞佛特星系(Seyfert galaxies)；射電星系(radio galaxies)。"草帽"星系，一個旋渦星系 (SOMBRERO, A SPIRAL GALAXY)。NGC 4486的光學象（橢圓星系）[OPTICAL IMAGE OF NGC 4486(ELLIPTICAL GALAXY)]：紅巨星 *(red giants)*；鄰近星系*(Neighboring galaxy)*。**大麥哲倫雲的光學象（不規則星系）**[OPTICAL IMAGE OF LARGE MAGELLANIC CLOUD (IRREGULAR GALAXY)]：蜘蛛星雲*(Tarantula Nebula)*；塵埃雲*(Dust cloud)*。NGC 2997的光學象（旋渦星系）[OPTICAL IMAGE OF NGC 2997(SPIRAL GALAXY)]：旋臂內的發光星雲

半人馬A的光學象（射電星系）

跨越橢圓星系的塵埃線

含有高功率輻射源的星系核

來自古老恆星的光

半人馬A的彩色增強射電圖象

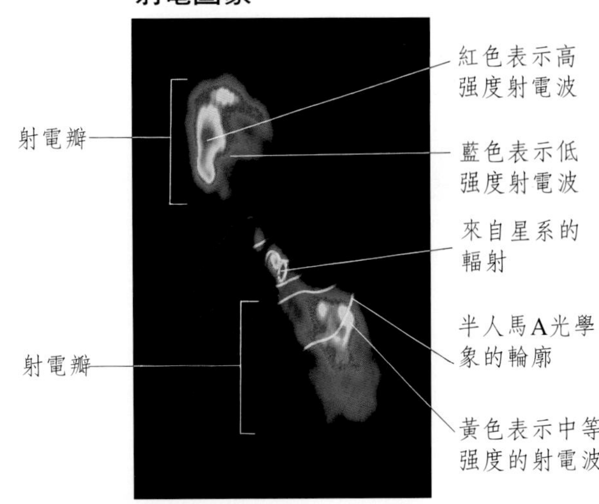

射電瓣

紅色表示高強度射電波

藍色表示低強度射電波

來自星系的輻射

半人馬A光學象的輪廓

射電瓣

黃色表示中等強度的射電波

3C273的彩色增強射電圖象（類星體）

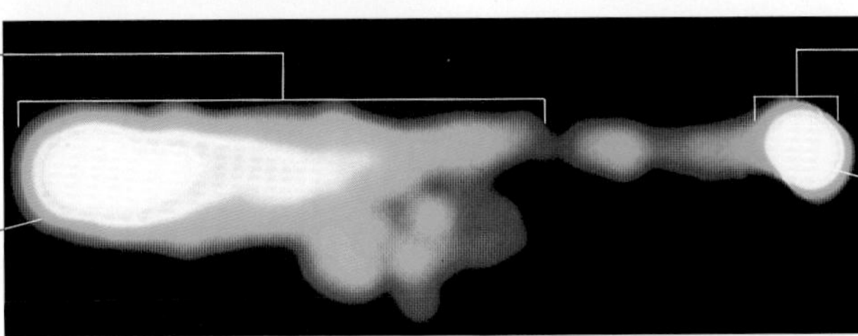

由離開類星體而去的高能粒子噴流所產生的輻射

類星體核

白色表示高強度射電波

藍色表示低強度射電波

NGC 1566的光學象（塞佛特星系）

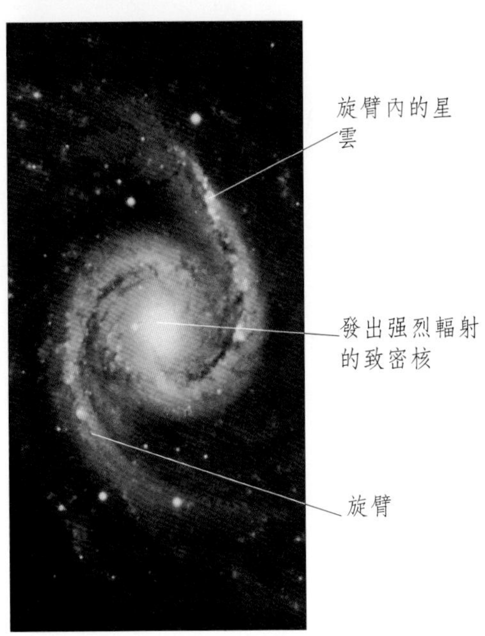

旋臂內的星雲

發出強烈輻射的致密核

旋臂

NGC 5754（兩個正在碰撞的星系）的彩色增強光學圖象

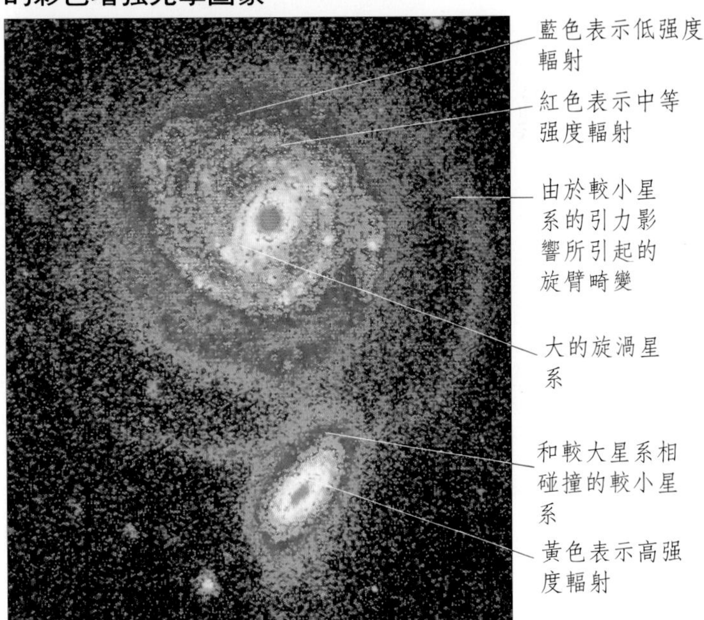

藍色表示低強度輻射

紅色表示中等強度輻射

由於較小星系的引力影響所引起的旋臂畸變

大的旋渦星系

和較大星系相碰撞的較小星系

黃色表示高強度輻射

(Glowing nebula in spiral arm)；塵埃線*(Dust lane)*。**半人馬A的彩色增強射電圖象**(COLOR-ENHANCED RADIO IMAGE OF CENTAURUS A)：射電瓣*(Radio lobe)*；高強度射電波*(high-intensity radio waves)*；低強度射電波*(low-intensity radio waves)*；中等強度射電波*(medium-intensity radio waves)*。**3C273的彩色增強射電圖象**(COLOR-ENHANCED RADIO IMAGE OF 3C273)：高能粒子噴流*(jet of high-energy particles)*；類星體核*(Quasar nucleus)*。**NGC 1566的光學象（塞佛特星系）**[OPTICAL IMAGE OF NGC 1566 (SEYFERT GALAXY)]：發出強烈輻射的緻密核*(Compact nucleus emitting intense radiation)*。

銀 河

向銀河系中心
看去的景象

銀河是對跨越夜空的暗弱光帶的稱呼。這些光來自於稱為銀河星系或簡稱銀河系，我們所在星系的恆星和星雲。銀河系的形狀像一個旋渦，它有著一個稠密的**中心核球**，此核球為向外盤旋的四條旋臂所環繞，並被不那麼稠密的**銀暈**所包圍。我們不可能看到銀河系的旋渦形狀，因為我們的太陽系位於稱為**獵戶臂**（也稱為**本旋臂**）的一條旋臂之內。從我們所在的位置看去，銀河系的中心完全被塵埃雲所遮擋；因此，光學象僅能提供有限的銀河系概觀。然而，更完整的圖象可通過研究射電、**紅外線**和其它輻射而得到。銀河系的中心核球是一個較小的，主要含有較老的紅星和黃星的稠密球體。銀暈是不那麼稠密的區域，其中有著最古老的恆星；它們之中的一些可能像銀河系本身（其年齡可能為150億年）那樣古老。各條旋臂主要含有熾熱的年輕藍星以及星雲（恆星在其中誕生的**氣體塵埃雲**）。銀河系是廣闊的 — 其直徑約10萬光年〔一光年約等於94,600億公里（58,790億哩）〕；與之相比，太陽系就顯得很渺小，它的直徑僅約12光時〔約130億公里（80億哩）〕。整個銀河系在太空中自轉，儘管其內部的恆星運行得比外部恆星來的快。太陽位於距銀心約三分之二的半徑處，它圍繞銀心運行一圈需時約2.2億年。

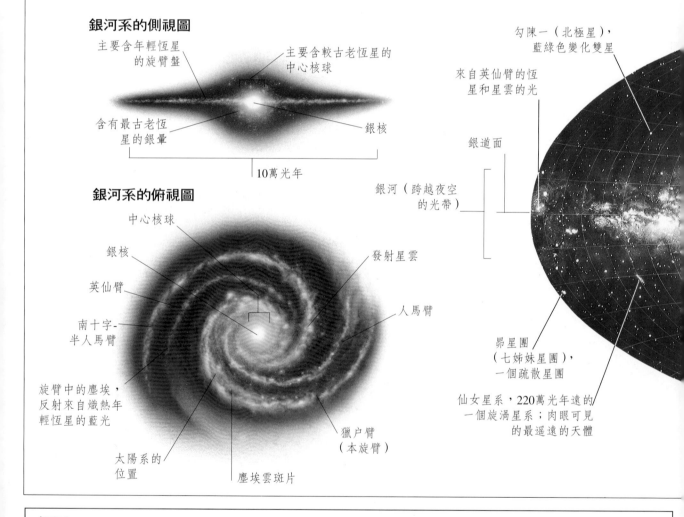

銀河系的側視圖

主要含年輕恆星的旋臂盤

主要含較古老恆星的中心核球

含有最古老恆星的銀暈

銀核

10萬光年

銀河系的俯視圖

中心核球

銀核

英仙臂

南十字-半人馬臂

旋臂中的塵埃，反射來自熾熱年輕恆星的藍光

太陽系的位置

塵埃雲斑片

發射星雲

人馬臂

獵戶臂（本旋臂）

銀河系和鄰近星系的全景光學圖

勾陳一（北極星），藍綠色變化雙星

來自英仙臂的恆星和星雲的光

銀道面

銀河（跨越夜空的光帶）

昂星團（七姊妹星團），一個疏散星團

仙女星系，220萬光年遠的一個旋渦星系；肉眼可見的最遙遠的天體

銀河(The Milky Way)：中心核球(central bulge)；銀暈(halo)；獵戶臂(the Orion Arm)；本旋臂(the Local Arm)；紅外線(infrared)；氣體塵埃雲(clouds of dust and gas)。**銀河系的側視圖**(SIDE VIEW OF OUR GALAXY)。**銀河系的俯視圖**(OVERHEAD VIEW OF OUR GALAXY)：英仙臂(*Perseus Arm*)；南十字-半人馬臂(*Crux-Centaurus Arm*)；塵埃雲斑片(*Patch of dust clouds*)；人馬臂(*Sagittarius Arm*)。**銀河系和鄰近星系的全景光學圖**(PANORAMIC OPTICAL MAP OF OUR GALAXY AND NEARBY GALAXIES)：勾陳一(北極

銀河系的全景射電圖

北銀痕跡（可能是來自一個超新星殘餘的射電輻射）

北銀極

紅色表示高強度射電波輻射

銀道面

銀道面

藍色表示低強度射電波輻射

南銀極

黃色和綠色表示中等強度的射電波輻射

銀河系的全景紅外線圖

北銀極

來自星際氣體和塵埃的低強度紅外線輻射

銀道面

南銀極

來自星際氣體和塵埃的高強度紅外線輻射

來自恆星誕生區的高強度紅外線輻射

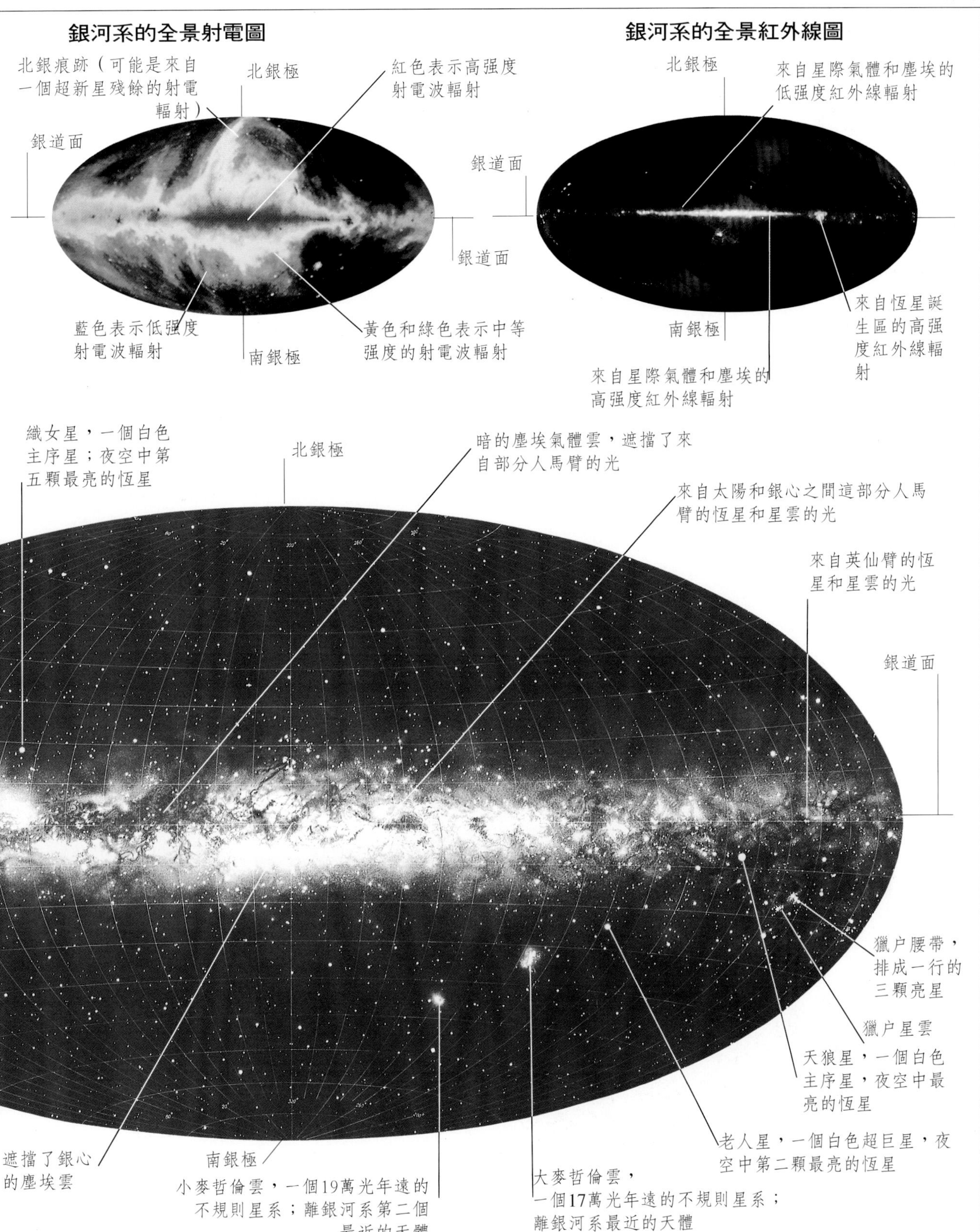

織女星，一個白色主序星；夜空中第五顆最亮的恆星

北銀極

暗的塵埃氣體雲，遮擋了來自部分人馬臂的光

來自太陽和銀心之間這部分人馬臂的恆星和星雲的光

來自英仙臂的恆星和星雲的光

銀道面

獵戶腰帶，排成一行的三顆亮星

獵戶星雲

天狼星，一個白色主序星，夜空中最亮的恆星

老人星，一個白色超巨星，夜空中第二顆最亮的恆星

遮擋了銀心的塵埃雲

南銀極

小麥哲倫雲，一個19萬光年遠的不規則星系；離銀河系第二個最近的天體

大麥哲倫雲，一個17萬光年遠的不規則星系；離銀河系最近的天體

星)[Polaris(the Pole Star)]；銀道面(Galactic plane)；昴星團(七姊妹星團)[Pleiades (the Seven Sisters)]；織女星(Vega)；主序星(sequence)；獵戶腰帶(Orion's belt)；獵戶星雲(Orion Nebula)；天狼星(Sirius)；老人星(Canopus)；超巨星(supergiant)；小麥哲倫雲(Small Magellanic Cloud)。**銀河系的全景射電圖**(PANORAMIC RADIO MAP OF OUR GALAXY)：北銀痕跡(North Galactic spur)。**銀河系的全景紅外線圖**(PANORAMIC INFRARED MAP OF OUR GALAXY)。

星雲和星團

莊稼漢11，
一個球狀星團

一個星雲就是星系內的一團氣體塵埃雲。只要氣體發光，或者雲反射星光或遮擋了來自更遙遠天體的光，星雲就可見。發射星雲的光亮是由於它們的氣體在受到熾熱年輕恆星的輻射激發時能發光之故。**反射星雲**的光亮是由於它們的塵埃反射來自星雲內或星雲周圍的星光所致。**暗星雲**顯現出黑色輪廓像，因為它們阻擋了來自後面的發光星雲或恆星的光。下述兩種類型的星雲都同垂死的恆星有關，即**行星狀星雲**和**超新星遺跡**。二者均由曾經是恆星外層的膨脹氣體殼層所組成。行星狀星雲是飄移離開垂**死星核**的**氣體殼層**。超新星遺跡是在稱為超新星的猛烈爆炸之後以高速離開星核的氣體殼層（參見26～27頁）。恆星常常是成群出現的，稱為**星團**。**疏散星團**是誕生在同一雲塊中，並且正在漂移分開的幾千顆年輕恆星的鬆散集團。**球狀星團**是稠密聚集的，由幾十萬顆較老恆星組成的，大致呈球形的集團。

昴星團和一個反射星雲（疏散星團）

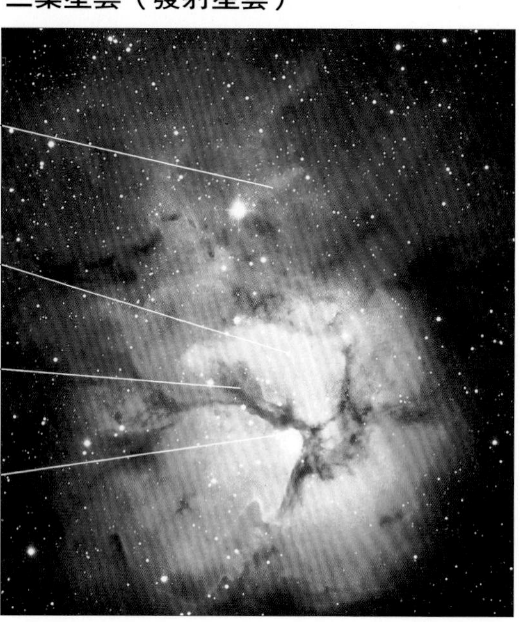

由形成恆星後的雲所遺留下的塵埃氫氣亮條

由300～500顆恆星所組成的一個疏散星團中的年輕恆星

反射星雲

三葉星雲（發射星雲）

反射星雲

發射星雲

塵埃線

恆星誕生區（塵埃和氣體結合形成恆星的區域）

馬頭星雲（暗星雲）

熾熱電離氫氣的發光纖維

參宿一（獵戶腰帶內的恆星）

塵埃線

發射星雲

靠近獵戶腰帶南端的恆星

發射星雲

馬頭星雲

反射星雲

遮擋遙遠星光的暗星雲

星雲和星團(Nebulae and star clusters)：反射星雲(Reflection nebulae)；暗星雲(Dark nebulae)；行星狀星雲(planetary nebulae)；超新星遺跡(supernova remnants)；死星核(a dying stellar core)；氣體殼層(a gas shell)；星團(clusters)；疏散星團(Open clusters)；球狀星團(Globular clusters)。莊稼漢11(HODGE 11)。**昴星團和一個反射星雲(疏散星團)**[PLEIADES(OPEN STAR

獵戶星雲（彌漫發射星雲）

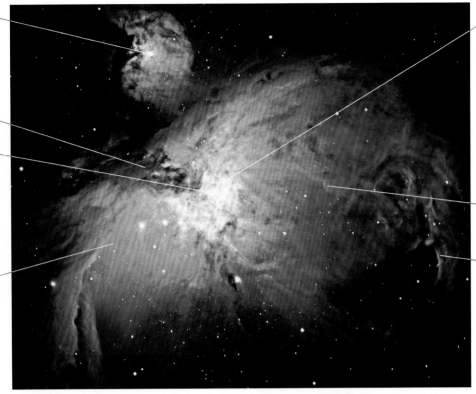

形成部分獵戶星雲的發光塵埃氫氣雲

塵埃雲

四邊星團（四顆年輕恆星組成的集團）

來自熾熱電離氫氣的紅光

由於來自四邊星團四顆年輕恆星的紫外輻射而發光的氣體雲

來自熾熱電離氧氣的綠光

熾熱電離氫氣的發光纖維

螺旋星雲（行星狀星雲）

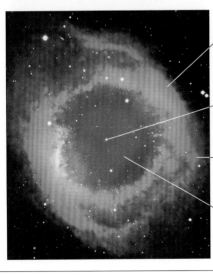

行星狀星雲（來自垂死星核，向外膨脹的氣體殼層）

溫度約為100,000℃（180,000華氏度）的星核

來自熾熱電離氫氣的紅光

來自熾熱電離氧氣和氮氣的藍綠光

船帆超新星遺跡

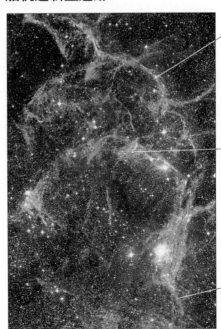

超新星遺跡（由超新星爆炸所拋出的恆星外層所組成的氣體殼層）

被超新星爆炸所加熱的氫氣發出紅光

熾熱電離氫氣的發光纖維

CLUSTER)WITH A REFLECTION NEBULA]。**三葉星雲**(發射星雲)[TRIFID NEBULA (EMISSION NEBULA)]：恆星誕生區*(Starbirth region)*。**馬頭星雲**(暗星雲)[HORSEHEAD NEBULA(DARK NEBULA)]：發光纖維*(Glowing filament)*；參宿一*(Alnitak)*。**獵戶星雲**(彌漫發射星雲)[ORION NEBULA (DIFFUSE EMISSION NEBULA)：四邊星團*(Trapezium)*。**螺旋星雲**(HELIX NEBULA)。**船帆超新星遺跡**(VELA SUPERNOVA REMNANT)。

北天空的恆星

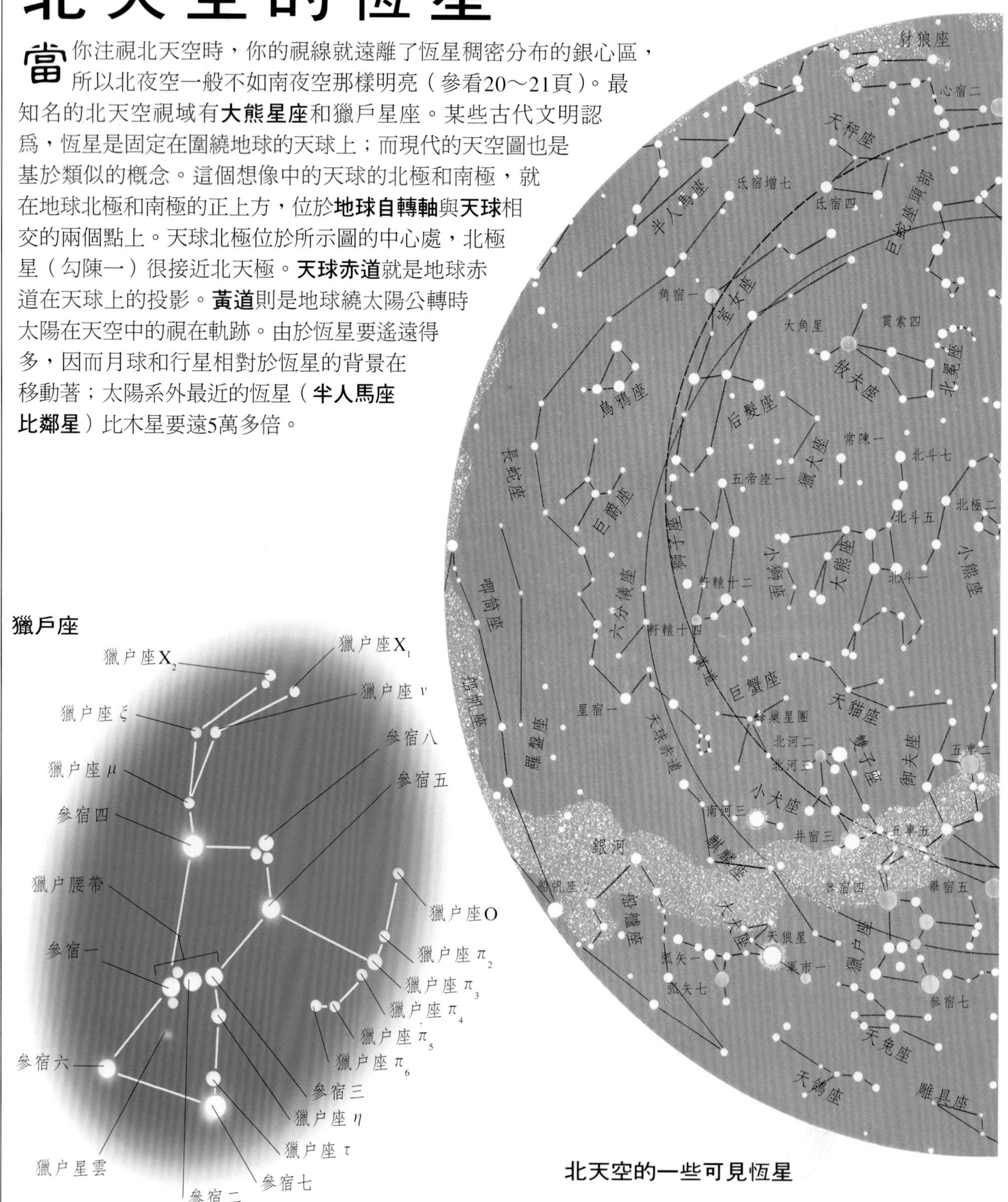

當你注視北天空時，你的視線就遠離了恆星稠密分布的銀心區，所以北夜空一般不如南夜空那樣明亮（參看20～21頁）。最知名的北天空視域有**大熊星座**和獵戶星座。某些古代文明認為，恆星是固定在圍繞地球的天球上；而現代的天空圖也是基於類似的概念。這個想像中的天球的北極和南極，就在地球北極和南極的正上方，位於**地球自轉軸**與**天球**相交的兩個點上。天球北極位於所示圖的中心處，北極星（勾陳一）很接近北天極。**天球赤道**就是地球赤道在天球上的投影。**黃道**則是地球繞太陽公轉時太陽在天空中的視在軌跡。由於恆星要遙遠得多，因而月球和行星相對於恆星的背景在移動著；太陽系外最近的恆星（**半人馬座比鄰星**）比木星要遠5萬多倍。

獵戶座

獵戶座 X_2
獵戶座 X_1
獵戶座 ζ
獵戶座 v
參宿八
獵戶座 μ
參宿五
參宿四
獵戶腰帶
獵戶座 O
參宿一
獵戶座 π_2
獵戶座 π_3
獵戶座 π_4
獵戶座 π_5
獵戶座 π_6
參宿六
參宿三
獵戶座 η
獵戶座 τ
獵戶星雲
參宿七
參宿二

北天空的一些可見恆星

北天空的恆星(Stars Of northern skies)：大熊星座(Ursa Major)；地球自轉軸(*the Earth's axis of rotation*)；天球(the sphere)；天球赤道(The celestial equator)；黃道(The ecliptic)；半人馬座比鄰星(Proxima Centauri)。**北天空的一些可見恆星**(VISIBLE STARS IN THE NORTHERN SKY)：豺狼座(LUPUS)；天秤座(LIBRA)；半人馬座(CENTAURUS)；巨蛇座頭部(SERPENS CAPUT)；室女座(VIRGO)；烏鴉座(CORVUS)；牧夫座(BOÖTES)；長蛇座(HYDRA)；巨爵座(CRATER)；獅子座(LEO)；大熊座(URSA MAJOR)；小熊座(URSA MINOR)；唧筒座(ANTLIA)；船帆座(VELA)；巨蟹座(CANCER)；天貓座(LYNX)；雙子座(GEMINI)；御夫座(AURIGA)；麒麟座(MONOCEROS)；獵戶座(ORION)；船艫座(PUPPIS)；大犬座

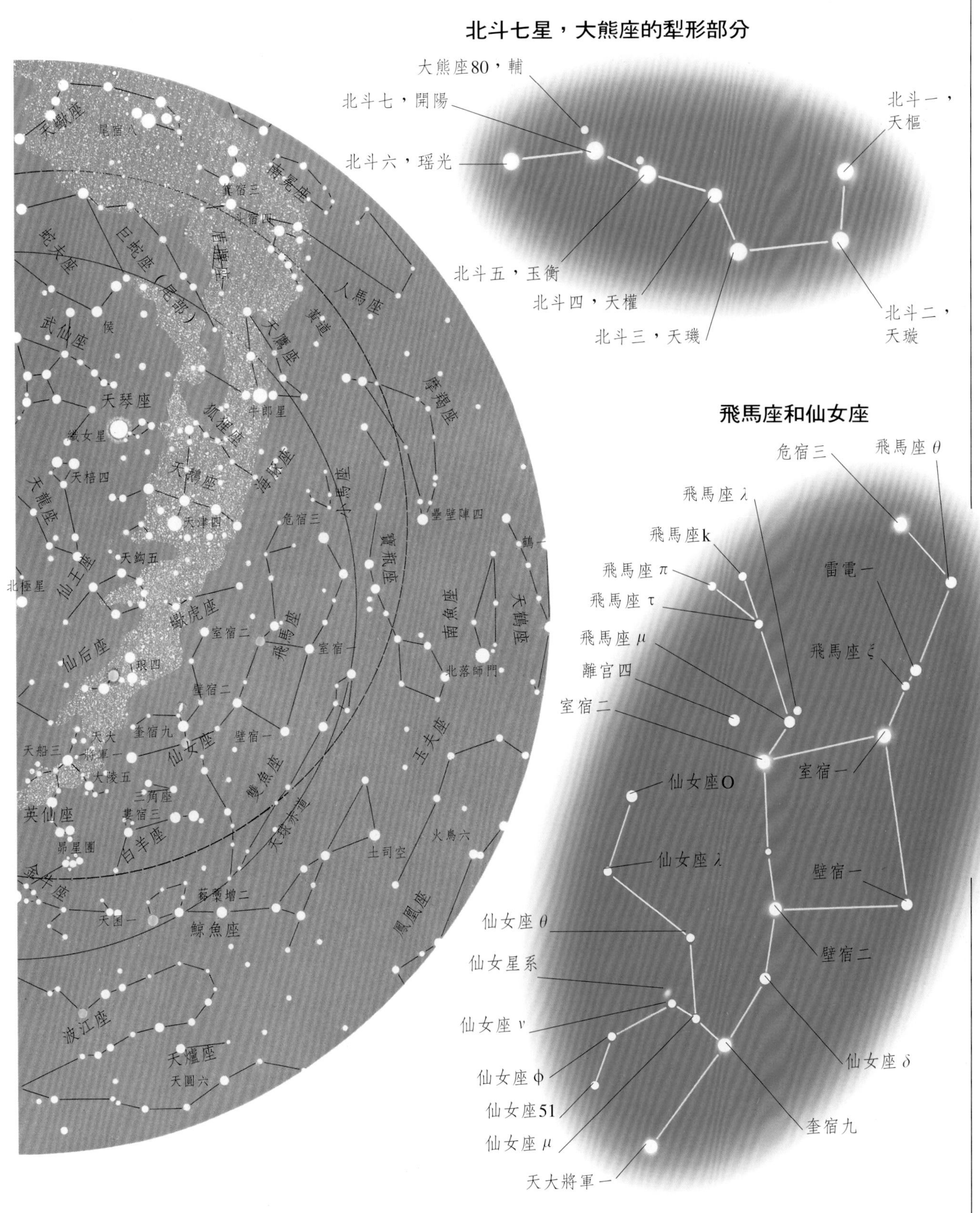

北斗七星，大熊座的犁形部分

大熊座80，輔
北斗七，開陽
北斗六，瑤光
北斗一，天樞
北斗五，玉衡
北斗四，天權
北斗三，天璣
北斗二，天璇

飛馬座和仙女座

危宿三
飛馬座 θ
飛馬座 λ
飛馬座 k
雷電一
飛馬座 π
飛馬座 τ
飛馬座 ξ
飛馬座 μ
離宮四
室宿二
室宿一
仙女座 O
仙女座 λ
壁宿一
仙女座 θ
壁宿二
仙女星系
仙女座 ν
仙女座 δ
仙女座 φ
仙女座51
奎宿九
仙女座 μ
天大將軍一

(CANIS MAJOR)；天兔座(LEPUS)；雕具座(CAELUM)；天鴿座(COLUMBA)；天蠍座(SCORPIUS)；蛇夫座(OPHIUCHUS)；巨蛇座尾部(SERPENS CAUDA)；人馬座(SAGITTARIUS)；武仙座(HERCULES)；天鷹座(AQUILA)；摩羯座(CAPRICORNUS)；天龍座(DRACO)；天鵝座(CYGNUS)；仙王座(CEPHEUS)；仙后座(CASSIOPEIA)；仙女座(ANDROMEDA)；飛馬座(PEGASUS)；寶瓶座(AQUARIUS)；天鶴座(GRUS)；金牛座(TAURUS)；白羊座(ARIES)；雙魚座(PISCES)；玉夫座(SCULPTOR)；鯨魚座(CETUS)；鳳凰座(PHOENIX)；波江座(ERIDANUS)。北斗七星，大熊座的犁形部份[THE PLOW,PART OF URSA MAJOR (THE GREAT BEAR)]。

南天空的恆星

當你注視南天空時，你就是在向著含有巨大數目恆星的銀心區觀看。因此，南天空的銀河看來要比北天空的亮（參看18～19頁）。南天空富於星雲和星團。大麥哲倫雲和小麥哲倫雲位於南天空，它們是離銀河系最近的兩個星系。恆星在天空中構成了稱爲**星座**的固定格局。然而，星座僅僅是恆星的**視分群**，因爲任一星座內各恆星的距離可以相差極大。由於恆星的**相對運動**，在成千上萬的時間內星座的形狀會產生變化。各星座在天空中的**視運動**是由於地球在太空中的運動所引起的。地球的每日自轉使各星座在天空中從東向西移動，而地球繞太陽的公轉又使天空的不同區域在不同的季節可以看到。天空中各區域的可見度還取決於觀察者所在的位置。例如，在天球赤道附近的恆星在一年的某些時候從兩個**半球**都可以看到，而在**天極**附近的恆星（南天極位於所示圖的中心）從相對的那個半球就絕不可能看到。

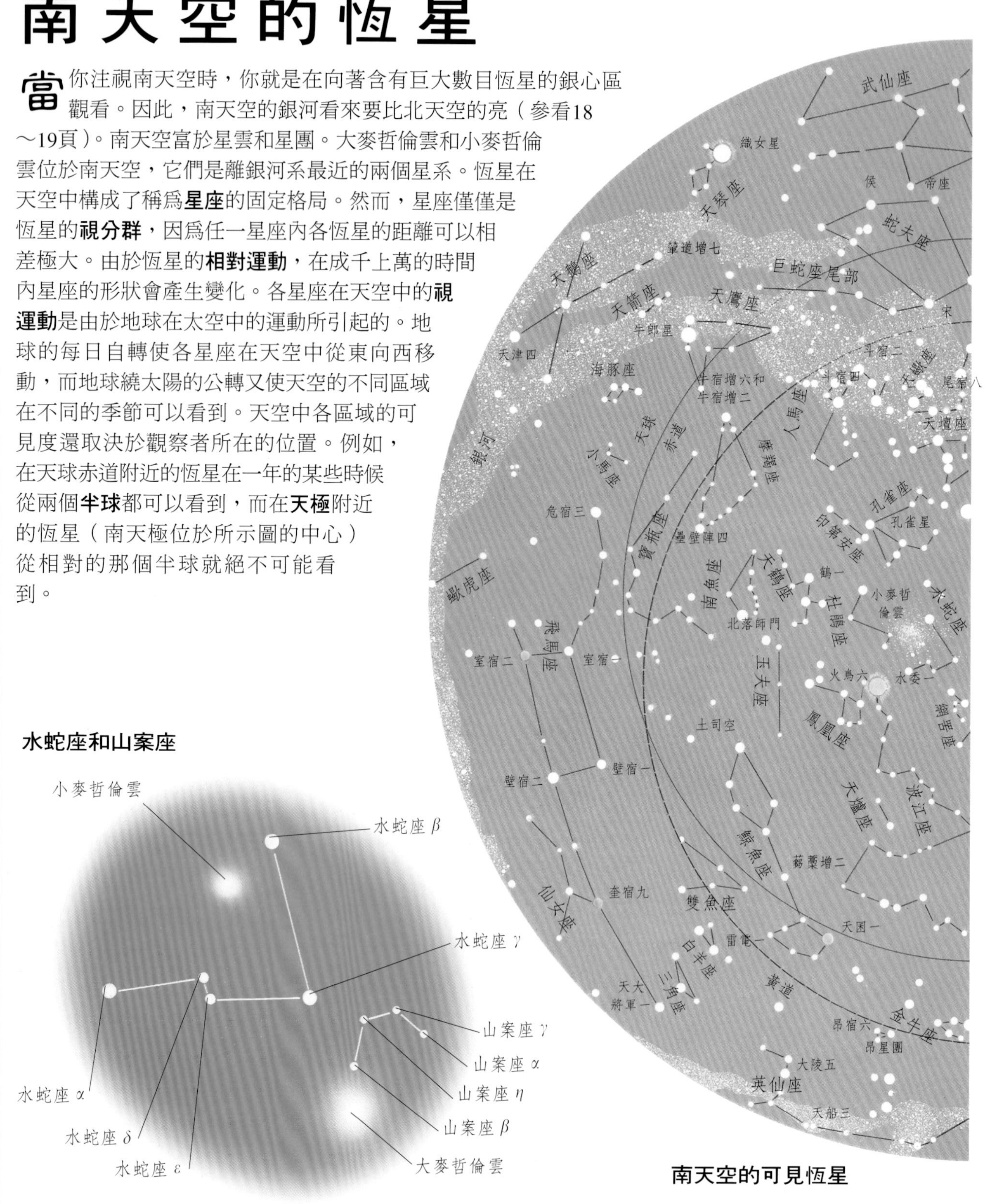

水蛇座和山案座

南天空的可見恆星

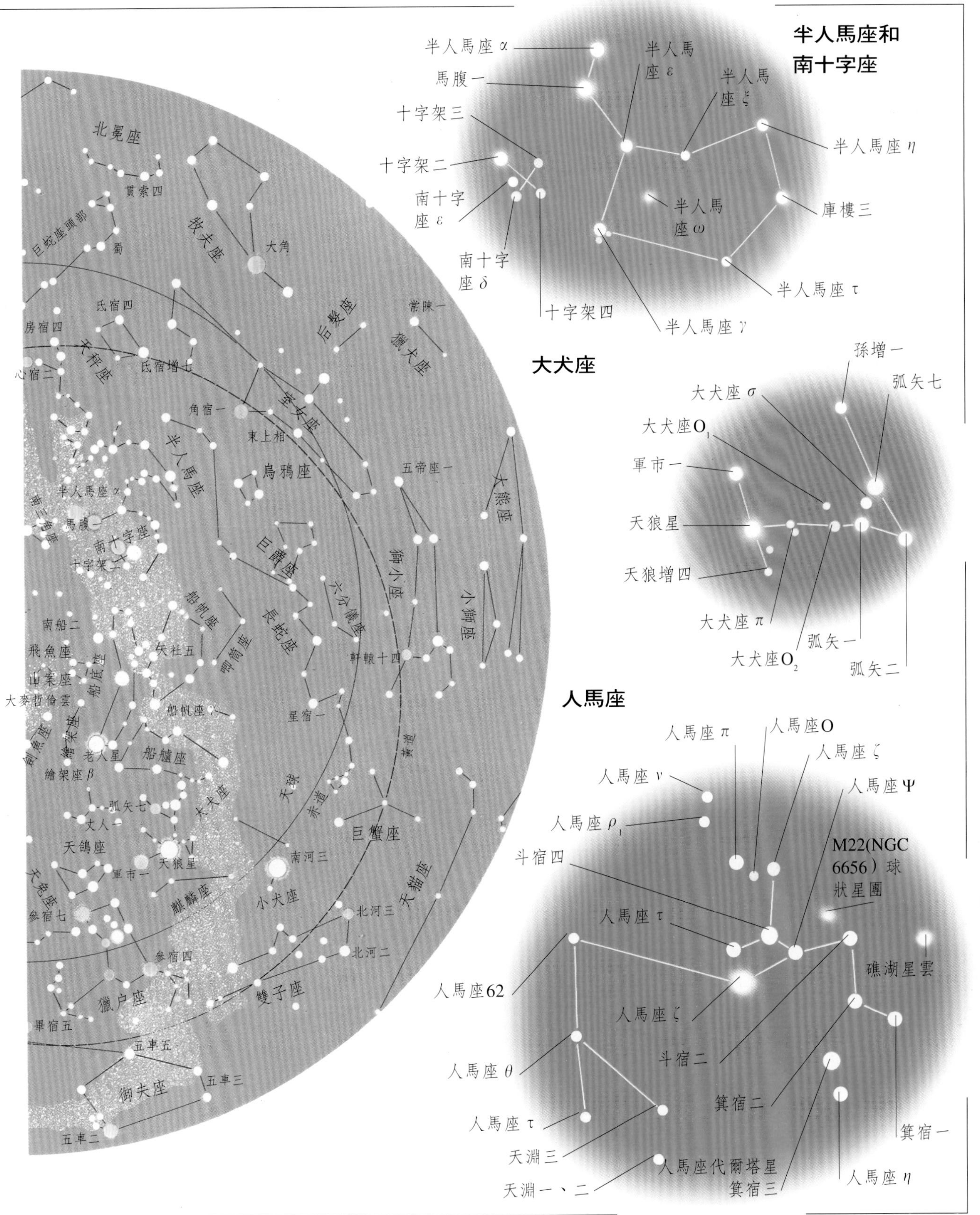

半人馬座和
南十字座

半人馬座 α
馬腹一
十字架三
十字架二
南十字座 ε
南十字座 δ
十字架四
半人馬座 β
半人馬座 ξ
半人馬座 η
庫樓三
半人馬座 ω
半人馬座 τ
半人馬座 γ

大犬座

孫增一
弧矢七
大犬座 σ
大犬座 O₁
軍市一
天狼星
天狼增四
大犬座 π
大犬座 O₂
弧矢一
弧矢二

人馬座

人馬座 π
人馬座 O
人馬座 ν
人馬座 ζ
人馬座 ρ₁
人馬座 Ψ
斗宿四
M22(NGC 6656)球狀星團
人馬座 τ
人馬座 62
人馬座 ζ
礁湖星雲
斗宿二
人馬座 θ
箕宿二
箕宿一
人馬座 τ
天淵三
人馬座代爾塔星
箕宿三
人馬座 η
天淵一、二

北冕座
貫索四
蜀
巨蛇座頭部
牧夫座
大角
氐宿四
房宿四
天秤座
氐宿增七
心宿二
角宿一
室女座
東上相
后髮座
獵犬座
常陳一
五帝座一
大熊座
獅子座
小獅座
半人馬座
烏鴉座
巨爵座
六分儀座
長蛇座
半人馬座 α
馬腹
南十字座
十字架一
豺狼座
矩尺座
唧筒座
羅盤座
軒轅十四
星宿一
南船二
飛魚座
山案座
帆船座
船底座
矢社五
小犬座
黃道
赤道
巨蟹座
大麥哲倫雲
劍魚座
繪架座 β
老人星
船尾座
天球
北河三
北河二
天貓座
雙子座
弧矢七
大犬座
天鴿座
軍市一
天狼星
麒麟座
天兔座
參宿七
參宿四
獵戶座
畢宿五
五車五
五車三
御夫座
五車二
南河三
小犬座

(HYDRUS)；蠍虎座(LACERTA)；天琴座(LYRA)；英仙座(PERSEUS)；天爐座(FORNAX)；北冕座(CORONA BOREALIS)；后髮座(COMA BERENICES)；南十字座(CRUX)；山案座(MENSA)；劍魚座(DORADO)；繪架座(PICTOR)；船底座(CARINA)；獵犬座(CANES VENATICI)；小獅座(LEO MINOR)；六分儀座(SEXTANS)；小犬座(CANIS MINOR)；飛魚座(VOLANS)。半人馬座和南十字座[CENTAURUS (THE CENTAUR)AND CRUX (THE SOUTHERN CROSS)]。大犬座[CANIS MAJOR(THE GREAT DOG)]。人馬座[SAGITTARIUS(THE ARCHER)]。

恆星

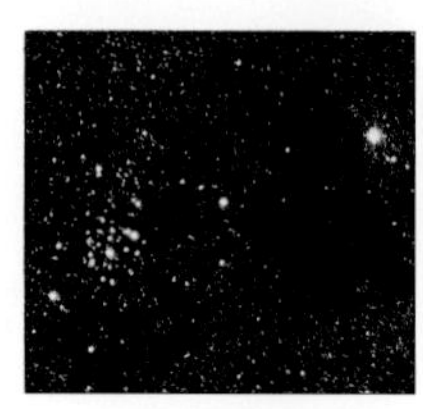

疏散星團和塵埃雲

恆星是在星雲內誕生，由熾熱發光氣體組成的天體（參看24～27頁）。它們在體積、質量和溫度上相差很大，直徑範圍從比太陽小約450倍到比太陽大1,000倍還多；質量範圍從太陽質量的大約二十分之一到50個太陽質量還多；表面溫度從大約3,000℃（5,500華氏度）到超過50,000℃（90,000華氏度）。一顆恆星的顏色決定於它的溫度：最熾熱的恆星為藍色，最冷的恆星為紅色。太陽的表面溫度為5,500℃（10,000華氏度），介於兩個極端溫度之間，故其顏色呈黃色。一顆發光恆星發射出的能量由**星核內的核聚變作用**所產生。恆星的亮度用星等表示——恆星越亮，其星等就越低。有兩種星等：**視星等**，它是從地球看去的亮度；以及**絕對星等**，它是從10秒差距（32.6光年）的標準距離處看去的亮度。任一顆恆星發射的光都可分解，形成含有一系列**暗線（吸收線）**的**光譜**。這些**譜線**表示特定化學元素的存在，從而使天文學家能得出恆星大氣的成分。可以將恆星的星等和**光譜型（顏色）**作成圖，稱為**赫羅圖**，結果表明：恆星趨向於落在若干界限分明的群中。這些主要的群有**主序星**（將氫聚變成氦的恆星）、**巨星**、**超巨星**和**白矮星**。

恆星的大小

紅巨星〔直徑在大約1,500萬到15,000萬公里（1,000萬哩到1億哩之間）〕

太陽〔主序星，其直徑為大約140萬公里（87萬哩）〕

白矮星〔直徑在大約3千到5萬公里（2,000哩到3萬哩之間）〕

太陽發射的能量

核心內的核聚變產生伽馬射線和中微子

直接從太陽核心內發射出的中微子在大約8分鐘的時間內就到達地球

低能輻射在大約8分鐘的時間內到達地球

太陽

高能輻射（伽馬射線）當運行到表面超過二百萬年就失去能量

低能輻射（主要是紫外線、紅外線和光線）離開表面

地球

恆星的星等

視星等　　絕對星等

亮星

天狼星：視星等-1.46

參宿七：視星等+0.12

星等高於+5.5左右的天體用肉眼不可能看到

-9

0

+9

暗星

參宿七：絕對星等-7.1

天狼星：絕對星等+1.4

類日主序星內的核聚變

正電子

氘核

質子

中子

質子（氫核）

中微子

伽馬射線

氦-3核

氦-4核

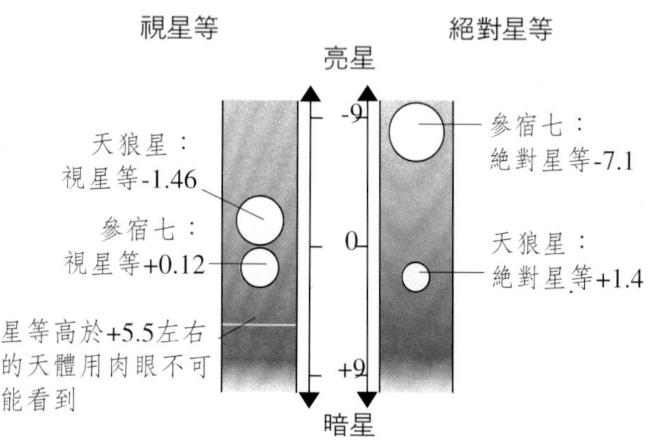

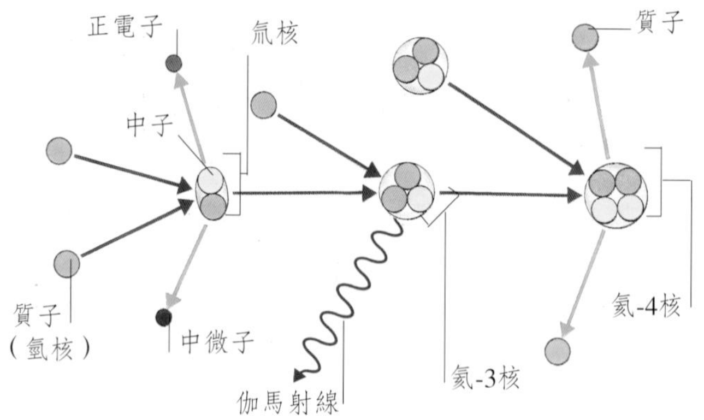

恆星(Stars)：星核內的核聚變作用(nuclear fusion in the star's core)；視星等(apparent magnitude)；絕對星等(absolute magnitude)；暗線(吸收線)[dark lines(absorption lines)]；光譜(spectrum)；譜線(The patterns of lines)；光譜型(顏色)[spectral type (color)]；赫羅圖(Hertzsprung-Russell)；主序星(sequence stars)；巨星(giants)；超巨星(supergiants)；白矮星(white dwarfs)。**太陽發射的能量**(ENERGY EMISSION FROM THE SUN)：中微子(*neutrinos*)；高能輻射(伽馬射線)[*High-energy radiation (gamma rays)*]；低能輻射(主要是紫外線、紅外線和光線)[*Lower-energy radiation (mainly ultraviolet, infrared, and light rays)*]。**類日主序星內的核聚變**(NUCLEAR FUSION IN MAIN SEQUENCE STARS LIKE THE

赫羅圖

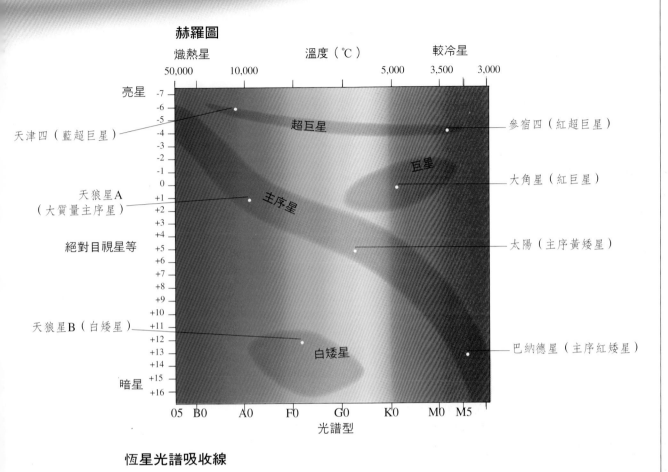

溫度（℃）

熾熱星　　　　　較冷星

亮星

絕對目視星等

暗星

光譜型

天津四（藍超巨星）

天狼星A（大質量主序星）

天狼星B（白矮星）

參宿四（紅超巨星）

大角星（紅巨星）

太陽（主序黃矮星）

巴納德星（主序紅矮星）

超巨星

巨星

主序星

白矮星

恆星光譜吸收線

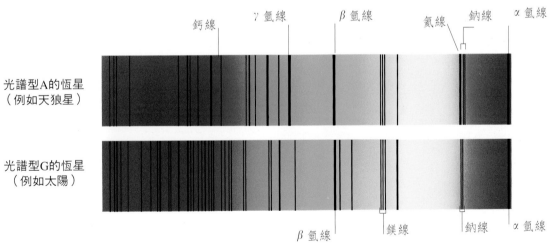

鈣線　γ氫線　β氫線　氦線　鈉線　α氫線

光譜型A的恆星（例如天狼星）

光譜型G的恆星（例如太陽）

β氫線　鎂線　鈉線　α氫線

小 恆 星

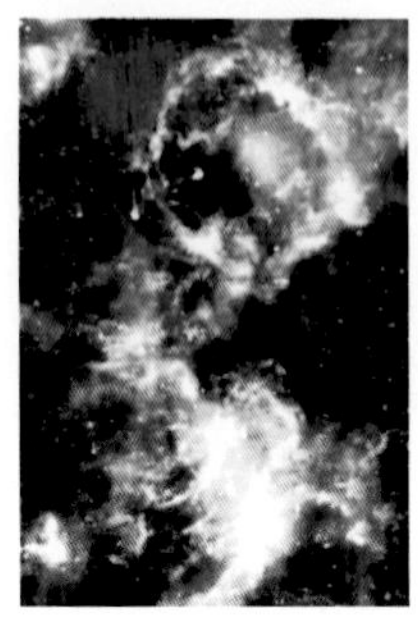

小恆星的質量約爲太陽質量的一倍半。當星雲的高密度區在其自身重力作用下發生收縮凝聚，形成巨大氣體塵埃球狀體的時候，小恆星就開始形成。在球狀體內，一些**凝聚物質區**變熱並開始發光形成**原恆星**。如果原恆星含有足夠多的物質，其中心溫度就會達到約1.5億攝氏度（2,700萬華氏度）。在此溫度下，開始發生氫聚變成氦的核反應。這一作用釋放出的能量可阻止恆星進一步收縮並使恆星發光；這時，恆星就成爲一顆主序星。具有大約一個太陽質量的恆星留在主序內的時間約爲100億年，一直到星核內的氫完全轉變成氦爲止。此氦星核然後又收縮，而且核反應仍繼續在圍繞氦星核的一個殼層內進行。當氦星核變得足夠熱的時候，氦就發生聚變形成碳；同時，此恆星的外層則膨脹、冷卻，並變得不那麼亮。這種膨脹的恆星就稱爲紅巨星。當星核內的氫消耗完後，恆星的外層就漂移離開，形成稱之爲行星狀星雲的一個膨脹氣體殼層。留下的星核（大約占原有恆星的80％）這時處於最後的階段。它變成一顆逐漸冷卻並變暗的白矮星。當白矮星最終完全停止發光時，死亡恆星就成爲一顆黑矮星。

獵戶座內的恆星形成區

主序星的結構

含有正聚變成氦的氫的星核

輻射帶

對流帶

表面溫度約5,500℃（10,000華氏度）

星核溫度約1,500萬攝氏度（2,700萬華氏度）

星雲的結構

年輕的主序星

在重力作用下正凝聚成球狀體的稠密氣（主要是氫）塵區

由來自熾熱年輕恆星的輻射所激發，而發出紅光的熾熱電離氫氣

正在收縮形成原恆星的氣（主要是氫）塵暗球狀體

約具有一個太陽質量的小恆星演化史

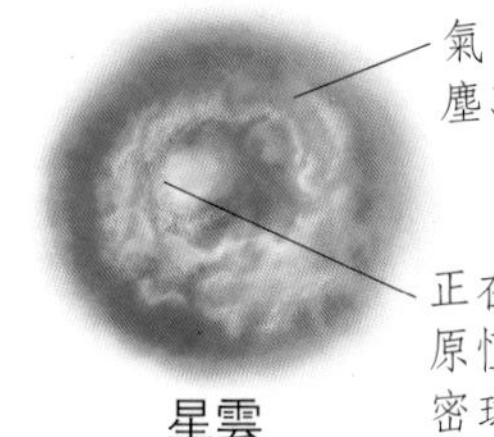

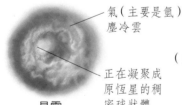

氣（主要是氫）塵冷雲

正在凝聚成原恆星的稠密球狀體

星雲

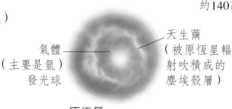

氣體（主要是氫）發光球

天生繭（被原恆星輻射吹積成的塵埃殼層）

原恆星
持續時間：5,000萬年

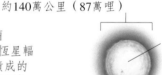

約140萬公里（87萬哩）

由星核內核聚變產生能量的恆星

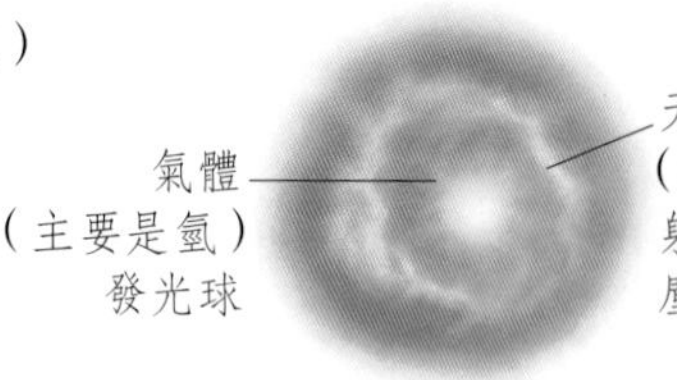

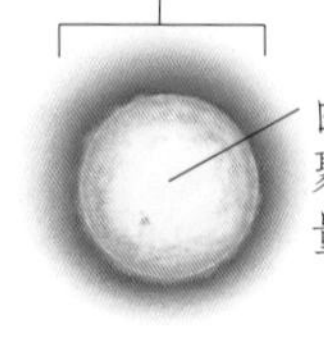

主序星
持續時間：100億年

小恆星(Small stars)：凝聚物質區(regions of condensing matter)；原恆星(protostars)；黑矮星(black dwarf)。**主序星的結構**(STRUCTURE OF A MAIN SEQUENCE STAR)：輻射帶(*Radiative zone*)；對流帶(*Convective zone*)。**紅巨星的結構**(STRUCTURE OF A RED GIANT)：發紅的冷卻膨脹外層(*Cooling, expanding outer layers glow red*)；主要由氫組成的外包層(*Outer envelope consisting mainly of hydrogen*)；氫聚變成氦的殼層(*Shell where hydrogen is fusing to form helium*)；氦聚變成碳的殼層(*Shell where helium is*

紅巨星的結構

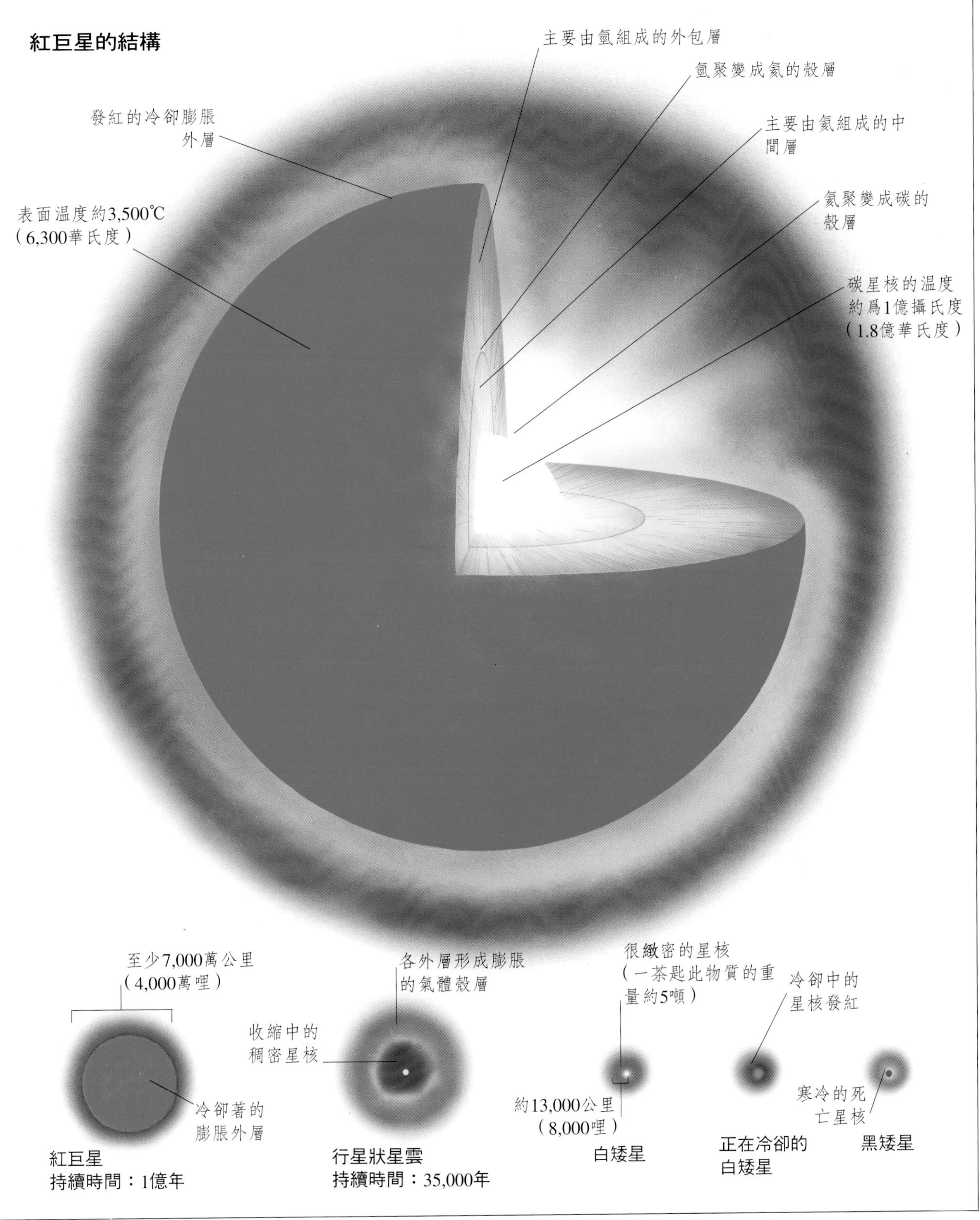

發紅的冷卻膨脹外層

表面溫度約3,500℃（6,300華氏度）

主要由氫組成的外包層

氫聚變成氦的殼層

主要由氦組成的中間層

氦聚變成碳的殼層

碳星核的溫度約為1億攝氏度（1.8億華氏度）

至少7,000萬公里（4,000萬哩）

各外層形成膨脹的氣體殼層

收縮中的稠密星核

很緻密的星核（一茶匙此物質的重量約5噸）

冷卻中的星核發紅

冷卻著的膨脹外層

紅巨星
持續時間：1億年

行星狀星雲
持續時間：35,000年

約13,000公里（8,000哩）

白矮星

寒冷的死亡星核

正在冷卻的白矮星

黑矮星

---

fusing to form carbon)。**星雲的結構**(STRUCTURE OF A NEBULA)：稠密氣塵區(*Dense region of dust and gas*)；氣塵暗球狀體(*Dark globule of dust and gas*)。**約具有一個太陽質量的小恆星演化史**(LIFE OF A SMALL STAR OF ABOUT ONE SOLAR MASS)：氣體發光球(*Glowing ball of gas*)；天生繭(*Natal cocoon*)；冷卻著的膨脹外層(*Cooling, expanding outer layers*)；白矮星(WHITE DWARF)。

大 質 量 恆 星

大質量恆星的質量至少爲太陽質量的三倍，而一些恆星的質量可達大約50個太陽。大質量恆星在其達到**主序階段**之前的演化情況與小恆星相似（參見24～25頁）。在主序階段，恆星穩定地發光一直到星核內的氫全部聚變成氦爲止。這一過程在小恆星內要持續幾十億年，而在大質量恆星內則僅持續幾百萬年。然後，大質量恆星變成紅超巨星，它最初是由冷卻著的膨脹氣體外層所包圍的氦星核所組成。在以後的幾百萬年內，從圍繞**鐵星核**的一些殼層內，進行一系列的核反應，而形成不同的元素。鐵星核最終在不到一秒的時間內發生坍縮，形成稱爲**超新星**的一次大規模爆炸。在超新星爆炸中，激波將恆星的各外層吹開。超新星的亮度在短時間內比整個星系還要亮。有時，星核會在超新星爆炸中幸存下來。如果幸存下來的星核在大約1.5個到3個太陽質量之間，它就收縮變成微小緻密的**中子星**。如果幸存下來的星核比3個太陽質量大得多，它就收縮變成一個**黑洞**（參見28～29頁）。

（參見24～25頁）
（參見28～29頁）

超新星

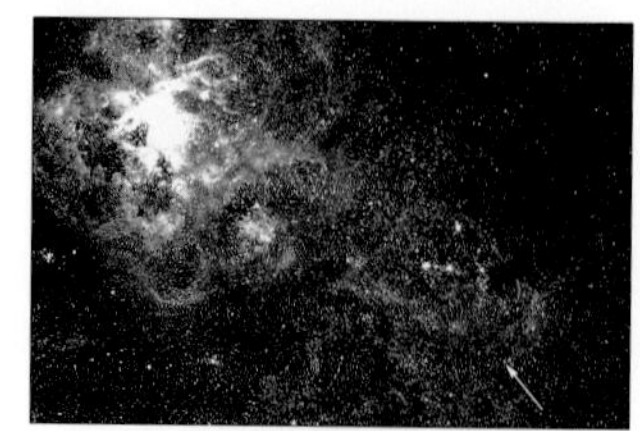

在超新星爆發前的蜘蛛星雲

紅超巨星的結構

主要由氫構成的外包層

主要由氦構成的殼層

主要由碳構成的殼層

主要由氧構成的層

主要由矽構成的層

氫正在聚變成氦的殼層

氦正在聚變成碳的殼層

碳正在聚變成氧的殼層

氧正在聚變成矽的殼層

矽正在聚變成鐵星核的殼層

表面溫度約爲3,000℃（5,500華氏度）

冷卻中的膨脹外層發紅

主要由鐵組成的星核，溫度爲30億至50億攝氏度（54億至90億華氏度）

具有約10個太陽質量的大質量恆星的演化史

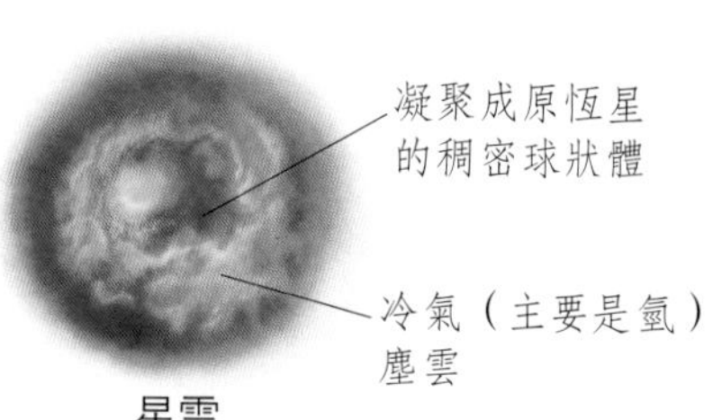

凝聚成原恆星的稠密球狀體

冷氣（主要是氫）塵雲

星雲

發光氣體（主要是氫）球

天生蘭（由原恆星輻射吹積的塵埃殼層）

原恆星
持續時間：幾十萬年

約300萬公里（200萬哩）

由星核內核聚變產生能量的恆星

主序星
持續時間：1,000萬年

大質量恆星(Massive stars)：主序階段(sequence stage)；鐵星核(an iron core)；超新星(a supernova)；中子星(a neutron star)；黑洞(a black hole)。蜘蛛星雲(TARANTULA NEBULA)。**紅超巨星的結構**(STRUCTURE OF A RED SUPERGIANT)：主要由矽構成的層(*Layer consisting mainly of silicon*)。**超新星的特徵**(FEATURES OF A SUPERNOVA)：收縮核(*Contracting core*)；反向激波(*Reverse shock wave*)。**具有約10個太陽質量的大質量恆星的演化史**(LIFE OF A MASSIVE STAR OF ABOUT 10 SOLAR MASSES)：凝聚成原

超新星的特徵

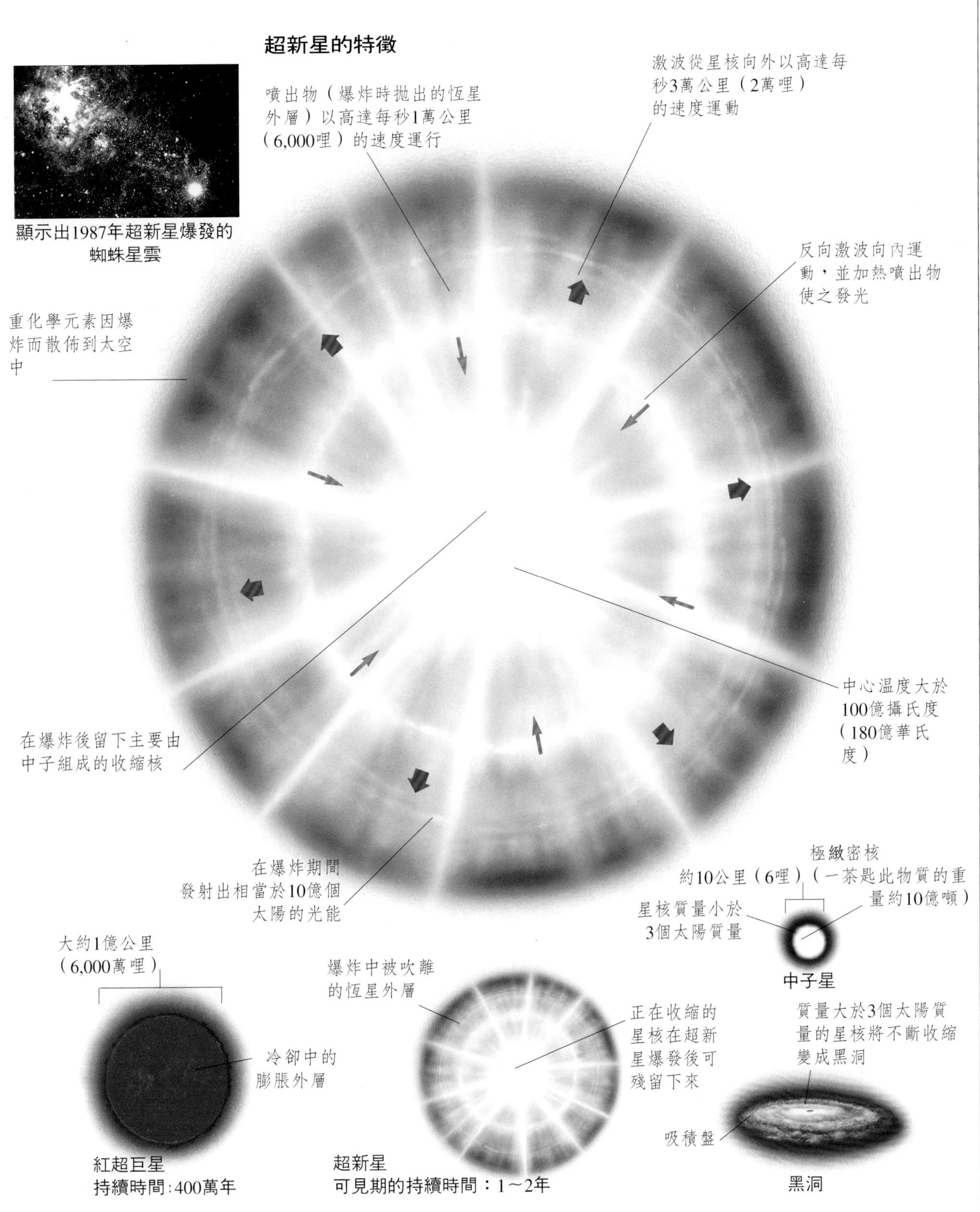

顯示出1987年超新星爆發的蜘蛛星雲

噴出物（爆炸時拋出的恆星外層）以高達每秒1萬公里（6,000哩）的速度運行

激波從星核向外以高達每秒3萬公里（2萬哩）的速度運動

反向激波向內運動，並加熱噴出物使之發光

重化學元素因爆炸而散佈到太空中

中心溫度大於100億攝氏度（180億華氏度）

在爆炸後留下主要由中子組成的收縮核

在爆炸期間發射出相當於10億個太陽的光能

大約1億公里（6,000萬哩）

冷卻中的膨脹外層

紅超巨星
持續時間：400萬年

爆炸中被吹離的恆星外層

正在收縮的星核在超新星爆發後可殘留下來

超新星
可見期的持續時間：1～2年

極緻密核
約10公里（6哩）（一茶匙此物質的重量約10億噸）
星核質量小於3個太陽質量

中子星

質量大於3個太陽質量的星核將不斷收縮變成黑洞

吸積盤

黑洞

恆星的稠密球狀體（*Dense globule condensing to form protostars*）；冷氣塵雲（*Cool cloud of gas and dust*）；發光氣體(主要是氫)球[*Glowing ball of gas (mainly hydrogen)*]；由星核內核聚變產生能量的恆星（*Star producing energy by nuclear fusion in core*）；冷卻中的膨脹外層（*Cooling expanding outer layers*）；極緻密核（*Extremely dense core*）；吸積盤（*Accretion disk*）。

中子星和黑洞

中子星和黑洞是在恆星以超新星的形式發生爆炸後殘留下的星核所形成的（參看26～27頁）。如果殘留下的星核具有約1.5～3個太陽質量，它就收縮形成中子量。如果殘留下的星核比大約3個太陽質量大得多，它就收縮形成黑洞。中子星的直徑一般僅約10公里（6哩），它幾乎完全由稱為中子的**次原子粒子**所組成。中子星的密度極大，以致於一茶匙的中子星物質就可重達約10億噸。中子星是以**脈衝星**的形式被觀察到的，之所以這樣稱呼是因為它們自轉得很快，而且發射出兩束掃過天空，並作為**短脈衝**而被檢測到的**射電波**。黑洞的特徵是它們有著極強的重力，強得甚至光也不可能逃逸出去；因此，黑洞是不可見的。然而，只要黑洞附近有一顆**伴星**，它們就可以被發現。黑洞的引力從這顆伴星中吸引氣體，形成以高速圍繞黑洞盤旋的吸積盤，使之發熱並發出輻射。吸積盤的物質最終會盤旋進入視界（**黑洞的邊界**），終於從可見宇宙中消失。

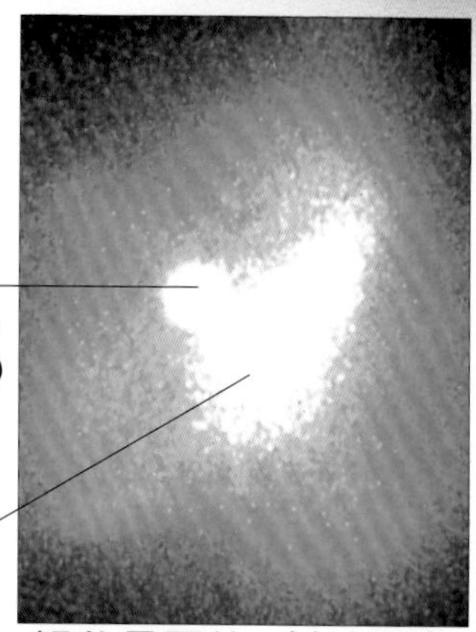

來自脈衝星
（一顆每秒自轉
30次的中子星）
的X射線輻射

來自星雲中心
的X射線輻射

蟹狀星雲的X射線圖象
（超新星遺跡）

脈衝星（自轉中子星）

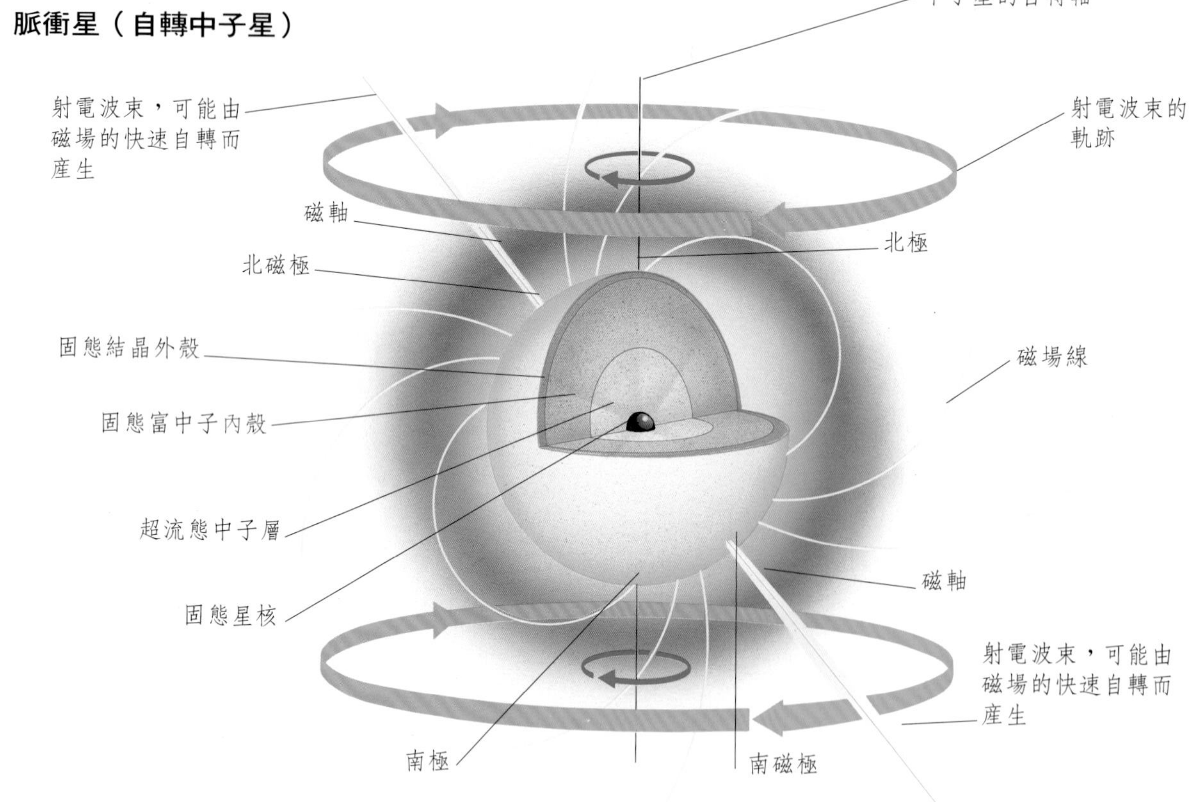

中子星的自轉軸

射電波束，可能由
磁場的快速自轉而
產生

射電波束的
軌跡

磁軸

北磁極

北極

固態結晶外殼

磁場線

固態富中子內殼

超流態中子層

磁軸

固態星核

射電波束，可能由
磁場的快速自轉而
產生

南極

南磁極

中子星和黑洞(Neutron stars and black holes)：次原子粒子(subatomic particles)；脈衝星(pulsars)；短脈衝(short pulses)；射電波(radio waves)；伴星(close companion star)；黑洞的邊界(the boundary of the black hole)。**蟹狀星雲的X射線圖象**(X-RAY IMAGE OF THE CRAB NEBULA)。**脈衝星(自轉中子星)**[PULSAR (ROTATING NEUTRON STAR)]：射電波束*(Beam of radio waves)*；磁軸*(Magnetic axis)*；北磁極*(North Magnetic Pole)*；固態結晶外殼*(Solid, crystalline external crust)*；固態富中子內殼

黑洞星

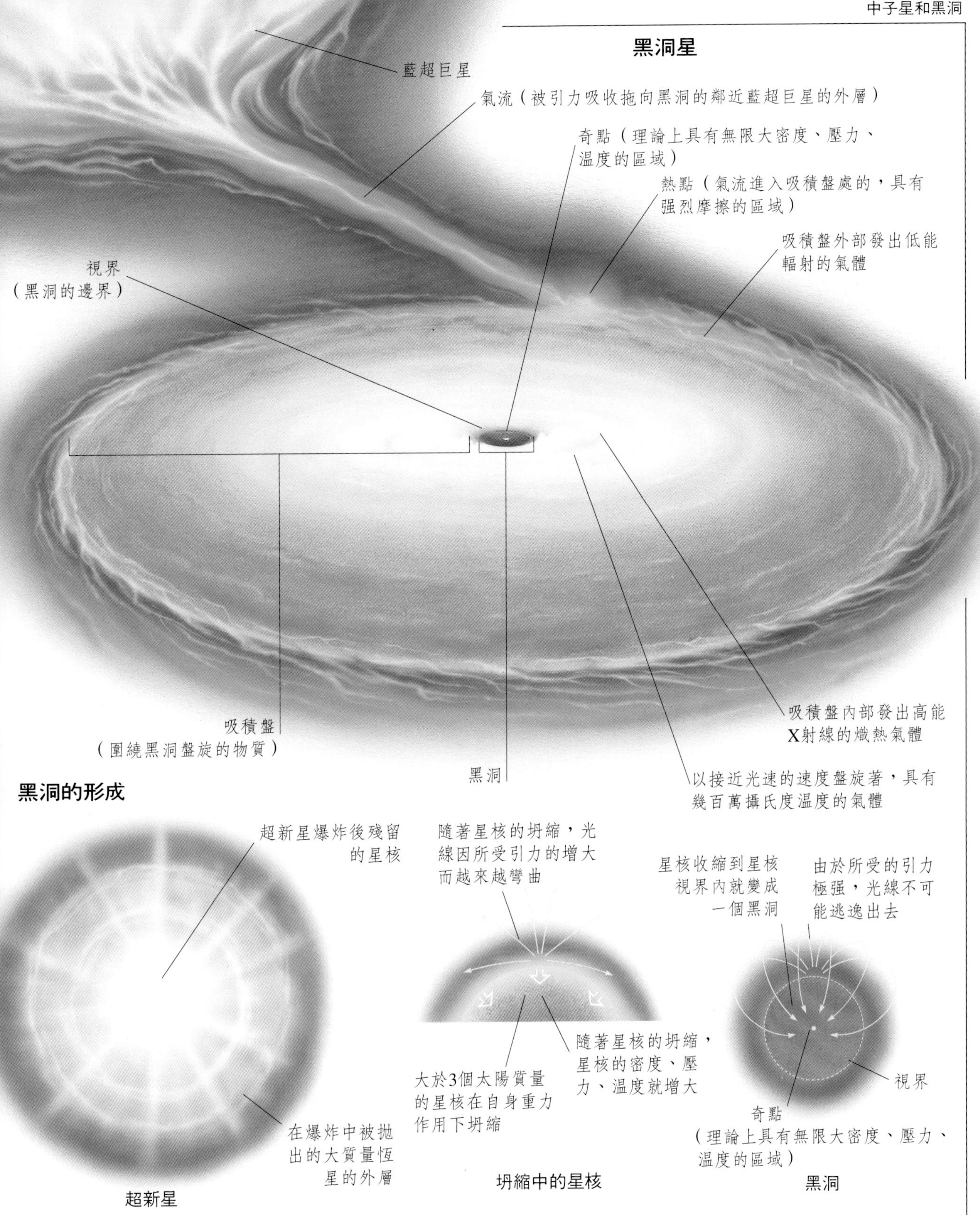

藍超巨星

氣流（被引力吸收拖向黑洞的鄰近藍超巨星的外層）

奇點（理論上具有無限大密度、壓力、溫度的區域）

熱點（氣流進入吸積盤處的，具有強烈摩擦的區域）

吸積盤外部發出低能輻射的氣體

視界（黑洞的邊界）

吸積盤（圍繞黑洞盤旋的物質）

黑洞

吸積盤內部發出高能X射線的熾熱氣體

以接近光速的速度盤旋著，具有幾百萬攝氏度溫度的氣體

黑洞的形成

超新星爆炸後殘留的星核

隨著星核的坍縮，光線因所受引力的增大而越來越彎曲

星核收縮到星核視界內就變成一個黑洞

由於所受的引力極強，光線不可能逃逸出去

在爆炸中被拋出的大質量恆星的外層

大於3個太陽質量的星核在自身重力作用下坍縮

隨著星核的坍縮，星核的密度、壓力、溫度就增大

視界

奇點（理論上具有無限大密度、壓力、溫度的區域）

超新星

坍縮中的星核

黑洞

(Solid,neutron-rich internal crust)；超流態中子層*(Layer of superfluid neutrons)*；固態星核*(Solid core)*；磁場線*(Magnetic field line)*；射電波束的軌跡*(Path of beam of radio waves)*；中子星的自轉軸*(Rotational axis of neutron star)*。**黑洞星**(STELLAR BLACK HOLE)：視界*(Event horizon)*；氣流*(Gas current)*；奇點*(Singularity)*；熱點*(Hot spot)*。

太陽系

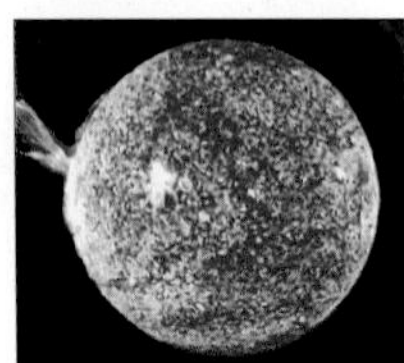

太陽

太陽系由一顆中央恆星（太陽）和圍繞它運行的天體所組成。這些地體包括9顆**行星**和它們已知的61顆**衛星**，以及**小行星**、**彗星**和**流星體**。太陽系還含有**行星際氣體和塵埃**。絕大多數行星分屬兩組：鄰近太陽的四個小的**石質行星（水星、金星、地球和火星）**和遠在外面的四個**氣體巨行星（木星、土星、天王星和海王星）**。冥王星不屬於這兩組─ 它很小，是固態和冰質的。冥王星除了在其短暫地經過海王星軌道之內的時候，在其餘時間都是最外面的行星。在石質行星和氣體巨行星之間是**小行星帶**，它含有幾千顆圍繞太陽運行的岩石塊。太陽系內的絕大多數天體都是在橢圓軌道上圍繞太陽運行，而這些軌道都位於環繞太陽赤道的一個薄盤內。所有的行星都在相同的方向（從上面看去是反時針方向）上圍繞太陽運行，而且除了金星、天王星和冥王星外的所有行星的自轉也是在這一方向上。衛星在圍繞行星運行的同時也在自轉。整個太陽系又圍繞著銀河系的中心運行（參見14～15頁）。

行星軌道

近日點（公轉軌道最接近太陽的點）

太陽

橢圓軌道

繞太陽運行的行星

行星自轉的方向

遠日點（公轉軌道離太陽最遠的點）

海王星遠日點：45.37億公里（2,819百萬哩）

水星近日點：4,590萬公里（28.5百萬哩）
金星近日點：1.074億公里（66.7百萬哩）
地球近日點：1.47億公里（91.4百萬哩）

內行星的軌道

金星平均公轉速度：35.03公里/秒（21.8哩/秒）
水星平均公轉速度：47.89公里/秒（29.8哩/秒）
地球平均公轉速度：29.79公里/秒（18.5哩/秒）
火星平均公轉速度：24.13公里/秒（15哩/秒）

水星

火星

火星近日點：2.067億公里（128.4百萬哩）

地球

金星

太陽

小行星帶

水星遠日點：6,970萬公里（43.3百萬哩）
金星遠日點：1.09億（67.7百萬哩）
地球遠日點：1.52億公里（94.5百萬哩）
火星遠日點：2.49億公里（154.8百萬哩）

冥王星遠日點：73.75億公里（4,583百萬哩）

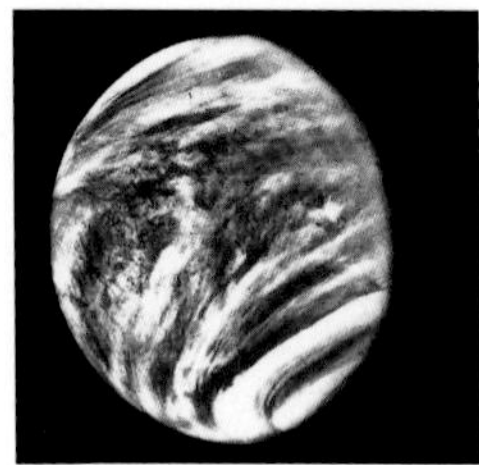

水星
一年：87.97地球日
質量：0.06個地球質量
直徑：4,878公里（3,031哩）

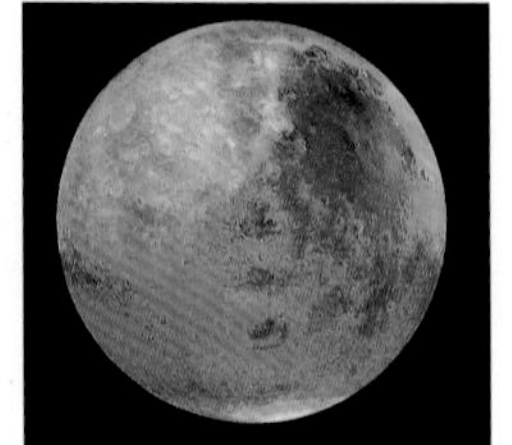

金星
一年：224.7地球日
質量：0.81個地球質量
直徑：12,103公里（7,521哩）

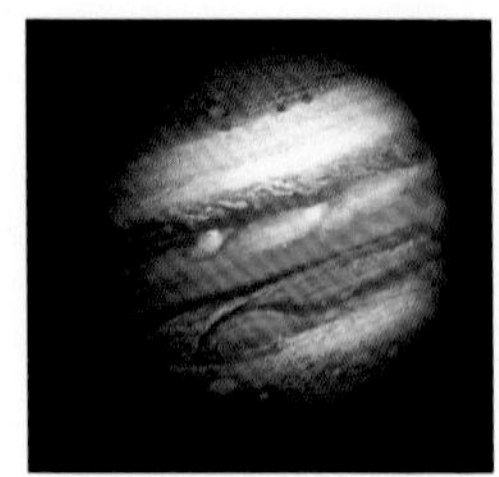

地球
一年：365.26日
質量：1個地球質量
直徑：12,756公里（7,926哩）

火星
一年：1.88地球年
質量：0.11個地球質量
直徑：6,786公里（4,217哩）

木星
一年：11.86地球年
質量：317.94個地球質量
直徑：142,984公里（88,850哩）

太陽系(The Solar System)：行星(planets)；衛星(moons)；小行星(asteroids)；彗星(comets)；流星體(meteoroids)；行星際氣體和塵埃(interplanetary gas and dust)；石質行星(rocky planets)；水星(Mercury)；金星(Venus)；地球(Earth)；火星(Mars)；氣體巨行星(gas giants)；木星(Jupiter)；土星(Saturn)；天王星(Uranus)；海王星(Neptune)；小行星帶(the asteroid belt)。**行星軌道**(PLANETARY

外行星的軌道

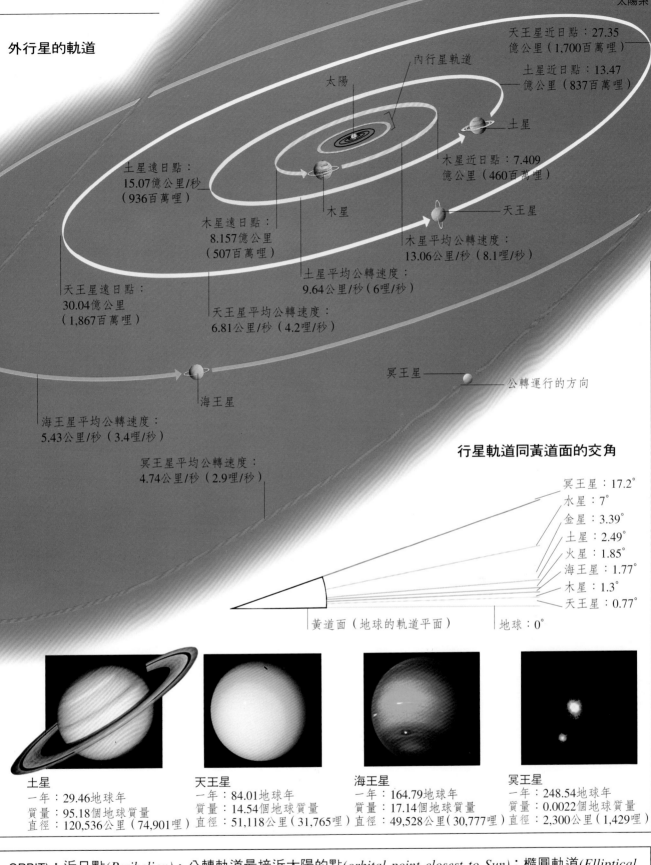

天王星近日點：27.35億公里（1,700百萬哩）

土星近日點：13.47億公里（837百萬哩）

太陽

內行星軌道

土星

木星近日點：7.409億公里（460百萬哩）

土星遠日點：15.07億公里/秒（936百萬哩）

木星

木星遠日點：8.157億公里（507百萬哩）

天王星

木星平均公轉速度：13.06公里/秒（8.1哩/秒）

土星平均公轉速度：9.64公里/秒（6哩/秒）

天王星遠日點：30.04億公里（1,867百萬哩）

天王星平均公轉速度：6.81公里/秒（4.2哩/秒）

海王星

冥王星

公轉運行的方向

海王星平均公轉速度：5.43公里/秒（3.4哩/秒）

冥王星平均公轉速度：4.74公里/秒（2.9哩/秒）

行星軌道同黃道面的交角

冥王星：17.2°
水星：7°
金星：3.39°
土星：2.49°
火星：1.85°
海王星：1.77°
木星：1.3°
天王星：0.77°

黃道面（地球的軌道平面）　地球：0°

土星
一年：29.46地球年
質量：95.18個地球質量
直徑：120,536公里（74,901哩）

天王星
一年：84.01地球年
質量：14.54個地球質量
直徑：51,118公里（31,765哩）

海王星
一年：164.79地球年
質量：17.14個地球質量
直徑：49,528公里（30,777哩）

冥王星
一年：248.54地球年
質量：0.0022個地球質量
直徑：2,300公里（1,429哩）

ORBIT）：近日點(Perihelion)，公轉軌道最接近太陽的點(orbital point closest to Sun)；橢圓軌道(Elliptical orbit)；遠日點(Aphelion)，公轉軌道離太陽最遠的點(orbital point farthest from Sun)；繞太陽運行的行星 (Planet orbiting Sun)；行星自轉的方向(Direction of planetary rotation)。**內行星的軌道**(ORBITS OF INNER PLANETS)：地球日(Earth day)；地球質量(Earth masses)。**外行星的軌道**(ORBITS OF OUTER PLANETS)。 **行星軌道同黃道面的交角**(INCLINATION OF PLANETARY ORBITS TO THE ECLIPTIC)：黃道面(Ecliptic)。

太陽

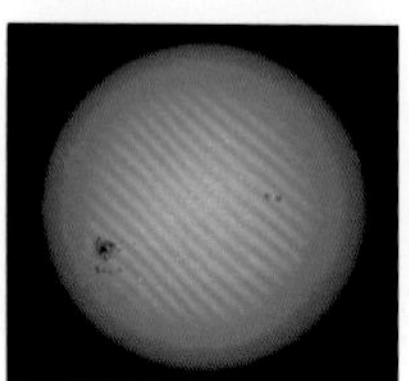

太陽光球

太　陽是位於太陽系中心的恆星。它已有大約50億年的年齡，而且很可能還將像今天這樣再照耀50億年左右。太陽是直徑約為140萬公里（87萬哩）的**黃主序星**（參見22～23頁）。它幾乎全由氫和氦組成。在太陽核心內，氫通過核聚變轉變成氦，並在此過程中釋放出能量。這種能量從核心穿過輻射帶和對流帶到達**光球**（可見表面），在這裡它以熱和光的形式離開太陽。在光球上常常有暗而較冷的區域稱為**黑子**。黑子通常是成對或成群出現，據認為是由於磁場引起的。另一些類型的太陽活動通常是與黑子有關的**耀斑**以及**日珥**。耀斑是高能輻射和原子粒子的突然釋放。日珥是延伸入太陽大氣層的巨大氣體環或暗條；一些日珥持續幾小時，另一些則持續幾個月。在光球之外是**色球**（內大氣層）和極稀薄的**日冕**（外大氣層）。後者延伸幾百萬公里進入太空。從日冕中逃逸出的微小形成**太陽風**，它以每秒幾百公里的速度穿過太空。當太陽被月球所全蝕時，從地球上可以看到色球和日冕。

太陽

月球通過太陽和地球之間

月球的本影（內部全黑影）

地球上可見日全蝕的區域

月球的半影（外部淺黑影）

地球上可見日偏蝕的區域

地球的本影（內部全黑影）

地球

地球的半影（外部淺黑影）

表面特徵

氣體環（環狀日珥）

日珥（太陽圓面邊緣高達幾十萬公里的氣體噴流）

針狀體（垂直氣體噴流）

光球（可見表面）

色球（內大氣層）

日全蝕

日冕（非常熾熱彌漫的外大氣層）

月球遮住的太陽圓面

黑子

太陽的米粒表面

半影（含徑向小纖維的較亮外區）

本影（較暗的內區）的溫度約4,000℃（7,200華氏度）

光球的溫度 約5,500℃（9,900華氏度）

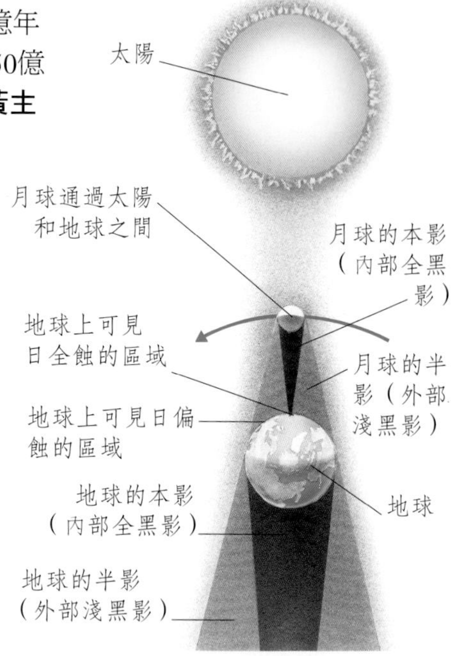

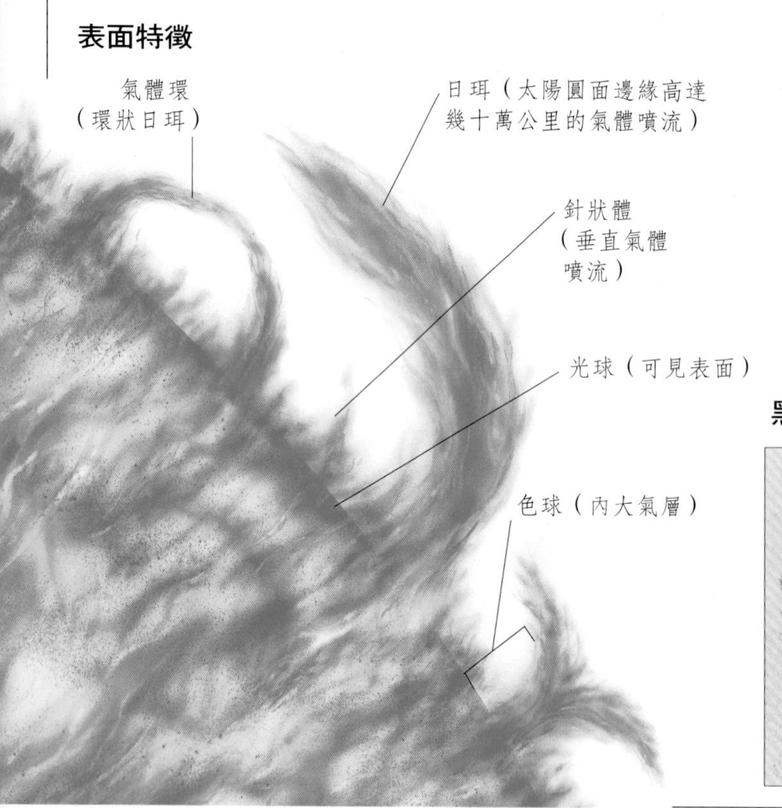

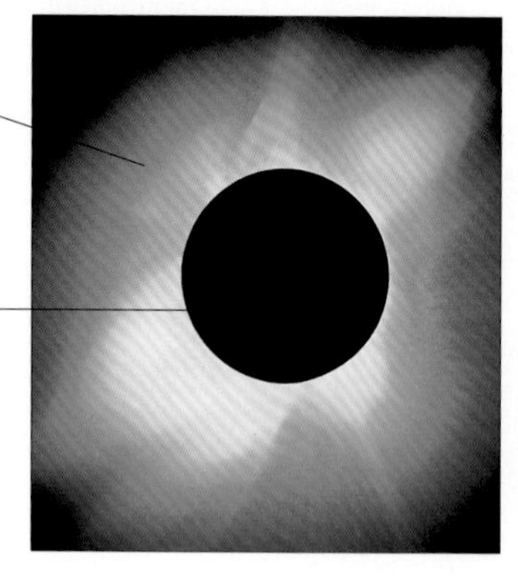

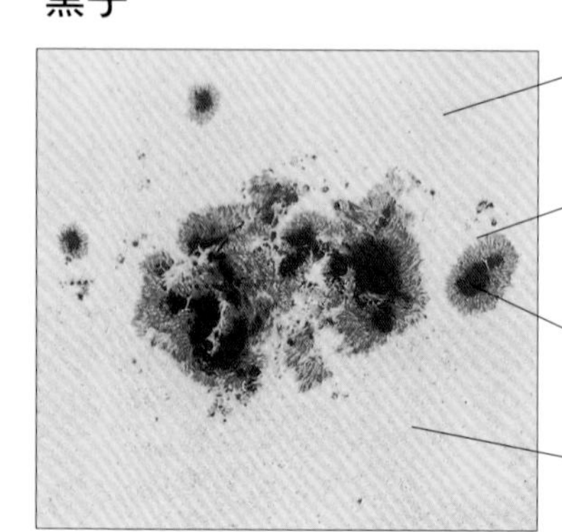

太陽(The Sun)：黃主序星(a yellow main sequence star)；光球(the photosphere)；黑子(sunspots)；耀斑(flares)；日珥(prominences)；色球(內大氣層)[the chromosphere(inner atmosphere)]；日冕(外大氣層)[the corona(outer atmosphere)]；太陽風(the solar wind)。**日蝕是怎樣發生的**(HOW A SOLAR ECLIPSE OCCURS)：偏蝕*(partial eclipse)*；地球的本影*(內部全黑影)[Umbra (inner,total shadow) of Earth]*；地球的半影*(外部淺黑影)[Penumbra(outer,partial shadow) of Earth]*。**表面特**

太陽外部特徵和內部結構

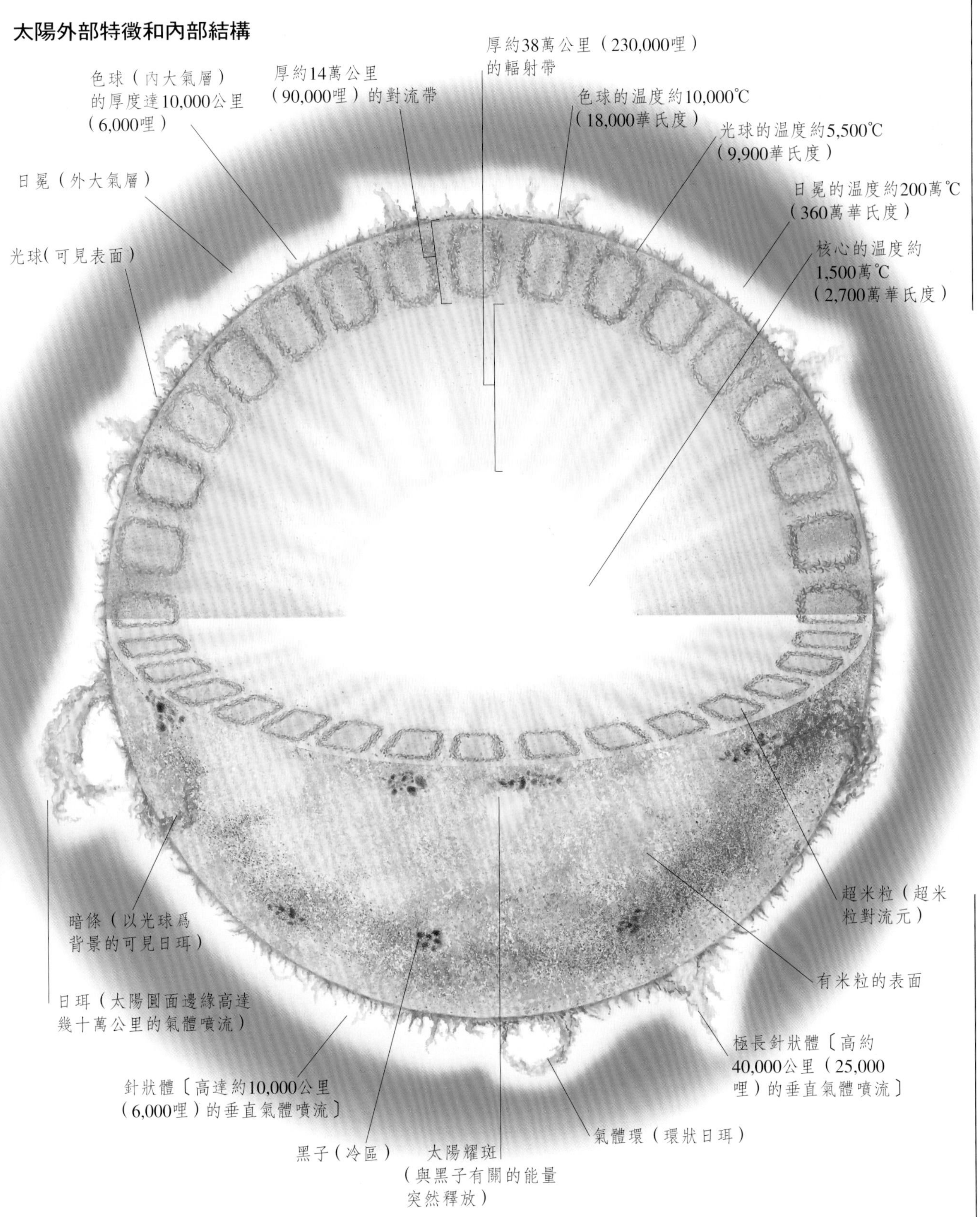

色球（內大氣層）的厚度達10,000公里（6,000哩）

厚約14萬公里（90,000哩）的對流帶

厚約38萬公里（230,000哩）的輻射帶

色球的溫度約10,000℃（18,000華氏度）

光球的溫度約5,500℃（9,900華氏度）

日冕（外大氣層）

日冕的溫度約200萬℃（360萬華氏度）

核心的溫度約1,500萬℃（2,700萬華氏度）

光球（可見表面）

超米粒（超米粒對流元）

有米粒的表面

暗條（以光球爲背景的可見日珥）

日珥（太陽圓面邊緣高達幾十萬公里的氣體噴流）

極長針狀體〔高約40,000公里（25,000哩）的垂直氣體噴流〕

氣體環（環狀日珥）

針狀體〔高達約10,000公里（6,000哩）的垂直氣體噴流〕

黑子（冷區）

太陽耀斑（與黑子有關的能量突然釋放）

水星

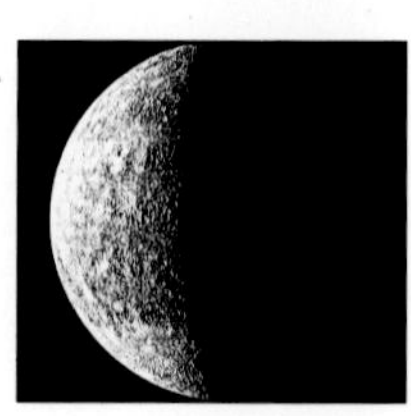

水星

水星是距太陽最近的行星，其繞日軌道的平均距離約有5,800萬公里（3,600萬哩）。由於水星是最靠近太陽的行星，所以它比其它任何行星都運行得快，其繞日運行的平均速度接近每秒48公里（30哩），公轉一圈所需時間略少於88地球日。水星很小（只有冥王星比它更小）且是石質的。由於隕石的撞擊，大部分表面密布**撞擊坑**，儘管還是有平坦，很少撞擊坑的平原。**卡路里盆地**是最大的撞擊坑，直徑約1,300公里（800哩）。據認為，它是當一塊具有小行星大小的岩石撞擊水星時形成的，並且由這次撞擊所迅速上升的**同心環形山**所圍繞。水星表面還有許多稱為**峭壁**的山脊，它們被認為是在大約距今40億年前年輕水星的熾熱核冷卻收縮時形成的，在此過程中使水星表面起伏不平。水星的自轉很慢，完成自轉一周需將近59地球日的時間。因此，水星上一個太陽日（日出到下一次日出）的時間約為176地球日，這為水星年時間長度（88地球日）的兩倍。水星有著極端的表面溫度，從**日照面**的最高430°C（800華氏度）到**陰暗面**的-170°C（-270華氏度）。黃昏時，溫度下降很快，因為水星幾乎沒有大氣。它的很稀薄的大氣團僅由從太陽風中捕獲到的微量氫和氦所組成，此外還有**痕量**的其它氣體。

水星的傾斜和自轉

自轉軸
北極
軌道面的垂線
軸傾斜2°
軌道面
南極
自轉一周歷時58日16小時

脫氣和轟擊（具輻射線的坑）

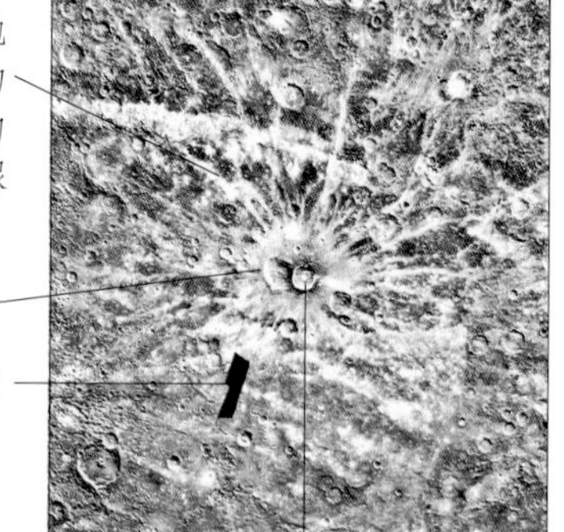

拋射物（拋射出的物質）形成的亮輻射線
轟擊
未表示出的區域
由中央山峰的脫氣
拋射物沖擊形成次生坑

具輻射線的衝擊坑的形成

衝擊所拋出的岩屑
同水星相撞的隕石所經路徑
坑周圍被上推的岩壁
衝擊形成的碟形坑
破裂的岩石

隕石的衝擊

石質拋射物（拋射出的物質）所經路徑
拋射物沖擊形成次生坑
在坑底的鬆散碎屑

次生成坑作用

岩石壁形成環形山
次小型坑
大坑底部因隕石沖擊而反彈所形成的中央環形山
拋射物（拋射出的物質）形成的輻射線
鬆散的拋射出的岩石
降落的碎屑形成石壁外側的山脊

具有輻射線的衝擊坑

水星(Mercury)：撞擊坑(the impact of meteorites)；卡路里盆地(The Caloris Basin)；同心環形山(concentric rings of mountains)；峭壁(rupes)；日照面(the sunlit side)；陰暗面(the dark side)；痕量(plus traces)。**水星的傾斜和自轉**(TILT AND ROTATION OF MERCURY)。**脫氣和轟擊**(DEGAS AND BRONTE)：拋射物(拋射出的物質)[ejecta(ejected material)]。**具輻射線的衝擊坑的形成**(FORMATION OF A RAY CRATER)：碟形坑(saucer-shaped crater)；次生成坑作用(SECONDARY CRATERING)。**大氣的成分**

大氣的成分

主要成份的氦和氫

次要成份的鈉和氧

微量的氖、氬和鉀

水星北極附近的衝擊坑和平原

北方平原（有少數年輕坑的平坦平原）

有許多古老坑的地區

水星的外部特徵和內部結構

蒙特維爾德
魯賓斯
薄的水星殼
凡薩
待劃定地區
約600公里（375哩）厚的水星地函
蒲拉克西帝利
北方平原
關漢卿
波力諾塔斯
韋瓦第

最大日照面溫度約430℃（800華氏度）
斯特林堡
海涅
祖沖
范埃克
卡路里盆地
索布口平原
巴底平原

卡路里山脈
巴爾札克
菲狄亞斯
亞格瑞賈
斐洛希紐斯
齊米
戈耶
沙孚克理斯
托爾斯泰
維爾米基
米爾頓
梁楷
貝多芬
貝姚
雪萊
霍桑
米開朗基羅
華格納
巴哈
弗拉姆峭壁
科爾雷基
發現峭壁
布拉曼德
舒伯特
契可夫

直徑約3,600公里（2,250哩）且佔80%水星質量的鐵質水星核
矽酸鹽水星地函
矽酸鹽水星殼
雷諾瓦
黑暗面最低表面溫度約-170℃（-270華氏度）

(COMPOSITION OF ATMOSPHERE)：氖(neon)；氬(argon)；鉀(potassium)。**水星的外部特徵和內部結構**
(EXTERNAL FEATURES AND INTERNAL STRUCTURE OF MERCURY)：北方平原(BOREALIS PLANITIA)；索布口平原(SOBKOU PLANITIA)；巴底平原(BUDH PLANITIA)；弗拉姆峭壁(Fram Rupes)；發現峭壁(Discovery Rupes)。

金星

金星的雷達圖象

金星是石質行星，且是太陽之外的第二顆行星。金星在繞太陽公轉的同時，又緩慢地反向自轉，其自轉周期在太陽系中是最長的，約為243地球日。金星比地球稍小，很可能具有相似的內部結構，由被石質金星地函和金星殼所包圍的半固態金屬核組成。金星由於其大氣強烈反射陽光，因而是在太陽和月亮之後天空中最亮的天體。其大氣的主要成份是**二氧化碳**，所以，它的溫室效應所集存之熱量比地球上的溫室效應要強烈得多。結果，金星成為最熱的行星，其表面溫度最高約為480°C（900華氏度）。厚厚的雲層含有硫酸微滴，並且由速度達每小時360公里（220哩）的風所驅動，而圍繞金星運行。儘管金星自轉一周需243地球日，但這種高速風使雲層圍繞金星運行一圈僅需4地球日。高溫、酸性雲層和巨大的大氣壓（金星地表的大氣壓約為地球表面的90倍）使金星上的環境極不適於居住。然而，繞金星運行的人造衛星已設法在金星上著陸並拍攝了它的乾燥多塵埃的表面。金星的表面也由裝備有雷達的探測器繪製成圖，這些探測器能透過雲層"觀看"金星表面。這種雷達圖揭示出衝擊坑、山脈、火山和一些已被固結之火山熔岩平原所覆蓋的衝擊坑區域。有兩個巨大的高地區，稱為**亞菲羅黛大陸**和**伊斯塔大陸**。

金星的傾斜和自轉

自轉軸　軌道面的垂線
北極　軸傾斜2°
軌道面
自轉一周歷
時243日14分　南極

雲的特徵

極蓋　暗的中緯帶

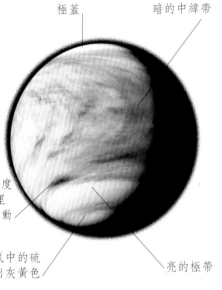

雲的特徵是被速度達每小時360公里（220哩）的風帶動著圍繞金星運行

由於大氣中的硫酸而顯出灰黃色

亮的極帶

金星的衝擊坑

達尼洛娃
拋射物
（拋射出的物質）
中央山峰
何奧

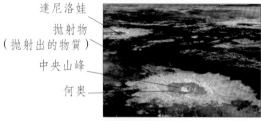

電腦增強的金星表面雷達圖

美蒂斯區　麥斯威爾山脈　貝爾區　提瑟斯區

賽德納平原
埃西拉區
歸納薇平原
菲碧區
阿爾法區
席米斯區
拉維尼亞平原
海倫平源

伊斯塔大陸

亞菲羅黛大陸

亞特蘭塔平原
利達平原
泰勒斯區
尼奧比平原
奧伏塔區
西諦斯區
艾諾平原
拉達大陸

金星(Venus)：二氧化碳(carbon dioxide)；亞菲羅黛大陸(Aphrodite Terra)；伊斯塔大陸(Ishtar Terra)。**雲的特徵**(CLOUD FEATURES)：極蓋(Polar hood)；中緯帶(mid-latitude band)。**金星的衝擊坑**(VENUSIAN CRATERS)：達尼洛娃(*Danilova*)；中央山峰(*Central peak*)；何奧(*Howe*)。**金星的外部特徵和內部結構**(EXTERNAL FEATURES AND INTERNAL STRUCTURE OF VENUS)：拉克斯米平地(LAKSHMI PLANUM)；蒂納亭平原(TINATIN PLANITIA)；克麗佩脫拉碗形坑(*Cleopatra Patera*)；德克拉鑲嵌區(*Dekla*

金星的外部特徵和內部結構

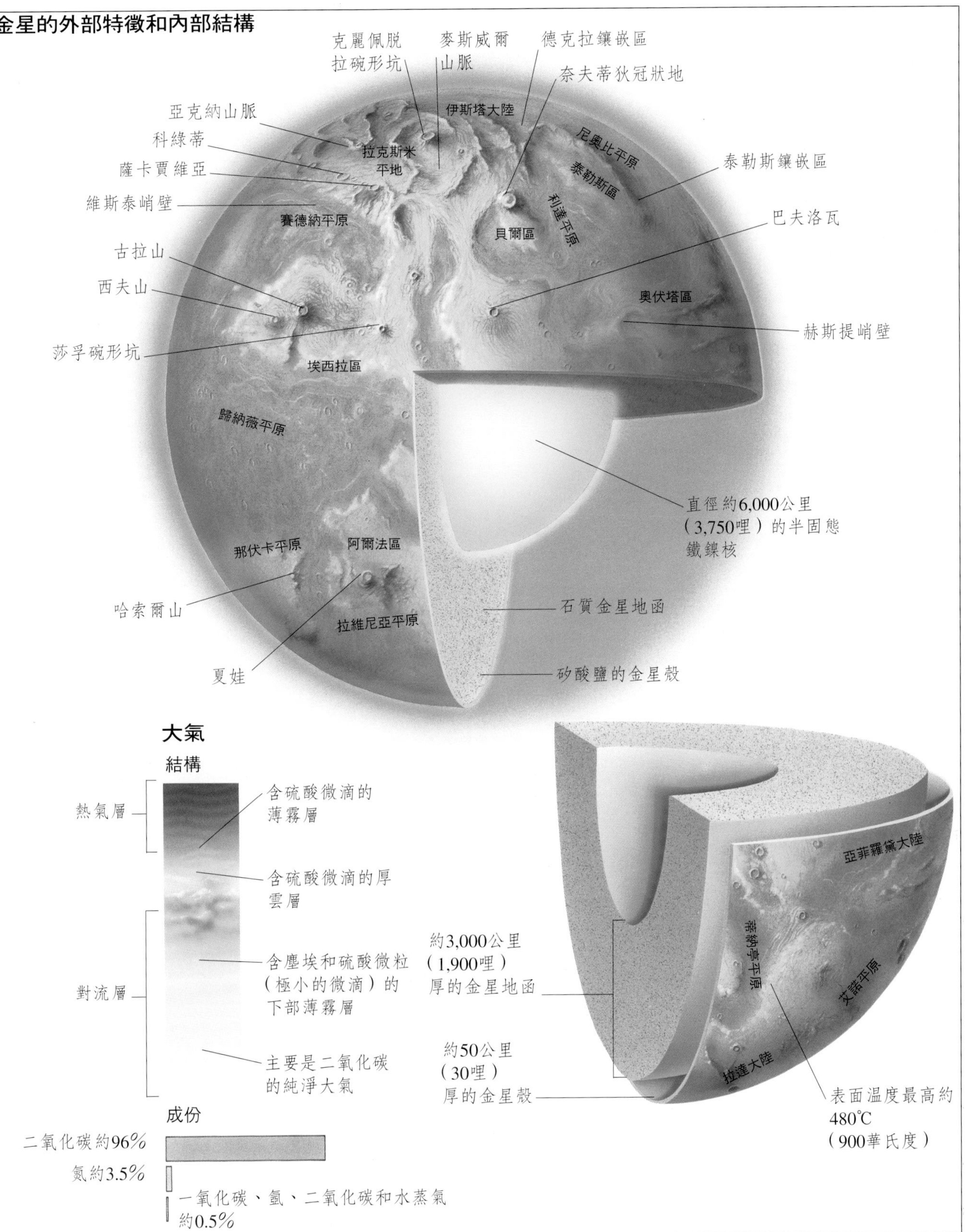

克麗佩脫拉碗形坑
麥斯威爾山脈
德克拉鑲嵌區
奈夫蒂狄冠狀地
亞克納山脈
伊斯塔大陸
科綠蒂
薩卡賈維亞
拉克斯米平地
尼奧比平原
泰勒斯鑲嵌區
維斯泰峭壁
泰勒斯區
賽德納平原
利達平原
巴夫洛瓦
古拉山
貝爾區
西夫山
莎孚碗形坑
埃西拉區
奧伏塔區
歸納薇平原
赫斯提峭壁
那伏卡平原
阿爾法區
哈索爾山
拉維尼亞平原
夏娃

直徑約6,000公里（3,750哩）的半固態鐵鎳核
石質金星地函
矽酸鹽的金星殼

大氣

結構

熱氣層
含硫酸微滴的薄霧層
含硫酸微滴的厚雲層
對流層
含塵埃和硫酸微粒（極小的微滴）的下部薄霧層
主要是二氧化碳的純淨大氣

約3,000公里（1,900哩）厚的金星地函
約50公里（30哩）厚的金星殼

亞菲羅黛大陸
蒂納亭平原
艾諾平原
拉達大陸
表面溫度最高約480℃（900華氏度）

成份

二氧化碳約96%
氮約3.5%
一氧化碳、氬、二氧化碳和水蒸氣約0.5%

Tessera；奈夫蒂狄冠狀地(Nefertiti Corona)；亞克納山脈(Akna Montes)；科綠蒂(Colette)；薩卡賈維亞(Sacajawea)；維斯泰峭壁(Vesta Rupes)；古拉山(Gula Mons)；西夫山(Sif Mons)；莎孚碗形坑(Sappho Patera)；哈索爾山(Hathor Mons)；夏娃(Eve)；赫斯提峭壁(Hestia Rupes)。**大氣**(ATMOSPHERE)：熱氣層(Thermosphere)；對流層(Troposphere)。

地球

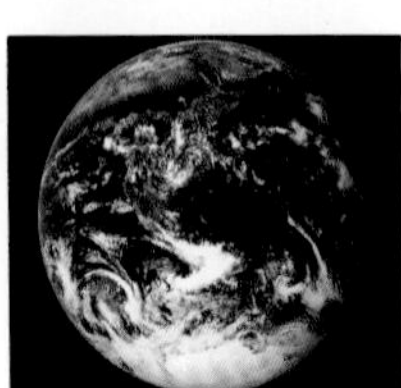

地球

地球是圍繞太陽運行的九顆行星中，在太陽外的第三顆。它是體積和密度最大的石質行星，更是唯一已知有生命存活的行星。大約70%的地球表面爲水所覆蓋，而在其它任何行星表面上都未發現有呈液態的水。地球有四個主要的層圈：**內地核、外地核、地函**和**地殼**。在地球核心處的固態內地核的溫度約爲4,000°C（7,230華氏度）。來自內地核的熱量引起熔融態外地核和地函中的物質，以**對流形式環流**。據認爲這些對流產生了地球的**磁場**，它形成**磁層**延伸而入太空。地球的大氣有助於屏蔽掉來自太陽的某些有害輻射，以及阻擋隕石到達地球表面和積存足夠的熱量以防止嚴寒的出現。地球有一個天然衛星 — 月球，它相當大，以致可將這兩個星體看成是一個**雙行星系統**。

地球的傾斜和自轉

自轉軸　軸傾斜23.4°
北極
軌道面
南極
軌道面的垂線

自轉一周歷時
23小時56分

地球的形成

微生物開始進行光合作用，產生氧氣

碰撞的熱量引起地球發紅

氣塵雲分散成由冰和岩石組成的粒子，然後這些粒子附著在一起形成行星

在距今46億年時，由一塊氣塵雲形成太陽系

地球由碰撞的岩石塊形成

在距今45億年時，表面冷卻形成地殼

各大陸分裂並受到改造，然後逐漸占據它們現在的位置

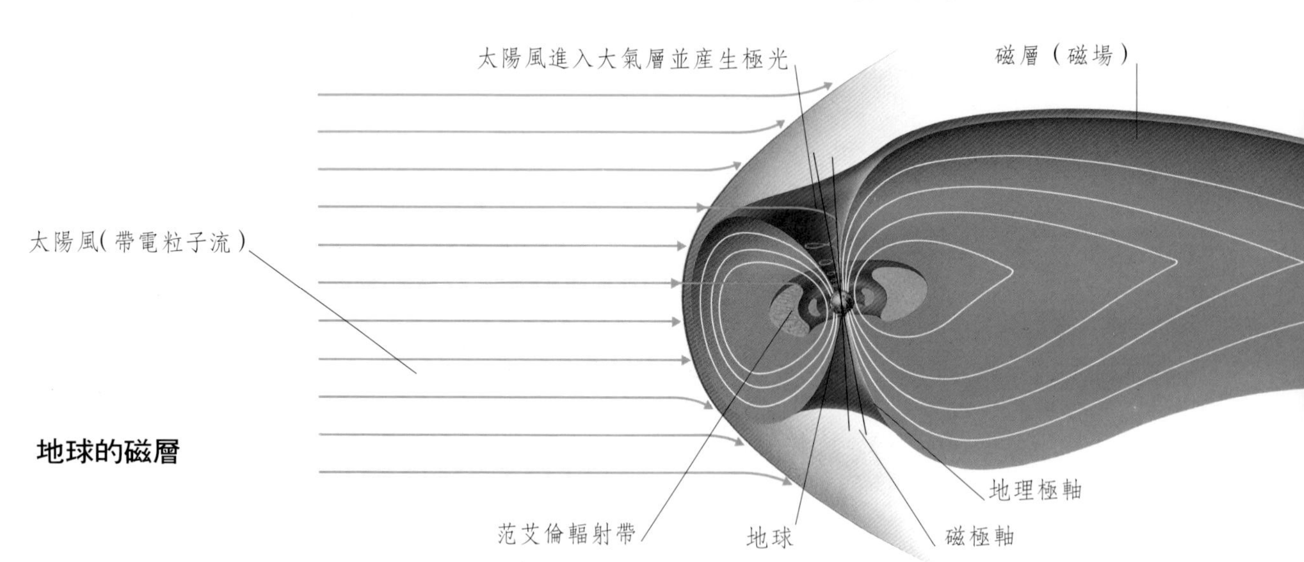

太陽風進入大氣層並產生極光

磁層（磁場）

太陽風(帶電粒子流)

地理極軸

磁極軸

范艾倫輻射帶

地球

地球的磁層

地球(The Earth)：內地核(the inner core)；外地核(the outer core)；地函(the mantle)；地殼(the crust)；對流形式環流(to circulate in convection currents)；磁場(magnetic field)；磁層(the magnetosphere)；雙行星系統(a double-planet system)。**地球的形成**(THE FORMATION OF THE EARTH)：氣塵雲(A CLOUD OF GAS AND DUST)；微生物開始進行光合作用，產生氧氣(*Microorganisms began to photosynthesize,creating a supply of oxygen*)。**地球的磁層**(THE EARTH'S MAGNETOSPHERE)：極光(*aurora*)；太陽風(帶電粒子流)[*Solar wind(stream of electrically charged particles)*]；范艾倫輻射帶(*Van*

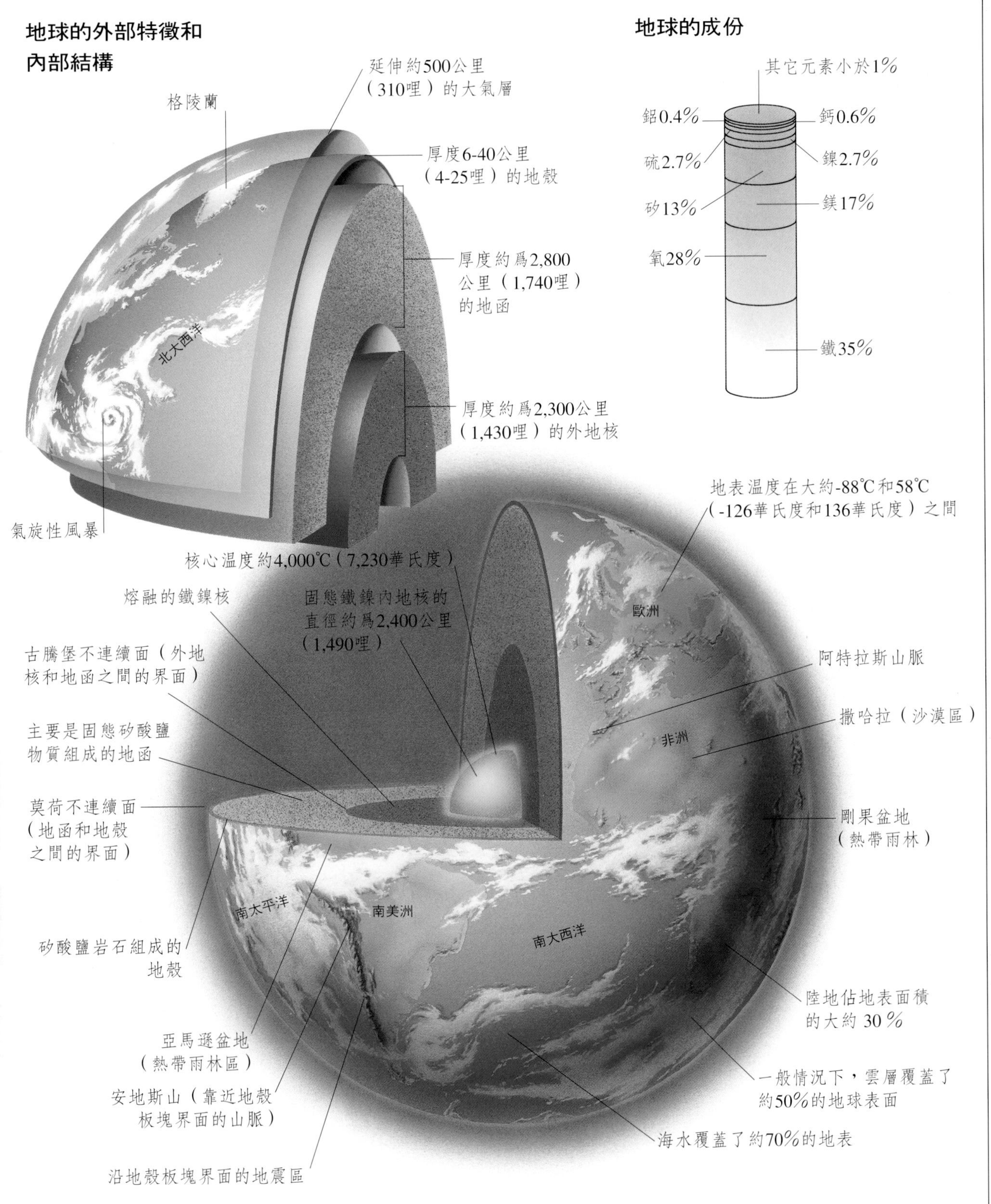

地球的外部特徵和內部結構

格陵蘭

延伸約500公里（310哩）的大氣層

厚度6-40公里（4-25哩）的地殼

厚度約為2,800公里（1,740哩）的地函

厚度約為2,300公里（1,430哩）的外地核

北大西洋

氣旋性風暴

地球的成份

其它元素小於1%

鋁0.4%
硫2.7%
矽13%
氧28%

鈣0.6%
鎳2.7%
鎂17%

鐵35%

核心溫度約4,000℃（7,230華氏度）

固態鐵鎳內地核的直徑約為2,400公里（1,490哩）

地表溫度在大約-88℃和58℃（-126華氏度和136華氏度）之間

熔融的鐵鎳核

古騰堡不連續面（外地核和地函之間的界面）

主要是固態矽酸鹽物質組成的地函

莫荷不連續面（地函和地殼之間的界面）

矽酸鹽岩石組成的地殼

南太平洋

南美洲

歐洲

阿特拉斯山脈

撒哈拉（沙漠區）

非洲

剛果盆地（熱帶雨林）

南大西洋

陸地佔地表面積的大約30%

一般情況下，雲層覆蓋了約50%的地球表面

亞馬遜盆地（熱帶雨林區）

安地斯山（靠近地殼板塊界面的山脈）

沿地殼板塊界面的地震區

海水覆蓋了約70%的地表

Allen radiation belt）；地理極軸(*Axis of geographic poles*)；磁極軸(*Axis of magnetic poles*)。**地球的外部特徵和內部結構**(EXTERNAL FEATURES AND INTERNAL STRUCTURE OF THE EARTH)：氣旋性風暴(*Cyclonic storm*)；熔融的鐵鎳核(*Molten core of iron and nickel*)；古騰堡不連續面(*Gutenberg discontinuity*)；主要是固態矽酸鹽物質組成的地函(*Mantle of mostly solid silicate material*)；莫荷不連續面(*Mohorovicic discontinuity*)。**地球的成份**(COMPOSITION OF THE EARTH)：鋁(*Aluminum*)；硫(*Sulfur*)；矽(*Silicon*)；鈣(*Calcium*)；鎳(*Nickel*)；鎂(*Magnesium*)。

月 球

從地球上看到的月球

月球是地球的唯一天然衛星。作為一顆衛星，它相當大，其直徑約為3,470公里（2,155哩）──剛超過地球直徑的四分之一。月球繞其軸自轉一周所需的時間與繞地球公轉一圈的時間相同（均為27.3日），因此它總是以同一面（正面）向著地球。但是我們能夠看到的月表的多少──月相──取於決陽光照射的正面部分有多少。月球是乾燥的不毛之地，既無大氣也無水。它主要由固態岩石所組成，儘管其核心可能含有熔融的岩石或鐵。月表是多塵的，有高地和低地，高地滿布著因隕石撞擊所形成的坑，低地中大的坑都已被固結的熔岩所充滿，形成稱為**月海**的暗色區。月海主要分布於正面，正面的月殼較背面的為薄。許多月坑的邊緣為形成**坑壁**的山脈所圍繞，其高度可達幾千呎。

月球的傾斜和自轉

自轉軸
軌道面的垂線
北極
軸傾斜6.7°
軌道面
自轉
一周歷時27個
地球日又8小時
南極

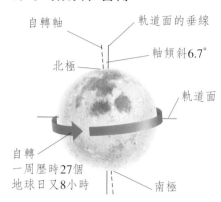

風暴洋中的月坑

愛里斯塔克斯
眼鏡蛇頭
（施羅特月谷的頭部）
希羅多德

月球的正面

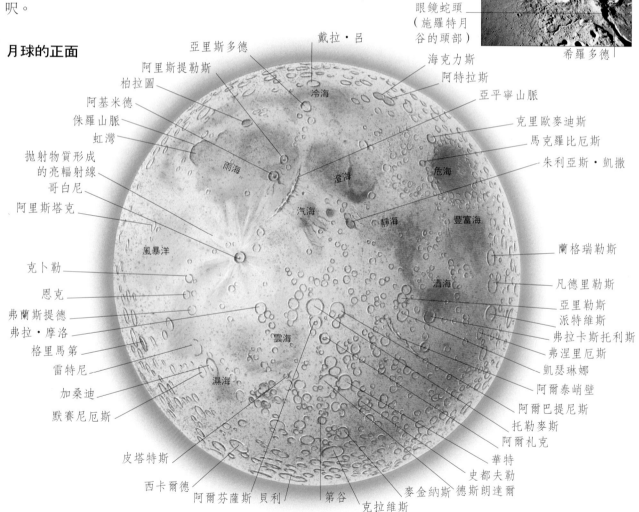

亞里斯多德
戴拉‧呂
阿里斯提勒斯
柏拉圖
阿基米德
侏羅山脈
虹灣
拋射物質形成的亮輻射線
哥白尼
阿里斯塔克
克卜勒
恩克
弗蘭斯提德
弗拉‧摩洛
格里馬第
雷特尼
加桑迪
默賽尼厄斯
皮塔特斯
西卡爾德
阿爾芬薩斯 貝利
第谷
克拉維斯
麥金納斯 德斯朗達爾
史都夫勒
華特
阿爾札克
阿爾巴提尼斯
托勒麥斯
阿爾泰峭壁
凱瑟琳娜
弗涅里厄斯
弗拉卡斯托利斯
派特維斯
亞里勒斯
凡德里勒斯
蘭格瑞勒斯
酒海
雲海
濕海
冷海
雨海
澄海
汽海
靜海
風暴洋
豐富海
危海
朱利亞斯‧凱撒
馬克羅比厄斯
克里歐麥迪斯
亞平寧山脈
亞特拉斯
海克力斯

月球(The Moon)：月相(the phase of the Moon)；月海(maria or "seas")；坑壁(crater walls)。**風暴洋中的月坑**(CRATERS ON OCEANUS PROCELLARUM)：愛里斯塔克斯(*Aristarchus*)；眼鏡蛇頭(施羅特月谷的頭部)*[Cobra Head (head of Schröter's Valley)]*；希羅多德(*Herodotus*)。**月球的正面**(NEAR SIDE OF THE MOON)：冷海(MARE FRIGORIS)；雨海(MARE IMBRIUM)；澄海(MARE SERENITATIS)；危海(MARE CRISIUM)；汽海(MARE VAPORUM)；靜海(MARE TRANQUILLITATIS)；豐富海(MARE FECUNDITATIS)；酒海(MARE NECTARIS)；雲海(MARE NUBIUM)；濕海(MARE HUMORUM)。**月相**(PHASES OF THE MOON)：漸虧

月相

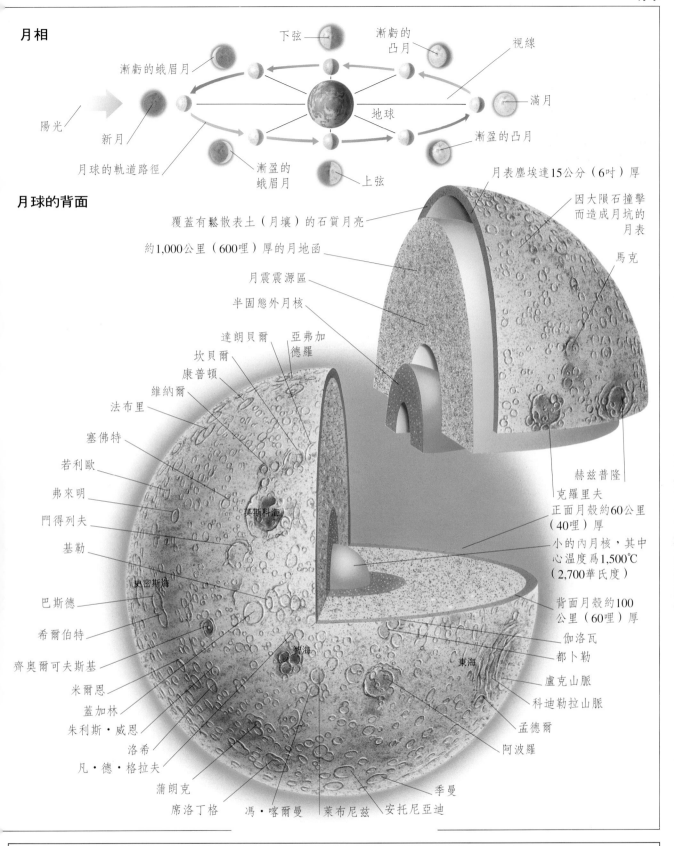

下弦　漸虧的凸月　視線

漸虧的蛾眉月

陽光

新月

月球的軌道路徑

漸盈的蛾眉月

上弦

漸盈的凸月

滿月

地球

月球的背面

月表塵埃達15公分（6吋）厚

因大隕石撞擊而造成月坑的月表

覆蓋有鬆散表土（月壤）的石質月亮

約1,000公里（600哩）厚的月地函

月震震源區

半固態外月核

達朗貝爾　亞弗加德羅

坎貝爾

康普頓

維納爾

法布里

塞佛特

若利歐

弗來明

門得列夫

基勒

巴斯德

希爾伯特

齊奧爾可夫斯基

米爾恩

蓋加林

朱利斯‧威恩

洛希

凡‧德‧格拉夫

蒲朗克

席洛丁格　馮‧喀爾曼　萊布尼茲　安托尼亞迪

季曼

阿波羅

孟德爾

科迪勒拉山脈

盧克山脈

都卜勒

伽洛瓦

馬克

赫茲普隆

克羅里夫

正面月殼約60公里（40哩）厚

小的內月核，其中心溫度爲1,500℃（2,700華氏度）

背面月殼約100公里（60哩）厚

莫斯科海

史密斯海

智海

東海

的蛾眉月(Waning crescent)；新月(New Moon)；漸盈的蛾眉月 (Waxing crescent)；上弦(First quarter)；漸盈的凸月(Waxing gibbous)；滿月(Full Moon)；漸虧的凸月(Waning gibbous)；下弦(Last quarter)。**月球的背面**(FAR SIDE OF THE MOON)：莫斯科海(MARE MOSCOVIENSE)；史密斯海(MARE SMITHII)；東海(MARE ORIENTALE)；智海(MARE INGENII)；鬆散表土(月壤)[loose regolith(soil)]；月震震源區(Region where moonquakes originate)。

火 星

火星

稱為紅色行星的火星是太陽外的第四顆行星，而且是位於最外面的石質行星。19世紀，**天文學家**首次觀察到火星上似乎有生命的跡象。這些跡象包括火星表面上的一些看來像運河的條紋，以及被認為是**植被**的**暗斑**。現在已知，這些運河是一種**視錯覺**，暗斑則是覆蓋大部分火星的紅色塵埃被吹跑的地區。細的塵埃粒子常常被風吹起，形成有時幾乎掩蓋火星整個表面的**塵暴**。大氣中殘留的塵埃使火星天空顯出帶粉紅色的色彩。火星的北半球有許多由火山熔岩固結而成的大平原，而南半球則有許多衝擊坑和大的**撞擊盆地**。還有若干巨大的**死火山**，其中有太陽系內已知最大的火山 — 奧林帕斯山，它寬600公里（370哩），高25公里（15哩）。火星地表還有許多峽谷和分支河床。峽谷是由火星表殼的運動而形成的，但河床則被認為是由過去的流水所形成的，現在水已幾乎完全蒸發並從大氣中逃逸出去。火星的大氣比地球大氣要稀薄得多，僅有少量的雲塊和**晨霧**。火星有兩個具不規則形狀的微小衛星— **火衛一**和**火衛二**。它們的體積小表明它們可能是被火星的引力所捕獲的小行星。

火星的傾斜和自轉

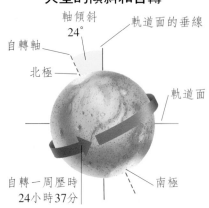

軸傾斜 24°
軌道面的垂線
自轉軸
北極
軌道面
南極
自轉一周歷時 24小時37分

火星的表面特徵

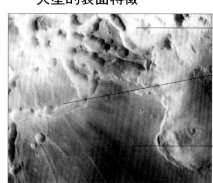

明亮的水冰霧
馬林涅里斯谷末端的峽谷內約有20公里（12哩）寬的霧
敘利亞平地

夜間迷宮（峽谷系統）

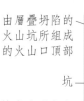

由層疊坍陷的火山坑所組成的火山口頂部
坑
熔岩流動產生的平緩斜坡
雲的形成

奧林帕斯山（盾形死火山）

火星的表面

塵埃被風吹跑的暗區
南極冰帽
被紅色氧化鐵塵埃所覆蓋的火星表面

火星的衛星

火衛一
平均直徑：22公里（14哩）
離火星的平均距離：9,400公里（5,800哩）

火衛二
平均直徑：13公里（8哩）
離火星的平均距離：23,500公里（14,600哩）

火星(Mars)：天文學家(astronomers);暗斑(dark patches)；植被(vegetation)；視錯覺(an optical illusion)；塵暴(dust storms)；撞擊盆地(impact basins)；死火山(extinct volcanoes)；奧林帕斯山(Olympus Mons)；晨霧(morning mists)；火衛一(Phobos)；火衛二(Deimos)。**火星的表面特徵**(SURFACE FEATURES OF MARS)：夜間迷宮(峽谷系統)[NOCTIS LABYRINTHUS(CANYON SYSTEM)]；馬林涅里斯谷(*Valles Marineris*)；敘利亞平地(*Syria Planum*)；盾形死火山(EXTINCT SHIELD VOLCANO)。**火星的表面**(THE SURFACE OF MARS)：南極冰帽(*South polar ice cap*)。**火星的外部特徵和內部結構**(EXTERNAL

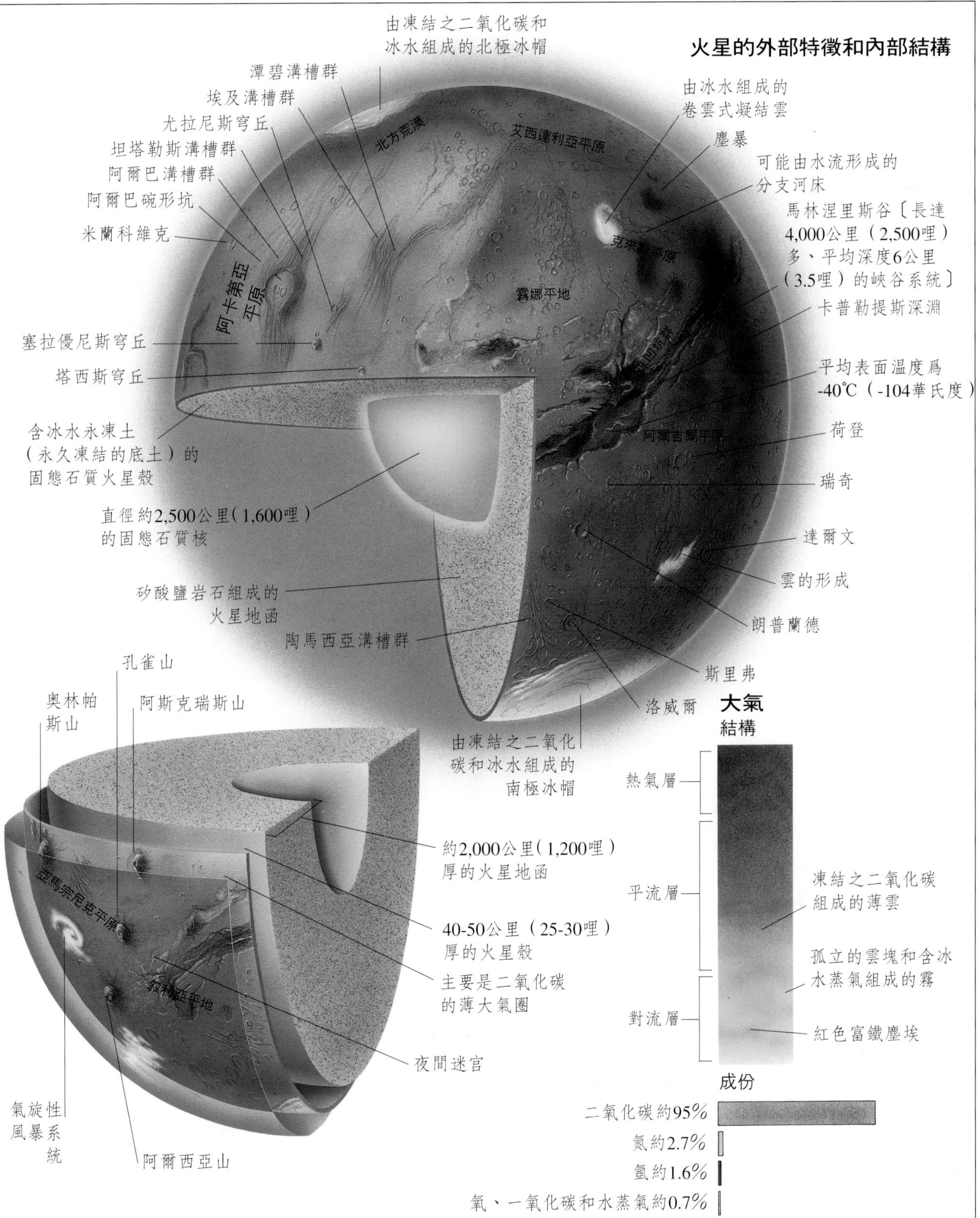

火星的外部特徵和內部結構

由凍結之二氧化碳和冰水組成的北極冰帽

潭碧溝槽群

埃及溝槽群

尤拉尼斯穹丘

坦塔勒斯溝槽群

阿爾巴溝槽群

阿爾巴碗形坑

米蘭科維克

阿卡第亞平原

北方荒漠

艾西達利亞平原

由冰水組成的卷雲式凝結雲

塵暴

可能由水流形成的分支河床

馬林涅里斯谷〔長達4,000公里（2,500哩）多、平均深度6公里（3.5哩）的峽谷系統〕

卡普勒提斯深淵

克來斯平原

露娜平地

塞拉優尼斯穹丘

塔西斯穹丘

含冰水永凍土（永久凍結的底土）的固態石質火星殼

直徑約2,500公里（1,600哩）的固態石質核

矽酸鹽岩石組成的火星地函

陶馬西亞溝槽群

平均表面溫度為-40℃（-104華氏度）

荷登

瑞奇

達爾文

雲的形成

朗普蘭德

阿爾吉爾平原

斯里弗

洛威爾

由凍結之二氧化碳和冰水組成的南極冰帽

孔雀山

奧林帕斯山

阿斯克瑞斯山

亞馬宗尼克平原

叙利亞平地

約2,000公里（1,200哩）厚的火星地函

40-50公里（25-30哩）厚的火星殼

主要是二氧化碳的薄大氣圈

夜間迷宮

大氣結構

熱氣層

平流層

對流層

凍結之二氧化碳組成的薄雲

孤立的雲塊和含冰水蒸氣組成的霧

紅色富鐵塵埃

氣旋性風暴系統

阿爾西亞山

成份

二氧化碳約95%

氮約2.7%

氬約1.6%

氧、一氧化碳和水蒸氣約0.7%

FEATURES AND INTERNAL STRUCTURE OF MARS）：北方荒漠(VASTITAS BOREALIS)；艾西達利亞平原(ACIDALIA PLANITIA)；阿卡第亞平原(ARCADIA PLANITIA)；露娜平地(LUNAE PLANUM)；克來斯平原(CHRYSE PLANITIA)；珍珠凹坑群(MARGARITIFER SINUS)；阿爾吉爾平原(ARGYRE PLANITIA)；亞馬宗尼克平原(AMAZONIS PLANITIA)；卷雲式凝結雲(*Cirrus-type condensation clouds*)；氣旋性風暴系統(*Cyclonic storm system*)。

木星

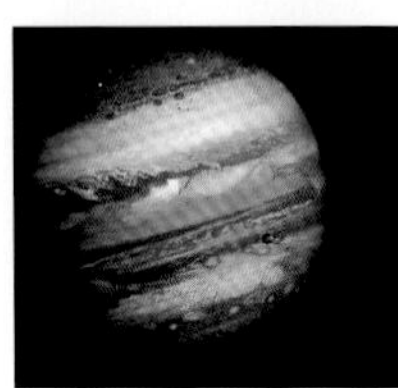

木星

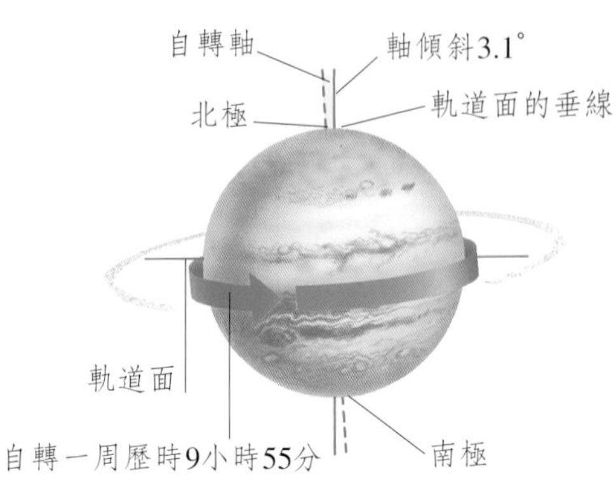

木星的傾斜和自轉

自轉軸　　　　軸傾斜3.1°
北極　　　　　軌道面的垂線
軌道面
自轉一周歷時9小時55分　　　南極

木星是太陽外的第五顆行星，而且是四個氣體巨行星中的第一個。它是體積和質量都最大的行星，直徑約爲地球直徑的11倍，質量約爲所有其它八個行星總質量的2.5倍。據認爲木星有一個小的石質核，外部則被**金屬氫**（其作用像金屬一樣的**液態氫**）組成的內地函所包圍。在內地函之外是液態氫和氦組成的外地函，它逐漸變成氣態大氣。木星的快速自轉使其大氣圈內的雲層形成一些平行於赤道，且環繞著木星的帶狀和區層。帶狀是位於低空中比較溫暖的暗雲層。區層是位於高空中較冷的亮雲層。在這些帶狀和區層內，亂流引起像白卵和紅斑形成雲的特徵，**白卵**和**紅斑**都是巨大的風暴系統。最顯著的雲是稱爲**大紅斑**的風暴，它是一個直徑爲地球直徑三倍的**旋渦雲柱**，能升上雲層約8公里（5哩）處。木星有一個不明顯的薄**主環**，在它之內是伸向木星由微小粒子組成的**暈環**。木星有16個已知的衛星。四個最大的衛星（稱爲**伽利略衛星**）是**木衛三、木衛四、木衛一和木衛二**。木衛三和木衛四皆遍布隕石坑並且很可能是冰質的。木衛二是平滑和冰質的，而且可能含有水。木衛一遍布亮紅色、橙色和黃色斑點。這些顏色是由於來自活火山的含硫物質所引起的，這些活火山噴出的**熔岩柱**在木衛一表面之上可高達數百哩。

大紅斑和白卵

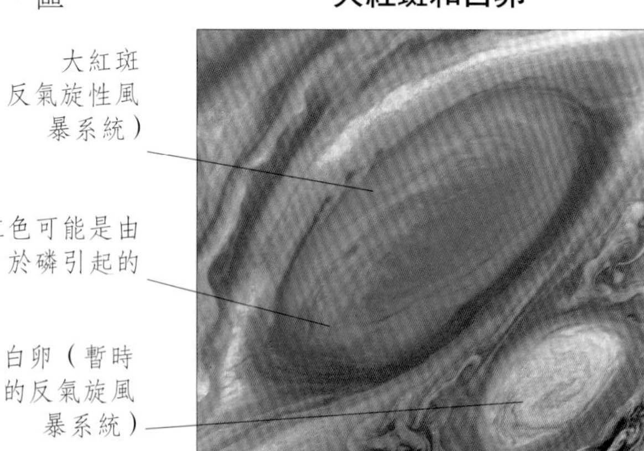

大紅斑（反氣旋性風暴系統）

紅色可能是由於磷引起的

白卵（暫時的反氣旋風暴系統）

木星的伽利略衛星

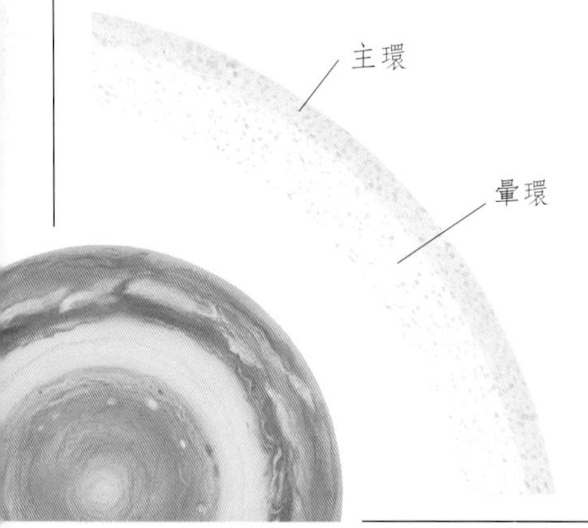

木衛二（尤羅巴）
直徑：3,138公里（1,950哩）
離木星的平均距離：
670,900公里（416,900哩）

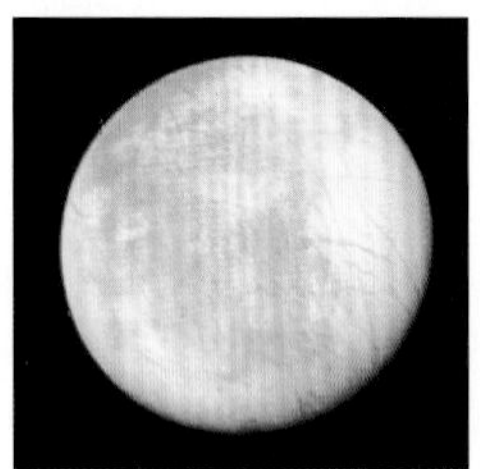

木衛四（克里斯脫）
直徑：4,800公里（2,983哩）
離木星的平均距離：
1,880,000公里（1,168,200哩）

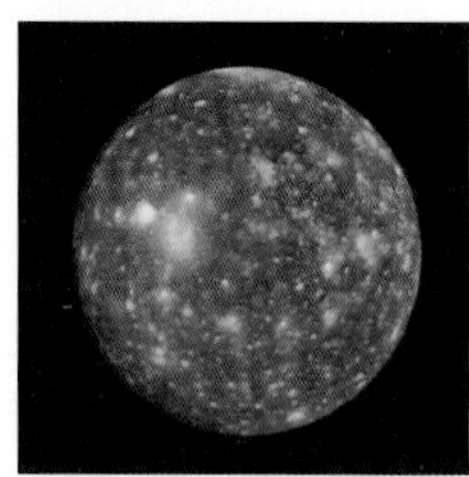

木衛三（蓋尼米德）
直徑：5,263公里（3,270哩）
離木星的平均距離：
1,070,000公里（664,900哩）

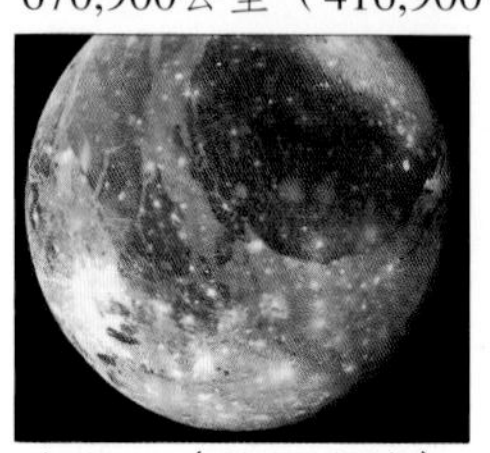

木衛一（愛娥）
直徑：3,642公里（2,263哩）
離木星的平均距離：421,800
公里（262,100哩）

木星的環

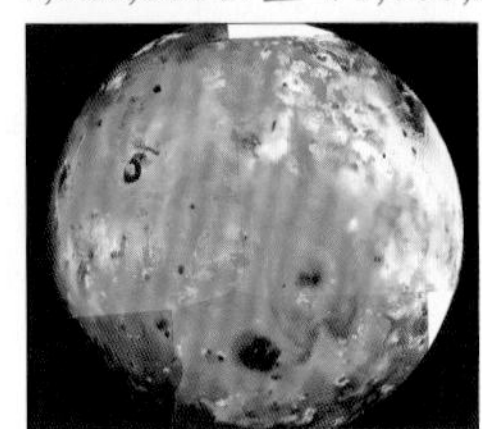

主環

暈環

木星(Jupiter)：金屬氫(metallic hydrogen)；液態氫(liquid hydrogen)；白卵(white ovals)；紅斑(red spots)；大紅斑(the Great Red Spot)；旋渦雲柱(a spiraling column of clouds)；主環(main ring)；暈環(halo ring)；伽利略衛星(the Galileans)；木衛三(Ganymede)；木衛四(Callisto)；木衛一(Io)；木衛二(Europa)；熔岩柱(plumes of lava)。**大紅斑和白卵**(GREAT RED SPOT AND WHITE OVAL)：反氣旋性風暴系統*(anticyclonic storm system)*。**木星的伽利略衛星**(GALILEAN MOONS OF JUPITER)：木衛二(尤羅巴)(EUROPA)；木衛四(克里斯脫)(CALLISTO)；木衛三(蓋尼米德)(GANYMEDE)；木衛一(愛娥)(IO)。**大氣**

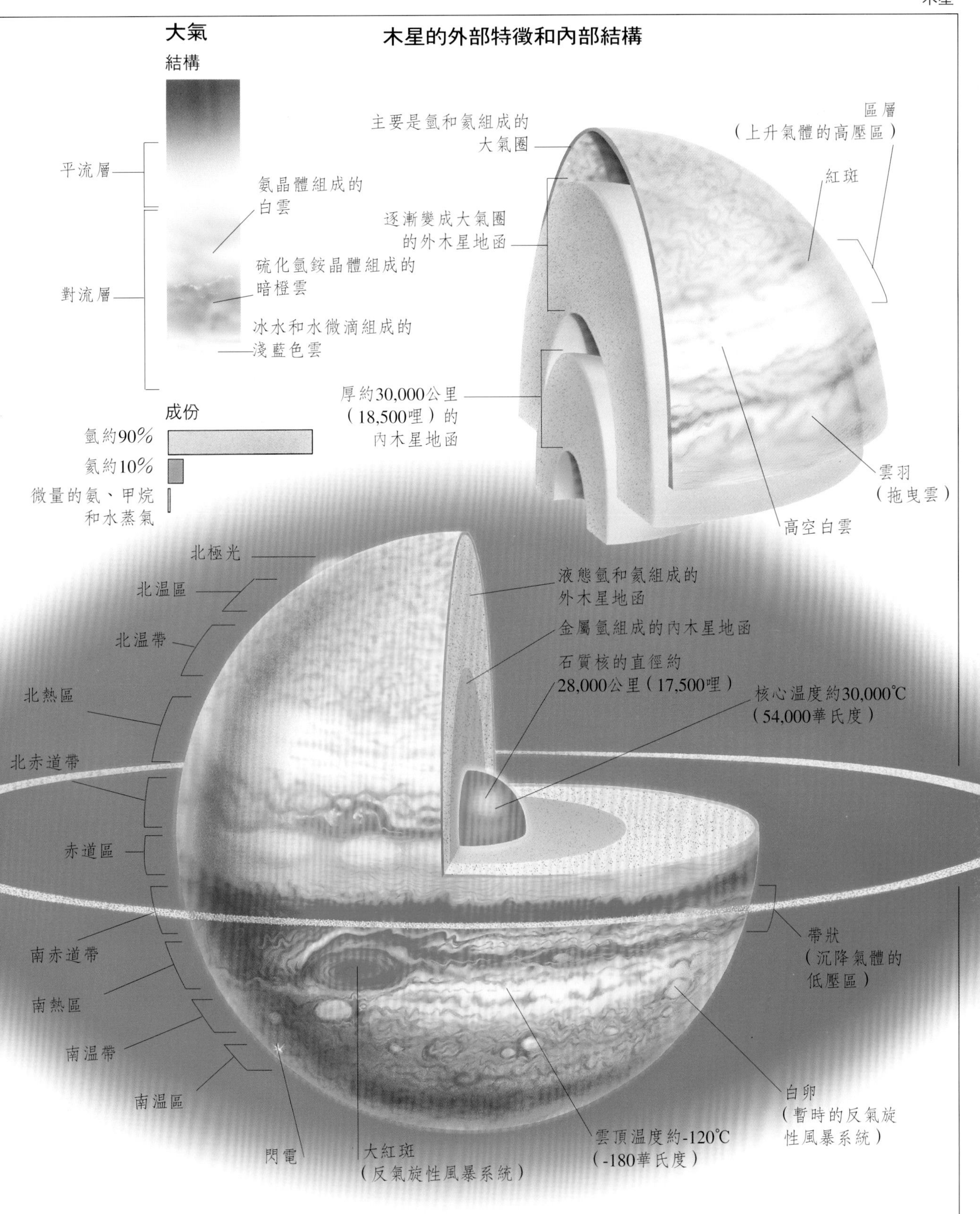

大氣

結構

平流層

對流層

主要是氫和氦組成的大氣圈

氨晶體組成的白雲

硫化氫銨晶體組成的暗橙雲

冰水和水微滴組成的淺藍色雲

成份

氫約90%
氦約10%
微量的氨、甲烷和水蒸氣

木星的外部特徵和內部結構

區層（上升氣體的高壓區）

紅斑

逐漸變成大氣圈的外木星地函

厚約30,000公里（18,500哩）的內木星地函

雲羽（拖曳雲）

高空白雲

液態氫和氦組成的外木星地函

金屬氫組成的內木星地函

石質核的直徑約28,000公里（17,500哩）

核心溫度約30,000℃（54,000華氏度）

北極光
北溫區
北溫帶
北熱區
北赤道帶
赤道區
南赤道帶
南熱區
南溫帶
南溫區
閃電

帶狀（沉降氣體的低壓區）

白卵（暫時的反氣旋性風暴系統）

雲頂溫度約-120℃（-180華氏度）

大紅斑（反氣旋性風暴系統）

(ATMOSPHERE)：氨晶體(ammonia crystals)；硫化氫銨晶體(ammonium hydrosulfide crystals)。**木星的外部特徵和內部結構**(EXTERNAL FEATURES AND INTERNAL STRUCTURE OF JUPITER)：雲羽(拖曳雲)[Plume (trailing cloud)]；北極光(North polar aurora)；北溫區(North Temperate Zone)；北溫帶(North Temperate Belt)；北熱區(North Tropical Zone)；北赤道帶(North Equatorial Belt)；赤道區(Equatorial Zone)；南赤道帶(South Equatorial Belt)；南熱區(South Tropical Zone)；南溫帶(South Temperate Belt)；南溫區(South Temperate Zone)。

土 星

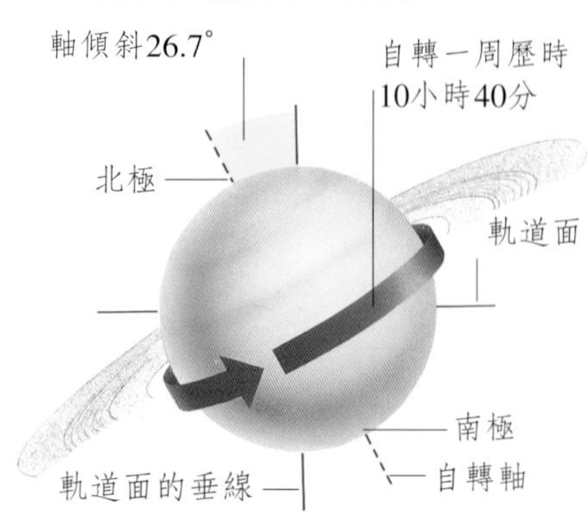

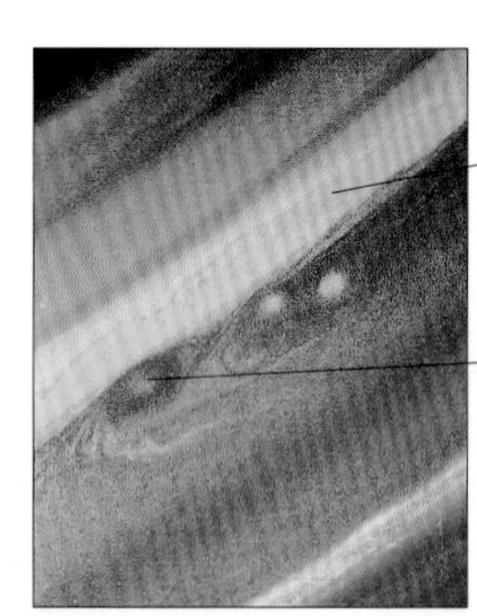
土星的彩色增強
圖象

土星是太陽外的第六顆行星。它是幾乎像木星一樣大的氣體巨行星，其赤道直徑約為120,500公里（74,900哩）。據認為土星有一個小型由岩石和冰組成的核，其外由金屬氫（其作用像金屬一樣的液態氫）組成的內土星地函所包圍。在內土星地函之外是液態氫組成的外土星地函，它逐漸變成氣態大氣。土星的雲層形成類似木星那樣的帶狀和區層，但被上覆的薄霧層所遮蓋。看似紅卵或白卵的風暴和旋渦出現於雲層內。土星有一個極薄但是寬的**環系統**，其厚度小於一公里。但從土星表面向外延伸約420,000公里（260,000哩）。各主環均由幾千個窄的小環所組成，每個小環則從微小顆粒到直徑達幾碼的巨塊冰質物所組成。D、E、G環很不明顯，F環較亮，A、B、C環則亮到足以從地球上用雙目望遠鏡看到。土星有18顆已知的衛星，其中的一些衛星是在環內運行，據認為對環的形狀施加了引力影響。不尋常的是有七顆衛星是**同軌道**的，即它們與另一顆衛星共用一個軌道（有三條同軌道 — 譯注）。天文學家們認為，這些同軌道衛星可能分別來自於單個衛星的破裂。

土星的傾斜和自轉

軸傾斜26.7°

北極

自轉一周歷時
10小時40分

軌道面

南極

自轉軸

軌道面的垂線

土星雲特徵的彩色增強圖象

由速度達每小時540公里（335哩）的風所引起的帶形紋理

卵形體（自轉的風暴系統）

土星的內環

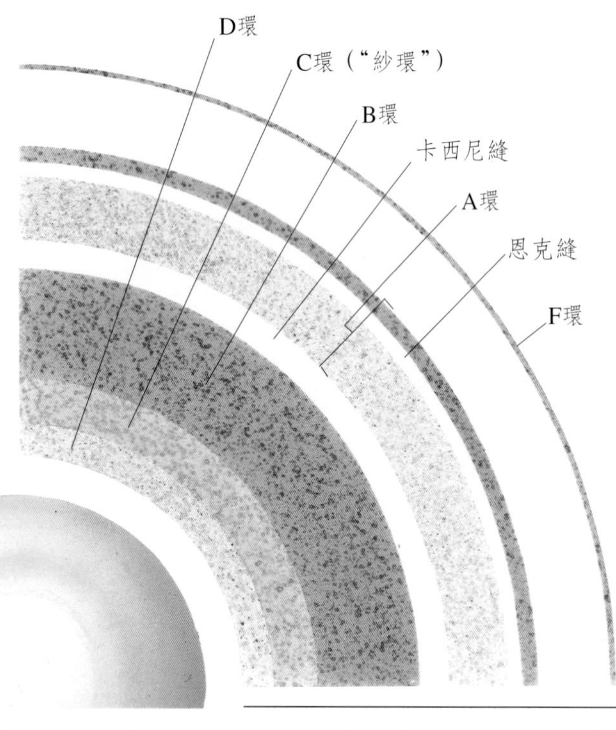

D環

C環（"紗環"）

B環

卡西尼縫

A環

恩克縫

F環

土星的衛星

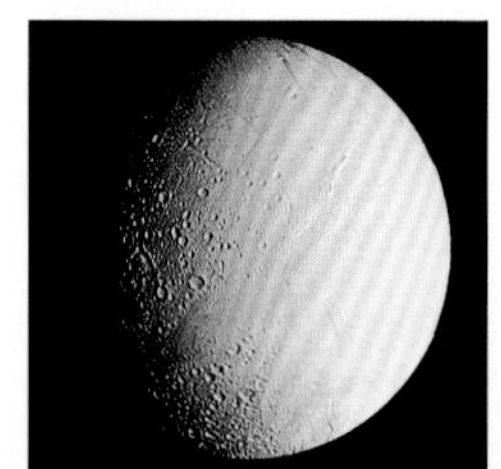
土衛二（恩塞勒達斯）
直徑：498公里（309哩）
離土星的平均距離：
238,000公里（148,000哩）

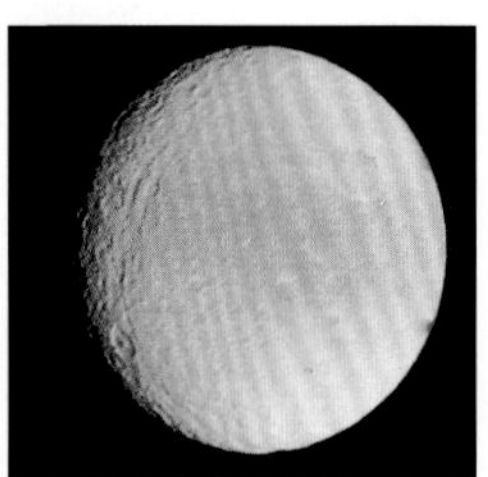
土衛三（提西斯）
直徑：1,050公里（652哩）
離土星的平均距離：
295,000公里（183,000哩）

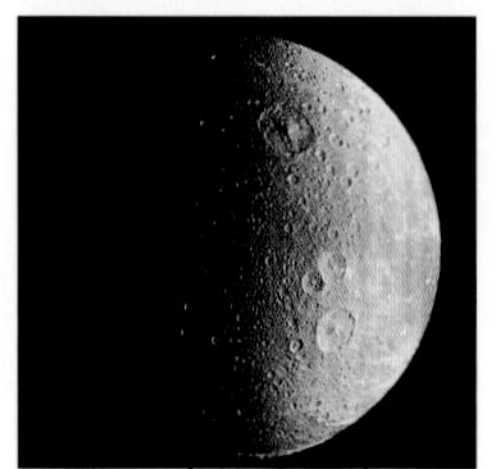
土衛四（戴奧尼）
直徑：1,118公里（695哩）
離土星的平均距離：
377,000公里（234,000哩）

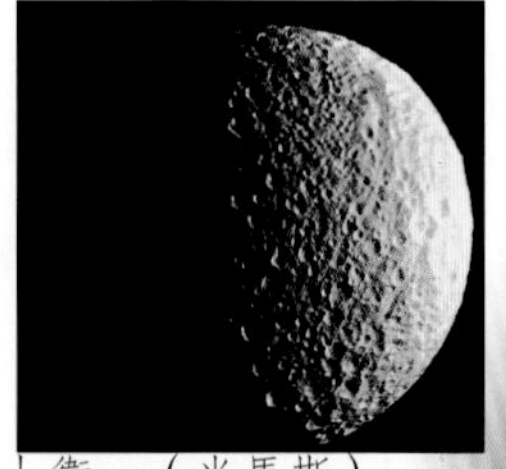
土衛一（米馬斯）
直徑：397公里（247哩）
離土星的平均距離：
186,000公里（115,600哩）

土星(Saturn)：環系統(system of rings)；同軌道(co-orbital)。**土星雲特徵的彩色增強圖象**(COLOR-ENHANCED IMAGE OF SATURN`S CLOUD FEATURES)：帶形紋理*(Ribbon-shaped striation)*；卵形體(自轉的風暴系統)*[Oval (rotating storm system)]*。**土星的內環**(INNER RINGS OF SATURN)：紗環*(crepe ring)*；卡西尼縫*(Cassini Division)*；恩克縫*(Encke Division)*。**土星的衛星**(MOONS OF SATURN)：土衛二(恩塞勒達斯)(ENCELADUS)；土衛三(提西斯)(TETHYS)；土衛四(戴奧尼)(DIONE)；土衛一(米馬斯)(MIMAS)。**土星的外部特徵和內部結構**(EXTERNAL FEATURES AND INTERNAL STRUCTURE OF SATURN)：液態氫的外土星地

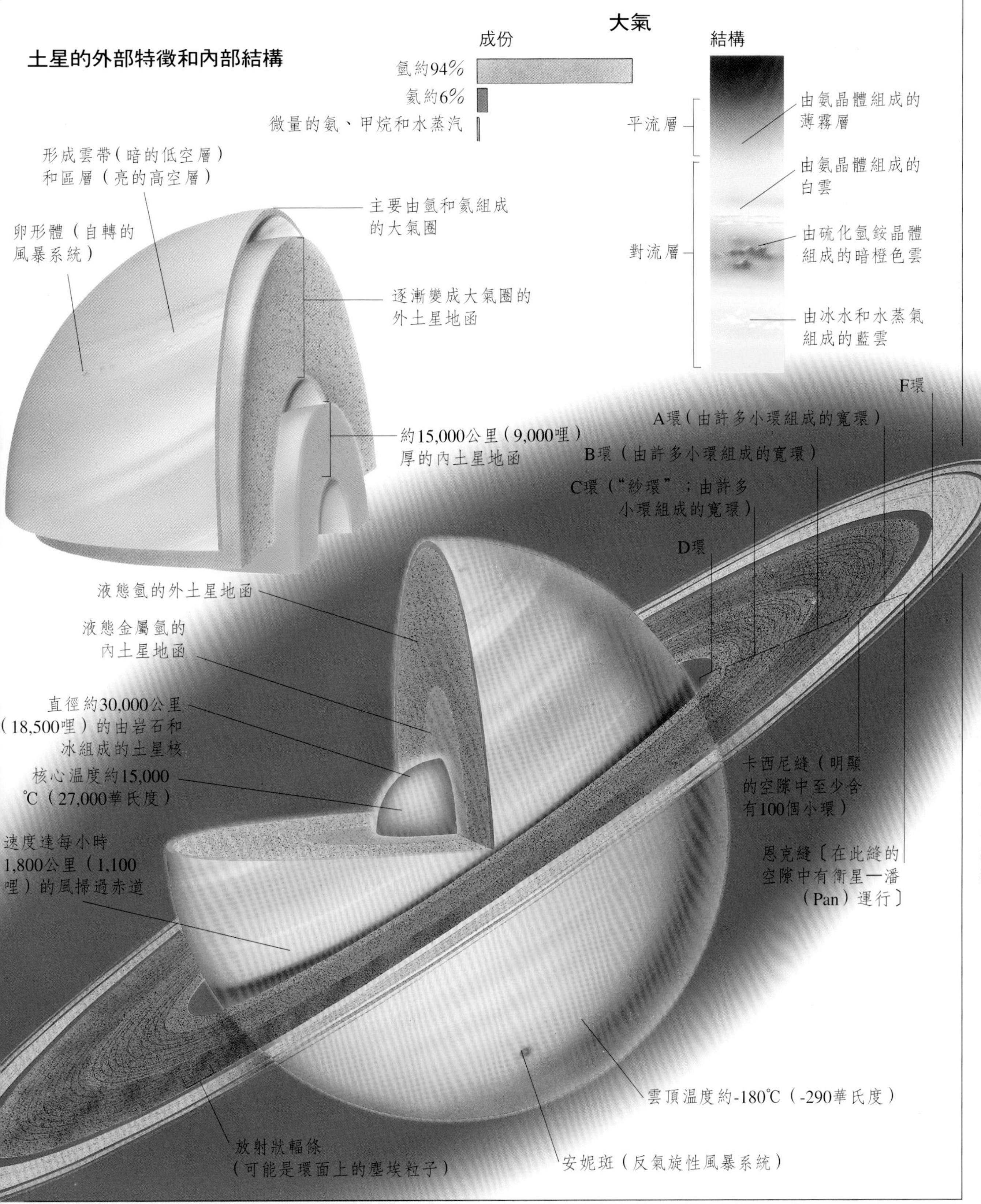

土星的外部特徵和內部結構

大氣

成份

氫約94%
氦約6%
微量的氨、甲烷和水蒸汽

結構

平流層 — 由氨晶體組成的薄霧層

對流層
— 由氨晶體組成的白雲
— 由硫化氫銨晶體組成的暗橙色雲
— 由冰水和水蒸氣組成的藍雲

形成雲帶（暗的低空層）和區層（亮的高空層）

卵形體（自轉的風暴系統）

主要由氫和氦組成的大氣圈

逐漸變成大氣圈的外土星地函

約15,000公里（9,000哩）厚的內土星地函

液態氫的外土星地函

液態金屬氫的內土星地函

直徑約30,000公里（18,500哩）的由岩石和冰組成的土星核

核心溫度約15,000℃（27,000華氏度）

速度達每小時1,800公里（1,100哩）的風掃過赤道

F環

A環（由許多小環組成的寬環）
B環（由許多小環組成的寬環）
C環（"紗環"；由許多小環組成的寬環）
D環

卡西尼縫（明顯的空隙中至少含有100個小環）

恩克縫〔在此縫的空隙中有衛星—潘（Pan）運行〕

雲頂溫度約-180℃（-290華氏度）

放射狀輻條（可能是環面上的塵埃粒子）

安妮斑（反氣旋性風暴系統）

函(Outer mantle of liquid hydrogen)；液態金屬氫的內土星地函(Inner mantle of liquid metallic hydrogen)；放射狀輻條(Radial spoke)；安妮斑(Anne's Spot)；寬環(broad ring)。**大氣**(ATMOSPHERE)：由氨晶體組成的薄霧層(Haze of ammonia crystals)；由氨晶體組成的白雲(White clouds of ammonia crystals)；由硫化氫銨晶體組成的暗橙色雲(Dark orange clouds of ammonium hydrosulfide crystals)；由冰水和水蒸氣組成的藍雲(Blue clouds of water ice and water vapor)。

天王星

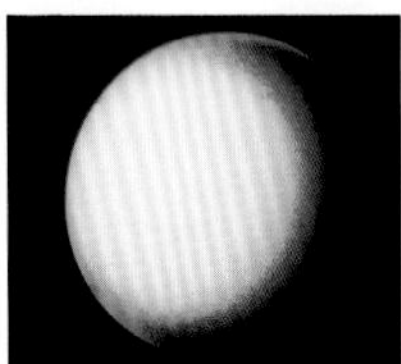

天王星的
彩色增強圖象

天王星是太陽外的第七顆行星。也是第三大的行星，其直徑約為51,000公里（32,000哩）。據認為，它由不同類型的冰和氣體之緻密混合物圍繞一個固態核所組成。它的大氣中含有微量甲烷，因而使天王星呈藍綠色，雲頂的溫度約為-210℃（-350華氏度）。仔細觀察後得知，天王星是最無特徵的行星，迄今只看到少數的含冰甲烷雲。

天王星的自轉軸幾乎是橫臥在軌道面內，這在行星中是獨一無二的。由於其自轉軸強烈傾斜，故天王星在其圍繞太陽的公轉路徑中呈現為側向滾動，而其他行星則或多或少都是直立自轉的。天王星被具有塵埃線的石塊所組成的11個環所圍繞。這些環含有一些太陽系內最暗的物質。環都很窄，以致於很難探測到，其中有9個環的寬度均小於10公里（6哩），而大多數土星環的寬度均有數千公里。天王星有15顆已知的衛星，所有這些衛星都是冰質的，而且大多數都遠離環。10個內衛星小而暗，直徑小於160公里（100哩）；而5個外衛星的直徑在大約470到1,600公里（290到1,000哩）之間。各外衛星有著變化很大的表面特徵。天衛五有著變化最大的表面，它的密布隕石坑的區域被高達20公里（12哩）的巨大山脊和懸崖所破裂。

天王星的傾斜和自轉

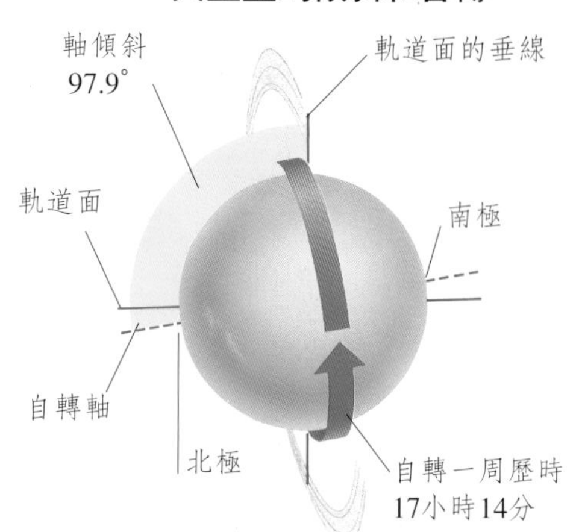

軸傾斜 97.9°
軌道面的垂線
軌道面
自轉軸
南極
北極
自轉一周歷時 17小時14分

外衛星

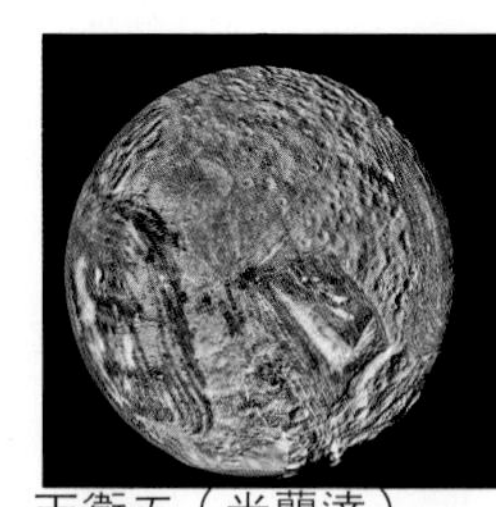

天衛五（米蘭達）
直徑：472公里（293哩）
離天王星的平均距離：
129,800公里（80,700哩）

天王星的環

ε環
1986 U1R環
δ環
γ環
η環
β環
α環
4環和5環
6環
1986 U2R環

環和塵埃線

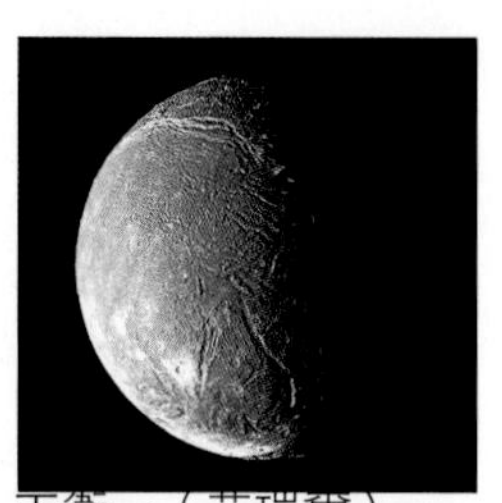

天衛一（艾瑞爾）
直徑：1,158公里（720哩）
離天王星的平均距離：
191,200公里（118,800哩）

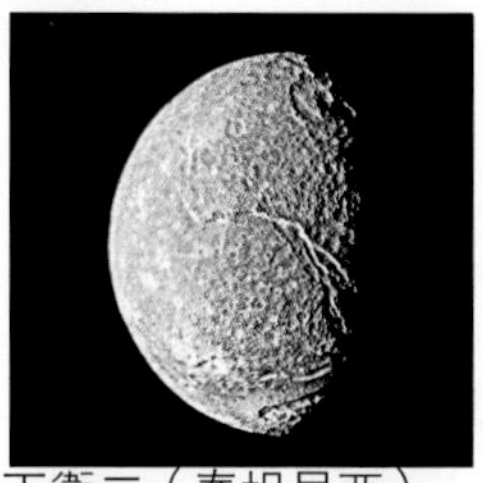

天衛二（安布利爾）
直徑：1,169公里（726哩）
離天王星的平均距離：
266,000公里（165,300哩）

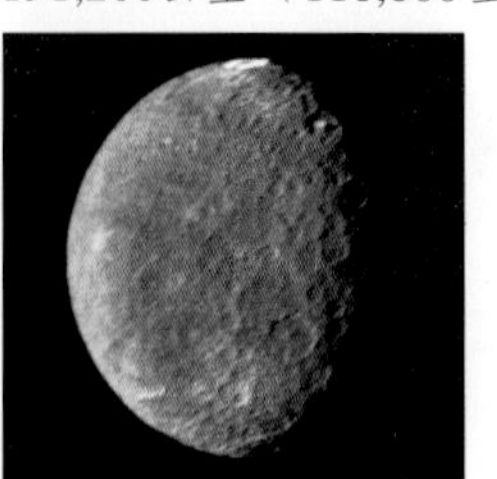

天衛三（泰坦尼亞）
直徑：1,578公里（981哩）
離天王星的平均距離：
435,900公里（270,900哩）

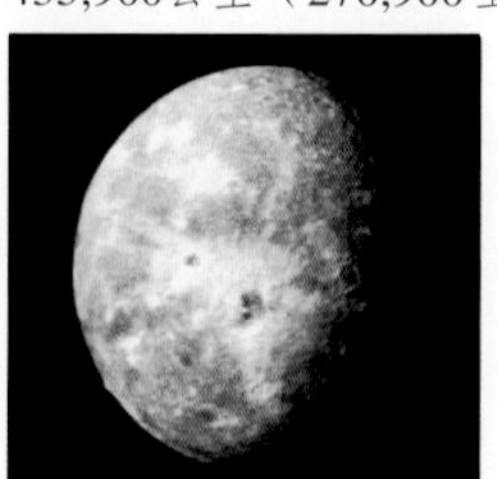

天衛四（奧柏朗）
直徑：1,523公里（946哩）
離天王星的平均距離：
582,600公里（362,000哩）

天王星(Uranus)：含冰甲烷雲(icy clouds of methane)；內衛星(inner moons)；外衛星(outer moons)；山脊(ridges)；懸崖(cliffs)。**天王星的傾斜和自轉**(TILT AND ROTATION OF URANUS)：軸傾斜 *(Axial tilt)*；軌道面*(Orbital plane)*；自轉軸*(Axis of rotation)*；北極*(North pole)*；南極*(South pole)*；軌道面的垂線*(Perpendicular to orbital plane)*。**天王星的環**(RINGS OF URANUS)：ε 環*(Epsilon ring)*；δ 環*(Delta ring)*；γ 環*(Gamma ring)*；η 環*(Eta ring)*；β 環*(Beta ring)*；α 環*(Alpha ring)*。**外衛星**(OUTER MOONS)：

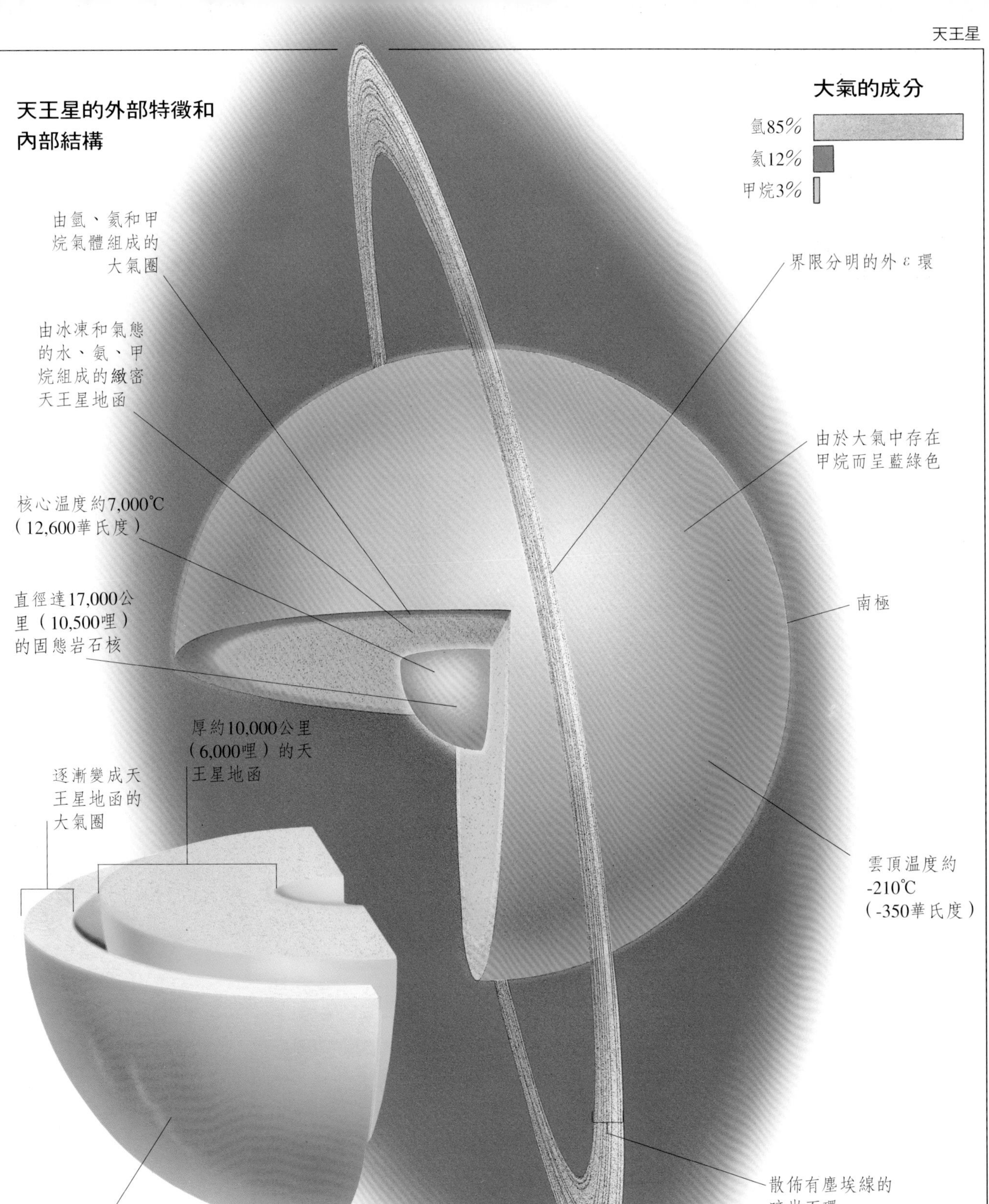

天王星的外部特徵和內部結構

大氣的成分

氫85%
氦12%
甲烷3%

由氫、氦和甲烷氣體組成的大氣圈

由冰凍和氣態的水、氨、甲烷組成的緻密天王星地函

核心溫度約7,000℃（12,600華氏度）

直徑達17,000公里（10,500哩）的固態岩石核

厚約10,000公里（6,000哩）的天王星地函

逐漸變成天王星地函的大氣圈

被速度達每小時300公里（185哩）的風所吹刮的冷凍甲烷冰雲

界限分明的外ε環

由於大氣中存在甲烷而呈藍綠色

南極

雲頂溫度約-210℃（-350華氏度）

散佈有塵埃線的暗岩石環

天衛五(米蘭達)(MIRANDA)；天衛一(艾瑞爾)(ARIEL)；天衛三(泰坦尼亞)(TITANIA)；天衛二(安布利爾)(UMBRIEL)；天衛四(奧柏朗)(OBERON)。**天王星的外部特徵和內部結構**(EXTERNAL FEATURES AND INTERNAL STRUCTURE OF URANUS)：冷凍甲烷冰雲(Icy clouds of frozen methane)；散佈有塵埃線的暗岩石環(Rings of dark rocks interspersed with dust lanes)。

海王星和冥王星

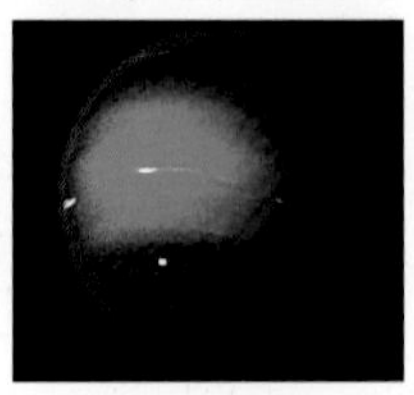

海王星的
彩色增強圖象

海王星和冥王星是離太陽最遠的兩顆行星，它們的平均距離分別約為45億公里（28億哩）和59億公里（37億哩）。海王星是氣體巨行星，據認為是由液體和氣體的混合物包圍著一個小石質核所組成。它的大氣含有若干顯著的雲特徵。其中最大者為大暗斑（其直徑有地球的直徑那樣大）、小暗斑和斯庫特雲。大、小暗斑是巨大的風暴，它們被速度為每小時約2,000公里（1,200哩）的風所吹掃，而環繞著海王星運行。斯庫特雲是一大片的卷雲。海王星有四個稀薄的環和八個已知的衛星。海衛一是最大的海王星衛星，而且是太陽系內最冷的天體，溫度達-235℃（-391華氏度）。與太陽系內的大多數衛星不同，海衛一圍繞海王星公轉的方向與海王星自轉的方向相反。通常，冥王星是最外面的行星，但是它的橢圓形軌道在其248年公轉一周的期間，有20年的時間使冥王星位於海王星軌道之內。冥王星相當小也很遙遠，以致於對它知之甚少。它是一顆石質行星，很可能覆蓋著冰和凍結的甲烷。冥王星僅有一個已知的衛星 — 冥衛（克倫），作為一個衛星來說，它夠大，為冥王星體積的一半。由於它們在體積上相差不大，所以有時把冥王星和冥衛看成是一個雙行星系統。

海王星的傾斜和自轉

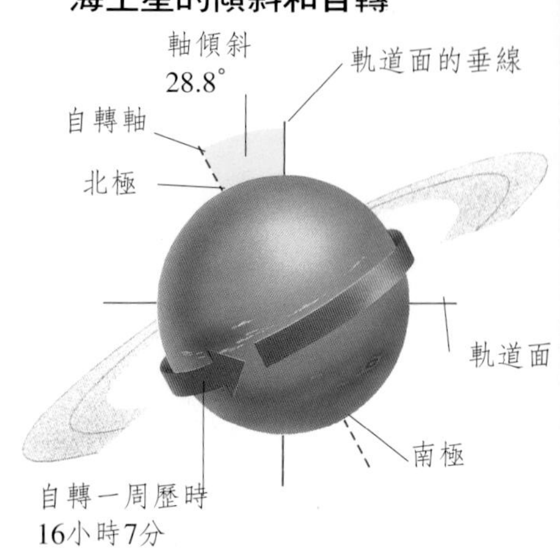

軸傾斜 28.8°
軌道面的垂線
自轉軸
北極
軌道面
南極

自轉一周歷時
16小時7分

海王星雲的特徵

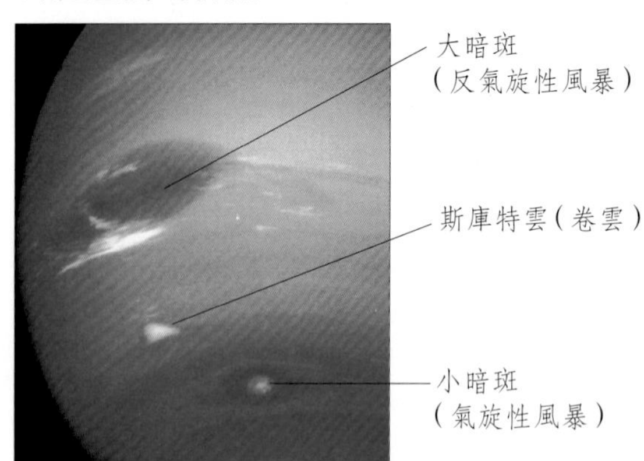

大暗斑（反氣旋性風暴）
斯庫特雲（卷雲）
小暗斑（氣旋性風暴）

海王星的環

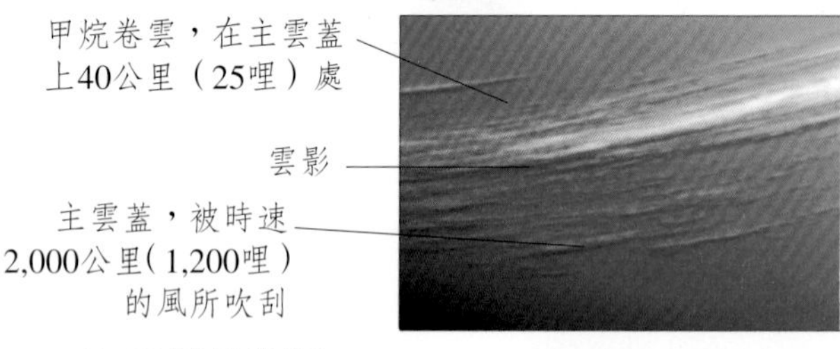

亞當斯環
坪環
利維亞環
加爾環

高空雲

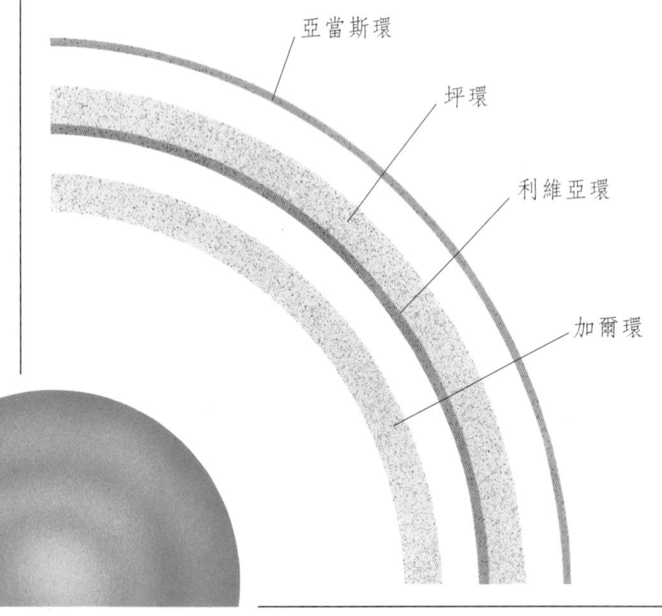

甲烷卷雲，在主雲蓋上40公里（25哩）處
雲影
主雲蓋，被時速2,000公里（1,200哩）的風所吹刮

海王星的衛星

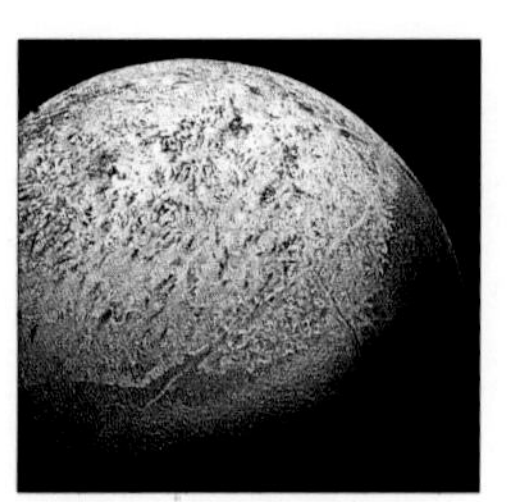

海衛一（特萊頓）
直徑：2,705公里（1,681哩）
離海王星的平均距離：354,800公里（220,500哩）

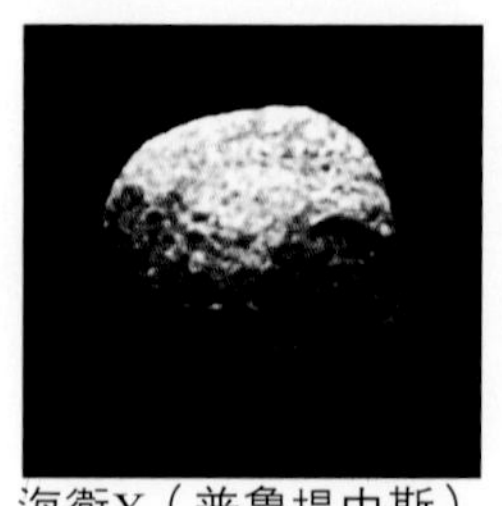

海衛X（普魯提由斯）
直徑：416公里（259哩）
離海王星的平均距離：117,600公里（73,100哩）

海王星和冥王星(Neptune and Pluto)：大暗斑(the Great Dark Spot)；小暗斑(the Small Dark Spot)；斯庫特雲(the Scooter)；橢圓形軌道(elliptical orbit)；冥衛(克倫)(Charon)；雙行星系統(a double-planet system)。海王星的環(RINGS OF NEPTUNE)：亞當斯環(Adams ring)；坪環(Plateau)；利維亞環(Le Verrier ring)；加爾環(Galle ring)。海王星的傾斜和自轉(TILT AND ROTATION OF NEPTUNE)：軌道面的垂線(perpendicular to orbital plane)。海王星雲的特徵(CLOUD FEATURES OF NEPTUNE)：大暗斑(反氣旋性風暴)[Great Dark Spot(anticyclonic wind storm)]；斯庫特雲(卷雲)[Scooter(cirrus cloud)]；小暗斑(氣旋性風暴)[Small Dark Spot(cyclonic wind storm)]。高空雲(HIGH-ALTITUDE CLOUDS)：主雲蓋(main cloud

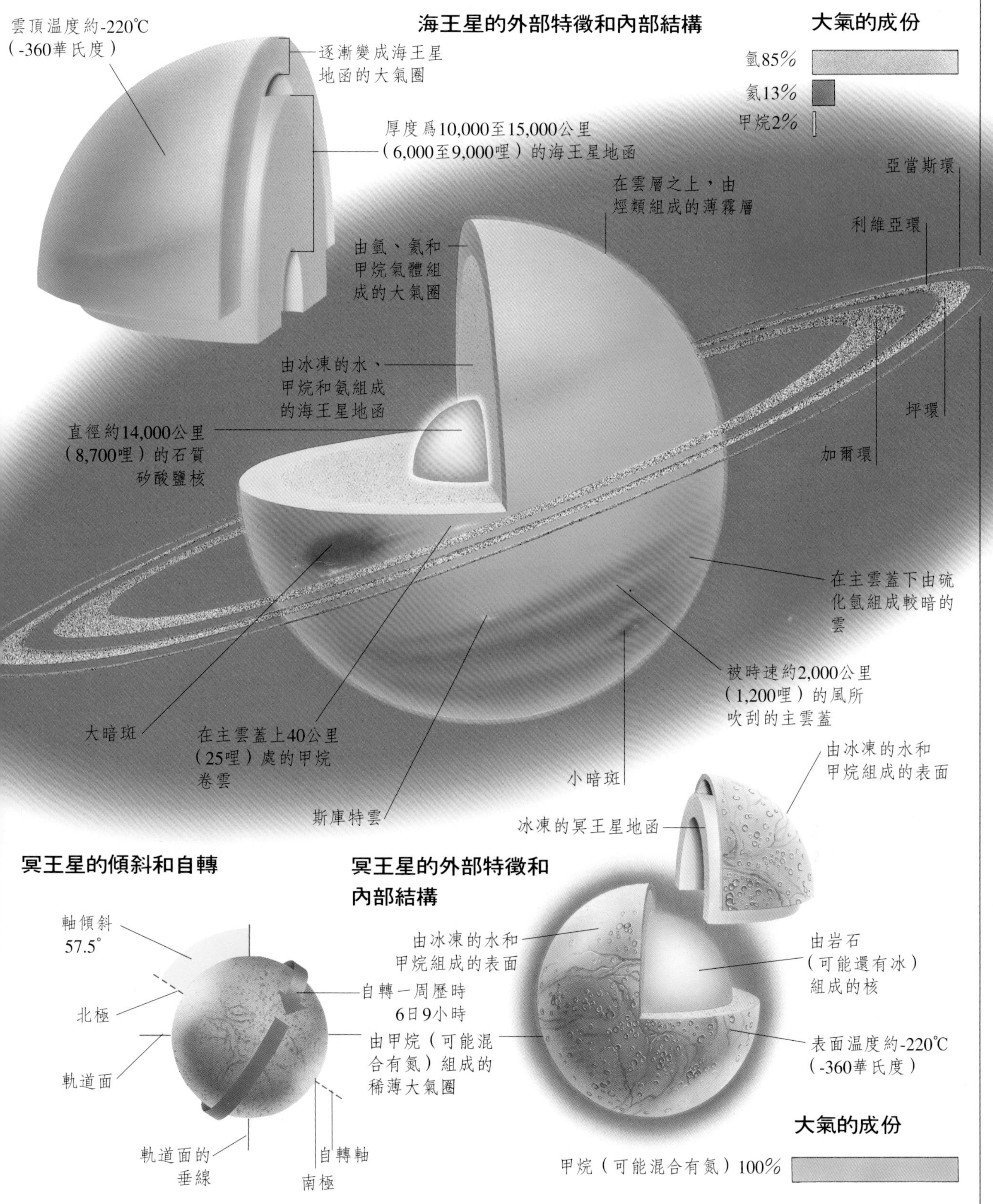

雲頂溫度約-220℃
（-360華氏度）

逐漸變成海王星
地函的大氣圈

海王星的外部特徵和內部結構

大氣的成份

氫85%
氦13%
甲烷2%

厚度爲10,000至15,000公里
（6,000至9,000哩）的海王星地函

在雲層之上，由
烴類組成的薄霧層

由氫、氦和
甲烷氣體組
成的大氣圈

亞當斯環

利維亞環

由冰凍的水、
甲烷和氨組成
的海王星地函

坪環

加爾環

直徑約14,000公里
（8,700哩）的石質
矽酸鹽核

在主雲蓋下由硫
化氫組成較暗的
雲

被時速約2,000公里
（1,200哩）的風所
吹刮的主雲蓋

大暗斑

在主雲蓋上40公里
（25哩）處的甲烷
卷雲

小暗斑

由冰凍的水和
甲烷組成的表面

冰凍的冥王星地函

斯庫特雲

冥王星的傾斜和自轉

**冥王星的外部特徵和
內部結構**

由冰凍的水和
甲烷組成的表面

由岩石
（可能還有冰）
組成的核

軸傾斜
57.5°

北極

自轉一周歷時
6日9小時

軌道面

由甲烷（可能混
合有氮）組成的
稀薄大氣圈

表面溫度約-220℃
（-360華氏度）

軌道面的
垂線

自轉軸

大氣的成份

南極

甲烷（可能混合有氮）100%

---

deck）；雲影(Cloud shadow)。**海王星的衛星**(MOONS OF NEPTUNE)：海衛一(特萊頓)(TRITON)；海衛X(普魯提由斯)(PROTEUS)。**海王星的外部特徵和內部結構**(EXTERNAL FEATURES AND INTERNAL STRUCTURE OF NEPTUNE)：由硫化氫組成較暗的雲(Darker clouds of hydrogen)；烴類組成的薄霧層(Haze of hydrocarbons above clouds)。**冥王星的外部特徵和內部結構**(EXTERNAL FEATURES AND INTERNAL STRUCTURE OF PLUTO)：冰凍的冥王星地函(Icy mantle)；由甲烷組成的稀薄大氣圈(Tenuous atmosphere of methane)。

小行星、彗星和流星體

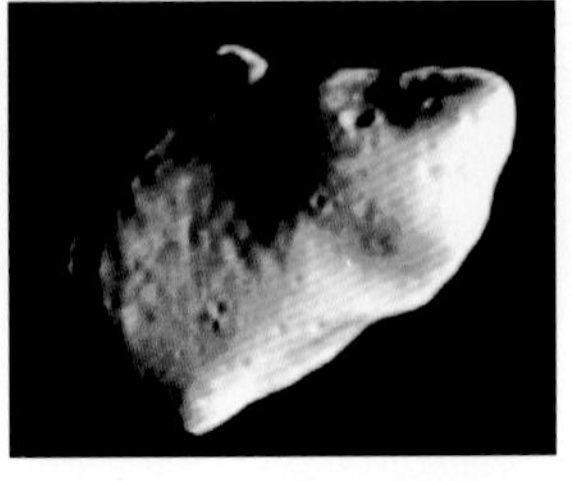

小行星951號加斯普拉

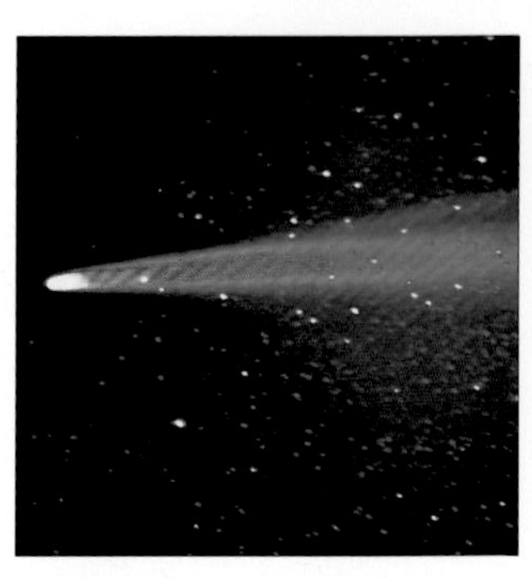

哈雷彗星的光學象

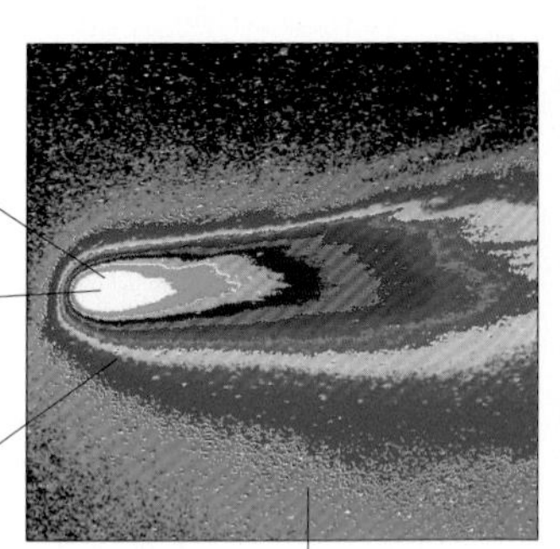

哈雷彗星的彩色增強圖象

發射高強度光

彗核

發射中等強度光

發射低強度光

小行星、**彗星**和**流星體**都是在距今46億年時形成太陽系的星雲所遺留下來的殘骸。小行星是直徑可達幾百公里的石質天體，但大多數小行星要小得多。大多數小行星是在**小行星帶**內圍繞太陽運行，小行星帶是位於火星軌道和木星軌道之間。彗星可能來自於稱爲**奧爾特雲**的巨大雲塊，據認爲它環繞著太陽系。彗星由凍結的氣體和塵埃所組成，它們的直徑有幾公里。偶爾會有一顆彗星從奧爾特雲中偏離而出，進入一個長的橢圓軌道圍繞太陽運行。當彗星向太陽靠近時，在最熱的情況下彗星的表面就開始蒸發，產生明亮發光的**彗髮**（包圍彗核的巨大氣塵球殼）、**氣體彗尾**和**塵埃彗尾**。流星體是小石塊或石頭和鐵的混合體，其中一些是小行星或彗星的碎塊。流星體的大小可以從微小的塵埃粒子，到寬約幾十公尺的天體。如果流星體進入地球的大氣層，它就會因摩擦而發熱並出現稱爲**流星**的一道明亮光線。**流星雨**是當地球通過彗星所遺留下的塵埃粒子時產生的。大多數流星在大氣層中就燒完了，少數大得能到達地球表面的稱爲隕石。

一次獅子座流星雨的彩色增強圖象

隕石

石質隕石

通過大氣層時形成的熔融殼

內部的橄欖石和輝石礦物

石鐵隕石

鐵

石（橄欖石）

彗尾的發展

因陽光光子作用而發生偏離，並且因彗星運動而產生彎曲的塵埃彗尾

由太陽風的帶電粒子推離太陽的氣體彗尾

當彗星靠近太陽時彗尾增長

彗星軌道運動的方向

太陽

包圍彗核的彗髮

彗核後面的彗尾

彗核前面的彗尾

由於太陽的加熱，彗核蒸發形成帶兩個彗尾的彗髮

當彗星遠離太陽時，彗髮和彗尾逐漸消失

氣體彗尾

塵埃彗尾

小行星、彗星和流星體(Asteroids, comets, and meteoroids)：彗星(COMETS)；流星體(METEOROIDS)；小行星帶(the asteroid belt)；奧爾特雲(the Oort Cloud)；彗髮(包圍彗核的巨大氣塵球殼)[coma(a huge sphere of gas and dust around the nucleus)]；氣體彗尾(a gas tail)；塵埃彗尾(a dust tail)；流星[a meteor (a shooting star)]；流星雨(Meteor showers)。**隕石**(METEORITES)：石質隕石(STONY METEORITE)；熔融殼(*Fusion crust*)；橄欖石和輝石礦物(*Olivine and pyroxene mineral*)；石鐵隕石(STONY-IRON METEORITE)。**彗尾的發展**(DEVELOPMENT OF COMET TAILS)：光子作用(*photons in*

彗星的特徵

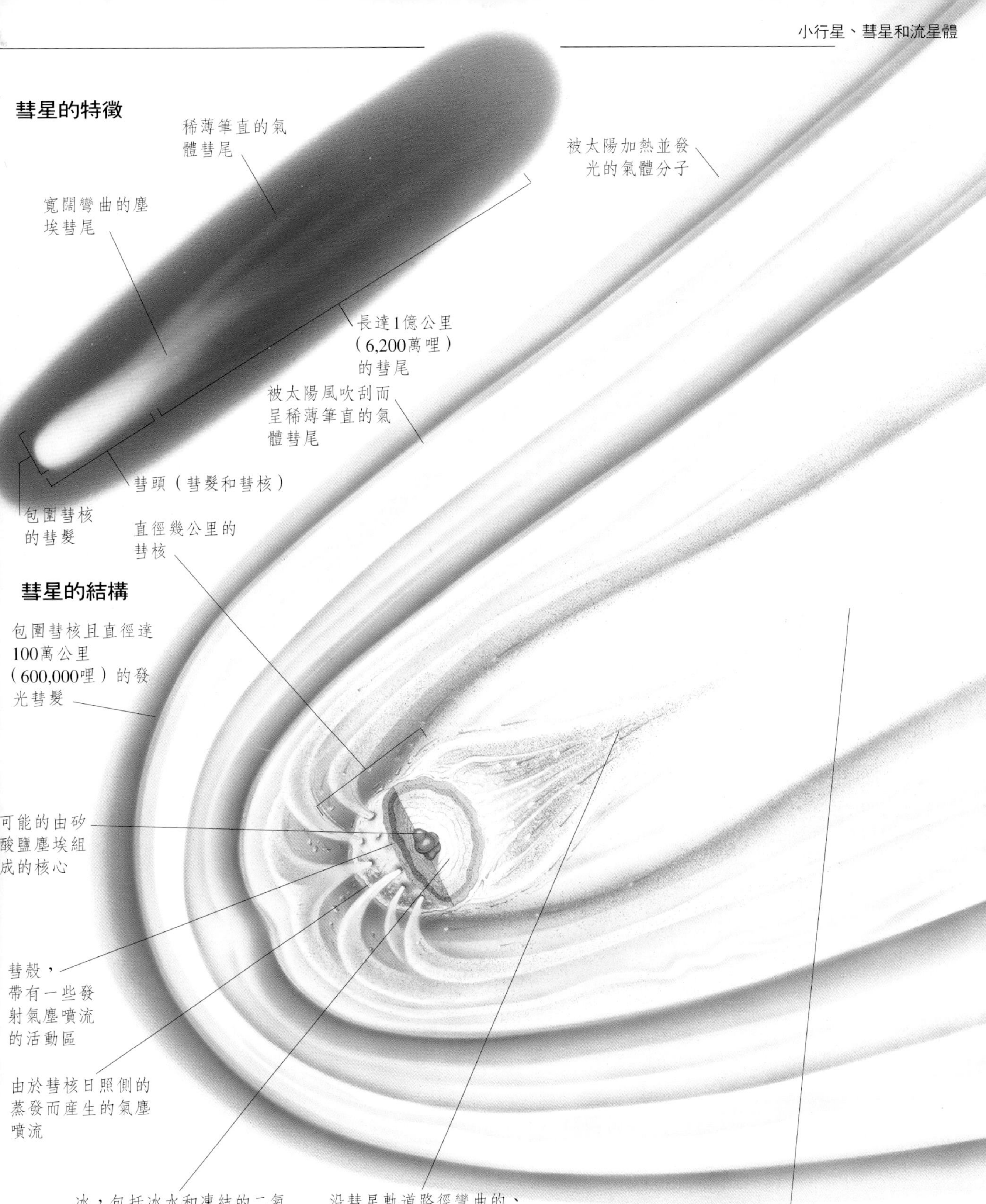

稀薄筆直的氣體彗尾

被太陽加熱並發光的氣體分子

寬闊彎曲的塵埃彗尾

長達1億公里（6,200萬哩）的彗尾

被太陽風吹刮而呈稀薄筆直的氣體彗尾

彗頭（彗髮和彗核）

包圍彗核的彗髮

直徑幾公里的彗核

彗星的結構

包圍彗核且直徑達100萬公里（600,000哩）的發光彗髮

可能的由矽酸鹽塵埃組成的核心

彗殼，帶有一些發射氣塵噴流的活動區

由於彗核日照側的蒸發而產生的氣塵噴流

冰，包括冰水和凍結的二氧化碳、甲烷和氨

沿彗星軌道路徑彎曲的、寬闊的塵埃彗尾

反射陽光的塵埃粒子

sunlight)；太陽風的帶電粒子(charged particles in solar wind)；當彗星靠近太陽時彗尾增長(Tails lengthen as comet nears Sun)；彗星軌道運動的方向(Direction of comet's orbital motion)；包圍彗核的彗髮(Coma surrounding nucleus)；彗核後面的彗尾(Tails behind nucleus)；塵埃彗尾(Dust tail)。**彗星的結構** (STRUCTURE OF COMET)：矽酸鹽塵埃(silicate dust)；彗殼，帶有一些發射氣塵噴流的活動區(Crust with active areas emitting jets of gas and dust)；沿彗星軌道路徑彎曲的、寬闊的塵埃彗尾(Broad dust tail curved along comet's orbital path)；反射陽光的塵埃粒子(Dust particles reflecting sunlight)。

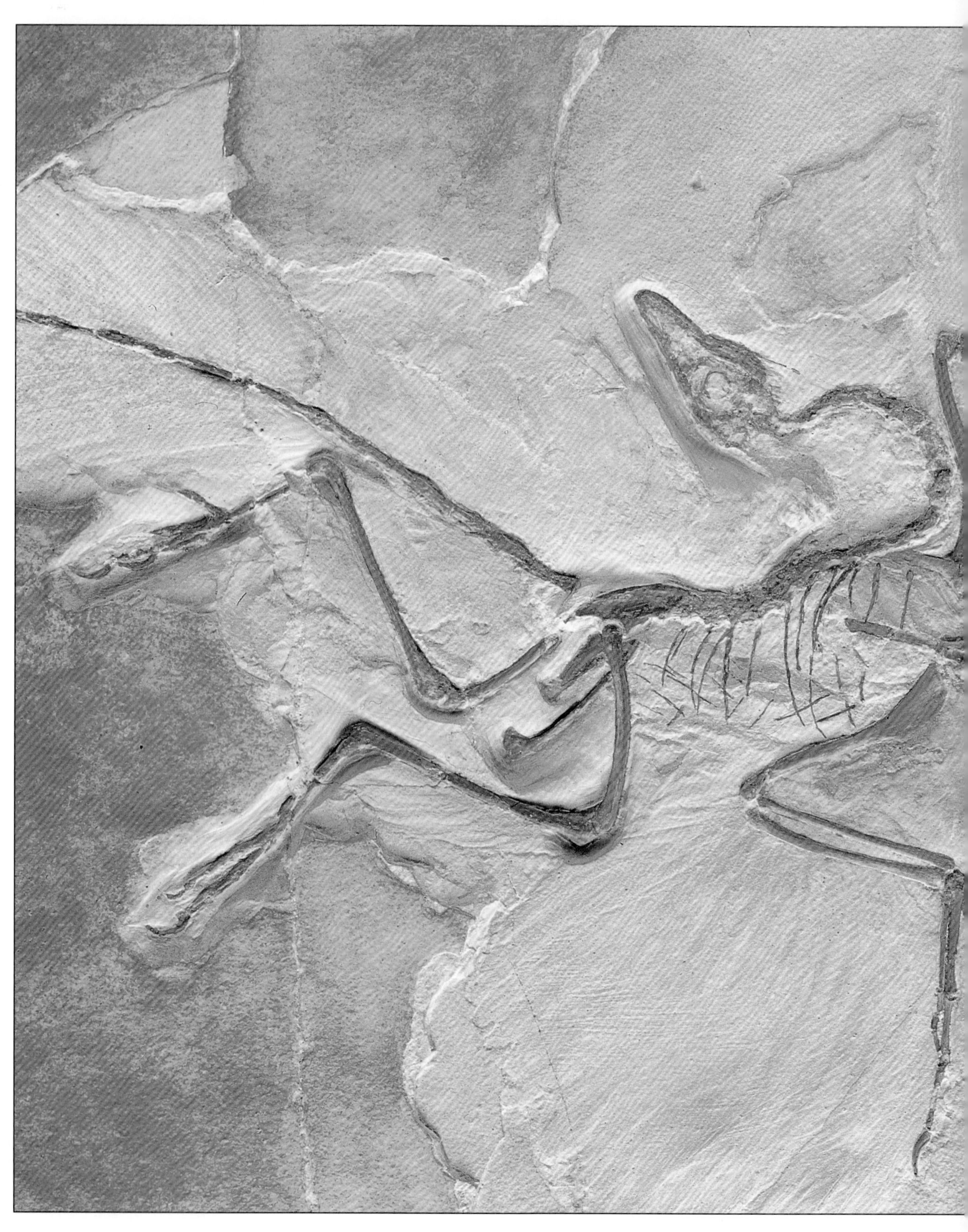

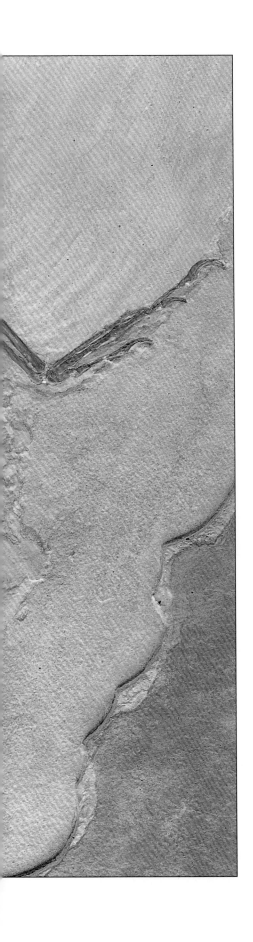

史前地球篇
PREHISTORIC EARTH

變化的地球(The changing earth) 56

地殼(The earth's crust) 58

斷層和褶皺(Faults and folds) 60

造山運動(Mountain building) 62

前寒武紀到泥盆紀 (Precambrian to Devonian period) 64

石炭紀到二疊紀 (Carboniferous to Permian period) 66

三疊紀(Triassic period) 68

侏羅紀(Jurassic period) 70

白堊紀(Cretaceous period) 72

第三紀(Tertiary period) 74

第四紀(Quaternary period) 76

生命的初期標誌(Early signs of life) 78

兩棲動物和爬行動物(Amphibians and reptiles) 80

恐龍類(The dinosaurs) 82

獸足亞目1 (Theropods 1) 84

獸足亞目2(Theropods 2) 86

蜥腳形亞目1(Sauropodomorphs 1) 88

蜥腳形亞目2(Sauropodomorphs 2) 90

盾日蛾亞目1(Thyreophorans 1) 92

盾日蛾亞目2(Thyreophorans 2) 94

鳥腳亞目1(Ornithopods 1) 96

鳥腳亞目2(Ornithopods 2) 98

有邊頭龍亞目1(Marginocephalians 1) 100

有邊頭龍亞目2(Marginocephalians 2) 102

哺乳動物1(Mammals 1) 104

哺乳動物2(Mammals 2) 106

初期人科(The first hominids) 108

變化的地球

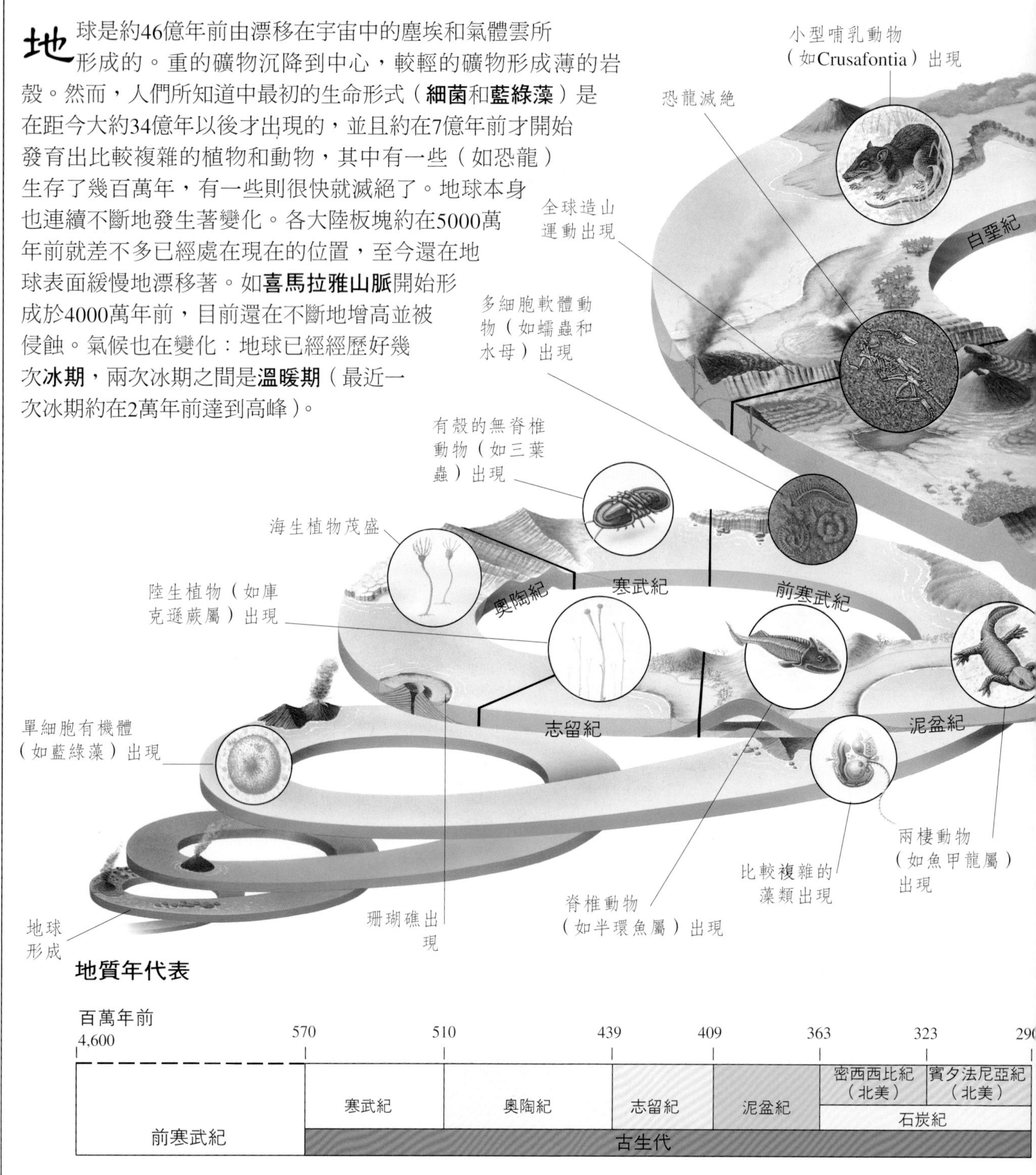

地球是約46億年前由漂移在宇宙中的塵埃和氣體雲所形成的。重的礦物沉降到中心，較輕的礦物形成薄的岩殼。然而，人們所知道中最初的生命形式（**細菌**和**藍綠藻**）是在距今大約34億年以後才出現的，並且約在7億年前才開始發育出比較複雜的植物和動物，其中有一些（如恐龍）生存了幾百萬年，有一些則很快就滅絕了。地球本身也連續不斷地發生著變化。各大陸板塊約在5000萬年前就差不多已經處在現在的位置，至今還在地球表面緩慢地漂移著。如**喜馬拉雅山脈**開始形成於4000萬年前，目前還在不斷地增高並被侵蝕。氣候也在變化：地球已經經歷好幾次**冰期**，兩次冰期之間是**溫暖期**（最近一次冰期約在2萬年前達到高峰）。

小型哺乳動物（如Crusafontia）出現

恐龍滅絕

全球造山運動出現

白堊紀

多細胞軟體動物（如蠕蟲和水母）出現

有殼的無脊椎動物（如三葉蟲）出現

海生植物茂盛

陸生植物（如庫克遜蕨屬）出現

奧陶紀

寒武紀

前寒武紀

單細胞有機體（如藍綠藻）出現

志留紀

泥盆紀

兩棲動物（如魚甲龍屬）出現

比較複雜的藻類出現

脊椎動物（如半環魚屬）出現

地球形成

珊瑚礁出現

地質年代表

百萬年前							
4,600	570	510	439	409	363	323	290

					密西西比紀（北美）	賓夕法尼亞紀（北美）	
	寒武紀	奧陶紀	志留紀	泥盆紀	石炭紀		
前寒武紀	古生代						

變化的地球(The changing Earth)：細菌(bacteria)；藍綠藻(blue-green algae)；喜馬拉雅山脈(the Himalayas)；冰期(ice ages)；溫暖期(warmer periods)。**地球的演化(EVOLUTION OF THE EARTH)**：單細胞有機體(*Unicellular organisms*)；庫克遜蕨屬(*Cooksonia*)；有殼的無脊椎動物(*Shelled invertebrates*)；三葉蟲(*trilobites*)；多細胞軟體動物(*Multicellular softbodied animals*)；蠕蟲和水母(*worms and jellyfish*)；木蘭屬植物(Magnolia)；油氣礦床(*Oil and gas deposits*)；始祖鳥(*Archaeopteryx*)；重腳獸(*Arsinoitherium*)；

地球的演化

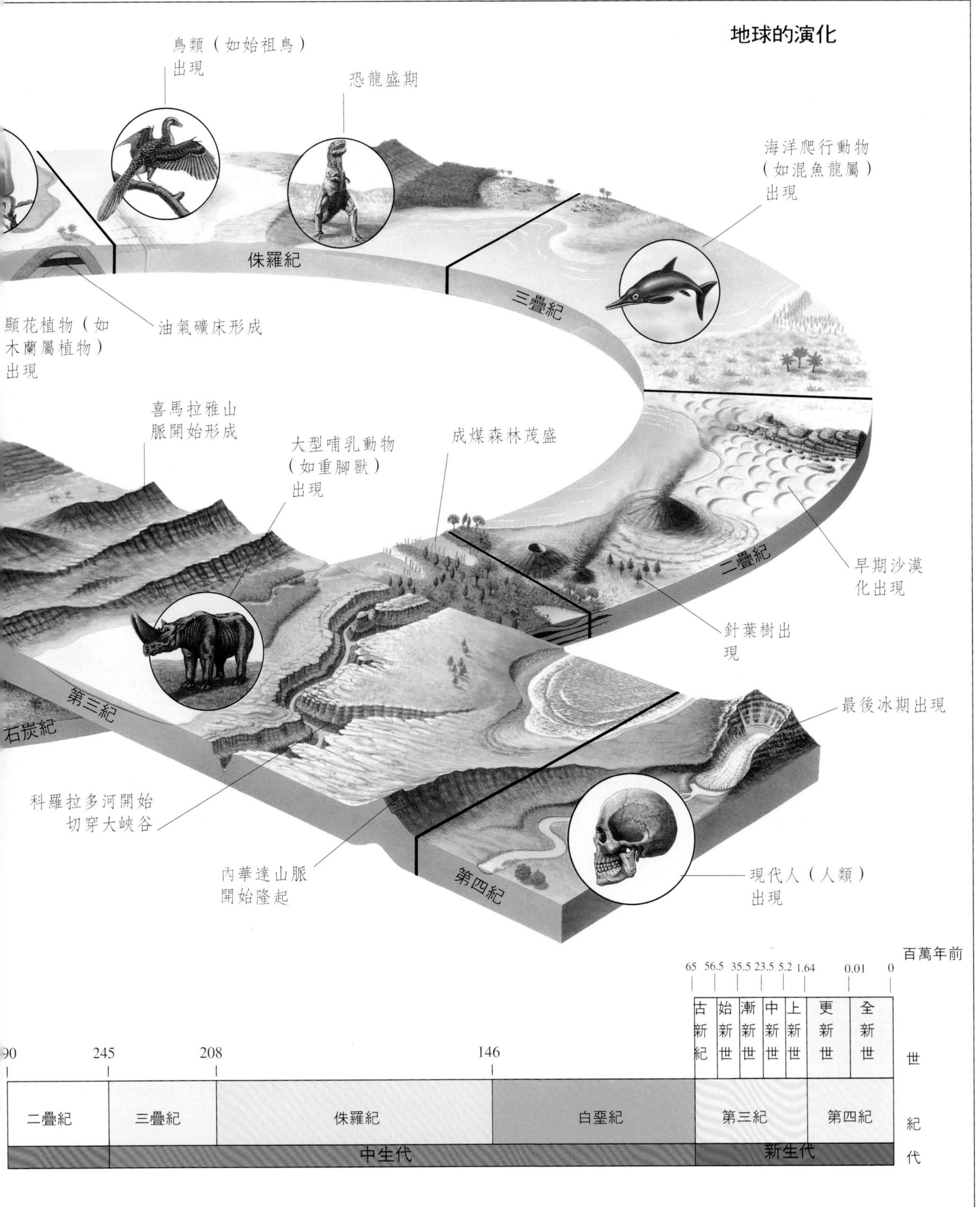

鳥類（如始祖鳥）出現

恐龍盛期

海洋爬行動物（如混魚龍屬）出現

顯花植物（如木蘭屬植物）出現

油氣礦床形成

侏羅紀

三疊紀

喜馬拉雅山脈開始形成

大型哺乳動物（如重腳獸）出現

成煤森林茂盛

早期沙漠化出現

二疊紀

針葉樹出現

第三紀

石炭紀

科羅拉多河開始切穿大峽谷

內華達山脈開始隆起

第四紀

最後冰期出現

現代人（人類）出現

								百萬年前
	65	56.5	35.5	23.5	5.2	1.64	0.01	0
	古新紀	始新世	漸新世	中新世	上新世	更新世	全新世	世

90	245	208		146				
二疊紀	三疊紀	侏羅紀		白堊紀		第三紀	第四紀	紀
		中生代				新生代		代

成煤森林(Coal-forming forests)；混魚龍屬(Mixosaurus)；內華達山脈(the Sierra Nevada)；科羅拉多河(Colorado River)；大峽谷(the Grand Canyon)；魚甲龍屬(Ichthyostega)；半環魚屬(Hemicyclaspis)；珊瑚礁(Coral reefs)。**地質年代表**：密西西比紀(MISSISSIPPIAN)；賓夕法尼亞紀(PENNSYLVANIAN)；古新紀(PALEOCENE)；始新世(EOCENE)；漸新世(OLIGOCENE)；中新世(MIOCENE)；上新世(PLIOCENE)；更新世(PLEISTOCENE)；全新世(HOLOCENE)。

地殼

地殼是地球的固體外殼，包括大陸地殼〔厚度約40公里（25哩）〕和海洋地殼〔厚度約6公里（4哩）〕。地殼和地函最上層形成岩石圈（地函的部分熔融層），且彼此做相對運動。這種相對運動稱為**板塊構造運動**，能幫助解釋**大陸漂移**。在兩個板塊分離的地方，地殼中會出現**裂谷**。在海洋中，板塊相對運動造成**海底擴張**，並形成**洋脊**。在大陸上，地殼擴張可以形成裂谷。當板塊相對運動時，一個板塊可以被迫俯降到另一個板塊下面，在海洋中這就會造成**海溝**，還會引起地震活動和造成**火山島弧**。當大洋殼俯降到大陸殼下面，或者在大陸相互發生碰撞的地方，陸地會隆起，形成山脈（參見62-63頁）。板塊還可以互相滑移，例如沿聖安德里亞斯斷裂滑移。大陸上的**地殼運動**可以產生地震，海床下的地殼運動則可以產生**海嘯**。

地殼中的元素

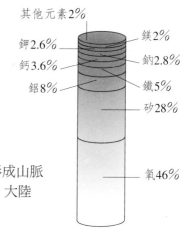

其他元素2%
鉀2.6%
鈣3.6%
鋁8%
鎂2%
鈉2.8%
鐵5%
矽28%
氧46%

板塊運動的特徵

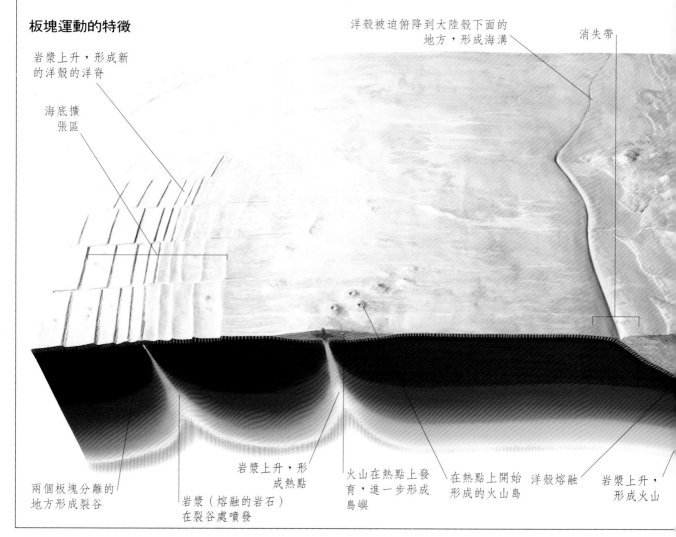

岩漿上升，形成新的洋殼的洋脊

海底擴張區

洋殼被迫俯降到大陸殼下面的地方，形成海溝

消失帶

兩個板塊分離的地方形成裂谷

岩漿（熔融的岩石）在裂谷處噴發

岩漿上升，形成熱點

火山在熱點上發育，進一步形成島嶼

在熱點上開始形成的火山島

洋殼熔融

岩漿上升，形成火山

地殼(The Earth's crust)：板塊構造運動(plate tectonics)；大陸漂移(continental drift)；裂谷(rifts)；海底擴張(seafloor spreading)；洋脊(ocean ridges)；海溝(ocean trenches)；火山島弧(arcs of volcanic islands)；地殼運動(Crustal movement)；海嘯(tidal waves)。**地殼的主要板塊(MAJOR PLATES OF THE EARTH'S CRUST)**：納斯克板塊(*Nazca plate*)；加勒比板塊(*Caribbean plate*)；可可斯板塊(*Cocos plate*)；北美板塊(*North American plate*)；希臘板塊(*Hellenic plate*)；歐亞板塊(*Eurasian plate*)；太平洋板塊

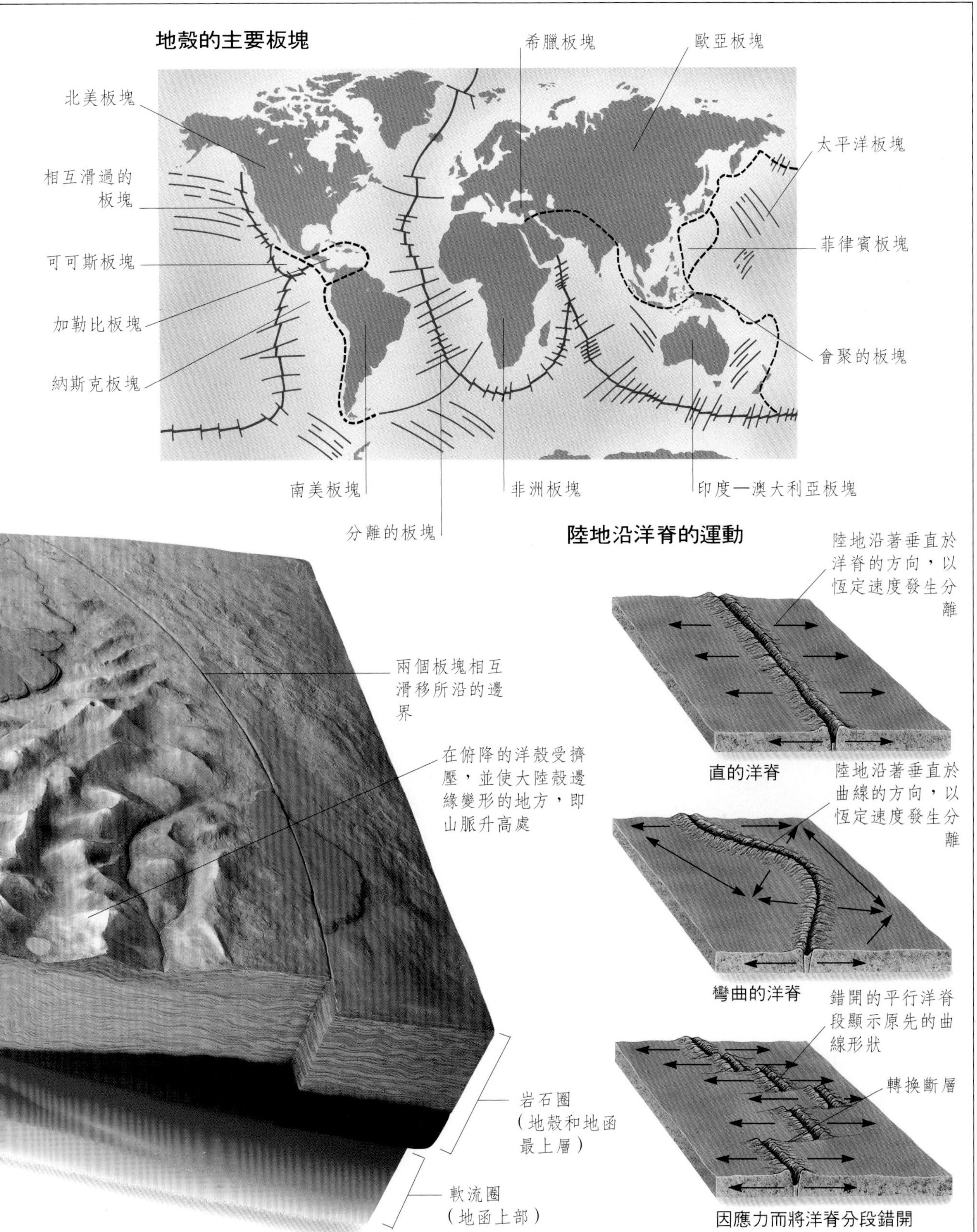

地殼的主要板塊

希臘板塊
歐亞板塊
北美板塊
太平洋板塊
相互滑過的板塊
菲律賓板塊
可可斯板塊
會聚的板塊
加勒比板塊
納斯克板塊
南美板塊
非洲板塊
印度—澳大利亞板塊
分離的板塊

兩個板塊相互滑移所沿的邊界

在俯降的洋殼受擠壓,並使大陸殼邊緣變形的地方,即山脈升高處

岩石圈(地殼和地函最上層)

軟流圈(地函上部)

陸地沿洋脊的運動

陸地沿著垂直於洋脊的方向,以恆定速度發生分離

直的洋脊

陸地沿著垂直於曲線的方向,以恆定速度發生分離

彎曲的洋脊

錯開的平行洋脊段顯示原先的曲線形狀

轉換斷層

因應力而將洋脊分段錯開

(Pacific plate);菲律賓板塊(Philippine plate);印度—澳大利亞板塊(Indo-Australian plate);非洲板塊(African plate);南美板塊(South American plate)。**板塊運動的特徵**(FEATURES OF PLATE MOVEMENTS):消失帶(Subduction zone);軟流圈(Asthenosphere);岩漿(Magma)。**陸地沿洋脊的運動**(MOVEMENT OF LAND ALONG OCEANIC RIDGES):直的洋脊(STRAIGHT OCEANIC RIDGE);彎曲的洋脊(CURVED OCEANIC RIDGE);因應力而將洋脊分段錯開(STRESSES RESOLVE INTO SECTIONS);轉換斷層(Transform fault)。

斷層和褶皺

地球的地殼板塊，其持續運動會擠壓，拉伸或錯斷岩層，使岩層變形，產生斷層和褶皺。斷層是岩層中因壓力或張力而斷裂的兩個岩體沿著它發生相對運動，這種運動可以是垂直的、水平的或斜的（垂直和水平運動）。當岩層受到擠壓或拉伸時，形成斷層。斷層容易發生在堅硬的岩層中，這種岩層容易斷裂，不易彎曲。最小的斷層出現在**礦物單晶**中，用顯微鏡看也很小；最大的斷層是非洲的**大裂谷**，形成於500萬到10萬年前之間，其長度超過9,000公里（6,000哩）。褶皺是由於擠壓形成岩層的彎曲，出現於**彈性岩層**中，這種岩層容易彎曲，不易斷裂。褶皺主要有兩種類型：**背斜（上凸褶曲）**和**向斜（下凹褶曲）**。褶皺大小不等，小的只有幾毫米長，大的如喜馬拉雅山（參見62-63頁）和阿爾卑斯褶皺山脈，長達幾百公里，它們還在反覆發生褶皺。除斷層和褶皺外，**石香腸、柵狀構造**和**雁列構造**也同岩層變形有關。

褶皺的結構

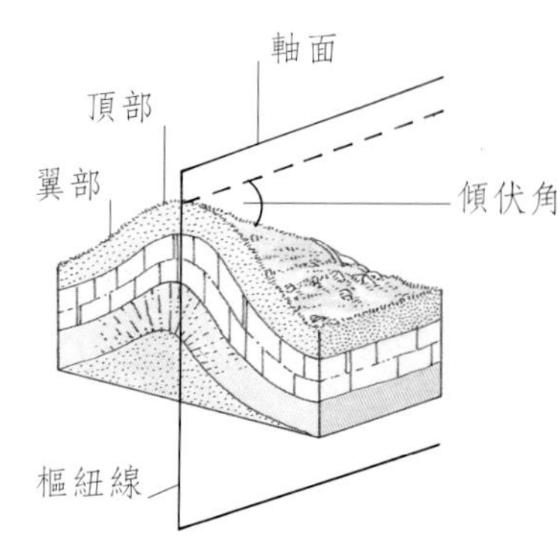

軸面
頂部
翼部
傾伏角
樞紐線

斷層的結構

斷層面
斷層面傾角（與水平面的夾角）
升側
垂直斷距（斷層垂直位移量）
斷層餘角（與垂直面的夾角）
坍陷

褶皺翼結構

走向
傾角
走向和傾向成直角
傾向

褶皺岩層

陡傾翼
背斜頂部
傾伏

侵蝕的褶皺岩層剖面

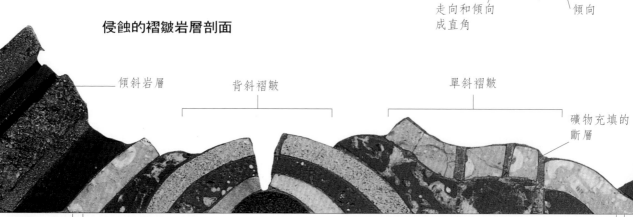

傾斜岩層
背斜褶皺
單斜褶皺
礦物充填的斷層
晚石炭世磨石粗砂岩
早石炭世石灰岩

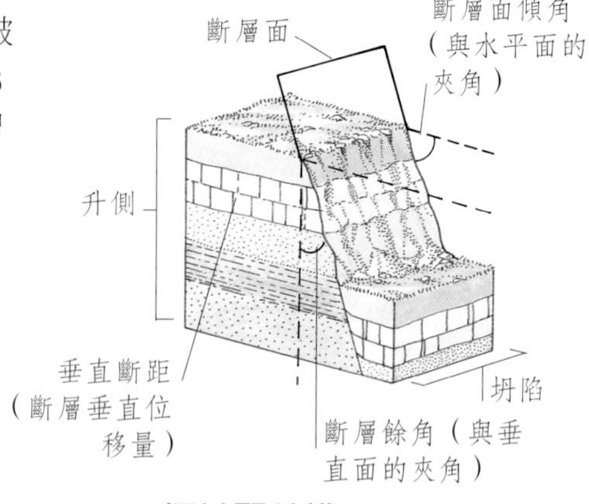

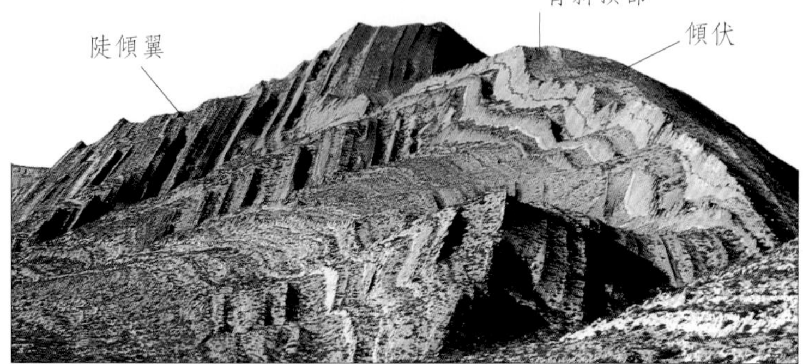

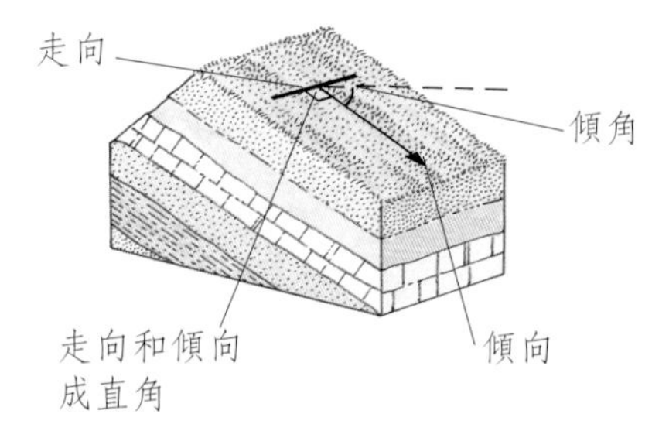

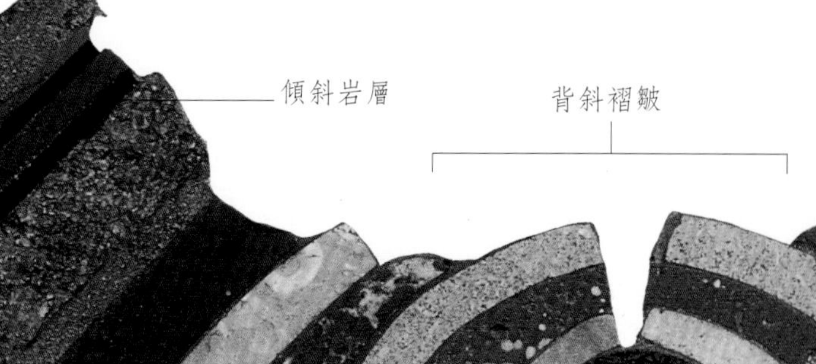

褶皺示例

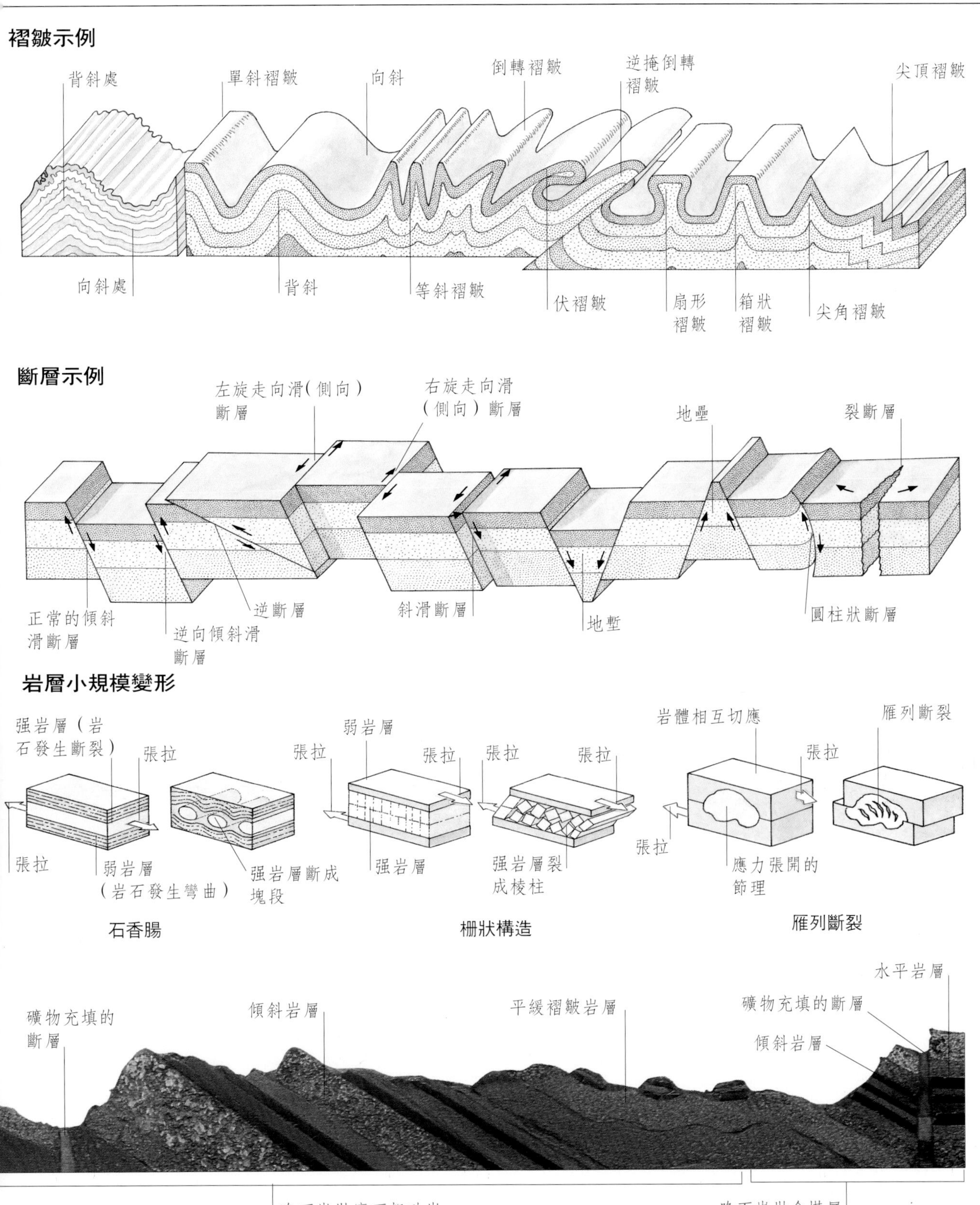

褶皺示例（標注）：背斜處、單斜褶皺、向斜、倒轉褶皺、逆掩倒轉褶皺、尖頂褶皺、向斜處、背斜、等斜褶皺、伏褶皺、扇形褶皺、箱狀褶皺、尖角褶皺

斷層示例

斷層示例（標注）：左旋走向滑（側向）斷層、右旋走向滑（側向）斷層、地壘、裂斷層、正常的傾斜滑斷層、逆向傾斜滑斷層、逆斷層、斜滑斷層、地塹、圓柱狀斷層

岩層小規模變形

強岩層（岩石發生斷裂）、張拉、弱岩層、張拉、張拉、張拉、張拉、岩體相互切應、張拉、雁列斷裂、張拉、張拉、弱岩層（岩石發生彎曲）、強岩層斷成塊段、強岩層、強岩層裂成棱柱、應力張開的節理、張拉

石香腸　　　　**柵狀構造**　　　　**雁列斷裂**

礦物充填的斷層、傾斜岩層、平緩褶皺岩層、水平岩層、礦物充填的斷層、傾斜岩層

晚石炭世磨石粗砂岩　　　　晚石炭世含煤層

左旋走向滑(側向)斷層[Sinistral strike-slip(lateral)fault]；地壘(Horst)；裂斷層(Tear fault)；圓柱狀斷層(Cylindrical fault)；地塹(Graben)；斜滑斷層(Oblique-slip fault)；逆斷層(Thrust fault)。**褶皺岩層**：陡傾翼(Steeply dipping limbs)。**岩層小規模變形**：強岩層(Competent bed)；塊段(sections)；弱岩層(Incompetent bed)；棱柱(prisms)；節理(Joint)。晚石炭世含煤層(Upper Carboniferous Coal Measures)。早石炭世石灰岩(Lower Carboniferous Limestone)。晚石炭世磨石粗砂岩(Upper Carboniferous Millstone Grit)。

造山運動

造山運動（又稱爲**造山作用**）所包含的各種過程乃是地球的地殼板塊運動的結果。山脈主要有三類：**火山、褶皺山**和**斷塊山**。大部分火山是自**板塊邊界**形成的，在這些邊界處，板塊發生會聚或分離，而熔岩和其他岩屑噴到地球表面上。熔岩和岩屑可以在火山口附近堆積起來，形成**穹丘**。褶皺山是在塊板碰撞，使岩層向上彎曲的地方形成的。在洋殼遇上密度較小的大陸殼的地方，洋殼被迫俯降到大陸殼下面，大陸殼由於碰撞而彎曲，這就是褶皺山脈，如北美**阿帕拉契山脈**的形成過程。在兩個大陸殼相遇的地方，也形成褶皺山脈。例如喜馬拉雅山脈，開始形成於印度板塊與亞洲板塊相撞之時，它使這兩個板塊之間的部分海洋殼和沉積物發生彎曲。斷塊山是由於地殼被擠壓或張拉，兩個斷層之間的陸塊上升而形成的。沿斷層的運動常常需要幾百萬年的時間逐漸發生的。然而，兩個板塊沿斷層線相互猛然滑移，則可能發生地震。

喜馬拉雅山脈

亞洲

在兩個碰撞的大陸之間，由於部分洋殼和沉積物發生彎曲而形成的喜馬拉雅山脈

印度板塊北移

約4,000萬年前印度板塊與亞洲板塊碰撞

山脈示例

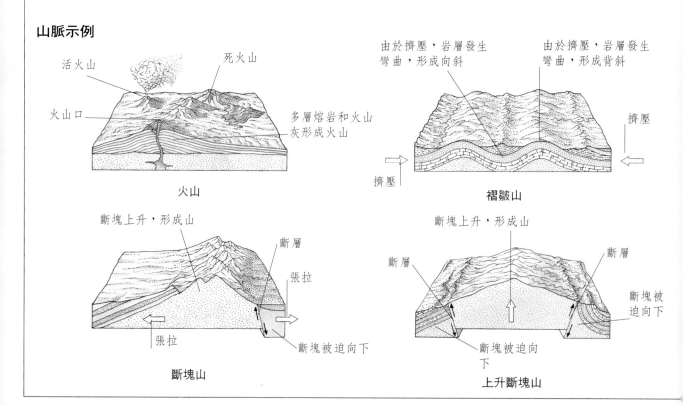

活火山

死火山

火山口

多層熔岩和火山灰形成火山

火山

由於擠壓，岩層發生彎曲，形成向斜

由於擠壓，岩層發生彎曲，形成背斜

擠壓

擠壓

褶皺山

斷塊上升，形成山

斷層

張拉

張拉

斷塊被迫向下

斷塊山

斷塊上升，形成山

斷層

斷層

斷塊被迫向下

斷塊被迫向下

上升斷塊山

造山運動(Mountain building)：造山作用(orogenesis)；火山(volcanic mountains)；褶皺山(fold mountains)；斷塊山(block mountains)；板塊邊界(plate boundaries)；穹丘(dome)；阿帕拉契山脈(the Appalachian Mountains)。**喜馬拉雅山脈的形成階段**(STAGES IN THE FORMATION OF THE HIMALAYAS)：沉積物(*Sediment*)；恆河平原(*Ganges plain*)；波紋效應(*Ripple effect*)；青藏高原(*plateau of Tibet*)。**山脈示**

喜馬拉雅山脈的形成階段

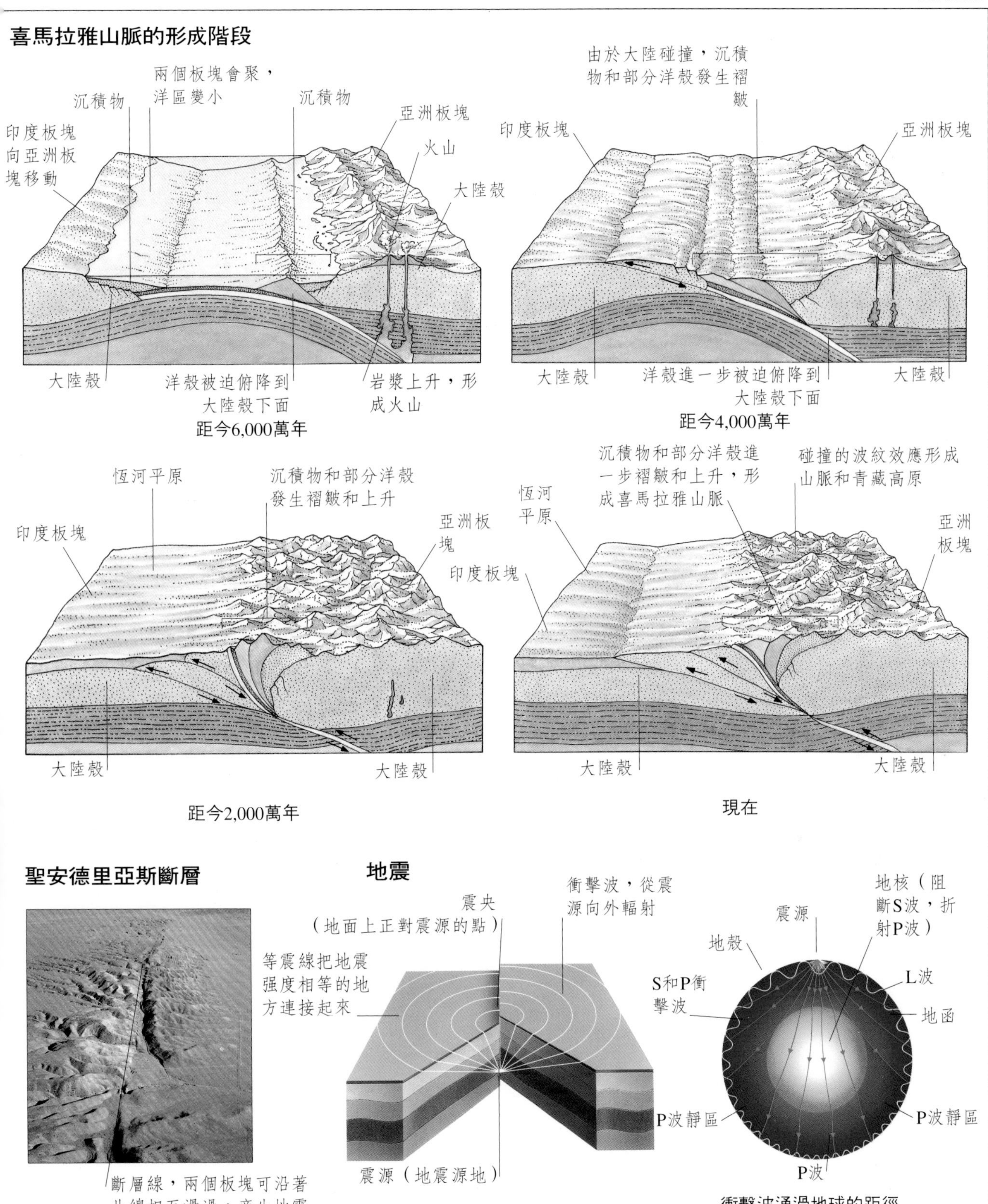

兩個板塊會聚，洋區變小

沉積物 · 沉積物 · 亞洲板塊 · 火山 · 大陸殼

印度板塊向亞洲板塊移動

大陸殼 · 洋殼被迫俯降到大陸殼下面 · 岩漿上升，形成火山

距今6,000萬年

由於大陸碰撞，沉積物和部分洋殼發生褶皺

印度板塊 · 亞洲板塊

大陸殼 · 洋殼進一步被迫俯降到大陸殼下面 · 大陸殼

距今4,000萬年

恆河平原 · 沉積物和部分洋殼發生褶皺和上升 · 亞洲板塊

印度板塊 · 印度板塊

大陸殼 · 大陸殼

距今2,000萬年

沉積物和部分洋殼進一步褶皺和上升，形成喜馬拉雅山脈

碰撞的波紋效應形成山脈和青藏高原

恆河平原 · 亞洲板塊 · 印度板塊

大陸殼 · 大陸殼

現在

聖安德里亞斯斷層

斷層線，兩個板塊可沿著此線相互滑過，產生地震

地震

震央（地面上正對震源的點）

衝擊波，從震源向外輻射

等震線把地震強度相等的地方連接起來

震源（地震源地）

地震剖斷

震源 · 地殼 · 地核（阻斷S波，折射P波）

S和P衝擊波 · L波 · 地函

P波靜區 · P波靜區

P波

衝擊波通過地球的途徑

例(EXAMPLES OF MOUNTAINS)：多層熔岩和火山灰*(Layers of lava and ash)*。聖安德里亞斯斷層(SAN ANDREAS FAULT)。斷層線*(Faultline)*；等震線*(Isoseismal lines)*；震央*(Epicenter)*；衝擊波*(Shock waves radiate)*；震源*(Focus)*。P波靜區*(P wave shadow zone)*；阻斷S波*(blocks S waves)*；折射P波*(deflects P waves)*。

前寒武紀到泥盆紀

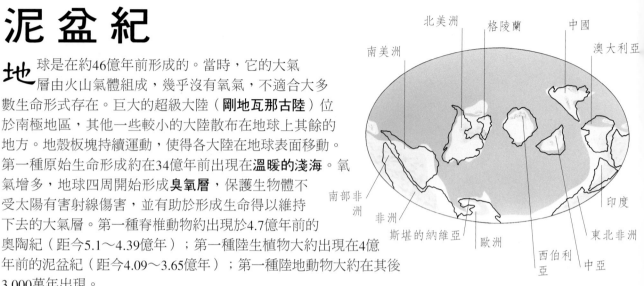

現在的地塊在奧陶紀中期的位置

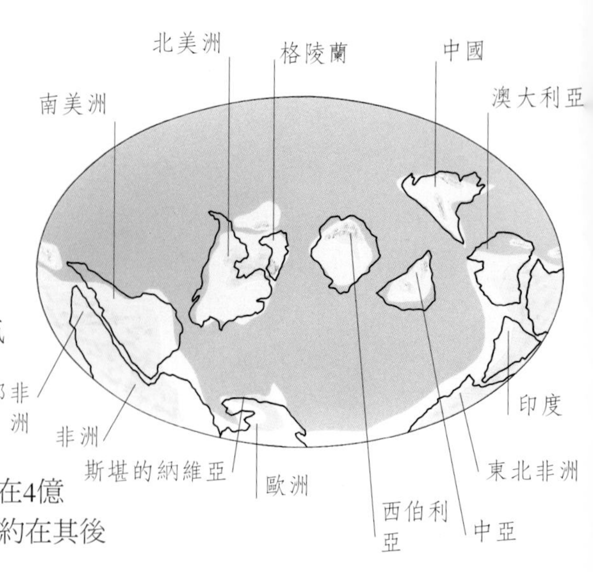

地球是在約46億年前形成的。當時，它的大氣層由火山氣體組成，幾乎沒有氧氣，不適合大多數生命形式存在。巨大的超級大陸（**剛地瓦那古陸**）位於南極地區，其他一些較小的大陸散布在地球上其餘的地方。地殼板塊持續運動，使得各大陸在地球表面移動。第一種原始生命形成約在34億年前出現在**溫暖的淺海**。氧氣增多，地球四周開始形成**臭氧層**，保護生物體不受太陽有害射線傷害，並有助於形成生命得以維持下去的大氣層。第一種脊椎動物約出現於4.7億年前的奧陶紀（距今5.1～4.39億年）；第一種陸生植物大約出現在4億年前的泥盆紀（距今4.09～3.65億年）；第一種陸地動物大約在其後3,000萬年出現。

前寒武紀到泥盆紀植物類型示例

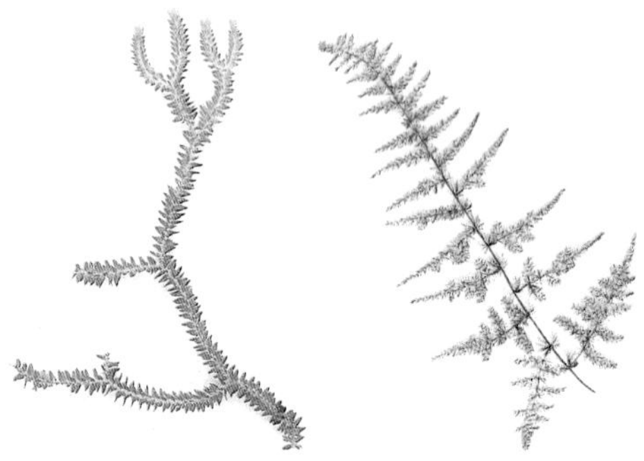

現在的石松（石松屬）

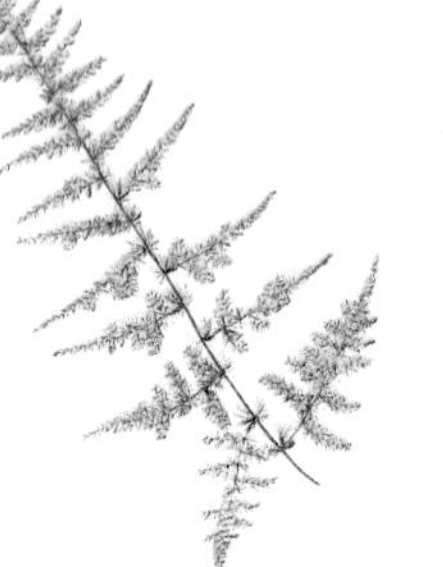

現在的陸生植物（文竹）

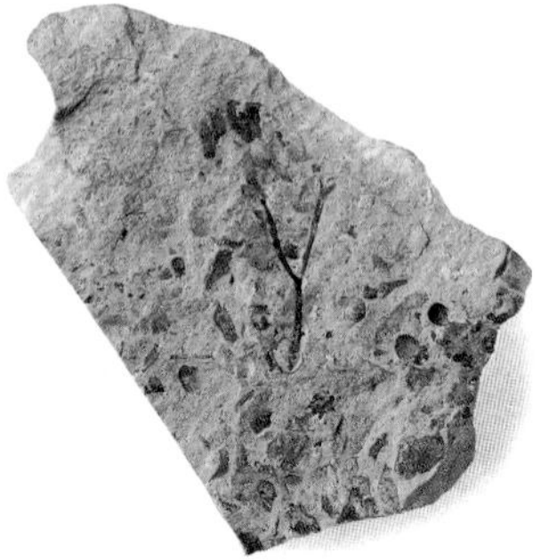

滅絕的陸生植物化石
(*Cooksonia hemisphaerica*)

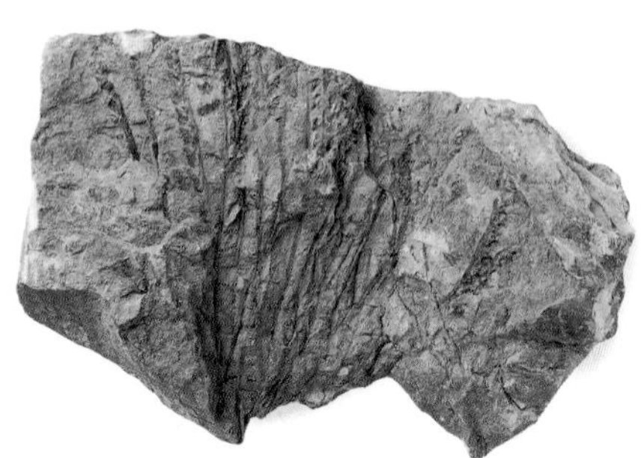

滅絕的沼澤植物化石
(*Zosterophyllum llanoveranum*)

前寒武紀到泥盆紀三葉蟲示例

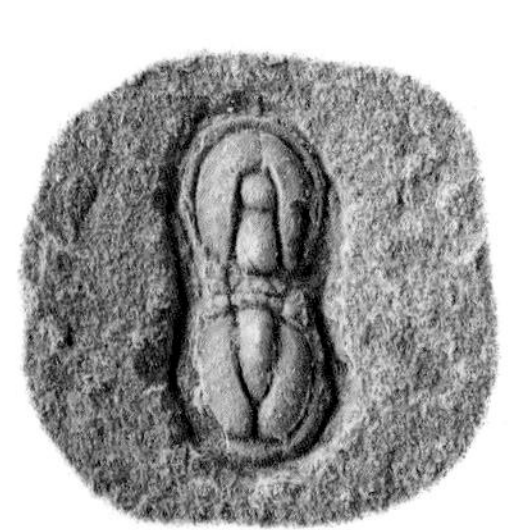

阿卡多球接子
科：接球子
長度：8毫米（1/3吋）

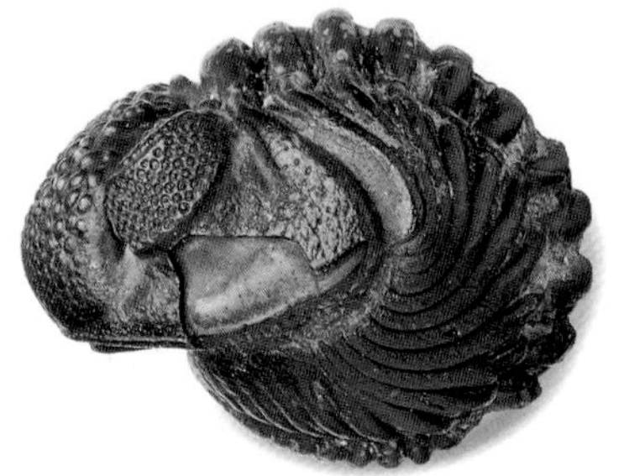

鏡眼蟲屬
科：鏡眼蟲
長度：4.5厘米（1 3/4吋）

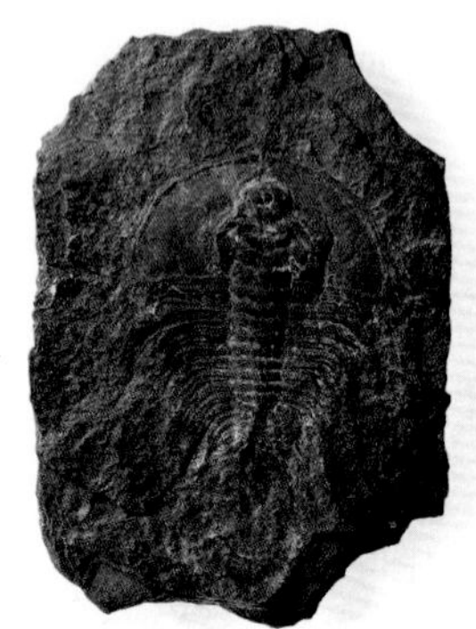

小油櫛蟲屬
科：胸刺三葉蟲
長度：6厘米（2 1/2吋）

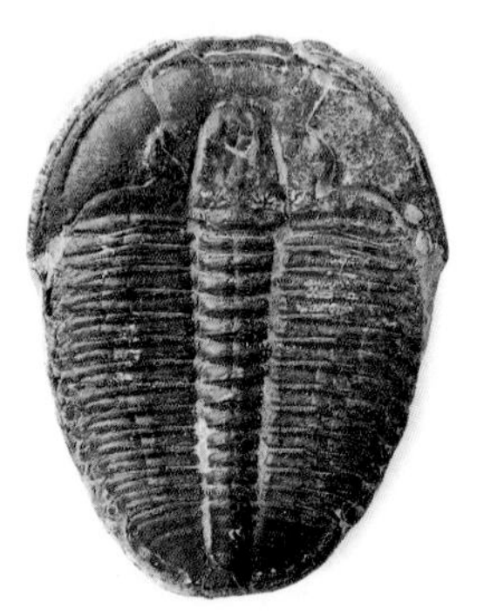

Elrathia
科：褶線三葉蟲
長度：2厘米（3/4吋）

前寒武紀到泥盆紀(Precambrian to Devonian periods)：剛地瓦那古陸(Gondwanaland)；溫暖的淺海(shallow, warm seas)；臭氧層(shield of ozone)。前寒武紀到泥盆紀植物類型式例：石松(石松屬)[CLUBMOSS(*Lycopodium sp.*)]；文竹(*Asparagus setaceous*)。前寒武紀到泥盆紀三葉蟲示例：阿卡多球接子(ACADAGNOSTUS)；接球子(*Agnostidae*)；鏡眼蟲屬(PHACOPS)；小油櫛蟲屬(OLENELLUS)；胸刺三葉蟲(*Olenellidae*)；褶線三葉蟲(*Ptychopariidae*)。奧陶紀中期的地球：勞倫古陸(*Laurentia*)；西伯利亞(*Siberia*)；哈薩克斯坦(*Kazakstania*)；波羅的海古陸(*Baltica*)。早期海洋無脊椎動物示例：鸚鵡類軟體動

奧陶紀中期的地球

勞倫古陸

西伯利亞

中國

哈薩克斯坦

剛地瓦那古陸

波羅的海古陸

早期海洋無脊椎動物示例

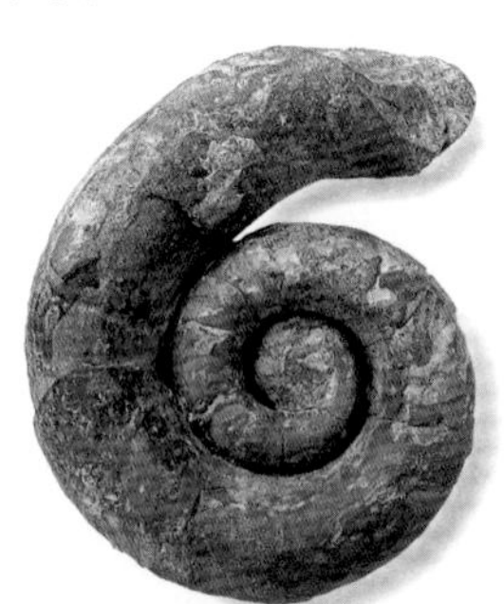

鸚鵡類軟體動物化石
(*Estonioceras perforatum*)

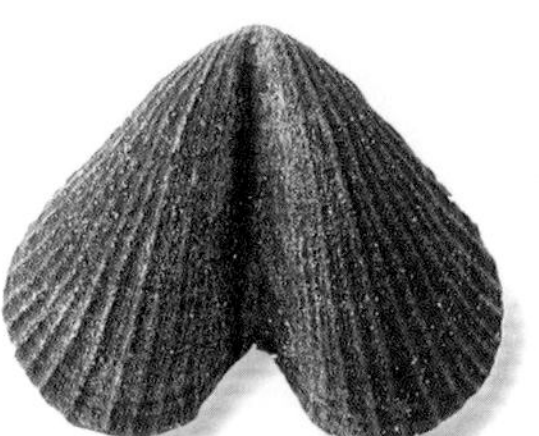

腕足動物化石
(*Dicoelosia bilobata*)

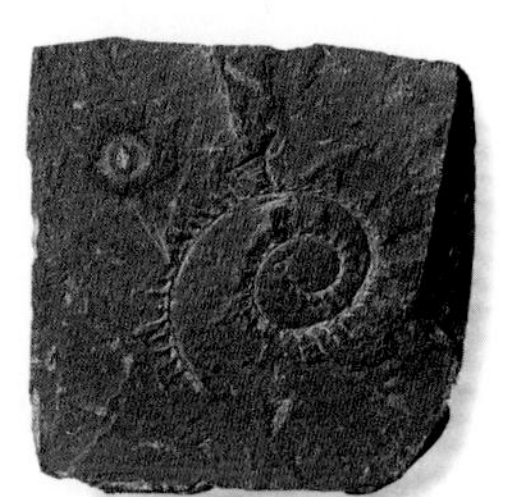

遺跡化石
(*Mawsonites spriggi*)

筆石化石
（旋繞單筆石）

泥盆紀魚示例

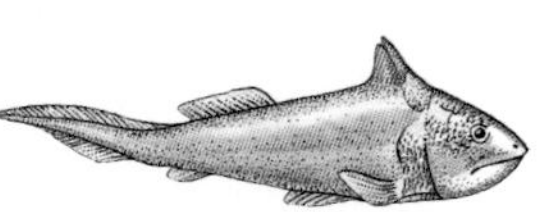

鉤齒魚屬
科：褶齒魚
長度：15厘米（6吋）

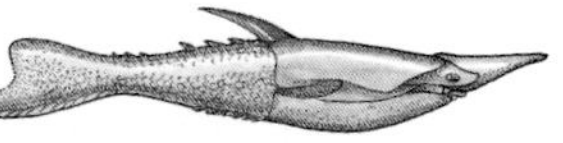

鰭甲魚屬
科：鰭甲魚
長度：25厘米（10吋）

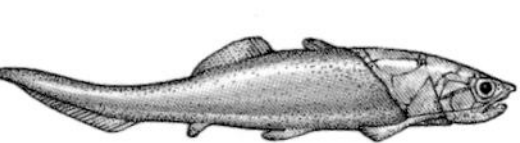

尾骨魚屬
科：尾骨魚
長度：35厘米（14吋）

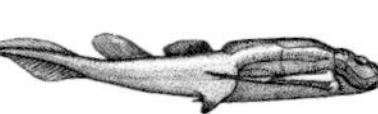

溝鱗魚屬
科：溝鱗魚
長度：40厘米（16吋）

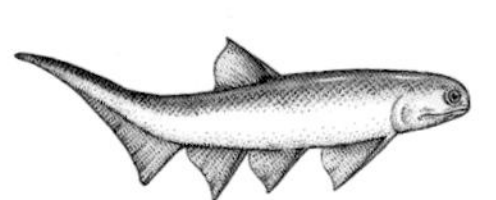

肢棘魚屬
科：棘魚
長度：30厘米（12吋）

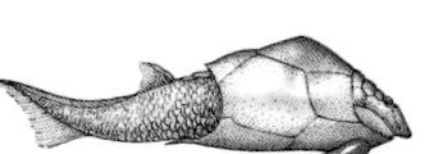

兵魚屬
科：星鱗魚
長度：15厘米（6吋）

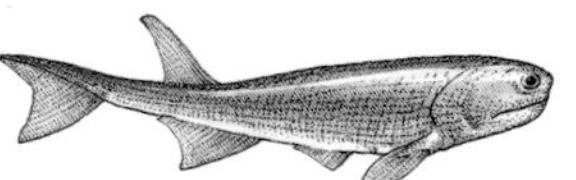

鱈鱗魚屬
科：鱈鱗魚
長度：17厘米（6 3/4吋）

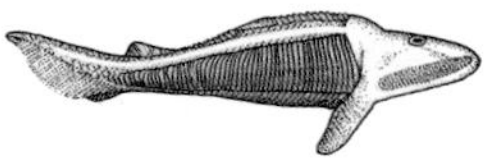

頭甲魚屬
科：頭甲魚
長度：22厘米（8 3/4吋）

物化石(FOSSIL NAUTILOID)；腕足動物化石(FOSSIL BRACHIOPOD)；遺跡化石(TRACE FOSSIL)；筆石化石(旋繞單筆石)[FOSSIL GRAPTOLITE (*Monograptus convolutus*)]。**泥盆紀魚示例**：鉤齒魚屬(RHAMPHODOPSIS)；褶齒魚(*Ptyctodontidae*)；鰭甲魚屬(PTERASPIS)；尾骨魚屬(COCCOSTEUS)；溝鱗魚屬(BOTHRIOLEPIS)；肢棘魚屬(CHEIRACANTHUS)；兵魚屬(PTERICHTHYODES)；星鱗魚(*Asterolepidae*)；鱈鱗魚屬(CHEIROLEPSIS)；頭甲魚屬(CEPHALASPIS)。

石炭紀到二疊紀

現在陸塊在石炭紀末期的位置

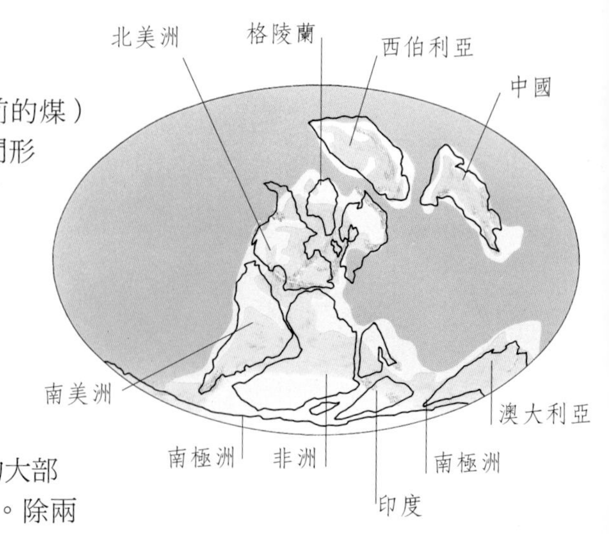

北美洲　格陵蘭　西伯利亞　中國

南美洲

南極洲　非洲　南極洲

印度　澳大利亞

石炭紀距今3.63～2.90億年，由很厚的富碳層（目前的煤）而得名，**富碳層**是**熱帶沼澤林**被淺海反覆淹沒期間形成的。在整個石炭紀，**濕潤氣候**越過北半球大陸和赤道大陸，在地球上形成了第一個稠密的**植被**。在石炭紀的初期，出現了早期**爬行動物**，它們發育出了防水的、具有保護性內部結構的卵，結束了動物生命對水生環境的依賴性。石炭紀即將結束時，**勞亞古陸**和剛地瓦那古陸發生碰撞，形成了**巨大的聯合古陸**。二疊紀時（距今2.90～2.45億年），冰川覆蓋了南半球大部分地區，包括南極洲和澳洲一部分以及南美洲、非洲和印度的大部分。全球大部分水結冰，北半球大部分地區海平面降低。除兩極外，沙漠和乾熱氣候顯得突出。由於這些情況，二疊紀結束時，地球生命第一次發生最大規模的滅絕。

石炭紀和二疊紀植物類型示例

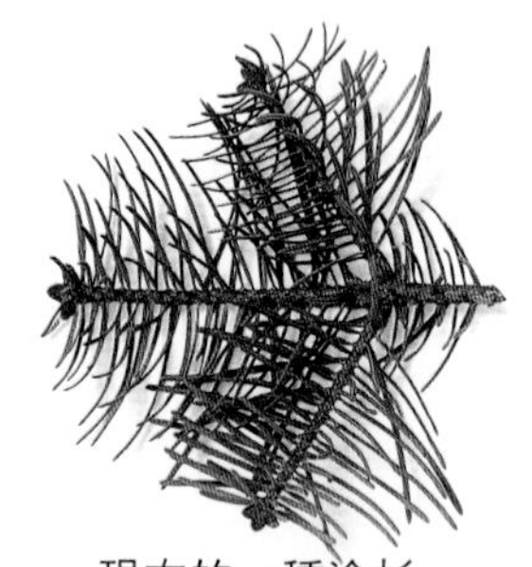

現在的一種冷杉
（科羅拉多冷杉）

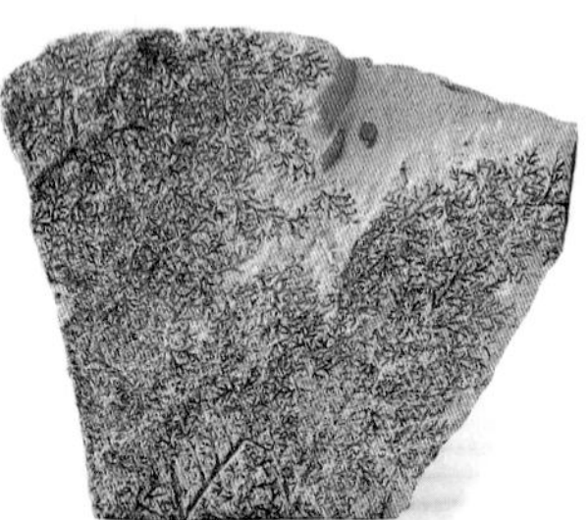

一種滅絕的蕨類化石
(*Zeilleria frenzlii*)

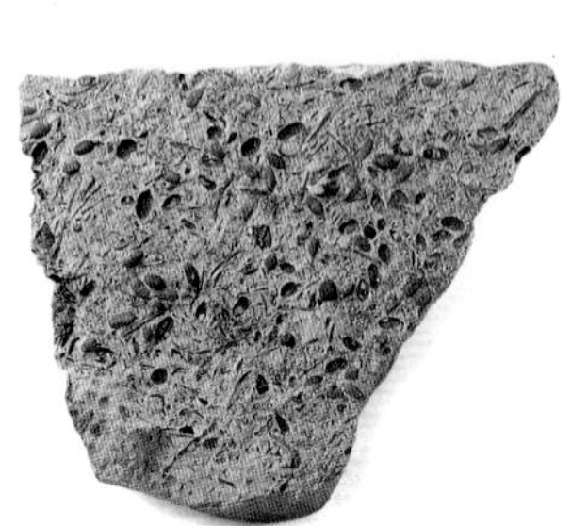

一種滅絕的楔葉化石
（似木賊屬）

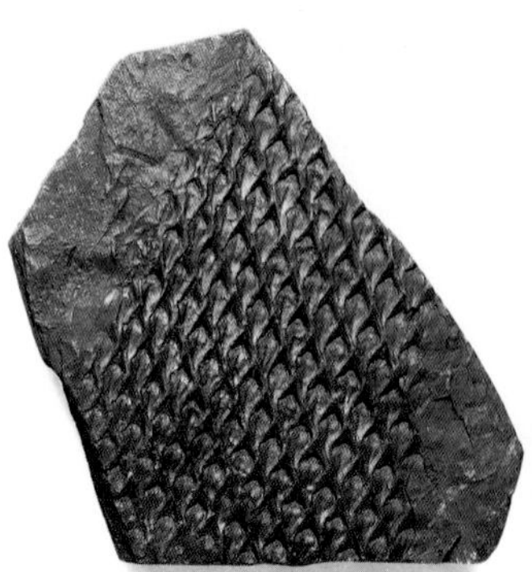

一種滅絕的石松化石
（鱗木屬）

石炭紀和二疊紀喬木示例

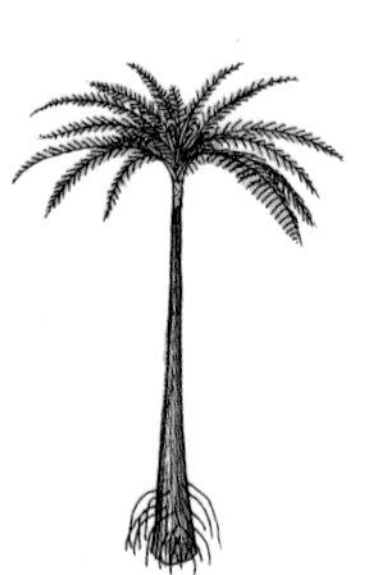

櫛羊齒屬
科：觀音座蓮
高度：4米（13呎）

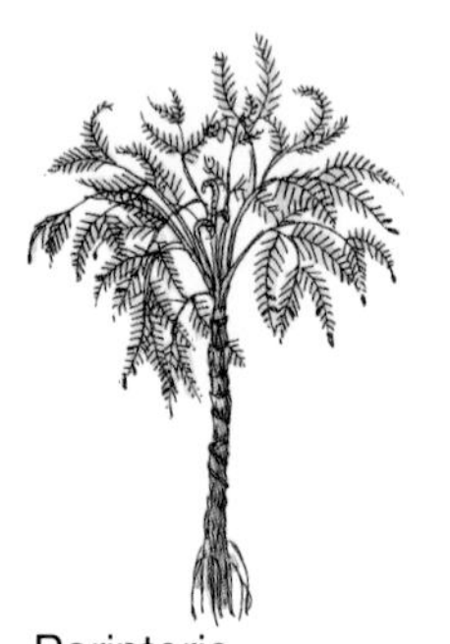

Paripteris
科：髓木
高度：5米（16呎6吋）

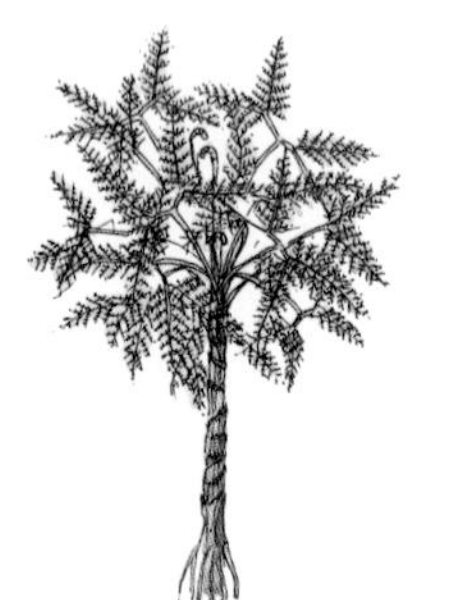

馬利羊齒屬
科：未分科
高度：5米（16呎6吋）

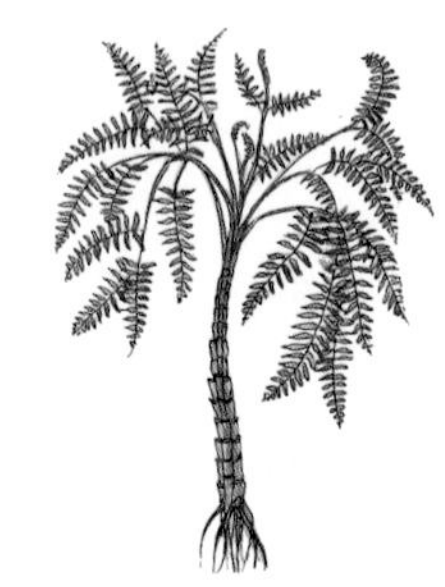

髓木屬
科：髓木
高度：5米（16呎6吋）

石炭紀到二疊紀(Carboniferous to Permian periods)：富碳層(carbon-rich layers)；熱帶沼澤林(swampy tropical forests)；濕潤氣候(The humid climate)；植被(dense plant)；爬行動物(reptiles)；勞亞古陸(Laurussia)；巨大的聯合古陸(the huge landmass of Pangaea)。**石炭紀和二疊紀植物類型示例**(EXAMPLES OF CARBONIFEROUS AND PERMIAN PLANT GROUPS)：冷杉(FIR)；科羅拉多冷杉(*Abies concolor*)；楔葉(HORSETAIL)；木賊屬(*Equisetites sp.*)。**石炭紀和二疊紀喬木示例**(EXAMPLES OF CARBONIFEROUS AND PERMIAN TREES)：櫛羊齒屬(PECOPTERIS)；觀音座蓮(*Marattiaceae*)；髓木

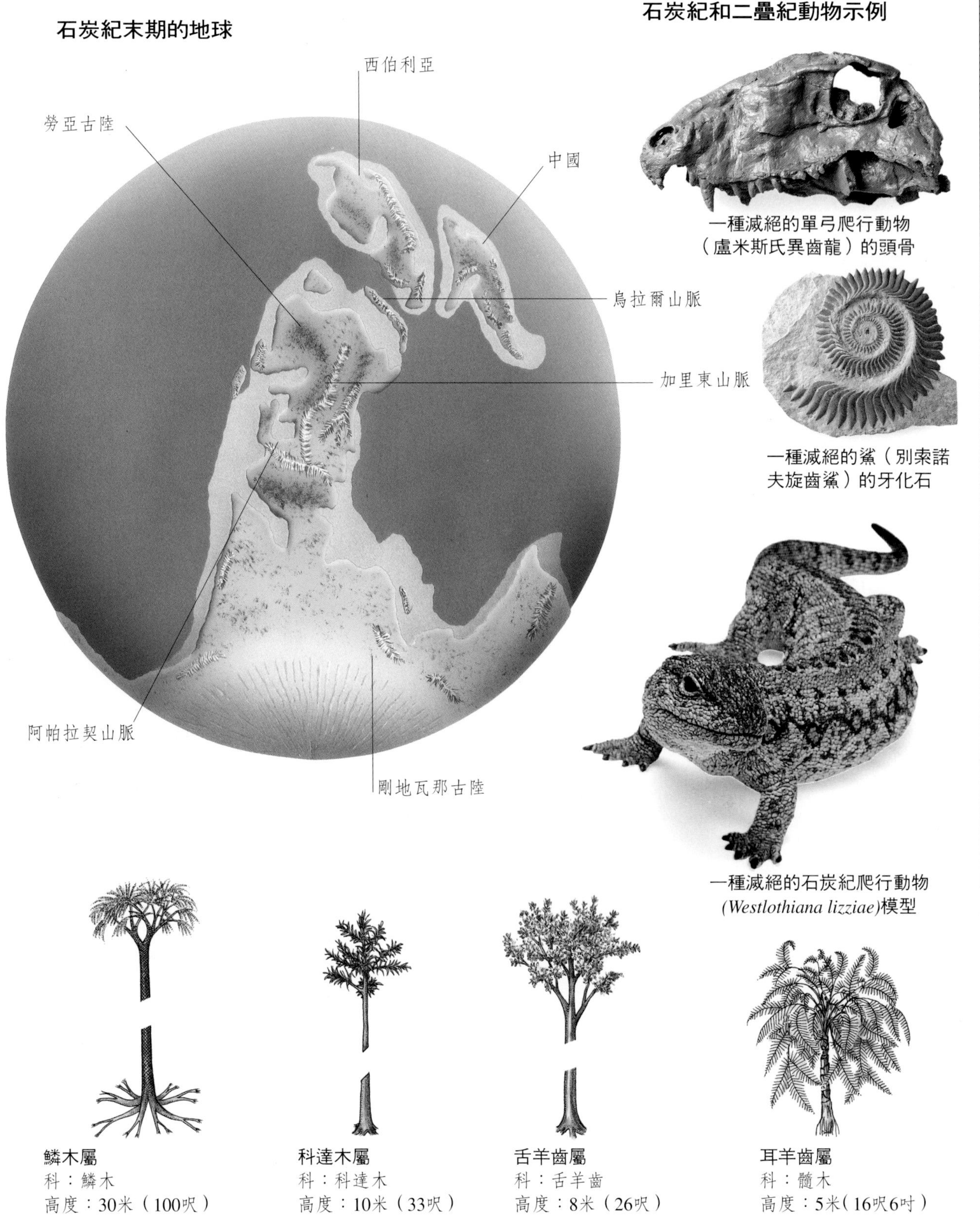

石炭紀末期的地球

石炭紀和二疊紀動物示例

西伯利亞

中國

勞亞古陸

烏拉爾山脈

加里東山脈

阿帕拉契山脈

剛地瓦那古陸

一種滅絕的單弓爬行動物
（盧米斯氏異齒龍）的頭骨

一種滅絕的鯊（別索諾
夫旋齒鯊）的牙化石

一種滅絕的石炭紀爬行動物
(Westlothiana lizziae)模型

鱗木屬
科：鱗木
高度：30米（100呎）

科達木屬
科：科達木
高度：10米（33呎）

舌羊齒屬
科：舌羊齒
高度：8米（26呎）

耳羊齒屬
科：髓木
高度：5米（16呎6吋）

(Medullosaceae)；馬利羊齒屬(MARIOPTERIS)；鱗木屬(LEPIDODENDRON)；科達木屬(CORDAITES)；舌羊齒屬(GLOSSOPTERIS)；耳羊齒屬(ALETHOPTERIS)。**石炭紀末期的地球**(THE EARTH DURING THE LATE CARBONIFEROUS PERIOD)：烏拉爾山脈(Ural Mountains)；加里東山脈(Caledonian Mountains)。**石炭紀和二疊紀動物示例**(EXAMPLES OF CARBONIFEROUS AND PERMIAN ANIMALS)：單弓爬行動物(SYNAPSID REPTILE)；盧米斯氏異齒龍(Dimetrodon loomisi)；別索諾夫旋齒鯊(Helicoprion bessonowi)。

三疊紀

現在陸塊在三疊紀的位置

三疊紀距今2.45～2.08億年，其標誌是著名的**恐龍時代（中生代）**開始。在三疊紀，現在的大陸聚集在一起，形成一個巨大的大陸，稱為**聯合古陸**；其氣候是兩個極端，沿海及河流和湖泊四周是茂盛的綠色區，內地是乾旱的沙漠。唯一的植物生命形式是**無花植物**，如**針葉樹、蕨類、蘇鐵類植物**和**銀杏屬**，還沒有演化出顯花植物。動物生命的基本形式包括**原始兩棲動物、喙龍類**（"有喙蜥蜴"）和**原始鱷**。大約距今2.3億年，即三疊紀末期開始時第一次出現恐龍，已知最早的是**食肉恐龍**，如Herrerasaurus和Staurikosaurus。早期**食草恐龍**最早出現在三疊紀後期，包括**板龍屬**和Technosaurus。到三疊紀末期，恐龍在聯合古陸占強勢，這也許可歸因於其他許多爬行動物遭到滅絕。

北美洲　歐洲　亞洲　南美洲　非洲　南極洲　印度　澳洲

三疊紀植物種類示例

現在的蘇鐵類植物
（蘇鐵）

現在的銀杏屬植物
（銀杏，金髮樹）

現在的針葉樹
（智利南洋杉）

一種滅絕的蕨類化石
（厚羊齒屬）

一種滅絕的蘇鐵類
植物葉片化石
（鐵樹屬）

三疊紀恐龍示例

黑龍屬
一種黑龍
長度：12.2米（40呎）

鼠龍
一種板龍
長度：2-3米（6呎6吋至10呎）

赫勒爾龍屬
赫勒爾龍類
長度：3米（10呎）

繪龍屬（甲龍類）
一種原始鳥龍
長度：90厘米（3呎）

三疊紀(Triassic period)：恐龍時代(中生代)[the Dinosaurs(the Mesozoic era)]；聯合古陸(Pangaea)；無花植物(nonflowering plants)；針葉樹(conifers)；蕨類(ferns)；蘇鐵類植物(cycads)；銀杏屬(ginkgos)；原始兩棲動物(primitive amphibians)；喙龍類（"有喙蜥蜴"）[rhynchosaurs（"beaked lizards"）]；原始鱷(primitive crocodilians)；食肉恐龍(the carnivorous)；食草恐龍(herbivorous)；板龍屬(Plateosaurus)。**三疊紀時期的地球**：大陸架(*Continental shelf*)。**三疊紀動物示例**：(頭足類)鸚鵡螺式

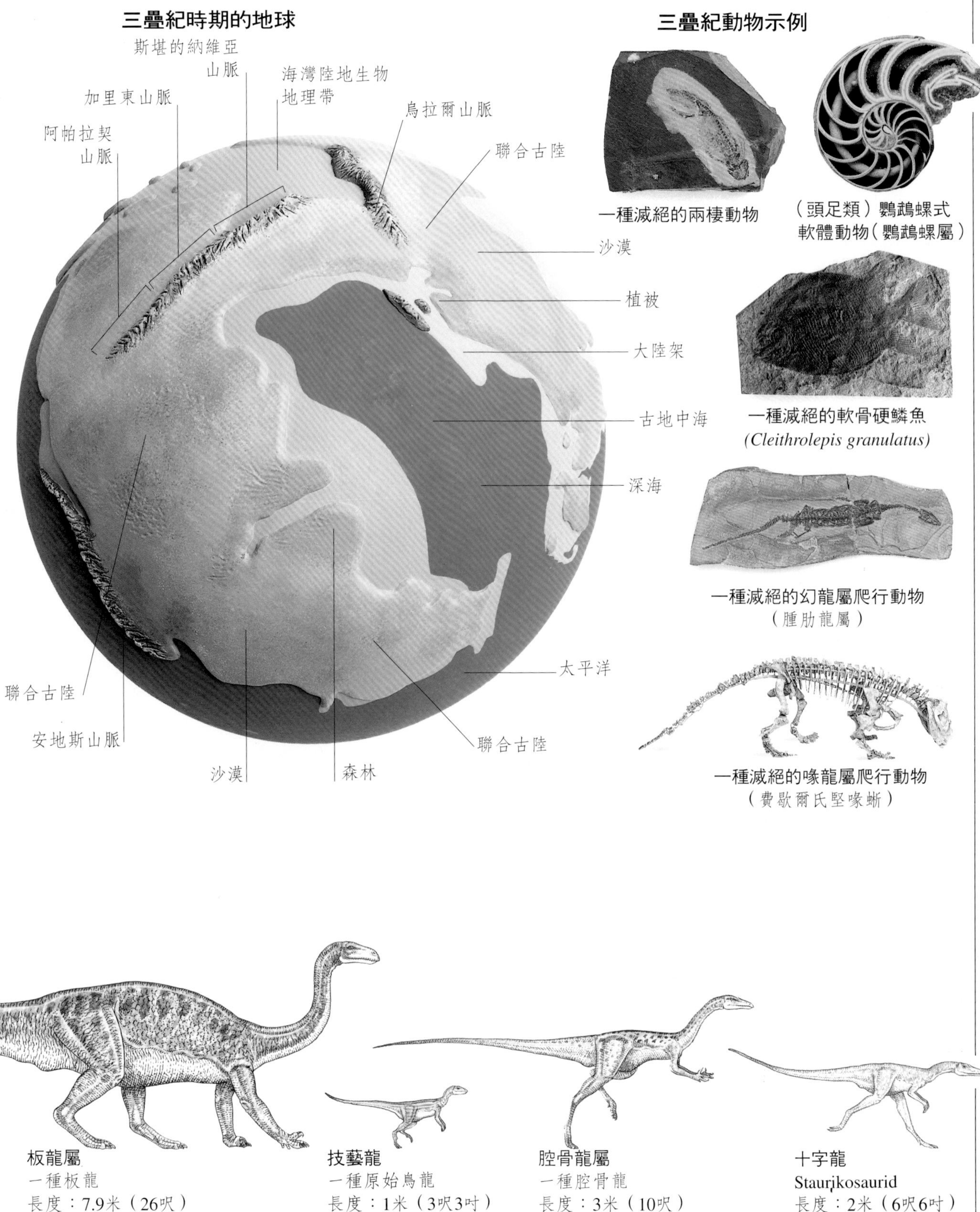

三疊紀時期的地球

斯堪的納維亞
山脈

加里東山脈

阿帕拉契
山脈

海灣陸地生物
地理帶

烏拉爾山脈

聯合古陸

沙漠

植被

大陸架

古地中海

深海

太平洋

聯合古陸

安地斯山脈

沙漠   森林   聯合古陸

三疊紀動物示例

一種滅絕的兩棲動物

（頭足類）鸚鵡螺式
軟體動物（鸚鵡螺屬）

一種滅絕的軟骨硬鱗魚
(*Cleithrolepis granulatus*)

一種滅絕的幻龍屬爬行動物
（腫肋龍屬）

一種滅絕的喙龍屬爬行動物
（費歇爾氏堅喙蜥）

板龍屬
一種板龍
長度：7.9米（26呎）

技藝龍
一種原始鳥龍
長度：1米（3呎3吋）

腔骨龍屬
一種腔骨龍
長度：3米（10呎）

十字龍
Staurikosaurid
長度：2米（6呎6吋）

軟體動物(鸚鵡螺屬)[A NAUTILOID MOLLUSK(*Nautilus sp.*)]；軟骨硬鱗魚(CHONDROSTEAN FISH)；幻龍屬
爬行動物(NOTHOSAURIAN REPTILE)；腫肋龍屬(*Pachypleurosaurus sp.*)；費歇爾氏堅喙蜥(*Scaphonyx
fischeri*)。**三疊紀植物種類示例**：金髮樹(*biloba*)；智利南洋杉(*Araucaria araucana*)；厚羊齒屬
(*Pachypteris sp.*)。**三疊紀恐龍示例**：黑龍屬(MELANOROSAURUS)；鼠龍(MUSSAURUS)；赫勒爾龍屬
(HERRERASAURUS)；繪龍屬(甲龍類)(PISANOSAURUS)；鳥龍(*ornithischian*)；腔骨龍屬(COELOPHYSIS)。

侏羅紀

侏羅紀屬於中生代的中期，從2.08億年前持續到
1.46億年前。侏羅紀時期，聯合古陸分裂成剛地
瓦那古陸和勞亞古陸，海平面升高，低地被淹沒。侏羅紀
氣候溫暖而濕潤。銀杏、**楔葉**、針葉樹之類的植物生
長茂盛，此外更有**紅木樹**（第一種顯花植物）的
出現。可食用植物豐富，**食草恐龍**，如巨大的蜥腳亞目
恐龍（如**梁龍屬**）和劍龍（如劍龍屬），隨之繁殖。
食肉恐龍（如**秀頜龍屬**和**躍龍屬**）也通過捕食很多
動物繁殖起來（在這些動物中還有其他的恐龍）。
侏羅紀動物還包括鼩鼱樣的哺乳動物、翼龍（能飛的爬
行動物）、以及**蛇頸龍**和**魚龍**（均為海洋爬行動物）。

現在陸塊在侏羅紀的位置

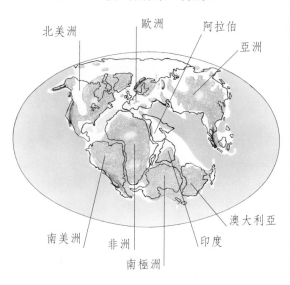

北美洲　歐洲　阿拉伯　亞洲　澳大利亞　印度　南極洲　非洲　南美洲

侏羅紀植物種類示例

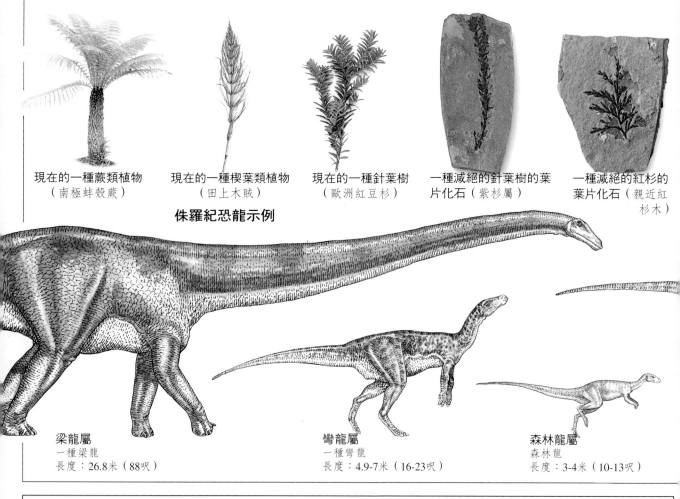

現在的一種蕨類植物
（南極蚌殼蕨）

現在的一種楔葉類植物
（田上木賊）

現在的一種針葉樹
（歐洲紅豆杉）

一種滅絕的針葉樹的葉
片化石（紫杉屬）

一種滅絕的紅杉的
葉片化石（親近紅
杉木）

侏羅紀恐龍示例

梁龍屬
一種梁龍
長度：26.8米（88呎）

彎龍屬
一種彎龍
長度：4.9-7米（16-23呎）

森林龍屬
森林龍
長度：3-4米（10-13呎）

侏羅紀(Jurassic period)：楔葉(horsetails)；紅木樹(giant redwood trees)；食草恐龍(herbivorous
dinosaurs)；梁龍屬(Diplodocus)；秀頜龍屬(Compsognathus)；躍龍屬(Allosaurus)；鼩鼱樣的哺乳動
物(shrewlike mammals)；翼龍(pterosaurs)；蛇頸龍(plesiosaurs)；魚龍(ichthyosaurs)。**侏羅紀植物種
類示例**(EXAMPLES OF JURASSIC PLANT GROUPS)：南極蚌殼蕨(*Dicksonia antarctica*)；田上木賊
(*Equisetum arvense*)；歐洲紅豆杉(*Taxus baccata*)；紫杉屬(*Taxus sp.*)。**侏羅紀恐龍示例**(EXAMPLES OF

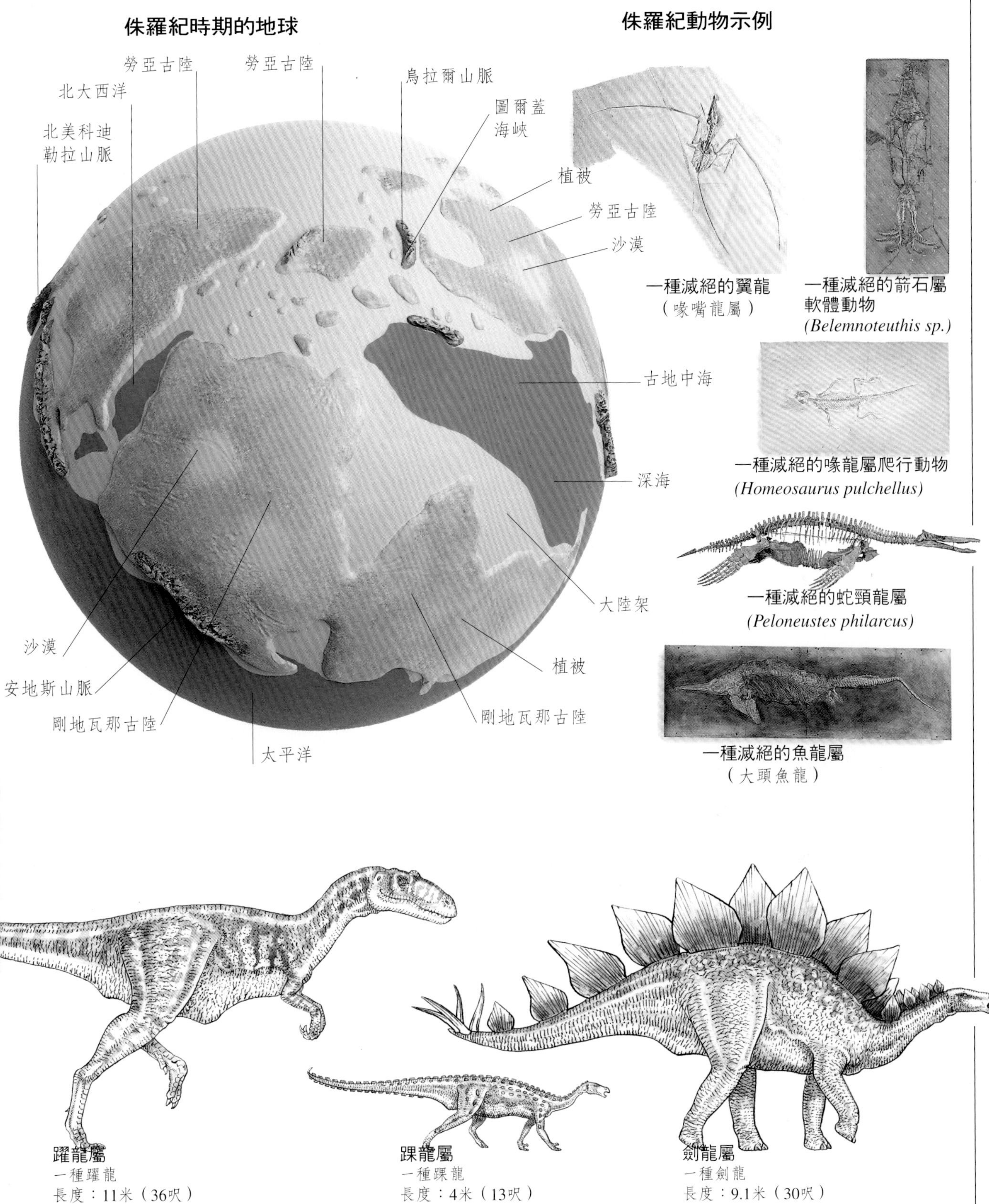

侏羅紀時期的地球

北美科迪
勒拉山脈

北大西洋

勞亞古陸

勞亞古陸

烏拉爾山脈

圖爾蓋
海峽

植被

勞亞古陸

沙漠

古地中海

深海

大陸架

植被

剛地瓦那古陸

沙漠

安地斯山脈

剛地瓦那古陸

太平洋

侏羅紀動物示例

一種滅絕的翼龍
（喙嘴龍屬）

一種滅絕的箭石屬
軟體動物
(*Belemnoteuthis sp.*)

一種滅絕的喙龍屬爬行動物
(*Homeosaurus pulchellus*)

一種滅絕的蛇頸龍屬
(*Peloneustes philarcus*)

一種滅絕的魚龍屬
（大頭魚龍）

躍龍屬
一種躍龍
長度：11米（36呎）

踝龍屬
一種踝龍
長度：4米（13呎）

劍龍屬
一種劍龍
長度：9.1米（30呎）

JURASSIC DINOSAURS)：彎龍屬 (CAMPTOSAURUS)；森林龍屬 (DRYOSAURUS)；踝龍屬 (SCELIDOSAURUS)。**侏羅紀時期的地球**(THE EARTH DURING THE JURASSIC PERIOD)：圖爾蓋海峽(*Turgai Strait*)。**侏羅紀動物示例**(EXAMPLES OF JURASSIC ANIMALS)：喙嘴龍屬(*Rhamphorhynchus sp.*)；箭石屬軟體動物(BELEMNITE MOLLUSK)；大頭魚龍(*Ichthyosaurus megacephalus*)。

白堊紀

中生代以白堊紀告終，從距今1.46億年前持續到距今6,500萬年前，在這期間，剛地瓦那古陸和勞亞古陸都分裂成較小的陸塊，與現代大陸比較相像。氣候依舊暖濕，但季節比較分明了。包括**落葉樹**在內的顯花植物取代了許多蘇鐵類植物、種子蕨和針葉樹。動物種類更多了，進化出新的哺乳動物、昆蟲、魚類、**甲殼動物**和**龜鱉類動物**。在白堊紀，出現了各種各樣的恐龍，其種類超過所有已知恐龍屬的一半，包括**禽龍屬**、**恐爪龍屬**、**霸王龍屬**和**高脊齒龍屬**。然而，在白堊紀的末期，大恐龍滅絕了。這樣大規模滅絕的原因還不知道，但認為可能是由於**災禍性隕星**撞擊地球或者是**廣泛的火山爆發**造成氣候變化所致。

現在陸塊在白堊紀的位置

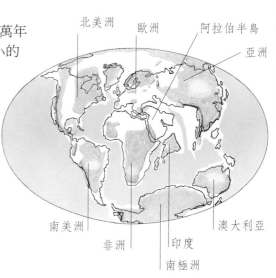

北美洲　歐洲　阿拉伯半島　亞洲　南美洲　非洲　印度　南極洲　澳大利亞

白堊紀植物種類示例

現在的一種針葉樹
（加州沼松）

現在的一種落葉樹
（木蘭屬）

一種滅絕的蕨類化石
（寬葉楔羊齒）

一種滅絕的銀杏屬化石
（多裂銀杏）

一種滅絕的落葉樹
葉片化石
（連香樹屬）

白堊紀恐龍示例

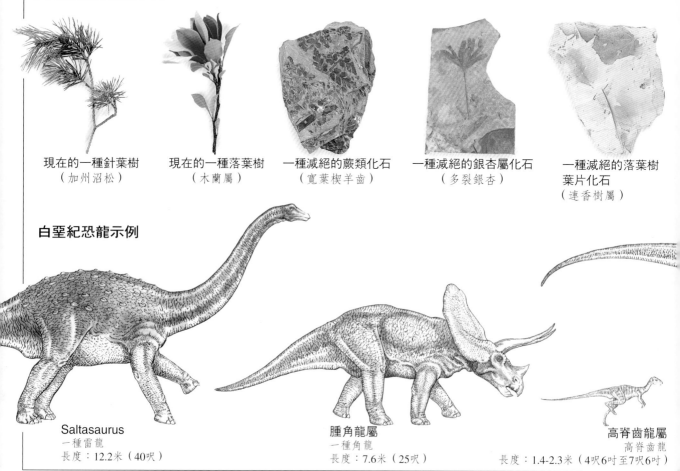

Saltasaurus
一種雷龍
長度：12.2米（40呎）

腫角龍屬
一種角龍
長度：7.6米（25呎）

高脊齒龍屬
高脊齒龍
長度：1.4-2.3米（4呎6吋至7呎6吋）

白堊紀(Cretaceous period)：中生代(THE MESOZOIC ERA)；落葉樹(deciduous trees)；甲殼動物(crustaceans)；龜鱉類動物(turtles)；禽龍屬(Iguanodon)；恐爪龍屬(Deinonychus)；霸王龍屬(Tyrannosaurus)；高脊齒龍屬(Hypsilophodon)；災禍性隕星(catastrophic meteor)；廣泛的火山爆發(extensive volcanic eruptions)。**白堊紀植物種類示例**(EXAMPLES OF CRETACEOUS PLANT GROUPS)：加州沼松*(Pinus muricata)*；木蘭屬*(Magnolia sp.)*；寬葉楔羊齒*(Sphenopteris latiloba)*；多裂銀杏*(Ginkgo*

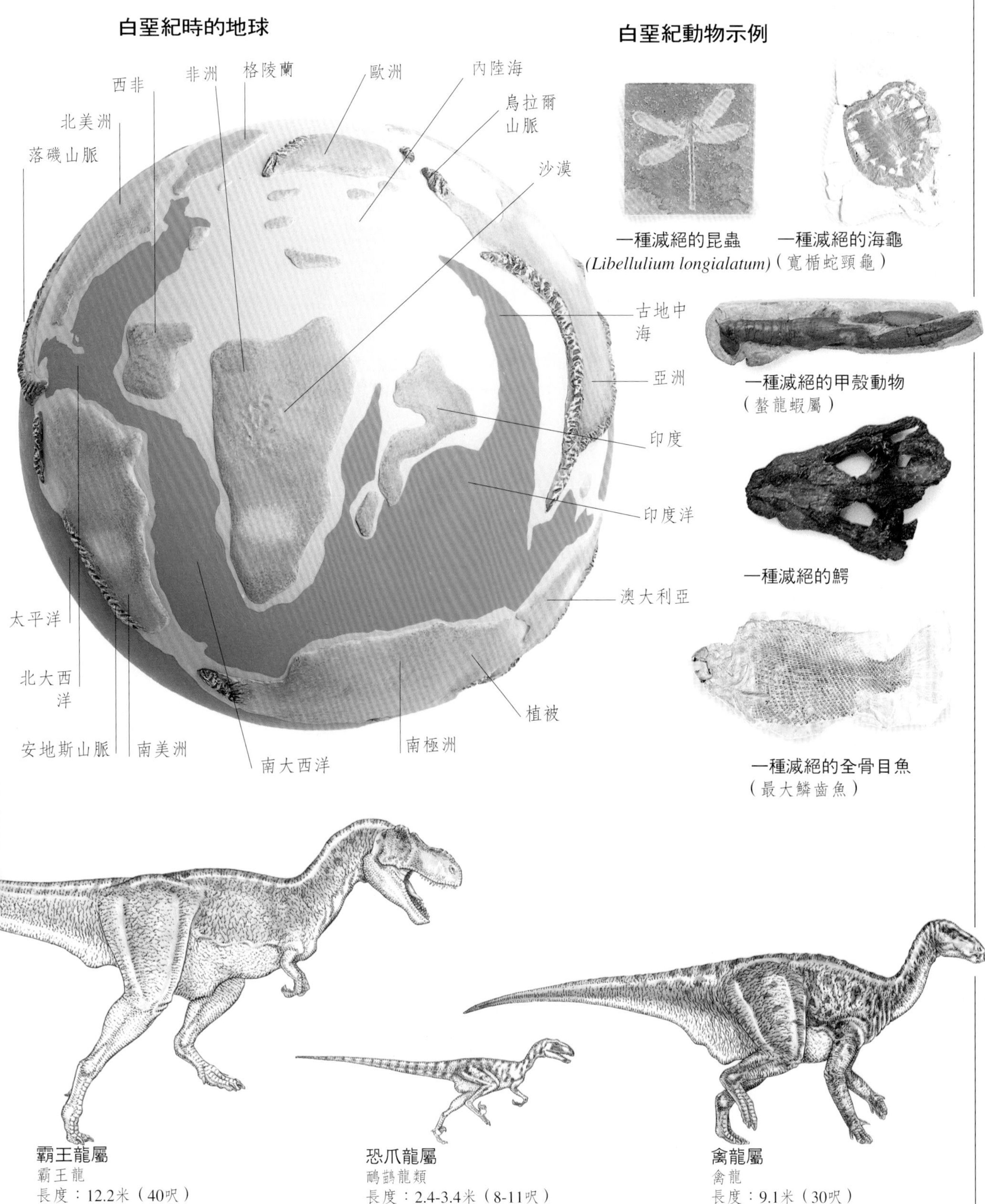

白堊紀時的地球

西非　非洲　格陵蘭　歐洲　內陸海　烏拉爾山脈
北美洲
落磯山脈
沙漠
古地中海
亞洲
印度
印度洋
澳大利亞
太平洋
北大西洋
安地斯山脈　南美洲　南大西洋　南極洲　植被

白堊紀動物示例

一種滅絕的昆蟲　一種滅絕的海龜
(*Libellulium longialatum*)（寬楯蛇頸龜）

一種滅絕的甲殼動物
（螯龍蝦屬）

一種滅絕的鱷

一種滅絕的全骨目魚
（最大鱗齒魚）

霸王龍屬
霸王龍
長度：12.2米（40呎）

恐爪龍屬
鴯鶓龍類
長度：2.4-3.4米（8-11呎）

禽龍屬
禽龍
長度：9.1米（30呎）

pluripartita)；連香樹屬(*Cercidyphllum sp.*)。**白堊紀恐龍示例**(EXAMPLES OF CRETACEOUS DINOSAURS)：雷龍(*titanosaurid*)；腫角龍屬(TOROSAURUS)；角龍(*ceratopsid*)；鴯鶓龍類(*dromaeosaurid*)。**白堊紀動物示例**(EXAMPLES OF CRETACEOUS ANIMALS)：寬楯蛇頸龜(*plesiochelys latiscutata*)；螯龍蝦屬(*Homarus sp.*)；鱷(CROCODILIAN)；全骨目魚(最大鱗齒魚)[HOLOSTEAN FISH(*Lepidotes maximus*)]。

第三紀

現在陸塊在第三紀的位置

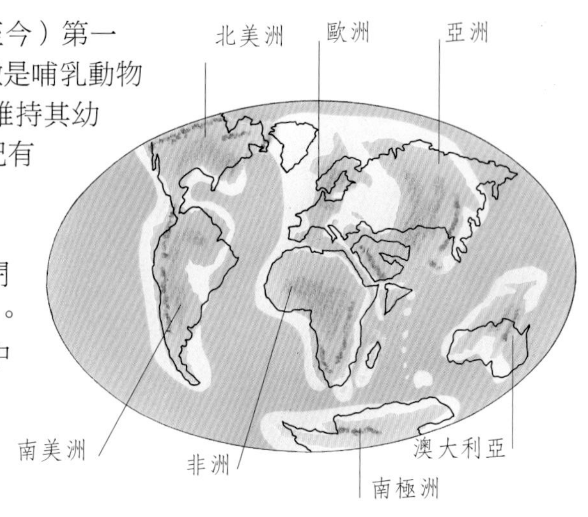

北美洲　歐洲　亞洲

南美洲　　非洲　　澳大利亞

南極洲

白堊紀末期的恐龍讓位，進入**新生代**（6,500萬年前至今）第一部分的**第三紀**（距今6,500萬年至160萬年），其特徵是哺乳動物大量繁殖。**有胎盤**的哺乳動物在母體的**子宮**裡養育，並維持其幼年。在白堊紀，有胎盤哺乳動物只有三個**目**，但在第三紀有25個目，其中包括初期人科（**南方古猿**）是出現在非洲。到第三紀初期，各大陸差不多已處在今天的位置。曾把北半球大陸與非洲和印度分隔開的古地中海，開始閉合，形成地中海，使得陸生動物能在非洲和西歐之間遷移。印度板塊同亞洲板塊碰撞，形成喜馬拉雅山脈。第三紀中期，居住在森林中的**食草哺乳動物**，被馬之類的哺乳動物取代，後者更適宜在**開闊的熱帶稀樹乾草原**中食草，並開始支配草原生態。整個第三紀反覆出現**寒冷期**，使南極洲變成一個冰天雪地的島形大陸。

第三紀植物種類示例

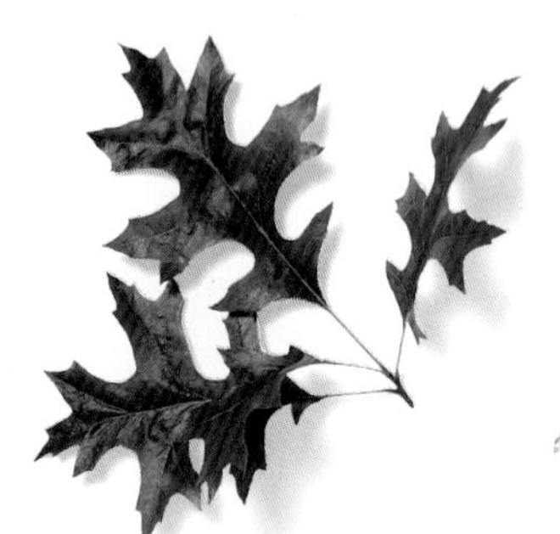

現在的一種櫟屬植物
（沼澤櫟）

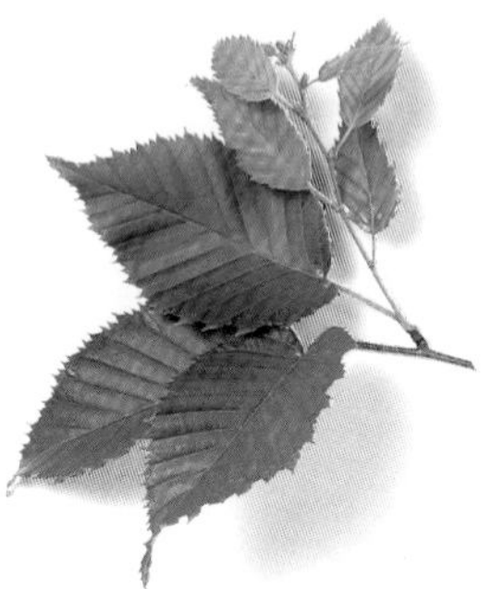

現在的一種樺屬植物
(Betula grossa)

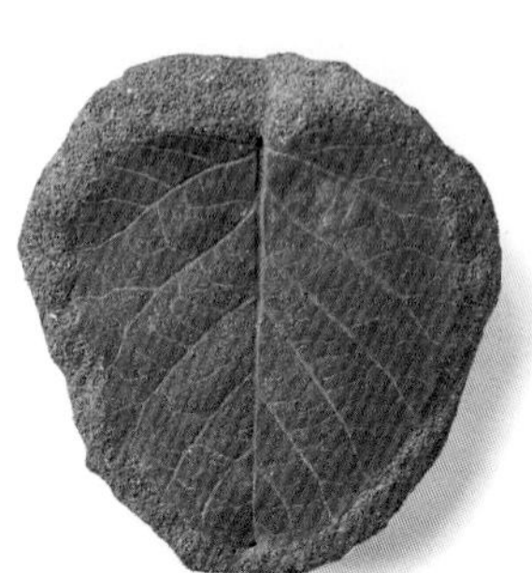

一種滅絕的樺屬植物的
葉片化石（擬樺屬）

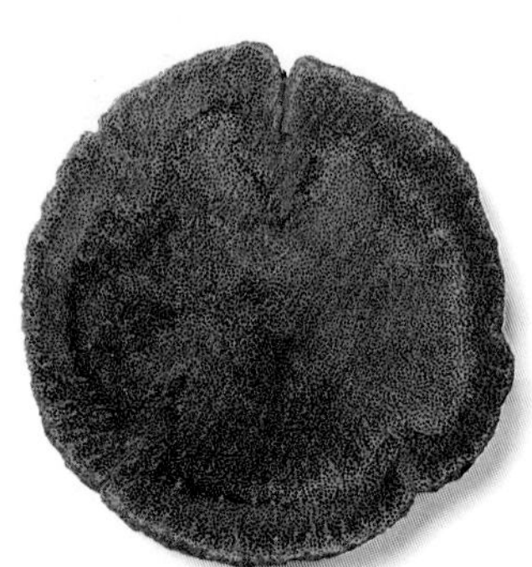

一種滅絕的棕櫚的
主莖化石（棕木屬）

第三紀動物種類示例

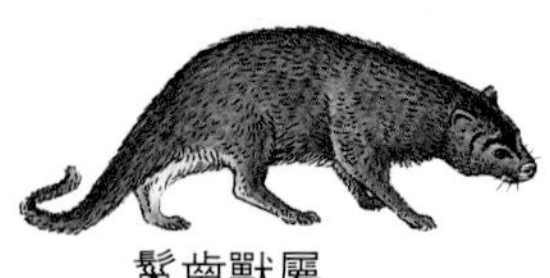

鬣齒獸屬
鬣齒獸類
長度：2米（6呎6吋）

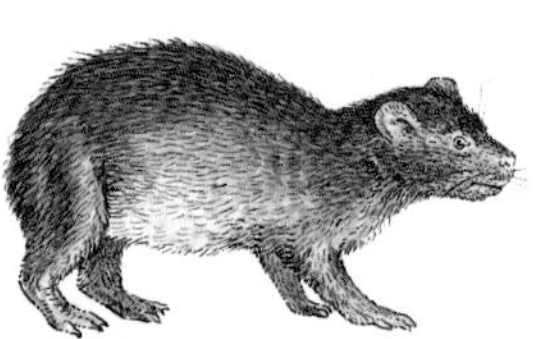

巨雷鼠Titanohyrax
上新蹄兔類
長度：2米（6呎6吋）

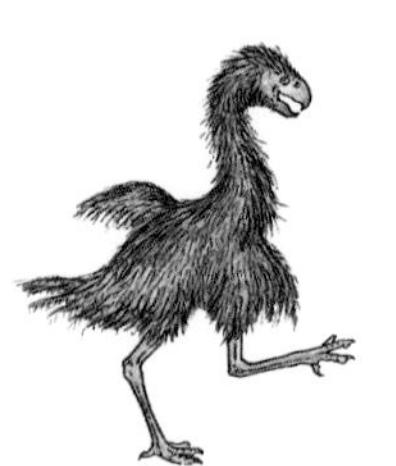

原恐鳥Phorusrhacus
Phorusrhacid
長度：1.5米（5呎）

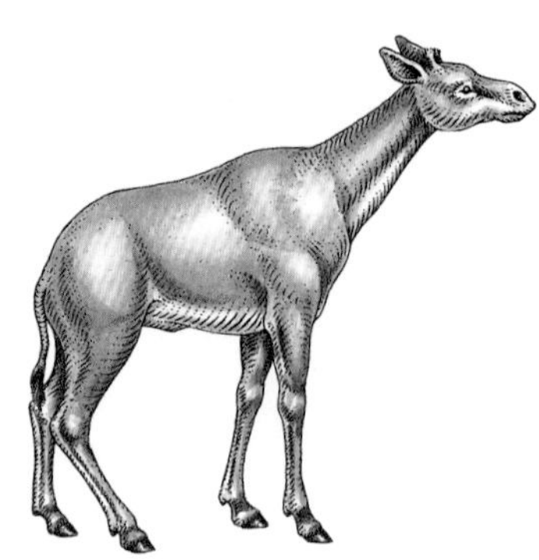

薩摩獸屬
長頸鹿類
長度：3米（10呎）

第三紀(Tertiary period)：新生代(the Cenozoic era)；有胎盤(Placental)；子宮(uterus)；南方古猿(Australopithecus)；食草哺乳動物(browsing mammals)；開闊的熱帶稀樹乾草原(the open savannahs)；寒冷期(cool periods)。**第三紀植物種類示例**(EXAMPLES OF TERTIARY PLANT GROUPS)：沼澤櫟(*Quercus palustris*)；樺屬植物(BIRCH)；擬樺屬(*Betulites sp.*)；棕櫚棕木屬[PALM(*Palmoxylon*)]。**第三紀動物種類示例**(EXAMPLES OF TERTIARY ANIMAL GROUPS)：鬣齒獸屬(HYAENODON)；上新蹄兔類

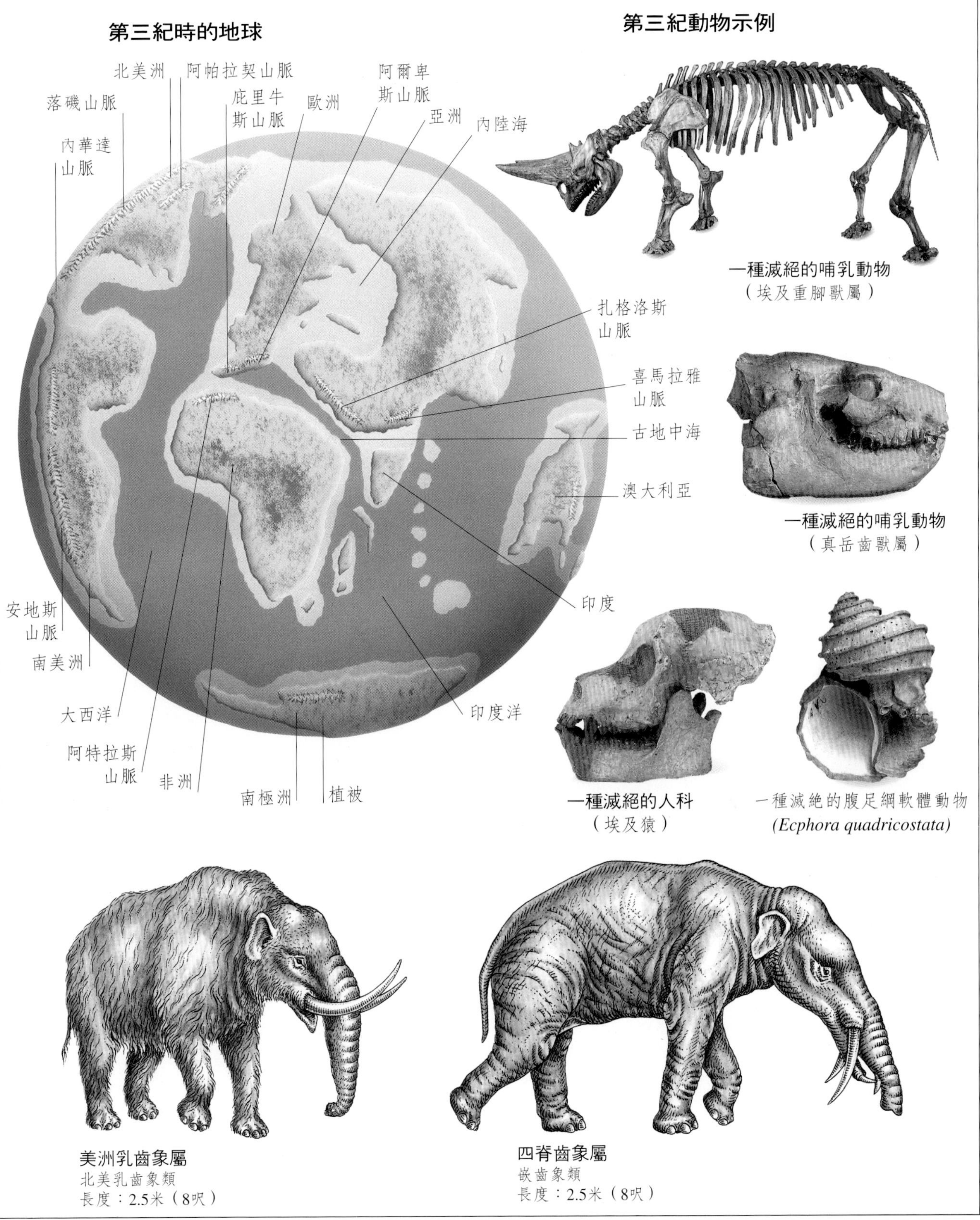

第三紀時的地球

內華達山脈
落磯山脈
北美洲
阿帕拉契山脈
庇里牛斯山脈
歐洲
阿爾卑斯山脈
亞洲
內陸海
扎格洛斯山脈
喜馬拉雅山脈
古地中海
澳大利亞
印度
安地斯山脈
南美洲
大西洋
阿特拉斯山脈
非洲
南極洲
植被
印度洋

第三紀動物示例

一種滅絕的哺乳動物
（埃及重腳獸屬）

一種滅絕的哺乳動物
（真岳齒獸屬）

一種滅絕的人科
（埃及猿）

一種滅絕的腹足綱軟體動物
(*Ecphora quadricostata*)

美洲乳齒象屬
北美乳齒象類
長度：2.5米（8呎）

四脊齒象屬
嵌齒象類
長度：2.5米（8呎）

(pliohyracid)；薩摩獸屬(SAMOTHERIUM)；長頸鹿類(giraffid)；美洲乳齒象屬(MAMMUT)；四脊齒象屬(TETRALOPHODON)；嵌齒象類(gomphotheriid)。**第三紀時的地球**(THE EARTH DURING THE TERTIARY PERIOD)：內華達山脈(*Sierra Nevada*)；落磯山脈(*Rocky Mountains*)；庇里牛斯山脈(*Pyrenees*)；扎格洛斯山脈(*Zagros Mountains*)；植被(*Vegetation*)。**第三紀動物示例**(EXAMPLES OF TERTIARY ANIMALS)：埃及重腳獸屬(*Arsinoitherium sp.*)；真岳齒獸屬(*Merycoidodon culbertsonii*)；埃及猿(*Aegyptopithecus sp.*)；腹足綱軟體動物(GASTROPOD MOLLUSC)。

第四紀

第四紀（160萬年前至今）是新生代（6,500萬年前至今）的第二部分，其特點是冷（**冰期**）暖期（**間冰期**）交替出現。在冰期，南、北大陸反覆形成**冰原和冰川**。北美和歐亞（較小的範圍還有南美洲南部和澳大利亞的一部分）的寒冷環境使許多生命種類向赤道遷移。只有特殊的**冰期哺乳動物**（如**猛獁屬**和**披毛犀屬**，它們有厚厚的**綿狀毛和脂肪可保暖**）才適宜在嚴寒氣候下生活。在整個**更新世**（距今160萬年到1萬年），非洲進化出了人類，並向北遷移到歐洲和亞洲。現代人（**智人**）3萬年前生活在寒冷的歐洲大陸，他們捕獵哺乳動物。最近一次冰期末和大約1萬年前發生的氣候變化使許多更新世哺乳動物滅絕，但是人類卻開始興旺發達。

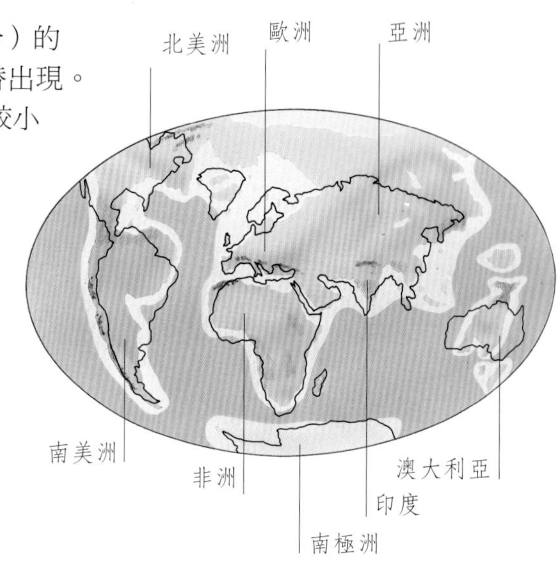

北美洲　歐洲　亞洲

南美洲　非洲　澳大利亞　印度　南極洲

第四紀植物類型示例

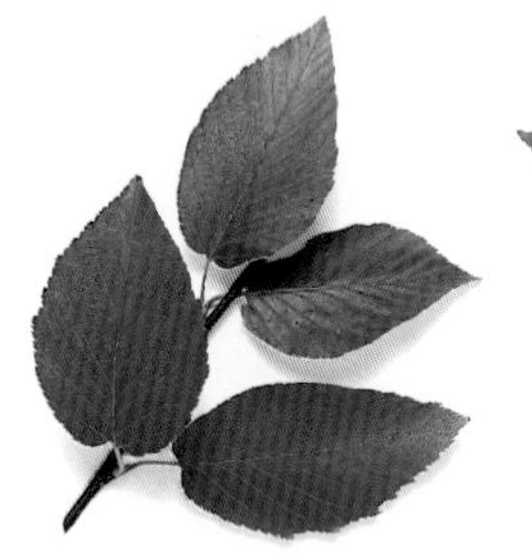

現在的一種樺樹
（美加甜樺）

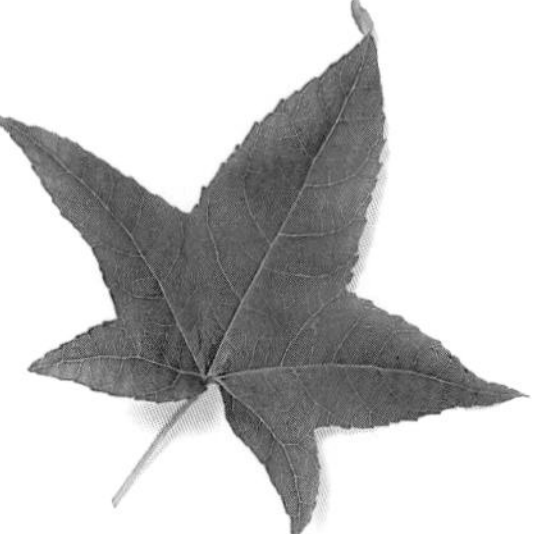

現在的一種楓香屬
（膠皮楓香樹）

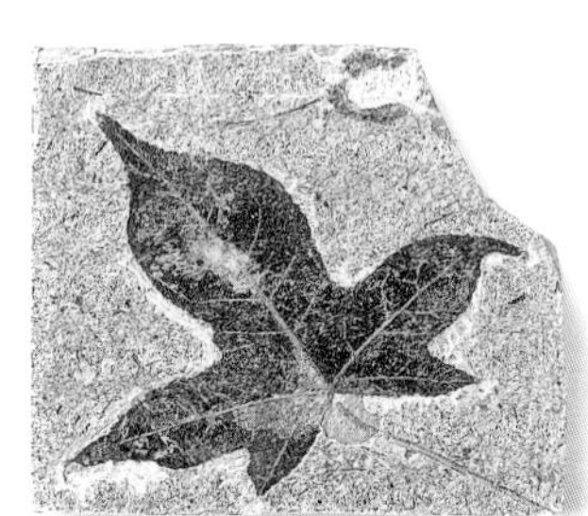

楓香屬的葉化石
（歐洲楓香樹）

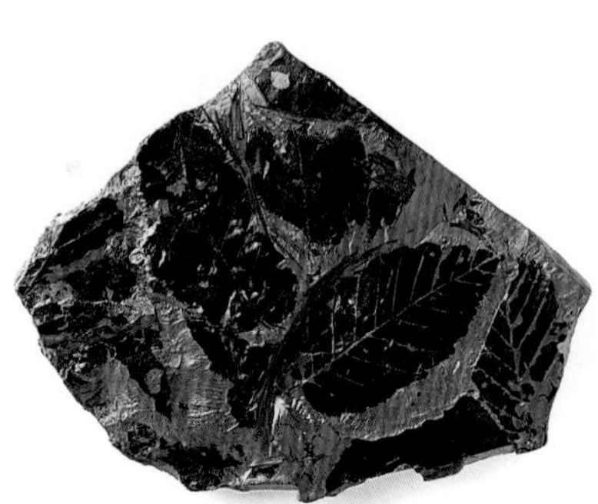

樺屬的葉片化石
（樺木屬）

第四紀動物類型示例

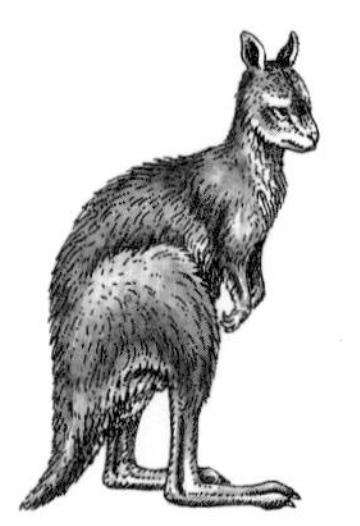

凸齒獸
袋鼠類
長度：3米（10呎）

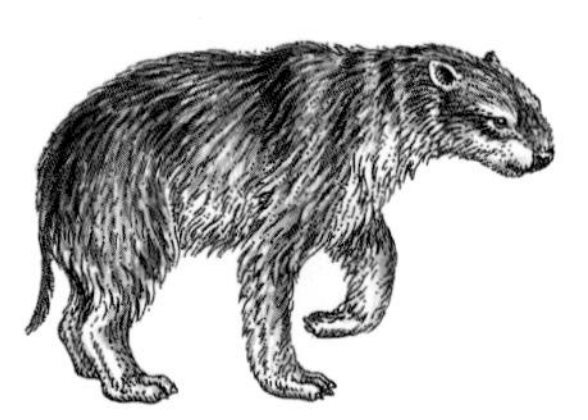

雙門齒屬
雙門齒袋類
長度：3米（10呎）

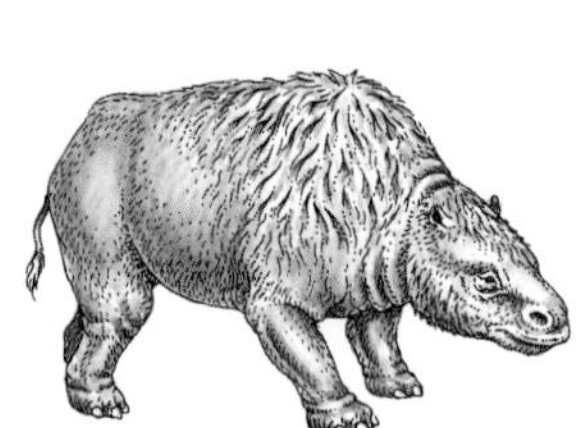

箭齒獸屬
箭齒獸類
長度：3米（10呎）

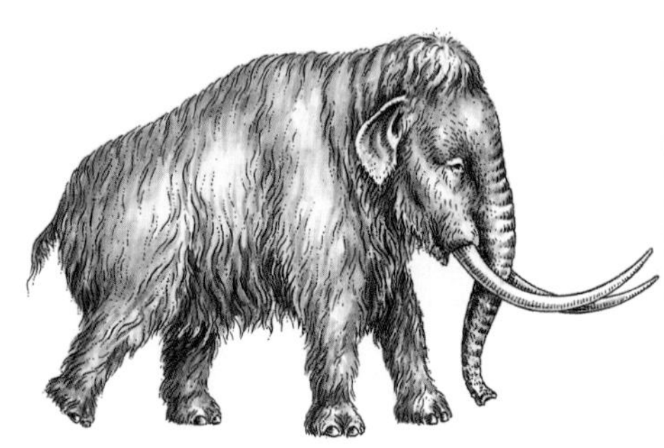

猛獁屬
象類
長度：3米（10呎）

第四紀(Quaternary period)：冰期(glacial);間冰期(interglacial)；冰原和冰川(ice sheets and glaciers)；冰期哺乳動物(ice-age mammals)；猛獁屬(Mammuthus)；披毛犀屬(Coelodonta)；綿狀毛和脂肪可保暖(thick wool and fat insulation)；更新世(the Pleistocene period)；智人(homo sapiens)。
第四紀植物種類示例(EXAMPLES OF QUATERNARY PLANT GROUPS)：美加甜樺(*Betula lenta*)；楓香屬(SWEEETGUM)；膠皮楓香樹(*Liquidambar styraciflua*)；歐洲楓香樹(*Liquidambar europeanum*)。**第四紀動**

第四紀時的地球

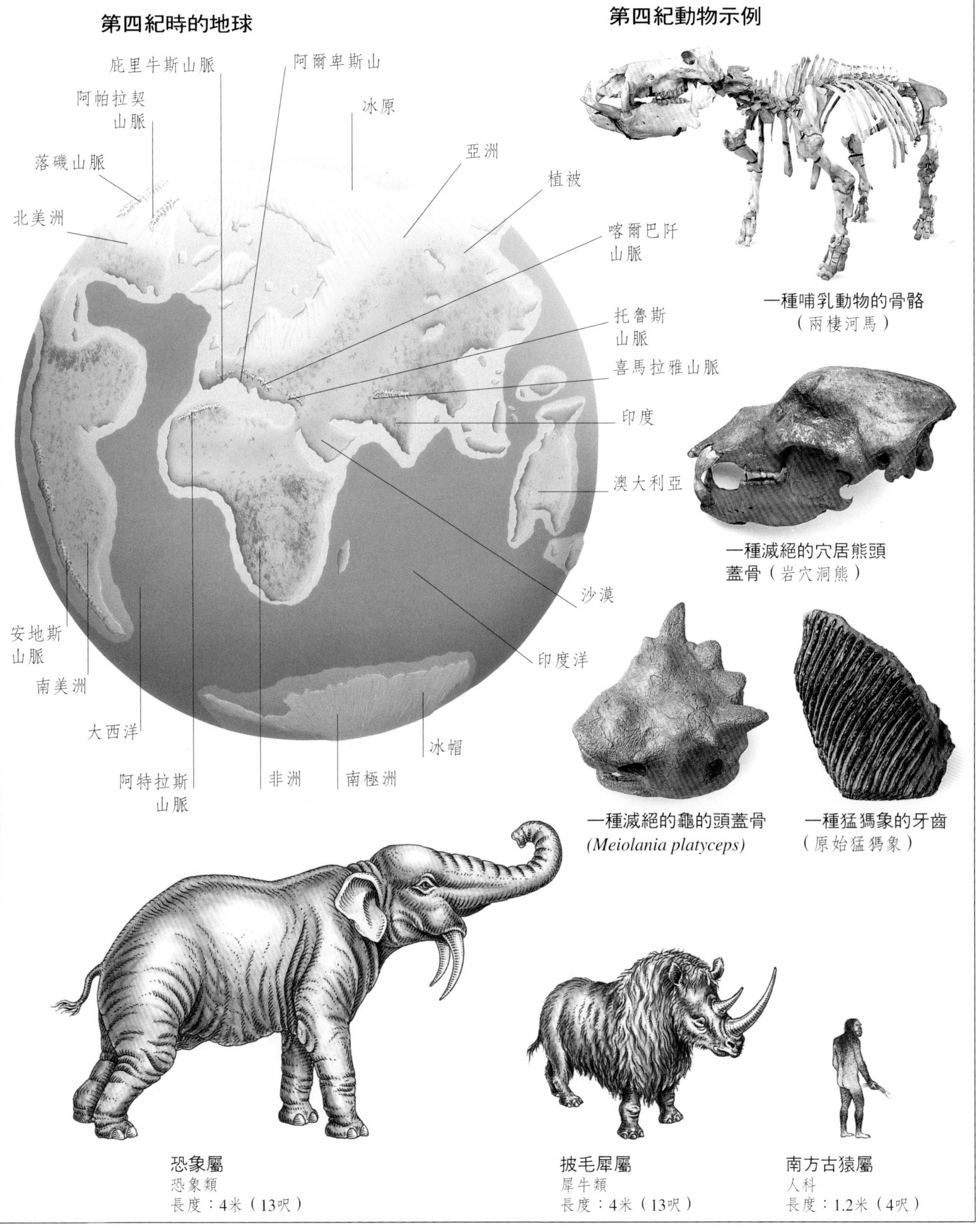

庇里牛斯山脈
阿爾卑斯山
阿帕拉契山脈
冰原
落磯山脈
亞洲
北美洲
植被
喀爾巴阡山脈
托魯斯山脈
喜馬拉雅山脈
印度
澳大利亞
安地斯山脈
南美洲
沙漠
大西洋
印度洋
阿特拉斯山脈
冰帽
非洲
南極洲

第四紀動物示例

一種哺乳動物的骨骼
（兩棲河馬）

一種滅絕的穴居熊頭蓋骨（岩穴洞熊）

一種滅絕的龜的頭蓋骨
(Meiolania platyceps)

一種猛獁象的牙齒
（原始猛獁象）

恐象屬
恐象類
長度：4米（13呎）

披毛犀屬
犀牛類
長度：4米（13呎）

南方古猿屬
人科
長度：1.2米（4呎）

物類型示例(EXAMPLES OF QUATERNARY ANIMAL GROUPS)：袋鼠類(macropodid)；雙門齒屬(DIPROTODON)；箭齒獸屬(TOXODON)；象類(elephantid)；恐象屬(DEINOTHERIUM)；犀牛類(rhinocerotid)；南方古猿屬(AUSTRALOPITHECUS)。**第四紀時的地球**(THE EARTH DURING THE QUATERNARY PERIOD)：喀爾巴阡山脈(Carpathian Mountains)；托魯斯山脈(Taurus Mountains)。**第四紀動物示例**(EXAMPLES OF QUATERNARY ANIMALS)：兩棲河馬(Hippopotamus amphibius)；岩穴洞熊(Ursus spelaeus)。

生命的初期標誌

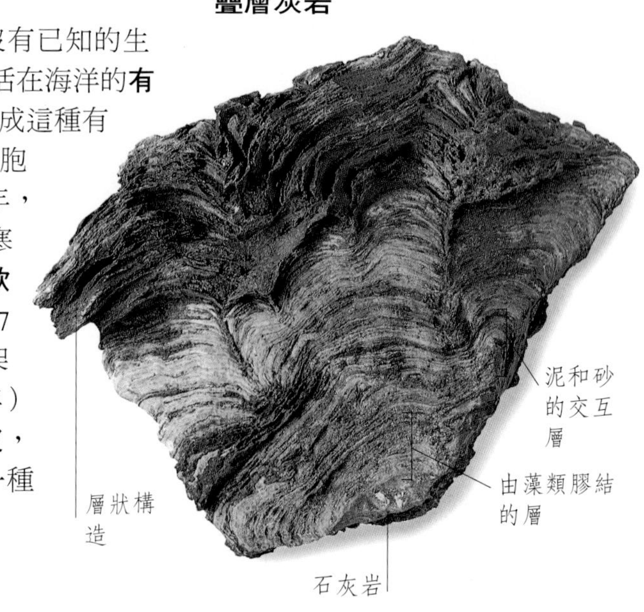

疊層灰岩

在地球形成以後差不多10億年裡，地球上還沒有已知的生命。大約34億年前，出現了第一種簡單的生活在海洋的**有機物結構**。某些化學分子連接在一起的時候可以形成這種有機物結構。**原核生物細胞**（諸如藍綠藻之類的單細胞微生物）可以行**光合作用**，產生氧。經過了10億年，地球大氣層中生成的氧足以使**多細胞有機體**在前寒武紀海洋中繁殖（距今5.7億年）。大約7億年前，**軟體水母**、**珊瑚**和**海蠕蟲**繁殖起來。寒武紀（距今5.7億-5.1億年）時**三葉蟲**發育，這是第一種有硬體骨架的動物。但是，直到泥盆紀（距今4.09億～3.65億年）開始，早期陸生植物（如**星木屬**）才形成**保水表皮**，擺脫了對**水生環境**的依賴。大約3.63億年前，第一種**兩棲動物**爬行到陸上，但它們為了產出柔軟的卵，還是要返回水裡。直到第一種爬行動物出現，才出現了不這樣依賴水的動物。

泥和砂的交互層

由藻類膠結的層

層狀構造

石灰岩

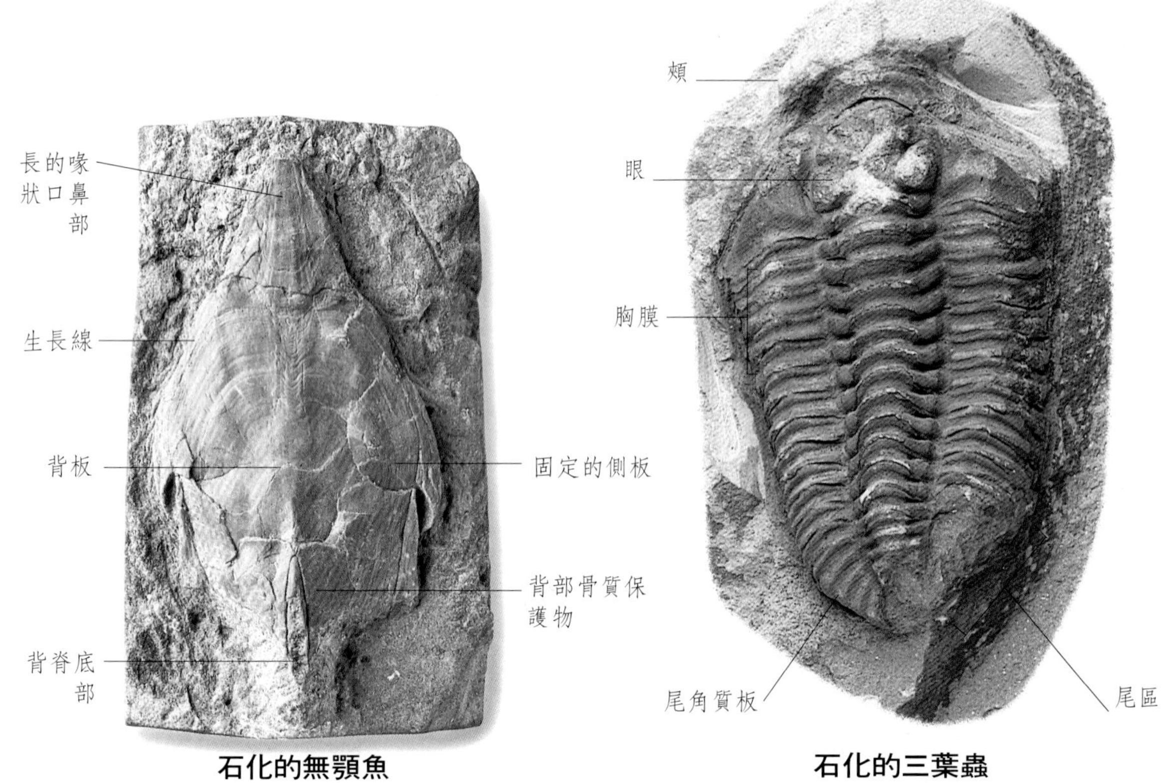

長的喙狀口鼻部

生長線

背板

背脊底部

固定的側板

背部骨質保護物

頰

眼

胸膜

尾角質板

尾區

石化的無顎魚

石化的三葉蟲

生命的初期標誌(Early signs of life)：有機物結構(organic structures)；原核生物細胞 (Prokaryotes,single-celled micro-organisms)；光合作用(photosynthesize)；多細胞有機體(multicellular organisms)；軟體水母(Soft-bodied jellyfish)；珊瑚(corals)；海蠕蟲(seaworms)；三葉蟲(Trilobites)；星木屬(Asteroxylon)；保水表皮(waterretaining cuticle)；水生環境(aquatic environment)；兩棲動物 (amphibians)。**疊層灰岩**(STROMATOLITIC LIMESTONE)：由藻類膠結的層(*Layers bound by algae*)。**石化的無顎魚**(FOSSILIZED JAWLESS FISH)。**石化的三葉蟲**：頰(*Glabella*)；胸膜(*Thoracic pleurae*)；尾角質板

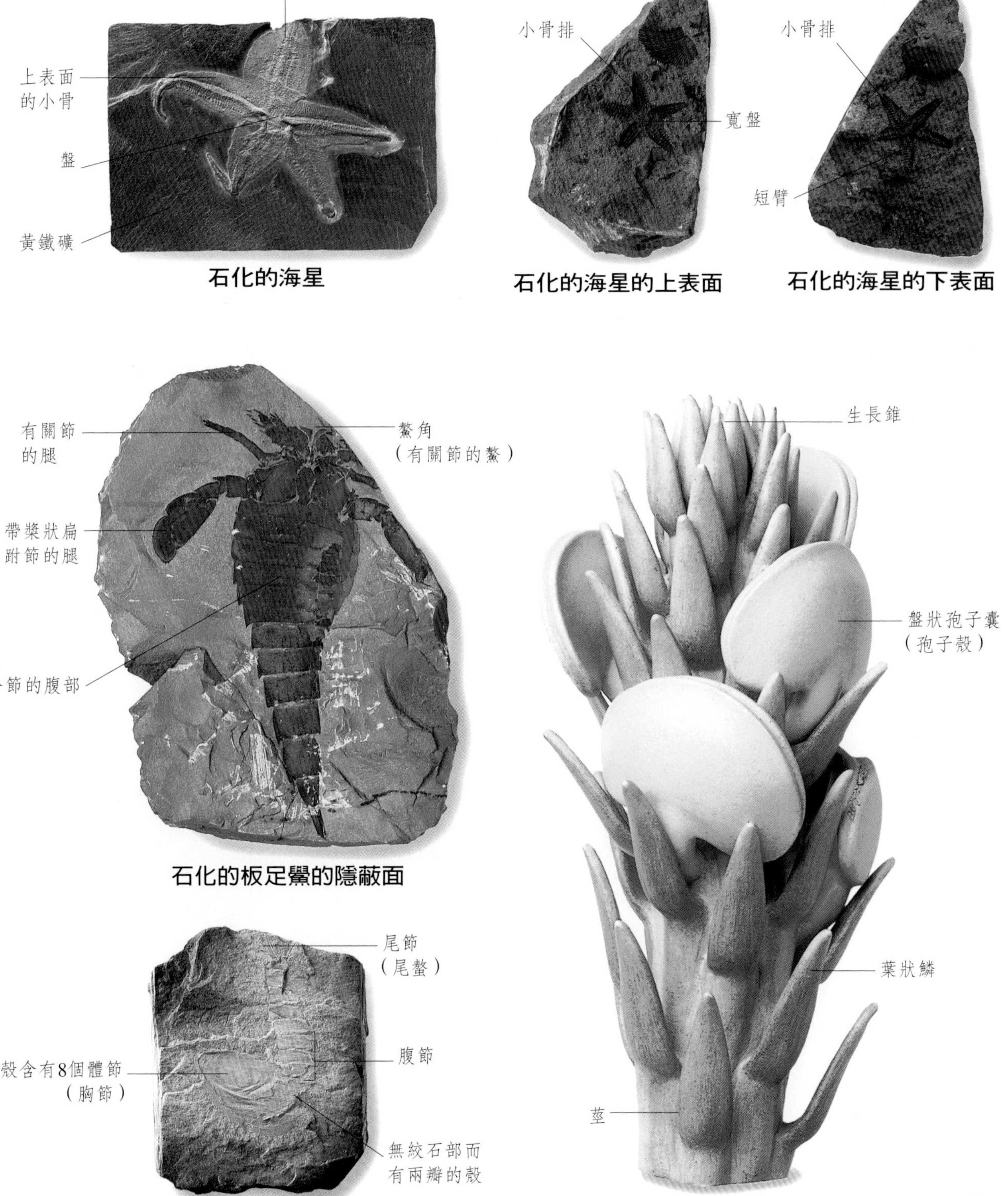

石化的海星

- 步帶溝
- 上表面的小骨
- 盤
- 黃鐵礦

石化的海星的上表面

- 小骨排
- 寬盤

石化的海星的下表面

- 小骨排
- 短臂

石化的板足鱟的隱蔽面

- 有關節的腿
- 帶槳狀扁跗節的腿
- 分節的腹部
- 螯角（有關節的螯）

一種滅絕的蝦化石

- 尾節（尾螯）
- 殼含有8個體節（胸節）
- 腹節
- 無絞石部而有兩瓣的殼

星木屬的重組

- 生長錐
- 盤狀孢子囊（孢子殼）
- 葉狀鱗
- 莖

(Tail shield)。**石化的海星**(FOSSILIZED STARFISH)：步帶溝(*Ambulacral groove*)；黃鐵礦(*Iron pyrites*)。**石化的海星的上表面**：寬盤(*Broad disk*)。**石化的海星的下表面**：短臂(Short arm)。**石化的板足鱟**(EURYPTERID)**的隱蔽面**：槳狀扁跗節的腿(*Jointed leg with oar-shaped paddle*)；螯角(*Chelicera*)。**一種滅絕的蝦化石**：尾螯(*tail spine*)；無絞石部而有兩瓣的殼(*Hingeless,bivalved shell*)。**星木屬**(ASTEROXYLON)**的重組**：生長錐(*Growing tip*)；盤狀孢子囊(孢子殼)[*Disk-shaped sporangium(spore-case)*]；葉狀鱗(*Leaflike scale*)。

兩棲動物和爬行動物

已知最早的兩棲動物（如**刺甲龍屬**和**魚甲龍屬**）生活在大約3.63億年前，即在泥盆紀（距今4.09億～3.63億年）末期，它們的肢可能是由**肺魚的肌鰭**演化而來的。肺魚可以用肌鰭沿湖底行進，有些肺魚還可以在水面進行呼吸。當兩棲動物可以在陸地上生存時，必須依賴濕潤的環境，因為它們的皮膚不能保持水分，必須返回水裡產卵。**爬行動物**由兩棲動物演化而來，第一次出現在石炭紀（距今3.63億～2.90億年）。已知最早的爬行動物（Westlothiana）距今3.38億年生活在陸地上。**羊膜卵**（胚胎被包圍在自身濕潤環境即羊膜裡，並受一層防水殼保護）的發育，使爬行動物不像兩棲動物那樣依賴於濕潤環境。**有鱗片的皮膚**使爬行動物在陸地上不致於乾化，但其生活方式又與其祖先（兩棲動物）相近。爬行動物包括恐龍，後者在中生代（距今2.45億～0.65億年）是陸地上的主要生命形式。

刺甲龍屬的頭蓋骨化石

眼窩
封閉鼻孔的袋囊
有刻紋或紋孔的骨表面
吸水用呼吸孔
下頜骨
小齒

魚甲龍屬模型

肌背
肩帶
有鱗片的皮膚
鰭尾
骨盆帶

曳螈屬的骨骼

匙骨
肩胛骨
背椎
頸椎
顱
眼窩
上頜骨
鼻孔
下頜骨
尖齒
鎖骨
趾骨
橈骨
肋骨
關節盂
肱骨
肘關節
尺骨
掌骨

兩棲動物和爬行動物(Amphibians and reptiles)：刺甲龍屬(Acanthostega)；魚甲龍屬(Ichthyostega)；肺魚的肌鰭(the muscular fins of lungfish)；羊膜卵(amniotic egg)；胚胎(an embryo)；有鱗片的皮膚(A scaly skin)。**刺甲龍屬的頭蓋骨化石**(FOSSIL SKULL OF ACANTHOSTEGA)：有刻紋或紋孔的骨表面(*Sculpted or pitted bone surface*)；吸水用呼吸孔(*Spiracle to draw in water*)；封閉鼻孔的袋囊(*Pocket enclosing nostril*)。**魚甲龍屬模型**(MODEL OF ICHTHYOSTEGA)：肌背(*Muscular back*)；肩帶

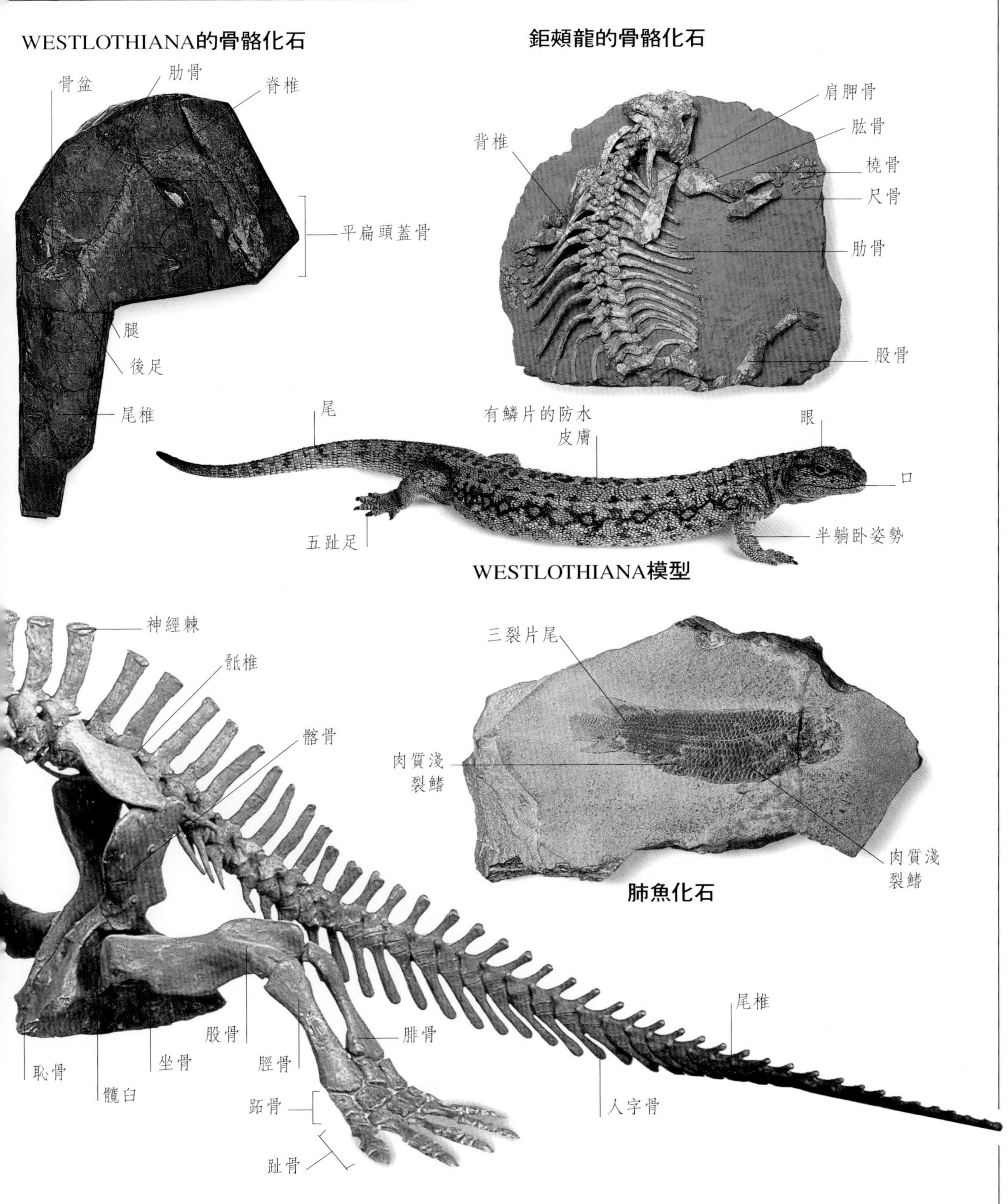

WESTLOTHIANA的骨骼化石

骨盆　肋骨　脊椎

平扁頭蓋骨

腿

後足

尾椎

鉅頰龍的骨骼化石

肩胛骨

肱骨

橈骨

尺骨

肋骨

背椎

股骨

尾

有鱗片的防水皮膚

眼

口

半躺臥姿勢

五趾足

WESTLOTHIANA模型

神經棘

骶椎

髂骨

三裂片尾

肉質淺裂鰭

肉質淺裂鰭

肺魚化石

耻骨

髖臼

坐骨

股骨

脛骨

距骨

趾骨

腓骨

尾椎

人字骨

(Shoulder girdle)；骨盆帶(Hip girdle)。曳螈屬的骨骼(SKELETON OF ERYOPS)。WESTLOTHIANA的骨骼化石(FOSSIL SKELETON OF WESTLOTHIANA)：平扁頭蓋骨(Flattened skull bones)。鉅頰龍的骨骼化石(FOSSIL SKELETON OF A PAREIASAUR)。WESTLOTHIANA模型(MODEL OF WESTLOTHIANA)：半躺臥姿勢(Semi-sprawling stance)；五趾足(Five-toed foot)。肺魚化石(FOSSIL LUNGFISH)：肉質淺裂鰭(Fleshy, lobed fin)；三裂片尾(Tri-lobed tail)。

恐 龍 類

恐 龍是很大一類爬行動物，出現於距今2.3億年前左右，在中生代（距今2.45億至0.65億年）的大部分時間裡，是占統治地位的陸上**脊椎動物（有脊柱的動物）**。這種動物有一項重要特徵使它們有別於其他**有鱗的產卵爬行動物**，這就是恐龍的肢能取直立姿勢和半爬臥姿勢。恐龍的**股骨**頭部長在**骨盆（髖骨）**處的一個槽裡，使牠們能有效地且靈活地運動。按照骨盆的結構，恐龍分為兩類：**蜥臀目（有蜥蜴臀）恐龍**和**鳥臀目恐龍**。大部分蜥臀目恐龍的恥骨（骨盆的一部分）向前突出，而鳥臀目恐龍的恥骨是偏後傾的，平行於坐骨（骨盆的另一部分）。恐龍的很多種類等同於哺乳動物的種類。恐龍是地質史上時間延續最長的陸上脊椎動物，延續了1.65億年，直到6,500萬年前才滅絕。

蜥臀目恐龍骨盆的結構

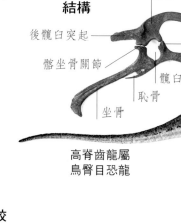

前髖臼突起的鉤狀骨
髂骨
後髖臼突起
髂恥關節
髂坐骨關節
髖臼
恥骨
坐骨
恥足

鷄形龍屬
蜥臀目恐龍類

蜥臀目恐龍骨盆的位置

鳥臀目恐龍骨盆的結構

髂骨
後髖臼突起
前髖臼突起
髂恥關節
髂坐骨關節
前恥骨
髖臼
恥骨
坐骨

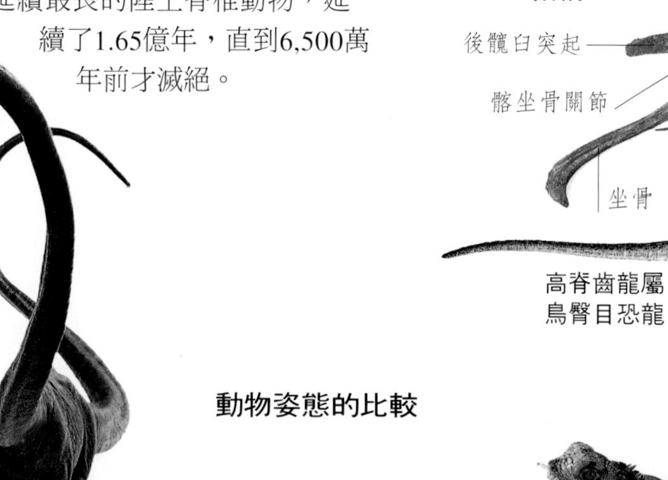

高脊齒龍屬
鳥臀目恐龍

鳥臀恐龍骨盆的位置

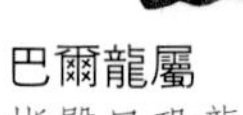

巴爾龍屬
蜥臀目恐龍

動物姿態的比較

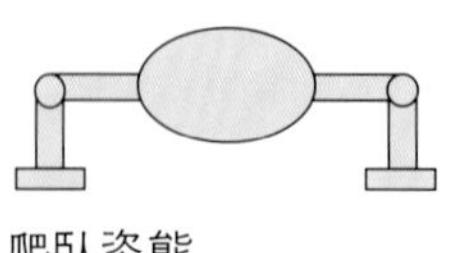

爬臥姿態
大腿和上臂從軀體向外平直地伸出，膝和肘都成直角彎曲

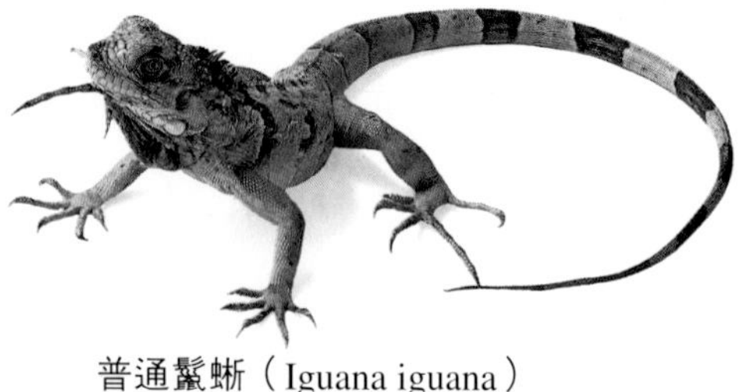

普通鬣蜥（Iguana iguana）
現在的爬行動物

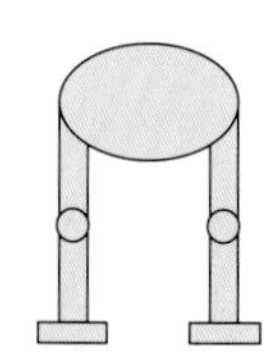

直立姿態
大腿和上臂從軀體向下直伸，膝和肘都是直的

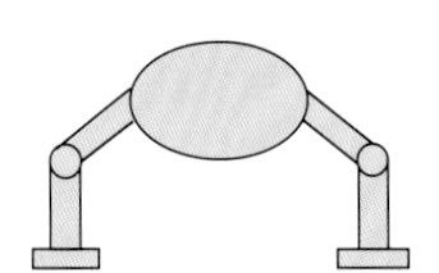

半爬臥姿態
大腿和上臂都向下和向外伸出，膝和肘都稍微彎曲

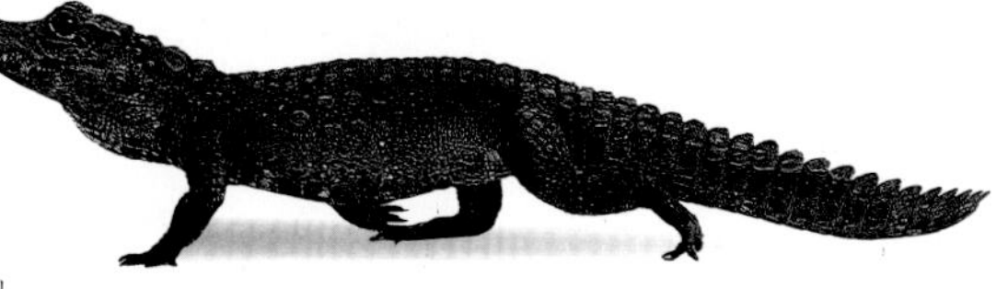

矮型鱷（Osteolaemus tetraspis）
現在的一種爬行動物

恐龍類(The dinosaurs)：脊椎動物(有脊柱的動物)[vertebrates(animals with backbones)]；有鱗的產卵爬行動物(scaly,egg-laying reptiles)；股骨[femur(thighbone)]；骨盆(髖骨)[pelvis(hipbone)]；蜥臀目(有蜥蜴臀)恐龍[saurischian(lizard-hipped)]；鳥臀目恐龍[ornithischian(bird-hipped)dinosaurs]。**蜥臀目恐龍骨盆的結構**(STRUCTURE OF SAURISCHIAN PELVIS)：前髖臼突起的鉤狀骨(*Hook of preacetabular process*)；髂恥關節(*Ilio-pubic joint*)；髂坐骨關節(*Ilio-ischial joint*)；髂骨(*Ilium*)；鷄形龍屬(GALLIMIMUS)。**動物姿態的比較**(COMPARISON OF ANIMAL STANCES)：巴爾龍屬(BAROSAURUS)；爬臥姿態(SPRAWLING STANCE)；鬣蜥(IGUANA)；直立姿態(ERECT STANCE)；半爬臥姿態(SEMI-SPRAWLING

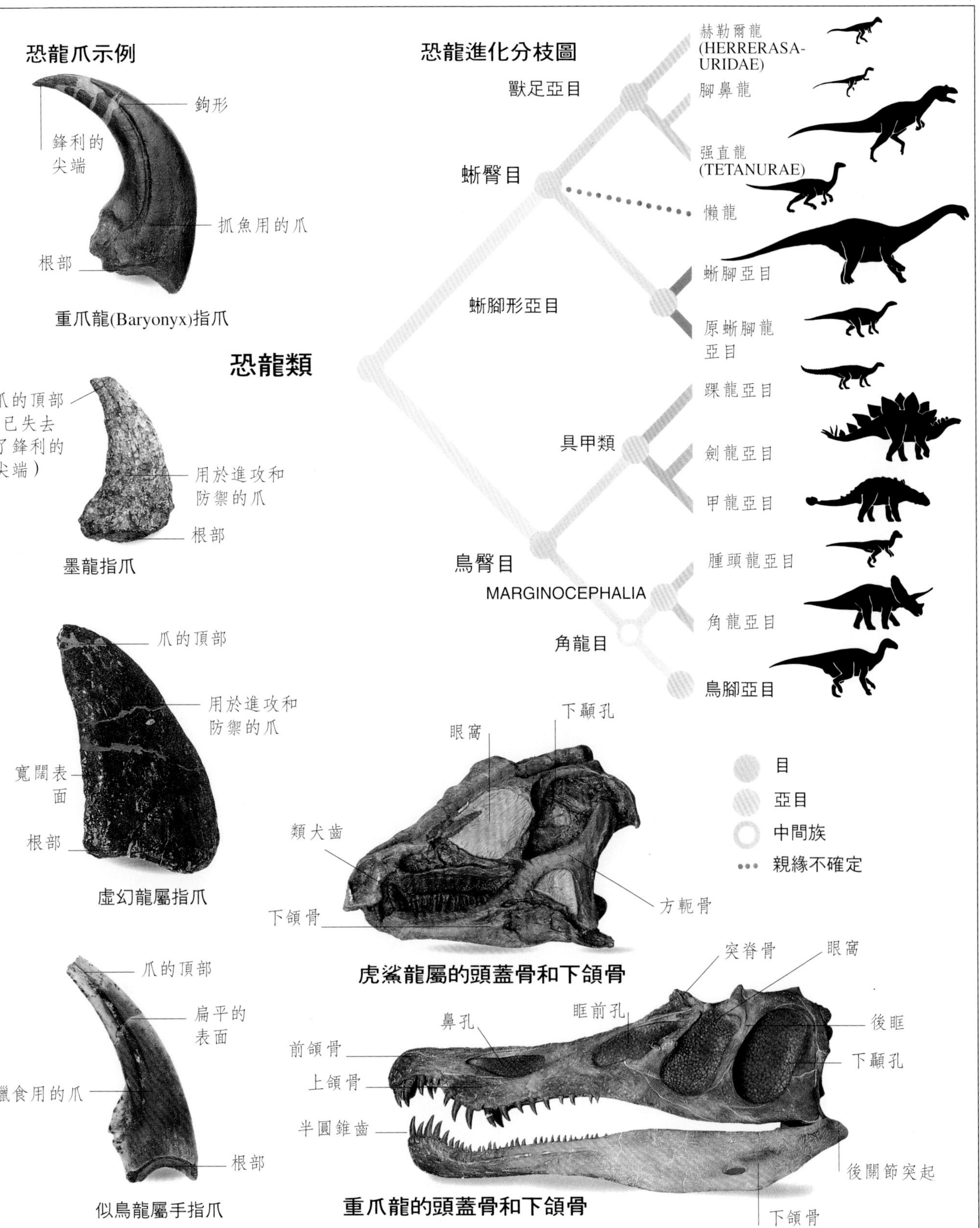

恐龍爪示例

重爪龍(Baryonyx)指爪
- 鉤形
- 鋒利的尖端
- 抓魚用的爪
- 根部

恐龍類

墨龍指爪
- 爪的頂部（已失去了鋒利的尖端）
- 用於進攻和防禦的爪
- 根部

虛幻龍屬指爪
- 爪的頂部
- 用於進攻和防禦的爪
- 寬闊表面
- 根部

似鳥龍屬手指爪
- 爪的頂部
- 扁平的表面
- 獵食用的爪
- 根部

恐龍進化分枝圖

- 獸足亞目
- 蜥臀目
- 蜥腳形亞目
- 具甲類
- 鳥臀目 MARGINOCEPHALIA
- 角龍目
- 鳥腳亞目

- 赫勒爾龍 (HERRERASAURIDAE)
- 腳鼻龍
- 強直龍 (TETANURAE)
- 懶龍
- 蜥腳亞目
- 原蜥腳龍亞目
- 踝龍亞目
- 劍龍亞目
- 甲龍亞目
- 腫頭龍亞目
- 角龍亞目

圖例：
- ● 目
- ● 亞目
- ○ 中間族
- ••• 親緣不確定

虎鯊龍屬的頭蓋骨和下頜骨
- 下顳孔
- 眼窩
- 類犬齒
- 下頜骨
- 方軛骨

重爪龍的頭蓋骨和下頜骨
- 突脊骨
- 眼窩
- 睚前孔
- 鼻孔
- 前頜骨
- 上頜骨
- 半圓錐齒
- 後睚
- 下顳孔
- 後關節突起
- 下頜骨

STANCE)；矮型鱷(DWARF CROCODILE)。**恐龍爪示例**(EXAMPLES OF DINOSAUR CLAWS)：墨龍(MASSOSPONDYLUS)；虛幻龍屬(APATOSAURUS)；似鳥龍屬(ORNITHOMIMUS)。**恐龍進化分枝圖**(DINOSAUR CLADOGRAM)：腳鼻龍 (CERATOSAURIA)；懶龍 (SEGNOSAURIA)；腫頭龍亞目(PACHYCEPHALOSAURIA)。**虎鯊龍屬的頭蓋骨和下頜骨** (SKULL AND MANDIBLE OF HETERODONTOSAURUS)：下顳孔 *(Infratemporal fenestra)*；方軛骨*(Quadratojugal bone)*；類犬齒*(Canine-like tooth)*。**BARYONYX的頭蓋骨和下頜骨**：中間族(INTERMEDIATE GROUP)；半圓錐齒*(Semi-conical tooth)*；前頜骨*(Premaxilla)*。

獸足亞目 1

蜥臀目恐龍中一種延續非常長的亞目〔**雙足獸足類（四足獸）**〕，出現在距今2.3億年的三疊紀末期，已知最古老的獸足亞目來自南美洲。獸足亞目分布在整個恐龍時代（距今2.3億～0.65億年），包括已知的大部分**獵食性恐龍**。典型的獸足亞目爬行動物有小臂（帶有銳利的爪指），同利齒相連且強有力的顎、S形頸項、肌肉發達的長下肢和通常是四趾的帶爪足。許多獸足亞目爬行動物可能是熱血動物，大部分只食肉。獸足亞目爬行動物包括不比雛雞大多少的動物到巨型動物（如**霸王龍屬**和Baryonyx），還包括**鴕鳥樣雜食動物**和長著無牙喙的食草動物（如**似鴕鳥龍屬**和**似雞屬**）。很多科學家認為，現在的鳥類同恐龍有很密切的親緣關係，它們可能和獸足亞目同宗。個體小而有羽毛的**始祖鳥屬**是已知的第一種鳥，它與其恐龍的親緣動物同時生存。

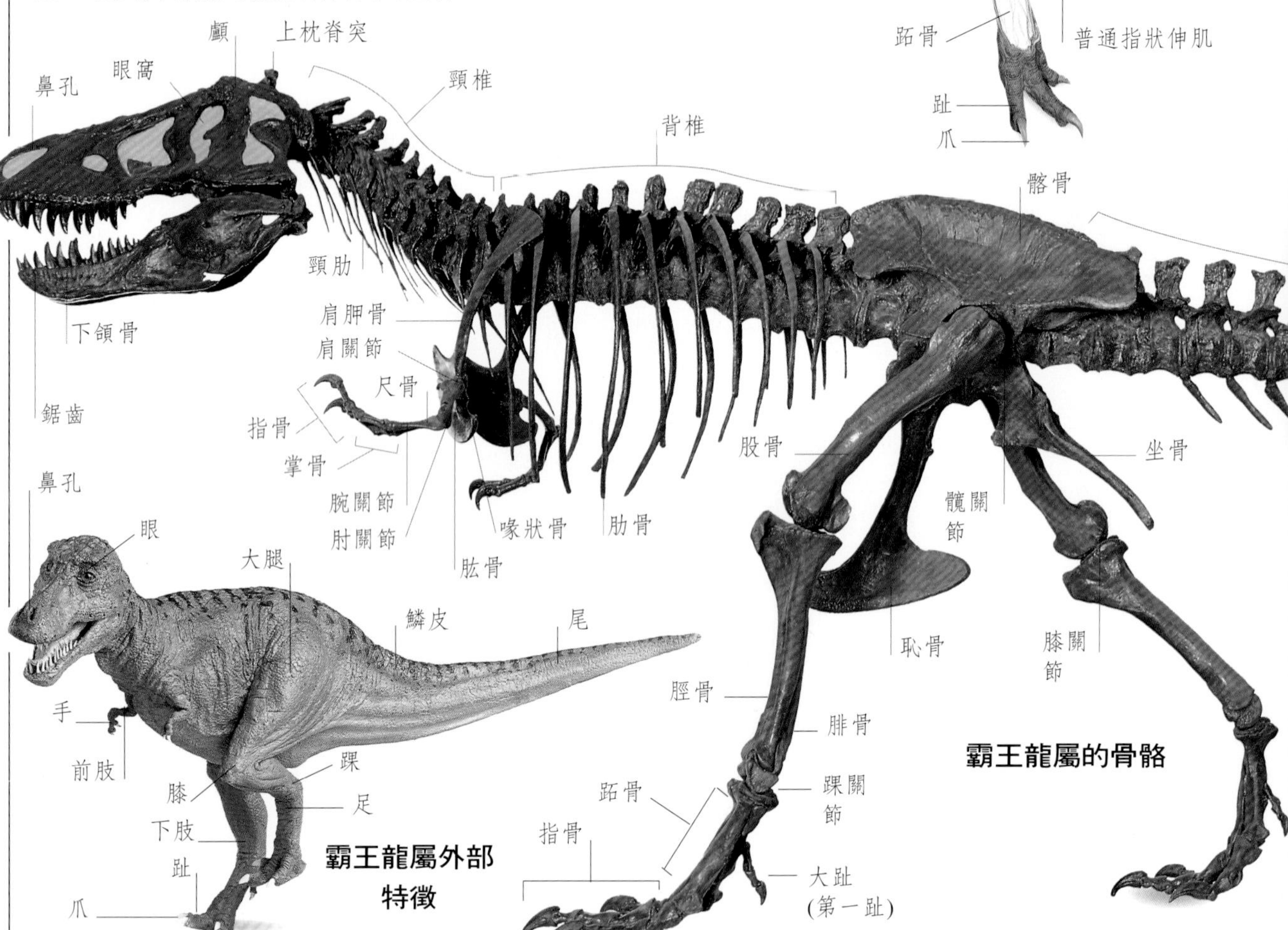

阿耳伯特龍腿的內部解剖

髂脛肌
髂股肌
髂股間肌
內股屈肌
股骨
髂腓肌
腓腸肌
指狀屈肌
腓骨
跗骨
距骨
趾
爪
棲肌
髂股間肌
前脛肌
普通指狀伸肌

顱　上枕脊突
眼窩　頸椎
鼻孔　背椎
頸肋
肩胛骨
肩關節
尺骨
指骨
掌骨
腕關節
肘關節
喙狀骨　肋骨
肱骨
下頜骨
鋸齒
髂骨
股骨
坐骨
髖關節
恥骨
膝關節
脛骨
腓骨
踝關節
距骨
大趾（第一趾）

霸王龍屬的骨骼

鼻孔
眼
大腿
鱗皮
尾
手
前肢
踝
膝　足
下肢
趾
爪

霸王龍屬外部特徵

獸足亞目1 (Theropods 1)：雙足獸足類(四足獸)[the bipedal(two-footed)theropods("beast feet")]；獵食性恐龍(predatory dinosaurs)；霸王龍屬(Tyrannosaurus)；鴕鳥樣雜食動物(ostrichlike omnivores)；似鴕鳥龍屬(*Struthiomimus*)；似雞屬(*Gallimimus*)；始祖鳥屬(*Archaeopteryx*)。**阿耳伯特龍腿的內部解剖**(INTERNAL ANATOMY OF ALBERTOSAURUS LEG)。**霸王龍屬的骨骼**(SKELETON OF TYRANNOSAURUS)：上枕脊突(*Supraoccipital crest*)；人字骨(*Chevron*)；神經棘(*Neural spine*)；橫突(*Transverse process*)；喙狀骨(*Coracoid*)；鋸齒(*Serrated tooth*)。**始祖鳥**(ARCHAEOPTERYX)的骨骼化石：

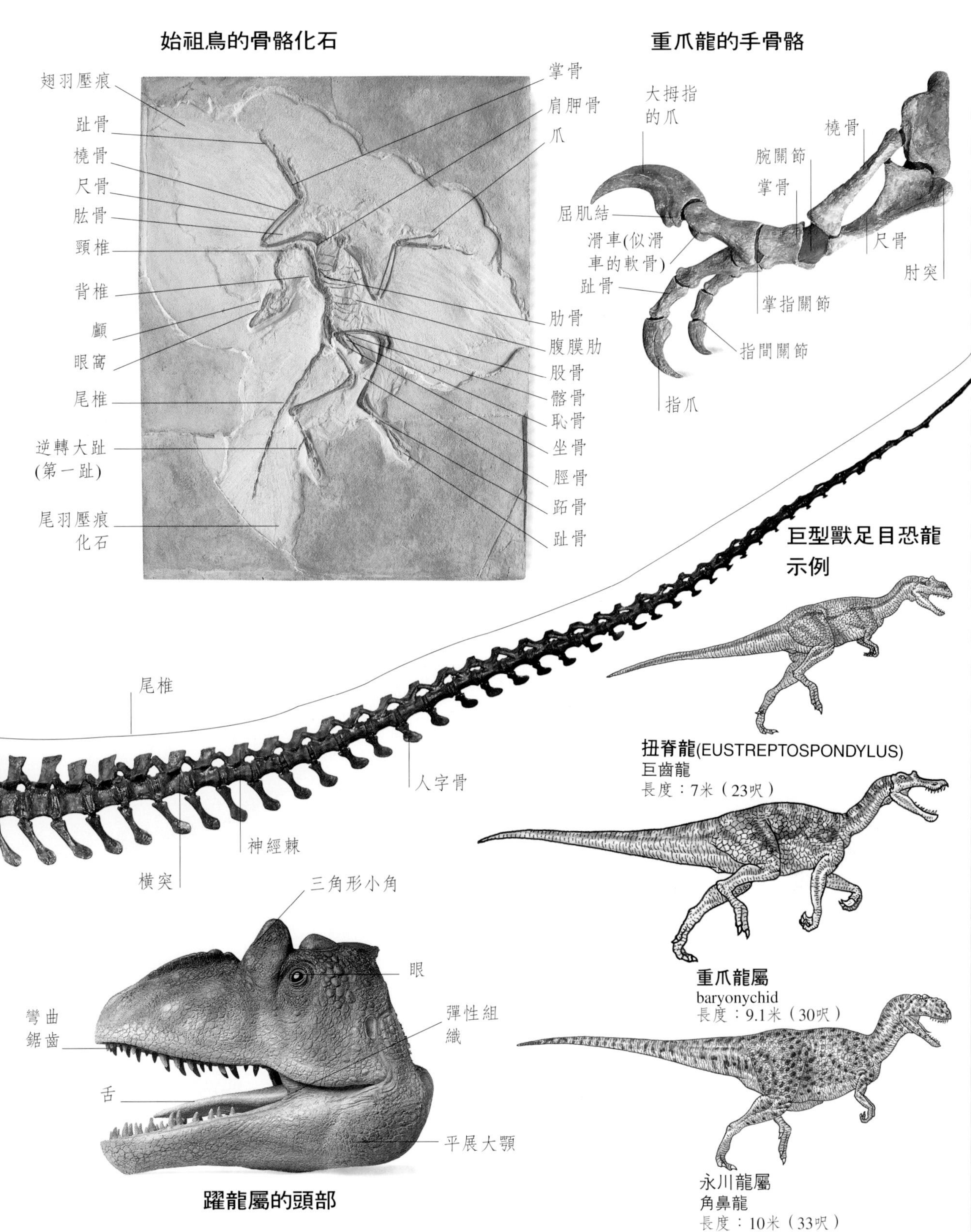

始祖鳥的骨骼化石

翅羽壓痕
趾骨
橈骨
尺骨
肱骨
頸椎
背椎
顱
眼窩
尾椎
逆轉大趾
（第一趾）
尾羽壓痕
化石

掌骨
肩胛骨
爪

肋骨
腹膜肋
股骨
髂骨
恥骨
坐骨
脛骨
距骨
趾骨

重爪龍的手骨骼

大拇指
的爪
屈肌結
滑車(似滑
車的軟骨)
趾骨
指爪

橈骨
腕關節
掌骨
掌指關節
指間關節
尺骨
肘突

尾椎

人字骨

神經棘

橫突

三角形小角

眼

彎曲
鋸齒

舌

彈性組
織

平展大顎

躍龍屬的頭部

**巨型獸足目恐龍
示例**

扭脊龍(EUSTREPTOSPONDYLUS)
巨齒龍
長度：7米（23呎）

重爪龍屬
baryonychid
長度：9.1米（30呎）

永川龍屬
角鼻龍
長度：10米（33呎）

尾羽壓痕化石(*Tail-feather impression*)；逆轉大趾(*Reversed hallux*)；翅羽壓痕(*Wing-feather impression*)。
BARYONYX的手骨骼(SKELETON OF BARYONYX HAND)：滑車(似滑車的軟骨)(*Trochlea*)；屈肌結(*Flexor tubercle*)。**巨型獸足目恐龍示例**(EXAMPLES OF LARGE THEROPODS)：巨齒龍(*megalosaurid*)；永川龍屬(YANGCHUANOSAURUS)；角鼻龍(*ceratosaurid*)；平展大顎(*Large,expansile jaw*)；彎曲鋸齒(*Curved serrated tooth*)。

獸足亞目2

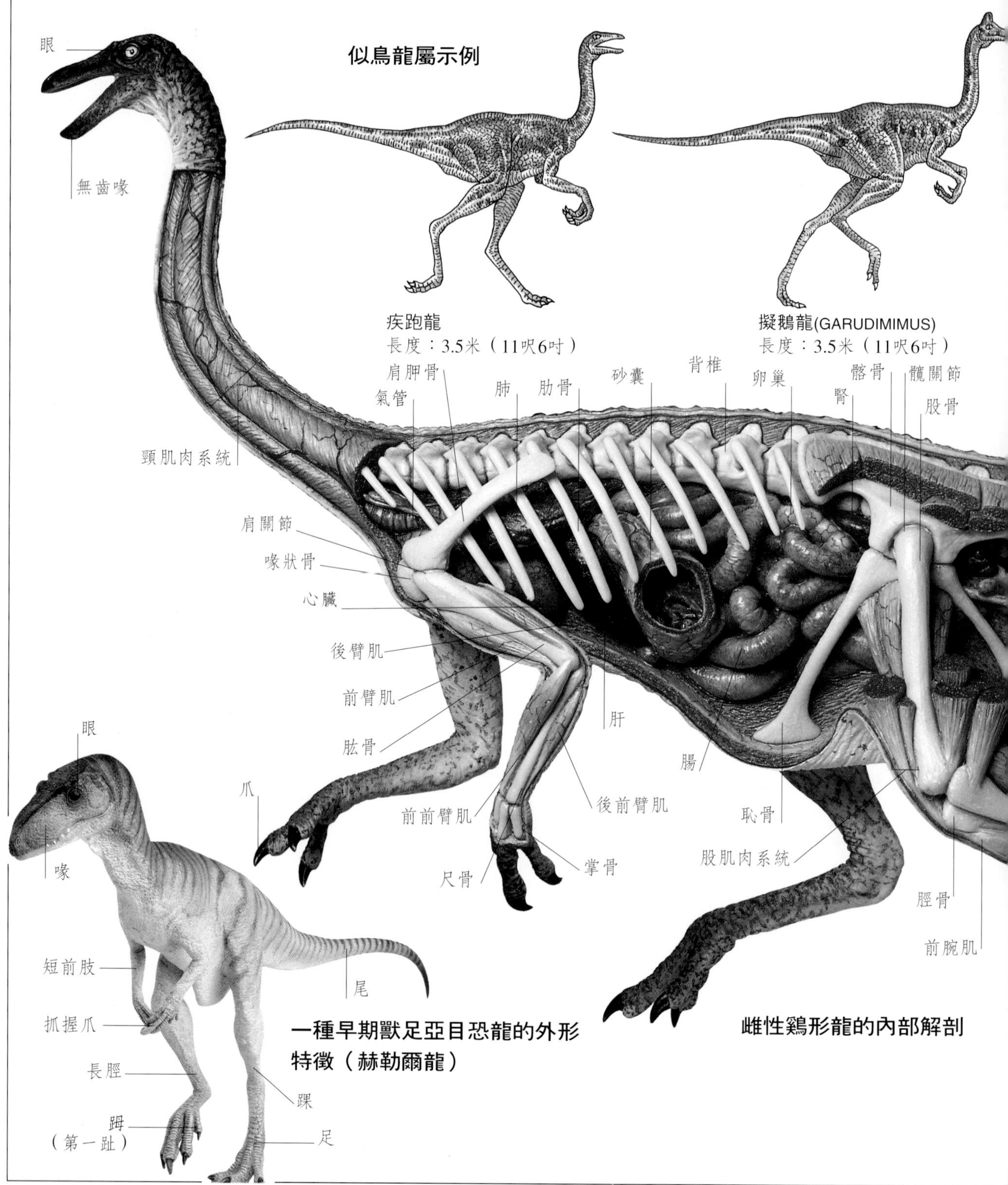

眼

無齒喙

似鳥龍屬示例

疾跑龍
長度：3.5米（11呎6吋）

擬鵝龍(GARUDIMIMUS)
長度：3.5米（11呎6吋）

頸肌肉系統

肩胛骨
氣管
肺　肋骨
砂囊
背椎
卵巢
髂骨　髖關節
腎
股骨

肩關節
喙狀骨
心臟

後臂肌
前臂肌
肱骨

爪

前前臂肌
尺骨

肝
後前臂肌
掌骨

腸
恥骨
股肌肉系統

脛骨
前腕肌

眼
喙
短前肢
抓握爪
長脛
蹈
（第一趾）
尾
踝
足

一種早期獸足亞目恐龍的外形
特徵（赫勒爾龍）

雌性鷄形龍的內部解剖

獸足亞目2 (Theropods 2)。似鳥龍屬(ORNITHOMIMOSAURS)示例：疾跑龍(DROMICEIOMIMUS)。小
獸足亞目恐龍示例(EXAMPLES OF SMALL THEROPODS)：鳥形龍屬(AVIMIMUS)；虛骨龍(COELURUS)；原
始頜龍(PROCOMPSOGNATHUS)。一種早期獸足亞目恐龍（赫勒爾龍）的外形特徵[EXTERNAL FEATURES
OF AN EARLY THEROPOD(HERRERASAURUS)]：抓握爪(Grasping claw)。雌性鷄形龍的內部解剖
(INTERNAL ANATOMY OF FEMALE GALLIMIMUS)：後臂肌(Posterior brachial muscle)：前臂肌(Anterior

小獸足亞目恐龍示例

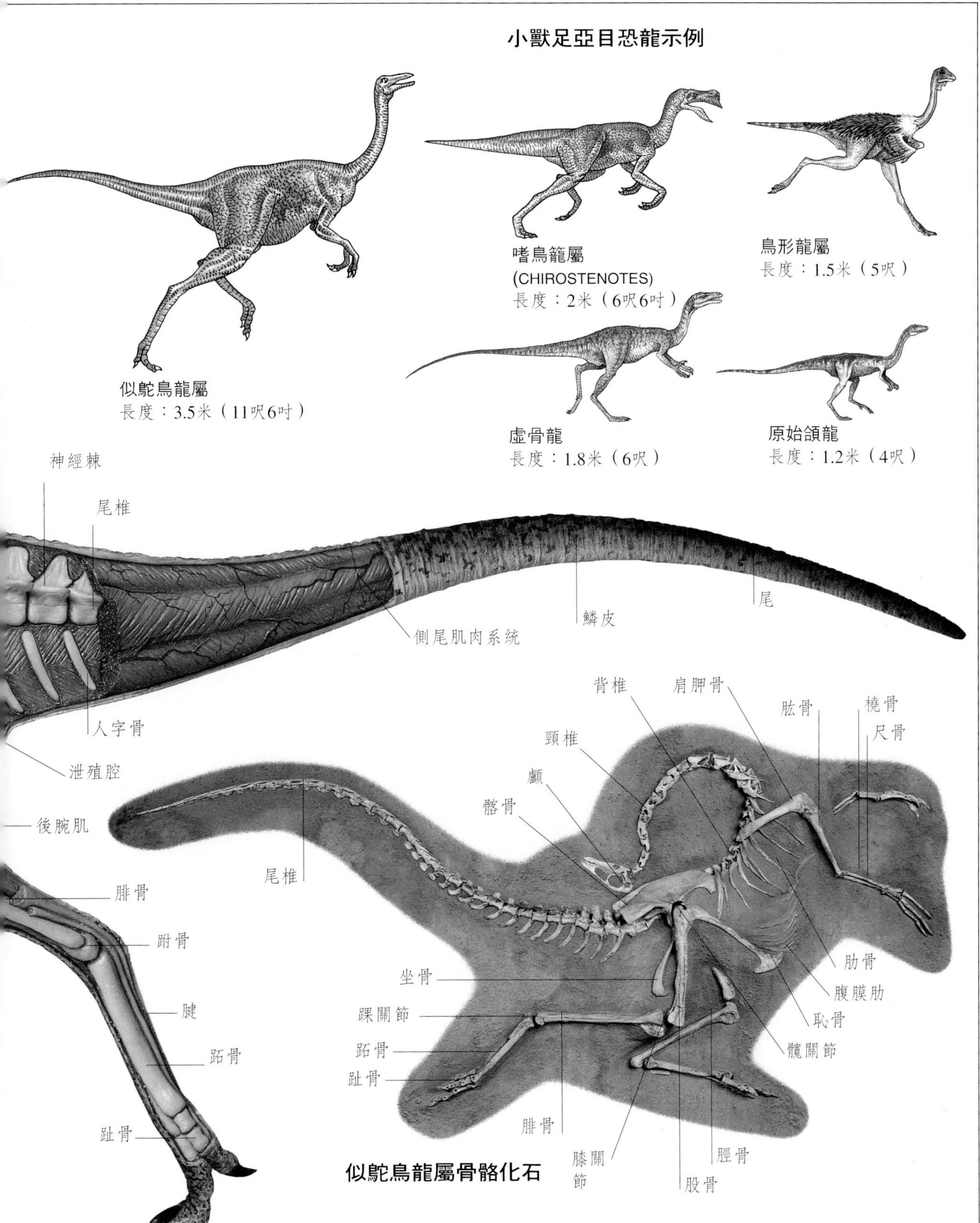

嗜鳥籠屬
(CHIROSTENOTES)
長度：2米（6呎6吋）

鳥形龍屬
長度：1.5米（5呎）

似鴕鳥龍屬
長度：3.5米（11呎6吋）

虛骨龍
長度：1.8米（6呎）

原始頜龍
長度：1.2米（4呎）

神經棘
尾椎
人字骨
泄殖腔
後腕肌
腓骨
蹠骨
腱
距骨
趾骨

側尾肌肉系統
鱗皮
尾

尾椎

背椎
頸椎
顱
髂骨

肩胛骨
肱骨
橈骨
尺骨

坐骨
踝關節
距骨
趾骨

肋骨
腹膜肋
恥骨
髖關節

腓骨
膝關節
股骨
脛骨

似鴕鳥龍屬骨骼化石

brachial muscle）；前前臂肌(*Anterior antebrachial muscle*)；後前臂肌(*Posterior antebrachial muscle*)；股肌肉系統(*Femoral musculature*)；泄殖腔(*Cloaca*)；人字骨(*Chevron*)；側尾肌肉系統(*Lateral caudal musculature*)；鱗皮(*Scaly skin*)；腎(*Kidney*)；卵巢(*Ovary*)；砂囊(*Gizzard*)；肺(*Lung*)；氣管(*Trachea*)。**似鴕鳥龍屬骨骼化石**(FOSSIL SKELETON OF STRUTHIOMIMUS)：腹膜肋(*Gastralia*)；髖關節(*Hip joint*)；距骨(*Metatarsal*)。

蜥腳形亞目 1

板龍屬的頭蓋骨和下頜骨

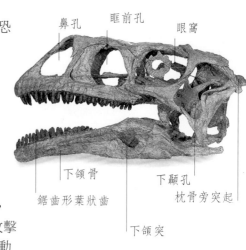

蜥腳形亞目是食草動物，通常是四足恐龍，是蜥臀目的亞目，其特徵是頭小、體型巨大、頸和尾長。有兩個亞目：**蜥蜴亞目**和**蜥腳亞目**。前者生活在三疊紀末期到侏羅紀初期（距今2.25億～1.80億年），包括個體小的**安琪龍屬**之類的四足獸和第一種很大的恐龍，**玄蜥龍**。到侏羅紀中期（距今大約1.65億年），蜥腳亞目取代了蜥蜴亞目，廣布全球，包括曾經是最重和最長的陸生動物，如梁龍和鰓恐龍，牠們一直持續到白堊紀末期（距今6,500萬年）。在這些恐龍中，很多都是群體生活，用巨大且強有力的尾巴來防禦獵食性獸足亞目爬行動物，打擊攻擊者。在侏羅紀末期（距今約1.45億年）之前，蜥腳形亞目爬行動物是最普遍的大型食草動物，而且看來在北半球陸地上消失後，還在南半球陸地上生存了很久。

槽齒龍屬

板龍屬的骨骼

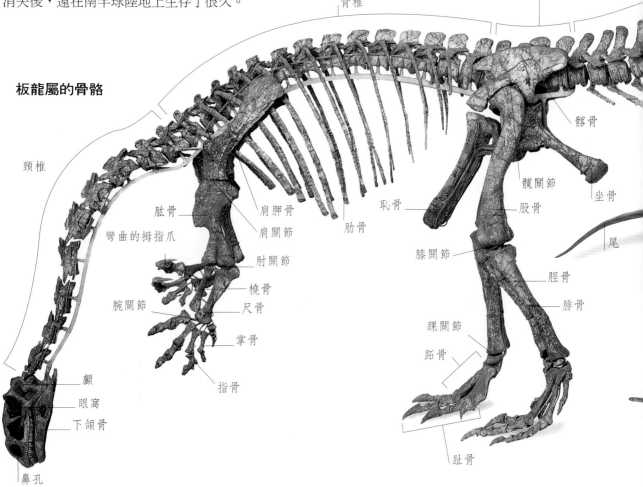

蜥腳形亞目1 (Sauropodomorphs 1)：蜥蜴亞目(prosauropods)；蜥腳亞目(sauropods)；安琪龍屬(Anchisaurus)；玄蜥龍(Melanosaurus)；鰓恐龍(Brachiosaurus)。**板龍屬的頭蓋骨和下頜骨**(SKULL AND MANDIBLE OF PLATEOSAURUS)：枕骨旁突起(*Paroccipital process*)；下顳孔(*Infratemporal fenestra*)；下頜突(*mandibular fenestra*)。**板龍屬的骨骼**(SKELETON OF PLATEOSAURUS)：骶椎(*Sacral vertebrae*)；神經棘(*Neural spine*)；人字骨(*Chevron*)；橫突(*Transverse process*)；腓骨(*Fibula*)；趾骨(*Phalanges*)；跖骨

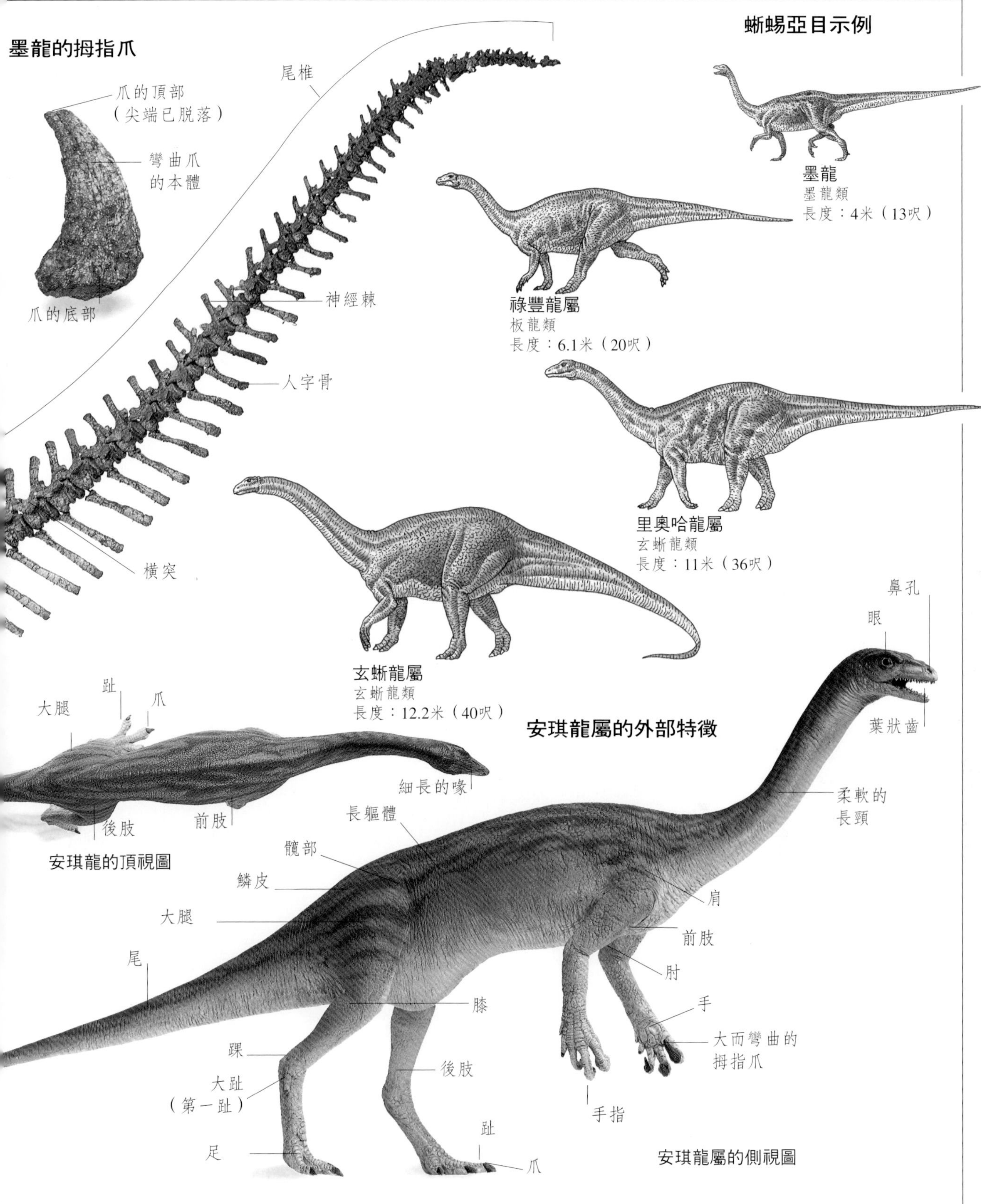

墨龍的拇指爪

爪的頂部
（尖端已脫落）

彎曲爪
的本體

爪的底部

尾椎

神經棘

人字骨

橫突

蜥蜴亞目示例

墨龍
墨龍類
長度：4米（13呎）

祿豐龍屬
板龍類
長度：6.1米（20呎）

里奧哈龍屬
玄蜥龍類
長度：11米（36呎）

玄蜥龍屬
玄蜥龍類
長度：12.2米（40呎）

安琪龍屬的外部特徵

大腿
趾
爪
後肢
前肢

安琪龍的頂視圖

細長的喙
長軀體
髖部
鱗皮
大腿
尾

鼻孔
眼
葉狀齒

柔軟的
長頸

肩
前肢
肘
手
大而彎曲的
拇指爪

膝
踝
大趾
（第一趾）
後肢
足
趾
爪
手指

安琪龍屬的側視圖

(Metatarsals)；橈骨(Radius)；指骨(Phalanx)。**墨龍的拇指爪**(THUMB CLAW OF MASSOSPONDYLUS)。**蜥蜴亞目示例**(EXAMPLES OF PROSAUROPODS)：祿豐龍屬(LUFENGOSAURUS)；里奧哈龍屬(RIOJASAURUS)；玄蜥龍屬(MELANOROSAURUS)。**安琪龍屬的外部特徵**(EXTERNAL FEATURES OF ANCHISAURUS)：葉狀齒(Leafshaped tooth)；大趾(Hallux)。槽齒龍屬(THECODONTOSAURUS)。

蜥腳形亞目 2

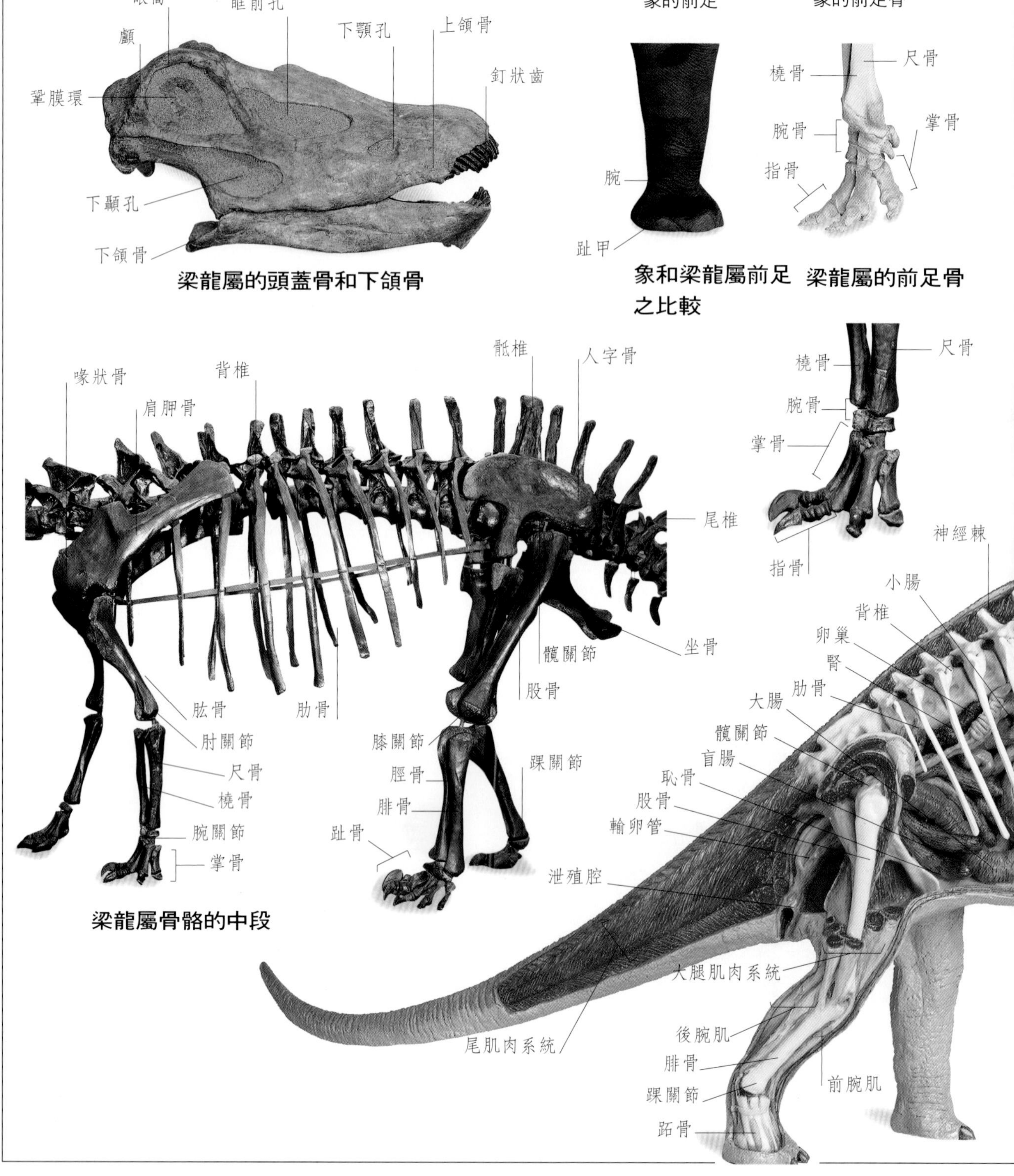

象的前足

象的前足骨

眼窩
顳
眶前孔
下顎孔
上頜骨
鞏膜環
釘狀齒
下顳孔
下頜骨

橈骨
尺骨
腕骨
掌骨
指骨

腕
趾甲

梁龍屬的頭蓋骨和下頜骨

象和梁龍屬前足 之比較

梁龍屬的前足骨

橈骨
尺骨
腕骨
掌骨
指骨

喙狀骨
肩胛骨
背椎
骶椎
人字骨

肱骨
肘關節
尺骨
橈骨
腕關節
掌骨
肋骨
膝關節
脛骨
腓骨
趾骨
髖關節
股骨
踝關節
尾椎
坐骨

梁龍屬骨骼的中段

神經棘
小腸
背椎
卵巢
腎
肋骨
大腸
髖關節
盲腸
恥骨
股骨
輸卵管
泄殖腔

大腿肌肉系統
後腕肌
腓骨
踝關節
跖骨
前腕肌

尾肌肉系統

蜥腳形亞目2 (Sauropodomorphs 2)。**梁龍屬**(DIPLODOCUS)的頭蓋骨和下頜骨：鞏膜環(*Sclerotic ring*)；釘狀齒(*Peg-shaped tooth*)。**梁龍屬骨骼的中段**(MIDDLE SECTION OF DIPLODOCUS SKELETON)：喙狀骨(*Coracoid*)。**雷龍**(TITANOSAURID)的卵化石：卵殼碎片化石(*Fossil eggshell fragment*)。**雌性鰓恐龍屬的內部解剖**(INTERNAL ANATOMY OF FEMALE BRACHIOSAURUS)：泄殖腔(*Cloaca*)；輸卵管(*Oviduct*)；盲腸(*Cecum*)；大腸(*Large intestine*)；腎(*Kidney*)；卵巢(*Ovary*)；小腸(*Small intestine*)；外耳(*Outer ear*)；氣

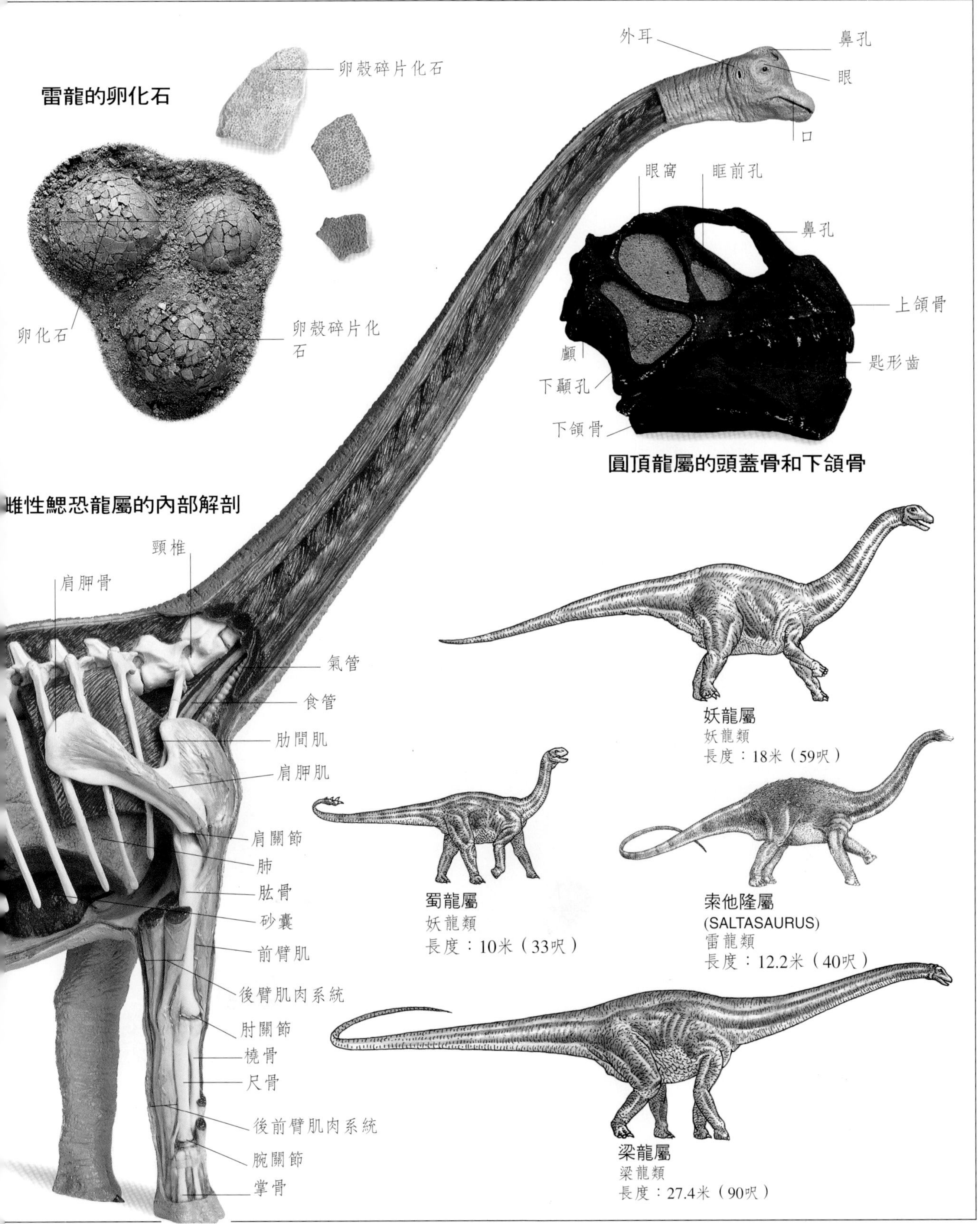

雷龍的卵化石

卵殼碎片化石

卵化石

卵殼碎片化石

外耳

鼻孔

眼

口

眼窩　眶前孔

鼻孔

上頜骨

匙形齒

顳

下顳孔

下頜骨

圓頂龍屬的頭蓋骨和下頜骨

雌性鰓恐龍屬的內部解剖

頸椎

肩胛骨

氣管

食管

肋間肌

肩胛肌

肩關節

肺

肱骨

砂囊

前臂肌

後臂肌肉系統

肘關節

橈骨

尺骨

後前臂肌肉系統

腕關節

掌骨

妖龍屬
妖龍類
長度：18米（59呎）

蜀龍屬
妖龍類
長度：10米（33呎）

索他隆屬
(SALTASAURUS)
雷龍類
長度：12.2米（40呎）

梁龍屬
梁龍類
長度：27.4米（90呎）

管(Trachea)；食管(Esophagus)；肋間肌(Intercostal muscle)；砂囊(Gizzard)；後臂肌肉系統(Posterior brachial musculature)；後前臂肌肉系統(Posterior antebrachial musculature)；大腿肌肉系統(Thigh musculature)；尾肌肉系統(Caudal musculature)。**圓頂龍屬(CAMARASAURUS)的頭蓋骨和下頜骨**：妖龍屬(CETIOSAURUS)；蜀龍屬(SHUNOSAURUS)；雷龍類(titanosaurid)。

盾日蛾亞目 1

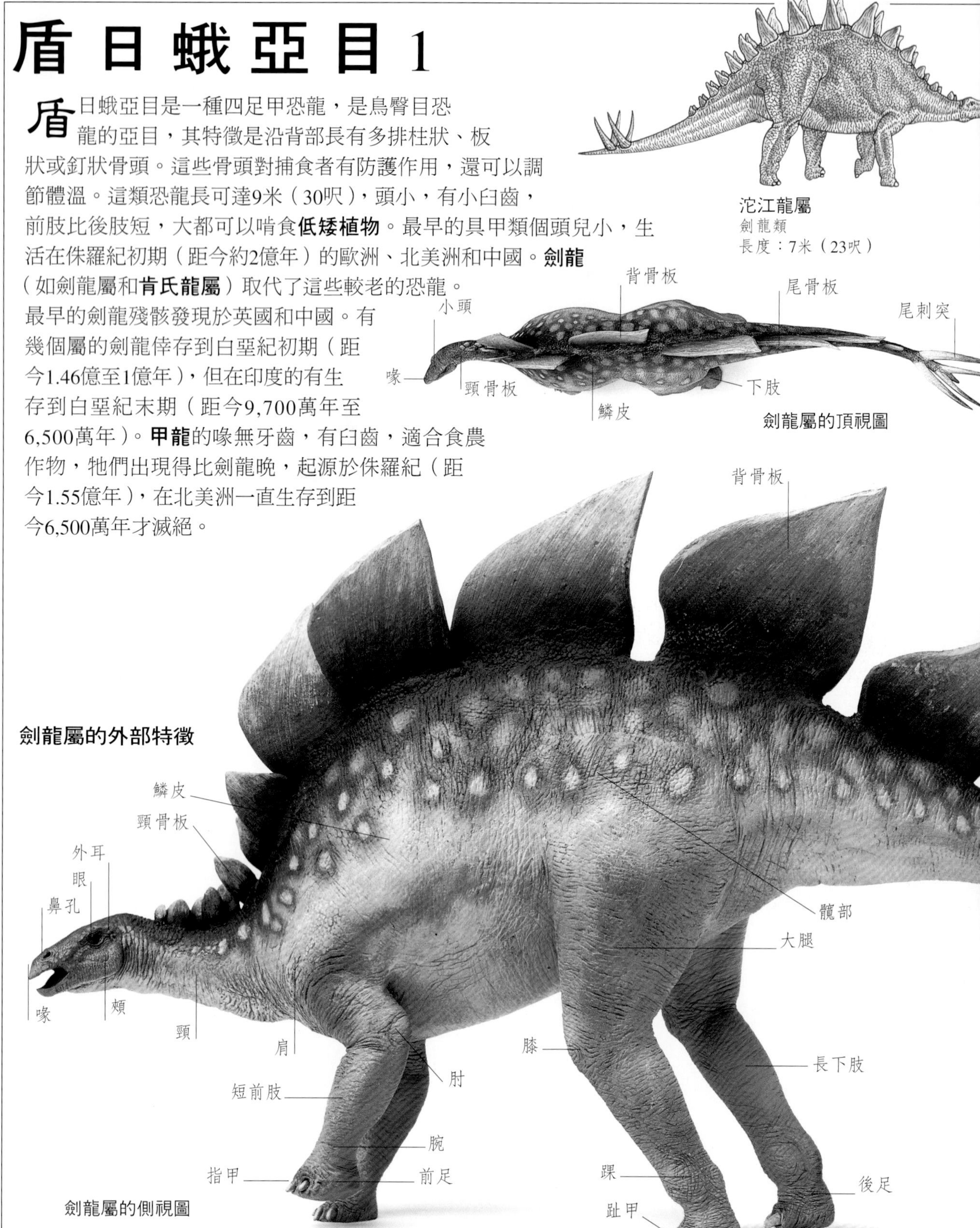

盾日蛾亞目是一種四足甲恐龍，是鳥臀目恐龍的亞目，其特徵是沿背部長有多排柱狀、板狀或釘狀骨頭。這些骨頭對捕食者有防護作用，還可以調節體溫。這類恐龍長可達9米（30呎），頭小，有小臼齒，前肢比後肢短，大都可以啃食**低矮植物**。最早的具甲類個頭兒小，生活在侏羅紀初期（距今約2億年）的歐洲、北美洲和中國。**劍龍**（如劍龍屬和**肯氏龍屬**）取代了這些較老的恐龍。最早的劍龍殘骸發現於英國和中國。有幾個屬的劍龍倖存到白堊紀初期（距今1.46億至1億年），但在印度的有生存到白堊紀末期（距今9,700萬年至6,500萬年）。**甲龍**的喙無牙齒，有臼齒，適合食農作物，牠們出現得比劍龍晚，起源於侏羅紀（距今1.55億年），在北美洲一直生存到距今6,500萬年才滅絕。

沱江龍屬
劍龍類
長度：7米（23呎）

背骨板　尾骨板　尾刺突

小頭
喙　頸骨板　下肢
鱗皮

劍龍屬的頂視圖

背骨板

劍龍屬的外部特徵

鱗皮
頸骨板
外耳
眼
鼻孔
喙　頰
頸
肩
短前肢
肘
腕
指甲　前足

劍龍屬的側視圖

髖部
大腿
膝
長下肢
踝
趾甲　後足

盾日蛾亞目1 (Thyreophorans 1)：低矮植物(low-level vegetation)；劍龍(Stegosaurs)；肯氏龍屬(Kentrosaurus)；甲龍(Ankylosaurs)。**劍龍示例** (EXAMPLES OF STEGOSAURS)：沱江龍屬(TUOJIANGOSAURUS)；華陽龍屬(HUAYANGOSAURUS)；烏爾禾龍屬(WUERHOSAURUS)。**劍龍屬的外部特徵**(EXTERNAL FEATURES OF STEGOSAURUS)：頸骨板(*Cervical plate*)；背骨板(*Dorsal plate*)；尾骨板(*Caudal plate*)；尾刺突(*Caudal spike*)。**劍龍屬的背骨板**(DORSAL PLATE OF STEGOSAURUS)：很大的表面

劍龍示例

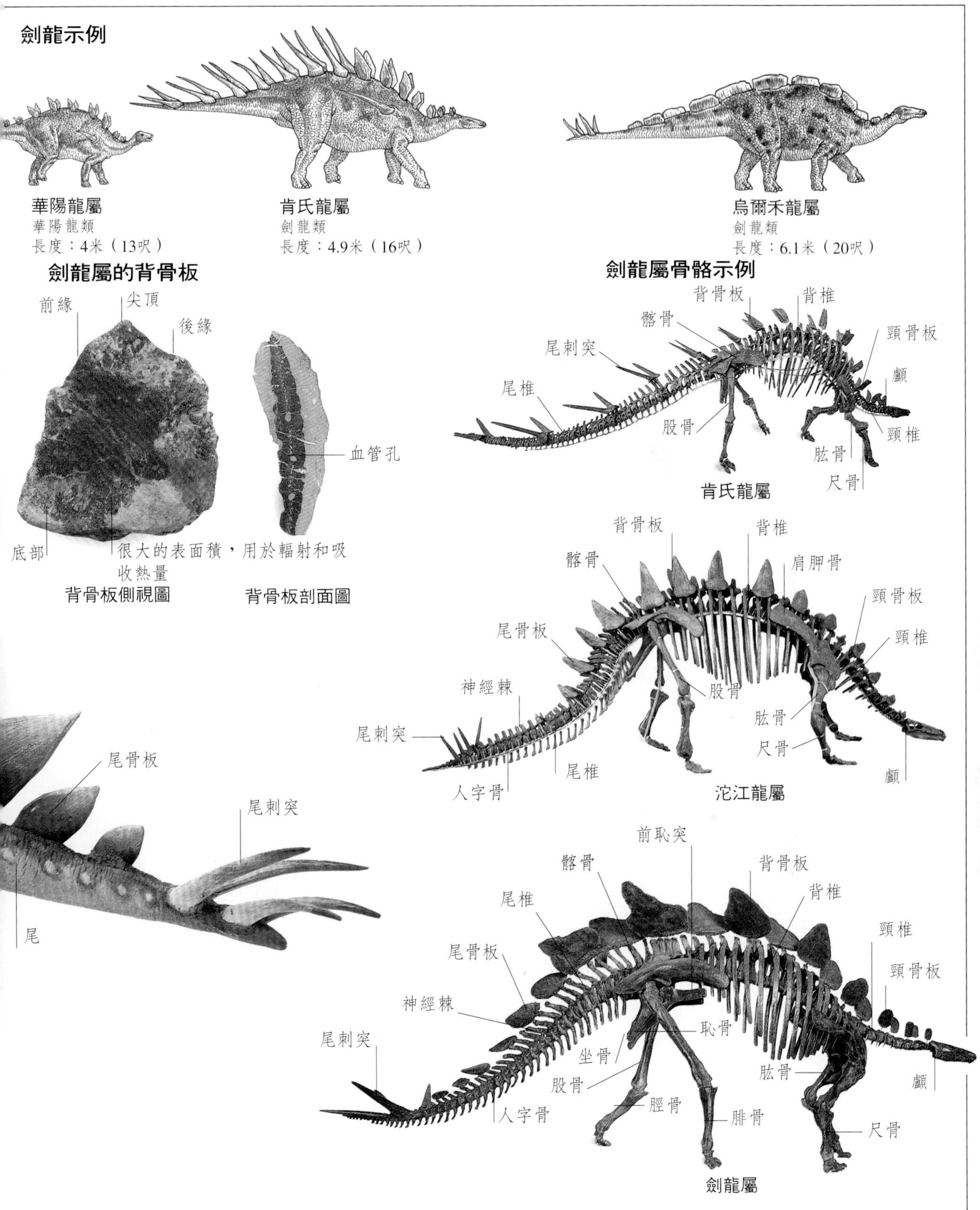

華陽龍屬
華陽龍類
長度：4米（13呎）

肯氏龍屬
劍龍類
長度：4.9米（16呎）

烏爾禾龍屬
劍龍類
長度：6.1米（20呎）

劍龍屬的背骨板

前緣　尖頂　後緣

血管孔

底部　　很大的表面積，用於輻射和吸收熱量

背骨板側視圖　　　背骨板剖面圖

劍龍屬骨骼示例

背骨板　背椎
髂骨　　　　頸骨板
尾刺突　　　　顱
尾椎　　　頸椎
　　股骨　　肱骨
　　　　尺骨

肯氏龍屬

背骨板　背椎
髂骨　　肩胛骨
尾骨板　　頸骨板
神經棘　　頸椎
尾刺突　　股骨　肱骨
人字骨　尾椎　尺骨　顱

沱江龍屬

前恥突
髂骨　背骨板
尾椎　　背椎
尾骨板　　　頸椎
神經棘　　　頸骨板
尾刺突　恥骨
坐骨　　肱骨
股骨　　脛骨　顱
人字骨　　腓骨　尺骨

劍龍屬

尾骨板
尾刺突
尾

積，用於輻射和吸收熱量*(Large surface area for radiating and absorbing heat)*；血管孔*(Hole for blood vessel)*。**劍龍屬骨骼示例**(EXAMPLES OF STEGOSAUR SKELETONS)：髂骨*(Ilium)*；頸椎*(Cervical vertebra)*；背椎*(Dorsal vertebra)*；肩胛骨*(Scapula)*；尾椎*(Chevron)*；人字骨*(Caudal vertebra)*；前恥突*(Prepubic process)*。

盾日蛾亞目2

甲龍頭蓋骨
示例

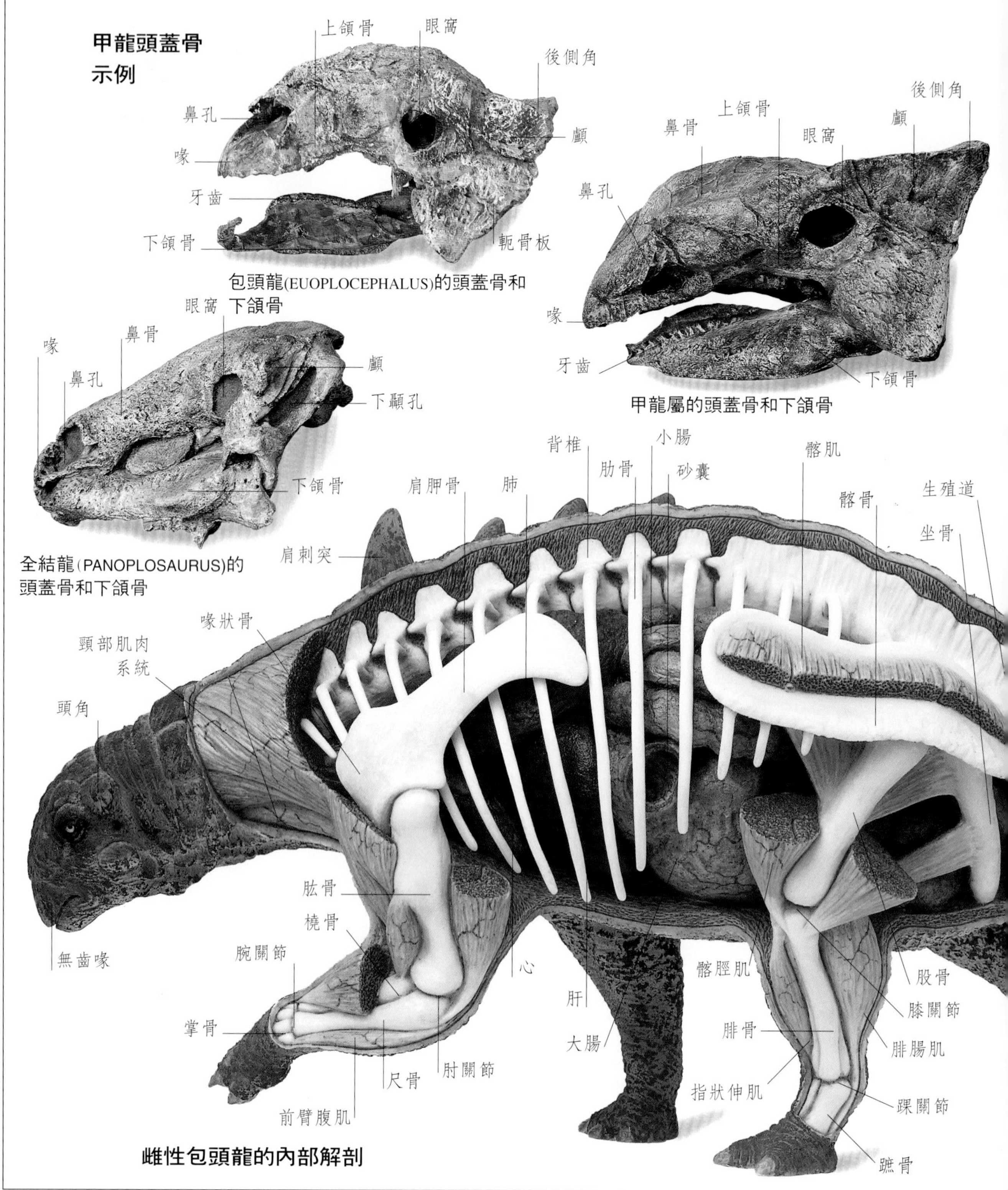

上頜骨　　眼窩
鼻孔
喙
牙齒
下頜骨
後側角
顴
軛骨板

包頭龍(EUOPLOCEPHALUS)的頭蓋骨和
下頜骨

鼻骨　　上頜骨　　後側角
鼻孔　　　眼窩　　顴
喙
牙齒
下頜骨

甲龍屬的頭蓋骨和下頜骨

喙　　鼻骨
鼻孔　眼窩
顴
下顳孔
下頜骨

全結龍(PANOPLOSAURUS)的
頭蓋骨和下頜骨

頭部肌肉
系統
頭角

喙狀骨
肩胛骨　　肺
肩刺突

背椎　　小腸
肋骨　　砂囊
髂肌
髂骨
生殖道
坐骨

無齒喙

肱骨
橈骨
腕關節
掌骨
尺骨
前臂腹肌
肘關節

心
肝
大腸

髂脛肌
腓骨
指狀伸肌

股骨
膝關節
腓腸肌
踝關節
蹠骨

雌性包頭龍的內部解剖

盾日蛾亞目2 (Thyreophorans 2)。**甲龍頭蓋骨示例**(EXAMPLES OF ANKYLOSAUR SKULLS)：後側角 *(Posterolateral horn)*；軛骨板*(Jugal plate)*。**雌性EUOPLOCEPHALUS的內部解剖**(INTERNAL ANATOMY OF FEMALE EUOPLOCEPHALUS)：頭角*(Head horn)*；頸部肌肉系統*(Cervical musculature)*；喙狀骨 *(Coracoid)*；肩刺突*(Shoulder spike)*；髂肌*(Iliotibial muscle)*；生殖道*(Reproductive canal)*；尾棒*(Tail club)*；側尾肌肉系統*(Lateral caudal musculature)*；腓腸肌*(Gastrocnemius muscle)*；蹠骨*(Metatarsal)*；指

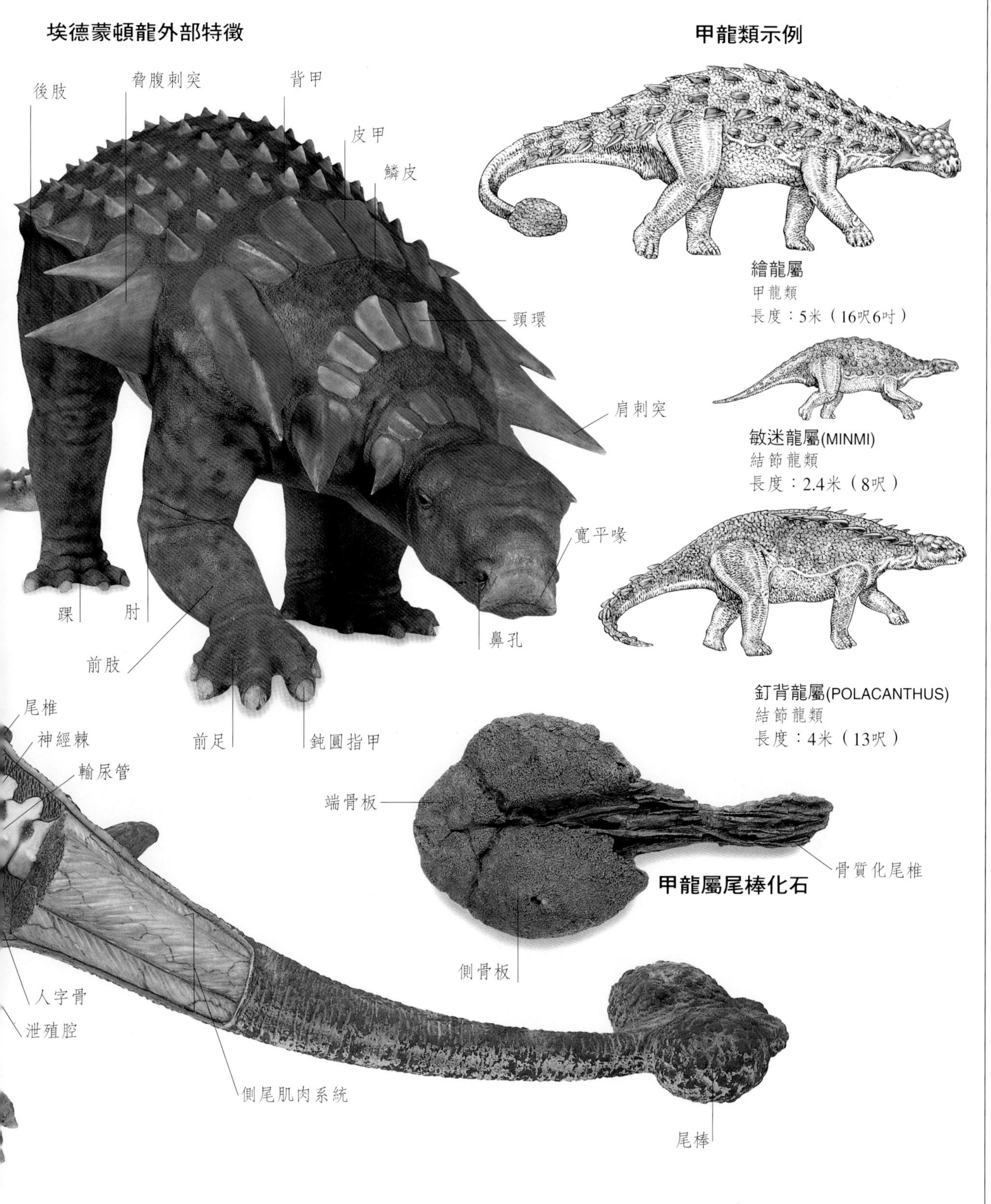

埃德蒙頓龍外部特徵

後肢
脅腹刺突
背甲
皮甲
鱗皮
頸環
肩刺突
寬平喙
鼻孔
踝
肘
前肢
前足
鈍圓指甲

尾椎
神經棘
輸尿管
人字骨
泄殖腔
側尾肌肉系統

端骨板
側骨板
骨質化尾椎
尾棒

甲龍類示例

繪龍屬
甲龍類
長度：5米（16呎6吋）

敏迷龍屬(MINMI)
結節龍類
長度：2.4米（8呎）

釘背龍屬(POLACANTHUS)
結節龍類
長度：4米（13呎）

甲龍屬尾棒化石

狀伸肌(*Digital extensor muscle*)；髂脛肌(*Iliotibial muscle*)；前臂腹肌(*Ventral antebrachial muscle*)；無齒喙(*Toothless beak*)。**埃德蒙頓龍外部特徵**(EXTERNAL FEATURES OF EDMONTONIA)：脅腹刺突(*Flank spike*)；背甲(*Dorsal scute*)；皮甲(*Dermal armor*)；頸環(*Nuchal ring*)；寬平喙(*Broad,flat snout*)；鈍圓指甲(*Blunt nail*)。**甲龍類示例**(EXAMPLES OF ANKYLOSAURS)：繪龍屬(PINACOSAURUS)；結節龍類(*nodosaurid*)。**甲龍屬尾棒化石**(FOSSIL OF ANKYLOSAURUS TAIL CLUB)：端骨板(*Terminal plate*)；側骨板(*Lateral plate*)；骨質化尾椎(*Ossified caudal vertebra*)。

鳥腳亞目 1

禽龍齒

鳥腳亞目是一類鳥臀目恐龍，是兩足和四足食草動物，有**角質喙**、截斷或磨碎植物的臼齒及**由骨腱加固的骨盆和尾區**。牠們的牙齒和顎都適合把植物弄成漿狀。從侏羅紀中期到白堊紀後期（距今1.65億至6,500萬年）大量分布在北美洲、歐洲、非洲、中國、澳大利亞和南極洲。

有些鳥腳形恐龍的身長不比狗大多少，但有些卻是長達15米（49呎）的龐然大物。有一類鳥腳形恐龍叫**禽龍**，在其長喙的端部有寬闊的無齒喙；顎大，並有幾個排成脊狀、靠得很緊的牙齒，便於磨碎植物；體型大，尾巴重。禽龍屬有巨大的**指狀突**，非常強硬，足以穿刺進攻者。還有一類鳥腳形恐龍，叫**鴨嘴龍**（如**兀龍屬**和鴨嘴龍屬），生活在白堊紀後期（距今9,700萬至6,500萬年），其喙寬大（有時稱為"**鴨嘴獸**"），其特徵是顱骨深厚，有數排靠得很近的牙齒，有些鴨嘴龍（如**盔頭龍屬**和**賴氏龍屬**）的頭部有巨大淺薄的骨質突出。

禽龍的骨骼

眼窩　顱　鼻孔　下頜骨　頸椎　頸肋　肩胛骨　肱骨　胸骨　橈骨　尺骨　前恥突　股骨　恥骨　脛骨　腓骨　跗骨　坐骨　髖骨　背椎　骶骨　尾椎　神經棘　人字骨

大腿

粗而硬的尾

膝　後肢　踝　趾　足　蹄狀趾甲

年輕禽龍的頭蓋骨和下頜骨

前頜骨　上頜骨　白齒　眼窩　顱　枕骨房突　軛骨　冠狀突　前齒骨　齒骨　下頜骨

鳥腳亞目1 (Ornithopods 1)：角質喙(horny beak)；由骨腱加固的骨盆和尾區(a pelvic and tail region stiffened by bony tendons)；禽龍(Iguanodonts)；指狀突(thumb-spikes)；鴨嘴龍(hadrosaurs)；兀龍屬(Gryposaurus)；鴨嘴獸(duckbills)；盔頭龍屬(Corythosaurus)；賴氏龍屬(Lambeosaurus)。**年輕禽龍的頭蓋骨和下頜骨**(SKULL AND MANDIBLE OF YOUNG IGUANODON)：前頜骨(*Premaxilla*)；上頜骨(*Maxilla*)；枕骨房突(*Paroccipital process*)；軛骨(*Jugal bone*)；冠狀突(*Coronoid process*)；齒骨(*Dentary bone*)；前齒骨(*Predentary bone*)。**禽龍屬示例**(EXAMPLES OF IGUANODONTS)：勇

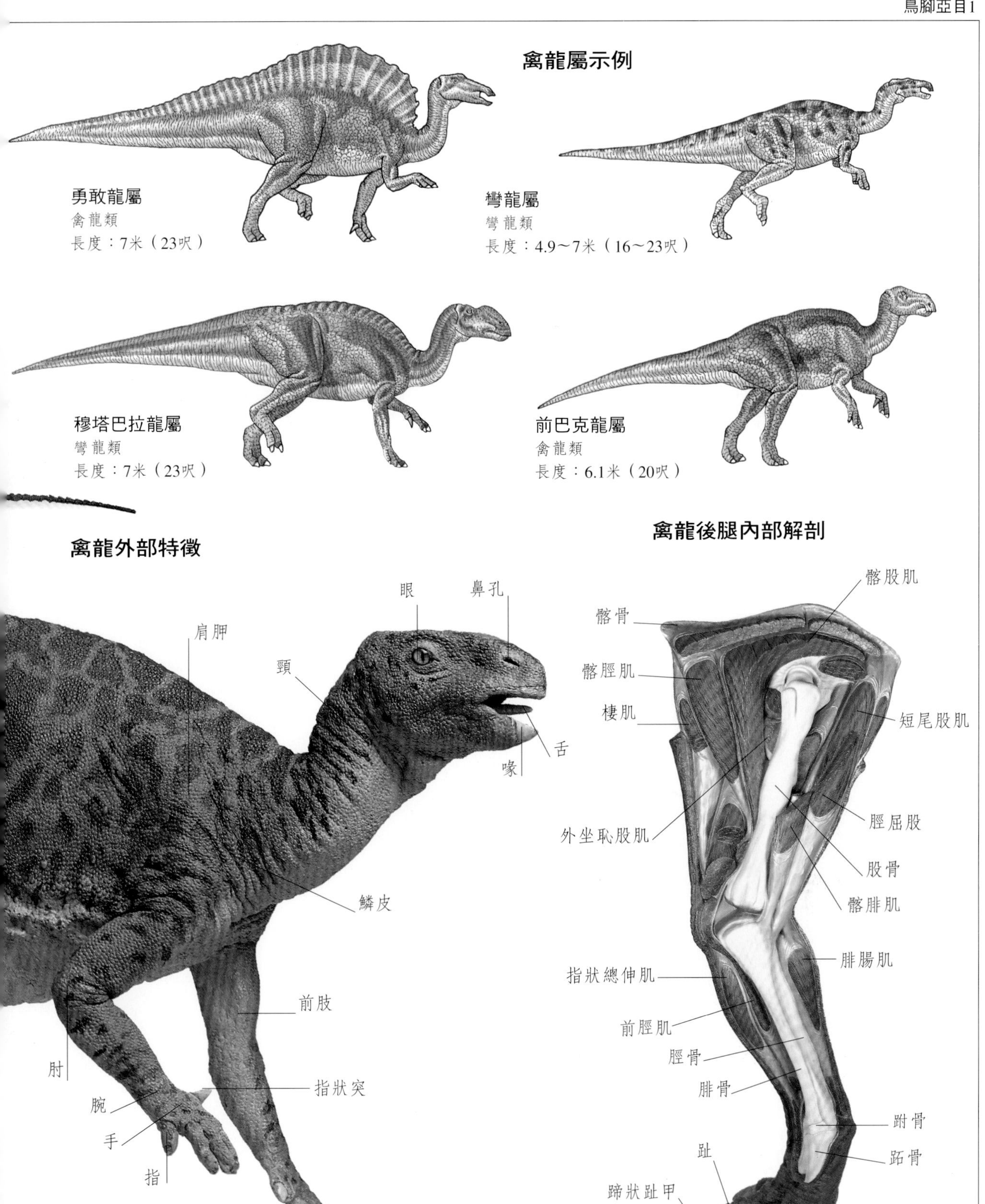

禽龍屬示例

勇敢龍屬
禽龍類
長度：7米（23呎）

彎龍屬
彎龍類
長度：4.9～7米（16～23呎）

穆塔巴拉龍屬
彎龍類
長度：7米（23呎）

前巴克龍屬
禽龍類
長度：6.1米（20呎）

禽龍外部特徵

眼　鼻孔
肩胛
頸
舌
喙
鱗皮
前肢
肘
腕
手
指
指狀突
蹄狀指甲

禽龍後腿內部解剖

髂骨
髂脛肌
棲肌
外坐恥股肌
指狀總伸肌
前脛肌
脛骨
腓骨
趾
蹄狀趾甲
髂股肌
短尾股肌
脛屈股
股骨
髂腓肌
腓腸肌
跗骨
蹠骨

敢龍屬(OURANOSAURUS)；彎龍屬(CAMPTOSAURUS)；穆塔巴拉龍屬(MUTTABURRASAURUS)；前巴克龍屬(PROBACTROSAURUS)。**禽龍外部特徵**(EXTERNAL FEATURES OF IGUANODON)：蹄狀指甲*(Hooflike nail)*。**禽龍後腿內部解剖**(INTERNAL ANATOMY OF HIND LEG OF IGUANODON)：髂股肌*(Iliofemoral muscle)*；短尾股肌*(Short caudofemoral muscle)*；脛屈股*(Tibial flexor muscle)*；指狀總伸肌*(Common digital extensor muscle)*；外坐恥股肌*(External pubo-ischio-femoral muscle)*；棲肌*(Ambiens muscle)*；髂脛肌*(Iliotibial muscle)*。

鳥腳亞目 2

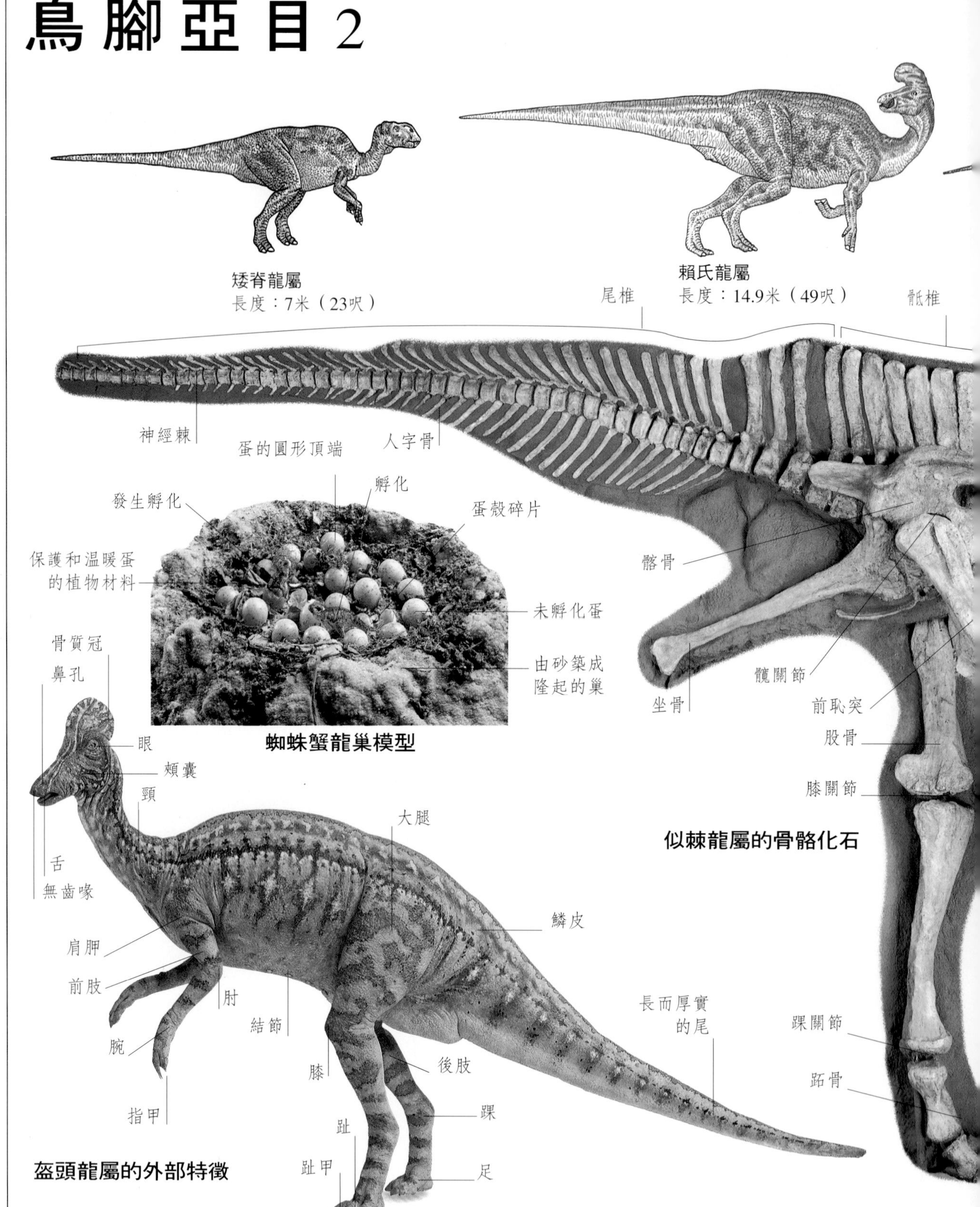

矮脊龍屬
長度：7米（23呎）

賴氏龍屬
長度：14.9米（49呎）

尾椎

骶椎

神經棘

蛋的圓形頂端

人字骨

發生孵化

孵化

蛋殼碎片

保護和温暖蛋
的植物材料

未孵化蛋

由砂築成
隆起的巢

髂骨

蜘蛛蟹龍巢模型

骨質冠

鼻孔

眼

頰囊

頸

舌

無齒喙

肩胛

前肢

腕

指甲

肘

結節

膝

趾

趾甲

大腿

鱗皮

後肢

踝

足

長而厚實
的尾

髖關節

坐骨

前恥突

股骨

膝關節

似棘龍屬的骨骼化石

踝關節

跖骨

盔頭龍屬的外部特徵

鳥腳形亞目2 (Ornithopods 2)。鴨嘴龍示例(EXAMPLES OF HADROSAURS)：矮脊龍屬
(BRACHYLOPHOSAURUS)；高頂龍屬(HYPACROSAURUS)；鴨嘴龍屬(HADROSAURUS)；兀龍屬
(GRYPOSAURUS)。**蜘蛛蟹龍巢模型**(MODEL OF MAIASAURA NEST)：保護和温暖蛋的植物材料(*Plant
material to protect and warm eggs*)；由砂築成隆起的巢(*Raised nest made of sand*)。**盔頭龍屬的外部特徵**
(EXTERNAL FEATURES OF CORYTHOSAURUS)：骨質冠(*Bony crest*)；頰囊(*Cheek pouch*)；結節(*Tubercle*)。

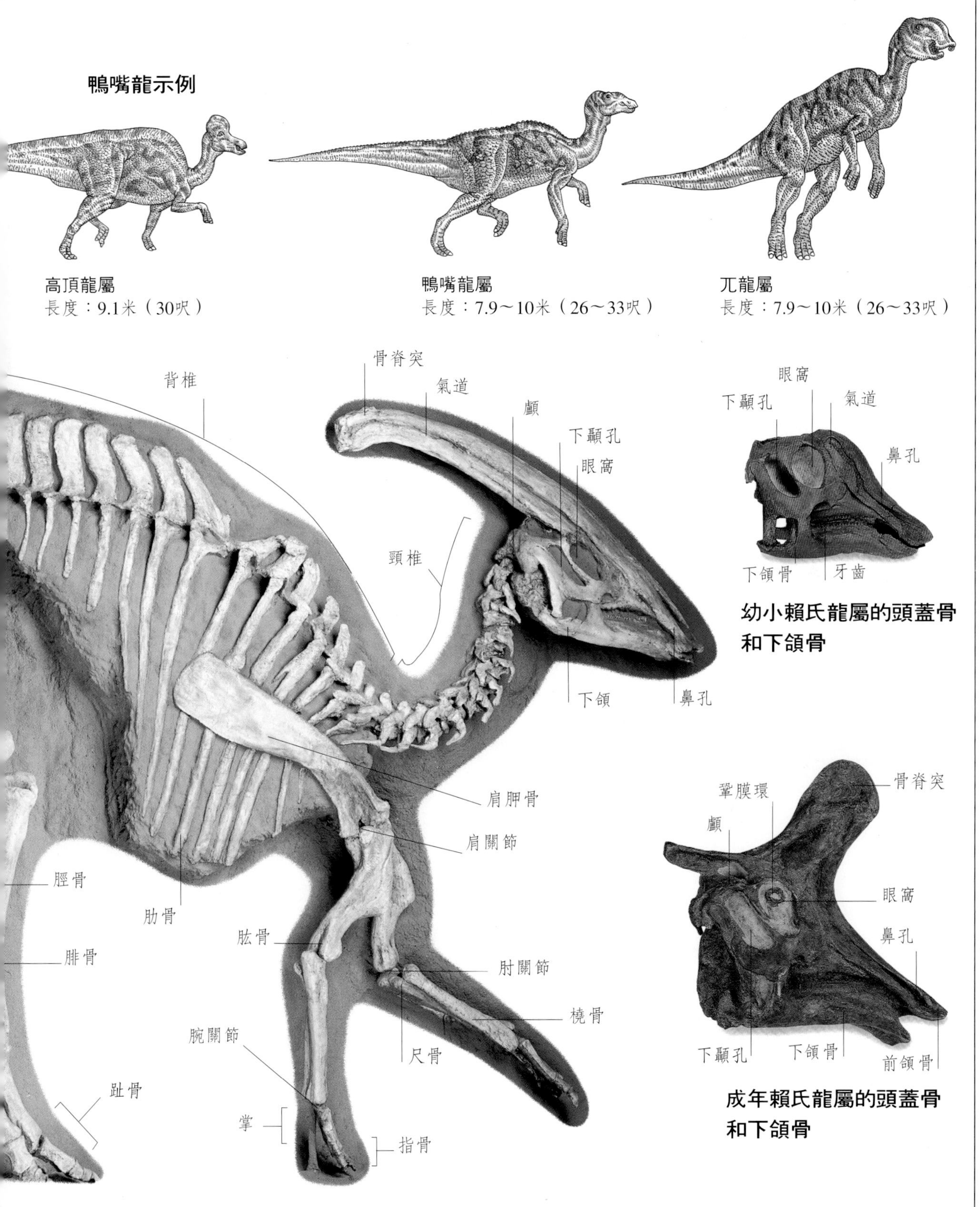

鴨嘴龍示例

高頂龍屬
長度：9.1米（30呎）

鴨嘴龍屬
長度：7.9～10米（26～33呎）

兀龍屬
長度：7.9～10米（26～33呎）

背椎

骨脊突

氣道

顳

下顳孔

眼窩

頸椎

下頜

鼻孔

肩胛骨

肩關節

脛骨

肋骨

肱骨

肘關節

腓骨

橈骨

腕關節

尺骨

趾骨

掌

指骨

眼窩

下顳孔

氣道

鼻孔

下頜骨

牙齒

幼小賴氏龍屬的頭蓋骨和下頜骨

鞏膜環

顳

骨脊突

眼窩

鼻孔

下顳孔

下頜骨

前頜骨

成年賴氏龍屬的頭蓋骨和下頜骨

似棘龍屬的骨骼化石(FOSSIL SKELETON OF PARASAUROLOPHUS)：骨脊突(*Bony crest*)；前恥突(*Prepubic process*)；神經棘(*Neural spine*)。成年賴氏龍屬的頭蓋骨和下頜骨(SKULL AND MANDIBLE OF ADULT LAMBEOSAURUS)：鞏膜環(*Sclerotic ring*)；骨脊突(*Bony crest*)；前頜骨(*Premaxilla*)；下頜骨(*Mandible*)；下顳孔(*Infratemporal fenestra*)。

有邊頭龍亞目 1

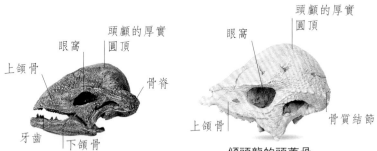

頭正在頂撞的
傾頭龍

有邊頭龍亞目是一類雙足和四足鳥臀目恐龍，在其頭顱的背面有一個窄小的弓架或有一個深厚的**骨質皺褶**。牠們很可能和鳥腳類恐龍來自同一個祖先，在白堊紀（距今1.46億至6,500萬年）期間，牠們生活在目前的北美洲、非洲、亞洲和歐洲。分為兩個亞目：**腫頭龍亞目**（"粗頭蜥蜴"，如腫頭龍屬和**頂角龍屬**）和**角龍亞目**（"有角的面部"，如**三角龍屬和鸚鵡嘴龍屬**）。腫頭龍頭顱厚實，能在爭奪地盤和配偶時的衝撞保護其頭部，牠們的髖部和脊柱也很強健，經得起衝撞。角龍亞目的骨質皺褶使其在攻擊時外貌更加嚇人；牠的頸部強壯，能抵禦撞擊和支撐巨大的頭部；還有鋒利的喙和強有力的齒顎。即使是最大的**食肉動物**，進攻性的角龍亞目也是一個很難對付的對手。角龍亞目恐龍是白堊紀後期（距今9,700～6,500萬年）數量最多的食草恐龍。

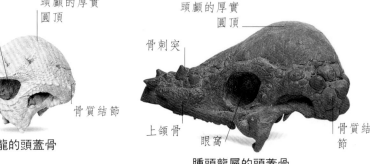

厚實的高圓頂狀頭顱
上眼窩脊
眼窩
鼻孔
下頜
神經棘
頸肋
肱骨
尺骨
橈骨
腕關節
掌骨
指骨
前恥骨
髂骨
坐骨
距骨
趾骨

腫頭龍頭蓋骨示例

眼窩
頭顱的厚實圓頂
上頜骨
骨脊
牙齒
下頜骨

頂角龍屬的頭蓋骨和下頜骨

眼窩
頭顱的厚實圓頂
上頜骨
骨質結節

傾頭龍的頭蓋骨

頭顱的厚實圓頂
骨刺突
上頜骨
眼窩
骨質結節

腫頭龍屬的頭蓋骨

腫頭龍的外部特徵

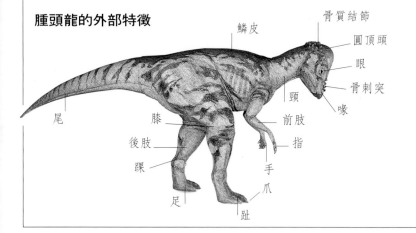

鱗皮
骨質結節
圓頂頭
眼
骨刺突
頸
喙
前肢
指
尾
膝
後肢
踝
手
爪
足
趾

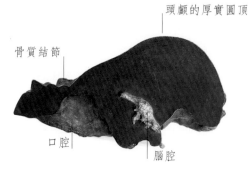

頭顱的厚實圓頂
骨質結節
口腔
腦腔

腫頭龍屬的頭蓋骨剖面圖

有邊頭龍亞目 1 (Marginocephalians 1)：骨質皺褶(bony frill)；腫頭龍亞目 "粗頭蜥蜴" [Pachycephalosauria("thickheaded lizards")]；頂角龍屬(Stegoceras)；角龍亞目("有角的面部")[Ceratopsia("horned faces")]；三角龍屬(Triceratops)；鸚鵡嘴龍屬(Psittacosaurus)；脊柱(spines)；食肉動物(predators)。厚實的高圓頂狀頭顱(Thick, highdomed cranium)；上眼窩脊(Supraorbital ridge)。**腫頭龍頭蓋骨示例**(EXAMPLES OF SKULLS OF PACHYCEPHALOSAURS)：骨脊(*Bony ridge*)；骨質結節(*Bony nodule*)；骨刺突(*Bony spike*)；腦腔(*Brain cavity*)；口腔(*Buccal cavity*)。**腫頭龍的**

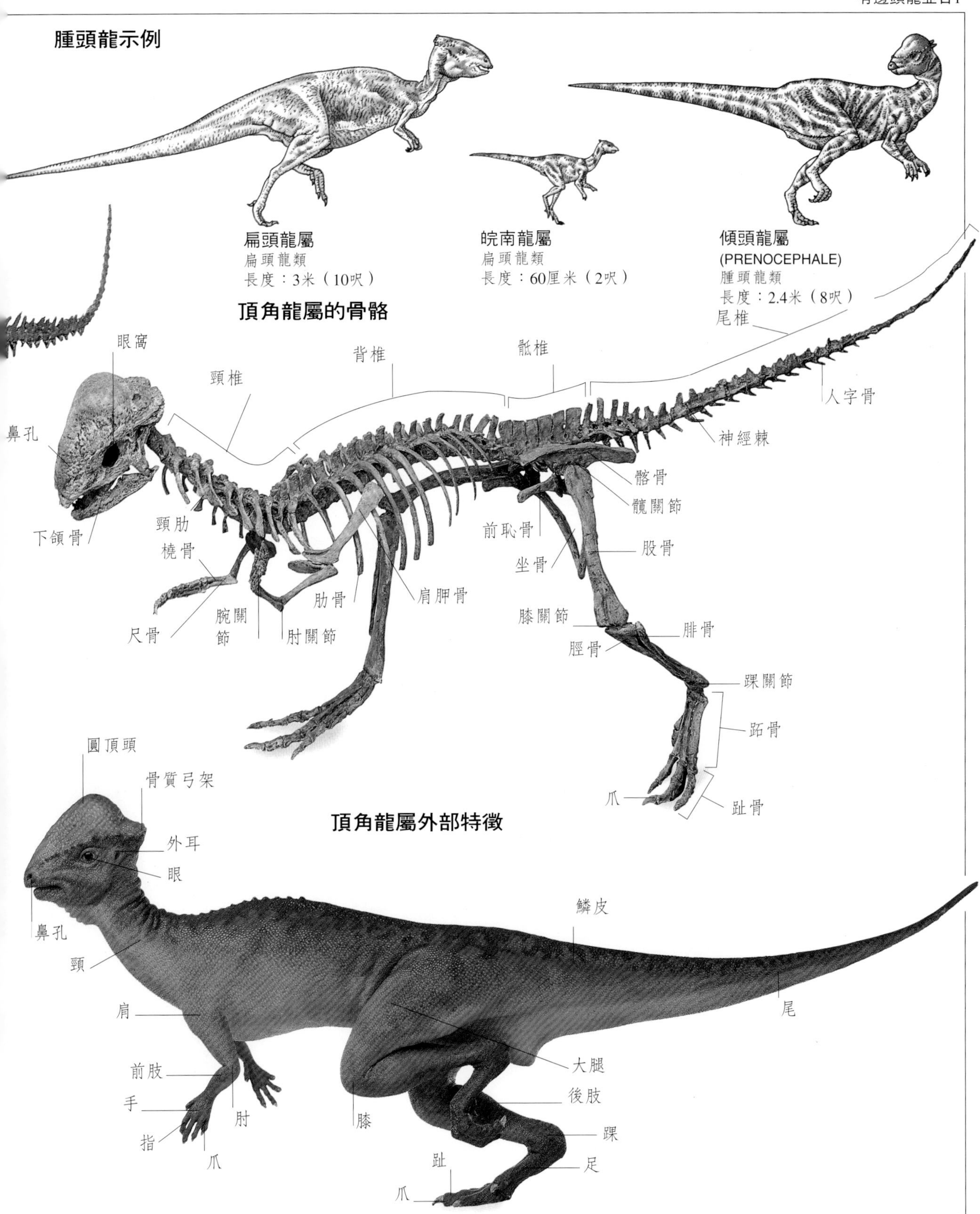

腫頭龍示例

扁頭龍屬
扁頭龍類
長度：3米（10呎）

皖南龍屬
扁頭龍類
長度：60厘米（2呎）

傾頭龍屬
(PRENOCEPHALE)
腫頭龍類
長度：2.4米（8呎）

頂角龍屬的骨骼

眼窩
頸椎
背椎
骶椎
尾椎
鼻孔
人字骨
神經棘
下頜骨
頸肋
橈骨
髂骨
髖關節
前恥骨
坐骨
股骨
尺骨
腕關節
肘關節
肋骨
肩胛骨
膝關節
腓骨
脛骨
踝關節
跖骨
爪
趾骨

頂角龍屬外部特徵

圓頂頭
骨質弓架
外耳
眼
鱗皮
鼻孔
頸
尾
肩
大腿
前肢
後肢
手
肘
膝
踝
足
指
趾
爪
爪

外部特徵(EXTERNAL FEATURES OF PACHYCEPHALOSAURUS)：圓頂頭(*Domed head*)。**腫頭龍示例** (EXAMPLES OF PACHYCEPHALOSAURS)：扁頭龍屬(HOMALOCEPHALE)；皖南龍屬(WANNANOSAURUS)。 **頂角龍屬的骨骼**(SKELETONS OF STEGOCERAS)：跖骨(*Metatarsals*)；趾骨(*Phalanges*)；前恥骨 (*Prepubis*)；頸肋(*Cervical rib*)；下頜骨(*Mandible*)。**頂角龍屬外部特徵**(EXTERNAL FEATURES OF STEGOCERAS)：骨質弓架(*Bony shelf*)。

有邊頭龍亞目 2

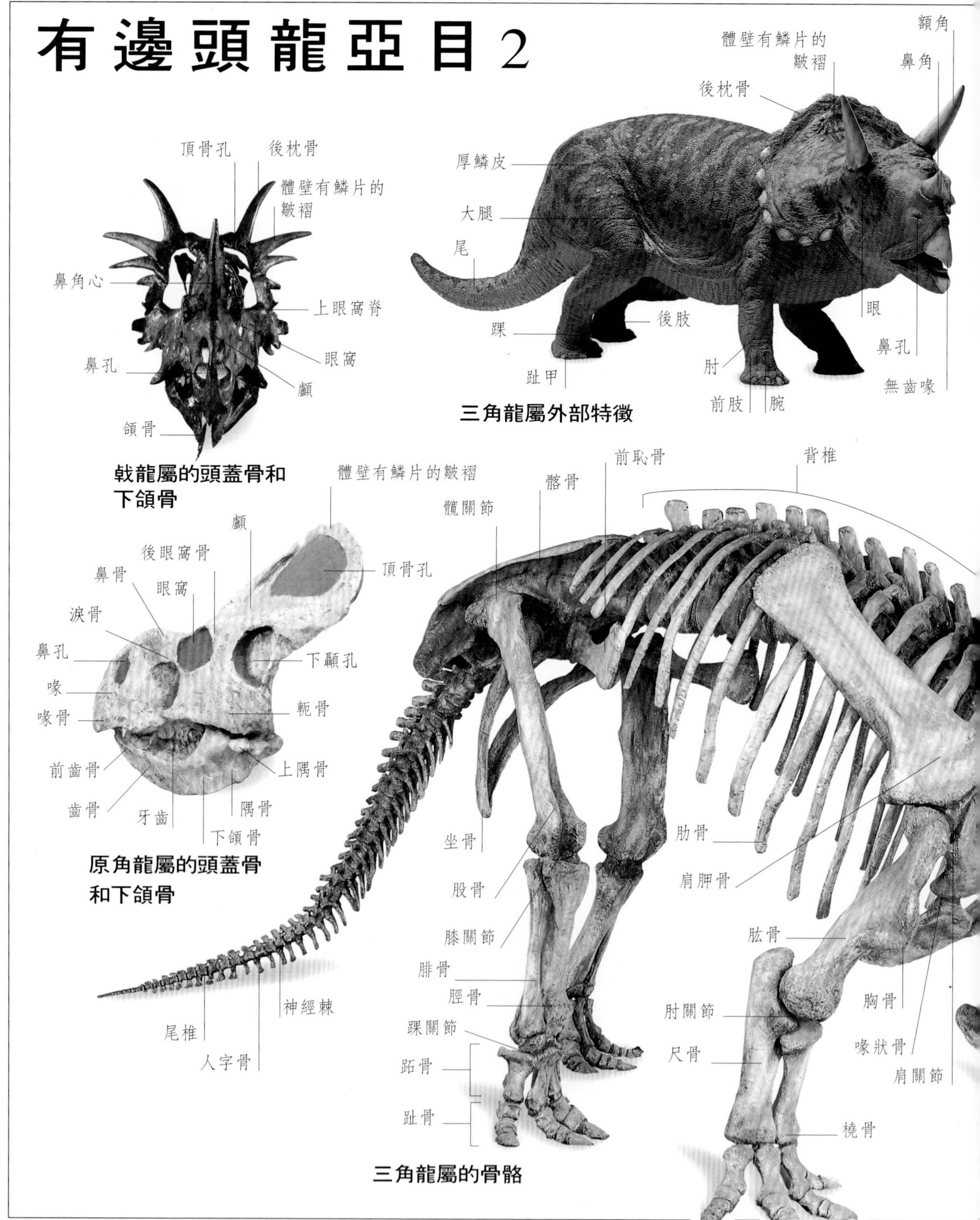

戟龍屬的頭蓋骨和下頜骨：
頂骨孔、後枕骨、體壁有鱗片的皺褶、上眼窩脊、鼻角心、鼻孔、眼窩、顳、頜骨

三角龍屬外部特徵：
體壁有鱗片的皺褶、後枕骨、額角、鼻角、厚鱗皮、大腿、尾、踝、趾甲、後肢、前肢、肘、腕、眼、鼻孔、無齒喙

原角龍屬的頭蓋骨和下頜骨：
顳、後眼窩骨、頂骨孔、鼻骨、眼窩、淚骨、下顳孔、鼻孔、喙、軛骨、喙骨、上隅骨、前齒骨、隅骨、齒骨、牙齒、下頜骨

三角龍屬的骨骼：
體壁有鱗片的皺褶、前恥骨、背椎、髖關節、髂骨、坐骨、股骨、膝關節、腓骨、脛骨、踝關節、距骨、趾骨、尾椎、人字骨、神經棘、肋骨、肩胛骨、肱骨、肘關節、尺骨、胸骨、喙狀骨、肩關節、橈骨

有邊頭龍亞目2 (Marginocephalians 2)。**戟龍屬的頭蓋骨和下頜骨**(SKULL AND MANDIBLE OF STYRACOSAURUS)：頂骨孔(*Parietal fenestra*)；後枕骨(*Epoccipital bone*)；上眼窩脊(*Supraorbital ridge*)；鼻角心(*Nose-horn core*)。**三角龍屬外部特徵**(EXTERNAL FEATURES OF·TRICERATOPS)：額角(*Brow horn*)；鼻角(*Nose horn*)。**三角龍屬的骨骼**(SKELETON OF TRICERATOPS)：體壁有鱗片的皺褶(*Parietosquamosal frill*)；額角心(*Brow-horn core*)；前齒骨(*Rostral bone*)；軛骨(*Jugal bone*)；下顳孔

鸚鵡嘴龍屬外部特徵

角龍亞目示例

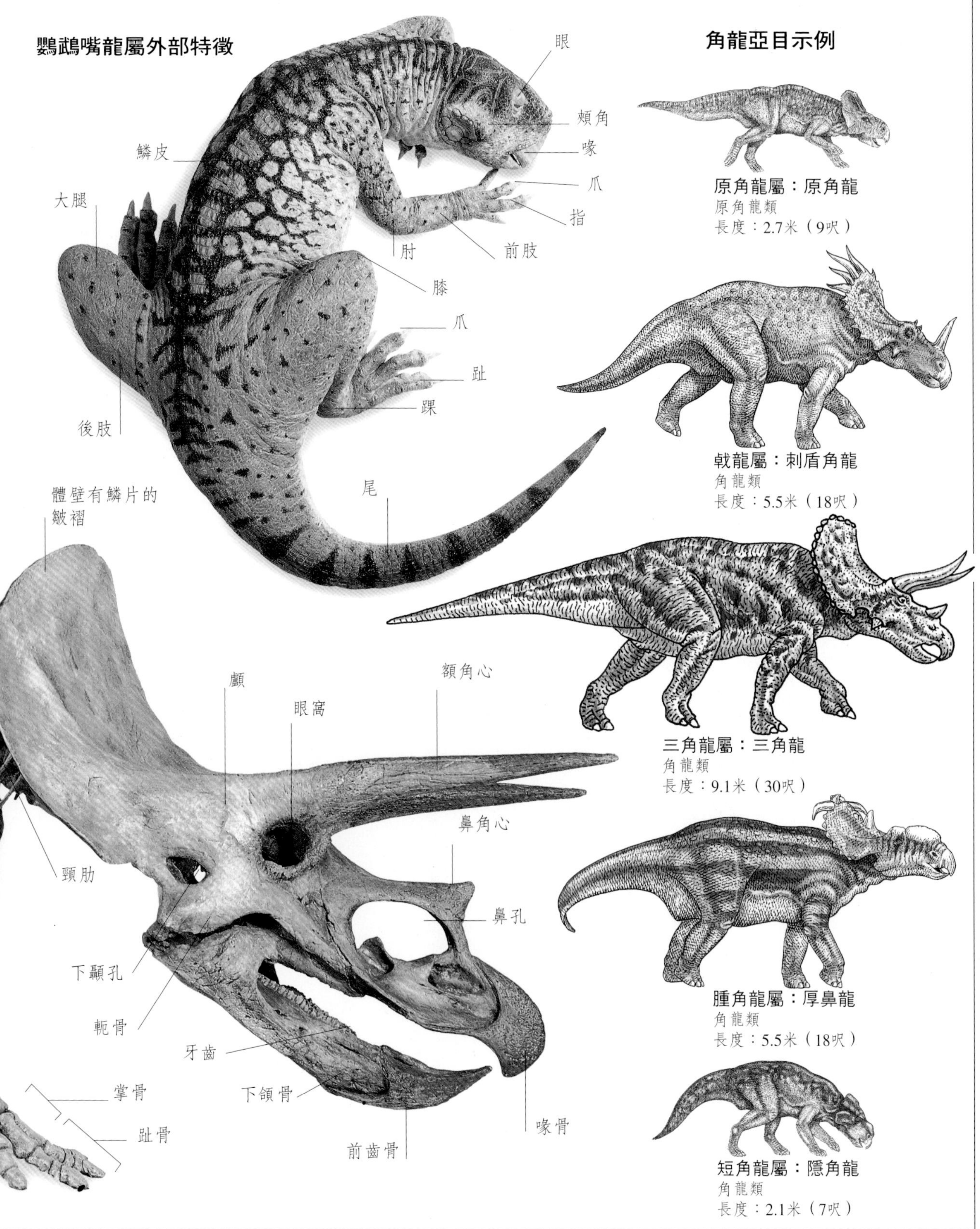

鱗皮
大腿
後肢
體壁有鱗片的皺褶
眼
頰角
喙
爪
指
前肢
肘
膝
爪
趾
踝
尾

顳
眼窩
額角心
鼻角心
鼻孔
頸肋
下顳孔
軛骨
牙齒
下頜骨
掌骨
趾骨
前齒骨
喙骨

原角龍屬：原角龍
原角龍類
長度：2.7米（9呎）

戟龍屬：刺盾角龍
角龍類
長度：5.5米（18呎）

三角龍屬：三角龍
角龍類
長度：9.1米（30呎）

腫角龍屬：厚鼻龍
角龍類
長度：5.5米（18呎）

短角龍屬：隱角龍
角龍類
長度：2.1米（7呎）

(Infratemporal fenestra)。**原角龍屬的頭蓋骨和下頜骨**(SKULL AND MANDIBLE OF PROTOCERATOPS)：上隅骨*(Surangular bone)*；隅骨*(Angular bone)*；淚骨*(Lacrimal bone)*；後眼窩骨*(Postorbital bone)*。**鸚鵡嘴龍屬外部特徵**(EXTERNAL FEATURES OF PSITTACOSAURUS)：頰角*(Cheek horn)*。**角龍亞目示例**(EXAMPLES OF CERATOPSIA)：原角龍屬(PROTOCERATOPS)；戟龍屬(STYRACOSAURUS)；三角龍屬(TRICERATOPS)；腫角龍屬(PACHYRHINOSAURUS)；短角龍屬(LEPTOCERATOPS)。

哺乳動物 1

四脊齒象屬臼齒

自6,500萬年前恐龍滅絕以來，哺乳動物就成了地球上占主導地位的脊椎動物。哺乳動物包括陸生、空中和水生形態。由於是從**獸孔類爬行動物**進化而來，第一種真正的哺乳動物身材矮小，常在夜間活動，類似於**嚙齒類**（如**巨帶齒獸**），出現在2億年前的三疊紀（距今2.45～2.08億年）。哺乳動物比起其祖先爬行動物來，有幾個特徵得到了進化：有一個**強效的四室心臟**，使這些溫血動物能保持高度活力；全身有毛，幫助牠們保持恆定的體溫；有進化的肢體結構，使牠們能更有效地行動；母體分娩出幼小的生命，藉母體乳汁及時提供食物而迅速生長。自中生代末期起（距今6,500萬年），哺乳動物不同目的數量和每個目中種屬的豐盛度明顯地多樣化。例如，**奇蹄目**（包括**披毛犀屬**和現代的馬科動物）在第三紀初期（距今約5,400萬年）是最常見的一類哺乳動物。今天，最常見的哺乳動物目是**嚙齒目**（老鼠和小鼠）、**食肉目**（熊、貓和狗）和**偶蹄目**（牛、鹿和豬），而**長鼻目**（包括許多屬，如**始乳齒象屬**、**始祖象屬**、**四脊齒象屬**和**猛獁屬**）現在只剩下一種，即現代象。在澳大利亞和南美洲，幾百萬年的陸地分離，發育出**有袋動物**，這是有別於在其他地方生存的有胎盤哺乳動物的一類哺乳動物。

長尾巴幫助平衡

保溫毛

神經棘

肩胛骨

頸椎

肱骨

鼻骨

鼻孔

眼窩

下頜骨

前齒骨

鑿緣臼齒

橈骨

尺骨

掌骨

指骨

哺乳動物1 (Mammals 1)：獸孔類爬行動物(the reptilian Therapsids)；嚙齒類(creatures)；巨帶齒獸(Megazostrodon)；強效的四室心臟(efficient four-chambered heart)；奇蹄目(the Perissodactyla)；披毛犀屬(Coelodonta)；嚙齒目(the Rodentia)；食肉目(the Carnivora)；偶蹄目(the Artiodactyla)；長鼻目(the Proboscidea order)；始乳齒象屬(Phiomia)；始祖象屬(Moeritherium)；四脊齒象屬(Tetralophodon)；猛獁屬(Mammuthus)；有袋動物(the marsupials)。**巨帶齒獸的模型**(MODEL OF A MEGAZOSTRODON)：保溫毛*(Insulating hair)*。**重腳獸屬**(ARSINOITHERIUM)**的骨骼**：杵臼關節*(Ball and*

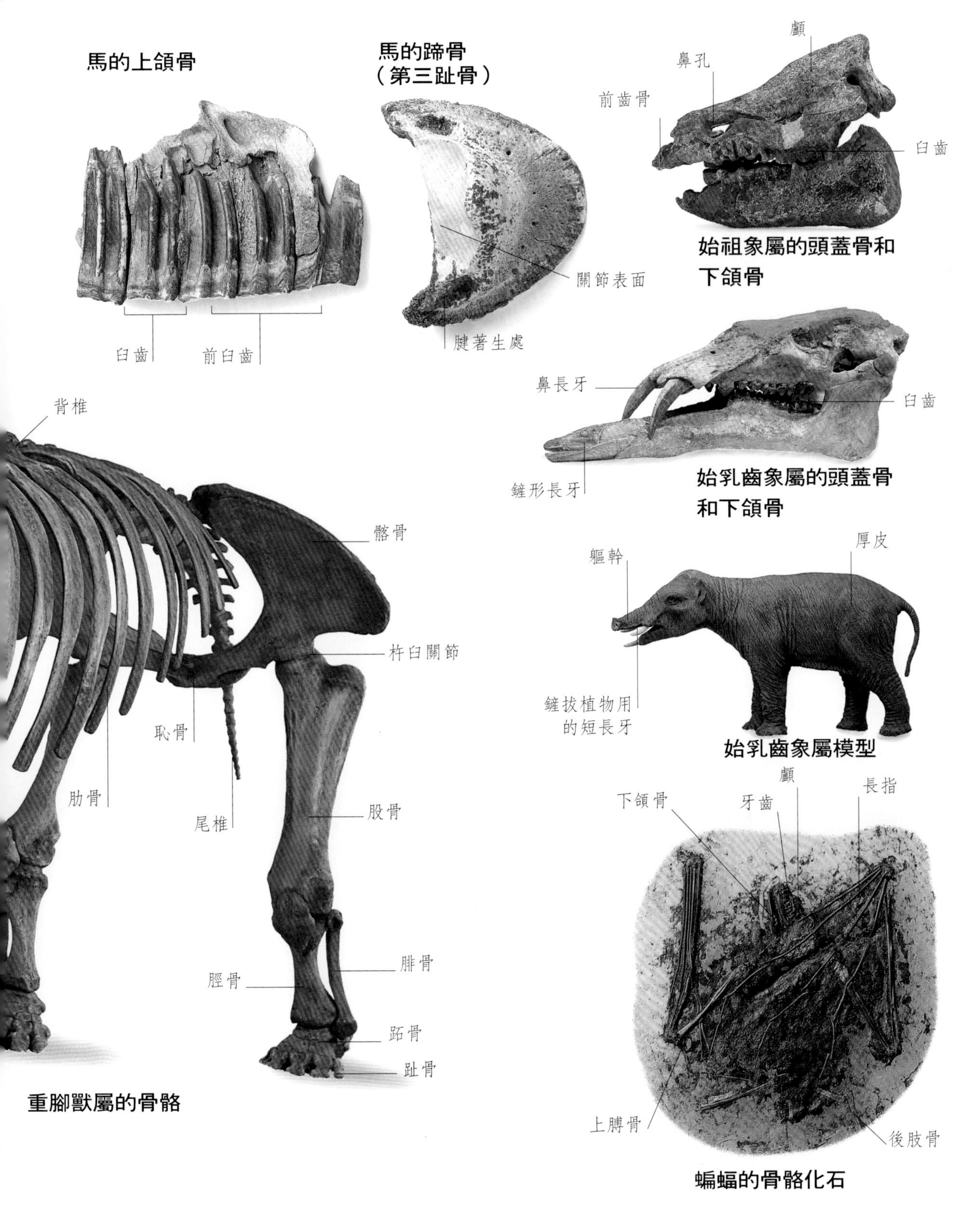

馬的上頜骨

臼齒　前臼齒

馬的蹄骨
（第三趾骨）

關節表面

腱著生處

顱
鼻孔
前齒骨
白齒

始祖象屬的頭蓋骨和
下頜骨

鼻長牙
白齒

鏟形長牙

始乳齒象屬的頭蓋骨
和下頜骨

軀幹　厚皮

鏟拔植物用
的短長牙

始乳齒象屬模型

背椎

髖骨

杵臼關節

恥骨

尾椎

肋骨

股骨

脛骨　腓骨

距骨

趾骨

重腳獸屬的骨骼

顱
牙齒　長指
下頜骨

上膊骨

後肢骨

蝙蝠的骨骼化石

socket joint)；鑿緣臼齒(Chisel-edged molar)；前齒骨(Predentary bone)。**馬的上頜骨**[UPPER JAWBONE(MAXILLA) OF A HORSE]：臼齒(Molars)；前臼齒(Premolars)。**馬的蹄骨（第三趾骨)**[HOOFBONE(THIRD PHALANX) OF A HORSE]：腱著生處(Tendon insertion)。**始乳齒象屬的頭蓋骨和下頜骨**(SKULL AND MANDIBLE OF A PHIOMIA)：鏟形長牙(Shovel shaped tusk)；鼻長牙(Nasal tusk)。**始乳齒象屬模型**(MODEL OF A PHIOMIA)：鏟拔植物用的短長牙(Short tusk used for rooting up plants)。**蝙蝠的骨骼化石**(FOSSIL SKELETON OF A BAT)：上膊骨(Humerus)。

哺乳動物 2

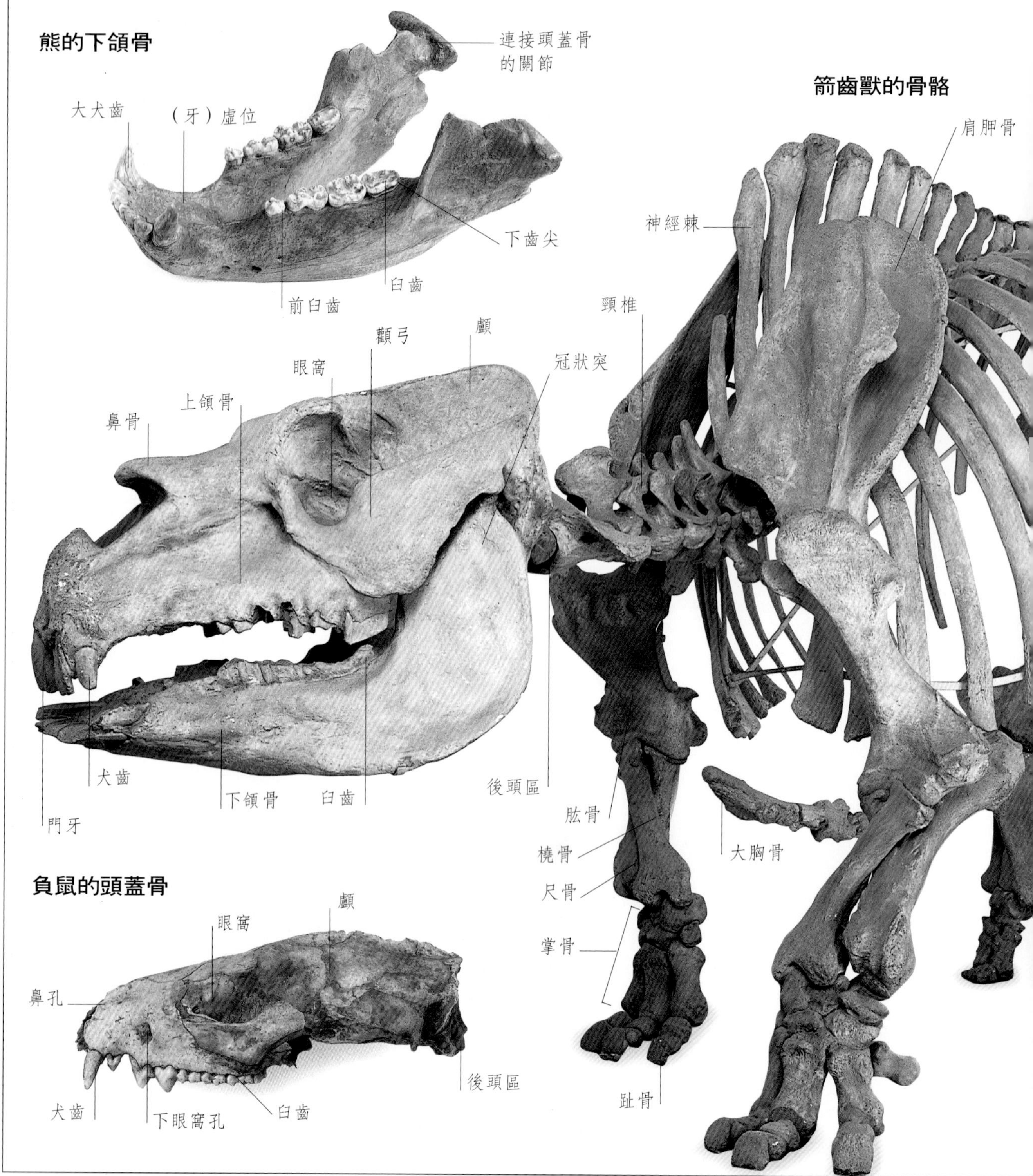

熊的下頜骨

連接頭蓋骨的關節

大犬齒　（牙）虛位

下齒尖

前白齒　白齒

鼻骨　上頜骨　眼窩　顴弓　顴　冠狀突

犬齒　下頜骨　白齒　後頭區

門牙

箭齒獸的骨骼

肩胛骨

神經棘

頸椎

肱骨　大胸骨

橈骨

尺骨

掌骨

趾骨

負鼠的頭蓋骨

眼窩　顴

鼻孔

後頭區

犬齒　下眼窩孔　白齒

哺乳動物2 (Mammals 2)。熊的下頜骨(LOWER JAW OF A BEAR)：大犬齒(*Large canine*)；(牙)虛位 (*Diastema*)；下齒尖(*Low cusp*)。**箭齒獸(TOXODON)的骨骼**：門牙(*Incisor*)；鼻骨(*Nasal bone*)；上頜骨 (*Maxilla*)；顴弓(*Zygomatic arch*)；冠狀突(*Coronoid process*)；大胸骨(*Large breastbone*)。**負鼠(OPOSSUM) 的頭蓋骨**：後頭區(*Occipital region*)；下眼窩孔(*Infraorbital foramen*)。**鬣齒獸屬(HYAENODON)的頭蓋骨化 石**：矢形脊突(*Sagittal crest*)；頸部著生處(*Neck insertion*)。**南方古猿屬的下頜骨**(LOWER JAW OF AN

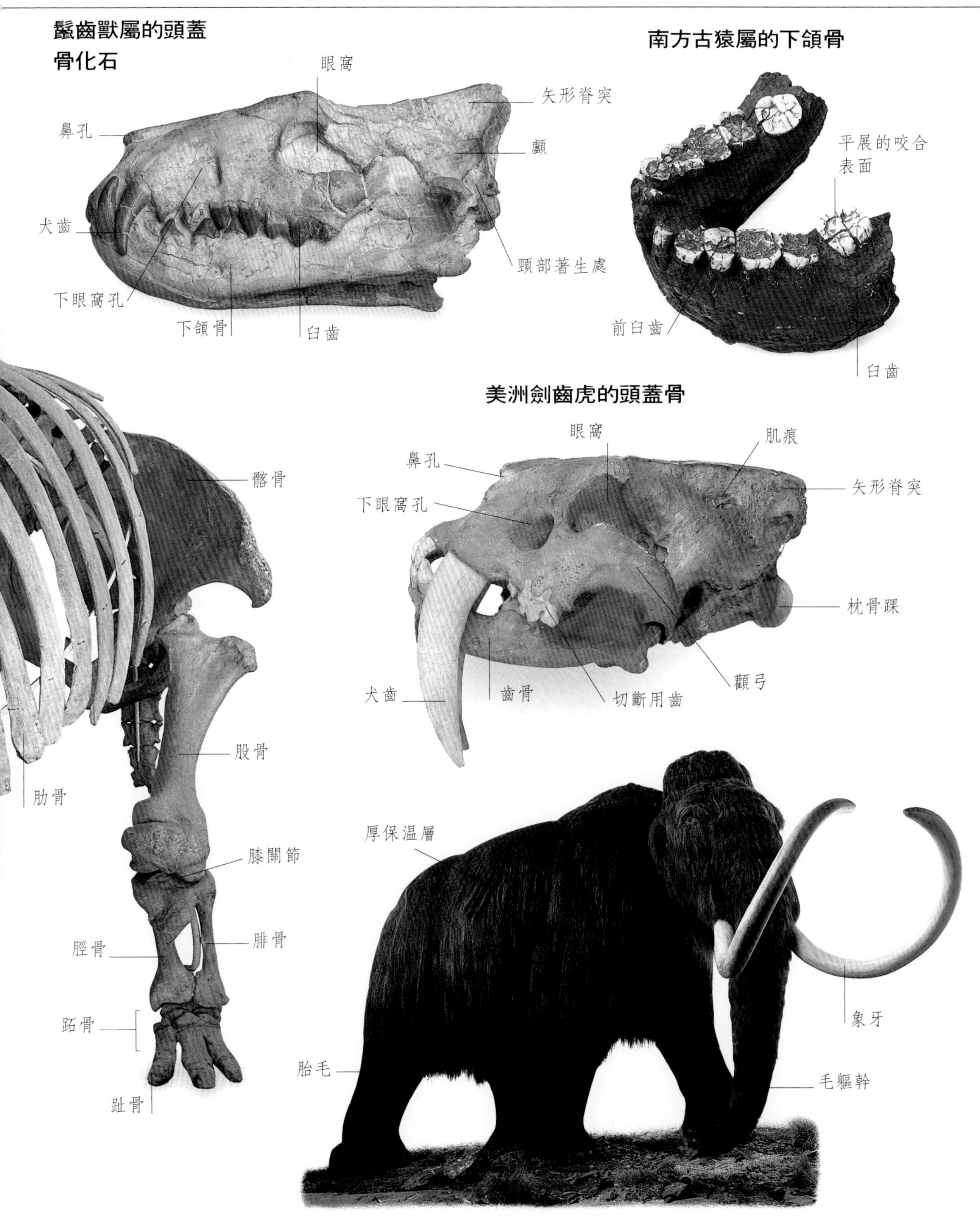

鬚齒獸屬的頭蓋骨化石

鼻孔
眼窩
矢形脊突
顳
犬齒
下眼窩孔
下頜骨
臼齒
頸部著生處

南方古猿屬的下頜骨

平展的咬合表面
前白齒
臼齒

美洲劍齒虎的頭蓋骨

眼窩
肌痕
鼻孔
下眼窩孔
矢形脊突
枕骨踝
犬齒
齒骨
切斷用齒
顴弓

髂骨
股骨
肋骨
膝關節
脛骨
腓骨
跗骨
趾骨

厚保溫層
象牙
胎毛
毛軀幹

猛獁象的重組

AUSTRALOPITHECUS)：平展的咬合表面*(Expanded occlusal surface)*。**美洲劍齒虎**(SMILODON)**的頭蓋骨**：肌痕*(Muscle scar)*；枕骨踝*(Occipital condyle)*；切斷用齒*(Slicing tooth)*；齒骨*(Dentary bone)*。**猛獁象的重組**(RECONSTRUCTION OF A MAMMOTH)：胎毛*(Woolly underhair)*；厚保溫層*(Thick, insulating coat)*；毛軀幹*(Hairy trunk)*。

初期人科

現代人屬於**靈長類**（參見202～205頁）的哺乳動物目，起源於大約5,500萬年前，包括唯一現存的人種。最早的人科是**南方古猿屬**（"南方猿"），牠介於猿和人之間，頭較小，能直立和行走。已知的第一種人 — **能人**，至少出現在200萬年前，牠是一種頭較大"手巧的人"，並開始製造打獵用的工具。**直立人**大約180萬年前首先出現在非洲，大約80萬年後才進入亞洲，牠的牙齒比能人小，發明火作為工具，燒烤食物。**尼安得特人**比較接近於現代人，源於大約20萬年前；**智人**（現代人）大約相隔10萬年後出現在非洲，牠們共存了幾千年；到3萬年前，智人才占得主導地位，而尼安得特人消逝了。智人按其祖先來分類是很有問題的，現代人不僅應該按骨骼結構來分類，還應該按特定行為來分類，即按照其規劃未來行動的能力，遵守傳統的能力、使用符號進行交流的能力（包括複雜的語言以及使用和識別符號的能力）來分類。

比現代人大的頜骨

較大的背齒

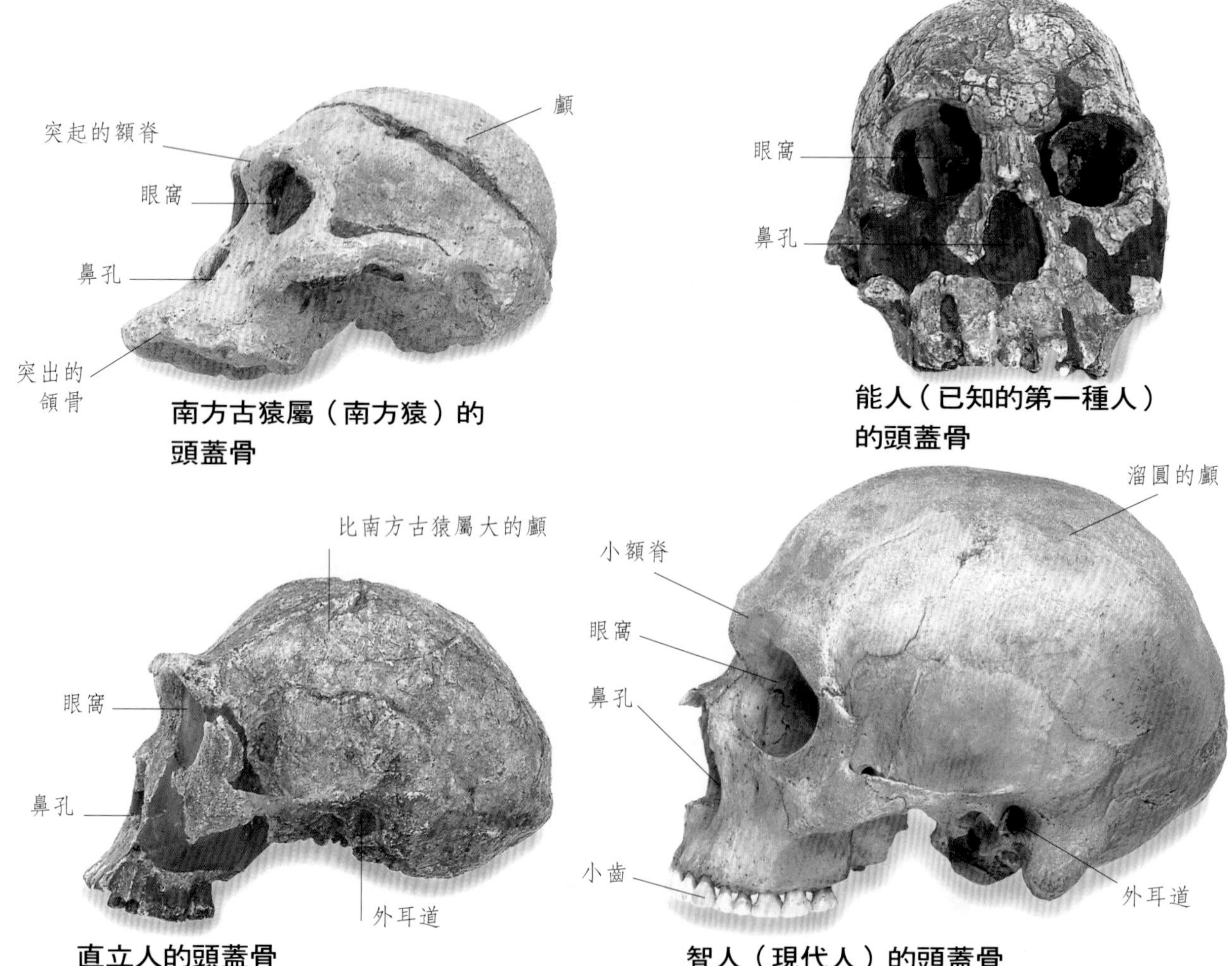

突起的額脊
眼窩
鼻孔
突出的頜骨

南方古猿屬（南方猿）的頭蓋骨

顳

眼窩
鼻孔

能人（已知的第一種人）的頭蓋骨

比南方古猿屬大的顳

眼窩
鼻孔
外耳道

直立人的頭蓋骨

溜圓的顳
小額脊
眼窩
鼻孔
小齒
外耳道

智人（現代人）的頭蓋骨

初期人科 (The first hominids)：靈長類 (primates)；南方古猿屬（"南方猿"）[Australopithecus（"southern ape"）]；能人(Homo habilis)；直立人(Homo erectus)；尼安得特人(Neanderthals)；智人(現代人)[Homo sapiens(modern humans)]。**南方古猿屬（南方猿）的頜骨**：突出的頜骨(Jutting jawbone)；突起的額脊(Jutting brow ridge)。**直立人的頭蓋骨**：外耳道(External auditory meatus)。**智人（現代人）的頭蓋骨**：小額脊(Small brow ridge)。**約25萬年前製造的燧石工具**：燧石無柄石斧(FLINT HANDAXE)；燧石薄片(FLINT FLAKE)；鹿角錘(ANTLER HAMMER)；紅色鹿角錘(RED DEER

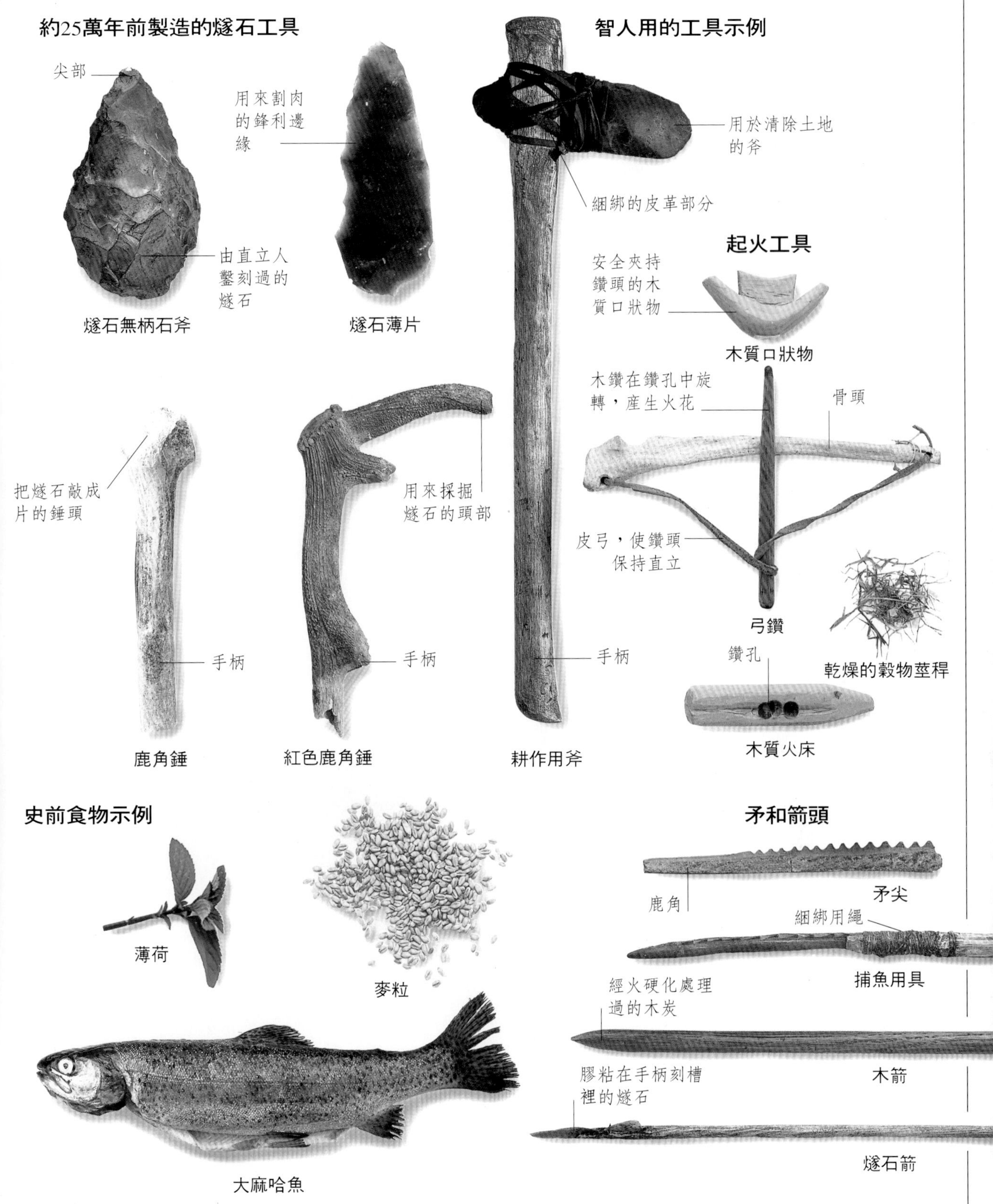

約25萬年前製造的燧石工具

尖部

用來割肉的鋒利邊緣

由直立人鑿刻過的燧石

燧石無柄石斧

燧石薄片

把燧石敲成片的錘頭

手柄

鹿角錘

用來採掘燧石的頭部

手柄

紅色鹿角錘

智人用的工具示例

用於清除土地的斧

綑綁的皮革部分

安全夾持鑽頭的木質口狀物

起火工具

木質口狀物

木鑽在鑽孔中旋轉，産生火花

骨頭

皮弓，使鑽頭保持直立

弓鑽

鑽孔

乾燥的穀物莖稈

木質火床

手柄

耕作用斧

史前食物示例

薄荷

麥粒

大麻哈魚

矛和箭頭

鹿角

矛尖

細綁用繩

捕魚用具

經火硬化處理過的木炭

木箭

膠粘在手柄刻槽裡的燧石

燧石箭

ANTLER HAMMER）；耕作用斧(FARMING AXE)；綑綁的皮革部分(Leather binding)。**起火工具**：木質口狀物(WOODEN MOUTHPIECE)；弓鑽(BOW DRILL)；皮弓(Leather bow)；乾燥的穀物莖稈(DRY STRAW)；木質火床(WOODEN HEARTH)；鑽孔(Drill hole)。**史前食物示例**：薄荷(MINT)；麥粒(WHEAT GRAINS)；大麻哈魚(SALMON)。**矛和箭頭**：矛尖(HARPOON POINT)；鹿角(Antler)；捕魚用具(FISHING TACKLE)；綑綁用繩(Twine binding)；木箭(WOODEN ARROW)；經火硬化處理過的木炭(Wooden point hardened by fire)；燧石箭(FLINT ARROW)；膠粘在手柄刻槽裡的燧石(Flint glued into groove cut in shaft)。

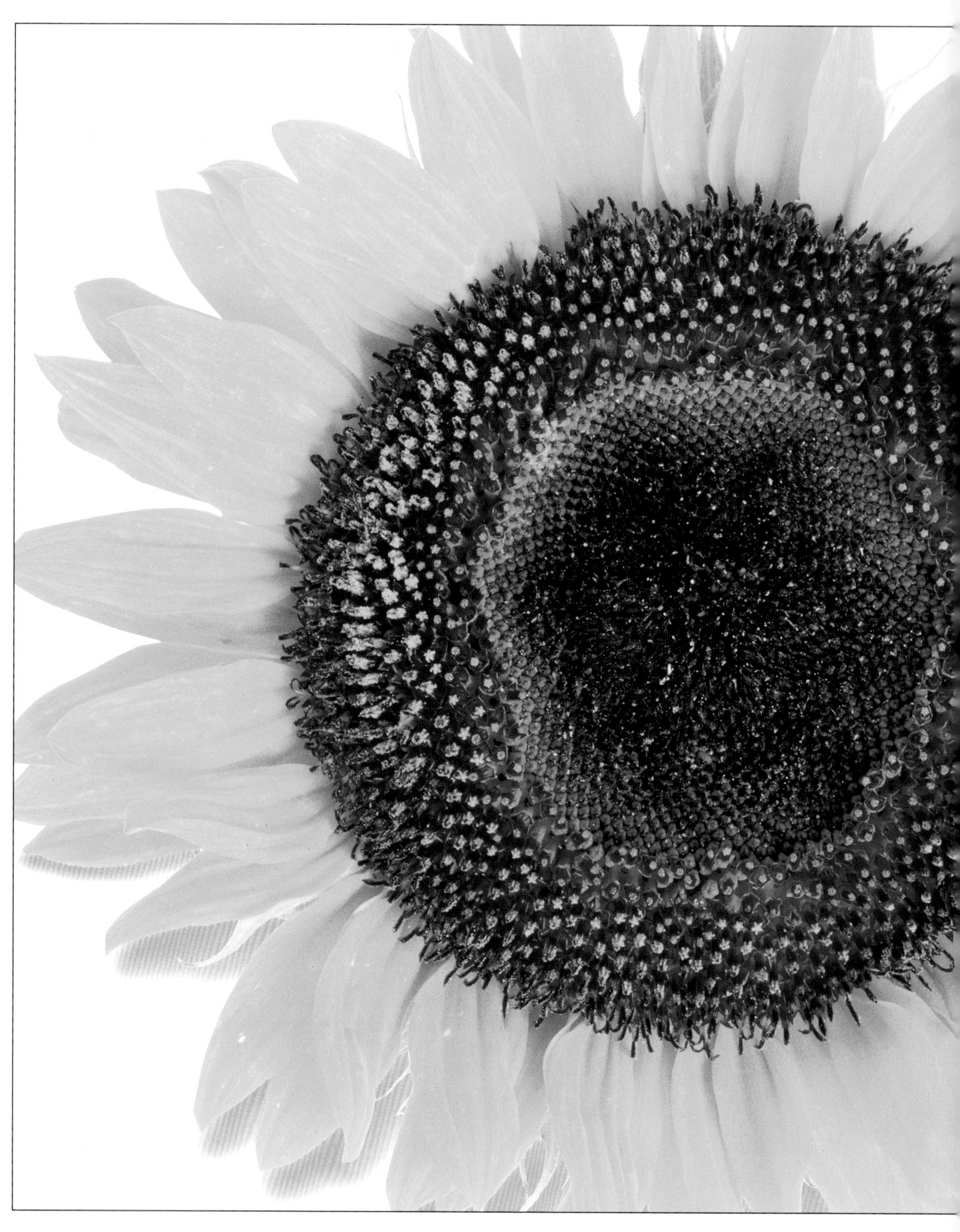

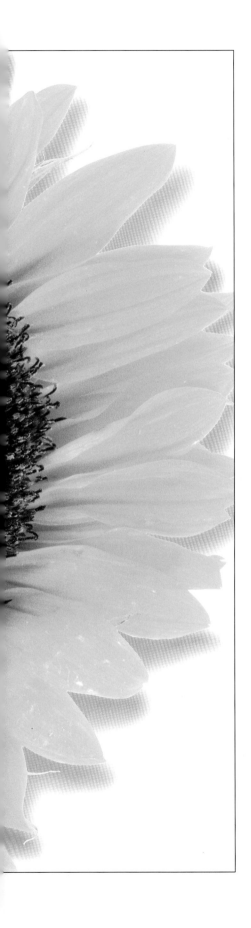

植物篇
PLANTS

植物種類(Plant varieties)　112

真菌和地衣(Fungi and lichens)　114

藻和海藻(Algae and seaweed)　116

苔和蘚(Liverworts and mosses)　118

木賊、石松和蕨
(Horsetails, clubmosses, and ferns)　120

裸子植物1(Gymnosperms 1)　122

裸子植物2(Gymnosperms 2)　124

單子葉植物和雙子葉植物
(Monocotyledons and dicotyledons)　126

草本顯花植物
(Herbaceous flowering plants)　128

木本顯花植物(Woody flowering plants)　130

根(Roots)　132

莖(Stems)　134

葉(Leaves)　136

光合作用(Photosynthesis)　138

花1(Flowers 1)　140

花2(Flowers 2)　142

傳粉(Pollination)　144

受精(Fertilization)　146

多汁果(Succulent fruits)　148

乾果(Dry fruits)　150

發芽(Germination)　152

營養繁殖(Vegetative reproduction)　154

旱地植物(Dryland plants)　156

濕地植物(Wetland plants)　158

食肉植物(Carnivorous plants)　160

附生植物和寄生植物
(Epiphytic and parasitic plants)　162

植 物 種 類

植 物有300,000多種，其類型多種多樣，包括可
以適應潮濕環境生活的柔嫩**苔蘚**，到能在沙
漠存活的**仙人掌**。植物界包括**草本植物**，例如**玉蜀黍**，在一年內即完成其生活史；還包
括能活數千年的大**紅杉樹**。這種多樣性反映了植物能適應於極廣泛的環境。這一點在**顯花植物（被子
植物門）**中最為明顯。它們的種類最多，超過250,000種；它們的分布也最廣，從熱帶到北極都有。儘
管植物有多樣性，但也有其共同的特徵。通常，植物是綠色的，並且通過光合作用製造其養分。大多數
植物生活在地層（例如土壤）之中或之上，且不能隨意遷移。藻類（原生生物界）和**真菌（真菌界）**具
有一些類似植物的特徵，雖然它們不是真正的植物，但在研究時常與植物放在一起。

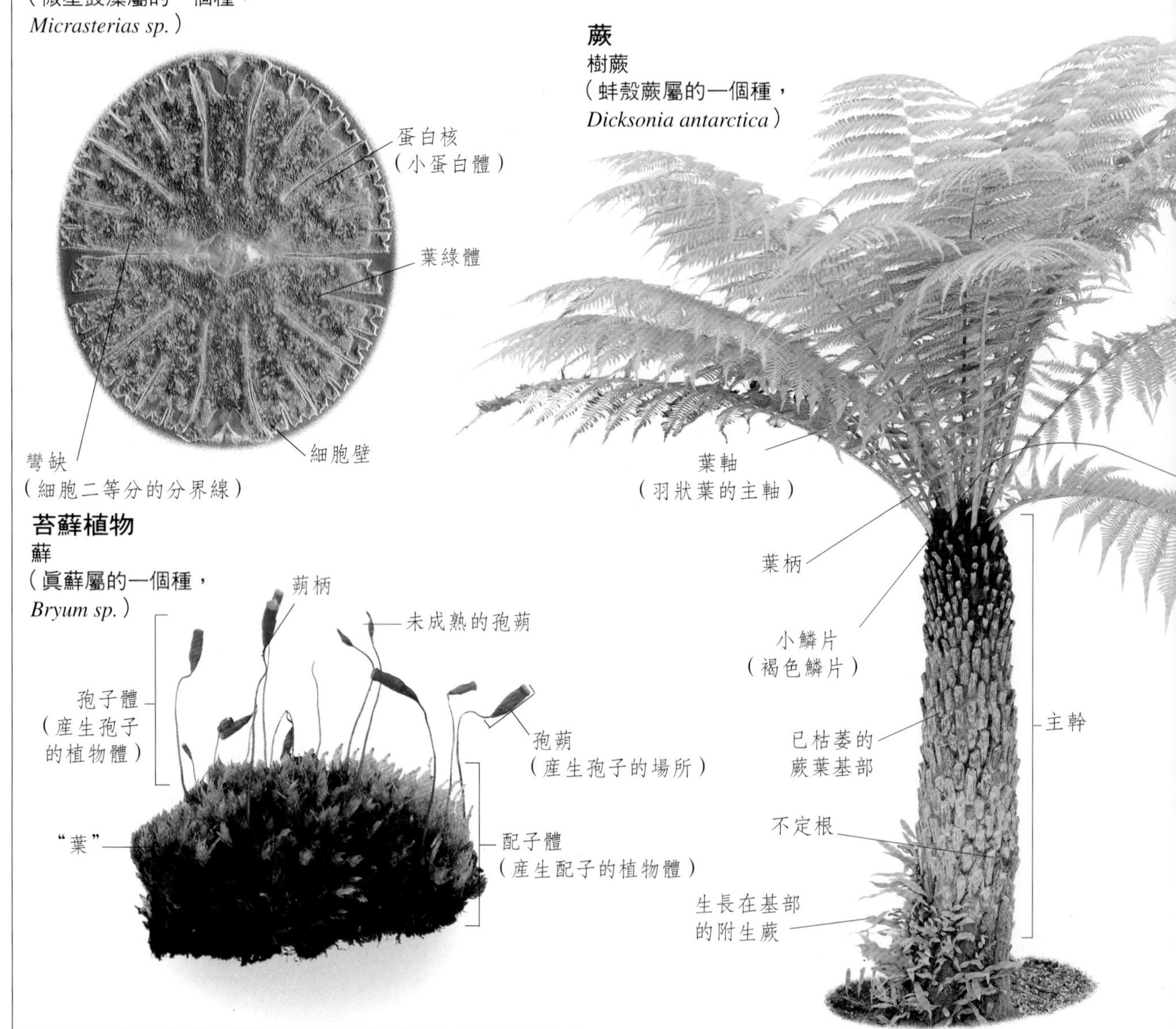

綠藻 鼓藻的顯微圖
（微星鼓藻屬的一個種，
Micrasterias sp.）

蛋白核
（小蛋白體）

葉綠體

彎缺
（細胞二等分的分界線）

細胞壁

苔蘚植物
蘚
（真蘚屬的一個種，
Bryum sp.）

蒴柄

未成熟的孢蒴

孢子體
（產生孢子
的植物體）

孢蒴
（產生孢子
的場所）

"葉"

配子體
（產生配子的植物體）

蕨
樹蕨
（蚌殼蕨屬的一個種，
Dicksonia antarctica）

葉軸
（羽狀葉的主軸）

葉柄

小鱗片
（褐色鱗片）

已枯萎的
蕨葉基部

不定根

生長在基部
的附生蕨

主幹

植物種類(Plant varieties)：苔蘚(liverworts)；仙人掌(cacti)；草本植物(herbaceous plants)；玉蜀
黍 (corn)；紅杉樹 (redwood tree)；顯花植物 (被子植物門)[the flowering plants(phylum
Angiospermophyta)]；真菌(真菌界)[fungi(kingdom Fungi)]。**綠藻**：鼓藻(*desmid*)；彎缺(*Sinus*)；細胞壁
(*Cell wall*)；葉綠體(*Chloroplast*)；蛋白核(小蛋白體)[*Pyrenoid (small protein body)*]。**苔蘚植物**：蘚
(*Moss*)；蒴柄[*Seta(stalk)*]；孢子體(*Sporophyte*)；配子體(*Gametophyte*)；孢蒴(*Capsule*)。**蕨**：樹蕨(*Tree
fern*)；葉軸(*Rachis*)；葉柄(*Petiole*)；小鱗片(*Ramentum*)；不定根(*Adventitious root*)；附生蕨(*Epiphytic*

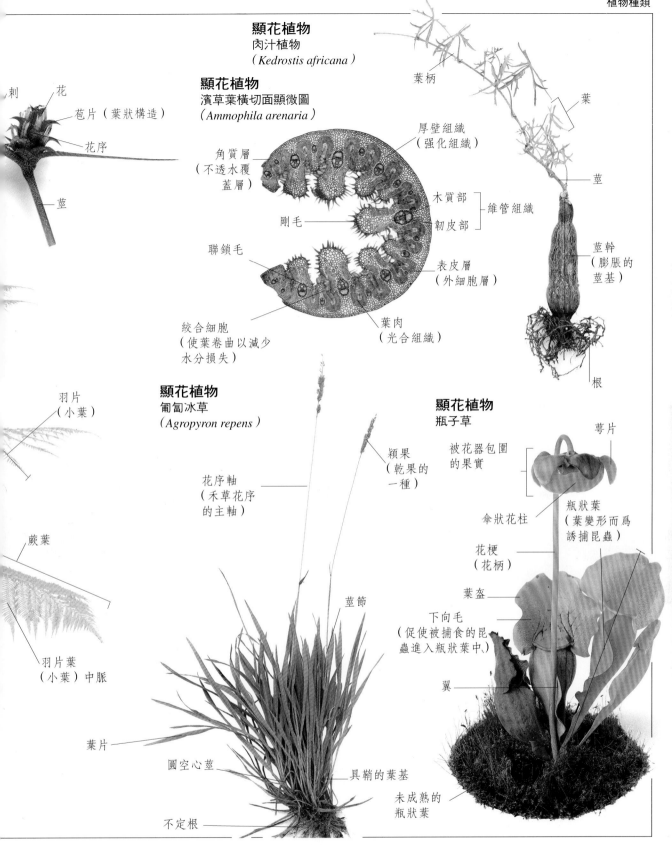

顯花植物
肉汁植物
（*Kedrostis africana*）

葉柄

葉

顯花植物
濱草葉橫切面顯微圖
（*Ammophila arenaria*）

厚壁組織
（強化組織）

角質層
（不透水覆蓋層）

木質部
韌皮部
維管組織

剛毛

莖

聯鎖毛

表皮層
（外細胞層）

莖幹
（膨脹的莖基）

絞合細胞
（使葉卷曲以減少水分損失）

葉肉
（光合組織）

根

刺
花
苞片（葉狀構造）
花序
莖

羽片
（小葉）

顯花植物
匍匐冰草
（*Agropyron repens*）

穎果
（乾果的一種）

顯花植物
瓶子草

萼片

被花器包圍的果實

傘狀花柱

瓶狀葉
（葉變形而爲誘捕昆蟲）

花序軸
（禾草花序的主軸）

蕨葉

花梗
（花柄）

葉盔

下向毛
（促使被捕食的昆蟲進入瓶狀葉中）

羽片葉
（小葉）中脈

莖節

翼

葉片

圓空心莖

具鞘的葉基

未成熟的瓶狀葉

不定根

fern）；主幹(Trunk)；羽片葉(小葉)中脈[Midrib of pinna(leaflet)]。**顯花植物**：鳳梨科(Bromeliad)；苞片(Bract)；濱草(marram grass)；剛毛(Stiff trichome)；聯鎖毛(Interlocked trichomes)；絞合細胞(Hinge cells)；維管組織(Vascular tissue)；厚壁組織(Sclerenchyma)。肉汁植物(Succulent)；莖幹(Caudex)。匍匐冰草(Couch grass)；花序軸(Rachis)；莖節(Node)；穎果(Caryopsis)。瓶子草[Pitcher plant(Sarracenia purpurea)]；花梗(花柄)[Pedicel(flower stalk)]；葉盔(Hood)；下向毛(Downward-pointing hair)；翼(Wing)；瓶狀葉(Pitcher)。

眞菌和地衣

眞菌曾一度被視爲植物，而現在卻把它歸入一單獨的類群。這一類群不僅包括常見的**蘑菇、馬勃菌、鬼筆菌**和**霉菌**，而且還包括**酵母、黑穗病菌、銹病菌**和地衣。大多數眞菌是**多細胞**的，由一團結合在一起形成**菌絲體**的線狀菌絲構成。然而，較簡單的眞菌，如酵母，則是極小的**單細胞有機體**。眞菌通常以孢子方式繁殖。大多數眞菌以死的或腐爛物體，或活的生物體爲食，極少數眞菌從植物或藻類取食，它們具有一種**共生（互利）關係**。地衣是藻類和眞菌的一種共生體。地衣的6種生長型中，最普遍的3種是**殼狀地衣**（扁平呈殼狀）、**葉狀地衣**和**枝狀地衣**（灌叢狀）；有的地衣（如**紅頭石蕊**）是一種複合類型。地衣以孢子或**粉芽（粉狀營養體碎片）**進行繁殖。

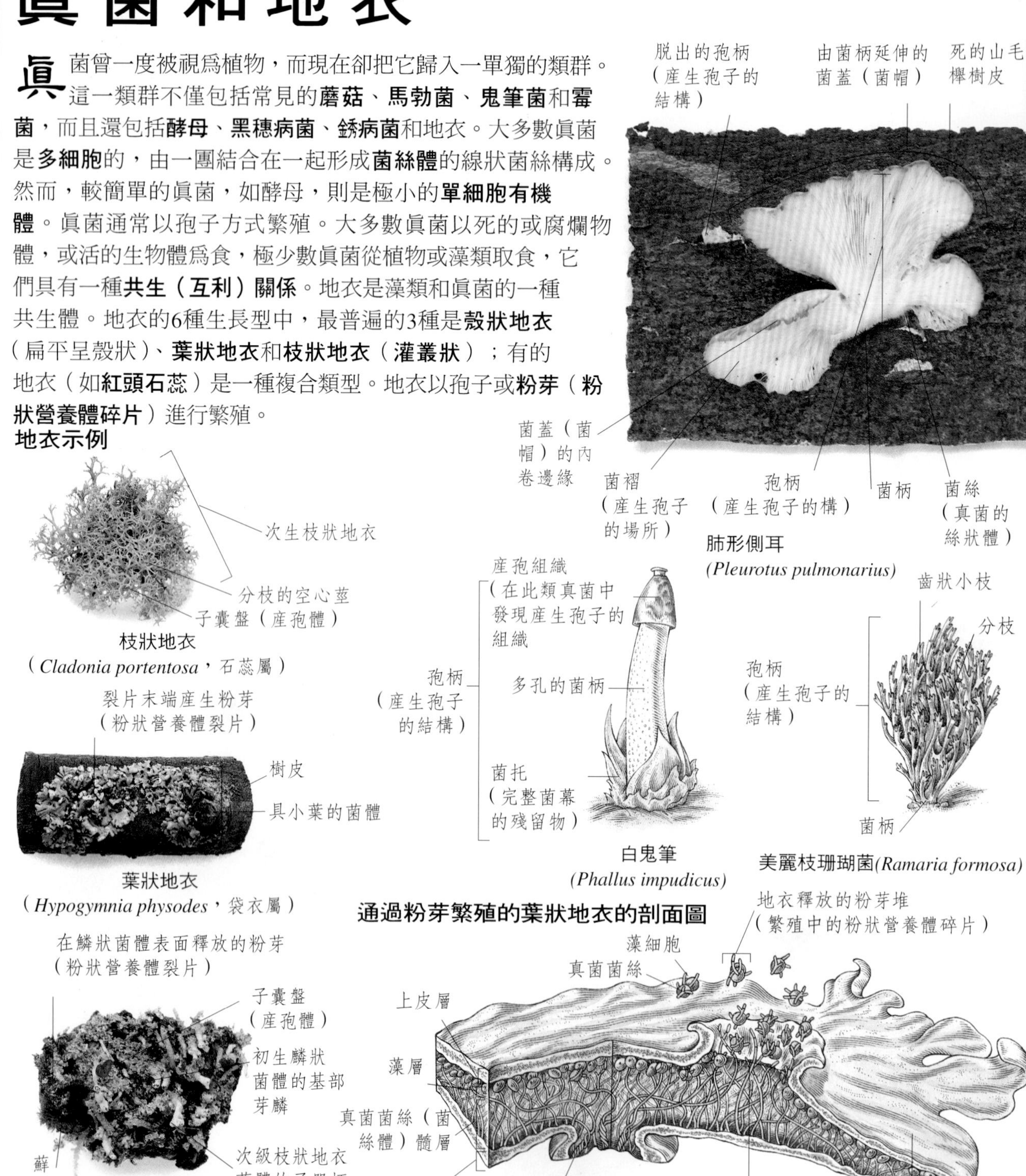

地衣示例

次生枝狀地衣

分枝的空心莖

子囊盤（產孢體）

枝狀地衣
（ *Cladonia portentosa*，石蕊屬）

裂片末端產生粉芽
（粉狀營養體裂片）

樹皮

具小葉的菌體

葉狀地衣
（ *Hypogymnia physodes*，袋衣屬）

在鱗狀菌體表面釋放的粉芽
（粉狀營養體裂片）

子囊盤（產孢體）

初生鱗狀菌體的基部芽鱗

蘚

次級枝狀地衣菌體的子器柄（粒狀柄）

具鱗狀和枝狀地衣菌體
（ *Cladonia floerkeana*，石蕊屬）

脫出的孢柄（產生孢子的結構）

由菌柄延伸的菌蓋（菌帽）

死的山毛櫸樹皮

菌蓋（菌帽）的內卷邊緣

菌褶（產生孢子的場所）

孢柄（產生孢子的構）

菌柄

菌絲（真菌的絲狀體）

肺形側耳
（ *Pleurotus pulmonarius*）

產孢組織（在此類真菌中發現產生孢子的組織

孢柄（產生孢子的結構）

多孔的菌柄

菌托（完整菌幕的殘留物）

白鬼筆
（ *Phallus impudicus*）

齒狀小枝

分枝

孢柄（產生孢子的結構）

菌柄

美麗枝珊瑚菌（ *Ramaria formosa*）

通過粉芽繁殖的葉狀地衣的剖面圖

地衣釋放的粉芽堆（繁殖中的粉狀營養體碎片）

藻細胞

真菌菌絲

上皮層

藻層

真菌菌絲（菌絲體）髓層

下皮層

假根（有吸收作用的菌絲束）

粉芽堆（地衣體上表面的穿孔）

地衣體上表面

眞菌和地衣(Fungi and lichens)：蘑菇(mushrooms)；馬勃菌(puffballs)；鬼筆菌(stinkhorns)；霉菌(molds)；酵母(yeasts)；黑穗病菌(smuts)；銹病菌(rusts)；多細胞(multicellular)；菌絲體(mycelium)；單細胞有機體(single-celled organisms)；共生(互利)關係[a symbiotic(mutually advantageous)]；殼狀地衣(crustose)；葉狀地衣[foliose(leafy)]；枝狀地衣(灌叢狀)[fruticose(shrub-like)]；紅頭石蕊(Cladonia floerkeana)；粉芽(粉狀營養體碎片)[soredia (powdery vegetative fragments)]。**眞菌示例**：肺形側耳(OYSTER FUNGUS)；孢柄(*sporophore*)；菌蓋(菌帽)的內卷邊緣 *[Inrolled margin of pileus (cap)]*；菌褶(Gill)；山毛櫸樹(beech tree)。**白鬼筆**(STINKHORN)：菌托(Volva)。

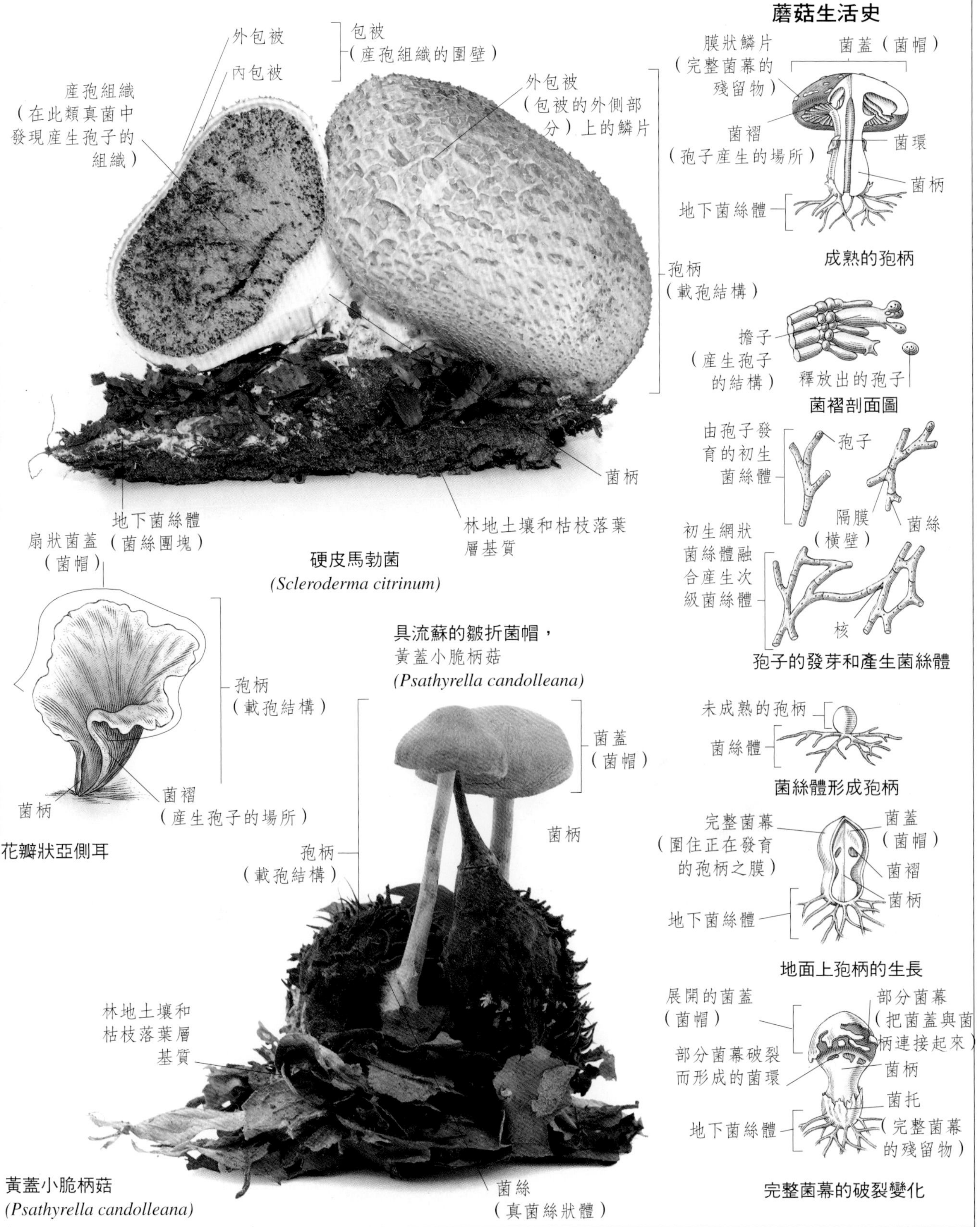

蘑菇生活史

外包被
內包被 } 包被（産孢組織的圍壁）

產孢組織（在此類眞菌中發現產生孢子的組織）

外包被（包被的外側部分）上的鱗片

膜狀鱗片（完整菌幕的殘留物）

菌蓋（菌帽）

菌褶（孢子產生的場所）

菌環

菌柄

地下菌絲體

成熟的孢柄

孢柄（載孢結構）

菌柄

地下菌絲體（菌絲團塊）

林地土壤和枯枝落葉層基質

硬皮馬勃菌
(Scleroderma citrinum)

擔子（產生孢子的結構）

釋放出的孢子

菌褶剖面圖

由孢子發育的初生菌絲體

孢子

隔膜（橫壁）

菌絲

初生網狀菌絲體融合產生次級菌絲體

核

孢子的發芽和產生菌絲體

扇狀菌蓋（菌帽）

孢柄（載孢結構）

菌柄

菌褶（產生孢子的場所）

花瓣狀亞側耳

具流蘇的皺折菌帽，
黃蓋小脆柄菇
(Psathyrella candolleana)

菌蓋（菌帽）

菌柄

孢柄（載孢結構）

未成熟的孢柄

菌絲體

菌絲體形成孢柄

完整菌幕（圍住正在發育的孢柄之膜）

菌蓋（菌帽）

菌褶

菌柄

地下菌絲體

地面上孢柄的生長

林地土壤和枯枝落葉層基質

展開的菌蓋（菌帽）

部分菌幕（把菌蓋與菌柄連接起來）

部分菌幕破裂而形成的菌環

菌柄

菌托

地下菌絲體（完整菌幕的殘留物）

完整菌幕的破裂變化

黃蓋小脆柄菇
(Psathyrella candolleana)

菌絲（眞菌絲狀體）

硬皮馬勃菌：包被*(Peridium)*；外包被*(Exoperidium)*；內包被*(Endoperidium)*。**花瓣狀亞側耳** (HOHENBUEHELIA PETALOIDES)。具流蘇的皺折菌帽，黃蓋小脆柄菇(FRINGED CRUMBLE CAP)。**蘑菇生活史**：膜狀鱗片*(Velar scale)*；菌環*[Annulus (ring)]*；擔子*(Basidium)*；初生菌絲體*(Primary mycelium)*；菌絲*(Hyphae)*；眞菌絲狀體*(fingal filaments)*；隔膜（橫壁）*[Septum (cross wall)]*；次級菌絲體*(secondary mycelium)*；完整菌幕*(Universal veil)*。**地衣示例**：子囊盤*(Apothecium)*；子器柄*(粒狀柄)[Podetium(granular stalk)]*。**通過粉芽繁殖的葉狀地衣的剖面圖**：粉芽堆*(Soralium)*。

藻 和 海 藻

褐海藻
溝鹿角菜
（*Pelvetia canaliculata*）

生殖托
（可繁殖的
藻體頂端）

原植體
（植物
體）

頂端凹槽

葉緣向內捲成
溝狀

附著器（固著器）

藻類不是真正的植物，它們形成類似植物體，但各不相同的一個類群，屬於**原生生物界**。藻類像植物一樣，具有葉綠素，並通過光合作用（參見138-139頁）製造自身的養分。很多種藻類還含有其他色素，可據此做分類。例如，在褐藻中發現有**褐色素岩藻黃素**。在藻類10個門中，有些是單獨的單細胞；而另一些在**藻絲體**或集群中也含有群生細胞。藻類中的三個門 — **綠藻門（綠藻）、紅藻門（紅藻）**和**褐藻門（褐藻）** — 包括了大量多細胞葉狀體（扁平的）的海洋生物通稱為海藻。大多數藻能進行**有性繁殖**。例如，**褐海藻（墨角藻）**在**生殖托（可繁殖的藻體頂端）**的**生殖窠（腔）**裡產生**配子（性細胞）**，然後釋放配子到海中，**精子（雄配子）**和**卵球（雌配子）**結合，所產生的合子附在岩石上，發育成一株新的海藻。

褐海藻
螺旋形墨角藻

頂端凹槽
生殖窠（腔）
生殖托
（可繁殖的
藻體頂端）
葉片

平滑葉緣
中肋
附著器（固著器）

原植
體（植
物
體）

藻示例

生殖腔
帽
不育輪
細胞壁
柄
假根

綠藻　傘藻屬的一個種
（*Acetabularia sp.*）

頂端凹槽
生殖托
（可繁殖的
藻體頂端）
包含有繁殖
結構的生殖
窠（腔）
葉片　中肋

生殖托
螺旋形墨角藻

鞭毛
眼點　收縮泡
細胞質
細胞核
細胞壁　葉綠體
蛋白核
澱粉粒　（小蛋白體）

綠藻　單胞藻屬的一個種
（*Chlamydomonas sp.*）

集結體
（細胞集落）
子集結體
膠質鞘
雙鞭毛細胞

綠藻　團藻屬的一個種
（*Volvox sp.*）

刺
細胞質
環
液泡
細胞核
質體
（光合作用
細胞器）

矽藻　海鏈藻屬的一個種
（*Thalassiosira sp.*）

褐海藻　掌狀海帶
（*Laminaria digitata*，昆布類）

原植體（植物體）

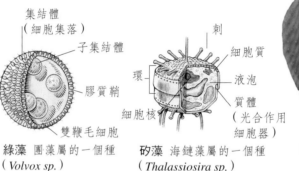

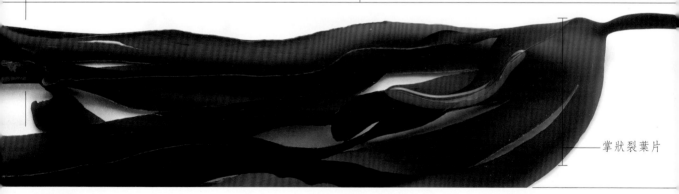

掌狀裂葉片

藻和海藻(Algae and seaweed)：原生生物界(kingdom Protista)；褐色素岩藻黃素(brown pigment fucoxanthin)；藻絲體(filaments)；綠藻門（綠藻）[Chlorophyta(green algae)]；紅藻門（紅藻)[Rhodophyta(red algae)]；褐藻門（褐藻)[Phaeophyta(brown algae)]；有性繁殖(reproduce sexually)；褐海藻(墨角藻)[brown seaweed (Fucus vesiculosus)]；生殖托(可繁殖的藻體頂端)[receptacles (fertile tips of fronds)]；生殖窠(腔)[conceptacles(chambers)]；配子(性細胞)[gametes(sex cells)]；精子(antherozoids)；卵球(oospheres)。藻示例：傘藻屬(*Acetabularia sp.*)；不育輪(*Sterile whorl*)；單胞藻屬(*Chlamydomonas sp.*)；眼點(*Eyespot*)；澱粉粒(*Starch grain*)；收縮泡

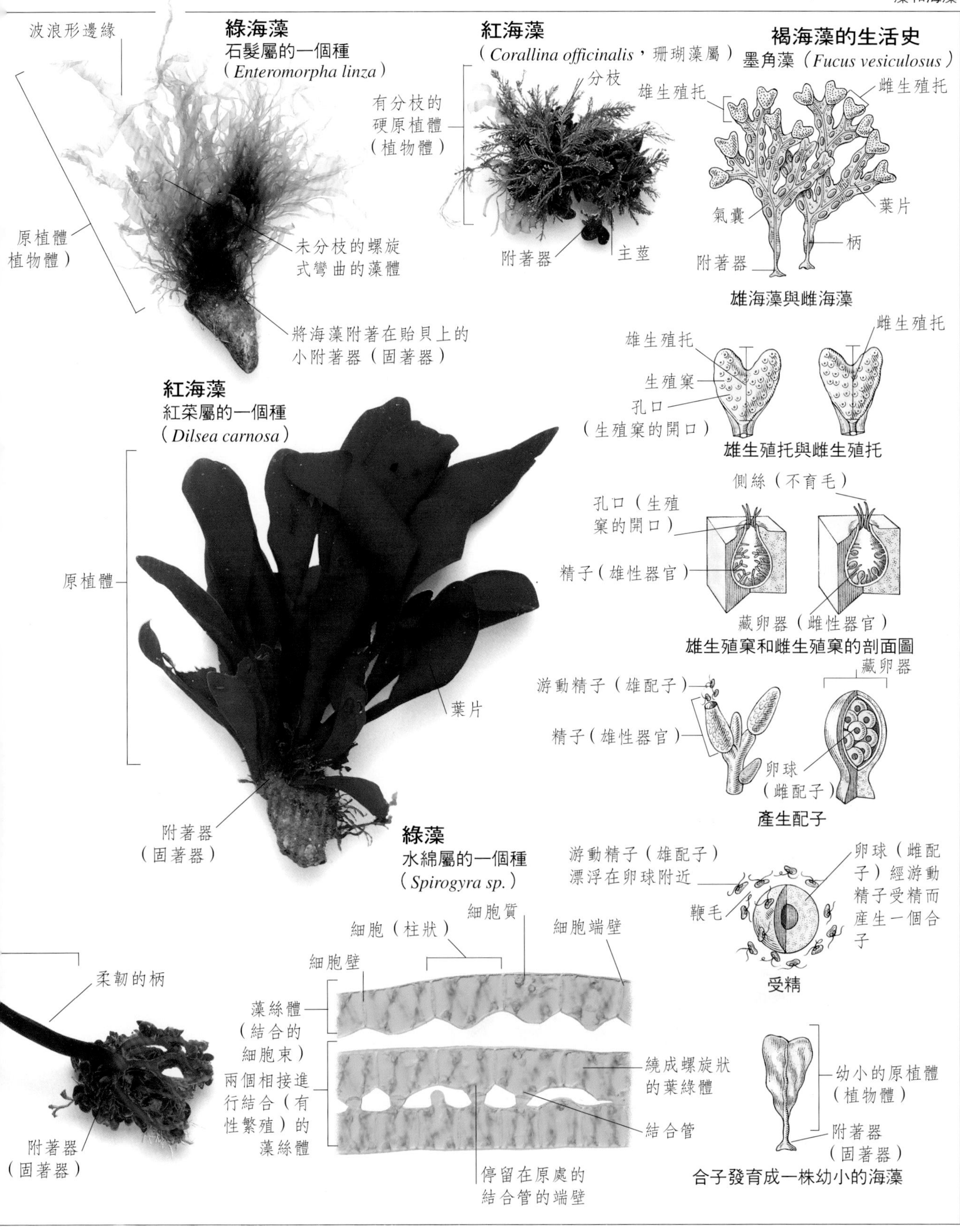

波浪形邊緣

綠海藻
石髮屬的一個種
（*Enteromorpha linza*）

紅海藻
（*Corallina officinalis*，珊瑚藻屬）

褐海藻的生活史
墨角藻（*Fucus vesiculosus*）

有分枝的
硬原植體
（植物體）

分枝

雄生殖托

雌生殖托

原植體
（植物體）

未分枝的螺旋
式彎曲的藻體

氣囊

葉片

柄

將海藻附著在貽貝上的
小附著器（固著器）

附著器

主莖

附著器

雄海藻與雌海藻

紅海藻
紅菜屬的一個種
（*Dilsea carnosa*）

雄生殖托

雌生殖托

生殖窩

孔口
（生殖窩的開口）

雄生殖托與雌生殖托

原植體

側絲（不育毛）

孔口（生殖
窩的開口）

精子（雄性器官）

藏卵器（雌性器官）

雄生殖窩和雌生殖窩的剖面圖

葉片

游動精子（雄配子）

精子（雄性器官）

藏卵器

卵球
（雌配子）

附著器
（固著器）

綠藻
水綿屬的一個種
（*Spirogyra sp.*）

產生配子

柔韌的柄

游動精子（雄配子）
漂浮在卵球附近

鞭毛

卵球（雌配
子）經游動
精子受精而
產生一個合
子

細胞（柱狀）

細胞質

細胞端壁

受精

細胞壁

附著器
（固著器）

藻絲體
（結合的
細胞束）

繞成螺旋狀
的葉綠體

幼小的原植體
（植物體）

兩個相接進
行結合（有
性繁殖）的
藻絲體

結合管

附著器
（固著器）

停留在原處的
結合管的端壁

合子發育成一株幼小的海藻

（*Contractile vacuole*）；團藻屬（*Volvox sp.*）；雙鞭毛細胞（*Biflagellate cell*）；膠質鞘（*Gelatinous sheath*）；矽藻（DIATOM）；質體（*Plastid*）。**褐海藻**：掌狀海帶（Oarweed）；附著器（固著器）[*Hapteron(holdfast)*]；溝鹿角菜（Channeled wrack）；頂端凹槽（Apical notch）；螺旋形墨角藻[Spiral wrack（*Fucus spiralis*）]；中肋（*Midrib*）。**綠海藻**：貽貝（*mussel*）。**紅海藻**：葉片[*Lamina(blade)*]。**綠藻**：水綿屬（*Spirogyra sp.*）；結合管（*Conjugation tube*）。**褐海藻的生活史**：氣囊（*Air bladder*）；孔口（*Ostiole*）；藏卵器（*Oogonium*）；側絲不育毛[*Paraphysis(sterile hair)*]；鞭毛（*Flagellum*）。

苔和蘚

多葉的苔
波瓣合葉苔

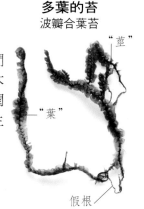

"莖"

"葉"

假根

苔和蘚是屬於**苔蘚植物門**的矮小植物。苔蘚植物沒有真正的莖、葉或根（它們用**假根**固著於地面），也沒有高等植物傳導水分和營養物質的維管組織（木質部和韌皮部）。它們外部沒有防水的**角質層**，對**脫水作用**敏感，大多生長在濕潤的環境。苔蘚植物的生活史經歷兩個階段。在第一階段，綠色植株（**配子體**）產生雄配子和雌配子（性細胞），這兩種配子融合形成合子。在第二階段，合子發育成孢子體，其殘留部分附屬於配子體。孢子體產生孢子，孢子釋放並萌發成新的綠色植物。苔類植物（**苔綱**）平展生長，為類似地衣體狀的（平展似細帶狀）或"**多葉的**"。蘚類植物（**蘚綱**）具有典型的直立"莖"，其上有螺旋狀排列的葉。

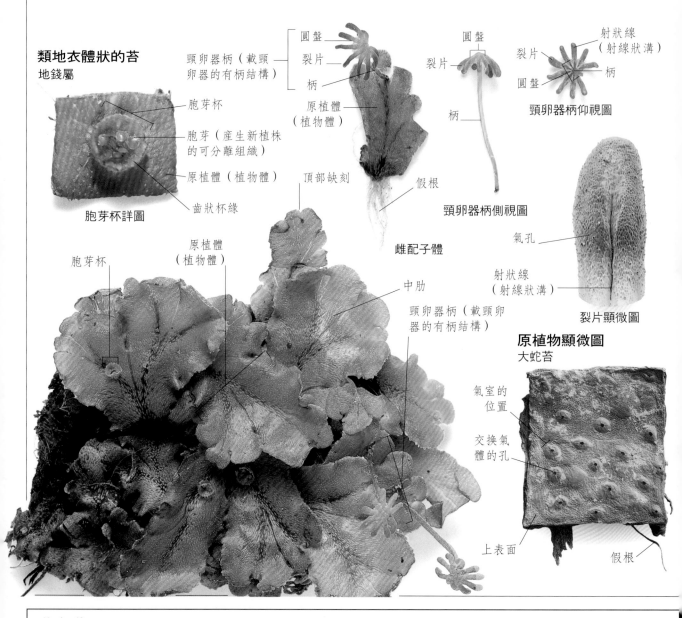

類地衣體狀的苔
地錢屬

胞芽杯

胞芽（產生新植株的可分離組織）

原植體（植物體）

齒狀杯緣

胞芽杯詳圖

頸卵器柄（載頸卵器的有柄結構）

原植體（植物體）

頂部缺刻

圓盤
裂片
柄

圓盤
裂片
柄
假根

頸卵器柄側視圖

雌配子體

射狀線（射線狀溝）
裂片
圓盤
柄

頸卵器柄仰視圖

氣孔

射狀線（射線狀溝）

裂片顯微圖

胞芽杯

原植體（植物體）

中肋

頸卵器柄（載頸卵器的有柄結構）

原植物顯微圖
大蛇苔

氣室的位置

交換氣體的孔

上表面

假根

苔和蘚(Liverworts and mosses)：苔蘚植物門(the phylum Bryophyta)；假根(rhizoids)；角質層(cuticle)；脫水作用(dehydration)；配子體(gametophyte)；苔綱(class Hepaticae)；多葉的(leafy)；蘚綱(class Musci)。**類地衣體狀的苔**(A THALLOID LIVERWORT)：地錢(*Marchantia polymorpha*)。胞芽杯(GEMMA CUP)；頸卵器柄(*Archegoniophore*)；射狀線(射線狀溝)[Ray(radial groove)]。**多葉的苔**(A LEAFY LIVERWORT)：波瓣合葉苔(*Scapania undulata*)。**原植物顯微圖**(MICROGRAPH OF THALLUS)：大蛇苔(*Conocephalum conicum*)；氣室(*air chamber*)。**一種普遍的蘚類**(A COMMON MOSS)：大金髮蘚

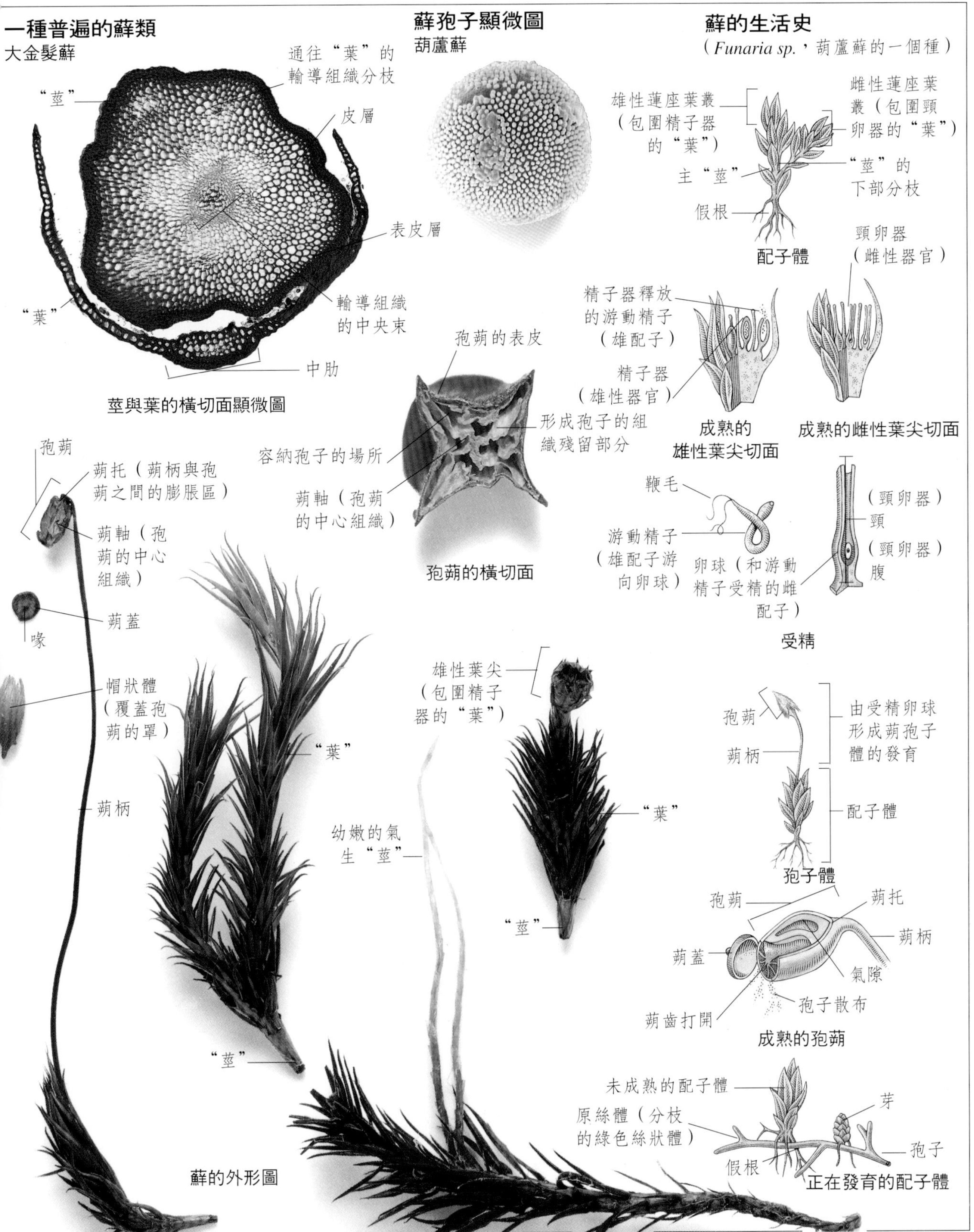

一種普遍的蘚類
大金髮蘚

"莖"

通往"葉"的
輸導組織分枝

皮層

"葉"

表皮層

輸導組織
的中央束

中肋

莖與葉的橫切面顯微圖

蘚孢子顯微圖
葫蘆蘚

蘚的生活史
(*Funaria sp.*，葫蘆蘚的一個種)

雄性蓮座葉叢
(包圍精子器
的"葉")

雌性蓮座葉
叢（包圍頸
卵器的"葉"）

主"莖"

"莖"的
下部分枝

假根

配子體

孢蒴

蒴托（蒴柄與孢
蒴之間的膨脹區）

蒴軸（孢
蒴的中心
組織）

蒴蓋

喙

帽狀體
（覆蓋孢
蒴的罩）

蒴柄

孢蒴的表皮

容納孢子的場所

蒴軸（孢蒴
的中心組織）

形成孢子的組
織殘留部分

孢蒴的橫切面

精子器釋放
的游動精子
（雄配子）

精子器
（雄性器官）

成熟的
雄性葉尖切面

成熟的雌性葉尖切面

鞭毛

游動精子
（雄配子游
向卵球）

卵球（和游動
精子受精的雌
配子）

頸卵器
（雌性器官）

（頸卵器）
頸

（頸卵器）
腹

受精

由受精卵球
形成蒴孢子
體的發育

孢蒴

蒴柄

配子體

孢子體

孢蒴

蒴蓋

蒴托

蒴柄

氣隙

孢子散布

蒴齒打開

成熟的孢蒴

"葉"

幼嫩的氣
生"莖"

"莖"

雄性葉尖
（包圍精子
器的"葉"）

"葉"

"莖"

未成熟的配子體

原絲體（分枝
的綠色絲狀體）

假根

芽

孢子

正在發育的配子體

蘚的外形圖

(*Polytrichum commune*)；輸導組織的中央束(*Central strand of conducting tissue*)；孢蒴(*Capsule*)；喙
(*Beak*)；蒴蓋[*Operculum(lid)*]；蒴軸(*Columella*)；蒴托(*Apophysis*)；幼嫩的氣生"莖"(*Young aerial
"stem"*)。**蘚孢子顯微圖**(MICROGRAPH OF MOSS SPORE)：葫蘆蘚(*Funaria hygrometrica*)。**蘚的生活史**
(LIFE CYCLE OF MOSS)：雄性蓮座葉叢(*Male rosette*)；雌性蓮座葉叢(*Female rosette*)；精子器
(*Antheridium*)；氣隙(*Air space*)。

木賊、石松和蕨

石松
（*Lycopodium sp.*, 石松屬）

莖具有螺旋狀排列的葉

分枝

孢子葉球（孢子囊群）

木賊、石松和蕨是最早的陸生植物。它們與高等植物相似之點是有莖、根、葉，有傳導水分、礦物營養及養料的維管系統；而與高等植物相異之處是繁殖時不產生種子。它們的生活史包括兩個階段。在第一階段，**孢子體（未成熟的植株）**在**孢子囊**中產生孢子。在第二階段，孢子萌發，發育成小的矮生**配子體植株**，可以產生雄配子和雌配子（性細胞）。這些配子融合形成合子，由合子發育成一株新的孢子體植株。木賊（**楔葉草門**）具有輪生分枝的直立莖，有的莖具生殖性，在尖端有一單生的、產生孢子的**孢子葉球（孢子囊群）**。石松（**石松門**）通常有螺旋狀繞莖排列的小葉，有的莖尖即著有產生孢子的孢子葉球。**蕨類（蕨門）**通常有大型羽狀葉，稱爲蕨葉。聚集囊群而成的孢子囊，在成熟蕨葉的下表面發育。

蕨葉；
雄蕨；
歐洲麟毛蕨

石松
（*Selaginella sp.*, 卷柏屬）

表皮層（外層細胞）

皮層（表皮層與維管組織的中間層）

維管組織 [韌皮部　木質部]

枝尖

分枝

根托（無葉分枝）

腔隙（氣隙）

根

石松橫切面顯微圖

長有螺旋狀排列葉的葡匐莖

木賊
間荊
木賊屬

不育枝尖

孢囊柄（承載孢子囊的結構）

孢子葉球（孢囊群）

不行光合作用的生殖莖

褐色小環狀葉

嫩梢

側枝

行光合作用的不育莖

節
節間
節

莖節

不定根

根狀莖

內皮層（皮層的內層）

維管組織

厚壁組織（加強組織）

綠色組織（光合作用組織）

表皮層（細胞外層）

薄壁組織（填充組織）

皮層（表皮層與維管組織的中間層）

空心髓腔

溝下道（縱溝）

脊下道（縱溝）

木賊莖橫切面顯微圖

木賊、石松和蕨(Horsetails, clubmosses, and ferns)：孢子體(未成熟的植株)[Sporophyte (green plant)]；孢子囊(sporangia)；配子體植株(gametophyte plants)；楔葉草門(phylum Sphenophyta)；孢子葉球(孢子囊群)[strobilus(group of sporangia)]；石松(石松門)[Club mosses(phylum Lycopodophyta)]；蕨類(蕨門)[Ferns(phylum Filicinophyta)]。歐洲麟毛蕨(*Dryopteris filix-mas*)。**木賊**：間荊(*Equisetum arvense*)；孢囊柄(*Sporangiophore*)；褐色小環狀葉(*Collar of small brown leaves*)；根狀莖(*Rhizome*)；節間(*Internode*)；皮層(*Cortex*)；溝下道(*Vallecular canal*)；脊下道(*Carinal canal*)；空心髓腔(*Hollow pith cavity*)；薄壁組織(填充組織)[*Parenchyma(packing tissue)*]；綠色組

蕨的孢子產生

歐洲蕨（米蕨草）

- 小羽片尖
- 孢子囊（產生孢子的組織）
- 小羽片（羽片的小葉）
- 孢子在開裂的孢子囊內
- 小羽片遠軸（下）表面
- 小羽片中脈
- 囊群（孢子囊群）

實小羽片下表面顯微圖

- 孢子囊（產生孢子的組織）
- 孢子
- 環帶（圍繞孢子囊的細胞環）
- 小羽片中脈

實小羽片下表面孢子囊顯微圖

蕨的生活史

- 羽片（小葉）
- 小羽片（羽片的小葉）
- 蕨葉
- 卷曲的未成熟蕨葉
- 根狀莖

孢子體

- 小羽片（羽片的小葉）
- 囊群蓋（保護囊群的蓋）
- 孢子囊（產生孢子的組織）
- 胎座
- 囊群（孢子囊群）

成熟小羽片切面圖

- 孢子囊開裂並釋放孢子
- 環帶在易破處破裂
- 孢子

孢子囊釋放的孢子

- 孢子
- 絲狀體發育成原葉體
- 假根

孢子萌發

- 精子器（雄性器官）
- 頸卵器（雌性器官）
- 原葉體（活性配子體）
- 假根

配子體產生配子

- 精子器（雄性器官）
- 卵球（雌配子）
- 游動精子（雄配子）游向卵球
- 頸卵器（雌性器官）

受精作用

- 發育中的孢子體的初生葉
- 配子體的殘留部分

受精卵球發育成新的孢子體植株

蕨

雄性蕨（歐洲鱗毛蕨）

- 羽片（小葉）的中脈
- 蕨葉尖
- 羽片（小葉）
- 小羽片（羽片的小葉）
- 蕨葉
- 幼齡蕨葉
- 葉軸（羽狀葉的主軸）
- 被小鱗片卷裹和覆蓋的幼齡蕨葉
- 小鱗片（褐色鱗片）
- 根狀莖
- 老齡蕨葉的基部
- 不定根

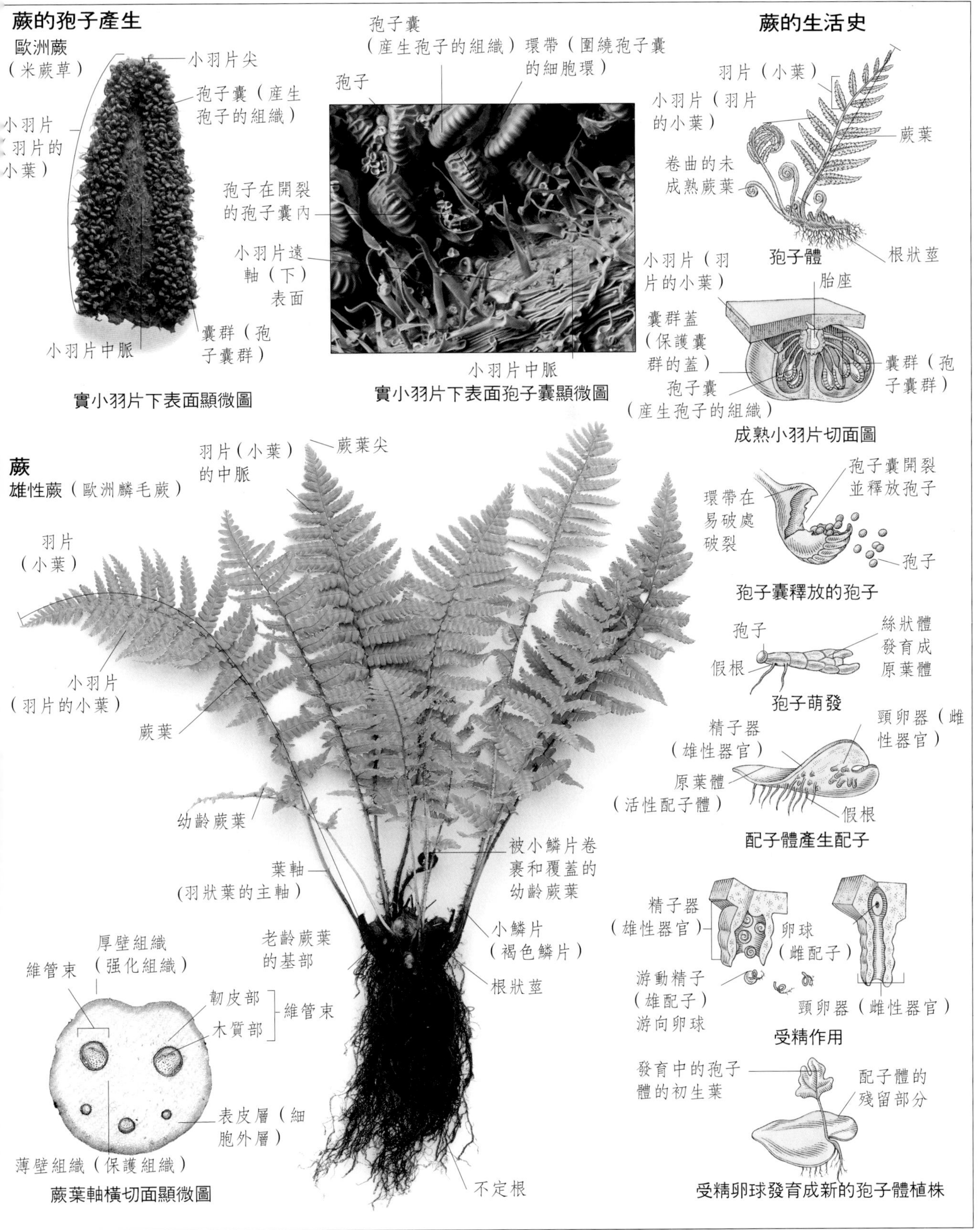

- 厚壁組織（強化組織）
- 維管束
- 韌皮部
- 木質部
- 維管束
- 表皮層（細胞外層）
- 薄壁組織（保護組織）

蕨葉軸橫切面顯微圖

織（光合作用組織）[Chlorenchyma(photosynthetic tissue)]；厚壁組織(加強組織)[Sclerenchyma(strengthening tissue)]。**石松**：根托(無葉分枝)[Rhizophore(leafless branch)]。**蕨的孢子產生**：歐洲蕨(米蕨草)[Bracken(Pteridium aquilinum)]；小羽片(Pinnule)；囊群(孢子囊群)[Sorus(group of sporangia)]；小羽片遠軸(下)表面[Abaxial(lower)surface of pinnule]；環帶(Annulus)。**蕨**：葉軸(羽狀葉的主軸)[Rachis(main axis of pinnate leaf)]。**蕨的生活史**：胎座(Placenta)；囊群蓋(Indusium)；絲狀體發育成原葉體(Filament develops into prothallus)；活性配子體(Free-living gametophyte)；發育中的孢子體的初生葉(Primary leaf of growing sporophyte)。

裸子植物 1

裸子植物包括4個能產生種子的有親緣關係的植物門，但它們的種子缺乏顯花植物的種子所包裹的保護外層。通常，裸子植物是多年生的木本灌木或喬木，具有莖、葉和根，並有充分發育的維管（輸導）系統。大多數裸子植物的繁殖機構是**球果**，雄球果產生**小孢子**，雄配子（性細胞）就在小孢子中發育；雌球果產生**大孢子**，而雌配子在大孢子中發育。小孢子隨風吹到雌球果上，雄、雌配子在受精過程中結合，產生種子。4個裸子植物門是：**針葉樹類（松柏門）**，幾乎都是高大喬木；**蘇鐵類（蘇鐵門）**，擬棕櫚樹小喬木；**銀杏（銀杏門）**，具二裂葉的高喬木；**實麻藤植物（實麻藤門）**，一群多樣的植物，主要是灌木，但也包括水平生長的百歲葉。

歐洲赤松的生活史

針葉（營養葉）
珠鱗（產生胚珠/種子的組織）
球果

雄球果　　**幼齡雌球果**

珠孔（胚珠的入口）中的花粉粒
花粉粒
細胞核
氣囊
珠鱗
胚珠（含有雌配子）

授粉

珠被（胚珠的外層）
花粉管（將雄配子從花粉粒送至卵中）
頸卵器（含有雌配子）

受精

鱗片和種子

松
松屬的一種（*Pinus sp.*）

珠鱗（產生胚珠/種子的組織）
翅痕
由珠鱗衍生的種翅
種子
種子
種子痕
與球果軸的連接點

三年生雌球果的珠鱗

珠鱗（產生胚珠/種子的組織）
種子
種子
翅

成熟雌球果和有翅種子

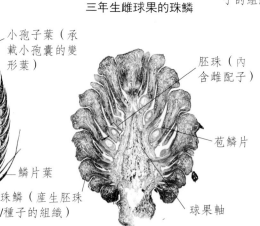

小孢子囊（形成花粉粒的組織）
小孢子葉（承載小孢囊的變形葉）
鱗片葉
球果軸
珠鱗（產生胚珠/種子的組織）

幼齡雄球果的縱切面顯微圖

胚珠（內含雌配子）
苞鱗片
球果軸

二年生雌球果的縱切面顯微圖

胚芽
子葉
根

松種子播下後的發芽

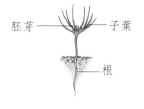

百歲葉

葉的斷裂端

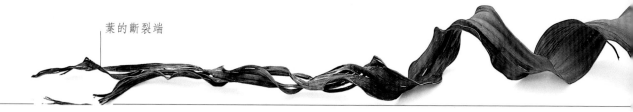

裸子植物1 (Gymnosperms 1)：球果(cones)；小孢子(microspores)；大孢子(megaspores)；針葉樹類(松柏門)[conifers(phylum Coniferophyta)]；蘇鐵類(蘇鐵門)[cycads(phylum Cycadophyta)]；銀杏(銀杏門)[ginkgo or maidenhair tree(phylum Ginkgophyta)]；實麻藤植物(實麻藤門)[gnetophytes(phylum Gnetophyta)]。**鱗片和種子**：松(Pine)；三年生雌球果的珠鱗(OVULIFEROUS SCALE FROM THIRD-YEAR FEMALE CONE)；種翅(*Wing of seed*)；產生胚珠/種子的組織(*ovule-/seed-bearing structure*)；種子痕(*Seed scar*)；翅痕(*Wing scar*)；花粉粒(*pollen grains*)；鱗片葉(*Scale leaf*)；苞鱗片

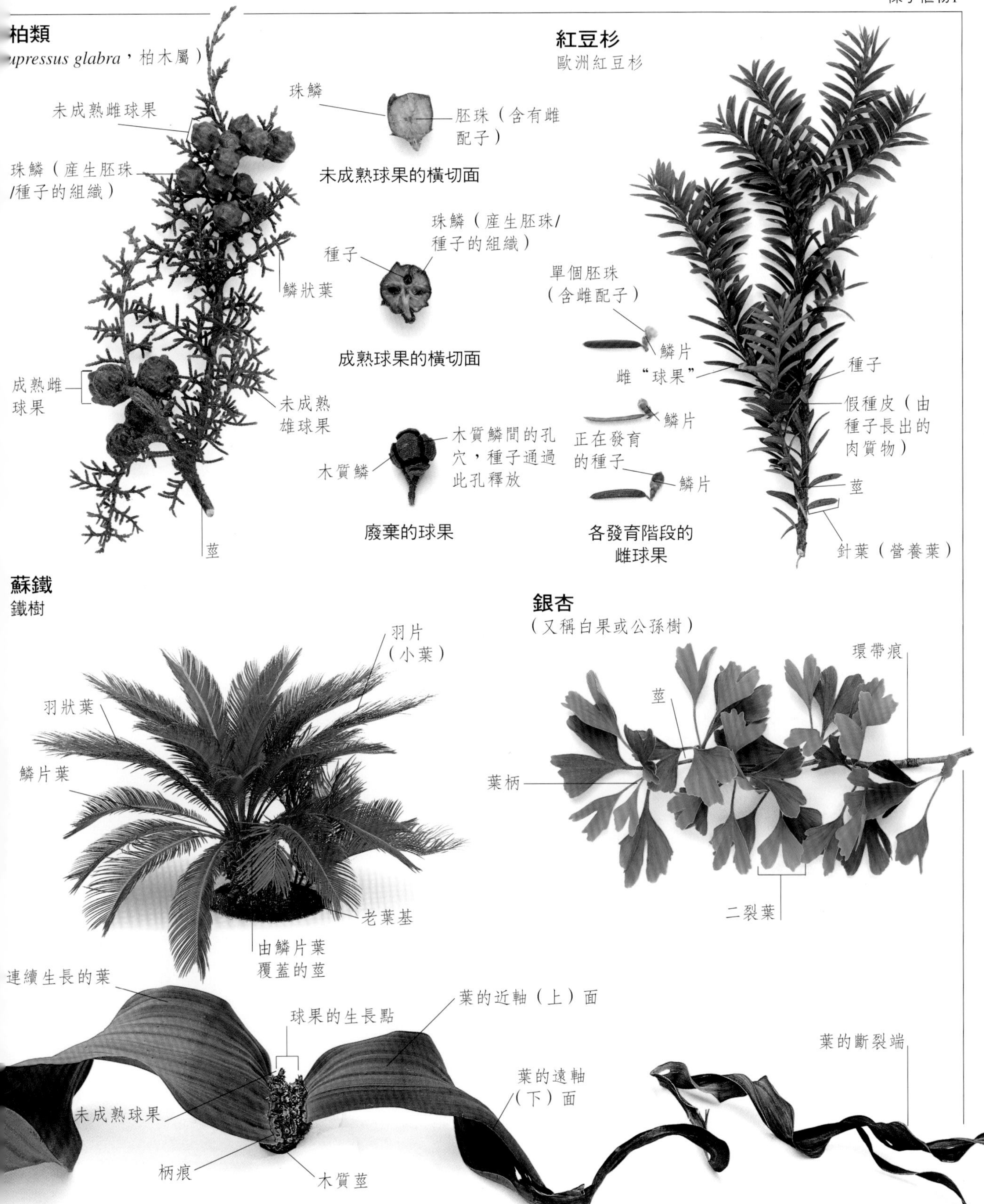

柏類
(*upressus glabra*，柏木屬)

珠鱗
胚珠（含有雌配子）
未成熟球果的橫切面

未成熟雌球果
珠鱗（產生胚珠/種子的組織）

珠鱗（產生胚珠/種子的組織）
種子
成熟球果的橫切面

成熟雌球果
鱗狀葉
未成熟雄球果

木質鱗間的孔穴，種子通過此孔釋放
木質鱗
廢棄的球果

莖

紅豆杉
歐洲紅豆杉

單個胚珠（含雌配子）
鱗片
雌"球果"
鱗片
正在發育的種子
鱗片
各發育階段的雌球果

種子
假種皮（由種子長出的肉質物）
莖
針葉（營養葉）

蘇鐵
鐵樹

羽片（小葉）
羽狀葉
鱗片葉
老葉基
由鱗片葉覆蓋的莖
連續生長的葉
球果的生長點
葉的近軸（上）面
未成熟球果
柄痕
木質莖
葉的遠軸（下）面

銀杏
（又稱白果或公孫樹）

環帶痕
莖
葉柄
二裂葉
葉的斷裂端

(Bract scale)。**歐洲赤松的生活史**：歐洲赤松[SCOTS PINE(*Pinus sylvestris*)]；授粉(POLLINATION)；珠孔(*micropyle*)；受精(FERTILIZATION)；珠被(*Integument*)；花粉管(*Pollen tube*)；胚芽[*Plumule(embryonic shoot)*]；子葉[*Cotyledon(seed leaf)*]。**百歲葉**[WELWITSCHIA(*Welwitschia mirabilis*)]：柄痕(*Stalk scar*)。**絲柏類**(SMOOTH CYPRESS)。**蘇鐵**(CYCAD)：鐵樹[Sago palm (*Cycas revoluta*)]。**紅豆杉**(YEW)：歐洲紅豆杉(*Taxus baccata*)；假種皮(由種子長出的肉質物)[*Aril(fleshy outgrowth from seed)*]。**銀杏**(又稱白果或公孫樹)[GINKGO(*Ginkgo biloba*)]。

裸子植物 2

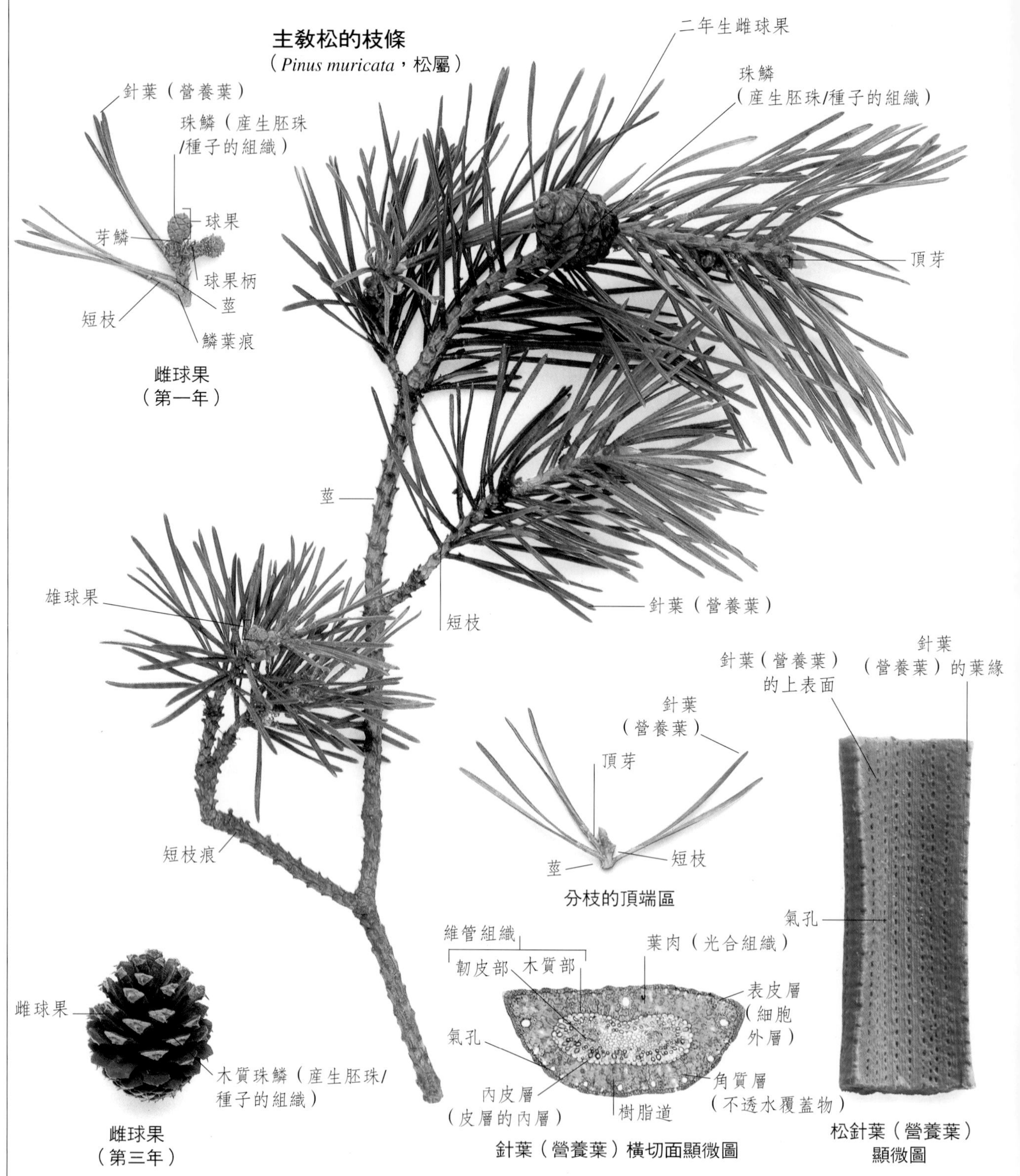

主教松的枝條
（ *Pinus muricata* ，松屬）

針葉（營養葉）

珠鱗（產生胚珠/種子的組織）

芽鱗

球果

球果柄

莖

短枝

鱗葉痕

雌球果（第一年）

二年生雌球果

珠鱗（產生胚珠/種子的組織）

頂芽

針葉（營養葉）

雄球果

莖

短枝

短枝痕

雌球果

木質珠鱗（產生胚珠/種子的組織）

雌球果（第三年）

針葉（營養葉）

頂芽

莖

短枝

分枝的頂端區

維管組織

韌皮部　木質部

氣孔

內皮層（皮層的內層）

葉肉（光合組織）

表皮層（細胞外層）

角質層（不透水覆蓋物）

樹脂道

針葉（營養葉）橫切面顯微圖

針葉（營養葉）的上表面

針葉（營養葉）的葉緣

氣孔

松針葉（營養葉）顯微圖

裸子植物2(Gymnosperms 2)。**主教松的枝條**(BRANCH OF BISHOP PINE)：短枝(Dwarf shoot)；珠鱗（產生胚珠/種子的組織）[Ovuliferous scale(ovule-/seed-bearing structure)]；頂芽(Apical bud)；球果(Cone)。芽鱗(Bud scale)。針葉(營養葉)[Needle(foliage leaf)]；維管組織(Vascular tissue)；韌皮部(Phloem)；木質部(Xylem)；氣孔[Stoma(pore)]；內皮層[Endodermis(inner layer of cortex)]；樹脂道(Resin canal)；角質層(Cuticle)；表皮層(Epidermis)；葉肉(光合組織)[Mesophyll(photosynthetic tissue)]。**主教松成熟莖橫切面**(CROSS SECTION THROUGH MATURE STEM OF BISHOP PINE)：年輪(Annual ring)；心材

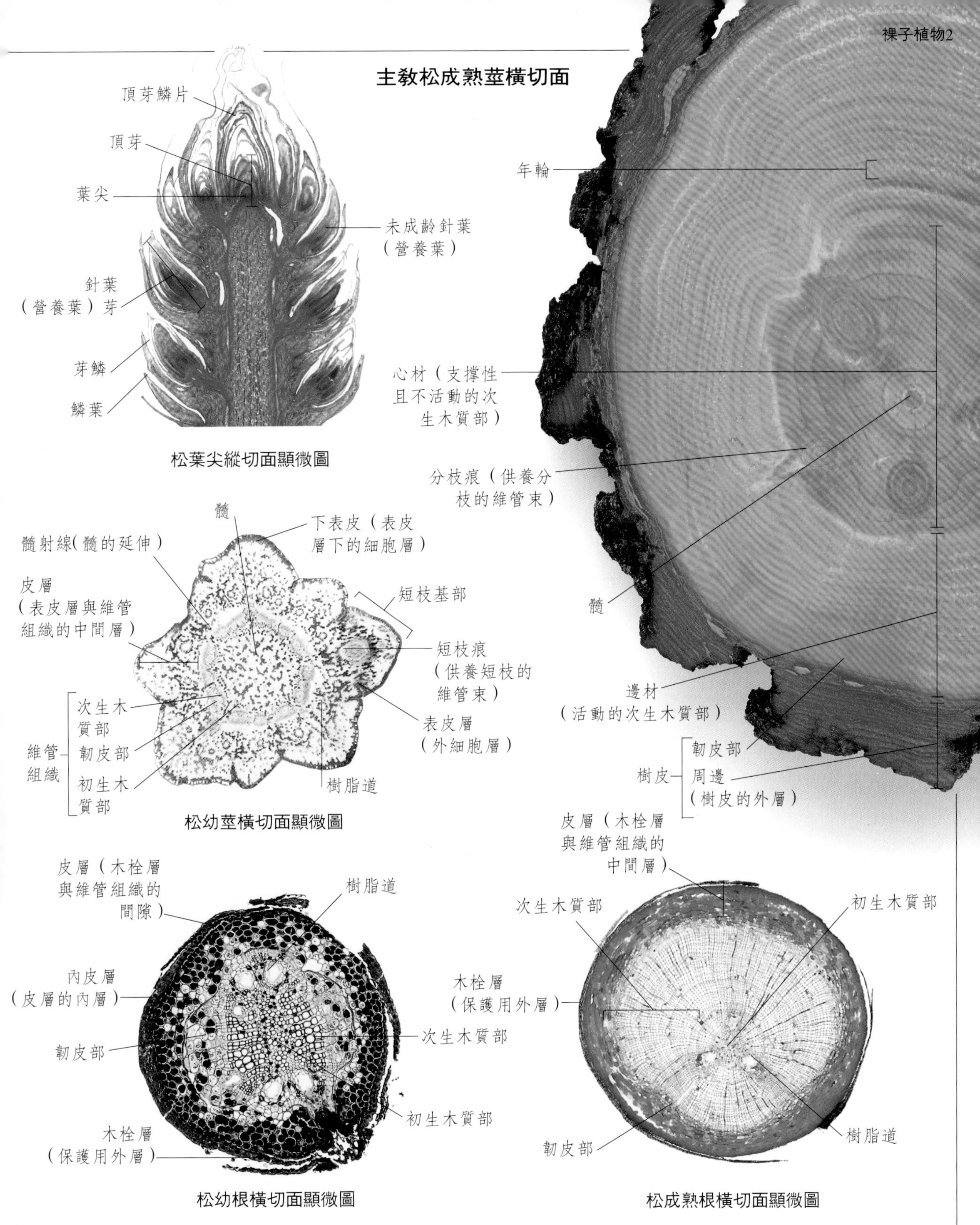

主教松成熟莖橫切面

松葉尖縱切面顯微圖

- 頂芽鱗片
- 頂芽
- 葉尖
- 未成齡針葉（營養葉）
- 針葉（營養葉）芽
- 芽鱗
- 鱗葉

松幼莖橫切面顯微圖

- 髓射線（髓的延伸）
- 髓
- 下表皮（表皮層下的細胞層）
- 皮層（表皮層與維管組織的中間層）
- 短枝基部
- 短枝痕（供養短枝的維管束）
- 次生木質部
- 韌皮部
- 初生木質部
- 維管組織
- 表皮層（外細胞層）
- 樹脂道

松幼根橫切面顯微圖

- 皮層（木栓層與維管組織的間隙）
- 樹脂道
- 內皮層（皮層的內層）
- 韌皮部
- 次生木質部
- 初生木質部
- 木栓層（保護用外層）

- 年輪
- 心材（支撐性且不活動的次生木質部）
- 分枝痕（供養分枝的維管束）
- 髓
- 邊材（活動的次生木質部）
- 韌皮部
- 周邊（樹皮的外層）
- 樹皮

松成熟根橫切面顯微圖

- 皮層（木栓層與維管組織的中間層）
- 次生木質部
- 初生木質部
- 木栓層（保護用外層）
- 次生木質部
- 韌皮部
- 樹脂道

（支撐性且不活動的次生木質部）*[Heartwood(Supportive, inactive secondary xylem)]*；邊材*(Sapwood)*；樹皮*(Bark)*；周邊*(Periderm)*；葉尖*(Shoot apex)*；鱗葉*(Scale leaf)*；髓射線（髓的延伸）*[Medullary ray(extension of pith)]*；下表皮（表皮層下的細胞）*[Hypodermis cell（layer below epidermis)]*；短枝痕（供養短枝的維管束）*[Dwarf shoot trace(Vascular bundle supplying dwarf shoot)]*；木栓層（保護用外層）*[Phellem(protective outer layer)]*。

單子葉植物和雙子葉植物

單子葉植物與雙子葉植物的比較

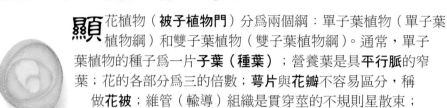

顯花植物（**被子植物門**）分為兩個綱：單子葉植物（單子葉植物綱）和雙子葉植物（雙子葉植物綱）。通常，單子葉植物的種子為一片**子葉（種葉）**；營養葉是具**平行脈**的窄葉；花的各部分為三的倍數；**萼片**與**花瓣**不容易區分，稱做花被；維管（輸導）組織是貫穿莖的不規則星散束；因其缺乏**莖形成層**（產生木質的主動分裂細胞），大多數單子葉植物是**草本**（參見128-129頁）。雙子葉植物的種子有兩片子葉；葉為具中脈和側脈的闊葉；花的各部分為五的倍數；萼片通常小而呈綠色；花瓣大而富色彩；維管束圍繞莖的邊緣排列成環狀；因為許多雙子葉植物有產生木質莖的形成層，所以，除了草木類型外，還有木本類型（參見130-131頁）。

單子葉植物葉基橫切面

葉脈（平行葉脈型）
小葉
葉柄
新生葉
葉基
不定根

一種單子葉植物；樂園棕櫚（*Howea forsteriana*，荷威氏棕櫚屬）

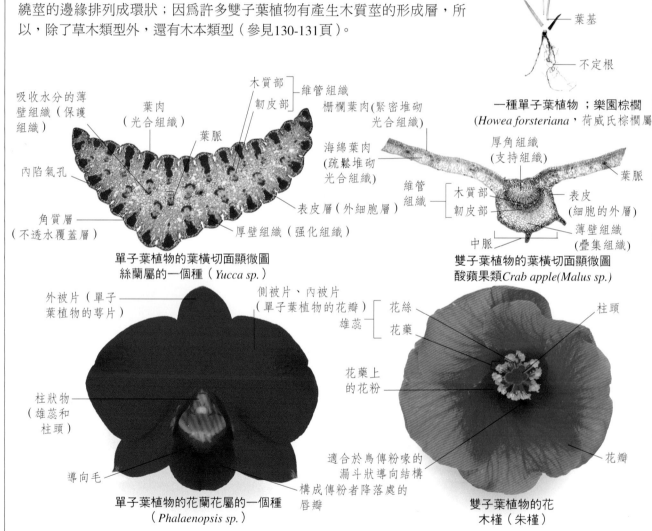

吸收水分的薄壁組織（保護組織）
葉肉（光合組織）
葉脈
木質部・韌皮部—維管組織
內陷氣孔
角質層（不透水覆蓋層）
表皮層（外細胞層）
厚壁組織（強化組織）

單子葉植物的葉橫切面顯微圖
絲蘭屬的一個種（*Yucca sp.*）

柵欄葉肉（緊密堆砌光合組織）
海綿葉肉（疏鬆堆砌光合組織）
維管組織
木質部・韌皮部
中脈
厚角組織（支持組織）
葉脈
表皮（細胞的外層）
薄壁組織（疊集組織）

雙子葉植物的葉橫切面顯微圖
酸蘋果類 *Crab apple(Malus sp.)*

外被片（單子葉植物的萼片）
柱狀物（雄蕊和柱頭）
導向毛

單子葉植物的花蘭花屬的一個種（*Phalaenopsis sp.*）

側被片、內被片（單子葉植物的花瓣）
花絲
花藥—雄蕊
花藥上的花粉
適合於鳥傳粉喙的漏斗狀導向結構
構成傳粉者降落處的唇瓣
柱頭
花瓣

雙子葉植物的花木槿（朱槿）

單子葉植物和雙子葉植物(Monocotyledons and dicotyledons)：被子植物門(PHYLUM ANGIOSPERMOPHYTA)；子葉(種葉)[cotyledon(seed leaf)]；平行脈(parallel veins)；萼片（sepals）；花瓣（petals）；花被（tepals）；莖形成層(stem cambium)；草本(herbaceous)。**單子葉植物與雙子葉植物的比較**：樂園棕櫚(Paradise palm)；葉柄[*Petiole(leaf stalk)*]；新生葉(*Emerging leaf*)。絲蘭屬(*Yucca sp.*)；內陷氣孔[*sunken stoma(pore)*]；角質層(不透水覆蓋層)[*Cuticle(waterproof covering)*]；表皮層(外細胞層)[*Epidermis(outer layer of cells)*]。蘭花(Orchid)。外被片(*Outer tepal*)；柱狀物(雄蕊和柱

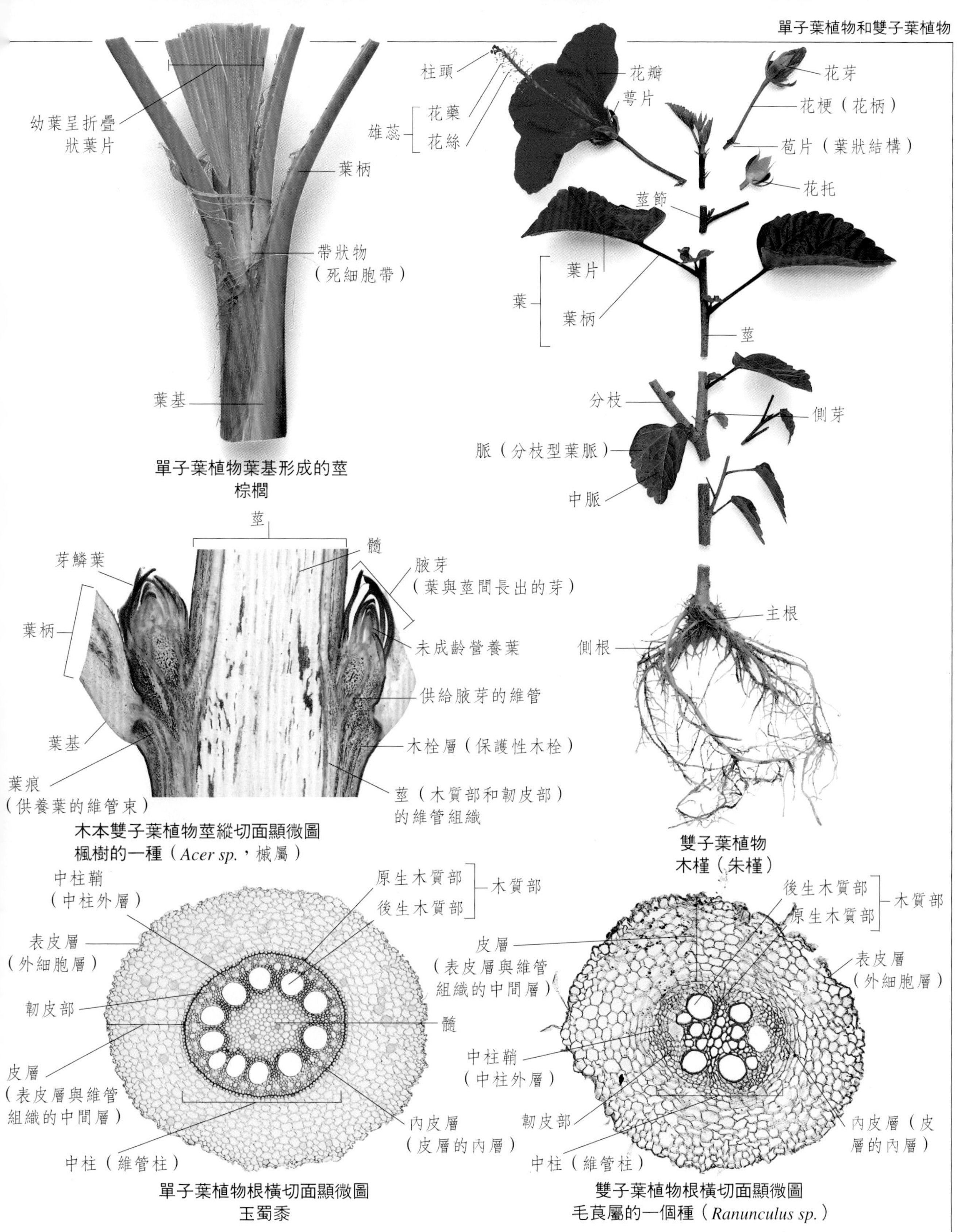

單子葉植物葉基形成的莖
棕櫚

木本雙子葉植物莖縱切面顯微圖
楓樹的一種（Acer sp.，槭屬）

雙子葉植物
木槿（朱槿）

單子葉植物根橫切面顯微圖
玉蜀黍

雙子葉植物根橫切面顯微圖
毛茛屬的一個種（Ranunculus sp.）

頭)[Column(stamens and style)]；導向毛(Guide hair)；側被片、內被片(Lateral, inner tepal)。木槿(朱槿)[Hibiscus(Hibiscus rosa-sinensis)]；適合於鳥傳粉喙的漏斗狀導向結構(Funnel guide for bird pollinators' beak)。棕櫚[Chusan palm(Trachycarpus fortunei)]；死細胞帶(strip of dead cells)。楓樹(Maple)；供給腋芽的維管(Vascular supply to axillary bud)。脈(分枝型葉脈)[Vein(branched venation)]；側根(Lateral root)；主根(Main root)；花梗(花柄)[Pedicel(flower stalk)]；玉蜀黍[Maize(Zea mays)]；中柱鞘(Pericycle)；維管柱(vascular cylinder)。

草本顯花植物

草本顯花植物一般具有未木質化的綠色莖，其生命較短暫。很多草本植物僅僅生活一年或兩年。一年生植物（例如麝香豌豆）從播種到開花、結籽，然後死亡均在一年內完成。二年生植物（例如胡蘿蔔）的生命週期爲兩年。第一年，種子發育成植株，植株長出葉片並貯藏養料於**地下貯藏器官**，然後，莖和葉在冬季死亡。第二年，新莖自貯藏器官長出，產生葉、花和種子，然後死亡。某些草本植物（例如馬鈴薯）是多年生的，它們年復一年的生長。春季，長出新苗和花；夏季，**地下塊莖或塊根**中貯藏養料；秋季枯萎；冬季則利用儲藏的養料過活。

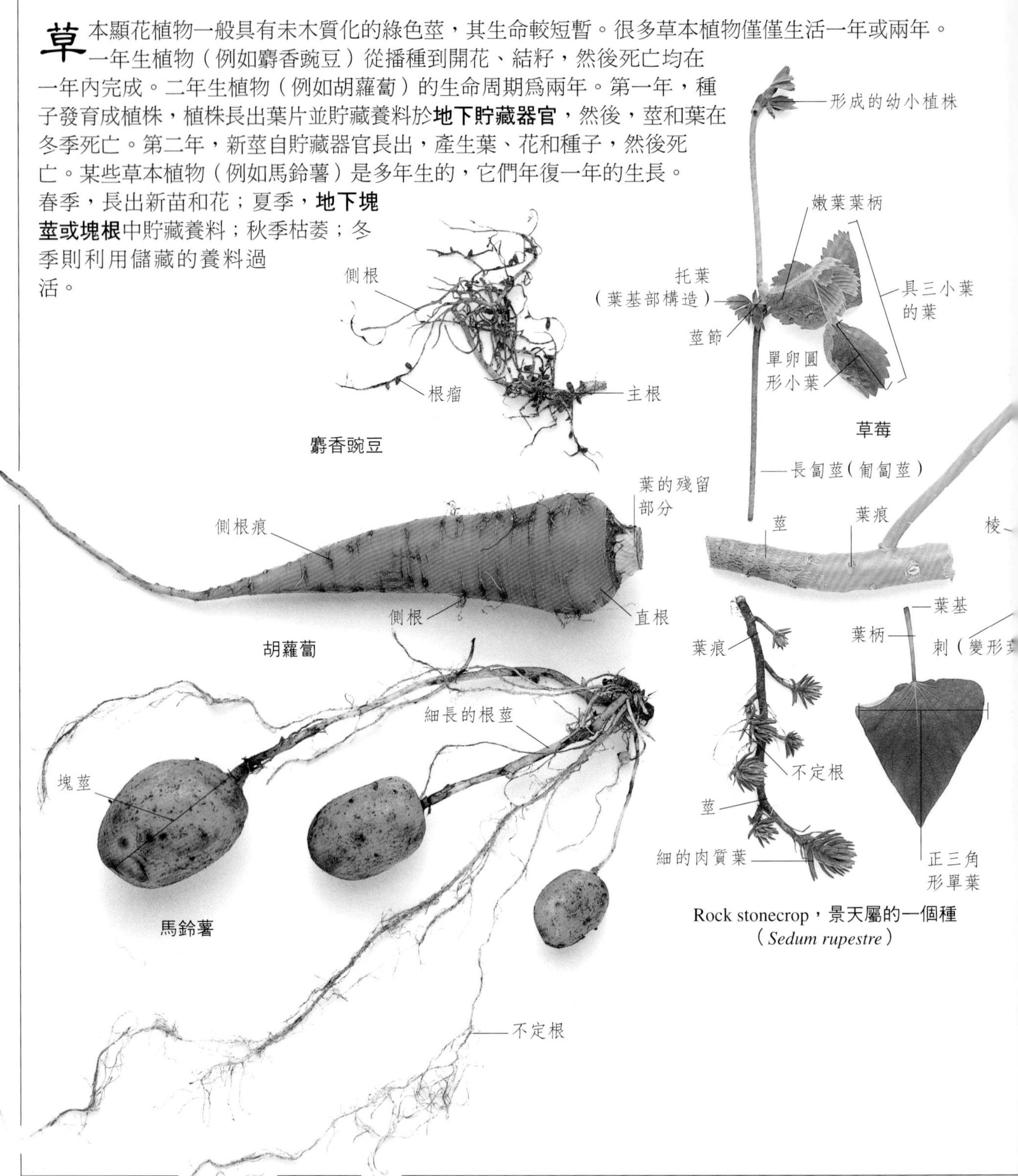

形成的幼小植株

側根

根瘤

主根

麝香豌豆

嫩葉葉柄

托葉（葉基部構造）

莖節

具三小葉的葉

單卵圓形小葉

草莓

長匍莖（匍匐莖）

莖

葉痕

稜

側根痕

葉的殘留部分

側根

直根

胡蘿蔔

葉基

葉柄

刺（變形葉）

葉痕

不定根

莖

細的肉質葉

正三角形單葉

Rock stonecrop，景天屬的一個種（Sedum rupestre）

塊莖

細長的根莖

馬鈴薯

不定根

草本顯花植物(Herbaceous flowering plants)：地下貯藏器官(underground storage organs)；地下塊莖或塊根(underground tubers or rhizomes)。部分草本顯花植物：麝香豌豆[SWEET PEA(*Lathyrus odoratus*)]；根瘤(*Root nodule*)。胡蘿蔔[CARROT(*Daucus carota*)]：直根(*Tap root*)。馬鈴薯[POTATO(*Solanum tuberosum*)]。草莓[STRAWBERRY(*Fragaria x ananassa*)]：托葉(*Stipule*)；長匍莖(匍匐莖)[Runner(creeping stem)]。景天屬的一個種[ROCK STONECROP(*Sedum rupestre*)]：肉質葉(*succulent leaf*)。景天屬的一個種，常青植物[SHOWY STONECROP or Live-for-ever(*Sedum spectabile*)]：聚傘花序(花序類型)[Cyme(type of inflorescence)]；小苞片(*Bracteole*)；苞片(*Bract*)；花芽(*Flower bud*)。仙人掌一種(CEREOID CACTUS)：稜(*Rib*)；刺(變形葉)[Spine(modified leaf)]；肉質莖(*Succulent stem*)。秋海棠(球根秋

部分草本顯花植物

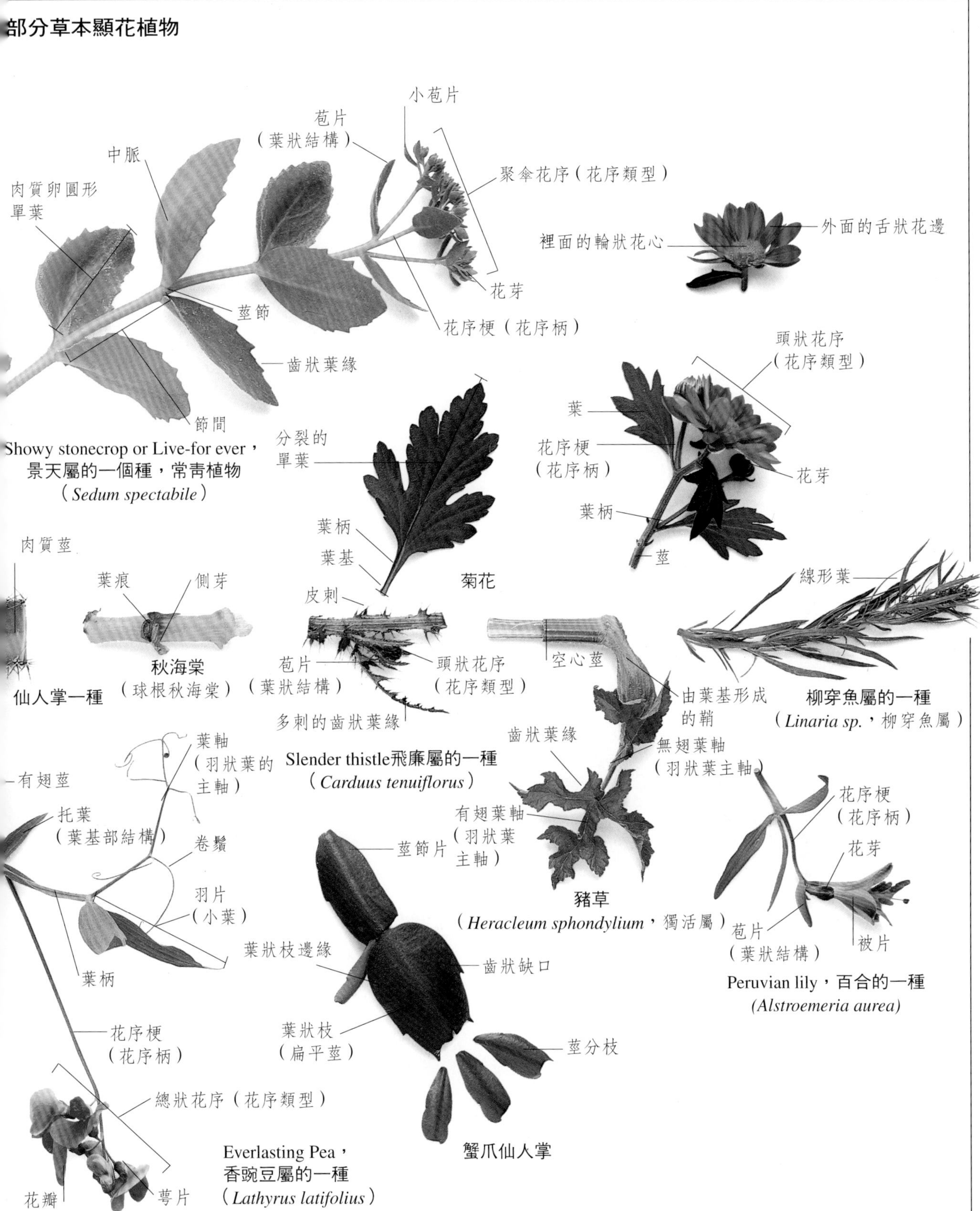

小苞片

苞片
（葉狀結構）

中脈

聚傘花序（花序類型）

肉質卵圓形
單葉

裡面的輪狀花心

外面的舌狀花邊

莖節

花芽

齒狀葉緣

花序梗（花序柄）

節間

Showy stonecrop or Live-for ever，
景天屬的一個種，常青植物
（*Sedum spectabile*）

分裂的
單葉

頭狀花序
（花序類型）

葉

花序梗
（花序柄）

花芽

肉質莖

葉痕

側芽

葉柄

葉基

菊花

葉柄

莖

線形葉

秋海棠

皮刺

仙人掌一種

（球根秋海棠）

苞片
（葉狀結構）

頭狀花序
（花序類型）

空心莖

由葉基形成
的鞘

柳穿魚屬的一種
（*Linaria sp.*，柳穿魚屬）

多刺的齒狀葉緣

Slender thistle飛廉屬的一種
（*Carduus tenuiflorus*）

齒狀葉緣

無翅葉軸
（羽狀葉主軸）

葉軸
（羽狀葉的
主軸）

有翅莖

托葉
（葉基部結構）

卷鬚

羽片
（小葉）

莖節片

有翅葉軸
（羽狀葉
主軸）

花序梗
（花序柄）

花芽

豬草
（*Heracleum sphondylium*，獨活屬）

苞片
（葉狀結構）

被片

葉狀枝邊緣

齒狀缺口

Peruvian lily，百合的一種
(*Alstroemeria aurea*)

葉柄

花序梗
（花序柄）

葉狀枝
（扁平莖）

莖分枝

總狀花序（花序類型）

蟹爪仙人掌

Everlasting Pea，
香豌豆屬的一種
（*Lathyrus latifolius*）

花瓣

萼片

海棠)[BEGONIA(*Begonia x tuberhybrida*)]。香豌豆屬的一種[EVERLASTING PEA(*Lathyrus latifolius*)]：有翅莖(*Winged stem*)；羽片(小葉)[*Pinna(leaflet)*]；卷鬚(*Tendril*)；總狀花序(*Raceme*)。飛廉屬的一種[SLENDER THISTLE(*Carduus tenuiflorus*)]：皮刺(*Prickle*)；頭狀花序(*Capitulum*)。蟹爪仙人掌[CRAB CACTUS(*Schlumbergera truncata*)]：葉狀枝(扁平莖)[*Cladode(flattened stem)*]；莖節片(*Stem segment*)。菊花[FLORISTS` CHRYSANTHEMUM(*Chrysanthemum morifolium*)]：輪狀花心(*tubular disk floret*)；舌狀花邊(*ligulate ray floret*)。豬草(獨活屬)[HOGWEED(*Heracleum sphondylium*)]。柳穿魚屬的一種[TOADFLAX(*Linaria sp.*)]：線形葉(*Linear leaf*)。百合的一種[PERUVIAN LILY(*Alstroemeria aurea*)]。

木本顯花植物

木本顯花植物是多年生植物：它們能連續生長和繁殖多年，在地上有一個或多個永久莖幹和眾多的小枝。幹和枝都有堅固的**木質髓**來支撐植株，並有輸導水分和養分的維管組織。木質髓外面是一層堅韌的保護性樹皮，樹皮有讓氣體通過的**皮孔（極小的孔）**。木本顯花植物可以是從土中長出幾個莖幹的灌木；或是有密集枝葉的叢枝灌木；通常也可以是一棵長有枝條的直立樹幹的喬木。**落葉木本植物**（像薔薇）一年一次落掉所有的葉，冬季保持無葉狀態；**常綠木本植物**（如冬青）則是逐漸落葉，這樣就全年保持著充足的葉片覆蓋。

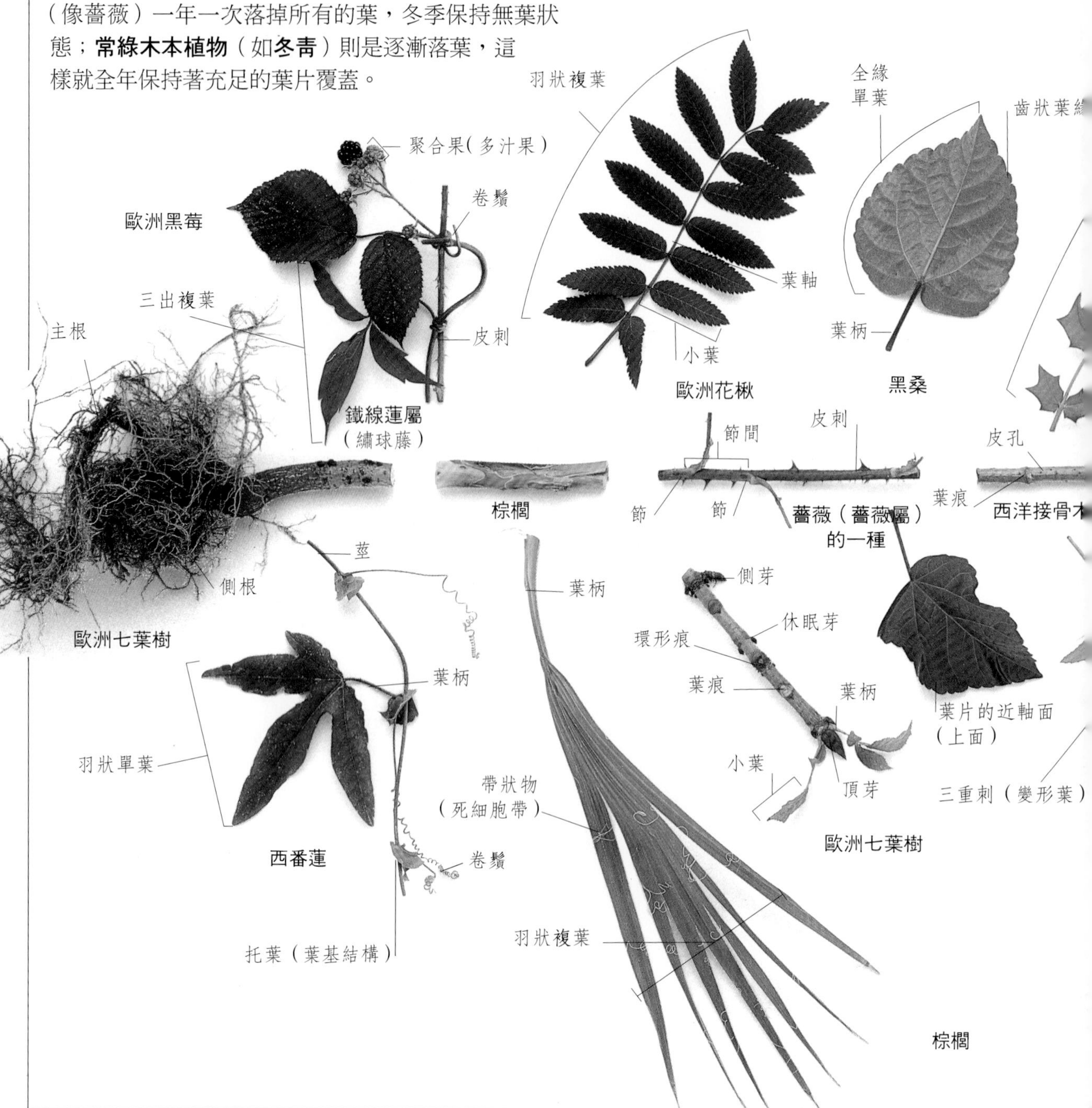

聚合果（多汁果）
卷鬚
歐洲黑莓
三出複葉
皮刺
主根
鐵線蓮屬（繡球藤）
羽狀複葉
全緣單葉
齒狀葉緣
葉軸
葉柄
小葉
歐洲花楸
黑桑
節間
皮刺
皮孔
節　節
薔薇（薔薇屬）的一種
葉痕
西洋接骨木
棕櫚
側根
莖
葉柄
葉柄
側芽
休眠芽
環形痕
葉痕
葉柄
葉片的近軸面（上面）
歐洲七葉樹
羽狀單葉
帶狀物（死細胞帶）
小葉
頂芽
三重刺（變形葉）
西番蓮
卷鬚
歐洲七葉樹
托葉（葉基結構）
羽狀複葉
棕櫚

木本顯花植物(Woody flowering plants)：木質髓(woody core)；皮孔(極小的孔)[lenticels(tiny pores)]；落葉木本植物(Deciduous woody plants)；常綠木本植物(Evergreen woody plants)；冬青(holly)。**部分木本顯花植物**：無梗橡樹(殼斗科)[DURMAST OAK(*Quercus petraea*)]。歐洲黑莓[BRAMBLE(*Rubus fruticosus*)]：卷鬚(*Tendril*)。鐵線蓮屬(繡球藤)[CLEMATIS(*Clematis montana*)]：三出複葉(*Trifoliate compound leaf*)。歐洲花楸[ROWAN(*Sorbus aucuparia*)]：羽狀複葉(*Pinnate compound leaf*)。黑桑[COMMON MULBERRY(*Morus nigra*)]：全緣單葉(*Simple entire leaf*)。羅曼蕨葉刺黃柏[MAHONIA(*Mahonia lomariifolia*)]。金黃心常春藤[COMMON ENGLISH IVY(*Hedera helix Goldheart*'')]：彩斑葉片[*Variegated lamina(blade)*]。西洋接骨木[ELDER(*Sambucus nigra*)]。箭竹[BAMBOO(*Arundinaria nitida*)]：中空竿(有關

部分木本顯花植物

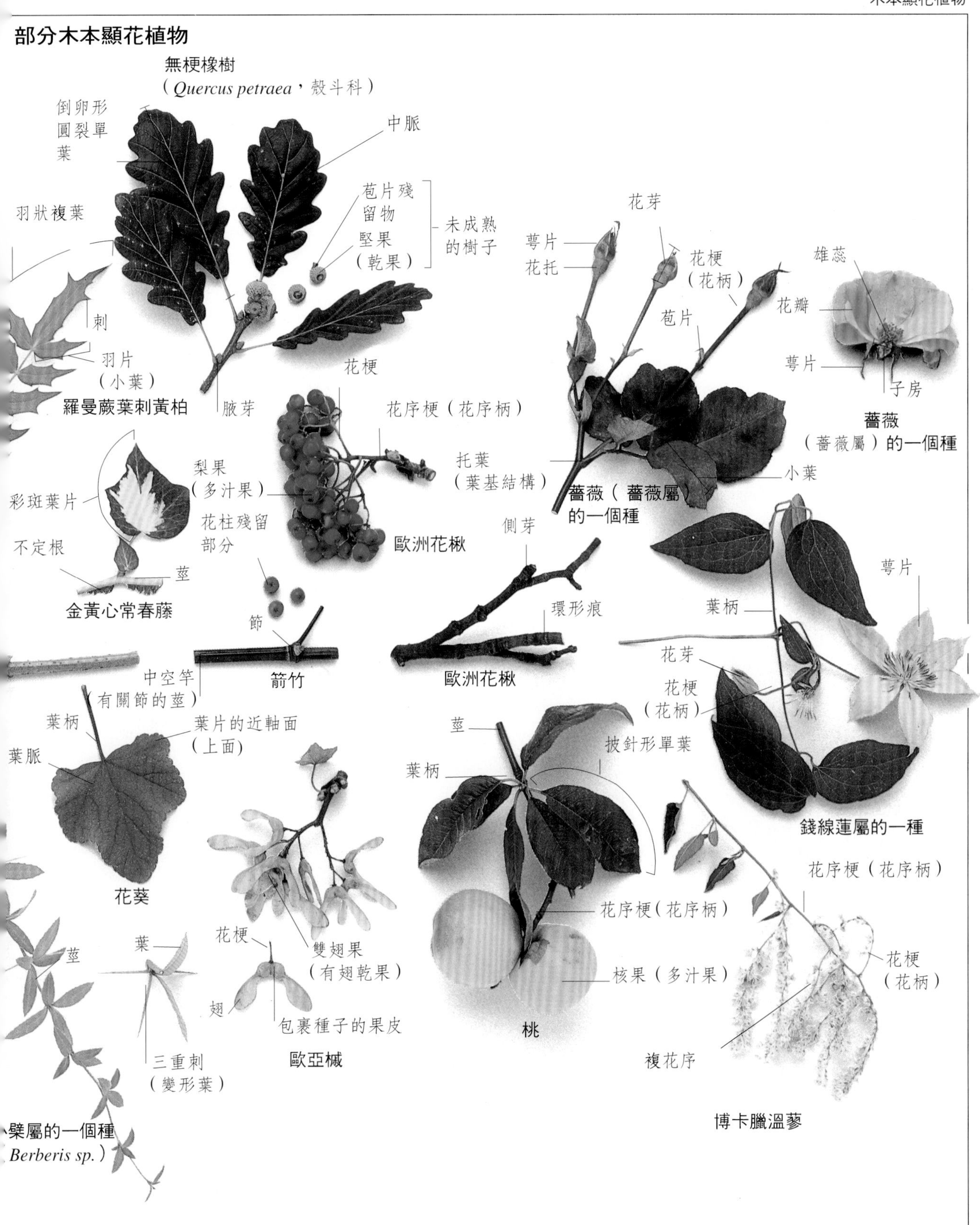

無梗橡樹
（*Quercus petraea*，殼斗科）

倒卵形圓裂單葉

中脈

羽狀複葉

苞片殘留物

堅果（乾果）

未成熟的樹子

刺

羽片（小葉）

羅曼蕨葉刺黃柏

腋芽

花梗

梨果（多汁果）

彩斑葉片

花柱殘留部分

不定根

莖

金黃心常春藤

中空竿（有關節的莖）

節

箭竹

花序梗（花序柄）

托葉（葉基結構）

歐洲花楸

側芽

環形痕

歐洲花楸

花芽

萼片
花托

花梗（花柄）

苞片

雄蕊

花瓣

萼片

子房

薔薇
（薔薇屬）的一個種

小葉

薔薇（薔薇屬）的一個種

萼片

葉柄

花芽

花梗（花柄）

錢線蓮屬的一種

葉柄

葉片的近軸面（上面）

葉脈

披針形單葉

莖

葉柄

花葵

花梗

雙翅果（有翅乾果）

翅

包裹種子的果皮

三重刺（變形葉）

歐亞槭

莖

葉

花序梗（花序柄）

核果（多汁果）

桃

花序梗（花序柄）

花梗（花柄）

複花序

博卡臘溫蓼

蘗屬的一個種
（*Berberis sp.*）

節的莖）[*Culm(jointed stem)*]。西番蓮[PASSION FLOWER(*Passiflora caerulea*)]。棕櫚[CHUSAN PALM(*Trachycarpus fortunei*)]：帶狀物(死細胞帶)[*Lora(strip of dead cells)*]。歐洲七葉樹[COMMON HORSE CHESTNUT(*Aesculus hippocastanum*)]：休眠芽(Dormant bud)。小蘗屬的一個種[BARBERRY(*Berberis sp.*)]：三重刺(變形葉)[*Triple spine(modified leaf)*]。花葵[TREE MALLOW(*Lavatera arborea*)]。歐亞槭 [SYCAMORE MAPLE(*Acer pseudoplatanus*)]：包裹種子的果皮[Pericarp(*fruit wall*)*enclosing seed*]。桃 [PEACH(*Prunus persica*)]：披針形單葉(Simple lanceolate leaf)。博卡臘溫蓼[SILVER LACE VINE(*Polygonum baldschuanicum*)]：複花序[*Compound inflorescence(panicle)*]。

根

　　根是植物的地下部分，它有三種主要功能：第一，將植物固定於土壤中；第二，從土粒間吸收水和礦物質，其吸收性能由於**根毛**而增強（根毛生長在根尖之後），能盡最大限度地吸收必需的物質；第三，根是植物輸導系統的一部分，**木質部**自根中將水分和礦物質輸送到莖和葉，而**韌皮部**則從葉將養分送至整個根系。此外，有的根（像胡蘿蔔）還是養料貯藏庫。根的外部有一表皮層，表皮層覆蓋由薄壁組織（填充組織）構成的皮層和由維管組織構成的中柱。這種排列方式有助於根在穿過土壤生長時抵抗所受的壓力。

胡蘿蔔

初生根發育的顯微圖
甘藍（蕓苔屬的一種，*Brassica sp.*）

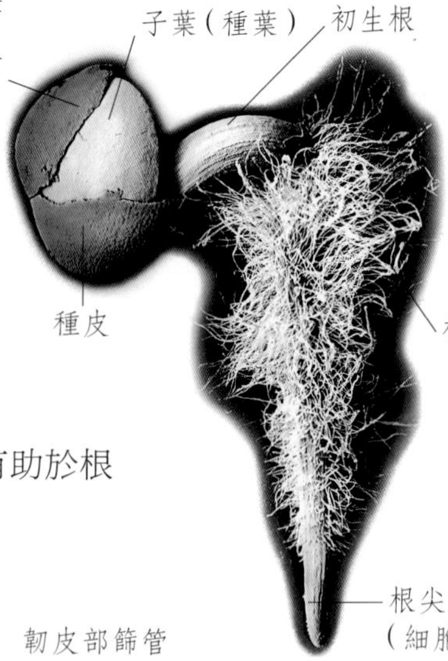

種子發芽時種皮上的裂口
子葉（種葉）
初生根
種皮
根毛
根尖（細胞分裂區）

典型根的特徵
毛茛屬的一個種（*Ranunculus sp.*）

中柱鞘（中柱的外層）
根毛
氣隙（使氣體能在根中擴散）
中柱（維管柱）
韌皮部篩管（輸送養分）
伴細胞（與韌皮部篩管伴生的細胞）
皮層（表皮層與維管組織的中間層）
根毛
表皮層（外細胞層）
木質部導管（傳導水分和礦物質）
內皮層（皮層的內層）
細胞壁
細胞核
細胞質
薄壁組織

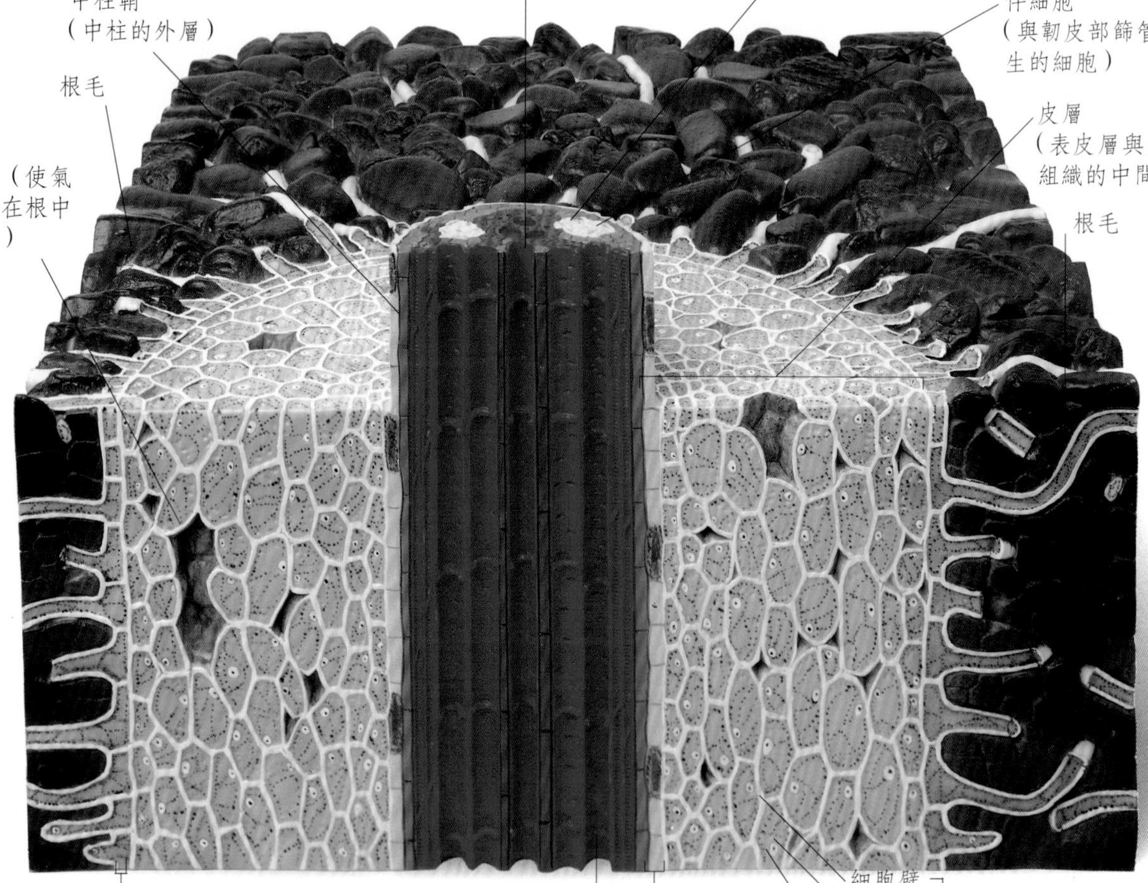

根(Roots)：根毛(root hairs)；木質部(Xylem)；韌皮部(phloem)。**初生根發育的顯微圖**(MICROGRAPH OF PRIMARY ROOT DEVELOPMENT)：甘藍*(cabbage)*；子葉(種葉)*[Cotyledon(seed leaf)]*；種皮*[Testa(seed coat)]*。**典型根的特徵**(FEATURES OF A TYPICAL ROOT)：毛茛屬的一種*[Buttercup(Ranunculus sp.)]*；中柱(維管柱)*[Stele(vascular cylinder)]*；中柱鞘*(Pericycle)*；木質部導管*(Xylem vessel)*；伴細胞*(Companion cell)*；韌皮部篩管*(Phloem sieve tube)*。**初生根和根切面顯微圖**(PRIMARY ROOT AND MICROGRAPHS OF

初生根和根切面顯微圖

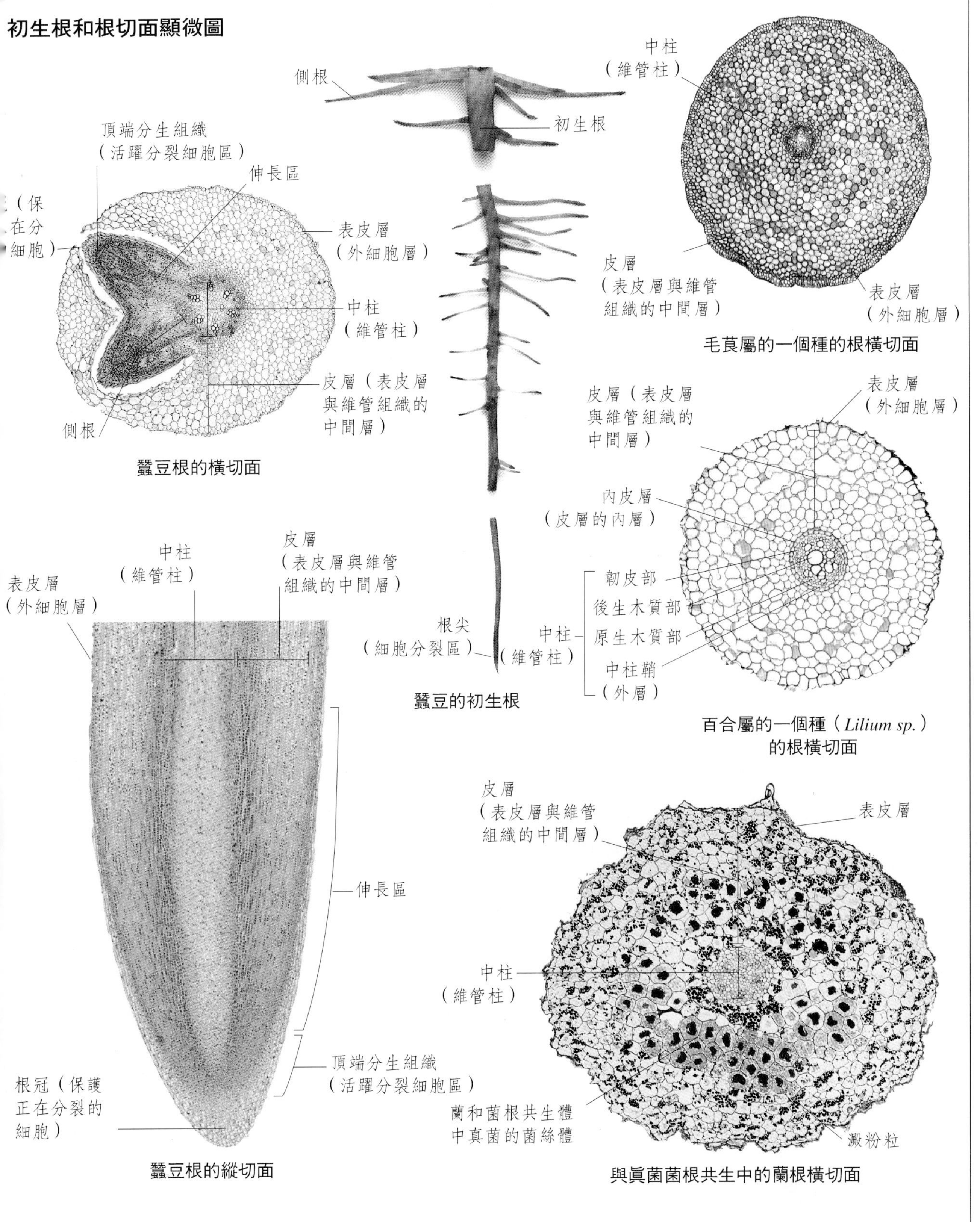

側根

初生根

中柱
（維管柱）

頂端分生組織
（活躍分裂細胞區）

伸長區

表皮層
（外細胞層）

（保
在分
細胞）

中柱
（維管柱）

皮層
（表皮層與維管
組織的中間層）

皮層（表皮層
與維管組織的
中間層）

側根

毛茛屬的一個種的根橫切面

蠶豆根的橫切面

表皮層
（外細胞層）

表皮層
（外細胞層）

中柱
（維管柱）

皮層
（表皮層與維管
組織的中間層）

皮層（表皮層
與維管組織的
中間層）

內皮層
（皮層的內層）

韌皮部
後生木質部
原生木質部

中柱
（維管柱）

根尖
（細胞分裂區）

中柱
（維管柱）

中柱鞘
（外層）

蠶豆的初生根

百合屬的一個種（*Lilium sp.*）
的根橫切面

伸長區

皮層
（表皮層與維管
組織的中間層）

表皮層

中柱
（維管柱）

根冠（保護
正在分裂的
細胞）

頂端分生組織
（活躍分裂細胞區）

蘭和菌根共生體
中真菌的菌絲體

澱粉粒

蠶豆根的縱切面

與真菌菌根共生中的蘭根橫切面

SECTIONS THROUGH ROOTS）：蠶豆[BROAD BEAN(*Vicia faba*)]；頂端分生組織(分裂細胞活躍區)*[Apical meristem(region of actively dividing cells)]*；根冠(*Root cap*)；伸長區(*Elongating region*)。與真菌菌根共生中的蘭根橫切面：蘭和菌根共生體中真菌的菌絲體*[Hyphae of fungus in mycorrhizal(symbiotic)association with orchid]*；澱粉粒(*Starch grain*)。

莖

莖是植物生長在地上的主要支持部分。莖上著生**葉（行光合作用的器官）**、**芽（由保護性鱗片覆蓋的枝條雛形）**和**花（繁殖器官）**；葉長於節上，芽生於莖端（頂芽）和葉與莖間的角隅處（腋芽或側芽）。而莖則形成植物的輸導系統部分。莖中的木質部組織將水和礦物質從植物體的根部輸送到植物的地上部分；韌皮部組織則將葉製造的養分輸送到植物體的其它部分。莖亦具有貯藏水分和養分的作用。草質莖（未木質化）外部有一保護性表皮，它覆蓋著主要由薄壁組織（填充組織）構成的皮層，而且還有一些厚角組織（支持組織）。草質莖的維管組織成束狀排列，這種維管束由木質部、韌皮部和厚壁組織（增強組織）組成。木質莖有一層由堅韌樹皮構成的外部保護層，其上有貫穿的皮孔（氣孔），可進行氣體交換。樹皮內是一圈次生韌皮部，它環繞著次生木質部的內髓。

莖尖的縱切面顯微圖
鞘蕊花屬

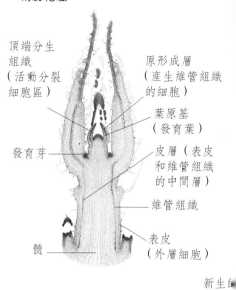

頂端分生組織（活動分裂細胞區）

原形成層（產生維管組織的細胞）

葉原基（發育葉）

發育芽

皮層（表皮和維管組織的中間層）

維管組織

髓

表皮（外層細胞）

幼齡木質莖
椴樹屬

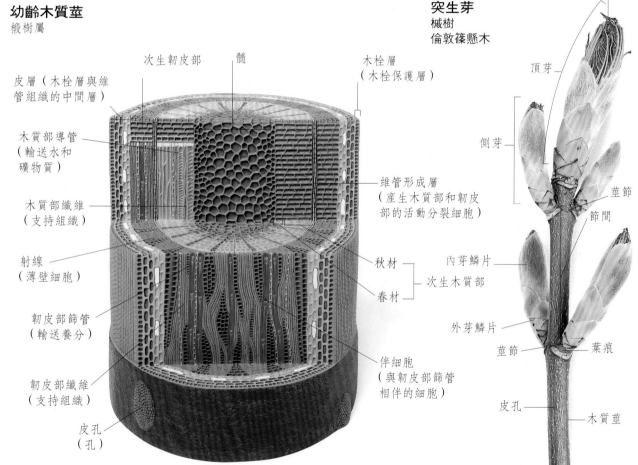

皮層（木栓層與維管組織的中間層）

次生韌皮部

髓

木栓層（木栓保護層）

木質部導管（輸送水和礦物質）

木質部纖維（支持組織）

維管形成層（產生木質部和韌皮部的活動分裂細胞）

射線（薄壁細胞）

秋材

春材

次生木質部

韌皮部篩管（輸送養分）

伴細胞（與韌皮部篩管相伴的細胞）

韌皮部纖維（支持組織）

皮孔（孔）

突生芽
槭樹
倫敦篠懸木

新生的幼葉

頂芽

側芽

內芽鱗片

外芽鱗片

莖節

節間

葉痕

皮孔

木質莖

莖(Stems)：葉(行光合作用的器官)[leaves(organs of photosynthesis)]；芽(由保護性鱗片覆蓋的枝條雛形)[buds(shoots covered by protective scales)]；花(繁殖器官)[flowers(reproductive structures)]。**幼齡木質莖**：椴樹屬[Linden*(Tilia sp.)*]；皮層*(Cortex)*；木質部導管*(Xylem vessel)*；木質部纖維*(Xylem fiber)*；射線*(薄壁細胞)[Ray(parenchyma cells)]*；韌皮部篩管*(Phloem sieve tube)*；韌皮部纖維*(Phloem fiber)*；春材*(Spring wood)*；夏材*(Summer wood)*；維管形成層*(Vascular cambium)*；木栓層*(Phellem)*；髓*(Pith)*；次生木質部*(Secondary xylem)*。**莖尖的縱切面顯微圖**：鞘蕊花屬*(Coleus sp.)*。頂端分生組織(活動分裂細胞區)[Apical meristem(region of actively dividing cells)]；葉原基(發育葉)[Leaf

各種莖的橫切面顯微圖

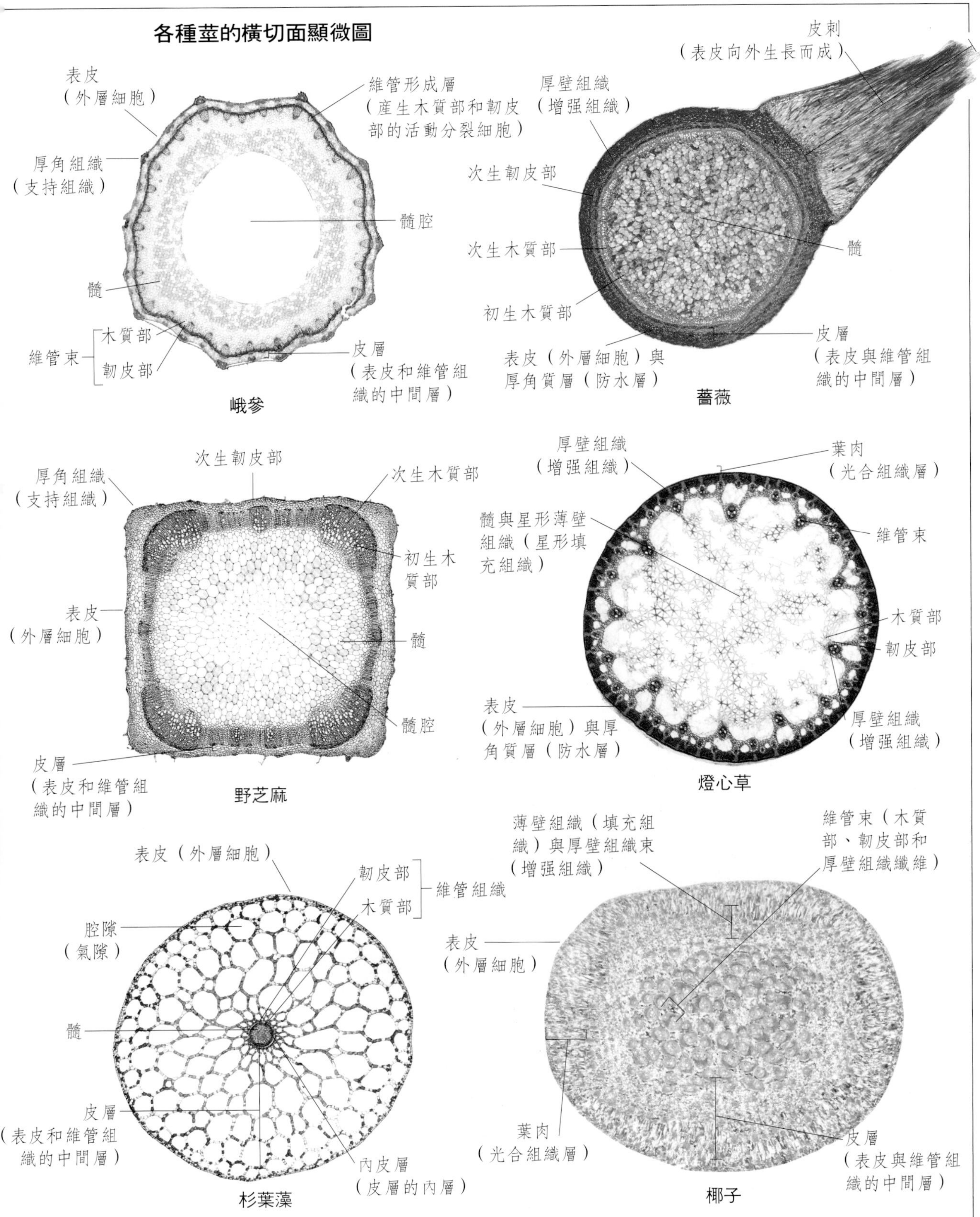

峨參

- 表皮（外層細胞）
- 厚角組織（支持組織）
- 維管束 木質部 韌皮部
- 髓
- 維管形成層（產生木質部和韌皮部的活動分裂細胞）
- 髓腔
- 皮層（表皮和維管組織的中間層）

薔薇

- 皮刺（表皮向外生長而成）
- 厚壁組織（增強組織）
- 次生韌皮部
- 次生木質部
- 初生木質部
- 表皮（外層細胞）與厚角質層（防水層）
- 髓
- 皮層（表皮與維管組織的中間層）

野芝麻

- 厚角組織（支持組織）
- 次生韌皮部
- 次生木質部
- 初生木質部
- 表皮（外層細胞）
- 髓
- 髓腔
- 皮層（表皮和維管組織的中間層）

燈心草

- 厚壁組織（增強組織）
- 髓與星形薄壁組織（星形填充組織）
- 表皮（外層細胞）與厚角質層（防水層）
- 葉肉（光合組織層）
- 維管束
- 木質部
- 韌皮部
- 厚壁組織（增強組織）

杉葉藻

- 表皮（外層細胞）
- 腔隙（氣隙）
- 髓
- 皮層（表皮和維管組織的中間層）
- 韌皮部 木質部 維管組織
- 內皮層（皮層的內層）

椰子

- 薄壁組織（填充組織）與厚壁組織束（增強組織）
- 表皮（外層細胞）
- 葉肉（光合組織層）
- 維管束（木質部、韌皮部和厚壁組織纖維）
- 皮層（表皮與維管組織的中間層）

---

primordium(developing leaf)]；原形成層*(Procambial strand)*。**突生芽**：倫敦篠懸木*[Londen plane tree(Platanus x acerifolia)]*；頂芽*(Terminal bud)*；內芽鱗片*(Inner bud scale)*；外芽鱗片*(Outer bud scale)*。
各種莖的橫切面顯微圖：峨參[CHERVIL*(Anthriscus sp.)*]；厚角組織(支持組織)*[Collenchyma (supporting tissue)]*；維管束*(Vascular bundle)*；髓腔*(Pith cavity)*。野芝麻[DEADNETTLE*(Lamium sp.)*]。杉葉藻[MARE'S TAIL *(Hippuris vulgaris)*]。薔薇[ROSE*(Rosa sp.)*]；厚角質層(防水層)*[thick cuticle(waterproof covering)]*。
燈心草[RUSH*(Juncus sp.)*]：星形薄壁組織(星形填充組織)*[stellate parenchyma (star-shaped packing tissue)]*；椰子[COCONUT PALM*(Cocos nucifera)*]。

葉

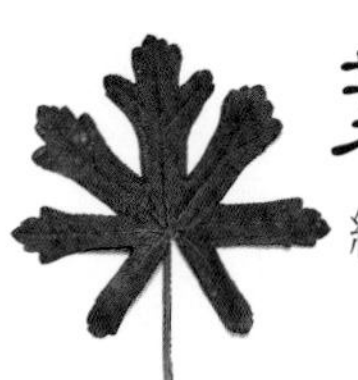

野蜀葵

葉是植物光合作用（參見138-139頁）和**蒸散作用**（蒸發失水）的主要器官。一片典型的葉由被網狀葉脈支持的薄而扁平的葉片、葉柄和葉基組成，葉柄與莖在葉基相連。葉可以分爲單葉和複葉，單葉的葉片只有一片，而複葉的葉片可分成一些獨立的小葉。複葉可以是羽狀的，羽狀小葉著生於葉軸（主軸）的兩側；也可以是掌狀的，掌狀小葉由葉柄頂端伸出。葉還可進一步按葉片的總體形狀和葉尖、葉緣及葉基的形狀分類。

單葉的形態

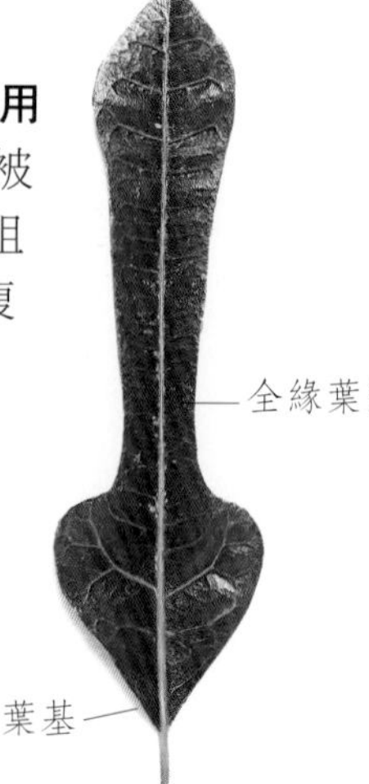

半尖葉端　漸尖葉端

全緣葉緣　全緣葉緣

楔形葉基　心形葉基

提琴形葉　披針形葉
變葉木　　沙棘

葉的一般特徵

葉端

葉片

中脈

葉緣

側脈

葉片基部

葉柄（葉梗）

葉基

歐洲栗

複葉的形態

頂端羽葉

微缺葉端

葉軸
（羽葉的主軸）

羽葉
（小葉）

小葉柄
（小葉梗）

葉柄
（葉梗）

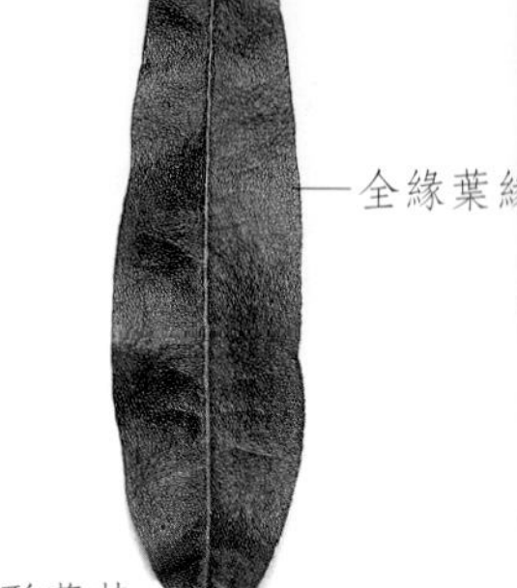

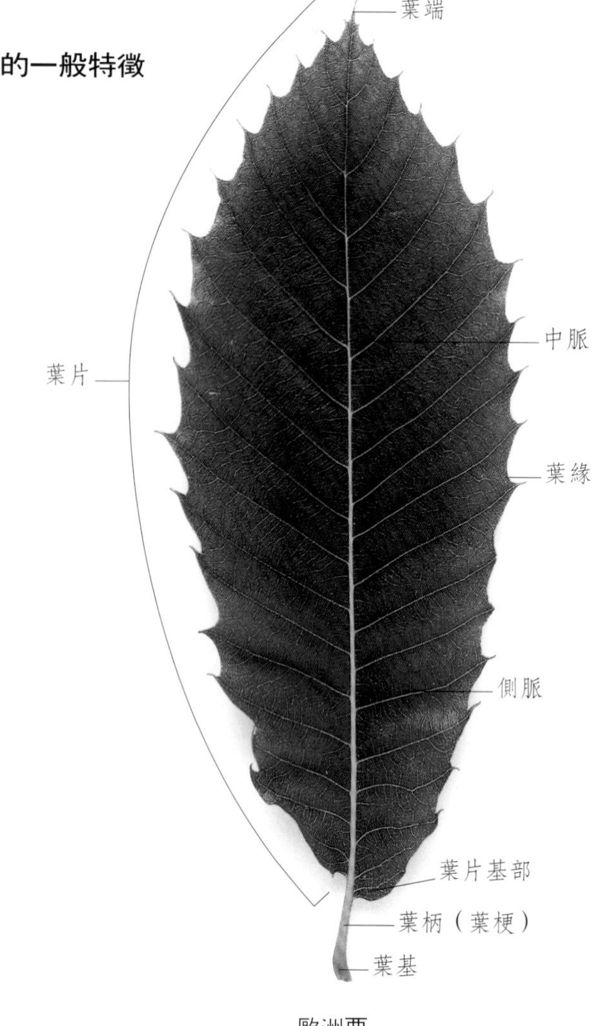

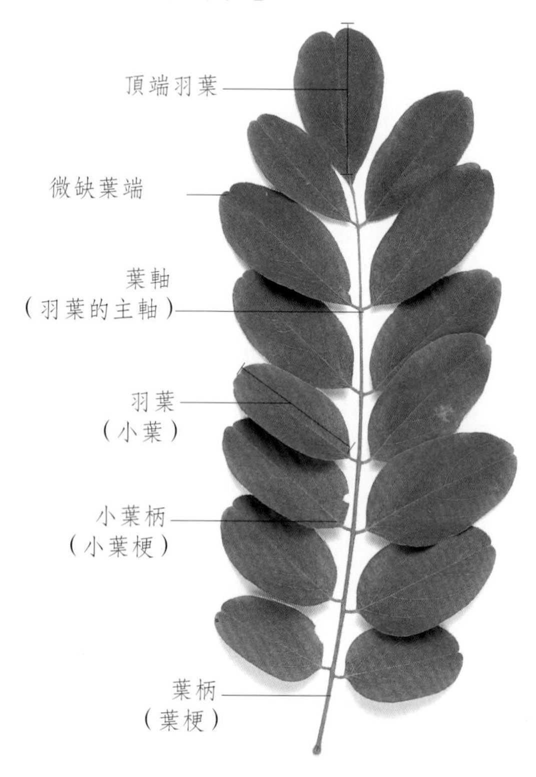

奇數羽狀複葉
洋槐

葉(Leaves)：蒸散作用(蒸發失水)[transpiration(water loss by evaporation)]。**葉的一般特徵**：歐洲栗[Spanish chestnut(*Castanea sativa*)]。**單葉的形態**：提琴形葉(PANDURIFORM)；變葉木[Croton(*Codiaeum variegatum*)]；半尖葉端(*Subacute apex*)。披針形葉(LANCEOLATE)；沙棘[Sea buckthorn (*Hippophae rhamnoides*)]；漸尖葉端(*Acuminate apex*)；心形葉基(*Cordate base*)。倒卵形葉(OBOVATE)；多花藍果樹[Tupelo(*Nyssa sylvatica*)]。菱形葉(RHOMBOID)；波斯常春藤[Persian ivy(*Hedera colchica Sulphur Heart*)]；斑葉[*Variegated lamina(blade)*]。橢圓形葉(ELLIPTIC)。掌狀圓裂葉(PALMATELY LOBED)；洋常春藤[English ivy (*Hedera helix*)]；銳尖葉端(*Acute apex*)。圓形葉(ORBICULAR)；山茶[Camellia(*Camellia japonica*)]；短尖葉端(*Mucronate apex*)；細鋸齒葉緣(*Serrulate margin*)。三角形葉(DELTOID)；尖銳葉端

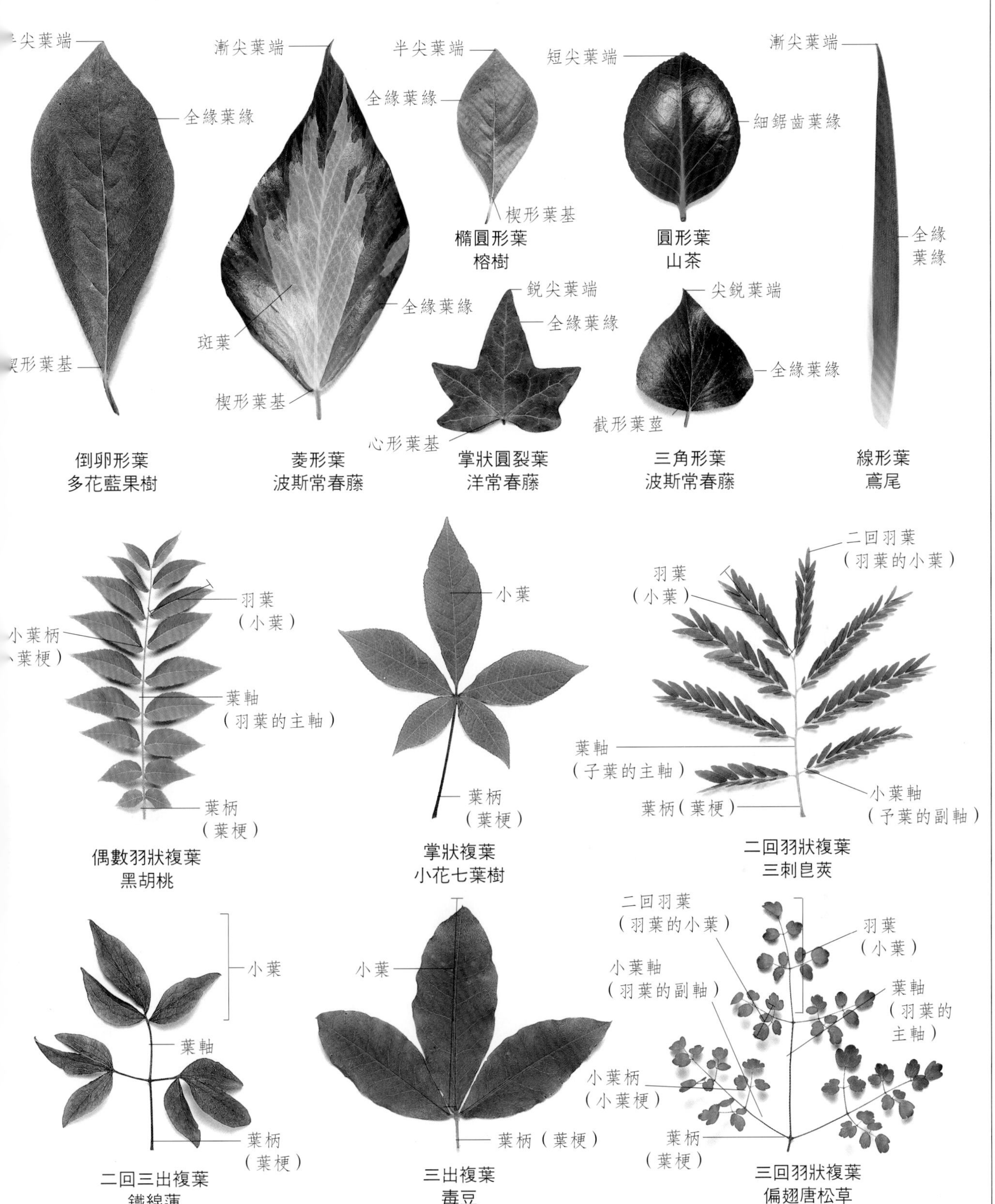

漸尖葉端

全緣葉緣

半尖葉端

全緣葉緣

短尖葉端

細鋸齒葉緣

漸尖葉端

楔形葉基

全緣葉緣

倒卵形葉
多花藍果樹

橢圓形葉
榕樹

圓形葉
山茶

全緣葉緣

斑葉

楔形葉基

菱形葉
波斯常春藤

銳尖葉端

全緣葉緣

心形葉基

掌狀圓裂葉
洋常春藤

尖銳葉端

全緣葉緣

截形葉莖

三角形葉
波斯常春藤

全緣葉緣

線形葉
鳶尾

羽葉
（小葉）

小葉柄
（葉梗）

葉軸
（羽葉的主軸）

葉柄
（葉梗）

偶數羽狀複葉
黑胡桃

小葉

葉柄
（葉梗）

掌狀複葉
小花七葉樹

二回羽葉
（羽葉的小葉）

羽葉
（小葉）

葉軸
（子葉的主軸）

葉柄（葉梗）

小葉軸
（予葉的副軸）

二回羽狀複葉
三刺皂莢

小葉

葉軸

葉柄
（葉梗）

二回三出複葉
鐵線蓮

小葉

小葉

葉柄（葉梗）

三出複葉
毒豆

二回羽葉
（羽葉的小葉）

小葉軸
（羽葉的副軸）

小葉柄
（小葉梗）

葉柄
（葉梗）

羽葉
（小葉）

葉軸
（羽葉的
主軸）

三回羽狀複葉
偏翅唐松草

(Cuspidate apex)；截形葉莖*(Truncate base)*。線形葉(LINEAR)；鳶尾[Iris*(Iris lazica)*]。**複葉的形態：**奇數羽狀複葉(ODD PINNATE)；洋槐[Black locust*(Robinia pseudoacacia)*]；微缺葉端*Emarginate apex*。偶數羽狀複葉(EVEN PINNATE)；黑胡桃[Black walnut*(Juglans nigra)*]。二回三出複葉(BITERNATE)。掌狀複葉(DIGITATE)；小花七葉樹[Horse chestnut *(Aesculus parviflora)*]。毒豆[Laburnum*(Laburnum x watereri)*]。二回羽狀複葉(BIPINNATE)；三刺皂莢[Honey locust*(Gleditsia triacanthos)*]；二回羽葉*(Pinnule)*。三回羽狀複葉(TRIPINNATE)；偏翅唐松草[Meadow rue*(Thalictrum delavayi)*]。野蜀葵[CHECKERBLOOM *(Sidalcea malviflora)*]。

光 合 作 用

光合作用是植物利用陽光、水和二氧化碳合成有機物的過程，它是在被稱為**葉綠體**的葉細胞內的特殊結構中進行的。葉綠體含有**葉綠素**，這是一種能從陽光中吸收能量的綠色色素。植物在光合作用過程中，所吸收的光能將二氧化碳和水合成**葡萄糖**，它是所有植物的能量來源，並將氧釋放到空氣中。葉是植物主要的光合作用器官，具有各種與之相適應的結構。扁平的葉片是為吸收光能而提供了較大的表面積，葉片下表面的氣孔則使氣體（二氧化碳和氧）能夠進出；伸展的網狀葉脈不但將水分輸入葉中，更將光合產物的葡萄糖輸送到植物的其它部分。

葉的顯微圖
百合

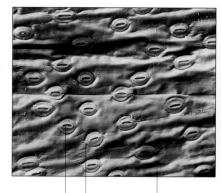

氣孔（孔）　保衛細胞（控制氣孔的開閉）　葉片的下表面

光合作用過程

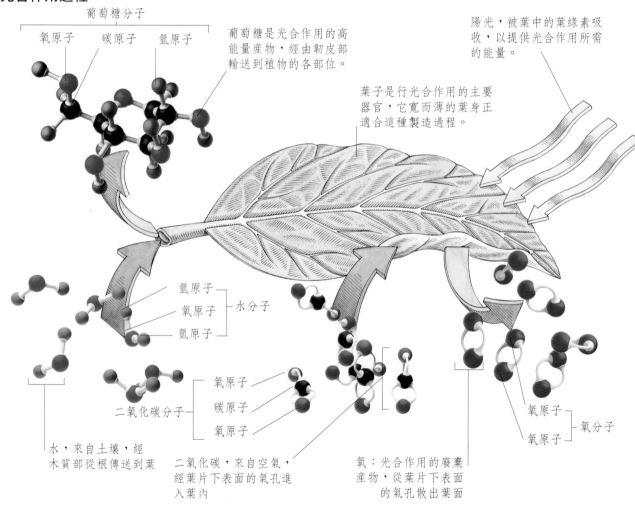

葡萄糖分子
氧原子　碳原子　氫原子

葡萄糖是光合作用的高能量產物，經由韌皮部輸送到植物的各部位。

陽光，被葉中的葉綠素吸收，以提供光合作用所需的能量。

葉子是行光合作用的主要器官，它寬而薄的葉身正適合這種製造過程。

氫原子
氧原子　水分子
氫原子

氧原子
碳原子
氧原子
二氧化碳分子

氧原子
氧原子　氧分子

水，來自土壤，經木質部從根傳送到葉

二氧化碳，來自空氣，經葉片下表面的氣孔進入葉內

氧：光合作用的廢棄產物，從葉片下表面的氣孔散出葉面

光合作用(Photosynthesis)：葉綠體(chloroplasts)；葉綠素(chlorophyll)；葡萄糖(sugar glucose)。
葉的顯微圖：氣孔(孔)[Stoma(pore)]；保衛細胞(Guard cell)。**光合作用過程**：葡萄糖分子(Glucose molecule)；氧原子(Oxygen atom)；碳原子(Carbon atom)；氫原子(Hydrogen atom)；二氧化碳分子(Carbon dioxide molecule)。**葉的橫切面**：嚏根草[Christmas rose(Helleborus niger)]；柵狀葉肉(Palisade mesophyll)；海綿葉肉(Spongy mesophyll)；氣孔下室(Substomatal chamber)；薄壁組織(填充組織)[Parenchyma(packing tissue)]；韌皮部(Phloem)；木質部(Xylem)；厚壁組織(增強組

葉的橫切面
嚏根草

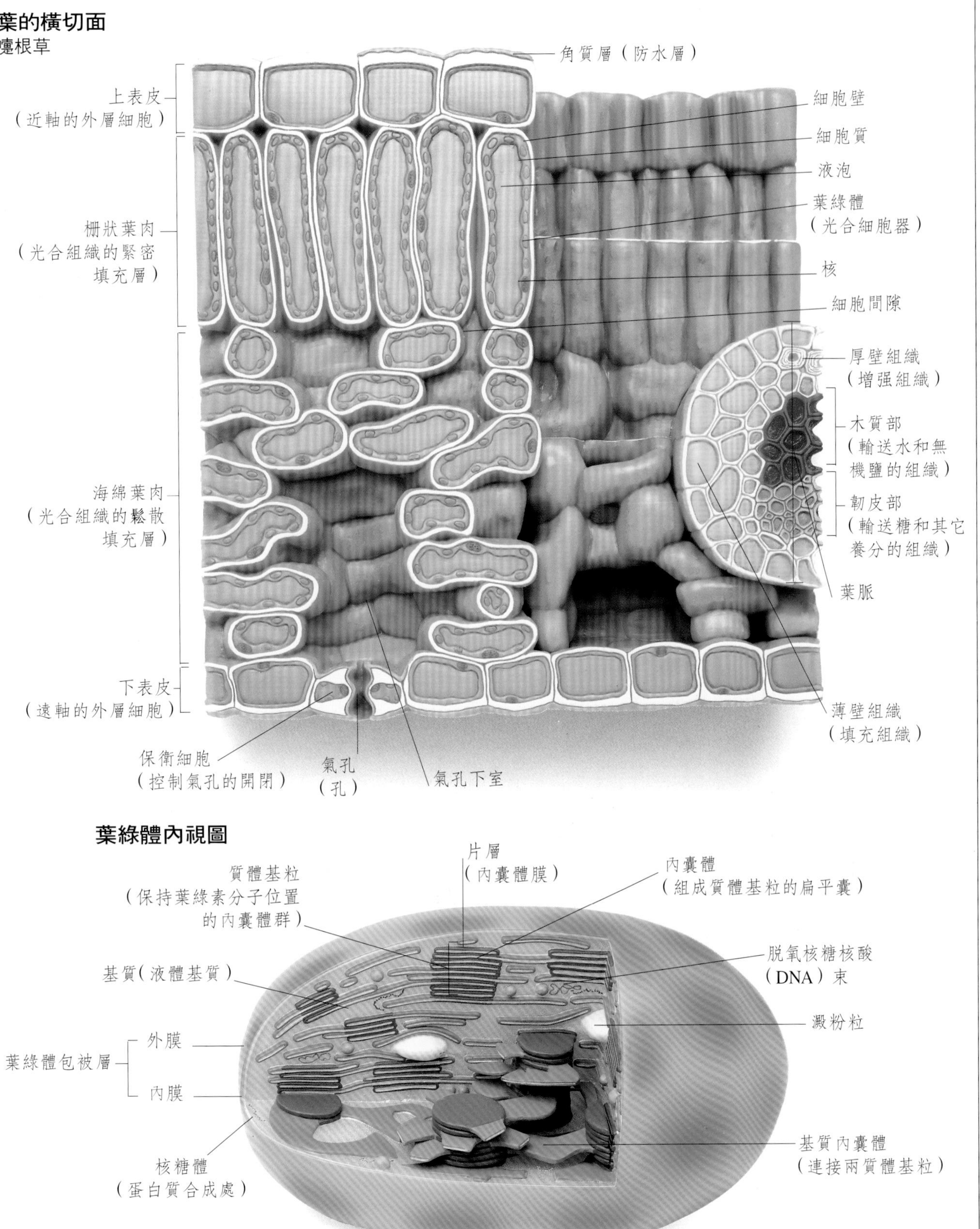

角質層（防水層）

上表皮
（近軸的外層細胞）

柵狀葉肉
（光合組織的緊密
填充層）

海綿葉肉
（光合組織的鬆散
填充層）

下表皮
（遠軸的外層細胞）

保衛細胞
（控制氣孔的開閉）

氣孔
（孔）

氣孔下室

細胞壁

細胞質

液泡

葉綠體
（光合細胞器）

核

細胞間隙

厚壁組織
（增強組織）

木質部
（輸送水和無
機鹽的組織）

韌皮部
（輸送糖和其它
養分的組織）

葉脈

薄壁組織
（填充組織）

葉綠體內視圖

片層
（內囊體膜）

內囊體
（組成質體基粒的扁平囊）

質體基粒
（保持葉綠素分子位置
的內囊體群）

基質（液體基質）

葉綠體包被層 ── 外膜

內膜

核糖體
（蛋白質合成處）

脫氧核糖核酸
（DNA）束

澱粉粒

基質內囊體
（連接兩質體基粒）

織)[Sclerenchyma(strengthening tissue)]；液泡(Vacuole)；細胞質(Cytoplasm)；細胞壁(Cell wall)；角質層(防水層)[Cuticle(waterproof covering)]。**葉綠體內視圖**：質體基粒(保持葉綠素分子位置的內囊體群)[Granum(stack of thylakoids that hold chlorophyll molecules in position)]；基質(Stroma)；葉綠體包被層(Chloroplast envelope)；核糖體(蛋白質合成處)[Ribosome(site of protein synthesis)]；基質內囊體(Stroma thylakoid)；澱粉粒(Starch grain)；脫氧核糖核酸(DNA)束[Deoxyribonucleic acid(DNA)strand]；片層(內囊體膜)[Lamella(membrane of thylakoid)]。

花 1

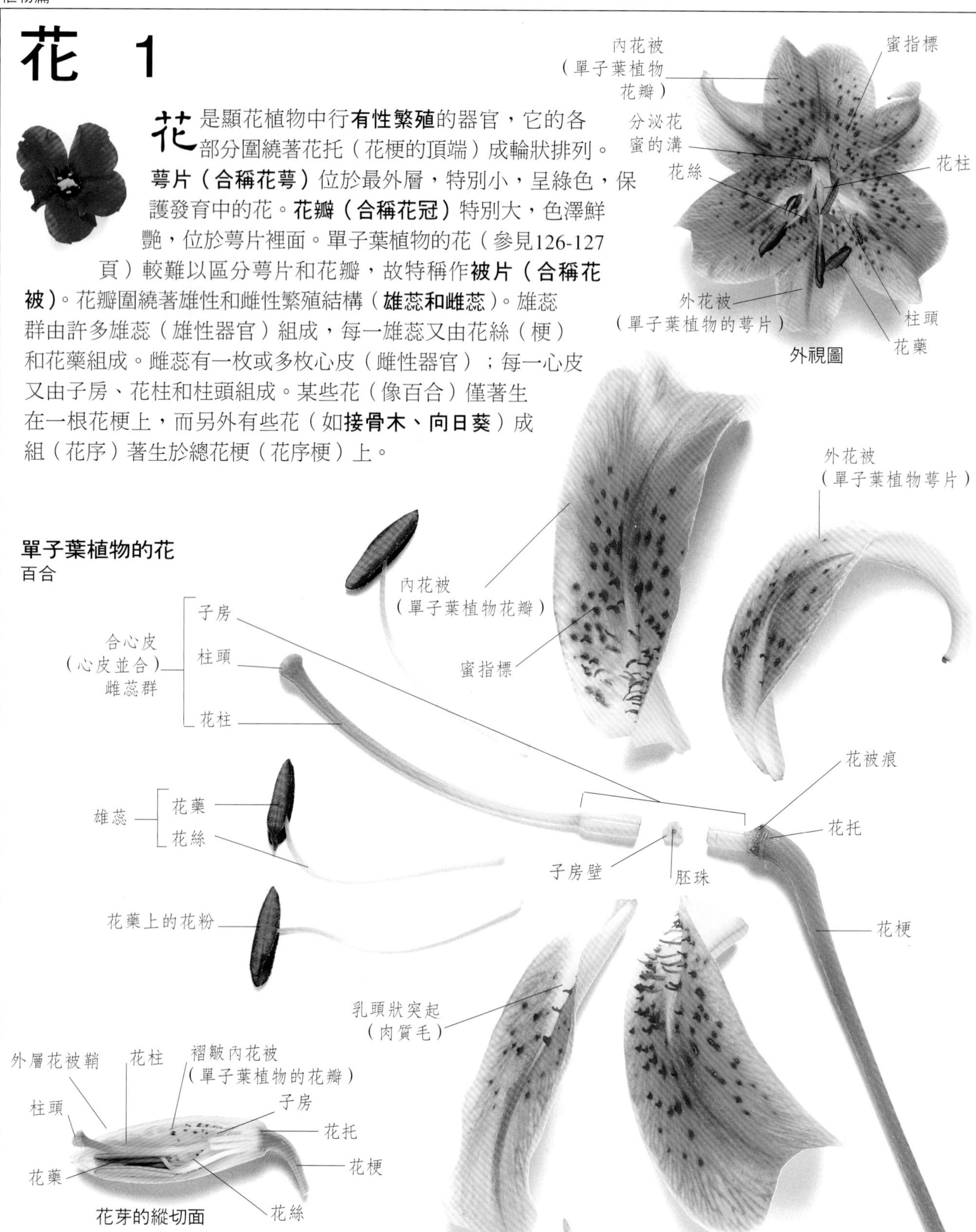

花是顯花植物中行**有性繁殖**的器官，它的各部分圍繞著花托（花梗的頂端）成輪狀排列。**萼片（合稱花萼）**位於最外層，特別小，呈綠色，保護發育中的花。**花瓣（合稱花冠）**特別大，色澤鮮艷，位於萼片裡面。單子葉植物的花（參見126-127頁）較難以區分萼片和花瓣，故特稱作**被片（合稱花被）**。花瓣圍繞著雄性和雌性繁殖結構（**雄蕊和雌蕊**）。雄蕊群由許多雄蕊（雄性器官）組成，每一雄蕊又由花絲（梗）和花藥組成。雌蕊有一枚或多枚心皮（雌性器官）；每一心皮又由子房、花柱和柱頭組成。某些花（像百合）僅著生在一根花梗上，而另外有些花（如**接骨木、向日葵**）成組（花序）著生於總花梗（花序梗）上。

內花被（單子葉植物花瓣）
蜜指標
分泌花蜜的溝
花絲
花柱
外花被（單子葉植物的萼片）
柱頭
花藥
外視圖

單子葉植物的花
百合

子房
柱頭
花柱
合心皮（心皮並合）雌蕊群
雄蕊 花藥 花絲
花藥上的花粉

內花被（單子葉植物花瓣）
蜜指標

外花被（單子葉植物萼片）

花被痕
花托

子房壁
胚珠
花梗

乳頭狀突起（肉質毛）

外層花被鞘
花柱
褶皺內花被（單子葉植物的花瓣）
柱頭
子房
花托
花藥
花梗
花絲
花芽的縱切面

花 1(Flowers 1)：有性繁殖(SEXUAL REPRODUCTION)；萼片(合稱花萼)[sepals(collectively called the calyx)]；花瓣(合稱花冠)[petals(collectively called the corolla)]；被片(合稱花被)[tepals(collectively called the perianth)]；雄蕊和雌蕊(androecium and gynoecium)；接骨木(elder)；向日葵(sunflower)。
單子葉植物的花(A MONOCOTYLEDONOUS FLOWER)：百合[Lily(*Lilium sp.*)]。內花被(*Inner tepal*)；分泌花蜜的溝(*Groove secreting nectar*)；花絲(*Filament*)；外花被(*Outer tepal*)；花藥(*Anther*)；柱頭(*Stigma*)；花

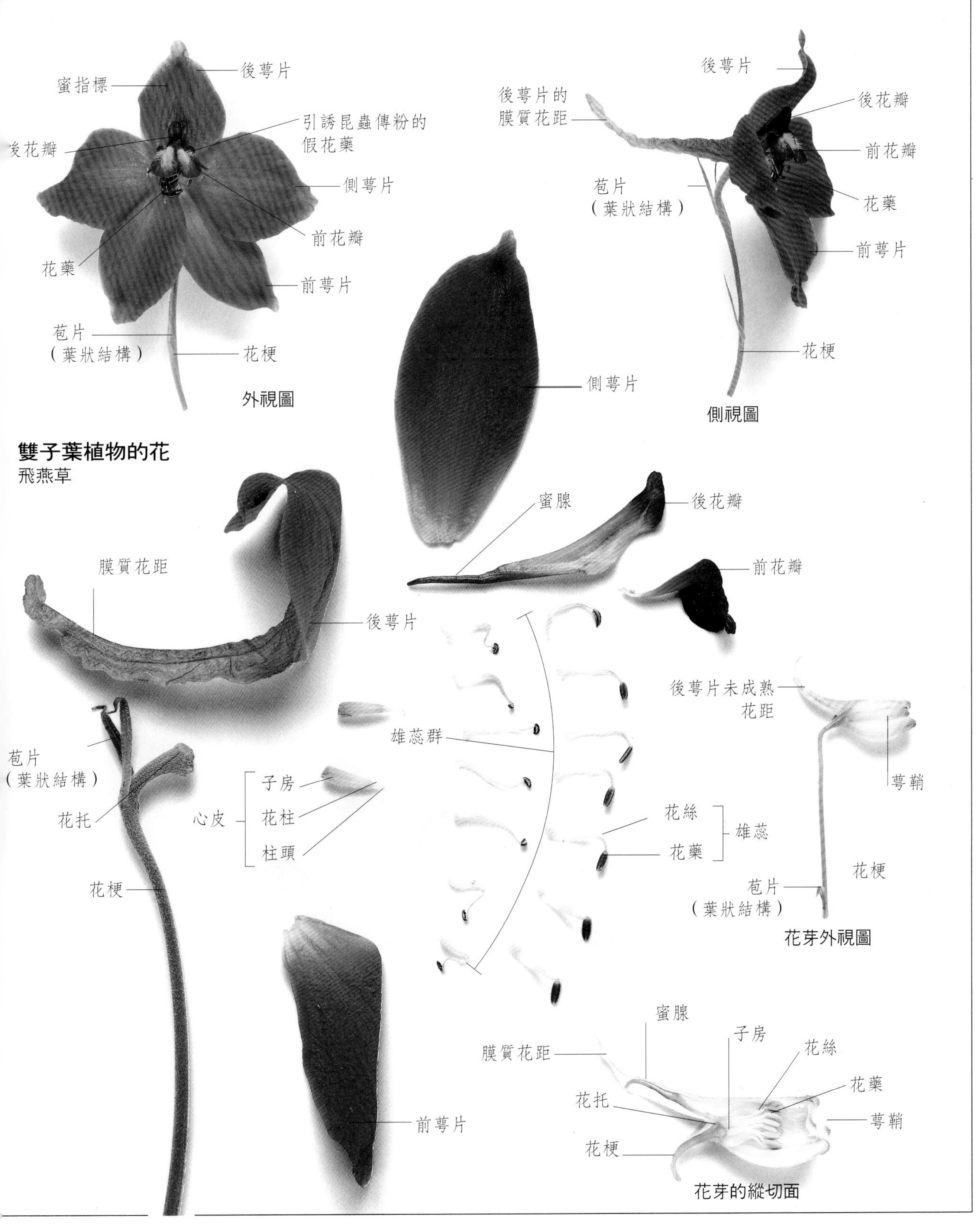

雙子葉植物的花
飛燕草

外視圖

側視圖

花芽外視圖

花芽的縱切面

蜜指標 — 後萼片
引誘昆蟲傳粉的假花藥
後花瓣
側萼片
花藥
前花瓣
前萼片
苞片（葉狀結構）
花梗

後萼片
後萼片的膜質花距
苞片（葉狀結構）
後花瓣
前花瓣
花藥
前萼片
花梗

側萼片

膜質花距
後萼片
苞片（葉狀結構）
花托
花梗
心皮 { 子房 花柱 柱頭 }
雄蕊群
前萼片

蜜腺
後花瓣
前花瓣
花絲
花藥 } 雄蕊
苞片（葉狀結構）

後萼片未成熟花距
萼鞘
花梗

蜜腺
子房
花絲
花藥
萼鞘
膜質花距
花托
花梗

柱(Style)；蜜指標(Honey guide)；合心皮(Syncarpous gynoecium)；子房(Ovary)；花粉(Pollen)；乳頭狀突起(肉質毛)[Papilla(fleshy hair)]；花托(Receptacle)；胚珠(Ovule)；外層花被鞘(Outer tepal sheath)。**雙子葉植物的花**(A DICOTYLEDONOUS FLOWER)：飛燕草[Larkspur(Consolida ambigua)]；後花瓣(Posterior petal)；苞片(Bract)；前萼片(Anterior sepal)；前花瓣(Anterior petal)；側萼片(Lateral sepal)；後萼片(Posterior sepal)；膜質花距(Membranous spur)；萼鞘(Sepal sheath)。

花2

複花序
（頭狀花序）
向日葵

盤狀小花

邊小花

由小花聚集而成
一朵大型花

吸引昆蟲傳粉的
不育性邊小花

外層受
精小花

二淺裂柱頭

小花與準備
散粉的花藥

花柱

花粉

內部未成熟小花

花藥

花冠筒
（併合
花瓣）

冠毛
（變形萼片）

子房

花冠筒（併合花瓣）

子房

向日葵的小花

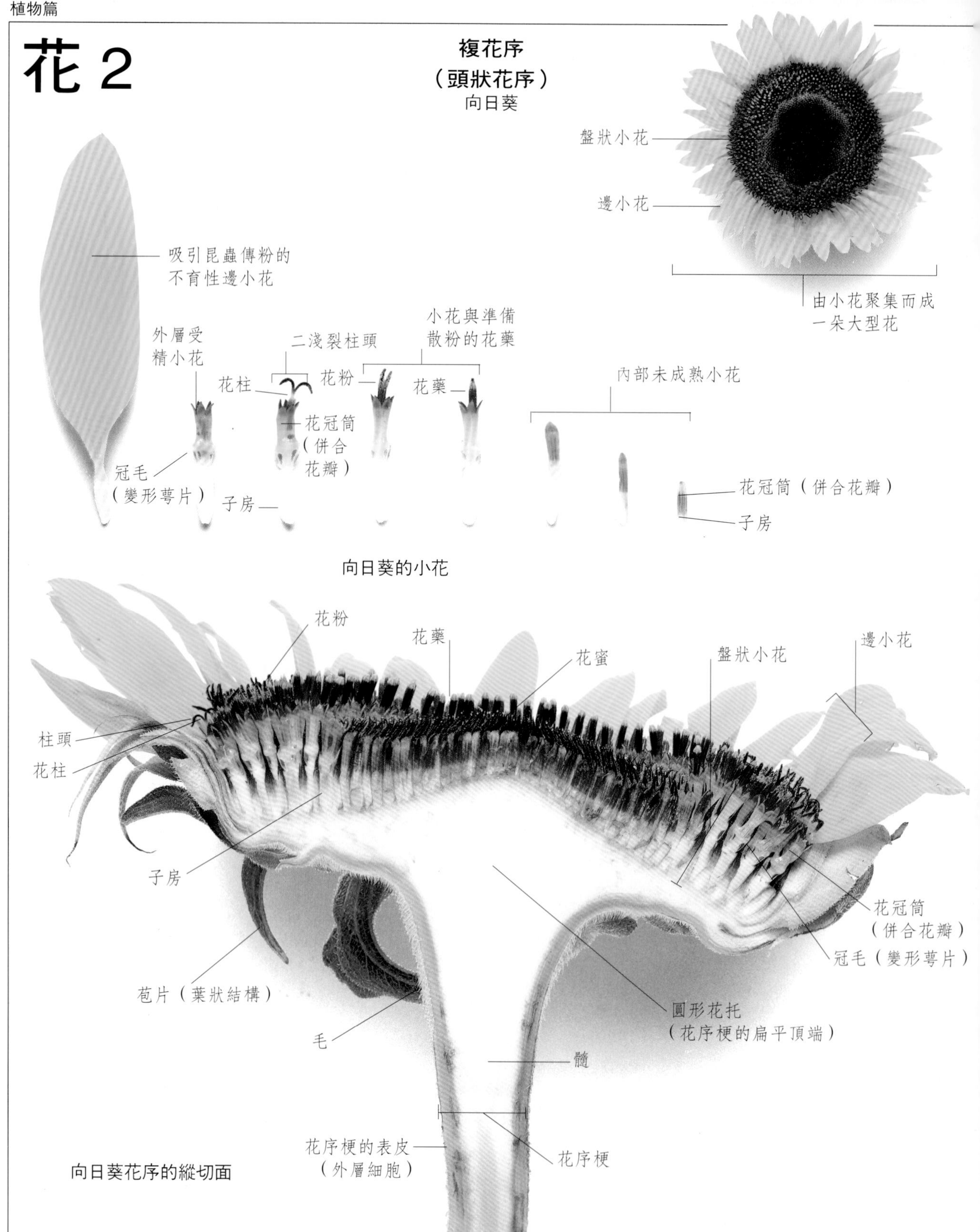

花粉

花藥

花蜜

盤狀小花

邊小花

柱頭

花柱

子房

花冠筒
（併合花瓣）

冠毛（變形萼片）

圓形花托
（花序梗的扁平頂端）

苞片（葉狀結構）

毛

髓

花序梗的表皮
（外層細胞）

花序梗

向日葵花序的縱切面

花 2(Flowers 2)：**複花序(頭狀花序)**[COMPOUND INFLORESCENCE (CAPITULUM)]：向日葵[Sunflower(*Helianthus annuus*)]；盤狀小花(*Disk florets*)；邊小花(*Ray floret*)。冠毛(變形萼片)[Pappus(modified sepal)]；花冠筒(併合花瓣)[*Corolla tube(fused petals)*]；二淺裂柱頭(*Two-lobed stigma*)；花序梗[*Peduncle(inflorescence stalk)*]；圓形花托(*Domed receptacle*)；花蜜(*Nectar*)。**莖上花的排列**(ARRANGEMENT OF FLOWERS ON STEM)：穗狀花序〔INFLORESCENCE(SPIKE)]；蠍尾蕉(*Heliconia peruviana)]*；複傘形花序[INFLORESCENCE(COMPOUND UMBEL)]；西洋接骨木[European elder(*Sambucus*

莖上花的排列

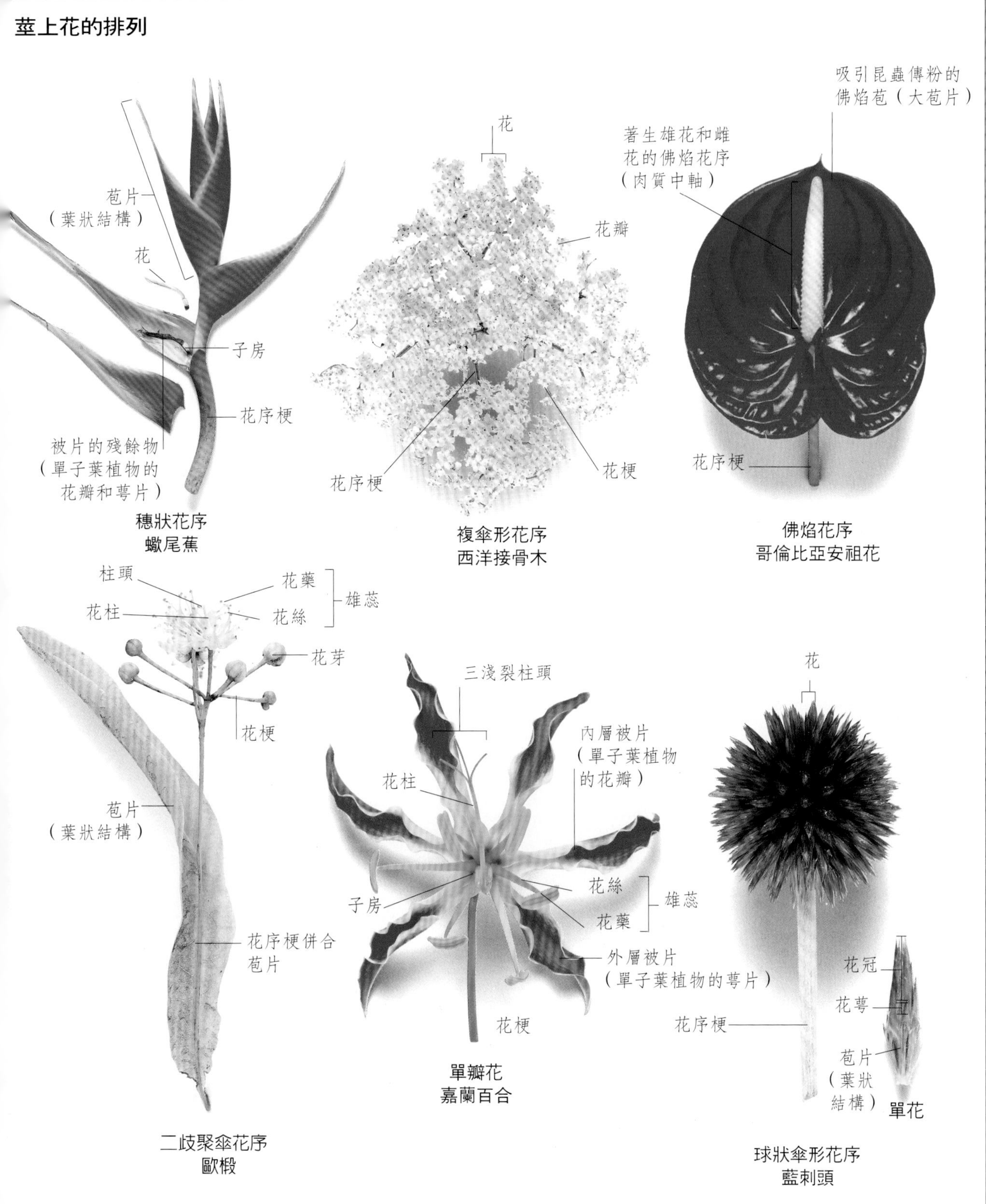

苞片
（葉狀結構）

花

子房

花序梗

被片的殘餘物
（單子葉植物的
花瓣和萼片）

穗狀花序
蠍尾蕉

花

花瓣

花序梗

花梗

複傘形花序
西洋接骨木

吸引昆蟲傳粉的
佛焰苞（大苞片）

著生雄花和雌
花的佛焰花序
（肉質中軸）

花序梗

佛焰花序
哥倫比亞安祖花

柱頭

花藥

花柱

花絲

雄蕊

花芽

花梗

苞片
（葉狀結構）

花序梗併合
苞片

二歧聚傘花序
歐椴

三淺裂柱頭

內層被片
（單子葉植物
的花瓣）

花柱

子房

花絲

花藥

雄蕊

外層被片
（單子葉植物的萼片）

花梗

單瓣花
嘉蘭百合

花

花冠

花萼

苞片
（葉狀
結構）

花序梗

單花

球狀傘形花序
藍刺頭

---

nigra)]；佛焰花序[INFLORESCENCE(SPADIX)]；哥倫比亞安祖花[Flamingo Flower*(Anthurium andreanum)*]；佛焰苞(大苞片)*[Spathe(large bract)]*；二歧聚傘花序[INFLORESCENCE (DICHASIAL CYME)]。歐椴[Common linden*(Tilia x europaea)*]。單瓣花(SINGLE FLOWER)；嘉蘭百合[Glory lily*(Gloriosa superba)*]；三淺裂柱頭*(Three-lobed stigma)*。球狀傘形花序[INFLORESCENCE(SPHERICAL UMBEL)]；藍刺頭*(Echinops sp.)*。

傳 粉

傳粉是**花粉**（含雄性細胞）從**花藥**（雄性生殖器官的一部分）傳送到**柱頭**（雌性生殖器官的一部分）上。這一過程發生在受精之前（參見146-147頁）。傳粉可以發生在同一朵花內（**自花傳粉**），也可以發生在同種不同株的兩朵花之間（**異花傳粉**）。大多數植物的傳粉是藉助昆蟲（**蟲媒傳粉**）或風（**風媒傳粉**）傳送的。少數植物則由一般鳥、蝙蝠或水作為傳粉媒介。**蟲媒花**特別香，且色澤鮮艷，還能產生花蜜，供昆蟲採食。這樣的花也可能具有在**紫外光**下才顯現的花紋，多數昆蟲都能看見，但人類是看不見的。這些特徵吸引了昆蟲，當昆蟲飛到花上時便粘上花粉粒，然後這些花粉粒便隨昆蟲傳送到另一朵花上。**風媒花**通常很小，很不顯眼，也無香味，它們靠產生大量很輕的花粉粒，使得這些花粉粒很容易被風吹送到其他的花上。

風媒植物的繁殖結構
歐洲栗

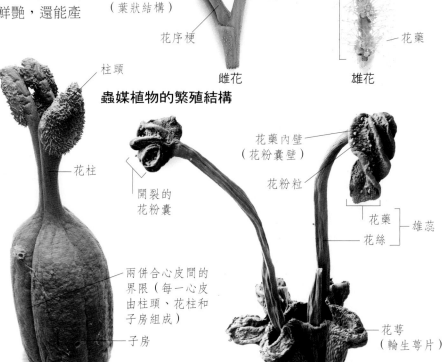

花芽
突起的柱頭從花中伸出
雌花
葉柄
苞片（葉狀結構）
花序梗

菜荑花序（適於風媒傳粉的花序）

雄花
花序梗
花絲
花藥

雌花　　雄花

蟲媒植物的繁殖結構

柱頭
花柱
開裂的花粉囊
兩併合心皮間的界限（每一心皮由柱頭、花柱和子房組成）
子房

花藥內壁（花粉囊壁）
花粉粒
花藥
花絲 } 雄蕊
花萼（輪生萼片）

心皮（雌性器官）的顯微圖
貫葉克勞拉草

雄蕊（雄性器官）的顯微圖
百金花

花粉粒的顯微圖

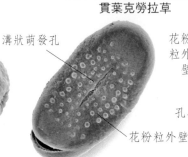

花粉粒外壁
溝狀萌發孔
孔
花粉粒外壁

歐洲田榆　　　　　爵床

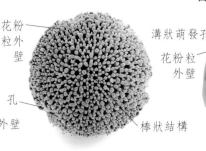

花粉粒外壁
孔
棒狀結構

草原老鸛草

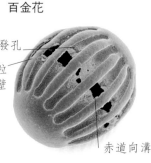

溝狀萌發孔
花粉粒外壁
赤道向溝

革葉遠志

傳粉(Pollination)：花粉(含雄性細胞)[POLLEN(which contains the male sex cells)]；自花傳粉(self-pollination)；異花傳粉(cross-pollination)；蟲媒傳粉(entomophilous pollination)；風媒傳粉(anemophilous pollination)；蟲媒花(Insect-pollinated flowers)；紫外光(ultraviolet light)；風媒花(Wind-pollinated flowers)。**風媒植物的繁殖結構**：花芽*(Flower bud)*；菜荑花序*(Part of male catkin)*。**蟲媒植物的繁殖結構**：心皮(CARPELS)；貫葉克勞拉草[Yellow-wort*(Blackstonia perfoliata)*]；百金花[Common centaury*(Centaurium erythraea)*]；開裂的花粉囊*(pollen sac)*；花萼(輪生萼片)[Calyx*(whorl of sepals)*]。**花粉粒的顯微圖**：歐洲田榆[EUROPEAN FIELD ELM*(Ulmus minor)*]；爵床*(JUSTICIA AUREA)*；溝狀萌發孔

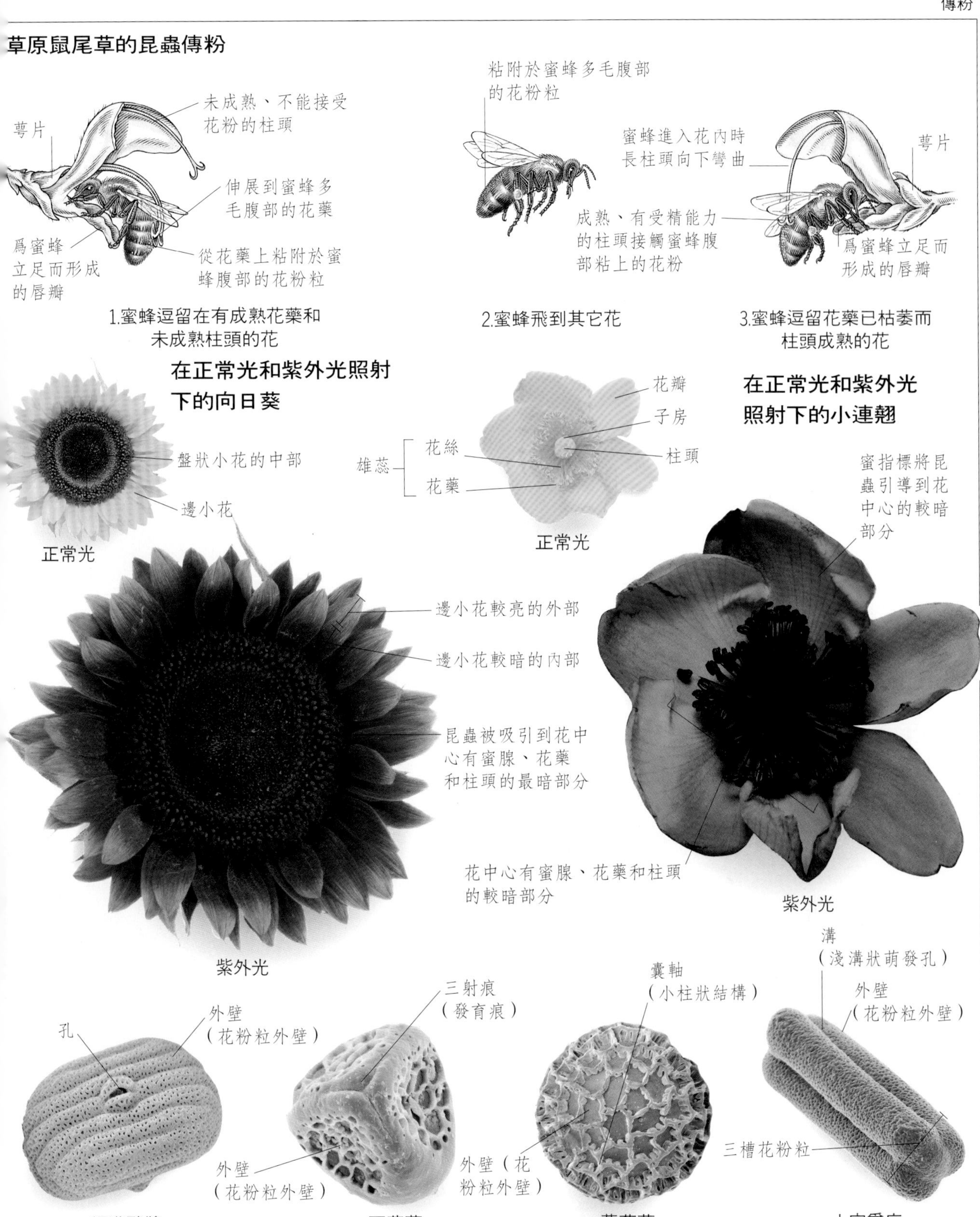

草原鼠尾草的昆蟲傳粉

未成熟、不能接受花粉的柱頭

萼片

伸展到蜜蜂多毛腹部的花藥

爲蜜蜂立足而形成的唇瓣

從花藥上粘附於蜜蜂腹部的花粉粒

1.蜜蜂逗留在有成熟花藥和未成熟柱頭的花

粘附於蜜蜂多毛腹部的花粉粒

蜜蜂進入花內時長柱頭向下彎曲

萼片

成熟、有受精能力的柱頭接觸蜜蜂腹部粘上的花粉

爲蜜蜂立足而形成的唇瓣

2.蜜蜂飛到其它花

3.蜜蜂逗留花藥已枯萎而柱頭成熟的花

在正常光和紫外光照射下的向日葵

盤狀小花的中部

邊小花

正常光

花瓣

子房

雄蕊 { 花絲 花藥 }

柱頭

正常光

在正常光和紫外光照射下的小連翹

蜜指標將昆蟲引導到花中心的較暗部分

邊小花較亮的外部

邊小花較暗的內部

昆蟲被吸引到花中心有蜜腺、花藥和柱頭的最暗部分

花中心有蜜腺、花藥和柱頭的較暗部分

紫外光

紫外光

溝（淺溝狀萌發孔）

外壁（花粉粒外壁）

三射痕（發育痕）

囊軸（小柱狀結構）

孔

外壁（花粉粒外壁）

外壁（花粉粒外壁）

外壁（花粉粒外壁）

三槽花粉粒

類溝酸漿

百蕊草

蘆莉草

十字爵床

[Colpus(furrow-shaped aperture)]；草原老鸛草[MEADOW CRANESBILL(Geranium pratense)]；棒狀結構[Baculum(rod-shaped structure)]；革葉遠志[BOX-LEAVED MILKWORT(Polygala chamaebuxus)]；赤道向溝(Equatorial furrow)；類溝酸漿(MIMULOPSIS SOLMSII)；百蕊草(THESIUM ALPINIUM)；三射痕(發育痕)[Trilete mark(development scar)]；蘆莉草(RUELLIA GRANDIFLORA)；囊軸(小柱狀結構)[Columella(small column-shaped structure)]；十字爵床(CROSSANDRA NILOTICA)；三槽花粉粒[Tricolpate (three colpae) pollen grain]。

受 精

多汁果的發育
歐洲黑莓

受精是雄配子和雌配子（性細胞）融合而形成**合子（胚）**。隨傳粉（參見144-145頁）後，含雄配子的花粉粒到達柱頭，但離胚珠內的雌配子（卵細胞）仍有一定距離。爲使雌雄配子相遇，花粉粒萌生**花粉管**，並向下生長，進入胚囊（含卵細胞的胚珠內部）。兩個雄配子移向花粉管頂部，進入胚囊，一個雄配子與卵細胞融合形成合子，進一步發育成**有胚植物**；另一個雄配子與兩個**極核**融合形成**胚乳**，其作用是作爲營養物質供子胚發育。受精也引起其它變化：**珠被**（胚珠的外層）形成圍繞胚和胚乳的**種皮**；花瓣脫落，花柱和柱頭枯萎；子房壁形成包被種子的一層（稱**果皮**）。果皮和種子一起形成**果實**，可能是多汁果（參見148-149頁），也可能是乾果（參見150-151頁）。在一些植物種類中（例如黑莓）可發生**無融合生殖**：種子發育，卵細胞不需雄配子受精，但胚乳的形成和果實的發育仍與其它種類相同。

芭蕉

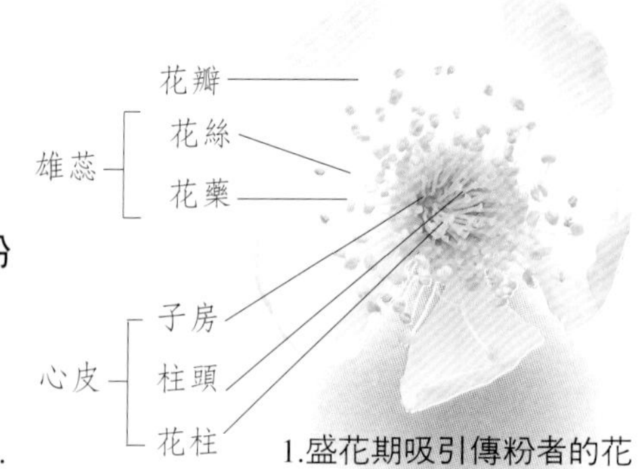

1.盛花期吸引傳粉者的花

花瓣
雄蕊 — 花絲 花藥
心皮 — 子房 柱頭 花柱

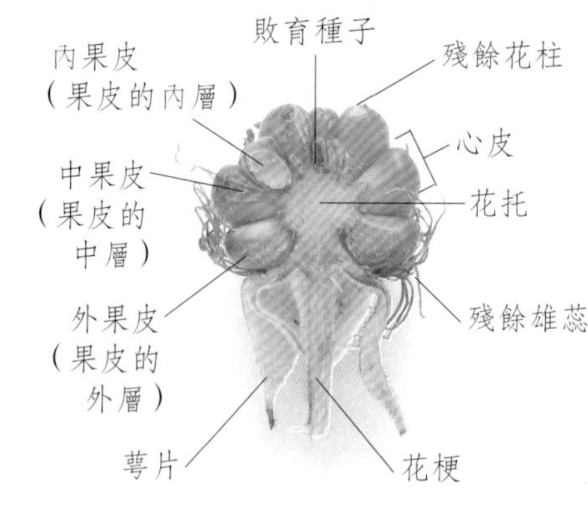

內果皮（果皮的內層）　敗育種子　殘餘花柱
中果皮（果皮的中層）　心皮　花托
外果皮（果皮的外層）　殘餘雄蕊
萼片　花梗

4.果被產生果肉、果皮和堅硬的內層

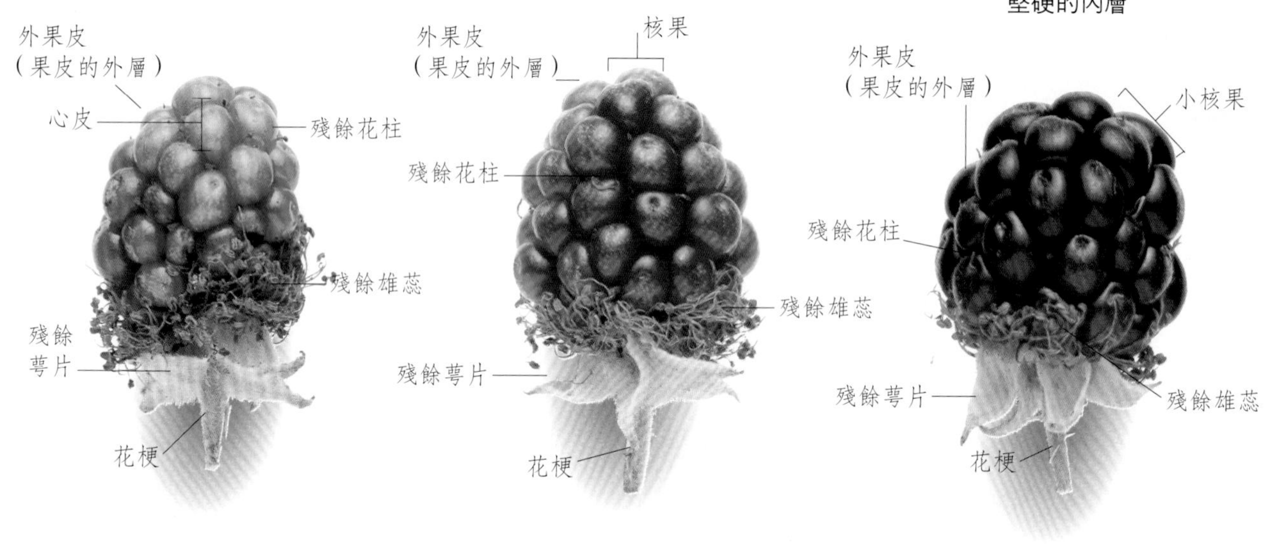

外果皮（果皮的外層）
心皮
殘餘花柱
殘餘雄蕊
殘餘萼片
花梗

7.每一心皮的中果皮（果皮的肉質部分）開始轉色

外果皮（果皮的外層）　核果
殘餘花柱
殘餘雄蕊
殘餘萼片
花梗

8.心皮成熟變爲小核果（較小的肉質果，每一粒種子都由較硬的內果皮包裹）

外果皮（果皮的外層）
小核果
殘餘花柱
殘餘雄蕊
殘餘萼片
花梗

9.小核果的中果皮色澤更深、味更甜

受精(Fertilization)：合子(胚)[zygote(embryo)]；花粉管(pollen tube)；胚囊(embryo sac)；有胚植物(embryo plant)；極核(polar nuclei)；胚乳(endosperm)；珠被(the integument)；種皮[testa(seed coat)]；果皮(pericarp)；果實(fruit)；無融合生殖(apomixis)。芭蕉[BANANA(*Musa* `Lacatan`)]。**多汁果的發育(DEVELOPMENT OF A SUCCULENT FRUIT)**：歐洲黑莓[Blackberry(*Rubus fruticosus*)]；盛花期(FULL BLOOM)；雄蕊(*Stamen*)；皮刺(*Prickle*)；內果皮(*Endocarp*)；中果皮(*Mesocarp*)；外果皮(*Exocarp*)；敗育種子(*Abortive seed*)；小核果(聚合果)[DRUPELETS(COLLECTIVELY AN AGGREGATE FRUIT)EXPAND]。**受精**

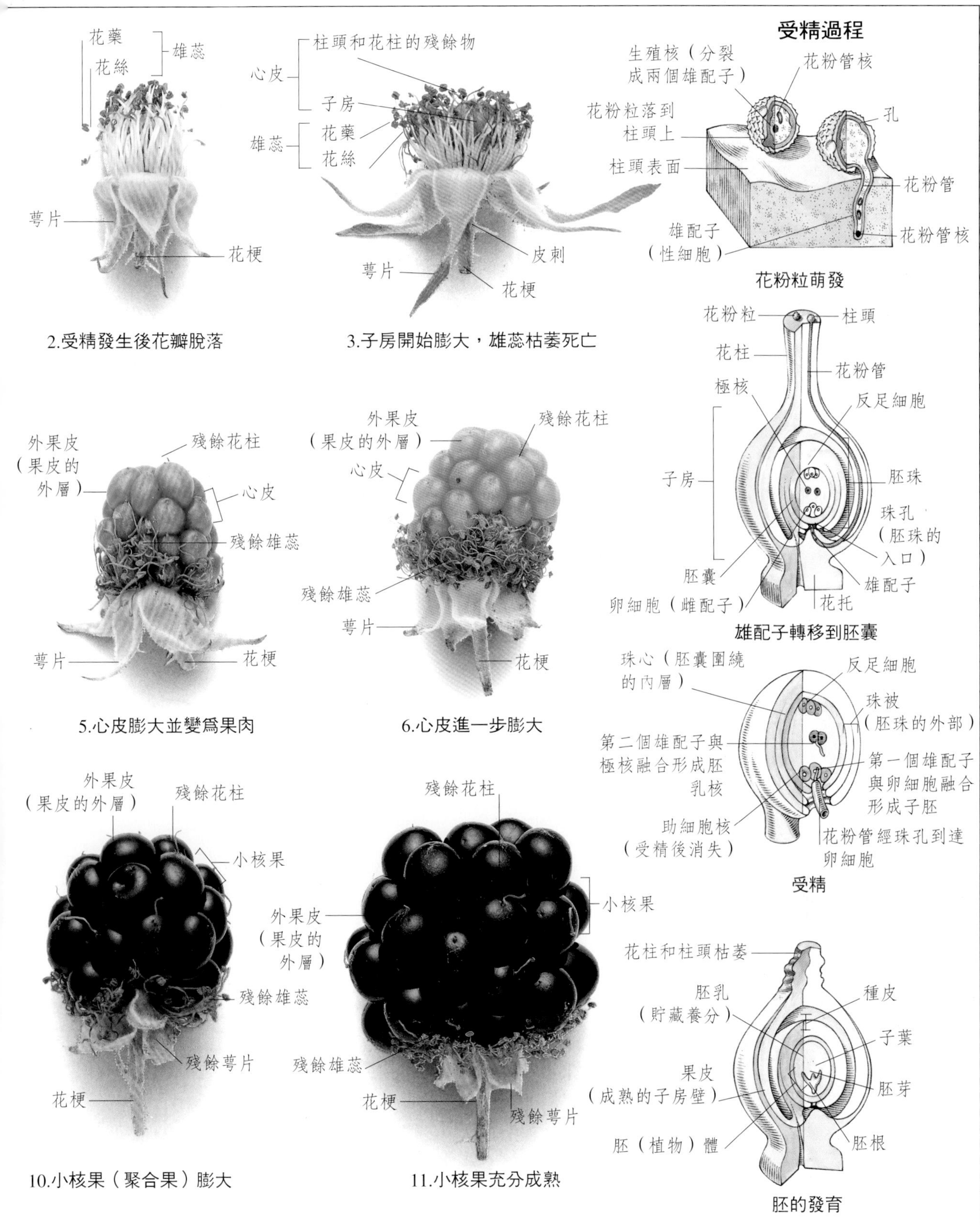

受精過程

花粉粒萌發

花藥
花絲　} 雄蕊

萼片

花梗

2.受精發生後花瓣脫落

心皮 {
柱頭和花柱的殘餘物
子房
雄蕊 { 花藥
花絲

皮刺
萼片
花梗

3.子房開始膨大，雄蕊枯萎死亡

生殖核（分裂成兩個雄配子）
花粉管核
花粉粒落到柱頭上
孔
柱頭表面
花粉管
雄配子（性細胞）
花粉管核

外果皮（果皮的外層）
殘餘花柱
心皮
殘餘雄蕊
萼片
花梗

5.心皮膨大並變爲果肉

外果皮（果皮的外層）
殘餘花柱
心皮
殘餘雄蕊
萼片
花梗

6.心皮進一步膨大

雄配子轉移到胚囊

花粉粒
柱頭
花柱
極核
子房
胚囊
卵細胞（雌配子）
花粉管
反足細胞
胚珠
珠孔（胚珠的入口）
雄配子
花托

外果皮（果皮的外層）
殘餘花柱
小核果
殘餘雄蕊
殘餘萼片
花梗

10.小核果（聚合果）膨大

殘餘花柱
外果皮（果皮的外層）
小核果
殘餘雄蕊
花梗
殘餘萼片

11.小核果充分成熟

受精

珠心（胚囊圍繞的內層）
反足細胞
珠被（胚珠的外部）
第二個雄配子與極核融合形成胚乳核
第一個雄配子與卵細胞融合形成子胚
助細胞核（受精後消失）
花粉管經珠孔到達卵細胞

胚的發育

花柱和柱頭枯萎
胚乳（貯藏養分）
果皮（成熟的子房壁）
胚（植物）體
種皮
子葉
胚芽
胚根

過程(THE PROCESS OF FERTILIZATION)：生殖核(*Generative nucleus*)；雄配子(性細胞)[*Male gamete(sex cell)*]；花粉管核(*Pollen tube nucleus*)；卵細胞(雌配子)[*Ovum(female gamete)*]；花托(*Receptacle*)；珠孔(*Micropyle*)；反足細胞(*Antipodal cell*)；珠心(*Nucellus*)；胚乳核(*endosperm nucleus*)；助細胞核(*Synergid nucleus*)；胚根[*Radicle(embryonic root)*]；胚芽[*Plumule(embryonic shoot)*]；子葉[*Cotyledon(seed leaf)*]。

多汁果

果 實是充分生長、發育成熟的**子房** — 植物 **雌性繁殖器官**生產種子的場所。果實可以是多汁果，也可以是乾果（參見150-151頁）。多汁果的肉質厚，色澤艷，能吸引動物採食，由此傳播種子。多汁果的果壁（果皮）有三層：外層為外果皮，中層為中果皮，裡層為內果皮。在不同類型的果皮中，這三層果皮在厚度和質地上有所不同，間層也可能混合。多汁果可分為單果（由一個子房發育而成）和複合果（由幾個子房發育而成）。**單果類多汁果**有**漿果**和**核果**，前者含有許多種子，後者僅含一顆果核（例如**櫻桃**和**桃**）。**複合果類多汁果**有**聚合果**和**聚花果**，前者由一朵花內的多個子房發育形成，後者由多朵花的多個子房發育形成。有些果實稱之為**假果**，是由子房以外的花其它部分發育而成，例如蘋果的肉質部分就是由**花托**（花梗的頂端）形成的。

漿果
可可

柑果（漿果類）
檸檬

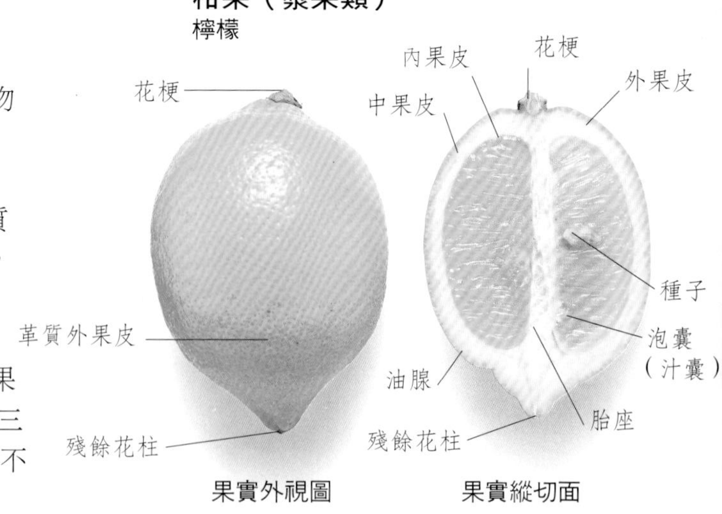

花梗　內果皮　花梗
中果皮　外果皮
革質外果皮
種子
泡囊（汁囊）
油腺
胎座
殘餘花柱　殘餘花柱
果實外視圖　果實縱切面

種臍（與子房的附著點）
胚　種子
心皮壁
心皮
種皮
子葉
胎座
種子外視圖和切面圖　果實橫切面

肉質假種皮果
荔枝

花梗　花梗
種子
假種皮（從種柄向外生長的肉質部分）
果皮　果皮
果實外視圖　果實縱切面圖

隱花果（假果類）
無花果

肉質內含花托
殘餘雌花　殘餘雄花
花序梗
果核（由內果皮包裹的種子）
果皮
由鱗片封住的孔
果實外視圖　果實縱切面

殘餘花柱　內果皮
小核果
果核
果核的外視圖和切面圖
胚　內果皮
花梗　子葉　種皮
單朵殘餘雌花

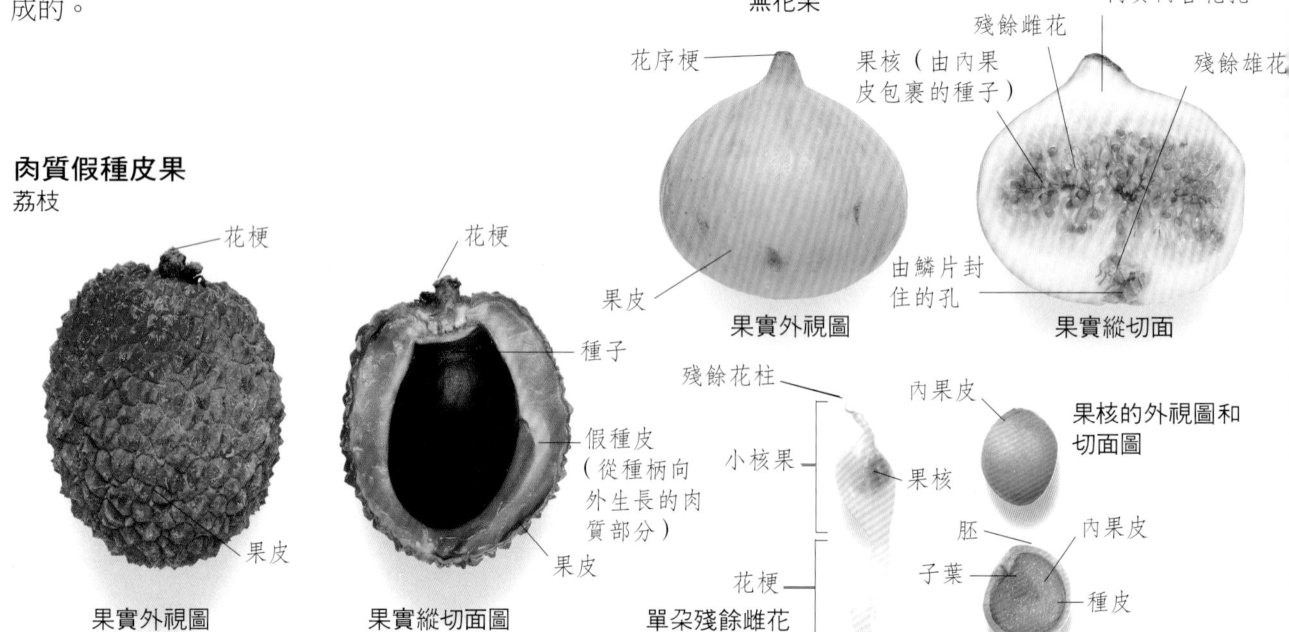

漿果
燈籠果

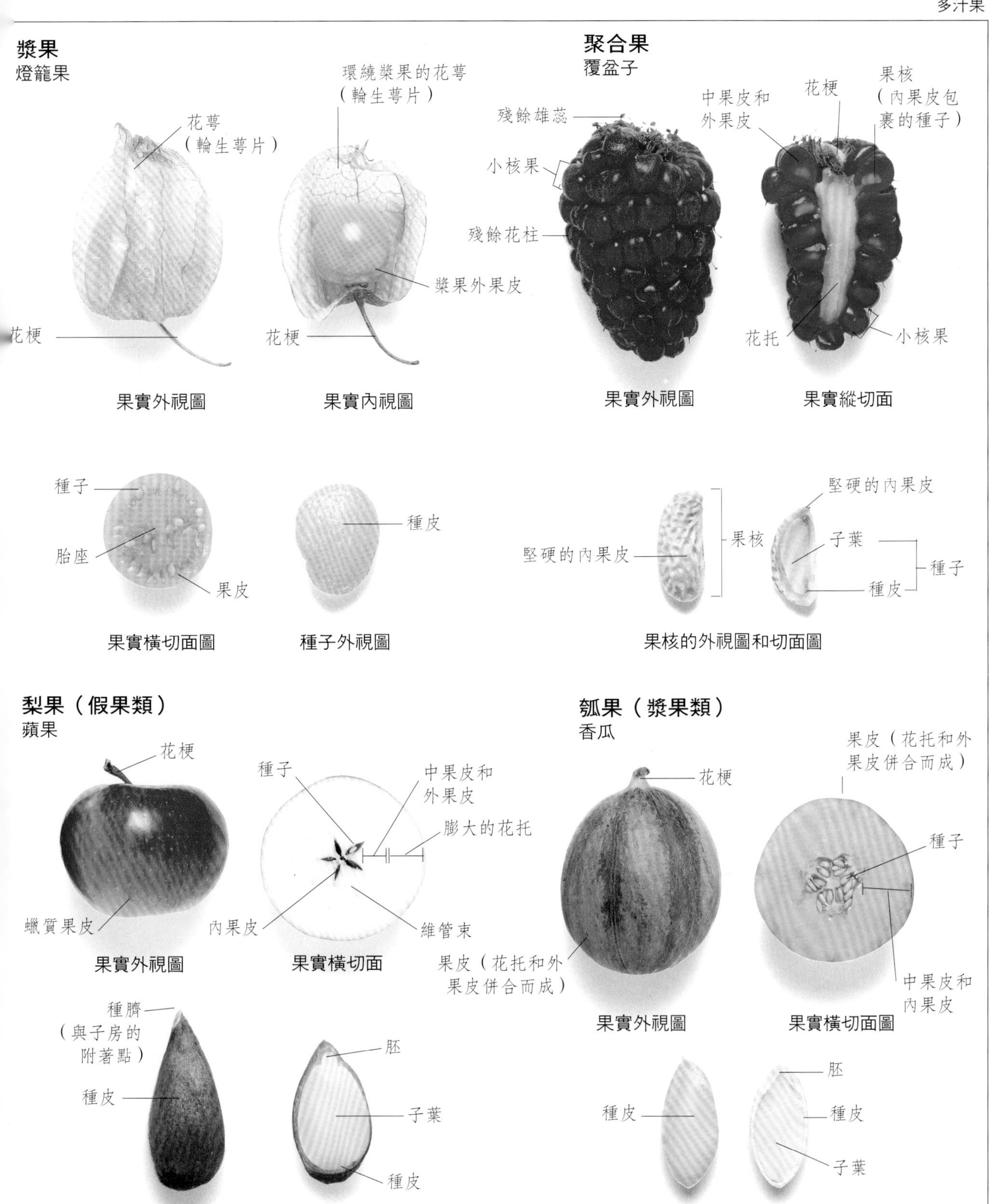

花萼
（輪生萼片）

環繞漿果的花萼
（輪生萼片）

花梗

花梗

漿果外果皮

花梗

果實外視圖

果實內視圖

聚合果
覆盆子

殘餘雄蕊

小核果

殘餘花柱

中果皮和
外果皮

花梗

果核
（內果皮包
裹的種子）

花托

小核果

果實外視圖

果實縱切面

種子

胎座

果皮

種皮

果實橫切面圖

種子外視圖

堅硬的內果皮

堅硬的內果皮

果核

子葉

種皮

種子

果核的外視圖和切面圖

梨果（假果類）
蘋果

花梗

種子

中果皮和
外果皮

膨大的花托

蠟質果皮

內果皮

維管束

果實外視圖

果實橫切面

果皮（花托和外
果皮併合而成）

種臍
（與子房的
附著點）

種皮

胚

子葉

種皮

種子的外視圖和切面圖

瓠果（漿果類）
香瓜

花梗

果皮（花托和外
果皮併合而成）

種子

果皮（花托和外
果皮併合而成）

中果皮和
內果皮

果實外視圖

果實橫切面圖

種皮

胚

種皮

子葉

種子的外視圖和切面圖

花果(SYCONIUM)(假果類)：無花果[Fig(*Ficus carica*)]。肉質假種皮果(FRUIT WITH FLESHY ARIL)：荔枝
[Lychee(*Litchi chinensis*)]；假種皮*(Aril)*。漿果(BERRY)：燈籠果[Cape gooseberry(*Physalis peruviana*)]。
聚合果(AGGREGATE FRUIT)：覆盆子[Raspberry(*Rubus idaeus*)]。梨果(POME)：蘋果[Apple(*Malus
sylvestris*)]；蠟質果皮*(Waxy skin)*；維管束*(Vascular strand)*。瓠果(PEPO)：香瓜[Charentais
melon(*Cucumis melo*)]；可可[Cocoa(*Theobroma cacao*)]。

乾果

乾果有一層硬而乾的果皮包裹著種子，不像多汁果有肉質果皮（參見148-149頁）。乾果分爲三種類型：**裂果**，果皮裂開而釋散出種子；**閉果**，果皮不裂開；**離果**，果實裂開但種子不露出。裂果包括蒴果（如黑種草）、**蓇葖果（飛燕草）**、莢果（豌豆）和角果（緞花）。裂果的種子是藉助風傳播。閉果包括**堅果（甜栗）**、小堅果（牛筋草）、瘦果（草莓）、**穎果（小麥）**、**翅果（榆木）**和菊果（蒲公英）。一些閉果的種子是通過風藉由果實的"翅"（榆木）傳播或風散播，另一些閉果（牛筋草）果皮有刺鉤，可藉助動物的皮毛傳播。離果包括雙懸果（獨活）、雙翅果（歐亞槭），均由風傳播。

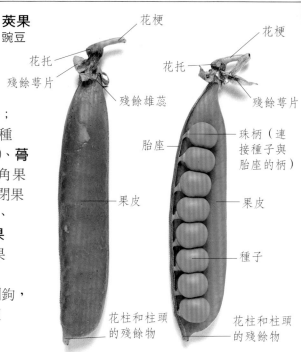

小堅果
牛筋草

莢果
豌豆

花梗
花托
殘餘萼片
殘餘雄蕊
胎座
果皮
花柱和柱頭的殘餘物
果實外視圖

花梗
花托
殘餘萼片
珠柄（連接種子與胎座的柄）
果皮
種子
花柱和柱頭的殘餘物
果實內視圖

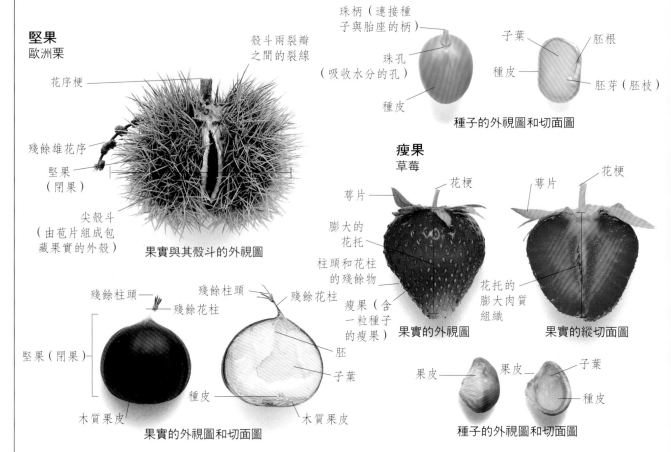

堅果
歐洲栗

花序梗
殘餘雄花序
堅果（閉果）
尖殼斗（由苞片組成包藏果實的外殼）
殼斗兩裂瓣之間的裂線
果實與其殼斗的外視圖

珠柄（連接種子與胎座的柄）
珠孔（吸收水分的孔）
種皮
子葉
種皮
胚根
胚芽（胚枝）
種子的外視圖和切面圖

殘餘柱頭
殘餘花柱
堅果（閉果）
木質果皮
殘餘柱頭
殘餘花柱
胚
子葉
木質果皮
果實的外視圖和切面圖

瘦果
草莓

花梗
萼片
膨大的花托
柱頭和花柱的殘餘物
瘦果（含一粒種子的瘦果）
果實的外視圖

萼片
花梗
花托的膨大肉質組織
果實的縱切面圖

果皮
果皮
子葉
種皮
種子的外視圖和切面圖

乾果(Dry fruits)：裂果(dehiscent)；閉果(indehiscent)；離果(schizocarpic)；飛燕草(delphinium)；堅果（甜栗）[nuts(sweet chestnut)]；小堅果(nutlets)；穎果(小麥)[caryopses(wheat)]；翅果(榆木)[samaras(elm)]；菊果(蒲公英)[cypselas(dandelion)]。莢果(LEGUME)：豌豆[Pea(Pisum sativum)]；胚根(Radicle)。堅果：尖殼斗(Spiky cupule)；木質果皮[Woody pericarp(fruit wall)]。瘦果(ACHENE)：草莓[Strawberry(Fragaria x ananassa)]；膨大的花托(Swollen receptacle)。**雙翅果**：懸果丬(半邊果)[Mericarp(half-fruit)]。蒴果(CAPSULE)：黑種草[Love-in-a-mist(Nigella damascena)]；併合的心皮緣(Fused edge of carpels)；開裂線[Line of dehiscence(splitting)]；敗育胚珠(Abortive ovule)；心皮壁(Carpel

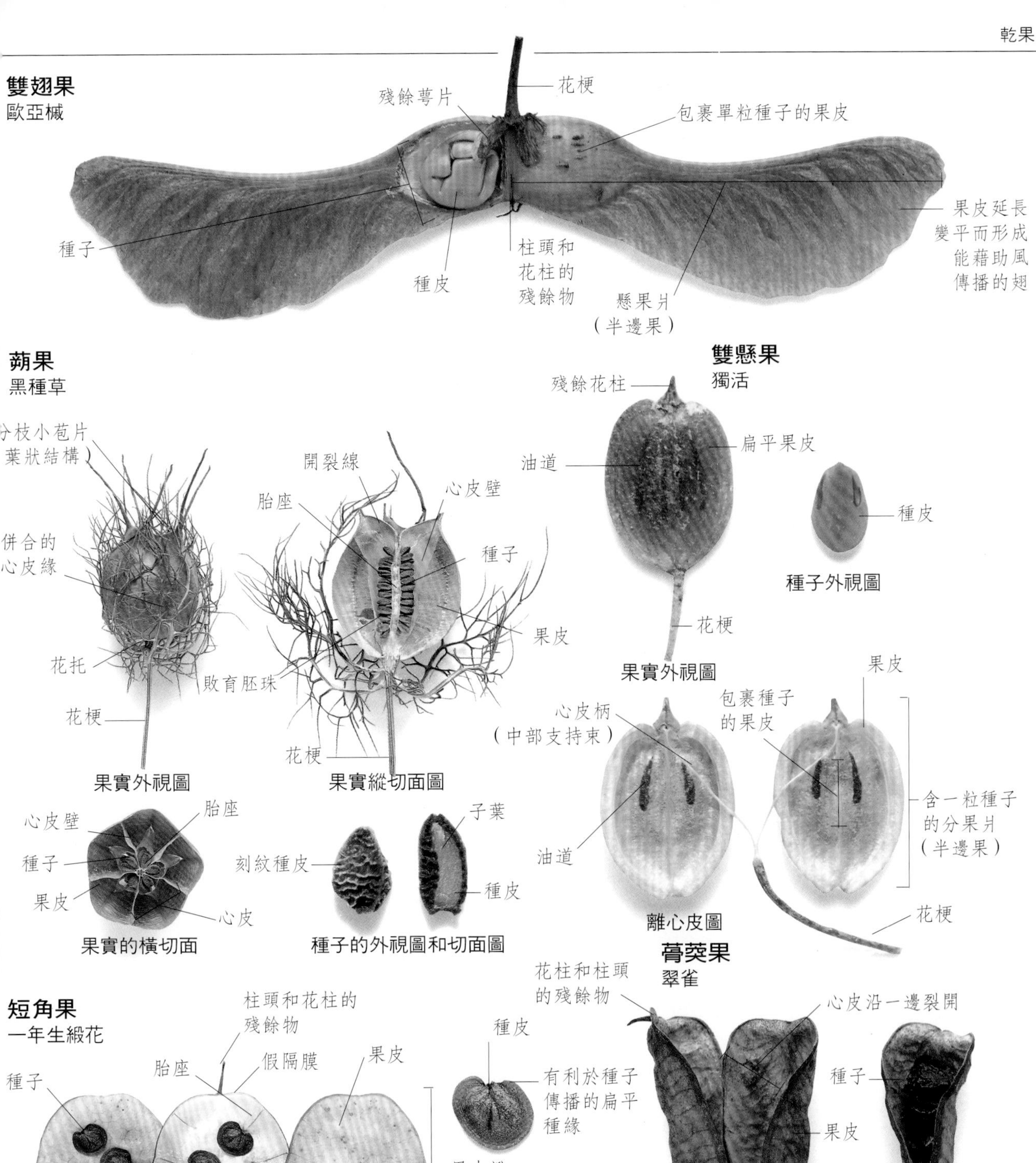

雙翅果
歐亞槭

殘餘萼片　花梗
包裹單粒種子的果皮
種子
柱頭和花柱的殘餘物
種皮
懸果爿（半邊果）
果皮延長變平而形成能藉助風傳播的翅

蒴果
黑種草

分枝小苞片葉狀結構）
併合的心皮緣
花托
花梗
開裂線
胎座
心皮壁
種子
果皮
敗育胚珠
花梗
果實外視圖
果實縱切面圖

心皮壁
胎座
種子
果皮
心皮
果實的橫切面

刻紋種皮
子葉
種皮
種子的外視圖和切面圖

雙懸果
獨活

殘餘花柱
扁平果皮
油道
種皮
種子外視圖
花梗
果實外視圖

心皮柄（中部支持束）
包裹種子的果皮
果皮
油道
離心皮圖
含一粒種子的分果爿（半邊果）
花梗

蓇葖果
翠雀

花柱和柱頭的殘餘物
心皮沿一邊裂開
種皮
果皮
心皮裂開，露出種子
果皮
花托
花梗

有利於種子傳播的扁平種緣
種臍（與子房的附著點）
胚
子葉
種皮
種子的外視圖和切面圖

短角果
一年生緞花

種子
胎座
柱頭和花柱的殘餘物
假隔膜
果皮
果皮瓣
假膜（包裹假隔膜的脊狀膜）
花梗
裂開的果實部分

wall）；刻紋種皮[Sculptured testa(seed coat)]。**雙懸果**(CREMOCARP)：獨活[Hogweed(Heracleum sp.)]；油道[Vitta(oil duct)]；扁平果皮[Flattened pericarp(fruit wall)]。離心皮圖(SEPARATED CARPELS)；心皮柄(中部支持束)[Carpophore(central supporting strand)]；含一粒種子的分果爿(半邊果)[One-seeded mericarp(half-fruit)]。**短角果**(SILICLE)：一年生緞花[Honesty(Lunaria annua)]；假膜(包裹假隔膜的脊狀膜)[Replum(ridge surrounding false septum)]；果皮瓣(Valve of pericarp)。**蓇葖果**(FOLLICLE)：翠雀[Larkspur(Delphinium sp.)]。牛筋草[Goose grass(Galium aparine)]。

發芽

發芽是種子長成幼苗的過程，該過程從種子在地下活動時開始，到第一片葉露出地面為止。一粒種子由胚及其養分供給體，和包圍在外的種皮組成。胚由一或二片與中軸相連的子葉組成。軸的上部由**上胚軸**組成，上胚軸的頂部有**胚芽**。軸的下部由**下胚軸**和**胚根**組成。當種子離開親本植株後，便脫水進入**休眠期**。休眠期結束後種子一獲得足夠的水、氧、溫度（在某些情況下也需光）便開始發芽。在發芽的第一階段，種子吸收水分、胚開始利用其貯藏的營養物質，胚根膨脹頂破種皮，向地下生長。然後種子的發芽過程有兩種方式，而這取決於種子的類型。在**子葉出土發芽**中，下胚軸伸長，並將胚芽及其具保護作用的子葉推出土面。在**子葉不出土發芽**中，子葉留在土內，上胚軸伸長，僅將胚芽推出土面。

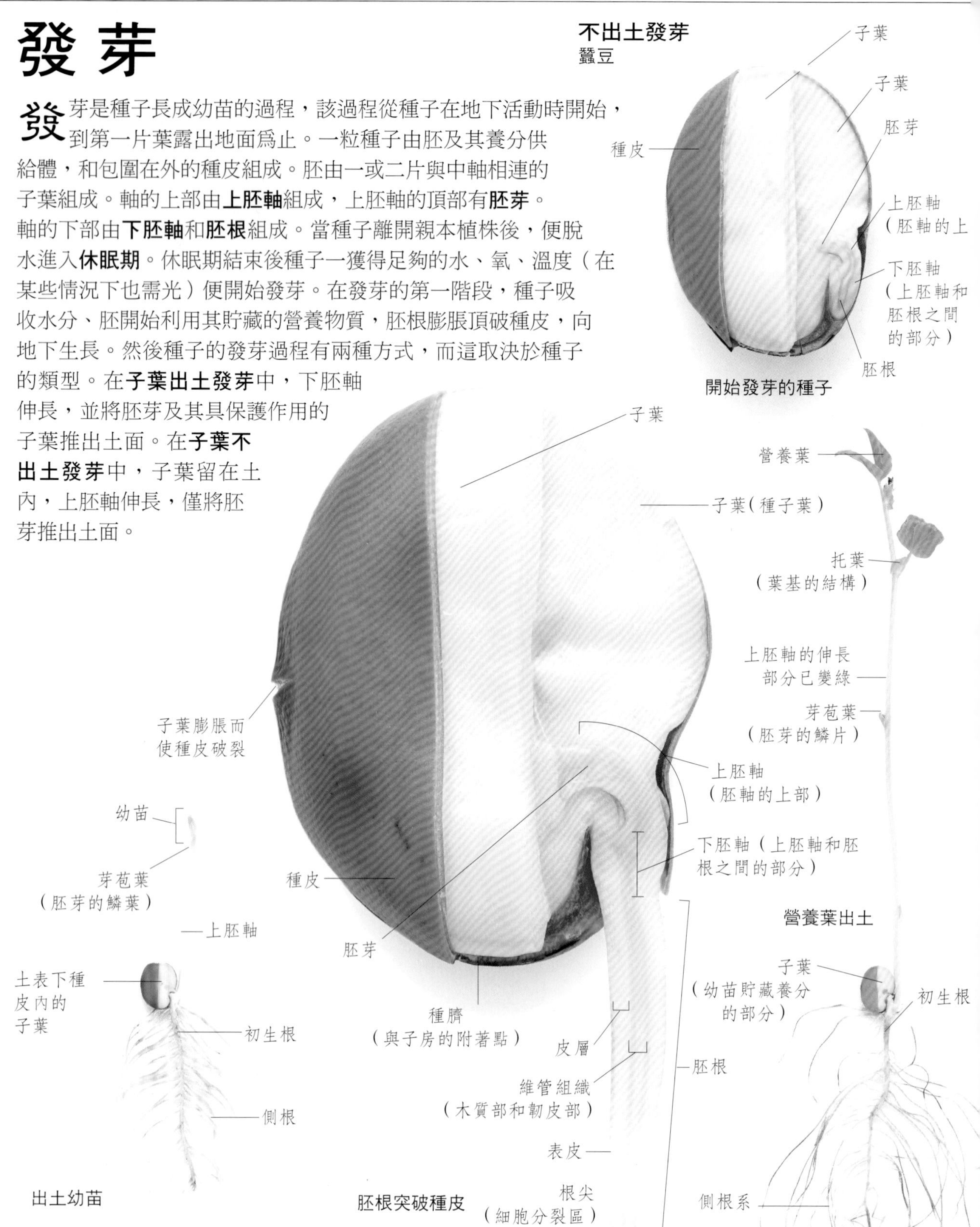

不出土發芽
蠶豆

子葉
子葉
胚芽
種皮
上胚軸（胚軸的上部）
下胚軸（上胚軸和胚根之間的部分）
胚根

開始發芽的種子

子葉
營養葉
子葉（種子葉）
托葉（葉基的結構）
上胚軸的伸長部分已變綠
芽苞葉（胚芽的鱗片）
上胚軸（胚軸的上部）
下胚軸（上胚軸和胚根之間的部分）

子葉膨脹而使種皮破裂

幼苗
芽苞葉（胚芽的鱗葉）
上胚軸
土表下種皮內的子葉
初生根
側根

出土幼苗

種皮
胚芽
種臍（與子房的附著點）
皮層
維管組織（木質部和韌皮部）
胚根
表皮
根尖（細胞分裂區）

胚根突破種皮

營養葉出土

子葉（幼苗貯藏養分的部分）
初生根
側根系

發芽(Germination)：上胚軸(epicotyl)；胚芽[plumule(embryonic shoot)]；下胚軸(hypocotyl)；胚根[radicle(embryonic root)]；休眠期(period of dormancy)；子葉出土發芽(epigeal germination)；子葉不出土發芽(hypogeal germination)。**不出土發芽(HYPOGEAL GERMINATION)**：蠶豆[Broad bean(*Vicia faba*)]。開始發芽的種子(SEED AT START OF GERMINATION)：子葉(*Cotyledon,seed leaf*)；種皮(*Testa,seed coat*)。出土幼苗(SHOOT APPEARS ABOVE SOIL)：初生根(*Primary root*)；胚根突破種皮(RADICLE BREAKS THROUGH TESTA)：芽苞葉(胚芽的鱗葉)[*Cataphyll(scale leaf of plumule)*]；種臍與子房的附著點[*Hilum(point of attachment to ovary)*]；托葉(*Stipule*)；營養葉(*Foliage leaf*)；側根系(*Lateral root system*)。**出土發芽(EPIGEAL GERMINATION)**：菜豆[Black bean(*Phaseolus sp.*)]；開始發芽的種子外觀圖(EXTERNAL

出土發芽
莢豆

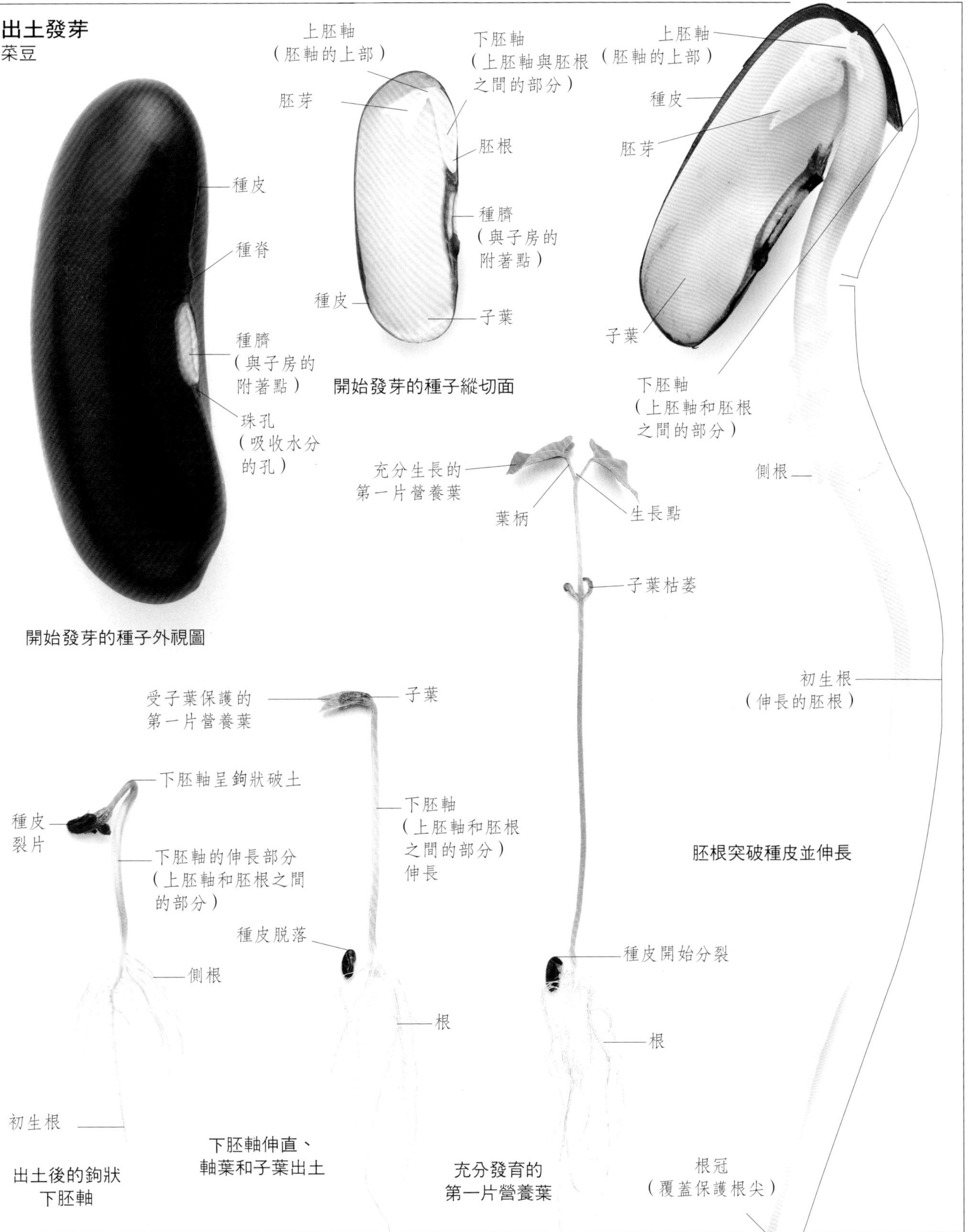

上胚軸（胚軸的上部）

下胚軸（上胚軸與胚根之間的部分）

上胚軸（胚軸的上部）

胚芽

種皮

胚芽

胚根

種皮

種皮

種臍（與子房的附著點）

子葉

子葉

種皮

種脊

種臍（與子房的附著點）

珠孔（吸收水分的孔）

開始發芽的種子縱切面

下胚軸（上胚軸和胚根之間的部分）

側根

充分生長的第一片營養葉

葉柄

生長點

子葉枯萎

初生根（伸長的胚根）

開始發芽的種子外視圖

受子葉保護的第一片營養葉

子葉

下胚軸呈鉤狀破土

下胚軸（上胚軸和胚根之間的部分）伸長

種皮裂片

下胚軸的伸長部分（上胚軸和胚根之間的部分）

胚根突破種皮並伸長

種皮脫落

側根

種皮開始分裂

初生根

下胚軸伸直、軸葉和子葉出土

充分發育的第一片營養葉

根冠（覆蓋保護根尖）

出土後的鉤狀下胚軸

根

根

VIEW OF SEED AT START OF GERMINATION)；開始發芽的種子縱切面(LONGITUDINAL SECTION THROUGH SEED AT START OF GERMINATION)；種脊[Raphe(ridge)]；珠孔(Micropyle)；出土後的鉤狀下胚軸(HYPOCOTYL "HOOK" APPEARS ABOVE SOIL)：下胚軸成鉤狀破土(Hypocotyl "hook" pushes out of soil)；生長點(Growing point)。下胚軸伸直軸葉和子葉出土(HYPOCOTYL STRAIGHTENS,PULLING LEAVES AND COTYLEDONS OUT OF SOIL)；充分發育的第一片營養葉(FIRST FOLIAGE LEAVES FULLY DEVELOPED)；葉柄(Petiole,Leaf stalk)；胚根突破種皮並伸長(RADICLE BREAKS THROUGH TESTA AND LENGTHENS)；根冠(覆蓋保護根尖)[Root cap(protective covering for root tip)]。

營養繁殖

不定芽
伽藍菜

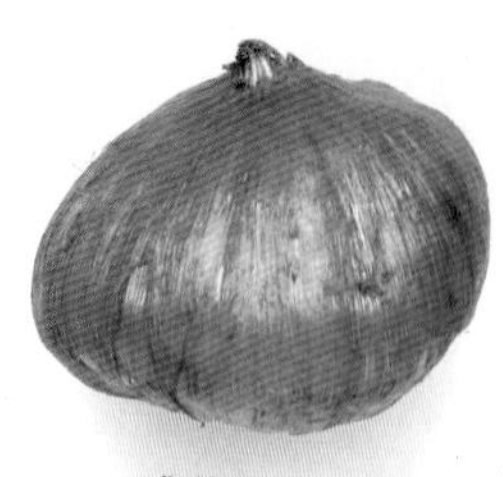

球莖
唐菖蒲

很多植物都可以通過營養繁殖方式**自體繁殖**。在這一過程中，植物體的一部分經分離、發根而形成新的植株。營養繁殖是無性繁殖的一種類型，它僅涉及一株母株，沒有配子（性細胞）的融合，並可利用植物的各種結構進行營養繁殖。一些植物利用地下貯藏器官繁殖，這類器官包括能產生新植株的**根莖（臥莖、地下莖）**和枝條；**鱗莖（膨大葉莖）**和**球莖（膨大莖）**，均能產生與母株分離的子代鱗莖和球莖；**塊莖（增厚的地下莖）**和**塊根（膨大的不定根）**，也能與母株分離。其它繁殖結構包括能發根產生新植株的**長匍莖、匍匐莖和匍匐水平莖**；可在莖上或花上發育，然後脫落生成新植株的珠芽、小鱗莖；落地前於葉緣即形成能生長的成熟植株的不定芽、微形植株等。

葉尖

葉片

葉緣

有分生組織（活動分裂細胞）的葉緣凹口

不定芽（帶不定根的分離芽）從葉上脫落

葉柄

花內的珠芽
Orange百合

花痕

子葉

花梗

在花內形成的可分離珠芽

花序梗

匍匐莖
歐亞活血丹

頂芽

節間

節

節

子代植株的不定根

母體植株

匍匐莖

側芽發育而成的子代植株

營養繁殖(Vegetative reproduction)：自體繁殖(PROPAGATE THEMSELVES)；根莖(臥莖、地下莖)[rhizomes(horizontal,underground stems)]；鱗莖(膨大葉莖)[bulbs(swollen leaf bases)]；球莖(膨大莖)[corms (swollen stems)]；塊莖(增厚的地下莖)[stem tubers(thickened underground stems)]；塊根(膨大的不定根)[root tubers(swollen adventitious roots)]；長匍莖(runners)；匍匐水平莖(creeping horizontal stems)；微形植株(miniature plants)。**不定芽**：伽藍菜[Mexican hat plant(*Kalanchoe daigremontiana*)]；分生組織(活動分裂細胞)[*meristematic(actively dividing)cells*]；帶不定根的分離芽(*detachable bud with adventitious roots*)。**花內的珠芽**：Orange百合[Orange lily(*Lilium bulbiferum*)]。**匍匐**

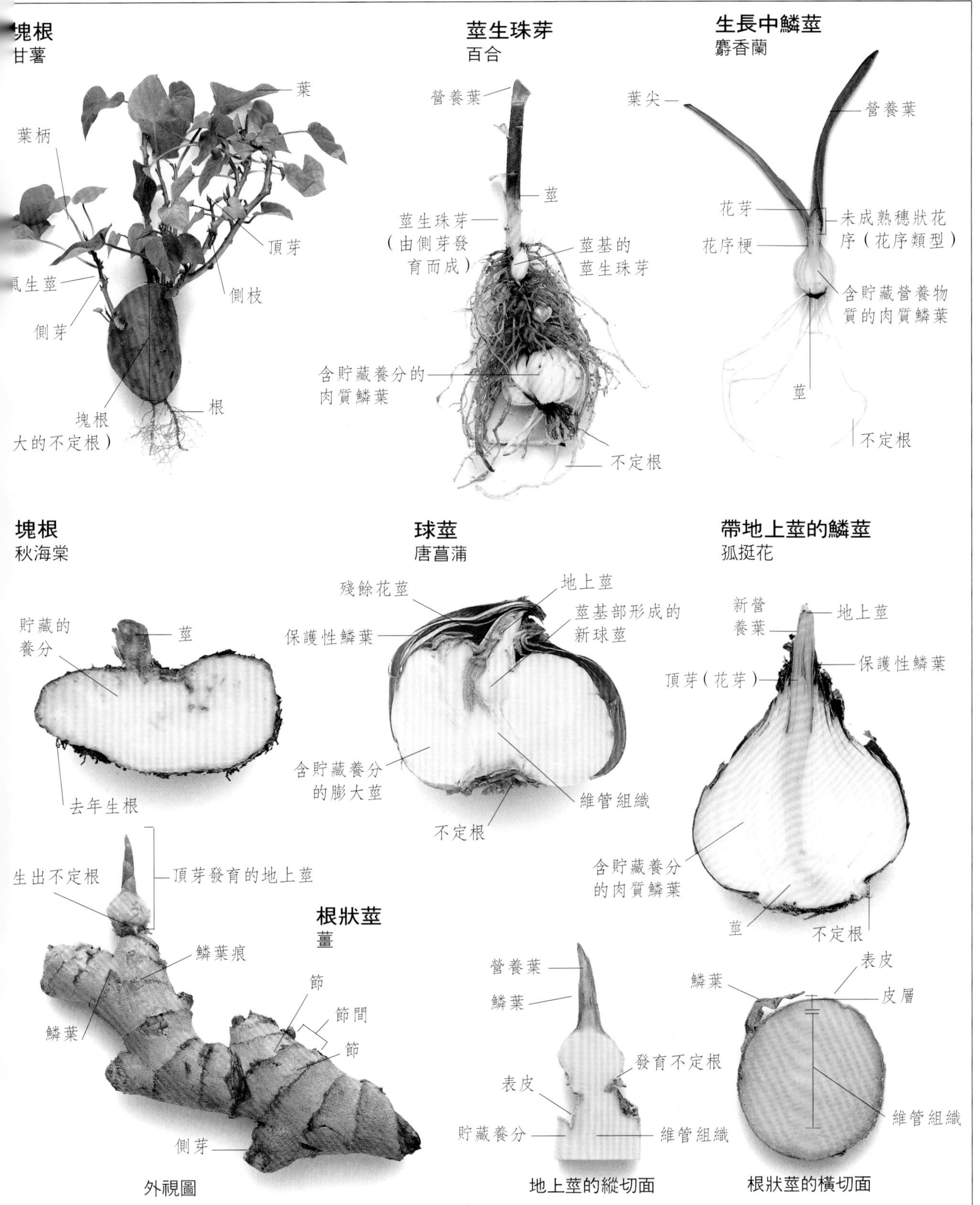

塊根
甘薯

葉
葉柄
頂芽
氣生莖
側枝
側芽
塊根
（膨大的不定根）
根

莖生珠芽
百合

營養葉
莖
莖生珠芽
（由側芽發
育而成）
莖基的
莖生珠芽
含貯藏養分的
肉質鱗葉
不定根

生長中鱗莖
麝香蘭

葉尖
營養葉
花芽
花序梗
未成熟穗狀花
序（花序類型）
含貯藏營養物
質的肉質鱗葉
莖
不定根

塊根
秋海棠

貯藏的
養分
莖
去年生根

球莖
唐菖蒲

殘餘花莖
地上莖
保護性鱗葉
莖基部形成的
新球莖
含貯藏養分
的膨大莖
維管組織
不定根

帶地上莖的鱗莖
孤挺花

新營
養葉
地上莖
保護性鱗葉
頂芽（花芽）
含貯藏養分
的肉質鱗葉
莖
不定根

生出不定根
頂芽發育的地上莖
鱗葉痕
鱗葉
側芽

外視圖

根狀莖
薑

節
節間
節

營養葉
鱗葉
表皮
貯藏養分
發育不定根
維管組織

地上莖的縱切面

鱗葉
表皮
皮層
維管組織

根狀莖的橫切面

莖：歐亞活血丹[Ground ivy(*Glechoma hederacea*)]；側芽發育而成的子代植株(*Daughter plant developed from lateral bud*)。塊根：甘薯[Sweet potato(*Ipomoea batatas*)]；氣生莖(*Aerial stem*)；頂芽(*Terminal bud*)。莖生珠芽：肉質鱗葉(*Fleshy scale leaf*)。生長中鱗莖：麝香蘭[Grape hyacinth(*Muscari sp.*)]；未成熟穗狀花序(*Immature spike*)。秋海棠[Begonia(*Begonia x tuberhybrida*)]。球莖：唐菖蒲[Gladiolus(*Gladiolus sp.*)]；保護性鱗葉(*Protective scale leaf*)。帶地上莖的鱗莖：孤挺花[Amaryllis(*Hippeastrum sp.*)]。塊狀莖：薑[Ginger(*Zingiber officinale*)]。

旱地植物

旱地植物能在不良環境中存活，在水分很少的地方大多能發現這類植物，某些種類更能生活在葉面水分極度散失的高溫環境中。旱地植物對乾旱環境表現許多適應性變化，包括縮小葉面積、卷葉、內陷氣孔、多毛、針葉、厚表皮等。多汁植物將水分貯藏在葉、根或莖中特別大的海綿組織內。**肉葉植物**有擴大、多肉並能貯水的葉。**肉根植物**有較大的地下貯水器官和地上部短命的莖和葉。**肉莖植物**的代表是**仙人掌**（仙人掌科）。仙人掌的莖多肉，呈綠色，能進行光合作用，一般呈棱狀或覆蓋著成行的小球，葉縮小成針狀或完全退化。

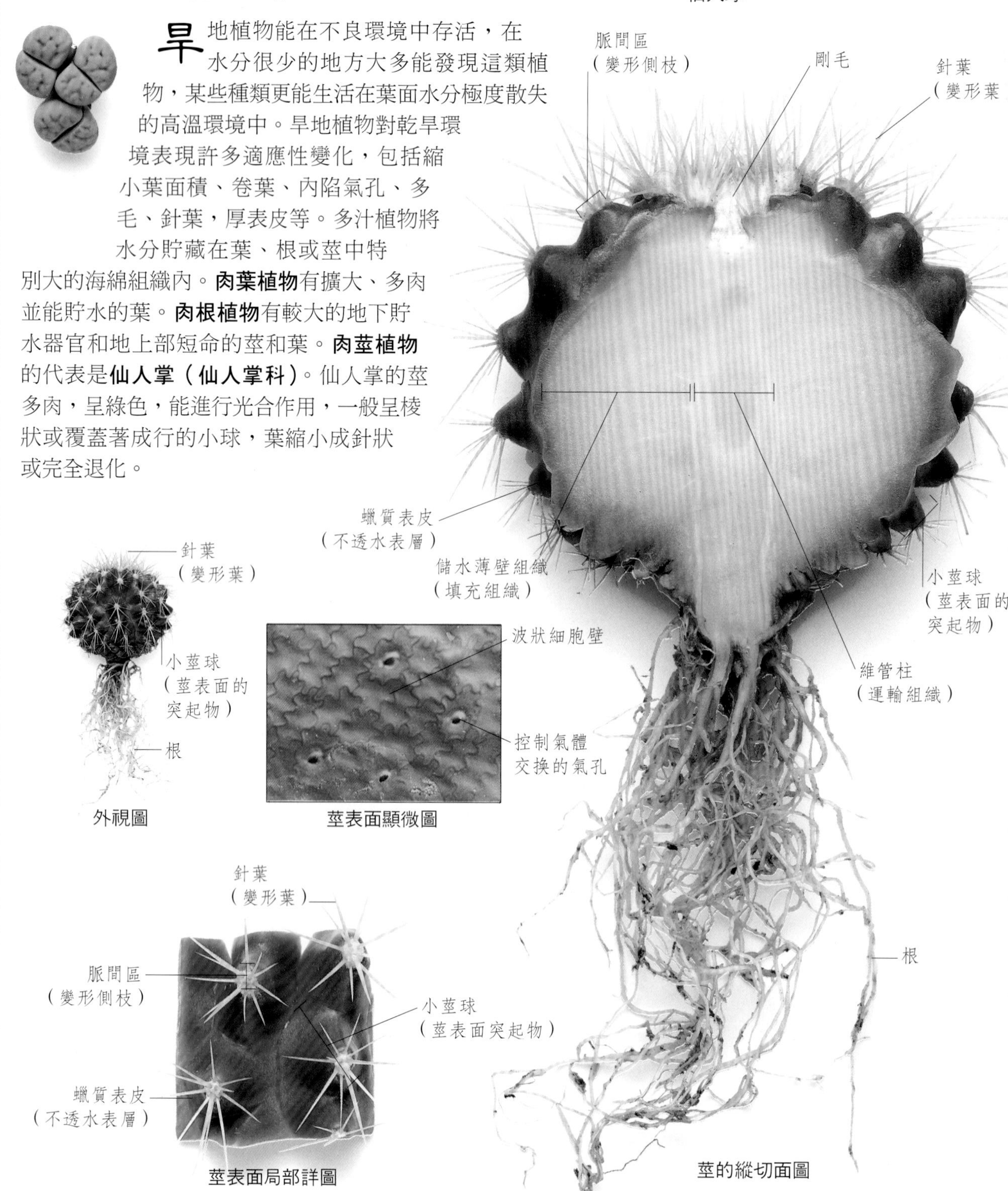

肉莖植物
仙人球

脈間區（變形側枝）
剛毛
針葉（變形葉）
蠟質表皮（不透水表層）
儲水薄壁組織（填充組織）
小莖球（莖表面的突起物）
維管柱（運輸組織）
根

針葉（變形葉）
小莖球（莖表面的突起物）
根
外視圖

波狀細胞壁
控制氣體交換的氣孔
莖表面顯微圖

針葉（變形葉）
脈間區（變形側枝）
小莖球（莖表面突起物）
蠟質表皮（不透水表層）
莖表面局部詳圖

莖的縱切面圖

旱地植物(Dryland plants)：肉葉植物(Leaf succulents)；肉根植物(Root succulents)；肉莖植物(Stem succulents)；仙人掌(仙人掌科)[cacti(family Cactaceac)]。**肉莖植物**：仙人球[Golden barrel cactus(*Echinocactus grusonii*)]；脈間區(變形側枝)[*Areole(modified lateral shoot)*]；蠟質表皮(不透水表層)[*Waxy cuticle(waterproof covering)*]；儲水薄壁組織(填充組織)[*Water-storing parenchyma(packing tissue)*]；維管柱(運輸組織)[*Vascular cylinder(transport tissue)*]；小莖球(*Tubercle*)；針葉(變形

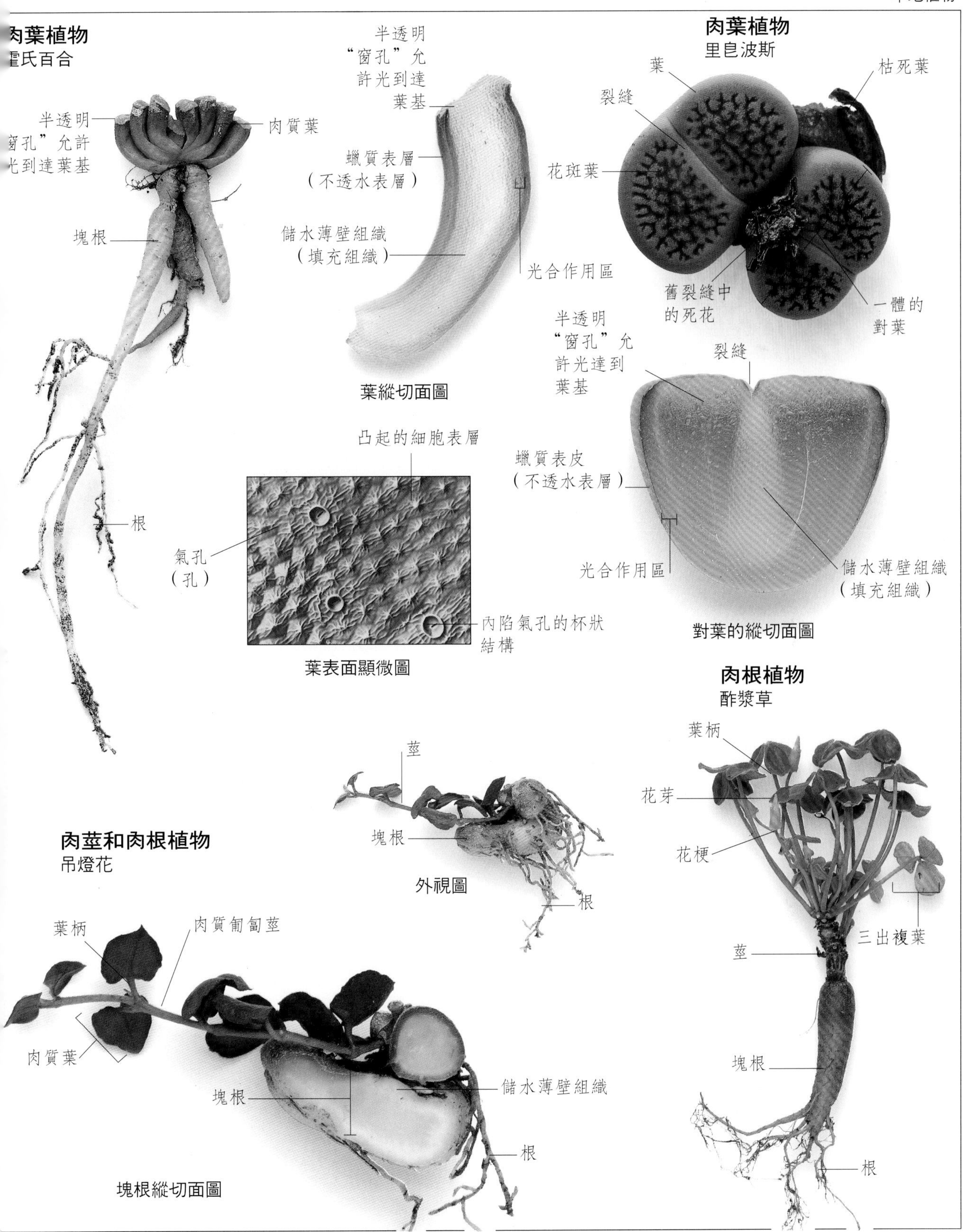

肉葉植物
霍氏百合

半透明
"窗孔"允許
光到達葉基

肉質葉

塊根

根

半透明
"窗孔"允
許光到達
葉基

蠟質表層
（不透水表層）

儲水薄壁組織
（填充組織）

光合作用區

葉縱切面圖

凸起的細胞表層

氣孔
（孔）

內陷氣孔的杯狀
結構

葉表面顯微圖

肉葉植物
里皂波斯

葉

裂縫

花斑葉

枯死葉

舊裂縫中
的死花

一體的
對葉

裂縫

半透明
"窗孔"允
許光達到
葉基

蠟質表皮
（不透水表層）

光合作用區

儲水薄壁組織
（填充組織）

對葉的縱切面圖

肉根植物
酢漿草

葉柄

花芽

花梗

三出複葉

莖

塊根

根

莖

塊根

根

外視圖

肉莖和肉根植物
吊燈花

葉柄

肉質匍匐莖

肉質葉

塊根

儲水薄壁組織

根

塊根縱切面圖

葉)[Spine(modified leaf)]；剛毛[Trichome(hair)]；波狀細胞壁[Sinuous(wavy) cell wall]。**肉葉植物**：霍氏百合(Haworthia truncata)；內陷氣孔的杯狀結構[Cup surrounding sunken stoma(pore)]。里皂波斯(Lithops bromfieldii)；花斑葉(Mottled surface of leaf)。**肉莖和肉根植物**：吊燈花[String of hearts(Ceropegia woodii)]；肉質匍匐莖(Succulent trailing stem)。**肉根植物**：酢漿草(Oxalis sp.)；三出複葉(Trifoliate leaf)。

濕地植物

濕地植物生長在水中，或者部分生長在水中，如布袋蓮；或者全部生長於水中，如眼子菜；均對這種生存環境表現出種種適應性。通常，莖、葉和根內有許多氣隙，這有助於氣體交換和飄浮。植物被淹沒部分一般都沒有表皮（不透水的覆蓋層），以便能直接從水中吸收礦物質和氣體。因為植物靠水支持，所以濕地植物也很少需要像旱地植物那樣的支持組織。完全淹沒的植物無**氣孔（氣體交換孔）**；帶有飄浮葉的部分淹沒植物，如睡蓮，在不被淹沒的葉的上表面有氣孔。

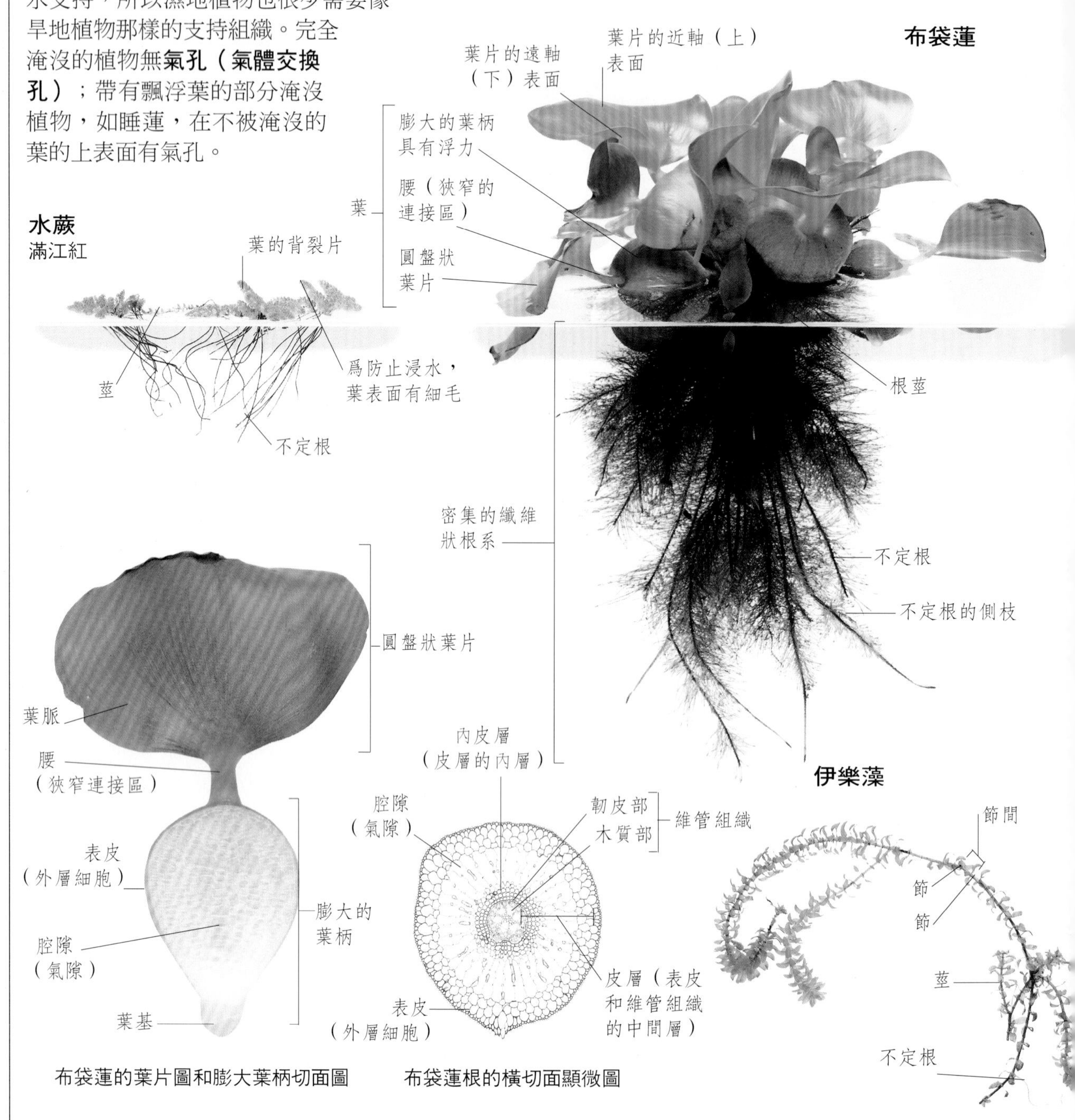

布袋蓮的葉片圖和膨大葉柄切面圖　　布袋蓮根的橫切面顯微圖

濕地植物(Wetland plants)：氣孔(氣體交換孔)(Stomata, the gas exchange pores)。水蕨(WATER FERN)：滿江紅(*Azolla sp.*)；葉的背裂片(*Dorsal lobe of leaf*)。布袋蓮[WATER HYACINTH(*Eichhornia crassipes*)]；腰(*Isthmus*)；圓盤狀葉片[*Orbicular lamina(blade)*]；纖維狀根系(*fibrous root system*)；腔隙(氣隙)[*Lacuna(air space)*]；膨大的葉柄[*Inflated petiole(leaf stalk)*]。伊樂藻[CANADIAN POND WEED(*Elodea canadensis*)]：皮層(*Cortex*)；維管束(*Vascular bundle*)；表皮(*Epidermis*)；內皮層

睡蓮

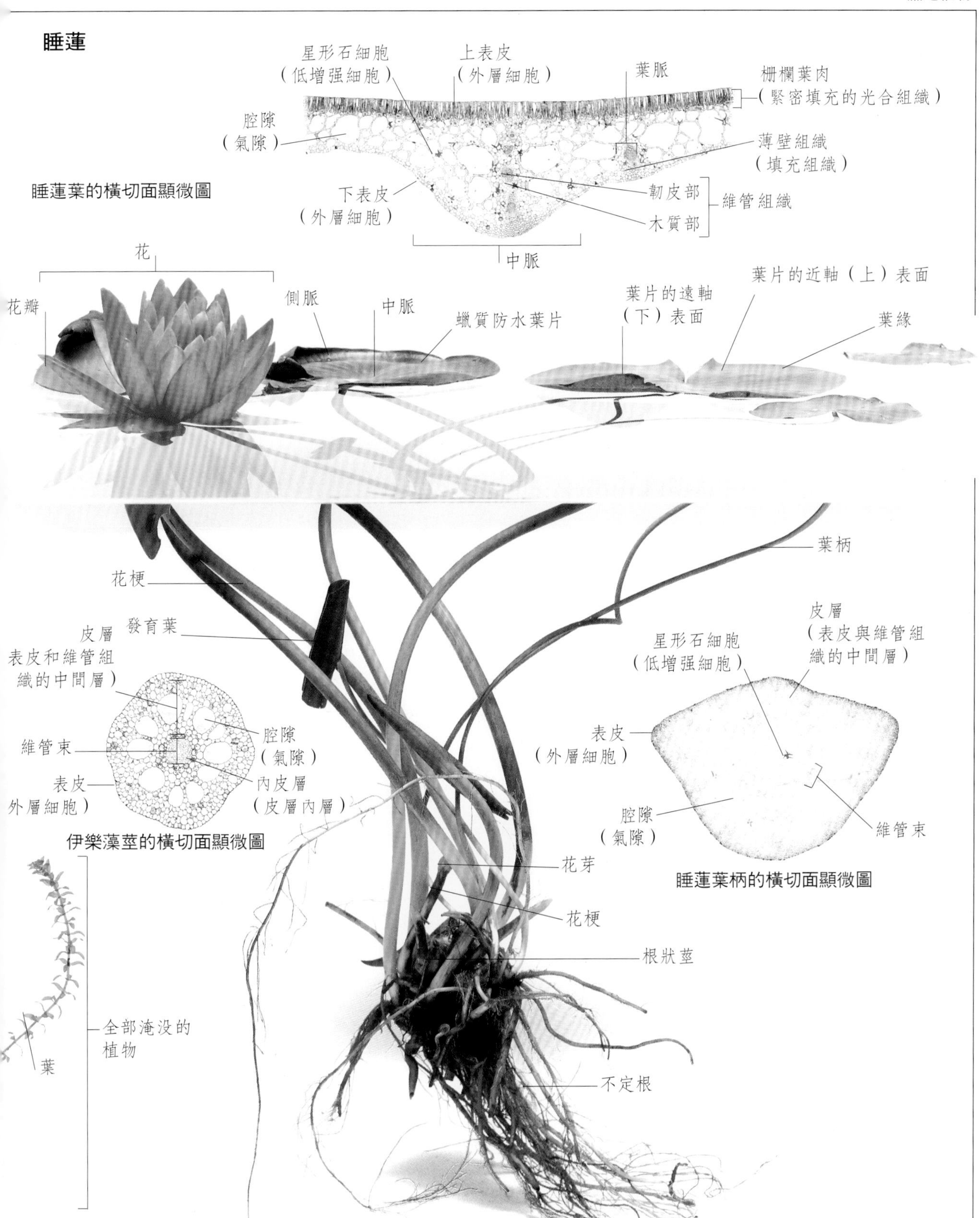

睡蓮葉的橫切面顯微圖

星形石細胞
（低增強細胞）

上表皮
（外層細胞）

葉脈

柵欄葉肉
（緊密填充的光合組織）

腔隙
（氣隙）

薄壁組織
（填充組織）

下表皮
（外層細胞）

韌皮部

木質部

維管組織

中脈

花

花瓣

側脈

中脈

蠟質防水葉片

葉片的遠軸
（下）表面

葉片的近軸（上）表面

葉緣

花梗

發育葉

皮層
表皮和維管組
織的中間層

維管束

表皮
（外層細胞）

腔隙
（氣隙）

內皮層
（皮層內層）

伊樂藻莖的橫切面顯微圖

全部淹沒的
植物

葉

星形石細胞
（低增強細胞）

表皮
（外層細胞）

腔隙
（氣隙）

皮層
（表皮與維管組
織的中間層）

維管束

睡蓮葉柄的橫切面顯微圖

花芽

花梗

根狀莖

不定根

葉柄

(Endodermis)。**睡蓮**[WATER LILY (Nymphaea sp.)]：星形石細胞(低增強細胞)[Star-shaped sclereid(short strengthening cell)]；柵欄葉肉(緊密填充的光合組織)[Palisade mesophyll (tightly packed photosynthetic tissue)]；側脈(Lateral vein)；中脈(Midrib)；蠟質防水葉片[Waxy,water-repellent lamina(blade)]；根狀莖 (Rhizome)；不定根(Adventitious root)。

食肉（蟲）植物

食肉（蟲）植物除了利用葉片進行光合作用合成營養物質外，還靠捕食昆蟲和其它小動物。食肉植物從捕獲的昆蟲吸收養分，使其能在缺乏**必需礦物質**時，特別是硝酸鹽的酸性沼澤土壤中能茁壯生長。在這樣的土壤中，其它大多數植物均不能存活。所有的食肉植物均有變形的葉以作陷阱，其多利用鮮艷的顏色和芳香的花蜜去吸引捕獲物，再用**酶**消化捕獲物。陷阱有三種類型。**瓶子草類植物**，例如豬籠草（Nepenthes mirabalis）和達林頓（Darlingtonia californica）就有變形爲瓶狀陷阱的葉，瓶狀陷阱內一半裝有水。一旦昆蟲被誘入陷阱口中，在光滑的表面上就無法立足而落入液體中，或者就腐爛分解或者被消化。捕蠅草屬植物採用**觸發式陷阱機制**，昆蟲接觸到葉內表面的觸發毛時，陷阱的兩裂片立即關閉。捕蟲菫屬植物和茅膏菜屬植物是通過葉面的粘性水珠粘住捕獲物，然後葉緣慢慢卷曲包圍住並消化掉捕獲物。

瓶子草植物
達林頓

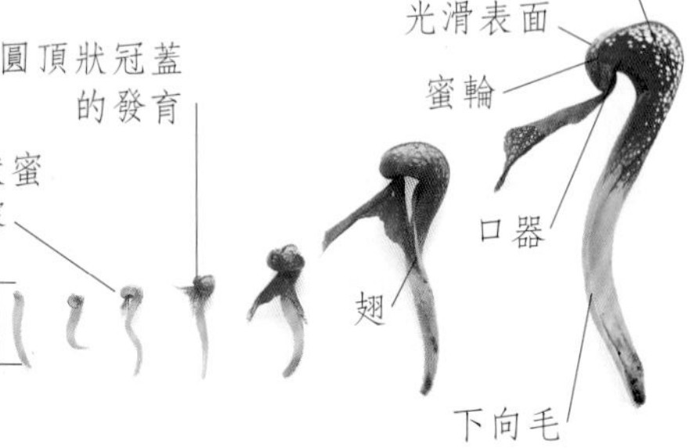

小翅室（透明組織的"窗孔"）
魚尾狀蜜腺
翅
葉冠蓋
瓶狀葉
管狀葉柄
小翅室（透明組織的"窗孔"）

圓頂狀冠蓋的發育
魚尾狀蜜腺顯露
未成熟瓶狀葉
光滑表面
蜜輪
口器
翅
下向毛

達林頓變形葉的發育

未成熟捕蟲器

聯鎖葉齒
關閉的捕蟲器

用以引誘昆蟲的紅色捕蟲器

捕蠅草

葉狀柄（扁平葉柄）
夏季葉柄
蜜腺區（分泌蜜的腺體區）
消化區（分泌消化酶的腺體區）
捕蟲器的裂葉
中脈（捕蟲器的樞紐）
觸發毛
葉齒
春季葉柄
捕蟲器（二淺裂葉片）

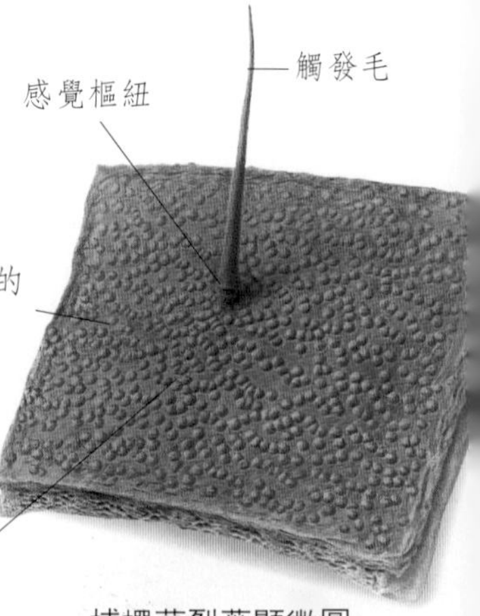

感覺樞紐
觸發毛
捕蟲器的內表面
消化腺

捕蠅草裂葉顯微圖

食肉(蟲)**植物(Carnivorous plants)**：必需礦物質(essential minerals)；酶(enzymes)；瓶子草類植物(Pitcher plants)；觸發式陷阱機制(spring-trap mechanism)。**瓶子草植物**：達林頓[Cobra lily(*Darlingtonia californica*)]；小翅室(透明組織的"窗孔")[*Areola("window" of transparent tissue)*]；魚尾狀蜜腺(*Fishtail nectary*)；管狀葉柄[*Tubular petiole(leaf stalk)*]；瓶狀葉(*Pitcher*)；葉冠蓋(*Hood*)；蜜輪(*Nectar roll*)；口器(*Mouth*)；下向毛(*Downwardpointing hair*)。**捕蠅草**[VENUS FLYTRAP(*Dionaea*

瓶子草植物
豬籠草

葉片
卷鬚
瓶蓋
葉緣
葉瓶口
葉瓶
未成熟葉瓶

葉瓶內表面
消化腺
葉瓶外表面

葉瓶壁顯微圖

葉片
蜜分泌腺
中脈
瓶蓋
（引誘昆蟲並防止
雨水注滿葉瓶）
距
葉瓶緣
（有蜜腺）
卷鬚
蠟質區
（致使昆蟲
無立足點）
消化區
（通常有
消化液）
被部分消
化的昆蟲
消化腺

葉瓶切面圖

剛形成的葉
卷鬚伸長
葉瓶發育時
瓶蓋保持關閉
瓶蓋
打開
葉瓶口
前主脈
卷鬚尖膨大
未成熟葉瓶內
充滿空氣
成熟葉瓶

剛形成葉的葉尖
卷鬚

瓶子草植物變形葉的發育

捕蟲菫

消化腺（產生酶）
有柄分泌腺
（產生粘液物質）
葉的近軸
（上）表面
扁平葉片
昆蟲被誘
捕於葉片
粘性表面
葉緣內卷
葉的遠軸
（下）表面
未成熟葉

捕蟲菫葉的顯微圖

muscipula)]：消化區(分泌消化酶的腺體區)*[Digestive zone(glands secrete digestive enzymes)]*；觸發毛 *(Trigger hair)*；捕蟲器(二淺裂葉片)*[trap(twin-lobed leaf blade)]*；聯鎖葉齒*(Interlocked teeth)*；感覺樞紐 *(Sensory hinge)*。**瓶子草植物**：豬籠草[Monkey cup*(Nepenthes mirabalis)*]；卷鬚*(Tendril)*；瓶蓋*(Lid)*；前 主脈 *(Frontal rib)*；蜜分泌腺 *(Nectarsecreting gland)*；蠟質區 *(Waxy zone)*。**捕蟲菫** [BUTTERWORT*(Pinguicula caudata)*]：有柄分泌腺(產生粘液物質)*[Stalked secretory gland(produces sticky,mucus-like substance)]*。

附生植物和寄生植物

附生植物和寄生植物生長在其它活體植物上。通常，附生植物不紮根在土壤內，而是生長在地上附在其它植物的莖和枝上。附生植物從雨水和空氣中獲取水分，從其附生的植物表面所積累的有機物質中吸取礦物質營養。與其它綠色植物一樣，附生植物也能通過光合作用合成所需養分。附生植物包括**熱帶蘭和鳳梨（氣生植物）**，及一些生長在溫帶的苔蘚。寄生植物從其寄生的寄主植物獲取所需的各種養分。寄生植物產生**吸根（根狀器官）**穿入寄主植物的莖或根，並向內生長，直到與寄主的維管組織結合，以吸取寄主的水分、礦物質和製造的養分。由於寄生植物不需自行產生養分，則缺乏葉綠素（綠色光合色素），也沒有**營養葉**。**半寄生植物**，例如**槲**，雖從寄主植物獲得水分和礦物質，但也有綠色葉和莖，因而亦能通過光合作用合成營養物質。

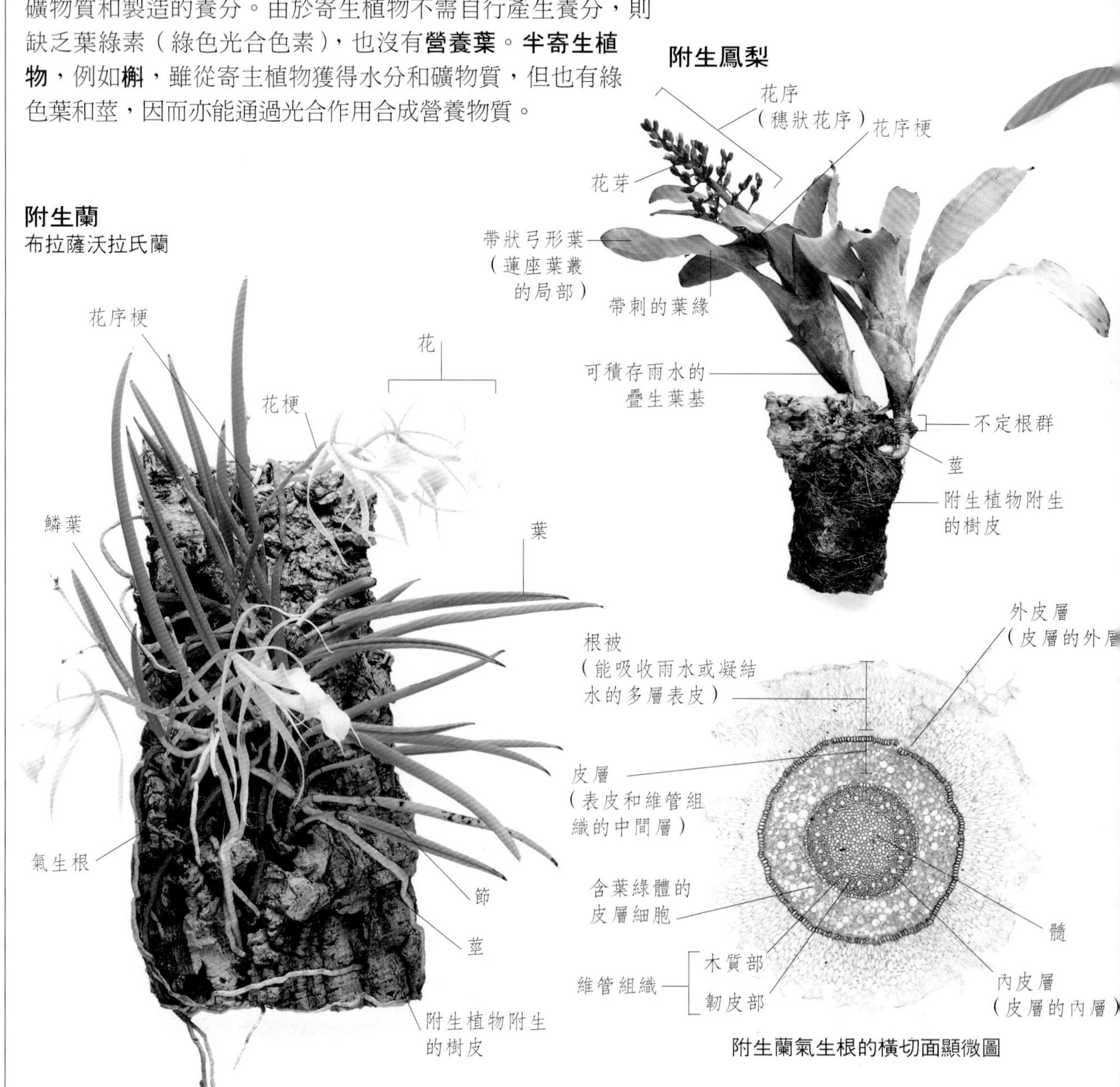

附生鳳梨

花序（穗狀花序）
花序梗
花芽
帶狀弓形葉（蓮座葉叢的局部）
帶刺的葉緣
可積存雨水的疊生葉基
不定根群
莖
附生植物附生的樹皮

附生蘭
布拉薩沃拉氏蘭

花序梗
花
花梗
鱗葉
葉
氣生根
節
莖
附生植物附生的樹皮

根被（能吸收雨水或凝結水的多層表皮）
皮層（表皮和維管組織的中間層）
含葉綠體的皮層細胞
維管組織　木質部　韌皮部
外皮層（皮層的外層）
髓
內皮層（皮層的內層）

附生蘭氣生根的橫切面顯微圖

附生植物和寄生植物(Epiphytic and parasitic plants)：熱帶蘭和鳳梨(氣生植物)[tropical orchids and bromeliads(air plants)]；吸根(根狀器官)(haustoria,root-like organs)；營養葉(foliage leaves)；半寄生植物(Partial parasitic plants)；槲(mistletoe)。**附生鳳梨**[EPIPHYTIC BROMELIAD (*Aechmea miniata*)]：帶狀弓形葉(蓮座葉叢的局部)[*Strap-shaped arching leaf(part of rosette of leaves)*]；可積存雨水的疊生葉基(*Overlapping leaf bases in which rainwater is trapped*)；不定根群(*Mass of adventitious roots*)。**附生蘭**：布拉薩沃拉氏蘭(*Brassavola nodosa*)；鱗葉(*Scale leaf*)；氣生根(*Aerial root*)；根被

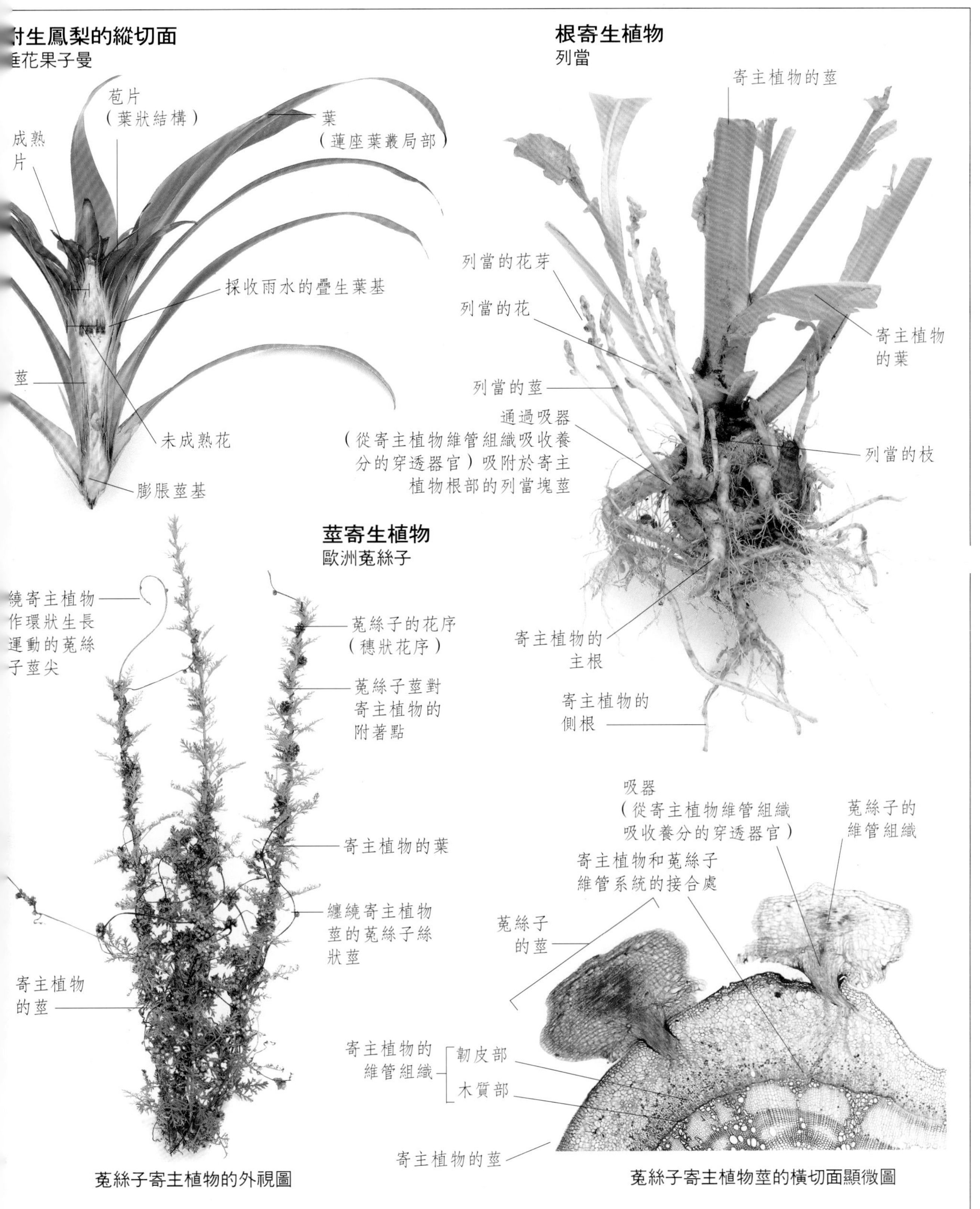

附生鳳梨的縱切面
垂花果子曼

苞片
（葉狀結構）

葉
（蓮座葉叢局部）

成熟苞片

採收雨水的疊生葉基

莖

未成熟花

膨脹莖基

根寄生植物
列當

寄主植物的莖

列當的花芽

列當的花

寄主植物的葉

列當的莖

通過吸器
（從寄主植物維管組織吸收養分的穿透器官）吸附於寄主植物根部的列當塊莖

列當的枝

寄主植物的主根

寄主植物的側根

莖寄生植物
歐洲菟絲子

繞寄主植物作環狀生長運動的菟絲子莖尖

菟絲子的花序
（穗狀花序）

菟絲子莖對寄主植物的附著點

寄主植物的葉

纏繞寄主植物莖的菟絲子絲狀莖

寄主植物的莖

菟絲子寄主植物的外視圖

吸器
（從寄主植物維管組織吸收養分的穿透器官）

寄主植物和菟絲子維管系統的接合處

菟絲子的莖

寄主植物的維管組織 ⎰韌皮部
⎱木質部

寄主植物的莖

菟絲子的維管組織

菟絲子寄主植物莖的橫切面顯微圖

(Velamen)。**附生鳳梨的縱切面**：垂花果子曼[Scarlet star*(Guzmania lingulata)*]；未成熟苞片*(Immature bracts)*。**根寄生植物**：列當[Broomrape*(Orobanche sp.)*]。**莖寄生植物**：歐洲菟絲子[Dodder*(Cuscuta europaea)*]：繞寄主植物作環狀生長運動的菟絲子莖尖*(Tip of dodder stem showing circular movement around host plant)*；菟絲子莖對寄主植物的附著點*(Point of attachment of dodder stem to host stem)*；吸器(從寄主植物維管組織吸收養分的穿透器官)*[Haustorium(penetrating organ that absorbs nutrients from host's vascular tissue)]*。

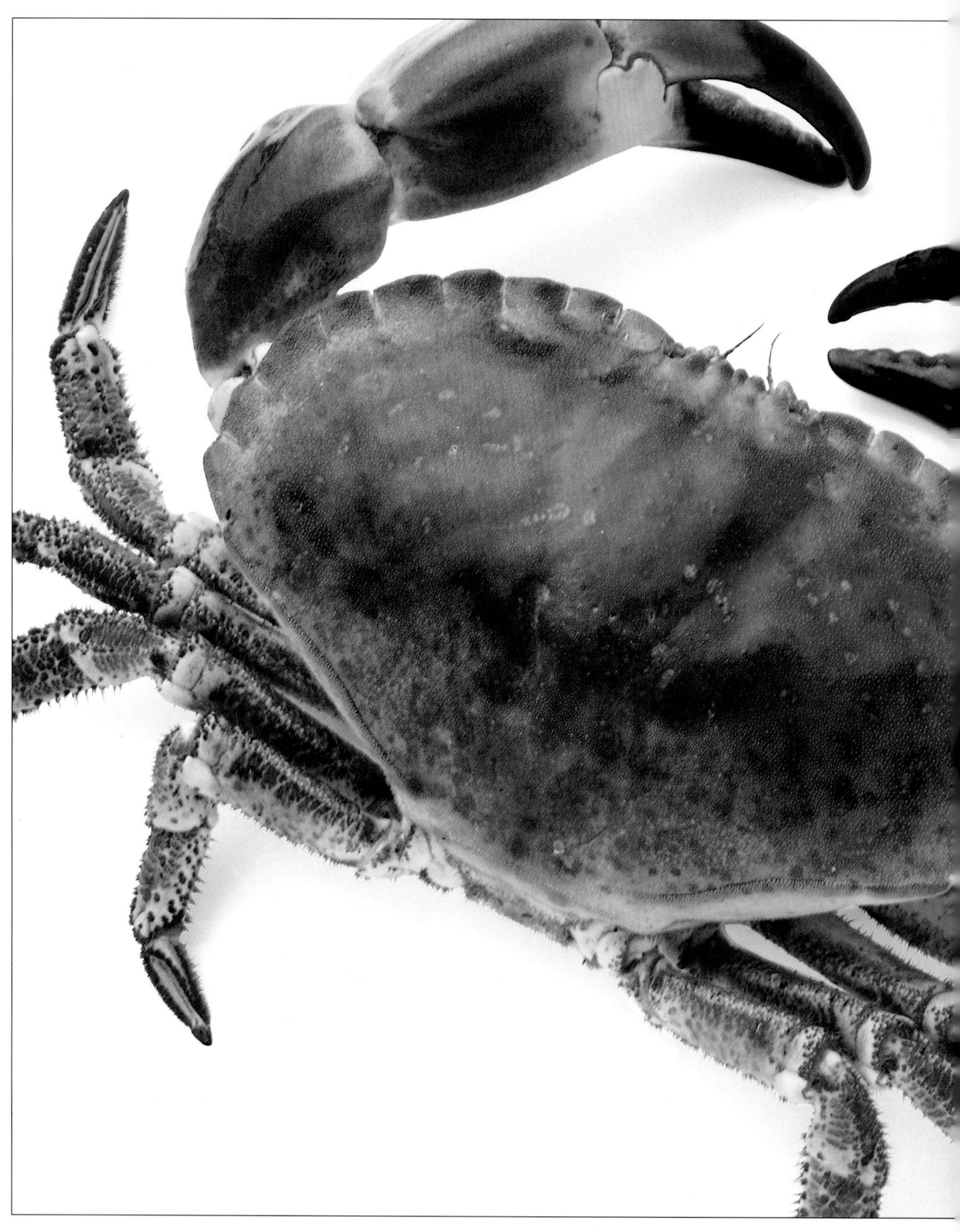

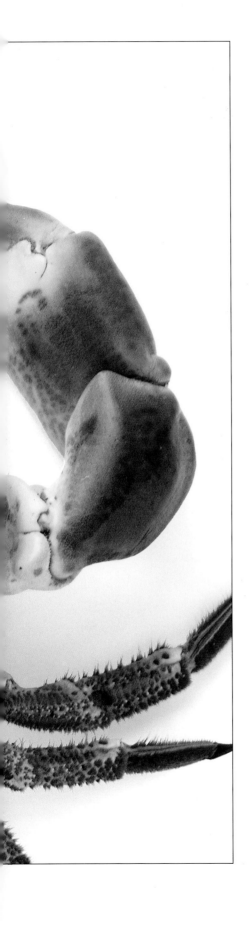

動物篇
ANIMALS

海綿、海蜇和海葵
(Sponges, jellyfish, and sea anemones) 166
昆蟲(Insects) 168
蜘蛛(Arachnids) 170
甲殼動物(Crustaceans) 172
海星和海膽(Starfish and sea urchins) 174
軟體動物(Mollusks) 176
鯊類和無頷魚(Sharks and jawless fish) 178
硬骨魚(Bony fish) 180
兩棲動物(Amphibians) 182
蜥蜴和蛇(Lizards and snakes) 184
鱷和龜(Crocodilians and turtles) 186
鳥1(Birds 1) 188
鳥2(Birds 2) 190
卵(Eggs) 192
食肉動物(Carnivores) 194
兔和囓齒動物(Rabbits and rodents) 196
有蹄類動物(Ungulates) 198
象(Elephants) 200
靈長類動物(Primates) 202
海豚、鯨和海豹(Dolphins, whales, and seals) 204
有袋動物和單孔類動物
(Marsupials and monotremes) 206

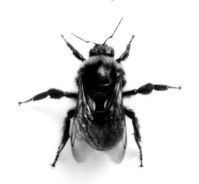

海綿、海蜇和海葵

海綿的內部解剖

海綿是組成**多孔動物門**的主要海洋動物。它們沒有組織或器官，在所有動物中屬結構最簡單的一種。其身體由二層細胞構成，其間是由**礦物質骨針**或**蛋白質纖維**強化的**膠質層（中膠層）**。全身密布著由孔和水溝組成的儲水系統。一種具有鞭毛的特殊細胞（**領細胞**）通過儲水系統吸入水，隨之把微小的食物顆粒帶進海綿細胞。海蜇（**缽水母綱**），海葵（**珊瑚蟲綱**）和珊瑚（**珊瑚蟲綱**）屬**刺胞亞門**，也稱**腔腸動物門**。腔腸動物門較海綿動物複雜，有簡單的組織（如**神經組織**）；輻射對稱的身體和周圍長有觸手的嘴（觸手上，有獨特的**刺細胞**）。

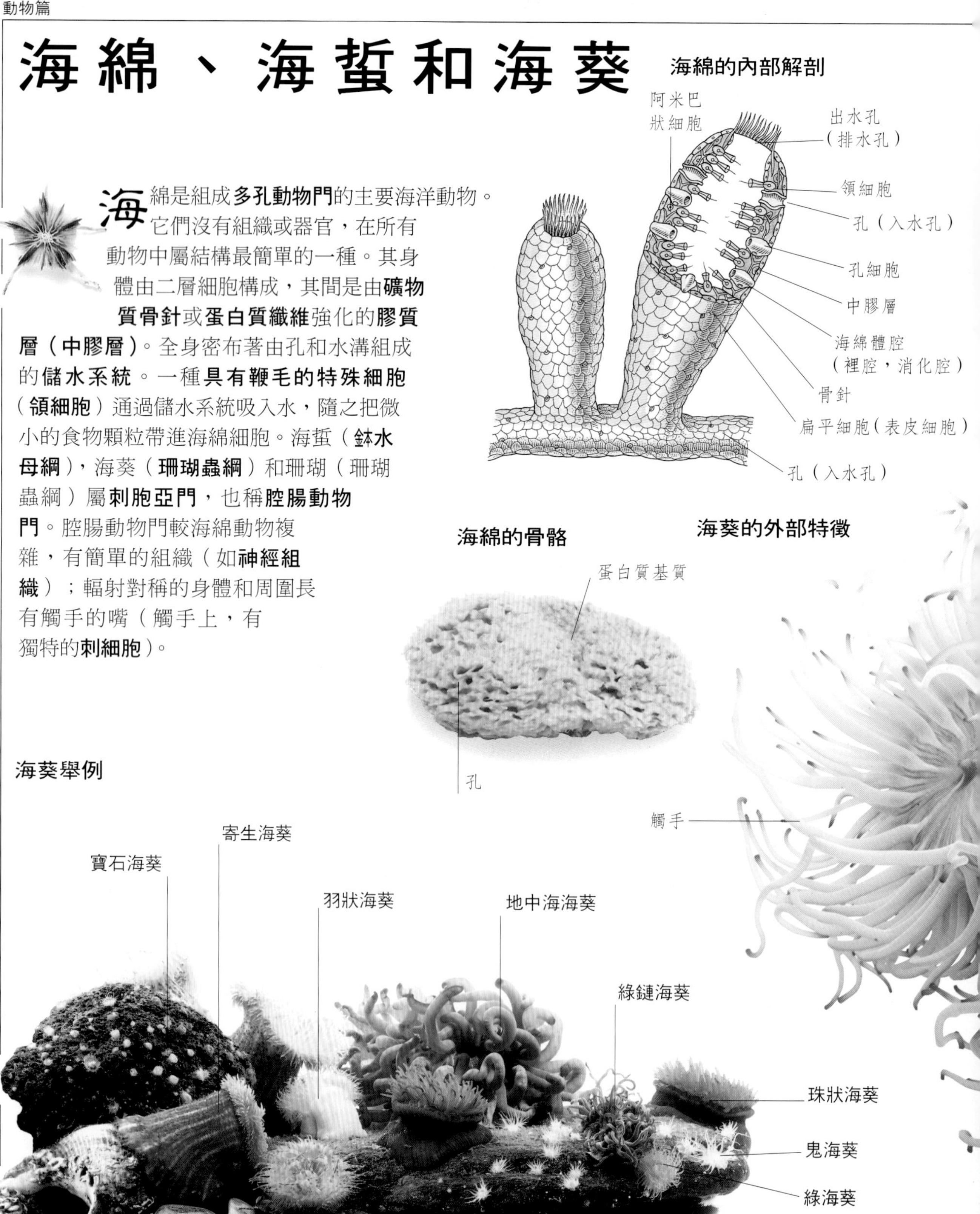

海綿的內部解剖（右上圖標注）：
阿米巴狀細胞
出水孔（排水孔）
領細胞
孔（入水孔）
孔細胞
中膠層
海綿體腔（裡腔，消化腔）
骨針
扁平細胞（表皮細胞）
孔（入水孔）

海綿的骨骼
蛋白質基質
孔

海葵的外部特徵
觸手

海葵舉例
寶石海葵
寄生海葵
羽狀海葵
地中海海葵
綠鏈海葵
珠狀海葵
鬼海葵
綠海葵

海綿、海蜇和海葵(Sponges, jellyfish, and sea anemones)：多孔動物門(the phylum Porifera)；礦物質骨針(mineral spicules)；蛋白質纖維(protein fibers)；膠質層(中膠層)[jelly-like layer(mesohyal)]；領細胞(choanocytes)；缽水母綱(class Scyphozoa)；珊瑚蟲綱(class Anthozoa)；刺胞亞門(phylum Cnidaria)；腔腸動物門(Coelenterate)；刺細胞[stinging cells (cnidocytes)]。**海綿的內部解剖**：阿米巴狀細胞(*Amebocyte*)；出水孔(排水孔)[*Osculum(excurrent pore)*]；孔(入水孔)[*Ostium(incurrent pore)*]；孔細胞[*Porocyte(pore cell)*]；海綿體腔(裡腔，消化腔)[*Spongocoel(atrium；paragaster)*]。**海綿的骨骼**：蛋白質基質(*Protein matrix*)。**海蜇的內部解剖**：絲狀體(*Filament*)；生殖腺(*Gonad*)；口腕(*Oral arm*)；感覺棍(*Rhopalium*)；笠(*Hood*)；內胚層(*Endoderm*)；外胚層(*Ectoderm*)。**海葵舉例**：寶石海葵[JEWEL ANEMONE(*Corynactis Viridis*)]；寄生海葵[PARASITIC ANEMONE(*Calliactis*

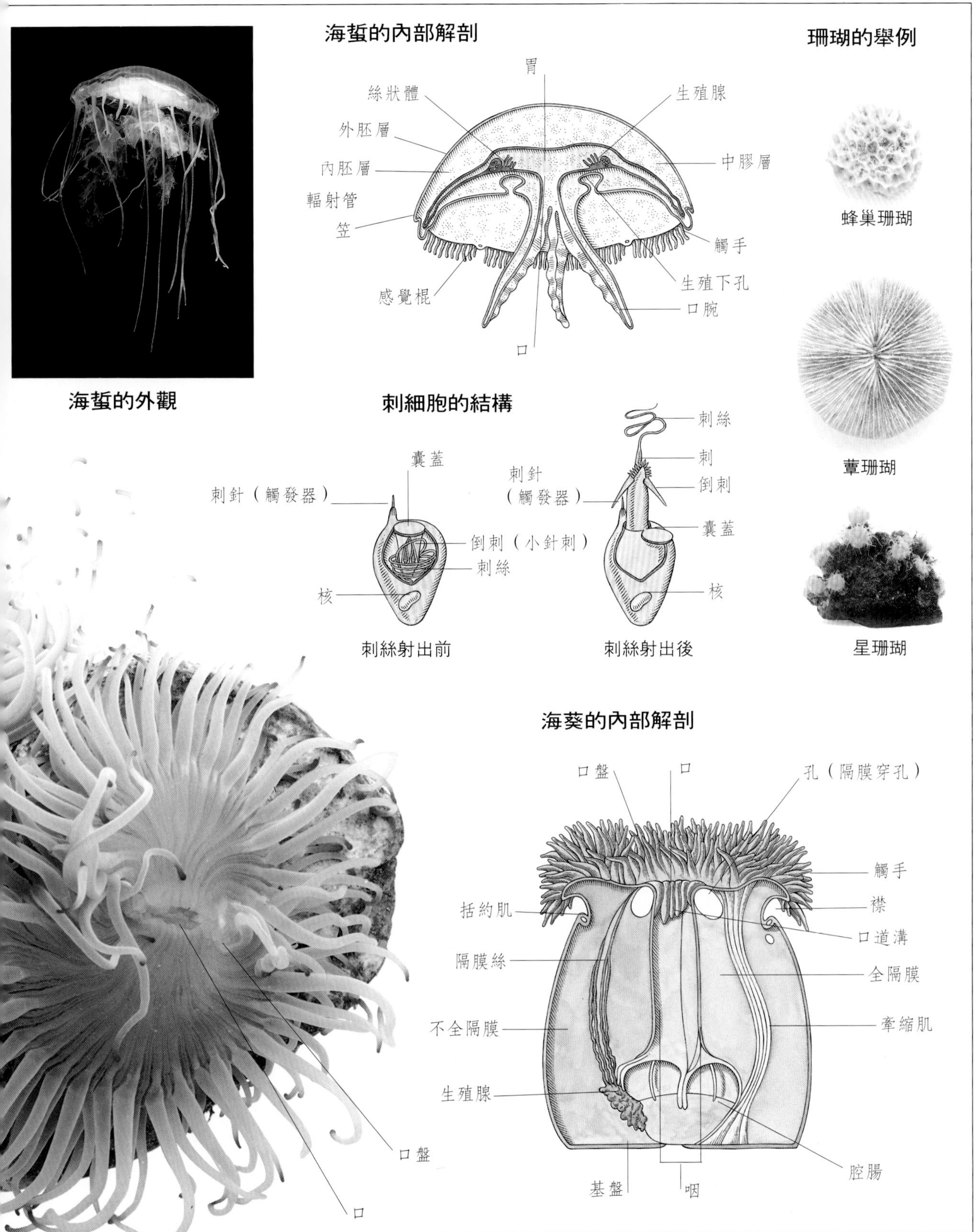

海蜇的內部解剖

胃
絲狀體
外胚層
內胚層
輻射管
笠
感覺棍
口
生殖腺
中膠層
觸手
生殖下孔
口腕

海蜇的外觀

珊瑚的舉例

蜂巢珊瑚

蕈珊瑚

星珊瑚

刺細胞的結構

刺針（觸發器）
囊蓋
核
倒刺（小針刺）
刺絲

刺絲射出前

刺絲
刺
倒刺
囊蓋
核
刺針（觸發器）

刺絲射出後

海葵的內部解剖

口盤
口
孔（隔膜穿孔）
括約肌
觸手
襟
口道溝
全隔膜
隔膜絲
牽縮肌
不全隔膜
生殖腺
腔腸
基盤
咽

parasitica)]；羽狀海葵[PLUMOSE ANEMONE(*Metridium senile*)]；地中海海葵[MEDITERRANEAN SEA ANEMONE(*Condylactics sp.*)]；綠鏈海葵[GREEN SNAKELOCK ANEMONE(*Anemonia viridis*)]；珠狀海葵[BEADLET ANEMONE(*Actinia equina*)]；鬼海葵[GHOST ANEMONE(*Actinothoe sphyrodeta*)]；綠海葵(*Sagartia elegans*)。**海葵的內部解剖**：口道溝(*Siphonoglyph*)；牽縮肌(*Retractor muscle*)；腔腸(*Gastrovascular cavity*)；隔膜絲(*Mesenteric filament*)。**珊瑚的舉例**：蜂巢珊瑚[HONEYCOMB CORAL(*Goniastrea aspera*)]；蕈珊瑚[MUSHROOM CORAL(*Fungia fungites*)]；星珊瑚[STAR CORAL(*Balanophyllia regia*)]。**刺細胞的構造**：刺針(觸發器)[*Cnidocil(trigger)*]；倒刺(小針刺)[*Barb(stylet)*]；刺絲(*Thread*)。

昆 蟲

昆蟲專指身體分節的小**無脊椎動物**，包括甲蟲、蟻、蜜蜂、蝴蝶和**蛾**，屬於**節肢動物門**的分節 — 即**昆蟲綱**的各個目。所有昆蟲的共同特徵是具有外甲（外部甲殼）；三對有關節的腿；身體分為三部分（頭部、胸部和腹部）和一對感覺觸角。甲蟲（**鞘翅目**）是昆蟲最大的一個種群，約有300,000種（大約占已知昆蟲的30％）。牠們有一對由前翅演變成的**硬鞘翅**（**鞘翅**）。硬鞘翅的主要作用是保護用於飛行的後翅。蟻以及蜜蜂和黃蜂形成**膜翅目**，該目大約有200,000種。此種群的特徵是胸部和腹部間明顯狹窄。蝴蝶和蛾形成**鱗翅目**，該目大約有150,000種。牠們的翅由小鱗覆蓋，該目就因此而得名（鱗翅目的意思是"鱗翅"）。鱗翅目昆蟲分蝴蝶類和蛾類。這種劃分在很大程度上是人為的，因為牠們在結構上沒有絕對的區別。然而，一般來說，大多數蝴蝶是白天飛翔，而大多數蛾則在晚上飛翔。包括蝴蝶和蛾在內的一些昆蟲在其生活史中都經歷**全變態**（**變形**）。蝴蝶從卵變為**蚴**（**蠋**），然後形成蛹，最後才變為成蟲（成年）。

蛹（蝶蛹）

昆蟲舉例

複眼　觸鬚
前足　頭
中足　胸
後足
翅
爪

野蜂

複眼
氣門（點）
翅脈
腹

豆娘

甲蟲的外部特徵

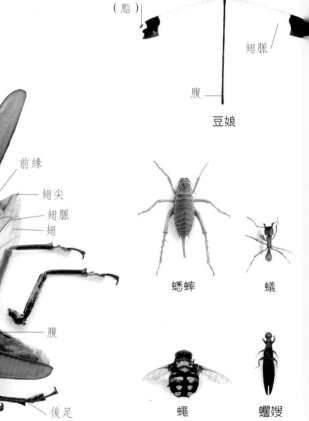

鞘翅
跗節
爪　脛節
梗節
鞭節
上顎
柄節
股節
轉節
基節
前緣
翅尖
翅脈
翅
上唇
下唇鬚
複眼
頭
前胸
前足
中胸
盾片
後胸
中足
腹
後足

蟋蟀　　蟻

蠅　　蠼嫂

昆蟲(Insects)：無脊椎動物(invertebrate creatures)；蛾(moths)；節肢動物門(class Insecta)；昆蟲綱(phylum Arthropoda)；鞘翅目(order Coleoptera)；硬鞘翅(鞘翅)[hard elytra(wing cases)]；膜翅目(order Hymenoptera)；鱗翅目 (order Lepidoptera)；全變態(變形)[complete metamorphosis(transformation)]；蚴(蠋)[larva(caterpillar)]。蛹(蝶蛹)[PUPA(CHRYSALIS)]。**昆蟲舉例**：野蜂(BUMBLEBEE)；複眼(*Compound eye*)；豆娘(DAMSELFLY)；翅脈(*Vein*)；蟋蟀(CRICKET)；蟻(ANT)；蠅(FLY)；蠼嫂(EARWIG)。**甲蟲的外部特徵**(EXTERNAL FEATURES OF A BEETLE)：鞭節(*Flagellum*)；柄節

毛毛蟲（蠋）的外部特徵

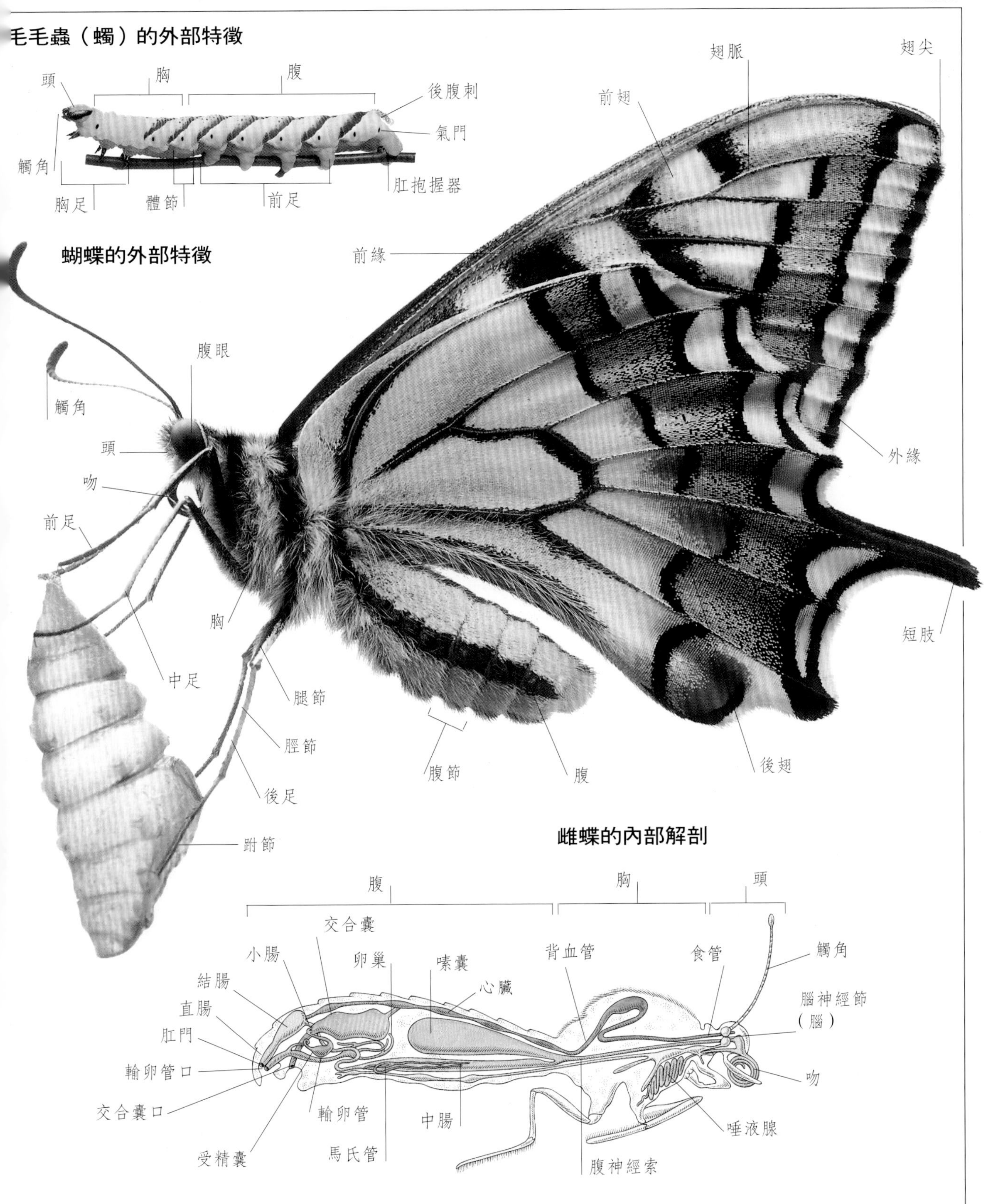

頭　胸　腹　後腹刺　氣門　肛抱握器　觸角　胸足　體節　前足

翅脈　翅尖　前翅　前緣

蝴蝶的外部特徵

腹眼　觸角　頭　吻　前足　胸　中足　腿節　脛節　後足　跗節

外緣　短肢　後翅　腹節　腹

雌蝶的內部解剖

腹　胸　頭

交合囊　小腸　卵巢　嗉囊　背血管　食管　觸角　腦神經節（腦）

結腸　直腸　肛門　輸卵管口　交合囊口　受精囊　輸卵管　馬氏管　中腸　心臟　吻　唾液腺　腹神經索

蜘蛛

蜘蛛綱包括蜘蛛類（蛛形目）和蠍類（蠍目），屬節肢動物門。該門還包括昆蟲和甲殼動物。蜘蛛類和蠍類的特徵是具有4對步行足；一對螯狀口器，稱爲螯肢；另一對附肢叫鬚肢，是蜘蛛類動物的感覺器官，而在蠍類則具有抓捕的功能；身體分爲二部分：頭胸部或稱前體（結合在一起的頭部和胸部）和腹部或稱後體。與其它節肢動物不同，蜘蛛類和蠍類無觸角。牠們屬食肉動物。蜘蛛用有爪的螯肢螯刺以毒殺獵物，而蠍則用後體（尾）尖。

墨西哥眞紅足午蛛

母蜘蛛的內部解剖

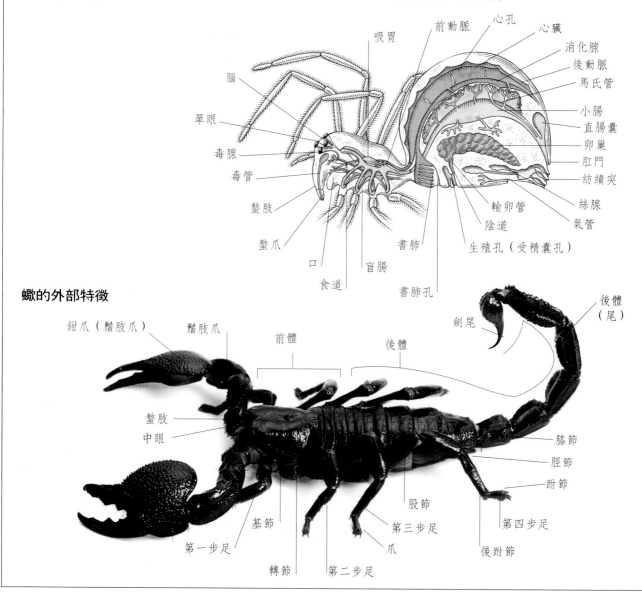

吸胃　前動脈　心孔　心臟　消化腺　後動脈　馬氏管　小腸　直腸囊　卵巢　肛門　紡績突　絲腺　氣管
腦　單眼　毒腺　毒管　螯肢　螯爪　口　食道　盲腸　書肺　書肺孔　陰道　輸卵管　生殖孔（受精囊孔）

蠍的外部特徵

鉗爪（鬚肢爪）　鬚肢爪　前體　後體　劍尾　後體（尾）
螯肢　中眼　膝節　脛節　跗節
基節　第一步足　轉節　第二步足　爪　第三步足　股節　後跗節　第四步足

蜘蛛(Arachnids)：蜘蛛綱(CLASS ARACHNIDA)；蛛形目(order Araneae)；蠍目(order Scorpiones)；步行足(walking legs)；螯狀口器(pincer-like mouthparts)；前體(cephalothorax or prosoma)；後體(opisthosoma)；食肉動物(carnivorous)。**母蜘蛛的內部解剖**(INTERNAL ANATOMY OF A FEMALE SPIDER)：毒腺(*Poison gland*)；毒管(*Poison duct*)；螯肢(*Chelicera*)；螯爪(*Fang*)；書肺(*Book lung*)；書肺孔(*Spiracle*)；生殖孔(受精囊孔)[*Spermatheca(seminal receptacle)*]；絲腺(*Silk gland*)；紡績突(*Spinneret*)；馬氏管(*Malpighian*)；吸胃(*Pumping stomach*)。**蜘蛛的外部特徵**(EXTERNAL FEATURES OF A SPIDER)：轉

蜘蛛的舉例

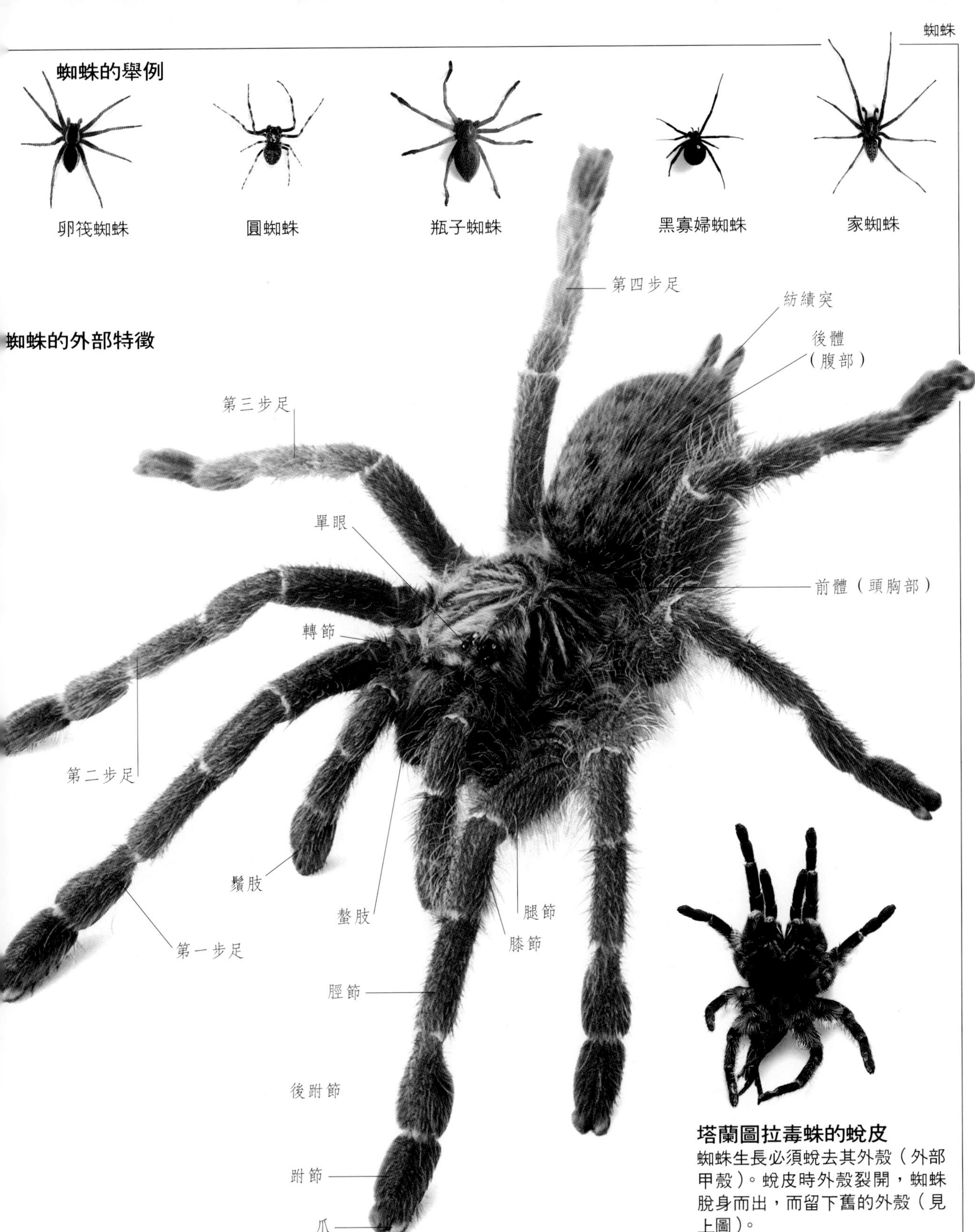

卵筏蜘蛛　　圓蜘蛛　　瓶子蜘蛛　　黑寡婦蜘蛛　　家蜘蛛

蜘蛛的外部特徵

第四步足

紡績突

後體（腹部）

第三步足

單眼

前體（頭胸部）

轉節

第二步足

鬚肢

螯肢

腿節

膝節

第一步足

脛節

後跗節

跗節

爪

塔蘭圖拉毒蛛的蛻皮

蜘蛛生長必須蛻去其外殼（外部甲殼）。蛻皮時外殼裂開，蜘蛛脫身而出，而留下舊的外殼（見上圖）。

節(Trochanter)；鬚肢(Pedipalp)；脛節(Tibia)；後跗節(Metatarsus)；跗節(Tarsus)；膝節(Patella)；腿節(Femur)。**蜘蛛的舉例**(EXAMPLES OF SPIDERS)：墨西哥眞紅足午蛛[MEXICAN TRUE REDLEGGED TARANTULA(Euathlus emilia)]；卵筏蜘蛛[RAFT SPIDER(Dolomedes fimbriatus)]；圓蜘蛛[ORB SPIDER(Nuctenea umbratica)]；瓶子蜘蛛[HUNTSMAN SPIDER(Heteropoda venatoria)]；黑寡婦蜘蛛[BLACK WIDOW SPIDER(Latrodectus mactans)]；家蜘蛛[HOUSE SPIDER(Tegenaria gigantea)]。**蠍的外部特徵**(EXTERNAL FEATURES OF A SCORPION)：鉗爪(鬚肢爪)[Chela(claw of pedipalp)]；劍尾(Stinger)。

甲 殼 動 物

甲殼動物亞門是節肢動物門最大的種群之一。該亞門分為幾個綱，其中最重要的是軟甲綱和蔓足綱。**軟甲綱**包括蝲蛄、蟹、蝦和小河蝦。軟甲綱的典型特徵是：身體分為二部分，即頭胸部（結合在一起的頭部和胸部）和腹部；外甲（外部甲殼），帶有一大塊覆蓋頭胸部的背板（頭胸甲）；有柄的複眼以及兩對觸角。**藤壺屬**包括在**蔓足綱**內。它與其它甲殼動物不同，成年期是固著在岩石表面上渡過的。蔓足綱的其它特徵是具有重疊鈣質板的外殼，胸部幾乎完全占滿了整個身體（腹部和頭很小），並有六對用於過濾捕食的附肢。

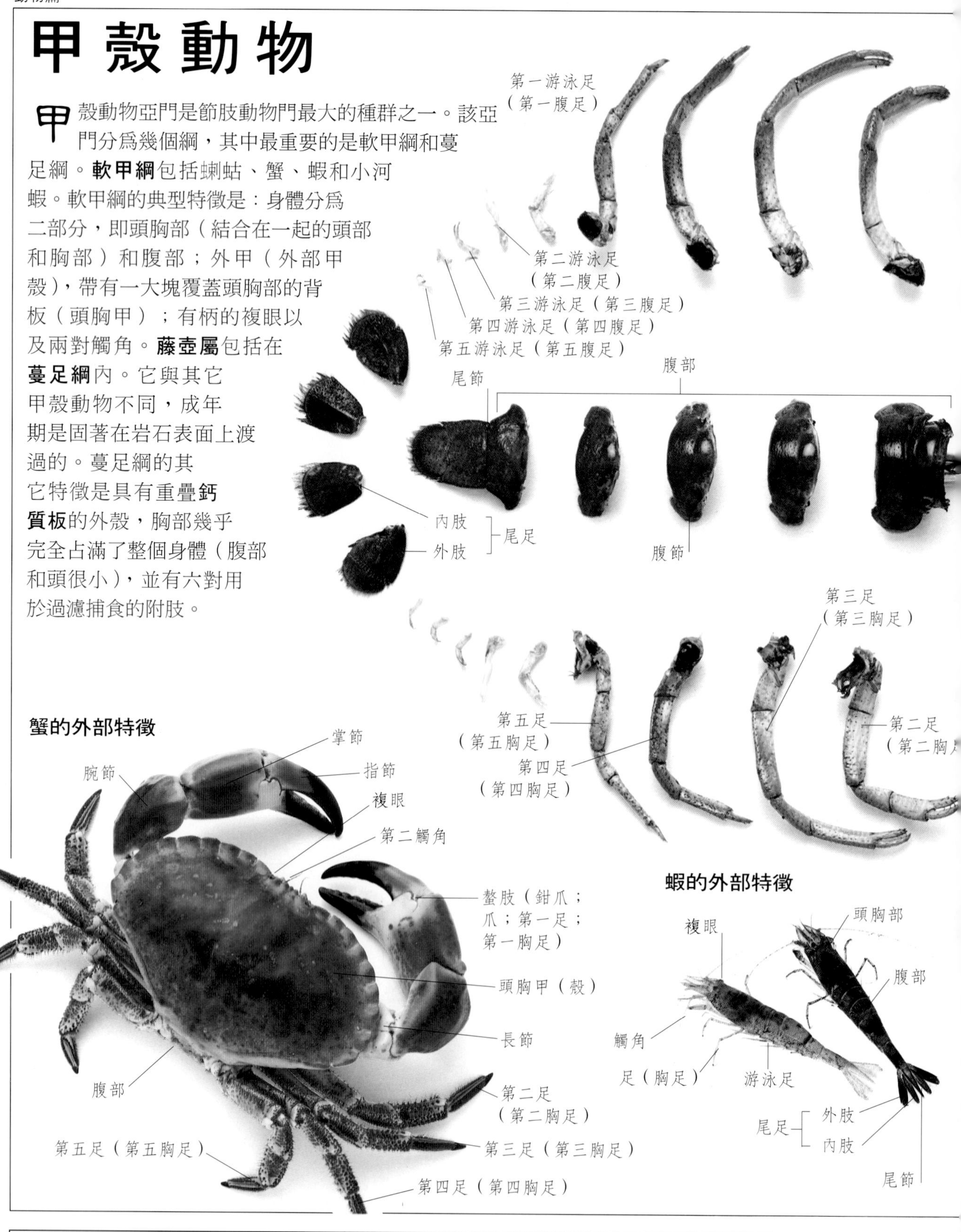

第一游泳足（第一腹足）
第二游泳足（第二腹足）
第三游泳足（第三腹足）
第四游泳足（第四腹足）
第五游泳足（第五腹足）
腹部
尾節
內肢
外肢
尾足
腹節

第三足（第三胸足）
第五足（第五胸足）
第四足（第四胸足）
第二足（第二胸足）

蟹的外部特徵

掌節
腕節
指節
複眼
第二觸角
螯肢（鉗爪；爪；第一足；第一胸足）
頭胸甲（殼）
長節
腹部
第二足（第二胸足）
第五足（第五胸足）
第三足（第三胸足）
第四足（第四胸足）

蝦的外部特徵

頭胸部
複眼
腹部
觸角
足（胸足）
游泳足
外肢
內肢
尾足
尾節

甲殼動物(Crustaceans)：軟甲綱(class Malacostraca)；藤壺屬(barnacles)；蔓足綱(class Cirripedia)；鈣質板(calcareous plates)。**蝲蛄的外部特徵**(EXTERNAL FEATURES OF A CRAYFISH)：尾節(Telson)；內肢(Endopod)；外肢(Exopod)；尾足(Uropod)；腹節(Abdominal segment)；螯肢(Cheliped)；頭胸甲(Carapace)；頭溝(Cephalic groove)；複眼(Compound eye)；吻板(Rostrum)；顎足(maxilliped)；第二觸角(Antenna)；指節(Dactylus)；掌節(Propodus)；腕節(Carpus)；長節(Merus)；坐節(Ischium)；基節(Basis)；底節(Coxa)；下顎骨(Mandible)。**雌蝲蛄的內部解剖**(INTERNAL ANATOMY OF A FEMALE CRAYFISH)：賁門胃(胃)[Proventriculus(stomach)]；綠腺口(Opening of green gland)；消化盲囊(Digestive

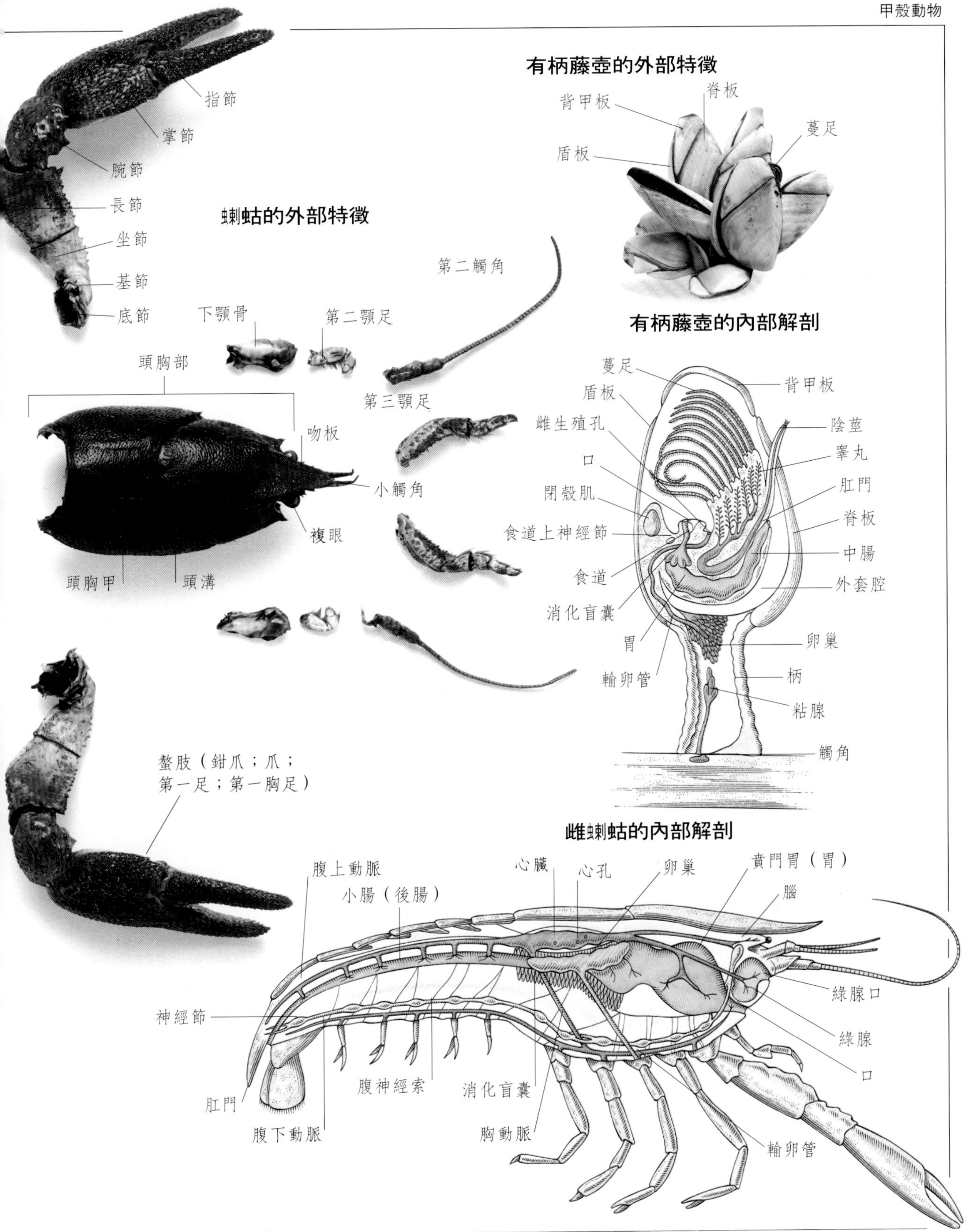

蝲蛄的外部特徵

指節
掌節
腕節
長節
坐節
基節
底節

頭胸部

下顎骨
第二顎足
第二觸角
第三顎足

吻板
小觸角
複眼

頭胸甲
頭溝

螯肢（鉗爪；爪；
第一足；第一胸足）

有柄藤壺的外部特徵

背甲板
脊板
盾板
蔓足

有柄藤壺的內部解剖

蔓足
背甲板
盾板
陰莖
雌生殖孔
睪丸
口
肛門
閉殼肌
脊板
食道上神經節
中腸
食道
外套腔
消化盲囊
胃
卵巢
輪卵管
柄
粘腺
觸角

雌蝲蛄的內部解剖

腹上動脈
心臟
心孔
卵巢
賁門胃（胃）
小腸（後腸）
腦

神經節
綠腺口
綠腺口
口
肛門
腹神經索
消化盲囊
腹下動脈
胸動脈
輪卵管

cecum)；腹神經索(Ventral nerve cord)；神經節(Ganglion)。**蟹的外部特徵**(EXTERNAL FEATURES OF A CRAB)：胸足(pereopod)；腹部(Abdomen)。**蝦的外部特徵**(EXTERNAL FEATURES OF A SHRIMP)：游泳足 [Swimmeret(pleopod)]。**有柄藤壺的外部特徵**(EXTERNAL FEATURES OF A STALKED BARNACLE)：盾板 (Scutum plate)；背甲板(Tergum plate)；脊板(Carina plate)；蔓足(Cirrus)。**有柄藤壺的內部解剖** (INTERNAL ANATOMY OF A STALKED BARNACLE)：閉殼肌(Adductor muscle)；粘腺(Cement gland)；外套腔 (Mantle cavity)。

海星和海膽

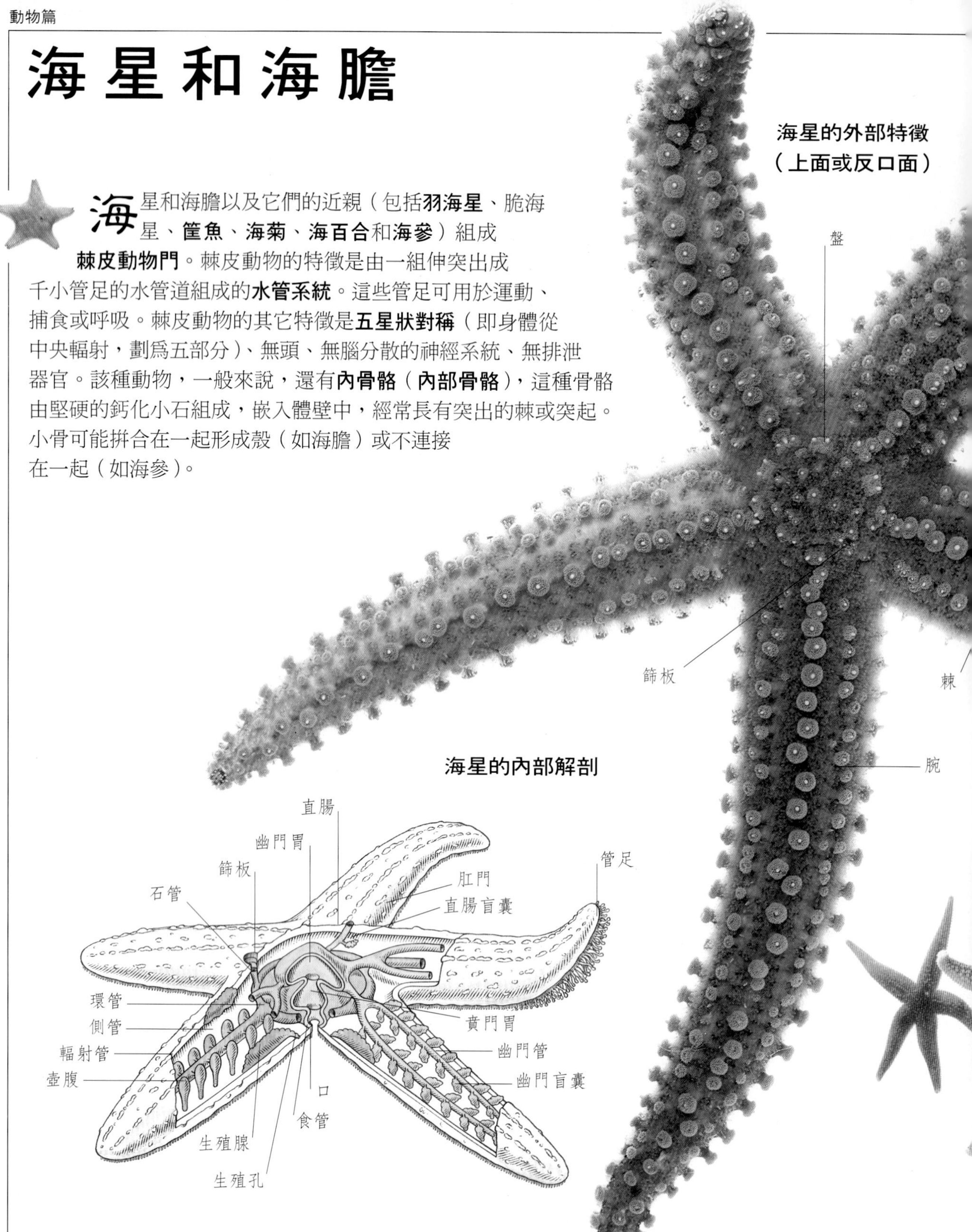

海星的外部特徵（上面或反口面）

海星和海膽以及它們的近親（包括**羽海星**、**脆海星**、**筐魚**、**海菊**、**海百合**和**海參**）組成**棘皮動物門**。棘皮動物的特徵是由一組伸突出成千小管足的水管道組成的**水管系統**。這些管足可用於運動、捕食或呼吸。棘皮動物的其它特徵是**五星狀對稱**（即身體從中央輻射，劃爲五部分）、無頭、無腦分散的神經系統、無排泄器官。該種動物，一般來說，還有**內骨骼（內部骨骼）**，這種骨骼由堅硬的鈣化小石組成，嵌入體壁中，經常長有突出的棘或突起。小骨可能拼合在一起形成殼（如海膽）或不連接在一起（如海參）。

盤

篩板

棘

腕

海星的內部解剖

直腸
幽門胃
篩板
石管
肛門
直腸盲囊
管足
環管
側管
輻射管
壺腹
賁門胃
幽門管
幽門盲囊
口
食管
生殖腺
生殖孔

海星和海膽(Starfish and sea urchins)：羽海星(feather stars)；筐魚(basket stars)；海菊(sea daisies)；海百合(sea lilies)；海參(sea cucumbers)；棘皮動物門(phylum Echinodermata)；水管系統(water vascular system)；五星狀對稱(pentaradiate symmetry)；內骨骼(內部骨骼)[endoskeleton (internal skeleton)]。**海星的外部特徵（上面或反口面）**[EXTERNAL FEATURES OF A STARFISH (UPPER,OR ABORAL,SURFACE)]：棘(*Spine*)；篩板(*Madreporite*)；管足(*Tube foot*)。**海星的外部特徵（下面或口面）**[EXTERNAL FEATURES OF A STARFISH(LOWER,OR ORAL,SURFACE)]：步帶溝(*Ambulacral groove*)。**海星的內部解剖**(INTERNAL ANATOMY OF A STARFISH)：幽門胃(*Pyloric stomach*)；石管(*Stone canal*)；環管(*Ring canal*)；側管(*Lateral canal*)；輻射管(*Radial canal*)；壺腹(*Ampulla*)；賁門胃(*Cardiac stomach*)。海

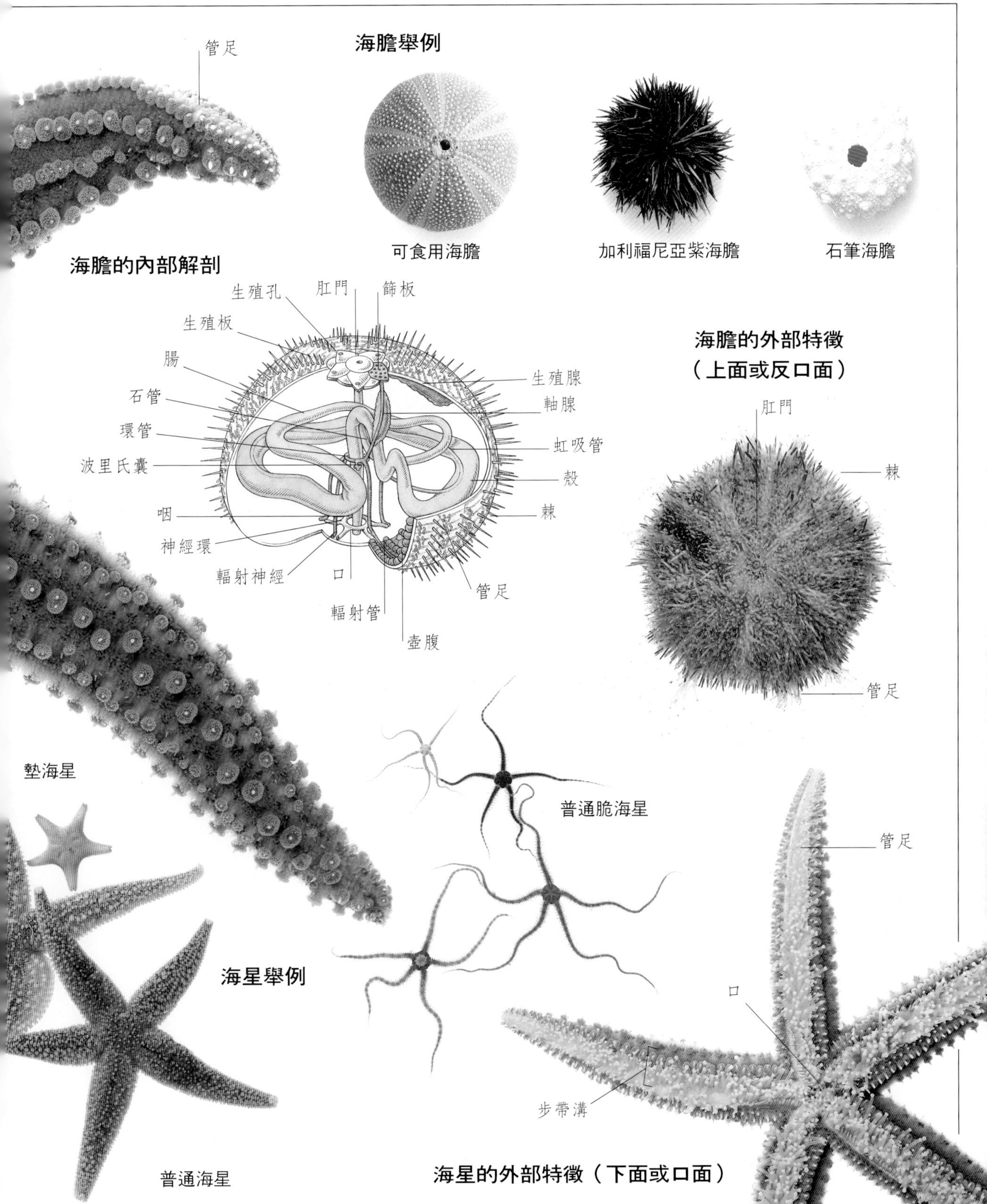

海膽舉例

管足

可食用海膽

加利福尼亞紫海膽

石筆海膽

海膽的內部解剖

生殖孔　肛門　篩板
生殖板
腸
石管
環管
波里氏囊
咽
神經環
輻射神經　　口
輻射管
壺腹
生殖腺
軸腺
虹吸管
殼
棘
管足

海膽的外部特徵
（上面或反口面）

肛門
棘
管足

墊海星

普通脆海星

管足

口

海星舉例

步帶溝

普通海星

海星的外部特徵（下面或口面）

星舉例(EXAMPLES OF STARFISH)：墊海星[CUSHION STAR*(Asterina gibbosa)*]；普通海星[COMMON STARFISH *(Asterias rubens)*]；普通脆海星[COMMON BRITTLE STAR*(Ophiothix fragilis)*]。**海膽的內部解剖** (INTERNAL ANATOMY OF A SEA URCHIN)：生殖板*(Genital plate)*；波里氏囊*(Polian vesicle)*；神經環*(Nerve ring)*；輻射神經*(Radial nerve)*；虹吸管*(Siphon)*。**海膽舉例**(EXAMPLES OF SEA URCHINS)：可食用海膽 [EDIBLE SEA URCHIN*(Echinus escelentus)*]；加利福尼亞紫海膽 [CALIFORNIAN PURPLE SEA URCHIN*(Strongylocentrotus purpuratus)*]；石筆海膽[PENCIL SLATE SEA URCHIN*(Heterocentrotus mammillatus)*]。

軟 體 動 物

軟體動物是一個大類群，包括章魚、蝸牛和扇貝類動物。章魚及其近親（包括**魷魚**和**烏賊**）形成了**頭足綱**。頭足綱動物的一般特徵是頭部長有**齒舌**（一種鋸齒狀的探食器官）和喙；神經系統發達；有數個帶吸盤的觸腕；一個能通過虹管排水，以噴射推進的方式運動的肉質外套腔（體壁部分），以及有一小殼或無殼。蝸牛及其近親（包括**蛞蝓**、**幅貝**和**石決明**）組成**腹足綱**。腹足綱動物一般具有一個螺旋狀外殼（雖然有一些如蛞蝓等僅有小內殼或無殼），長有扇形足且頭部有腕和齒舌。扇貝及其近親（包括**蛤**、**蚌**和**牡蠣**）組成**瓣鰓綱（也稱斧足綱）**。本綱動物具有雙瓣殼，其特徵是由兩半（瓣）組成的殼。鰓較大，用於呼吸和過濾攝食，無齒舌。

扇貝的外部特徵

上瓣（殼）　外套　單眼（眼）
下瓣（殼）　殼棱　感覺觸手

感覺觸手　殼腹緣　殼棱
殼前翅　殼頂　殼後翅
殼背緣

章魚的內部解剖

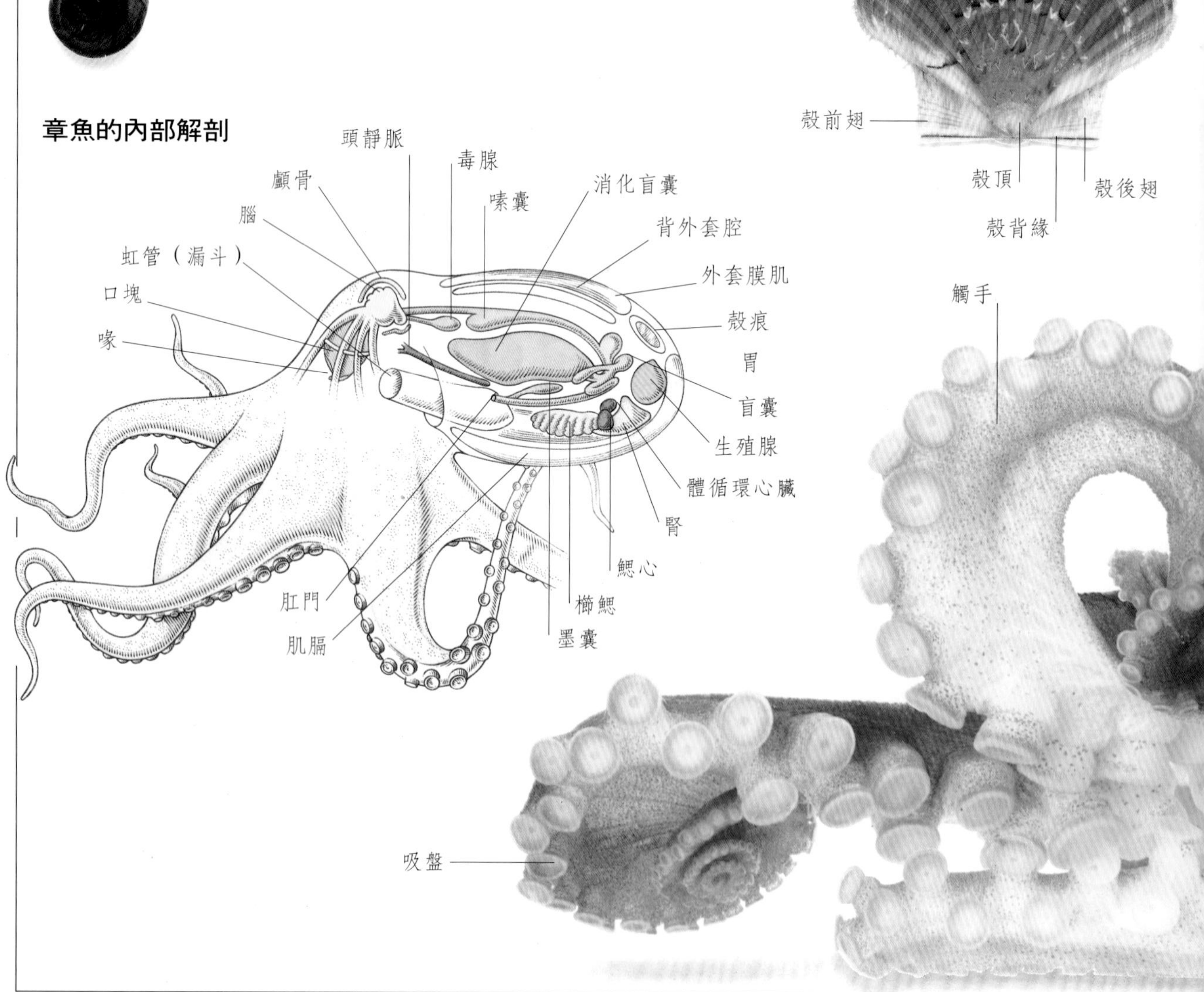

頭靜脈　毒腺　消化盲囊
顱骨　嗉囊　背外套腔
腦　　　外套膜肌
虹管（漏斗）　殼痕
口塊　　胃
喙　　　盲囊
　　　　生殖腺
　　　　體循環心臟
　　　　腎
　　　　鰓心
肛門　　櫛鰓
肌膈　　墨囊

觸手

吸盤

軟體動物(Mollusks)：魷魚(squid)；烏賊(cuttlefish)；頭足綱(class Cephalopoda)；齒舌(radula)；蛞蝓(slugs)；幅貝(limpets)；石決明(鮑)(abalones)；腹足綱(class Gastropoda)；蛤(clams)；蚌(mussels)；牡蠣(oysters)；瓣鰓綱(也稱斧足綱)[class Bivalvia (also called Pelecypoda)]。**章魚的內部解剖**(INTERNAL ANATOMY OF AN OCTOPUS)：喙*(Beak)*；口塊*(Buccal mass)*；虹管(漏斗)*[Siphon (funnel)]*；嗉囊*(Crop)*；背外套腔*(Dorsal mantle cavity)*；外套膜肌*(Mantle muscles)*；盲囊*(Cecum)*；鰓心*(Branchial heart)*；櫛鰓*(Ctenidium)*；墨囊*(Ink sac)*；肌膈*(Muscular septum)*。**章魚的外部特徵**(EXTERNAL FEATURES OF AN OCTOPUS)：具有水平虹膜的眼*(Eye with horizontal iris)*。**扇貝的外部特徵**(EXTERNAL

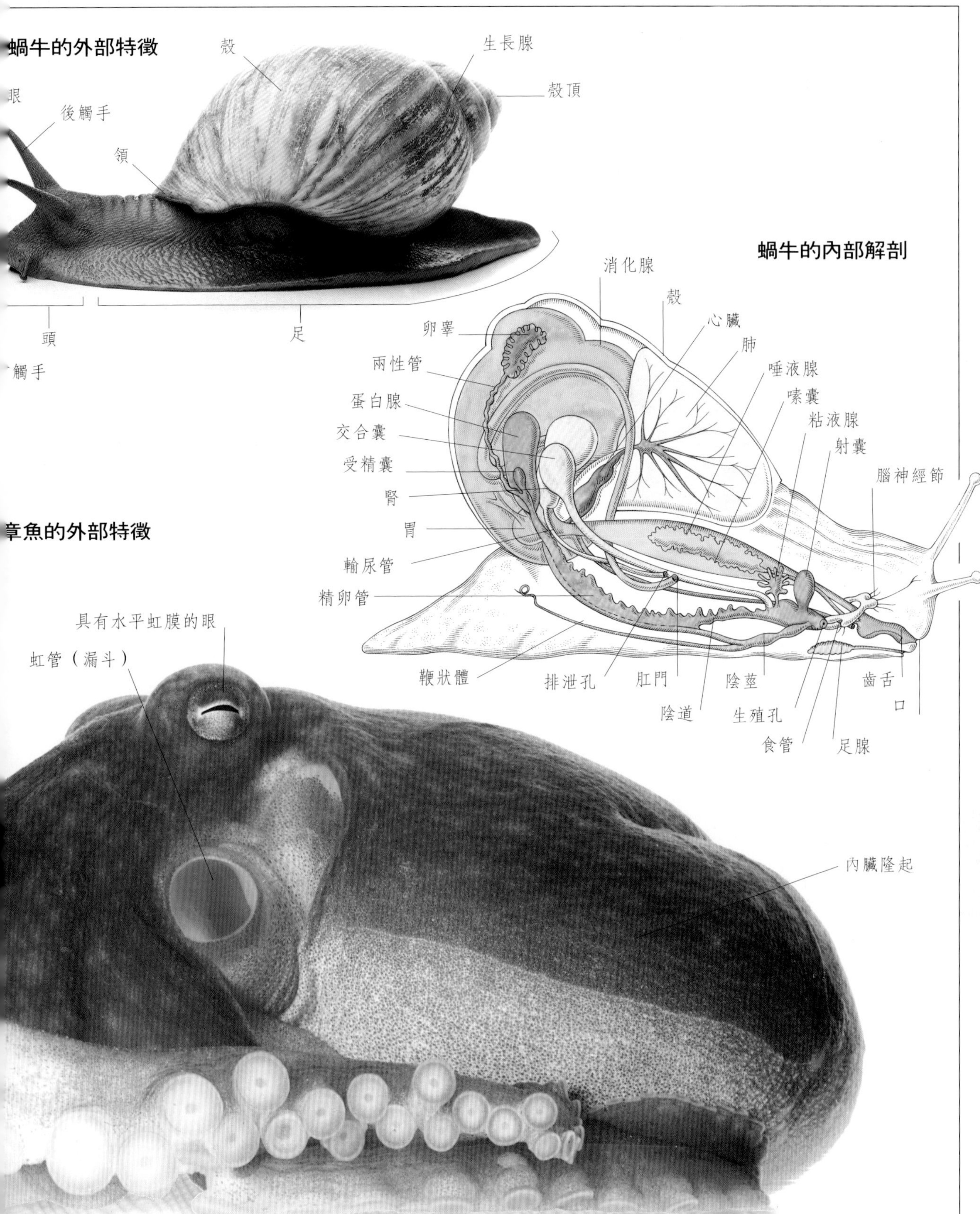

蝸牛的外部特徵

眼
後觸手
領
殼
生長腺
殼頂

頭
觸手
足

蝸牛的內部解剖

消化腺
殼
心臟
肺
唾液腺
嗉囊
粘液腺
射囊
腦神經節

卵睪
兩性管
蛋白腺
交合囊
受精囊
腎
胃
輸尿管
精卵管

鞭狀體
排泄孔
肛門
陰莖
齒舌
口
陰道
生殖孔
足腺
食管

章魚的外部特徵

具有水平虹膜的眼
虹管（漏斗）

內臟隆起

FEATURES OF A SCALLOP)：外套*(Mantle)*；殼棱*(Shell rib)*；感覺觸手*(Sensory tentacle)*；殼腹緣*(Ventral margin of shell)*；殼前翅*(Anterior wing of shell)*；殼頂*(Umbo)*；殼背緣*(Dorsal margin of shell)*；殼後翅 *(Posterior wing of shell)*。**蝸牛的外部特徵**(EXTERNAL FEATURES OF A SNAIL)：領*(Collar)*；生長腺*(Growth line)*。**蝸牛的內部解剖**(INTERNAL ANATOMY OF A SNAIL)：卵睪*(Ovotestis)*；兩性管*(Hermaphroditic duct)*；蛋白腺*(Albumin gland)*；交合囊*(Copulatory bursa)*；鞭狀體*(Flagellum)*；腦神經節*(Cerebral ganglion)*；射囊*(Dart sac)*。

鯊和無頜魚

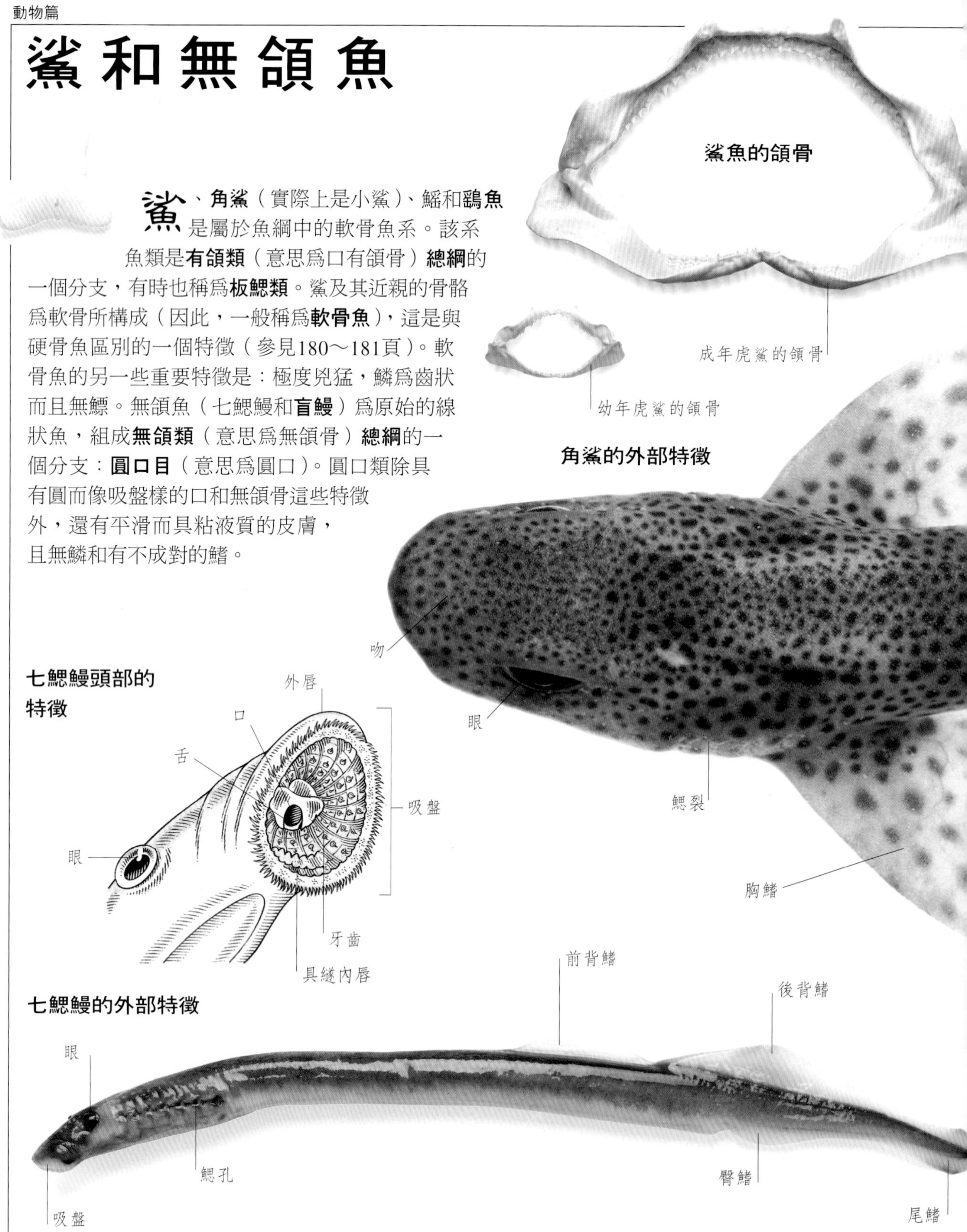

鯊、角鯊（實際上是小鯊）、鰩和鷂魚
是屬於魚綱中的軟骨魚系。該系
魚類是有頜類（意思為口有頜骨）總綱的
一個分支，有時也稱為板鰓類。鯊及其近親的骨骼
為軟骨所構成（因此，一般稱為軟骨魚），這是與
硬骨魚區別的一個特徵（參見180～181頁）。軟
骨魚的另一些重要特徵是：極度兇猛，鱗為齒狀
而且無鰾。無頜魚（七鰓鰻和盲鰻）為原始的線
狀魚，組成無頜類（意思為無頜骨）總綱的一
個分支：圓口目（意思為圓口）。圓口類除具
有圓而像吸盤樣的口和無頜骨這些特徵
外，還有平滑而具粘液質的皮膚，
且無鱗和有不成對的鰭。

鯊魚的頜骨

成年虎鯊的頜骨

幼年虎鯊的頜骨

角鯊的外部特徵

吻

眼

鰓裂

胸鰭

七鰓鰻頭部的
特徵

外唇

口

舌

吸盤

眼

牙齒

具縫內唇

七鰓鰻的外部特徵

眼

鰓孔

吸盤

前背鰭

後背鰭

臀鰭

尾鰭

鯊和無頜魚(Sharks and jawless fish)：角鯊(DOGFISH)；鷂魚(rays)；有頜類(superclass
Gnathostomata)；板鰓類(elasmobranchs)；軟骨魚(cartilaginous fish)；盲鰻(Hagfish)；無頜類
(superclass Agnatha)；圓口目(order Cyclostomata)。角鯊的外部特徵(EXTERNAL FEATURES OF A
DOGFISH)：鰓裂(Gill slit)；胸鰭(Pectoral fin)；腹鰭(Pelvic fin)；尾鰭(Caudal fin)；後背鰭(Posterior
dorsal fin)；前背鰭(Anterior dorsal fin)。雌角鯊的內部解剖(INTERNAL ANATOMY OF A FEMALE
DOGFISH)：沃爾夫管(Wolffian duct)；脊索(Spinal cord)；出鰓動脈(Efferent branchial artery)；眶動脈

軟骨魚舉例

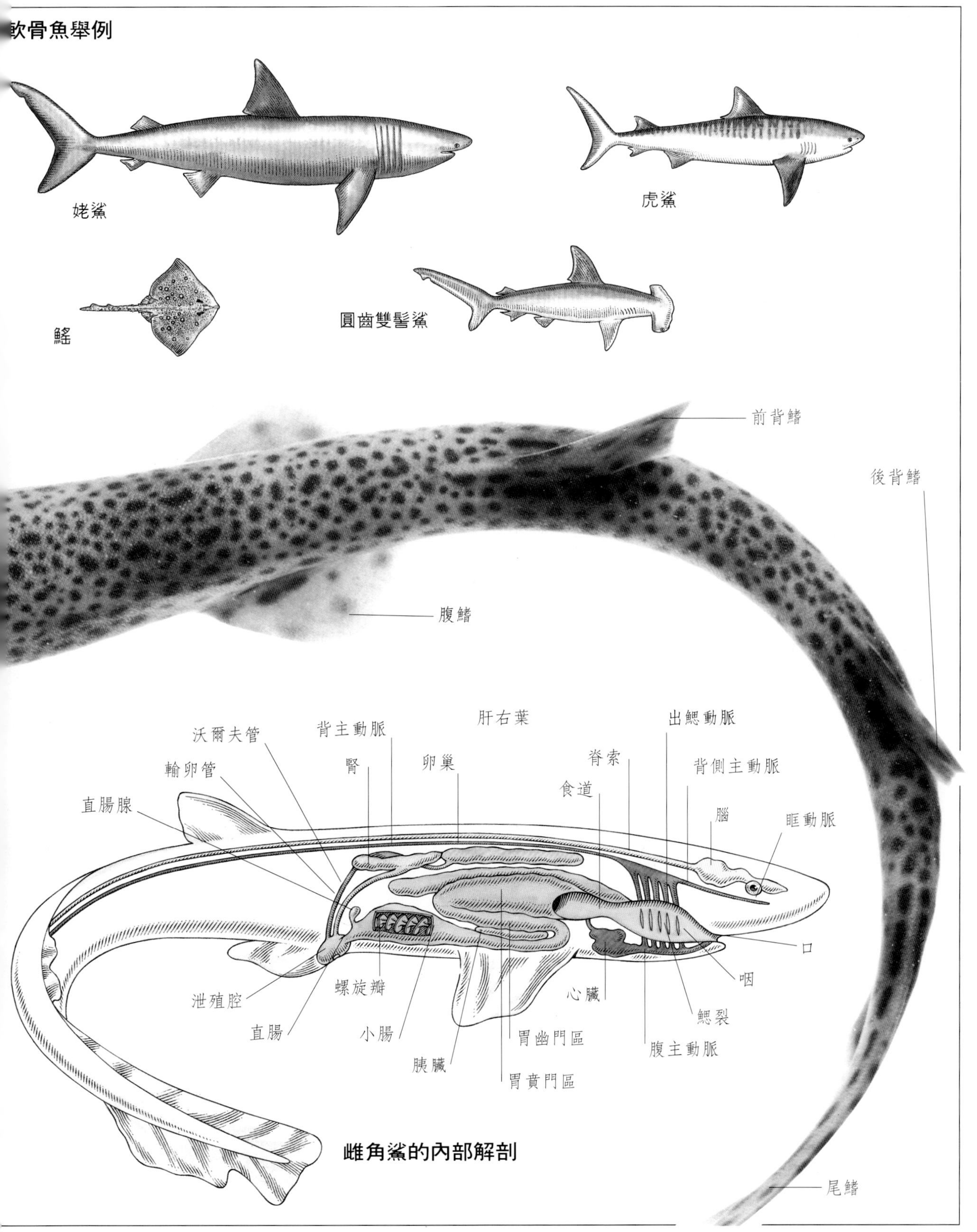

姥鯊

虎鯊

鰩

圓齒雙髻鯊

前背鰭

後背鰭

腹鰭

沃爾夫管
輸卵管
直腸腺
背主動脈
腎
卵巢
肝右葉
脊索
食道
出鰓動脈
背側主動脈
腦
眶動脈
口
咽
鰓裂
腹主動脈
心臟
胃幽門區
胃賁門區
胰臟
小腸
直腸
泄殖腔
螺旋瓣

雌角鯊的內部解剖

尾鰭

(Orbital artery)；胃幽門區(Pyloric region of stomach)；胃賁門區(Cardiac region of stomach)；螺旋瓣(Spiral valve)；泄殖腔(Cloaca)。**七鰓鰻頭部的特徵**(FEATURES OF A LAMPREY'S HEAD)：吸盤(Sucker)；具繸內唇(Fringed inner lip)。**七鰓鰻的外部特徵**(EXTERNAL FEATURES OF A LAMPREY)：鰓孔(Gill opening)；臀鰭(Anal fin)。**軟骨魚舉例**(EXAMPLES OF CARTILAGINOUS FISH)：姥鯊[BASKING SHARK(Cetorhinus maximus)]；虎鯊[TIGER SHARK (Galeocerdo cuvier)]；鰩[THORNBACK RAY(Raja clavata)]；圓齒雙髻鯊[SCALLOPED HAMMERHEAD SHARK(Sphyrna lewini)]。

硬骨魚

硬骨魚中以**鯉魚**、**鱒魚**、**鮭魚**、**河鱸**和**鱈魚**最為著名，是魚類最大的種群，已超過20,000種（占已知魚的95%以上）。與鯊的軟骨骼相比，硬骨魚顧名思義，其骨骼由硬質骨組成。硬骨魚的另一特徵是有一魚鰾。這個魚鰾具有可變漂浮器官的作用，可使魚毫不費力地停留在任何正在游泳的深度。此外，硬骨魚的身體相對較薄，有一層骨質鱗，一個覆蓋著鰓的瓣（稱為鰓蓋骨）以及成對的腹鰭和胸鰭。從分類學上看，硬骨魚屬**硬骨魚綱**，是**有頜類**（意思為口有頜骨）總綱的一個分支。

魚怎樣呼吸

魚通過鰓從水中吸氧進行呼吸。水從口吸入，鰓蓋骨閉合，使水不流出。然後口閉合，口壁、咽和鰓腔的肌肉收縮，將裡面的水抽到鰓的上方，最後通過鰓蓋骨排出。有些魚依靠游泳，張開它們的口，使水流到鰓的上方。

硬骨魚舉例

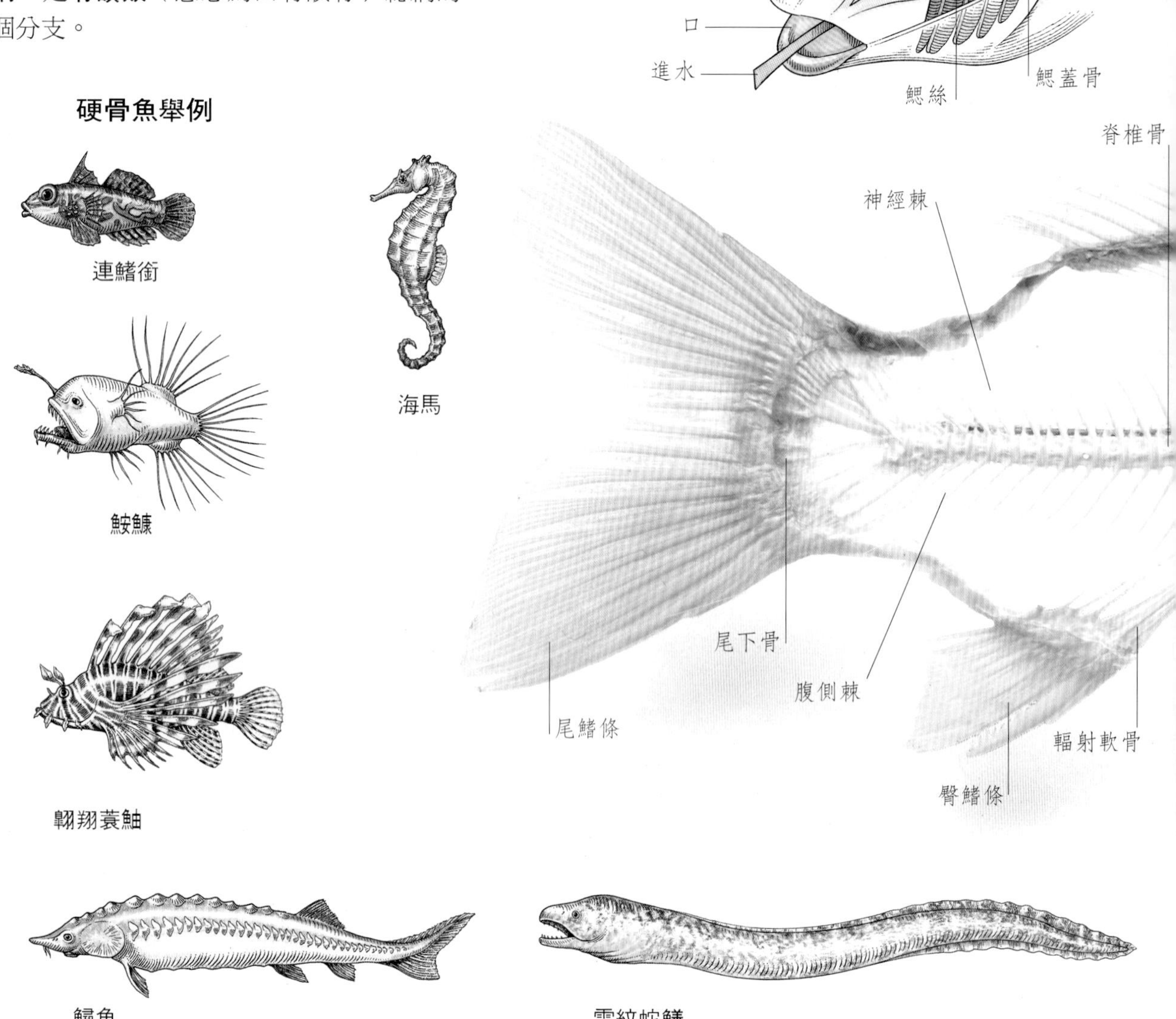

連鰭䲢

鮟鱇

翱翔蓑鮋

鱘魚

雲紋蛇鱔

海馬

咽

鰓耙

口

進水

出水

鰓裂

鰓絲

鰓蓋骨

脊椎骨

神經棘

尾下骨

腹側棘

尾鰭條

臀鰭條

輻射軟骨

硬骨魚(Bony fish)：鯉魚(CARP)；鱒魚(TROUT)；鮭魚(SALMON)；河鱸(perch)；鱈魚(cod)；硬骨魚綱(class Osteichthyes)；有頜類(*Superclass Gnathostomata*)。**魚怎樣呼吸**(HOW FISH BREATHE)：鰓耙(*Gill raker*)；鰓絲(*Gill filament*)；鰓蓋骨(*Operculum*)。**雌硬骨魚的內部解剖**(INTERNAL ANATOMY OF A FEMALE BONY FISH)：神經索(*Spinal cord*)；幽門盲囊(*Pyloric cecum*)；嗅球(*Olfactory bulb*)；胰腺(*Pancreas*)；鰾(*Swim bladder*)；泄殖口(*Urinogenital opening*)。**硬骨魚的骨骼**(SKELETON OF A BONY FISH)：神經棘(*Neural spine*)；背鰭條(*Dorsal fin ray*)；輻射軟骨(*Radial cartilage*)；上枕骨(*Supraoccipital bone*)；頂骨(*Parietal bone*)；額骨(*Frontal bone*)；眼眶(*Orbit*)；淚骨(*Lacrimal bone*)；前頜骨

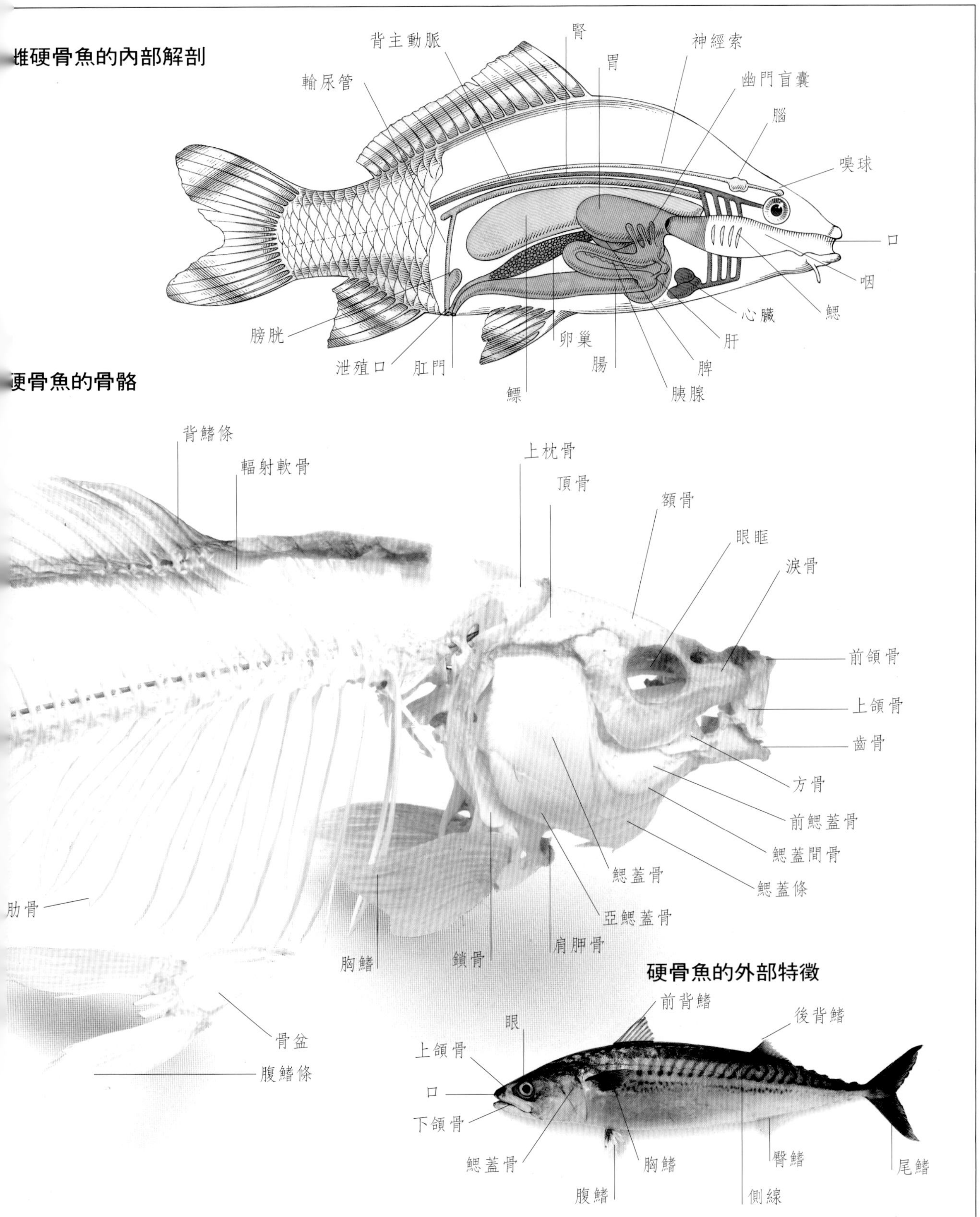

堆硬骨魚的內部解剖

背主動脈　腎　胃　神經索

輸尿管　幽門盲囊

腦

嗅球

口

咽

鰓

膀胱　心臟

泄殖口　肛門　卵巢　腸　肝　脾　胰腺

鰾

硬骨魚的骨骼

背鰭條　上枕骨　頂骨　額骨

輻射軟骨　眼眶　淚骨

前頜骨

上頜骨

齒骨

方骨

前鰓蓋骨

鰓蓋間骨

鰓蓋條

鰓蓋骨

亞鰓蓋骨

肋骨

胸鰭　鎖骨　肩胛骨

骨盆

腹鰭條

硬骨魚的外部特徵

前背鰭　後背鰭

眼

上頜骨

口

下頜骨

鰓蓋骨　胸鰭　臀鰭　尾鰭

腹鰭　側線

(Premaxilla)；上頜骨*(Maxilla)*；齒骨*(Dentary)*；方骨*(Quadrate bone)*；鰓蓋間骨*(Interopercular bone)*；鰓蓋條*(Branchiostegal ray)*；腹鰭條*(Pelvic fin ray)*；臀鰭條*(Anal fin ray)*；腹側棘*(Hemal spine)*；尾下骨*(Hypural)*；尾鰭條*(Caudal fin ray)*。**硬骨魚的外部特徵**(EXTERNAL FEATURES OF A BONY FISH)：側線*(Lateral line)*；後背鰭*(Posterior dorsal fin)*；前背鰭*(Anterior dorsal fin)*。**硬骨魚舉例**(EXAMPLES OF BONY FISH)：連鰭䲗[MANDARINFISH *(Synchiropus splendidus)*]；鮟鱇[ANGLERFISH*(Caulophryne jordani)*]；翱翔蓑鮋[LIONFISH*(Pterois volitans)*]；鱘魚[STURGEON*(Acipenser sturio)*]；海馬[OCEANIC SEAHORSE *(Hippocampus kuda)*]；雲紋蛇鱔[SNOWFLAKE MORAY EEL*(Echidna nebulosa)*]。

兩棲動物

兩棲綱包括蛙和**蟾蜍**（組成**無尾目**），以及**水螈**和**蠑螈**（組成**有尾目**）。兩棲動物一般具有潮濕、無鱗、無毛的皮膚；有肺；屬冷血動物。它們也經過**全變態**：由產生水中的卵，經過不同的水生幼體階段（如蝌蚪階段）到陸地生活的成體。成年蛙和蟾蜍的一般特徵是具有短闊的身體、無尾，後腿長而有力，眼大而經常凸起。成年水螈和蠑螈一般體型較長，其尾發達，且有大小相同、相對的短腿。然而，水螈和蠑螈卻表現出相當大的變異：例如，一些種在成年時腿很小，具有外鰓而無肺，而且在水中渡過整個生活期。

雌蛙的內部解剖

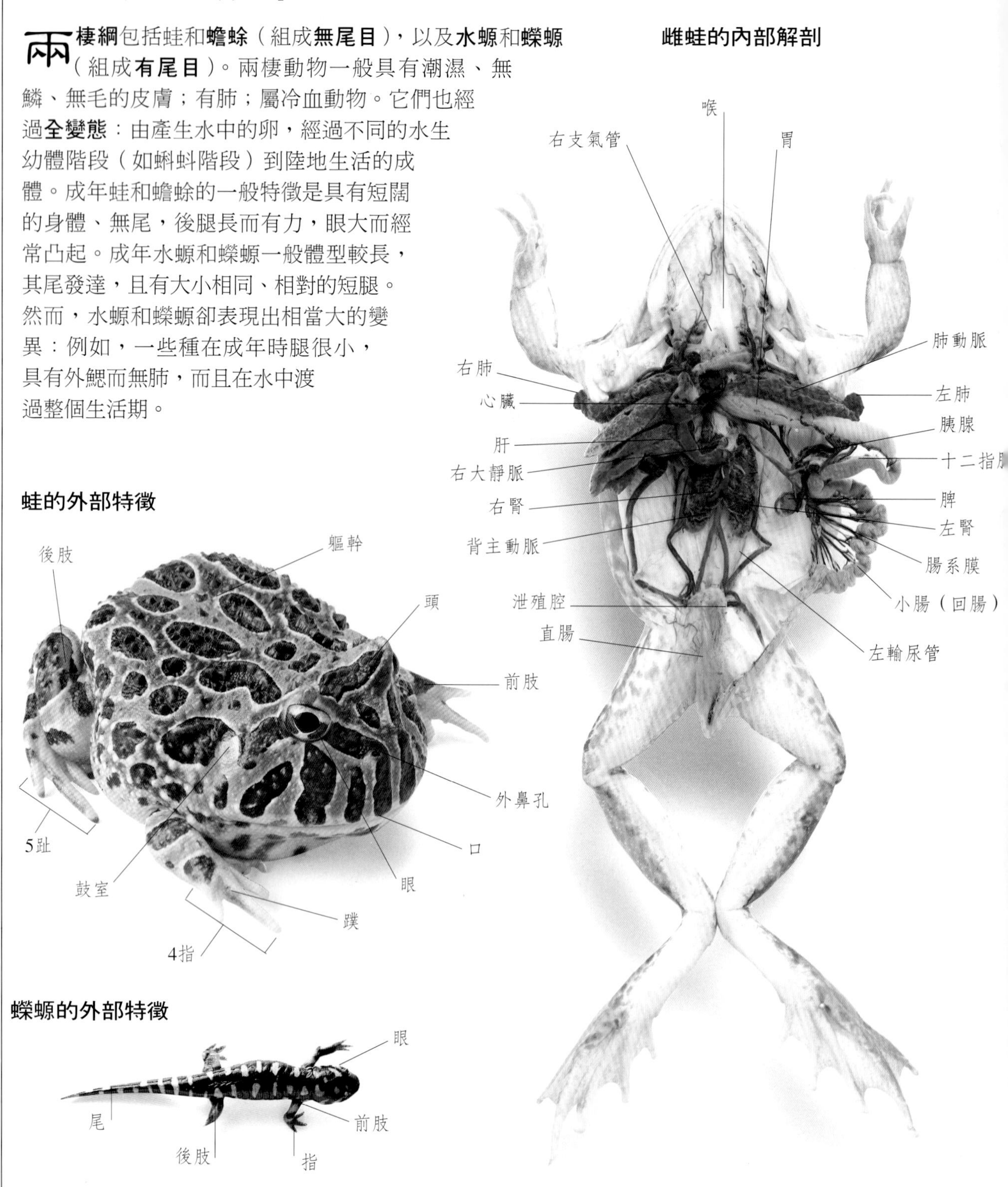

蛙的外部特徵

蠑螈的外部特徵

兩棲動物(Amphibians)：兩棲綱(CLASS AMPHIBIA)；青蛙(frogs)；蟾蜍(toads)；無尾目(order Anura)；水螈 (newts)；蠑螈 (Salamanders)；有尾目 (order Urodela)；全變態 (complete metamorphosis)。**蛙 的 外 部 特 徵** (EXTERNAL FEATURES OF A FROG)：蹼 *(Web)*；鼓 室 *[Tympanum(eardrum)]*。**雌蛙的內部解剖**(INTERNAL ANATOMY OF A FEMALE FROG)：右支氣管*(Right bronchus)*；喉*(Larynx)*；肺動脈*(Pulmonary artery)*；左肺*(Left lung)*；胰腺*(Pancreas)*；十二指腸 *(Duodenum)*；脾*(Spleen)*；左腎*(Left kidney)*；腸系膜*(Mesentery)*；小腸(回腸)*[Small intestine (ileum)]*；左

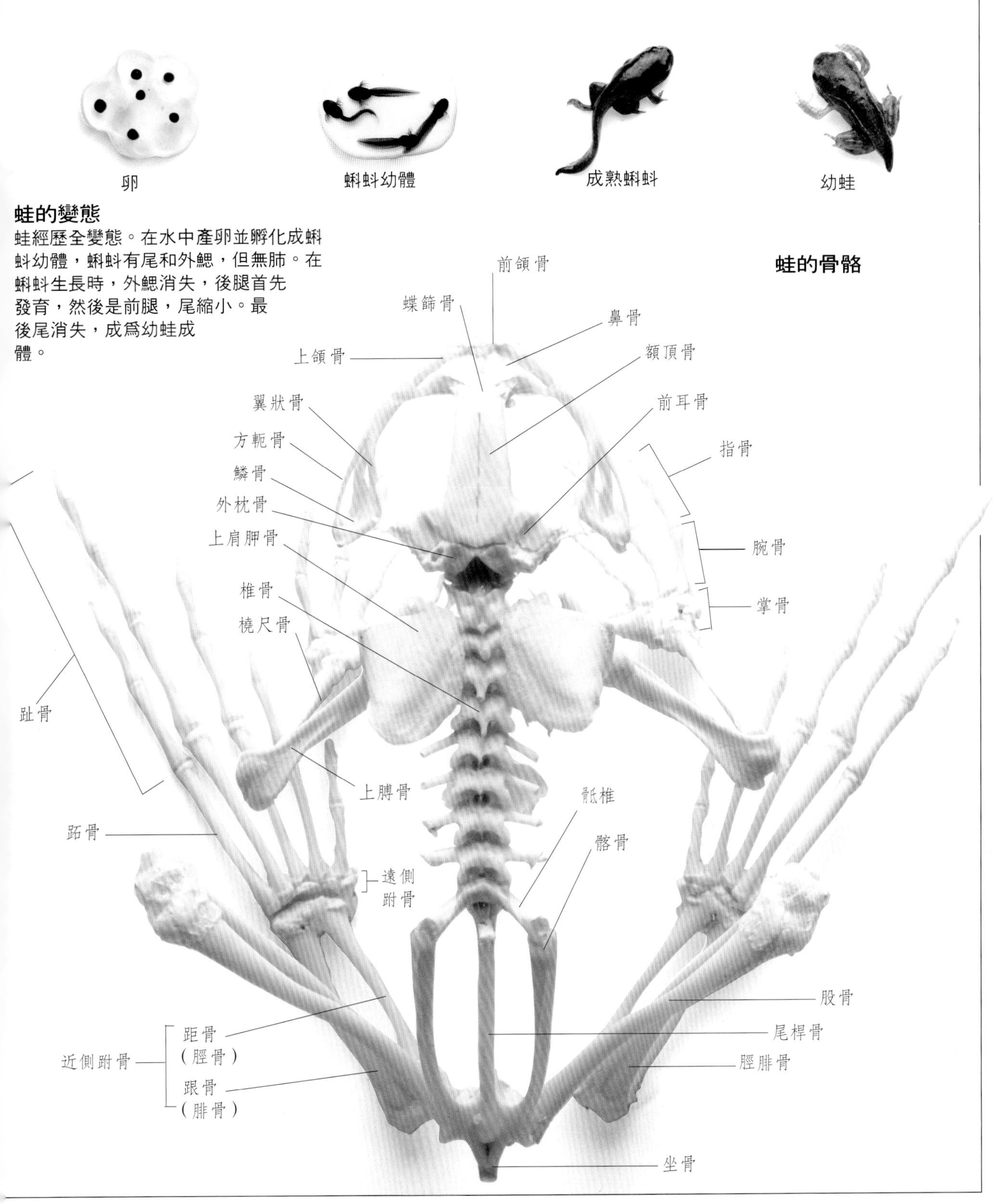

卵　　　　　　蝌蚪幼體　　　　　成熟蝌蚪　　　　　幼蛙

蛙的變態

蛙經歷全變態。在水中產卵並孵化成蝌蚪幼體，蝌蚪有尾和外鰓，但無肺。在蝌蚪生長時，外鰓消失，後腿首先發育，然後是前腿，尾縮小。最後尾消失，成為幼蛙成體。

蛙的骨骼

前頜骨
蝶篩骨
鼻骨
上頜骨
額頂骨
翼狀骨
前耳骨
方軛骨
指骨
鱗骨
外枕骨
上肩胛骨
腕骨
椎骨
掌骨
橈尺骨
趾骨
上膊骨
距骨
骶椎
髂骨
遠側跗骨
股骨
尾桿骨
近側跗骨
距骨（脛骨）
脛腓骨
跟骨（腓骨）
坐骨

輸尿管(Left ureter)；直腸(Rectum)；泄殖腔(Cloaca)；背主動脈(Dorsal aorta)；右大靜脈(Posterior vena cava)。**蛙的骨骼**(SKELETON OF A FROG)：翼狀骨(Pterygoid bone)；方軛骨(Quadratojugal bone)；鱗骨(Squamosal bone)；外枕骨(Exoccipital bone)；橈尺骨(Radio-ulna)；上膊骨(Humerus)；距骨(脛骨)[Astragalus(tibiale)]；跟骨(腓骨)[Calcaneum(fibulare)]；脛腓骨(Tibiofibula)；尾桿骨(Urostyle)；髂骨(Ilium)；骶椎(Sacral vertebra)；蝶篩骨(Sphenethmoid bone)。**蛙的變態**(METAMORPHOSIS OF FROGS)：卵[EGGS(SPAWN)]；蝌蚪幼體(YOUNG TADPOLES)；成熟蝌蚪(MATURE TADPOLE)。

蜥蜴和蛇

蜥蜴和蛇屬於**有鱗目**，是**爬行綱**的一個分支。爬行綱動物的特徵是：皮膚被鱗覆蓋，有肺，屬冷血動物。大部分爬行動物產硬殼蛋，但是有些爬行動物的卵是在母體內孵化發育成新個體後才產下。蜥蜴屬**蜥蜴亞目**。一般來說，它們具有長尾並經蛻皮數次。很多蜥蜴的尾，具再生能力。有些蜥蜴能夠改變它們自己的顏色；有些無四肢。蛇類動物組成**蛇亞目**。所有蛇的身體均較長且無四肢，並能使下頜骨離開原位，以吞下大的捕獲物。眼瞼結合形成罩於眼外的透明膜。大多數蛇僅蛻皮一次。蟒蛇把捕獲物纏住後絞死，而毒蛇則用其毒液毒殺。

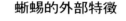

蛇舉例

墨西哥山王蛇

白環蛇

蜥蜴的外部特徵

蜥蜴的骨骼

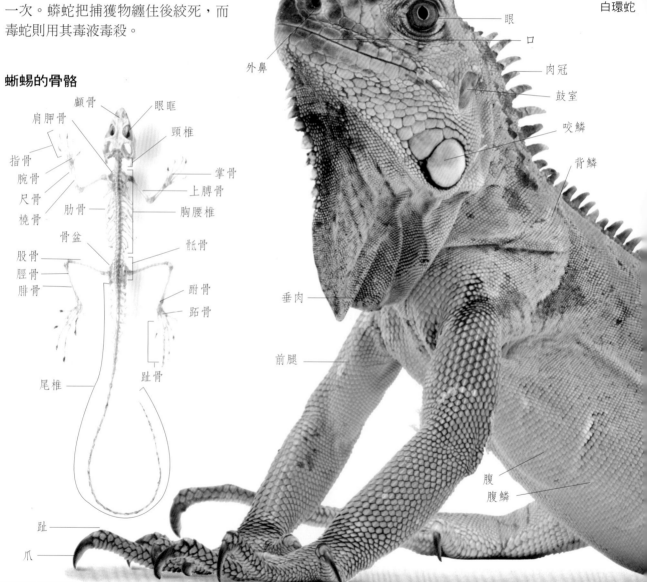

顱骨　眼眶
肩胛骨　頸椎
指骨
腕骨　掌骨
尺骨　上膊骨
橈骨　肋骨　胸腰椎
骨盆
股骨　骶骨
脛骨
腓骨　跗骨
跖骨
尾椎　趾骨
趾
爪

眼
口
肉冠
鼓室
咬鱗
背鱗
外鼻
垂肉
前腿
腹
腹鱗

蜥蜴和蛇(Lizards and snakes)：有鱗目(order Squamata)；爬行綱(class Reptilia)；蜥蜴亞目(suborder Lacertilia)；蛇亞目[suborder Ophidia(also called Serpentes)]。**蜥蜴的外部特徵**(EXTERNAL FEATURES OF A LIZARD)：外鼻(*External nostril*)；垂肉(*Dewlap*)；腹鱗(*Ventral scale*)；背鱗(*Dorsal scale*)；咬鱗(*Masseteric scale*)；鼓室(*Eardrum*)；肉冠(*Crest*)。**蜥蜴的骨骼**(SKELETON OF A LIZARD)：肩胛骨(*Scapula*)；尺骨(*Ulna*)；橈骨(*Radius*)；股骨(*Femur*)；脛骨(*Tibia*)；腓骨(*Fibula*)；尾椎(*Caudal vertebrae*)；趾骨(*Phalanges*)；跖骨(*Metatarsal*)；跗骨(*Tarsals*)；骶骨(*Sacrum*)；胸腰椎(*Thoracolumbar vertebrae*)；上膊骨(*Humerus*)；掌骨(*Metacarpal*)；頸椎(*Cervical vertebrae*)。**雌蜥蜴的內部解剖**

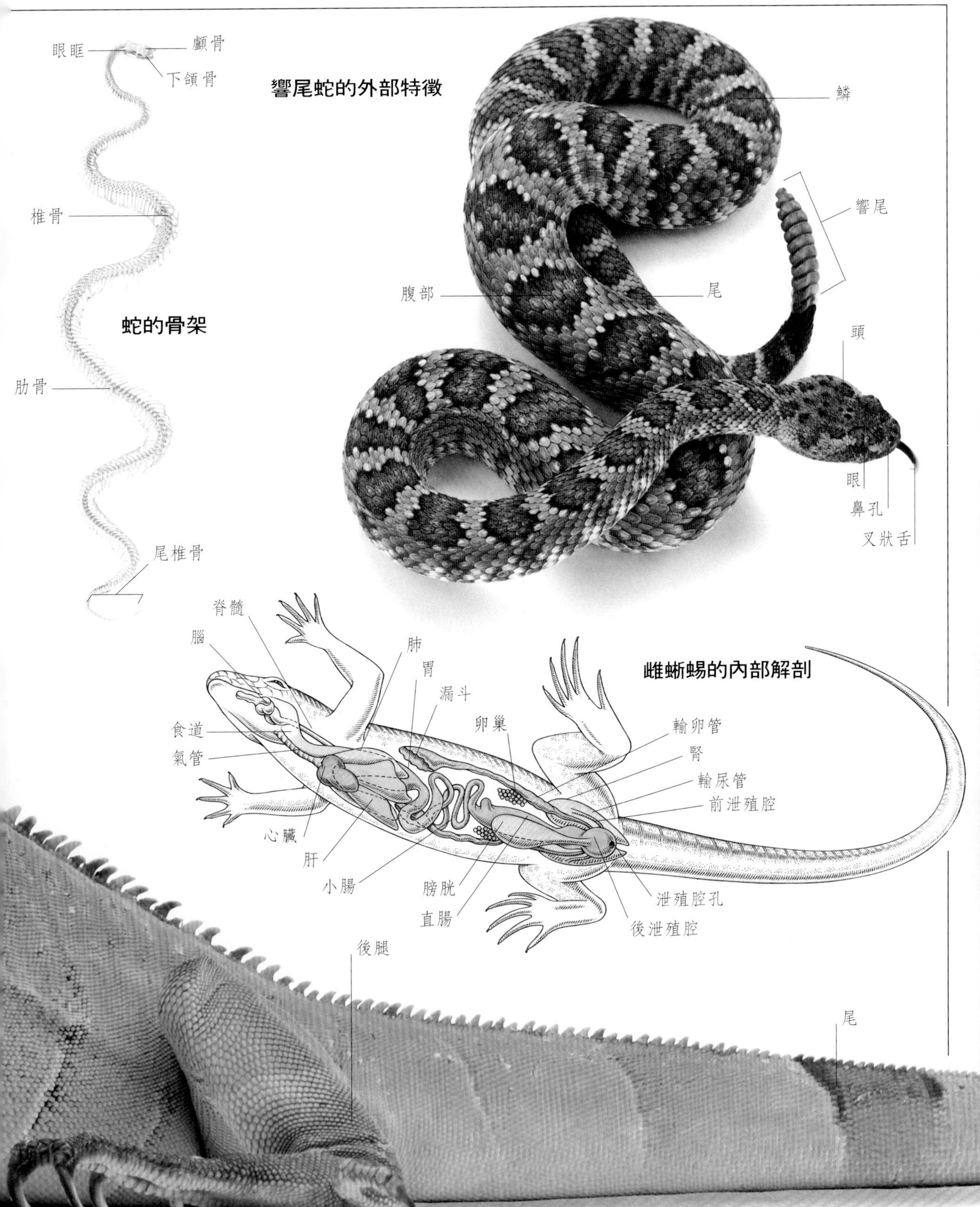

眼眶　顱骨
下頜骨

響尾蛇的外部特徵

鱗

響尾

椎骨

蛇的骨架

腹部　　　　　　　　　尾

肋骨

頭

眼
鼻孔
叉狀舌

尾椎骨

脊髓
腦
肺
胃
漏斗

食道
氣管

雌蜥蜴的內部解剖

卵巢

輸卵管
腎
輸尿管
前泄殖腔

心臟
肝
小腸

膀胱
直腸

泄殖腔孔
後泄殖腔

後腿

尾

(INTERNAL ANATOMY OF A FEMALE LIZARD)：脊髓(Spinal cord)；後泄殖腔(Posterior chamber of cloaca)；泄殖腔孔(Cloacal opening)；前泄殖腔(Anterior chamber of cloaca)。**響尾蛇(RATTLESNAKE)的外部特徵** (EXTERNAL FEATURES OF A RATTLESNAKE)：響尾(Rattle)；叉狀舌(Forked tongue)。**蛇的骨架(SKELETON OF A SNAKE)**：椎骨(Vertebra)；下頜骨(Mandible)。**蛇舉例**(EXAMPLES OF SNAKES)：墨西哥山王蛇 [MEXICAN MOUNTAIN KING SNAKE*(Lampropeltis triangulum annulata)*]；白環蛇[BANDED MILK SNAKE*(Lampropeltis ruthveni)*]。

鱷 和 龜

恆河食魚鱷

尼羅河食魚鱷

美洲鈍吻鱷

鱷 和龜分別屬**爬行綱**的兩個不同的目。**鱷目**包括鱷、鈍吻鱷、凱門鱷和恆河食魚鱷。鱷一般來說是**食肉動物**，吻較長，牙齒鋒利便於咬緊捕獲物，其鱗片略成方形。所有鱷都適合陸地和水中兩種生活；為了能在陸地上爬行，它們具有強壯的四肢；為了在水中游泳，其尾強而有力。眼和鼻在頭部的較高處，因此可在身體的其餘部分浸沒在水中時露出水面。**海龜目**有**海龜**、**淡水龜**和**陸龜**。龜的特徵是身體短而扁平，包裹在骨質板的骨殼裡，頭和四肢能縮進殼中；此外，還有**骨質喙**代替牙齒。

鱷的骨骼

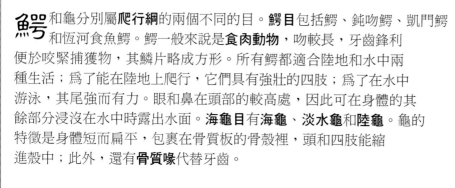

顱骨　頸椎　胸椎　腰椎　骶椎　尾椎　下頜骨　肩胛骨　上膊骨　橈骨　尺骨　肋骨　股骨　腓骨　趾骨　跗骨　脛骨　距骨

凱門鱷的外部特徵

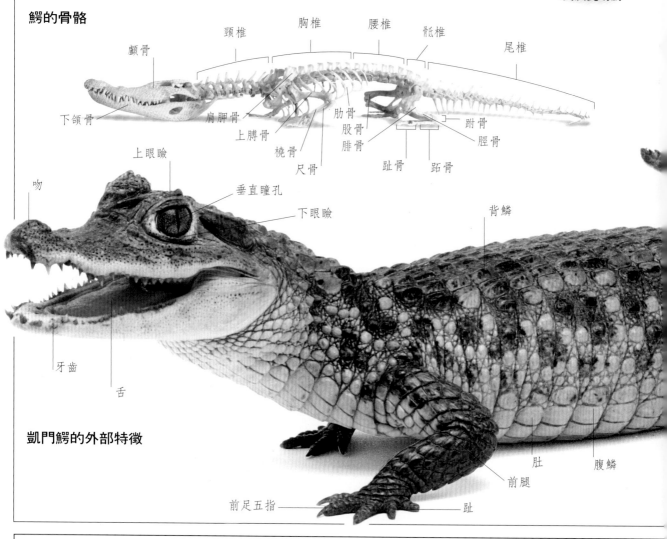

吻　上眼瞼　垂直瞳孔　下眼瞼　背鱗　牙齒　舌　前足五指　前腿　趾　肚　腹鱗

鱷和龜(Crocodilians and turtles)：爬行綱(class Reptilia)；鱷目(order Crocodilia)；食肉動物[carnivores(flesh-eaters)]；海龜目(order Chelonia)；海龜(marine turtles)；淡水龜[freshwater turtles(terrapins)]；陸龜[land turtles(tortoises)]；骨質喙(horny beak)。**鱷的骨骼**(SKELETON OF A CROCODILE)：胸椎(*Thoracic vertebrae*)；腰椎(*Lumbar vertebrae*)；跖骨(*Metatarsals*)；尺骨(*Ulna*)；下頜骨(*Mandible*)。**鱷的顱骨**(SKULLS OF CROCODILIANS)：恆河食魚鱷[GHARIAL(*Gavialis gangeticus*)]；尼羅河食魚鱷[NILE CROCODILE (*Crocodylus niloticus*)]；美洲鈍吻鱷[MISSISSIPPI ALLIGATOR(*Alligator mississippiensis*)]。**凱門鱷的外部特徵**(EXTERNAL FEATURES OF A CAIMAN)：吻(*Snout*)；上眼瞼(*Upper*

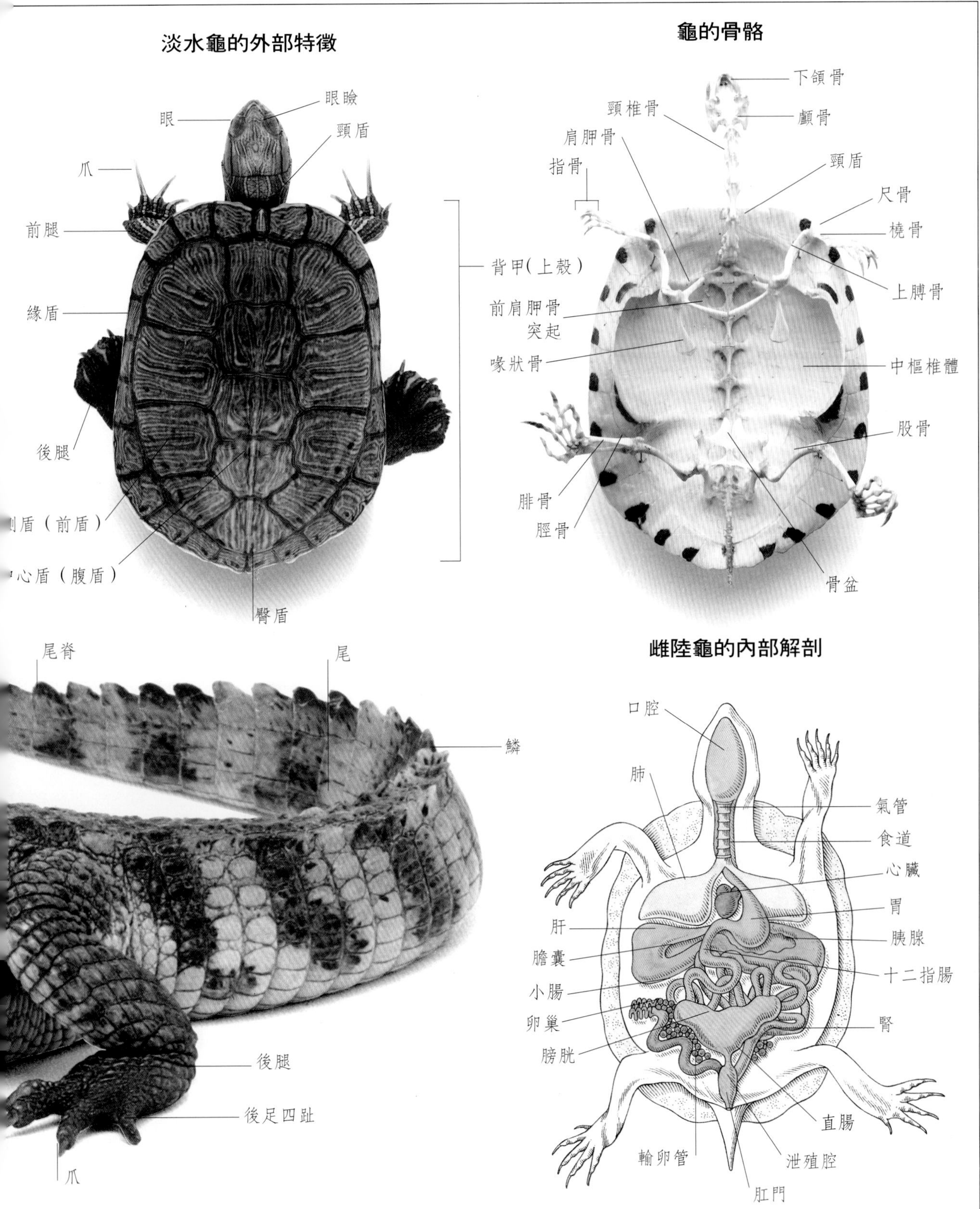

淡水龜的外部特徵

眼
眼瞼
頸盾
爪
前腿
緣盾
後腿
側盾（前盾）
心盾（腹盾）
臀盾

龜的骨骼

下頜骨
顱骨
頸椎骨
肩胛骨
指骨
頸盾
尺骨
橈骨
上膊骨
背甲(上殼)
前肩胛骨突起
喙狀骨
中樞椎體
股骨
腓骨
脛骨
骨盆

尾脊
尾
鱗
後腿
後足四趾
爪

雌陸龜的內部解剖

口腔
肺
氣管
食道
心臟
胃
胰腺
十二指腸
腎
肝
膽囊
小腸
卵巢
膀胱
直腸
輸卵管
泄殖腔
肛門

eyelid)；垂直瞳孔(Eye with vertical pupil)；尾脊(Tail crest)。**淡水龜的外部特徵**(EXTERNAL FEATURES OF A FRESHWATER TURTLE)：頸盾(Nuchal shield)；背甲(上殼)[Carapace(upper shell)]；臀盾(Pygal shield)；中心盾(腹盾)[Central shield(vertebral shield)]；側盾(前盾)[Lateral shield(costal shield)]；緣盾(marginal shield)。**龜的骨骼**(SKELETON OF A TURTLE)：喙狀骨(Coracoid)；中樞椎體(Centrum)。**雌陸龜的內部解剖**(INTERNAL ANATOMY OF A FEMALE LAND TURTLE)：膽囊(Gallbladder)；輸卵管(Oviduct)；胰腺(Pancreas)；食道(Esophagus)；氣管(Trachea)。

鳥 1

鳥 組成**鳥綱**，共9,000餘種，幾乎所有種類的鳥都能飛翔（不能飛翔的鳥有**企鵝**、**駝鳥**、**鶆䴈**、**食火雞**和**鷸駝**）。其飛翔能力由以下特徵反映出來：前肢演變成翼，身體爲流線型，骨中空以減輕體重。所有的鳥類都產硬殼蛋，並由親鳥孵化。由於食物和生活方式的不同，鳥的喙、腳有很大的差異。鳥喙型態從適應於雜食的一般目的型（如**鶇**）到攝取特殊食物的專門目的型（如**紅鸛**所具有的大而彎曲的**篩狀喙**）。鳥腳型態則從鴨的**蹼墊**到食肉鳥的爪。鳥的羽衣也變化萬千，很多種雄鳥的羽毛爲"求愛"而顯示出色彩斑斕的羽毛，而雌鳥羽毛的顏色卻很單調。

鳥的外部特徵

前額　眼
鼻孔　冠
上頜骨　頸
喙
下頜骨
頰
喉

鳥類舉例

雄鳳頭潛鴨

白鸛

雄駝鳥

小覆羽 ─ 小翼覆羽／中翼覆羽
大翼覆羽（主覆羽）
次飛翔羽
主飛翔羽
下尾覆羽
尾羽
跗骨
趾
爪
腿
脅腹
肚腹
胸

鳥(Birds 1)：鳥綱(CLASS AVES)；企鵝(penguins)；鶆䴈(rheas)；食火雞(cassowaries)；鷸駝(kiwis)；鶇(thrushes)；紅鸛(flamingos)；篩狀喙(sieving beaks)；蹼墊(webbed "paddles")。**鳥的外部特徵**(EXTERNAL FEATURES OF A BIRD)：喙(*Beak*)；下頜骨(*Lower mandible*)；上頜骨(*Upper mandible*)；前額(*Forehead*)；冠(*Crown*)；脅腹(*Flank*)；下尾覆羽(*Under tail coverts*)；尾羽[*Tail feathers(retrices)*]；大翼覆羽(主覆羽)[*Greater wing coverts(major coverts)*]；中翼覆羽(*Median wing coverts*)；小翼覆羽(*Lesser wing coverts*)。**鳥的骨骼**(SKELETON OF A BIRD)：頸椎骨(*Cervical vertebrae*)；

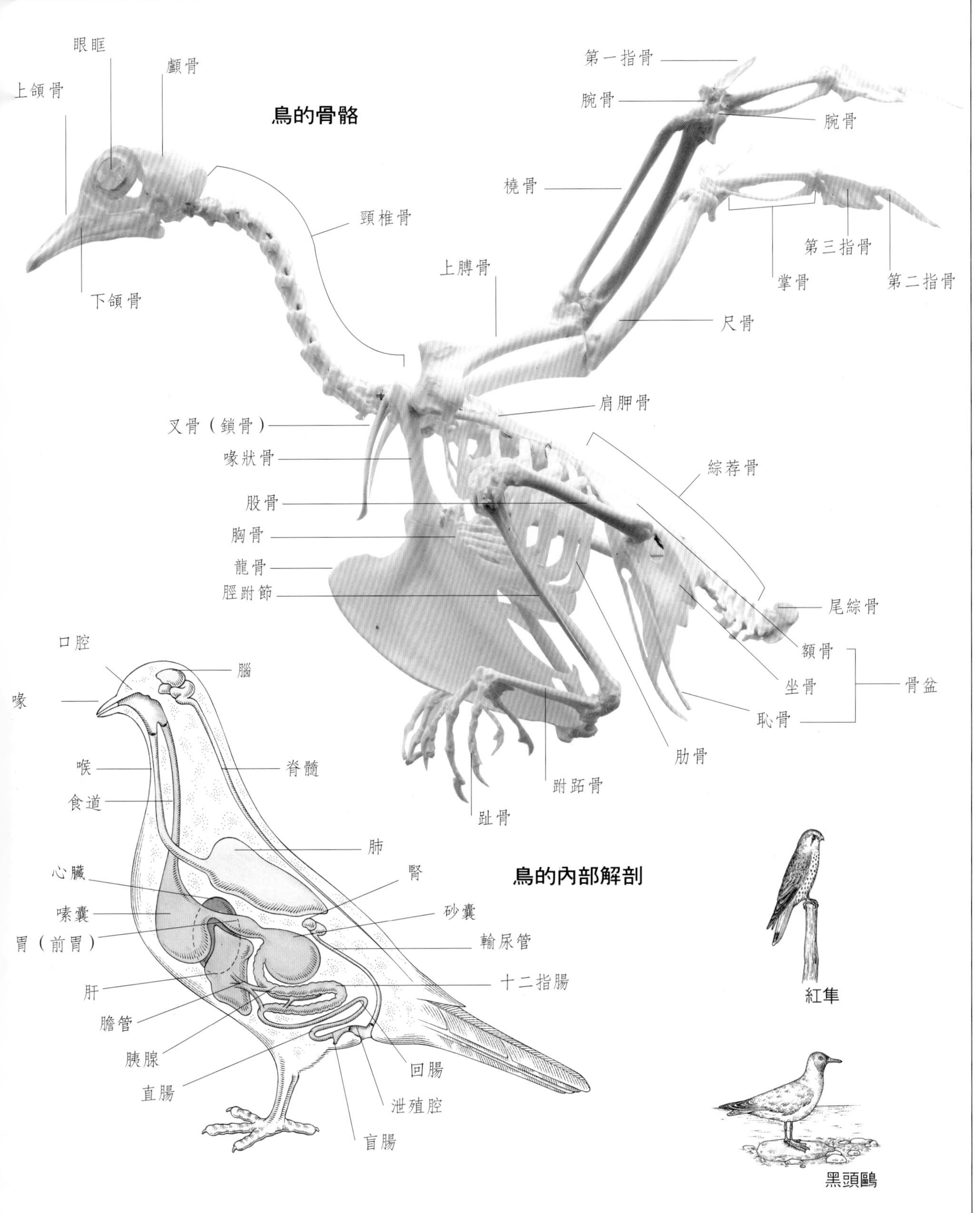

鳥的骨骼

眼眶
顱骨
上頜骨
下頜骨
頸椎骨
第一指骨
腕骨
腕骨
橈骨
第三指骨
掌骨 第二指骨
上膊骨
尺骨
肩胛骨
綜荐骨
叉骨（鎖骨）
喙狀骨
股骨
胸骨
龍骨
脛跗節
尾綜骨
額骨
坐骨 骨盆
恥骨
肋骨
跗跖骨
趾骨

鳥的內部解剖

口腔
腦
喙
喉
脊髓
食道
肺
腎
心臟
砂囊
嗉囊
輸尿管
胃（前胃）
十二指腸
肝
膽管
胰腺
回腸
直腸
泄殖腔
盲腸

紅隼

黑頭鷗

上膊骨(*Humerus*)；綜荐骨(*Synsacrum*)；尾綜骨(*Pygostyle*)；跗跖骨(*Tarsometatarsus*)；脛跗節(*Tibiotarsus*)；龍骨(*Keel*)；喙狀骨(*Coracoid*)；叉骨(鎖骨)[*Furcula (clavicle; wishbone)*]。**鳥的內部解剖**(INTERNAL ANATOMY OF A BIRD)：砂囊(*Gizzard*)；回腸(*Ileum*)；胰腺(*Pancreas*)；膽管(*Bile duct*)；嗉囊(*Crop*)。**鳥類舉例**(EXAMPLES OF BIRDS)：雄鳳頭潛鴨[MALE TUFTED DUCK(*Aythya fuligula*)]；白鸛[WHITE STORK(*Ciconia ciconia*)]；雄駝鳥[MALE OSTRICH (*Struthio camelus*)]；紅隼[MALE KESTREL(*Falco tinnunculus*)]；黑頭鷗[BLACKHEADED GULL(*Larus ridibundus*)]。

鳥 2

鳥腳類型的舉例

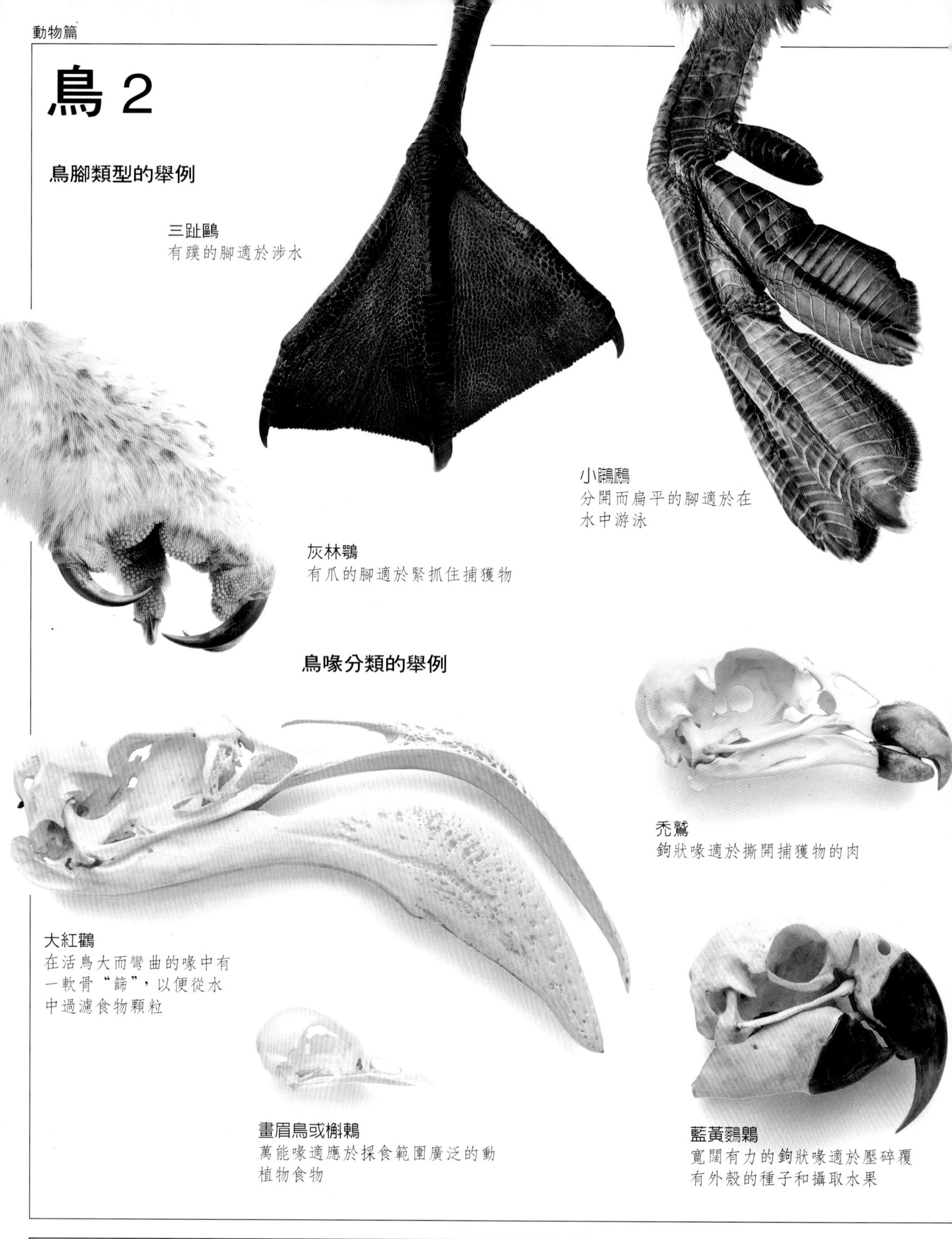

三趾鷗
有蹼的腳適於涉水

小鸊鷉
分開而扁平的腳適於在
水中游泳

灰林鴞
有爪的腳適於緊抓住捕獲物

鳥喙分類的舉例

禿鷲
鉤狀喙適於撕開捕獲物的肉

大紅鸛
在活鳥大而彎曲的喙中有
一軟骨 "篩"，以便從水
中過濾食物顆粒

畫眉鳥或槲鶇
萬能喙適應於採食範圍廣泛的動
植物食物

藍黃鸚鵡
寬闊有力的鉤狀喙適於壓碎覆
有外殼的種子和攝取水果

鳥2(Birds 2)。**鳥腳類型的舉例**(EXAMPLES OF BIRD'S FEET)：三趾鷗[KITTIWAKE*(Rissa tridactyla)*]；灰林鴞[TAWNY OWL*(Strix aluco)*]；小鸊鷉[LITTLE GREBE*(Tachybaptus ruficollis)*]。**鳥喙分類的舉例**(EXAMPLES OF BIRD'S BEAKS)：大紅鸛[GREATER FLAMINGO*(Phoenicopterus ruber)*]；軟骨 "篩" (cartilaginous "sieve")；畫眉鳥或槲鶇[MAVIS, OR MISTLE THRUSH*(Turdus viscivorus)*]；萬能喙(all-purpose beak)；禿鷲[KING VULTURE*(Sarcorhamphus papa)*]；藍黃鸚鵡[BLUE-AND-YELLOW MACAW*(Ara ararauna)*]。**鳥翅的骨骼**(BONES OF A BIRD'S WING)：上膊骨*(Humerus)*；橈骨*(Radius)*；腕骨*(Carpal)*；掌

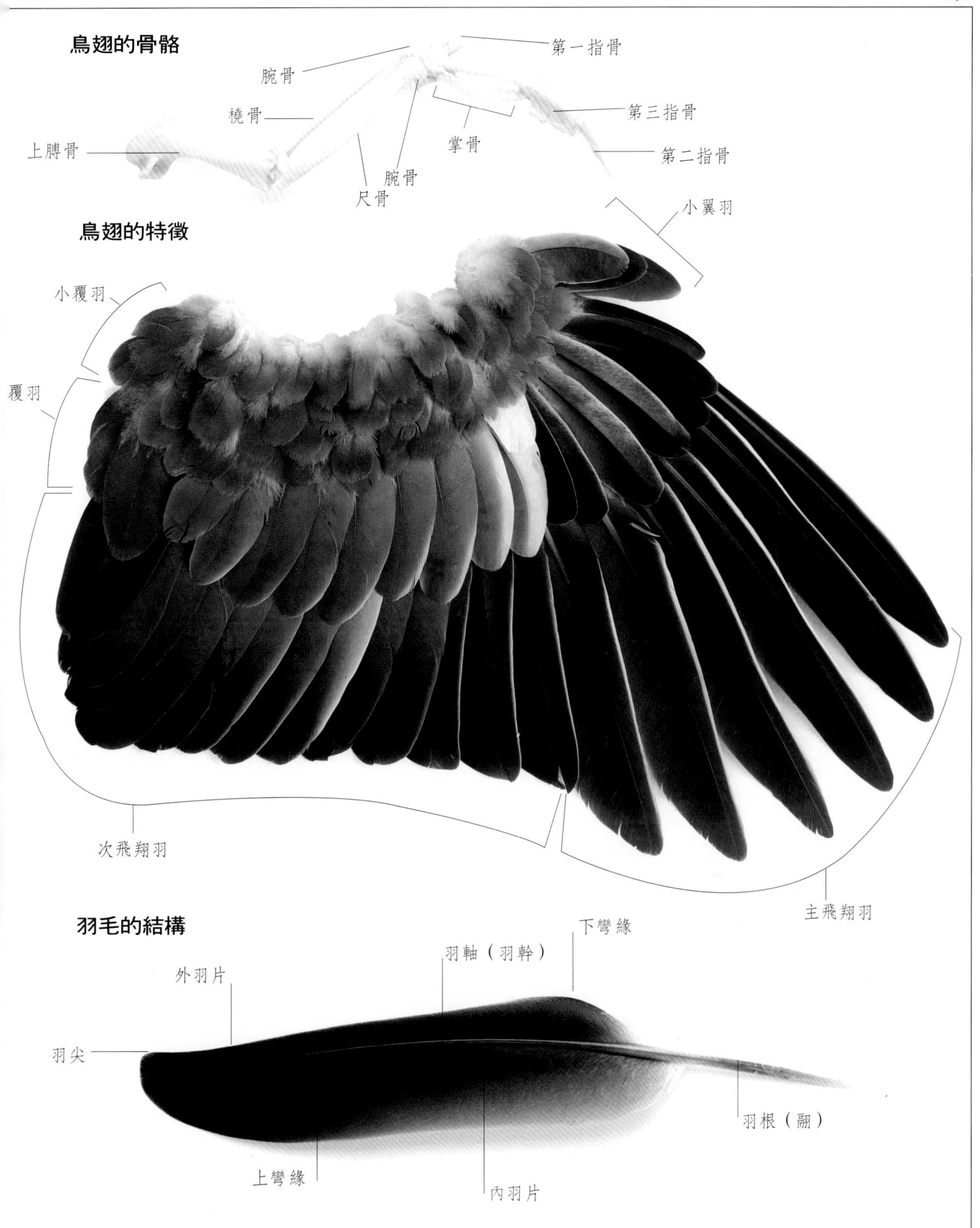

鳥翅的骨骼

第一指骨
腕骨
橈骨
上膊骨
掌骨
第三指骨
腕骨
第二指骨
尺骨
小翼羽

鳥翅的特徵

小覆羽

覆羽

次飛翔羽

主飛翔羽

羽毛的結構

下彎緣
羽軸（羽幹）
外羽片
羽尖
羽根（翮）
上彎緣
內羽片

骨(Metacarpals)；尺骨(Ulna)。**鳥翅的特徵**(FEATHERS OF A BIRD'S WING)：小覆羽(Minor coverts)；主覆羽(Major coverts)；次飛翔羽[Secondary flight feathers(secondary remiges)]；主飛翔羽[Primary flight feathers(primary remiges)]；小翼羽[Alula(spurious wing)]。**羽毛的結構**(STRUCTURE OF A FEATHER)：羽尖(Tip)；外羽片(Outer vane)；羽軸(羽幹)[Rachis(shaft)]；下彎緣(Downcurved edge)；羽根(翮)[Quill(calamus)]；內羽片(Inner vane)；上彎緣(Upcurved edge)。

卵

卵是一個單細胞，由母體所生，具有發育成新個體的能力。這種發育既可能在母體內（如大多數哺乳動物），也可能在體外進行。在體外發育的卵包裹著一層具有保護作用的外殼，生長的幼體由卵黃滋養。而在母體內發育的卵中，由於幼體由母體滋養。所以卵黃較小。有些幼體須經過一個**幼蟲階段**（如蠋），而且幼蟲是自己攝取食物發育成成體的，那些動物產下的體外發育的卵，其卵黃也可能很小。鳥類和爬行動物的有殼卵中含有的卵黃足以維持幼體孵化成為**幼態成體**。

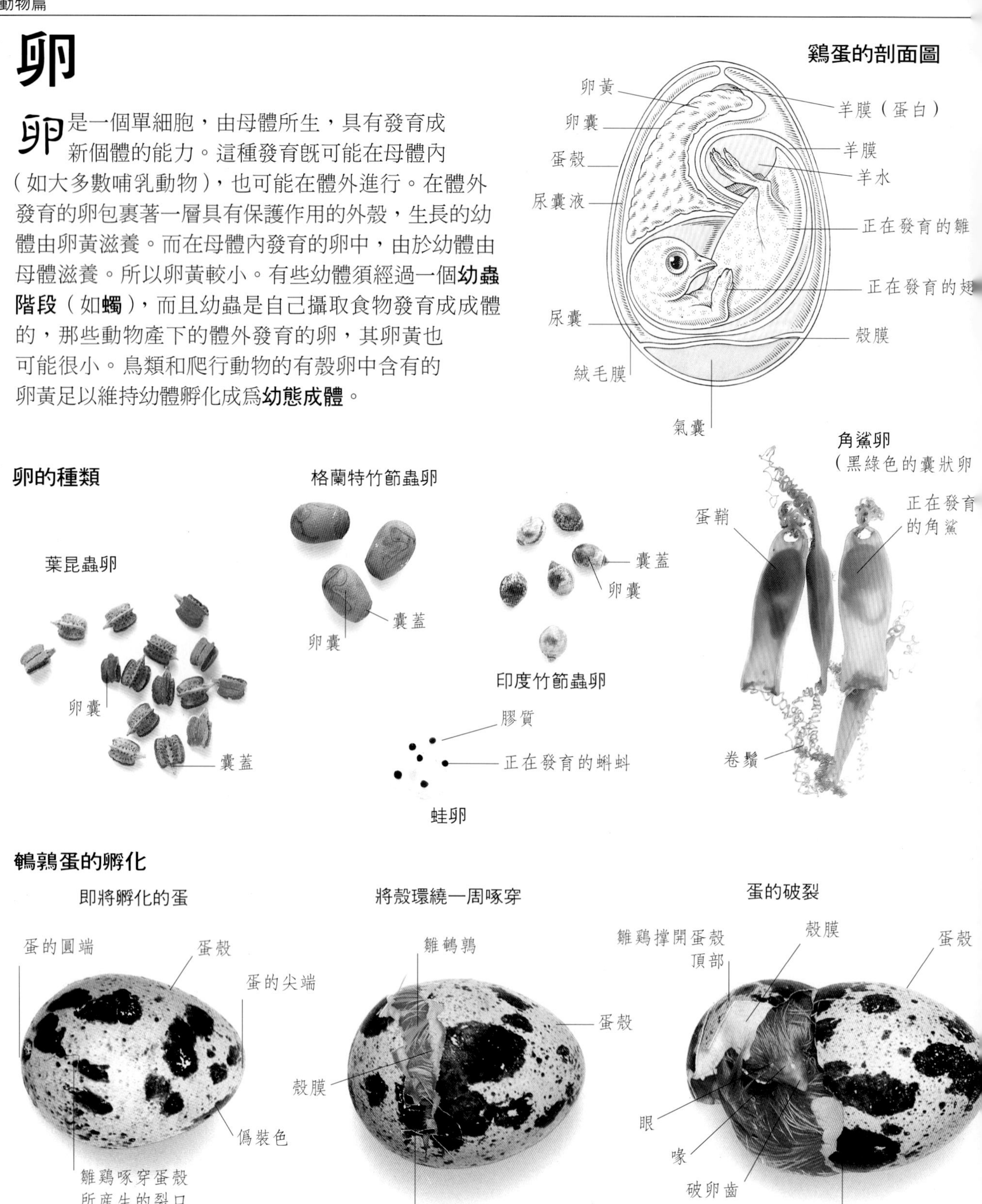

鷄蛋的剖面圖

卵黃
卵囊
蛋殼
尿囊液
尿囊
絨毛膜
氣囊
羊膜（蛋白）
羊膜
羊水
正在發育的雛
正在發育的翅
殼膜

卵的種類

葉昆蟲卵
卵囊
囊蓋

格蘭特竹節蟲卵
囊蓋
卵囊

囊蓋
卵囊

印度竹節蟲卵

蛙卵
膠質
正在發育的蝌蚪

角鯊卵
（黑綠色的囊狀卵）
蛋鞘
正在發育的角鯊
卷鬚

鵪鶉蛋的孵化

即將孵化的蛋
蛋的圓端
蛋殼
蛋的尖端
偽裝色
雛鶉啄穿蛋殼所產生的裂口

將殼環繞一周啄穿
雛鶉鶉
蛋殼
殼膜
雛鶉進一步啄開更大的裂痕

蛋的破裂
雛鶉撐開蛋殼頂部
殼膜
蛋殼
眼
喙
破卵齒
殼環繞一周完全裂開

卵(Eggs)：幼蟲階段(larval stage)；蠋(caterpillar)；幼態成體(juvenile version of the adult)。**鷄蛋的剖面圖**：卵囊(*Yolk sac*)；尿囊液(*Allantoic fluid*)；絨毛膜(*Chorion*)；氣囊(*Air sac*)；羊膜(*Amnion*)；蛋白素(蛋白)[*Albumen(egg white)*]。**卵的種類**：葉昆蟲卵(LEAF INSECT EGGS)；格蘭特竹節蟲卵(GIANT STICK INSECT EGGS)；蛙卵[FROG EGGS(FROG SPAWN)]；膠質(*Jelly*)；印度竹節蟲卵[INDIAN STICK INSECT EGGS]；角鯊卵(DOGFISH EGGS)；蛋鞘(*Egg case*)。**鵪鶉蛋的孵化**：偽裝色(*Camouflage coloration*)；殼膜(*Shell membrane*)；雛鶉鶉(*Chick*)；破卵齒(*Egg tooth*)；濕絨羽(*Wet down*)；蛋膜殘留物(羊膜和尿

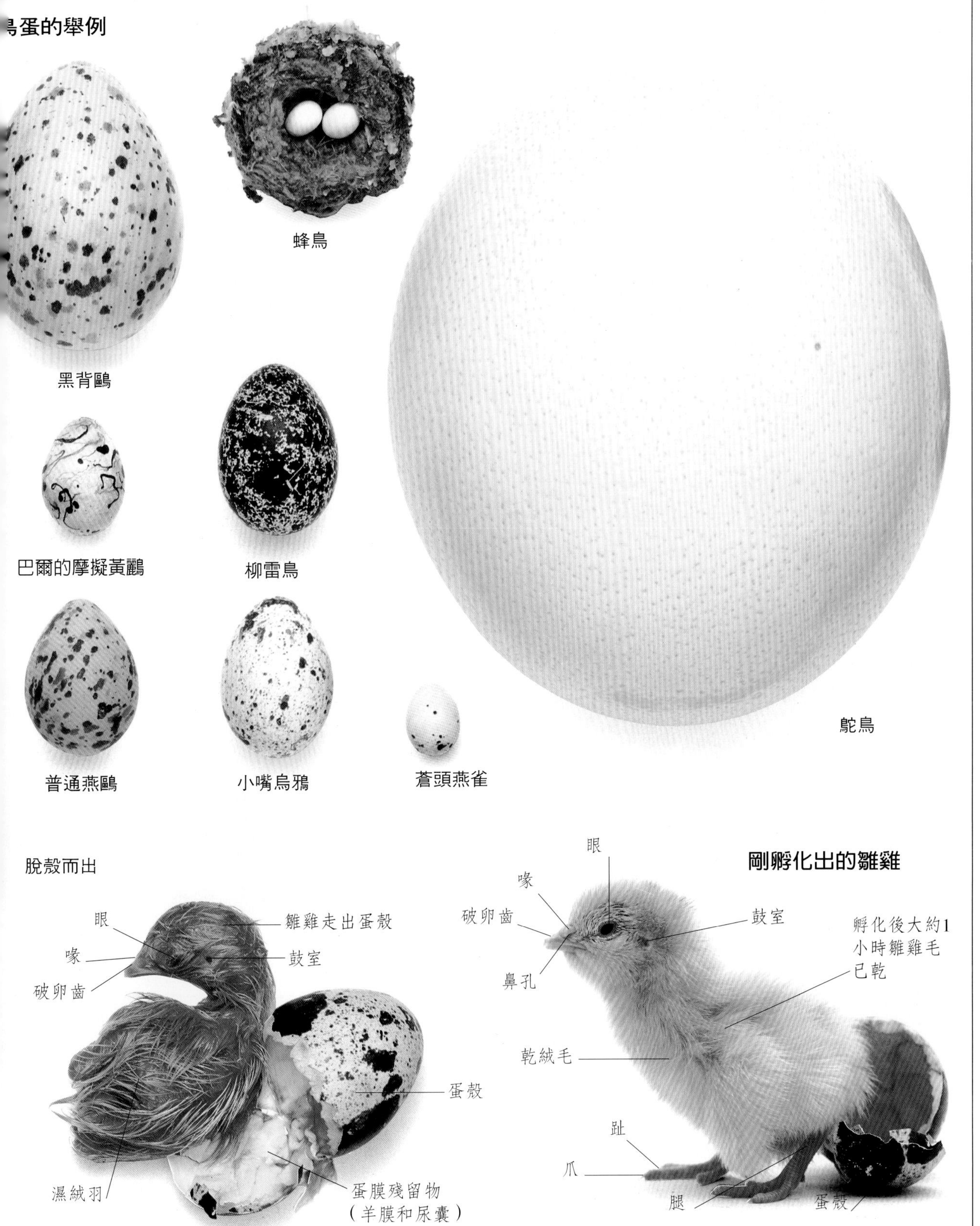

鳥蛋的舉例

蜂鳥

黑背鷗

巴爾的摩擬黃鸝

柳雷鳥

鴕鳥

普通燕鷗

小嘴烏鴉

蒼頭燕雀

脫殼而出

眼
喙
破卵齒
雛雞走出蛋殼
鼓室
蛋殼
濕絨羽
蛋膜殘留物
（羊膜和尿囊）

剛孵化出的雛雞

眼
喙
破卵齒
鼻孔
鼓室
孵化後大約1小時雛雞毛已乾
乾絨毛
趾
爪
腿
蛋殼

囊)[*Remains of egg membranes(amnion and allantois)*]。**鳥蛋的舉例**：黑背鷗[GREATER BLACKBACKED GULL *(Larus marinus)*]；巴爾的摩擬黃鸝[BALTIMORE ORIOLE*(Icterus galbula)*]；普通燕鷗[COMMON TERN*(Sterna hirundo)*]；蜂鳥[BEE HUMMINGBIRD*(Calypte helenae)*]；柳雷鳥[WILLOW GROUSE*(Lagopus lagopus)*]；小嘴烏鴉[CARRION CROW*(Corvus corone)*]；蒼頭燕雀[CHAFFINCH*(Fringilla coelebs)*]；鴕鳥[OSTRICH*(Struthio camelus)*]。

食肉動物

哺乳動物中的食肉動物目包括貓、狗、熊、浣熊、熊貓、鼬鼠、獾、臭鼬、水獺、香貓、貓鼬和鬣狗。該目的名稱源於以下事實：它的大多數成員爲食肉動物。所以食肉動物的典型特徵反映了一種追獵的生活方式：動作快速而敏捷；腳爪鋒利，犬齒發達，可抓住和咬死捕獲物；裂齒（頰齒）可咬碎肉食；雙目直視前方，故可正確判斷遠距離的目標。然而，該目的一些動物，如熊、獾和狐等爲雜食性獸類，有少數僅完全靠植物性食物爲生，其中最著名的是熊貓。這些動物無裂齒，與全食肉動物相比，其動作顯得緩慢笨拙。

獅的顱骨

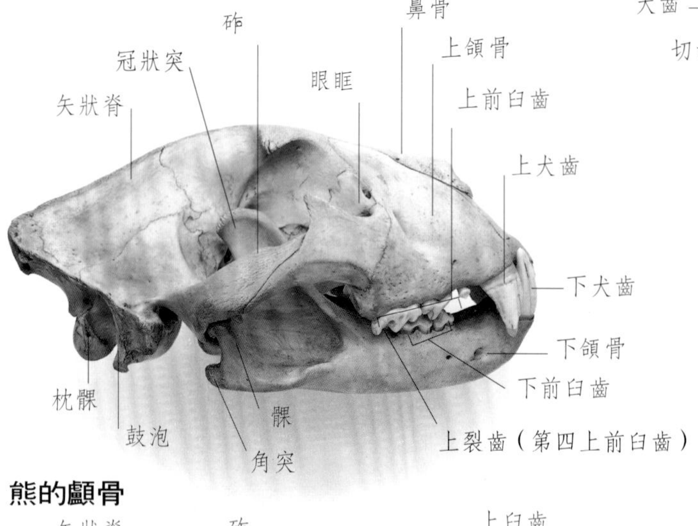

矢狀脊
冠狀突
砟
鼻骨
眼眶
上頜骨
上前白齒
上犬齒
下犬齒
下頜骨
下前白齒
枕髁
鼓泡
髁
角突
上裂齒（第四上前白齒）

熊的顱骨

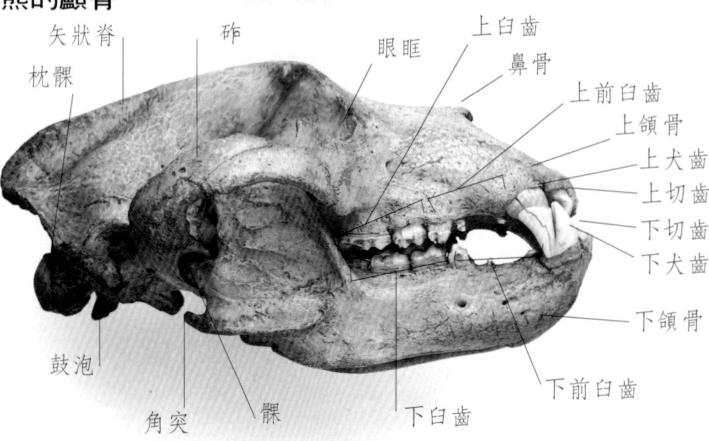

矢狀脊
枕髁
砟
眼眶
上白齒
鼻骨
上前白齒
上頜骨
上犬齒
上切齒
下切齒
下犬齒
下頜骨
鼓泡
角突
髁
下白齒
下前白齒

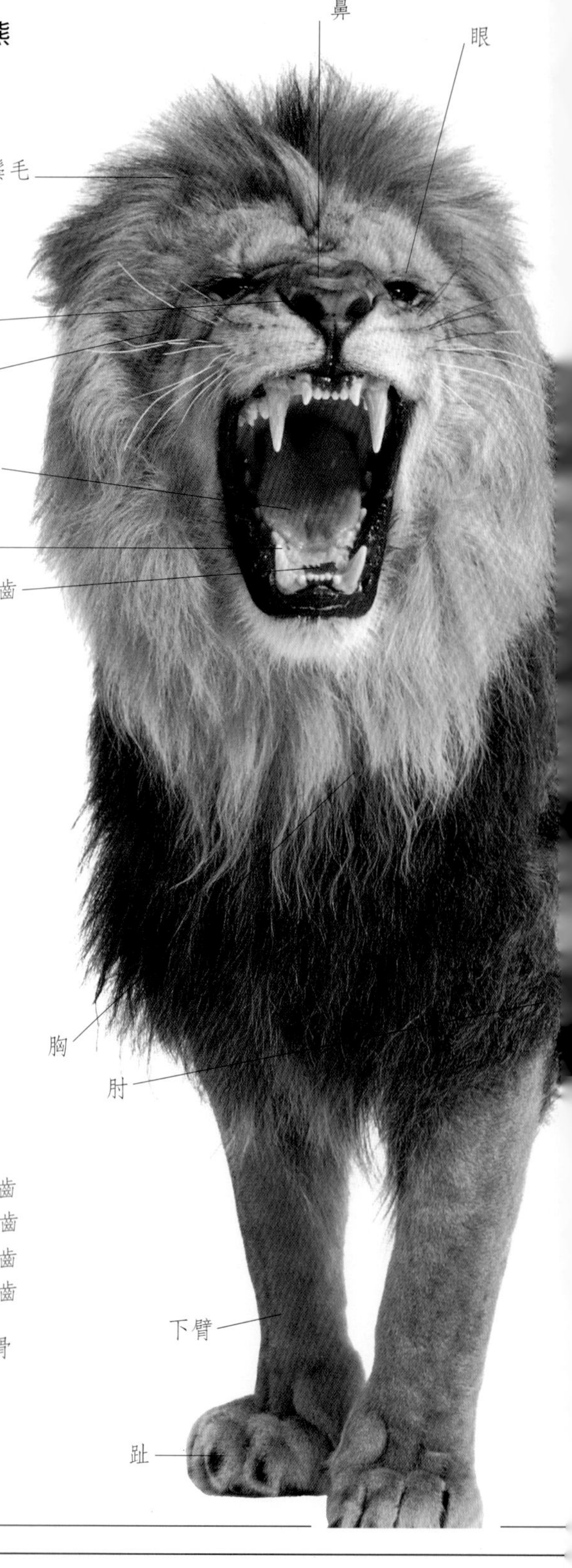

鼻
眼
鬃毛
鼻孔
觸鬚
舌
犬齒
切齒
胸
肘
下臂
趾

食肉動物(Carnivores)：熊貓(pandas)；鼬鼠(weasels)；獾(badgers)；臭鼬(skunks)；水獺(otters)；香貓(civets)；貓鼬(mongooses)；鬣狗(hyenas)；狐(foxes)。**雄獅的外部特徵**(EXTERNAL FEATURES OF A MALE LION)：鬃毛(Mane)；觸鬚[Vibrissa(whisker)]；犬齒(Canine tooth)；切齒(Incisor tooth)；跗節(Hock)；肋骨架(Rib cage)；髖部(Hip)；臀部(Rump)。**獅的顱骨**(SKULL OF A LION)：砟(Zygomatic arch)；冠狀突(Coronoid process)；矢狀脊(Sagittal crest)；枕髁(Occipital condyle)；鼓泡(Tympanic bulla)；角突(Angular process)；上裂齒(Upper carnassial tooth)；下前臼齒(Lower premolars)；下頜骨(Mandible)；上犬齒(Upper canine)；上頜骨(Maxilla)；鼻骨(Nasal bone)。**熊的顱骨**(SKULL OF A

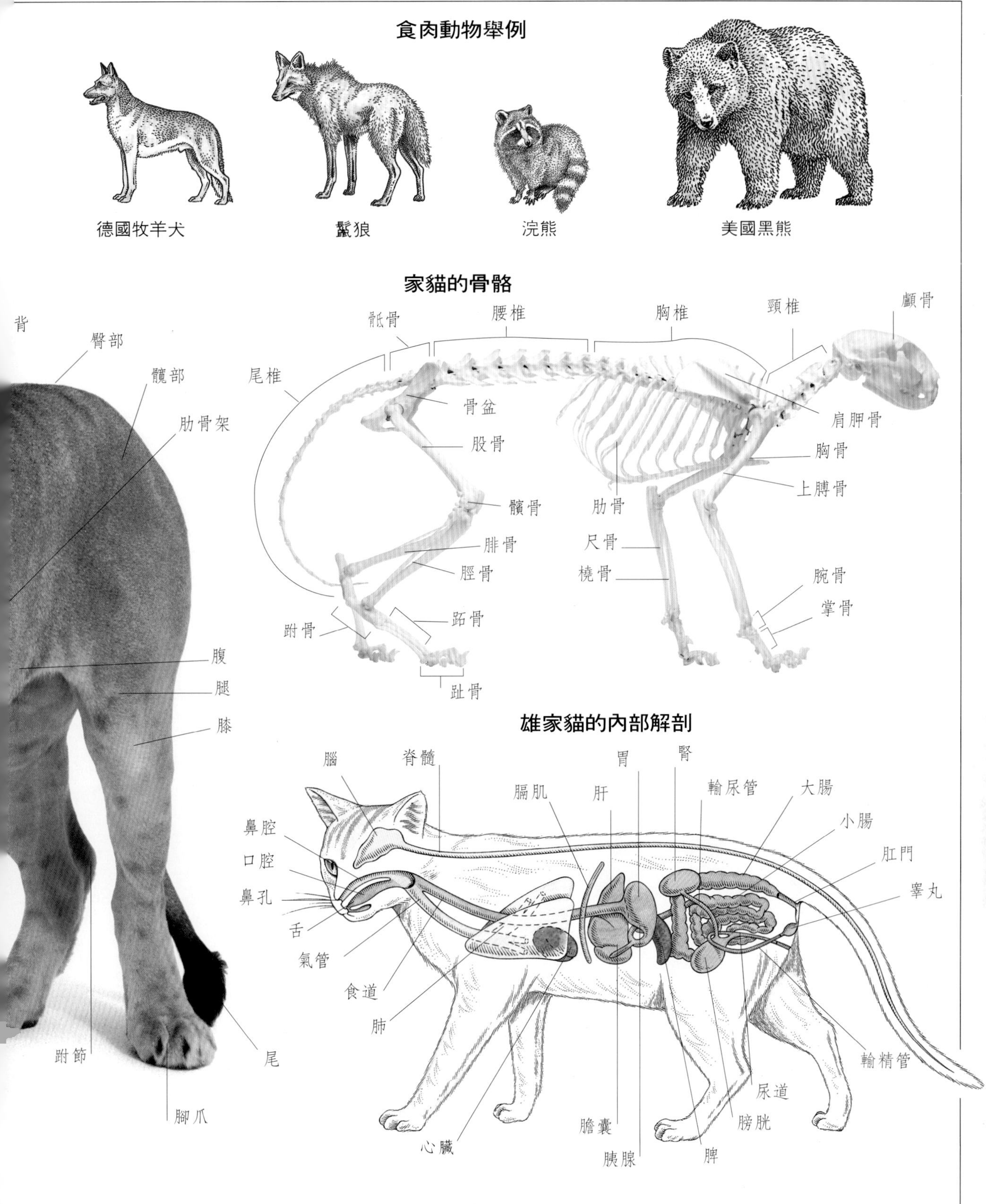

食肉動物舉例

德國牧羊犬　　鬃狼　　浣熊　　美國黑熊

家貓的骨骼

背　臀部　髖部　肋骨架　腹　腿　膝　跗節　腳爪

骶骨　腰椎　胸椎　頸椎　顱骨
尾椎　骨盆　股骨　髕骨　腓骨　脛骨　跗骨　跖骨　趾骨
肩胛骨　胸骨　上膊骨　尺骨　橈骨　腕骨　掌骨　肋骨

雄家貓的內部解剖

腦　脊髓　胃　腎　輸尿管　大腸　小腸　肛門　睪丸
鼻腔　口腔　鼻孔　舌　氣管　食道　肺　尾
心臟　膽囊　胰腺　脾　膀胱　尿道　輸精管

BEAR)：下臼齒(Lower molars)；下犬齒(Lower canine)；上前臼齒(Upper premolars)。**家貓的骨骼**
(SKELETON OF A DOMESTIC CAT)：頸椎(Cervical vertebrae)；胸椎(Thoracic vertebrae)；腰椎(Lumbar
vertebrae)；尾椎(Caudal vertebrae)；髕骨(Patella)。**雄家貓的內部解剖**(INTERNAL ANATOMY OF A MALE
DOMESTIC CAT)：膈肌(Diaphragm)；輸尿管(Ureter)；輸精管[Vas deferens(sperm duct)]；胰腺
(Pancreas)；膽囊(Gallbladder)。**食肉動物舉例**(EXAMPLES OF CARNIVORES)：德國牧羊犬[GERMAN
SHEPHERD DOG(Canis familiaris)]；鬃狼 [MANED WOLF(Chrysocyon brachyurus)]；浣熊
[RACCOON(Procyon lotor)]；美國黑熊[AMERICAN BLACK BEAR(Ursus americanus)]。

兔和囓齒動物

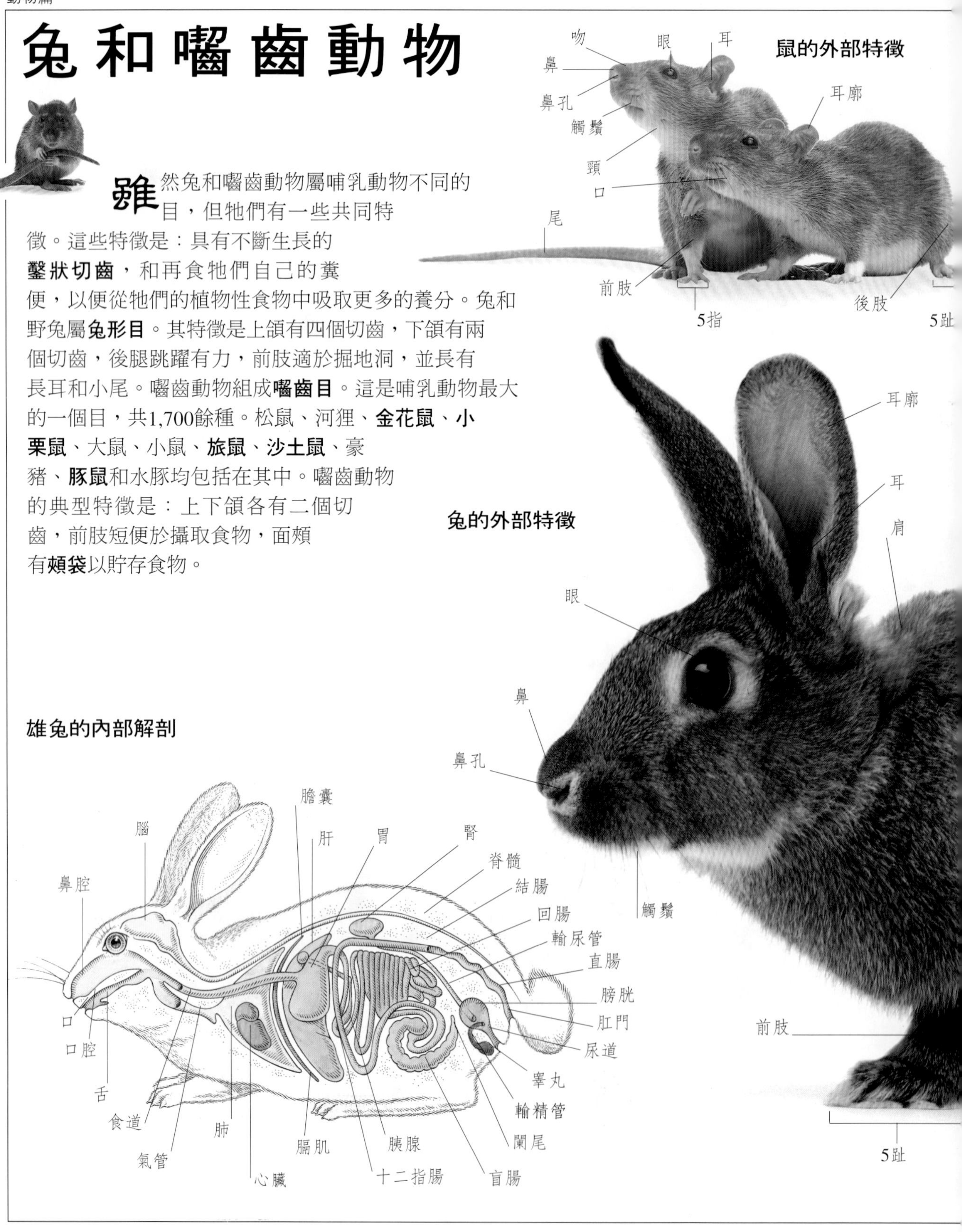

雖然兔和囓齒動物屬哺乳動物不同的
目，但牠們有一些共同特
徵。這些特徵是：具有不斷生長的
鑿狀切齒，和再食牠們自己的糞
便，以便從牠們的植物性食物中吸取更多的養分。兔和
野兔屬**兔形目**。其特徵是上頜有四個切齒，下頜有兩
個切齒，後腿跳躍有力，前肢適於掘地洞，並長有
長耳和小尾。囓齒動物組成**囓齒目**。這是哺乳動物最大
的一個目，共1,700餘種。松鼠、河狸、**金花鼠**、小
栗鼠、大鼠、小鼠、**旅鼠**、**沙土鼠**、豪
豬、**豚鼠**和水豚均包括在其中。囓齒動物
的典型特徵是：上下頜各有二個切
齒，前肢短便於攝取食物，面頰
有**頰袋**以貯存食物。

鼠的外部特徵

吻　眼　耳　鼻　鼻孔　觸鬚　頸　口　尾　前肢　後肢　耳廓　5指　5趾

兔的外部特徵

耳廓　耳肩　眼　鼻　鼻孔　觸鬚　前肢　5趾

雄兔的內部解剖

膽囊　肝　胃　腎　脊髓　結腸　回腸　輸尿管　直腸　膀胱　肛門　尿道　睾丸　輸精管　闌尾　腦　鼻腔　口　口腔　舌　食道　氣管　肺　心臟　膈肌　十二指腸　胰腺　盲腸

兔和囓齒動物(Rabbits and rodents)：鑿狀切齒(chisel-shaped incisor teeth)；兔形目(order Lagomorpha)；囓齒目(order Rodentia)；金花鼠(chipmunks)；小栗鼠(gophers)；旅鼠(lemmings)；沙土鼠(gerbils)；豚鼠(cavies)；頰袋(cheek pouches)。**兔的外部特徵**(EXTERNAL FEATURES OF A RABBIT)：耳廓[*Pinna(ear flap)*]。**雄兔的內部解剖**(INTERNAL ANATOMY OF A MALE RABBIT)：食道(*Esophagus*)；氣管(*Trachea*)；膈肌(*Diaphragm*)；十二指腸(*Duodenum*)；胰腺(*Pancreas*)；闌尾(*Appendix*)；輸精管(*Vas deferens*)；輸尿管(*Ureter*)；回腸(*Ileum*)；結腸(*Colon*)；膽囊(*Gallbladder*)。**野兔**

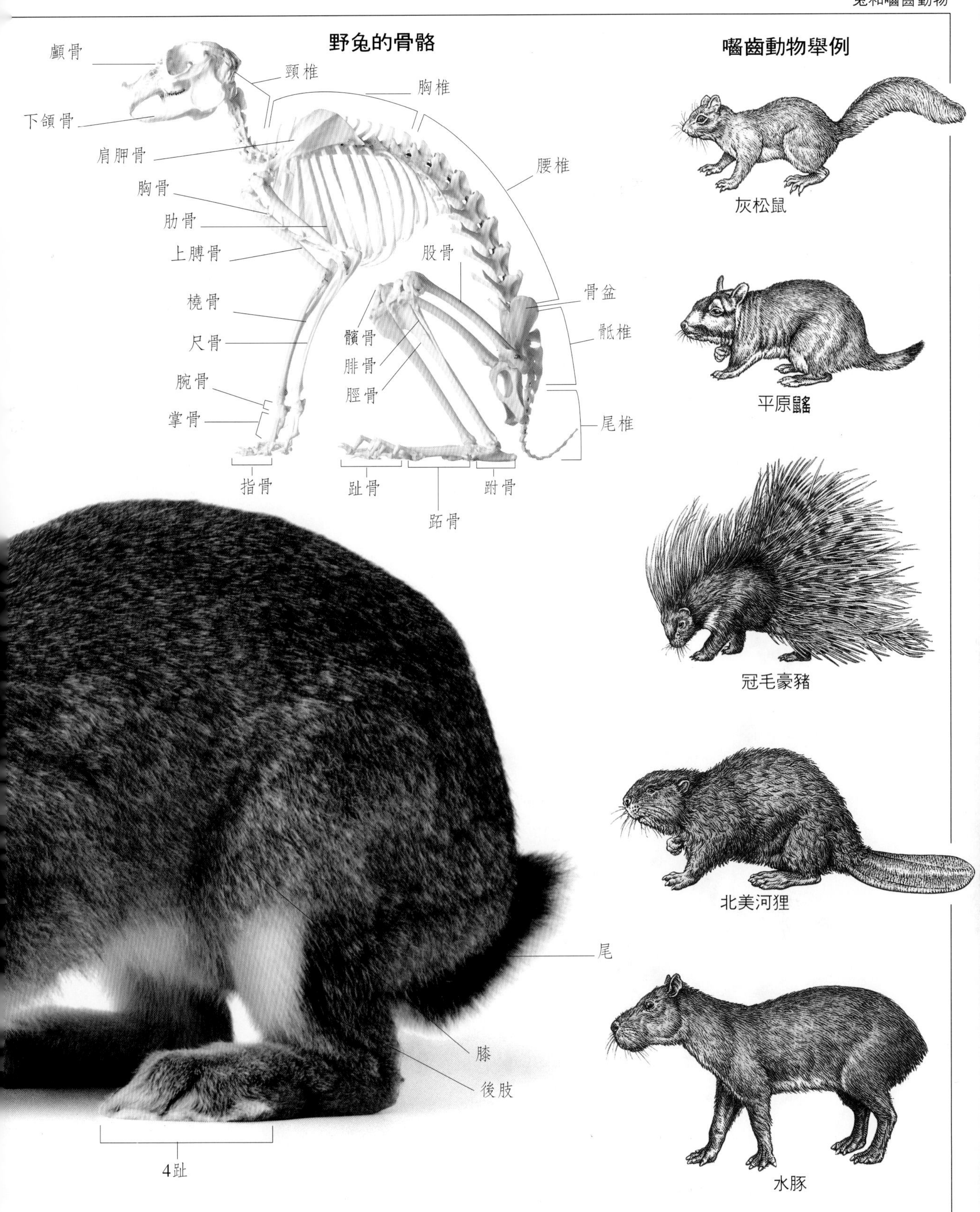

野兔的骨骼

顱骨
下頜骨
頸椎
胸椎
肩胛骨
胸骨
肋骨
上膊骨
腰椎
橈骨
尺骨
股骨
骨盆
骶椎
髕骨
腓骨
脛骨
尾椎
腕骨
掌骨
指骨
趾骨
跗骨
距骨
尾
膝
後肢
4趾

囓齒動物舉例

灰松鼠

平原鼴

冠毛豪豬

北美河狸

水豚

的骨骼(SKELETON OF A HARE)：上膊骨(*Humerus*)；跖骨(*Metatarsals*)；髕骨(*Patella*)；股骨(*Femur*)；尾椎(*Caudal vertebrae*)；骶椎(*Sacrum*)；骨盆(*Pelvis*)；骶椎(*Lumbar vertebrae*)；胸椎(*Thoracic vertebrae*)；頸椎(*Cervical vertebrae*)。**囓齒動物舉例**(EXAMPLES OF RODENTS)：灰松鼠[GRAY SQUIRREL(*Sciuris carolinensis*)]；平原鼴 [PLAINS VISCACHA(*Lagostomus maximus*)]；冠毛豪豬[CRESTED PORCUPINE (*Hystrix africaeaustralis*)]；北美河狸[AMERICAN BEAVER(*Castor canadensis*)]；水豚 [CAPYBARA(*Hydrochoerus hydrochaeris*)]。

有蹄類動物

有蹄類是一個龐大而且有各種群哺乳動物的泛稱，包括馬、牛及其近親。有蹄類動物根據其腳趾的數目分為兩個目。奇蹄目（趾為奇數）有一或三趾，包括馬、**驢**和**斑馬**（均只有一趾）以及犀牛和**貘**（為三趾）。偶蹄目（趾為偶數）有二或四趾。大多數偶蹄目動物有二趾。趾一般裏覆著蹄，故稱為偶蹄，兩趾偶蹄目動物包括牛及家牛、**綿羊、山羊、羚羊、鹿**和**長頸鹿**。其它主要的兩趾偶蹄類動物還有駱駝和**美洲駝**。大多數兩趾偶蹄目動物能**反芻**，即它們的胃分為四室並反芻胃所儲存的食物。主要的四趾有蹄目動物是**豬**和**河馬**。

母牛消化系統

胃的四室：瘤胃、瓣胃、皺胃、網胃
結腸、肛門、直腸、盲腸、小腸、十二指腸
口、舌、食道

馬和牛前足的比較

馬左前足的骨骼

牛右前足的骨骼

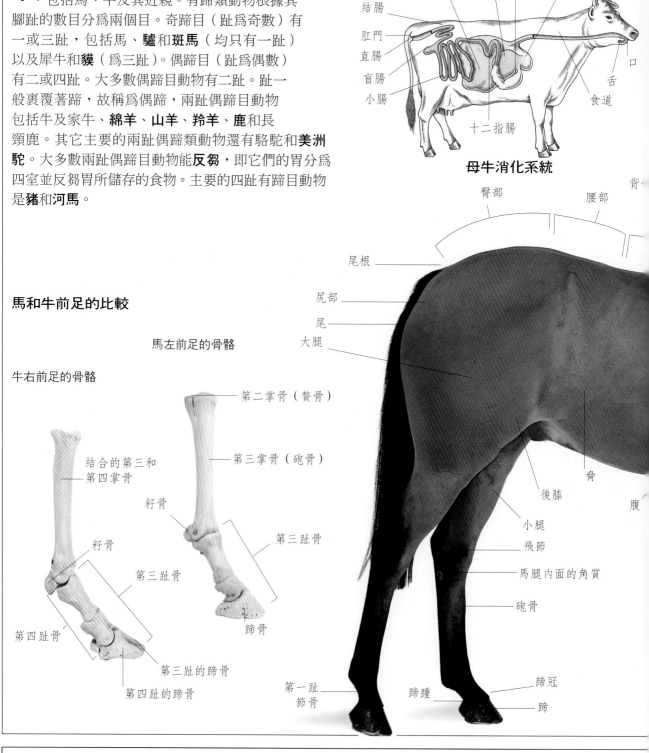

第二掌骨（贅骨）
第三掌骨（砲骨）
結合的第三和第四掌骨
籽骨
第三趾骨
籽骨
第三趾骨
第四趾骨
第三趾的蹄骨
第四趾的蹄骨

臀部、腰部、背
尾根
尻部
尾
大腿
脅
腹
後膝
小腿
飛節
馬腿內面的角質
砲骨
蹄冠
蹄
蹄踵
第一趾節骨

有蹄類動物(Ungulates)：驢(asses)；斑馬(zebras)；貘(tapirs)；綿羊(sheep)；山羊(goats)；羚羊(antelopes)；鹿(deer)；美洲駝(llamas)；反芻(ruminants)；豬(hogs)；河馬(hippopotamuses)。**馬的外部特徵(EXTERNAL FEATURES OF A HORSE)**：鬃(*Mane*)；門鬃(*Forelock*)；頦溝(*Chin groove*)；喉勒(*Throatlatch*)；馬腿內面的角質(*Chestnut*)；砲骨(*Cannon bone*)；球節(*Fetlock*)；骹部(*Pastern*)；蹄冠(*Coronet*)；尻部(*Buttock*)；臀部(*Croup*)；鬐甲部(*Withers*)。**馬的骨骼(SKELETON OF A HORSE)**：尾椎(*Caudal vertebrae*)；腰椎(*Lumbar vertebrae*)；胸椎(*Thoracic vertebrae*)；樞椎(*Axis*)；寰椎(*Atlas*)。**馬和牛**

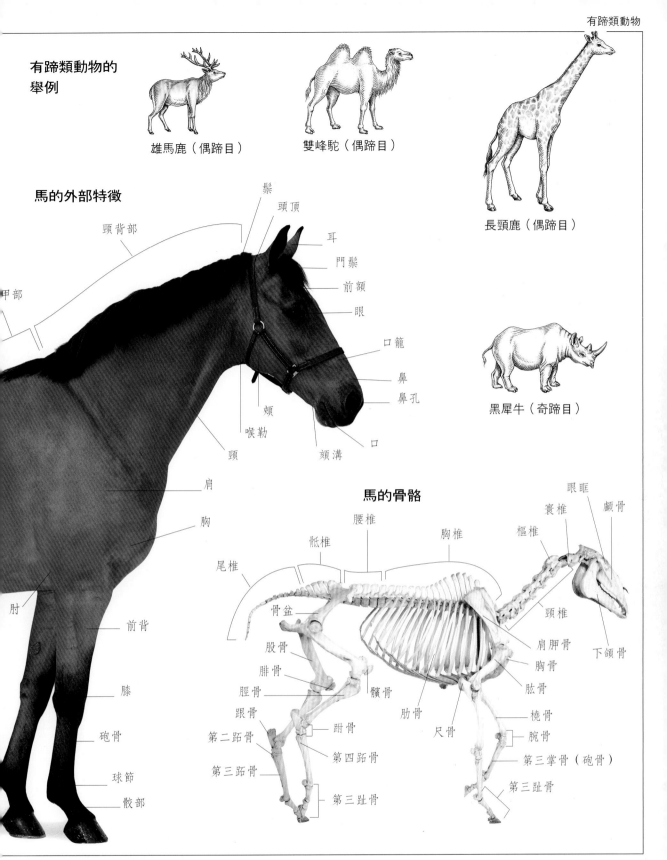

有蹄類動物的
舉例

雄馬鹿（偶蹄目）　　雙峰駝（偶蹄目）

長頸鹿（偶蹄目）

黑犀牛（奇蹄目）

馬的外部特徵

鬃
頭頂
頸背部
耳
門鬃
前額
眼
甲部
口籠
鼻
鼻孔
頰
喉勒
頸
口
頰溝
肩
胸
馬的骨骼
腰椎
胸椎
寰椎
眼眶
顴骨
骶椎
樞椎
尾椎
骨盆
頸椎
肘
股骨
肩胛骨
腓骨
胸骨
前背
脛骨
髕骨
肱骨
肋骨
膝
跟骨
跗骨
尺骨
橈骨
砲骨
第二跗骨
第四跗骨
腕骨
球節
第三跗骨
第三掌骨（砲骨）
骹部
第三趾骨
第三趾骨

前足的比較(COMPARISON OF THE FRONT FEET OF A HORSE AND A COW)：籽骨(Sesamoid bone)；蹄骨(Hoof bone)。母牛消化系統(DIGESTIVE SYSTEM OF A COW)：瘤胃(Rumen)；瓣胃(Omasum)；皺胃(Abomasum)；網胃(Reticulum)。有蹄類動物的舉例(EXAMPLES OF UNGULATES)：雄馬鹿(偶蹄目)[MALE WAPITI(Cervus elephas) An even-toed ungulate(order Artiodactyla)]；雙峰駝[BACTRIAN CAMEL(Camelus ferus)]；長頸鹿[GIRAFFE(Giraffa camelopardalis)]；黑犀牛(奇蹄目)[BLACK RHINOCEROS(Diceros bicornis) An odd-toed ungulate(order Perissodactyla)]。

象

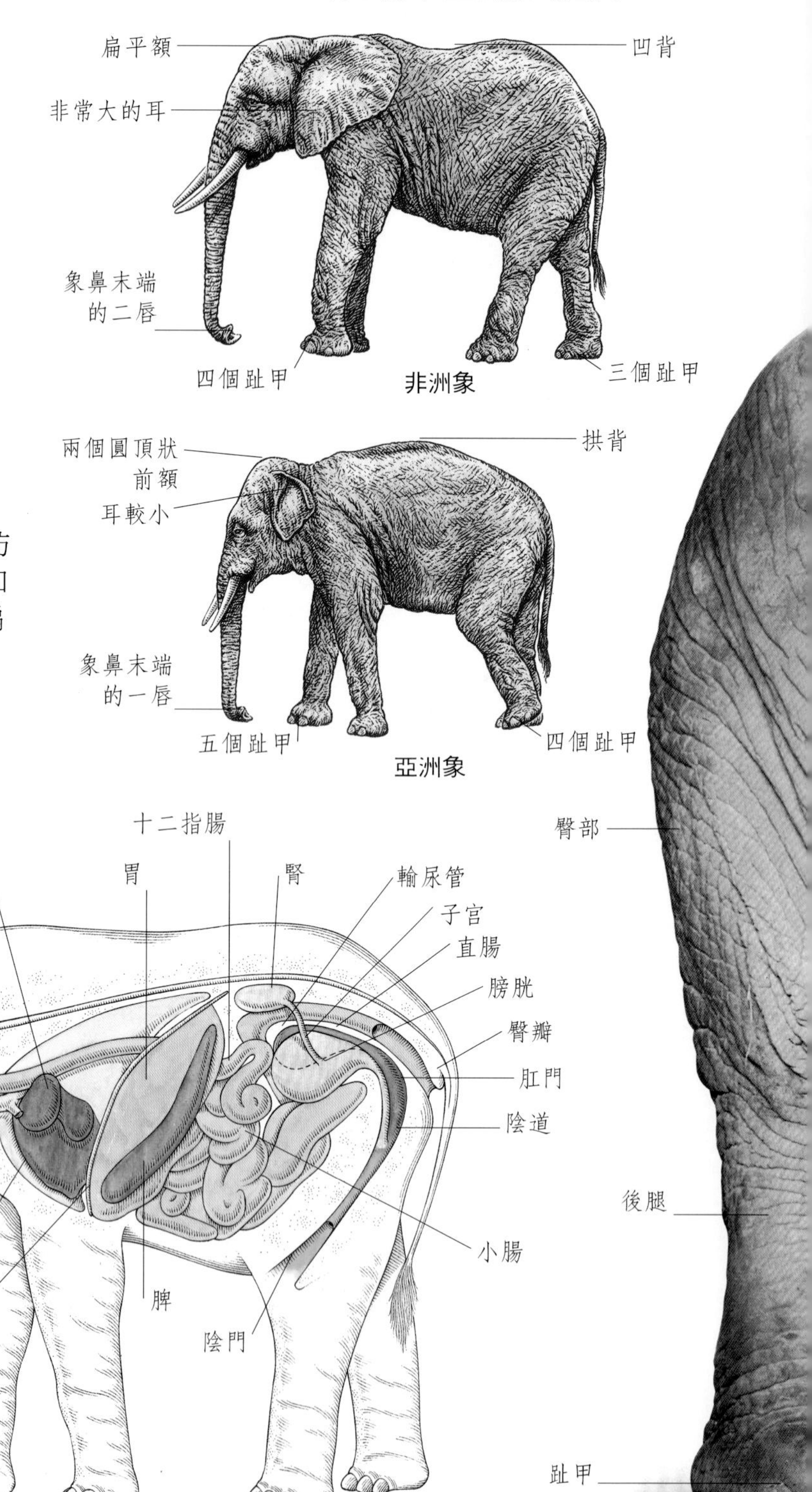

象的兩個種，即非洲象和亞洲象，是哺乳動物**長鼻目**中僅有的成員。高大的非洲象是陸地上最大的動物。一頭成年非洲公象的身高可達4米（13呎），體重可達7噸；一頭成年亞洲公象的身高可達3.3米（11呎），體重可達5.4噸。肉質的象鼻（由鼻和上唇延伸演變而成）是象最明顯的特徵。象鼻有很多用途：可握物和運送物體、採食、飲水和噴水、嗅氣味、觸摸和發出喇叭似的吼聲。這龐大的食素動物的另一些特徵是長有一對長長的象牙，用以防衛和碾碎植物；像柱子般粗壯的腿和寬闊的足可以支撐其巨大的身軀；扇狀的大耳廓有散熱的作用，使象感覺涼爽。

非洲象和亞洲象的差異

扁平額
非常大的耳
象鼻末端的二唇
四個趾甲
凹背
三個趾甲
非洲象

兩個圓頂狀前額
耳較小
象鼻末端的一唇
五個趾甲
拱背
四個趾甲
亞洲象

臀部

母象的內部解剖

脊髓　心臟　十二指腸　胃　腎　輸尿管
腦
鼻腔
口腔
口
舌
象牙
鼻通道
會厭
食道
氣管
肺
膈肌
鼻孔
脾
陰門
子宮
直腸
膀胱
腎瓣
肛門
陰道
小腸
後腿
趾甲

象(Elephants)：長鼻目(order Proboscidea)。**非洲母象的外部特徵(除去象牙)** [EXTERNAL FEATURES OF A FEMALE AFRICAN ELEPHANT(TUSKS REMOVED)]：耳廓*[Pinna(ear flap)]*；象鼻環*[Annulus(ring) of trunk]*；象鼻(吻)*[Trunk(proboscis)]*。**非洲象的骨骼(除去象牙)** [SKELETON OF AN AFRICAN ELEPHANT(TUSKS REMOVED)]：下頜骨*(Mandible)*；肩胛骨*(Scapula)*；胸骨*(Sternum)*；肱骨*(Humerus)*；橈骨*(Radius)*；腕骨*(Carpals)*；掌骨*(Metacarpals)*；尺骨*(Ulna)*；肋骨*(Rib)*；骨盆*(Pelvis)*；髕骨*(Patella)*；脛骨*(Tibia)*；跖骨*(Metatarsals)*；跗骨*(Tarsals)*；腓骨*(Fibula)*；股骨*(Femur)*。**亞洲象的顱骨**

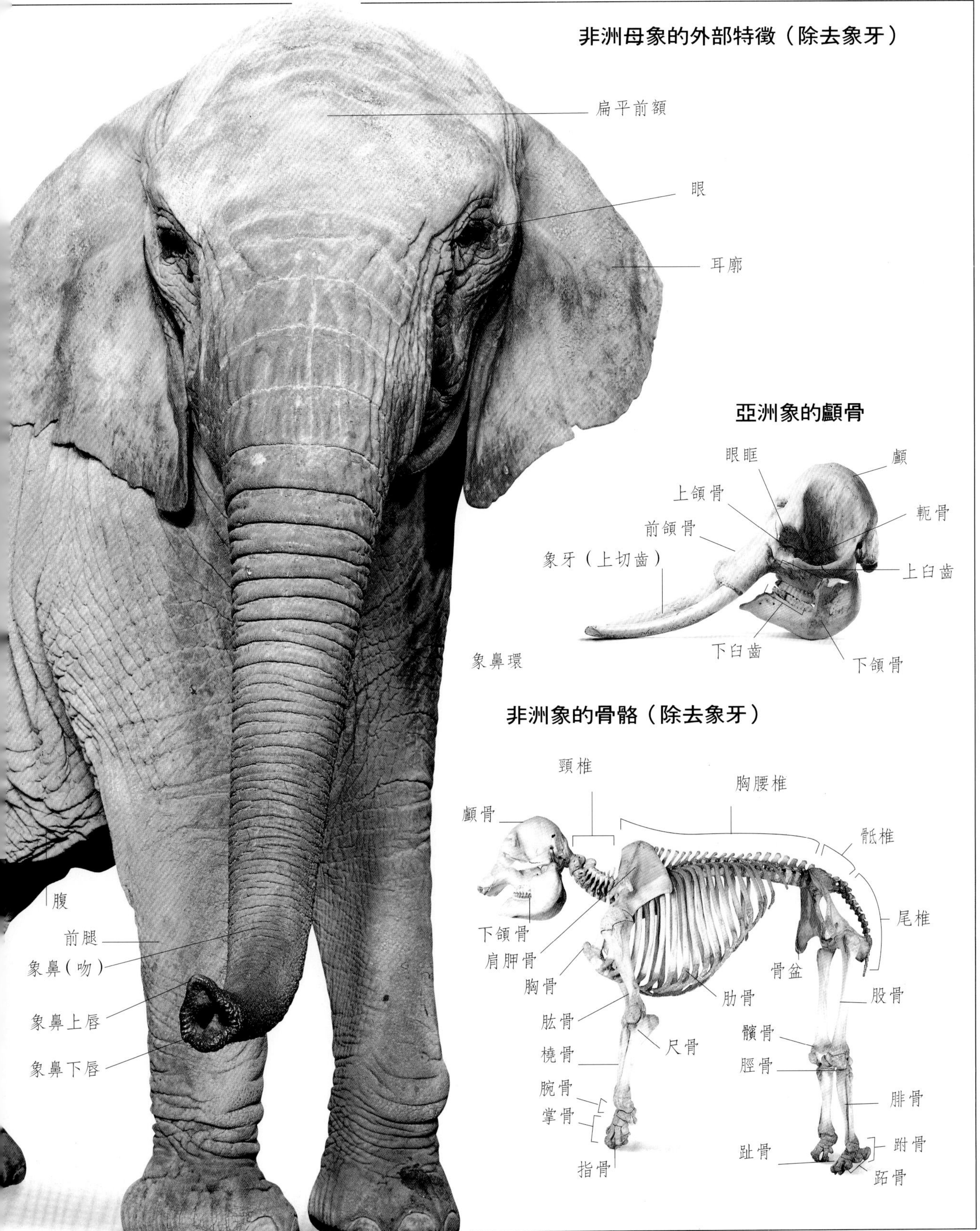

非洲母象的外部特徵（除去象牙）

扁平前額

眼

耳廓

亞洲象的顱骨

眼眶

顴

上頜骨

軛骨

前頜骨

上白齒

象牙（上切齒）

下白齒

下頜骨

象鼻環

非洲象的骨骼（除去象牙）

頸椎

胸腰椎

顱骨

骶椎

下頜骨

尾椎

肩胛骨

胸骨

骨盆

肱骨

肋骨

股骨

橈骨

髕骨

尺骨

脛骨

腕骨

腓骨

掌骨

趾骨

跗骨

指骨

距骨

腹

前腿

象鼻（吻）

象鼻上唇

象鼻下唇

(SKULL OF AN ASIAN ELEPHANT)：象牙(上切齒)[Tusk(upper incisor)]；軛骨(Jugal bone)。**母象的內部解剖** (INTERNAL ANATOMY OF A FEMALE ELEPHANT)：脊髓(Spinal cord)；十二指腸(Duodenum)；臀瓣(Anal flap)；陰門(Vulva)；膈肌(Diaphragm)；會厭(Epiglottis)；鼻通道(Nasal passage)；鼻孔(Nostril)。**非洲象 和亞洲象的差異**(DIFFERENCES BETWEEN AFRICAN AND ASIAN ELEPHANTS)：非洲象[AFRICAN ELEPHANT(*Loxodonta africana*)]；凹背(*Cancave back*)；亞洲象[ASIAN ELEPHANT(*Elephas maximus*)]；拱 背(*Arched back*)。

靈長類動物

雌黑猩猩的內部解剖

哺乳動物靈長目包括猴、猿及其近親（包括人類）。靈長目中含二個亞目：原猴亞目，即原始的靈長類動物，包括**狐猴、跗猴**和**懶猴；類人猿亞目**，為高等的靈長類動物，包括猴、猿和人類。類人猿可劃分為新大陸猴、舊大陸猴和人科。新大陸猴一般具有向兩側開口的寬闊的鼻孔和長尾（有些種類的尾能夠握物）。這個種群的猴生活在南美。**狨、狷**和**吼猴**均屬於此類。舊大陸猴一般具有向前下方開口的狹窄的鼻孔和不能握物的尾。該種群的猴生活在非洲和亞洲，包括**葉猴、山魈、獼猴**和**狒狒**。人科的腦一般較大，且無尾。這個種群包括猿類（如黑猩猩、**長臂猴、**大猩猩和**馬來猩猩**）和人類。

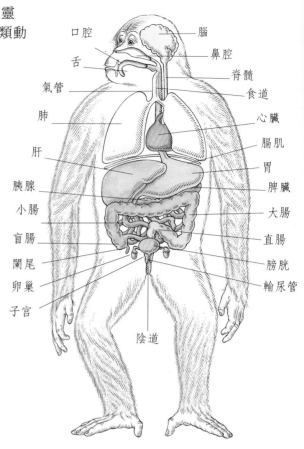

恆河猴的骨骼

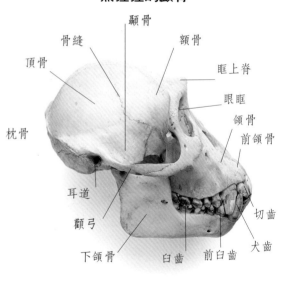

黑猩猩的顱骨

靈長類動物(Primates)：狐猴(lemurs)；跗猴(tarsiers)；懶猴(lorises)；類人猿亞目(Anthropoidea)；狨(marmosets)；狷(tamarins)；吼猴(howler monkeys)；葉猴(langurs)；獼猴(macaques)；狒狒(baboons)；長臂猴(gibbons)；馬來猩猩(orangutans)。**幼年大猩猩的外部特徵**(EXTERNAL FEATURES OF A YOUNG GORILLA)：額脊(Brow ridge)。**黑猩猩的顱骨**(SKULL OF A CHIMPANZEE)：骨縫(Suture)；頂骨(Parietal bone)；枕骨(Occipital bone)；耳道(Auditory meatus)；砟(Zygomatic arch)；眶上脊(Supraorbital ridge)；顳骨(Temporal bone)。**雌黑猩猩的內部解剖**(INTERNAL

靈長類動物舉例

環尾狐猴，原猴亞目

雄紅吼猴，一種新大陸猴

雄山魈，一種舊大陸猴

黑猩猩，一種猿

金獅狨，一種新大陸猴

幼年大猩猩的外部特徵

額脊
眼
鼻孔
口
上臂
前臂
肘
胸
手
指
足
趾
趾甲

耳廓
肩
大腿
膝
小腿

CHIMPANZEE)：胰腺(*Pancreas*)；盲腸(*Cecum*)；闌尾(*Appendix*)；輸尿管(*Urethra*)；膀胱(*Bladder*)；直腸(*Rectum*)；大腸(*Large intestine*)；脾臟(*Spleen*)。**靈長類動物舉例**(EXAMPLES OF PRIMATES)：環尾狐猴，原猴亞目[RING-TAILED LEMUR(*Lemur catta*) A prosimian]；雄紅吼猴，一種新大陸猴[MALE RED HOWLER MONKEY(*Alouatta seniculus*) A New World monkey]；雄山魈[MALE MANDRILL(*Mandrillus sphinx*)]；黑猩猩，一種猿[CHIMP ANZEE(*Pan troglodytes*) An ape]；金獅狨[GOLDEN LION TAMARIN(*Leontopithecus rosalia*)]。

海豚、鯨和海豹

海豚、鯨和海豹屬於在水中生活的哺乳動物中的二個目。海豚和鯨組成**鯨目**。鯨目的典型特徵是體型爲流線型，似魚。前肢呈闊鰭狀，見不到後肢；呈**水平鰭狀的尾**和皮下有一厚脂肪層。鯨目有兩個類群：**齒鯨類**，包括抹香鯨、**白鯨**、**劍吻鯨**、海豚和**喙海豚**；**鬚鯨類**，包括**長鬚鯨**、**灰鯨**和**露背鯨**。藍鯨（一種長鬚鯨）是現存的最大動物；一頭成年藍鯨的體長最大可達30米（100呎），體重爲130噸。海豹及其近親（**海獅**和**海象**）組成**鰭腳目**。牠們的體型一般爲流線型，似魚雷；前肢和後肢呈鰭狀，有一厚脂肪層，無外耳。

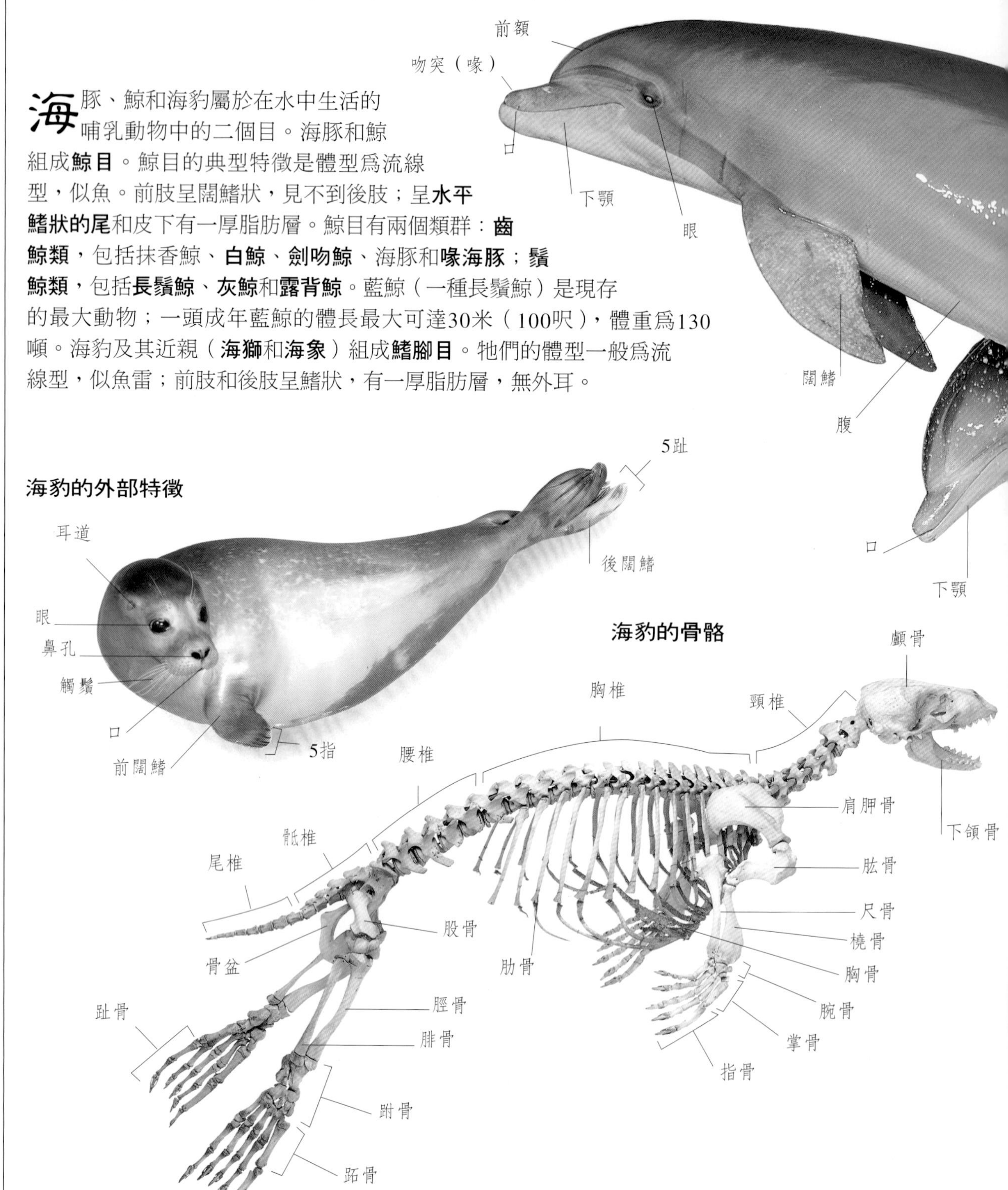

海豹的外部特徵

海豹的骨骼

海豚、鯨和海豹(Dolphins, whales, and seals)：鯨目(order Cetacea)；水平鰭狀的尾(horizontally flattened tail)；齒鯨類(toothed whales)；白鯨(white whales)；劍吻鯨(beaked whales)；喙海豚(porpoises)；鬚鯨類[whalebone(baleen)whales]；長鬚鯨(rorquals)；灰鯨(gray whales)；露背鯨(right whales)；海獅(sea lions)；海象(walruses)；鰭腳目(order Pinnipedia)。**海豹的外部特徵**(EXTERNAL FEATURES OF A SEAL)：觸鬚[*Vibrissa(Whisker)*]；前闊鰭(*Front flipper*)；耳道(*Auditory meatus*)。**海豹的骨骼**(SKELETON OF A SEAL)：骶椎(*Sacrum*)；骨盆(*Pelvis*)；股骨(*Femur*)；跖骨(*Metatarsals*)；掌骨(*Metacarpals*)；尺骨(*Ulna*)；下頜骨(*Mandible*)。**海豚的外部特徵**(EXTERNAL

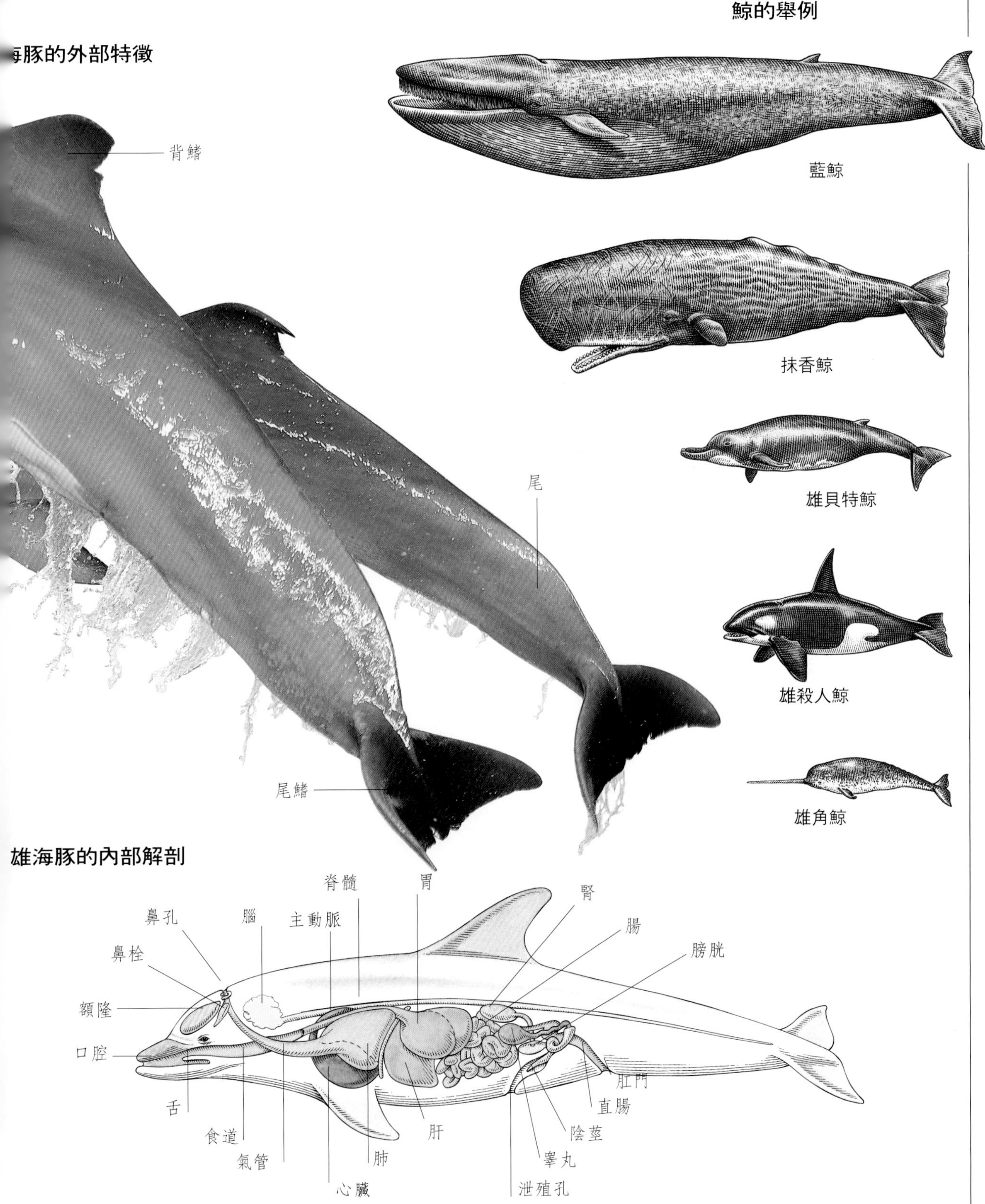

海豚的外部特徵

背鰭

鯨的舉例

藍鯨

抹香鯨

雄貝特鯨

雄殺人鯨

雄角鯨

尾

尾鰭

雄海豚的內部解剖

脊髓　胃　腎　腸

鼻孔　腦　主動脈　　　　膀胱

鼻栓

額隆

口腔

舌

食道　　　　　　　　　肛門

氣管　　　　　　　　直腸

　　　　　　　　陰莖

　　肺　　睾丸

心臟　　泄殖孔

肝

FEATURES OF A DOLPHIN）：吻突(喙)[Rostrum(beak)]；下顎[Gape(lower jaw)]；闊鰭(Flipper)；尾鰭(Tail fluke)；背鰭(Dorsal fin)。**雄海豚的內部解剖**(INTERNAL ANATOMY OF A MALE DOLPHIN)：鼻栓(Nasal plug)；額隆(melon)；泄殖孔(Urinogenital opening)。**鯨的舉例**(EXAMPLES OF CETACEANS)：藍鯨[BLUE WHALE(Balaenoptera musculus)]；抹香鯨[SPERM WHALE(Physeter catodon)]；雄貝特鯨[MALE BAIRD'S BEAKED WHALE(Berardius bairdi)]；雄殺人鯨[MALE KILLER WHALE(Orcinus orca)]；雄角鯨[MALE NARWHAL(Monodon monoceros)]。

有袋動物和單孔類動物

有袋動物和單孔類動物屬於哺乳動物的二個目,其幼兒的發育方式不同於哺乳動物的其它種群。**有袋目**,即有育兒袋的哺乳動物,由袋鼠及其近親組成。有袋動物的胎兒一般發育未完全即產出,然後爬入母親的**育兒袋**(位於腹部外面)內,在育兒袋中哺育,直到發育完全。大多數袋鼠類動物生活在澳大利亞,但負鼠生活在美洲(負鼠雖然沒有育兒袋,但在分類學上仍屬袋鼠類)。單孔目動物由鴨嘴獸及其近親(**針鼴**或帶刺的食蟻動物)組成。單孔類動物是原始的卵生哺乳動物,其卵由母親孵化。單孔類動物僅見於澳大利亞和新幾內亞。

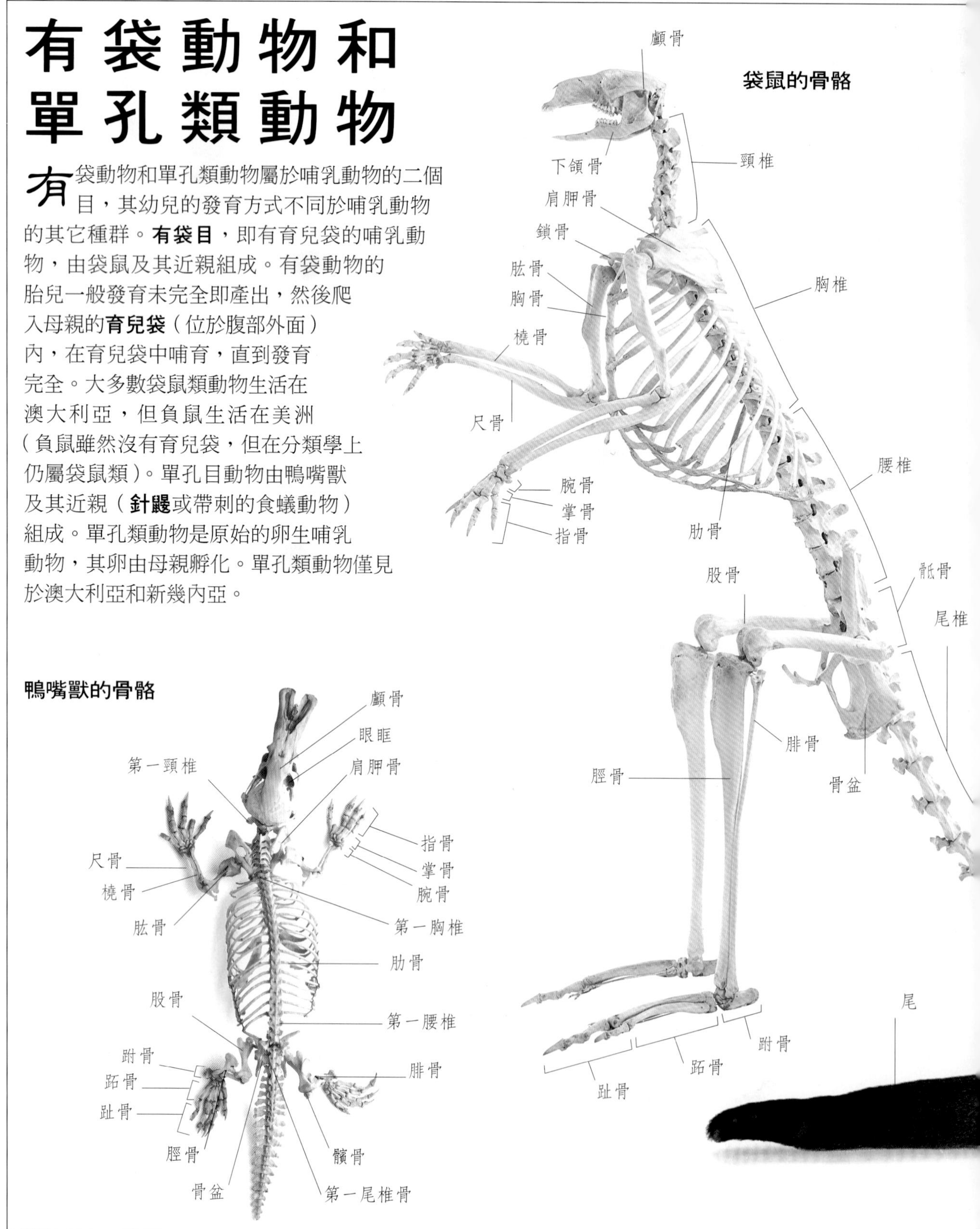

袋鼠的骨骼

顱骨
下頜骨
肩胛骨
鎖骨
肱骨
胸骨
橈骨
尺骨
腕骨
掌骨
指骨
股骨
脛骨
頸椎
胸椎
腰椎
肋骨
骶骨
尾椎
腓骨
骨盆
趾骨
跗骨
跖骨
尾

鴨嘴獸的骨骼

顱骨
眼眶
肩胛骨
第一頸椎
指骨
掌骨
腕骨
尺骨
橈骨
肱骨
第一胸椎
肋骨
股骨
第一腰椎
跗骨
跖骨
趾骨
腓骨
脛骨
髕骨
骨盆
第一尾椎骨

有袋動物和單孔類動物(Marsupials and Monotremes):有袋目(order Marsupalia);育兒袋 (pouch);針鼴(echidnas)。**袋鼠的外部特徵**(EXTERNAL FEATURES OF A KANGAROO):髖部*(Hip)*;耳廓 *[Pinna(ear flap)]*。**袋鼠的骨骼**(SKELETON OF A KANGAROO):肱骨*(Humerus)*;橈骨*(Radius)*;骶骨 *(Sacrum)*;腰椎*(Lumbar vertebrae)*;胸椎*(Thoracic vertebrae)*。**鴨嘴獸的骨骼**(SKELETON OF A PLATYPUS):尾椎骨*(caudal vertebra)*;趾骨*(Phalanges)*;跖骨*(Metatarsals)*;跗骨*(Tarsals)*;股骨

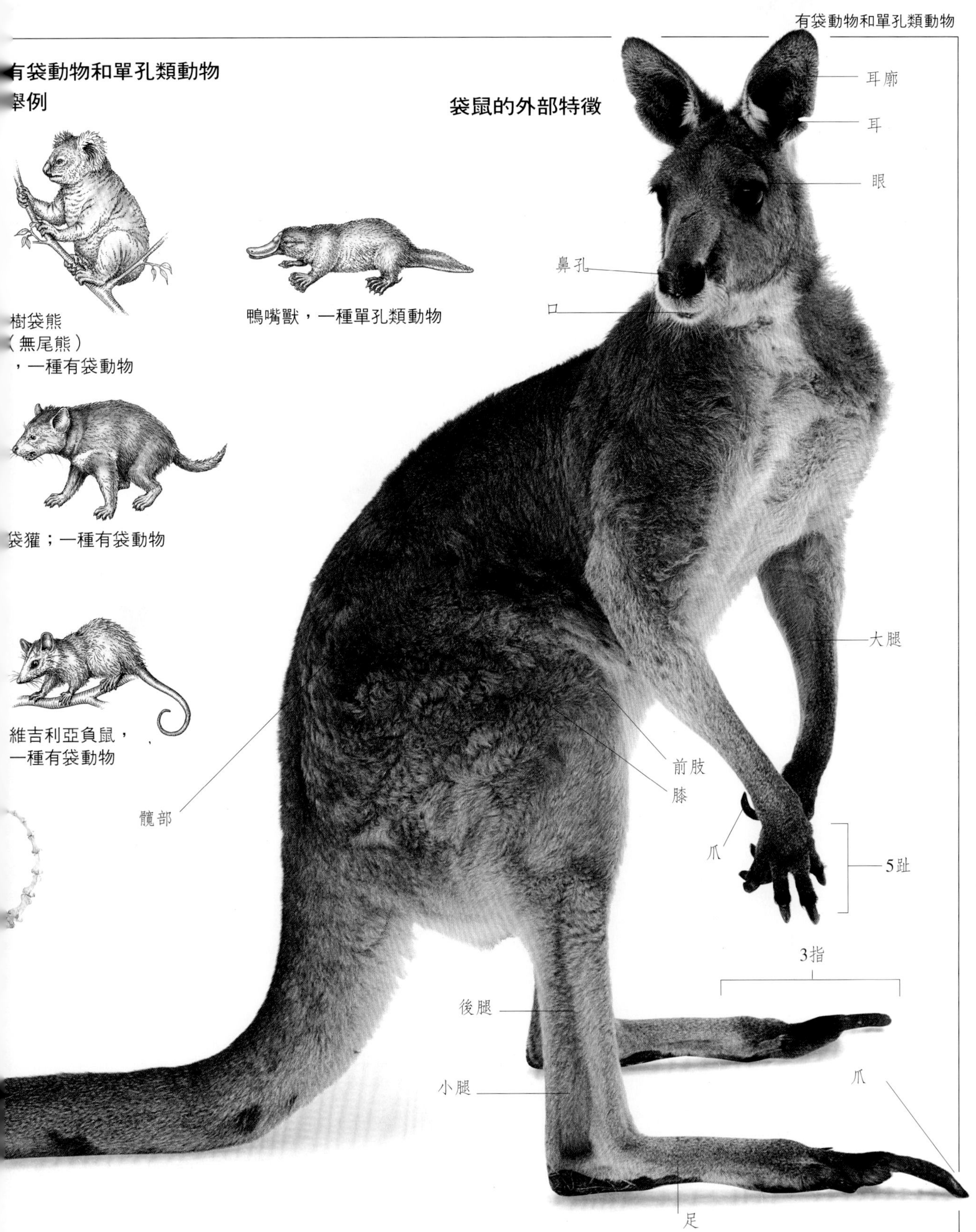

有袋動物和單孔類動物
舉例

樹袋熊
（無尾熊）
，一種有袋動物

鴨嘴獸，一種單孔類動物

袋獾；一種有袋動物

維吉利亞負鼠，
一種有袋動物

袋鼠的外部特徵

耳廓

耳

眼

鼻孔

口

大腿

前肢

膝

爪

5趾

3指

髖部

後腿

小腿

爪

足

(Femur)；尺骨(Ulna)。**有袋動物和單孔類動物舉例**(EXAMPLES OF MARSUPIALS AND MONOTREMES)：樹袋熊(無尾熊)[KOALA(*Phascolarctos cinereus*)]；袋獾[TASMANIAN DEVIL(*Sarcophilus harrisii*)]；維吉利亞負鼠[VIRGINIA OPOSSUM(*Didelphis virginiana*)]；鴨嘴獸[DUCK-BILLED PLATYPUS(*Ornithorhynchus anatinus*)]。

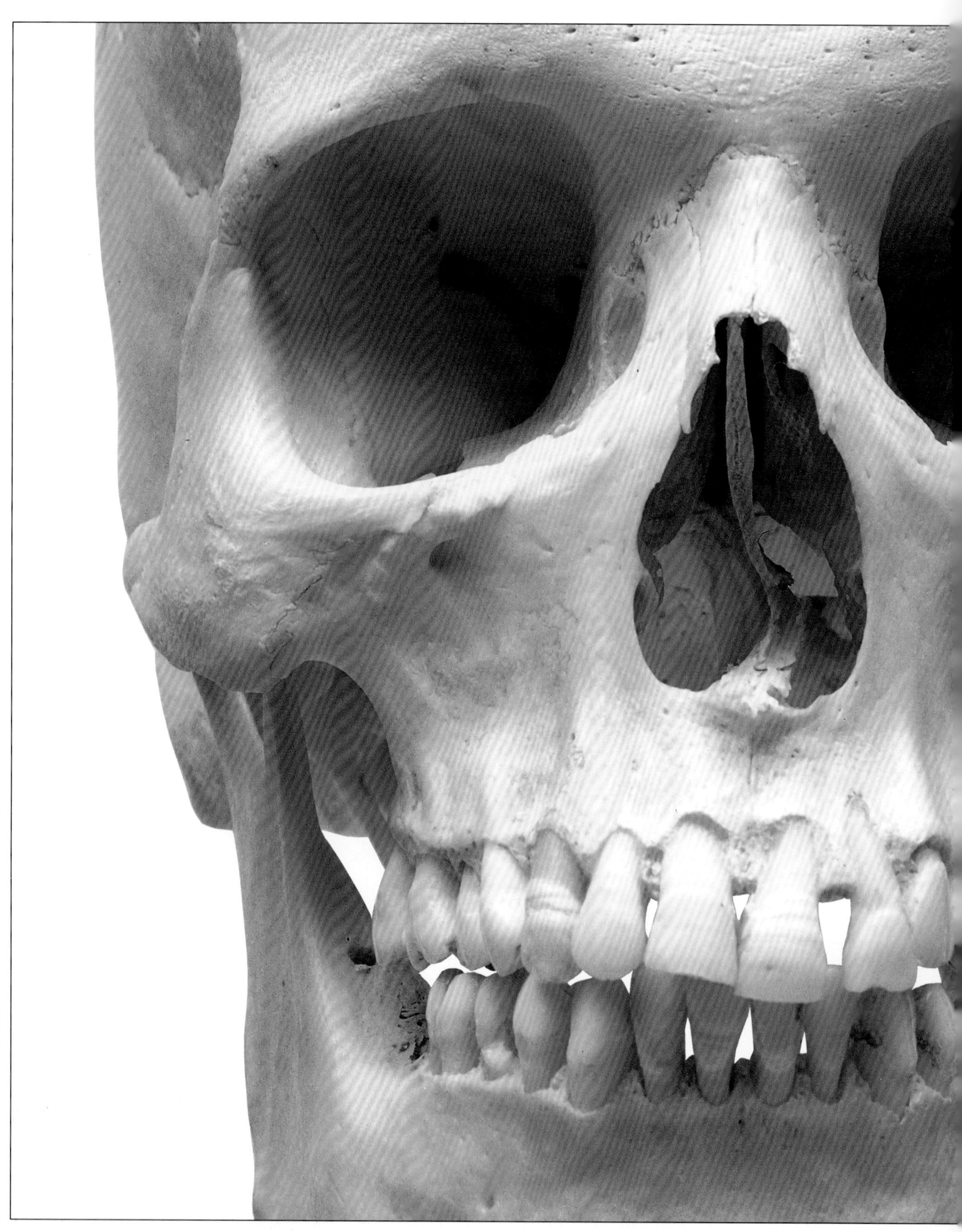

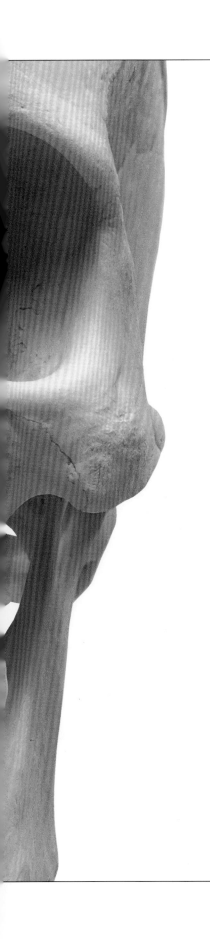

人體篇
THE HUMAN BODY

人體特徵(Body features)	210
頭(Head)	212
人體器官(Body organs)	214
人體細胞(Body cells)	216
骨骼(Skeleton)	218
頭顱骨(Skull)	220
脊柱(Spine)	222
骨和關節(Bones and joints)	224
肌肉1(Muscles 1)	226
肌肉2(Muscles 2)	228
手(Hands)	230
足(Feet)	232
皮膚和毛髮(Skin and hair)	234
腦(Brain)	236
神經系統(Nervous system)	238
眼(Eye)	240
耳(Ear)	242
鼻、口和咽喉(Nose, mouth, and throat)	244
牙齒(Teeth)	246
消化系統(Digestive system)	248
心臟(Heart)	250
循環系統(Circulatory system)	252
呼吸系統(Respiratory system)	254
泌尿系統(Urinary system)	256
生殖系統(Reproductive system)	258
嬰兒的發育(Development of a baby)	260

人體特徵

儘管人的外觀千差萬別，但人體的基本特徵是相同的。人的外形取決於其骨骼的大小、肌肉的形狀、皮下脂肪層的厚度、皮膚的彈性或鬆弛程度、年齡和性別。男人通常比女人高，肩部較寬、體毛較多、皮下脂肪的沉積型也不同；女人的肌肉通常不如男人的結實，骨盆較淺較寬，以便於孕育。

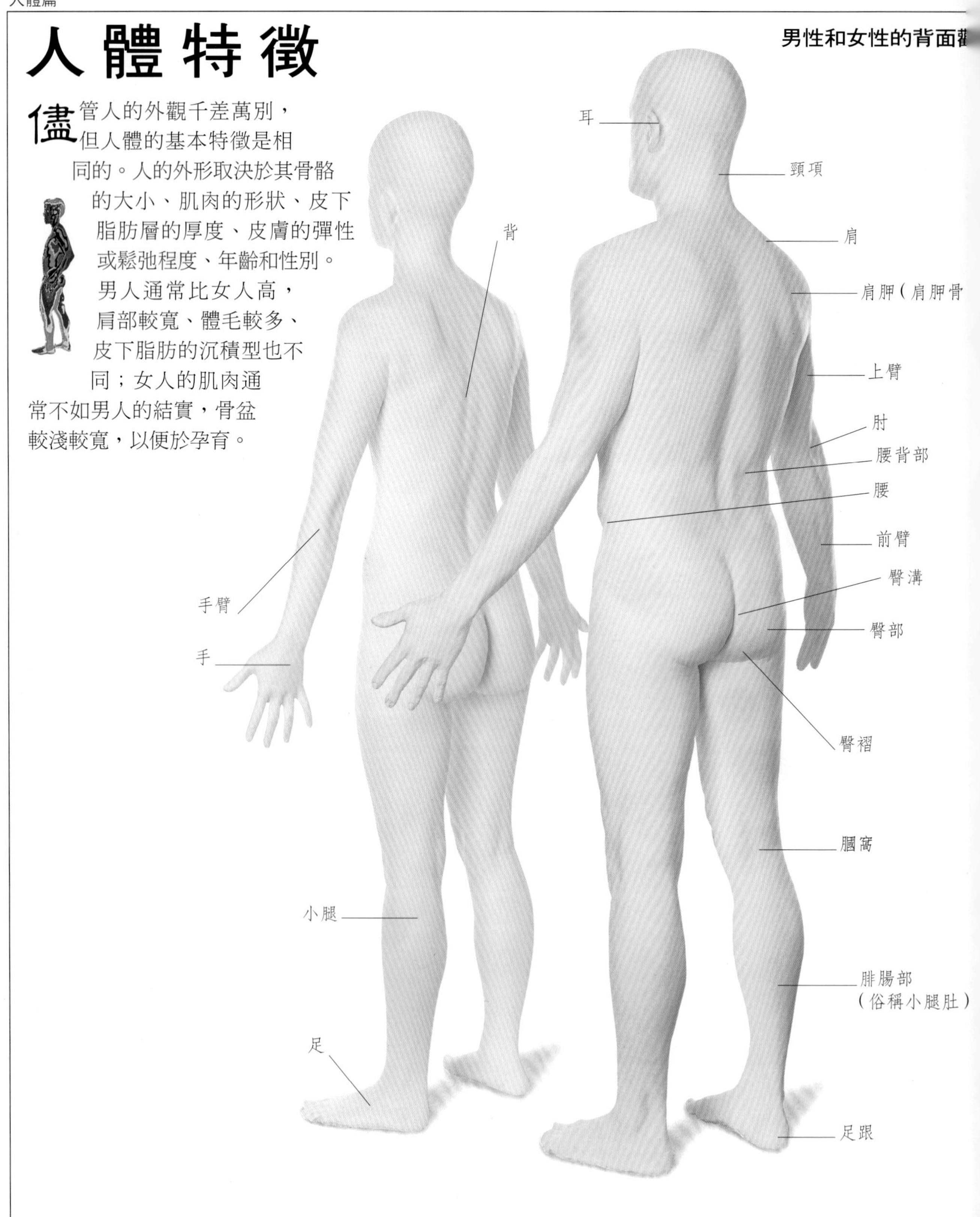

耳
頸項
肩
肩胛（肩胛骨）
上臂
肘
腰背部
腰
前臂
臀溝
臀部
臀褶
膕窩
腓腸部（俗稱小腿肚）
足跟

背
手臂
手
小腿
足

人體特徵（Body features）。**男性和女性的背面觀**(BACK VIEWS OF MALE AND FEMALE)：頸項(*Nape of neck*)；上臂(*Upper arm*)；肘(*Elbow*)；腰背部(*Loin*)；腰(*Waist*)；前臂(*Fore-arm*)；臀部(*Buttock*)；足跟(*Heel*)；肩胛(肩胛骨)[*Scapula(shoulder blade)*]；臀溝(*Natal cleft*)；臀褶(*Gluteal fold*)；膕窩(*Popliteal fossa*)；腓腸部(*Calf*)。**男性和女性的正面觀**(FRONT VIEWS OF MALE AND FEMALE)：頭部(*Head*)；臉部(*Face*)；眼(*Eye*)；鼻(*Nose*)；唇(*Lips*)；胸[*Thorax(Chest)*]；腹(*Abdomen*)；指節(*Knuckle*)；大腿(*Thigh*)；

男性和女性的正面觀

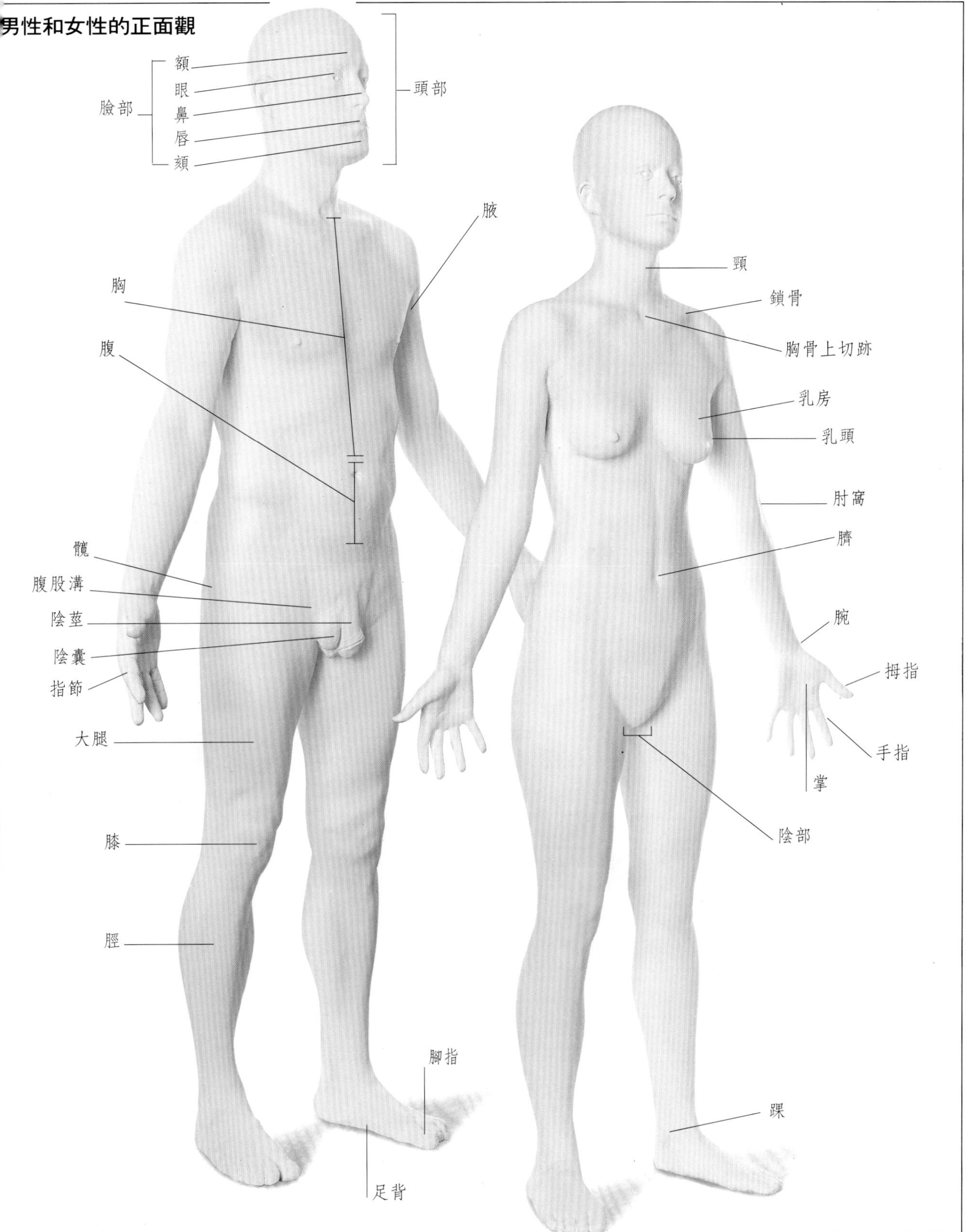

額 眼 鼻 唇 頦
臉部
頭部
腋
胸
腹
頸
鎖骨
胸骨上切跡
乳房
乳頭
肘窩
臍
腕
拇指
手指
掌
陰部
髖
腹股溝
陰莖
陰囊
指節
大腿
膝
脛
腳指
足背
踝

膝(*Knee*)；脛(*Shin*)；足背(*Instep*)；腳指(*Toe*)；腋[*Axilla(armpit)*]；頸(*Neck*)；拇指(*Thumb*)；手指(*Finger*)；掌(*Palm*)；額(*Forehead*)；頦(*Chin*)；髖(*Hip*)；腹股溝(*Groin*)；陰莖(*Penis*)；陰囊(*Scrotum*)；脛(*Shin*)；足背(*Instep*)；鎖骨[*Clavicle(collarbone)*]；胸骨上切跡(*Suprasternal notch*)；乳房(*Breast*)；乳頭(*Nipple*)；肘窩(*Cubital fossa*)；臍[*Umbilicus(navel)*]；腕(*Wrist*)；陰部(*Pudenda*)；踝(*Ankle*)。

頭

新生嬰兒頭的長度爲整個體長的四分之一；成年後，這個比值減爲八分之一。頭部含有人體主要的感覺器官：眼、耳、嗅神經以及舌上的味蕾。來自這些器官的信號都送到人體龐大的協調中心－隱藏在保護性頭蓋骨下的腦。頭上的毛髮可防止熱量的耗散，而成年男性的臉上還會長出濃密的鬍鬚。臉部有三個重要的開口：兩個通氣的鼻孔以及進食和說話的嘴。儘管所有人的頭基本上都相似，但因其特徵部位的大小、形狀和色澤之不同而形成了千差萬別的容貌。

頭顱表面特徵部位側視圖

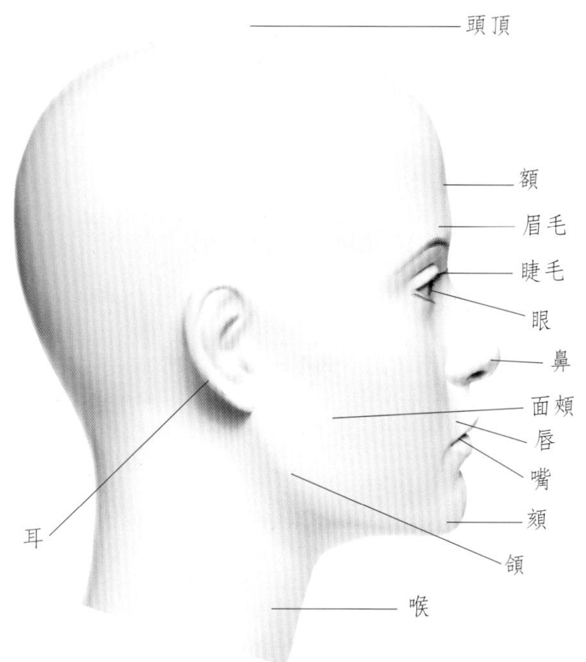

頭頂
額
眉毛
睫毛
眼
鼻
面頰
唇
嘴
頦
頜
耳
喉

頭顱剖面圖

頭顱骨
松果體
腦垂體腺
小腦
橋腦
延髓
咽
頸椎
脊髓
椎間盤

上矢狀竇
大腦
額竇
蝶竇
上鼻甲
中鼻甲
下鼻甲
前庭
上頜骨
硬顎
軟顎
舌
懸雍垂
下頜骨
顎扁桃體
會厭
氣管
食道

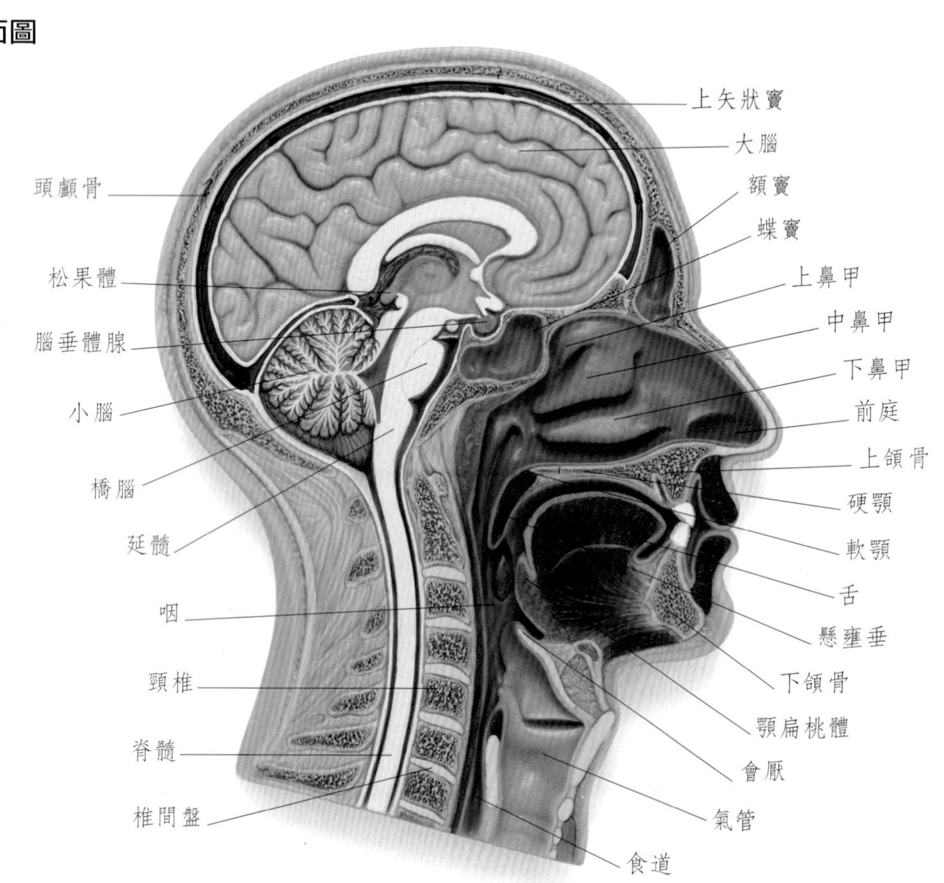

頭（Head）。**頭顱表面特徵部位側視圖**(SIDE VIEW OF EXTERNAL FEATURES OF HEAD)：頭頂 [Crown(vertex)]；面頰(Cheek)。**頭顱剖面圖**(SECTION THROUGH HEAD)：松果體(Pineal body)；腦垂體腺 (Pituitary gland)；小腦(Cerebellum)；橋腦(Pons)；延髓(Medulla oblongata)；椎間盤(Intervertebral disk)；上矢狀竇(Superior sagittal sinus)；大腦(Cerebrum)；額竇(Frontal sinus)；蝶竇(Sphenoidal sinus)；上鼻甲 (Superior concha)；中鼻甲(Middle concha)；下鼻甲(Inferior concha)；前庭(Vestibule)；硬顎(Hard

頭顱表面特徵部位正視圖

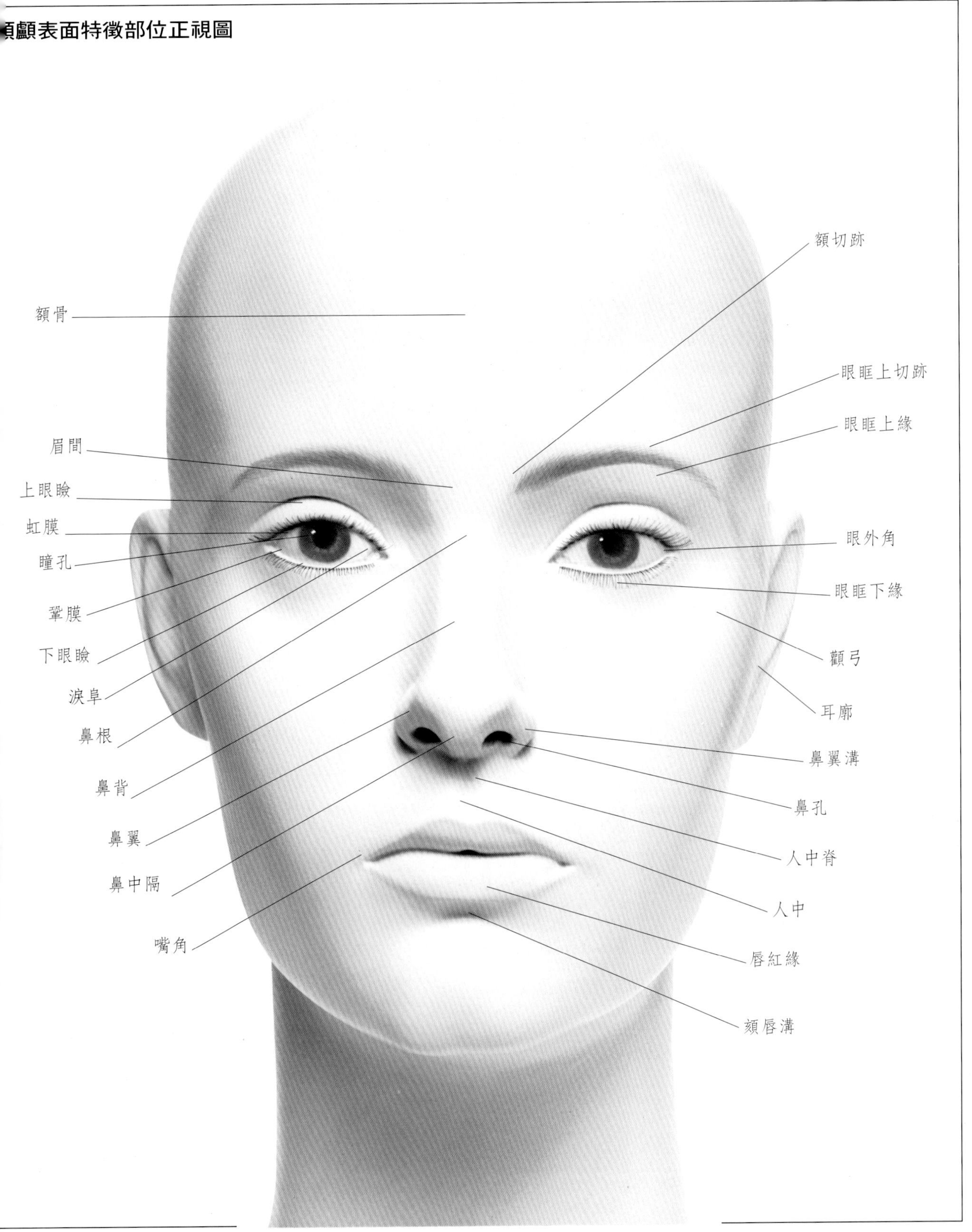

額切跡

額骨

眼眶上切跡

眼眶上緣

眉間

上眼瞼

虹膜

瞳孔

眼外角

鞏膜

眼眶下緣

下眼瞼

顴弓

淚阜

耳廓

鼻根

鼻翼溝

鼻背

鼻孔

鼻翼

人中脊

鼻中隔

人中

嘴角

唇紅緣

頦唇溝

---

palate）；軟顎(*Soft palate*)；懸雍垂(*Uvula*)；顎扁桃體(*Palatine tonsil*)。**頭顱表面特徵部位正視圖**(FRONT VIEW OF EXTERNAL FEATURES OF HEAD)：虹膜(*Iris*)；瞳孔(*Pupil*)；鞏膜[*Sclera(white)*]；淚阜(*Caruncle*)；鼻翼(*Ala of nose*)；額切跡(*Frontal notch*)；眼眶上切跡(*Supraorbital notch*)；顴弓(*Zygomatic arch*)；人中脊(*Philtral ridge*)；人中(*Philtrum*)；唇紅緣(*Vermilion border of lip*)；頦唇溝(*Mentolabial sulcus*)。

人體器官

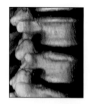

人所有的重要器官，除腦以外，其餘都深藏在軀幹內（除頭和四肢以外的軀體）軀幹有兩個大腔，由稱為膈的一層**肌維膜**隔開。上腔叫做**胸廓（或胸腔）**，內有心和肺。下腔叫做**腹腔**，內有消化食物的胃、腸、肝和胰。軀幹內還有作為泌尿系統一部分的腎和膀胱以及孕育新生命種子的生殖系統。現代攝影技術（如對比X-射線攝影術和各類掃描技術）使我們無須經由切開保護這些器官的皮膚、脂肪、肌肉和骨骼就能夠觀察和研究它們。

主要的內部結構

（圖中標示：喉、甲狀腺、心、右肺、左肺、橫膈膜、肝、胃、大腸、小腸、大網膜）

人體部位的顯像

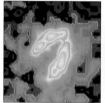

心腔的閃爍圖

右肺的血管照片

膽囊的對比X射線圖

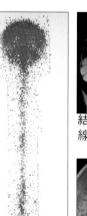

神經系統的閃爍圖

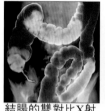

結腸的雙對比X射線圖

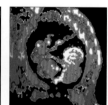

子宮內雙胞胎的超音波掃描圖

腎的血管照片

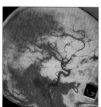

腦動脈的血管照片

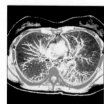

女性胸部的CT掃描攝影圖

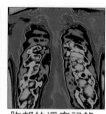

胸部的溫度記錄

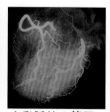

心動脈的血管照片

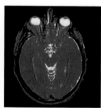

頭部齊眼高度處的磁共振掃描攝影圖

人體器官（Body organs）：肌維膜(muscular sheet)；胸廓(或胸腔)(thorax or chest cavity)；腹腔(abdominal cavity)。**主要的內部結構**：甲狀腺(*Thyroid gland*)；橫膈膜(*Diaphragm*)；大網膜(*Greater omentum*)。**人體部位的顯像**：心腔的閃爍圖(SCINTIGRAM OF HEART CHAMBERS)；右肺的血管照片(ANGIOGRAM OF RIGHT LUNG)；膽囊的對比X射線圖(CONTRAST X-RAY OF GALLBLADDER)；神經系統的閃爍圖(SCINTIGRAM OF NERVOUS SYSTEM)；結腸的雙對比X射線圖(DOUBLE CONTRAST X-RAY OF COLON)；子宮內雙胞胎的超音波掃描圖(ULTRASOUND SCAN OF TWINS IN UTERUS)；腎的血管照片(ANGIOGRAM OF KIDNEYS)；腦動脈的血管照片(ANGIOGRAM OF ARTERIES OF HEAD)；女性胸部的CT掃描攝影圖(CT SCAN THROUGH FEMALE CHEST)；胸部的溫度記錄

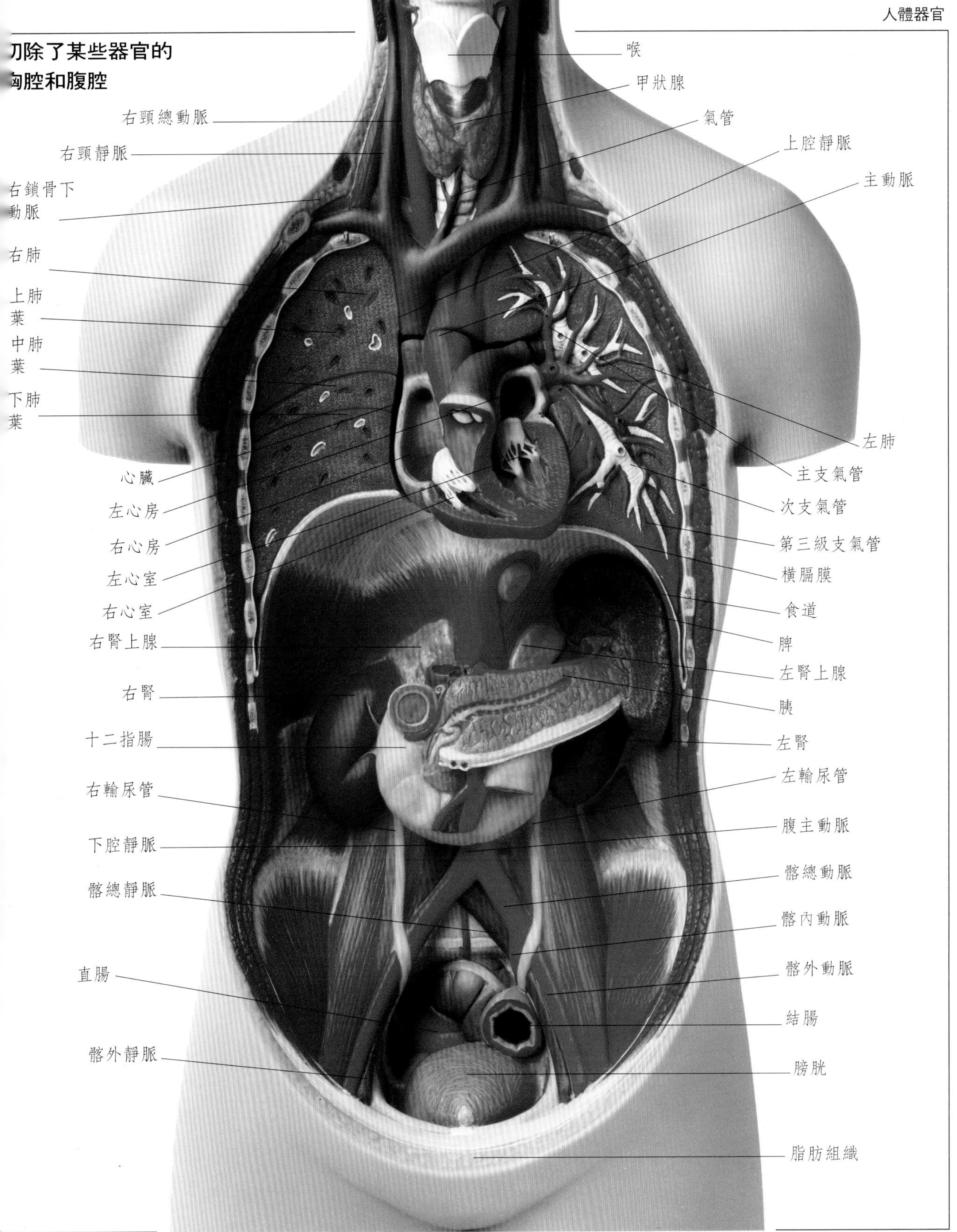

刀除了某些器官的
胸腔和腹腔

右頸總動脈

右頸靜脈

右鎖骨下
動脈

右肺

上肺
葉

中肺
葉

下肺
葉

心臟

左心房

右心房

左心室

右心室

右腎上腺

右腎

十二指腸

右輸尿管

下腔靜脈

髂總靜脈

直腸

髂外靜脈

喉

甲狀腺

氣管

上腔靜脈

主動脈

左肺

主支氣管

次支氣管

第三級支氣管

橫膈膜

食道

脾

左腎上腺

胰

左腎

左輸尿管

腹主動脈

髂總動脈

髂內動脈

髂外動脈

結腸

膀胱

脂肪組織

(THERMOGRAM OF CHEST REGION)；心動脈的血管照片(ANGIOGRAM OF ARTERIES OF HEART)；頭部齊眼高度處的磁共振掃描攝影圖(MRI SCAN THROUGH HEAD AT EYE LEVEL)。**切除了某些器官的胸腔和腹腔**：右頸總動脈*(Right common carotid artery)*；右頸靜脈*(Right jugular vein)*；右鎖骨下動脈*(Right subclavian artery)*；上肺葉*(Upper lobe)*；下腔靜脈*(Inferior vena cava)*；髂總靜脈*(Common iliac vein)*；髂外靜脈*(External iliac vein)*；主支氣管*(Primary bronchus)*；左腎上腺*(Left adrenal gland)*；腹主動脈*(Abdominal aorta)*；髂總動脈*(Common iliac artery)*；髂內動脈*(Internal iliac artery)*。

人體細胞

每個人都是由數以億計的細胞組成的。這些細胞是人體的基本結構單元。骨骼、肌肉、神經、皮膚、血液以及人體的其他一切組織是由不同類型的細胞形成的。每個細胞都有其特定的功能，但它們可經由和其他類型的細胞合作，而完成維持生命所需的無數任務。人體大多數細胞的基本結構是相似的。每個細胞都有一個外層（**細胞膜**），細胞內有流體物質（**細胞質**）。細胞質裡有許多專門化的結構（**細胞器官**）。最重要的細胞器是細胞核。細胞核內含有生命的遺傳物質，並具備著細胞控制中心的作用。

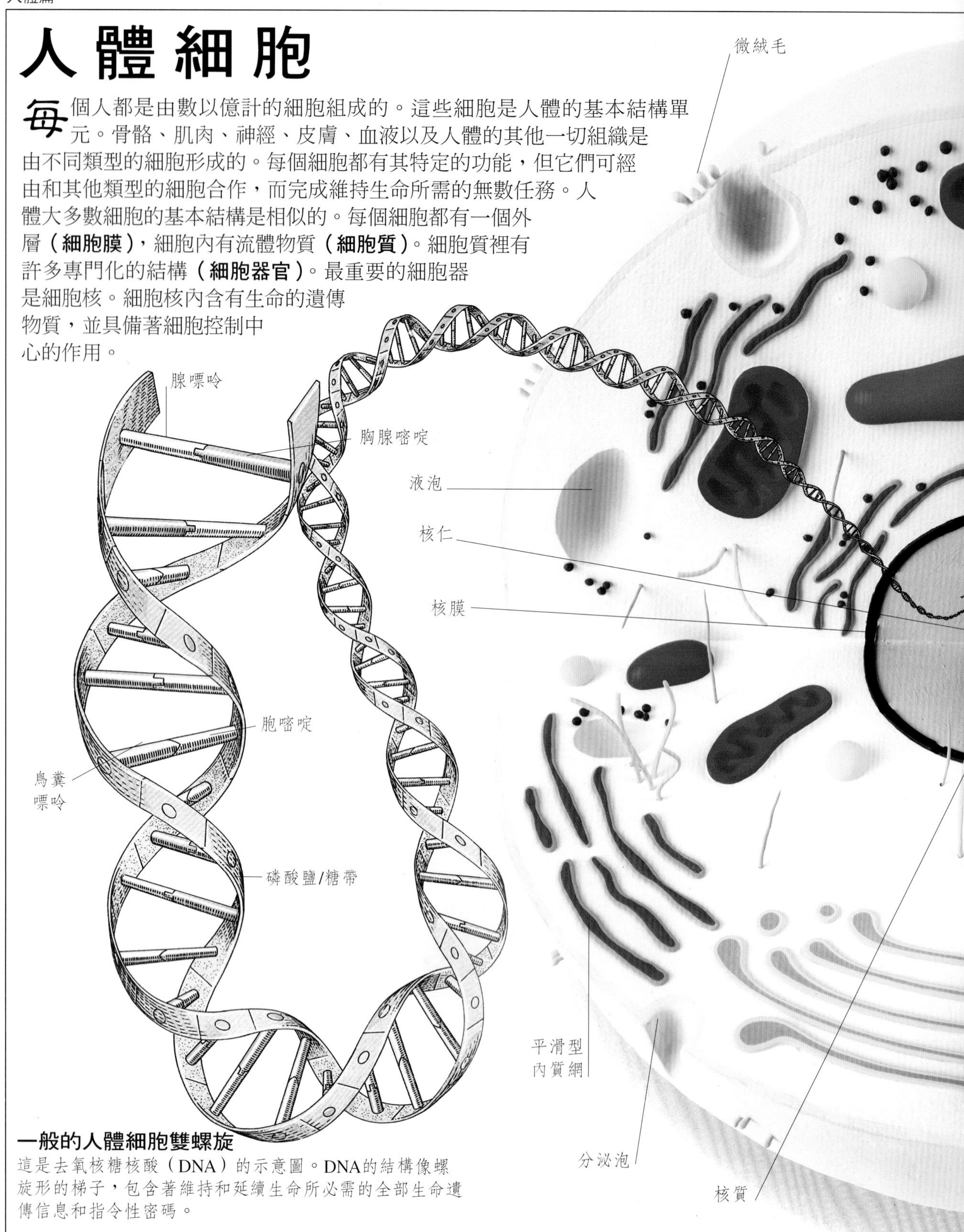

微絨毛

腺嘌呤

胸腺嘧啶

液泡

核仁

核膜

胞嘧啶

鳥糞嘌呤

磷酸鹽/糖帶

平滑型內質網

分泌泡

核質

一般的人體細胞雙螺旋

這是去氧核糖核酸（DNA）的示意圖。DNA的結構像螺旋形的梯子，包含著維持和延續生命所必需的全部生命遺傳信息和指令性密碼。

人體細胞（Body cells）：細胞膜(cell membrane)；細胞質(cytoplasm)；細胞器官(organelles)。**雙螺旋**：腺口嘌呤(*Adenine*)；鳥糞口嘌呤(*Guanine*)；胞嘧啶(*Cytosine*)；磷酸鹽/糖帶(*Phosphate/sugar band*)；胸腺嘧啶(*Thymine*)。**一般的人體細胞**(GENERALIZED HUMAN CELL)：液泡(*Vacuole*)；核膜(*Nuclear membrane*)；平滑型內質網(*Smooth endoplasmic reticulum*)；分泌泡(*Secretory vesicle*)；分解微粒(*Lysosome*)；線粒體脊(*Mitochondrial crista*)；微絲(*Microfilament*)；核酸糖小體(*Ribosome*)；中心粒(*Centriole*)；線粒體(*Mitochondrion*)；微管(*Microtubule*)；過氧化酶小體(*Peroxisome*)；胞飲小泡(*Pinocytotic vesicle*)；高爾基複合體(高爾基器、高爾基體)[*Golgi complex(Golgi apparatus；Golgi*

一般的人體細胞

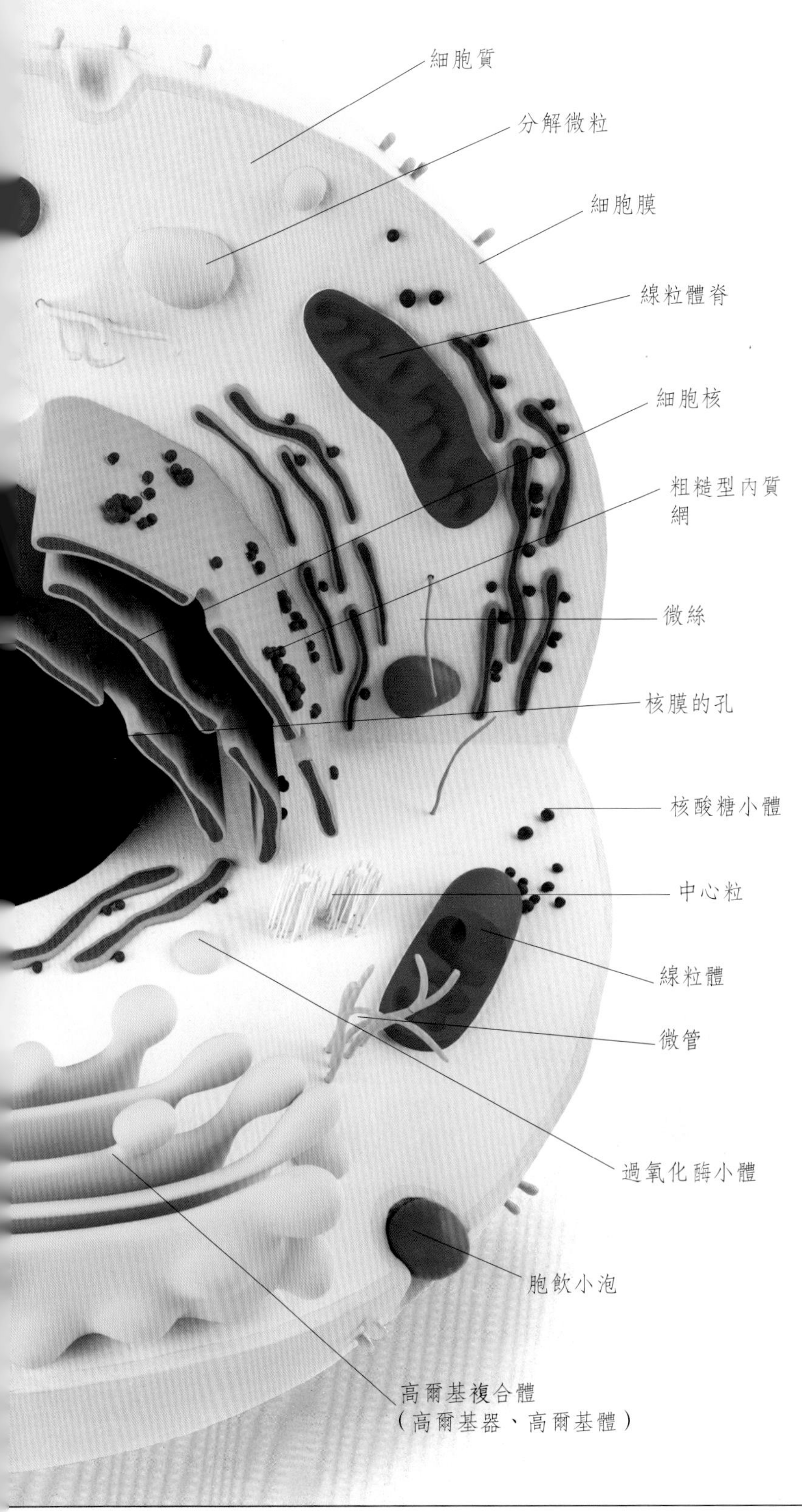

細胞質

分解微粒

細胞膜

線粒體脊

細胞核

粗糙型內質網

微絲

核膜的孔

核酸糖小體

中心粒

線粒體

微管

過氧化酶小體

胞飲小泡

高爾基複合體
（高爾基器、高爾基體）

各類細胞

成骨細胞

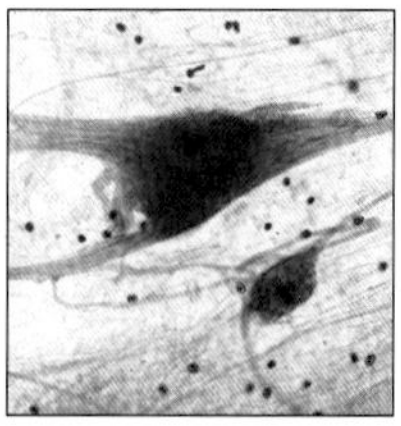

脊髓裡的神經細胞

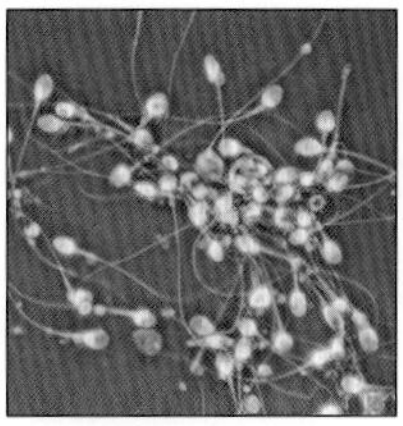

精液裡的精細胞

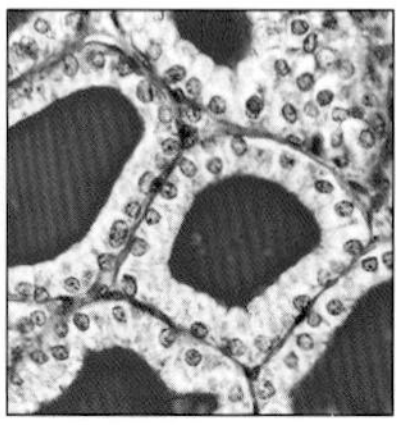

分泌甲狀腺細胞

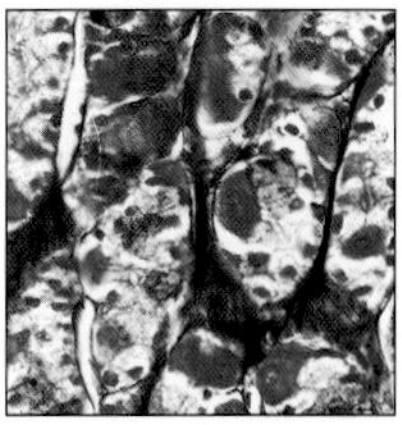

分泌酸的胃細胞

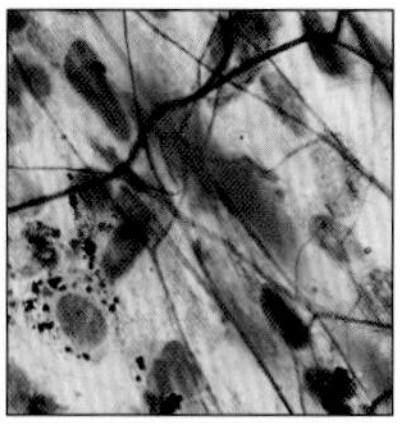

結蒂組織細胞

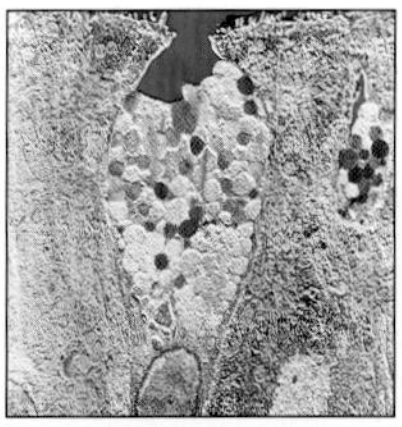

分泌粘液的十二指腸細胞

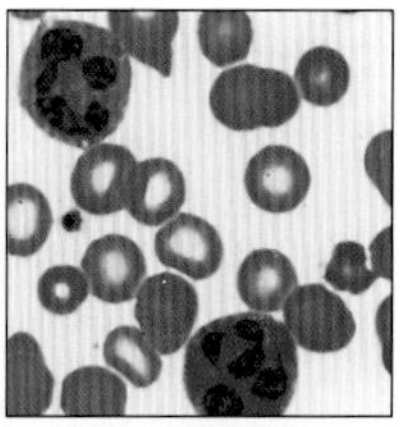

紅血球細胞和兩個白血球細胞

脂肪組織裡的脂肪細胞

面頰的上皮細胞

body)]；細胞核*(Nucleus)*；核質*(Nucleoplasm)*。**各類細胞**(TYPES OF CELLS)：成骨細胞(BONE-FORMING CELL)；脊髓裡的神經細胞(NERVE CELLS IN SPINAL CORD)；精液裡的精細胞(SPERM CELLS IN SEMEN)；分泌甲狀腺細胞(SECRETORY THYROID GLAND CELLS)；分泌酸的胃細胞(ACID-SECRETING STOMACH CELLS)；結蒂組織細胞(CONNECTIVE TISSUE CELLS)；分泌粘液的十二指腸細胞(MUCUS-SECRETING DUODENAL CELLS)；紅血球細胞和兩個白血球細胞(RED AND TWO WHITE BLOOD CELLS)；脂肪組織裡的脂肪細胞(FAT CELLS IN ADIPOSE TISSUE)；面頰的上皮細胞(EPITHELIAL CELLS IN CHEEK)。

骨骼

骨骼是由206塊骨（其中約有半數是在手、足內）組成的一付可活動的架構。儘管單根骨是剛硬的，但就整體而言，骨骼是很靈活的，使人體得以運動自如。骨骼是固定**骨骼肌**的支架，也是保護人體內部器官的護架。女性的骨骼通常比男性的小而輕，且骨盆比較淺，盆腔比較寬。

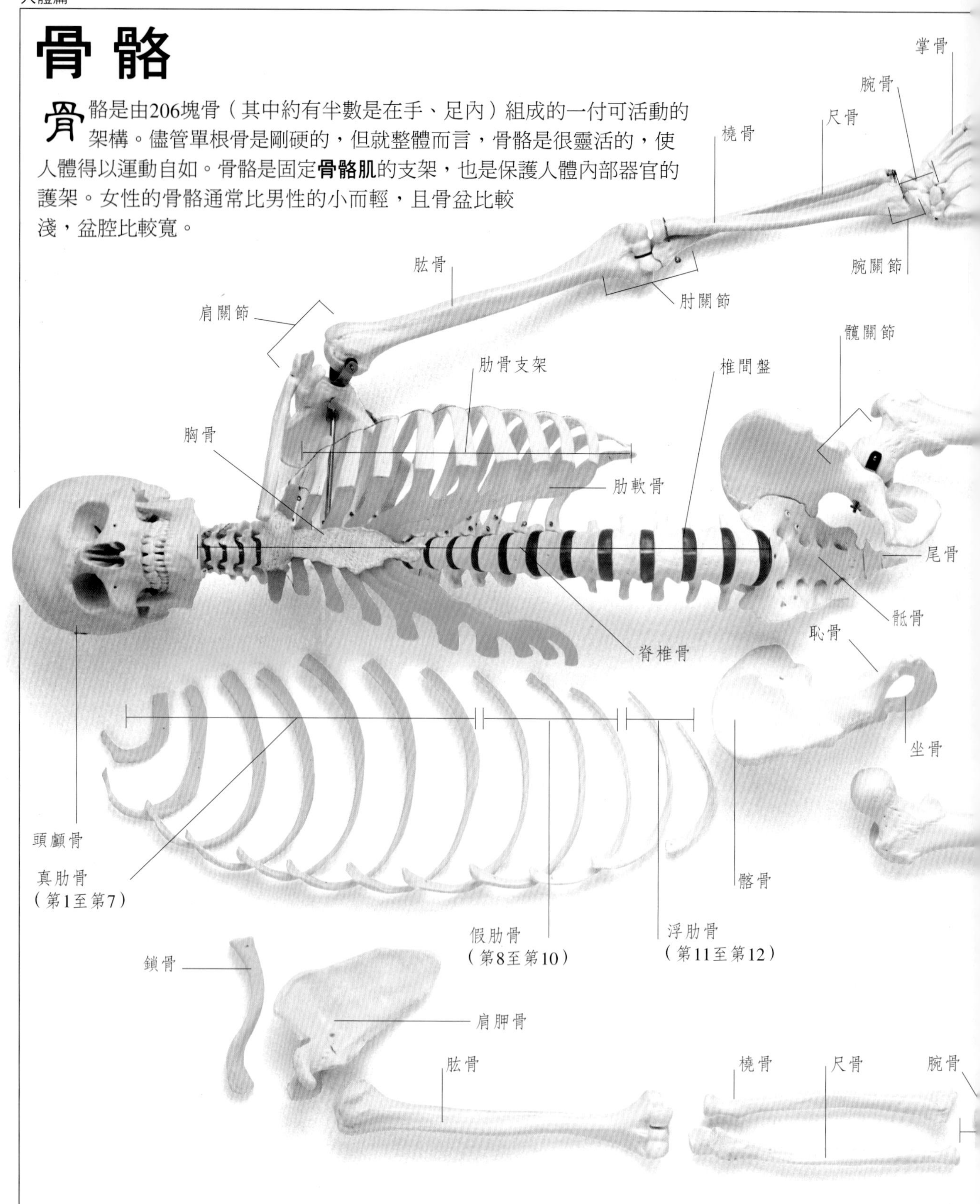

掌骨
腕骨
尺骨
橈骨
腕關節
髖關節
肱骨
肩關節
肘關節
肋骨支架
椎間盤
胸骨
肋軟骨
尾骨
骶骨
恥骨
脊椎骨
頭顱骨
坐骨
真肋骨（第1至第7）
髂骨
假肋骨（第8至第10）
浮肋骨（第11至第12）
鎖骨
肩胛骨
肱骨
橈骨
尺骨
腕骨

骨骼（Skeleton）：骨骼肌(skeletal muscles)。肩關節(Shoulder joint)；胸骨[Sternum(breastbone)]；真肋骨（"True" ribs）；鎖骨[Clavicle(collarbone)]；肩胛骨[Scapula(shoulder blade)]；肱骨(Humerus)；肋軟骨(Costal cartilage)；脊椎骨[Vertebral column(spine)]；假肋骨（"False" ribs）；橈骨(Radius)；肘關節(Elbow joint)；椎間盤(Intervertebral disk)；髂骨(Ilium)；浮肋骨（"Floating" ribs）；掌骨(Metacarpal)；腕骨(Carpus)；尺骨(Ulna)；腕關節(Wrist joint)；髖關節(Hip joint)；尾骨(Coccyx)；恥骨(Pubis)；骶骨

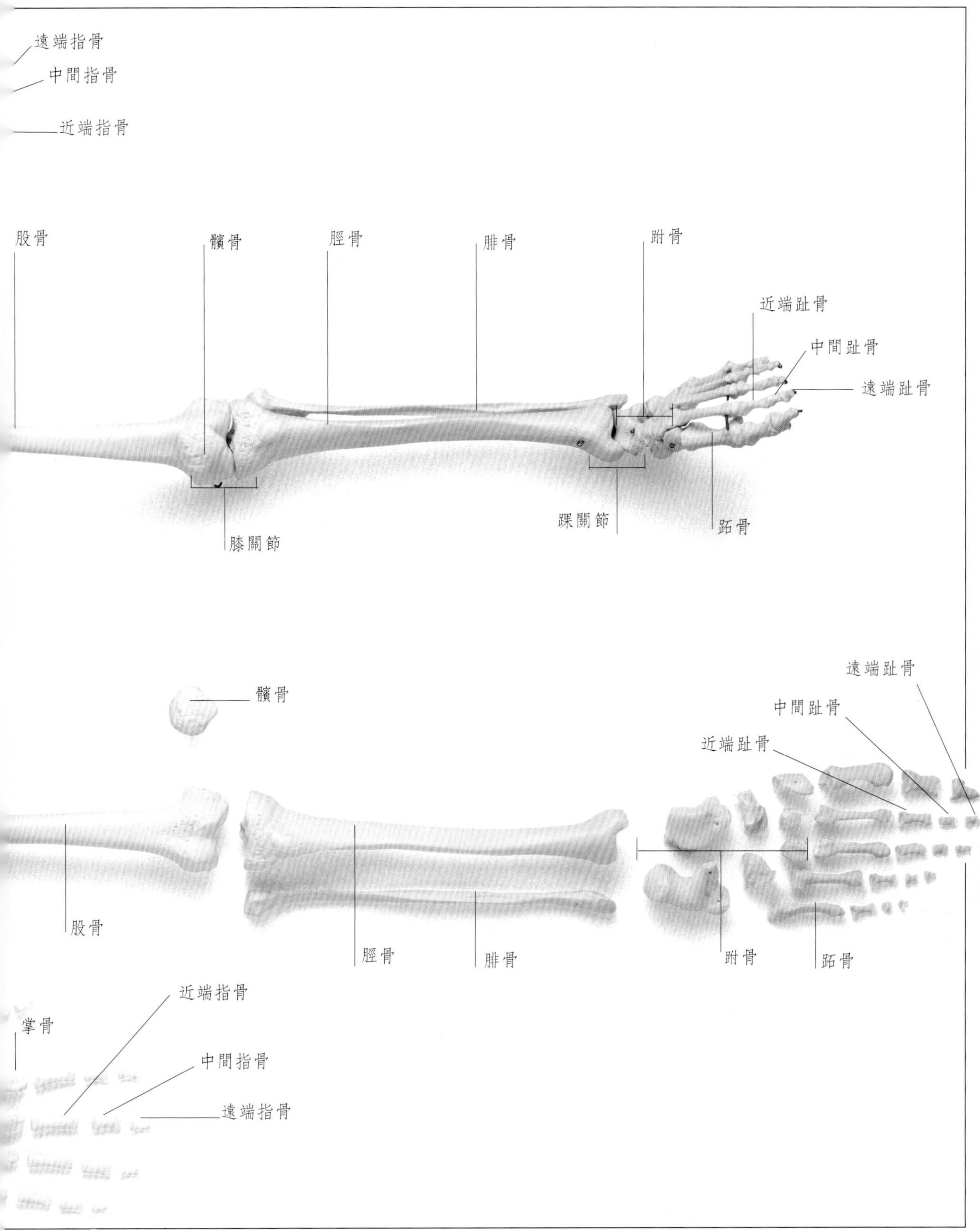

遠端指骨

中間指骨

近端指骨

股骨　髕骨　脛骨　腓骨　跗骨

近端趾骨

中間趾骨

遠端趾骨

膝關節　踝關節　距骨

髕骨

遠端趾骨

中間趾骨

近端趾骨

股骨　脛骨　腓骨　跗骨　距骨

掌骨　近端指骨

中間指骨

遠端指骨

(Sacrum)；坐骨*(Ischium)*；遠端指骨*(Distal phalanx)*；中間指骨*(Middle phalanx)*；近端指骨*(Proximal phalanx)*；股骨*(Femur)*；髕骨*(Patella)*；脛骨*(Tibia)*；腓骨*(Fibula)*；跗骨*(Tarsus)*；膝關節*(Knee joint)*；踝關節*(Ankle joint)*；距骨*(Metatarsal)*；近端趾骨*(Proximal phalanx)*；中間趾骨*(Middle phalanx)*；遠端趾骨*(Distal phalanx)*；髕骨*(Patella)*。

頭顱骨

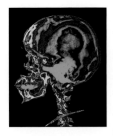

頭顱骨是人體最複雜的骨結構，但是每一部分都各有其功用。在內部，頭顱骨主要的空間有三層固定著人腦。它每一個隆起和凹陷的部分都與腦的外形相吻合。頭顱骨的後下側有一個大的圓孔，稱為顱頂大孔，脊髓即由此通過。在它的前方有許多較小的開口。神經、動脈以及靜脈通過這些開口與大腦接通。顱頂由四塊薄而彎曲的骨頭組成。這四塊骨頭大約自2歲起才穩固地結合在一起。在頭顱骨的前方有供容納眼球之用的兩個眶和供鼻子通氣道之用的中央孔。頷骨則銜接在頭顱骨兩側齊耳之處。

胎兒頭顱骨右視圖

前囟
頂骨
冠狀縫
額骨
鼻骨
顴骨聯合
人字形骨縫
枕骨
蝶囟
乳突囟
外耳道

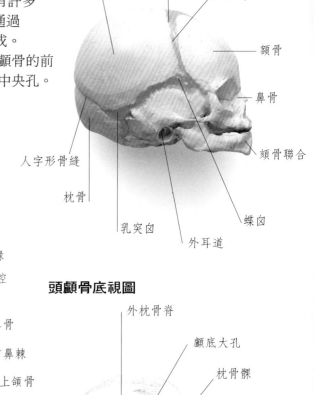

頭顱骨右視圖

蝶骨大翼
冠狀縫
額骨
額顴骨縫
頂骨
鱗狀骨縫
眶上緣
眶腔
鼻骨
前鼻棘
上頷骨
下頷骨
人字形骨縫
枕骨
顳骨
外耳道
乳突
頷髁
冠狀突
顴骨
頦骨孔

頭顱骨底視圖

外枕骨脊
顱底大孔
枕骨髁
頸動脈管
乳突
咽結節
翼狀板
翼突鉤
大腭孔
後鼻孔
莖狀突
顴弓
犁骨後緣
鼻甲
下頷骨

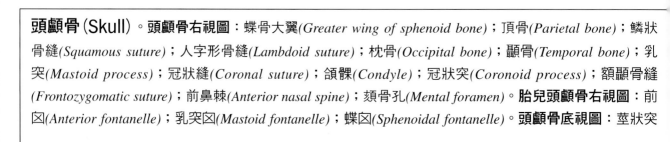

頭顱骨 (Skull)。**頭顱骨右視圖**：蝶骨大翼(*Greater wing of sphenoid bone*)；頂骨(*Parietal bone*)；鱗狀骨縫(*Squamous suture*)；人字形骨縫(*Lambdoid suture*)；枕骨(*Occipital bone*)；顳骨(*Temporal bone*)；乳突(*Mastoid process*)；冠狀縫(*Coronal suture*)；頷髁(*Condyle*)；冠狀突(*Coronoid process*)；額顴骨縫(*Frontozygomatic suture*)；前鼻棘(*Anterior nasal spine*)；頦骨孔(*Mental foramen*)。**胎兒頭顱骨右視圖**：前囟(*Anterior fontanelle*)；乳突囟(*Mastoid fontanelle*)；蝶囟(*Sphenoidal fontanelle*)。**頭顱骨底視圖**：莖狀突

頭顱骨正視圖

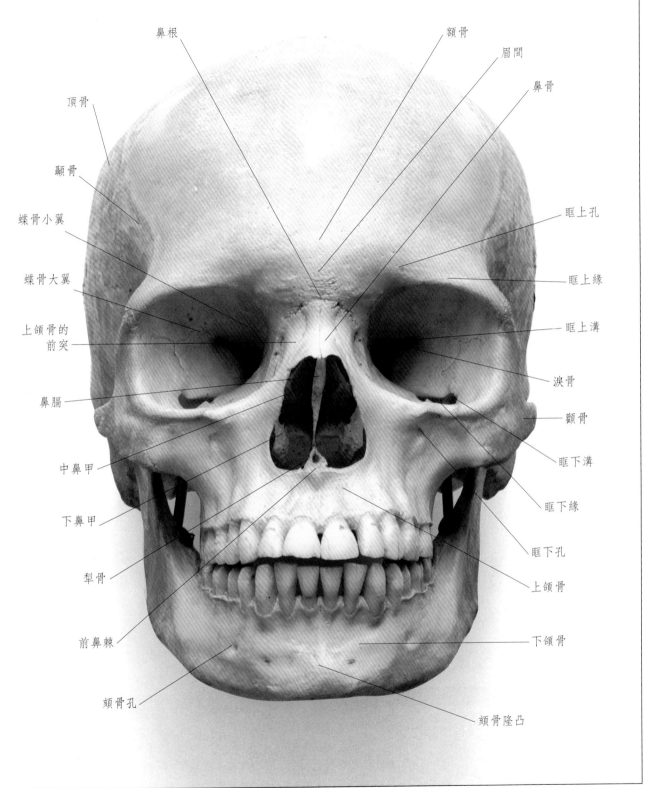

鼻根　額骨　眉間　鼻骨

頂骨　顳骨　蝶骨小翼　蝶骨大翼　上頜骨的前突　鼻膈　中鼻甲　下鼻甲　犁骨　前鼻棘　頦骨孔

眶上孔　眶上緣　眶上溝　淚骨　顴骨　眶下溝　眶下緣　眶下孔　上頜骨　下頜骨　頦骨隆凸

(Styloid process)；犁骨後緣*(Posterior border of vomer)*；外枕骨脊*(External occipital crest)*；顱底大孔 *(Foramen magnum)*；枕骨髁*(Occipital condyle)*；翼狀板*(Pterygoid plate)*；翼突鉤*(Pterygoid hamulus)*；大 **膊孔***(Greater palatine foramen)*。**頭顱骨正視圖**：鼻根*(Nasion)*；鼻膈*(Nasal septum)*；眶上孔*(Supraorbital foramen)*；眶上緣*(Supraorbital margin)*；眶上溝*(Superior orbital fissure)*；淚骨*(Lacrimal bone)*；上頜骨 *[Maxilla(upper jaw)]*；下頜骨*[Mandible(lower jaw)]*。

脊 柱

脊柱有兩個主要功能：保護柔弱的脊髓和支持整個骨架。脊柱由24塊分開的，且外形不同的骨頭（椎骨）組成，其底部有一彎曲的三角形骨（骶骨）。骶骨由融合的椎骨構成：在其下端是一個由數根小骨（總稱尾骨）組成的尾狀結構。每對脊椎骨之間有一個在運動過程中對其起緩衝作用的**軟骨盤**。頂端兩塊椎骨的外形與其他椎骨不同並且是成對活動的：第一塊椎骨（寰椎），圍繞著第二塊椎骨（樞椎）上穩固而垂直的軸椿旋轉。這樣的安排使頭顱得以自由地上下左右活動。

脊柱的分段

正視

頸椎

胸椎

腰椎

骶椎

尾椎

脊骨類型（頂視圖）

寰椎

側塊和上關節面
前弓
後弓
前結節
後結節
椎孔
橫突
橫孔

樞椎

椎孔
關節面
齒突
脊突
椎板
橫突和橫孔

頸椎

椎體
上關節突
前結節
脊突
椎孔
後結節
橫孔

頭顱骨

頭顱骨和脊柱

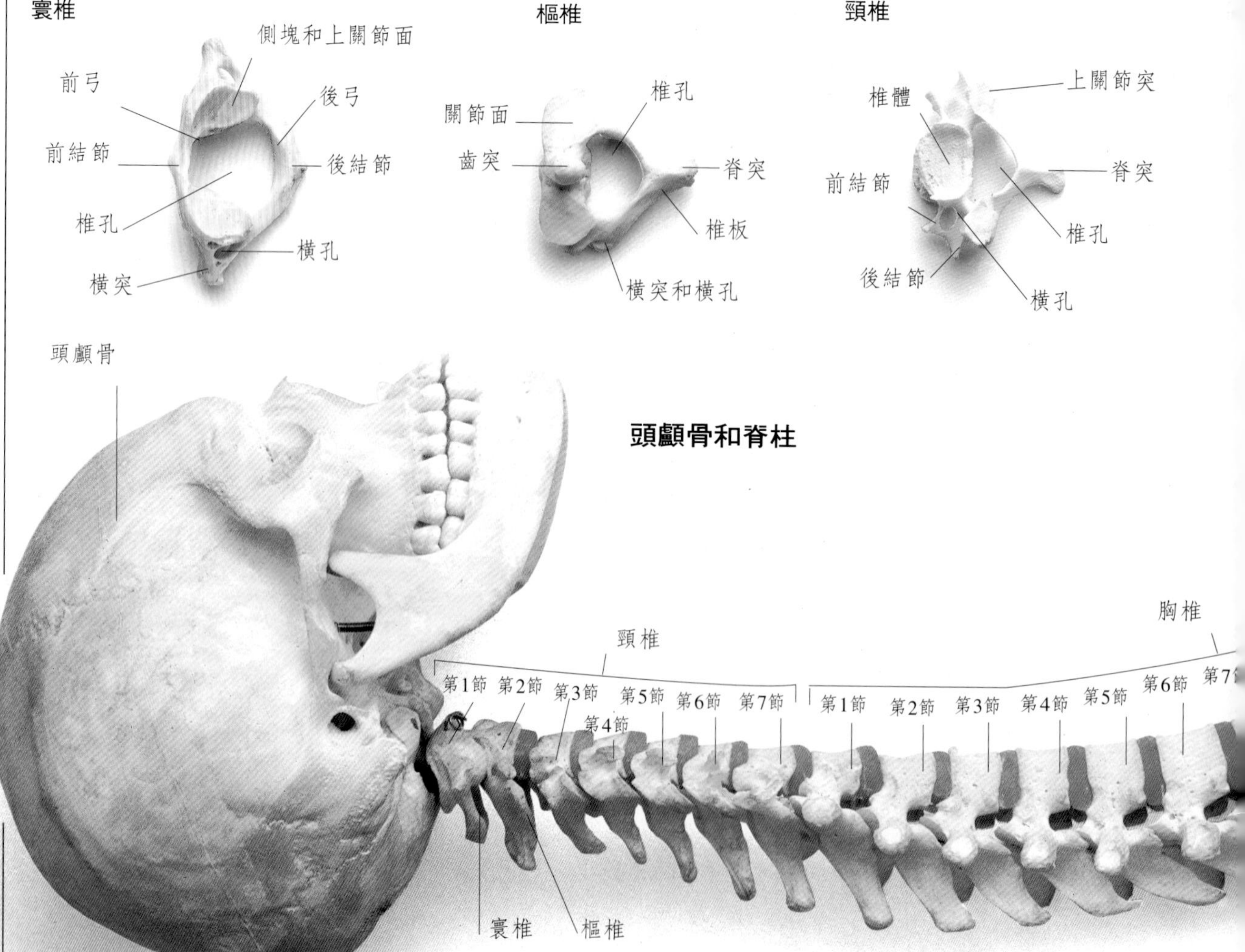

頸椎
第1節 第2節 第3節 第4節 第5節 第6節 第7節
胸椎
第1節 第2節 第3節 第4節 第5節 第6節 第7節

寰椎 樞椎

脊柱 (Spine)：軟骨盤(*disc of cartilage*)。**脊柱的分段**(SPINE DIVIDED INTO VERTEBRAL SECTIONS)：頸椎(*Cervical vertebrae*)；胸椎(*Thoracic vertebrae*)；腰椎(*Lumbar vertebrae*)；骶椎(*Sacral vertebrae*)；尾椎(*Coccygeal vertebrae*)。**頸椎和脊椎剖面**(CERVICAL VERTEBRA AND SECTION OF SPINAL CORD)：椎動脈(*Vertebral artery*)；椎體(*Vertebral boby*)；脊髓(*Spinal cord*)；前神經根(*Anterior root*)；脊神經節(*Spinal ganglion*)；前關節突(*Superior articular process*)；前角(*Anterior horn*)；頸椎脊突(*Spinous process of cervical vertebra*)；後柱(*Posterior column*)；硬腦膜(*Dura mater*)；側柱(*Lateral column*)；脊神經後支

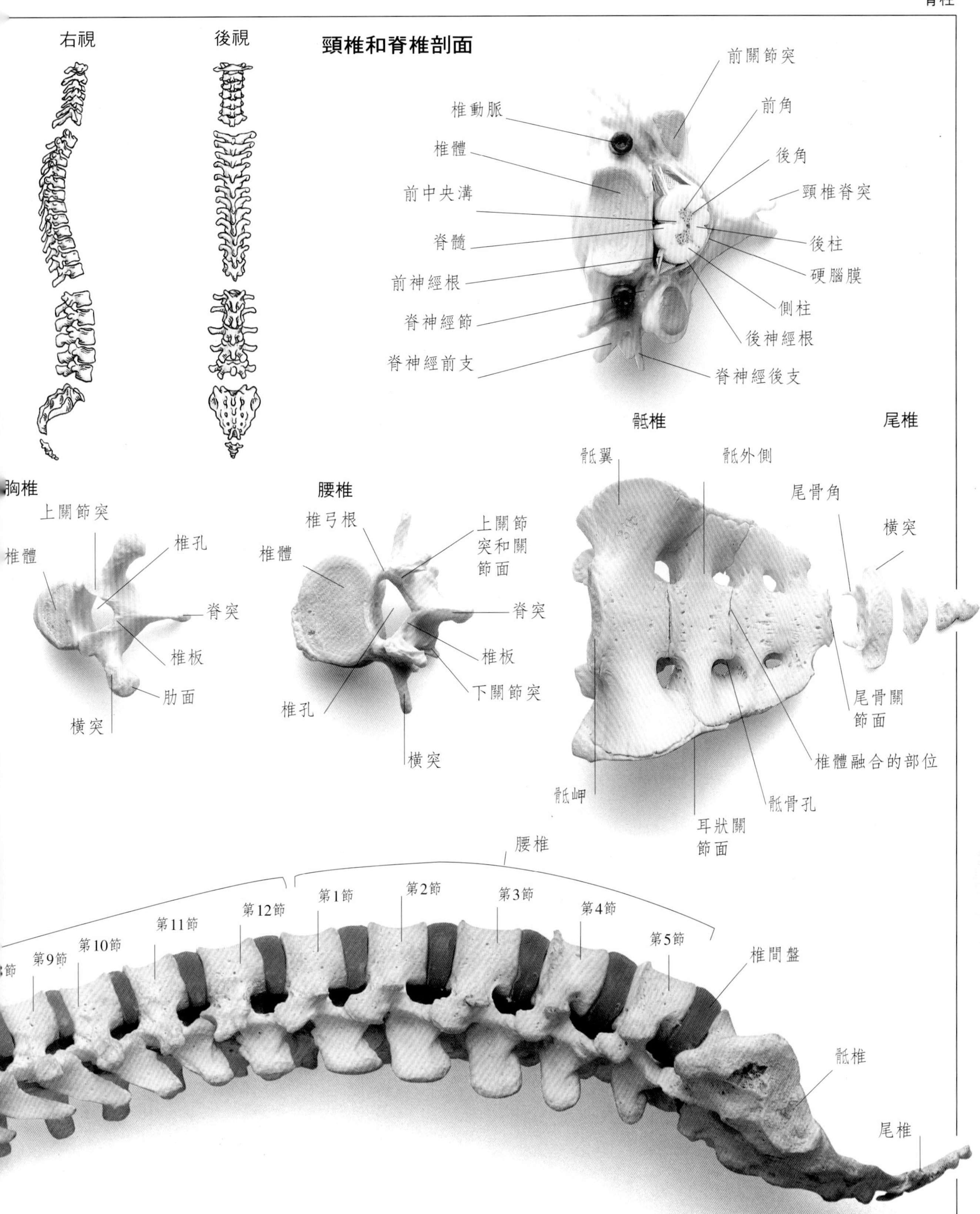

右視　後視　**頸椎和脊椎剖面**

椎動脈
椎體
前中央溝
脊髓
前神經根
脊神經節
脊神經前支

前關節突
前角
後角
頸椎脊突
後柱
硬腦膜
側柱
後神經根
脊神經後支

胸椎
上關節突
椎體
椎孔
脊突
椎板
肋面
橫突

腰椎
椎弓根
椎體
上關節突和關節面
脊突
椎板
下關節突
椎孔
橫突

骶椎
骶翼
骶外側
骶岬
耳狀關節面
椎體融合的部位
骶骨孔

尾椎
尾骨角
橫突
尾骨關節面

腰椎
第9節　第10節　第11節　第12節　第1節　第2節　第3節　第4節　第5節
椎間盤
骶椎
尾椎

(*Posterior branch of spinal nerve*)。**脊骨類型**(頂視圖) [TYPES OF VERTEBRAE(VIEWED FROM ABOVE)]：環椎(ATLAS)；樞椎(AXIS)；前弓(*Anterior arch*)；前結節(*Anterior tubercle*)；椎孔(*Vertebral foramen*)；橫突(*Transverse process*)；關節面(*Facet*)；齒突(*Dens*)；脊突(*Spinous process*)；椎板(*Lamina*)；椎弓根(*Pedicle*)；骶翼(*Ala*)；骶岬(*Sacral promontory*)；尾骨角(*Coccygeal cornu*)；骶骨孔(*Sacral foramen*)。**頭顱骨和脊柱**(SKULL AND SPINE)：椎間盤(*Intervertebral disc*)。

骨和關節

髖關節周圍的韌帶

衆多的骨構成人體堅硬強固的骨架。每塊骨都有一個堅硬、緊密的外層，包裹住海綿狀較輕的內質。臂和腿的長骨（例如股骨）都有一個內含骨髓的中腔。骨的主要成分是鈣、磷和一種稱爲**膠原**的纖維性物質。骨與骨在關節處銜接；關節有幾種不同的類型，例如，髖關節是一種**杵臼關節**，使股骨可以大幅度地運動；而指關節則僅僅是一種**屈戌關節**，使指骨只能作伸屈運動。關節是由稱爲韌帶的組織帶固定在適當位置上的。覆蓋在骨兩端的是光滑透明軟骨，且襯著可潤滑關節的滑膜，使關節得以運動自如。

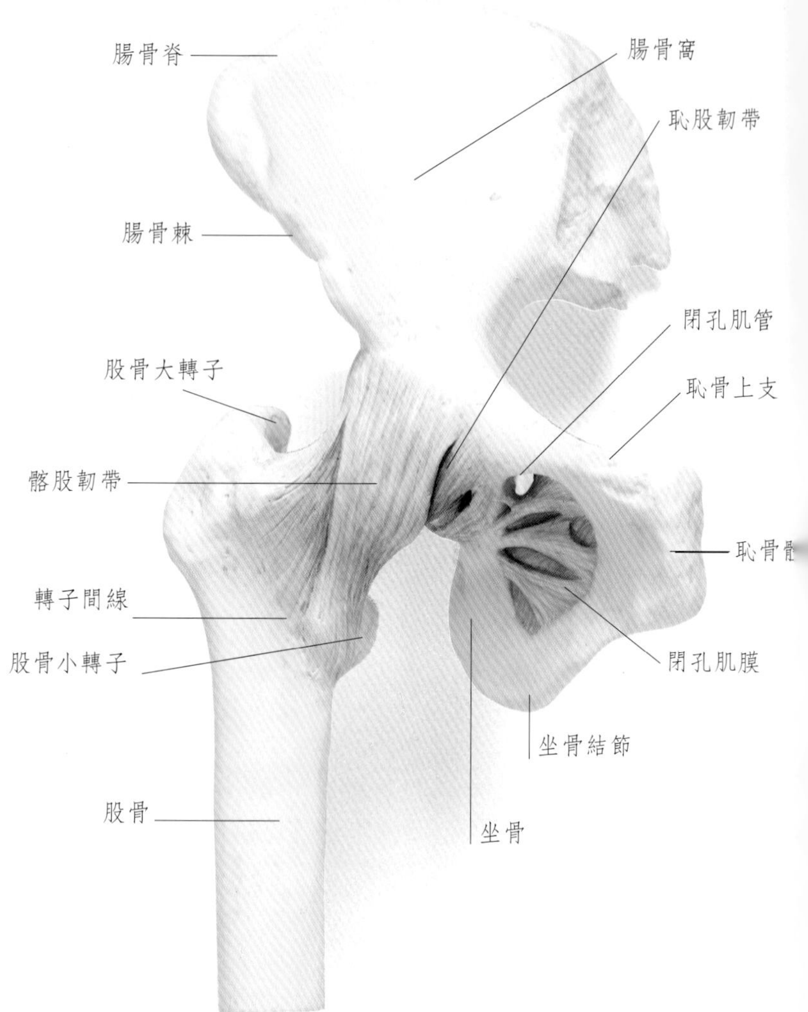

- 腸骨脊
- 腸骨窩
- 恥股韌帶
- 腸骨棘
- 閉孔肌管
- 恥骨上支
- 股骨大轉子
- 髂股韌帶
- 恥骨體
- 轉子間線
- 股骨小轉子
- 閉孔肌膜
- 坐骨結節
- 股骨
- 坐骨

左股骨剖面

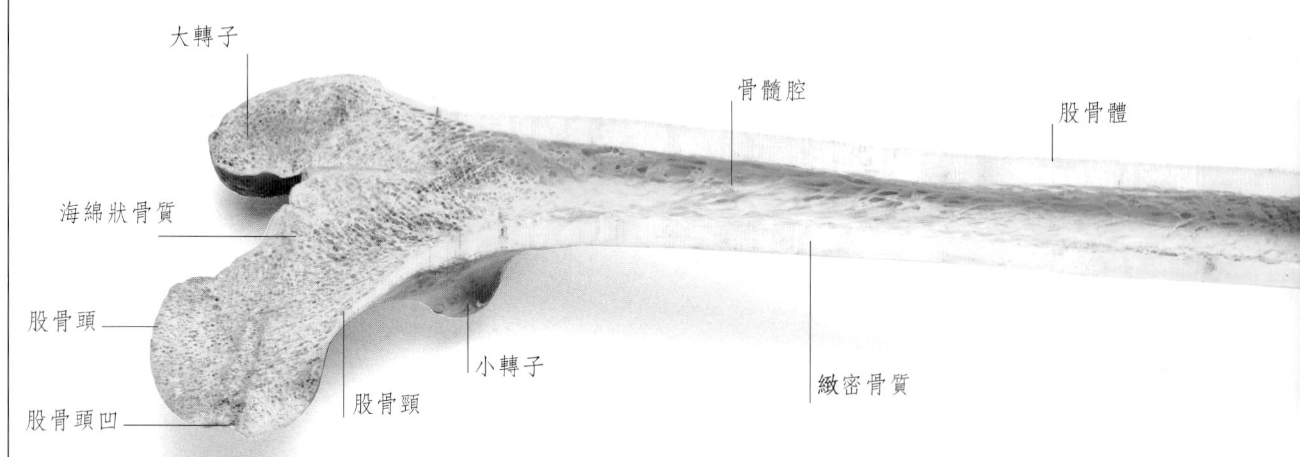

- 大轉子
- 骨髓腔
- 股骨體
- 海綿狀骨質
- 股骨頭
- 小轉子
- 緻密骨質
- 股骨頭凹
- 股骨頸

骨和關節（Bones and joints）：膠原(collagen)；杵臼關節(ball-and-socket joint)；屈戌關節(hinge joints)。**髖關節周圍的韌帶**：腸骨脊(Iliac crest)；腸骨棘(Iliac spine)；股骨大轉子(Greater trochanter of femur)；髂股韌帶(Iliofemoral ligament)；轉子間線(Intertrochanteric line)；股骨小轉子(Lesser trochanter of femur)；腸骨窩(Iliac fossa)；恥股韌帶(Pubofemoral ligament)；閉孔肌管(Obturator canal)；恥骨體(Body of pubis)；閉孔肌膜(Obturator membrane)。**左股骨剖面**：海綿狀骨質[Cancellous(spongy)bone]；緻密骨質(Compact bone)；外上髁(Lateral epicondyle)；內收肌結節(Adductor tubercle)；內上髁(Medial

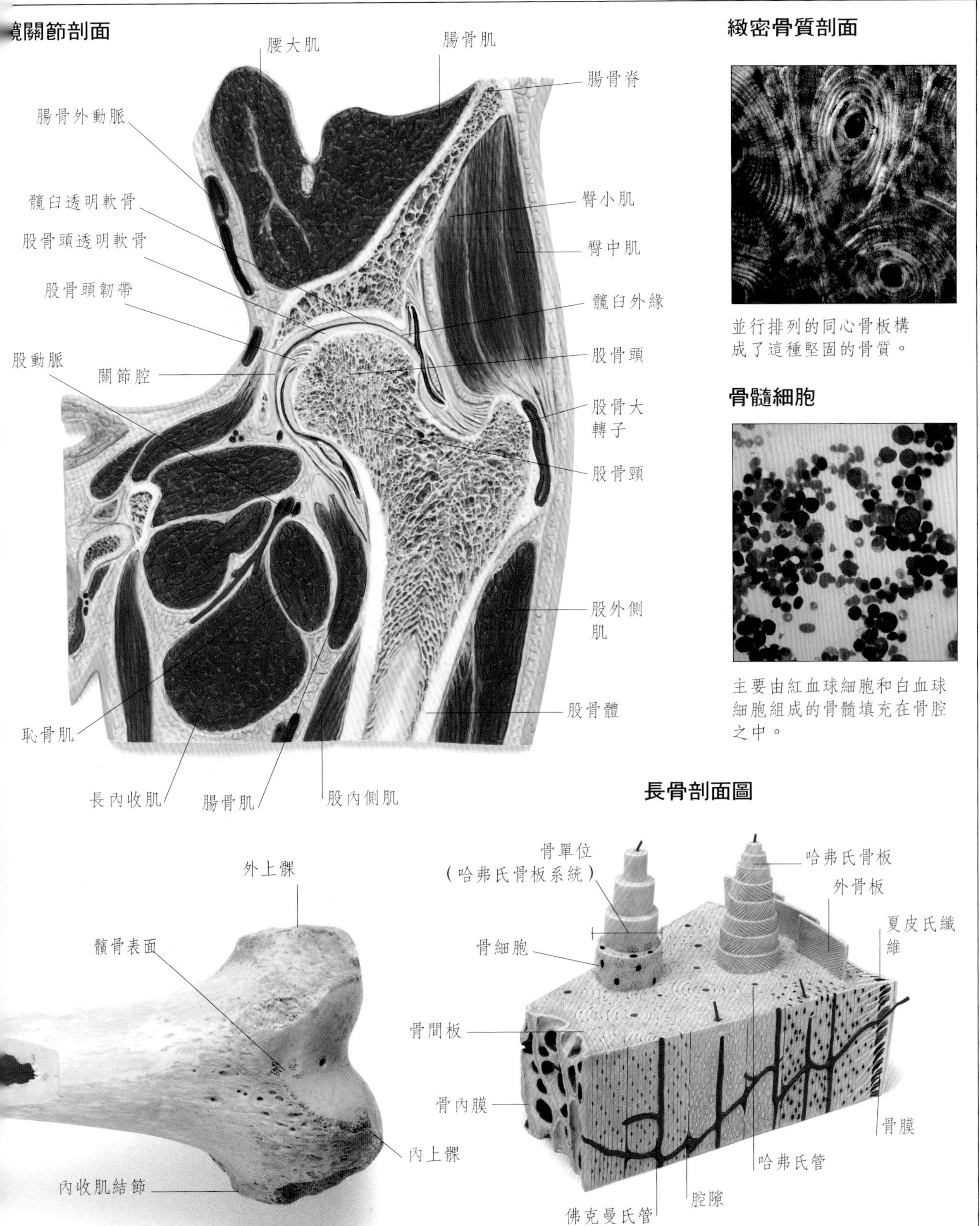

髖關節剖面

腰大肌
腸骨肌
腸骨脊
腸骨外動脈
髖臼透明軟骨
股骨頭透明軟骨
股骨頭韌帶
股動脈
關節腔
臀小肌
臀中肌
髖臼外緣
股骨頭
股骨大轉子
股骨頸
恥骨肌
長內收肌
腸骨肌
股內側肌
股外側肌
股骨體

緻密骨質剖面

並行排列的同心骨板構成了這種堅固的骨質。

骨髓細胞

主要由紅血球細胞和白血球細胞組成的骨髓填充在骨腔之中。

長骨剖面圖

外上髁
髓骨表面
內上髁
內收肌結節

骨單位(哈弗氏骨板系統)
骨細胞
骨間板
骨內膜
佛克曼氏管
腔隙
哈弗氏管
哈弗氏骨板
外骨板
夏皮氏纖維
骨膜

---

epicondyle。**髖關節剖面圖**：髖臼透明軟骨*(Hyaline cartilage of acetabulum)*；關節腔*(Articular cavity)*；恥骨肌*(Pectineus muscle)*；長內收肌*(Adductor longus muscle)*；腰大肌*(Psoas major muscle)*；臀小肌*(Gluteus minimus muscle)*。**長骨剖面圖**：骨單位(哈弗氏骨板系統)*[Osteon(haversian system)]*；骨間板*(Intermediate lamella)*；骨內膜*(Endosteum)*；佛克曼氏管*(Volkmann's vessel)*；腔隙*(Lacuna)*；哈弗氏管*(Haversian canal)*；夏皮氏纖維*(Sharpey's fiber)*；骨膜*(Periosteum)*。

肌 肉 1

肌肉主要分爲三類：**骨骼肌**（也稱**隨意肌**，因爲可以有意識地予以控制）；**平滑肌**（也稱**不隨意肌**，因爲不能隨意予以控制）；心臟的**特化肌肉組織**。人體有600多塊骨骼肌，視其功能之不同，其大小和形狀也各不相同。骨骼肌直接地或間接地（通過腱）附著在骨骼上，並成對而相反地工作（成對肌肉中之一收縮時，另一則放鬆），使人體得以作出多種多樣的動作：例如步行、穿針乃至一系列的面部表情。平滑肌處在體內的器官壁裡，其功能諸如促使食物通過腸道，分娩時收縮子宮以及抽送血液使之通過血管等等。

人體其它肌肉

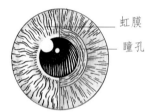

虹膜：
這種肌肉纖維通過收縮和擴張來改變瞳孔的大小

——虹膜
——瞳孔

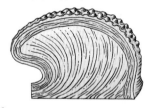

舌：
肌肉的交織層使其得以運轉自如。

回腸：
相對的肌肉層運送已經半消化的食物。

表面骨骼肌

正視圖

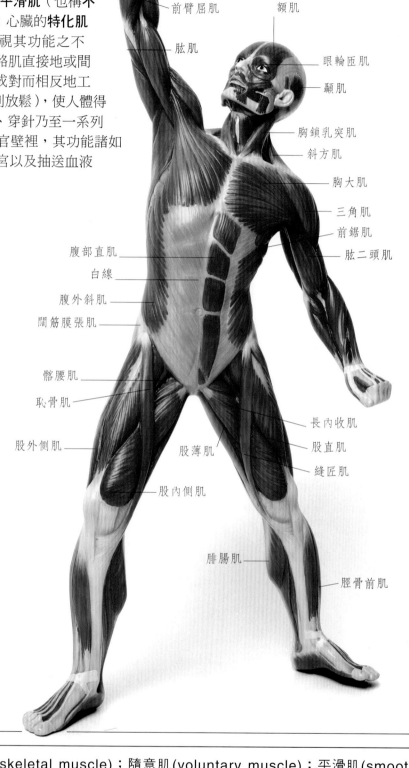

肱橈肌
前臂屈肌
肱肌
額肌
眼輪匝肌
顳肌
胸鎖乳突肌
斜方肌
胸大肌
三角肌
前鋸肌
肱二頭肌
腹部直肌
白線
腹外斜肌
闊筋膜張肌
髂腰肌
恥骨肌
長內收肌
股外側肌
股薄肌
股直肌
縫匠肌
股內側肌
腓腸肌
脛骨前肌

肌肉 1(Muscles 1)：骨骼肌(skeletal muscle)；隨意肌(voluntary muscle)；平滑肌(smooth muscle)；不隨意肌(involuntary muscle)；特化肌肉組織(specialized muscle tissue)。**表面骨骼肌**：肱橈肌(*Brachioradialis*)；前臂屈肌(*Flexors of forearm*)；肱肌(*Brachialis*)；腹部直肌(*Rectus abdominis*)；白線(*Linea alba*)；腹外斜肌(*External oblique*)；闊筋膜張肌(*Tensor fasciae latae*)；髂腰肌(*Iliopsoas*)；恥骨肌(*Pectineus*)；股外側肌(*Vastus lateralis*)；額肌(*Frontalis*)；眼輪匝肌(*Orbicularis oculi*)；顳肌(Temporalis)；胸鎖乳突肌(*Sternocleidomastoid*)；斜方肌(*Trapezius*)；胸大肌(*Pectoralis major*)；三角肌

後視圖

手部伸肌 ——— 手部屈肌

顳肌

胸鎖乳突肌

斜方肌

三角肌

肱三頭肌

小圓肌

大圓肌

棘下肌

大菱形肌

背闊肌

臀大肌

大內收肌

股薄肌

股二頭肌

半腱肌

腓腸肌

比目魚肌

腓骨短肌

前臂的運動

四肢的受控運動依賴於對生肌肉協調的收縮和放鬆。爲使前臂上舉，二頭肌（雙根肌）收縮、變短，而三頭肌（三根肌）則鬆弛；反之則前臂下垂。

處於休止狀態的三頭肌

處於休止狀態的二頭肌

前臂處於休止狀態

三頭肌鬆弛

二頭肌收縮

前臂半上舉

三頭肌完全鬆弛

二頭肌完全收縮

前臂完全上舉

三頭肌收縮

二頭肌鬆弛

前臂半下垂

三頭肌恢復休止狀態

二頭肌恢復休止狀態

前臂恢復休止狀態

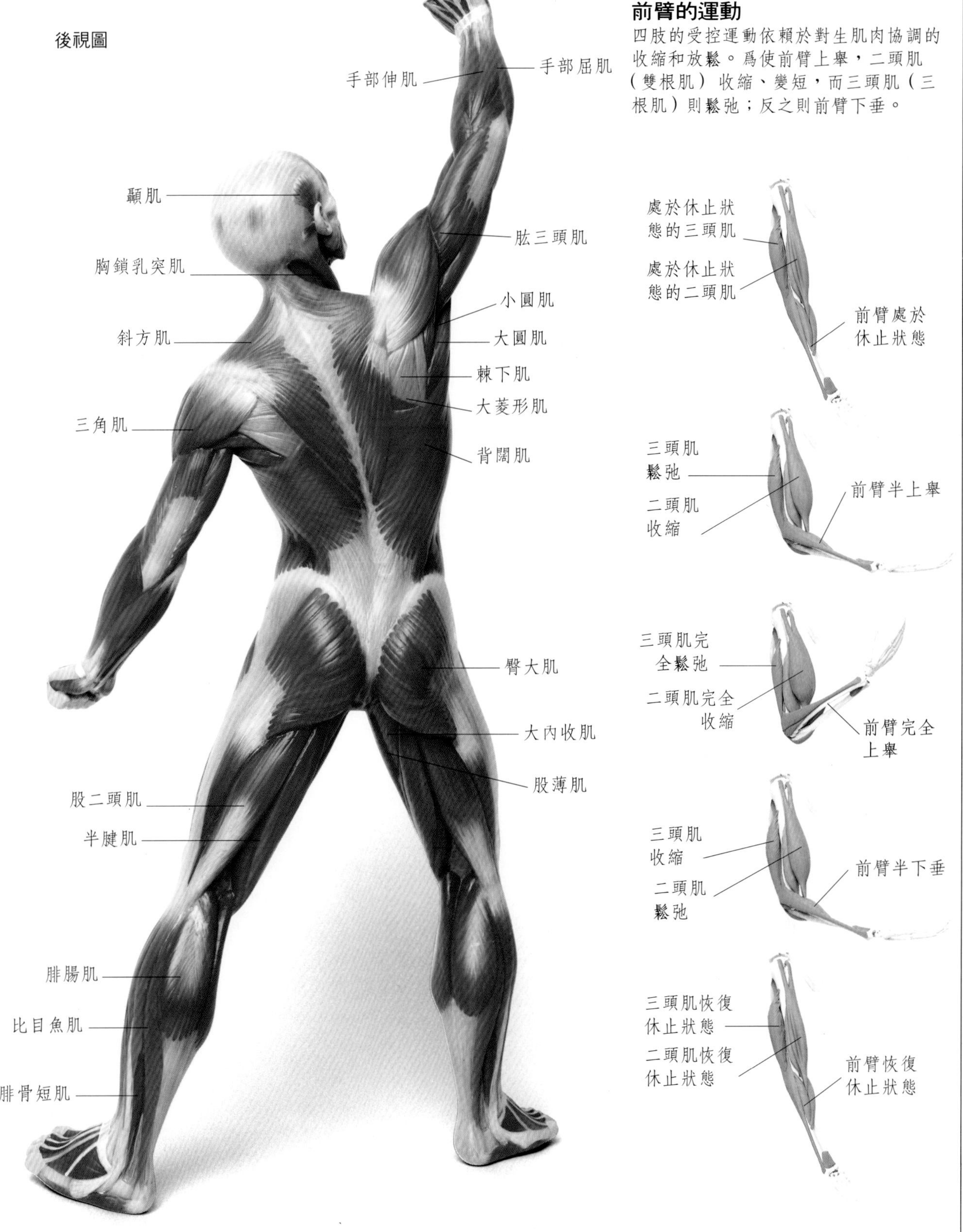

(Deltoid)；前鋸肌(Serratus anterior)；肱二頭肌(Biceps brachii)；股薄肌(Gracilis)；股內側肌(Vastus medialis)；腓腸肌(Gastrocnemius)；長內收肌(Adductor longus)；股直肌(Rectus femoris)；縫匠肌(sartorius)；脛骨前肌(Tibialis anterior)；股二頭肌(Biceps femoris)；半腱肌(Semitendinosus)；比目魚肌(Soleus)；腓骨短肌(Peroneus brevis)；手部伸肌(Extensors of hand)；手部屈肌(Flexors of hand)；肱三頭肌(Triceps brachii)；小圓肌(Teres minor)；棘下肌(Infraspinatus)；大菱形肌(Rhomboideus major)；背闊肌(Latissimus dorsi)；臀大肌(Gluteus maximus)；大內收肌(Adductor magnus)。

肌肉 2

骨骼肌纖維

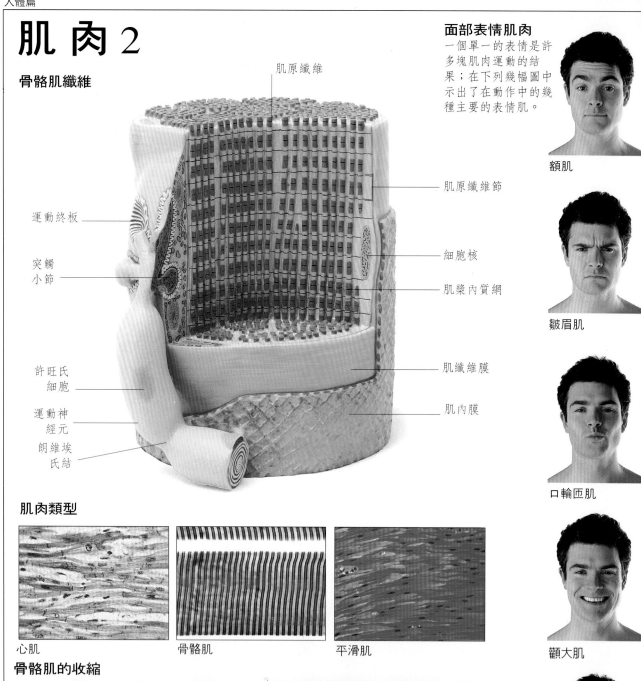

肌原纖維

肌原纖維節

細胞核

肌漿內質網

肌纖維膜

肌內膜

運動終板

突觸
小節

許旺氏
細胞

運動神
經元

朗維埃
氏結

面部表情肌肉

一個單一的表情是許多塊肌肉運動的結果；在下列幾幅圖中示出了在動作中的幾種主要的表情肌。

額肌

皺眉肌

口輪匝肌

顴大肌

口角降肌

肌肉類型

心肌

骨骼肌

平滑肌

骨骼肌的收縮

鬆弛狀態

收縮狀態

肌肉2（Muscles 2）。**骨骼肌纖維**：運動終板(*Motor end plate*)；突觸小節(*Synaptic knob*)；許旺氏細胞(*Schwann cell*)；運動神經元(*Motor neuron*)；朗維埃氏結(*Node of Ranvier*)；肌原纖維(*Myofibril*)；肌原纖維節(*Sarcomere*)；肌漿內質網(*Sarcoplasmic reticulum*)；肌纖維膜(*Sarcolemma*)；肌內膜(*endomysium*)。**肌肉類型**：心肌(CARDIAC MUSCLE)。**面部表情肌肉**：額肌(FRONTALIS)；皺眉肌(CORRUGATOR SUPERCILII)；口輪匝肌(ORBICULARIS ORIS)；顴大肌(ZYGOMATICUS MAJOR)；口角降肌

頭部和頸部的肌肉

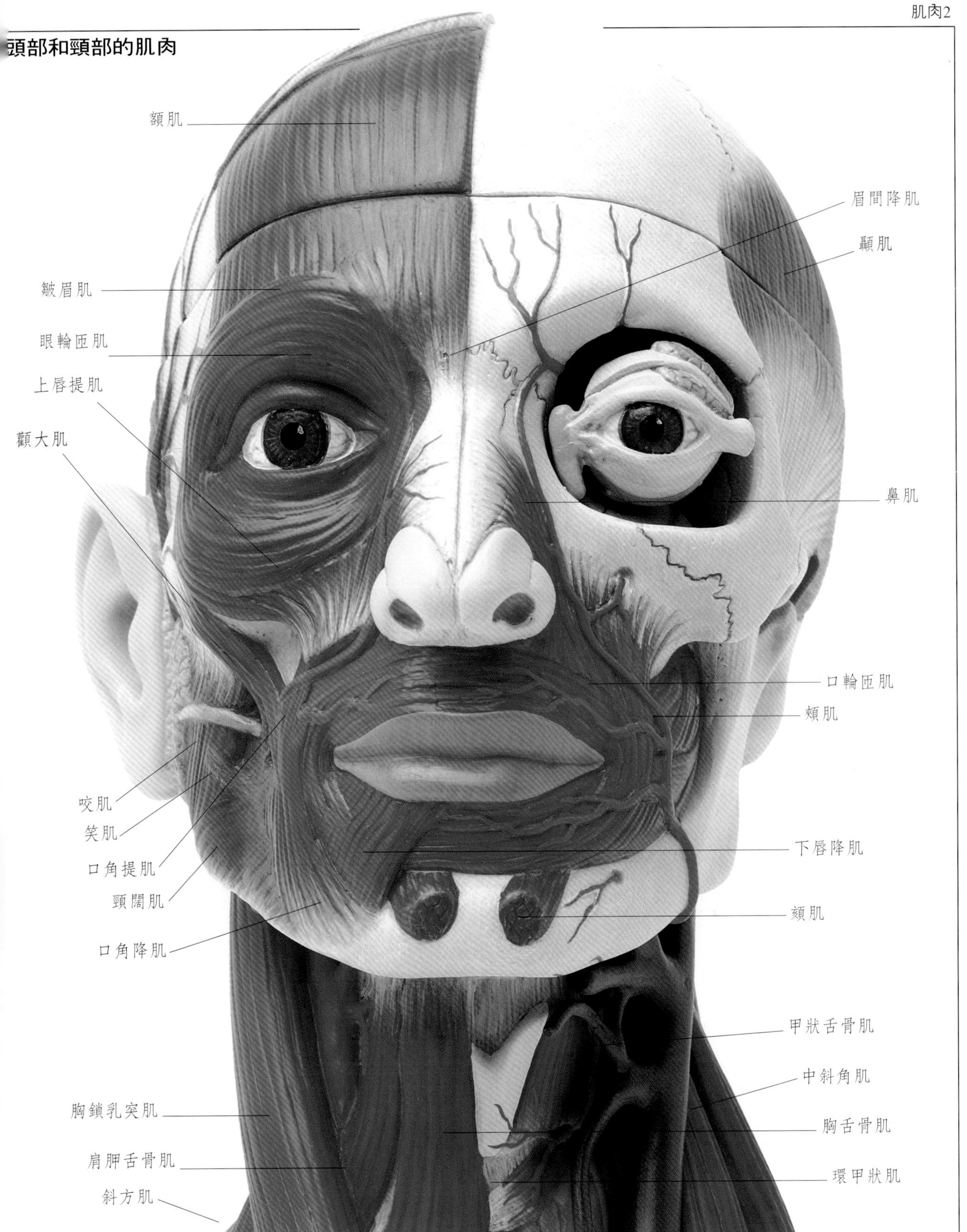

額肌

皺眉肌

眼輪匝肌

上唇提肌

顴大肌

咬肌

笑肌

口角提肌

頸闊肌

口角降肌

胸鎖乳突肌

肩胛舌骨肌

斜方肌

眉間降肌

顳肌

鼻肌

口輪匝肌

頰肌

下唇降肌

頦肌

甲狀舌骨肌

中斜角肌

胸舌骨肌

環甲狀肌

(DEPRESSOR ANGULI ORIS)。**頭部和頸部的肌肉**：上唇提肌(*Levator labii superioris*)；咬肌(*Masseter*)；笑肌(*Risorius*)；口角提肌(*Levator anguli oris*)；頸闊肌(*Platysma*)；胸鎖乳突肌(*Sternocleidomastoid*)；肩胛舌骨肌(*Omohyoid*)；斜方肌(*Trapezius*)；眉間降肌(*Procerus*)；顳肌(*Temporalis*)；鼻肌(*Nasalis*)；頰肌(*Buccinator*)；下唇降肌(*Depressor labii inferioris*)；頦肌(*Mentalis*)；甲狀舌骨肌(*Thyrohyoid*)；中斜角肌(*Scalenus medius*)；胸舌骨肌(*Sternohyoid*)；環甲狀肌(*Cricothyroid*)。

手

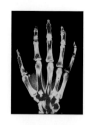

手是萬能的工具,既能精巧地動作,也能強有力地抓、握。手的27塊小骨由37塊骨骼肌來驅動,此二者之間則由腱來連接。這樣的安排使它得以完成各式各樣的動作——使拇指的尖端與其餘四指的尖端聚攏的能力,再配合指尖因有豐富的神經末稍而特具異常的敏感性,因此使我們的手特別靈巧。

幼兒左手的X光照片

手腕和指骨末端處的軟骨區是生長部位,還有待骨化。

手骨

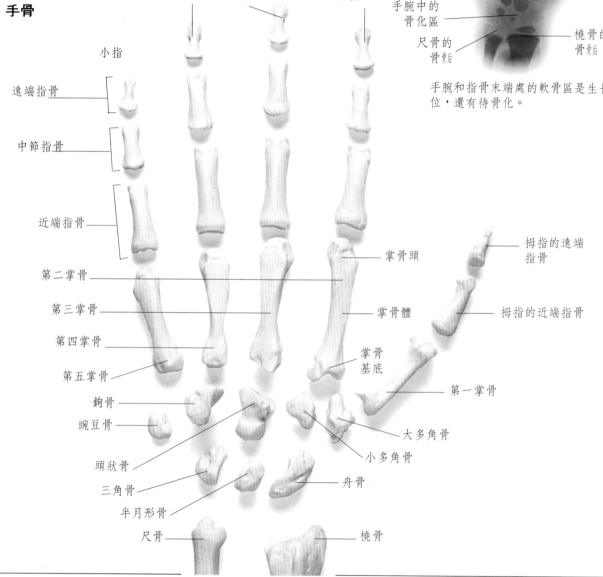

- 指骨中的骨化區
- 掌骨中的骨化區
- 手腕中的骨化區
- 尺骨的骨骺
- 橈骨的骨骺
- 拇指的遠端指骨
- 拇指的近端指骨

- 無名指
- 中指
- 食指
- 小指
- 遠端指骨
- 中節指骨
- 近端指骨
- 掌骨頭
- 第二掌骨
- 第三掌骨
- 掌骨體
- 第四掌骨
- 第五掌骨
- 掌骨基底
- 鉤骨
- 豌豆骨
- 第一掌骨
- 大多角骨
- 小多角骨
- 頭狀骨
- 三角骨
- 舟骨
- 半月形骨
- 尺骨
- 橈骨

手(Hands)。手骨(BONES OF HAND):遠端指骨(*Distal phalanx*);中節指骨(*middle phalanx*);近端指骨(*Proximal phalanx*);鉤骨(*Hamate*);豌豆骨(*Pisiform*);頭狀骨(*Capitate*);三角骨(*Triquetral*);半月形骨(*Lunate*);尺骨(*Ulna*);第一掌骨(*1st metacarpal*);大多角骨(*Trapezium*);小多角骨(*Trapezoid*);舟骨(*Scaphoid*);橈骨(*Radius*)。**幼兒左手的X光照片**(X-RAY OF LEFT HAND OF A YOUNG CHILD):骨化區(*Area of ossification*);骨骺(*Epiphysis*)。**手掌皮膚下的結構**(STRUCTURES UNDERLYING SKIN OF PALM OF HAND):拇指內收肌(*Adductor pollicis muscle*);第二蚓狀肌(*2nd lumbrical muscle*);屈指肌腱(*Flexor*

手掌皮膚下的結構

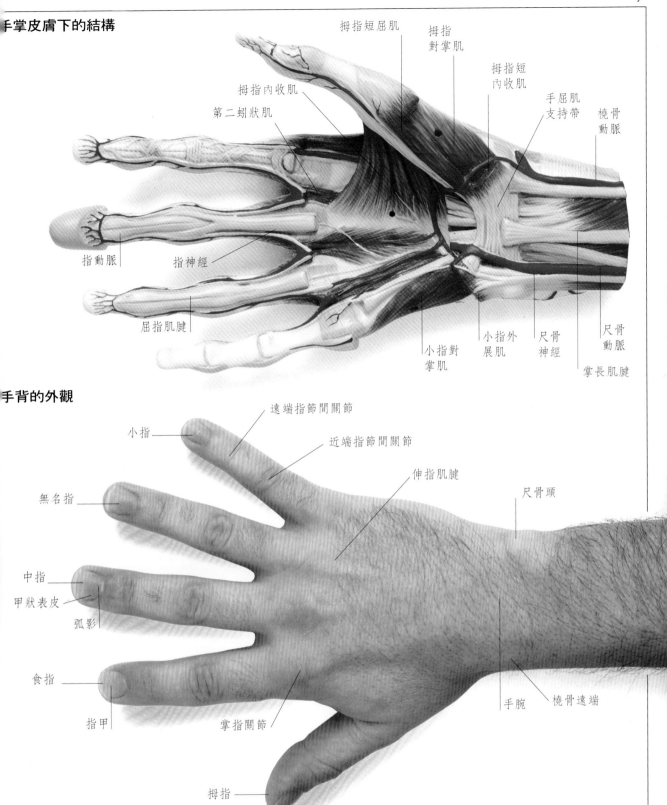

拇指短屈肌
拇指對掌肌
拇指短內收肌
手屈肌支持帶
橈骨動脈
拇指內收肌
第二蚓狀肌
指動脈
指神經
屈指肌腱
小指對掌肌
小指外展肌
尺骨神經
尺骨動脈
掌長肌腱

手背的外觀

遠端指節間關節
小指
近端指節間關節
伸指肌腱
無名指
尺骨頭
中指
甲狀表皮
弧影
食指
指甲
手腕
掌指關節
橈骨遠端
拇指

digitorum tendon)；拇指短屈肌(Flexor pollicis brevis muscle)；拇指對掌肌(Opponens pollicis muscle)；拇指短內收肌(Abductor pollicis brevis muscle)；手屈肌支持帶(Flexor retinaculum)；小指對掌肌(Opponens digiti minimi muscle)；小指外展肌(Abductor digiti minimi muscle)；掌長肌腱(Palmaris longus tendon)。**手背的外觀**(EXTERNAL FEATURES OF BACK OF HAND)：小指(Little finger)；無名指(Ring finger)；中指(Middle finger)；甲狀表皮(Cuticle)；弧影(Lunule)；食指(Index finger)；指甲(Nail)；拇指(Thumb)；伸指肌腱(Extensor digitorum tendon)；手腕(Wrist)。

足

足背

足 和趾是人體運動不可缺少的要素。他們在人體行走和奔跑時，承擔人體的重量，且推動人體，並在人體改變姿勢時保持其平衡。每足有26塊骨，100多根韌帶，33塊肌肉，其中有一些是附著在小腿上的。**足跟墊**和**足弓**具減震作用，以緩衝每走一步所產生的顛震。

足部韌帶

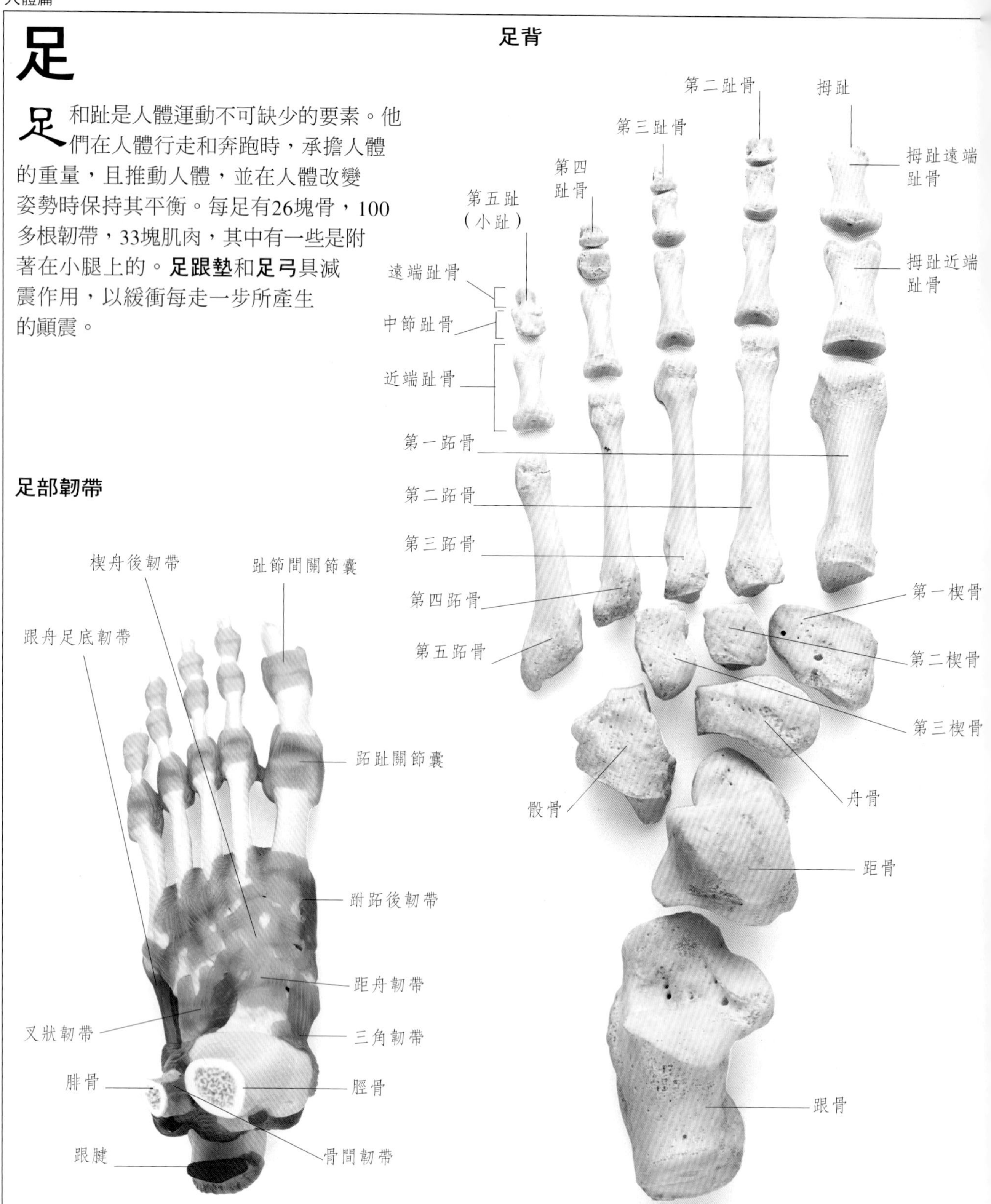

第二趾骨
拇趾
第三趾骨
拇趾遠端趾骨
第四趾骨
第五趾（小趾）
遠端趾骨
中節趾骨
近端趾骨
拇趾近端趾骨
第一跖骨
第二跖骨
第三跖骨
第四跖骨
第五跖骨
第一楔骨
第二楔骨
第三楔骨
舟骨
骰骨
距骨
跟骨

楔舟後韌帶
趾節間關節囊
跟舟足底韌帶
跖趾關節囊
蹠跖後韌帶
距舟韌帶
叉狀韌帶
三角韌帶
腓骨
脛骨
跟腱
骨間韌帶

足 (Feet)：足跟墊(heel pad)；足弓(arch of the foot)。**足部韌帶**：楔舟後韌帶(*Posterior cuneonavicular ligament*)；跟舟足底韌帶(*Plantar calcaneonavicular ligament*)；叉狀韌帶(*Bifurcate ligament*)；跟腱[*Calcanean(Achilles)tendon*]；趾節間關節囊(*Articular capsule of interphalangeal joint*)；跖趾關節囊(*Articular capsule of metatarsophalangeal joint*)；蹠跖後韌帶(*Posterior tarsometatarsal ligament*)；距舟韌帶(*Talonavicular ligament*)；三角韌帶(*Deltoid ligament*)；骨間韌帶(*Interosseous ligament*)。**足背**：第一跖骨(*1st metatarsal*)；第一楔骨(*1st cuneiform*)；舟骨(*Navicular*)；距骨(*Talus*)；跟骨(*Calcaneus*)。**足皮膚下**

皮膚下的結構

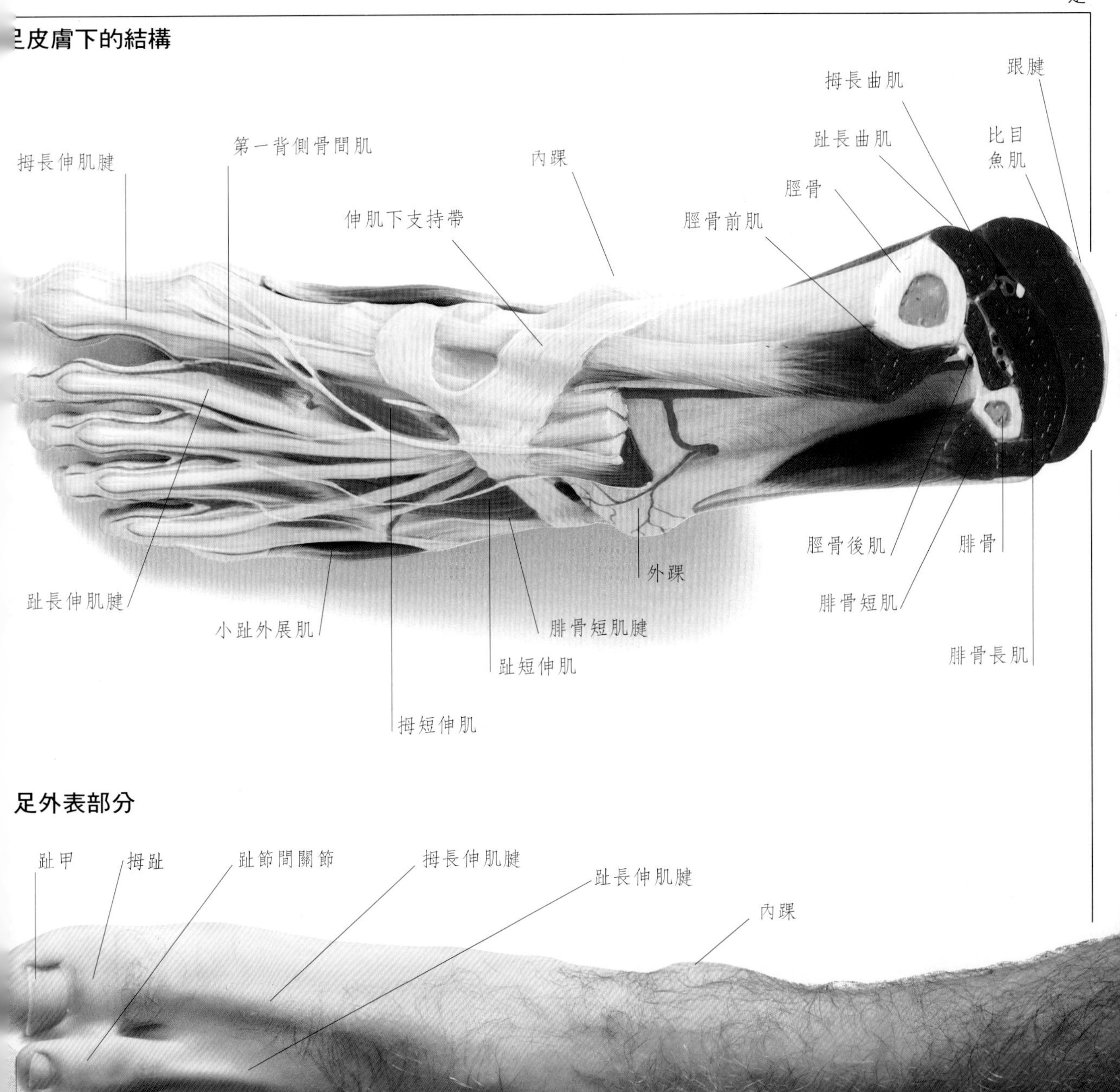

拇長伸肌腱　第一背側骨間肌　內踝　拇長曲肌　跟腱

伸肌下支持帶　趾長曲肌　比目魚肌

脛骨前肌　脛骨

趾長伸肌腱

小趾外展肌　腓骨短肌腱　脛骨後肌　腓骨

趾短伸肌　腓骨短肌

拇短伸肌　外踝　腓骨長肌

足外表部分

趾甲　拇趾　趾節間關節　拇長伸肌腱　趾長伸肌腱　內踝

第二趾

第三趾

第四趾　第五趾（小趾）　外踝

的結構：拇長伸肌腱(*Extensor hallucis longus tendon*)；第一背側骨間肌(*1st dorsal interosseous muscle*)；伸肌下支持帶(*Inferior extensor retinaculum*)；內踝(*Medial malleolus*)；脛骨前肌(*Tibialis anterior muscle*)；趾長曲肌(*Flexor digitorum longus muscle*)；比目魚肌(*Soleus muscle*)；小趾外展肌(*Abductor digiti minimi muscle*)；拇短伸肌(*Extensor hallucis brevis muscle*)；腓骨短肌腱(*Peroneus brevis tendon*)；外踝(*Lateral malleolus*)；腓骨短肌(*Peroneus brevis muscle*)。

皮膚和毛髮

皮膚是人體最大的器官,是保護內部器官免遭感染、損傷和有害陽光損害的防水性屏障。皮膚也是重要的感覺器官,並有助於控制人體的溫度。皮膚的外層稱為表皮,覆有一層**角蛋白**;角蛋白是一種堅韌的角質蛋白,它也是毛髮和指甲的主要成分。死亡的細胞從皮膚表面脫落而代之以來自表皮基底的新生細胞,這個區域還產生皮膚的色素 — 黑色素。真皮包含著皮膚的大部分活結構,包括神經末稍、血管、**彈性纖維**、冷卻皮膚的汗腺以及產生油脂使皮膚保持柔軟的皮脂腺。真皮下是皮下組織,內有豐富的脂肪和大量的血管。從位於真皮和皮下組織內的毛囊生長出毛髮。毛髮生長在除手掌和足底以外的各個皮膚部分。

毛髮的剖面

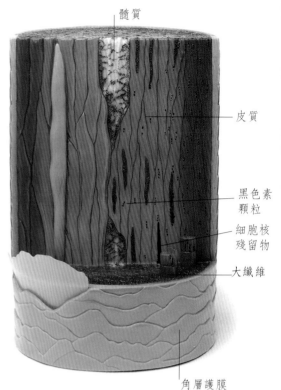

髓質

皮質

黑色素顆粒

細胞核殘留物

大纖維

角層護膜

各類皮膚的剖面

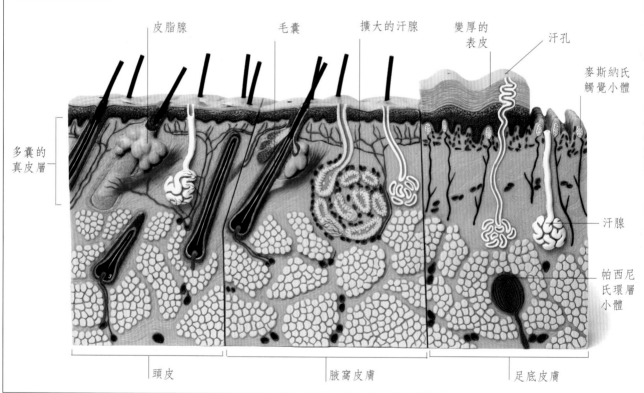

皮脂腺　　毛囊　　擴大的汗腺　　變厚的表皮　　汗孔

麥斯納氏觸覺小體

多囊的真皮層

汗腺

帕西尼氏環層小體

頭皮　　　　　腋窩皮膚　　　　　足底皮膚

皮膚和毛髮(Skin and hair):角蛋白(keratin);彈性纖維(Elastic fibers)。**各類皮膚的剖面**(SECTIONS OF DIFFERENT TYPES OF SKIN):皮脂腺(*Sebaceous gland*);毛囊(*Hair follicle*);麥斯納氏觸覺小體(*Meissner's corpuscle*);帕西尼氏環層小體(*Pacinian corpuscle*)。**毛髮的剖面**(SECTION OF HAIR):髓質(*Medulla*);皮質(*Cortex*);黑色素顆粒(*Melanin granule*);大纖維(*Macrofibril*);角層護膜(*Cuticle*)。**皮膚的剖面**(SECTION OF SKIN):自由神經末稍(*Free nerve ending*);血管叢(*Vascular plexus*);神經纖維

皮膚的剖面

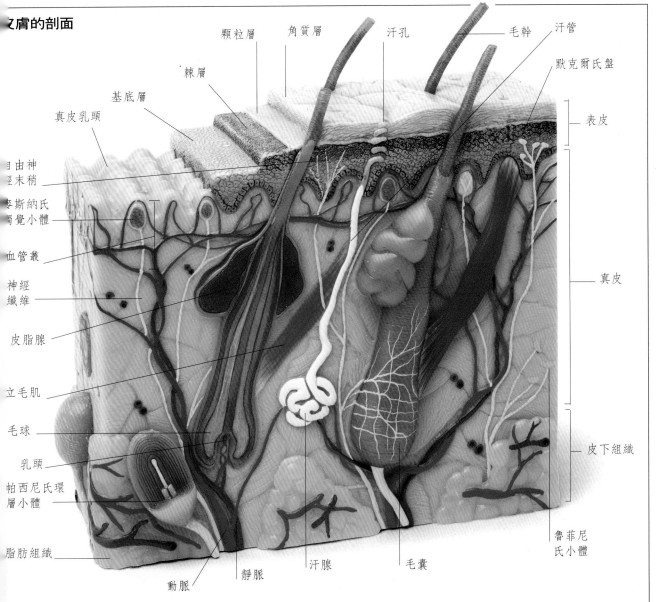

顆粒層　角質層　汗孔　毛幹　汗管
棘層
基底層　默克爾氏盤
真皮乳頭　表皮
自由神經末稍
麥斯納氏觸覺小體
血管叢
神經纖維
皮脂腺
立毛肌
毛球
乳頭
帕西尼氏環層小體
脂肪組織
動脈　靜脈　汗腺　毛囊　魯菲尼氏小體　皮下組織　真皮

皮膚和毛髮的顯微照片

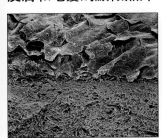

皮膚剖面
皮膚表面的片狀細胞不斷地脫落

汗孔
汗孔散發體液，以便控制體溫

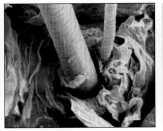

皮膚上的體毛
兩根體毛穿過皮膚外層

頭髮
從頭皮中拔出的髮根和一部分髮幹

(Nerve fiber)；立毛肌(Arrector pili muscle)；毛球(Hair bulb)；乳頭(Papilla)；脂肪組織[Adipose(fat)tissue]；真皮乳頭(dermal papilla)；基底層(Stratum basale)；棘層(Stratum spinosum)；顆粒層(Stratum granulosum)；角質層(Stratum corneum)；默克爾氏盤(Merkel's disk)；表皮(Epidermis)；真皮(Dermis)；皮下組織(Hypodermis)；魯菲尼氏小體(Ruffini corpuscle)。**皮膚和毛髮的顯微照片**(PHOTOMICROGRAPHS OF SKIN AND HAIR)：汗孔(SWEAT PORE)；皮膚上的體毛(SKIN HAIR)。

腦

腦是中樞神經系統的主要器官，也是人體一切有意識和無意識活動的控制中心。腦還主管複雜的思維、記憶、情感和語言。在成年人中，這個複雜器官的重量只不過3磅（1.4公斤），卻含有數以百億計的細胞。我們可以明顯的看出腦是由三個不同部分組成的，即腦幹、小腦和大腦。腦幹控制生命體的各種功能，例如呼吸和消化。小腦的主要功能是保持人體的姿勢和協調人體的運動。右腦半球和左腦半球由胼胝體連接而構成大腦，大多數的意識和智能活動就是在這裡進行的。

腦橫剖面的核磁共振掃描圖

灰質
白質
顱骨
頭皮
側腦室
縱向溝
冠狀剖面
矢狀剖面

腦的矢狀剖面

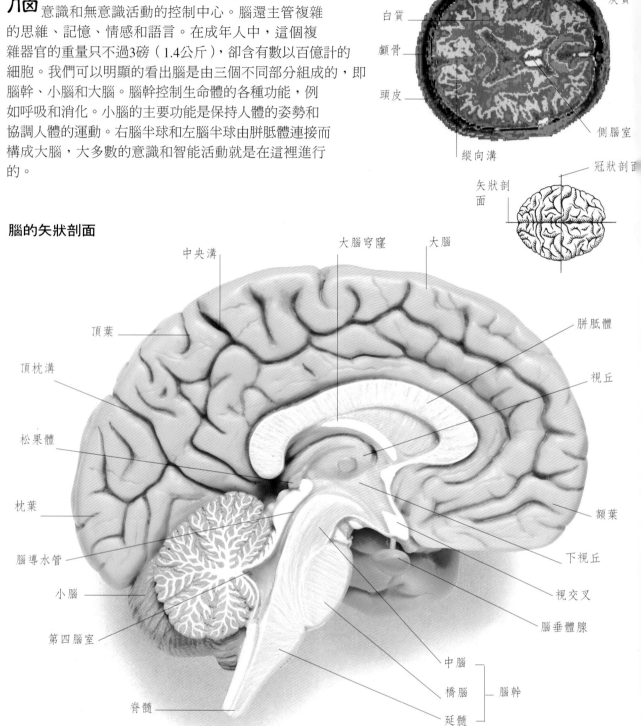

中央溝　大腦穹窿　大腦
頂葉
頂枕溝　胼胝體
松果體　視丘
枕葉　額葉
腦導水管　下視丘
小腦　視交叉
第四腦室　腦垂體腺
脊髓　中腦
橋腦　腦幹
延髓

腦（Brain）。腦的矢狀剖面：頂葉(*Parietal lobe*)；頂枕溝(*Parieto-occipital sulcus*)；松果體(*Pineal body*)；枕葉(*Occipital lobe*)；腦導水管(*Aqueduct*)；小腦(*Cerebellum*)；脊髓(*Spinal cord*)；大腦穹窿(*Fornix*)；大腦(*Cerebrum*)；胼胝體(*Corpus callosum*)；視丘(*Thalamus*)；額葉(*Frontal lobe*)；下視丘(*Hypothalamus*)；視交叉(*Optic chiasma*)；腦垂體腺(*Pituitary gland*)；中腦[*Mesencephalon(midbrain)*]；延髓(*Medulla oblongata*)；腦幹(*Brainstem*)。腦橫剖面的核磁共振掃描圖：白質(*White matter*)；灰質(*Gray matter*)；側腦室(*Lateral ventricle*)。**頭顱骨和腦的剖面**：蛛網膜粒(*Arachnoid granulation*)；側腔隙

■頭顱骨和腦的剖面

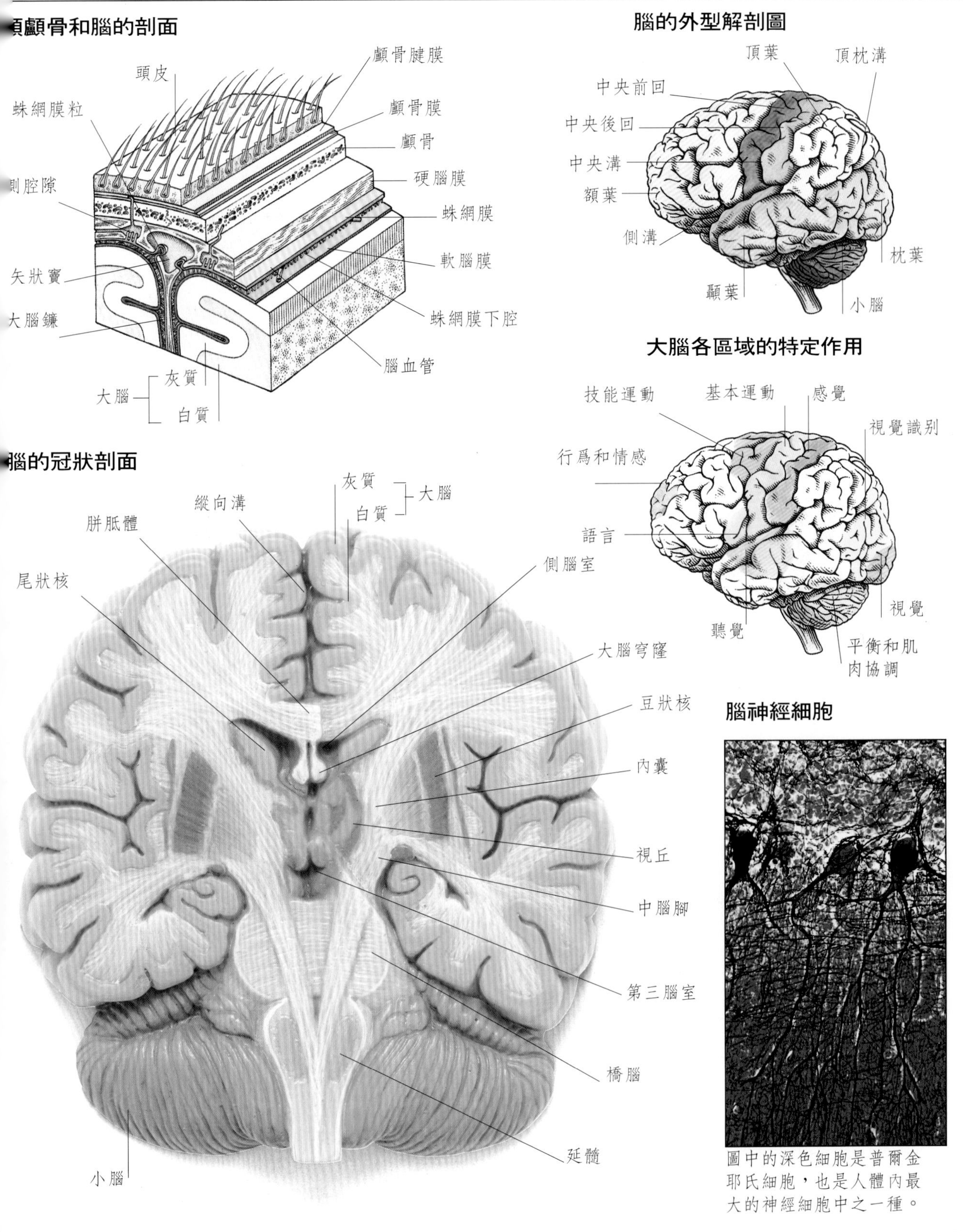

頭皮
蛛網膜粒
側腔隙
矢狀竇
大腦鐮
顱骨腱膜
顱骨膜
顱骨
硬腦膜
蛛網膜
軟腦膜
蛛網膜下腔
腦血管
大腦 [灰質 白質

腦的外型解剖圖

頂葉
頂枕溝
中央前回
中央後回
中央溝
額葉
側溝
顳葉
枕葉
小腦

大腦各區域的特定作用

技能運動
基本運動
感覺
視覺識別
行爲和情感
語言
視覺
聽覺
平衡和肌肉協調

腦的冠狀剖面

胼胝體
縱向溝
灰質 白質] 大腦
尾狀核
側腦室
大腦穹窿
豆狀核
內囊
視丘
中腦腳
第三腦室
橋腦
延髓
小腦

腦神經細胞

圖中的深色細胞是普爾金耶氏細胞，也是人體內最大的神經細胞中之一種。

(Lateral lacuna)；上矢狀竇*(Superior sagittal sinus)*；大腦鐮*(Falx cerebri)*；顱骨腱膜*(Epicranial aponeurosis)*；硬腦膜*(Dura mater)*；蛛網膜*(Arachnoid mater)*；軟腦膜*(Pia mater)*。腦的冠狀剖面：尾狀核*(Caudate nucleus)*；豆狀核*(Lentiform nucleus)*；中腦腳*(Crus cerebri of midbrain)*。腦的外型解剖圖：中央前回*(Precentral gyrus)*；中央後回*(Postcentral gyrus)*；顳葉*(Temporal lobe)*。腦神經細胞：普爾金耶氏細胞*(Purkinje cells)*。

神 經 系 統

中樞和周圍神經系統

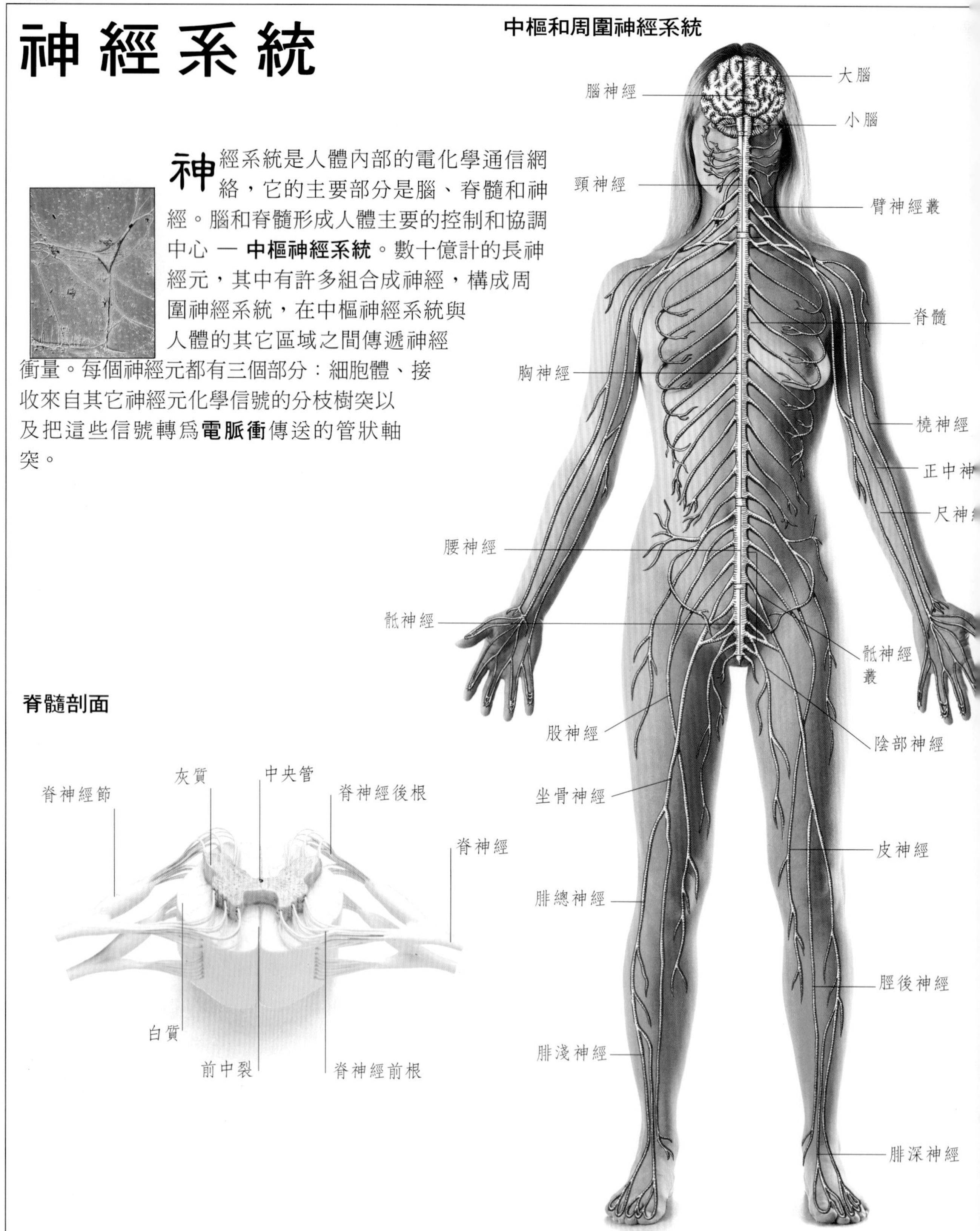

神經系統是人體內部的電化學通信網絡，它的主要部分是腦、脊髓和神經。腦和脊髓形成人體主要的控制和協調中心 — **中樞神經系統**。數十億計的長神經元，其中有許多組合成神經，構成周圍神經系統，在中樞神經系統與人體的其它區域之間傳遞神經衝量。每個神經元都有三個部分：細胞體、接收來自其它神經元化學信號的分枝樹突以及把這些信號轉爲**電脈衝**傳送的管狀軸突。

大腦
小腦
腦神經
頸神經
臂神經叢
脊髓
胸神經
橈神經
正中神
尺神
腰神經
骶神經
骶神經叢
股神經
陰部神經
坐骨神經
皮神經
腓總神經
脛後神經
腓淺神經
腓深神經

脊髓剖面

脊神經節
灰質
中央管
脊神經後根
脊神經
白質
前中裂
脊神經前根

神經系統（Nervous system）：中樞神經系統[Central nervous system(CNS)]；電脈衝(electrical impulses)。**脊髓剖面**：脊神經節(*Spinal ganglion*)；脊神經後根(*Posterior root of spinal nerve*)；脊神經前根(*Anterior root of spinal nerve*)。**中樞和周圍神經系統**：腓總神經(*Common peroneal nerve*)；腓淺神經(*Superficial peroneal nerve*)；正中神經(*Median nerve*)；骶神經叢(*Sacral Plexus*)；脛後神經(*Posterior tibial nerve*)；腓深神經(*Deep peroneal nerve*)。**運動神經元(MOTOR NEURON)的結構**：尼斯爾氏體 (*Nissl body*)；軸突小丘(*Axon hillock*)；樹突(*Dendrite*)；許旺氏細胞(*Schwann cell*)；朗維埃氏結(*Node of*

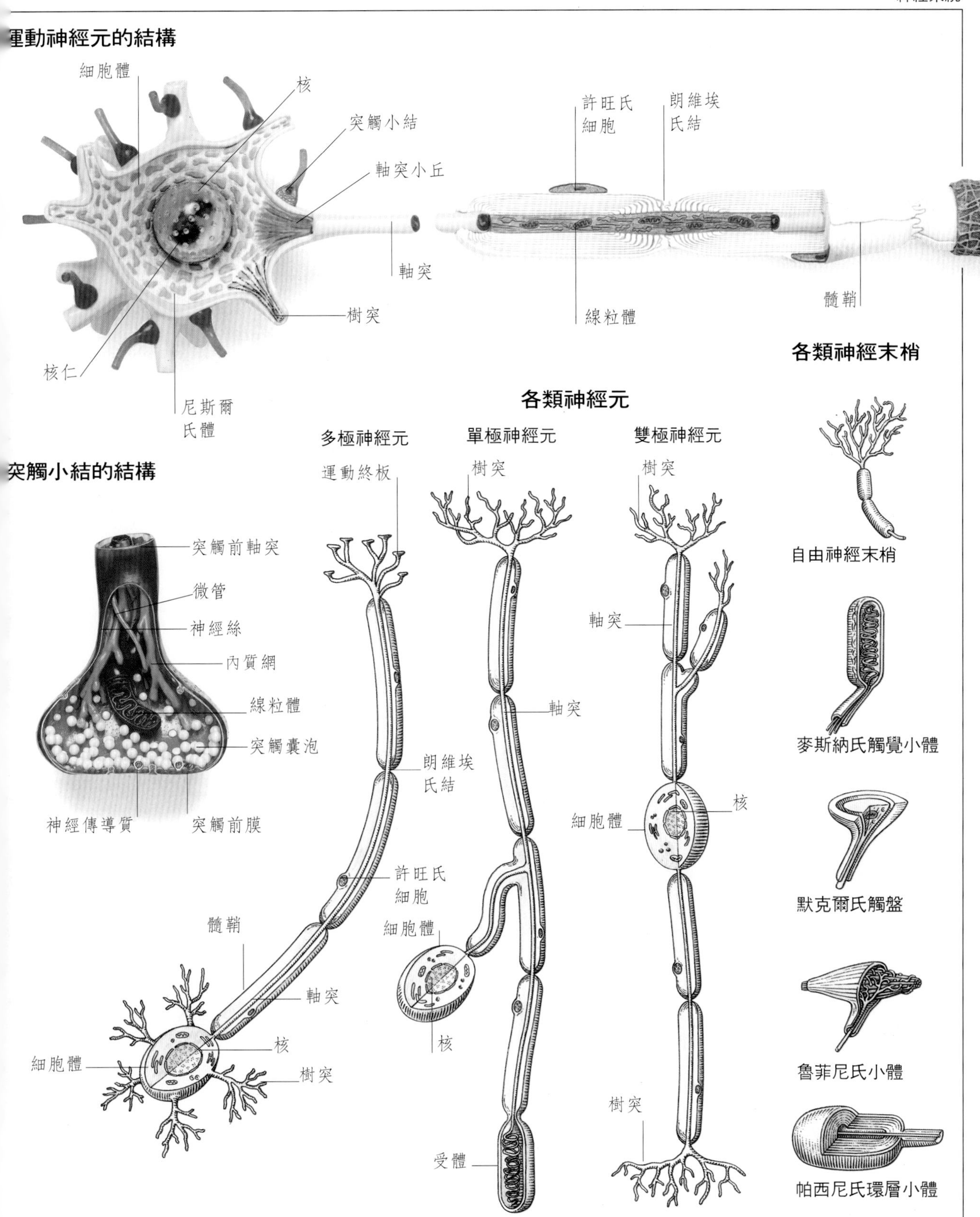

運動神經元的結構

細胞體
核
突觸小結
軸突小丘
軸突
樹突
核仁
尼斯爾氏體

許旺氏細胞
朗維埃氏結
線粒體
髓鞘

突觸小結的結構

突觸前軸突
微管
神經絲
內質網
線粒體
突觸囊泡
神經傳導質
突觸前膜

各類神經元

多極神經元
運動終板
髓鞘
軸突
朗維埃氏結
許旺氏細胞
細胞體
核
細胞體
軸突
樹突
受體

單極神經元
樹突
軸突

雙極神經元
樹突
軸突
細胞體
核
樹突

各類神經末梢

自由神經末梢
麥斯納氏觸覺小體
默克爾氏觸盤
魯菲尼氏小體
帕西尼氏環層小體

Ranvier)；線粒體(Mitochondrion)；髓鞘(Myelin sheath)。**突觸小結(SYNAPTIC KNOB)的結構**：突觸前軸突(Presynaptic axon)；神經絲(Neurofilament)；內質網(Endoplasmic reticulum)；突觸囊泡(Synaptic vesicle)；神經傳導質(Neurotransmitter)；突觸前膜(Presynaptic membrane)。**各類神經元**：多極神經元(MULTIPOLAR)；單極神經元(UNIPOLAR)；雙極神經元(BIPOLAR)；運動終板(Motor end plate)。**各類神經末梢**：麥斯納氏觸覺小體(MEISSNER'S CORPUSCLE)；默克爾氏觸盤(MERKEL'S DISK)；魯菲尼氏小體(RUFFINI CORPUSCLE)；帕西尼氏環層小體(PACINIAN CORPUSCLE)。

眼

眼 是視覺器官。兩個眼球深藏在眼眶裡，外有眼瞼、眉毛和淚膜保護，並通過視神經與腦直接相連。每隻眼都由依附在眼球周圍的六塊肌肉驅動。通過瞳孔進入眼中的光線由角膜和晶狀體聚焦而在視網膜上形成圖像。視網膜包含著數百萬計的感光細胞。這些細胞稱為**視桿細胞**和**視錐細胞**，可使影像轉變成某種形式的神經衝量。這些衝量沿著視神經被輸送到腦。來自兩根視神經的信息在腦內經過處理，從而產生協調的圖像。

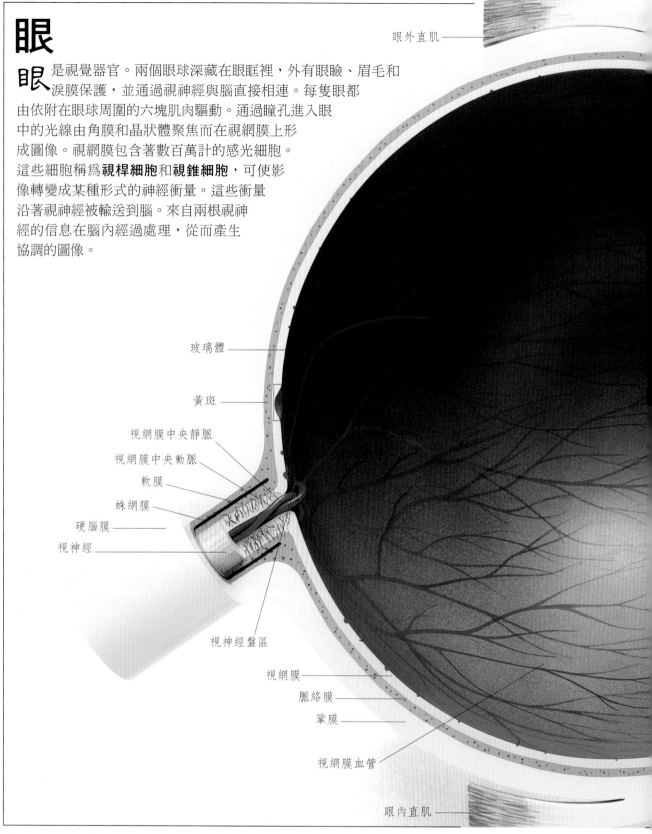

眼外直肌

玻璃體

黃斑

視網膜中央靜脈

視網膜中央動脈

軟膜

蛛網膜

硬腦膜

視神經

視神經盤區

視網膜

脈絡膜

鞏膜

視網膜血管

眼內直肌

眼（Eye）：視桿細胞(rods)；視錐細胞(cones)。**左眼剖面**(SECTION THROUGH LEFT EYE)：玻璃體 *(Vitreous humor)*；黃斑*(Macula)*；軟膜*(Pia mater)*；蛛網膜*(Arachnoid mater)*；硬腦膜*(Dura mater)*；視神經*(Optic nerve)*；視神經盤區*(Area of optic disk)*；視網膜*(Retina)*；脈絡膜*(Choroid)*；鞏膜*(Sclera)*；眼內直肌*(Medial rectus muscle)*；眼外直肌*(Lateral rectus muscle)*；虹膜*(Iris)*；前眼房*(Anterior chamber)*；結膜*(Conjunctiva)*；水狀液*(Aqueous humor)*；瞳孔*(Pupil)*；角膜*(Cornea)*；晶狀體*(Lens)*；括約肌*(Sphincter*

左眼剖面

涙器

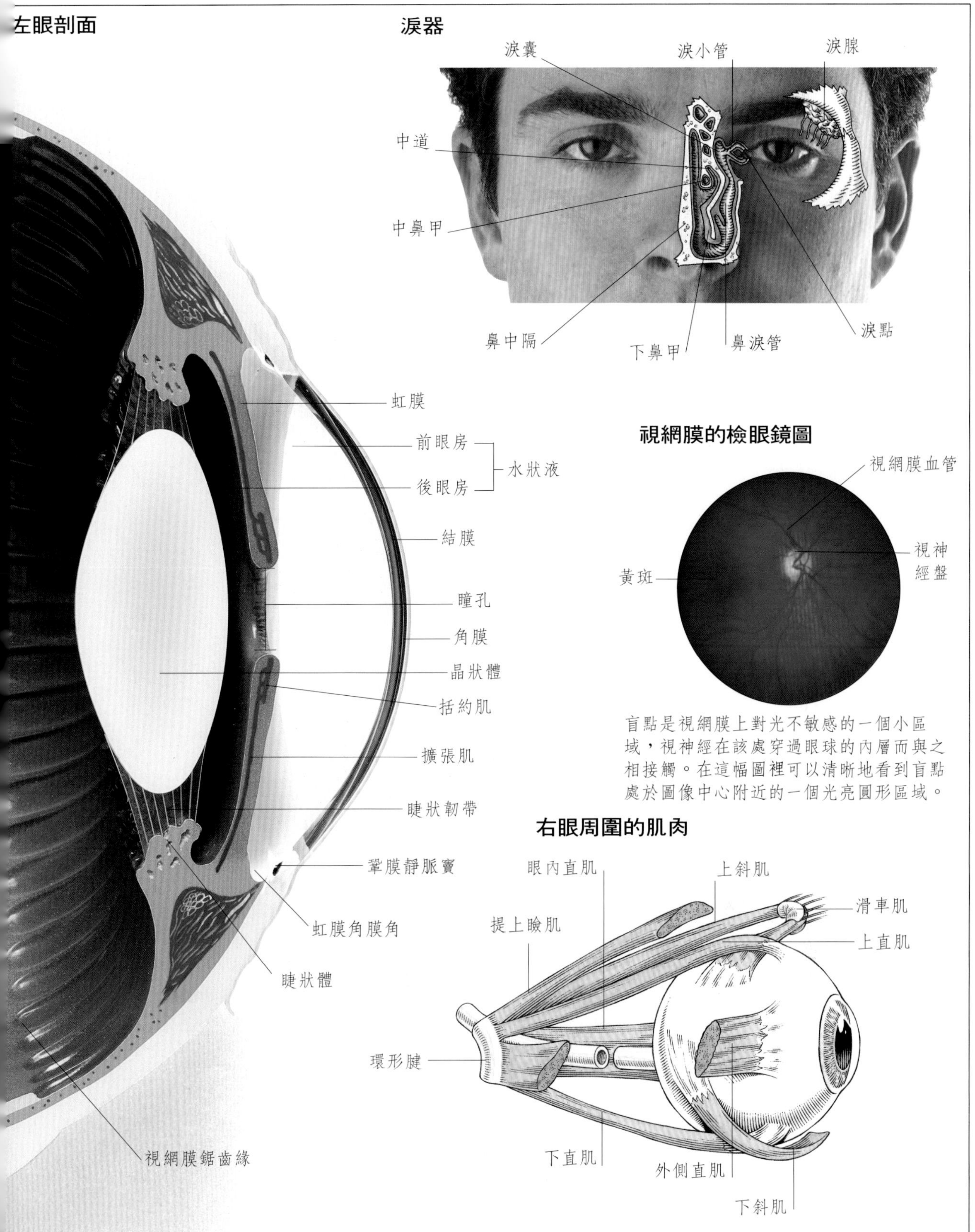

涙囊　涙小管　涙腺

中道

中鼻甲

鼻中隔　下鼻甲　鼻涙管　涙點

虹膜

前眼房
後眼房　} 水狀液

結膜

瞳孔

角膜

晶狀體

括約肌

擴張肌

睫狀韌帶

鞏膜靜脈竇

虹膜角膜角

睫狀體

視網膜鋸齒緣

視網膜的檢眼鏡圖

視網膜血管

視神經盤

黃斑

盲點是視網膜上對光不敏感的一個小區域，視神經在該處穿過眼球的內層而與之相接觸。在這幅圖裡可以清晰地看到盲點處於圖像中心附近的一個光亮圓形區域。

右眼周圍的肌肉

眼內直肌　上斜肌

提上瞼肌

滑車肌

上直肌

環形腱

下直肌　外側直肌

下斜肌

---

muscle）；擴張肌(*Dilator muscle*)；睫狀韌帶(*Zonular ligament*)；鞏膜靜脈竇(*Sinus venosus sclerae*)；虹膜角膜角(*Iridocorneal angle*)。**涙器**[LACRIMAL(TEAR-PRODUCING)APPARATUS]：中鼻甲(*Middle nasal concha*)；鼻中隔(*Nasal septum*)；鼻涙管(*Nasolacrimal duct*)；涙點(*Lacrimal punctum*)。**右眼周圍的肌肉**(MUSCLES SURROUNDING RIGHT EYE)：提上瞼肌(*Levator palpebrae superioris*)；環形腱(*Annular tendon*)；滑車肌(*Trochlea*)；下斜肌(*Inferior oblique*)。

耳

耳是聽覺和平衡的器官。外耳由稱為耳廓的皮瓣和耳道組成。耳的主要功能部分是中耳和內耳，此二者都位於頭顱骨內。中耳由稱為聽骨的三塊小骨，和將耳與鼻的後部聯繫起來的耳咽管組成；內耳由螺旋狀耳蝸，以及作為平衡器官的半規管和前庭組成。進入耳內的聲波通過耳道傳送到鼓膜，經振動由聽骨傳送到耳蝸；在耳蝸裡，振動被數百萬計的纖毛轉化成電神經信號，由腦來解釋。

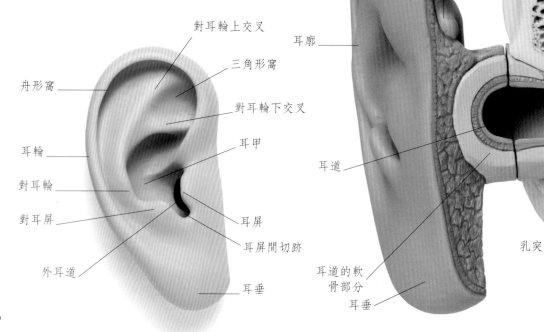

顱骨

耳廓軟骨

耳廓

耳道

乳突

耳道的軟骨部分

耳垂

右耳廓

對耳輪上交叉

三角形窩

舟形窩

對耳輪下交叉

耳甲

耳輪

對耳輪

耳屏

對耳屏

耳屏間切跡

外耳道

耳垂

中耳聽小骨

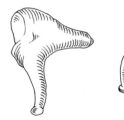

錘骨　　　砧骨　　　鐙骨

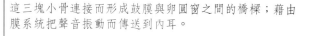

這三塊小骨連接而形成鼓膜與卵圓窗之間的橋樑；藉由膜系統把聲音振動而傳送到內耳。

壺腹的內部結構

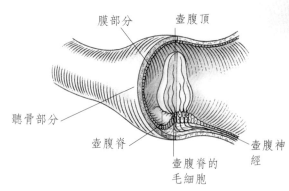

膜部分

壺腹頂

聽骨部分

壺腹脊

壺腹神經

壺腹脊的毛細胞

耳 (Ear)。**右耳廓**[RIGHT AURICLE(PINNA)]：舟形窩(Scaphoid fossa)；耳輪(Helix)；對耳輪(Antihelix)；對耳屏(Antitragus)；外耳道(External auditory meatus)；耳甲(Concha)；耳屏間切跡(Intertragic notch)；耳垂(Lobule)。**中耳聽小骨**(OSSICLES OF MIDDLE EAR)：錘骨[MALLEUS(HAMMER)]；砧骨[INCUS(ANVIL)]；鐙骨[STAPES(STIRRUP)]。**壺腹的內部結構**(INTERNAL STRUCTURE OF AMPULLA)：聽骨部分(Osseous portion)。**耳的結構**(STRUCTURE OF EAR)：顳骨(Temporal bone)；乳突(Mastoid process)；鼓膜[Tympanic

迷路

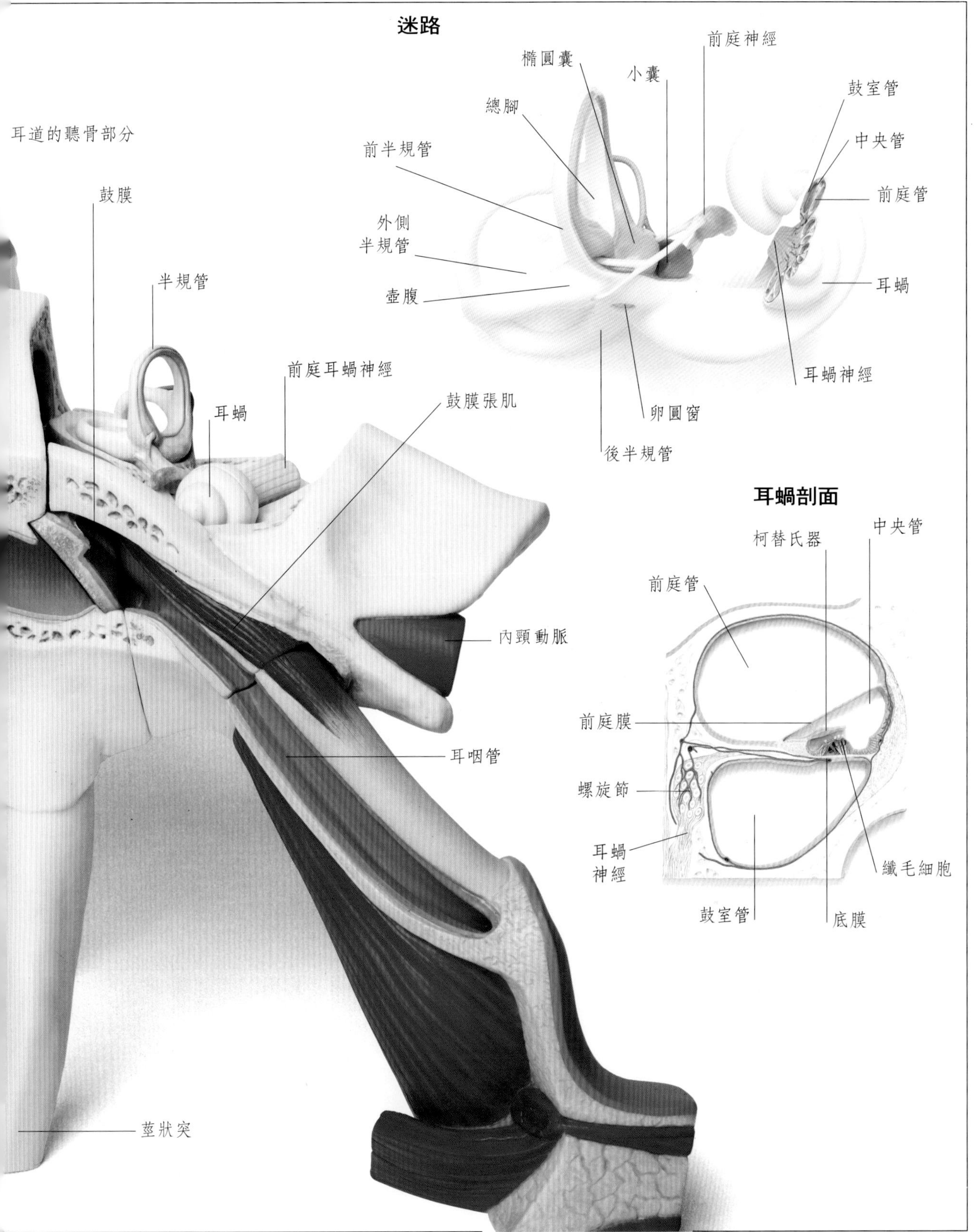

耳道的聽骨部分

鼓膜

半規管

耳蝸

前庭耳蝸神經

鼓膜張肌

內頸動脈

耳咽管

莖狀突

橢圓囊

總腳

前半規管

外側半規管

壺腹

小囊

前庭神經

鼓室管

中央管

前庭管

耳蝸

耳蝸神經

卵圓窗

後半規管

耳蝸剖面

柯替氏器

中央管

前庭管

前庭膜

螺旋節

耳蝸神經

鼓室管

纖毛細胞

底膜

---

membrane(eardrum)]；半規管*(Semicircular canal)*；前庭耳蝸神經*(Vestibulocochlear nerve)*；耳蝸 *(Cochlea)*；莖狀突*(Styloid process)*；鼓膜張肌*(Tensor tympani muscle)*；耳咽管*(Eustachian tube)*。**迷路** (LABYRINTH)：總腳*(Common crus)*；橢圓囊*(Utricle)*；小囊*(Saccule)*；鼓室管*(Tympanic canal)*；中央管 *(Median canal)*；前庭管*(Vestibular canal)*；卵圓窗*(Oval window)*。**耳蝸剖面**(SECTION THROUGH COCHLEA)：前庭膜*(Vestibular membrane)*；螺旋節*(Spiral ganglion)*；柯替氏器*(Organ of Corti)*。

鼻、口和咽喉

每呼吸一次，空氣就通過鼻腔進入咽、喉和氣管而到肺。鼻腔能溫暖並潤濕空氣，裡層的薄膜則保護氣道，使之免受外來物體的損傷。吞咽時，舌上提並後縮，喉上升，會厭封住氣管的入口，軟腭把鼻腔與咽隔開。由三對唾液腺分泌的唾液潤滑食物，使之易於吞咽；唾液還開始對食物進行化學分解並協助產生味道。味覺和嗅覺是密切相關的，鼻的嗅神經末梢和舌的味蕾中，由感覺受體檢測並分解了食物分子，以決定味覺和嗅覺。

舌結構

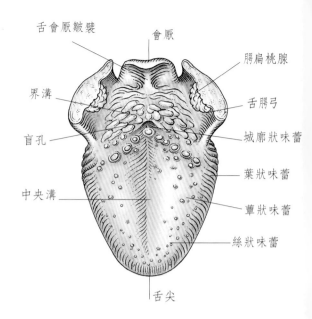

- 舌會厭皺襞
- 界溝
- 盲孔
- 中央溝
- 會厭
- 腭扁桃腺
- 舌腭弓
- 城廓狀味蕾
- 葉狀味蕾
- 蕈狀味蕾
- 絲狀味蕾
- 舌尖

咽喉周圍的結構

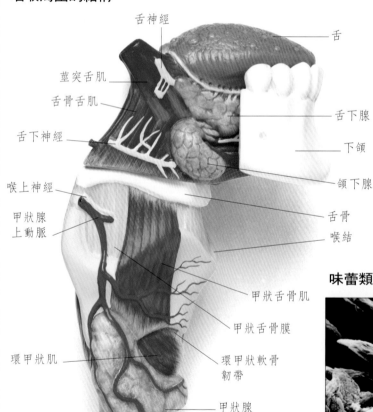

- 舌神經
- 莖突舌肌
- 舌骨舌肌
- 舌下神經
- 喉上神經
- 甲狀腺上動脈
- 環甲狀肌
- 氣管
- 舌
- 舌下腺
- 下頜
- 頜下腺
- 舌骨
- 喉結
- 甲狀舌骨肌
- 甲狀舌骨膜
- 環甲狀軟骨韌帶
- 甲狀腺

舌味覺區

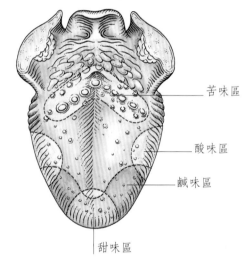

- 苦味區
- 酸味區
- 鹹味區
- 甜味區

味蕾類型

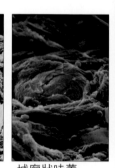

絲狀味蕾　　蕈狀味蕾　　城廓狀味蕾

鼻、口和咽喉（Nose, mouth, and throat）。**咽喉周圍的結構**（STRUCTURES SURROUNDING PHARYNX）：莖突舌肌（*Styloglossus muscle*）；舌骨舌肌（*Hyoglossus muscle*）；環甲狀肌（*Cricothyroid muscle*）；舌下腺（*Sublingual gland*）；頜下腺（*Submandibular gland*）；喉結[*Laryngeal prominence(Adam's apple)*]；甲狀舌骨肌（*Thyrohyoid muscle*）；環甲狀軟骨韌帶（*Cricothyroid ligament*）。**舌結構**（STRUCTURE OF TONGUE）：舌會厭皺襞（*Median glossoepiglottic fold*）；界溝（*Sulcus terminalis*）；盲孔（*Foramen cecum*）；中央溝（*Median sulcus*）；會厭（*Epiglottis*）；腭扁桃腺（*Palatine tonsil*）；舌腭弓（*Palatoglossal arch*）；城廓狀

鼻、口和咽喉的剖面

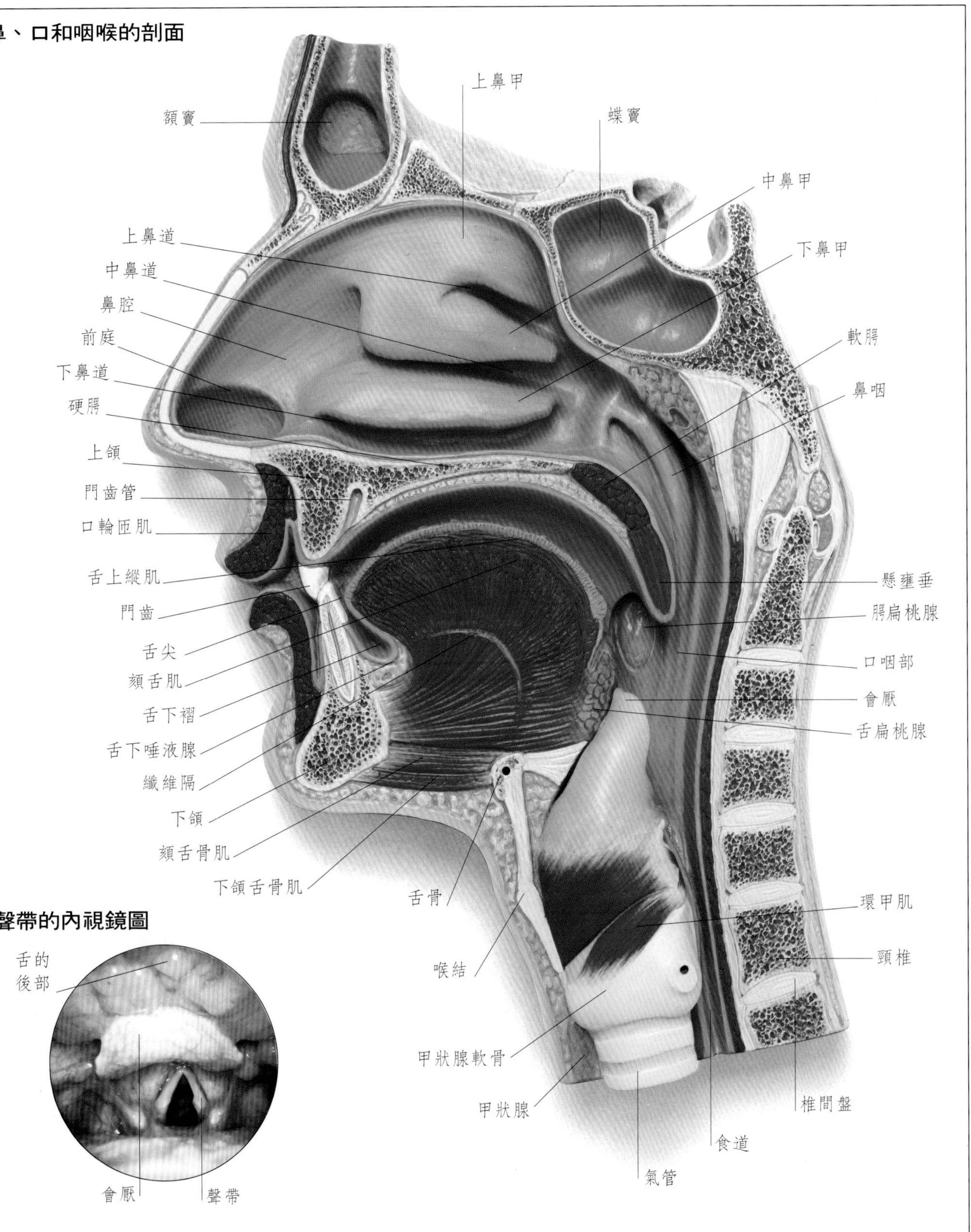

額竇
上鼻甲
蝶竇
中鼻甲
下鼻甲
上鼻道
中鼻道
鼻腔
前庭
下鼻道
硬腭
軟腭
鼻咽
上頜
門齒管
口輪匝肌
舌上縱肌
門齒
舌尖
頦舌肌
舌下褶
舌下唾液腺
纖維隔
下頜
頦舌骨肌
下頜舌骨肌
懸雍垂
腭扁桃腺
口咽部
會厭
舌扁桃腺
舌骨
喉結
甲狀腺軟骨
甲狀腺
氣管
食道
環甲肌
頸椎
椎間盤

聲帶的內視鏡圖

舌的
後部
會厭
聲帶

味蕾(*Vallate papilla*)；葉狀味蕾(*Foliate papilla*)；蕈狀味蕾(*Fungiform papilla*)；絲狀味蕾(*Filiform papilla*)。**鼻、口和咽喉的剖面**(SECTION THROUGH NOSE, MOUTH, AND THROAT)：額竇(*frontal sinus*)；上鼻道(*Superior meatus*)；硬腭(*Hard palate*)；頦舌肌(*Genioglossus muscle*)；舌下褶(*Sublingual fold*)；纖維隔(*Fibrous septum*)；頦舌骨肌(*Geniohyoid muscle*)；下頜舌骨肌(*Myohyoid muscle*)；蝶竇(*Sphenoidal sinus*)；懸雍垂(*Uvula*)；椎間盤(*Intervertebral disk*)。**聲帶的內視鏡圖**(ENDOSCOPIC VIEW OF VOCAL CORDS)：聲帶(*Vocal cord*)。

牙 齒

嬰兒生長到6個月左右時開始長出20顆**乳牙**。兒童生長到6歲左右時乳牙開始替換成恆牙。大多數成年人到20歲時，都長有32顆牙齒；儘管第三臼齒（通常稱為智齒）也許永遠不會長出來。牙有助於說話清晰，和賦予面部以固定的形狀，但其主要功能是咀嚼食物。門齒和犬齒把食物切斷並撕裂成碎片，前臼齒和臼齒進一步磨碾食物。琺瑯質雖然是人體裡最堅硬的物質，但是口內分解食物時產生的酸往往會腐蝕並損壞這層琺瑯質。

胎兒牙的發育

胎兒頭顱骨

上頜裡的乳牙

下頜裡的乳牙

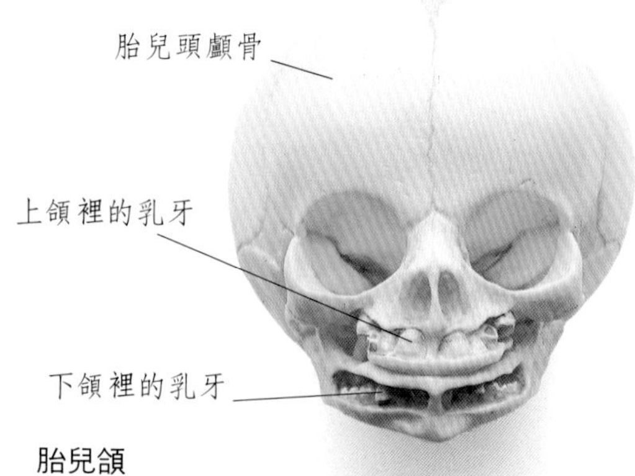

胎兒頜
胎兒在胚胎發育的第6個星期時，上、下頜逐漸增厚，由這些增厚區域產生牙蕾。胎兒6個月大時，在牙蕾上形成琺瑯質。

頜和牙的發育

上頜

下頜

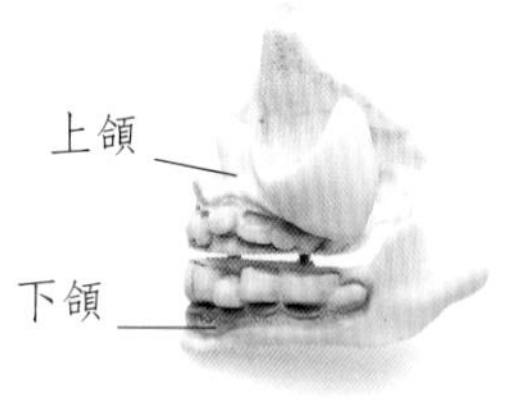

新生兒的頜
可以看到乳牙正在頜骨中發育；生長到6個月左右時開始長出乳牙。

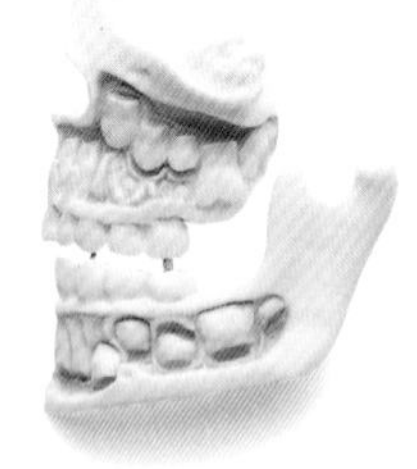

5歲兒童的牙
已經長出全副20顆乳牙；可以看到恆牙正在上、下頜中發育。

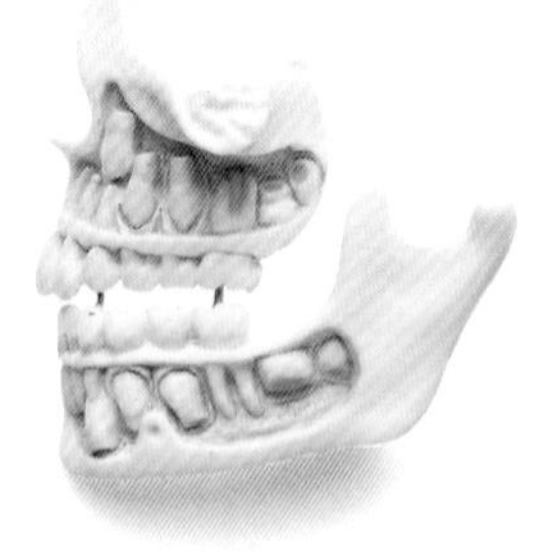

9歲兒童的牙
大多數牙是乳牙，但恆門牙和第一前臼齒已經冒出。

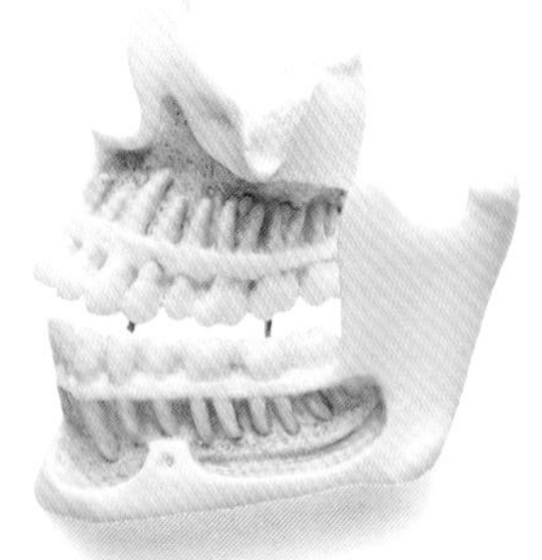

成年人的牙
到20歲時，理應長出全副32顆恆牙（包括智齒）。

恆牙

| 臼齒 | | | 前臼齒 | | 犬齒 | 門齒 | | | 犬齒 | 前臼齒 | | 臼齒 | | |

上頜

下頜

| 第三顆（智齒） | 第二顆 | 第一顆 | 第二顆 | 第一顆 | 外側 | 中央 | 外側 | 第一顆 | 第二顆 | 第一顆 | 第二顆 | 第三顆（智齒） |

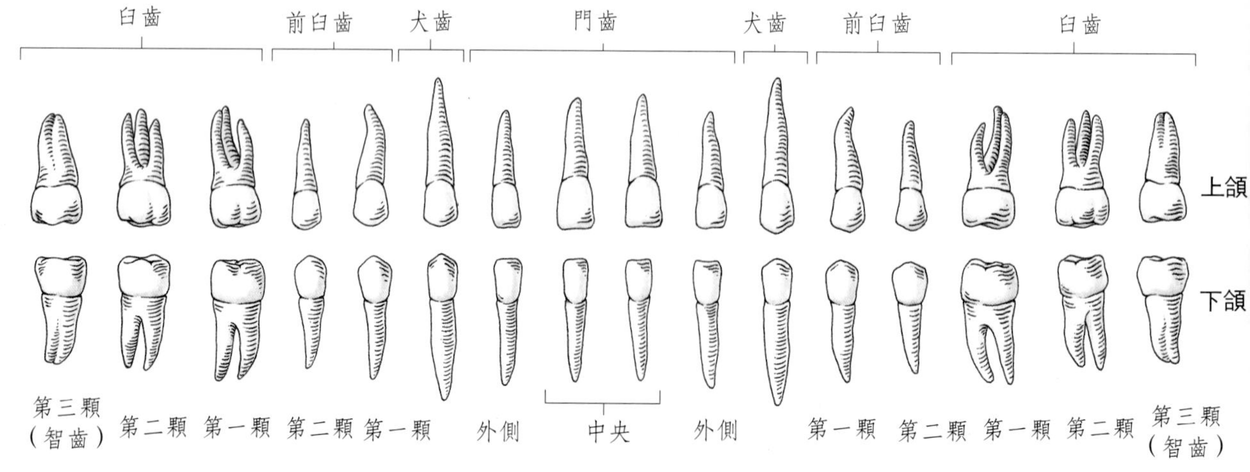

牙齒（Teeth）：乳牙[PRIMARY TEETH(also called deciduous or milk teeth)]。**胎兒牙的發育**(DEVELOPMENT OF TEETH IN A FETUS)：牙蕾(Tooth buds)。**頜和牙的發育**(DEVELOPMENT OF JAW AND TEETH)：智齒(Wisdom teeth)。**恆牙**(THE PERMANENT TEETH)：臼齒(Molars)；前臼齒(Premolars)；犬齒(Canines)；門齒(Incisors)。**牙的結構**(STRUCTURE OF A TOOTH)：齒阜(Cusp)；牙冠(Crown)；釉質齒質結合(Amelodentinal junction)；齒質母細胞(Odontoblast)；佛克曼氏管(Volkmann's canal)；牙根(Root)；側

牙的結構

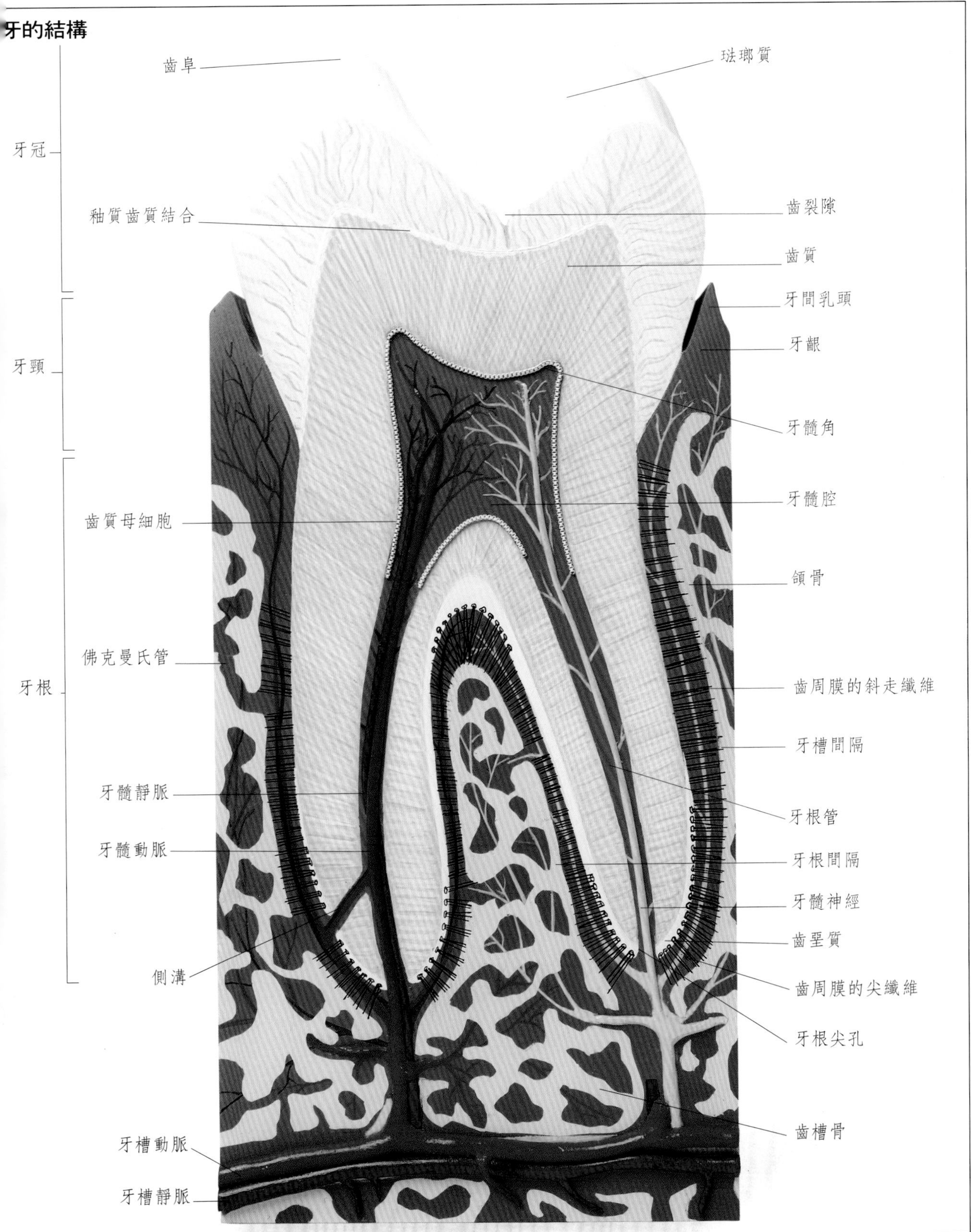

牙冠
- 齒阜
- 琺瑯質
- 釉質齒質結合
- 齒裂隙
- 齒質

牙頸
- 牙間乳頭
- 牙齦
- 牙髓角

牙根
- 齒質母細胞
- 牙髓腔
- 頜骨
- 佛克曼氏管
- 齒周膜的斜走纖維
- 牙槽間隔
- 牙髓靜脈
- 牙根管
- 牙髓動脈
- 牙根間隔
- 牙髓神經
- 齒堊質
- 側溝
- 齒周膜的尖纖維
- 牙根尖孔
- 牙槽動脈
- 齒槽骨
- 牙槽靜脈

溝(Lateral canal)；琺瑯質(Enamel)；齒裂隙(Fissure)；齒質(Dentine)；牙間乳頭(Interdental papilla)；牙齦[Gingiva(gum)]；牙髓角(Pulp horn)；牙髓腔(Pulp chamber)；齒周膜的斜走纖維(Oblique fiber of periodontium)；牙槽間隔(Interdental septum)；牙根管(Root canal)；牙根間隔(Interradicular septum)；牙髓神經(Pulp nerve)；齒堊質(Cementum)；齒周膜的尖纖維(Apical fiber of periodontium)；牙根尖孔(Apical foramen)；齒槽骨(Alveolar bone)。

消化系統

消化系統把食物分解成極爲細小的顆粒，使血液能夠把營養帶到身體的各個部分去。消化系統的主要部分是一條從口到直腸，長約9米（30呎）的管子；這條消化道裡的肌肉將食物往前推送。嚼碎的食物先通過食道進入胃中，胃把食物攪拌和液化後，使它通過很長且盤旋著的小腸三部分，即十二指腸、空腸和回腸。在小腸裡，由膽囊和胰臟分泌的消化液分解食物顆粒，使其中大部分都能通過附在小腸內壁上的纖細指狀絨毛，而滲入到血液之中。未消化的食物在結腸裡形成糞便，通過肛門而排出體外。

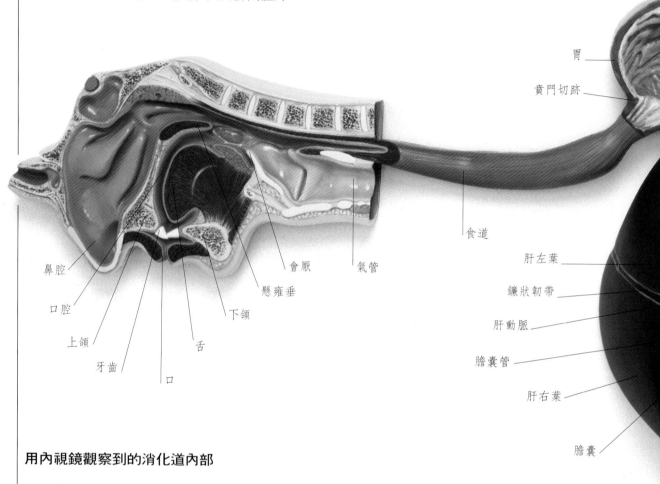

胃
賁門切跡
食道
肝左葉
鐮狀韌帶
肝動脈
膽囊管
肝右葉
膽囊

鼻腔
口腔
上頜
牙齒
口
舌
下頜
懸雍垂
會厭
氣管

用內視鏡觀察到的消化道內部

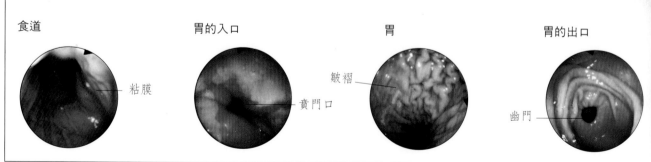

食道
粘膜

胃的入口
賁門口

胃
皺褶

胃的出口
幽門

消化系統（Digestive system）。消化道(ALIMENTARY CANAL)：賁門切跡(*Cardiac notch*)；食道(*Esophagus*)；鐮狀韌帶(*Falciform ligament*)；膽囊管(*Cystic duct*)；膽囊(*Gallbladder*)；粘膜皺褶(*Fold of mucous membrane*)；角切跡(*Angular notch*)；脾(*Spleen*)；胰臟(*Pancreas*)；腹膜(*Peritoneum*)；橫結腸(*Transverse colon*)；結腸帶(*Tenia colica*)；降結腸(*Descending colon*)；小腸(空腸和回腸)[*Small intestine(jejunum and ileum)*]；結腸袋(*Haustration of colon*)；乙狀結腸(*Sigmoid colon*)；肛門括約肌(*Anal*

消化道

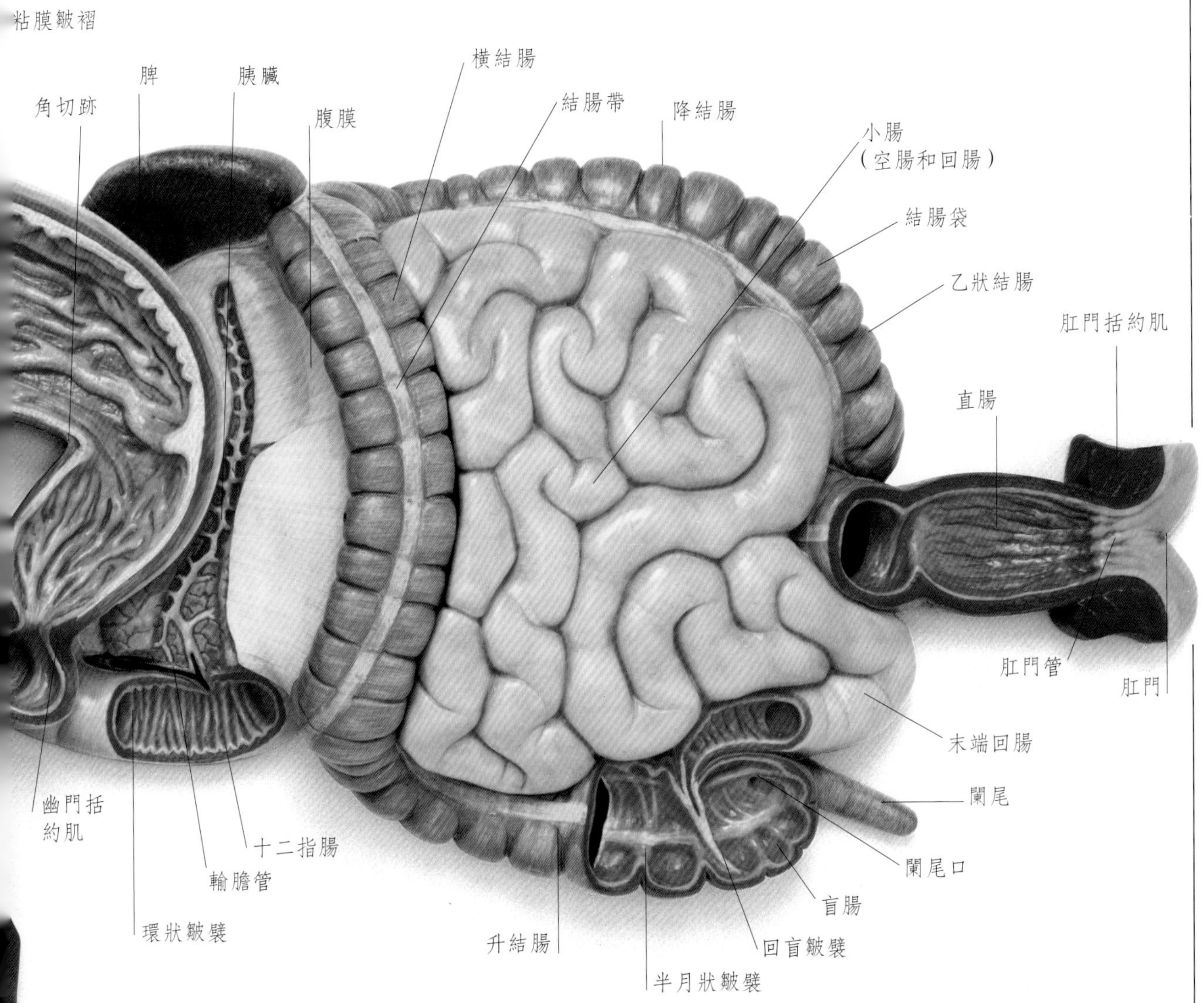

粘膜皺褶

角切跡　脾　胰臟　腹膜　橫結腸　結腸帶　降結腸　小腸（空腸和回腸）

結腸袋

乙狀結腸

肛門括約肌

直腸

肛門管

肛門

末端回腸

闌尾

闌尾口

盲腸

幽門括約肌

十二指腸

輸膽管

環狀皺襞

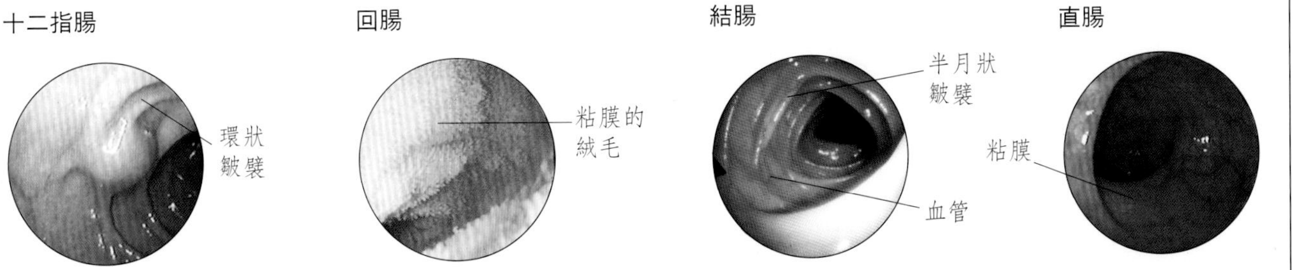

升結腸

半月狀皺襞

回盲皺襞

十二指腸	回腸	結腸	直腸
環狀皺襞	粘膜的絨毛	半月狀皺襞　血管	粘膜

sphincter muscle）；直腸(*Rectum*)；肛門(*Anus*)；闌尾(*Appendix*)；盲腸(*Cecum*)；回盲皺襞(*Ileocecal fold*)；半月狀皺襞(*Semilunar fold*)；升結腸(*Ascending colon*)；幽門括約肌(*Pyloric sphincter muscle*)；十二指腸(*Duodenum*)；輸膽管(*Bile duct*)；環狀皺襞(*Plica circulare*)。**用內視鏡觀察到的消化道內部** (ENDOSCOPIC VIEWS INSIDE ALIMENTARY CANAL)：粘膜的絨毛(*Villi of mucosa*)。

心 臟

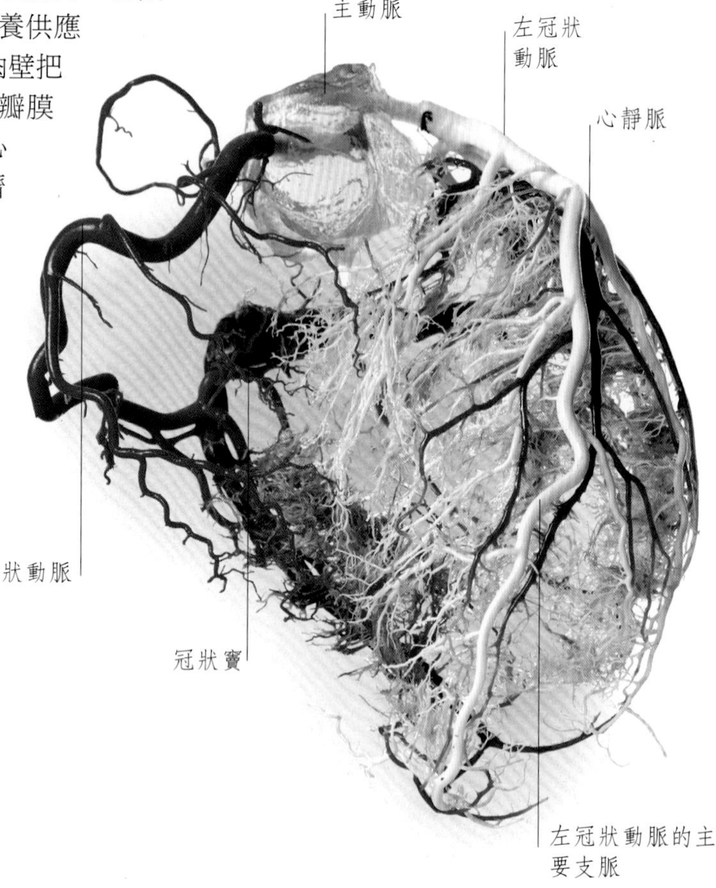

心臟是處於胸腔中間一塊中空肌肉。它抽送血液到全身，把氧和營養供應給細胞。一塊叫做中隔的肌肉壁把心臟縱向分隔成左右兩半，瓣膜再把每一半分成兩個腔：上心房和下心室。心肌收縮時，擠壓血液使之先通過心房，再進入心室。所以，來自肺的含氧血液從肺靜脈通過左心房，流進左心室，再經由主動脈而送達身體各個部分。而自體內回流的缺氧血液則由上、下腔靜脈送入右心房，通過右心室，然後經由肺動脈而至肺部交換氧氣。人在休息時，心臟每分鐘搏動60-80次，而在運動期間或在緊張或激動時，心跳可能增加到每分鐘200次。

主動脈

左冠狀動脈

心靜脈

右冠狀動脈

冠狀竇

左冠狀動脈的主要支脈

心壁剖面

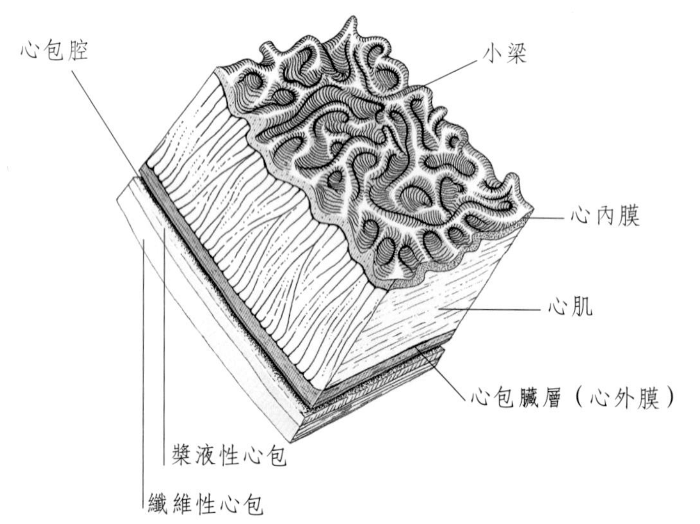

心包腔

小梁

心內膜

心肌

心包臟層（心外膜）

漿液性心包

纖維性心包

心搏順序

心房舒張

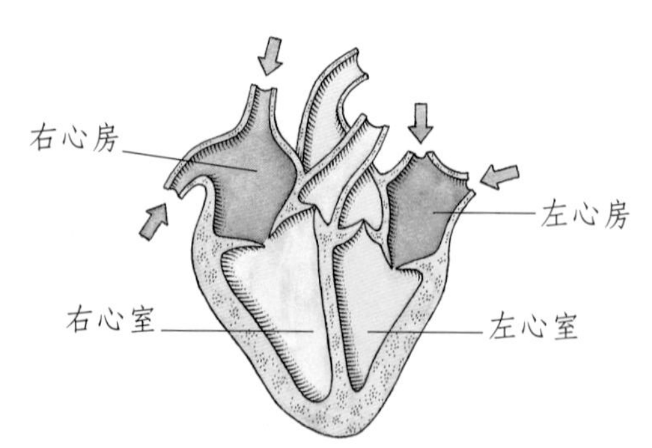

右心房

左心房

右心室

左心室

缺氧血液進入右心房，而左心房則接受充氧血液

心臟（Heart）。**心臟周圍的動脈和靜脈**(ARTERIES AND VEINS SURROUNDING HEART)：冠狀動脈(coronary artery)；冠狀竇(Coronary sinus)；主動脈(Aorta)；心靜脈(Cardiac vein)。**心壁剖面**(SECTION THROUGH HEART WALL)：心包腔(Pericardial cavity)；漿液性心包(Serous pericardium)；纖維性心包(Fibrous pericardium)；小梁(Trabecula)；心內膜(Endocardium)；心肌(Myocardium)；心包臟層(心外膜)[Epicardium(visceral pericardium)]。**心搏順序**(HEARTBEAT SEQUENCE)：左心房(Left atrium)；三尖瓣(Tricuspid valve)；僧帽瓣(Mitral valve)；肺動脈瓣(Pulmonary valve)；主動脈瓣(Aortic valve)。**心臟的結**

心臟的結構

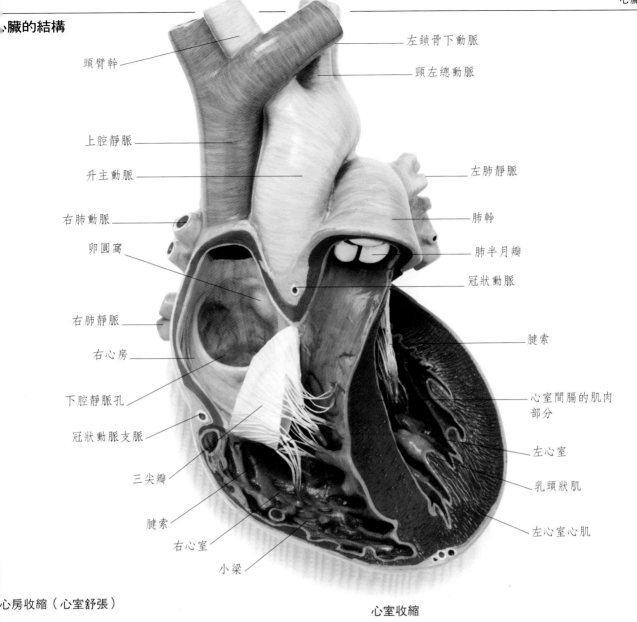

左鎖骨下動脈
頸左總動脈
頭臂幹
上腔靜脈
升主動脈
右肺動脈
卵圓窩
右肺靜脈
右心房
下腔靜脈孔
冠狀動脈支脈
三尖瓣
腱索
右心室
小梁
左肺靜脈
肺幹
肺半月瓣
冠狀動脈
腱索
心室間膈的肌肉部分
左心室
乳頭狀肌
左心室心肌

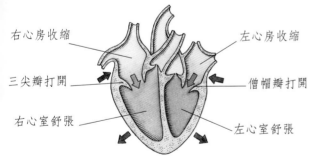

心房收縮（心室舒張）

右心房收縮
三尖瓣打開
右心室舒張
左心房收縮
僧帽瓣打開
左心室舒張

左右心房收縮，把血液壓入舒張的心室

心室收縮

肺動脈
肺動脈瓣打開
三尖瓣關閉
右心室收縮
主動脈
主動脈瓣打開
僧帽瓣關閉
左心室收縮

左、右心室收縮，把血液壓向肺臟交換氧，
同時經主動脈把血液運向身體的其他部分。

構(STRUCTURE OF HEART)：頭臂幹(*Brachiocephalic trunk*)；上腔靜脈(*Superior vena cava*)；升主動脈(*Ascending aorta*)；右肺動脈(*Right pulmonary artery*)；卵圓窩(*Fossa ovalis*)；右肺靜脈(*Right pulmonary vein*)；右心房(*Right atrium*)；下腔靜脈孔(*Opening of inferior vena cava*)；腱索(*Chordae tendineae*)；右心室(*Right ventricle*)；左鎖骨下動脈(*Left subclavian artery*)；頸左總動脈(*Left common carotid artery*)；肺幹(*Pulmonary trunk*)；肺半月瓣(*Pulmonary semilunar valve*)；左心室(*Left ventricle*)；乳頭狀肌(*Papillary muscle*)。

循 環 系 統

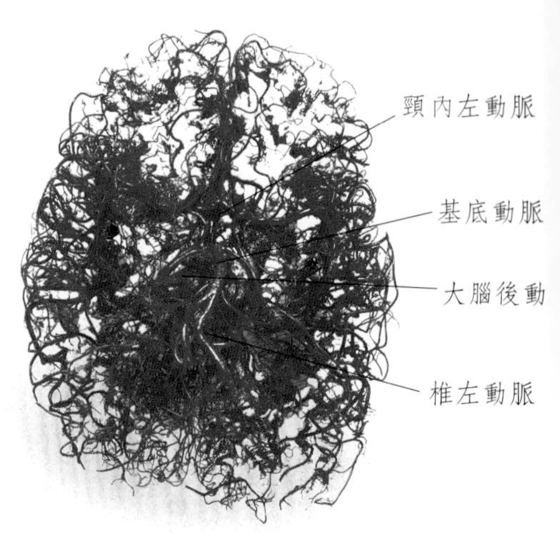

循環系統由心臟和血管組成，兩者共同維持血液在人體全身不斷地流動。心臟通過由動脈及其較小的分脈（小動脈）所組成的網絡，把富含氧的血液由肺最後送到人體各部分；其中血液必須先經由小靜脈通過大靜脈而流回心臟。小動脈和小靜脈由**微血管（毛細血管）**網銜接。在微血管裡，血液與身體細胞之間交換氧和二氧化碳。血液的四種主要成分是紅血球細胞、白血球細胞、血小板和**液態血漿**。

頸內左動脈
基底動脈
大腦後動
椎左動脈

心和肺的循環系統

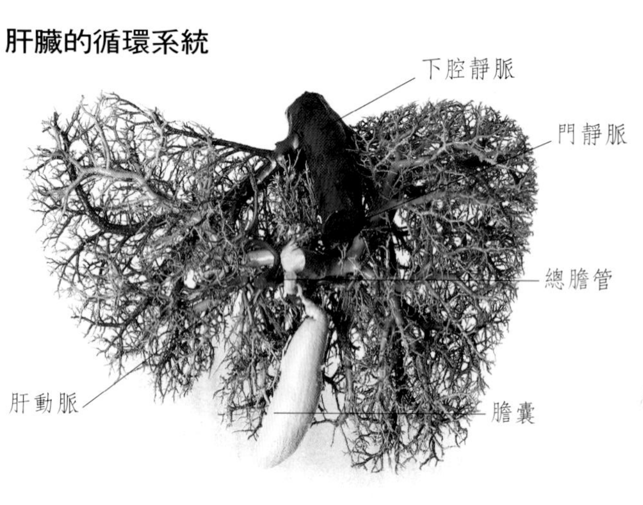

上腔靜脈
主動脈
右心室
左心室

肝臟的循環系統

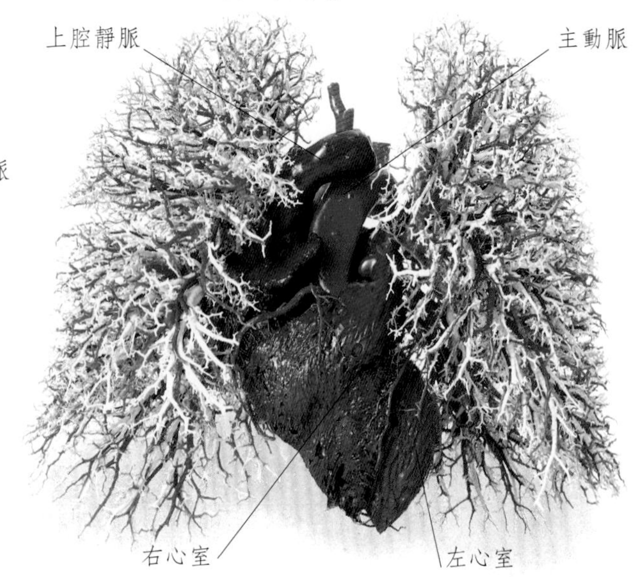

下腔靜脈
門靜脈
總膽管
膽囊
肝動脈

主動脈剖面

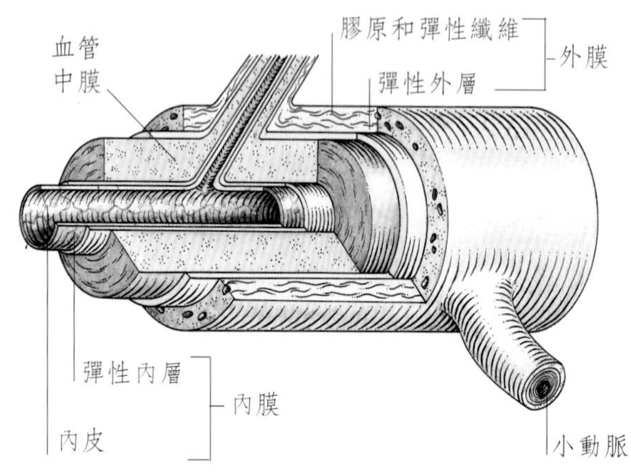

血管中膜
膠原和彈性纖維
外膜
彈性外層
彈性內層
內膜
內皮
小動脈

主靜脈剖面

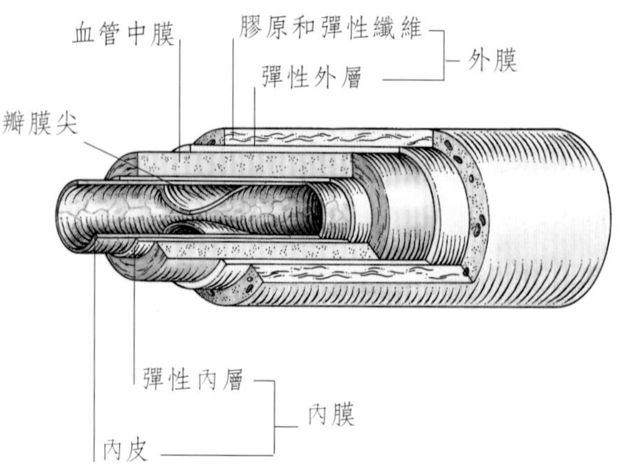

血管中膜
膠原和彈性纖維
外膜
彈性外層
瓣膜尖
彈性內層
內膜
內皮

循環系統（Circulatory system）：微血管(毛細血管)(tiny vessels called capillaries)；液態血漿 (liquid plasma)。**肝臟的循環系統**：肝動脈(*Hepatic artery*)；下腔靜脈(*Inferior vena cava*)；門靜脈(*Portal vein*)；總膽管(*Common bile duct*)；膽囊(*Gallbladder*)。**主動脈剖面**：血管中膜(*Tunica media*)；內皮 (*Endothelium*)；內膜(*Tunica intima*)；膠原和彈性纖維(*Collagen and elastic fibers*)；彈性外層(*External elastic lamina*)；外膜(*Tunica adventitia*)。**腦的動脈系統**：基底動脈(*Basilar artery*)。**主靜脈剖面**：瓣膜尖 (*Valve cusp*)。**循環系統主要的動脈和靜脈**：鎖骨下動脈(*Subclavian artery*)；主動脈弓(*Arch of aorta*)；腸 系膜上動脈(*Superior mesenteric artery*)；髂總動脈(*Common iliac artery*)；腓動脈(*Peroneal artery*)；足底

循環系統主要的動脈和靜脈

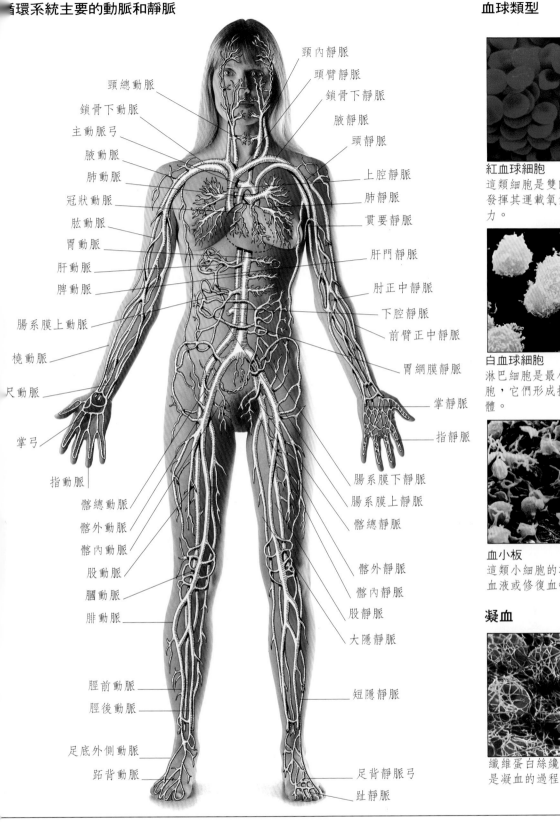

頸內靜脈
頭臂靜脈
鎖骨下靜脈
腋靜脈
頭靜脈
上腔靜脈
肺靜脈
貫要靜脈
肝門靜脈
肘正中靜脈
下腔靜脈
前臂正中靜脈
胃網膜靜脈
掌靜脈
指靜脈
腸系膜下靜脈
腸系膜上靜脈
髂總靜脈
髂外靜脈
髂內靜脈
股靜脈
大隱靜脈
短隱靜脈
足背靜脈弓
趾靜脈

頸總動脈
鎖骨下動脈
主動脈弓
腋動脈
肺動脈
冠狀動脈
肱動脈
胃動脈
肝動脈
脾動脈
腸系膜上動脈
橈動脈
尺動脈
掌弓
指動脈
髂總動脈
髂外動脈
髂內動脈
股動脈
膕動脈
腓動脈
脛前動脈
脛後動脈
足底外側動脈
蹠背動脈

血球類型

紅血球細胞
這類細胞是雙凹形的,以便發揮其運載氧氣的最大能力。

白血球細胞
淋巴細胞是最小的白血球細胞,它們形成抵禦疾病的抗體。

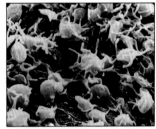

血小板
這類小細胞的功用在於凝固血液或修復血管。

凝血

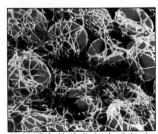

纖維蛋白絲纏住紅血球細胞是凝血的過程。

外側動脈(*Lateral plantar artery*);蹠背動脈(*Dorsal metatarsal artery*);頭臂靜脈(*Brachiocephalic vein*);頭靜脈(*Cephalic vein*);上腔靜脈(*Superior vena cava*);貫要靜脈(*Basilic vein*);肝門靜脈(*Hepatic portal vein*);肘正中靜脈(*Median cubital vein*);前臂正中靜脈(*Anterior median vein*);胃網膜靜脈(*Gastroepiploic vein*);大隱靜脈(*Great saphenous vein*);足背靜脈弓(*Dorsal venous arch*)。**血球類型**:紅血球細胞(RED BLOOD CELLS);白血球細胞(WHITE BLOOD CELLS);淋巴細胞(*Lymphocytes*);抗體(*Antibodies*);血小板(PLATELETS)。**凝血**(BLOOD CLOTTING):纖維蛋白絲(*Filaments of fibrin*)。

呼吸系統

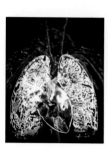

呼吸系統供應身體細胞所需的氧並排出二氧化碳廢氣。吸入的空氣經由氣管，通過兩根狹窄的支氣管而到達肺。每瓣肺葉都有許多細支氣管，其末端通入群集的小囊室稱爲肺泡。氣體透過薄薄的肺泡壁出入微血管網。肺下面的肋間肌和**肌膈**的作用就如風箱，使肺能節奏性地吸入和排出空氣。

細支氣管和肺泡

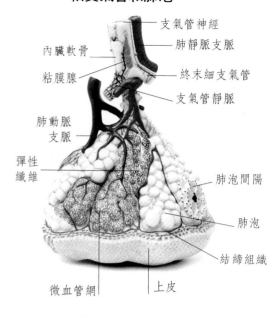

- 支氣管神經
- 肺靜脈支脈
- 內臟軟骨
- 粘膜腺
- 終末細支氣管
- 支氣管靜脈
- 肺動脈支脈
- 彈性纖維
- 肺泡間隔
- 肺泡
- 結締組織
- 微血管網
- 上皮

支氣管樹的分段

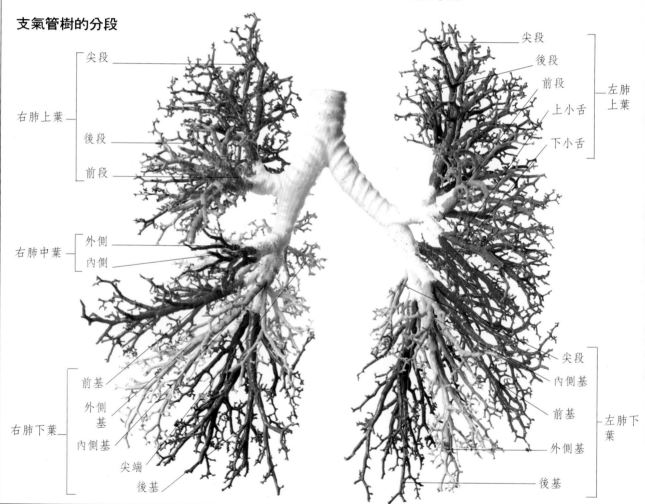

- 右肺上葉
  - 尖段
  - 後段
  - 前段
- 右肺中葉
  - 外側
  - 內側
- 右肺下葉
  - 前基
  - 外側基
  - 內側基
  - 尖端
  - 後基
- 左肺上葉
  - 尖段
  - 後段
  - 前段
  - 上小舌
  - 下小舌
- 左肺下葉
  - 尖段
  - 內側基
  - 前基
  - 外側基
  - 後基

呼吸系統 (Respiratory system)：肌膈(muscular diaphragm)。**支氣管樹的分段**(SEGMENTS OF BRONCHIAL TREE)：右肺上葉(*Upper lobe of right lung*)；右肺中葉(*Middle lobe of right lung*)；右肺下葉(*Lower lobe of right lung*)。**細支氣管和肺泡**(BRONCHIOLE AND ALVEOLI)：內臟軟骨(*Visceral cartilage*)；粘膜腺(*Mucosal gland*)；彈性纖維(*Elastic fibers*)；微血管網(*Capillary network*)；終末細支氣管(*Terminal bronchiole*)；肺泡(*Alveolus*)；結締組織(*Connective tissue*)。**胸腔的結構**(STRUCTURES OF THORACIC

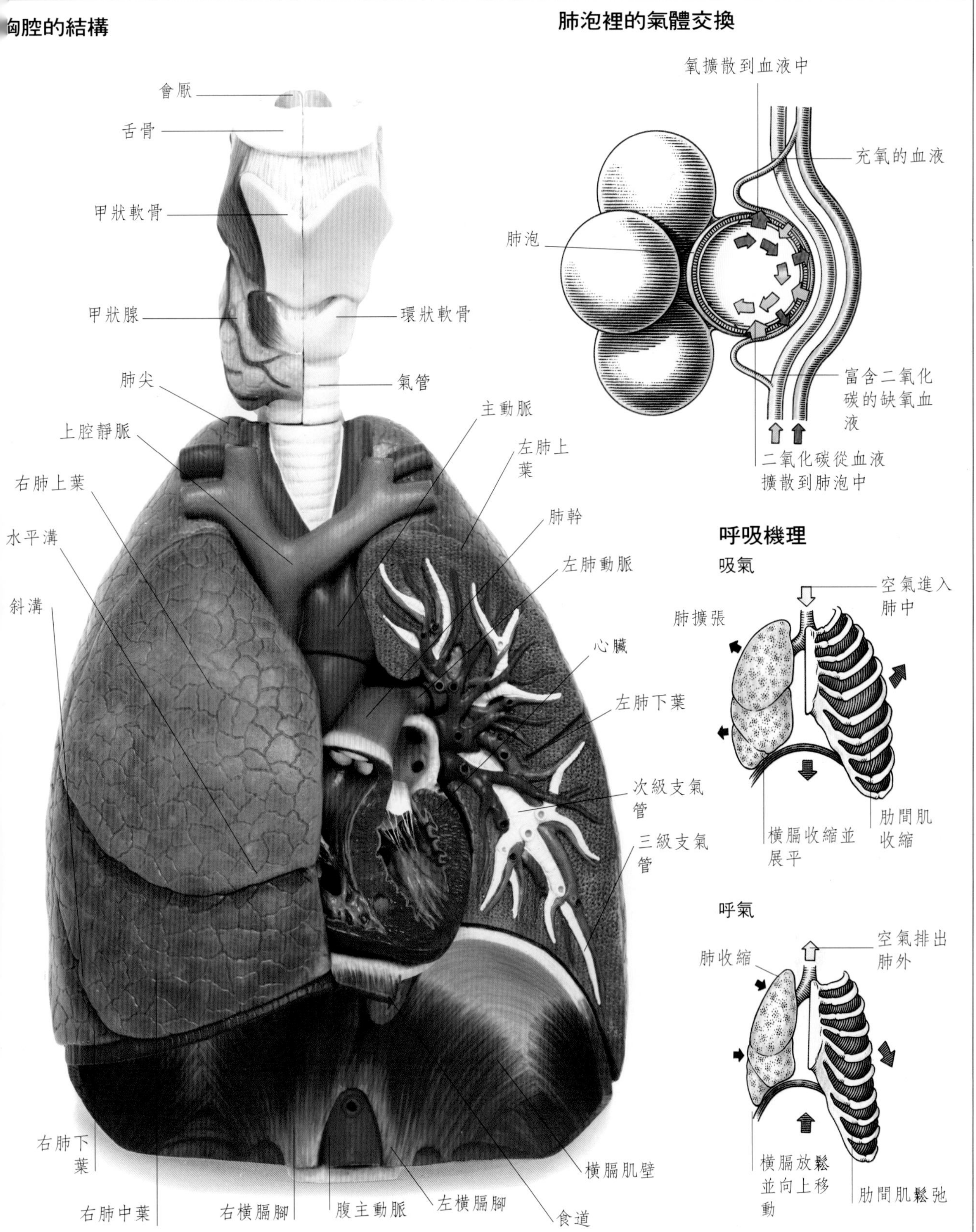

胸腔的結構

- 會厭
- 舌骨
- 甲狀軟骨
- 甲狀腺
- 肺尖
- 上腔靜脈
- 右肺上葉
- 水平溝
- 斜溝
- 環狀軟骨
- 氣管
- 主動脈
- 左肺上葉
- 肺幹
- 左肺動脈
- 心臟
- 左肺下葉
- 次級支氣管
- 三級支氣管
- 右肺下葉
- 右肺中葉
- 右橫膈腳
- 腹主動脈
- 左橫膈腳
- 橫膈肌壁
- 食道

肺泡裡的氣體交換

- 氧擴散到血液中
- 充氧的血液
- 肺泡
- 富含二氧化碳的缺氧血液
- 二氧化碳從血液擴散到肺泡中

呼吸機理

吸氣

- 肺擴張
- 空氣進入肺中
- 橫膈收縮並展平
- 肋間肌收縮

呼氣

- 肺收縮
- 空氣排出肺外
- 橫膈放鬆並向上移動
- 肋間肌鬆弛

CAVITY)：會厭(*Epiglottis*)；舌骨(*Hyoid bone*)；甲狀軟骨(*Thyroid cartilage*)；甲狀腺(*Thyroid gland*)；肺尖(*Apex of lung*)；水平溝(*Horizontal fissure*)；斜溝(*Oblique fissure*)；右橫膈腳(*Right crus of diaphragm*)；腹主動脈(*Abdominal aorta*)；橫膈肌壁(*Muscular wall of diaphragm*)；環狀軟骨(*Cricoid cartilage*)；氣管(*Trachea*)；肺幹(*Pulmonary trunk*)；次級支氣管(*Secondary bronchus*)；三級支氣管(*Tertiary bronchus*)。**呼吸機理**(MECHANISM OF RESPIRATION)：肋間肌(*Intercostal muscles*)。

泌尿系統

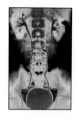

泌尿系統從血液裡過濾出廢物，並通過一組管子把廢物排出體外，而血液是在兩個腎裡過濾的。腎是拳頭大小、蠶豆狀的器官。腎動脈把血液傳送到腎；腎靜脈帶走過濾後的血液。

每個腎擁有大約一百萬個腎單位。每個腎單位都由一個腎小管和稱為腎小球的一個過濾單位構成；腎小球則由許多微血管構成，處在中空的腎小球囊之內。過濾過程產生一種水狀液體，成為尿液而離開腎。尿液通過兩段稱為輸尿管的管子被傳送到膀胱，而在通過另一段稱為尿道的管子排出體外之前，一直貯存在膀胱裡。

腎的動脈系統

主動脈
腹腔幹
腸系膜上動脈
右腎動脈
左腎動脈
右輸尿管
左輸尿管

左腎剖面

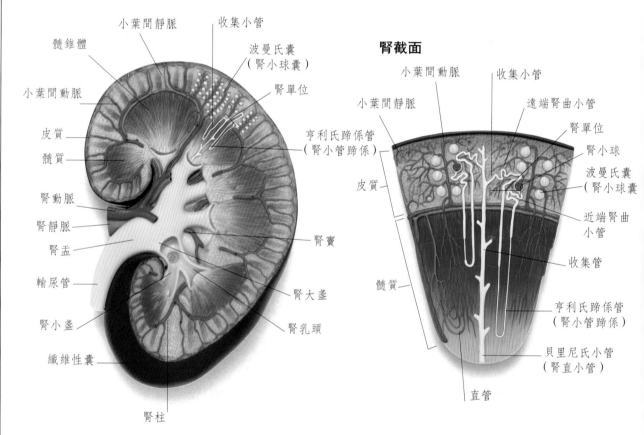

小葉間靜脈
收集小管
髓錐體
波曼氏囊（腎小球囊）
小葉間動脈
腎單位
皮質
亨利氏蹄係管（腎小管蹄係）
髓質
腎動脈
腎靜脈
腎盂
腎竇
輸尿管
腎大盞
腎小盞
腎乳頭
纖維性囊
腎柱

腎截面

小葉間動脈
收集小管
小葉間靜脈
遠端腎曲小管
腎單位
腎小球
波曼氏囊（腎小球囊）
皮質
近端腎曲小管
收集管
髓質
亨利氏蹄係管（腎小管蹄係）
貝里尼氏小管（腎直小管）
直管

泌尿系統（Urinary system）。**左腎剖面：**髓錐體(*Medullary pyramid*)；皮質(*Cortex*)；髓質(*Medulla*)；腎盂(*Renal pelvis*)；輸尿管(*Ureter*)；腎小盞(*Minor calyx*)；纖維性囊(*Fibrous capsule*)；腎柱(*Renal column*)；收集小管(*Collecting tubule*)；腎單位(*Nephron*)；亨利氏蹄係管(腎小管蹄係)(*Loop of Henlé*)；腎竇(*Renal sinus*)；腎大盞(*Major calyx*)；腎乳頭(*Renal papilla*)。**腎的動脈系統：**腹腔幹(*Celiac trunk*)；腸系膜上動脈(*Superior mesenteric artery*)。**腎截面：**直管(*Vasa recta*)；遠端腎曲小管(*Distal convoluted tubule*)；收集管(*Collecting duct*)；貝里尼氏小管(腎直小管)(*Duct of Bellini*)。**男性尿道：**腎上

男性尿道

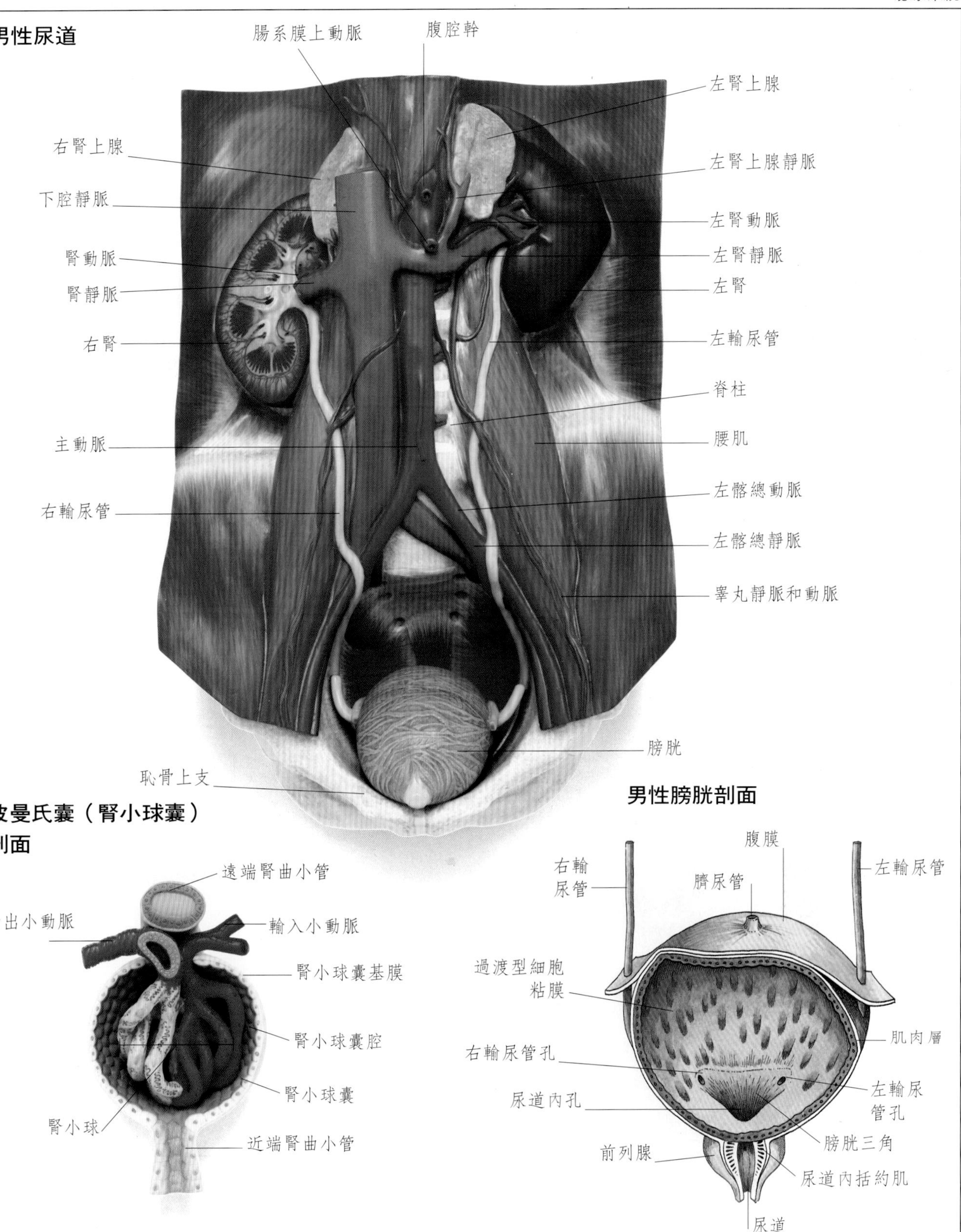

腸系膜上動脈

腹腔幹

左腎上腺

右腎上腺

左腎上腺靜脈

下腔靜脈

左腎動脈

腎動脈

左腎靜脈

腎靜脈

左腎

右腎

左輸尿管

脊柱

腰肌

主動脈

左髂總動脈

左髂總靜脈

右輸尿管

睪丸靜脈和動脈

恥骨上支

膀胱

波曼氏囊（腎小球囊）剖面

遠端腎曲小管

輸出小動脈

輸入小動脈

腎小球囊基膜

腎小球囊腔

腎小球囊

腎小球

近端腎曲小管

男性膀胱剖面

腹膜

右輸尿管

臍尿管

左輸尿管

過渡型細胞粘膜

肌肉層

右輸尿管孔

左輸尿管孔

尿道內孔

膀胱三角

前列腺

尿道內括約肌

尿道

腺*[adrenal(suprarenal)gland]*；腎動脈*(Renal artery)*；腎靜脈*(Renal vein)*；腰肌*(Psoas muscle)*；恥骨上支*(Superior pubic ramus)*；睪丸靜脈和動脈*(Testicular vein and artery)*。**波曼氏囊(腎小球囊)剖面(SECTION THROUGH BOWMAN'S CAPSULE)**：腎小球*(Glomerulus)*；腎小球囊基膜*(Basement membrane of Bowman's capsule)*。**男性膀胱剖面**：過渡型細胞粘膜*(Transitional cell mucosa)*；前列腺*(Prostate gland)*；臍尿管*(Urachus)*；膀胱三角*(Trigone)*；尿道*(Urethra)*。

生殖系統

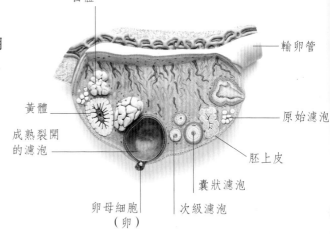

白體
黃體
成熟裂開的濾泡
卵母細胞（卵）
輸卵管
原始濾泡
胚上皮
囊狀濾泡
次級濾泡

位於骨盆裡的性器官是為了孕育新的生命。每月都有一顆成熟的卵子，從女性的兩個卵巢之一釋放到通向子宮的輸卵管裡。子宮是一個梨型大小的肌肉質器官。男性在其稱為睪丸的兩個卵圓形腺體裡產生蝌蚪狀的微小精子。當男性準備把精子釋放進女性的陰道時，數百萬個精子進入他的尿道，進而通過肉質的陰莖排出體外。這些精子通過陰道游進子宮，其中有一個精子可能進入卵子而使它受精。受精卵被包埋進子宮壁而開始發展成新生命。

女性骨盆區剖面

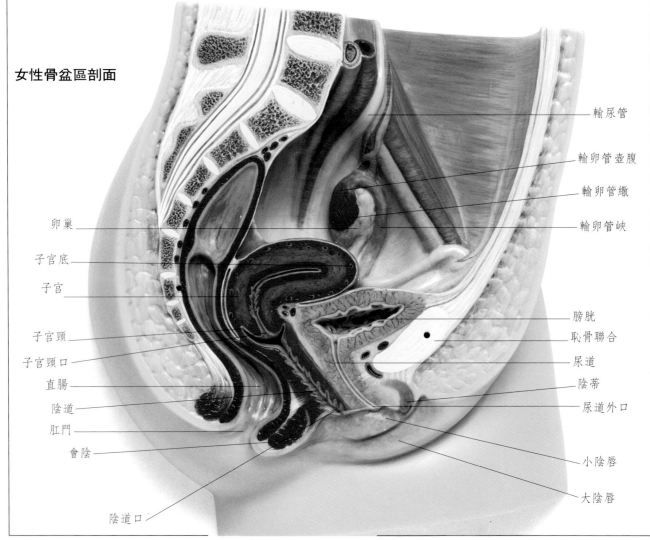

卵巢
子宮底
子宮
子宮頸
子宮頸口
直腸
陰道
肛門
會陰
陰道口

輸尿管
輸卵管壺腹
輸卵管繖
輸卵管峽
膀胱
恥骨聯合
尿道
陰蒂
尿道外口
小陰唇
大陰唇

生殖系統（Reproductive system）。**女性骨盆區剖面**：卵巢(Ovary)；子宮[Uterus(womb)]；子宮頸[Cervix(neck of uterus)]；陰道(Vagina)；會陰(Perineum)；輸卵管壺腹(Ampulla of fallopian tube)；輸卵管繖(Fimbria of fallopian tube)；輸卵管峽(Isthmus of fallopian tube)；陰蒂(Clitoris)；小陰唇(Labia minora)。**卵巢剖面**：白體(Corpus albicans)；黃體(Corpus luteum)；濾泡(follicle)；輸卵管(Fallopian tube)；囊狀濾泡(Graffian follicle)；卵母細胞(卵)[Oocyte(egg)]。**女性生殖器官**：卵巢韌帶(Ovarian ligament)。**男性生殖器官**：精索外筋膜(External spermatic fascia)；睪提筋膜(Cremasteric fascia)；副睪

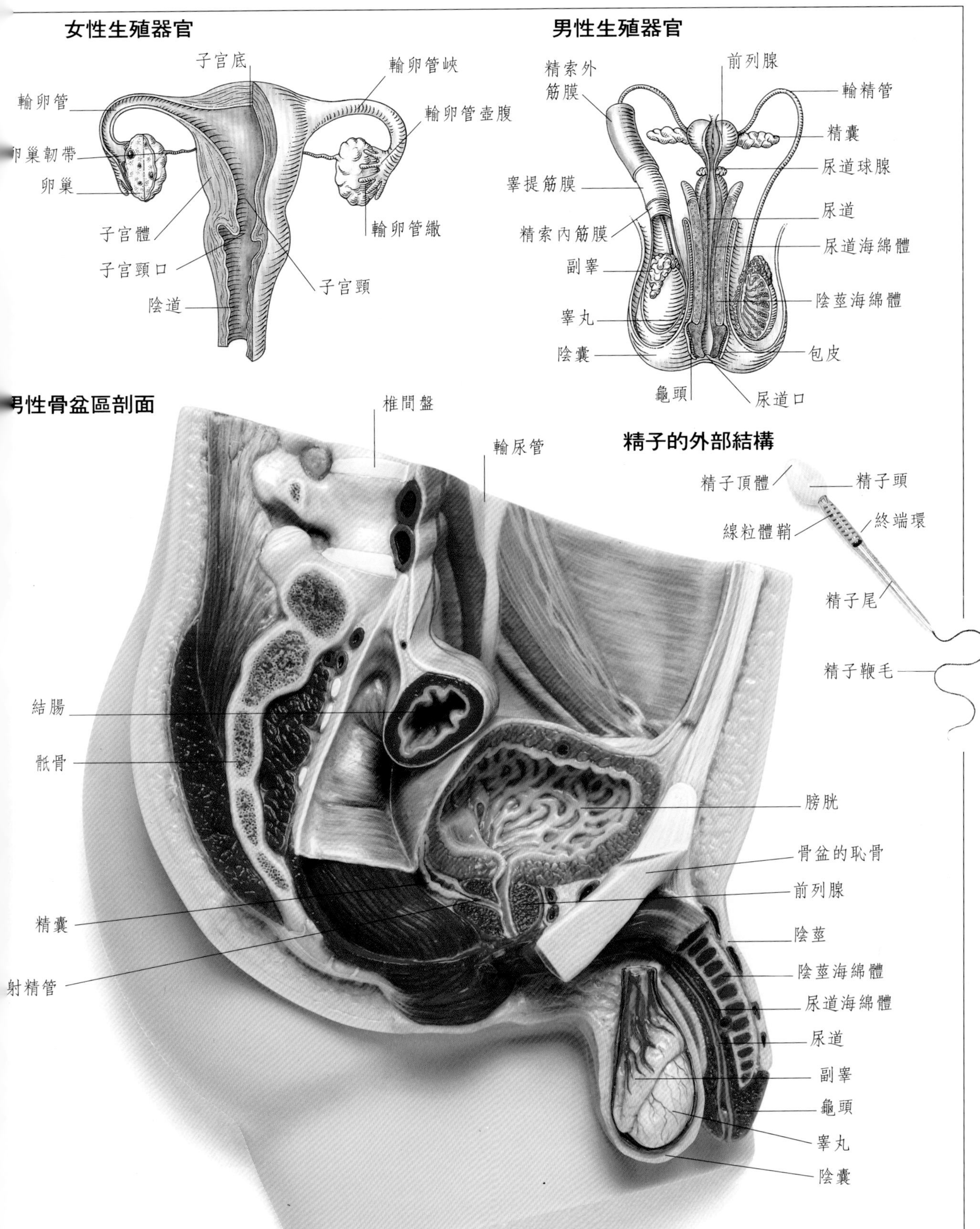

女性生殖器官

- 輸卵管
- 卵巢韌帶
- 卵巢
- 子宮底
- 子宮體
- 子宮頸口
- 陰道
- 輸卵管峽
- 輸卵管壺腹
- 輸卵管繖
- 子宮頸

男性生殖器官

- 精索外筋膜
- 睪提筋膜
- 精索內筋膜
- 副睪
- 睪丸
- 陰囊
- 龜頭
- 前列腺
- 輸精管
- 精囊
- 尿道球腺
- 尿道
- 尿道海綿體
- 陰莖海綿體
- 包皮
- 尿道口

男性骨盆區剖面

- 椎間盤
- 輸尿管
- 結腸
- 骶骨
- 精囊
- 射精管
- 膀胱
- 骨盆的恥骨
- 前列腺
- 陰莖
- 陰莖海綿體
- 尿道海綿體
- 尿道
- 副睪
- 龜頭
- 睪丸
- 陰囊

精子的外部結構

- 精子頂體
- 線粒體鞘
- 精子頭
- 終端環
- 精子尾
- 精子鞭毛

(Epididymis)；睪丸[Testis(testicle)]；陰囊(Scrotum)；龜頭(Glans penis)；前列腺(Prostate gland)；輸精管(Ductus vas deferens)；精囊(Seminal vesicle)；尿道球腺(Bulbourethral gland)；尿道海綿體(Corpus spongiosum)；陰莖海綿體(Corpus cavernosum)；包皮[Prepuce(foreskin)]。**男性骨盆區剖面**：射精管(Ejaculatory duct)；椎間盤(Intervertebral disk)。**精子的外部結構**：精子頂體(Acrosomal cap)；線粒體鞘(Mitochondrial sheath)；終端環(Terminal ring)；精子鞭毛(Flagellum)。

嬰兒的發育

一枚受精卵先發育成胚胎，繼而發育成胎兒，這段長達40周的妊娠過程中，是得到滋養和受到保護的。胎盤是有大量血管植入在子宮內膜中的一個器官。它通過臍帶供給胚胎以營養和氧氣並排出廢物。此時，胎兒溫暖而又舒適地躺在羊膜囊裡。羊膜囊是一個口袋，裡面充滿著保護胎兒免受任何意外顛簸的羊水。在妊娠的最後幾周，快速生長中的胎兒的頭會倒過來朝下：嬰兒準備出生了。

5周的胎兒

原基耳
原基眼
原基口
心隆起
臂芽
原基肝
尾芽
腿芽
原基脊椎

胎盤剖面

臍帶
臍靜脈
臍動脈
胎兒血管
羊膜
絨毛膜板
絨毛膜
滋養層
絨膜絨毛
母體血池
中膈
蛻膜板
母體血管
子宮肌層

羊水
肚臍
子宮壁
胎兒

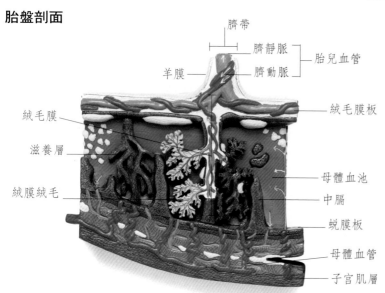

嬰兒的發育（Development of a baby）。**5周的胎兒**(EMBRYO AT FIVE WEEKS)：原基耳 *(Rudimentary ear)*；原基眼*(Rudimentary eye)*；原基口*(Rudimentary mouth)*；尾芽*(Tail bud)*；腿芽*(Leg bud)*；臂芽*(Arm bud)*；原基肝*(Rudimentary liver)*；原基脊椎*(Rudimentary vertebra)*。**胎盤剖面**(SECTION THROUGH PLACENTA)：絨毛膜*(Chorion)*；滋養層*(Trophoblast)*；羊膜*(Amnion)*；臍帶*(Umbilical cord)*；絨毛膜板*(Chorionic plate)*；母體血池*(Pool of maternal blood)*；中膈*(Septum)*；蛻膜板*(Decidual plate)*；母

妊娠9個月時的骨盆剖面

發育中的胎兒

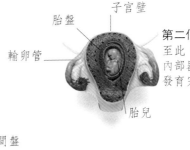

第二個月
至此，所有的內部器官都已發育完成

子宮壁
胎盤
輸卵管
胎兒

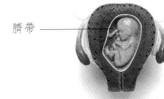

臍帶

第三個月
胎兒已完全成型，現在開始快速生長期

椎間盤

脊椎

脊柱

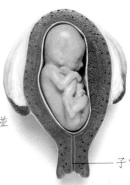

第5個月
儘管圖中的胎兒是坐姿，但在出生前將倒轉180°。
到第5個月，胎兒的活動加強，並對聲音有反應

子宮頸

膀胱

子宮頸

直腸

肛門

恥骨

陰道

尿道

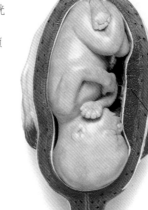

第7個月
內部器官已趨成熟，爲子宮外的生活作好準備。胎兒已經大得在子宮裡只有很少的活動空間了。

胎盤

體血管(Maternal blood vessel)；子宮肌層(Myometrium)。**妊娠9個月時的骨盆剖面**(SECTION THROUGH PELVIS IN NINTH MONTH OF PREGNANCY)：羊水(Amniotic fluid)；肚臍[Umbilicus(navel)]；子宮壁(Uterine wall)；椎間盤(Intervertebral disk)；脊椎(Vertebra)；脊柱(Spinal cord)；膀胱(Bladder)；子宮頸(Cervix)；直腸(Rectum)；肛門(Anus)；恥骨(Pubic bone)；陰道(Vagina)；尿道(Urethra)。**發育中的胎兒**(THE DEVELOPING FETUS)：輸卵管(Fallopian tube)；胎盤(Placenta)。

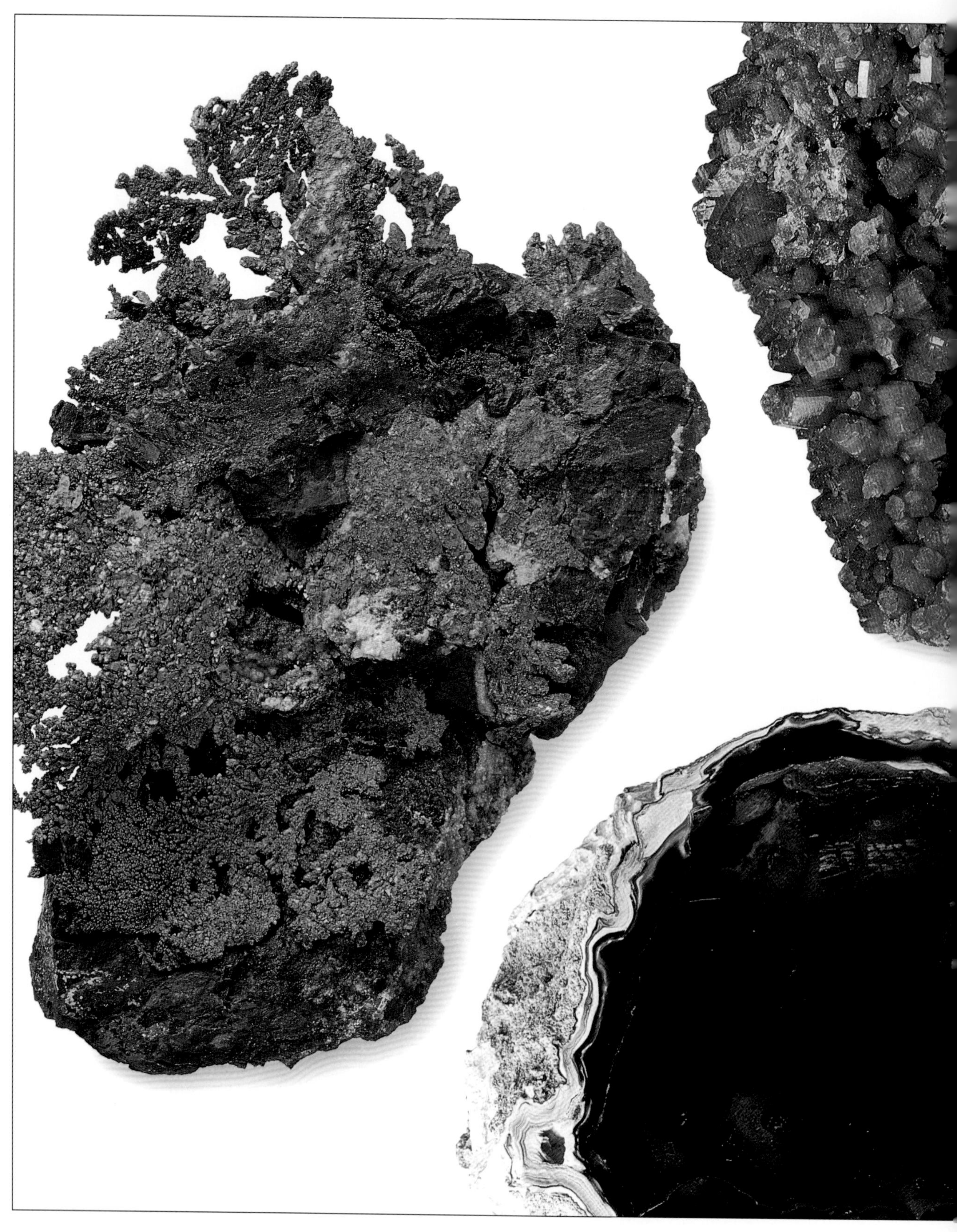

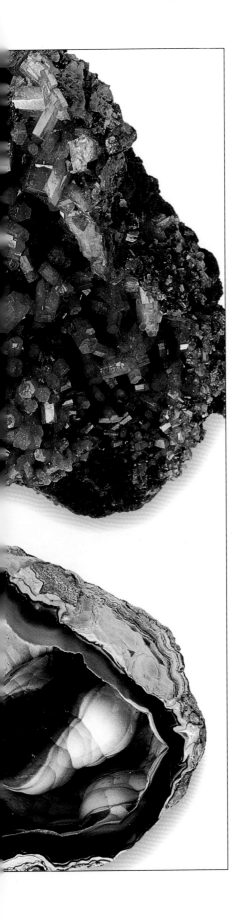

地球科學篇

（地質、地理和氣象）

GEOLOGY, GEOGRAPHY, AND METEOROLGY

地球表面的自然特徵
(Earth's physical features) 264

岩石循環(The rock cycle) 266

礦物(Minerals) 268

礦物特徵(Mineral features) 270

火山(Volcanoes) 272

火成岩和變質岩
(Igneous and metamorphic rocks) 274

沉積岩(Sedimentary rocks) 276

化石(Fossils) 278

礦物資源(Mineral resources) 280

風化和侵蝕(Weathering and erosion) 282

洞穴(Caves) 284

冰川(Glaciers) 286

河流(Rivers) 288

河流特徵(River features) 290

湖泊和地下水(Lakes and groundwater) 292

海岸線(Coastlines) 294

海洋(Oceans and seas) 296

洋底(The ocean floor) 298

大氣圈(The atmosphere) 300

天氣(Weather) 302

地球表面的自然特徵

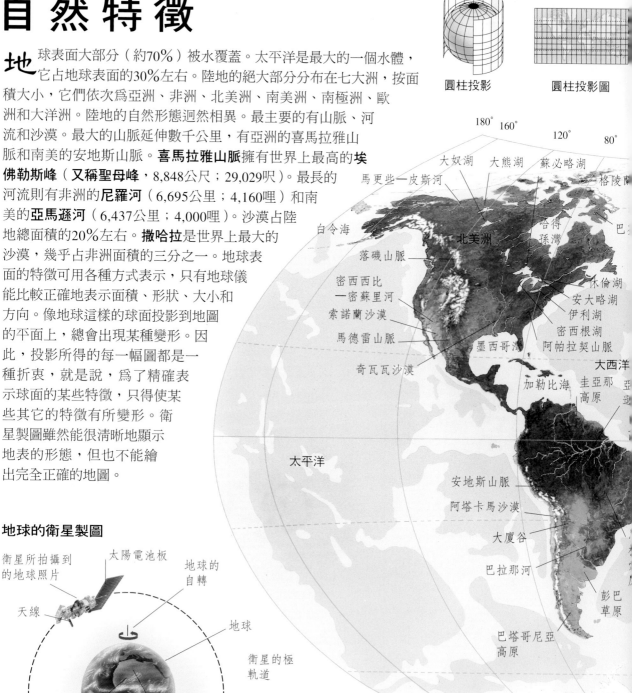

地球表面大部分（約70%）被水覆蓋。太平洋是最大的一個水體，它占地球表面的30%左右。陸地的絕大部分分布在七大洲，按面積大小，它們依次為亞洲、非洲、北美洲、南美洲、南極洲、歐洲和大洋洲。陸地的自然形態迥然相異。最主要的有山脈、河流和沙漠。最大的山脈延伸數千公里，有亞洲的喜馬拉雅山脈和南美的安地斯山脈。**喜馬拉雅山脈**擁有世界上最高的**埃佛勒斯峰**（又稱聖母峰，8,848公尺；29,029呎）。最長的河流則有非洲的**尼羅河**（6,695公里；4,160哩）和南美的**亞馬遜河**（6,437公里；4,000哩）。沙漠占陸地總面積的20%左右。**撒哈拉**是世界上最大的沙漠，幾乎占非洲面積的三分之一。地球表面的特徵可用各種方式表示，只有地球儀能比較正確地表示面積、形狀、大小和方向。像地球這樣的球面投影到地圖的平面上，總會出現某種變形。因此，投影所得的每一幅圖都是一種折衷，就是說，為了精確表示球面的某些特徵，只得使某些其它的特徵有所變形。衛星製圖雖然能很清晰地顯示地表的形態，但也不能繪出完全正確的地圖。

圓柱投影 　圓柱投影圖

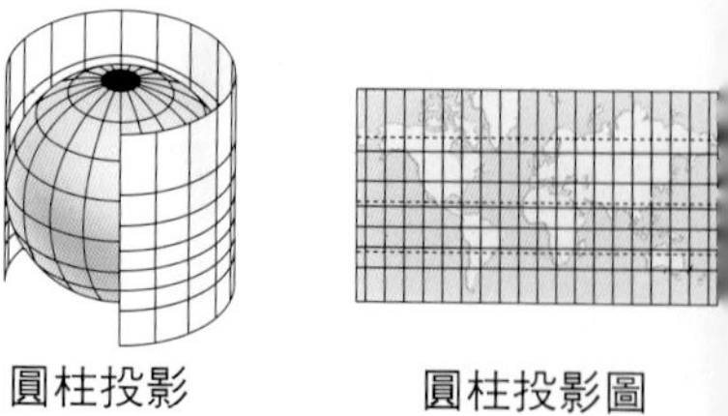

180° 160° 　120° 80°

大奴湖　大熊湖　蘇必略湖
馬更些－皮斯河　　　　　　格陵
白令海　　　　北美洲　哈得
　　　　　　　　　　孫灣　巴
落磯山脈　　　　　　　休倫湖
密西西比　　　　　　安大略湖
一密蘇里河　　　　　伊利湖
索諾蘭沙漠　　　　　密西根湖
馬德雷山脈　　　　墨西哥灣　阿帕拉契山脈
奇瓦瓦沙漠　　　　　　　　大西洋
　　　　　　加勒比海　圭亞那　亞
　　　　　　　　　　高原
太平洋
安地斯山脈
阿塔卡馬沙漠
大廈谷
巴拉那河
　　　　　　　　　彭巴
　　　　　　　　　草原
巴塔哥尼亞
高原

地球的衛星製圖

衛星所拍攝到的地球照片　太陽電池板　地球的自轉
天線　　　　　　　　　　　地球
　　　　　　　　　　　　衛星的極軌道
單幅地球表面的區域照片　由數千幅單張圖像合成的圖片

180° 160° 　　　　　120° 80°
　　　　　　　　　　　　本初子午線以

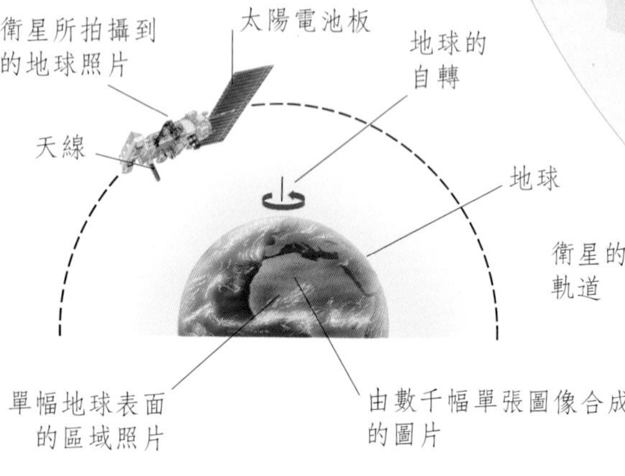

地球表面的自然特徵(Earth's physical features)：喜馬拉雅山脈(The Himalayas)；埃佛勒斯峰(又稱聖母峰)(Mount Everest)；尼羅河(the River Nile)；亞馬遜河(the Amazon River)；撒哈拉(the Sahara)。**地球的衛星製圖**(SATELLITE MAPPING OF THE EARTH)：太陽電池板(Solar panel)；天線(Antenna)；衛星的極軌道(Polar orbit of satellite)。**地圖投影示例**(EXAMPLES OF MAP PROJECTIONS)：圓柱投影(CYLINDRICAL PROJECTION)；圓錐投影(CONICAL PROJECTION)；方位投影(AZIMUTHAL

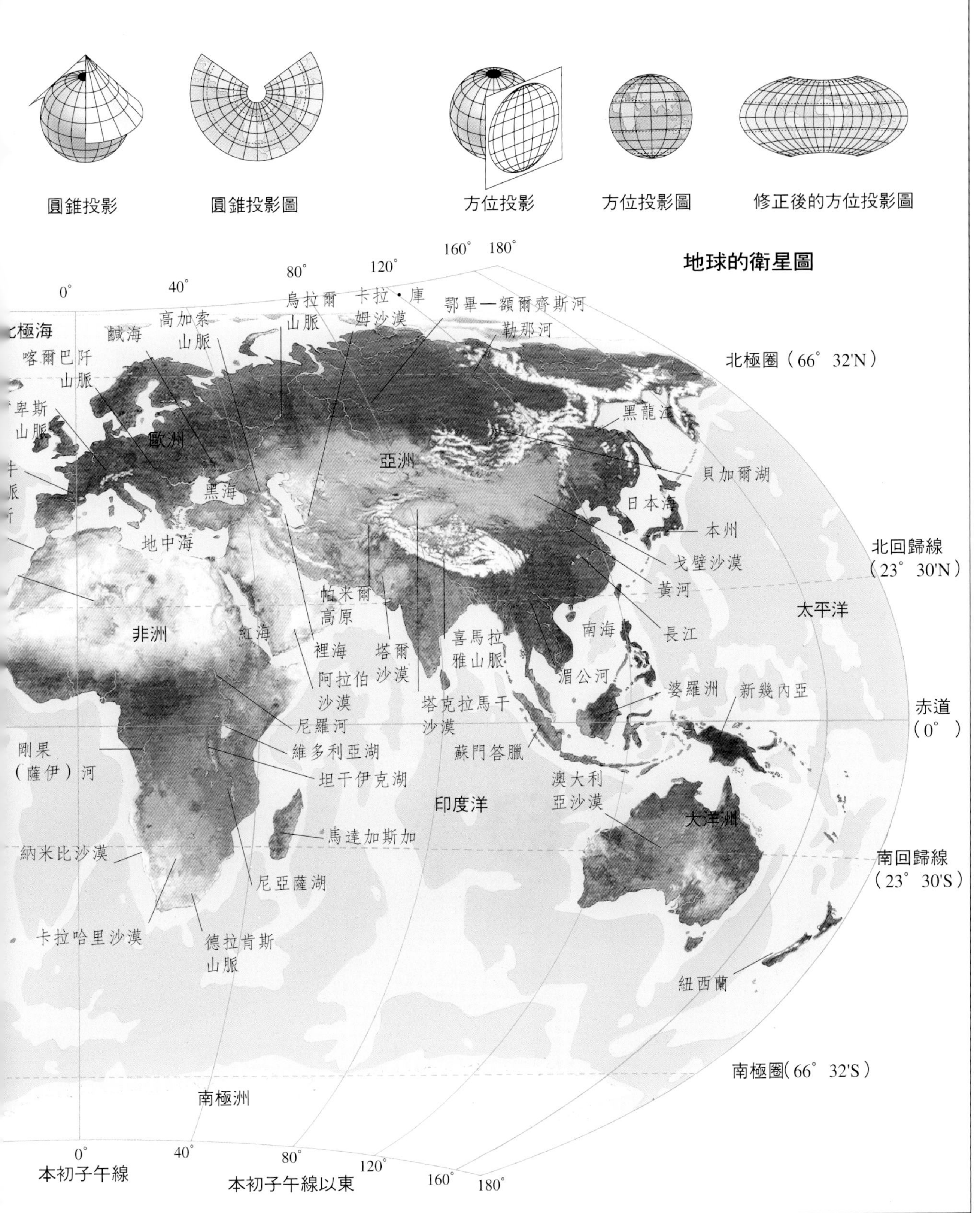

圓錐投影　　　圓錐投影圖　　　方位投影　　方位投影圖　　修正後的方位投影圖

地球的衛星圖

北極海
喀爾巴阡山脈
卑斯山脈
牛辰斯山脈
鹹海
高加索山脈
烏拉爾山脈
卡拉·庫姆沙漠
鄂畢—額爾齊斯河
勒那河
北極圈（66°32'N）
黑龍江
貝加爾湖
歐洲
黑海
亞洲
日本海
本州
戈壁沙漠
黃河
北回歸線（23°30'N）
地中海
太平洋
非洲
紅海
帕米爾高原
裡海
塔爾沙漠
阿拉伯沙漠
喜馬拉雅山脈
南海
長江
尼羅河
塔克拉馬干沙漠
湄公河
婆羅洲
新幾內亞
赤道（0°）
剛果（薩伊）河
維多利亞湖
蘇門答臘
澳大利亞沙漠
大洋洲
印度洋
坦干伊克湖
納米比沙漠
馬達加斯加
南回歸線（23°30'S）
尼亞薩湖
卡拉哈里沙漠
德拉肯斯山脈
紐西蘭
南極圈（66°32'S）
南極洲

0°　40°　80°　120°　160°　180°
本初子午線　　本初子午線以東

160°　180°
80°　120°
0°　40°

PROJECTION)。**地球的衛星圖**(SATELLITE MAP OF THE EARTH)：北極海(ARCTIC OCEAN)；北美洲(NORTH AMERICA)；大西洋(ATLANTIC OCEAN)；非洲(AFRICA)；歐洲(EUROPE)；亞洲(ASIA)；太平洋(PACIFIC OCEAN)；南美洲(SOUTH AMERICA)；印度洋(INDIAN OCEAN)；大洋洲(AUSTRALASIA)；南極洲(ANTARCTICA)；北極圈(ARCTIC CIRCLE)；北回歸線(TROPIC OF CANCER)；赤道(EQUATOR)；南回歸線(TROPIC OF CAPRICORN)；南極圈(ANTARCTIC CIRCLE)；本初子午線(GREENWICH MERIDIAN)。

岩石循環

六邊形玄武岩
柱狀體(冰島)

岩石循環是老岩石轉變成新岩石的一種連續過程。岩石可分三大類：火成岩、沉積岩和變質岩。火成岩是由來自地球深部的岩漿（熔融的岩石）冷凝固結而成的（參見274-275頁）。沉積岩是由沉積物（例如岩石碎屑）在成岩過程中，經過壓縮和膠結形成的（參見276-277頁）。變質岩是由火成岩、沉積岩或別的變質岩受熱和壓力的作用，發生變化而形成的（參見274-275頁）。岩石經過地殼運動和火山活動形成於地球表層，一旦露出地表，就發生風化，形成岩石碎屑（參見282-283頁）。這些碎屑經過冰川、河流和風的搬運，而沉積在湖泊、三角洲、沙漠和海洋，形成了沉積物。沉積物中的某些部分經過成岩作用，形成了沉積岩。沉積岩可被地殼運動抬升到地表，或被俯降到地球的深處，在熱和壓力的作用下，又形成了變質岩。而變質岩可能又被推向地表或熔融而形成岩漿。岩漿最終在地表或地表下面冷凝固結，形成火成岩。沉積岩、火成岩和變質岩再次露出在地表，就開始了新的循環。

岩石循環的階段

像熔岩，岩漿噴出後固結，形成火成岩

火山口
熔岩流
主通道
次通道
熔岩
火山灰

岩石循環

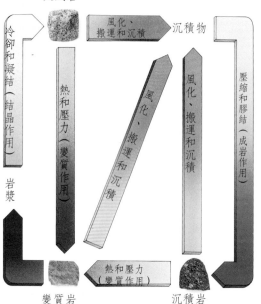

火成岩
冷卻和凝結（結晶作用）
風化、搬運和沉積
沉積物
熱和壓力（變質作用）
風化、搬運和沉積
風化、搬運和沉積
壓縮和膠結（成岩作用）
岩漿
熱和壓力（變質作用）
變質岩
沉積岩

岩漿周圍的岩石受熱發生變化，形成變質岩

上升岩漿的劇熱使周圍部分岩石熔融

沉積岩受擠壓且產生褶皺，形成變質岩

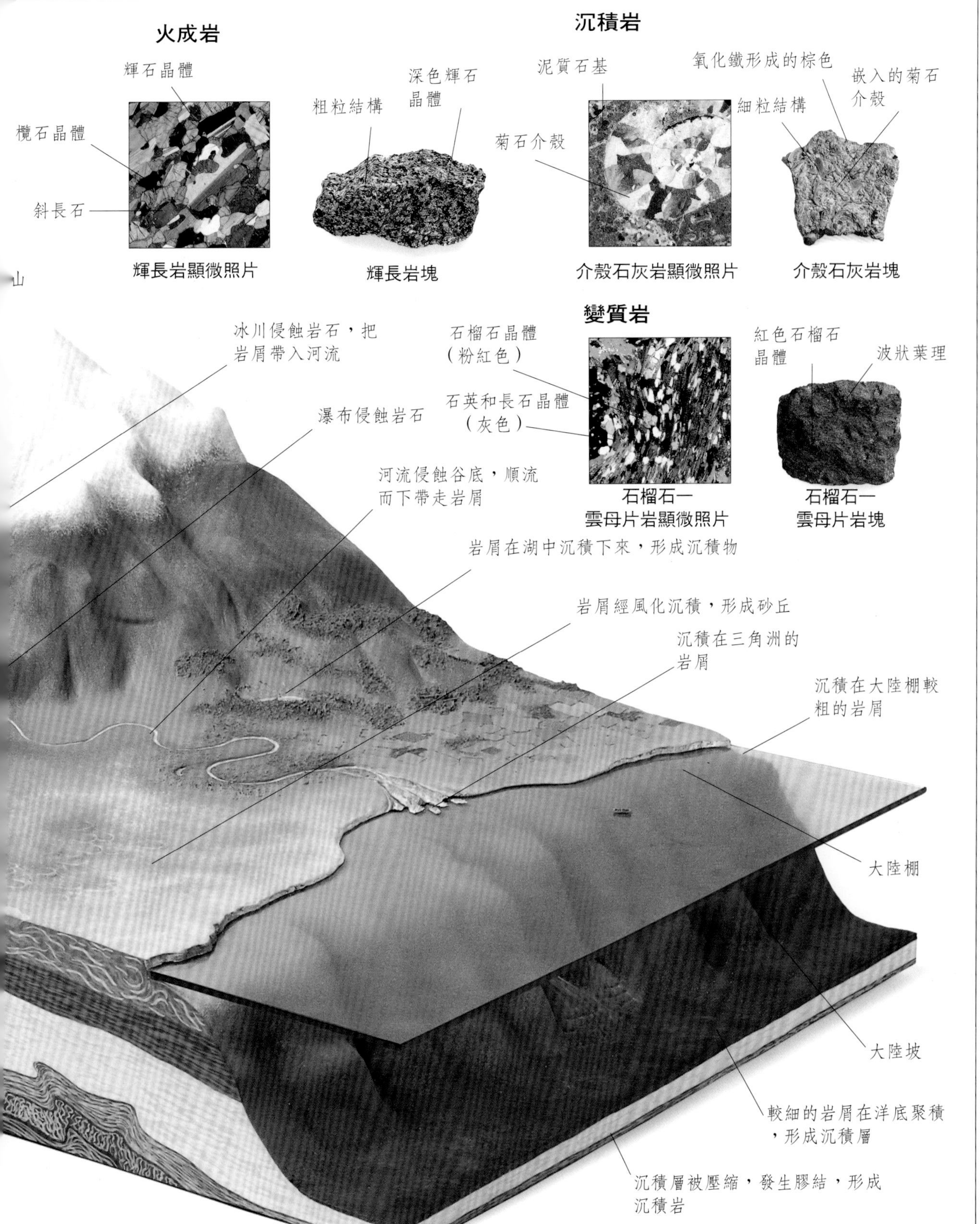

火成岩

輝石晶體
橄欖石晶體
斜長石

深色輝石晶體
粗粒結構

輝長岩顯微照片

輝長岩塊

沉積岩

泥質石基
菊石介殼

氧化鐵形成的棕色
嵌入的菊石介殼
細粒結構

介殼石灰岩顯微照片

介殼石灰岩塊

變質岩

石榴石晶體（粉紅色）
石英和長石晶體（灰色）

紅色石榴石晶體
波狀葉理

石榴石—雲母片岩顯微照片

石榴石—雲母片岩塊

冰川侵蝕岩石，把岩屑帶入河流

瀑布侵蝕岩石

河流侵蝕谷底，順流而下帶走岩屑

岩屑在湖中沉積下來，形成沉積物

岩屑經風化沉積，形成砂丘

沉積在三角洲的岩屑

沉積在大陸棚較粗的岩屑

大陸棚

大陸坡

較細的岩屑在洋底聚積，形成沉積層

沉積層被壓縮，發生膠結，形成沉積岩

(Pyroxene crystal)；橄欖石晶體(Olivine crystal)；斜長石(Plagioclase feldspar)。粗粒結構(Coarsegrained texture)。**沉積岩**(SEDIMENTARY ROCK)：泥質石基[Mud groundmass(matrix)]；菊石介殼(Ammonite shell)；介殼石灰岩塊(PIECE OF SHELLY LIMESTONE)；細粒結構(Finegrained texture)。**變質岩** (METAMORPHIC ROCK)：石榴石晶體(Garnet crystal)；石英和長石晶體(Quartz and feldspar crystal)；石榴石—雲母片岩塊(PIECE OF GARNETMICA SCHIST)；波狀葉理(Wavy foliation)。

礦 物

樹枝狀銅

褐鐵礦石基

銅（Cu）

礦物是一種天然物質，它具有特定的化學成分和物理特性，例如**晶癖**和**條痕**（參見270-271頁）。相對而言，岩石是一種礦物的集合體，不具有特定的化學成分。礦物是由元素組成的（元素在化學上不能再分解成更簡單的物質）；每一種礦物可用某種化學符號來表示。礦物分成兩大類：自然元素和化合物。自然元素礦物是由某種純元素組成的，例如，金（Au）、銀（Ag）、銅（Cu）和碳（C）。碳作為自然元素出現，有兩種形態：金剛石和石墨。化合礦物類則由兩種或更多的元素組成。例如，硫化物是由硫（S）和一種或數種其他元素組成的，如方鉛礦中的鉛（Pb）或輝銻礦中的銻（Sb）。

硫化物

方形方鉛礦晶體

方鉛礦
（PbS）

柱狀輝銻礦晶體

石英石基

輝銻礦
（Sb_2S_3）

完整的八面體黃鐵礦晶體

石英晶體

黃鐵礦
（FeS_2）

樹枝狀金

乳狀石英基質

石英脈

金
（Au）

白色金剛石

慶伯利岩石基

金剛石
（C）

氧化物/氫氧化物

煙水晶晶體

煙水晶(SiO_2)

石基中圓形鋁土礦顆粒

鋁土礦
〔$FeO(OH) \cdot Al_2O_3 \cdot 2H_2O$〕

平行的瑪瑙條帶

瑪瑙
（SiO_2）

六角形石墨晶體

石墨（C）

鏡鐵礦晶體集合體

鏡鐵礦
（Fe_2O_3）

腎鐵礦

鏡鐵礦晶體

腎鐵礦
（Fe_2O_3）

礦物(Minerals)：晶癖(habit)；條痕(streak)。**硫化物(SULFIDES)**：方鉛礦(GALENA)；輝銻礦(STIBNITE)；黃鐵礦(PYRITES)；石英晶體(*Quartz crystal*)。**自然元素(NATIVE ELEMENTS)**：銅(COPPER)；金(GOLD)；金剛石(DIAMOND)；慶伯利岩石基[*Kimberlite groundmass(matrix)*]；石墨(GRAPHITE)。**氧化物/氫氧化物(OXIDES/HYDROXIDES)**：煙水晶(SMOKY QUARTZ)；鋁土礦(BAUXITE)；鏡鐵礦(SPECULAR HEMATITE)；瑪瑙(ONYX)；腎鐵礦(KIDNEY ORE HEMATITE)。**磷酸鹽(PHOSPHATES)**：磷酸氯鉛礦

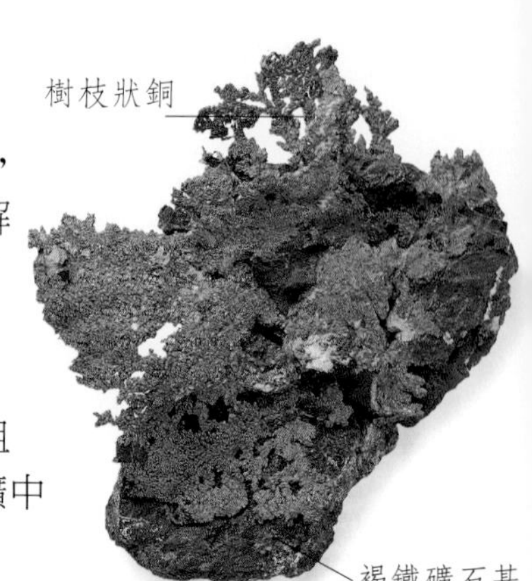

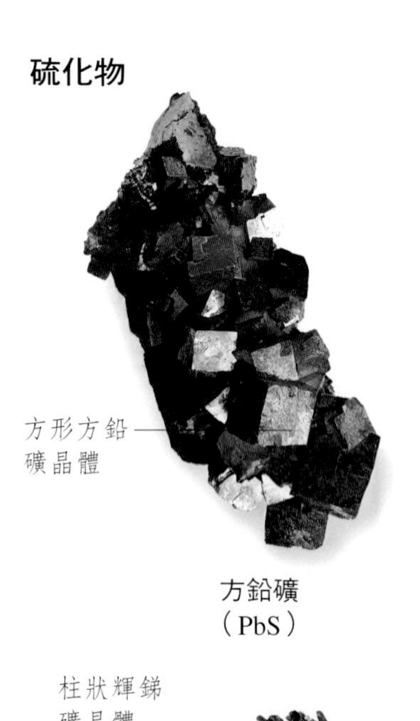

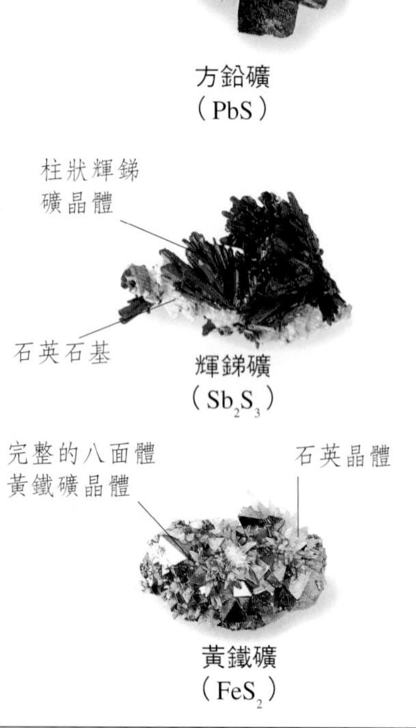

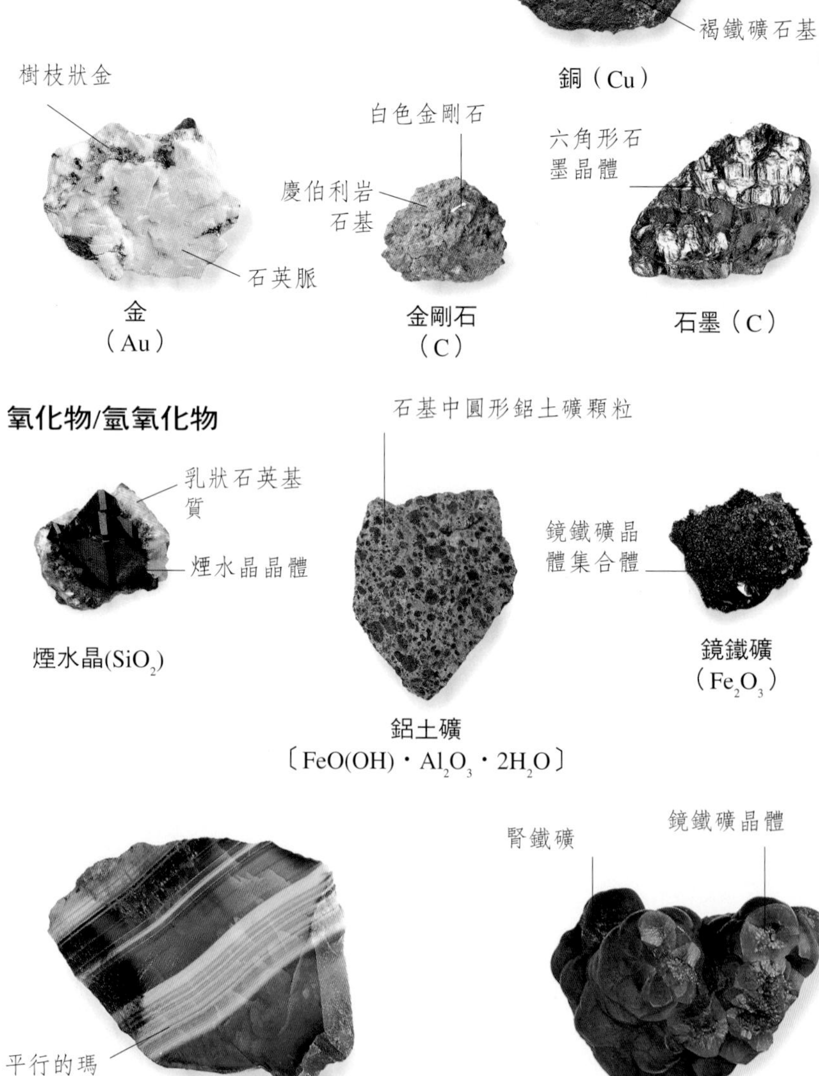

磷酸鹽

褐鐵礦石基

岩石石基

放射狀纖維磷鋁礦晶體

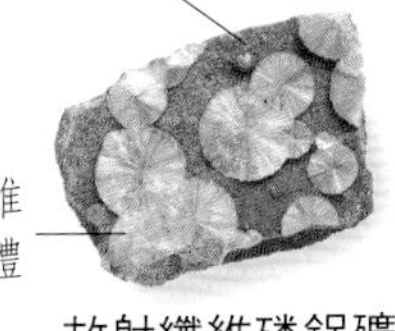

放射纖維磷鋁礦
〔$Al_3(PO_4)_2(OH,F)_3 \cdot 5H_2O$〕

柱狀磷酸氯鉛礦

磷酸氯鉛礦
〔$Pb_5(PO_4)_3Cl$〕

矽酸鹽

長石石基

透明的雙色電氣石晶體

方鈉石十二面體晶體

方鈉石
（$Na_8Al_6Si_6O_{24}Cl_2$）

橄欖石晶體的條紋晶面

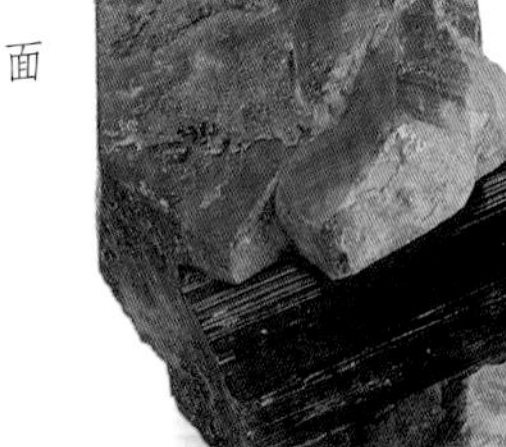

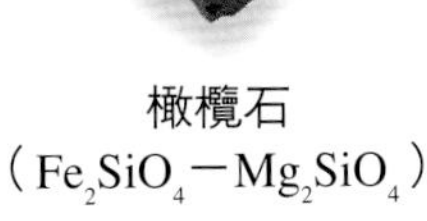

橄欖石
（$Fe_2SiO_4 - Mg_2SiO_4$）

電氣石
〔$Na(Mg,Fe,Li,Mn,Al)_3Al_6(BO_3)_3Si_6O_{18}(OH,F)_4$〕

碳酸鹽

犬牙狀方解石晶體

帶條紋的白鉛礦晶體

白鉛礦
（$PbCO_3$）

方解石
（$CaCO_3$）

帶條紋的柱狀綠簾石晶體

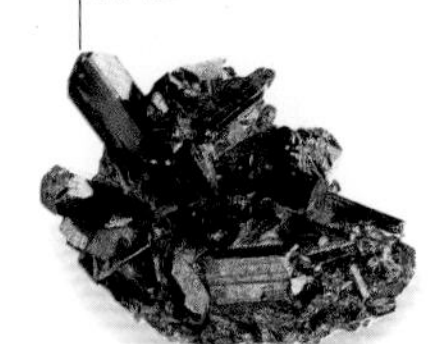

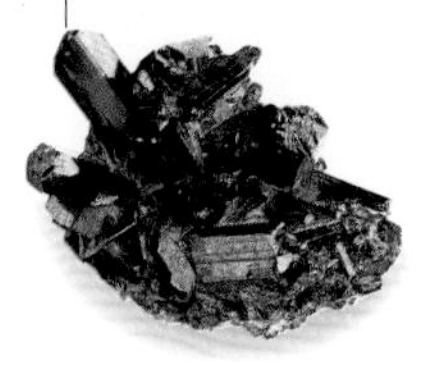

綠簾石
〔$Ca_2(Al,Fe)_3(SiO_4)_3(OH)$〕

板狀白雲母晶體

硫酸鹽

岩石石基

放射狀絨銅礦晶體

雛菊狀石膏的放射狀集合體

正長石晶體

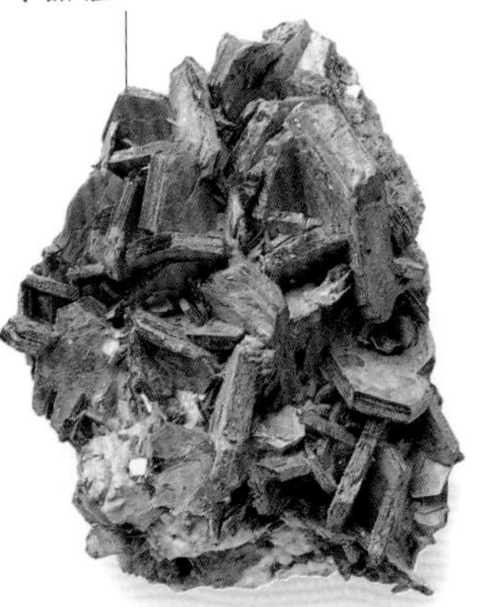

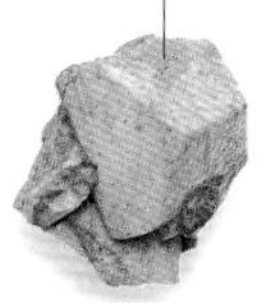

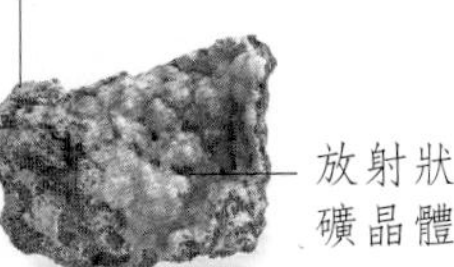

絨銅礦〔$Cu_4Al_2(SO_4)(OH)_{12} \cdot 2H_2O$〕

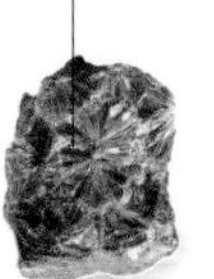

雛菊狀石膏
（$CaSO_4 \cdot 2H_2O$）

白雲母
〔$KAl_2(Si_3Al)O_{10}(OH,F)_2$〕

正長石
（$KAlSi_3O_8$）

鉬酸鹽

鹵化物

方形岩鹽晶體

方形氟石晶體

板狀彩鉬鉛礦晶體

深色岩石石基

彩鉬鉛礦
（$PbMoO_4$）

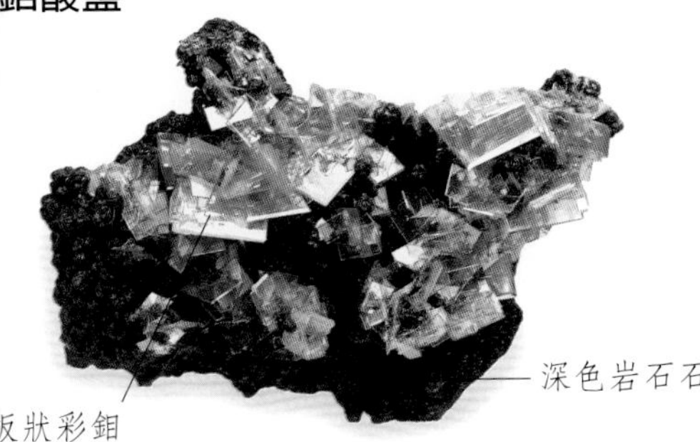

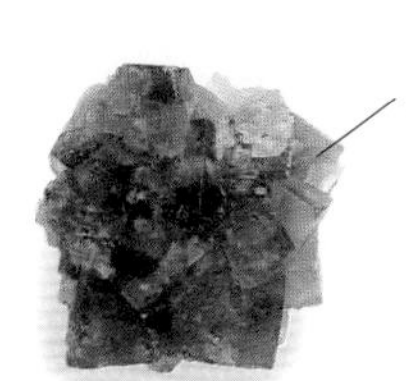

綠色氟石（CaF_2）

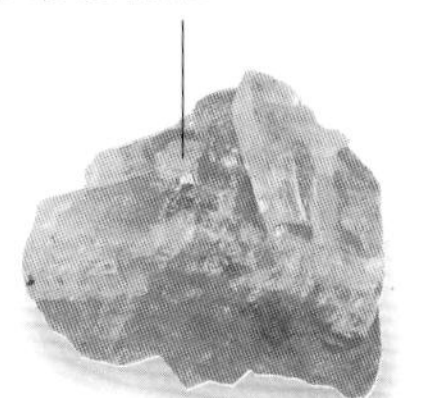

橘紅石鹽（岩鹽）（$NaCl$）

(PYROMORPHITE)；褐鐵礦石基[*Limonite groundmass(matrix)*]；放射纖維磷鋁礦(WAVELLITE)。**矽酸鹽**(SILICATES)：方鈉石(SODALITE)；電氣石(TOURMALINE)；長石石基[*Feldspar groundmass(matrix)*]；橄欖石(OLIVINE)；綠簾石(EPIDOTE)；白雲母(MUSCOVITE)；正長石(ORTHOCLASE)。**碳酸鹽**(CARBONATES)：白鉛礦(CERUSSITE)；方解石(CALCITE)。**硫酸鹽**(SULFATES)：絨銅礦(CYANOTRICHITE)；雛菊狀石膏(DAISY GYPSUM)。**鉬酸鹽**(MOLYBDATE)：彩鉬鉛礦(WULFENITE)。**鹵化物**(HALIDES)：綠色氟石(GREEN FLUORITE)；橘紅石鹽(岩鹽)[ORANGE HALITE(ROCK SALT)]。

礦物特徵

解理

沿一個方向發展的解理

沿一個平面發展的解理

沿三個方向發展的解理，形成方形小塊

沿三個平面發展的解理

礦物可通過研究斷口、解理、晶系、晶癖、硬度、顏色和條痕等特徵來進行鑒定。礦物可通過不同的方式斷裂；如果礦物以不規則的方式裂開，留下粗糙的斷裂面，就形成斷口。如果礦物沿著自身很規則的薄弱面裂開，就出現解理。某些礦物具有獨特的解理形式，例如，雲母的解理只沿一個面發展。大多數礦物呈晶體出現，根據其對稱性和晶面數目，礦物歸屬於不同的晶系。在每一個晶系內，礦物有幾種不同的，但又相關的晶體形態，例如，等軸晶系的晶體有6、8或12個面。礦物的晶癖是指其晶體的集合體所呈現出的典型的形態。晶癖的例子有葡萄狀（像一串葡萄），塊狀（無一定的形狀）等等。礦物的相對硬度可通過測試它們對刻劃的耐度來確定。硬度通常是根據莫氏硬度表來劃分的，把硬度由小到大分為1（滑石）到10（金剛石）。礦物的顏色不是可靠的鑒定特徵，因為有些礦物的顏色變化很大。條痕是一種比較可靠的鑒定特徵。它是礦物在未上釉的瓷片上擦劃所留下的礦物粉末的顏色。

水平解理

沿四個方向發展的解理，形成複錐形六面體晶體

垂直解理

沿二個平面發展的解理

沿四個平面發展的解理

晶系

黃鐵礦等軸晶體

符山石正方晶體

正方晶系圖示

正方晶系

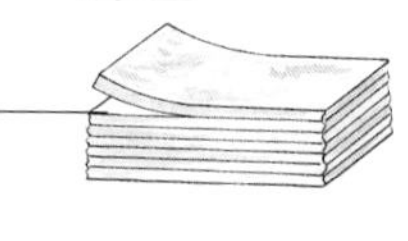

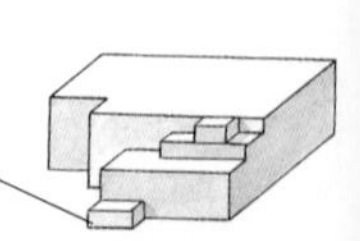

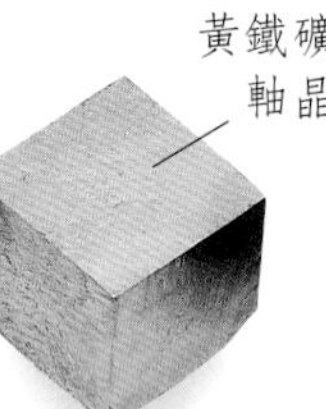

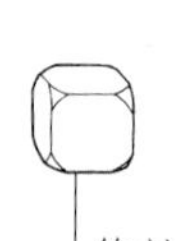

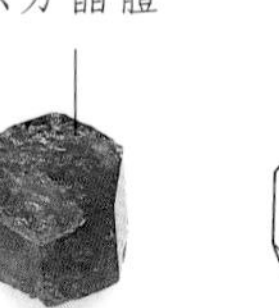

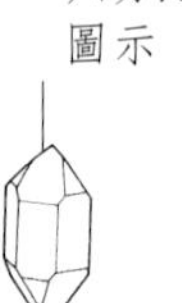

等軸晶系

等軸晶系圖示

綠寶石六方晶體

六方/三角晶系圖示

重晶石斜方晶體

斷口

貝殼狀斷口的火蛋白石

貝殼狀斷口

鋸齒狀斷口的鎳鐵礦

鋸齒狀斷口

不平整斷口的雌黃

不平整斷口

裂片斷口的暗鎳蛇紋石

裂片斷口

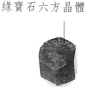

六方/三角晶系

斜方晶系圖示

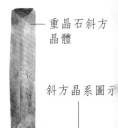

斜方晶系

透石膏單斜晶體

單斜晶系圖示

單斜晶系

三斜晶系圖示

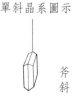

斧石三斜晶體

三斜晶系

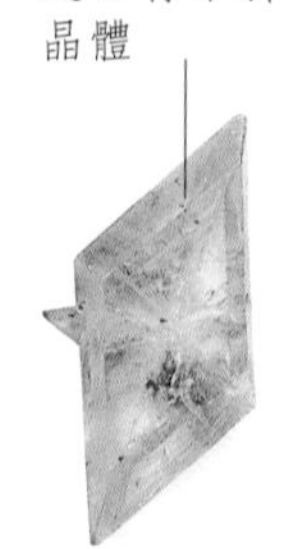

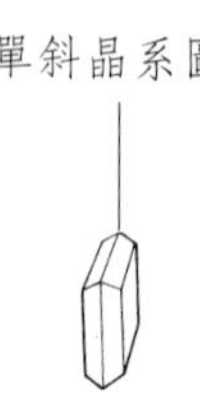

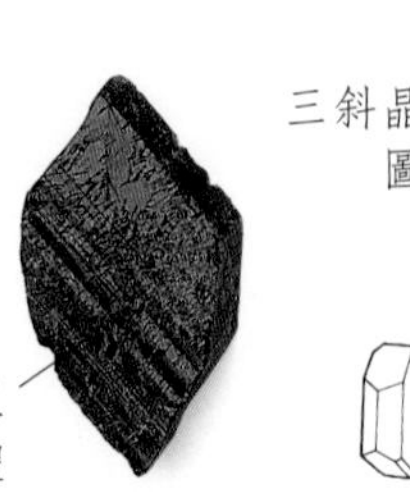

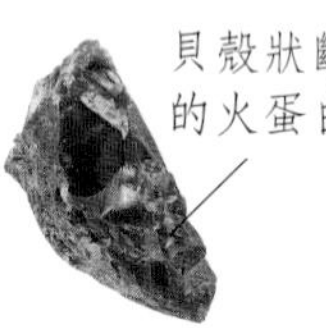

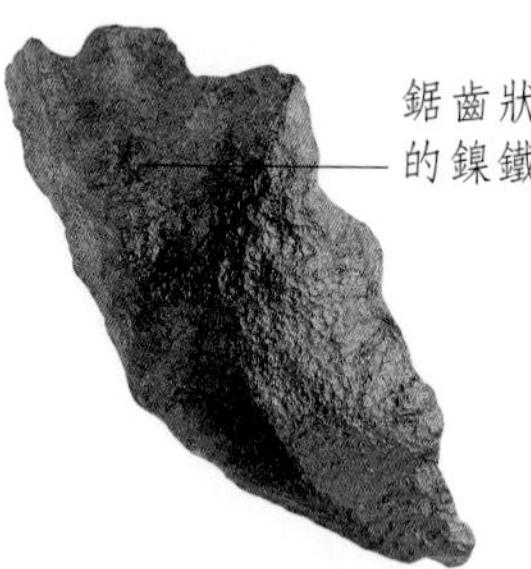

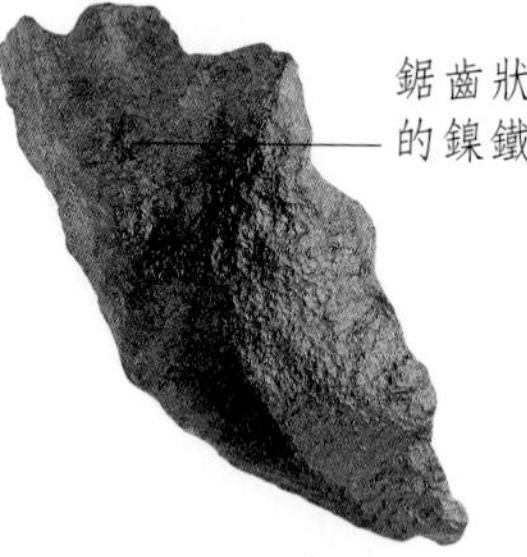

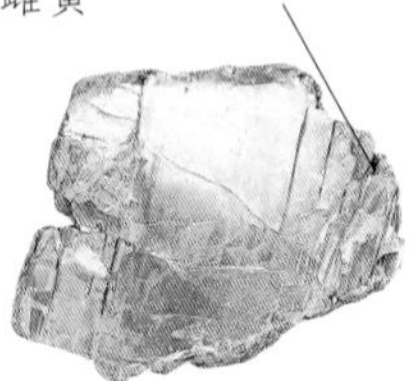

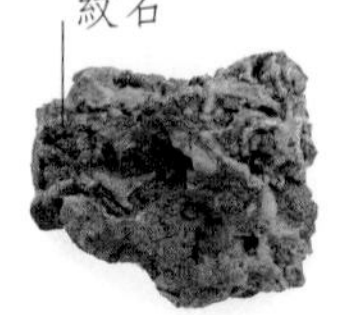

晶癖

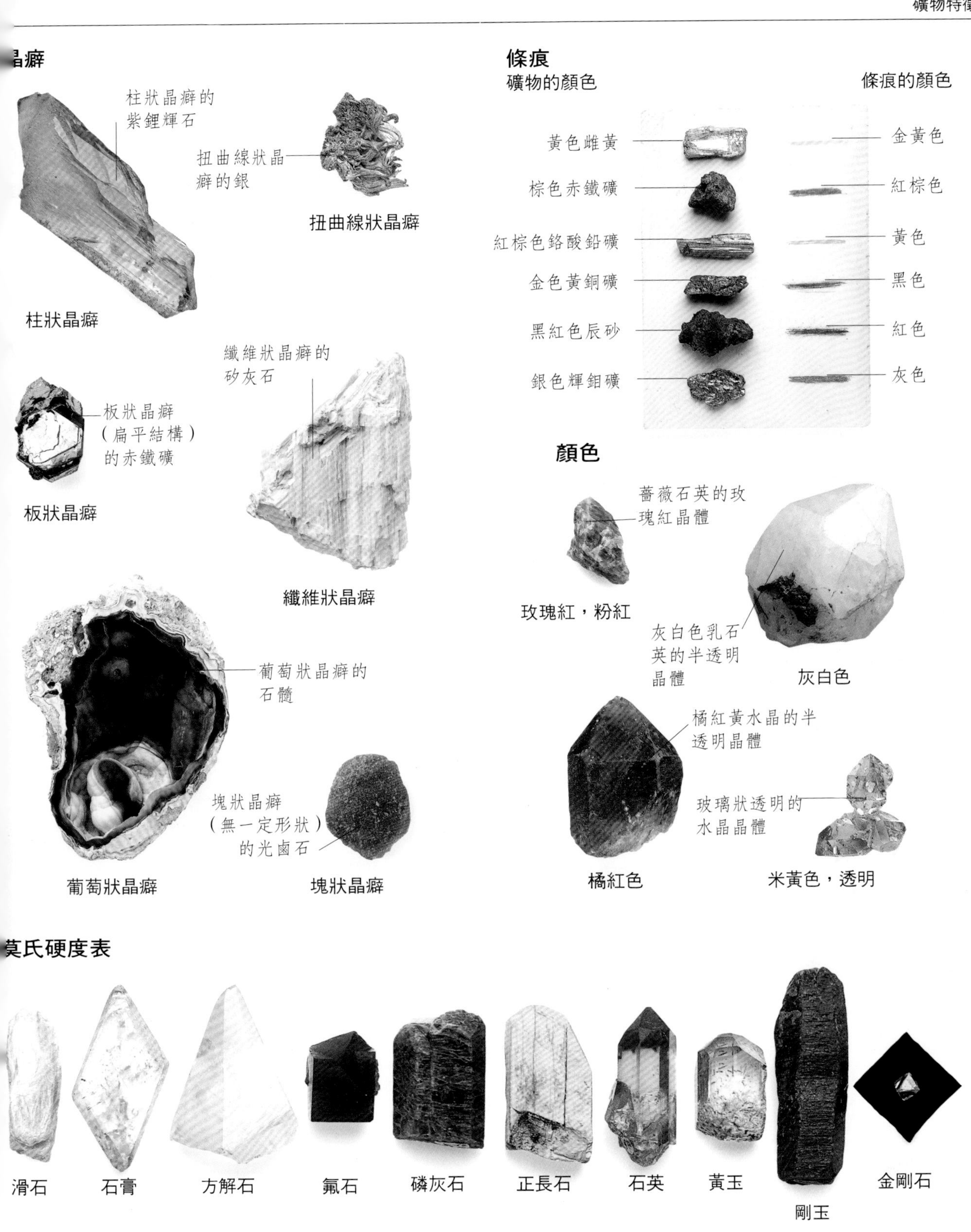

柱狀晶癖的紫鋰輝石

扭曲線狀晶癖的銀

扭曲線狀晶癖

柱狀晶癖

板狀晶癖（扁平結構）的赤鐵礦

板狀晶癖

纖維狀晶癖的矽灰石

纖維狀晶癖

葡萄狀晶癖的石髓

葡萄狀晶癖

塊狀晶癖（無一定形狀）的光鹵石

塊狀晶癖

條痕

礦物的顏色　　　　　　　　條痕的顏色

黃色雌黃 —— 金黃色

棕色赤鐵礦 —— 紅棕色

紅棕色鉻酸鉛礦 —— 黃色

金色黃銅礦 —— 黑色

黑紅色辰砂 —— 紅色

銀色輝鉬礦 —— 灰色

顏色

薔薇石英的玫瑰紅晶體

玫瑰紅，粉紅

灰白色乳石英的半透明晶體

灰白色

橘紅黃水晶的半透明晶體

玻璃狀透明的水晶晶體

橘紅色

米黃色，透明

莫氏硬度表

滑石　　石膏　　方解石　　氟石　　磷灰石　　正長石　　石英　　黃玉　　剛玉　　金剛石

(axinite)。**晶癖**：柱狀晶癖(PRISMATIC HABIT)；紫鋰輝石*(Kunzite)*；扭曲線狀晶癖(TWISTED WIRE HABIT)；板狀晶癖(TABULAR HABIT)；纖維狀晶癖(FIBROUS HABIT)；矽灰石*(Wollastonite)*；葡萄狀晶癖(BOTRYOIDAL HABIT)；石髓*(Chalcedony)*；塊狀晶癖(MASSIVE HABIT)；光鹵石*(Carnallite)*。**莫氏硬度表**：滑石(TALC)；方解石(CALCITE)；磷灰石(APATITE)；黃玉(TOPAZ)；剛玉(CORUNDUM)。**條痕**：紅棕色鉻酸鉛礦*(Red-brown crocoite)*；黑紅色辰砂*(Black-red cinnabar)*；銀色輝鉬礦*(Silver molybdenite)*。**顏色**：乳石英*(milky quartz)*；水晶晶體*(rock crystal)*。

火山

褶皺的繩狀表面

火山是地殼中作為岩漿通道的裂口或裂縫，藉助這些通道，岩漿（來自地殼深處的熔融岩石）則噴出地表。火山通常出現在地殼板塊的邊界；大多數火山位於沿太平洋邊緣的延伸地帶稱為"火山環帶"。火山可根據噴發的強度和頻繁程度進行分類。非爆發性火山噴發通常發生在地殼板塊分離的地帶。這類噴發產生流動性大的玄武熔岩，它在廣大的地區內很快散布開來，形成較平緩的熔岩錐。最劇烈的噴發出現在板塊碰撞的地帶。這類噴發形成很厚的流紋熔岩，它還可能噴發出火山灰和火山屑（熔岩碎塊）煙雲。這種熔岩流動不遠，冷凝後形成陡峭的錐形火山。某些火山還造成熔岩和火山灰噴發，形成複合火山錐。經常噴發的火山稱為活火山；幾乎不噴發的稱為休眠火山；完全終止噴發的稱為死火山。在火山區，除了火山以外，還伴隨著一些其它的現象，如間歇泉、溫礦泉、硫氣孔、噴氣孔和冒泡的泥潭。

繩狀熔岩

紐西蘭霍路
(Horu)間歇泉

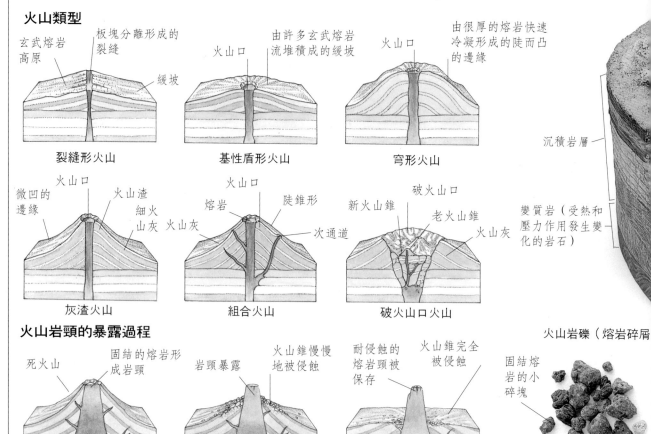

火山類型

裂縫形火山
玄武熔岩高原／板塊分離形成的裂縫／緩坡

基性盾形火山
由許多玄武熔岩流堆積成的緩坡／火山口

穹形火山
由很厚的熔岩快速冷凝形成的陡而凸的邊緣／火山口

沉積岩層

灰渣火山
微凹的邊緣／火山口／火山渣／細火山灰／火山灰

組合火山
熔岩／火山口／陡錐形／次通道

破火山口火山
破火山口／新火山錐／老火山錐／火山灰

變質岩（受熱和壓力作用發生變化的岩石）

火山岩頸的暴露過程

火山岩頸的形成
死火山／固結的熔岩形成岩頸

火山岩頸周圍的初期侵蝕
岩頸暴露／火山錐慢慢地被侵蝕

火山岩頸全面裸露
耐侵蝕的熔岩頸被保存／火山錐完全被侵蝕

火山岩礫（熔岩碎屑）
固結熔岩的小碎塊

火山(Volcanoes)。繩狀熔岩[PAHOEHOE(ROPYLAVA)]。**火山類型**：裂縫形火山(FISSURE VOLCANO)；玄武熔岩高原*(Basaltic lava plateau)*；緩坡*(Gentle slope)*。基性盾形火山(BASIC SHIELD VOLCANO)；穹形火山(DOME VOLCANO)；灰渣火山(ASH-CINDER VOLCANO)；組合火山(COMPOSITE VOLCANO)；破火山口火山(CALDERA VOLCANO)。**火山岩頸(VOLCANIC PLUGS)的**暴露過程：死火山*(Extinct volcano)*；火山岩礫(熔岩碎屑)[LAPILLI(LAVA FRAGMENTS)]。**熔岩類型**：塊熔岩[AA(BLOCKY LAVA)]；火山渣(尖角

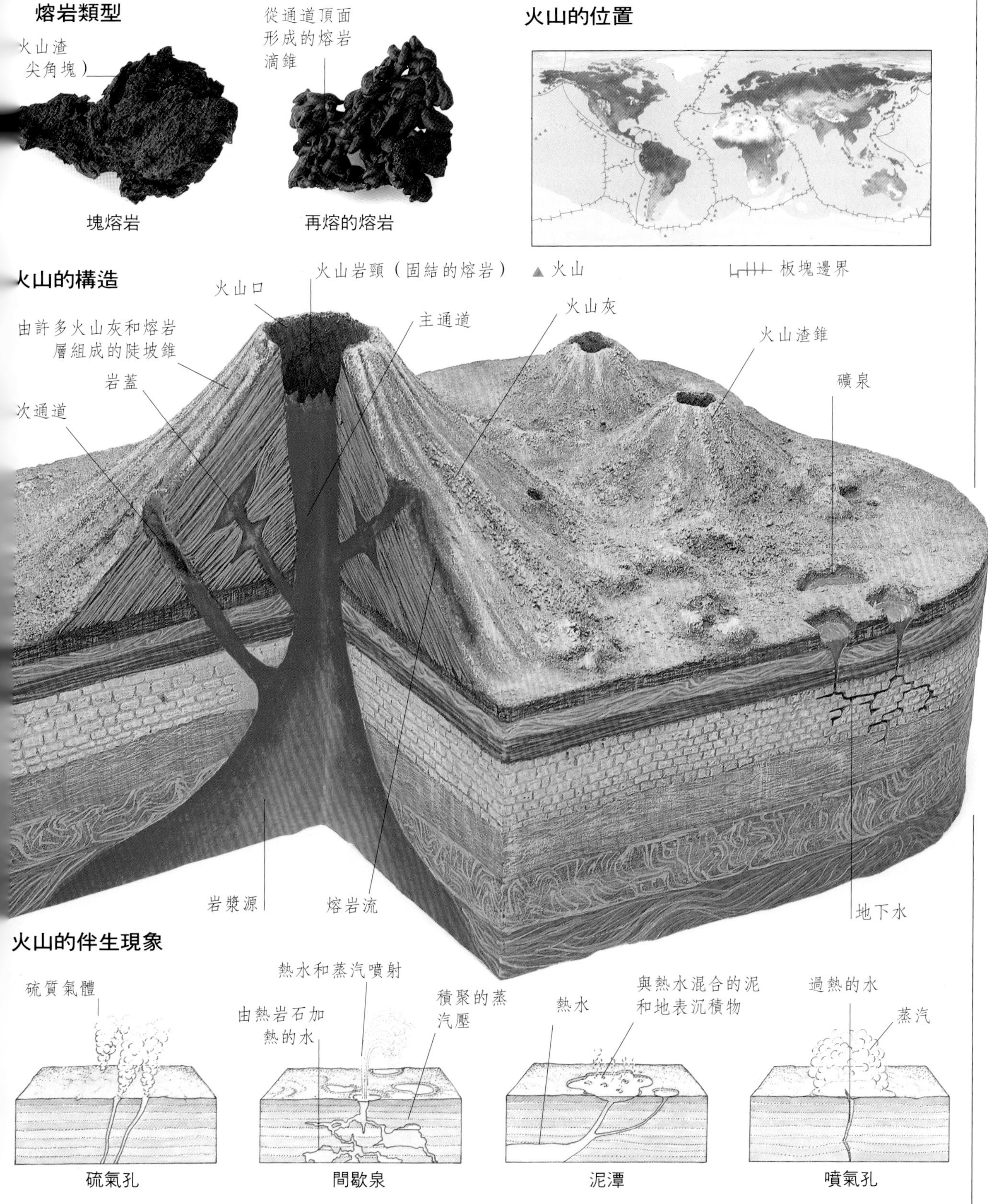

熔岩類型

火山渣
尖角塊）

從通道頂面形成的熔岩滴錐

塊熔岩

再熔的熔岩

火山的位置

火山岩頸（固結的熔岩）　▲ 火山　　└┼┼┤ 板塊邊界

火山的構造

由許多火山灰和熔岩層組成的陡坡錐

火山口

主通道

火山灰

火山渣錐

礦泉

岩蓋

次通道

岩漿源　　熔岩流

地下水

火山的伴生現象

硫質氣體

熱水和蒸汽噴射

由熱岩石加熱的水

積聚的蒸汽壓

熱水

與熱水混合的泥和地表沉積物

過熱的水

蒸汽

硫氣孔

間歇泉

泥潭

噴氣孔

塊)[Scoria(sharp,angular chunks)]；再熔的熔岩(REMEL-TED LAVA)；從通道頂面形成的熔岩滴錐(Driblets of lava from roof of tunnel)。**火山的構造**：岩蓋(Laccolith)；陡坡錐(Steeply sloping cone)；火山灰(Volcanic ash)；火山渣錐(Cinder cone)；寄生錐(Parasitic cone)；礦泉(Mineral spring)；沉積岩層(Layers of sedimentary rocks)；變質岩(Metamorphic)；熔岩流(Magma reservoir)；地下水(Groundwater)。**火山的伴生現象**：硫氣孔(SOLFATARA)；間歇泉(GEYSER)；泥潭(MUD POOL)；噴氣孔(FUMAROLE)。

火成岩和變質岩

玄武岩柱狀體

火成岩是由岩漿（來自地殼深處的熔融岩石）冷凝而成的。火成岩有兩大類：侵入岩和噴出岩。侵入岩形成在地下深處，在那裡，岩漿侵入到裂縫或岩層之間，形成了諸如岩床、岩牆、岩基這一類構造；待岩漿漸漸地冷卻，則形成粗粒火成岩，如輝長岩和偉晶花岡岩。噴出岩是由熔岩（火山噴發時噴出的岩漿）在地表形成的。熔融的熔岩迅速冷卻，形成細粒火成岩，如流紋岩和玄武岩。變質岩是在高溫（接觸變質）或高壓（區域變質）作用下，變質而成的。岩石受到熱的作用（例如來自侵入體或熔岩流的熱）發生接觸變質。在褶皺山脈形成過程中，岩石受到擠壓，發生區域變質。變質岩可以由火成岩、沉積岩，甚至其它的變質岩形成。

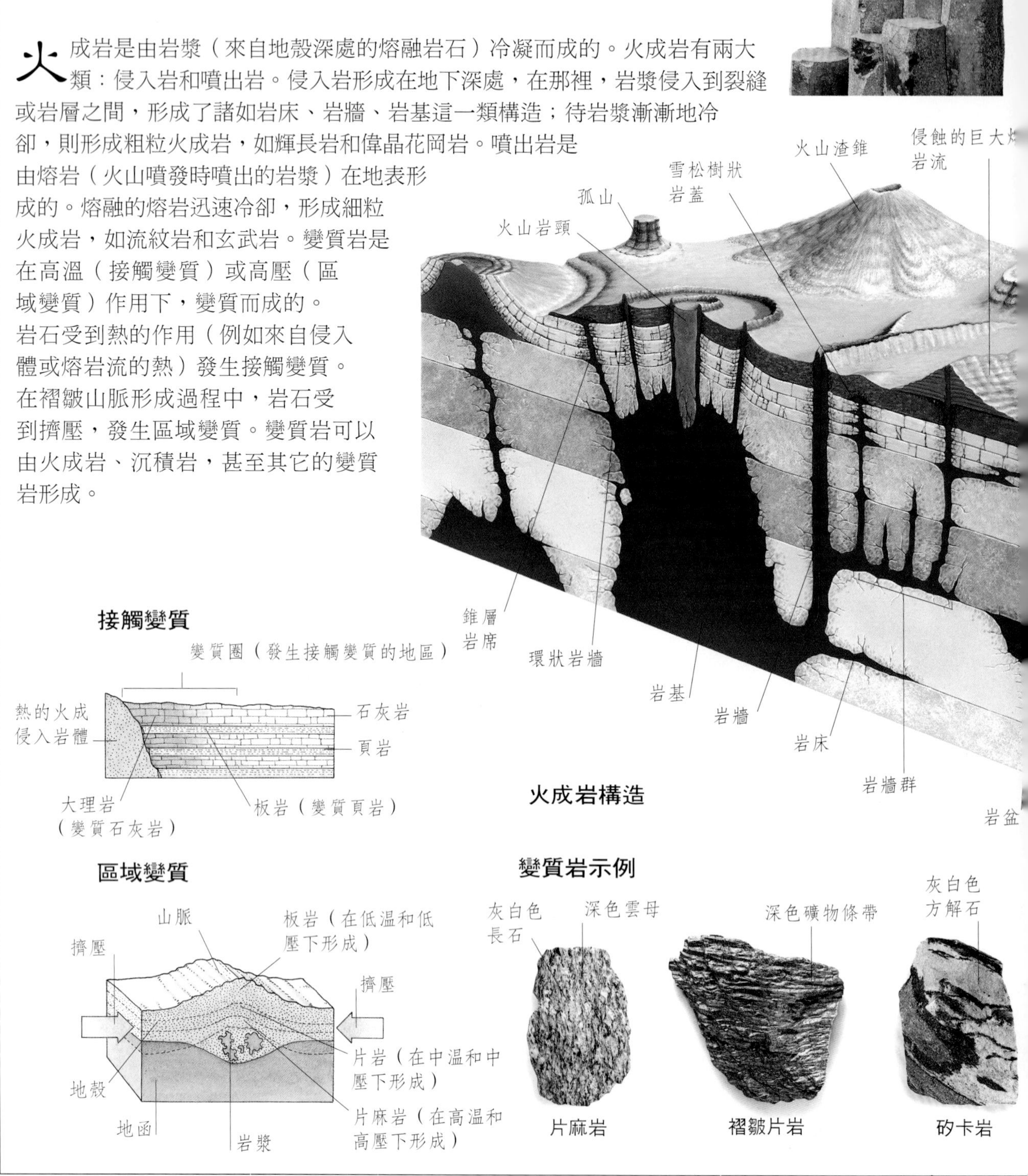

接觸變質

變質圈（發生接觸變質的地區）

熱的火成侵入岩體

石灰岩

頁岩

大理岩（變質石灰岩）

板岩（變質頁岩）

區域變質

板岩（在低溫和低壓下形成）

山脈

擠壓

擠壓

地殼

片岩（在中溫和中壓下形成）

地函

片麻岩（在高溫和高壓下形成）

岩漿

火成岩構造

孤山

雪松樹狀岩蓋

火山渣錐

侵蝕的巨大◯岩流

火山岩頸

錐層岩席

環狀岩牆

岩基

岩牆

岩床

岩牆群

岩盆

變質岩示例

灰白色長石

深色雲母

深色礦物條帶

灰白色方解石

片麻岩

褶皺片岩

矽卡岩

火成岩和變質岩(Igneous and metamorphic rocks)。噴出火成岩示例(EXAMPLES OF EXTRUSIVE IGNEOUS ROCKS)：流紋岩(RHYOLITE)；玄武岩(BASALT)；浮岩(PUMICE)；斑狀安山岩(PORPHYRITIC ANDESITE)；黑曜岩(OBSIDIAN)。侵入火成岩示例(EXAMPLES OF INTRUSIVE IGNEOUS ROCKS)：慶伯利岩(KIMBERLITE)；橄欖輝長岩(OLIVINE GABBRO)；斜長石(*Plagioclase feldspar*)；角閃石晶體(*Amphibole crystals*)；長石(*feldspar*)；正長岩(SYENITE)。火成岩構造(IGNEOUS ROCK STRUCTURES)：孤山(*Butte*)；雪松樹狀岩蓋(*Cedar tree laccolith*)；火山渣錐(*Cinder cone*)；方山(平頂高原)[*Mesa(flat-topped plateau)*]；熔岩流(*Lava flow*)；寄生火山(*Parasitic volcano*)；主通道(*Main conduit*)；

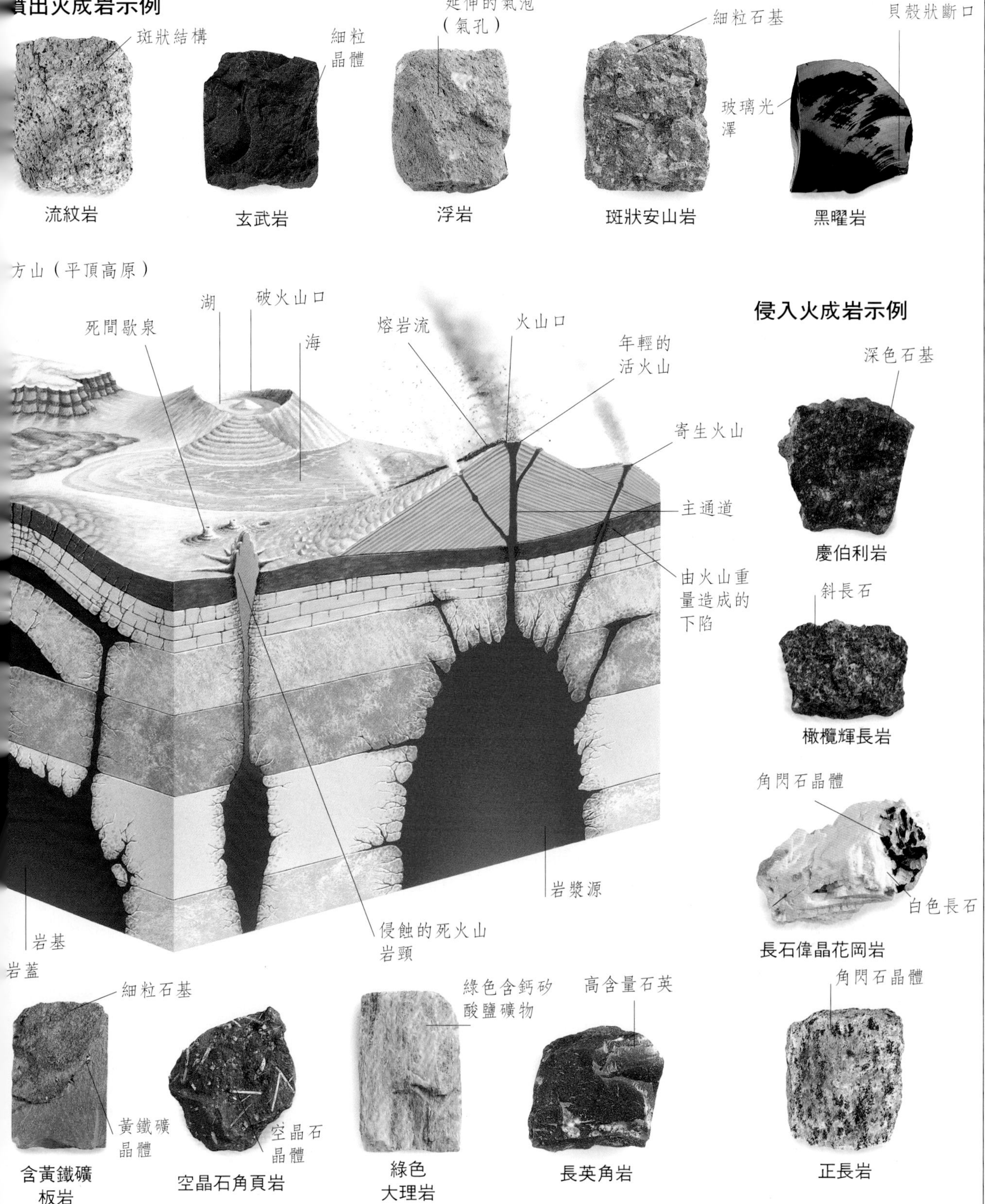

噴出火成岩示例

斑狀結構

細粒晶體

延伸的氣泡（氣孔）

細粒石基

貝殼狀斷口

玻璃光澤

流紋岩　玄武岩　浮岩　斑狀安山岩　黑曜岩

方山（平頂高原）

死間歇泉　湖　破火山口　海　熔岩流　火山口　年輕的活火山　寄生火山　主通道　由火山重量造成的下陷

侵入火成岩示例

深色石基

慶伯利岩

斜長石

橄欖輝長岩

角閃石晶體

白色長石

長石偉晶花岡岩

角閃石晶體

岩漿源

侵蝕的死火山岩頸

岩基岩蓋

細粒石基

黃鐵礦晶體

空晶石晶體

綠色含鈣矽酸鹽礦物

高含量石英

含黃鐵礦板岩　空晶石角頁岩　綠色大理岩　長英角岩　正長岩

岩漿源(*Magma reservoir*)；岩基(*Batholith*)；岩盆(*Lopolith*)；岩牆群(*Dike swarm*)；岩床(*Sill*)；環狀岩牆(*Ring dike*)；錐層岩席(*Cone sheet*)。**接觸變質**(CONTACT METAMORPHISM)：變質圈(*Metamorphic aureole*)；石灰岩(*Limestone*)；頁岩(*Shale*)；板岩(變質頁岩)[*Slate(metamorphosed shale)*]；大理岩(變質石灰岩)[*Marble(metamorphosed limestone)*]。**區域變質**(REGIONAL METAMORPHISM)：片岩(*Schist*)；片麻岩(*Gneiss*)。**變質岩示例**(EXAMPLES OF METAMORPHIC ROCKS)：褶皺片岩(FOLDED SCHIST)；矽卡岩(SKARN)；含黃鐵礦板岩(SLATE WITH PYRITES)；空晶石角頁岩(CHIASTOLITE HORNFELS)；綠色大理岩(GREEN MARBLE)；長英角岩(HALLEFLINTA)。

沉積岩

沉 積岩是由沉積物的堆積和固結而形成的（參見266-267頁）。沉積岩分三大類：**碎屑沉積岩**，如角礫岩或砂岩，是由其它岩石風化成碎屑（參見282-283頁），搬運到別的地方沉積而成的；**有機沉積岩**，如煤（參見280-281頁）是由動植物的殘體形成的；**化學沉積岩**，是經過化學作用形成的。例如，岩鹽是當水蒸發時，由溶解在水中的鹽沉澱而成的。沉積岩是一層一層沉積下來的，每一個新層水平地覆蓋在舊層上。層序中常常出現間斷，稱為不整合。不整合代表沒有新的沉積物沉積下來的時期，或是早先的沉積物抬升到海平面以上並被侵蝕掉的時期。

美國大峽谷

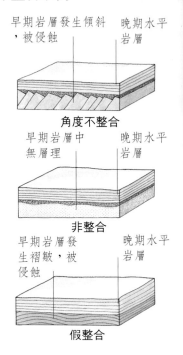

早期岩層發生傾斜，被侵蝕　晚期水平岩層

角度不整合

早期岩層中無層理　晚期水平岩層

非整合

早期岩層發生褶皺，被侵蝕　晚期水平岩層

假整合

大峽谷地區的沉積岩層

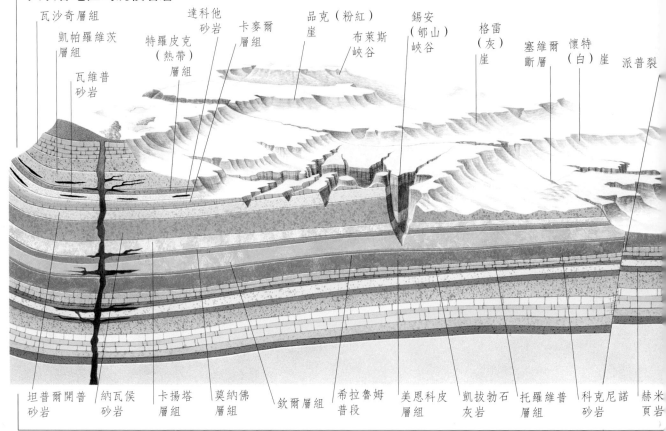

瓦沙奇層組
凱帕羅維茨層組
瓦維普砂岩
特羅皮克（熱帶）層組
達科他砂岩
卡麥爾層組
品克（粉紅）崖
布萊斯峽谷
錫安（邨山）峽谷
格雷（灰）崖
塞維爾斷層
懷特（白）崖
派普裂

坦普爾開普砂岩　納瓦侯砂岩　卡揚塔層組　莫納佛層組　欽爾層組　希拉魯姆普段　美恩科皮層組　凱拔勃石灰岩　托羅維普層組　科克尼諾砂岩　赫米特頁岩

沉積岩(Sedimentary rocks)：碎屑沉積岩(clastic sedimentary rocks)；有機沉積岩(organic sedimentary rocks)；化學沉積岩(chemical sedimentary rocks)。**大峽谷地區的沉積岩層**：瓦維普砂岩*(Wahweap sandstone)*；達科他砂岩*(Dakota sandstone)*；坦普爾開普砂岩*(Temple Cap sandstone)*；納瓦侯砂岩*(Navajo sandstone)*；希拉魯姆普段*(Shinarump member)*；凱拔勃石灰岩*(Kaibab limestone)*；科克尼諾沙岩*(Coconino sandstone)*；赫米特頁岩*(Hermit shale)*；瑞德瓦爾（紅牆）石灰岩*(Redwall limestone)*；坦普爾標特石灰岩*(Temple Butte limestone)*；莫孚石灰岩*(Muav limestone)*；布萊特安琪爾頁岩*(Bright Angel*

沉積岩示例

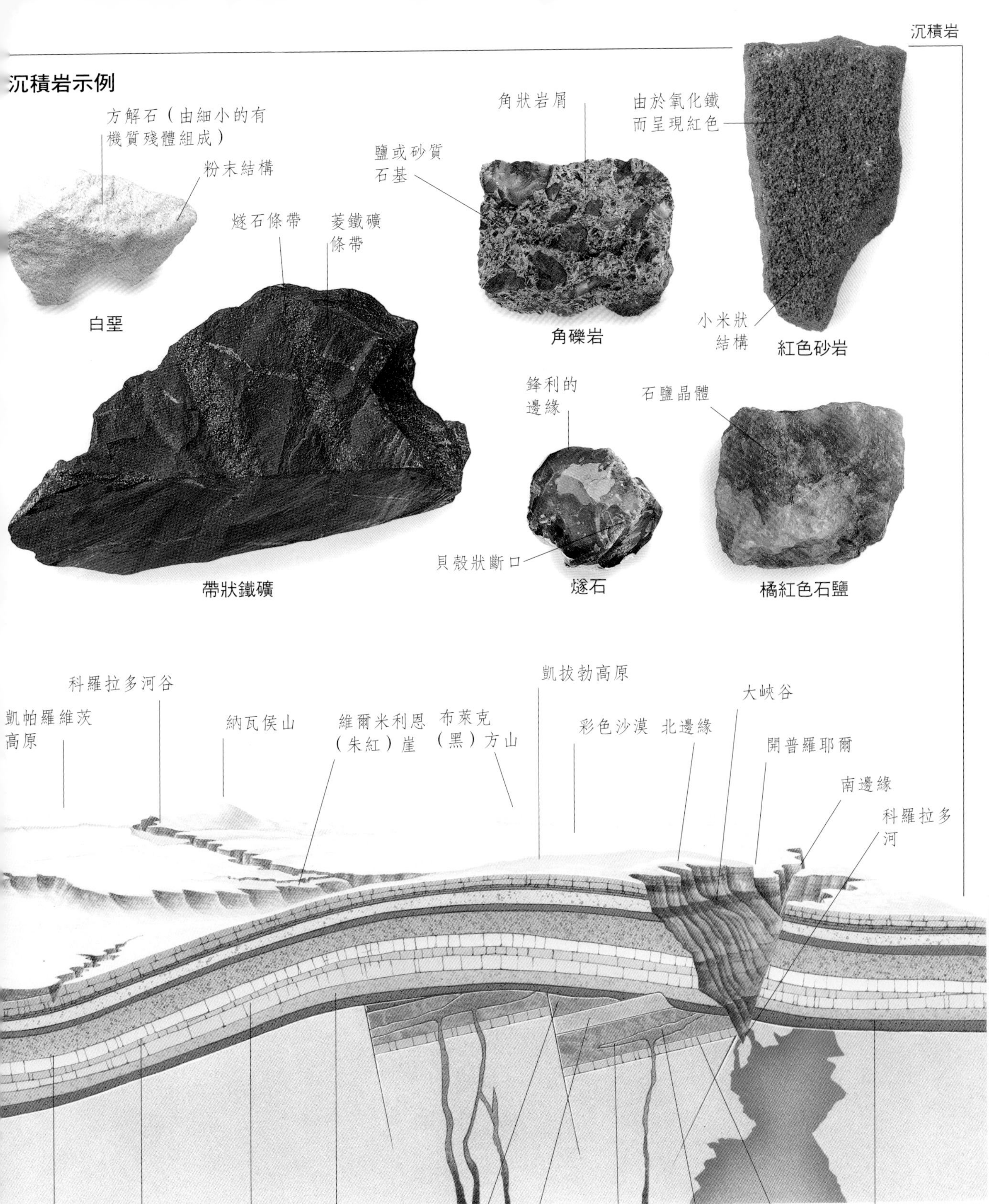

方解石（由細小的有機質殘體組成）

粉末結構

白堊

角狀岩屑

鹽或砂質石基

燧石條帶

菱鐵礦條帶

由於氧化鐵而呈現紅色

角礫岩

小米狀結構

紅色砂岩

帶狀鐵礦

鋒利的邊緣

貝殼狀斷口

燧石

石鹽晶體

橘紅色石鹽

科羅拉多河谷

凱拔勃高原

凱帕羅維茨高原

納瓦侯山

維爾米利恩（朱紅）崖

布萊克（黑）方山

彩色沙漠　北邊緣

大峽谷

開普羅耶爾

南邊緣

科羅拉多河

蘇派群

瑞德瓦爾（紅牆）石灰岩

坦普爾標特石灰岩

莫孚石灰岩

布萊特安琪爾頁岩

道克斯層組

希奴莫石英岩

哈卡太頁岩

輝綠岩床

巴斯層組

塔北次砂岩

shale）；希奴莫石英岩(Shinumo quartzite)；哈卡太頁岩(Hakatai shale)；輝綠岩床(Diabase sill)；塔北次砂岩(Tapeats sandstone)。**不整合示例**：角度不整合(ANGULAR UNCONFORMITY)；非整合(NONCONFORMITY)；假整合(DISCONFORMITY)。**沉積岩示例**：白堊(CHALK)；方解石(Calcite)；帶狀鐵礦(BANDED IRONSTONE)；燧石條帶(Band of chert)；菱鐵礦條帶(Band of siderite)。角礫岩(BRECCIA)；紅色砂岩(RED SANDSTONE)；小米狀結構(Millet-seed texture)；燧石(FLINT)；石鹽晶體(Halite crystals)。

化石

　　化石是在岩石中保存下來的動植物殘體。化石可以是生物體本身的殘體或其在岩石中的印痕，或是保存下來的生物活動時留下的痕跡（稱為**生痕化石**），如保存下來的有機碳輪廓、石化腳印或糞便。大多數死去的生物很快就腐爛或被食腐動物吃掉。化石的形成條件是死去的生物必須被沉積物迅速掩埋。生物體腐爛後，其較硬的部分，如骨骼、牙齒和殼可以保存下來，並被周圍沉積物中的礦物質硬化。生物體的堅硬部分即使被溶解掉，只要留下了被稱為模的印模，也可形成化石。這種模被礦物質充填，便形成了生物體的鑄模。化石的研究（**古生物學**）不僅可以揭示生物的演化過程，還可以透過諸如岩層時代的確定等途徑，查明地球的地質史。

化石的形成過程

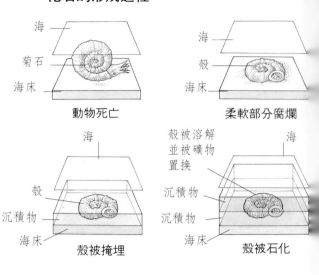

動物死亡　　　柔軟部分腐爛

殼被掩埋　　　殼被石化

化石示例

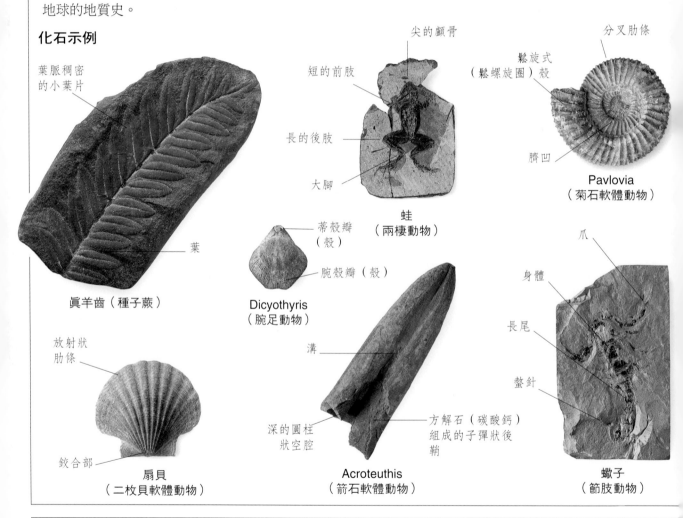

葉脈稠密的小葉片

葉

眞羊齒（種子蕨）

尖的顱骨
短的前肢
長的後肢
大腳

蛙（兩棲動物）

蒂殼瓣（殼）
腕殼瓣（殼）

Dicyothyris（腕足動物）

分叉肋條
鬆旋式（鬆螺旋圈）殼
臍凹

Pavlovia（菊石軟體動物）

爪
身體
長尾
螫針

蠍子（節肢動物）

放射狀肋條
鉸合部

扇貝（二枚貝軟體動物）

溝
深的圓柱狀空腔
方解石（碳酸鈣）組成的子彈狀後鞘

Acroteuthis（箭石軟體動物）

化石(Fossils)：生痕化石(trace fossils)；古生物學(paleontology)。**化石示例**(EXAMPLES OF FOSSILS)：眞羊齒(種子蕨)[ALETHOPTERIS(SEED FERN)]；腕足動物(BRACHIOPOD)；蒂殼瓣(殼)[*Pedicle valve(shell)*]；腕殼瓣(殼)[*Brachial valve(shell)*]；蛙(兩棲動物)[FROG(AMPHIBIAN)]；菊石軟體動物(AMMONITE MOLLUSK)；鬆旋式(鬆螺旋圈)殼[*Evolute(loosely coiled)shell*]；扇貝(二枚貝軟體動物)[SCALLOP(BIVALVE MOLLUSK)]；箭石軟體動物(BELEMNITE MOLLUSK)；方解石(碳酸鈣)組成的子彈狀

化石記錄

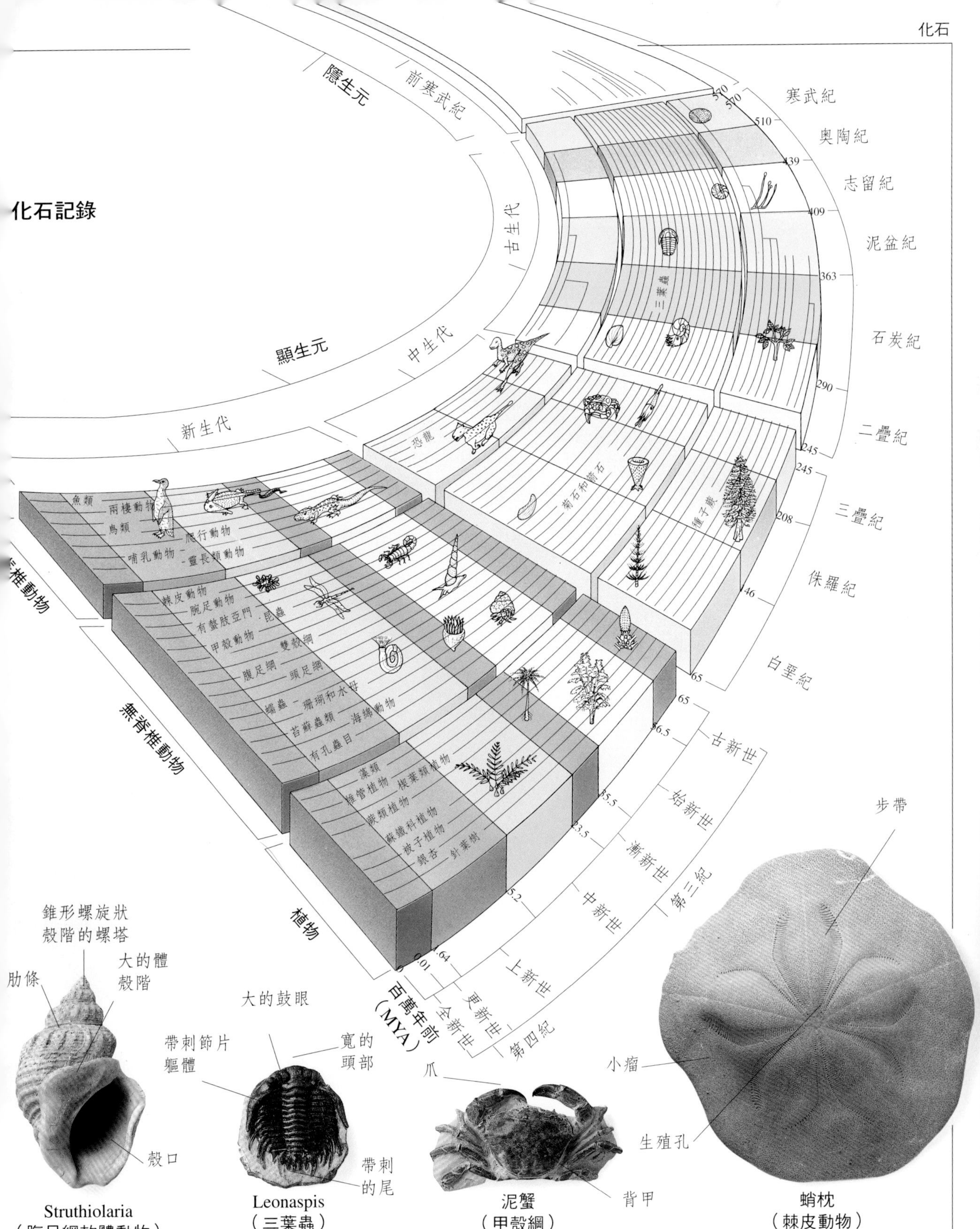

隱生元　前寒武紀　　　　　　　　　　　　寒武紀
570
510
奧陶紀
439
志留紀
409
顯生元　古生代　　　　　　　　　　　　　泥盆紀
363
石炭紀
中生代　　　　　　　　　　　　　　　　　　290
二疊紀
245
新生代　　　　　　　　　　　　　　　　　　245
三疊紀
208
侏羅紀
146
白堊紀
恐龍
65
65
56.5
古新世
脊椎動物
魚類　　　　　　　　　　　　　　　　　　始新世
雨棲動物
鳥類
爬行動物
哺乳動物　靈長類動物
漸新世
棘皮動物　腕足動物　　　　　　　　　　　35.5
有螯肢亞門　昆蟲
甲殼動物　雙殼綱
腹足綱　頭足綱
第三紀
中新世
23.5
珊瑚和水母
苔蘚蟲類　海綿動物
有孔蟲目
無脊椎動物
蕨類　　　　　　　　　　　　　　　　　　5.2
裸管植物　楔葉類植物
狹葉類植物
苔蘚科植物　松子植物
孢子　針葉樹
植物
百萬年前
(MYA)
1.64
上新世
更新世
全新世
第四紀
步帶

錐形螺旋狀
殼階的螺塔

大的體
殼階

肋條

大的鼓眼

帶刺節片
軀體

寬的
頭部

爪

小瘤

生殖孔

殼口

帶刺
的尾

背甲

Struthiolaria
（腹足綱軟體動物）

Leonaspis
（三葉蟲）

泥蟹
（甲殼綱）

蛸枕
（棘皮動物）

後鞘 [Bullet-shaped guard made of calcite(calcium carbonate)]；蠍子(節肢動物)[SCORPION (ARTHROPOD)]；腹足綱軟體動物(GASTROPOD MOLLUSK)；錐形螺旋狀殼階的螺塔(Turreted spire)；三葉蟲(TRILOBITE)；帶刺節片軀體(Spiny,segmented body)；泥蟹(甲殼綱)[MUD CRAB(CRUSTACEAN)]；蛸枕(棘皮動物)[CLYPEASTER(ECHINODERM)]；步帶(Ambulacral area)；小瘤(Tiny tubercle)。

礦 物 資 源

礦物資源可定義為天然產出的，可從地球中開採出來，並用作燃料和原料的物質。煤、石油和天然氣（統稱為**化石燃料**）通常歸屬於礦物資源，但是，嚴格地說，它們不是礦物，因為它們是屬於有機成因。當植物被掩埋，部分發生分解形成泥炭，這時開始了成煤過程。上覆沉積物施壓於泥炭，使之轉變成褐煤（軟的褐色煤）。上覆的沉積物不斷地堆積，壓力和溫度隨之增大，使褐煤最終變成了煙煤和硬的無煙煤。石油和天然氣通常是由沉積在海洋的沉積物中的有機微粒所形成的。在熱和壓力作用下，受擠壓的有機微粒發生複雜的化學變化，形成了石油和天然氣。

北海石油鑽塔

石油和天然氣通過飽和透水岩層向上滲透。油氣可上升到地表，也可在不透水岩層下聚集，這種不透水岩層發生褶皺或斷裂，而形成阱，如背斜（隆皺）阱。礦物是無機物質，可由單一的化學元素組成，如金、銀或銅，也可由幾種元素化合而成（參見268-269頁）。有些礦物，由於地殼運動或火山活動，在礦化帶的某些岩石中大量聚集；另一些礦物則在沉積物中大量聚集，如砂礦 — 高密度的礦物從岩石中風化出來，經過搬運和沉積（如沉積在河床上），造成富集體。

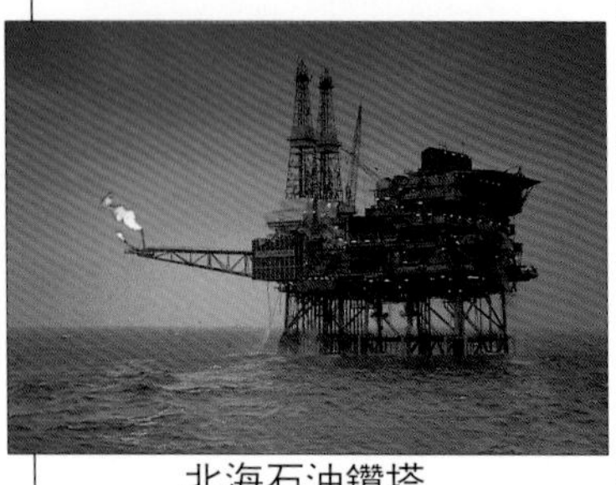

成煤階段

莖桿　　　葉

植物質

腐植質

含碳約60%　泥炭　　含碳約70%

易碎結構　　褐煤　　　粉狀結構

含碳約80%

光亮的平面　　煙煤　　含碳約95%

無煙煤

成煤過程

植被

上覆的沉積層不斷增厚

壓力和溫度不斷增大

上覆的沉積層不斷增厚

壓力和溫度不斷增大

泥炭（含碳約60%）
泥炭

褐煤（含碳約70%）
褐煤

煙煤（含碳約80%）
煙煤

無煙煤

礦物資源(Mineral resources)：化石燃料(fossil fuels)。石油鑽塔(OIL RIG)。**成煤過程(HOW COAL IS FORMED)**：泥炭(PEAT)；植被(*Vegetation*)；褐煤[LIGNITE(BROWN COAL)]；煙煤(BITUMINOUS COAL)。**成煤階段(STAGES IN THE FORMATION OF COAL)**：腐植質(*Decayed plant matter*)；易碎結構(*Crumbly texture*)；粉狀結構(*Powdery texture*)；無煙煤(ANTHRACITE COAL)。**石油、天然氣阱示例(EXAMPLES OF OIL AND GAS TRAPS)**：斷層阱(FAULT TRAP)；不透水岩層(*Impermeable rock*)；飽和透水岩層(*Water-*

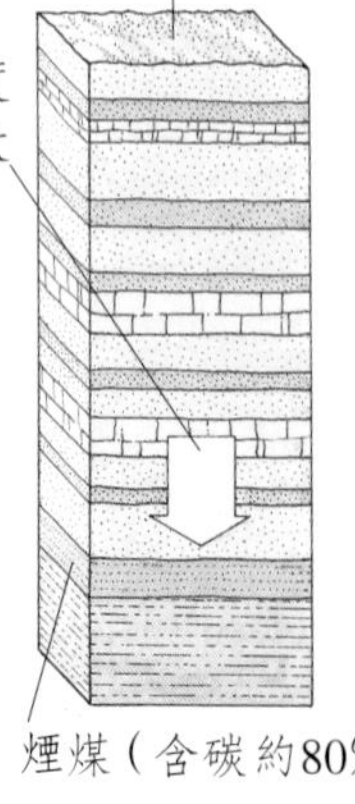

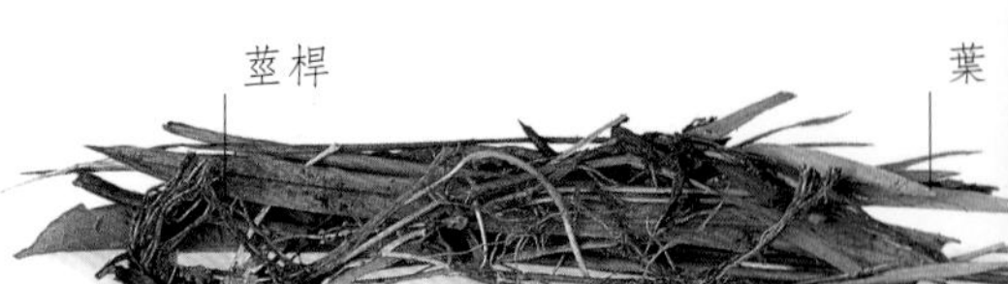

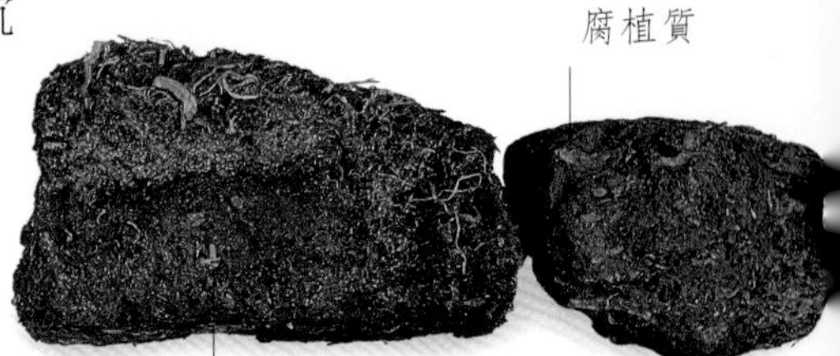

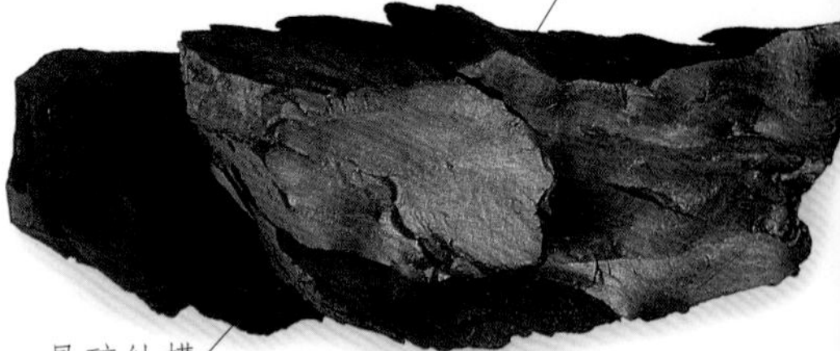

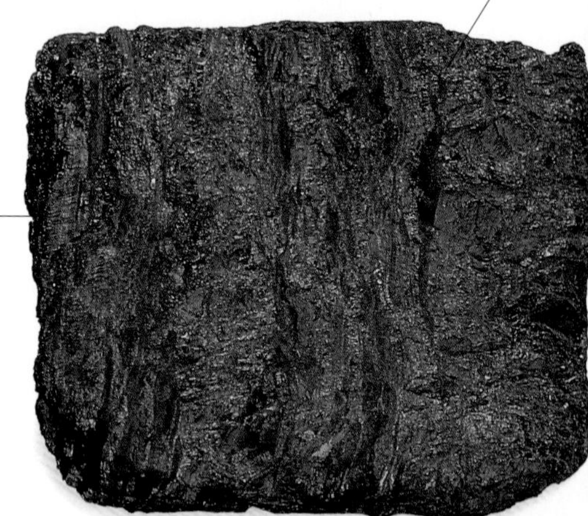

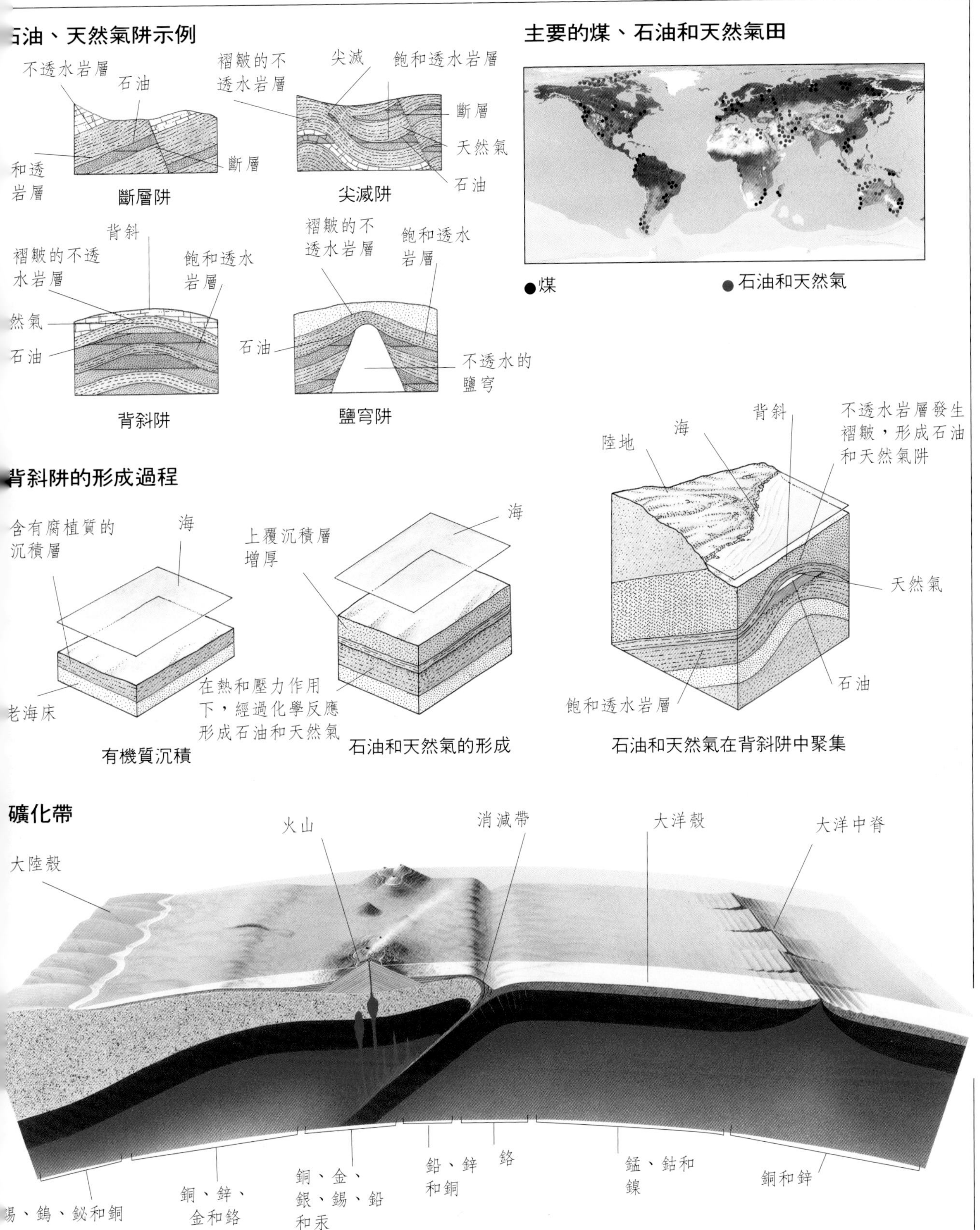

石油、天然氣阱示例

斷層阱
不透水岩層　石油　和透水岩層　斷層

尖滅阱
褶皺的不透水岩層　尖滅　飽和透水岩層　斷層　天然氣　石油

背斜阱
褶皺的不透水岩層　背斜　飽和透水岩層　天然氣　石油

鹽穹阱
褶皺的不透水岩層　飽和透水岩層　石油　不透水的鹽穹

主要的煤、石油和天然氣田

● 煤　　　● 石油和天然氣

背斜阱的形成過程

有機質沉積
含有腐植質的沉積層　海　老海床

石油和天然氣的形成
上覆沉積層增厚　海　在熱和壓力作用下，經過化學反應形成石油和天然氣

石油和天然氣在背斜阱中聚集
陸地　海　背斜　不透水岩層發生褶皺，形成石油和天然氣阱　天然氣　飽和透水岩層　石油

礦化帶

大陸殼　火山　消減帶　大洋殼　大洋中脊

錫、鎢、鉍和銅　銅、鋅、金和鉻　銅、金、銀、錫、鉛和汞　鉛、鋅和銅　鉻　錳、鈷和鎳　銅和鋅

saturated permeable rock)；尖滅阱(PINCH-OUT TRAP)；背斜阱(ANTICLINE TRAP)；鹽穹阱(SALT-DOME TRAP)。礦化帶(MINERALIZATION ZONES)：大陸殼(Continental crust)；消減帶(Subduction zone)；大洋殼(Oceanic crust)；大洋中脊(Midocean ridge)；錫、鎢、鉍和銅(Tin, tungsten, bismuth, and copper)；鉻(Chromium)；錳、鈷和鎳(Manganese, cobalt, and nickel)。

風化和侵蝕

<big>風</big>化是岩石在地球表面發生破碎和分解的過程。風化分為兩大類：物理（或機械）風化和化學風化。物理風化可由溫度變化，如冰凍和解凍而引起，也可由風、河流或冰川攜帶的物質產生磨蝕而引起。另外，岩石也可由於動植物的作用，如動物鑽洞以及植物根部生長而產生碎裂。化學風化通過改變岩石的化學成分使它發生分解，例如雨水可溶解岩石中某些礦物。侵蝕作用藉助水、風和冰磨蝕陸地表面。在幾乎沒有地表植被的地區如沙漠，侵蝕作用最強，在那裡會有砂丘形成。

岩漠形成過程

風吹掉小砂粒　　較大的岩屑聚集

岩漠形成

第一階段　　第二階段　　最後階段

風化和侵蝕形成的地貌特徵

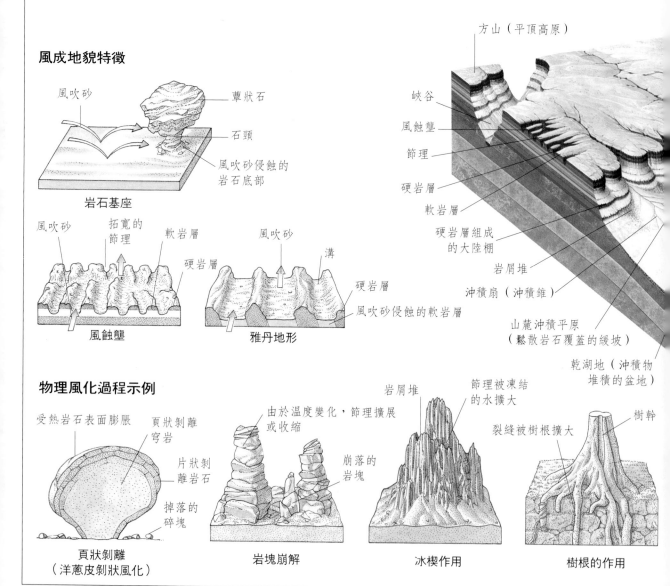

風成地貌特徵

風吹砂　　蕈狀石

石頸

風吹砂侵蝕的岩石底部

岩石基座

風吹砂　　拓寬的節理　　軟岩層　　風吹砂　　溝

硬岩層　　硬岩層

風吹砂侵蝕的軟岩層

風蝕壟　　雅丹地形

方山（平頂高原）

峽谷

風蝕壟

節理

硬岩層

軟岩層

硬岩層組成的大陸棚

岩屑堆

沖積扇（沖積錐）

山麓沖積平原（鬆散岩石覆蓋的緩坡）

乾湖地（沖積物堆積的盆地）

物理風化過程示例

受熱岩石表面膨脹　　頁狀剝離穹岩

片狀剝離岩石

掉落的碎塊

頁狀剝離（洋蔥皮剝狀風化）

由於溫度變化，節理擴展或收縮

崩落的岩塊

岩塊崩解

岩屑堆　　節理被凍結的水擴大

冰楔作用

裂縫被樹根擴大　　樹幹

樹根的作用

風化和侵蝕(Weathering and erosion)。風成地貌特徵(FEATURES PRODUCED BY WIND ACTION)：岩石基座(ROCK PEDESTAL)；蕈狀石(Mushroom-shaped rock)；風蝕壟(ZEUGEN)；軟岩層(*Soft rock*)；硬岩層 (*Hard rock*)；雅丹地形 (YARDANG)。**物理風化過程示例：**頁狀剝離(洋蔥皮剝狀風化)[EXFOLIATION(ONION-SKIN WEATHERING)]；頁狀剝離穹岩(*Exfoliation dome*)；片狀剝離岩石(*Flaking rock*)；岩塊崩解(BLOCK DISINTEGRATION)；冰楔作用(FROST WEDGING)；岩屑堆*[Talus(scree)]*。**新月形砂丘**(BARKHAN DUNE)剖面：交錯層組(*Cross-bed set*)；頂積層(*Topset strata*)；底積層(*Bottomset strata*)；前積層(*Foreset strata*)；滑動面(*Slip face*)。**砂丘示例**(EXAMPLES OF SAND DUNES)：橫砂丘(TRANSVERSE

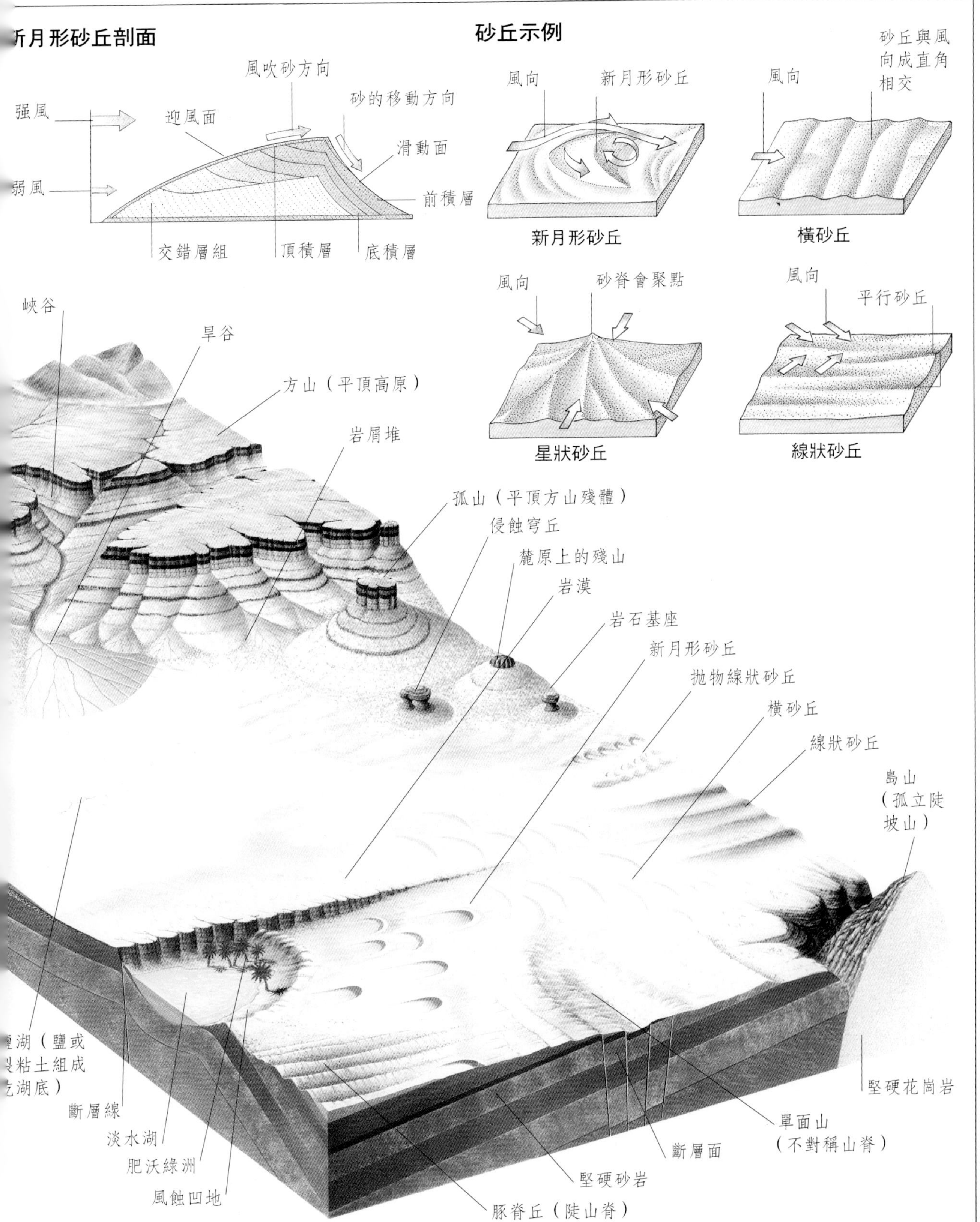

新月形砂丘剖面

強風
弱風

風吹砂方向
迎風面
砂的移動方向
滑動面
前積層
交錯層組　頂積層　底積層

砂丘示例

風向　新月形砂丘
新月形砂丘

風向
砂丘與風向成直角相交
橫砂丘

風向　砂脊會聚點
星狀砂丘

風向　平行砂丘
線狀砂丘

峽谷
旱谷
方山（平頂高原）
岩屑堆
孤山（平頂方山殘體）
侵蝕穹丘
麓原上的殘山
岩漠
岩石基座
新月形砂丘
拋物線狀砂丘
橫砂丘
線狀砂丘
島山（孤立陡坡山）

鹽湖（鹽或粘土組成乾湖底）
斷層線
淡水湖
肥沃綠洲
風蝕凹地
斷層面
堅硬砂岩
豚脊丘（陡山脊）
單面山（不對稱山脊）
堅硬花崗岩

DUNE)；星狀砂丘(STAR DUNE)；線狀砂丘[SEIF(LINEAR)DUNE]。**風化和侵蝕形成的地貌特徵**(FEATURES OF WEATHERING AND EROSION)：方山(平頂高原)[Mesa(flat-topped plateau)]；旱谷[Wadi(dry wash)]；侵蝕穹丘(Eroded arch)；拋物線狀砂丘(Parabolic dune)；島山(孤立陡坡山)[Inselberg(isolated,steep-sided hill)]；單面山(不對稱山脊)[Cuesta(asymmetric ridge)]；豚脊丘(陡山脊)[Hog's-back(steep ridge)]；風蝕凹地[Deflation hollow(created by wind erosion)]；乾鹽湖(Playa)；乾湖地(Bolson)；山麓沖積平原(Bahada)；沖積扇(沖積錐)[Alluvial fan(alluvial cone)]。

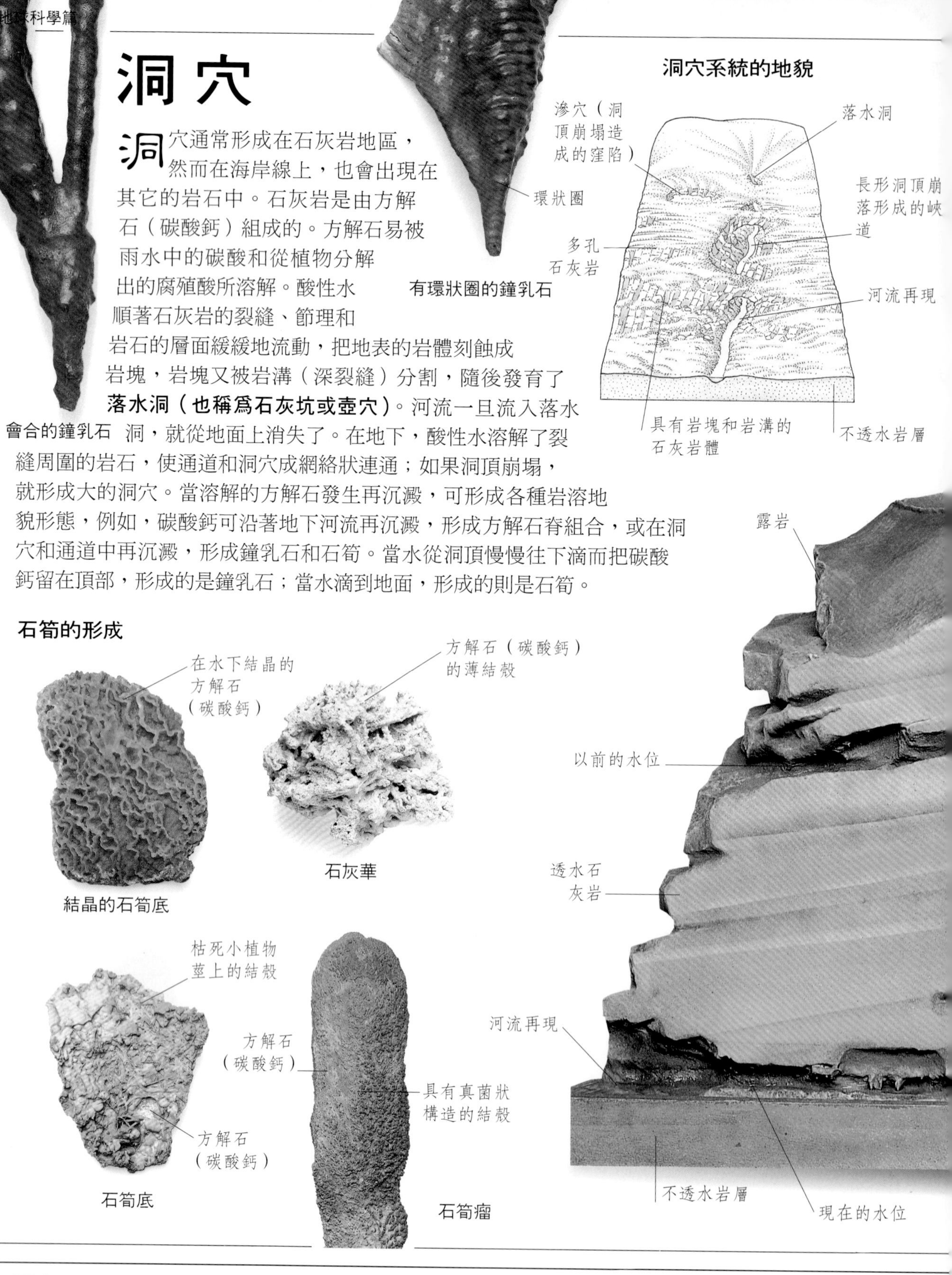

洞穴

洞穴通常形成在石灰岩地區，然而在海岸線上，也會出現在其它的岩石中。石灰岩是由方解石（碳酸鈣）組成的。方解石易被雨水中的碳酸和從植物分解出的腐殖酸所溶解。酸性水順著石灰岩的裂縫、節理和岩石的層面緩緩地流動，把地表的岩體刻蝕成岩塊，岩塊又被岩溝（深裂縫）分割，隨後發育了**落水洞（也稱爲石灰坑或壺穴）**。河流一旦流入落水洞，就從地面上消失了。在地下，酸性水溶解了裂縫周圍的岩石，使通道和洞穴成網絡狀連通；如果洞頂崩塌，就形成大的洞穴。當溶解的方解石發生再沉澱，可形成各種岩溶地貌形態，例如，碳酸鈣可沿著地下河流再沉澱，形成方解石脊組合，或在洞穴和通道中再沉澱，形成鐘乳石和石筍。當水從洞頂慢慢往下滴而把碳酸鈣留在頂部，形成的是鐘乳石；當水滴到地面，形成的則是石筍。

有環狀圈的鐘乳石

環狀圈

會合的鐘乳石

洞穴系統的地貌

滲穴（洞頂崩塌造成的窪陷）

落水洞

長形洞頂崩落形成的峽道

多孔石灰岩

河流再現

具有岩塊和岩溝的石灰岩體

不透水岩層

石筍的形成

在水下結晶的方解石（碳酸鈣）

方解石（碳酸鈣）的薄結殼

石灰華

結晶的石筍底

枯死小植物莖上的結殼

方解石（碳酸鈣）

方解石（碳酸鈣）

石筍底

具有真菌狀構造的結殼

石筍瘤

露岩

以前的水位

透水石灰岩

河流再現

不透水岩層

現在的水位

洞穴(Caves)：落水洞(也稱爲石灰坑或壺穴)[sinkholes (also called swallow holes or potholes)]。**石筍的形成(STALAGMITE FORMATIONS)**：結晶的石筍底(CRYSTALLINE STALAGMITIC FLOOR)；枯死小植物莖上的結殼(*Encrustations on dead stems of small plants*)；方解石(碳酸鈣)[*Calcite(calcium carbonate)*]；石灰華(CALCAREOUS TUFA)；石筍瘤(STALAGMITIC BOSS)。**洞穴系統的地貌**(SURFACE TOPOGRAPHY OF A CAVE SYSTEM)：滲穴(洞頂崩塌造成的窪陷)[*Doline(depression caused by collapse of cave roof)*]；不透水

洞穴系統的發展

石灰岩層的構造

不透水岩層
節理
層面
透水石灰岩
不透水岩層

初期洞穴

水通過裂縫滲入岩石
河流流進透水岩層
方解石（碳酸鈣）沉積物開始形成
河流再現
隧道狀洞穴
地下河

擴展的洞穴系統

洞頂崩塌形成的滲穴
鐘乳石
石筍
落水洞
峽道
河流再現
乾地下廊道
洞穴

相互連結的洞穴系統

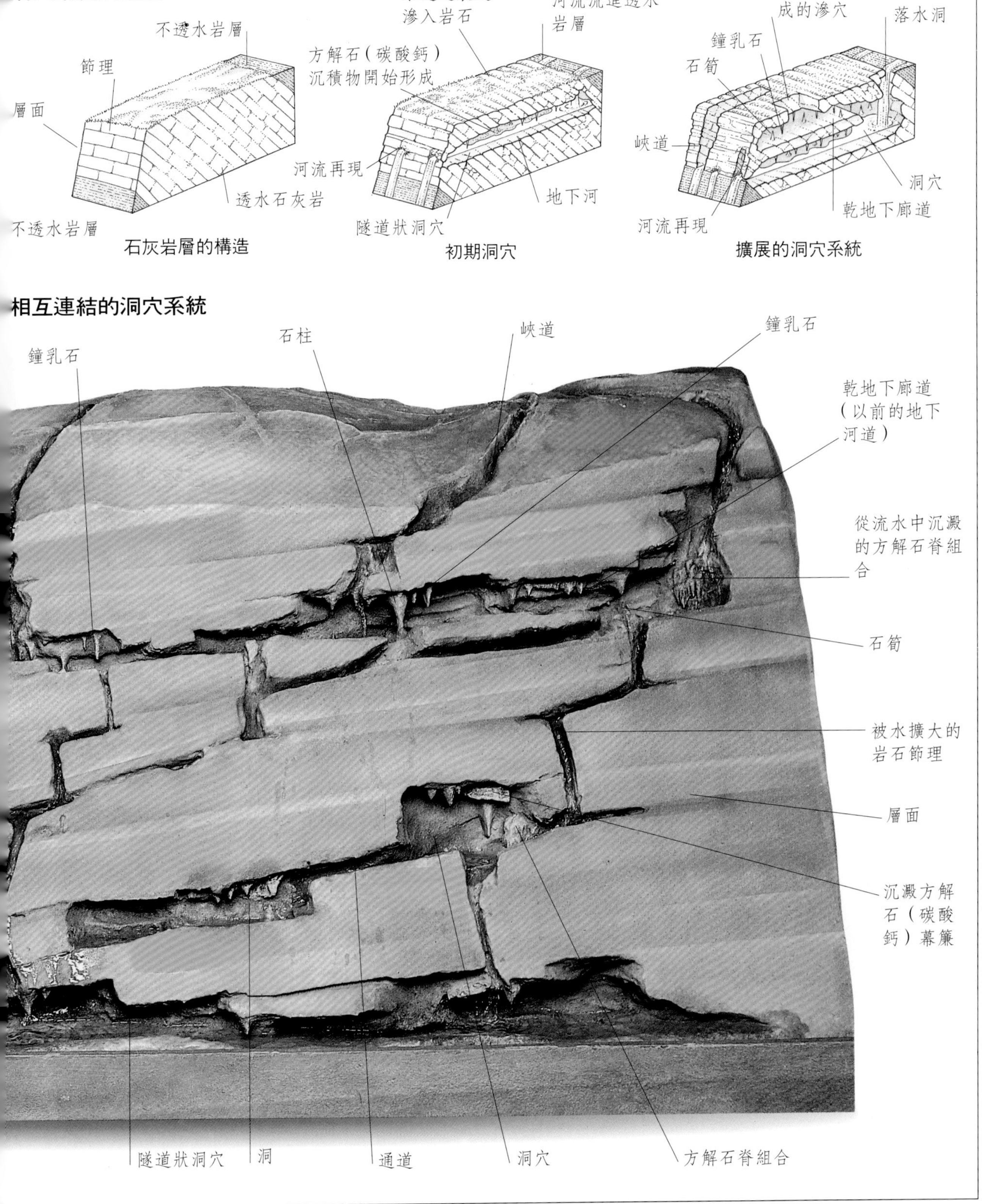

鐘乳石
石柱
峽道
鐘乳石
乾地下廊道（以前的地下河道）
從流水中沉澱的方解石脊組合
石筍
被水擴大的岩石節理
層面
沉澱方解石（碳酸鈣）幕簾

隧道狀洞穴
洞
通道
洞穴
方解石脊組合

岩層(Impermeable rock)。**洞穴系統的發展**(DEVELOPMENT OF A CAVE SYSTEM)：隧道狀洞穴(Tunnel)；乾地下廊道(Dry gallery)；峽道(Gorge)；石筍(Stalagmite)；鐘乳石(Stalactite)。**相互連結的洞穴系統**(INTERCONNECTED CAVE SYSTEM)：石柱[Pillar(column)]；沉澱方解石(碳酸鈣)幕簾[Curtain of deposited calcite(calcium carbonate)]；方解石脊組合[Gour(series of calcite ridges)]；露岩(Scar of bare rock)。

冰 川

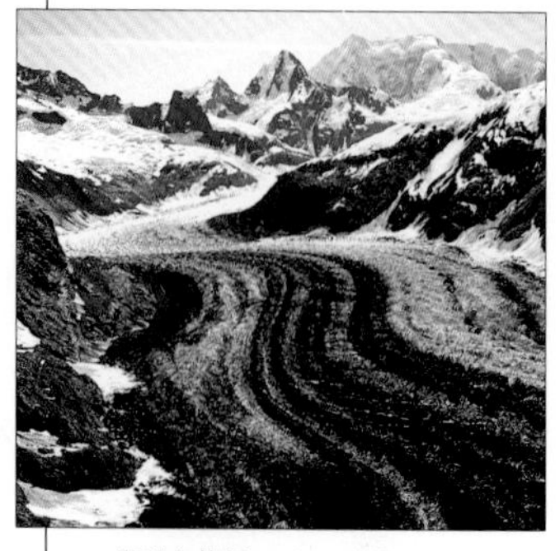

阿拉斯加冰川灣

谷 冰川是一種在陸地上形成的大冰體，由於自身的重量，順著山坡緩慢地移動。這種冰川是由冰斗（山中窪陷，也叫冰坑）中雪的聚集所造成的，雪越積越多，逐漸壓成爲冰。冰斗由於冰楔作用和磨蝕而加深（參見282-283頁）；在相鄰的冰斗之間則形成了刃嶺（陡脊）。最後，冰越積越多，冰川開始移動。冰川在移動過程中聚集了冰磧物（岩屑），它們粗細不一，細的如塵粒，大的有大漂石。冰川底部的石塊磨蝕著冰川谷，使它形成 "U" 形橫剖面。在冰川下面的谷底上，形成了羊背石（磨蝕的堅硬岩石露頭）和鼓丘（圓形的岩石和粘土組成的小丘）。冰川在末端（冰鼻）終止後，在那裡冰的消融和補給處於相對的平衡。如果氣溫上升，冰的消融速度大於補給，冰川發生後退。後退的冰川留下了冰磧，還有漂石（孤立、單個的漂石塊）。冰川融化形成的冰河沉積出蛇丘和冰磧阜（砂和礫石組成的土梁和土丘），但是其所攜帶的細粒沉積物形成了有層次的冰水沉積平原。搬運到這種平原上的冰塊發生融化，形成了稱爲鍋穴的洞。

谷冰川

側磧　溶水潭　中磧　懸漂石　角峰　刃嶺（陡脊）　中磧　懸漂石　冰鼻

洞穴　冰內水流　冰川懸谷　溪流　冰緣湖　瀑布

消融冰川　"U" 形谷陡坡

終磧　網流　泥礫　末端湖　溶水流　羊背石　湖　推磧

終磧

羊背石

後冰期冰谷

崩塌沉積物　鼓丘　露出的谷底　蛇丘　漂石　羊背石　角峰　刃嶺（陡脊）

冰礫階地　湖成階地　冰礫三角洲

後冰流　終磧

鍋穴　"U" 形谷陡坡

鍋穴湖

冰水沉積階地　泥礫　冰磧阜　羊背石　冰水扇形地

冰川(Glaciers)。**谷冰川**(VALLEY GLACIER)：側磧*(Lateral moraine)*；**中磧***(Medial moraine)*：懸漂石*(Suspended erratic)*；角峰*(Horn)*；刃嶺(陡脊)*[Arete(ridge)]*；冰川懸谷*(Hanging valley)*；冰緣湖*(Ice margin lake)*；羊背石*(Roche moutonnee)*；泥礫*(Boulder clay)*；網流*(Braided stream)*；終磧*(Terminal moraine)*。**後冰期冰谷**(POST-GLACIAL VALLEY)：鼓丘*(Drumlin)*；冰礫三角洲*(Kame delta)*；冰磧阜

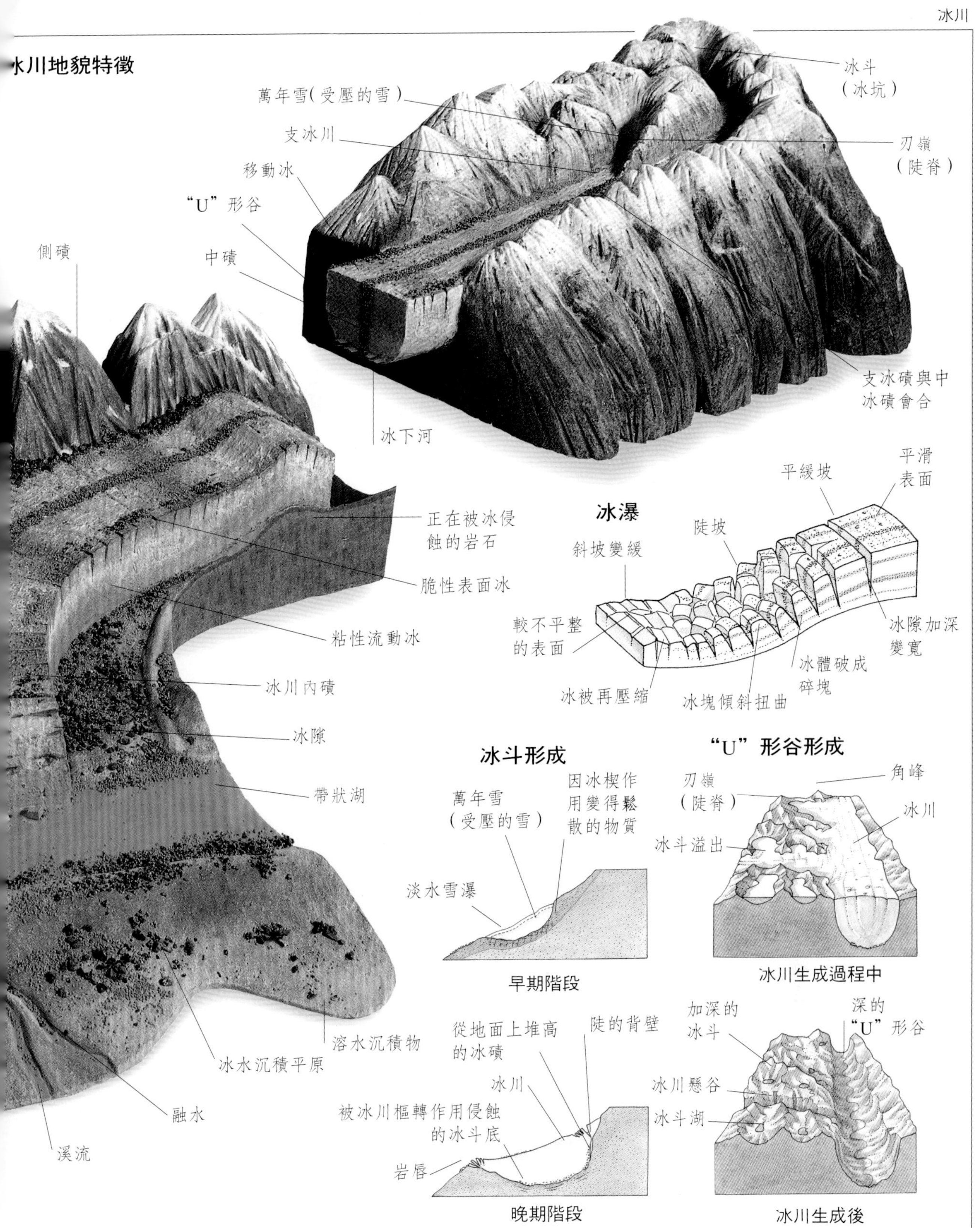

冰川地貌特徵

萬年雪(受壓的雪)
支冰川
移動冰
"U"形谷
中磧
側磧
冰斗(冰坑)
刃嶺(陡脊)
支冰磧與中冰磧會合
冰下河

正在被冰侵蝕的岩石
脆性表面冰
粘性流動冰
冰川內磧
冰隙
帶狀湖
溶水沉積物
冰水沉積平原
融水
溪流

冰瀑

斜坡變緩
較不平整的表面
冰被再壓縮
冰塊傾斜扭曲
冰體破成碎塊
陡坡
平緩坡
平滑表面
冰隙加深變寬

冰斗形成

萬年雪(受壓的雪)
因冰楔作用變得鬆散的物質
淡水雪瀑

早期階段

從地面上堆高的冰磧
陡的背壁
冰川
被冰川樞轉作用侵蝕的冰斗底
岩唇

晚期階段

"U"形谷形成

刃嶺(陡脊)
角峰
冰斗溢出
冰川

冰川生成過程中

加深的冰斗
深的"U"形谷
冰川懸谷
冰斗湖

冰川生成後

(Kame)；鍋穴湖(Kettle lake)；鍋穴(Kettle)；冰礫階地(Kame terrace)；蛇丘(Esker)；漂石(Erratic)。**冰川地貌特徵**(FEATURES OF A GLACIER)：冰隙(Crevasse)；冰鼻(Snout)。萬年雪(受壓的雪)[Firn(compressed snow)]。**冰斗形成**(CIRQUE FORMATION)：被冰川樞轉作用侵蝕的冰斗底(Base of cirque eroded by glacier's pivoting action)；岩唇(Rock lip)。 "U"形谷形成(U-SHAPED VALLEY FORMATION)：冰斗湖(Tarn)。

河流

河流組成了水循環的一部分。水循環是指水在陸地、海洋和大氣之間的連續循環過程。河流的源頭可以是山中泉、湖泊或是消融的冰川。河流的水道取決於地體的坡度、岩石的類型和河水流經的岩層。河流在其早期的山區發育階段，在岩體和滾石上急流而下，切割出陡坡的"V"形谷。從上游往下，河流在沉積物上逐漸平緩地流動，發生彎曲，侵蝕邊坡，形成較寬闊的河谷和平原。接近海岸時，河流卸下沉積物，可形成**港灣**或三角洲（參見290-291頁）。

河流襲奪

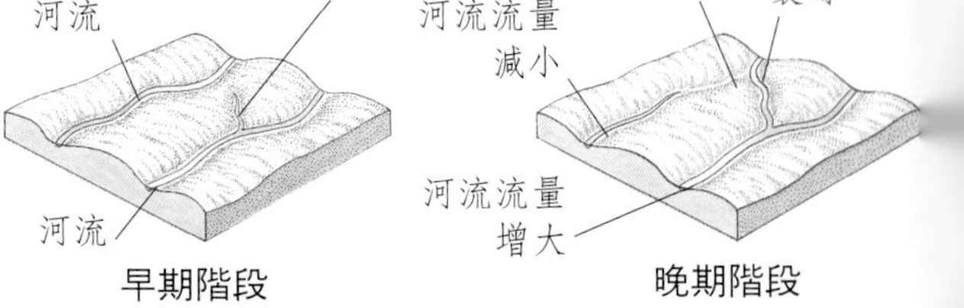

早期階段：河流、支流溯源侵蝕、河流

晚期階段：河流流量減小、乾河谷、河流被支襲奪、河流流量增大

水循環

高山降水
風
水被河帶向下
樹或其它植物釋放水蒸氣到大氣中
水蒸氣形成雲
風
水從海洋蒸發
海中儲存的水
河流流向海洋
水滲透到地下，流向海洋
水從湖泊蒸發
水滲透到地下，流向海洋

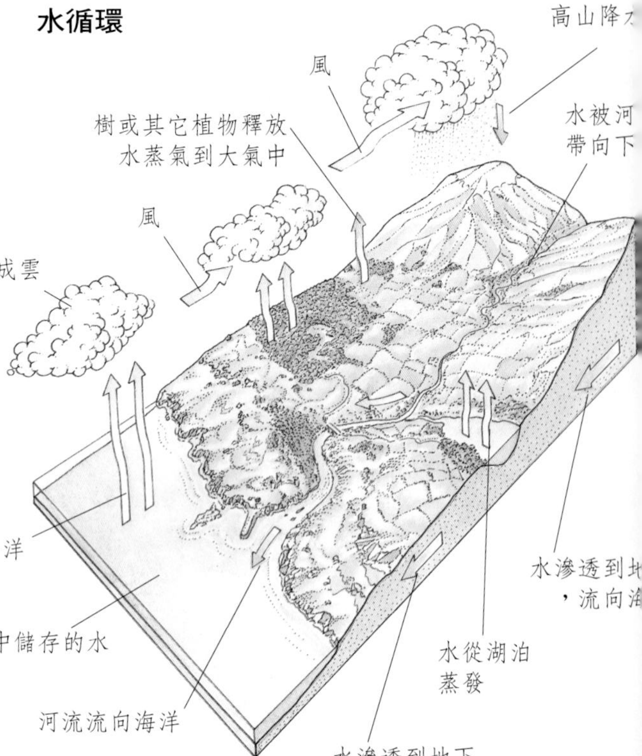

孟加拉恒河三角洲的衛星照片

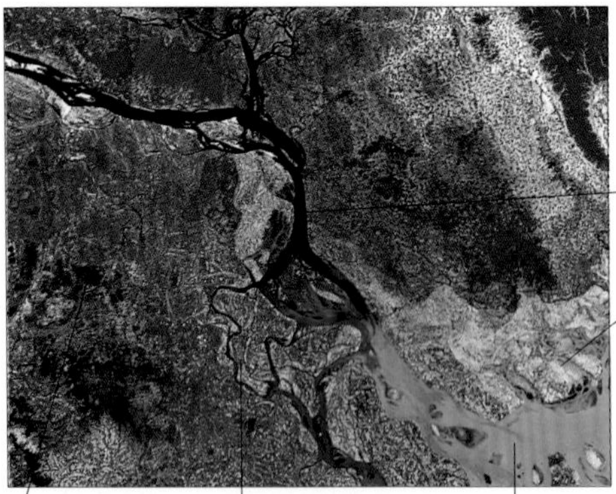

恒河
恒河三角洲
貧瘠沼澤地
分流
大量沉積物

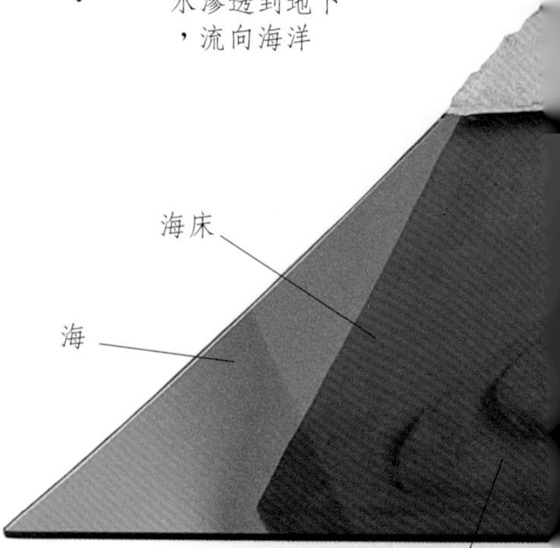

海床
海
沉積層

河系類型

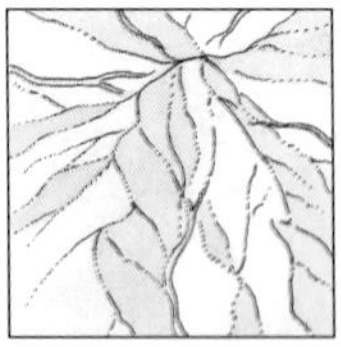

放射狀 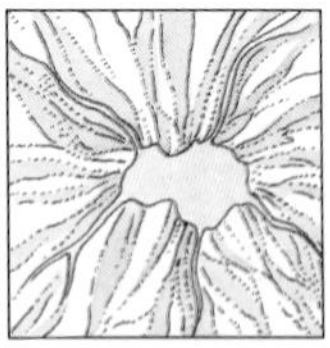　向心狀 　平行狀 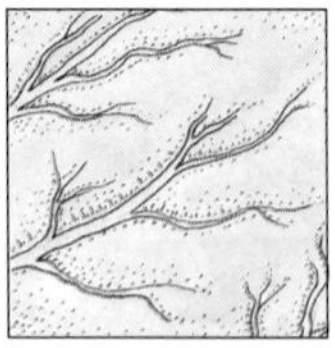　樹枝狀
紊亂型 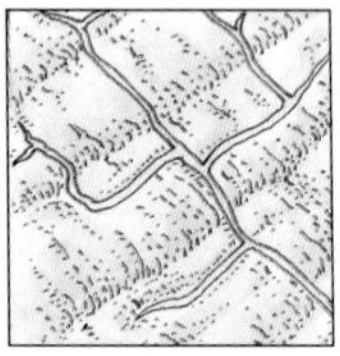　格子狀 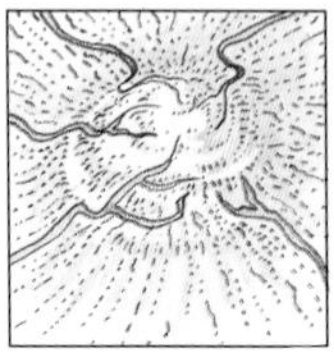　環狀 　直角型 

河流(Rivers)：港灣(estuary)。**孟加拉恆河三角洲的衛星照片**(SATELLITE IMAGE OF GANGES RIVER DELTA, BANGLADESH)：貧瘠沼澤地(*Infertile swampland*)。**河系類型**(RIVER DRAINAGE PATTERNS)：放射狀(RADIAL)；向心狀(CENTRIPETAL)；平行狀(PARALLEL)；樹枝狀(DENDRITIC)；紊亂型(DERANGED)；格子狀(TRELLISED)；環狀(ANNULAR)；直角型(RECTANGULAR)。**河流發育階段**(STAGES IN A RIVER'S

河流發育階段

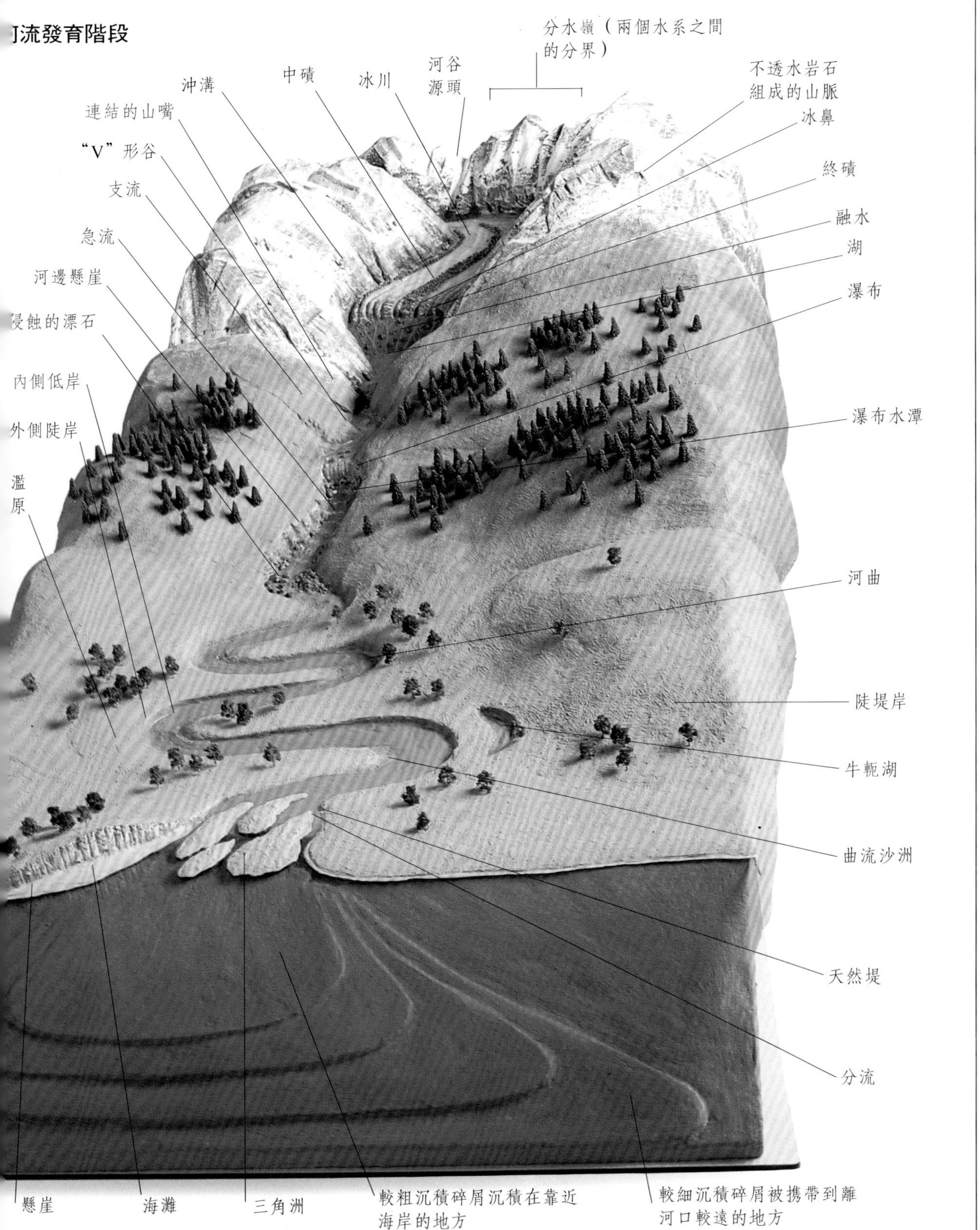

分水嶺（兩個水系之間的分界）

沖溝　中磧　冰川　河谷源頭

連結的山嘴　　　　　　　　　　　　　　　不透水岩石組成的山脈

"V"形谷　　　　　　　　　　　　　　　　冰鼻

支流　　　　　　　　　　　　　　　　　　終磧

急流　　　　　　　　　　　　　　　　　　融水湖

河邊懸崖　　　　　　　　　　　　　　　　瀑布

侵蝕的漂石　　　　　　　　　　　　　　　瀑布水潭

內側低岸

外側陡岸　　　　　　　　　　　　　　　　河曲

濫原

陡堤岸

牛軛湖

曲流沙洲

天然堤

分流

懸崖　　海灘　　三角洲　　較粗沉積碎屑沉積在靠近　　較細沉積碎屑被攜帶到離
　　　　　　　　　　　　　海岸的地方　　　　　　　河口較遠的地方

DEVELOPMENT)：分水嶺(Watershed)；冰鼻(Glacier snout)；終磧(Terminal moraine)；河曲(Meander)；曲流沙洲(Point bar)；天然堤(Levee)；海灘(Beach)；懸崖(Cliff)；沉積層(Sediment layers)；氾濫平原(Floodplain)；外側陡岸(Steep outside bank)；"V"形谷(V-shaped valley)；沖溝(Gully)；中磧(Medial moraine)。

河 流 的 特 徵

河流是造成地表景觀的主要營力之一。在源頭附近，河流的谷底是陡峭的（參見288-289頁），河流向谷底侵蝕切割，形成"V"形谷和深峽。而河流從硬岩層流到軟岩層（比較容易侵蝕的岩石）時，便形成了瀑布和急流。再往下游，河流則形成河曲，側旁侵蝕加劇，造成較寬的河谷。河流有時切穿河曲的頸部，便形成牛軛湖。彎曲的河流把沉積物堆積在谷底，在洪水期間，便容易造成氾濫平原。洪水還可把沉積物堆積在河岸上，形成天然堤。河水流入海中或湖泊中時，攜帶的物質大量沉積下來，漸漸形成三角洲。三角洲可以由沙洲、沼澤和潟湖組成的；河流進入三角洲時，常分成幾個叉道（分流），如密西西比河三角洲。海平面的上升常常使河口泛濫，形成寬闊的港灣，這是海水和淡水混合的潮汐地帶。

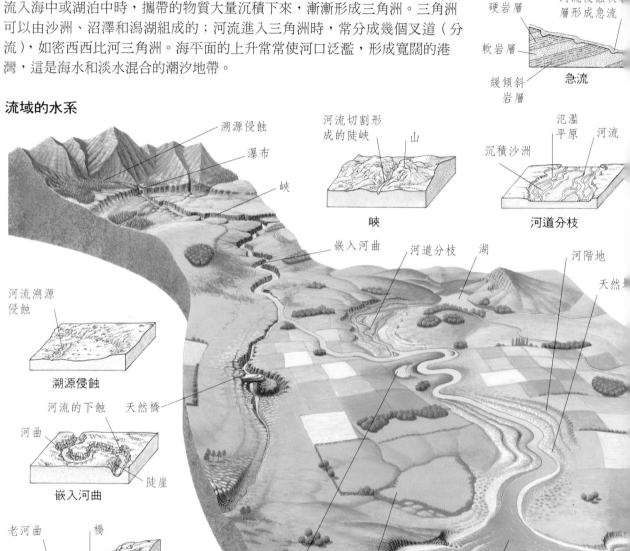

瀑布

急流

硬岩層

軟岩層

河流侵蝕軟岩層形成急流

緩傾斜岩層

流域的水系

溯源侵蝕

瀑布

峽

河流切割形成的陡峽

山

峽

氾濫平原

河流

沉積沙洲

河道分枝

嵌入河曲

河道分枝

湖

河階地

天然堤

河流溯源侵蝕

溯源侵蝕

河流的下蝕

天然橋

河曲

嵌入河曲

陡崖

老河曲

橋

天然橋

河

牛軛湖

湖

河口

海床上的沉積物

河流的特徵(River features)。流域的水系(A RIVER VALLEY DRAINAGE SYSTEM)：牛軛湖(*Oxbow lake*)；溯源侵蝕(HEADWARD EROSION)；嵌入河曲(ENTRENCHED MEANDER)；天然橋(NATURAL BRIDGE)。瀑布和急流的形成(HOW WATERFALLS AND RAPIDS ARE FORMED)：軟岩層(*Softer rock*)；硬岩層(*Hard rock*)；瀑布水潭(*Plunge pool*)；緩傾斜岩層(*Gently sloping rock strata*)；峽(GORGE)；河道分枝

暴布的特徵

密西西比河三角洲

三角洲的形成

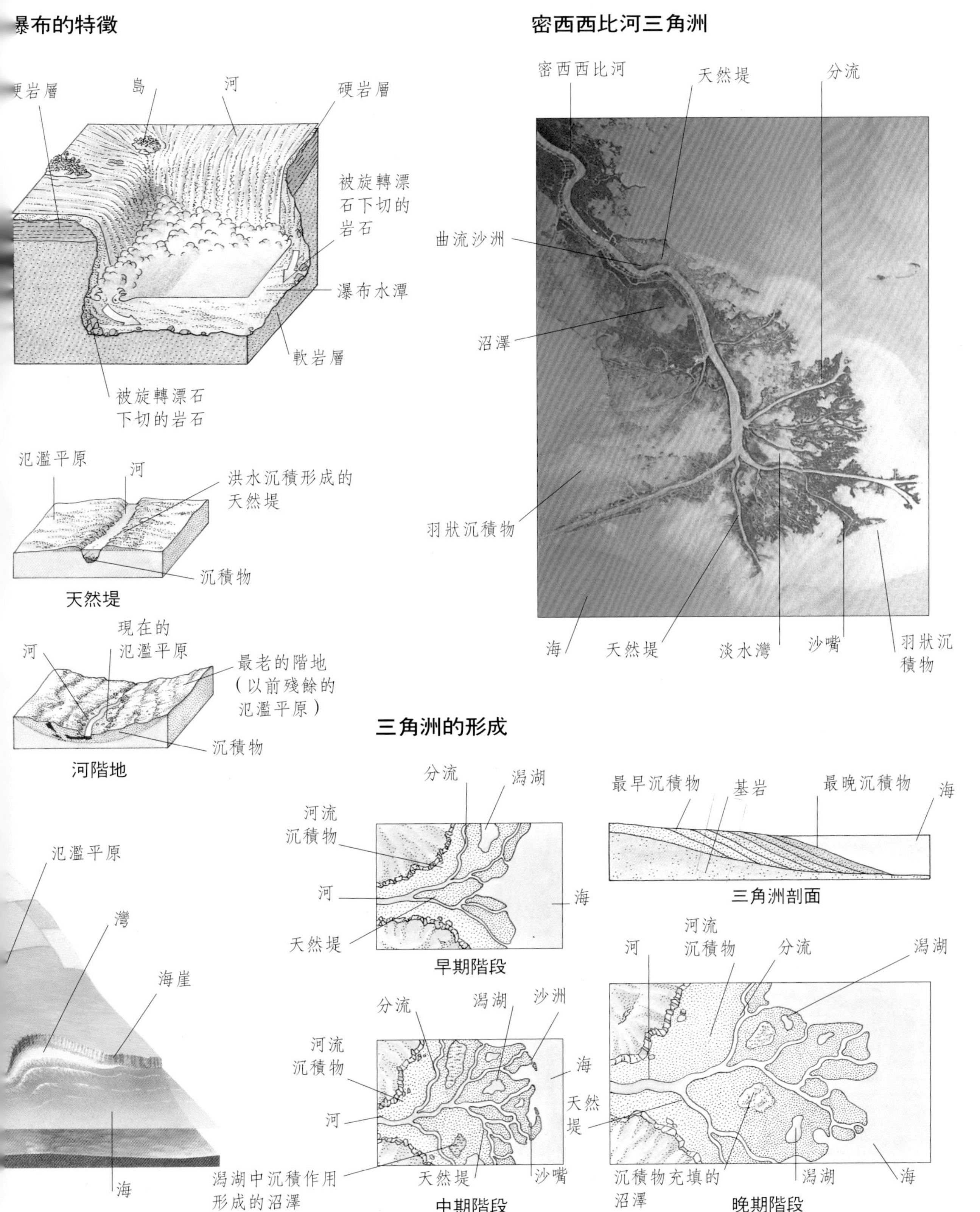

暴布的特徵圖
- 硬岩層
- 島
- 河
- 硬岩層
- 被旋轉漂石下切的岩石
- 瀑布水潭
- 軟岩層
- 被旋轉漂石下切的岩石

天然堤圖
- 氾濫平原
- 河
- 洪水沉積形成的天然堤
- 沉積物

河階地圖
- 河
- 現在的氾濫平原
- 最老的階地（以前殘餘的氾濫平原）
- 沉積物

氾濫平原
灣
海崖
海

密西西比河三角洲圖
- 密西西比河
- 天然堤
- 分流
- 曲流沙洲
- 沼澤
- 羽狀沉積物
- 海
- 天然堤
- 淡水灣
- 沙嘴
- 羽狀沉積物

早期階段圖
- 分流
- 潟湖
- 河流沉積物
- 河
- 天然堤
- 海

三角洲剖面圖
- 最早沉積物
- 基岩
- 最晚沉積物
- 海

中期階段圖
- 分流
- 潟湖
- 沙洲
- 河流沉積物
- 河
- 海
- 天然堤
- 沙嘴
- 潟湖中沉積作用形成的沼澤

晚期階段圖
- 河
- 河流沉積物
- 分流
- 潟湖
- 天然堤
- 沉積物充填的沼澤
- 潟湖
- 海

(BRAIDING)；沉積沙洲(Sediment bar)；氾濫平原(Floodplain)。**暴布的特徵**(WATERFALL FEATURES)：天然堤(LEVEE)；河階地(RIVER TERRACE)。**密西西比河三角洲**(THE MISSISSIPPI DELTA)：沙嘴(SPIT)；淡水灣(Freshwater bay)；羽狀沉積物(Sediment plume)；曲流沙洲(Point bar)。**三角洲的形成**(FORMATION OF A DELTA)：潟湖(Lagoon)；沉積物充填的沼澤(Infilled swamp)。

湖泊和地下水

大量的水在不透水岩層的窪陷中蓄積，或是被冰磧或固結熔岩之類的堤壩擋住，就形成了天然湖泊。湖泊常常是一種壽命較短的地貌形態，容易被溪流帶入的沉積物淤塞。一些壽命較長的湖泊形成在地殼垂直運動所造成的深裂谷中（參見58-59頁），如俄羅斯的貝加爾湖（世界上最大的淡水湖）和中東的死海（世界上最鹹的湖泊之一）。在水能夠排放的地方，水滲入地下直至達到不透水岩層，然後在其上的透水岩層中蓄積。這種飽含水的透水層稱爲含水層。飽和水帶的深度隨季節和氣候因素的改變而變化。在雨季，水在地下蓄集；在旱季，地下水就被消耗。當飽和水帶的上界面（地下水面）與地面相遇時，地下水便成爲泉水冒出地面。

在含水層位於不透水層下面的自流盆地中，整個盆地的地下水面取決於盆地邊緣的高度。在這種盆地中間，地下水面高於地平面。盆地中的水就這樣被封閉在地下水面下，在其自身的壓力作用下，可沿著斷層或井孔湧出地面。

俄羅斯貝加爾湖

泉的示例

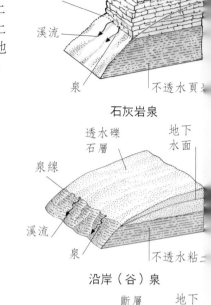

石灰岩泉

沿岸（谷）泉

斷層泉

熔岩泉

自流盆地構造

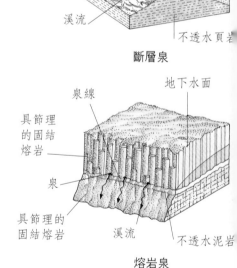

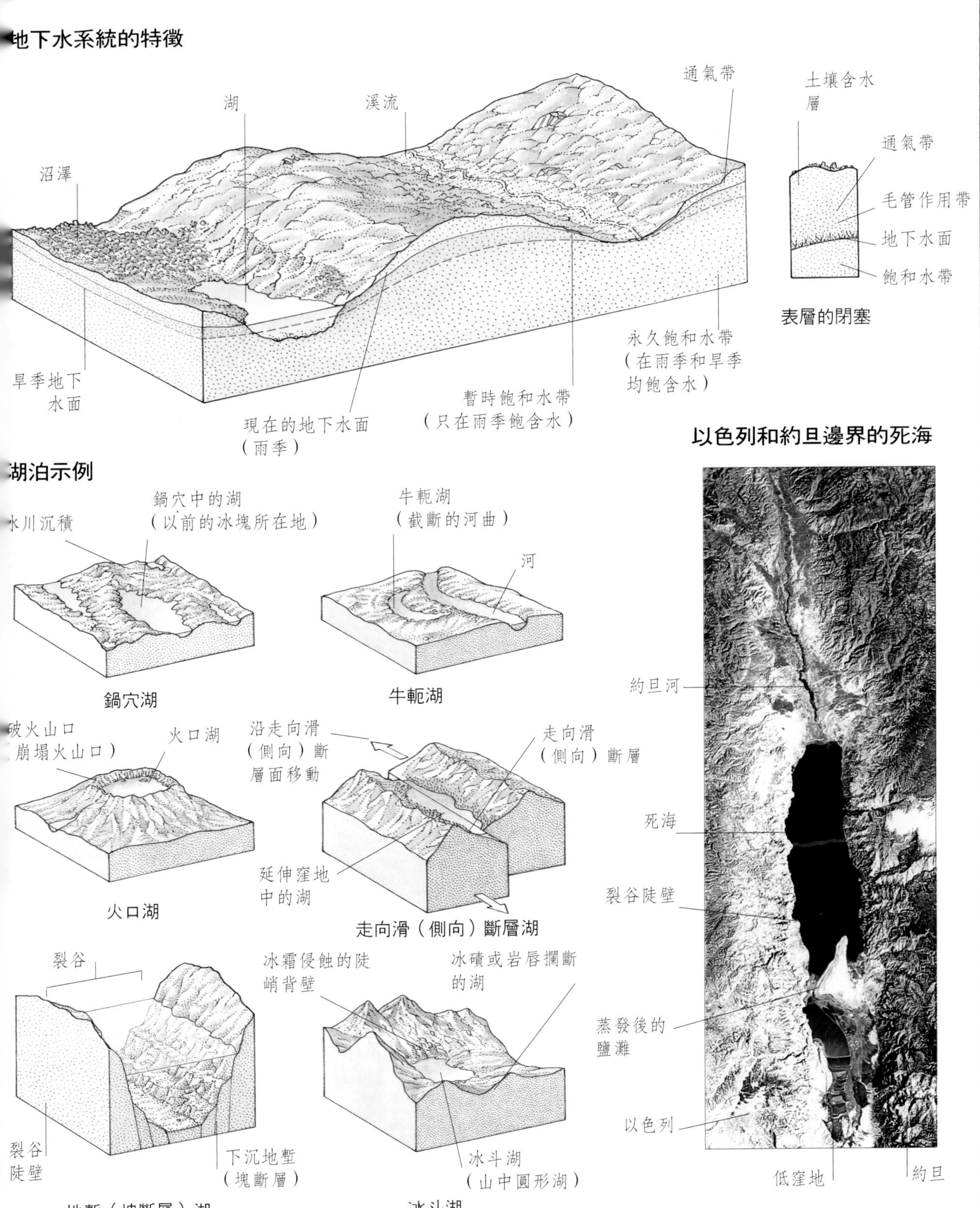

地下水系統的特徵

湖　溪流　通氣帶　土壤含水層

沼澤

旱季地下水面

現在的地下水面（雨季）

暫時飽和水帶（只在雨季飽含水）

永久飽和水帶（在雨季和旱季均飽含水）

表層的閉塞

通氣帶　毛管作用帶　地下水面　飽和水帶

湖泊示例

冰川沉積　鍋穴中的湖（以前的冰塊所在地）　牛軛湖（截斷的河曲）　河

鍋穴湖　牛軛湖

破火山口（崩塌火山口）　火口湖

沿走向滑（側向）斷層面移動　走向滑（側向）斷層

延伸窪地中的湖

火口湖　走向滑（側向）斷層湖

裂谷　冰霜侵蝕的陡峭背壁　冰磧或岩脣攔斷的湖

裂谷陡壁　下沉地壘（塊斷層）　冰斗湖（山中圓形湖）

地壘（塊斷層）湖　冰斗湖

以色列和約旦邊界的死海

約旦河

死海

裂谷陡壁

蒸發後的鹽灘

以色列

低窪地　約旦

(Zone of aeration)；永久飽和水帶(Permanently saturated zone)；暫時飽和水帶(Temporarily saturated zone)；毛管作用帶(Capillary fringe)。**湖泊示例**(EXAMPLES OF LAKES)：鍋穴湖(KETTLE LAKE)；火口湖(VOLCANIC LAKE)；走向滑（側向)斷層湖[STRIKE-SLIP(LATERAL)FAULT LAKE]；地壘(塊斷層)湖[GRABEN(BLOCK-FAULT)LAKE]；裂谷(Rift valley)；冰斗湖(TARN)。**以色列和約旦邊界的死海**(THE DEAD SEA, ISRAEL/JORDAN)：蒸發後的鹽灘(Salt left by evaporation)。

海岸線

海岸線是一種變化最快的地貌形態。它的某些地段被海浪、風和雨水侵蝕，使得懸崖底部被侵蝕，堅硬岩石的下部被掏蝕形成洞穴。在另一些地段，在所謂的沿岸漂移過程中，被海浪搬運的砂和小岩塊堆積下來；此外，河流還可形成三角洲沉積。海岸地帶還發生另外的一些作用，如生物（珊瑚等）活動，地殼運動和氣候變化等所造成的海平面升降。陸地上升或海平面下降所造成上升的海岸線，其特徵是在新的海濱線之上有懸崖和沙灘出現。陸地下沉和海平面上升造成溺谷海岸線，典型的特徵是出現峽灣（沉沒的冰蝕谷）或沉沒河谷。

海崖的特徵

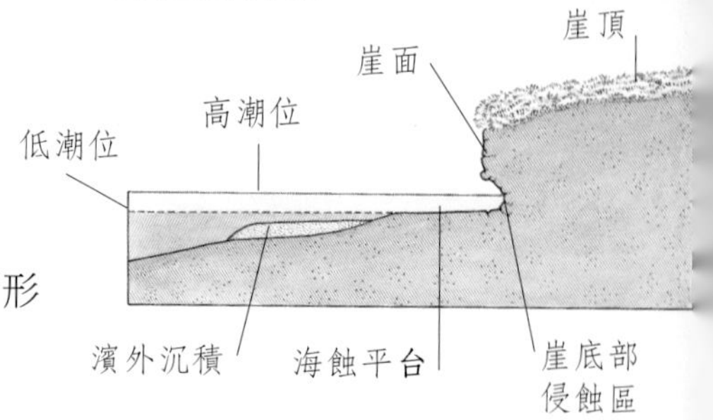

崖頂；崖面；高潮位；低潮位；濱外沉積；海蝕平台；崖底部侵蝕區

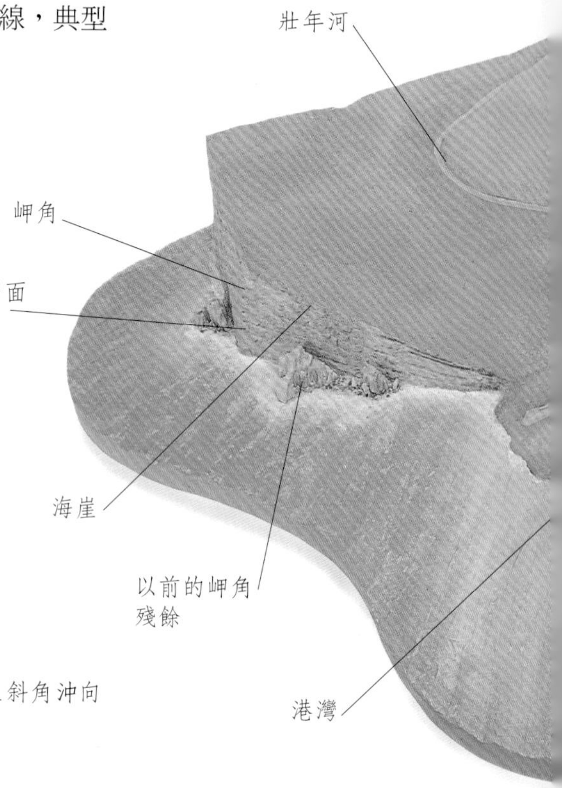

波浪的特徵

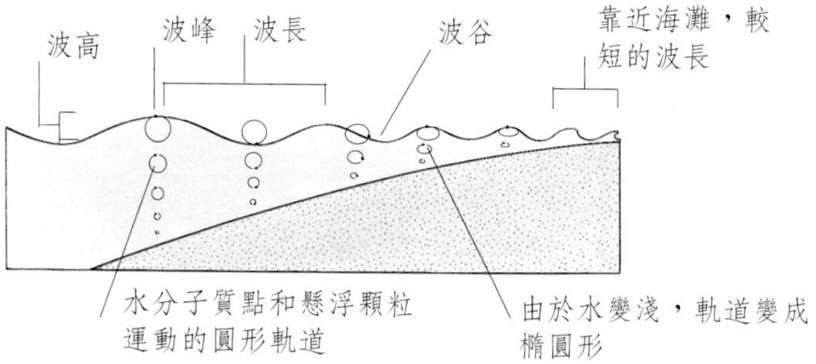

波高；波峰；波長；波谷；靠近海灘，較短的波長；水分子質點和懸浮顆粒運動的圓形軌道；由於水變淺，軌道變成橢圓形

沿岸漂移

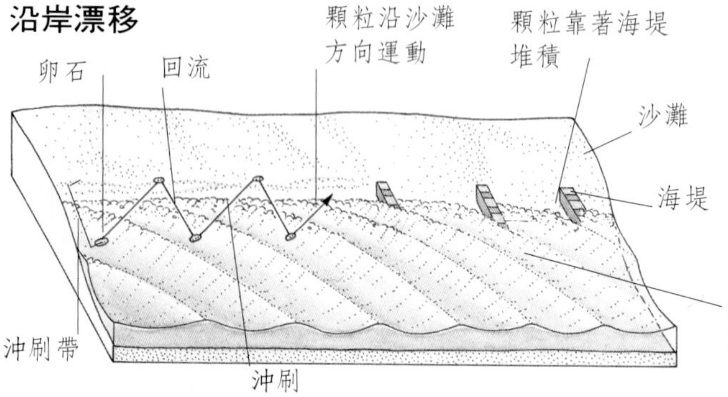

卵石；回流；顆粒沿沙灘方向運動；顆粒靠著海堤堆積；沙灘；海堤；波浪呈斜角沖向海濱；沖刷帶；沖刷

壯年河；岬角；層面；海崖；以前的岬角殘餘；港灣

海岸線的沉積特徵

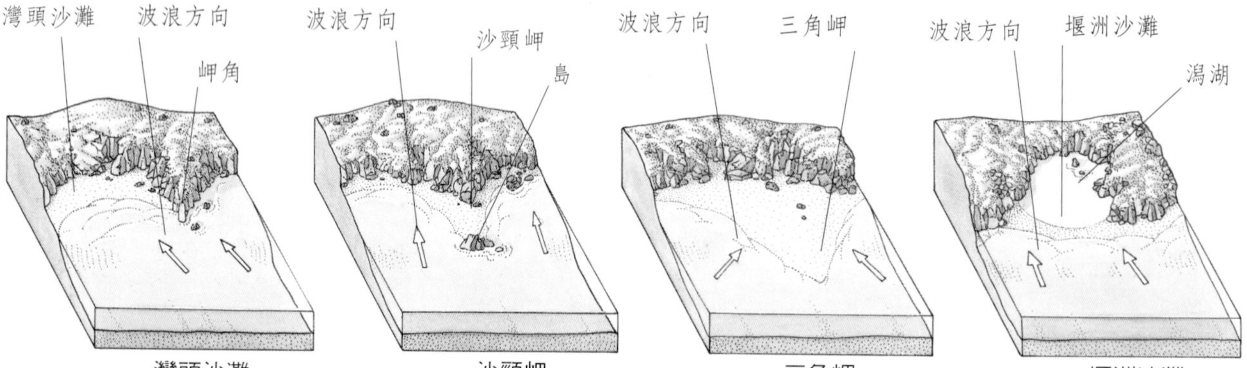

灣頭沙灘；波浪方向；岬角；灣頭沙灘

波浪方向；沙頸岬；島；沙頸岬

波浪方向；三角岬；三角岬

波浪方向；堰洲沙灘；潟湖；堰洲沙灘

海岸線(Coastlines)。**波浪的特徵(FEATURES OF WAVES)**：波高(*Wave height*)；波峰(*Crest*)；波長(*Wavelength*)；波谷(*Trough*)。**沿岸漂移(LONGSHORE DRIFT)**：回流(*Backwash*)；沖刷帶(*Swash zone*)。**海岸線的沉積特徵(DEPOSITIONAL FEATURES OF COASTLINES)**：灣頭沙灘(BAY HEAD BEACH)；岬角(*Headland*)；沙頸岬(TOMBOLO)；三角岬(CUSPATE FORELAND)；堰洲沙灘(BARRIER BEACH)。**海崖的特徵(FEATURES OF A SEA CLIFF)**：低潮位(*Low tide level*)；海蝕平台(*Wave-cut platform*)。**海岸線的特徵**

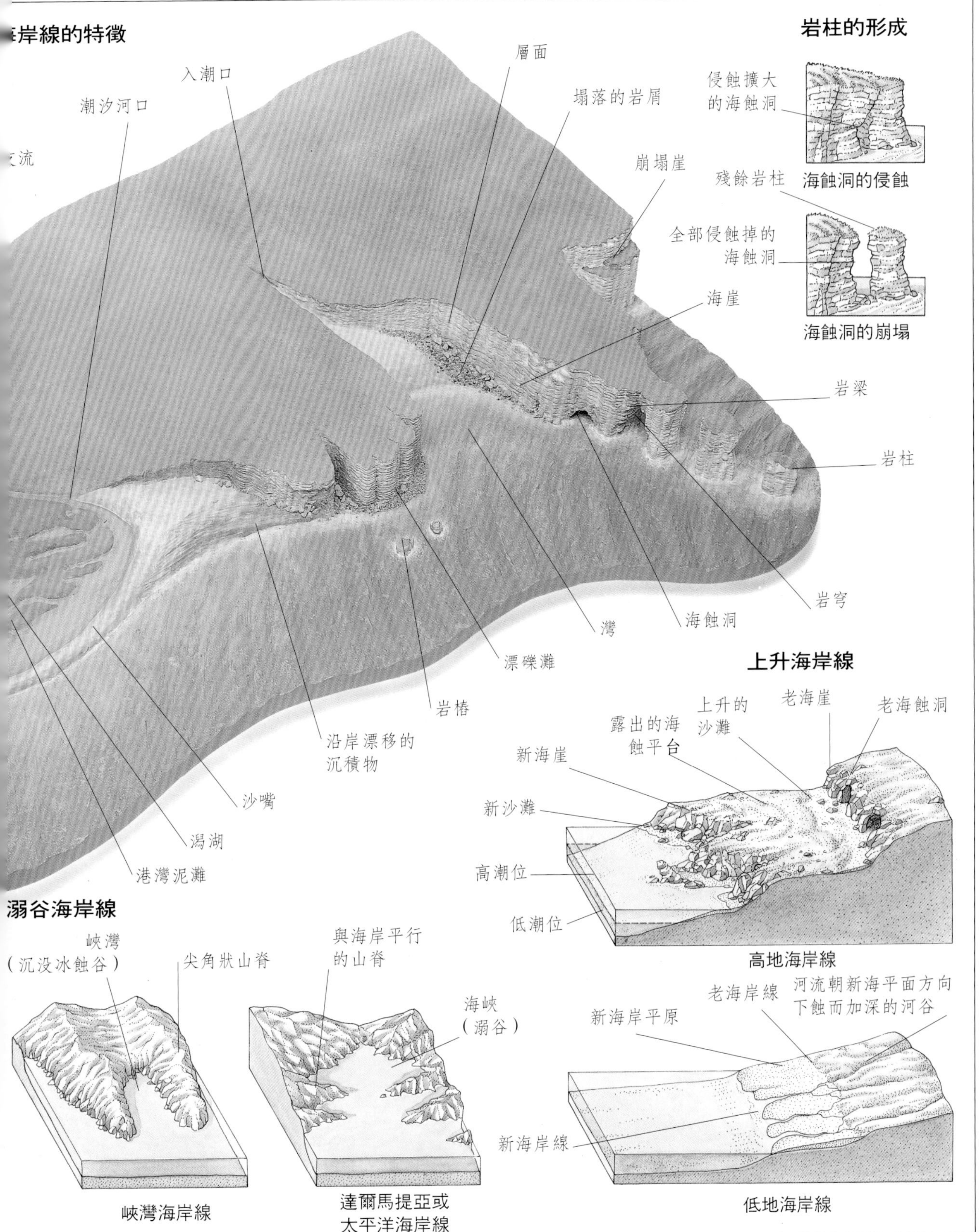

海岸線的特徵

潮汐河口
入潮口
層面
塌落的岩屑
崩塌崖
河流

岩柱的形成
侵蝕擴大的海蝕洞
海蝕洞的侵蝕
殘餘岩柱
全部侵蝕掉的海蝕洞
海蝕洞的崩塌

海崖
岩梁
岩柱
岩穹
海蝕洞
灣
漂礫灘
岩椿
沿岸漂移的沉積物
沙嘴
潟湖
港灣泥灘

上升海岸線
上升的沙灘
露出的海蝕平台
新海崖
新沙灘
高潮位
低潮位
老海崖
老海蝕洞
高地海岸線

溺谷海岸線
峽灣(沉沒冰蝕谷)
尖角狀山脊
與海岸平行的山脊
海峽(溺谷)
峽灣海岸線
達爾馬提亞或太平洋海岸線

老海岸線
新海岸平原
河流朝新海平面方向下蝕而加深的河谷
新海岸線
低地海岸線

(FEATURES OF A COASTLINE)：崩塌崖(Slumped cliff)；岩梁(Lintel)；岩柱(Stack)；岩穹(Arch)；海蝕洞(Sea cave)；漂礫灘(Boulder beach)；岩椿(Stump)；沙嘴(Sandy spit)；港灣泥灘(Estuarine mudflat)。**上升海岸線**(EMERGENT COASTLINES)：高地海岸線(HIGHLAND COASTLINE)；新海岸平原(New coastal plain)。**溺谷海岸線**(DROWNED COASTLINES)：峽灣海岸線(FJORD COASTLINE)；峽灣(沉沒冰蝕谷)[Fjord(submerged glacial valley)]；尖角狀山脊(Angular mountain ridge)；達爾馬提亞或太平洋海岸線(DALMATIAN/PACIFIC COASTLINE)；海峽(溺谷)[Sound(drowned valley)]。

海 洋

表層洋流

海洋占地球表面積的70%左右，約占地球總水量的97%。海洋對於調節溫度變化和氣候影響具備重要的功用。海洋中的水吸收太陽的輻射熱，尤其在熱帶地區；而其表層的洋流又將吸收的熱量傳播到地球各處，使冬季洋面上的氣團和毗鄰的陸地變暖，在夏季則使它們冷卻。海洋永遠不會平靜。溫度和鹽度的差異驅動著深層的洋流系統，而表層洋流則是風吹洋面引起的。在地球自轉的影響下，所有洋流的方向都發生偏轉：半北球偏向右，南半球偏向左。這種偏轉因素稱為柯若利士力。在表層出現的洋流立即發生偏轉。表層洋流又使下面水層亦產生一股偏轉的洋流。當這種運動向下傳遞時，這兩種偏轉便構成了埃克曼螺旋。海洋中的水也可由於潮水的持續漲落發生移動。這是月球和太陽的引力所造成的。**滿潮（大潮）**出現在望月和新月；**低潮（小潮）**出現在上弦和下弦。

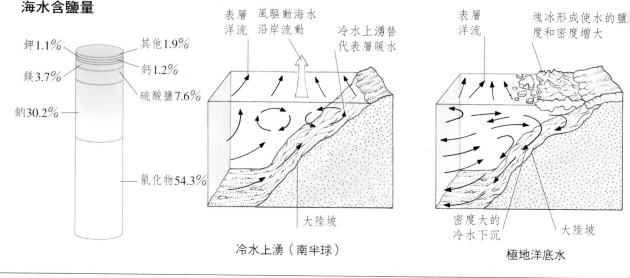

海水含鹽量

其他1.9%
鈣1.2%
硫酸鹽7.6%
鉀1.1%
鎂3.7%
鈉30.2%
氯化物54.3%

表層洋流　風驅動海水沿岸流動　冷水上湧替代表層暖水
大陸坡
冷水上湧（南半球）

濱外洋流
表層洋流　塊冰形成使海水的鹽度和密度增大
密度大的冷水下沉　大陸坡
極地洋底水

海洋(Oceans and seas)：滿潮(大潮)[The highest tides(Spring tides)]；低潮(小潮)[the lowest tides(neap tides)]。**表層洋流**(SURFACE CURRENTS)：本初子午線(GREENWICH MERIDIAN)；阿拉斯加寒流(*Alaska Current*)；拉布拉多寒流(*Labrador Current*)；北太平洋暖流(*North Pacific Current*)；北大西洋環流(NORTH ATLANTIC GYRE)；赤道逆流(*Equatorial Counter current*)；灣流(*Gulf Stream*)；洪保特涼流(*Humboldt Current*)；南極環極寒流(*Antarctic Circumpolar Current*)；福克蘭寒流(*Falkland Current*)；加那利洋流(*Canaries Current*)；北東季風漂流(*North-east Monsoon Drift*)；親潮(*Oyashio Current*)；黑潮(*Kuroshio Current*)。**海水含鹽量**(SALT CONTENT OF SEA WATER)：鉀(*Potassium*)；鎂(*Magnesium*)；鈉

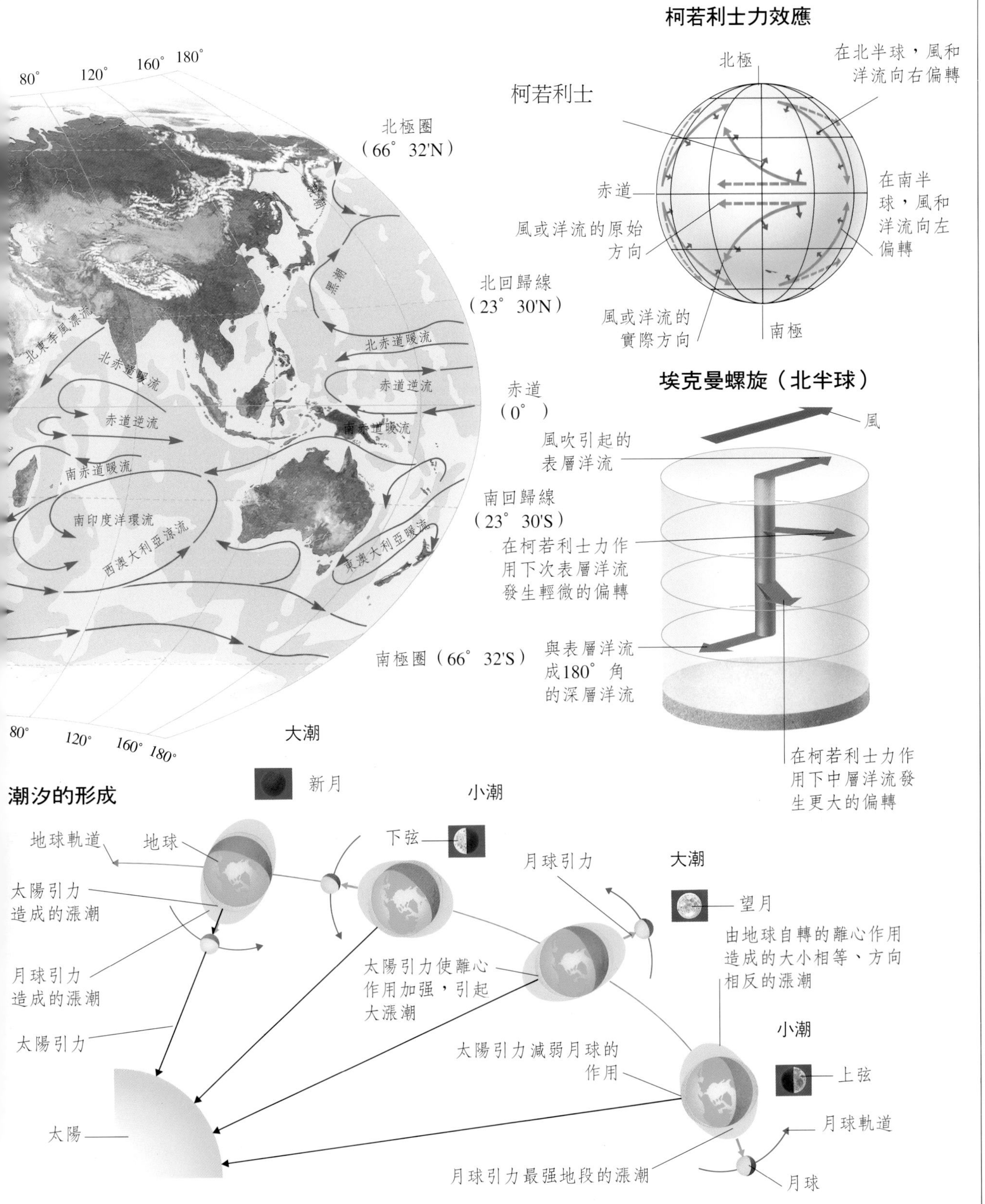

柯若利士力效應

柯若利士

北極

在北半球，風和洋流向右偏轉

赤道

風或洋流的原始方向

在南半球，風和洋流向左偏轉

風或洋流的實際方向

南極

北極圈（66°32'N）

北回歸線（23°30'N）

赤道（0°）

南回歸線（23°30'S）

南極圈（66°32'S）

北太平圓漂流

北赤道暖流

北赤道暖流

赤道逆流

赤道逆流

南赤道暖流

南赤道暖流

南印度洋環流

西澳大利亞涼流

東澳大利亞暖流

埃克曼螺旋（北半球）

風

風吹引起的表層洋流

在柯若利士力作用下次表層洋流發生輕微的偏轉

與表層洋流成180°角的深層洋流

在柯若利士力作用下中層洋流發生更大的偏轉

潮汐的形成

大潮

新月

小潮

下弦

月球引力

大潮

望月

由地球自轉的離心作用造成的大小相等、方向相反的漲潮

地球軌道　地球

太陽引力造成的漲潮

月球引力造成的漲潮

太陽引力

太陽引力使離心作用加強，引起大漲潮

太陽引力減弱月球的作用

小潮

上弦

月球軌道

太陽

月球引力最強地段的漲潮

月球

(Sodium)；鈣(Calcium)；硫酸鹽(Sulfate)；氯化物(Chloride)。**濱外洋流**(OFFSHORE CURRENTS)：表層洋流(Surface ocean current)；大陸坡(Continental slope)。**潮汐的形成**(HOW TIDES ARE CAUSED)：太陽引力(Sun's gravitational pull)；新月(New Moon)；下弦(Last quarter)；月球引力(Moon's gravitational pull)；望月(Full Moon)；上弦(First quarter)。**柯若利士力效應**(EFFECT OF CORIOLIS FORCE)。**埃克曼螺旋（北半球）**[EKMAN SPIRAL(NORTHERN HEMISPHERE)]。南回歸線(TROPIC OF CAPRICORN)；南極圈 (ANTARCTIC CIRCLE)。

洋底

洋底包括兩大部分：大陸棚和大陸坡以及深海洋底。大陸棚和大陸坡是大陸殼的一部分，但是可以遠遠地伸入大洋。大陸棚傾斜徐緩，深度可達到140公尺（460呎）左右，底上覆蓋著波浪和潮流所造成的砂質沉積物。在大陸棚邊緣，海床向下傾斜延伸，直到深海平原，後者的平均深度約3,800公尺（12,500呎）。在這深海洋底上，鋪著一層由粘土和細小的海洋生物殘體組成的細粒軟泥沉積層，偶有富含礦物質的沉積層。從回聲探測和衛星遙測發現，深海平原被環球山系即大洋中脊所分隔。這山系遠大於陸地上的任何山系。在中脊地帶，岩漿（熔融的岩石）從地球深部湧出且固結，使洋底發生擴展（參見58-59頁）。隨著洋底的擴展，在地殼熱點上形成的那些火山便脫離岩漿源，然後熄滅並日益被淹沒和侵蝕。海平面下被侵蝕的火山成為海底（水下）山脈而被保存下來。在暖水區，突出在洋面上的火山，常常在其邊緣生成珊瑚礁；隨著火山被淹沒，裙礁可能發育成環礁。

洋底地貌特徵

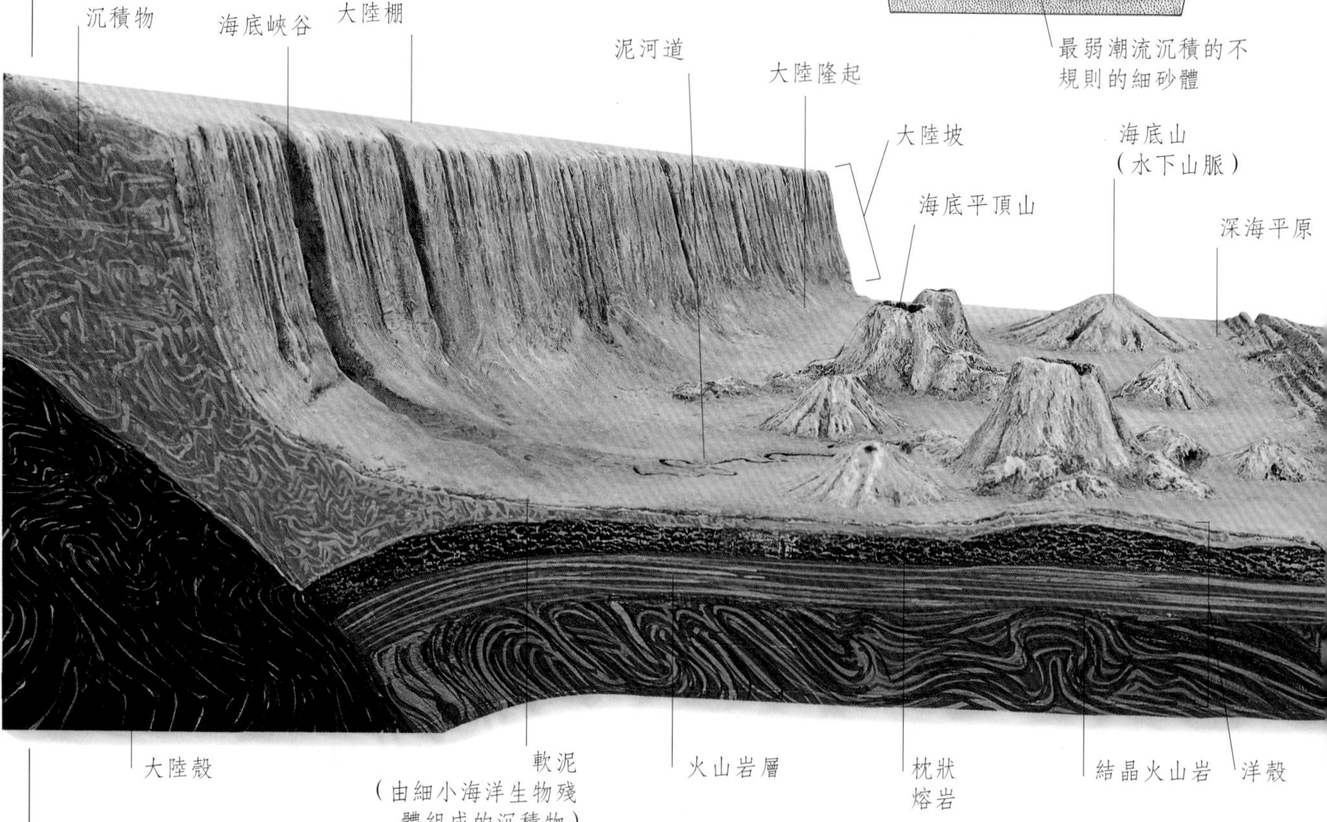

大陸棚底

潮汐沖刷而暴露的基岩 — 濱線

強潮流遺留的粗碎屑平行條帶

較弱潮流造成的波狀沉積砂

最弱潮流沉積的不規則的細砂體

沉積物；海底峽谷；大陸棚；泥河道；大陸隆起；大陸坡；海底平頂山；海底山（水下山脈）；深海平原

大陸殼；軟泥（由細小海洋生物殘體組成的沉積物）；火山岩層；枕狀熔岩；結晶火山岩；洋殼

洋底(The ocean floor)。

洋底地貌特徵(FEATURES OF THE OCEAN FLOOR)：海底峽谷(*Submarine canyon*)；泥河道(*Course of mud river*)；海底平頂山[*Guyot(flat-topped seamount)*]；海底山(水下山脈)[*Seamount(underwater mountain)*]；深海平原(*Abyssal plain*)；大洋中脊(*Midocean ridge*)；海溝(*Ocean trench*)；結晶火山岩(*Volcanic crystalline rock*)；枕狀熔岩(*Pillow lava*)；軟泥(由細小海洋生物殘體組成的沉積物)[*Ooze(sediment consisting of remains of tiny sea creatures)*]。大陸棚底(CONTINENTAL-SHELF FLOOR)：粗碎屑平行條帶(*Parallel strips of coarse material*)。深海洋底沉積物(DEEP-OCEAN FLOOR

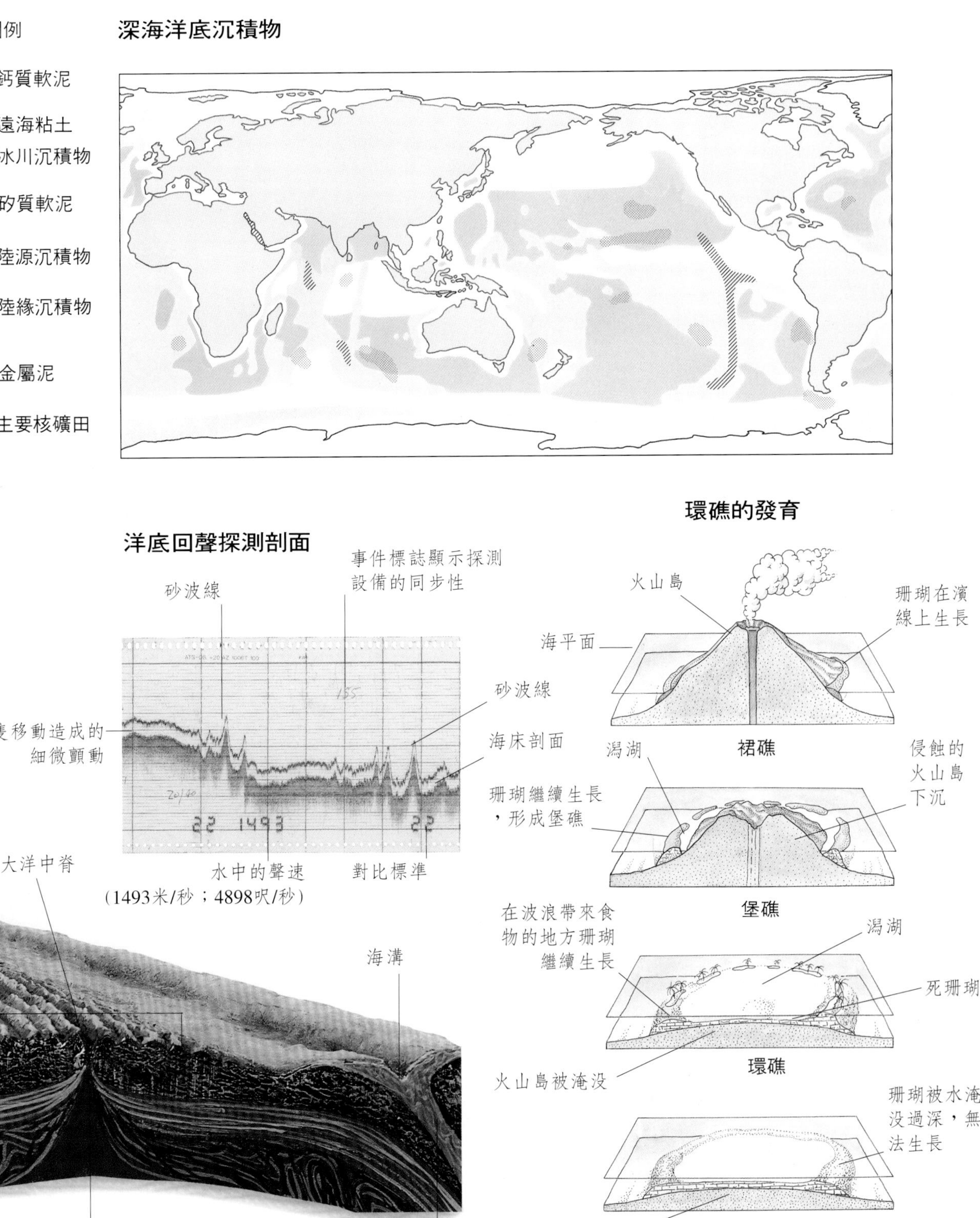

圖例　**深海洋底沉積物**

☐ 鈣質軟泥
☐ 遠海粘土
☐ 冰川沉積物
☐ 矽質軟泥
☐ 陸源沉積物
☐ 陸緣沉積物

▨ 金屬泥
▨ 主要核礦田

環礁的發育

洋底回聲探測剖面

砂波線

事件標誌顯示探測
設備的同步性

砂波線

海床剖面

珊瑚繼續生長
，形成堡礁

船隻移動造成的
細微顫動

大洋中脊

水中的聲速
（1493米/秒；4898呎/秒）

對比標準

海溝

岩漿
（熔融的岩石）

沉積物

火山島

珊瑚在濱
線上生長

海平面

潟湖

裙礁

侵蝕的
火山島
下沉

堡礁

在波浪帶來食
物的地方珊瑚
繼續生長

潟湖

死珊瑚

火山島被淹沒

環礁

珊瑚被水淹
沒過深，無
法生長

火山島進一步
淹沒

淹沒的環礁

SEDIMENTS)：鈣質軟泥(*Calcareous ooze*)；遠海粘土(*Pelagic clay*)；冰川沉積物(*Glacial sediments*)；矽質軟泥(*Siliceous ooze*)；陸源沉積物(*Terrigenous sediments*)；陸緣沉積物(*Continental margin sediments*)；金屬泥(*Metalliferous muds*)；主要核礦田(*Major nodule fields*)。**洋底回聲探測剖面**(ECHO-SOUND PROFILE OF OCEAN FLOOR)：砂波線(*Sand wave*)。**環礁**(ATOLL)**的發育**：裙礁(FRINGING REEF)；堡礁(BARRIER REEF)。

大氣層

外氣層〔高度約在500公里（300哩）之上〕

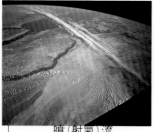

噴（射氣）流

地球被大氣包圍，大氣形成一個氣體覆蓋層，使生命能在地球這個星球上存在。大氣層沒有明確的外緣，而是逐漸變得越來越稀薄，直至消失於太空之中。但是，大氣層80%以上的氣體被重力束縛在離地表大約20公里（10哩）之內。大氣層阻擋了有害的紫外光輻射，並且由於它限制了入射光輻射和再輻射熱逸入太空，而使地球溫度不會達到極端。當二氧化碳之類的氣體在大氣層中增多，捕集更多熱量的時候，所造成的溫室效應可以破壞上述的自然平衡。靠近地球表面，氣溫差和氣壓差使空氣在赤道和南北極之間發生環流，這種環流加上**柯若利士力**，產生地面盛行風和高空噴射氣流。

華環狀

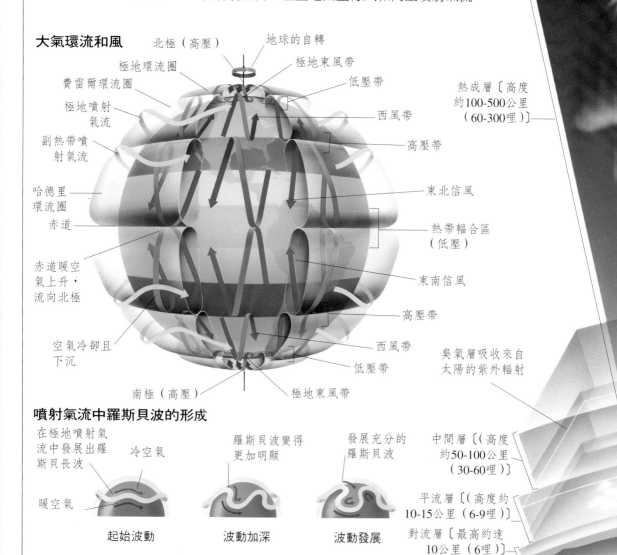

大氣環流和風

北極（高壓）
地球的自轉
極地環流圈
費雷爾環流圈
極地噴射氣流
副熱帶噴射氣流
哈德里環流圈
赤道
赤道暖空氣上升，流向北極
空氣冷卻且下沉
南極（高壓）
極地東風帶
低壓帶
西風帶
高壓帶
東北信風
熱帶輻合區（低壓）
東南信風
高壓帶
西風帶
低壓帶
極地東風帶

熱成層〔高度約100-500公里（60-300哩）〕

臭氧層吸收來自太陽的紫外輻射

噴射氣流中羅斯貝波的形成

在極地噴射氣流中發展出羅斯貝長波
冷空氣
暖空氣
羅斯貝波變得更加明顯
發展充分的羅斯貝波

起始波動
波動加深
波動發展

中間層〔（高度約50-100公里（30-60哩）〕
平流層〔（高度約10-15公里（6-9哩）〕
對流層〔最高約達10公里（6哩）〕

大氣層(The atmosphere)：柯若利士力(the Coriolis force)。噴（射氣）流(JET STREAM)。**大氣環流和風**(ATMOSPHERIC CIRCULATION AND WINDS)：極地東風帶(*Polar easterlies*)；西風帶(*Westerlies*)；東北信風(*Northeast trade winds*)；熱帶輻合區(*Intertropical convergence zone*)；東南信風(*Southeast trade winds*)；哈德里環流圈(*Hadley cell*)；副熱帶噴射氣流(*Subtropical jet stream*)；極地噴射氣流(*Polar jet stream*)；費雷爾環流圈(*Ferrel cell*)；極地環流圈(*Polar cell*)。**噴射氣流中羅斯貝波的形成**(FORMATION OF ROSSBY WAVES IN THE JET STREAM)。**大氣層結構**(STRUCTURE OF THE ATMOSPHERE)：極光(*Aurora*)；宇宙射線

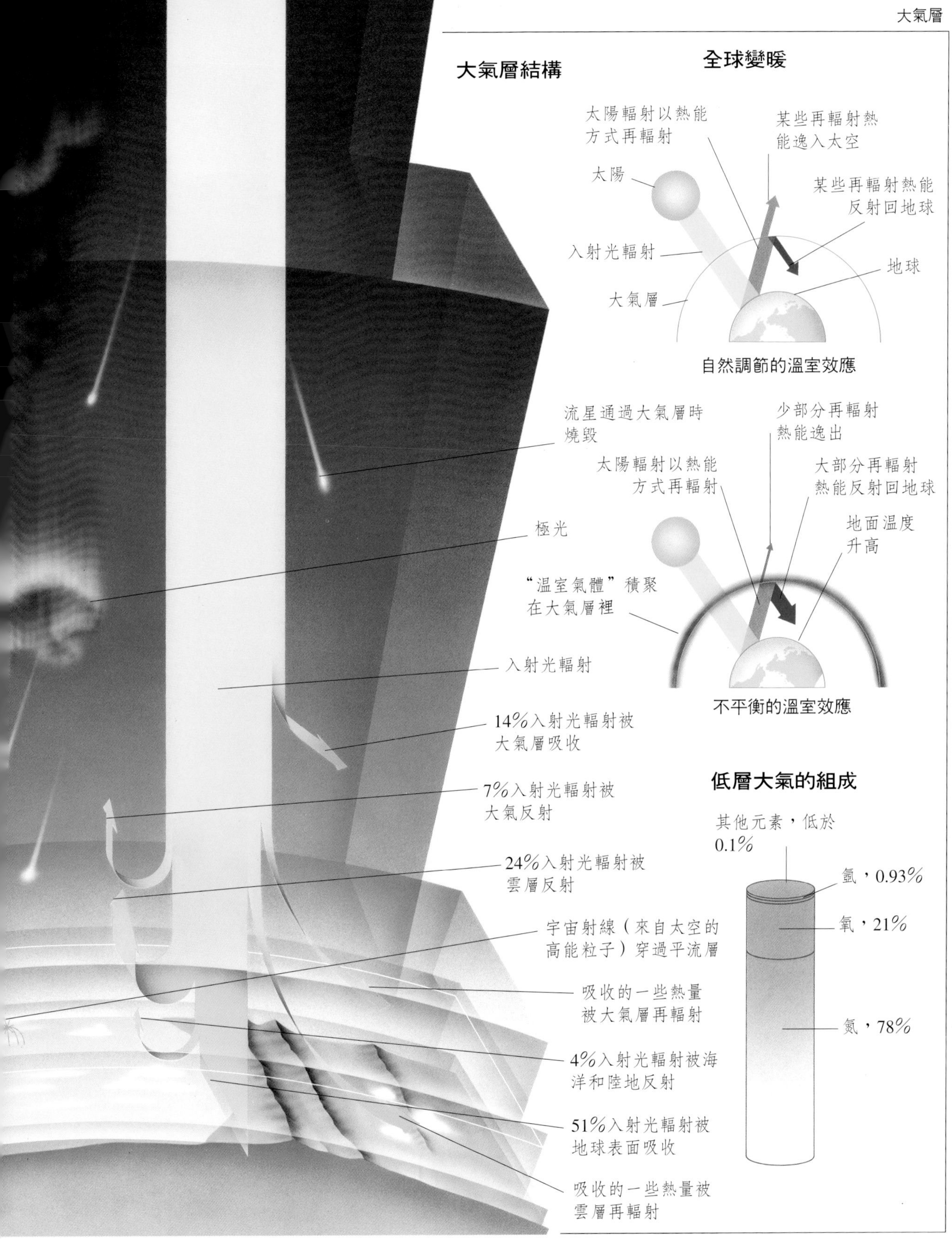

大氣層結構

太陽輻射以熱能
方式再輻射

太陽

入射光輻射

大氣層

流星通過大氣層時
燒毀

極光

入射光輻射

14%入射光輻射被
大氣層吸收

7%入射光輻射被
大氣反射

24%入射光輻射被
雲層反射

宇宙射線（來自太空的
高能粒子）穿過平流層

吸收的一些熱量
被大氣層再輻射

4%入射光輻射被海
洋和陸地反射

51%入射光輻射被
地球表面吸收

吸收的一些熱量被
雲層再輻射

全球變暖

某些再輻射熱
能逸入太空

某些再輻射熱能
反射回地球

地球

自然調節的溫室效應

少部分再輻射
熱能逸出

大部分再輻射
熱能反射回地球

地面溫度
升高

"溫室氣體"積聚
在大氣層裡

不平衡的溫室效應

低層大氣的組成

其他元素，低於
0.1%

氬，0.93%

氧，21%

氮，78%

(來自太空的高能粒子)穿過平流層[Cosmic rays(high-energy particles from space)penetrate to stratosphere]；對流層(Troposphere)；平流層(Stratosphere)；中間層(Mesosphere)；臭氧層(Ozone layer)；熱成層(Thermosphere)；華環狀(Corona)；外氣層(Exosphere)。**全球變暖**(GLOBAL WARMING)：溫室氣體(Greenhouse gases)；自然調節的溫室效應(NATURALLY MODERATED GREENHOUSE EFFECT)；不平衡的溫室效應(UNBALANCED GREENHOUSE EFFECT)。**低層大氣的組成**(COMPOSITION OF THE LOWER ATMOSPHERE)：氬(Argon)；氮(Nitrogen)。

天 氣

天氣可定義為特定時間和地點的大氣狀況；氣候則是某設定地區在一段時間內的平均天氣狀況。**天氣狀況**包括溫度、風、雲量和降水（雨和雪之類）。晴天與高壓區相關，因為在高壓區內空氣下沉；陰天、潮濕的天氣和多變的天氣在低壓區內常見，因低壓區內空氣上升而且不穩定。這些天氣狀況出現在溫帶，在溫帶暖空氣沿極鋒與冷空氣相遇時，經常產生**螺旋低壓環型，稱為低氣壓（中緯度氣旋）**。低氣壓通常包含有一個暖空氣區，從暖鋒開始，在冷鋒結束。如果冷暖鋒交匯，形成鋼囚鋒，則暖空氣被上推。**颶風（也叫颱風或熱帶氣旋）**是低壓環型的一種極端形式，它會帶來暴雨，並且會有狂風。

鋼囚鋒的種類

行進的冷鋒升到暖鋒之上　暖空氣
暖鋒
冷空氣　冷空
暖鋼囚

冷空氣　暖空氣
暖鋒
冷鋒下切　冷空
暖鋒
冷鋼囚

降水的形式

直徑小於0.5公釐（毫米）的水滴作為毛毛雨落下
水滴並合成直徑為0.5.0公釐（毫的雨
上升的空氣
沒有到達凍結高度的雲所下的雨

並合的水滴作為雨落下
冰晶
由冰晶長成的雪花作為雪落下
雪花融化，作為雨落下
上升的空氣
從到達凍結高度的雲所降下的雨和雪

垂直氣流使凍結水滴上下來回運動
交替的凍結和融化形成多個冰層
上升的空氣
冰作為雹塊落下
冰雹

雲的種類

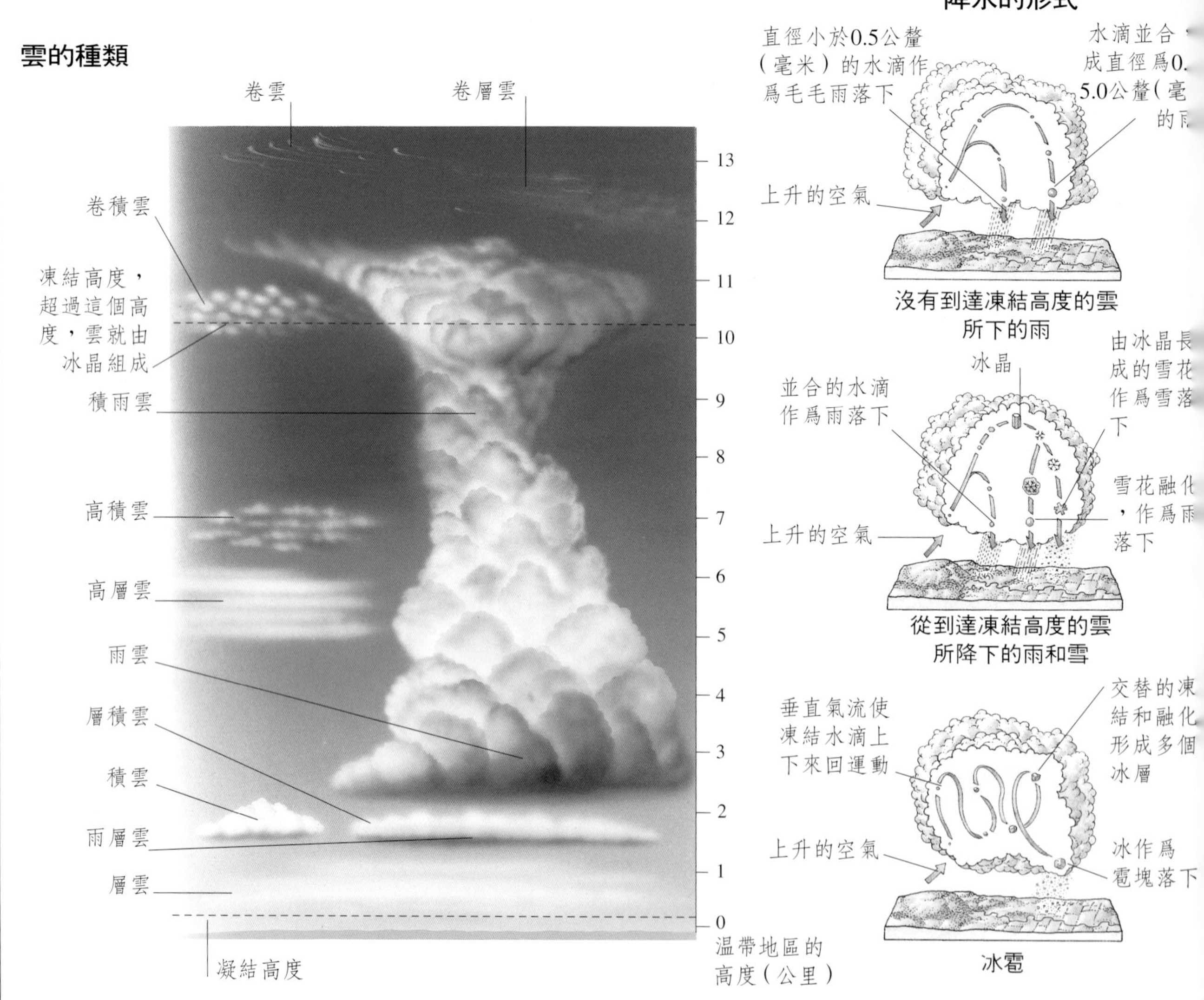

卷雲　卷層雲
卷積雲
凍結高度，超過這個高度，雲就由冰晶組成
積雨雲
高積雲
高層雲
雨雲
層積雲
積雲
雨層雲
層雲
凝結高度
溫帶地區的高度（公里）

13
12
11
10
9
8
7
6
5
4
3
2
1
0

天氣(Weather)：天氣狀況(Weather conditions)；螺旋低壓環型，稱為低氣壓(中緯度氣旋)[spiraling low-pressure cells known as depressions (mid-latitude cyclones)]；颶風(也叫颱風或熱帶氣旋)[hurricane(also called a typhoon or tropical cyclone)]。**雲的種類**(TYPES OF CLOUD)：層雲(*Stratus*)；雨層雲(*Nimbostratus*);積雲(*Cumulus*)；層積雲(*Stratocumulus*)；雨雲(*Nimbus*)；高層雲(*Altostratus*)；高積雲(*Altocumulus*)；積雨雲(*Cumulonimbus*)；卷積雲(*Cirrocumulus*)；卷雲(*Cirrus*)；卷層雲(*Cirrostratus*)。

颶風的結構

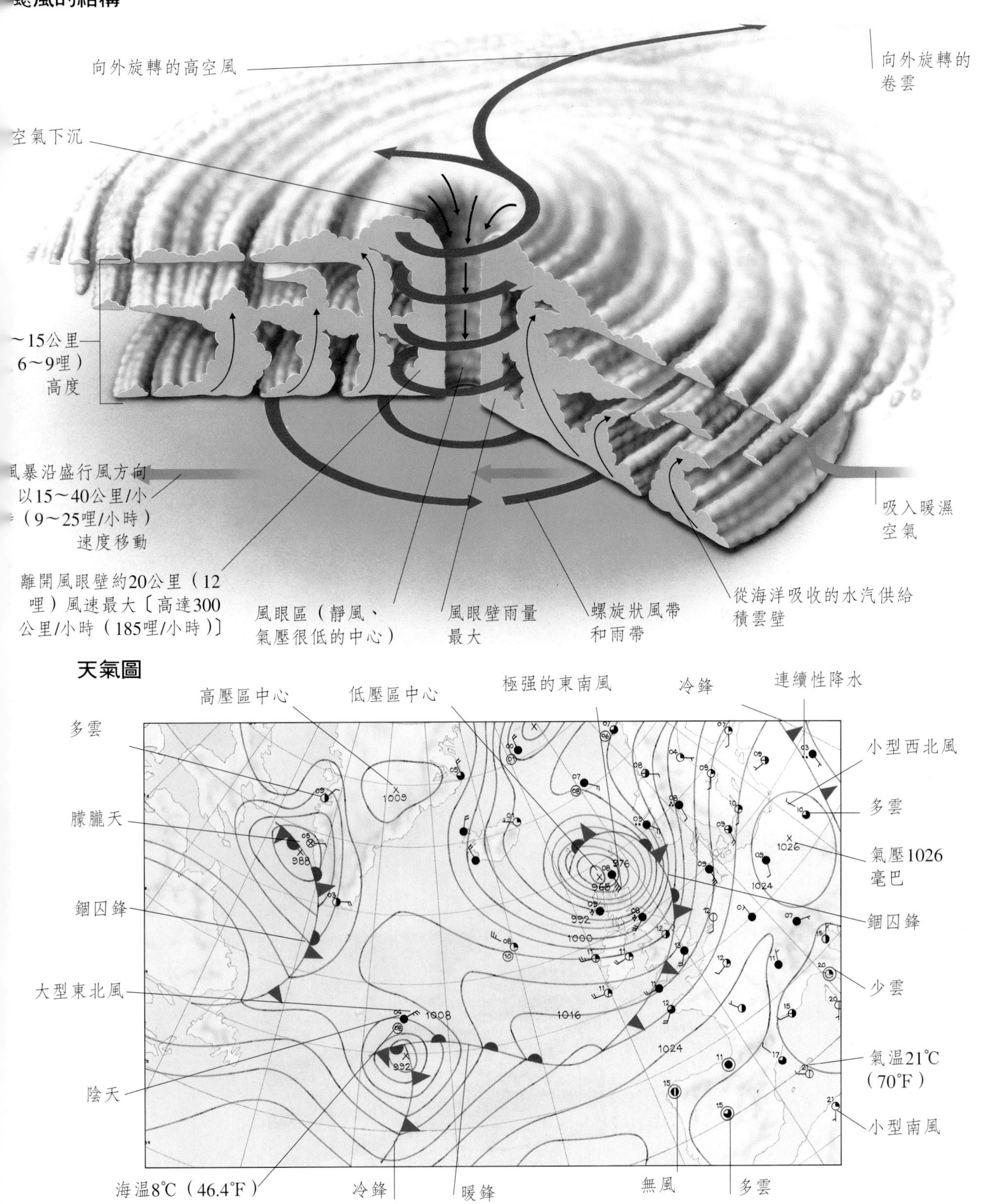

向外旋轉的高空風

向外旋轉的
卷雲

空氣下沉

~15公里
（6～9哩）
高度

風暴沿盛行風方向
以15～40公里/小
（9～25哩/小時）
速度移動

離開風眼壁約20公里（12
哩）風速最大〔高達300
公里/小時（185哩/小時）〕

風眼區（靜風、
氣壓很低的中心）

風眼壁雨量
最大

螺旋狀風帶
和雨帶

從海洋吸收的水汽供給
積雲壁

吸入暖濕
空氣

天氣圖

高壓區中心

低壓區中心

極強的東南風

冷鋒

連續性降水

多雲

小型西北風

朦朧天

多雲

鋼囚鋒

氣壓1026
毫巴

大型東北風

鋼囚鋒

少雲

陰天

氣溫21℃
（70℉）

海溫8℃（46.4℉）

冷鋒

暖鋒

無風

多雲

小型南風

鋼囚鋒(OCCLUDED FRONT)**的種類**：暖鋒*(Warm front)*。**降水的形式**(FORMS OF PRECIPITATION)：冰晶*(Ice crystal)*；冰雹(HAIL)。**颶風的結構**(STRUCTURE OF A HURRICANE)：螺旋狀風帶和雨帶*(Spiraling bands of wind and rain)*；風眼區(靜風、氣壓很低的中心)*[Eye(calm,very low-pressure center)]*；向外旋轉的高空風*(Outward-spiraling high-level winds)*。**天氣圖**(WEATHER MAP)：冷鋒*(Cold front)*；陰天*(Overcast sky)*；朦朧天*(Obscured sky)*；多雲*(Cloudy sky)*。

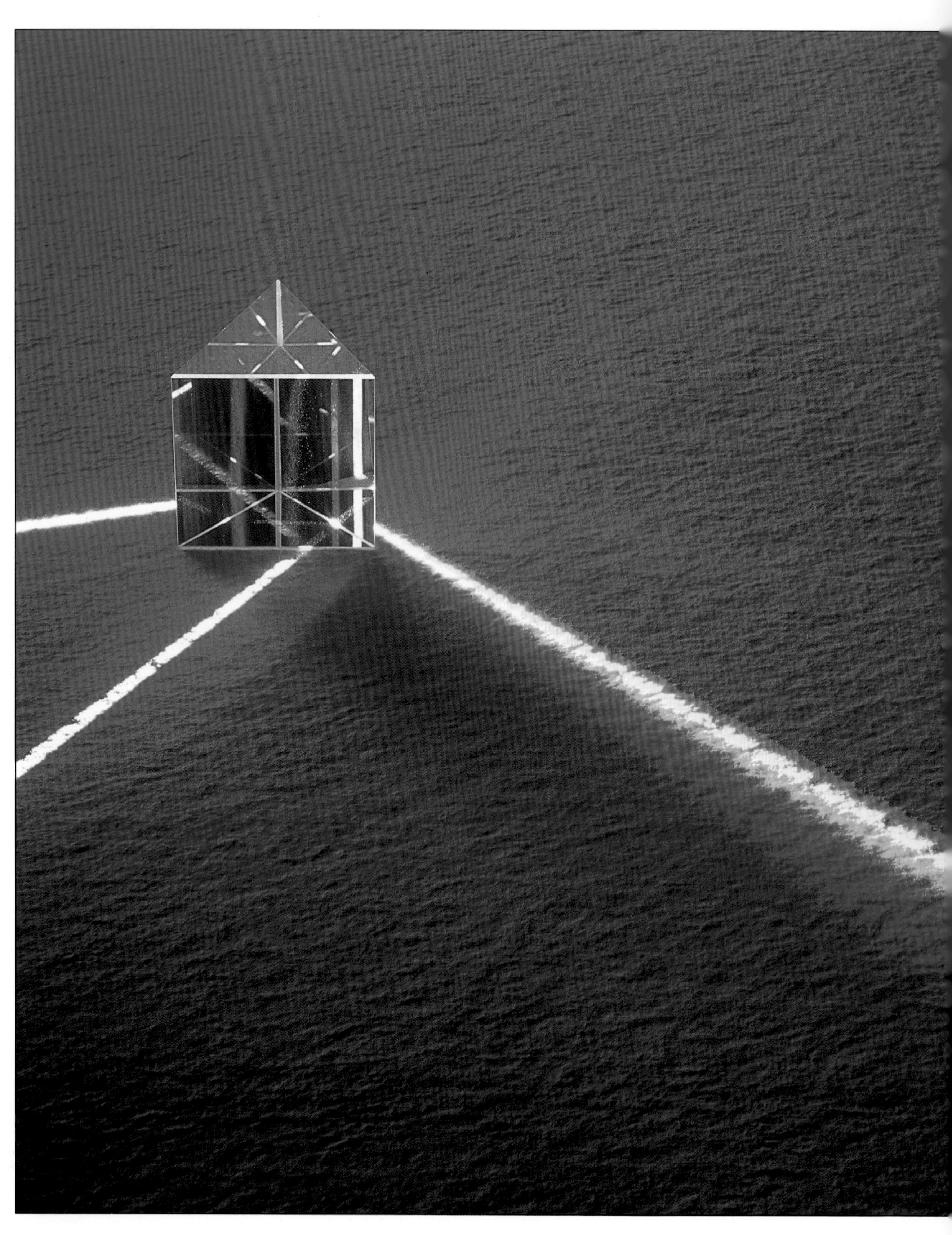

物 理 和 化 學 篇

PHYSICS AND
CHEMISTRY

物質的多樣性(The variety of matter)　　　　306

原子和分子(Atoms and molecules)　　　　308

元素周期表(The periodic table)　　　　310

化學反應(Chemical reactions)　　　　312

能量(Energy)　　　　314

電和磁(Electricity and magnetism)　　　　316

光(Light)　　　　318

力和運動(Force and motion)　　　　320

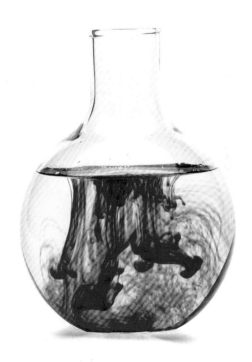

物質的多樣性

植物和昆蟲
（有生命物質）

凡占有空間的東西都是物質，包括無機物或活的有機體，天然物質以至合成材料等一切物體。物質能以三種不同的狀態存在，即固體、液體和氣體。固體堅硬，並具有一定形狀，液體是流體，具有確定的體積，其形狀由它的容器決定。氣體也是流體，充滿某個空間，因而它的體積與它所在的容器相同。絕大部分物質都能以固體、液體或氣體存在：以何種形態存在，取決於溫度。在很高溫度下，物質會變成等離子體，通常稱之為物質的第四狀態。所有物質都由微觀粒子組成，如原子、分子（參見308-309頁）。這些粒子的排列和相互作用，使物質具有了各自的物理和化學特性；而人們正是根據這些特性來辨別各類物質的。在一種物質中，或通過與別的物質混合，粒子本身能夠以無數種方式排列，因而物質具有無比多樣性。例如天然玻璃看起來是一種固體，但實際上是一種過冷液體：其中的原子並未固定排成某種圖案，而是可流動的。稱之為元素（參見310頁）的純物質組合在一起形成化合物或混合物。稱之為膠體的混合物是由懸浮在某固體、液體或氣體中較大的物質微粒所構成，而溶液則是一種物質溶解於另一種之中。

膠體類型

髮膠（液體中的固體）

刮鬍用泡沫膏
（液體中的氣體）

霧
（氣體中的液體）

物質舉例

純晶體形式的元素矽

聚乙烯是用新方法將天然材料組合製成

低壓氣體

等離子體條紋
（電子和帶電原子的混合物）

電壓從裡面低壓氣體的原子中拉下電子

中央電極

聚乙烯
（合成聚合物）

純矽
（半導體）

高溫氣體球束
（等離子體）

黑曜岩是迅速冷卻的熔融火山岩，因而其原子未能形成某種規則圖案

固態晶體溶解於液態水中

水

過錳酸鉀晶體

藍銅礦是由銅礦沉積物天然形成的

黑曜岩（天然玻璃）

藍銅礦（結晶礦石）

過錳酸鉀和水（溶液）

物質的多樣性(The variety of matter)。**物質舉例**(EXAMPLES OF MATTER)：聚乙烯(合成聚合物)[POLYTHENE(SYNTHETIC POLYMER)]；黑曜岩(天然玻璃)[OBSIDIAN(NATURAL GLASS)]；純矽(半導體)[PURE SILICON(SEMICONDUCTOR)]；藍銅礦(結晶礦石)[AZURITE(CRYSTALLINE MINERAL)]；高溫氣體球束(等離子體) [BALL CONTAINING HIGH-TEMPERATURE GAS(PLASMA)]。**膠體類型**(TYPES OF COLLOID)：髮膠(HAIR GEL)；刮鬍用泡沫膏(SHAVING CREAM)；霧(MIST)；過錳酸鉀和水(溶液)[POTASSIUM

物質型態

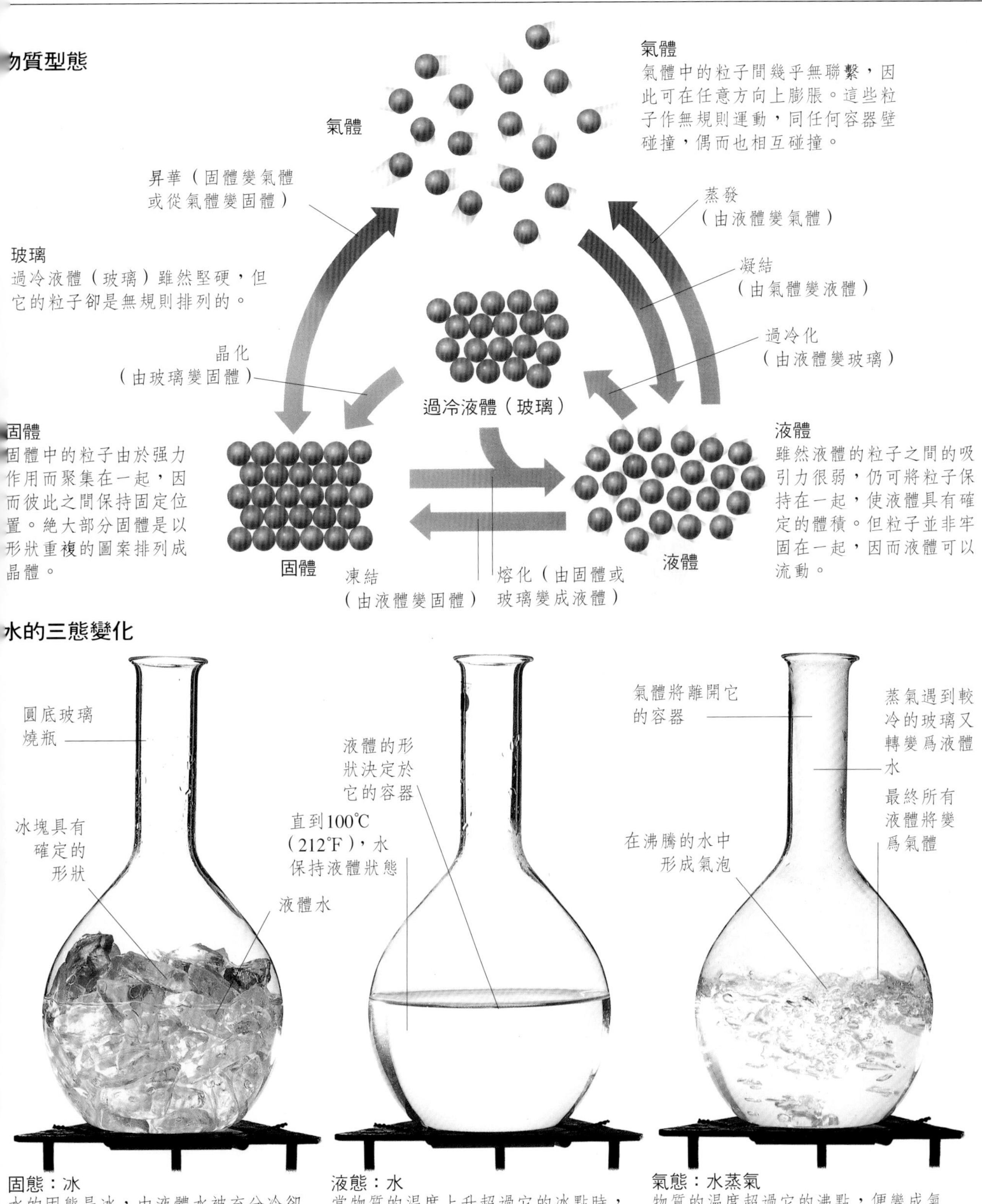

氣體
氣體中的粒子間幾乎無聯繫，因此可在任意方向上膨脹。這些粒子作無規則運動，同任何容器壁碰撞，偶而也相互碰撞。

氣體

昇華（固體變氣體或從氣體變固體）

蒸發（由液體變氣體）

凝結（由氣體變液體）

玻璃
過冷液體（玻璃）雖然堅硬，但它的粒子卻是無規則排列的。

過冷化（由液體變玻璃）

晶化（由玻璃變固體）

過冷液體（玻璃）

液體
雖然液體的粒子之間的吸引力很弱，仍可將粒子保持在一起，使液體具有確定的體積。但粒子並非牢固在一起，因而液體可以流動。

固體
固體中的粒子由於強力作用而聚集在一起，因而彼此之間保持固定位置。絕大部分固體是以形狀重複的圖案排列成晶體。

固體

液體

凍結（由液體變固體）

熔化（由固體或玻璃變成液體）

水的三態變化

圓底玻璃燒瓶

冰塊具有確定的形狀

液體水

液體的形狀決定於它的容器

直到100℃（212℉），水保持液體狀態

氣體將離開它的容器

蒸氣遇到較冷的玻璃又轉變爲液體水

在沸騰的水中形成氣泡

最終所有液體將變爲氣體

固態：冰
水的固態是冰，由液體水被充分冷卻時形成。冰塊堅硬，具有確定的形狀和體積。

液態：水
當物質的溫度上升超過它的冰點時，便熔化而變成液體。此時，冰就變成水。

氣態：水蒸氣
物質的溫度超過它的沸點，便變成氣體。當液體水被充分加熱就變爲蒸氣，它是一種無色氣體。

PERMANGANATE AND WATER(SOLUTION)]。**物質型態**(STATES OF MATTER)：昇華*(Sublimation)*；晶化*(Crystallization)*；固體(SOLID)；過冷液體(玻璃)[SUPERCOOLED LIQUID(GLASS)]；凍結*(Freezing)*；熔化*(Melting)*；液體(LIQUID)；過冷化*(Supercooling)*；凝結*(Condensation)*；蒸發*(Evaporation)*；氣體(GAS)。**水的三態變化**(CHANGING STATES OF WATER)：固態：冰(SOLID STATE:ICE)；液態：水(LIQUID STATE:WATER)；氣態：水蒸氣(GASEOUS STATE:STEAM)。

原 子 和 分 子

實際金原子的
假色圖象

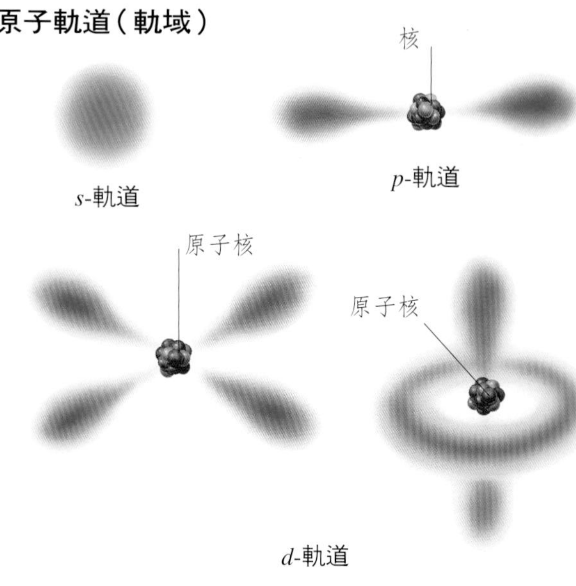

原子軌道（軌域）

s-軌道

核

p-軌道

原子核

原子核

d-軌道

原子是元素的最小可分割部分（參見310～311頁）。原子很微小，直徑只有百億分之一公尺（10^{-10}公尺）。當兩種或兩種以上的原子連接（鍵合）在一起，形成物質的分子，稱之為化合物。例如當氫元素和氟元素的原子結合在一起便形成**氟化氫化合物分子**。因此，分子是化合物的最小可分割部分。

原子並非不可分割，它們也具有內部結構。原子的中心是由質子和中子組成的原子核，質子帶正電荷（參見316頁），而中子不帶電，核的周圍則是帶負電的電子。物質的絕大部分物理和化學特性是由這些電子來決定的。電子並不遵循確定的路徑繞核運轉，而一般認為它們出現在稱之為軌道的某些區域內。這些軌道環繞核排列成若干**"殼層"**，每個殼層包含具有特定能量的若干電子。例如，頭一個殼層最多可容納兩個電子處於所謂S軌道（1s）。第二個殼層最多可容納8個電子處於所謂s軌道（2s）和p軌道（2p）的。如果一個原子失去一個電子，它就變成一個**正離子（陽離子）**，如果獲得一個電子，則變成**負離子（陰離子）**。帶相反電荷的離子將相互吸引，並以稱之為離子鍵的鍵合方式結合在一起。在共價鍵中，原子是通過它們共處於分子軌道的電子而鍵合在一起的。

分子軌道（軌域）

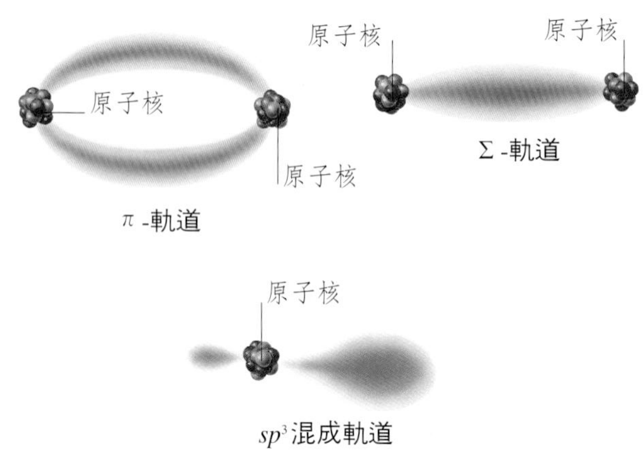

原子核

原子核

原子核

π-軌道

原子核

Σ-軌道

原子核

sp^3混成軌道

離子鍵舉例

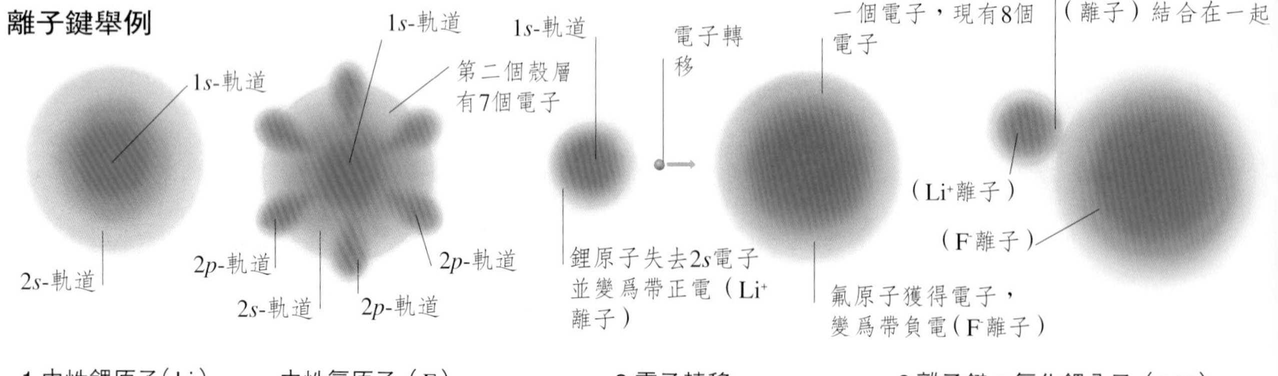

1s-軌道

1s-軌道

1s-軌道

第二個殼層有7個電子

電子轉移

第二殼層"填入"一個電子，現有8個電子

靜電作用使帶電原子（離子）結合在一起

2s-軌道

2p-軌道

2s-軌道

2p-軌道

2s-軌道

2p-軌道

鋰原子失去2s電子並變為帶正電（Li^+離子）

（Li^+離子）

（F^-離子）

氟原子獲得電子，變為帶負電（F^-離子）

1.中性鋰原子（Li）　　中性氟原子（F）　　2.電子轉移　　3.離子鍵：氟化鋰分子（LiF）

原子和分子(Atoms and molecules)：氟化氫化合物分子(the compound hydrogen fluoride)；殼層(shells)；正離子(陽離子)[a positive ion(cation)]；負離子(陰離子)[a negative ion(anion)]。實際金原子的假色圖象(FALSE-COLOR IMAGE OF ACTUAL GOLD ATOMS)。**原子軌道（軌域）**：s-軌道(s-ORBITAL)；p-軌道(p-ORBITAL)；d-軌道(d-ORBITALS)。**分子軌道（軌域）**：π-軌道[π (PI)ORBITAL]；Σ-軌道[Σ-(SIGMA)ORBITAL]；sp^3-混合軌道(SP³-HYBRID ORBITAL)。**離子鍵舉例**：中性鋰原子(Li)[NEUTRAL LITHIUM ATOM(Li)]；中性氟原子(F)[NEUTRAL FLUORINE ATOM(F)]；電子轉移(ELECTRON TRANSFER)；離子鍵：氟

氟-19原子的剖析

每種元素由於質子數相同而中子數不同，而存在不同型式（同位素）。氟元素的每個原子在它的核中有9個質子，但中子數可以不同（8～11個）。氟-19有10個中子。

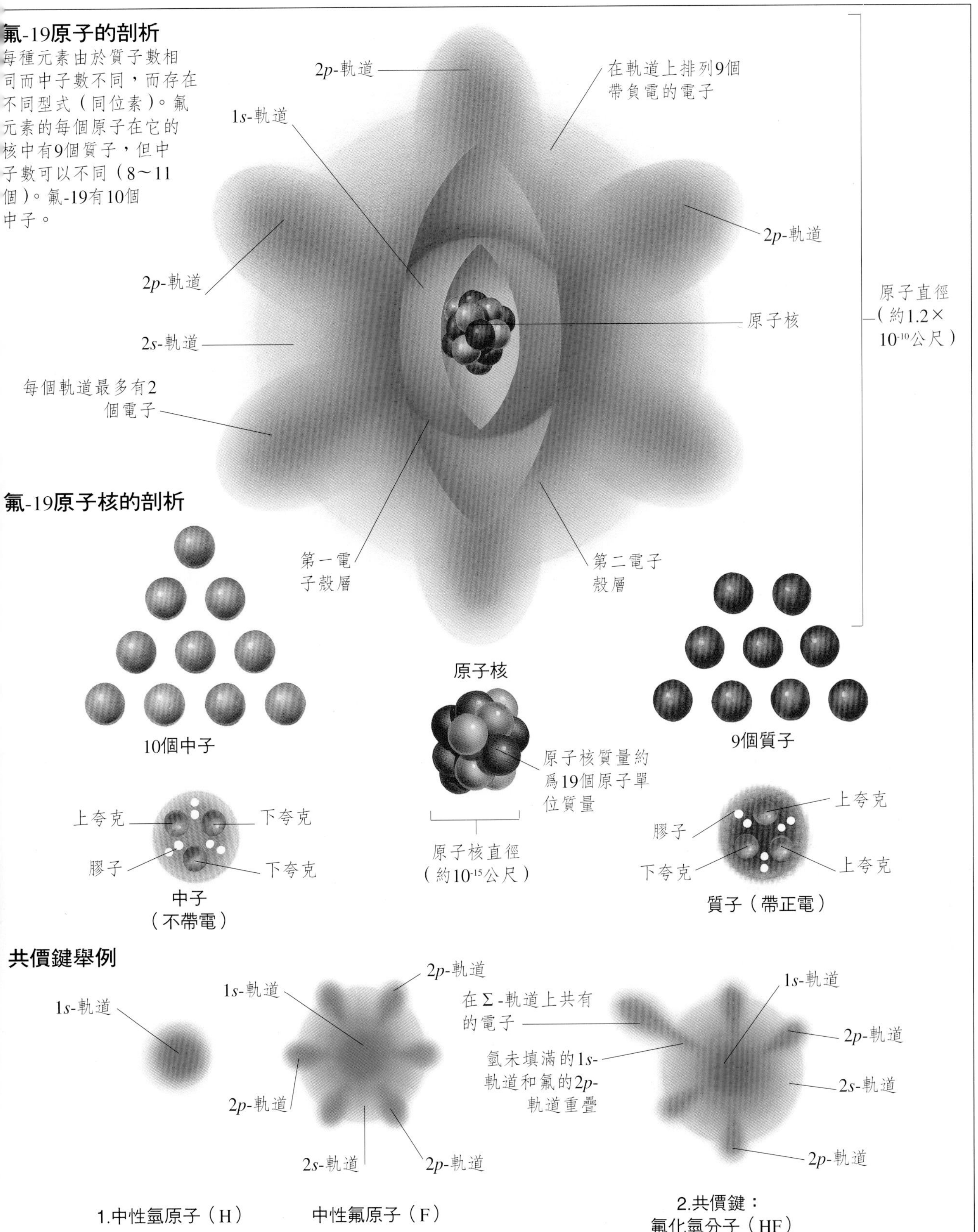

2p-軌道

1s-軌道

在軌道上排列9個帶負電的電子

2p-軌道

原子核

原子直徑（約1.2×10⁻¹⁰公尺）

2p-軌道

2s-軌道

每個軌道最多有2個電子

第一電子殼層

第二電子殼層

氟-19原子核的剖析

10個中子

原子核

原子核質量約為19個原子單位質量

原子核直徑（約10⁻¹⁵公尺）

9個質子

上夸克

下夸克

膠子

下夸克

中子（不帶電）

上夸克

膠子

下夸克

上夸克

質子（帶正電）

共價鍵舉例

1s-軌道

2p-軌道

1s-軌道

在Σ-軌道上共有的電子

氫未填滿的1s-軌道和氟的2p-軌道重疊

1s-軌道

2p-軌道

2s-軌道

2p-軌道

2s-軌道

2p-軌道

1.中性氫原子（H）

中性氟原子（F）

2.共價鍵：氟化氫分子（HF）

化鋰分子(LiF)[IONIC BONDING：LITHIUM FLUORIDE MOLECULE(LiF)]；Li⁺離子(Li⁺ion)；F⁻離子(F⁻ion)；靜電作用(electrostatic forces)。**氟-19原子的剖析**：同位素(isotopes)。**氟-19原子核的剖析**：上夸克(Up quark)；膠子(Gluon)；中子(不帶電)[NEUTRON(NO CHARGE)]；下夸克(Down quark)；原子核(NUCLEUS)；質子(帶正電)[PROTON(POSITIVELY CHARGED)]。**共價鍵舉例**：中性氫原子(H)[NEUTRAL HYDROGEN ATOM(H)]；共價鍵：氟化氫分子(HF)[COVALENT BONDING：HYDROGEN FLUORIDE MOLECULE(HF)]。

元素週期表

所謂元素是僅由一類原子組成的物質。天然存在的92種元素以及人工創造的17種元素通常被排成一個表，稱之爲元素週期表。每種元素由它的原子序來規定，而所謂原子序就是各元素原子核中的質子數（也是現有的電子數）。原子序沿著每行（週期）從左到右增大，沿著每列（族）從上到下增大。表的形狀由電子繞核排列的方式決定：元素按原子序增大的順序排位，將具有類似電子圖形軌道的原子集合在一起。它們分成若干組出現。電子占據一定能量的層。週期按電子填滿相繼各層排序，而族反映最外層的電子數（價電子）。這些最外層電子很重要，它們決定原子的化學特性。出現於同一族中的元素具有相似的特性，因爲在它們的最外層中具有相同的電子數。0族中的元素各層都被填滿，最外層中具有它最大電子數，因而是穩定的。Ⅰ族元素的原子在其最外層中只有1個電子。這就使這些元素最不穩定，很容易與其它物質發生化學反應。

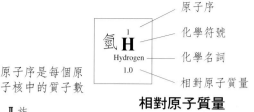

原子序
化學符號
化學名詞
相對原子質量

相對原子質量

相對原子質量（以前叫原子量）是指元素的每個原子的質量，等於質子數加中子數（電子的質量可忽略不計）。得出的數值是每種元素的所有不同型式（同位素）相對碳-12測出的平均值。

原子序是每個原子核中的質子數

沿每個週期，原子序按1遞增

第一類過渡金屬

這兩個系（鑭系和錒系）總是從表中另外分出，以便列出清楚的體系

s組　　　d組

金屬和非金屬

每個週期左側的元素是金屬。金屬很容易失去電子而形成正離子。每個週期的右側是非金屬，易變爲負離子。金屬和非金屬之間爲半金屬（類金屬）元素，它們兼有金屬和非金屬兩者的性質。

質軟、銀色，高活潑金屬
鈉：Ⅰ族金屬

銀色，活潑金屬
鎂：Ⅱ族金屬

質硬、銀色金屬
鉻：第一類過渡金屬

放射性金屬

鈽：錒系金屬

元素色標類型

- ☐ 鹼金屬
- ▨ 鹼土金屬
- ☐ 過渡金屬
- ▨ 鑭系（稀土金屬）
- ▨ 錒系元素
- ☐ 貧金屬
- ☐ 半金屬
- ☐ 非金屬
- ■ 惰性氣體

元素週期表

Ⅰ族	Ⅱ族		第一類過渡金屬				
氫 H 1 Hydrogen 1.0							
鋰 Li 3 Lithium 6.9	鈹 Be 4 Beryllium 9.0						
鈉 Na 11 Sodium 23.0	鎂 Mg 12 Magnesium 24.3						
鉀 K 19 Potassium 39.1	鈣 Ca 20 Calcium 40.1	鈧 Sc 21 Scandium 45.0	鈦 Ti 22 Titanium 47.9	釩 V 23 Vanadium 50.9	鉻 Cr 24 Chromium 52.0	錳 Mn 25 Manganese 54.9	
銣 Rb 37 Rubidium 85.5	鍶 Sr 38 Strontium 87.6	釔 Y 39 Yttrium 88.9	鋯 Zr 40 Zirconium 91.2	鈮 Nb 41 Niobium 92.9	鉬 Mo 42 Molybdenum 95.9	鎝 Tc 43 Technetium 99.0	
銫 Cs 55 Caesium 132.9	鋇 Ba 56 Barium 137.4	57-71 鑭系	鉿 Hf 72 Hafnium 178.5	鉭 Ta 73 Tantalum 181.0	鎢 W 74 Tungsten 183.9	錸 Re 75 Rhenium 186.2	
鍅 Fr 87 Francium 223.0	鐳 Ra 88 Radium 226.0	89-103 錒系	鑪 Unq 104 Unnilquadium (261)	鉨 Unp 105 Unnilpentium (262)	鑴 Unh 106 Unnilhexium (263)	鑆 Uns 107 Unnilseptium (262)	

57 鑭 La Lanthanum 138.9	58 鈰 Ce Cerium 140.1	59 鐠 Pr Praseodymium 140.9	60 釹 Nd Neodymium 144.2
89 錒 Ac Actinium 227.0	90 釷 Th Thorium 232.0	91 鏷 Pa Protactinium 231.0	92 鈾 U Uranium 238.0

元素週期表(The periodic table)。**相對原子質量**(RELATIVE ATOMIC MASS)：原子量(*atomic weight*)；原子序(*Atomic number*)。**元素色標類型**(TYPES OF ELEMENT KEY)：鹼金屬(*Alkali metals*)；鹼土金屬(*Alkaline earth metals*)；過渡金屬(*Transition metals*)；鑭系(稀土金屬)[*Lanthanides(rare earths)*]；錒系元素(*Actinides*)；貧金屬(*Poor metals*)；半金屬(*Semi-metals*)；非金屬(*Non-metals*)；惰性氣體(*Noble gases*)。**金屬和非金屬**：鈽：錒系金屬(PLUTONIUM：ACTINIDE SERIES METAL)。鈉：Ⅰ族金屬(SODIUM：GROUP 1 METAL)；高活潑金屬(*highly reactive metal*)。鎂：Ⅱ族金屬(MAGNESIUM：GROUP 2 METAL)。

碳的同素異形體

某些元素的存在形式不止一種，這些不同的存在形式稱之為同素異形體。碳粉、石墨、金剛石是碳的同素異形體。它們全都由碳原子組成，但物理性質大不相同。

金剛石

石墨

碳粉

亮黃色晶體

硫：Ⅵ族固體非金屬

碘：Ⅶ族固體非金屬

紫黃色固體，易變成氣體。

硼族和碳族		氮族和氧族		鹵族	0族
Ⅲ族	Ⅳ族	Ⅴ族	Ⅵ族	Ⅶ族	氦 2 He Helium 4.0

週期

短週期

長週期

5 硼 B Boron 10.8	6 碳 C Carbon 12.0	7 氮 N Nitrogen 14.0	8 氧 O Oxygen 16.0	9 氟 F Fluorine 19.0	10 氖 Ne Neon 20.2
13 鋁 Al Aluminium 27.0	14 矽 Si Silicon 28.1	15 磷 P Phosphorus 31.0	16 硫 S Sulphur 32.1	17 氯 Cl Chlorine 35.5	18 氬 Ar Argon 40.0

第二類過渡金屬

第三類過渡金屬

26 鐵 Fe Iron 55.9	27 鈷 Co Cobalt 58.9	28 鎳 Ni Nickel 58.7	29 銅 Cu Copper 63.5	30 鋅 Zn Zinc 65.4	31 鎵 Ga Gallium 69.7	32 鍺 Ge Germanium 72.6	33 砷 As Arsenic 74.9	34 硒 Se Selenium 79.0	35 溴 Br Bromine 79.9	36 氪 Kr Krypton 83.8
44 釕 Ru Ruthenium 101.0	45 銠 Rh Rhodium 102.9	46 鈀 Pd Palladium 106.4	47 銀 Ag Silver 107.9	48 鎘 Cd Cadmium 112.4	49 銦 In Indium 114.8	50 錫 Sn Tin 118.7	51 銻 Sb Antimony 121.8	52 碲 Te Tellurium 127.6	53 碘 I Iodine 126.9	54 氙 Xe Xenon 131.3
76 鋨 Os Osmium 190.2	77 銥 Ir Iridium 192.2	78 鉑 Pt Platinum 195.1	79 金 Au Gold 197.0	80 汞 Hg Mercury 200.6	81 鉈 Tl Thallium 204.4	82 鉛 Pb Lead 207.2	83 鉍 Bi Bismuth 209.0	84 釙 Po Polonium 210.0	85 砈 At Astatine 210.0	86 氡 Rn Radon 222.0
108 鈤 Uno Unniloctium (265)	109 鈪 Une Unnilennium (266)									

d組

p組

原子質量是估計值，因為該元素存在時間極短

不活潑無色氣體，在放電管中發紅光

有光澤的半金屬

惰性氣體

0族包括外電子層被完全填滿的元素，這意味著它們的原子不需要通過與別的原子鍵合失去或獲得電子。這就使它們具有穩定的化學性質，不易形成離子或同其它元素發生反應。惰性氣體也稱之為稀有氣體或不活潑氣體。

黃色，不活潑貴金屬

質軟、有光澤活潑金屬

金：第三類過渡金屬

錫：Ⅳ族貧金屬

銻：Ⅴ族半金屬

氖：0族無色氣體

61 鉕 Pm Promethium 147.0	62 釤 Sm Samarium 150.4	63 銪 Eu Europium 152.0	64 釓 Gd Gadolinium 157.3	65 鋱 Tb Terbium 158.9	66 鏑 Dy Dysprosium 162.5	67 鈥 Ho Holmium 164.9	68 鉺 Er Erbium 167.3	69 銩 Tm Thulium 168.9	70 鐿 Yb Ytterbium 173.0	71 鎦 Lu Lutetium 175.0
93 錼 Np Neptunium 237.0	94 鈽 Pu Plutonium 242.0	95 鎇 Am Americium 243.0	96 鋦 Cm Curium 247.0	97 鉳 Bk Berkelium 247.0	98 鉲 Cf Californium 251.0	99 鑀 Es Einsteinium 254.0	100 鐨 Fm Fermium 253.0	101 鍆 Md Mendelevium 256.0	102 鍩 No Nobelium 254.0	103 鐒 Lr Lawrencium 257.0

F組

鉻：第一類過渡金屬(CHROMIUM：1ST TRANSITION METAL)。金：第三類過渡金屬(GOLD：3RD TRANSITION METAL)。錫：Ⅳ族貧金屬(TIN：GROUP 4 POOR METAL)。銻：Ⅴ族半金屬(ANTIMONY：GROUP 5 SEMI-METAL)。惰性氣體(NOBLE GASES)：稀有氣體或不活潑氣體(*rare or inert gases*)。氖：0族無色氣體(NEON：GROUP 0 COLORLESS GAS)。**碳的同素異形體**(ALLOTROPES OF CARBON)：金剛石(DIAMOND)；石墨(GRAPHITE)；碳粉(CARBON POWDER)。硫：Ⅵ族固體非金屬(SULFUR：GROUP 6 SOLID NON-METAL)。碘：Ⅶ族固體非金屬(IODINE：GROUP 7 SOLID NONMETAL)。

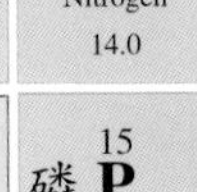

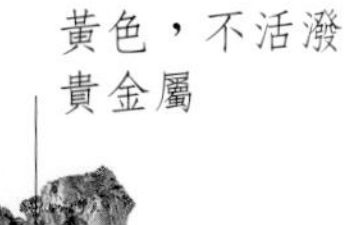

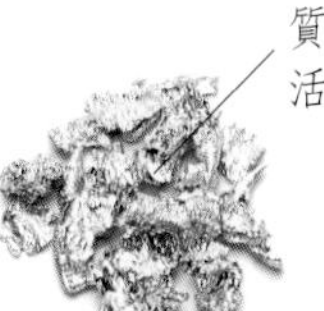

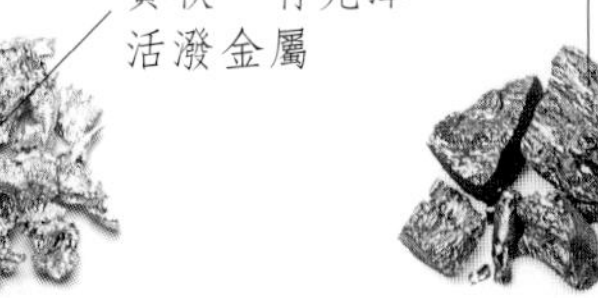

化學反應

只要原子之間的化學鍵破裂或產生新鍵便是發生化學反應。在每種情況下，原子或原子團重新組合，由原來的物質（反應物）生成新的物質（產物）。化學反應可以自然地發生，也可人為發生；可以經歷數年之久，也可能僅僅一瞬間。這裡只介紹反應的一些主要類型。反應常常伴隨能量的變化（參見314～315頁）。例如在燃燒反應中，原子之間產生新鍵，以熱和光的形式釋放能量。在這類反應中排放出熱，因而是一種放熱反應。很多反應是無法逆向反應（如燃燒），但有些反應在兩個方向都可進行，稱之為可逆反應。反應可用於由溶液形成固體：在複分解反應中，溶液中的兩種化合物分解，重新形成兩種新物質，常常產生一種沉澱物（不溶解的固體）；在置換反應中，一種元素（例如銅）從溶液中置換出另一種元素（例如銀）。反應速率（速度）由多種因素決定，如溫度、反應物的多少和形狀。為描述和記錄反應過程，採用國際公認的化學符號和反應方程式。反應也可用於實驗室中鑒別物質。例如蠟燭的實驗可證實它含有碳和氫。

鹽的生成（酸對金屬的反應）

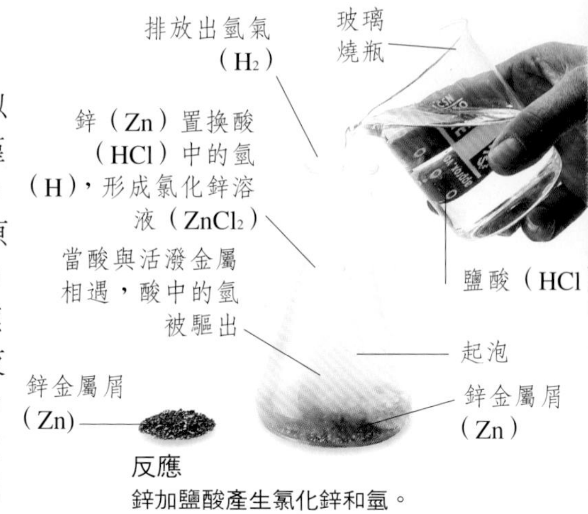

排放出氫氣（H_2）

玻璃燒瓶

鋅（Zn）置換酸（HCl）中的氫（H），形成氯化鋅溶液（$ZnCl_2$）

當酸與活潑金屬相遇，酸中的氫被驅出

鋅金屬屑（Zn）

鹽酸（HCl）

起泡

鋅金屬屑（Zn）

反應
鋅加鹽酸產生氯化鋅和氫。
$Zn + 2HCl \rightarrow ZnCl_2 + H_2$

燃燒物質

重鉻酸銨[$(NH_4)_2Cr_2O_7$]

火焰

在此燃燒反應中，原子形成較簡單物質並放出熱和光

重鉻酸銨〔$(NH_4)_2Cr_2O_7$〕轉變為三氧化二鉻（Cr_2O_3）

一氧化氮（NO）和水蒸氣（H_2O）以無色氣體被放出

反應
當點燃時，重鉻酸銨與空氣中的氧化合：
$(NH_4)_2Cr_2O_7 + O_2 \rightarrow Cr_2O_3 + 4H_2O + 2NO$

置換

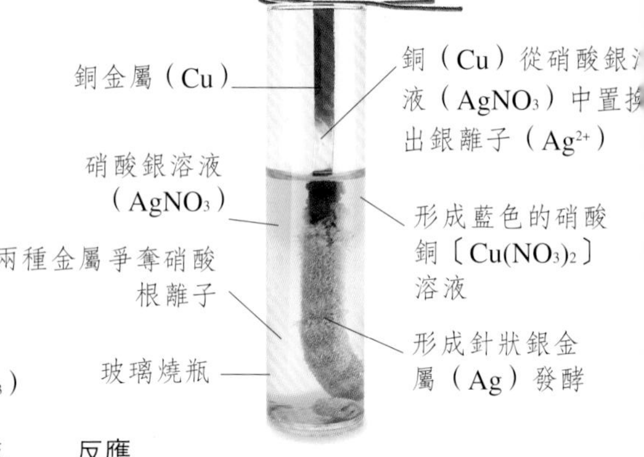

銅金屬（Cu）

硝酸銀溶液（$AgNO_3$）

兩種金屬爭奪硝酸根離子

玻璃燒瓶

銅（Cu）從硝酸銀溶液（$AgNO_3$）中置換出銀離子（Ag^{2+}）

形成藍色的硝酸銅〔$Cu(NO_3)_2$〕溶液

形成針狀銀金屬（Ag）發酵

反應
銅金屬加到硝酸銀溶液中產生硝酸銅和銀金屬
$Cu + 2AgNO_3 \rightarrow Cu(NO_3)_2 + 2Ag$

可逆反應

圓底玻璃燒瓶

鉻酸鉀溶液（K_2CrO_4）

亮黃色溶液含有鉀離子和鉻離子

滴液管

一滴一滴加入鹽酸（HCl）

酸引起反應發生

鉻離子變為澄色的重鉻酸離子

形成重鉻酸鉀（$K_2Cr_2O_7$）

溶液變為重鉻酸鉀的亮黃色

重鉻酸鉀（$K_2Cr_2O_7$）又改變成鉻酸鉀（K_2CrO_4）

滴液管

一滴一滴加入氫氧化鈉（NaOH）

氫氧化鈉（NaOH）將酸中和

溶液返回到原來的亮橙色

1. 反應物
鉻酸鉀溶解於水形成鉀離子和鉻離子。
$K_2CrO_4 \rightarrow 2K^+ + CrO_4^{2-}$

2. 反應
加入鹽酸使鉻離子變為重鉻酸離子。
$2H^+ + 2CrO_4^{2-} \rightarrow Cr_2O_7^{2-} + H_2O$

3. 逆反應
加入氫氧化鈉，使重鉻酸離子返變成鉻酸離子
$Cr_2O_7^{2-} + 2OH^- \rightarrow 2CrO_4^{2-} + H_2O$

化學反應(Chemical reactions)。**燃燒物質**(BURNING MATTER)：重鉻酸銨(*Ammonium dichromate*)；三氧化二鉻(*chromium oxide*)；一氧化氮(*Nitrogen monoxide*)。**可逆反應**(A REVERSIBLE REACTION)：鉻酸鉀溶液(*Potassium chromate solution*)；鹽酸(*Hydrochloric acid*)；重鉻酸鉀(*Potassium dichromate*)；氫氧化鈉(*Sodium hydroxide*)。**鹽的生成（酸對金屬的反應）**[SALT FORMATION(ACID ON METAL)]：鋅金屬屑(*Zinc metal chippings*)；氯化鋅溶液(*zinc chloride solution*)。**置換**(DISPLACEMENT)：銅金屬(*Copper metal*)；硝酸銀溶液(*Silver nitrate solution*)；硝酸銅(*copper nitrate*)。**發酵**(FERMENTATION)：酵母(*Yeast*)；乙醇

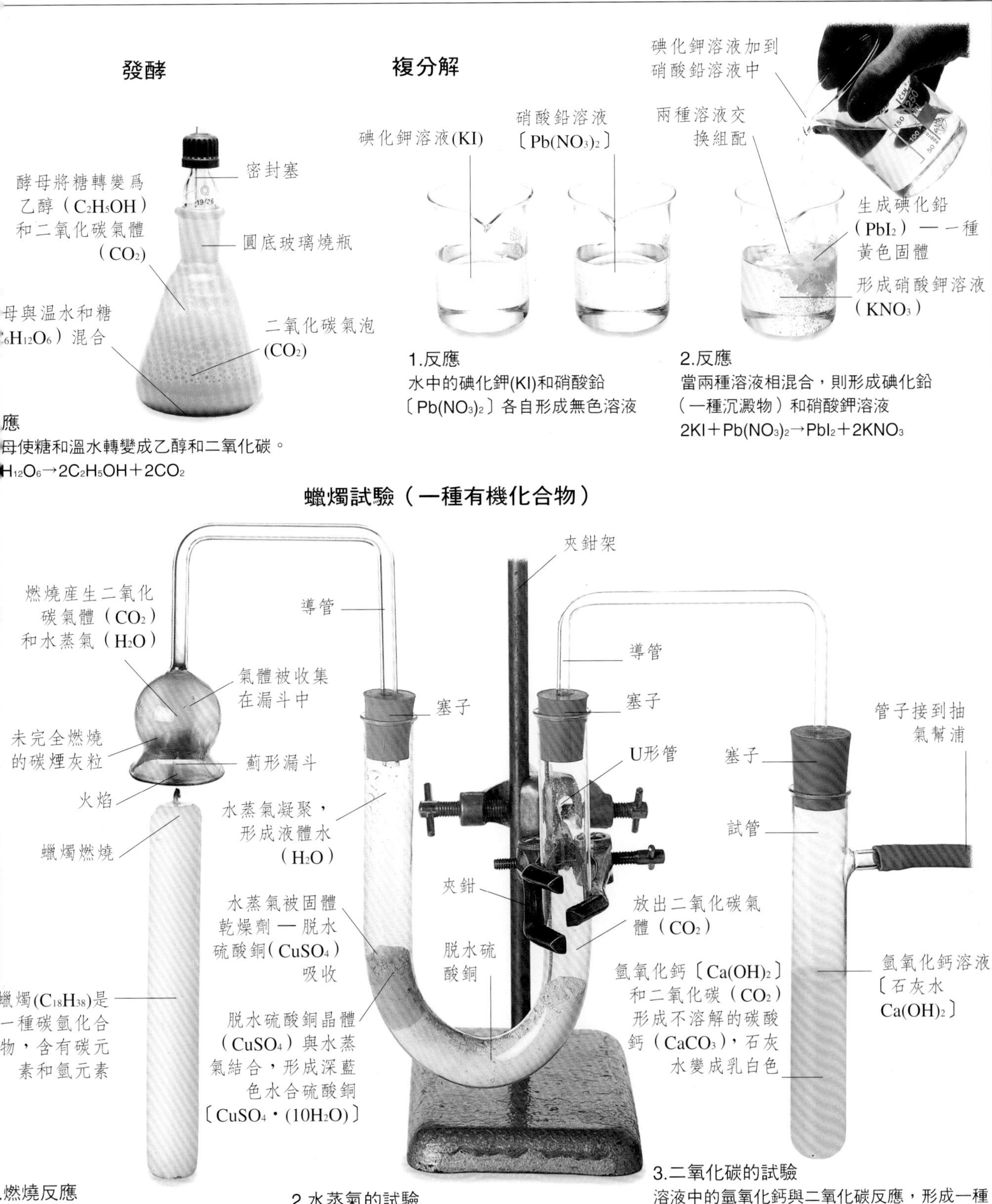

發酵

酵母將糖轉變爲乙醇（C₂H₅OH）和二氧化碳氣體（CO₂）

密封塞

圓底玻璃燒瓶

母與溫水和糖 ₆H₁₂O₆）混合

二氧化碳氣泡（CO₂）

應
母使糖和溫水轉變成乙醇和二氧化碳。
H₁₂O₆→2C₂H₅OH＋2CO₂

複分解

碘化鉀溶液（KI）

硝酸鉛溶液〔Pb(NO₃)₂〕

兩種溶液交換組配

碘化鉀溶液加到硝酸鉛溶液中

生成碘化鉛（PbI₂）——一種黃色固體

形成硝酸鉀溶液（KNO₃）

1.反應
水中的碘化鉀（KI）和硝酸鉛〔Pb(NO₃)₂〕各自形成無色溶液

2.反應
當兩種溶液相混合，則形成碘化鉛（一種沉澱物）和硝酸鉀溶液
2KI＋Pb(NO₃)₂→PbI₂＋2KNO₃

蠟燭試驗（一種有機化合物）

燃燒産生二氧化碳氣體（CO₂）和水蒸氣（H₂O）

導管

夾鉗架

導管

未完全燃燒的碳煙灰粒

氣體被收集在漏斗中

塞子

塞子

管子接到抽氣幫浦

火焰

薊形漏斗

U形管

塞子

蠟燭燃燒

水蒸氣凝聚，形成液體水（H₂O）

夾鉗

試管

水蒸氣被固體乾燥劑——脫水硫酸銅（CuSO₄）吸收

放出二氧化碳氣體（CO₂）

氫氧化鈣溶液〔石灰水 Ca(OH)₂〕

蠟燭(C₁₈H₃₈)是一種碳氫化合物，含有碳元素和氫元素

脫水硫酸銅

脫水硫酸銅晶體（CuSO₄）與水蒸氣結合，形成深藍色水合硫酸銅〔CuSO₄·(10H₂O)〕

氫氧化鈣〔Ca(OH)₂〕和二氧化碳（CO₂）形成不溶解的碳酸鈣（CaCO₃），石灰水變成乳白色

.燃燒反應
燃燒蠟產生二氧化碳氣體和水蒸氣
C₁₈H₃₈＋55O₂→36CO₂＋38H₂O

2.水蒸氣的試驗
固體乾燥劑吸收水蒸氣，證實蠟燭中有氫存在
CuSO₄＋10H₂O→CuSO₄·10H₂O

3.二氧化碳的試驗
溶液中的氫氧化鈣與二氧化碳反應，形成一種碳酸鹽（碳酸鈣）並呈現乳白色
Ca(OH)₂＋CO₂→CaCO₃＋H₂O

(alcohol)。**複分解**(DOUBLE DECOMPOSITION)：碘化鉀溶液(*Potassium iodide solution*)；硝酸鉛溶液(*Lead nitrate solution*)；碘化鉛(*Lead iodide*)；硝酸鉀溶液(*Potassium nitrate solution*)。**蠟燭試驗(一種有機化合物)**(TESTING CANDLE WAX, AN ORGANIC COMPOUND)：碳氫化合物(*hydrocarbon*)；脫水硫酸銅晶體(*Anhydrous copper sulfate crystals*)；水合硫酸銅(*hydrated copper sulfate*)；氫氧化鈣(*Calcium hydroxide*)；碳酸鈣(*calcium carbonate*)；氫氧化鈣溶液(石灰水)[*Calcium hydroxide solution(lime water)*]。

能量

凇一根針的下落到爆炸，任何事的發生都需要能量。能是"做功"（使某事發生）的能力。能的存在形式各式各樣，包括光、熱、聲、電、核能、動能和位能。**能量守恆定律**表明，宇宙間的總能量是恆定的，即能量既不能創造，也不會消失，只能從一種形式轉變爲另一種形式（能量轉換）。例如，位能是被儲存的能，可供將來使用。將一個物體升高時便獲得位能；當把它釋放，儲存的位能變成運動的能量（動能）。在轉換過程中，一部分能量變爲熱。一個綜合供熱和發電所可將一部分"廢"熱提供當地學校和住宅使用。地球上的絕大部分能量是由太陽以電磁輻射形式提供（參見316-317）。這種能量的一部分轉移給植物和動物，最終轉移給礦物燃料，以化學形式儲存於其中。我們的軀體從我們吃的食物中獲取能量，而爲完成其他任務所需的能量（如取暖、運輸等），可通過燃燒礦物燃料或利用如風或流動的水等自然力產生電力來獲得。能量的另一來源是核發電，其中的能量由原子核反應釋放而出。所有能量都用國際單位焦耳（J）來度量。作爲一引導性描述，1焦耳約等於將一顆蘋果升高1碼（1碼約等於0.914383公尺）所需的能量。

示意圖，表示燃煤所綜合供熱和發電所的能量流

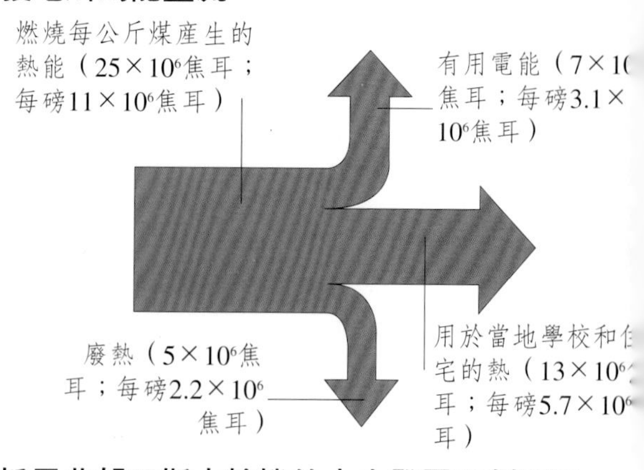

燃燒每公斤煤產生的熱能（25×10^6焦耳；每磅11×10^6焦耳）

有用電能（7×10 焦耳；每磅$3.1 \times$ 10^6焦耳）

廢熱（5×10^6焦耳；每磅2.2×10^6焦耳）

用於當地學校和住宅的熱（13×10 焦耳；每磅5.7×10 焦耳）

採用弗朗西斯水輪機的水力發電所剖面圖

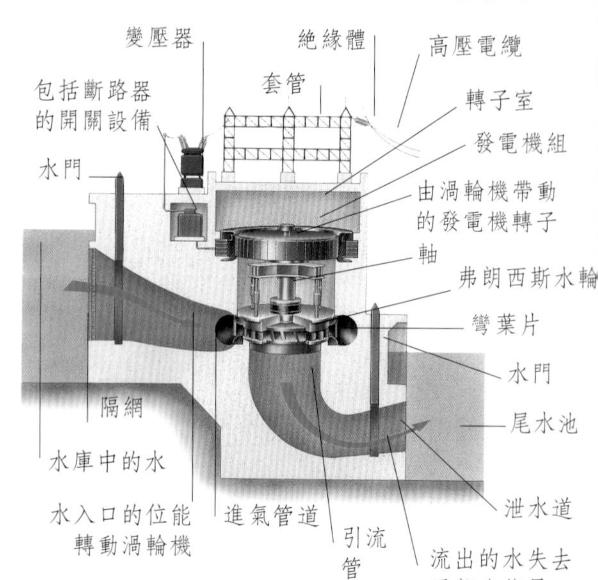

變壓器　絕緣體　高壓電纜　套管　轉子室　包括斷路器的開關設備　發電機組　水門　由渦輪機帶動的發電機轉子軸　弗朗西斯水輪　彎葉片　水門　尾水池　隔網　泄水道　水庫中的水　水入口的位能轉動渦輪機　進氣管道　引流管　流出的水失去了部分能量

壓水式反應器的核電所剖面圖

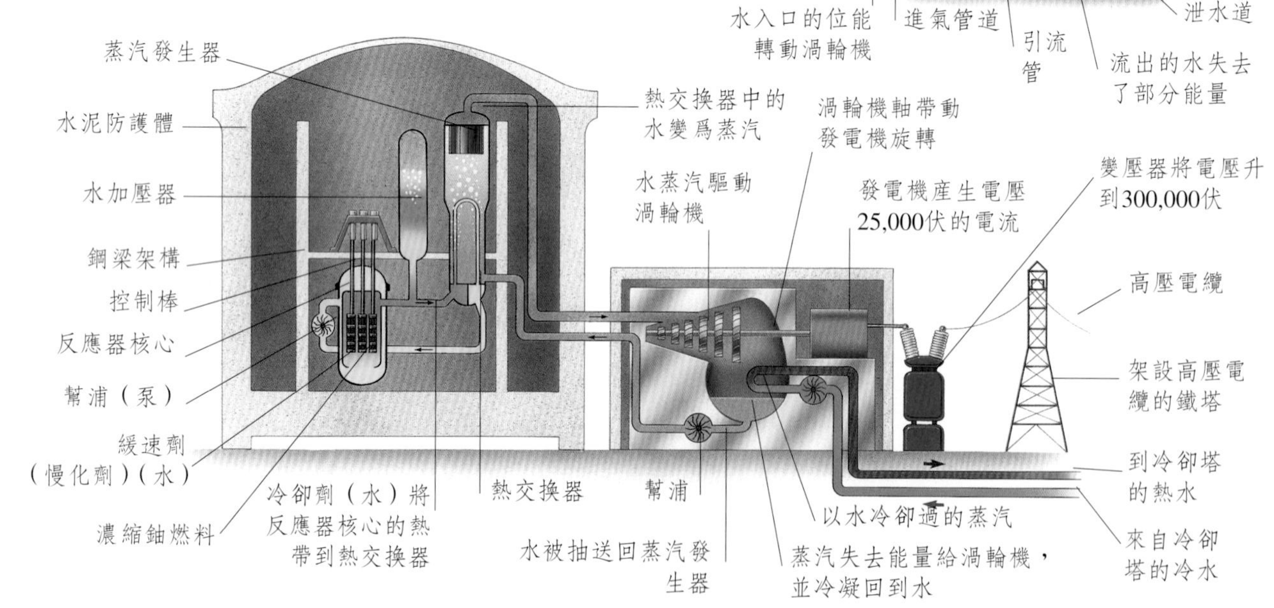

蒸汽發生器　水泥防護體　水加壓器　鋼梁架構　控制棒　反應器核心　幫浦（泵）　緩速劑（慢化劑）（水）　濃縮鈾燃料　冷卻劑（水）將反應器核心的熱帶到熱交換器　熱交換器　水被抽送回蒸汽發生器

熱交換器中的水變爲蒸汽　水蒸汽驅動渦輪機　幫浦　以水冷卻過的蒸汽　蒸汽失去能量給渦輪機，並冷凝回到水

渦輪機軸帶動發電機旋轉　發電機產生電壓25,000伏的電流　變壓器將電壓升到300,000伏　高壓電纜　架設高壓電纜的鐵塔　到冷卻塔的熱水　來自冷卻塔的冷水

能量(Energy)：能量守恆定律(The Law of Conservation of Energy)。**採用弗朗西斯水輪機的水力發電所**(HYDROELECTRIC POWER STATION WITH FRANCIS TURBINE)剖面圖：進氣管道(Penstock)；水門(Gate)；變壓器(Transformer)；絕緣體(Insulator)；轉子室(Rotor house)；彎葉片(Curved blade)；尾水池(Afterbay)；泄水道(Tailrace)；引流管(Draft tube)。**壓水式反應器**(PRESSURIZED WATER REACTOR)的核電所剖面圖：熱交換器(Heat exchanger)；緩速劑(慢化劑)[Moderator(water)]；反應器核心(Reactor core)；

能量系統

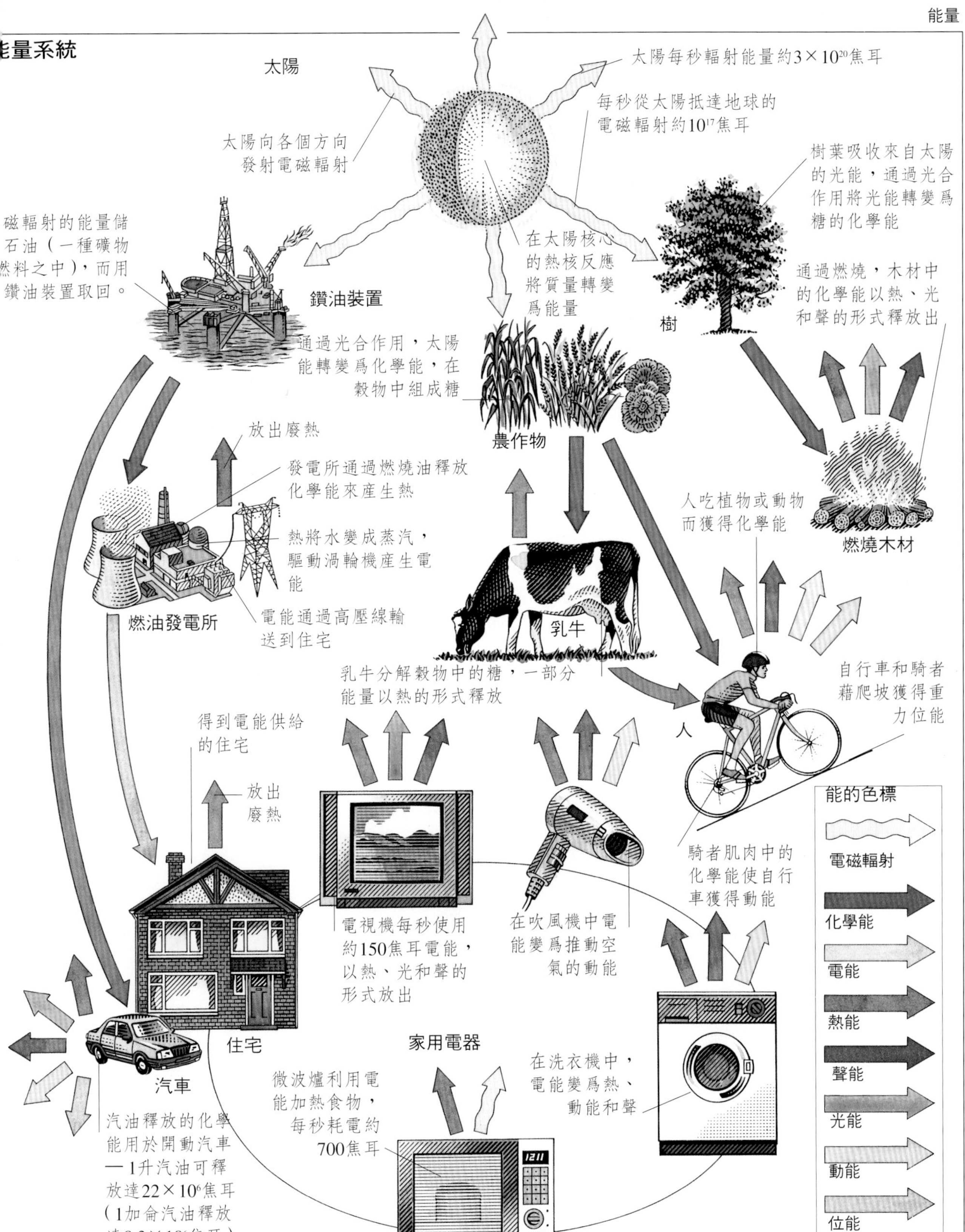

太陽每秒輻射能量約3×10²⁰焦耳

每秒從太陽抵達地球的電磁輻射約10¹⁷焦耳

太陽

太陽向各個方向發射電磁輻射

樹葉吸收來自太陽的光能，通過光合作用將光能轉變爲糖的化學能

磁輻射的能量儲石油（一種礦物燃料之中），而用鑽油裝置取回。

鑽油裝置

在太陽核心的熱核反應將質量轉變爲能量

通過燃燒，木材中的化學能以熱、光和聲的形式釋放出

樹

通過光合作用，太陽能轉變爲化學能，在穀物中組成糖

放出廢熱

發電所通過燃燒油釋放化學能來產生熱

熱將水變成蒸汽，驅動渦輪機產生電能

電能通過高壓線輸送到住宅

燃油發電所

農作物

人吃植物或動物而獲得化學能

燃燒木材

乳牛

得到電能供給的住宅

放出廢熱

乳牛分解穀物中的糖，一部分能量以熱的形式釋放

人

自行車和騎者藉爬坡獲得重力位能

騎者肌肉中的化學能使自行車獲得動能

電視機每秒使用約150焦耳電能，以熱、光和聲的形式放出

在吹風機中電能變爲推動空氣的動能

住宅

汽車

汽油釋放的化學能用於開動汽車——1升汽油可釋放達22×10⁶焦耳（1加侖汽油釋放達8.3×10⁶焦耳）

微波爐利用電能加熱食物，每秒耗電約700焦耳

家用電器

在洗衣機中，電能變爲熱、動能和聲

能的色標

電磁輻射

化學能

電能

熱能

聲能

光能

動能

位能

電 和 磁

電效應由電荷不平衡引起。電荷有兩種：正電荷（由質子攜帶）和負電荷（由電子攜帶）。相反的電荷相互吸引，相同的電荷相互排斥。任何兩個帶電粒子之間都存在這種相互吸引和相互排斥的力（靜電力）。物質通常不帶電，但如果一個物體得到電子，則它獲得總體負電荷；如果失去電子，則它變爲帶正電荷。具有總負電荷或正電荷的物體被稱之爲出現**電荷不平衡**，並施加與單獨負電荷和正電荷相同的力。在其較大的規模上看，這種力總是力求重新獲得電荷平衡，這就引起靜電。例如閃電是由施放巨額過剩負電子的雲而產生。如果電荷是自由的（在允許電子通過的導線或材料中），這種力引起**電荷流，稱之爲電流**。

閃電

某些物質呈現奇特的磁現象，而磁也會產生吸引和排斥力。磁性物質由所謂磁疇的一些小區域組成。它們正常是非磁化的，如放置在磁場中則可被磁化。磁和電總是相聯繫的，這類裝置在馬達和發電機中可得到應用。

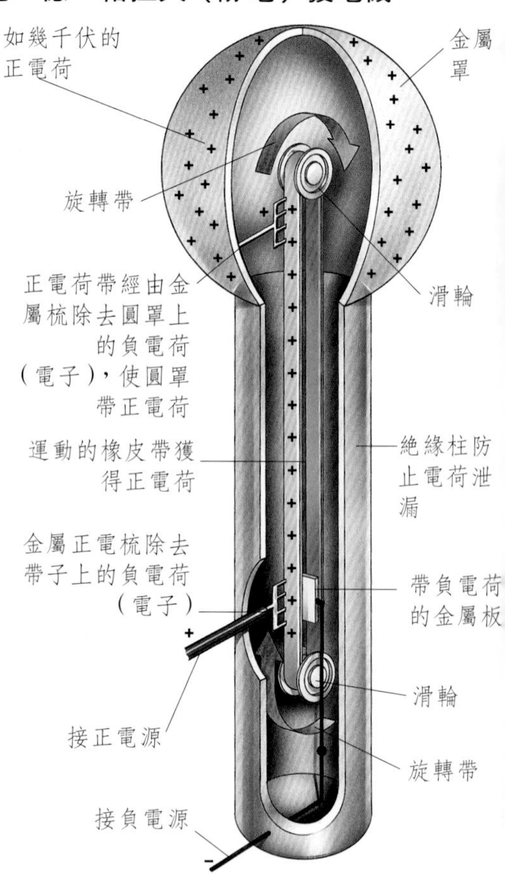

如幾千伏的正電荷

金屬罩

旋轉帶

正電荷帶經由金屬梳除去圓罩上的負電荷（電子），使圓罩帶正電荷

滑輪

運動的橡皮帶獲得正電荷

絕緣柱防止電荷泄漏

金屬正電梳除去帶子上的負電荷（電子）

帶負電荷的金屬板

接正電源

滑輪

接負電源

旋轉帶

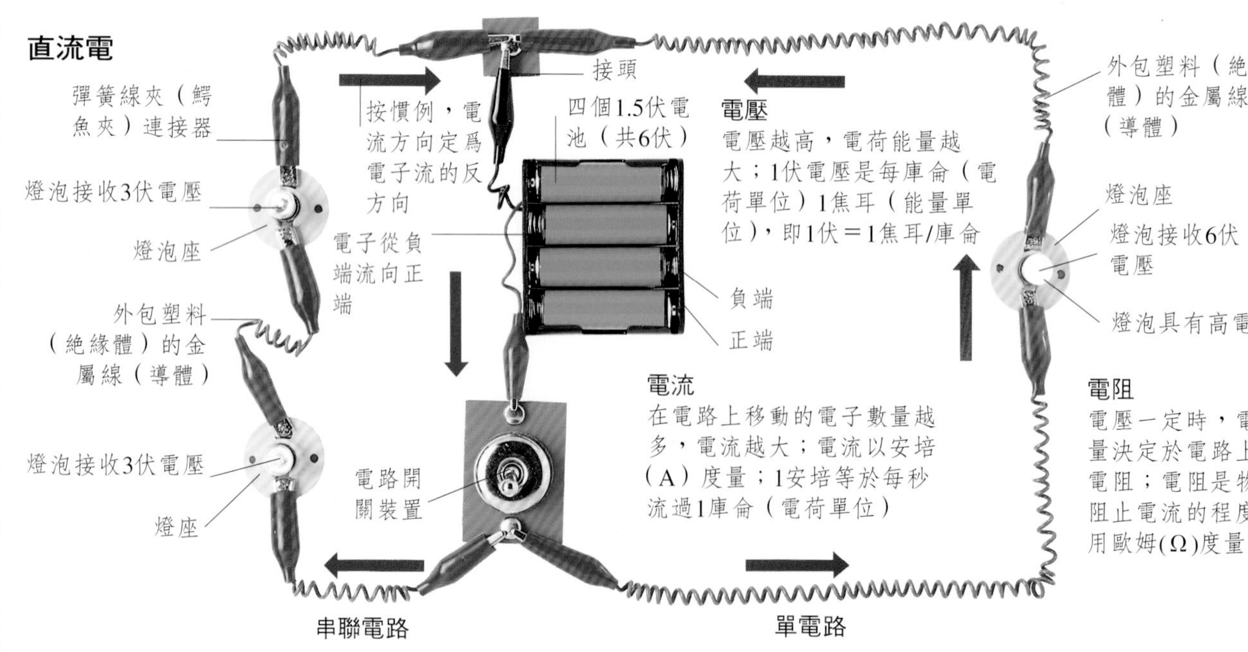

直流電

彈簧線夾（鱷魚夾）連接器

接頭

四個1.5伏電池（共6伏）

按慣例，電流方向定爲電子流的反方向

電壓
電壓越高，電荷能量越大；1伏電壓是每庫侖（電荷單位）1焦耳（能量單位），即1伏＝1焦耳/庫侖

外包塑料（絕緣體）的金屬線（導體）

燈泡接收3伏電壓

燈泡座

電子從負端流向正端

燈泡座

燈泡接收6伏電壓

外包塑料（絕緣體）的金屬線（導體）

負端

正端

燈泡具有高電阻

燈泡接收3伏電壓

燈座

電路開關裝置

電流
在電路上移動的電子數量越多，電流越大；電流以安培（A）度量；1安培等於每秒流過1庫侖（電荷單位）

電阻
電壓一定時，電流量決定於電路上的電阻；電阻是物質阻止電流的程度，用歐姆(Ω)度量

串聯電路

單電路

電和磁(Electricity and magnetism)：電荷不平衡(imbalance of charge)；電荷流，稱之爲電流(a flow of charge called an electric current)。**范・德・格拉夫（靜電）發電機**[VAN DE GRAAFF (ELECTROSTATIC) GENERATOR]：金屬正電梳(*Positive metal comb*)。**直流電**(CURRENT ELECTRICITY)：串聯電路(SERIES ELECTRICAL CIRCUIT)；單電路(SIMPLE ELECTRICAL CIRCUIT)；外包塑料（絕緣體）的金屬線（導體）[*Metal wire(conductor)coated with plastic(insulator)*]；電壓(VOLTAGE)；庫侖（電荷單位）[*coulomb(unit of charge)*]；電阻(RESISTANCE)；歐姆(*ohms*)。**磁場和磁力**(MAGNETIC FIELDS AND

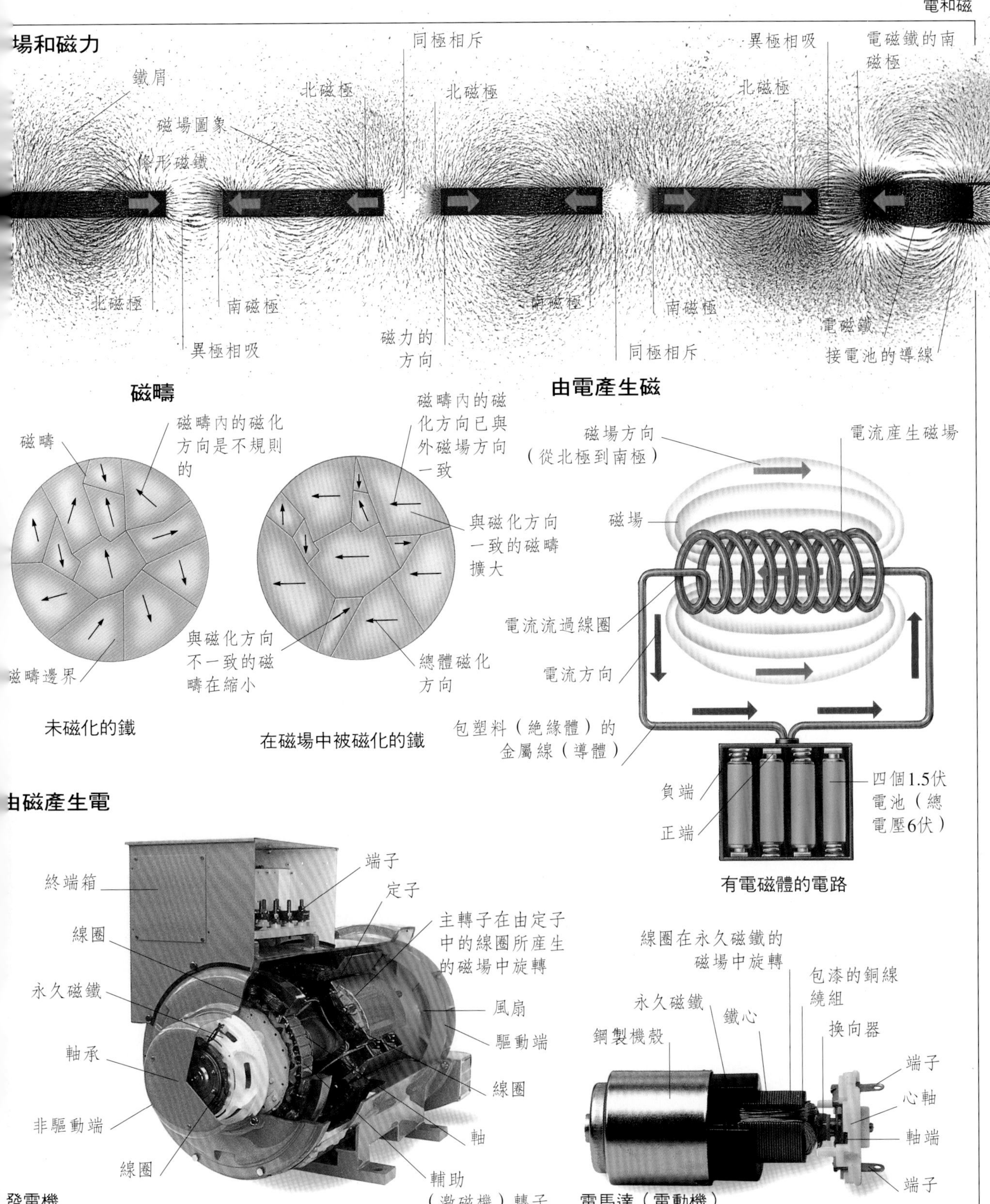

場和磁力

鐵屑
磁場圖象
條形磁鐵
北磁極
異極相吸
南磁極
北磁極
同極相斥
北磁極
磁力的方向
南磁極
異極相吸
北磁極
同極相斥
南磁極
電磁鐵的南磁極
電磁鐵接電池的導線

磁疇

磁疇
磁疇內的磁化方向是不規則的
磁疇邊界

磁疇內的磁化方向已與外磁場方向一致
與磁化方向一致的磁疇擴大
與磁化方向不一致的磁疇在縮小
總體磁化方向

未磁化的鐵

在磁場中被磁化的鐵

由電產生磁

磁場方向（從北極到南極）
電流產生磁場
磁場
電流流過線圈
電流方向
包塑料（絕緣體）的金屬線（導體）
負端
正端
四個1.5伏電池（總電壓6伏）

有電磁體的電路

由磁產生電

終端箱
線圈
永久磁鐵
軸承
非驅動端
線圈
端子
定子
主轉子在由定子中的線圈所產生的磁場中旋轉
風扇
驅動端
線圈
軸
輔助（激磁機）轉子

發電機
在發電機中，轉子在定子的磁場中旋轉，從而產生出電流。

線圈在永久磁鐵的磁場中旋轉
永久磁鐵
鋼製機殼
鐵心
包漆的銅線繞組
換向器
端子
心軸
軸端
端子

電馬達（電動機）
在電馬達中，繞組和永久磁鐵之間的磁力產生旋轉運動

FORCES)：電磁鐵(Electromagnet)；總體磁化方向(Direction of overall magnetization)。**由電產生磁**：磁場方向(Direction of magnetic field)。**由磁產生電**：發電機(ELECTRIC GENERATOR)；終端箱(Terminal box)；永久磁鐵(Permanent magnet)；軸承(Bearing)；輔助(激磁機)轉子[Secondary(exciter)rotor]；驅動端(Drive end)；定子(Stator)；端子(Terminal)；電馬達(電動機)(ELECTRIC MOTOR)；包漆的銅線繞組(Coated copper winding)；換向器(Commutator)。

光

房子的紅外像

光是能量的一種形式，它同X射線或無線電波一樣，是電磁輻射的一種類型。所有的電磁輻射都由電荷產生（參見316-317頁），即由空間傳播的振盪電場和磁場的效應所引起。電磁輻射可認是既有波動性又有粒子特性。它可看成是一種電磁波。因此，各種輻射形式之間的差別僅在於它們的波長不同。輻射也可認爲是由粒子構成，或者說由**稱之爲光子的能量包**構成。例如光和X射線之間的差別是，每個光子所攜帶的能量大小不同。電磁輻射的全範圍稱之爲電磁譜，從低能量、長波長的無線電波擴展到高能量、短波長的γ（伽馬）射線。光僅是電磁譜的可見部分。來自太陽的白色光包含了所有可見波長的輻射，當用一棱鏡加以分離，便可看到它們。光同所有形式的電磁輻射一樣，可被反射（回彈）和折射（彎曲）。電磁譜的不同部分以不同的方式產生。有時，可見光和紅外線輻射由溫熱或高熱物體的振動粒子產生。這種方式的光發射稱之爲白熾。光也可由螢光產生，而螢光是原子中的電子獲得和失去能量的一種現象。

以波進行的電磁輻射之麥克斯韋圖示

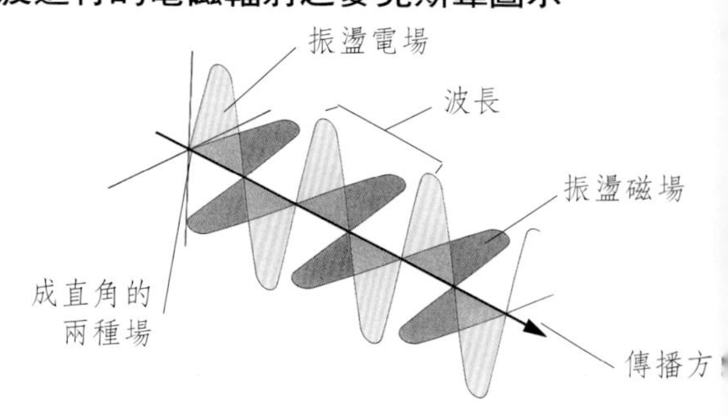

振盪電場
波長
振盪磁場
成直角的兩種場
傳播方向

以粒子進行的電磁輻射

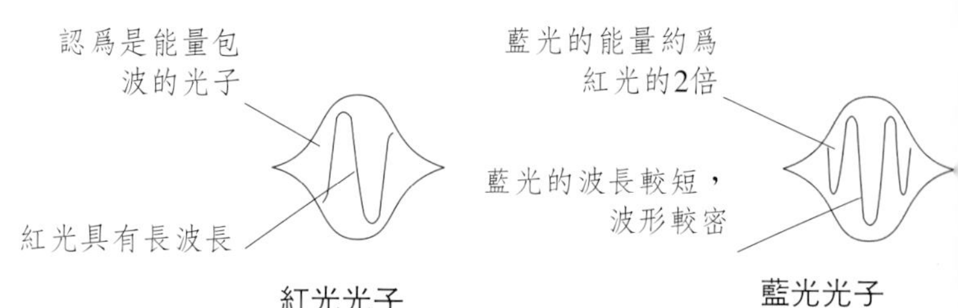

認爲是能量包波的光子
紅光具有長波長
紅光光子

藍光的能量約爲紅光的2倍
藍光的波長較短，波形較密
藍光光子

將白光分裂成光譜

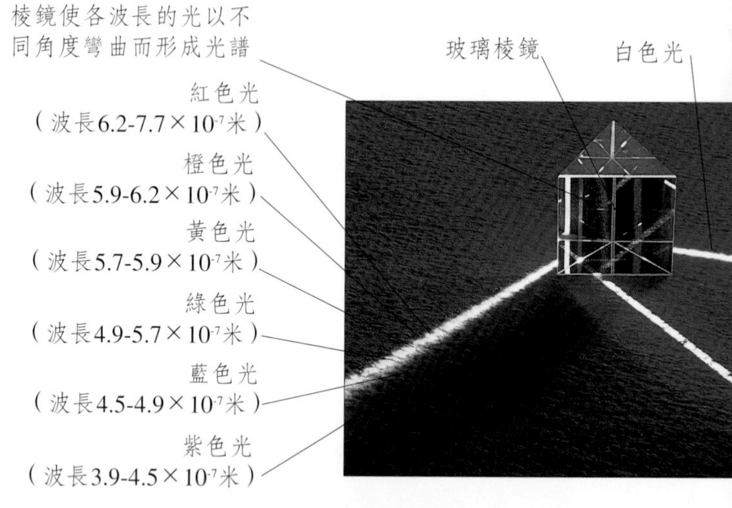

棱鏡使各波長的光以不同角度彎曲而形成光譜
玻璃棱鏡
白色光

紅色光（波長6.2-7.7×10⁻⁷米）
橙色光（波長5.9-6.2×10⁻⁷米）
黃色光（波長5.7-5.9×10⁻⁷米）
綠色光（波長4.9-5.7×10⁻⁷米）
藍色光（波長4.5-4.9×10⁻⁷米）
紫色光（波長3.9-4.5×10⁻⁷米）

電磁譜

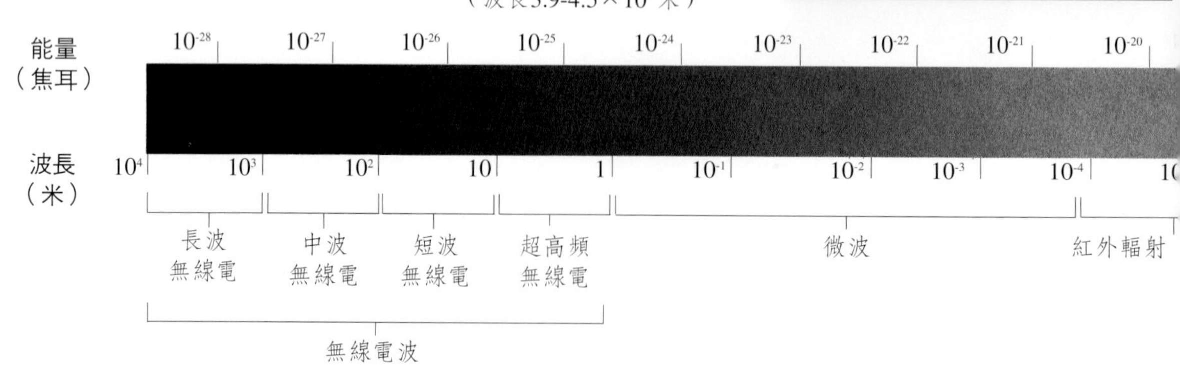

能量（焦耳）：10^{-28}　10^{-27}　10^{-26}　10^{-25}　10^{-24}　10^{-23}　10^{-22}　10^{-21}　10^{-20}

波長（米）：10^4　10^3　10^2　10　1　10^{-1}　10^{-2}　10^{-3}　10^{-4}

長波無線電　中波無線電　短波無線電　超高頻無線電　微波　紅外輻射

無線電波

光(Light)：稱之爲光子的能量包(packets of energy, called photons)。**以波進行的電磁輻射之麥克斯韋圖示**(MAXWELLIAN DIAGRAM OF ELECTROMAGNETIC RADIATION AS WAVES))：振盪電場(*Oscillating electric field*)；振盪磁場(*Oscillating magnetic field*)。**電磁譜**(THE ELECTROMAGNETIC SPECTRUM)：無線電波(*Radio waves*)；超高頻無線電[*Very highfrequency(VHF)radio*]；微波(*Microwaves*)。**人造光源**(ARTIFICIAL LIGHT SOURCES)：螢光管(FLUORESCENT TUBE)；充以汞蒸汽的玻璃管(*Glass tube filled with*

人造光源

光管

充以汞蒸汽的玻璃管　　盤繞形鎢燈絲

陶瓷端片
電觸點
玻璃支撐物

加熱燈絲並發射帶負電的電子　　電子從一端加速到另一端　　電子與汞原子碰撞

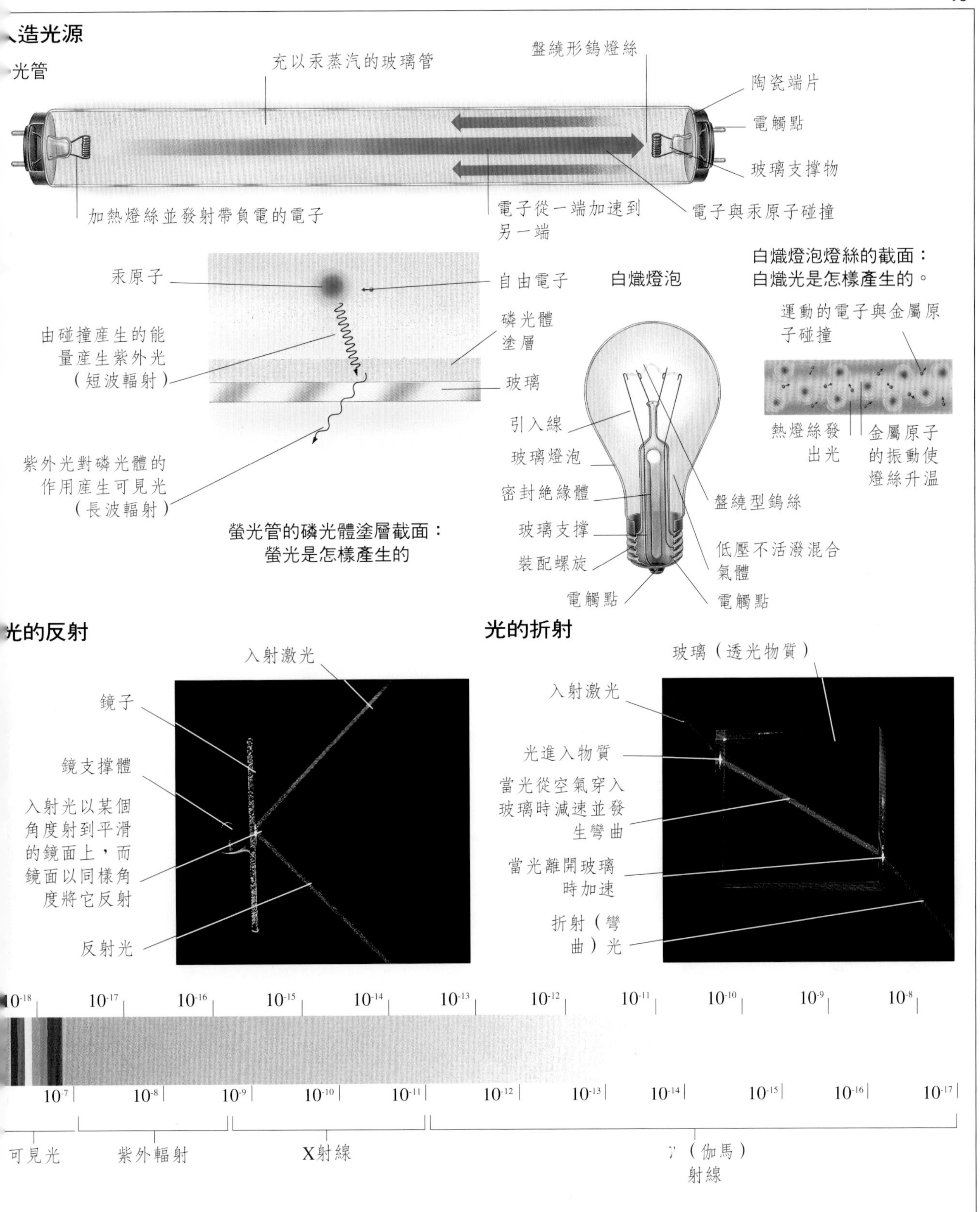

汞原子　　自由電子

由碰撞產生的能量產生紫外光（短波輻射）

磷光體塗層
玻璃

紫外光對磷光體的作用產生可見光（長波輻射）

螢光管的磷光體塗層截面：螢光是怎樣產生的

白熾燈泡

引入線
玻璃燈泡
密封絕緣體
玻璃支撐
裝配螺旋
電觸點

盤繞型鎢絲
低壓不活潑混合氣體
電觸點

白熾燈泡燈絲的截面：白熾光是怎樣產生的。

運動的電子與金屬原子碰撞

熱燈絲發出光　　金屬原子的振動使燈絲升溫

光的反射

入射激光
鏡子
鏡支撐體

入射光以某個角度射到平滑的鏡面上，而鏡面以同樣角度將它反射

反射光

光的折射

玻璃（透光物質）
入射激光
光進入物質

當光從空氣穿入玻璃時減速並發生彎曲

當光離開玻璃時加速

折射（彎曲）光

10^{-18}　10^{-17}　10^{-16}　10^{-15}　10^{-14}　10^{-13}　10^{-12}　10^{-11}　10^{-10}　10^{-9}　10^{-8}

10^{-7}　10^{-8}　10^{-9}　10^{-10}　10^{-11}　10^{-12}　10^{-13}　10^{-14}　10^{-15}　10^{-16}　10^{-17}

可見光　　紫外輻射　　X射線　　γ（伽馬）射線

mercury vapor）；陶瓷端片(*Ceramic end-piece*)；電觸點(*Electrical contact*)；磷光體塗層(*Phosphor coating*)；白熾燈泡(INCANDESCENT LIGHT BULB)。**光的反射**(REFLECTION OF LIGHT)：入射激光(*Incident laser light*)；反射光 (*Reflected light*)。**光的折射** (REFRACTION OF LIGHT)：折射（彎曲）光 [*Refracted(bent)light*]。

力和運動

簡單機械

單滑輪系統（簡單滑輪）
滑輪

簡單滑輪只改變力的方向

施加力與負荷（10牛頓）的大小一樣，且拉的距離相同

一根繩索掛到負荷物上

載重10牛頓

雙滑輪系統（簡單滑輪）
滑輪

施加力是負荷的一半（5牛頓），但繩索必須被拉兩倍距離

兩根繩索分擔力和距離

滑輪

載重10牛頓

四滑輪系統（複式滑輪）
兩個滑輪

施加力是負荷的四分之一（2.5牛頓），但繩索必須被拉四倍距離

四根繩索分擔力和距離

兩個滑輪

載重10牛頓

簡單滑輪和複式滑輪

力 是改變物體運動狀態的推或拉作用。

　　要使一個靜止物體運動或一個運動物體停下來，必須施加力。改變物體的速度或運動方向也需要力。速度或方向的改變稱之爲加速度。加速度依賴於力的大小（量值）和物體的質量。艾薩克·牛頓在他的運動三定律首次總結了力的效應（作用）。力的國際單位以他的各字命名爲牛頓（N），1牛頓接近等於一個蘋果的重量。任何兩個質量之間的吸引力稱之爲萬有引力，可用牛頓計（彈簧秤）來測量。力在機械中發揮著更大的效用。一類簡單機械，如輪軸，是改變外加力大小和方向的一種裝置。這類簡單機械可使外加力（作用力）產生另一種力（負荷力）。槓桿則是利用繞支點旋轉的棒來施加力。在所有簡單機械中，力和距離之間存在某種關係。一個小力（例如在複式滑車中）可藉助大的距離使重物升高一小距離。這稱之爲**簡單機械原理**。

牛頓計（彈簧秤）

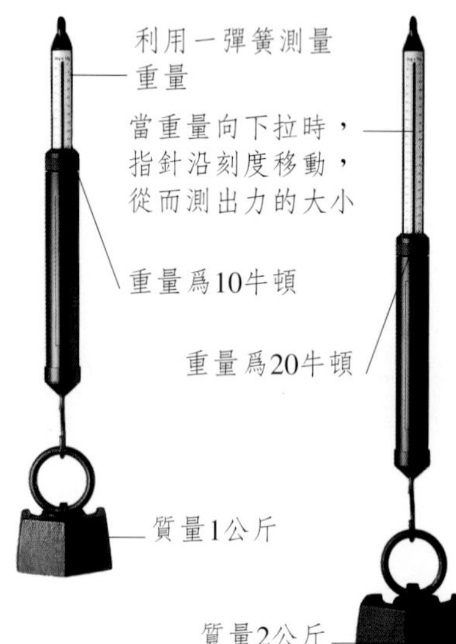

利用一彈簧測量重量

當重量向下拉時，指針沿刻度移動，從而測出力的大小

重量爲10牛頓

重量爲20牛頓

質量1公斤

質量2公斤

重量和質量
物體的質量是它所具有多少物質的一種度量。質量通常用克（g）或公斤（kg）來度量。物體的重量則是重力施加給物體質量的力。由於重量是力，因此它的單位是牛頓（N）。

輪軸使作用力成倍增大

鏈條把力傳到車輪上

踏板

騎車人肌肉產生的作用力小於負荷，但踏板運動的距離大

曲柄

在車軸上產生一個較大的力（等於負荷）

輪軸裝置

螺釘的作用原理像一個纏繞軸的楔，可使作用力成倍增大

作用力（轉動力）藉助一個螺絲起子施加

螺距（螺紋角）

螺距角越小，需要的力越小，但欲使它前進則需較大的距離，即需旋動較多的圈數

一個較大的力（負荷）將螺釘拉入木頭

螺釘

作用力將斧頭劈入木材

一個較大的力（負荷）推動一較小距離，將木材劈裂

斧頭片呈楔形

楔使作用力成倍增大

楔

力和運動(Force and motion)：簡單機械原理(the Law of Simple Machines)。**牛頓計**(彈簧秤)[NEWTON METERS(SPRING BALANCES)]：重量和質量(WEIGHT AND MASS)。**簡單機械**(SIMPLE MACHINES)：單滑輪系統(簡單滑輪)[Single-pulley system(simple pulley)]；雙滑輪系統(Two-pulley system)；四滑輪系統(複式滑輪)[Four-pulley system(compound pulley)]；輪軸裝置(WHEEL AND AXLE)；螺釘(SCREW)；螺距(螺紋角)[Pitch(the angle of the screw thread)]；楔(WEDGE)；斧頭片呈楔形(Axe blade

牛頓運動三定律

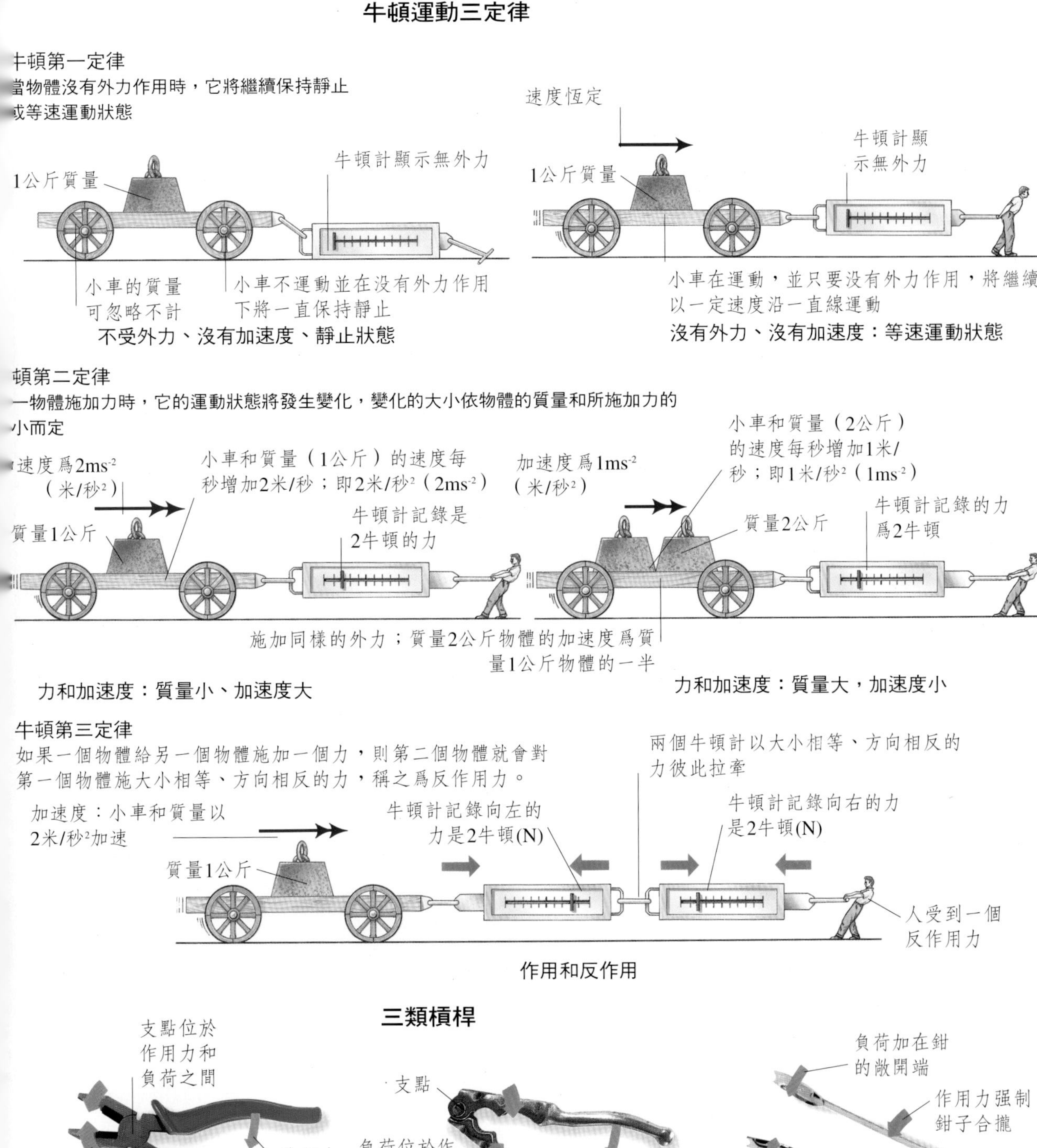

牛頓第一定律

當物體沒有外力作用時，它將繼續保持靜止或等速運動狀態

速度恆定

1公斤質量

牛頓計顯示無外力

1公斤質量

牛頓計顯示無外力

小車的質量可忽略不計

小車不運動並在沒有外力作用下將一直保持靜止

不受外力、沒有加速度、靜止狀態

小車在運動，並只要沒有外力作用，將繼續以一定速度沿一直線運動

沒有外力、沒有加速度：等速運動狀態

牛頓第二定律

對一物體施加力時，它的運動狀態將發生變化，變化的大小依物體的質量和所施加力的大小而定

加速度爲2ms⁻²（米/秒²）

小車和質量（1公斤）的速度每秒增加2米/秒；即2米/秒²（2ms⁻²）

質量1公斤

牛頓計記錄是2牛頓的力

加速度爲1ms⁻²（米/秒²）

小車和質量（2公斤）的速度每秒增加1米/秒；即1米/秒²（1ms⁻²）

質量2公斤

牛頓計記錄的力爲2牛頓

施加同樣的外力；質量2公斤物體的加速度爲質量1公斤物體的一半

力和加速度：質量小、加速度大

力和加速度：質量大，加速度小

牛頓第三定律

如果一個物體給另一個物體施加一個力，則第二個物體就會對第一個物體施大小相等、方向相反的力，稱之爲反作用力。

兩個牛頓計以大小相等、方向相反的力彼此拉牽

加速度：小車和質量以2米/秒²加速

牛頓計記錄向左的力是2牛頓(N)

牛頓計記錄向右的力是2牛頓(N)

質量1公斤

人受到一個反作用力

作用和反作用

三類槓桿

支點位於作用力和負荷之間

負荷大於作用力，但運動距離小

作用力

第一類槓桿
鉗子由兩個第一類槓桿構成

支點

負荷位於作用力和支點之間

作用力小於負荷，但運動距離大

第二類槓桿
堅果鉗由兩個第二類槓桿構成

負荷加在鉗的敞開端

作用力强制鉗子合攏

負荷小於作用力，但運動距離大

作用力位於支點和負荷之間

支點

第三類槓桿
夾鉗由兩個第三類槓桿構成

---

has wedge shape)。**牛頓運動三定律**(NEWTON'S THREE LAWS OF MOTION)：反作用力*(the reaction force)*。
三類槓桿(THREE CLASSES OF LEVER)：鉗子由兩個第一類槓桿構成(Pliers consist of two class 1 levers)；堅果鉗由兩個第二類槓桿構成(Nutcrackers consist of two class 2 levers)；支點*(Fulcrum)*；夾鉗由兩個第三類槓桿構成(Tongs consist of two class 3 levers)。

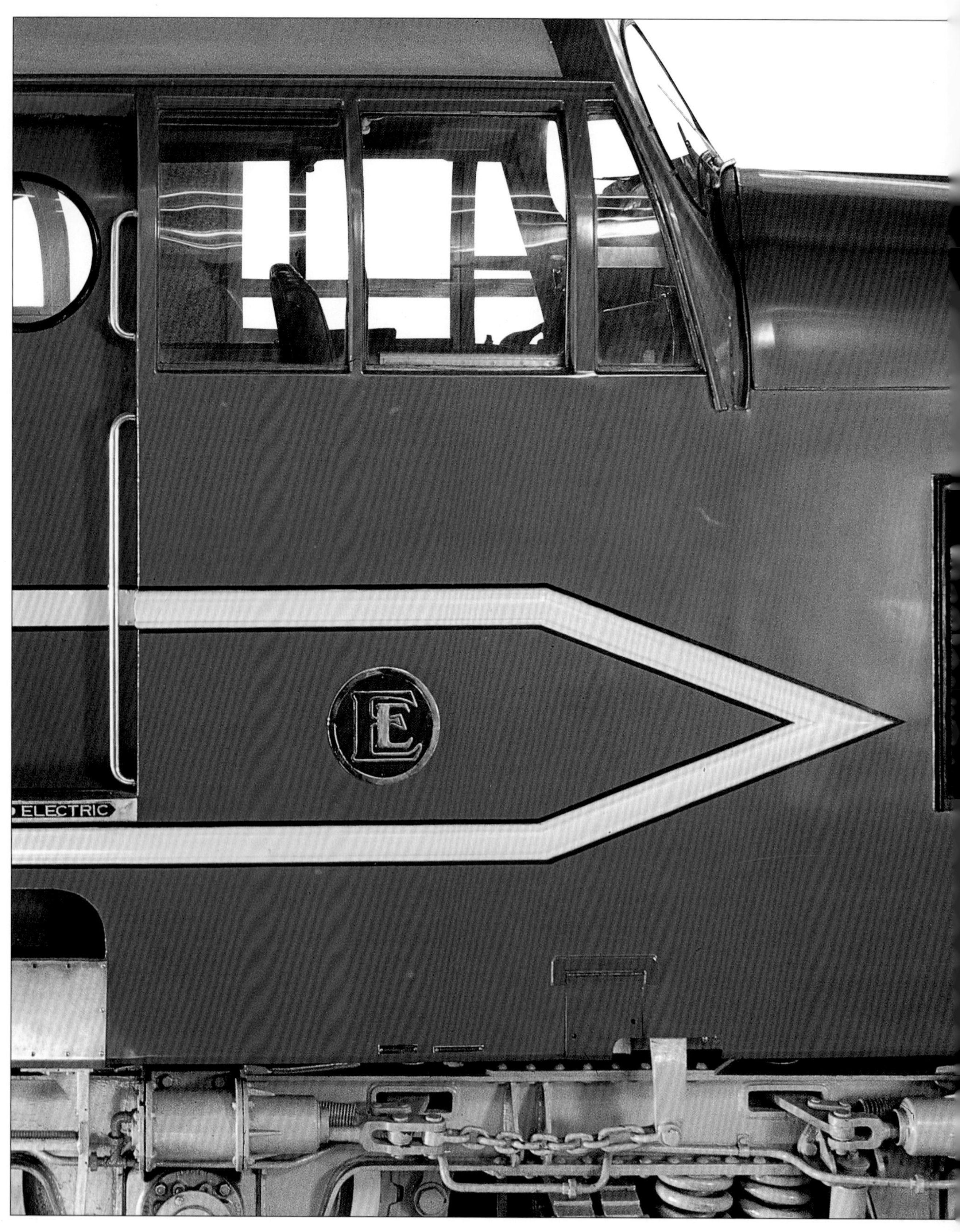

ELECTRIC

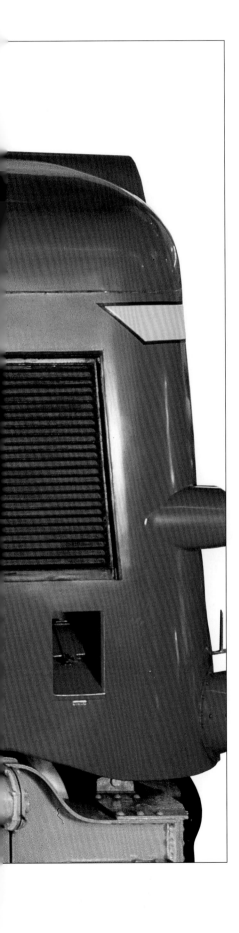

鐵路與公路篇

RAIL AND ROAD

蒸汽機車(Steam locomotives) 324
柴油列車(Diesel trains) 326
電氣高速列車(Electric and high-speed trains) 328
列車（輔助）設備(Train equipment) 330
電車與公共汽車(Trolleys and buses) 332
早期汽車(The first cars) 334
高雅與實用(Elegance and utility) 336
大量生產(Mass-production) 338
國民車(The “people's car”) 340
早期發動機(Early engines) 342
現代發動機(Modern engines) 344
代用發動機(Alternative engines) 346
現代汽車車身(Modern bodywork) 348
現代汽車機械零件(Modern mechanics) 350
現代汽車裝璜(Modern trim) 352
越野車(All-terrain vehicles) 354
賽車(Racing cars) 356
自行車解剖圖(Bicycle anatomy) 358
自行車(Bicycles) 360
摩托車(The motorcycle) 362
摩托車底盤(The motorcycle chassis) 364
摩托車發動機(Motorcycle engines) 366
競賽摩托車(Competition motorcycles) 368

蒸汽機車

自從十六世紀以來，沿軌道牽引的貨運車就一直被用於運送材料物資，但是在發明蒸汽機車之前這類貨運列車全都是靠人力或馬來驅動的。蒸汽機車使基礎鐵路系統能真正地發揮其潛力。1804年，理查·特里維西克（Richard Trevithick）在南威爾士建造了世界上第一輛可運行的蒸汽機車。這輛蒸汽機車雖然並非是完全成功的，但是卻激勵著其他人去研究新的設計方案。1829年，英國工程師羅伯特·史蒂芬生（Robert Stephenson）建造出火箭號（Rocket）蒸汽機車，它被認為是現代機車的先驅。「火箭號」是一種自給自足式機車，它自身攜帶著加熱鍋爐用的煤炭和產生蒸汽用的水。蒸汽從鍋爐放出，推動活塞作往復運動，帶動驅動輪轉動，進而推動列車向前運動。然後，用過的蒸汽以煙的形式排放到空氣中。此後的蒸汽機車〔例如艾勒門線號（Ellerman Lines）和馬拉德號（Mallard）〕都是以類似的方式工作的，但是其規模要大得多。在20世紀50年代蒸汽機車由效率更高的柴油機車和電氣機車所取代之前，由於它設計簡單、性能可靠，因而在120年使用期間幾乎沒有發生什麼變化。

火箭號（Rocket）蒸汽機車，1829

艾勒門線號（Ellerman Lines）機車，1949年（剖面圖）

蒸汽機車(Steam locomotives)。火箭號蒸汽機車，1829年(ROCKET STEAM LOCOMOTIVE,1829)：調節器(節流閥)[Regulator(throttle)]；閥櫃(Valve chest)；閥調整控制器(Valve setting control)。馬拉德號特快蒸汽機車司機室內部結構，1938年(CAB INTERIOR OF MALLARD EXPRESS STEAM LOCOMOTIVE,1938)：蒸汽鋪砂控制器(Steam sanding control)；蒸汽加熱隔離閥(Steam heating isolator valve)；蒸汽動的換向軸閉鎖控制器(Steam-operated reversing shaft lock control)；真空制動桿(Vacuum brake lever)；鼓風機控制裝置

馬拉德號（Mallard）特快蒸汽機車司機室內部結構，1938年

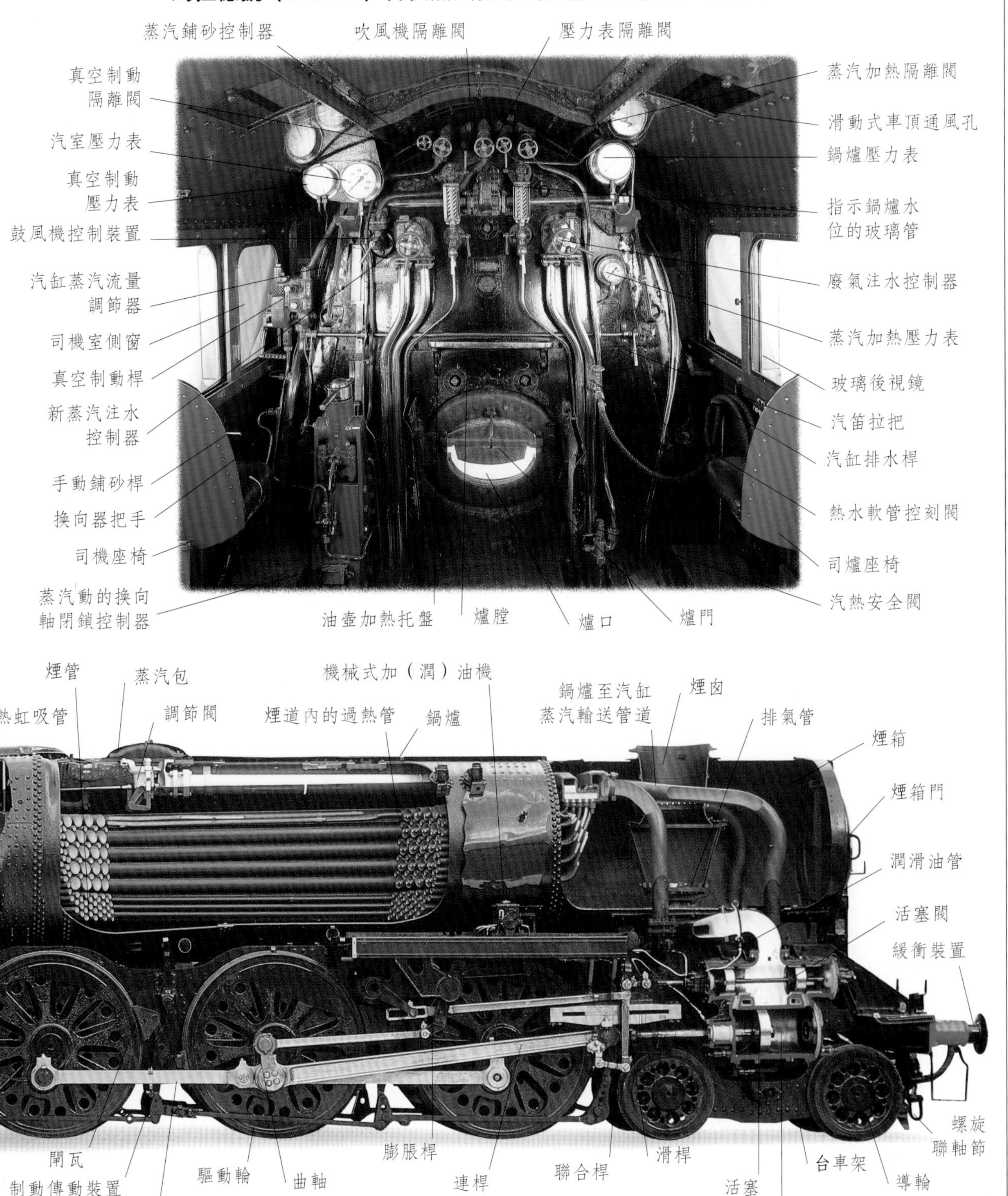

蒸汽鋪砂控制器　　吹風機隔離閥　　壓力表隔離閥

真空制動
隔離閥

汽室壓力表

真空制動
壓力表

鼓風機控制裝置

汽缸蒸汽流量
調節器

司機室側窗

真空制動桿

新蒸汽注水
控制器

手動鋪砂桿

換向器把手

司機座椅

蒸汽動的換向
軸閉鎖控制器

蒸汽加熱隔離閥

滑動式車頂通風孔

鍋爐壓力表

指示鍋爐水
位的玻璃管

廢氣注水控制器

蒸汽加熱壓力表

玻璃後視鏡

汽笛拉把

汽缸排水桿

熱水軟管控刻閥

司爐座椅

汽熱安全閥

油壺加熱托盤　爐膛　　爐口　　爐門

煙管　　蒸汽包　　　機械式加（潤）油機

熱虹吸管　　調節閥　　煙道內的過熱管　鍋爐

鍋爐至汽缸
蒸汽輸送管道　　煙囪

排氣管

煙箱

煙箱門

潤滑油管

活塞閥

緩衝裝置

螺旋
聯軸節

閘瓦　　　　膨脹桿　　　　　　滑桿　　　　　　導輪

制動傳動裝置　　驅動輪　　曲軸　　　連桿　　聯合桿　　活塞　　　台車架

連桿　　　　　　　　　　　　　　　　　　（與連桿相連）　汽缸

蒸汽機車

(Blower control)。**艾勒門線號(Ellerman Lines)機車，1949年(剖面圖)**：煤水車(TENDER)；煤水車手制動器(Tender hand brake)；熱虹吸管(Thermal siphon)；活塞閥(Piston valve)；螺旋聯軸節(Screw coupling)；驅動輪(Driving wheel)；閘瓦(Brake shoe)；爐箅(Grate)；盤簧(Coil spring)；制動傳動裝置(Brake rigging)。

柴油列車

在 1898年，魯道夫・狄則耳（Rudolf Diesel）首次在德國演示了柴油發動機（內燃機），但是直到20世紀40年代柴油機車才在美國的客運和貨運業務中成功地站住腳。早期柴油機車〔例如聯合太平洋號機車（Union Pacific)〕的建造費用比蒸汽機車昂貴得多，但是其運行效率更高而且運行費用更低，特別是在盛產石油的地區。柴油發動機的特點之一是，其輸出功率不能直接作用到車輪，為了轉換柴油發動機產生的機械能，必須使用傳動系統。幾乎所有的柴油機車都有電力傳動裝置，並稱之為**柴油電動機車**。柴油發動機將空氣吸入汽缸並壓縮它，使其溫度升高，然後將少量柴油燃料噴入使其燃燒。由此而產生的能量驅動發電機（新近為**交流發電機**）產生電力，然後將電力傳到與車輪相連的電動機。柴油電動機車實質上是攜帶著自身電源設備的電動機車，這種機車為當今世界所廣泛使用。"狄爾替克"（Deltic）柴油電動機車類似於圖中所示的柴油機車，它取代了傳統的特快蒸汽機車，其行駛速度達到160公里/小時（100哩/小時）。

聯合太平洋號（Union Pacific）柴油電動機車（20世紀50年代）前視圖

排氣孔　雨刷　喇叭　司機室前窗
司機室門　機車頭燈
營運鐵路名稱
照明的機車編號
鐵路公司徽章
司機室踏板　踏板　電動轉向軸　氣閘連結軟管　中央頂撞式眼孔連結器

原型狄爾替克號（Deltic）柴油電動機車，1956年

發動機室通風孔　檢查（進出）口　發動機（引擎）排氣口　散熱器風扇　發動機室窗　發動機室通風孔

燃油箱　加熱鍋爐用水　檢查托座　折疊式踏板　散熱器冷卻劑排放孔　散熱器冷卻劑　砂箱　伸縮式減震器　控制儲器排放孔

柴油列車(Diesel trains)：柴油電動機車(diesel-electric locomotives)；交流發電機(an alternator)。
聯合太平洋號柴油電動機車(20世紀50年代)前視圖(FRONT VIEW OF UNION PACIFIC DIESEL-ELECTRIC LOCOMOTIVE,1950S)：中央頂撞式眼孔連結器(*Center buckeye coupler*)；氣閘連結軟管(*Air-brake coupling hose*)；電動轉向軸(*Motor-driven bogie axle*)。**原型狄爾替克號柴油電動機車，1956年**(PROTOTYPE DELTIC DIESEL-ELECTRIC LOCOMOTIVE,1956)：制動缸(*Brake cylinder*)；滾子軸承軸箱(*Roller-bearing axle*

英國鐵路局20級柴油電動機車的柴油機

汽缸頭〔V形四氣缸
發動機（引擎）構型〕

驅動發電機的渦輪
增壓柴油機

排氣孔

發電機冷卻
風扇

發電機室
通風孔

輔助發電機

發電機，它
生驅動車輪
需的電力

主底盤編號

司機室端部
轉向架的
最內層車輪

空氣制動管

制動傳
動裝置

蓄電
池箱

發動機（引擎）
曲軸箱

儲氣罐和隔離閥

潤滑油主泵和
燃油輸送泵

貨車車廂實例

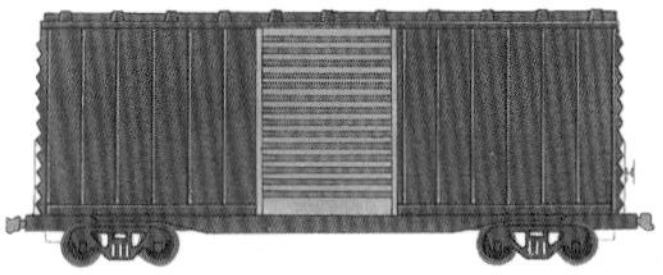

棚車

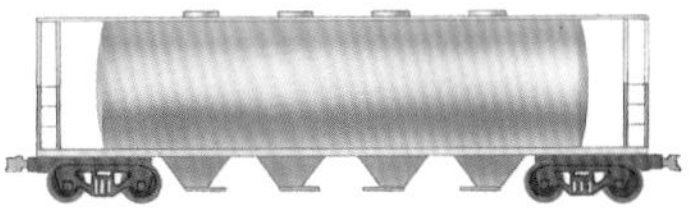

底卸車

冷藏車

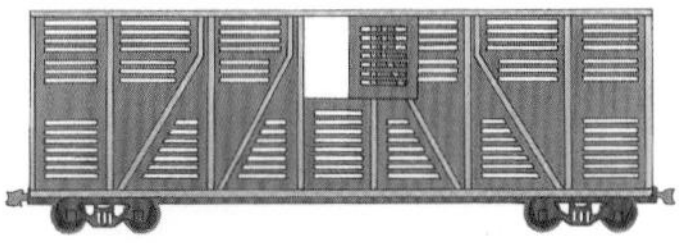

牲畜車

帶端牆的平板車

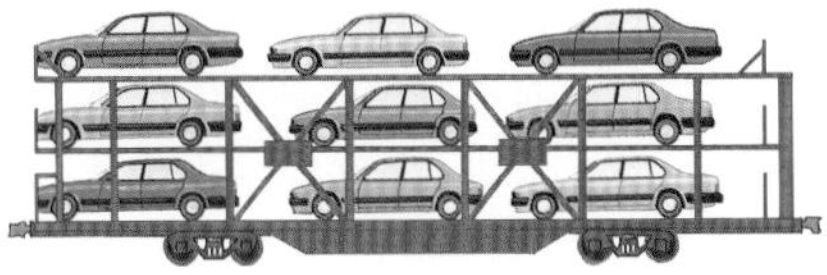

汽車貨車

司機座椅

司機室門

司機室

警告喇叭

擋風玻璃

雨刷

司機室窗

製造廠商標誌

司機室通風孔

指示燈

砂箱

緩衝裝置

制動缸

滾子軸承軸箱

閘瓦

制動傳動鏈

橫向片簧輔助懸架

盤簧主懸架

box)；盤簧主懸架*(Coil spring primary suspension)*；伸縮式減震器*(Telescopic damper)*。**英國鐵路局20級柴油電動機車的柴油機**(DIESEL ENGINE OF BRITISH RAIL CLASS 20 DIESEL-ELECTRIC LOCOMOTIVE)：發動機(引擎)曲軸箱*(Engine crankcase)*。**貨車車廂實例**(EXAMPLES OF FREIGHT CARS)：棚車(BOX CAR)；底卸車(HOPPER CAR)；冷藏車(REFRIGERATOR CAR)；牲畜車(LIVESTOCK CAR)；帶端牆的平板車(FLAT CAR WITH BULKHEADS)；汽車貨車(AUTOMOBILE CAR)。

電氣高速列車

第一台電力機車於1879年在德國柏林開始運行。在歐洲，電氣列車已發展成為蒸汽機車和柴油電動機車的一種效率更高的替代物。與柴油機列車一樣，電氣列車也採用電動機驅動車輪，但是與柴油機車不同的是，其電力是由發電廠供應的。電氣列車的電流是藉助於受電弓從懸鏈線（架空電纜），或者是從第三軌獲得的。由於電力機車並不攜帶自身發電設備，所以它比同樣大小的柴油電動機車有更好的功率－重量比和更大的加速度。這一特點使得電氣列車非常適合於沒有許多車站的城市鐵路線。電氣列車比柴油電動機車速度更快、噪音更小、污染更少。最新型的法國TGV高速電氣列車（Train a Grande Vitesse），其速度達到每小時300公里（186哩）；其他電氣列車（如倫敦至巴黎和布魯塞爾的"歐洲之星，Eurostar"）能在多種電壓條件下行駛並在不同國家之間運行。較簡單的電氣列車則執行一些特殊任務，如倫敦蓋特威克機場（Gatwick Airport）"旅客運輸車（People Mover）"在一些航空站之間運行。

交流電氣列車工作原理

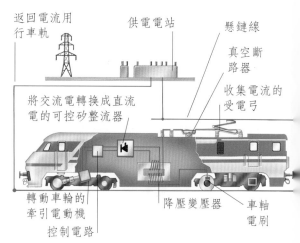

返回電流用行車軌　供電電站　懸鏈線　真空斷路器　收集電流的受電弓　將交流電轉換成直流電的可控矽整流器　轉動車輪的牽引電動機控制電路　降壓變壓器　車軸電刷

義大利國家鐵路局402級電力機車前視圖

巴黎地下鐵前視圖

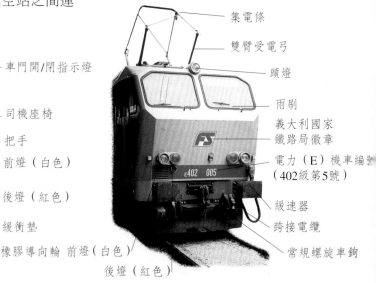

鐵路編號　雨刷　列車編號　營運者名稱縮寫（巴黎交通運輸管理局）　橡膠運行輪　橡膠輪護罩　車門開/閉指示燈　司機座椅　把手　前燈（白色）　後燈（紅色）　緩衝墊　橡膠導向輪　前燈（白色）　後燈（紅色）

集電條　雙臂受電弓　頭燈　雨刷　義大利國家鐵路局徽章　電力（E）機車編號（402級第5號）　緩速器　跨接電纜　常規螺旋車鉤

蓋特威克機場特快 "旅客運輸車，People Mover" 側視圖

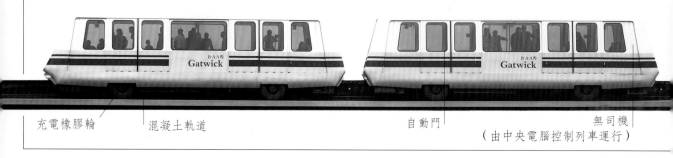

充電橡膠輪　混凝土軌道　自動門　無司機（由中央電腦控制列車運行）

電氣高速列車(Electric and high-speed trains)：懸鏈線(架空電纜)[a-catenary(overhead cable)]。**交流電氣列車工作原理**[ALTERNATING CURRENT (AC) ELECTRIC TRAINS]：收集電流的受電弓 *(Pantograph collects current)*；降壓變壓器*(Transformer steps down voltage)*。**巴黎地下鐵**(PARIS METRO)前視圖：橡膠導向輪*(Rubber guide wheel)*；營運者名稱縮寫(巴黎交通運輸管理局)*[Operator's initials(Regie Autonome des Transports Parisien)]*。**義大利國家鐵路局402級電力機車前視圖**(FRONT VIEW OF ITALIAN STATE RAILWAYS CLASS 402 ELECTRIC LOCOMOTIVE)：集電條*(Collector strip for electric current)*；緩速器

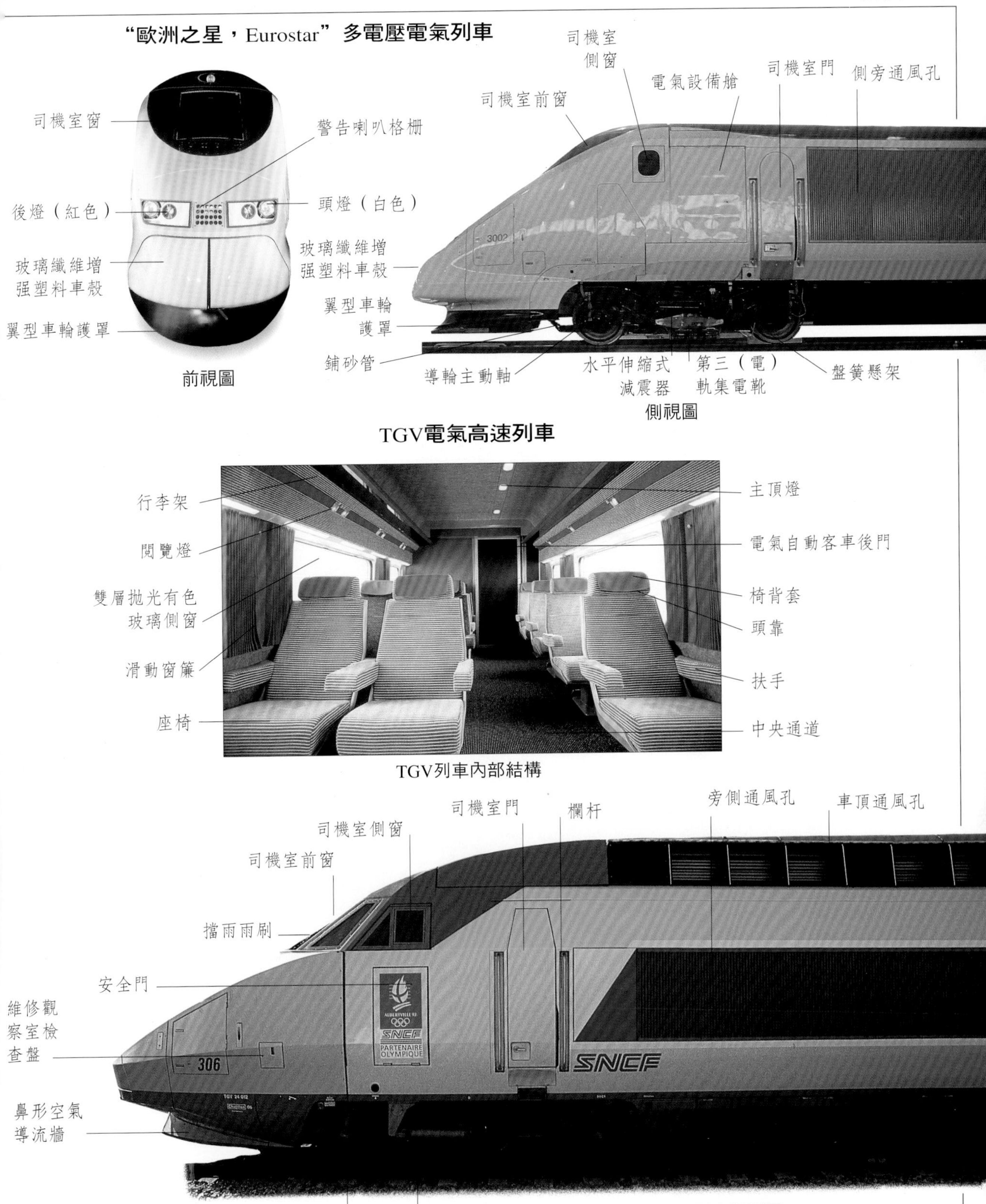

"歐洲之星，Eurostar" 多電壓電氣列車

司機室窗

警告喇叭格柵

後燈（紅色）

頭燈（白色）

玻璃纖維增強塑料車殼

玻璃纖維增強塑料車殼

翼型車輪護罩

翼型車輪護罩

前視圖

司機室側窗

司機室前窗

電氣設備艙

司機室門

側旁通風孔

3002

鋪砂管

導輪主動軸

水平伸縮式減震器

第三（電）軌集電靴

盤簧懸架

側視圖

TGV電氣高速列車

行李架

閱覽燈

雙層拋光有色玻璃側窗

滑動窗簾

座椅

主頂燈

電氣自動客車後門

椅背套

頭靠

扶手

中央通道

TGV列車內部結構

司機室側窗

司機室門

欄杆

旁側通風孔

車頂通風孔

司機室前窗

擋雨雨刷

安全門

維修觀察室檢查盤

306

SNCF

鼻形空氣導流牆

垂直減震器

水平減震器

TGV列車側視圖

(Buffer)。 **"歐洲之星" 多電壓電氣列車**(EUROSTAR MULTI-VOLTAGE ELECTRIC TRAIN)：警告喇叭格柵 (Grill over warning horn)；翼型車輪護罩(Aerofoil wheel guard)；第三(電)軌集電靴[Third(electric)rail collector shoe]；水平伸縮式減震器(Horizontal telescopic damper)；導輪主動軸(Leading driven axle)。 **TGV電氣高速列車**(TGV ELECTRIC HIGH-SPEED TRAIN)：鼻形空氣導流牆 (Nose air deflector dam)；維修觀察室檢查盤(Access panel for servicing)。

列車(輔助)設備

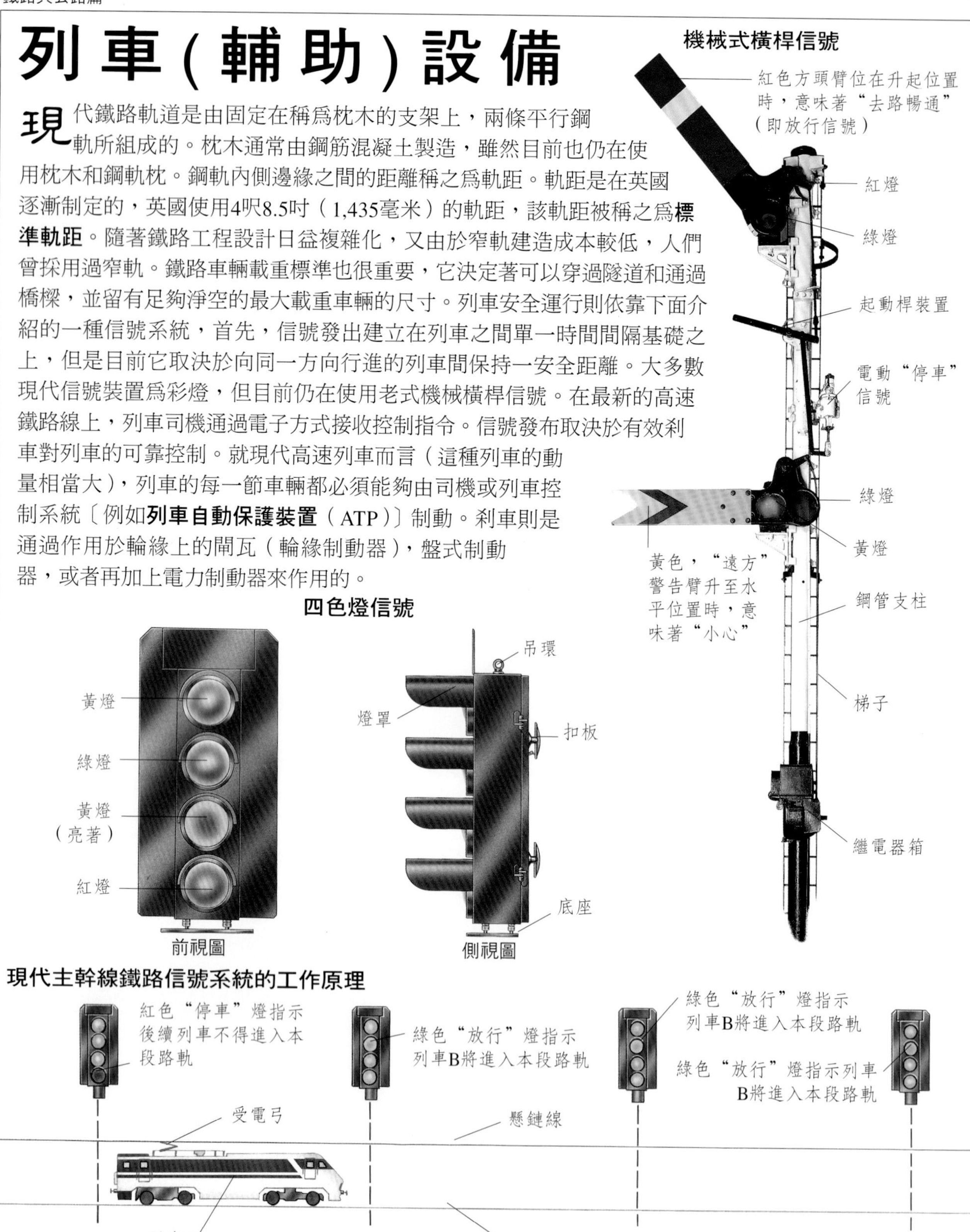

現代鐵路軌道是由固定在稱爲枕木的支架上，兩條平行鋼軌所組成的。枕木通常由鋼筋混凝土製造，雖然目前也仍在使用枕木和鋼軌枕。鋼軌內側邊緣之間的距離稱之爲軌距。軌距是在英國逐漸制定的，英國使用4呎8.5吋（1,435毫米）的軌距，該軌距被稱之爲**標準軌距**。隨著鐵路工程設計日益複雜化，又由於窄軌建造成本較低，人們曾採用過窄軌。鐵路車輛載重標準也很重要，它決定著可以穿過隧道和通過橋樑，並留有足夠淨空的最大載重車輛的尺寸。列車安全運行則依靠下面介紹的一種信號系統，首先，信號發出建立在列車之間單一時間間隔基礎之上，但是目前它取決於向同一方向行進的列車間保持一安全距離。大多數現代信號裝置爲彩燈，但目前仍在使用老式機械橫桿信號。在最新的高速鐵路線上，列車司機通過電子方式接收控制指令。信號發布取決於有效刹車對列車的可靠控制。就現代高速列車而言（這種列車的動量相當大），列車的每一節車輛都必須能夠由司機或列車控制系統〔例如**列車自動保護裝置（ATP）**〕制動。刹車則是通過作用於輪緣上的閘瓦（輪緣制動器），盤式制動器，或者再加上電力制動器來作用的。

機械式橫桿信號

紅色方頭臂位在升起位置時，意味著"去路暢通"（即放行信號）

紅燈

綠燈

起動桿裝置

電動"停車"信號

綠燈

黃燈

黃色，"遠方"警告臂升至水平位置時，意味著"小心"

鋼管支柱

梯子

繼電器箱

四色燈信號

黃燈

綠燈

黃燈（亮著）

紅燈

前視圖

吊環

燈罩

扣板

底座

側視圖

現代主幹線鐵路信號系統的工作原理

紅色"停車"燈指示後續列車不得進入本段路軌

綠色"放行"燈指示列車B將進入本段路軌

綠色"放行"燈指示列車B將進入本段路軌

綠色"放行"燈指示列車B將進入本段路軌

受電弓

懸鏈線

列車B

軌道

列車(輔助)設備(Train equipment)：標準軌距(the standard gauge)；列車自動保護裝置(Automatic Train Protection)。**機械式橫桿信號**(MECHANICAL SEMAPHORE SIGNAL)：起動桿裝置(*Actuating lever system*)。**現代主幹線鐵路信號系統的工作原理**(HOW A MODERN MAIN-LINE SIGNALING SYSTEM WORKS)：紅色"停車"燈(*Red"stop"light*)；綠色"放行"燈(*Green"all clear"light*)；黃色"預警"燈(*yellow"preliminary caution"light*)；黃色"警告"燈(*Yellow"caution"light*)。平底軌(FLAT-

國際軌距實例

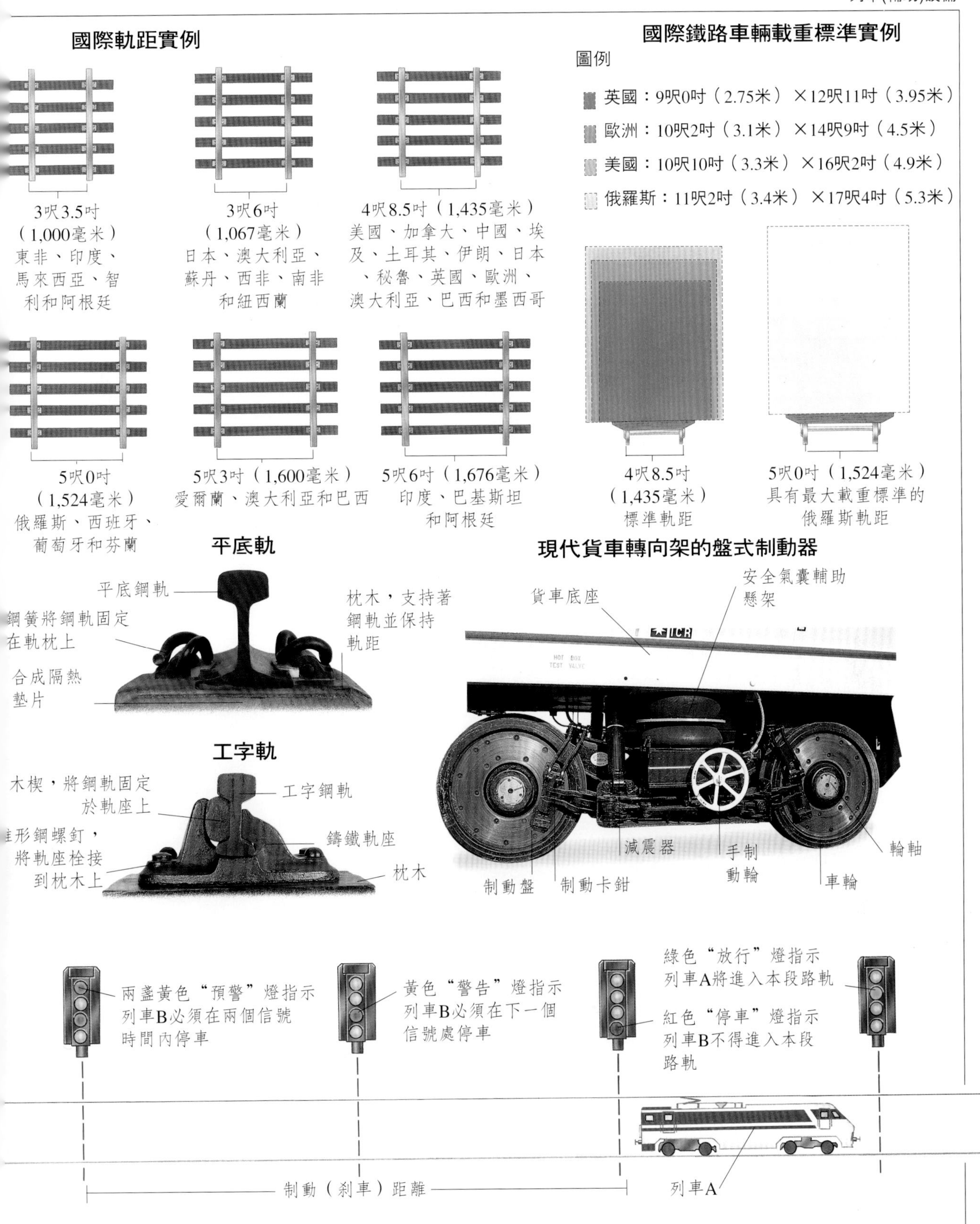

3呎3.5吋
（1,000毫米）
東非、印度、
馬來西亞、智
利和阿根廷

3呎6吋
（1,067毫米）
日本、澳大利亞、
蘇丹、西非、南非
和紐西蘭

4呎8.5吋（1,435毫米）
美國、加拿大、中國、埃
及、土耳其、伊朗、日本
、秘魯、英國、歐洲、
澳大利亞、巴西和墨西哥

5呎0吋
（1,524毫米）
俄羅斯、西班牙、
葡萄牙和芬蘭

5呎3吋（1,600毫米）
愛爾蘭、澳大利亞和巴西

5呎6吋（1,676毫米）
印度、巴基斯坦
和阿根廷

國際鐵路車輛載重標準實例

圖例

■ 英國：9呎0吋（2.75米）×12呎11吋（3.95米）

■ 歐洲：10呎2吋（3.1米）×14呎9吋（4.5米）

■ 美國：10呎10吋（3.3米）×16呎2吋（4.9米）

□ 俄羅斯：11呎2吋（3.4米）×17呎4吋（5.3米）

4呎8.5吋
（1,435毫米）
標準軌距

5呎0吋（1,524毫米）
具有最大載重標準的
俄羅斯軌距

平底軌

平底鋼軌

鋼簧將鋼軌固定
在軌枕上

合成隔熱
墊片

枕木，支持著
鋼軌並保持
軌距

工字軌

木楔，將鋼軌固定
於軌座上

楔形鋼螺釘，
將軌座栓接
到枕木上

工字鋼軌

鑄鐵軌座

枕木

現代貨車轉向架的盤式制動器

貨車底座

安全氣囊輔助
懸架

減震器　手制
　　　　動輪

輪軸

制動盤　制動卡鉗　　　　　車輪

兩盞黃色"預警"燈指示
列車B必須在兩個信號
時間內停車

黃色"警告"燈指示
列車B必須在下一個
信號處停車

綠色"放行"燈指示
列車A將要進入本段路軌

紅色"停車"燈指示
列車B不得進入本段
路軌

────── 制動（剎車）距離 ──────　　列車A

BOTTOMED RAIL）：合成隔熱墊片(*Synthetic insulating pad*)；鋼簧將鋼軌固定在軌枕上(*Steel spring secures rail to sleeper*)。**工字軌**(BULL-HEAD RAIL)：鑄鐵軌座(*Cast-iron chair*)；木楔(*Wooden "key"*)。**現代貨車轉向架的盤式制動器**(DISC BRAKES ON MODERN WAGON BOGIE)：安全氣囊輔助懸架(*Airbag secondary suspension*)；手制動輪(*Hand brake wheel*)；制動卡鉗(*Brake calliper*)；制動盤(*Brake disc*)。

電車和公共汽車

英國曼徹斯特
（Manchester）
市區電車

當19世紀城市人口大爆炸時，人們對公共交通有著一種緊迫的需要。電車是一種早期解決辦法。同公共汽車一樣，早期電車是由馬拉著前進的，但是到1881年時德國柏林便出現了有軌電車。不久之後，電車便風行整個歐洲和北美洲，電車使用從架空電纜接受電力的電動機，並沿著一條固定路線的軌道行駛。隨著公路網的發展，機動公共汽車爲電車提供了一種簡便的替代物。20世紀30年代，這種公共汽車便取代了許多城市中的電車系統。城市公共汽車的車頭和車尾一般都設有上下車門，使得旅客上下車更爲方便。雙層公共汽車設計比較流行，它們所占據的道路路面與單層公共汽車一樣，但是它們能運送的乘客數量加倍。公共汽車一般還運用於城市間運輸和旅遊。旅遊公共汽車裝有可調整靠背座椅，大車窗，車上行李間，以及盥洗間。目前，隨著城市交通日益擁擠，許多城市規劃人員已設計出與公共汽車線路並排行駛的新型電車線路，以此作爲綜合性運輸系統的一部分。

早期電車，十九世紀

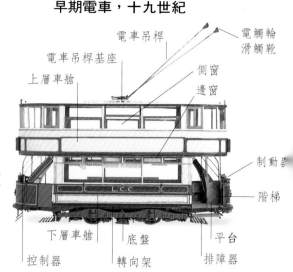

英國倫敦MCW城市公共汽車
（雙層公車）

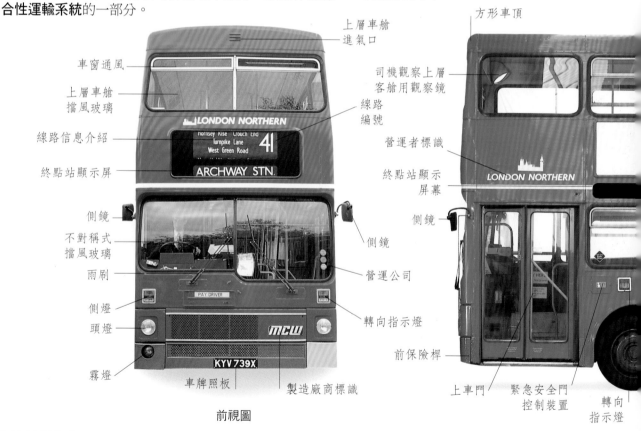

前視圖

電車和公共汽車(Trolleys and buses)：綜合性運輸系統(*integrated transport system*)。**早期電車，十九世紀**(EARLY TROLLEY, C. 1900)：電車吊桿基座(*Trolley base*)；電觸輪滑觸靴(*Trolley head*)；排障器(*Lifeguard*)；轉向架(*Truck*)。**英國倫敦MCW城市公共汽車（雙層公車）**(MCW METROBUS, LONDON, ENGLAND))：霧燈(*Fog light*)；頭燈(*Headlight*)；側燈(*Sidelight*)；終點站顯示屏(*Destination screen*)；發動

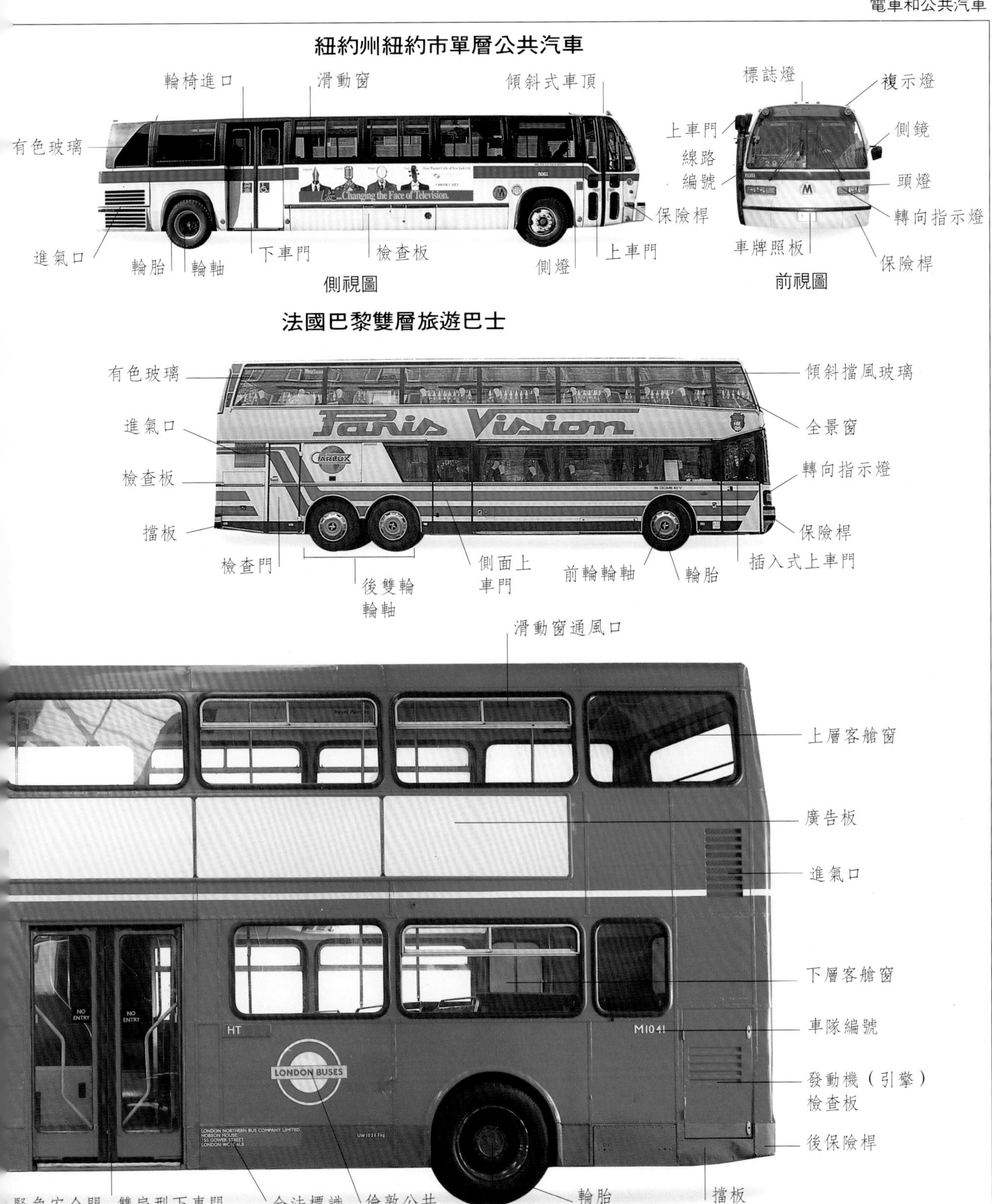

紐約州紐約市單層公共汽車

輪椅進口　滑動窗　傾斜式車頂

有色玻璃

標誌燈　複示燈

上車門　側鏡

線路編號

頭燈

保險桿　轉向指示燈

進氣口　輪胎　輪軸　下車門　檢查板　側燈　上車門

車牌照板　保險桿

側視圖　前視圖

法國巴黎雙層旅遊巴士

有色玻璃　傾斜擋風玻璃

進氣口　全景窗

檢查板　轉向指示燈

擋板　保險桿

檢查門　插入式上車門

後雙輪輪軸　側面上車門　前輪輪軸　輪胎

滑動窗通風口

上層客艙窗

廣告板

進氣口

下層客艙窗

車隊編號

發動機（引擎）檢查板

後保險桿

緊急安全門控制裝置　雙扇型下車門　合法標識　倫敦公共汽車公司標識　輪胎　輪軸　擋板

側視圖

機(引擎)檢查板*(Engine access panel)*；緊急安全門控制裝置*(Emergency door control)*。**紐約州紐約市單層公共汽車**(SINGLE-DECKER BUS, NEW YORK CITY, NEW YORK)：標誌燈*(Marker light)*；複示燈*(Repeater indicator)*；轉向指示燈*(Turning indicator)*。**法國巴黎雙層旅遊巴士**(DOUBLE-DECKER TOUR BUS, PARIS, FRANCE)：插入式上車門*(Plug-style entrance door)*。

早期汽車

由居紐（Nicholas Joseph Cugnot）蒸汽牽引發動機所驅動最早的公路車輛建於1770年。較為實用的蒸汽汽車〔例如波迪諾（Bordino）牌汽車〕在19世紀就能購買到，但是它們既笨重又不方便。一些限制性法規和公路的推廣，人們要求速度更快和能載更多乘客的車輛，於是蒸汽動力"汽車"便逐漸衰落了。直到1860年，用於公路車輛的第一台實用的動力裝置才隨著比利時人埃蒂安納·勒努瓦（'Etienne Lenoir）發明內燃機而開發出來。1890年左右，德國的卡爾·朋馳（Karl Benz）與戈特利布·戴姆勒（Gottlieb Daimler）和法國的阿爾貝特·德·狄奧（Albert de Dion）和阿曼德·普吉奧（Armand Peugeot）開始建造向公眾出售的汽車。這些早期汽車儘管粗糙簡單、價格昂貴和生產數量有限，但是卻預示著汽車時代的到來。

蒸汽動力居紐（Cugnot）"法迪爾"（Fardier）汽車，1770年

煙囪　蒸汽管　雙缸發動機搖桿　轉向桿　木車輪（寬輻條車輪）　載荷空間　乾草堆式鍋爐　制動踏板　座椅　木車架　活塞桿　棘輪　前單驅動輪　踏板　木籃　寬大，粗糙的輪胎　載重叉

波迪諾（Bordino）牌蒸汽客車，1854年

煙囪　蓬頂拱形支架（後部活頂）　後部活頂式車身　下落式車窗　煙管鍋爐　皮頂蓬　安全閥　懸掛底盤　水箱　安全閥重塊　煤倉　車務員座椅（司爐座椅；輻形座椅；男僕座椅）　踏板　轉向橫拉桿　橢圓形鋼板彈簧　鐵輪胎　木輪輻　木輪（寬輻條車輪）　輪轂　轉向橫拉桿連桿　非彈簧懸掛底盤　蒸汽箱　雙缸蒸汽機　蒸汽分配閥

早期汽車(The first cars)。蒸汽動力居紐(Cugnot)"法迪爾"(Fardier)汽車,1770年：蒸氣管*(Steam pipe)*；前單驅動輪*(Single front driving wheel)*；棘輪*(Ratchet wheel)*。**波迪諾牌蒸汽客車,1854年** (BORDINO STEAM CARRIAGE, 1854)：安全閥*(Safety valve)*；蒸汽分配閥*(Steam distributor valve)*；非彈簧懸掛底盤*(Unsprung chassis)*。**汽油驅動的朋馳牌小汽車側視圖,1886年**(SIDE VIEW OF GASOLINE-DRIVEN

汽油驅動的朋馳牌小汽車側視圖，1886年

朋馳牌小汽車後視圖，1886年

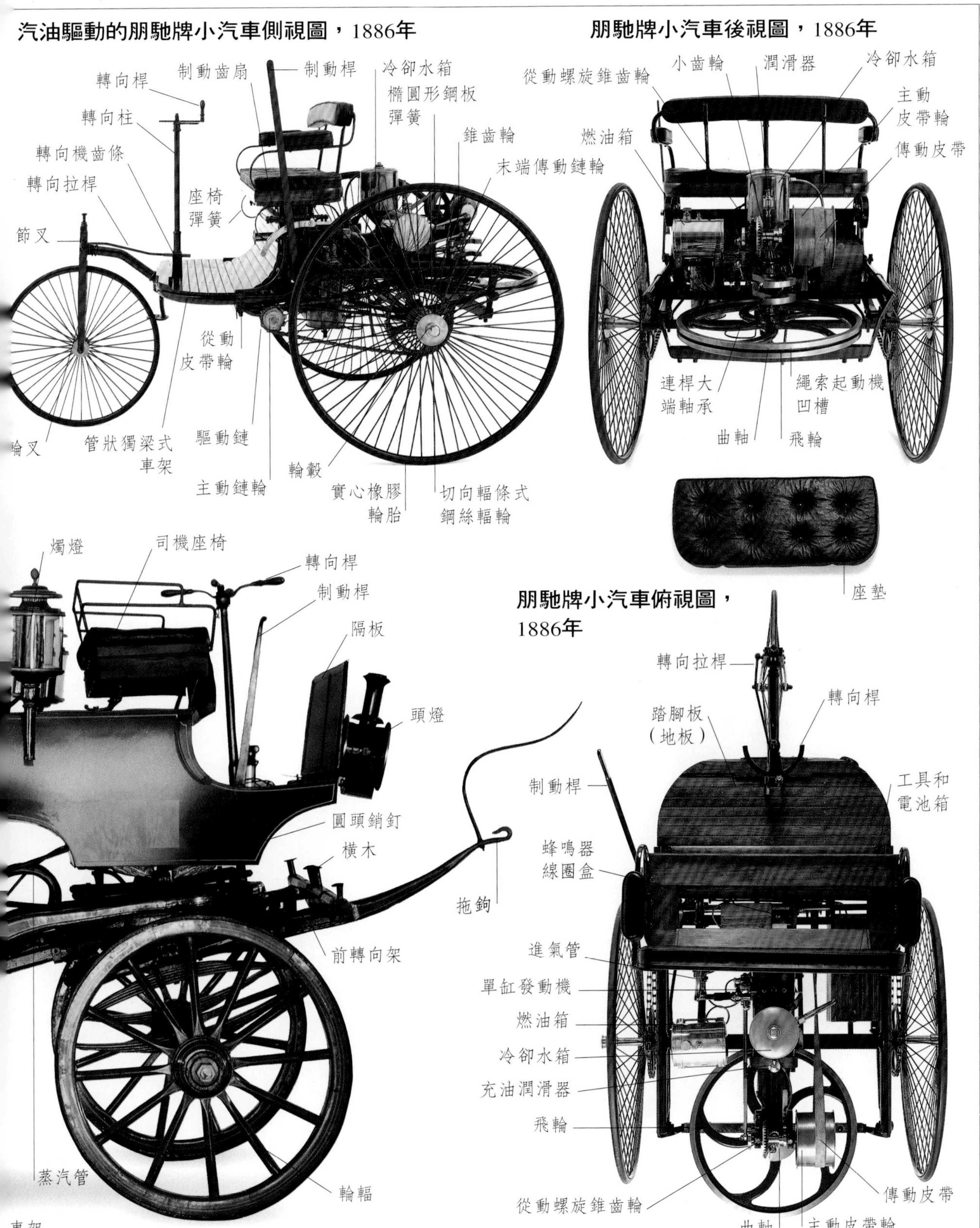

轉向桿
制動齒扇
制動桿
冷卻水箱
轉向柱
橢圓形鋼板
彈簧
轉向機齒條
錐齒輪
轉向拉桿
末端傳動鏈輪
節叉
座椅
彈簧
輪叉
從動
皮帶輪
管狀獨梁式
車架
驅動鏈
主動鏈輪
輪轂
實心橡膠
輪胎
切向輻條式
鋼絲輻輪

從動螺旋錐齒輪
小齒輪
潤滑器
冷卻水箱
燃油箱
主動
皮帶輪
傳動皮帶
連桿大
端軸承
繩索起動機
凹槽
曲軸
飛輪

座墊

朋馳牌小汽車俯視圖，
1886年

燭燈
司機座椅
轉向桿
制動桿
隔板
頭燈
圓頭銷釘
橫木
拖鉤
前轉向架
蒸汽管
輪輻
車架

轉向拉桿
轉向桿
踏腳板
（地板）
工具和
電池箱
制動桿
蜂鳴器
線圈盒
進氣管
單缸發動機
燃油箱
冷卻水箱
充油潤滑器
飛輪
從動螺旋錐齒輪
傳動皮帶
曲軸
主動皮帶輪

BENZ MOTORWAGEN, 1886)：轉向節叉(*Steering head*)；轉向機齒條(*Steering rack*)；制動齒扇(*Brake quadrant*)；切向輻條式鋼絲輻輪(*Tangent-spoked wire wheel*)。**朋馳牌小汽車後視圖，1886年**(REAR VIEW OF BENZ MOTORWAGEN, 1886)：從動螺旋錐齒輪(*Crown wheel*)；傳動皮帶(*Drive belt*)。**朋馳牌小汽車俯視圖，1886年**(OVERHEAD VIEW OF BENZ MOTORWAGEN, 1886)：蜂鳴器線圈盒(*Trembler coil box*)。

高雅與實用

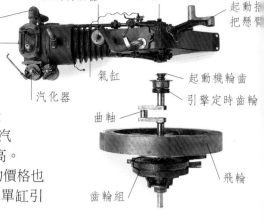

1904年"老爺車"（OLDSMOBILE)的單缸引擎

- 油瓶滴油器
- 曲軸箱
- 排氣管
- 起動把懸臂
- 氣缸頭
- 氣缸
- 汽化器
- 起動機輪齒
- 引擎定時齒輪
- 曲軸
- 飛輪
- 齒輪組

本世紀頭十年裡，有錢的汽車買主有機會購買過去製造的一些最精美的汽車。這些手工製造出的汽車功率大並且精美豪華，它們採用了最優質的木材、皮革和布料加以建造，而且其車身也是按照用戶的特殊要求製造的。有些汽車還裝有15升大容積六氣缸引擎（發動機)。這類汽車的價格爲一般房屋價格的好幾倍，每年的運行費用也非常高。因而，後來一些普通而實用的汽車變得流行起來，這類汽車的價格也許只有豪華汽車的 1/10，它們裝璜很少，並且常常只有一件單缸引擎。

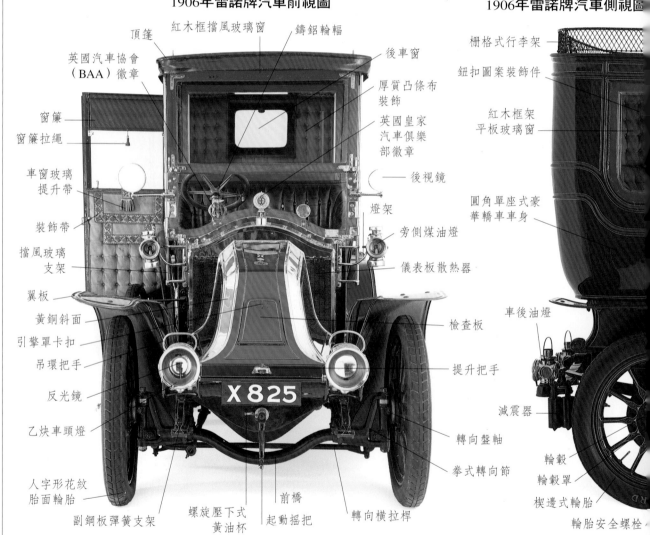

1906年雷諾牌汽車前視圖

- 頂篷
- 紅木框擋風玻璃窗
- 鑄鋁輪輻
- 英國汽車協會（BAA）徽章
- 後車窗
- 厚質凸條布裝飾
- 英國皇家汽車俱樂部徽章
- 窗簾
- 窗簾拉繩
- 車窗玻璃提升帶
- 後視鏡
- 裝飾帶
- 燈架
- 旁側煤油燈
- 擋風玻璃支架
- 儀表板散熱器
- 翼板
- 黃銅斜面
- 引擎罩卡扣
- 檢查板
- 吊環把手
- 提升把手
- 反光鏡
- 乙炔車頭燈
- 轉向盤軸
- 人字形花紋胎面輪胎
- 拳式轉向節
- 副鋼板彈簧支架
- 螺旋壓下式黃油杯
- 前橋
- 起動搖把
- 轉向橫拉桿

1906年雷諾牌汽車側視圖

- 柵格式行李架
- 鈕扣圖案裝飾件
- 紅木框架平板玻璃窗
- 圓角單座式豪華轎車車身
- 車後油燈
- 減震器
- 輪轂
- 輪轂罩
- 楔邊式輪胎
- 輪胎安全螺栓

高雅與實用(Elegance and utility)。1904年"老爺車"(OLDSMOBILE)的單缸引擎：油瓶滴油器(Oil bottle dripfeed)；汽化器(Carburetor)；引擎定時齒輪(Engine timing gear)。1904年"老爺車"的裝璜與車身(1904 OLDSMOBILE TRIM AND BODYWORK)：引擎罩(Engine cover)；點火開關(Ignition switch)；翼板撐條(Fender stay)。1904年"老爺車"的底盤：橢圓形轉向彈簧(Fullelliptic steering spring)；起動搖把支架(Starting handle bracket)。1906年雷諾牌汽車(RENAULT)前視圖：英國汽車協會徽章(British

1904年"老爺車"的裝璜與車身

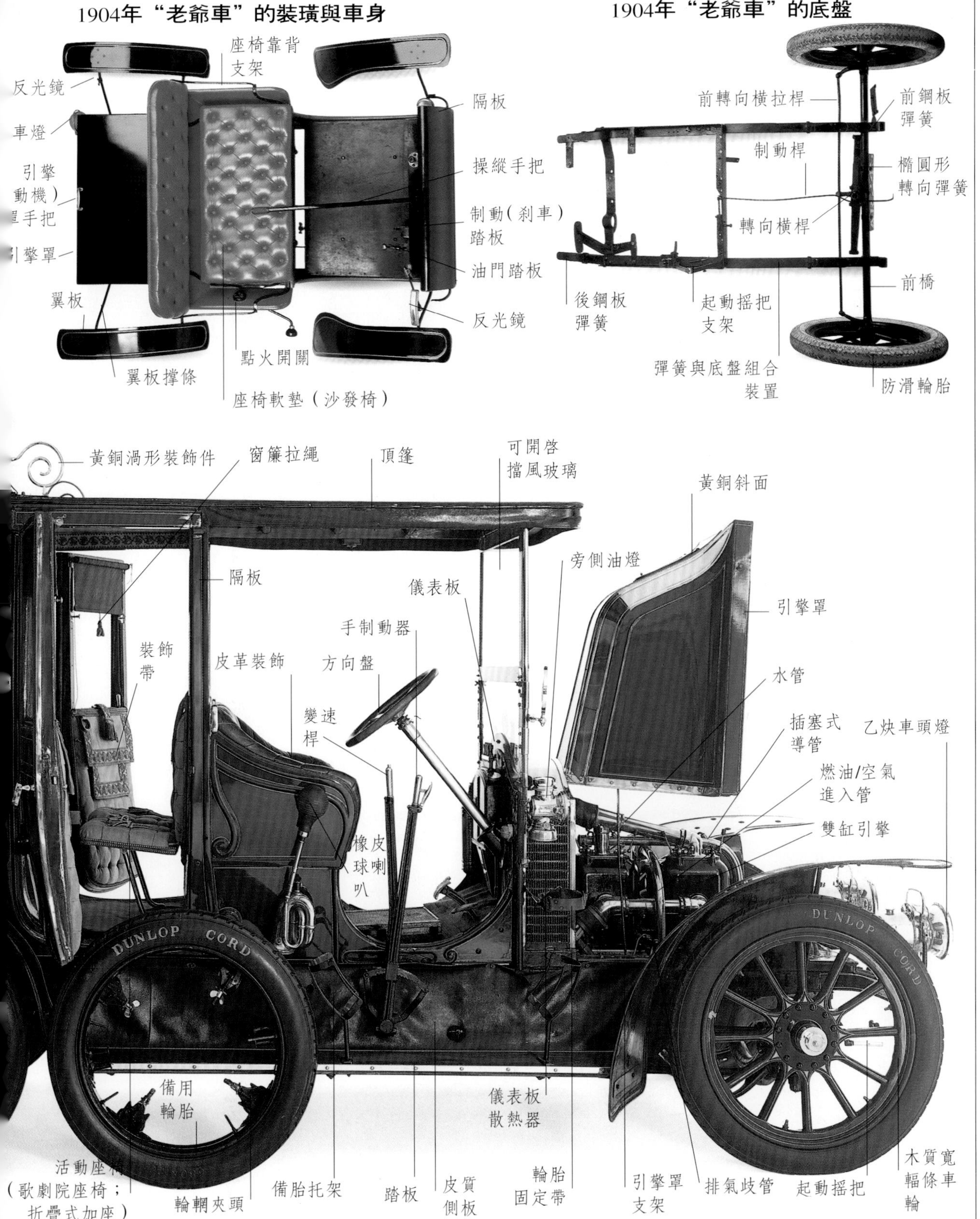

反光鏡
車燈
引擎
動機）
置手把
引擎罩
翼板
翼板撐條
座椅靠背支架
點火開關
座椅軟墊（沙發椅）
隔板
操縱手把
制動（剎車）踏板
油門踏板
反光鏡

1904年"老爺車"的底盤

前轉向橫拉桿
制動桿
轉向橫桿
後鋼板彈簧
起動搖把支架
彈簧與底盤組合裝置
前鋼板彈簧
橢圓形轉向彈簧
前橋
防滑輪胎

黃銅渦形裝飾件
窗簾拉繩
頂篷
可開啓擋風玻璃
黃銅斜面
旁側油燈
引擎罩
水管
插塞式導管
乙炔車頭燈
燃油/空氣進入管
雙缸引擎
隔板
儀表板
手制動器
方向盤
變速桿
皮革裝飾
裝飾帶
橡皮球喇叭
備用輪胎
活動座椅（歌劇院座椅；折疊式加座）
輪輞夾頭
備胎托架
踏板
皮質側板
儀表板散熱器
輪胎固定帶
引擎罩支架
排氣歧管
起動搖把
木質寬輻條車輪

Automobile Association badge)；英國皇家汽車俱樂部徽章(British Royal Automobile Club badge)；拳式轉向節(Elliott steering knuckle)；螺旋壓下式黃油杯(Screwdown greaser)；乙炔車頭燈(Acetylene headlight)。
1906年雷諾牌汽車側視圖(SIDE VIEW OF 1906 RENAULT)：黃銅渦形裝飾件(Brass scrollwork)；黃銅斜面(Brass bevel)；插塞式導管(Plug lead conduit)；儀表板散熱器(Dashboard radiator)；輪輞夾頭(Rim clamp)；楔邊式輪胎(Beaded edge tire)。

大量生產

早期汽車是由單獨製作的零件以手工方式裝配而成的，這一過程十分費時，需要熟練的技巧並且使汽車價格極為昂貴。美國底特律汽車製造商亨利·福特（Henry Ford）成功地解決了這一問題。他通過使用**標準化零件**，引入大量生產，後來又將這些標準化零件與**傳送帶式流水生產線**結合在一起。零件由傳送帶送到工人身邊，每位工人隨著汽車底盤沿著生產線移動而執行裝配過程中的一項簡單作業。第一批大量生產的汽車是1908年推出的福特牌T型汽車。起初可供購買的汽車式樣和顏色種類均很少。然而，當1914年引入汽車流水生產線時，色域縮小了；正如亨利·福特所說的那樣，"只要它是黑色，就可加上你所喜歡的任何顏色"購買到T型汽車。福特使一輛汽車的生產時間從數天縮短至12小時左右，並且最後減至僅要幾分鐘，這使汽車價格較以前便宜很多。因而，到1920年時，世界上一半的汽車都是福特牌T型汽車。

1913年福特牌T型汽車前視圖

節流閥桿／可開啟擋風玻璃窗／方向盤／點火操縱桿／擋風玻璃撐條／儀表板／側燈／彈簧減震器／橡皮球喇叭／翼板／車頭燈／散熱器／Ford／前橫向鋼板彈簧／107-14／前橋／汽車牌照／起動搖把／轉向節／轉向盤軸連桿

福特牌T型汽車的生產步驟

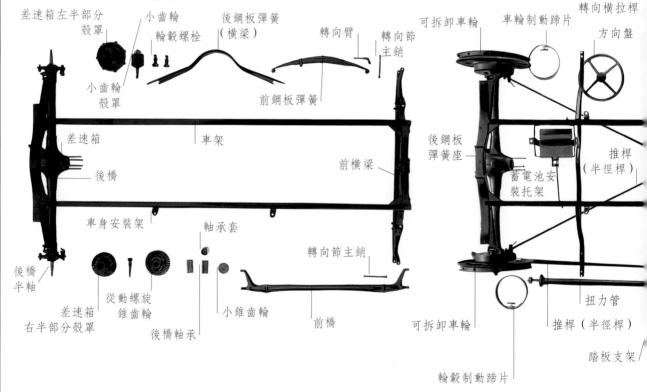

差速箱左半部分殼罩／小齒輪／輪轂螺栓／後鋼板彈簧（橫梁）／轉向臂／轉向節主銷／可拆卸車輪／車輪制動蹄片／轉向橫拉桿／方向盤／小齒輪殼罩／前鋼板彈簧／差速箱／車架／後鋼板彈簧座／推桿（半徑桿）／後橋／前橫梁／蓄電池安裝托架／車身安裝架／軸承套／轉向節主銷／後橋半軸／從動螺旋錐齒輪／小錐齒輪／前橋／可拆卸車輪／扭力管／差速箱右半部分殼罩／後橋軸承／推桿（半徑桿）／踏板支架／輪轂制動蹄片

大量生產 (Mass production)：標準化零件(standardized parts)；傳送帶式流水生產線(moving production line)。**1913年福特牌T型汽車前視圖**(FRONT VIEW OF 1913 FORD MODEL T)：節流閥桿 (*Throttle lever*)；轉向節(*Steering knuckle*)；點火操縱桿(*Ignition lever*)。**1913年福特牌T型汽車側視圖** (SIDE VIEW OF 1913 FORD MODEL T)：轉向柱(*Steering column*)；推桿(半徑桿)(*Radius rod*)。**福特牌T型汽**

1913年福特牌T型汽車側視圖

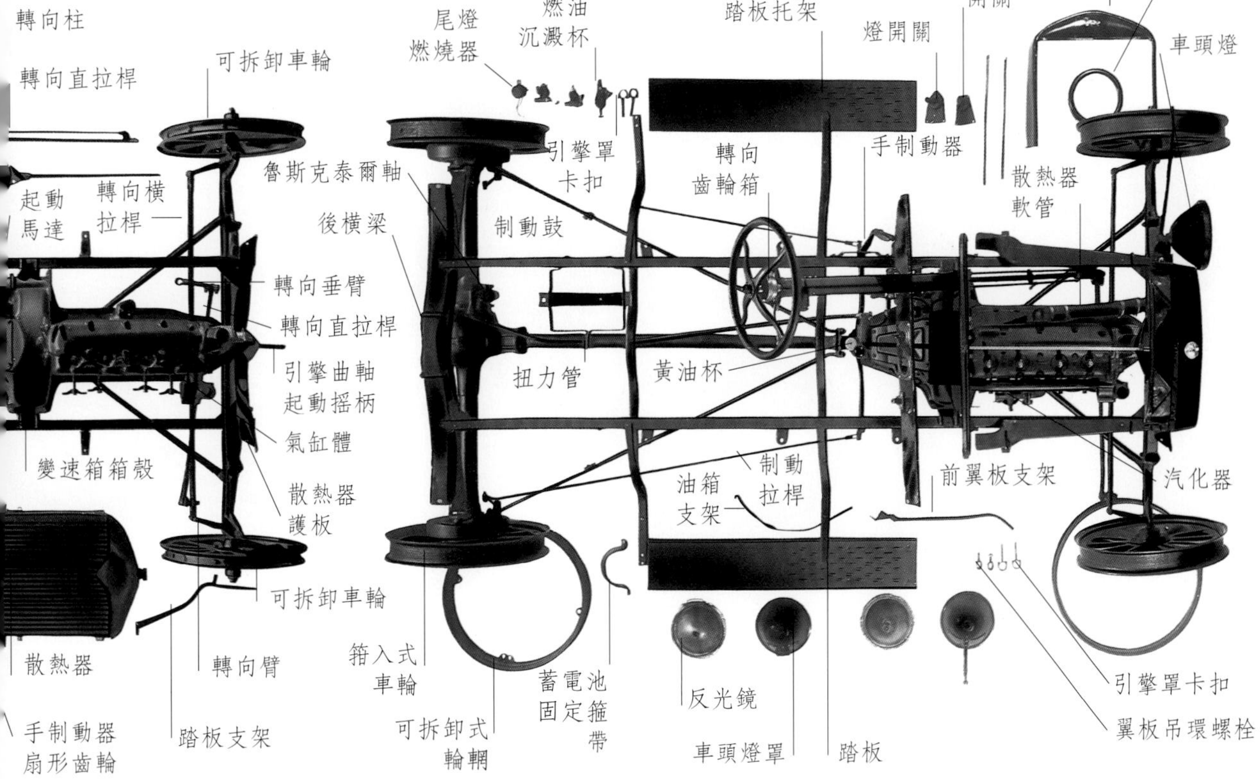

車篷　後座　車篷框架　前座　方向盤　轉向柱　擋風玻璃窗　側燈　散熱器加水口蓋　散熱器加水口
後車門　氣喇叭皮球　引擎罩　前翼板　彈簧減震器
後翼板
輪胎氣閥
木質輪輻車輪　踏板　備用輪胎　仿真前車門　推桿（半徑桿）　散熱器罩
輪轂罩　側板　排水孔塞　喇叭　頭燈燈框
車頭燈

轉向柱
轉向直拉桿　可拆卸車輪　尾燈燃燒器　燃油沉澱杯　踏板托架　燈開關　起動馬達開關
起動馬達　轉向橫拉桿　魯斯克泰爾軸　引擎罩卡扣　轉向齒輪箱　手制動器　散熱器軟管
後橫梁　制動鼓
轉向垂臂
轉向直拉桿
引擎曲軸起動搖柄　扭力管　黃油杯
氣缸體
變速箱箱殼　油箱支架　制動拉桿　前翼板支架　汽化器
散熱器護板
可拆卸車輪
散熱器　轉向臂　嵌入式車輪　蓄電池固定箍帶　反光鏡　踏板　引擎罩卡扣
手制動器扇形齒輪　踏板支架　可拆卸式輪輞　車頭燈罩　翼板吊環螺栓

車的生產步驟(STAGES OF FORD MODEL T PRODUCTION)：輪轂螺栓(*Hub bolt*)；轉向節主銷(*King pin*)；差速箱(*Differential housing*)；車輪制動蹄片(*Hub brake shoe*)；變速箱箱殼(*Transmission casing*)；手制動器扇形齒輪(*Handbrake quadrant*)；扭力管(*Torque tube*)；轉向齒輪箱(*Steering gearbox*)；制動鼓(*Brake drum*)；黃油杯(*Greaser*)；翼板吊環螺栓(*Fender eye bolt*)；魯斯克泰爾軸(*Ruckstell axle*)。

國民車

大衆牌金龜車的動力零件

汽車製造史中最為流行的汽車是大衆牌金龜車（Volkswagen Beetle），起初叫做KdF Wagen。這種汽車是20世紀30年代由費迪南·波爾舍博士（Dr. Ferdinand Porsche）在德國研製成功的。當時德國所擁有的汽車量僅為英國或法國的一半，而希特勒對研製大衆牌金龜車（"國民車"）頗感興趣，其目的在於提供一個新產業，一些新的就業機會和一種便宜得讓上班族的每個人都能買得起的汽車。波爾舍博士曾設計過一種製造成本和運費低廉的汽車；該汽車安裝**後置氣冷式引擎**，這樣便減少了所需的零件數量，因而也減輕了汽車重量。然而，1939年第二次世界大戰爆發之前，幾乎沒有人願意去購買這種小汽車（"金龜車"）。二戰之後，大衆牌小汽車深受人們喜愛，以致於其銷售量最終超過了2,000輛。

特製大衆牌金龜車

後車燈　進氣口　通風窗　行李艙蓋　轉向信號燈和停車燈　燃油加油口蓋　鋼板沖壓車輪　排氣尾管

四缸臥式引擎氣缸的排置

平衡塊　活塞　曲軸　連桿大頭（連桿曲軸端）　連桿

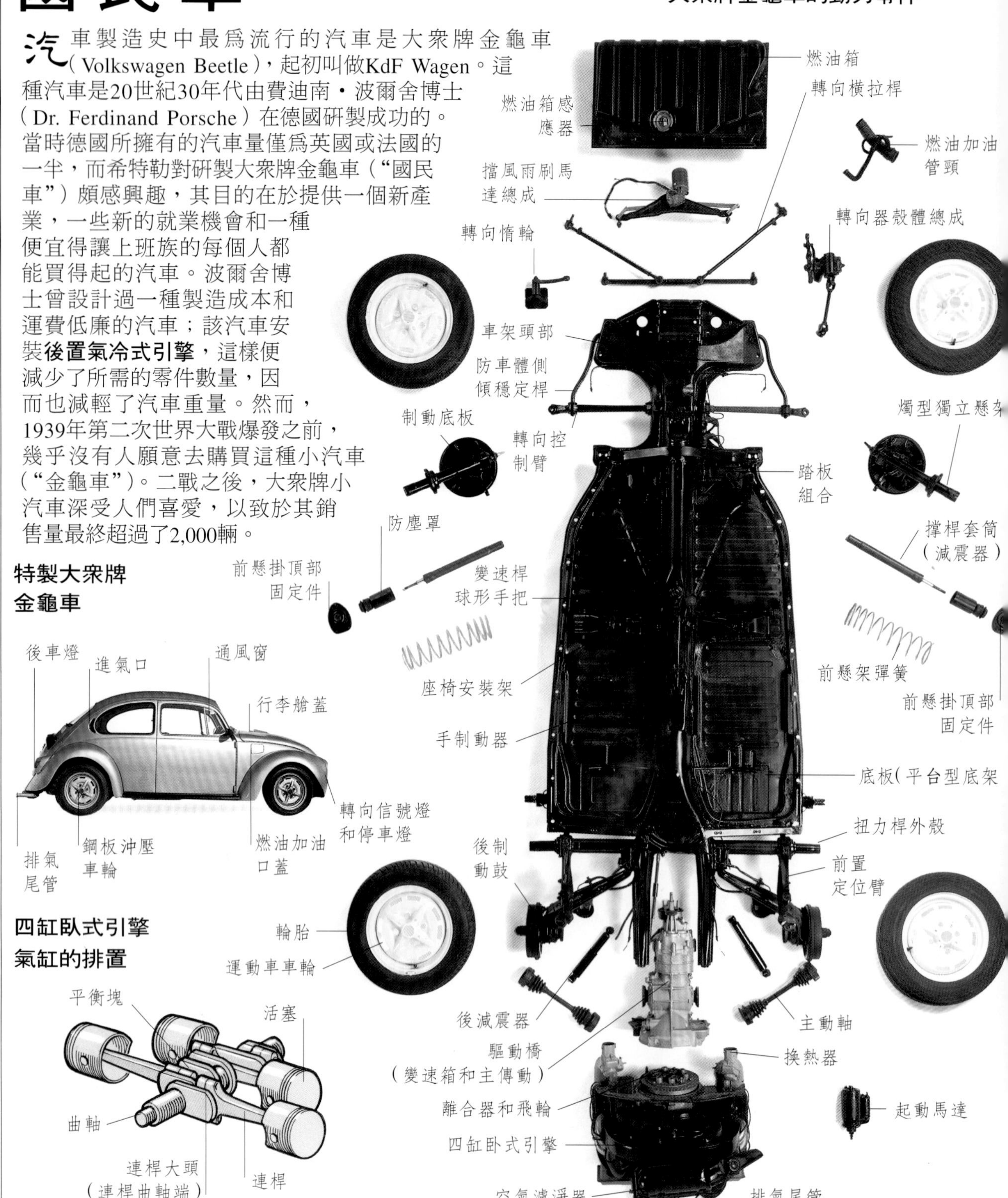

燃油箱　轉向橫拉桿　燃油加油管頸　轉向器殼體總成　燭型獨立懸架　撐桿套筒（減震器）　前懸架彈簧　前懸掛頂部固定件　底板(平台型底架)　扭力桿外殼　前置定位臂　主動軸　換熱器　起動馬達　排氣尾管

燃油箱感應器　擋風雨刷馬達總成　轉向惰輪　車架頭部　防車體側傾穩定桿　制動底板　轉向控制臂　踏板組合　防塵罩　前懸掛頂部固定件　變速桿球形手把　座椅安裝架　手制動器　後制動鼓　輪胎　運動車車輪　後減震器　驅動橋（變速箱和主傳動）　離合器和飛輪　四缸臥式引擎　空氣濾淨器

大衆牌金龜車車身外殼

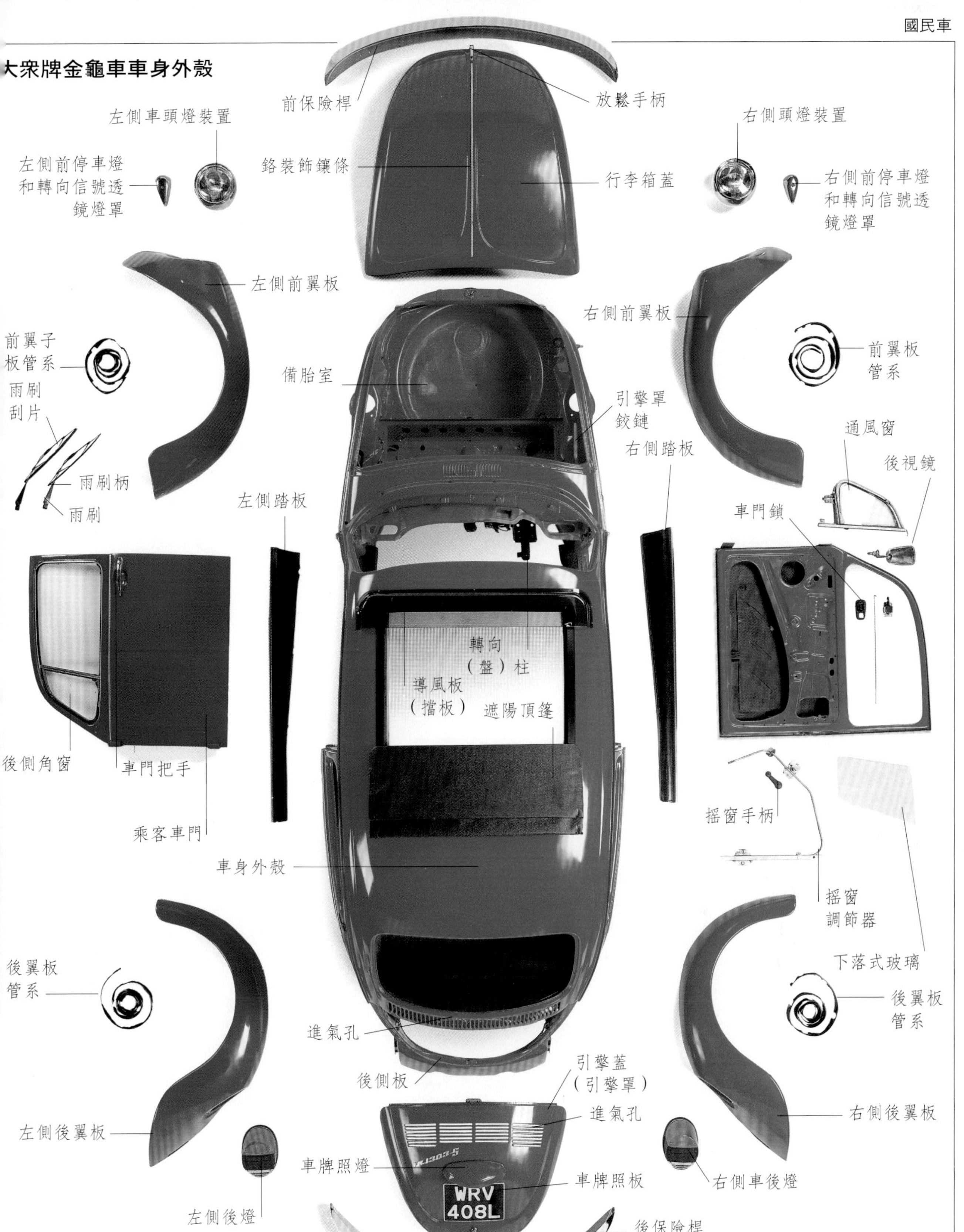

左側車頭燈裝置

前保險桿

鉻裝飾鑲條

左側前停車燈和轉向信號透鏡燈罩

放鬆手柄

右側頭燈裝置

行李箱蓋

右側前停車燈和轉向信號透鏡燈罩

左側前翼板

右側前翼板

前翼板管系

前翼子板管系

備胎室

引擎罩鉸鏈

右側踏板

通風窗

後視鏡

雨刷刮片

車門鎖

雨刷柄

雨刷

左側踏板

轉向（盤）柱

導風板（擋板）　遮陽頂篷

後側角窗

車門把手

乘客車門

車身外殼

搖窗手柄

搖窗調節器

下落式玻璃

後翼板管系

後翼板管系

進氣孔

後側板

引擎蓋（引擎罩）

進氣孔

右側後翼板

左側後翼板

車牌照燈

WRV 408L

車牌照板

右側車後燈

左側後燈

後保險桿

341

wheel)。**四缸臥式引擎氣缸的排置**(FLAT-FOUR CYLINDER ARRANGEMENT)：連桿大頭(連桿曲軸端)(Big end)。**大衆牌金龜車車身外殼**(BODY SHELL OF VOLKSWAGEN BEETLE)：前翼板管系(Front fender piping)；搖窗調節器(Window winder regulator)；導風板(擋板)[Wind deflector(baffle)]；左側前停車燈和轉向信號透鏡燈罩(Left front parking light and turn signal lens)。

早 期 發 動 機

特洛伊（TROJAN）二衝程引擎
（發動機），1927年

連接上、下燃燒室的孔口
水管接頭
上部配對氣缸
火星塞
大活塞環
輪氣孔
絲網襯套
上部活塞
橈性叉形連桿
飛輪
平衡塊
連桿大端
曲軸箱

直 到本世紀初，蒸汽和電力一直被用作汽車動力，但是，它們均不是理想的動力源。電氣車輛不得不經常停下來為其笨重的蓄電池充電，而蒸汽汽車雖然能提供穩定的動力，然而對普通汽車司機來說卻過於複雜，以致於無法操作。**內燃機**是一種具有競爭力的動力源，它是由埃蒂安納·勒努瓦（Étienne Lenoir）在1860年發明的（參見334-335頁）。這種發動機將燃燒爆發力轉換成使車輪轉動的旋轉運動。在這一基礎上出現的一些早期改進，包括**套筒式滑閥；分鑄氣缸**和**二衝程燃燒循環**。現今，所有的內燃機，包括汪克爾旋轉活塞內燃機和柴油機（參見346-347頁）在內，則使用四衝程循環；1876年尼古拉斯·奧托（Nikolaus Otto）首次演示了這種循環。奧托循環已證明是確保發動機平穩轉動，和控制排氣污染的最佳循環方式。

伯塞（Bersey）
電動汽車，1896年

供裝40個蓄電池的托架
電動機箱罩

1903年懷特（WHITE）牌
蒸汽汽車剖面圖

方向盤
節流調節輪
倒擋操縱桿
制動桿
快速蒸汽產生器
氣缸自動潤滑器
車燈托架
高壓氣缸
搖桿
排氣管
水泵
冷卻器
低壓氣缸

半橢圓形鋼板彈簧
制動鼓
螺旋管
鋼筋木車架
燃油箱
轉向垂臂
水箱
轉向縱拉桿
副鋼板彈簧支架

早期發動機(Early engines)：內燃機(the internal combustion engine)；套筒式滑閥(sleeve valves)；分鑄氣缸(separately cast cylinders)；二衝程燃燒循環(two-stroke combustion cycle)。電動機箱罩*(Housing for electric motors)*。1903年懷特(WHITE)牌蒸汽汽車剖面圖：快速蒸汽產生器*(Flash steam generator)*；節流調節輪*(Throttle wheel)*；氣缸自動潤滑器*(Automatic cylinder lubricator)*；水泵*(Water pump)*；轉向垂臂*(Steering drop arm)*。**特洛伊(TROJAN)二衝程引擎(發動機)，1927年**：火星塞*(Spark plug)*；大活塞環*(Wide piston-ring)*；輪氣孔*(Transfer port)*；絲網襯套*(Wire gauze pad)*；橈性叉形連桿

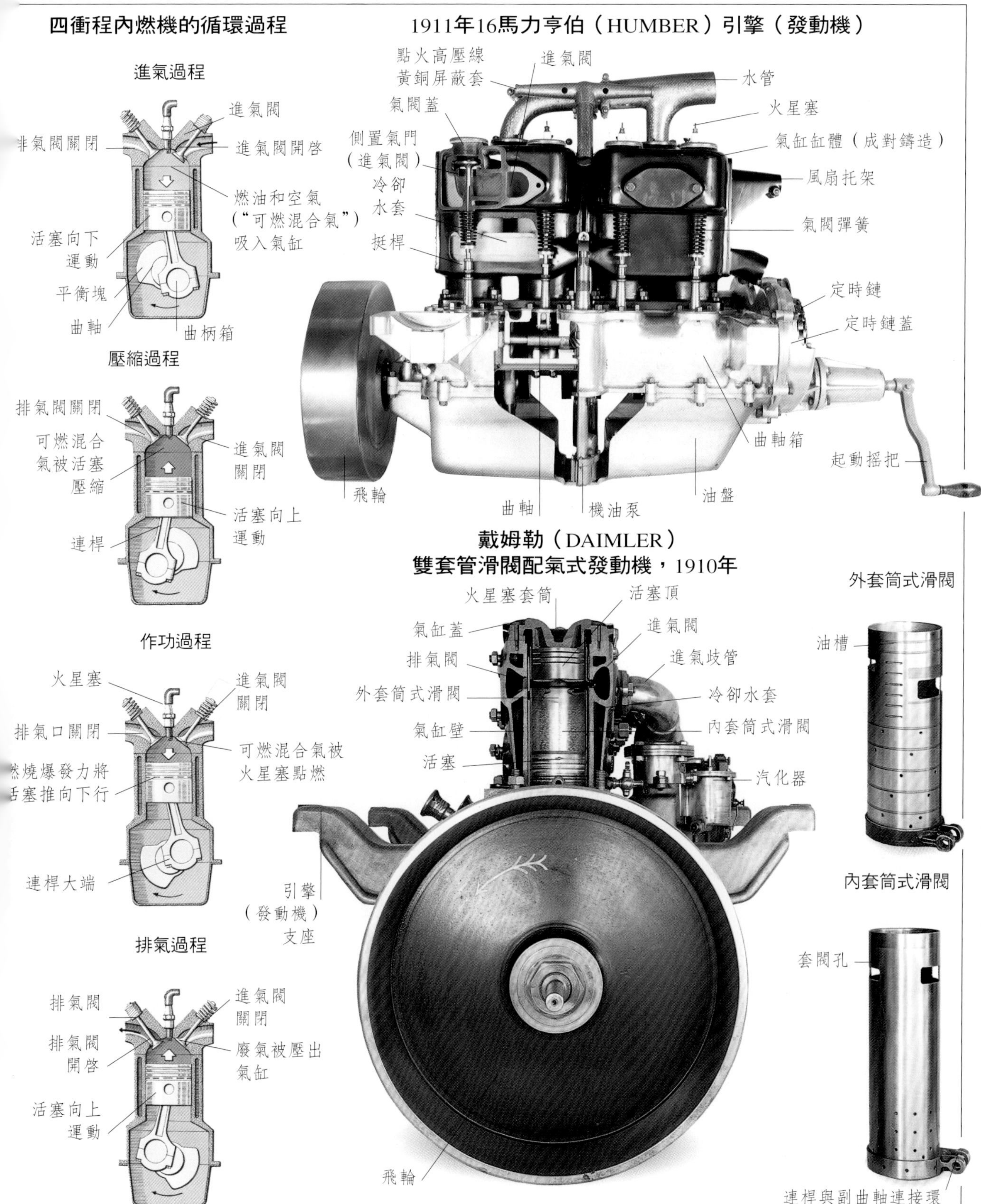

四衝程內燃機的循環過程

進氣過程

排氣閥關閉
進氣閥
活塞向下運動
進氣閥開啟
平衡塊
燃油和空氣（"可燃混合氣"）吸入氣缸
曲軸
曲柄箱

壓縮過程

排氣閥關閉
進氣閥關閉
可燃混合氣被活塞壓縮
活塞向上運動
連桿

作功過程

火星塞
進氣閥關閉
排氣口關閉
可燃混合氣被火星塞點燃
燃燒爆發力將活塞推向下行
連桿大端

排氣過程

排氣閥
進氣閥關閉
排氣閥開啟
廢氣被壓出氣缸
活塞向上運動

1911年16馬力亨伯（HUMBER）引擎（發動機）

點火高壓線黃銅屏蔽套
進氣閥
水管
氣閥蓋
火星塞
側置氣門（進氣閥）
氣缸缸體（成對鑄造）
冷卻水套
風扇托架
挺桿
氣閥彈簧
定時鏈
定時鏈蓋
曲軸箱
起動搖把
飛輪
曲軸
機油泵
油盤

戴姆勒（DAIMLER）雙套管滑閥配氣式發動機，1910年

火星塞套筒
活塞頂
氣缸蓋
進氣閥
排氣閥
進氣歧管
外套筒式滑閥
冷卻水套
氣缸壁
內套筒式滑閥
活塞
汽化器
引擎（發動機）支座
飛輪

外套筒式滑閥

油槽

內套筒式滑閥

套閥孔
連桿與副曲軸連接環

(Flexible, forked connecting-rod)。**四衝程內燃機**(A FOUR-STROKE INTERNAL COMBUSTION ENGINE)**的循環過程**：進氣過程(INDUCTION STROKE)；燃油和空氣（"可燃混合氣"）[Fuel and air(the 'charge')]；壓縮過程(COMPRESSION STROKE)；作功過程(POWER STROKE)；排氣過程(EXHAUST STROKE)。**1911年16馬力亨伯**(HUMBER)**引擎(發動機)**：點火高壓線黃銅屏蔽套(Brass housing for ignition cable)；機油泵(Oil pump)。**戴姆勒雙套管滑閥配氣式發動機**(DAIMLER DOUBLE-SLEEVE VALVE ENGINE)，1910年：汽化器(Carburetor)。

現 代 發 動 機

汽油發動機雖然已經過很大的改進，但是當今汽油發動機的基本工作原理仍與一個世紀前的第一批汽車發動機一樣。現代發動機常常是由一些特殊合金製造的，比早期發動機輕得多。**電腦化點火系統**、燃油噴嘴以及多氣門氣缸蓋使得油／氣混合物（可燃混合氣）燃燒更為充分，因而燃油損耗極少。由於較高效率的燃燒，現代發動機的功率和性能都大為提高，並且廢氣污染程度也隨之減少。當今，廢氣污染物濃度通過使用稱為**催化式排氣淨化器**的特種過濾器而得到降低；這種過濾器能吸收掉許多廢氣污染物質。人們對於生產更多高效率發動機的需要，意味著可能要花七年時間，耗用數億美元，來為家用汽車開發一種新型發動機。

福特柯斯渥（FORD COSWORTH）V6型12氣閥引擎（發動機）前視圖

惰速控制閥　高壓氣室
氣閥搖桿
液壓轉向泵儲油箱　機油標尺
轉向泵皮帶輪　高壓點火線（火星塞引線）
有齒傳動皮帶
交流發電機　風扇
粘性耦接頭　曲軸皮帶輪
油盤

福特柯斯渥V6型24氣閥引擎（發動機）前視圖

惰速控制閥　高壓氣室
凸輪軸定時齒輪
廢氣再循環閥　凸輪軸傳動鏈
轉向泵傳動皮帶輪
皮帶張緊輪　空氣調節壓縮機
交流發電機冷卻風扇
傳動皮帶
油盤　曲軸皮帶輪

美洲豹（JAGUAR）直立式6型引擎（發動機）剖面圖

凸輪從動件（斗式挺桿）　氣閥彈簧　凸輪凸起部　凸輪　燃燒室　活塞壓縮環
凸輪軸　凸輪蓋
氣缸蓋　分電器
氣閥桿　風扇
排氣閥　空氣調節冷卻劑管
氣缸襯套　懸架自動調平泵
冷卻水套　液壓轉向泵
活塞　旋轉斜盤
連桿　傳動皮帶
主軸承蓋　壓縮機活塞
連桿大端　空氣調節壓縮機
變速箱襯板
曲軸平衡塊　油盤　機油撿拾管　防喘振隔板　機油控制環（刮油環）　曲軸箱

現代發動機(Modern engines)：電腦化點火系統(Computerized ignition systems)；催化式排氣淨化器(catalytic converters)。**福特柯斯渥**(FORD COSWORTH) V6型12氣閥引擎(發動機)前視圖：高壓點火線(火星塞引線)*[High-tension ignition lead(spark plug lead)]*；粘性耦接頭(*Viscous coupling*)；轉向泵皮帶輪(*Steering pump pulley*)；液壓轉向泵儲油箱(*Power steering pump reservoir*)；惰速控制閥(*Idle control valve*)。**福特柯斯渥**V6型24氣閥引擎(發動機)前視圖：空氣調節壓縮機(*Air-conditioning compressor*)；廢氣再循環閥(*Exhaust gas recirculation valve*)。**美洲豹**(JAGUAR)直立式6型引擎(發動機)剖面圖：凸輪軸

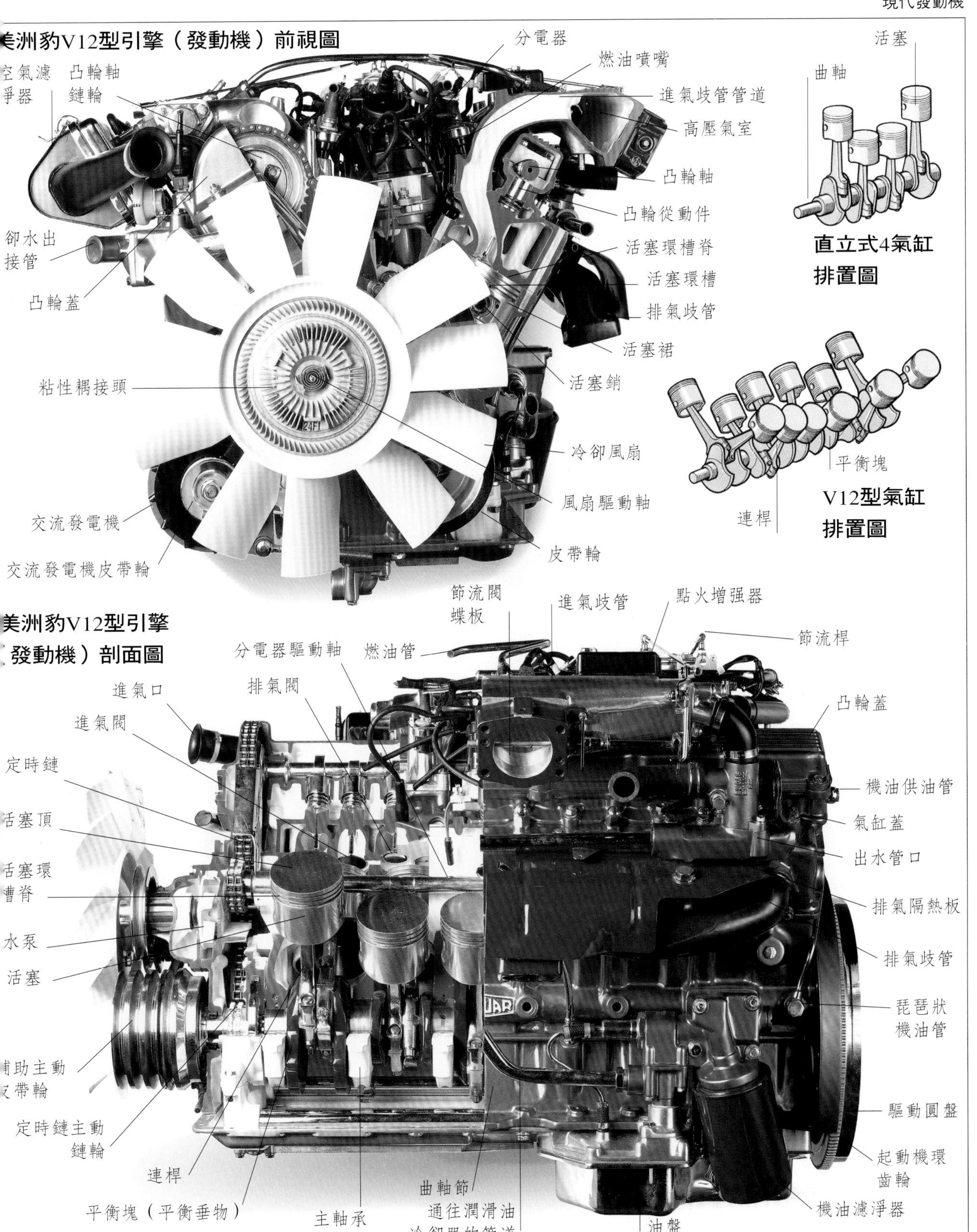

美洲豹V12型引擎（發動機）前視圖

分電器
燃油噴嘴
進氣歧管管道
高壓氣室
凸輪軸
凸輪從動件
活塞環槽脊
活塞環槽
排氣歧管
活塞裙
活塞銷
冷卻風扇
風扇驅動軸
皮帶輪

空氣濾淨器
凸輪軸鏈輪
卻水出接管
凸輪蓋
粘性耦接頭
交流發電機
交流發電機皮帶輪

活塞
曲軸
直立式4氣缸排置圖

平衡塊
連桿
V12型氣缸排置圖

美洲豹V12型引擎（發動機）剖面圖

節流閥蝶板
進氣歧管
點火增强器
節流桿
分電器驅動軸
燃油管
凸輪蓋
進氣口
進氣閥
排氣閥
機油供油管
氣缸蓋
出水管口
定時鏈
活塞頂
活塞環槽脊
排氣隔熱板
排氣歧管
水泵
活塞
琵琶狀機油管
驅動圓盤
起動機環齒輪
機油濾淨器
輔助主動皮帶輪
定時鏈主動鏈輪
連桿
平衡塊（平衡垂物）
主軸承
曲軸節
通往潤滑油冷卻器的管道
油盤

(Camshaft)；凸輪從動件(斗式挺桿)*[Cam follower(bucket tappet)]*；活塞壓縮環*(Compression ring)*；機油控制環(刮油環)*[Oil-control ring(scraper ring)]*；防喘振隔板*(Anti-surge baffle)*；主軸承蓋*(Main bearing housing)*。**美洲豹V12型引擎（發動機）前視圖**：分電器*(Distributor)*；燃油噴嘴*(Fuel injector nozzle)*；活塞環槽脊*(Piston ring land)*。**美洲豹V12型引擎(發動機)剖面圖**：節流閥蝶板*(Throttle butterfly)*；驅動圓盤*(Drive plate)*。

代 用 發 動 機

最普通的代用發動機是柴油機。柴油機不是用火星來點燃壓縮油／氣混合物，而僅是採用壓縮方式點火，即壓縮行程將混合氣加熱到燃燒爆發點。柴油機的耗油量較同樣功率的活塞發動機要低，儘管柴油發動機具有較爲笨重的增強型運動部件和氣缸體。另一種類型的發動機是旋轉式內燃機，它是菲利克斯・汪克爾（Felix Wankel）在20世紀50年代首次研製成功的。這種內燃機的兩個三葉（三角形）轉子（下巴阻流板）在成形爲大8字形的殼體內旋轉，依次相繼出現於活塞發動機中的四衝程循環的四個行程，同時出現於轉缸式發動機中，從而連續不斷地產生動力。

轉缸式發動機驅動的馬自達（MAZDA）牌RX-7輪機 Ⅱ 型跑車

空氣動力學擋風玻璃
座椅頭枕
車頂外罩
前阻流板
車側示寬燈（翼子板燈）
（下巴阻流板）
車身側面嵌條
鑄造合金車輪

汪克爾轉缸式發動機

機油泵殼體　前側外殼　進氣口　前轉子發動機氣缸　中間隔板　後轉子發動機氣缸
分電器固定點（傳動點）　後置火星塞孔　機油加油口　量油尺管　進氣口　鋁合金底座
機油泵驅動機構　冷卻水通道　排氣口　放水螺栓　前置火星塞孔
前置火星塞孔　後置火星塞孔

汪克爾轉缸式發動機的循環過程

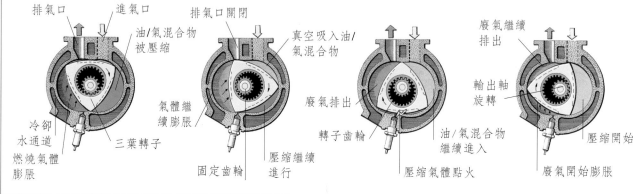

排氣口　進氣口　排氣口關閉　廢氣繼續排出
油/氣混合物被壓縮　真空吸入油/氣混合物　輸出軸旋轉
冷卻水通道　三葉轉子　氣體繼續膨脹　廢氣排出　壓縮開始
燃燒氣體膨脹　固定齒輪　壓縮繼續進行　轉子齒輪　油/氣混合物繼續進入　壓縮氣體點火　廢氣開始膨脹

代用發動機(Alternative engines)。轉缸式發動機驅動的馬自達(MAZDA)牌RX-7輪機 Ⅱ 型跑車：空氣動力學擋風玻璃(*Aerodynamic windshield*)；前阻流板(下巴阻流板)[*Front spoiler(chin spoiler)*]。**福特車排氣渦輪增壓柴油機**：活塞壓縮環(*Compression ring*)；渦輪增壓器機油回油管(*Oil return pipe for turbocharger*)；渦輪螺旋槳(排氣轉子)[*Turbo propeller(exhaust rotor)*]；渦輪驅動葉輪(進氣轉子)[*Turbo impeller(inlet rotor)*]；進氣導槽(*Intake track*)。**汪克爾轉缸式發動機**(WANKEL ROTARY ENGINE)：機油泵殼體(OIL-PUMP HOUSING)；前轉子發動機氣缸(FRONT ROTOR CHAMBER)；後轉子發動機氣缸(REAR

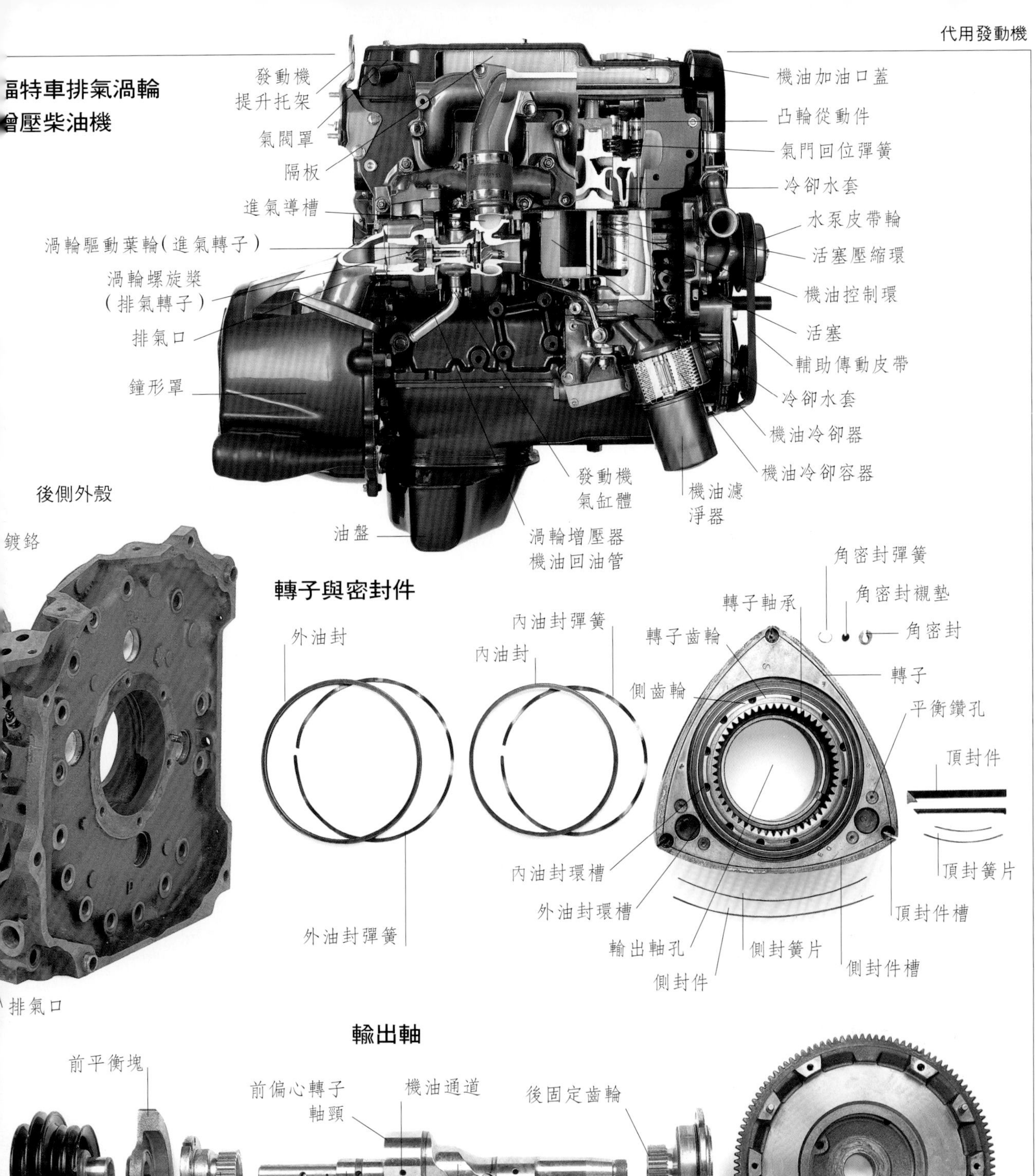

晶特車排氣渦輪曾壓柴油機

發動機提升托架
氣閥罩
隔板
進氣導槽
渦輪驅動葉輪(進氣轉子)
渦輪螺旋槳(排氣轉子)
排氣口
鐘形罩

機油加油口蓋
凸輪從動件
氣門回位彈簧
冷卻水套
水泵皮帶輪
活塞壓縮環
機油控制環
活塞
輔助傳動皮帶
冷卻水套
機油冷卻器
機油冷卻容器
機油濾淨器

發動機氣缸體
油盤
渦輪增壓器機油回油管

後側外殼

鍍鉻

排氣口

轉子與密封件

外油封
內油封彈簧
內油封
外油封彈簧
內油封環槽
外油封環槽
輸出軸孔
側封件

轉子軸承
轉子齒輪
側齒輪

角密封彈簧
角密封襯墊
角密封
轉子
平衡鑽孔
頂封件
頂封簧片
頂封件槽
側封簧片
側封件槽

輸出軸

前平衡塊
前偏心轉子軸頸
機油通道
後固定齒輪
V形皮帶輪
前固定齒輪
主軸頸
偏心軸
後偏心轉子軸頸
機油噴嘴
帶平衡塊的飛輪

ROTOR CHAMBER)；分電器固定點(傳動點)*[Distributor fixing point(drive point)]*；後置火星塞孔*(Trailing spark plug hole)*。**汪克爾轉缸式發動機的循環過程**：三葉轉子*(Trilobate rotor)*。**轉子與密封件**(ROTOR AND SEALS)：角密封彈簧*(Corner seal spring)*；頂封簧片*(Apex seal spring)*；頂封件槽*(Apex seal groove)*；外油封環槽*(Outer oil seal groove)*。**輸出軸**(OUTPUT SHAFT)：前平衡塊*(Front counterweight)*；前偏心轉子軸頸*(Front eccentric rotor journal)*；機油噴嘴*(Oil jet)*。

現代汽車車身

**雷諾牌
汽車標識**

現代大量生產的汽車車身是按照單殼體車身原理建造的。根據這一原理，汽車車頂、側板和底板被焊接爲一獨立整體結構。這種車身外殼保護並支持汽車的內部零件。鋼材和玻璃用於建造車身外殼，產生出一種輕便而堅實的結構。其輕便性有助於節省能量，同時其堅實牢固又保護了乘客。現代車身採用電腦輔助設計而成；電腦被人們用來預估諸如**空氣動力效率**和**耐衝擊性**等設計系數。人們還將高技術用於汽車生產：在生產線上，機器人（機械手）被用來執行車身裝配、焊接和塗漆等工作。

車門把手

車門鎖

左側車門玻璃

左側邊角窗玻璃

後車門撐桿
（後行李箱撐桿）

風窗清洗器噴嘴

後窗玻璃

加熱元件觸頭

後車門撐桿
（後行李箱撐桿）

後車門
（後行李箱門）

後保險桿

車身外殼

燃油箱蓋

右側邊角窗玻璃

磷酸鋅處理

脫脂裸金屬

底漆

底漆顏色

電泳敷層

鉻鈍化處理

右側車門玻璃

車門鑰匙和門鎖

車門把手

透明漆

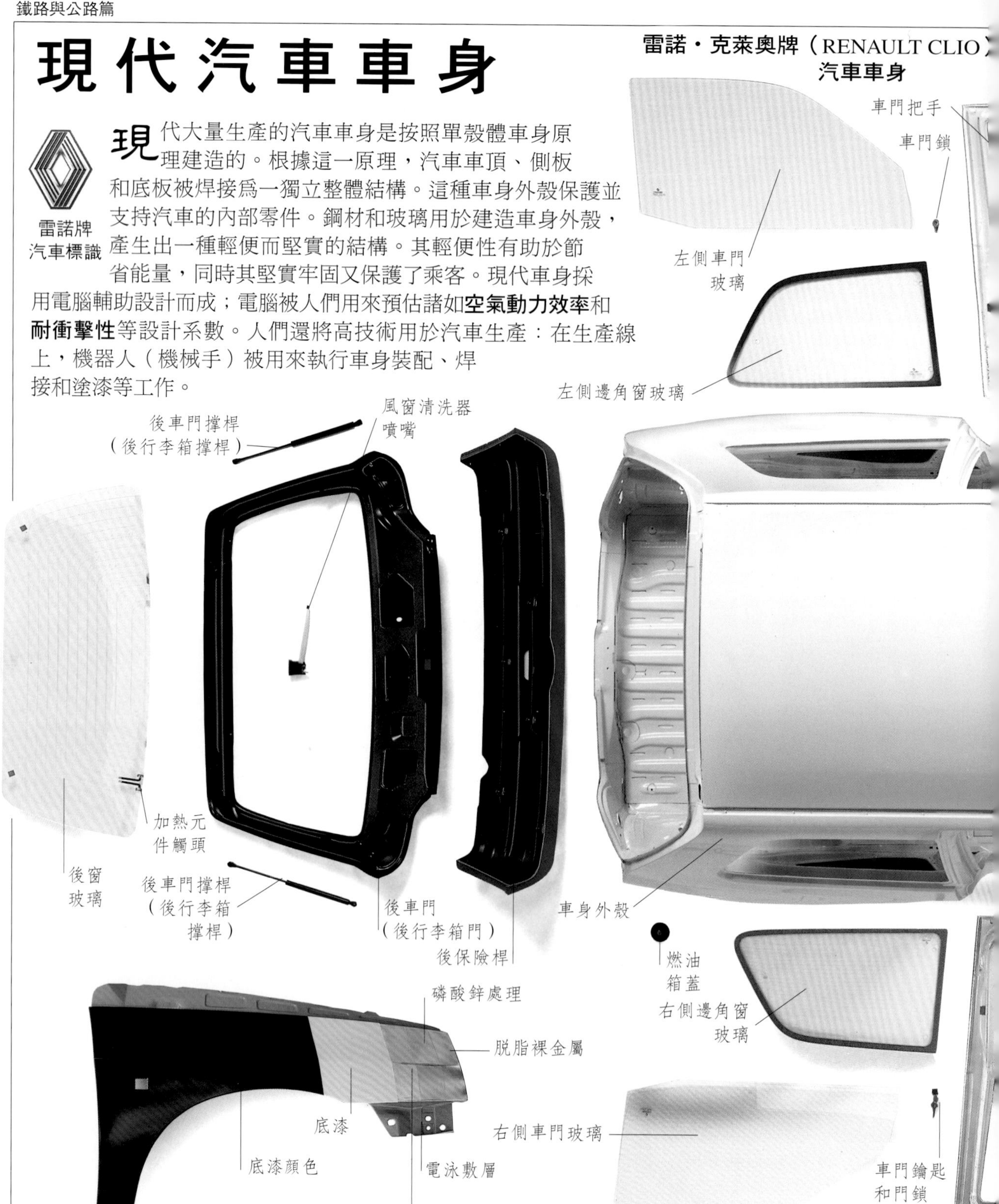

現代汽車車身(Modern bodywork)：空氣動力效率(aerodynamic efficiency)；耐衝擊性(impact resistance)。**雷諾・克萊奧牌汽車車身(BODYWORK OF A RENAULT CLIO)**：風窗清洗器噴嘴(*Window washer jet*)；車門升降電動機(*Electric window motor*)；阻流板保險桿(*Spoiler bumper*)；引擎(發動機)罩脫扣拉索(*Hood-release cable*)；引擎(發動機)罩卡扣(*Hood catch*)；磷酸鋅處理(*Zinc phosphating*)；脫脂裸金

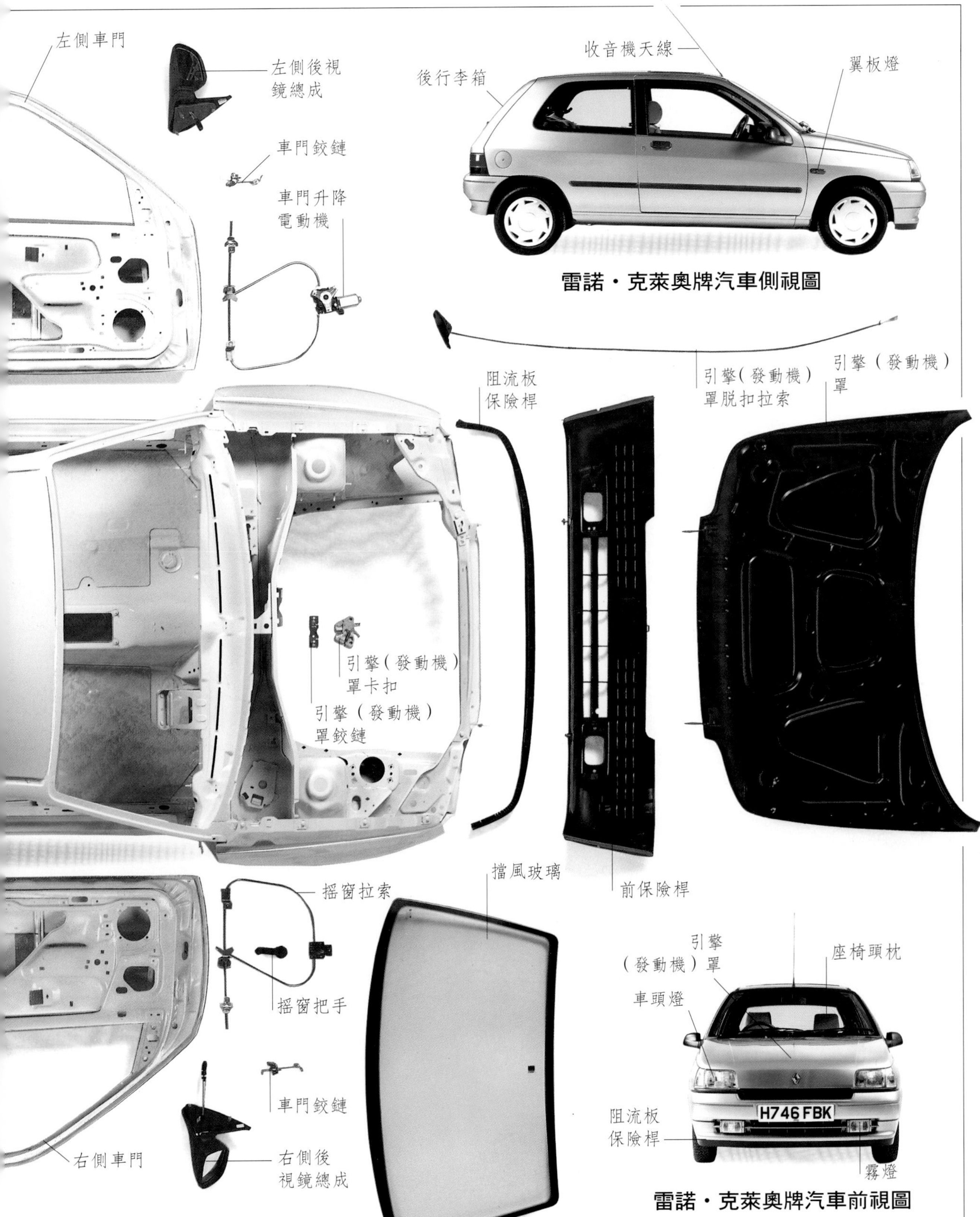

左側車門

左側後視
鏡總成

車門鉸鏈

車門升降
電動機

收音機天線

後行李箱

翼板燈

雷諾‧克萊奧牌汽車側視圖

阻流板
保險桿

引擎(發動機)
罩脫扣拉索

引擎(發動機)
罩

引擎(發動機)
罩卡扣

引擎(發動機)
罩鉸鏈

搖窗拉索

擋風玻璃

前保險桿

搖窗把手

引擎
(發動機)罩

座椅頭枕

車頭燈

車門鉸鏈

阻流板
保險桿

H746 FBK

右側車門

右側後
視鏡總成

霧燈

雷諾‧克萊奧牌汽車前視圖

屬(*Degreased bare metal*)；電泳敷層(*Cataphoresic coating*)；鉻鈍化處理(*Chrome passivation*)；加熱元件觸頭(*Heating element contact*)。**雷諾‧克萊奧牌汽車側視圖**(SIDE VIEW OF A RENAULT CLIO)：收音機天線(*Radio antenna*)。**雷諾‧克萊奧牌汽車前視圖**(FRONT VIEW OF A RENAULT CLIO)：引擎(發動機)罩(*Hood*)。

現代汽車機械零件

一輛典型的現代汽車具有數千個單獨的機械零件。這些零件裝配起來便構成了汽車的各種**機械裝置（系統）：引擎（發動機）**和**排氣裝置**，**傳動系統**，**轉向系統**，**懸掛系統**和**制動系統**。為確保每個系統正常發揮作用，這些零件按照極其精密的**公差標準**製造 — 在某些情況下公差達五百分之一毫米（萬分之一吋左右）。

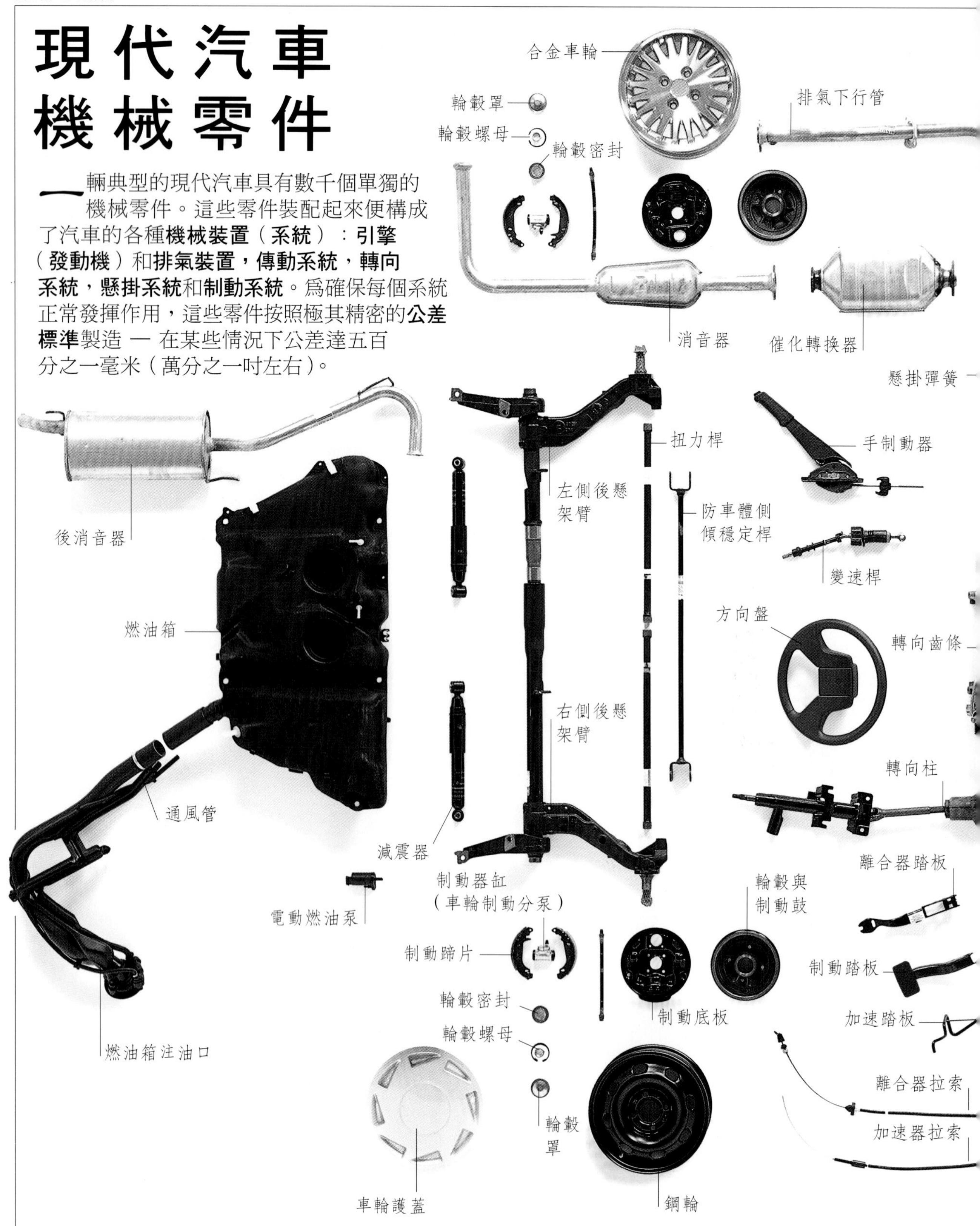

合金車輪
輪轂罩
輪轂螺母
輪轂密封
排氣下行管
消音器
催化轉換器
懸掛彈簧
扭力桿
手制動器
左側後懸架臂
防車體側傾穩定桿
變速桿
方向盤
轉向齒條
右側後懸架臂
後消音器
燃油箱
通風管
減震器
制動器缸（車輪制動分泵）
電動燃油泵
制動蹄片
輪轂密封
輪轂螺母
轉向柱
離合器踏板
輪轂與制動鼓
制動踏板
加速踏板
燃油箱注油口
制動底板
輪轂罩
離合器拉索
加速器拉索
車輪護蓋
鋼輪

現代汽車機械零件(Modern mechanics)：機械裝置(系統)：引擎(發動機)和排氣裝置，傳動系統，轉向系統，懸掛系統和制動系統(mechanical systems ：engine and exhaust, transmission steering,suspension, and brakes)。1991年雷諾‧克萊奧牌汽車機械零件(MECHANICAL COMPONENTS OF A RENAULT CLIO, 1991)：催化轉換器(Catalytic converter)；消音器(Muffler)；輪轂螺母(Hub nut)；減震器(Shock absorber)；電動燃油泵(Electric fuel pump)；扭力桿(Torsion bar)；制動器缸(車輪制動分

1991年雷諾・克萊奧牌
（RENAULT CLIO）汽車機械零件

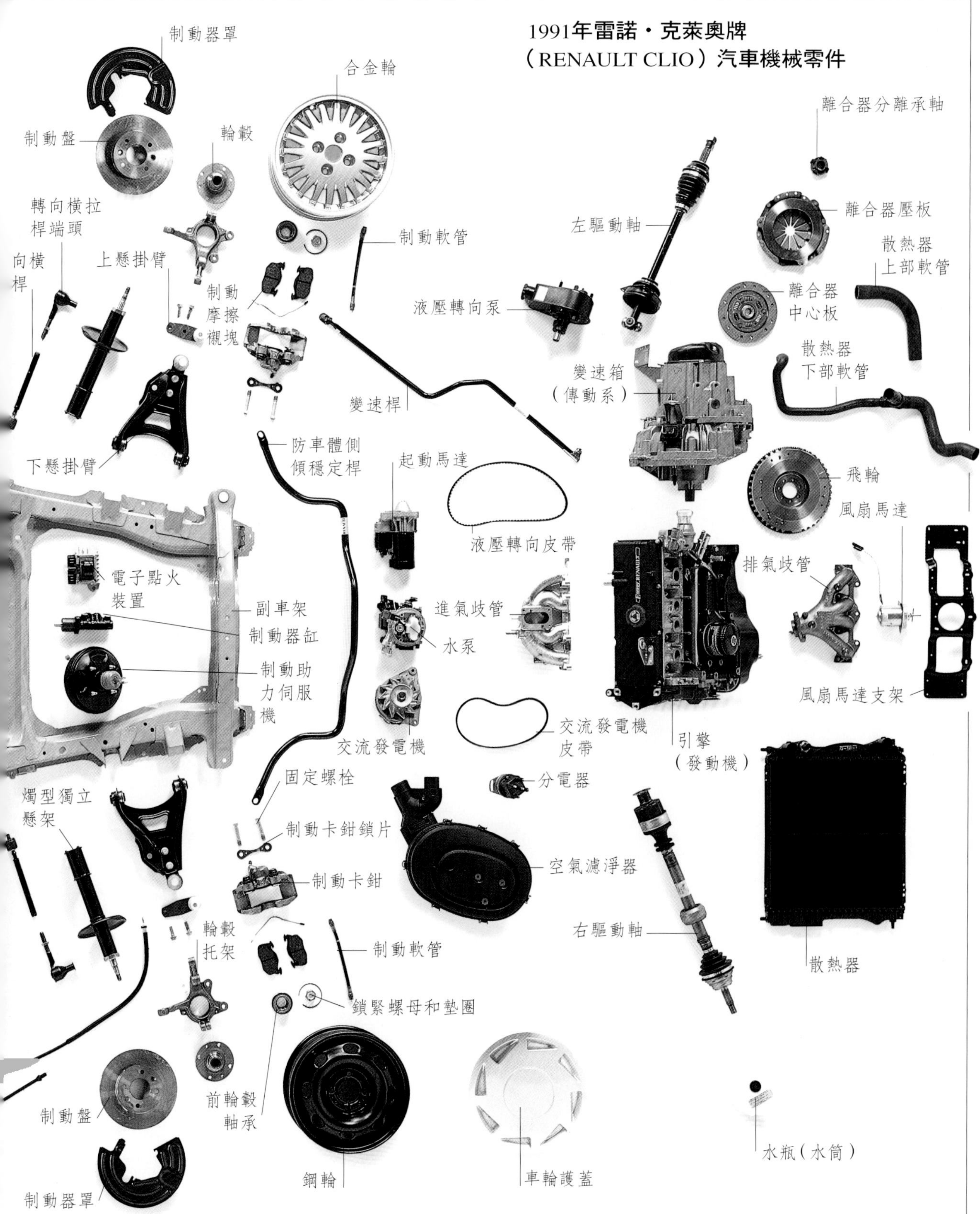

制動器罩
合金輪
離合器分離承軸
制動盤
輪轂
左驅動軸
離合器壓板
轉向橫拉桿端頭
制動軟管
散熱器上部軟管
向橫桿
上懸掛臂
液壓轉向泵
離合器中心板
制動摩擦襯塊
散熱器下部軟管
變速箱（傳動系）
下懸掛臂
防車體側傾穩定桿
變速桿
起動馬達
飛輪
液壓轉向皮帶
風扇馬達
電子點火裝置
副車架
進氣歧管
排氣歧管
制動器缸
水泵
制動助力伺服機
風扇馬達支架
交流發電機
交流發電機皮帶
引擎（發動機）
燭型獨立懸架
固定螺栓
分電器
制動卡鉗鎖片
空氣濾淨器
制動卡鉗
輪轂托架
制動軟管
右驅動軸
散熱器
鎖緊螺母和墊圈
制動盤
前輪轂軸承
制動器罩
鋼輪
車輪護蓋
水瓶（水筒）

泵)*[Brake cylinder(wheel cylinder)]*；輪轂與制動鼓*(Hub and brake drum)*；轉向齒條*(Steering rack)*；制動助力伺服機*(Brake powerassist servo)*；制動卡鉗*(Brake caliper)*；制動卡鉗鎖片*(Brake caliper locking plate)*；交流發電機*(Alternator)*；制動摩擦襯塊*(Brake pad)*；液壓轉向泵*(Power steering pump)*；變速箱(傳動系)*[Gearbox(transmission)]*；離合器中心板*(Clutch center plate)*。

現代汽車裝璜

雷諾・克萊奧牌（RENAULT CLIO）
汽車裝飾件，1991年

根據所使用的材料，現代汽車有兩種裝飾：硬體（鍍鉻和塑料）和軟體（裝飾材料）。安全性和舒適性是汽車裝飾設計中應優先考慮的問題：座椅幫助乘客保持舒適的姿勢，橡膠密封件使污物和水氣不能進入車內，而車頭燈則照亮前方的道路。老式汽車裝有由技工切割和鑲嵌的內部飾件或皮革鑲板；而現代汽車則採用由機械手控制的雷射所切割的精確模製塑料和座椅套，以便減少成本和生產時間。目前車門是由生產線裝配出來的，以便於能夠組合複雜的配線。

後側裝飾襯板
車頂內部裝飾襯條
車頂密封條
後側裝飾襯板
後側鑲板嵌條
後座椅安全帶
中央座椅安全帶
後座椅安全帶插桿（卡扣）
後輪胎
後車門裝飾板
後擱板
拼合折疊式後座椅總成
變速色
後車門密封圈
後雨刷刮片
後雨刷柄
後擱板收音機揚聲器
後擱板收音機揚聲器
未裝飾座椅頭枕
牌照燈
車輪護蓋（後輪裝飾罩）
後座椅安全帶
後轉向信號燈和停車燈總成
後輪胎
後側鑲板嵌條
鹵素大燈燈泡
反光燈泡
燈絲
標示燈燈泡
燈絲
彩燈燈泡
後側裝飾襯板
車頂密封條
後側裝飾襯板
觸點
插入式固定
觸點
觸點
車頂內部裝飾襯條
車頂嵌條

現代汽車裝璜(Modern trim)。雷諾・克萊奧牌汽車裝飾件,1991年(TRIM OF A RENAULT CLIO, 1991)：後擱板*(Rear shelf)*；後擱板收音機揚聲器*(Rear shelf radio speaker)*；後側鑲板嵌條*(Quarter panel molding)*；後座椅安全帶插桿(卡扣)*[Rear seat belt stalk(catch)]*；中央座椅安全帶*(Center seat belt)*；儀表板*[Dash panel(instrument panel)]*；加熱器*(Heater unit)*；車門嵌條(耐磨條)*[Door molding(rubbing strip)]*；

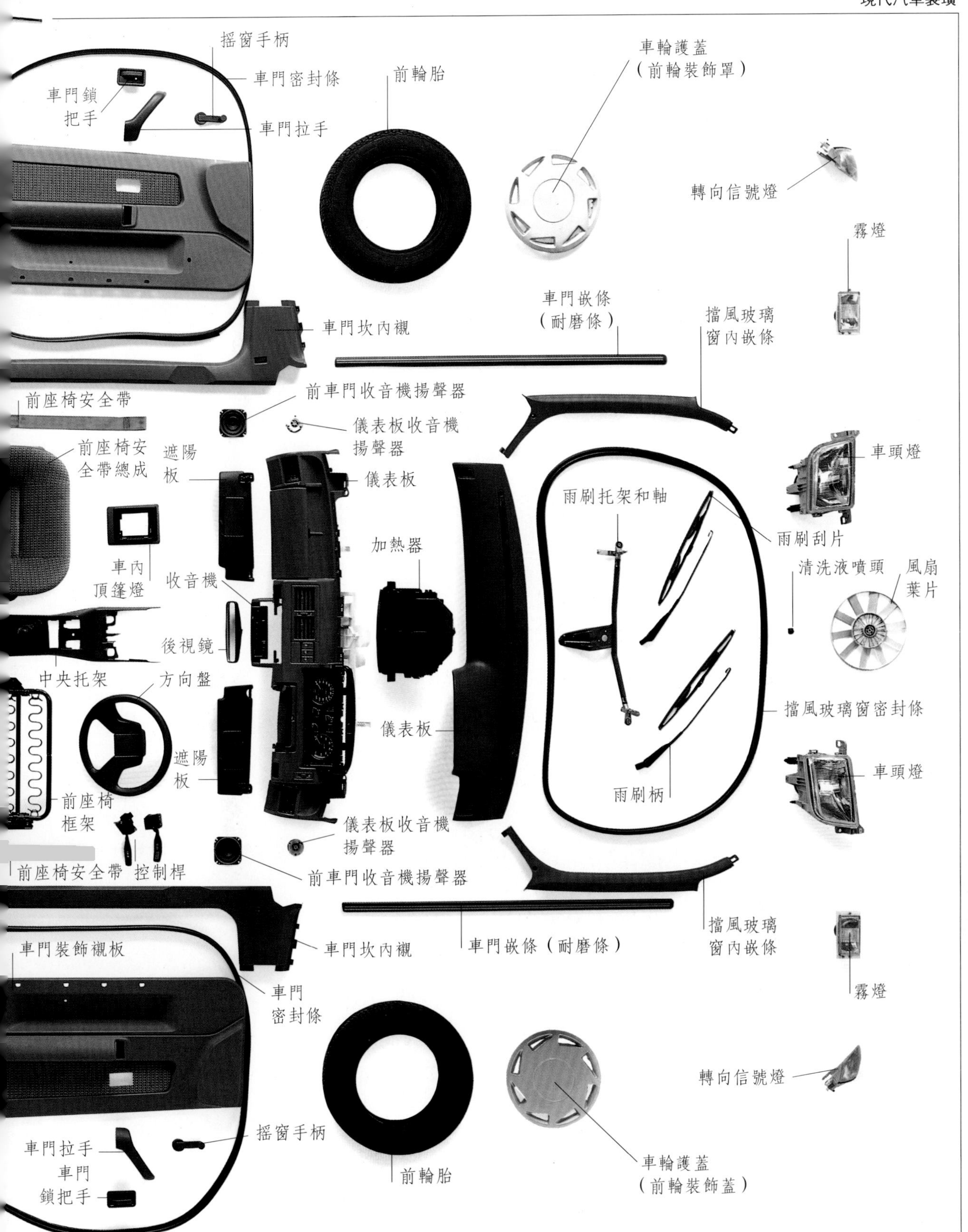

搖窗手柄
車門密封條
前輪胎
車輪護蓋
（前輪裝飾罩）
車門鎖
把手
車門拉手
轉向信號燈
霧燈
車門坎內襯
車門嵌條
（耐磨條）
擋風玻璃
窗內嵌條
前座椅安全帶
前車門收音機揚聲器
儀表板收音機
揚聲器
車頭燈
前座椅安
全帶總成
遮陽
板
儀表板
雨刷托架和軸
雨刷刮片
車內
頂篷燈
收音機
加熱器
清洗液噴頭
風扇
葉片
後視鏡
中央托架
方向盤
擋風玻璃窗密封條
遮陽
板
儀表板
雨刷柄
車頭燈
前座椅
框架
儀表板收音機
揚聲器
前座椅安全帶
控制桿
前車門收音機揚聲器
擋風玻璃
窗內嵌條
車門裝飾襯板
車門坎內襯
車門嵌條（耐磨條）
霧燈
車門
密封條
車門拉手
車門
鎖把手
搖窗手柄
前輪胎
車輪護蓋
（前輪裝飾蓋）
轉向信號燈

車門坎內襯(*Inner sill trim*)；清洗液噴頭(*Washer jet*)。鹵素大燈燈泡(HALOGEN HEADLIGHT BULB)；觸點
(*Contact*)；反光燈燈泡(SPOTLIGHT BULB)；燈絲(*Filament*)；標示燈燈泡(MARKER LIGHT BULB)；彩燈燈泡
(FESTOON BULB)；霧燈(*Fog-lamp*)；車頭燈(*Heap Lamp*)；轉向信號燈 (*Indicate Lamp*)；雨刷柄
(*Windscreen Wiper arm*)。

越野車

現代越野車起源於20世紀40年代**美國軍用吉普車**和**英國陸地漂泊者（Land Rover）牌吉普車**。這類車輛一直廣泛用於從長途旅行到野外消防等各種場合。越野車主要特點在於四輪或六輪驅動、較高的離地間隔，以及強力制動、懸掛裝置和傳動系統等方面。這些設計特點使其能在最爲困難的越野條件下行駛。圖中所示的越野車爲長途旅行用車並裝載有各種場合下的救生用品。

炊具

雙嘴酒精爐

平底鍋通用把手

火焰調節開關

燈蕊

蒸煮用鍋

手絞起重器

拉鏈

蚊帳

通風舌片

捆紮帶

平兹高爾輪機
(PINZGAUER TURBO)
D型越野車側視圖

燃油加油口鎖蓋

濾塵器

凸起進氣口

護罩

折疊式車頂帳篷

鍍鋅車頂行李架

鋼車身

金屬汽油筒

備用輪與備用胎

車身側板嵌條（護木條）

輪胎充氣泵

壓力表

輪胎撬棒

重型鏟

管狀脊骨型底架

燃油箱

金屬燃油筒

塑料水筒

越野車(All-terrain vehicles)：美國軍用吉普車(American military Jeep)；英國陸地漂泊者牌吉普車(British Land Rover)。**平兹高爾輪機D型越野車側視圖**(SIDE VIEW OF PINZGAUER TURBO D)：車身側板嵌條(護木條)*[Bodyside molding(rub strip)]*；折疊式車頂帳篷*(Folding rooftop tent)*；通風舌片*(Ventilation flap)*；濾塵器*(Dust filter)*；側彎式保險桿*(Wraparound bumper)*；管狀脊骨型底架*(Tubular backbone*

左側踏腳板（圖略）

右側踏腳板（圖略）

牽引帶（圖略）

重型U形鉤（圖略）

安全擋風玻璃壓板（圖略）

清洗用水桶（圖略）

收音機天線

可開啓車頂倉蓋

扶手

後視鏡

擋風玻璃噴液瓶

側彎式保險桿

登車梯

安全鏈條

平茲高爾輪機D型越野車前視圖

可開啓式車頂倉蓋

收音機天線

鍍鋅車頂行李架

夾層擋風玻璃窗

後視鏡

通風口

散熱器護柵板

指示燈

車頭燈護罩

車頭燈

外置登車梯

越野輪胎

獨立懸架擺動橋

差速鎖止器

拖鉤

平茲高爾輪機D型越野車後視圖

車頂行李架

可開啓式平台（觀察平台）

外置車頂踏腳梯

金屬汽油筒

備用車輪

油筒托架

車身側板嵌條（護木條）

偏置車門鉸鏈

後保險桿

後燈組合

擋泥板

車門和車輪支架

越野車輪胎

差速鎖止器

獨立懸架擺動橋

chassis)；重型鏟(Heavy-duty shovel)。手絞起重器(HAND WINCH)；輪胎充氣泵(TIRE PUMP)；輪胎撬棒(TIRE IRON)；安全鏈條(SECURITY CHAIN)；雙嘴酒精爐(TWO-BURNER ALCOHOL STOVE)。**平茲高爾輪機D型越野車前視圖**(FRONT VIEW OF PINZGAUER TURBO D)：散熱器護柵板(Radiator grille)；差速鎖止器(Locking differential)；獨立懸架擺動橋(Independent swing axle)。

賽 車

自從有了汽車以來，賽車就一直是汽車設計中創新活動的一個主要焦點。目前顯得平常的特殊裝置（如**盤式制動器，渦輪增壓器**，乃至安全帶）都是首先被用於賽車上。對賽車的研究已經促使人們對引擎（發動機）性能、空氣動力學和輪胎附著力有了新的見解，並且已導致人們對諸如汽車車身所使用的碳纖維等超輕材料的開發。就像1937年布加蒂（Bugatti）牌57 S（以下）型賽車一樣，現代威廉斯（Williams）一級方程式賽車擁有低矮的流線型車身，並有一個敞式駕駛室。但是現代賽車與其先驅不同，它還有將其前輪平穩地推到跑道上的前翼板，超粘著力的光滑輪胎，以及連續**電傳感器**，將有關汽車性能的信息傳送給修理站。

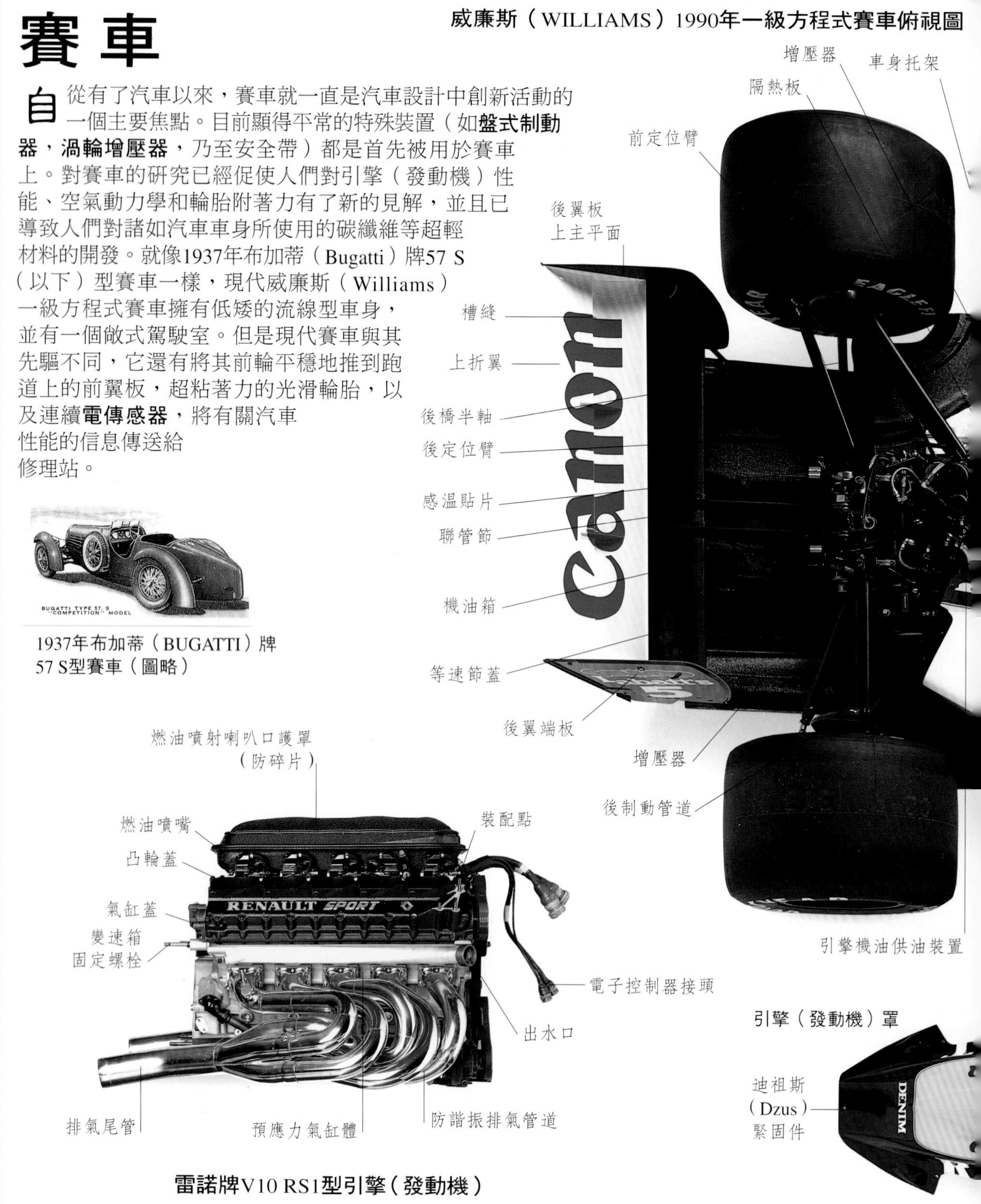

1937年布加蒂（BUGATTI）牌
57 S型賽車（圖略）

增壓器
車身托架
隔熱板
前定位臂
後翼板
上主平面
槽縫
上折翼
後橋半軸
後定位臂
感溫貼片
聯管節
機油箱
等速節蓋
後翼端板
增壓器
後制動管道
引擎機油供油裝置

燃油噴射喇叭口護罩
（防碎片）
燃油噴嘴
裝配點
凸輪蓋
氣缸蓋
變速箱
固定螺栓
電子控制器接頭
出水口
引擎（發動機）罩
迪祖斯
（Dzus）
緊固件
排氣尾管
預應力氣缸體
防諧振排氣管道

雷諾牌V10 RS1型引擎（發動機）

側面流線型殼罩（圖略）

護欄
引擎散熱器
電氣主控開關
地腳螺母
散熱器空氣管道
後視鏡

光滑賽車輪胎
轉向拉桿
頭部流線型罩
前翼端板
前翼板
懸架推桿
獨立懸掛下叉臂
前獨立懸掛下叉臂
制動管道

駕駛員收音機天線
獨立懸掛上叉臂
單頭安全帶脫扣裝置

發動機電源插座
排氣口
底盤電氣插頭
燃油噴射進氣喇叭口
燃油通氣孔
加油漏斗
應急停電開關
起重鉤
安全帶
駕駛員應急空氣軟管

推桿調節器

威廉斯1990年一級方程式賽車前視圖

後翼板上主平面
引擎進氣口
駕駛員收音機天線
後視鏡
後翼端板
後制動管道
獨立懸掛上叉臂
懸架推桿
光滑賽車輪胎
前翼端板
散熱器進氣管
端板空氣動力學裙邊
轉向拉桿
前翼板
進氣管

片(*Temperature-sensitive sticker*)；後翼板上主平面(*Rear wing upper mainplane*)。**雷諾牌V10 RS1型引擎(發動機)**：裝配點(*Mounting point*)；電子控制器接頭(*Electronic controlunit connector*)；防諧振排氣管道(*Harmonically tuned exhaust pipe*)；預應力氣缸體(*Stressed cylinder block*)。**威廉斯1990年一級方程式賽車前視圖**(FRONT VIEW OF WILLIAMS 1990 FORMULA ONE RACING CAR)：端板空氣動力學裙邊(*End-plate aerodynamic skirt*)；獨立懸掛上叉臂(*Upper wishbone*)。

自 行 車 解 剖 圖

自行車是一種由人力推進的兩輪輕便機械裝置。
自行車實用方便、成本低、易於製造，是世界上最爲流行的交通工具之一。第一輛踏板驅動的自行車是1839年在蘇格蘭製造的。從那時以來，包括車架、車輪、剎車（制動器）、把手和鞍形座在內的自行車基本設計，以及鏈條、齒輪傳動裝置與充氣輪胎等，一直在不斷地加以改進。最近發明的**山地自行車（越野自行車）**是一項重要發展成果，由於山地自行車具有堅固結實的車架、寬胎和21個齒輪，因而這種自行車使車手們能在以前不可能進入的崎嶇山地中行駛。

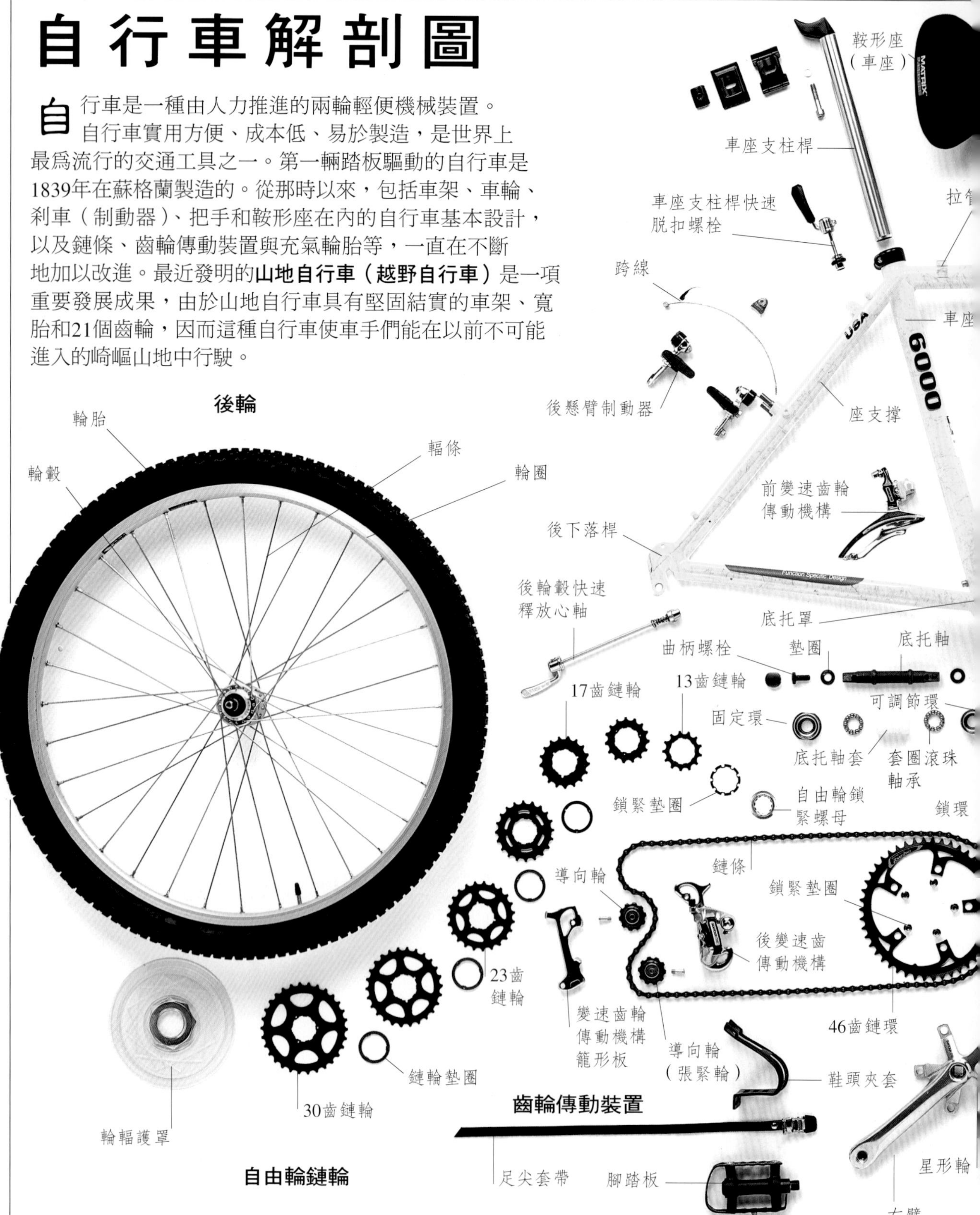

後輪

輪胎
輪轂
輻條
輪圈
鞍形座（車座）
車座支柱桿
車座支柱桿快速脫扣螺栓
跨線
拉
車座
後懸臂制動器
前變速齒輪傳動機構
後下落桿
座支撐
後輪轂快速釋放心軸
底托罩
17齒鏈輪
13齒鏈輪
曲柄螺栓
墊圈
底托軸
固定環
可調節環
底托軸套
套圈滾珠軸承
鎖緊墊圈
自由輪鎖緊螺母
鎖環
導向輪
鏈條
鎖緊墊圈
23齒鏈輪
後變速齒傳動機構
變速齒輪傳動機構籠形板
導向輪（張緊輪）
46齒鏈環
鏈輪墊圈
齒輪傳動裝置
鞋頭夾套
30齒鏈輪
輪輻護罩
足尖套帶
腳踏板
星形輪
自由輪鏈輪
右臂

自行車解剖圖(Bicycle anatomy)：山地自行車(越野自行車)[the mountain bike (all-terrain bike)]。**後輪**(REAR WHEEL)：輻條(*Spoke*)。**自由輪鏈輪**(FREEWHEEL SPROCKETS)：輪輻護罩(*Spoke guard*)；鏈輪墊圈(*Sprocket spacer*)。**齒輪傳動裝置**(GEAR SYSTEM)：星形輪(*Spider*)；導向輪(張緊輪)(*Jockey wheel*)；後變速齒傳動機構(*Rear derailleur*)；變速齒輪傳動機構籠形板(*Derailleur cage plate*)。**自行車車**

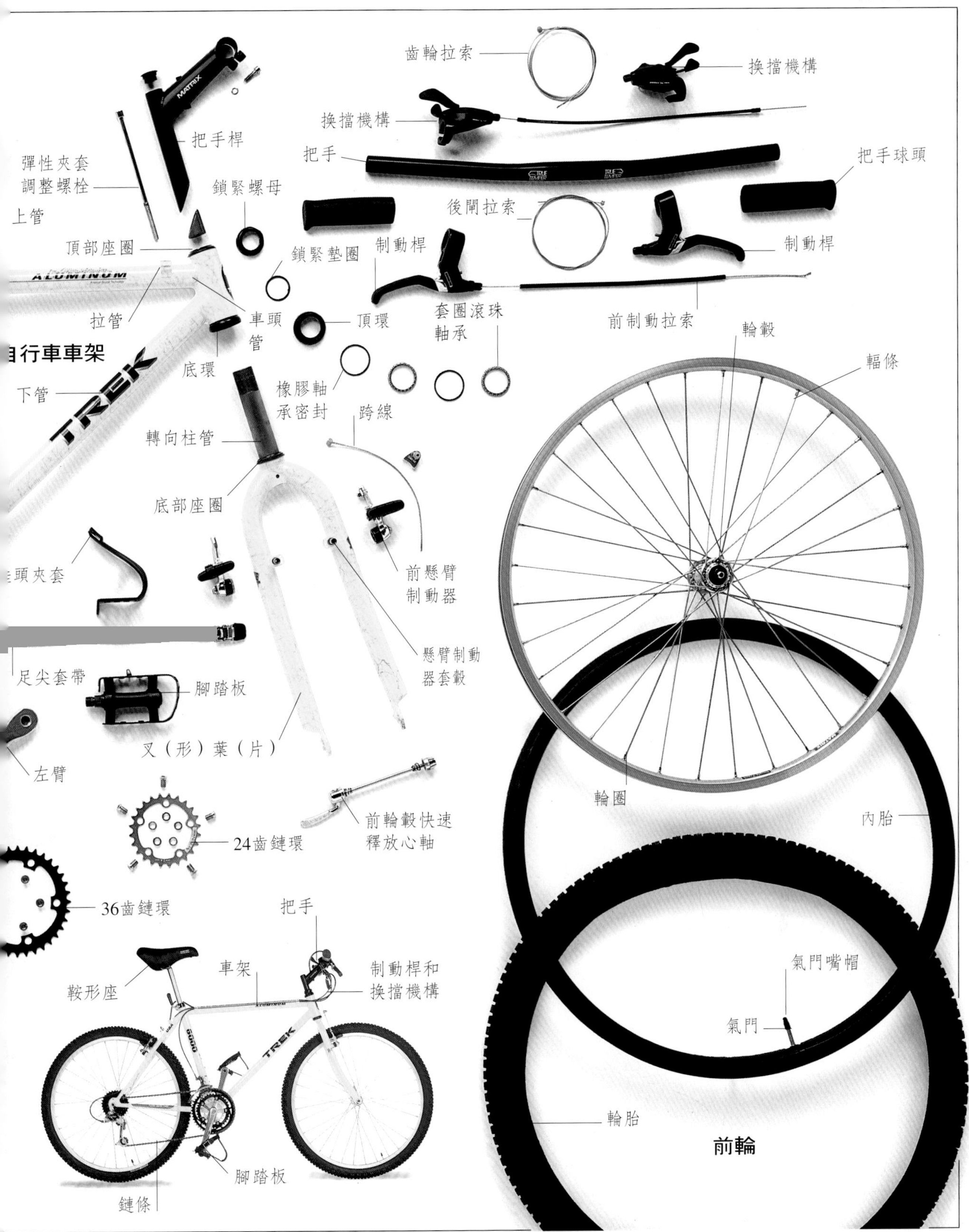

齒輪拉索
換擋機構
換擋機構
把手
把手桿
彈性夾套調整螺栓
上管
鎖緊螺母
把手球頭
頂部座圈
鎖緊墊圈
制動桿
後閘拉索
制動桿
拉管
車頭管
頂環
套圈滾珠軸承
前制動拉索
輪轂
ALUMINUM
底環
輻條
自行車車架
橡膠軸承密封
跨線
下管
TREK
轉向柱管
底部座圈
前懸臂制動器
輪圈
車頭夾套
內胎
懸臂制動器套轂
足尖套帶
腳踏板
叉（形）葉（片）
氣門嘴帽
左臂
氣門
24齒鏈環
前輪轂快速釋放心軸
36齒鏈環
把手
車架
制動桿和換擋機構
鞍形座
輪胎
前輪
腳踏板
鏈條

架(BICYCLE FRAME)：後輪轂快速釋放心軸(*Rear hub quick release spindle*)；曲柄螺栓(*Crank bolt*)；底托軸套(*Bottom bracket sleeve*)；套圈滾珠軸承(*Caged ball bearings*)；叉(形)葉(片)(*Fork blade*)；懸臂制動器套轂(*Cantilever brake boss*)；彈性夾套調整螺栓(*Expander bolt*)；橡膠軸承密封(*Rubber bearing seal*)；後閘拉索(*Rear brake cable*)。**前輪**(FRONT WHEEL)：氣門嘴帽(*Valve cap*)。

自行車

雖然所有的自行車都是由同樣的基本零件組成，但是其設計卻可能各不相同。一輛裝有輕便車架和陡斜角度的車頭管與車座管的競賽自行車〔例如艾迪·默克斯（Eddy Merckx）型競賽自行車〕是為高速行駛而建造的。這種設計迫使車手採取全身蹲伏姿勢，即一種彎腰屈膝的空氣動力學姿勢。旅行自行車在許多方面都類似於競賽自行車，但同時它還被設計成使人在長途旅程中感到舒適和平穩。旅行自行車的特點在於更加緩和的車架角度，支持後掛籃的重型鏈支撐，以及操作可靠的長軸距（輪軸間距離）。通用自行車稱為混合型自行車，它將競賽自行車的輕便和快速與山地車的堅固耐久的特點融為一體（參見358-359頁）。還有一些自行車不是為在常規路面行駛而設計的，其中包括計時競賽自行車，這種自行車裝有較短的車頭管、斜置上管、飛行把手和空氣動力學管架。大多數**人力驅動車**（HPV）為斜靠式，即車手採取一種斜靠姿勢，這樣便能使動力輸出達到最大而使阻力減至最小。對所有車手的安全最為重要的是安全頭盔、前燈和後燈；車鎖則用於防盜。

前燈與後燈

安全頭盔

硬質外殼
紅色後燈
通氣口
白色前燈
聚苯乙烯填料
快速脫扣帶

艾迪·默克斯（EDDY MERCKX）型競賽自行

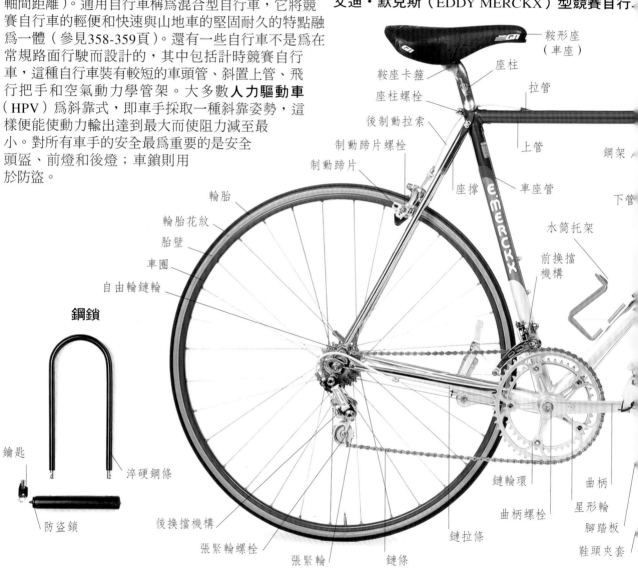

鞍座卡箍
座柱螺栓
後制動拉索
制動蹄片螺栓
制動蹄片
輪胎
輪胎花紋
胎壁
車圈
自由輪鏈輪

鞍形座（車座）
座柱
拉管
上管
鋼架
座撐
車座管
下管
水筒托架
前換擋機構

鋼鎖

鑰匙
淬硬鋼條
防盜鎖
後換擋機構
張緊輪螺栓
張緊輪
鏈條

鏈輪環
曲柄螺栓
鏈拉條
曲柄
星形輪
腳踏板
鞋頭夾套

自行車(Bicycles)：人力驅動車(Human Powered Vehicles)。**安全頭盔(HELMET)**：聚苯乙烯填料*(Polystyrene padding)*。**艾迪·默克斯型競賽自行車**(EDDY MERCKX RACING BICYCLE)：前制動拉索*(Front brake cable)*；制動樞軸螺栓*(Brake pivot bolt)*；制動摩擦襯塊*(Brake pad)*；叉形件*(Fork)*；輪轂快速釋放桿*(Hub quickrelease lever)*；鏈輪環*(Chain ring)*；張緊輪*(Tension pulley)*；後換擋機構*(Rear derailleur)*；制動蹄片*(Brake block)*；鞍座卡箍*(Saddle clamp)*。**坎農達爾(CANNONDALE)SH600型混合式自行車**：制動橋

坎農達爾（CANNONDALE）SH600型混合式自行車

凝膠充填鞍形座
制動橋
輕型車架
直把手
懸臂制動器

全路面通行輪胎

坎農達爾ST1000型旅行自行車

後擋泥板
水筒
下彎式把手
前擋泥板

後掛籃
長鏈撐
大直徑鋁管
前掛籃

車頭定位裝置
支桿
連接螺栓
把手
前制動拉索
制動桿

頭管
制動框軸螺栓
制動摩擦襯塊
叉形件
輪轂快速釋放桿

輻條
輻條接頭
氣門嘴
輪轂

義大利羅森（ROSSIN）牌計時競賽自行車

飛行把手
斜置式上管
陡斜車座管
空心盤式車輪
短車頭管

窄輪胎
無腳套腳踏板
三輻條輪

**風豹（WINDCHEETAH）SL VI型
"高速"人力驅動賽車**

毛狀頭枕
玻璃纖維斗式座椅
控制桿
制動桿
53齒鏈輪環

七速自由輪
鋁管
鼓式制動器
無腳套腳踏板
加長賽車鏈條

(Brake bridge)；凝膠充填鞍形座(Gel-filled saddle)。**坎農達爾ST1000型旅行自行車**(CANNONDALE
ST1000 TOURING BICYCLE)：長鏈撐(Long chain stay)。**義大利羅森牌計時競賽自行車**(ROSSIN ITALIAN
TIME-TRIAL BICYCLE)：空心盤式車輪(Hollow disk wheel)。**風豹SL VI型"高速"人力驅動賽車**
(WINDCHEETAH SL MARK VI 'SPEEDY' RACING HPV BICYCLE)：玻璃纖維斗室座椅(Fiberglass bucket seat)。

摩托車

摩托車已從一種機動腳踏車 — 裝有引擎（發動機）的基礎型自行車 — 演變成一種先進的高性能機械裝置。1901年，沃納（Werner）兄弟為發動機確立了最有生命力的安放位置，他們將其位置固定在底盤中央（參見364-365頁）。這種新型的沃納車成為現代摩托車發展的基礎。摩托車用途廣泛，可用於上下班、傳遞信息、旅遊和比賽，而且人們已研製出各種不同的機械裝置，以適合於不同類型車手的需要。例如偉士牌小型摩托車（Vespa scooter）是一種小輪式、經濟實惠和易於騎乘的摩托車，它被設計來滿足上班族的需要。帶跨斗摩托車只是在廉價汽車出現之後其使用量才大幅下降，在此之前一直是家庭運輸的好工具。挑剔的車手通常偏愛大容量摩托車，這種摩托車具有較好的性能，並能提供較舒適的條件。自從本田（Honda）CB750型摩托車1969年問世以來，四缸摩托車一直為人們普遍使用。儘管摩托車技術不斷發展，但許多車手仍然會被諸如雙缸哈利—戴維森（Harley-Davidson）摩托車之類傳統外形的摩托車所吸引。哈利—戴維森摩托車採用傳統的美國V形雙引擎式樣，此引擎氣缸以一種V形方式排置。

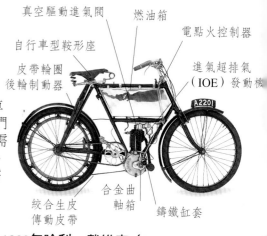

1901年沃納（WERNER）摩托車

真空驅動進氣閥　燃油箱　電點火控制器　自行車型鞍形座　皮帶輪圈後輪制動器　進氣超排氣（IOE）發動機　絞合生皮傳動皮帶　合金曲軸箱　鑄鐵缸套

1988年哈利—戴維森（HARLEY-DAVIDSON）風馳電動（FLHS ELECTRA GLIDE）摩托

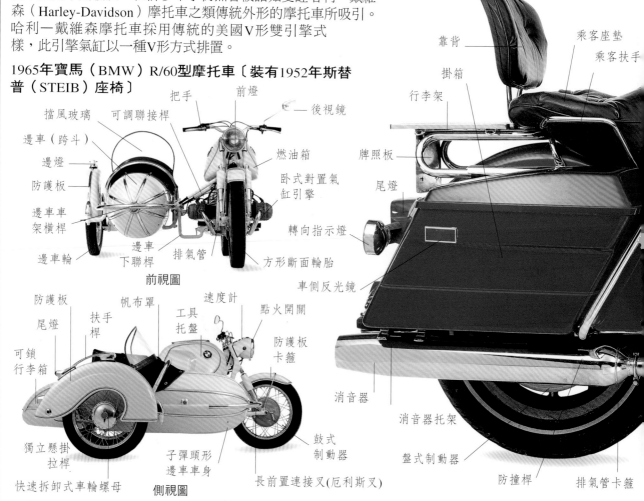

1965年寶馬（BMW）R/60型摩托車〔裝有1952年斯替普（STEIB）座椅〕

擋風玻璃　把手　前燈　可調聯接桿　後視鏡　邊車（跨斗）　燃油箱　邊燈　防護板　卧式對置氣缸引擎　邊車車架橫桿　邊車輪　邊車下聯桿　排氣管　轉向指示燈　方形斷面輪胎

前視圖

乘客座墊　乘客扶手　靠背　掛箱　行李架　牌照板　尾燈　車側反光鏡　消音器　消音器托架　盤式制動器　防撞桿　排氣管卡箍

防護板　帆布罩　速度計　尾燈　扶手桿　工具托盤　點火開關　可鎖行李箱　防護板卡箍　獨立懸掛拉桿　子彈頭形邊車車身　鼓式制動器　快速拆卸式車輪螺母　長前置連接叉（厄利斯叉）

側視圖

摩托車(The motorcycle)：機動腳踏車 — 裝有引擎(發動機)的基礎型自行車(motorized cycle-a basic bicycle with an engine)。1901年沃納(WERNER)摩托車：皮帶輪圈後輪制動器(*Pulley rim rear brake*)；進氣超排氣(IOE)發動機*[Inlet-over-exhaust(IOE)engine]*。1969，本田(HONDA)CB750型摩托車：防護板卡箍(*Fender clamp*)；單一頂置凸輪軸發動機(*Single overhead camshaft engine*)。1965年，偉士牌大運動(VESPA GRAND SPORT)160 1型摩托車：冷卻格柵(*Cooling grille*)；旋轉握把換擋機構(*Twist grip gear change*)；單面牽引連接叉(*Single-sided trailinglink fork*)；阻流(*Choke*)；管螺紋絲錐(*Gas tap*)。1965

1969，本田（HONDA）CB750型摩托車

1963年，偉士牌大運動（GRAND SPORT）
160 1型摩托車

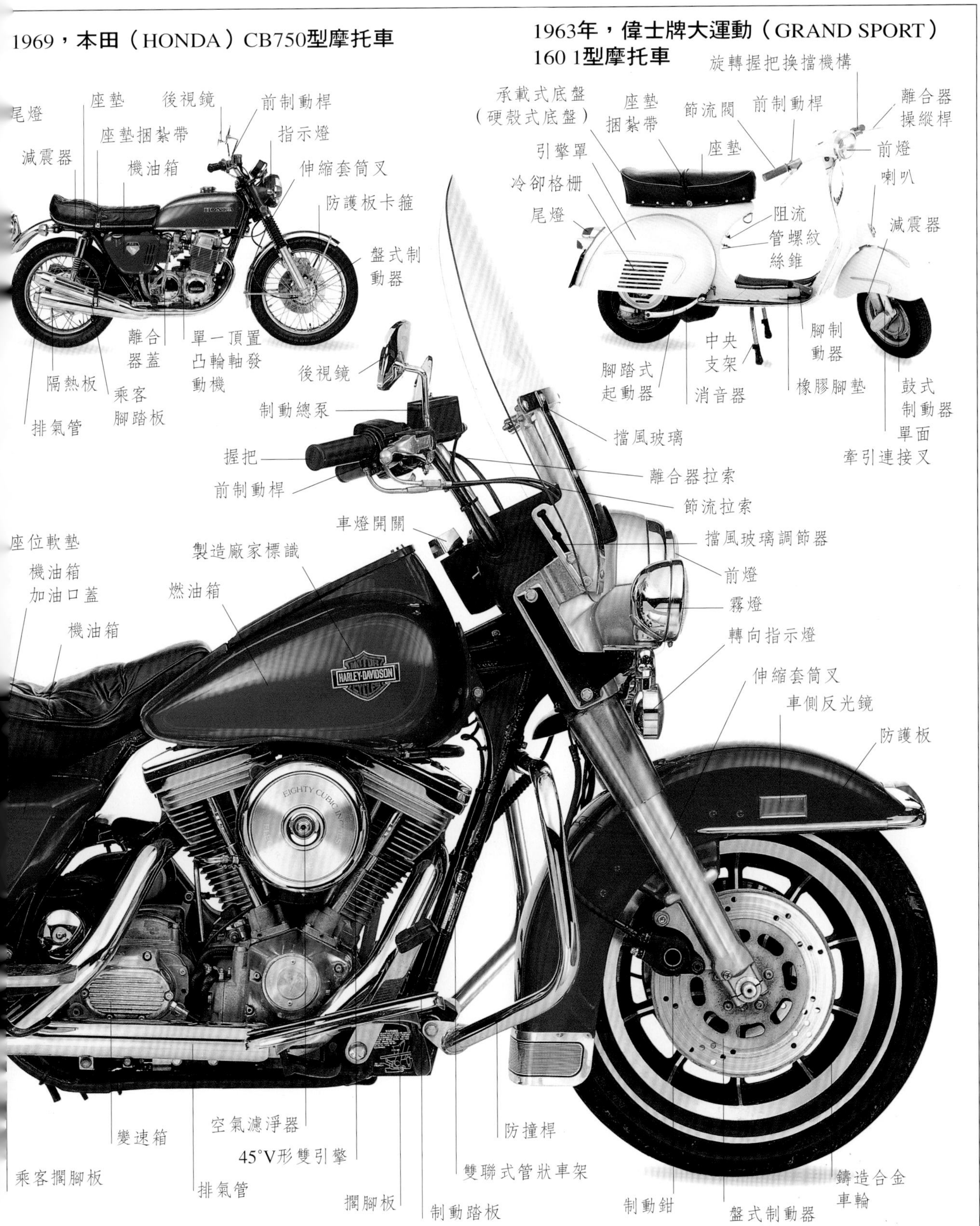

尾燈
座墊
後視鏡
前制動桿
減震器
座墊捆紮帶
指示燈
機油箱
伸縮套筒叉
防護板卡箍
盤式制動器
離合器蓋
單一頂置凸輪軸發動機
後視鏡
隔熱板
乘客腳踏板
排氣管

承載式底盤（硬殼式底盤）
座墊捆紮帶
旋轉握把換擋機構
節流閥
前制動桿
離合器操縱桿
引擎罩
座墊
前燈
冷卻格柵
喇叭
尾燈
阻流管螺紋絲錐
減震器
中央支架
腳制動器
橡膠腳墊
鼓式制動器單面
腳踏式起動器
消音器
牽引連接叉

制動總泵
握把
前制動桿
車燈開關
製造廠家標識
座位軟墊
機油箱加油口蓋
燃油箱
機油箱

擋風玻璃
離合器拉索
節流拉索
擋風玻璃調節器
前燈
霧燈
轉向指示燈
伸縮套筒叉
車側反光鏡
防護板

變速箱
空氣濾淨器
45°V形雙引擎
排氣管
乘客擱腳板
防撞桿
雙聯式管狀車架
制動踏板
擱腳板
制動鉗
盤式制動器
鑄造合金車輪

年寶馬(BMW)R/60型摩托車〔裝有1952年斯替普(STEIB)座椅〕：邊車(跨斗)(Sidecar)；臥式對置氣缸引擎(Horizontally opposed engine)；方形斷面輪胎(Squaresection tire)；長前置連接叉(厄利斯叉)(Long leading-link fork(Earles fork))。1988年哈利—戴維森(HARLEY-DAVIDSON)風掣電動(FLHS ELECTRA GLIDE)摩托車：離合器拉索(Clutch cable)；節流拉索(Throttle cable)；雙聯式管狀車架(Duplex tubular cradle frame)；空氣濾淨器(Air filter)；消音器(Silencer)。

摩托車底盤

1985年本田VF750型摩托車（帶有車身）

車架懸掛式流線型殼罩

賽車編號板

燃油箱

伸縮套筒

雙人座

HRC

防護板

摩托車底盤是摩托車的主體，引擎（發動機）便安裝在底盤上。摩托車底盤由車架、車輪、懸架以及刹車器（制動器）組成，它執行著各式各樣的功能。車架由鋼或合金製造，它使車輪協調一致以維持摩托車的操縱，並且還作爲安裝其他零件的基本結構。在諸如座墊、防護板和流線型殼罩等零件等可更易於拆裝的同時，將引擎（發動機）和變速裝置拴接定位。懸架使車手坐在座墊上免受路面凹凸不平顛簸之苦。在大多數懸架中，由油減震器控制的螺簧將摩托車主要零件與車輪隔開。在摩托車前端，螺簧和減震器通常安裝於伸縮套筒叉中間；其尾端則採用一個樞軸擺臂。懸架還有助於使輪胎與路面間保持最大接觸面，這是有效制動和轉向所必需的。直到20世紀70年代以前鼓式刹車器（制動器）一直爲人們普遍採用，而現代摩托車則使用盤式刹車器（制動器），這種制動器比鼓式制動器有更大的制動力。

盤式制動器　箱形斷面擺臂　V4發動機　箱形斷面管狀炮架形車架　浮動盤式制動器

1985年本田VF750型摩托車（帶有可拆裝車身）

制動總泵

車頭架

撐管

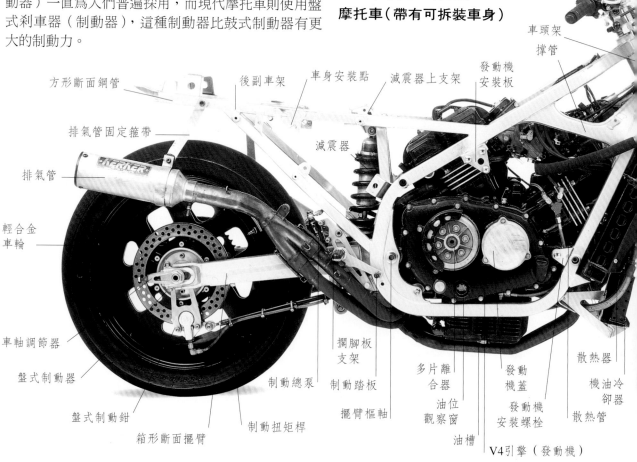

方形斷面鋼管　　後副車架　車身安裝點　減震器上支架　發動機安裝板

排氣管固定箍帶

減震器

排氣管

KERKER

輕合金車輪

車軸調節器

盤式制動器

盤式制動鉗

箱形斷面擺臂

制動總泵

制動扭矩桿

攔腳板支架

制動踏板

擺臂樞軸

多片離合器

油位觀察窗

發動機蓋

發動機安裝螺栓

散熱器

機油冷卻器

散熱管

油槽

發動機安裝板

V4引擎（發動機）

摩托車底盤(The motorcycle chassis)。1985年本田(HONDA)VF750型摩托車(帶有車身)：浮動盤式制動器*(Floating disc brake)*；箱形斷面管狀炮架形車架*(Box-section tubular cradle frame)*；箱形斷面擺臂*(Box-section swing arm)*。**1985年本田VF750型摩托車**(帶有可拆裝車身)：制動總泵*(Brake master cylinder)*；液壓制動系軟管*(Hydraulic brake hose)*；叉形件導槽*(Fork slide)*；制動鉗*(Brake calliper)*；散熱器*(Radiator)*；擺臂樞軸*(Swing arm pivot)*。**鼓式刹車器**(制動器)(DRUM BRAKE)：拉索限位器*(Cable stop)*；速度計驅動裝置*(Speedometer drive)*；制動蹄回位彈簧*(Brake shoe return spring)*；高摩擦係數材料

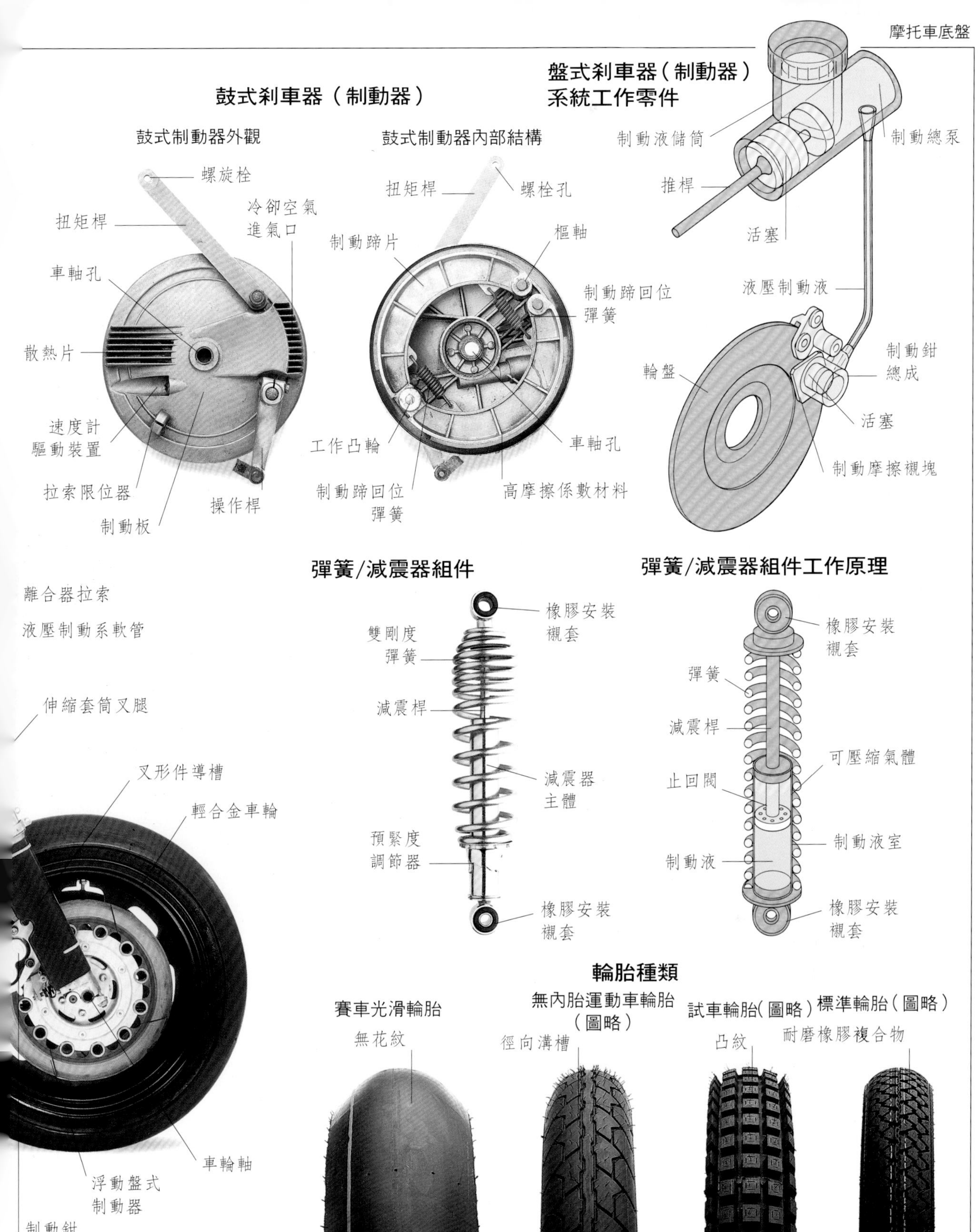

鼓式刹車器（制動器）

鼓式制動器外觀

螺旋栓
扭矩桿
冷卻空氣進氣口
車軸孔
散熱片
速度計驅動裝置
拉索限位器
操作桿
制動板

鼓式制動器內部結構

扭矩桿
螺栓孔
制動蹄片
樞軸
制動蹄回位彈簧
工作凸輪
車軸孔
制動蹄回位彈簧
高摩擦係數材料

盤式刹車器（制動器）系統工作零件

制動液儲筒
制動總泵
推桿
活塞
液壓制動液
輪盤
制動鉗總成
活塞
制動摩擦襯塊

離合器拉索
液壓制動系軟管
伸縮套筒叉腿
叉形件導槽
輕合金車輪
車輪軸
浮動盤式制動器
制動鉗

彈簧/減震器組件

橡膠安裝襯套
雙剛度彈簧
減震桿
減震器主體
預緊度調節器
橡膠安裝襯套

彈簧/減震器組件工作原理

橡膠安裝襯套
彈簧
減震桿
止回閥
制動液
可壓縮氣體
制動液室
橡膠安裝襯套

輪胎種類

賽車光滑輪胎
無花紋

無內胎運動車輪胎（圖略）
徑向溝槽

試車輪胎（圖略）
凸紋

標準輪胎（圖略）
耐磨橡膠複合物

(High-friction material)；扭矩桿(Torque arm)。**盤式刹車器（制動器）系統工作零件**(OPERATING PARTS OF DISC BRAKE SYSTEM)：液壓制動液(Hydraulic brake fluid)；制動鉗總成(Calliper assembly)；制動摩擦襯塊(Brake pad)。**彈簧/減震器組件**(SPRING/DAMPER UNIT)：雙剛度彈簧(Twin rate spring)。**彈簧/減震器組件工作原理**(HOW A SPRING/DAMPER UNIT WORKS)：制動液室(Hydraulic fluid chamber)；止回閥(Nonreturn valve)。**輪胎種類**(TYPES OF TIRE)：耐磨橡膠複合物(Hard-wearing rubber compound)。

摩 托 車 發 動 機

標準二衝程引擎（發動機）外觀

摩托車引擎（發動機）必須重量輕，結構緊湊，並且具有較大的功率輸出。這類引擎具有1到6個不等的氣缸，能用空氣和水冷卻，並且其燃燒室容積可從49c.c.（立方厘米）到1500c.c.。使用較普遍的內燃機有兩種類型：汽車中使用的四衝程和二衝程引擎（發動機）（參見342-343頁）。一台基本型二衝程引擎（發動機）僅有三個運動部件 — 曲軸、連桿和活塞 — 而且其功率輸出較大。這種發動機每隔一個衝程（而不是每隔三個衝程）便點火一次，給每次循環提供一個"動力衝程"（參見343頁）。動力通過傳動系統而從發動機傳送到後車輪。傳動系統通常由離合器、變速器和終傳動系統組成。離合器為多片式裝置，在機油中運轉。變速器有五種或六種速度並且由腳踏板操作。在某些場合下使用**軸傳動和皮帶傳動**，而後車輪採用**鏈傳動**最為普遍。

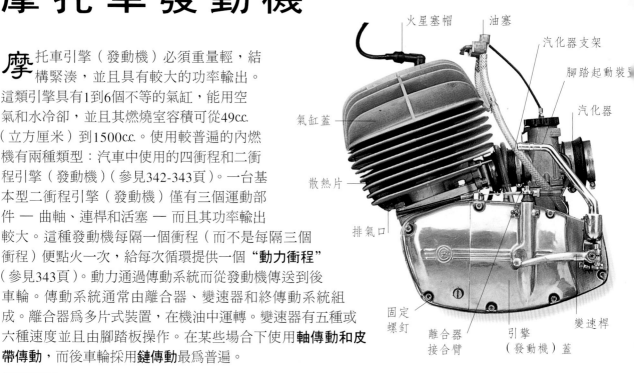

氣缸蓋・散熱片・排氣口・固定螺釘・離合器接合臂・火星塞帽・油塞・汽化器支架・腳踏起動裝置・汽化器・變速桿・引擎（發動機）蓋

傳動系統

變速器

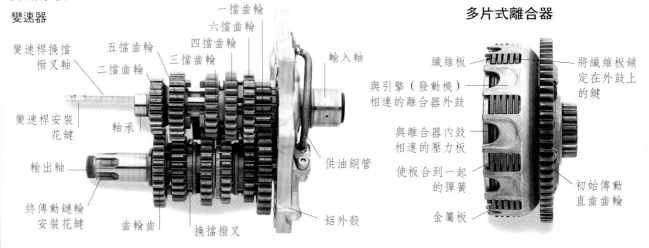

變速桿換擋撥叉軸・變速桿安裝花鍵・輸出軸・終傳動鏈輪安裝花鍵・五擋齒輪・二擋齒輪・軸承・齒輪齒・一擋齒輪・六擋齒輪・四擋齒輪・三擋齒輪・換擋撥叉・輸入軸・供油銅管・鋁外殼

多片式離合器

纖維板・與引擎（發動機）相連的離合器外鼓・與離合器內鼓相連的壓力板・使板合到一起的彈簧・金屬板・將纖維板鎖定在外鼓上的鍵・初始傳動直齒齒輪

現代O型環傳動鏈

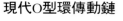
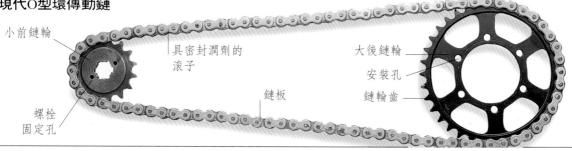

小前鏈輪・螺栓固定孔・具密封潤劑的滾子・鏈板・大後鏈輪・安裝孔・鏈輪齒

摩托車發動機(Motorcycle engines)：動力衝程(power stroke)；軸傳動和皮帶傳動(Shaft and belt drive systems)；鏈傳動(Chain drive)。**標準二衝程引擎（發動機）外觀**：汽化器(*Carburetor*)；變速桿(*Gear lever*)。**傳動系統**：變速器(GEARBOX)；變速桿換擋撥叉軸(*Gear lever selector shaft*)；終傳動鏈輪安裝花鍵(*Splines for mounting final drive sprocket*)；變速桿安裝花鍵(*Splines for mounting gear lever*)。**多片式離合器**(MULTIPLATE CLUTCH)：與離合器內鼓相連的壓力板(*Pressure plate,connected to inner clutch*

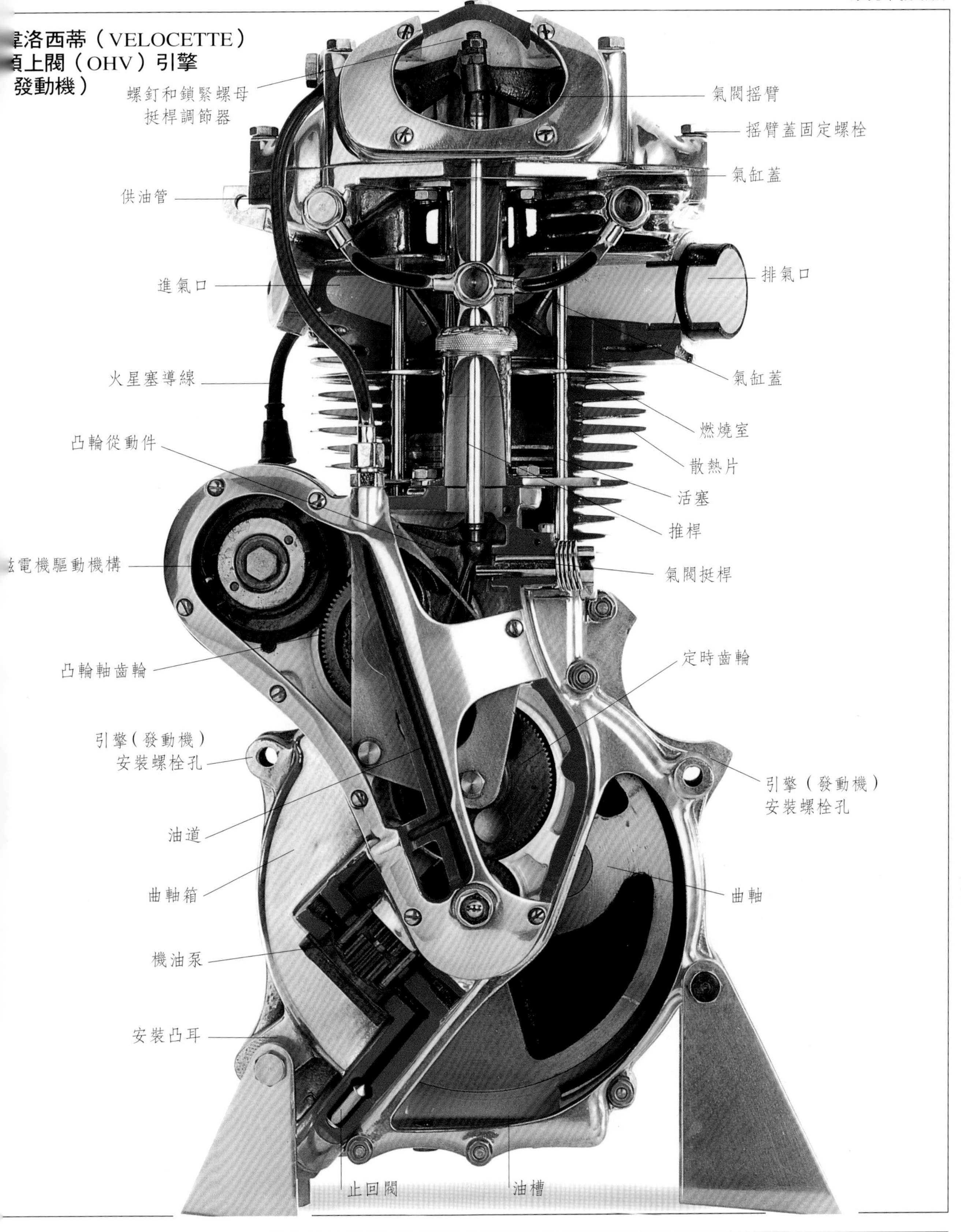

韋洛西蒂（VELOCETTE）頂上閥（OHV）引擎（發動機）

螺釘和鎖緊螺母挺桿調節器

氣閥搖臂
搖臂蓋固定螺栓
氣缸蓋

供油管

進氣口
排氣口

火星塞導線
氣缸蓋

燃燒室
散熱片
活塞
推桿

凸輪從動件

磁電機驅動機構
氣閥挺桿

凸輪軸齒輪
定時齒輪

引擎（發動機）安裝螺栓孔
引擎（發動機）安裝螺栓孔

油道
曲軸箱
曲軸

機油泵

安裝凸耳

止回閥　油槽

drum)；與引擎(發動機)相連的離合器外鼓(Outer clutch drum, connected to engine)；纖維板(Fiber plate)。
現代O型環傳動鏈(MODERN O-RING DRIVE CHAIN)：具密封潤劑的滾子(Roller with sealed-in lubricant)。
韋洛西蒂(VELOCETTE)**頂上閥**[OVERHEAD VALVE(OHV)]**引擎**(發動機)：活塞(Piston)；推桿(Push rod)；曲軸(Crankshaft)；止回閥(Nonreturn valve)；磁電機驅動機構(Magneto drive)；凸輪從動件(Cam follower)；螺釘和鎖緊螺母挺桿調節器(Screw and lock nut tappet adjustor)。

競賽摩托車

摩托車運動項目各式各樣，而在每種運動項目中，為了執行一些特殊要求，便發展了一種特殊的摩托車。摩托車比賽可在公路或跑道或"非道路"上進行，在野外、泥路，乃至沙漠中亦可進行。公路競賽中，"國際長途比賽（Grand Prix）"的世界冠軍賽設有125c.c.、250c.c.和500c.c.的等級，以及跨斗摩托車級。最新的比賽跨斗摩托車比起摩托車與賽車有更多共同之處。車手和乘客在一個全封閉的流線型罩內操作。圖中介紹的鈴木（Suzuki）RGV500型摩托車與其他國際長途比賽摩托車一樣，都佈置有廣告，以此宣傳製造廠商和贊助彌補摩托車技術開發費用。在競賽跑道（1902年在美國首創）上比賽時，摩托車不裝備剎車器（制動器）或變速器。越野競賽摩托車的重點不在大功率輸出。例如，在摩托車越野賽（越野即經過崎嶇地帶）中，這種摩托車必須具備較高離地間隔，**撓性的長途運行懸架**，以及有大塊花紋圖案的輪胎，以便輪胎能緊緊貼著沙地或泥地。

1992年赫斯夸瓦納（HUSQVARNA）摩托車越野賽，TC 610競賽摩托車

節流拉索　把手系桿　長座墊
護手　散熱器通風孔　賽車編號
撓性塑料防護板　輕型排氣
伸縮套筒叉
塑料護罩
車輪軸　頂置凸輪軸引擎　變速桿　盤式系（制動
凸紋輪胎　減震器
盤式剎車器　制動鉗　合金擺臂　減震器拉桿　減震器

1992年鈴木（SUZUKI）RGV500型摩托車

側視圖

排氣管　賽車編號　通風孔　整體式座椅和尾部組件　減震器
最少座墊填料
拱形合金擺臂

排氣管　排氣管
把手　通風口
消音器
攔腳板　減震器支架
後輪制動踏板　三輻條合金車輪
傳動鏈　排氣管
光滑寬輪胎　車軸調節器　盤式制動器　後輪制動鉗　光滑賽車輪胎　傳動鏈　攔腳板　盤式制動總泵　輕型合金車架　制動踏板

後視圖

競賽摩托車(Competition motorcycles)：撓性的長途運行懸架(flexible long-travel suspension)。**1992年赫斯夸瓦納摩托車越野賽，TC610競賽摩托車**(1992 HUSQVARNA MOTOCROSS TC 610)：節流拉索*(Throttle cable)*；伸縮套筒叉*(Telescopic fork)*。**1992年鈴木(SUZUKI)RGV500型**：碳纖維盤式剎車器(制動器)*(Carbon-fiber disc brake)*；制動鉗*(Brake calliper)*；鋼絲編織液壓系軟管*(Braided steel hydraulic hose)*；盤式制動總泵*(Disc brake master cylinder)*；拱形合金擺臂*(Arched alloy swing arm)*；傳動鏈*(Drive*

1981年威斯雷克（WESLAKE）競賽跑道摩托車

1968年柯爾比（KIRBY）BSA 競賽跨斗摩托車

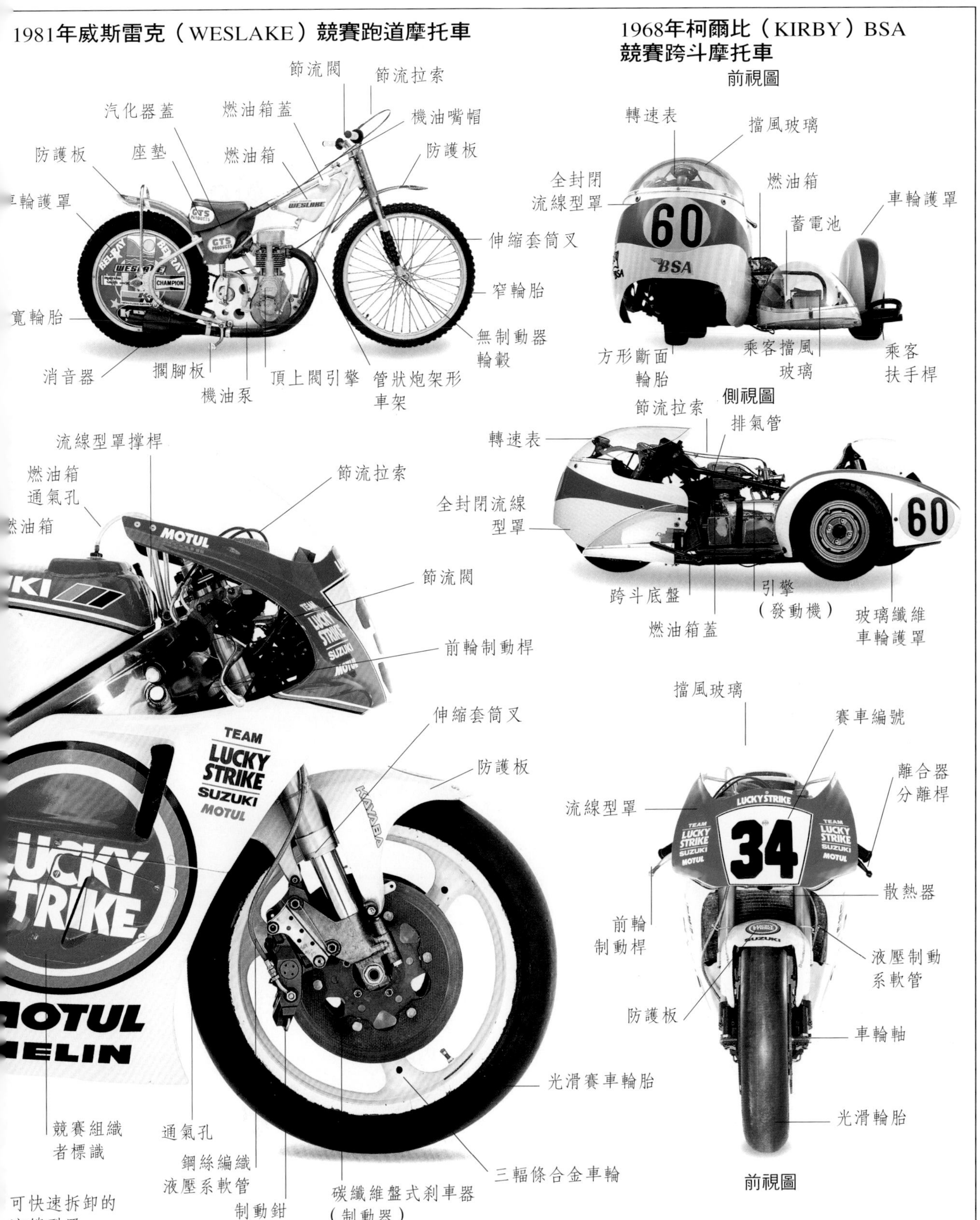

1981年威斯雷克競賽跑道摩托車

節流閥　節流拉索　汽化器蓋　燃油箱蓋　機油嘴帽　防護板　座墊　燃油箱　防護板　防護板　輪護罩　伸縮套筒叉　窄輪胎　寬輪胎　無制動器輪轂　消音器　擱腳板　機油泵　頂上閥引擎　管狀炮架形車架

流線型罩撐桿　節流拉索　燃油箱通氣孔　燃油箱　節流閥　前輪制動桿　伸縮套筒叉　防護板　競賽組織者標識　通氣孔　鋼絲編織液壓系軟管　制動鉗　碳纖維盤式剎車器（制動器）　三輻條合金車輪　光滑賽車輪胎　可快速拆卸的流線型罩

1968年柯爾比BSA競賽跨斗摩托車

前視圖

轉速表　擋風玻璃　全封閉流線型罩　燃油箱　蓄電池　車輪護罩　BSA　方形斷面輪胎　乘客擋風玻璃　乘客扶手桿

側視圖

轉速表　節流拉索　排氣管　全封閉流線型罩　跨斗底盤　引擎（發動機）　燃油箱蓋　玻璃纖維車輪護罩

擋風玻璃　賽車編號　流線型罩　離合器分離桿　散熱器　前輪制動桿　液壓制動系軟管　防護板　車輪軸　光滑輪胎

前視圖

---

chain）；離合器分離桿*(Clutch lever)*。**1981年威斯雷克競賽跑道摩托車**(1981 WESLAKE SPEEDWAY)：無制動器輪轂*(Brakeless wheel hub)*；頂上閥引擎*(Overhead valve engine)*。**1968年柯爾比BSA競賽跨斗摩托車**(1968 KIRBY BSA RACING SIDECAR)：轉速表*(Rev counter)*；方形斷面輪胎*(Square section tire)*；玻璃纖維車輪護罩*(Fiberglass wheel guard)*。

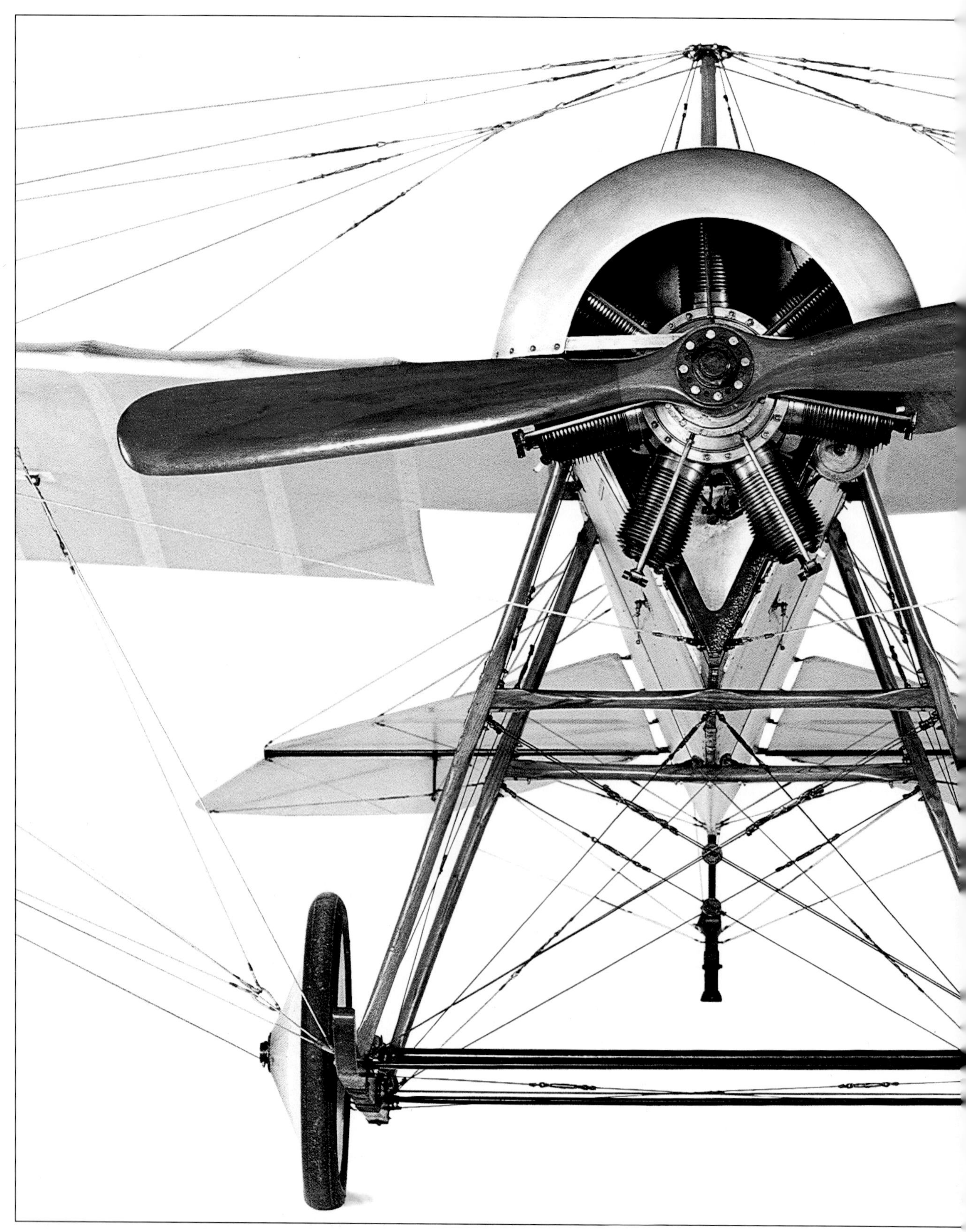

航海和航空篇
SEA AND AIR

古希臘和古羅馬的船隻(Ships of Greece and Rome)   372

北歐維京海盜船(Viking ships)   374

中世紀的軍艦和商船(Medieval warships and traders)   376

帆船的發展(The expansion of sail)   378

艦隊中的船隻(A ship of the line)   380

索具(Rigging)   382

帆(Sails)   384

繫泊和拋錨(Mooring and anchoring)   386

繩索和紐結(Ropes and knots)   388

槳輪和螺旋槳(Paddlewheels and propellers)   390

鐵船的剖析(Anatomy of an iron ship)   392

戰艦(The battleship)   394

護衛艦和潛水艇(Frigates and submarines)   396

飛行先驅(Pioneers of flight)   398

早期單翼機(Early monoplanes)   400

雙翼機和三翼機(Biplanes and triplanes)   402

第一次世界大戰中的飛機(World War I aircraft)   404

早期的客機(Early passenger aircraft)   406

第二次世界大戰中的飛機(World War II aircraft)   408

現代活塞式飛機引擎(Modern piston aero-engines)   410

現代噴射客機 1(Modern jetliners 1)   412

現代噴射客機 2(Modern jetliners 2)   414

超音速噴射客機(Supersonic jetliners)   416

噴射引擎(Jet engines)   418

現代軍用飛機(Modern military aircraft)   420

直升飛機(Helicopters)   422

輕型飛機(Light aircraft)   424

滑翔機、滑翔翼和超輕型飛機
(Gliders, hang-gliders, and microlights)   426

古希臘和古羅馬的船隻

古羅馬的錨

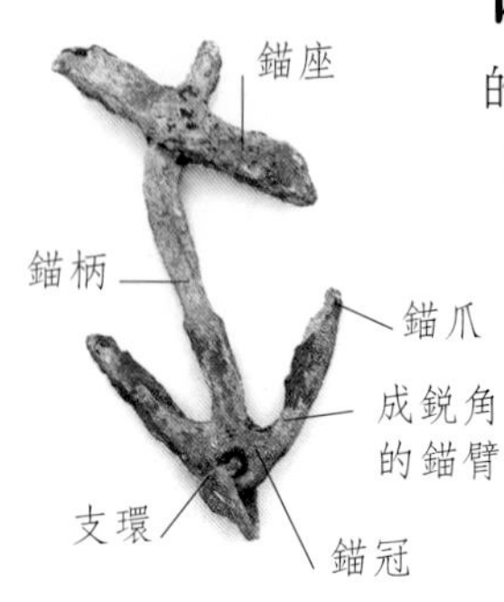

錨座
錨柄
錨爪
成銳角的錨臂
支環
錨冠

在擴張的古希臘帝國和古羅馬帝國，需要強大的船隊用於戰爭、商貿和交通。古希臘的軍艦由一張帆和許多支槳提供動力。一種新的武器 — 鐵撞角，裝在軍艦的首部。由於撞擊戰鬥需要快速靈活的戰船，所以另外增加了幾排划槳手，最多時增加到三排。在公元前4世紀和5世紀期間，有三排槳座的戰船在地中海區處於支配地位。這種戰船由170位划槳手驅動，他們排列成三排，每人划一支槳（參見373頁上圖）。這種三排槳戰船也運載準備強行登上戰船的弓箭手和兵士。軍艦在不使用時從水中拖出，停放在船場裡的軍艦棚內。古希臘和古羅馬的商船也是巨大的船隻。例如，一種龐大的古羅馬商船能裝載400噸貨物，包括香料、珠寶、絲綢和動物。這些船隻的結構基礎是用榫眼和榫舌把船殼板固定在一起，組合成結實的船體。有些商船曾經歷漫長的商貿航行，航程甚至遠及印度。爲了使船易於駕駛，船上安裝了稱爲"阿特曼，artemon"的前帆，它在前傾的桅桿上迎風飛揚。這種桅桿是19世紀快速大帆船上長船首斜桅的先驅。

畫有一艘古希臘軍艦的雅典式花瓶

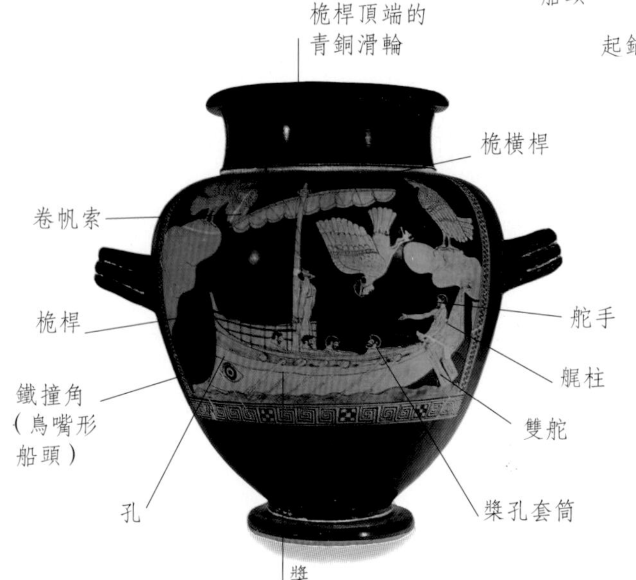

桅桿頂端的青銅滑輪
桅橫桿
卷帆索
桅桿
鐵撞角（鳥嘴形船頭）
孔
槳
舵手
艉柱
雙舵
槳孔套筒

古羅馬商船

雙股卷帆索
吊滑車
桅橫桿
前帆
孔
闊邊
帆邊粗繩
船頭
起錨機
梯子
繫纜柱
錨繩
前桅
帆腳索
轉帆索
前支索
繩索箍帶
帆桁吊索
傳聲裝置
環形物
卷帆索
錨
帆腳索
艙口蓋板
艙面梁
防擦側板
貨艙

古希臘和古羅馬的船隻(Ships of Greece and Rome)。**畫有一艘古希臘軍艦的雅典式花瓶**(ATTIC VASE SHOWING A GREEK GALLEY)：卷帆索[Kalos(brailing rope)]；鐵撞角(鳥嘴形船頭)[Embolos(ram;beak)]；槳孔套筒(Oar port sleeve)。**古羅馬商船**(ROMAN CORBITA)：繫纜柱[Catena(riding bitt)]；繫槳索(Oar lanyard)；環首螺栓(Ring bolt)；孔銷接合(Hole and peg joint)；主帆索(Main sheet)；船尾樓甲板(Poop deck)；小索(Lanyard)；主轉帆索(Main brace)；木質導索器(Timber fairlead)；帆桁[Antenna(yard)]；帆腳索(Sheet)；傳聲裝置(Heraldic device)；帆桁吊索[Ceruchi(lift)]；帆

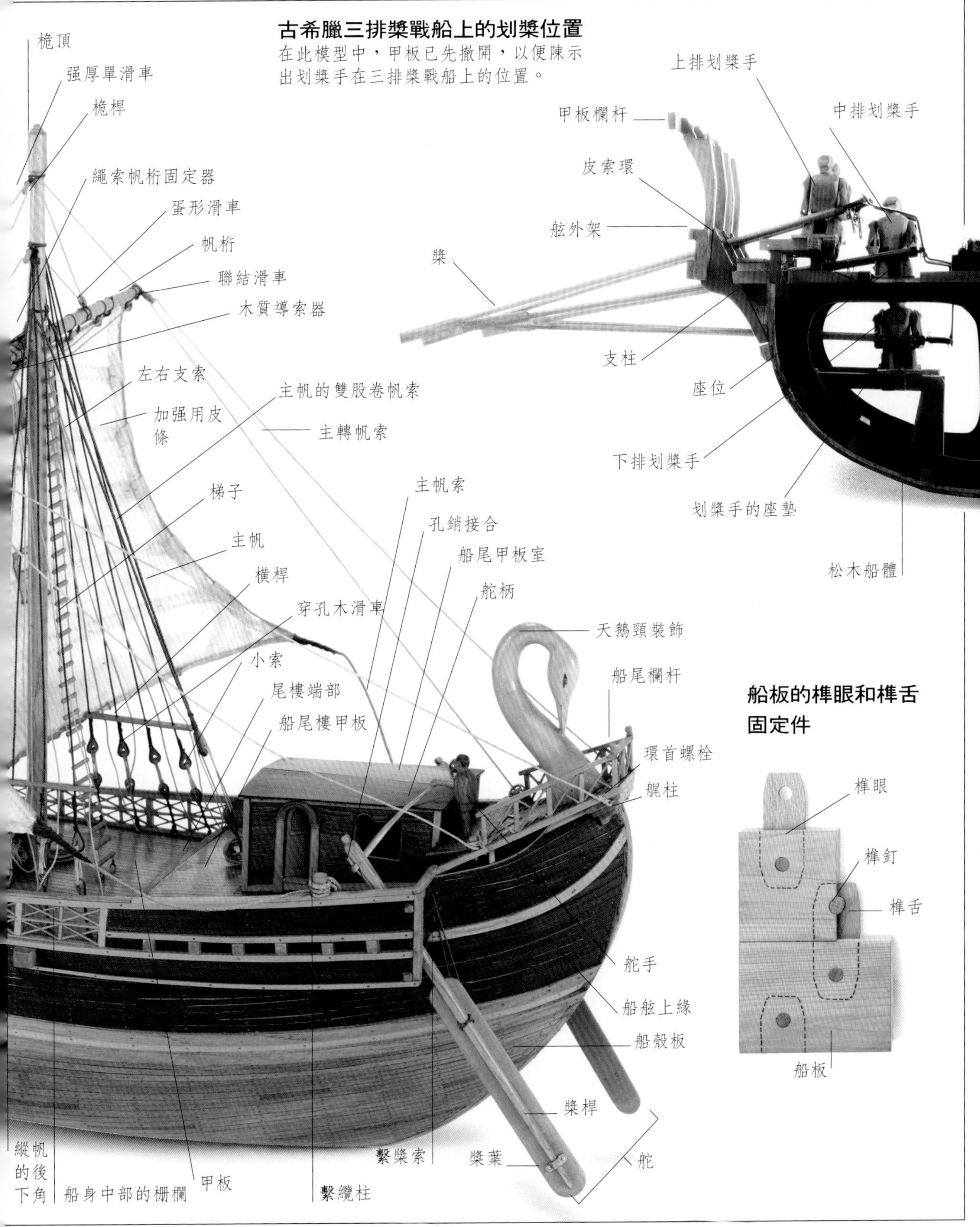

古希臘三排槳戰船上的划槳位置

在此模型中，甲板已先撤開，以便陳示出划槳手在三排槳戰船上的位置。

桅頂
強厚單滑車
桅桿
上排划槳手
中排划槳手
甲板欄杆
繩索帆桁固定器
蛋形滑車
皮索環
帆桁
舷外架
聯結滑車
槳
木質導索器
左右支索
主帆的雙股卷帆索
加強用皮條
主轉帆索
支柱
座位
梯子
主帆索
主帆
孔銷接合
下排划槳手
橫桿
船尾甲板室
划槳手的座墊
穿孔木滑車
舵柄
小索
天鵝頸裝飾
松木船體
尾樓端部
船尾欄杆
船尾樓甲板
環首螺栓
艉柱

船板的榫眼和榫舌固定件

榫眼
榫釘
榫舌
舵手
船舷上緣
船殼板
船板
縱帆的後下角
船身中部的柵欄
甲板
繫纜柱
繫槳索
槳葉
槳桿
舵

腳索(Buntline)；舵柄[Clavus (tiller)]；船尾欄杆(Stern balustrade)；舵手[Gubernator (helmsman)]；繫纜柱(Bitt)。**古希臘三排槳戰船上的划槳位置**[ROWING POSITIONS ON A GREEK TRIREME(TRIERE)]：皮索環[Tropeter(leather grommet)]；舷外架[Paraxeiresia(outrigger)]；中排划槳手[Zygian(middle level oarsman)]；划槳手的座墊[Hyperesion(oarsman's cushion)]；松木船體(Pine hull)。**船板的榫眼和榫舌固定件**(MORTICE-AND-TENON FASTENINGS FOR HULL PLANKS)：榫釘[Gomphoi(dowel)]；榫眼(Mortice)；榫舌(Tenon)；船板(Hull plank)。

北歐維京海盜船

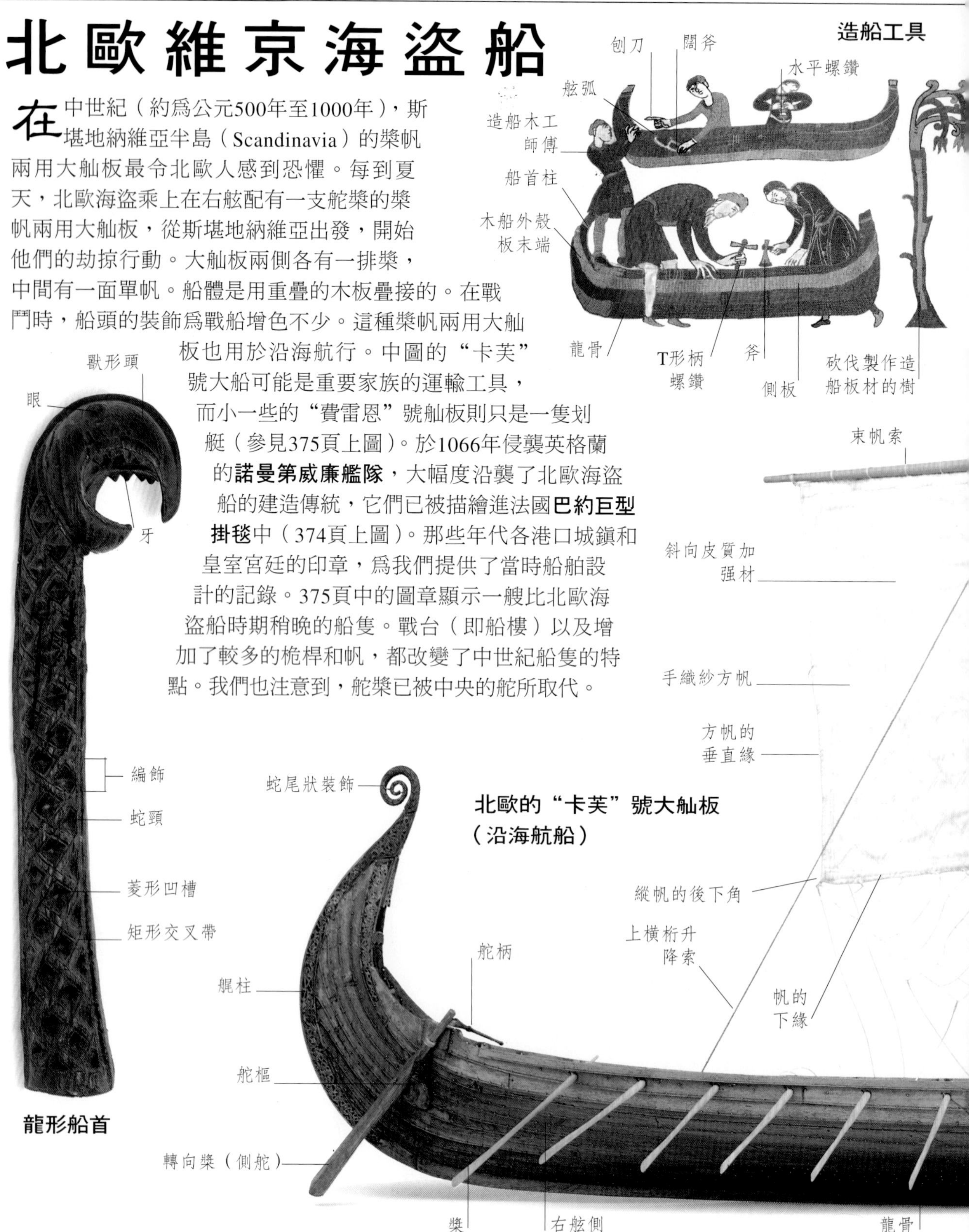

在 中世紀（約爲公元500年至1000年），斯堪地納維亞半島（Scandinavia）的槳帆兩用大舢板最令北歐人感到恐懼。每到夏天，北歐海盜乘上在右舷配有一支舵槳的槳帆兩用大舢板，從斯堪地納維亞出發，開始他們的劫掠行動。大舢板兩側各有一排槳，中間有一面單帆。船體是用重疊的木板疊接的。在戰鬥時，船頭的裝飾爲戰船增色不少。這種槳帆兩用大舢板也用於沿海航行。中圖的"卡芙"號大船可能是重要家族的運輸工具，而小一些的"費雷恩"號舢板則只是一隻划艇（參見375頁上圖）。於1066年侵襲英格蘭的**諾曼第威廉艦隊**，大幅度沿襲了北歐海盜船的建造傳統，它們已被描繪進法國**巴約巨型掛毯**中（374頁上圖）。那些年代各港口城鎮和皇室宮廷的印章，爲我們提供了當時船舶設計的記錄。375頁中的圖章顯示一艘比北歐海盜船時期稍晚的船隻。戰台（即船樓）以及增加了較多的桅桿和帆，都改變了中世紀船隻的特點。我們也注意到，舵槳已被中央的舵所取代。

造船工具

刨刀　闊斧　水平螺鑽　舷弧　造船木工師傅　船首柱　木船外殼板末端　龍骨　T形柄螺鑽　斧　側板　砍伐製作船板材的樹

獸形頭　眼　牙

編飾　蛇頸　菱形凹槽　矩形交叉帶

龍形船首

蛇尾狀裝飾

北歐的"卡芙"號大舢板（沿海航船）

舵柄　艉柱　舵樞　轉向槳（側舵）　槳　右舷側　龍骨

束帆索　斜向皮質加強材　手織紗方帆　方帆的垂直緣　縱帆的後下角　上橫桁升降索　帆的下緣

北歐維京海盜船(Viking ships)：諾曼第威廉艦隊(The fleet of William of Normandy)；巴約巨型掛毯(the Bayeux Tapestry)。**龍形船首**(DRAGON PROWHEAD)：獸形頭(*Zoomorphic head*)；矩形交叉帶(*Rectangular cross-band*)。**造船工具**：水平螺鑽(*Breast auger*)；舷弧(*Sheer*)；T形柄螺鑽(*T-handle auger*)。**"費雷恩"號舢板**(北歐的划艇)[FAERING(VIKING ROWING BOAT)]：夾緊彎釘(*Clench nail*)；階梯形艉柱(*Stepped sternpost*)；舷弧側板(*Sheer strake*)；階梯形船首柱(*Stepped stempost*)。**繪有三桅橫帆船的**

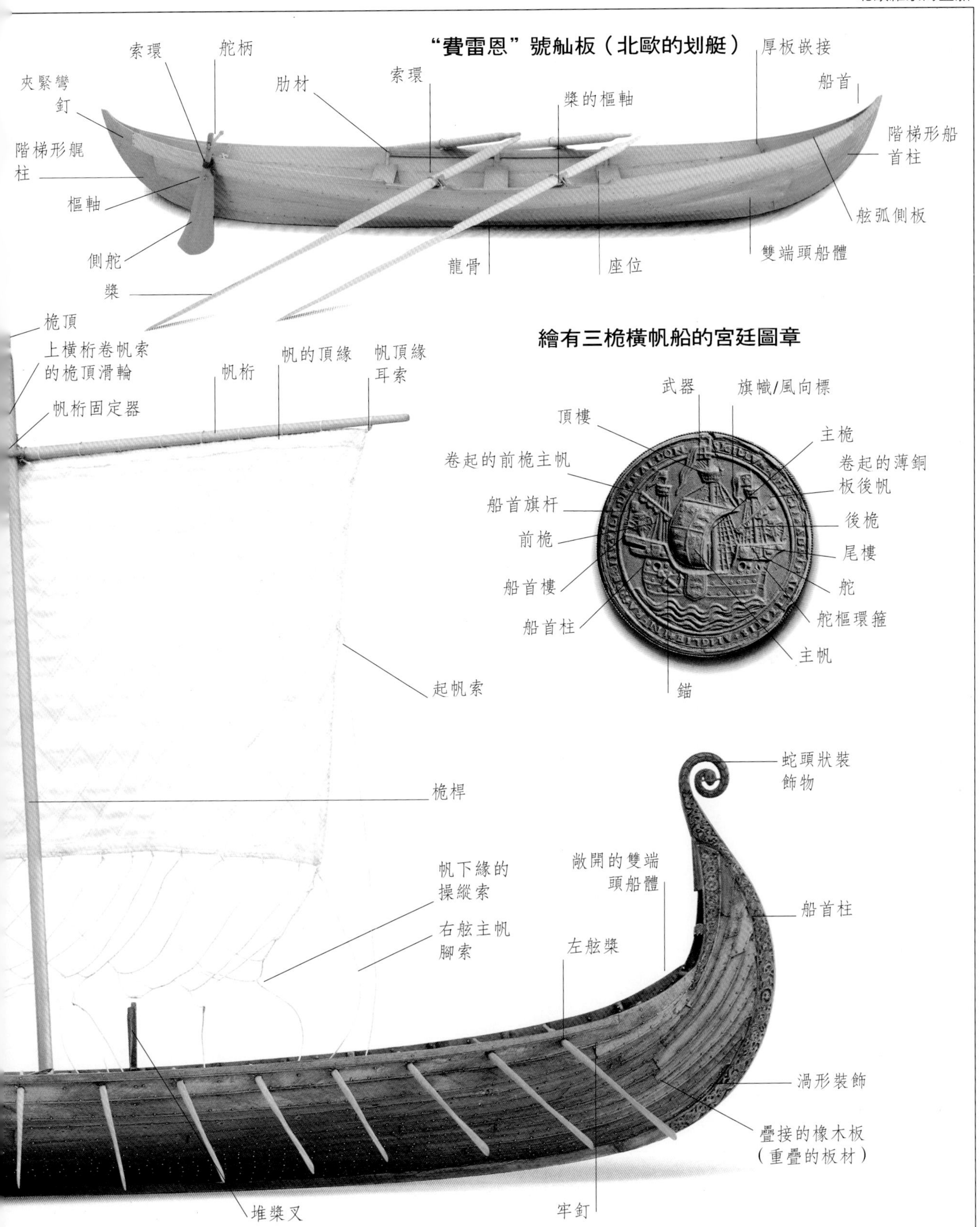

"費雷恩"號舢板（北歐的划艇）

索環　舵柄
夾緊彎釘
階梯形艉柱
樞軸
側舵
槳
肋材　索環
槳的樞軸
厚板嵌接
船首
階梯形船首柱
舷弧側板
雙端頭船體
龍骨　座位

桅頂
上橫桁卷帆索的桅頂滑輪
帆桁固定器
帆桁　帆的頂緣　帆頂緣耳索

繪有三桅橫帆船的宮廷圖章

武器　旗幟/風向標
頂樓　主桅
卷起的前桅主帆　卷起的薄銅板後帆
船首旗杆　後桅
前桅　尾樓
船首樓　舵
船首柱　舵樞環箍
主帆
錨

起帆索

桅桿

帆下緣的操縱索
右舷主帆腳索

蛇頭狀裝飾物
敞開的雙端頭船體
船首柱
左舷槳
渦形裝飾
疊接的橡木板（重疊的板材）
堆槳叉　牢釘

宮廷圖章(COURT SEAL SHOWING A THREE-MASTED, SQUARE-RIGGED SHIP)：旗幟/風向標 (Banner/windvane)；船首樓(Forecastle)；舵樞環箍(Gudgeon strap)；卷起的薄銅板後帆(Furled lateen mizzen sail)；主桅(Main mast)。**北歐的"卡芙"號大舢板**(沿海航船)[VIKING KARV(COASTER)]：帆桁固定器(Parrel)；帆頂緣耳索(Head earing)；轉向槳(側舵)[Steering oar(side rudder)]；堆槳叉(Stowage crutch for oars)；渦形裝飾(Scroll work)。

中世紀的軍艦和商船

從16世紀起，船槳式的新型船體，開始用平接（棱對棱）的板材建造。當時的軍艦如英國國王亨利三世時期的"瑪麗·羅斯（Mary Rose）"號都以有令人生畏的火力而自豪。這種軍艦上裝有**遠射程青銅炮**和**短射程殺傷鐵炮**。在別處，船隻還有各式各樣的形狀。獨桅三角帆帆船把奴隸從東非運往阿拉伯；在這種船上，從船頭到船尾都張掛著薄銅板帆，從而能夠在印度洋沿岸借風力航行。中國人乘坐平底帆船航行到西非和阿拉伯，出售裝在防水船艙中的貨物。新的天文工具有助於海員們測定航線。直角儀和星盤被用來測量太陽或星星的高度。在直角儀上，橫桿中的一根可以沿著標有高度刻度的支柱上下滑動，直到其頂端與天體對準，而底面與地平線對準。星盤的瞄準尺則僅與已知的物體對準，就可以從金屬度盤上的刻度讀出高度。日晷利用太陽的影子來為海員們示出一天的具體時刻。

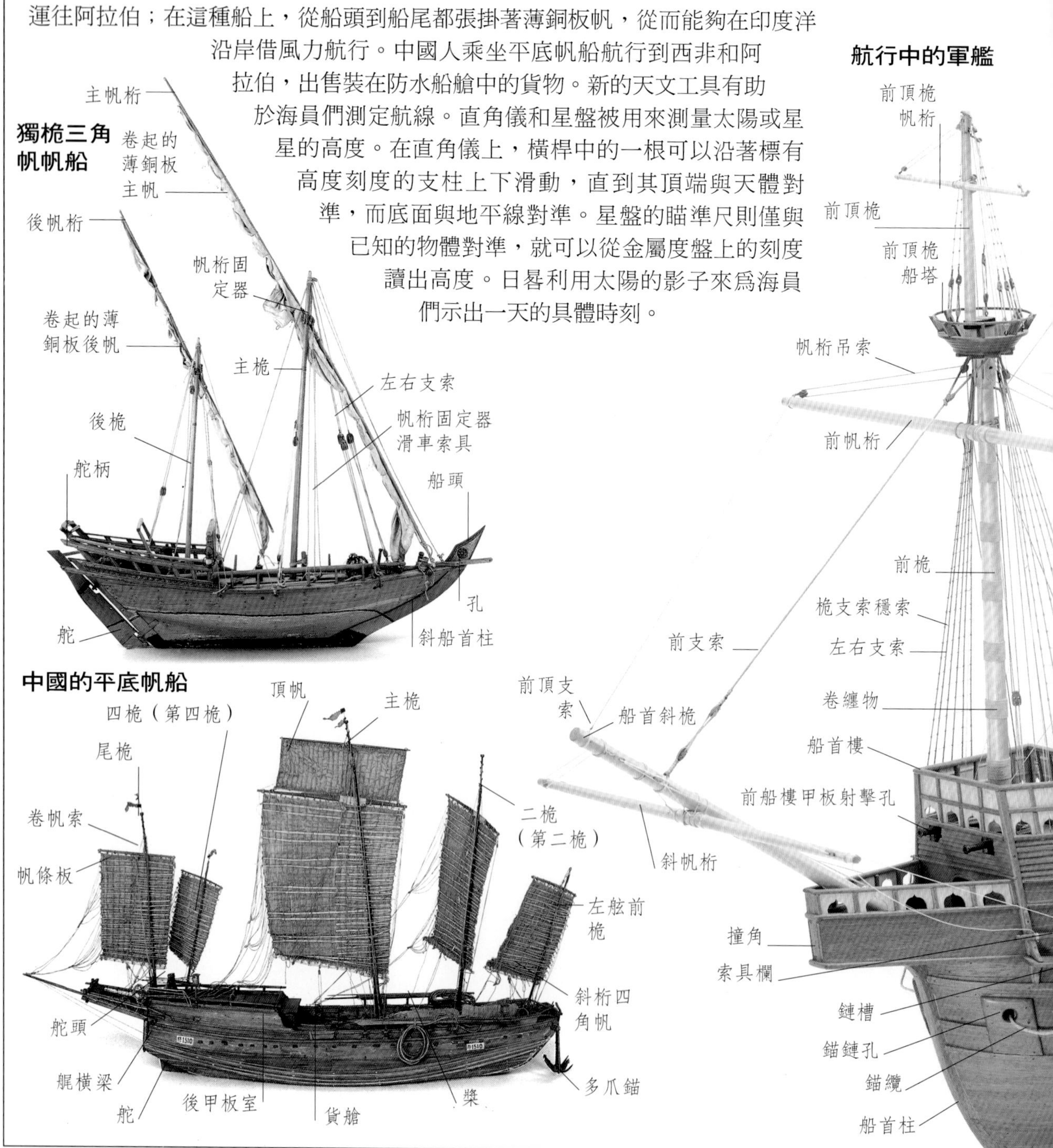

獨桅三角帆帆船

- 主帆桁
- 卷起的薄銅板主帆
- 後帆桁
- 帆桁固定器
- 卷起的薄銅板後帆
- 主桅
- 左右支索
- 帆桁固定器滑車索具
- 後桅
- 舵柄
- 船頭
- 後桅
- 孔
- 舵
- 斜船首柱

中國的平底帆船

- 頂帆
- 主桅
- 四桅（第四桅）
- 尾桅
- 卷帆索
- 帆條板
- 二桅（第二桅）
- 左舷前桅
- 斜帆桁
- 斜桁四角帆
- 舵頭
- 艉橫梁
- 舵
- 後甲板室
- 貨艙
- 槳
- 多爪錨

航行中的軍艦

- 前頂桅帆桁
- 前頂桅
- 前頂桅船塔
- 帆桁吊索
- 前帆桁
- 前頂支索
- 船首斜桅
- 前支索
- 前桅
- 桅支索穩索
- 左右支索
- 卷纏物
- 船首樓
- 前船樓甲板射擊孔
- 撞角
- 索具欄
- 鏈槽
- 錨鏈孔
- 錨纜
- 船首柱

中世紀的軍艦和商船(Medieval warships and traders)：遠射程青銅炮(long-range bronze cannon)；短射程殺傷鐵炮(short-range, anti personnel guns in iron)。**獨桅三角帆帆船(DHOW)**：主帆桁(Main yard)；卷起的薄銅板主帆(Furled lateen main sail)。**中國的平底帆船(JUNK)**：帆條板(Sail batten)；斜桁四角帆(Lug sail)；艉橫梁(Transom)；多爪錨(Grapnel-type anchor)。**航行中的軍艦(SAILING WARSHIP)**：前頂桅船塔(Fore topcastle)；船首斜桅(Bowsprit)；前船樓甲板射擊孔(Forecastle castle-deck)

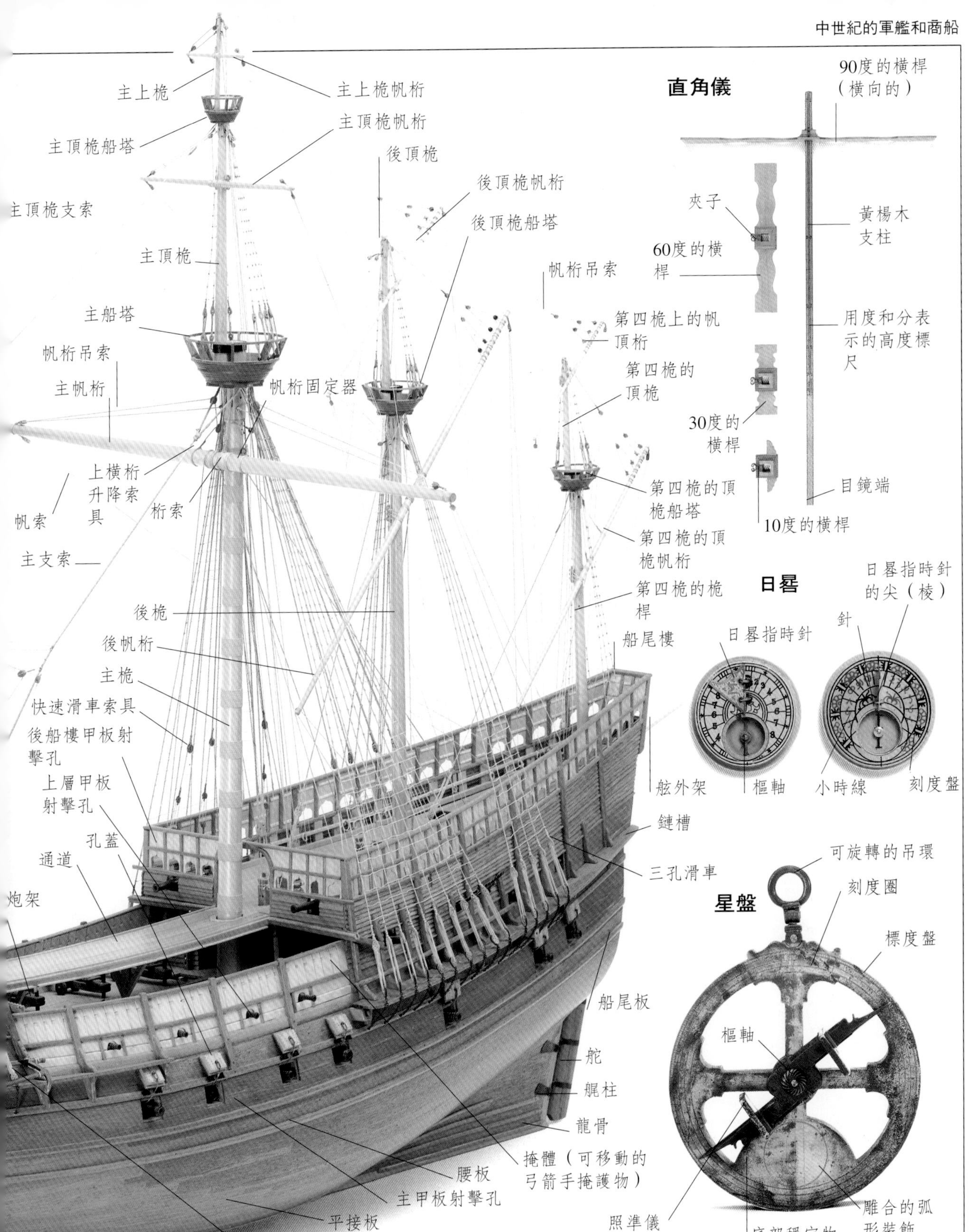

主上桅

主上桅帆桁

主頂桅帆桁

主頂桅船塔

後頂桅

主頂桅支索

後頂桅帆桁

後頂桅船塔

主頂桅

帆桁吊索

第四桅上的帆頂桁

主船塔

帆桁吊索

第四桅的頂桅

主帆桁

帆桁固定器

第四桅的頂桅船塔

上橫桁升降索具

桁索

第四桅的頂桅帆桁

帆索

主支索

第四桅的桅桿

船尾樓

後桅

後帆桁

舷外架

主桅

鏈槽

快速滑車索具

三孔滑車

後船樓甲板射擊孔

上層甲板射擊孔

孔蓋

通道

炮架

船尾板

舵

艉柱

龍骨

掩體（可移動的弓箭手掩護物）

腰板

主甲板射擊孔

平接板

左舷主錨

直角儀

90度的橫桿（橫向的）

夾子

黃楊木支柱

60度的橫桿

用度和分表示的高度標尺

30度的橫桿

目鏡端

10度的橫桿

日晷

日晷指時針的尖（棱）

日晷指時針

針

小時線

刻度盤

樞軸

星盤

可旋轉的吊環

刻度圈

標度盤

樞軸

照準儀（瞄準尺）

底部穩定物

雕合的弧形裝飾

gunport)；撞角(Beakhead)；索具欄(Rigging rail)；桁索(Jeer)；上層甲板射擊孔(Upper deck gunport)；船尾樓(Aftercastle)；掩體(可移動的弓箭手掩護物)[Blindage(removable archery screen)]；腰板(Wale)；左舷主錨(Port bower anchor)。**直角儀**(CROSS-STAVE(CROSS-STAFF)]：黃楊木支柱(Boxwood staff)；目鏡端(Ocular end)。**日晷**(SUNDIAL)：日晷指時針(Gnomon)。**星盤**(ASTROLABE)：刻度圈(Graduated ring)；照準儀(瞄準尺)[Alidade(sighting rule)]。

帆船的發展

到18世紀末，帆船成爲快速有效的浮動堡壘。北歐列強的海軍彼此競爭建造裝備有重武器的戰列艦，稱爲"戰船"。378頁左圖中帆船的圓形船尾，與衆不同的是有開闊的船尾展望台和精巧的木刻，這都是那個時期帆船的特點。那時船體的橫斷面都是半圓形的，儘管很多帆船設計者們很快又轉向北歐海盜船所使用的V形船體。這一時期的船艦上裝有比以往任何時候都多的風帆。一副錯綜的索具支撐著固定大量方帆的桅桿和帆桁。由於在低層桅桿上安裝了額外的桅桿，帆船變得更高了，船首斜桅也變得更長，使得帆船能夠裝上支索帆、斜杠帆和船首三角帆。這種帆船在戰鬥中以單一縱列出擊，以便讓多層甲板兩側的所有舷炮發揮最大威力。帆船按等級分類，其等級取決於它擁有火炮的多少。一級船有100多門大炮。大炮發射鐵質的圓形實心炮彈。

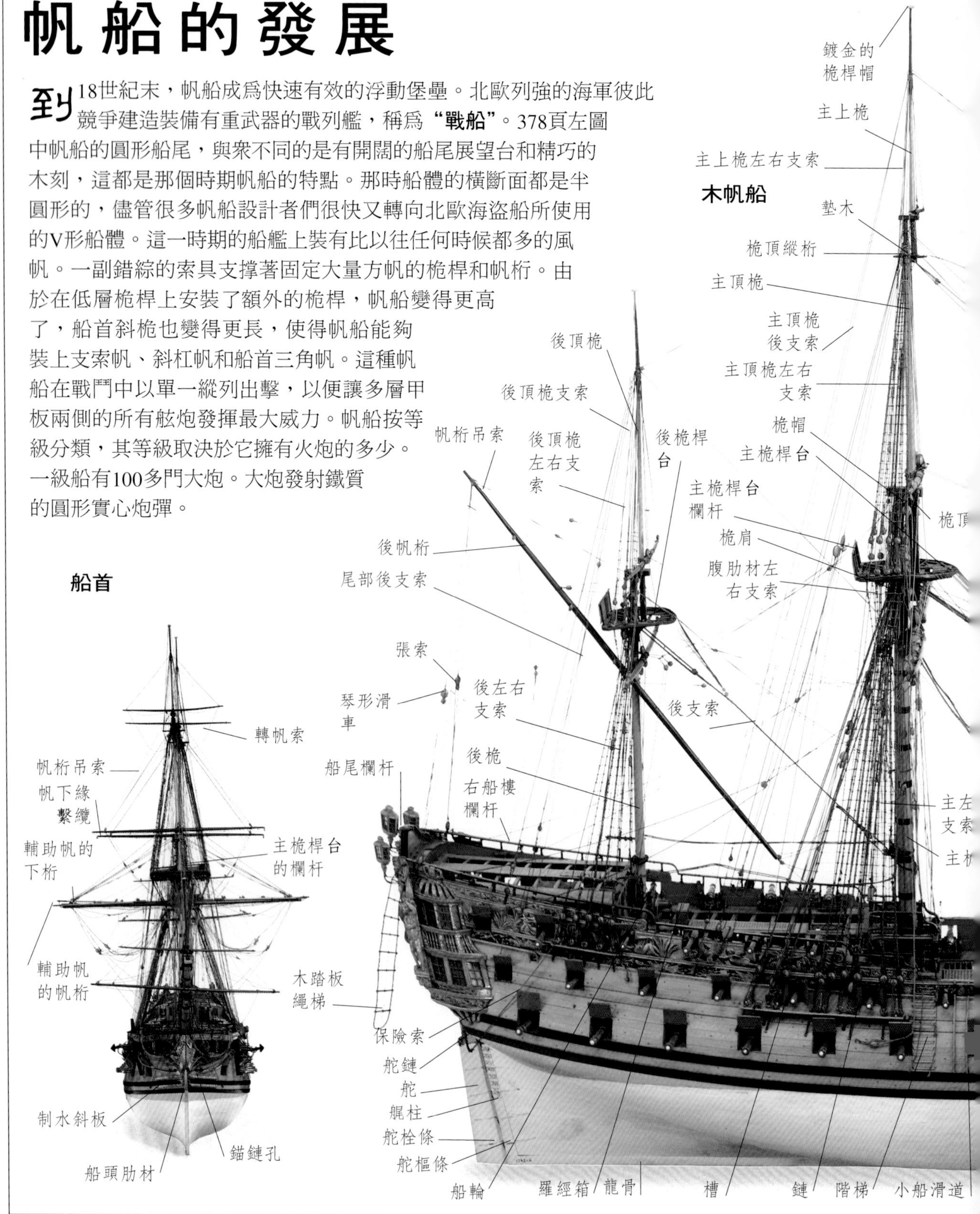

帆船的發展(The expansion of sail)：戰船(men-of-war)。船首(BOW)：輔助帆的帆桁*[Studding sail yard(stuns'l yard)]*；船頭肋材(*Knee of the head*)。木帆船(WOODEN SAILING SHIP)：桅頂縱桁(*Trestle trees*)；桅帽(*Cap*)；琴形滑車(*Fiddle block*)；舵栓條(*Pintle strap*)；舵樞條(*Gudgeon strap*)；羅經箱(*Binnacle box*)；吃水標尺(*Draft mark*)；斜桅帆桁(*Spritsail yard*)；卷纏索(*Rope woolding*)；桅索梯(*Ratline*)；纏口結和支索端眼(*Mouse and collar*)；主頂桅保險支索(*Main topmast preventer stay*)；主支索

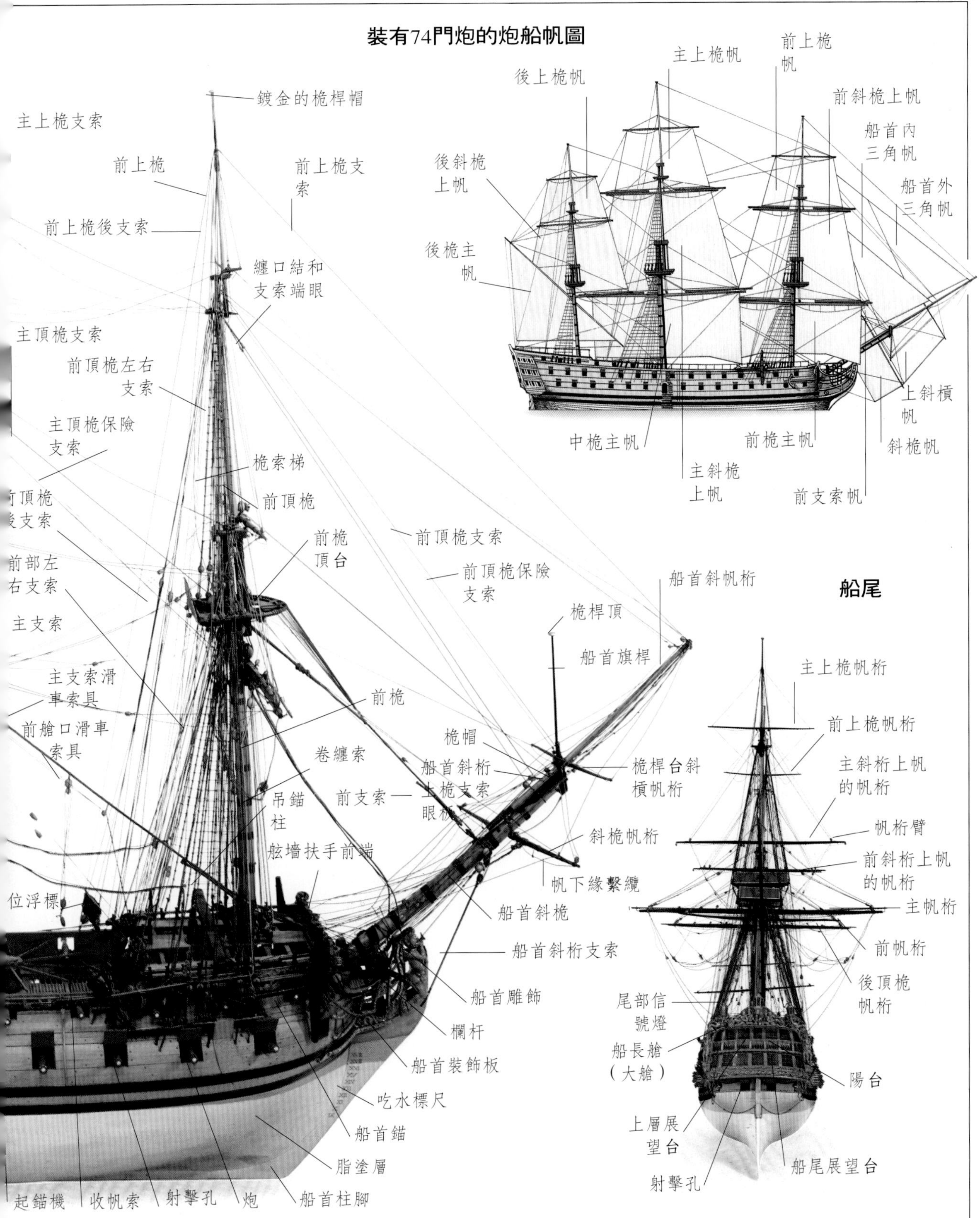

裝有74門炮的炮船帆圖

主上桅帆
前上桅帆
後上桅帆
前斜桅上帆
船首內三角帆
船首外三角帆
後斜桅上帆
後桅主帆

主上桅支索
前上桅
前上桅支索
前上桅後支索
鍍金的桅桿帽
纏口結和支索端眼
主頂桅支索
前頂桅左右支索
主頂桅保險支索
桅索梯
前頂桅
前頂桅後支索
前部左右支索
主支索
前桅頂台
前頂桅支索
前頂桅保險支索
主支索滑車索具
前艙口滑車索具
前桅
卷纏索
前支索
吊錨柱
舷墻扶手前端
位浮標
起錨機
收帆索
射擊孔
炮
船首柱腳

中桅主帆
前桅主帆
主斜桅上帆
前支索帆
上斜檣帆
斜桅帆

船首斜帆桁
桅桿頂
船首旗桿
桅帽
船首斜桁
主桅支索眼板
斜桅帆桁
帆下緣繫纜
船首斜桁
船首斜桁支索
船首雕飾
欄杆
船首裝飾板
吃水標尺
船首錨
脂塗層

船尾

主上桅帆桁
前上桅帆桁
主斜桁上帆的帆桁
帆桁臂
前斜桁上帆的帆桁
主帆桁
前帆桁
後頂桅帆桁
桅桿台斜檣帆桁
尾部信號燈
船長艙（大艙）
上層展望台
射擊孔
陽台
船尾展望台

滑車索具(*Mainstay tackle*)。**裝有74門炮的炮船帆圖**(SAIL PATTERN OF A 74-GUN SHIP)：主上桅帆(*Main topgallant sail*)；船首內三角帆(*Inner jib*)；中桅主帆(*Main course*)；主斜桅上帆(*Main topsail*)；前支索帆 (*Fore staysail*)；斜桅帆(*Spritsail*)。**船尾**(STERN)：帆桁臂(*Yardarm*)；主帆桁(*Main yard*)；上層展望台 (*Upper gallery*)。

艦隊中的船隻

備有74門炮的三級軍艦是18世紀晚期和19世紀初期英法艦隊的主力（當時剛剛建立的美國海軍，最大軍艦是44門炮的**快速帆船**）。這種軍艦的長度是由每層甲板所需火炮的數量而確定的，即要為操作火炮的船員留出活動空間。這種軍艦的火炮甲板長約170呎（合52米）。它的甲板必須足夠結實，才承受得起火炮的重量。下圖模型中用作甲板的厚木板已經撤開，以便說明為了使船體足夠結實所需的橫梁數，而且只有紋理理想的木材才可以使用。上甲板在船腰處是敞露的，但船頭和船尾是軍官艙室。前甲板和後甲板裝有輕型火炮，並有平台為裝卸帆纜和偵察敵情。軍艦的大艇（大舢板）安放在兩個通道之間的**護舷木**上。

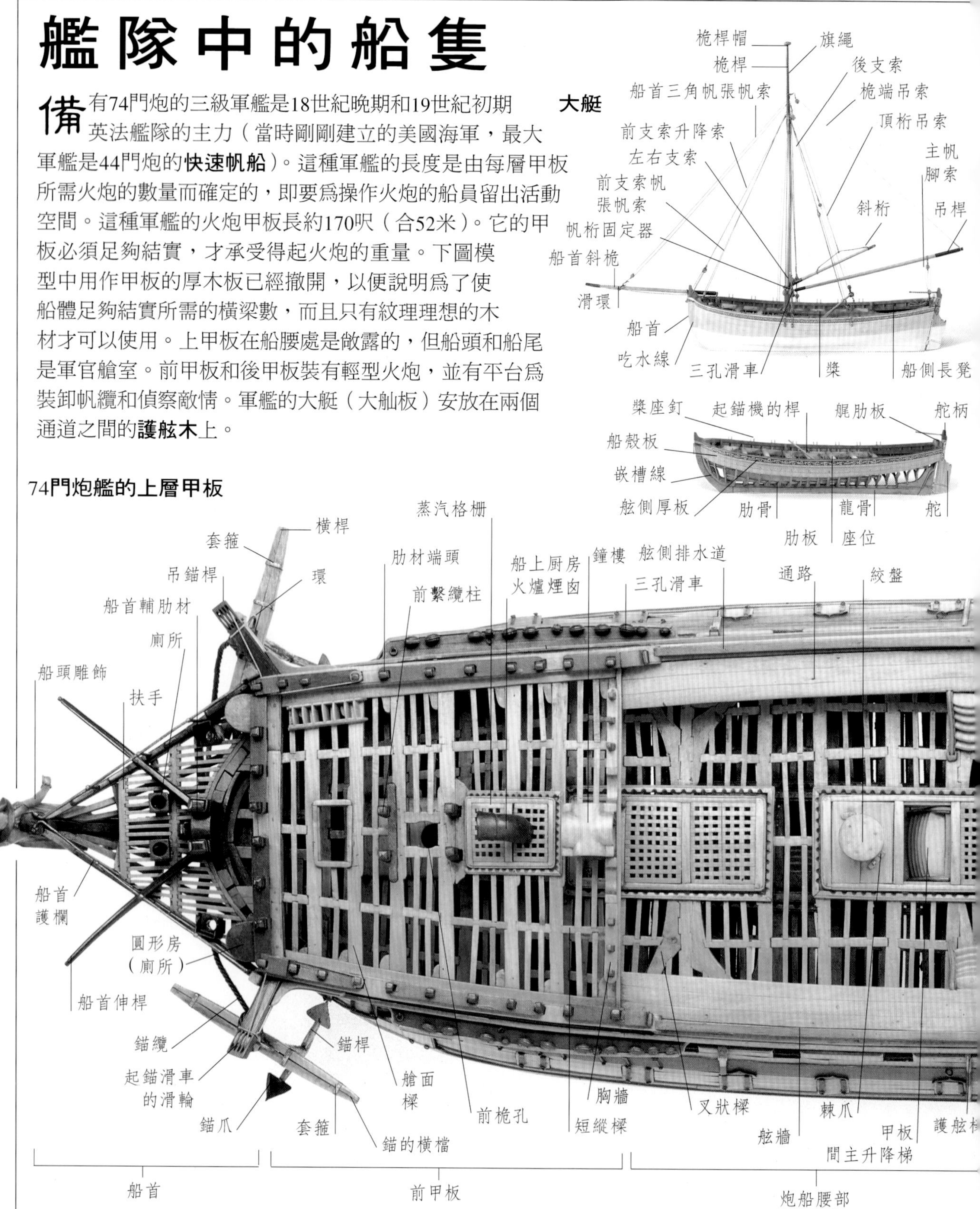

大艇

74門炮艦的上層甲板

艦隊中的船隻(A ship of the line)：快速帆船(Frigates)；護舷木(skids)。**74門炮艦的上層甲板** (UPPER DECK OF A 74-GUN SHIP)：套箍(Hoop)；蒸汽格柵(Steam grating)；鐘樓(Belfry)；舷側排水道 (Waterway)；環首螺栓(Eye bolt)；主繫纜柱(Main bitts)；壁架(條板)[Ledge(batten)]；艙口圍板(Hatch coaming/shot garland)；大艙(艦長艙)[Great cabin(captain's cabin)]；錨的橫檔(Stock)；胸牆(Breastwork)；舷牆(Bulwark)；棘爪(Pawl)；護舷梁(Skid beam)；射擊孔滴漏(眉板)[Gunport drip(eyebrow;rigol)]；柱頸線腳(Necking)；絞盤(Capstan)；後牽索滑車槽(Backstay stool)；升降梯(Companion Ladder)；後桅孔

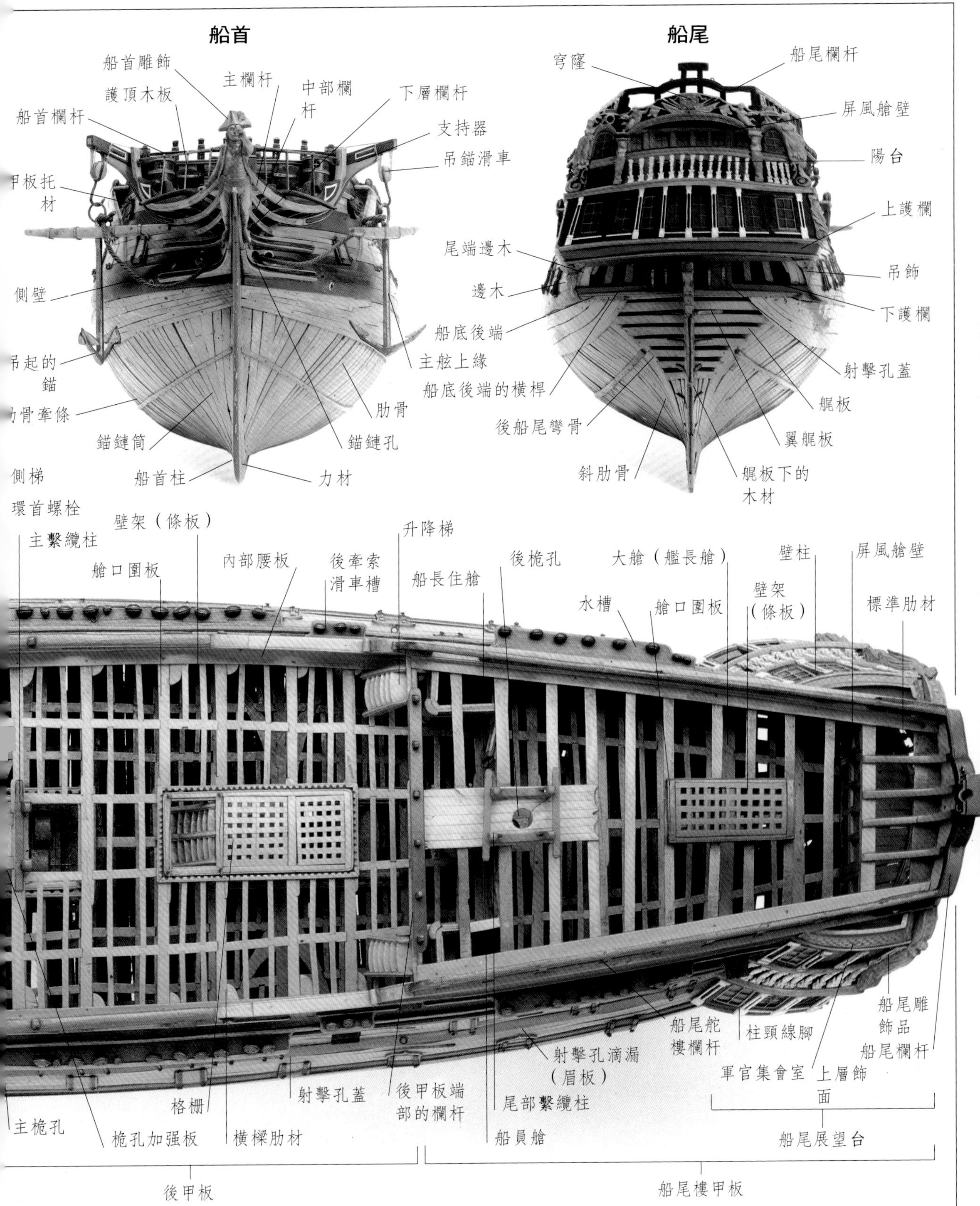

船首

船首雕飾
護頂木板
船首欄杆
主欄杆
中部欄杆
下層欄杆
支持器
吊錨滑車
甲板托材
側壁
吊起的錨
力骨牽條
錨鏈筒
船首柱
錨鏈孔
肋骨
力材

船尾

穹窿
船尾欄杆
屏風艙壁
陽台
上護欄
吊飾
下護欄
尾端邊木
邊木
船底後端
主舷上緣
船底後端的橫桿
後船尾彎骨
斜肋骨
射擊孔蓋
艉板
翼艉板
艉板下的木材

側梯
環首螺栓
主繫纜柱
艙口圍板
壁架（條板）
內部腰板
後牽索滑車槽
船長住艙
升降梯
後桅孔
大艙（艦長艙）
水槽
艙口圍板
壁柱
壁架（條板）
屏風艙壁
標準肋材

主桅孔
桅孔加強板
格柵
橫樑肋材
射擊孔蓋
後甲板端部的欄杆
射擊孔滴漏（眉板）
尾部繫纜柱
船員艙
船尾舵樓欄杆
柱頸線腳
軍官集會室
船尾雕飾品
船尾欄杆
上層飾面
船尾展望台

後甲板
船尾樓甲板

(Mizzen mast hole)；艙口圍板(Coaming)；壁柱(Pilaster)；尾部繫纜柱(Mizzen bitts)；射擊孔蓋(Gunport lid)；橫樑肋材(Lodging knee)；格柵(Grating)。**大艇**(LONGBOAT)：船首三角帆張帆索(Jib halyard)；槳座釘(Thole pins)；嵌槽線(Rabbet line)。**船首**(BOW)：主欄杆(Main rail)；吊錨滑車(Cat block)；吊起的錨(Catted anchor)；錨鏈筒(Hawse piece)；甲板托材(Ekeing)；力材(Deadwood)。**船尾**(STERN)：穹窿(Cove)；屏風艙壁(Screen bulkhead)；陽台(Balcony)；後船尾彎骨(After fashion piece)；翼艉板(Wing transom)。

索具

大多數帆船都有兩類索具。由螺旋索或舊式小索和三孔滑車拉緊的靜索，其包括支持桅桿和帆桁（水平桿子）的繩、索和鏈。而包括各種滑輪組、張帆索和帆腳索在內的活動索具，則是用來升起、降落和調整船帆的。

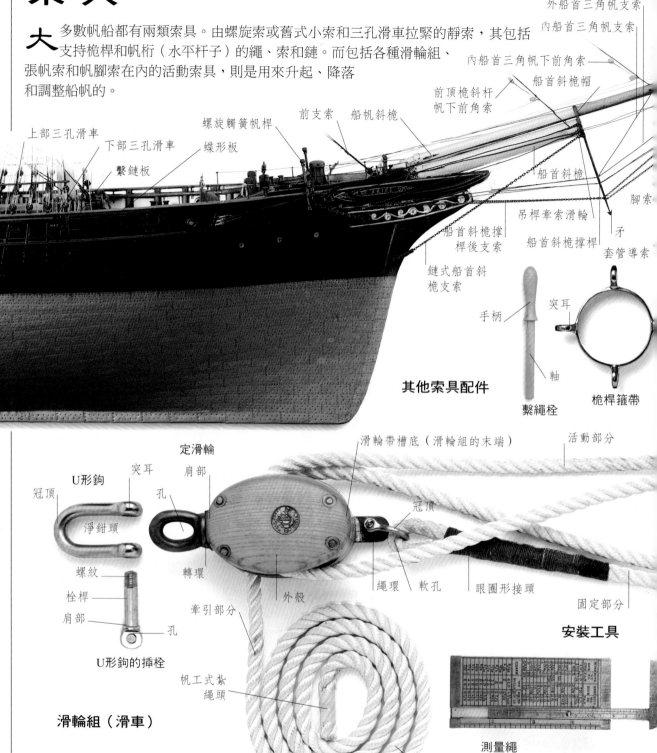

其他索具配件

滑輪組（滑車）

安裝工具

測量繩
或線直徑用的索具裝配量規

索具(Rigging)。船首斜桅和船帆斜桅(BOWSPRIT AND JIBBOOM)：繫鏈板(*Chain plate*)；蝶形板(*Butterfly plate*)；螺旋觸簧帆桿(*Whisker boom*)；飛伸三角帆下前角索(*Flying jib tack*)；中斜桁下支索(*Middle martingale stay*)；腳索(*Foot rope*)。荷蘭三重琴形滑車(DUTCH TRIPLE FIDDLE BLOCK)：雙重繩環(*Double rope becket*)；扁平綑紮索(*Flat seizing*)。小索和三孔滑車(LANYARD AND DEADEYES)：似頭巾的繩索飾結(*Turk's head*)；雙股油膠繩(*Standing part*)；滾條(*Binding*)。螺旋索具(鬆緊螺旋扣)(TURNBUCKLE(RIGGING SCREW)]：實心心形套管(*Solid heart thimble*)；開尾銷(*Cotter pin*)。其他索具配件(OTHER RIGGING FITTINGS)：繫繩栓(BELAYING PIN)；桅桿箍帶(MAST BAND)；有槽的吊滑車導索環

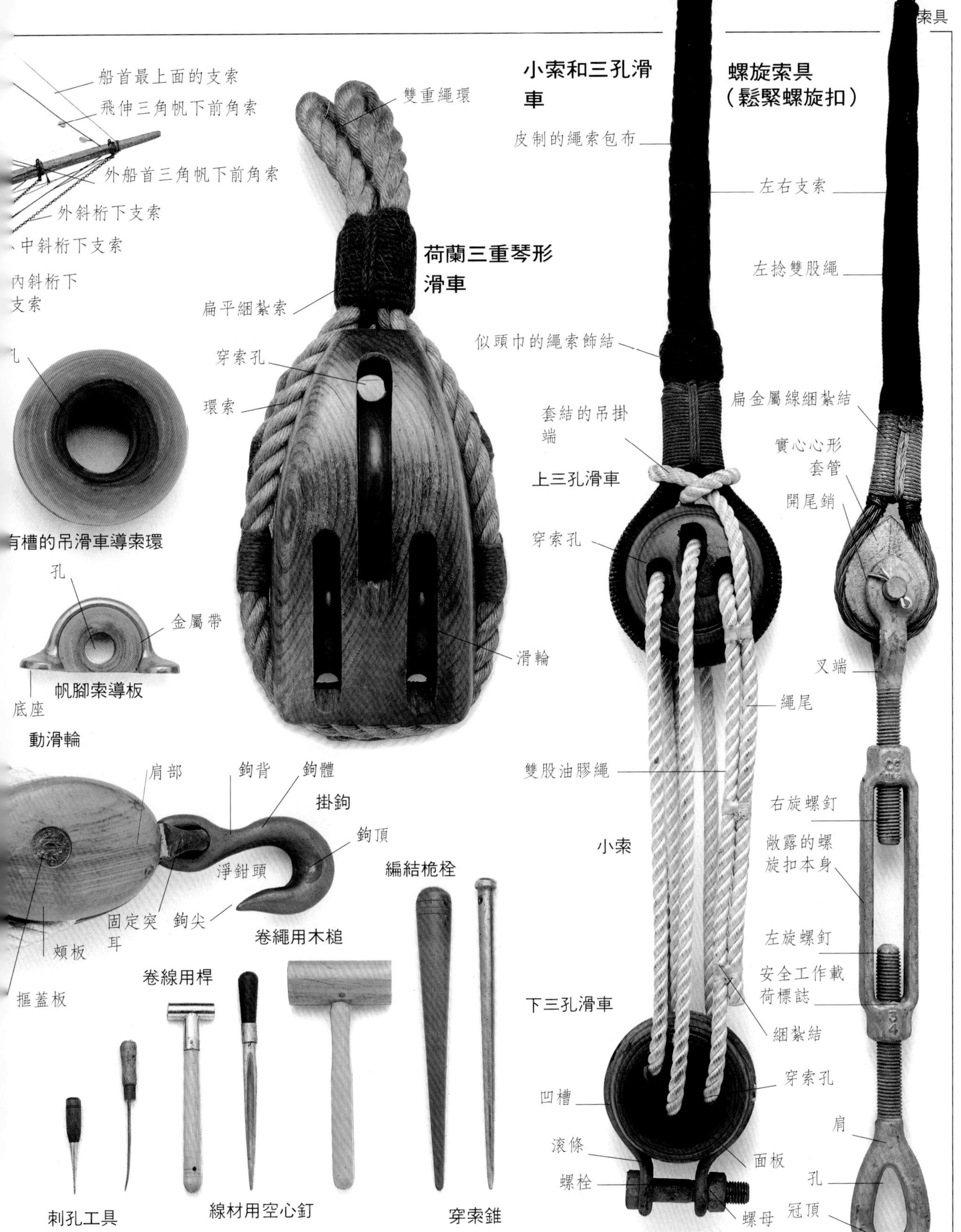

船首最上面的支索
飛伸三角帆下前角索
外船首三角帆下前角索
外斜桁下支索
中斜桁下支索
內斜桁下支索

有槽的吊滑車導索環

孔
金屬帶
帆腳索導板
底座

動滑輪

肩部
鈎背　鈎體
掛鈎
鈎頂

淨鉗頭
固定突耳　鈎尖
頰板
摳蓋板

卷繩用木槌

編結桅栓

卷線用桿

刺孔工具
線材用空心釘
穿索錐

小索和三孔滑車

雙重繩環

荷蘭三重琴形
滑車

扁平細紮索
穿索孔
環索

螺旋索具
（鬆緊螺旋扣）

皮制的繩索包布

左右支索

左捻雙股繩

似頭巾的繩索飾結

套結的吊掛端

上三孔滑車

穿索孔

滑輪

扁金屬線細紮結

實心心形套管

開尾銷

叉端

繩尾

雙股油膠繩

小索

下三孔滑車

凹槽
滾條
螺栓

穿索孔

面板
螺母

右旋螺釘

敞露的螺旋扣本身

左旋螺釘

安全工作載荷標誌

細紮結

肩

孔

冠頂

(SCORED BULLSEYE FAIRLEAD)；帆腳索導板(SHEET LEAD)。**滑輪組 (滑車)** [BLOCK AND TACKLE (PURCHASE)]：U形鈎(SHACKLE)；定滑輪(STANDING BLOCK)；蒲團式繩圈(餅狀繩盤)[*Flemish coil(cheesing)*]；動滑輪(RUNNING BLOCK)；摳蓋板(*Pin cover plate*)；頰板(*Cheek*)。**安裝工具**(RIGGING TOOLS)：索具裝配量規(RIGGER'S GAUGE)；刺孔工具(PRICKERS)；卷線用桿(HEAVER FOR WIRE SERVING)；線材用空心釘(HOLLOW SPIKE FOR WIRE)；卷繩用木槌(ROPE SERVING MALLET)；穿索錐(MARLINESPIKE)；編結桅栓(SPLICING FID)。

帆桁固
定串珠

帆

有兩種主要類型的帆：一種是舊式的橫帆（方帆），懸掛時帆桁與桅桿成直角，在順風情況下，它們有強大的驅動力；另一種是與船身平行的縱帆，其前緣連接到桅桿或支索上。它們在各種航行中都較為有效，因而幾乎所有的現代帆船都是安裝縱帆。有些縱帆在頭部有一根斜桅；馬可尼帆在頂部是尖頭的（參見下圖）。帆的下緣裝在下桁上。帆是由彼此縫合的布條製成的。棉布和亞麻是傳統的製帆材料，但目前用得較多的是合成纖維織物。

馬可尼帆的頂部

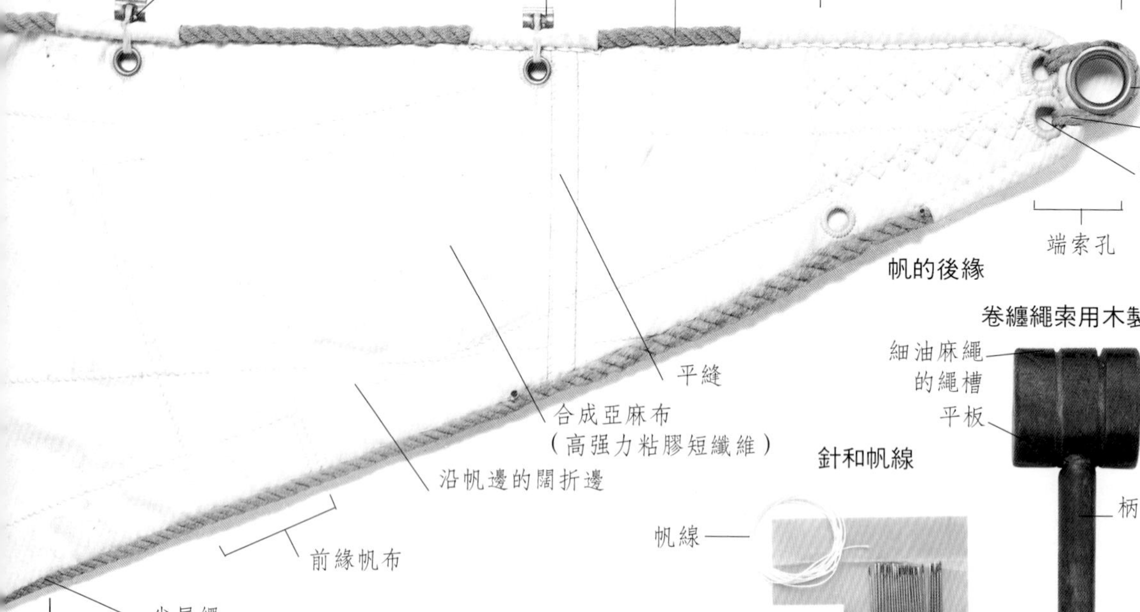

細縈繩　前緣　　前緣滑道　帆邊繩　　頭部

圓套環
繩絞
索環
端索孔
帆的後緣
尖頭

卷纏繩索用木製工具
細油麻繩的繩槽
平板
柄 
柄
帆工用桅栓

平縫
合成亞麻布（高強力粘膠短纖維）
沿帆邊的闊折邊
前緣帆布
尖尾繩

針和帆線 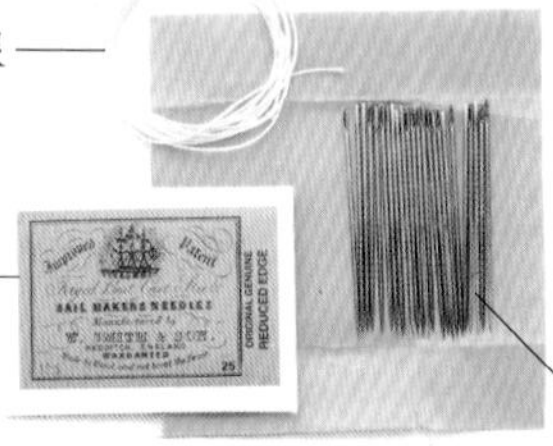
帆線
針袋
針

帆的布料

合成纖維與亞麻交織的布　　厚重尼龍布

聚脂薄膜　　尼龍和矽布

合成亞麻布（高強力粘膠短纖維）　　達克龍

帆掛鉤
鉤頂
鉤尖　　鉤體

蜂蠟（蜜臘）
由線拉出的槽

帆工用手掌墊
皮條 
金屬針墊
拇指

牛皮面
頰板

帆工用木槌
手柄　　纏繞物　　皮柄　　細縈繩
銅面

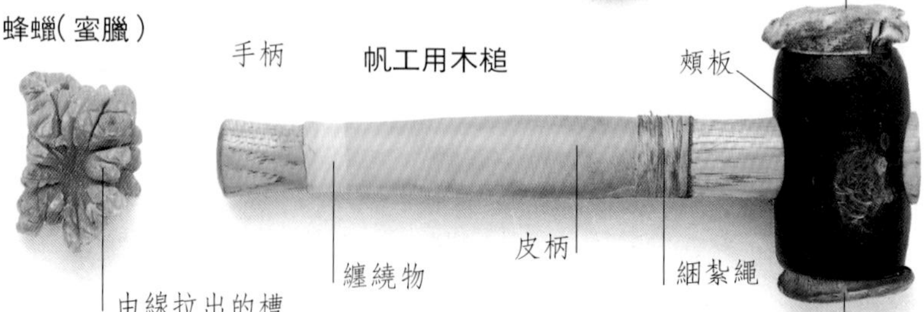

製帆工具

帆(Sails)。

馬可尼帆的頂部(TOP OF A MARCONI SAIL)：圓套環(*Round thimble*)；端索孔(*Head cringle*)；合成亞麻布(高強力粘膠短纖維)[*Synthetic flax(duradon)*]。**帆的布料**(SAILCLOTHS)：合成纖維與亞麻交織的布(KEVLAR ON FLEX FILM)；厚重尼龍布(HEAVYWEIGHT NYLON CLOTH)；聚脂薄膜(MYLAR)；尼龍和矽布(NYLON AND SILICON CLOTH)；達克龍(DACRON)。**縱帆的裝備**(FORE-AND-AFT SAILING RIGS)：主斜桅上帆(*Main gaff topsail*)；三角帆(*Jib*)；漁人支索帆(*Fisherman's staysail*)；斜桅四角帆船(LUGGER)。**製帆工具**(SAILMAKING TOOLS)：蜂蠟(蜜臘)(BEESWAX)；帆工用手掌墊(SAILMAKER'S PALM)；帆工用桅栓

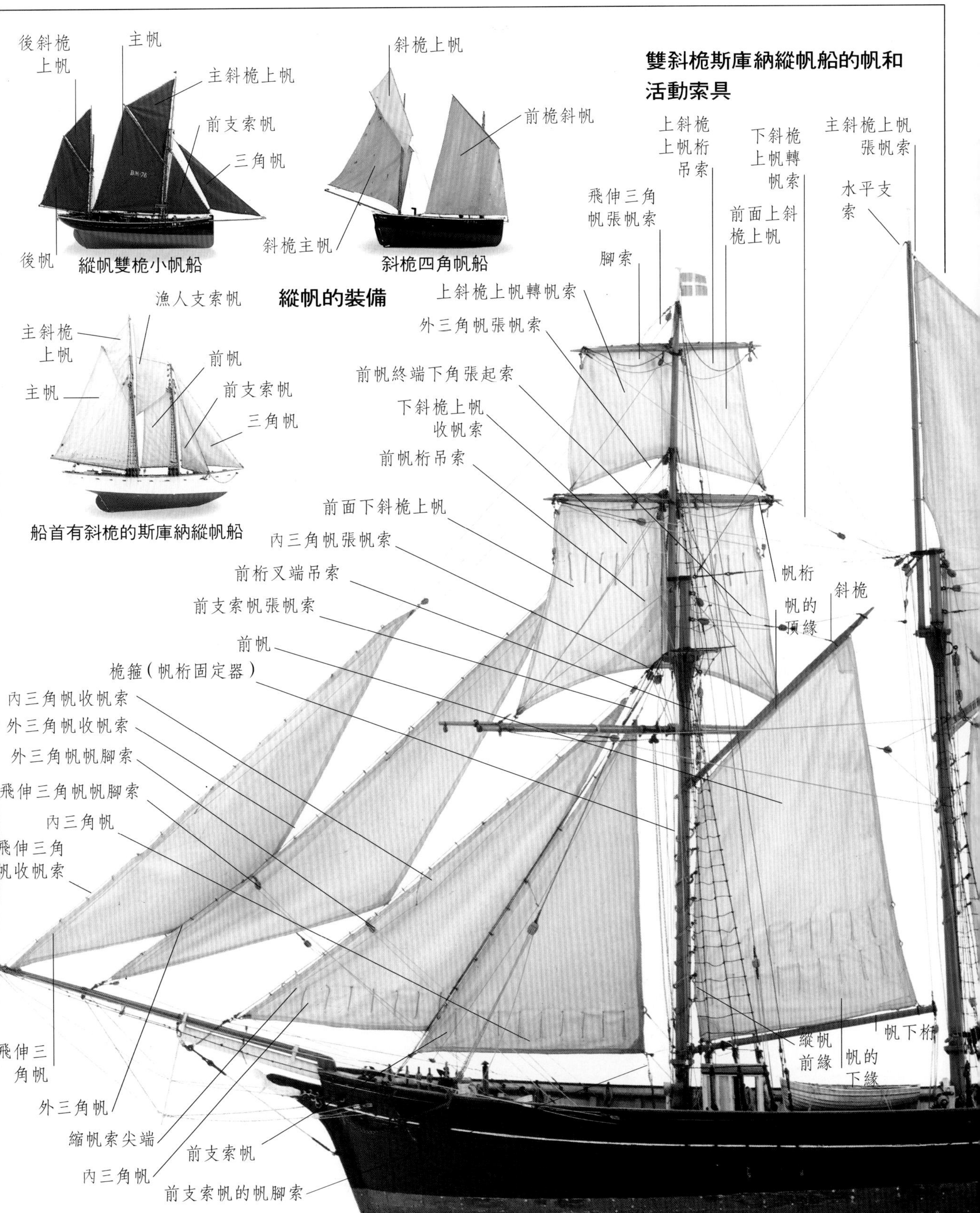

後斜桅上帆　主帆　主斜桅上帆　前支索帆　三角帆

後帆

縱帆雙桅小帆船

斜桅上帆　前桅斜帆

斜桅主帆

斜桅四角帆船

雙斜桅斯庫納縱帆船的帆和活動索具

漁人支索帆　**縱帆的裝備**

主斜桅上帆　前帆　前支索帆　三角帆

主帆

船首有斜桅的斯庫納縱帆船

上斜桅上帆桁吊索　下斜桅上帆轉帆索　主斜桅上帆張帆索

飛伸三角帆張帆索　前面上斜桅上帆　水平支索

腳索

上斜桅上帆轉帆索

外三角帆張帆索

前帆終端下角張起索

下斜桅上帆收帆索

前帆桁吊索

前面下斜桅上帆

內三角帆張帆索

前桁叉端吊索

前支索帆張帆索

前帆

桅箍(帆桁固定器)

內三角帆收帆索

外三角帆收帆索

外三角帆帆腳索

飛伸三角帆帆腳索

內三角帆

飛伸三角帆收帆索

帆桁

帆的頂緣

斜桅

縱帆前緣

帆下桁

帆的下緣

飛伸三角帆

外三角帆

縮帆索尖端

前支索帆

內三角帆

前支索帆的帆腳索

(SAILMAKER'S FID)；帆工用木槌(SAILMAKER'S MALLET)。船首有斜桅的斯庫納縱帆船(GAFF-HEADED FORE-AND-AFT SCHOONER)。**雙斜桅斯庫納縱帆船的帆和活動索具**(SAILS AND RUNNING RIGGING OF A DOUBLE TOPSAIL SCHOONER)：飛伸三角帆張帆索(*Flying jib halyard*)；水平支索(*Triatic stay*)；上斜桅上帆轉帆索(*Upper topsail brace*)；前桁叉端吊索(*Fore throat halyard*)；桅箍(帆桁固定器)[*Mast hoop(parrel)*]；飛伸三角帆帆腳索(*Flying jib sheet*)；前支索帆(*Fore staysail*)；帆下桁(*Boom*)。

繫泊和拋錨

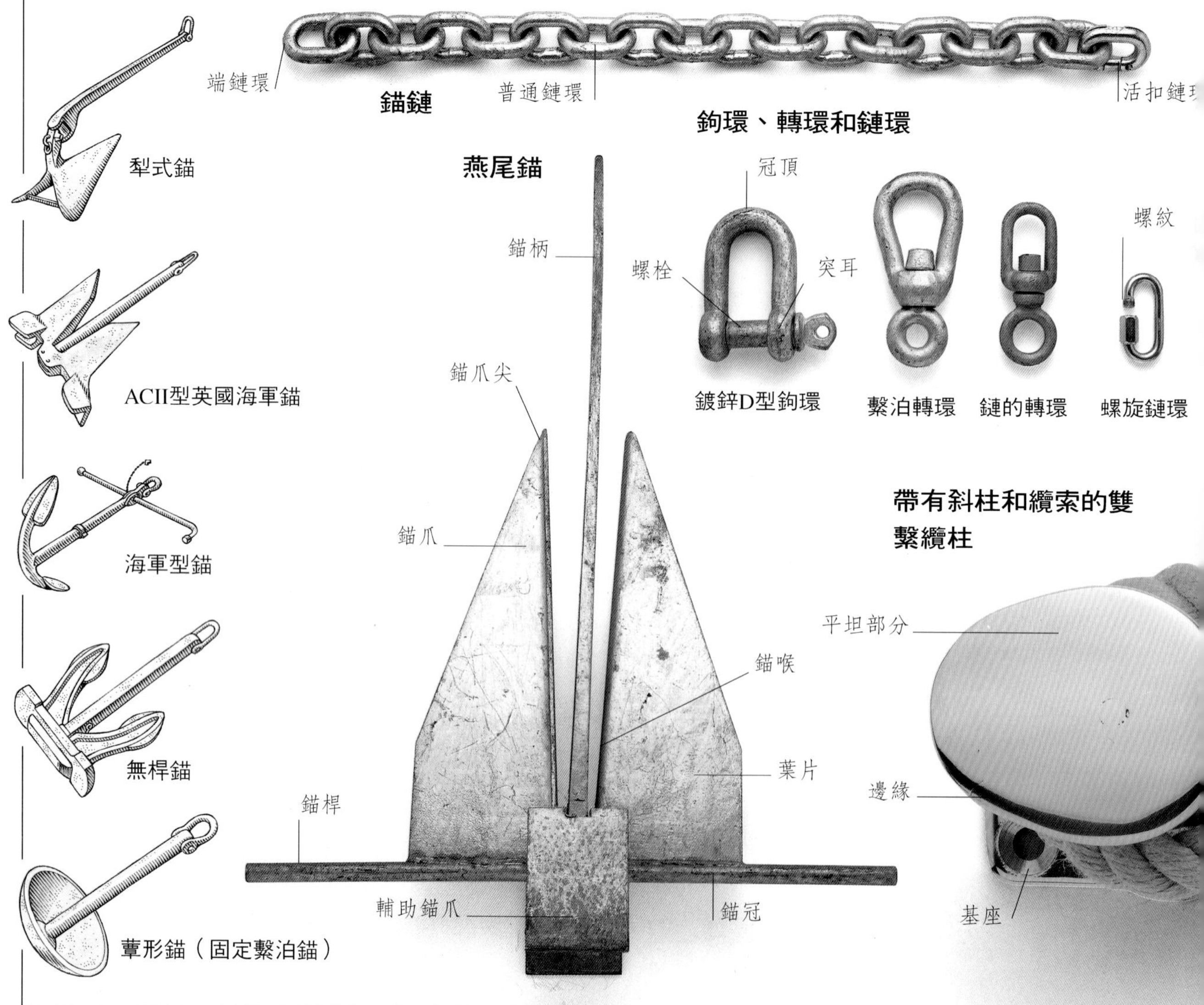

在大多數港口，船隻可以利用繫在**雙繫柱或繫纜柱**上的沈重纜索和**入塢索**，而直接停泊在碼頭。纜索可用叫做索結的紐結相互連在一起。不過，在開闊的水面上，停航的船隻必須拋錨，使船牢牢地聯結到海底。最早期的錨只是很重的石塊。後來，爲不同用途而設計出各種的錨。

錨的種類 目前大多數小船使用的是燕尾錨或犁形錨，它們能深深地嵌進海底。固定繫泊處就是安設在海底的錨，船隻不使用自己的錨就能泊在其上。在舊式帆船上，錨是由水手們推動旋轉起錨機的絞盤棒，使錨纜絞起而拉上來的。現在，大多數起錨機都是電力驅動的。

石錨（小錨）

繩孔

馬丁型錨（備用錨）

端鏈環　錨鏈　普通鏈環　活扣鏈環

犁式錨

燕尾錨

錨柄

鉤環、轉環和鏈環

冠頂

螺栓　突耳

錨爪尖

螺紋

ACII型英國海軍錨

鍍鋅D型鉤環　繫泊轉環　鏈的轉環　螺旋鏈環

海軍型錨

錨爪

帶有斜柱和纜索的雙繫纜柱

平坦部分

無桿錨

錨喉

葉片

邊緣

錨桿

輔助錨爪　錨冠

基座

蕈形錨（固定繫泊錨）

繫泊和拋錨(Mooring and anchoring)：雙繫柱或繫纜柱(pier,wharf, or quay)；入塢索(docking lines)。石錨（小錨）[STONE ANCHOR (KILLICK)]。**錨的種類**：馬丁型錨(備用錨)(CLOSE-STOWING ANCHOR)；犁式錨[CQR ANCHOR(PLOW ANCHOR)]；ACII型英國海軍錨(BRITISH ADMIRALTY ANCHOR TYPE ACII)；海軍型錨[YACHTSMAN'S ANCHOR(KEDGE)]；無桿錨(STOCKLESS ANCHOR)；蕈形錨(固定繫泊錨)[MUSHROOM ANCHOR(PERMANENT MOORING ANCHOR)]。**錨鏈**：活扣鏈環(*Patent link*)。**鉤環、轉環和鏈環**：鍍鋅D型鉤環(GALVANIZED "D" SHACKLE)；繫泊轉環(MOORING SWIVEL)；鏈的轉環(CHAIN

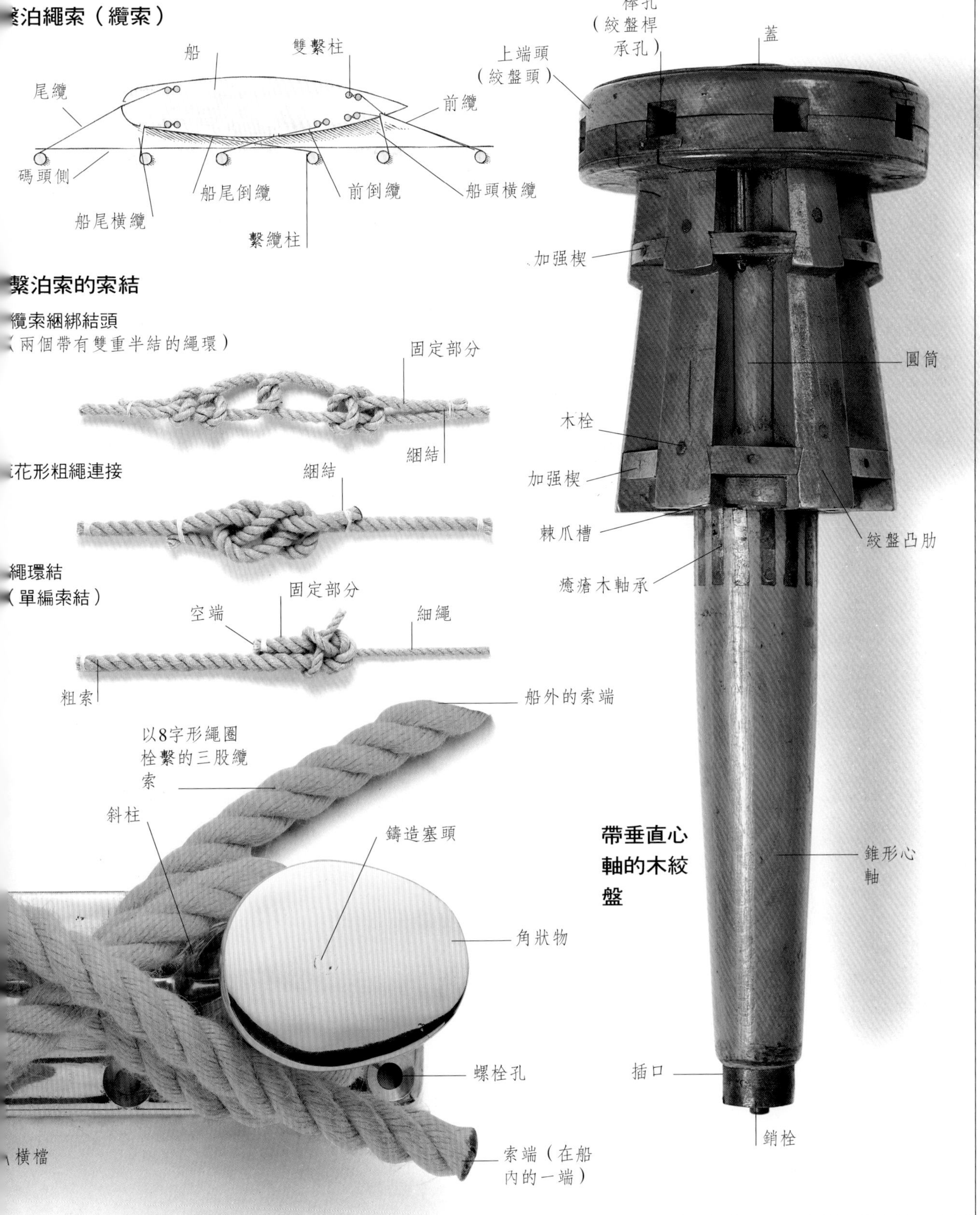

繫泊繩索（纜索）

尾纜

船

雙繫柱

前纜

碼頭側

船尾倒纜

前倒纜

船頭橫纜

船尾橫纜

繫纜柱

上端頭
（絞盤頭）

棒孔
（絞盤桿
承孔）

蓋

加強楔

圓筒

木栓

加強楔

棘爪槽

癒瘡木軸承

絞盤凸肋

繫泊索的索結

纜索綑綁結頭
（兩個帶有雙重半結的繩環）

固定部分

細結

花形粗繩連接

細結

繩環結
（單編索結）

空端

固定部分

細繩

粗索

以8字形繩圈
栓繫的三股纜
索

船外的索端

斜柱

鑄造塞頭

角狀物

螺栓孔

帶垂直心
軸的木絞
盤

錐形心
軸

插口

橫檔

索端（在船
內的一端）

銷栓

SWIVEL）；螺旋鏈環(SCREW LINK)。**繫泊繩索（纜索）**：船尾橫纜(*Stern breast line*)；船尾倒纜(*After spring*)。**繫泊索的索結**：纜索綑綁結頭(HAWSER BEND)；麻花形粗繩連接(CARRICK BEND)；繩環結(單編索結)[SINGLE SHEET BEND(BECKET BEND)]。**帶有斜柱和纜索的雙繫纜柱**：以8字形繩圈栓繫的三股纜索(*Three-strand hawser belayed with figure of eight turns*)]；鑄造塞頭(*Foundry plug*)。**帶垂直心軸的木絞盤**：加強楔(*Strengthening chock*)；棘爪槽(*Pawl slot*)；癒瘡木軸承(*Lignum vitae bearing*)；銷栓(*Pin*)。

繩索和紐結

航海時，使用的繩索從細繩、紗線到粗重纜索的各個種類。目前使用較多的是合成纖維。尼龍繩耐拉伸，因而是理想的定錨繩；**聚酯**（常使用其商標名"達克龍"）的延伸性差，因而用作帆桁和帆腳索。不同的紐結有不同的用途。連接兩根繩子的紐結一般稱為索結；活結則用於把繩子連接到另一物體上。船上通常稱為"索"的繩子也可以用綑接或絞接的方法連在一起，**綑接**是把繩子綑紮在一起，**絞接**則是拆開繩子的兩端，把它們編織在一起。

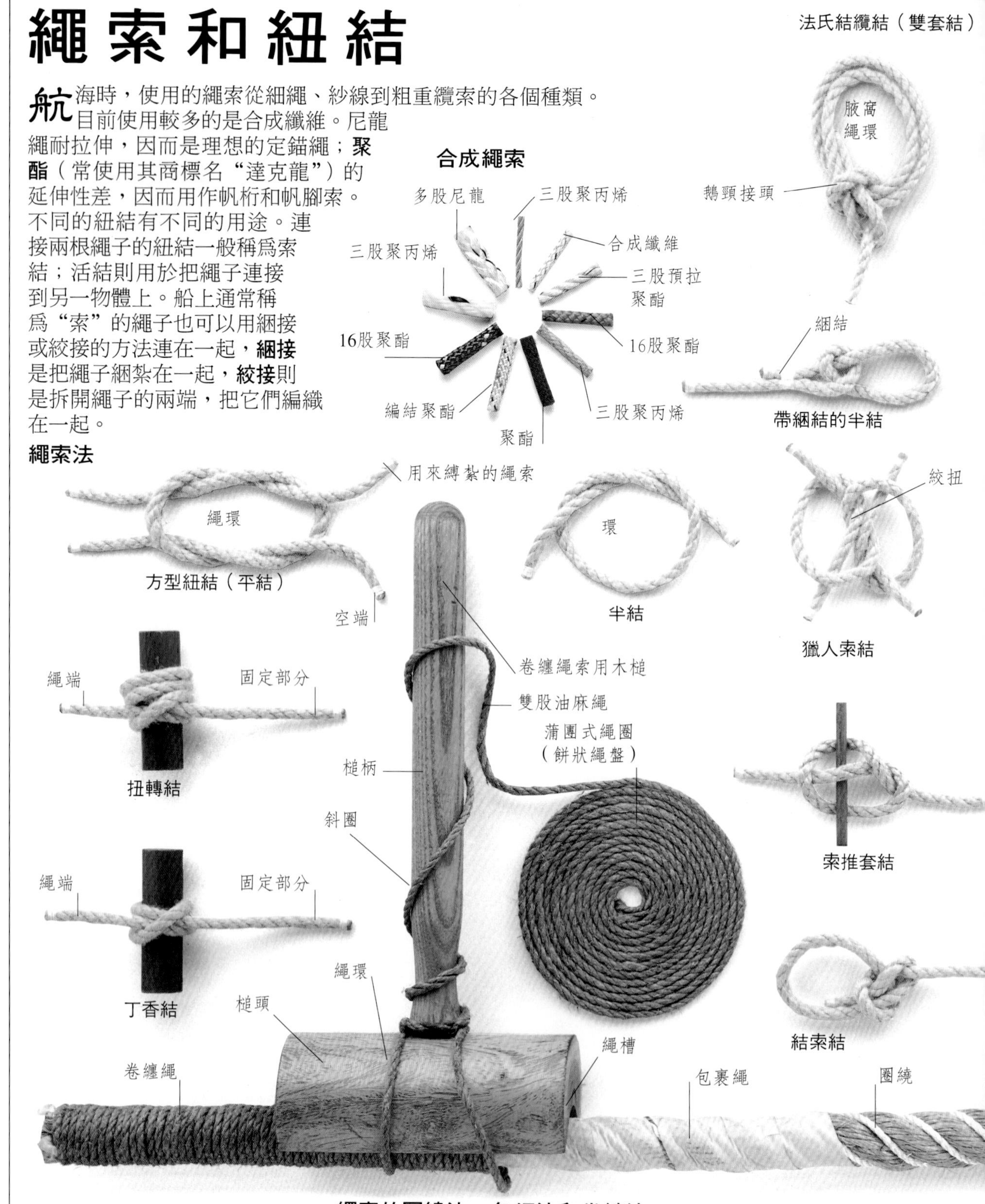

合成繩索

多股尼龍　三股聚丙烯
三股聚丙烯　　合成纖維
　　　　　三股預拉聚酯
16股聚酯　　　16股聚酯
編結聚酯　　三股聚丙烯
　　聚酯

腋窩繩環
鵝頸接頭
綑結
帶綑結的半結

繩索法

用來縛紮的繩索
繩環
方型紐結（平結）
空端
環
半結
絞扭
獵人索結

繩端　固定部分
扭轉結
繩端　固定部分
丁香結
卷纏繩

卷纏繩索用木槌
雙股油麻繩
蒲團式繩圈（餅狀繩盤）
槌柄
斜圈
繩環
槌頭
繩槽

索推套結
結索結
包裹繩　圈繞

繩索的圈繞法、包綑法和卷纏法

繩索和紐結(Ropes and knots)：聚酯(polyester)；綑接(seizing)；絞接(splicing)。**繩索法**：方型紐結(平結)[SQUARE KNOT(REEF KNOT)]；扭轉結(ROLLING HITCH)；丁香結(CLOVE HITCH)；法氏結纏結(雙套結)[FRENCH BOWLINE(PORTUGUESE BOWLINE)]；腋窩繩環*(Armpit bight)*；鵝頸接頭*(Goose neck)*；反手結(THUMB KNOT)；雙重麻花形粗繩連結(DOUBLE CARRICK BEND)；西班牙結纏結(水手結)(SPANISH BOWLINE)；圓綑結(平綑結)[ROUND SEIZING(FLAT SEIZING)]；駁船工的活結(LIGHTERMAN'S HITCH)；半結[OVERHAND KNOT(HALF HITCH)]；獵人索結(HUNTER'S BEND)；索推套結(MARLINESPIKE HITCH)；結索

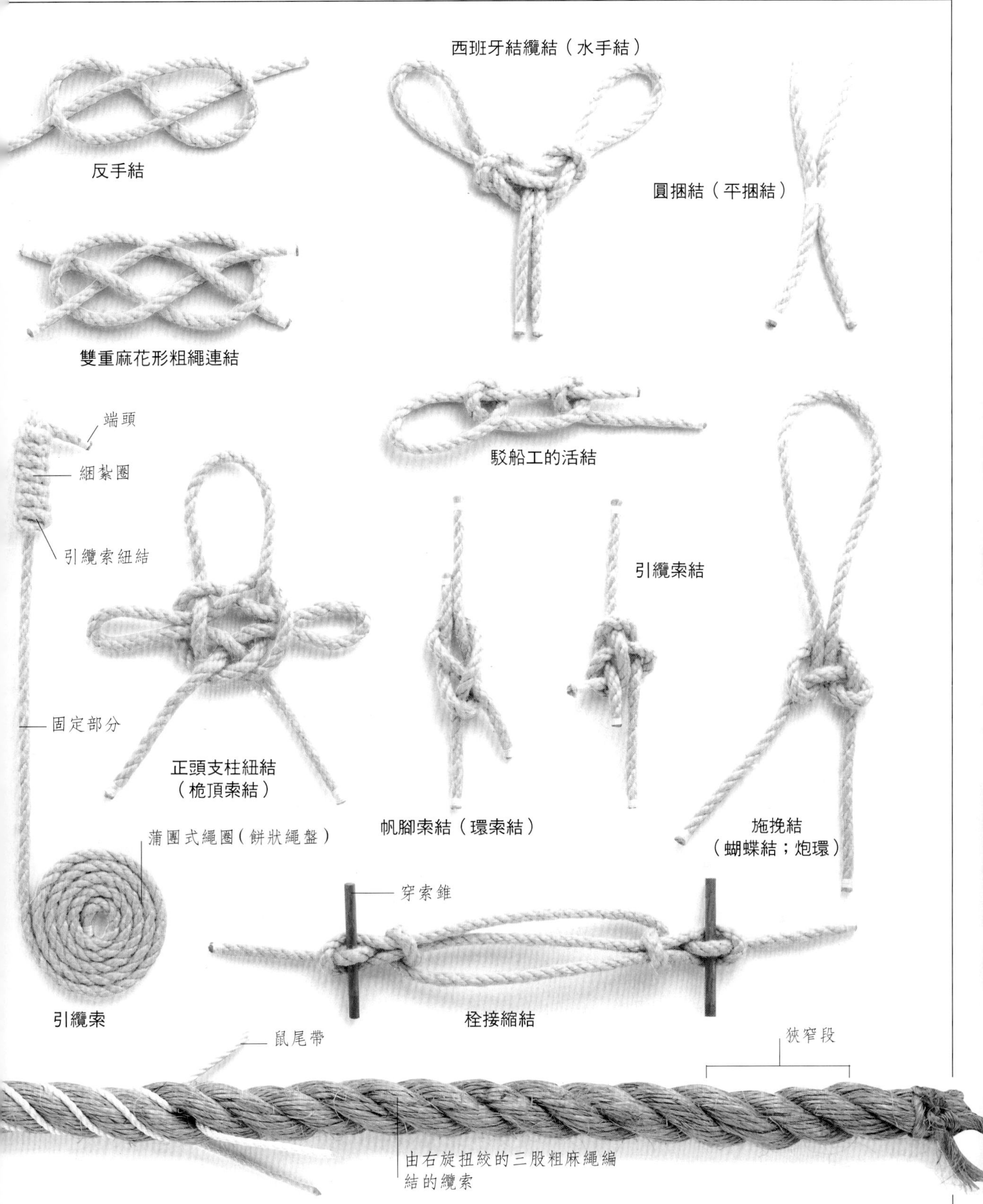

西班牙結纏結（水手結）

圓捆結（平捆結）

反手結

雙重麻花形粗繩連結

端頭

細紮圈

引纜索紐結

駁船工的活結

引纜索結

固定部分

正頭支柱紐結
（桅頂索結）

帆腳索結（環索結）

施挽結
（蝴蝶結；炮環）

蒲團式繩圈（餅狀繩盤）

穿索錐

引纜索

栓接縮結

狹窄段

鼠尾帶

由右旋扭絞的三股粗麻繩編
結的纜索

結(BOWLINE)；引纜索(HEAVING LINE)；正頭支柱紐結(桅頂索結)[JURY MAST KNOT(MAST HEAD BEND)]；帆腳索結(環索結)[SHEET BEND(BECKET BEND)]；引纜索結(HEAVING LINE BEND)；施挽結(蝴蝶結；炮環)[MANHARNESS KNOT(BUTTERFLY KNOT；ARTILLERY LOOP)]；栓接縮結(PINNED SHEEPSHANK)；穿索錐(*Marlinespike*)。**合成繩索**：多股尼龍(*Multiplait nylon*)；三股聚丙烯(*Three-strand polypropylene*)；編結聚酯(*Braided polyester*)。**繩索的圈繞法、包綑法和卷纏法**：卷纏繩(*Serving*)；包裹繩(*Parceling*)。

槳輪和螺旋槳

18世紀蒸汽機的發明，使配有槳（明）輪或螺旋槳的機動船成為可行的帆船替代物。槳輪（亦稱明輪有固定或順槳的浮體，下面的模型顯示出這兩種類型浮體的特點。順槳浮體比固定浮體更具推進力，因為它們在水中的所有時間幾乎都是朝上的。19世紀中葉，在遠洋船上槳輪被螺旋槳所取代。螺旋槳更有效率，在洶湧的海況中表現較好，並且碰撞時較不易損壞。首批螺旋槳是二葉螺旋，但後來出現的三葉和四葉螺旋槳功率更大；在其後的時間裡，槳片的形狀和螺距也日益改進。18世紀初，在許多大船上，作為駕駛工具的舵輪取代了舵柄。

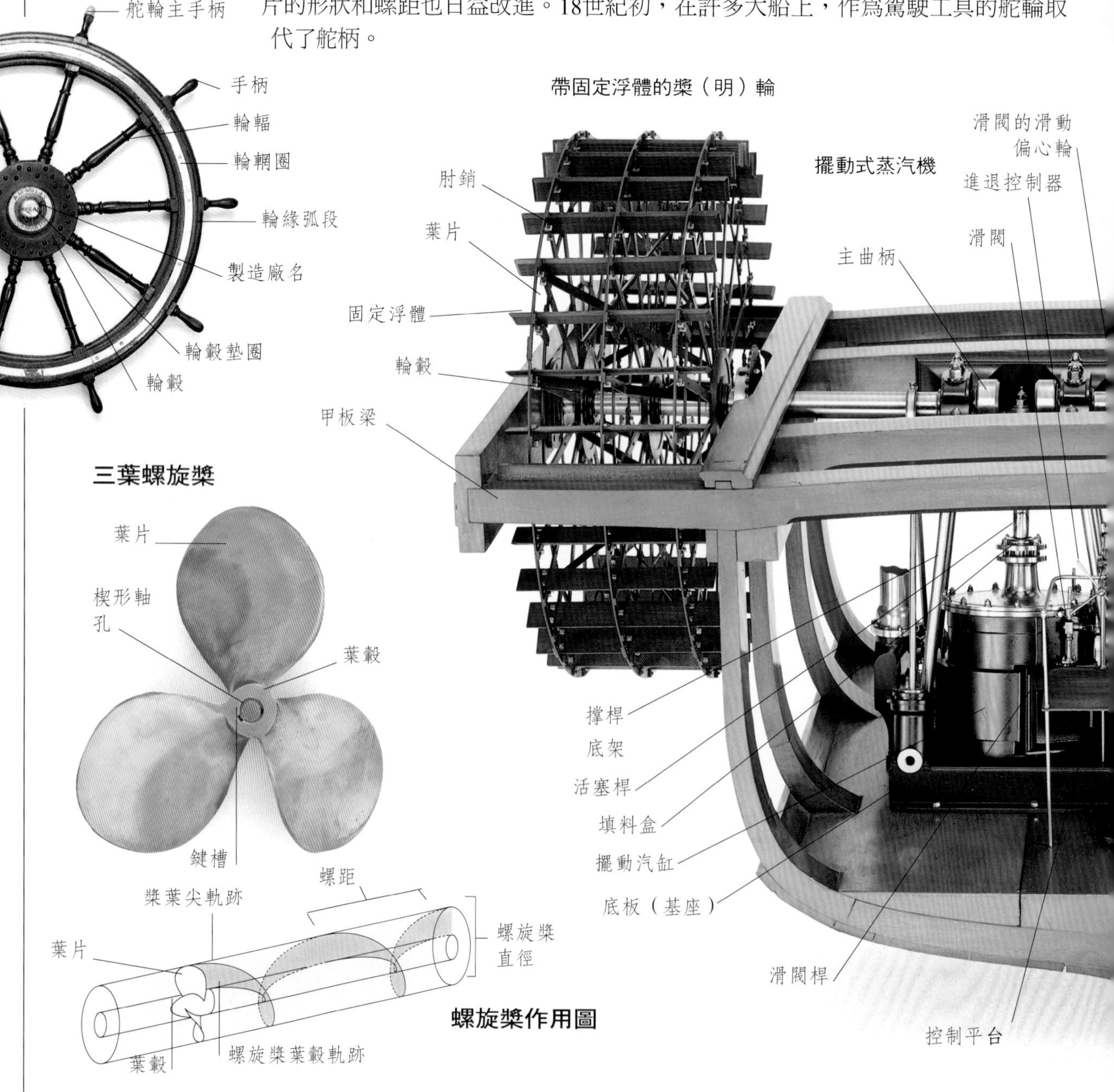

輪船的舵輪
- 舵輪主手柄
- 手柄
- 輪輻
- 輪輞圈
- 輪緣弧段
- 製造廠名
- 輪轂墊圈
- 輪轂

帶固定浮體的槳（明）輪
- 肘銷
- 葉片
- 固定浮體
- 輪轂
- 甲板梁

擺動式蒸汽機
- 滑閥的滑動偏心輪
- 進退控制器
- 滑閥
- 主曲柄
- 撐桿
- 底架
- 活塞桿
- 填料盒
- 擺動汽缸
- 底板（基座）
- 滑閥桿
- 控制平台

三葉螺旋槳
- 葉片
- 楔形軸孔
- 葉轂
- 鍵槽

螺旋槳作用圖
- 螺距
- 葉片
- 槳葉尖軌跡
- 螺旋槳直徑
- 葉轂
- 螺旋槳葉轂軌跡

槳輪和螺旋槳(Paddle wheels and propellers)。**輪船的舵輪(SHIP'S WHEEL)**：輪輞圈(*Rim plate*)；輪轂(*Nave*)。**三葉螺旋槳**：鍵槽(*Keyway*)。**螺旋槳作用圖**：螺旋槳葉轂軌跡(*Propeller hub trace*)。**帶有槳（明）輪的汽船設計圖**：安全閥(*Safety valve*)；氣泵傳動裝置(*Drive to air pump*)。**19世紀（明）輪汽船的推進系統(PROPULSION SYSTEM OF A 19TH CENTURY PADDLESTEAMER)**：帶固定浮體的槳(明)輪(PADDLE WHEEL WITH FIXED FLOATS)；肘銷(*wrist pin*)；擺動式蒸汽機(OSCILLATING STEAM ENGINE)；活塞桿[*Piston rod(tail rod)*]；填料盒(*Stuffing box*)；滑閥的滑動偏心輪(*Slip eccentric for slide*

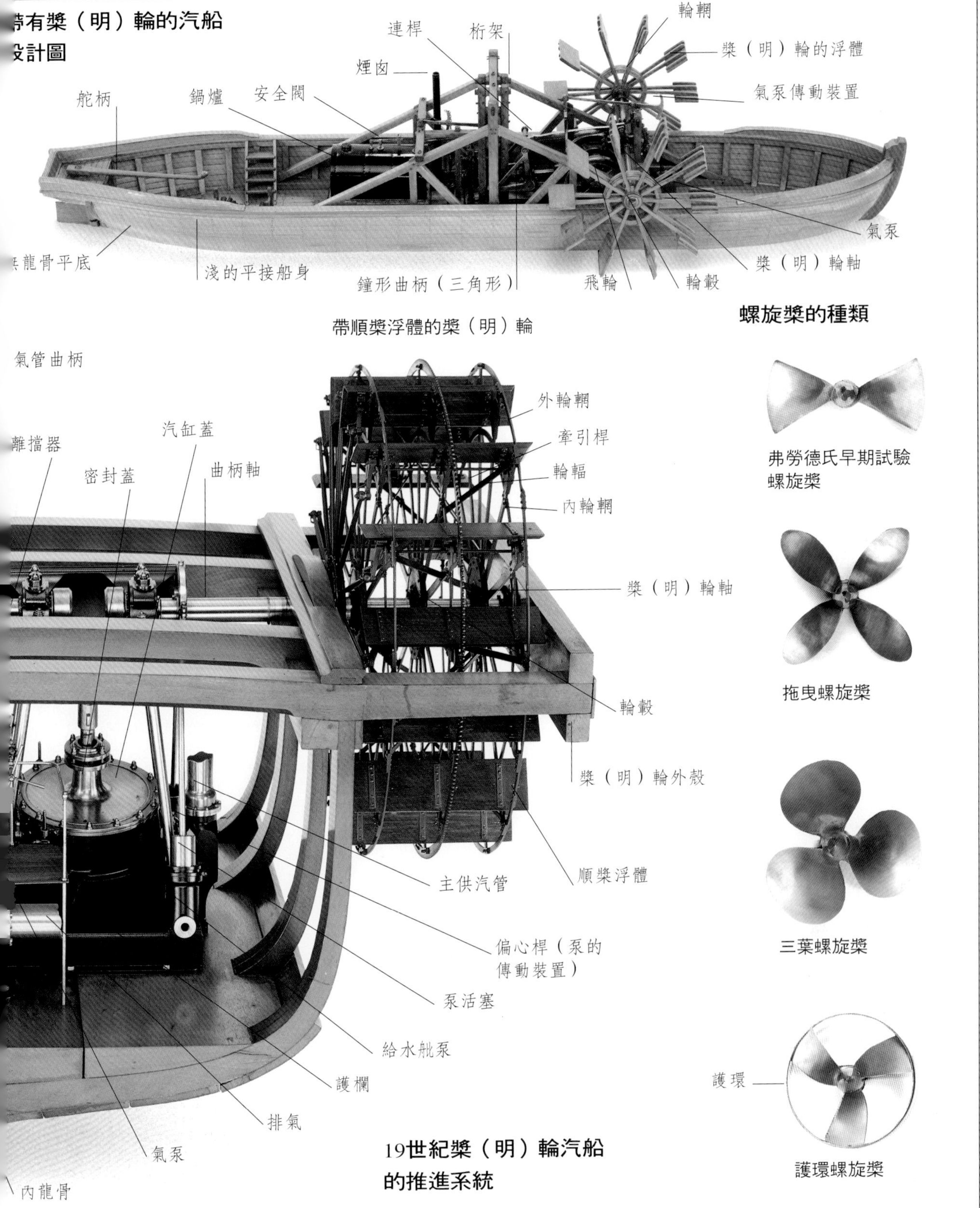

帶有槳（明）輪的汽船
設計圖

連桿　桁架　　輪輞
煙囱　　　　槳（明）輪的浮體
氣泵傳動裝置
舵柄　鍋爐　安全閥
氣泵
槳（明）輪軸
假龍骨平底　淺的平接船身　鐘形曲柄（三角形）　飛輪　輪轂

帶順槳浮體的槳（明）輪

螺旋槳的種類

弗勞德氏早期試驗
螺旋槳

拖曳螺旋槳

三葉螺旋槳

護環
護環螺旋槳

氣管曲柄
外輪輞
牽引桿
輪輻
內輪輞
離擋器　汽缸蓋
密封蓋　曲柄軸
槳（明）輪軸
輪轂
槳（明）輪外殼
順槳浮體
主供汽管
偏心桿（泵的
傳動裝置）
泵活塞
給水舭泵
護欄
排氣
氣泵
內龍骨

19世紀槳（明）輪汽船
的推進系統

valve)；離擋器(Disengaging catch)；給水舭泵(Feed bilge pump)；偏心桿(泵的傳動裝置)[Eccentric rod(drive for pump)]；帶順槳浮體的槳(明)輪[PADDLE WHEEL WITH FEATHERED FLOATS)。**螺旋槳的種類**：弗勞德氏早期試驗螺旋槳(FROUDE'S EARLY TEST PROPELLER)；拖曳螺旋槳(TUG PROPELLER)；三葉螺旋槳(THREE-BLADED PROPELLER)；護環螺旋槳(SHROUD RING PROPELLER)。

鐵船的剖析

早在1675年，木船上就已使用鐵制零件，它們往往與其所替代的木質零件形狀相同。最終，發現如同在運茶快速帆船"短襯衫"號（Cutty Sark）（下圖），其鐵製固定索具比傳統的繩索更爲結實。第一批"裝甲艦"是木船體用鐵甲板封護的軍艦。393頁上圖的模型是依據英國軍艦"HMS勇士"號製成的，該艦於1860年下水，是第一艘全部用鐵製成的戰艦。稍後建造的鐵製明輪船的平面圖（參見392頁下圖）顯示出該船擁有帆船上的桅桿和船首斜桁，但它也裝有輪船上可驅動兩個側槳輪的蒸汽推進裝置。早期的鐵甲板須很費力地鉚接在一起（參見392頁左圖），但到了20世紀40年代，鐵船是將各個部分焊接在一起。第二次世界大戰時期美國建造的"自由"號輪船，就是由"生產線"生產出來的首批輪船。

運茶快速帆船

鋼製帆桁　鐵絲支索

鐵製下層桅桿

鐵製船首斜桁

包有銅的木船板

鍛鐵錨

鉚合板

盤頭鉚釘

鐵板

圓頭鉚釘（半球形頭）　接縫

"自由"號輪船

炮台部分

艙室部分

吊貨桿

焊接線

船尾部分　船身中部　貨艙　船首部分

鐵製明輪船的平面圖

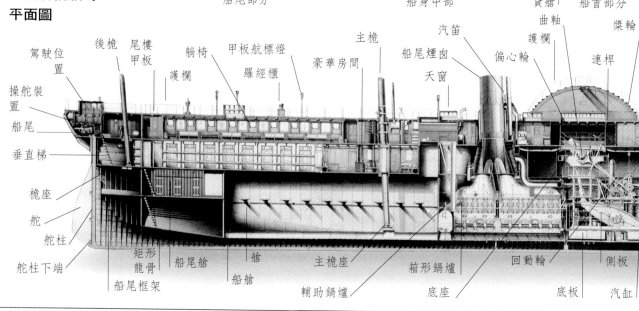

駕駛位置　後桅　尾樓甲板　躺椅　甲板航標燈　羅經櫃　豪華房間　主桅　汽笛　船尾煙囪　偏心輪　曲軸　護欄　槳輪　連桿

操舵裝置　護欄　天窗

船尾

垂直梯

桅座

舵

舵柱

舵柱下端　矩形龍骨　船尾艙　艙　主桅座　箱形鍋爐　回動輪　側板

船尾框架　船艙　輔助鍋爐　底座　底板　汽缸

鐵船的剖析(Anatomy of an iron ship)：〝生產線〞("Production line")。**鉚合板**(RIVETED PLATES)：盤頭鉚釘(*Pan head rivet*)。**運茶快速帆船**(TEA CLIPPER)：鍛鐵錨(*Forged iron anchor*)；鋼製帆桁(*Steel yard*)。**"裝甲艦"解剖圖**(CUTAWAY SECTION OF AN "IRONCLAD")：舷牆蓋(*Bulwark cap*)；柚木襯板(*Teak backing*)；鍛鐵裝甲板(*Wrought iron armor plate*)；船底縱桁(*Bilge stringer*)；龍骨翼板(*Garboard strake*)；點火孔(*Lighting hole*)；角鋼(工字型鐵)[*Angle bar(I bar)*]；中心線內龍骨(*Centerline keelson*)；支柱(貨艙支柱)[*Pillar(hold stan chion)*]；主甲板柱(支柱)[*Main deck pillar(stanchion)*]。**鐵製明輪船的平面圖**(PLAN OF A IRON PADDLESTEAMER)：甲板航標燈(*Deck lantern*)；羅經櫃(*Binnacle*)；偏心

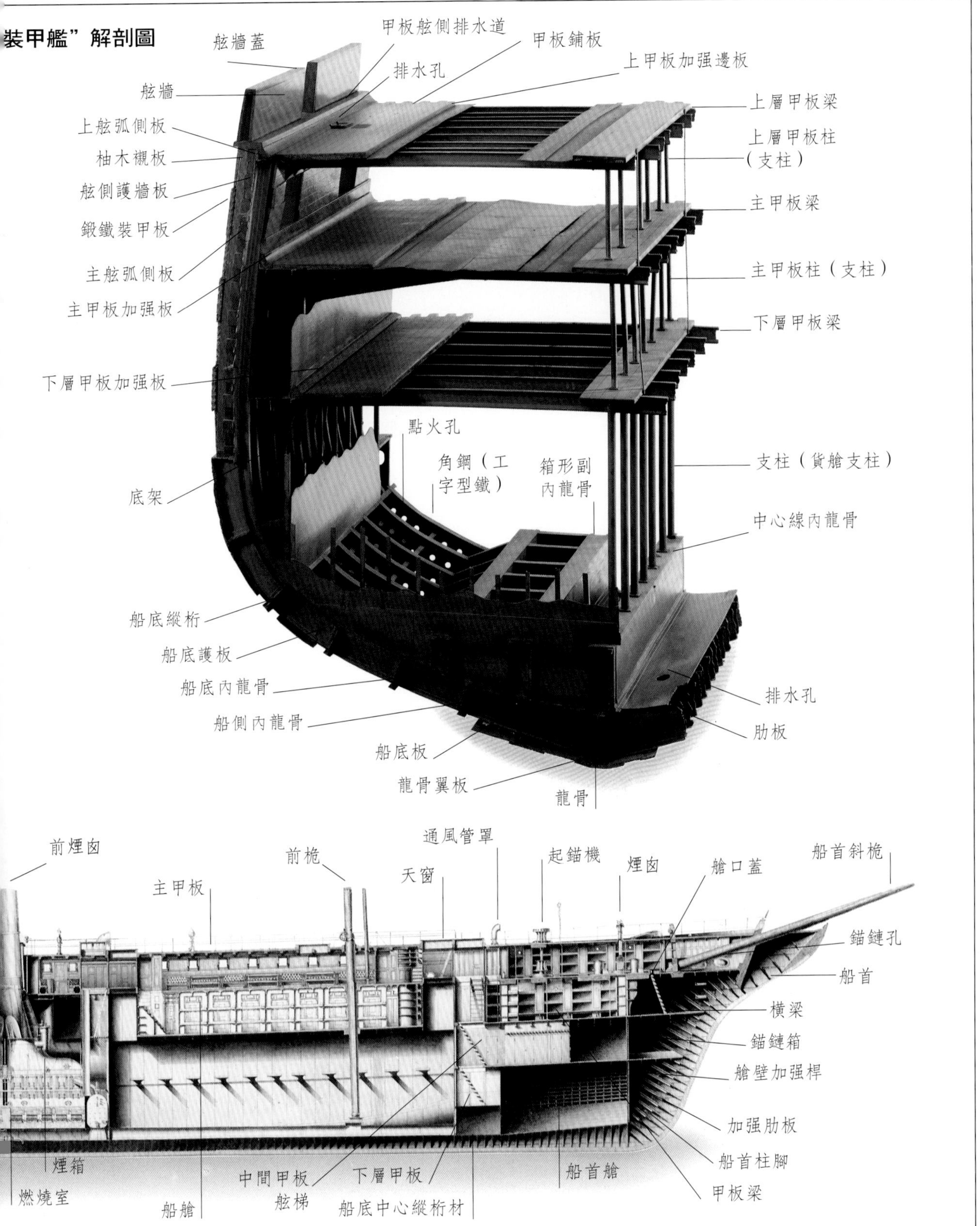

裝甲艦"解剖圖

舷牆蓋　甲板舷側排水道　甲板鋪板　上甲板加強邊板　排水孔　舷牆　上舷弧側板　柚木襯板　舷側護牆板　鍛鐵裝甲板　主舷弧側板　主甲板加強板　下層甲板加強板　底架　船底縱桁　船底護板　船底內龍骨　船側內龍骨　船底板　龍骨翼板　龍骨

上層甲板梁　上層甲板柱（支柱）　主甲板梁　主甲板柱（支柱）　下層甲板梁　支柱（貨艙支柱）　中心線內龍骨　排水孔　肋板

點火孔　角鋼（工字型鐵）　箱形副內龍骨

前煙囪　主甲板　前桅　天窗　通風管罩　起錨機　煙囪　艙口蓋　船首斜桅　錨鏈孔　船首　橫梁　錨鏈箱　艙壁加強桿　加強肋板　船首柱腳　甲板梁

煙箱　燃燒室　船艙　中間甲板　舷梯　下層甲板　船底中心縱桁材　船首艙

輪(Eccentric)；操舵裝置(Steering gear)；艙(Tank)；回動輪(Reversing wheel)；燃燒室(Combustion chamber)；船底中心縱桁材(Center girder)；後桅(Mizzen mast)；桅座(Mast step)；舵柱(Rudder post)；主桅(Main mast)；護欄(Guardrail)；曲軸(Crankshaft)；槳輪(Paddle wheel)；起錨機(Capstan)；煙囪(Chimney)；船首斜桅(Bowsprit)；甲板樑(Deek beam)；錨鏈箱(Chain locker)；艙壁加強桿(Bulkhead stiffener)；船首柱腳(Forefoot)。"自由"號輪船(LIBERTY SHIP)：吊貨桿(Cargo derrick)；焊接線(Weld line)；貨艙(Cargo hold)。

戰艦

在20世紀的最初幾年裡，由於像下圖中的巴西戰艦之類的**無畏戰艦型軍艦**的引入，攻擊敵艦或保護己方船艦的海域發生了巨大變化。這些新戰艦融合了蒸汽推進、重炮和裝甲板方面的最新發展。它們的炮塔由厚達12吋（30厘米）的裝甲板加以保護，是設計用來發射遠射程的炮彈。這裡陳示出的戰艦**"米納斯·吉拉斯"**號有500呎（152米）長。它是在英國的埃爾斯維克建造的，於1908年下水。其主要武器就是12吋（30公分）的火炮（發射的炮彈直徑為12吋）。20世紀開發的其他軍艦用武器包括香煙卡（參見394頁上圖）上所畫的魚雷。這是一種自推進式水下導彈，一般由陀螺控制儀加以制導。在第一次世界大戰中，設計了深水炸彈，用來對付水下的潛艇。這種炸彈裝的炸藥是由對深度敏感的手槍引爆的。另一香煙卡陳示由"發射器"、魚雷管和從船尾發射的深水炸彈。船艦上保護大炮操作人員的鐵板，從19世紀晚期起就開始安裝上了。395頁左圖的保護鐵板上雕刻有傳統軍艦上的火炮。

20世紀的武器

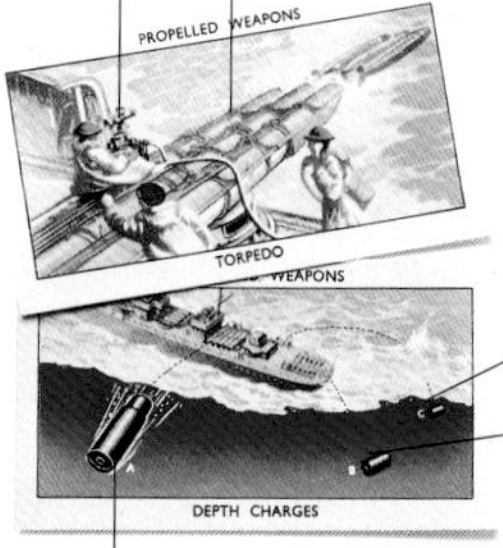

魚雷管　彈頭　瞄準器

魚雷

深水炸彈

從舷側發射的深水炸彈

從船尾發射的深水炸彈

魚雷發射的深水炸彈

巴西的戰艦

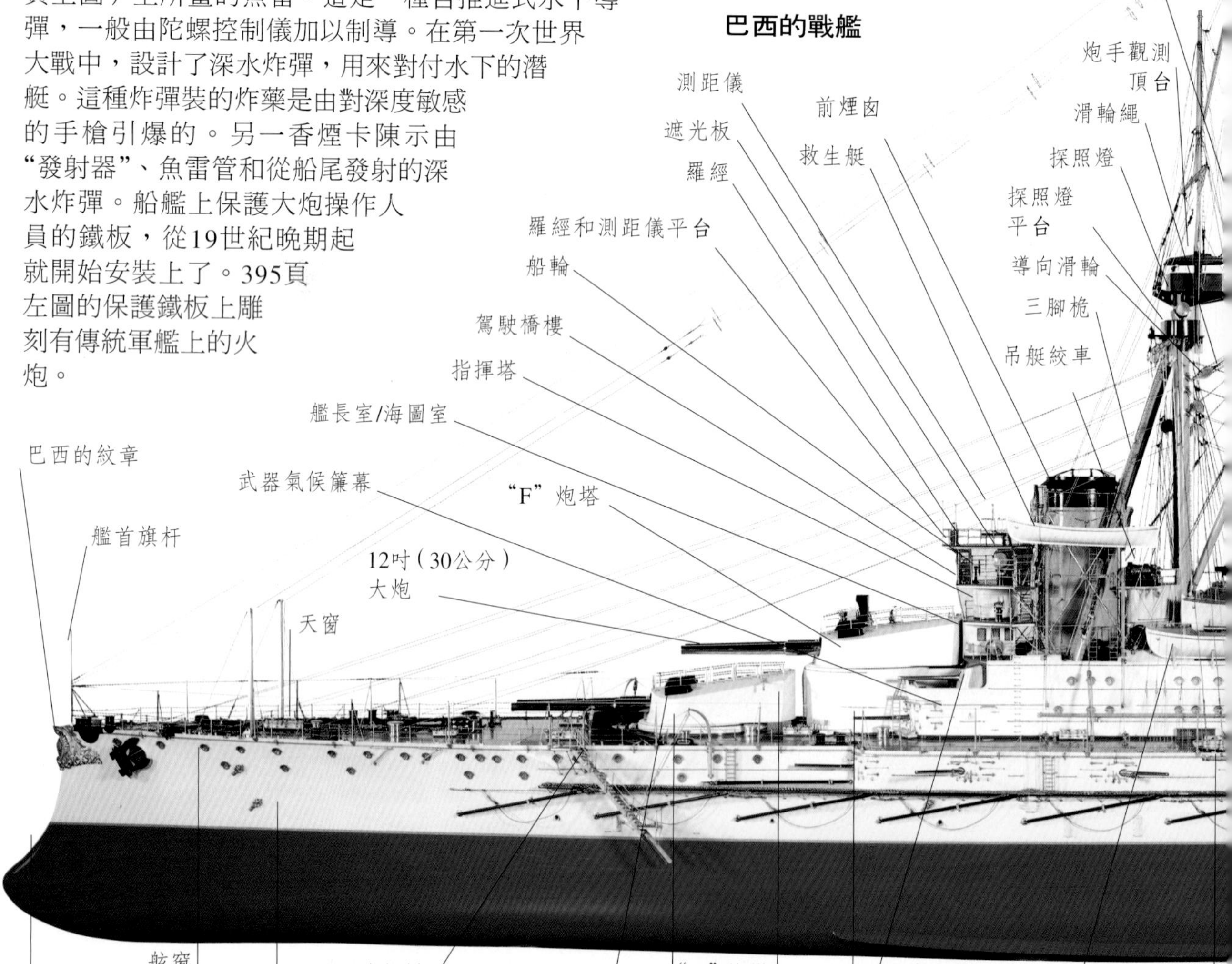

測距儀　前煙囪　救生艇

遮光板　羅經

羅經和測距儀平台

船輪

駕駛橋樓

指揮塔

艦長室/海圖室

武器氣候簾幕　"F"炮塔

12吋（30公分）大炮

巴西的紋章

艦首旗杆　天窗

救生艇收放搖臂吊桿

炮手觀測頂台

滑輪繩

探照燈

探照燈平台

導向滑輪

三腳桅

吊艇絞車

舷窗

艦首（假衝擊型船首）　帶狀裝甲板　前舷梯　瞄準罩　"A"炮塔　炮塔座　開放式炮架　4.7吋（12公分）炮　汽艇　繫艇桿

戰艦(The battleship)：無畏戰艦型軍艦(Dreadnought-type battleships)；"米納斯·吉拉斯"號(the Minas Geraes)。**20世紀的武器**(20TH CENTURY WEAPONRY)：魚雷(TORPEDOES)；深水炸彈(DEPTH CHARGES)。**軍艦上的保護鐵板**(SHIP'S SHIELD)：索形緣飾(Rope molding)；炮口緣飾(Muzzle molding)。**巴西的戰艦**(BRAZILIAN BATTLESHIP)：信號裝置(Signal gear)；制動滑道(Brake slip)；導索環(Hawser fairlead)；頂層無線電與電報系統的橫桅桿[Upper wireless and telegraphy yard (Upper W/T yard)]；測距儀

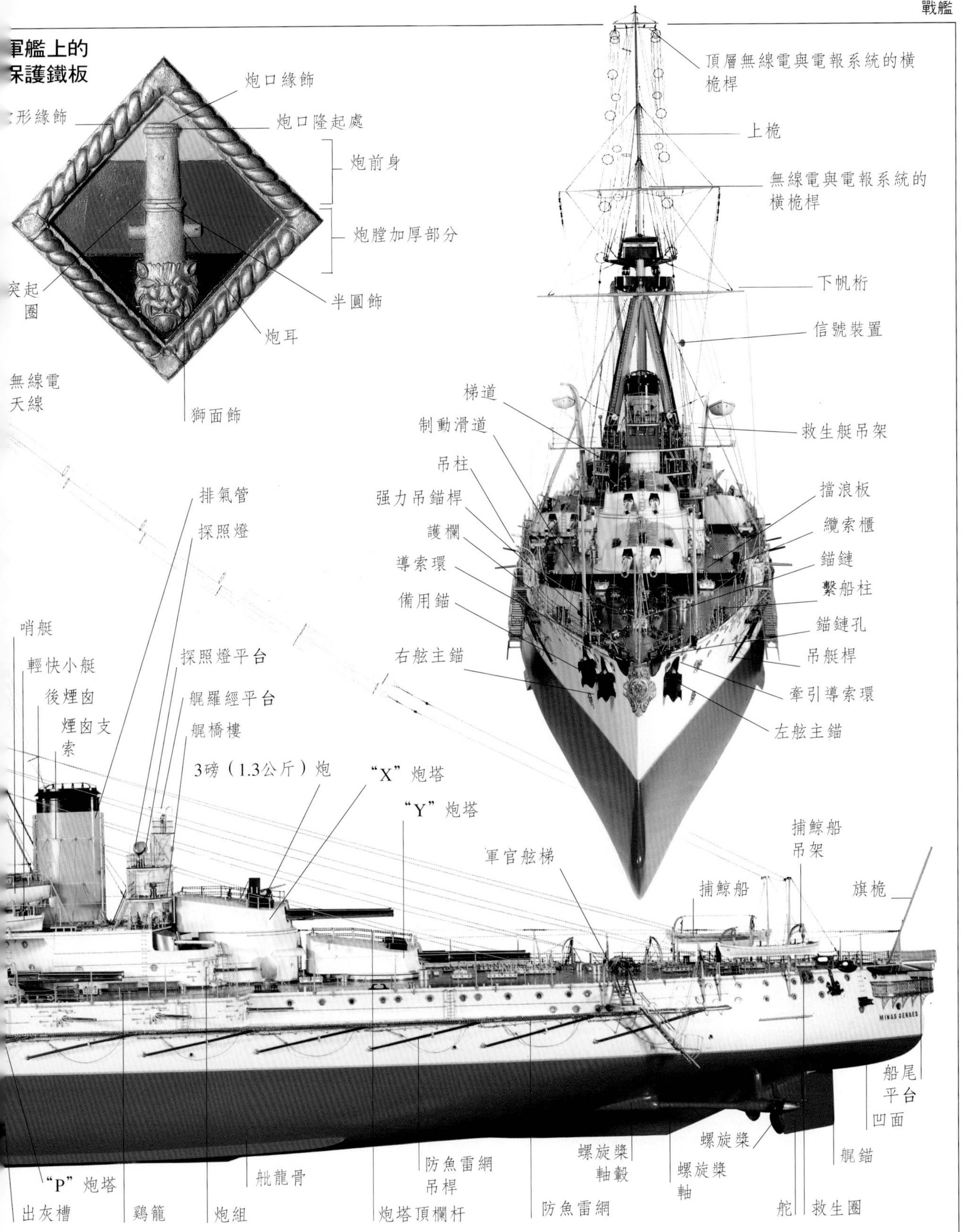

軍艦上的保護鐵板

炮口緣飾
炮口隆起處
炮前身
炮膛加厚部分
半圓飾
炮耳
獅面飾
鋸形緣飾
突起圈
無線電天線

頂層無線電與電報系統的橫桁桿
上桁
無線電與電報系統的橫桁桿
下帆桁
信號裝置
救生艇吊架
擋浪板
纜索櫃
錨鏈
繫船柱
錨鏈孔
吊艇桿
牽引導索環
左舷主錨

梯道
制動滑道
吊柱
強力吊錨桿
護欄
導索環
備用錨
右舷主錨

排氣管
探照燈
探照燈平台
艉羅經平台
艉橋樓
3磅（1.3公斤）炮
"X"炮塔
"Y"炮塔
軍官舷梯

哨艇
輕快小艇
後煙囪
煙囪支索

捕鯨船吊架
捕鯨船
旗桿

船尾平台凹面
艉錨

螺旋槳
螺旋槳軸轂
螺旋槳軸

"P"炮塔
出灰槽
鷄籠
炮組
舭龍骨
炮塔頂欄杆
防魚雷網吊桿
防魚雷網
舵
救生圈

(Rangefinder)；救生艇(Lifeboat)；駕駛橋樓(Navigating bridge)；艦首(假衝擊型船首)[Stem(false ram bow)]；汽艇(Steam launch)；出灰槽(Ash chute)；鷄籠(Hen coop)；舭龍骨(Bilge keel)；防魚雷網吊桿(Torpedo net boom)；捕鯨船(Whaler)；輕快小艇(Gig)；探照燈平台(Searchlight platform)；三腳桅(Tripod mast)。

護衛艦和潛水艇

從19世紀中葉起，裝甲艇對敵船提出了新的挑戰。針對這種裝甲艦，研製了巨大的旋轉炮塔。它們能向任何方向開炮，並能從炮尾迅速地裝填且發射炮彈。今天的戰艦，如397頁下圖所示英國皇家海軍的護衛艦，也裝有**導彈發射架**和**直升飛機**。潛水艇在水下駕駛，速度極快，有些潛水艇能在水下發射導彈。核潛艇能在不加燃料的情況下，在水中持續待好幾年。

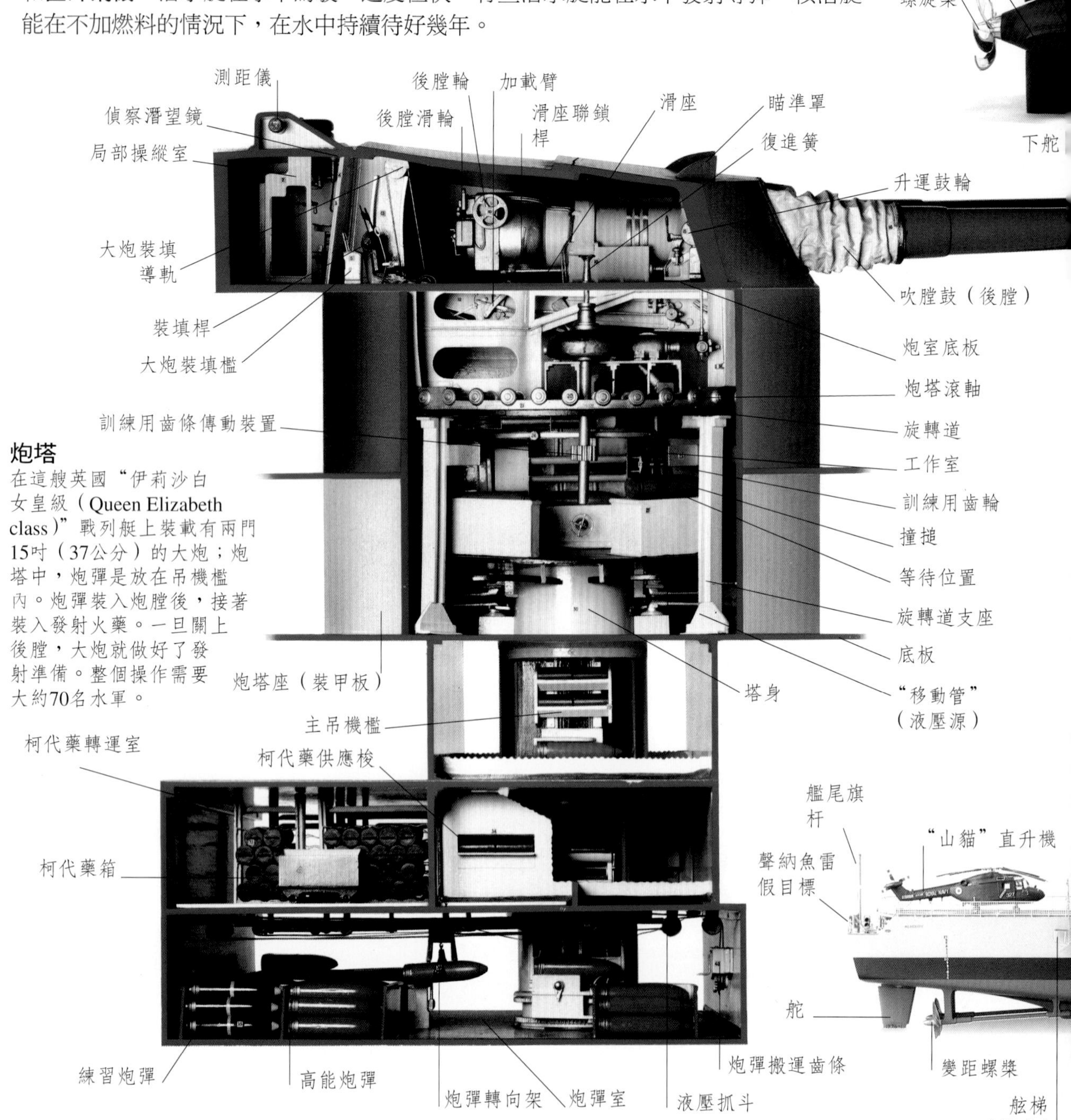

炮塔

在這艘英國"伊莉沙白女皇級（Queen Elizabeth class）"戰列艇上裝載有兩門15吋（37公分）的大炮；炮塔中，炮彈是放在吊機檻內。炮彈裝入炮膛後，接著裝入發射火藥。一旦關上後膛，大炮就做好了發射準備。整個操作需要大約70名水軍。

測距儀　後膛輪　加載臂　滑座　瞄準罩　穩定鰭
偵察潛望鏡　後膛滑輪　滑座聯鎖桿　復進簧　後水平舵
局部操縱室　螺旋槳
大炮裝填導軌　升運鼓輪　下舵
裝填桿　吹膛鼓（後膛）
大炮裝填檻　炮室底板
訓練用齒條傳動裝置　炮塔滾軸
旋轉道
工作室
訓練用齒輪
撞捶
等待位置
旋轉道支座
底板
炮塔座（裝甲板）　"移動管"（液壓源）
主吊機檻　塔身
柯代藥轉運室　艦尾旗杆
柯代藥供應梭　"山貓"直升機
柯代藥箱　聲納魚雷假目標
練習炮彈　高能炮彈　炮彈搬運齒條　變距螺槳
炮彈轉向架　炮彈室　液壓抓斗　舵　舷梯（梯路）

護衛艦和潛水艇(Frigates and submarines)：導彈發射架(missile launchers)；直升飛機(helicopters)。**炮塔**(GUN TURRET)：測距儀(*Rangefinder*)；瞄準罩(*Sighting hood*)；偵察潛望鏡(*Look out periscope*)；復進簧(*Recoil cylinder*)；升運鼓輪(*Elevating wheel*)；大炮裝填導軌(*Guide for gun loading cage*)；吹膛鼓（後膛）[*Blast bag(breeches)*]；旋轉道(*Roller path*)；"移動管"（液壓源）[*Walking pipe(hydraulic supply)*]；主吊機檻(*Main hoisting cage*)；柯代藥供應梭(*Cordite supply shuttle*)；高能炮彈(*High-explosive projectile*)；液壓抓斗(*Hydraulic grab*)。**皇家海軍"獵殺"號核潛艇**(ROYAL NAVY NUCLEAR "HUNTER-KILLER" SUBMARINE)：主發動機蒸汽冷凝器(*Main engine steam condenser*)；蒸餾器

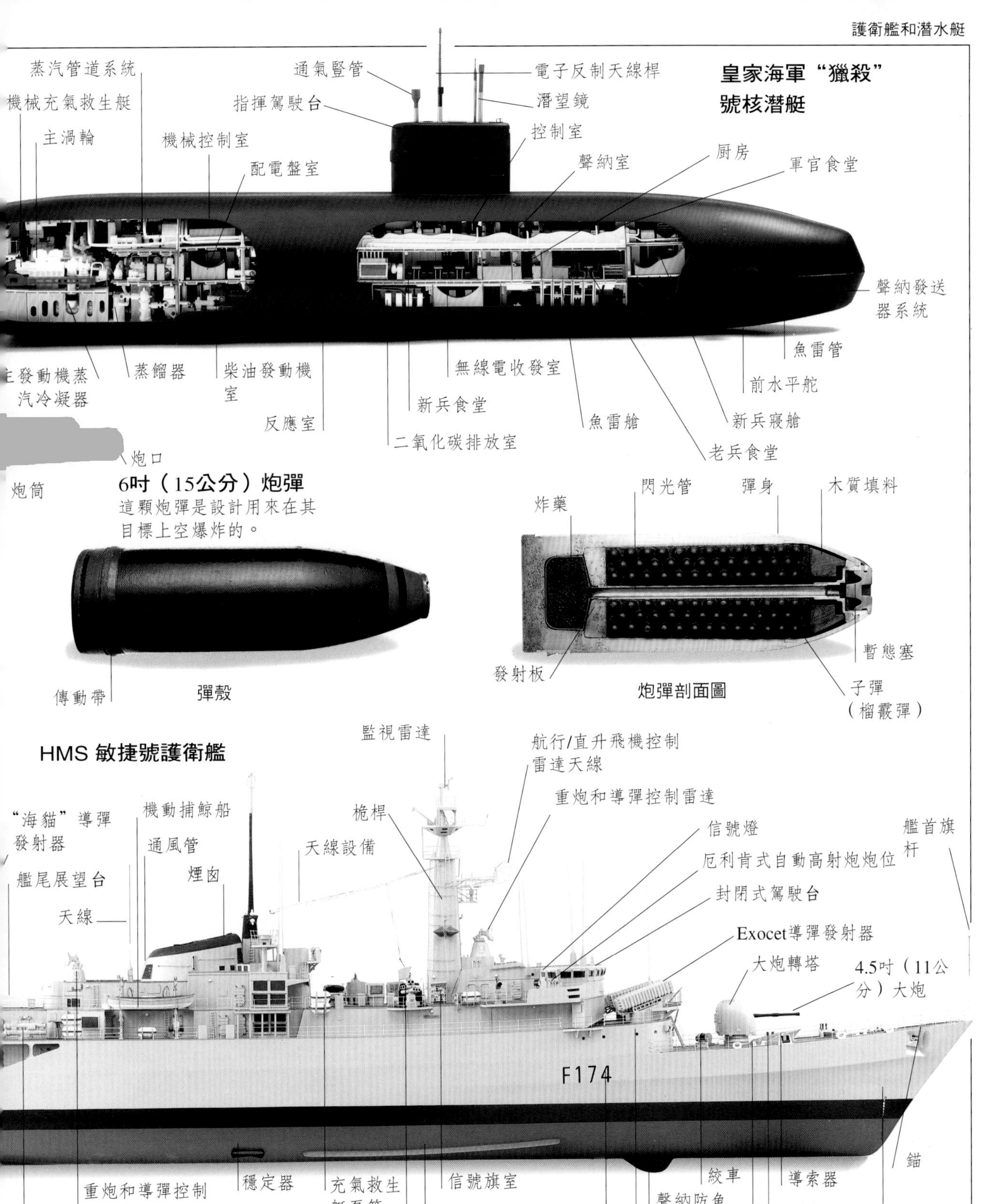

皇家海軍"獵殺"號核潛艇

蒸汽管道系統
機械充氣救生艇
主渦輪
機械控制室
指揮駕駛台
配電盤室
通氣豎管
電子反制天線桿
潛望鏡
控制室
聲納室
厨房
軍官食堂
聲納發送器系統
魚雷管
前水平舵
主發動機蒸汽冷凝器
蒸餾器
柴油發動機室
反應室
無線電收發室
新兵食堂
二氧化碳排放室
魚雷艙
新兵寢艙
老兵食堂
炮口
炮筒

6吋(15公分)炮彈
這顆炮彈是設計用來在其目標上空爆炸的。

傳動帶
彈殼

炸藥
閃光管
彈身
木質填料
暫態塞
發射板
子彈(榴霰彈)

炮彈剖面圖

HMS 敏捷號護衛艦

"海貓"導彈發射器
機動捕鯨船
通風管
煙囱
監視雷達
桅桿
天線設備
航行/直升飛機控制雷達天線
重炮和導彈控制雷達
信號燈
厄利肯式自動高射炮炮位
封閉式駕駛台
Exocet導彈發射器
大炮轉塔
4.5吋(11公分)大炮
艦首旗杆
艦尾展望台
天線
F174
錨
重炮和導彈控制用雷達
穩定器
充氣救生艇泵筒
信號旗室
絞車
導索器
防浪板
吃水標誌
反潛艇魚雷管
三重"箔條"火箭發射器
舭龍骨
三角旗數字
聲納防魚雷護體
舷窗
繫纜柱

(Distiller);反應室(Reactor space);聲納發送器系統(SONAR transducer array);電子反制天線桿(Electronic warfare mast)。6吋(15公分)炮彈:閃光管(Flash tube);發射板(Expelling plate);暫態塞(Transit plug);子彈(榴霰彈)[Bullet(shrapnel)]。HMS敏捷號護衛艦(FRIGATE HMS ALACRITY):監視雷達(Surveillance Radar);"海貓"導彈發射器(Seacat missile launcher);厄利肯式自動高射炮炮位(Oerlikon gun position);"山貓"直升機(Lynx helicopter);反潛艇魚雷管(Anti-submarine torpedo tube);三重"箔條"火箭發射器(Triple "chaff" rocket launcher);舭龍骨(Bilge keel);導索器(Fairlead)。

飛 行 先 驅

飛 行已經使人類著迷好幾個世紀，人們設計過無數失敗的飛行機器。第一次成功的飛行是由法國蒙戈爾費埃（Montgolfier）兄弟在1783年進行的，當時他們乘氣球在巴黎上空飛行。下一個重要進展是**滑翔機**的出現，英國人喬治·凱萊（George Cayley）爵士在這方面取得了值得注意的成就，於1845年設計出第一架滑翔機，完成了持續飛行。德國人奧托·利林塔爾（Otto Lilienthal）在這方面也很著名，是眾所周知的世界上第一位飛行員，他設法完成了可控制的飛行。但是，在19世紀末重量輕的**燃氣驅動內燃機**問世之前，動力飛行仍非實際可行之事。1903年，美國人奧維爾·萊特（Orville Wright）和威爾伯·萊特（Wilbur Wright）兄弟用他們的萊特飛行器雙翼機，進行了第一次的動力飛行，該機使用一台四氣缸燃氣驅動引擎。其後飛機設計取得迅速進展，1909年法國人路易斯·布雷里奧（Louis Bleriot）作了橫跨英吉利海峽的首次飛行。美國人格倫·寇蒂斯（Glenn Curtiss）也用他的D型推進式飛機及其變型機獲得了幾項"第一"，特別是贏得了1909年於法國蘭斯舉行的第一次世界飛行速度比賽的勝利。

萊特飛行器前視圖，1903年

雙翼面升降舵
推進式螺旋槳（後裝螺旋槳）
右側螺旋槳鏈條傳動裝置
油箱
螺旋槳軸支柱
起落滑橇
偏置的飛行員吊籃
側裝式引擎（發動機），以平衡飛行員重量
九缸薩姆森星形引擎（發動機）

寇蒂斯D型推進式飛機側視圖，1911年

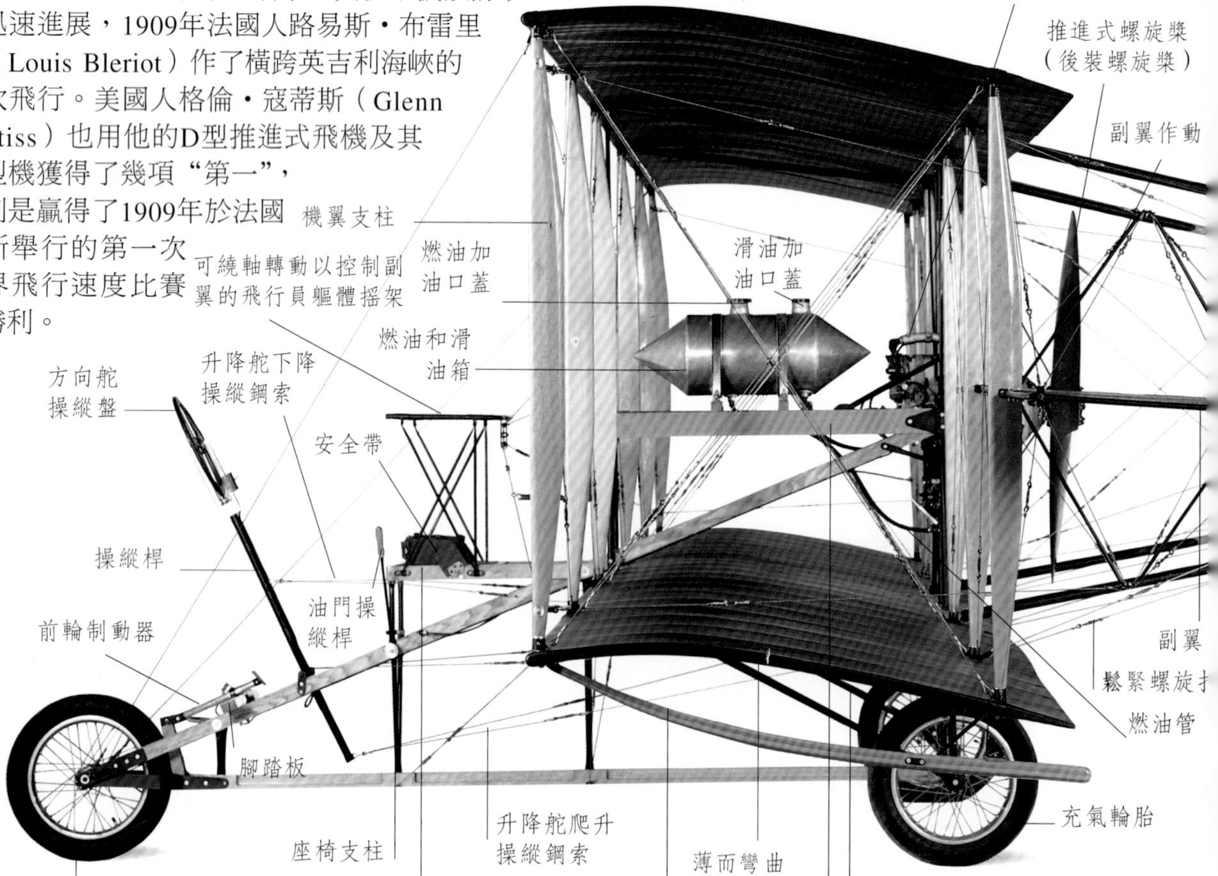

推進式螺旋槳（後裝螺旋槳）
副翼作動
機翼支柱
滑油加油口蓋
燃油加油口蓋
可繞軸轉動以控制副翼的飛行員軀體搖架
燃油和滑油箱
升降舵下降操縱鋼索
方向舵操縱盤
安全帶
操縱桿
油門操縱桿
前輪制動器
副翼鬆緊螺旋扣
燃油管
腳踏板
充氣輪胎
座椅支柱
升降舵爬升操縱鋼索
薄而彎曲的下翼
右側主起落架
裝有橡膠輪胎的前輪
飛行員座椅
機翼保護滑橇
發動機和螺旋槳支架

飛行先驅(Pioneers of flight)：滑翔機(gliders)；燃氣驅動內燃機(gas-driven internal-combustion engines)。**萊特飛行器(WRIGHT FLYER)前視圖；1903年**：右側螺旋槳鏈條傳動裝置(*Chain drive to starboard propeller*)；雙翼面升降舵(*Biplane elevator*)；推進式螺旋槳(*Pusher propeller*)。**寇蒂斯D型推進式飛機側視圖(SIDE VIEW OF CURTISS MODEL-D PUSHER)，1911年**：機翼保護滑橇(*Wing-protecting skid*)；9缸薩姆森星形引擎(發動機)(*Nine-cylinder Salmson radial engine*)；升降舵操縱鋼索(*Elevator*

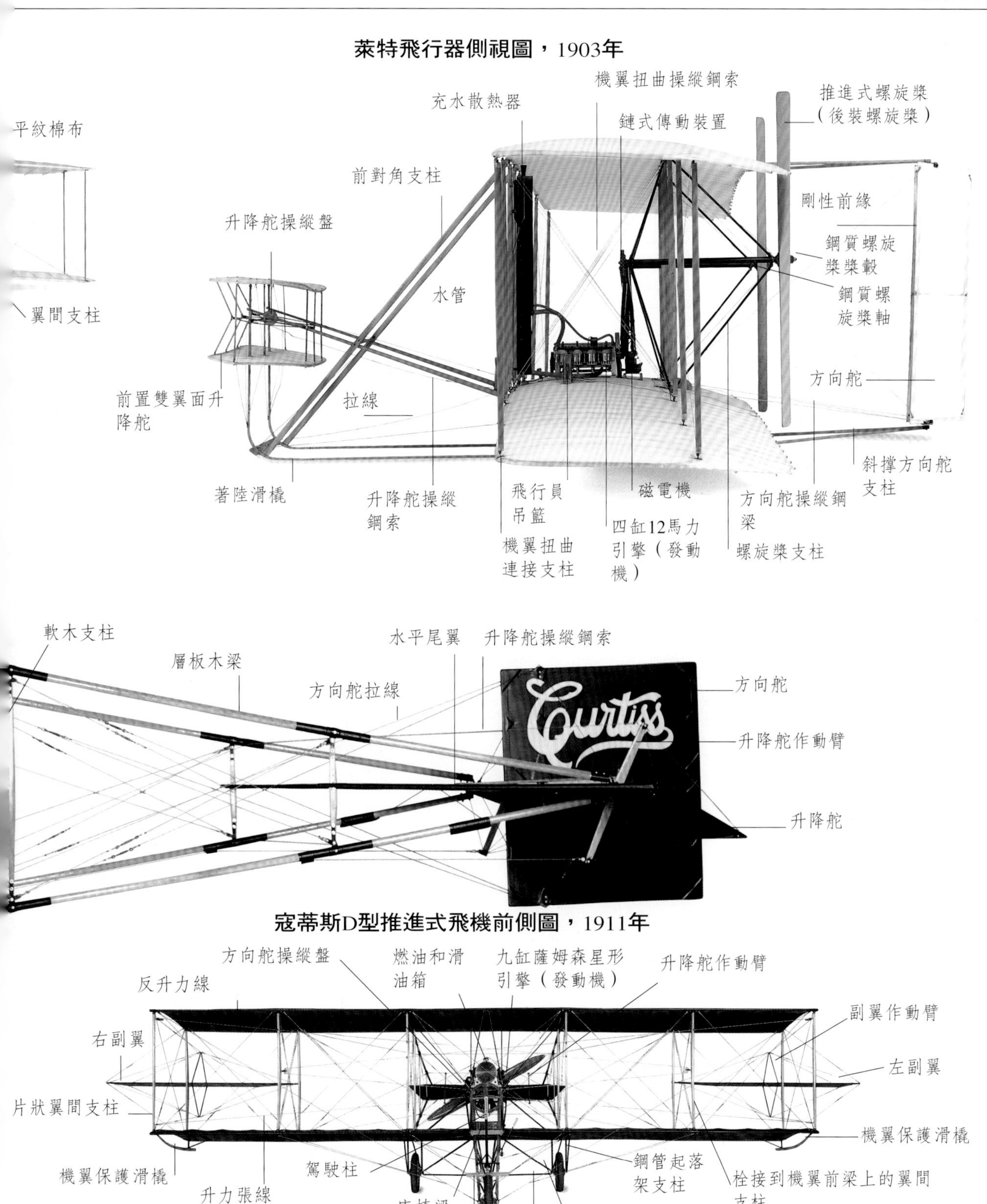

萊特飛行器側視圖，1903年

平紋棉布

機翼扭曲操縱鋼索

充水散熱器

鏈式傳動裝置

推進式螺旋槳
（後裝螺旋槳）

前對角支柱

升降舵操縱盤

剛性前緣

翼間支柱

鋼質螺旋
槳槳轂

鋼質螺
旋槳軸

水管

前置雙翼面升
降舵

拉線

方向舵

著陸滑橇

升降舵操縱
鋼索

飛行員
吊籃

磁電機

方向舵操縱鋼
梁

斜撐方向舵
支柱

機翼扭曲
連接支柱

四缸12馬力
引擎（發動
機）

螺旋槳支柱

軟木支柱

水平尾翼　升降舵操縱鋼索

方向舵

層板木梁

方向舵拉線

升降舵作動臂

升降舵

寇蒂斯D型推進式飛機前側圖，1911年

方向舵操縱盤

燃油和滑
油箱

九缸薩姆森星形
引擎（發動機）

升降舵作動臂

反升力線

副翼作動臂

右副翼

左副翼

片狀翼間支柱

機翼保護滑橇

機翼保護滑橇

升力張線

駕駛柱

座椅梁

腳踏板

輪軸

鋼管起落
架支柱

主起落架橫向拉條

栓接到機翼前梁上的翼間
支柱

control wire)；升降舵作動臂(Elevator operating arm)；鬆緊螺旋扣(Turnbuckle)。**萊特飛行器側視圖，1903年**：著陸滑橇(Landing skid)；磁電機(Magneto)；鋼質螺旋槳槳轂(Steel hub)；鏈式傳動裝置(Chain drive)。**寇蒂斯D型推進式飛機前視圖**(FRONT VIEW OF CURTISS MODEL-D PUSHER, 1911)：主起落架橫向拉條(Main landing gear lateral brace)；升力張線(Lift wire)；片狀翼間支柱(Carved interplane strut)；反升力線(Anti-lift wire)。

早期單翼機

鳥尾式單翼機，1908年

單翼機在機身兩側各裝一個機翼。早期木質結構飛機採用上述布置，主要缺點是機翼的強度低。它們需要用高強度的拉線把它們張緊在機身上面和下面的主柱上。但是，單翼機也有優點：它們受到的阻力比多翼機的小，因而能獲得較高速度；它能使飛機有更好的機動性，因為單翼比雙翼更易扭曲（扭轉），而扭動機翼是當時飛行員操縱早期飛機翻轉的方法。1912年以前，法國飛行員路易斯‧布雷里奧（Louis Bleriot）曾用一架單翼機完成過跨越英吉利海峽的首次飛行，英國人羅伯特‧布萊克本（Robert Blackburn）和法國人阿曼德‧德柏達辛（Armand Deperdussin）則證明了單翼機具有更高速度。但是，由機翼折斷引起的許多墜毀事故又使單翼機的生產受到挫折。不過德國是個例外，德國在1917年完成了**全金屬單翼機**。全金屬單翼機的機翼不需用立柱或拉線加強，儘管如此，上述飛機在20世紀30年代以前並未得到廣泛採用。

布萊克本單翼機前視圖，1912年

繃緊的蒙布

片狀木質螺旋槳

主柱

螺接在螺旋槳上的槳轂

環形機頭罩

飛行員觀察孔

排氣閥推桿

守護神轉缸式7缸引擎（發動機）

升降舵鐵鏈

升降舵

起落架後橫向構件

機輪整流罩

彈性橡膠輪

尾橇

起落架前支柱

輪軸

著陸滑橇

起落架後支柱

早期單翼機(Early monoplanes)：全金屬單翼機(all-metal monoplanes)。鳥尾式單翼機(RUMPLER MONOPLANE)。**布萊克本單翼機前視圖**(FRONT VIEW OF BLACKBURN MONOPLANE)，**1912年**：張緊拉線的鬆緊螺旋扣*(Turnbuckle to tighten bracing wire)*；守護神轉缸式7缸引擎(發動機)*(Gnome sevencylinder rotary engine)*；尾橇*(Tailskid)*；機輪整流罩*(Wheel fairing)*；排氣閥推桿*(Exhaust valve push-rod)*。**布雷里奧XI型飛機側視圖**(SIDE VIEW OF BLERIOT XI)，**1909年**：方向舵操縱鋼索*(Rudder control wire)*；主起落

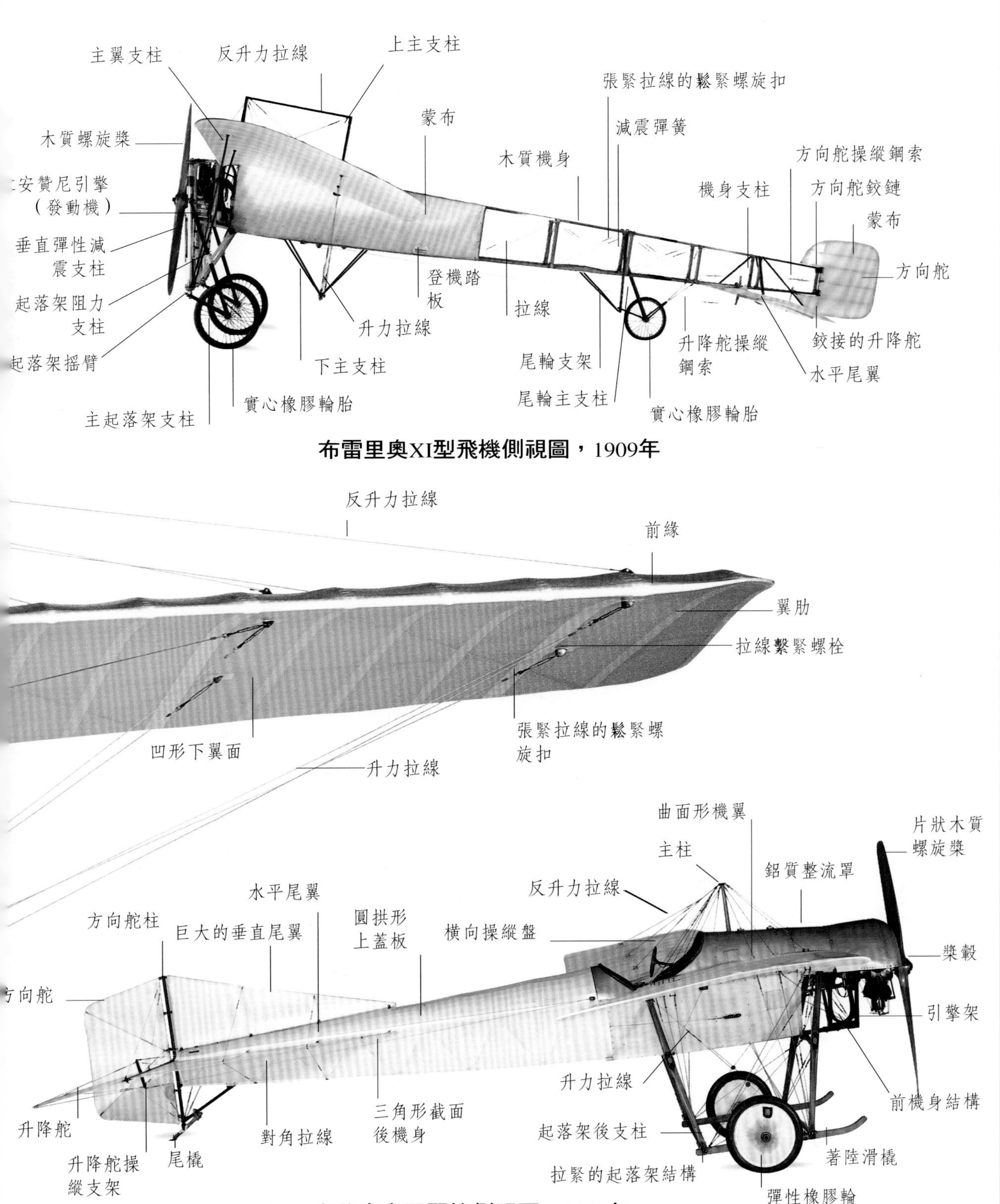

主翼支柱　反升力拉線　上主支柱　張緊拉線的鬆緊螺旋扣　方向舵操縱鋼索
木質螺旋槳　蒙布　減震彈簧　方向舵鉸鏈
安贊尼引擎（發動機）　木質機身　機身支柱　蒙布
垂直彈性減震支柱　方向舵
起落架阻力支柱　登機踏板　升力拉線　拉線　鉸接的升降舵
起落架搖臂　尾輪支架　升降舵操縱鋼索　水平尾翼
主起落架支柱　下主支柱　實心橡膠輪胎　尾輪主支柱　實心橡膠輪胎

布雷里奧XI型飛機側視圖，1909年

反升力拉線　前緣
翼肋
拉線繫緊螺栓
凹形下翼面　張緊拉線的鬆緊螺旋扣
升力拉線

曲面形機翼　片狀木質螺旋槳
水平尾翼　主柱　鋁質整流罩
方向舵柱　圓拱形上蓋板　反升力拉線　橫向操縱盤　槳轂
巨大的垂直尾翼　引擎架
方向舵　前機身結構
升力拉線　著陸滑橇
升降舵　三角形截面後機身　起落架後支柱
升降舵操縱支架　尾橇　對角拉線　拉緊的起落架結構　彈性橡膠輪

布萊克本單翼機側視圖，1912年

架搖臂(*Main landing gear radius arm*)；主起落架阻力支柱(*Landing gear drag strut*)；三缸安贊尼引擎(發動機)(*Three-cylinder Anzani engine*)。**布萊克本單翼機側視圖，1912年：**圓拱形上蓋板(*Domed top deck*)；曲面形機翼(*Warped wing*)；鋁質整流罩(*Aluminum cowl*)；升力拉線(*Lift bracing wire*)；對角拉線(*Diagonal bracing*)。

雙翼機和三翼機

19世紀30年代以前，雙翼機在飛機設計中占有壓倒優勢，主要因為某些早期的單翼機太脆弱，難以承受飛行時產生的應力。雖然雙翼機機翼較大的表面積增加了阻力並降低了速度，但機翼之間的支柱使雙翼機機翼的強度比早期單翼機機翼高。許多飛機設計師也製出過三翼機，它和雙翼機相比有一個特別的優點：較多機翼意味著，獲得相同升力可應用較小的翼展，而較小翼展則可獲得較高的機動性。第一次世界大戰期間，三翼機用作戰鬥機取得了很大成功，福克（Fokker）三翼機就是一個著名例子。但是，對於普通飛行來說，三翼機的較高機動性沒有任何好處，因此許多製造家仍繼續生產雙翼機。曾經嘗試過一些其他飛機設計型式，其中一些是**四翼機**，具有四對機翼。一些飛機是有**串置式機翼**（兩對單翼，一前一後配置）。一種最奇特的飛機設計是英國人霍雷肖·菲利普斯（Horatio Phillips）作出的；它有20對窄窄的機翼，看上去就像一扇百葉窗。

疊板螺旋槳

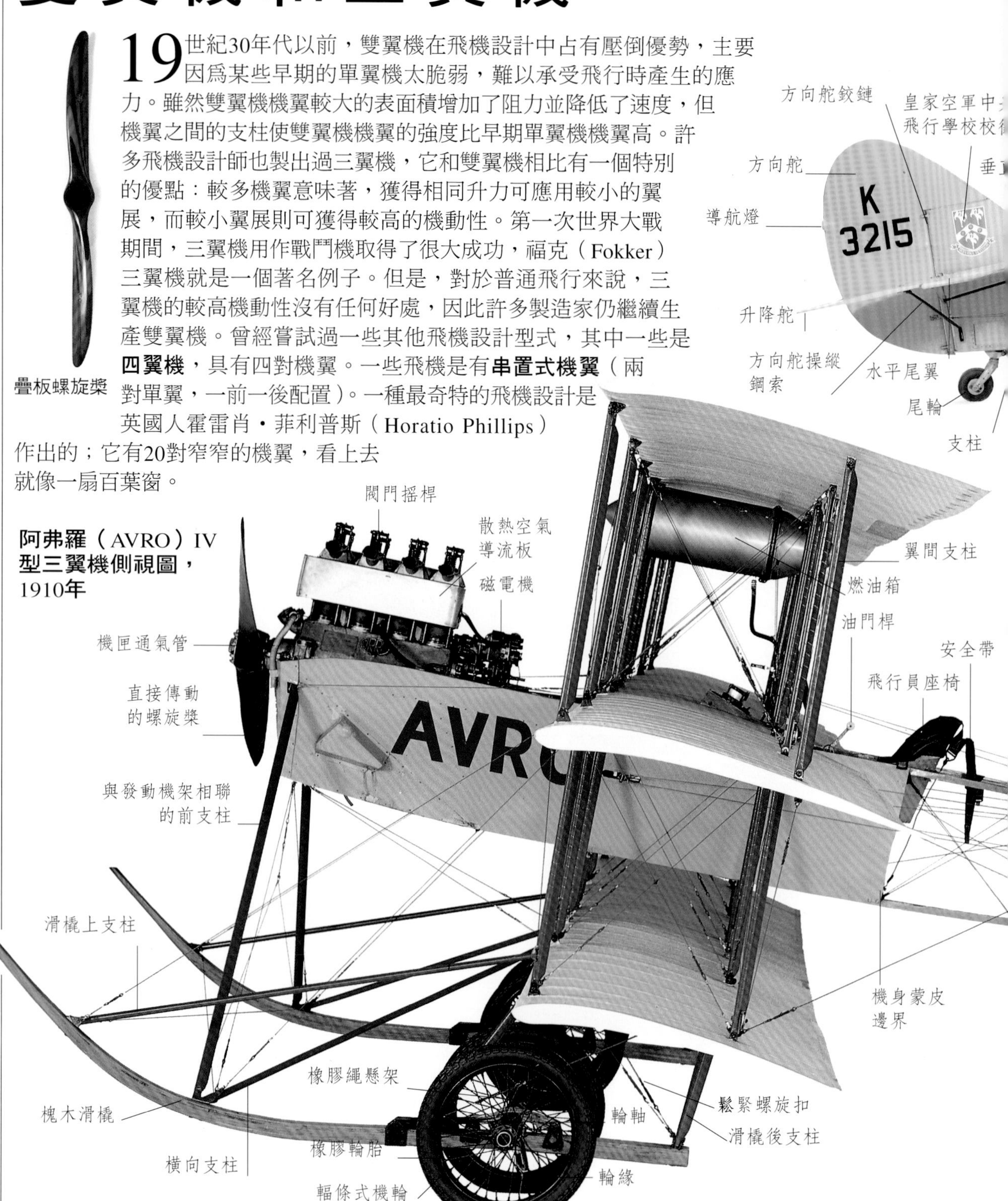

阿弗羅（AVRO）IV型三翼機側視圖，1910年

方向舵鉸鏈
皇家空軍中央飛行學校校徽
方向舵
垂
導航燈
K 3215
升降舵
方向舵操縱鋼索
水平尾翼
尾輪
支柱

閥門搖桿
散熱空氣導流板
磁電機
翼間支柱
燃油箱
油門桿
機匣通氣管
安全帶
直接傳動的螺旋槳
飛行員座椅
與發動機架相聯的前支柱
滑橇上支柱
機身蒙皮邊界
槐木滑橇
鬆緊螺旋扣
橫向支柱
橡膠輪胎
輪軸
滑橇後支柱
輻條式機輪
輪緣
橡膠繩懸架

雙翼機和三翼機(Biplanes and triplanes)：四翼機(quadruplanes)；串置式機翼(tandem wings)。**疊板螺旋槳**(LAMINATED PROPELLER)。**阿弗羅IV型三翼機側視圖**(SIDE VIEW OF AVRO TRIPLANE IV)，1910年：閥門搖桿(*Valve rocker*)；散熱空氣導流板(*Air cooling baffle*)；尾橇樞軸(*Tailskid pivot*)；橡膠繩懸架(*Rubber cord suspension*)；金屬拉線繫板(*Metal plate anchorage*)；輻條式機輪(*Wire wheel*)；機匣通氣管(*Crankcase breather pipe*)。**阿弗羅敎練型雙翼機**(AVRO TUTOR BIPLANE)，1931年：英國皇家空軍的圓形標記(*RAF roundel*)；插銷連接(*Pin joint*)；縫翼支架整流罩(*Slat-arm fairing*)；木質層板定距螺旋槳

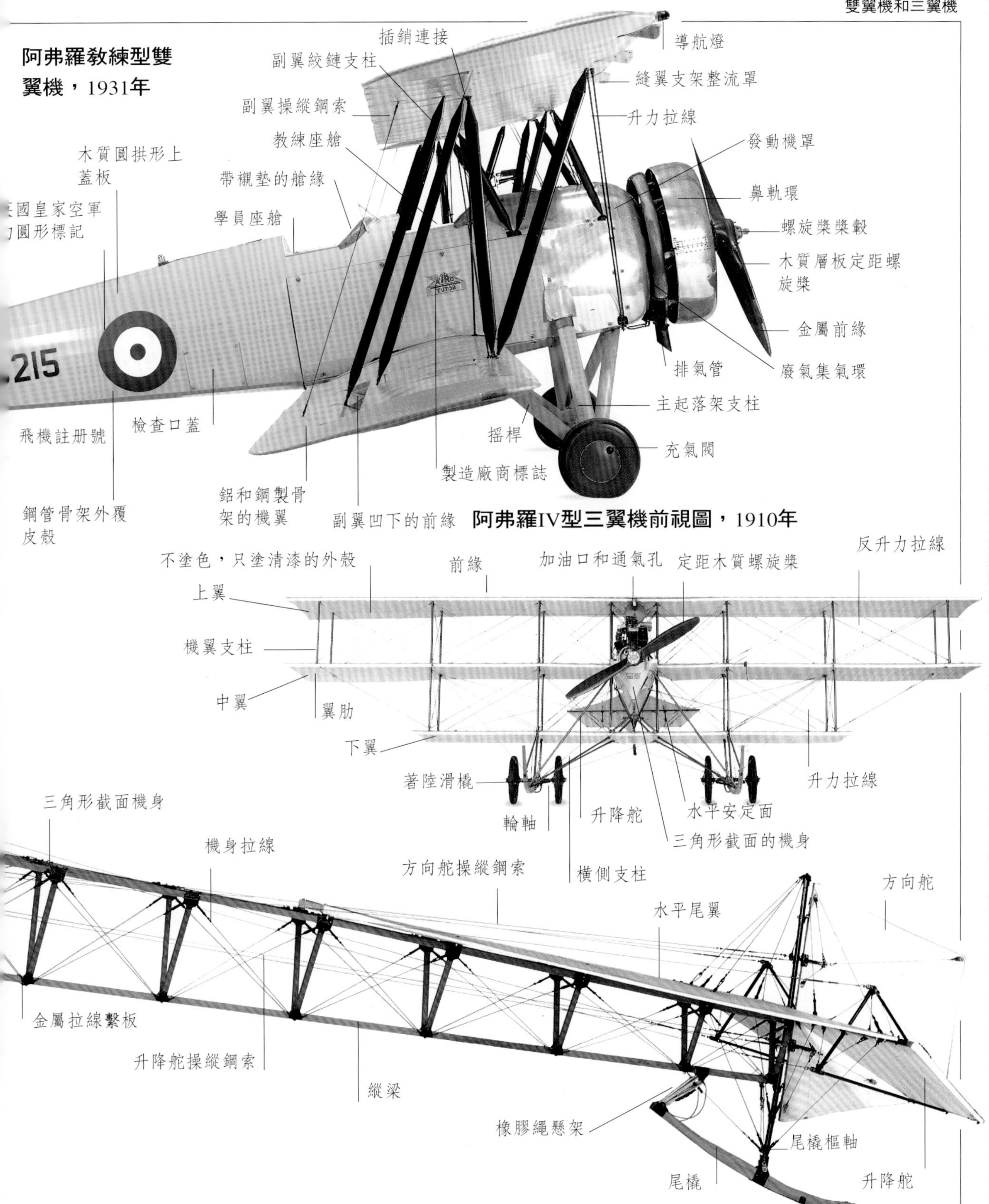

阿弗羅敎練型雙翼機，1931年

插銷連接
副翼絞鏈支柱
副翼操縱鋼索
敎練座艙
帶襯墊的艙緣
學員座艙
木質圓拱形上蓋板
英國皇家空軍圓形標記
導航燈
縫翼支架整流罩
升力拉線
發動機罩
鼻軌環
螺旋槳槳轂
木質層板定距螺旋槳
金屬前緣
廢氣集氣環
排氣管
主起落架支柱
搖桿
充氣閥
製造廠商標誌
215
飛機註冊號
檢查口蓋
鋁和鋼製骨架的機翼
副翼凹下的前緣
鋼管骨架外覆皮殼

阿弗羅IV型三翼機前視圖，1910年

不塗色，只塗清漆的外殼
前緣
加油口和通氣孔
定距木質螺旋槳
反升力拉線
上翼
機翼支柱
中翼
翼肋
下翼
著陸滑橇
輪軸
升降舵
水平安定面
三角形截面的機身
升力拉線
橫側支柱

三角形截面機身
機身拉線
方向舵操縱鋼索
水平尾翼
方向舵
金屬拉線繫板
升降舵操縱鋼索
縱梁
橡膠繩懸架
尾橇樞軸
尾橇
升降舵

(Laminated-wood, fixed-pitch propeller)；充氣閥*(Inflation valve)*；飛機註冊號*(Aircraft registration code)*；皇家空軍中央飛行學校校徽*(RAF Central Flying School badge)*。**阿弗羅IV型三翼機前視圖，1910年：**定距木質螺旋槳*(Fixed-pitch wooden propeller)*；升降舵*(Elevator)*；下翼*(Bottom wing)*；前緣*(Leading edge)*；翼肋*(Rib)*；中翼*(Middle wing)*；機翼支柱*(Wing strut)*；上翼*(Top wing)*；水平安定面*(Tail plane)*；三角形截面的機身*(Triangular-section fuselage)*。

第一次世界大戰中的飛機

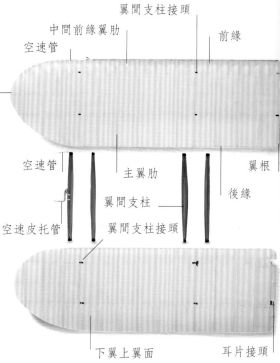

BE 2B飛機的左機翼

翼間支柱接頭
中間前緣翼肋
空速管
前緣
翼尖
空速管
主翼肋
翼根
翼間支柱
後緣
翼間支柱接頭
空速皮托管

下翼上翼面
耳片接頭

當 1914年第一次世界大戰爆發時，軍用飛機的主要用途是偵察。英國製造的BE 2飛機及其變型BE 2B飛機都很適合上述任務。它們在飛行中非常穩定，因而使乘坐者能研究地形，拍攝照片，並進行記錄。BE 2也是第一架用於投彈的飛機。在這次戰爭期間，飛機設計師最大的問題之一就是安裝機槍。在一架具有前置螺旋槳的飛機上，射擊區域要受到螺旋槳和飛機其他零件的限制。1915年荷蘭人安東尼·福克（Anthony Fokker）解決了這個問題，他設計了一種保險裝置，該裝置可在螺旋槳槳葉通過槍管前面時阻止機槍發射。德國的LVG CVI飛機裝有一挺位於引擎（發動機）右側的前射機槍，及一挺後座機槍，並具有投彈能力，是這次戰爭中用途最廣的飛機之一。

飛行頭盔

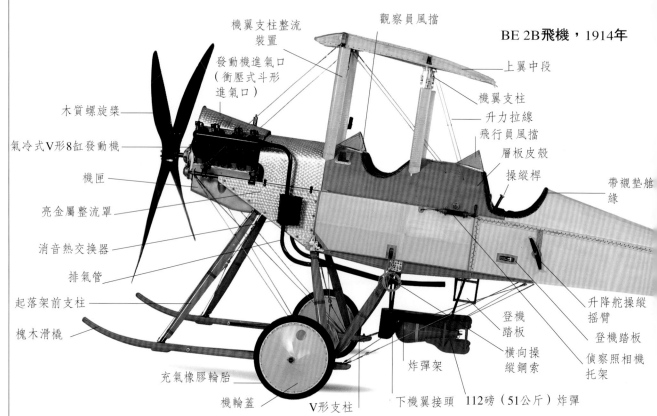

機翼支柱整流裝置
觀察員風擋
BE 2B飛機，1914年
發動機進氣口
（衝壓式斗形進氣口）
上翼中段
木質螺旋槳
機翼支柱
氣冷式V形8缸發動機
升力拉線
飛行員風擋
機匣
層板皮殼
亮金屬整流罩
操縱桿
帶襯墊艙緣
消音熱交換器
排氣管
起落架前支柱
升降舵操縱搖臂
槐木滑橇
登機踏板
登機踏板
橫向操縱鋼索
偵察照相機托架
充氣橡膠輪胎
炸彈架
機輪蓋
V形支柱
下機翼接頭　112磅（51公斤）炸彈

第一次世界大戰中的飛機(World War I aircraft)。飛行頭盔(FLYING HELMET)。BE 2B飛機的左機翼(PORT WINGS FROM A BE 2B)：空速管(Airspeed-indicator tube)；空速皮托管(Airspeed pitot tube)；耳片接頭(Attachment lug)。BE 2B飛機，1914年：消音熱交換器(Silencing heat exchanger)；亮金屬整流罩(Buffed metal cowling)；氣冷式V形8缸發動機(Air-cooled V8 engine)；發動機進氣口(衝壓式斗形進氣口)[Engine air intake(ram scoop)]；下機翼接頭(Lower-wing attachment)；外殼綴條(Fabric lacing)；鋼質V

LVG CVI飛機側視圖，1917年

飛行員座艙
觀察員座艙
左副翼
7.92公釐帕拉貝倫機槍
方向舵操縱鋼索
垂直尾翼
方向舵
升降舵
鋼質操縱支臂
裝在樞軸上的彈性尾橇
升降舵操縱鋼索
飛機型號
飛機註冊號
副翼操縱鋼索
翼間支柱
拉線
冷水管
排氣管
230馬力、朋馳6缸水冷式引擎（發動機）
木質層板螺旋槳
通氣裝置入口
總壓探測頭
充氣橡膠輪胎
輪軸
輪胎充氣嘴

LVG CVI飛機前視圖，1917年

菱紋外殼
前射機槍
排氣管
230馬力、朋馳6缸水冷式引擎（發動機）
木質螺旋槳
總壓探測頭
翼間支柱
反升力拉線
升力拉線
主油箱
充氣橡膠輪胎
複式橡膠繩懸架
輪軸
尾橇
起落架支柱
鬆緊螺旋扣
重力供油燃油箱

翼肋
方向舵
外殼綴條
水平尾翼接頭
方向舵支柱
減震彈簧
裝在樞軸上的尾橇
鋼質V形支柱
國家標誌
飛機註冊號
687

固定式水平尾翼
皮殼
鋼耳片接頭
前緣
翼肋
升降舵
升降舵鉸鏈
翼梁
後緣

BE 2B飛機的水平尾翼

形支柱(Steel V-strut)；減震彈簧(Shock absorbing spring)。LVG CVI飛機側視圖(SIDE VIEW OF LVG CVI)，1917年：7.92公釐帕拉貝倫機槍(7.92-mm Parabellum machine gun)；總壓探測頭(Pitot head)。LVG CVI飛機前視圖，1917年：複式橡膠繩懸架(Multiple rubber-cord suspension)。BE 2B飛機的水平尾翼(HORIZONTAL TAIL OF A BE 2B)：鋼耳片接頭(Steel lug)。

早期的客機

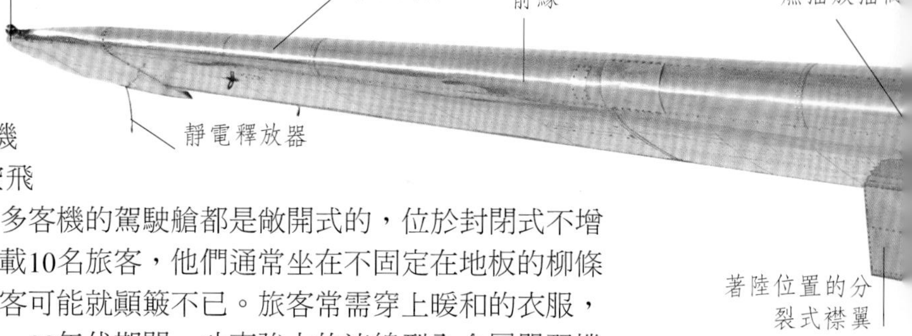

在 19世紀30年代以前，多數客機都是雙翼機，裝有兩對機翼和一個具有木質或金屬構架，外面用布罩或有時用層板覆蓋的機身。這種飛機只能進行低速和低空飛行，因爲它們的機翼阻力太大。許多客機的駕駛艙都是敞開式的，位於封閉式不增壓客艙的前面或後面。客艙最多可載10名旅客，他們通常坐在不固定在地板的柳條椅上，因此若在亂流中飛行時，旅客可能就顚簸不已。旅客常需穿上暖和的衣服，並戴上耳塞以減弱持續不絕的噪音。30年代期間，功率強大的流線型全金屬單翼機（例如本文所示洛克希德公司的伊利克特拉客機）得到了廣泛應用。1939年增壓座艙的問世，使在亂流較少的高空作快速飛行變爲可能。1945年以前，由於沒有足夠多的跑道，且經常需要在海上緊急降落，飛船仍在許多航線上使用。不過，隨著第二次世界大戰期間大量優良跑道的建成，陸上飛機終於成爲所有主要航線普遍使用的機種。

右舷綠色導航燈
鉚接的金屬外殼機翼
前緣
燃油放油閥
靜電釋放器
著陸位置的分裂式襟翼

增壓座艙
客艙裝潢板
艙頂裝潢板
前艙壁上裝潢板
旅客服務控制盤開口
煙灰缸
右艙壁前裝潢板
駕駛艙門裝潢板
前艙壁下裝潢板
右艙壁中前段裝潢板

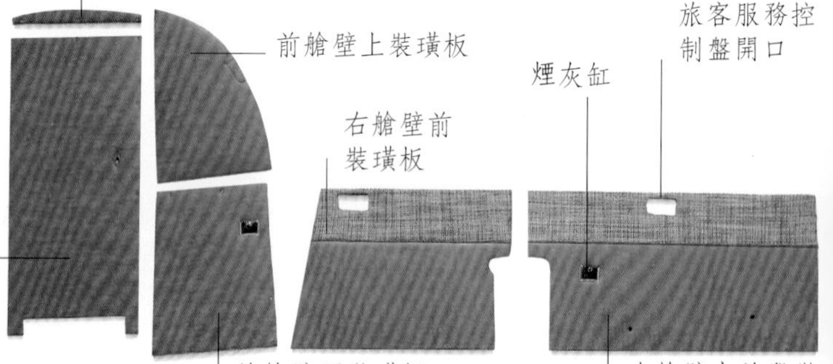

洛克希德公司伊利克特拉客機側視圖，1934年

座艙擋風玻璃
滑動窗口
應急出口
滑油箱
鋼質防火牆
旅客窗口
通風裝置出口
進氣
機頭
螺旋槳變距液壓油缸
槳葉配重
螺槳轂蓋安裝盤
變距螺旋槳
排氣集氣環
普拉特・惠尼9缸星形引擎（發動機）
紅色左導航燈
起落架艙門
排氣管
電動分裂式襟翼
旅客艙門
主起落架
鋁質輪轂
刹車液壓管
擋泥板
靜電釋放器
副翼
金屬外殼機翼

早期的客機(Early passenger aircraft)：增壓座艙(pressurized cabins)。**洛克希德公司伊利克特拉客機(LOCKHEED ELECTRA)前視圖，1934年**：鉚接的金屬外殼機翼(*Flush-riveted metal-skinned wing*)；燃油放油閥(*Fuel-jettison valve*)；流線型螺旋槳轂蓋(*Streamlined spinner*)；氣缸散熱片(*Cylinder-cooling gills*)；可變螺距螺旋槳(*Variable-pitch propeller*)；普拉特・惠尼9缸星形引擎(發動機)(*Pratt & Whitney nine-cylinder radial engine*)；刹車液壓管(*Brake pipe*)；單柱式主起落架(*Single-leg main landing gear*)；空

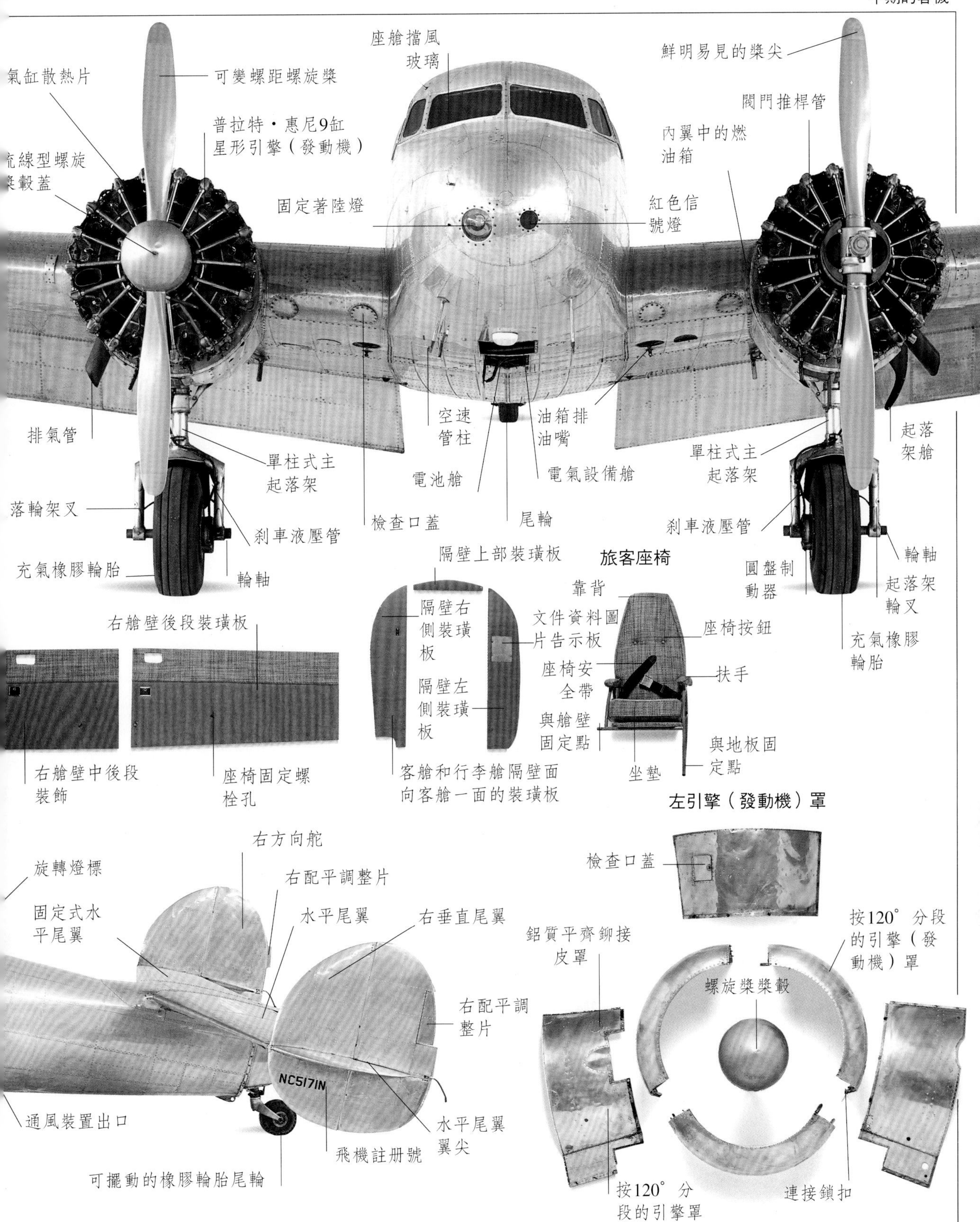

氣缸散熱片

可變螺距螺旋槳

座艙擋風玻璃

鮮明易見的槳尖

普拉特‧惠尼9缸星形引擎（發動機）

閥門推桿管

荒線型螺旋槳轂蓋

內翼中的燃油箱

固定著陸燈

紅色信號燈

排氣管

單柱式主起落架

空速管柱

油箱排油嘴

起落架艙

落輪架叉

電池艙

電氣設備艙

單柱式主起落架

充氣橡膠輪胎

刹車液壓管

檢查口蓋

尾輪

刹車液壓管

輪軸

輪軸
起落架輪叉

右艙壁後段裝潢板

隔壁上部裝潢板

旅客座椅

圓盤制動器

靠背

充氣橡膠輪胎

隔壁右側裝潢板

文件資料圖片告示板

座椅按鈕

座椅安全帶

扶手

隔壁左側裝潢板

右艙壁中後段裝飾

座椅固定螺栓孔

與艙壁固定點

與地板固定點

客艙和行李艙隔壁面向客艙一面的裝潢板

坐墊

左引擎（發動機）罩

旋轉燈標

右方向舵

檢查口蓋

固定式水平尾翼

右配平調整片

水平尾翼

右垂直尾翼

鋁質平齊鉚接皮罩

按120°分段的引擎（發動機）罩

螺旋槳槳轂

右配平調整片

通風裝置出口

NC5171N

水平尾翼翼尖

可擺動的橡膠輪胎尾輪

飛機註冊號

按120°分段的引擎罩

連接鎖扣

速管柱(*Pitot mast*)；電池艙(*Battery compartment*)；靜電釋放器(*Static discharge wick*)；客艙裝潢板(PASSENGER CABIN TRIM PANELS)。**洛克希德公司伊利克特拉客機側視圖，1934年**：螺旋槳變距液壓油缸(*Propeller pitch-change cylinder*)；水平尾翼(*Tail plane*)；電動分裂式襟翼(*Electrically driven split flap*)；鋁質平齊鉚接皮罩(*Aluminum flushriveted skin*)；螺旋槳槳轂(*Propeller-hub spinner*)；連接鎖扣(*Joining latch*)。

第二次世界大戰中的飛機

當第二次世界大戰於1939年爆發時，各國空軍早已用全金屬的應力皮殼單翼機取代了大多數皮罩的雙翼機。第二次世界大戰期間，空軍在作戰中產生比以前大得多的作用。飛機應用範圍的擴大與雷達跟蹤和導航設備的出現，給設計師帶來了改善飛機性能的壓力。改善的主要領域是速度、航程和引擎功率。為了取得更大的載彈量，轟炸機變得體積更大，而且功率更高 — 由安裝兩台引擎變爲安裝四台。美國B-17飛行堡壘能夠裝載多達6噸炸彈飛行2,000哩（3,200公里）。有些飛機使用可拋掉的副油箱來增加航程（燃油用完後可將其拋棄以減小阻力）。戰鬥機需要速度和機動性；本文列出的霍克暴風式戰鬥機具有每小時435哩（700公里）的最大速度，是同盟國少數幾種能捕捉德國噴射推進式V1"飛彈"的飛機之一。到1944年，英國已經製造了它的第一架裝有渦輪噴射引擎的飛機，即格羅斯特流星號戰鬥機，德國則加入了當時世界上速度最快的戰鬥機，即裝有渦輪噴射引擎的Me 262，該機最大速度爲每小時540哩（868公里）。

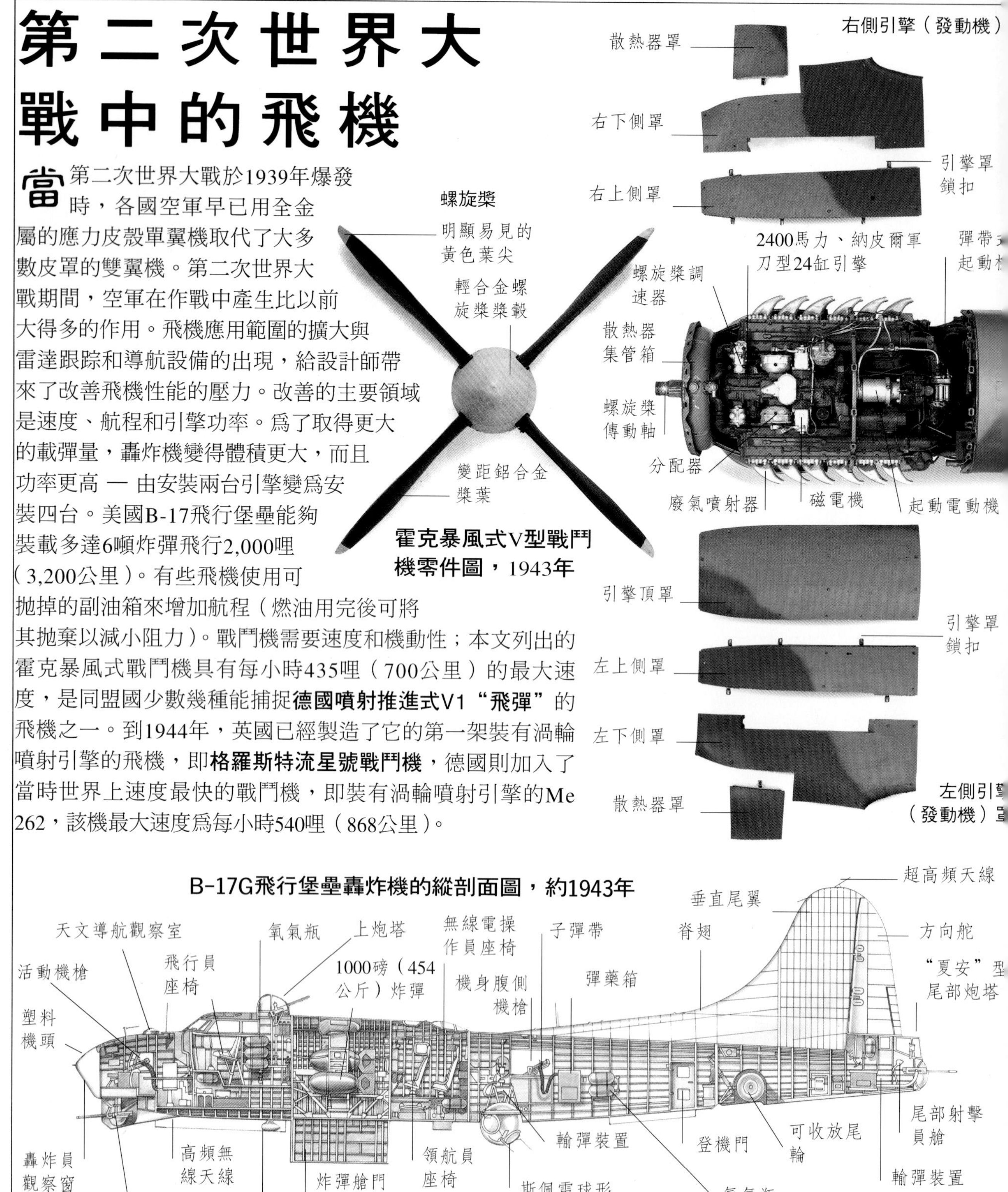

螺旋槳
明顯易見的黃色葉尖
輕合金螺旋槳槳轂
變距鋁合金槳葉

右側引擎（發動機）
散熱器罩
右下側罩
右上側罩
引擎罩鎖扣
2400馬力、納皮爾軍刀型24缸引擎
彈帶式起動機
螺旋槳調速器
散熱器集管箱
螺旋槳傳動軸
分配器
廢氣噴射器
磁電機
起動電動機

霍克暴風式V型戰鬥機零件圖，1943年

引擎頂罩
引擎罩鎖扣
左上側罩
左下側罩
散熱器罩
左側引擎（發動機）罩

B-17G飛行堡壘轟炸機的縱剖面圖，約1943年

天文導航觀察室
氧氣瓶
上炮塔
無線電操作員座椅
子彈帶
垂直尾翼
超高頻天線
活動機槍
飛行員座椅
1000磅（454公斤）炸彈
機身腹側機槍
彈藥箱
脊翅
方向舵
塑料機頭
"夏安"型尾部炮塔
轟炸員觀察窗
高頻無線天線
炸彈艙門
領航員座椅
斯佩雷球形旋轉炮塔
輪彈裝置
登機門
可收放尾輪
氧氣瓶
尾部射擊員艙
輪彈裝置
機頭下部炮塔
測向天線整流罩

第二次世界大戰中的飛機(World War II aircraft)：德國噴射推進式V1"飛彈"(the German jet-powered V1"flying bomb")；格羅斯特流星號戰鬥機(the Gloster Meteor fighter)。**螺旋槳**(PROPELLER)：變距鋁合金槳葉*(Variable-pitch aluminum-alloy blade)*；散熱器罩*(Radiator-access cowling)*。**霍克暴風式V型戰鬥機**(HAWKER TEMPEST MARK V)零件圖，1943年：廢氣噴射器*(Ejector exhaust)*；2400馬力、納皮爾軍刀型24缸引擎*(2,400-HP Napier Sabre 24-cylinder engine)*；彈帶式起動機*(Cartridge starter)*；翼根整流片*(Wing fillet panel)*；超高頻鞭狀天線*(VHF radio whip antenna)*；陀螺瞄準

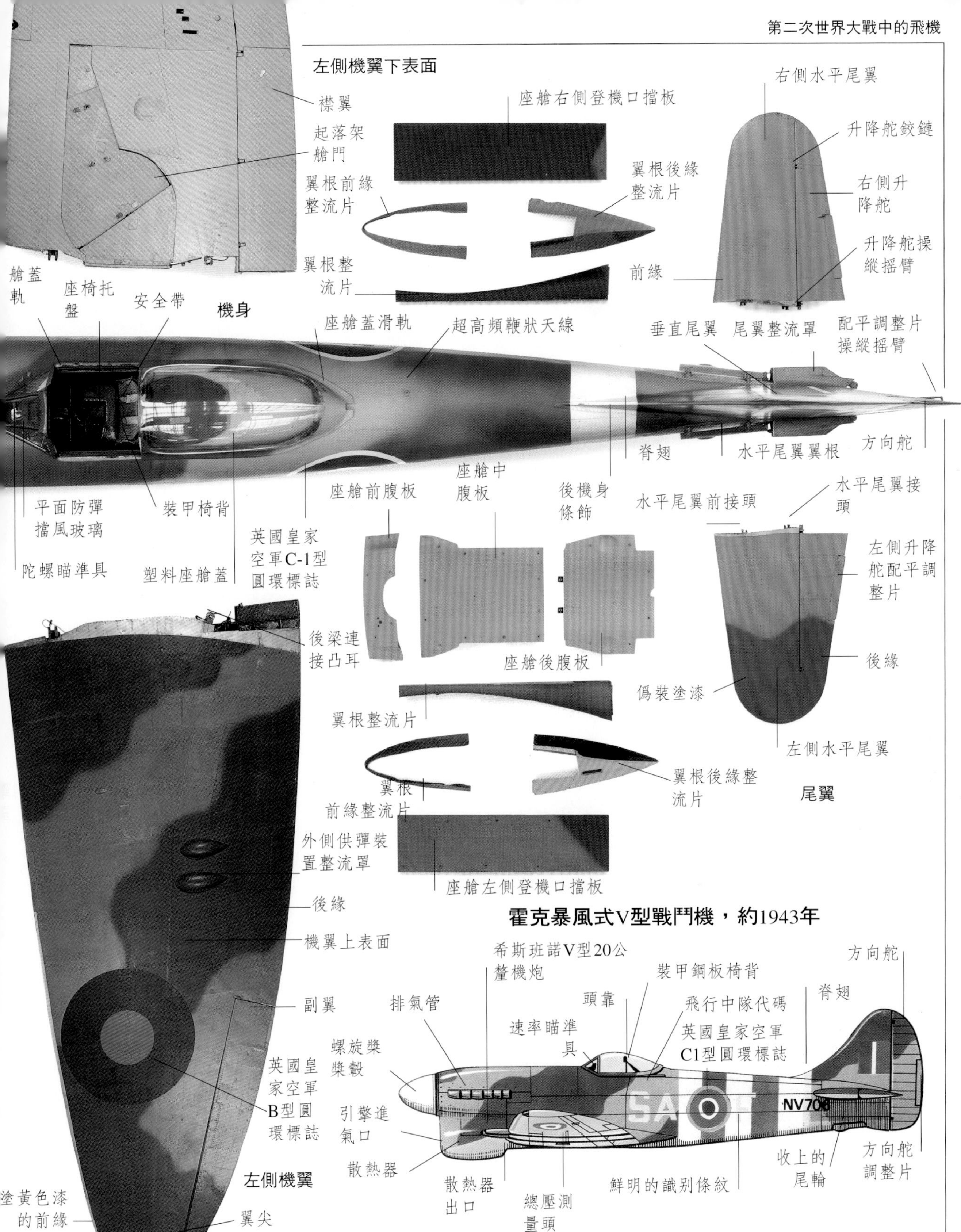

左側機翼下表面

襟翼
起落架艙門
翼根前緣整流片
翼根整流片

座艙右側登機口擋板
翼根後緣整流片

右側水平尾翼
升降舵鉸鏈
右側升降舵
升降舵操縱搖臂

艙蓋軌
座椅托盤
安全帶
機身
座艙蓋滑軌
超高頻鞭狀天線

垂直尾翼　尾翼整流罩
配平調整片操縱搖臂

前緣

平面防彈擋風玻璃
陀螺瞄準具
裝甲椅背
塑料座艙蓋
英國皇家空軍C-1型圓環標誌

座艙前腹板
座艙中腹板
後機身條飾
水平尾翼前接頭

脊翅
水平尾翼翼根
方向舵

水平尾翼接頭
左側升降舵配平調整片

後梁連接凸耳

座艙後腹板
偽裝塗漆
後緣
左側水平尾翼

翼根整流片
翼根前緣整流片
外側供彈裝置整流罩
座艙左側登機口擋板
翼根後緣整流片
尾翼

後緣
機翼上表面
副翼
英國皇家空軍B型圓環標誌
左側機翼
塗黃色漆的前緣
翼尖

霍克暴風式V型戰鬥機，約1943年

希斯班諾V型20公釐機炮
排氣管
頭靠
速率瞄準具
螺旋槳槳轂
引擎進氣口
散熱器
散熱器出口
總壓測量頭

裝甲鋼板椅背
飛行中隊代碼
英國皇家空軍C1型圓環標誌
鮮明的識別條紋

方向舵
脊翅
SA
NV700
方向舵調整片
收上的尾輪

具(Gyroscopic gunsight)；英國皇家空軍C-1型圓環標誌(RAFC1-type roundel)。B-17G飛行堡壘轟炸機(B-17G FLYING FORTRESS BOMBER)的縱剖面圖，約1943年：天文導航觀察室(Astronavigation dome)；"夏安"型尾部炮塔("Cheyennetype" tailgun turret)；斯佩雷球形旋轉炮塔(Sperry ball gun turret)；測向天線整流罩(Direction-finding-antenna fairing)。霍克暴風式V型戰鬥機，約1943年：希斯班諾V型20公釐機炮(Hispano Mark V 20-mm cannon)；總壓測量頭(Pitot head)；後梁連接凸耳(Rear spar trunnion)。

現代活塞式飛機引擎

中西二衝程3缸引擎

活塞式引擎目前主要用於各種輕型和超輕型飛機、**農用噴灑播種飛機**、**小型直升飛機和消防轟炸機**（它可向大面積的著火區灑水）。目前所有大型飛機實際上都是用噴射引擎（發動機）提供動力。現代活塞式飛機引擎（發動機）的基本工作原理和1903年萊特兄弟在首次動力飛行中所用的引擎（發動機）是完全一樣的。不過，今天的活塞式引擎（發動機）比早期的要複雜完善得多。例如，現代活塞式引擎可以採用二衝程或四衝程燃燒循環；可以有1到9個氣冷或水冷式氣缸，氣缸可呈水平直線形、V形或星形排列；可以直接驅動或通過減速齒輪箱驅動螺旋槳。現代活塞式飛機引擎中一種非傳統形式引擎是本文所列的旋轉活塞式引擎（發動機），這種引擎有一個三角形的轉子（即活塞），轉子在扁平的8字形燃燒室內旋轉。

中西75馬力二衝程3缸引擎

火星塞
冷卻液出口
氣缸頭
活塞　氣缸筒　排氣歧管
排氣口　氣缸墊圈
上機匣
泵傳動皮帶　冷卻液泵
減速齒輪箱　從動齒輪
齒輪箱傳動齒　連桿
小端
螺旋槳傳動法蘭盤　發電機轉子
扭轉減振器　超越離合器
大端
曲軸　平衡錘
定子
點火觸發器外殼
齒輪箱安裝板
引擎安裝板
下機匣

中西單缸旋轉活塞引擎的轉子和殼體

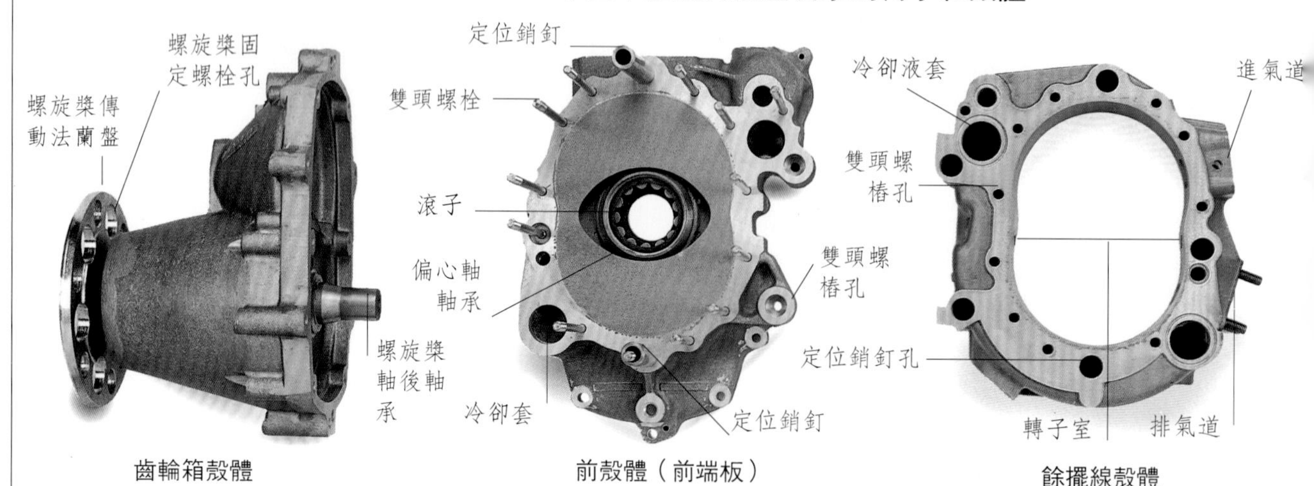

螺旋槳固定螺栓孔
定位銷釘
雙頭螺栓
冷卻液套
進氣道
螺旋槳傳動法蘭盤
滾子
雙頭螺樁孔
偏心軸軸承
雙頭螺樁孔
螺旋槳軸後軸承
冷卻套
定位銷釘孔
定位銷釘
轉子室　排氣道

齒輪箱殼體　　前殼體（前端板）　　餘擺線殼體

現代活塞式飛機引擎(Modern piston aircraft engines)：農用噴灑播種飛機(crop sprayers and crop dusters)；小型直升飛機(small helicopters)；消防轟炸機(firebombers)。**中西75馬力二衝程3缸引擎**：火星塞(*Spark plug*)；冷卻液泵(*Coolant pump*)；齒輪箱傳動齒(*Gearbox drive splines*)；減速齒輪箱(*Reduction gearbox*)；扭轉減振器(*Torsional vibration damper*)；發電機轉子(*Generator rotor*)；定子(*Stator*)。**中西單缸旋轉活塞引擎的轉子和殼體**：齒輪箱殼體(GEARBOX CASE)；偏心軸軸承(*Eccentricshaft bearing*)；滾子(*Roller*)；定位銷釘(*Dowel*)；餘擺線殼體(TROCHOID HOUSING)；平衡鑽孔

中西90馬力雙缸旋轉活塞式引擎（發動機）

螺旋槳螺栓環管　螺旋槳傳動法蘭盤　減速齒輪箱　滑油供油裝置　發動機前安裝板　進氣口上方的遮板　上橡膠減振引擎架　汽化器　轉子冷卻空氣導管　管子夾緊接頭　轉子冷卻空氣泵　上轉子冷卻空氣導管　發電機殼體　電纜　起動電動機　飛輪　前軸承架　油泵驅動軸罩　扭轉減振器　油管入口接頭　燃油滴盤　排氣口上方的遮板　排氣管凸緣　下橡膠減振引擎安裝接頭　引擎後安裝板

中西旋轉活塞式引擎（發動機）的輸出軸

平衡錘　傳動齒輪　前軸承　傳動齒輪花鍵　起動器齒圈　滑油密封定距環　飛輪夾持螺紋　後軸承　轉子軸承　偏心軸　飛輪　彎頭螺栓

轉子端部封條　轉子端部彈簧　端部封槽　轉子齒輪齒　平衡鑽孔　固定齒輪　引擎架　出口歧管　水泵蓋和滑油泵殼體　轉子側封　水泵傳動軸　側封彈簧　固定螺椿　螺栓孔　水溫自動調節器　轉子軸承　雙頭螺椿孔　定位銷釘孔　冷卻液套　入口歧管　滑油泵　側封槽　散熱片

轉子和封條　　**後殼體（後端板）**　　**水泵殼體**

(Balancing drilling)；側封彈簧(Side seal spring)；雙頭螺椿孔(Stud hole)；水泵傳動軸(Pump drive shaft)；滑油泵(Oil pump)。**中西90馬力雙缸旋轉活塞式引擎(發動機)**：螺旋槳螺栓環管(Propeller-bolt collar)；上橡膠減振引擎架(Upper rubber antivibration engine mount)；燃油滴盤(Fuel drip tray)。**中西旋轉活塞式引擎(發動機)的輸出軸**：飛輪夾持螺紋(Flywheel retaining thread)；起動器齒圈(Starterring teeth)；滑油密封定距環(Oil seal spacer ring)。

現 代 噴 射 客 機　1

BAE 146噴射客機

現代噴射客機使普通人也能夠到以前只有富人才能去的地方旅行。與本世紀40年代推出的第一批噴射客機相比，現代噴射客機的飛行噪音小得多，油料的燃燒效率更高，造成的空氣污染也較小。上述進展主要應歸功於用渦輪風扇式引擎取代了渦輪噴射引擎（參見418-419頁）。渦輪風扇式發動機在低速下具有較大功率，使現代渦扇式客機能比渦輪噴射客機運載更多的燃料和旅客。波音747-400〔巨無霸噴射客機（Jumbo jet）〕能在中途不加油的情況下載運400名旅客飛行8,500哩（13,700公里）。噴射客機一般均在高空飛行，典型的巡航高度為26,000到36,000呎（8,000到11,000公尺），在這種高度上它們能更有效地使用燃料，並能避開惡劣天氣。在起飛和著陸時，飛行員親自駕駛著飛機，但在其他時間飛機通常是由自動駕駛儀操縱的。**自動駕駛儀**是一種複雜的機載設備，它能測出飛機對航線的偏離，並對飛行控制系統作出適當調節。在駕駛艙內還裝有雷達，它能警告飛行員注意臨近的危險，例如山脈、惡劣天氣和其他飛機等。

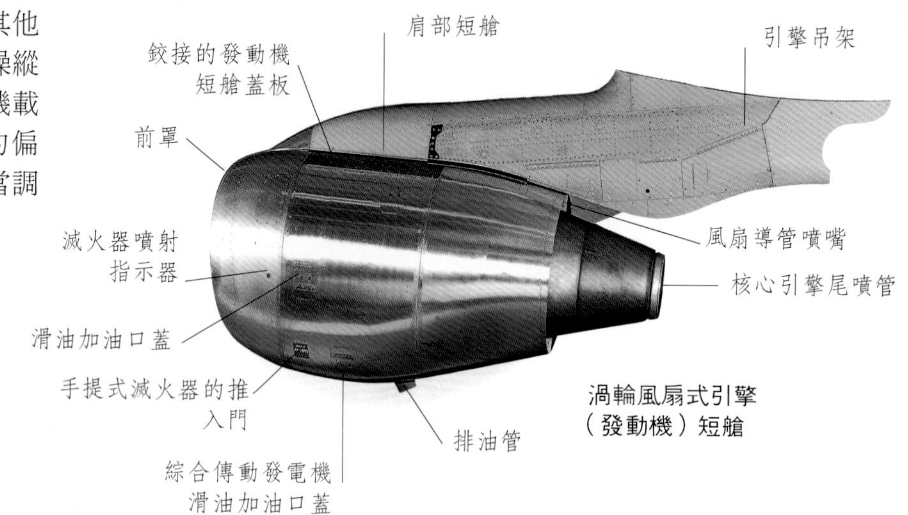

肩部短艙
引擎吊架
鉸接的發動機短艙蓋板
前罩
風扇導管噴嘴
核心引擎尾噴管
減火器噴射指示器
滑油加油口蓋
手提式滅火器的推入門
排油管
綜合傳動發電機滑油加油口蓋
渦輪風扇式引擎（發動機）短艙

BAE 146噴射客機的結構零件

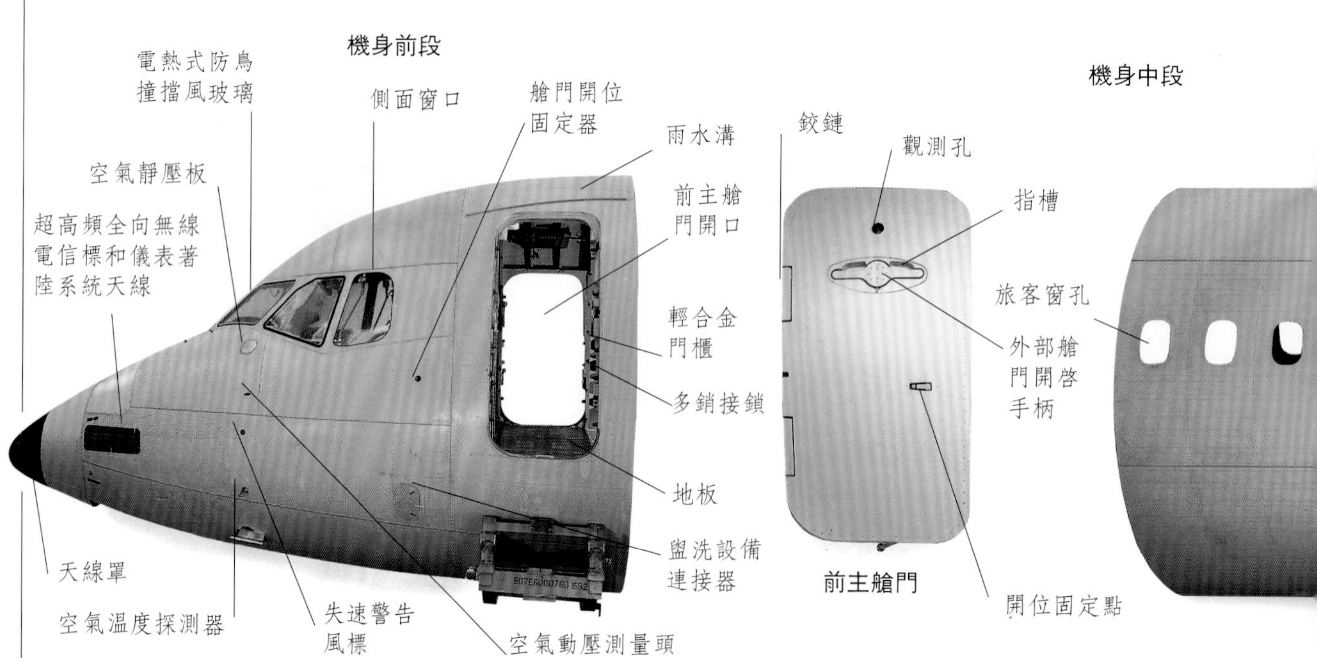

機身前段
電熱式防鳥撞擋風玻璃
側面窗口
艙門開位固定器
雨水溝
空氣靜壓板
前主艙門開口
超高頻全向無線電信標和儀表著陸系統天線
輕合金門櫃
多銷接鎖
地板
盥洗設備連接器
天線罩
空氣溫度探測器
失速警告風標
空氣動壓測量頭

機身中段
鉸鏈
觀測孔
指槽
旅客窗孔
外部艙門開啟手柄
前主艙門
開位固定點

現代噴射客機 1 (Modern jetliners 1)：自動駕駛儀(Autopilots)。BAE 146 噴射客機的結構零件
(STRUCTURAL COMPONENTS OF A BAE 146 JETLINER)：渦輪風扇式引擎(發動機)短艙(TURBOFAN ENGINE
COWLING)；鉸接的發動機短艙蓋板(*Hinged nacelle panel*)；風扇導管噴嘴(*Fan duct nozzle*)；核心引擎尾
噴管(*Core-engine jet pipe*)；多銷接鎖(*Multiple-pinned lock*)；空氣動壓測量頭(*Pitot head for dynamic air
pressure*)；空氣靜壓板(*Static air-pressure plate*)；指槽(*Finger recess*)；主翼梁橋(*Main spar bridge*)；翼根

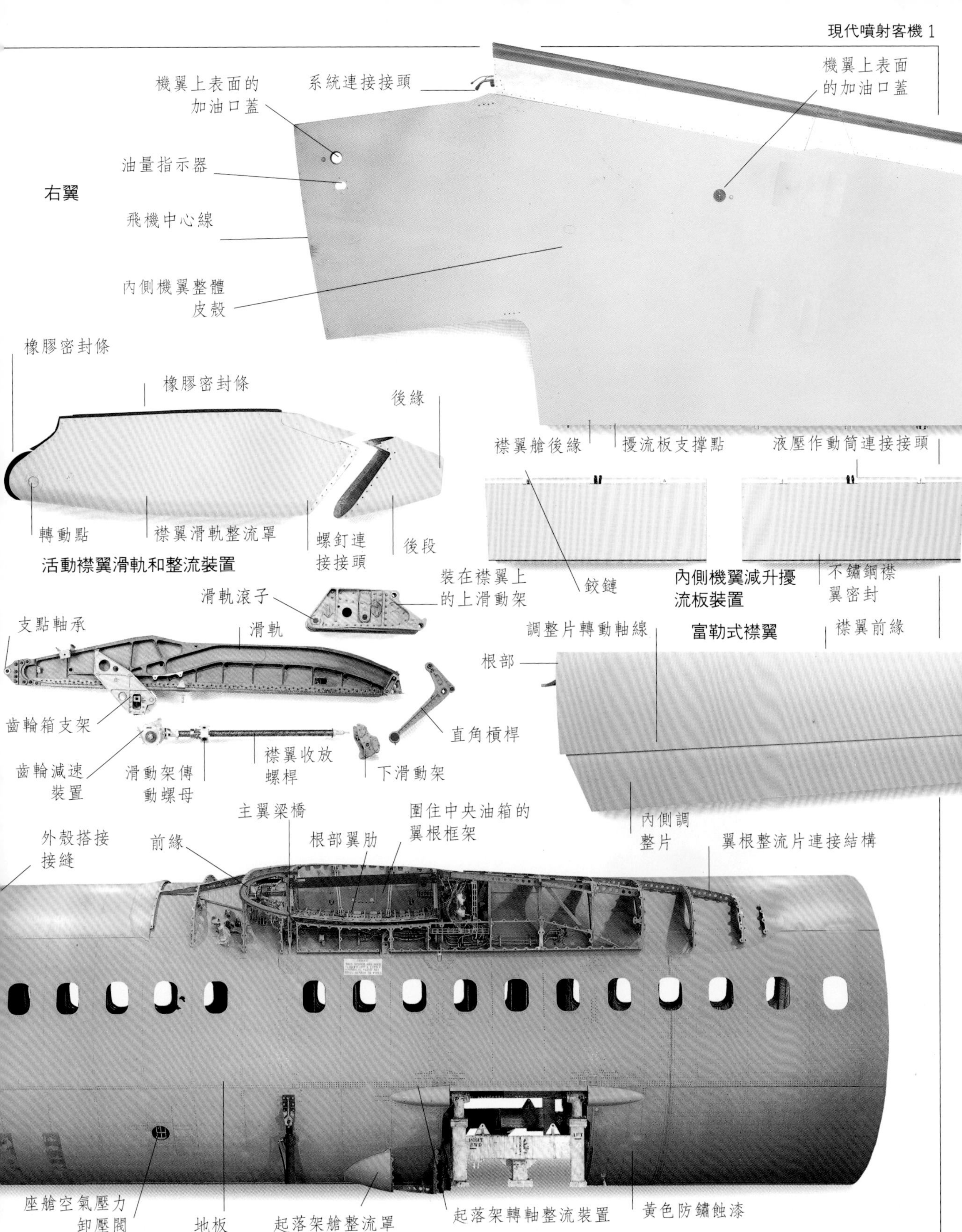

機翼上表面的加油口蓋

系統連接接頭

機翼上表面的加油口蓋

機翼上表面的加油口蓋

油量指示器

右翼

飛機中心線

內側機翼整體皮殼

橡膠密封條

橡膠密封條

後緣

襟翼艙後緣

擾流板支撐點

液壓作動筒連接接頭

轉動點

襟翼滑軌整流罩

螺釘連接接頭

後段

鉸鏈

內側機翼減升擾流板裝置

不鏽鋼襟翼密封

活動襟翼滑軌和整流裝置

滑軌滾子

裝在襟翼上的上滑動架

富勒式襟翼

支點軸承

滑軌

調整片轉動軸線

根部

襟翼前緣

齒輪箱支架

直角槓桿

齒輪減速裝置

滑動架傳動螺母

襟翼收放螺桿

下滑動架

外殼搭接接縫

前緣

主翼梁橋

根部翼肋

圍住中央油箱的翼根框架

內側調整片

翼根整流片連接結構

座艙空氣壓力卸壓閥

地板

起落架艙整流罩

起落架轉軸整流裝置

黃色防鏽蝕漆

整流片連接結構(*Attachment structure for wing-to-fuselage fillet*)；座艙空氣壓力卸壓閥(*Cabin air-pressure discharge valve*)；轉動點(*Pivot point*)；襟翼滑軌整流罩(*Flap-track fairing*)；活動襟翼滑軌和整流裝置(MOVABLE FLAP TRACK AND FAIRING)；滑軌滾子(*Track roller*)；襟翼收放螺桿(*Flap drive screw*)；齒輪減速裝置(*Gearbox unit*)；擾流板支撐點(*Spoiler anchorage*)；富勒式襟翼(FOWLER FLAP)；調整片轉動軸線(*Tab hinge line*)。

現代噴射客機 2

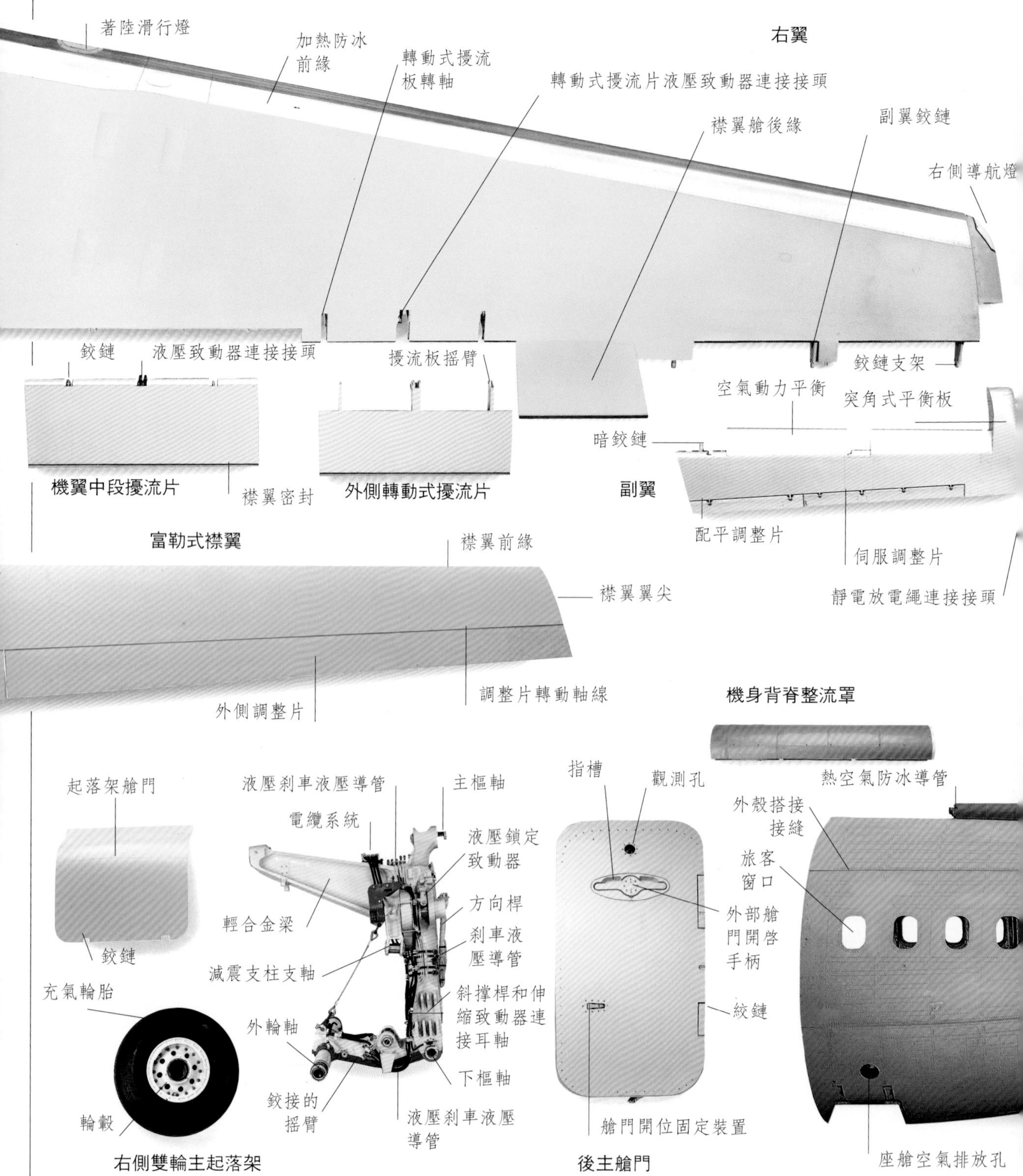

著陸滑行燈
加熱防冰前緣
轉動式擾流板轉軸
轉動式擾流片液壓致動器連接接頭
右翼
襟翼艙後緣
副翼鉸鏈
右側導航燈

鉸鏈
液壓致動器連接接頭
擾流板搖臂
鉸鏈支架
空氣動力平衡
突角式平衡板
暗鉸鏈

機翼中段擾流片
襟翼密封
外側轉動式擾流片
副翼
配平調整片
伺服調整片
靜電放電繩連接接頭

富勒式襟翼
襟翼前緣
襟翼翼尖

外側調整片
調整片轉動軸線
機身背脊整流罩

起落架艙門
液壓刹車液壓導管
電纜系統
主樞軸
指槽
觀測孔
熱空氣防冰導管

液壓鎖定致動器
方向桿
刹車液壓導管
斜撐桿和伸縮致動器連接耳軸
下樞軸
液壓刹車液壓導管

輕合金梁
減震支柱支軸
外輪軸
鉸接的搖臂

鉸鏈
充氣輪胎
輪轂
右側雙輪主起落架

外殼搭接接縫
旅客窗口
外部艙門開啓手柄
鉸鏈
艙門開位固定裝置
後主艙門
座艙空氣排放孔

現代噴射客機 2 (Modern jetliners 2)。右翼(STARBOARD WING)：轉動式擾流板轉軸(*Roll-spoiler hinge*)；液壓致動器連接接頭(*Hydraulic actuator attachment*)；突角式平衡板(*Horn balance*)；靜電放電繩連接接頭(*Static discharge wick attachment*)。機翼中段擾流片(INTERMEDIATE LIFT SPOILER)。外側轉動式擾流片(OUTBOARD ROLL SPOILER)。副翼(AILERON)。富勒式襟翼(MAIN FOWLER FLAP)。機身背脊整流罩(FUSELAGE SPINE FAIRING)；液壓刹車液壓導管(*Hydraulic brake line*)；斜撐桿和伸縮致動器連接耳軸(*Side brace and retraction jack trunnions*)；右側雙輪主起落架(STARBOARD TWIN-WHEEL MAIN LANDING

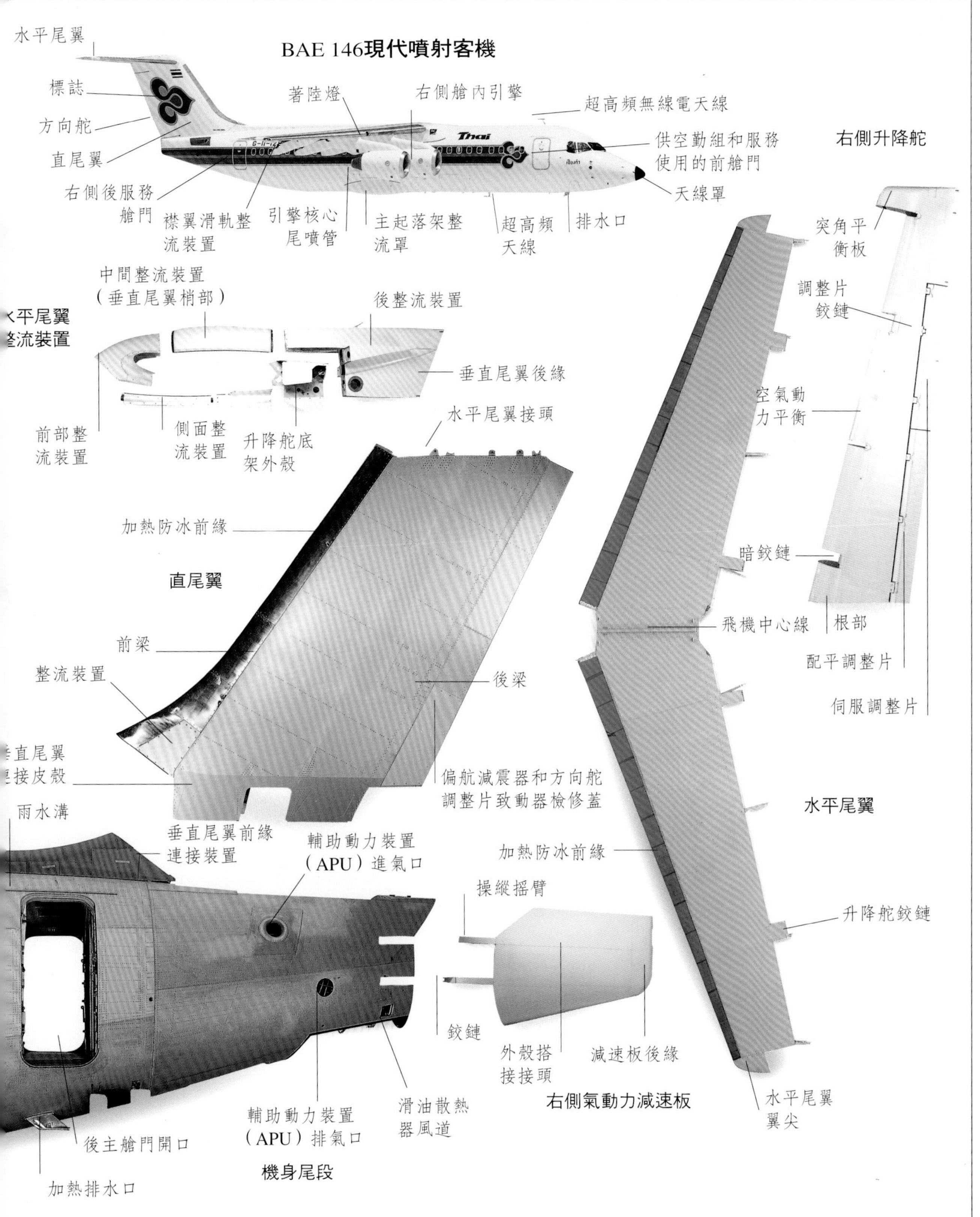

BAE 146現代噴射客機

水平尾翼
標誌
方向舵
直尾翼
右側後服務艙門
襟翼滑軌整流裝置
引擎核心尾噴管
著陸燈
右側艙內引擎
超高頻無線電天線
供空勤組和服務使用的前艙門
天線罩
排水口
超高頻天線
主起落架整流罩
右側升降舵

中間整流裝置（垂直尾翼梢部）
水平尾翼整流裝置
前部整流裝置
側面整流裝置
升降舵底架外殼
後整流裝置
垂直尾翼後緣
水平尾翼接頭

突角平衡板
調整片鉸鏈
空氣動力平衡
暗鉸鏈
飛機中心線　根部
配平調整片
伺服調整片

加熱防冰前緣
直尾翼
前梁
整流裝置
垂直尾翼連接皮殼
雨水溝
垂直尾翼前緣連接裝置
後梁
偏航減震器和方向舵調整片致動器檢修蓋
輔助動力裝置（APU）進氣口

水平尾翼

加熱防冰前緣
操縱搖臂
鉸鏈
外殼搭接接頭
減速板後緣
右側氣動力減速板
升降舵鉸鏈
水平尾翼翼尖

後主艙門開口
加熱排水口
輔助動力裝置（APU）排氣口
滑油散熱器風道
機身尾段

GEAR)。後主艙門(AFT MAIN DOOR)。水平尾翼整流裝置(TAIL PLANE FAIRINGS)；直尾翼(FIN)；偏航減震器和方向舵調整片致動器檢修蓋*(Access to yam dampers and rudder trim jack)*；滑油散熱器風道*(Oilcooler duct)*；輔助動力裝置(APU)排氣口*[Auxiliary power unit(APU)vent]*。右側氣動力減速板(STARBOARD AIR BRAKE)；右側升降舵(STARBOARD ELEVATOR)；配平調整片*(Trim tab)*；伺服調整片*(Servo-tab)*。BAE 146現代噴射客機(BAE 146 MODERN JETLINER)：襟翼滑軌整流裝置*(Flap-track fairing)*；引擎核心尾噴管*(Core-engine jet pipe)*。

415

超音速噴射客機

電腦設計的超音速運輸機

超音速飛機飛得比音速〔1馬赫(Mach)〕還快。超音速軍用飛機有許多種，但**超音速客機**（也稱SST，即**超音速運輸機**）卻只生產過兩種：前蘇聯的圖-144(Tu-144)及英法聯合生產的協和飛機。圖-144超音速客機具有比協和機更高的最大速度，但它已於1978年退役，只使用了七個月。協和超音速飛機從1976年以來一直在飛行。它的特徵是進行了許多技術創新，其中包括可垂下的機頭和前後配平油箱之間的燃油泵送；前者可在起飛和著陸時下垂以拓寬飛行員的視野，後者則有助於飛機保持平衡。協和飛機機身細長，翼展很短，在超音速飛行時可減少阻力。它噪音很大的渦輪噴射引擎裝有加力燃燒室，使它能載運100名旅客以2馬赫的航速在50,000-60,000呎（15,000-18,000公尺）的高空飛行。一旦飛機的飛行速度超過1馬赫，它就會產生一種被稱為"音爆"的**連續空氣壓力波**。

空氣動力側板　垂直尾翼　備用總測量頭　右翼外側引擎進氣口　內側升降副翼致動器整流罩　前起落架支柱

協和超音速客機前視圖

協和超音速客機俯視圖

可變截面噴口　前緣　附加空勤人員座椅　鋁合金夾層和隔熱層　飛行工程師座椅　抗腐蝕的天線罩　座艙擋風玻璃　可收縮的觀察窗　"A"形框架　氣象雷達　觀察窗致動器　下垂機頭鉸鏈　鉸接式可收放框架　機長座椅　駕駛艙空調通風管　備用飛行控制液壓致動器　上方向舵　尾錐　塞式密封客艙門　前起落架支柱　前起落架艙門　斜撐桿　套筒式撐桿　轉向致動器　多線網層高壓輪胎

盥洗間　電熱防冰面板　右側前配平油箱　行李架　旅客設備　座椅安裝導軌　地板下面的空調通風管　救生船　超高頻天線　存衣間　前廚房　左側前配平油箱　機械加工的整體外殼

垂直尾翼腹背翼　緊急出口　後艙門　升降副翼（可同時用作升降舵和副翼）　耐高溫鋼材和鈦製外殼　引擎罩　主起落架艙門　小車式主起落架

超音速噴射客機(Supersonic jetliners)：超音速客機(supersonic passenger-carrying aircraft)；超音速運輸機(supersonic transports)；音爆(sonic boom)；連續空氣壓力波(continuous air-pressure wave)。**協和超音速客機(CONCORDE)前視圖**：內側升降副翼致動器整流罩(*Inboard elevonactuator fairing*)。**協和超音速客機俯視圖(OVERHEAD VIEW OF CONCORDE)**。**協和超音速客機剖視圖(SECTIONED VIEW OF CONCORDE)**："A"形框架("*A*" *frame*)；電熱防冰面板(*Electrothermal deicing panel*)；增壓龍骨箱(*Pressurized keel box*)；靜電放電繩(*Static discharge wick*)；伺服控制裝置整流罩(*Servo controlunit*)

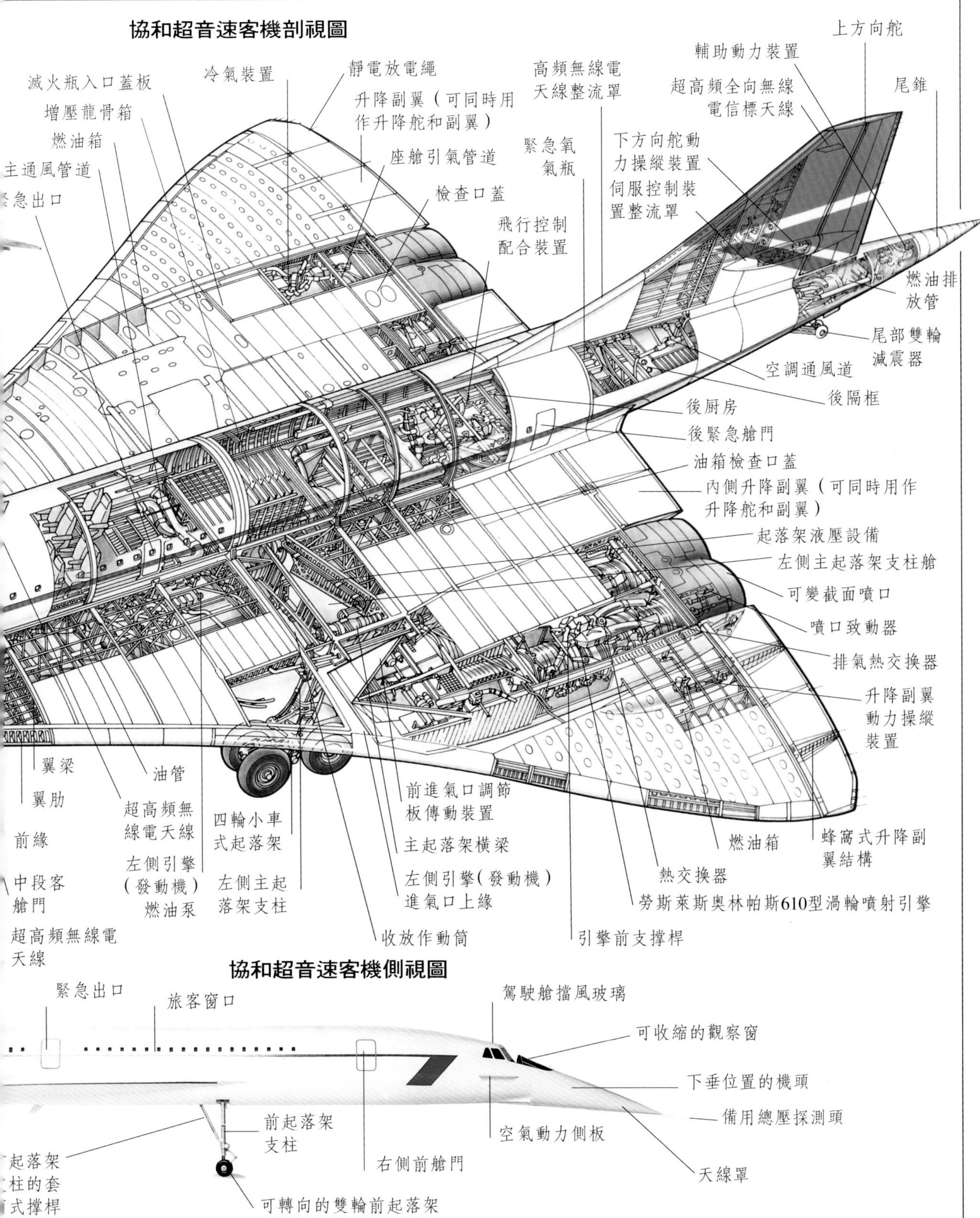

fairing）；輔助動力裝置(Auxiliary power unit)；可變截面噴口(Variable nozzle)；噴口致動器(Nozzle actuator)；勞斯萊斯奧林帕斯610型渦輪噴射引擎(Rolls-Royce Olympus Mark 610 turbojet)；轉向致動器(Steering actuator)；備用飛行控制液壓致動器(Standby flight-control hydraulic jack)。**協和超音速客機側視圖**(SIDE VIEW OF CONCORDE)：空氣動力側板(Aerodynamic strake)；耐高溫鋼材和鈦製外殼(Hot-section steel and titanium skin)；天線罩(Radome)。

噴射引擎

大多數軍用飛機和大型飛機都採用噴射引擎（發動機），許多直升機也使用噴射引擎。最簡單的噴射引擎（亦即燃氣輪機）是渦輪噴射引擎。這種引擎（發動機）通過在燃燒室內連續燃燒燃油和空氣的混合物，產生一股通過噴管噴出的熾熱氣流，從而產生推力。這種熾熱氣流也使渦輪葉片轉動，渦輪葉片又帶動空氣壓縮機葉片轉動，於是壓氣機強迫空氣進入燃燒室。許多速度最快的飛機都採用渦輪噴射引擎，並裝有附加的**助力裝置（稱為後燃器）**。但是，它們的使用受到其發出的極高噪音的限制。大多數噴射客機都使用噪音較小的渦輪風扇式噴射引擎。在這種引擎中，由低壓渦輪帶動的巨大風扇排出的空氣一小部分進入壓氣機，其餘大部分則通過外函管道被送到引擎（發動機）尾部加入排氣射流。外函管道氣流產生大部分推力。許多較小的裝用螺旋槳的飛機則使用由發動機驅動螺旋槳的渦輪螺旋槳式噴射引擎。

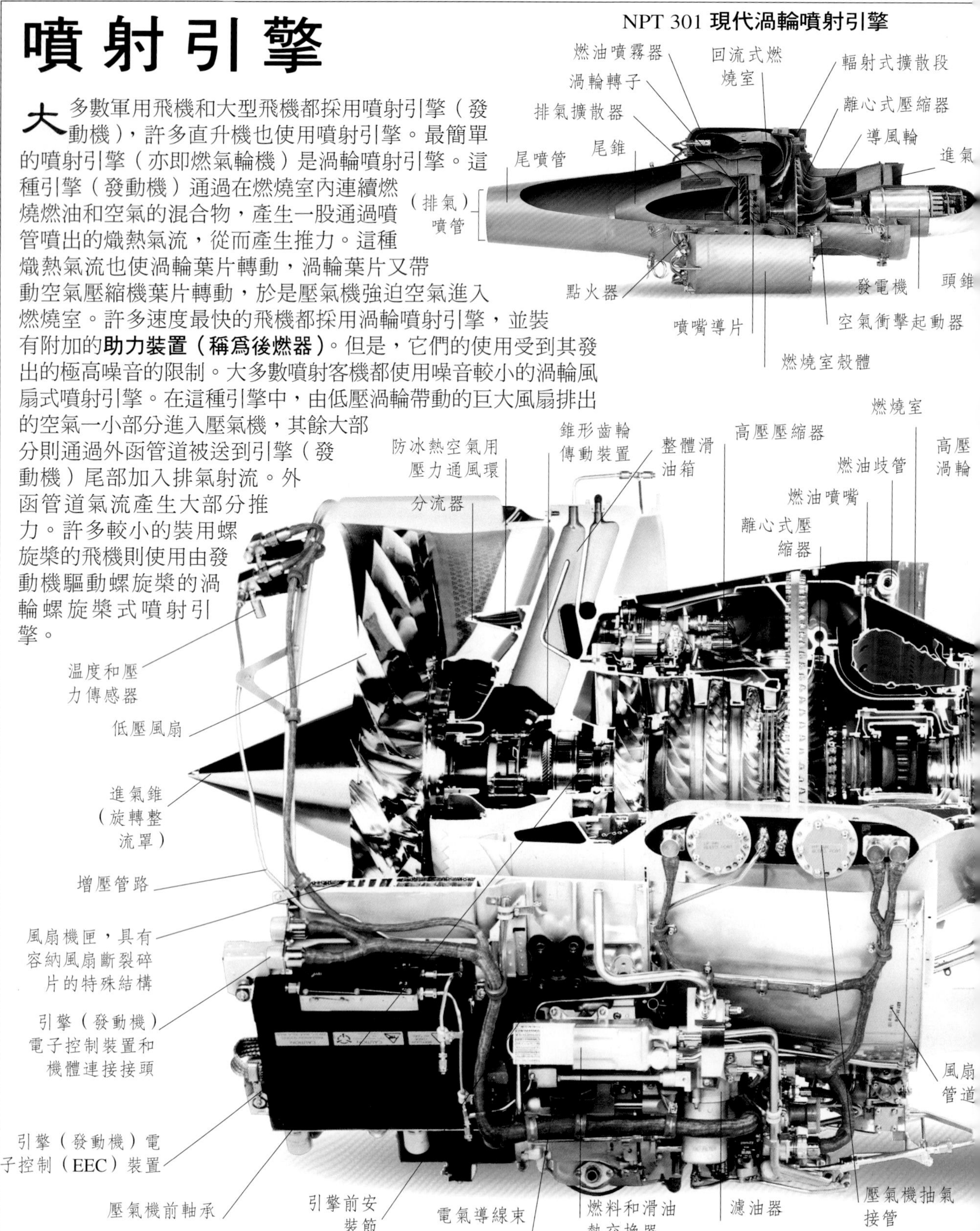

NPT 301 現代渦輪噴射引擎

燃油噴霧器　回流式燃燒室　輻射式擴散段　離心式壓縮器　導風輪　進氣
渦輪轉子　排氣擴散器　尾錐　尾噴管　（排氣）噴管　點火器　噴嘴導片　燃燒室殼體　發電機　頭錐　空氣衝擊起動器

防冰熱空氣用壓力通風環　錐形齒輪傳動裝置　整體滑油箱　高壓壓縮器　燃燒室　高壓渦輪　燃油歧管　燃油噴嘴　離心式壓縮器　分流器　溫度和壓力傳感器　低壓風扇　進氣錐（旋轉整流罩）　增壓管路　風扇機匣，具有容納風扇斷裂碎片的特殊結構　引擎（發動機）電子控制裝置和機體連接接頭　引擎（發動機）電子控制（EEC）裝置　壓氣機前軸承　引擎前安裝節　電氣導線束　燃料和滑油熱交換器　濾油器　風扇管道　壓氣機抽氣接管

噴射引擎(Jet engines)：助力裝置(稱為後燃器)(additional booster units called afterburners)。NPT 301 現代渦輪噴射引擎(NPT 301 MODERN TURBOJET)：尾噴管*(Jet pipe)*；回流式燃燒室*(Reverse-flow combustion chamber)*；輻射式擴散段*(Radial diffuser)*；離心式壓縮器*(Centrifugal compressor)*。**普拉特—惠尼加拿大PW 305**(PRATT & WHITNEY CANADA PW305)**現代渦輪風扇式噴射引擎剖視圖**：燃油斷流閥電纜*(Fuel shut-off valve cable)*；高壓壓縮器*(High-pressure compressor)*；錐形齒輪傳動裝置*(Transmission bevel drive)*；分流器*(Flow splitter)*；增壓管路*(Pressure line)*；風扇機匣，具有容納風扇斷裂碎片的特殊

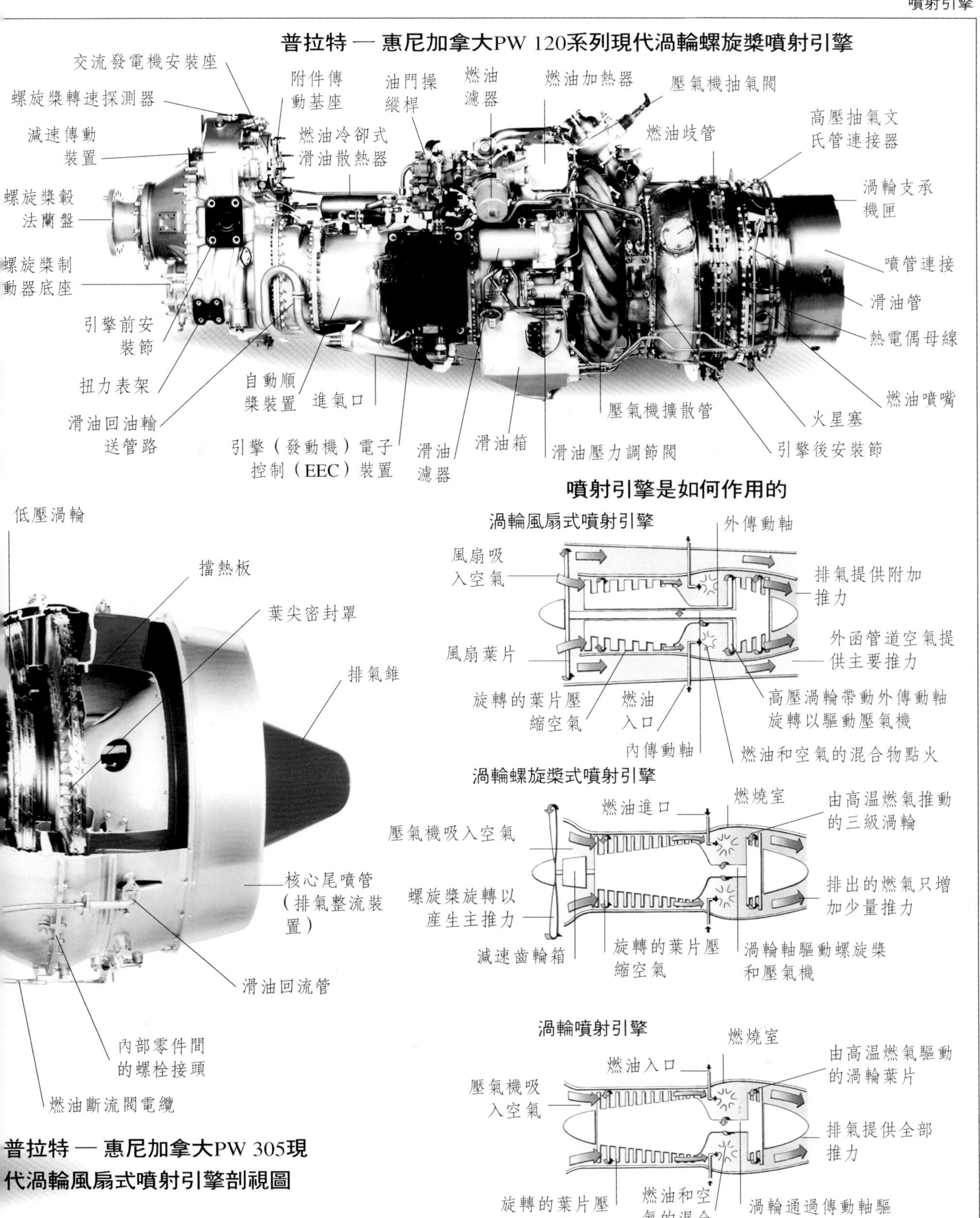

普拉特 ― 惠尼加拿大PW 120系列現代渦輪螺旋槳噴射引擎

交流發電機安裝座
螺旋槳轉速探測器
減速傳動裝置
螺旋槳轂法蘭盤
螺旋槳制動器底座
引擎前安裝節
扭力表架
滑油回油輸送管路
附件傳動基座
油門操縱桿
燃油冷卻式滑油散熱器
自動順槳裝置
進氣口
引擎（發動機）電子控制（EEC）裝置
滑油濾器
滑油箱
燃油濾器
燃油加熱器
燃油歧管
壓氣機抽氣閥
壓氣機擴散管
滑油壓力調節閥
高壓抽氣文氏管連接器
渦輪支承機匣
噴管連接
滑油管
熱電偶母線
燃油噴嘴
火星塞
引擎後安裝節

噴射引擎是如何作用的

低壓渦輪
擋熱板
葉尖密封罩
排氣錐
核心尾噴管（排氣整流裝置）
滑油回流管
內部零件間的螺栓接頭
燃油斷流閥電纜

普拉特 ― 惠尼加拿大PW 305現代渦輪風扇式噴射引擎剖視圖

渦輪風扇式噴射引擎

風扇吸入空氣
風扇葉片
旋轉的葉片壓縮空氣
燃油入口
內傳動軸
外傳動軸
排氣提供附加推力
外函管道空氣提供主要推力
高壓渦輪帶動外傳動軸旋轉以驅動壓氣機
燃油和空氣的混合物點火

渦輪螺旋槳式噴射引擎

壓氣機吸入空氣
螺旋槳旋轉以產生主推力
減速齒輪箱
旋轉的葉片壓縮空氣
燃油進口
燃燒室
由高溫燃氣推動的三級渦輪
排出的燃氣只增加少量推力
渦輪軸驅動螺旋槳和壓氣機

渦輪噴射引擎

壓氣機吸入空氣
旋轉的葉片壓縮空氣
燃油入口
燃油和空氣的混合物點火
燃燒室
由高溫燃氣驅動的渦輪葉片
排氣提供全部推力
渦輪通過傳動軸驅動壓氣機

結構(Fan case with special structure to contain broken fan)；引擎(發動機)電子控制(EEC)裝置[Electronic engine control(EEC)unit]。普拉特 ― 惠尼加拿大PW 120系列現代渦輪螺旋槳噴射引擎：扭力表架(Torquemeter mount)；高壓抽氣文氏管連接器(High-pressure bleed venturi connector)；滑油壓力調節閥(Oil-pressure regulating valve)。噴射引擎是如何作用的：渦輪風扇式噴射引擎(TURBOFAN)；內傳動軸(Inner drive shaft)。渦輪螺旋槳式噴射引擎(TURBOPROP)；渦輪噴射引擎(TURBOJET)。

現 代 軍 用 飛 機

現代軍用飛機是20世紀最複雜且最昂貴的產品之一。戰鬥機需要電腦操作的控制系統以提高其機動性；需要功率強大的引擎（發動機）和高性能的空對空武器。大多數現代戰鬥機還裝有導彈、雷達和被動式紅外線感應器。這些新技術使今天的戰鬥機能與目視距離之外的敵手進行戰鬥。轟炸機可攜帶大量武器和足夠的燃料進行遠程飛行。少數幾種軍用飛機，例如旋風和F-14雄貓等裝有可變後掠機翼。當起飛和著陸時，它們的機翼是完全展開的，在進行高速飛行或低空攻擊時，機翼則向後旋轉縮回。新近的發展是"隱形"轟炸機，這種轟炸機能夠吸收或偏轉敵方的雷達電磁波，使自己不被發現。較早的轟炸機，例如旋風號飛機，是利用地形跟蹤雷達探取非常貼近地面的飛行來逃脫敵方雷達的探測。

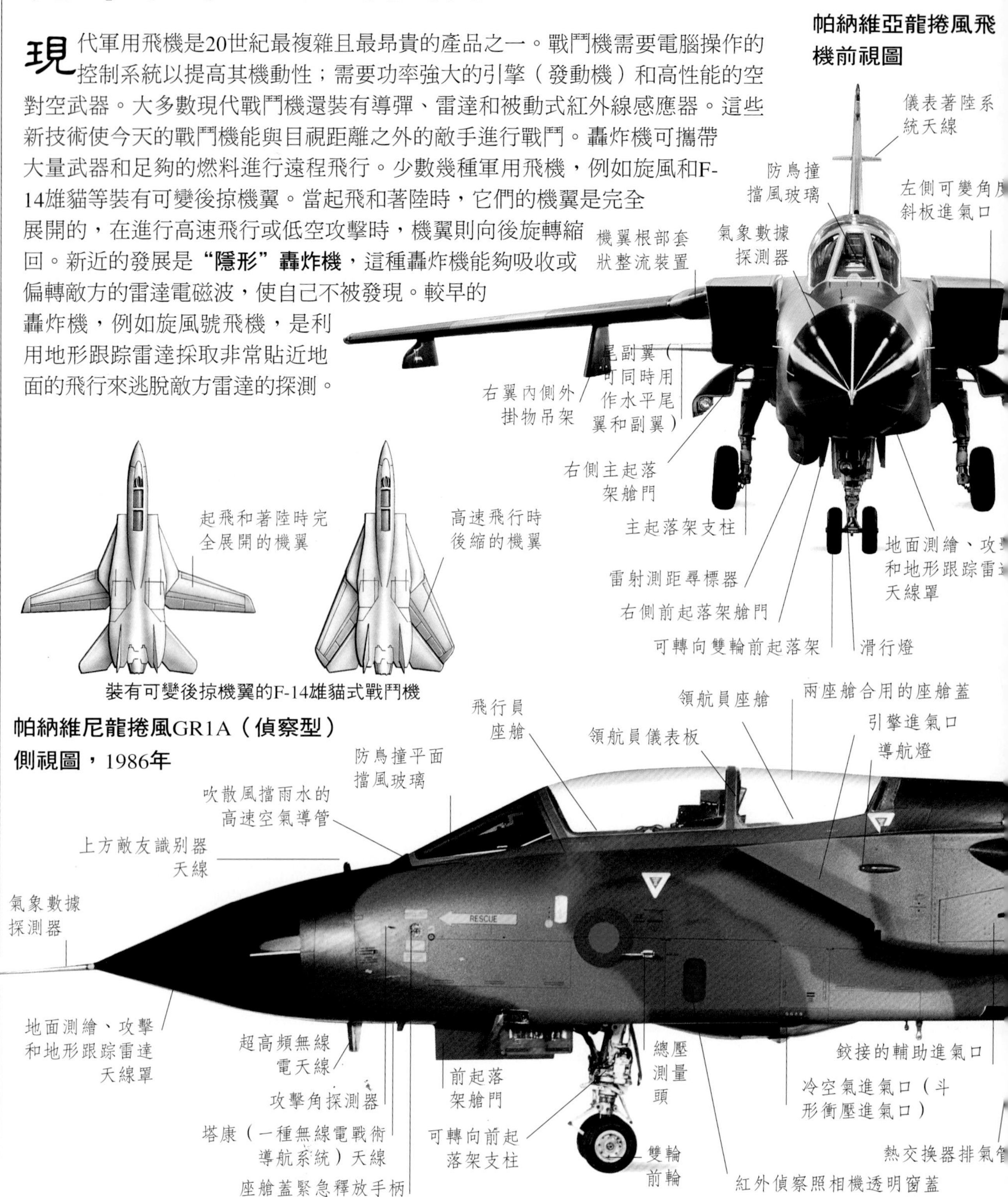

帕納維亞龍捲風飛機前視圖

裝有可變後掠機翼的F-14雄貓式戰鬥機

帕納維尼龍捲風GR1A（偵察型）側視圖，1986年

現代軍用飛機(Modern military aircraft)："隱形"轟炸機("stealth" bomber)。裝有可變後掠機翼的F-14雄貓式戰鬥機(SWING-WING F-14 TOMCAT FIGHTER)。帕納維亞龍捲風飛機(PANAVIA TORNADO)前視圖：氣象數據探測器(Air data probe)；儀表著陸系統天線(Instrument landing system antenna)；左側可變角度斜板進氣口(Port variable-incidence air intake)；雷射測距尋標器(Laser ranger and marked-target seeker)。帕納維尼龍捲風GR1A(偵察型)側視圖，1986年：上方敵友識別器天線(Upper "request identification" antenna)；機翼根部套狀整流裝置(Wing-root glove fairing)；氣動力減速板致動器(Air brake

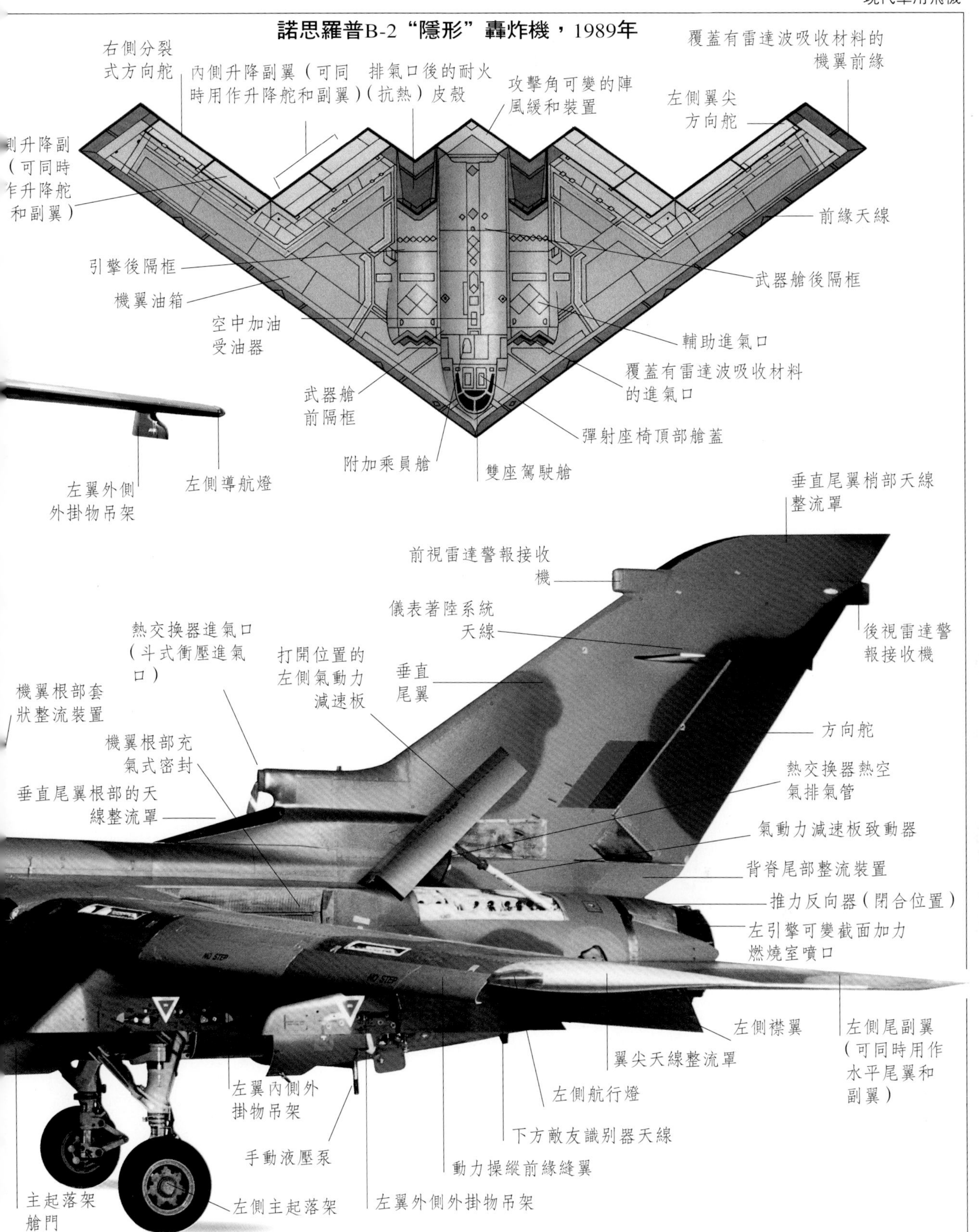

諾思羅普B-2 "隱形" 轟炸機，1989年

右側分裂式方向舵

內側升降副翼（可同時用作升降舵和副翼）

排氣口後的耐火（抗熱）皮殼

攻擊角可變的陣風緩和裝置

覆蓋有雷達波吸收材料的機翼前緣

左側翼尖方向舵

左側升降副翼（可同時用作升降舵和副翼）

前緣天線

引擎後隔框

機翼油箱

空中加油受油器

武器艙後隔框

輔助進氣口

覆蓋有雷達波吸收材料的進氣口

武器艙前隔框

附加乘員艙

雙座駕駛艙

彈射座椅頂部艙蓋

左翼外側外掛物吊架

左側導航燈

垂直尾翼梢部天線整流罩

前視雷達警報接收機

儀表著陸系統天線

打開位置的左側氣動力減速板

垂直尾翼

後視雷達警報接收機

熱交換器進氣口（斗式衝壓進氣口）

機翼根部套狀整流裝置

機翼根部充氣式密封

垂直尾翼根部的天線整流罩

方向舵

熱交換器熱空氣排氣管

氣動力減速板致動器

背脊尾部整流裝置

推力反向器（閉合位置）

左引擎可變截面加力燃燒室噴口

左側襟翼

翼尖天線整流罩

左側航行燈

左側尾副翼（可同時用作水平尾翼和副翼）

左翼內側外掛物吊架

手動液壓泵

主起落架艙門

左側主起落架

動力操縱前緣縫翼

下方敵友識別器天線

左翼外側外掛物吊架

jack)；推力反向器(閉合位置)*[Thrust-reverser(closed)]*；手動液壓泵*(Hydraulic hand pump)*；總壓測量頭*(Pitot head)*；塔康(一種無線電戰術導航系統)天線*[Tacan (tactical air navigation)antenna]*；攻擊角探測器*(Angle-of-attack probe)*。**諾思羅普B-2 "隱形" 轟炸機[NORTHROP B-2("STEALTH" BOMBER)]，1989年**：攻擊角可變的陣風緩和裝置*(Variable-incidence gust alleviator)*；覆蓋有雷達波吸收材料的進氣口*(Air intake coated with radar-absorbent material)*。

直升飛機

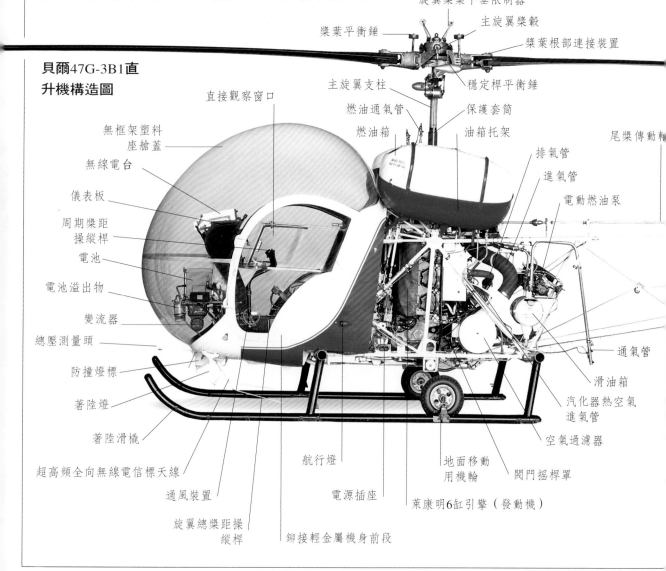

貝爾47G-3B1直升飛機

直升飛機應用旋轉的槳葉上升、推進和改變方向。第一架利用旋轉槳葉完成持續和受控飛行的飛機是西班牙朱恩·德·拉·西厄弗（Juan de la Cierva）於1920年製造的旋翼機。這種旋翼機在機身裝有無動力的槳葉，它依靠氣流轉動以提供升力。使旋翼機向前運動的推力則由常規螺旋槳提供。其後，在1939年俄裔美國人伊戈爾·西科爾斯基（Igor Sikorsky）製造出VS-300直升機，它是現代直升機的前身。該機利用引擎驅動的槳葉提供升力、推力和改變方向，能垂直起飛、盤旋和朝任何方向飛行。它還裝有尾槳以防止機身旋轉。1955年燃氣渦輪噴射引擎在直升飛機上的應用導致了噪音更低、安全性更高且功率更大的直升飛機的出現。由於直升機飛行的靈活性，它們今天已被用於許多場合，如農業用途、交通監察和運送海上鑽井平台的工作人員，它們還可用作武裝直升機、空中救護車、空中出租汽車等等。

貝爾47G-3B1直
升機構造圖

直接觀察窗口
旋翼槳葉下垂限制器
槳葉平衡錘
主旋翼槳轂
槳葉根部連接裝置
主旋翼支柱
穩定桿平衡錘
燃油通氣管
保護套筒
尾槳傳動軸
無框架塑料座艙蓋
燃油箱
油箱托架
無線電台
排氣管
進氣管
儀表板
電動燃油泵
周期槳距操縱桿
電池
電池溢出物
變流器
通氣管
總壓測量頭
滑油箱
防撞燈標
汽化器熱空氣進氣管
著陸燈
空氣過濾器
著陸滑橇
超高頻全向無線電信標天線
航行燈
地面移動用機輪
閥門搖桿罩
通風裝置
電源插座
萊康明6缸引擎（發動機）
旋翼總槳距操縱桿
鉚接輕金屬機身前段

直升飛機(Helicopters)。**貝爾47G-3B1直升機構造圖**(BELL 47G-3B1)：旋翼槳葉下垂限制器(*Droop stop*)；穩定桿平衡錘(*Stabilizer-bar weight*)；保護套筒(*Protective sleeve*)；升降舵下操縱鋼索(*Elevator lower control wire*)；尾槳變距操縱鋼索(*Tail rotor pitch control wire*)；閥門搖桿罩(*Valve-rocker cover*)；萊康明6缸引擎(*Lycoming six-cylinder engine*)；旋翼總槳距操縱桿(*Collective-pitch lever*)；周期槳距操縱桿(*Cyclicpitch lever*)；雙槳葉主旋翼(*Twin-blade main rotor*)；反扭矩尾槳(*Anti-torque tail rotor*)。**史懷哲**

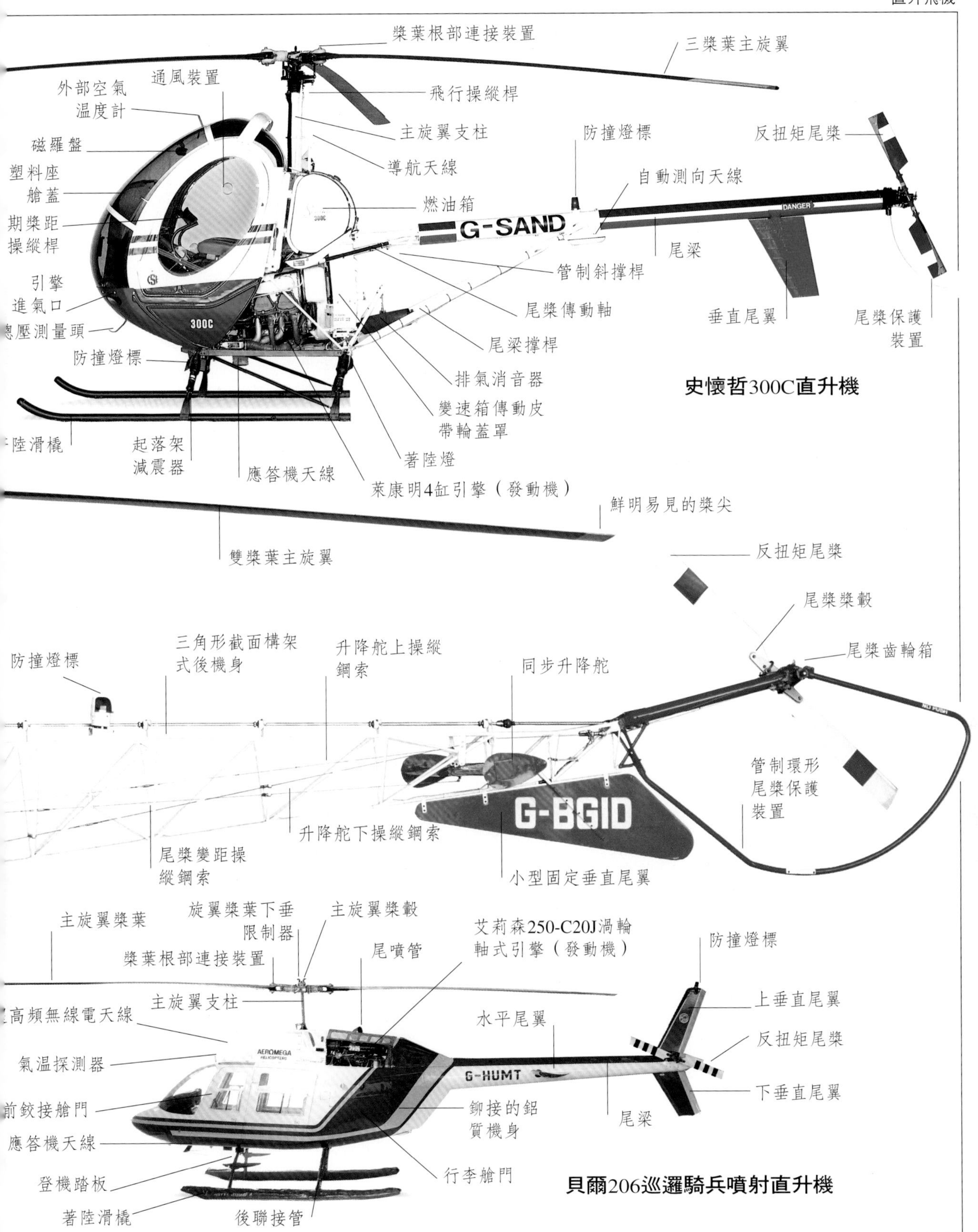

槳葉根部連接裝置

三槳葉主旋翼

外部空氣
溫度計

通風裝置

飛行操縱桿

主旋翼支柱

防撞燈標

反扭矩尾槳

磁羅盤

導航天線

自動測向天線

塑料座
艙蓋

燃油箱

尾梁

期槳距
操縱桿

G-SAND

管制斜撐桿

垂直尾翼

尾槳保護
裝置

引擎
進氣口

尾槳傳動軸

總壓測量頭

尾梁撐桿

防撞燈標

排氣消音器

史懷哲300C直升機

變速箱傳動皮
帶輪蓋罩

陸滑橇

著陸燈

起落架
減震器

萊康明4缸引擎（發動機）

應答機天線

雙槳葉主旋翼

鮮明易見的槳尖

反扭矩尾槳

尾槳槳轂

防撞燈標

三角形截面構架
式後機身

升降舵上操縱
鋼索

同步升降舵

尾槳齒輪箱

升降舵下操縱鋼索

G-BGID

管制環形
尾槳保護
裝置

尾槳變距操
縱鋼索

小型固定垂直尾翼

主旋翼槳葉

旋翼槳葉下垂
限制器

主旋翼槳轂

艾莉森250-C20J渦輪
軸式引擎（發動機）

防撞燈標

槳葉根部連接裝置

尾噴管

水平尾翼

上垂直尾翼

高頻無線電天線

主旋翼支柱

G-HUMT

反扭矩尾槳

氣溫探測器

下垂直尾翼

前鉸接艙門

鉚接的鋁
質機身

尾梁

應答機天線

登機踏板

行李艙門

貝爾206巡邏騎兵噴射直升機

著陸滑橇

後聯接管

300C直升機(SCHWEIZER 300C)：磁羅盤(*Magnetic compass*)；管制斜撐桿(*Tubular bracing strut*)；尾槳傳動軸(*Tail-rotor drive shaft*)；變速箱傳動皮帶輪蓋罩(*Transmission drive-pulley cover*)。**貝爾206巡邏騎兵噴射直升機**(BELL 206 JETRANGER)：艾莉森250-C20J渦輪軸式引擎(發動機)(*Allison 250-C20J turboshaft engine*)。

輕 型 飛 機

本文所示ARV超級二型之類的輕型飛機是一種又小又輕、結構簡單的飛機。自第一次世界大戰以來，輕型飛機已經製造了100萬架以上，其中大部分是供娛樂用的私人飛機。輕型飛機基本上都裝用活塞式引擎，儘管其中有一些水冷式，但大部分則是氣冷式引擎（發動機）。19世紀20年代普遍採用的敞開式座艙目前已爲封閉式座艙取代。上單翼飛機的座艙一般裝有一個或二個艙門，而下單翼飛機則通常不設艙門而是採用滑動或鉸接的座艙蓋。現代輕型飛機大部份都採用鋁合金製造，雖然其中也有一些是用木料或纖維增強材料製造的。今天的輕型飛機通常還裝有**導航儀表**、**電氣系統**、**座艙升溫設備**、**機輪制動裝置**和**雙向無線電台**。

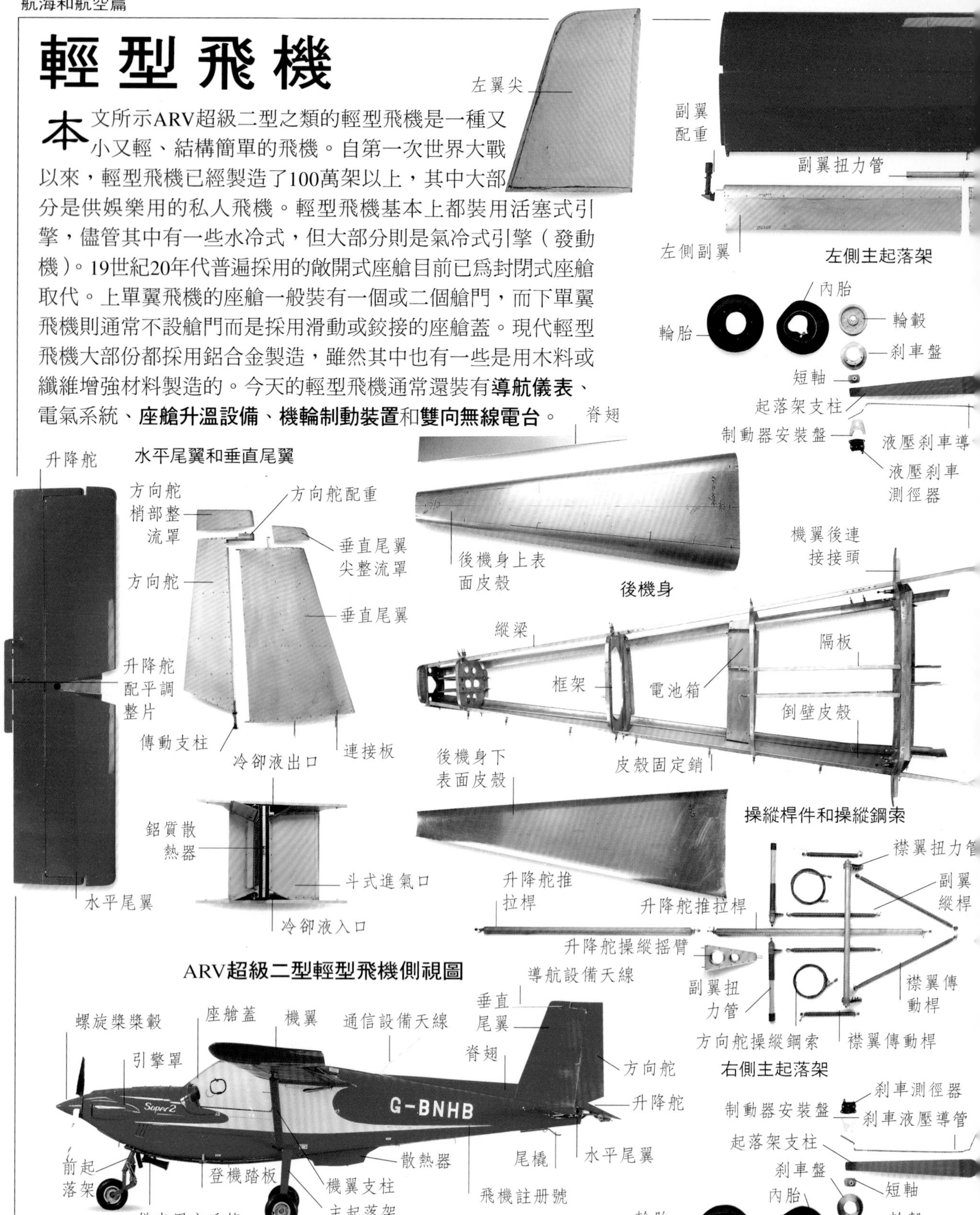

左翼尖

副翼配重

副翼扭力管

左側副翼

左側主起落架

內胎

輪胎　輪轂

刹車盤

短軸

起落架支柱

制動器安裝盤

液壓刹車導管

液壓刹車測徑器

脊翅

水平尾翼和垂直尾翼

升降舵

方向舵梢部整流罩

方向舵配重

方向舵

垂直尾翼尖整流罩

垂直尾翼

升降舵配平調整片

傳動支柱

冷卻液出口

連接板

鋁質散熱器

斗式進氣口

冷卻液入口

水平尾翼

後機身上表面皮殼

後機身

縱梁

框架

電池箱

隔板

倒壁皮殼

後機身下表面皮殼

皮殼固定銷

機翼後連接接頭

操縱桿件和操縱鋼索

襟翼扭力管

副翼縱桿

升降舵推拉桿

升降舵推拉桿

升降舵操縱搖臂

副翼扭力管

方向舵操縱鋼索

襟翼傳動桿

襟翼傳動桿

ARV超級二型輕型飛機側視圖

螺旋槳槳轂

座艙蓋

機翼

通信設備天線

導航設備天線

垂直尾翼

脊翅

方向舵

升降舵

水平尾翼

尾橇

飛機註册號

引擎罩

前起落架

登機踏板

機翼支柱

主起落架

儀表用文氏管

散熱器

G-BNHB

右側主起落架

制動器安裝盤

起落架支柱

刹車測徑器

刹車液壓導管

刹車盤

短軸

內胎

輪胎　輪轂

輕型飛機(Light aircraft)：導航儀表(navigational instruments)；座艙升溫設備(cabin heating)；機輪制動裝置(wheel brakes)；雙向無線電台(two-way radio)。**ARV超級二型輕型飛機側視圖**(SIDE VIEW OF ARV SUPER 2)：導航設備天線(*Navigational antenna*)；儀表用文氏管(*Venturi for instruments*)；方向舵配重(*Rudder mass balance*)；升降舵配平調整片(*Elevator trim tab*)；左側主起落架(PORT MAIN LANDING GEAR)；液壓刹車導管(*Brake pipe*)；液壓刹車測徑器(*Hydraulic brake caliper*)；皮殼固定銷("*skin-grip*" *pin*)；操縱桿件和操縱鋼索(CONTROL RODS AND CABLES)；襟翼傳動桿(*Flap drive-rod*)；副翼扭力管

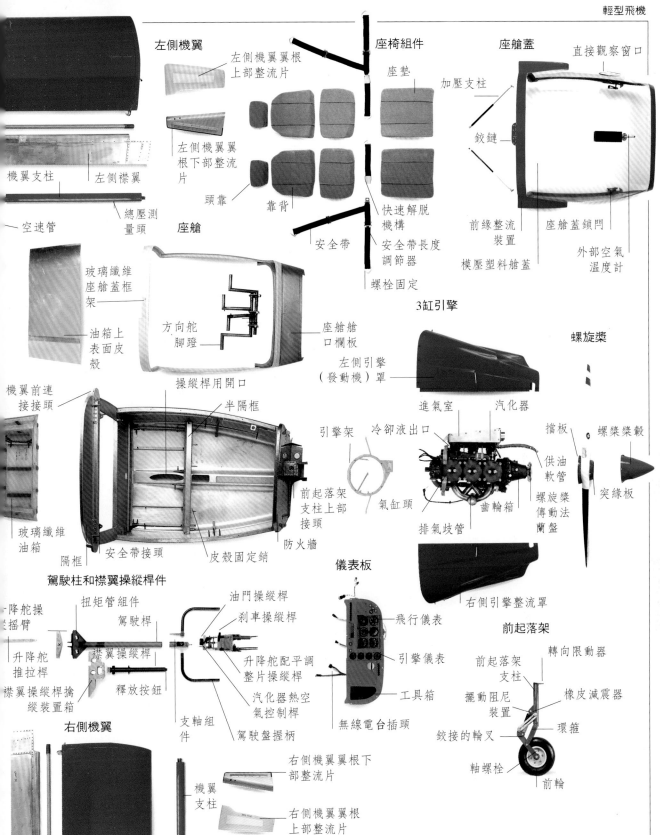

左側機翼

左側機翼翼根上部整流片

機翼支柱　左側襟翼

空速管

總壓測量頭

左側機翼翼根下部整流片

頭靠

靠背

座椅組件

座墊

加壓支柱

快速解脫機構

安全帶

安全帶長度調節器

螺栓固定

座艙蓋

直接觀察窗口

鉸鏈

前緣整流裝置

座艙蓋鎖閂

模壓塑料艙蓋

外部空氣溫度計

座艙

玻璃纖維座艙蓋框架

油箱上表面皮殼

方向舵腳蹬

座艙艙口欄板

操縱桿用開口

3缸引擎

左側引擎（發動機）罩

進氣室　汽化器

冷卻液出口

氣缸頭

擋板

供油軟管

螺旋槳傳動法蘭盤

螺旋槳

螺槳槳轂

突緣板

機翼前連接接頭

半隔框

引擎架

前起落架支柱上部接頭

防火牆

齒輪箱

排氣歧管

玻璃纖維油箱

隔框

安全帶接頭

皮殼固定銷

右側引擎整流罩

儀表板

飛行儀表

引擎儀表

工具箱

無線電台插頭

前起落架

前起落架支柱

轉向限動器

橡皮減震器

擺動阻尼裝置

環箍

鉸接的輪叉

軸螺栓

前輪

駕駛柱和襟翼操縱桿件

扭矩管組件

升降舵操縱搖臂

駕駛桿

升降舵推拉桿

襟翼操縱桿

襟翼操縱桿擒縱裝置箱

釋放按鈕

油門操縱桿

剎車操縱桿

升降舵配平調整片操縱桿

汽化器熱空氣控制桿

駕駛盤握柄

支軸組件

右側機翼

機翼支柱

右側機翼翼根下部整流片

右側機翼翼根上部整流片

(Aileron torque tube)。右側主起落架(STARBOARD MAIN LANDING GEAR)。左側機翼(PORT WING)。座椅組件(SEAT ASSEMBLY)。座艙蓋(CANOPY)。空速管(Airspeed-indicator tube)；玻璃纖維座艙蓋框架(Fiberglass canopy frame)。3缸引擎(THREE-CYLINDER ENGINE)。螺旋槳(PROPELLER)。駕駛柱和襟翼操縱桿件(CONTROL COLUMN AND FLAP LEVER)。汽化器熱空氣控制桿(Carburetor hot air lever)；螺旋槳傳動法蘭盤(Propeller drive flange)；轉向限動器(Steering stop)；橡皮減震器(Rubber bungee shock

滑翔機、滑翔翼和超輕型飛機

機頭罩

在所有飛機中，現代滑翔機屬外觀最優美和空氣動力效率最高的飛機之列。沒有動力但具有很大翼展（可達82呎，即25公尺）的滑翔機能利用熱上升氣流（上升熱空氣團）使自己停留在空中，利用方向航、升降舵和副翼進行操縱。現代滑翔機可到達的飛行距離已超過900哩（1,450公里），高度超過49,000呎（15,000公尺）。滑翔翼有一個簡單的骨架，機翼就是用一塊剛性或柔性材料繃緊在它上面形成的。飛行員懸掛在機翼下面的吊索裡或俯臥在機翼下面的吊袋中，抓住一個三角形框架，通過左右移動自身重量來進行操縱。像滑翔機一樣，滑翔翼也是依靠上升熱氣流來飛行的。超輕型飛機基本上是一種裝有引擎（發動機）的滑翔翼。一台小引擎和一個與三輪車邊斗相似的兩人座敞開式玻璃纖維坐斗，懸掛在一個增強型滑翔機骨架下面。它可以具有剛性或柔性的機翼。本文所示的超輕型飛機的飛行員像滑翔翼飛行員一樣，通過相對的A型框架，移動他們的身體來對飛機進行操縱。超輕型飛機可達到的最大飛行速度為100哩/小時（160公里/小時）。

滑翔翼

前吊架支柱用金屬孔眼
儀表板
主柱
頂點

帕格薩斯XL SE 超輕型飛機

加強肋
中線梁
主懸掛系統
後裝螺旋槳（推進式螺旋槳）
燃油箱
主輪
機輪整流罩
三輪座艙
固定前輪

頂點拉線
機頭罩
前起落架安裝接頭

翼肋端部
後緣

達克龍皮殼

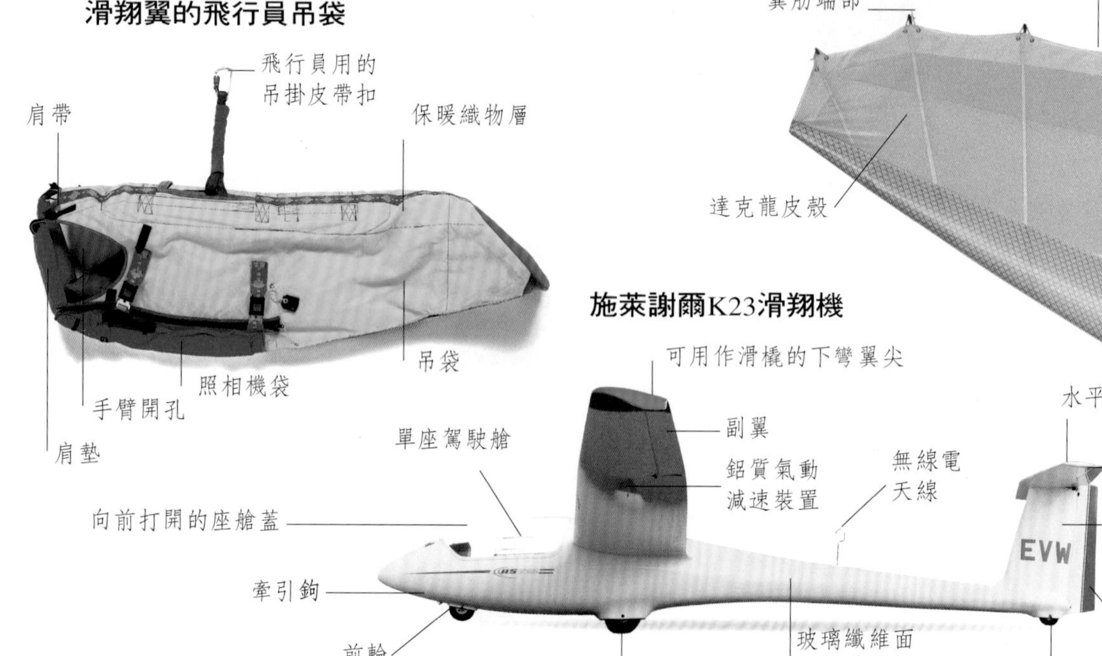

滑翔翼的飛行員吊袋

飛行員用的吊掛皮帶扣
肩帶
保暖織物層
吊袋
照相機袋
手臂開孔
肩墊

施萊謝爾K23滑翔機

可用作滑橇的下彎翼尖
單座駕駛艙
向前打開的座艙蓋
牽引鉤
前輪
非收放式主輪
副翼
鋁質氣動減速裝置
無線電天線
玻璃纖維面層泡沫夾心結構的機身
水平尾翼
鉸接升降舵
T型尾翼
方向舵
尾輪
EVW

滑翔機、滑翔翼和超輕型飛機(Gliders, hang-gliders, and Microlights)。**施萊謝爾K23滑翔機**(SCHLEICHER K23 GLIDER)：玻璃纖維面層泡沫夾心結構的機身(*Fuselage of fiberglass and foam layers*)；鋁質氣動減速裝置(*Aluminum air brake*)。**帕格薩斯XL SE超輕型飛機**(PEGASUS XL SE ULTRALIGHT)：三輪座艙(*Trike nacelle*)；後裝螺旋槳(推進式螺旋槳)[*Rear-mounted propeller(pusher propeller)*]；主懸掛系統(*Main suspension*)。**日光翼帕格薩斯類星號超輕型飛機**(SOLAR WINGS PEGASUS

日光翼帕格薩斯類星號超輕型飛機

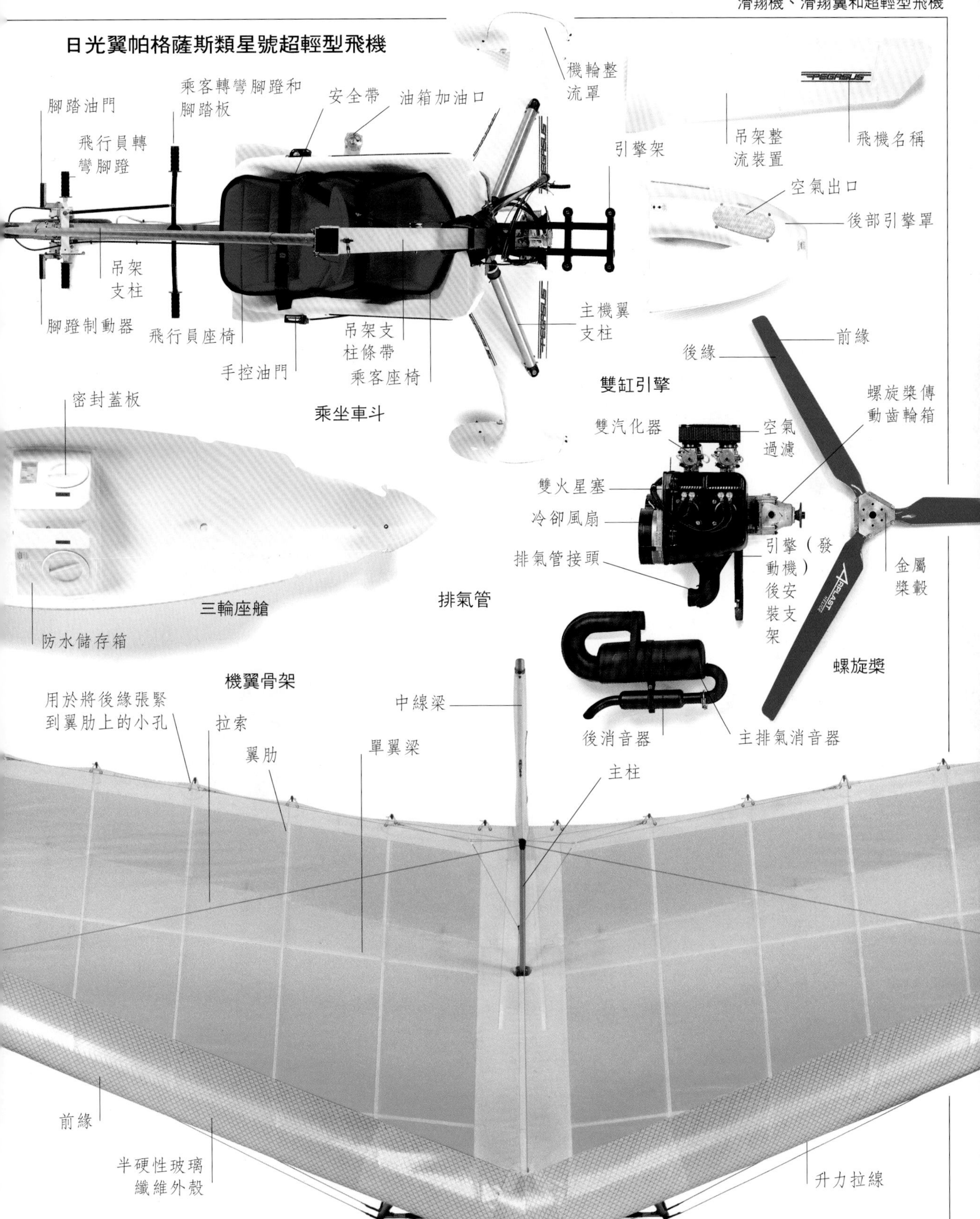

脚踏油門
飛行員轉彎脚蹬
吊架支柱
脚蹬制動器
飛行員座椅
手控油門
乘客轉彎脚蹬和脚踏板
安全帶
油箱加油口
吊架支柱條帶
乘客座椅
乘坐車斗
機輪整流罩
引擎架
主機翼支柱

飛機名稱
吊架整流裝置
空氣出口
後部引擎罩

前緣
後緣

雙缸引擎
雙汽化器
雙火星塞
冷卻風扇
排氣管接頭
空氣過濾
引擎（發動機）後安裝支架
螺旋槳傳動齒輪箱
金屬槳轂
螺旋槳

密封蓋板
三輪座艙
防水儲存箱

排氣管
後消音器
主排氣消音器

機翼骨架
用於將後緣張緊到翼肋上的小孔
拉索
翼肋
單翼梁
中線梁
主柱

前緣
半硬性玻璃纖維外殼
升力拉線

QUASAR MICROLIGHT)：脚蹬制動器(*Footbrake*)；吊架整流裝置(*Pylon fairing*)；機頭罩(NOSE SHELL)；乘坐車斗(TRIKE UNIT)；半硬性玻璃纖維外殼(*semirigid fiberglass skin*)；達克龍皮殼(*Dacron skin*)；雙汽化器(*Twin carburetors*)；空氣過濾(*Air filter*)；主排氣消音器(*Main exhaust muffler*)；螺旋槳傳動齒輪箱(*Propellerdrive gearbox*)。

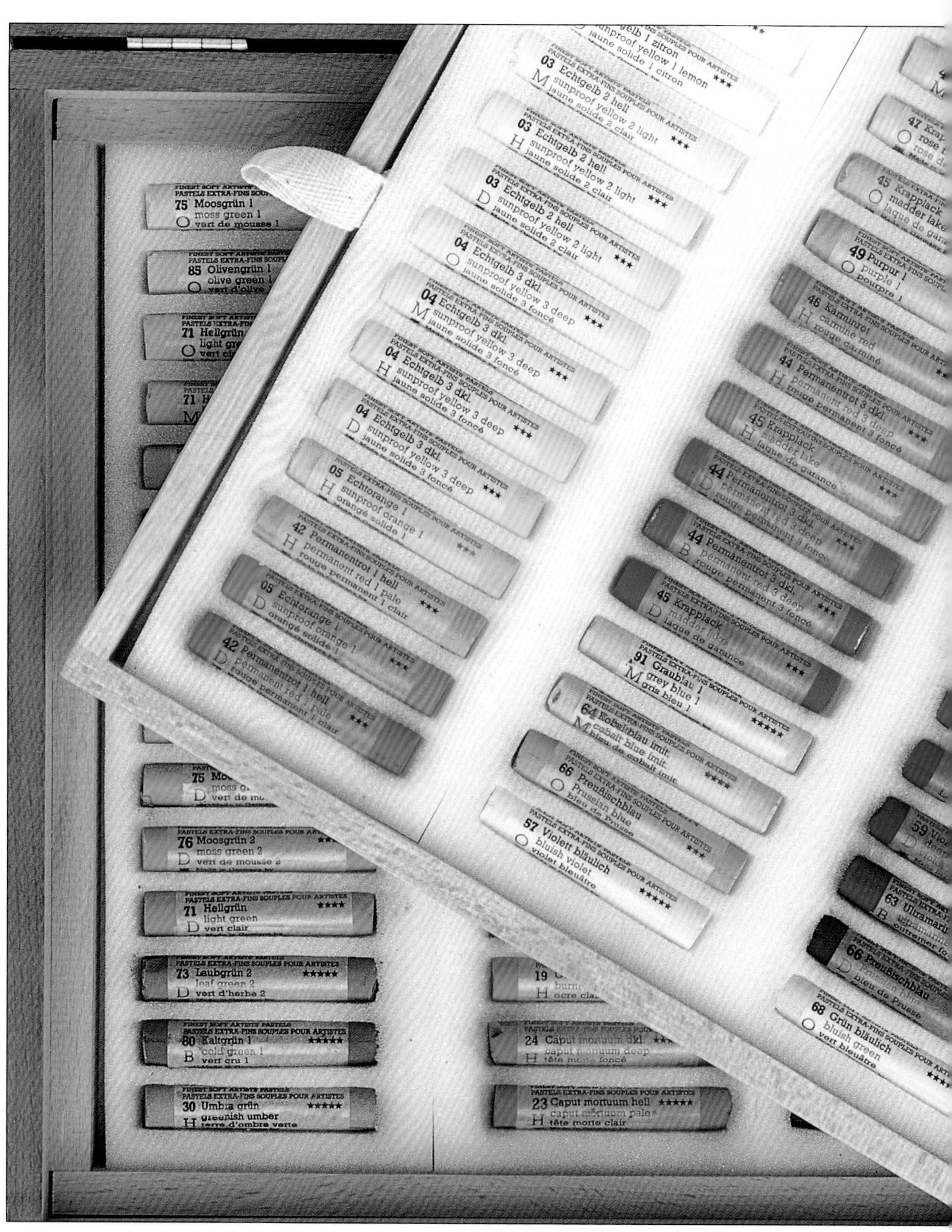

FINEST SOFT ARTISTS' PASTELS
PASTELS EXTRA-FINS SOUPLES POUR ARTISTES
75 Moosgrün 1 moss green 1 vert de mousse 1
85 Olivengrün 1 olive green 1 vert d'olive 1
03 Echtgelb 2 hell sunproof yellow 2 light jaune solide 2 clair
04 Echtgelb 3 dkl. sunproof yellow 3 deep jaune solide 3 foncé
05 Echtorange 1 sunproof orange 1 orangé solide 1
42 Permanentrot 1 hell permanent red 1 pale rouge permanent 1 clair
46 Karminrot carmine red rouge carminé
44 Permanentrot 3 dkl. permanent red 3 deep rouge permanent 3 foncé
45 Krapplack madder lake laque de garance
49 Purpur 1 purple 1 pourpre 1
91 Graublau 1 grey blue 1 gris bleu 1
64 Kobaltblau imit. cobalt blue imit. bleu de cobalt imit.
66 Preußischblau Prussian blue bleu de Prusse
57 Violett bläulich bluish violet violet bleuâtre
68 Grün bläulich bluish green vert bleuâtre
76 Moosgrün 2 moss green 2 vert de mousse 2
71 Hellgrün light green vert clair
73 Laubgrün 2 leaf green 2 vert d'herbe 2
80 Kaltgrün 1 cold green 1 vert cru 1
30 Umbra grün greenish umber terre d'ombre verte
24 Caput mortuum dkl. caput mortuum deep tête morte foncé
23 Caput mortuum hell caput mortuum pale tête morte clair

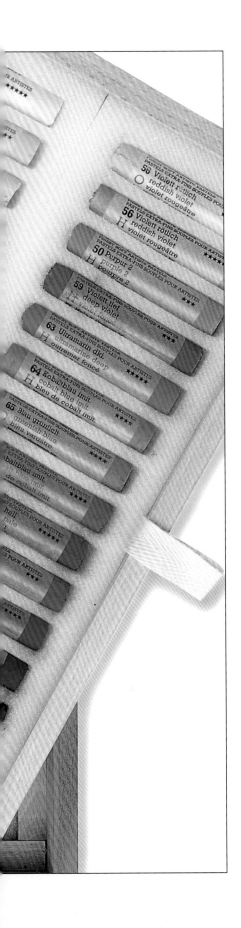

觀賞藝術篇

THE VISUAL ARTS

素描(Drawing) 430

蛋彩畫(Tempera) 432

壁畫(Fresco) 434

油畫(Oils) 436

水彩畫(Watercolor) 438

粉彩畫(Pastels) 440

壓克力畫(Acrylics) 442

書法(Calligraphy) 444

版畫1(Printmaking 1) 446

版畫2(Printmaking 2) 448

鑲嵌畫(Mosaic) 450

雕塑1(Sculpture 1) 452

雕塑2(Sculpture 2) 454

素 描

固著劑和噴嘴

素描可以是完成的藝術作品，也可以是繪畫和其他觀賞藝術的基礎練習或草稿。素描可以使用的作畫工具種類繁多，如鉛筆、石墨棒、粉筆、炭筆、鋼筆、墨水乃至銀絲。最常用的作畫工具是石墨鉛筆。**石墨鉛筆**是將石墨和粘土混合後做成的細條封嵌入木條裡做成的。炭筆是一種最古老的繪畫工具，它是用細柳枝、葡萄藤或其他木種植物莖置於密封的容器裡，在高溫下燒製而成的。擦子，用於擦去鉛筆或木炭筆等作畫工具留下的痕跡，或達到某種特殊的效果，如煙霧。一張素描完成後，爲了防止日後被弄得模糊不清，常用固著劑固定（用噴嘴或**噴霧器噴灑固著劑**）。將銀絲穿過特製的紙可以產生銀線 — 這是一種被稱爲銀點的作畫技藝。銀線是永久的，擦不掉的，經過一段時期會氧化成褐色。

鉸鏈接頭

由松香溶解而成的液體固著劑

固著劑由軟管吸入並噴霧到畫面上

色粉筆、彩色筆和木炭條

方解石(碳酸鈣)與顏料混合

藍色粉筆

氧化鐵與白堊混合

鐵紅色蠟筆

碳化後的木頭

柳木炭筆

擦子

質地硬

橡皮擦

中軟，亮部線條

質地柔軟

最軟，暗部線條

軟橡皮

素描工具

2B石墨鉛筆

8B石墨鉛筆

金屬夾具裡的銀絲

畫板

畫板

畫紙

圖夾

繪畫用品

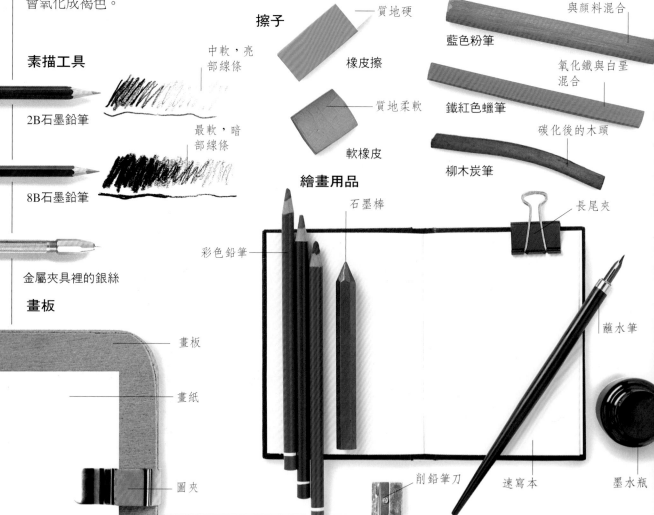

彩色鉛筆

石墨棒

長尾夾

蘸水筆

削鉛筆刀

速寫本

墨水瓶

素描(Drawing)：石墨鉛筆(graphite pencil)；噴霧器噴灑固著劑(aerosol spray fixative)。**擦子**(ERASERS)：橡皮擦(PLASTIC ERASER)；軟橡皮(KNEADED ERASER)。**繪畫用品**(DRAWING MATERIALS)：彩色鉛筆*(Colored pencil)*；石墨棒*(Graphite stick)*；速寫本*(Sketch book)*；蘸水筆*(Dip pen)*。**固著劑和噴嘴**(FIXATIVE AND MOUTH DIFFUSER)：由松香溶解而成的液體固著劑*(Liquid fixative consisting of dissolved resin)*。**粉筆、蠟筆和炭筆**(CHALK, CRAYON, AND CHARCOAL)：方解石(碳酸鈣)與顏料混合

銀線氧化
後變爲淺
褐色

用墨水在銀
線上畫出的
圖像

用直尺以銀
點法抽繡的
線條

從繪畫基礎訓練般
完成的複雜透視圖

確定在騎著
騰起的馬的
男人頭上的
消失點

方形路面石
板線條向單
一的消失點
收斂

用膠（膠水）
和顏料處理過
的紙

銀點畫法實例
《賢士朝拜》，雷歐納多・達文西，1481年
用筆蘸墨水描在畫紙的銀點上
6.5×11.5吋（16.5×29.2公分）

1944-1945年
倫敦記實組畫
之一

炭筆條擦拭和
霧化後造成柔
和的效果

炭筆畫出强
勁有力的線
條

手工製作的淺色
紙

炭筆粗獷的筆
觸

在現場快速
畫出的線條

炭筆畫示例
《聖保羅敎堂和河》，戴維・邦堡，1945年
紙上炭筆畫
20×25 1/8吋（50.8×65.8公分）

[Calcite(calcium carbonate)mixed with pigment]；氧化鐵與白堊混合(Iron oxide mixed with chalk)。**銀點畫法**
(SILVERPOINT DRAWING)**實例**：《賢士朝拜》，雷歐納多・達文西，1481年(The Adoration of the
Magi,Leonardo da Vinci,1481)；用直尺以銀點法抽繡的線條(Line drawn in silverpoint using a ruler)；減點
(vanishing point)。**炭筆畫示例**(EXAMPLE OF A CHARCOAL DRAWING)：《聖保羅敎堂和河》，戴維・邦
堡,1945年(St. Pault's and the River, David Bomberg,1945)。

蛋彩畫

"Tempera"一詞適用於任何以一種水基粘結劑 — 通常是蛋黃 — 調色的畫法。蛋彩畫法適用於光滑的表面。例如，（古代）用於彩飾手抄本書籍的精製犢皮紙。

彩飾的手抄本

通常則更常採用**石膏（白堊與膠水的混合物）**處理好的硬木板。刷石膏宜用鬃毛刷。刷一層粗石膏後，再連續地刷上優質石膏，每層用砂紙打磨，以便獲得既平滑而吸濕性又好的底子。用優質貂毛筆蘸顏料，以輕柔的手法畫出薄薄的層次。蛋彩畫乾得很快，其堅韌的外膜有緞子般的光澤。石膏光滑的表面覆上用這種調色劑作出的畫，展現出鮮明、清新而又富麗的色彩顏色。用純金來裝飾蛋彩畫是常見的。把已精細地錘薄的金箔貼在紅玄武土（淡紅棕色粘土）基底上，然後磨光使其發亮。

飾金的器材

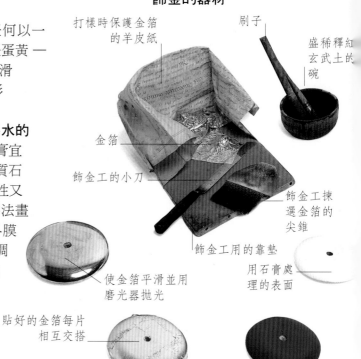

打樣時保護金箔的羊皮紙
刷子
盛稀釋紅玄武土的碗
金箔
飾金工的小刀
飾金工揀選金箔的尖錐
飾金工用的靠墊
用石膏處理的表面
使金箔平滑並用磨光器拋光
貼好的金箔每片相互交搭
刷在石膏面上的紅玄武土
磨光器
瑪瑙尖

蛋彩畫的材料

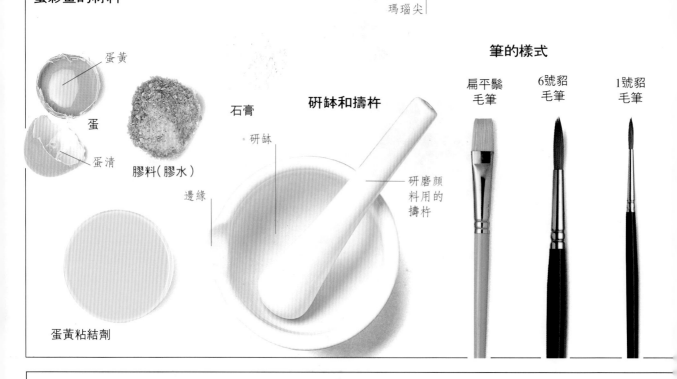

蛋黃
蛋
蛋清
膠料（膠水）
石膏
研缽和搗杵
研缽
研磨顏料用的搗杵
邊緣
蛋黃粘結劑

筆的樣式

扁平鬃毛筆
6號貂毛筆
1號貂毛筆

蛋彩畫(Tempera)：石膏(白堊與膠水的混合物)[gesso-a mixture of chalk and size(glue)]。彩飾的手抄本(ILLUMINATED MANUSCRIPT)。**飾金的器材**(MATERIALS FOR GILDING)：使金箔平滑並用磨光器拋光 *(Gold leaf smoothed and polished with a burnisher)*；瑪瑙尖*(Agate tip)*;盛稀釋紅玄武土的碗*(Bowl containing diluted bole)*。**筆的樣式**(EXAMPLES OF BRUSHES)：扁平鬃毛筆(FLAT BRISTLE BRUSH)；6號貂毛筆(SABLE BRUSH NO.6)。**蛋彩畫示例**(EXAMPLE OF A TEMPERA PAINTING)：《神殿裡的贈予》,安布羅焦・洛倫朵蒂,1342年*(Presentation in the Temple,Ambrogio Lorenzetti,1342)*；爲義大利塞納大教堂委託製作的祭壇部

蛋彩畫示例
《神殿裡的贈予》，安布羅焦·洛倫采蒂，1342年
木板上的蛋彩畫，8呎5 ⅛吋×5呎6 ⅛吋（257×168公分）

人體膚色顏料圖例

爲義大利塞納大教
堂委託製作的祭壇
部份

在飾金表面用衝打圖案的方
法做出的金飾物特徵

在金箔下面恰
好可見的紅玄
武土紅色調

一片金箔
的邊緣

膽綠

蛋彩畫特有的清
晰邊界

珠砂和鉛白

藤蔓黑畫出
暗淡的大教堂
內景

在乾了的顏料
上刷白色薄層
以產生顴鬢上
的亮光

用珠砂畫成
的紅色布料

舉起的右手和指
著的指頭，體現
出預言的姿態

珠砂

漸遠的地面磚
產生深度感

上一次修整留下的
變色亮光漆的補片

土紅
（氧化鐵）

顏料圖例

石膏

深藍天青石色

藤蔓黑

鉛錫黃

用珠砂和白
色分層塗在
綠色底塗層
上以達到
暖亮色調

深藍天青石色
如昂貴的黃金
一樣，是專爲
重要形象如聖
母瑪利亞而備
用的

圖案組成的黃
金光環在燭光
中閃閃發光

碎裂花紋
（畫上的開
縫花紋）

蛋彩畫《神殿裡的贈予》細部

份(Altarpiece commissioned for Siena Cathedral,Italy)；變色亮光漆(discolored varnish)。**顏料圖例**
(EXAMPLES OF PIGMENTS)：深藍天青石色(ULTRAMARINE LAPIS LAZULI)；藤蔓黑(VINE BLACK)；鉛錫黃
(LEAD TIN YELLOW)；暖亮色調(warm flesh tones)。**人體膚色顏料圖例**(PIGMENTS FOR FLESH-COLOR
PAINTING)：膽綠(VERDACCIO)；珠砂和鉛白(VERMILION AND LEAD WHITE)；土紅(氧化鐵)[RED
EARTH(IRON OXIDE)]。

壁 畫

壁畫層剖面圖

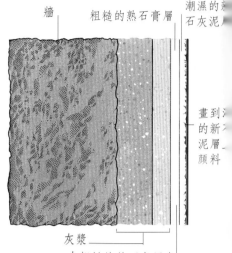

壁畫是一種牆上作畫的技法。在正規的壁畫裡，顏料是和水混合後，塗畫到稱為"內調色層"（intonaco）的一層新鮮潮濕的石灰泥漿層上，這種濕石灰泥層吸收和凝固顏料，乾燥後，畫面便成為牆面的一個永久部分。這種濕石灰泥層是分段敷抹的，稱為**每日板塊**；每日板塊的尺寸要依藝術家對在灰泥凝固之前能畫完多少來估計。完成後的壁畫在每日板塊之間有時還看得見接縫。在正規的壁畫中，色彩的使用範圍限於耐石灰顏料，如礦物顏料（見下圖）。熟石灰（燒成的石灰與水混合）、消石灰（熟石灰局部地暴露在空氣中而生成）和白堊都可用來作壁畫的白底。在蛋、水、膠調色的壁畫中（**乾壁畫**），顏料是與凝固介質混合畫到乾燥的灰泥面上，顏料並不完全地吸收到灰泥板裡，時間久便有可能剝落。

牆　粗糙的熟石膏層　潮濕的新石灰泥

畫到　的新　泥層　顏料

灰漿

在粗糙的熟石膏層表面打樣圖

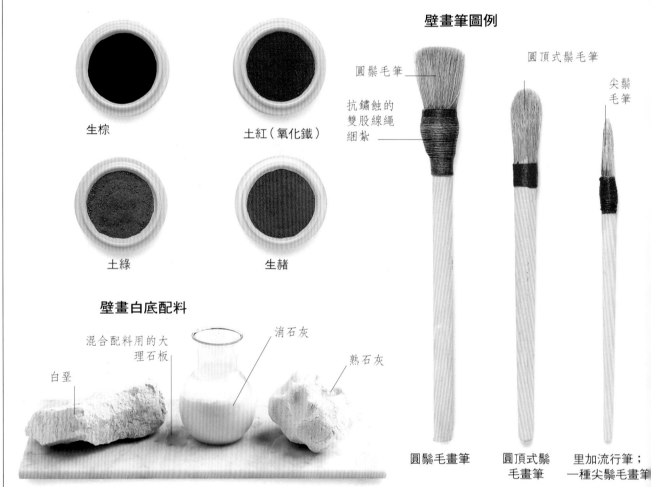

礦物顏料色例

生棕

土紅（氧化鐵）

土綠

生赭

壁畫白底配料

白堊

混合配料用的大理石板

消石灰

熟石灰

壁畫筆圖例

圓鬃毛筆

抗鏽蝕的雙股線繩細紮

圓頂式鬃毛筆

尖鬃毛筆

圓鬃毛畫筆

圓頂式鬃毛畫筆

里加流行筆；一種尖鬃毛畫筆

壁畫（Fresco）：每日板塊[giornate(daily sections)]；乾壁畫(dry fresco)。**礦物顏料色例**(EXAMPLES OF EARTH COLOR PIGMENTS)：生棕(RAW UMBER)；土紅(氧化鐵)[RED EARTH(IRON OXIDE)]；土綠(GREEN EARTH)；生赭(RAW SIENNA)。**壁畫白底配料**(INGREDIENTS FOR FRESCO WHITES)：白堊(*Chalk*)；混合配料用的大理石板(*Marble slab for mixing ingredients*)；消石灰(*Bianco di San Giovanni*)；熟石灰(*Slaked lime*)。**壁畫層剖面圖**：在粗糙的熟石膏層表面打樣圖[*Sinopia(design)drawn on surface of arricio*]。**壁畫筆**

壁畫圖例
《商人從神殿被逐》，喬托，約1306年
壁畫，78×72吋（200×185公分）

在義大利帕度亞的競技場小教堂裡的系列壁畫之一

神殿作爲行爲背景

消石灰通常用於壁畫空白處

使徒的光環被貼上金箔

綠色的礦物顏料畫到長袍上

在使徒長袍的前面畫了小孩

石青藍由於二氧化碳的作用而變成綠色的斑片

"每日板塊"之間的細微接縫是可以看得見的

土紅顏料畫出的正規的壁畫保留了華麗的外觀

青藍色畫的乾壁畫業已剝落，露出下面的灰泥

正規的壁畫特有的乾燥的消光表面

在灰泥乾結之前，藝術家應完成每日板塊的工作

每日板塊之間的連接處

用正規壁畫技法畫出的小孩面部

白色的鴿子象徵精靈

用乾壁畫技法畫出的孩子身軀業已剝落

一張壁畫通常要從上到下分區完成

用土紅草擬的打樣圖

細部工作量少的區域能很快地畫完，允許用較大的每日板塊來完成

細部工作量大的區域需要畫很長的時間，就要適當限制每日板塊的尺寸

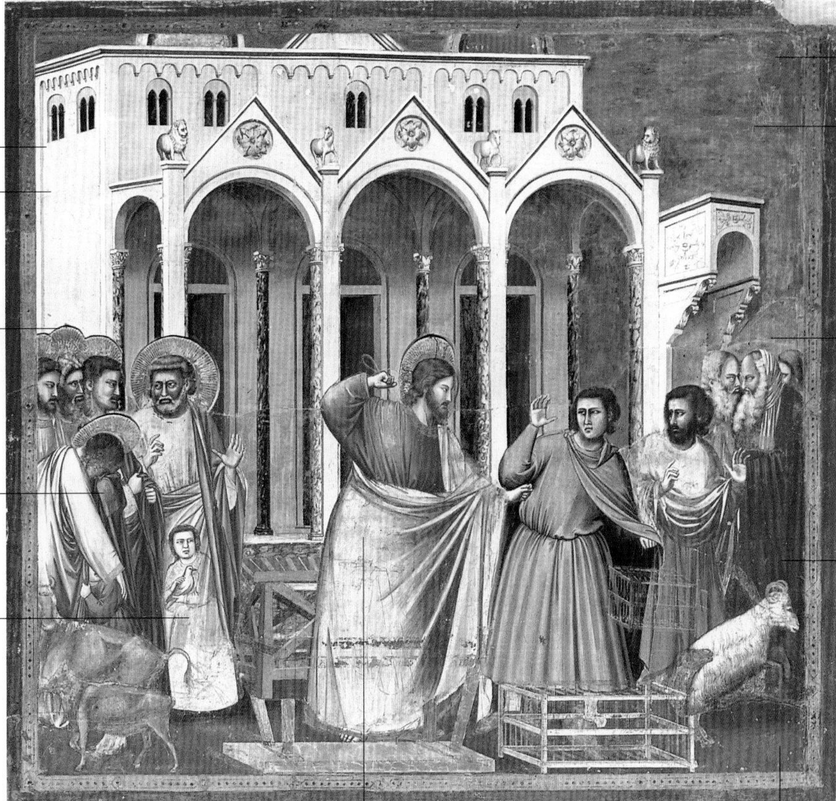

上圖的細部

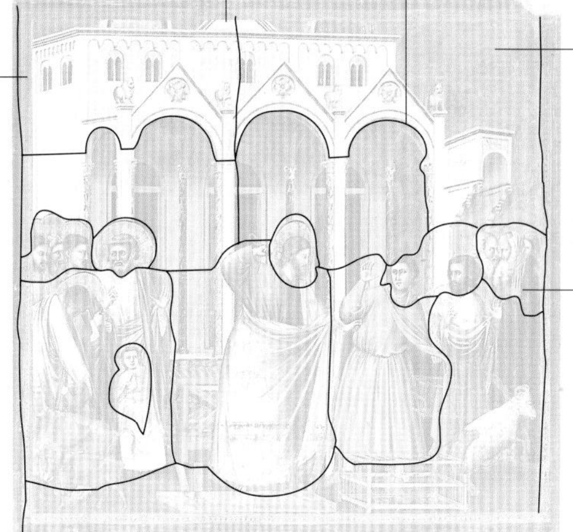

上圖的"每日板塊"

圖例(EXAMPLES OF FRESCO BRUSHES)：圓鬃毛畫筆(TONDO)；圓頂式鬃毛畫筆(MUCCINI)；里加流行筆，一種尖鬃毛畫筆(RIGA)。壁畫圖例(EXAMPLE OF A FRESCO)：《商人從神殿被逐》，喬托，約1306年(The Expulsion of the Merchants from the Temple, Giotto, c.1306)；在義大利帕度亞的競技場小教堂裡的系列壁畫之一(One of a series of frescoes in the Arena Chapel,Padua, Italy)；正規的壁畫特有的乾燥的消光表面(Dry, matt surface characteristic of buon fresco)。

油畫

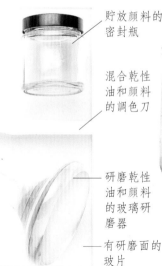

腎形
調色板

油畫顏料是用乾性植物油如亞麻仁油，與顏料混合研磨而成。顏料可以塗在許多不同的表面和織品上 — 最常用的是畫布。作畫前，將粗帆布繃在木框架上，並在布面刷上幾層膠和底子。畫油畫主要使用兩類筆：一類是硬豬鬃短毛筆，通常用於大面積塗覆；另一類是黑貂毫筆或合成材料製成的軟毛筆，一般用於細節描繪。其他工具，包括油畫刀也可以獲得不同的效果。油畫顏料可以厚塗（稱為**厚塗法**），亦可用松節油等溶劑將其稀釋薄塗。有時，用亮光漆塗在已完成的油畫上，以保護畫面，同時也給畫面以消光或亮光的最後潤飾。

達馬樹脂亮光漆

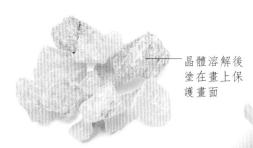

晶體溶解後塗在畫上保護畫面

市售油畫顏料

鎘紅

耐晒的不透明色

群青

透明色

亞麻仁油

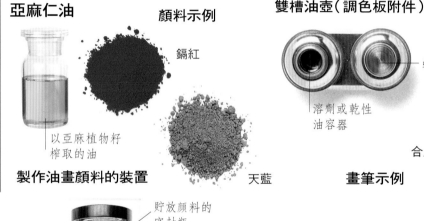

以亞麻植物籽榨取的油

顏料示例

鎘紅

天藍

雙槽油壺（調色板附件）

螺紋頂蓋

溶劑或乾性油容器

鬃毛筆

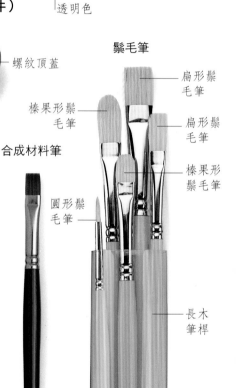

扁形鬃毛筆

扁形鬃毛筆

榛果形鬃毛筆

榛果形鬃毛筆

圓形鬃毛筆

合成材料筆

長木筆桿

塑料保護套

製作油畫顏料的裝置

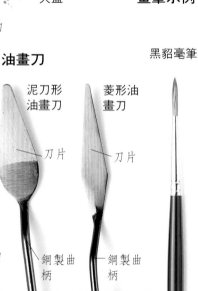

貯放顏料的密封瓶

混合乾性油和顏料的調色刀

研磨乾性油和顏料的玻璃研磨器

有研磨面的玻片

油畫刀

泥刀形油畫刀

刀片

鋼製曲柄

菱形油畫刀

刀片

鋼製曲柄

畫筆示例

黑貂毫筆

油畫(Oils)：厚塗法(a technique known as impasto)。腎形調色板(KIDNEYSHAPED PALETTE)。**亞麻仁油**(LINSEED OIL)。**顏料示例**：鎘紅(CADMIUM RED)；天藍(CERULEAN BLUE)；雙槽油壺(調色板附件)(DOUBLE DIPPER)。**製作油畫顏料的裝置**：調色刀(*Palette knife*)；玻璃研磨器(*Glass muller*)。**油畫刀**(PAINTING KNIVES)：泥刀形油畫刀(TROWELSHAPED PAINTING KNIFE)；菱形油畫刀(DIAMONDSHAPED PAINTING KNIFE)。**達馬樹脂亮光漆**(DAMMAR RESIN VARNISH)。**市售油畫顏料**：群青(ULTRAMARINE)。**畫**

油畫示例
《波折百合》，文生·梵谷，1886年
畫布油畫，29×24吋（73.5×60.5公分）

畫家簽名，用畫筆尖端在濕顏料上刻寫寫成

用快筆觸畫的每片葉

厚塗（稠筆畫出的顏料深埂）

桌上畫出有力的方向性筆觸，使花瓶引人注目

白色和綠色的小點使背景顯得活潑

橙色和藍色（互補色）交織一起，以達到最大限度的對比度

以濃重的黃色筆觸突出花瓶特點

工作畫架

上部滑塊，用於調節畫布高度

畫布支承座

高度調整鍵

角度調整鍵

三角架

繃在木框架上的畫布（從背面看）

U形釘

刷上膠（膠料）和底子的畫布

木框架

未上底子的畫布

畫布示例

棉織帆布

細亞麻布

粗亞麻布

筆示例：黑貂毫筆(SABLE BRUSH)；合成材料筆(SYNTHETIC BRUSH)；鬃毛筆(BRISTLE BRUSHES)。**油畫示例**：《波折百合》,文生·梵谷,1886年(Fritillarias, Vincent van Gogh, 1886)；厚塗(稠筆畫出的顏料深埂)[Impasto(deep ridges of paint applied in thick strokes)]。**繃在木框架上的畫布(從背面看)**：刷上膠(膠料)和底子的畫布[Canvas prepared with glue(size) and primer]。**畫布示例**：棉織帆布(COTTON DUCK)；細亞麻布(FINE LINEN)；粗亞麻布(COARSE LINEN)。

水彩畫

阿拉伯樹脂

水彩畫顏料是用磨細的顏料與水溶性介質 — 通常是阿拉伯樹脂 — 混合而成。一般用軟毛筆如黑貂毛、山羊毛、松鼠毛及人造毛製的筆畫在紙上。通常是將水彩稀釋後按薄色層覆蓋的方式作畫（淡而透明的色層）以集結顏色濃度。可以採用各種方法作色層，以便在一定範圍內達到不同的效果。例如，在一層濕色層上覆蓋另一層濕色層，可以產生一種濕滲濕的色層。兩層色層混成一體，達到融合的效果。海綿用於改進色層效果，用海綿吸收顏料，使顏色減淡，或從紙上清除掉。也可塗覆未加稀釋的水彩 — 稱爲枯筆法 — 以產生突變效果。水彩一般是透明的，可使光通過色層從紙的表面反射出來，達到光亮的效果；亦可用加**不透明色（鋅白）**的方法使其增厚和變得不透明。

採用阿拉伯膠樹的天然樹脂

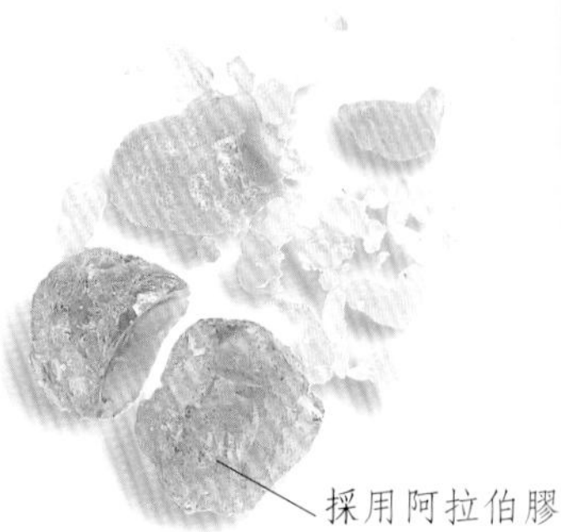

天然海綿

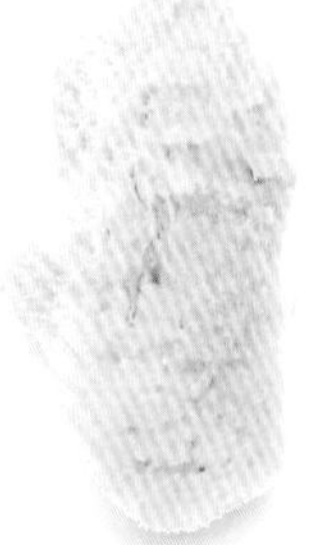

貂毫毛筆構造造圖

軟紅貂毛

筆尖

木筆桿

軟毛筆

經修剪並粘合在金屬箍裡的毛

圓形黑貂毫筆（6號）

圓形筒箍

打上丁香結的毛

圓形黑貂毫筆（1號）

軟管水彩顏料

合成材料刷筆

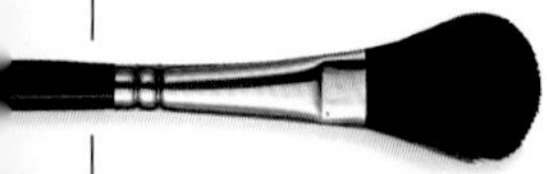

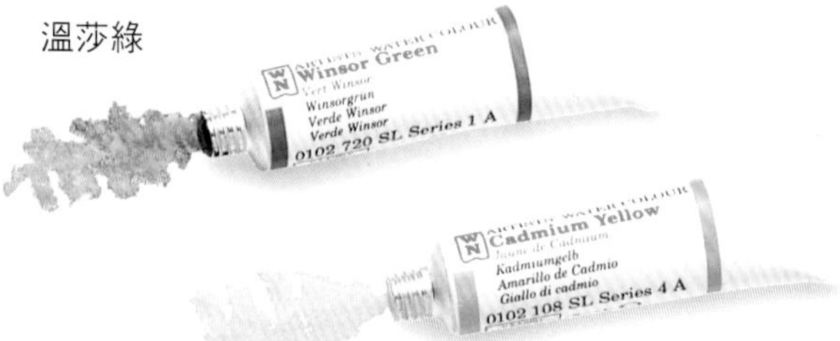

溫莎綠

Winsor Green
Winsorgrün
Verde Winsor
Verde Winsor
0102 720 SL Series 1 A

Cadmium Yellow
Kadmiumgelb
Amarilla de Cadmio
Giallo di cadmio
0102 108 SL Series 4 A

松鼠毛拖把式刷筆

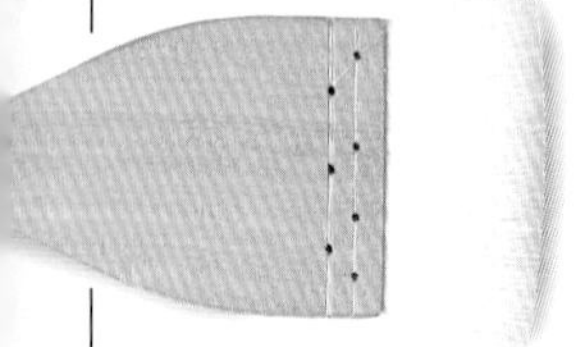

攜帶式水彩顏料盒

鎘黃

塗上的色樣

鋅白

水彩顏料盤

盒蓋可用於調色

Chinese White
Blanc de Chine
Chinesischweiss
Bianco de China

大山羊寬刷筆

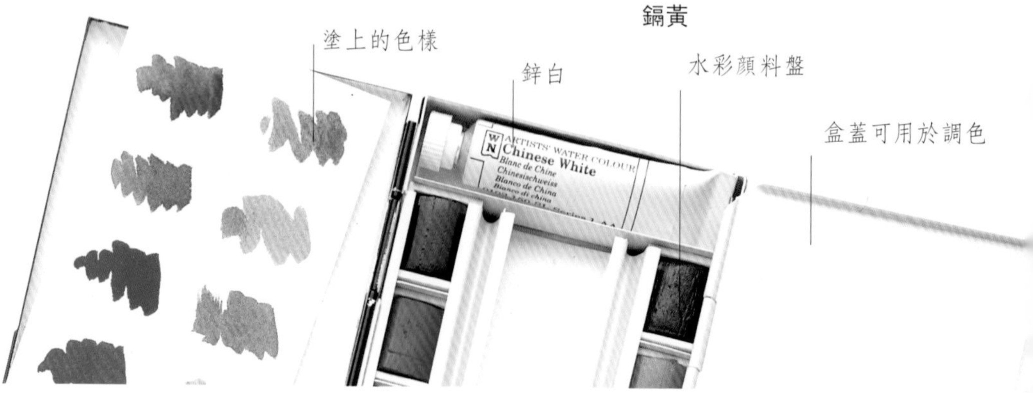

水彩畫（Watercolor）：不透明色(鋅白)[body color(Chinese white)]。**軟毛筆**(SOFT HAIR BRUSHES)：圓形黑貂毫筆(6號)[ROUND SABLE BRUSH(NO.6)]；合成材料刷筆(SYNTHETIC WASH BRUSH)；松鼠毛拖把式刷筆(SQUIRREL MOP WASH BRUSH)；大山羊寬刷筆(LARGE GOAT HAKE WASH BRUSH)。**阿拉伯樹脂**(GUM ARABIC)。**軟管水彩顏料**(TUBES OF WATERCOLOR PAINT)：鎘黃(CADMIUM YELLOW)。**水彩畫示例**(EXAMPLE OF A WATERCOLOR)：《國會大廈大火中》,泰納,1834年(*Burning of the Houses of Parliament,*

水彩畫示例
《國會大廈大火中》，泰納，1834年
紙上水彩畫，11.5×17.5吋（29.2×44.5公分）

透明的色層相互塗蓋，以產生色調的深度

透明的色層使光從紙面上反射出來以達到光亮效果

用小刀刮出的強光處

紙面透過薄色層顯現出來，給火焰增添了強烈的光感

採用在淡色層上以細筆勾勒的辦法所畫出的人群

塗上未稀釋的顏料然後洗掉一部分，以產生水紋

色層示例

枯筆法打底的色層
在用枯筆技法畫過後，其上再施以薄色層，以造成雙重色調效果

漸層色層
在傾斜的紙面上刷濃色層，產生漸變效果

枯筆法
將未加稀釋的顏料刷過紙面，產生突變效果

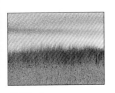

濕滲法
兩片稀釋的刷色彼此滲接，產生融合的效果

水彩紙示例

平紋紙

中等紋理紙

粗紋紙

水彩色相環

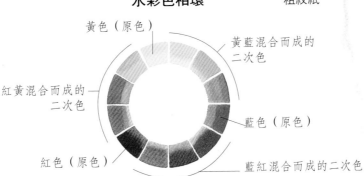

黃色（原色）

黃藍混合而成的二次色

紅黃混合而成的二次色

藍色（原色）

紅色（原色）

藍紅混合而成的二次色

---

*Turner, 1834)；水紋(the impression of water)。**色層示例**(EXAMPLES OF WASHES)：枯筆法打底的色層(WASH OVER DRY BRUSH)；漸層色層(GRADED WASH)；枯筆法(DRY BRUSH)；濕滲法(WET-IN-WET)。**水彩紙示例**(EXAMPLES OF WATERCOLOR PAPERS)：平紋紙(SMOOTHTEXTURED PAPER)；中等紋理紙(MEDIUMTEXTURED PAPER)；粗紋紙(ROUGHTEXTURED PAPER)。**水彩色相環**(COLOR WHEEL OF WATERCOLOR PAINTS)。

粉彩畫

粉彩筆是用研磨過的顏料加上白堊與粘結劑（如阿拉伯樹脂）混合後製成的條狀物。其硬度隨粘結劑與白堊的比例不同而變化。軟性粉彩筆 — 最常用的粉彩筆 — 含有恰好足以將顏料固定成條狀的粘結劑。粉彩可以直接塗在具有足夠齒狀紋理的底板上。粉彩筆畫過有紋理的表面時，顏料即被弄成碎屑嵌入底板的纖維中，粉彩的痕跡具有獨特的柔軟無光的色質，適於混塗、薄塗和羽狀平行塗。**混塗技法**是用手指或各種工具如紙擦筆、軟毛筆、軟橡皮以及軟麵包等，將兩種或兩種以上的顏色擦到底板上，使各種顏色融合在一起。**薄塗技法**是將粉彩的顏色塗成若干層，即將軟性粉彩筆的鈍尖或側面輕輕劃過已作色的區域，使下面的顏色仍能透出來。**羽狀平行線技法**是用粉彩筆尖將顏色畫成平行線，通常是畫在原有的粉彩層上。可以用噴嘴式噴霧器（參見430-431頁）或按鈕式噴霧器噴一層薄霧狀的固色劑在完成了的畫面上，也可噴在色層之間，以防止色彩被抹掉。

製作粉彩筆的器具

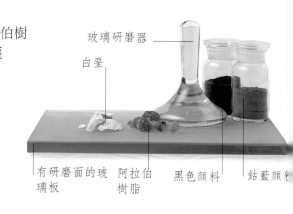

玻璃研磨器
白堊
有研磨面的玻璃板　阿拉伯樹脂　黑色顏料　鈷藍顏料

軟性色粉條示例

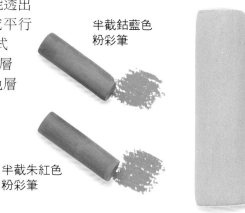

半截鈷藍色粉彩筆

半截朱紅色粉彩筆

整枝橄欖綠粉彩筆　整枝紫色粉彩筆

盒裝色粉彩筆

包括人物畫色和風景畫色的混合盒裝

保護粉彩筆的塑膠泡膜架

軟性粉彩筆

木盤

與粉彩筆配合使用的器材

軟橡皮　麵包　軟麵包適宜擦拭和混色

按鈕式噴霧器　軟毛筆

紙擦筆

用於混色的軟尖

緊裹的紙卷

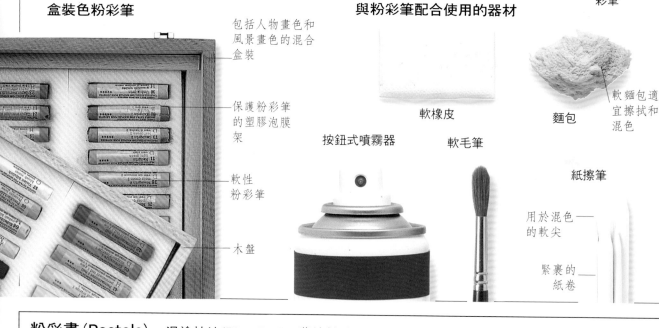

粉彩畫（Pastels）：混塗技法（Blending）；薄塗技法（Scumbling）；羽狀平行線技法（Feathering）。**製作粉彩筆的器具**（EQUIPMENT FOR MAKING PASTELS）：玻璃研磨器（*Glass muller*）；阿拉伯樹脂（*Gum arabic*）；黑色顏料（*Ivory-black pigment*），此指以象牙灰製成的顏料；鈷藍顏料（*Cobalt-blue pigment*）。**與色粉條配合使用的器材**（EQUIPMENT USED WITH PASTELS）：軟橡皮（PUTTY ERASER）；按鈕式噴霧器（AEROSOL SPRAY FIXATIVE）；軟毛筆（SOFT HAIR BRUSH）；紙擦筆[TORTILLONS（PAPER STUMPS）]。**粉彩畫**

粉彩畫示例
《擦拭頸背的女人》，艾德嘉・得加斯，約1898年
紙板粉彩畫，24.5×25.5吋（62.5×65.5公分）

粉彩筆直接塗在底板上

用手指或諸如紙擦筆等其他工具混色

逐步畫成的粉彩層次

塗覆黃色和橙色使織品的色彩鮮艷

多彩突變，薄塗技法的特色

薄塗的粉彩層下紙的色調顯而易見

鮮艷的純色並列，產生強烈的對比

《擦拭頸背的女人》細部

羽狀平行線技法用於表現皮膚色調

紋理紙和粉彩畫紙板示例

水彩紙（粗紋）

玻璃紙

水彩紙（中等紋理）

英格瑞斯（INGRES）紙

植絨紙板

坎生（CANSON）紙

粉彩紙及淡彩紙示例

示例(EXAMPLE OF A PASTEL PAINTING)：《擦拭頸背的女人》,艾德嘉・得加斯,約1898年[*Woman Drying the Nape of her Neck, Edgar Degas, C.1898*]；多彩突變,薄塗技法的特色(*Broken colors,characteristic of scumbling technique*)。**紋理紙和粉彩畫紙板**(TEXTURED PAPERS AND PASTEL BOARDS)**示例**：水彩紙(粗紋)[WATERCOLOR PAPER(ROUGH TEXTURE)]；玻璃紙(GLASS PAPER)；水彩紙(中等紋理)[WATERCOLOR PAPER(MEDIUM TEXTURE)]；植絨紙板(FLOCKED PASTEL BOARD)。

壓 克 力 畫

壓克力顏料是用顏料與合成樹脂混合而成,它可用水稀釋,但乾燥後就變成非水溶性顏料。壓克力顏料可塗在各種表面上,如紙面、有壓克力塗料打底的紙板和帆布上。各式各樣的筆、畫刀、滾筒、噴槍、塑膠刮刀以及其他工具都可用來作壓克力畫。壓克力顏料的多功能性,使其適用的技法寬廣。它可作為不透明色,或加水成為透明色畫出水彩畫風格。用壓克力介質加入顏料中調節顏料稠度可達到各種特殊效果,如達到釉面一樣光滑,形成一定厚度(用稠筆產生顏料隆起),也可使其更加粗糙無光或更具光澤。壓克力顏料乾得很快,因此畫完一層後可以立刻就在其上畫另一色層。

畫筆圖例

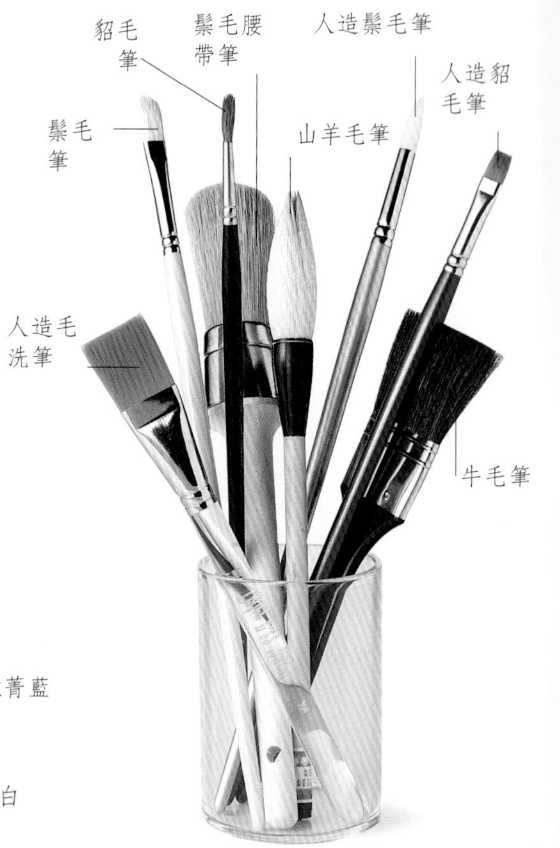

貂毛筆　鬃毛腰帶筆　人造鬃毛筆　人造貂毛筆　鬃毛筆　山羊毛筆　人造毛洗筆　牛毛筆

用於壓克力畫的顏料示例

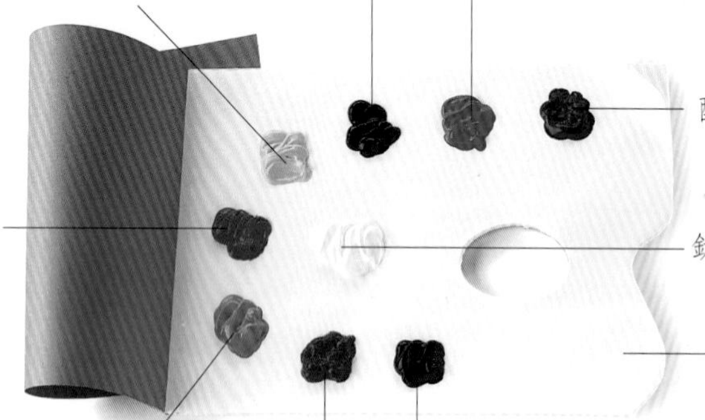

偶氮黃　酞菁綠　天藍　酞菁藍　喹吖酮紅　鈦白　可棄式紙調色板　赭黃　焦土棕　焦土黃

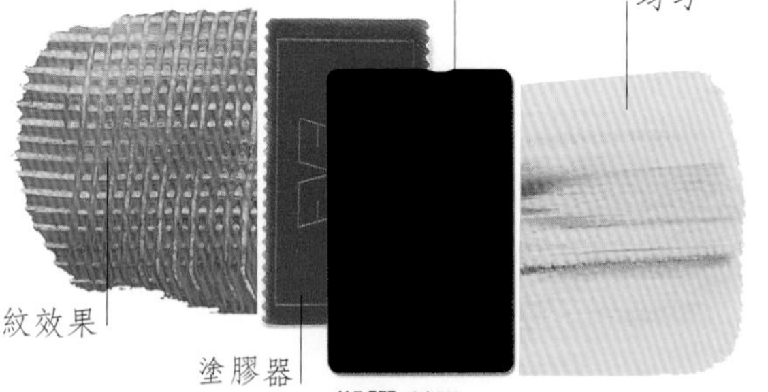

畫具

柔性塑膠刀片　塑膠畫刀

用稠顏料達到點刻效果

條紋效果　塗膠器　刮子　顏料塗布均勻　塑膠刮子

塑膠手柄　海綿滾筒

調好的顏色　顏料杯　控制桿　噴嘴　噴槍　均勻的色調　氣孔

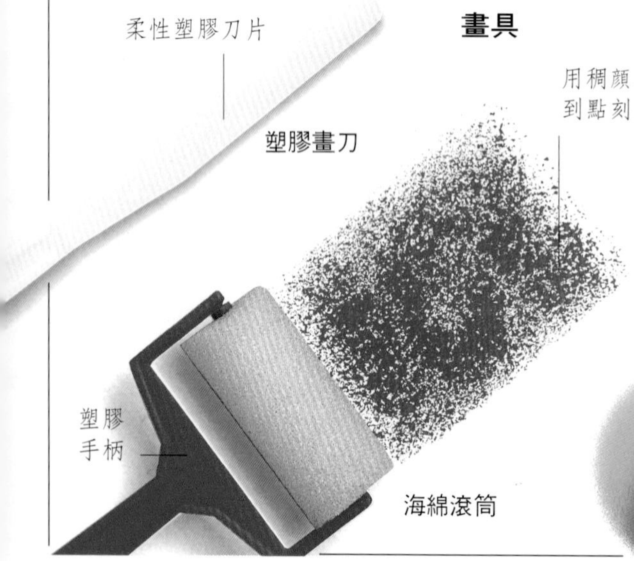

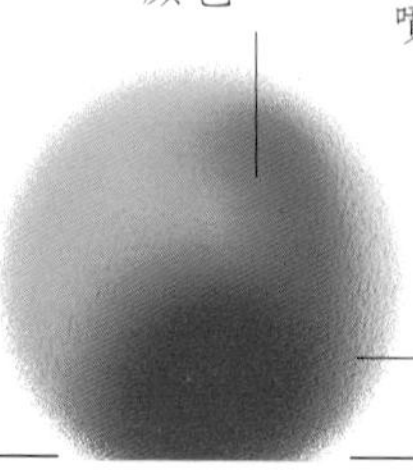

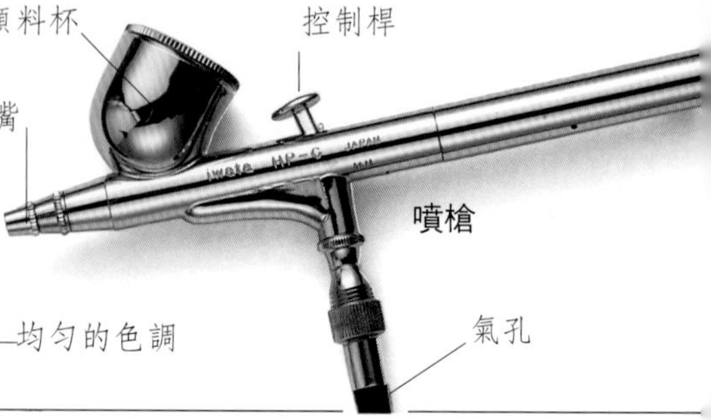

壓克力畫(Acrylics,甲基丙烯酸甲酯)。用於壓克力畫的顏料示例(EXAMPLES OF PAINTS USED IN ACRYLICS):偶氮黃(*Azo yellow*);酞菁綠(*phthalo green*);天藍(*Cerulean blue*);鈦白(*Titanium white*);可棄式紙調色板(*Pad of disposable paper palettes*);焦土黃(*Burnt sienna*);赭黃(*Yellow ochre*);喹吖酮紅(*Quinacridone red*)。畫具(PAINTING TOOLS):塑膠畫刀(PLASTIC PAINTING KNIFE);海綿滾筒(SPONGE ROLLER);塑膠刮子(PLASTIC SCRAPERS);噴槍(AIR-BRUSH)。畫筆圖例(EXAMPLES OF BRUSHES):貂毛

壓克力畫示例
《大飛濺》，大衛‧霍克尼，1967年
帆布上的壓克力畫，95.5×96吋（242.5×243.8公分）

用滾筒均勻塗上的顏料

棉織帆布面

在顏料裡加凝膠劑以提高滾塗區域的平直度

用遮蔽帶粘貼在帆布上，以限定主要外形，用滾筒在此區域內滾塗顏料

游泳池邊沿留下來塗顏料的一條細線

用小筆和較稠的顏料畫飛濺狀

在跳板端部使顏料從遮蔽帶下滲出，造成邊沿模糊

壓克力畫顏料及技法示例

不透明效果

擠壓成形效果

用畫刀塗抹的顏料

紫色壓克力顏料

黃色壓克力顏料

橙色壓克力顏料

透明的水彩效果

半透明的厚塗光滑面

具有粗紋的厚塗層

用水稀釋後的藍色壓克力顏料

加有凝膠劑的綠色壓克力顏料

加有紋理漿的紅色壓克力顏料

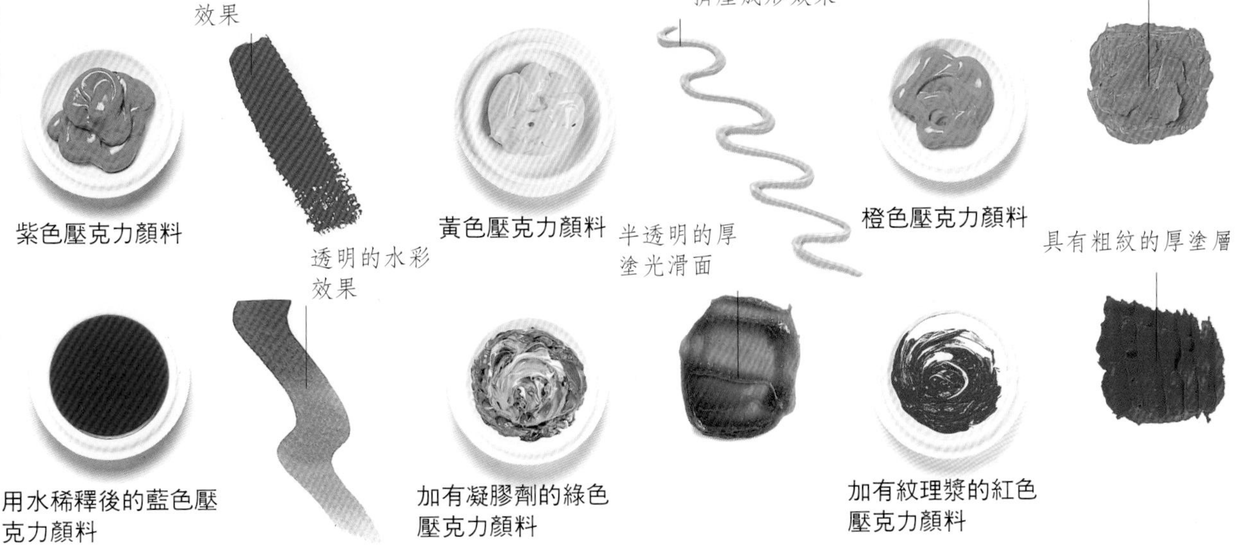

筆(Sable brush)；鬃毛腰帶筆(Bristle sash brush)；人造鬃毛筆(Synthetic bristle brush)；山羊毛筆(Goat hair brush)；牛毛筆(Ox hair brush)；人造毛洗筆(Synthetic wash brush)。**壓克力畫示例**(EXAMPLE OF AN ACRYLIC PAINTING)：《大飛濺》，大衛‧霍克尼,1967年(A Bigger Splash, David Hockney,1967)。**壓克力畫顏料及技法示例**(EXAMPLES OF ACRYLIC PAINTS AND TECHNIQUES)：加有凝膠劑的綠色壓克力顏料(GREEN ACRYLIC PAINT MIXED WITH GEL MEDIUM)；加有紋理漿的紅色壓克力顏料(RED ACRYLIC PAINT MIXED WITH TEXTURE PASTE)。

書法

書法就是形體美觀的文字書寫。這一術語用於書面文字和彩飾（用金箔和色彩裝飾手寫本書籍）。書法所需的基本材料是書寫工具、墨水和書寫面。羽毛管是最早使用的書寫工具之一，通常是用鵝毛或火雞毛做成的，以其柔韌及能寫出細線條而聞名。然而，羽毛管筆尖不能經久耐用，需要經常修剪和整理。西方書法最常用的書寫工具是安裝在筆桿上的可拆卸的金屬筆尖。金屬筆尖經久耐用，種類很多。特殊類型的筆尖 — 如銅片筆尖、滾珠筆尖和球形簽字筆尖 — 也用於特殊的書寫體。有的筆尖與貯墨水膽連在一起；另一些筆尖則是可與貯墨水膽分開的。也可用毛筆書寫、描字和修飾圖案。其他書寫工具還有自來水筆、氈尖筆、羅特林筆和蘆桿筆。書法用墨有液體或固體的。墨塊加蒸餾水可以研磨成墨汁。書寫最常用的平面是質量好、表面平整的紙張。為了達到最佳的書寫位置，書寫者可將紙放在有一定角度的繪圖板上。

毛筆書法用品

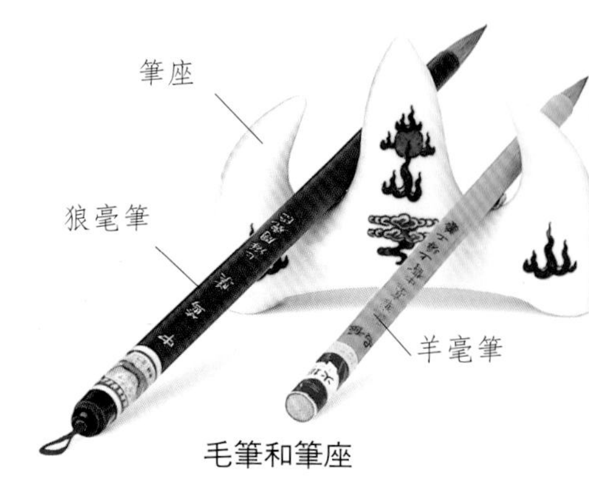

筆座
狼毫筆
羊毫筆

毛筆和筆座

用墨加蒸餾水研磨成的墨汁

千秋光

墨條（固體碳素墨塊）

硯台

墨及硯台

書法用的筆、筆尖和毛筆

筆桿

銅片筆尖　　滾珠筆尖

氈尖筆

球形簽字筆尖和可拆式貯墨水膽

羅特林筆

羊毫斗筆

狼毫斗筆

蘆桿筆

羽毛

剝成適於手握的羽毛

扁貂毛筆

永久黑墨水瓶

吸墨水管

自來水筆和墨水

吸墨水管

筆套夾

細尖貂毛筆

手削筆尖　鵝毛管筆

筆尖

筆套

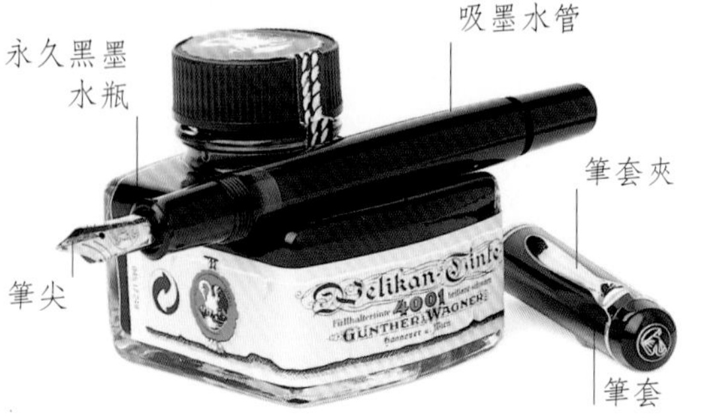

書法（Calligraphy）。**書法用的筆、筆尖和毛筆**：銅片筆尖(COPPERPLATE NIB)；滾珠筆尖(SPEEDBALL NIB)；氈尖筆(FELT-TIPPED PEN)；球形簽字筆尖和可拆式貯墨水膽(ROUND-HAND NIB AND DETACHABLE INK RESERVOIR)；羅特林筆(ROTRING PEN)；蘆桿筆(REED PEN)；扁貂毛筆(SQUARE SABLE BRUSH)；鵝毛管筆(GOOSE-FEATHER QUILL)。**毛筆書法用品**：墨及硯台(INK STICK AND STONE)；羊毫筆(GOAT HAIR BRUSH)；狼毫筆(WOLF HAIR BRUSH)；筆座(*Brush rest*)；墨條(固體碳素墨塊)(*Solid carbon ink stick*)。**自來水筆和墨水**(FOUNTAIN PEN AND INK)。**書法字體示例**：大寫羅馬字母(ROMAN CAPITALS)；斜體羅馬字

書法字體示例

頂點
環形（碗狀）
曲形筆畫
豎筆
內部空白
豎筆
豎筆
字臂
空白
橫筆
筆畫間空白
空白
空白

大寫羅馬字母

中國書法

宣紙
闊刷筆畫
「壽」字，意爲長壽
書法家名印簽章

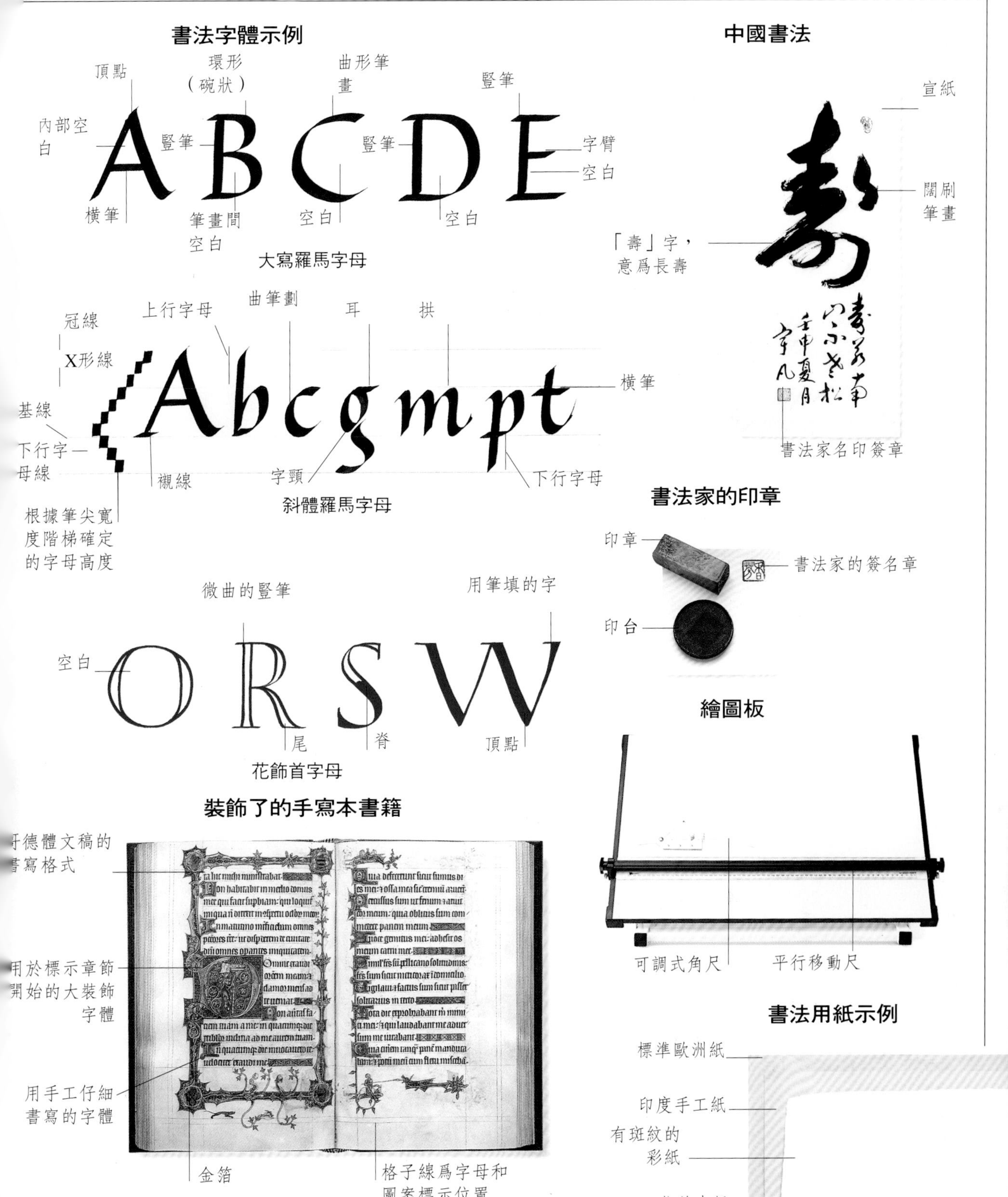

冠線
上行字母
曲筆劃
耳
拱
X形線
橫筆
基線
下行字母線
襯線
字頸
下行字母
根據筆尖寬度階梯確定的字母高度

斜體羅馬字母

書法家的印章

印章
書法家的簽名章
印台

繪圖板

微曲的豎筆
用筆填的字
空白
尾
脊
頂點

花飾首字母

可調式角尺
平行移動尺

裝飾了的手寫本書籍

哥德體文稿的書寫格式
用於標示章節開始的大裝飾字體
用手工仔細書寫的字體
金箔
格子線爲字母和圖案標示位置

書法用紙示例

標準歐洲紙
印度手工紙
有斑紋的彩紙
仿羊皮紙

母(ITALIC ROMAN)；花飾首字母(VERSAL)。**裝飾了的手寫本書籍**：哥德體文稿的書寫格式(*Style of lettering called Gothic book script*)。**中國書法**：宣紙(*Rice paper*)；闊刷筆畫(*Broad brushstroke*)。**繪圖板**(DRAWING BOARD)：可調式角尺(*Adjustable set square*)。**書法用紙示例**：標準歐洲紙(*Standard European paper*)；印度手工紙(*Indian handmade paper*)；有斑紋的彩紙(*Flecked, tinted paper*)；仿羊皮紙(*Imitation parchment paper*)。

版畫 1

版畫有四種基本印製工藝，即凹版、平板、凸板和網版。凹版畫的線條是用銳利的金屬工具雕刻，或利用酸對金屬的腐蝕作用蝕刻在金屬板上，蝕刻時用耐酸基質保護不應腐蝕的區域。然後將金屬板上油墨，再擦拭，使線槽內填滿油墨，而平面卻保持乾淨。將濕紙鋪在板上，然後將紙和金屬板一起通過蝕刻印刷機的滾筒。滾筒壓力將紙壓進線槽，使其沾上油墨，紙上即留下印痕。平版畫是根據油水不相容的原理進行印製的。採用油性介質，如製版油墨（平版油墨）將圖像繪製到平面上— 通常為石板或金屬板，用酸性溶液（如阿拉伯樹膠）將油性的圖像固定到板面上，然後把表面打濕，滾上油墨。油墨只沾到油性區，其餘被水排斥。將紙置於板上，用壓印機壓印。印製凸版畫時，用圓鑿、刀和其他工具削掉木塊或油氈塊的非印刷區，留下浮雕般突起的印刷區，然後滾上油墨，將紙鋪在沾上油墨的版面上並用壓印機壓印或磨擦紙背面的方法加壓。凸版畫最常用的形式是木刻、木雕和油氈浮雕。網版畫的印刷平面是繃在木框架上的絲網。將一塊模版放在絲網上蓋住非印刷區，油墨通過網目即製出所需圖像。

四種主要版畫印刷工藝

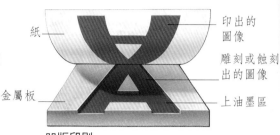

凹版印刷

紙｜印出的圖像｜雕刻或蝕刻出的圖像｜金屬板｜上油墨區

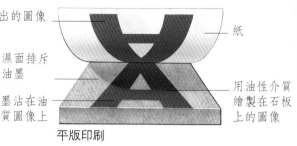

平版印刷

印出的圖像｜紙｜濕面排斥油墨｜油墨沾在油質圖像上｜用油性介質繪製在石板上的圖像

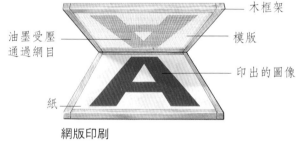

凸版印刷

紙｜印出的圖像｜突出的圖像木板｜上過油墨的表面

網版印刷

木框架｜模版｜油墨受壓通過網目｜印出的圖像｜紙

皮革上墨墊

凹版印刷用的設備

搖桿　　劃線器　　刻花滾輪　　刮刀　　拋光器　　夾具

版畫1（Printmaking 1）。**凹版印刷用的設備**(EQUIPMENT USED IN INTAGLIO PRINTING)：皮革上墨墊(LEATHER INK DABBER)；搖桿(ROCKER)；劃線器(SCRIBER)；刻花滾輪(ROULETTE)；刮刀(SCRAPER)；拋光器(BURNISHER)；夾具(CLAMP)。**四種主要版畫印刷工藝**(THE FOUR MAIN PRINTING PROCESSES)：凹版印刷(INTAGLIO)；平版印刷(LITHOGRAPHIC)；凸版印刷(RELIEF)；網版印刷(SCREEN)。**用於凹版印刷的蝕刻壓印機**(ETCHING PRESS)：滑動床(板)[Sliding bed(plank)]；毛氈墊層緩和並分配來自滾筒的壓力(Felt

用於凹版印刷的蝕刻壓印機

轉輪

紙

毛氈墊層緩和並分配來
自滾筒的壓力

螺旋壓力
調節器

輪輻

手柄

螺旋壓力
調節器

主滾筒

定位導塊

印出的圖像

上了油墨的
銅板

介於兩鋼滾之間
的滑動床（板）

版畫紙示例

滾筒材質

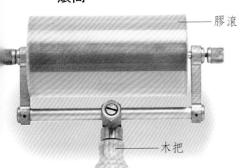

將腐蝕性油墨
滾壓到金屬板
上的一種抗腐
蝕性材質

滾筒

膠滾

木把

凹版畫示例
《戴遮陽帽的安妮》，喬克・麥克法登，1993年
蝕刻銅版畫，16×15.75吋（41×40公分）

blanket cushions and distributes pressure exerted by rollers)；螺旋壓力調節器(Screw pressure adjustor)；定位導塊(Position guide)；將腐蝕性油墨滾壓到金屬板上的一種抗腐蝕性材質(Acid-resistant ground rolled onto metal plate before etching)。**凹版畫示例**(EXAMPLE OF AN INTAGLIO PRINT)：《戴遮陽帽的安妮》，喬克・麥克法登，1993年(Annie with a Sun Hat,Jock McFadyen,1993)。

版畫 2

平版石印及印刷品示例

《王宮2號大門》，曼迪‧邦尼爾，1987年
平版畫，19.5×15.75吋（50×40公分）

石板上畫出的圖像　　　　　平版畫

網版印刷品圖例

《海變》，派屈克‧休斯，1992年
網版畫，30×37吋（77×94.5公分）

網版和橡膠輥

橡膠輥
橡皮板
網目
木框

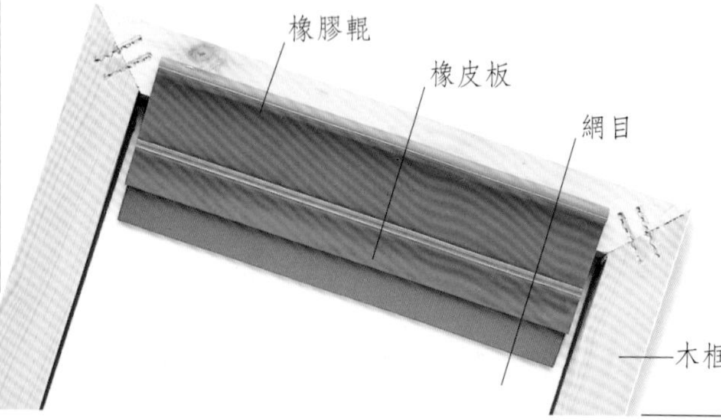

平版印刷使用的器材

碳棒和托柄

平版鉛筆

製版墨（平版油墨）筆

擦條

可膨脹海綿

製版墨（平版油墨）塊

油墨輥

擦墨

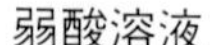

弱酸溶液　　　阿拉伯膠水

水基網版印墨

藍色壓克力墨水　　紅色壓克力墨水　　褐色紡織品墨水

版畫2 (Printmaking 2)。**平版石印**(LITHOGRAPHIC STONE)**及印刷品示例**：《王宮2號大門》，曼迪‧邦尼爾,1987年(*Crown Gateway 2, Mandy Bonnell,* 1987)；**平版畫**(LITHOGRAPHIC PRINT)。**網版印刷品圖例**(EXAMPLE OF A SCREEN PRINT)：《海變》，派屈克‧休斯,1992年(*Sea Change, Patrick Hughes,*1992)。**平版印刷使用的器材**：碳棒和托柄(CRAYON AND HOLDER)；平版鉛筆(LITHOGRAPHIC PENCIL)；製版墨(平版油墨)筆[TUSCHE(LITHOGRAPHIC INK)PEN]；擦條(ERASING STICK)；可膨脹海綿(EXPANDABLE

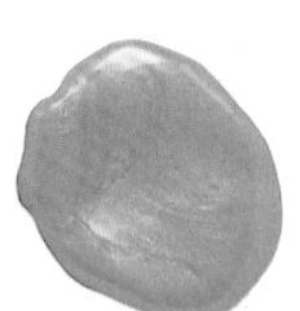

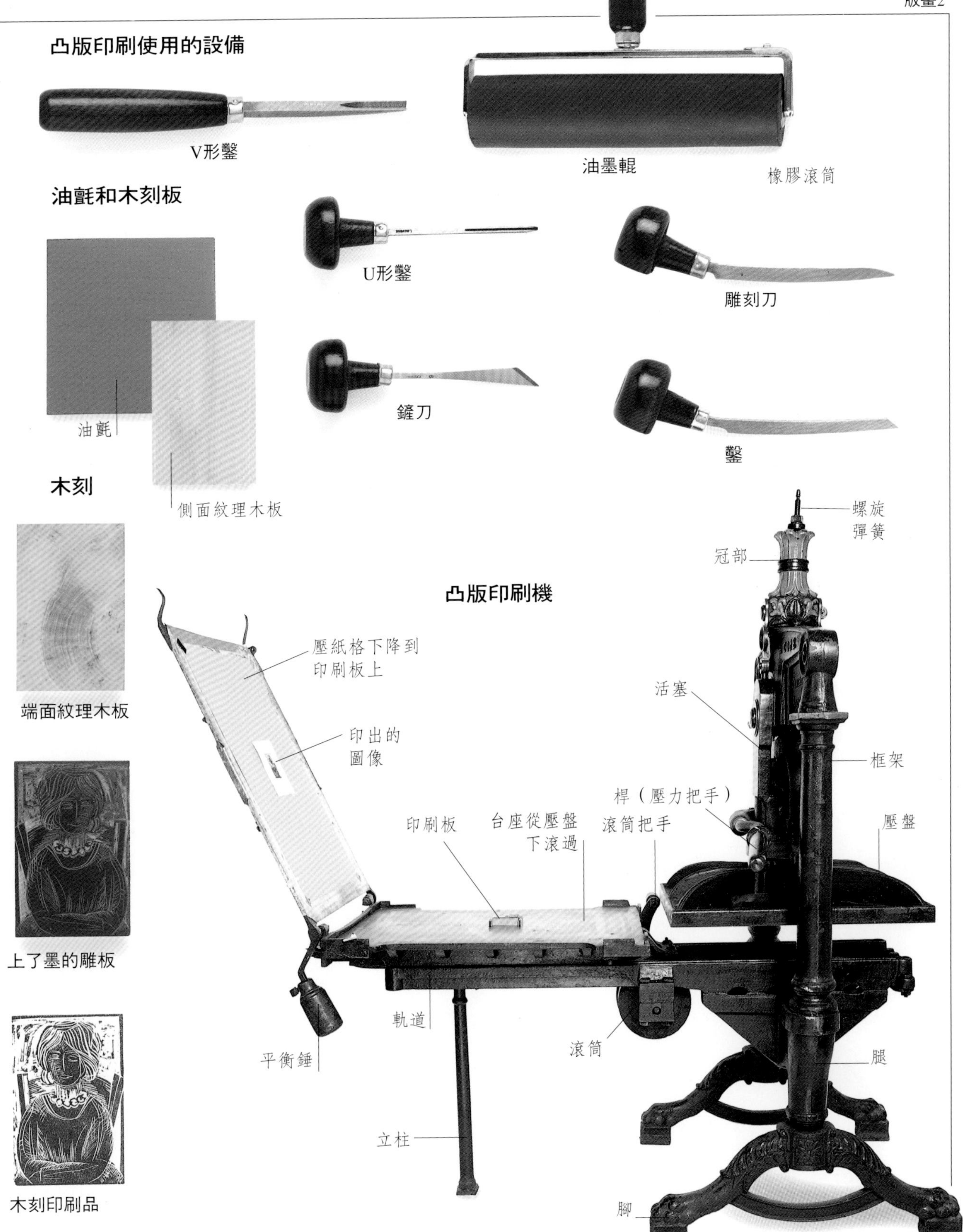

凸版印刷使用的設備

V形鑿

油墨輥

橡膠滾筒

油氈和木刻板

U形鑿

雕刻刀

鏟刀

鑿

油氈

側面紋理木板

木刻

端面紋理木板

上了墨的雕板

木刻印刷品

凸版印刷機

螺旋彈簧

冠部

活塞

框架

壓盤

壓紙格下降到印刷板上

印出的圖像

桿（壓力把手）

滾筒把手

印刷板

台座從壓盤下滾過

軌道

滾筒

腿

平衡錘

立柱

腳

SPONGE）；擦墨(RUBBING INK)；油墨輥(INK ROLLER)；弱酸溶液(MILD ACIDIC SOLUTION)；阿拉伯膠水(GUM ARABIC SOLUTION)。**水基網版印墨**(WATER-BASED SCREEN PRINTING INKS)：藍色壓克力墨水(BLUE ACRYLIC INK)；褐色紡織品墨水(BROWN TEXTILE INK)。**凸版印刷使用的設備**(EQUIPMENT USED IN RELIEF PRINTING)：鏟刀(KNIFE)；雕刻刀(GRAVER)；鑿(SCORPER)。**凸版印刷機**(RELIEF-PRINTING PRESS)：壓紙格下降到印刷板上*(Tympan lowered onto printing block)*；平衡錘*(Counterweight)*。

鑲嵌畫

鑲嵌畫是一種用鑲嵌物（小的彩色玻璃片、大理石或其他材料）製作圖形和圖案的藝術。不同的材料採用不同的工具切割成鑲嵌塊。藍玻璃（玻璃琺瑯）和大理石是用錘和嵌在圓木中的鑿（尖角的刀刃）切割成小片。玻璃則用一對夾鉗切成小片。製作鑲嵌畫可用直接法，也可用間接法。直接法是將鑲嵌物直接嵌進水泥基粘結劑的基底中，間接法則是先將設計圖案繪製在紙或布上，然後用水溶膠將鑲嵌物面朝下粘貼在紙或布上。用泥刀將粘結劑抹到諸如牆壁之類的固體表面，而將鑲嵌畫背面嵌進粘結劑裡。最後，紙或布被浸濕脫落，露出鑲嵌畫。可用砂漿填注鑲嵌片之間的縫隙。將砂漿刮子刮過鑲嵌畫面，使砂漿壓進縫隙。鑲嵌畫常用於裝飾牆壁和地面，但也可用在較小的物品上。

切割大理石的器具

準備切成小方塊的大理石條

鑲嵌錘

艾麗坎特（紅大理石）塊

嵌在圓木裡的（尖角的刀刃）

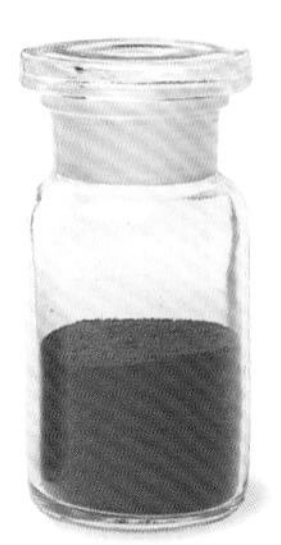

鑲嵌畫示例（直接法）

特沙·亨琴的《海景》，1993年
板上玻璃琺瑯鑲嵌畫，直徑31.5吋（80公分）

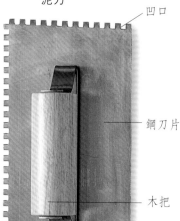

玻璃琺瑯

紅玻璃琺瑯

黃玻璃琺瑯

藍玻璃琺瑯

金片玻璃琺瑯

夾鉗

耐磨的碳化鎢尖

帶膠套的鉗把

鑲嵌畫工具

水泥基粘接劑

薄膠泥

泥刀

凹口

鋼刀片

木把

膠泥刮子

木把

橡膠片

鑲嵌畫（Mosaic）。**鑲嵌畫示例(直接法)**[EXAMPLE OF A MOSAIC(DIRECT METHOD)]：特沙·亨琴的《海景》，1993年(Seascape, Tessa Hunkin)；板上玻璃琺瑯鑲嵌畫(Smalti mosaic on board)。**切割大理石的器具**(EQUIPMENT FOR BREAKING MARBLE))：鑲嵌錘(Mosaic hammer)；艾麗坎特(紅大理石)塊[Alicante(red marble)pieces]。**鑲嵌畫工具**(MOSAIC TOOLS)：夾鉗(PLIERS)；水泥基粘接劑(CEMENT-BASED ADHESIVE)；薄膠泥(GROUT)；泥刀(TROWEL)；膠泥刮子(GROUTING SQUEEGEE)；耐磨的碳化鎢尖

鑲嵌畫製作步驟（間接法）

色稿
用油彩畫出色稿，使人對尚未完成的鑲嵌畫外觀有了清晰的概念

反面圖像
鑲嵌材料面朝下反貼在紙上，然後將鑲嵌畫嵌在固體表面上並取下紙

鑲嵌盆

幾何圖案

薄膠泥

清眞寺的鑲嵌圖案

花紋圖案

幾何圖樣花邊

鑲嵌片鋪砌線

膠泥填注鑲嵌片之間的縫隙

鑲嵌在板上的鑲嵌片

用夾鉗夾成三角形的玻璃搪瓷

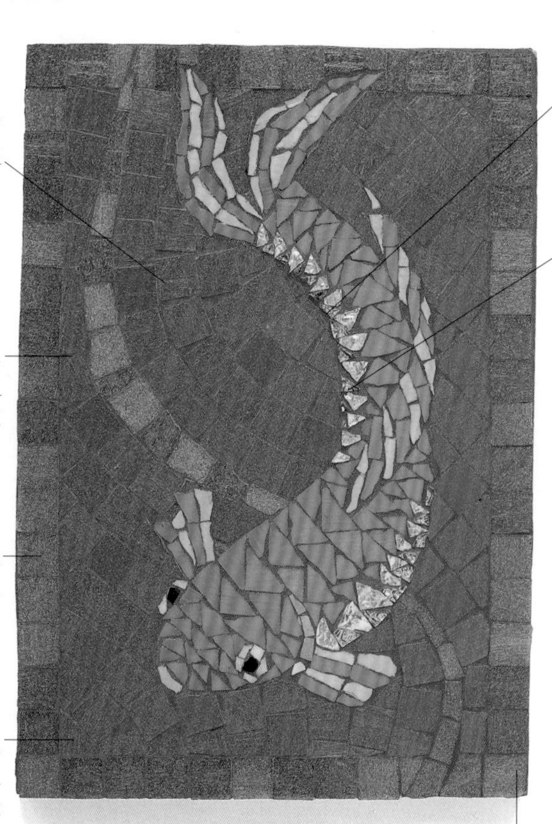

完成了的鑲嵌畫，《金魚》，
特沙‧亨琴，1993年，板上玻璃搪瓷鑲嵌畫，14×10吋
（35.5×25.5公分）

具有波紋表面的金色鑲嵌塊

倒置的金色鑲嵌塊

玻璃搪瓷

帶金色片的綠色玻璃搪瓷

無花紋的成品

有波紋的成品

藍色玻璃搪瓷

紅色玻璃搪瓷

整幅的玻璃搪瓷

方形玻璃搪瓷邊框

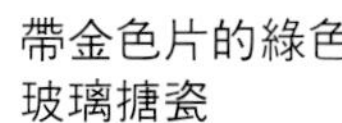

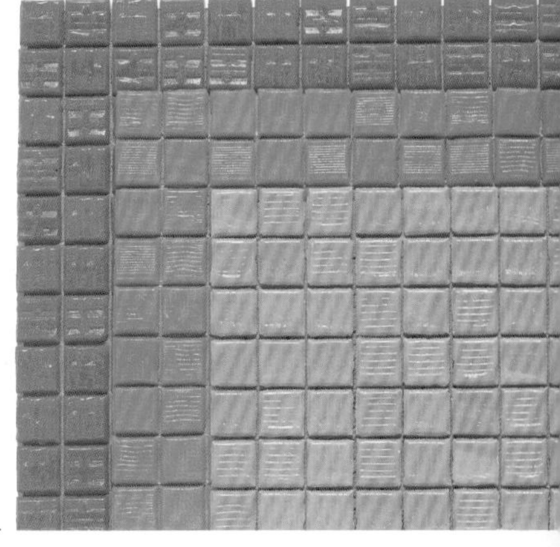

(Hardwearing, tungsten carbide tip)。**鑲嵌畫製作步驟(間接法)**[STAGES IN THE CREATION OF A MOSAIC(INDIRECT METHOD)]：色稿(COLOR SKETCH)；反面圖像(REVERSE IMAGE)；完成了的鑲嵌畫(FINISHED MOSAIC)，《金魚》，特沙‧亨琴，1993年(Goldfish,Tessa Hunkin,1993)；板上玻璃搪瓷鑲嵌畫(Vitreous glass mosaic on board)。

雕塑 1

雕刻和塑型是兩種傳統的雕塑技法。雕刻是將塊狀硬材料如石頭、大理石或木頭的多餘部分切除而做成的藝術品。雕刻工具隨被雕刻的材料而有所不同。雕刻石頭和大理石一般採用鎯頭敲打重的金屬尖、爪形刀（銷）和鑿的方法；而雕木頭則用木槌敲打鑿子。用硬質材料做成的雕塑通常要用木銼、來福線銼和其他研磨器械加以最後修整。塑型工藝是用有延展性的材料如粘土、石膏和石蠟等塑造形象。材料用端頭縛金屬絲的工具切開，再用手指或各種硬木及金屬製的器械造型。對大或複雜的造型，用金屬或木頭做的框架作外部支承。軟材料做成的雕塑可讓其自然變硬，也可在窯裡燒焙，使其更加堅固。造型雕塑通常是先用蠟或其他材料做成稿樣，然後用金屬（參見454-455頁）如青銅鑄造。二十世紀，許多新材料得到開發，這樣，雕塑家便可以用各種新技術進行試驗，如**結構式雕塑**（將預製的形體零件像機械零件、鏡片和家具那樣組合在一起）**和動態（活動）雕塑**。

2.5磅（1.1公斤）鐵錘頭

槐木把

手錘

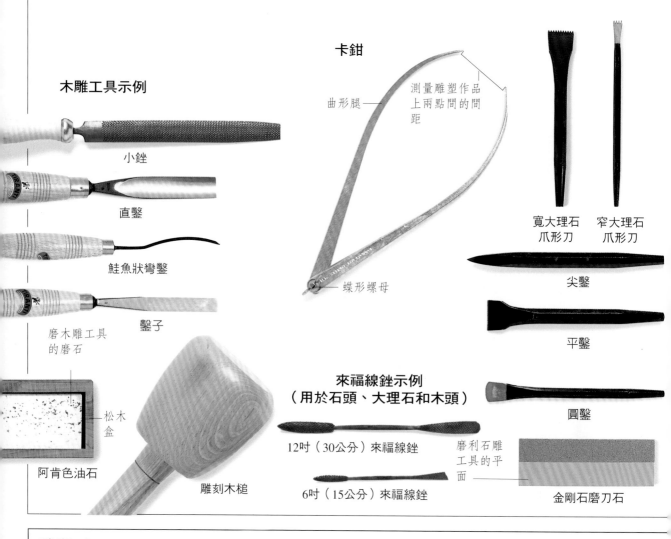

木雕工具示例

小銼

直鑿

鮭魚狀彎鑿

鑿子

磨木雕工具的磨石

阿肯色油石

松木盒

雕刻木槌

卡鉗

曲形腿

測量雕塑作品上兩點間的間距

蝶形螺母

來福線銼示例
（用於石頭、大理石和木頭）

12吋（30公分）來福線銼

6吋（15公分）來福線銼

寬大理石爪形刀　窄大理石爪形刀

尖鑿

平鑿

圓鑿

磨利石雕工具的平面

金剛石磨刀石

雕塑1(Sculpture 1)：結構式雕塑和動態(活動)雕塑[construction and kinetic(mobile)sculpture]。**木雕工具示例**(EXAMPLES OF WOOD-CARVING TOOLS)：小銼(CABINET RASP)；直鑿(STRAIGHT GOUGE)；鮭魚狀彎鑿(SALMON BEND GOUGE)；鑿子(CHISEL)；阿肯色油石(ARKANSAS HONE-STONE)；雕刻木槌(CARVING MALLET)。**卡鉗**(CALLIPERS)：蝶形螺母(*Wing nut*)。**來福線銼**(RIFFLERS)。**大理石雕刻工具示例**(EXAMPLES OF MARBLE-CARVING TOOLS)：手錘(LUMP HAMMER)；寬大理石爪形刀(WIDE MARBLE CLAW)；尖鑿(POINT)；平鑿(FLAT CHISEL)；圓鑿(BULLNOSE CHISEL)；金剛石磨刀石(DIAMOND

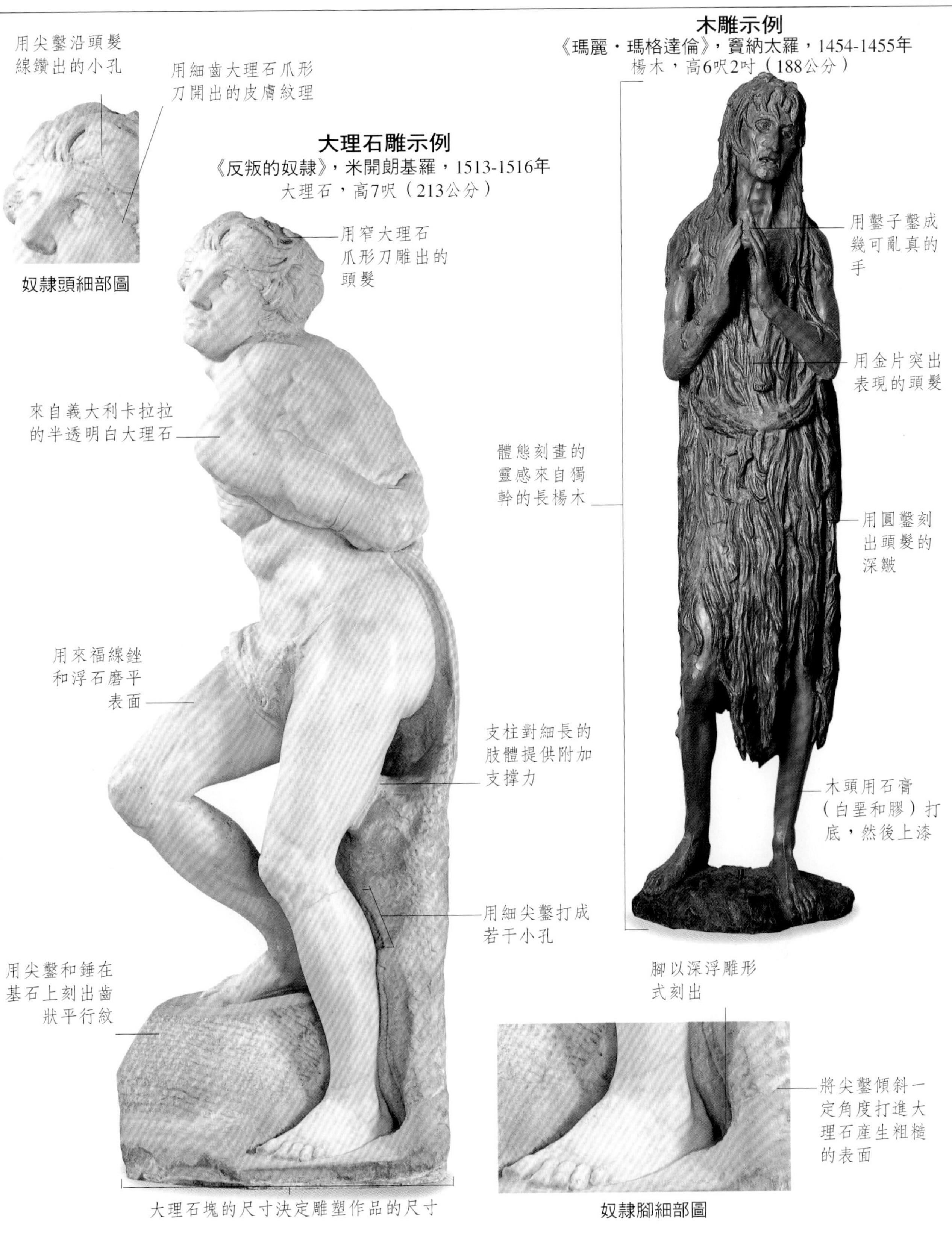

用尖鑿沿頭髮線鑽出的小孔

用細齒大理石爪形刀開出的皮膚紋理

奴隸頭細部圖

大理石雕示例
《反叛的奴隸》，米開朗基羅，1513-1516年
大理石，高7呎（213公分）

用窄大理石爪形刀雕出的頭髮

來自義大利卡拉拉的半透明白大理石

用來福線銼和浮石磨平表面

用尖鑿和錘在基石上刻出齒狀平行紋

支柱對細長的肢體提供附加支撐力

用細尖鑿打成若干小孔

大理石塊的尺寸決定雕塑作品的尺寸

木雕示例
《瑪麗・瑪格達倫》，賓納太羅，1454-1455年
楊木，高6呎2吋（188公分）

用鑿子鑿成幾可亂真的手

用金片突出表現的頭髮

體態刻畫的靈感來自獨幹的長楊木

用圓鑿刻出頭髮的深皺

木頭用石膏（白堊和膠）打底，然後上漆

腳以深浮雕形式刻出

將尖鑿傾斜一定角度打進大理石產生粗糙的表面

奴隸腳細部圖

WHETSTONE)。**大理石雕示例**(EXAMPLE OF A CARVED MARBLE SCULPTURE)：《反叛的奴隸》，米開朗基羅*(The Rebel Slave,Michelangelo)*；來自義大利卡拉拉的半透明白大理石*(Translucent white marble,quarried at Carrara, Italy)*；腳以深浮雕形式刻出*(Foot carved in deep relief)*。**木雕示例**(EXAMPLE OF A CARVED WOOD SCULPTURE)：《瑪麗・瑪格達倫》，賓納太羅*(Mary Magdalene, Donatello)*；木頭用石膏(白堊和膠)打底，然後上漆*[Wood prepared with gesso(chalk and glue)and painted]*。

雕塑 2

造型工具示例

端頭縛金屬絲的切削工具

曲線造型工具

端頭有刮勺的蠟造型工具

圓頭蠟造型工具

銅修磨工具示例

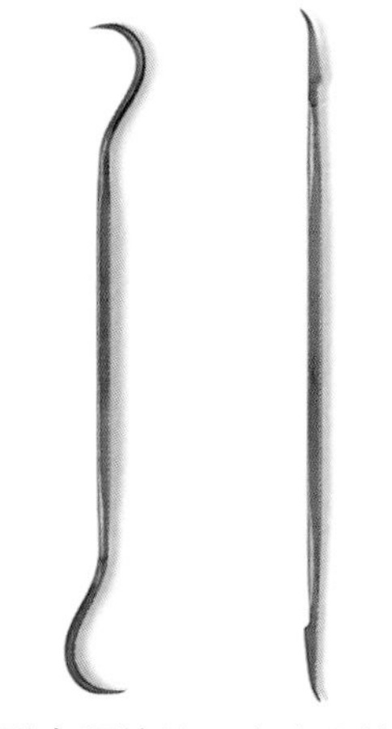

勾形來福線銼　　尖來福線銼

酒精燈
（用於加熱蠟造型工具）

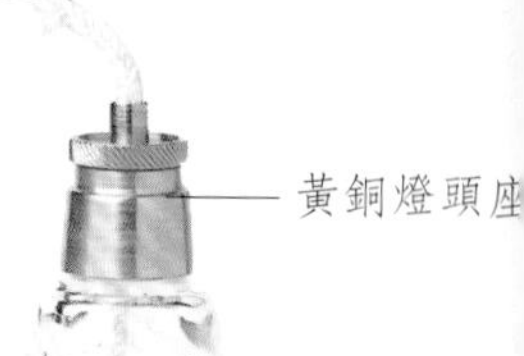

燈蕊

黃銅燈頭座

玻璃碗

變性酒精（即攙
有甲醇的酒精）

失蠟澆鑄法步驟
根據吉安波羅納約1546年的原作《馬爾斯》製作

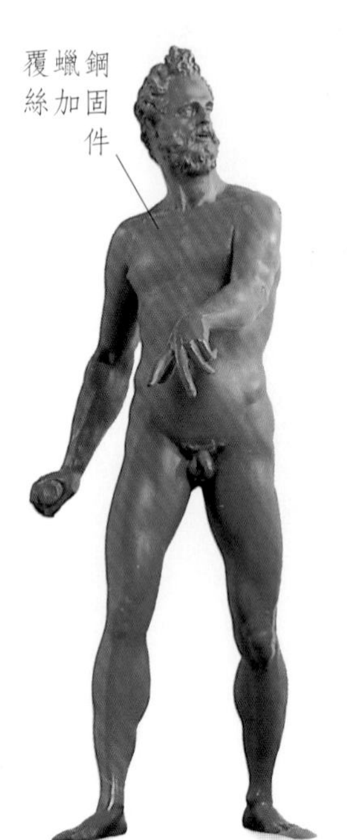

覆蠟鋼
絲加固
件

原始模型
製出原始的固體蠟模型，
並加以保護，這樣，即可
鑄造出無數複製品

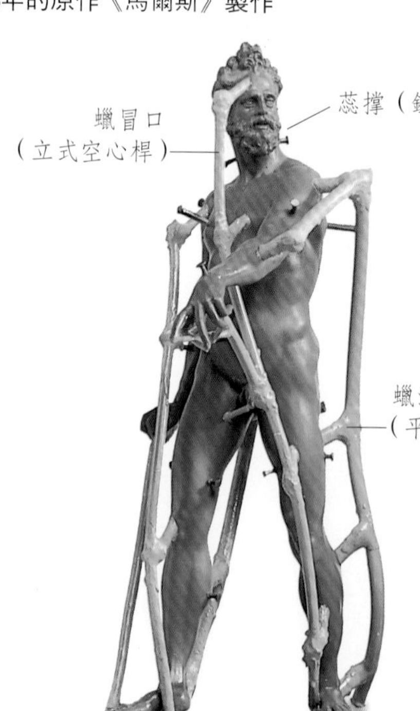

蠟冒口
（立式空心桿）

蕊撐（鐵釘）

蠟流道
（平行空心桿）

澆鑄出中空蠟形體
用原始模型鑄出一個新的空心蠟模
型，此模型充填石膏蕊，用釘固定位
置。配有蠟冒口和蠟流道

耐火泥

型體在鑄模中烘焙
模型用泥包覆並烘焙；蠟熔化並
通過蠟桿形成的流道流掉，由熔
融的青銅取而代之

雕塑 2 (Sculpture 2)。造型工具示例(EXAMPLES OF MODELING TOOLS)：端頭縛金屬絲的切削工具
(WIRE-ENDED CUTTING TOOL)；曲線造型工具(CURVED MOLDING TOOL)；端頭有刮勺的蠟造型工具
(SPATULA-ENDED WAX MODELING TOOL)；圓頭蠟造型工具(ROUNDED WAX MODELING TOOL)。銅修磨工
具示例(EXAMPLES OF BRONZE FINISHING TOOLS)：勾形來福線銼(HOOKED RIFFLER)；尖來福線銼
(POINTED RIFFLER)。失蠟澆鑄法(THE LOST-WAX METHOD OF CASTING)步驟：根據吉安波羅納約1546年
的原作《馬爾斯》製作(Based on Mars, Giambologna, c.1546)；澆鑄出中空蠟形體(HOLLOW WAX

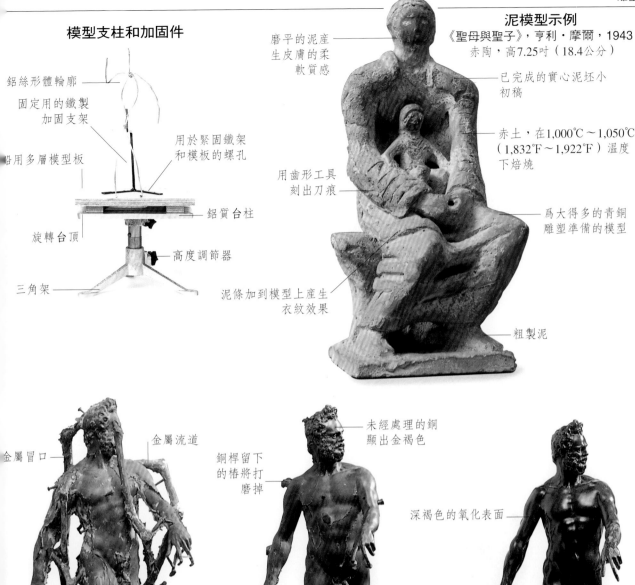

模型支柱和加固件

鋁絲形體輪廓

固定用的鐵製加固支架

船用多層模型板

旋轉台頂

三角架

用於緊固鐵架和模板的螺孔

鋁質台柱

高度調節器

泥模型示例

《聖母與聖子》，亨利·摩爾，1943
赤陶，高7.25吋（18.4公分）

磨平的泥產生皮膚的柔軟質感

已完成的實心泥坯小初稿

赤土，在1,000℃～1,050℃（1,832℉～1,922℉）溫度下焙燒

用齒形工具刻出刀痕

為大得多的青銅雕塑準備的模型

泥條加到模型上產生衣紋效果

粗製泥

金屬冒口

金屬流道

釘子留下的孔眼可用青銅插入封補

塑像從泥胎中脫出
青銅冷卻後，泥模破裂，露出青銅像和固體的金屬流道及冒口

未經處理的銅顯出金褐色

銅桿留下的椿將打磨掉

塑像完成
拔出鐵釘，留出的一個大孔是供取出石膏蕊用的。鋸掉金屬桿後，再修磨塑像，修整表面

深褐色的氧化表面

修整過的塑像
最後修整作品並打磨光。用化學方法處理表面可獲得仿古銅（上色）效果

FIGURE IS CAST）；型體在鑄模中烘焙(FIGURE IS BAKED IN CASTING MOLD)；仿古銅(上色)效果*[artificial patina(coloring)]*；覆蠟鋼絲加固件*(Waxcovered wire armature)*。**模型支柱和加固件**(MODELING STAND AND ARMATURE)：船用多層模型板*(Marine ply modeling board)*。**泥模型示例**(EXAMPLE OF A CLAY MODEL)：《聖母與聖子》，亨利·摩爾,1943(Madonna and Child, Henry Moore)；赤陶*(Terracotta)*；已完成的實心泥坯小初稿*[Maquette(small sketch)modeled from a solid lump of clay]*；粗製泥*(Roughly worked clay)*。

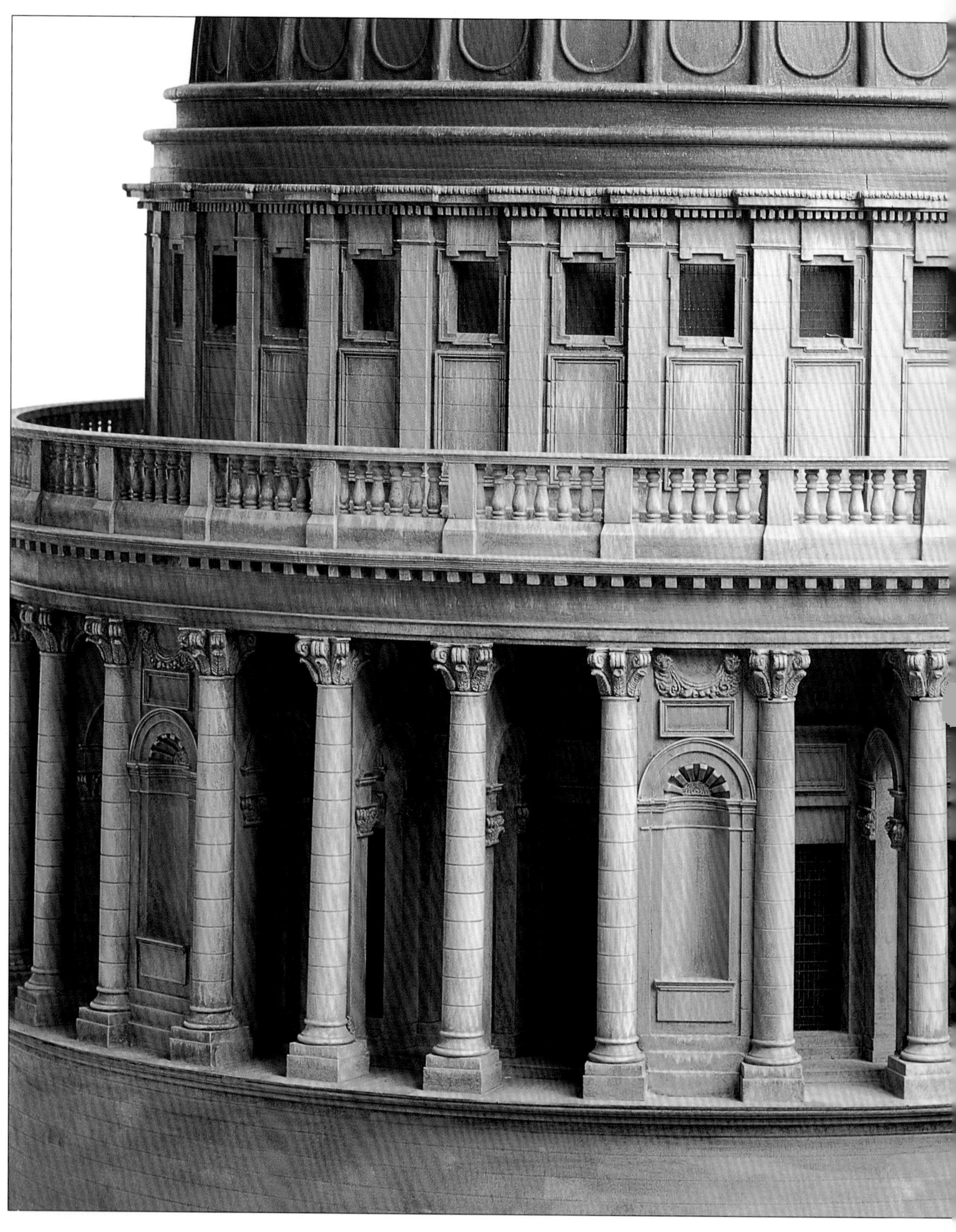

建築篇
ARCHITECTURE

古埃及建築(Ancient Egypt) 458
古希臘建築(Ancient Greece) 460
古羅馬建築 1(Ancient Rome 1) 462
古羅馬建築 2(Ancient Rome 2) 464
中世紀城堡和住宅
(Medieval castles and houses) 466
中世紀教堂(Medieval churches) 468
哥德式建築 1(Gothic 1) 470
哥德式建築 2(Gothic 2) 472
文藝復興時期建築 1(Renaissance 1) 474
文藝復興時期建築 2(Renaissance 2) 476
巴洛克和新古典主義建築 1
(Baroque and neoclassical 1) 478
巴洛克和新古典主義建築 2
(Baroque and neoclassical 2) 480
巴洛克和新古典主義建築 3
(Baroque and neoclassical 3) 482
拱和拱頂建築(Arches and vaults) 484
穹窿建築(Domes) 486
伊斯蘭回教建築(Islamic buildings) 488
東亞和南亞建築(South and east Asia) 490
19世紀建築(The 19th century) 492
20世紀初期建築
(The early 20th century) 494
現代建築 1(Modern buildings 1) 496
現代建築 2(Modern buildings 2) 498

古埃及建築

古埃及文明（約從公元前3000年至公元前30年被羅馬帝國吞併為止）以其神廟和陵墓而出名。埃及神廟大多龐大，且具有幾何性，例如愛默—瑞神廟（見下圖和右圖）。它們通常裝飾有象形文字（用於圖面文字的神聖符號），和彩繪神、法老（國王）和王后的浮雕。對於相信人死後會在來世復活的埃及人來說，陵墓尤其顯得重要。出於使死者舒適的想法，陵墓常予以裝飾，如假門周圍的裝飾（見下頁）。最著名的古埃及陵墓是**金字塔**(Pyramids)。金字塔是以太陽光線為象徵而設計的。古埃及的許多建築形式後來被其他文明人採用，例如，柱子和柱頭後來被古希臘人和古羅馬人（分別見460-461和462-465頁）所採用。

愛默—瑞神廟多柱式大廳正面圖

- 裝飾有凹弧線腳飾的檐口
- 紙莎草形柱頭
- 額枋
- 紙莎草形苞形柱頭
- 柱腳
- 側廊
- 中殿
- 側廊

埃及卡奈克愛默—瑞神廟柱形大廳側視圖，約西元前1290年

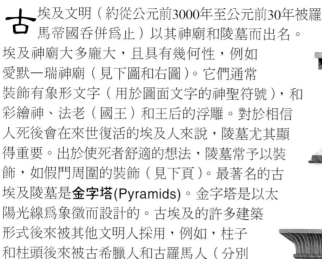

- 霍拉斯，太陽神
- 額枋
- 構成側廊平屋頂的石板

- 帶圓盤圖騰的卡普瑞西王冠
- 孔絲，月神
- 愛默—瑞，眾神之王
- 哈索爾，天空女神
- 紙莎草花紋
- 包含法老王（國王）稱號的橢圓圖形（橢圓形邊）
- 柱腳
- 南北向側廊

古埃及建築(Ancient Egypt)：金字塔(the pyramids)。**愛默—瑞神廟多柱式大廳正面圖**(FRONT VIEW OF HYPOSTYLE HALL,TEMPLE OF AMON-RE)：裝飾有凹弧線腳飾的檐口(*Cornice decorated with cavetto molding*)；紙莎草形柱頭[*Campaniform(open papyrus)capital*]；額枋(*Architrave*)；側廊(*Side aisle*)；中殿(*Central nave*)。**埃及吉薩、特杰吉法老王的陵墓，刻有象形文字的石灰石假門。約西元前2400年**：楣梁(*Lintel*)；表示一所房屋的象形文字(*Hieroglyph representing a house*)。**埃及卡奈克愛默—瑞神廟柱形大廳側視圖，約西元前1290年**：霍拉斯，太陽神(*Horus,the sun-god*)；頂部通氣窗(*Clerestory*)；帶圓盤圖騰的

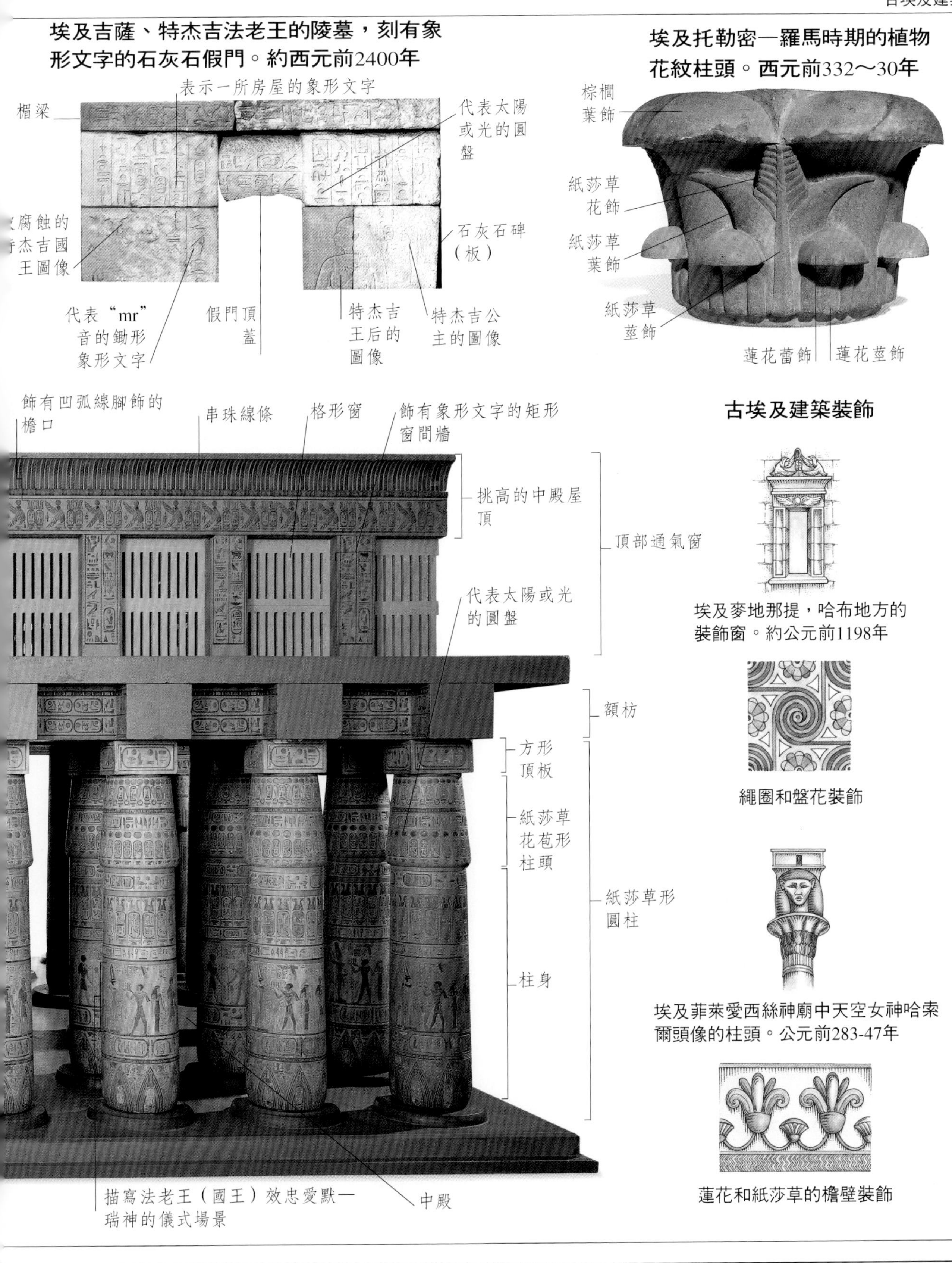

埃及吉薩、特杰吉法老王的陵墓，刻有象形文字的石灰石假門。約西元前2400年

楣梁

表示一所房屋的象形文字

代表太陽或光的圓盤

被腐蝕的特杰吉國王圖像

石灰石碑（板）

代表"mr"音的鋤形象形文字

假門頂蓋

特杰吉王后的圖像

特杰吉公主的圖像

埃及托勒密—羅馬時期的植物花紋柱頭。西元前332～30年

棕櫚葉飾

紙莎草花飾

紙莎草葉飾

紙莎草莖飾

蓮花蕾飾

蓮花莖飾

飾有凹弧線腳飾的檐口

串珠線條

格形窗

飾有象形文字的矩形窗間牆

挑高的中殿屋頂

頂部通氣窗

代表太陽或光的圓盤

額枋

方形頂板

紙莎草花苞形柱頭

紙莎草形圓柱

柱身

描寫法老王（國王）效忠愛默一瑞神的儀式場景

中殿

古埃及建築裝飾

埃及麥地那提，哈布地方的裝飾窗。約公元前1198年

繩圈和盤花裝飾

埃及菲萊愛西絲神廟中天空女神哈索爾頭像的柱頭。公元前283-47年

蓮花和紙莎草的檐壁裝飾

卡普瑞西王冠(Kepresh crown with disc)；孔絲，月神(Chons, the moon-god)；哈索爾，天空女神(Hathor, the sky-goddess)；包含法老王(國王)稱號的橢圓圖形(橢圓形邊)[Cartouche(oval border)containing the titles of the Pharaoh(king)]。**古埃及建築裝飾**：埃及麥地那提，哈布地方的裝飾窗(DECORATED WINDOW, MEDINET HABU, EGYPT)；繩圈和盤花裝飾(ROPE AND PATERAE DECORATION)；埃及菲萊愛西絲神廟(TEMPLE OF ISIS, PHILAE, EGYPT)；蓮花和紙莎草的檐壁裝飾(LOTUS AND PAPYRUS FRIEZE DECORATION)。

古希臘建築

古希臘神廟是按照某種形式和比例以取悅神靈這一信念而修建的。古希臘石柱（風格）有三種，可以從柱子、柱頭（柱子上部）和檐部（柱頭上的結構）的裝飾和比例上加以區別。最古老的是多立克柱頭，它始於西元前7世紀，主要用於希臘本土和西邊的殖民地，例如西西里島和義大利南部。這裡介紹的海神廟是這種柱式建築的典型例子。它是中央無頂，圍柱式的建築物（只被一圈柱子包圍）。約一個世紀後，裝飾更豐富的愛奧尼克柱式建築在愛琴海諸島上發展起來。這種柱式建築的特徵是柱頭螺旋飾（渦旋飾）和山牆飾物（山花飾）。科林斯柱式建築是西元前5世紀在雅典發明的。其典型特徵是柱頭上的爵床葉形雕飾。這種柱式後來在古羅馬建築中被大量使用。

古希臘建築三種柱式的柱頭

頂板
圓形托板
圓形線腳
柱頸飾

希臘雅典衛城朝門（大門）的多立克柱頭。
西元前449年

愛奧尼亞帽頭蓋塊（墊層）
頂板
雷斯博斯葉形圖案
波紋線板
柱頭螺旋飾
渦眼
棕櫚葉飾
有卵箭飾的圓形托板

希臘普林那雅典娜神廟朝門（大門）的愛奧尼克柱頭。
約西元前334年

人面裝飾
頂板
柱頭螺旋飾
莖梗飾
鈴形柱心
爵床葉飾

一個柱廊上的科林斯柱頭
（可能建於小亞細亞）

義大利帕埃斯圖姆海神廟，約西元前460年

山花
多立克檐部
神廟側面（外柱廊）

斜檐口
柱頸飾
束帶飾
三板淺槽飾
板壁間飾
豎溝

礎石
鼓狀柱段
柱座
多立克柱式圓柱

古希臘建築(Ancient Greece)。**古希臘建築三種柱式的柱頭**：圓形線腳(Annulet)；希臘雅典衛城朝門（大門）的多立克柱頭 [DORIC CAPITAL, THE PROPYLAEUM(GATEWAY), THE ACROPOLIS,ATHENS,GREECE]；希臘普林那雅典娜神廟朝門(大門)的愛奧尼克柱頭[IONIC CAPITAL, THE PROPYLAEUM (GATEWAY),TEMPLE OF ATHENA POLIAS,PRIENE,GREECE]；雷斯博斯葉形圖案(*Lesbian leaf pattern*)；愛奧尼亞帽頭蓋塊(墊層)[*Coussinet(cushion)*]；有卵箭飾的圓形托板(*Echinus with egg and dart decoration*)。一個柱廊上的科林斯柱頭(可能建於小亞細亞)[CORINTHIAN CAPITAL FROM A STOA(PORTICO), PROBABLY FROM ASIA MINOR]；爵床葉飾(Acanthus leaf)。**帕埃斯圖姆、海神廟平面**

帕埃斯圖姆、海神廟平面圖

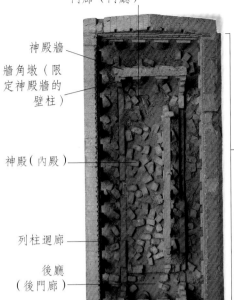

門廊（門廳）

神殿牆

牆角墩（限定神殿牆的壁柱）

神殿（內殿）

列柱迴廊

後廳（後門廊）

神廟側面（外柱廊）

六柱式柱廊

古希臘建築裝飾

柱頭螺旋飾

希臘邁錫尼阿特魯斯寶庫正面。西元前1350-1250年

希臘回紋飾

希臘雅典帕德嫩神廟的回紋飾。西元前447-436年

希臘愛琴納愛芬娜神廟的檐獸。西元前490年

格里芬（鷹頭獅身獸）

斜檐口

希臘愛琴納愛芬娜神廟的瓦檐飾。西元前490年

棕櫚葉飾

螺紋飾

扁帶飾（在束帶飾下方的矩帶）

屋檐

檐口

雕帶飾

額枋

柱頭

柱身

台基（階式台基）

柱身收分線（柱子的細長曲線）

柱距

柱身凹槽

圖：列柱迴廊(Peristyle)。**古希臘建築裝飾**：希臘邁錫尼阿特魯斯寶庫正面(FACADE, TREASURY OF ATREUS, MYCENAE, GREECE)；希臘雅典帕德嫩神廟的回紋飾(FRETWORK, PARTHENON, ATHENS, GREECE)；希臘愛琴納愛芬娜神廟的檐獸(ACROTERION, TEMPLE OF APHAIA, AEGINA, GREECE)；格里芬(鷹頭獅身獸)[Griffon(gryphon)]。**義大利帕埃斯圖姆海神廟**：山花(Pediment)；三板淺槽飾(Triglyph)；板壁間飾(Metope)；扁帶飾(在束帶飾下方的矩帶)[Regula(short fillet beneath taenia)]；柱身收分線(柱子的細長曲線)[Entasis(slight curve of a column)]。

古羅馬建築 1

義大利提維里維斯泰神廟
的垂花飾。約西元前80年

裝飾華麗的羅馬卵形飾

在羅馬帝國早期，古希臘的建築方法，特別是**科林斯柱式建築思想**（參見460-461頁），被廣泛運用。結果，許多早期的羅馬建築，如維斯泰神廟（參見463頁），酷似古希臘建築。西元1世紀，一種鮮明的羅馬風格開始出現。古希臘人注意建築物外部，而羅馬風格則注重發展建築內部，包括建築物內的弓、拱、穹窿和內部牆的裝飾。這些特點大都可從萬神殿中見到。建築外部的柱子往往用於裝飾，而不是結構的需要，如**羅馬圓形劇場**和**尼古拉城門**（參見464-465頁）。規模較小的建築物是籬笆抹泥的木架構建築，如**磨坊**（參見464-465頁）。羅馬建築影響許多世紀，它的一些基本原理在11世紀的羅馬式建築中得到應用（參見468-469頁），在15、16世紀的文藝復興時期建築中仍得到應用（參見474-477頁）。

義大利羅馬**萬神殿內部**，
西元118年～約西元128年

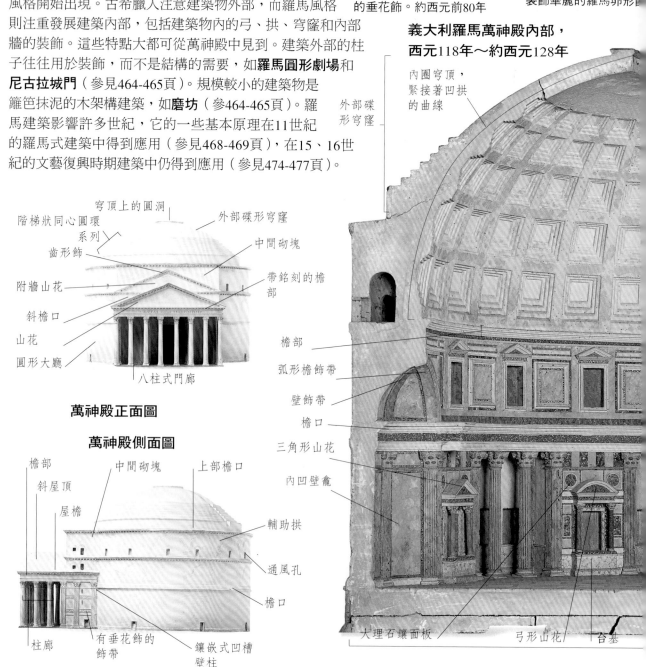

萬神殿正面圖

萬神殿側面圖

古羅馬建築 1 (Ancient Rome 1)：科林斯柱式建築思想(the Corinthian order)；羅馬圓形劇場(the Colosseum)；尼古拉城門(the Porta Nigra)；磨坊(the mill)。**古羅馬建築裝飾**(ANCIENT ROMAN BUILDING DECORATION)：義大利羅馬圖雷眞廣場的檐壁(FRIEZE, FORUM OF TRAJAN, ROME, ITALY)；義大利羅馬台塔斯凱旋門的拱頂石(KEYSTONE, ARCH OF TITUS, ROME, ITALY)。**義大利提維里的維斯泰神廟**(TEMPLE OF VESTA,TIVOLI,ITALY)，約西元前80年：粗石砌牆(表面嵌有不規則石塊的石牆)*[Opus incertum(concrete wall*

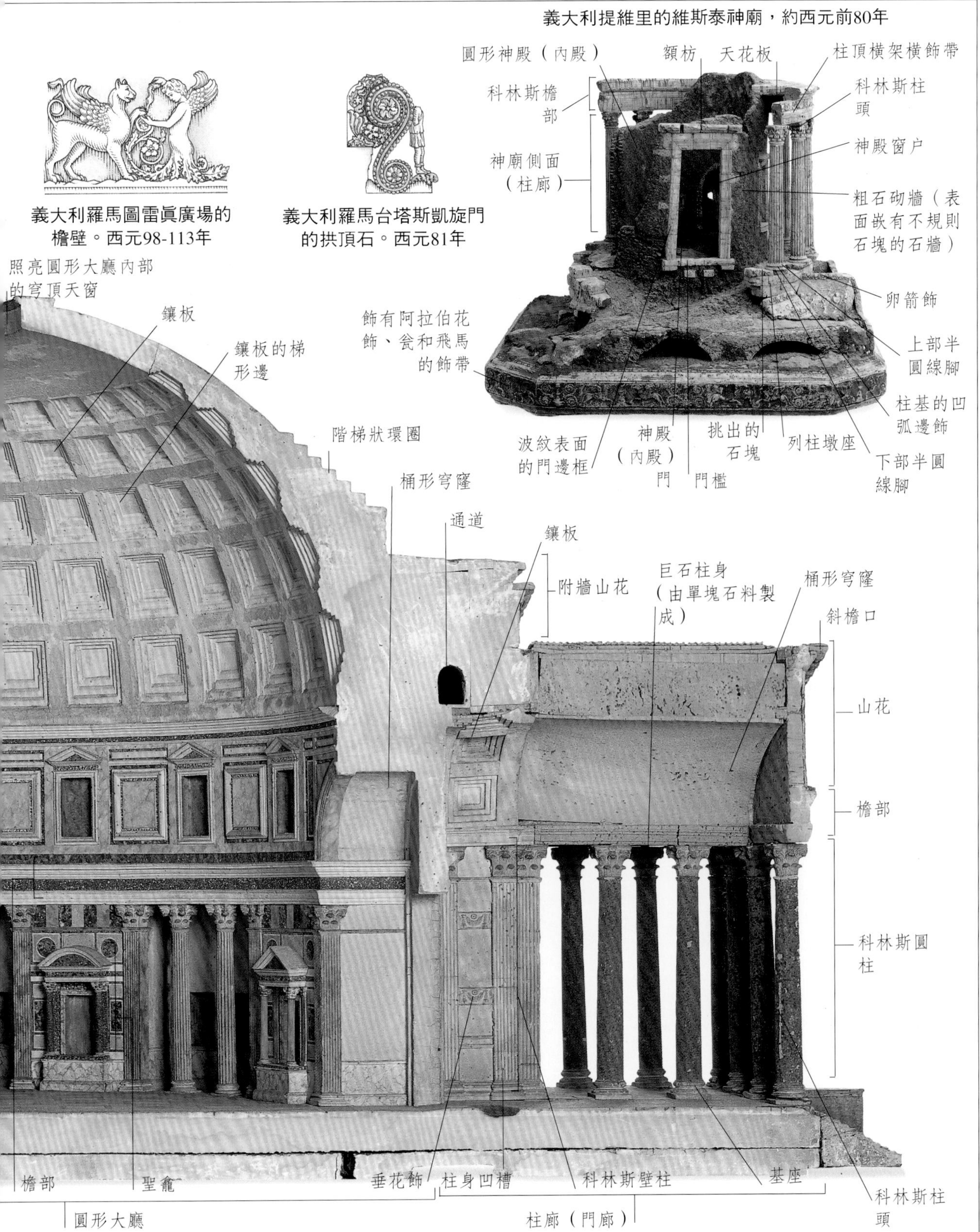

義大利提維里的維斯泰神廟，約西元前80年

圓形神殿（內殿）　額枋　天花板　柱頂橫架橫飾帶

科林斯檐部

科林斯柱頭

神廟側面（柱廊）

神殿窗戶

粗石砌牆（表面嵌有不規則石塊的石牆）

卵箭飾

上部半圓線腳

柱基的凹弧邊飾

下部半圓線腳

義大利羅馬圖雷眞廣場的檐壁。西元98-113年

義大利羅馬台塔斯凱旋門的拱頂石。西元81年

照亮圓形大廳內部的穹頂天窗

鑲板

鑲板的梯形邊

階梯狀環圈

桶形穹窿

通道

飾有阿拉伯花飾、甕和飛馬的飾帶

波紋表面的門邊框

神殿（內殿）門

挑出的石塊門檻

列柱墩座

鑲板

附牆山花

巨石柱身（由單塊石料製成）

桶形穹窿

斜檐口

山花

檐部

科林斯圓柱

檐部　聖龕

圓形大廳

垂花飾　柱身凹槽　科林斯壁柱　基座

柱廊（門廊）

科林斯柱頭

faced with irregularly shaped stones)]；波紋表面的門邊框(Jamb with corrugated surface)；列柱墩座(Podium)；柱基的凹弧邊飾(Scotia)。**萬神殿正面圖**：外部碟形穹窿(Outer saucer dome)；附牆山花(Engaged pediment)。**萬神殿側面圖**(SIDE VIEW OF THE PANTHEON)：輔助拱(Relieving arch)；鑲嵌式凹槽壁柱(Attached fluted pilaster)。**義大利羅馬萬神殿內部，西元118年～約西元128年**：內圈穹頂，緊接著凹拱的曲線(Inner dome,following the curve of a depressed arch)；鑲板(Coffer)；桶形穹窿(Barrel vault)；弧形檐飾帶(Curved cornice)；內凹壁龕(Concave niche)。

古羅馬建築 2

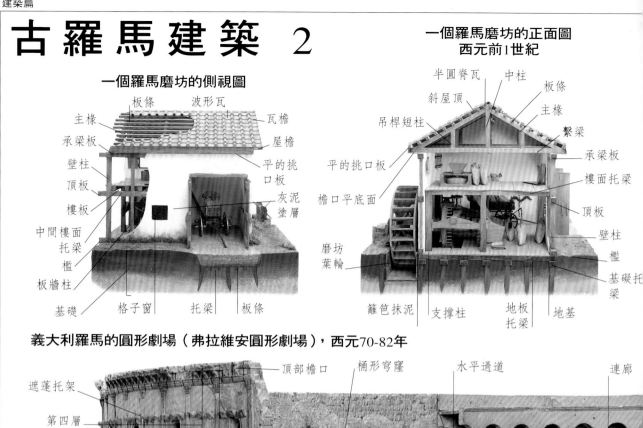

一個羅馬磨坊的側視圖

板條　波形瓦
主椽　瓦檐
承梁板　屋檐
壁柱　平的挑口板
頂板　灰泥塗層
樓板
中間樓面托梁
檻
板牆柱
基礎　格子窗　托梁　板條

**一個羅馬磨坊的正面圖
西元前1世紀**

半圓脊瓦　中柱
斜屋頂　板條
吊桿短柱　主椽
平的挑口板　繫梁
檐口平底面　承梁板
磨坊葉輪　樓面托梁
頂板
壁柱
檻
基礎托梁
籬笆抹泥　支撐柱　地板托梁　地基

義大利羅馬的圓形劇場（弗拉維安圓形劇場），西元70-82年

遮蓬托架
第四層
科林斯壁柱
半圓拱
第三層
科林斯半柱
檐部
愛奧尼克半柱
第二層
多立克半柱
底層

頂部檐口　桶形穹窿　水平過道　連廊

外部石灰華薄殼　中間薄殼　內部薄殼

古羅馬建築 2 (Ancient Rome 2)。一個羅馬磨坊的側視圖(SIDE VIEW OF A ROMAN MILL)：中間樓面托梁(*Intermediate floor joist*)；平的挑口板(*Plain fascia*)。**一個羅馬磨坊的正面圖，西元前1世紀**：半圓脊瓦(*Half-round ridge tile*)；吊桿短柱(*Ashlar post*)；檐口平底面(*Flat soffit*)；繫梁(*Tie beam*)。**德國特里爾的尼古拉城門，約西元240年～西元260年**：壁飾帶(*Lesene*)；輔助拱(*Relieving arch*)；額枋(*Architrave*)；楔形拱石(*Voussoir*)；拱頂石(*Keystone*)；拱墩(*Impost*)；女兒牆(*Parapet*)。**義大利羅馬的圓形劇場(弗拉維安**

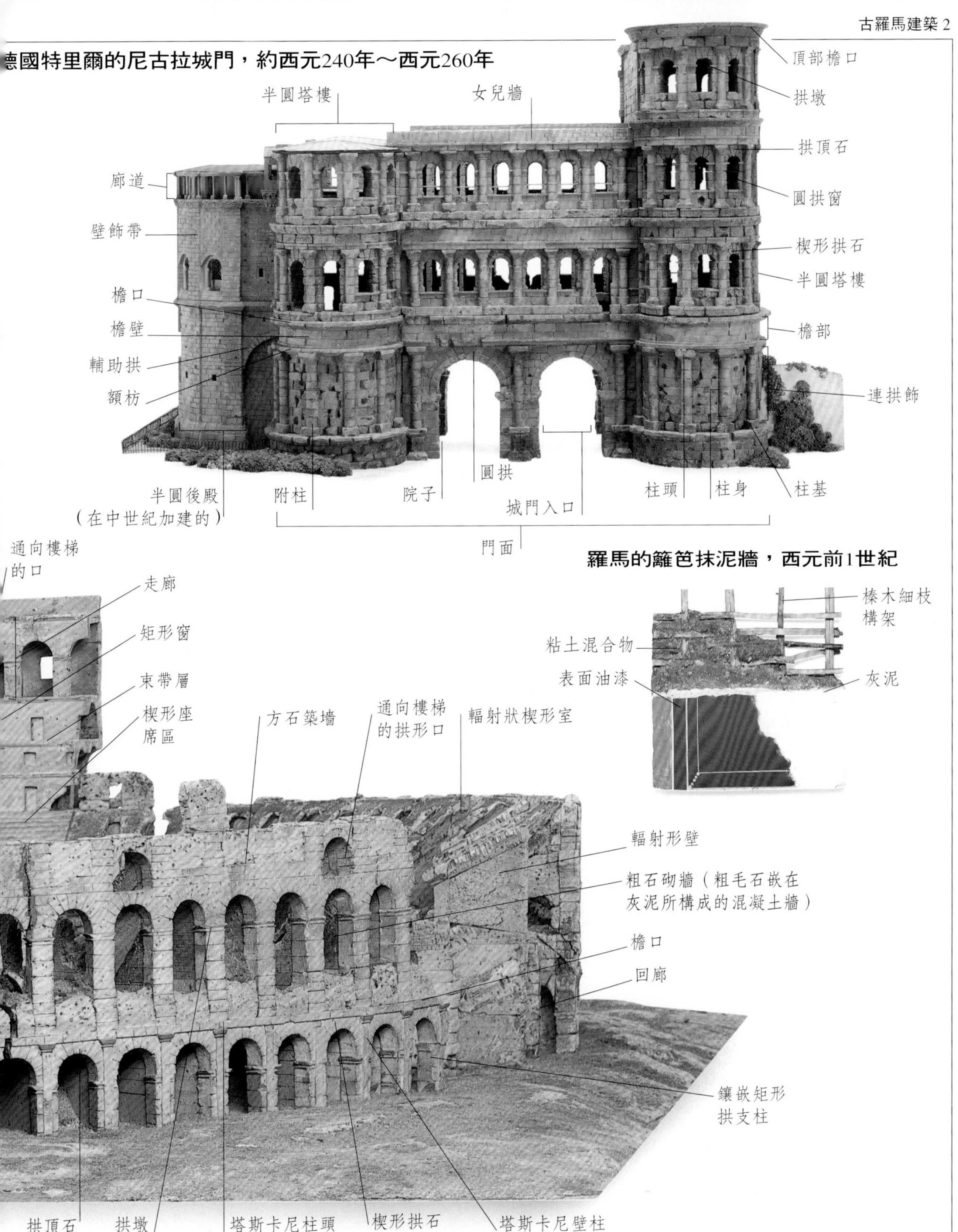

德國特里爾的尼古拉城門，約西元240年～西元260年

頂部檐口
拱墩
拱頂石
圓拱窗
楔形拱石
半圓塔樓
檐部
連拱飾
柱頭　柱身　柱基

半圓塔樓
女兒牆
廊道
壁飾帶
檐口
檐壁
輔助拱
額枋
半圓後殿
（在中世紀加建的）
附柱　院子　圓拱　城門入口
門面

羅馬的籬笆抹泥牆，西元前1世紀

榛木細枝構架
粘土混合物
表面油漆
灰泥

通向樓梯的口
走廊
矩形窗
束帶層
楔形座席區
方石築牆
通向樓梯的拱形口
輻射狀楔形室
輻射形壁
粗石砌牆（粗毛石嵌在灰泥所構成的混凝土牆）
檐口
回廊
鑲嵌矩形拱支柱

拱頂石　拱墩　塔斯卡尼柱頭　楔形拱石　塔斯卡尼壁柱

圓形劇場)[THE COLOSSEUM(FLAVIAN AMPHITHEATER),ROME,ITALY]，西元70-82年：科林斯壁柱 (Corinthian pilaster)；愛奧尼克半柱(Ionic half-column)；多立克半柱(Doric half-column)；外部石灰華薄殼(External travertine shell)；塔斯卡尼柱頭(Tuscan capital)；輻射狀楔形室(Radiating, wedge-shaped chamber)；方石築牆[Opus quadratum(square masonry)]；束帶層(String course)；桶形穹窿(Barrel vault)。
羅馬的籬笆抹泥牆(ROMAN WATTLE-AND-DAUB WALL)，西元前1世紀：榛木細枝構架(Hazel twig framework)。

中世紀城堡和住宅

<big>歐</big>洲中世紀戰事頻繁，許多王公貴族修建城堡以資防禦。典型的中世紀城堡在外牆內有一圈城壕，城壕內是城廓（院子），由一護牆（套牆）圍護。中世紀城堡最核心最堅固的部分是主壘。主壘類型有兩種，一種是叫做**城堡主塔**的塔樓，如法國的凱撒城堡和考茨古堡；另一種是**矩形主壘**（"廳壘"），如倫敦塔。城堡常由一些凸出塔樓（突出的防禦工事）作瞭望台，如巴士底監獄。典型的中世紀住宅有木質（似帳蓬的）構架，籬笆抹泥牆和斜屋頂，如中世紀倫敦橋上的房子（參見467頁）。

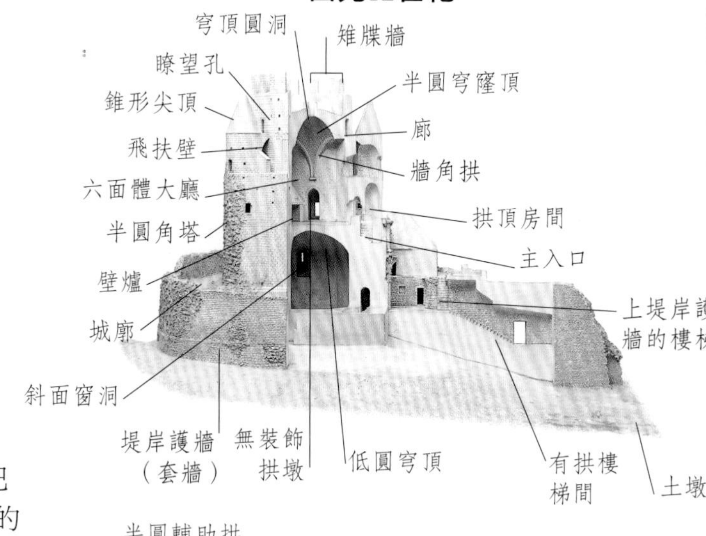

法國普羅維斯凱撒城堡的主塔，
西元12世紀

穹頂圓洞　雉堞牆
瞭望孔　半圓穹窿頂
錐形尖頂　廊
飛扶壁　牆角拱
六面體大廳　拱頂房間
半圓角塔　主入口
壁爐　上堤岸護牆的樓梯
城廓
斜面窗洞
堤岸護牆　無裝飾　低圓穹頂　有拱樓　土墩
（套牆）　拱墩　梯間

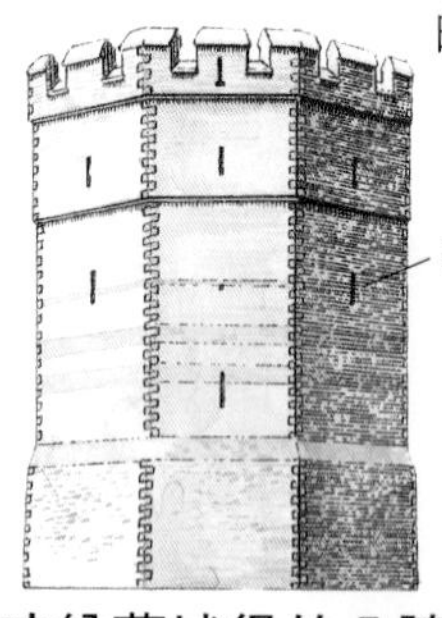

英國喀納芬城堡的凸瞭望塔，
西元1283-1323年

瞭望孔

英國的曲木構架屋，
約西元1200年

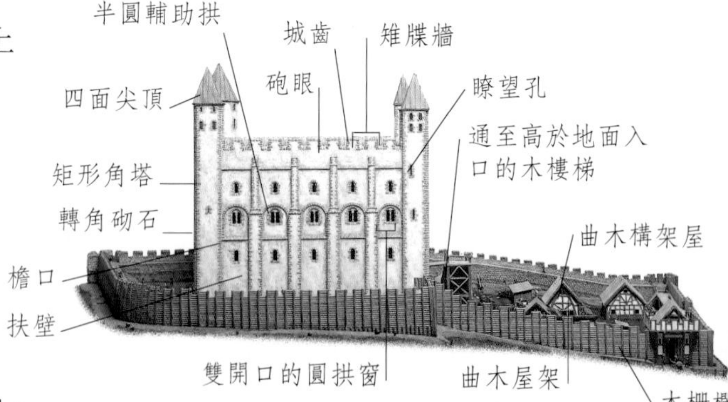

曲木屋架

半圓輔助拱　城齒　雉堞牆
四面尖頂　砲眼　瞭望孔
矩形角塔　通至高於地面入口的木樓梯
轉角砌石　曲木構架屋
簷口　曲木屋架
扶壁　木柵欄
雙開口的圓拱窗

英國的倫敦塔，始建於1070年

幕牆　輔助尖拱　輔助圓拱　平面環層　飾有旋渦形線腳的托座

矩形窗　凹陷的矩形牆體　半圓拱形窗　半圓凸出部　瞭望孔　側面圓形凸出部

法國巴黎的巴士底監獄，14世紀

中世紀城堡和住宅(Medieval castles and houses)：城堡主塔(donjons)；矩形主壘（"廳壘"）[rectangular keeps（"hall-keeps"）]。**法國普羅維斯凱撒城堡的主塔。西元12世紀**：飛扶壁(*Flying buttress*)；城廓(*Bailey*)；堤岸護牆(套牆)[*Chemise(jacket wall)*]；雉堞牆[*Battlements(crenellations)*]。**英國的中世紀倫敦橋，西元1176年(其上有14世紀帶雉堞牆的建築，典範房屋和雙塔門)**：小教堂墩(*Chapel pier*)；蔥形穹窿(*Onion-shaped dome*)；造型山牆(*Shaped gable*)；貝克特小教堂的地窖(*Crypt of Becket Chapel*)；哥德式石尖拱(*Pointed Gothic stone arch*)；雙塔門(*Two-towered gate*)；凸肚窗(*Oriel window*)。**英**

英國的中世紀倫敦橋，西元1176年
（其上有14世紀帶雉堞牆的建築，典範房屋和雙塔門）

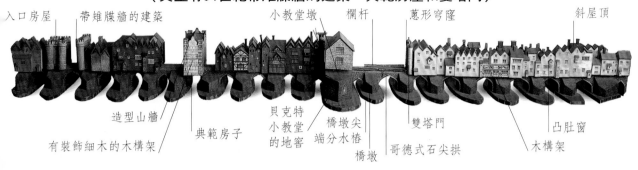

入口房屋　帶雉堞牆的建築　　　　　　小教堂墩　欄杆　　蔥形穹窿　　　　斜屋頂

造型山牆　　　　貝克特　橋墩尖　　雙塔門　　　　凸肚窗
有裝飾細木的木構架　典範房子　小教堂　端分水椿　　　　　　　木構架
　　　　　　　　　　　　的地窖　橋墩　哥德式石尖拱

法國恩河考茨古堡的主塔，西元1225-1245年

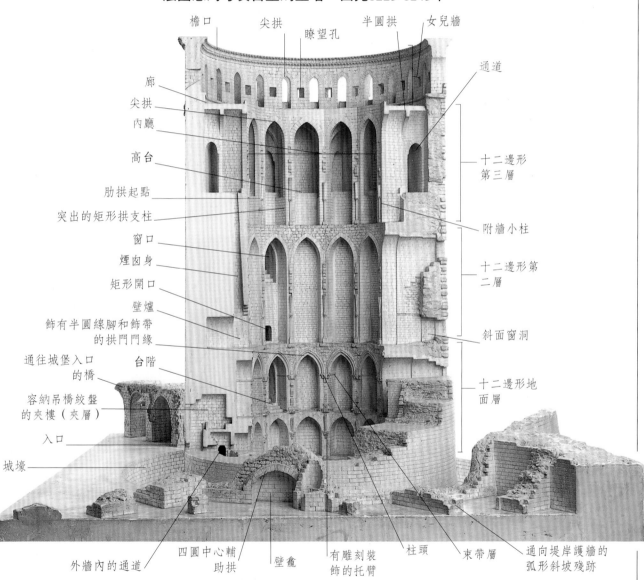

檐口　　尖拱　　瞭望孔　　半圓拱　女兒牆

廊　　　　　　　　　　　　　　　　　通道
尖拱
內廳
高台　　　　　　　　　　　　　　　　十二邊形
肋拱起點　　　　　　　　　　　　　　第三層
突出的矩形拱支柱　　　　　　　　　　附牆小柱
窗口
煙囪身　　　　　　　　　　　　　　　十二邊形第
矩形開口　　　　　　　　　　　　　　二層
壁爐
飾有半圓線腳和飾帶　　　　　　　　　斜面窗洞
的拱門門緣
通往城堡入口　　台階　　　　　　　　十二邊形地
的橋　　　　　　　　　　　　　　　　面層
容納吊橋絞盤
的夾樓（夾層）
入口
城壕

外牆內的通道　四圓中心輔　壁龕　有雕刻裝　柱頭　束帶層　通向堤岸護牆的
　　　　　助拱　　　　飾的托臂　　　　　　　弧形斜坡殘跡

國的倫敦塔，始建於1070年：矩形角塔(*Rectangular turret*)；雙開口的圓拱窗(*Round-arched window with twin openings*)；城齒(*Merlon*)；砲眼(*Crenel*)。**法國巴黎的巴士底監獄，14世紀**：飾有旋渦形線腳的托座(*Bracket decorated with scroll molding*)；瞭望孔(*Loophole*)。**法國恩河考茨古堡的主塔，西元1225-1245年**：肋拱起點(*Springing point of rib vault*)；城壕(*Moat*)；四圓中心輔助拱(*Four-centered relieving arch*)；束帶層(*String course*)；十二邊形地面層(*Dodecahedral ground floor*)；女兒牆(*Parapet*)。

中世紀教堂

法國康魁斯的聖福伊教堂，約西元1050～1130

歐洲在中世紀修建了大量的教堂。這一時期典型的歐洲教堂都有高拱，由巨大的柱墩和柱子支撐。在10世紀，歐洲發展了羅馬風格。建築師吸收了許多羅馬和早期基督教的建築手法，例如**十字形平面**（如昂古萊姆大教堂，參見469頁），還有分為中廳和側廊的**巴西利卡建築體系**。在12世紀中葉，出現了飛扶壁和尖拱。這些特徵後來在哥德式建築（470-471頁）中得到廣泛利用。班格魯科斯教堂（參見469頁）兼有兩種風格，一座羅馬式塔樓和哥德式中廳及唱詩席。

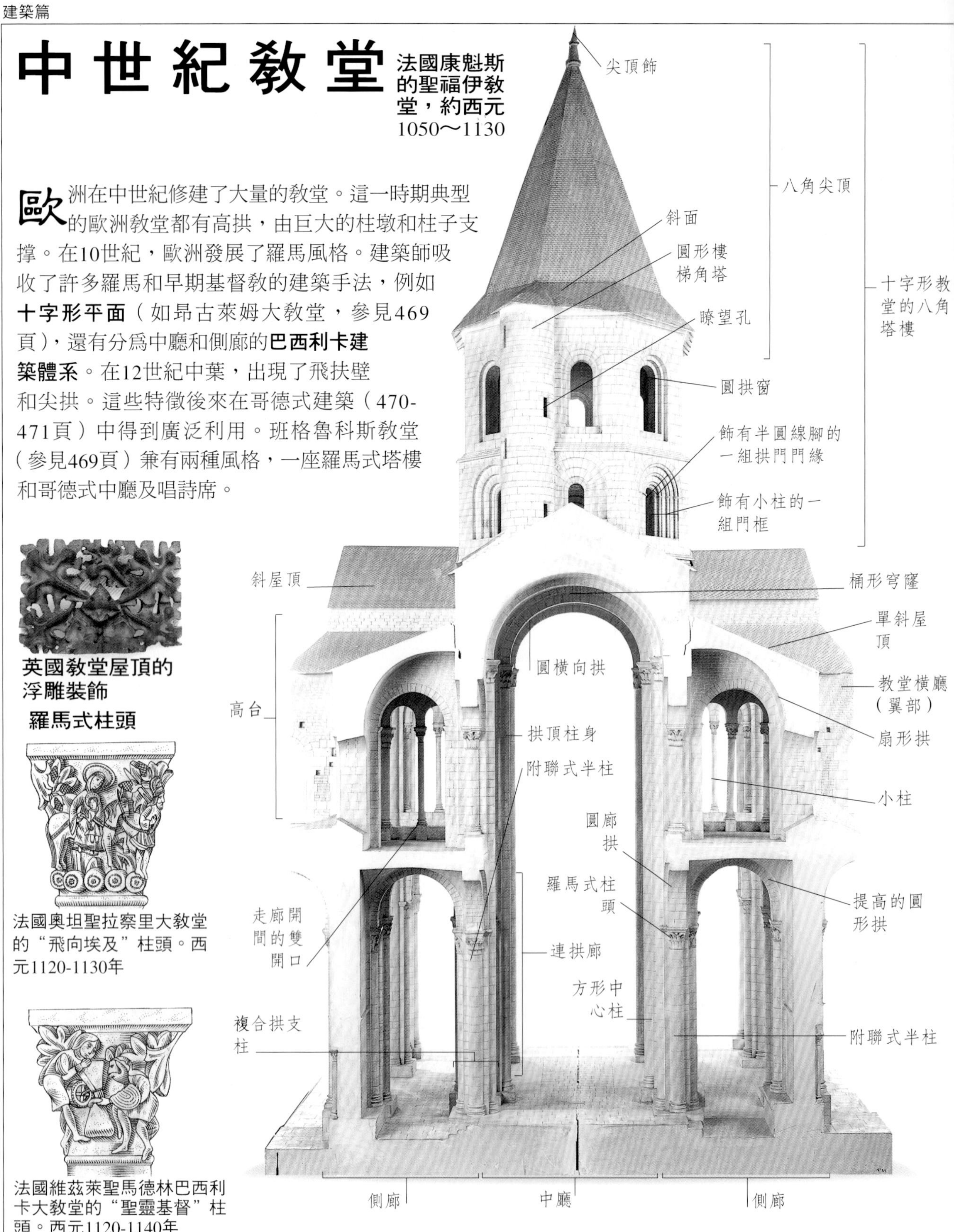

英國教堂屋頂的浮雕裝飾

羅馬式柱頭

法國奧坦聖拉察里大教堂的"飛向埃及"柱頭。西元1120-1130年

法國維茲萊聖馬德林巴西利卡大教堂的"聖靈基督"柱頭。西元1120-1140年

尖頂飾

斜面

圓形樓梯角塔

瞭望孔

圓拱窗

飾有半圓線腳的一組拱門門緣

飾有小柱的一組門框

八角尖頂

十字形教堂的八角塔樓

斜屋頂

高台

圓橫向拱

拱頂柱身

附聯式半柱

圓廊拱

羅馬式柱頭

連拱廊

方形中心柱

走廊開間的雙開口

複合拱支柱

桶形穹窿

單斜屋頂

教堂橫廳（翼部）

扇形拱

小柱

提高的圓形拱

附聯式半柱

側廊　　中廳　　側廊

中世紀教堂(Medieval churches)：十字形平面(cross-shaped ground plans)；巴西利卡建築體系(basilican system)。**法國康魁斯的聖福伊教堂，約西元1050～1130年**：圓拱窗(Round-arched window)；十字形教堂的八角塔樓(Octahedral crossing tower)；附聯式半柱(Attached half-column)；扇形拱(Quadrant arch)；圓橫向拱(Semicircular transverse arch)；連拱廊(Arcade)。**法國昂古萊姆大教堂地面層平面圖，始建於約西元1105年**：附牆柱(Engaged column)；中廳跨距(Nave bay)；平帶飾的橫向拱(Transverse arch with plain fascia)；圓室(帶有半圓形室和小教堂的唱詩席)[Chevet(choir with round apse and chapels)]。**法國安格斯聖索古教堂的唱詩席，約西元1215年～1220年**：圖像浮雕裝飾(Historiated boss)；帶有半圓線

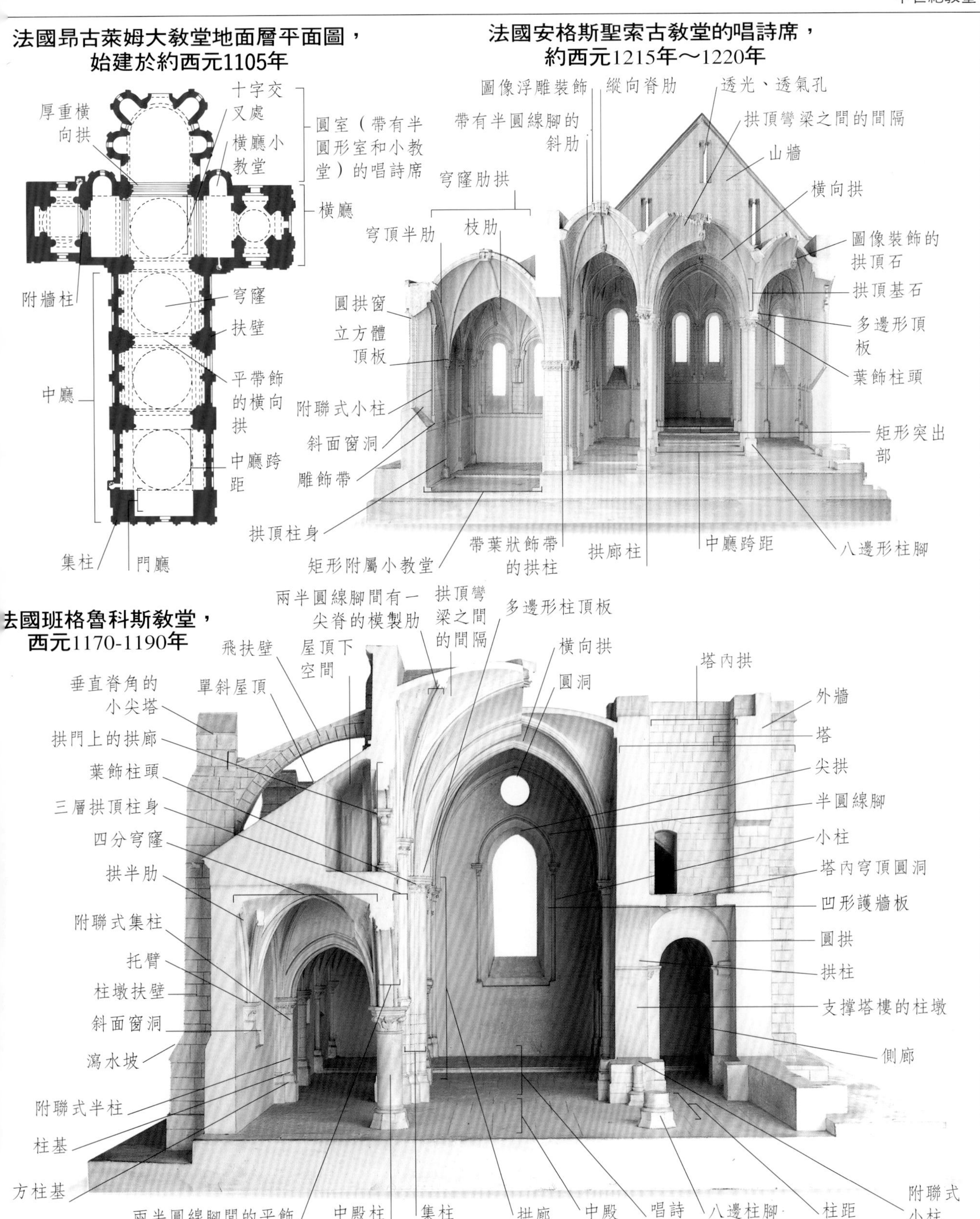

法國昂古萊姆大教堂地面層平面圖，始建於約西元1105年

厚重橫向拱
十字交叉叉處
橫廳小教堂
圓室（帶有半圓形室和小教堂）的唱詩席
橫廳
附牆柱
穹窿扶壁
平帶飾的橫向拱
中廳
中廳跨距
集柱
門廳

法國安格斯聖索古教堂的唱詩席，約西元1215年～1220年

圖像浮雕裝飾
縱向脊肋
透光、透氣孔
帶有半圓線腳的斜肋
拱頂彎梁之間的間隔
穹窿肋拱
山牆
穹頂半肋
枝肋
橫向拱
圖像裝飾的拱頂石
拱頂基石
多邊形頂板
葉飾柱頭
圓拱窗立方體頂板
附聯式小柱
斜面窗洞
雕飾帶
拱頂柱身
矩形附屬小教堂
帶葉狀飾帶的拱柱
拱廊柱
中廳跨距
矩形突出部
八邊形柱腳

法國班格魯科斯教堂，西元1170-1190年

兩半圓線腳間有一尖脊的模製肋
拱頂彎梁之間的間隔
多邊形柱頂板
橫向拱
塔內拱
飛扶壁
屋頂下空間
單斜屋頂
圓洞
外牆
塔
垂直脊角的小尖塔
拱門上的拱廊
葉飾柱頭
尖拱
半圓線腳
三層拱頂柱身
小柱
四分穹窿
塔內穹頂圓洞
拱半肋
凹形護牆板
附聯式集柱
圓拱
托臂
拱柱
柱墩扶壁
支撐塔樓的柱墩
斜面窗洞
瀉水坡
側廊
附聯式半柱
柱基
方柱基
兩半圓線腳間的平飾帶拱腹
中殿柱子
集柱
拱廊
中殿
唱詩席區
八邊柱腳
柱距
附聯式小柱

腳的斜肋(*Diagonal rib with torus molding*)；穹窿肋拱(*Domed rib-vault*)；山牆(*Gable*)。羅馬式柱頭：法國奧坦聖拉察里大教堂的"飛向埃及"柱頭("THE FLIGHT INTO EGYPT" CAPITAL, CATHEDRAL OF ST. LAZARE, AUTUN, FRANCE)；法國維茲萊聖馬德林巴西利卡大教堂的"聖靈基督"柱頭("CHRIST IN MAJESTY" CAPITAL, BASILICA OF ST. MADELEINE, VEZELAY, FRANCE)。**法國班格魯科斯教堂，西元1170-1190年**：四分穹窿(*Quadripartite vault*)；兩半圓線腳間的平飾帶拱腹(*Intrados of arch with flat band between two tori*)；兩半圓線腳間有一尖脊的模製肋(*Molded rib with an arris between two tori*)；飛扶壁(*Flying buttress*)；單斜屋頂(*Lean-to roof*)。

哥德式建築 1

索爾茲伯里大教堂底層平面圖

在木模板上有葉形渦卷飾花紋的哥德式彩繪玻璃窗

哥德式建築的特徵是肋拱，穹窿或矢形尖拱，飛扶壁，花飾窗格和山牆，以及彩繪玻璃窗。典型的哥德式建築有英國的索爾茲伯里大教堂和**老聖保羅教堂**，還有法國巴黎**聖母院**（參見472-473頁）。哥德風格是12世紀中葉，法國脫離羅馬式建築（參見468-469頁）發展而來的，隨後便傳遍歐洲。哥德式建築的裝飾風格在英國的**盛飾建築風格**（13世紀晚期～14世紀），和法國的**火焰式建築風格**（15-16世紀）中得到了高度發展。這兩種風格的範例是索爾茲伯里大教堂和**聖馬可羅教堂**（參見472-473頁），在這兩種風格中都大量使用球心花飾和曲線花窗格這類裝飾。英國的**垂直式建築風格**（14世紀末～15世紀初）遵循盛飾建築風格，強調建築的垂直和水平設計。這種風格的一個顯著特徵就是托臂梁屋頂。

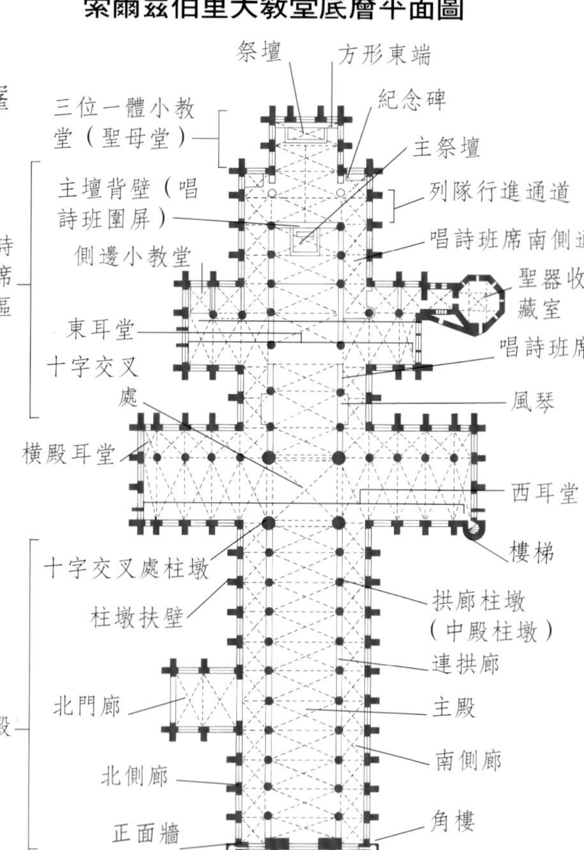

（索爾茲伯里大教堂底層平面圖標注）
祭壇；方形東端；三位一體小教堂（聖母堂）；紀念碑；主壇背壁（唱詩班圍屏）；主祭壇；側邊小教堂；列隊行進通道；唱詩班席區；唱詩班席南側通道；東耳堂；聖器收藏室；十字交叉處；唱詩班席位；橫殿耳堂；風琴；西耳堂；樓梯；十字交叉處柱墩；柱墩扶壁；拱廊柱墩（中殿柱墩）；連拱廊；北門廊；主殿；中殿；北側廊；南側廊；正面牆；角樓

帶球心花飾的哥德式半圓線腳

石灰石塊
雕刻成卷狀的部分
切割成多邊形的部分
鉛筆導線
初步的球心花飾雕刻物
經初步切割的石塊
附有雕刻出卷狀部分的石塊
半圓線腳
木摺帶飾
球心花飾
石匠標記
完成後的石塊

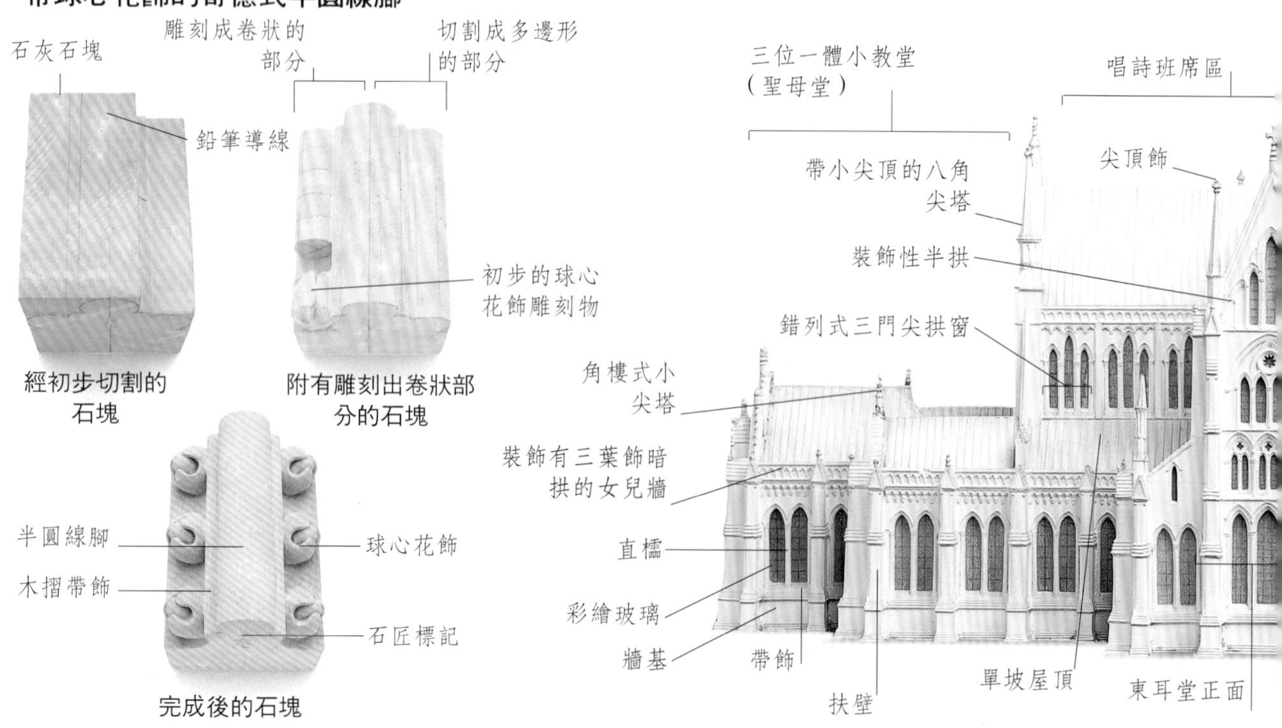

三位一體小教堂（聖母堂）
唱詩班席區
帶小尖頂的八角尖塔
尖頂飾
裝飾性半拱
錯列式三門尖拱窗
角樓式小尖塔
裝飾有三葉飾暗拱的女兒牆
直櫺
彩繪玻璃
牆基
帶飾
扶壁
單坡屋頂
東耳堂正面

哥德式建築 1 (Gothic 1)：老聖保羅教堂(old St. Paul's)；聖母院(Notre Dame de)；盛飾建築風格(Decorated style)；火焰式建築風格(Flamboyant style)；聖馬可羅教堂(St. Maclou)；垂直式建築風格(Perpendicular style)。**索爾茲伯里大教堂底層平面圖**：三位一體小教堂(聖母堂)*[Trinity Chapel(Lady Chapel)]*；主壇背壁(唱詩班圍屏)*[Reredos(choir-screen)]*；東耳堂*(East transept)*；主祭壇*(High altar)*。**英國索爾茲伯里大教堂的北側視圖，西元1220-1280年(尖塔和尖頂於14世紀加建)**：八葉飾窗櫺*(Octafoil)*；錯列式三門尖拱窗*(Staggered triple lancet windows)*；裝飾有三葉飾暗拱的女兒牆*(Parapet*

470

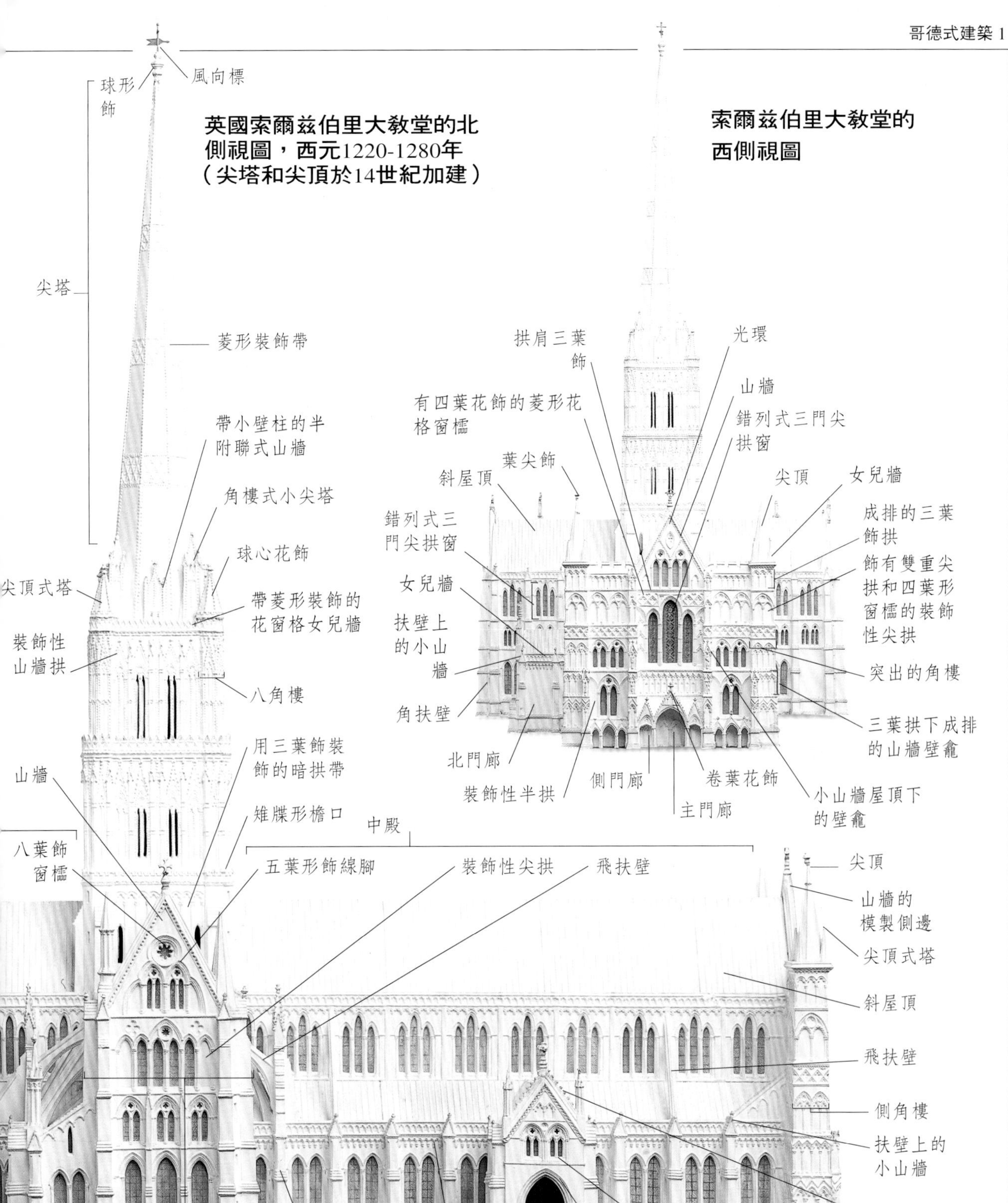

球形飾

風向標

尖塔

英國索爾茲伯里大教堂的北
側視圖，西元1220-1280年
（尖塔和尖頂於14世紀加建）

索爾茲伯里大敎堂的
西側視圖

菱形裝飾帶

拱肩三葉飾

光環

有四葉花飾的菱形花
格窗櫺

山牆

帶小壁柱的半
附聯式山牆

葉尖飾

錯列式三門尖
拱窗

角樓式小尖塔

斜屋頂

尖頂

女兒牆

球心花飾

錯列式三
門尖拱窗

成排的三葉
飾拱

尖頂式塔

帶菱形裝飾的
花窗格女兒牆

女兒牆

飾有雙重尖
拱和四葉形
窗櫺的裝飾
性尖拱

裝飾性
山牆拱

扶壁上
的小山
牆

突出的角樓

八角樓

三葉拱下成排
的山牆壁龕

山牆

角扶壁

用三葉飾裝
飾的暗拱帶

北門廊

側門廊

卷葉花飾

小山牆屋頂下
的壁龕

八葉飾
窗櫺

雉牒形檐口

中殿

裝飾性半拱

主門廊

五葉形飾線腳

裝飾性尖拱

飛扶壁

尖頂

山牆的
模製側邊

尖頂式塔

斜屋頂

飛扶壁

側角樓

扶壁上的
小山牆

卷葉飾

扶壁

角扶壁

西耳堂正面

瀉水坡

柱墩扶壁

三葉飾

北門
廊

拱門飾

尖拱下的一對尖
拱窗冠以
四葉形窗櫺

decorated with blind arches filled with trefoils）；彩繪玻璃(*Stained glass*)；角扶壁(*Angle buttress*)；山牆的模製側邊(*Molded side of gable*)；雉牒形檐口(*Battlemented cornice*)；用三葉飾裝飾的暗拱帶(*Row of blind arches filled with trefoils*)；帶小壁柱的半附聯式山牆(*Semi-attached gable with small pilasters*)。**索爾茲伯里大敎堂的西側視圖**：三葉拱下成排的山牆壁龕(*Row of gabled niches under trefoil arches*)。**帶球心花飾的哥德式半圓線腳**：雕刻成卷狀的部分(*Block members carved into rolls*)；半圓線腳(*Torus*)；木摺帶飾(*Fillet*)；球心花飾(*Ballflower*)。

哥 德 式 建 築 2

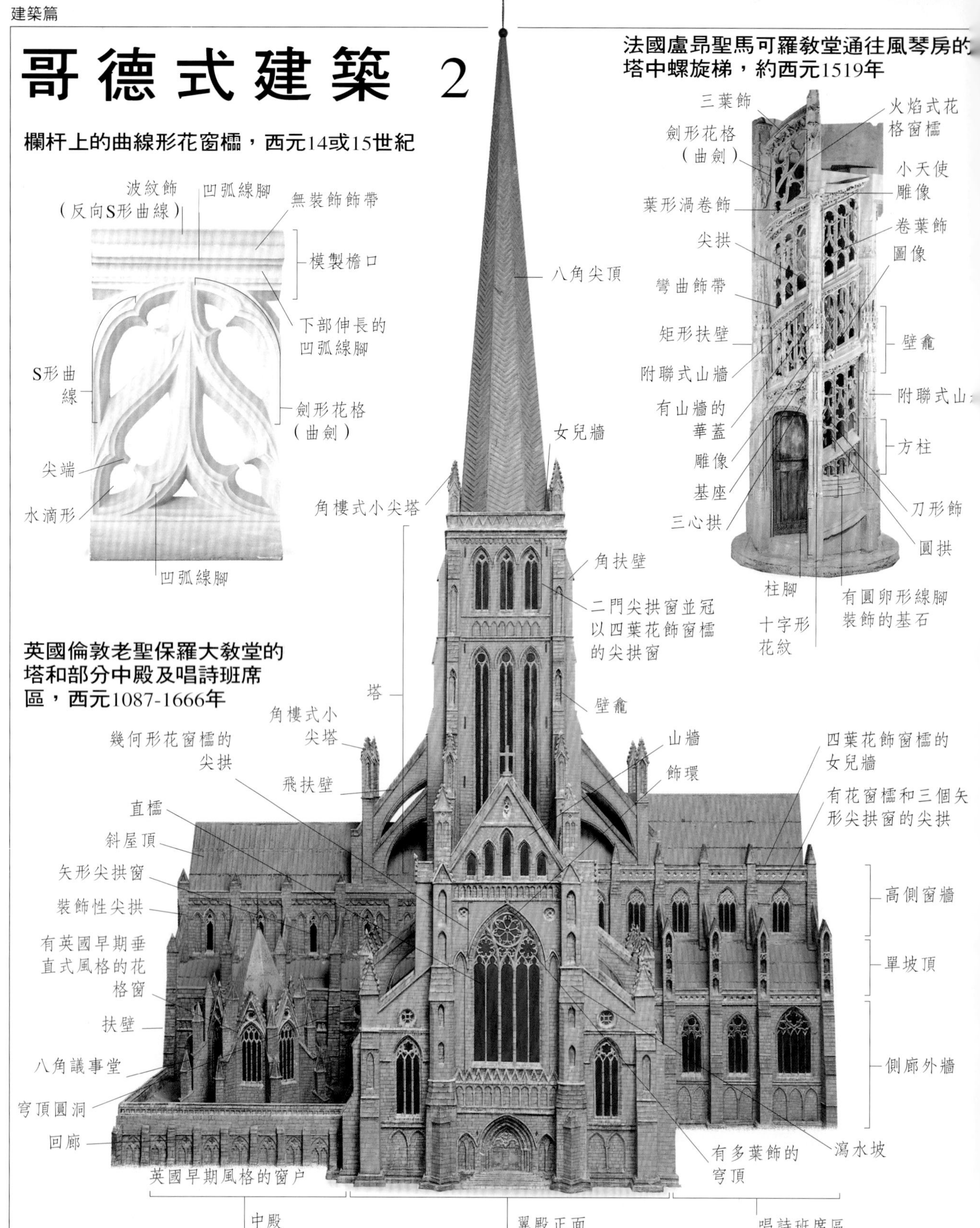

欄杆上的曲線形花窗櫺，西元14或15世紀

波紋飾
（反向S形曲線）
凹弧線腳
無裝飾飾帶
模製檐口
下部伸長的
凹弧線腳
劍形花格
（曲劍）
S形曲線
尖端
水滴形
凹弧線腳

法國盧昂聖馬可羅敎堂通往風琴房的
塔中螺旋梯，約西元1519年

三葉飾
劍形花格
（曲劍）
葉形渦卷飾
尖拱
彎曲飾帶
矩形扶壁
附聯式山牆
有山牆的
華蓋
雕像
基座
三心拱
火焰式花
格窗櫺
小天使
雕像
卷葉飾
圖像
壁龕
附聯式山
方柱
刀形飾
圓拱
柱腳
十字形
花紋
有圓卵形線腳
裝飾的基石

八角尖頂
女兒牆
角樓式小尖塔
角扶壁
二門尖拱窗並冠
以四葉花飾窗櫺
的尖拱窗
壁龕
塔

英國倫敦老聖保羅大敎堂的
塔和部分中殿及唱詩班席
區，西元1087-1666年

幾何形花窗櫺的
尖拱
角樓式小
尖塔
飛扶壁
直櫺
斜屋頂
矢形尖拱窗
裝飾性尖拱
有英國早期垂
直式風格的花
格窗
扶壁
八角議事堂
穹頂圓洞
回廊
英國早期風格的窗戶

山牆
飾環
四葉花飾窗櫺的
女兒牆
有花窗櫺和三個矢
形尖拱窗的尖拱
高側窗牆
單坡頂
側廊外牆
有多葉飾的
穹頂
瀉水坡

中殿
翼殿正面
唱詩班席區

哥德式建築 2 (Gothic 2)。欄杆上的曲線形花窗櫺，西元14或15世紀：波紋飾(反向S形曲線)[*Cyma reversa(reversed ogee curve)*]；凹弧線腳(*Cavetto molding*)。**法國盧昂聖馬可羅敎堂通往風琴房的塔中螺旋梯，約西元1519年**：劍形花格(曲劍)[*Mouchette(curved dagger)*]；葉形渦卷飾(*Foliated scrollwork*)；附聯式山牆(*Attached gable*)；三心拱(*Basket arch*)。**英國倫敦寺院食堂上部(後來爲黑袍敎團的劇院)。托臂梁屋頂的桁架。可能建於14世紀**：飾有串珠花邊的繫梁(*Collar beam decorated with pearl motif*)；托臂梁(*Hammer-beam*)。**英國倫敦老聖保羅大敎堂的塔和部分中殿及唱詩班席區，西元1087-1666年**：角樓式小尖塔(*Turretlike pinnacle*)；矢形尖拱窗(*Lancet window*)；八角形議事堂(*Octagonal chapter house*)；瀉水坡

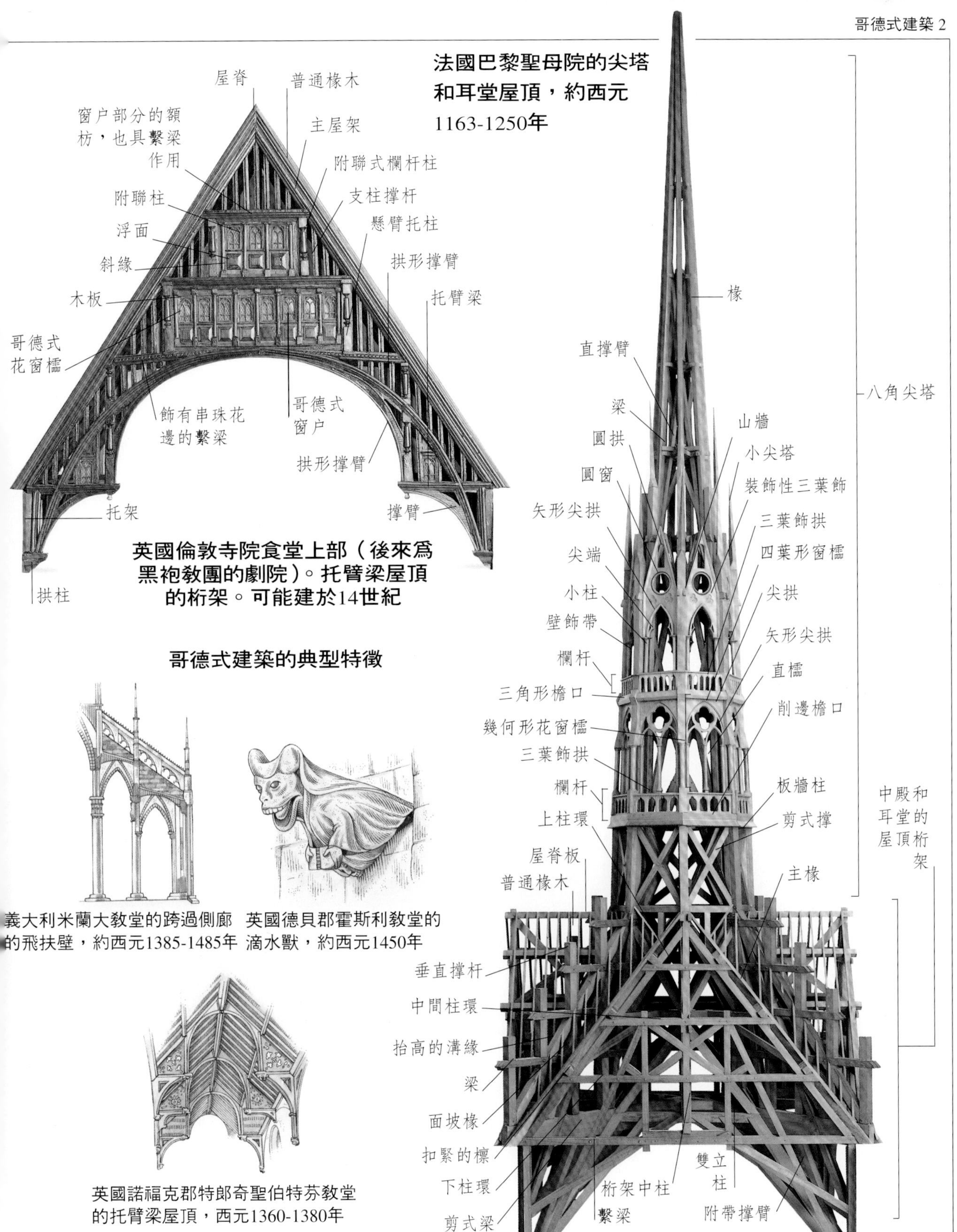

法國巴黎聖母院的尖塔和耳堂屋頂，約西元1163-1250年

窗戶部分的額枋，也具繫梁作用
附聯柱
浮面
斜緣
木板
哥德式花窗櫺
飾有串珠花邊的繫梁
托架
拱柱

屋脊
普通椽木
主屋架
附聯式欄杆柱
支柱撐杆
懸臂托柱
拱形撐臂
托臂梁
哥德式窗戶
拱形撐臂
撐臂

英國倫敦寺院食堂上部（後來為黑袍教團的劇院）。托臂梁屋頂的桁架。可能建於14世紀

哥德式建築的典型特徵

義大利米蘭大教堂的跨過側廊的飛扶壁，約西元1385-1485年

英國德貝郡霍斯利教堂的滴水獸，約西元1450年

英國諾福克郡特郎奇聖伯特芬教堂的托臂梁屋頂，西元1360-1380年

椽
直撐臂
梁
圓拱
圓窗
矢形尖拱
尖端
小柱
壁飾帶
欄杆
三角形簷口
幾何形花窗櫺
三葉飾拱
欄杆
上柱環
屋脊板
普通椽木
垂直撐杆
中間柱環
抬高的溝緣
梁
面坡椽
扣緊的檁
下柱環
剪式梁

山牆
小尖塔
裝飾性三葉飾
三葉飾拱
四葉形窗櫺
尖拱
矢形尖拱
直櫺
削邊簷口
板牆柱
剪式撐
主椽
桁架中柱
繫梁
雙立柱
附帶撐臂

八角尖塔
中殿和耳堂的屋頂桁架

(Weathering)；有花窗櫺和三個矢形尖拱窗的尖拱(Pointed arch filled with tracery and three lancet windows)；角扶壁(Angle buttress)；女兒牆(Parapet)。**哥德式建築的典型特徵**：義大利米蘭大教堂的跨過側廊的飛扶壁(FLYING BUTTRESS OVER SIDE AISLES,MILAN CATHEDRAL, ITALY)；英國德貝郡霍斯利教堂的滴水獸(GARGOYLE, HORSLEY CHURCH, DERBYSHIRE,BRITAIN)；英國諾福克郡特郎奇聖伯特芬教堂的托臂梁屋頂(HAMMER-BEAM ROOF, CHURCH OF ST.BOTOLPH, TRUNCH, NORFOLK, BRITAIN)。**法國巴黎聖母院的尖塔和耳堂屋頂，約西元1163-1250年**：上柱環(Upper collar)；扣緊的檁(Clasped purlin)；剪式梁(Scissor-beam)；削邊簷口(Cornice with chamfered edge)；直櫺(Mullion)。

文藝復興時期建築 1

文藝復興時期是歐洲歷史上的一個時期，大致從14世紀到17世紀中葉。在這一時期，科學和藝術經歷了重大變革。在建築上主要表現爲回歸到古羅馬建築的古典形式和比例。文藝復興起源於義大利，最具這種風格特點的建築可在那裡見到，如在本頁圖示的斯特羅茲府邸。**風格主義**是文藝復興風格的支流，它使古典形式發生變異。勞倫斯圖書館的樓梯即爲一例。當文藝復興風格傳播到歐洲其他國家時，它的許多特徵就被融進當地建築中。例如，法國蒙太爾堡（參見476-477頁）就有了聖龕。

斯特羅茲府邸朝廣場的正面圖

屋頂檐口

拱窗

圓拱

採光窗

粗面石砌

拱門道

矩形窗

義大利佛羅倫斯斯特羅茲別墅側視圖，西元1489年（德沙卡諾、達馬雅羅和科洛納卡設計）

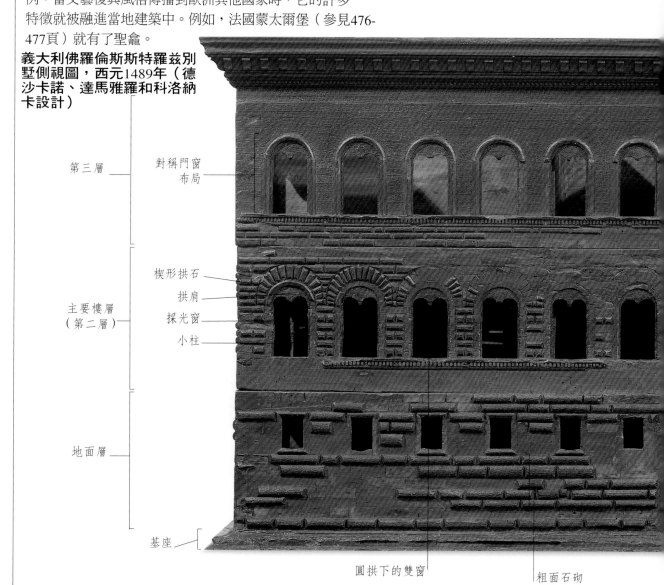

第三層

對稱門窗布局

楔形拱石

拱肩

採光窗

小柱

主要樓層（第二層）

地面層

基座

圓拱下的雙窗

粗面石砌

文藝復興時期建築 1 (Renaissance 1)：風格主義(Mannerism)。斯特羅茲府邸朝廣場的正面圖 (FACADE ON TO PIAZZA,PALAZZO STROZZI)：屋頂檐口(*Crowning cornice*)；粗面石砌(*Rustication*)。**義大利文藝復興時期建築的細部**(DETAILS FROM ITALIAN RENAISSANCE BUILDINGS)：佛羅倫斯大教堂的穹窿坐圈鑲板(PANEL FROM DRUM OF DOME, FLORENCE CATHEDRAL)；佛羅倫斯巴齊小教堂穹窿藻井(COFFERING IN DOME, PAZZI CHAPEL, FLORENCE)；佛羅倫斯勞倫斯圖書館的樓梯(STAIRCASE,

義大利文藝復興時期建築的細部

弗羅倫斯大教堂的穹窿坐圈襯板。西元1420-1436年

佛羅倫斯巴齊小教堂穹窿藻井。西元1429-1461年

佛羅倫斯勞倫斯圖書館的樓梯。西元1559年

維琴察圓廳別墅的門廊，西元1567-1569年

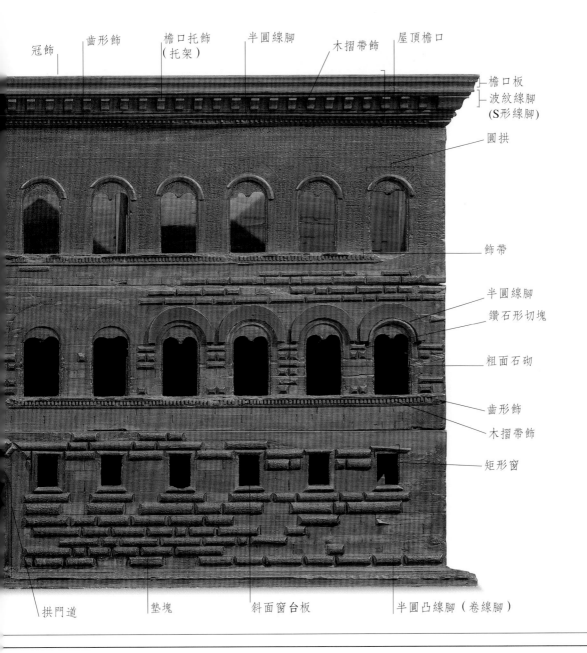

冠飾　齒形飾　檐口托飾（托架）　半圓線腳　木摺帶飾　屋頂檐口

檐口板　波紋線腳（S形線腳）　圓拱　飾帶　半圓線腳　鑽石形切塊　粗面石砌　齒形飾　木摺帶飾　矩形窗

拱門道　墊塊　斜面窗台板　半圓凸線腳（卷線腳）

LAURENTIAN LIBRARY, FLORENCE)；維琴察圓廳別墅的門廊(PORTICO, VILLA ROTUNDA, VICENZA)。**義大利佛羅倫斯斯特羅茲別墅側視圖，西元1489年 (德沙卡諾、達馬雅羅和科洛納卡設計)**[SIDE VIEW OF PALAZZO STROZZI, FLORENCE, ITALY, 1489(BY G. DA SANGALLO, B.DA MAIANO,AND CRONACA)]：對稱門窗布局(*Symmetrical fenestration*)；楔形拱石(*Voussoir*)；拱肩(*Spandrel*)；斜面窗台板(*Splayed windowsill*)；半圓凸線腳(卷線腳)[*Bowtell molding(roll molding)*]；木摺帶飾(*Fillet*)；波紋線腳(S形線腳)[*Cyma recta(ogee molding)*]；齒形飾(*Dentil ornament*)；冠飾(*Cymatium*)。

文藝復興時期建築 2

歐洲文藝復興時期建築的細部

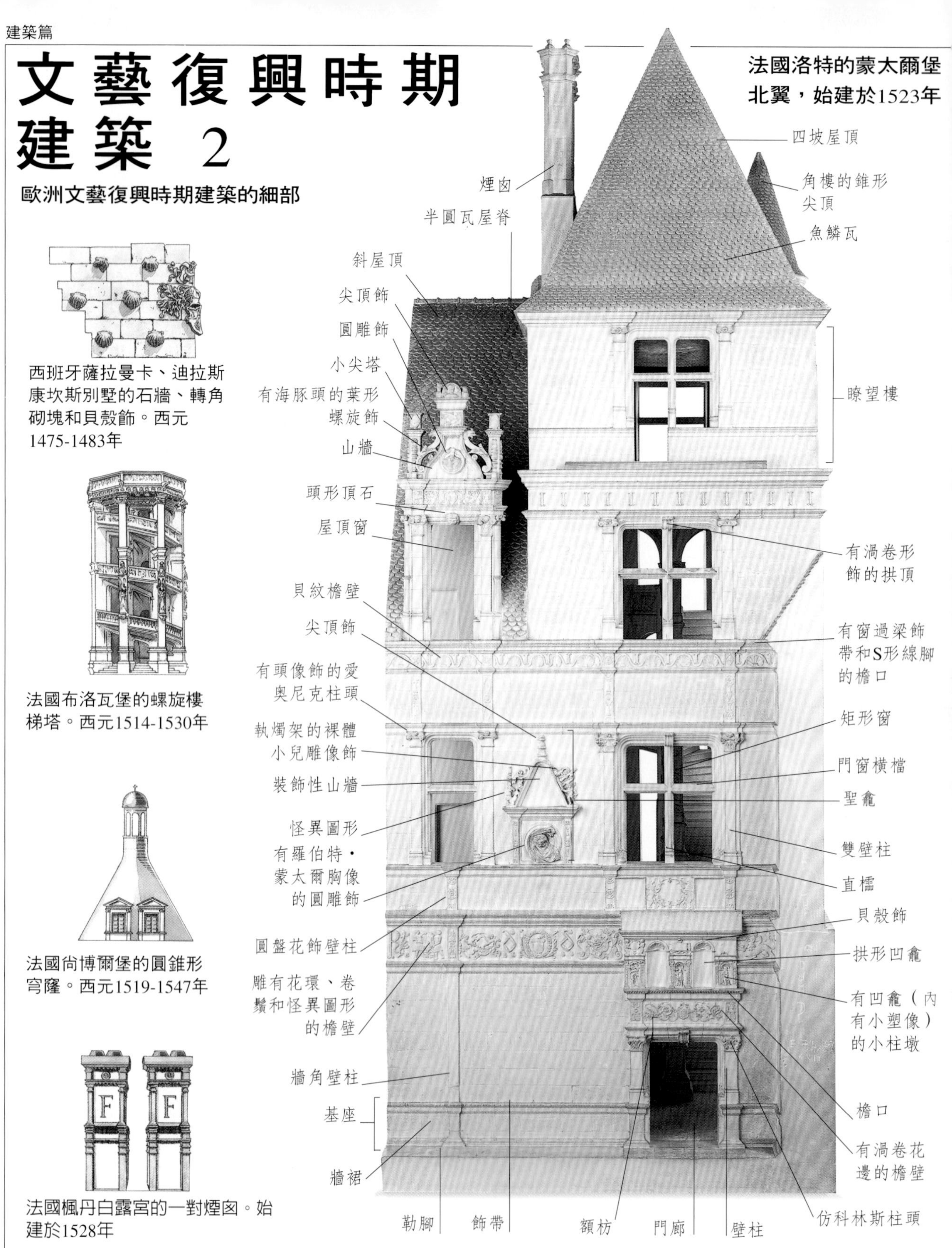

西班牙薩拉曼卡、迪拉斯康坎斯別墅的石牆、轉角砌塊和貝殼飾。西元1475-1483年

法國布洛瓦堡的螺旋樓梯塔。西元1514-1530年

法國尚博爾堡的圓錐形穹窿。西元1519-1547年

法國楓丹白露宮的一對煙囪。始建於1528年

法國洛特的蒙太爾堡北翼，始建於1523年

四坡屋頂
角樓的錐形尖頂
魚鱗瓦
煙囪
半圓瓦屋脊
斜屋頂
尖頂飾
圓雕飾
小尖塔
有海豚頭的葉形螺旋飾
山牆
頭形頂石
屋頂窗
貝紋檐壁
尖頂飾
有頭像飾的愛奧尼克柱頭
執燭架的裸體小兒雕像飾
裝飾性山牆
怪異圖形
有羅伯特·蒙太爾胸像的圓雕飾
圓盤花飾壁柱
雕有花環、卷鬚和怪異圖形的檐壁
牆角壁柱
基座
牆裙
瞭望樓
有渦卷形飾的拱頂
有窗過梁飾帶和S形線腳的檐口
矩形窗
門窗橫檔
聖龕
雙壁柱
直櫺
貝殼飾
拱形凹龕
有凹龕（內有小塑像）的小柱墩
檐口
有渦卷花邊的檐壁
仿科林斯柱頭
勒腳
飾帶
額枋
門廊
壁柱

文藝復興時期建築 2 (Renaissance 2)。 歐洲文藝復興時期建築的細部：西班牙薩拉曼卡、迪拉斯康坎斯別墅的石牆、轉角砌塊和貝殼飾(STONE WALL, QUOINS,AND SHELL DECORATION, CASA DELAS CONCHAS, SALAMANCA, SPAIN)；法國布洛瓦堡的螺旋樓梯塔(SPIRAL-STAIRCASE TOWER, CHATEAU DE BLOIS,FRANCE)；法國尚博爾堡的圓錐形穹窿(CONICAL DOME, CHATEAU DE CHAMBORD, FRANCE)；法國楓丹白露宮的一對煙囪(PAIR OF CHIMNEY STACKS, PALAIS DE FONTAINEBLEAU,FRANCE)。**法國洛特的蒙太爾堡北翼，始建於1523年：** 半圓瓦屋脊(*Ridge of half-round tiles*)；有海豚頭的葉形螺旋飾(*Foliated volute with dolphin head*)；山牆(*Gable*)；有頭像飾的愛奧尼克柱頭(*Ionic capital with head-shaped*

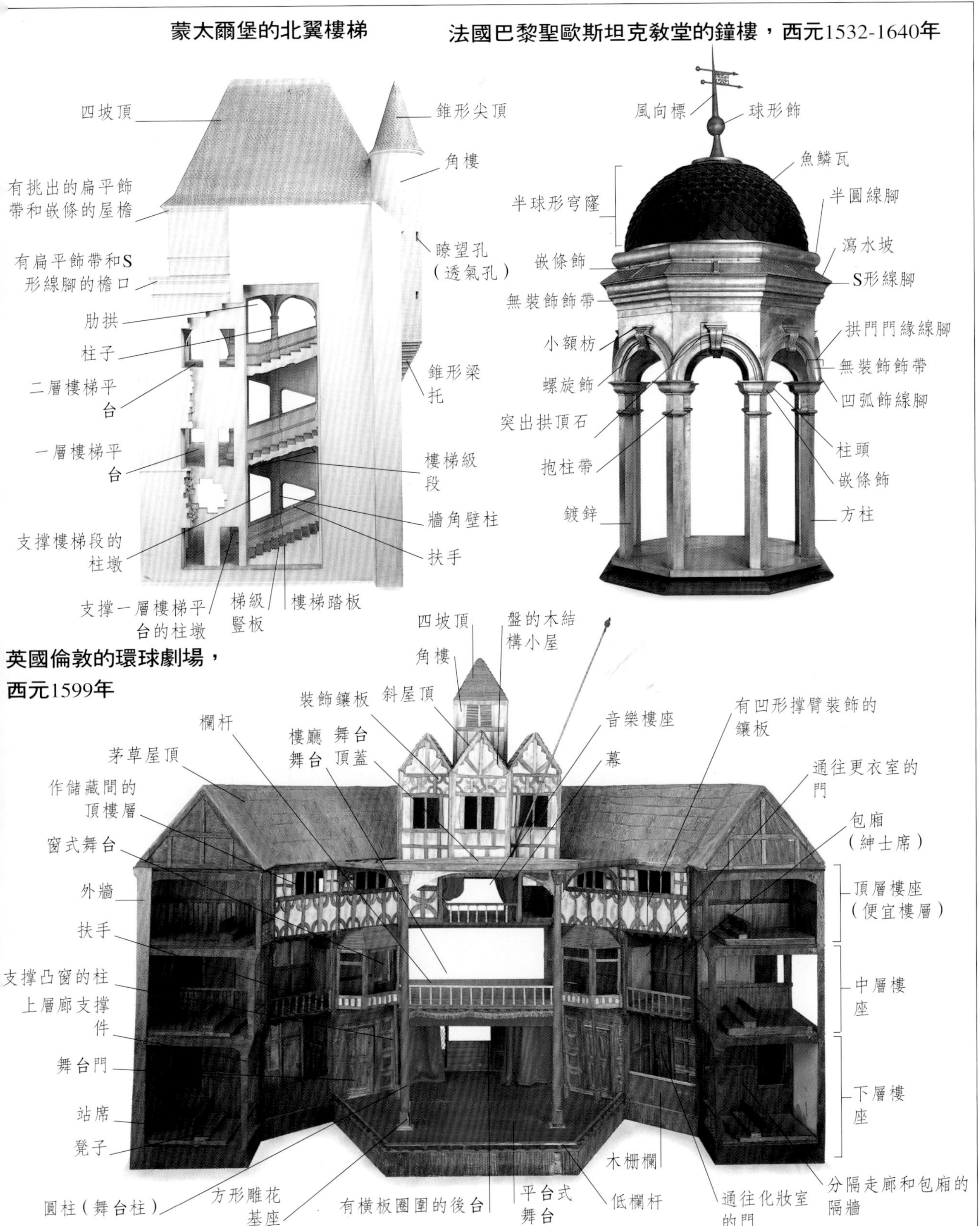

蒙太爾堡的北翼樓梯

四坡頂
錐形尖頂
角樓
有挑出的扁平飾帶和嵌條的屋檐
瞭望孔（透氣孔）
有扁平飾帶和S形線腳的檐口
肋拱
柱子
二層樓梯平台
錐形梁托
一層樓梯平台
樓梯級段
牆角壁柱
扶手
支撐樓梯段的柱墩
支撐一層樓梯平台的柱墩
梯級豎板
樓梯踏板

法國巴黎聖歐斯坦克教堂的鐘樓，西元1532-1640年

風向標
球形飾
魚鱗瓦
半球形穹窿
半圓線腳
嵌條飾
瀉水坡
無裝飾飾帶
S形線腳
小額枋
拱門門緣線腳
螺旋飾
無裝飾飾帶
突出拱頂石
凹弧飾線腳
抱柱帶
柱頭
嵌條飾
鍍鋅
方柱

英國倫敦的環球劇場，西元1599年

四坡頂
盤的木結構小屋
角樓
裝飾鑲板
斜屋頂
音樂樓座
有凹形撐臂裝飾的鑲板
欄杆
樓廳舞台
舞台頂蓋
幕
通往更衣室的門
茅草屋頂
包廂（紳士席）
作儲藏間的頂樓層
窗式舞台
頂層樓座（便宜樓層）
外牆
扶手
中層樓座
支撐凸窗的柱
上層廊支撐件
舞台門
站席
凳子
下層樓座
圓柱（舞台柱）
方形雕花基座
有橫板圈圍的後台
平台式舞台
木柵欄
低欄杆
通往化妝室的門
分隔走廊和包廂的隔牆

decoration）；牆裙(Dado)；勒腳(Plinth)；額枋(Architrave)；仿科林斯柱頭(Pseudo-Corinthian capital)；有渦卷花邊的檐壁(Frieze with scroll motif)；有凹龕(內有小塑像)的小柱墩(Small pier decorated with statuette in concave niche)；聖龕[Aedicule(tabernacle)]；有窗過梁飾帶和S形線腳的檐口(Cornice decorated with fascias and an ogee molding)；四坡屋頂(Hipped roof)。**蒙太爾堡的北翼樓梯**：肋拱(Rib vault)；梯級豎板(Riser)；角樓(Turret)。**法國巴黎聖歐斯坦克教堂的鐘樓，西元1532-1640年**：凹弧飾線腳(Cavetto molding)。**英國倫敦的環球劇場，西元1599年**：窗式舞台(Window stage)；有凹形撐臂裝飾的鑲板(Ornamental paneling with concave brace decoration)；樓廳舞台(Balcony stage)。

巴洛克和
新古典主義建築 1

義大利巴洛克式教
堂的細部

巴洛克風格於17世紀初出現於羅馬。它的特徵是曲線輪廓和華麗的裝飾，在義大利教堂建築的細部圖中可見到這些特點。巴洛克風格在義大利、西班牙和德國深受歡迎。英國和法國也採用了這一風格，但有所更改。例如，英國建築師**克里斯多夫・雷恩和尼古拉斯・霍克斯穆爾**，在建築聖保羅大教堂的凹形牆和東方聖喬治教堂的曲線扶壁時（參見480-481頁），就有部分也採用了巴洛克風格。同樣，巴黎聖保羅一聖路易教堂的曲線扶壁和螺旋飾也較樸素。17世紀下半葉，針對巴洛克風格的過分浮華，一種獨特的古典風格（稱之為新古典主義風格）在北歐發展起來。這種新風格的典型代表是瑪德琳教堂（478頁所示其正面圖）和拿破崙圓形劇場這樣的世俗建築物（參見479頁），還有英國建築師**約翰・索恩**的建築物（參見482-483頁）。在18世紀初的法國，一種極其奢侈的巴洛克形式出現了，稱為**洛可可風格**。南特教堂（參見482-483頁）陽台上的扭曲鐵飾和頭形梁托就是這種風格的典型。

威尼斯塞路特聖瑪利亞・德拉敎堂的螺旋式扶壁。西元1631-1682年

羅馬維多利亞聖瑪利亞・德拉的聖特瑞莎心醉神迷雕像。西元1645-1652年

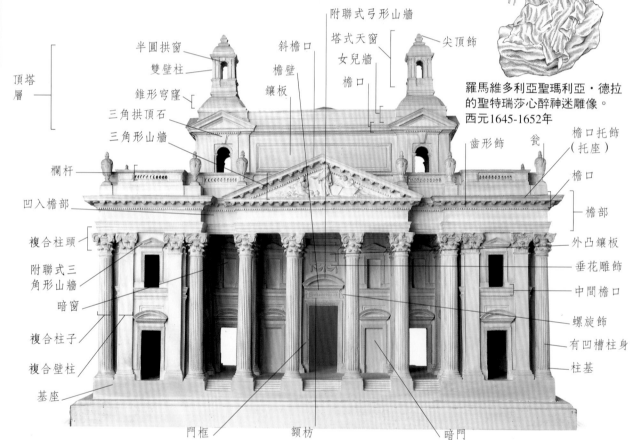

頂塔層

附聯式弓形山牆

半圓拱窗
雙壁柱
錐形穹窿
三角拱頂石
三角形山牆

斜檐口
檐壁
鑲板

塔式天窗
女兒牆
檐口

尖頂飾

欄杆
凹入檐部
複合柱頭
附聯式三角形山牆
暗窗
複合柱子
複合壁柱
基座

齒形飾
甕

檐口托飾（托座）
檐口
檐部
外凸鑲板
垂花雕飾
中間檐口
螺旋飾
有凹槽柱身
柱基

門框
額枋
暗門

法國巴黎瑪德琳教堂（新古典主義風格）的規劃正面圖，西元1764年（P.康坦・迪夫里設計）

巴洛克和新古典主義建築 1 (Baroque and neoclassical 1)：克里斯多夫・雷恩和尼古拉斯・霍克斯穆爾(Christopher Wren and Nicholas Hawksmoor)；約翰・索恩(John Soane)；洛可可風格(rococo)。**義大利巴洛克式教堂的細部**：威尼斯塞路特聖瑪利亞・德拉教堂的螺旋式扶壁(SCROLLED BUTTRESS, CHURCH OF ST. MARIA DELLA SALUTE, VENICE)；羅馬維多利亞聖瑪利亞・德拉的聖特瑞莎心醉神迷雕像(STATUE OF THE ECSTASY OF ST. THERESA, CHURCH OF ST. MARIA DELLA VITTORIA, ROME)。**法國巴黎的拿破崙圓形劇場(新古典主義風格)，西元1852年(J.I.希多夫設計)**：附聯小柱(*Attached colonette*)；勒腳(*Plinth*)；卷線腳(*Roll molding*)；附聯式科林斯圓柱(*Attached Corinthian column*)；直撐臂

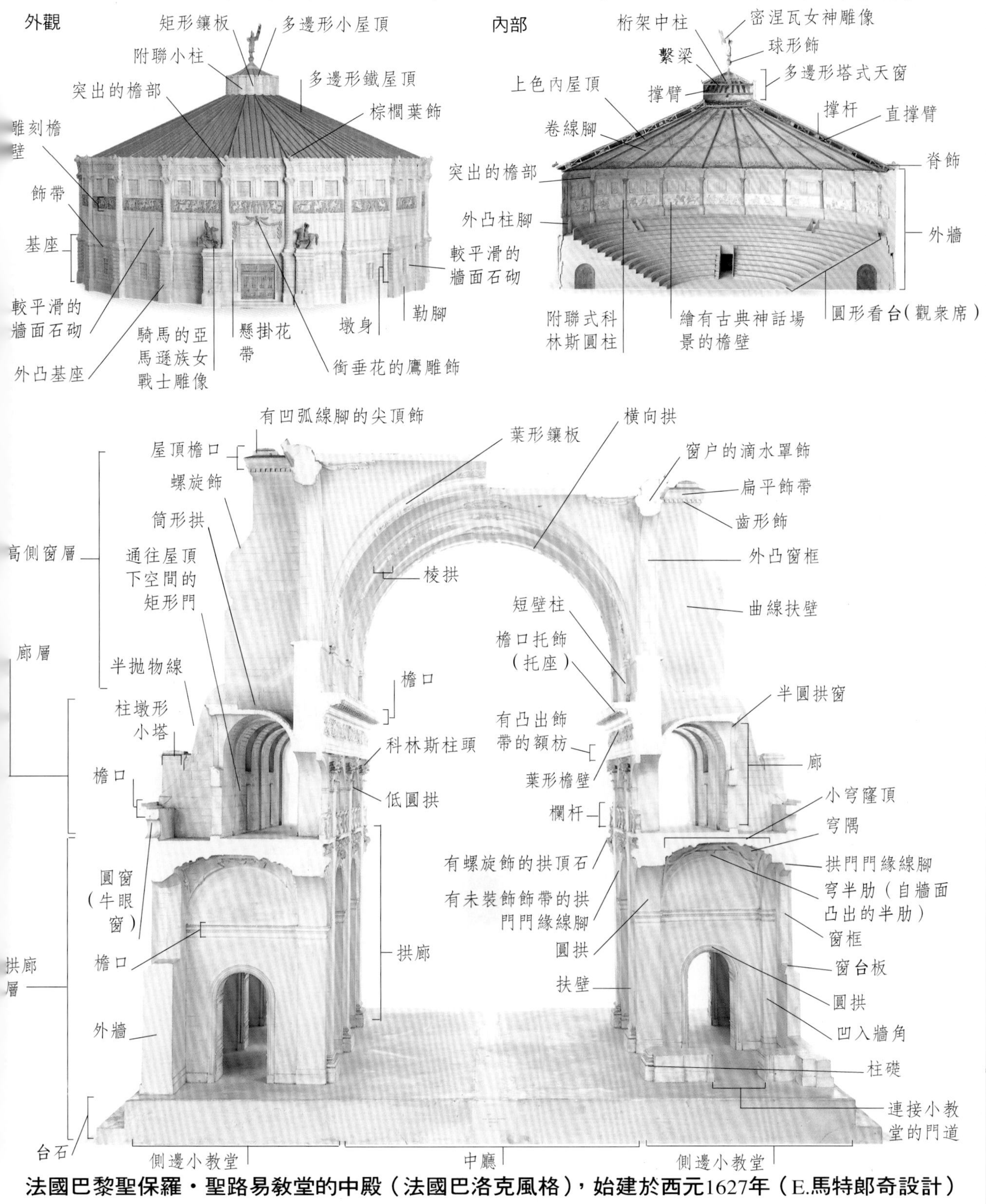

法國巴黎的拿破崙圓形劇場（新古典主義風格），西元1852年（J.I.希多夫設計）

外觀

矩形鑲板
附聯小柱
突出的檐部
雕刻檐壁
飾帶
基座
較平滑的牆面石砌
外凸基座
較平滑的牆面石砌
騎馬的亞馬遜族女戰士雕像
多邊形小屋頂
多邊形鐵屋頂
棕櫚葉飾
懸掛花帶
墩身
勒腳
衝垂花的鷹雕飾

內部

桁架中柱
繫梁
撐臂
上色內屋頂
卷線腳
突出的檐部
外凸柱腳
較平滑的牆面石砌
附聯式科林斯圓柱
密涅瓦女神雕像
球形飾
多邊形塔式天窗
撐杆
直撐臂
脊飾
外牆
繪有古典神話場景的檐壁
圓形看台（觀眾席）

有凹弧線腳的尖頂飾
屋頂檐口
螺旋飾
筒形拱
通往屋頂下空間的矩形門
半拋物線
柱墩形小塔
檐口
圓窗（牛眼窗）
檐口
外牆
台石

高側窗層
廊層
拱廊層

葉形鑲板
橫向拱
窗戶的滴水罩飾
扁平飾帶
齒形飾
外凸窗框
曲線扶壁
半圓拱窗
廊
小穹窿頂
穹隅
拱門門緣線腳
穹半肋（自牆面凸出的半肋）
窗框
窗台板
圓拱
凹入牆角
柱礎
連接小教堂的門道

棱拱
短壁柱
檐口托飾（托座）
有凸出飾帶的額枋
葉形檐壁
欄杆
有螺旋飾的拱頂石
有未裝飾飾帶的拱門門緣線腳
圓拱
扶壁

科林斯柱頭
低圓拱
檐口
拱廊

側邊小教堂
中廳
側邊小教堂

法國巴黎聖保羅‧聖路易教堂的中殿（法國巴洛克風格），始建於西元1627年（E.馬特郎奇設計）

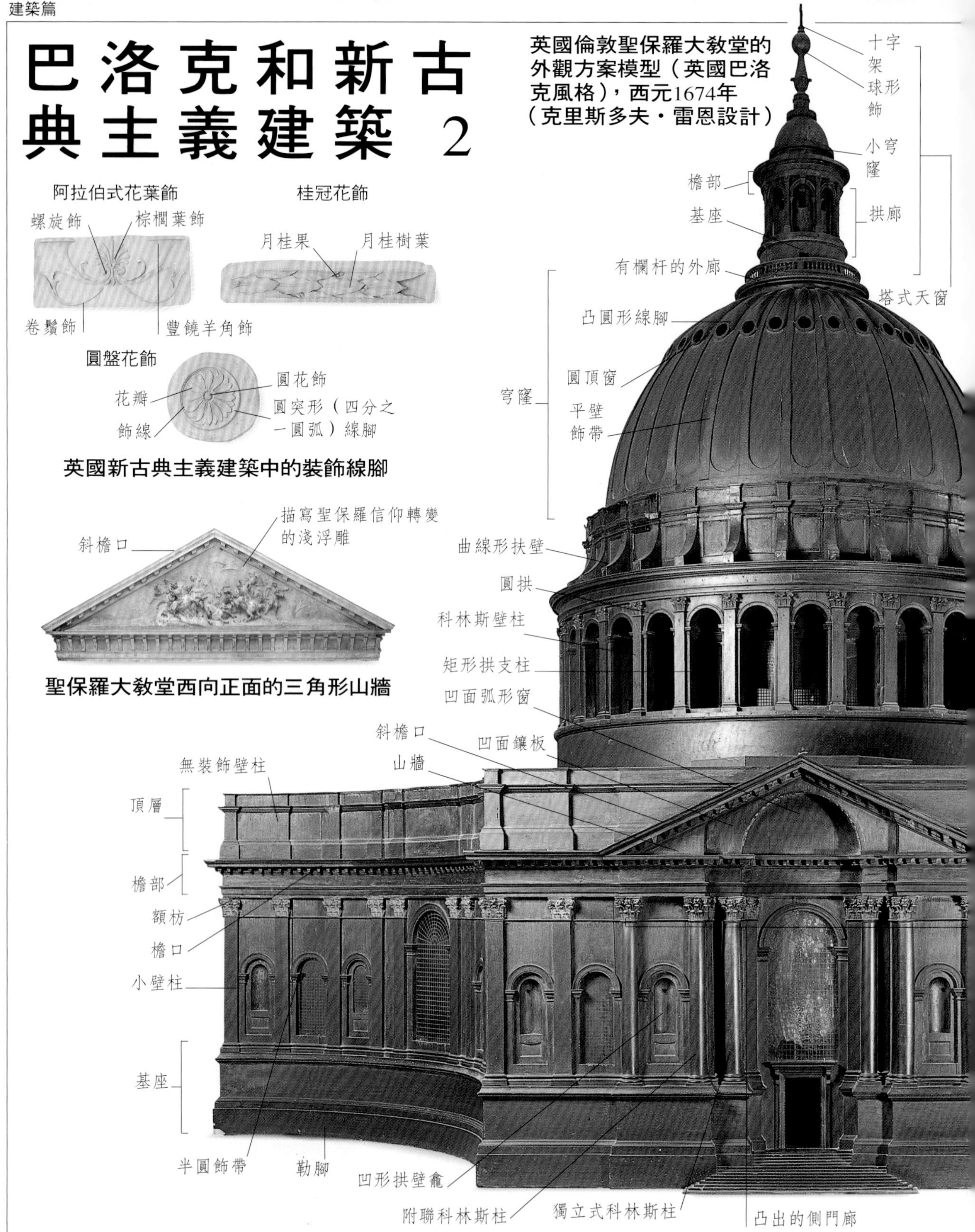

巴洛克和新古典主義建築 2

英國倫敦聖保羅大教堂的外觀方案模型（英國巴洛克風格），西元1674年（克里斯多夫・雷恩設計）

十字架
球形飾
小穹窿
檐部
基座
拱廊
塔式天窗

阿拉伯式花葉飾
螺旋飾
棕櫚葉飾
卷鬚飾
豐饒羊角飾

桂冠花飾
月桂果
月桂樹葉

圓盤花飾
花瓣
飾線
圓花飾
圓突形（四分之一圓弧）線腳

英國新古典主義建築中的裝飾線腳

有欄杆的外廊
凸圓形線腳
圓頂窗
平壁飾帶
穹窿

斜檐口
描寫聖保羅信仰轉變的淺浮雕

聖保羅大教堂西向正面的三角形山牆

曲線形扶壁
圓拱
科林斯壁柱
矩形拱支柱
凹面弧形窗

斜檐口
山牆
凹面鑲板

無裝飾壁柱
頂層
檐部
額枋
檐口
小壁柱
基座
半圓飾帶
勒腳
凹形拱壁龕
附聯科林斯柱
獨立式科林斯柱
凸出的側門廊

巴洛克和新古典主義建築2 (Baroque and neoclassical 2)。英國新古典主義建築中的裝飾線腳：阿拉伯式花葉飾(ARABESQUE)；豐饒羊角飾(*Cornucopia*)；桂冠花飾(BAY LEAF GARLAND)；圓盤花飾(PATERA)；圓突形(四分之一圓弧)線腳*[Ovolo(quarterround)molding]*。**聖保羅大教堂西向正面的三角形山牆**：描寫聖保羅信仰轉變的淺浮雕(*Representation in bas-relief of conversion of St. Paul*)。**英國倫敦聖保羅大教堂的外觀方案模型(英國巴洛克風格)，西元1674年(克里斯多夫・雷恩設計)**：凸圓形線腳(*Convex molding*)；曲線形扶壁(*Curved buttress*)；凹面鑲板(*Sunken panel*)；額枋(*Architrave*)；凹形拱壁龕(*Concave, arched niche*)；附聯科林斯柱(*Attached Corinthian column*)；獨立式科林斯柱(*Freestanding*

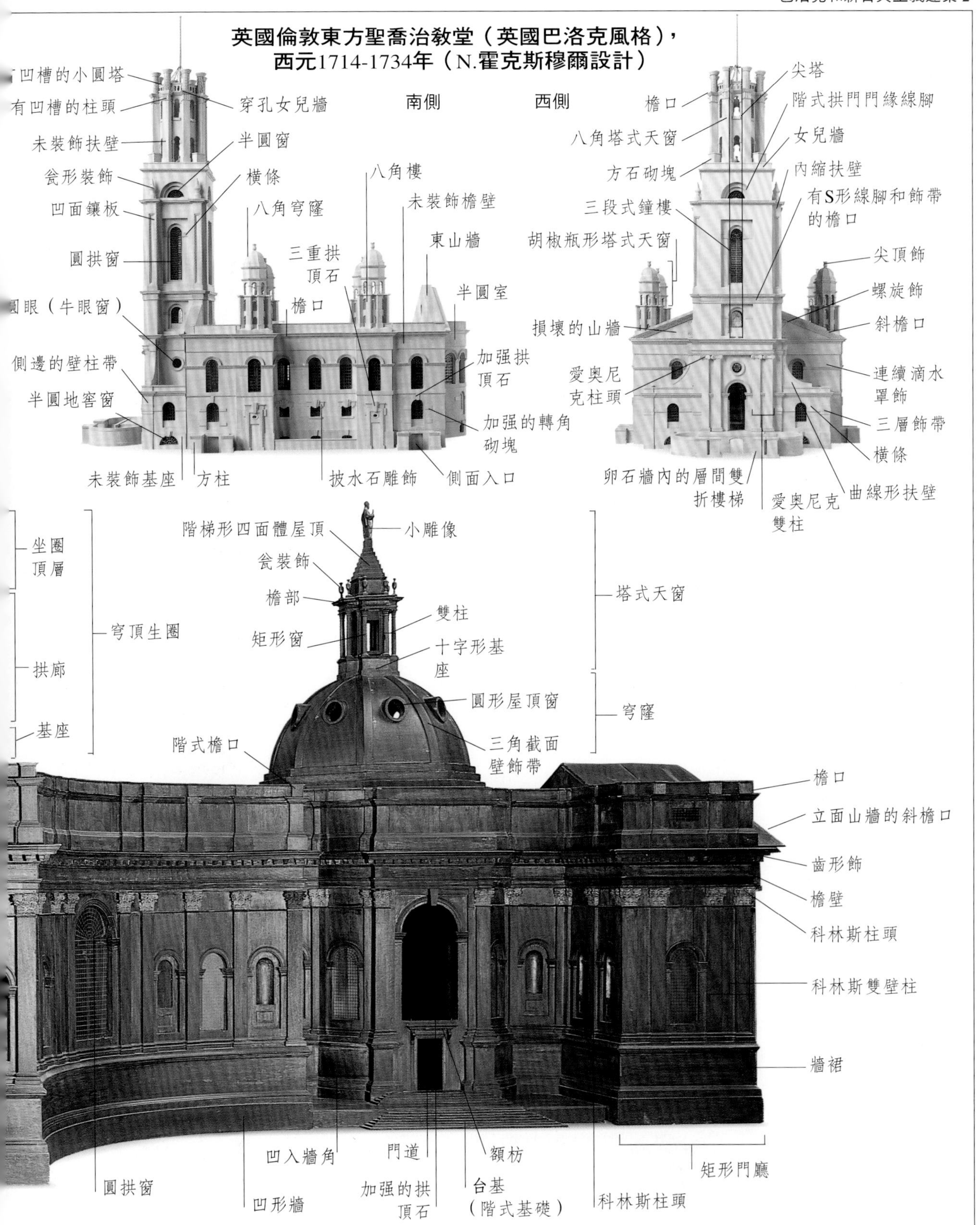

英國倫敦東方聖喬治教堂（英國巴洛克風格），西元1714-1734年（N.霍克斯穆爾設計）

有凹槽的小圓塔
有凹槽的柱頭
未裝飾扶壁
瓮形裝飾
凹面鑲板
圓拱窗
圓眼（牛眼窗）
側邊的壁柱帶
半圓地窖窗
未裝飾基座
方柱
穿孔女兒牆
半圓窗
橫條
八角穹窿
三重拱頂石
檐口
披水石雕飾

南側　　西側

八角樓
未裝飾檐壁
東山牆
半圓室
加強拱頂石
加強的轉角砌塊
側面入口

檐口
八角塔式天窗
方石砌塊
三段式鐘樓
胡椒瓶形塔式天窗
損壞的山牆
愛奧尼克柱頭
卵石牆內的層間雙折樓梯
愛奧尼克雙柱

尖塔
階式拱門門緣線腳
女兒牆
內縮扶壁
有S形線腳和飾帶的檐口
尖頂飾
螺旋飾
斜檐口
連續滴水罩飾
三層飾帶
橫條
曲線形扶壁

坐圈頂層
穹頂生圈
拱廊
基座

階梯形四面體屋頂
瓮裝飾
檐部
矩形窗
階式檐口

小雕像
雙柱
十字形基座
圓形屋頂窗
三角截面壁飾帶

塔式天窗
穹窿

檐口
立面山牆的斜檐口
齒形飾
檐壁
科林斯柱頭
科林斯雙壁柱
牆裙

圓拱窗
凹形牆
凹入牆角
加強的拱頂石
門道
台基（階式基礎）
額枋
科林斯柱頭
矩形門廳

Corinthian column）；加強的拱頂石(*Emphasized keystone*)；三角截面壁飾帶(*Triangular lesene*)；穹頂生圈 (*Drum*)。**英國倫敦東方聖喬治教堂(英國巴洛克風格)，西元1714-1734年(N.霍克斯穆爾設計)**：圓眼(牛眼窗)[*Oeil-de-boeuf*("*ox-eye*")*window*]；加強的轉角砌塊(*Emphasized quoin*)；三重拱頂石(*Triple keystone*)；穿孔女兒牆(*Pierced parapet*)。胡椒瓶形塔式天窗(*Pepper-pot lantern*)；愛奧尼克柱頭(*Ionic capital*)；卵石牆內的層間雙折樓梯(*Dog-leg staircase set in oval stone walls*)；有S形線腳和飾帶的檐口 (*Cornice decorated with ogee molding and fascias*)；內縮扶壁(*Set-back buttress*)。

巴洛克和新古典主義建築 3

巴洛克、新古典主義和洛可可建築的細部

英國漢普郡維恩別墅的門廊。西元1654年（新古典主義風格）

法國凡爾賽宮屏風的鍍金鐵花。西元1669-1674年（法國巴洛克風格）

義大利克雷莫納的斯坦加別墅的窗戶。18世紀初（洛可可風格）

奧地利維也納觀景樓上部的阿特拉斯像柱。西元1721年（德國巴洛克風格）

法國南特的陽台。西元1730-1740年（洛可可風格）

古典風格檐部
波形瓦（S形屋面瓦）
扁平飾帶
彎曲突出部
平整的牆面石砌
飾帶
窗框
檐口
檐壁
額枋
屋檐
渦卷形托臂
第三層窗戶
滴水挑檐
檐口
檐壁
窗頭線條板
第二層窗戶
檐壁形窗台板
地面層窗戶
斜面窗台板
牆面石砌

英國倫敦英格蘭銀行圓形大廳中壁龕的砌石工程（新古典主義風格），西元1794年（J‧索恩設計）

內凹勺形線腳
拱頂石
半穹窿
楔形塊材
圓形大廳牆
檐壁
拱肩
矩形平壁龕
圓壁龕
方形平壁龕

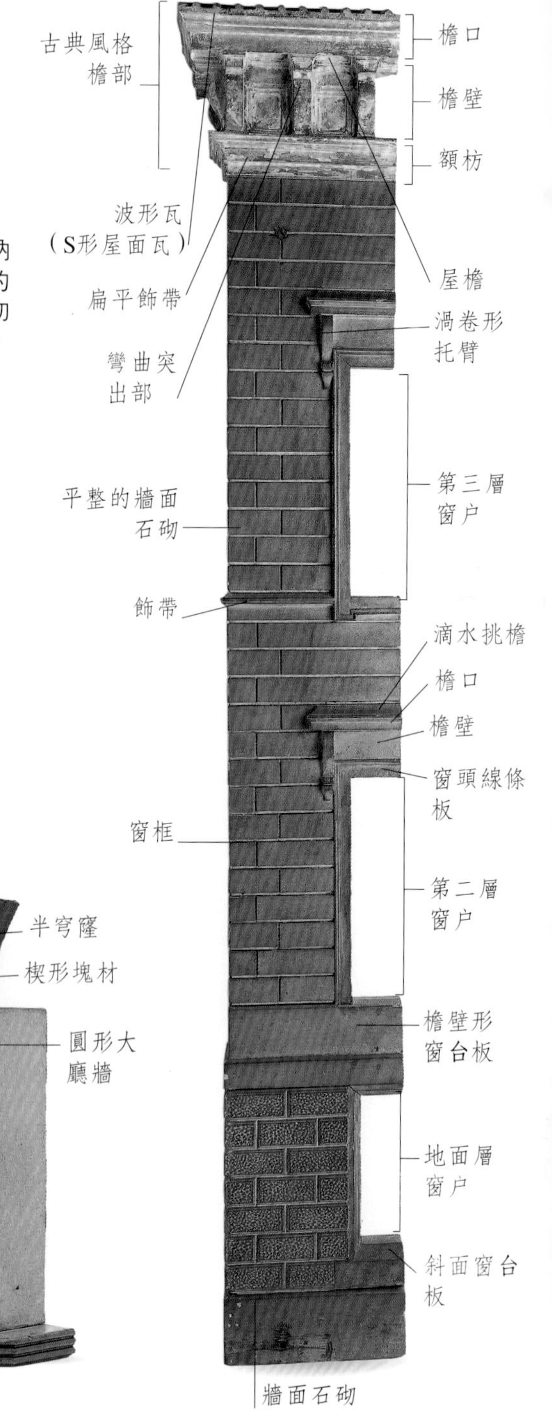

巴洛克和新古典主義建築 3(Baroque and neoclassical 3)。巴洛克、新古典主義和洛可可建築的細部：英國漢普郡維恩別墅的門廊(PORTICO, THE VYNE, HAMPSHIRE, BRITAIN)；法國凡爾賽宮屏風的鍍金鐵花(GILT IRONWORK FROM SCREEN, PALAIS DE VERSAILLES, FRANCE)；義大利克雷莫納的斯坦加別墅的窗戶(WINDOW, PALAZZO STANGA, CREMONA, ITALY)；奧地利維也納觀景樓上部的阿特拉斯像柱[ATLAS(MALE CARYATID),UPPER BELVEDERE,VIENNA, AUSTRIA]；法國南特的陽台(BALCONY, NANTES, FRANCE)。英國倫敦英格蘭銀行圓形大廳中壁龕的砌石工程(新古典主義風格)，西元1794年(J.SOANE)設計）：方形平壁龕(Flat, square niche)；楔形塊材(Voussoir)；內凹勺形線腳(Scoop-pattern

英國白金漢郡的泰寧格漢姆別墅（新古典主義風格），西元1793年-1797年（J·索恩設計）

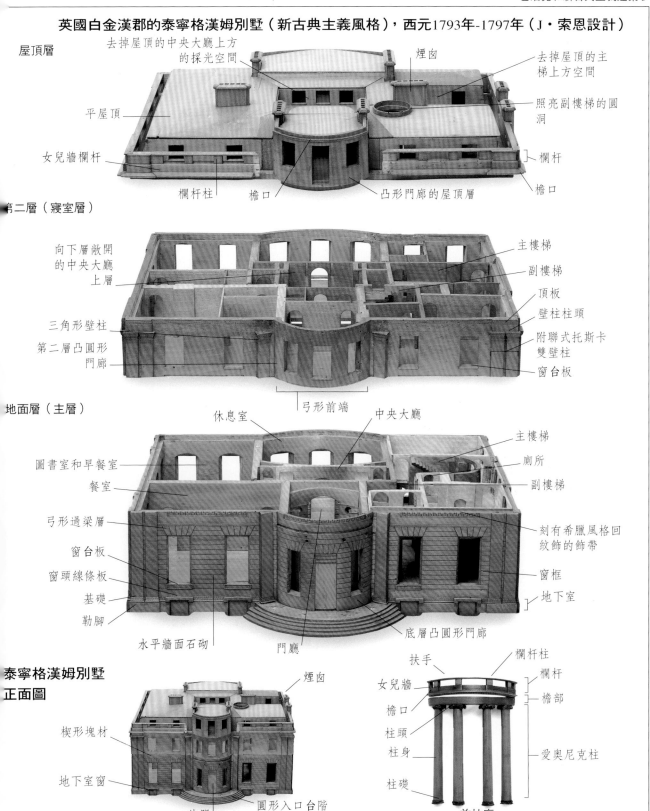

屋頂層

去掉屋頂的中央大廳上方的採光空間

煙囪

去掉屋頂的主梯上方空間

照亮副樓梯的圓洞

平屋頂

女兒牆欄杆

欄杆

欄杆柱　　檐口　　　凸形門廊的屋頂層　　檐口

第二層（寢室層）

向下層敞開的中央大廳上層

主樓梯

副樓梯

頂板

壁柱柱頭

附聯式托斯卡雙壁柱

三角形壁柱

第二層凸圓形門廊

窗台板

弓形前端

地面層（主層）

休息室　　　　中央大廳

主樓梯

圖書室和早餐室

廁所

餐室

副樓梯

弓形過梁層

刻有希臘風格回紋飾的飾帶

窗台板

窗頭線條板

窗框

基礎

地下室

勒腳

水平牆面石砌　　門廊　　底層凸圓形門廊

泰寧格漢姆別墅正面圖

煙囪

扶手　　　欄杆柱

女兒牆　　　　　　欄杆

楔形塊材

檐口　　　　檐部

柱頭

地下室窗

柱身

愛奧尼克柱

圓形入口台階

柱礎

外門

前柱廊

---

concave molding）。**英國倫敦新官方資料檔案保存廳的牆角(新古典主義風格)，西元1830年-1831年(J·索恩設計)：** 波形瓦(S形屋面瓦)*[Pantile(S-shaped roofing tile)]*；窗頭線條板(*Window architrave*)；滴水挑檐(*Drip-cap*)。**英國白金漢郡的泰寧格漢姆別墅(新古典主義風格)，西元1793年-1797年(J·索恩設計)：** 凸形門廊的屋頂層(*Attic story of convex portico*)，三角形壁柱(*Triangular pilaster*)；弓形前端(*Bow front*)；附聯式托斯卡雙壁柱(*Attached Tuscan twin pilasters*)；弓形過梁層(*Segmented lintel course*)；刻有希臘風格回紋飾的飾帶(*Band incised with Greek-style fret ornament*)。**泰寧格漢姆別墅正面圖：** 愛奧尼克柱(*Ionic column*)。

拱 和 拱 頂 建 築

拱是架於一定跨度上，並承受上部建築（如穹窿）重量的曲線形結構，如聖保羅大教堂（參見484頁）和古神廟（參見485頁）中的拱。組成拱的**楔形塊材（楔形砌塊）**旣互相支撐，又把建築重量的向下力轉爲外向力。該外向力又傳到扶壁、拱支柱或拱墩上。拱是一種曲形屋頂或頂棚。拱頂主要有四種（參見485頁）。筒形拱頂爲單拱，斷面爲半圓形；棱拱（交叉拱頂）由兩個直角相交的筒形拱組成；肋拱是用肋加強的交叉拱；扇形拱也是肋拱，只是其肋從起拱點像扇子那樣輻射出去。

拱的各部分

楔形塊材　拱頂石　冠頂　拱墩
拱頂石
拱墩
拱背
拱腹（拱內面）
拱背圈
拱座
起拱點
拱腹（拱內面）
跨度　拱墩
正面　側面

英國倫敦聖保羅大教堂穹窿的拱和基礎，西元1675-1710年（克里斯多夫·雷恩設計）

壁柱　基礎　朝通道的開口　帆拱　內穹窿　柱廊　通道　檐口　外穹窿基座　回音廊　三角形扶壁　模制托座　半穹窿　朝側廊的上部筒形拱通道

上拱（掩蓋主拱和小拱之間的高度差）
拱背
拱腹（拱內面）
起拱點
拱座
圓拱
筒形拱頂
拱墩
强化角柱的支撐砌體（20世紀加建）
通向側廊的過道
通向側廊的小拱
通向中殿的主拱
拱支柱
小拱

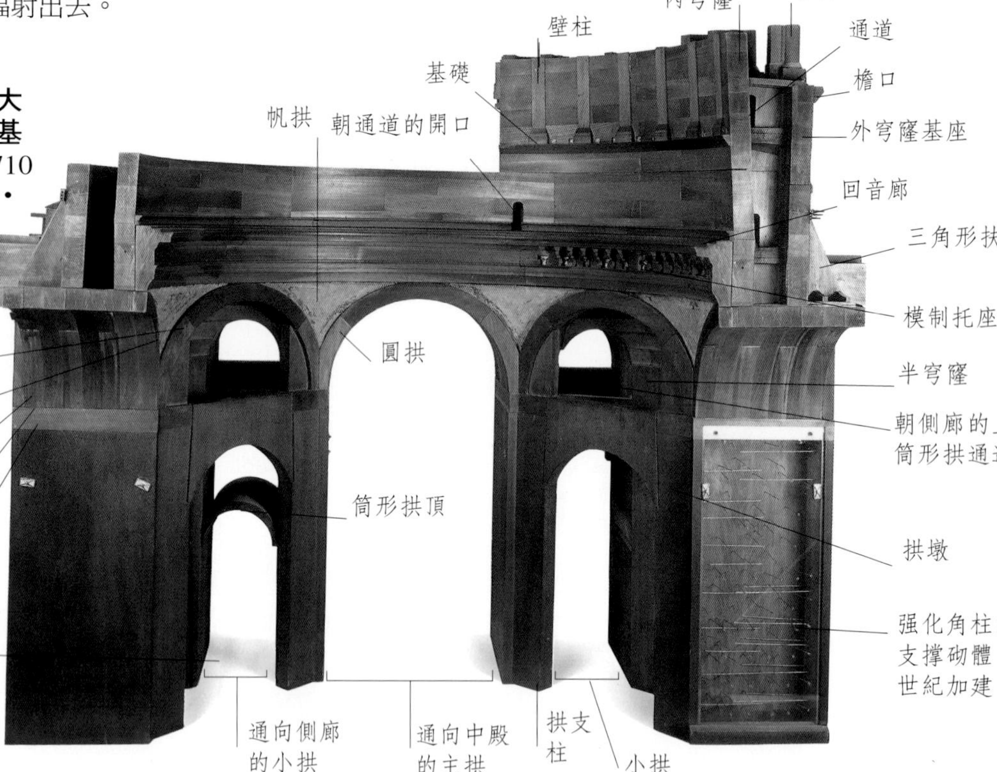

拱的類型

西班牙科爾多瓦大清眞寺的馬蹄形拱（摩爾式拱）西元785年

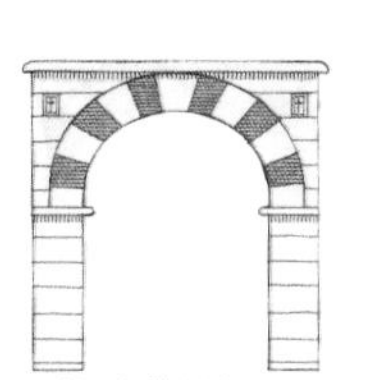

法國艾克斯拉沙佩勒宮廷小教堂的三心拱（半橢圓拱）。西元790-798年

英國倫敦塔的都鐸式拱。約西元1086-1097年

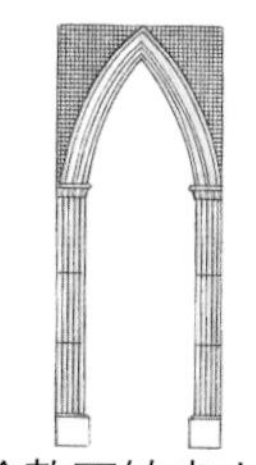

英國倫敦西敏寺大教堂的矢形尖拱。西元1503-1519年

英國約克郡比佛利大教堂的三葉拱。約西元1300年

拱和拱頂建築(Arches and vaults)：楔形塊材(楔形砌塊)[The voussoirs(wedgeshaped blocks)]。**拱的各部分**：拱墩(Abutment)；拱座(Impost)；跨度(Span)；拱背圈(Haunch)；拱背(Extrados)；冠頂(Crown)；拱頂石(Keystone)；拱腹(拱內面)[Intrados(soffit)]；起拱點(Springing point)。**拱頂類型**：筒形拱頂(隧道形拱頂,蓬車形拱頂)[BARREL VAULT(TUNNEL VAULT；WAGON VAULT)]；棱拱(交叉拱頂)(GROIN VAULT)；肋拱(RIB VAULT)；扇形拱(FAN VAULT)。**英國倫敦聖保羅大教堂穹窿的拱和基礎，西元1675-1710年(克里斯多夫·雷恩設計)**：上拱(Upper arch)；通向側廊的小拱(Minor arch leading to side aisle)；通向中殿的主拱(Main arch leading to nave)；回音廊(Whispering Gallery)；帆拱(Pendentive)。**拱的類型**：西班牙科爾多瓦大清眞寺的馬蹄形拱(摩爾式拱)[HORSESHOE ARCH(MOORISH ARCH),GREAT MOSQUE, CORDOBA, SPAIN]；法國艾克斯拉沙佩勒宮廷小

拱頂類型

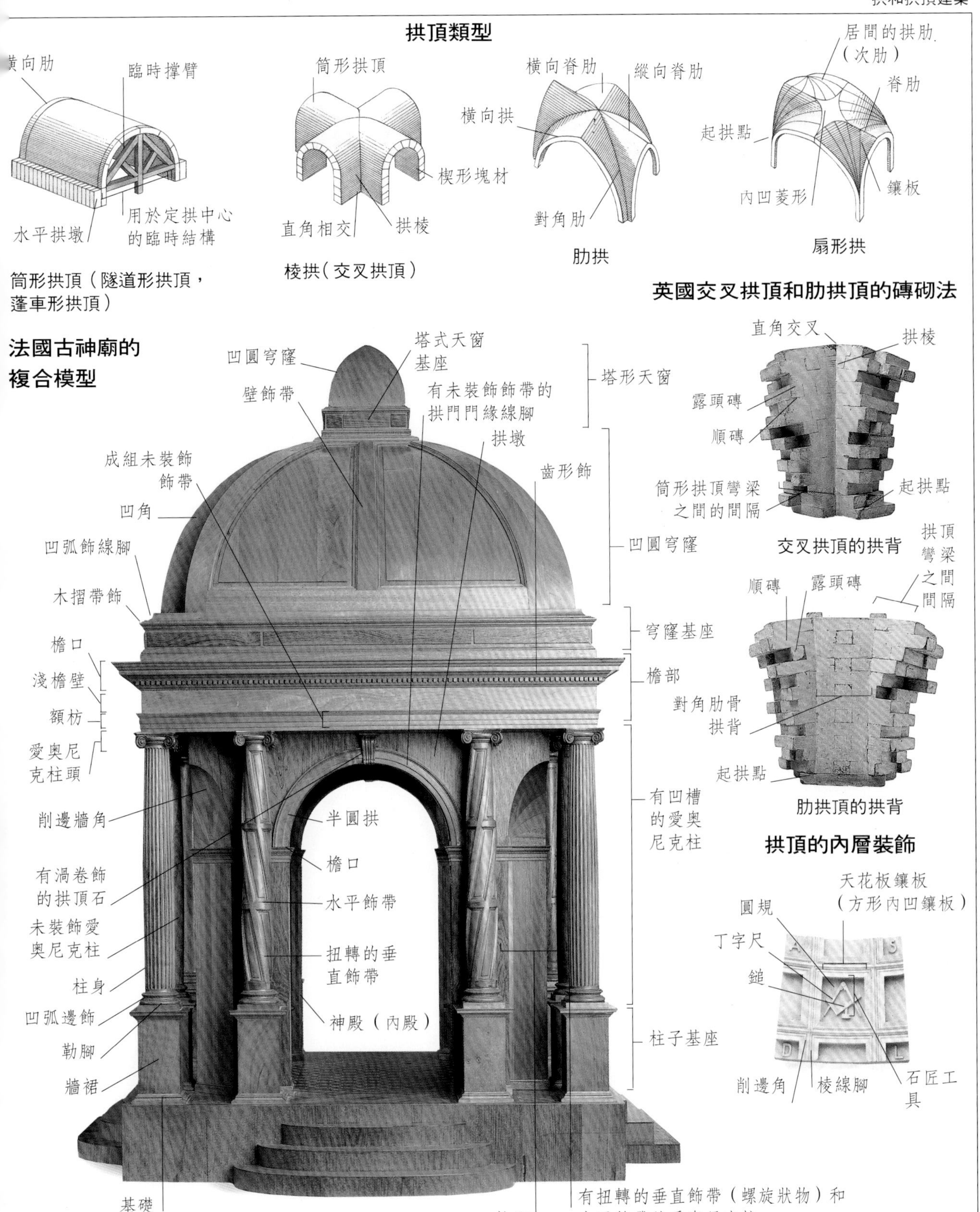

黃向肋 臨時撐臂
水平拱墩 用於定拱中心的臨時結構

筒形拱頂（隧道形拱頂，蓬車形拱頂）

筒形拱頂 楔形塊材 直角相交 拱棱

棱拱（交叉拱頂）

橫向脊肋 縱向脊肋 橫向拱 對角肋

肋拱

居間的拱肋（次肋）脊肋 起拱點 內凹菱形 鑲板

扇形拱

英國交叉拱頂和肋拱頂的磚砌法

直角交叉 拱棱 露頭磚 順磚 筒形拱頂彎梁之間的間隔 起拱點

交叉拱頂的拱背

順磚 露頭磚 拱頂彎梁之間的間隔 對角肋骨拱背 起拱點

肋拱頂的拱背

拱頂的內層裝飾

天花板鑲板（方形內凹鑲板）圓規 丁字尺 鎚 削邊角 棱線腳 石匠工具

法國古神廟的複合模型

凹圓穹窿 壁飾帶 塔式天窗基座 有未裝飾飾帶的拱門門緣線腳 拱墩 齒形飾 凹圓穹窿

成組未裝飾飾帶 凹角 凹弧飾線腳 木摺帶飾 檐口 淺檐壁 額枋 愛奧尼克柱頭 削邊牆角 有渦卷飾的拱頂石 未裝飾愛奧尼克柱 柱身 凹弧邊飾 勒腳 牆裙 基礎

半圓拱 檐口 水平飾帶 扭轉的垂直飾帶 神殿（內殿）塔形天窗 穹窿基座 檐部 對角肋骨 有凹槽的愛奧尼克柱 柱子基座

柱距 有扭轉的垂直飾帶（螺旋狀物）和水平飾帶的愛奧尼克柱

教堂的三心拱(半橢圓拱)[BASKET ARCH(SEMI-ELLIPTICAL ARCH), PALATINE CHAPEL, AIXLA-CHAPELLE,FRANCE]；英國倫敦塔的都鐸式拱(TUDOR ARCH, TOWER OF LONDON,BRITAIN)；英國倫敦西敏寺大教堂的矢形尖拱(LANCET ARCH, WESTMINSTER ABBEY, LONDON,BRITAIN)；英國約克郡比佛利大教堂的三葉拱(TREFOIL ARCH, BEVERLEY MINSTER,YORKSHIRE,BRITAIN)。**法國古神廟的複合模型：**有扭轉的垂直飾帶(螺旋狀物)和水平飾帶的愛奧尼克柱*[Ionic column with twisted vertical bands(wreaths) and horizontal bands]*。**英國交叉拱頂和肋拱頂的磚砌法：**露頭磚*(Header)*；順磚*(Stretcher)*。**拱頂的內層裝飾：**棱線腳*(Arris molding)*；天花板鑲板*(方形內凹鑲板)[Coffer(square sunken panel)]*。

穹窿建築

穹窿是一種凸圓屋頂，按基座和通過穹窿中心的斷面形狀分類。基座可以是圓形、方形、多邊形，決定於坐圈（支承穹窿的牆）的平面形狀。穹窿的截面可與一種拱的形狀一樣（參見484-485頁）。這裡圖示出各種不同類型的穹窿：有圓形基座和半圓形剖面的半球穹窿；有圓形基座和弓形（低於半圓）剖面的碟形穹窿；有多邊形基座且各棱交於穹窿頂部的多面體穹窿；有圓形或多邊形基座和S形截面的蔥形穹窿。許多穹窿都經由塔式天窗（帶窗的塔）採光。

聖保羅大教堂的天窗和上穹窿木構架

法國巴黎索波恩教堂的穹窿木骨架，西元1635-1642年（J・萊蒙西爾設計）

S形曲線穹窿
直撐臂
突出多的拱支柱扶壁
開窗區
簷口
低圓滴水罩飾
基座
圓形屋頂窗
樓板
吊桿短件
樓蓋攔柵
銷釘
滴水罩飾
短撐杆
細腰卵形屋頂窗
凹凸榫接合
S形曲線窗框
主椽木
直撐臂
連接塔式天窗和教堂內部的柱身
主柱
繫梁
圓形底座
普通椽木

有塔式天窗和蔥形穹窿的屋頂

風標
塔尖橢圓形飾
隆突壁飾帶
蔥形穹窿
魚鱗瓦
八面體基礎
挑出的平飾帶
斜面屋頂
圓拱
四面體柱頭
附聯柱
轉角線腳
豎向飾帶
窗戶
挑出的平飾帶
半圓線腳
塔式天窗的八面體基礎
嵌條飾
塔式天窗
四面坡頂

索波恩教堂的金屬鍍製的穹窿模型

塔尖球形飾
十字架
方截面肋
倒凸圓線腳（四分之一圓）裝飾
半圓飾
嵌條飾
螺旋飾
塔式天窗
未裝飾飾帶
卷筒線腳
圓拱窗
扶壁
凸圓線腳（四分之一圓）裝飾
螺旋飾
簷口
嵌條飾
圓基座穹窿
突出的拱支柱扶壁
魚鱗瓦
反向半心形截面線腳
滴水罩飾
細腰卵形屋頂窗
小螺旋飾
雨水槽
女兒牆
半圓線腳
小卷筒
嵌條飾
未裝飾飾帶
三重壁飾帶

穹窿建築(Domes)。法國巴黎索波恩教堂的穹窿木骨架，西元1635-1642年(J・萊蒙西爾(J.LEMERCIER)設計)：細腰卵形屋頂窗(Waistedoval lucarne window)；滴水罩飾(Hood mold)。穹窿類型：以色列耶路撒冷的聖石廟穹窿(半球形穹窿)[DOME OF THE ROCK, JERUSALEM, ISRAEL(HEMISPHERICAL DOME)]；土耳其伊斯坦堡的聖索菲亞教堂(碟形穹窿)[CHURCH OF SANTA SOPHIA, ISTANBUL,TURKEY(SAUCER DOME)]；義大利佛羅倫斯大教堂(多面體穹窿)[FLORENCE CATHEDRAL, ITALY(POLYHEDRAL DOME)]；俄羅斯莫斯科聖巴錫耳大教堂(蔥形穹窿) [ST. BASIL'S CATHEDRAL,MOSCOW,RUSSIA (ONION DOME)]。有塔式天窗和蔥形穹窿的屋頂：塔式天窗的八面體基礎

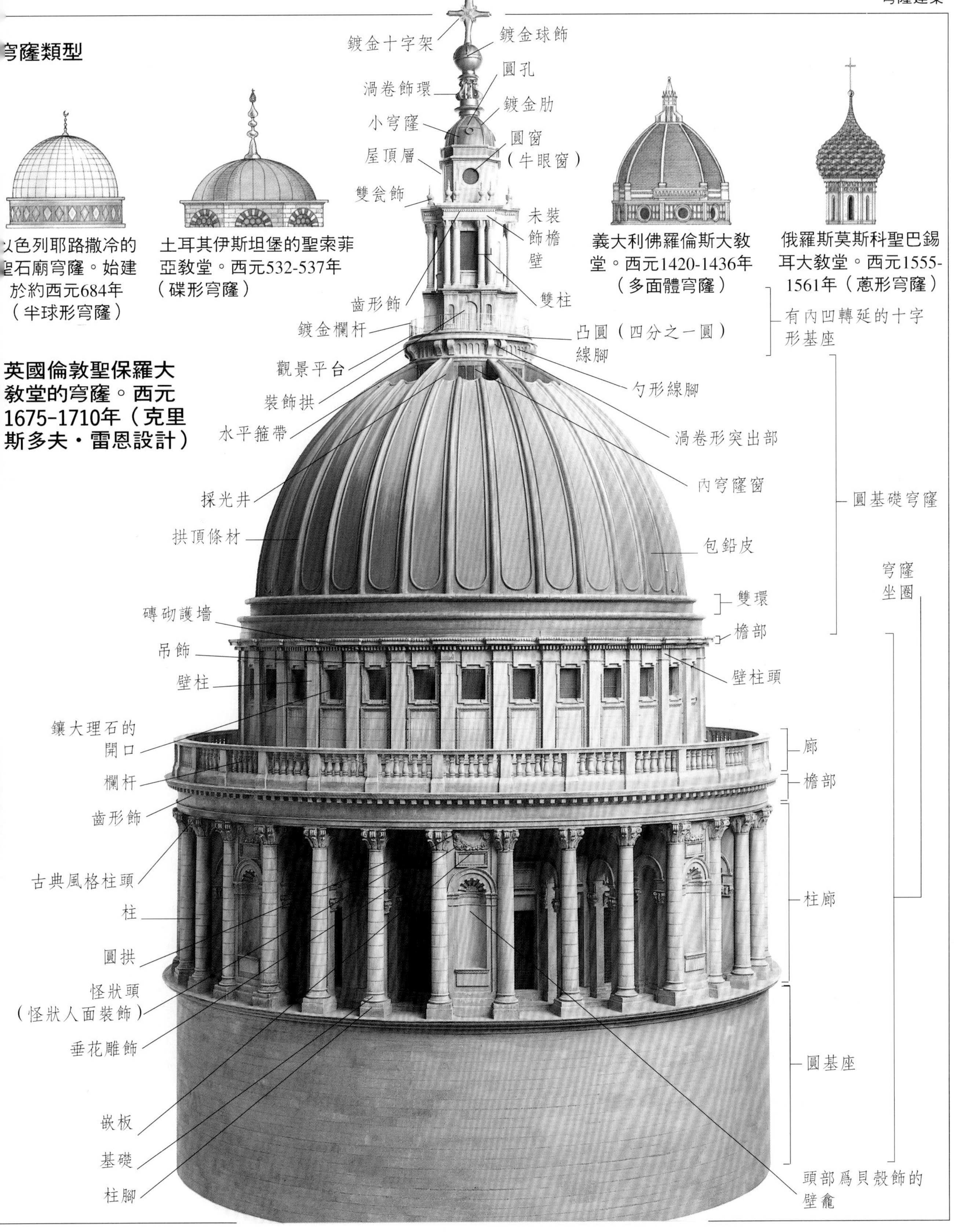

穹窿類型

以色列耶路撒冷的
圓石廟穹窿。始建
於約西元684年
（半球形穹窿）

土耳其伊斯坦堡的聖索菲
亞教堂。西元532-537年
（碟形穹窿）

義大利佛羅倫斯大教
堂。西元1420-1436年
（多面體穹窿）

俄羅斯莫斯科聖巴錫
耳大教堂。西元1555-
1561年（蔥形穹窿）

英國倫敦聖保羅大
教堂的穹窿。西元
1675-1710年（克里
斯多夫・雷恩設計）

鍍金十字架
鍍金球飾
圓孔
渦卷飾環
鍍金肋
小穹窿
圓窗
（牛眼窗）
屋頂層
雙瓮飾
未裝
飾檐
壁
雙柱
齒形飾
鍍金欄杆
凸圓（四分之一圓）
線腳
觀景平台
勺形線腳
裝飾拱
渦卷形突出部
水平箍帶
內穹窿窗
採光井
包鉛皮
拱頂條材
雙環
檐部
磚砌護墙
壁柱頭
吊飾
壁柱
鑲大理石的
開口
廊
欄杆
檐部
齒形飾
古典風格柱頭
柱
圓拱
柱廊
怪狀頭
（怪狀人面裝飾）
垂花雕飾
嵌板
基礎
圓基座
柱腳
頭部為貝殼飾的
壁龕

有內凹轉延的十字
形基座

圓基礎穹窿

穹窿
坐圈

（Octahedral base of lantern）；豎向飾帶（Vertical band）；附聯柱（Attached pillar）。**索波恩教堂的金屬鍍製的**
穹窿模型：倒凸圓線腳（四分之一圓）裝飾[Inverted ovolo(quarter-round)]；小卷筒（Small roll）；反向半心形
截面線腳（Inverted demi-heart torus molding）；卷筒線腳（Roll molding）；方截面肋（Square rib）。**英國倫敦聖**
保羅大教堂的穹窿，西元1675-1710年(克里斯多夫・雷恩(C.WREN)設計)：觀景平台（Viewing
platform）；水平箍帶（String course）；採光井（Light well）；磚砌護牆（Masonry apron）；古典風格柱頭
（Classical-style capital）；怪狀頭(怪狀人面裝飾)[Mascaron(mask)]；穹窿坐圈（Drum）；內穹窿窗（Inner
dome window）；勺形線腳（Scoop-pattern molding）；有內凹轉延的十字形基座（Cruciform pedestal with

伊斯蘭回敎建築

嵌有小方塊的馬賽克圖案

回敎由穆罕默德創建。他於西元570年左右出生於麥加（今沙烏地阿拉伯境內）。在隨後的三個世紀中，回敎從阿拉伯半島傳播到北非和西班牙，還有印度和亞洲許多其他地區。直至今日，回敎仍有強大的國際影響。伊斯蘭建築的普遍特徵是弓形拱和屋頂，蔥形穹窿，以及飾有石雕、彩畫、鑲嵌物或馬賽克的牆體。伊斯蘭建築最主要的代表類型是淸眞寺。它是做禱告的地方，一般都有尖塔，報時者（禱告時間宣告員）就在尖塔上通告回敎徒進行祈禱。大多數淸眞寺都有一個聖堂（裝飾性壁龕），指示麥加的方向。因回敎不允許有形象藝術，故伊斯蘭式建築都用幾何圖案和阿拉伯式花紋以及銘文（通常爲**可蘭經文**）來裝飾。

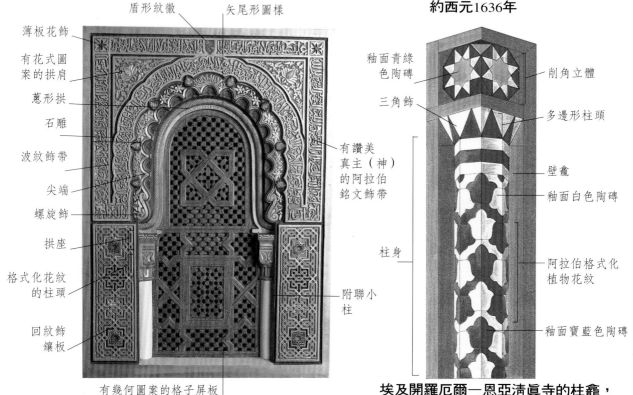

似花蕾的蔥形穹窿
圍繞壁龕的低圓拱
彩繪頂蓬
蓮花飾帆拱
土耳其新月尖飾
阿拉伯銘文飾
脊飾
有香爐的彩繪尖塔圖騰
拱肩
凹進的層疊拱系列
半穹窿
壁龕中的拱形壁龕
仿墓壁畫
多面體形壁龕
凹進層疊小柱

印度比查普爾自治敎會淸眞寺的壁龕，約西元1636年

盾形紋徽
矢尾形圖樣
薄板花飾
有花式圖案的拱肩
蔥形拱
石雕
波紋飾帶
尖端
螺旋飾
拱座
格式化花紋的柱頭
回紋飾鑲板
有幾何圖案的格子屏板
有讚美真主（神）的阿拉伯銘文飾帶
附聯小柱

西班牙格拉納達、阿爾罕布拉宮的圓拱，西元1333-1354年

釉面青綠色陶磚
三角飾
削角立體
多邊形柱頭
壁龕
釉面白色陶磚
柱身
阿拉伯格式化植物花紋
釉面寶藍色陶磚

埃及開羅厄爾—恩亞淸眞寺的柱龕，西元15世紀

伊斯蘭回敎建築(Islamic buildings)：可蘭經文(Koranic verses)。**印度比查普爾自治敎會淸眞寺的壁龕，約西元1636年**：似花蕾的蔥形穹窿(Budlike onion dome)；土耳其新月尖飾(Turkish crescent finial)；有香爐的彩繪尖塔圖騰[Painted minaret with censer(incense burner)]；仿墓壁畫(Mural resembling tomb)；阿拉伯銘文飾(Arabic inscription)；蓮花飾帆拱(Lotus flower pendentive)；彩繪頂蓬(Painted roof pavilion)。
埃及和敘利亞的伊斯蘭馬賽克鑲嵌圖例：星形和希臘十字形馬賽克鑲嵌圖(STAR AND GREEK CROSS MOSAIC)；回紋圖案馬賽克鑲嵌圖(FRET-PATTERN MOSAIC)；六邊形、三角形和對稱四邊形馬賽克鑲嵌圖(MOSAIC OF HEXAGONS, TRIANGLES, AND SYMMETRICAL QUADRILATERALS)；六邊形和條帶馬賽克鑲嵌圖(HEXAGON AND BAND MOSAIC)；曲折線腳(曲折線條)馬賽克鑲嵌圖[DANCETTE(ZIG-ZAG)-PATTERN

埃及和叙利亞的伊斯蘭馬賽克鑲嵌圖例

星形花紋

黃色大理石的三角圖案

黑色大理石的菱形圖案

石飾帶

紅色大理石的希臘十字形

星形和希臘十字形馬賽克鑲嵌圖

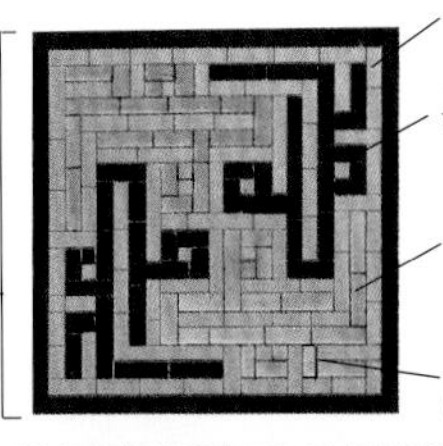

石料

黑色大理石

青綠色玻璃

馬賽克嵌石裝飾

小塊鑲嵌物（小片馬賽克）

回紋圖案馬賽克鑲嵌圖

星形花紋

黑色和黃色大理石組成的希臘十字形

石飾帶

紅色大理石菱形圖案

星形和希臘十字形馬賽克鑲嵌圖

六邊形圖案

黑色大理石飾帶

石飾帶

六邊形和條帶馬賽克鑲嵌圖

黑色大理石的平行四邊形圖案

黃色大理石的三角形圖案

紅色大理石的菱形圖案

石料對稱四邊形

星形花紋

六邊形、三角形和對稱四邊形馬賽克鑲嵌圖

青綠色玻璃馬賽克

珍珠母的平行四邊形圖案

曲折線腳（曲折線條）馬賽克鑲嵌圖

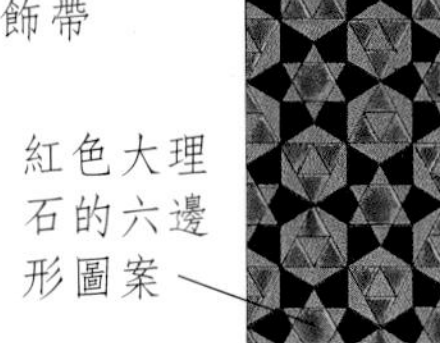

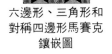

黑色大理石的對稱四邊形圖案

石料三角形

紅色大理石的六邊形圖案

六邊形、三角形和對稱四邊形馬賽克鑲嵌圖

印度阿格拉的依托曼德－厄德－多拉大理石墓，約西元1622-1628年

卡拉沙尖頂飾（有球形飾的尖頂飾）

蓮花瓣

有花格飾的女兒牆

S形曲線屋頂

深屋檐

有穹窿的屋頂

尖塔圓形頂部

陽台

屋頂亭榭

尖拱

寶石鑲嵌圖案

尖塔的八邊形基礎

檐口

托座

飾有阿拉伯式花紋的拱肩

砂岩勒腳

星形鑲嵌圖案

有格狀裝飾的砂岩女兒牆

有幾何圖案的格子屏板

入口低圓拱

砂岩階梯

嵌有小方格馬賽克（幾何馬賽克），由石、花磚、玻璃和搪瓷組成

MOSAIC]；珍珠母的平行四邊形圖案(*Parallelogram of mother-of-pearl*)。**西班牙格拉納達、阿爾罕布拉宮的圓拱，西元1333-1354年**：薄板花飾(*Tablet flower*)；格式化花紋的柱頭(*Capital with stylized floral design*)；有幾何圖案的格子屏板[*Jali(latticed screen) with geometrical patterns*]。**埃及開羅厄爾－恩亞清真寺的柱龕，西元15世紀**：釉面青綠色陶磚(*Enameled turquoise earthenware tile*)。**印度阿格拉的依托曼德－厄德－多拉大理石墓,約西元1622-1628年**：卡拉沙尖頂飾(有球形飾的尖頂飾)[*Kalasa finial(finial with orbs)*]；有格狀裝飾的砂岩女兒牆(*Sandstone parapet decorated with latticework*)；砂岩勒腳(*Sandstone plinth*)；屋頂亭榭(*Roof pavilion*)。

南亞和東亞建築

南亞和東亞的傳統建築受到印度佛教和印度教傳播的深刻
影響。這種影響表現在這些地區廟宇和神殿的數量多，及其建
築風格上。許多早期的印度教廟宇是由在堅硬岩面上鑿出的房間組
成的。但是，從西元8世紀左右起，印度南部開始建造獨立式建築。
許多建築是**達羅毗荼**風格的，如維魯帕克沙神廟（參見491頁），它
有典型的梯形塔、多孔窗和為數眾多的拱、壁柱、雕刻。最早的佛
教遺址是印度神龕塔，它由一個半球穹窿組成，其頂部有塔剎
（柱身），四周圍飾以欄杆和華麗的門。後期的印度神龕塔和在
其他地方修建的神龕塔有些變化。例如，在斯里蘭卡，穹窿
成了鐘形，叫做舍利子塔。佛塔，如緬甸的佛塔（參見490
頁），是多層廟宇，每層有一外挑的屋頂，這些建築形式也
許起源於印度神龕塔的尖頂。亞洲許多傳統建築的另一特點是
其富有想像力的屋頂形狀，例如斜折線形屋頂和帶直椽木的春
日式屋頂（參見490頁）。

緬甸風格的七層
塔，約7-9世紀

鍍金鐵塔尖
（尖葉飾塔頂）

鍍金飾帶

塔頂柱

箭形
花紋

刻有尖頂的半
圓截面線腳

裝飾屋檐板

組成角狀的蔥
形拱花紋

帶雕飾的蔥形
拱花紋

斜脊椽

單坡頂

波紋線腳

附牆柱

欄杆尖頂飾

拱形入口

欄杆

矩形窗

支柱

欄杆柱

直撐臂

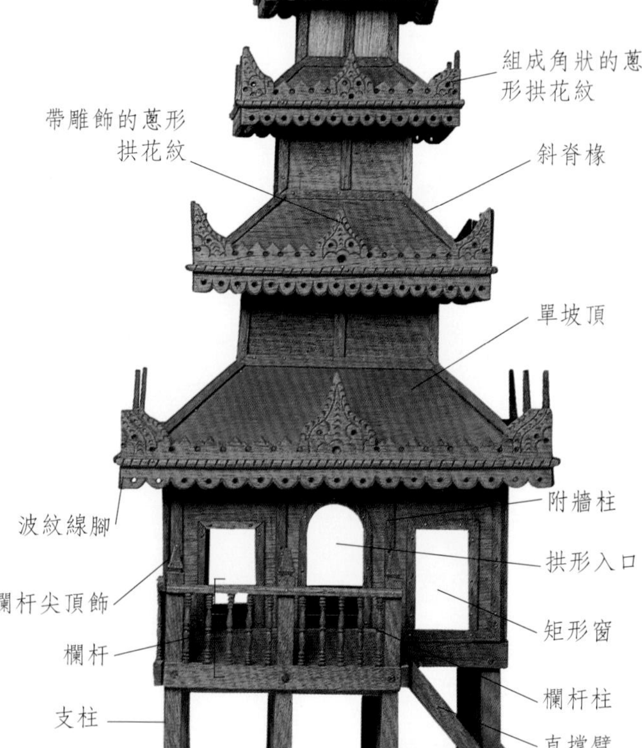

東亞建築細部

日本奈良圓城寺春日堂
神龕的帶直椽木的春日
式屋頂。西元12-14世紀

中國北京天壇的屋頂。
西元15世紀

日本兵庫姬路城門上有
翹屋檐和波紋狀山牆的
斜折線形（折線形）屋
頂。西元1608-1609年

南韓蒲州一神廟帶屋頂
梁的轉角柱頭。
西元17世紀

南亞和東亞建築(South and east Asia)。緬甸風格的七層塔。約7-9世紀：箭形花紋(*Arrow motif*)；帶雕飾的蔥形拱花紋(*Ogee-arched motif with decorative carvings*)。印度帕塔達克爾、維魯帕克沙廟和馬里卡祖拉神廟的石漏窗，西元8世紀：回紋花紋(*Fret motif*)；鏈式花紋(*Chain motif*)；鐮刀花紋(*Sickle motif*)；渦卷花紋(*Scroll motif*)。斯里蘭卡康提的舍利子塔(DAGOBA STUPA)，約西元前2世紀～西元7世紀：相輪(柱身)[*Chattravali(shaft)*]；相輪環(*Ring with indentations symbolizing chattras*)；塔剎(尖頂貼金掛鐘,尖頂裝飾)[*Yasti(tee;pointed spire)*]。東亞建築細部：日本奈良圓城寺春日堂神龕的帶直椽木的春日式屋頂[KASUGA-STYLE ROOF WITH SUMIGI(ANGLE RAFTERS),KASUGADO SHRINE OF ENJOJI, NARA, JAPAN]；中國北京天壇的屋頂(TERRACES, TEMPLE OF HEAVEN, BEIJING, CHINA)。日本兵庫姬路城門上有

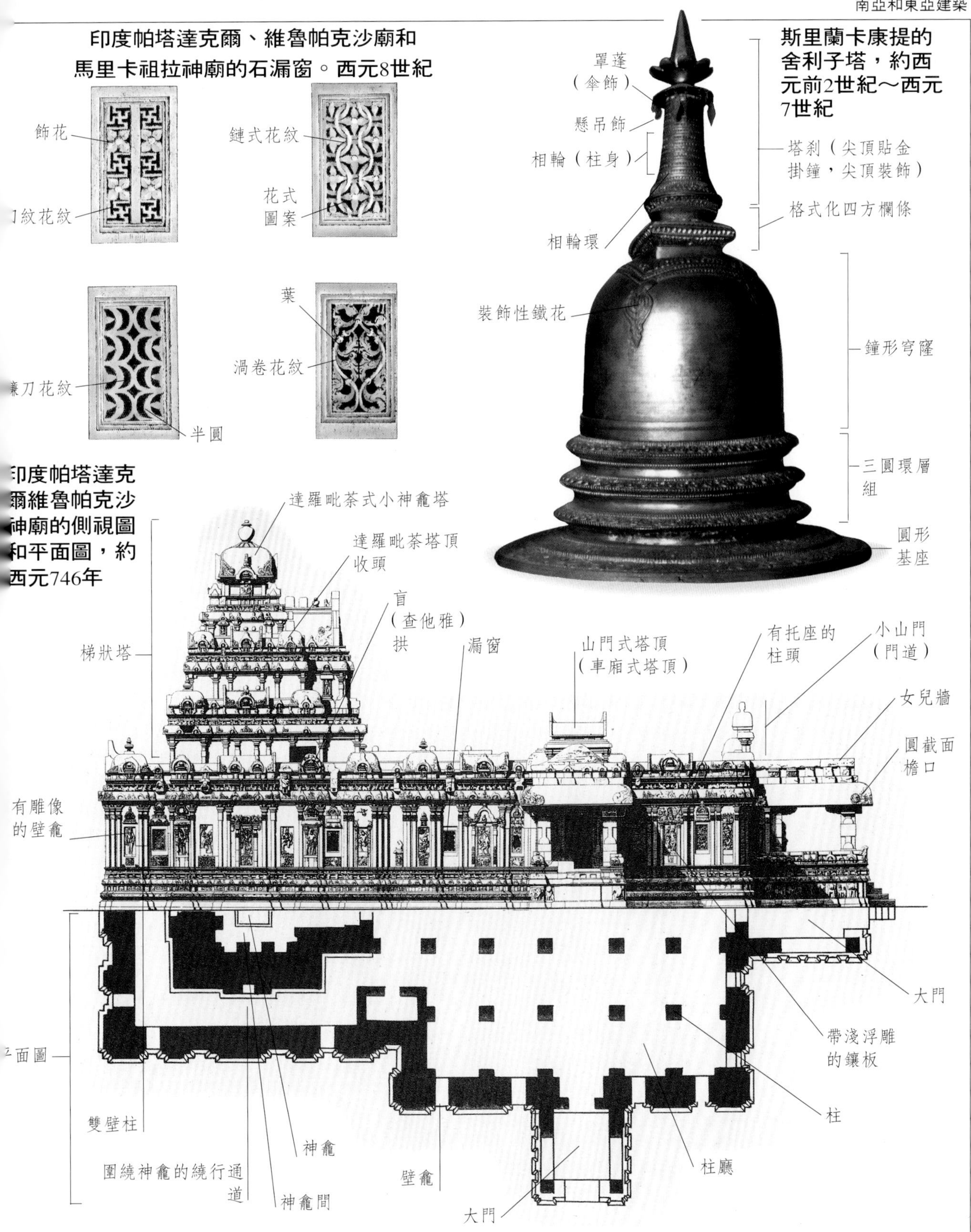

印度帕塔達克爾、維魯帕克沙廟和
馬里卡祖拉神廟的石漏窗。西元8世紀

飾花
回紋花紋
鏈式花紋
花式圖案
葉
渦卷花紋
彎刀花紋
半圓

斯里蘭卡康提的
舍利子塔，約西
元前2世紀～西元
7世紀

罩蓬（傘飾）
懸吊飾
相輪（柱身）
相輪環
塔剎（尖頂貼金掛鐘，尖頂裝飾）
格式化四方欄條
裝飾性鐵花
鐘形穹窿
三圓環層組
圓形基座

印度帕塔達克
爾維魯帕克沙
神廟的側視圖
和平面圖，約
西元746年

達羅毗荼式小神龕塔
達羅毗荼塔頂收頭
盲（查他雅）拱
漏窗
山門式塔頂（車廂式塔頂）
有托座的柱頭
小山門（門道）
女兒牆
圓截面檐口
大門
帶淺浮雕的鑲板
柱
柱廊

梯狀塔
有雕像的壁龕
平面圖
雙壁柱
圍繞神龕的繞行通道
神龕
神龕間
壁龕
大門

翹屋檐和波紋狀山牆的斜折線形(折線形)屋頂[GAMBREL (MANSARD) ROOF WITH UPSWEPT EAVES AND UNDULATING GABLES,HIMEJI CASTLE,HIMEJI JAPAN]。南韓蒲州一神廟帶屋頂梁的轉角柱頭(CORNER CAPITAL WITH ROOF BEAMS, POPCHU-SA TEMPLE, POPCHU-SA, SOUTH KOREA)。**印度帕塔達克爾維魯帕克沙神廟的側視圖和平面圖，約西元746年**：有雕像的壁龕(*Niche with statue*)；帶淺浮雕的鑲板(*Panel with bas-relief carving*)；圓截面檐口(*Roll cornice*)；山門式塔頂(車廂式塔頂)[*Gopuram finial(wagonlike finial)*]；漏窗(*Perforated window*)；盲(查他雅)拱(*Blind chataya arch*)；達羅毗荼塔頂收頭(*Dravidian finial*)；達羅毗荼式小神龕塔[*Stupica(small stupa) of the Dravidian order]*。

19世紀建築

19世紀建築的特點是新材料的採用和新風格的多樣性。從18世紀末起，鐵和鋼開始取代木材，廣泛用於構築房屋框架，例如492頁所示的麻紡廠。該廠於1796年建於英國，它體現了一種在工業界延續了一個多世紀的普遍風格。工業革命也帶來了建築構件的工業化生產，這一進步使英國建築師約瑟夫·帕克斯頓在僅9個月內，為1851年世界博覽會建起了倫敦水晶宮（一個完全由鋼鐵和玻璃建成的建築物）。19世紀廣泛復興了古老的建築風格。例如，在美國和德國，流行新希臘式建築；在英國和法國，新巴洛克、新拜占庭和新哥德風格（在西敏寺大教堂和倫敦橋上可見到）占據主導地位。

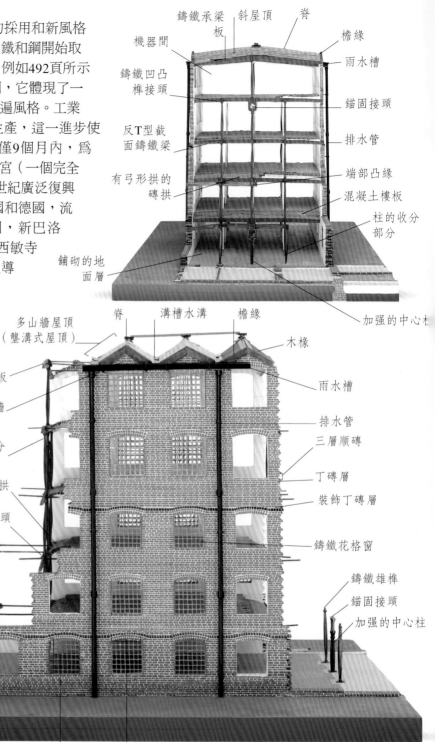

麻紡廠斷面圖

鑄鐵承梁板　斜屋頂　脊
機器間　　　　　　　　檐緣
鑄鐵凹凸榫接頭　　　雨水槽
反T型截面鑄鐵梁　　錨固接頭
　　　　　　　　　　　排水管
有弓形拱的磚拱　　　端部凸緣
　　　　　　　　　　混凝土樓板
　　　　　　　　　　柱的收分部分
鋪砌的地面層
　　　　　　　　　加強的中心柱

英國舒茲伯利麻紡廠，西元1796年（C.貝格設計）

多山牆屋頂（壟溝式屋頂）　脊　溝槽水溝　檐緣
　　　　　　　　　　　　　　　　　木椽
鑄鐵承梁板　　　　　　　　　　雨水槽
山牆　　　　　　　　　　　　　排水管
柱的收分部分　　　　　　　　　三層順磚
　　　　　　　　　　　　　　　丁磚層
有弓形拱的磚拱　　　　　　　　裝飾丁磚層
鑄鐵凹凸榫接頭
拉桿　　　　　　　　　　　　　鑄鐵花格窗
鑄鐵十字形柱　　　　　　　　　鑄鐵雄榫
反T形截面鑄鐵梁　　　　　　　錨固接頭
　　　　　　　　　　　　　　　加強的中心柱
砌合磚牆

石基座　　轉角砌塊　　窗框　　軌徑拱（楔形磚的弓形拱）

19世紀建築(The 19th century)。麻紡廠斷面圖：鑄鐵凹凸榫接頭(*Cast-iron mortise and tenon joint*)；反T型截面鑄鐵梁(*Inverted T-section cast-iron beam*)；有弓形拱的磚拱(*Segmentally arched brick vault*)。**英國舒茲伯利麻訪廠，西元1796年(C.貝格(C.BAGE)設計)：**軌徑拱(楔形磚的弓形拱)*[Gauged arch(segmental arch of tapered bricks)]*；鑄鐵花格窗(*Cast-iron lattice window*)；裝飾丁磚層(*Course of decorative headers*)；多山牆屋頂(壟溝式屋頂)*[Multi-gabled roof(ridge and furrow roof)]*。**英國倫敦西敏寺大教堂的鐘塔(大本鐘)，西元1836-1868年(C.巴里(C.BARRY)和A.W.N.蒲金(PUGIN)設計)：**盾飾的檐口(*Cornice decorated with shields*)；水平箍帶(*String course*)；星形角扶壁(*Star-shaped corner buttress*)；有三葉飾的S形花窗櫺拱(*Ogee tracery arch filled with trefoil*)；空心花窗櫺飾圓拱(*Round arch filled with open*

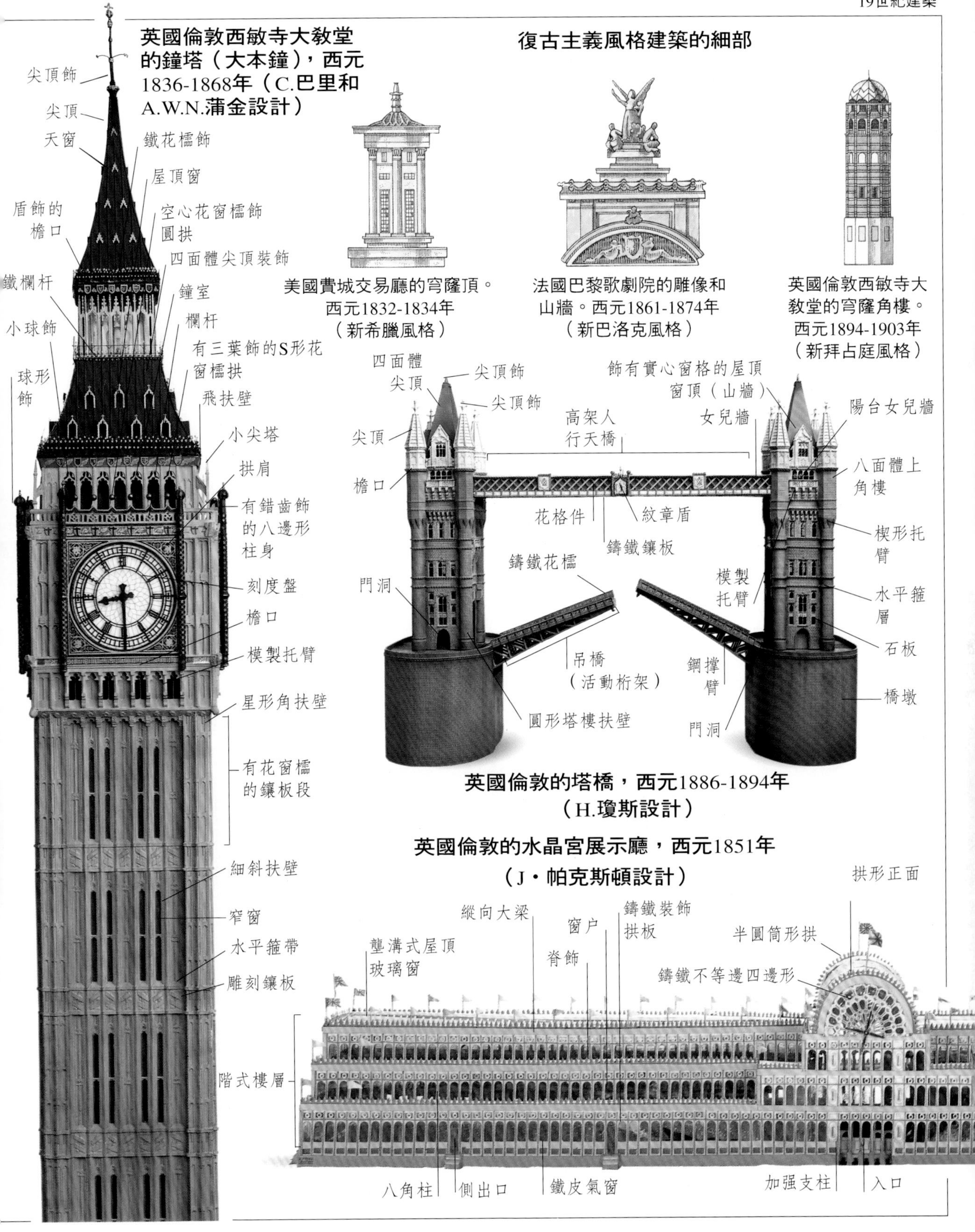

英國倫敦西敏寺大敎堂的鐘塔（大本鐘），西元1836-1868年（C.巴里和A.W.N.蒲金設計）

尖頂飾
尖頂
天窗
鐵花櫺飾
屋頂窗
盾飾的檐口
空心花窗櫺飾
圓拱
四面體尖頂裝飾
鐘室
鐵欄杆
欄杆
小球飾
有三葉飾的S形花窗櫺拱
球形飾
飛扶壁
小尖塔
拱肩
有錯齒飾的八邊形柱身
刻度盤
檐口
模製托臂
星形角扶壁
有花窗櫺的鑲板段
細斜扶壁
窄窗
水平箍帶
雕刻鑲板
階式樓層

復古主義風格建築的細部

美國費城交易廳的穹窿頂。西元1832-1834年（新希臘風格）

法國巴黎歌劇院的雕像和山牆。西元1861-1874年（新巴洛克風格）

英國倫敦西敏寺大敎堂的穹窿角樓。西元1894-1903年（新拜占庭風格）

四面體尖頂
尖頂飾
尖頂飾
尖頂
高架人行天橋
檐口
花格件
紋章盾
鑄鐵鑲板
鑄鐵花櫺
門洞
吊橋（活動桁架）
圓形塔樓扶壁

飾有實心窗格的屋頂窗頂（山牆）
女兒牆
陽台女兒牆
八面體上角樓
楔形托臂
水平箍層
石板
橋墩
門洞
鋼撑臂
模製托臂

英國倫敦的塔橋，西元1886-1894年（H.瓊斯設計）

英國倫敦的水晶宮展示廳，西元1851年（J·帕克斯頓設計）

縱向大梁
窗戶
鑄鐵裝飾拱板
壟溝式屋頂玻璃窗
脊飾
半圓筒形拱
鑄鐵不等邊四邊形
拱形正面
八角柱
側出口
鐵皮氣窗
加強支柱
入口

tracery)；鐵花櫺飾(Iron tracery)。**復古主義風格建築的細部**：美國費城交易廳的穹窿頂(新希臘風格)[CUPOLA, MERCHANTS'EXCHANGE,PHILADELPHIA, USA(NEO-GREEK)]；法國巴黎歌劇院的雕像和山牆(新巴洛克風格)[SCULPTURE AND PEDIMENT,OPERA HOUSE, PARIS,FRANCE(NEO-BAROQUE)]；新拜占庭風格(NEO-BYZANTINE)。**英國倫敦的塔橋，西元1886-1894年(H.瓊斯(H.JONES)設計)**：飾有實心窗格的屋頂窗頂(山牆) *[Dormer head(gable) filled with blind tracery]*；紋章盾(Heraldic shield)；花格件(Latticework)。**英國倫敦的水晶宮展示廳，西元1851年(J·帕克斯頓(J.PAXTON)設計)**：鐵皮氣窗(Sheet-iron louver)；半圓筒形拱(Semicircular barrel vault)；鑄鐵裝飾拱板(Cast-iron ornamental arch-plate)；壟溝式屋頂玻璃窗(Ridge and furrow glass roof-windows)。

20世紀初期建築

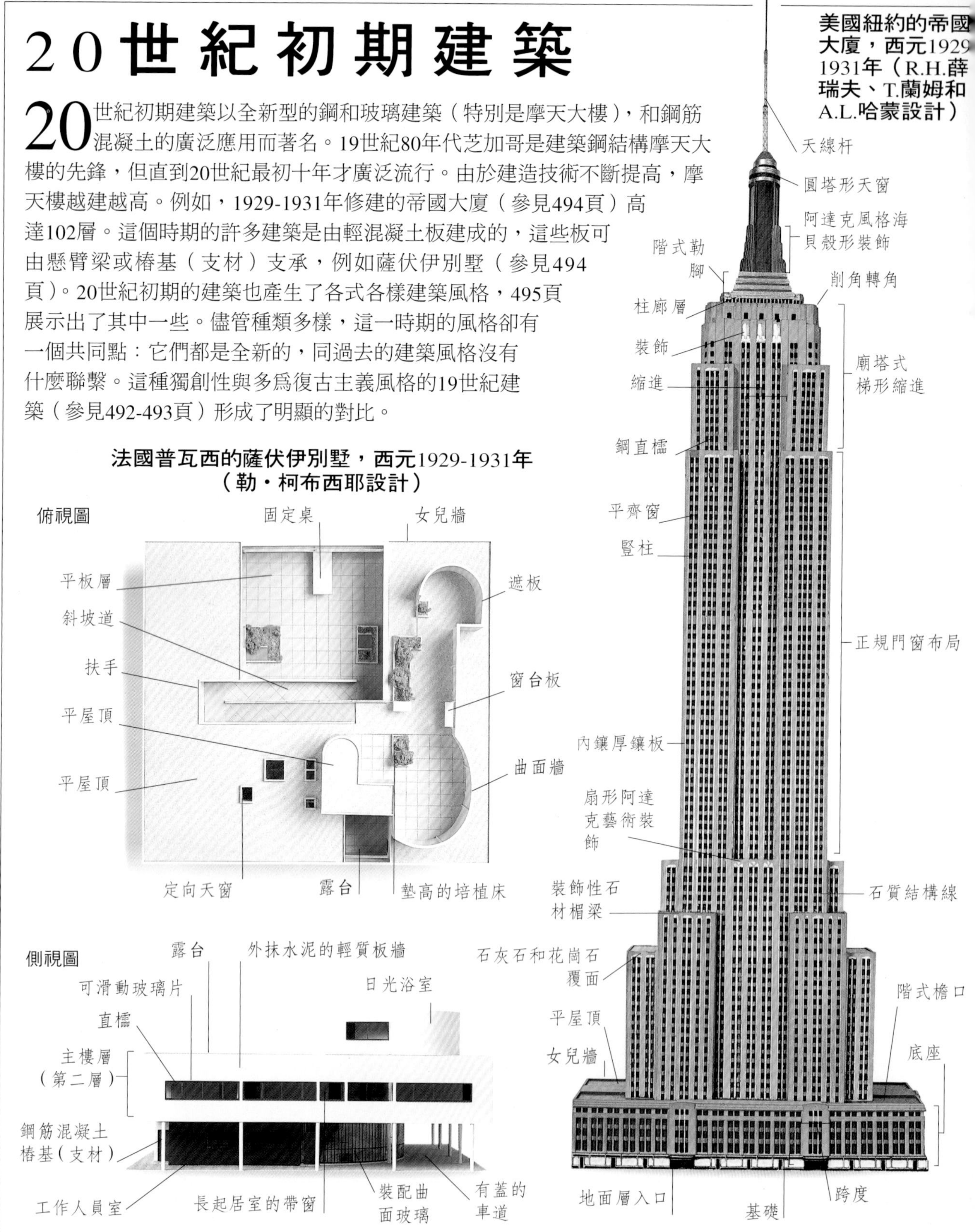

20世紀初期建築以全新型的鋼和玻璃建築（特別是摩天大樓），和鋼筋混凝土的廣泛應用而著名。19世紀80年代芝加哥是建築鋼結構摩天大樓的先鋒，但直到20世紀最初十年才廣泛流行。由於建造技術不斷提高，摩天樓越建越高。例如，1929-1931年修建的帝國大廈（參見494頁）高達102層。這個時期的許多建築是由輕混凝土板建成的，這些板可由懸臂梁或椿基（支材）支承，例如薩伏伊別墅（參見494頁）。20世紀初期的建築也產生了各式各樣建築風格，495頁展示出了其中一些。儘管種類多樣，這一時期的風格卻有一個共同點：它們都是全新的，同過去的建築風格沒有什麼聯繫。這種獨創性與多爲復古主義風格的19世紀建築（參見492-493頁）形成了明顯的對比。

美國紐約的帝國大廈，西元1929-1931年（R.H.薛瑞夫、T.蘭姆和A.L.哈蒙設計）

- 天線杆
- 圓塔形天窗
- 阿達克風格海貝殼形裝飾
- 階式勒腳
- 柱廊層
- 裝飾
- 縮進
- 鋼直櫺
- 平齊窗
- 豎柱
- 削角轉角
- 廟塔式梯形縮進
- 正規門窗布局
- 內鑲厚鑲板
- 扇形阿達克藝術裝飾
- 裝飾性石材楣梁
- 石灰石和花崗石覆面
- 平屋頂
- 女兒牆
- 石質結構線
- 階式檐口
- 底座
- 地面層入口
- 基礎
- 跨度

法國普瓦西的薩伏伊別墅，西元1929-1931年（勒·柯布西耶設計）

俯視圖

- 固定桌
- 女兒牆
- 平板層
- 斜坡道
- 扶手
- 平屋頂
- 平屋頂
- 遮板
- 窗台板
- 曲面牆
- 定向天窗
- 露台
- 墊高的培植床

側視圖

- 露台
- 外抹水泥的輕質板牆
- 日光浴室
- 可滑動玻璃片
- 直櫺
- 主樓層（第二層）
- 鋼筋混凝土椿基（支材）
- 工作人員室
- 長起居室的帶窗
- 裝配曲面玻璃
- 有蓋的車道

20世紀初期建築(The early 20th century)。 美國紐約的帝國大廈，西元1929-1931年(R.H.薛瑞夫(R.H.SHREVE)、T.蘭姆(T.LAMB)和A. L.哈蒙(A.L.HARMON)計)：扇形阿達克藝術裝飾(Fanlike Art Deco decoration)；廟塔式梯形縮進(Zigguratstyle step-back)；阿達克風格海貝殼形裝飾(Art Deco splayed seashell form)。**美國芝加哥的米德威公園，西元1914年(F. L.萊特(F.WRIGHT)設計)：** 階式平屋頂(Stepped flat roofs)；裝飾蓋頂石(Ornamented coping stone)。**法國普瓦西的薩伏伊別墅，西元1929-1931年(勒·柯布西耶(LE CORBUSIER)設計)：** 定向天窗(Directional skylight)。鋼筋混凝土椿基(支材)[Reinforced concrete pilotis(stilt)]；日光浴室(Solarium)。**20世紀初期的建築風格：** 德國慕尼黑埃爾維拉工作室的屋頂窗，西元1902年(新藝術風格)[DORMER WINDOW, STUDIO ELVIRA, MUNICH, GERMANY,1902(ART NOUVEAU)]；德國柏林通用電器公司渦輪機車大樓，西元1909年(德

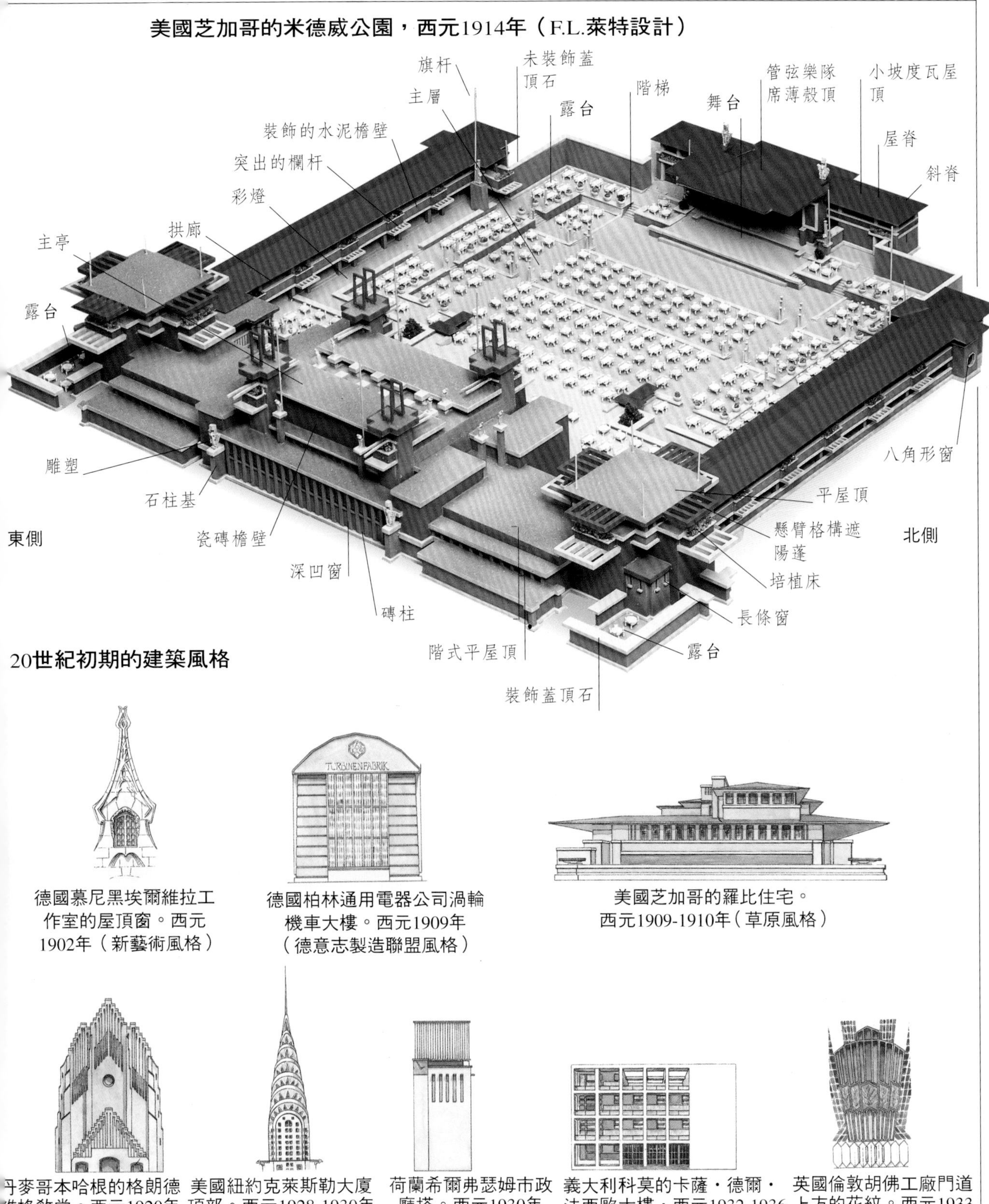

美國芝加哥的米德威公園，西元1914年（F.L.萊特設計）

旗杆
主層
未裝飾蓋頂石
露台
階梯
舞台
管弦樂隊席薄殼頂
小坡度瓦屋頂
屋脊
斜脊
裝飾的水泥檐壁
突出的欄杆
彩燈
拱廊
主亭
露台
雕塑
石柱基
瓷磚檐壁
深凹窗
磚柱
階式平屋頂
裝飾蓋頂石
露台
長條窗
培植床
懸臂格構遮陽蓬
平屋頂
八角形窗
東側
北側

20世紀初期的建築風格

德國慕尼黑埃爾維拉工作室的屋頂窗。西元1902年（新藝術風格）

德國柏林通用電器公司渦輪機車大樓。西元1909年（德意志製造聯盟風格）

美國芝加哥的羅比住宅。西元1909-1910年（草原風格）

丹麥哥本哈根的格朗德維格教堂。西元1920年（表現主義風格）

美國紐約克萊斯勒大廈頂部。西元1928-1930年（阿達克裝飾風格）

荷蘭希爾弗瑟姆市政廳塔。西元1930年（荷蘭立體主義風格）

義大利科莫的卡薩‧德爾‧法西歐大樓，西元1932-1936年（七人組立體主義風格）

英國倫敦胡佛工廠門道上方的花紋。西元1933年（阿達克裝飾風格）

意志製造聯盟風格)[AEG TURBINE HALL, BERLIN, GERMANY, 1909(DEUTSCHER WERKBUND)]；美國芝加哥的羅比住宅(草原風格)[ROBIE HOUSE, CHICAGO, USA(PRAIRIE STYLE)]；丹麥哥本哈根的格朗德維格教堂，西元1920年(表現主義風格)[GRUNDTVIG CHURCH, COPENHAGEN, DENMARK, 1920(EXPRESSIONIST)]；美國紐約克萊斯勒大廈頂部(阿達克裝飾風格)[VERTEX, CHRYSLER BUILDING, NEW YORK(ART DECO)]；荷蘭希爾弗瑟姆市政廳塔(荷蘭立體主義風格)[TOWER, TOWN HALL,HILVERSUM,NETHERLANDS(DUTCH CUBIST)]；義大利科莫的卡薩‧德爾‧法西歐大樓，西元1932-1936年(七人組立體主義風格)[CASA DEL FASCIO, COMO, ITALY, 1932-1936(GRUPPO SEVEN CUBIST)]；英國倫敦胡佛工廠門道上方的花紋(MOTIF ABOVE DOORWAY, HOOVER FACTORY, LONDON, BRITAIN)。

現 代 建 築 1

20 世紀50年代以來的建築通常叫做現代建築。它的主要影響一直是**功能主義**，即認爲建築的功能應在設計中體現出來。龐畢度中心（參見496-497頁）和香港匯豐銀行（參見498-499頁）都是功能主義建築。在這兩座建築中，工程要素和服務設施都顯露在外面。在20世紀80年代，一些建築師拋棄了功能主義而垂青於**後現代主義建築**。後者採用了現代建築材料和技術，卻使歷史上的風格（尤其是**新古典主義風格**）再度流行。在許多現代建築中，採用玻璃或懸掛在骨架上的混凝土板做牆，例如川奈別墅（參見496頁），這種牆結構稱爲幕牆。其他現代建築技術還包括混凝土拱的複雜結合（如雪梨歌劇院建築，參見498-499頁），和能構成複雜屋頂形狀的高抗拉梁（如加彭自由市聖皮埃爾教堂的拋物線屋頂，參見498-499頁）

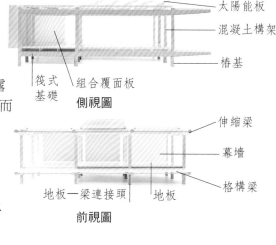

太陽能板
混凝土構架
椿基
筏式基礎　組合覆面板
側視圖

伸縮梁
幕牆
格構梁
地板—梁連接頭　地板
前視圖

法國巴黎龐畢度中心服務設施正面圖，西元1977年（R·皮安諾和R·羅杰斯設計）

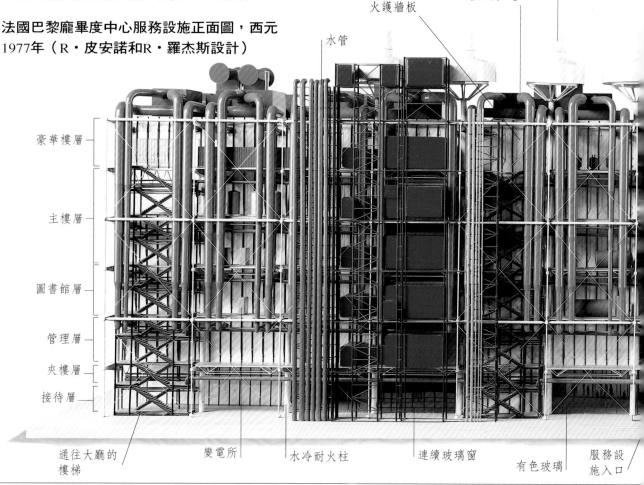

金屬面防火護牆板　空調管道　冷卻塔

水管

豪華樓層
主樓層
圖書館層
管理層
夾樓層
接待層

通往大廳的樓梯　變電所　水冷耐火柱　連續玻璃窗　有色玻璃　服務設施入口

現代建築1 (Modern buildings 1)：功能主義(functionalism)；後現代主義建築(postmodernism)；新古典主義風格(neoclassicism)。**日本川奈別墅**(KAWANA HOUSE,JAPAN)，**始建於1987年**(N·福斯特(N.FOSTER)設計)：筏式基礎*(raft)*；組合覆面板*(Composite cladding panel)*；太陽能板*(Solar panel)*；幕牆*(Curtain walling)*。**龐畢度中心主立面圖**(PRINCIPAL FACADE, CENTRE GEORGES POMPIDOU)：懸掛式耐火玻璃幕*(Suspended fire-resistant glass curtain)*；水冷耐火鋼柱*(Water-cooled fire-resistant steel column)*；十字支撐*(Crossbracing)*；支撐自動扶梯的拱形框架*(Cradle support for escalator)*。**法國巴黎龐畢度中心服務**

龐畢度中心主立面圖

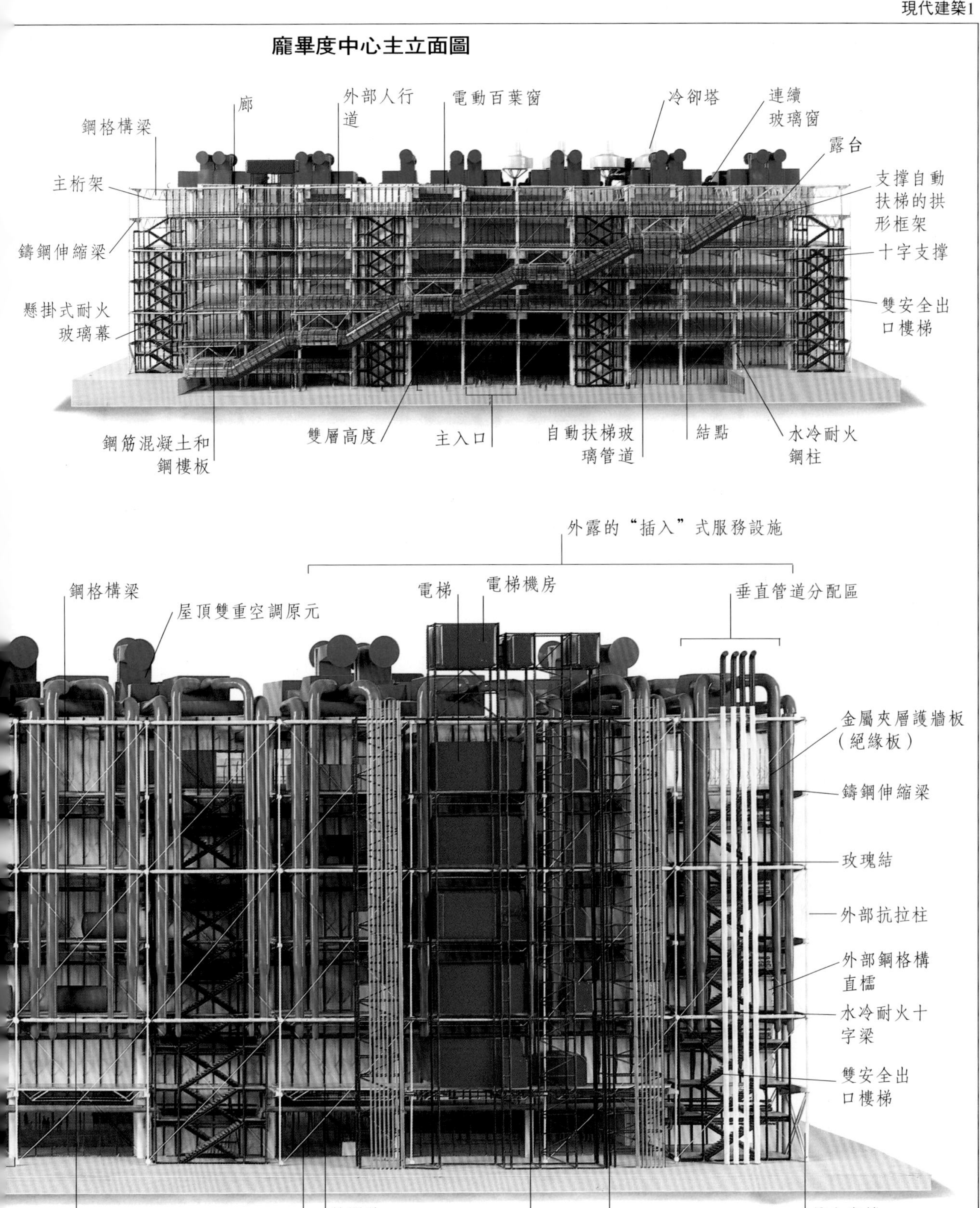

鋼格構梁
廊
外部人行道
電動百葉窗
冷卻塔
連續玻璃窗
露台
主桁架
鑄鋼伸縮梁
懸掛式耐火玻璃幕
支撐自動扶梯的拱形框架
十字支撐
雙安全出口樓梯
鋼筋混凝土和鋼樓板
雙層高度
主入口
自動扶梯玻璃管道
結點
水冷耐火鋼柱

外露的"插入"式服務設施

鋼格構梁
屋頂雙重空調原元
電梯
電梯機房
垂直管道分配區
金屬夾層護牆板(絕緣板)
鑄鋼伸縮梁
玫瑰結
外部抗拉柱
外部鋼格構直檔
水冷耐火十字梁
雙安全出口樓梯

儲水箱
十字支撐
敞開的樓層
水管
服務設施鋼柱
雙十字撐

設施正面圖，西元1977年(R・皮安諾(R.PIANO)和R・羅杰斯(R.ROGERS)設計)：豪華樓層(*Grand gallery level*)；主樓層(*Main gallery levels*)；圖書館層(*Library level*)；管理層(*Administrative level*)；夾樓層(*Mezzanine gallery level*)；接待層(*Reception level*)；鑄鋼伸縮梁[*Gerberette(cast-steel rocker beam)*]；金屬夾層護牆板(絕緣板)[*Metal sandwich-panel(insulating panel)*]；外露的"插入"式服務設施(*Exposed "plug-in" services*)；屋頂雙重空調原元(*Dual air-conditioning unit for roof*)；金屬面防火護牆板(*Metal-faced fire-resistant panel*)。

現代建築 2

香港匯豐銀行，西元1981-1985年（N・福斯特設計）

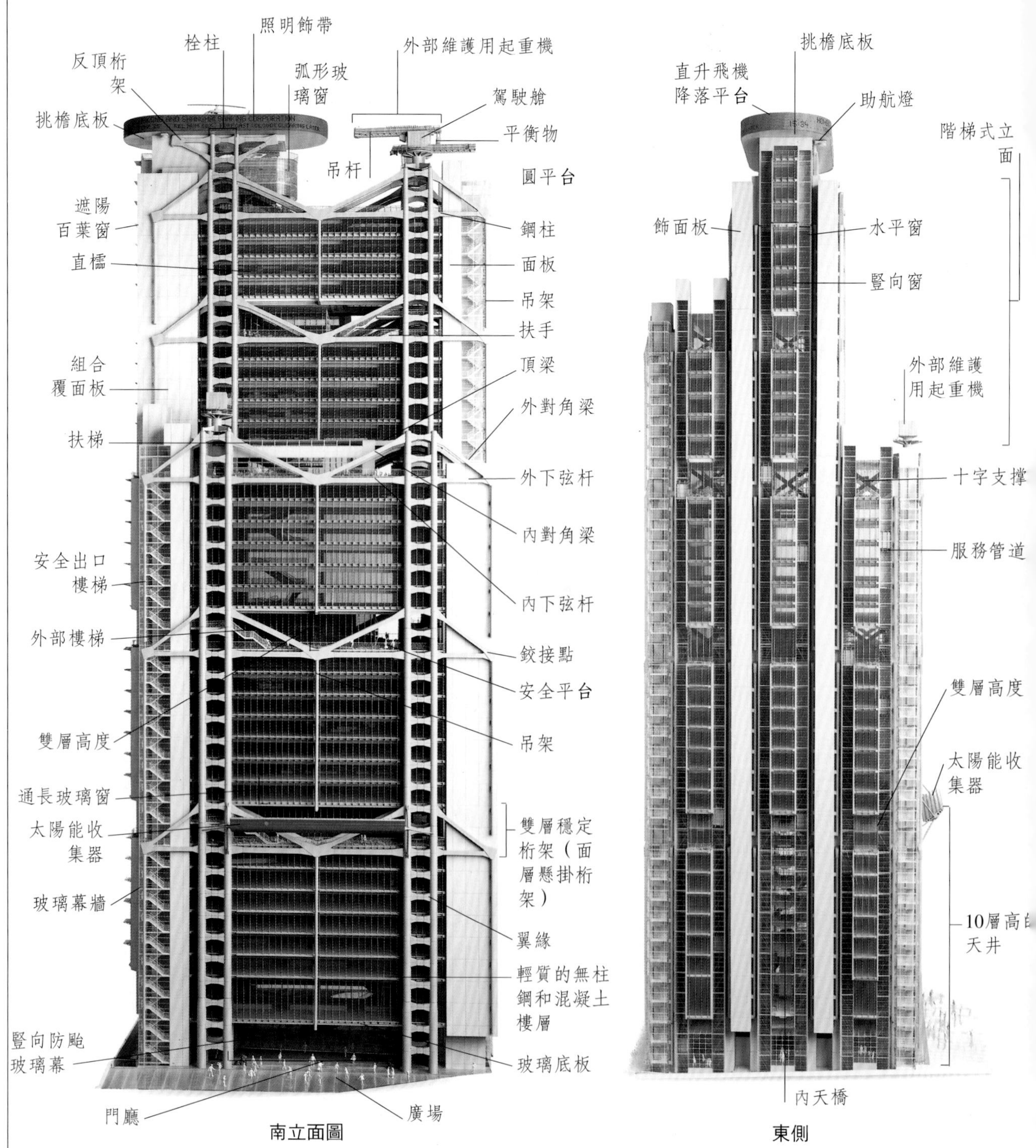

反頂桁架
栓柱
照明飾帶
挑檐底板
弧形玻璃窗
外部維護用起重機
駕駛艙
平衡物
吊杆
圓平台
遮陽百葉窗
直樘
組合覆面板
扶梯
安全出口樓梯
外部樓梯
雙層高度
通長玻璃窗
太陽能收集器
玻璃幕牆
豎向防颱玻璃幕
門廳
廣場

鋼柱
面板
吊架
扶手
頂梁
外對角梁
外下弦杆
內對角梁
內下弦杆
鉸接點
安全平台
吊架
雙層穩定桁架（面層懸掛桁架）
翼緣
輕質的無柱鋼和混凝土樓層
玻璃底板

南立面圖

挑檐底板
直升飛機降落平台
助航燈
階梯式立面
飾面板
水平窗
豎向窗
外部維護用起重機
十字支撐
服務管道
雙層高度
太陽能收集器
10層高的天井
內天橋

東側

現代建築2 (Modern buildings 2)。**香港匯豐銀行，西元1981-1985年(N・福斯特(N.FOSTER)設計)**：組合覆面板(Composite cladding panel)；太陽能收集器(Sun scoop)；玻璃幕牆(Glazed curtain wall)；豎向防颱玻璃幕(Vertical glazed typhoon screen)；輕質的無柱鋼和混凝土樓層(Lightweight, column-free steel and concrete floor)；雙層穩定桁架(面層懸掛桁架)[Two-story stability truss(coat hanger truss)]；內對角梁(Inner diagonal beam)；飾面板(Face panel)；10層高的天井(10-floorhigh atrium)；服務管道(Service shaft)。**加彭自由市聖皮埃爾教堂**：拋物線屋頂(Paraboloid roof)；膠合板牆板[Glulam wall plate(glued and

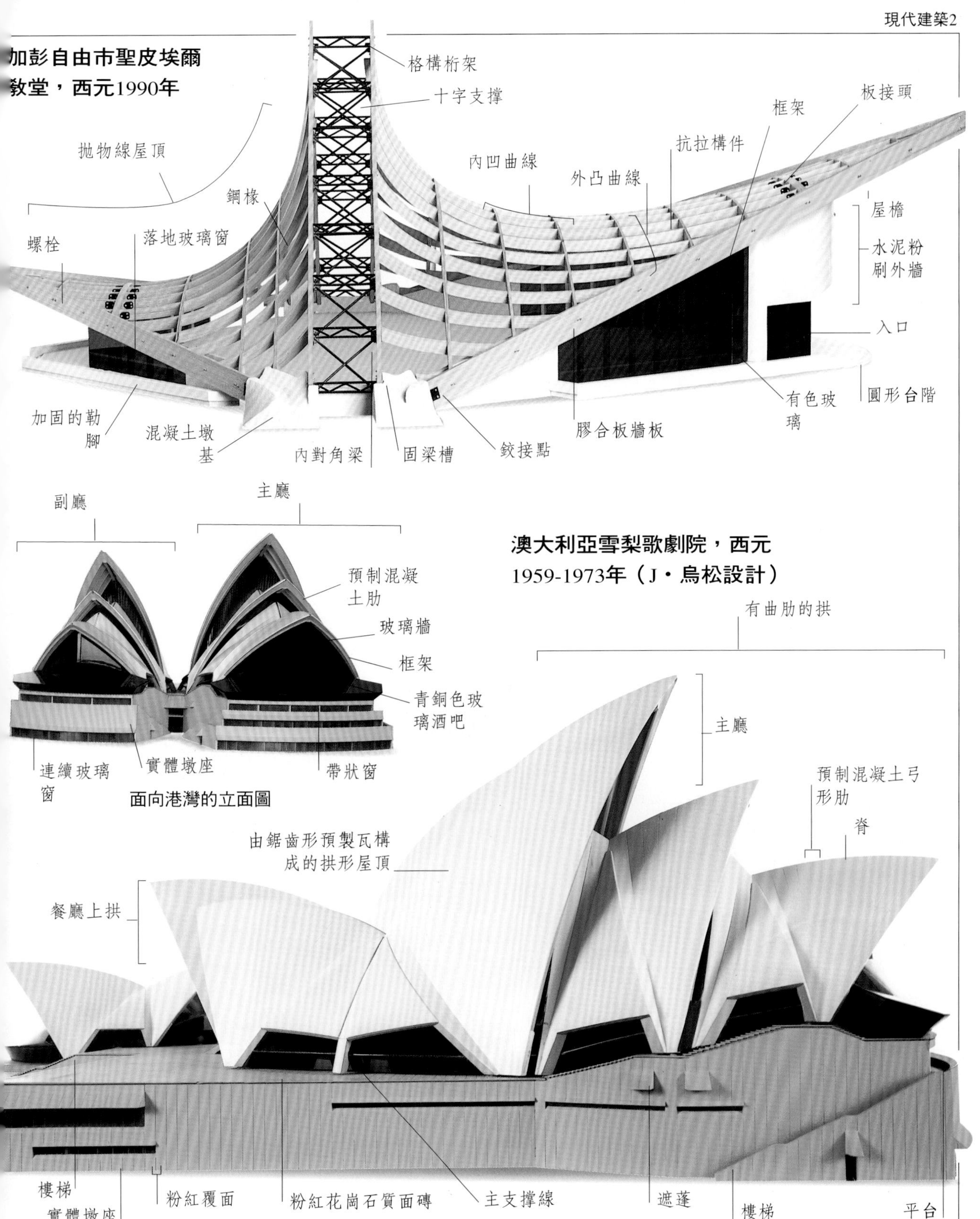

加彭自由市聖皮埃爾教堂，西元1990年

格構桁架
十字支撐
板接頭
框架
抗拉構件
內凹曲線
外凸曲線
拋物線屋頂
鋼椽
落地玻璃窗
屋檐
水泥粉刷外牆
螺栓
入口
加固的勒腳
混凝土墩基
內對角梁
固梁槽
鉸接點
膠合板牆板
有色玻璃
圓形台階

副廳
主廳

澳大利亞雪梨歌劇院，西元1959-1973年（J・烏松設計）

預制混凝土肋
玻璃牆
框架
青銅色玻璃酒吧
連續玻璃窗
實體墩座
帶狀窗

面向港灣的立面圖

有曲肋的拱

主廳

預制混凝土弓形肋
脊

由鋸齒形預製瓦構成的拱形屋頂

餐廳上拱

樓梯
實體墩座
粉紅覆面
粉紅花崗石質面磚
主支撐線
遮蓬
樓梯
平台

西側

laminated wall plate)]；抗拉構件*(Tension member)*。**澳大利亞雪梨歌劇院，西元1959-1973年(J・烏松(J.UTZON)設計)**：實體墩座*(Solid podium)*；預制混凝土肋*(Precast concrete rib)*。餐廳上拱*(Vault over restaurant)*；粉紅覆面*(Pink cladding)*；粉紅花崗石質面磚*(Pink granite-aggregate paving slab)*；主支撐線*(Main line of support)*；預制混凝土弓形肋*(Precast concrete rib segment)*；由鋸齒形預製瓦構成的拱形屋頂*(Vault roof constructed of chevron-shaped precast tiles)*。

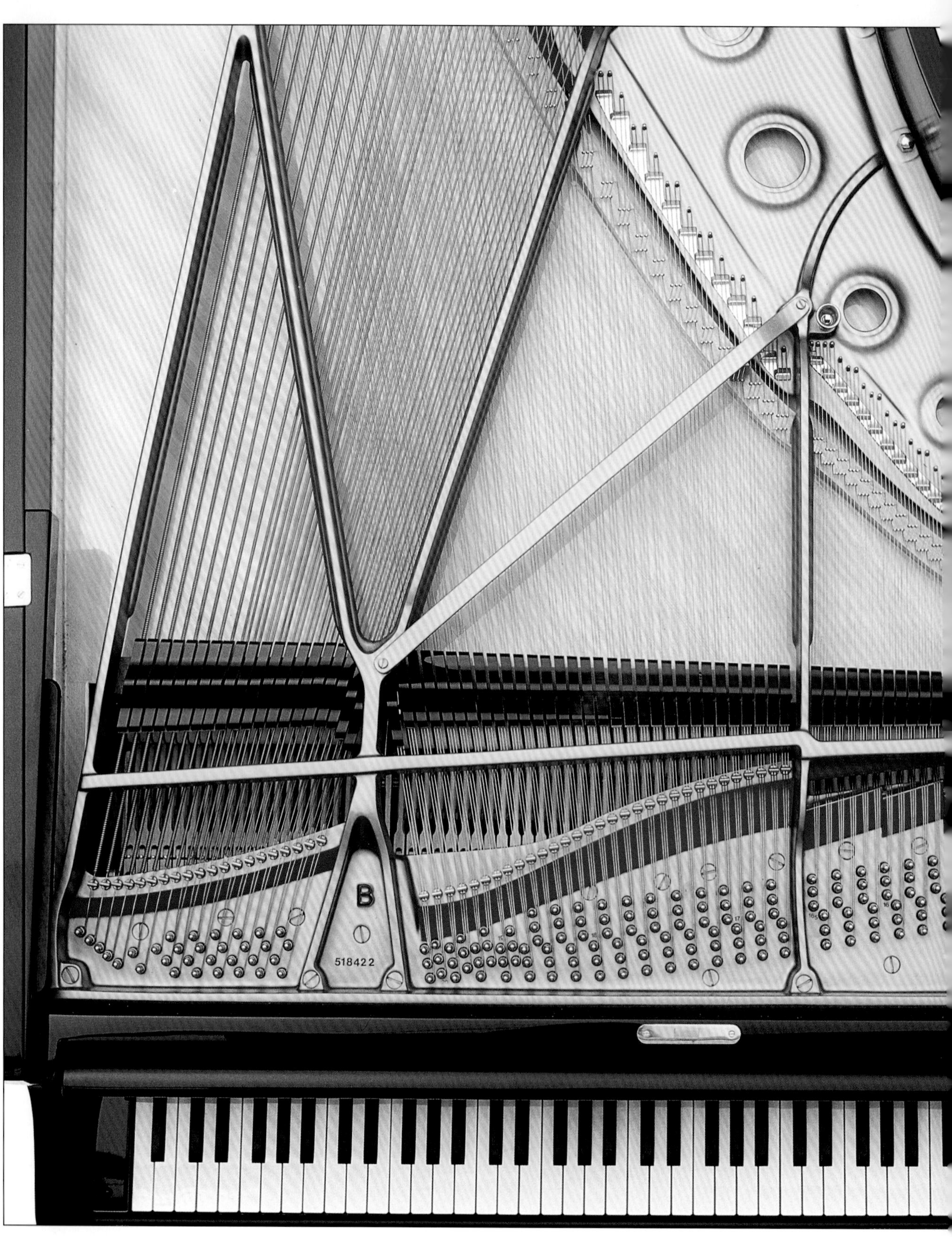

音樂篇
MUSIC

記譜法(Musical notation)   502

管弦樂團(Orchestras)   504

銅管樂器(Brass instruments)   506

木管樂器(Woodwind instruments)   508

弦樂器(Stringed instruments)   510

吉他(Guitars)   512

鍵盤樂器(Keyboard instruments)   514

打擊樂器(Percussion instruments)   516

鼓(Drums)   518

電子樂器(Electronic instruments)   520

記譜法

把聲音書寫下來以供他人閱讀和演奏的方法稱爲記譜法。當今所使用的常規記譜體系爲**五線譜**，縱向的小節線把五線譜分成小節。音符、休止符、譜號、調號、拍號、臨時記號和其他符號都記載在五線譜上。音符表示一個聲音的持續時間，並按照它在譜線上的位置表示這個聲音的音高。音符按照音高次序在譜線上排列而成音階。音樂中的靜止用休止符表示。譜號位於五線譜的開端，用來確定音高。調號位於譜號之後，用來標記曲調。拍號位於調號之後，表示一小節中的拍數。臨時記號用來表示一個音符的音高進行之升或降。

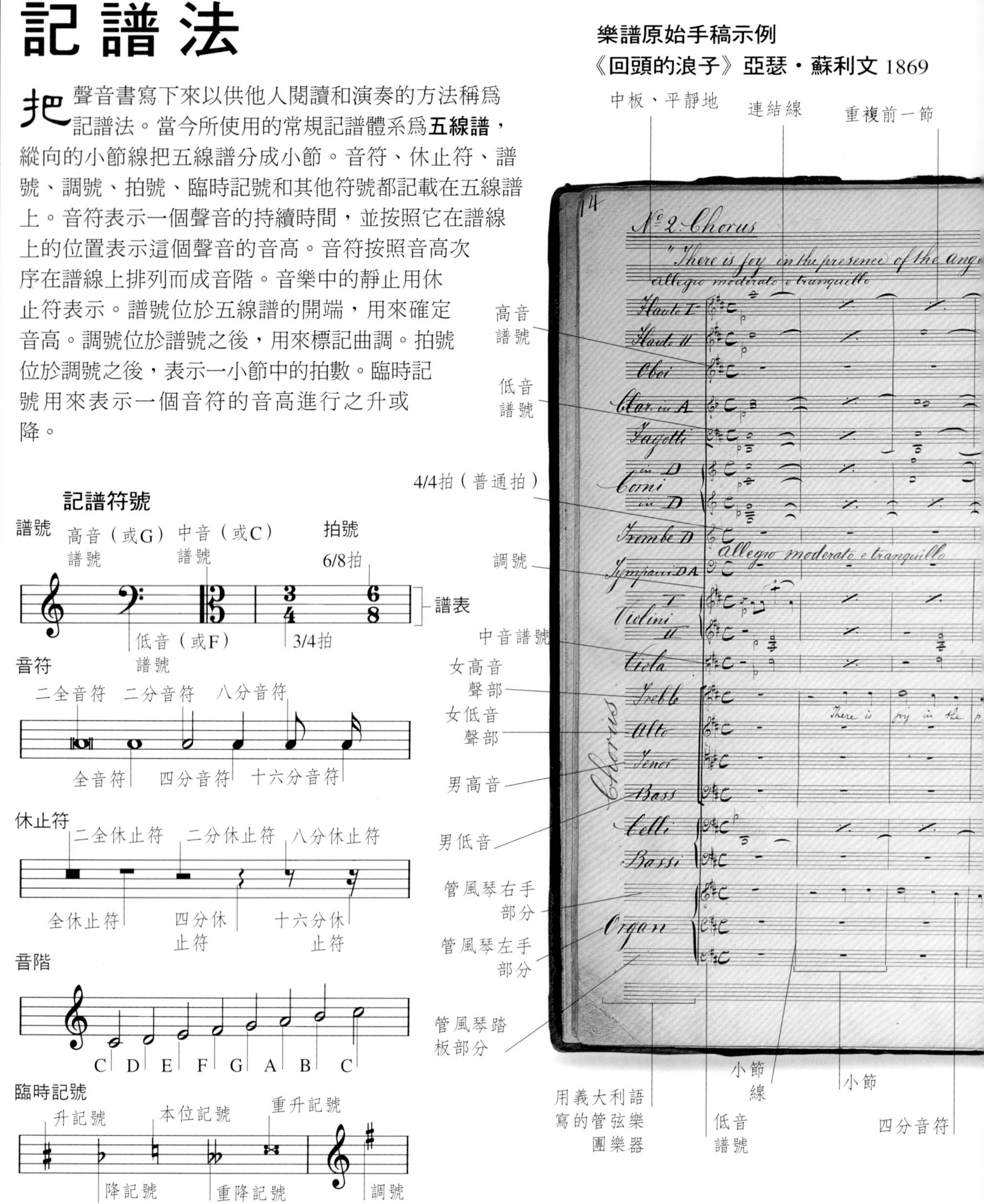

樂譜原始手稿示例
《回頭的浪子》亞瑟・蘇利文 1869

中板、平靜地　　連結線　　重複前一節

記譜符號

譜號　高音（或G）譜號　中音（或C）譜號　拍號　6/8拍

高音譜號

低音譜號

4/4拍（普通拍）

調號

中音譜號

女高音聲部
女低音聲部
男高音
男低音

管風琴右手部分
管風琴左手部分
管風琴踏板部分

低音（或F）譜號　3/4拍　譜表

音符
二全音符　二分音符　八分音符
全音符　四分音符　十六分音符

休止符
二全休止符　二分休止符　八分休止符
全休止符　四分休止符　十六分休止符

音階
C D E F G A B C

臨時記號
升記號　本位記號　重升記號
降記號　重降記號　調號

用義大利語寫的管弦樂團樂器
低音譜號
小節線
小節
四分音符

記譜法(Musical notation)：五線譜[five-line stave(staff)]。**記譜符號(ELEMENTS OF MUSICAL NOTATION)**：譜號(CLEFS)；拍號(TIME SIGNATURES)；音符(NOTES)；休止符(RESTS)；音階(SCALE)；臨時記號(ACCIDENTALS)。高音(或G)譜號*[Treble(or G) clef]*；中音(或C)譜號*[Alto(or C) clef]*；低音(或F)譜號*[Bass(or F) clef]*；二全音符*(Breve)*；二分音符*(Minim)*；八分音符*(Quaver)*；全音符*(Semibreve)*；四分音符*(Crotchet)*；十六分音符*(Semiquaver)*；二全休止符*(Breve rest)*；二分休止符*(Minim rest)*；八分休止符*(Quaver rest)*；全休止符*(Semibreve rest)*；四分休止符*(Crotchet rest)*；十六分休止符*(Semiquaver rest)*；調

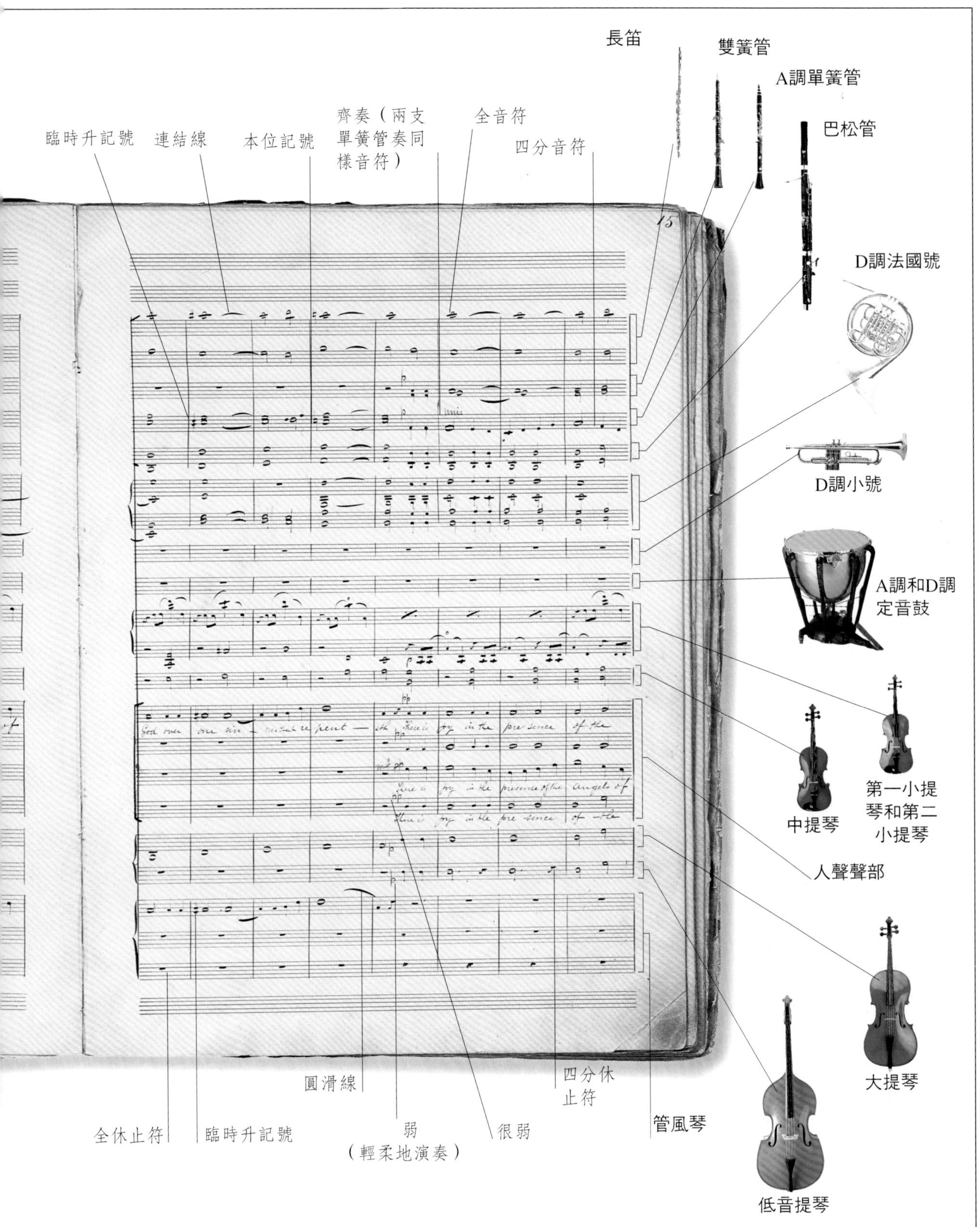

長笛

雙簧管

A調單簧管

巴松管

D調法國號

D調小號

A調和D調
定音鼓

第一小提
琴和第二
小提琴

中提琴

人聲聲部

大提琴

低音提琴

臨時升記號　連結線　本位記號　齊奏（兩支　全音符
　　　　　　　　　　　　　　　單簧管奏同　四分音符
　　　　　　　　　　　　　　　樣音符）

圓滑線　　　　　　四分休
　　　　　　　　　止符

全休止符　　臨時升記號　　　弱　　　很弱　　管風琴
　　　　　　　　　　　（輕柔地演奏）

號(Key signature)；升記號(Sharp)；本位記號(Natural)；降記號(Flat)。**樂譜原始手稿示例《回頭的浪子》**
亞瑟‧蘇利文1869(EXAMPLE OF AN ORIGINAL MANUSCRIPT：THE PRODIGAL SON,ARTHUR SULLIVAN)：
連結線[Tie(bind)]；齊奏(Unison)；中音譜號(Alto clef)；女高音聲部(Treble voice)；女低音聲部(Alto
voice)；男高音(Tenor voice)；男低音(Bass voice)；圓滑線(Slur)；弱(Piano)；很弱(Pianissimo)。

管 弦 樂 團

管弦樂團由一組樂師組成,他們演奏為特定樂器組合而譜寫的樂曲。管弦樂團所包含的樂器數量和種類視所演奏的樂曲而定。現代管弦樂團也稱為**交響樂團**,由四組樂器組成:弦樂器、木管樂器、銅管樂器和打擊樂器。弦樂器包括小提琴、中提琴、大提琴、低音提琴,有時候還加上一架豎琴。主要的木管樂器有長笛、雙簧管、單簧管和巴松管,如果樂曲需要的話,也可以加上短笛、英國管、低音單簧管、薩克斯風和低音巴松管(參見508-509頁)。銅管樂器通常包括法國號、小號、長號(伸縮喇叭)和低音號(參見506-507頁)。打擊樂器的主角是定音鼓(參見518-519頁)。小鼓、大鼓、鐃鈸、手鼓(鈴鼓)、三角鐵、管鐘、木琴、震音鐵琴、鑼、響板和砂槌也可歸入打擊樂器。樂師一般排列成半圓形,弦樂器排在前面,木管樂器和銅管樂器在中間,打擊樂器在後面。指揮站在樂隊前面,控制著音樂的節奏和聲響的全面平衡,以免某些樂器比其他樂器過響或過弱。

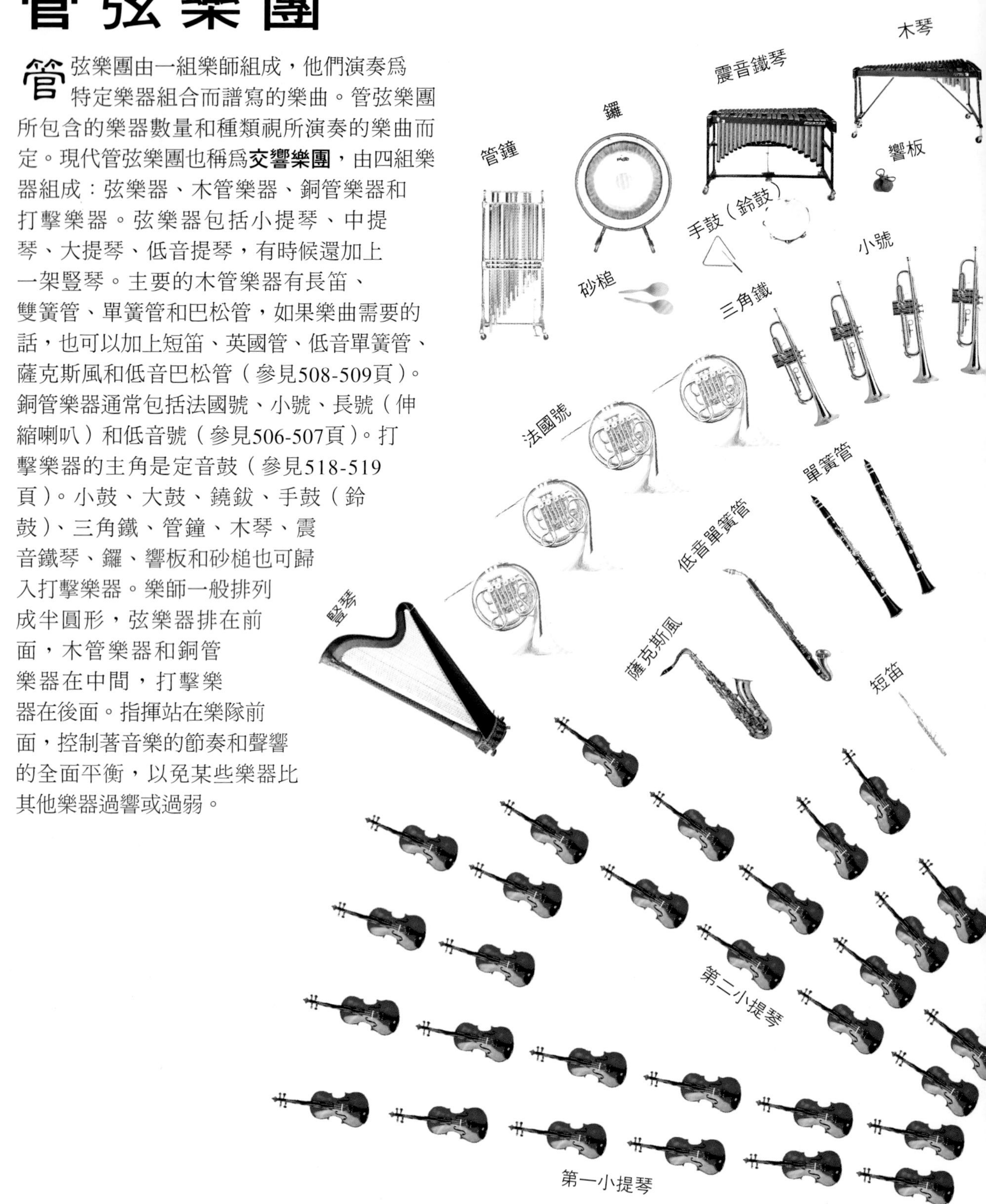

木琴

震音鐵琴

響板

鑼

管鐘

手鼓(鈴鼓)

砂槌

小號

三角鐵

法國號

單簧管

低音單簧管

薩克斯風

短笛

豎琴

第二小提琴

第一小提琴

管弦樂團(Orchestras):交響樂團(symphony orchestra)。**一個現代(交響)樂團樂器排置的示例**
[EXAMPLE OF A LAYOUT OF THE INSTRUMENTS FOR A MODERN (SYMPHONY)ORCHESTRA]:管鐘(TUBULAR BELLS);鑼[TAM-TAM(GONG)];震音鐵琴(VIBRAPHONE);木琴(XYLOPHONE);鐃鈸(CYMBALS);小鼓(SIDE DRUM);大鼓(BASS DRUM);定音鼓(TIMPANI);砂槌(MARACAS);手鼓(鈴鼓)(TAMBOURINE);響板(CASTANETS);長號(伸縮喇叭)(TROMBONES);低音號(TUBA);豎琴(HARP);法

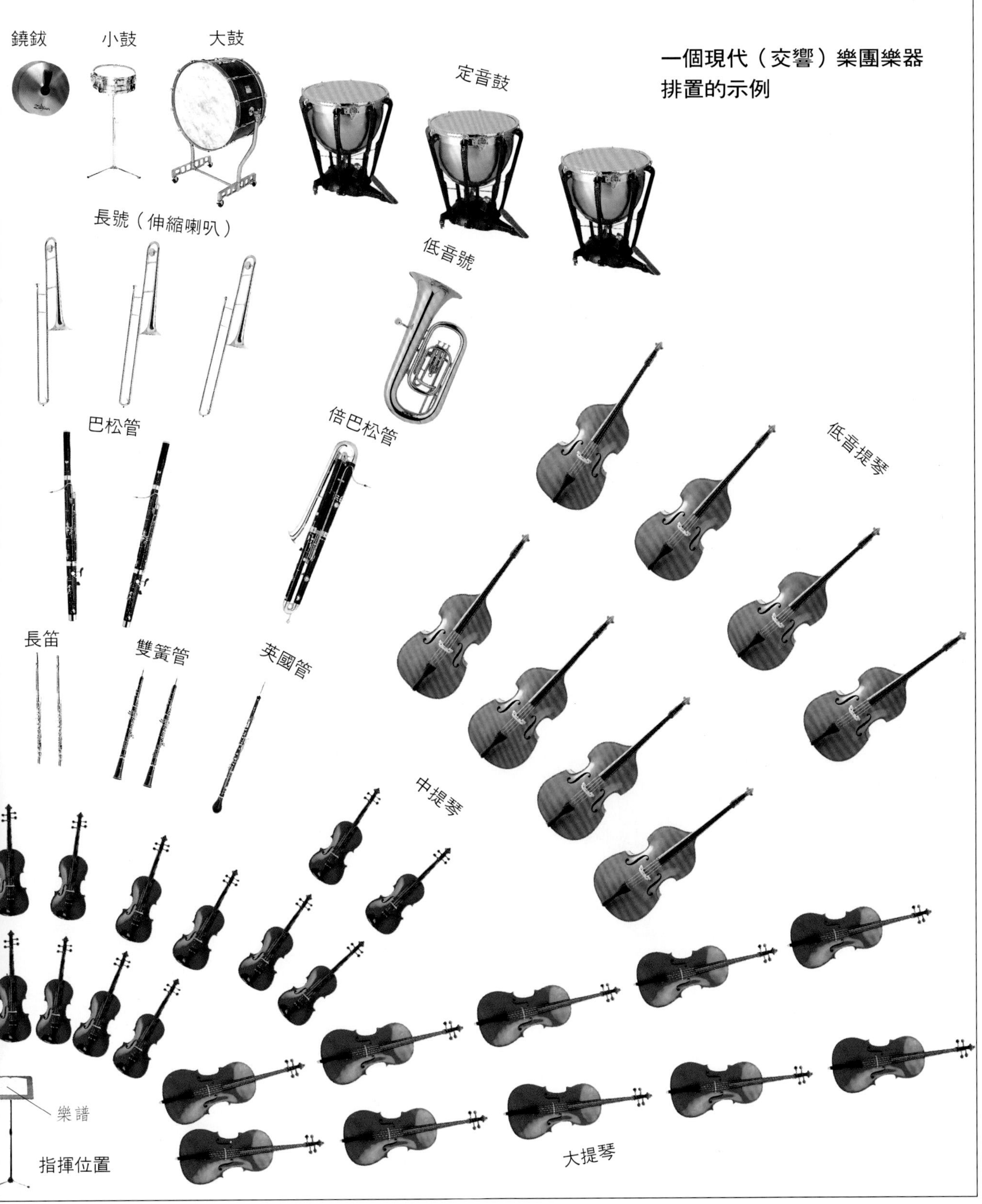

鐃鈸　小鼓　大鼓

定音鼓

一個現代（交響）樂團樂器排置的示例

長號（伸縮喇叭）

低音號

巴松管

倍巴松管

低音提琴

長笛　雙簧管　英國管

中提琴

樂譜

指揮位置

大提琴

國號(HORNS)；三角鐵(TRIANGLE)；小號(TRUMPETS)；薩克斯風(SAXOPHONE)；低音單簧管(BASS CLARINET)；單簧管(CLARINETS)；巴松管(BASSOONS)；倍巴松管(DOUBLE BASSOON)；短笛(PICCOLO)；長笛(FLUTES)；雙簧管(OBOES)；英國管(COR ANGLAIS)；第一小提琴(FIRST VIOLINS)；第二小提琴(SECOND VIOLINS)；中提琴(VIOLAS)；低音提琴(DOUBLE BASSES)；大提琴(CELLOS)。

銅管樂器

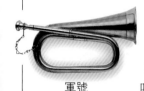

軍號

銅管樂器是指金屬（通常是黃銅）製作的樂器，雖然它們有各式各樣的形狀與尺寸，但所有銅管樂器都有一個吹口、一支長長的管身和一個張開的喇叭口。銅管樂器的吹口可以是杯形的，如短號的吹口；也可以是錐形的，如法國號的吹口。

管身可粗可細：法國號和低音號的管身以圓錐形為主體，小號和長號（伸縮喇叭）的管身以圓柱形為主體。吹奏者的嘴唇對著吹嘴吹動，氣流在管內振動，從而發生聲響。通過改變嘴唇的緊張程度，吹奏者就能改變振動效果，產生不同音高的音符。利用一個活塞系統，可以擴展銅管樂器所產生的音符範圍。大多數銅管樂器，如小號，具有幾個活塞，壓下活塞就能讓樂器中的空氣沿著一條附加的**活塞滑管**轉移。管身的總體長度得到了增加，所產生的音符的音高就降低了。長號（伸縮喇叭）不是靠活塞，而是靠可移動的伸縮滑管，推拉來調節音高。銅管樂器的聲音還可以通過在喇叭口裡塞進一個弱音器來改變。

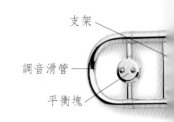

支架
調音滑管
平衡塊

活塞系統工作示意圖

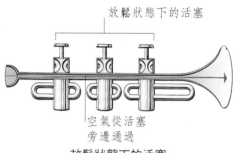

放鬆狀態下的活塞

空氣從活塞旁邊通過

放鬆狀態下的活塞

第一活塞被按下

第二和第三活塞處於放鬆狀態

空氣通過第一活塞滑管

活塞被按下

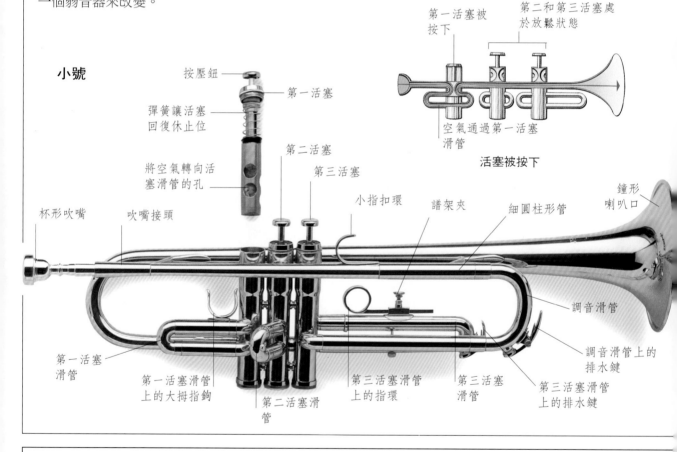

小號

按壓鈕
第一活塞
彈簧讓活塞回復休止位
將空氣轉向活塞滑管的孔
第二活塞
第三活塞
小指扣環
譜架夾
細圓柱形管
鐘形喇叭口
杯形吹嘴
吹嘴接頭
調音滑管
調音滑管上的排水鍵
第一活塞滑管
第一活塞滑管上的大拇指鉤
第二活塞滑管
第三活塞滑管上的指環
第三活塞滑管
第三活塞滑管上的排水鍵

銅管樂器(Brass instruments)：活塞滑管(valve slide)。軍號(BUGLE)。**小號**(TRUMPET)：按壓鈕 (*Finger button*)；第一活塞(*First piston valve*)；杯形吹嘴(*Cup-shaped mouthpiece*)；譜架夾(*Music stand holder*)；細圓柱形管(*Narrow, cylindrical tube*)；第三活塞滑管(*Third valve slide*)；調音滑管上的排水鍵 (*Tuning slide water key*)。**長號（伸縮喇叭）的各零件**(SECTIONS OF A TROMBONE)：調音管(*Tuning slide*)；平衡塊(*Counterbalancing weight*)；內管(*Inner tube*)；伸縮滑管外管(*Outer tube of slide*)。**弱音器示例**(EXAMPLES OF MUTES)：杯形弱音器(CUP MUTE)；次中音弱音器(TENOR MUTE)；中音弱音器(ALTO

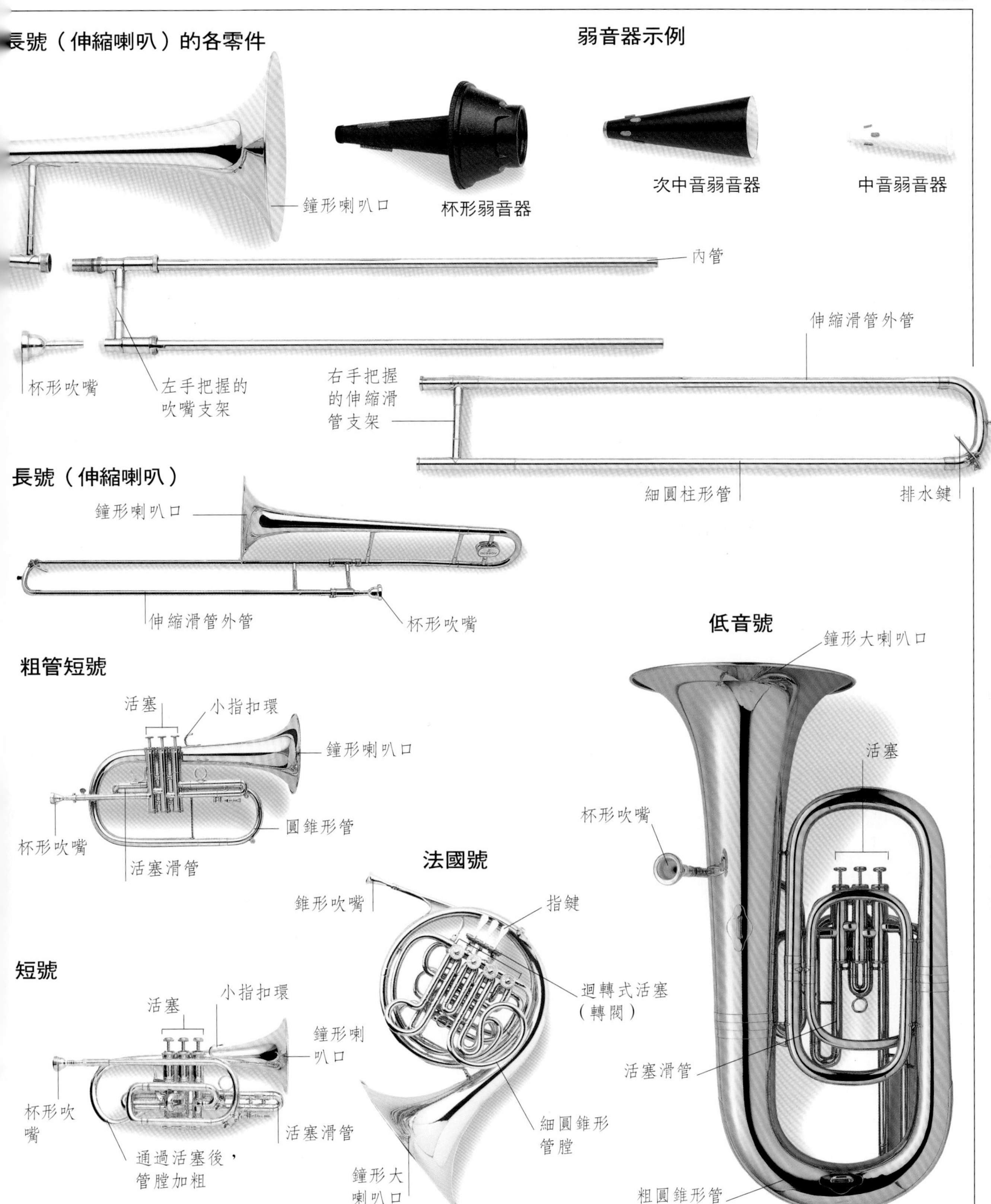

長號（伸縮喇叭）的各零件

弱音器示例

鐘形喇叭口

杯形弱音器

次中音弱音器

中音弱音器

內管

伸縮滑管外管

杯形吹嘴

左手把握的吹嘴支架

右手把握的伸縮滑管支架

細圓柱形管

排水鍵

長號（伸縮喇叭）

鐘形喇叭口

伸縮滑管外管

杯形吹嘴

粗管短號

活塞

小指扣環

鐘形喇叭口

杯形吹嘴

圓錐形管

活塞滑管

短號

活塞

小指扣環

鐘形喇叭口

杯形吹嘴

通過活塞後，管腔加粗

活塞滑管

法國號

錐形吹嘴

指鍵

迴轉式活塞（轉閥）

細圓錐形管腔

鐘形大喇叭口

低音號

鐘形大喇叭口

活塞

杯形吹嘴

活塞滑管

粗圓錐形管

MUTE)。**粗管短號**(FLUGELHORN)：圓錐形管(Conical tube)。**短號**(CORNET)：鐘形喇叭口(Flared bell)。**法國號**(HORN)：錐形吹嘴(Cone-shaped mouthpiece)；指鍵(Finger key)；迴轉式活塞（轉閥）(Rotary valves)。**活塞系統工作示意圖**(SIMPLIFIED DIAGRAM SHO WING HOW A PISTON VALVES SYSTEM WORKS)：放鬆狀態下的活塞(Piston valves at rest)；活塞被按下(Piston valve pressed down)。**低音號**(TUBA)：鐘形大喇叭口(Large,flared bell)；粗圓錐形管(Wide,conical tube)。

木管樂器

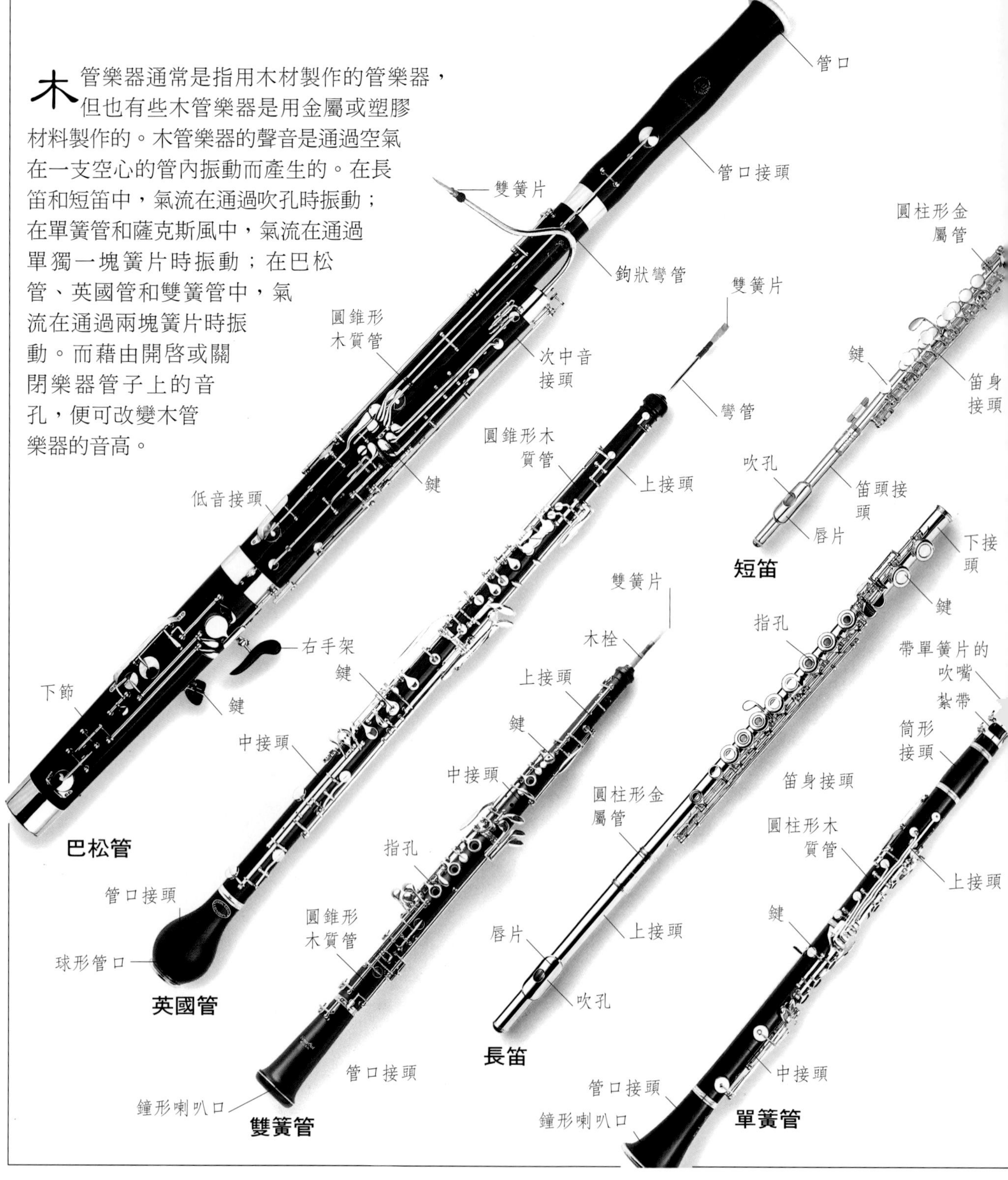

木管樂器通常是指用木材製作的管樂器，但也有些木管樂器是用金屬或塑膠材料製作的。木管樂器的聲音是通過空氣在一支空心的管內振動而產生的。在長笛和短笛中，氣流在通過吹孔時振動；在單簧管和薩克斯風中，氣流在通過單獨一塊簧片時振動；在巴松管、英國管和雙簧管中，氣流在通過兩塊簧片時振動。而藉由開啟或關閉樂器管子上的音孔，便可改變木管樂器的音高。

管口

管口接頭

雙簧片

圓柱形金屬管

鉤狀彎管

雙簧片

鍵

圓錐形木質管

彎管

笛身接頭

次中音接頭

吹孔

圓錐形木質管

上接頭

笛頭接頭

低音接頭

鍵

唇片

短笛

下接頭

雙簧片

木栓

鍵

上接頭

指孔

帶單簧片的吹嘴

右手架

鍵

鍵

紮帶

下節

中接頭

中接頭

筒形接頭

鍵

笛身接頭

管口接頭

指孔

圓柱形金屬管

圓柱形木質管

球形管口

圓錐形木質管

唇片

上接頭

英國管

上接頭

鍵

吹孔

中接頭

管口接頭

管口接頭

鐘形喇叭口

雙簧管

長笛

鐘形喇叭口

單簧管

巴松管

木管樂器(Woodwind instruments)。**巴松管**(BASSOON)：雙簧片(*Double reed*)；圓錐形木質管(*Conical, wooden tube*)；次中音接頭(*Tenor joint*)；鍵(*Key*)；低音接頭(*Bass joint*)。**英國管**(COR ANGLAIS)：球形管口(*Bulb-shaped bell*)。**短笛**(PICCOLO)：圓柱形金屬管(*Cylindrical, metal tube*)；笛身接頭(*Body joint*)；唇片(*Lip plate*)。**雙簧管**(OBOE)：木栓(*Cork*)。**單簧管**(CLARINET)：帶單簧片的吹嘴(*Mouthpiece with single reed*)；筒形接頭(*Barrel joint*)。**次中音薩克斯風的各零件**(SECTIONS OF A TENOR

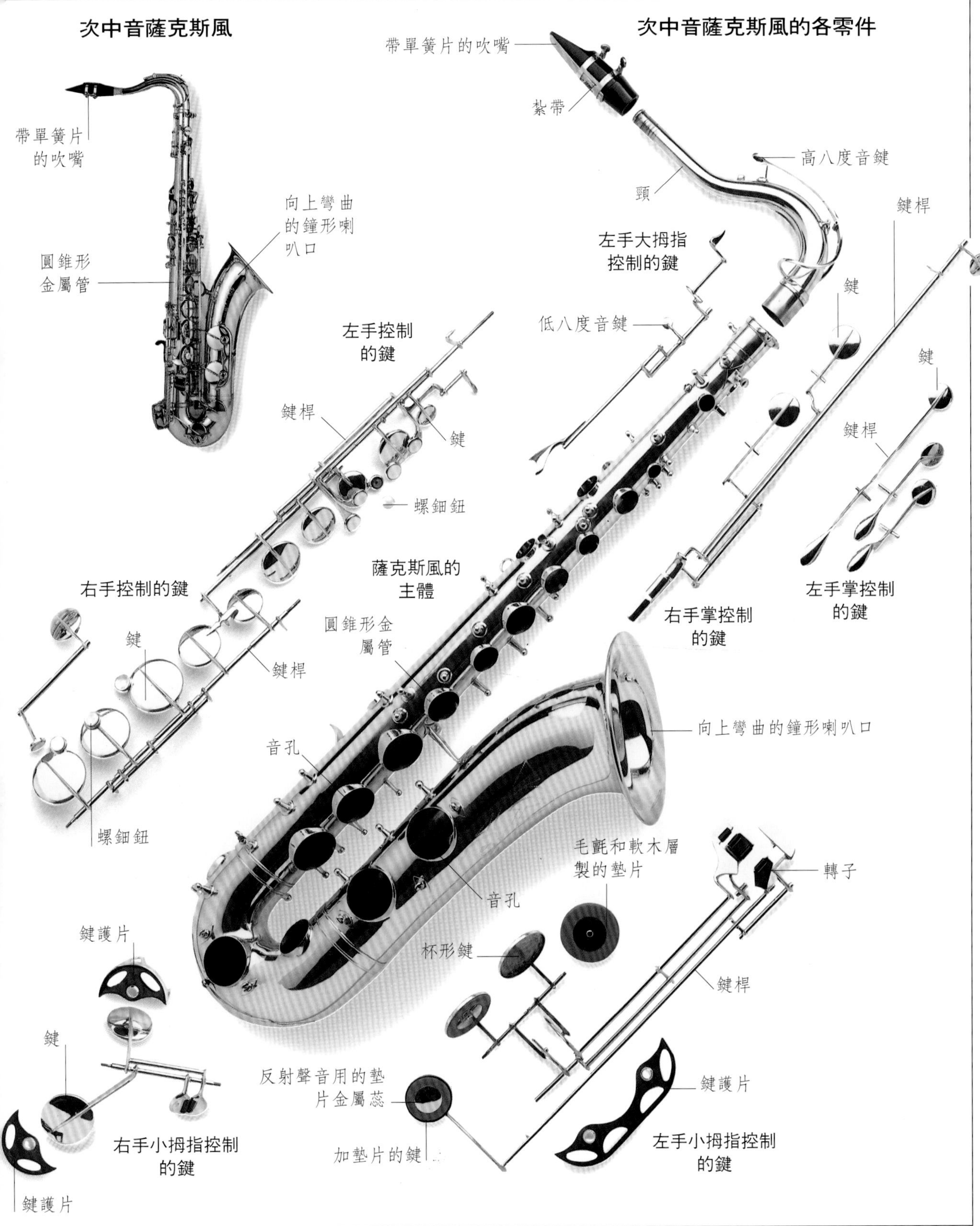

次中音薩克斯風

次中音薩克斯風的各零件

帶單簧片的吹嘴

帶單簧片
的吹嘴

向上彎曲
的鐘形喇
叭口

圓錐形
金屬管

左手控制
的鍵

紮帶

高八度音鍵

頸

鍵桿

左手大拇指
控制的鍵

鍵桿

低八度音鍵

鍵

鍵

鍵

螺鈿鈕

薩克斯風的
主體

右手掌控制
的鍵

左手掌控制
的鍵

右手控制的鍵

圓錐形金
屬管

鍵桿

鍵

鍵桿

音孔

音孔

向上彎曲的鐘形喇叭口

螺鈿鈕

毛氈和軟木層
製的墊片

轉子

杯形鍵

鍵護片

鍵桿

鍵

反射聲音用的墊
片金屬蕊

鍵護片

右手小拇指控制
的鍵

加墊片的鍵

左手小拇指控制
的鍵

鍵護片

SAXOPHONE)：高八度音鍵 (Upper octave key)；鍵桿 (Key rod)；螺鈿鈕 [Mother-of-pearl touchpiece(button)]；音孔(Tone hole)；毛氈和軟木層製的墊片(Pad made up of layers of felt and cork)；轉子(Roller)；鍵護片 (Key guard)；杯形鍵(Cup)；反射聲音用的墊片金屬蕊(Metal center of pad reflects sound)。

弦樂器

弦 樂器通過繃緊的弦振動而產生聲音。這種振動可藉在弦上拉弓，如在小提琴上；或者藉彈撥弦，如在豎琴和吉他（參見512-513頁）上。用弓演奏的四種現代弦樂器是小提琴、中提琴、大提琴和低音提琴。每種提琴都由一個中空的木質琴身、一根長的琴頸和四根弦組成。琴弓是一根木棒，木棒兩端繃著馬尾。在琴弦上拉弓而產生的振動傳遞到中空的琴身，琴身也隨之振動，放大並豐富了所產生的聲音。豎琴由一組不同長度的弦繃在木框上組成，演奏者用除了兩手小指以外的全部手指彈撥琴弦，產生振動，這種振動又被豎琴的音板放大。任何弦樂器所產生的音高，都由弦的長度、重量和繃緊程度決定。一根較短較輕或較緊的弦會產生一個較高的音符。

琴頭眼

渦卷狀琴頭

弦軸孔

烏木製的調音弦軸

楓木製的琴頸

指板

弦

圓肩

琴腹（音板）

弓頭

弓尖

弓桿

渦卷狀琴頭

弦軸箱

琴頭眼

調音弦軸

弦枕

馬尾

弦

指板

圓肩

琴腰

琴腹（音板）

鑲邊

琴腰

音孔

音孔

琴馬

琴肋

琴馬

微調器

鑲邊

馬尾箱

繫弦板

調弓螺釘

腮托

繫弦板

套尾釘用的繫弦板圈

小提琴的琴弓

小提琴

腮托

小提琴的各零件

尾釘

弦樂器(Stringed instruments)。**小提琴的琴弓**(VIOLIN BOW)：弓頭(*Head*)；弓尖(*Point*)；弓桿(*Stick*)；馬尾(*Hors ehair*)；調弓螺絲(*Screw*)；馬尾箱(*Frog*)。**小提琴**(VIOLIN)：琴頭眼(*Scroll eye*)。弦軸箱(*Peg box*)；弦枕(*Nut*)。指板(*Fingerboard*)；圓肩(*Rounded shoulder*)；琴腹(音板)[*Belly(sound board)*]；鑲邊(*Purfling*)；音孔(*Sound hole*)；琴馬(*Bridge*)；琴腰(*Waist*)；微調器(*Tuning adjustor*)；繫弦板(*Tailpiece*)。**小提琴的各零件**(SECTIONS OF A VIOLIN)：套尾釘用的繫弦板圈(*Tailpiece loop fits around end*

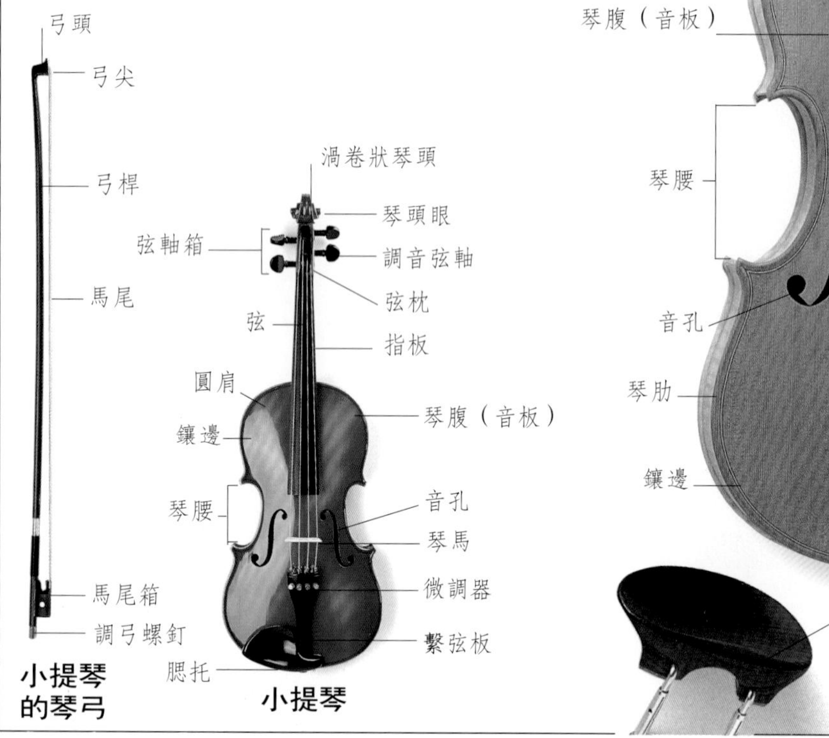

琴冠
調音弦軸
琴頸（弦臂）
琴肩
弦
音板
琴柱
琴座
琴腳
踏板
豎琴

弓頭
弓尖
渦卷狀琴頭
琴頭眼
在弦軸箱背後的調音弦軸
弦枕
內彎的弓桿
指板
馬尾
弦
馬尾箱
調弦螺釘
低音提琴的琴弓

渦卷狀琴頭
琴頭眼
弦軸箱
弦軸
弦枕
指板
弦
圓肩
琴腹（音板）
鑲邊
琴腰
音孔
琴馬
微調器
繫弦板
頂針
大提琴

斜肩
琴腹（音板）
鑲邊
琴腰
音孔
琴馬
琴肋
繫弦板
頂針
低音提琴

渦卷狀琴頭
弦軸
琴頭眼
弦軸箱
指板
弦枕
弦
圓肩
腹（音板）
鑲邊
琴腰
琴馬
音孔
微調器
腮托
繫弦板
中提琴

pin）；尾釘*[End pin(tail pin)]*。**豎琴**(HARP)：音板*(Sound board)*；琴柱*(Pillar)*；調音弦軸*(Tuning peg)*；弦*(String)*；腮托*(Chin rest)*；琴冠*(Crown)*；踏板*(Pedal)*；琴座*(Pedestal)*。**大提琴**[CELLO(VIOLONCELLO)]：頂針*(Spike)*；弦枕*(Nut)*。**低音提琴的琴弓**(DOUBLE BASS BOW)：內彎的弓桿*(Inward-curving stick)*。**低音提琴**(DOUBLE BASS)：斜肩*(Sloping shoulder)*。

吉他

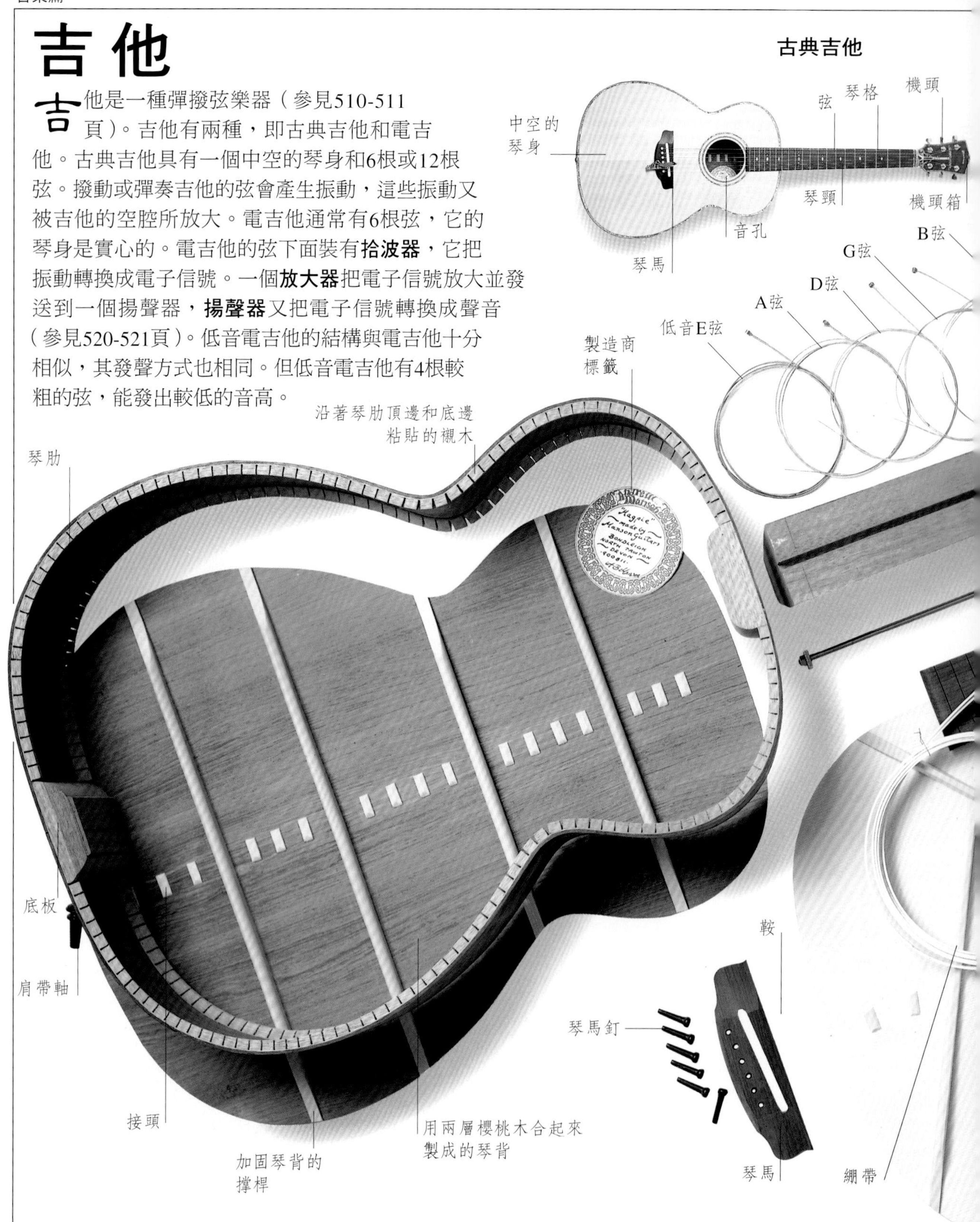

古典吉他

吉他是一種彈撥弦樂器（參見510-511頁）。吉他有兩種，即古典吉他和電吉他。古典吉他具有一個中空的琴身和6根或12根弦。撥動或彈奏吉他的弦會產生振動，這些振動又被吉他的空腔所放大。電吉他通常有6根弦，它的琴身是實心的。電吉他的弦下面裝有**拾波器**，它把振動轉換成電子信號。一個**放大器**把電子信號放大並發送到一個揚聲器，**揚聲器**又把電子信號轉換成聲音（參見520-521頁）。低音電吉他的結構與電吉他十分相似，其發聲方式也相同。但低音電吉他有4根較粗的弦，能發出較低的音高。

中空的琴身

弦 琴格 機頭

音孔

琴馬

琴頸

機頭箱

B弦

G弦

D弦

A弦

低音E弦

製造商標籤

沿著琴肋頂邊和底邊粘貼的襯木

琴肋

底板

肩帶軸

接頭

加固琴背的撐桿

用兩層櫻桃木合起來製成的琴背

鞍

琴馬釘

琴馬

繃帶

吉他(Guitars)：拾波器(Pick-ups)；放大器(amplifier)；揚聲器(loudspeaker)。**古典吉他(ACOUSTIC GUITAR)**：琴格(*Fret*)；機頭(*Machine head*)；琴馬(*Bridge*)；音孔(*Sound hole*)；琴頸(*Neck*)；機頭箱(*Headstock*)。**古典吉他的零件(COMPONENTS OF AN ACOUSTIC GUITAR)**：低音E弦(*Low E string*)；A弦(*A string*)；D弦(*D string*)；G弦(*G string*)；B弦(*B string*)；高音E弦(*Top E string*)；弦枕(*Nut*)；托桿蓋(*Truss rod cover*)；托桿(*Truss rod*)；琴格條凹槽(*Fretwire slot*)；位標(*Position marks*)；肩帶軸(*Strap peg*)；琴馬

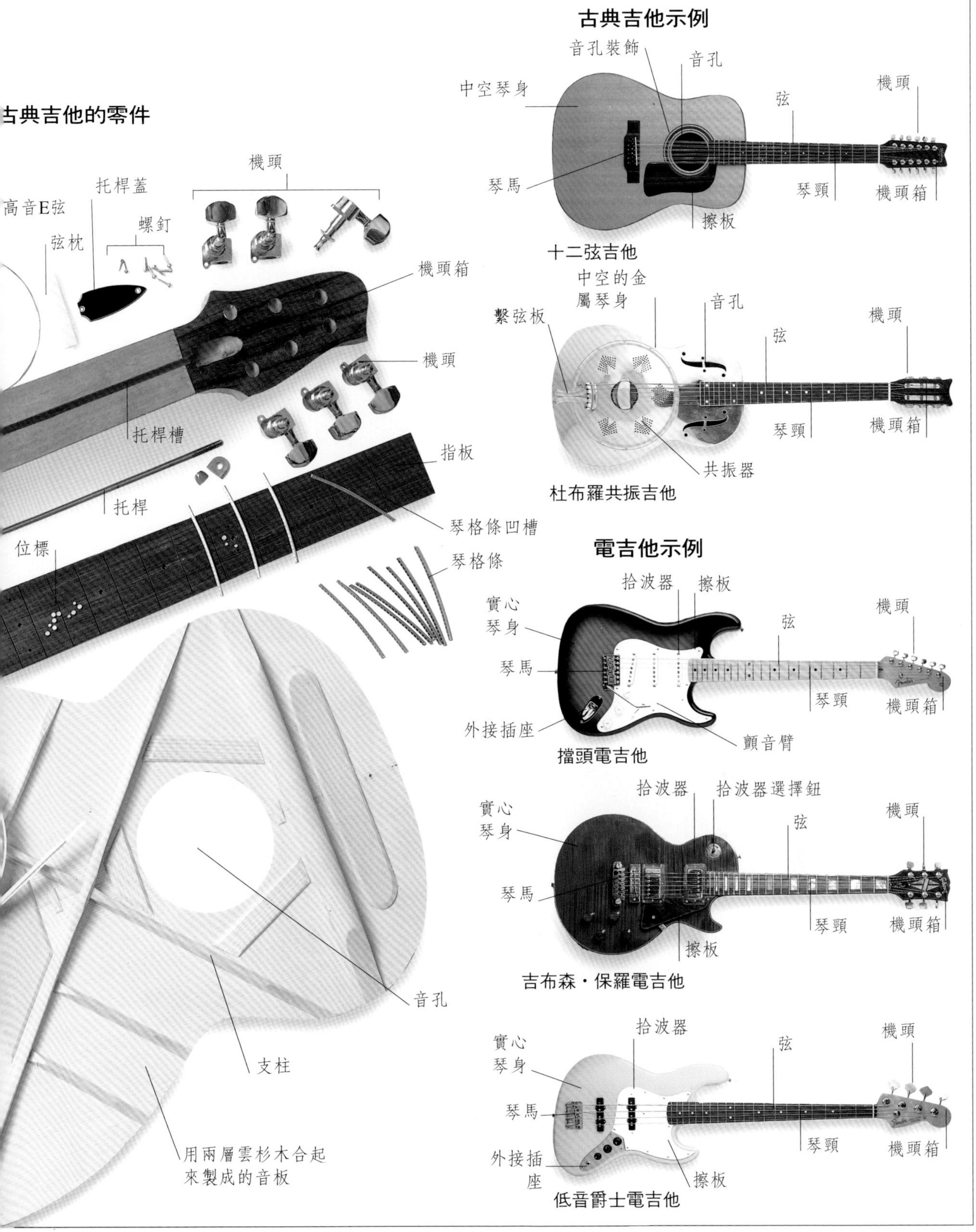

古典吉他的零件

高音E弦

弦枕

托桿蓋

螺釘

機頭

機頭箱

機頭

托桿槽

托桿

指板

位標

琴格條凹槽

琴格條

音孔

支柱

用兩層雲杉木合起
來製成的音板

古典吉他示例

音孔裝飾

中空琴身

音孔

弦

機頭

琴馬

擦板

琴頸

機頭箱

十二弦吉他

中空的金
屬琴身

繫弦板

音孔

弦

機頭

琴頸

機頭箱

共振器

杜布羅共振吉他

電吉他示例

實心
琴身

拾波器

擦板

弦

機頭

琴馬

外接插座

顫音臂

琴頸

機頭箱

擋頭電吉他

實心
琴身

拾波器

拾波器選擇鈕

弦

機頭

琴馬

擦板

琴頸

機頭箱

吉布森・保羅電吉他

實心
琴身

拾波器

弦

機頭

琴馬

琴頸

機頭箱

外接插
座

擦板

低音爵士電吉他

釘(*Bridge pin*)。**古典吉他示例**(EXAMPLES OF ACOUSTIC GUITARS)：十二弦吉他(WASHBURN TWELVE-STRING)。杜布羅共振吉他(DOBRO RESONATOR)；繫弦板(*Tailpiece*)；共振腔(*Resonator*)。**電吉他示例** (EXAMPLES OF ELECTRIC GUITARS)：擋頭電吉他(FENDER STRATOCASTER)；吉布森・保羅電吉他 (GIBSON LES PAUL)；低音爵士電吉他(FENDER JAZZ BASS)；擦板(*Scratch plate*)；外接插座(*Output socket*)；顫音臂(*Vibrato arm*)。

鍵 盤 樂 器

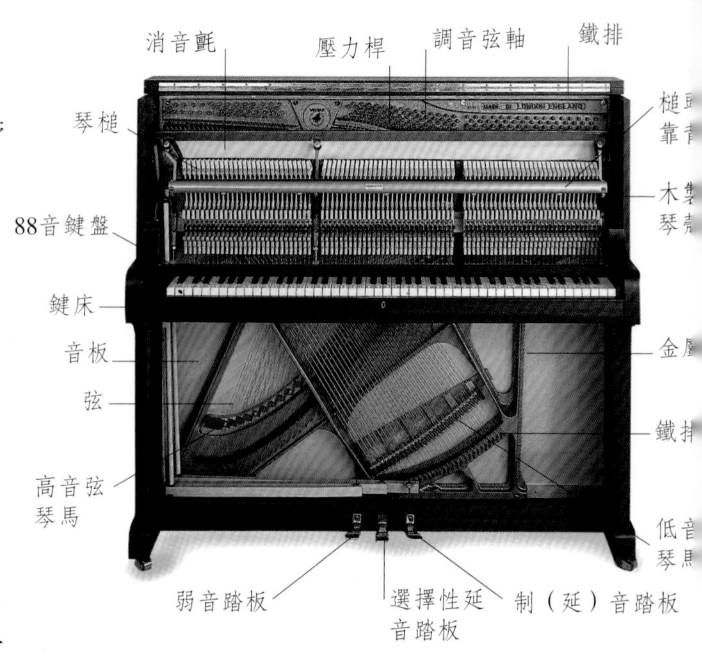

立式鋼琴

消音氈　壓力桿　調音弦軸　鐵排
琴槌
88音鍵盤
鍵床
音板
弦
高音弦
琴馬
槌頭
靠背
木質
琴殼
金屬
鐵排
低音
琴馬
弱音踏板　　選擇性延　制（延）音踏板
音踏板

鍵盤樂器利用鍵盤來發出聲音，管風琴和鋼琴是鍵盤樂器家族中的兩個主要成員。管風琴由音管組成，音管用一組或數組鍵盤，以及腳踏板操作。音管排列成行（稱為**音列**或**音管**），位於風箱上端。按下琴鍵或踩下踏板，空氣便能流入音管，管風琴就發出聲音。鋼琴由琴弦、鍵盤和腳踏板組成。琴弦裝在一個金屬框上，鍵盤和腳踏板用來操作琴槌和制音器。鋼琴的外殼或是垂直的，如立式鋼琴；或者是水平的，如平台式大鋼琴。當琴鍵處於放鬆狀態時，一個制音器壓在琴弦上，使琴弦不能振動。當琴鍵被按下時，制音器在琴槌打擊琴弦時離開琴弦，琴弦就振動，而發出一個音符。

**管風琴
音管**

立式鋼琴鍵結構

琴鍵處於放鬆狀態

弦　　　琴槌
制音器壓在　　槌頭靠背
琴弦上，不
讓它振動　　制音托木
制音槓桿　　裝置槓桿
支頭　　卡定螺桿　琴鍵放鬆

琴鍵被壓下

弦　　　琴槌打擊琴弦
制音器離　　槌頭靠背
開鋼弦，
讓它振動　　制音托木
制音槓桿　　裝置槓桿
支頭　　卡定螺桿　琴鍵壓下

管風琴風箱

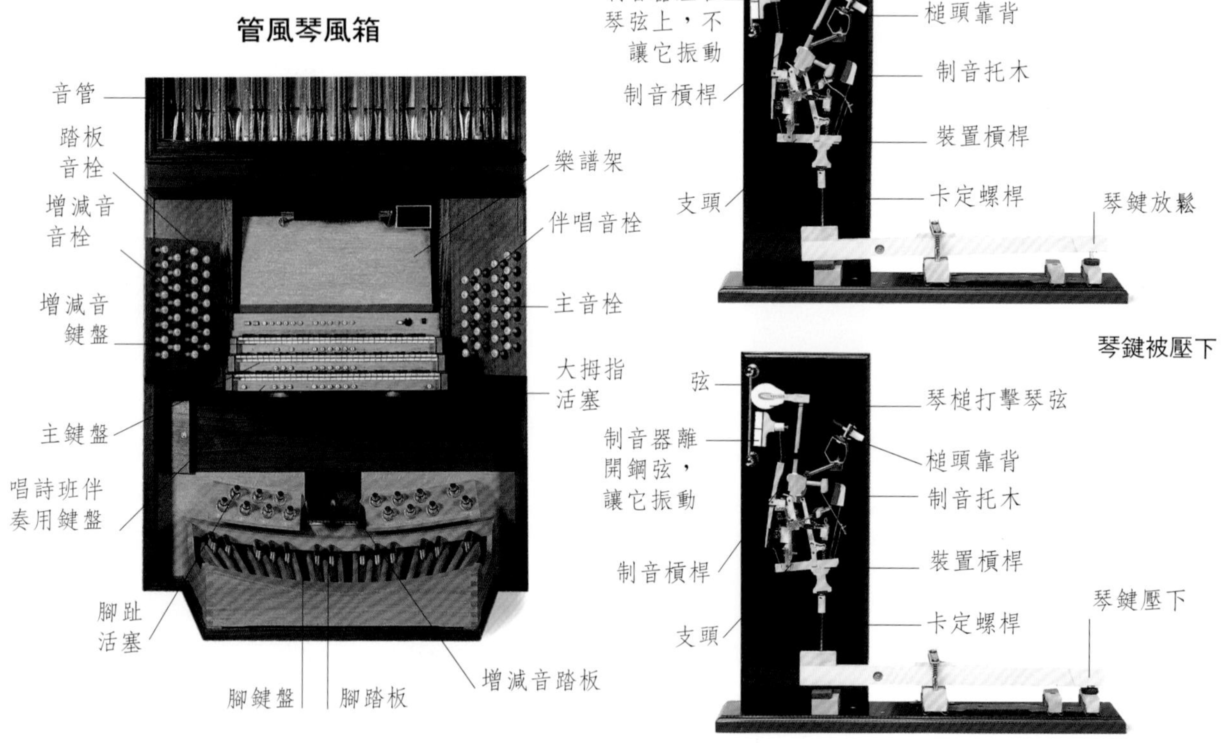

音管
踏板音栓
增減音音栓
增減音鍵盤
主鍵盤
唱詩班伴奏用鍵盤
腳趾活塞
腳鍵盤　腳踏板
樂譜架
伴唱音栓
主音栓
大拇指活塞
增減音踏板

鍵盤樂器(Keyboard instruments)：音列或音管(ranks or registers)。**管風琴風箱**(ORGAN CONSOLE)：音管(*Pipe*)；踏板音栓(*Pedal stop*)；增減音音栓(*Swell stop*)；增減音鍵盤*[Swell manual(keyboard)]*；主鍵盤*[Great manual(keyboard)]*；主音栓(*Great stop*)；大拇指活塞(*Thumb piston*)；增減音踏板(*Swell pedal*)。**立式鋼琴**(UPRIGHT PIANO)：消音氈(*Muffler felt*)；壓力桿(*Pressure bar*)；調音弦軸(*Tuning pin*)；鐵排(*Pin block*)；琴槌(*Hammer*)；音板(*Sound board*)；高音弦琴馬(*Treble bridge*)；槌

音樂會用平台式大鋼琴（俯視圖）

音樂會用平台式大鋼琴
（正視圖）

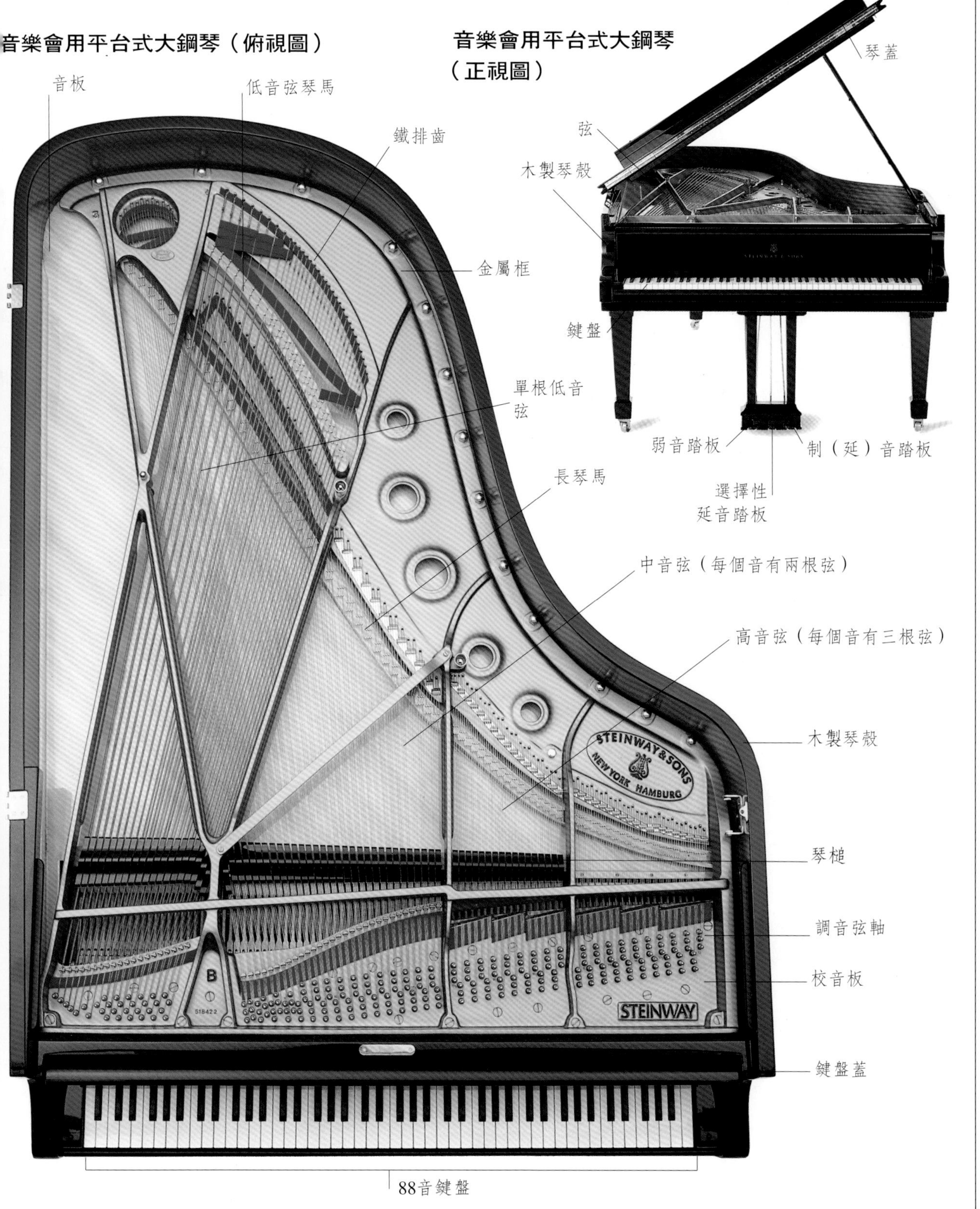

音板

低音弦琴馬

鐵排齒

金屬框

單根低音弦

長琴馬

琴蓋

弦

木製琴殼

鍵盤

弱音踏板

制（延）音踏板

選擇性
延音踏板

中音弦（每個音有兩根弦）

高音弦（每個音有三根弦）

木製琴殼

琴槌

調音弦軸

校音板

鍵盤蓋

88音鍵盤

頭靠背檔*(Hammer rail)*；鐵排齒*(Hitch pin)*；弱音踏板*[Una corda(soft)pedal]*；選擇性延音踏板*(Sostenuto pedal)*；制（延）音踏板*[Damper(sustaining)pedal]*。**立式鋼琴鍵結構**(UPRIGHT PIANO ACTION)：制音桿*(Damper lever)*；制音托木*(Back check)*；裝置槓桿*(Action lever)*；卡定螺桿*(Capstan screw)*。**音樂會用平台式大鋼琴(俯視圖)**[CONCERT GRAND PIANO (VIEWED FROM ABOVE)]：中音弦*(Tenor note strings)*；高音弦*(Treble note strings)*；校音板*(Wrest plank)*。

打擊樂器

木魚

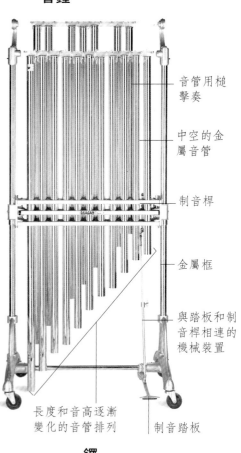

管鐘

打擊樂器是一大組通過敲打、搖動、擦刮或相互碰擊而發出聲響的樂器。諸如鑼、鈸和砂槌之類的打擊樂器,並沒有固定的音高,用的是它們的節奏、衝擊效果和特有的音色。另一些打擊樂器,如木琴、震音鐵琴和管鐘等,則被調到一個固定的音高,可以演奏出旋律、和聲與節奏。木琴和震音鐵琴都有兩排音板,音板的排列方式與鋼琴的黑白琴鍵相同。在音板之下懸著金屬共鳴管,以放大所發出的聲音。震音鐵琴的金屬管中具有用電驅動的扇葉,扇葉旋轉時會產生顫吟(在某一音高上的波動)效果。

音管用槌擊奏

中空的金屬音管

制音桿

金屬框

與踏板和制音桿相連的機械裝置

音槌圖例

軟頭槌

包有毛氈的槌頭

硬頭槌

花梨木槌頭

錘形槌

包有皮革的槌頭

長度和音高逐漸變化的音管排列

制音踏板

長度和音高逐漸變化的琴條排列

木琴

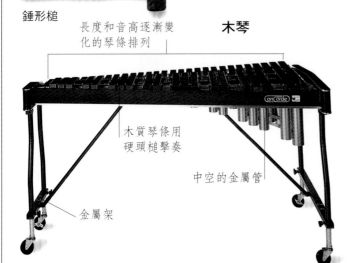

木質琴條用硬頭槌擊奏

中空的金屬管

金屬架

鑼

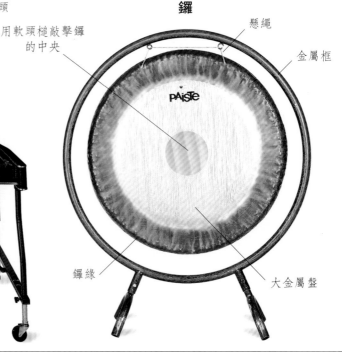

用軟頭槌敲擊鑼的中央

懸繩

金屬框

鑼緣

大金屬盤

打擊樂器(Percussion instruments)。木魚(TEMPLE BLOCKS)。**音槌圖例**(EXAMPLES OF MALLETS):軟頭槌(SOFT-HEADED MALLET);硬頭槌(HARD-HEADED MALLET);錘形槌(HAMMER MALLET);花梨木槌頭(*Rosewood head*)。**管鐘**(TUBULAR BELLS):制音桿(*Damper bar*);制音踏板(*Damper pedal*)。**鑼**[GONG(TAM-TAM)]。**鈸**(CYMBALS):銅錫合金製的薄凸圓盤(*Thin, convex disk of copper and tin alloy*)。**木琴**(XYLOPHONE):金屬架(*Metal stand*);中空的金屬管(*Hollow,metal tube*)。**砂槌的剖面** (SECTIONS OF A MARACA):木柄(*Wooden handle*);鉛珠(*Lead beads*);中空木球(*Hollow, wooden head*)。

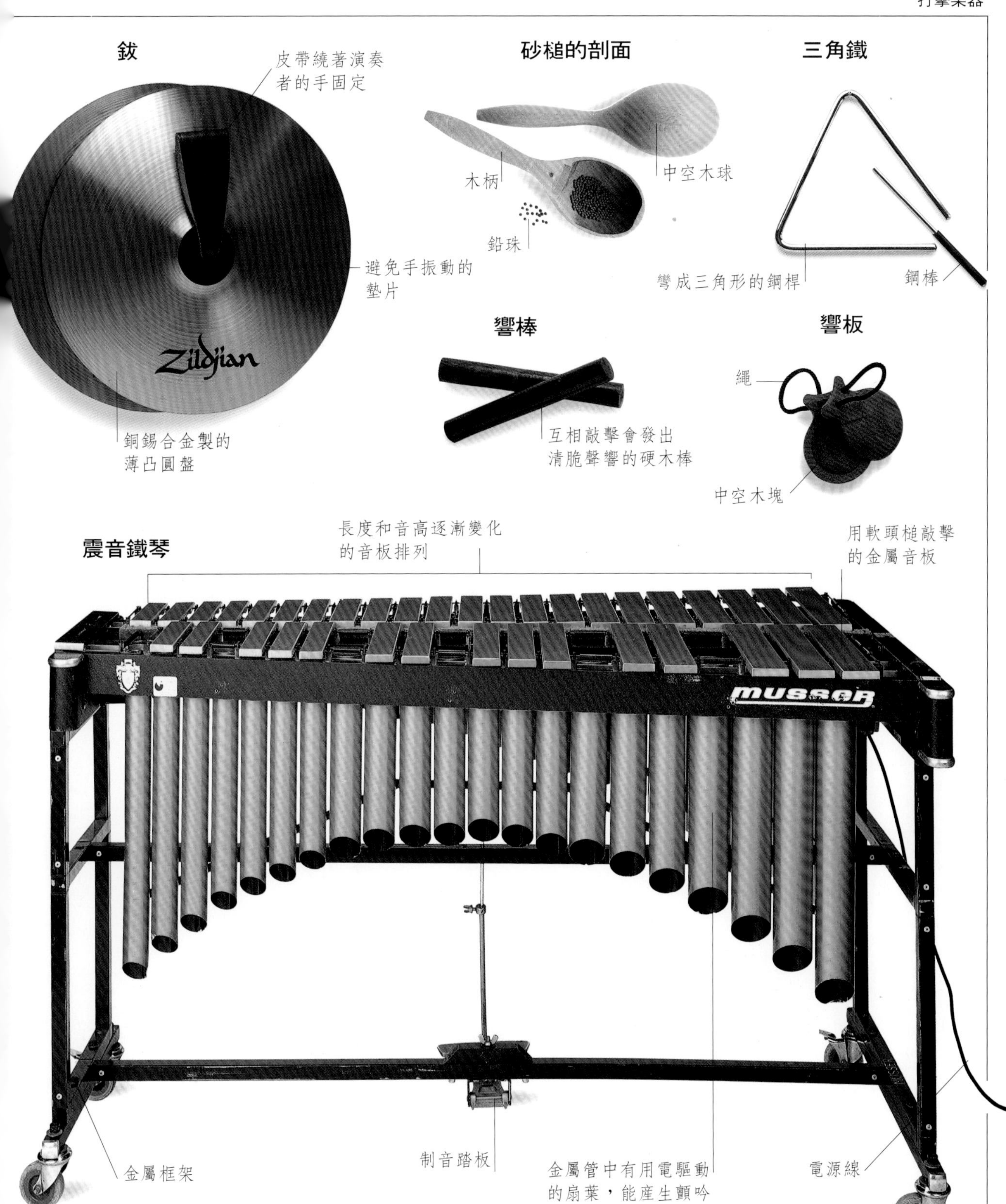

鈸
皮帶繞著演奏者的手固定
避免手振動的墊片
銅錫合金製的薄凸圓盤

砂槌的剖面
木柄
鉛珠
中空木球

三角鐵
彎成三角形的鋼桿
鋼棒

響棒
互相敲擊會發出清脆聲響的硬木棒

響板
繩
中空木塊

震音鐵琴
長度和音高逐漸變化的音板排列
用軟頭槌敲擊的金屬音板
金屬框架
制音踏板
金屬管中有用電驅動的扇葉，能產生顫吟（音高顫抖）效果
電源線

三角鐵(TRIANGLE)：彎成三角形的鋼桿(*Steel rod bent into triangular shape*)；鋼棒(*Stell wand*)。響棒(CLAVES)。響板(CASTANETS)：中空木塊(*Hollowed wood*)。震音鐵琴(VIBRAPHONE)：用軟頭槌敲擊的金屬音板(*Metal bar struck with soft-headed mallet*)；金屬管中有用電驅動的扇葉，能產生顫吟（在某一音高上的波動）效果[*Metal tube containing electrically operated fan that produces vibrato(wavering pitch)effect*]。

鼓

鼓是一種打擊樂器，鼓面是蒙在中空鼓身的一端或兩端的皮膜或塑膠材料。鼓是全世界大多數地方都有的演奏樂器，但形狀與尺寸卻各有不同。

按照鼓身的形狀，鼓可以分為三類：架子鼓（如鈴鼓）、碗狀鼓（如定音鼓）和管狀鼓（如康加鼓）。

鼓通常是通過用手或用槌（如硬頭棒）擊打鼓面來發聲的。鼓面發生振動，這種振動又被中空的鼓身所放大。小鼓在下鼓面上拉有鋼絲，即響弦。擊鼓時，響弦對著下鼓面振動。大多數的鼓（如康加鼓等）並沒有固定的音高，只能奏出節奏來。另一些鼓，如定音鼓，則有一定的音高，能奏出旋律、和聲與節奏。通過調整鼓面的繃緊程度，可以調音。不同類型的鼓能與其他打擊樂器一起組成一組鼓組。鼓組的基本成員有大鼓、手鼓、落地鼓（中音鼓）、小鼓和鈸。

鈴鼓

響鈸
強度調節鈕
鼓組

強力調節桿

手鼓

鼓突

高帽鈸

小鼓

小鼓（底視圖）

響弦扣
可調制音器
鼓突
透明的下鼓面
三腳架
鏈
上鼓面
響弦
鼓棒
響弦鬆弛桿
強力螺釘
氈頭槌
踏板
腳踏板

鼓(Drums)。鈴鼓(TAMBOURINE)。**小鼓**(底視圖)[SNARE DRUM(VIEWED FROM BELOW)]：響弦扣(*Snare mounting*)；鼓突(*Lug*)；上鼓面(*Upper drumhead*)；鼓棒(*Stick*)；響弦(*Snare*)；可調制音器(*Adjustable damper*)；響弦鬆弛桿(*Snare release lever*)。**鼓組**(DRUM KIT)：響鈸(*Crash cymbal*)；強度調節鈕(*Tension key*)；高帽鈸(*Hi-hat cymbal*)；強力調節桿(*Tension rod*)；手鼓(*Tom-tom*)；氈頭槌(*Felt-covered mallet*)；橡膠腳(*Rubber foot*)；高度調節鈕(*Height adjustment*)；鼓腳(*Leg*)；木質鼓身(*Wooden body shell*)；騎鈸(*Ride*

鼓棒圖例

棒頭

硬頭棒

錐度

軟頭棒

包有毛氈的槌頭

鋼絲刷

鋼絲鬃

康加鼓

金屬箍

鼓面

強力調節桿

木質鼓身

三腳架

鼓腳

騎鈸

強度調節鈕

手鼓

高度調節鈕

強力調節桿

鼓突

落地鼓（中音鼓）

強力調節桿

鼓突

木質鼓身

定音鼓

強力調節桿

鼓面

金屬箍

調音器

撐桿

銅質鼓身

桿頂

強力調節桿

調音踏板

高度調節鈕

大鼓（低音鼓）

鼓腳

橡膠腳

腳輪

cymbal）；落地鼓(中音鼓)[Floor tom(tenor drum)]；大鼓（低音鼓）(Bass drum)。**鼓棒圖例**(EXAMPLES OF STICKS)：硬頭棒(HARD-HEADED STICK)；軟頭棒(SOFT-HEADED STICK)；鋼絲刷(WIRE BRUSH)。**康加鼓** (CONGAS)：金屬箍(Metal hoop)；三腳架(Tripod stand)。**定音鼓**[TIMPANUM(KETTLE DRUM)]：調音器 (Tuning gauge)；鼓面(Drumhead)；撐桿(Strut)；桿頂(Crown)；腳輪(Castor)；調音踏板(Tuning pedal)。

電子樂器

電子鼓

電子樂器發出電子信號，電子信號由放大器放大後再被送到揚聲器轉換成聲音。合成樂器和其他電子樂器能模擬傳統樂器的聲音特徵，還能創造全新的聲音。大多數電子樂器都是鍵盤式的，但電子的管樂器和打擊樂器也很流行。數位取樣器記錄並儲存由樂器或其他聲源發出的聲音。當這些聲音再演奏出來時，原來的聲音的音高被改變。數位取樣器能與一台電子琴相連接，從而利用所採取的聲音來演奏一支樂曲。藉助**樂器數位介面系統**（MIDI），一部電腦可以與諸如電子琴和電子鼓等其他電子樂器相連接，把聲音合成起來，或把聲音按一定順序進行編排。還有可能用音樂軟體在一台家用電腦上作曲和演奏音樂。

鼓

高度調節鈕

家用電子琴

電源鈕　音量控制　功能顯示　排序記錄鈕　音調編輯控制

示範樂曲鈕

轉調器　　多重伴奏系統控制　音調和節奏選擇　琴鍵

三腳架

合成器

存儲卡插口　操縱鍵　功能顯示　編輯控制　數據輸入鍵盤

聲音波形選擇指示

音量控制

轉調器　　聲音選擇控制　琴鍵

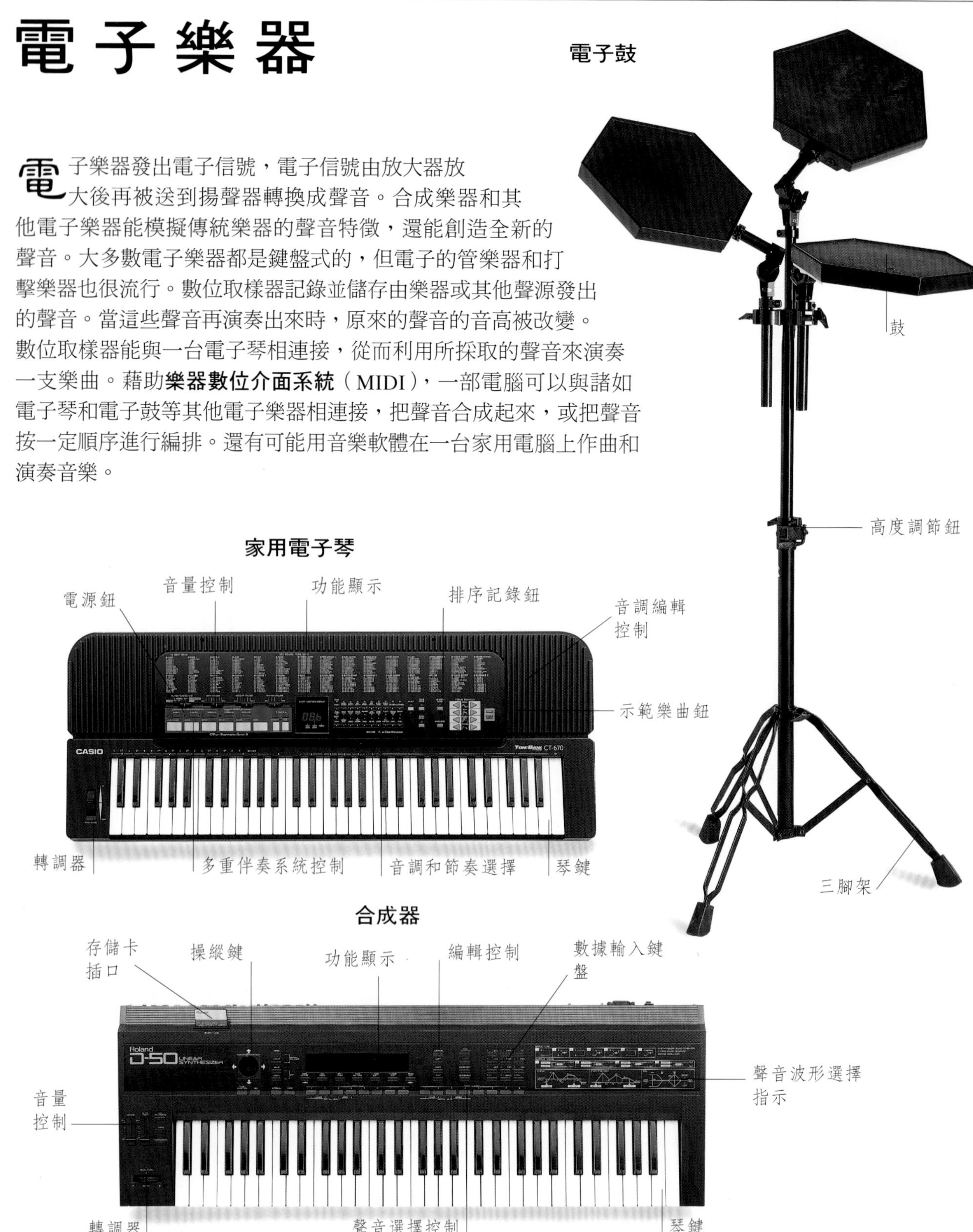

電子樂器(Electronic instruments)：樂器數位介面系統(Musical Instrument Digital Interface)system。**家用電子琴**(HOME KEYBOARD)：音量控制(*Volume control*)；功能顯示(*Function display*)；排序記錄鈕(*Sequence record button*)；音調編輯控制(*Tone editor control*)；轉調器(*Pitch Modulator*)；多重伴奏系統控制(*Multi-accompaniment system control*)。**合成器**(SYNTHESIZER)：聲音波形選擇指示(*Sound waveform selection guide*)。**數位取樣器**(DIGITAL SAMPLER)：對比控制(*Contrast control*)；

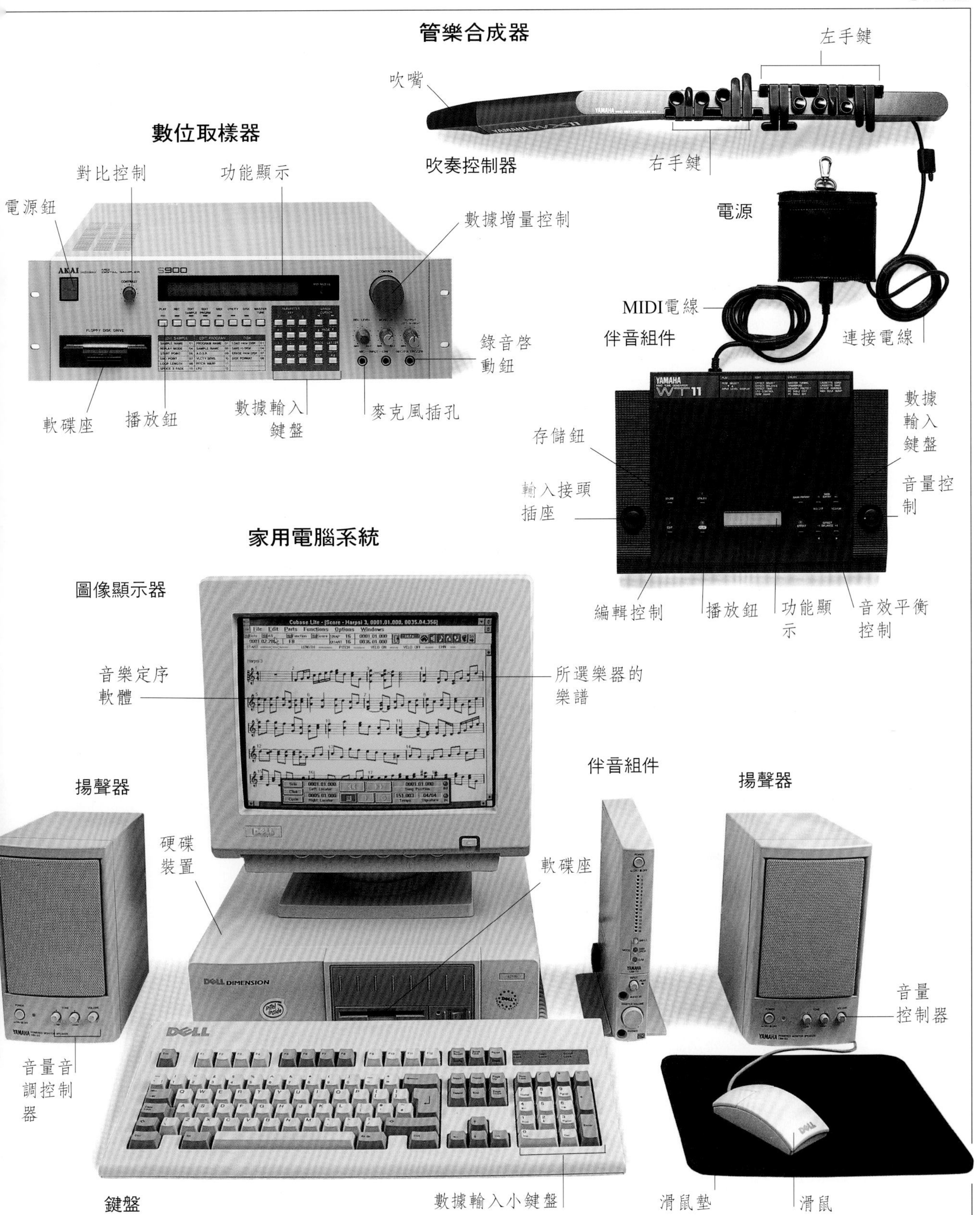

管樂合成器

吹嘴　　　　　　　　　　　　　左手鍵

數位取樣器

吹奏控制器　　　　　　右手鍵

對比控制　　　功能顯示

電源

電源鈕

數據增量控制

MIDI電線

伴音組件

錄音啓動鈕

連接電線

軟碟座　　播放鈕　　數據輸入鍵盤　　麥克風插孔

數據輸入鍵盤

存儲鈕

音量控制

家用電腦系統

輸入接頭插座

圖像顯示器

編輯控制　播放鈕　功能顯示　音效平衡控制

音樂定序軟體

所選樂器的樂譜

揚聲器

伴音組件

揚聲器

硬碟裝置

軟碟座

音量控制器

音量音調控制器

鍵盤

數據輸入小鍵盤

滑鼠墊　　滑鼠

軟碟裝置(*Floppydisk drive*)。**管樂合成器**(WIND SYNTHESIZER)：伴音組件(SOUND MODULE)；輸入接頭插座(*Input connector socket*)；音效平衡控制(*Effect balance control*)。**家用電腦系統**(HOME COMPUTER SYSTEM)：圖像顯示器(VISUAL DISPLAY UNIT)；揚聲器(SPEAKER)；音樂定序軟體(*Music sequencing software*)；硬碟裝置(*Harddisc drive*)。

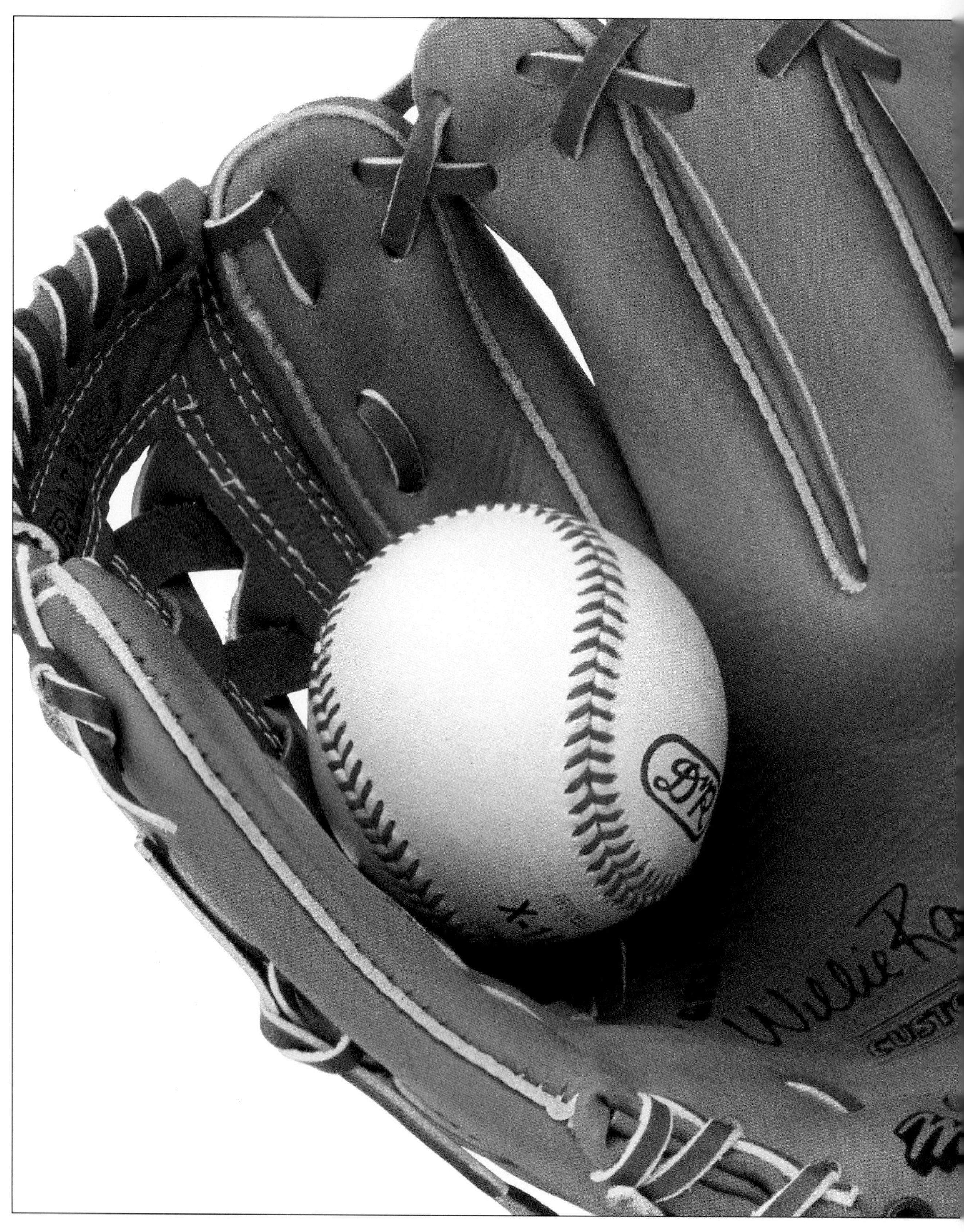

體育運動篇

SPORTS

足球 (Soccer) 524

橄欖球 (Football) 526

澳式橄欖球和蓋爾足球
(Australian rules and gaelic football) 528

拉格比球（英式橄欖球）(Rugby) 530

籃球 (Basketball) 532

排球、女子無板籃球和手球
(Volleyball, netball, and handball) 534

棒球 (Baseball) 536

板球 (Cricket) 538

陸上曲棍球、長曲棍球和愛爾蘭曲棍球
(Field hockey,lacrosse,and hurling) 540

田徑運動 (Athletics Track and field) 542

使用球拍的球類運動 (Racket sports) 544

高爾夫球 (Golf) 546

射箭和射擊 (Archery and shooting) 548

冰上曲棍球 (Ice hockey) 550

高山滑雪 (Alpine sking) 552

馬術運動 (Equestrian sports) 554

柔道和擊劍 (Judo and fencing) 556

游泳和跳水 (Swimming and diving) 558

皮艇（划艇）、賽艇和帆船運動
(Kayaking,(canoeing)rowing,and sailing) 560

釣魚 (Angling) 562

足 球

踢球運動歷史悠久，在中國早在西元前300年就有記載。在中世紀的歐洲，因爲危及公衆安全，曾禁止街頭足球。1863年，制訂了足球規則，明確規定除守門員外所有球員均不得以手持球，並把**拉格比球（英式橄欖球）**從足球中分離出來。足球亦稱**美式足球**，是一種成隊比賽的運動項目，球員在球場上傳球和帶球以圖越過對方的**防守員**，並避開防守方守門員的攔截，而將球踢進或用頭頂進門網而得分。每隊有10名出場球員（防守員、**中場球員**和**前鋒球員**）和一名守門員。對方球隊的球員可以搶球，但是如果在罰球區範圍內發生不合法的，或不正當的抱住並絆倒對方帶球球員，便要判罰球；而如果在罰球區外發生，則判發任意球。足球所用的圓形球比美式、加拿大式和澳大利亞式足球（橄欖球）以及拉格比球所用的橢圓形球更容易控制，因此使這種比賽更爲“開放”和流行，全世界有百萬人參加和觀看這種比賽。

巡邊員旗

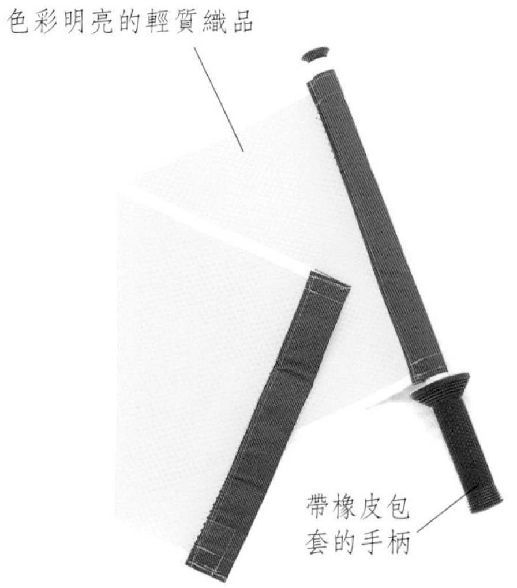

色彩明亮的輕質織品

帶橡皮包套的手柄

裁判員用具

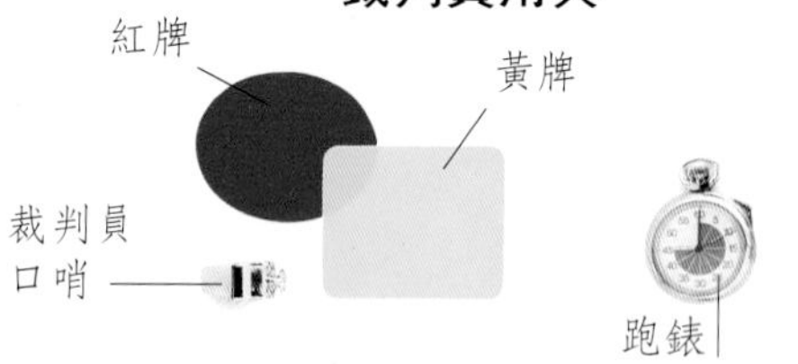

紅牌　黃牌

裁判員口哨

跑錶

球場標誌

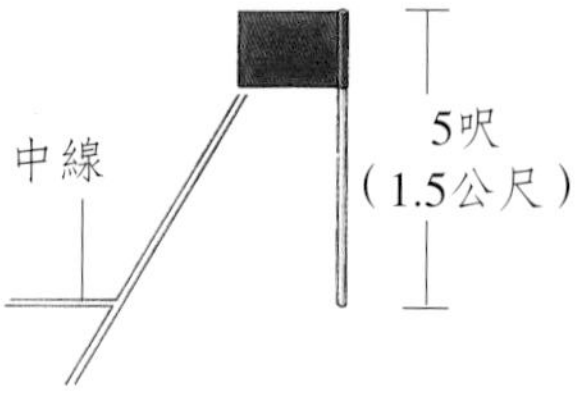

中線

5呎（1.5公尺）

中線旗

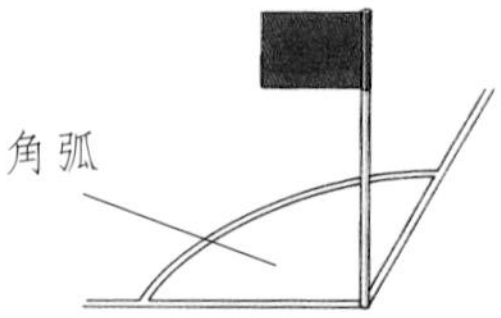

角弧

角旗

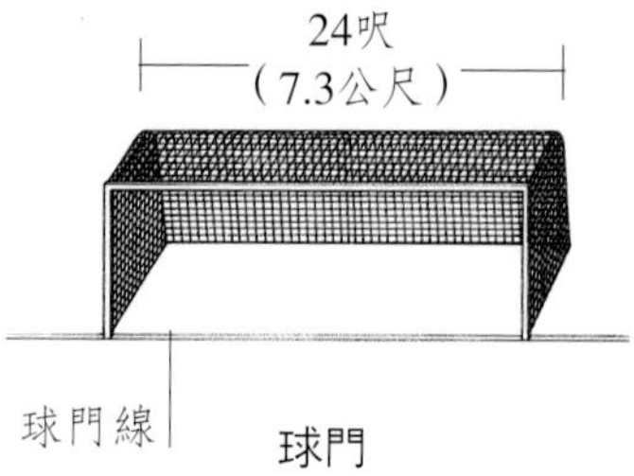

24呎（7.3公尺）

球門線　球門

足球場

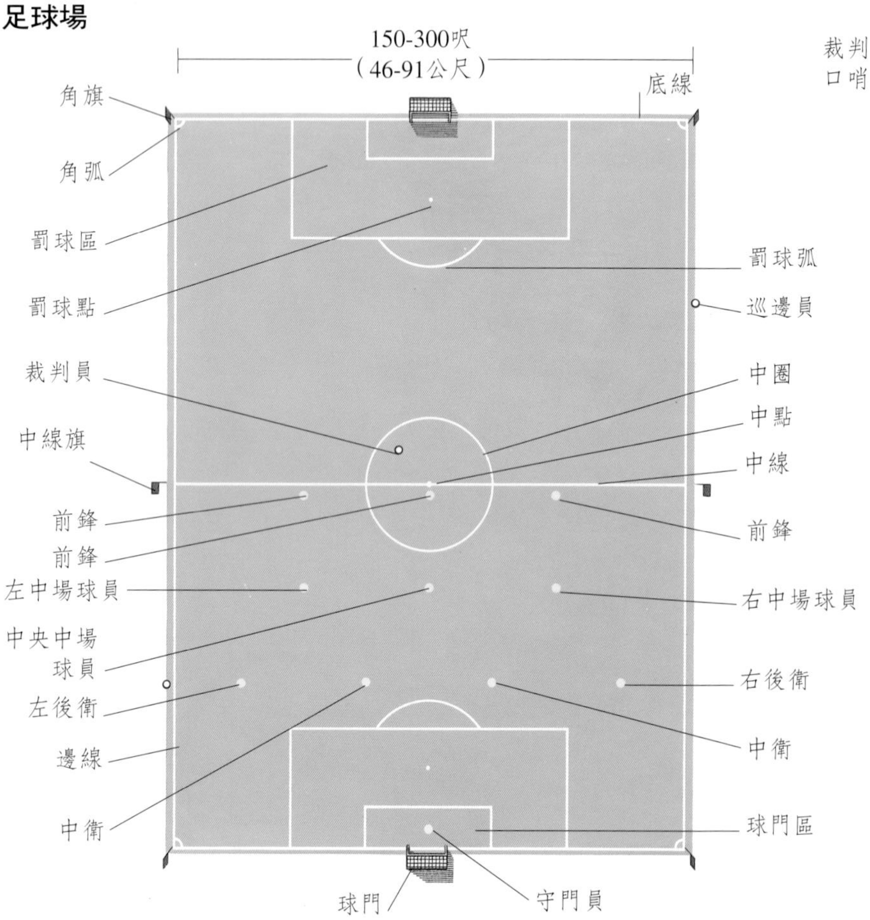

150-300呎（46-91公尺）

底線

角旗
角弧
罰球區
罰球點
裁判員
中線旗
前鋒
前鋒
左中場球員
中央中場球員
左後衛
邊線
中衛

罰球弧
巡邊員
中圈
中點
中線
前鋒
右中場球員
右後衛
中衛
球門區

球門　守門員

足球(Soccer)：拉格比球(英式橄欖球)(rugby)；美式足球(association football)；防守員(defenders)；中場球員(midfielders)；前鋒球員(strikers)。足球場(SOCCER FIELD)：角弧(*Corner arc*)；罰球區(*Penalty area*)；裁判員(*Referee*)；左中場(*Left midfielder*)；左後衛(*Left back*)；邊線(*Touch line*)；中衛(*Central defender*)；守門員(*Goalkeeper*)；球門區(*Goal area*)；巡邊員(*Lines man*)；罰球弧(*Penalty arc*)。裁判員用具(REFEREE'S EQUIPMENT)：裁判員口哨(*Referee's whistle*)；跑錶(*Stop-watch*)。球場標誌(FIELD MARKINGS)：中線旗(HALFWAY-LINE FLAG)；角旗(CORNER FLAG)；角弧(*Corner arc*)；球門(GOAL)。足球

守門員

守門員運動衫

手套

護脛

短褲

足球襪

足球鞋

足球服

敞頸衣領

輕質人造纖維運動衫

隊徽

製造廠標

羅紋條貼邊

贊助者標記

足球的製作

打在球面供縫合用的孔

球的尺碼

生產廠商名稱

切割得十分吻合的邊緣

上了蠟的線

8 1/2-9吋
（22-23公分）

縫紉針

球膽氣門

膠乳橡膠球膽

由裡向外翻縫合的球面

分片球面

合成纖維鞋帶

長棉襪

俱樂部飾章

短褲

可換尼龍鞋釘

足球鞋

的製作(MAKING A SOCCER BALL)：球的尺碼*(Ball size number)*；縫紉針*(Needle)*；分片球面*(Laminated panel)*；球膽氣門*(Bladder valve)*；膠乳橡膠球膽*(Bladder made from latex rubber)*。**足球服**(SOCCER UNIFORM)：隊徽*(Team logo)*；贊助者標記*(Sponsor's logo)*；俱樂部飾章*(Club crest)*；羅紋條貼邊*(Ribbed welt)*。**足球鞋**(SOCCER SHOE)：可換尼龍鞋釘*(Interchangeable nylon stud)*；合成纖維鞋帶*(Synthetic shoelace)*。

橄欖球

美式和加式橄欖球比賽的目的，是將球傳過或帶過對方的球門線（**底線得分**），或將球踢出使其在對方球門柱之間穿過（**獲得場分**）。美式橄欖球每次比賽每隊可以出場的隊員達40名，但在同場時間每隊只能有11名隊員出場。敏捷的進攻方力圖得分，採取沉重撞擊的防守方阻止對方前進。控制球的一方有四次機會（倒地）將球在場上至少推進10碼以完成第一次倒地。控制球的隊如果未能成功地做到這一點，或者球被對方奪得或攔截，控球權便歸對方所得。加式橄欖球比賽場地大於美式橄欖球，每方上場的運動員為12名。每隊僅有三次而不是四次機會完成第一次倒地。在其他方面，加式橄欖球與美式橄欖球非常相似。運動員為了保護自己不受傷害而戴有頭盔、面罩，著有多層護身。

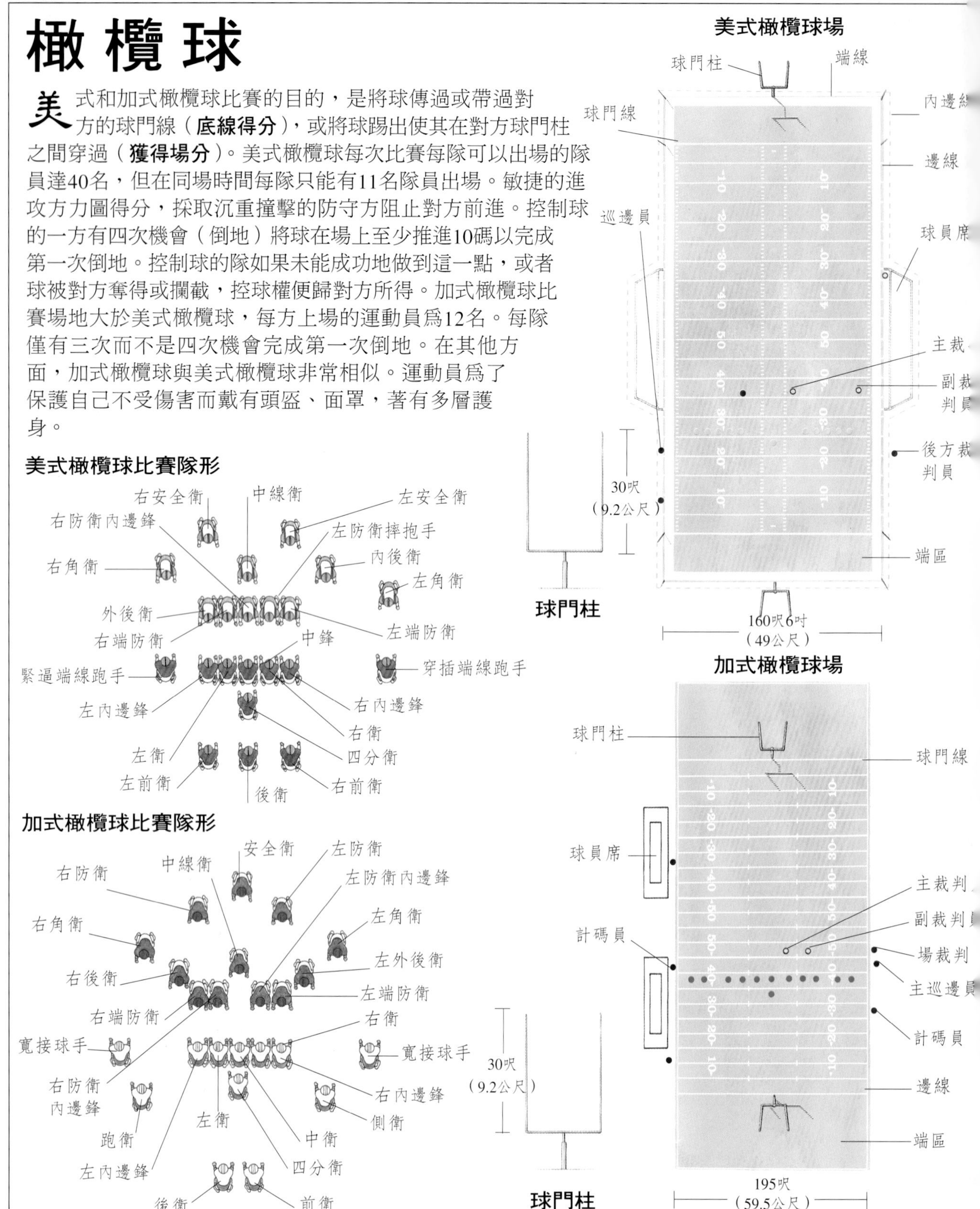

美式橄欖球場

加式橄欖球場

球門柱

美式橄欖球比賽隊形

加式橄欖球比賽隊形

橄欖球(Football)：底線得分(touchdown)；獲得場分(field goal)。**美式橄欖球比賽隊形**：右安全衛*(Right safety)*；右防衛內邊鋒*(Right defensive tackle)*；右角衛*(Right cornerback)*；外後衛*(Outside linebacker)*；右端防衛*(Right defensive end)*；緊逼端線跑手*(Tight end)*；左衛*(Left guard)*；左前衛*(Left halfback)*；中線衛*(Middle linebacker)*；中鋒*(Center)*；穿插端線跑手*(Split end)*；四分衛*(Quarterback)*。加式橄欖球比賽隊形：寬接球手*(Wide receiver)*；跑衛*(Running back)*。**美式橄欖球場**：巡邊員*(Line judge)*；主裁判員*(Referee)*；副裁判員*(Umpire)*；後方裁判員*(Back judge)*。**加式橄欖球場**：計碼員

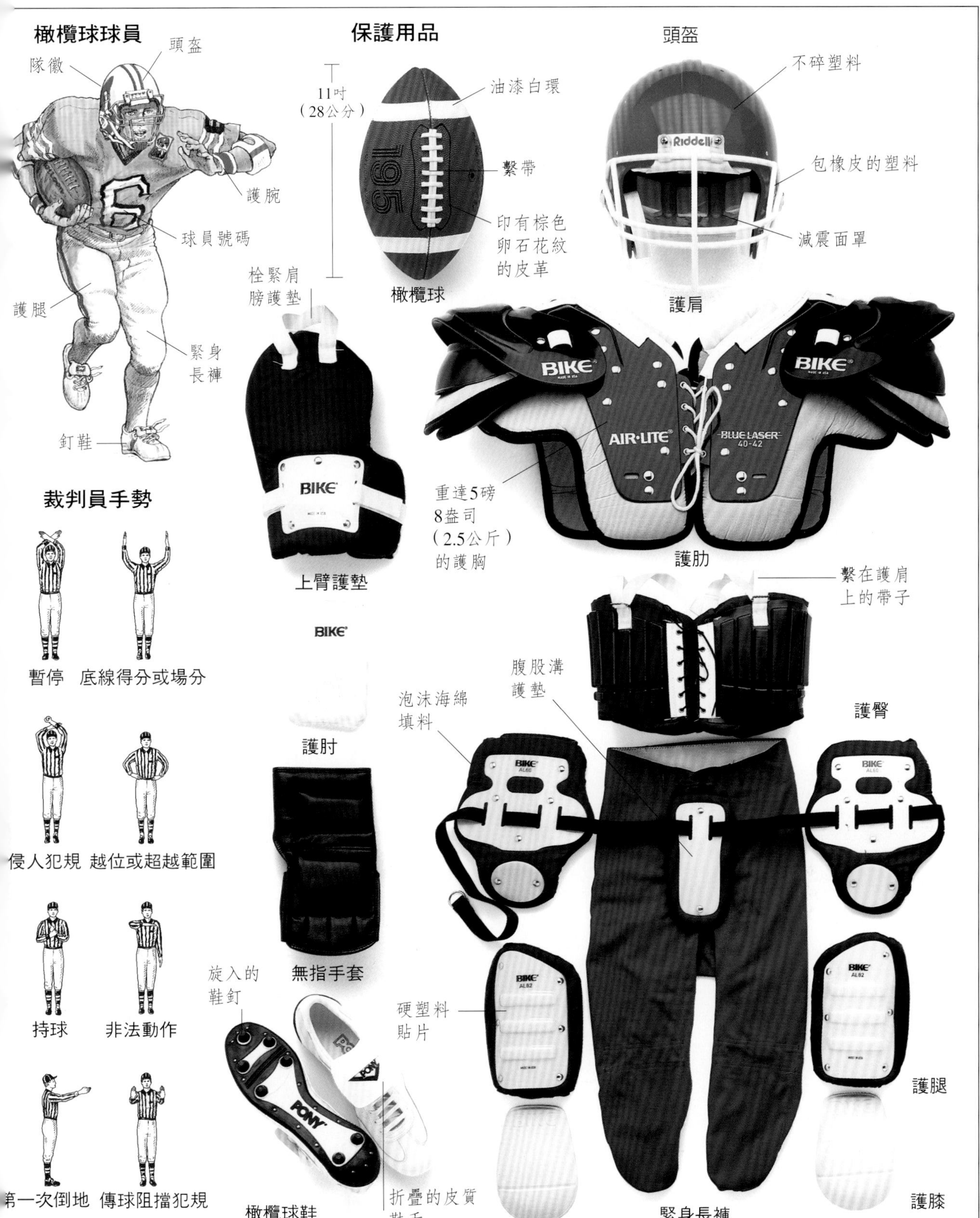

橄欖球球員
隊徽　頭盔　護腕　球員號碼　護腿　緊身長褲　釘鞋

保護用品
11吋（28公分）　油漆白環　繫帶　印有棕色卵石花紋的皮革　橄欖球

頭盔
不碎塑料　包橡皮的塑料　減震面罩

栓緊肩膀護墊　上臂護墊

護肩
BIKE　AIR·LITE　BLUE LASER 40-42　重達5磅8盎司（2.5公斤）的護胸

護肋
繫在護肩上的帶子

裁判員手勢
暫停　底線得分或場分
侵人犯規　越位或超越範圍
持球　非法動作
第一次倒地　傳球阻擋犯規

泡沫海綿填料　護肘　無指手套　旋入的鞋釘　橄欖球鞋　折疊的皮質鞋舌

腹股溝護墊　護臀　硬塑料貼片　緊身長褲　護腿　護膝

裁判員手勢：暫停(TIME OUT)；底線得分或場分(TOUCHDOWN OR FIELD GOAL)；侵人犯規(PERSONAL FOUL)；越位或超越範圍(OFFSIDE OR ENCROACHMENT)；持球(HOLDING)；非法動作(ILLEGAL MOTION)；第一次倒地(FIRST DOWN)；傳球阻擋犯規(PASS INTERFERENCE)。**保護用品**：頭盔(HELMET)；護肩(SHOULDER PAD)；護肋(RIB PADS)；上臂護墊(UPPER ARM PAD)；護肘(ELBOW PAD)；無指手套(FINGERLESS GLOVE)；橄欖球鞋(FOOTWEAR)；護臀(HIP PAD)；護腿(THIGH PAD)；護膝(KNEE PAD)。

澳式橄欖球和蓋爾足球

全世界已經有了各式各樣的足球和橄欖球,而澳式橄欖球被認為是最激烈的一種,儘管參賽者不穿戴任何防護墊件,卻允許用整個身體進行擒抱阻擋。這種比賽是由兩個球隊各18名隊員在巨大的橢圓形球場上進行的。球員可以對類似於**拉格比式橄欖球**的球拳打腳踢,但不能用手拋擲。允許帶球跑動,只要球每10公尺至少觸地一次。後衛球員防守兩套門柱。各隊都努力爭得內門柱之間的球門分(6分)或外門柱內的後門分(1分)。每場比賽分為4場,時間各為25分鐘,規定的賽時結束後積分最多的隊為勝隊。蓋爾足球是一種**愛爾蘭式足球**(參見524-525頁),比賽時使用5號英式足球。每個隊可以有15名隊員同時出場。球員允許抓球、擊球和踢球,也可以用手或腳運球,但不能擲球。攻球入網的球隊得3分,使球在球門橫木上方通過門柱的隊得1分。在愛爾蘭境外很少有人踢蓋爾足球。

比賽開始

場上裁判員　中心圈

記分法

球門分(6分)

澳式橄欖球場

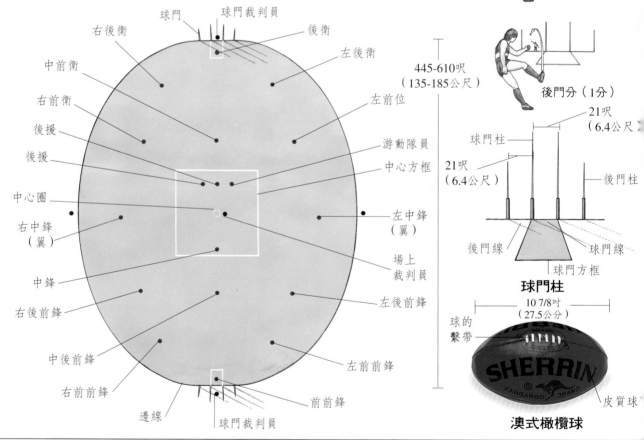

後門分(1分)

球門分(6分)

21呎
(6.4公尺)
球門柱
21呎
(6.4公尺)
後門柱
後門線　球門線
球門方框
球門柱

10 7/8吋
(27.5公分)
球的繫帶
皮質球
澳式橄欖球

445-610呎
(135-185公尺)

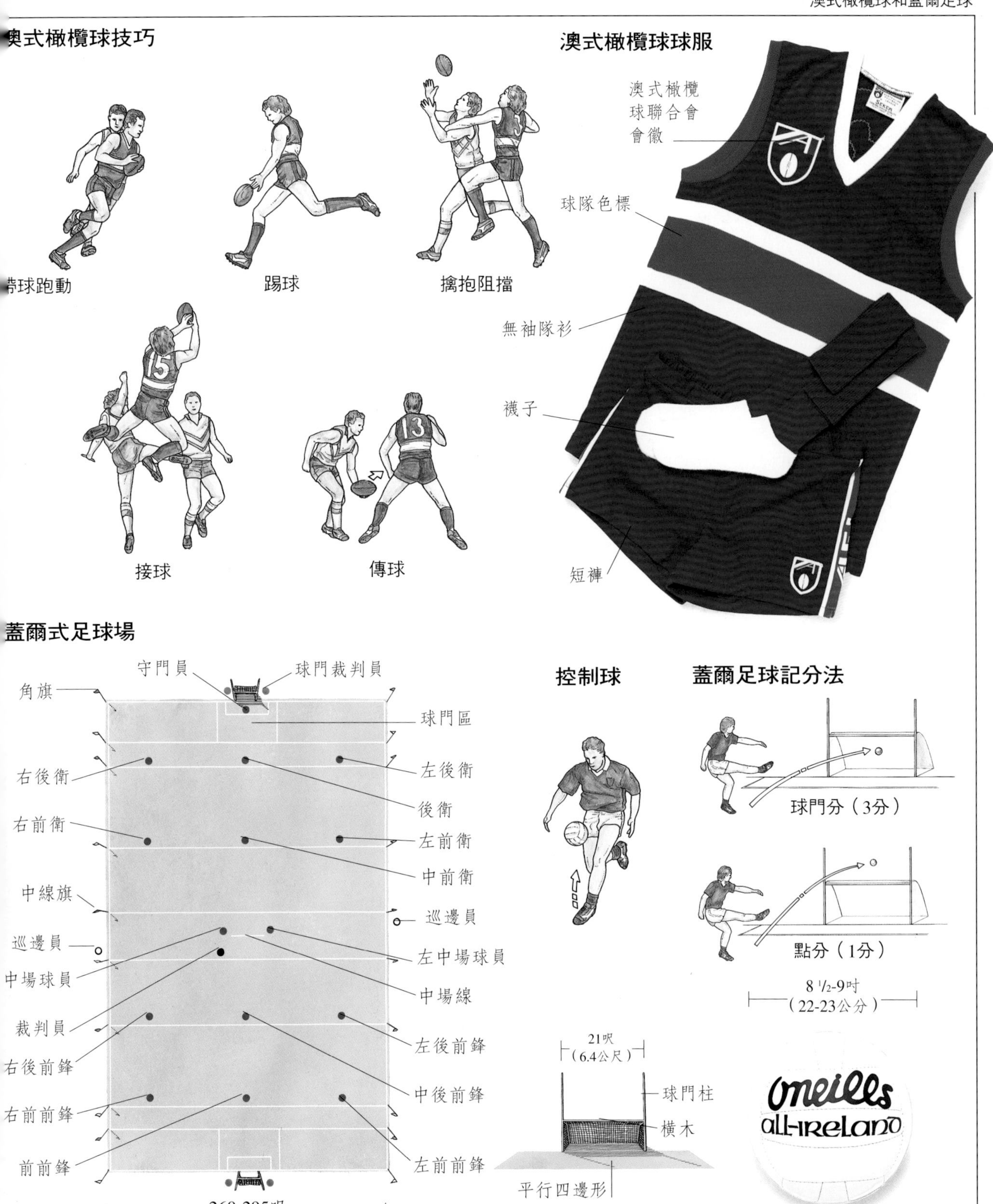

奧式橄欖球技巧

持球跑動

踢球

擒抱阻擋

接球

傳球

澳式橄欖球球服

澳式橄欖
球聯合會
會徽

球隊色標

無袖隊衫

襪子

短褲

蓋爾式足球場

角旗

守門員

球門裁判員

球門區

右後衛

左後衛

後衛

右前衛

左前衛

中前衛

中線旗

巡邊員

巡邊員

左中場球員

中場球員

中場線

裁判員

左後前鋒

右後前鋒

中後前鋒

右前前鋒

左前前鋒

前前鋒

260-295呎
（80-90公尺）

控制球

蓋爾足球記分法

球門分（3分）

點分（1分）

8 1/2-9吋
（22-23公分）

21呎
（6.4公尺）

球門柱

橫木

平行四邊形

球門

oneills
all-ireland

蓋爾足球

BALL)；踢球(KICKING)；接球(TAKING A MARK)；傳球(PASSING THE BALL)；擒抱阻擋(TACKLING)。**蓋爾式足球場**(GAELIC FOOTBALL PITCH)：守門員*(Goalkeeper)*；右中場球員*(Right midfielder)*；裁判員*(Referee)*；球門裁判員*(Goal umpire)*。**澳式橄欖球球服**(AUSTRALIAN RULES FOOTBALL UNIFORM)：澳式橄欖球聯合會會徽*(Australian Football league logo)*；球隊色標*(Team colors)*。**蓋爾足球記分法**(SCORING IN GAELIC FOOTBALL)：點分(POINT)；球門分(GOAL POINTS)。**控制球(CONTROLLING THE BALL)**。**球門**(GOAL)：橫木*(Crossbar)*；平行四邊形*(Paralleogram)*。

拉格比球（英式橄欖球）

拉格比球賽用的是一種橢圓形球，球可以運帶、拋擲或足踢。有兩種拉格比球賽。**拉格比聯盟球賽**是一種業餘比賽，由兩個球隊進行，每隊各有隊員15名。球員通過兩種方式得分：一是把球觸放在對方球門線的後面（**帶球觸地**，得4分），一是把球踢過對方球門的橫木〔**踢球觸地**得2分；**罰踢**得3分；**碰踢**（球著地時未及彈起即踢出去）得3分〕。**拉格比聯合會賽**是由聯盟賽發展而來的，但參加比賽的是13名業餘和職業水平的球員。聯合會賽中，帶球觸地得4分；踢球觸地得2分；碰踢得3分；罰踢得2分。在這兩種比賽中，如果有隊員違反規則，則用爭球來使比賽重新開始。爭球時，每個球隊的前鋒面對面地摟抱在一起，爭奪球的控制權。

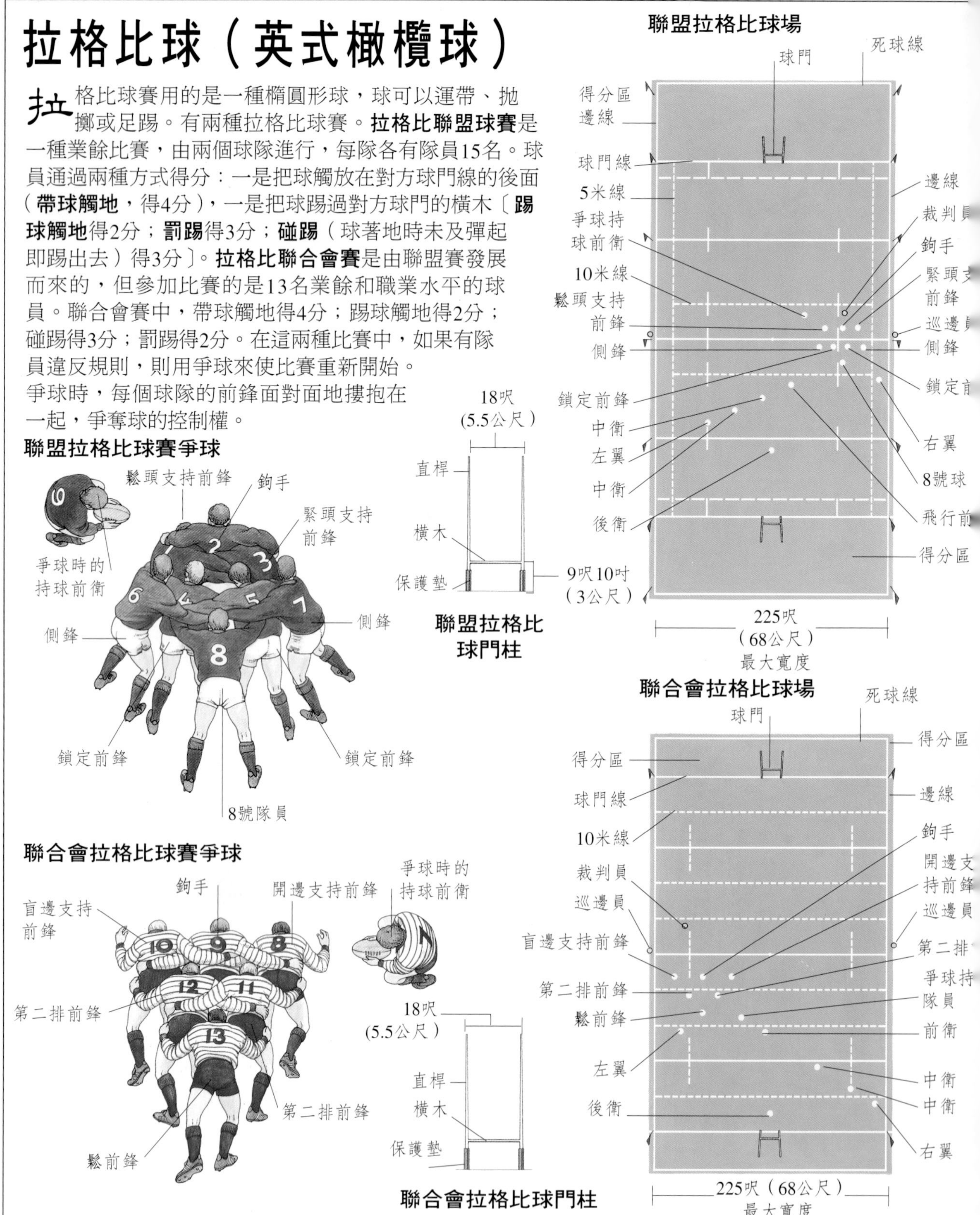

聯盟拉格比球賽爭球

鬆頭支持前鋒　鉤手　緊頭支持前鋒　爭球時的持球前衛　側鋒　鎖定前鋒　鎖定前鋒　8號隊員

18呎（5.5公尺）　直桿　橫木　保護墊　**聯盟拉格比球門柱**　9呎10吋（3公尺）

聯合會拉格比球賽爭球

盲邊支持前鋒　鉤手　開邊支持前鋒　爭球時的持球前衛　第二排前鋒　第二排前鋒　鬆前鋒

18呎（5.5公尺）　直桿　橫木　保護墊　**聯合會拉格比球門柱**

聯盟拉格比球場

球門　死球線　得分區　邊線　球門線　邊線　5米線　裁判員　爭球持球前衛　鉤手　10米線　緊頭支持前鋒　鬆頭支持前鋒　巡邊員　側鋒　側鋒　鎖定前鋒　鎖定前鋒　中衛　左翼　右翼　中衛　8號球　後衛　飛行前鋒　得分區　225呎（68公尺）最大寬度

聯合會拉格比球場

球門　死球線　得分區　得分區　球門線　邊線　10米線　鉤手　裁判員　開邊支持前鋒　巡邊員　巡邊員　盲邊支持前鋒　第二排　第二排前鋒　爭球持球隊員　鬆前鋒　前衛　左翼　中衛　後衛　中衛　右翼　225呎（68公尺）最大寬度

拉格比球(英式橄欖球)(Rugby)：拉格比聯盟球賽(Rugby Union)；帶球觸地(try)；踢球觸地(conversion)；罰踢(penalty kick)；碰踢(drop-kick)；拉格比聯合會賽(Rugby League)。**聯盟拉格比球賽爭球**(RUGBY UNION SCRUM)：鬆頭支持前鋒*(Loose-head prop)*；爭球時的持球前衛*(Scrum-half)*；側鋒*(Flanker)*；鎖定前鋒*(Lock forward)*；緊頭支持前鋒*(Tight-head prop)*。**聯合會拉格比球賽爭球**(RUGBY LEAGUE SCRUM)：盲邊支持前鋒*(Blind-side prop)*；開邊支持前鋒*(Open-side prop)*。**聯盟拉格比球場**(RUGBY UNION FIELD)：死球線*(Dead-ball line)*；飛行前衛*(Fly-half)*。**聯合會拉格比球場**(RUGBY LEAGUE

拉格比球的得分和技巧

射門

球門線
帶球觸地

傳球

定位踢

飛行擒抱

圓形鞋釘
拉格比球鞋
護踝

聯盟拉格比球員

印上球隊代表色的運動衫

短隊褲

高齊膝部的長襪

帶釘球鞋

四分之三袖

英國橄欖球聯合會會標

帶扣衣領

聯盟拉格比球衫

球隊顏色
拉格比球衫
球隊飾章
長袖

聯盟拉格比球

包有帶紋的塑料的分層皮革塊面

四塊鑲拼結構

11-12吋（28-30公分）
聯合會拉格比球

四塊鑲拼結構

包有平滑塑料的分層皮革塊面

11吋（28公分）
聯合會拉格比球衫

球隊飾章

WIDNES R.L.F.C.

FIELD)：得分區邊線*(Touch in-goal line)*；第二排前鋒*(Second-row forward)*；前衛*(Stand-off half)*；右翼*(Right wing)*。**拉格比球的得分和技巧**(RUGBY SCORING AND SKILLS)：定位踢(PLACE KICK)；飛行擒抱(FLYING TACKLE)。**聯盟拉格比球**(RUGBY UNION BALL)：包有帶紋的塑料的分層皮革塊面*(Laminated leather panel covered with textured plastic)*。**聯合會拉格比球**(RUGBY LEAGUE BALL)：包有平滑塑料的分層皮革塊面*(Laminated leather panel covered with smooth plastic)*。

籃球

籃球是一種由兩個球隊，每隊各5名隊員進行的球類比賽，最初在1890年由**詹姆斯・奈斯瑪斯**為美國麻薩諸塞州斯普林菲爾德的基督教青年會設計的。比賽的目的是奪球並把球投入敵隊的籃中而得分。球員通過在地面拍球或帶球的方式在場上來回運球；可以用擲、拍、滾等方法在球員之間傳球。球員不能帶球奔跑，也不能踢球，但是允許用一隻腳轉身。比賽開始時，主裁判員將球拋向空中，每隊有一名球員跳起力圖將球"擊"給自己的隊友。不同級別的比賽，賽時長度和節數也不同。有業餘、專業和國際等幾種規則。比賽不能打成平局而結束。時間終了時如果兩隊得分相同，要增加比賽節數，直至打破平局為止。除了場上5名隊員之外，每隊還有多達7名的後補隊員，但球員必須得到主裁判員的允許才能離場。籃球是一項非觸體運動，碰撞了別的隊員便要被判罰，由對方球隊**發邊線球**；如果一個隊員在作投籃動作時被碰撞，則判給一次**籃下罰球**。籃球是一種快速運動的比賽，要求體力和智力的協調結合。打籃球的戰術技巧比單純的體魄強健更為重要，由於球員的動作敏捷靈活，使籃球比賽成為一個深受觀眾喜愛的體育項目。

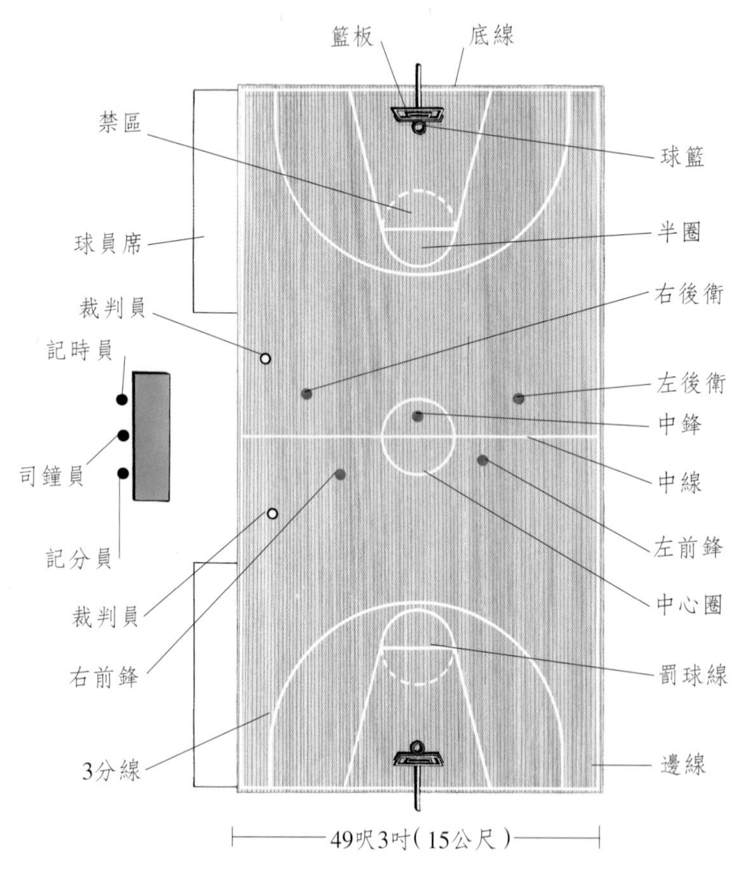

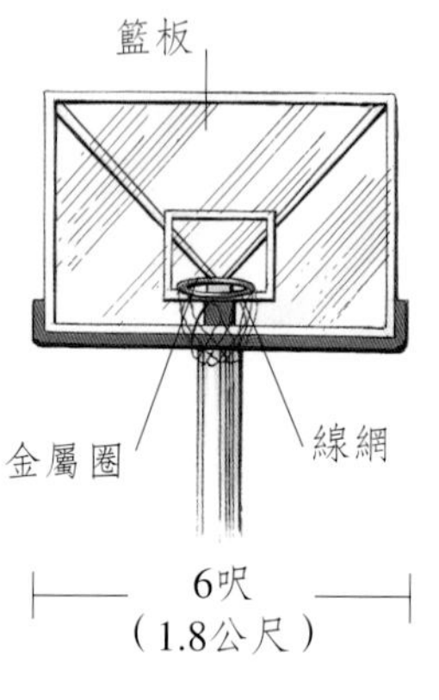

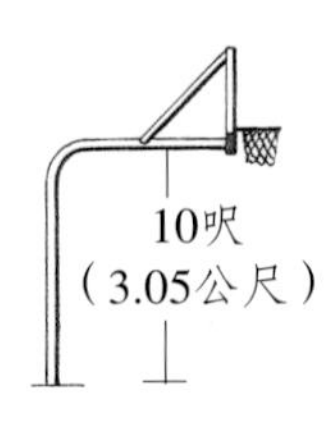

籃球技巧

胸前傳球

運球

雙手過頭傳球

切入投球

跳投

長傳

國際性籃球場

籃板　底線

禁區

球員席

裁判員

記時員

司鐘員

記分員

裁判員

右前鋒

3分線

球籃

半圈

右後衛

左後衛

中鋒

中線

左前鋒

中心圈

罰球線

邊線

49呎3吋（15公尺）

球籃和籃板

籃板

金屬圈　線網

6呎
（1.8公尺）

球籃和籃板的結構

10呎
（3.05公尺）

籃球(Basketball)：詹姆斯・奈斯瑪斯(James Naismath)；發邊線球(throw-in)；籃下罰球(free throw at the basket)。**國際性籃球場**(INTERNATIONAL BASKETBALL COURT)：禁區*(Restraining circle)*；右前鋒*(Right forward)*；3分線*(Three-point line)*；右後衛*(Right guard)*；中鋒*(Center)*；罰球線*(Free-throw line)*。球籃和籃板(BASKET AND BACKBOARD)。**籃球技巧**(BASKETBALL SKILLS)：胸前傳球(CHEST PASS)；運球(DRIBBLE)；雙手過頭傳球(OVERHEAD PASS)；切入投球(LAY-UP SHOT)；跳投(JUMP SHOT)；長傳(LONG

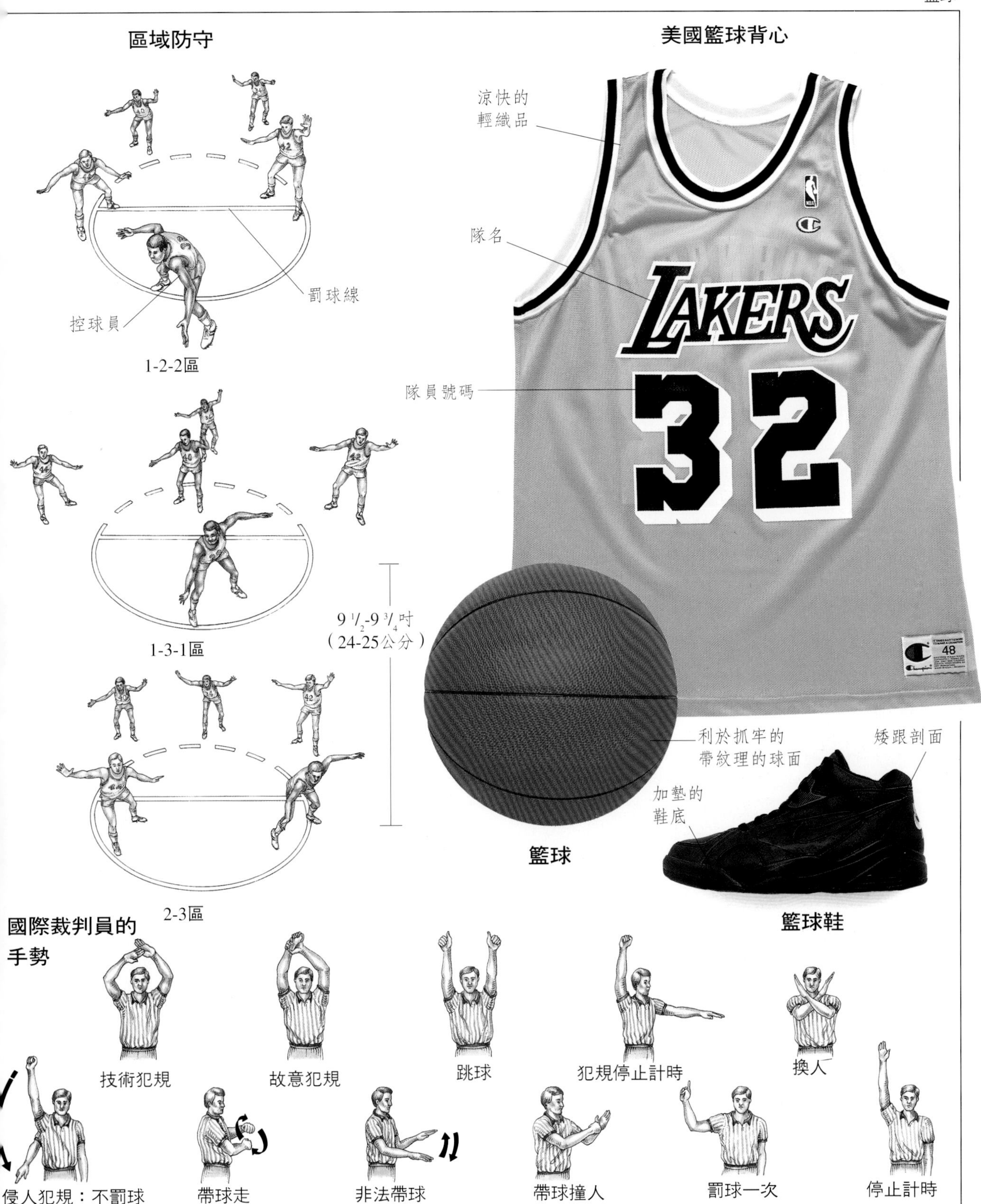

區域防守

美國籃球背心

涼快的
輕織品

隊名

隊員號碼

控球員

罰球線

1-2-2區

1-3-1區

$9\frac{1}{2}$-$9\frac{3}{4}$吋
（24-25公分）

利於抓牢的
帶紋理的球面

矮跟剖面

加墊的
鞋底

籃球

籃球鞋

2-3區

國際裁判員的
手勢

技術犯規

故意犯規

跳球

犯規停止計時

換人

侵人犯規：不罰球

帶球走

非法帶球

帶球撞人

罰球一次

停止計時

PASS)。**區域防守**(ZONE DEFENSES)：控球員(Point man)。**國際裁判員的手勢**(INTERNATIONAL REFEREE'S SIGNALS)：技術犯規(TECHNICAL FOUL)；侵人犯規：不罰球(PERSONAL FOUL：NO FREE THROWS)；故意犯規(INTENTIONAL FOUL)；帶球走(TRAVELLING)；跳球(JUMP BALL)；非法帶球(ILLEGAL DRIBBLE)；犯規停止計時(STOP CLOCK FOR FOUL)；帶球撞人(CHARGING WITH THE BALL)；換人(SUBSTITUTION)；罰球一次(ONE FREE THROW)；停止計時(STOP CLOCK)。

排球、女子無板籃球和手球

排球的打法

過頭發球　扣殺

低手發球　前臂擋球（托球）

排 球、無板籃球和手球都是通常在硬地面場地上進行的快速運動的成隊球賽項目。排球比賽的目的是把球打過懸在球場中線上的球網，使球在對方一邊觸地。每隊由6名球員組成，可以用三擊把球打過網去，但同一球員不能連續二次擊球。球員可以用臂、手或上體的任何其它部位擊球。只有發球的一隊才可得分。首先得15分而且與對方得分相差兩分以上的球隊爲勝隊。女子無板籃球與籃球（參見532-533頁）相似，但比賽場地稍大，球員不是5名而是7名。球隊通過擲、傳、抓等方法把球運向球門，目的是將球投入對方的球門網中。球員的比賽位置被限制在場上的特定區域。隊式手球是世界上最快速的一種比賽。每邊有7名球員，球員在奔跑中帶球、傳球或拍球而使球運動，他們可以停止、抓球、擲球、拍球或以膝蓋以上的身體任一部位來擊球。每隊都試圖越過對方的守門員把球打入類似於足球門網（參見524-525頁）的網中而得分。

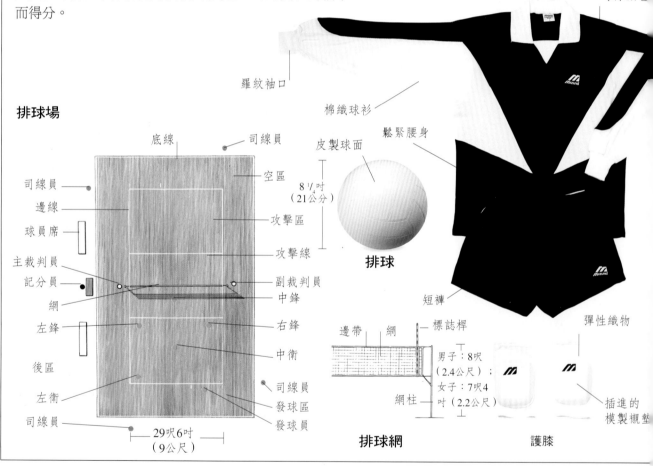

排球場

底線　司線員

司線員　空區

邊線　攻擊區

球員席　攻擊線

主裁判員　副裁判員

記分員　中鋒

網　右鋒

左鋒　中衛

後區

左衛　司線員

司線員　發球區

發球員

29呎6吋（9公尺）

羅紋袖口

棉織球衫

皮製球面

鬆緊腰身

8 1/4 吋（21公分）

排球

球隊顏色

排球服

短褲

彈性織物

邊帶　網　標誌桿

男子：8呎（2.4公尺）；女子：7呎4吋（2.2公尺）

網柱

排球網

護膝

插進的模製襯墊

排球、女子無板籃球和手球(Volleyball, netball, and handball)。排球場(VOLLEYBALL COURT)：司線員(Linesman)；主裁判員(Referee)；記分員(Scorer)；左鋒(Left forward)；左衛(Left back)；攻擊區(Attack zone)；中鋒(Center forward)；發球區(Service area)。排球的打法(VOLLEYBALL SHOTS)：過頭發球(OVERHAND SERVE)；扣殺[SPIKE(SMASH)]；低手發球(UNDERHAND SERVE)；前臂擋球(托球)[FOREARM PASS(DIG)]。排球服(VOLLEYBALL KIT)：插進的模製襯墊(Injected molded padding)。女子無板籃球場(NETBALL COURT)：鋪有防滑瀝青護層的礦石地面(Mineral surface with non-slip tarmacadam

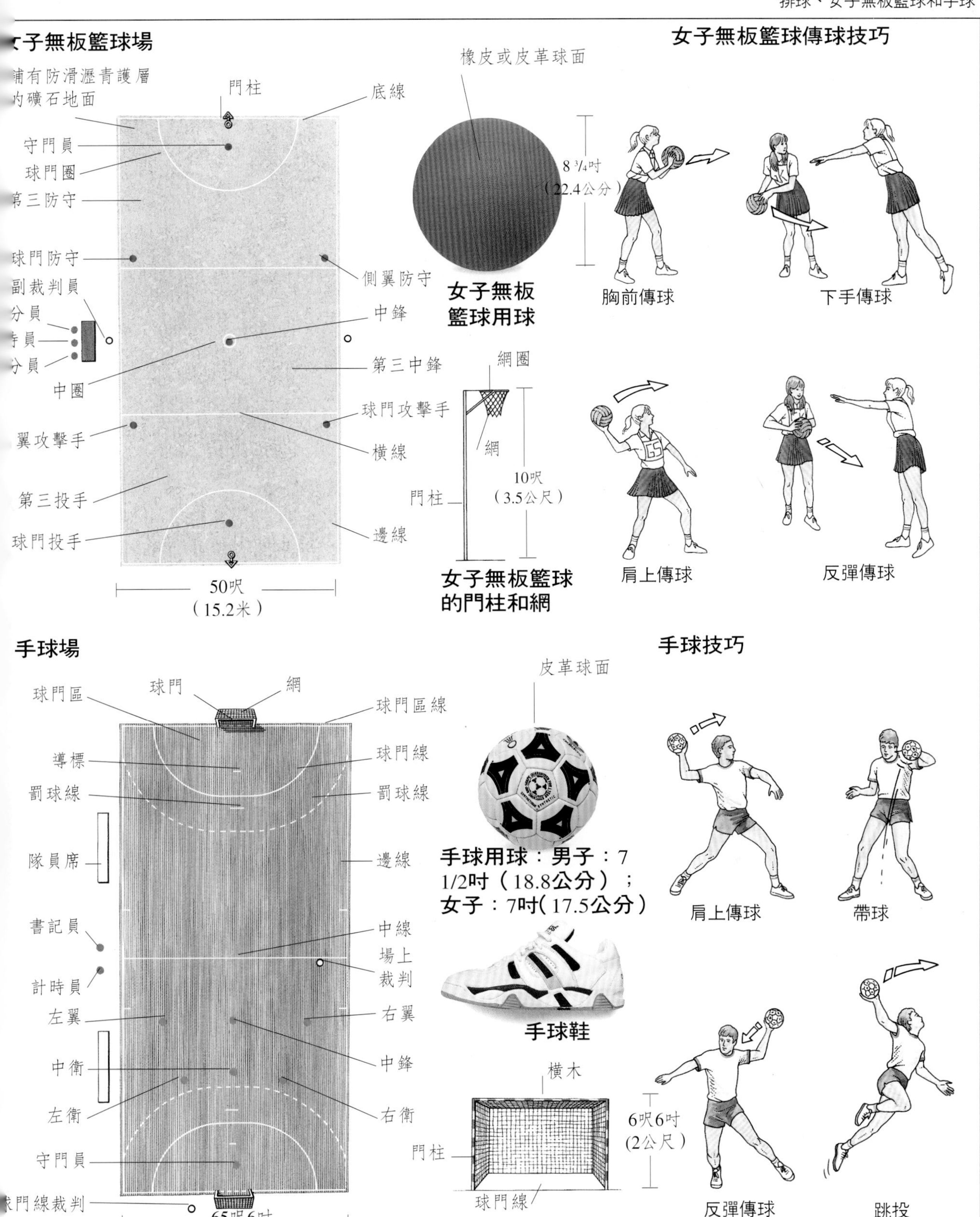

女子無板籃球場

鋪有防滑瀝青護層的礦石地面

門柱
底線
守門員
球門圈
第三防守
球門防守
側翼防守
副裁判員
分員
專員
分員
中圈
中鋒
第三中鋒
球門攻擊手
翼攻擊手
橫線
第三投手
球門投手
邊線

50呎
（15.2米）

女子無板籃球傳球技巧

橡皮或皮革球面

8 3/4吋
（22.4公分）

**女子無板
籃球用球**

胸前傳球　下手傳球

網圈
網
門柱
10呎
（3.5公尺）

**女子無板籃球
的門柱和網**

肩上傳球　反彈傳球

手球場

球門區
球門
網
球門區線
導標
球門線
罰球線
罰球線
邊線
隊員席
書記員
中線
計時員
場上裁判
左翼
右翼
中衛
中鋒
左衛
右衛
守門員
球門線裁判

65呎6吋
（20公尺）

手球技巧

皮革球面

**手球用球：男子：7
1/2吋（18.8公分）；
女子：7吋（17.5公分）**

手球鞋

肩上傳球　帶球

橫木
門柱
6呎6吋
（2公尺）
球門線

手球網

反彈傳球　跳投

coating）；守門員(Goalkeeper)；側翼攻擊手(Wing attack)；第三投手(Goal third)；球門投手(Goal shooter)；中鋒(Center)。**手球場**(HANDBALL COURT)：球門線裁判(Goal-line referee)。**女子無板籃球傳球技巧**(NETBALL PASSES)：胸前傳球(CHEST PASS)；下手傳球(UNDERARM PASS)；肩上傳球(SHOULDER PASS)；反彈傳球(BOUNCE PASS)。**手球技巧**(HANDBALL SKILLS)：肩上傳球(OVERARM PASS)；帶球(DRIBBLE)；跳投(JUMP SHOT)。

棒 球

打擊手頭盔

塑料殼

帽檐

泡沫塑料

棒球是各有9名隊員的兩個隊伍所參加的一種球類運動。打擊手要將由敵隊投手擲出的球打進邊線之間的區域，然後跑遍全部四個固定的壘，並依次觸及或〝刺殺〞（〝tagging〞）到每個壘包，從而取得一分。投手擲球必須擲在打擊手腋窩和膝蓋之間的高度，這個高度稱為**好球區**。投在本壘上這個區域內的球稱為"好球"，打擊手有三個好球試擊，三次未擊中便被罰出局。防守隊則盡力使攻擊隊被驅逐出局，其方法是在球觸地之前將球接住，用球夾殺在壘間奔跑的跑壘球員，或是在跑壘球員到壘之前封殺。只要某一壘未被本隊其他球員占領，攻擊隊球員便可安全地停留在該壘。如果打擊手跑向一壘，在一壘的隊友必須跑向二壘，這叫做**強制性跑壘**。每場比賽由9局組成，每局各進攻一次。當攻擊隊有3名隊員出局時，兩隊便交換攻防位置。得分最多的隊即打贏比賽。

包在硬尼龍中的金屬線

包有塑料的泡沫護墊

捕手面罩

棒球場

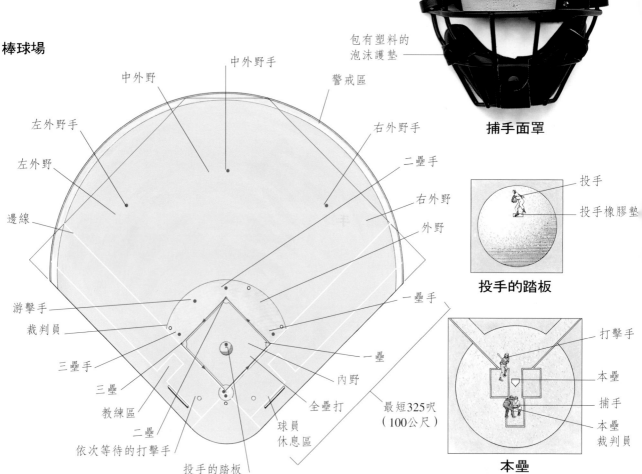

中外野手
警戒區
中外野
左外野手
右外野手
左外野
二壘手
右外野
外野
邊線
游擊手
一壘手
裁判員
一壘
三壘手
內野
三壘
全壘打
教練區
最短325呎（100公尺）
二壘
球員休息區
依次等待的打擊手
投手的踏板

投手
投手橡膠墊

投手的踏板

打擊手
本壘
捕手
本壘裁判員

本壘

棒球(Baseball)：好球區*(the strike zone)*；強制性跑壘*(force play)*。**棒球場(BASEBALL FIELD)**：中外野手*(Center fielder)*;左外野手*(Left fielder)*；游擊手*(Shortstop)*；三壘手*(Third baseman)*；全壘打*(Home run)*；一壘手*(First baseman)*；二壘手*(Second baseman)*；右外野手*(Right fielder)*；邊線*(Foul line)*；裁判員*(Umpire)*；教練區*(Coach's box)*；球員休息區*(Dugout)*；警戒區*(Warning track)*。**打擊手頭盔(BATTER'S HELMET)**：帽檐*(peak)*；泡沫塑料墊*(Foam padding)*。**捕手面罩(CATCHER'S MASK)**：包在硬尼龍中的金屬線*(Wire coated in strong nylon)*。**投手的踏板(PITCHER'S MOUND)**：投手橡膠墊*(pitcher's rubber)*。**本壘**

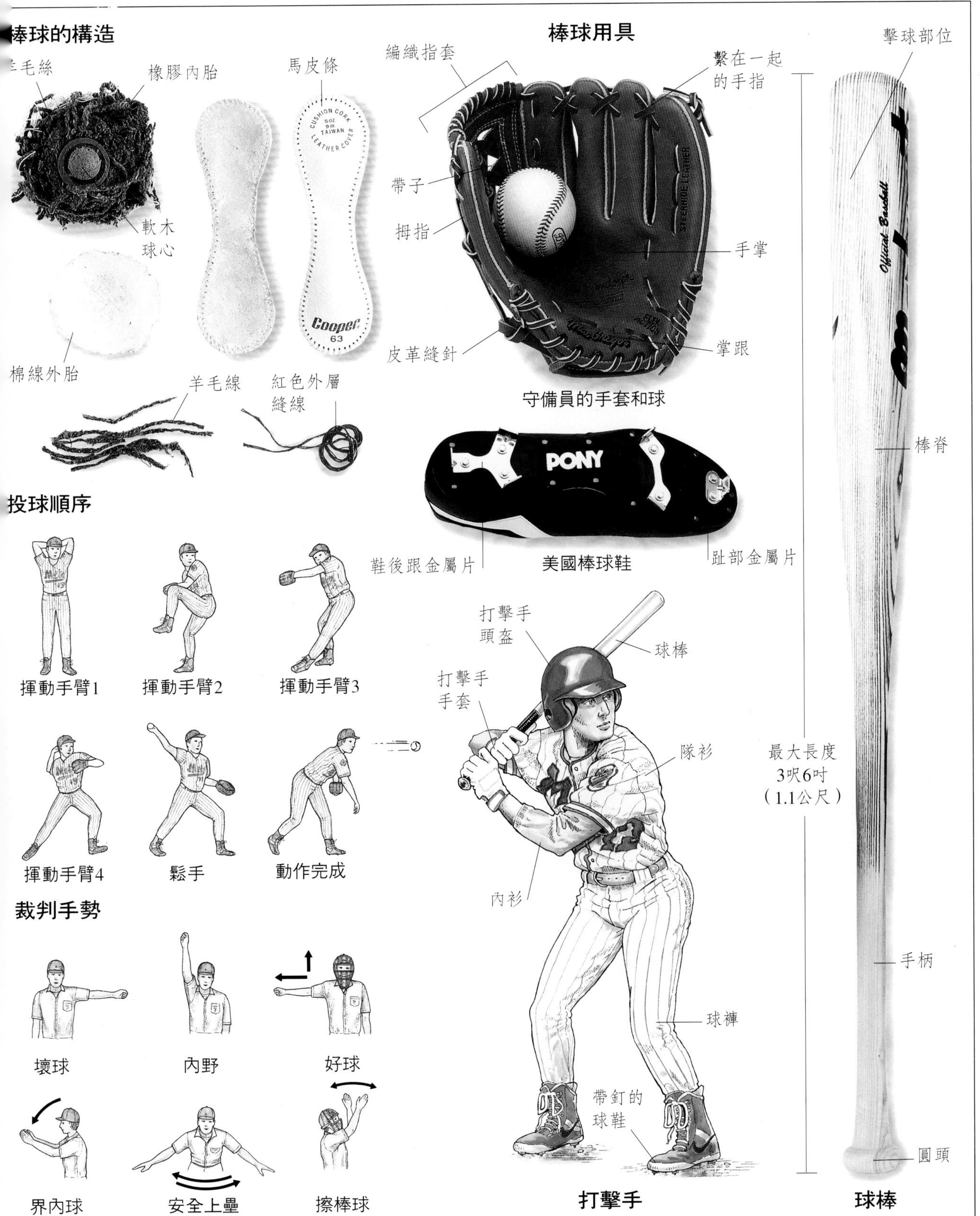

棒球的構造

三毛絲
橡膠內胎
馬皮條
軟木球心
棉線外胎
羊毛線
紅色外層縫線

投球順序

揮動手臂1
揮動手臂2
揮動手臂3
揮動手臂4
鬆手
動作完成

裁判手勢

壞球
內野
好球
界內球
安全上壘
擦棒球

棒球用具

編織指套
繫在一起的手指
帶子
拇指
手掌
皮革縫針
掌跟

守備員的手套和球

鞋後跟金屬片
美國棒球鞋
趾部金屬片

打擊手頭盔
球棒
打擊手手套
隊衫
內衫
球褲
帶釘的球鞋

打擊手

擊球部位
棒脊
最大長度3呎6吋（1.1公尺）
手柄
圓頭

球棒

(HOME PLATE)：捕手(catcher)。**棒球的構造**(MAKING A BASEBALL)：羊毛絲(*Wool yarn*)；橡膠內胎(*Rubber inner casing*)；軟木球心(*Cork center*)；馬皮條(*Horsehide strip*)。**投球順序**(THE PITCHING SEQUENCE)：揮動手臂(THE WINDUP)；鬆手(THE RELEASE)；動作完成(THE FOLLOW-THROUGH)。**裁判手勢**(UMPIRING SIGNALS)：壞球(BALL)；內野(INFIELD)；好球(STRIKE)；界內球(FAIR BALL)；安全上壘(RUNNER IS SAFE)；擦棒球(FOUL TIP)。**棒球用具**(BASEBALL EQUIPMENT)：守備員的手套和球(FIELDER'S GLOVE AND BALL)。

板 球

板球是各有11名隊員的兩個隊伍參加的球類比賽，球場上豎有兩組三根直柱（三柱門）。投球手將球投向對方的擊球員，擊球員必須保護身後的三柱門不被擊中。比賽的目的是儘可能地多得分。得分可以通過下述方法單獨計算：跑完賽場全長，將球擊出邊界（6分），球落在界內但彈出或滾出界外（4分）；另一隊則是投球和防守，力圖使擊球員出局。擊球員如有下列情況之一便被罰出局：投球手用球擊中三柱門（**"擊中罰退"**）；防守隊員在擊球員所擊之球觸地之前將球接住（**"接殺"**）；當擊球員試圖奔跑因而離開原位時守門員或別的防守隊員破門（**"撞柱"** 或 **"跑殺"**）；擊球員以其球棒或身體打破三柱門（**"擊門"**）；擊球員身體的某一部分被本應擊中三柱門的球所碰擊（**"截球違例"**）。每場比賽可以是一局或兩局；當擊球隊的第十名擊球手出局，當一定數目的連續投球（每組6個球）已經投完，或是當擊球隊的隊長自願宣布這一局結束時，這局球賽便告結束。

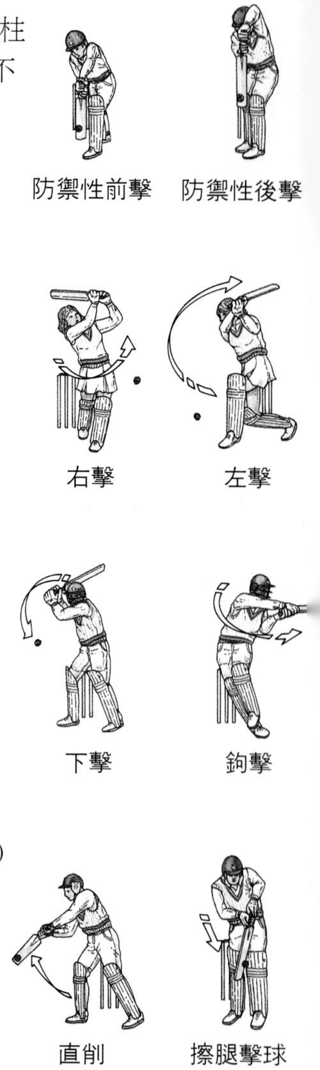

防禦性前擊　防禦性後擊

右擊　左擊

下擊　鉤擊

直削　擦腿擊球

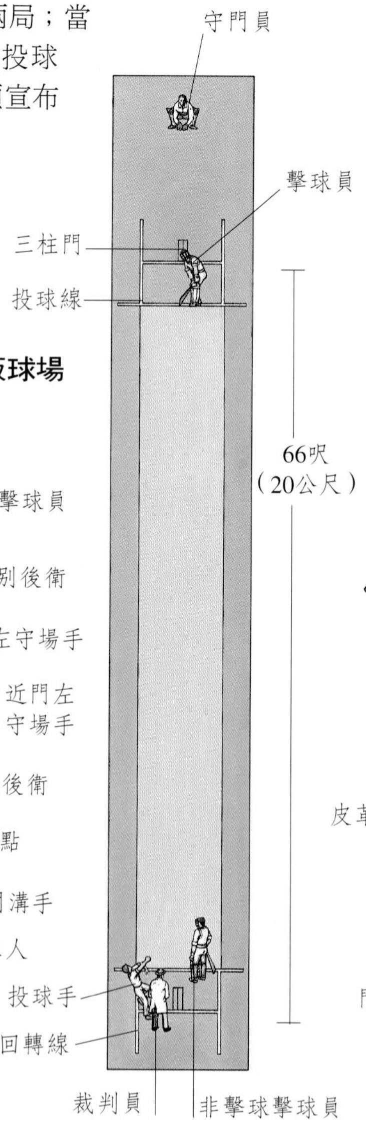

板球和三門柱

遠處揮動投球手對右擊球手（紅色）的可能位置及其他防守位置

板球場

66呎（20公尺）

守門員

擊球員

三柱門

投球線

投球手

非擊球擊球員

回轉線

裁判員　非擊球擊球員

皮革球殼　球縫口　板球

橫木　三柱門

門柱

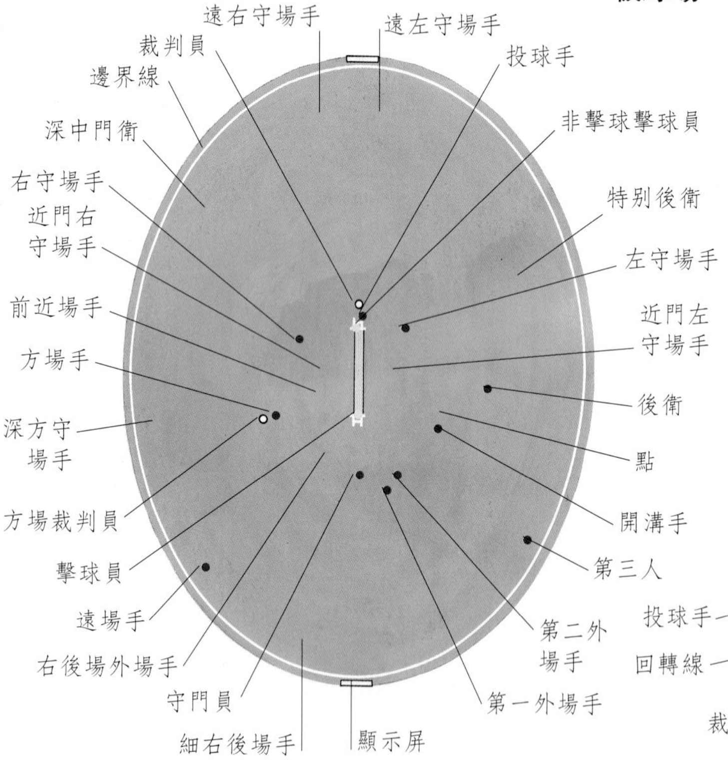

遠右守場手　遠左守場手
裁判員　投球手
邊界線
深中門衛　非擊球擊球員
右守場手
近門右守場手　特別後衛
前近場手　左守場手
方場手　近門左守場手
深方守場手　後衛
方場裁判員　點
擊球員　開溝手
遠場手　第三人
右後場外場手　第二外場手
守門員　第一外場手
細右後場手　顯示屏

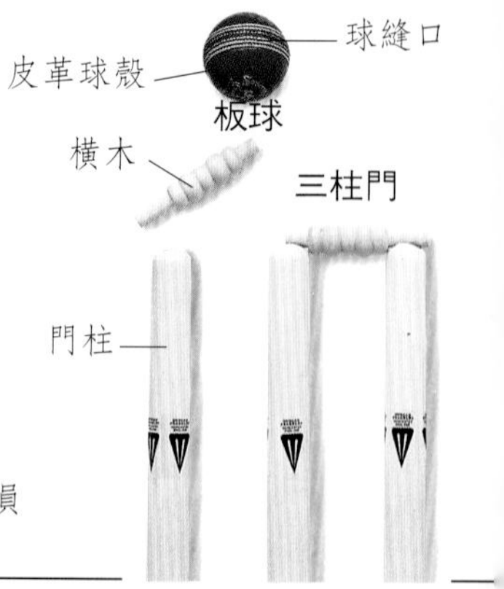

板球(Cricket)：擊中罰退(bowled)；接殺(caught)；撞柱或跑殺(stumped or run out)；擊門(hit wicket)；截球違例["leg before wicket"（"lbw"）]。**遠處揮動投球手對右擊球手(紅色)的可能位置及其他防守位置**[POSSIBLE FIELD POSITIONS FOR AN AWAY SWING BOWLER TO A RIGHT-HANDED BATSMAN(IN RED) AND OTHER FIELD POSITIONS]：遠右守場手(*Long on*)；深中門衛(*Deep mid-wicket*)；前近場手(*Forward short leg*)；方場手(*Square leg*)；深方守場手(*Deep square leg*)；方場裁判員(*Square-leg umpire*)；擊球員(*Batsman*)；右後場外場手(*Leg slip*)；守門員(*Wicket-keeper*)；細右後場手(*Fine leg*)；開

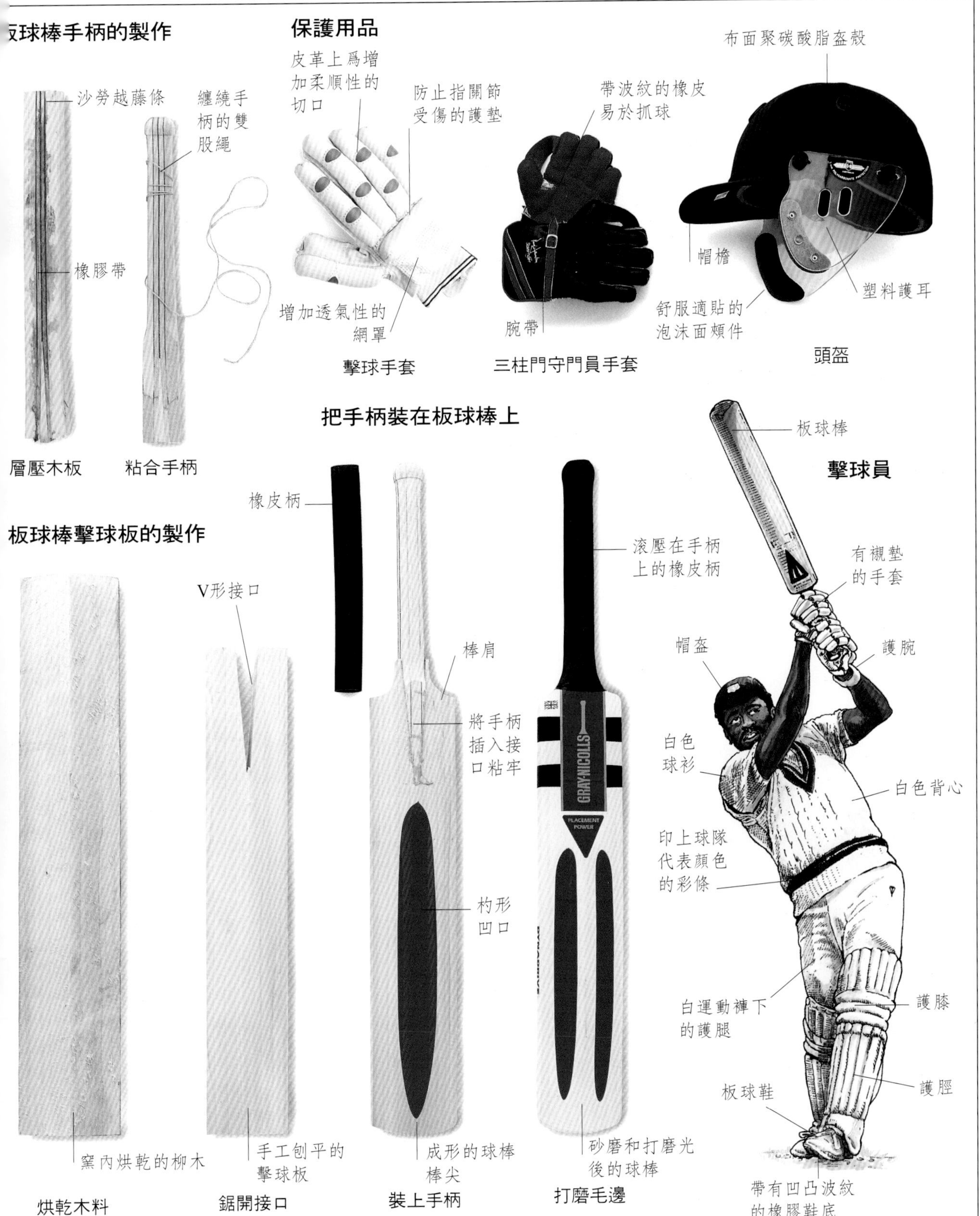

板球棒手柄的製作

沙勞越藤條
纏繞手柄的雙股繩
橡膠帶
層壓木板　粘合手柄

板球棒擊球板的製作

V形接口
窯內烘乾的柳木
烘乾木料

手工刨平的擊球板
鋸開接口

成形的球棒棒尖
裝上手柄

砂磨和打磨光後的球棒
打磨毛邊

棒肩
將手柄插入接口粘牢
杓形凹口

橡皮柄
滾壓在手柄上的橡皮柄

把手柄裝在板球棒上

保護用品

皮革上為增加柔順性的切口
防止指關節受傷的護墊
增加透氣性的網罩
擊球手套

帶波紋的橡皮易於抓球
腕帶
三柱門守門員手套

布面聚碳酸脂盔殼
帽檐
舒服適貼的泡沫面頰件
塑料護耳
頭盔

擊球員

板球棒
有襯墊的手套
護腕
帽盔
白色球衫
印上球隊代表顏色的彩條
白色背心
白運動褲下的護腿
護膝
板球鞋
護脛
帶有凹凸波紋的橡膠鞋底

溝手(Gulley)；後衛(Cover)；近門左守場手(Silly mid-off)；特別後衛(Extra cover)。**板球擊法**(CRICKET STROKES)：防禦性前擊(FORWARD DEFENSIVE STROKE)；防禦性後擊(BACKWARD DEFENSIVE STROKE)；右擊(ON-DRIVE)；左擊(OFF-DRIVE)；下擊(PULL)；鈎擊(HOOK)；直削(SQUARE CUT)；擦腿擊球(LEG GLANCE)。**板球棒手柄的製作**(MAKING A BAT HANDLE)：沙勞越藤條(Sarawak cane)。**保護用品**(PROTECTIVE CLOTHING)：擊球手套(BATTING GLOVE)；三柱門守門員手套(WICKET-KEEPER'S GLOVES)；布面聚碳酸脂盔殼(Polycarbonate shell with cloth covering)。

陸上曲棍球、長曲棍球和愛爾蘭曲棍球

守門員用具

氣孔
硬殼
面罩
頭盔
扣帶

在全世界已經發展了多種用棍端擊球、運球和投球的成隊比賽運動項目，其最早的種類有愛爾蘭曲棍球、**兒童曲棍球**、班迪**曲棍球**和**回力球**。曲棍球不論男子和女子均可參加比賽。比賽由兩隊進行，每隊11名隊員，竟相奪球和控制球，並用曲棍球棍將球射進對方的球門網而得分。關鍵的技巧有**傳球**、**推球**或**猛然揮擊**或**吊高球**，以及**射門**。曲棍球賽可在室內或室外的草地或合成場地上進行的。長曲棍球的國際比賽方式是女子每方12人，男子每方10人。女子賽場沒有絕對的邊界，男子賽場則明確地劃定了邊線和底線。比賽中通過用球棍運球、擲球或擊球來控制球，也可以向任一方向滾球或踢球。男子和女子長曲棍球賽中，當球被打在球門區標誌後面時，比賽仍可繼續進行。愛爾蘭曲棍球所要求的技巧與此相似，而且是在一種和**蓋爾橄欖球**（參見528-529頁）相同的球場上進行比賽，用的是同樣的球門柱和球網。愛爾蘭曲棍球賽中可用球棒擊球或運球，在場外還可以用手擊球或用腳踢球。當球在橫木下射進兩門柱之間時，得射門分（3分）；在橫木之上射過兩門柱之間得1分。

硬手掌

護腕

防護手套

陸上曲棍球球棍和球

曲棍球棍　　棍柄　　　　　帶子　　　　　　　　　蒸彎的梣木棍頭
棍葉

Slazenger FLEXI

縫合縫
2 ³/₄-3吋
（7-7.5公分）

├─────── 3呎（91公分）───────┤

球

曲棍球場

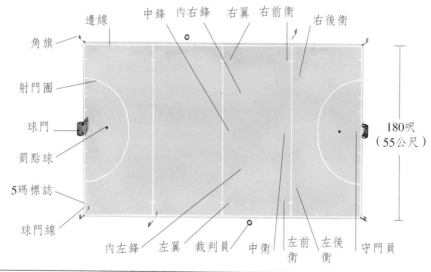

邊線　　中鋒　內右鋒　右翼　右前衛　　右後衛
角旗
射門圈
球門
罰點球
5碼標誌
球門線
內左鋒　左翼　裁判員　中衛　左前衛　左後衛　守門員

180呎
（55公尺）

防護腳趾免受硬球碰傷的護墊
防護套鞋

守門員球靴

7呎
（2.1公尺）

陸上曲棍球球門

陸上曲棍球、長曲棍球和愛爾蘭曲棍球(Field hockey, lacrosse, and hurling)：兒童曲棍球(shinty);班迪曲棍球(bandy)；回力球(pelota)；傳球(passing)；推球(pushing)；猛然揮擊(hitting the ball by slapping)；吊高球(lifting it in a flicking movement)；射門(shooting at the goal)；蓋爾橄欖球(Gaelic football)。**曲棍球場**(FIELD HOCKEY FIELD)：射門圈(*Shooting circle*)；罰點球(*Penalty spot*)。**男子長曲棍球球場**(MEN'S LACROSSE FIELD)：防守隊員(*Defender*)；守門員(*Goalkeeper*)；中場手(*Midfielder*)；攻擊

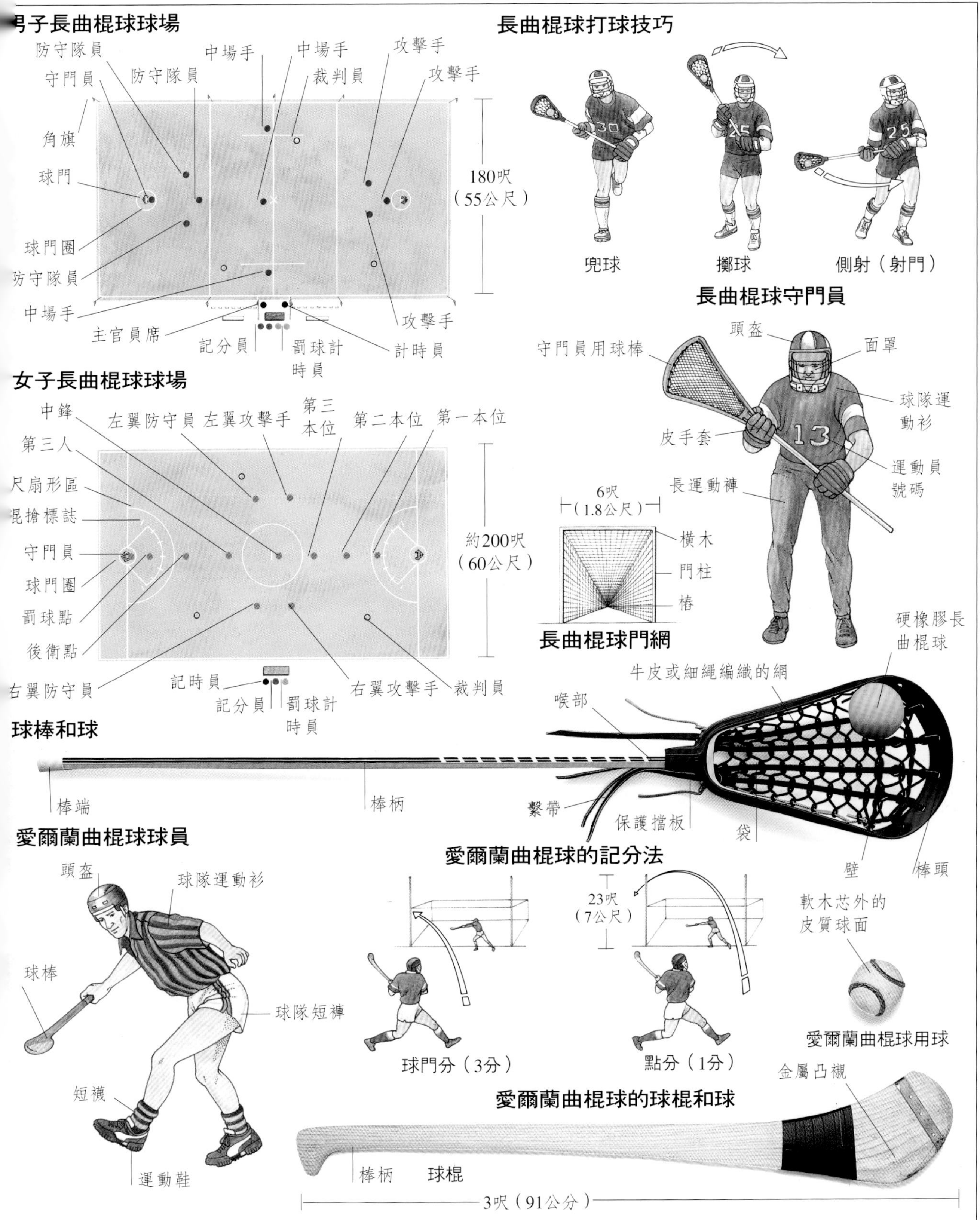

男子長曲棍球球場

防守隊員
守門員　防守隊員　中場手　中場手　攻擊手
裁判員　攻擊手
角旗
球門
球門圈
防守隊員
中場手
主官員席
記分員　罰球計　計時員
時員
攻擊手

180呎
（55公尺）

女子長曲棍球球場

中鋒　左翼防守員　左翼攻擊手　第三　第二本位　第一本位
本位
第三人
尺扇形區
昆搶標誌
守門員
球門圈
罰球點
後衛點
右翼防守員　記時員　右翼攻擊手　裁判員
記分員　罰球計
時員

約200呎
（60公尺）

球棒和球

棒端　棒柄

愛爾蘭曲棍球球員

頭盔　球隊運動衫
球棒
球隊短褲
短襪
運動鞋

長曲棍球打球技巧

兜球　擲球　側射（射門）

長曲棍球守門員

守門員用球棒　頭盔　面罩
球隊運動衫
皮手套　運動員號碼
長運動褲

6呎
（1.8公尺）　橫木
門柱
椿

長曲棍球門網

牛皮或細繩編織的網
喉部
繫帶　保護擋板　袋
壁　棒頭

硬橡膠長曲棍球

軟木芯外的皮質球面

愛爾蘭曲棍球的記分法

23呎
（7公尺）

球門分（3分）　點分（1分）

愛爾蘭曲棍球用球
金屬凸襯

愛爾蘭曲棍球的球棍和球

棒柄　球棍
3呎（91公分）

手(Attacker)。**女子長曲棍球球場**(WOMEN'S LACROSSE FIELD)：混搶標誌(Hash mark)；後衛點(Cover point)；記時員(Timekeeper)；記分員(Scorer)；罰球計時員(Penalty timekeeper)；第一本位(First home)；左翼攻擊手(Left wing attack)；左翼防守員(Left wing defense)。**長曲棍球打球技巧**(LACROSSE SKILLS)：兜球(CRADLING)；擲球(THROWING)；側射(射門)(SIDE-SHOOTING)。

田 徑 運 動

田賽用品

競技運動分為兩類：徑賽項目和田賽項目。前者包括：短跑、中長跑和長跑，接力賽；跨欄和競走；後者則要求跳躍和投擲技巧。早在4000多年前，古希臘人就進行了測驗運動員的速度、力量、靈巧性和耐力的比賽。但是，西元393年廢止了奧林匹克運動會，這意味著田徑賽受到忽視，直到19世紀中葉才又重新恢復大規模的競賽。現代運動場一般都在徑賽跑道外面保留一個區域供跳遠、三級跳遠和撐竿跳高之用。標槍、鉛球、鏈球和鐵餅是在跑道區之內的範圍投擲的。多數運動員專門從事一項或兩項比賽，但是在七項全能中女子要用2天時間完成7個項目：200公尺和800公尺賽跑、100公尺跨欄、擲標槍、推鉛球、跳高和跳遠。男子在十項全能運動中要用兩天時間完成10個項目：百米跑、400公尺跑、1500公尺跑、110公尺跨欄跑、擲標槍、擲鐵餅、推鉛球、撐竿跳高、跳高和跳遠。

鋼索
球頭
餅體
旋轉接頭
金屬邊
中心重物
鏈球柄環
鏈球 16磅（7公斤）

鐵餅：
男子：4磅7盎司（2公斤）
女子：2磅3盎司（1公斤）

橡膠覆層
鉛球灌填物
5吋（12.7公分）
4吋（10公分）

男子鉛球
16磅（7公斤）

女子鉛球
8磅12盎司（4公斤）

標槍
細繩纏繞的槍柄　槍杆
槍尖
男子：8呎6吋（2.6公尺）
女子：7呎6吋（2.3公尺）

田徑賽場

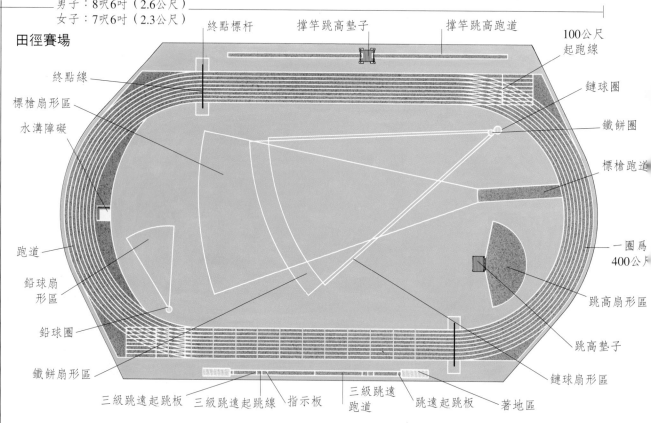

終點標杆　撐竿跳高墊子　撐竿跳高跑道　100公尺起跑線
終點線
標槍扇形區
水溝障礙
跑道
鉛球扇形區
鉛球圈
鐵餅扇形區
鏈球圈
鐵餅圈
標槍跑道
一圈為400公尺
跳高扇形區
跳高墊子
鏈球扇形區
三級跳遠起跳板　三級跳遠起跳線　指示板　三級跳遠跑道　跳遠起跳板　著地區

田徑運動(Athletics,Track and field)：短跑(sprinting)；中長跑(middle)；長跑(long distance running)；接力賽(relay running)；跨欄(hurdling)；競走(walking)。**田徑賽場**(TRACK AND FIELD)：終點標杆*(Finishing post)*；標槍扇形區*(Javelin fan)*；水溝障礙*(Steeplechase water jump)*；指示板*(Indicator board)*；跳遠起跳板*(Long jump takeoff board)*；鐵餅圈*(Discus circle)*；鏈球圈*(Hammer circle)*。**田賽用品** (FIELD EVENT EQUIPMENT)：鏈球(HAMMER)；鐵餅(DISCUS)；男子鉛球(MEN'S SHOT)；接力棒(RELAY

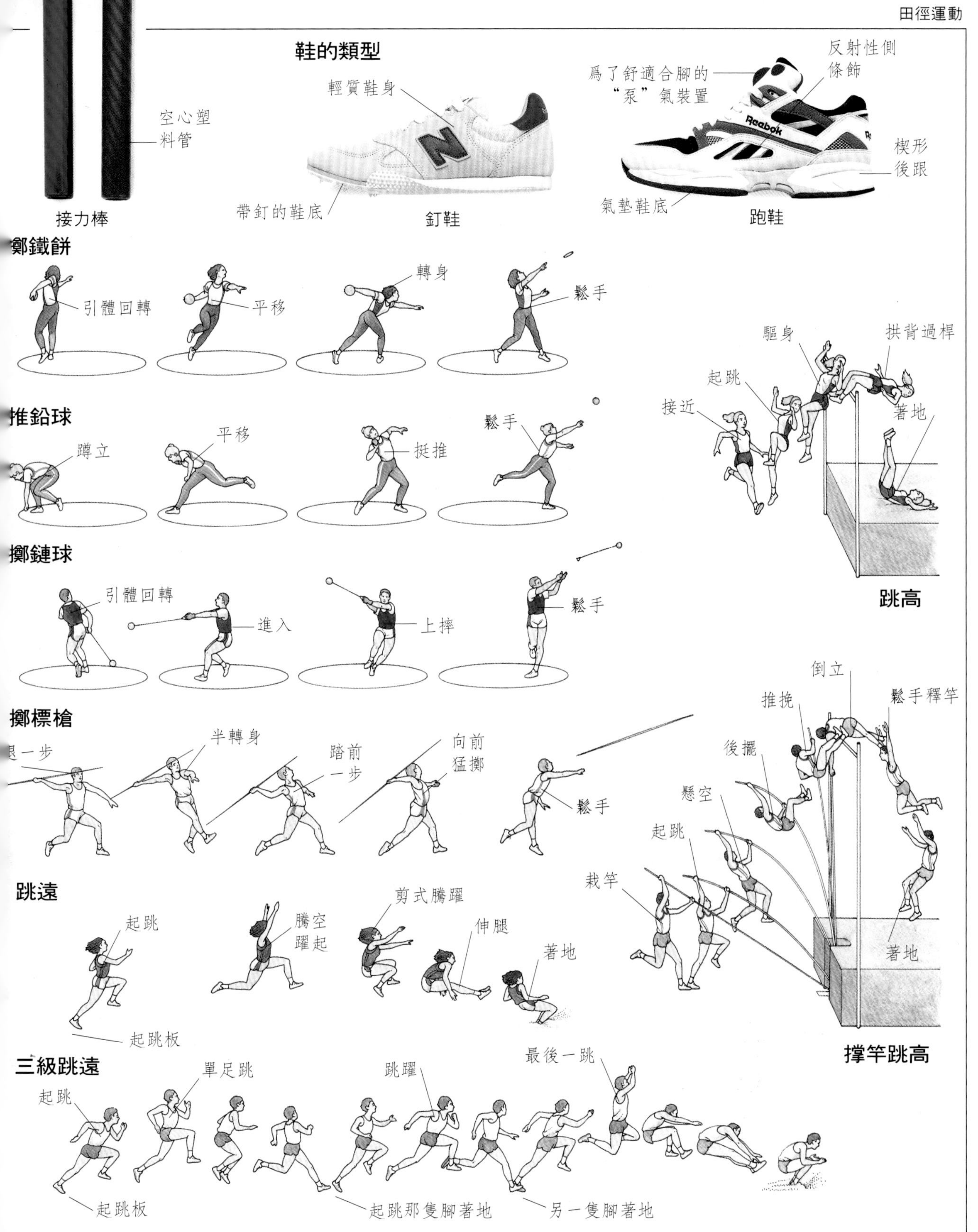

鞋的類型

空心塑料管

接力棒

輕質鞋身

帶釘的鞋底

釘鞋

反射性側條飾

爲了舒適合腳的"泵"氣裝置

Reebok

楔形後跟

氣墊鞋底

跑鞋

鄭鐵餅

引體回轉　平移　轉身　鬆手

推鉛球

蹲立　平移　挺推　鬆手

擲鏈球

引體回轉　進入　上摔　鬆手

擲標槍

退一步　半轉身　踏前一步　向前猛擲　鬆手

跳高

接近　起跳　驅身　拱背過桿　著地

撐竿跳高

倒立　推挽　鬆手釋竿　後擺　懸空　起跳　栽竿　著地

跳遠

起跳　起跳板　騰空躍起　剪式騰躍　伸腿　著地

三級跳遠

起跳　起跳板　單足跳　跳躍　最後一跳　起跳那隻腳著地　另一隻腳著地

BATONS)。**擲鐵餅**(DISCUS THROW)：引體回轉(*Swing*)。**跳遠**(LONG JUMP)：剪式騰躍(*Hitch kick*)。**鞋的類型**(TYPES OF SHOE)：釘鞋(TRACK SHOE)；跑鞋(RUNNING SHOE)；爲了舒適合腳的"泵"氣裝置*[Air "pumping" device for comfort and fit]*；反射性側條飾(*Reflective side strip*)；楔形後跟(*Wedge heel*)。**跳高**(HIGH JUMP)：拱背過桿(*Arch*)。**撐竿跳高**(POLE VAULT)：栽竿(*Plant*)；推挽(*Push-pull*)。

使用球拍的球類運動

護目鏡

使用球拍的球類運動的目的在打出對方無法擊的球。比賽由兩名運動員（單打）或四名運動員（雙打）進行。球拍的形狀和尺寸每種運動各異，但所有的球拍都是用木頭、塑料、鋁材或像玻璃纖維和碳精這樣的高性能材料製作的。球拍的網線通常用的是人工合成材料，儘管仍有用天然腸線的。網球是在被一低網分隔的球場上進行的。雙方運動員輪流發球。贏一盤球至少必須勝6局，而要打贏一場則需勝兩盤有時需勝三盤。網球場可以是混凝土地、草地、粘土地或合成地面，每種地面要求不同的打法。羽毛球是用柔性輕球拍和羽毛球在設置高網的場地上進行的一項室內體育運動。運動員只在輪到他們發球時始能得分。首先取得15分（女子單打為11分）的運動員勝一局，贏得一場比賽需勝兩局。壁球和牆內網球都是在四面圍住的球場上比賽的。一名運動員把球打到正面的牆壁上，另一名運動員試圖在球彈地兩次以前把球打回。壁球拍比羽毛球拍的頭部要小且圓些，拍框要硬些。國際球場比美國的球場寬，美國用的球要硬得多。壁球一局為9分（國際比賽）或15分（美國比賽）。牆內網球運動員用的球比壁球大，更有彈性。牆內網網球拍粗厚結實，頭大柄短，用一根腕帶纏繞在手腕周圍。只有輪到發球時才能得分，首先得21分的運動員為勝者。

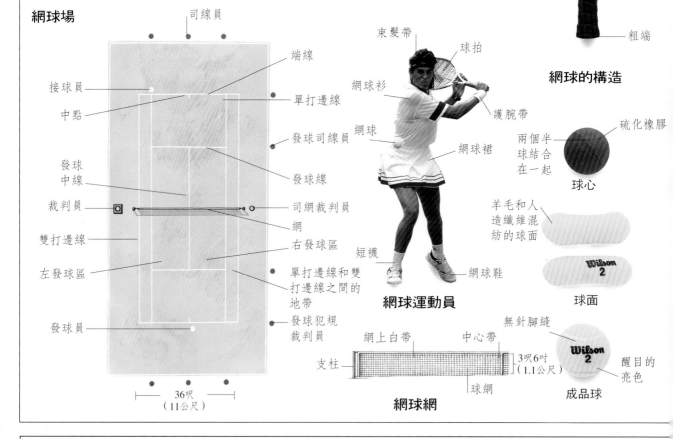

網球拍：合成線、拍框、拍頭、標記字符、喉部、抓柄、粗端

網球場：司線員、端線、接球員、中點、單打邊線、發球司線員、發球線、發球中線、裁判員、司網裁判員、網、雙打邊線、右發球區、左發球區、單打邊線和雙打邊線之間的地帶、發球員、發球犯規裁判員、36呎（11公尺）

網球運動員：束髮帶、球拍、網球衫、護腕帶、網球、網球裙、短襪、網球鞋

網球網：網上白帶、中心帶、支柱、球網、3呎6吋（1.1公尺）

網球的構造：硫化橡膠、兩個半球結合在一起、球心、羊毛和人造纖維混紡的球面、球面、無針腳縫、醒目的亮色、成品球

使用球拍的球類運動(Racket sports)。**網球場**(TENNIS COURT)：接球員(*Receiver*)；發球員(*Server*)；發球犯規裁判員(*Foot fault judge*)；司網裁判員(*Net judge*)；發球司線員(*Service judge*)。**網球拍**(TENNIS RACKET)：合成線(*Synthetic string*)；標記字符(*Logo*)。**網球的構造**(MAKING A TENNIS BALL)：硫化橡膠(*Vulcanized rubber*)；羊毛和人造纖維混紡的球面(*Mixed wool and manmade fiber covering*)。**羽毛球拍和羽毛球**(BADMINTON RACKET AND SHUTTLECOCK)：柔性拍框(*Flexible frame*)；羽毛球(BIRDIE)；羽毛冠(*Feather crown*)。**羽毛球場**(BADMINTON COURT)：單打邊線(*Singles sideline*)；長發球線（雙打）[*Long*

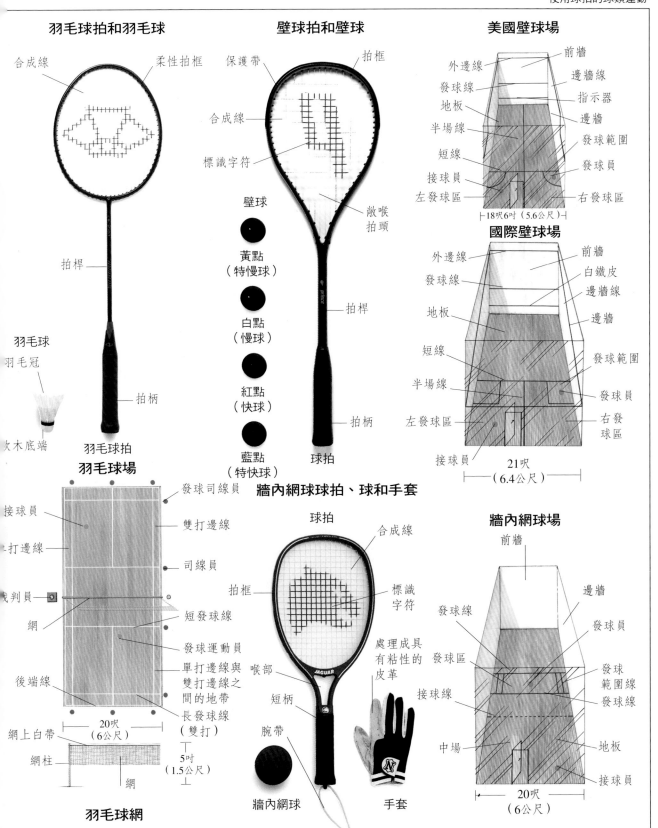

羽毛球拍和羽毛球

合成線
柔性拍框
拍桿
拍柄

羽毛球拍

羽毛球
羽毛冠
次木底端

壁球拍和壁球

保護帶
拍框
合成線
標識字符
敞喉拍頭
拍桿
拍柄

球拍

壁球
黃點（特慢球）
白點（慢球）
紅點（快球）
藍點（特快球）

美國壁球場

外邊線
前牆
發球線
邊牆線
地板
指示器
半場線
邊牆
短線
發球範圍
接球員
發球員
左發球區
右發球區

├─18呎6吋（5.6公尺）─┤

國際壁球場

外邊線
前牆
發球線
白鐵皮
地板
邊牆線
邊牆
短線
半場線
發球範圍
左發球區
發球員
接球員
右發球區

21呎（6.4公尺）

羽毛球場

接球員
發球司線員
雙打邊線
單打邊線
司線員
裁判員
短發球線
網
發球運動員
單打邊線與雙打邊線之間的地帶
後端線
長發球線（雙打）
網上白帶
網柱
網

20呎（6公尺）
5吋（1.5公尺）

羽毛球網

牆內網球球拍、球和手套

球拍
合成線
拍框
標識字符
喉部
處理成具有粘性的皮革
短柄
腕帶

牆內網球
手套

牆內網球場

前牆
邊牆
發球線
發球員
發球區
發球範圍線
接球線
發球線
中場
地板
接球員

20呎（6公尺）

---

service line(doubles)]；短發球線(*Short service line*)；雙打邊線(*Doubles sideline*)。**壁球拍和壁球**(SQUASH RACKET AND SQUASH BALLS)：保護帶(*Protective strip*)；敞喉拍頭(*Openthroat head*)；黃點(特慢球)[YELLOW DOT(VERY SLOW)]；白點(慢球)[WHITE DOT(SLOW)]；紅點(快球)[RED DOT(FAST)]；藍點(特快球)[BLUE DOT(VERY FAST)]。**美國壁球場**(AMERICAN SQUASH COURT)：外邊線(*Outer boundary line*)；發球線(*Service line*)；指示器(*Telltale*)。**國際壁球場**(INTERNATIONAL SQUASH COURT)：短線(*Short line*)；半場線(*Half-court line*)；邊牆線(*Side-wall line*)。**護目鏡**(PROTECTIVE EYEWEAR)。

高爾夫球

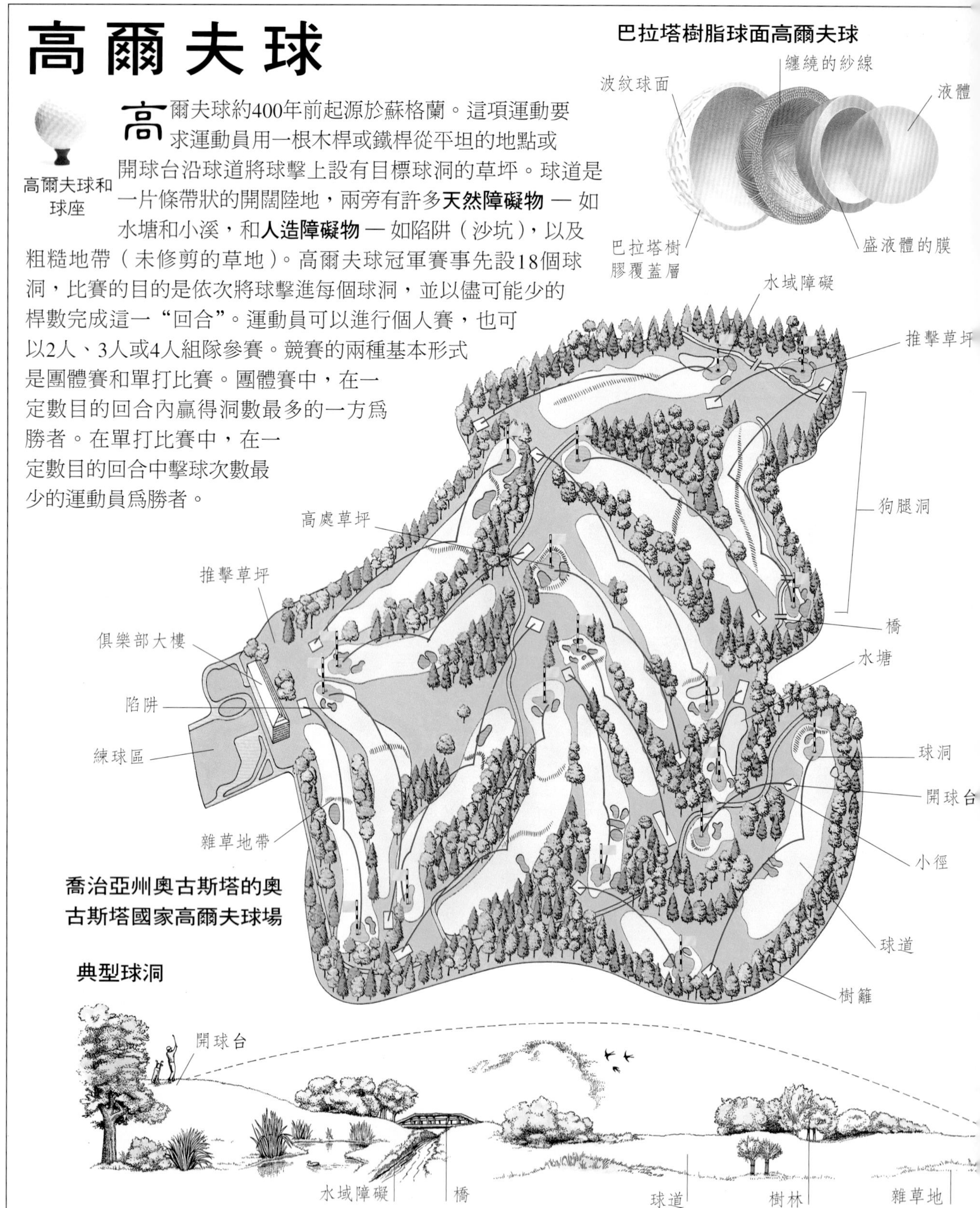

高爾夫球和球座

高爾夫球約400年前起源於蘇格蘭。這項運動要求運動員用一根木桿或鐵桿從平坦的地點或開球台沿球道將球擊上設有目標球洞的草坪。球道是一片條帶狀的開闊陸地，兩旁有許多**天然障礙物** — 如水塘和小溪，和**人造障礙物** — 如陷阱（沙坑），以及粗糙地帶（未修剪的草地）。高爾夫球冠軍賽事先設18個球洞，比賽的目的是依次將球擊進每個球洞，並以儘可能少的桿數完成這一"回合"。運動員可以進行個人賽，也可以2人、3人或4人組隊參賽。競賽的兩種基本形式是團體賽和單打比賽。團體賽中，在一定數目的回合內贏得洞數最多的一方為勝者。在單打比賽中，在一定數目的回合中擊球次數最少的運動員為勝者。

巴拉塔樹脂球面高爾夫球

波紋球面
纏繞的紗線
液體
巴拉塔樹膠覆蓋層
盛液體的膜

水域障礙
推擊草坪
狗腿洞
橋
水塘
球洞
開球台
小徑
球道
樹籬

高處草坪
推擊草坪
俱樂部大樓
陷阱
練球區
雜草地帶

喬治亞州奧古斯塔的奧古斯塔國家高爾夫球場

典型球洞

開球台
水域障礙　橋　　　球道　　樹林　　雜草地

高爾夫球(Golf)：天然障礙物(natural hazards)；人造障礙物(man-made hazards)。喬治亞州奧古斯塔的奧古斯塔國家高爾夫球場(AUGUSTA NATIONAL GOLF COURSE,AUGUSTA,GEORGIA)：高處草坪*(Elevated green)*；推擊草坪*(Putting green)*；陷阱*(Bunker)*；練球區*(Practice area)*；雜草地帶*(Rough)*；樹籬*(Screen of trees)*；開球台*(Teeing ground)*；狗腿洞*(Dog-leg hole)*；水域障礙*(Water obstacle)*。**木桿頭的構造**(MAKING A WOODEN CLUB)：柿木*(Persimmon wood)*。**木桿的型號範圍**(RANGE OF WOODEN CLUBS)：開球桿(DRIVER)；5號木桿(5-WOOD)。**鐵桿的型號範圍(RANGE OF IRON CLUBS)**：3號鐵桿(3-

木桿頭的構造

輕擊桿、木桿和鐵桿

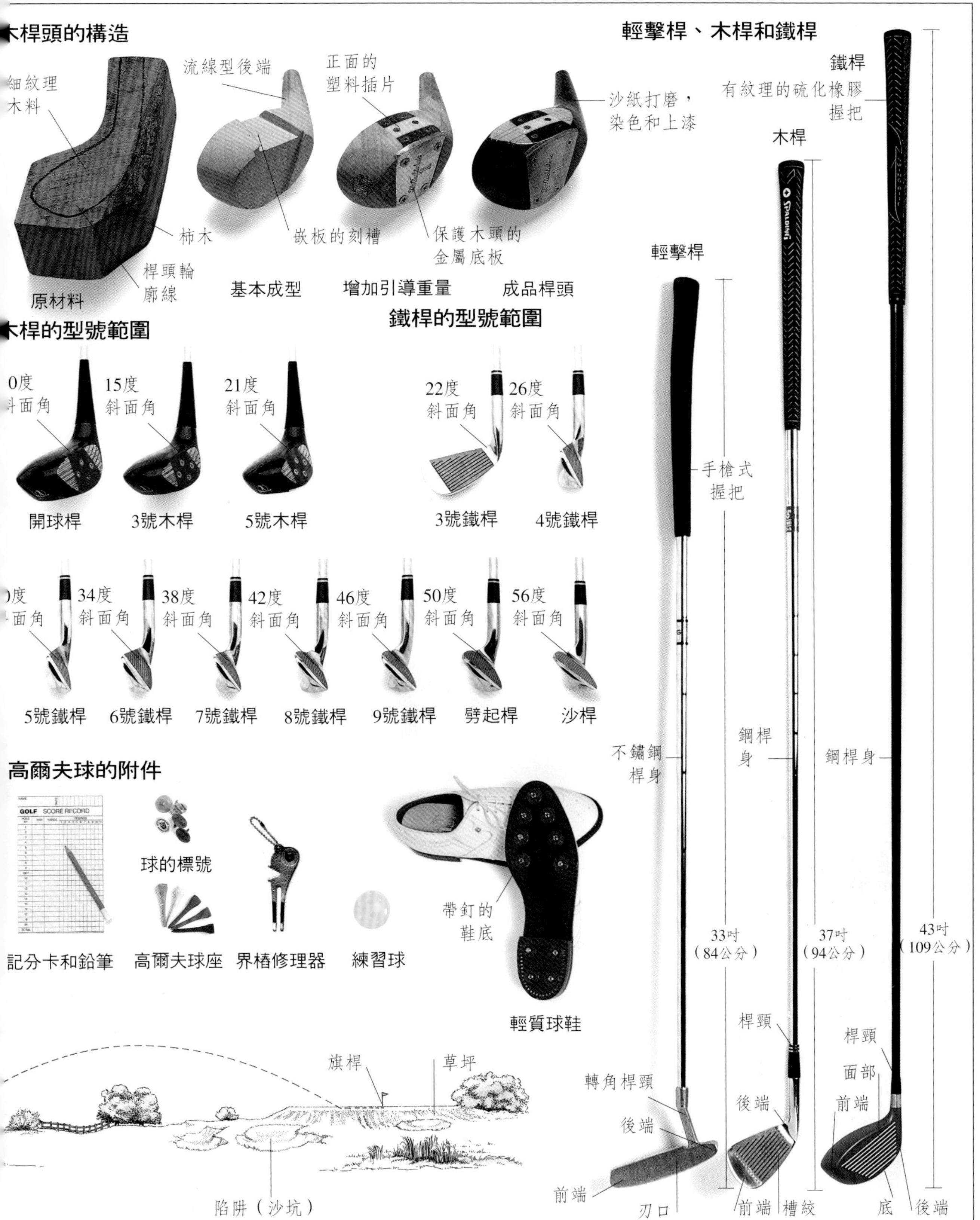

細紋理木料

流線型後端

正面的塑料插片

沙紙打磨，染色和上漆

鐵桿

有紋理的硫化橡膠握把

木桿

桿頭輪廓線

柿木

嵌板的刻槽

保護木頭的金屬底板

原材料

基本成型

增加引導重量

成品桿頭

木桿的型號範圍

鐵桿的型號範圍

0度斜面角

15度斜面角

21度斜面角

22度斜面角

26度斜面角

開球桿

3號木桿

5號木桿

3號鐵桿

4號鐵桿

0度面角

34度斜面角

38度斜面角

42度斜面角

46度斜面角

50度斜面角

56度斜面角

5號鐵桿

6號鐵桿

7號鐵桿

8號鐵桿

9號鐵桿

劈起桿

沙桿

高爾夫球的附件

GOLF SCORE RECORD

球的標號

帶釘的鞋底

記分卡和鉛筆

高爾夫球座

界樁修理器

練習球

輕質球鞋

旗桿

草坪

陷阱（沙坑）

輕擊桿

手槍式握把

不鏽鋼桿身

鋼桿身

鋼桿身

33吋（84公分）

37吋（94公分）

43吋（109公分）

桿頸

桿頸

面部

轉角桿頸

後端

前端

後端

前端

刃口

前端 槽紋

底

後端

IRON）；劈起桿(PITCHING WEDGE)；沙桿(SAND WEDGE)。**高爾夫球的附件(GOLF ACCESSORIES)**：記分卡和鉛筆(SCORECARD AND PENCIL)；球的標號(BALL MARKERS)；高爾夫球座(GOLF TEES)；界樁修理器(PITCHMARK REPAIRER)；練習球(PRACTICE BALL)；輕質球鞋(LIGHTWEIGHT SHOE)。**輕擊桿、木桿和鐵桿(PUTTER, WOOD, AND IRON)**：輕擊桿(PUTTER)；手槍式握把(*Shaped pistol grip*)；轉角桿頸(*Angled neck*)；有紋理的硫化橡膠握把(*Textured vulcanized rubber grip*)。

射箭和射擊

打靶射擊和射箭是作為一種狩獵和戰鬥技巧的練習而發展起來的。現代的弓雖然是按照早期的狩獵弓的原理設計的，但是使用的是金屬疊層板、玻璃纖維、達克龍和碳精等材料，而且配備了瞄準器和穩定器。射靶賽手男子的射程為100呎（30米）、165呎（50米）、230呎（70米）、300呎（90米），女子為100呎（30米）、165呎（50米）、200呎（60米）、230呎（70米）。射出的箭距靶心越近，得分越高。個人得分累計相加，總分最高的射箭手獲勝。通常比賽33呎（10米）和100呎（30米）團體賽時是使用弩。步槍射擊分為小口徑步槍、大口徑步槍和**氣步槍**三種。比賽的射程種類很多，而且可以根據射擊姿勢進一步細分為臥姿、跪姿或立姿。**奧林匹克滑雪射擊**把在約12 1/2哩（20公里）路程上的越野滑雪和步槍射擊結合了起來。步槍的槍托中裝有備用的子彈匣。裝有望遠鏡瞄準器的大口徑步槍可以用於狩獵和移動靶的射擊。使用**速射手槍**、靶手槍和氣槍的手槍射擊項目的射程有33呎（10米）、82呎（25米）和165呎（50米）。在手槍速射比賽中，射手從82呎（25米）的距離總共射出60發。

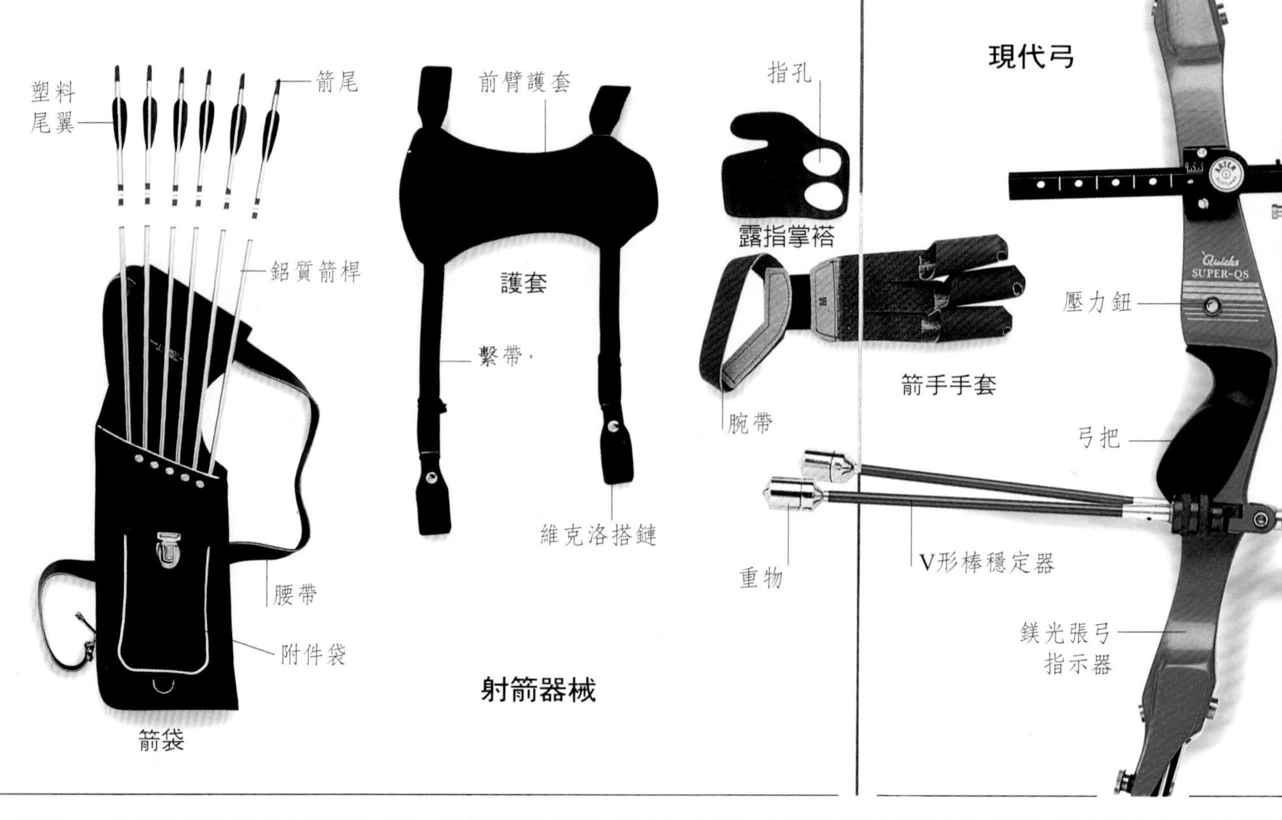

射箭器械

射箭和射擊(Archery and shooting)：氣步槍(air rifle)；奧林匹克滑雪射擊(The Olympic biathlon)；速射手槍(rapid-fire pistols)。**射箭器械**(ARCHERY EQUIPMENT)：箭袋(QUIVER)；塑料尾翼(Plastic fletch)；鋁質箭桿(Aluminum shaft)；附件袋(Accessory pouch)。護套(BRACER)；維克洛搭鏈(Velcro fastening)；露指掌褡(FINGER TAB)；箭手手套(ARCHER'S GLOVE)。**現代弓**(MODERN BOW)：達克龍弓弦(Dacron string)；瞄準器(Sight)；準星針(Sight pin)；壓力鈕(Pressure button)；V形棒穩定器(V-bar stabilizers)；鎂光張弓指示器(Magnesium riser)；鉛質長桿穩定器(Aluminum longrod stabilizer)。箭(FIELD

小口徑滑雪射擊步槍

不帶放大鏡的步槍瞄準器

前準星

槍管

扳機

扳機護環

藏於槍托中的備用彈匣

彈匣

0.22吋（5.6公釐）直徑的子彈

6吋（155公釐）

165呎（50米）射程自選小口徑步槍的靶紙

大口徑獵槍

槍柄

槍栓

望遠鏡瞄準器

明準星

明準星

背帶固定點

0.3吋（7.62公釐）直徑的子彈

39吋（1米）

擊發準備槓桿和槍管

1000呎（300米）射程大口徑步槍的靶紙

氣槍

形狀易於手抓的木把

活塞

6吋（155公釐）

靶手槍

後準星

擊鐵

撞針

前準星

準星針

瞄準器附加圈

彈匣

0.35吋（9公釐）直徑的子彈

60呎（18米）射程手槍的靶紙

板機

氣槍子彈

33呎（10米）射程氣槍的靶紙

箭尾

箭

金屬箭頭

箭羽

木箭桿

麥稭靶垛

內白圈2分環

鉛質長桿穩定器

外藍圈5分環

內黃圈10分環（牛眼）

箭靶

ARROW）；箭靶(ARCHERY TARGET)；麥稭靶垛(Straw butt)。**弩和弩箭**(CROSSBOW AND BOLT)：拉弓時夾在雙腳之間的鐙鐵(Stirrup held between feet when drawing bow)。**小口徑滑雪射擊步槍**(SMALLBORE BIATHLON RIFLE)：扳機護環(Trigger guard)；扳機(Trigger)；彈匣(Magazine)；前準星(Fore sight)。**大口徑獵槍**(BIGBORE HUNTING RIFLE)：槍栓(Bolt)；望遠鏡瞄準器(Telescopic sight)；明準星(Open sight)。**靶手槍**(TARGET PISTOL)：擊鐵(Hammer)；撞針(Firing pin)。**氣槍**(AIR PISTOL)：擊發準備槓桿和槍管(Cocking lever and barrel)。

冰上曲棍球

冰上曲棍球是各有六名隊員的兩個隊伍在冰上球場進行的曲棍球賽，球場兩端各張一面球門網。這種快速而且往往是危險的比賽目的，是用球棍將用凍結橡膠製成的冰球擊入對方的球網。比賽開始時，主裁判員將冰球丟在雙方兩名開球員的球棍之間。冰上球場分爲三個區域：**防守區、中間區和攻擊區**。球員可以在冰上運球和互相傳球，但球不能穿越球場標誌兩個區域以上。如果球在兩根門柱之間、球門橫木之下完全越過球門線，便記一分。每隊可有多達20名隊員，但只允許六名隊員同時上場；換人可頻繁進行。每場比賽分三節進行，每節20分鐘，節間休息15分鐘。

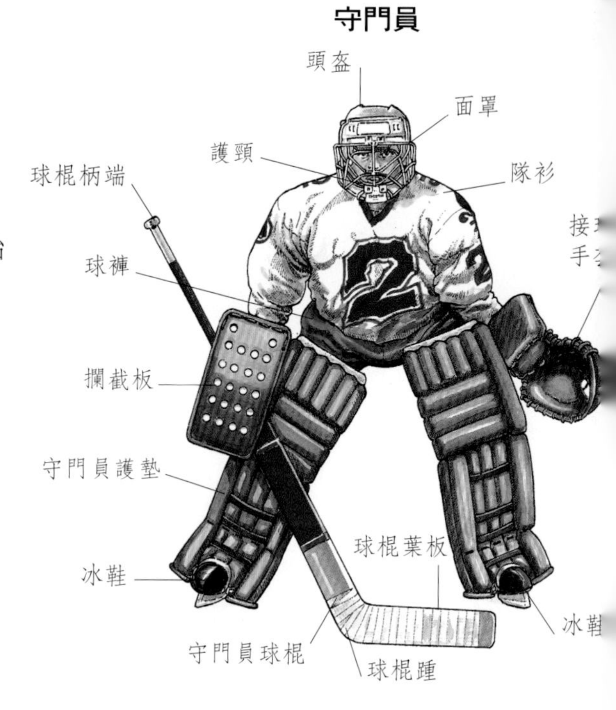

守門員

冰上球場

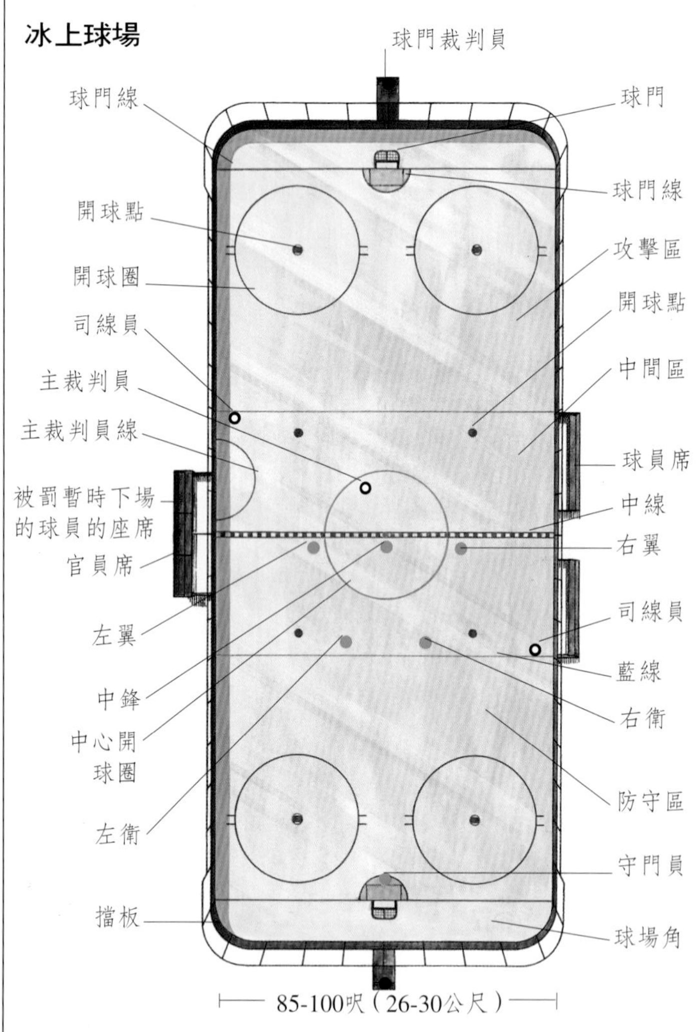

85-100呎（26-30公尺）

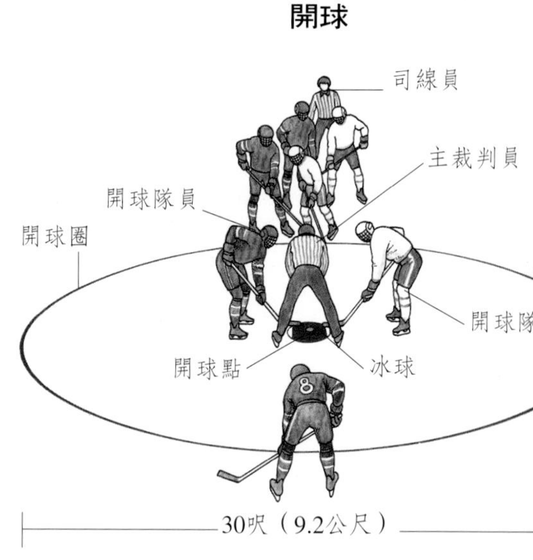

開球

30呎（9.2公尺）

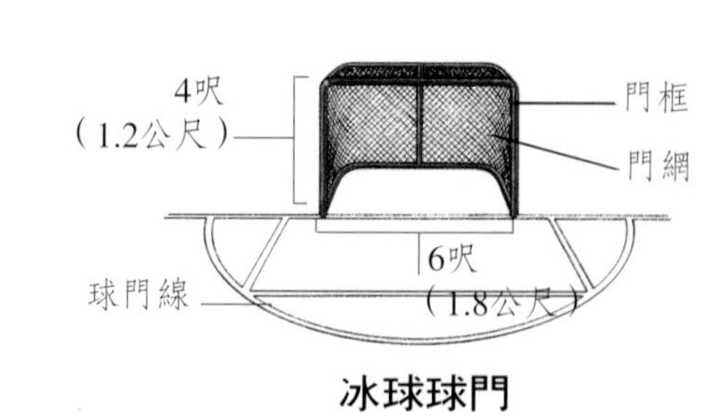

冰球球門

冰上曲棍球(Ice hockey)：防守區、中間區和攻擊區(defending, neutral,and attacking zones)。**冰上球場(ICE HOCKEY RINK)**：球門線(Goal-line)；開球點(Face-off spot)；左翼(Left wing)；中鋒(Center)；左衛(Left defense)；防守區(Defending zone)；中間區(Neutral zone)；攻擊區(Attacking zone)。**守門員(GOALKEEPER)**：護頸(Throat protector)；球棍柄端(Butt end)；攔截板(Blocking pad)；球棍踵(Heel)；接球手套(Catch glove)。**開球(THE FACE OFF)**：主裁判員(Referee)；司線員(Linesman)；開球隊員(Facing player)。**冰球球門(ICE HOCKEY GOAL)**：球門線(Goal crease)；門網(Net ting)。**守門員頭盔(GOALKEEPER'S HELMET)**：球隊自定的圖案(Customized paint)；護面(Face guard)；護頷(Chin

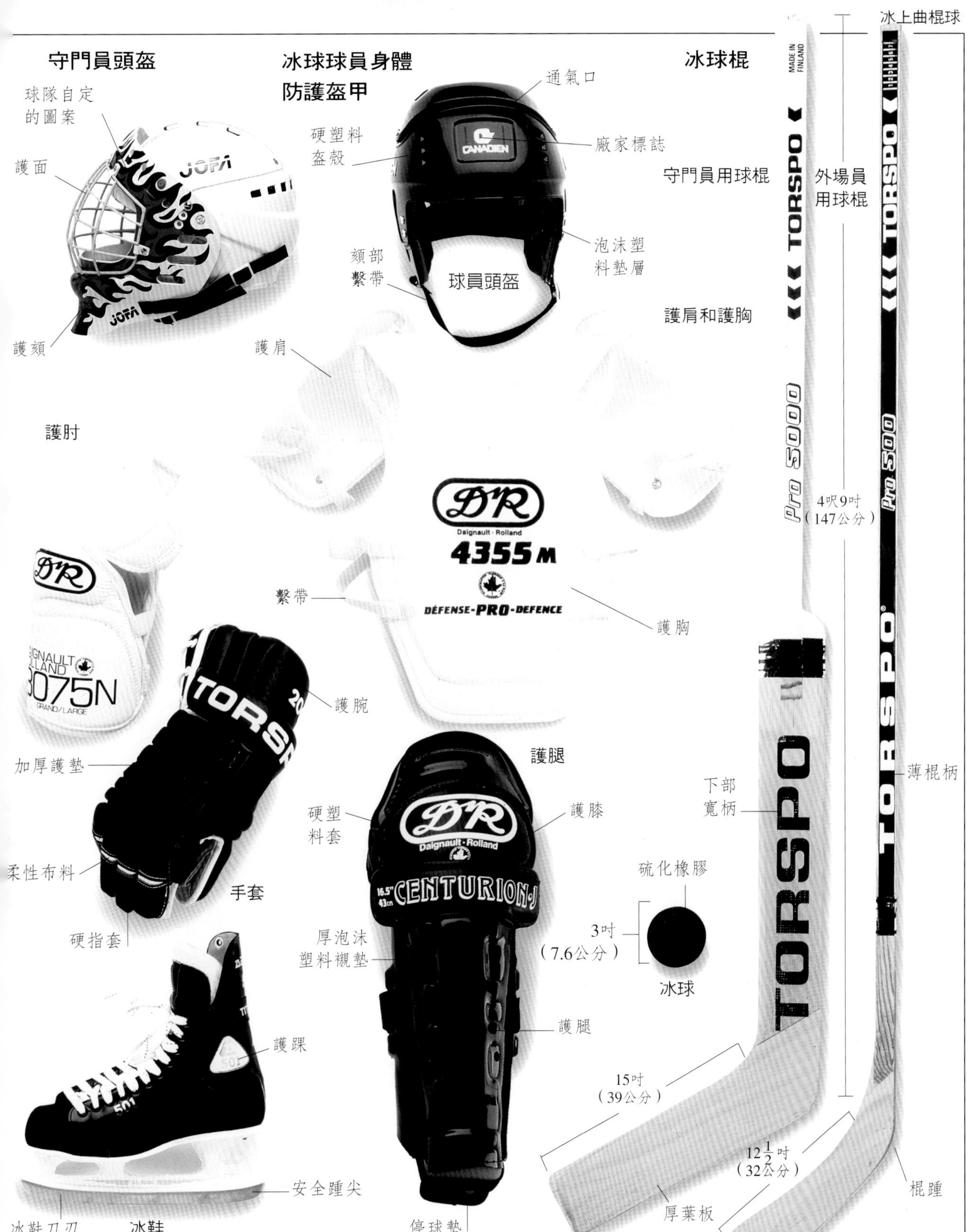

守門員頭盔

球隊自定的圖案
護面
護頸

冰球球員身體防護盔甲

硬塑料盔殼
頰部繫帶
球員頭盔

通氣口
廠家標誌
泡沫塑料墊層

冰球棍

守門員用球棍

護肩和護胸

護肩
護肘

繫帶

護腕

護腿

護胸

加厚護墊
柔性布料
硬指套

硬塑料套
護膝

手套

厚泡沫塑料襯墊

16.5" 43cm CENTURION

護踝

冰鞋刀刃　冰鞋

安全踵尖
停球墊

護腿

硫化橡膠

3吋
(7.6公分)

冰球

MADE IN FINLAND

TORSPO

Pro 5000

外場員用球棍

4呎9吋
(147公分)

TORSPO

Pro 500

薄棍柄

TORSPO

下部寬柄

15吋
(39公分)

12 1/2吋
(32公分)

厚葉板

TORSPO

冰上曲棍球

棍踵

protection)。**冰球球員身體防護盔甲**(PLAYER'S BODY ARMOR)：硬塑料**盔殼**(*Rigid plastic shell*)；泡沫塑料**墊層**(*Foam padding*)；護肘(ELBOW PADS)；手套(GLOVE)；冰鞋刀刃(Blade)；冰鞋(SKATE)；安全踵尖(*Safety heel tip*)；護肩和護胸(SHOULDER AND CHEST PADDING)；護腿(LEG PROTECTOR)；停球墊(*Puck stopper*)。**冰球棍**(ICE HOCKEY STICKS)：守門員用球棍(GOALKEEPER'S STICK)；外場員用球棍(OUTFIELD PLAYER'S STICK)；薄棍柄(*Thin shaft*)；棍踵(*Heel*)。冰球(FROZEN PUCK)：硫化橡膠(*Vulcanized rubber*)。

高山滑雪

下山滑雪運動員

高山滑雪比賽共分四個項目：**下山滑雪、障礙滑雪、大障礙滑雪**和**超大障礙滑雪**。每個項目要求不同的技巧。在下山滑雪中，參賽者沿著用稱爲"門"的控制小旗作標誌的斜坡下滑，只記錄下滑一次的時間。他們頭戴防撞頭盔，身穿合成彈力纖維連身服，腳踩長長的滑雪板，爲了最大限度地減少空氣阻力，滑雪板的尖頭是削平的。障礙和大障礙滑雪運動員要通過蜿蜒曲折的滑雪道，這要求平衡、靈巧和反應迅速。滑雪道用一對對門限定。滑雪運動員必須通過每一對門並順利滑完整個滑雪道。記錄參賽者兩次滑完不同雪道的時間，用最短時間滑完的運動員獲勝。障礙滑雪運動員所用的器械和保護用品列於本節圖中。在超大障礙滑雪中，參賽者滑一個要求既有障礙滑雪的技術又有下山滑雪的速度的單程，要求運動員高速度完成中至長半徑的回轉，並包括兩次飛躍。這個項目的服裝與下山滑雪相同，但是所用的滑雪板稍短。

標籤：合成彈力纖維滑雪連身服；滑雪用護目風鏡；頭盔；腕帶；雪輪；滑雪杖；滑雪鞋；安全綑綁器；滑雪板尾端；滑手

高山滑雪斜坡滑雪道

標籤：下山滑雪起點；下山滑雪控制旗；超大障礙起點；松林；大障礙滑雪的起點；大障礙滑雪的門；安全屏障；障礙滑雪起點；障礙滑雪的門；終點線

滑雪鞋

標籤：聚醯胺內靴；鞋舌；鞋口翻邊；上腰皮帶；帶扣；能量分散軟墊；強力貼條；鬆緊調整搭扣；鬆緊調節件；鞋底；鞋的底殼；粘紮鞋跟

安全綑綁器

標籤：踵部裝置；暗放鬆槓桿；趾部裝置；防摩擦墊；翼；卡箍；放鬆調節螺釘；底板；制動臂

高山滑雪(Alpine skiing)：下山滑雪(downhill)；障礙滑雪(slalom)；大障礙滑雪(giant slalom)；超大障礙滑雪[super-giant slalom(Super-G)]；門(gates)。**高山滑雪斜坡滑雪道(ALPINE SKI SLOPE COURSES)**：安全屏障(*Safety barrier*)；下山滑雪控制旗(*Downhill racing control flag*)。**下山滑雪運動員(DOWNHILL SKIER)**：滑雪用護目風鏡(*Ski goggles*)；合成彈力纖維滑雪連身服(*One-piece lycra ski suit*)。**障礙滑雪服裝和器械(SLALOM CLOTHING AND EQUIPMENT)**：滑雪鞋(SKI BOOT)；聚醯胺內靴(*Polyamide inner boot*)；鬆緊調節件(*Tension control*)。**安全綑綁器(SAFETY BINDING)**：卡箍(*Housing*)；暗放鬆槓桿

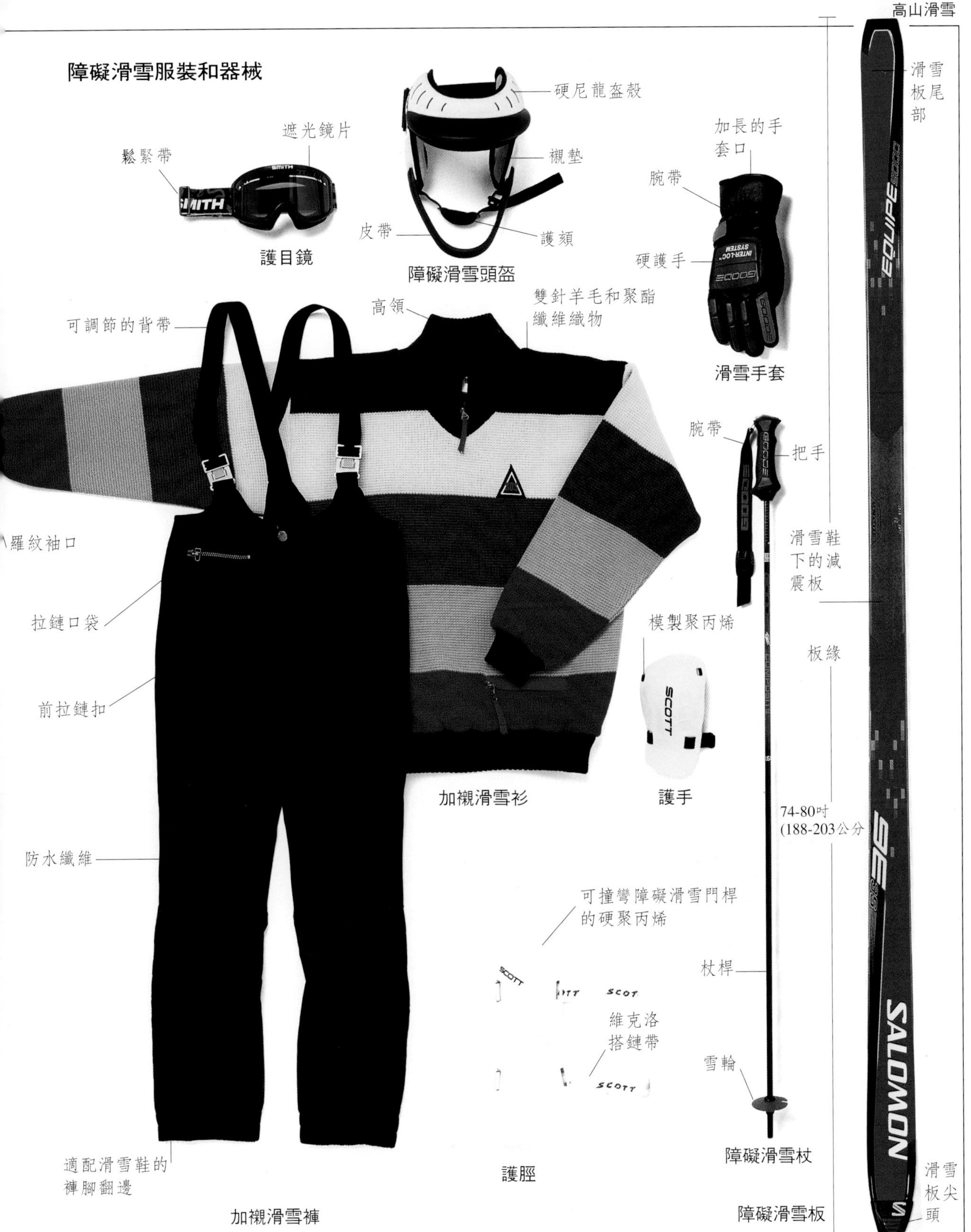

障礙滑雪服裝和器械

遮光鏡片
鬆緊帶
護目鏡

硬尼龍盔殼
襯墊
皮帶
護頦
障礙滑雪頭盔

加長的手套口
腕帶
硬護手
滑雪手套

高山滑雪
滑雪板尾部

可調節的背帶
高領
雙針羊毛和聚酯纖維織物

羅紋袖口
拉鏈口袋
前拉鏈扣
防水纖維

加襯滑雪衫

腕帶
把手
滑雪鞋下的減震板
板緣

模製聚丙烯
SCOTT
護手

74-80吋
(188-203公分)

適配滑雪鞋的褲腳翻邊
加襯滑雪褲

可撞彎障礙滑雪門桿的硬聚丙烯

維克洛搭鏈帶
護脛

杖桿
雪輪
障礙滑雪杖

障礙滑雪板

滑雪板尖頭

(Blind release lever)；放鬆調節螺釘*(Release adjustment screw)*；制動臂*(Brake arm)*。護目鏡(GOGGLES)。加襯滑雪褲(PADDED SKI PANTS)；防水纖維*(Waterproof fabric)*。障礙滑雪頭盔(SLALOM HELMET)。加襯滑雪衫(PADDED SWEATER)：雙針羊毛和聚酯纖維織物*(Double-knit wool and polyester fabric)*。滑雪手套(SKI GLOVE)。護手(HAND GUARD)；模製聚丙烯*(Moulded polypropylene)*。護脛(LEG GUARD)；維克洛搭鏈帶*(Velcro strap)*。障礙滑雪板(SLALOM SKI)：滑雪鞋下的減震板*(Shock-absorbing platform under boot)*。障礙滑雪杖(SLALOM SKI POLE)：雪輪*(Basket)*。

馬術運動

馬術運動在全世界已經展開了許多世紀，西元前642年的奧運會就有涉及騎馬的體育項目記錄。但是，跳越障礙則是晚得多的發明，最初的障礙賽是在20世紀初葉舉行的。在這種運動中，馬和騎手必須跑過設有可變形的非固定障礙的路線，並應出現儘可能少的失誤。跳越障礙的柵欄是由稱之為支架或翼的木台架構成的，支架上架著木板或木桿。障礙物的各部份設計成在衝力下可以垮塌，以免賽馬和騎手受傷。發生碰落障礙、拒跳、偏離路線等失誤時，裁判員要對參賽者判以罰分。根據比賽的種類，騎手失誤最少得分最多或跑得最快的贏得比賽。賽馬有兩種基本形式：**平地賽**和**跳越賽**，跳越賽又有**越野障礙賽**或**跳欄賽**等。這種體育運動使用良種馬，因為它們的力量大，耐力強，而且能跑出高達40哩/小時（65公里/小時）的速度。騎手著綢服，帽子和上衣設計成與眾不同的顏色和款式，有助於識別。在輕駕車賽中，賽馬駕著被稱為單座二輪車的輕型二輪馬車。賽馬經受**快步和溜蹄的訓練**，每種步法都有各種不同的比賽。在溜蹄賽中要用繩索縛住馬腿以防賽馬脫韁快跑或疾馳。為這種運動特別培育標準種馬和**法國快步馬**等品種。

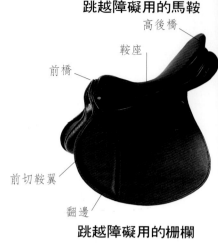

跳越障礙用的馬鞍

高後橋・鞍座・前橋・前切鞍翼・翻邊

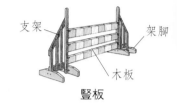

跳越障礙用的柵欄

支架・架腳・木板

豎板

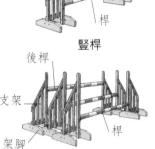

支架・架腳・桿

豎桿

後桿・支架・架腳・桿

三連桿（樓梯）

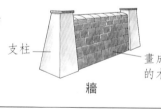

支架・架腳・桿

豬背狀排桿

支柱・畫成磚的木塊

牆

硬安全帽・騎手上衣・馬褲・跳越障礙用馬鞍・後腿及臀・尾根

額革・喉革・韁繩・頰革・皮鞦・鼻革・刷靴・馬蹄

羊皮鞍墊・腹帶・鐙鐵・馬靴・後大腿・跗關節・球節・散・蹄冠

跳越障礙的馬和騎手

馬術運動(Equestrian sports)：平地賽(flat races)；跳越賽(races with jumps)；越野障礙賽(steeplechase)；跳欄賽(hurdle races)；快步和溜蹄的訓練(trained to trot and to pace)；法國快步馬(French Trotter)。**跳越障礙的馬和騎手**(SHOWJUMPING HORSE WITH RIDER)：額革(*Browband*)；喉革(*Throat-latch*)；頰革(*Cheek piece*)；皮鞦(*Running martingale*)；鼻革(*Noseband*)；刷靴(*Brushing boot*)；鐙鐵(*Stirrup iron*)。**跳越障礙用的馬鞍**(SHOWJUMPING SADDLE)：高後橋(*High cantle*)；鞍座(*Deep seat*)；前橋(*Pommel*)；前切鞍翼(*Forward-cut flap*)；翻邊(*Knee roll*)。**跳越障礙用的柵欄**(SHOWJUMPING FENES)：

比賽用馬鞍

後切鞍頭

後橋

前切鞍翼

腹帶環

重量輕的鐙鐵

馬鐙皮帶

比賽時穿的綢服

平紋帽　花點帽　四分帽

平紋袖

平紋袖

條紋上衣

平紋上衣

花點袖

帶飾帶的上衣

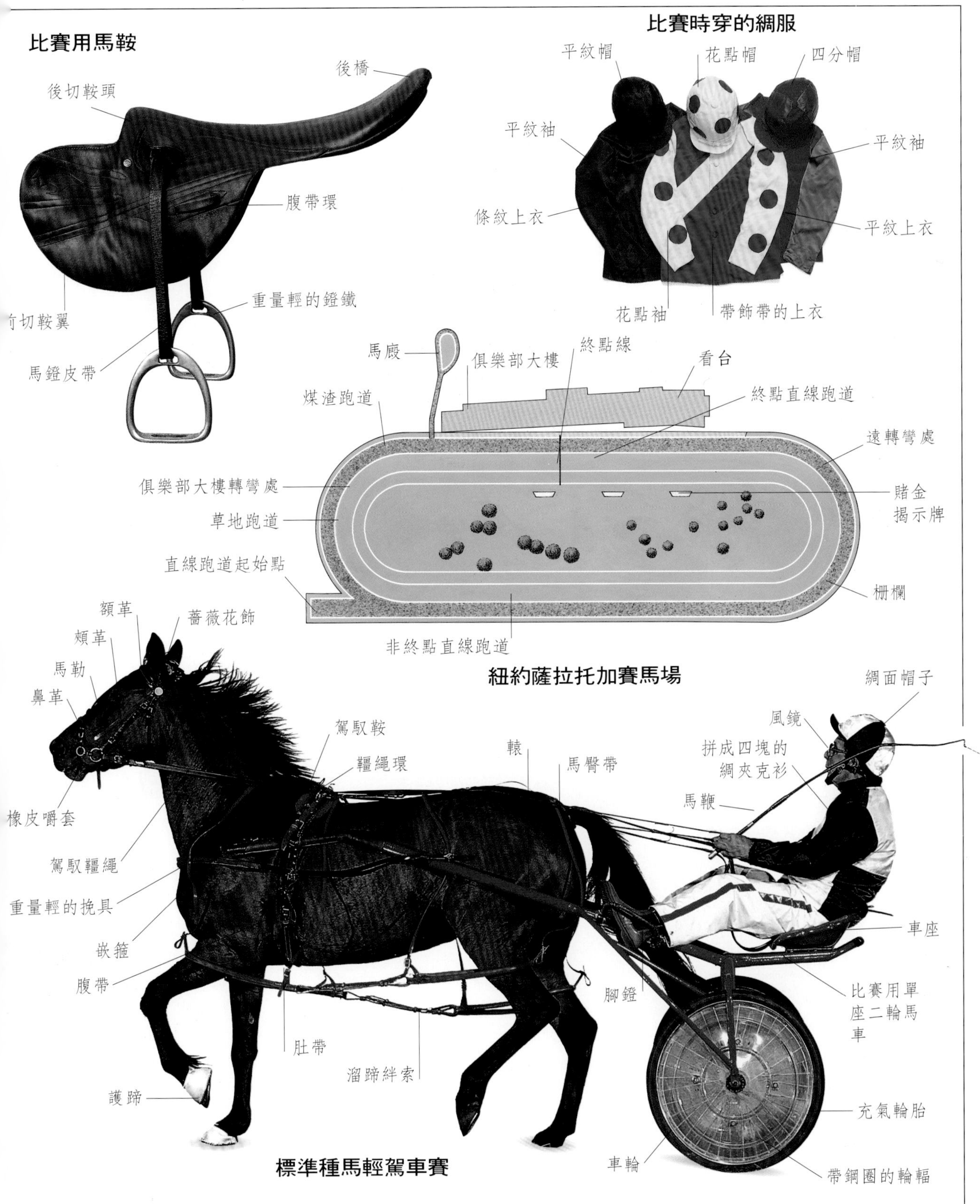

馬廄

俱樂部大樓

終點線

看台

煤渣跑道

終點直線跑道

遠轉彎處

俱樂部大樓轉彎處

賭金揭示牌

草地跑道

直線跑道起始點

柵欄

非終點直線跑道

紐約薩拉托加賽馬場

額革

薔薇花飾

頰革

馬勒

鼻革

橡皮嚼套

駕馭鞍

韁繩環

駕馭韁繩

轅

馬臀帶

綢面帽子

風鏡

拼成四塊的綢夾克衫

馬鞭

重量輕的挽具

嵌箍

腹帶

車座

肚帶

溜蹄絆索

腳鐙

比賽用單座二輪馬車

護蹄

充氣輪胎

車輪

帶鋼圈的輪輻

標準種馬輕駕車賽

竪板(UPRIGHT PLANKS)；竪桿(UPRIGHT POLES)；三連桿(樓梯)[TRIPLE BAR(STAIRCASE)]；豬背狀排桿(HOG`S-BACK)；牆(WALL)。**比賽用馬鞍**(RACING SADDLE)：後切鞍頭(Cut-back head)。**比賽時穿的綢服** (RACING SILKS)：平紋帽(Plain cap)；平紋袖(Plain sleeve)；花點袖(Spotted sleeve)；四分帽(Quartered cap)；花點帽(Spotted cap)。**紐約薩拉托加賽馬場**(SARATOGA RACE COURSE, SARATOGA,NEW YORK)：煤渣跑道(Dirt track)。**標準種馬輕駕車賽**(HARNESS RACING WITH A STANDARDBRED HORSE)：橡皮嚼套(Rubber bit-guard)；嵌箍(Thimble)；溜蹄絆索(Pacing hobble)。

柔道和擊劍

柔道的固技和投技

側身四肢固住

單臂

落體 　　　一臂越肩摔

肩輪 　　　掃腿低摔

腹摔 　　　膝輪

格**鬥**體育是以在戰鬥中使用的技巧為基礎的。在這些體育項目中，參賽者可以是徒手的（如在柔道和**拳擊**中），也可以是武裝的（如在擊劍和**劍道**中）。柔道是在東方發展起來的一種徒手格鬥系統。這個名稱譯自日語，意思是"**溫和的方式**"。選手們學習如何把對方的力量轉化成對自己有利的力量。比賽服一般是寬鬆的白褲和上衣，繫布腰帶。腰帶的顏色是選手段位的標誌，從表示未入段的新手的白腰帶到表示專家級段位的黑腰帶。比賽是在30或33呎（9或10公尺）見方的蓆墊或"**試合疊**"上進行的。為保護運動員不受傷害，賽蓆有"危險區"和"保險區"的界限。選手試圖從投技、固技或給對手的臂關節或頸部施加壓力以制服對手。柔道比賽是在嚴格監控下進行的，選手是靠高超的技藝而不是靠傷害對手而得分的。擊劍是在46呎（14公尺）長的狹長條帶狀場地上進行的一種用劍格鬥的體育項目。選手力圖用劍擊中對手指定有效部位，並避免對手觸及自己。擊中對手次數最多的成為勝利者。擊劍選手穿著既可以最大限度地起保護作用，又可以自由行動的白色牢固衣料製成的服裝，頭戴有護頸的鋼網面罩，持劍的那隻手戴白色長手套。擊劍用的花劍不帶銳形劍身，劍頭為鈍頭以防傷害選手。使用的劍有三種：花劍、重劍和佩劍。正式的花劍和重劍比賽是用電動記分系統：劍頭裝有電鈕，由一根在選手上衣下面通出的長長的電線與電燈相接，刺中時燈泡即行閃爍。

柔道比賽蓆墊

├─ 52呎6吋（16公尺）─┤

裁判員
記分員
固技計時員
計時員

比賽選手
主裁判員
比賽區
保險區

危險區 　　比賽選手

柔道的裝備

繫帶

棉布褲 　　　　黑腰帶 　　結實的棉布上衣

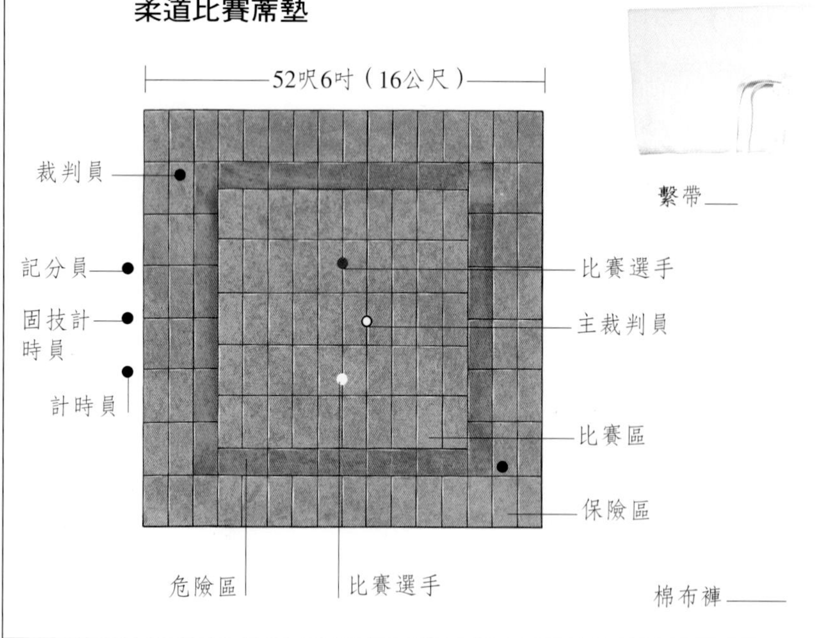

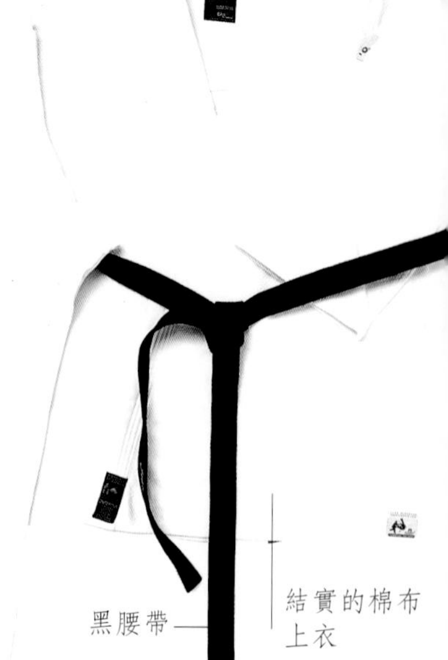

柔道和擊劍(Judo and fencing)：格鬥體育(COMBAT SPORTS)；拳擊(boxing)；劍道(kendo)；溫和的方式(the gentle way)；試合疊(shiaijo)。**柔道比賽蓆墊**(JUDO MAT)：固技計時員 *(Holding timekeeper)*；危險區*(Danger area)*；保險區*(Safety area)*。**柔道的固技和投技**(JUDO HOLDS AND THROWS)：側身四肢固住(SIDE FOUR QUARTER HOLD)；單臂(SINGLE WING)；落體(BODY DROP)；一臂越肩摔(ONE ARM SHOULDER THROW)；肩輪(SHOULDER WHEEL)；掃腿低摔(SWEEPING LOW THROW)；腹摔(STOMACH THROW)；膝輪(KNEE WHEEL)。**擊劍賽場**(FENCING STRIP)：連體導線*(Body wire)*；電動記分設備

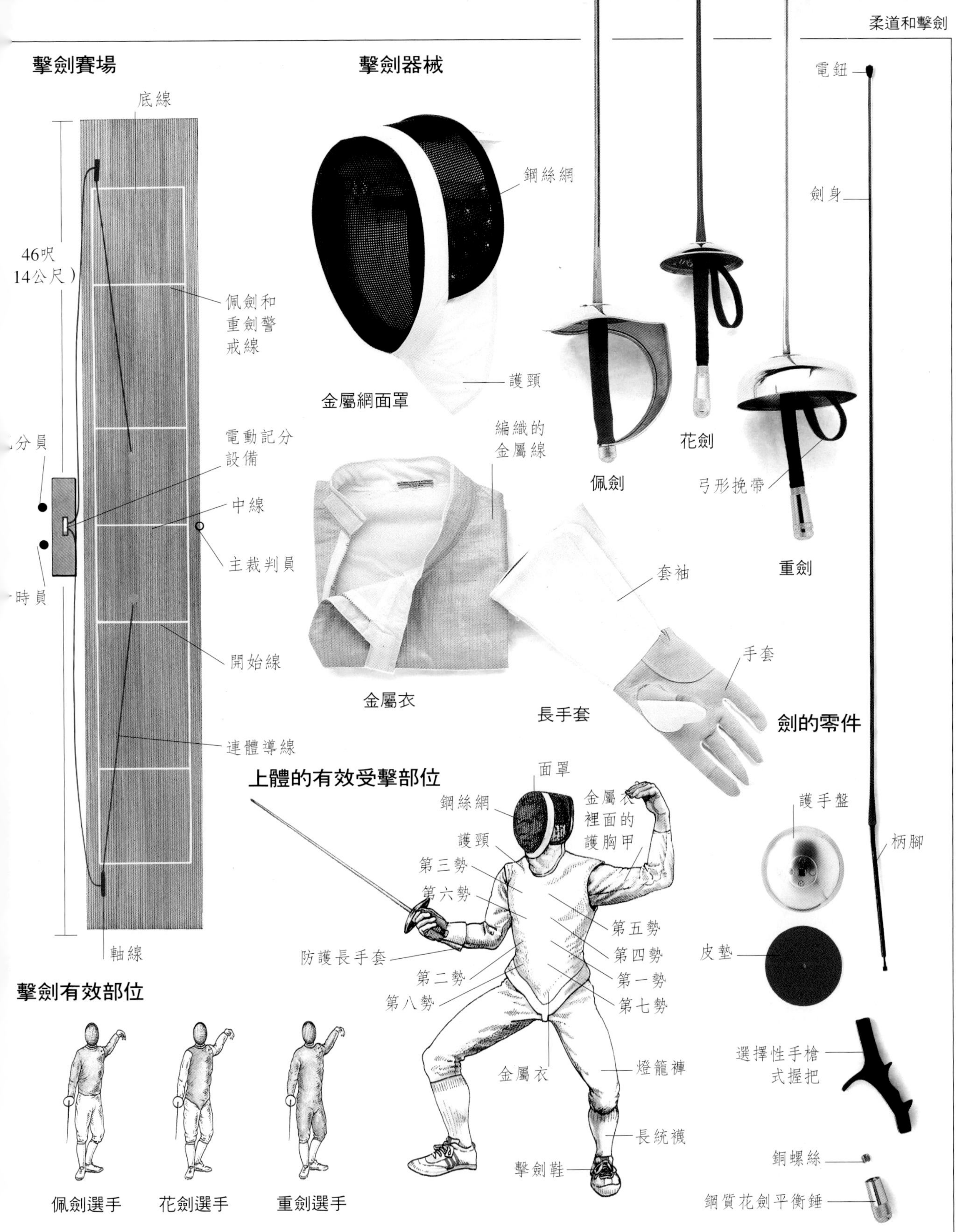

擊劍賽場

底線

46呎
14公尺）

分員

時員

佩劍和重劍警戒線

電動記分設備

中線

主裁判員

開始線

連體導線

軸線

擊劍有效部位

佩劍選手　　花劍選手　　重劍選手

擊劍器械

鋼絲網

護頸

金屬網面罩

編織的金屬線

金屬衣

套袖

長手套

手套

佩劍

花劍

弓形挽帶

重劍

劍的零件

護手盤

柄腳

皮墊

選擇性手槍式握把

銅螺絲

鋼質花劍平衡錘

電鈕

劍身

上體的有效受擊部位

面罩

鋼絲網

護頸

第三勢

第六勢

金屬衣裡面的護胸甲

第五勢

第四勢

第一勢

第七勢

防護長手套

第二勢

第八勢

金屬衣

燈籠褲

長統襪

擊劍鞋

(Electrical scoring apparatus)；佩劍和重劍警戒線(Sabre and epee warning line)。**擊劍有效部位**(FENCING TARGET AREAS)：佩劍選手(SABREUR)；花劍選手(FOILIST)；重劍選手(EPEEIST)。**擊劍器械**(FENCING EQUIPMENT)：金屬網面罩(MESH MASK)；金屬衣(METALLIC JACKET)。**上體的有效受擊部位**(TARGET AREAS ON THE UPPER BODY)：第三勢(Tierce)；第六勢(Sixte)；第二勢(Seconde)；第八勢(Octave)；第七勢(Septime)；第一勢(Prime)；第四勢(Quarte)；第五勢(Quinte)。**劍的零件**(PARTS OF THE SWORD)：選擇性手槍式握把(Alternative pistol-grip handle)；鋼質花劍平衡錘(Steel foil pommel)。

游泳和跳水

跳水的方式

起跳位置
雙手過頭
雙腿完全伸直
飛騰
反弓背
腳趾繃直 — 入水
並足
雙手緊合
向前跳水　　　　**向後跳水**

游泳護目鏡

游泳在1896年舉行的第一屆現代奧林匹克運動會就被列爲競賽項目；1904年又增加了跳水項目。游泳既是個人項目，也是成隊比賽項目，有四種主要泳式（自由式、蝶式、蛙式和仰式），比賽時，則使用上述泳式之一完成規定距離。比賽的游泳池也有清楚的比賽標誌，並用防湍流的泳道線來分隔游泳選手和保持池水平靜。首先完成賽程的隊或個人取得比賽的勝利。**競技跳水**分爲男子和女子跳板跳水和**跳台跳水**。有六組正式的跳水動作：向前跳水、向後跳水、臂立跳水、轉體跳水、反身跳水和向內跳水。參賽者完成一定的跳水次數，每跳一次，裁判組根據完成的質量和難度對這次跳水動作打分。

塑成頭形的乳膠橡膠

游泳裝

游泳帽

包橡皮的鐵絲
鼻夾

成型橡膠
耳塞

高領口

人造彈力纖維

繫帶

高開口褲腳

加强縫
游泳衣　　　　**游泳褲**

游泳池

游泳者　泳道編號　出發台　泳道計時員
主計時員
觸壁檢查員
端壁
發令員
記錄員
邊牆
仰泳標誌，距池端49呎（15米）
防湍流泳道線
主裁判員
泳式檢查員
仰泳轉身指示線，距池端16呎（5米）
底線
轉身檢查員
轉身壁
泳道
75呎6吋（23米）

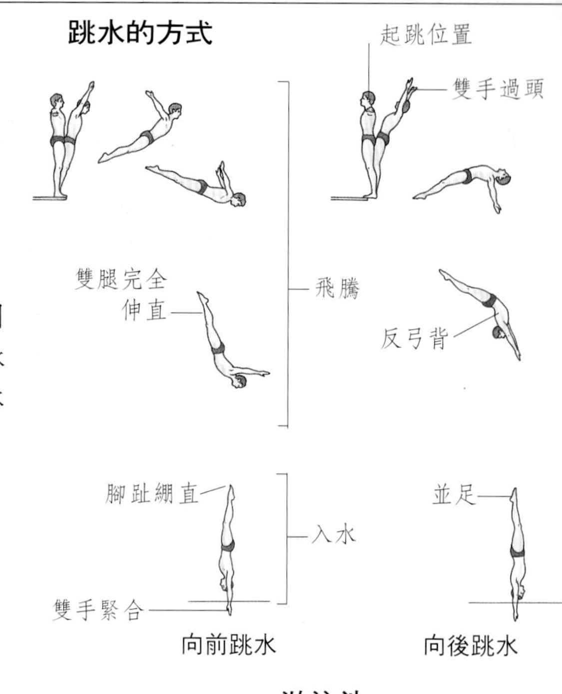

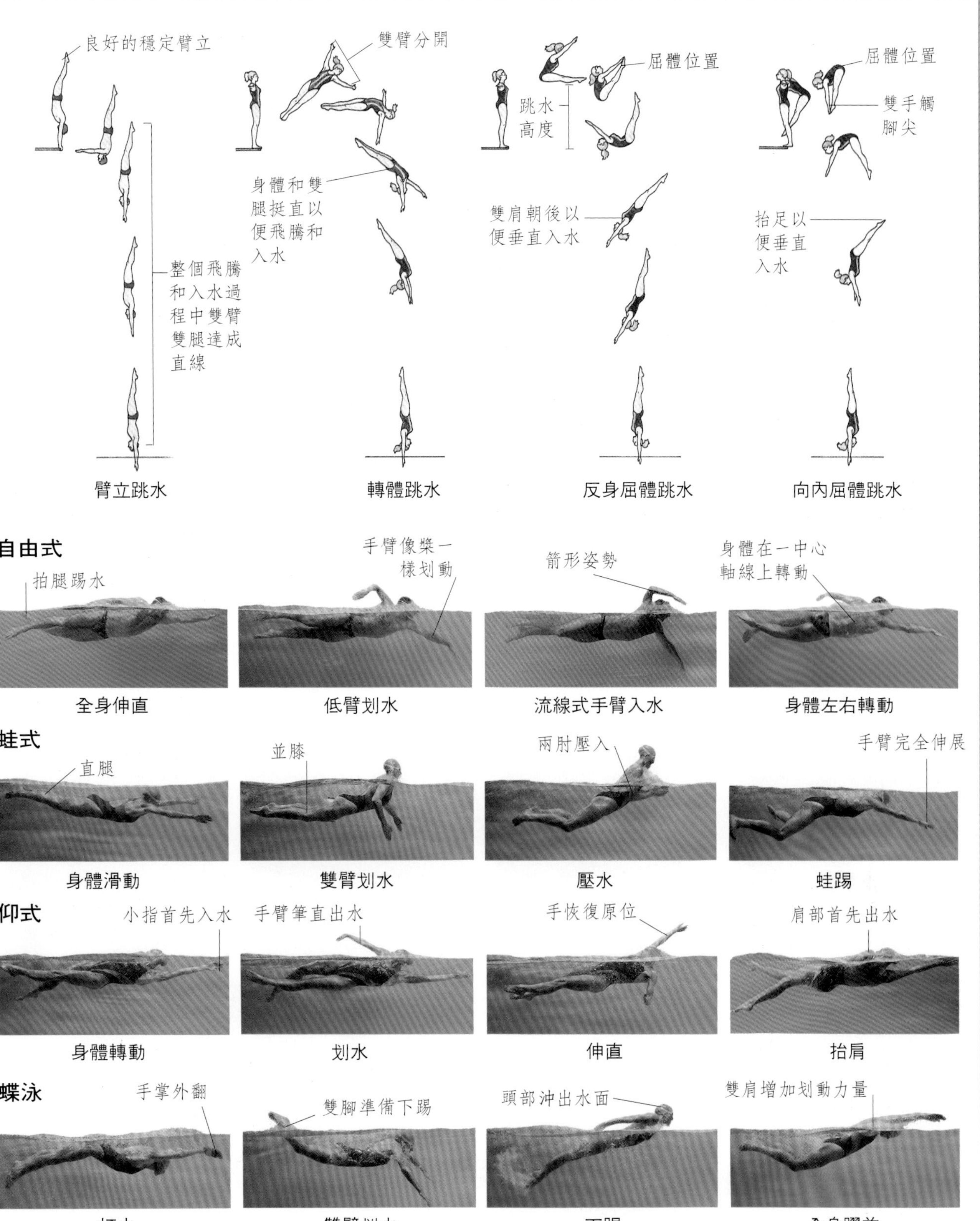

良好的穩定臂立

雙臂分開

屈體位置

屈體位置

雙手觸腳尖

身體和雙腿挺直以便飛騰和入水

跳水高度

雙肩朝後以便垂直入水

抬足以便垂直入水

整個飛騰和入水過程中雙臂雙腿達成直線

臂立跳水

轉體跳水

反身屈體跳水

向內屈體跳水

自由式

拍腿踢水

手臂像槳一樣划動

箭形姿勢

身體在一中心軸線上轉動

全身伸直

低臂划水

流線式手臂入水

身體左右轉動

蛙式

直腿

並膝

兩肘壓入

手臂完全伸展

身體滑動

雙臂划水

壓水

蛙踢

仰式

小指首先入水

手臂筆直出水

手恢復原位

肩部首先出水

身體轉動

划水

伸直

抬肩

蝶泳

手掌外翻

雙腳準備下踢

頭部沖出水面

雙肩增加划動力量

打水

雙臂划水

下踢

全身躍前

道線(Antiturbulence lane line)。**自由式**(FRONT CRAWL)：全身伸直(FULL BODY STRETCH)；低臂划水(LOWER ARM PULL)；流線式手臂入水(STREAMLINED ARM ENTRY)。**蛙式**(BREASTSTROKE)：身體滑動(BODE GLIDE)；雙臂划水(DOUBLE ARM PULL)；壓水(SQUEEZING THE WATER)；身體左右轉動(SIDE-TO-SIDE BODY ROLL)；蛙踢(FROG KICK)。**仰式**(BACKSTROKE)：身體轉動(BODY ROLL)；划水(PULLING THROUGH)；伸直(STRAIGHTENING OUT)；抬肩(SHOULDER LIFT)。**蝶式**(BUTTERFLY)：打水(CATCHING THE WATER)；下踢(KICKING DOWN)；全身躍前(WHOLE BODY UNDULATION)。

皮（划）艇、賽艇和帆船運動

水上運動像所使用的船隻一樣，是多變化的。賽艇比賽有兩種：一種是**單槳賽艇比賽**，每名划手操一支槳；一種是**雙槳賽艇比賽**，每名划手操兩支槳。男子組和女子組都有很多種不同的奧林匹克和競技性賽艇項目，划手的人數和重量等級各不相同。有些賽艇比賽設有艇長，他不划船只負責指揮全體划手的舵手。皮艇用於**直線短距離比賽**和**障礙賽**。障礙賽是在設有20至25個回旋門的賽程內進行的，其中至少必須包括6個逆水駛向的回旋門。在帆船比賽中，選手們只能利用帆的風力，在儘可能短的時間內完成競賽委員會規定的路線。奧林匹克項目包括各種級別的**龍骨艇**、東印度帆船、**雙船身艇**和**帆板**。

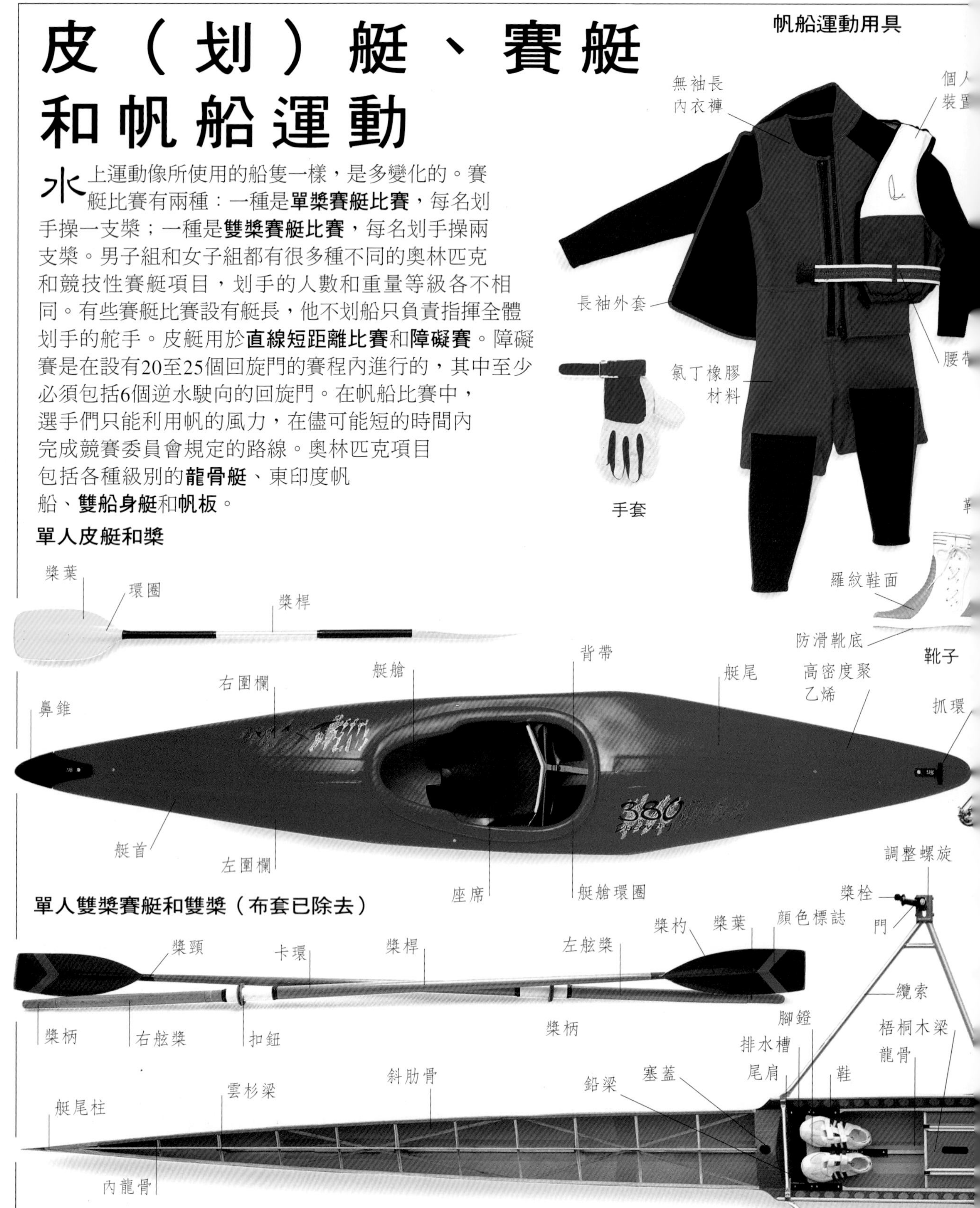

單人皮艇和槳

單人雙槳賽艇和雙槳（布套已除去）

皮艇（划艇）、賽艇和帆船運動(Kayaking,(canoeing) rowing, and sailing)：單槳賽艇比賽(sweep rowing)；雙槳賽艇比賽(sculling)；直線短距離比賽(straight sprint)；障礙賽(slalom races)；龍骨艇(keel boats)；雙船身艇(catamarans)；帆板(windsurfers)。**單人皮艇和槳**(ONE-PERSON KAYAK AND PADDLE)：鼻錐*(Nose cone)*；高密度聚乙烯*(High density polythene)*；艇艙環圈*(Cockpit rim)*。**單人雙槳賽艇和雙槳（布套已除去）**[SINGLE SCULL AND OARS(WITH CLOTH DECKING REMOVED)]：槳杓*(Spoon)*；雲杉梁*(Spruce beam)*；梧桐木梁*(Sycamore beam)*；滑軌*(Sliding track)*；滑輪墊片*(Wheel spacer)*；擋浪板*(Breakwater)*；艇首夾頭*(Bowclip)*。**帆船運動用具**(SAILING GEAR)：氯丁橡膠材料*(Neoprene material)*。個

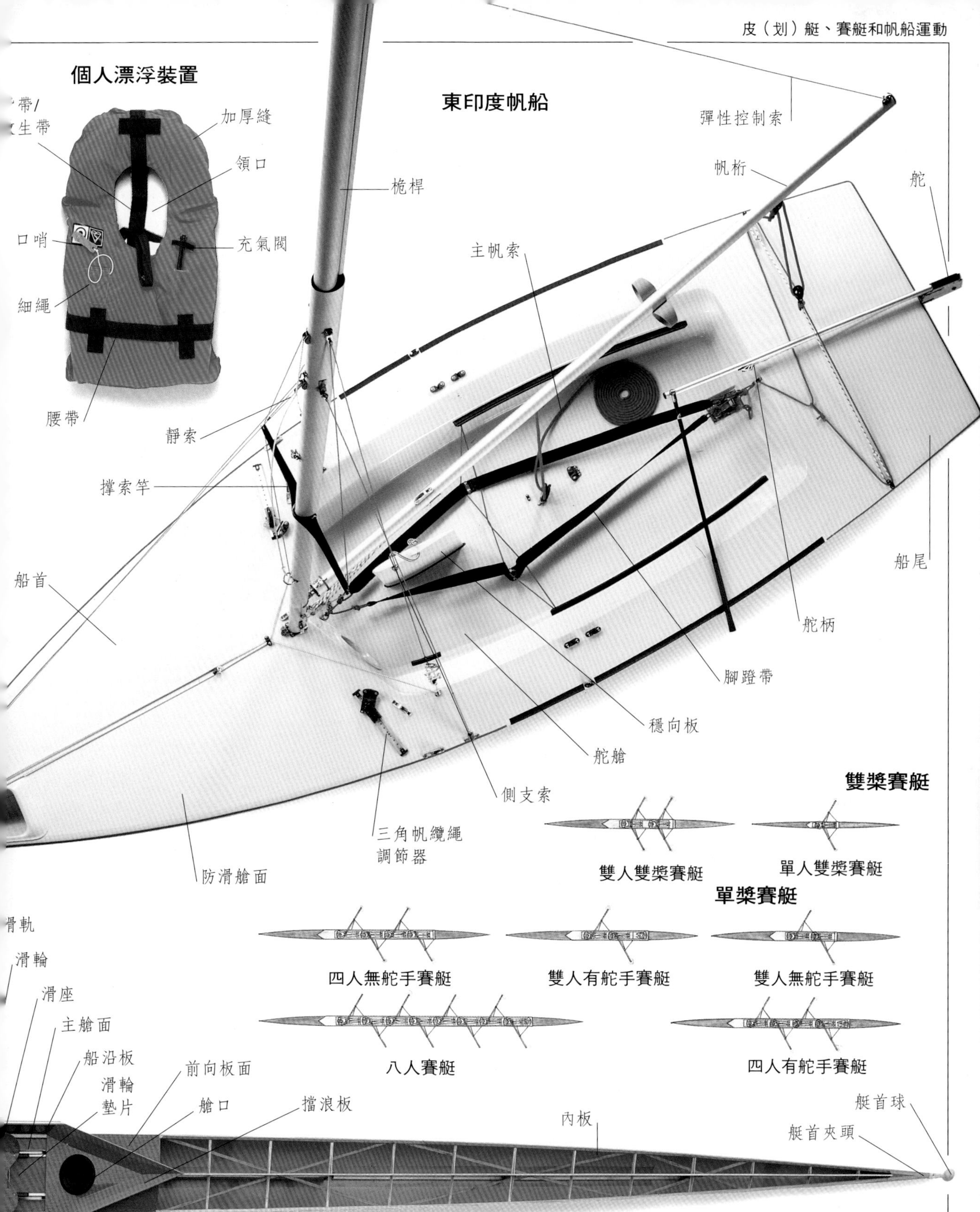

個人漂浮裝置

帶/
生帶

口哨

細繩

腰帶

加厚縫

領口

充氣閥

東印度帆船

彈性控制索

帆桁

舵

桅桿

主帆索

靜索

撐索竿

船首

船尾

舵柄

腳蹬帶

穩向板

舵艙

三角帆纜繩
調節器

側支索

防滑艙面

雙槳賽艇

雙人雙槳賽艇

單人雙槳賽艇

單槳賽艇

四人無舵手賽艇

雙人有舵手賽艇

雙人無舵手賽艇

八人賽艇

四人有舵手賽艇

骨軌

滑輪

滑座

主艙面

船沿板

滑輪
墊片

前向板面

艙口

擋浪板

內板

艇首球

艇首夾頭

人漂浮裝置(PERSONAL FLOTATION DEVICE)：背帶/救生帶(*Backstrap/rescue strap*)；充氣閥(*Toppingup valve*)。**東印度帆船**(SAILING DINGHY)：靜索(*Standing rigging*)；撐索竿(*Spreader*)；三角帆纜繩調節器(*Jib fairlead*)；穩向板(*Centerboard*)；腳蹬帶(*Hiking strap*)。**雙槳賽艇**(SCULLS)：雙人雙槳賽艇(DOUBLE SCULL)；單人雙槳賽艇(SINGLE SCULL)。 **單槳賽艇**(SWEEP-ROWING BOATS)：四人無舵手賽艇(FOUR WITHOUT COXSWAIN)；雙人有舵手賽艇(PAIR WITH COXSWAIN)；雙人無舵手賽艇(PAIR WITHOUT COXSWAIN)；八人賽艇(EIGHT)；四人有舵手賽艇(FOUR WITH COXSWAIN)。

釣魚

竿托部分

釣魚是用釣竿、捲線器、釣魚線和魚餌的配備捕魚。釣魚有幾種不同的類型；**釣捕鯉魚族和狗魚類的淡水粗放釣法**；**釣捕鮭魚和鱒魚的淡水競技釣法**；**釣捕比目魚、鱸魚和鯖魚等海魚的海洋釣法**。釣魚者採用各式各樣的捕釣方法，包括將魚餌（引誘魚的食物）掛在釣鉤上並摔入水中的**魚餌釣法**；用真蒼蠅或人造蠅餌引魚上鉤的**蠅餌釣法**；誘餌看起來像在水中划動的旋轉小魚的**旋轉匙餌釣法**。釣魚者利用釣竿、捲線器和釣魚線的配備把魚餌摔入水中。捲線器用於控制釣魚線，使其從線軸上鬆開或繞回。也可以在釣魚線上綁上一個重錘使線下沉。為了防止釣魚線纏繞，裝有轉環。魚咬鉤時，釣鉤必須嵌在魚嘴中，而且在拉回釣獲的魚的過程中，釣鉤應一直鉤住魚嘴。

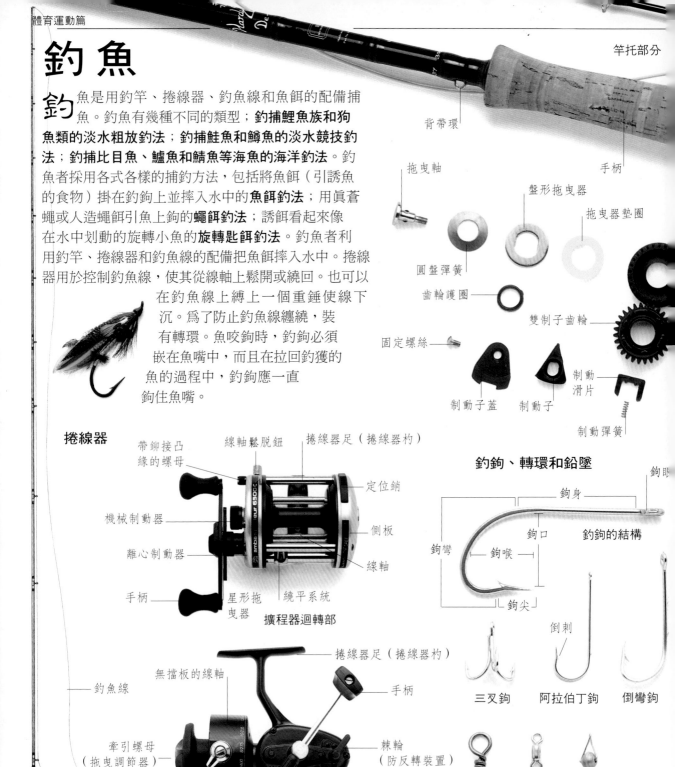

背帶環
手柄
拖曳軸
盤形拖曳器
拖曳器墊圈
圓盤彈簧
齒輪護圈
雙制子齒輪
固定螺絲
制動滑片
制動子蓋　制動子
制動彈簧

捲線器

帶鉚接凸緣的螺母
線軸鬆脫鈕
捲線器足（捲線器杓）
機械制動器
定位銷
離心制動器
側板
線軸
手柄
星形拖曳器
繞平系統
擴程器迴轉部

牽引螺母（拖曳調節器）
無擋板的線軸
捲線器足（捲線器杓）
手柄
釣魚線
棘輪（防反轉裝置）
手柄
捲線器
釋放臂
固定捲軸捲線器

釣鉤、轉環和鉛墜

鉤眼
鉤身
鉤彎
鉤口
釣鉤的結構
鉤喉
鉤尖

三叉鉤　阿拉伯丁鉤
倒刺
倒彎鉤

筒形轉環示例　希爾曼防纏鉛重

釣魚(Angling)：釣捕鯉魚族和狗魚類的淡水粗放釣法(freshwater coarse angling, for members of the carp family and pike)；釣捕鮭魚和鱒魚的淡水競技釣法(freshwater game angling, for salmon and trout)；釣捕比目魚、鱸魚和鯖魚等海魚的海洋釣法(sea angling, for sea fish such as flatfish, bass, and mackerel)；魚餌釣法(bait fishing)；蠅餌釣法(fly fishing)；旋轉匙餌釣法(spinning)。**捲線器**：擴程器迴轉部*(Multiplier reel)*；帶鉚接凸緣的螺母*(Plate-nut)*；機械制動器*(Mechanical brake)*；離心制動器*(Centrifugal brake)*；捲線器足(捲線器杓)*[Reel foot(reel scoop)]*；定位銷*(Click mechanism)*；繞平系統*(Level-wind system)*；星形拖曳器*(Star drag)*。**固定捲軸捲線器**(Fixed-spool)；棘輪(防反轉裝

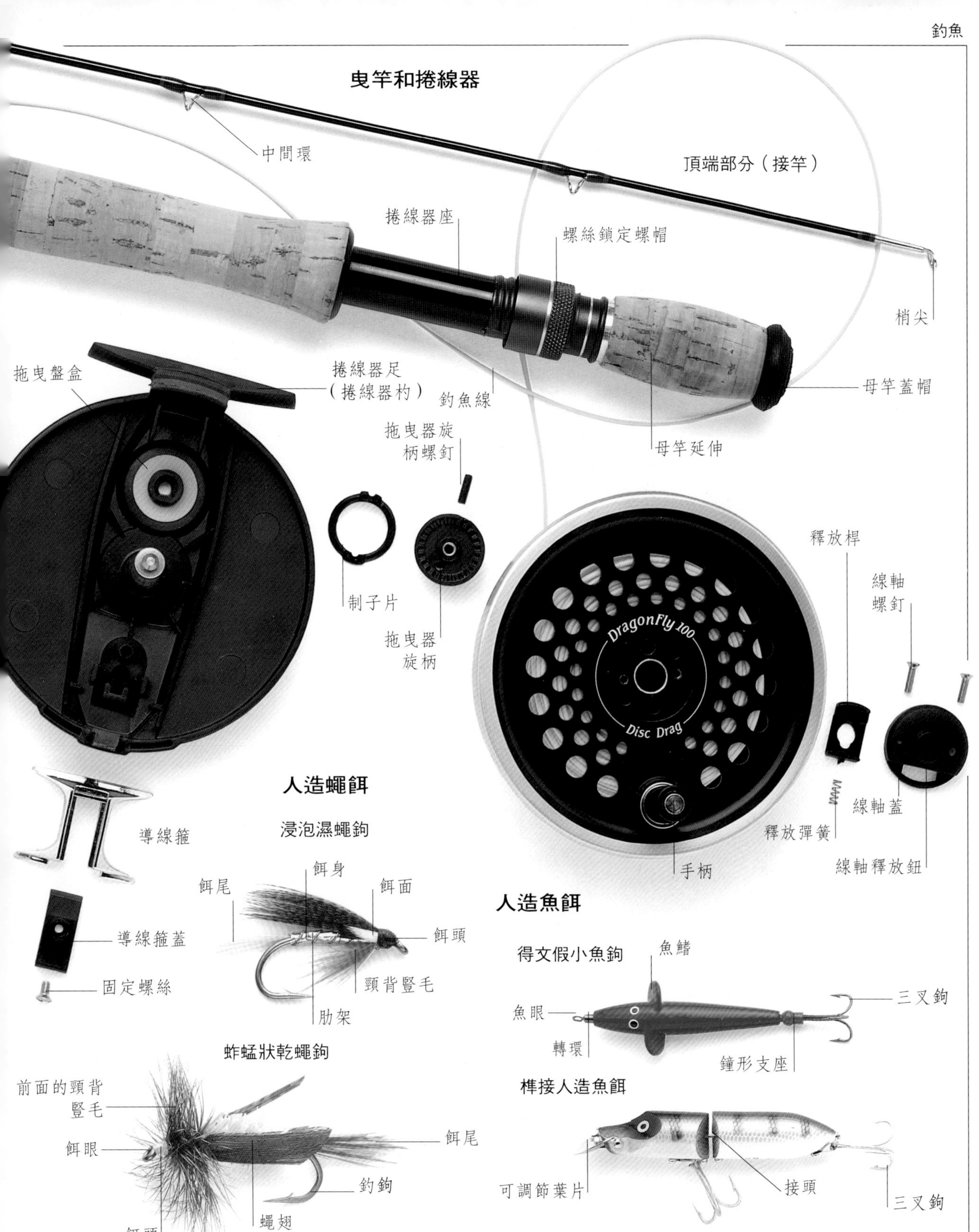

曳竿和捲線器

中間環

頂端部分（接竿）

捲線器座

螺絲鎖定螺帽

梢尖

拖曳盤盒

捲線器足
（捲線器杓）

釣魚線

母竿蓋帽

拖曳器旋
柄螺釘

母竿延伸

釋放桿

線軸
螺釘

DragonFly 100

Disc Drag

制子片

拖曳器
旋柄

導線箍

人造蠅餌

浸泡濕蠅鉤

餌身

餌面

線軸蓋

導線箍蓋

餌尾

餌頭

釋放彈簧

線軸釋放鈕

固定螺絲

頸背豎毛

手柄

人造魚餌

肋架

得文假小魚鉤

魚鰭

蚱蜢狀乾蠅鉤

三叉鉤

前面的頸背
豎毛

魚眼

餌尾

轉環

鐘形支座

餌眼

釣鉤

榫接人造魚餌

蠅翅

可調節葉片

接頭

餌頭

三叉鉤

置)[Ratchet(anti-reverse device)]；釋放臂(Bail arm)。**釣鉤、轉環和鉛墜：**三叉鉤(TREBLE HOOK)；阿拉伯丁鉤(ABERDEEN HOOK)；倒彎鉤(REVERSED BEND HOOK)；筒形轉環示例(EXAMPLES OF BARREL SWIVELS)；希爾曼防纏鉛重(HILLMAN ANTI-KINK WEIGHT)。**曳竿和捲線器：**圓盤彈簧(Disk spring)；盤形拖曳器(Disk drag)；雙制子齒輪(Dual click gear)；制動子蓋(Check pawl cover)；制動滑片(Check slide)；制動彈簧(Check spring)；拖曳盤盒(Disk drag housing)；導線箍(Line guide)。**人造蠅餌：**浸泡濕蠅鉤(DUNKELD WET FLY)；蚱蜢狀乾蠅鉤(DEER HOPPER DRY FLY)。**人造魚餌：**得文假小魚鉤(DEVON MINNOW)；榫接人造魚餌(JOINTED PLUG)。

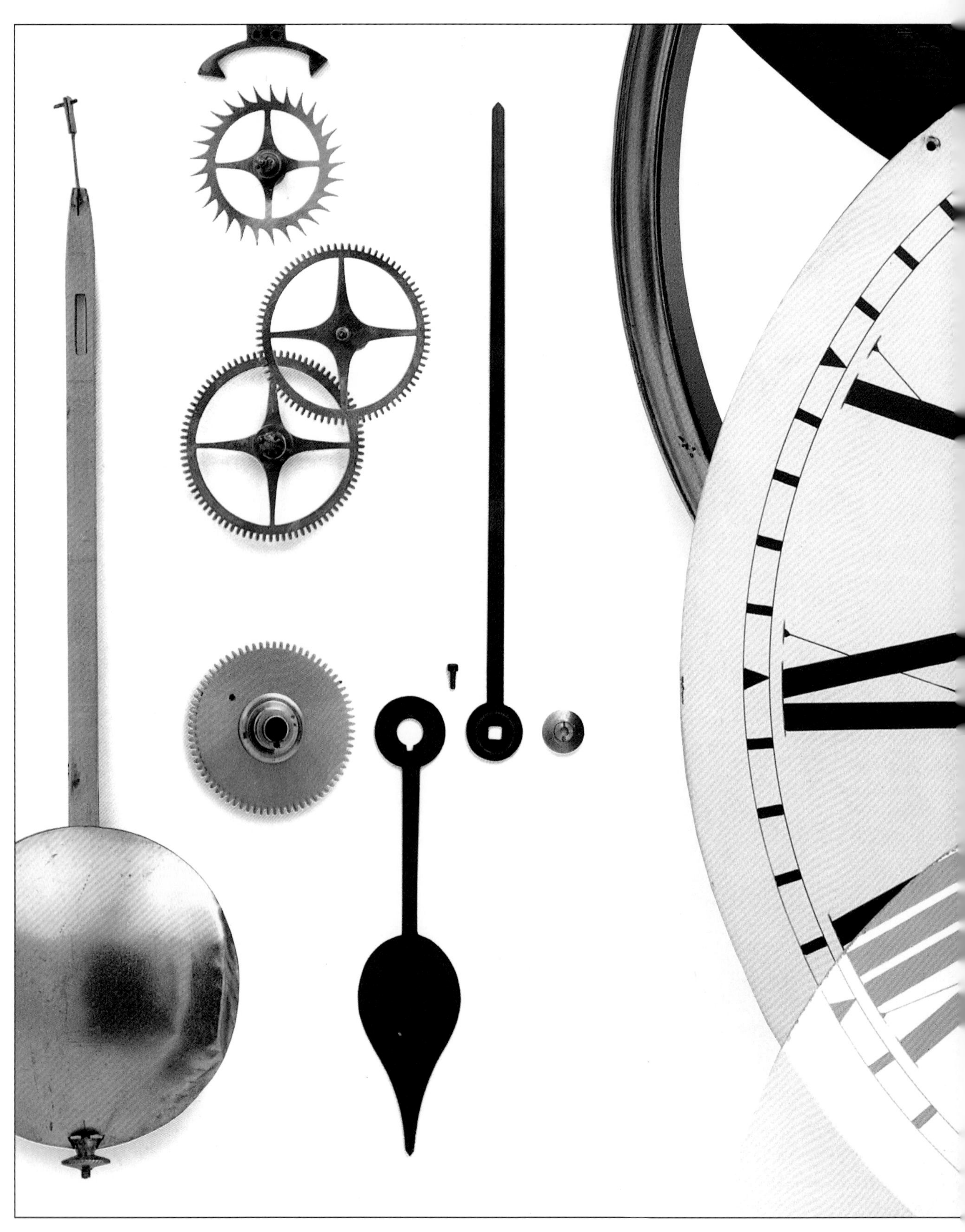

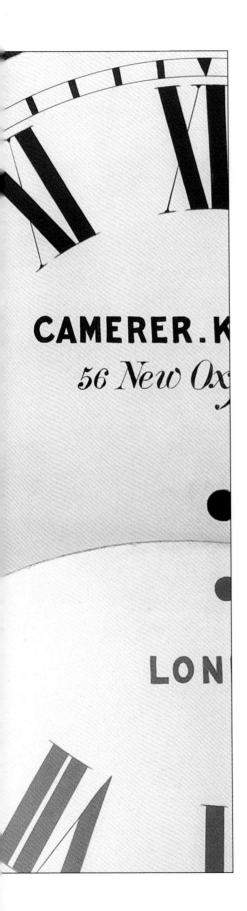

日常用品篇

EVERYDAY THINGS

鑽子(Drills) 566

鞋(Shoes) 568

鐘(Clock) 570

燈(Lamp) 572

迷你電視(Mini-television) 574

椅子(Chair) 576

烤麵包機(Toaster) 578

割草機(Lawnmower) 580

馬鞍(Saddle) 582

唯讀光碟(CD-ROM) 584

書(Books) 586

照相機(Camera) 588

鑽 子

電鑽的馬達（電動機）驅動鑽軸作高速旋轉，並驅動風扇進行冷卻。鑽軸又通過齒輪系統使夾頭更快地轉動。鋒利的鑽頭由夾頭夾緊進行鑽孔，同時鑽頭的螺旋形溝槽使碎屑從鑽孔中排出。爲鑽鑿硬質材料，許多電鑽都配備有撞錘；當用這種電鑽鑽孔時，齒輪箱中的掣輪便使夾頭和鑽頭隨之鑽進而不斷地敲擊。雖然手搖鑽比電鑽的鑽進速度慢而且沒力，但是卻易於控制。對於鑽鑿寬形孔而言，木工常常喜歡使用手搖曲柄鑽。手搖曲柄鑽的作功像一根槓桿：曲柄鑽的弓形把手運行距離較鑽頭更長，依靠外力使鑽頭旋轉。

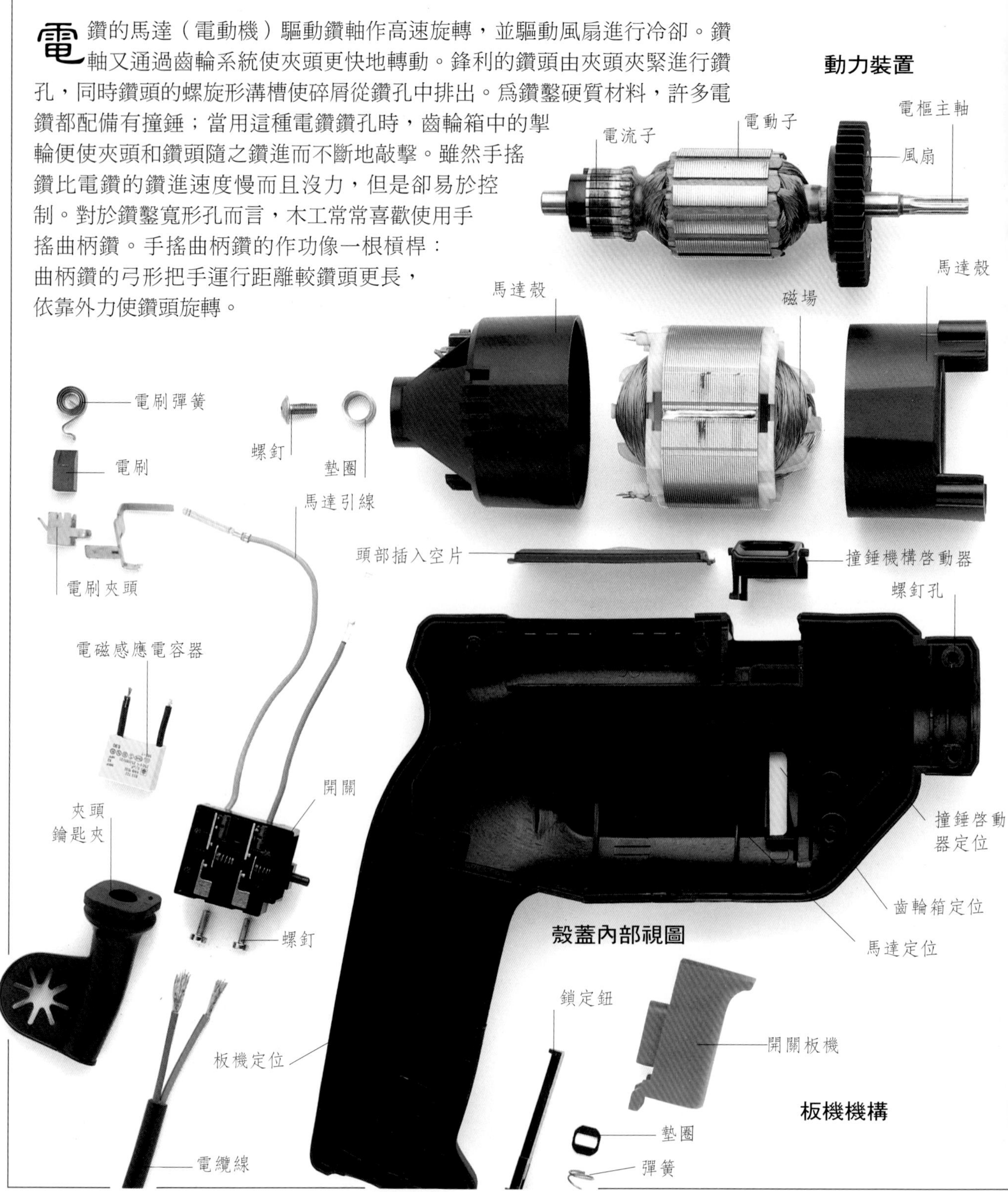

動力裝置

電流子　電動子　電樞主軸　風扇　馬達殼　磁場　馬達殼

電刷彈簧　螺釘　墊圈　馬達引線

電刷　電刷夾頭

電磁感應電容器

夾頭鑰匙夾　開關　螺釘

板機定位　電纜線

頭部插入空片　撞錘機構啓動器　螺釘孔

殼蓋內部視圖　撞錘啓動器定位　齒輪箱定位　馬達定位

鎖定鈕　開關板機　板機機構　墊圈　彈簧

鑽子(Drills)。**動力裝置**(MOTOR ASSEMBLY)：電流子(*Commutator*)；電動子(*Armature*)；風扇(*Fan*)；電刷彈簧(*Brush spring*)；馬達引線(*Lead wire to motor*)；電磁感應電容器(*Electromagnetic induction capacitor*)；撞錘機構啟動器(*Hammer mechanism actuator*)；夾頭鑰匙夾(*Chuck key holder*)。**殼蓋內部視圖** (INTERNAL VIEW OF HOUSING COVER)：螺釘孔(*Screw hole*)；撞錘啟動器定位(*Hammer actuator position*)；齒輪箱定位(*Gearcase position*)；馬達定位(*Motor position*)。**板機機構**(TRIGGER MECHANISM)：鎖定鈕(*Lock button*)；墊圈(*Washer*)；開關板機(*Switch trigger*)。**齒輪機構**(GEAR MECHANISM)：推擠板(*Thrust*

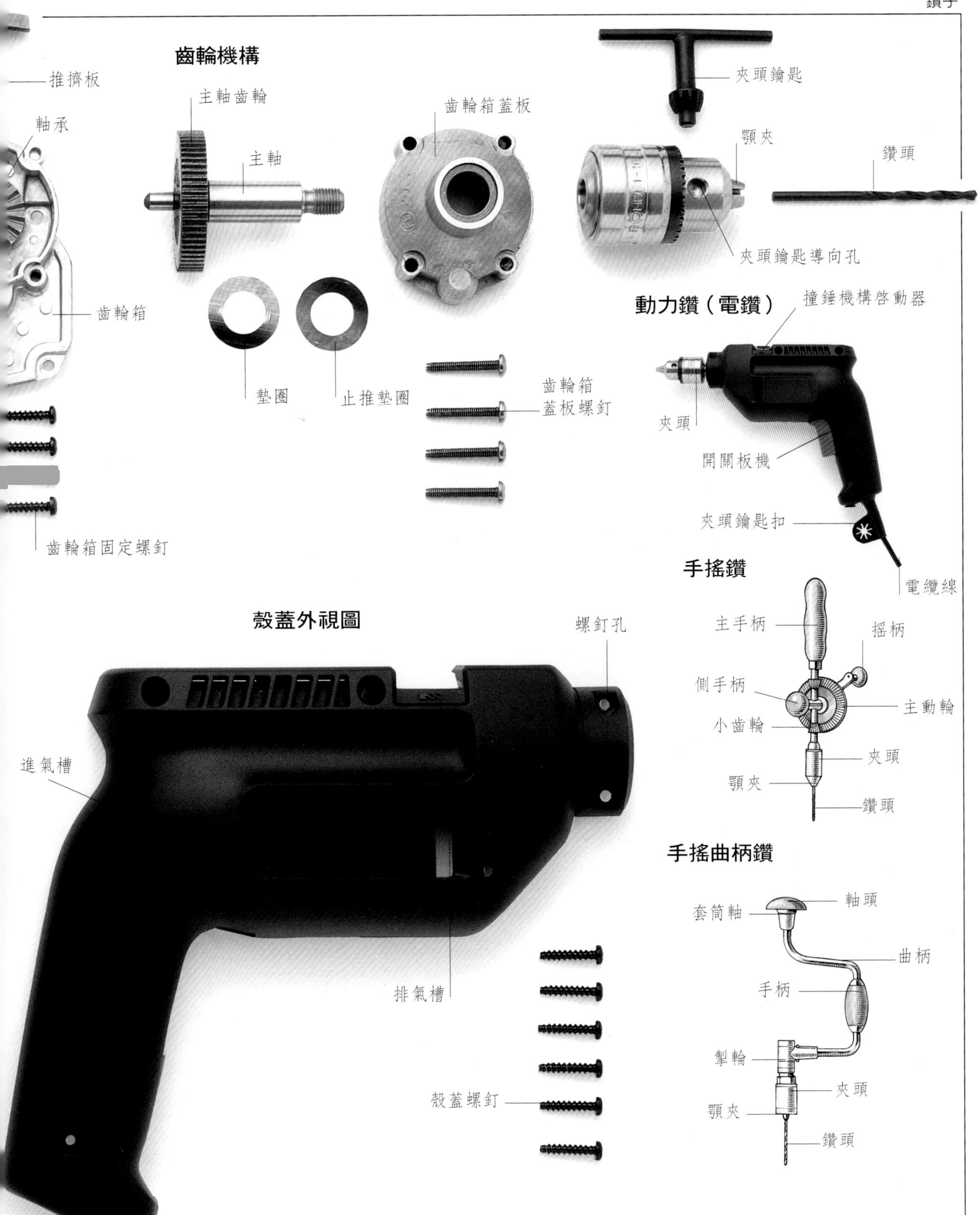

齒輪機構

推擠板

軸承

主軸齒輪

主軸

齒輪箱蓋板

夾頭鑰匙

頸夾

鑽頭

夾頭鑰匙導向孔

齒輪箱

墊圈　　止推墊圈

齒輪箱蓋板螺釘

動力鑽（電鑽）

撞錘機構啟動器

夾頭

開關板機

夾頭鑰匙扣

電纜線

齒輪箱固定螺釘

殼蓋外視圖

螺釘孔

手搖鑽

主手柄　　搖柄

側手柄

小齒輪

頸夾

主動輪

夾頭

鑽頭

手搖曲柄鑽

套筒軸　　軸頭

曲柄

手柄

掣輪

頸夾

夾頭

鑽頭

進氣槽

排氣槽

殼蓋螺釘

plate）；齒輪箱(Gearcase)；止推墊圈(Thrust washer)；顎夾(Jaw)；夾頭鑰匙導向孔(Chuck key pilot hole)。**殼蓋外視圖**(EXTERNAL VIEW OF HOUSING COVER)：進氣槽(Air intake slot)；排氣槽(Air exhaust slot)。**動力鑽（電鑽）**(POWER DRILL)：撞錘機構啟動器(Hammer mechanism actuator)；夾頭鑰匙扣(Chuck key holder)。**手搖鑽**(HAND DRILL)：鑽頭(Drill bit)；夾頭(Chuck)；主動輪(Drive wheel)。**手搖曲柄鑽**(BRACE-AND-BIT)：套筒軸(Quill)；掣輪(Ratchet)；軸頭(Head)。

鞋

製 作精良的鞋不但能保護腳,更讓人感到舒適,而且經久耐用。最優秀的鞋匠使用一種稱為鞋楦的木製模型或塑料模型,鞋楦與使用者腳的形狀相符。皮鞋的各組成部份均在鞋楦周圍縫合且粘貼起來;僅在鞋跟處使用鉚釘和釘子,而鞋跟則是由數層皮革與橡膠製成的。弓形鋼墊片對腳弓起支撐作用,並且與後跟墊片一起幫助穿鞋者保持站立姿勢。鞋底由數層墊片組成,使後跟很結實,同時皮鞋內底軟墊又使人感到舒適。在皮鞋幫皮與鞋底之間縫入沿條則保證了皮鞋底面結合牢靠。

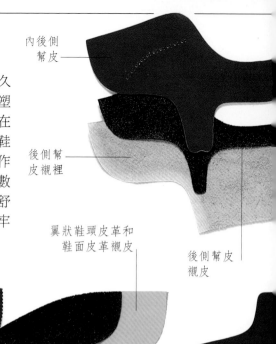

內後側幫皮
後側幫皮襯裡
翼狀鞋頭皮革和鞋面皮革襯皮
後側幫皮襯皮

鞋內襯墊
後幫皮
鞋舌
鞋帶
後側幫皮
鞋面
前施套
孔飾
翼狀鞋頭
沿條
飾孔翼狀鞋頭

翼狀鞋頭皮革
翼狀鞋頭襯皮
鞋面皮革
鞋舌
鞋舌襯裡

成品鞋之橫剖面圖

鞋舌
鞋面
沿條
內底
鞋底墊片
外底
襯裡
弓形鋼墊片
後跟
後跟墊片
後幫皮
後跟縫
鞋口邊

GRENSON 6154/19 7/EX

鞋(Shoes)。成品鞋之橫剖面圖(CROSS SECTION OF FINISHED SHOE):鞋內襯墊(*Inner sock*);後幫皮(*Counter*);鞋舌(*Tongue*);鞋帶(*Shoelace*);後側幫皮(*Outside quarter*);孔飾(*Punchhole*);沿條(*Welt*);飾孔翼狀鞋頭(*Perforated wing cap*);鞋口邊(*Cuff*);後跟縫(*Heel grip*);後跟墊片(*Seat lift*);弓形鋼墊片(*Steel shank*);鞋底墊片(*Bottom filler*);前施套(*Box toe*);翼狀鞋頭襯皮(*Wing cap backer*);鞋面皮革(*Vamp*);鞋舌襯裡(*Tongue lining*);鞋面皮革襯皮(*Vamp backer*);後側幫皮襯裡(*Quarter lining*);內後側幫皮(*Inside*

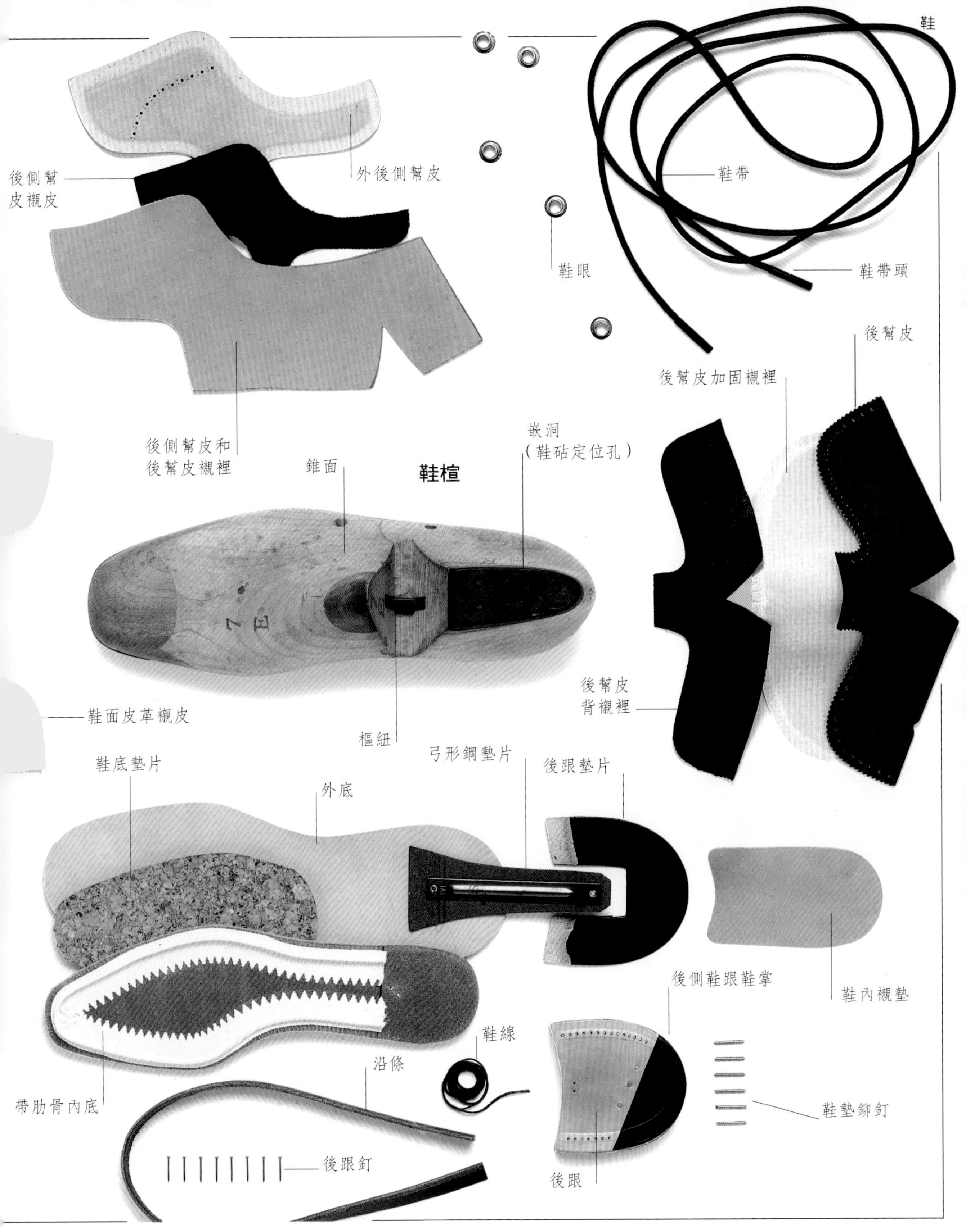

後側幫皮襯皮

外後側幫皮

後側幫皮和
後幫皮襯裡

鞋面皮革襯皮

鞋帶

鞋眼

鞋帶頭

後幫皮

後幫皮加固襯裡

嵌洞
（鞋砧定位孔）

錐面

鞋楦

後幫皮
背襯裡

樞紐

鞋底墊片

外底

弓形鋼墊片

後跟墊片

後側鞋跟鞋掌

鞋內襯墊

帶肋骨內底

沿條

鞋線

鞋墊鉚釘

後跟釘

後跟

quarter）；後側幫皮襯皮*(Quarter backer)*；鞋眼*(Eyelet)*；鞋帶頭*(Tag)*；後幫皮加固襯裡*(Counter stiffener)*；後幫皮背襯裡*(Back lining)*；帶肋骨內底*(Insole with ribbing)*；外底*(Outsole)*；鞋線*(Thread)*；後側鞋跟鞋掌*(Quarter tip)*；鞋墊鉚釘*(Seat rivet)*。**鞋楦** (LAST)：錐面*(Cone)*；嵌洞*(*鞋砧定位孔*)[Thimble(jacklocating hole)]*；樞紐*(Hinge)*；後跟*(Heel)*；後跟釘*(Heel nail)*。

鐘

機

械式時鐘有兩個重要元件：發條和擺鐘。用鑰匙上緊鐘的發條時，主發條便被擰緊。隨著主發條逐漸放鬆，它便使齒輪不停地轉動，齒輪又使分針和時針以不同的轉速在時鐘表面旋轉。鐘擺則確保分針和時針以規定的步調運行。鐘擺的頂端有兩個稱之為掣子的鉤子。隨著鐘擺擺動，掣子便讓擒縱輪緩慢而均勻地轉動。

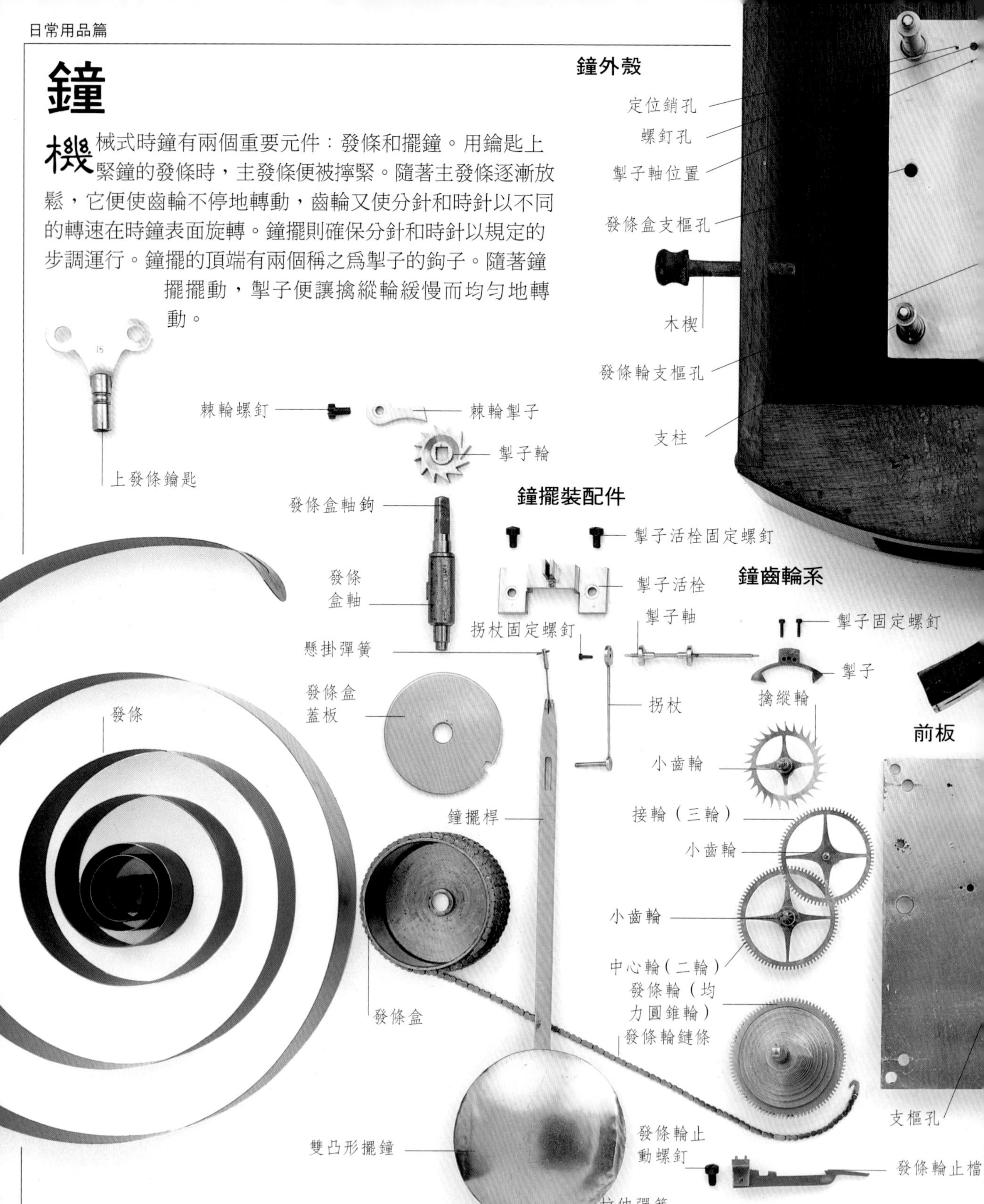

鐘外殼
定位銷孔
螺釘孔
掣子軸位置
發條盒支樞孔
木楔
發條輪支樞孔
支柱

上發條鑰匙

棘輪螺釘
棘輪掣子
掣子輪

發條盒軸鉤
鐘擺裝配件
掣子活栓固定螺釘

發條盒軸
掣子活栓
鐘齒輪系
掣子軸
掣子固定螺釘
拐杖固定螺釘
掣子
懸掛彈簧
拐杖
擒縱輪
發條
發條盒蓋板
前板
小齒輪
接輪（三輪）
小齒輪
鐘擺桿
小齒輪
中心輪（二輪）
發條輪（均力圓錐輪）
發條盒
發條輪鏈條
支樞孔
雙凸形擺鐘
發條輪止動螺釘
發條輪止檔
調節螺帽
拉伸彈簧固定螺釘
拉伸彈簧

鐘(Clock)。鐘外殼(CLOCK CASE)：定位銷孔(*Steady pin hole*)；掣子軸位置(*Pallet arbor position*)；發條盒支樞孔(*Barrel pivot hole*)；木楔(*Wood peg*)；發條輪支樞孔(*Fusee pivot hole*)。**鐘擺裝配件(PENDULUM ASSEMBLY)**：棘輪螺釘(*Ratchet screw*)；棘輪掣子(*Ratchet pawl*)；掣子輪(*Click wheel*)；發條(*Mainspring*)；鐘擺桿(*Pendulum rod*)；拐杖固定螺釘(*Crutch screw*)；掣子活栓(*Pallet cock*)；發條輪鏈條(*Fusee chain*)；發條輪止動螺釘(*Fusee stop screw*)；發條輪止檔(*Fusee stop*)；拉伸彈簧(*Tension spring*)。**鐘齒輪系(CLOCK**

鐘面

木製玻璃嵌凹槽

鉸接黃銅玻璃嵌圈

側邊栓視門

木楔

後（箱）板

底門鑰匙

後箱

底門

分鐘刻度

小時標誌

分針

羅馬數字

分針輪托架
（輪橋）

托架螺釘

分針輪

鐘面墊圈

時針螺釘

開口內椿

螺釘孔

CAMERER.KUSS & C.º
56 New Oxford St

製造廠商名稱

中心孔

上發條孔

LONDON

銷釘

分輪（中心
軸小齒輪）

時針輪

度盤

橋夾板

橋夾板螺釘

時針

銷釘

鐘面底眼

支柱孔

TRAIN)：擒縱輪(Escape wheel)；小齒輪(Pinion)；接輪(三輪)(Third wheel)；中心輪(二輪)(Center wheel)；發條輪(均力圓錐輪)(Fusee)。**前板**(FRONT PLATE)：分針(Minute hand)；分針輪托架(輪橋)(Minute wheel cock)；分輪(中心軸小齒輪)(Cannon pinion)；橋夾板螺釘(Bridge screw)；時針(Hour hand)；時針輪(Hour wheel)。**鐘面**(CLOCK FACE)：鉸接黃銅玻璃嵌圈(Hinged brass bezel)；度盤(Dial)。

燈

第一盞彈簧自緊式可調工作燈是由喬治・卡瓦丁
(George Carwardine)在1934年設計的。這種類型的
燈模仿人的手臂，能輕易而準確地將燈保持在某一固
定位置，或移動到另一位置。就手臂而言，通過協
調成對肌肉的相反動作來獲得上述控制（例如，當
二頭肌收縮時，三頭肌鬆弛，手臂便彎曲）。而對這種
工作燈來說，緊拉著剛性燈桿的彈簧便代表某一塊
肌肉；而另一塊肌肉則由抵抗彈簧拉力的燈具接
頭中的螺母、螺栓、螺釘和墊圈等代表。
通過彈簧拉力與接頭抵抗力的平
衡抵銷，燈的高度和角度就能以
極小的壓力進行調
節。

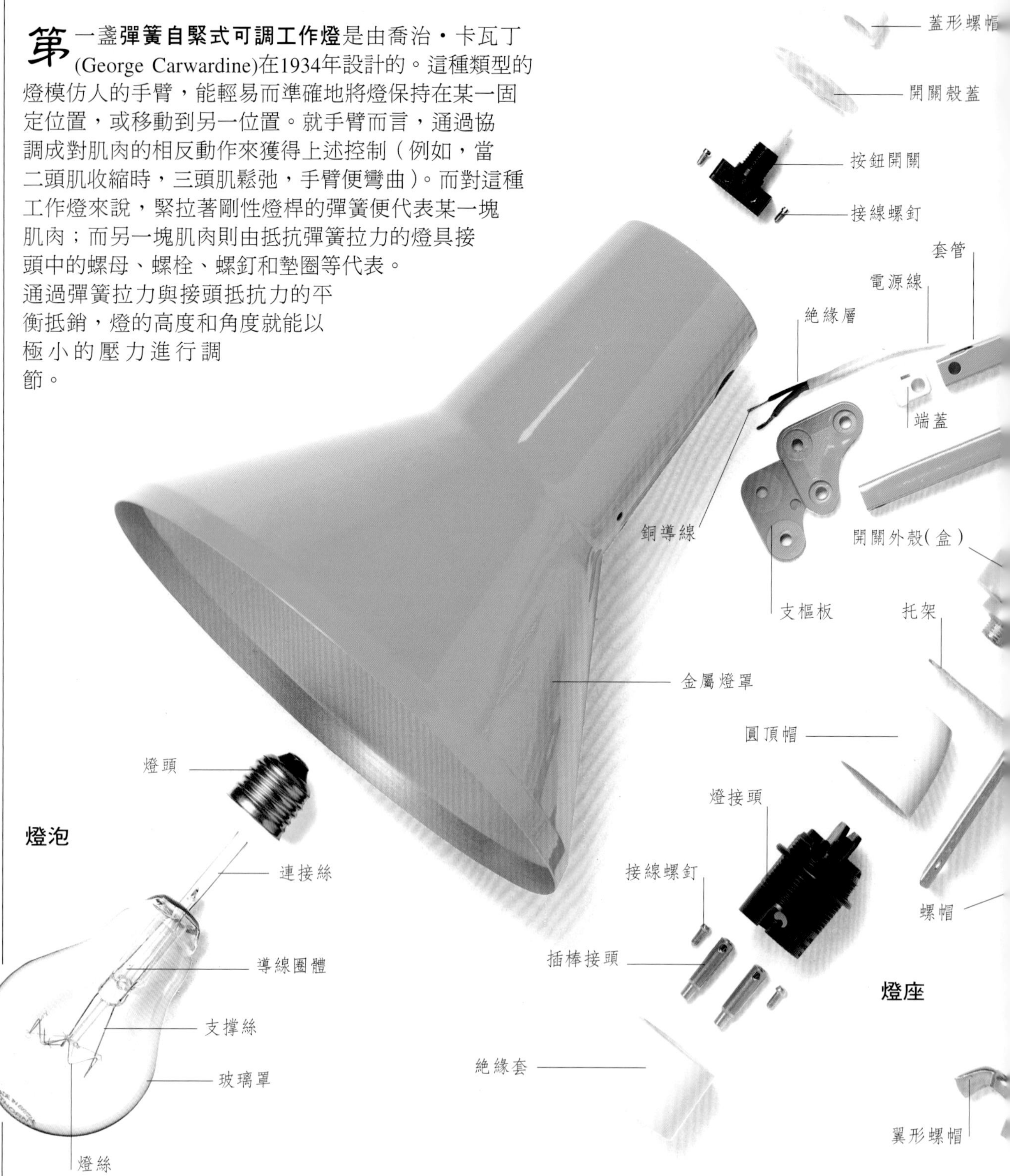

蓋形螺帽

開關殼蓋

按鈕開關

接線螺釘

套管

電源線

絕緣層

端蓋

銅導線

開關外殼(盒)

支樞板　托架

金屬燈罩

圓頂帽

燈接頭

接線螺釘

螺帽

插棒接頭

燈頭

燈泡

連接絲

導線圈體

支撐絲

玻璃罩

燈絲

絕緣套

燈座

翼形螺帽

燈(Lamp)：彈簧自緊式可調工作燈(SPRING-TENSIONED, adjustable work lamp)。**燈泡(LIGHT BULB)**：連接絲(*Connecting wire*)；導線圈體(*Fuse enclosure*)；支撐絲(*Support wire*)；燈絲(*Filament*)。**支臂裝配零件(SUPPORT ARM ASSEMBLY)**：支樞板(*Pivot plate*)；銅導線(*Copper conductor*)；螺旋形緊拉彈簧(*Coil tension spring*)；彈簧固定裝置(*Spring attachment*)。**燈座(LAMP HOLDER)**：燈接頭(*Body*)；插棒接頭(*Plunger contact*)；燈罩聯接器(*Shade coupling*)；燈座聯接器(*Lamp holder coupling*)。**桌夾裝配件(TABLE CLAMP**

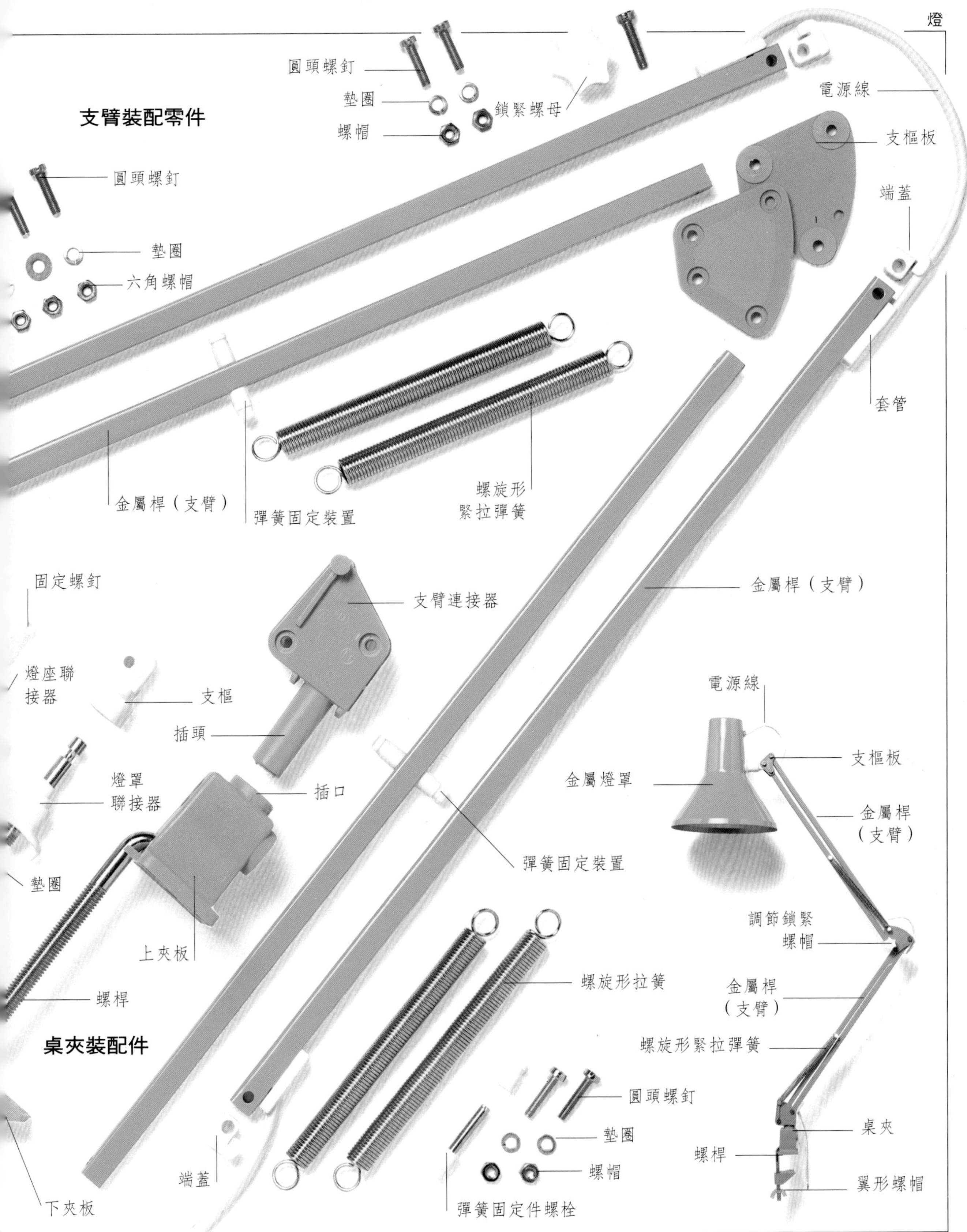

支臂裝配零件

圓頭螺釘
墊圈
螺帽
鎖緊螺母

圓頭螺釘

墊圈

六角螺帽

金屬桿（支臂）
彈簧固定裝置
螺旋形緊拉彈簧

電源線
支框板
端蓋
套管

金屬桿（支臂）

固定螺釘
支臂連接器
燈座聯接器
支框
插頭
燈罩聯接器
插口
彈簧固定裝置
墊圈
上夾板
螺桿

電源線
金屬燈罩
支框板
金屬桿（支臂）
調節鎖緊螺帽
金屬桿（支臂）
螺旋形緊拉彈簧

桌夾裝配件

螺旋形拉簧
圓頭螺釘
墊圈
螺帽
桌夾
螺桿
翼形螺帽

端蓋
彈簧固定件螺栓

下夾板

ASSEMBLY）：翼形螺帽(*Wing nut*)；下夾板(*Clamp lower jaw*)；螺桿(*Threaded rod*)；上夾板(*Clamp upper jaw*)；支臂連接器(*Arm coupling*)；金屬桿(支臂)(*Metal arm*)；彈簧固定件螺栓(*Spring attachment bolt*)；螺旋形拉簧(*Coil tension spring*)；調節鎖緊螺帽(*Adjustment locking nut*)。

迷你電視

迷你電視小得足以放在手中觀看電視節目。**發射台**發送出的信號由電視天線接收，並將信號傳送到迷你電視機背後的**電子槍**。根據所接收的信號，電子槍發出一束通過**偏轉線圈的電子束**。偏轉線圈由磁鐵和線圈組成，它們使電子束以一系列掃描線的形式，掃描整個螢光屏。螢光屏上塗有螢光物質，當電子束擊中螢光物質時，它們便會發光。當電子束不停地掃描螢光屏時，電子束的強度也不斷發生變化，於是螢光屏各部分中的螢光物質便發出強度不同的光。每秒25個黑白畫面連續地出現於螢光屏上，如此之快的變換速度會在人的眼中產生出一種活動影像的幻視。

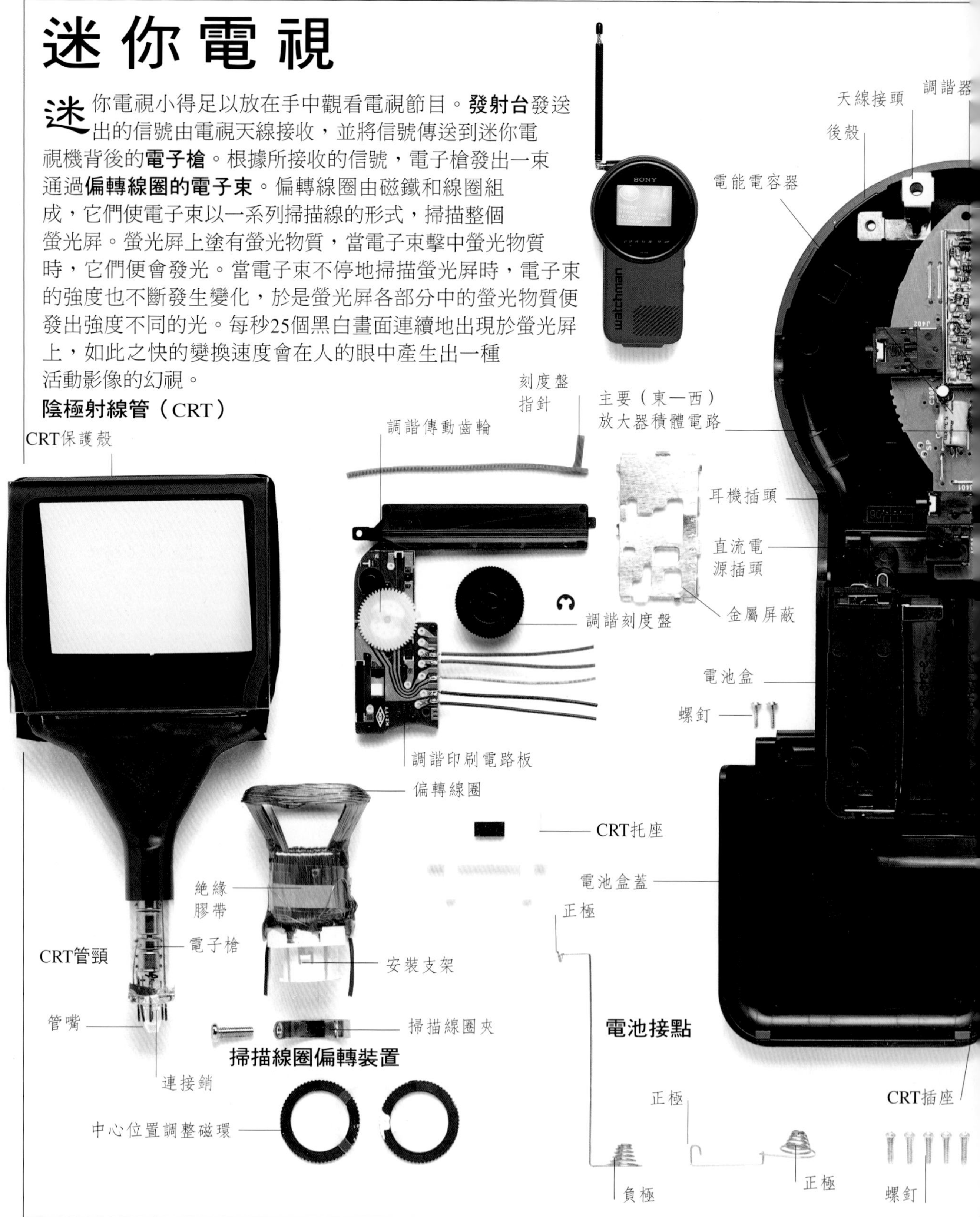

陰極射線管（CRT）

CRT保護殼

調諧傳動齒輪

刻度盤指針

主要（東—西）放大器積體電路

調諧印刷電路板

偏轉線圈

CRT托座

絕緣膠帶

電子槍

安裝支架

CRT管頸

管嘴

掃描線圈夾

掃描線圈偏轉裝置

連接銷

中心位置調整磁環

天線接頭

調諧器

後殼

電能電容器

耳機插頭

直流電源插頭

金屬屏蔽

調諧刻度盤

電池盒

螺釘

電池盒蓋

正極

電池接點

正極

負極

正極

CRT插座

螺釘

迷你電視(Mini-television)：發射台(broadcast transmitter)；電子槍(electron gun)；偏轉線圈的電子束(electron beam that is passed through a deflection yoke)。**陰極射線管**(CATHODE RAY TUBE,CRT)。**描線圈偏轉裝置**(SCAN COIL DEFLECTION YOKE)：中心位置調整磁環*(Centering magnet)*；掃描線圈夾*(Scan coil clamp)*。**印刷電路板**(PRINTED CIRCUIT BOARD)：調諧印刷電路板*(Tuning printed circuit board)*；調諧刻度盤*(Tuning dial)*；調諧傳動齒輪*(Tuning drive gear)*；主要(東-西)放大器積體電路*[Keystone(East-*

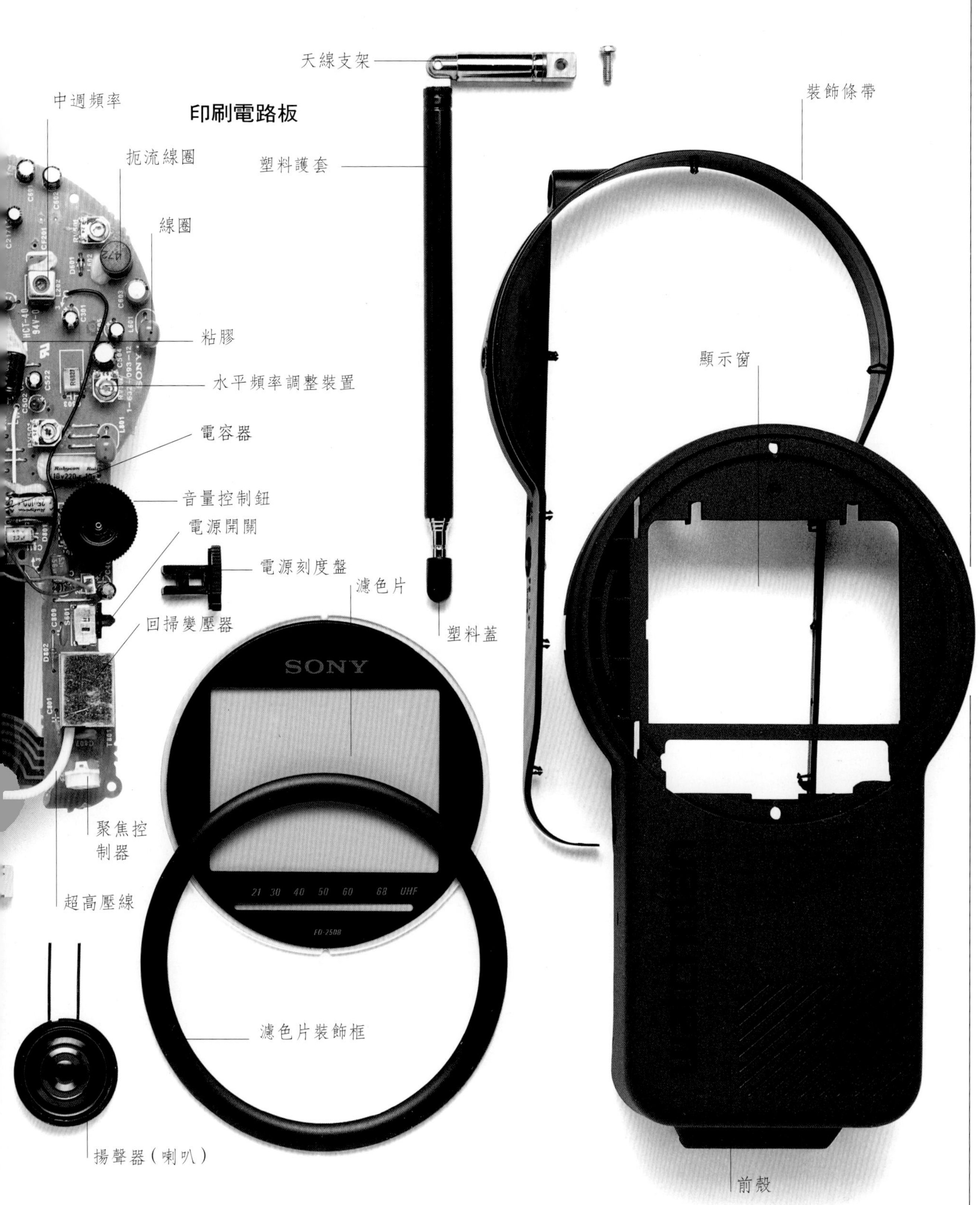

中週頻率

印刷電路板

天線支架

裝飾條帶

扼流線圈

塑料護套

線圈

顯示窗

粘膠

水平頻率調整裝置

電容器

音量控制鈕
電源開關

電源刻度盤

濾色片

SONY

塑料蓋

回掃變壓器

21 30 40 50 60 68 UHF

FD-2508

聚焦控
制器

超高壓線

濾色片裝飾框

揚聲器(喇叭)

前殼

West)amplifier integrated circuit]；揚聲器(喇叭)*(Speaker)*；聚焦控制器*(Focus control)*；回掃變壓器*(Fly-back transformer)*；音量控制鈕*(Volume control dial)*；電容器*(Capacitor)*；水平頻率調整裝置*(Horizontal frequency adjustment)*；扼流線圈*(Choke)*；中週頻率*(Intermediate frequency coil)*；調諧器*(Tuner)*；電能電容器*(Electrolytic capacitor)*；濾色片*(Filter)*；顯示窗*(Window)*。

椅

傳統方式製作的餐椅〔例如圖中所示的19世紀英國流行款式麗晶型（Regency-style)扶手椅〕不用釘子或螺栓而用緊密裝配接頭、螺釘、暗榫和膠將各部分結合在一起。傳統餐椅的彎曲扶手和頂部縱長背板，及其逐漸變細的椅腿都是用風乾的 — 即乾燥的 — **桃花心木**製成的。後椅腿中的榫眼凹槽承接頂部和底部縱長背板的榫舌；後椅腿頂部的斜槽稱之為槽口（榫頭），這些槽口則承接彎曲扶手。雖然其各種接頭均為緊密配合，以致於這些接頭本身就能產生出一組牢固的椅架，但是為了使這些接頭更為牢靠，人們仍使用了一些螺釘和膠。圖中所示的舒適軟襯座墊由裝飾圖案墊面套、印花棉布襯料和經過防火安全處理的泡沫墊料構成；座墊由木框上綳著的支撐帶托住。

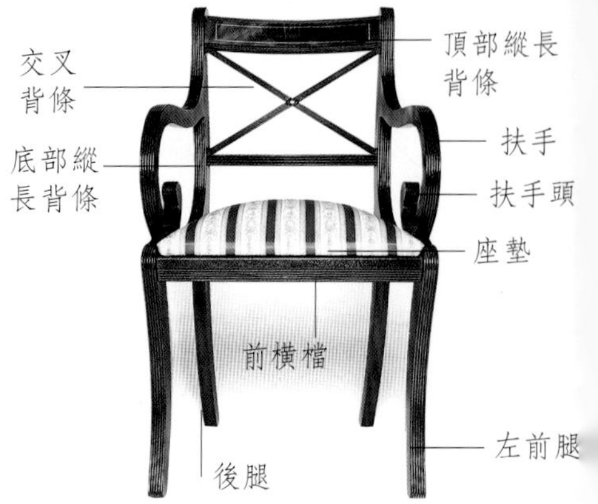

交叉背條
頂部縱長背條
扶手
底部縱長背條
扶手頭
座墊
前橫檔
後腿
左前腿

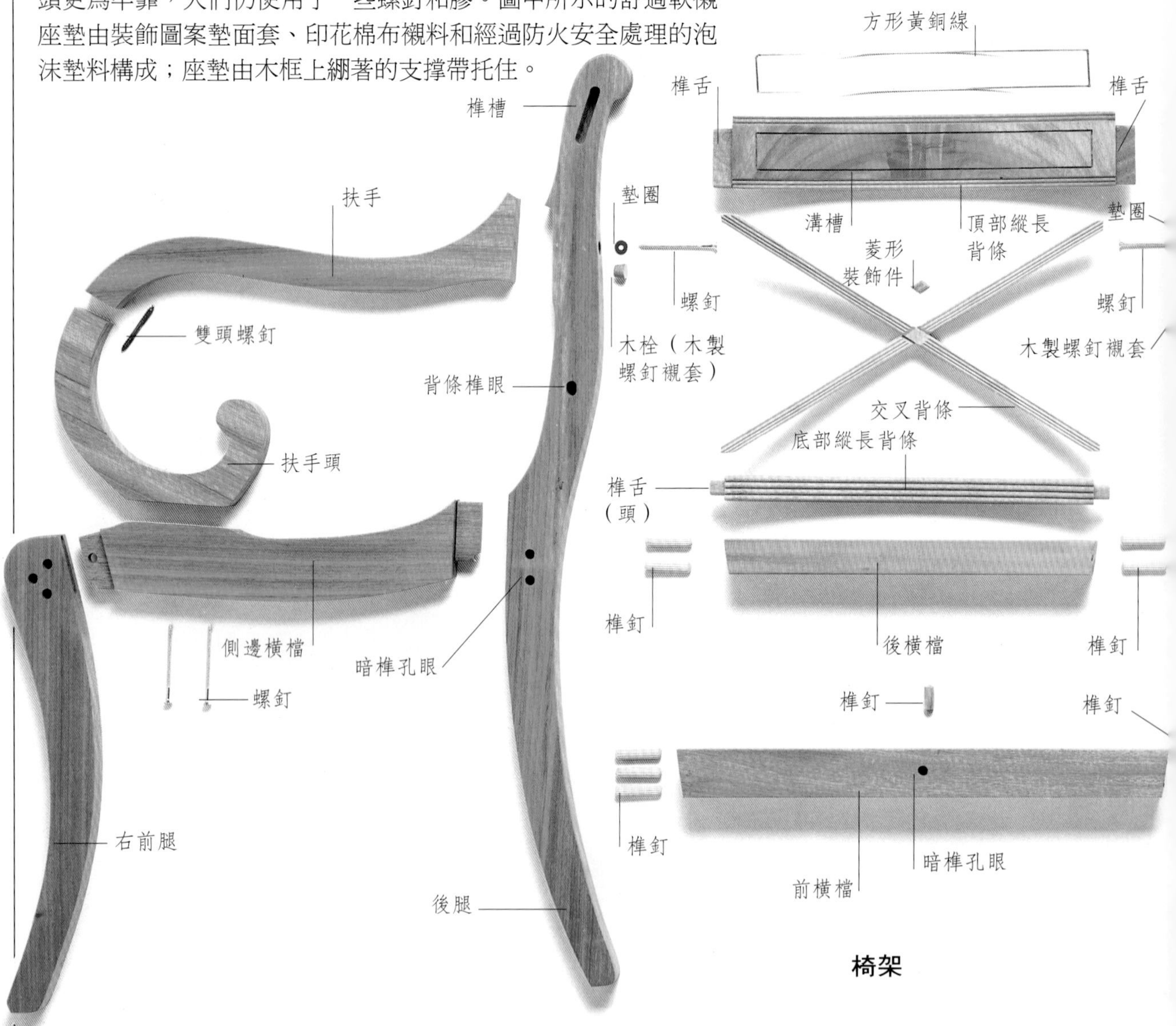

方形黃銅線

榫槽
榫舌
扶手
墊圈
榫舌
雙頭螺釘
螺釘
溝槽
頂部縱長背條
墊圈
菱形裝飾件
螺釘
扶手頭
背條榫眼
木栓（木製螺釘襯套）
木製螺釘襯套
榫舌（頭）
交叉背條
底部縱長背條
側邊橫檔
暗榫孔眼
榫釘
後橫檔
榫釘
螺釘
右前腿
榫釘
榫釘
後腿
前橫檔
暗榫孔眼

椅架

椅(Chair)：桃花心木(mahogany)。**椅架**(CHAIR FRAME)：頂部縱長背條(*Top splat*)；扶手(*Arm*)；前橫檔(*Front rail*)；座墊(*Seat pad*)；左前腿(*Left front leg*)；底部縱長背條(*Bottom splat*)；交叉背條(*Cross stick*)；榫槽(*Mortice*)；雙頭螺釘(*Dowel screw*)；背條榫眼(*Splat mortice*)；側邊橫檔(*Side rail*)；暗榫孔眼(*Dowel hole*)；方形黃銅線(*Square brass line*)；頂部縱長背條(*Top splat*)；溝槽(*Groove*)；後橫檔(*Back rail*)；榫釘

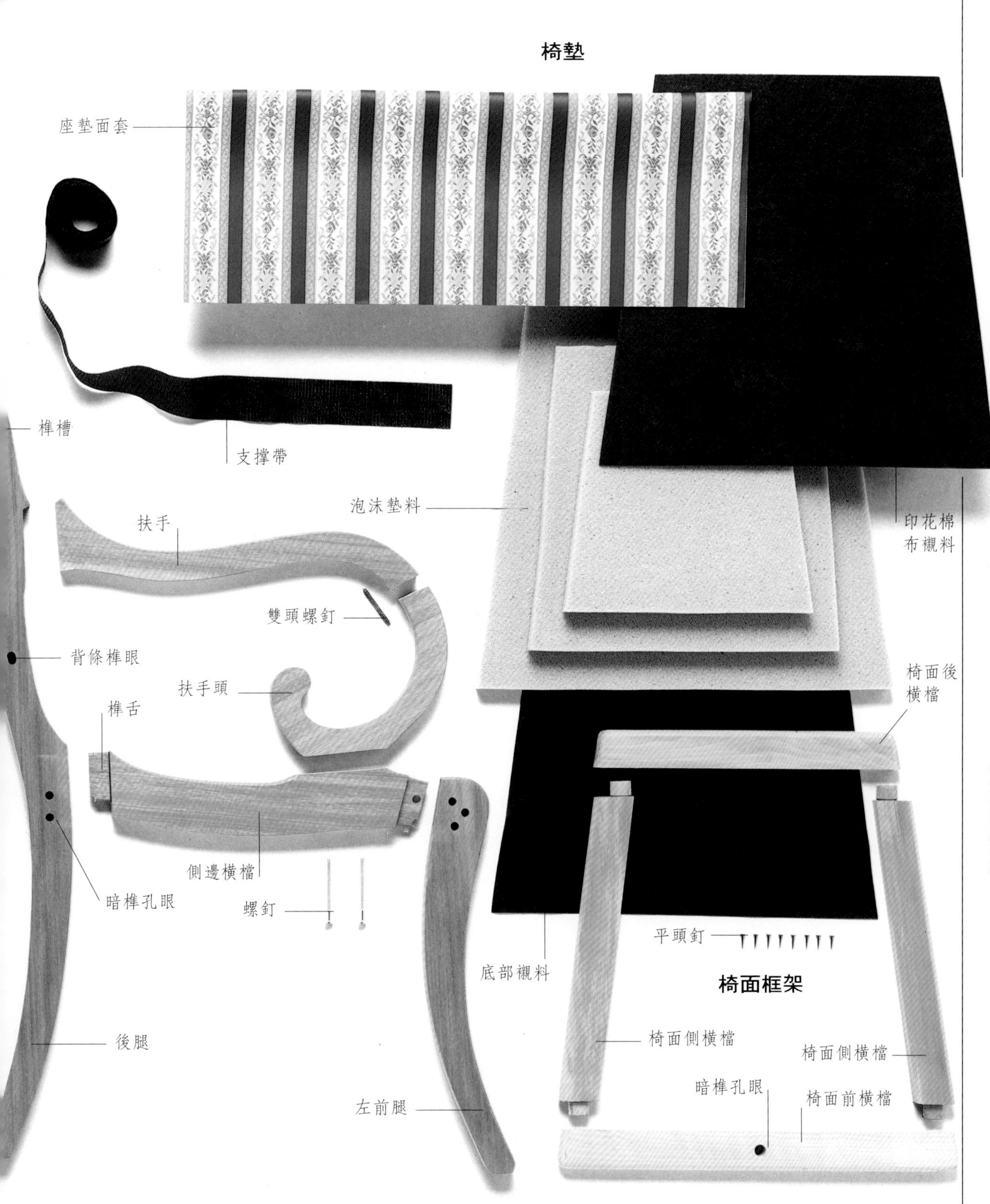

椅墊

座墊面套

榫槽

支撐帶

扶手

泡沫墊料

雙頭螺釘

印花棉布襯料

背條榫眼

扶手頭

椅面後橫檔

榫舌

側邊橫檔

暗榫孔眼

螺釘

平頭釘

後腿

底部襯料

椅面框架

左前腿

椅面側橫檔

椅面側橫檔

暗榫孔眼

椅面前橫檔

(Dowel)；榫舌(頭)(Tenon)；木栓(木製螺釘襯套)(Wood plug)；螺釘(Screw)；菱形裝飾件(Diamond)。**椅墊**(SEAT UPHOLSTERY)：座墊面套(Seat Cover)；支撐帶(Webbing)；泡沫墊料(Foam padding)；印花棉布襯料(Calico lining)。**椅面框架**(SEAT FRAME)：椅面後橫檔(Seat back rail)；底部襯料(Bottom lining)；平頭釘(Tack)；椅面側橫檔(Seat side rail)；椅面前橫檔(Seat front rail)。

烤麵包機

大多數烤麵包機不僅烤麵包片，而且烤好後還能使麵包片彈跳出來。當麵包片放置在彈簧承力架上時，電加熱元件便開始烘烤麵包片。與此同時，雙金屬條便受熱膨脹。雙金屬條的一根金屬條比另一根膨脹速度更快，這樣便使雙金屬條發生彎曲。當它彎曲時便接通電路，並觸發電磁鐵。電磁鐵吸引掣子，使定位於烤箱下方的彈簧鬆開，加熱元件斷電，烤好的土司便彈跳起來。

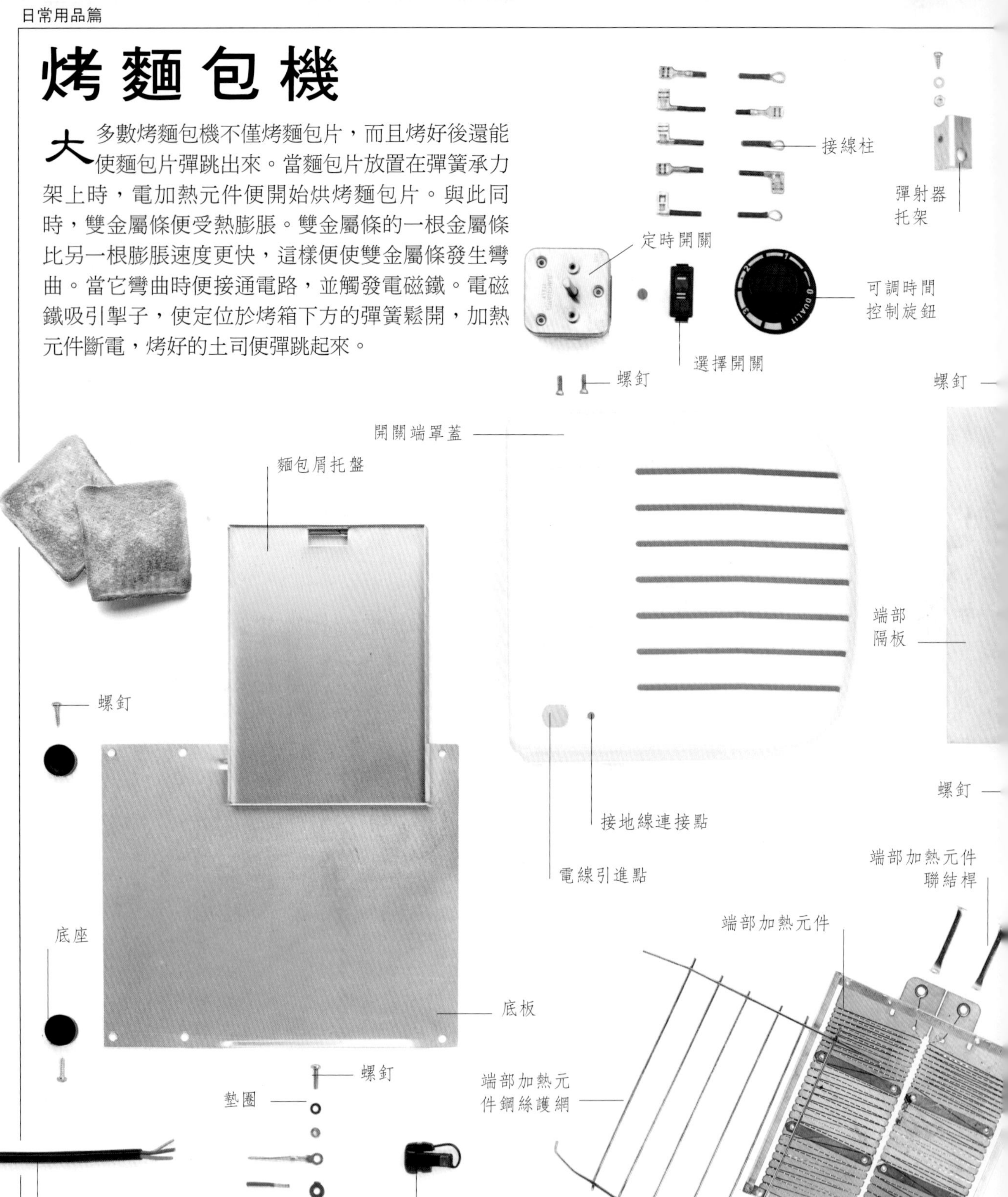

接線柱

彈射器托架

定時開關

可調時間控制旋鈕

螺釘

選擇開關

螺釘

開關端罩蓋

麵包屑托盤

端部隔板

螺釘

螺釘

接地線連接點

端部加熱元件聯結桿

電線引進點

端部加熱元件

底座

底板

螺釘

墊圈

端部加熱元件鋼絲護網

電源線

螺栓

螺帽

應變釋放裝置

烤麵包機(Toaster)。應變釋放裝置(Strain release)；麵包屑托盤(Crumb tray)；定時開關(Time switch)；開關端罩蓋(Switch end casting)；接地線連接點(Ground connection point)；電線引進點(Cordset entry point)；底板(Base plate)；端部加熱元件鋼絲護網(End element wire guard)；端部加熱元件(End element)；端部加熱元件聯結桿(End element connecting link)；彈射器托架(Ejector bracket)；中央加熱元件(Center

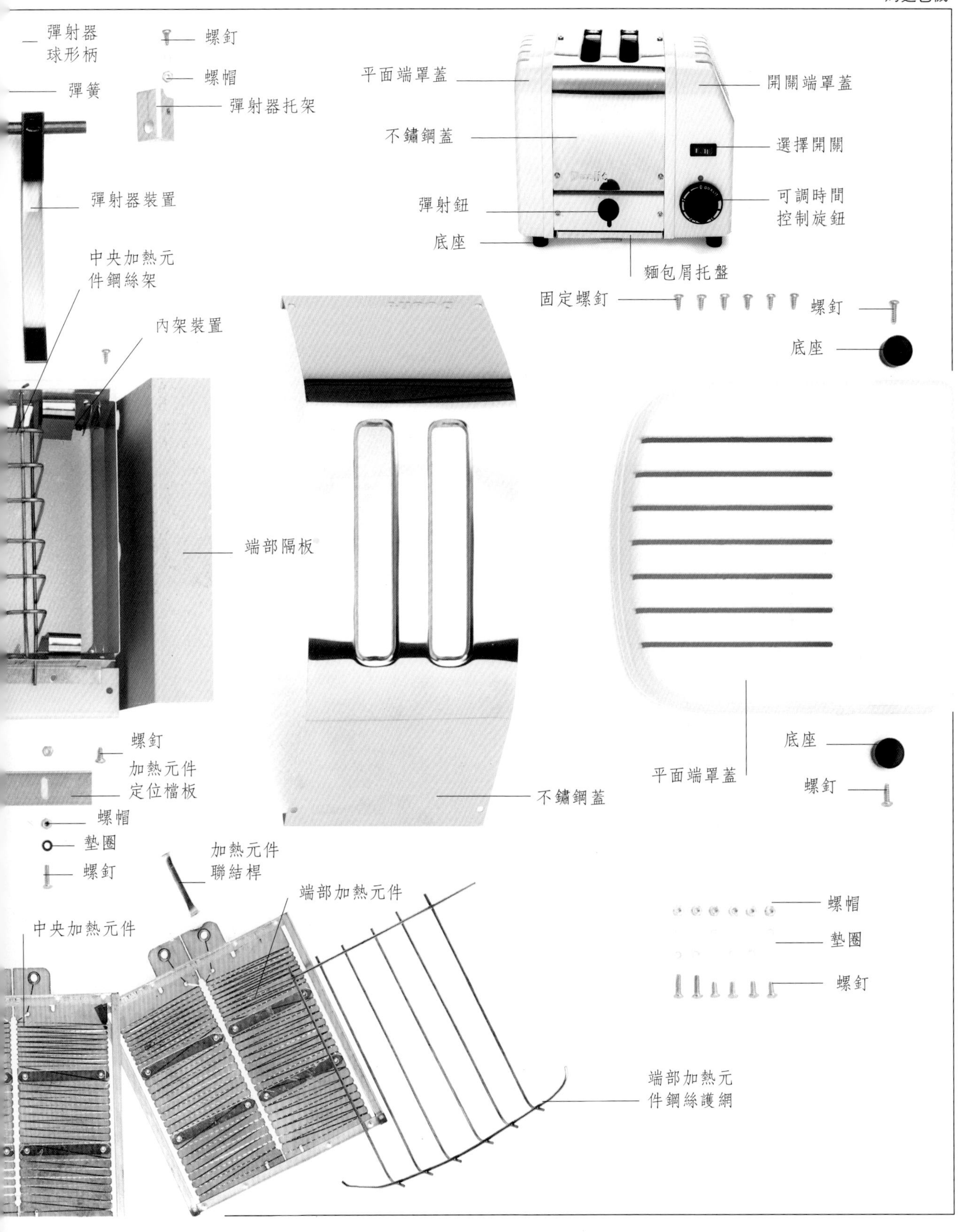

彈射器球形柄

螺釘

彈簧

螺帽

彈射器托架

彈射器裝置

平面端罩蓋

不鏽鋼蓋

彈射鈕

底座

麵包屑托盤

開關端罩蓋

選擇開關

可調時間控制旋鈕

固定螺釘

螺釘

底座

中央加熱元件鋼絲架

內架裝置

端部隔板

不鏽鋼蓋

平面端罩蓋

底座

螺釘

螺釘

加熱元件定位檔板

螺帽

墊圈

螺釘

加熱元件聯結桿

端部加熱元件

中央加熱元件

螺帽

墊圈

螺釘

端部加熱元件鋼絲護網

element）；彈射器裝置(*Ejector assembly*)；內架裝置(*Inner cage assembly*)；端部隔板(*End baffle plate*)；加熱元件定位檔板(*Element retaining stop*)；中央加熱元件鋼絲架(*Center element wire cage*)；彈射器球形柄(*Ejector knob*)；平面端罩蓋(*Plain end casting*)；可調時間控制旋鈕(*Variable time control knob*)；選擇開關(*Selector switch*)；不鏽鋼蓋(*Stainless steel cover*)；彈射鈕(*Ejector lever*)；固定螺釘(*Fixing screw*)。

割草機

無論是由電力、汽油或是人力驅動的割草機，其鋒利的刀片均能修剪青草到靠近地面。圖中所示汽油動力型割草機裝有一台小型引擎（發動機），該引擎（發動機）由**蓄電池和火星塞**點火啟動。汽油引擎使割草機底座上的水平刀片旋轉，而這些刀片則將靠近固定刀片上的草剪除掉。割草機後部的盛草袋用於收集剪下的草。在引擎使刀片旋轉時，它還驅使割草機的後輪轉動，使割草機向前移動。齒輪裝置則保證水平刀片旋轉速度快於車輪行進速度，以便於在割草機前行之前將所有的草割乾淨。

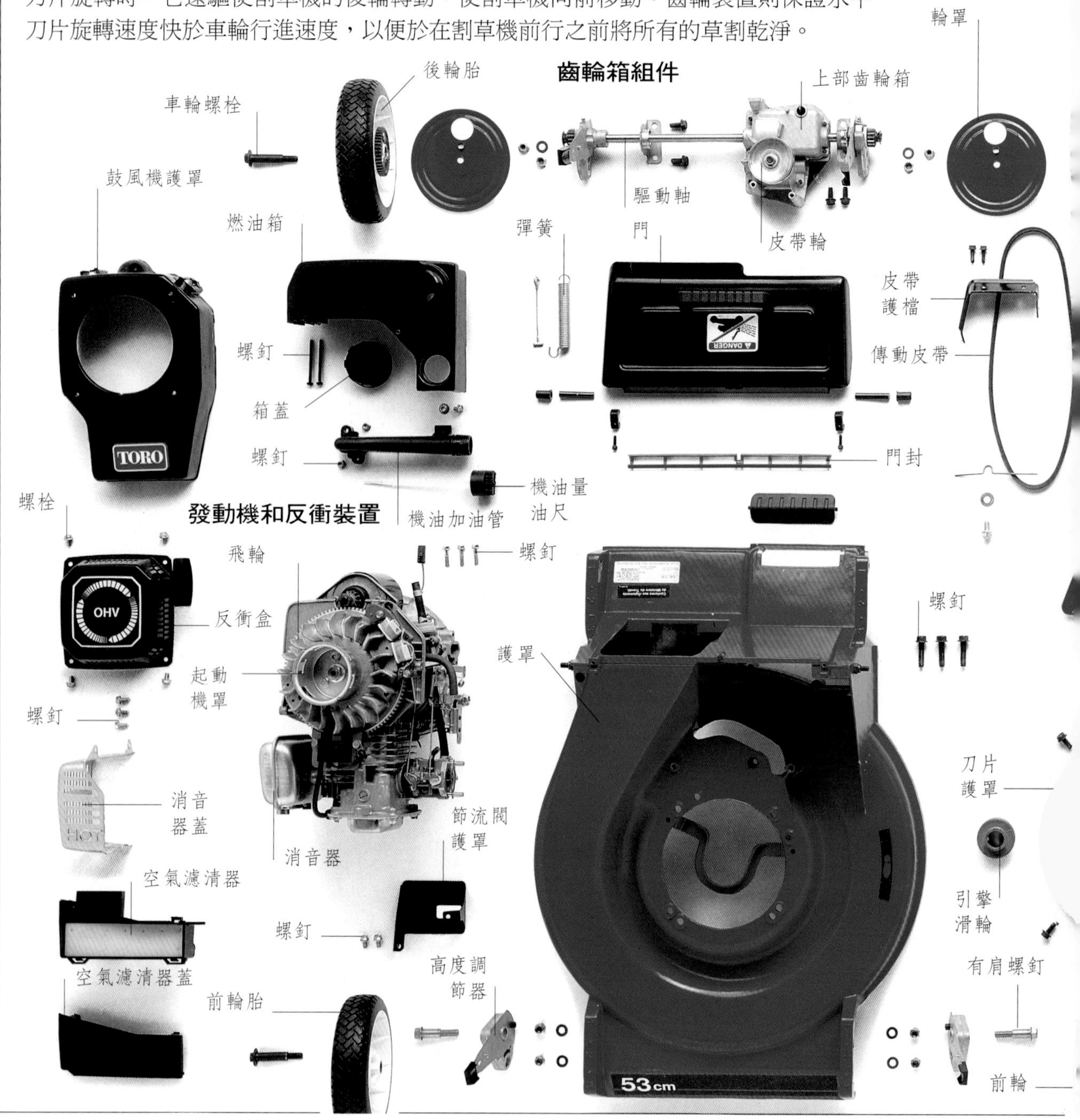

後輪胎

輪罩

車輪螺栓

後輪胎

齒輪箱組件

上部齒輪箱

鼓風機護罩

燃油箱

彈簧

門

驅動軸

皮帶輪

皮帶護檔

傳動皮帶

螺釘

箱蓋

螺釘

門封

機油量油尺

機油加油管

發動機和反衝裝置

螺栓

飛輪

反衝盒

起動機罩

護罩

螺釘

螺釘

螺釘

消音器蓋

空氣濾清器

消音器

節流閥護罩

刀片護罩

引擎滑輪

空氣濾清器蓋

前輪胎

螺釘

高度調節器

有肩螺釘

前輪

53cm

割草機(Lawnmower)：蓄電池和火星塞(battery and spark plug)。**齒輪箱組件**(GEAR CASE ASSEMBLY)：車輪螺栓(Wheel bolt)；鼓風機護罩(Blower shroud)；燃油箱(Fuel tank)；機油加油管(Oil fill tube)；機油量油尺(Oil dipstick)；驅動軸(Drive shaft)；皮帶輪(Half pulley)；上部齒輪箱(Upper gear case)；輪罩(Wheel cover)；皮帶護檔(Belt guard)；傳動皮帶(Drive belt)；門封(Door seal)；節流閥護罩(Throttle guard)；引擎滑輪(Engine pulley)；刀片定位器(Blade retainer)；排放門(Door discharge)；篩網(Screen

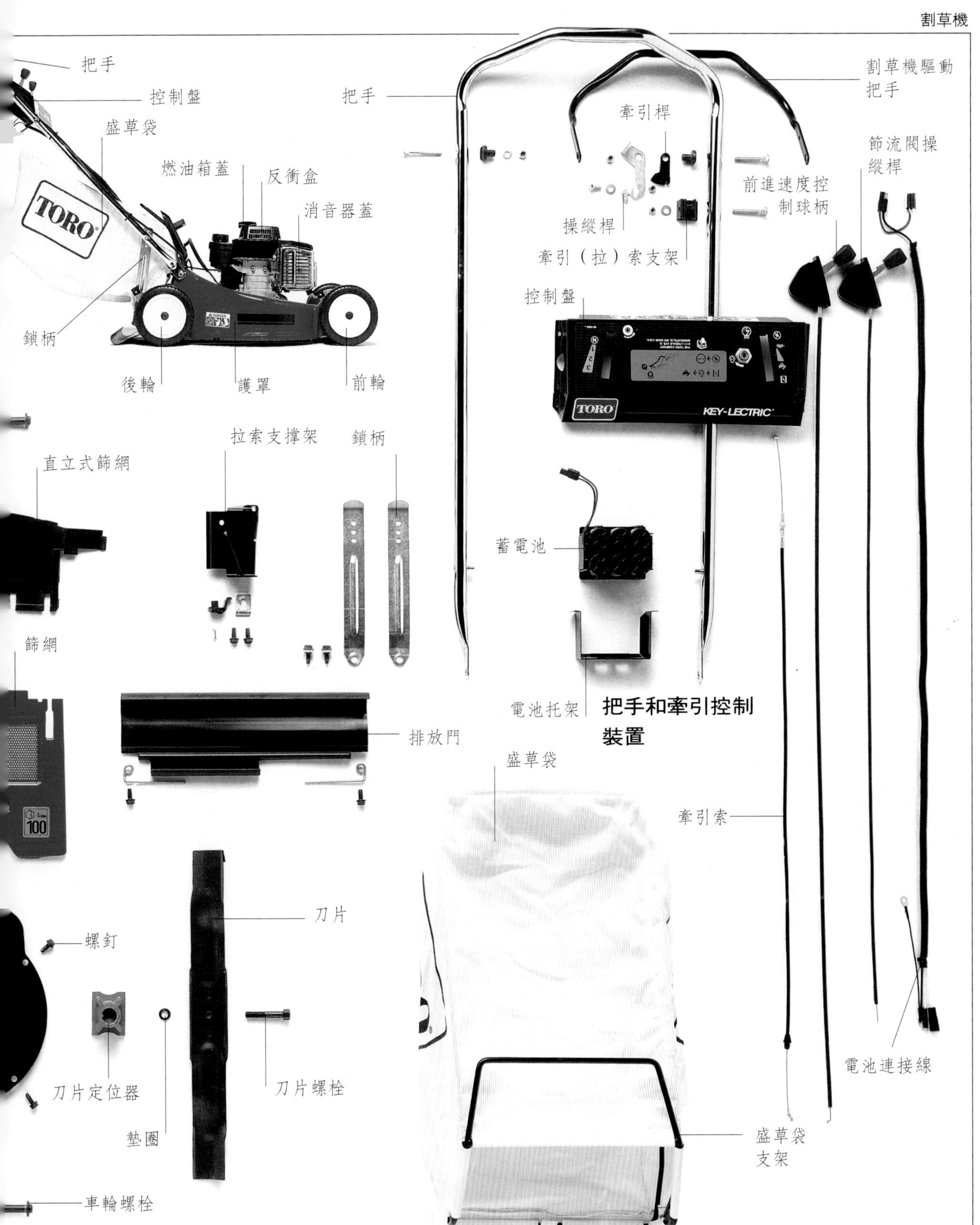

把手

控制盤

盛草袋

燃油箱蓋

反衝盒

消音器蓋

鎖柄

後輪　　護罩　　前輪

把手

牽引桿

操縱桿

牽引（拉）索支架

控制盤

前進速度控制球柄

割草機驅動把手

節流閥操縱桿

蓄電池

直立式篩網

拉索支撐架

鎖柄

篩網

排放門

電池托架

把手和牽引控制裝置

盛草袋

牽引索

電池連接線

盛草袋支架

刀片

螺釘

刀片定位器

墊圈

刀片螺栓

車輪螺栓

---

panel）；直立式篩網*(Vertical panel)*；拉索支撐架*(Cable support bracket)*；控制盤*(Control panel)*；盛草袋*(Grass bag)*；反衝盒*(Recoil case)*；消音器蓋*(Muffler cover)*。**發動機和反衝裝置**(ENGINE AND RECOIL ASSEMBLY)：空氣濾清器蓋*(Air filter cover)*；飛輪*(Flywheel)*；起動機罩*(Starter cup)*。**把手和牽引控制裝置**(HANDLE AND TRACTION CONTROL ASSEMBLY)：割草機驅動把手*(Mower drive handle)*；牽引桿*(Traction lever)*；牽引索*(Traction cable)*。

馬鞍

早期騎馬人並沒有馬鞍；他們騎在光溜的馬背上，緊緊抓住馬鬃。後來有了一種簡單的布馬鞍。皮馬鞍是由亞洲草原上的戰士們在大約2000年前發明的，它給馬背乘騎帶來了革命性的變化。在皮馬鞍上，騎馬人就能向敵人衝鋒，朝各個方向彎弓射箭，並且穩穩地騎在馬背上。現代馬鞍有兩種類型。**牧馬鞍**是一種重型的工作馬鞍，主要由美國牧場工人使用。牧馬鞍的前端有一個金屬鞍頭，用於固定套索，鞍的後面有一個高翹的後弓，用以使騎馬人穩坐在馬背上。英國鞍則要輕得多，它主要用於運動，英國鞍能讓馬疾馳飛奔。其缺點在於騎乘穩定性較差，爲了在馬背上坐穩，騎馬人必須用膝蓋夾緊馬身。

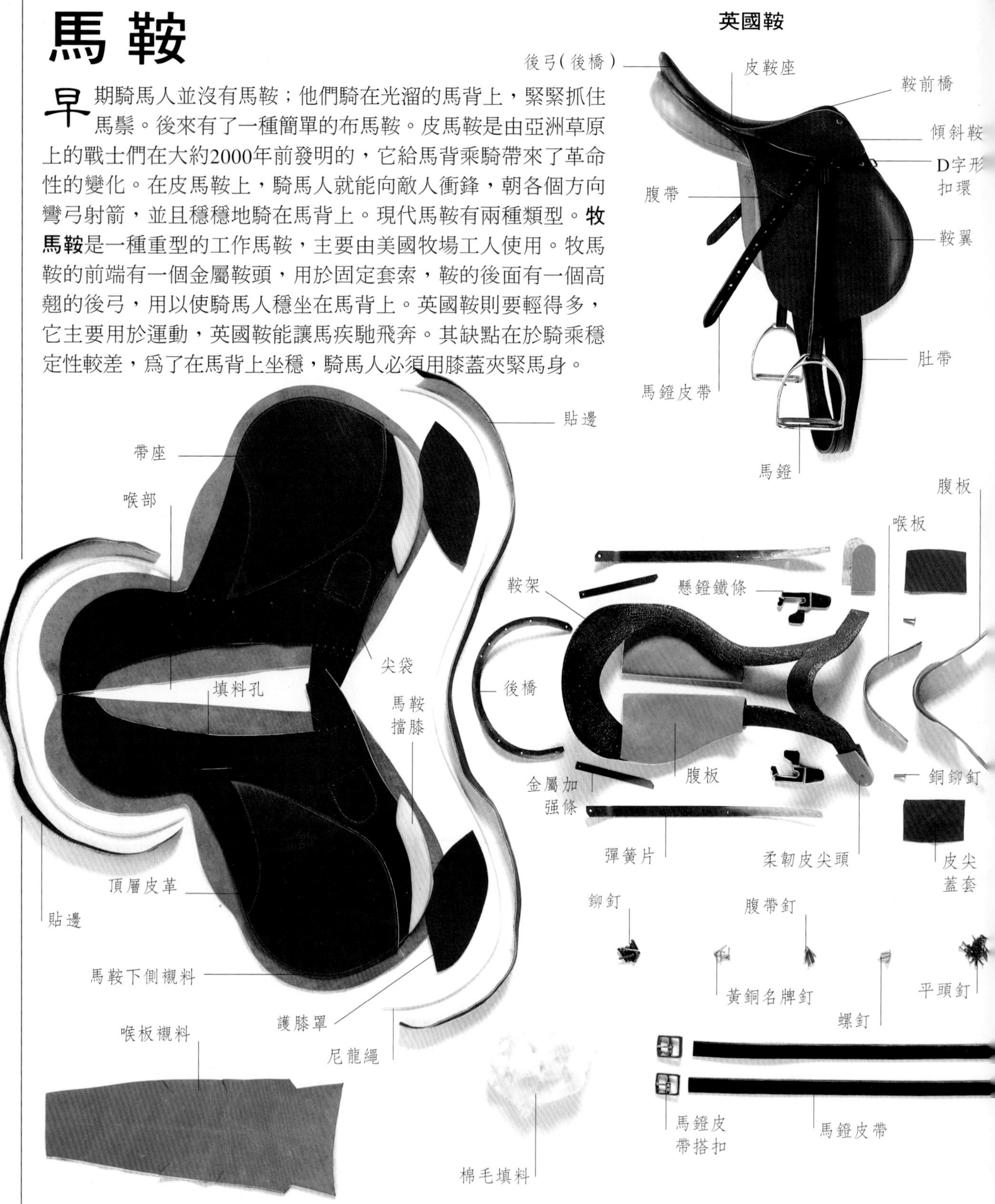

英國鞍

後弓(後橋)　皮鞍座　鞍前橋　傾斜鞍頭　D字形扣環　鞍翼　腹帶　肚帶　馬鐙皮帶　馬鐙

貼邊　帶座　喉部　填料孔　尖袋　馬鞍擋膝　頂層皮革　貼邊　馬鞍下側襯料　護膝罩　尼龍繩　喉板襯料　棉毛填料

鞍架　後橋　金屬加強條　彈簧片　懸鐙鐵條　腹板　柔韌皮尖頭　鉚釘　腹帶釘　黃銅名牌釘　螺釘　平頭釘　馬鐙皮帶搭扣　馬鐙皮帶　喉板　腹板　銅鉚釘　皮尖蓋套

馬鞍(Saddle)：牧馬鞍(*Western saddle*)。**英國鞍**(ENGLISH SADDLE)：後弓(後橋)(*Cantle*)；皮鞍座(*Leather seat*)；鞍前橋(*Pommel*)；傾斜鞍頭(*Sloped head*)；D字形扣環(*Dee*)；鞍翼(*Block flap*)；肚帶(*Girth*)；馬鐙(*Stirrup*)；腹帶(*Surcingle*)；帶座(*Strap bearing*)；喉部(*Gullet*)；填料孔(*Stuffing hole*)；頂層皮革(*Top leather*)；貼邊(*Facing*)；馬鞍下側襯料(*Lining of underside of saddle*)；尼龍繩(*Nylon rope*)；棉毛填料(*Flock stuffing*)；護膝罩(*Knee cover*)；馬鞍擋膝(*Knee roll*)；鞍架(*Tree*)；金屬加強條(*Metal reinforcement*)；彈簧片(*Spring tree*)；腹板(*Web*)；柔韌皮尖頭(*Flexible leather point*)；皮尖蓋套(*Point

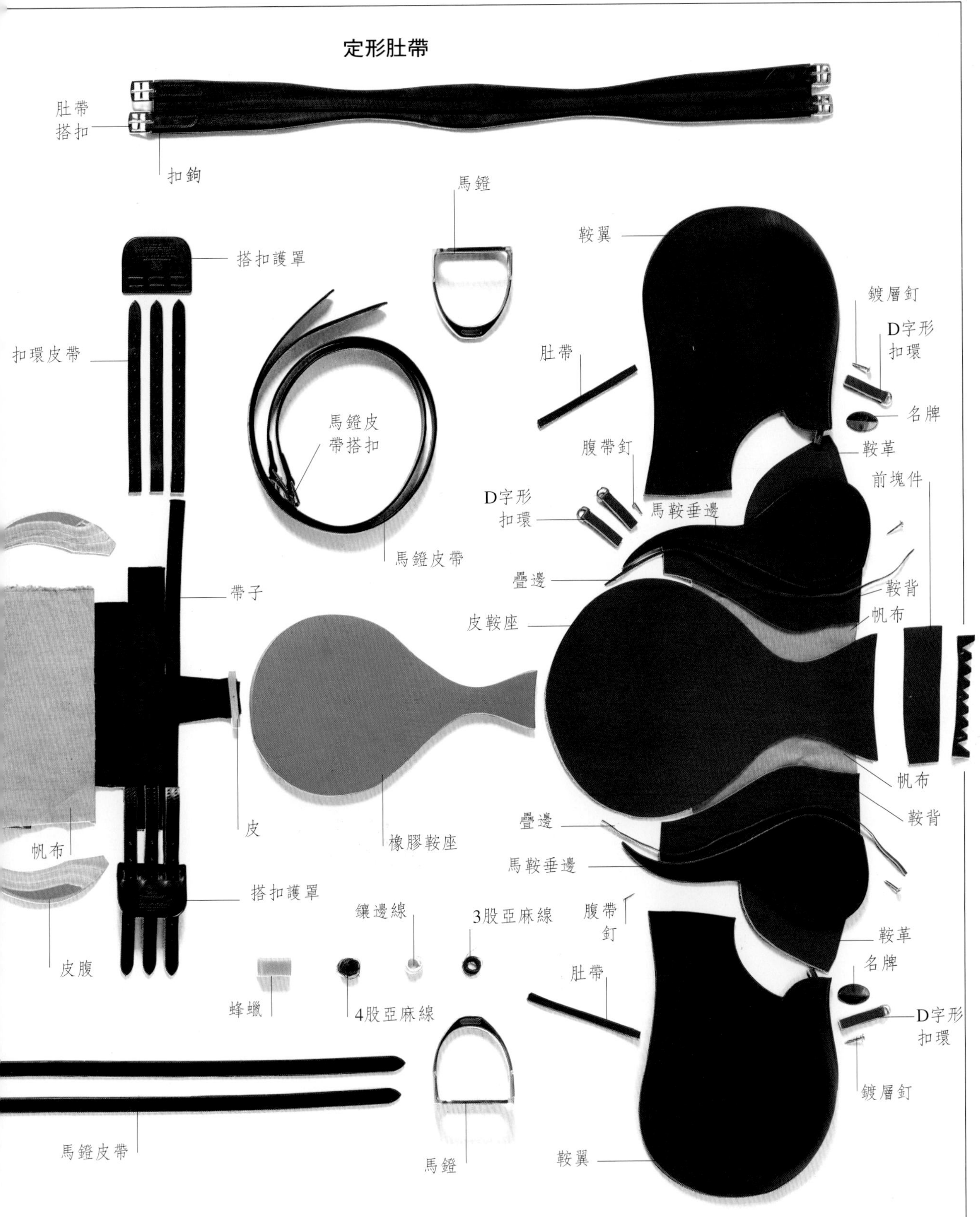

定形肚帶

- 肚帶搭扣
- 扣鉤
- 搭扣護罩
- 扣環皮帶
- 馬鐙
- 鞍翼
- 鍍層釘
- D字形扣環
- 名牌
- 肚帶
- 馬鐙皮帶搭扣
- 腹帶釘
- D字形扣環
- 馬鞍垂邊
- 鞍革
- 前塊件
- 馬鐙皮帶
- 疊邊
- 皮鞍座
- 鞍背帆布
- 帶子
- 皮
- 橡膠鞍座
- 帆布
- 鞍背
- 搭扣護罩
- 帆布
- 疊邊
- 馬鞍垂邊
- 腹帶釘
- 鞍革
- 名牌
- 皮腹
- 鑲邊線
- 3股亞麻線
- 肚帶
- 蜂蠟
- 4股亞麻線
- D字形扣環
- 鍍層釘
- 馬鐙皮帶
- 馬鐙
- 鞍翼

cover）；黃銅名牌釘(Brass nameplate nail)；懸鐙鐵條(Stirrup bar)；喉板襯料(Gullet lining)；腹帶釘(Belly nail)；搭扣護罩(Buckle guard)；蜂蠟(Beeswax)；4股亞麻線(4-cord linen thread)；鑲邊線(Lacing thread)；橡膠鞍座(Rubber seat)；鞍革(Bar leather)；帆布(Canvas)；馬鞍垂邊(Skirt)；疊邊(Welt)；鍍層釘(Plated nail)；前塊件(Forepiece)；馬鐙皮帶搭扣(Stirrup buckle)。**定形肚帶**(SHAPED GIRTH)：肚帶搭扣(Girth buckle)；扣鉤(Chape)；扣環皮帶(Billet strap)。

CD-ROM

CD-ROM（唯讀光碟）是一種能用在電腦螢幕，且產生圖象的**光碟**。ROM為**"只讀存儲器"**的英文縮寫，其意為光碟表面凹坑所寄存的數字化記錄數據是固定的，不能變更或取代。將CD插入光碟啟動器，旋轉著的光盤上的數據便由雷射器讀出。CD-ROM與唱片不同之處在於CD-ROM不是沿著螺旋溝槽從外到內閱讀數據，而是每個圖象或每段信息在光盤中均有一個坐標，該坐標由雷射器定位。雷射器所選出的信息被傳送到電腦，然後轉換成顯示在屏幕上的正文和圖象。信息的傳送是通過SCSI（**小型電腦系統接口**）進行的，由SCSI對光碟啟動器和電腦系統之間的電脈衝加以處理。使用者通過滑鼠點出屏幕上的各個部分便能按程序運行（滑鼠是一種帶有按鈕的手持式工具，它在滑鼠墊上的運動，由屏幕上的圖標加以模仿。）。觀看區域中的圖象（見圖示）可通過點出顯示滾動按鈕加以變更：這樣便可將矩形框沿**導讀盤**中的滾動圖向下移動。點出顯示正文便會以正文和圖表的形式或者作為解說詞的動畫系列提供一個信息量更大的新屏幕。

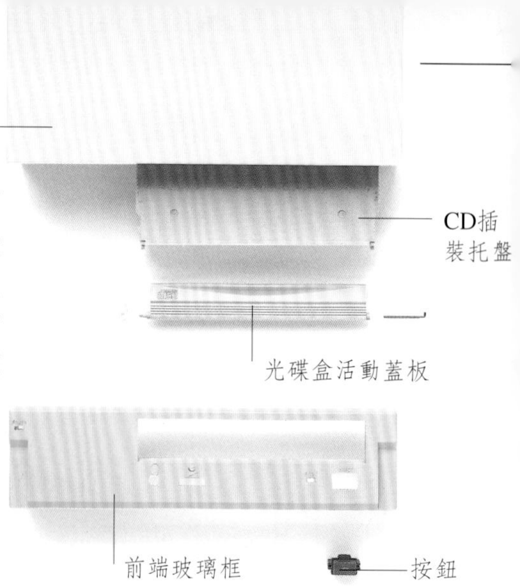

CD-ROM啓動器

CD插裝托盤

光碟盒活動蓋板

前端玻璃框

按鈕

CD-ROM外殼

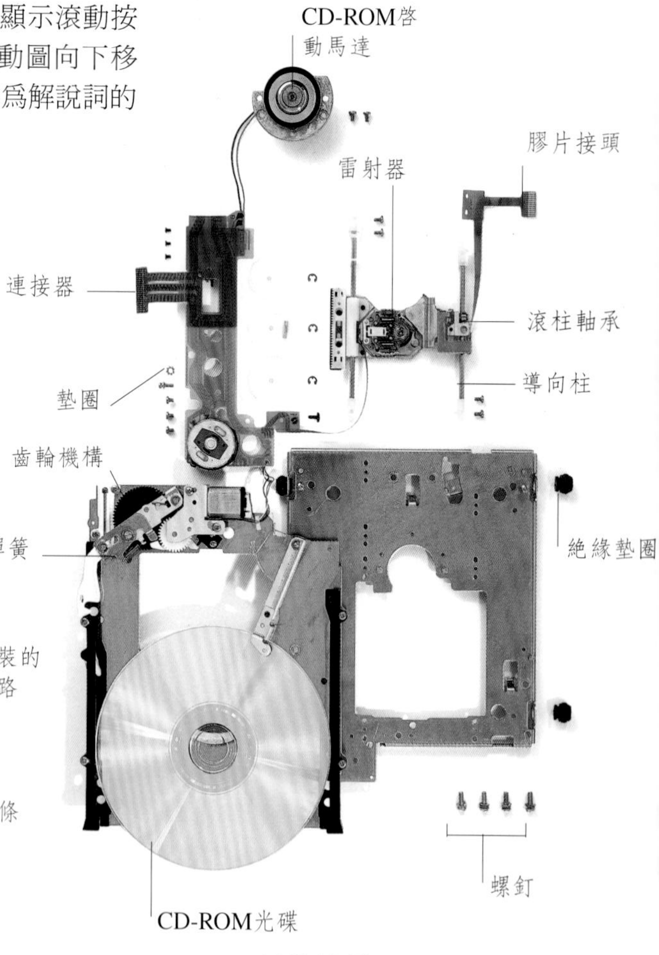

CD-ROM啓動馬達

膠片接頭

雷射器

連接器

滾柱軸承

導向柱

SCSI（小型計算機系統接口）連接器

接頭扣

SCSI選擇開關

墊圈

齒輪機構

彈簧

絕緣墊圈

CD-ROM電源接頭

外殼地線接頭

電源開關

墊圈

地線

電源屏蔽蓋板

表面安裝的積體電路

裝配橫條

晶體管

電源接通/關斷LED（光發射二極管）

CD-ROM光碟啓動器

螺釘

CD-ROM光碟

CD-ROM插裝機構

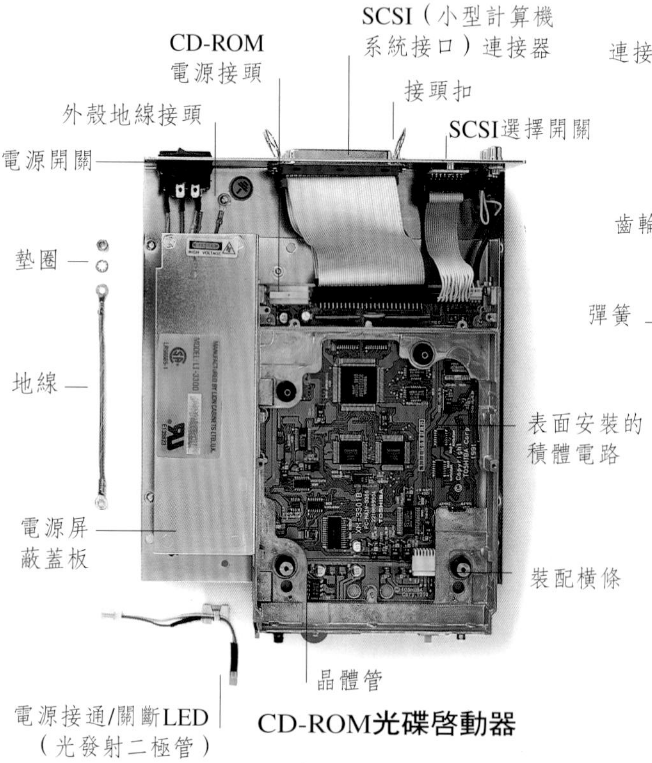

唯讀光碟CD-ROM：光碟[COMPACT DISC(CD)]；只讀存儲器(Read Only Memory)；小型電腦系統接口(Small Computer System Interface)；導讀盤(navigational panel)。**CD-ROM外殼**：CD-ROM啟動器(*CD-ROM drive*)；CD插裝托盤(*CD loading tray*)。**CD-ROM光碟啓動器**(CD-ROM DISC DRIVE)：SCSI(小型計算機系統接口)連接器(*SCSI connectors*)；表面安裝的積體電路(*Surfacemounted integrated circuit*)；晶體管(*Transistor*)；電源接通/關斷LED(光發射二極管)[*Power on/off LED(Light Emitting Diode)*]；電源屏蔽蓋板(*Power supply screening cover*)。**CD-ROM插裝機構**(CD-ROM LOADING MECHANISM)：雷射器(*Laser*)；膠片

目錄頁

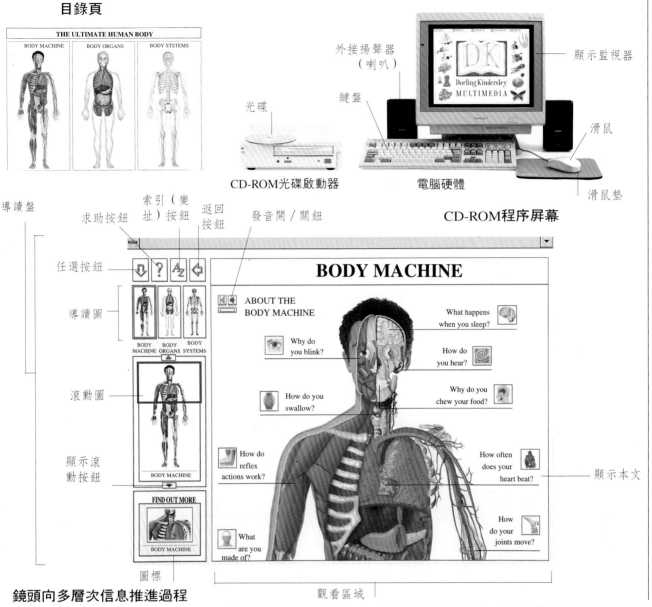

THE ULTIMATE HUMAN BODY

BODY MACHINE BODY ORGANS BODY STSTEMS

外接揚聲器
（喇叭）

顯示監視器

光碟

鍵盤

滑鼠

CD-ROM光碟啟動器

電腦硬體

滑鼠墊

CD-ROM程序屏幕

導讀盤

索引（變
址）按鈕

求助按鈕

返回
按鈕

發音開／關鈕

任選按鈕

導讀圖

BODY MACHINE

BODY ORGANS

BODY SYSTEMS

滾動圖

BODY MACHINE

顯示滾
動按鈕

FIND OUT MORE

BODY MACHINE

圖標

BODY MACHINE

ABOUT THE
BODY MACHINE

What happens
when you sleep?

Why do
you blink?

How do
you hear?

Why do you
chew your food?

How do you
swallow?

How do
reflex
actions work?

How often
does your
heart beat?

How
do your
joints move?

What
are you
made of?

顯示本文

鏡頭向多層次信息推進過程

觀看區域

HEAD

YOUR HEAD contains your brain, which is protected by the strong interlocking bones of your skull. Most of your sensory organs are located in your head: these include your eyes, ears, mouth, and nose

Hair, skull and scalp
Brain
Eye
Ear
Nose
Mouth and lip

EYES

THESE DELICATE ORGANS lie in pads of fat protected within bony sockets called orbits. On the outside they are protected from injury by your eyelids, thin folds of skin that can close rapidly. Each eye is moved by six muscles which are attached around the eyeball.

Around the eye Inside the eye

Skin Blood vessels Bone

INSIDE THE EYE

THE EYE is a hollow sphere filled with gel-like fluids that help keep the eye in shape. Light rays entering the eye through the pupil, are focused by the cornea and lens to form an image on the retina. Here, millions of cells enable you to detect light and colours, The cells send messages to the brain, which then makes sense of what you see.

Conjunctiva (Thin, clear layer covering cornea)
Vitreous humous (Clear jelly that fills the space behind the lens)
Lens
Iris
Cornea
Velin
Optic nerve
Retina

LENS

THE LENS of your eye is on the front surface of your eyeball. It is transparent and light passes through it to be focused onto the back of your eye. To focus on both objects that are near and those far away, the lens must change its shape. The many fibres around the lens allow this by pulling against the outer rim of the lens.

Lens
Fibres

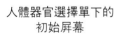

人體器官選擇單下的
初始屏幕

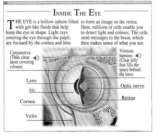

點擊＂眼＂標，產生更
多信息

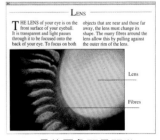

每個圖標都產生一個細
部屏幕

最終圖象顯示顯微
細節

接頭(*Film strip connector*)；滾柱軸承(*Roller bearing*)；導向柱(*Guide post*)。**目錄頁**(CONTENTS PAGE)：**CD-ROM**光碟啟動器(CD-ROM PLAYER)；電腦硬體(COMPUTER HARDWARE)；顯示監視器(*Display monitor*)；滑鼠(*Mouse*)。**CD-ROM程序屏幕**：滾動圖(*Scrolling figure*)；導讀圖(*Navigational figures*)；求助按鈕(*Help button*)；索引(變址)按鈕(*Index button*)；返回按鈕(*Back button*)。**鏡頭向多層次信息推進過程**：人體器官選擇單下的初始屏幕(INITIAL SCREEN UNDER BODY ORGANS MENU)；最終圖象顯示顯微細節(THE FINAL IMAGE SHOWS MICROSCOPIC DETAIL)。

書

雖然今天的書籍裝訂通常都已機械化，但是有些書仍用手工裝訂。一本書的書頁是在稱為書帖的大尺寸單張紙上印製的。書帖被折疊起來時，它通常變成8、16或32頁。為裝配一本手工裝訂的精裝硬封面書，裝訂工人首先將折好的書帖以正確的順序放入環襯頁中，然後裝訂工人用結實的線沿著書脊邊將書帖鎖訂在一起，接著用膠水加以粘合，以便增加其牢實度。將書邊切齊之後，裝訂工人便將書置於壓力機中，並錘擊書脊使之成形，然後裝訂工人將一張或數張襯紙粘貼到書脊上，最後裝上書面或書殼。為進行後一道手序，書籍裝訂工人將封面紙板貼到環襯頁上，形成封面和封底，然後蒙上布料或皮革。

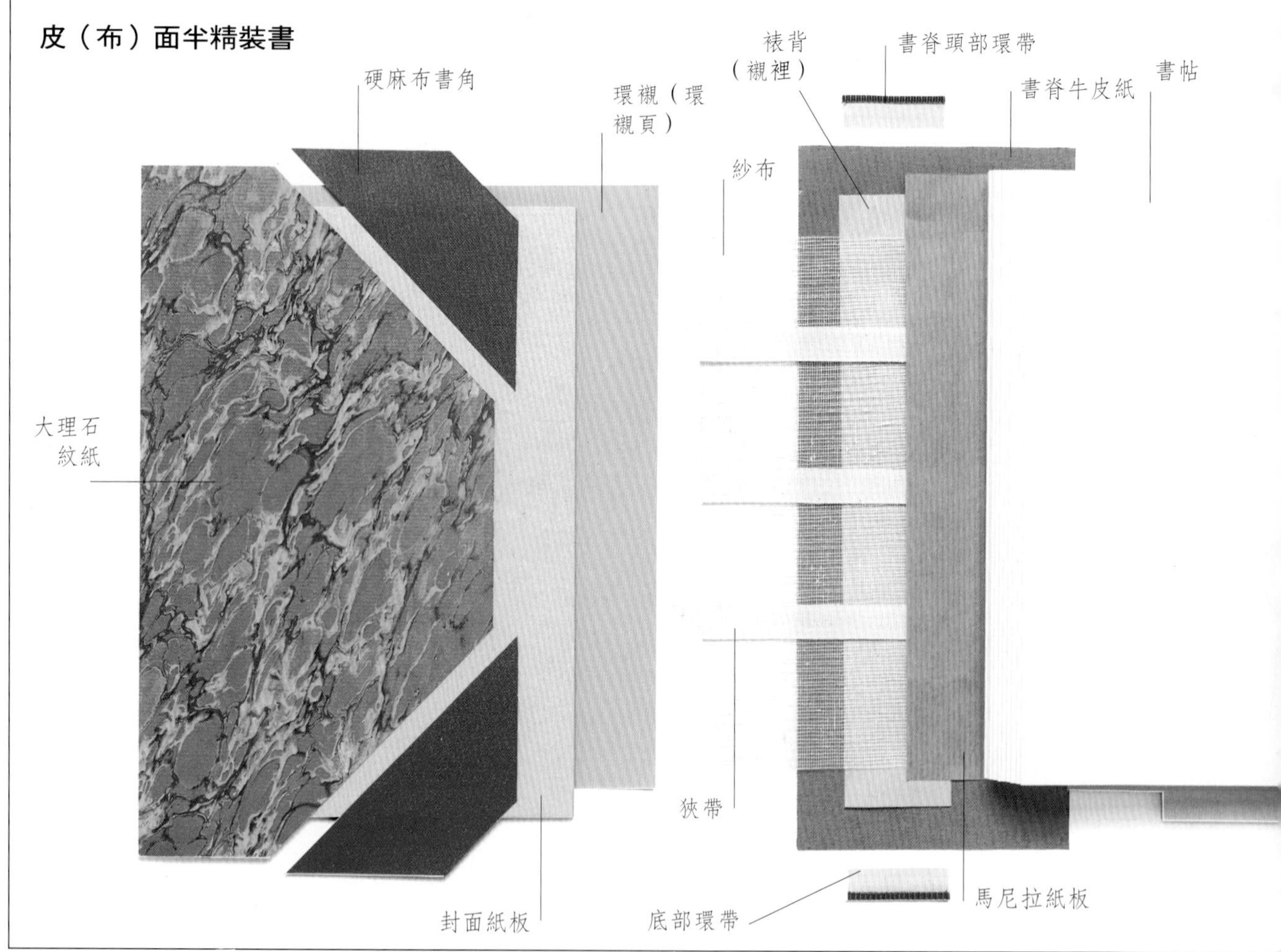

皮（布）面半精裝書
書角（花邊角）／書脊／地／大理石紋紙

皮面精裝書
書脊槽／皮封面／切口（前切口）／書脊凸帶／書脊／絲質書箋帶／地／手工封面燙金

皮（布）面半精裝書
硬麻布書角／環襯（環襯頁）／大理石紋紙／封面紙板／狹帶／底部環帶／裱背（襯裡）／紗布／書脊頭部環帶／書脊牛皮紙／書帖／馬尼拉紙板

書(Books)。**皮(布)面半精裝書(HALF-BOUND BOOK)**：書角(花邊角)*(Corner piece)*；大理石紋紙*(Marbleized paper)*；書脊*(Spine)*。**皮面精裝書(LEATHER-BOUND BOOK)**：書脊槽*(Joint)*；皮封面*(Leather cover)*；手工封面燙金*(Gold tooling)*；絲質書箋帶*(Ribbon)*。**皮(布)面半精裝書(HALF-BOUND BOOK)**：封面紙板*(Front cover board)*；硬麻布書角*(Buckram corner piece)*；環襯(環襯頁)*[Pastedown(endpaper)]*；裱背

皮面精裝書

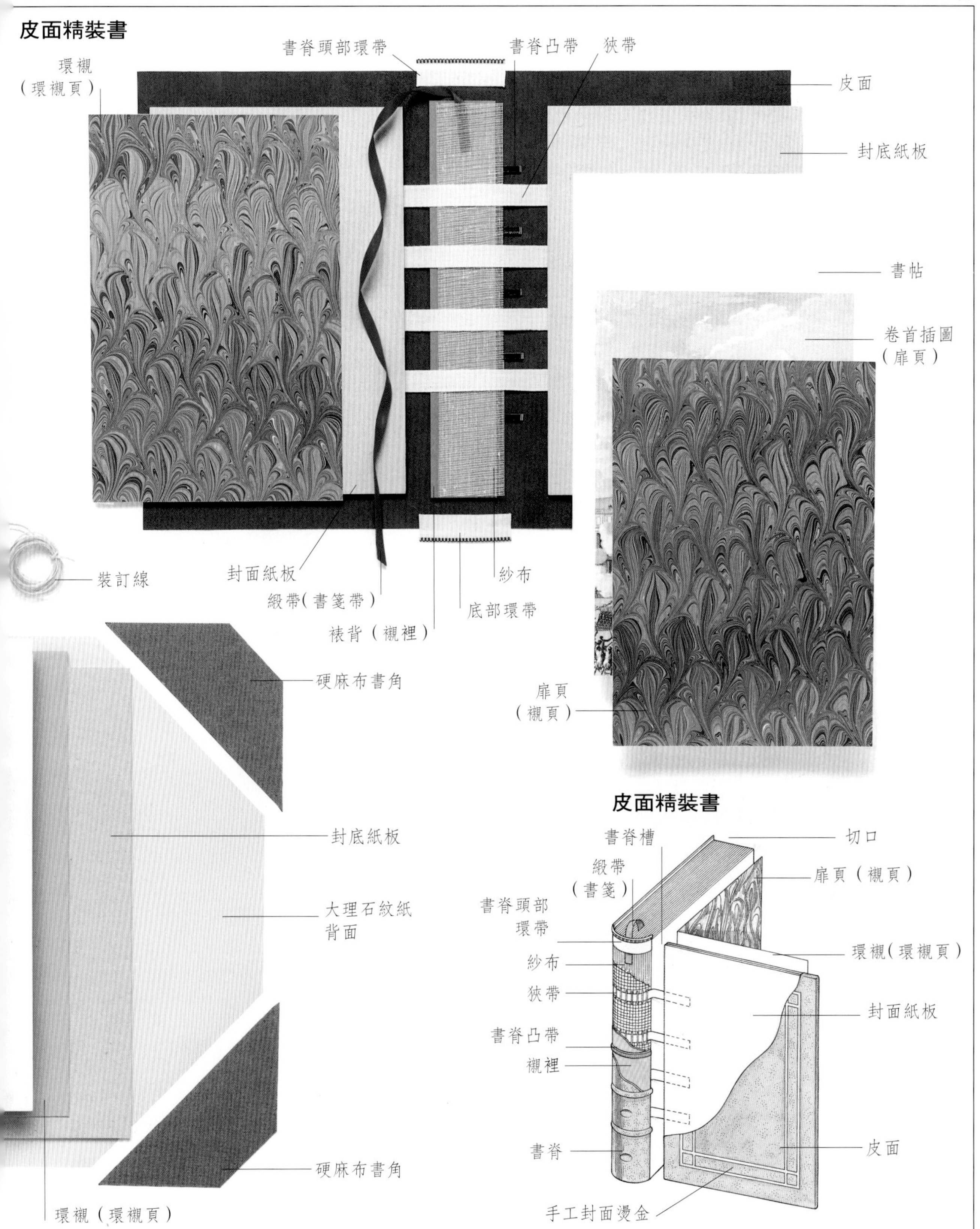

環襯
（環襯頁）

書脊頭部環帶　　書脊凸帶　狹帶

皮面

封底紙板

書帖

卷首插圖
（扉頁）

裝訂線

封面紙板

緞帶（書箋帶）

裱背（襯裡）

紗布

底部環帶

扉頁
（襯頁）

硬麻布書角

封底紙板

大理石紋紙
背面

硬麻布書角

環襯（環襯頁）

皮面精裝書

書脊槽

緞帶
（書箋）

書脊頭部
環帶

紗布

狹帶

書脊凸帶

襯裡

書脊

手工封面燙金

切口

扉頁（襯頁）

環襯（環襯頁）

封面紙板

皮面

（襯裡）*(Lining)*；書脊頭部環帶*(Headband)*；書脊牛皮紙*(Spine piece)*；書帖*[Section(signature)]*；底部環帶*(Tailband)*；馬尼拉紙板*(Manila)*；裝訂線*(Thread)*。**皮面精裝書**：書脊凸帶*(Rib)*；卷首插圖(扉頁)*(Frontispiece)*；扉頁(襯頁)*[Flyleaf(endpaper)]*；紗布*(Mull)*；封底紙板*(Back cover board)*。**皮面精裝書**：狹帶*(Tape)*；切口*(Fore edge)*。

照 相 機

照相機是一種用於將圖象記錄在攝影軟片上的儀器。它由暗箱、快門、鏡頭、光圈和取景器等部分組成。當快門開啓時，軟片便被來自被攝體的光線曝光。調節快門速度可改變膠片曝光時間。光圈通過改變鏡頭孔徑來控制進入照相機的光線強度。進入照相機的光線總量稱爲**曝光量**。鏡頭使光線聚焦在膠片上。當光線不足時，爲了獲得一張較好的照片可使用閃光燈提供輔助光。

照相機前視圖

曝光格數器　快門按鈕　調速盤　倒片/背蓋釋放鈕　皮帶環　鏡頭裝卸鎖掣　X觸點閃光同步裝置接頭

前板組件

鏡頭（支）座　左機身蓋板　右機身蓋板　鏡頭裝卸鎖掣　X觸點閃光同步裝置接頭蓋

底蓋組件

三腳架承窩孔　底蓋　電池　電池盒蓋

照相機後視圖

倒片手柄　取景器目鏡　收片軸　倒片/背蓋釋放鈕　軟片導輪　背蓋　壓片板　片盒　片檔　擋片橫條　快門簾　軟片齒輪卷軸

鏡筒組件

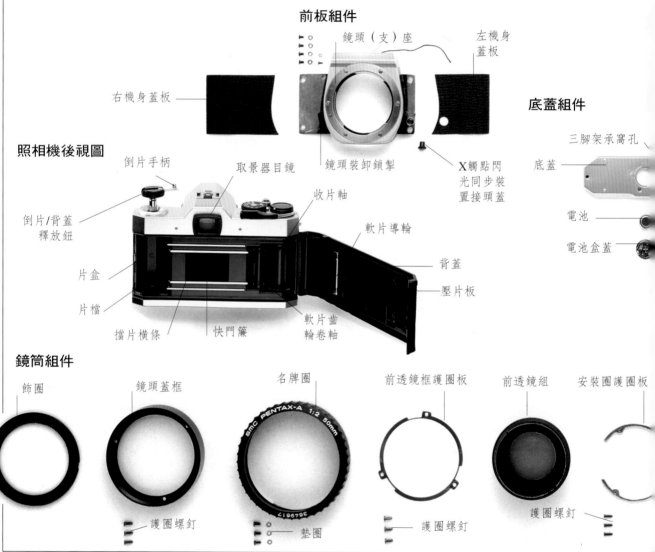

飾圈　鏡頭蓋框　名牌圈　前透鏡框護圈板　前透鏡組　安裝圈護圈板　護圈螺釘　墊圈　護圈螺釘　護圈螺釘

照相機(Camera)：曝光量(the exposure)。**照相機前視圖**：曝光格數器(*Exposure counter*)；調速盤 *(Shutter speed dial)*；倒片/背蓋釋放鈕*(Film rewind/back cover release knob)*；X觸點閃光同步裝置接頭*(X-flash sync terminal)*；鏡頭裝卸鎖掣*(Lens lock release lever)*。**前板組件**：右機身蓋板*(Right body covering)*。**照相機後視圖**：倒片手柄*(Film rewind crank)*；取景器目鏡*(Viewfinder eyepiece)*；收片軸*(Film take-up spool)*；軟片導輪*(Film roller)*；壓片板*(Film pressure plate)*；快門簾*(Shutter curtain)*；片檔*(Film rail)*。**鏡筒組件**：飾圈*(Ornament ring)*；前透鏡框護圈板*(Front lens frame retainer plate)*；前透鏡組*(Front lens*

頂蓋組件

格數盤蓋　曝光格數盤　格數盤罩　卷片扳手安裝彈簧　卷片扳手　卷片扳手環圈　頂蓋　快門速度盤鈕　快門盤鈕彈簧　軟片速度指示器　快門速度盤　護圈螺釘　閃光燈X觸點　閃光燈插座　倒片軸　倒片/後蓋釋放鈕

護圈螺釘　墊圈　棱鏡護圈板　快門按鈕　倒片軸襯

格數窗　棱鏡護圈彈簧　五棱鏡　快門速度指數　蓋框　護圈螺釘　倒片手柄

主機身

皮帶環　取景器目鏡

倒片按鈕孔

護圈螺釘

倒片手柄

倒片/背蓋釋放鈕　閃光燈X觸點

照相機俯視圖

調焦圈　孔徑/距離指數　被攝物距離標度　鏡頭調節節點　鏡頭裝卸鎖掣　快門按鈕　快門解扣指示器　曝光格數器

景深標記　孔徑自動鎖閉按鈕

快門速度指數　軟片速度指示器　快門速度盤　卷片扳手

卡圈護圈板　卡圈　光圈葉片　安裝圈　主鏡筒總成　後透鏡組

開閉板

group)；安裝圈護圈板(*Installing ring retainer plate*)；卡圈護圈板(*Supporter ring retainer plate*)；卡圈(*Supporter ring*)；光圈葉片(*Diaphragm blade*)；開閉板(*Opening and closing plate*)；安裝圈(*Installing ring*)；主鏡筒總成(*Main barrel assembly*)。**頂蓋組件**：格數窗(*Window*)；棱鏡護圈板(*Prism retainer plate*)；五棱鏡(*Pentaprism*)。**主機身**：取景器目鏡(*Viewfinder eyepiece*)。**照相機俯視圖**：孔徑自動鎖閉按鈕(*Aperture auto-lock button*)；景深標記(*Depth-of-field guide*)；鏡頭調節節點(*Lens alignment node*)；快門解扣指示器(*Shutter cocked indicator*)。**底蓋組件**：三腳架承窩孔(*Tripod socket hole*)。

附 錄 ： 常 用 單 位 和 符 號

度量單位

英制單位	相等值
長度	
1呎(ft)	12吋(in)
1碼(yd)	3呎
1桿(rd)	5.5碼
1哩(mi)	1760碼
質量	
1特拉姆(dr)	27.344喱(格令)(gr)
1盎斯(oz)	16特拉姆
1磅(lb)	16盎斯
1英(長)擔	
(百十二磅重量cwt)	112磅
1美(短)擔	
(百磅重量cwt)	100磅
1英(長)噸	2240磅
1美(短)噸	2000磅
面積	
1平方呎(ft²)	144平方吋(in²)
1平方碼(yd²)	9平方呎
1英畝	4,840平方碼
1平方哩	640英畝
體積	
1立方呎	1,728立方吋
1立方碼	27立方吋
容量(液量和乾量)	
1液量特拉姆(fl dr)	60量滴(min)(液量最小單位相當0.00376立方吋)
1液量盎斯(fl oz)	8液量特拉姆
1吉爾(gi)	5液量盎斯
1品脫(pt)	4吉爾
1夸爾(qt)	2品脫
1加侖(gal)	4夸爾
1配克(pk)	2加侖
(乾量單位,美制爲537.605立方吋;英制爲554.84立方吋)	
1蒲式耳(bu)	4配克
(乾量單位,美制爲2,150.42立方吋;英制爲2,219.36立方吋)	

公制單位	相等值
長度	
1公分(厘米)(cm)	10公釐(毫米)(mm)
1公尺(米)(m)	100公分
1公里(仟米)(km)	1,000公尺
質量	
1公斤(仟克)(kg)	1,000克(g)
1噸(t)	1,000公斤
面積	
1平方公分(cm²)	100平方公釐(mm²)
1平方公尺(m²)	10,000平方公分
1公頃	10,000平方公尺
1平方公里(km²)	1,000,000平方公尺
體(容)積	
1立方公分(cc)	1公撮(毫升)(ml)
1升(l)	1,000公撮
1立方公尺(m³)	1,000升
容量(液量和乾量)	
1公勺(厘升)(cl)	10公撮(ml)
1公合(分升)(dl)	10公勺
1升(l)	10公合
1公斗(十升)(dal)	10升
1公石(百升)(hi)	100升(10公斗)
1公秉(千升)(kl)	1,000升(10公石)

溫度換算

由攝氏(°C)換算到華氏(°F):°F=(°Cx9÷5)+32
由華氏換算到攝氏:°C=(°F-32)x5÷9
由攝氏換算到愷氏(°K):°K=°C+273
由愷氏換算到攝氏:°C=°K-273

攝氏	-20	-10	0	10	20	30	40	50	60	70	80	90	100
華氏	-4	14	32	50	68	86	104	122	140	158	176	194	212
愷氏	253	263	273	283	293	303	313	323	333	343	353	363	373

面積和體積

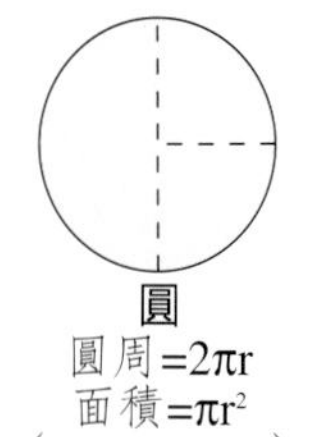

圓
圓周=2πr
面積=πr²
(π=3.1416)

半徑r
直徑d=2xr

三角形
周長=a+b+c
面積=1/2 bh

高h
邊 a,b,c

矩形
周長=2(a+b)
面積=axb

邊 a,b

圓柱體
表面積=2πrh
(不包括兩端面積)
體積=πr²h

高h
半徑r

圓錐體
表面積=πxrxl(不包括底面積)
體積=1/3 π r²l

高h
半徑r
邊長l

矩形體
表面積=2×(axb+bxc+axc)
體積=axbxc

邊a,b,c

度量單位(UNITS OF MEASUREMENT)。**英制單位**:呎(foot);吋(inches);碼(yard);桿(rod);哩(mile)。**質量**:特拉姆(dram);格令(grains);盎斯(ounce);磅(pound);英(長)擔(hundredweight);英(長)噸[ton(long)];美(短)噸[ton(short)]。**容量(液量和乾量)**:量滴(minims);吉爾(gill);品脫(pint);夸爾(quart);加侖(gallon);配克(peck);蒲式耳(bushel)。**公制單位**:公分(厘米)(centimeter);公釐(毫米)(millimeters);公尺(米)(meter);公里(仟米)(kilometer)。**質量**:公斤(kilogram);克(grams);噸(tonne)。**面積**:公頃(hectare)。**體(容)積**:公撮(毫升)(milliliter);升(liter)。

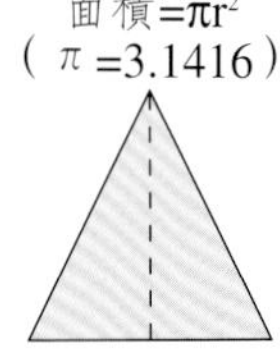

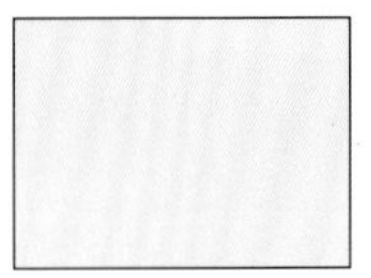

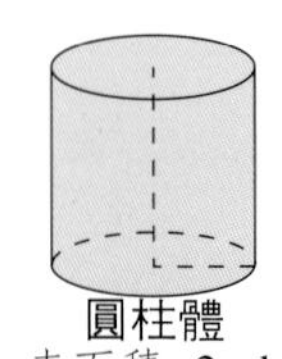

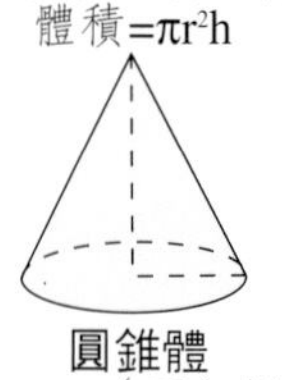

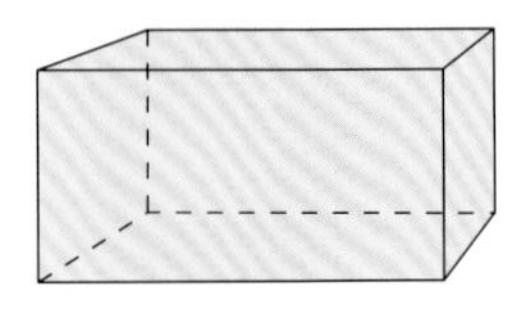

英制到公制的換算

英制	公制	換算係數
長度		
吋	公分	2.5400
呎	公尺	0.3048
哩	公里	1.6090
碼	公尺	0.9144
質量		
盎斯	克	28.3500
磅	公斤	0.4536
長噸	公噸	1.0160
短噸	公噸	0.9070
面積		
平方吋	平方公分	6.4520
平方呎	平方公尺	0.0929
英畝	公頃	0.4047
平方哩	平方公里	2.5900
平方碼	平方公尺	0.8361
體積		
立方吋	立方公分	16.3900
立方呎	立方公尺	0.0283
容量		
品脫(液量)	升	0.5683
加侖(液量)	升	4.5460

公制到英制的換算

英制	公制	換算係數
長度		
公分	吋	0.3937
公尺	呎	3.2810
公里	哩	0.6214
公尺	碼	1.0940
質量		
克	盎斯	0.0352
公斤	磅	2.2050
公噸	長噸	0.9843
公噸	短噸	1.1025
面積		
平方公分	平方吋	0.1550
平方公尺	平方呎	10.7600
公頃	英畝	2.4710
平方公里	平方哩	0.3861
平方公尺	平方碼	1.1960
體積		
立方公分	立方吋	0.0610
立方公尺	立方呎	33.3100
容量		
升	品脫(液量)	1.7600
升	加侖(液量)	0.2200

數制

羅馬數字	阿拉伯數字
I	1
II	2
III	3
IV	4
V	5
VI	6
VII	7
VIII	8
IX	9
X	10
XI	11
XII	12
XIII	13
XIV	14
XV	15
XX	20
XXI	21
XXX	30
XL	40
L	50
LX	60
LXX	70
LXXX	80
XC	90
C	100
CI	101
CC	200
CCC	300
CD	400
D	500
DC	600
DCC	700
DCCC	800
CM	900
M	1000
MM	2000

物理學符號

符號	涵意
α	阿爾法粒子
β	貝他射線
γ	伽馬射線；光子
ε	電動勢
η	效率；粘度
λ	波長
μ	微一；導磁率
ν	頻率；微中子
ρ	密度；電阻率
σ	電導率；傳導率
c	光速
e	電荷

數學符號

符號	涵意
$+$	加
$-$	減
$\pm$	加或減
$\times$	乘以…
$\div$	除以…
$=$	等於
$>$	大於
$<$	小於
$\geq$	大於或等於
$\leq$	小於或等於
$\%$	百分率
$\sqrt{}$	根號
π	圓周率（3.1416）
°	度
∞	無窮大
$\approx$	近似等於
$\angle$	角

化學符號

符號	涵意
$+$	加；以及
$-$	負；單價
·	單鍵
	單個未配對電子；視爲疏鬆結合的兩個分開的部分或化合物
$=$	雙價鍵
$\equiv$	三價鍵
R	基團
X	鹵族原子
Z	原子序數

科學單位用的十的冪數

因子	名稱	詞首	符號
10^{18}	百京	exa-哎	E
10^{15}	千兆	peta-丕	P
10^{12}	兆	tera-太	T
10^{9}	十億	giga-極	G
10^{6}	百萬	mega-彌	M
10^{3}	千	kilo-千	k
10^{2}	百	hecto-百	h
10^{1}	十	deca-十	da
10^{-1}	十分之一	deci-分	d
10^{-2}	百分之一	centi-厘	c
10^{-3}	千分之一	milli-毫	m
10^{-6}	百萬分之一	micro-微	μ
10^{-9}	十億分之一	nano-塵	（毫微）n
10^{-12}	兆分之一	pico-莫	（微微）p
10^{-15}	千兆分之一	femto-蒂	（毫微微）f
10^{-18}	百京分之一	atto-阿	（微微微）a

生物學符號

符號	涵意
○	遺傳中的雌性個體
□	遺傳中的雄性個體
♀	雌性
♂	雄性
×	與……雜交
$+$	野生型
F_1	雜交一代
F_2	雜交二代

容量（液量和乾量）：公勺(厘升)(centiliter)；公合(分升)(deciliter)；1公斗(十升)(decaliter)；1公石(百升)(hectoliter)；1公秉(千升)(kiloliter)。**溫度換算**：攝氏(Celsius)；華氏(Fahrenheil)；愷氏(Kelvin)。半徑(Radius)；直徑(Diameter)；三角形(TRIANGLE)；矩形(RECTANGLE)；圓柱體(CYLINDER)；圓椎體(CONE)。**物理學符號**：電動勢(electromotive force)；導磁率(permeability)；微中子(neutrino)；電導率(conductivity)。**數學符號**：無窮大(infinity)。**科學單位用的十的冪數**：百京(quintillion)；千兆(quadrillion)；兆(trillion)；十億(billion)；百萬(million)。

索 引

A

Aa lava 塊熔岩 273
Abacus 頂板
Ancient Egyptian temple 古埃及神廟 459
Ancient Greek building 古希臘建築 460
Medieval church 中世紀教堂 469
Neoclassical building 新古典主義建築 483
Abalone 石決明 176
Abaxial epidermis 下表皮 139
Abaxial surface 背軸面
Butterwort leaf 捕蟲堇葉 161
Fern pinnule 蕨小葉片 121
Mulberry leaf 桑葉 130
Water hyacinth leaf 鳳眼蘭葉 158
Water lily leaf 睡蓮葉 159
Welwitschia leaf 百歲葉的葉 123
Abbey of St. Foi 聖福伊教堂 468
Abdomen 腹部
Crab 蟹 172
Crayfish 蝲蛄（小龍蝦）172
Human 人 211
Insect 昆蟲 168,169
Rattlesnake 響尾蛇 185
Scorpion 蠍 170
Shrimp 小河蝦 172
Spider 蜘蛛 171
Abdominal aorta 腹主動脈 215,255
Abdominal artery 腹動脈 173
Abdominal cavity 腹腔 215
Abdominal segment 腹節
Butterfly 蝴蝶 169
Crayfish 蝲蛄 172
Eurypterid fossil 板足鱟化石 79
Extinct shrimp 滅絕的蝦 79
Abductor digiti minimus muscle 小指收肌 231,233
Abductor pollicis brevis muscle 拇指短收肌 231
Aberdeen hook 阿伯丁鉤 562
Abies Concolor 科羅拉多冷杉 66
Abomasum 皺胃 198
Aboral surface 反口面
Sea urchin 海膽 175
Starfish 海星 174
Abortive ovule 敗育胚珠 151
Abortive seed 敗育種子 146
Abrasion 磨蝕
Glacier 冰川 286
Weathering and erosion 風化和侵蝕 282
Absolute magnitude 絕對星等
Hertzsprung-Russell diagram 赫羅圖 23
Stars 恒星 22
Absorption lines 吸收線 22,23
Absorptive hyphae 吸收菌絲 114
Abutment 拱墩 484,485
Abyssal plain 深海平原 298
Acacia tree sap 阿拉伯樹脂 438
Acadagnostus 阿卡多球接子 64
Acamar 天圓六 19
Acanthostachys strobilacea 鳳梨科的一個種 112,113
Acanthostega 刺甲龍屬 80
Acanthus leaf 鼠簕葉 460
Accelerated electron 加速的電子 319
Acceleration 加速度 320,321
Electric train 電氣列車 328
Motorcycle 摩托車 364
Access door 檢查門 333
Accessory drive pad 附件傳動基座 419
Accessory pouch 附件袋 548
Access panel 檢查盤 329,333
Access step 登車梯 355
Accidentals 臨時記號 502,503
Accretion disc 吸積盤 27,29
AC electric train 交流電氣列車 328
Acer pseudoplatanus 假挪威槭 131,151
Acer sp. 槭樹屬的一個種 127
Acetabularia sp. 傘藻屬的一個種 116
Acetabular labrum 髖臼外緣 225
Acetabulum 髀臼
Eryops 曳螈屬 81
Ornithischian 鳥臀目 82
Saurischian 蜥臀目 82
Acetylene headlamp 乙炔車頭燈 336,337
Achenes 瘦果 150
Achernar 水委一 20
Achilles tendon 跟腱 232,233
Acid 酸性物質
Intaglio printing 凹版印刷 446
Reversible reaction 可逆反應 312
Salt formation 鹽的生成 312
Acidalia Planitia 艾西達利亞平原 43
Acidic solution 酸性溶液 446,448
Acid-resistant ground 耐酸基質；耐酸基底 446,447
Acid-secreting stomach cell 分泌酸的胃細胞 217
Acipenser sturio 鱘 180
Acorn 橡樹 131
Acoustic guitar 古典吉他 512,513
Acropolis 衛城 460
Acrosomal cap 精子頂體 259
Acroterion 檐獸 460,461
Acroteuthis 箭石軟體動物 278
Acrux 南十字二
Centaurus and Crux 半人馬座和南十字座 21
Southern stars 南天恒星 21
Acrylic ink 壓克力墨水 448
Acrylic paint techniques 壓克力畫技法 443
Acrylic-primed board 用壓克力顏料打底的紙板 442
Acrylics 壓克力畫 442,443
Actinia equina 珠狀海葵 166
Actinides 錒系元素 310
Actinium 錒 310
Actinothoe sphyrodeta 鬼海葵 166
Action 作用 321
Action lever 裝置槓桿 514
Active galaxy 活動星系 12
Active scrolling button 顯示滾動按鈕 584,585
Active text 顯示文本 585
Active volcano 活火山 272
Igneous and metamorphic rocks 火成岩和變質岩 275
Mountain building 造山運動 62
Actuating lever system 起動桿裝置 330
Acuminate leaf apex 漸尖葉端 136,137
Acute leaf apex 銳尖葉端 137
Adam's apple 喉結 212,244,245
Adam's ring 亞當斯環
Neptune's rings 海王星的環 50
Structure of Neptune 海王星的結構 51
Adaptation 適應性 112
Dryland plants 旱地植物 156,157
Wetland plants 濕地植物 158,159
Adaxial epidermis 上表皮 139
Adaxial surface 近軸面
Butterwort leaf 捕蟲堇葉 161
Mulberry leaf 桑葉 130
Tree mallow leaf 花葵葉 131
Water hyacinth leaf 鳳眼蘭葉 158
Water lily leaf 睡蓮葉 159
Welwitschia leaf 百歲葉的葉 123
Adductor longus muscle 長內收肌 225,226
Adductor magnus Muscle 大內收肌 227
Adductor muscle 閉殼肌 173
Adductor pollicis muscle 拇指內收肌 231
Adductor tubercle 內收肌結節 225
Adenine 腺嘌呤 216
Adhara 弧矢七 18,21
Adipose tissue 脂肪組織 215,235
Adjustable damper 可調制音器 518
Adjustable link 可調聯接桿 362
Adjustable vane 可調節葉片 563
Adjusting catch 鬆緊調整搭扣 552
Adjusting screw 調整螺釘 560
Adjustment locking nut 調節鎖緊螺帽 573
Admiralty anchor Type ACII ACII型海軍錨 386
Admiralty pattern anchor 海軍錨 386
Adrenal gland 腎上腺 215,257
Adventitious buds 不定芽 154
Adventitious roots 不定根
Aechmea miniata 附生鳳梨 162
Canadian pond weed 伊樂藻 158
Couch grass 匍匐冰草 113
Fern 蕨 121

Horsetail 木賊 120
Ivy 常春藤屬 131
Monocotyledon 單子葉植物 126
Potato 馬鈴薯 128
Rock stonecrop 黃菜屬的一個種 128
Tree fern 樹蕨 112
Vegetative reproduction 營養繁殖 154,155
Water fern 水蕨 158
Water hyacinth 鳳眼蘭 158
Water lily 睡蓮 159
Advertising 廣告 368
Advertising panel 廣告板 333
Aechmea miniata 附生鳳梨 162
Aedicule 小神龕
Ancient Roman building 古羅馬建築 463
Renaissance building 文藝復興時期建築 474,476
AEG Turbine Hall 通用電器公司渦輪機車問 495
Aegyptopithecus 埃及猿 75
Aeration zone 通氣帶 293
Aerial 天線
Frigate 護衛艦 397
Mini-television 迷你電視 574
Renault Clio 雷諾·克萊奧牌汽車 349
Aerial mammals 空中哺乳動物 104
Aerial rig 天線設備 397
Aerial root 氣生根 162
Aerial shoot 地上莖 155
Aerial stem 氣莖 119,155
Aerodynamic balance 空氣動力平衡 414,415
Aerodynamic tubing 氣動管系 360
Aerodynamic windshield 氣動擋風玻璃 346
Aerofoil guard 翼型(車輪)護罩 329
"Aero" handlebars 飛行把手 360,361
Aeroquip pipe union 聯管節 356
Aerosol spray fixative 噴霧器,噴灑固著劑,按鈕式噴霧器 430,440
"Aerotuck" position 團身蹲伏姿勢 360
Aesculus hippocastanum 歐洲七葉樹 130
Aesculus parviflora 小花七葉樹 137
Afferent arteriole 輸入小動脈 257
A-frame A形構架
Concorde 協和飛機 416
Gliders, hang-gliders, and microlights 滑翔機,滑翔翼和超輕型飛機 426
Africa 非洲
Cretaceous period 白堊紀 72,73
Earth's physical features 地球表面的自然特徵 264,265
Great Rift Valley 大峽谷 60
Jurassic period 侏羅紀 70
Late Carboniferous period 石炭紀末期 66
Middle Ordovician period 中奧陶紀 64
Quaternary period 第四紀 76,77
Tertiary period 第三紀 74,75
Triassic period 三疊紀 68
African elephant 非洲象 200,201
African plate 非洲板塊 59
Aft anchor 船尾錨 395
Aft door 後艙門 416
Afterbay 尾水池 314
After breast rope 近船尾的船胸纜 387
After bridge 後橋樓 395
Afterburner 加力燃燒室
Jet engine 噴射引擎 418
Supersonic jetliner 超音速噴射客機 416
Afterburner nozzle 加力燃燒室噴口 421
Aftercastle 船尾樓;後甲板
Sailing warship 航行中的軍艦 377
Square-rigged ship 橫帆船 375
Aftercastle castle-deck gunport 後船樓甲板射擊孔 377
After compass platform 後羅盤平台 395
After funnel 後煙囪
Battleship 戰列艦 395
Iron paddlesteamer 鐵製明輪船 392
Afterpeak 船尾艙 392
After silencer 後消音器 427
After spring rope 船尾倒纜繩 387
Aft fairing 後整流裝置 415
Aft galley unit 後廚房 417
Aft hydroplane 後水平舵 396
Aft main door 後主艙門 414,415
Aft shoulder 尾肩 560
Aft spar 後樑 415
Agate burnisher tip 瑪瑙打磨器尖 432
Aggregate fruits 聚合果 148,149
Bramble 歐洲黑莓 130
Development 發育 146,147
Aghulas current 阿古拉斯暖流 297
Agnatha 無頜類 178
Agropyron repens 匍匐冰草 113
Ahead/astern controls 向前向後控制器 390
Aileron 副翼
ARV light aircraft ARV 輕型飛機 424
BAe-146 components BAe-146 零件 414
Curtiss biplane 寇蒂斯式雙翼機 398,399
Hawker Tempest components 霍克暴風式戰鬥機零件 409
Lockheed Electra airliner 洛克希德公司伊利克特拉客機 406
LVG CVI fighter LVG CVI 戰鬥機 405
Schleicher glider 施萊徹滑翔機 426
Aileron control wire 副翼操縱鋼索 403
Aileron hinge strut 副翼鉸鏈支柱 403
Aileron mass balance 副翼配重 424
Aileron operating arm 副翼作動臂 398,399
Aino Planitia 艾諾平原 36,37
Air 空氣
Atmosphere 大氣層 300
Oceans and seas 海洋 296
Weather 天氣 302,303
Air ambulance 空中救護 422
Airbag suspension 安全氣囊懸架 331
Air bladder 氣囊 117
Air brake 空氣制動器
BAe-146 components BAe-146 零件 415
Schleicher glider 施萊徹滑翔機 426
Tornado 旋風式飛機 421
Air-brake coupling hose 氣匣連結軟管 326
Air-brake jack 氣動力減速板作動筒 421
Air brushes 噴槍,噴筆 442
Air chamber 氣室 118
Air cleaner 空氣淨化器
Jaguar V12 engine 美洲豹牌 V12 型引擎 345
Renault Clio 雷諾·克萊奧牌汽車 351
Air- compression 壓縮空氣 326
Air-conditioning 空調 496,497
Air-conditioning compressor 空氣調節壓縮機 344
Air-conditioning duct 空調通風道 417
Air-conditioning pump 空調泵 344
Air-conditioning refrigerant pipe 空氣調節冷卻劑管 344
Air-cooled engine 風冷發動機(引擎)
Motorcycle engine 摩托車發動機(引擎) 366
V8 engine V形8缸發動機(引擎) 404
Air-cooling baffle 散熱空氣導流板 402
Air-cooling fan 風冷風扇 427
Air-cooling scoop 冷卻空氣進氣口 365
Air-cushioned sole 氣墊鞋底 543
Air data probe 氣象數據探測儀 420
Air filter 空氣過濾器
Bell-47 helicopter 貝爾 47 直升飛機 422
Harley Davidson FLHS Electra Glide 哈利-戴維森牌風掣電動摩托車 363
Pegasus Quasar microlight 柏伽索斯類星號超輕型飛機 427
Volkswagen Beetle 金龜車 340

Air filter cover 空氣濾淨器蓋 580

Air hose 氣孔 442

Air impingement starter 空氣衝擊起動器 418

Air inlet 進氣口
Jaguar V12 engine 美洲豹牌 V12 型發動機（引擎）345
Power drill 電鑽 569

Air intake 進氣
Concorde 協和飛機 416
Double-decker tour bus 雙層旅遊客車 333
Lockheed Electra airliner 洛克希德公司伊利克特拉客機 406
MCW Metrobus MCW 城市公共汽車 332,333
Modern military aircraft 現代軍用飛機 420,421
Pinzgauer Turbo D 平茲高爾輪機 D 型越野車 354
Single-decker bus 單層公共汽車 333
Turbojet engine 渦輪噴射發動機（引擎）418
Turboprop engine 渦輪螺旋槳噴射發動機（引擎）419
Formula One racing car 一級方程式賽車 357

Air intake box 進氣室 425

Air intake vent 進氣孔 341

Air mass 氣團 296

Air outlet 排氣口 427

Air passage 氣道
Lambeosaurus 賴氏龍屬 99
Parasaurolophus 似棘龍屬 99

Air pistol 氣手槍 548,549

Air plants 氣生植物 162

Air pressure 氣壓 303

Air pump 空氣泵
Oscillating steam engine 擺動式蒸汽機 391
Steamboat with paddle wheels 帶有槳輪的汽船 391

Air reservoir valve 儲氣罐閥 327

Air resistance 空氣阻力 552

Air rifle shooting 氣步槍射擊 548

Air sac 氣囊
Chicken's egg 雞蛋 192
Scots pine 歐洲赤松 122

Air scoop 導氣罩
ARV Super 2 ARV 超級 2 型輕型飛機 424
Volkswagen Beetle 金龜車 340

Air spaces 氣隙
Clubmoss stem 石松莖 120
Mare's tail stem 杉葉藻莖 135
Moss 蘚 119
Root 根 132
Stem 莖 135
Wetland plants 濕地植物 158,159

Airspeed-indicator tube 空速指示管
ARV light aircraft ARV 輕型飛機 425
BE 2B wings BE 2B 飛機的機翼 404

Airspeed pitot tube 空速皮托管 404

Air taxi 空中出租汽車 422

Air temperature 氣溫 300

Air temperature probe 空氣溫度探測器
BAe-146 components BAe-146 飛機的零件 412
Bell Jetranger helicopter 貝爾徘徊者噴射直升機 423

Air vent 通風孔
Bicycle helmet 自行車頭盔 360
Hockey helmet 曲棍球頭盔 540
Pinzgauer Turbo D 平茲高爾輪機 D 型越野車 355
Suzuki RGV500 鈴木牌 RGV500 型摩托車 368,369

Air ventilator inlet 通氣裝置入口 405

Aisle 側廊
Ancient Egyptian temple 古埃及神廟 458
Cathedral dome 大教堂穹頂 484
Gothic church 哥德式教堂 470,472,473
Medieval church 中世紀教堂 468,469

Akna Montes 亞克納山脈 37

Ala 翼；耳朵 213,223

Alar groove 鼻翼溝 213

Alaska current 阿拉斯加涼流 296

Alba Fossae 阿爾巴溝槽群 43

Alba Patera 阿爾巴碗形坑 43

Albategnius 阿爾巴提尼斯 40

Albertosaurus 阿耳伯特龍 84

Albireo 輦道增七 20

Albumen 蛋白 192

Albumen gland 蛋白腺 177

Alcohol burner 酒精燈 454

Alcohol fermentation 酒精發酵 313

Alcor 大熊座80；輔 19

Alcyone 昴宿六 20

Aldebaran 畢宿五 18,21

Alderamin 天鉤五 19

Alethopteris 目羊齒屬 67,278

Algae 藻類 56,112,116,117
Desmid 鼓藻 112
Earth's evolution 地球演化 56
Fossil record 化石記錄 279
Lichen symbiote 地衣共生體 114

Algal cell 藻細胞 114

Algal layer 藻層 114

Algedi 牛宿增六和牛宿增二 20

Algenib 臂宿一 19,20

Algieba 軒轅十二 18

Algol 大陸五 19,20

Alhambra 阿爾罕布拉宮 488

Alhena 井宿三 18,21

Alicante 艾麗坎特；紅大理石 450

Alidade 照準儀 377

Alimentary canal 消化道 248,249

Alioth 北斗五；玉衡 18
The Plow(Plough) 犁形部分 19

Alkaid 北斗七；開陽 18

The Plow(Plough) 犁形部分 19

Alkali metals 鹼金屬 310

Allantoic fluid 尿囊液 192

Allantois 尿囊 192,193

"All clear" position "去路暢通"（放行）位置 330

All-enclosing fairing 全封閉流線型罩 369

Alley 狹長地帶 544,545
Badminton court 羽毛球場 545
Tennis court 網球場 544

Alligator 鈍吻鱷 186

Allison 250-C20J turboshaft engine 艾莉森 250-C20J 渦輪軸式發動機（引擎）423

Allium sp. 蔥 143

Allosaurus 躍龍屬 71,85

Allotropes 同素異形體 311

Alloy disc 合金鈑圓盤 517

Alloy frame 合金車架 368

Alloy wheel 合金輪
Honda VF750 本田 VF750 型摩托車 364,365
Renault Clio 雷諾‧克萊奧牌汽車 350,351
Suzuki RGV500 鈴木牌 RGV500 型摩托車 368,369

All-round bicycle 通用自行車 360

All-terrain bicycle 越野自行車 358

All-terrain vehicles 越野車 354,355

Alluvial cone 衝積錐 282

Alluvial fan 衝積扇 282

Alluvium-filled basin 衝積物堆積的盆地 282

Almach 天大將軍一 19,20
Pegasus and Andromeda 飛馬座和仙女座 19

Al Nair 鶴一 19,20

Alnilam 參宿二 18

Alnitak 參宿一
Horsehead Nebula 馬頭星雲 16
Orion 獵戶座 18

Alouatta seniculus 環尾狐猴 203

Alpha Centauri 半人馬座α 21

Alpha Hydri 水蛇座α 20

Alpha Mensae 山案座α 20

Alphard 星宿一 18,21

Alpha Regio 阿爾法區（α區）36,37

Alpha ring 阿爾法環（α環）48

Alphecca 貫索四 18,21
Pegasus and Andromeda 飛馬座和仙女座 19

Alpheratz 臂宿一 19,20

Alphonsus 阿爾芬薩斯 40

Alpine skiing 高山滑雪 552,553

Alps 阿爾卑斯山 60,265

Alrami 天淵三 21

Alsatian dog 阿爾薩斯狗 195

Alstroemeria aurea 黃六出花（百合的一種）129

Altair 牛郎星 19,20

Altar 祭壇 470

Alternating current 交流電流 328

Alternative engines 代用發動機 346,347

Alternator 交流發電機
  Diesel train 內燃機車 326
  Ford V6 12-valve engine 福特牌 V6 型 12 氣門發動機（引擎）344
  Jaguar V12 engine 美洲豹牌 V12 型發動機（引擎）345
  NPT 301 turbojet NPT 301 渦輪噴射發動機（引擎）418
  Renault Clio 雷諾·克萊奧牌汽車 351

Alternator belt 交流發電機皮帶 351
Altitude scale 高度標尺 377
Alto clef 中音譜號 502
Altocumulus cloud 高積雲 302
Alto mute 中音弱音器 507
Altostratus cloud 高層雲 302
Alto voice 女低音聲部 502
Aludra 弧矢二 21
Alula 小翼羽 191
Aluminium 鋁 311
  Earth's composition 地球的成分 39
  Earth's crust 地殼 58

Aluminium alloy backing 鋁合金底座 346
Aluminium arrow shaft 鋁質箭桿 548
Aluminium beam 鋁樑 560
Aluminium cowl 鋁質整流罩 401
Aluminium flush-riveted skin 鋁質埋頭鉚接蒙皮 407
Aluminium gearbox casing 鋁變速箱殼體 366
Aluminium racket 鋁製球拍 544
Aluminium wheel 鋁質輪轂 406
Aluminium wire figure 鋁絲形體輪廓 455
Alveolar artery and vein 牙槽的動脈和靜脈 247
Alveolar bone 齒槽骨 247
Alveoli 肺泡 254,255
Amaryllis 朱頂蘭 155
Amateur rules 業餘規則 532
Amazon Basin 亞馬遜盆地 39
Amazonis Planitia 亞馬宗尼克平原 43
Amazon River 亞馬遜河 264
Ambiens muscle 棲肌
  Albertosaurus 阿耳伯特龍 84
  Iguanodon 禽龍屬 97
Ambulacral groove 步帶溝 79,175
Ambulatory corridor 回廊 465
Amelodentinal junction 釉質齒質結合 247
American alligator 美國鈍吻鱷 186
American beaver 北美河狸 197
American black bear 美國黑熊 195
American football 美式橄欖球 524,526,527
American squash court 美國壁球場 545
American squash game 美國壁球賽

Americium 鎇 311
Ammonia 氨
  Jupiter's atmosphere 木星的大氣圈 45
  Saturn's atmosphere 土星的大氣圈 47
  Structure of Neptune 海王星的結構 51
  Structure of Uranus 天王星的結構 49
Ammonite 菊石 278,279
Ammonite shell 菊石殼 267
Ammonium dichromate 重鉻酸銨 312
Ammonium ydrosulfide 硫化銨
  Jupiter's atmosphere 木星的大氣圈 45
  Saturn's atmosphere 土星的大氣圈 47
Ammophila arenaria 濱草 113
Ammunition 子彈, 彈藥 548,549
Ammunition box 彈藥箱 408
Amnion 羊膜 192,193,260
Amniotic egg 羊膜卵 80
Amniotic fluid 羊水 192,260
Amniotic sac 羊膜囊 260
Amoebocyte 阿米巴狀細胞 166
Amphibia 兩棲綱 182
Amphibian 兩棲動物 80,81,182,183
  Earth's evolution 地球演化 56
  Fossil 化石 278,279
  Fossil record 化石記錄 279
  Primitive 原始 68,69,78
Amphibole 角閃石 275
Amphitheatre 圓形劇場 464,465
Amplification 放大
  Drums 鼓 518
  Electronic instruments 電子樂器 520
  Guitar 吉他 512
  Stringed instruments 弦樂器 510
  Vibraphone 電木琴 516
  Xylophone 木琴 516
Amplifier 放大器 520
Amps 安培 316
Ampulla 壺腹
  Ear 耳 242,243
  Fallopian tube 輸卵管 258,259
  Sea urchin 海膽 175
  Starfish 海星 174
Ampullar nerve 壺腹神經 242
Anal canal 肛門管 249
Anal clasper 肛門握器 169
Anal fin 臀鰭
  Bony fish 硬骨魚 180,181
  Lamprey 七鰓鰻 178
Anal fin ray 臀鰭條 180
Anal flap 臀瓣 200
Anal sphincter muscle 肛門括約肌 249
Anchisaurus 安琪龍屬 88,89
Anchor 錨

544

74-gun ship 裝有 74 門炮的炮船 380
BAe-146 components BAe-146 飛機的零件 412,414
Battleship 戰列艦 394,395
Frigate 護衛艦 397
Junk 平底帆船 376
Roman corbita 羅馬商船 372
Square-rigged ship 橫帆船 375
Tea clipper 運茶快速帆船 392
Types 種類 386
Wooden sailing ship 木帆船 379
Anchor bearing 支點軸承 413
Anchor buoy 錨位浮標 379
Anchor cable 錨鏈
  74-gun ship 裝有 74 門炮的炮船 380
  Sailing warship 航行中的軍艦 376
Anchor chain 錨鏈 386,395
Anchoring 下錨 386,387
Anchor-joint 錨固接頭 492
Anchor rode 錨繩 372
Anchor rope 錨繩 372,373
Ancient Egyptian building 古埃及建築 458,459
Ancient Greek building 古希臘建築 460,461,462
Ancient Greeks 古希臘人 542
Ancient Roman building 古羅馬建築 462,465,474
Ancillary drive belt 輔助傳動皮帶 347
Ancillary drive pulley 輔助主動皮帶輪 345
Ancorale 錨繩 372
Andamenti 鑲嵌片鋪砌線 451
Andes 安地斯山
  Cretaceous period 白堊紀 73
  Earth's external features 地球的外部特徵 39
  Jurassic period 侏羅紀 71
  Quaternary period 第四紀 77
  Satellite map 衛星圖 264
  Tertiary period 第三紀 75
  Triassic period 三疊紀 69
Androecium 雄蕊群 140,141,143
Andromeda 仙女座 19,20
Andromeda Galaxy 仙女星系 14,19
Anemonia viridis 綠鏈海葵 166
Anemophilous pollination 風媒傳粉 144
Angiogram 血管照片 214
Angiospermophyta 被子植物門 112,126
Angiosperms 被子植物 279
Angle 角 572
Angle bar 角鐵 393
Angle buttress 角扶壁 471,472
Angle-of-attack probe 攻擊角探測儀 420
Anglerfish 鮟鱇 180
Angling 釣魚 562,563
Angoulême Cathedral 昂古萊姆大教堂 468,469

Angular mountain ridge 尖角狀山脊 295

Angular notch 角切跡 249

Angular process 角突 194

Angular unconformity 角度不整合 276

Anhydrous copper sulphate 脫水硫酸銅 313

Animal life 動物壽命
Electromagnetic radiation 電磁輻射 314
Primitive 原始 78

Animal remains 動物遺跡
Fossils 化石 278
Sedimentary rocks 沉積岩 276

Animal stances 動物姿勢 82

Animals 動物 56,67,78,165

Animated sequences 動畫系列 584

Anions 陰離子 308

Ankle 踝
Anchisaurus 安琪龍屬 89
Corythosaurus 盔頭龍屬 98
Edmontonia 埃德蒙頓龍 95
Herrerasaurus 赫勒爾龍屬 86
Human 人 211
Iguanodon 禽龍屬 96
Pachycephalosaurus 腫頭龍屬 100
Psittacosaurus 鸚鵡嘴龍屬 103
Stegoceras 頂角龍屬 101
Stegosaurus 劍龍屬 92
Triceratops 三角龍屬 102
Tyrannosaurus 霸王龍屬 84

Ankle joint 踝關節
Brachiosaurus 鰓恐龍屬 90
Diplodocus 梁龍屬 90
Euoplocephalus 包頭龍 94
Human 人 219
Parasaurolophus 似棘龍屬 98
Plateosaurus 板龍屬 88
Stegoceras 頂角龍屬 101
Struthiomimus 似鴕鳥龍屬 87
Triceratops 三角龍屬 102
Tyrannosaurus 霸王龍屬 84

Ankylosaurs 甲龍亞目 83,92,94,95

Anne's Spot 安妮斑 47

Annual growth ring 一年生長的年輪 125

Annuals 一年生植物 128

Annular river drainage 環狀河系 288

Annular tendon 環形腱 241

Annulet 環形線腳 460

Annulus 菌環
Fern 蕨 121
Mushroom 蘑菇 115

Annulus of trunk 象鼻環 201

Ant 蟻 168

Anta 壁柱 461

Antarala 梯狀塔 490,491

Antarctica 南極洲
Cretaceous period 白堊紀 72,73
Earth's physical features 地球表面的自然特徵 264,265
Jurassic period 侏羅紀 70

Late Carboniferous period 石炭紀末期 66
Quaternary period 第四紀 76,77
Tertiary period 第三紀 74,75
Triassic period 三疊紀 68

Antarctic Circle 南極圈
Satellite map 衛星圖 265
Surface currents 表層洋流 297

Antarctic circumpolar current 南極環極涼流 296

Antares 心宿二 18,21

Antefixa 瓦檐飾 461

Antelope 羚羊 198

Antenna 觸角, 天線
Battleship 戰列艦 395
Crab 蟹 172
Crayfish 蝲蛄 173
Frigate 護衛艦 397
Insects 昆蟲類 168,169
Malacostraca 軟甲綱 172
Roman corbita 羅馬商船 372,373
Shrimp 小河蝦 172
Volleyball net 排球網 534

Antenna connector 天線插座 574

Antenna holder 天線支架 575

Antennule 觸角 173

Anterior antebrachial muscle 前前臂肌 86

Anterior aorta 前動脈 170

Anterior arch 前弓 222

Anterior brachial muscle 前臂肌
Brachiosaurus 腮恐龍屬 91
Gallimimus 雞形龍 86

Anterior branch of spinal nerve 脊神經前支 223

Anterior chamber 前眼房 241

Anterior chamber of cloaca 前泄殖腔 185

Anterior crural muscle 前腿肌
Brachiosaurus 腮恐龍屬 91
Gallimimus 雞形龍 86

Anteriot dorsal fin 前背鰭
Bony fish 硬骨魚 181
Dogfish 角鯊 179
Lamprey 七鰓鰻 178

Anterior fontanelle 前囟 220

Anterior horn 前角 223

Anterior median fissure 前中央溝 223,238

Anterior median vein 前臂正中靜脈 253

Anterior nasal spine 前鼻棘 220,221

Anterior petal 前花瓣 141

Anterior root 前根 238

Anterior semicircular canal 前半規管 243

Anterior sepal 前萼片 141

Anterior tentacle 前觸手 177

Anterior tibial artery 腔前動脈 253

Anterior tibial muscle 前脛肌
Albertosaurus 阿耳伯特龍 84
Iguanodon 禽龍屬 97

Anterior tubercle 前結節 222

Anterior wing of shell 殼前翅 176

Antheridium 藏精器 117
Fern 蕨 121
Moss 蘚 119

Antherozoids 游動精子 116,117
Fern 蕨 121
Moss 蘚 119

Anthers 花藥, 花粉囊 140,143,145
Dicotyledons 雙子葉植物（類）126,127
Fertilization 受精 146,147
Pollination process 授粉過程 144,145

Anthozoa 珊瑚蟲綱 166

Anthracite coal 無煙煤 280

Anthriscus sp. 峨參 135

Anthropoids 類人猿亞目 202

Anthurium andreanum 哥倫比亞安祖花 143

Antibodies 抗體 253

Anticlinal fold 背斜褶皺 60

Anticline 背斜 60,61,62

Anticline trap 背斜封閉 280,281

Anticlinorium 背斜處 61

Anti-collision beacon 防撞信號燈 422,423

Anti-corrosion paint 防銹蝕漆 413

Anticyclonic storm system 反氣旋風暴系統
Cloud features of Neptune 海王星的雲特徵 50
Jupiter 木星 44,45
Structure of Saturn 土星的結構 47

Anti-friction pad 防摩擦墊 552

Anti-glare lens 遮光鏡片 553

Antihelix 對耳輪 242

Anti-lift bracing wire 反昇力張線
Avro triplane 阿弗羅三翼機 403
Blackburn monoplane 布萊克本單翼機 401
Bleriot XI monoplane 布雷里奧 XI 型單翼機 401
LVG CVI fighter LVG CVI 戰鬥機 405

Anti-lift wire 反升力線 399

Antimacassar 椅背套 329

Antimony 銻 311

Antipodal cell 反足細胞 147

Anti-reverse drive 防反轉裝置 562

Anti-roll bar 抗側傾桿
Renault Clio 雷諾‧克萊奧牌汽車 350,351
Volkswagen Beetle 金龜車 340

Anti-submarine torpedo tube 反潛艇魚雷室 397

Anti-surge baffle 防喘振隔板 344

Anti-torque tail rotor 反扭矩尾槳 423

Antitragus 對耳屏 242

Anti-turbulence lane lines 反騷動分道線 588

Anti-vibration engine mount 減震發動機安裝接頭 411

Antler hammer 鹿角錘 109
Antler harpoon 鹿角矛 109
Antlia 喞筒座 18,21
Antoniadi 安托尼亞迪 41
Antorbital fenestra 眶前窗
 Baryonyx 重爪龍 83
 Camarasaurus 圓頂龍屬 91
 Diplodocus 梁龍屬 90
 Plateosaurus 板龍屬 88
Anura 無尾目 182
Anus 肛門
 Barnacle 藤壺 173
 Bony fish 硬骨魚 181
 Butterfly 蝴蝶 169
 Cow 牛 198
 Crayfish 蝲蛄 173
 Dolphin 海豚 205
 Domestic cat 家貓 195
 Elephant 象 200
 Human 人 249,258,261
 Octopus 章魚 176
 Rabbit 兔 196
 Sea urchin 海膽 175
 Snail 蝸牛 177
 Spider 蜘蛛 170
 Starfish 海星 174
 Tortoise 陸龜 187
Anvil 砧骨 242
Aorta 主動脈
 Anterior 前的 170
 Bony fish 硬骨魚 181
 Dogfish 角鯊 179
 Dolphin 海豚 205
 Dorsal 背的 179,181,182
 Human 人 215,250,251,252,255,256,257
 Posterior 後的 170
 Spider 蜘蛛 170
 Ventral 腹的 179
Apatite 磷灰石 271
Ape 猿 108,202,203
Aperture 孔徑 588
Aperture auto-lock button 孔徑自動鎖閉按鈕 589
Aperture/distance index 孔徑／距高指數 589
Apex 尖
 Beetle wing 甲蟲翅 168
 Butterfly wing 蝴蝶翅 169
 Calligraphy characters（一批）書法字 445
 Clubmoss shoot 石松枝條 120
 Fern frond 蕨葉 121
 Fern pinnule 蕨小葉片 121
 Horsetail shoot 木賊被條 120
 Leaf 葉 136,137,154,155
 Lung 肺 255
 Moss 蘚 119
 Pegasus XL SE microlight 柏伽索斯 XL SE 超輕型飛機 426
 Pine shoot 松枝 125
 Snail shell 蝸牛殼 177
 Tongue 舌 244,245
Apex seal 頂封件 347
Apex wire 頂點拉線 426
Aphelion 遠日點 30,31
Aphrodite Terra 亞菲羅黛大陸 36,37
Apical bud 頂芽
 Bulb 鱗莖 155
 Pine shoot 松枝 125
Apical foramen 牙根尖孔 247
Apical meristem 頂端分生組織 134
Apical notch 頂端切跡
 Seaweed 海藻（草）116
 Thalloid liverwort 葉狀地錢 118
Apollo 阿波羅 41
Apomixis 無鬲蛤生殖 146
Apophysis 蒴托 119
Apothecium 子囊盤 114
Appalachian mountains 阿帕拉契山脈
 Late Cretaceous period 白堊紀後期 67
 Mountain building 造山運動 62
 Quaternary period 第四紀 77
 Satellite map 衛星圖 264
 Tertiary period 第三紀 75
 Triassic period 三疊紀 69
Apparent magnitude 視星等 22
Appendix 附屬物
 Chimpanzee 黑猩猩 202
 Human 人 249
 Rabbit 兔 196
Appendix orifice 闌尾口 249
Apple 蘋果 148,149
Approach 接近 543
Apse 半圓室 465,469,481
Aquarius 寶瓶座 19,20
Aquatic mammals 水中哺乳動物 104
Aqueduct 腦導水管 236
Aqueous humour 水狀液 241
Aquiclude 不透水岩層 292
Aquifer 含水層 292
Aquiferous system 儲水系統 166
Aquila 天鷹座 19,20
Ara 天壇座 20
Ara ararauna 藍黃鸚鵡 190
Arabesque 阿拉伯式圖案
 Islamic building 伊斯蘭回教建築 488,489
 Neoclassical moulding 新古典主義建築 480
Arabia 阿拉伯半島
 Cretaceous period 白堊紀 72
 Jurassic period 侏羅紀 70
Arabian Desert 阿拉伯沙漠 265
Arabic number system 阿拉伯數系統 591
Arachnids 蜘蛛類 170,171
Arachnoid granulation 蛛網膜粒 237
Arachnoid mater 蛛網膜 237,240
Aral Sea 鹹海 265
Araneae 蛛形目 170
Araucaria araucana 智利南洋杉 68
Arcade 拱廊
 Ancient Roman building 古羅馬建築 464,465
 Baroque church 巴洛克教堂 479,481
 Gothic building 哥德式建築 470,471
 Medieval church 中世紀教堂 468,469
 Twentieth-century building 20 世紀建築 495
Arcadia Planitia 阿卡第亞平原 43
Arch 拱，拱門 484,485
Ancient Roman building 古羅馬建築 462,464,465
Asian building 亞洲建築 490,491
 Baroque church 巴洛克教堂 479,480
 Calligraphy characters（一批）書法字 445
 Cathedral dome 大教堂的穹窿 487
 Features of a coastline 海岸線的特徵 295
 French temple 法國廟宇 484,485
 Gothic church 哥德式教堂 470-473
 High jump 跳高 543
 Islamic building 伊斯蘭回教建築 488,489
 Medieval building 中世紀建築 466-469
 Nineteenth-century building 19 世紀的建築 492,493
 Renaissance building 文藝復興時期建築 474,475
 Shoe 鞋 570
Archaeopteryx 始祖鳥 57,84,85
Arched brace 拱形撐臂 473
Arched doorway 拱形門道 474,475
Arched facade 有拱的房屋正面 493
Archegoniophore 頸卵器柄 118
Archegonium 頸卵器
 Fern 蕨 121
 Liverwort 地錢 118
 Moss 蘚 119
 Scots pine 歐洲赤松 122
Archery 射箭 548,549
Archery screen 弓箭手掩護物 377
Archimedes 阿基米德 40
Architrave 額枋，門（窗）頭線條板
 Ancient Egyptian temple 古埃及神廟 458,459
 Ancient Greek temple 古希臘神廟 461
 Ancient Roman building 古羅馬建築 463,465
 Baroque church 巴洛克教堂 479,481
 French temple 法國神廟 485
 Gothic building 哥德式建築 473
 Neoclassical building 新古典主義建築 478,482,483
 Renaissance building 文藝復興時期建築 476,477
Archivolt 拱門緣
 Baroque church 巴洛克教堂

479,481
French temple 法國神廟 485
Gothic church 哥德式教堂 471
Medieval building 中世紀建築 467,468
Renaissance building 文藝復興時期建築 477
Arch of aorta 主動脈弓 253
Arch of Titus 泰塔斯凱旋門 463
Arch-plate 拱板 493
Archway 門道 493
Medieval church 中世紀教堂 469
Moulding 線腳 485
Arctic Circle 北極圈
Satellite map 衛星圖 265
Surface currents 表層洋流 297
Arctic Ocean 北極海 265
Arcturus 大角星 18,21
Hertzsprung-Russell diagram 赫羅圖 23
Area measurements 面積測量 590
Areola 小翅室 160
Areole 脈間區 156
Arete 刃嶺 286,287
Argentina 阿根廷 331
Argon 氬
Atmospheric composition 大氣成分 301
Mars' atmosphere 火星的大氣 43
Mercury's atmosphere 水星的大氣 35
Periodic table 元素周期表 311
Venus' atmosphere 金星的大氣 37
Argyre Planitia 阿爾吉爾平原 43
Ariel 天衛一（艾瑞爾）48
Aries 白羊座 19,20
Aril 假種皮
Lychee fruit 荔枝果 148
Yew seed 紅豆杉種子 123
Aring A 環 46,47
Aristarchus 愛里斯塔克斯 40
Aristillus 阿里斯提勒斯 40
Aristoteles 亞里斯多德 40
Arkab Prior 天淵一，二 21
Arkansas hone-stone 阿肯色油石 452
Arm 臂
74-gun ship 裝有 74 門炮的炮船 380
Calligraphy characters（一批）書法字 445
Chair 椅 576
Gorilla 大猩猩 203
Human 人 210
Lion 獅 194
Roman anchor 羅馬的錨 372
Starfish 海星 174
Volkswagen Beetle 金龜車 341
Armature 加強材
Power drill motor 電鑽馬達 568
Sculpture 雕塑 452,454,455
Armature spindle 電樞主軸 568
Arm bud 臂芽 260
Arm coupling 支臂連接器 573

Armed sports 武裝格鬥運動 556,557
Armour 裝甲
Battleship 戰列艦 394
Gun turret 炮塔 396
Ironclad 裝甲艦 393
Armoured dinosaurs 甲恐龍 92
Armoured seat back 裝甲椅背 409
Armpit 腋 211,234
Armpit bight 腋窩繩環 388
Arm rail 扶手 576
Armrest 扶手 329,407
Arms of Brazil 巴西的紋章 394
Armstand dive 臂立跳水 558,559
Arrector pili muscle 立毛肌 235
Arricio 粗糙的熟石膏層 434
Arrow head 箭頭 109
Arse 滑輪帶槽底 382
Arsenic 砷 311
Arsia Mons 阿爾西亞山 43
Arsinoitherium 重腳獸 57,75,104,105
Art deco style 阿達克裝飾風格 495
Twentieth-century building 20 世紀建築 494,495
Artemon 阿特芒（前帆）372
Arterial system 動脈系統
Brain 腦的 252
Kidney 腎 256
Arteriole 小動脈 252
Artery 動脈
Abdominal 腹 173
Alveolar 牙槽的 247
Anterior tibial 脛前的 253
Axillary 腋的 253
Basilar 基底的 252
Brachial 肱的 253
Central retinal 視網膜中央的 240
Common carotid 頸總的 215,251,253
Common iliac 髂總的 215,253,257
Coronary 冠狀的 250,251,253
Digital 指的 231,253
Dorsal metatarsal 跖背的 253
Epibranchial 鰓上的 179
External iliac 髂外的 215,225,253
Femoral 股骨的 225,253
Gastric 胃的 253
Hepatic 肝的 248,252,253
Interlobular 小葉間的 256
Internal carotid 頸內的 243,252
Internal iliac 髂內的 215,253
Lateral plantar 足底外側的 253
Orbital 眶的 179
Peroneal 腓骨的 253
Popliteal 膕骨的 253
Posterior cerebral 大腦後的 252
Posterior tibial 脛後的 253
Pulmonary 肺的 182,251,253,254,255
Pulp 牙髓的 247
Radial 橈骨的 231,253
Renal 腎的 256,257
Splenic 脾的 253
Sternal 胸骨的 173
Subclavian 鎖骨鈑的 215,251,253

Superior mesenteric 腸系膜上的 253,256
Superior thyroid 甲狀腺上的 244
Testicular 睪丸的 257
Ulnar 尺骨的 231,253
Umbilical 臍的 260
Vertebral 椎骨的 223,252
Artesian water 自流水 292
Arthropoda 節肢動物門 168,170,172,278
Articular capsule 關節囊 232
Articular cavity 關節腔
Hip joint 髖關節的 225
Metatarsophalangeal joint 跖趾關節的 232
Artificial elements 人工創造的元素 310
Artifiicial fly 人造餌蠅 562,563
Artificial light 人造光 319
Artificial lure 人造餌 563
Artillery loop 炮環 389
Artillery wheel 寬輪條車輪 334
Artiodactyla 偶蹄目 104,198,199
Artist's easel 畫家的畫架 437
Artist's signature 畫家的簽名 437,445
Art nouveau style 新藝術風格 495
Arundinaria nitida 籌竹 131
ARV Super 2 light aircraft ARV 超級 1 型輕型飛機 424,425
Arzachel 阿爾札克 40
Ascender 上行字母線 445
Ascending aorta 升主動脈 251
Ascending colon 升結腸 249
Ascraeus Mons 阿斯克瑞斯山 43
Asexual reproduction 無性繁殖 154
Ash 灰
Mountain building 造山運動 62
Rock cycle 岩石循環 266
Volcano 火山 272,273
Ash chute 出灰槽 395
Ash-cinder volcano 灰渣火山 272
Ash eruptions 火山灰噴發 272
Ash head 班迪曲棍球 540
Ashlar post 吊桿短柱 464,486
Asia 亞洲
Cretaceous period 白堊紀 72,73
Earth's physical features 地球表面的自然特徵 264,265
Himalaya formation 喜馬拉雅的形線 62,63
Hominids 人種 108
Jurassic period 侏羅紀 70
Middle Ordovician period 中奧陶紀 64
Quaternary period 第四紀 76,77
Tertiary period 第三紀 74,75
Triassic period 三疊紀 68
Asian buildings 亞洲建築 490,491
Asian elephant 亞洲象 200,201
Asparagus setaceous 文竹 64
Ass 驢 198
Association football 英式足球 524,525

Astatine 砈 311
Asterias rubens 普通海膽 175
Asterina gibbosa 墊海星 175
Asteroids 小行星 52,53
Solar System 太陽系 30
Asteroxylon 星木屬 78,79
Asthenosphere 軟流圈 58,59
Astragal 半圓飾
Church of the Sorbonne 索波恩教堂 486
Ship's shield 軍艦上的保護鐵板 395
Astragalus 距骨 183
Astrolabe 星盤 376,377
Astronavigation dome 天文導航觀察室 408
Asymmetric ridge 不對稱山脊 283
Atacama Desert 阿塔卡馬沙漠 264
Atalanta Planitia 亞特蘭塔平原 36
Atherstone girth 肚帶 583
Athletics 田徑運動 542,543
Atlantic Ocean 大西洋 264,265
Quaternary period 第四紀 77
Tertiary period 第三紀 75
Atlas 圖集
Baroque building 巴洛克建築 482
Horse 馬 199
Human 人 222
Moon 月球 40
Atlas mountains 阿特拉斯山脈
Earth's external features 地球的外部特徵 39
Quaternary period 第四紀 77
Satellite map 衛星圖 265
Atmosphere 大氣
Earth 地球 38,39,64,300,301
Jupiter 木星 45
Mars 火星 43
Mercury 水星 34,35
Neptune 海王星 51
Pluto 冥王星 51
Saturn 土星 47
Uranus 天王星 49
Venus 金星 37
Water cycle 水循環 288
Atoll 環礁 298,299
Atoll development 環礁的發育 299
Atomic mass 原子質量 309,310
Atomic number 原子序數 310
Atomic weight 原子量 310
Atoms 原子 306,308,309
Chemical properties 化學性質 310
Chemical reactions 化學反應 312
Periodic table 元素周期表 310
Atrial diastole 心房舒張 250
Atrial systole 心房收縮 251
Atrium 門廊；心房；口前腔
Hong Kong and Shanghai Bank 匯豐銀行 498
Human 人 215,250,251
Sponge 海綿 166
Attached column 附聯柱，鑲嵌柱
Ancient Roman building 古羅馬建築 465
Baroque church 巴洛克教堂 480
Gothic building 哥德式建築 473
Medieval building 中世紀建築 468,469
Neoclassical building 新古典主義建築 479
Attachment-bracket 連接接頭 424
Attachment lug 耳片接頭 404
Attachment plate 連接板 424
Attack line 攻擊線 534
Attack radar 攻擊雷達 420
Attic 屋頂層
Baroque church 巴洛克教堂 480,481
Cathedral dome 大教堂的穹頂 487
Neoclassical building 新古典主義建築 478,483
Attic vase 典雅花瓶 372
Attraction 吸力 316,317
"A"turret "A" 炮塔 394
Auda 鐘形穹窿 491
Auditorium 觀衆席 479
Auditory canal 耳道 242
Auditory meatus 聽道
Chimpanzee 黑猩猩 202
Seal 海豹 204
Auger 螺鑽 374
Augusta National Golf course 奧古斯特國家高爾夫球場 546
Aureole 光環 471
Auricle 耳廓 242
Auricular surface 耳狀關節面 223
Auriga 御夫座 18,21
Aurora 極光 38,301
Australasia 大洋洲 264,265
Australia 澳大利亞
Cretaceous period 白堊紀 72,73
Jurassic period 侏羅紀 70
Late Carboniferous period 石炭紀末期 66
Middle Ordovician period 中奧陶紀 64
Quaternary period 第四紀 76,77
Railroad track gauge 鐵路軌距 331
Satellite map 衛星圖 265
Tertiary period 第三紀 74,75
Triassic period 三疊紀 68
Australian Desert 澳大利亞沙漠 265
Australian rules football 澳大利亞式橄欖球 524,528,529
Australopithecus 南方古猿屬 77,108
Lower jaw 下頜骨 107
Tertiary period 第三紀 74
Autofeather unit 自動順槳裝置 419
Autogiro 旋翼機 422
Automatic cylinder lubricator 氣缸自動潤滑器 342
Automatic direction-finding aerial 自動測向天線 423
Automatic door 自動門 328,329
Automatic Train Protection (ATP) 列車自動保護裝置 330
Automobile freight car 運貨汽車 327
Autopilot 自動駕駛儀 412
Autumn wood xylem 秋材木質部 134
Auxiliary air intake 輔助空氣進氣口 420,421
Auxiliary generator 輔助發電機 327
Auxiliary power unit 輔助動力裝置 417
Auxiliary power unit inlet 輔助動力裝置進氣口 415
Aves 鳥綱 188
Avimimus 鳥形龍屬 87
Avogadro 亞弗加德羅 41
Avro triplane IV 阿弗羅 IV 型三翼機 402,403
Avro Tutor biplane 阿弗羅教練式雙翼機 402,403
Away swing bowler 遠處揮動投球手 338
Awning 遮篷 499
Axe 斧 109,374
Axial gland 軸腺 175
Axial tilt 軸傾斜
Earth 地球 38
Jupiter 木星 44
Mars 火星 42
Mercury 水星 34
Moon 月球 40
Neptune 海王星 50
Pluto 冥王星 51
Saturn 土星 46
Uranus 天王星 48
Venus 金星 36
Axilla 腋 211
Axillary artery 腋動脈 253
Axillary bud 腋芽 134
Dicotyledon stem 雙子葉植物莖 127
Durmast oak 無梗花櫟 131
Leaf scars 葉痕 154
Axillary vein 腋靜脈 253
Axinite 斧石 270
Axis 軸線
Azolla sp. 滿江紅 158
Horse 馬 199
Human 人 222
Seed 種子 152,153
Pine cone 松球果 122
Axis of rotation 旋轉軸
Jupiter 木星 44
Mars 火星 42
Mercury 水星 34
Moon 月球 40
Neptune 海王星 50
Pluto 冥王星 51
Pulsar 脈衝星 28
Saturn 土星 46
Uranus 天王星 48
Venus 金星 36
Axle 軸
Avro triplane 阿弗羅雙翼機 402,403
Blackburn monoplane 布萊克本單

翼機 400
Bus 公共汽車 333
Curtiss biplane 寇蒂斯的雙翼機 399
Honda VF750 本田牌 VF750 型摩托車 365
Lockheed Electra airliner 洛克希德公司伊利克特拉客機 407
LVG CVI fighter LVG CVI 戰鬥機 405
Steam locomotive 蒸汽機車 324
Axle bolt 軸螺栓 425
Axle brush 車軸電刷 328
Axon 軸突 239
Aythya fuligula 鳳頭潛鴨 188
Azimuthal map projection 方位投影圖 265
Azo yellow 偶氮黃 442
Azurite 藍銅礦 306

B

B-17G Flying Fortress bomber B-17G 飛行堡壘轟炸機 408
Baboon 獼猴 202
Bach 巴哈 35
Back 背部
Acoustic guitar 古典吉他 512
Block and tackle 滑輪組 383
Elephant 象 200
Horse 馬 198
Human 人 210
Lion 獅 195
Saddle 馬鞍 583
Back board 籃板 532
Back bone 脊柱 222
Back box 後箱 567
Back button 返回按鈕 585
Back check 制音托木 514
Back cover 背蓋 588
Back cover board 硬殼封底
Half-bound book 半皮（布）面裝書 587
Leather-bound book 皮面精裝書 587
Background radiation 背景輻射 10
Back judge 後方裁判員 526
Back leg 後腿 576,577
Back line 底線 535
Back plate 後（箱）板 567
Back rail 後橫檔 576
Backrest 靠背
ARV light aircraft ARV 輕型飛機 425
Lockheed Electra passenger seat 洛克希德公司克特拉客機旅客座椅 407
Backs 後衛
Handball 手球 535
Hockey 曲棍球 540
Soccer 足球 524
Volleyball 排球 534
Back sight 後準星 549

Backstay 後支索 378,379,380
Backstay stool 後牽索滑車槽 381
Back strap 背帶 560,561
Backstroke 仰泳 558,559
Backward defensive stroke 防禦性後擊 538
Backward dive 向後跳水 558
Backwash 回流 294
Back zones 後區 534
Bacteria 細菌 56
Bactrian camel 雙峰駝 199
Baculum 棒狀結構 144
Badger 獾 194
Badminton 羽毛球 544,545
BAe-146 jetliner components BAe-146 噴射客機的零件 412,415
Baffin Island 巴芬島 264
Baffle 擋板 341
Baffle plate 隔板 347
Bage, C. C. 班奇 492
Baggage compartment door 行李艙門 423
Bagneux Church 班格魯科斯教堂 468,469
Bahada 山麓沖積平原 282
Bail 橫木 538
Bail arm 釋放臂 562
Bailey 城廓 466
Bail handle 吊環把手 336
Bailly 貝利 40
Baird's beaked whale 貝特鯨 205
Bait fishing 魚餌釣捕 562
Balaenoptera musculus 藍鯨 205
Balance 平衡 232
Balance and muscle coordination 平衡和肌肉協調 237
Balance weight 配重
Jaguar V12 engine 美洲豹牌 V12 型發動機（引擎）345
Mid West rotary engine 中西轉缸式發動機（引擎）411
Balancing drilling 平衡鑽孔
Mid West rotary engine 中西轉缸式發動機（引擎）411
Wankel rotary engine 汪克爾轉缸式發動機（引擎）347
Balanophyllia regia 星珊瑚 167
Balata surface 巴拉塔樹膠球面 546
Balcony 陽台 493
Islamic tomb 伊斯蘭墓 489
Nineteenth-century building 19 世紀建築 493
Renaissance theatre 文藝復興時期的戲院 477
Rococo style 洛可可風格 478,482
Sailing ship 帆船 378,379,381
Baleen whale 鬚鯨 204
Ball 球
Australian rules football 澳大利亞式橄欖球 528
Baseball 棒球 537
Basketball 籃球 533
Cricket 板球 538
Football 橄欖球 526

Gaelic football 蓋爾橄欖球 528,529
Golf 高爾夫球 546
Handball 手球 535
Hockey 曲棍球 540
Hurling 愛爾蘭曲棍球 541
Lacrosse 長曲棍球 541
Netball 無板籃球 535
Racketball 牆內網球 545
Rugby 拉格比賽 524,530,531
Soccer 足球 524
Squash 壁球 545
Tennis 網球 544
Volleyball 排球 534
Ballast 道碴 324
Ball bearings 滾珠軸承 358,359
Ballflowers 圓球飾 470,471
Ball marker 球的標號 547
Ball size number 球的尺碼 525
Baltica 波羅的海古陸 65
Baltimore oriole 巴爾的摩擬黃鸝 193
Baluster 欄杆柱
Asian building 亞洲建築 490
Gothic building 哥德式建築 473
Neoclassical building 新古典主義建築 483
Balustrade 欄杆
Asian building 亞洲建築 490
Baroque church 巴洛克教堂 479,480
Cathedral dome 大教堂的穹窿 487
Gothic church 哥德式教堂 472,473
Neoclassical building 新古典主義建築 478,483
Nineteenth-century building 19 世紀建築 493
Renaissance theatre 文藝復興時期的戲院 477
Twentieth-century building 20 世紀建築 495
Balzac 巴爾札克 35
Bamboo 箭竹屬 131
Banana 香蕉 146
Banded ironstone 帶狀鐵礦 277
Banded milk snake 白環蛇 184
Bandy 中鋒 540
Bank of England 英格蘭銀行 482
Banner 旗幟 375
Bar 線條
Musical notation 記譜法 502
Relief-printing press 凸板印刷機 449
Barb 倒鉤
Angling 釣魚 562
Cnidocyte 刺細胞 167
Barberry 小檗屬 130,131
Barbette 炮台
Battleship 戰列艦 394
Gun turret 炮塔 396
Bare end 裸端
Reef knot 平結 388
Single sheet bend 繩環結 387

Barium 鋇 310
Bark 樹枝
　Bishop pine stem 主教松莖 125
　Epiphyte 附生植物 162
　Lichen 地衣 114
　Perennials 多年生植物 130,131
　Stem 莖 134
　Woody plants 木本植物 130,131
Bar keel 矩形龍骨 392
Barkhan dune 新月形砂丘 283
Bar leather 鞍革 583
Bar line 小節線 502
Barnacle 藤壺屬 172,173
Barnard's Star 巴納德星 23
Baroque style 巴洛克風格 478,483
Barosaurus 巴爾龍屬 82
Barrel 絞盤筒
　Gun turret 炮塔 397
　Wood capstan 木絞盤 387
Barrel arbour hook 條盒心軸卡 566
Barrel joint 筒形接頭 508
Barrel pivot hole 筒樞軸孔 566
Barrel vault 桶形穹窿 484,485
　Ancient Roman building 古羅馬建築 463,464
　Baroque church 巴洛克教堂 479
　Medieval church 中世紀教堂 468
　Nineteenth-century building 19世紀建築 493
Barrier beach 堰洲沙灘 294
Barrier reef 堡礁 299
Barry, C. C. 巴里 493
Bars 琴板 516,517
Bar swivel 條形轉環 562
Baryonyx 重爪龍 83,84,85
Baryte 重晶石 270
Basal disc 基盤 167
Basal scale 基部鱗片 114
Basalt 玄武岩 274,275
Basaltic lava 玄武熔岩 272
Bascule 活動桁架 493
Base 基礎
　Ancient Greek temple 古希臘神廟 461
　Ancient Roman building 古羅馬建築 463,465
　Asian building 亞洲建築 491
　Baroque church 巴洛克教堂 479,481
　Dome 穹窿 484,486,487
　French temple 法國神廟 485
　Gothic church 哥德式教堂 470,472
　Medieval church 中世紀教堂 469
　Neoclassical building 新古典主義建築 478,483
　Renaissance theatre 文藝復興時期的戲院 477
　Sheet lead 帆角索導板 383
　Twentieth-century building 20世紀建築 494
　Twin bollards 雙護柱，雙繫纜柱 386
Baseball 棒球 536,537

Base line 基線
　Calligraphy lettering 書法書寫；書法字 445
　Tennis 網球 544
Basement 地下室 483
Basement membrane of Bowman's capsule 腎小球囊莖膜 257
Base of phalanx 指骨底 230
Base plate 底板 552
Bases 壘，基礎 536
Basic movements 基本運動 237
Basic shield volcano 基性盾形火山 272
Basidium 擔子 115
Basilar artery 貫要動脈 252
Basilar membrane 底膜 243
Basilican system 巴西利卡體系 468
Basilica of St. Madeleine 聖馬德林巴西利卡教堂 468
Basilic vein 貫要靜脈 253
Basket 籃框
　Basketball 籃球 532
　Ski pole 滑雪杖 552,553
Basket arch 三心拱 472,484
Basketball 籃球 532,533
Basket star 筐魚 174
Basking shark 姥鯊 179
Bas-relief carving 淺浮雕 491
Bass angling 鱸魚釣捕 562
Bass bridge 低音琴橋
　Concert grand piano 音樂會用平台式大鋼琴 515
　Upright piano 立式鋼琴 514
Bass clarinet 低音單簧管 504
Bass clef 低音譜號 502
Bass drum 大鼓 504,505,518,519
Bass formation 巴斯層組 277
Bass joint 低音接頭 508
Bass notes 低音音符 512
Bassoon 低音（巴松）管 503,504,505,508
Bass voice 男低音 502
Bastille 巴士底監獄 466
Bat 球棒
　Baseball 棒球 537
　Cricket 板球 539
Bat (animal) 蝙蝠（動物）105
Batholiths 岩基 274,275
Batsman 擊球員 538,539
Batten 壓條
　74-gun ship 裝有74門炮的炮船 381
　Junk 平底帆船 376
Batter 擊球手 536,537
Battery 電池
　Bell-47 helicopter 貝爾47直升飛機 422
　Bersey electric cab 伯塞電動汽車 342
　Camera 照相機 588
　Kirby BSA racing sidecar 柯爾比 BSA 競賽跨鬥摩托車 369
　Lawnmower 割草機 580,581
Battery box 蓄電池箱 327,424

Battery carrier 蓄電池安裝托架 338
Battery case lid 電池盒蓋 574
Battery chamber cap 電池盒蓋 588
Battery compartment 電池艙 407,574
Battery connection 電池連接線 581
Battery contact 電池接點 574
Battery overspill 電池溢出物 422
Battery retainer 電池托架 581
Battery strap 蓄電池固定箍帶 339
Batting gloves 擊球手套
　Baseball 棒球 537
　Cricket 板球 539
Battlemented cornice 雉堞形檐口 471
Battlements 雉堞牆 466,467
Battleship 戰列艦 394,395
Bauxite 鉛土礦 268
Bay 海灣，屋翼
　Building 建築 468,469,494
　Coastline features 海岸線的特徵 295
　River features 河流的特徵 291
Bay-head beach 灣頭灘 294
Bay-leaf garland 桂冠花飾 480
Bayonet fixing 插入式固定（卡口固定件）352
Bay window 凸窗 477
BE 2B bomber BE 2B 轟炸機 404,405
Beach 海灘
　Coastline 海岸線 294,295
　River development 河流發育 289
Beacon 燈標，信號燈 407,422,423
Beaded edge tyre 楔邊式輪胎 336
Beadlet anemone 珠狀海葵 166
Bead moulding 圓珠形線腳 459
Beak 喙
　Ankylosaurus 甲龍屬 94
　Attic vase 典雅花瓶 372
　Bird 鳥 188-190
　Ceratopsian 角龍屬 100
　Chelonian 海龜 186
　Dolphin 海豚 204
　Euoplocephalus 包頭龍 94
　Hatching chick 孵化雛雞 192,193
　Iguanodon 禽龍屬 97
　Moss 蘚 119
　Octopus 章魚 176
　Ornithopod 鳥腳類 96
　Panoplosaurus 全結龍 94
　Protoceratops 原角龍屬 102
　Psittacosaurus 鸚鵡嘴龍屬 103
　Stegosaurus 劍龍屬 92
"Beaked lizards" 有喙蜥蜴 68
Beaked whale 劍吻鯨 204
Beaker 燒瓶 312
Beam 梁
　BAe-146 jetliner BAe-146 噴射客機 414
　Gothic church 哥德式教堂 473
　High-tension 高抗拉 496
　Iron paddlesteamer 鐵製明輪船 393

Mini-television 迷你電視 574
Modern building 現代建築 497-499
Nineteenth-century building 19世紀建築 492
Single skull 單人雙槳賽艇 560
Bean 豆
Black 黑色的 153
Broad 寬闊的 152
Bear 熊 104,106,194,195
Bearing 軸承
Electric generator 發電機 317
Jaguar V12 engine 美洲豹牌 V12 型發動機（引擎）345
Motorcycle gearbox 摩托車變速器 366
Rotary engine output shaft 旋轉活塞式引擎的輸出軸 411
Bearing assembly 支軸組件 425
Bearing housing 軸承蓋 344
Bearing mount 軸承架 411
Bearing seal 軸承密封 359
Bearing sleeve 軸承套 338
"Beast feet" 四足獸 84
Beaten gold 金箔 432
Beats 節拍 502
Beaver 河狸 196,197
Becket 繩環 383
Becket Chapel 貝克特教堂 467
Bed 床，底座
Relief printing press 凸板印刷機 449
Sedimentary rocks 沉積岩 276
Bedding plane 層面
Cave system 洞穴系統 285
Coastline 海岸線 294,295
Bedford cord upholstery 厚質凸條布裝飾 336
Bedplate 基座 390
Bedrock 基岩 298
Delta formation 三角洲的形成 291
Bee 蜜蜂 168,379
Bee hummingbird 蜂鳥 193
Bee pollination 蜜蜂傳粉 144,145
Beeswax 蜂蠟 384,583
Beethoven 貝多芬 35
Beetle 甲蟲 168
Begonia 秋海棠屬 129,155
Begonia x tuberhybrida 球根秋海棠 129,155
Behaviour 行爲 108,237
Belaying pin 繫繩栓 382
Belemnites 箭石屬 71,278,279
Belfry 鐘樓
74-gun ship 裝有 74 門炮的炮船 380
Church of St. George in the East 東方聖喬治教堂 481
Bell 管口 508
Bell 206 Jetranger 貝爾 206 徘徊者噴射飛機 423
Bell 47G-3B1 貝爾 47G-3B1 直升飛機 422,423
Bellatrix 參宿五 18
Bell chamber 鐘室 493
Bell crank 鐘形曲柄 391
Bell housing 鐘形罩 347
Bell joint 管口接頭 508
Bello 貝姚 35
Bell Regio 貝爾區
Radar map of Venus 金星的雷達圖 36
Structure of Venus 金星的構造 37
Belly 腹部
Bird 鳥 188
Caiman 凱門鱷 186
Dolphin 海豚 204
Elephant 象 201
Horse 馬 198
Lion 獅 195
Lizard 蜥蜴 184
Sail 帆 384
Viola 中提琴 511
Violin 小提琴 510
Belly-band 肚帶 555
Belly nail 腹帶釘 582,583
Belt 帶
Jupiter 木星 44,45
Structure of Saturn 土星的結構 47
Belt armour 帶狀裝甲板 394
Belt colour 腰帶顏色 556
Belt drive 皮帶傳動 366
Belt guard 皮帶護擋 580
Belt pulley 皮帶輪 345
Belt tensioner（皮帶鬆緊調整器）皮帶張緊輪 344
Belvedere 瞭望樓 476
Bench officials 工作人員座席（官員座席）
Ice hockey 冰球 550
Lacrosse 長曲棍球 541
Bending 彎曲 318
Bends 索結 387
Benguela current 本格拉涼流 297
Satellite map 衛星圖 264
Benz, Karl 卡爾・朋馳 334
Benz Motorwagen 朋馳（賓士）牌小型汽車 335
Benz six-cylinder engine 朋馳（賓士）6 缸引擎 405
Berardius bairdi 貝特鯨 205
Berberis sp. 小檗屬的一個種 130,131
Berkelium 錇（鉳）311
Berries 漿果 148,149
Bersey electric cab 伯塞電動汽車 342
Berthing ropes 繫泊繩索 387
Beryl 綠寶石 270
Beryllium 鈹 310
Beta Hydri 水蛇座β 20
Beta Mensae 山案座β 20
Beta Pictoris 繪架座β 21
Beta ring β環 48
Betelgeuse 參宿四 18,21
Hertzsprung-Russell diagram 赫羅圖 23
Orion 獵戶座 18
Universe 宇宙 10,11
Betula grossa 樺木屬的一個種 74
Betula lenta 美加甜樺 76
Betulites 擬樺屬 74
Bevel gear 錐齒輪 335
Bevel pinion 小錐齒輪 338
Beverley Minster 比佛利大教堂 484
Bhagirathi Parbat 喜馬拉雅山脈 62
Bianco di San Giovanni 消石灰 434,435
Biathlon rifle 滑雪射擊步槍 549
Bib 護頸 557
Bi-block engine 雙缸體引擎 337
Biceps brachii muscle 肱二頭肌 226
Biceps femoris muscle 股二頭肌 227
Bicycle 自行車 360,361
Bicycle anatomy 自行車解剖圖 358,359
Bicycle riding 騎自行車 315
Biennials 二年生植物 128
Biflagellate cell 雙鞭毛細胞 116
Bifurcate ligament 叉狀韌帶 232
"Big Ben" 大本鐘 493
Bigbore rifle shooting 大口徑步槍射擊 548,549
Big end 大端
Flat-four cylinder arrangement 四缸臥式引擎氣缸總成 340
Four-stroke cycle 四衝程循環 343
Jaguar straight six engine 美洲豹直式 6 型引擎 344
Mid West engine 中西引擎 410
Trojan engine 特洛伊引擎 342
Big-end bearing 連桿大端軸承 335
Bight 繩環 388
Big toe 大腳趾 232,233
Bile duct 輸膽管 189,249
Bilge keel 舭龍骨 395,397
Bilge keelson 船底內龍骨 393
Bill 尖
Danforth anchor 熱尾錨 386
Running block 動滑輪 383
Sail hook 帆掛鉤 384
Bilobed leaves 兩裂葉 123
Binder 捆紮物 464
Binder bolt 連接螺栓 361
Binder clip 活頁夾 430
Binding 滾條 383
Acoustic guitar 古典吉他 512
Iron paddlesteamer 鐵製明輪船 392
Binding medium 粘結劑 440
Binnacle box 羅盤箱 378
Biology symbols 生物學符號 591
Bipedal dinosaur 雙足恐龍 84,96,100
Bipinnate leaf 二回羽狀複葉 137
Biplane elevator 雙翼面升降舵 398,399
Biplanes 雙翼機 402,403,408
Bipolar neuron 雙極神經元 239
Birch 樺屬 74,76

Bird 鳥類 84,188-191
　Beak 喙 190
　Earth's evolution 地球演化 57
　Feathers 羽毛 191
　Feet 腳 190
　Fossil record 化石記錄 279
　Wing 翅 191
"Bird feet" "鳥腳" 96
Bird-hipped dinosaur 有鳥臀恐龍 82,92,96
Bird of prey 食肉鳥 188
Bird pollination 鳥傳粉 144
Bishop pine 主教松 124,125
Bismuth 鉍 281,311
Bit 鑽頭 569
Biternate leaves 二回三出複葉 137
Bit-guard 嚼套 555
Bitt 繫纜柱
　74-gun ship 裝有 74 門炮的炮船 380,381
　Roman corbita 羅馬商船 373
Bitter end, Hawser 纜索索端 387
Bituminous coal 煙煤 280
Bivalves 兩瓣 79,176,278,279
Blackbacked gull 黑背的鷗 193
Black bean 黑豆 153
Black belt 黑腰帶 556
Blackberry 黑刺莓 130,146,147
Blackburn monoplane 布萊克本單翼機 400,401
Blackburn, Robert 羅伯特·布萊克本 400
Black dwarf 黑矮星 24,25
Blackheaded gull 黑頭鷗 189
Black holes 黑洞 28,29
　Galaxies 星系 12
　Massive stars 大質量恒星 26,27
Black Mesa 布萊克黑方山 277
Black rhinoceros 黑犀牛 199
Black Sea 黑海 265
Blackstonia perfoliata 貫葉克勞拉草 144
Black walnut 黑胡桃 137
Black widow spider 黑寡婦蜘蛛 171
Bladder 膀胱
　Bony fish 硬骨魚 181
　Chimpanzee 黑猩猩 202
　Dolphin 海豚 205
　Domestic cat 家貓 195
　Elephant 象 200
　Human 人 215,257,258,259,261
　Lizard 蜥蜴 185
　Rabbit 兔 196
　Soccer ball 足球 525
　Swim 游泳 178,180,181
　Tortoise 陸龜 187
　Urinary 尿的 181
Bladder Wrack 囊狀墨角藻 117
Blade 槳、葉片、刀口
　Butterwort 捕蟲堇 161
　Calligraphy drawing board 書法板 445
　Danforth anchor 熱尾錨 386
　Dicotyledon leaf 雙子葉植物葉 127

Fencing foil 擊劍用花箭 557
Golf clubs 高爾夫球桿 547
Hockey stick 曲棍球球棍 540
Kayak paddle 皮艇槳 560
Lawnmower 割草機 580,581
Leaf surfaces 葉表面 136,138
Monocotyledon leaf 單子葉植物葉 127
Propeller 螺旋槳 390
Roman rudder 古羅馬船舵 373
Sculling oar 賽艇用槳 560
Seaweed 海藻（草）116,117
Vegetative reproduction 營養繁殖 154
Venus fly trap 捕蠅草 160
Volkswagen Beetle 金龜車 341
Wetland plants 濕地植物 158,159
Blade bolt 刀片螺栓 581
Blade counterweight 槳葉配重 406,422
Blade cover 刀片護罩 580
Blade retainer 刀片定位器 581
Blade-root attachment 槳葉根部連接裝置 422,423
Blade tip sealing shroud 葉尖密封罩 419
Blanking plate 遮板 411
Blast bag 吹膛鼓 396
Blast-pipe 排氣管 325
Blending 溶劑, 介質 440
Bleriot XI monoplane 布雷里奧 XI 型單翼機 401
Bleriot, Louis 路易·布雷里奧
　Early monoplane 早期的單翼機 400
　Pioneers of flight 飛行先驅 398
Blindage 掩體 377
Blind arch 裝飾性拱；暗拱
　Asian building 亞洲建築 491
　Cathedral dome 大教堂穹窿 487
　Gothic church 哥德式教堂 470
Blind door 暗門 478
Blind pull 窗簾拉繩 336,337
Blind release bar 暗放鬆桿 552
Blind-side prop 暗邊支持前鋒 530
Blind spot 暗點 241
Blind tracery 實心窗格 493
Blind trefoil 裝飾性三葉飾 473
Blind window 音窗 478
Block and tackle 滑輪組 382,383
Block carving 粗加工後的石灰石塊 470
Block cube 方形小塊 270
Block disintegration 岩塊崩解 282
Block-fault lake 塊斷層湖 293
Block-fault mountain 斷塊山 62
Block flap 鞍翼 582,583
Blocking pad 攔截板 550
Blocks 組 310
Blood cells 血細胞 253
Blood clotting 凝血 253
Blower control 吹風機控制裝置 325
Blower isolator valve 吹風機隔離閥

325
Blower shroud 吹風機護罩 580
Blow hole 吹孔 508
Blowhole 鼻孔 205
Blubber 脂肪 204
Blue-and-yellow macaw 藍黃鸚鵡 190
Blue-green alga 藍綠藻 56,78
Blue light 蘭光 318
Blue line 藍線 550
Blue supergiant star 藍超巨星
　Hertzsprung-Russell diagram 赫羅圖 23
　Stellar black hole 黑洞星 29
Blue whale 藍鯨 204,205
Bluff 陡堤岸 289
Blunt button 鈍頭 556,557
BMW R/60 motorcycle 寶馬 R/60 型摩托車 362
Board 板
　Ice hockey rink 冰球場 550
　Modelling 造型 455
　Pastels 色粉條, 色粉條畫（法）, 彩色粉筆（畫）, 蠟筆（畫）, 粉畫（法）441
Boarding 板條 464
Board mounting 板上鑲嵌 450,451
Board paper 紙板 586,587
Boat boom 吊艇桿 395
Boatbuilder's tools 造船工具 374
Boat handling derrick 救生艇收放搖臂吊桿 395
Boat slide 船的滑道 378
Boat winch 吊艇絞車 394
Bobstay 船首斜桁支索 379
Body 體、軀體
　Anchisaurus 安琪龍屬 89
　Discus 鐵餅 542
　Dunkeld wet fly 浸泡濕蠅餌 563
　Motorcycle 摩托車 364,365
　Sauropodomorpha 蜥腳形亞目 88
　Stringed instruments 弦樂器 510
Body-bag 飛行員吊袋 426
Body cells 體細胞 216,217
Body covering 機身蓋板 588
Body cradle 飛行員軀體搖架 398
Body drop 落體 556
Body joint 笛身接頭
　Flute 長笛 508
　Piccolo 短笛 508
Body mount 車身安裝架 338
Body organs 人體器官 214,215
Body padding 護身 526
Body sections 體節
　Insect 昆蟲 168
　Scorpion 蠍 170
　Spider 蜘蛛 170,171
Body-shell 鼓身 518,519
Bodyshell 車殼
　Renault Clio 雷諾·克萊奧牌汽車 348,349
　Volkswagen Beetle 金龜車 341
Body tackles 身體擒抱 528
Body temperature regulation 體溫

調節
　Dinosaurs 恐龍 92
　Mammals 哺乳類動物 104
Body wire 連體導線 557
Bodywork 汽車車身 348,349
　Racing cars 賽車 356
　Volkswagen Beetle 金龜車 341
Bodywork mounting point 車身安裝點 364
Boeing 747-400 波音 747-400 型客機 412
Bogie axle 轉向輪軸 326
Bogie frame 轉向構架 325
Bogie main landing gear 小車式主起落架 416
Boiler 鍋爐
　Box boiler 箱形鍋爐 392
　Donkey boiler 輔助鍋爐 392
　Steamboat with paddle wheels 帶有槳輪的汽船 391
　Steam locomotives 蒸汽機車 324,325
Boiler pressure gauge 鍋爐壓力表 325
Boiler water level 鍋爐水位 325
Bole base 紅玄武土基石 432,433
Bollard 繫船柱
　Battleship 戰列艦 395
　Frigate 護衛艦 397
　Mooring and anchoring 繫泊和拋錨 386,387
Bolson 乾湖地 282
Bolster 墊木 378
Bolt 螺栓、門閂
　Church of St. Pierre 聖皮埃爾教堂 499
　Lawnmower 割草機 580
　Lower deadeye 下部三孔滑車 383
　Shackle 鉤環 386
　Toaster 烤麵包機 578
Bolted anchor 螺栓固定 425
Bolt hole 螺栓孔
　Drum brake 鼓式制動器 365
　Mid West rotary engine 中西轉缸式發動機（引擎）411
　Twin bollards 雙繫纜柱 387
Bolt rest 弩箭座 548
Bolt rope 帆邊粗繩 372,384
Bolts 弩箭 548,549
Bomb 炸彈 404,408
Bomb aimer's viewing panel 轟炸員觀察窗 408
Bomb door 炸彈艙門 408
Bomber 轟炸機
　Modern military aircraft 現代軍用飛機 420
　World War I aircraft 第一次世界大戰中的飛機 404,405
　World War II aircraft 第二次世界大戰中的飛機 408,409
Bomb rack 炸彈架 404
Bonaventure mast 第四桅的桅杆 377
Bonaventure topcastle 第四桅的頂桅船樓 377

Bonaventure topmast 第四桅的頂桅 377
Bonaventure yard 第四桅桁 377
Bonded brick wall 砌合磚牆 492
Bonding 結合，鍵合，砌合
　Chemical reactions 化學反應 312
　Covalent 共價的 309
　English bond 法國神廟 485
　Gases 氣體 307
　Ionic 離子的 308
　Liquids 液體 307
Bone cell 成骨細胞 217,225
Bone marrow smear 骨髓圖片 225
Bones 骨
　Fossil 化石 278
　Human 人的 224,225,230,232
Bone structure 骨骼結構 108
Bone surface 骨表面 80
Bonnet 頂蓋
　1906 Renault 1906 年雷諾牌汽車 337
　Ford Model T 福特牌 T 型汽車 339
　Renault Clio 雷諾·克萊奧牌汽車 349
　Volkswagen Beetle 金龜車 340,341
Bonnet catch 引擎（發動機）罩搭扣 336,349
Bonnet clip 機罩卡扣 339
Bonnet hinge 引擎（發動機）罩鉸鏈 349,341
Bonnet-release cable 引擎（發動機）罩脫扣拉索 349
Bonnet-release handle 機罩放鬆手柄 341
Bonnet stay 機罩撐桿 337
Bony crest 骨脊
　Baryonyx 重爪龍 83
　Corythosaurus 盔頭龍屬 98
　Lambeosaurus 賴氏龍屬 99
　Parasaurolophus 似棘龍屬 99
Bony dorsal shield 背部骨質保護物 78
Bony fish 硬骨魚 180,181
Bony frill 骨質皺褶 100
Bony nodule 骨結
　Pachycephalosaurus 腫頭龍屬 100
　Prenocephale 傾頭龍 100
Bony ridge 骨脊 100
Bony shelf 骨甲 100,101
Bony spike 骨刺突 100
Bony strut 骨支柱 83
Bony studs 柱狀骨 92
Bony tendons 骨腱 96
Bookbinding 裝訂 586
Books 書籍 586,587
Boom 吊桿
　Battleship 戰列艦 394,395
　Curtiss Model-D pusher 寇蒂斯的 D 型推進式飛機 399
　Double topsail schooner 雙斜桁上帆斯庫納縱帆船 385
　Guest boat boom 繫艇桿 394

Hong Kong and Shanghai Bank 香港匯豐銀行 498
　Longboat 大艇 380
　Rigging 索具 382
　Sailing dinghy 東印度帆船 561
Boom guy block 吊桿牽索滑輪 382
Boomkin 船首伸桿 380
Bootes 牧夫座 18,21
Boots 靴
　Riding 騎馬 554
　Sailing 帆船運動 560
　Ski 滑雪 552
Bordino Steam Carriage 波迪諾蒸汽汽車 334,335
Borealis Planitia 北方平原 35
Borneo 波羅洲 265
Boron 硼 311
Boss 凸飾，凸起部
　Church roof 教堂頂 468,469
　Hurley 愛爾蘭曲棍球 541
　Viking karv 北歐 " 卡芙 " 級海盜船 374
Bothriolepis 溝鱗魚屬 65
Botryoidal habit 葡萄狀晶癖 270,271
Bottom ballast 底部穩定物 377
Bottom bracket 底托 358
Bottom bracket axle 底托軸 358
Bottom cover assembly 底蓋組件 588
Bottom filler 鞋底墊片 570,571
Bottom hose （散熱器）下部軟管 351
Bottom lining 底部襯料 577
Bottom plate 底板 390,392,393
Bottom race 底部座圈 359
Bottomset strata 底積層 283
Bottom splat 底部縱長背條 576
Boudin 石香腸 60,61
Boulder beach 漂礫灘 295
Boulder clay 泥礫 286
Bounce pass 反彈傳球 535
Boundary 邊界
　Cricket 板球 538
　Mantle-crust 地函-地殼 39
　Outer core-mantle 外地核-地函 39
Boundary line 邊界線
　Australian rules football 澳大利亞式橄欖球 528
　Badminton 羽毛球 545
　Cricket 板球 538
　Squash 壁球 545
Bow 船首，弓
　74-gun ship 裝有 74 門炮的炮船 381
　Kayak 皮艇 560
　Sailing dinghy 東印度帆船 561
　Stringed instruments 弦樂器 510
　Wooden sailing ship 木帆船 378
Bowball 艇首球 561
Bow drill 弓鑽 109
Bower anchor 船首錨
　Battleship 戰列艦 395
　Sailing warship 航行中的軍艦 377

Wooden sailing ship 木帆船 379
Bowclip 艇首夾頭 561
Bow front 弓形前端 483
Bowl 碗狀(環形)445
Bowler 投球手 538
Bowline 單套結 388,389
Bowling crease 投球線 538
Bowman's capsule 腎小球囊 256
Bowman's space 腎小球囊腔 257
Bow ornament 船頭裝飾 375
Bow section 船頭部分 392
Bow-side oar 船頭槳 560
Bowsprit 船首斜桅
Iron paddlesteamer 鐵製明輪船 393
Longboat 大艇 380
Rigging 索具 382
Sailing warship 航行中的軍艦 376
Tea clipper 運茶快速帆船 392
Wooden sailing ship 木帆船 378, 379
Bowsprit cap 船斜桁帽 382
Bowtell moulding 半圓凸線腳 475
Box 包廂 477
Box boiler 箱形鍋爐 392
Box fold 箱狀褶皺 61
Box freight car 棚車 327
Boxing 拳擊 556
Box-leaved milkwort 革葉遠志 144
Box-section swingarm fork 箱形斷面擺臂 364
Box-section tubular cradle frame 箱形斷面管狀炮架式車架 364
Box sister keelson 箱形副內龍骨 393
Boxwood staff 黃楊木支柱 377
Brace 支撐、撐柱
Asian building 亞洲建築 490
Barrel vault 筒形拱 485
Dome 穹頂 486
Double topsail schooner 雙斜桁上帆斯庫納縱帆船 385
"Ellerman Lines" steam locomotive "艾勒門線號"蒸汽機車 324
Gothic building 哥德式建築 473
Neoclassical building 新古典主義建築 479
Nineteenth-century building 19世紀建築 493
Roman corbita 羅馬商船 372
Sailing warship 航行中的軍艦 377
Trombone 長號(伸縮喇叭)506
Wooden sailing ship 木帆船 378
Brace-and-bit 手搖曲柄鉆 568,569
Brace block 轉帆索滑車 373
Bracer 護套 548
Brachial artery 肱動脈 253
Brachialis muscle 肱肌 226
Brachial plexus 臂神經叢 238
Brachial valve 腕殼瓣 278
Brachiocephalic trunk 頭臂幹 251
Brachiocephalic vein 頭臂靜脈 253
Brachiopods 腕足動物 278,279
Brachioradialis muscle 肱橈肌 226
Brachiosaurus 鰓恐龍 88,90,91
Brachylophosaurus 矮脊龍屬 98
Bracing 支柱 513
Bracing cable 拉索 427
Bracing strut 支柱 401,402,423
Bracing tube 撐管 364
Bracing wire 拉線
Bleriot XI monoplane 布雷里奧XI型單翼機 401
LVG CVI fighter LVG CVI 戰鬥機 405
Wright Flyer 萊特飛行器 399
Bracken 歐洲蕨 121
Bracket 托架,托座
Baroque church 巴洛克教堂 479
Cathedral dome 大教堂穹頂 484
Gothic building 哥德式建築 473
Islamic tomb 伊斯蘭墓 489
Medieval building 中世紀建築 466
Neoclassical building 新古典主義建築 478
Renaissance building 文藝復興時期建築 475
Bracket shell 托架外殼 58
Bracteoles 小苞片
Dehiscent fruit 裂果 151
Ice-plant 冰晶松葉菊 129
Live-for-ever 常青植物 129
Bracts 苞片 141-143
Bromeliad 鳳梨 113
Dicotyledon flower 雙子葉植物花 127
Durmast oak 無梗花櫟 131
Florists' chrysanthemum 菊 129
Guzmania lingulata 垂花果子曼 163
Ice-plant 冰晶松葉菊 129
Indehiscent fruit 閉果 150
Live-for-ever 常青植物 129
Peruvian lily 黃六出花 129
Rose 薔薇屬 131
Slender thistle 飛廉屬的一個種 129
Wind-pollinated plant 風媒植物 144
Bract scales 苞鱗 122
Braided polyester 編結聚脂 388
Braided stream 網流 286
Braiding 編織;編飾
Dragon prowhead 龍形船首 374
River features 河流的特徵 290
Brailing rope 卷帆索 372
Brail line 卷帆索 372
Brain 腦
Bird 鳥 189
Bony fish 硬骨魚 181
Butterfly 蝴蝶 169
Chimpanzee 黑猩猩 202
Crayfish 蝲蛄(小龍蝦)173
Dogfish 角鯊 179
Dolphin 海豚 205
Domestic cat 家貓 195
Elephant 象 200
Hominid 人科動物 108
Human 人 236,237
Lizard 蜥蜴 185
Octopus 章魚 176
Rabbit 兔 196
Spider 蜘蛛 170
Braincase 腦殼 108
Brain cavity 腦腔 100
Brainstem 腦幹 236
Brake 制動器 332,350
Brake actuating chain 制動傳動鏈 327
Brake arm 制動臂 552
Brake back plate 制動底板 340,350
Brake block 制動蹄片 360
Brake bridge 制動橋 361
Brake cable 制動器拉索 365
Brake calliper 制動器測徑器
ARV light aircraft ARV 輕型飛機 424
Disc brake 盤式制動器 365
Harley-Davidson FLHS Electra Glide 哈利-戴維森牌風掣電動摩托車 363
Honda VF750 本田 VF750 型摩托車 364,365
Husqvarna Motocross TC610 赫斯夸瓦納摩托車越野賽 TC610 型競賽摩托車 368
Renault Clio 雷諾·克萊奧牌汽車 351
Suzuki RGV500 鈴木牌 RGV500 型摩托車 368,369
Wagon bogie 貨車轉向架 331
Brake cylinder 制動缸 327,350,351
Brake disc 制動盤
ARV light aircraft ARV 輕型飛機 424
Renault Clio 雷諾·克萊奧牌汽車 351
Wagon bogie 貨車轉向架 331
Brake drum 制動鼓 339,340,342
Brake duct 制動管道 356,357
Brake fluid 制動液 365
Brake hose 制動軟管 351
Brakeless wheel hub 無制動器輪轂 369
Brake lever 制動槓桿
ARV light aircraft ARV 輕型飛機 425
Benz Motorwagen 用馳牌小型汽車 335
Bicycle 自行車 359
Eddy Merckx racing bicycle 艾迪·默克斯型競賽自行車 361
Harley-Davidson FLHS Electra Glide 哈利-戴維森牌風掣電動摩托車 363
Kirby BSA 柯爾比 BSA 競賽跨門摩托車 369
Suzuki RGV500 鈴木牌 RGV500 型摩托車 369
White Steam Car 特洛伊二衝程發動機 342
"Windcheetah" racing HPV bicy-

cle 風豹人力驅動賽車 361
Brake master cylinder 制動主缸
Harley-Davidson FLHS Electra Glide 哈利-戴維森牌風掣電動摩托車 363
Honda VF750 本田 VF750 型摩托車 364
Suzuki RGV500 鈴木牌 RGV500 型摩托車 368
Brake mount 制動器安裝盤 424
Brake pad 制動塊
Disc brake 盤式制動器 365
Eddy Merckx racing bicycle 艾迪・默克斯型競賽自行車 361
Renault Clio 雷諾・克萊奧牌汽車 351
Wagon bogie 貨車轉向架 331
Brake pedal 制動踏板
Harley-Davidson FLHS Electra Glide 哈利-戴維森牌風掣電動摩托車 363
Honda VF750 本田 VF750 型摩托車 364
Oldsmobile bodywork 老爺車車身 337
Renault Clio 雷諾・克萊奧牌汽車 350
Steam-powered Cugnot 居紐蒸汽動力車 334
Suzuki RGV500 鈴木牌 RGV500 型摩托車 368
Brake pipe 制動管路
ARV light aircraft ARV 輕型飛機 424
BAe-146 components BAe-146 零件 414
Formula One racing car 一級方程式賽車 357
Lockheed Electra airliner 洛克希德公司伊利克特拉客機 406,407
Brake pivot bolt 制動樞軸螺栓 361
Brake plate 制動板 365
Brake quadrant 制動齒扇 335
Brake rigging 制動裝置
British Rail Class 20 diesel engine 英國鐵路局 20 級內燃機 327
"Ellerman Lines" steam locomotive "艾勒門線號"蒸汽機車 324,325
Brake rod 制動桿 337,339
Brake servo 制動(助動)伺服機 351
Brake shield 制動器罩 351
Brake shoe 閘瓦(制動片) 330
"Deltic" diesel-electric locomotive "狄爾替克"號柴油電動機車 327
Drum brake 鼓式制動器 365
"Ellerman Lines" steam locomotive "艾勒門線號"蒸汽機車 325
Renault Clio 雷諾・克萊奧牌汽車 350
Brake slip 制動滑道 395
Brake torque arm 制動扭矩桿 364
Brake vacuum pump 眞空制動泵 324
Braking 制動
Motorcycle 摩托車 364
Train 列車 330
Braking control system 制動控制系統 330
Braking distance 制動距離 331
Bramante 布拉曼德 35
Bramble 黑刺莓 130,146,147
Branched leaf venation 分枝的葉脈型 127
Branches 分枝
Bishop pine 主教松 124
Clubmoss 石松 120
Crab cactus 蟹爪蘭 129
Dicotyledons 雙子植物(類) 127
Horsetail 木賊 120
Perennials 多年生植物 130,131
Seaweed 海藻 117
Sporophore 孢梗 114
Woody plants 木本植物 130,131
Branchial heart 鰓心 176
Branching bracteole 分枝小蒼片 151
Branchiostegal ray 鰓蓋條 181
Branchlet 小枝 114
Branch trace 分枝痕 125
Brassavola nodosa 布拉薩沃拉氏蘭 162
Brass bevel 黃銅斜面 336,337
Brass housing for ignition cable 點火高壓線黃銅屏蔽套 343
Brassica sp. 芸台屬的一個種 132
Brass instruments 銅管樂器 504,505,506,507
Brazil 巴西 331
Brazilian battleship 巴西的戰列艦 394,395
Brazilian current 巴西暖流 296
Brazilian Highlands 巴西高原 264
Bread 麵包 578
Breakfast-room 早餐室 483
Breakwater 擋水板
Battleship 戰列艦 395
Frigate 護衛艦 397
Single scull 單人雙槳賽艇 561
Breast 胸
Bird 鳥 188
Horse 馬 199
Human 人 211
Breast auger 水平螺鑽 374
Breast bone 胸骨 218
Breast stroke 蛙式游泳 558,559
Breastwork 胸牆 380
Breather pipe 通氣管 422
Breccia 角礫岩 276,277
Breech 後膛 396
Breech block 後膛滑輪 396
Breeches 短褲 557
Breech wheel 後膛輪 396
Breve rest 倍(二)全休止符 502
Brick arch 磚拱 324
Brick pier 磚柱 495
Brick vault 磚拱 492
Brick wall 磚牆 492
Bridge 橋,橋形物
Acoustic guitar 古典吉他 512,513
Battleship 戰列艦 394,395
Cello 大提琴 511
Clock 鐘 567
Double bass 低音提琴 511
Electric guitar 電吉他 513
Frigate 護衛艦 397
Golf course 高爾夫球場 546
London Bridge 倫敦橋 466,467
Medieval castle 中世紀教堂 467
Modern building 現代建築 498
Viola 中提琴 511
Violin 小提琴 510
Bridge pin 琴馬釘 512
Bridges 橋 330
Bridle 馬勒 555
Bright Angel shale 布萊特安琪爾頁岩 277
B ring B 環 46,47
Britain 英國 331
Brittle stars 脆海星 174,175
Broad axe 闊斧 374
Broad bean 胡豆 133,152
Broadcast transmitter 發射台 574
Broad disc 寬盤 79
Broad lace trim 裝飾帶 336,337
Broadside 舷側 378
Broken pediment 崩損的山花 481
Bromeliads 鳳梨科 112,113
Epiphytic 附生的 162,163
Bromine 溴 311
Bronchi 支氣管 254
Bronchial nerve 支氣管神經 254
Bronchial tree 支氣管樹 254
Bronchial vein 支氣管靜脈 254
Bronchiole and alveoli 細支氣管和肺泡 254
Bronchus 支氣管
Frog 蛙 182
Human 人 215,255
Bronze casting 青銅澆鑄,青銅鑄件 452
Bronze finishing tools 青銅修磨工具 454
Bronze mast truck 桅桿頂端的青銅滑輪 372
Bronze statue 青銅像 455
Broomrape 列當 163
Browband 額帶 554,555
Brow horn 額角 102
Brow horn core 額角心 103
Brown alga 褐藻 116
Brown scales 褐色鱗片 121
Brown seaweed 褐海藻 116,117
Brow ridge 眉弓
Australopithecus 南方古猿屬 108
Gorilla 大猩猩 203
Homo Sapiens 智人 108
Brush 刷子;電刷 432,444,568
Brush holder 電刷夾頭 568
Brushing boot 刷靴 554
Brush lettering equipment 毛筆書法用品 444

Bryce Canyon 布萊斯峽谷 276
Bryophytes 苔蘚植物 112,118,119
Bryozoans 苔蘚蟲類 279
Bryum sp. 真蘚屬的一個種 112
Buccal cavity 頰腔
Bird 鳥 189
Chimpanzee 黑猩猩 202
Dolphin 海豚 205
Domestic cat 家貓 195
Elephant 象 200
Pachycephalosaurus 腫頭龍屬 100
Rabbit 兔 196
Tortoise 陸龜 187
Buccal mass 口塊 176
Buccinator muscle 頰肌 229
Bucket seat 斗式座椅 361
Bucket tappet 平式挺桿 344
Buckle guard 搭扣護罩 583
Buckram corner piece 硬麻布書角 586,587
Bud 芽
Adventitious 不定的 154
Aechmea miniata 附生鳳梨 162
Apical meristem 頂端分生組織 134
Begonia 秋海棠屬 129
Bishop pine 主教松 124
Broomrape 列當 163
Clematis flower 鐵線蓮花 131
Dicotyledons 雙子植物（類）127
Durmast oak 無梗花櫟 131
Florists' chrysanthemum 菊 129
Horse chestnut 七葉樹屬 130
Larkspur 飛燕草 141
Lily 百合 140
Lime 椴樹 143
London plane 英國梧桐 134
Moss 蘚 119
Oxalis sp. 酢漿草屬的一個種 121
Pine needle 松針葉 125
Rhizome 根莖 155
Root tuber 塊根 154,155
Rose 薔薇屬 131
Rowan twig 花楸細枝 131
Stolon 匍匐莖 154
Water lily 睡蓮 159
Buddhist style 佛教風格 490
Budh Planitia 巴底平原 35
Bud scale 芽鱗
Bishop pine 主教松 124
Dicotyledon stem 雙子葉植物莖 127
London plane 英國梧桐 134
Pine shoot apex 松枝頂端 125
Buffer 緩衝器
"Deltic" diesel-electric locomotive "狄爾替克"號柴油電動機車 327
"Ellerman Lines" steam locomotive "艾勒門線號"蒸汽機車 324,325
Italian State Railways Class 402 義大利國家鐵路局 402 級電力機車 328
"Rocket" steam locomotive "火箭號"蒸汽機車 324
Buffing pad 緩衝墊 328
Bugatti Type 57S 布加蒂牌 57S 型賽車 356
Bugle 軍號 506
Bulb 球形物
Renault Clio 雷諾・克萊奧牌汽車 352
Vegetative reproduction 營養繁殖 154,155
Bulb horn 球形喇叭
1906 Renault 1906 年雷諾牌汽車 337
Ford Model T 福特牌 T 型汽車 338
Bulbil 珠芽 154,155
Bulbourethral gland 尿道球腺 259
Bulkhead 隔壁
ARV Super 2 ARV 超級 2 型輕型飛機 425
Flat freight car 平板車 327
Bulkhead stiffener 艙壁加強桿 393
Bulkhead trim 艙壁裝飾板 407
Bullet 子彈 397,549
Bullet block 蛋形滑車 373
Bullet-shaped guard 子彈狀後鞘 278
Bull-head rail 工字軌 331
Bullnose chisel 圓鑿 452
Bull's-eye 牛眼 549
Bulwark 防禦物
74-gun ship 裝有 74 門炮的炮船 380
Ironclad 裝甲艦 393
Bumblebee 熊蜂 168
Bumper 保險槓
Bus 公共汽車 332,333
Pinzgauer Turbo D 平茲高爾輪機 D 型越野車 355
Renault Clio 雷諾・克萊奧牌汽車 348,349
Volkswagen Beetle 金龜車 341
Bunkers 陷阱 546,547
Bunk space 睡艙 397
Bun lamp burner 尾燈燃燒器 339
Buntline 帆腳索 372
Buon fresco 正規的壁畫 434,435
Buoy 浮標 379
Buoyant wetland plants 漂浮濕地植物 158
Burmese pagoda 緬甸佛塔 490
Burning reaction 燃燒反應 312,313,315
Burnisher 摩擦抛光 432,446
Bursting charge 炸藥 397
Buses 公共汽車 332,333
Bushes 灌木 130,131
Bushing 襯套，絕緣套管
Hydroelectric power station 水電站 314
Lamp 燈 572,573
Butt 粗端
Bassoon 巴松管 508
Lacrosse crosse 長曲棍球球棒 541
Tennis racket 網球拍 54
Butt cap 母竿蓋帽 563
Butte 孤山
Igneous rock structures 火成岩構造 274
Weathering and erosion 風化和侵蝕 283
Buttercup 毛茛屬 127,132,133
Butterfly 蝴蝶 168
Butterfly knot 蝴蝶結 389
Butterfly plate 蝶形板 382
Butterfly swimming stroke 蝶式游泳 558,559
Butterwort 捕蟲菫 160,161
Butt extension 母竿延伸 563
Buttock 臀部
Horse 馬 198
Human 人 210
Button head rivet 圓頭鉚釘 392
Button-quilted upholstery 鈕扣圖案裝飾件 336
Buttress 扶壁 484
Baroque church 巴洛克教堂 478-481
Dome 穹窿 486
Gothic church 哥德式教堂 470-473
Medieval building 中世紀建築 466,468,469
Nineteenth-century building 19 世紀建築 493
Butt section（釣竿）竿托部分 562

C

3C275(quasar) 3C275(類星體) 11
Caarduus tenuiflorus 飛廉屬的一個種 129
Cab 司機室 324,327
Cabane strut 機翼支柱 404
Cabbage 甘藍 132
Cab-end bogie 司機室端部轉向架 327
Cabin 艙
74-gun ship 裝有 74 門炮的炮船 380,381
Iron paddlesteamer 鐵製明輪船 392,393
Wooden sailing ship 木帆船 379
Cabin air-discharge aperture 座艙空氣排放孔 414
Cabin air duct 座艙引氣管道 417
Cabin air-pressure discharge valve 座艙空氣壓力卸壓閥 413
Cabinet rasp 小銼 452
Cabin trim 座艙裝飾 406,407
Cable 電纜 568,569
Cable entry point 電纜入口點 578
Cable guide 電纜導管 358,359,360
Cable holder 纜索櫃 395
Cable retaining gland 電纜止動密封裝置 578
Cable stop 拉索限位器 365

Cable support bracket 拉索支撐架 581
Cacti 仙人掌
Desert survivors 沙漠存活種 112
Dryland adaptation 旱地適應性 156
Herbaceous flowering plants 草本顯花植物 129
Caddy cover flap 光盤活動蓋板 584
Cadmium 鎘 311
Cadmium red 鎘紅 436
Cadmium yellow 鎘黃 438
Caecum 盲腸
Bird 鳥 189
Brachiosaurus 腕恐龍屬 90
Chimpanzee 黑猩猩 202
Cow 牛 198
Digestive 消化的 176,173
Gut 腸 170
Human 人 249
Octopus 章魚 176
Pyloric 幽門的 181,174
Rabbit 兔 196
Rectal 直腸的 174
Caelum 雕具座 18
Caernarvon Castle 卡勒翁城堡 466
Caesium 銫 310
Caiman 凱門鱷 186,187
Calamus 羽根 191
Calcanean tendon 跟腱 232,233
Calcaneum 跟骨 183,199
Calcareous ooze 鈣質軟泥 299
Calcareous plates 鈣質板 172
Calcareous tufa 石灰華 284
Calcite (calcium carbonate) 方解石
Blue chalk 藍色粉筆 430
Carbonates 碳酸鹽 269
Cave 洞穴 284,285
Fossils 化石 278
Mohs scale 莫氏硬度表 271
Sedimentary rocks 沉積岩 277
Testing candle wax 試驗燭蠟 313
Calcite curtain 方解石幕簾 285
Calcite ossicle 鈣化小石 174
Calcite ridge 方解石脊 284,285
Calcium 鈣 310
Earth's composition 地球的成分 39
Earth's crust 地殼 58
Seawater salt content 海水含鹽量 296
Calcium line 鈣線 23
Caldera 破火山口
Igneous rock structures 火成岩構造 275
Lake formation 湖的形成 293
Volcano 火山 272
Caledonian mountains 加里東山脈
Late Carboniferous period 石炭紀後期 67
Triassic period 三疊紀 69
Calf 腓腸（俗稱小腿肚）210
Calico 印花棉布 576,577
Californian purple sea urchin 加利福尼亞紫海膽 175
Californium 鉲（鐦）311
Calliactis parasitica 寄生海葵 166
Calligraphy 書法，字體 444,445
Calliper assembly 制動鉗總成 365
Callipers 卡鉗 452
Callisto 木衛四（克里斯脫）44
Caloris Basin 卡路里盆地 34,35
Caloris Montes 卡路里山脈 35
Calypte helenae 蜂鳥 193
Calyptra 蘚帽（帽狀體）119
Calyx 花萼 140
Allium sp. 蔥 143
Centaury 矢車菊 144
Human 人 256
Simple succulent berry 多汁單果 149
Cam 凸輪 344
Camarasaurus 圓頂龍屬 91
Cambium 形成層 126
Cambrian period 寒武紀
Fossil record 化石紀錄 279
Geological timescale 地質年代表 56
Cam cover 凸輪蓋
Jaguar straight six engine 美洲豹直立式 6 型引擎 344
Jaguar V12 engine 美洲豹牌 V12 型引擎 345
Renault VS10 RS1 engine 雷諾牌 V10 RS1 型引擎 356
Camellia 山茶 137
Camels 駱駝 198,199
Camera 照相機 588,589
Camera pouch 照相機袋 426
Cam follower 凸輪隨動件
Ford diesel engine 福特牌柴油機 347
Jaguar straight six engine 美洲豹直立式 6 型引擎 344
Jaguar V12 engine 美洲豹牌 V12 型引擎 345
Velocette OHV engine 韋洛西蒂牌頂置式氣門引擎 367
Cam lobe 凸輪凸起部 344
Camouflage 偽裝塗漆 409
Camouflage coloration 偽裝色 192
Campaniform capital 紙莎草形柱頭 458
Campanile 鐘樓 477
Camptosaurus 彎龍屬 70,97
Camshaft 曲軸 343-345
Camshaft gear 凸輪軸齒輪 367
Camshaft sprocket 凸輪軸鏈輪 345
Camshaft timing gear 凸輪定時齒輪 344
Canada 加拿大 331
Canadian football 加拿大式橄欖球 524,526,527
Canadian pond weed 伊樂藻 158,159
Canal 管
Sea urchin 海膽 175
Starfish 海星 174
Canals 運河 42
Canaries current 加那利涼流 296
Cancellous bone 鬆質（海綿狀）骨 224
Cancer 巨蟹座 18,21
Candelabrum 燭架 476
Candle lamp 燭燈 335
Candle wax 燭蠟 312,313
Canes Venatici 獵犬座 18,21
Canine tooth 犬齒
Bear 熊 106,194
Chimpanzee 黑猩猩 202
Human 人 246
Hyaenodon 鬣齒獸屬 107
Lion 獅 194
Opossum 負鼠 106
Smilodon 美洲劍齒虎 107
Toxodon 箭齒獸 106
Canis familiaris 德國牧羊犬 195
Canis Major 大犬座 18,21
Canis Minor 小犬座 18,21
Canister 深水炸彈 394
Cannon 炮 376,394
Cannon bone 砲骨 198,199
Cannondale bicycle 坎農達爾牌自行車 361
Cannon pinion 分輪（中心軸小齒輪）567
Canoeing 划艇 560,561
Canopus 老人星 15
Canopy 天篷
1906 Renault 1906 年雷諾牌汽車 336,337
ARV light aircraft ARV 輕型飛機 424,425
Bell-47 helicopter 貝爾 47 直升飛機 422
Daimler engine 戴姆勒發動機（引擎）343
Ford Model T 福特牌 T 型汽車 339
Hawker Tempest components 霍克暴風式戰鬥機零件 409
Oldsmobile engine 老爺車發動機 336
Schleicher glider 施萊徹滑翔機 426
Schweizer helicopter 施魏澤直升飛機 423
Canopy latch 座艙蓋鎖閂 425
Canopy rail 座艙蓋滑軌 409
Canson paper 坎生 441
Cant frame 斜肋骨 381
Cantilever beam 懸臂梁 494
Cantilever brake 懸臂制動器 358,361
Cantilever brake boss 懸臂制動器套轂 359
Cantilevered shade 懸臂遮陽篷 495
Cantle 馬鞍後面弓形部分
English saddle 英國鞍 582
Racing saddle 比賽用馬鞍 555
Showjumping saddle 跳越障礙用的馬鞍 554

anvas 畫布
Acrylic paint 壓克力顏料 442
Oil paint 油畫顏料，油漆 436
Preparation 準備 437
anvas shroud 帆布罩 362
anvas support 畫布支承座 437
anyon 峽谷
Sedimentary rocks 沉積岩 276, 277
Weathering and erosion 風化和侵蝕 282,283
ap 帽
Alga 藻 116
Fungus 眞菌（複數）114,115
Lamp 燈 572
Lawnmower 割草機 580
Radicle tip 胚根尖 153
Wood capstan 木絞盤 387
Wooden sailing ship 木帆船 378,379
apacitor 電容器 575
apacity measurements 容量測量 590
ape gooseberry 燈籠果 149
apella 五車二 18,21
ape Royal 開普羅耶爾 277
apillary fringe 毛細作用帶 293
apillary network 毛細血管網 254
apital 柱頂，柱頭
Ancient Egyptian building 古埃及建築 458,459
Ancient Greek building 古希臘建築 458,460,461
Ancient Roman building 古羅馬建築 458,463,465
Asian building 亞洲建築 490,491
Baroque church 巴洛克教堂 479, 481
Cathedral dome 大教堂的穹窿 487
Domed roof 穹窿屋頂 486
French temple 法國神廟 485
Islamic mosque 伊斯蘭清眞寺 488
Medieval building 中世紀建築 467-469
Neoclassical building 新古典主義建築 478,483
Ptolemaic-Roman period 托勒密-羅馬時期 459
Renaissance building 文藝復興時期建築 476,477
Romanesque style 羅馬風風格 468
Capitate bone 頭狀骨 230
Capitulum 頭狀花序 129,142
Cap line 冠線 445
Cap nut 蓋形螺帽 572
Capricornus 摩羯座 19,20
Capstan 絞船 387
74-gun ship 裝有 74 門炮的炮船 380
Iron paddlesteamer 鐵製明輪船 393
Wooden sailing ship 木帆船 379
Capstan screw 卡定螺桿 514
Capsule 蒴果，苞蒴
Dry fruit 乾果 150,151
Moss 蘚 112,119
Captain's cabin 船長艙 379,381
Captain's seat 機長座椅 416
Captain's shelter 艦長室 394
Capybara 水豚 196,197
Carapace 背板 172,173,187
Carbon 碳
Atomic mass 原子質量 310
Bows 弓 548
Candle wax 燭蠟 312,313
Coal formation 煤的形成 280
Minerals 礦物 268
Periodic table 元素週期表 311
Small stars 小恒星 24,25
Structure of red supergiant 紅超巨星的結構 26
Carbonates 碳酸鹽 269
Carbon atom 碳原子 138
Carbon dioxide 二氧化碳
Earth's atmosphere 地球大氣 300
Gas 氣體 312,313
Mars' atmosphere 火星的大氣 43
Photosynthesis 光合作用 138
Respiratory system 呼吸系統 255
Scrubber compartment 排放室 397
Structure of comet 彗星的結構 53
Venus' atmosphere 金星的大氣 37
Carbon graphite racket 碳精球拍 544
Carbonic acid 碳酸 284
Carboniferous period 石炭紀 56,57,66,67
Reptiles 爬行類動物 80
Carbon ink stick 碳素墨塊 444
Carbonized wood 碳化木條 430
Carbon monoxide 一氧化碳
Mars' atmosphere 火星的大氣 43
Venus' atmosphere 金星的大氣 37
Carbon powder 碳粉 311
Carbon-rich earth layers 地球富碳層 66
Carburettor 汽化器
ARV light aircraft ARV 輕型飛機 425
Mid West twin-rotor engine 中西雙缸發動機（引擎）411
Pegasus Quasar microlight 柏伽索斯類星號超輕型飛機 427
Two-stroke engine 二衝程發動機（引擎）366
Carburettor cover 汽化器蓋 369
Carburettor hot-air intake pipe 汽化器熱空氣進氣管 422
Carburettor hot air lever 汽化器熱空氣控制桿 425
Cardiac notch 賁門切跡 248
Cardiac region of stomach 胃賁門區 179
Cardiac stomach 賁門胃 174
Cardiac vein 心臟靜脈 250
Carduus tenuiflorus 飛廉屬的一個種 129
Cargo-carrying boat 貨船
Dhow 獨桅三角帆船 376
Junk 平底帆船 376
Liberty ship 自由號輪船 392
Roman corbita 羅馬商船 372,373
Tea clipper 運茶快速帆船 392
Cargo derrick 吊貨桿 392
Cargo hatch 貨艙 376
Cargo hold 貨艙 372,392
Caribbean plate 加勒比板塊 59
Caribbean Sea 加勒比海 264
Carina 船底座 21
Carinal canal 脊下道 120
Carina plate 脊板 173
Carling 短縱梁 380
Carmel formation 卡麥爾層組 276
Carnallite 光鹵石 271
Carnassial teeth 裂齒 194
Carnivores 食肉目 104,194,195
Jurassic period 侏羅紀 70
Theropod 獸足類動物 84
Triassic period 三疊紀 68
Carnivorous plants 食肉植物 160, 161
Pitcher plant 瓶子草 113
Carotid canal 頸動脈管 220
Carp 鯉魚 180
Carpals 腕骨
Bird 鳥 189
Bird's wing 鳥的翅 191
Domestic cat 家貓 195
Elephant 象 201
Frog 蛙 183
Hare 野兔 197
Horse 馬 199
Kangaroo 袋鼠 206
Lizard 蜥蜴 184
Platypus 鴨嘴獸 206
Rhesus monkey 獮猴 202
Seal 海豹 204
Carp angling 鯉魚釣捕 562
Carpathian mountains 喀爾巴阡山脈 77,265
Carpels 心皮 140,141
Dehiscent fruit 裂果 151
Fertilization 受精 146,147
Fruit development 果實發育 148, 149
Insect-pollinated plant 蟲媒植物 144
Lemon fruit 檸檬果 148
Ovary 子房 140
Stigma 柱頭 140
Style 花柱 140
Carpel wall 心皮壁 148,151
Carpophore 心皮柄 151
Carpus 腕
Crab 蟹 172
Crayfish 蝲蛄（小龍蝦）173
Human 人 218
Carrara white marble 卡拉拉白大理石 453
Carriage 滑動架 413
Carrick bend 麻花形粗繩連接 387,

389

Carrion crow 小嘴鳥 193
Carrot 胡蘿蔔 128,132
Carrying fork 載重叉 334
Carrying wheel 支承輪 324
Cartilage 軟骨
　Auricle 耳廓的 242
　Bony fish 硬骨魚 180
　Meatus 耳道的 242
　Wrist 手腕的 230
Cartilaginous fish 軟骨魚 178,179, 180
Cartouche 渦卷飾 458
Cartridge starter 彈筒式起動機 408
Caruncle 淚阜 213
Carved sculpture 雕刻品，雕刻術 452,453
Carved stone 石雕 488
Carvel-built hull 平接的船殼板 376,391
Carvel planking 平接的板材 376,377
Carving 雕刻物
　Asian building 亞洲建築 490,491
　Gothic building 哥德式建築 470
　Sculpture 雕塑 452
Carving mallet 雕刻木槌 452
Caryopses 穎果 113,150
Casa de las Conchas 拉斯康切斯別墅 476
Casa del Fascio 卡薩・德爾・法西歐大樓 495
Caspian Sea 黑海 265
Cassini Division 卡西尼縫 46,47
Cassiopeia 仙后座 19
Cassowaries 食火雞 188
Cast alloy wheel 鑄造合金車輪 346
Cast aluminium wheel spider 鑄鋁輪輻 336
Castanea sativa 歐洲栗 136,150
Castanets 響板 504,517
Casting 澆鑄，鑄造 452,454
Cast-iron 鑄鐵 492,493
Cast-iron chair 鑄鐵軌座 331
Cast iron cylinder barrel 鑄鐵缸套 363
Castle-deck gunport 船樓甲板射擊孔 376,377
Castles 船樓 374,466,467
Castor 北河二 18,21
Castor canadensis 北美河狸 197
Cast-steel 鑄鋼 497
Cat 貓 104,194,195
Catalytic converter 催化式排氣淨化器 344,350
Catamaran 雙船身艇 560
Cataphoresic coating 電泳敷層 348
Cataphyll 低出葉 152
Cat block 吊錨滑車 381
Catcher's mask 接球手面罩 536
Catch glove 抓球手套 550
Catena 繫纜柱 372
Catenary 懸鏈線 328,330
Caterpillar 蠋 168,169
　Eggs 卵 192

Catharina 凱瑟琳娜 40
Cathead 吊錨架
　74-gun ship 裝有 74 門炮的炮船 380
　Battleship 戰列艦 395
Cathedral of St. Lazare 聖拉察里大教堂 468
Cathode ray tube 陰極射線管 574
Cations 陽離子 308
Catkin 柔黃花序 144
Catted anchor 吊起的錨 381
Cattle 牛 104,198
Caucasus 高加索 265
Caudal fin 尾鰭 178,179,180,181
Caudal musculature 尾肌肉系統 90,95
Caudal plate 尾骨板 92,93
Caudal spike 尾刺突 92,93
Caudal vertebrae 尾椎骨
　Ankylosaurus 甲龍屬 95
　Archaeopteryx 始祖鳥屬 85
　Crocodile 鱷 186
　Diplodocus 梁龍屬 90
　Domestic cat 家貓 195
　Elephant 象 201
　Eryops 曳螈屬 81
　Euoplocephalus 包頭龍 94
　Gallimimus 雞形龍 86
　Hare 野兔 197
　Horse 馬 199
　Iguanodon 禽龍屬 96
　Kangaroo 袋鼠 206
　Kentrosaurus 肯氏龍屬 93
　Lizard 蜥蜴 184,185
　Parasaurolophus 似棘龍屬 98
　Plateosaurus 板龍屬 89
　Platypus 鴨嘴獸 206
　Rhesus monkey 獼猴 202
　Seal 海豹 204
　Stegoceras 頂角龍屬 101
　Stegosaurus 劍龍屬 93
　Struthiomimus 似鴕鳥龍屬 87
　Triceratops 三角龍屬 102
　Tuojiangosaurus 沱江龍屬 93
　Tyrannosaurus 霸王龍屬 84,85
　Westlothiana 西婁甸螈 81
Caudate nucleus 尾狀核 237
Caudex 主軸；莖幹 113
Caudo-femoral muscle 尾股肌 97
Cauliculus 莖梗飾 460
Caulophryne jordani 鮟鱇 180
Cave bear skull 穴居熊頭蓋骨 77
Caves 洞穴 284,285
　Coastline 海岸線 294,295
　Glacier 冰川 286
Cavetto moulding 凹弧飾線腳
　Ancient Egyptian building 古埃及建築 458,459
　Baroque church 巴洛克教堂 479
　French temple 法國神廟 485
　Gothic building 哥德式建築 472
　Renaissance building 文藝復興時期建築 477
Cavies 豚鼠 196

Cayley, Sir George 喬治・凱利爵士 398
C clef C 調譜號 502
CD-ROM 唯讀光碟 584,585
Cedar-tree laccolith 雪松樹狀岩蓋 274
Ceilings 天花板 463,484
Celestial equator 天體赤道
　Stars of northern skies 北天空的恒星 18,19
　Stars of southern skies 南天空的恒星 20,21
Celestial poles 天極 18
Celestial sphere 天球 18
Cell 細胞
　Alga 藻 116,117
　Body 軀體的 217
　Building 建築 469,485
　Chusan palm leaf 棕櫚葉 130
　Clubmoss stem 石松莖 120
　Collar 襟 166
　Dicotyledon 雙子葉植物 126,127
　Epidermal 表皮的 166
　Epiphytic orchid 附生蘭 162
　Fern rachis 蕨葉軸 121
　Horsetail stem 木賊莖 120
　Leaf 葉 126,139
　Marram grass 濱草 113
　Monocotyledon 單子葉植物 126,127
　Moss 蘚 119
　Mushroom 蘑菇 115
　Photosynthesis 光合作用 138,139
　Pine 松 124,125
　Pore 孔 166
　Root 根 132,133
　Root tip 根尖 152
　Sinus 彎缺 112
　Spirogyra sp. 水綿屬的一個種 117
　Stem 莖 134,135
　Wetland plants 濕地植物 158,159
Cella 神殿 461,463,485
Cell body 細胞體 239
Cell membrane 細胞膜 217
Cell nuclear membrane 細胞核膜 216
Cell nucleus 細胞核 217
Cell nucleus residue 細胞核殘留物 234
Cello 大提琴 503-505,510
Cell wall 細胞壁
　Alga 藻類 112,116
　Leaf 葉 139
　Palisade mesophyll 柵欄葉肉 139
　Root 根 132
　Spirogyra sp. 水綿屬的一個種 117
　Stem surface 莖表面 156
Celsius temperature scale 攝氏溫標 590
Cement-based adhesive 水泥基粘結劑 450
Cement gland 粘腺 173
Cement-rendered wall 外抹水泥牆 494

Cenozoic era 新生代 57,74,76
Fossil record 化石記錄 279
Censer 香爐 488
Centaurium erythraea 百金花 144
Centaurus 半人馬座 18,21
Centaurus A (radio galaxy) 半人馬A(射電星系)13
Centaurus and Crux 半人馬座和南十字座 21
Central Asia 中亞 64
Central bulge 中心核球 12,14
Central canal 中央管 238
Central computer control 中央電腦控制 328
Central electrode 普通電極 306
Central nervous system 中樞神經系統 238
Central peak 中心丘
Degas and Bronte 脫氣和轟擊 34
Venus' craters 金星的衝擊坑 36
Central retinal artery 視網膜中央動脈 240
Central retinal vein 視網膜中央靜脈 240
Central shield 中心盾 187
Central sulcus 中央溝 236,237
Center 中心
Australian football 澳大利亞式橄欖球 528
Basketball 籃球 532
Canadian football 加拿大式橄欖球 526
Football 足球,橄欖球 526
Lacrosse 長曲棍球 541
Netball 無板籃球 535
Rugby 拉格比足球 530
Center-board 穩向板 561
Center buck-eye coupler 中央頂撞式眼孔連結器 326
Center circle 中央圈
Australian rules football 澳大利亞式橄欖球 528
Basketball 籃球 532
Ice hockey 冰球 550
Netball 無板籃球 535
Soccer 足球 524
Center console 中央托架 353
Center court 中心區 545
Centered rudder 中心舵 375
Center element 中央加熱元件 579
Center field 中外野 536
Center flag 中線旗 529
Center forward 中衛 540
Center gangway 中央通道 329
Centre Georges Pompidou 龐畢杜中心 496,497
Center girder 船底中心縱桁材 393
Center half 球棒 540
Center half-back 中前衛 528,529
Center half-forward 中後前鋒 528,529
Center hole 中心孔 567
Center line 中心線 413,415
Fencing piste 擊劍場 557
Ice hockey 冰球 550
Soccer 足球 524
Center-line beam 中線梁 426,427
Center line keelson 中心線內龍骨 393
Center wheel 中心輪 566
Centrifugal brake 離心制動器 562
Centrifugal compressor 離心式壓氣機 418
Centrifugal effect 離心作用 297
Centring magnet 中心位置調整磁鐵 574
Centriole 中心粒 217
Centripetal river drainage 向心河系 288
Centrum 中樞椎體 187
Cephalapsis 頭甲魚屬 65
Cephalic groove 頭溝 173
Cephalic vein 頭部靜脈
Human 人 253
Octopus 章魚 176
Cephalopods 頭足綱 176,279
Cephalothorax 頭胸
Crayfish 蝲蛄(小龍蝦)173
Malacostraca 軟甲綱 172
Scorpion 蠍 170
Shrimp 小河蝦 172
Spider 蜘蛛 170,171
Cepheus 仙王座 19
Ceramic end-piece 陶瓷端片 319
Ceratopsia 角龍亞目 83,103
Ceratosauria 腳鼻龍 83
Ceraunius Tholus 塞拉優尼斯穹丘 43
Cercidyphyllum sp. 連香樹屬 72
Cerebellum 小腦 212,236,237,238
Cerebral areas 大腦區 237
Cerebral ganglion 觸角 169,177
Cerebral vessel 大腦血管 237
Cerebrum 大腦 212,236,237,238
Cereoid cactus 銀毛球屬的一個種 129
Cerium 鈰 310
Ceropegia woodii 吊燈花 157
Ceruchi 帆桁吊索 372
Cerussite 白鉛礦 269
Cervical musculature 頸部肌肉系統
Euoplocephalus 包頭龍 94
Gallimimus 雞形龍 86
Cervical nerves 頸神經 238
Cervical plate 頸骨板 92,93
Cervical rib 頸肋 84,96,100,101,103
Cervical vertebrae 頸椎
Archaeopteryx 始祖鳥屬 85
Arsinoitherium 重腳獸屬 104
Bird 鳥 189
Brachiosaurus 鰓恐龍屬 91
Crocodile 鱷 186
Domestic cat 家貓 195
Elephant 象 201
Eryops 曳螈屬 80
Hare 野兔 197
Horse 馬 199
Human 人 212,222,245
Iguanodon 禽龍類 96
Kangaroo 袋鼠 206
Kentrosaurus 肯氏龍屬 93
Lizard 蜥蜴 184
Parasaurolophus 似棘龍屬 99
Plateosaurus 板龍屬 88
Platypus 鴨嘴獸 206
Rhesus monkey 獼猴 202
Seal 海豹 204
Stegoceras 頂角龍屬 101
Stegosaurus 劍龍屬 93
Struthiomimus 似鴕鳥龍屬 87
Toxodon 箭齒獸 106
Tuojiangosaurus 沱江龍屬 93
Tyrannosaurus 霸王龍屬 84
Cervix 子宮頸 258,259
Cervus elephas 馬鹿 199
Cetaceans 鯨目 204,205
Cetiosaurus 妖龍屬 91
Cetorhinus maximus 姥鯊 179
Cetus 鯨魚座 19,20
Chaffinch 蒼頭燕雀 193
Chain 鏈
Bicycle 自行車 358,359,360,361
Drum kit 鼓隊 518
Motorcycle 摩托車 366
Wheel and axle 輪軸裝置 320
Wooden sailing ship 木帆船 378
Chain bobstay 鏈式船首斜桁支索 382
Chain drive 鏈傳動
Motorcycle clutch 摩托車離合器 362
Werner motorcycle 沃納牌摩托車 366
Wright Flyer 萊特飛行器 398,399
Chain drive-belt 鏈傳動皮帶 580
Chain locker 錨鏈箱 393
Chain motif 鏈式花紋 491
Chain plate 繫鏈板 382
Chain swivel 鏈的轉環 386
Chain wale 鏈槽 376,377
Chair 椅 576,577
Bull-head rail 工字軌 331
Chajya 深屋檐 489
Chalcedony 石髓 271
Chalk 白堊 430
Tempera 蛋彩畫,蛋膠畫 432
Gesso 石膏粉,石膏 434
Pastel making 粉彩製作 440
Fresco 壁畫 434
Sedimentary rocks 沉積岩 277
Chamber 室
Building 建築 465,491
Gun turret 炮塔 396
Chambers 腔、室
Seaweed 海藻(草)116
Stomach 胃 198
Substomatal 氣孔下 139
Chamfered corner 削邊牆角 485,488,494
Championship golf courses 高爾夫球冠軍賽 546
Change 改變,變化 321

Chang Jiang 長江 265
Channel 通路
74-gun ship 裝有 74 門炮的炮船 381
Sailing warship 航行的軍艦 376, 377
Temple of Neptune 海神廟 460
Wooden sailing ship 木帆船 378
Channelled wrack 海峽墨角藻 116
Chape 扣鉤 583
Chapel 小教堂
Baroque church 巴洛克教堂 479
Gothic church 哥德式教堂 470
Medieval church 中世紀教堂 469
Chapel pier 小教堂墩 467
Chaplet 蕊撐(鐵釘) 454
Chapter-house 議事堂 472
Charcoal drawing 木炭條畫 430,431
Charentais melon 香瓜 149
Charge 裝載
Four-stroke cycle 四衝程循環 343
Modern engines 現代發動機(引擎) 344
Charged atom 帶電的原子 306,308
Charged particle 帶電粒子 316
Charging with ball 帶球撞人 533
Charon 冥衛 50
Chart house 海圖室 394
Chase 炮前身 395
Chassis 底盤
First cars 早期汽車 334,335
Ford Model T 福特牌 T 型汽車 338
Kirby BSA sidecar 柯爾比 BSA 競賽跨鬥摩托車 369
Monocoque 硬殼式車身 363
Motorcycle 摩托車 362,364,365
Oldsmobile chassis 老爺車車底 337
Panhard-system Pinzgauer Turbo D 潘哈德系統平茲高爾輪機 D 型越野車 354
Volkswagen Beetle 金龜車 340
White Steam Car "懷特"蒸汽汽車 342
Chassis electrical plug 底盤電氣插頭 357
Chassis frame 車架 338
Chassis number 底盤編號 327
Chataya arch 查他雅拱 491
Chateaux 別墅 474,476,477
Chattra 罩篷 491
Chattravali 舍利子塔 490,491
Chauffeur's seat 車務員座椅 334
Checkerbloom 棋盤花 136
Check pawl 制動子 562
Cheek 頰
74-gun ship 裝有 74 門炮的炮船 381
Dunkeld wet fly 浸泡濕蠅餌 563
Horse 馬 199
Human 人 212
Running block 動滑輪 383
Sailmaker's mallet 縫帆工用木槌 384
Stegosaurus 劍龍屬 92
Cheek horn 頰角 103
Cheek-piece 面頰片
Harness racer 輕駕車賽手 555
Show jumper 跳越障礙騎馬 554
Cheek pouch 頰囊 98,196
Cheek teeth 頰齒
Ankylosaurs 甲龍 92
Carnivores 食肉動物類 194
Ornithopods 鳥腳類爬行動物 96
Tetralophodon 四脊齒象屬 104
Theropods 獸足亞目 84
Cheese 餅狀繩盤 382,388,389
Cheese head screw 圓頭螺釘 573
Cheiracanthus 肢棘魚屬 65
Cheirolepsis 鰐鱗魚屬 65
Chekhov 契可夫 35
Chela 鉗爪 170,172,173
Chelicera 蟹角 79
Chelicerae 螯肢 170,171
Chelicerates 有螯肢亞門 279
Cheliped 螯足
Crab 蟹 172
Crayfish 蝲蛄(小龍蝦) 173
Chelonia 海龜屬 186
Chemical bond 化學鍵 307
Chemical change 化學變化 280,281
Chemical energy 化學能 314,315
Chemical equations 化學方程式 312
Chemical properties 化學性質
Electrons 電子 308,310
Substances 物質 306
Chemical reactions 化學反應 312, 313
Chemical sedimentary rocks 化學沉積岩 276
Chemical symbols 化學符號 312,591
Periodic table 元素周期表 310,311
Chemical weathering 化學風化 282
Chemise 堤岸護牆 466,467
Cherry 櫻桃 148
Cherry wood 櫻桃木 512
Chert 燧石 277
Cherub 小天使雕像 472
Chervil 雪維萊 135
Chest 胸
Gorilla 大猩猩 203
Human 人 211,214
Lion 獅 194
Chestnut 板栗 198
Chest padding 護胸 551
Chest pass 胸前傳球 532,535
Chest protector 護胸 527
Chevet 圓室(有半圓形室和小教堂的聖詠隊席位區) 469
Chevron 人字骨 81,85,87,89,93,95 96,98,101,102
Chevron fold 尖頂褶皺 61
Chevron-tread tyre 人字形花紋胎面輪胎 336
Chi1 Orionis 獵戶座 X1 18
Chi2 Orionis 獵戶座 X2 18
Chiastolite hornfels 空晶石角頁岩 275
Chihuahuan Desert 奇瓦瓦沙漠 264
Chile 智利 331
Chimney 煙囪
Bordino Steam Carriage 波迪諾蒸汽汽車 334
"Ellerman Lines" steam locomotive "艾勒門線號"蒸汽機車 325
Iron paddlesteamer 鐵製明輪船 393
"Rocket" steam locomotive "火箭號"蒸汽汽車 324
Chimney-shaft 煙囪身 467
Chimney-stack 煙囪體 476,483
Chimpanzee 黑猩猩 202,203
Chin 頦
Bird 鳥 188
Human 人 211,212
China 中國
Ball games 球類運動 524
Late Carboniferous period 石炭紀末期 66,67
Middle Ordovician period 中奧陶紀 64,65
Ornithopod 鳥腳類 96
Railroad track gauge 鐵路軌距 331
Thyreophorans 盾日蛾類爬行動物 92
Chinese characters 漢字 445
Chinese junk 中國的平底帆船 376
Chinese white 鋅白(中國白) 438
Chin groove 頦溝 199
Chin guard 護顏 553
Chin gun turret 機頭下部炮塔 408
Chinle formation 欽爾層組 276
Chin rest 腮托 510,511
Chin spoiler 下巴阻流板 346
Chipmunk 金花鼠 196
Chirostenotes 嗜鳥龍 87
Chisel 鏨子 452,453
Chlamydomonas sp. 單胞藻屬的一個種 116
Chlorenchyma 綠色組織 120
Chloride 氯化物 296
Chlorine 氯 311
Chlorophyll 葉綠素 138
Chloroplast 葉綠體 139
Photosynthesis pigment 光合作用色素 116,138,162
Chlorophyta 綠藻門 116
Chloroplast 葉綠體 138,139
Alga 藻類 112
Chlamydomonas sp. 單胞藻屬的一個種 116
Envelope 包被 139
Epiphytic orchid 附生蘭 162
Internal view 內視圖 139
Spirogyra sp. 水綿屬的一個種 117
Choanocyte 領細胞 166
Choir 唱詩班席位區 468,469,470,472
Choir manual 唱詩班伴奏用鍵盤 514
Choir-screen 唱詩班圍屏 470
Choir-stall 唱詩班席位 470

Choir stop 唱詩班伴奏用音栓 514

Choke 阻流 575

Chondrichthyes 軟骨魚系 178

Chondrostean fish 軟骨硬鱗魚 69

Chong Ch'ol 祖沖 35

Chordae tendineae 腱索 251

Chorioallantoic membrane 絨毛膜尿囊 192

Chorion 絨毛膜 260

Choroid 脈絡膜 240

Christian architecture 基督教建築 468

Christmas rose 嚔根草 139

Chromate ion 鉻離子 312

Chrome passivation 鉻鈍化處理 348

Chrome plating 鍍鉻 347

Chrome trim strip 鉻裝飾鑲條 341

Chromium 鉻
　Mineralization zones 礦化帶 281
　Oxide 產化物 312
　Periodic table 元素周期表 310

Chromosphere 色球 32,33

Chrysalis 蝶蛹 168

Chrysanthemum morifolium 菊 129

Chryse Planitia 克里斯平原 43

Chrysler Building 克里斯勒大廈 495

Chrysocyon brachyurus 鬃狼 195

Chuck 夾頭 569

Chuck key 夾頭鑰匙 569

"Chuffs" 蒸汽機聲音 324

Chung-ta-wei 主桅 376

Church 教堂
　Santa Sophia 聖索菲亞 487
　Sorbonne 索波恩 486
　St. Botolph 聖波托夫教堂 473
　St. Eustache 聖約斯坦察 477
　St. George in the East 東方聖喬治 478,481
　St. Maclou 聖馬可羅教堂 470,472
　St. Maria della Salute 聖瑪利亞·德拉·莎魯特 478
　St. Maria della Vittoria 聖瑪利亞·德拉·維多利亞 478
　St. Paul-St. Louis 聖保羅·聖路易 478,479
　St. Pierre de Libreville 利伯維爾的聖皮埃爾教堂 496,499
　St. Serge 聖索吉 469

Church-roof boss 教堂屋頂浮雕 468

Chusan palm 棕櫚 127,130

Ciconia ciconia 白鶴 188

Ciliary body 睫狀體 241

Cincture 抱柱帶 477

Cinder 火山渣 272

Cinder cone 火山渣錐
　Igneous rock structures 火成岩構造 274
　Volcanic structure 火山構造 273

Cinnabar 辰砂 271

Cinquefoil moulding 五葉形飾線腳 471

Circle 圓形看台 479

Circle area measurement 圓面積測量 590

Circuit 電路 316

Circuit breaker 斷路器 314

Circular mountain lake 山中圓形湖 293

Circulatory system 循環系統 252, 253

Cirque 冰斗 286,287

Cirque formation 冰斗的形成 287

Cirque Napoleon 拿破侖圓形劇場 478,479

Cirri 附肢 172

Cirrocumulus cloud 卷積雲 302

Cirrostratus cloud 卷層雲 302

Cirrus 蔓足 173

Cirrus cloud 卷雲
　Neptune 海王星 50
　Structure of Mars 火星的結構 43
　Weather 天氣 302,303

Citrus limon 檸檬 148

City bus 城市公共汽車 332

Civet 香貓 194

Cladding 覆面 494,496,498,499

Cladode 葉狀枝 129

Cladonia floerkeana 紅頭石蕊 114

Cladonia portentosa 枝狀地衣 114

Clam 蛤 176

Clamp 夾緊裝置
　Cross-stave 直角儀 377
　Intaglio printing 凹版印刷 313
　Lamp 燈 573
　U-tube U 形管 446

Clarinet 單簧管 503,504,508

Classical-style architecture 古典風格建築 474,478,482

Clastic sedimentary rocks 碎屑沉積岩 276

Claves 響棒 517

Clavicle 鎖骨
　Bird 鳥 189
　Bony fish 硬骨魚 181
　Eryops 曳螈屬 80
　Human 人 211,218
　Kangaroo 袋鼠 206
　Rhesus monkey 獼猴 202

Clavius 克拉維斯 40

Clavus 舵柄 373

Claw 爪
　Albertosaurus 阿耳伯特龍 84
　Anchisaurus 安琪龍屬 89
　Archaeopteryx 始祖鳥屬 85
　Beetle 甲蟲 168
　Bird 鳥 188
　Bumblebee 野蜂 168
　Caiman 凱門鱷 187
　Chick 雛雞 193
　Crab 蟹 172
　Crayfish 蝲蛄（小龍蝦） 173
　Dinosaur 恐龍 83
　Herrerasaurus 赫勒爾龍屬 86
　Kangaroo 袋鼠 207
　Lizard 蜥蜴 184
　Marble sculpture 大理石雕，大理石雕刻術 452
　Pachycephalosaurus 腫頭龍屬 100

Psittacosaurus 鸚鵡嘴龍屬 103

Scorpion 蠍 170

Spider 蜘蛛 171

Stegoceras 頂角龍屬 101

Terrapin 淡水龜 187

Tyrannosaurus 霸王龍屬 84

Clawed feet 帶爪的腳 190,206

Clay 粘土 298

Clay daub 粘土混合物 465

Clay model 粘土模型，泥模型 455

Clay modelling 粘土造型 452,455

Clay mounds 粘土小丘 286

Clear space 空區 534

Cleavage 解理 270

Clef 譜號 502

Cleithrolepis granulatus 軟骨硬鱗魚 69

Cleithrum 匙骨 80

Clematis 繡球藤 130,131,137

Clench nail 牢釘 375

Cleomedes 克里歐麥迪斯 40

Cleopatra Patera 克麗佩脫拉碗形坑 37

Clerestory 高側窗 459,472,479

Clew 縱帆的後下角 373

Clewline 收帆索 379,385

Click wheel 制子（棘）輪 566

Cliffs 懸崖
　Coastlines 海岸線 294,295
　River's stages 河流的階段 289
　Sedimentary rocks 沉積岩 276, 277

Climate 氣候
　Carboniferous period 石炭紀 66
　Geological time 地質年代 56
　Oceans and seas 海洋 296
　Weather 天氣 302

Climatic change 氣候變化
　Coastline 海岸線 294
　Geological time 地質年代 56

Clincher wheel 箝入式車輪 339

Clinker-built hull 以重疊之木板造成的船體 375

Clinker-built oak planking 迭接的橡木板 375

Clints 岩塊 284,285

Clitoris 陰蒂 258

Cloaca 泄殖腔
　Bird 鳥 189
　Brachiosaurus 鰓恐龍屬 90
　Dogfish 角鯊 179
　Euoplocephalus 包頭龍 95
　Frog 蛙 182
　Gallimimus 雞形龍 87
　Lizard 蜥蜴 185
　Spider 蜘蛛 170
　Tortoise 陸龜 187

Cloacal opening 泄殖腔孔 185

Clock 鐘 566,567

Clock operator 司鐘員 532

Clock tower 鐘塔 493

Clock train 鐘錶機械 566

Cloister 迴廊 472

Close-stowing anchor 馬丁型錨 386

Cloud deck 雲蓋 50,51
Cloud features 雲特徵
Neptune 海王星 50
Saturn 土星 46
Venus 金星 36
Clouds 雲
Earth's atmosphere 地球大氣 301
Jupiter 木星 44,45
Mars 火星 42,43
Neptune 海王星 50,51
Saturn 土星 46,47
Uranus 天王星 48,49
Venus 金星 36,37
Water cycle 水循環 288
Weather 天氣 302,303
Cloud shadow 雲影 50
Clouds of dust and gas 塵雲和氣雲
Life of massive star 大質量恒星的演化史 24
Milky Way 銀河 14,15
Nebulae and star clusters 星雲和星團 16,17
Origin and expansion of Universe 宇宙的起源和膨脹 11
Small stars 小恒星 24
Cloud-top temperature 雲頂溫度
Structure of Jupiter 木星的結構 45
Structure of Neptune 海王星的結構 51
Structure of Saturn 土星的結構 47
Structure of Uranus 天王星的結構 49
Clove hitch 丁香結 388
Cloven hoof 偶蹄 198
Clubmosses 石松 64,66,120,121
Clump cathead 強厚吊錨桿 395
Clustered column 束柱 469
Clutch 離合器 364,366
Clutch and flywheel 離合器和飛輪 340
Clutch cable 離合器拉索 350,363,365
Clutch center plate 離合器中心板 351
Clutch cover 離合器蓋 363
Clutch lever 離合器操縱桿 363,369
Clutch pedal 離合器踏板 350
Clutch pressure plate 離合器壓板 351
Clutch release bearing 離合器分離軸承 351
Clypeaster 蛸枕 279
Cnidocytes 刺細胞 166,167
CNS 中樞神經系統 238
Coal 煤
Earth's evolution 地球演化 57
Mineral resources 礦物資源 280,281
Power stations 發電站 314
Sedimentary rocks 沉積岩 276
Steam locomotive 蒸汽機車 324
Coal-forming forests 成煤森林 57
Coal measures 含煤層 61
Coaming 艙口圍板 381
Coastal spring 沿岸泉 292
Coaster 沿海航船 374,375
Coastlines 海岸線 294,295
Cave 洞穴 284
Cobalt 鈷
Mineralization zones 礦化帶 281
Periodic table 元素週期表 311
Cobra lily 達林頓屬的一個種 160,161
Coccosteus 尾骨魚屬 65
Coccygeal cornu 尾骨角 223
Coccygeal vertebrae 尾椎 222
Coccyx 尾骨 218,222
Cochlea 耳蝸 242,243
Cocked indicator 快門解扣指示器 589
Cocking lever 擊發準備槓桿 549
Cockpit 座艙
Avro biplane 阿弗羅雙翼機 403
Kayak 皮艇 560
LVG CVI fighter LVG CVI 戰鬥機 405
Modern military aircraft 現代軍用飛機 420,421
Sailing dinghy 東印度帆船 561
Schleicher glider 施萊徹滑翔機 426
Cockpit canopy 座艙蓋 409
Cockpit coaming 座艙艙口欄板 425
Cock screw 托架螺釘 567
Cocoa 可可 148
Coconino sandstone 科克尼諾砂岩 276
Cocos nucifera 椰子 135
Cocos plate 可可斯板塊 59
Cod 鱈魚 180
Codiaeum variegatum 變葉木 136
Coelenterata 腔腸動物門 166
Coeliac trunk 腹腔幹 256,257
Coelodonta 披毛犀屬 76,77,104
Coelophysids 腔骨龍屬 68
Coelurus 虛骨龍屬 87
Coenobium 菌團 116
Coffer 鑲板 463,485
Coffered vault 鑲入拱 485
Coffering 藻井 475
Cogged drive belt 有齒傳動皮帶 344
Coil 線圈 574,575
Coil spring 螺旋彈簧
"Ellerman Lines" steam locomotive "艾勒門線號" 蒸汽機車 324
Motorcycle 摩托車 364
Coil suspension spring 螺旋懸掛式彈簧
"Deltic" diesel-electric locomotive "狄爾替克" 號柴油電動機車 327
"Eurostar" multi-voltage electric train "歐洲之星" 多電壓電氣列車 329
Wagon bogie 貨車轉向架 331
Coil tension spring 螺旋形拉簧 573
Coke hopper 貯焦斗（煤倉）334
Cold air intake 冷空氣進氣口 420
Cold-air unit 冷氣裝置 417
Cold front 冷鋒 302,303
Cold occlusion 冷錮囚鋒 302
Cold-water pipe 冷水管 405
Cold-water upwelling 冷水上湧 296
Coleoptera 鞘翅目 168
Coleus sp. 錦紫蘇屬的一個種 134
Collagen and elastic fibres 膠原和彈性纖維 252
Collapsed crater 崩塌火山口 293
Collar 柱環，襟
Cathedral of Notre Dame de Paris 巴黎聖母院大教堂 473
Sea anemone 海葵 167
Snail 蝸牛 177
Collar-beam 繫梁 473
Collar bone 鎖骨 211,218
Collar cell 襟細胞 166
Collar of horsetail 木賊襟 120
Collecting duct 收集管 256
Collecting tubule 收集小管 256
Collective lever 旋翼操縱桿 422
Collenchyma 厚角組織 126,134,135
Colliding plates 碰撞板塊 272
Colloids 膠體 306
Colon 結腸
Butterfly 蝴蝶 169
Cow 牛 198
Human 人 215,249,259
Rabbit 兔 196
Colonette 小柱
Gothic church 哥德式教堂 473
Islamic building 伊斯蘭回教建築 488
Medieval building 中世紀建築 467-469
Neoclassical building 新古典主義建築 479
Renaissance building 文藝復興時期建築 474
Colonnade 柱廊
Ancient Greek building 古希臘建築 460,461
Ancient Roman building 古羅馬建築 462,463
Cathedral dome 大教堂穹窿 484,487
Neoclassical building 新古典主義建築 483
Colonnaded storey 柱廊層 494
Color 顏色 270
Colorado River 科羅拉多河
Earth's evolution 地球演化 57
Grand Canyon 大峽谷 277
Valley 谷 277
Color changes 顏色變化 312,313
Colorless gas 無色氣體 311
Color light signals 色燈信號 330
Color wheel 色輪 439
Colosseum 羅馬圓形劇場 462,464,465
Colpus 溝狀萌發孔 144
Columba 天鴿座 18,21

Columella 葫軸 119,145

Column 柱
Ancient Egyptian building 古埃及建築 458,459
Ancient Greek building 古希臘建築 458,460
Ancient Roman building 古羅馬建築 458,462,463,465
Baroque church 巴洛克教堂 480,481
Cathedral dome 大教堂穹窿 487
Cave system 洞穴系統 285
French temple 法國神廟 485
Gothic church 哥德式教堂 473
Islamic mosque 伊斯蘭清眞寺 488
Medieval church 中世紀教堂 468,469
Modern building 現代建築 496,498
Monocotyledonous flower 單子葉植物的花 126
Neoclassical building 新古典主義建築 478,479,483
Nineteenth-century building 19世紀建築 492,493
Renaissance building 文藝復興時期建築 477

Coma 彗發 52,53
Coma Berenices 後髮座 18,21
Combat sports 格鬥體育 556,557
Combination lever 聯合桿 325
Combustion 燃燒 326
Combustion chamber 燃燒室
Capacity （燃燒室）容積 366,367
Iron paddlesteamer 鐵製明輪船 393
Jaguar straight six engine 美洲豹直式6型引擎 344
Jet engines 噴射引擎 418,419
Combustion cycle 燃燒循環 410

Comets 彗星 30,52,53
Common bile duct 總膽管 252
Common blackheaded gull 普通黑頭鷗 189
Common brittle star 普通脆海星 175
Common carotid artery 頸總動脈 215,251,253
Common centaury 百金花 144
Common crus 總腳 243
Common digital extensor muscle 普通指狀伸肌 84,97
Common elder 接骨木 143
Common English ivy 洋常春藤 131
Common horse chestnut 歐洲七葉樹 130
Common horsetail 木賊的環狀物 120
Common Iguana 普通鬣蜥 82
Common iliac artery 髂總動脈 215,253,257
Common iliac vein 髂總靜脈 215,253,257
Common ivy 常青藤 137

Common lime 椴樹 143
Common link 普通鏈環 386
Common mulberry 黑桑 130
Common peroneal nerve 腓總神經 238
Common rafter 普通椽木 473,486
Common starfish 普通海星 175
Common tern 普通燕鷗 193
Common time 普通拍 502
Communication 信息傳達 108
Communications aerial 通信設備天線 424
Commutator 整流子 568
Commuters 整流子 363
Compact bone 密質骨 224,225
Compact disc 光盤（碟）584
Companion cells 伴胞 132-134
Companion ladder 升降口梯 381
Companion way 甲板間升降梯 380
Compass 羅盤；圓規
Battleship 戰列艦 394
Vault decoration 拱裝飾 485
Compass and rangefinder platform 羅盤和測距儀平台 394
Competent bed rock 強岩層 61
Competition motorcycles 競賽摩托車 368,369
Competitions 競賽
Archery 射箭 548
Diving 跳水 558
Judo 柔道 556
Rowing 賽艇運動 560
Skiing 滑雪 552,553
Complete mesentery 全隔膜 167
Composite capital 複合柱頭 478
Composite column 複合柱子 478
Composite pilaster 複合壁柱 478
Composite volcano 組合火山 272
Compound eye 複眼
Beetle 甲蟲 168
Bumblebee 野蜂 168
Butterfly 蝴蝶 169
Crab 蟹 172
Crayfish 蝲蛄（小龍蝦）173
Damselfly 豆娘 168
Malacostraca 軟甲綱 172
Shrimp 小河蝦 172
Compound inflorescence 複花序 131,142
Compound leaf 複合葉 130,131,136
Compound pier 複合拱支柱 468,469
Compound pulleys 複式滑車 320
Compounds 化合物 268,306,308
Compound succulent fruit 多汁果複合 148,149
Compound umbel 複傘形花序 143
Compressible gas 可壓縮氣體 365
Compression 壓縮，擠壓
Faults and folds 斷層和褶皺 60
Glacier 冰川 286
Igneous and metamorphic rocks 火成岩和變質岩 274
Mineral resources 礦物資源 280
Mountain building 造山運動 62

Rock cycle 岩石循環 266
Compression ring 壓縮環
Ford diesel engine 福特牌柴油機 347
Jaguar straight six engine 美洲豹直式6型引擎（發動機）344
Compression stroke 壓縮行程 343
Compressor 壓氣機 418
Compressor piston 壓縮機活塞 344
Compsognathus 秀頜龍屬 70
Computer 電腦（計算機）
CD-ROM 唯讀光碟 584
Electronic instruments 電子樂器 520
Modern bodywork 現代汽車車身 348
System 系統 584,585
Computerized ignition system 電腦化點火系統 344
Concave brace 凹形撐臂 477
Concave moulding 凹形線腳 482
Concave wall 凹形牆 478,481
Conceptacles 生殖窩 116,117
Concert grand piano 音樂會用平台式大鋼琴 515
Concha 殼
Ear 耳 242
Nasal 鼻 221,241
Conchoidal fracture 貝殼狀裂痕
Extrusive igneous rocks 噴出火成岩 275
Fracture 斷口 270
Sedimentary rocks 沉積岩 277
Concorde 協和飛機 416,417
Concrete 混凝土 492,494,496-499
Concrete shielding 水泥防護體 314
Concrete shoe 混凝土墩柱 499
Concrete track 混凝土軌 328
Concrete wall 混凝土牆 463,465,496
Condensation 凝結 307
Nuclear power station 核電站 314
Testing candle wax 試驗燭蠟 313
Condensation level 凝結高度 302
Condenser 冷卻器 342
Conducting tissue 輸導組織 119
Conductor 導體
Electrical circuit 電路 316
Generating magnetism 產生磁 317
Orchestra 管弦樂隊 504
Condylactis sp. 地中海海葵 166
Condyle 骨果
Carnivore 食肉動物 194
Human 人 220
Cones 錐，圓錐，球果
Bishop pine 主教松 124
Gymnosperms 裸子植物 122
Igneous and metamorphic rocks 火成岩和變質岩 274
Pine 松 122
Scots pine 歐洲赤松 122
Smooth cypress 柏木屬的一個種 123
Volcanoes 火山 272,273

Welwitschia 百歲葉屬 123
Yew 紅豆杉 123
Cone sheet 錐層岩席 274
Cone stalk 球果柄 124
Cone surface area measurement 圓錐表面積測量 590
Cone volume measurement 圓錐體積測量 590
Congas 康加鼓 519
Congo Basin 剛果盆地 39
Conical bore 圓錐形管子 507
Conical dome 圓錐形穹窿 476
Conical map projection 圓錐投影圖 265
Conical spire 錐形尖頂 466,476
Conical volcano 錐形火山 272
Conifer 針葉樹
　Cretaceous period 白堊紀 72
　Earth's evolution 地球演化 57
　Fossil record 化石記錄 279
　Gymnosperm 裸子植物 122-125
　Jurassic period 侏羅紀 70
　Triassic period 三疊紀 68
Coniferophyta 松柏門 122
Conjugation 接合 117
Conjunctiva 結膜 241
Connecting pin 連接銷 574
Connecting rod 連桿
　Bordino Steam Carriage 波迪諾蒸汽汽車 334
　Flat-four cylinder arrangement 四缸臥式引擎氣缸總成 340
　Four-stroke cycle 四衝程循環 343
　Iron paddlesteamer 鐵製明輪船 392
　Jaguar straight six engine 美洲豹直式6型引擎 344
　Jaguar V12 engine 美洲豹牌V12型引擎 345
　Mid West two-stroke engine 中西兩衝程引擎 410
　Steamboat with paddle wheels 帶有槳輪的汽船 391
Connecting wire 連接線
　Light bulb 燈泡 572
　Toaster 烤麵包機 578
Connective tissue cells 結締組織細胞 217,254
Conning tower 駕駛指揮塔 394,397
Conocephalum conicum 大蛇苔 118
Con-rod 連桿 340,343-345
Conservation of Energy Law 能量守恒定律 314
Constant velocity joint cover 等速方向節蓋 356
Constellations 星座 18-21
Constratum 甲板 373
Constrictor snakes 蟒蛇 184
Construction sculpture 結構式雕塑, 建築雕塑 452
Contact 觸點 352
Contact metamorphism 接觸變質 274
Contant d'Ivry, P. P ．康坦迪．戴沃

里 478
Contest area 比賽區 556
Contests 爭奪
　Head-butting 撞頭 100
　Shooting 射擊 548
Continental crust 大陸殼 58,59
　Mineralization zones 礦化帶 281
　Mountain building 造山運動 62, 63
　Ocean floor 洋底 298
Continental drift 大陸漂移 58
Continental margin sediments 大陸邊緣沉積物 299
Continental rise 大陸隆起 298
Continental Sea 內陸海 73,75
Continental shelf 大陸棚
　Ocean floor 洋底 298
　Prehistoric Earth 史前地球 69,71
　Rock cycle 岩石循環 267
Continental slope 大陸斜坡
　Ocean floor 洋底 298
　Offshore currents 濱外洋流 296
　Rock cycle stages 岩石循環的階段 267
Continents 大陸
　Formation of the Earth 地球的形成 38,56
　Earth's physical features 地球表面的自然特徵 264,265
　Geological time 地質年代 56
Contrabassoon 低音巴松管 504,505
Contractile vacuole 收縮泡 116
Contrast control 對比控制 521
Control cabinet 操縱室 396
Control circuit 控制電路 328
Control column 操縱桿
　ARV light aircraft ARV 輕型飛機 425
　BE 2B bomber BE 2B 轟炸機 404
　Curtiss biplane 寇蒂斯式雙翼機 398,399
Control-column aperture 操縱桿用開口 425
Control flag 控制小旗 552
Controller 控制器 332
Control lever 操縱桿 581
Control line 控制線 561
Control panel 控制盤 581
Control platform 控制平台 390
Control reservoir drain 控制儲器排放孔 326
Control rod 控制棒 314,424
Control room 控制室 397
Control stalk 控制桿 353
Convection cell 對流元 33
Convection current 對流 38
Convective zone 對流帶 24,33
Converging plates 匯聚板塊 63
Conversion 踢球觸地 530
Convex portico 凸圓形門廊 483
Cooking 炊事 108
Cooking equipment 烹飪炊具 354
Cooksonia 庫克遜蕨屬 56
Cooksonia hemispherica Cooksonia

hemispherica 64
Coolant 冷卻劑 314
Coolant inlet 冷卻液入口 424
Coolant jacket 冷卻套 410,411
Coolant outlet 冷卻液出口
　ARV light aircraft ARV 輕型飛機 424
　Jaguar V12 engine 美洲豹牌V12型引擎 345
　Mid West two-stroke engine 中西兩衝程引擎 410
Coolant passage 冷卻水通道 346
Coolant pump 冷卻液泵 410
Coolant rail 冷卻液護欄 345
Cooling fan 冷卻風扇 345
Cooling fin 散熱片
　Drum brake 鼓式制動器 365
　Mid West rotary engine 中西轉缸式引擎 411
　Two-stroke motorcycle engine 二衝程摩托車引擎 366
　Velocette OHV engine 韋洛西蒂牌頂置式氣門引擎 367
Cooling tank 冷卻水箱 335
Cooling tower 冷卻塔
　Centre Georges Pompidou 龐畢度中心 496,497
　Nuclear power station 核電站 314
Cooling water tank 冷卻水箱 335
Co-orbital moons 同軌道衛星 46
Coping -stone 蓋頂石 495
Copper 銅
　Mineral resources 礦物資源 280, 281
　Minerals 礦物 268
　Periodic table 元素周期表 311,312
Copper body-shell 銅質鼓身 519
Copper conductor 銅導線 572
Copper face 銅面 384
Copper nitrate solution 硝酸銅溶液 312
Copper ore 銅礦沉積物 306
Copper plate nib 銅片筆尖 444
Copper sheathing 包銅 392
Copper sulfate 硫酸銅 313
Coprates Chasma 卡普勒提斯深淵 43
Copulatory bursa 交合囊
　Butterfly 蝴蝶 169
　Snail 蝸牛 177
Coracoid 喙狀骨
　Bird 鳥 189
　Diplodocus 梁龍屬 90
　Euoplocephalus 包頭龍 94
　Gallimimus 雞形龍 86
　Triceratops 三角龍屬 102
　Turtle 龜 187
　Tyrannosaurus 霸王龍屬 84
Coral 珊瑚 78,166,167
　Atoll development 環礁的發育 299
　Fossil record 化石記錄 279
Corallina officinalis 珊瑚藻 117
Coral reef 珊瑚礁

Earth's evolution 地球演化 56
Ocean floor 洋底 298
Cor Anglais 英國管 504,505,508
Corbel 托臂（梁托、翅托）
Cathedral dome 大教堂的穹窿建築 487
Medieval building 中世紀建築 467,469
Neoclassical building 新古典主義建築 482
Nineteenth-century building 19世紀建築 493
Renaissance building 文藝復興時期建築 477
Rococo style 洛可可風格 478
Corbita 商船 372,373
Cor Caroli 常陳一 18,21
Cordaites 科達木屬 67
Cordate leaf bases 心形葉莖 136,137
Cordite case 柯代藥箱 396
Cordite handling room 柯代藥轉運室 396
Cordite supply shuttle 柯代藥供應梭 396
Core 核
Earth 地球 38,39
Helix Nebula 螺旋星雲 17
Massive stars 大質量恒星 26,27
Moon 月球 40
Neutron stars and black holes 中子星和黑洞 28,29
Small stars 小恒星 24,25
Structure of comet 彗星的結構 53
Structure of Earth 地球的結構 63
Structure of Jupiter 木星的結構 45
Structure of Mars 火星的結構 43
Structure of Mercury 水星的結構 35
Structure of Neptune 海王星的結構 51
Structure of Pluto 冥王星的結構 51
Structure of Saturn 土星的結構 47
Structure of Uranus 天王星的結構 49
Structure of Venus 金星的結構 37
Core-engine jet pipe 核心發動機尾噴管 412,415
Core jet pipe 核心尾噴管 419
Core temperature 核心溫度
Structure of Earth 地球的結構 39
Structure of Jupiter 木星的結構 45
Structure of main sequence star 主序星的結構 24
Structure of red giant 紅巨星的結構 25
Structure of red supergiant 紅超巨星的結構 26
Structure of Saturn 土星的結構 47
Structure of Sun 太陽的結構 33
Structure of Uranus 天王星的結構 49
Corinthian capital 科林斯柱頭 460,463,479,481
Corinthian column 科林斯柱子 463,464,479,480
Corinthian entablature 科林斯檐部 463
Corinthian order 科林斯柱式（建築）460,462
Corinthian pilaster 科林斯壁柱 463,464,480,481
Coriolis force 柯若利士力 296,297,300
Cork 木栓
Oboe 雙簧管 508
Stems 莖 134,135
Woody dicotyledons 木本雙子葉植物（類）127
Corms 球莖 154,155
Corn 玉蜀黍 112
Cornea 角膜 241
Corner arc 角弧 524
Corner piece 書角（花邊角）586
Corner seal 角密封 347
Cornet 短號 506
Cornice 檐口；飾帶
Ancient Egyptian temple 古埃及神廟 458,459
Ancient Greek building 古希臘建築 460-461
Ancient Roman building 古羅馬建築 462-465
Asian building 亞洲建築 491
Baroque church 巴洛克教堂 479-481
Dome 穹窿 484,486
French temple 法國神廟 485
Gothic church 哥德式教堂 470-473
Islamic tomb 伊斯蘭墓 489
Medieval building 中世紀建築 466,467,469
Neoclassical building 新古典主義建築 478,479,482,483
Nineteenth-century building 19世紀建築 493
Renaissance building 文藝復興時期建築 474-477
Twentieth-century building 20世紀建築 494
Cornucopia 豐饒羊角飾 480
Corolla 花冠 140,142,143
Corona 日冕
Earth's atmosphere 地球大氣 300
Palazzo Strozzi 斯特羅茲府邸 475
Sun's atmosphere 太陽大氣層 32,33
Corona Australis 南冕座 19
Corona Borealis 北冕座 18,21
Coronal section through brain 腦的冠狀面 236,237
Coronal suture 冠狀縫 220
Coronary artery 冠狀動脈 250,251,253
Coronary sinus 冠狀竇 250
Corona temperature 日冕的溫度 33
Coronet 蹄冠 198,554
Coronoid process 冠狀突 96,106,194,220
Corpus albicans 白體 258
Corpus callosum 胼胝體 236,237
Corpus cavernosum 陰莖海綿體 259
Corpus luteum 黃體 258
Corpus spongiosum 尿道海綿體 259
Corridor 走廊 465
Corries 冰坑 286,287
Corrugator supercilii muscle 皺眉肌 228,229
Cortex 皮層
Apical meristem 頂端分生組織 134
Canadian pond weed 伊樂藻 158,159
Clubmoss stem 石松莖 120
Dicotyledon 雙子葉植物 127
Epiphytic orchid 附生蘭 162
Hair 毛髮的 234
Horsetail stem 木賊莖 120
Kidney 腎 256
Lichen 地衣 114
Monocotyledon 單子葉植物 127
Moss 蘚 119
Pine 松 125
Radicle 胚根 152
Rhizome 根莖 155
Root 根 132,133
Stems 莖 134,135
Water hyacinth 鳳眼蘭 158
Water lily 睡蓮 159
Corundum 剛玉 271
Corvus 烏鴉座 18,21
Corvus corone 小嘴烏鴉 193
Corynactis viridis 寶石海葵 166
Corythosaurus 盔頭龍屬 96,98
Cosmic background radiation 宇宙背景輻射 10
Cosmic ray 宇宙射線 301
Costal cartilage 肋軟骨 218
Costal facet 肋面 223
Costal margin 前緣 168,169
Costal shield 側盾 187
Cotter pin 開尾端 383
Cotton duck canvas 棉織帆布畫布 437,443
Cotyledon 子葉 126,152,153
Development 發育 132
Dicotyledon 雙子葉植物 126
Dry fruit seed 乾果種子 150,151
Embryo development 胚發育 147
Epigeal germination 出土發芽 153
Hypogeal germination 不出土發芽 152
Monocotyledon 單子葉植物 126
Pine 松 122
Root development 根發育 132

Seed 種子 152,153
　Succulent fruit seed 多汁果種子 148,149
Couch grass 匍匐冰草 113
Coucy-le-Chateau 凱撒城堡 466,467
Coulomb 庫倫 316
Counter 計數器
　Calligraphy lettering 書法書寫，書法字 445
　Shoe 鞋 570,571
Counter backer 後幫皮襯皮 571
Counterbalancing weight 平衡塊 506
Counter dial housing 計數盤罩 589
Counter rail 護欄 381
Counter stiffener 後幫皮加固襯料 571
Counter timber 邊木 381
Counterweight 平衡錘
　Flat-four cylinder arrangement 四缸臥式引擎氣缸總成 340
　Four-stroke cycle 四衝程循環 343
　Hong Kong and Shanghai Bank 香港匯豐銀行 498
　Jaguar V12 engine 美洲豹牌 V12 型引擎 345
　Output shaft 輸出軸 347
　Relief printing press 凸版印刷機 449
　Rotary engine output shaft 旋轉活塞式引擎的輸出軸 410
　Trojan engine 特洛伊引擎 342
　V12 cylinder arrangement V12 型氣缸排置 345
Coupling 聯軸節
　Conventional hookscrew 常規帶鉤螺旋 328
　"Ellerman Lines" steam locomotive "艾勒門線號" 蒸汽機車 324
Coupling rod 連桿 325
Couronnement 飾環 472
Course 層
　Asian building 亞洲建築 491
　Medieval building 中世紀建築 466,467
　Neoclassical building 新古典主義建築 483
　Nineteenth-century building 19 世紀建築 492,493
Court referee 場上裁判 535
Court 球場
　Basketball 籃球 532
　Handball 手球 535
　Netball 無板籃球 535
　Volleyball 排球 534
Court seal 宮廷印章 375
Courtship display 求愛 188
Courtyard 院子 465,466
Coussinet 愛奧尼亞帽頭蓋塊 460
Covalent bonding 共價鍵 308,309
Cove 穹窿 381
Coved dome 錐形穹窿 478,485
Cover 封面 586
Cover board 封面紙板 586

Cover frame 蓋框 589
Cover point 後衛點 541
Coverts 覆羽 188,191
Cow 牛（乳牛）198
Cowhide face 牛皮面 384
Cowling fastener 發動機罩鎖扣 408
Cowling panel 分段的發動機罩 407,412
Coxa 基吊
　Beetle 甲蟲 168
　Crayfish 蝲蛄（小龍蝦）173
　Scorpion 蠍 170
Coxswain 舵手，艇長 560
CQR anchor 犁式錨 386
Crab 蟹 172
Crab apple 蘋果屬的一個種 126
Crab cactus 蟹爪蘭 129
Crab Nebula 蟹狀星雲 28
Cracks 裂縫 284,285
Cradle frame 搖架
　Honda VF750 本田 VF750 型摩托車 364
　Weslake Speedway motorcycle 威斯雷克競賽跑道摩托車 369
Cradling 兜球 541
Crane 起重機 498
Cranial nerves 腦神經 238
Cranium 顱
　Ankylosaurus 甲龍屬 94
　Archaeopteryx 始祖鳥屬 85
　Australopithecus 南方古猿屬 108
　Bat 蝙蝠 105
　Camarasaurus 圓頂龍屬 91
　Diplodocus 梁龍屬 90
　Elephant 象 201
　Eryops 曳螈屬 80
　Euoplocephalus 包頭龍 94
　Homo sapiens 能人 108
　Hyaenodon 鬣齒獸屬 107
　Iguanodon 禽龍屬 96
　Kentrosaurus 肯氏龍屬 93
　Lambeosaurus 賴氏龍屬 99
　Moeritherium 始祖象屬 105
　Opossum 負鼠 106
　Pachycephalosaurus 腫頭龍屬 100
　Panoplosaurus 全結龍 94
　Parasaurolophus 似棘龍屬 99
　Plateosaurus 板龍屬 88
　Prenocephale 傾頭龍 100
　Protoceratops 原角龍屬 102
　Stegoceras 頂角龍屬 100
　Stegosaurus 劍龍屬 93
　Struthiomimus 似鴕鳥龍屬 87
　Styracosaurus 戟龍屬 102
　Toxodon 箭齒獸 106
　Triceratops 三角龍屬 103
　Tuojiangosaurus 沱江龍屬 93
　Tyrannosaurus 霸王龍屬 84
Crank 曲柄 320
　Brace-and-bit 手搖曲柄鑽 569
　Eddy Merckx racing bicycle 艾迪·默克斯型競賽自行車 360
　"Ellerman Lines" steam locomotive "艾勒門線號" 蒸汽機車 325

Crank bolt 曲柄螺栓 358,360
Crankcase 曲軸箱
　BE 2B bomber BE 2B 轟炸機 404
　British Rail Class 20 diesel engine 英國鐵路局 20 級內燃機 327
　Humber engine 亨伯引擎 343
　Jaguar straight six engine 美洲豹直式 6 型引擎 344
　Jaguar V12 engine 美洲豹牌 V12 型引擎 345
　Mid West two-stroke engine 中西兩衝程引擎 410
　Oldsmobile engine 老爺車引擎 336
　Trojan engine 特洛伊引擎 342
　Velocette OHV engine 韋洛西蒂牌頂置式氣門引擎 367
　Werner motorcycle 沃納牌摩托車 362
Crankcase breather pipe 機匣通氣管 402
Crank handle 發動機曲軸起動搖柄 339
Crankpin 曲柄銷 343
Crankshaft 曲軸
　Benz Motorwagen 朋馳牌小型汽車 335
　Flat-four cylinder arrangement 四缸臥式引擎氣缸總成 340
　Four-stroke cycle 四衝程循環 343
　Iron paddlesteamer 鐵製明輪船 392
　Mid West two-stroke engine 中西兩衝程引擎 410
　Oldsmobile engine 老爺車引擎 336
　Oscillating steam engine 擺動式蒸汽機 391
　Straight four cylinder arrangement 直式 4 型氣缸排置 345
　Two-stroke engine 二衝程引擎 366
　Velocette OHV engine 韋洛西蒂牌頂置式氣門引擎 367
Crankshaft counterweight 曲軸平衡塊 344
Crankshaft pulley 曲軸皮帶輪 344
Crash bar 防撞桿 362,363
Crash cymbal 響鈸 518
Crash helmet 防撞頭盔 552
Crater 火口
　Mercury's North Pole 水星的北極 35
　Northern stars 北天恒星 18
　Oceanus Procellarum 風暴洋 40
　Southern stars 南天恒星 21
　Surface features of Mars 火星的表面特徵 42
Crayfish 蝲蛄（小龍蝦）172,173
Crayon 碳棒，粉筆（畫），蠟筆（畫）448
Creeping stems 匍匐莖 154
　Clubmoss 石松 120

Strawberry 草莓 128
Cremasteric fascia 睪提筋膜 259
Cremocarp 雙懸果 150,151
Crenellation 雉堞牆 466
Crepidoma 階梯形基礎 461,481
Crescent-shaped dune 新月形砂丘 283
Crest 峰, 脊, 脊飾
　Building 建築 479,488,493
　Fold formation 褶皺形成 60
　Horse 馬 199
　Lizard 蜥蜴 184
　Ship's shield 軍艦上的保護鐵板 395
Crested porcupine 冠毛豪豬 197
Cretaceous period 白堊紀 72,73
　Fossil record 化石記錄 279
　Geological time 地質年代 56,57
Crevasse 冰隙 287
Crevice 裂隙 284
Crew's seat 機組成員座椅 416
Cricket (animal) 蟋蟀 168
Cricket (game) 板球（賽）538,539
Cricoid cartilage 環狀軟骨 255
Cricothyroid ligament 環甲狀軟骨韌帶 244
Cricothyroid muscle 環甲狀肌 229, 244,245
C ring C環 46,47
Cringle 索環 384
Crista 壺腹脊部分 242
Crocket 卷葉飾 471,472
Crocodile clip connector 彈簧線夾連接器 316
Crocodilians 鱷 68,73,186,187
Crocodylus niloticus 尼羅河食魚鱷 186
Crocoite 鉻酸鉛礦 271
Cronaca 科洛那卡 474
Crook 鉤 508
Crop 嗉囊
　Bird 鳥 189
　Butterfly 蝴蝶 169
　Octopus 章魚 176
　Snail 蝸牛 177
Crop-duster 農用噴灑機 410
Crops 農作物 315
Crop-sprayer 農用播種機 410,422
Cross 十字架
　Baroque church 巴洛克教堂 480
　Dome 穹窿 486,487
　Motif 花紋 472
Crossandra nilotica 十字爵床 145
Crossbar 橫桿，球門橫木
　Calligraphy characters（一批）書法字 445
　Eddy Merckx racing bicycle 艾迪‧默克斯型競賽自行車 360
　Gaelic football 蓋爾橄欖球 529
　Handball 手球 535
　Hurling 愛爾蘭曲棍球 540
　Rugby 拉格比足球 530
Cross-bed set 交錯層組 283
Crossbow 弩 548
Cross-bracing 十字支撐 497-499

Cross-country skiing 越野滑雪 548
Crosse 5 碼標誌 540,541
Crossing 十字交叉處 469,470,477
Crossing tower 十字形教堂塔樓 468
Cross-member 橫梁 338,339
Cross-piece 橫桿 376,377,387
Cross-pollination 異花授粉 144
Cross-stave 直角儀 376,377
Cross stick 交叉背條 576
Cross tube 聯接管 423
Cross wall of hypha 菌絲橫壁（隔膜）115
Crosswise strut 撐桿 512
Crotchet rest 四分休止符 502,503
Croton 巴豆 136
Crouch 蹲立 543
Croup 尻部 198
Crow 鴉 193
Crown 頂
　Bird 鳥 188
　Building 建築 484,490
　Danforth anchor 熱尾錨 386
　Harp 豎琴 511
　Head 頭 212
　Relief-printing press 凸版印刷機 449
　Rigging 索具 382,383
　Roman anchor 羅馬的錨 372
　Sail hook 帆掛鉤 384
　Shackle 鉤環 386
　Teeth 牙 247
　Timpanum 定音鼓 519
Crowning cornice 凸起檐口
　Ancient Roman building 古羅馬建築 464,465
　Baroque church 巴洛克教堂 479
　Renaissance building 文藝復興時期建築 474,475
Crown wheel 冠狀齒輪
　Benz Motorwagen 朋馳牌小型汽車 335
　Ford Model T 福特牌 T 型汽車 338
CRT 陰極射線管 574
Cruciform column 十字形柱 492
Cruciform pedestal 十字形基座 481,487
Cruck frame 曲木屋架 466
Crumb tray 麵包屑托盤 578,579
Crupper 馬臀帶 555
Crusafontia 摩根齒獸 56
Crus cerebri of midbrain 中腦腳 237
Crus of diaphragm 橫膈腳 255
Crust 外殼
　Moon 月球 41
　Ocean floor 洋底 298
　Pulsar 脈衝星 28
　Regional metamorphism 區域變質 274
　Structure of comet 彗星的結構 53
　Structure of Earth 地球的結構 38,39
　Structure of Mars 火星的結構 43

Structure of Mercury 水星的結構 35
　Structure of Venus 金星的結構 37
Crustaceans 甲殼動物亞門 172, 173
　Arthropoda 節肢動物門 170
　Cretaceous period 白堊紀 72,73
　Fossil 化石 279
Crustal movement 地殼運動
　Coastline 海岸線 294
　Faults and folds 斷層和褶皺 60
　Mineralization zones 礦化帶 280
　Mountain building 造山運動 62
　Rock cycle 岩石循環 266
　Volcano 火山 272
Crustal plate boundary 地殼板塊界面 39
Crustal plates 地殼板塊 58,59,60
Crustose lichen 殼狀地衣 114
Crutch 叉架，叉桿
　Pendulum assembly 鐘擺組件 566
　Viking karv 北歐的卡芙級大舢板 375
Crux-Centaurus Arm 南十字一半人馬臂 14
Crypt 地窖 467
Crypt-window 地窖窗 481
Crystalline external crust 結晶外殼 28
Crystalline stalagmitic floor 結晶的石筍底 284
Crystallization 晶化 307
Crystal Palace Exhibition Hall 水晶宮展示廳 492,493
Crystals 晶體
　Faults 斷層 60
　Intrusive igneous rocks 侵入火成岩 275
　Mineral features 礦物特徵 270, 271
　Minerals 礦物 268,269
　Solids 固體 307
Crystal systems 晶系 270
Ctenidium 櫛鰓 176
CT scan CT 掃描攝影圖 214
Cubic crystal 等軸晶體 270
Cubic system 等軸晶體 270
Cubital fossa 乳頭 211
Cuboid bone 骰骨 232
Cucumis melo 香瓜 149
Cud（反芻的）食團 198
Cuesta 單面山 283
Cuff 鞋口邊 570
Culm 空心莖 131
Cumulonimbus cloud 積雨雲 302
Cumulus cloud 積雲 302
Cuneate leaf base 楔形葉莖 136,137
Cuneus 楔形座席區 465
Cup 杯形鍵 509
Cup mute 杯形弱音器 507
Cupola 穹窿頂 466,479,493
Cupressus glabra 柏木屬的一個種 123
Cup-shaped mouthpiece 杯形吹嘴

506,507
Cup surrounding stomata 氣孔的杯狀結構 157
Cupula 壺腹頂部分 242
Cupule 殼斗 150
Curium 鋦 311
Current 洋流 296,297
Current electricity 直流電 316
Curtain 幕 477,497
Curtain wall 幕牆 466,496,498
Curtiss, Glenn 格倫・寇蒂斯 398
Curtiss Model-D Pusher 寇蒂斯的D型推進式飛機 398,399
Curved buttress 曲線扶壁 478-481
Curved cornice 弧形檐飾帶 462
Curvilinear tracery 曲線形花窗櫺 470,472
Cuscuta europaea 歐洲菟絲子 163
Cushion 墊層
Doric capital 多立克柱頭 460
Rowing positions 划槳位置 373
Cushion star 墊海星 175
Cusp 尖端，齒阜
Asian building 亞洲建築 488
Gothic building 哥德式建築 472, 473
Structure of a tooth 牙的結構 247
Cuspate fold 尖角褶皺 61
Cuspate foreland 三角岬 294
Cusped arch 尖拱 489
Cuspidate leaf apex 漸尖葉端 137
Cutaneous nerve 皮神經 238
Cuticle 表皮
Bishop pine needle 主教松松針(葉) 124
Dryland plants 旱地植物 156
Golden barrel cactus 仙人球 156
Hair 毛髮 234
Haworthia truncata 霍氏百合 157
Leaf 葉 139
Lithops bromfieldii 里皀波斯 157
Marram grass 濱草 113
Monocotyledon leaf 單子葉植物葉 126
Nail 指甲 231
Rose stem 薔薇莖 135
Rush stem 薔薇莖 135
Wetland plants 濕地植物 158
Cuttlefish 烏賊 176
Cutty Sark 卡蒂・夏克號 392
Cyanotrichite 絨銅礦 269
Cycadophyta 蘇鐵門 122
Cycads 蘇鐵類植物 68,122,123,279
Cycas revoluta 蘇鐵 68,123
Cycas sp. 鐵樹屬 68
Cyclic-pitch lever 周期槳距操縱桿 422,423
Cyclonic storm 氣旋風暴
Structure of Earth 地球的結構 39
Structure of Mars 火星的結構 43
Structure of Neptune 海王星的結構 50
Cyclostomata 圓口目 178
Cygnus 天鵝座 19,20
Cylinder 汽缸
Diesel train 內燃機車 326
Early engines 早期引擎 342,343
"Ellerman Lines" steam locomotive "艾勒門線號"蒸汽機車 325
Iron paddlesteamer 鐵製明輪船 392
Mini-television 迷你電視 574
Modern piston aeroengines 現代活塞式飛機引擎 410
Motorcycle 摩托車 362,366
Oldsmobile engine 老爺車引擎 336
"Rocket" steam locomotive "火箭號"蒸汽機車 324
Cylinder barrel 汽缸筒
Mid West two-stroke engine 中西兩衝程引擎 410
Werner motorcycle 沃納牌摩托車 362
Cylinder block 氣缸體 339
Cylinder-cooling gills 氣缸散熱片 407
Cylinder cover 氣缸蓋 391
Cylinder drain cock lever 汽缸排水旋塞操縱桿 325
Cylinder head 汽缸蓋
ARV light aircraft ARV輕型飛機 425
British Rail Class 20 diesel engine 英國鐵路局20級內燃機 327
Daimler engine 戴姆勒引擎 343
Jaguar straight six engine 美洲豹直式6型引擎 344
Jaguar V12 engine 美洲豹牌V12型引擎 345
Mid West two-stroke engine 中西兩衝程引擎 410
Oldsmobile engine 老爺車引擎 336
Renault V10 RS1 engine 雷諾牌V10 RS1型引擎 356
Two-stroke motorcycle engine 二衝程摩托車引擎 366
Velocette OHV engine 韋洛西蒂牌頂置式氣門引擎 367
Cylinder liner 汽缸襯套
Jaguar Straight six engine 美洲豹直式6型引擎 344
Mid West two-stroke engine 中西兩衝程引擎 410
Cylinder surface area measurement 圓柱體表面積測量 590
Cylinder volume measure-ment 圓柱體體積測量 590
Cylinder wall 氣缸壁 343
Cylindrical fault 圓柱狀斷層 61
Cylindrical map projection 圓柱投影圖 264
Cyma recta 表反曲線 475
Cyma reversa 裡反曲線(波紋線) 460,472
Cymatium 冠飾 475
Cymbals 鈸 504,505,516,517
Drum kit 鼓隊 518
Cyme 聚傘花序 129,143
Cypress 柏 123
Cypselas 菊果 150
Cyrillus 西里勒斯 40
Cystic duct 膽囊管 248
Cytoplasm 細胞質
Chlamydomonas sp. 單胞藻屬的一個種 116
Diatom 矽藻 116
Human 人 217
Palisade mesophyll 柵欄葉肉 139
Root cell 根細胞 132
Thalassiosira sp. 海鏈藻屬的一個種 116
Cytosine 胞嘧啶 216

D

Dacron 達克龍 548
Dacron sailcloth 達克龍帆布 384
Dacron skin 達克龍蒙皮 426
Dactylus 指令 172,173
Dado 護壁板，裙板，墩身
Baroque church 巴洛克教堂 481
French temple 法國神廟 485
Neoclassical building 新古典主義建築 479
Renaissance building 文藝復興時期建築 476
Dagger 刀形飾 472
Dagoba stupa 舍利子塔 490,491
Daimler double-sleeve valve engine 戴姆勒雙套管滑閥配氣式引擎 343
Daimler, Gottlieb 戈特利布・戴姆勒 334
Daisy gypsum 雛菊狀石膏 269
Dakota sandstone 達科他砂岩 276
D'Alembert 達朗貝爾 41
Dalmatian coastline 達爾馬提亞海岸線 295
Da Maiano, B. 大馬雅羅 474
Damper 減震器，制音器
Piano 鋼琴 514
TGV electric high-speed train TGV電氣高速列車 329
Wagon bogie 貨車轉向架 331
Damper bar 制音桿 516
Damper body 減震器主體 365
Damper pedal 制(延)音踏板
Concert grand piano 音樂會用平台式大鋼琴 515
Tubular bells 管鐘 516
Upright piano 立式鋼琴 514
Vibraphone 震音鐵琴 517
Damper unit 擺動阻尼裝置 425
Damp lime-plaster 潮濕的石灰泥層 434
Damselfly 豆娘 168
Dancette-pattern mosaic 曲折線馬賽克圖案 489
Dandelion 蒲公英 150

Danforth anchor 燕尾錨 386
Danger area 危險區 556
Danilova 達尼洛娃 36
Dark mica 深色雲母 274
Dark nebulae 暗星雲 16
Darlingtonia californica 達林頓屬的一個種（眼鏡蛇百合）160,161
Dart sac 射囊 177
Darwin 達爾文 43
Da Sangallo, G. 大桑加洛 474
Dash 儀表板（控制板）353
Dashboard 儀表板
 1906 Renault 1906 年雷諾牌汽車 337
 Bordino Steam Carriage 波迪諾蒸汽汽車 335
 Ford Model T 福特牌 T 型汽車 338
Dashboard radiator 隔板散熱器 336,337
Dash panel 儀表板 353
Dash radio speaker 儀表板收音機揚聲器 353
Data entry key pad 數據項目鍵墊
 Digital sampler 數字採樣器 521
 Synthesizer 合成器 520
 Wind synthesizer 管樂合成器 521
Data increment control 數據增量控制 521
Daucus carota 胡蘿蔔 128,132
Daughter bulbs 子鱗莖 154
Daughter plants 子代植物 154
Davit 吊架 395
D-block α組 310,311
DC current 直流電流 328
Dead-ball line 死球線 530
Deadeye 木孔緊縮板
 74-gun ship 裝有 74 門炮的炮船 380
 Longboat 大艇 380
 Rigging 索具 382,383
 Roman corbita 羅馬商船 373
 Sailing warship 航行中的軍艦 377
Deadnettle 野芝麻 135
Dead organisms 死的生物 278
Dead plant encrustations 枯死植物的結殼 284
Dead Sea 死海 292,293
Deadwood 力材 381
Debris 岩屑，碎石
 Glacier 冰川 286,287
 Mountain building 造山運動 62
 Ray crater 具輻射線的坑 34
Debris guard 防碎片罩 356
Decathlon 十項全能運動 542
Decidual plate 脫膜層 260
Deciduous plants 落葉植物 130,131
Deciduous teeth 乳牙 246
Deciduous trees 落葉樹 72
Deck 甲板
 Greek trireme 希臘三排槳戰船 373
 Roman corbita 羅馬商船 373
Deck beam 甲板橫梁
 74-gun ship 裝有 74 門炮的炮船 380
 Ironclad 裝甲艦 393
 Paddle steamer 槳輪船 390,393
 Roman corbita 羅馬商船 372
Deck house 甲板室 373,376
Deck lantern 甲板航標燈 392
Deck planking 甲板鋪板 393
Deck rail 甲板欄杆 373
Dee D 字形環 582,583
Deep cracks 深裂縫 284,285
Deep current systems 深層洋流系統 296,297
Deepened valley 加深的河谷 295
Deep floor 加強肋板 393
Deep mid wicket 深中門衛 538
Deep-ocean floor 深海洋底 298
Deep-ocean floor sediments 深海洋底沉積物 299
Deep peroneal nerve 腓深神經 238
Deep relief carving 深浮雕 453
Deep square leg 深方場手 538
Deer 鹿 104,198,199
Deer hopper dry fly 蚱蜢狀乾蒼蠅 563
Defenders 防守隊員
 Ice hockey 冰球 550
 Lacrosse 長曲棍球 541
 Soccer 足球 524
Defending zones 防守區 550
Defense 防衛 526,535
Defensive back 後衛 526
Defensive end 端衛 526
Defensive tackle 防衛內邊鋒 526
Deflation hollow 風蝕凹地 283
Deflection coil 偏轉線圈 574
Deflection yoke 偏轉線圈 574
Degreased bare metal 脫脂裸金屬 348
Dehiscence 開裂 150,151
 Fern spore 蕨孢子 121
 Pollen sac 花粉囊 144
Dehiscent fruits 裂果 150,151
Dehydration 脫水 152
De-icing leading edge 防冰前緣 414,415
Deimos 火衛二 42
Deinonychus 恐爪龍屬 73
Deinotherium 恐象屬 77
Dekla Tessera 德克拉鑲嵌區 37
de la Cierva, Juan 朱恩・戴・拉・西厄弗 422
Delphinium 飛燕草 150
Delphinium orientalis 翠雀花 141
Delphinium sp. 飛燕草屬 151
Delphinus 海豚座 19,20
Delta 三角洲
 Coastline 海岸線 294
 River features 河流的特徵 290
 River 河流 288,289
 Rock cycle 岩石循環 266,267
Delta Andromedae 仙女座δ 19
Delta Crucis 南十字座δ 21
Delta formation 三角洲的形成 291
Delta Hydri 水蛇座δ 20
Delta ring δ環 48
Deltavjatia vjatkensis 爬蟲類有尾目種屬 81
"Deltic" diesel-electric locomotive "狄爾替克" 號柴油電動機車 326,327
Deltoid leaf 三角形葉 137
Deltoid ligament 三角韌帶 232
Deltoid muscle 三角肌 226,227
Demountable wheel 可拆卸車輪 338,339
Dendrite 樹突 239
Dendritic copper 樹枝狀銅 268
Dendritic gold 樹枝狀金 268
Dendritic river drainage 樹枝狀河系 288
Deneb 天津四 19,20
 Hertzsprung-Russell diagram 赫羅圖 23
Deneb Algedi 壘壁陣四 19,20
Deneb Kaitos 土司空 19,20
Denebola 五帝座一 18,21
Dens 齒突 222
Density 密度
 Formation of black hole 黑洞的形成 29
 Massive stars 大質量恒星 26,27
 Small stars 小恒星 24,25
 Stellar black hole 黑洞星 29
Dentary 齒骨 181
Dentary bone 齒骨 96,102,107
Dentate leaf margin 齒狀葉緣
 Hogweed 牛防風 129
 Ice-plant 冰晶松葉菊 129
 Live-for-ever 常青植物 129
 Mulberry 桑樹 130
 Rock stonecrop 黃茱屬的一個種 128
Dentil 齒狀飾
 Ancient Roman building 古羅馬建築 462
 Baroque church 巴洛克教堂 479,481
 Cathedral dome 大教堂的穹頂 487
 French temple 法國神廟 485
 Neoclassical building 新古典主義建築 478
 Renaissance building 文藝復興時期建築 475
Dentine 齒質 247
Deoxyribonucleic acid strand 去氧核糖核酸 139
Deperdussin, Armand 阿曼德・珀達辛 400
Depressed arch 低圓拱
 Ancient Roman building 古羅馬建築 462
 Islamic building 伊斯蘭回教建築 488,489
Depressions 低壓 302
Depressor anguli oris muscle 口角降肌 228,229
Depressor labii inferioris muscle 口角降肌 229

Depth charge 深水炸彈 394
Depth-of-field guide 景深標記 589
Derailleur cage plate 變速齒輪傳動機構籠形板 358
Deranged river drainage 紊亂河系 288
Dermal armour 皮甲 95
Dermal papilla 真皮乳頭 235
Dermis 真皮 234,235
Derrick 吊桿 392,395
Descender 下行字母線 445
Descending colon 降結腸 249
Desert 沙漠 39,57
　Carboniferous to Permian period 石炭紀到二疊紀 66
　Earth's physical features 地球表面的自然特徵 264,265
　Rock cycle 岩石循環 266
　Weathering and erosion 風化和侵蝕 282,283
Desertification 沙漠化 57,76
Desiccated clay 乾裂粘土 283
Design 設計
　Fresco 壁畫 434,435
　Modelled sculpture 造型雕塑 452
　Mosaic 鑲嵌畫；馬賽克 449
Deslandres 德斯朗達爾 40
Desmid 鼓藻 112
Destination screen 終點站顯示屏 332
Detachable bud 離芽 154
Detachable ink reservoir 可拆式貯墨水膽 444
Detachable rim 可拆卸式輪輞 339
Deuterium nucleus 氘核 22
Deutscher Werkbund style 德意志製造聯盟風格 495
Devonian fish 泥盆紀魚 65
Devonian period 泥盆紀 64,65,80
　Fossil record 化石記錄 279
　Geological time 地質年代 56
　Primitive life 原始生命 78
Devon minnow 得文假小魚 563
Dewlap 垂肉 184
Dextral strike-slip fault 右旋走向滑斷層 61
Dhow 獨桅三角帆船 376
Diabase sill 輝綠岩床 277
Diagonal bracing 對角拉線 401
Diagonal reinforcement 斜向加固物 374
Diagonal strut 對角支柱 399
Diagonal turn 斜圈 388
Dial 刻度盤
　Clockface 鐘面 567
　Clocktower 鐘塔 493
　Sundial 日晷 377
Dial foot hole 鐘面底眼 567
Dial pointer 刻度盤指針 574
Dial washer 鐘面墊圈 567
Diameter 直徑
　Atoms 原子 308
　Earth 地球 30
　Jupiter 木星 26,44

Jupiter's moons 木星的衛星 44
Life of massive star 大質量恒星的演化史 26,27
Life of small star 小恒星演化史 21-26
Lithium-19 atom 鋰19原子 309
Lithium-19 nucleus 鋰19核 309
Mars 火星 30
Mars' moons 火星的衛星 42
Mercury 水星 30
Moon 月球 40
Neptune 海王星 31
Neptune's moons 海王星的衛星 50
Planets 行星 30,31
Pluto 冥王星 31
Saturn 土星 27,46
Saturn's moons 土星的衛星 46
Stars 恒星 22
Sun 太陽 32
Uranus 天王星 27,48
Uranus' moons 天王星的衛星 48
Venus 金星 30
Diamond 金剛石 311
　Chair frame 椅架 576
　Mineral features 礦物特徵 270,271
　Native elements 自然元素 268
Diamond-shaped painting knife 菱形油畫刀 436
Diamond whetstone 金剛石磨刀石 452
Diaphragm 膈，隔膜，光闌
　ARV Super 2 ARV超級2型輕型飛機 424
　Camera 照相機 588
　Chimpanzee 黑猩猩 202
　Domestic cat 家貓 195
　Elephant 象 200
　Human 人 215,254,255
　Rabbit 兔 196
Diaphragm blade 光圈葉片 589
Diastema 牙虛位 106
Diatom 矽藻 116
Diceros bicornis 黑犀牛 199
Dichasial cyme 二歧聚傘花序 143
Dicksonia antarctica 南極蚌殼蕨 70,112,113
Dicloelosia bilobata 古生代貝類(石燕) 65
Dicotyledon 雙子葉植物 126,127,141,143
Dicyothyris 腕足動物 278
Didelphis 負鼠屬 106
Didelphis virginiana 維吉尼亞負鼠 207
Diesel-electric train 柴油電力機車 326
Diesel fuel injection 柴油機燃料噴射 326
Diesel motor compartment 柴油發動機室 397
Diesel, Rudolph 魯通夫·狄賽爾 326
Diesel train 內燃機車 324,326,327

Differential housing 差動齒輪箱 338
Diffuser 增壓器 356
Digestive caecum 消化盲囊 173,176
Digestive enzymes 消化酶 160
Digestive gland 消化腺
　Snail 蝸牛 177
　Spider 蜘蛛 170
Digestive glands/zones 消化腺/區
　Butterwort 捕蟲堇 161
　Monkey cup 豬籠草 161
　Venus fly trap 捕蠅草 160
Digestive system 消化系統 248,249
　Cow 牛 198
　Human 人 248,249
Digit 指 105
Digital artery 指動脈 231,253
Digital extensor muscle 指狀伸肌 94
Digital flexor muscle 指狀尾肌 84
Digitally recorded data 數字化記錄數據 584
Digital nerve 指神經 231
Digital sampler 數位取樣器 520,521
Digital vein 趾靜脈 253
Digitate leaf 掌狀複葉 137
Digits 指，趾
　Bird 鳥 189
　Bird's wing 鳥的翅 191
　Frog 蛙 182
　Kangaroo 大袋鼠的 207
　Rabbit 兔 196,197
　Rat 大鼠 196
　Salamander 蠑螈 182
　Seal 海豹 204
Dilator muscle 擴張肌 241
Dilsea carnosa 紅菜屬的一個種 117
Dimetrodon loomisi 盧米斯氏異齒龍 67
Dinghy 東印度帆船 560
Dining chair 餐椅 576
Dinosaur cladogram 恐龍進化分枝圖 83
Dinosaur 恐龍 56,57,80,82,83
　Fossil record 化石記錄 279
Dionaea muscipula 捕蠅草 160
Dione 土衛四(戴奧尼) 46
Dip 傾角 60
Diplodocus 染龍屬 70,88,90,91
Dip pen 蘸水筆 430
Dipping bed rock 傾斜岩層 60,61
Dipping lug foresail 主斜桅上帆 385
Diprotodon 雙門齒屬 76
Dip-slip fault 傾斜滑斷層 61
Dipstick tube 量油尺管 346,356
Dipterus valenciennesi 爬蟲類有尾目物種 81
Direct current 直流電流 328
Direct current jack 直流電塞孔 574
Direction bar 方向桿 414
Direction-finding-aerial fairing 測向天線整流罩 408

Direct method mosaic creation 直接法鑲嵌畫作品 450
Direct-vision panel 直接觀察窗口
ARV light aircraft ARV 輕型飛機 425
Bell-47 helicopter 貝爾 47 直升飛機 422
Dirt track motorcycle racing 泥路摩托車比賽 368
Disc brake 圓盤制動器
Harley-Davidson FLHS Electra Glide 哈利-戴維森牌風掣電動摩托車 362,363
Honda CB750 本田 CB750 型摩托車 363
Honda VF750 本田 VF750 型摩托車 364
Husqvarna Motocross TC610 赫斯夸瓦納摩托車越野賽 TC610 型競賽摩托車 368
Lockheed Electra airliner 洛克希德公司伊利克特拉客機 407
Motorcycle 摩托車 364,365
Suzuki RGV500 鈴木牌 RGV500 型摩托車 368,369
Disc brake calliper 盤式制動鉗 364,368,369
Disc drive 光盤驅動器 584
Disc florets 心花 129,142,145
Disconformity 假整合 276
Discovery Rupes 發現峭壁 35
Discus 鐵餅 542,543
Disk 盤
Basal 基的 167
Crab 蟹 166,167
Liverwort 地錢 118
Pedal 足的 167
Sea anemone 海葵 166,167
Starfish 海星 174
Starfish fossil 海星化石 79
Disk drag 盤形拖曳器 562,563
Displacement reactions 置換反應 312
Display monitor 顯示監視器 585
Distal convoluted tubule 遠端腎曲小管 256,257
Distal end of radius 橈骨遠端 231
Distal interphalangeal joint 遠端指節間關節 231
Distal phalanx 遠端趾骨 219,230,232
Distal tarsal 遠側跗骨 183
Distance lines 間隔線
Gaelic football 蓋爾橄欖球 529
Rugby 拉格比足球 530
Distance running 賽跑 542
Distance scale（被攝物）距離標度 589
Distance signalling 間距信號 330
Distilled water 蒸餾水 444
Distiller 蒸餾器 397
Distributary 支流
River features 河流的特徵 290,291
Rivers 河流 288,289
Distributor 分電器
Hawker Tempest Mark V 霍克暴風式 V 型戰鬥機 408
Jaguar straight six engine 美洲豹直式 6 型引擎 344
Jaguar V12 engine 美洲豹牌 V12 型引擎 345
Renault Clio 雷諾・克萊奧牌汽車 351
Distributor drive shaft 分電器驅動軸 345
Distributor fixing point 分電器固定點 346
Diving 跳水 558,559
DNA 去氧核糖核酸 139,216
Dobro resonator 感聲吉他 513
Dock 尾根 554
Document panel 文件資料圖片告板 407
Dodder 菟絲子 163
Dog 狗 104,194,195
Dogfish 角鯊（星鮫）178,179,192
Dog-leg hole 狗腿洞 546
Dog-leg staircase 層間雙折樓梯 481
Doline 滲穴 284,285
Dolomedes fimbriatus 卵筏蜘蛛 171
Dolphins 海豚 204,205
Dolphin striker 船首斜桁撐桿 382
Dome 穹窿；穹丘 484,486,487,572
Ancient Roman building 古羅馬建築 462
Asian building 亞洲建築 490,491
Baroque church 巴洛克教堂 480,481
French temple 法國神廟 485
Islamic building 伊斯蘭回教建築 488
Medieval building 中世紀建築 467,469
Neoclassical building 新古典主義建築 478
Renaissance building 文藝復興時期建築 475-477
Domed receptacle 圓形花托 142
Domed roof 穹窿式屋頂 489
Domed topdeck 有圓拱形上蓋板 401
Domed turret 有穹窿角樓 493
Dome metalling 穹窿金屬包鍍製品 486
Dome of the Rock 聖石廟穹窿 487
Dome timbering 穹窿木骨架 486
Dome volcano 火山穹丘 62,272
Donjon 城堡主塔 466,467
Donkey boiler 輔助鍋爐 392
Door 門
Ancient Egyptian tomb 古埃及陵墓 458,459
Ancient Roman building 古羅馬建築 463
Baroque church 巴洛克教堂 479
Bell 206 jetliner 貝爾 206 噴射飛機 423
Double-decker touring bus 雙層旅遊客車 333
Gatwick Express "People Mover" 蓋特威克機場特快"旅客運輸車" 328
Lawnmower 割草機 580
MCW Metrobus MCW 城市公共汽車 332,333
Neoclassical building 新古典主義建築 478
Renaissance theatre 文藝復興時期的戲院 477
Renault Clio 雷諾・克萊奧牌汽車 349
Single-decker bus 單層公共汽車 333
TGV electric high-speed train TGV 電氣高速列車 329
Door catch 車門鎖 341
Door discharge 排放門 581
Door frame 門框 412
Door glass 車門玻璃 348
Door handle 車門把手 341,348
Door jamb 門框 478
Door key and lock 車門鑰匙和門鎖 348
Door moulding 車門嵌條 353
Door trim panel 車門裝飾襯板 353
Doorway 門道 474,475,479,481,495
Doppler 都卜勒 41
Dorado 劍魚座 21
Doric capital 多立克柱頭 460
Doric column 多立克柱 460,464
Doric order 多立克柱子式 460
Dormancy 休眠
Horse chestnut bud 七葉樹芽 130
Seed 種子 152
Dormant volcano 休眠火山 272
Dormer head 屋頂窗頂 493
Dormer window 屋頂窗 476,493,495
Dorsal abdominal artery 腹上動脈 173
Dorsal aorta 背主動脈
Bony fish 硬骨魚 181
Dogfish 角鯊 179
Frog 蛙 182
Dorsal blood vessel 背巨管 169
Dorsal fin 背鰭，脊翅
ARV light aircraft ARV 輕型飛機 424
Bony fish 硬骨魚 181
Concorde 協和飛機 416
Dogfish 角鯊 179
Dolphin 海豚 205
Lamprey 七鰓鰻 178
World War II aircraft 第二次世界大戰中的飛機 408,409
Dorsal fin ray 背鰭條 181
Dorsal interosseous muscle 背側骨間肌 233
Dorsal lobe 葉的背裂片 158
Dorsal mantle cavity 背外套腔 176
Dorsal margin of shell 殼背緣 176
Dorsal metatarsal artery 跖背動脈 253

Dorsal plate 背板 78,92,93
Dorsal scale 背鱗 184,186
Dorsal scute 背甲 95
Dorsal spine base 背脊底部 78
Dorsal venous arch 足背靜脈弓 253
Dorsal vertebrae 背椎骨
Archaeopteryx 始祖鳥屬 85
Brachiosaurus 腕恐龍屬 90
Diplodocus 梁龍屬 90
Eryops 曳螈屬 80
Euoplocephalus 包頭龍 94
Gallimimus 雞形龍 86
Iguanodon 禽龍屬 96
Kentrosaurus 肯氏龍屬 93
Parasaurolophus 似棘龍屬 99
Pareiasaur 鉅頰龍 81
Plateosaurus 板龍屬 88
Stegoceras 頂角龍屬 101
Stegosaurus 劍龍屬 93
Struthiomimus 似鴕鳥龍屬 87
Tuojiangosaurus 沱江龍屬 93
Tyrannosaurus 霸王龍屬 84
Dorsum 背 213
Double-arm pantograph 雙臂受電弓 328
Double bass 低音提琴 503-505,510,511
Double bassoon 倍巴松管 504,505
Double-decker bus 雙層公共汽車 332,333
Double decomposition reaction 複分解反應 312,313
Double-dipper palette attachment 雙槽油壺(調色板附件)436
Double-ended hull 雙端頭船體 375
Double flat 重降記號 502
Double halyard 雙般卷帆索 373
Double helix 雙螺旋 216
Double-planet system 雙行星系
Earth 地球 38
Pluto 冥王星 50
Double-pyramid crystal 複錐形晶體 270
Double reed 雙簧片 508
Double rope becket 雙重繩環 383
Doubles 雙打 544
Double samaras 雙翅果
Dry fruit 乾果 150,151
Sycamore 假挪威槭 131
Double scull 雙人雙槳賽艇 561
Double sharp 重升記號 502
Double topsail schooner 雙斜桁上帆斯庫納縱帆船 385
Dowel 榫釘
Chair frame 椅架 576
Mid West single rotor engine 中西單缸引擎 410
Mortice-and-tenon fastening 榫眼和榫舌緊固件 373
Dowel hole 銷釘孔
Chair frame 椅架 576,577
Mid West single rotor engine 中西單缸引擎 410,411
Dowel screw 雙頭螺釘 576,577
Downfolds 下凹褶曲 60
Downhaul 收帆索 385
Downhill skiing 下山滑雪 552
"Downs" 倒地 526
Downthrow 塌陷 60
Down tube 下管 360
Dox formation 道克斯層組 277
Draco 天龍座 19,20
Draft mark 吃水標誌
Frigate 護衛艦 397
Wooden sailing ship 木帆船 379
Draft tube 引流管 314
Drag 阻力
Biplanes and triplanes 雙翼機和三翼機 402
Cycling 旅程 360
Early monoplane 早期的單翼機 400
Early passenger aircraft 早期的客機 406
Drag knob 拖曳器旋柄 563
Drag link 牽引桿,轉向縱拉桿
19th century paddlesteamer 19世紀槳輪汽船 391
Ford Model T 福特牌T型汽車 339
White Steam Car 懷特牌蒸汽汽車 342
Dragon prowhead 龍形船首 374
Drag spindle 拖曳軸 562
Drag washer 拖曳器墊圈 562
Drainage systems divide 水系分水嶺 289
Drain mast 排油管 412,415
Drain-pipe 排水管 492
Drain plug 排水孔塞 339
Drakensberg 德拉肯斯山脈 265
Dravidian finial 達羅毗荼塔頂收頭 491
Dravidian style 達羅毗荼風格 490
Drawbridge 仰開橋 493
Drawbridge windlass 吊橋絞盤 467
Drawing 素描 430,431
Drawing board 畫板,繪圖板 430,444,445
Drawing instruments 素描工具 430
Drawing materials 繪畫用品 430
Dreadnought-type battleship 無畏戰艦型軍艦 394
Dressing-room 化妝室 477
Dribbling 運球,盤球
Basketball 籃球 532
Gaelic football 蓋爾橄欖球 528
Handball 手球 534,535
Soccer 足球 524
Drill 鑽 568,569
D ring D環 46,47
Drip-cap 滴水挑檐 482
Drive 驅身 543
Drive belt 傳動皮帶 335,344,362
Drive bracket 操縱支臂 405
Drive chain 傳動鏈 366,368
Drive end 驅動端 317
Drive gear 傳動齒輪 411
Drive-handle 驅動把手 581
Drive motor 驅動電動機 584
Driven gear 從動齒輪 410
Driven pulley 從動皮帶輪 335
Drive pillar 傳動支柱 424
Drive plate 驅動圓盤 345
Drive point 傳動點 346
Driver 開球桿 547
Driverless train 無人駕駛列車 328
Driver's platform 司機平台 324
Driver's radio aerial 駕駛員收音機天線 357
Driver's seat 駕駛員座
Bordino Steam Carriage 波迪諾蒸汽汽車 335
"Deltic" diesel-electric locomotive "狄爾替克"號柴油電動機車 327
"Mallard" express steam locomotive "馬拉德號"特快蒸汽機車 325
Paris RATP Metro 巴黎 RATP 地下鐵道電氣列車 328
Drive shaft 主動軸
Jet engine 噴射引擎 419
Renault Clio 雷諾・克萊奧牌汽車 351
Volkswagen Beetle 金龜車 340
Drive sprocket mounting spline 傳動鏈輪安裝花鍵 366
Drive-wheel 主動輪 569
Driving band 傳動帶 397
Driving chain 驅動鏈 335
Driving pulley 主動皮帶輪 335
Driving rein 駕馭韁繩 555
Driving saddle 駕馭鞍 555
Driving sprocket 主動鏈輪 335
Driving wheel 驅動輪 324,325
Drizzle 毛毛雨 302
Dromiceiomimus 疾跑龍屬 86
Droop nose 下垂機頭 416
Droop stop 旋翼槳葉下垂限制器 422,423
Drop 吊飾 381
Drop arm 轉向臂
Ford Model T 福特牌T型汽車 339
White Steam Car 懷特牌蒸汽汽車 342
Drop-down window 下落式車窗 334
Drop glass 下落式玻璃 341
Drop goal 碰踢 530
Drop handlebar 下彎式把手 361
Drop-kick 碰踢 530
Drop tank 拋掉油箱 408
Drop window 側窗 332
Drowned coastline 沉溺海岸線 294,295
Drowned valley 沉溺河谷 295
Drum 穹窿坐圈 486
Ancient Greek building 古希臘建築 460
Baroque church 巴洛克教堂 481
Cathedral dome 大教堂的穹頂 487
Relief printing press 凸版印刷機 449

Drum brake 鼓形制動器
BMW R/60 寶馬 R/60 型摩托車 362
Motorcycle 摩托車 364,365
Vespa Grand Sport 160 Mark 1 偉士牌大運動 160 1 型摩托車 363
"Windcheetah" racing HPV bicycle 風豹人力驅動賽車 361
Drumhead 絞盤頭 387
Drumlins 鼓丘 286
Drums 鼓 518,519,520
Drupelets 小核果 146-149
Drupes 核果類 131,148,149
Dry air 乾空氣 303
Dry brush 枯筆，乾筆 438,439
Dry capacity measurements 乾容量測量 590
Dry fresco 乾壁畫 434,435
Dry fruits 乾果 150,151
Couch grass 匍匐冰草 113
Durmast oak 無梗花櫟 131
Sycamore 假挪威槭 131
Dry gallery 乾地下廊道 284,285
Drying agent 乾燥劑 313
Dry lake bed 乾湖底 283
Dryland plants 旱地植物 156,157
Dryopteris filix-mas 歐洲鱗毛蕨 120,121
Dryosaurus 森林龍屬 70
Dry pericarps 乾果皮 150
Dry season 旱季 293
Dry wash 旱谷 283
Dual click gear 雙制動齒輪 562
Dual ignition plug 雙重點火星塞 427
Dual seat 雙人座 364
Dubhe 北斗一；天樞 18
The plow 犁形部分 19
Dubika 塔頂圓柱 490
Duck 鴨 188
Duck-billed platypus 鴨嘴獸 206,207
"Duckbills" "鴨嘴獸" 96
Duct 管道 496,497
Duct of Bellini 腎直小管 256
Ductus deferens 輸精管 259
Dugout 運動員休息處 536
Dumb iron 塡縫鐵條 336,342
Dummy front door 仿眞前車門 339
Dunkeld wet fly 浸泡濕蠅餌 563
Duodenum 十二指腸
Bird 鳥 189
Cow 牛 198
Elephant 象 200
Frog 蛙 182
Human 人 215,248,249
Rabbit 兔 196
Tortoise 陸龜 187
Duplex tubular cradle frame 雙聯式管狀車架 363
Duradon 高強力粘膠短纖維 384
Dura mater 硬腦膜 223,237,240
Durmast oak 無梗花櫟 131
Dust 塵埃
Asteroids, comets, and meteoroids 小行星，彗星和流星體 52,53
Mars 火星 42,43
Moon 月球 41
Nebulae and star clusters 星雲和星團 16,17
NGC 2997 (spiral galaxy) NGC 2997(旋渦星系) 12
Overhead view of our galaxy 銀河系的俯視圖 14
Solar system 太陽系 30
Venus' atmosphere 金星的大氣 37
Dust cap 防塵罩 359
Dust cloud 塵雲
Geological time 地質年代 56
Large Magellanic Cloud 大麥哲倫雲 12
Mars 火星 42,43
Milky Way 銀河 14,15
Nebulae and star clusters 星雲和星團 16,17
Origin and expansion of Universe 宇宙的起源和膨脹 11
Volcano 火山 272
Dust lane 塵埃線
Centaurus A 半人馬 A 13
Horsehead Nebula 馬頭星雲 16
NGC 2997 (spiral galaxy) NGC 2997(旋渦星系) 12
Optical image of Rings and dust lanes 環和塵埃線的光學象 48
Trifid Nebula 三葉星雲 16
Dust particles 塵埃的粒子 53
Dust shroud 防塵罩(主傳動和齒輪箱) 340
Dust storm 塵暴 43
Dust tail 塵埃彗尾 52,53
Dust trap 除塵器(Dust filter 濾塵器) 354
Dutch cubist style 荷蘭立體主義風格 495
Dutch shoe 10 度的橫桿 377
Dutch triple fiddle block 荷蘭三重提琴形滑車 383
Dwarf crocodile 矮型鱷 82
Dwarf shoot 短枝 124,125
Dyke 岩牆 274
Dyke swarm 岩牆群 274
Dynastes hercules 巨大犀金龜 12
Dysprosium 鏑 311
Dzus fastener 迪祖斯緊固件 356

E

Ear 耳
Calligraphy characters (一批)書法字 445
Elephant 象 200
Gorilla 大猩猩 203
Hare 野兔 196
Horse 馬 198
Human 人 210,212,242,243
Kangaroo 大袋鼠 207
Rabbit 兔 196
Rat 大鼠 196
Eardrum 鼓膜
Chick 雛雞 193
Frog 蛙 182
Human 人 243
Lizard 蜥蜴 184
Earles fork 厄利斯叉 362
Early desertification 早期沙漠化 57
Early engines 早期發動機 342,343
Early English 英國早期
Perpendicular-style tracery 英國垂直式風格花窗櫺 472
Early English-style window 英國早期風格窗戶 472
Early monoplanes 早期的單翼機 400,401
Early passenger aircraft 早期的客機 406,407
Early tram 早期有軌電車 332
Early voyagers 龍形船首 374,375
Earphone jack 耳機塞孔 574
Earplug 耳塞 558
Earth 地球 38,39
Cretaceous period 白堊紀 73
Energy emission from Sun 太陽發射的能量 22
Jurassic period 侏羅紀 71
Objects in Universe 宇宙中的若干天體 11
Phases of the Moon 月相 41
Primitive life 原始生命 78,79
Quaternary period 第四紀 77
Solar eclipse 日食 32
Solar System 太陽系 30
Tertiary period 第三紀 75
Tides 潮汐 297
Triassic period 三疊紀 69
Earth-ball fungus 硬皮馬勃 115
Earth connection 接地 578,584
Earth formation 地球形成 56,57
Earth pigments 礦物顏料 434
Earthquake anatomy 地震剖析 63
Earthquake region 地震區 39
Earthquakes 地震
Crustal movement 地殼運動 58
Faults and folds 斷層和褶皺 60
Mountain building 造山運動 62,63
Earth's atmosphere 地球的大氣 38,39,78,300,301
Earth's composition 地球的成分 39
Earth's core 地核 38,39,63
Earth's crust 地殼 38,39,58,59
Igneous and metamorphic rocks 火成岩和變質岩 274
Lake formation 湖的形成 292
Volcano 火山 272
Earth's crustal plates 地球地殼板塊 62,64
Earth's energy 地球上的能量 314
Earth's evolution 地球演化 56,57
Earth's external features 地球的外部特徵 39

Earth's formation 地球的形成 38,56, 64

Earth's interior 地球內部
Ocean floor 洋底 298
Rock cycle 岩石循環 266
Structure 結構 39

Earth's layers 地球的層圈 38

Earth's magnetic field 地磁場 38

Earth's mantle 地函 38,39,58,59

Earth's orbit 地球軌道 297

Earth's physical features 地球表面的自然特徵 264,265

Earth's rotation 地球的自轉 38
Atmospheric circulation and winds 大氣環流和風 300
Oceans and seas 海洋 296
Satellite mapping 衛星測圖 264

Earth's satellite 地球的衛星 38

Earth's surface 地球表面
Atmosphere 大氣層 300,301
Earth's physical features 地球表面的自然特徵 264
Formation of the Earth 地球的形成 38,39
Geological time 地質年代 56
Mineral resources 礦物資源 280
Mountain building 造山運動 62
Oceans and seas 海洋 296
Precambrian to Devonian period 前寒武紀到泥盆紀 64
Rock cycle 岩石循環 266

Earth's tilt 地球的傾斜 38

Earwig 蠼螋 168

East Africa 東非 331

East Asian buildings 東亞建築 490,491

East Australian current 東澳大利亞暖流 297

East Greenland current 東格陵蘭涼流 296

Eaves 屋檐
Ancient Greek building 古希臘建築 461
Ancient Roman building 古羅馬建築 462,464
Islamic tomb 伊斯蘭墓 489
Modern building 現代建築 499
Neoclassical building 新古典主義建築 482
Renaissance building 文藝復興時期建築 477

Eaves board 屋檐板 490

Eccentric 偏心輪 392

Eccentric rod 偏心桿 391

Eccentric rotor journal 偏心轉子軸頸 347

Eccentric shaft 偏心軸 347,411

Eccentric-shaft bearing 偏心軸軸承 410

Echidna nebulosa 雲紋蛇鱔 180

Echidnas 針鼴 206

Echinocactus grusonii 仙人掌科種屬 156

Echinoderms 棘皮動物 174,279

Echinus 鐘形圓飾 460

Echinus escelentus 可食用海膽 175

Echo-sounding 回聲探測 298

Ecliptic 黃道
Inclination of planetary orbits 行星軌道的傾角 31
Stars of northern skies 北天空的恒星 18,19
Stars of southern skies 南天空的恒星 20,21

Ecphora 已絕滅的螺類 75

Ectoderm 外胚層 167

Eddy Merckx racing bicycle 艾迪‧默克斯型競賽自行車 360,361

Edible sea urchin 可食用海膽 175

Edmontonia 奧德蒙特龍 95

Eel 鰻 180

Efferent arteriole 輸出小動脈 256,257

Effervescence 起泡 312

Effort 施加力 320,321

Eggs 卵；蛋 192,193
Amphibian 兩棲動物 78,80
Baltimore oriole 巴爾的摩黃鸝 193
Bee hummingbird 蜂鳥 193
Bird 鳥 188
Butterfly 蝴蝶 168
Capsule 卵囊 192
Carrion crow 腐肉鴉 193
Case 箱 192
Chaffinch 蒼頭燕雀 193
Chicken 雞 192
Common tern 普通燕鷗 193
Dinosaur 恐龍類 82
Dogfish 狗魚 192
Frog 蛙 182,183,192
Giant stick insect 格蘭特竹節蟲 192
Greater backblacked gull 大黑背鷗 193
Hatching 孵化 192,193
Human 人 258,260
Indian stick insect 印度竹節蟲 192
Leaf insect 葉昆蟲 192
Maiasaura 蜥蛛瓣龍 98
Membrane 膜 193
Ostrich 鴕鳥 193
Quail 鵪鶉 192,193
Reptile 爬行動物 66,184
Titanosaurid 雷龍 91
Willow grouse 柳松雞 193

Egg tempera 蛋彩畫，蛋膠畫 432

Egg-tooth 破卵齒 192,193

Egg white 蛋白 192

Egg yolk binding medium 蛋黃粘結劑 432

Egyptian building 埃及建築 458, 459

Eichhornia crassipes 伊樂藻 158

Eighteenth-century building 18 世紀建築 492
Baroque 巴洛克 481

Neoclassical 新古典主義 478,482, 483

Eighth-century building 8 世紀建築 490,491

Einsteinium 鎄（鑀）311

Eisila Regio 埃西拉區 36,37

Ejaculatory duct 射精管 259

Ejecta 噴出物
Degas and Bronte 脫氣和轟擊 34
Features of supernova 超新星的特徵 27
Ray crater 具輻射線的坑 34
Venusian craters 金星的衝擊坑 32

Ejector assembly 彈射器裝置 579

Ejector exhaust 廢氣噴射器 408

Ejector knob 彈射器球形柄 579

Ejector-seat roof hatches 彈射座椅頂部艙蓋 421

Ekeing 土耳其帆船 381

Ekman spiral 埃克曼螺線 296,297

El-Ainyi Mosque 埃爾-埃依清眞寺 488

Elasmobranchs 板鰓類 178

Elastic fibre 彈性纖維 252,254

Elastic rocks 彈性岩層 60

Elbow 肘
Anchisaurus 安琪龍屬 89
Corythosaurus 盔頭龍屬 98
Edmontonia 埃德蒙頓龍 95
Gorilla 大猩猩 203
Horse 馬 199
Human 人 210
Iguanodon 禽龍屬 97
Lion 獅 194
Psittacosaurus 鸚鵡嘴龍屬 103
Stegoceras 頂角龍屬 101
Stegosaurus 劍龍屬 92
Triceratops 三角龍屬 102

Elbow guard 護肘 553

Elbow joint 肘關節
Brachiosaurus 鰓恐龍屬 91
Diplodocus 梁龍屬 90
Eryops 曳螈屬 80
Euoplocephalus 包頭龍 94
Human 人 218
Parasaurolophus 似棘龍屬 99
Plateosaurus 板龍屬 88
Stegoceras 頂角龍屬 101
Triceratops 三角龍屬 102
Tyrannosaurus 霸王龍屬 84

Elbow pad 護肘 527,551

Elder 接骨木 130,131,140,143

Electrical braking 電力制動器 330

Electrical cells 電池 316,317

Electrical charge imbalance 電荷不平衡 316

Electrical circuit 電路 316
Toaster 烤麵包機 578

Electrical contact 電觸點 319

Electrical effects 電路 316

Electrical energy 電能 314,315

Electrical harness 電纜系統 414

Electrical inverter 變流器 422

Electrical plant 變電所 496

Electrical relay box 繼電器箱 330
Electrical service compartment 電氣設備艙 407
Electrical supply 電源 316
Electrical wiring harness 電氣導線束 418
Electric bass guitars 低音電吉他 512
Electric cable 電源線 517
Electric car 電氣車輛（電動汽車）342
Electric charge 電荷 308
Electric coil 電圈 317
Electric current 電流 316,317,328
Electric equipment compartment 電氣設備艙 329
Electric fuel pump 電動燃油泵 422
Electric generator 發電機 317
Electric guitar 電吉他 512,513
Electric ignition control 電點火控制器 362
Electricity 電 316,317
Electricity generation 發電
Diesel train 柴油機車 326
Electric train 電力機車 326
Magnetism 磁 317
Electric locomotive 電力機車 324,328,329
Electric motor 電動機（馬達）
Diesel train 柴油機車 326
Electric train 電氣列車 328
Tram 電車 332
Electric power line 電力線 328,402
Electric power socket 電源插座 422
Electric scoring system 電動記分系統 556,557
Electric street tramway 電車道 332
Electric toaster 烤麵包機 578
Electric train 電氣列車 328,329
Electric tram 電車 332
Electric transmission 電力傳動 326
Electric window motor 車窗升降電動機 349
Electrode 電子 306
Electrolytic capacitor 電解電容器 574
Electromagnet 電磁 317,578
Electromagnetic induction capacitor 電磁感應電容器 568
Electromagnetic radiation 電磁輻射 314,315,318
Electromagnetic spectrum 電磁頻譜 318,319
Electron 電子 308,316
Atomic number 電子序數 310
Lithium-19 鋰 19 309
Electron gun 電子槍 574
Electronic control signals 電子控制信號裝置 330
Electronic control-unit connector 電子控制器接頭 356
Electronic drums 電子鼓 520
Electronic engine control（EEC）unit 發動機電子控制裝置 418,419
Electronic ignition unit 電子點火裝置 351
Electronic impulses 電脈衝 584
Electronic instruments 電子樂器 520,521
Electronic signals 電子信號 512
Electronic warfare mast 電子戰天線桿 397
Electron shell 電子殼 308,309,310
Electron transfer 電子轉移 308
Electrostatic forces 靜電的作用 308,316
Electrostatic generator 靜電發電機 316
Electrothermal de-icing panel 電熱防冰面板 416
Element retaining stop 加熱元件定位擋板 579
Elements 元素 306,308
Atomic mass 原子質量 310
Minerals 礦物 268
Periodic table 元素週期表 310,311
Elephant 象 90,104,200,201
Elephas maximus 亞洲象 200
Elevated green 高處草坪 546
Elevating wheel 升運鼓輪 396
Elevation 立面 498
Elevator 升降舵，升降機
ARV light aircraft ARV 輕型飛機 424
BAe-146 components BAe-146 零件 415
Bell-47 helicopter 貝爾 47 直升飛機 423
Biplanes and triplanes 雙翼機和三翼機 402,403
Centre Georges Pompidou 龐畢杜中心 497
Curtiss biplane 蔻蒂斯的雙翼機 399
Early monoplanes 早期的單翼機 400,401
Hawker Tempest components 霍克暴風式戰鬥機零件 409
Schleicher glider 施萊徹滑翔機 426
World War I aircraft 第一次世界大戰中的飛機 405
Wright Flyer 萊特飛行器 399
Elevator arm 升降舵操縱搖臂 425
Elevator chassis box 升降舵底架外殼 415
Elevator control cable 升降舵操縱鋼索 399,403
Elevator control rod 升降舵操縱搖臂 409
Elevator control wire 升降舵操縱纜索
Bell-47 helicopter B-47 型直升飛機 47
Bleriot XI monoplane 布雷里奧 XI 型單翼機 401
Curtiss biplane 蔻蒂斯的雙翼機 399
LVG CVI fighter LVG CVI 戰鬥機 405
Elevator drive wheel 裝有橡膠輪胎的前輪 399
Elevator hinge 升降舵絞鏈
BAe-146 components BAe-146 零件 415
BE 2B tail BE 2B 飛機的尾翼 405
Blackburn monoplane 布萊克本單翼機 400
Hawker Tempest components 霍克暴風式戰鬥機零件 409
Elevator operating arm 升降舵作動臂 399
Elevator-operating bracket 升降舵操縱支架 401
Elevator push-rod 升降舵推拉桿 424,425
Elevator rocking arm 升降舵操縱搖臂 404
Elevator trimtab 升降舵配平調整 424,409
Elevator wire 操縱鋼索 398
Eleventh-century building 11 世紀建築 466,468
Elevon 升降副翼 416,417,421
Elevon-jack fairing 升降副翼致動器整流罩 416
Elevon power control unit 升降副翼動力操縱裝置 417
"Ellerman Lines" steam locomotive "艾勒門線號" 蒸汽機車 324,325
Elliott steering knuckle 拳式轉向節 336
Ellipsoid orb 塔尖橢圓形物 486
Elliptical galaxy 橢圓星系 11,12
Elliptical orbit 橢圓軌道 30
Elliptic leaf 橢圓形葉 137
Elm 榆 144,150
El Nath 五車五 18,21
Elodea canadensis 膨大的莱柄 158,159
Elodea sp. 伊樂藻 159
Elongating root 伸長的根 133,153
Elrathia 古生物三葉蟲類 64
Eltanin 天棓四 19
Elytra 鞘翅 168
Elytron 鞘翅 168
Emarginate apex 微缺葉端 136
Embellisher 裝飾蓋（車輪）353
Embolos 鐵撞角 372
Embrasure 斜面窗洞 466,467,469
Embryo 胚芽
Cotyledon 子葉 152,153
Dry fruit seed 乾果種子 150,151
Fertilization 受精 146,147
Germination 發芽 152,153
Human 人 260
Reptile 爬行動物 80
Seed leaf 子葉 152
Succulent fruit seed 多汁果種子 148,149
Embryonic root 胚根 150,152,153
Embryonic shoot 胚枝 147
Epigeal germination 出土發芽 153

Hypogeal germination 不出土發芽 152
Pea seed 豌豆種子 150
Pine 松 122
Seed axis 種軸 152,153
Embryo sac 胚囊 146,147
Emergency air hose 緊急空氣軟管 357
Emergency canopy release handle 座艙蓋緊急釋放手柄 420
Emergency door control 緊急安全門控制裝置 332,333
Emergency electricity cut-off 緊急停電開關 357
Emergency escape hatch 緊急出口 406
Emergency exit 緊急出口 416,417
Emergency oxygen cylinder 緊急氧氣瓶 417
Emergent coastlines 上升海岸線 294, 295
Emission nebula 發射星雲 11,12,14, 16,17
Empire State Building 帝國大廈 494
Enamel 搪瓷釉塗層，釉質，珐瑯質
Islamic buildings 伊斯蘭回教建築 488,489
Teeth 牙的 247
Enceladus 土衛二（恩塞勒達斯）46
Encke 恩克 40
Encke Division 恩克縫 46,47
Enclosed bridge 封閉式駕駛台 397
Encroachment 超越範圍 527
End 繩端 388,389
End baffle plate 端部隔板 578,579
End block 底板 512
End cap 端蓋 572,573
End element 端部加熱元件 578,579
End-grain wood block 端面紋理木板 449
End-line 端線
Basketball 籃球 532
Football 足球，橄欖球 526
Men's Lacrosse 男子長曲棍球 540
Volleyball 排球 534
End link 端鏈環 386
Endocardium 心內膜 250
Endocarp 內果皮 146,147,148,149
Endoderm 內胚層 167
Endodermis 內皮層
Bishop pine needle 主教松松針（葉）124
Canadian pond weed stem 加拿大池草莖 158,159
Dicotyledon 雙子葉植物 127
Epiphytic orchid 附生蘭 162
Fern rachis 蕨葉軸 121
Horsetail stem 木賊莖 120
Mare's tail stem 杉葉藻莖 135
Monocotyledon 單子葉植物 127
Pine root 松根 125
Root 根 132,133
Water hyacinth root 鳳眼蘭根 158
Endomysium 肌內膜 228
Endoperidium 內包被 115
Endoplasmic reticulum 內質網 239
Endopod 內肢 172
Endoscopic view 內視鏡探視
Alimentary canal 消化道的 248
Vocal cords 聲帶的 245
Endoskeleton 內骨骼 174
Endosperm 胚乳 147
Endosteum 骨內膜 225
Endothecium 藥室內壁 144
Endothelium 內皮 252
Endpaper 環襯頁 586,587
End-pin 尾釘 510
End-plate 端板
Formula One racing car 一級方程式賽車 356,357
Modern piston aero-engine 現代活塞式飛機引擎 410,411
End-plate aerodynamic skirt 端板氣動裙邊 357
End zone 端區 526
En echelon fractures 雁列構造 60, 61
Energy 能量 314,315
Chemical reactions 化學反應 312
Electron shells 電子殼層 310
Light 光 318
Energy conversion 能量轉換 138
Energy emission from Sun 太陽的能發射 22
Engaged column 附牆柱子 469
Engaged pediment 附牆山花 462, 463
Engine 引擎（發動機）342-347,410,411,418,419
1906 Renault 1906 年雷諾牌汽車 337
ARV light aircraft ARV 輕型飛機 425
BAe-146 jetliner BAe-146 噴射客機 415
BMW R/60 寶馬 R/60 型摩托車 362
Bordino Steam Carriage 波迪諾蒸汽汽車 334
Diesel 狄塞爾內燃機 326
Early monoplane 早期的單翼機 400,401
Hawker Tempest components 霍克暴風式戰鬥機零件 408
Helicopter 直升飛機 422,423
Honda CB750 本田牌 CB750 型摩托車 363
Honda VF750 本田 VF750 型摩托車 364
Kirby BSA 柯爾比 BSA 競賽跨鬥摩托車 369
Lawnmower 割草機 580
Lockheed Electra airliner 洛克希德公司伊利克特拉客機 406,407
Motorcycles 摩托車 326,364,366, 367
Oldsmobile engine 老爺車引擎 336
Pegasus Quasar microlight 柏伽索斯類星號超輕型飛機 427
Pioneers of flight 飛行先驅 398, 399
Renault Clio 雷諾．克萊奧牌汽車 350,351
Renault V10 RS1 雷諾牌 V10 RS1 型引擎 356
Velocette overhead valve(OHV) 韋洛西蒂牌頂置式氣門引擎 367
Volkswagen Beetle 金龜車 340
Engine aft bulkhead 引擎（發動機）後隔框 421
Engine air intake 發動機進氣
BE 2B bomber BE 2B 轟炸機 404
Concorde 協和飛機 416
Formula One racing car 一級方程式賽車 357
Hawker Tempest fighter 霍克暴風式戰鬥機 409
Schweizer helicopter 施魏澤直升飛機 423
Tornado 旋風式飛機 420
Engine and propeller thrust frame 引擎和螺旋槳支架 398
Engine and recoil assembly 引擎和反衝裝置 580
Engine bearer 引擎支座 343
Engine block 引擎氣缸體 347
Engine cooling radiator 引擎散熱器 357
Engine cover 引擎（發動機）蓋
Honda VF750 本田 VF750 型摩托車 374
Oldsmobile bodywork 老爺車車身 337
Two-stroke engine 二衝程發動機 366
Vespa Grand Sport 160 Mark 1 偉士牌大運動 160 1 型摩托車 363
Volkswagen Beetle 金龜車 341
Engine cowling 引擎（發動機）罩
ARV light aircraft ARV 輕型飛機 424,425
Avro biplane 阿弗羅雙翼機 403
Concorde 協和飛機 416
Formula One racing car 一級方程式賽車 356
Hawker Tempest components 霍克暴風式戰鬥機零件 408
Lockheed Electra airliner 洛克希德公司伊利克特拉客機 407
Pegasus Quasar microlight 柏伽索斯類星號超輕型飛機 427
Engine crankcase 引擎曲軸箱 327
Engineering 工程 496
Engine front mount 引擎前安裝節 418,419
Engine front support link 引擎前支撐桿 417
Engine fuel pump 引擎燃油泵 417
Engine instruments 引擎儀表 425

Engine lifting eye 引擎提升吊架 347
Engine mounting 引擎(發動機)架
ARV light aircraft ARV 輕型飛機 425
Blackburn monoplane 布萊克本單翼機 401
Honda VF750 本田 VF750 型摩托車 364
Modern piston aero-engine 現代活塞式飛機引擎 411
Pegasus Quasar microlight 柏伽索斯類星號超輕型飛機 427
Velocette OHV engine 韋洛西蒂牌頂置式氣門引擎 367
Engine pulley 引擎(發動機)皮帶輪 580
Engine pylon 引擎吊架 412
Engine rear mount 引擎後座
Pegasus Quasar microlight 柏伽索斯類星號超輕型飛機 427
Turboprop engine 渦輪螺旋槳噴射引擎 419
Engine room 引擎室 326
Engine timing gear 引擎定時齒輪 336
Englacial moraine 內冰磧 287
Englacial stream 冰內水流 286
England 英格蘭 92
English baroque style 英國巴洛克風格 480,481
English bond brickwork 英國的磚砌結 485
English Decorated style 英國的盛飾風格 470
English ivy 洋常春藤 131
English Perpendicular style 英國的垂直式風格 470,472
English saddle 英國鞍 582
Engraving 雕刻 446
Enif 危宿三 19,20
Pegasus and Andromeda 飛馬座和仙女座 19
Ensign staff 艦尾旗桿 396
Entablature 檐部
Ancient Greek building 古希臘建築 460
Ancient Roman building 古羅馬建築 462-465
Baroque church 巴洛克教堂 480,481
Cathedral dome 大教堂的穹頂 487
French temple 法國神廟 485
Neoclassical building 新古典主義建築 478,479,482,483
Entasis 柱身收分線(柱子的細長曲線) 461
Enteromorpha linza 石髮屬的一個種 117
Entomophilous pollination 蟲媒傳粉 144
Entrance 入口
Islamic tomb 伊斯蘭墓 489
Medieval building 中世紀建築 466,467
Modern building 現代建築 496-499
Neoclassical building 新古典主義建築 483
Nineteenth-century building 19世紀建築 493
Twentieth-century building 20世紀建築 494
Entrenched meander 嵌入河曲 290
Entresol 夾層 467
Enzyme 酶 160
Eocene epoch 始新世
Fossil record 化石記錄 279
Geological timescale 地質年代表 57
Eon 地質時代
Fossil record 化石記錄 279
Geological time 地質年代 56,57
Epee 重劍 556,557
Epibranchial artery 鰓上動脈 179
Epicardium 心包臟層 250
Epicentre 震央 63
Epicotyl 上胚軸 152,153
Epicranial aponeurosis 帽狀腱膜 237
Epidermal cell 扁平細胞 166
Epidermis 表皮
Apical meristem 頂端分生組織 134
Canadian pond weed stem 伊樂藻莖 159
Clubmoss stem 石松莖 120
Dicotyledon 雙子葉植物 126,127
Epiphytic orchid 附生蘭 162
Fern rachis 蕨葉軸 121
Flower 花 142
Horsetail stem 木賊莖 120
Human 人 234,235
Leaf 葉 139
Marram grass 濱草 113
Monocotyledon 單子葉植物 126,127
Moss 蘚 119
Multi-layered 多層的 162
Pine needle 松針葉 124
Pine stem 松莖 125
Prickle 皮刺 135
Radicle 胚根 152
Rhizome 根莖 155
Root 根 132,133
Stem 莖 134,135
Water hyacinth 鳳眼蘭 158
Water lily 睡蓮 159
Epididymis 附睪 259
Epidote 綠簾石 269
Epigeal germination 出土發芽 152,153
Epiglottis 會厭
Elephant 象 200
Human 人 212,244,245,248,255
Epiphysis 骨骺 230
Epiphytes 附生植物 112,162,163
Epithelial cell 上皮細胞 217
Epithelium 上皮 254
Epoccipital bone 後枕骨 102
Epoch 世,紀
Fossil record 化石記錄 279
Geological time 地質年代 56,57
Epsilon Centauri 半人馬座ε 21
Epsilon Crucis 南十字座ε 21
Epsilon Hydri 水蛇座ε 20
Epsilon ring ε環 48,49
Equal-shock intensity lines 等地震強度線 63
Equator 赤道
Atmosphere 天氣層 300
Quaternary period 第四紀 76
Saturn 土星 47
Satellite map 衛星圖 265
Surface currents 表層洋流 297
Equatorial air 赤道空氣 300
Equatorial current 赤道暖流 296,297
Equatorial furrow 赤道溝 144
Equatorial Zone 赤道帶 45
Equestrian sports 馬術運動 554,555
Equisetites sp. 似木賊屬 66
Equisetum arvense 田上木賊 70,120
Equuleus 小馬座 19,20
Era 時代
Fossil record 化石記錄 279
Geological time 地質年代 56,57
Eraser 擦子 430
Erasing stick 擦條 448
Erbium 鉺 311
Erect limb stance 直立姿勢 82
Erh-wei 桅 376
Eridanus 波江座 19,20
E ring E環 46
Erosion 侵蝕 282,283
Coastline 海岸線 294,295
Lake formation 湖的形成 293
Ocean floor 洋底 298
River features 河流的特徵 290,291
Rock cycle 岩石循環 267
Sedimentary rocks 沉積岩 276
Eryops 曳螈屬 80,81
Escalator 自動扶梯 497,498
Escape wheel 擒縱輪 566
Esker 蛇丘 286
Esophagus 食道(管)
Barnacle 藤壺 173
Bird 鳥 189
Brachiosaurus 腕恐龍屬 91
Butterfly 蝴蝶 169
Chimpanzee 黑猩猩 202
Cow 牛 198
Dogfish 角鯊 179
Dolphin 海豚 205
Domestic cat 家貓 195
Elephant 象 200
Human 人 212,215,245,248
Lizard 蜥蜴 185
Rabbit 兔 196
Snail 蝸牛 177
Spider 蜘蛛 170

Starfish 海星 174
Tortoise 陸龜 187
Estonioceras perforatum Estoniceras perforatum 65
Estuarine mud-flat 港灣泥灘 295
Estuary 港灣 288,290-294
Eta Centauri 半人馬座 η 21
Eta Mensae 山案座 η 20
Eta Orionis 獵戶座 η 18
Eta ring η 環 48
Eta Sagittarii 人馬座 η 21
Etching 蝕刻 446
Euathlus emilia 墨西哥真紅腳紅蜘蛛 170
Euoplocephalus 包頭龍 94,95
Eurasia 歐亞 76
Eurasian plate 歐亞板塊 59
Europa 木衛二（尤羅巴）44
Europe 歐洲
　Cretaceous period 白堊紀 72,73
　Earth's physical features 地球表面的自然特徵 264,265
　Electric train 電氣列車 328
　Electric tram 電車 332
　Jurassic period 侏羅紀 70
　Loading gauge 載重標準（載貨限定外形尺寸）331
　Middle Ordovician period 中奧陶紀 64
　Quaternary period 第四紀 76
　Railroad track gauge 鐵路軌距 331
　Tertiary period 第三紀 74,75
　Triassic period 三疊紀 68
European field elm 歐洲田榆 144
European hard-screw-coupling 歐洲帶鉤螺旋車鉤 402
Europium 銪 311
"Eurostar" multi-voltage electric train " 歐洲之星 " 多電壓電氣列車 328,329
Eurypterid fossil 板足鱟化石 79
Eustachian tube 耳咽管 243
Eustreptospondylus 扭脊龍 85
Euthynteria 礎石 460
Evaporation 蒸發 307
Event horizon 視界 28,29
Evergreens 常綠樹 130,131
Everlasting pea 宿根香豌豆 129
Evolute shell 鬆旋式卷殼 278
Evolution 演變
　Earth 地球演化 56,57
　Living things 生物 278
Excretory pore 排泄孔 177
Excurrent pore 出水孔 166
Exfoliation 頁狀剝落 282
Exhaust 排氣
　Ford diesel engine 福特牌柴油機 347
　Formula One racing car 一級方程式賽車 357
　Modern mechanics 現代力學 350,351
　Paddlesteamer 槳輪船 391

Exhaust clamp 排氣管卡箍 362
Exhaust collector ring 廢氣集氣環 403,406
Exhaust cone 噴管內錐 419
Exhaust connection 排氣接頭 427
Exhaust diffuser 排氣擴散器 418
Exhaust downpipe 排氣下行管 350
Exhaust fairing 排氣整流裝置 419
Exhaust gas recirculation valve 廢氣再循環閥 344
Exhaust heat shield 排氣隔熱板 345
Exhaust manifold 排氣歧管
　1906 Renault 1906 年雷諾牌汽車 337
　ARV light aircraft ARV 輕型飛機 425
　Jaguar V12 engine 美洲豹牌 V12 型引擎 345
　Mid West two-stroke engine 中西兩衝程引擎 410
　Renault Clio 雷諾·克萊奧牌汽車 351
Exhaust nozzle 排氣噴管 418
Exhaust pipe 排氣管
　Avro biplane 阿弗羅雙翼機 403
　Bell-47 helicopter 貝爾 47 直升飛機 422
　BMW R/60 寶馬 R/60 型摩托車 362
　Brazilian battleship 巴西戰列艦 395
　Harley-Davidson FLHS Electra Glide 哈利-戴維森牌風掣電動摩托車 363
　Hawker Tempest fighter 霍克暴風式戰鬥機 409
　Honda CB750 本田牌 CB750 型摩托車 363
　Honda VF750 本田 VF750 型摩托車 364
　Kirby BSA 柯爾比 BSA 競賽跨鬥摩托車 369
　Lockheed Electra airliner 洛克希德公司伊利克特拉客機 406,407
　Oldsmobile engine 老爺車引擎 336
　Pegasus Quasar microlight 柏伽索斯類星號超輕型飛機 427
　Suzuki RGV500 鈴木牌 RGV500 型摩托車 368
　White Steam Car 懷特牌蒸汽汽車 342
　World War I aircraft 第一次世界大戰中的飛機 404,405
Exhaust pipe flange 排氣管凸緣 411
Exhaust port 排氣口
　"Deltic" diesel-electric locomotive " 狄爾替克 " 號柴油電動機車 326
　Four-stroke cycle 四衝程循環 343
　Mid West 75-HP engine 中西 75 馬力引擎 410
　Two-stroke engine 二衝程引擎 367
　Velocette OHV engine 韋洛西蒂牌

頂置式氣門引擎 367
Wankel engine 汪克爾引擎 347
Wankel rotary cycle 汪克爾轉缸式引擎循環過程 346
Exhaust silencer 排氣消音器 423,427
Exhaust stack 排氣管 405
Exhaust steam water injector control 廢氣注水控氣器 325
Exhaust stroke 排氣行程 343
Exhaust system 排氣裝置 368
Exhaust tract 排氣道 410
Exhaust valve 排氣門 343-345
Exhaust valve push-rod 排氣閥推桿 400
Exhaust vent 排氣孔
　British Rail Class 20 diesel engine 英國鐵路局 20 級內燃機 327
　Drill 鑽 569
　"Union Pacific" locomotive " 聯合太平洋號 " 機車 326
Exine 花粉粒外壁 144,145
Exit door 下車門 333
Exocarp 外果皮 146-149
Exoccipital bone 外枕骨 183
Exocet missile launcher Exocet 導彈發射器 397
Exodermis 外皮層 162
Exoperidium 外包被 115
Exopod 外肢 172
Exoskeleton 外甲
　Insect 昆蟲 168
　Malacostraca 軟甲綱 172
　Spider 蜘蛛 171
Exosphere 外氣層 300
Exothermic reactions 放熱反應 312
Expander bolt 彈性夾套調整螺栓 359
Expandible sponge 可膨脹海綿 448
Expansile jaw 展開的爪 85
Expansion lever 膨脹桿 325
Expansion of sail 帆船的發展 378,379
Expelling plate 發射板 397
Expiration 呼氣 255
Exploding shell 炮彈 396,397
Exposure 曝光 588,589
Expressionist style 表現主義風格 495
Extended cave system 擴展的洞穴系統 285
Extended port air-brake 打開位置的左側氣動力減速板 421
Extensor digitorum brevis muscle 趾短伸肌 233
Extensor digitorum longus tendon 趾長伸肌腱 233
Extensor digitorum tendon 伸指肌腱 231
Extensor hallucis brevis muscle 拇短伸肌 233
Extensor hallucis longus tendon 拇長伸肌 233
Extensors of hand 手部伸肌 227

External anatomy 外部形態學（解剖學）
Body 身體的，軀體的 210,211
Brain 腦的 237
Ear 耳的 242,243
Foot 足的 233
Hand 手的 231
Sperm 精子的 259
External auditory meatus 外耳道
Homo erectus 直立人 108
Homo sapiens 能人 108,220,242
External crust 外殼 28
External elastic lamina 彈性外層 252
External iliac artery 髂外動脈 215, 225,253
External iliac vein 髂外靜脈 215, 253
External nostril 外鼻 184
External oblique muscle 腹外斜肌 226
External occipital crest 外枕骨脊 220
External pubo-ischiofemoral muscle 外坐恥股肌 97
External skeleton 外骨骼
Insect 昆蟲 168
Malacostraca 軟甲綱 172
Spider 蜘蛛 171
External spermatic fascia 精索外筋膜 259
External step 外置（車頂）踏腳梯 355
External urinary meatus 尿道外的 258
Extinct geyser 死間歇泉 275
Extinction 滅絕
Dinosaur 恐龍 56,74,82,104
Life 生命 66
Pleistocene mammals 更新世哺乳動物 76
Extinct volcano 死火山 62,272
Igneous rock structures 火成岩構造 275
Mountain building 造山運動 62
Ocean floor 洋底 298
Extrados 拱背 484,485
Extra period 加時賽節 532
Extrusive rocks 噴出岩 274,275
Eye 眼
Allosaurus 躍龍屬 85
Amphibian 兩棲動物 182
Anchisaurus 安琪龍屬 89
Angling hook 釣鉤 562
Beetle 甲蟲 168
Bird 鳥 188
Bony fish 硬骨魚 181
Brachiosaurus 腕恐龍屬 91
Bumblebee 野蜂 168
Butterfly 蝴蝶 169
Caiman 凱門鱷 186
Carnivore 食肉動物 194
Chick 雛雞 192,193
Corythosaurus 盔頭龍屬 98
Crab 蟹 172
Crayfish 蝲蛄（小龍蝦）173
Crocodilian 鱷 186
Deer hopper dry fly 蚱蜢狀乾蠅餌 563
Devon minnow 得文假小魚 563
Dhow 獨桅三角帆船 376
Dogfish 角鯊 178
Dolphin 海豚 204
Elephant 象 201
Figurehead 船首雕像 374
Forward-facing 直視前方 194
Frog 蛙 182
Gallimimus 雞形龍 86
Gorilla 大猩猩 203
Greek and Roman ships 古希臘和古羅馬的船隻 372
Herrerasaurus 赫勒爾龍屬 86
Horse 馬 198
Human 人 211,212,240,241
Iguanodon 禽龍屬 97
Kangaroo 大袋鼠的 207
Knot 紐結 388
Lamprey 七鰓鰻 178
Lion 獅 194
Lizard 蜥蜴 184
Median 正中的 170
Octopus 章魚 177
Pachycephalosaurus 腫頭龍屬 100
Psittacosaurus 鸚鵡嘴龍屬 103
Rabbit 兔 196
Rat 大鼠 196
Rattlesnake 響尾蛇 185
Rigging 索具 382,383
Salamander 蠑螈 182
Scallop 扇貝 176
Scorpion 蠍 170
Seal 海豹 204
Shrimp 小河蝦 172
Simple 蜘蛛 170,171
Snail 蝸牛 177
Snake 蛇 185
Spider 蜘蛛 170
Stegoceras 頂角龍屬 101
Stegosaurus 劍龍屬 92
Terrapin 淡水龜 187
Triceratops 三角龍屬 102
Trilobite fossil 三葉蟲化石 78
Tyrannosaurus 霸王龍屬 84
Westlothiana 擬鳥龍的一種 87
Eyeball 眼球 241
Eye bolt 環首螺栓 381
Eyebrow 舷窗眉板，眉毛
74-gun ship 裝有 74 門炮的炮船 381
Human 人 212
Eyelash 睫毛 212
Eyelet 鞋眼 570,571
Eyelid 眼瞼
Caiman 凱門鱷 186
Human 人 213
Snake 蛇 184
Terrapin 淡水龜 187
Eye plate lug 眼板突緣 382
Eyespot 眼點 116

F

F-14 Tomcat fighter F-14 雄貓戰鬥機 420
Fabric 織物 384
Fabric covering 蒙布
Aluminium and steel wing 鋁和鋼翼 403
BE 2B tail BE 2B 飛機的尾翼 405
Bleriot XI monoplane 布雷里奧 XI 型單翼機 401
Steel-tube fuselage 鋼管骨架 403
Fabric lacing 蒙布綴條 405
Fabric skin 蒙布 401
Fabry 法布里 41
Facade 正面
Ancient Greek building 古希臘建築 461
Ancient Roman building 古羅馬建築 465
Baroque church 巴洛克教堂 480, 481
Gothic church 哥德式教堂 470-472
Modern building 現代建築 496-499
Neoclassical building 新古典主義建築 478,483
Nineteenth-century building 19 世紀建築 493
Renaissance building 文藝復興時期建築 474
Facade pediment 正面山花 481
Facade wall 正面牆 470
Face 正面
Deadeye 三孔滑車 383
Human 人 211
Sailmaker's mallet 縫帆工用木槌 384
Face mask 面罩
Fencing 擊劍 557
Football 足球，橄欖球 526
Hockey goalkeeper 曲棍球守門員 540
Ice hockey goalkeeper 冰球守門員 550
Lacrosse goalkeeper 長曲棍球守門員 541
Slalom skiing 障礙滑雪 553
Facet 關節面 222,223
"Facing off" 開球 550
Faering 費雷恩級舢板 374,375
Fag end 繩索等的散端 387,388
Fahrenheit temperature scale 華氏溫標 590
Fairing 流線型殼罩 364,369
Fairing of landing gear 起落架艙整流裝置 413
Fairing panel 整流裝置 415
Fairing stay 流線型罩撐桿 369
Fairlead 導索器

Battleship 戰列艦 395
Frigate 護衛艦 397
Rigging 索具 383
Roman corbita 羅馬商船 373
Fairway 球道 546
Falciform ligament 鐮狀韌帶 248
Falco tinnunculus 紅隼 189
Falkland current 福克蘭涼流 296
Fall 滑車索 382
Fallopian tube 輸卵管 258,259,261
False acacia 假金合歡 136
False anthers 假花藥 141
False door 假門 458,459
False fruit 假果 148,149
False ram bow 假衝撞形船首 394
"False ribs" 假肋骨的 218
False septum 假隔膜 151
Falx cerebri 大腦鐮 237
Fan 扇
Jaguar straight six engine 美洲豹直式6型引擎 344
Jet engines 噴射式引擎 418,419
Power drill 電鑽 568
Fan blade 扇葉
Renault Clio 雷諾・克萊奥牌汽車 353
Turbofan 渦輪風扇式引擎 419
Fancase 風扇機匣 418
Fan drive shaft 風扇驅動軸 345
Fan duct nozzle 風扇外函噴管 412
Fan fold 扇形褶皺 61
Fang 螯爪 170
Fan motor 風扇馬達 351
Fan vault 扇形拱 484,485
Farming axe 耕作用斧 109
Fascia 柱頂橫架橫飾帶，窗邊梁飾帶，扁平飾帶
Ancient Roman building 古羅馬建築 463,464
Baroque church 巴洛克教堂 479,481
Dome 穹頂建築 486
French temple 法國神廟 485
Gothic building 哥德式建築 472
Medieval building 中世紀建築 467,469
Modern building 現代建築 498
Neoclassical building 新古典主義建築 482
Renaissance building 文藝復興時期建築 476,477
Renault Clio 雷諾・克萊奧牌汽車 353
Fat 脂肪
Cells 細胞的 217
Tissue 組織的 215,235
Faultline 斷層線
Lake formation 湖的形成 292
Mountain building 造山運動 62,63
Weathering and erosion 風化和侵蝕 283
Fault plane 斷層面 60
Faults 斷層 60,61,292
Mineral resources 礦物資源 280
Mountain building 造山運動 62
Oil and gas traps 石油，天然氣圈閉 281
Showjumping competitions 跳越障礙賽 554
Fault spring 斷層泉 292
Fault structure 斷層的結構 60
Fault trap 斷層圈閉 281
F-block F組 311
F clef F調譜號 502
Feather 羽毛 188,191
Feathered float 順槳浮體 391
Feathering 羽狀平行線 440,441
Feather shuttlecock 羽毛球 544,545
Feather star 羽海星 174
Feed bilge pump 給水噴射器 391
Feeder station 供電電站 328
Feet 足
Human 人 232,233
Theropods 獸足亞目 84
Feldspar 長石 267,269,275
Felloe 輪緣弧段 390
Felt blanket 毛氈 447
Felt-covered mallet 氈頭槌 561,518,519
Felt-tip pen 氈尖筆 444
Female 雌性
Body 身體的，軀體的 210,211
Pelvis 骨盆的 218,258
Reproductive organs 生殖器官的 259
Female apex 雌性頂端 119
Female cones 雌球花
Bishop pine 主教松 124
Gymnosperm 裸子植物 122
Pine 松 122,124
Smooth cypress 柏木屬的一個種 123
Yew 紅豆杉 123
Female flower organs 雌花器官 140-143
Female flower remains 雌花殘餘物 148
Female flowers 雌花 143,144,148
Female gametes 雌配子
Fertilization 受精 146,147
Gymnosperm 裸子植物 122
Scots pine 歐洲赤松 122
Seaweed 海藻(草) 116,117
Yew 紅豆杉 123
Female receptacles 雌性接收器 117
Female reproductive organs 雌性生殖器官
Fern 蕨 121
Fruit 果實 148
Moss 蘚 119
Plants 植物 144
Femoral artery 股動脈 225,253
Femoral musculature 股肌肉系統 86
Femoral nerve 股神經 238
Femoral vein 股靜脈 253
Femoro-tibial muscle 髂股間肌 84
Femur 股骨
Albertosaurus 阿耳伯特龍 84
Archaeopteryx 始祖鳥屬 85
Beetle 甲蟲 168
Bird 鳥 189
Brachiosaurus 腕恐龍屬 90
Butterfly 蝴蝶 169
Crocodile 鱷 186
Dinosaur 恐龍類 82
Domestic cat 家貓 195
Elephant 象 201
Eryops 曳螈屬 81
Euoplocephalus 包頭龍 94
Frog 蛙 183
Gallimimus 雞形龍 86
Hare 野兔 197
Horse 馬 199
Human 人 218,219,224,225
Iguanodon 禽龍屬 96,97
Kangaroo 袋鼠 206
Kentrosaurus 肯氏龍屬 93
Lizard 蜥蜴 184
Parasaurolophus 似棘龍屬 98
Pareiasaur 鉅頰龍 81
Plateosaurus 板龍屬 88
Platypus 鴨嘴獸 206
Rhesus monkey 獼猴 202
Scorpion 蝎 170
Seal 海豹 204
Spider 蜘蛛 171
Stegoceras 頂角龍屬 101
Stegosaurus 劍龍屬 93
Struthiomimus 似鴕鳥龍屬 87
Toxodon 箭齒獸 107
Triceratops 三角龍屬 102
Tuojiangosaurus 沱江龍屬 93
Turtle 龜 187
Tyrannosaurus 霸王龍屬 84
Fencing 擊劍 556,557
Fender 保護板，擋泥板
1906 Renault 1906年雷諾牌汽車 336,337
BMW R/60 with Steib chair 寶馬R/60型帶Steib座椅摩托車 362
Cannondale ST 1000 touring bicycle 坎農達爾ST 1000型旅行車 361
Ford Model T 福特牌T型汽車 338,339
Harley-Davidson FLHS Electra Glide 哈利-戴維森牌風掣電動摩托車 363
Honda VF750 本田VF750型摩托車 364
Husqvarna Motocross TC610 赫斯夸瓦納摩托車越野賽TC610型競賽摩托車 368
Kirby BSA 柯爾比BSA競賽跨鬥摩托車 369
Lockheed Electra 洛克希德・伊利克特拉 406
Motorcycle 摩托車 364
Suzuki RGV500 鈴木牌RGV500型摩托車 369
Volkswagen Beetle 金龜車 341

Weslake Speedway bike 威斯雷克競賽跑道摩托車 369
Fender eye bolt 翼子板吊環螺栓 339
Fender jazz bass guitar 低音爵士吉他 513
Fender stay 翼子板撐條 337,362,363
Fender stratocaster guitar 擋頭吉他 513
Fenestration 門窗布局 474,494
Fermentation 醱酵 313
Fermium 鐨 311
Fern 蕨 120,121
　Fossil 化石 66,279
　Life-cycle 生活史 121
　Prehistoric Earth 史前地球 68,70,72
　Tree fern 樹蕨 112,113
Ferrel cell 費雷爾環流圖 300
Fertile horsetail stem 不育木賊莖 120
Fertile oasis 肥沃綠洲 283
Fertilization 受精 146,147
　Fern 蕨 121
　Gymnosperm 裸子植物 122
　Scots pine 歐洲赤松 122
　Seaweed 海藻 117
Festoon 垂花雕飾
　Ancient Roman building 古羅馬建築 462,463
　Cathedral dome 大教堂的穹頂 487
　Neoclassical building 新古典主義 478,479
Fetal skull 胎兒頭顱骨 220
Fetlock 球狀關節 199,554
Fetus 胎兒 260,261
Fiber 纖維 134,135
Fiberglass 玻璃纖維 548
　Bow 弓 548
　Bucket seat 斗式座椅 361
　Canopy frame 座艙蓋框架 425
　Fuel tank 油箱 425
　Racket 球拍 544
　Reinforced plastic cover 增強塑料車殼 329
　Wheel guard 車輪護罩 369
Fiber plate 纖維板 366
Fibrils 小纖維 32
Fibrin 纖維蛋白 253
Fibrous capsule 纖維性囊 256
Fibrous habit 纖維狀晶癖 271
Fibrous pericardium 纖維性心包 250
Fibrous septum 纖維隔 245
Fibula 腓骨
　Albertosaurus 阿耳伯特龍 84
　Brachiosaurus 鰓恐龍屬 90
　Crocodile 鱷 186
　Diplodocus 染龍屬 90
　Domestic cat 家貓 195
　Elephant 象 201
　Eryops 曳螈屬 81
　Euoplocephalus 包頭龍 94
　Gallimimus 雞形龍 87
　Hare 野兔 197

Horse 馬 199
Human 人 219,232,233
Iguanodon 禽龍屬 96,97
Kangaroo 袋鼠 206
Lizard 蜥蜴 184
Parasaurolophus 似棘龍屬 99
Plateosaurus 板龍屬 88
Platypus 鴨嘴獸 206
Rhesus monkey 獼猴 202
Seal 海豹 204
Stegoceras 頂角龍屬 101
Stegosaurus 劍龍屬 93
Struthiomimus 似鴕鳥龍屬 87
Toxodon 菊齒獸 107
Triceratops 三角龍屬 102
Turtle 龜 187
Tyrannosaurus 霸王龍屬 84
Fibulare 腓骨 183
Ficus carica 無花果 148
Ficus sp. 榕 137
Fid 桅栓 383,384
Fiddle block 打獵用提琴式滑車 378,383
Field arrow 箭 549
Field coil 磁場線圈 568
Fielder's glove 守場員手套 537
Field events 田賽項目 542
Field goal 場分 526,527
Fielding 防守 538
Fielding team 防守隊 536
Field judge 場裁判員 526
Field positions 防守位置 538
Field umpire 場上裁判員 528
Fifteenth century 15 世紀
　Mihrab 壁龕 488
　Renaissance building 文藝復興時期建築 474,475
　Style 風格 462,470
　Terrace 天壇的階式屋頂 490
　Tracery 花窗櫺 472
Fig 榕 137,148
Fighters 戰鬥機 404,405,408,409,420
Fighting 戰鬥 556
Fighting platform 戰台 374
Figurehead 船前緣頭部圖形
　74-gun ship 裝有 74 門炮的炮船 380,381
　Wooden sailing ship 木帆船 379
Figure of eight turns 8 字形 387
Filament 絲, 絲狀體
　Alga 藻 116
　Dicotyledon flower 雙子葉植物花 126,127
　Fern 蕨 121
　Fertilization 受精 146,147
　Flowers 花 140,141,143
　Fungal 真菌的 114,115
　Jellyfish 海蜇 167
　Light bulb 燈泡 319,572
　Nebulae and star clusters 星雲和星團 16,17
　Sun 太陽 32,33
　Moss 蘚 119
　Pollination 授粉 144

Filbert bristle brush 榛果形鬃毛筆 436
Filicinophyta 蕨門 120
Filiform papilla 絲狀味蕾 244
Filing 銼, 琢磨 455
Filled shell 各層均被填滿的元素 310,311
Fillet 木摺帶飾; 嵌條飾
　Ancient Greek temple 古希臘神廟 461
　Dome 穹頂 486
　French temple 法國神廟 485
　Gothic building 哥德式建築 470
　Neoclassical moulding 新古典主義建築 480
　Renaissance building 文藝復興時期建築 475,477
Filling transom 嵌入艉板 381
Film 照相膠片 588
Film chamber 膠片盒 588
Film guide rail 擋片橫條 588
Film pressure plate 壓片板 588
Film rewind crank 倒片手柄 588,589
Film roller 膠片導輪 588
Film speed indicator 膠片速度指示器 589
Film sprocket spool 膠片齒輪卷軸 588
Film strip connector 膠片接頭 584
Film take-up spool 收片軸 588
Film wind lever 卷片扳手 589
Filter 濾色片 575
Fimbria 繖 258,259
Fin 鰭, 翼片, 翅
　Anal 臀的 178,181
　ARV light aircraft ARV 輕型飛機 424
　Avro biplane 阿弗羅雙翼機 402
　BAe-146 components BAe-146 零件 415
　Blackburn monoplane 布萊克本單翼機 401
　Caudal 尾的 178-181
　Concorde 協和飛機 416
　Devon minnow 得文假小魚餌 563
　Dorsal 背的 178,179,181,205
　Helicopter 直升飛機 423
　Lockheed Electra airliner 洛克希德公司伊利克特拉客機 407
　Lungfish 肺魚 81
　LVG CVI fighter LVG CVI 戰鬥機 405
　Pectoral 胸的 178,180,181
　Pelvic 骨盆的 179-181
　Schleicher glider 施萊徹滑翔機 426
　Tornado 旋風式飛機 421
　Ventral 腹的 179
　World War II aircraft 第二次世界大戰中的飛機 408,409
Final drive and gearbox 終端傳動和齒輪箱 340
Final-drive sprocket 末端傳動鏈輪

335
Fin-attachment skin 垂直安定面連接蒙皮 415
Fine leg 細左後場手 538
Fine linen canvas 細亞麻布畫布 437
Fine-toothed marble claw 細齒大理石爪形刀 453
Finger 指
Anchisaurus 安琪龍屬 89
Gorilla 大猩猩 203
Human 人 211
Iguanodon 禽龍屬 97
Pachycephalosaurus 腫頭龍屬 100
Psittacosaurus 鸚鵡嘴龍屬 103
Stegoceras 頂角龍屬 101
Theropod 獸足類動物 84
Fingerboard 指板 510,511,513
Finger-claw 手指爪 83,85
Finger hole 指孔 508
Finger key 指鍵 507
Fingerless glove 無指手套 527
Fingernail 指甲 231
Finger tab 露指掌褡 548
Finial 尖頂飾
Asian building 亞洲建築 490,491
Baroque church 巴洛克教堂 479,481
Gothic church 哥德式教堂 470,471
Islamic building 伊斯蘭回教建築 488,489
Medieval building 中世紀建築 468
Neoclassical building 新古典主義建築 478
Nineteenth-century building 19世紀建築 493
Renaissance building 文藝復興時期建築 476
Finishing line 終點線 542,554,555
Fin leading-edge attachment 垂直尾翼前緣連接裝置 415
Finned tail 鰭尾 80
Fin-root aerial fairing 垂直尾翼根部的天線整流罩 421
Fin tip 垂直尾翼梢部 415
Fin tip fairing 垂直尾翼梢部整流罩 421,424
Fin trailing edge 垂直尾翼前緣 415
Fir 冷衫 66
Fire 火 108
Fireball 火球 10
Firebox 爐膛 324,325
Fire-escape 安全出口 497,498
Fire extinguisher 滅火器 328
Fire-extinguisher discharge indicator 滅火器噴射指示器 412
Fire-hole 爐口 325
Fire-making tools 起火工具 109
Fireman's seat 司爐座椅 325
Fire opal 火蛋白石 270
Fireplace 壁爐 466,467
Fire-resistant clay 耐火泥 454
Fire-resistant curtain 耐火幕 497
Fire-resistant panel 防火護牆板 496
Fire safety 防火安全 576
Fire-tube boiler 煙管鍋爐 334
Fire tubes 煙管 324,325
Firewall 防火牆 406,425
Firing 燒焙，燒窯，烘烤 452
Firing pin 撞針 549
Firn 萬年雪 287
First century 西元1世紀 462,464
"First down" 第一次倒地 526,527
First pilot's seat 第一飛行員座椅 408
First quarter 上弦 41
First rate ship 一級船 378
First slip 第一外場手 538
First transition metals 第一類過渡金屬 310
First violin 第一小提琴 503,504,505
First wheel set 第一輪副 329
Fish 魚
Bony 骨 180,181
Breathing 呼吸 180
Cartilaginous 軟骨的 178
Fossil 化石 279
Holostean 全骨目 73
Jawless 無頜 178,179
Fish davit 舷牆扶手前端 379
Fisherman's schooner 漁人斯庫納縱帆船 385
Fishing tackle 捕魚用具 109
Fish-scale tile 魚鱗瓦 476,477,486
Fishtail nectaries 魚尾形蜜腺 160
Fissure 齒裂隙 247
Fissures 裂縫 157
Fissure volcano 裂縫火山 272
Five-line stave 五線譜 502
Five yard mark 防護手套 540
Fixative 固著劑 430,440
Fixed float 固定浮體 390
Fixed gear 固定齒輪 346,347,411
Fixed lug 固定突耳 383
Fixed-spool reel 固定線軸繞線輪 562
Fixing screw 固定螺釘 579
Fjord 峽灣 294,295
Flagella 鞭毛 166
Flagellum 鞭毛
Beetle 甲蟲 168
Chlamydomonas sp. 單胞藻屬的一個種 116
Moss 蘚 119
Seaweed gametes 海藻配子體 117
Snail 蝸牛 177
Sperm 精子的 259
Flag halyard 旗繩 380
Flagmast 旗桅 395
Flag pin 旗桿 547
Flagpole 旗桿 495
Flaking rock 片狀剝落岩石 282
Flamboyant tracery 火焰式窗櫺 472
Flame 火焰 312,313
Flame regulator 火焰調節開關 354
Flamingo 紅鸛 188,190
Flamsteed 弗蘭斯提德 40
Flange 凸緣 492,498
Flanged plate 突緣板 425
Flank 脅腹，側面
Bird 鳥 188
Cow 牛 198
Flanker 側翼隊員
Canadian football 加拿大式足球 526
Rugby 橄欖球 530
Flank spike 脅腹刺突 95
Flap 襟翼，垂下物
ARV light aircraft ARV 輕型飛機 425
Hawker Tempest components 霍克暴風式戰鬥機零件 409
Lockheed Electra airliner 洛克希德公司伊利克特拉客機 406
Racing saddle 比賽用馬鞍 555
Showjumping saddle 跳越障礙用的馬鞍 554
Tornado 旋風式飛機 421
Flap drive screw 襟翼收放螺桿 413
Flap lever 襟翼操縱桿 425
Flap seal 襟翼密封 413,414
Flap tip 襟翼翼尖 414
Flap torque tube 襟翼扭力管 424
Flap track 襟翼滑軌 413
Flap-track fairing 襟翼滑軌整流罩 413,415
Flared bell 鐘形喇叭口
Brass instruments 銅管樂器 506,507
Woodwind instruments 木管樂器 508,509
Flashgun 閃光燈 588
Flash steam generator 快速蒸汽發生器 342
Flash tube 閃光管 397
Flask 燒瓶 312,313
Flat 平面，平台
Musical notation 樂譜 502
Twin bollards 雙繫纜柱 386
Flatboard 平板 384
Flat bottom 平底 391
Flat-bottomed rail 平底軌 331
Flat chisel 平鑿 452
Flat cone 平緩的熔岩錐 272
Flatfish angling 比目魚釣捕 562
Flat-four engine 四缸臥式引擎 340
Flat freight car 平板車 327
Flat horse-races 平地賽馬 554
Flat laminae 扁平葉片 138
Flat roof 平面屋頂
Ancient Egyptian building 古埃及人的建築 458
Neoclassical building 新古典主義建築 483
Twentieth-century building 20世紀建築 494,495
Flat seam 平縫 384
Flat seizing 扁平捆紮索 383,389
Flat soffit 檐口平底面 464
Flattened pericarp 扁平果皮 151
Flattened petiole 離平葉柄魚尾蜜腺 160

Flattened stem 扁平狀莖 129

Flat-topped plateau 平頂高原 275, 282

Flat-topped seamount 海底平頂山 298

Flat wire seizing 扁金屬線捆紮結 383

Flavian amphitheatre 弗雷文圓形劇場 464

Flax-spinning mill 麻紡廠 492

Fleet number 車隊編號 333

Flesh-eaters 食肉者 194

Flesh-eating dinosaur 食肉恐龍 70

Flesh tones 人體色調，皮膚色調 433

Fleshy aril 肉質果 148

Fleshy axis 肉質中軸 143

Fleshy fruit 肉質果 146,147

Fleshy hair 多毛 140

Fleshy infolded receptacle 肉質內含花托 148

Fleshy scale leaf 肉質鱗葉 155

Fletch 尾翼 548

Flexor digitorum longus muscle 趾長曲肌 233

Flexor digitorum tendon 屈指肌腱 231

Flexor hallucis longus muscle 拇長曲肌 233

Flexor pollicis brevis muscle 拇指短屈肌 231

Flexor retinaculum muscle 尺腕掌側韌帶 231

Flexors of forearm 前臂屈肌 226

Flexors of hand 手部屈肌 227

Flexor tubercle 屈肌結 85

Flight 騰空躍起 543

Flight-control hydraulic jack 飛行-控制液壓作動筒 416

Flight-control mixing unit 飛行-控制配合裝置 417

Flight-control rod 飛機操縱桿 423

Flight controls 飛行-控制系統 412

Flight feathers 飛翔羽 188,191

Flight instruments 飛行儀表 425

Flight refuelling receptacle 空中加油受油器 421

Flint 燧石 277

Flint tools 燧石工具 108,109

Flipper 闊鰭 204

Flitch-plated wooden chassis 組合板木車架 342

Float 浮體 390,391

Floating disc brake 浮動盤式制動器 364,365

"Floating" rib 浮肋骨的 218

Flocked pastel board 植絨紙板 441

Flock stuffing 棉毛填料 582

Flood-plain 氾濫平原 289,291

Floods 洪水 290

Floor 地面，樓板

　Gun turret 炮塔 396

　Ironclad 裝甲艦 393

　Longboat 大艇 380

　Modern building 現代建築 496-

498

　Nineteenth-century building 19世紀建築 492

　Twentieth-century building 20世紀建築 494,495

Floor anchor 與地板固定點 407

Floorboard 地板 464,486

Floor-joist 樓面擱柵 464

Floor of gun house 炮室底板 396

Floor pan 底板 340

Floor tom 落地鼓 518,519

Floppy disc drive 軟碟裝置 521

Florence Cathedral 佛羅倫斯大教堂 475,487

Florets 小花 142

　Florists' chrysanthemum 菊 129

　Ultraviolet light 紫外光 145

Florida current 佛羅里達暖流 296

Florists' chrysanthemum 菊 129

Flower bud 花芽，芽蕾

　Aechmea miniata 附生鳳梨 162

　Broomrape 列當 163

　Bulb 鱗莖 155

　Clematis 鐵線蓮屬 131

　Florists' chrysanthemum 菊 129

　Hibiscus 木槿屬 127

　Ice-plant 冰晶松葉菊 129

　Live-for-ever 常青植物 129

　Oxalis sp. 酢漿草 157

　Peruvian lily 黃六出花 129

　Rose 薔薇屬 131

　Water lily 睡蓮 159

　Wind pollination 風媒傳粉 144

Flowering plant 顯花植物 57,70,72

Flowering shoot 有花枝 155

Flowers 花 140,143

　Brassavola nodosa 布拉薩沃拉氏蘭 162

　Bromeliad 鳳梨 113

　Broomrape 列當 163

　Buds 芽 140,141,143

　Clematis 鐵線蓮屬 131

　Color 顏色 140,144,145

　Dicotyledons 雙子葉植物（類）126,127,141,143

　Dodder 菟絲子 163

　Epiphytes 附生植物 162,163

　Everlasting pea 宿根香豌豆 129

　Florists' chrysanthemum 菊 129

　Guzmania lingulata 垂花果予曼 163

　Ice-plant 冰晶松葉菊 129

　Involucre 總苞 129

　Monocotyledons 單子葉植物（類）126,140,141,143

　Peruvian lily 黃六出花 129

　Pollination 授粉 144,145

　Rose 薔薇屬 131

　Russian vine 俄羅斯藤 131

　Scented 有香味 144

　Stem arrangements 莖的排列 143

　Ultraviolet light 紫外光 145

　Vegetative reproduction 營養繁殖 154

　Water lily 睡蓮 159

Yew 紅豆杉 123

Flower scars 花痕 154

Flower spike 花 143,155

Flower stalk 花梗；花柄

　Brassavola nodosa 布拉薩沃拉氏蘭 162

　Bulbil 珠芽 154

　Clematis 鐵線蓮屬 131

　Dry fruit 乾果 150,151

　Fertilization 受精 146,147

　Florists' chrysanthemum 菊 129

　Fruit development 果實發育 146,147

　Monocotyledons 單子葉植物 140,141,143

　Oxalis sp. 酢漿草 157

　Rose 薔薇屬 131

　Rowan 花楸 131

　Russian vine 俄羅斯藤 131

　Succulent fruit 多汁果 148,149

　Sycamore 假挪威槭 131

　Water lily 睡蓮 159

Flow splitter 分流器 418

Fluid 流體 306

Fluke 錨爪

　74-gun ship 裝有 74 門炮的炮船 380

　Danforth anchor 熱尾錨 386

Fluorescent light 熒光 318,319

Fluorine 氟 308,309,311

Fluorite 氟石 271

　Halides 鹵化物類 269

Flush-riveted aluminium fuselage 埋頭鉚接的鋁質機身 423

Flush-riveted metal-skinned wing 埋頭鉚釘鉚接的金屬蒙皮機翼 406

Flush window 平齊窗 494

Flute 長笛 503,504,505,508

Fluted pilaster 有凹槽壁柱 462

Fluted pinnacle 有凹槽的小塔 481

Fluted shaft 有凹槽的柱身 478

Flute tube 煙道 325

Fluting 柱身凹槽 461,463

Flutter kick 拍腿踢水 559

Fly 蠅 168

Fly back transformer 回掃變壓器 575

Fly fishing 蠅餌釣捕 562

Fly-half 飛行前衛 530

Flying boat 飛船 406

Flying buttress 飛扶壁

　Gothic building 哥德式建築 470, 473

　Medieval building 中世紀建築 466,468,469

　Nineteenth-century building 19世紀建築 493

Flying Fortress bomber 飛行堡壘轟炸機 408

Flying helmet 飛行帽 404

Flying jib 飛伸三角帆 385

Flying reptile 能飛的爬行動物 70

Flying tackle 飛行擒抱 531

Flyleaf 扉頁 587

Fly rod 蠅餌釣竿 562,563
Flywheel 飛輪
　Benz Motorwagen 朋馳牌小型汽車 335
　Early engines 早期引擎 342,343
　Etching press 蝕刻壓印機 447
　Lawnmower 割草機 580
　Mid West rotary engine 中西轉缸式引擎 411
　Oldsmobile engine 老爺車引擎 336
　Renault Clio 雷諾・克萊奧牌汽車 351
　Steamboat 汽船 391
Flywheel retaining thread 飛輪夾持螺紋 411
Flywheel with balance weight 帶平衡塊的飛輪 347
Foam stuffing 泡沫填料 576,577
Focal length scale 焦距標度 589
Focker, Anthony 安東尼・福克 404
Fo'c'sle 船首樓 380
Focus 震源 63
Focus control 聚焦控制器 575
Focusing ring 調焦圈 589
Fog 霧 42,43
Fog-lamp 霧燈 349,353
Fog light 霧燈 332,363
Foil 花劍 556,557
Foilist 花劍運動員 557
Foil pommel 花劍平衡錘 557
Folded rock 褶皺岩層 60,266
　Impermeable rock 不透水岩 281
　Mineral resources 礦物資源 280
　Strata 層聚 60,61
Folded schist 褶皺片岩 274
Folding mountain range 褶皺山脈 274
Folding step 折疊式踏板 326
Fold mountains 褶皺山 62
Fold of mucous membrane 黏液膜褶 249
Folds 褶皺 60,61
Foliage leaf 營養葉
　Bishop pine 主教松 124
　Bud 芽 124
　Bulb 鱗莖 155
　Germination 發芽 152,153
　Monocotyledon 單子葉植物 126
　Parasitic plant 寄生植物 162
　Pine 松 124,125
　Rhizome 根莖 155
　Seedling 幼苗 152,153
　Stem bulbil 莖生珠芽 155
　Yew 紅豆杉 123
Foliated capital 葉飾柱頭 469
Foliated frieze 葉狀飾帶 469,479
Foliated panel 葉形鑲板 479
Foliated scrollwork 葉形渦卷飾 472
Foliated volute 葉形螺旋飾 476
Foliate papilla 葉狀味蕾 244
Foliose lichen 葉狀地衣 114
Foliose thallus 葉狀地衣體 114
Follicle 卵泡

Dehiscent dry fruit 裂乾果 150,151
　Hair 毛髮的 235
　Ovary 卵巢的 258
Fomalhaut 北落師門 19,20
Fontanelle 囟 220
Food storage 食物貯存
　Bulb 鱗莖 155
　Corm 球莖 155
　Embryo 胚 147
　Rhizome 根莖 155
　Root tuber 塊根 155
　Scale leaf 鱗葉 155
　Seed 種子 152
　Succulent 多汁 156,157
　Swollen stem 膨脹莖 113,155
Foot 足
　Anchisaurus 安琪龍屬 89
　Bird 鳥 190
　Caiman 凱門鱷 186,187
　Corythosaurus 盔頭龍屬 98
　Cow 牛 198
　Diplodocus 梁龍屬 90
　Duck 鴨 188
　Elephant 象 90
　Gorilla 大猩猩 203
　Harp 豎琴 511
　Herrerasaurus 赫勒爾龍屬 86
　Horse 馬 198
　Human 人 210
　Iguanodon 禽龍屬 96
　Kangaroo 大袋鼠的 207
　Lizard 蜥蜴 184
　Pachycephalosaurus 腫頭龍屬 100
　Relief-printing press 凸版印刷機 449
　Sails 帆 374,385
　Slug 蛞蝓 176
　Snail 蝸牛 177
　Stegoceras 頂角龍屬 101
　Stegosaurus 劍龍屬 92
　Toaster 烤麵包機 578,579
　Tyrannosaurus 霸王龍屬 84
　Tube 管 174
　Webbed 蹼 188
　Westlothiana 擬鳥龍的一種 81
Football 橄欖球（足球）524,525
Footboard 踏腳板 335
Foot brake 腳制動器 363
Footbridge 人行天橋 493
Foot-fault judge 發球犯規裁判員 544
Foot mat 腳踏板 363
Foot pedal 腳踏板 366 514
Footplate 司機室地板 324
Footrest 腳踏板
　Curtiss biplane 寇蒂斯式雙翼機 398 399
　Suzuki RGV500 鈴木牌 RGV500 型摩托車 368
　Weslake Speedway motorcycle 威斯雷克競賽跑道摩托車 369
Footrest hanger 擱腳板支架 364
Foot rope 帆下緣繫纜 378,379,382,

385
Foot throttle 腳踏油門 427
Foramen caecum 盲孔 244
Foramen magnum 顱底孔 220
Foraminiferans 有孔蟲目 279
Force 力 320,321
"Force play" 強制性跑壘 536
Ford Cosworth V6 12-valve engine 福特牌柯斯渥 V6 型 12 氣門引擎 344
Ford Cosworth V6 24-valve engine 福特牌柯斯渥 V6 型 24 氣門引擎 344
Ford, Henry 亨利・福特 338
Ford Model T 福特牌 T 型汽車 338,339
Ford turbocharged diesel engine 福特牌排氣渦輪增壓柴油機 347
Fore-and-aft rigged lateen sails 船頭到船尾掛著的薄銅板帆 376
Fore-and-aft sails 縱帆 384
Fore-and-aft schooner 頭部有斜桁的斯庫納縱帆船 385
Forearm 前臂
　Gorilla 大猩猩 203
　Horse 馬 199
　Human 人 210
　Movement 運動 227
Forearm guard 前臂護帶 548
Forearm pass 前臂墊球 534
Fore bitt 前繫纜柱 380
Fore breast rope 船首安全索 387
Forecarriage 前轉向架（前輪架）335
Forecastle 船首樓；前甲板
　74-gun ship 裝有 74 門炮的炮船 380
　Sailing warship 航行中的軍艦 376
　Square-rigged ship 橫帆船 375
Forecastle castle-deck gunport 前船樓甲板射擊 376
Fore-edge 切口 586,587
Forefoot 前足
　Caiman 凱門鱷 186
　Diplodocus 梁龍屬 90
　Edmontonia 埃德蒙頓龍 95
　Elephant 象 90
　Iron paddlesteamer 鐵製明輪船 393
　Stegosaurus 劍龍屬 92
Fore hatch tackle 前艙口滑車索具 379
Forehead 額
　Bird 鳥 188
　Dolphin 海豚 204
　Elephant 象 200,201
　Horse 馬 199
　Human 人 211,212
Foreleg 前肢
　Caiman 凱門鱷 186
　Elephant 象 201
　Lizard 蜥蜴 184
　Terrapin 淡水龜 187
Forelimb 前肢
　Anchisaurus 安琪龍屬 89

Bird 鳥 188
Corythosaurus 盔頭龍屬 98
Edmontonia 埃德蒙頓龍 95
Frog 蛙 182
Hare 野兔 196
Herrerasaurus 赫勒爾龍屬 86
Iguanodon 禽龍屬 97
Kangaroo 大袋鼠 207
Pachycephalosaurus 腫頭龍屬 100
Psittacosaurus 鸚鵡嘴龍屬 103
Rabbit 兔 196
Rat 大鼠 196
Salamander 蠑螈 182
Stegoceras 頂角龍屬 101
Stegosaurus 劍龍屬 92
Thyreophorans 盾日蛾類爬行動物 92
Triceratops 三角龍屬 102
Tyrannosaurus 霸王龍屬 84
Forelock 門鬃 199
Fore lower topsail 前面下部斜桁上帆 385
Fore mast 前桅
Iron paddlesteamer 鐵製明輪船 392
Roman corbita 羅馬商船 372
Sailing warship 航行中的軍艦 376
Square-rigged ship 橫帆船 375
Wooden sailing ship 木帆船 379
Fore mast course 前帆主帆 379
Foremast hole 前桅孔 380
Fore mast topgallant sail 前上桅帆 379
Fore mast topsail 前桅上帆 379
Forepeak 船首艙 393
Forepiece 前塊件 583
Fore royal stay 船首最上面的支索 383
Fore sail 前帆 372,385
Fore sail halyard 前帆升降索 380
Foreset strata 前積層 283
Fore shroud 前部左右支索 379
Foresight 準星
Rifle 步槍 549
Target pistol 靶手槍 549
Foreskin 包皮 259
Fore spring rope 船首輔助支索 387
Fore stay 前桅前支索
Rigging 索具 382
Roman corbita 羅馬商船 372
Sailing warship 航行中的軍艦 376
Wooden sailing ship 木帆船 379
Fore staysail 前支索帆 379,385
Forest-dwelling mammals 居住在森林中的哺乳動物 74
Fore throat halyard 前桁叉端吊索 385
Fore top 前桅頂台 379
Fore topcastle 前頂桅船樓 376
Fore topgallant mast 前上桅 379
Fore topmast 前頂桅 376,379
Fore topmast stay 前頂桅支索 376, 379
Fore topmast staysail 前頂桅支索帆 385
Fore topmast staysail tack 前頂桅斜橫帆下前角索 382
Fore topsail 前斜桅上帆 379
Fore upper topsail 前面上部斜桁上帆 385
Forewing 前翅 169
Fore yard 前帆桁 376,379
Forged iron anchor 鍛造的鐵錨 392
Fork 叉
ARV Super 2 ARV 超級 2 型輕型飛機 425
Eddy Merckx racing bicycle 艾迪・默克斯型競賽自行車 361
Harley-Davidson FLHS Electra Glide 哈利-戴維森牌風掣電動摩托車 363
Honda CB750 本田牌 CB750 型摩托車 363
Motorcycle 摩托車 364
Vespa Grand Sport 160 Mark 1 偉士牌大運動 160 型摩托車 363
Fork blade 叉(形)葉(片) 359
Forked beam 叉狀梁 380
Forked connecting-rod 叉形連桿 342
Fork end 叉端 383
Fork slide 叉形件導槽 365
Fork stanchion 叉形支柱(撐桿) 365
Fork yolk 叉形 365
Formeret 拱牮肋 469,479
Fornax 天爐座 19,20
Fornix 大腦穹窿 236,237
Fortifications 防禦工事 466
Forum of Trajan 圖拉眞廣場 463
Forward 前鋒 532,534,535
Forward bulkhead panel 前艙壁裝飾板 406
Forward deck 前艙面 561
Forward defensive stroke 防禦性前擊 538
Forward dive 向前跳水 558
Forward door 前艙門 415,417
Forward-facing eyes 面向前方的雙目 194
Forward fairing 前部整流裝置 415
Forward-firing machine-gun 前射機槍 405
Forward funnel 前煙囪 393,395
Forward fuselage structure 前機身結構 401
Forward galley 前廚房 416
Forward hydroplane 前水平舵 397
Forward main door 前主艙門 412
Forward ramp drive 前進氣口調節板傳動裝置 417
Forward short leg 前近場手 538
Forward spar 前梁 415
Fossa ovalis 卵圓窩 251
Fossil fuel 化石燃料 280,281,314, 315
Fossilization 化石作用 278
Fossil record 化石記錄 279
Fossils 化石 278,279
Acanthostega skull 刺甲龍屬頭蓋骨 80
Ankylosaurus tail club 甲龍屬尾棒 95
Birch leaf 樺樹葉 74,76
Blue-green algae 藍綠藻 78
Brachiopod 腕足動物 65
Clubmoss 石松 66
Eurypterid 板足鱟 79
Fern 厥類 66
Graptolite 筆石 65
Horsetail 楔葉 66
Hyaenodon skull 鬣齒獸屬頭蓋骨 107
Jawless fish 無顎魚 78
Land plant 陸地植物 64
Lungfish 肺魚 81
Nautiloid 鸚鵡類軟體動物 65
Palm bark 棕櫚主差 74
Shark teeth 鯊牙 67
Starfish 海星 79
Swamp plant 沼澤植物 64
Sweetgum leaf 楓香樹葉 76
Titanosaurid egg 雷龍卵 91
Trilobite 三葉蟲 78
Fossil skeleton 化石骨骼
Archaeopteryx 始祖鳥屬 85
Bat 蝙蝠 105
Parasaurolophus 似棘龍屬 98
Pareiasaur 鉅頰龍 81
Struthiomimus 似鴕鳥龍屬 87
Westlothiana 擬鳥龍的一種 81
Foster, N. N. 福斯特 496,498
Foul lines 邊線 536
Fouls 碰撞犯規 532
Foul tackle 抱摔犯規 524
Foul tip 觸擊手 537
Foundation 基礎
Ancient Roman building 古羅馬建築 464
Iron paddlesteamer 鐵製明輪船 392
Modern building 現代建築 496
Nineteenth-century building 19 世紀建築 492
Foundry plug 鑄造塞頭 387
Fountain pen 自來水筆 444
Four-aspectcolour light signal 四色燈信號 330
Four-chambered heart 四室心臟 104
Four-cylinder 12-HP engine 四缸 12 馬力引擎 399
Four-cylinder motorcycle 四缸摩托車 363
Four-footed dinosaur 四足恐龍 88, 92,96,100
Four-pulley system 四滑輪系統 320
Four-stroke combustion engine 四衝程內燃機 366
Four-stroke cycle 四衝程循環 343
Fourteenth century 14 世紀 474
Arch 拱 488

Gothic building 哥德式建築 471-473

Medieval building 中世紀建築 466,467

Roof 屋頂 490

Style 風格 470

Fourth mast 四桅 376

Four-wheel bogie 四輪小車式起落架 417

Four-wheel-drive 四輪驅動 354

Fovea 股骨頭凹 224

Fowler flap 富勒襟翼 413,414

Foxes 狐類 194

Fracastorius 弗拉卡斯托利斯 40

Fracture 斷口 270

Fractured rock 破裂的岩石 34

Fragaria x ananassa 松草莓 128,150

Fra Mauro 弗拉·摩洛 40

Frame 框架，結構

74-gun ship 裝有74門炮的炮船 381

ARV light aircraft ARV 輕型飛機 424

Bicycle 自行車 358 359

Cannondale SH 600 hybrid bicycle 坎農達爾 SH 600 型混合式自行車 361

Concert grand piano 音樂會用平台式大鋼琴 515

Concorde 協和飛機 416

Harley-Davidson FLHS Electra Glide 哈利-戴維森牌風掣電動摩托車 363

Honda VF750 本田 VF750 型摩托車 364

Ironclad 裝甲艦 393

Longboat 大艇 380

Medieval house 中世紀住宅 466

Modelled sculpture 造型雕塑 452

Modern building 現代建築 496

Motorcycle 摩托車 364

Oscillating steam engine 擺動式蒸汽機 390

Racing bicycle 賽車 360

Racket 球拍 544,545

Relief-printing press 凸版印刷機 449

Single scull 單人雙槳賽艇 560

Steam-powered Cugnot 居紐蒸汽動力車 335

Steel 鋼 494

Upright piano 立式鋼琴 514

Weslake Speedway motorcycle 威斯雷克競賽跑道摩托車 369

Frame angle 車架角度 360

Frame drum 架子鼓 518

Frame head 車架頭部 340

Frame-mountedfairing 車架懸掛式流線型殼罩 364

Fram Rupes 弗拉姆峭壁 35

Francis turbine 弗朗西斯水輪機 314

Francium 鍅（鈁） 310

Frapped turn 捆紮圈 389

Free nerve ending 游離的神經末梢

235,239

Freestyle swimming stroke 自由式游泳 558

Free-throw line 罰球線 532,533,535

Freewheel 自由輪 361

Freewheel lock nut 自由輪鎖緊螺母 358

Freewheel sprocket 自由輪鏈輪 360

Freezing 凍結 307

Freezing level 凍結高度 302

Freight car 貨車車廂 327

Freight service 貨運業務 326

French baroque style 法國巴洛克風格 479,482

French bowline 法國結纜結 388

French Flamboyant style 法國火焰式風格 470

French TGV train 法國 TGV 高速電氣列車 328,329

French trotter 法國快步馬 554

Fresco 壁畫 434,435

Freshwater bay 淡水灣 291

Freshwater angling 淡水釣魚 562

Freshwater lake 淡水湖

Lakes and groundwater 湖泊和地下水 292

Weathering and erosion 風化和侵蝕 283

Freshwater turtle 淡水龜 186

Fret 琴格 512,513

Fret-pattern mosaic 馬賽克回紋圖案 488,489

Fretwork 回紋飾 461,491

Frieze 檐壁，雕帶飾

Ancient Egyptian building 古埃及建築 459

Ancient Greek building 古希臘建築 461

Ancient Roman building 古羅馬建築 463,465

Baroque church 巴洛克教堂 479,481

Cathedral dome 大教堂的穹頂 487

French temple 法國神廟 485

Medieval church 中世紀教堂 469

Neoclassical building 新古典主義建築 478,479,482

Renaissance building 文藝復興時期建築 476

Twentieth-century building 20世紀建築 495

Frigate 護衛艦 396,397

F ring F 環 46,47

Fringed crumble cap 具流蘇的皺折菌蓋 115

Fringilla coelebs 蒼頭燕雀 193

Fringing reef 邊礁 299

Frog 蛙 182,183

Double bass bow 低音提琴琴弓 511

Eggs 卵 183 192

Fossil 化石 278

Violin bow 小提琴弓 510

Frog kick 蛙踢 559

Frond 葉，藻體

Fern 蕨類植物 120,121

Seaweed 海藻（草） 116,117

Tree fern 樹蕨 112,113

Frontal bone 額骨

Bony fish 硬骨魚 181

Chimpanzee 黑猩猩 202

Human 人 212,213,220,221

Frontalis muscle 額肌 226,228,229

Frontal lobe 額葉 236,237

Frontal notch 額切跡 213

Frontal process 前突 221

Frontal rib 前主脈 161

Frontal sinus 額竇 212,245

Front axle 前軸，前橋

1906 Renault 1906 年雷諾牌汽車 336,337

Ford Model T 福特牌 T 型汽車 338

Honda VF750 本田牌 VF750 型摩托車 365

Husqvarna Motocross TC610 赫斯夸瓦納摩托車越野賽 TC610 型競賽摩托車 368

Kirby BSA 柯爾比 BSA 競賽跨鬥摩托車 369

Front bezel 前端玻璃框 584

Front board assembly 前面板組件 588

Front brake cable 前制動拉索

Bicycle 自行車 359

Eddy Merckx racing bicycle 艾迪·默克斯型競賽自行車 361

Front brake lever 前制動桿 363

Front bumper 前保險槓 332

Front cabinet 前殼 575

Front cantilever brake 前懸臂制動器 359

Front cover board 封面紙板 586,587

Front crawl 自由泳 558,559

Front cylinder exhaust pipe 汽缸前排氣管 368

Front derailleur 前變速齒輪傳動機構 358-360

Frontispiece 卷首插圖（扉頁） 587

Front leg 前足 168,169

Front lens group 前透鏡組 588

Front light 前燈

Bicycle 自行車 360

Paris RATP Metro 巴黎 RATP 地下鐵道電氣列車 328

Italian State Railways Class 402 義大利國家鐵路局 402 級電力機車 328

Frontoparietal bone 額頂骨 183

Frontozygomatic suture 額顴骨縫 220

Front plate 前板 566

Front rail 前橫檔 576

Front spring 前鋼板彈簧 337

Front tyre 前輪胎 580

Front wheel 前輪

Bicycle 自行車 359

Lawnmower 割草機 580,581
Front wing 前翅 168
Frost wedging 冰楔作用 282,286,287
Froude's early test propeller 弗勞德氏初期試驗螺旋槳 391
Frozen rubber puck 凍結橡皮冰球 550,551
Fruit 果實
Bramble 歐洲黑莓 130
Couch grass 匍匐冰草 113
Development 發育 146,147
Dry 乾燥 150,151
Durmast oak 無梗花櫟 131
Peach 桃 131
Pitcher plant 豬籠草（瓶子草）113
Rowan 花楸 131
Succulent 多汁 148,149
Sycamore 假挪威槭 131
Fruit wall 果壁 148,149,150,151
Fruticose lichen 枝狀地衣 114
Fruticose thallus 枝狀地衣體 114
"F" turret "F" 炮塔 394
Fucoxanthin 岩藻黃素 116
Fucus spiralis 螺旋形墨角藻 116
Fucus vesiculosus 墨角藻 116,117
Fuel/air intake pipe 燃油/空氣進入管 337
Fuel and oil heat exchanger 燃料和滑油熱交換器 418
Fuel and oil tank 燃油和滑油箱 398,399
Fuel breather 燃油通氣孔 357
Fuel cap 燃油箱蓋 348,369
Fuel contents indicator 油量指示器 413
Fuel-cooled oil cooler 燃油冷卻式滑油散熱器 419
Fuel drip tray 燃油滴盤 411
Fuel filler 加油漏斗 357
Fuel filler and vent 加油口和通氣孔 403
Fuel filler cap 加油口蓋
Curtiss biplane 寇蒂斯式雙翼機 398
Volkswagen Beetle 金龜車 340
Fuel filler neck 燃油加油管管頸 340
Fuel filter 燃油濾器 419
Fuel heater 燃油加熱器 419
Fuel hose 供油軟管 425
Fuel injection 燃油噴柱 344,356
Fuel inlet 燃油入口 419
Fuel-jettison pipe 燃油排放管 417
Fuel-jettison valve 應急放油閥 406
Fuel manifold 燃油歧管 418,419
Fuel nozzle 燃油噴嘴 418,419
Fuel pipe 油管
Concorde 協和飛機 417
Curtiss biplane 寇蒂斯式雙翼機 398
Jaguar V12 美洲豹牌 V12 型引擎 345
Fuel reservoir 燃油箱 368
Fuel sediment bowl 燃油沉澱杯 339
Fuel shut-off valve cable 燃油斷流閥電纜 419
Fuel sprayer 燃油噴霧器 418
Fuel supply pump 燃油輸送泵 327
Fuel tank 油箱
Avro triplane 阿弗羅雙翼機 402
Benz Motorwagen 朋馳牌小型汽車 335
BMW R/60 寶馬 R/60 型摩托車 362
Concorde 協和飛機 417
"Deltic" diesel-electric locomotive "狄爾替克"號柴油電動機車 326
Harley-Davidson FLHS Electra Glide 哈利-戴維森牌風掣電動摩托車 363
Helicopter 直升飛機 422,423
Honda VF750 本田 VF750 型摩托車 364
Lawnmower 割草機 580
Lockheed Electra airliner 洛克希德公司伊利克特拉客機 407
LVG CVI fighter LVG CVI 戰鬥機 405
Pegasus XL SE microlight 柏伽索斯 XL SE 超輕型飛機 426
Pinzgauer Turbo D 平茲高爾輪機 D 型越野車 354
Renault Clio 雷諾・克萊奧牌汽車 350
Suzuki RGV500 鈴木牌 RGV500 型摩托車 369
Volkswagen Beetle 金龜車 340
Werner motorcycle 沃納牌摩托車 362
Weslake Speedway motorcycle 威斯雷克競賽跑道摩托車 369
White Steam Car 懷特牌蒸汽汽車 342
Wright Flyer 萊特飛行器 398
Fuel tank breather 燃油箱通氣孔 369
Fuel tank cap 燃油箱蓋 581
Fuel tank cradle 油箱托架 422
Fuel tank filler cap 油箱加油口蓋 369
Fuel tank filler neck 燃油箱加油口頸 350
Fuel tank filler nozzle 油箱加油口噴嘴 427
Fuel tank sender unit 燃油箱傳感器 340
Fuel tank top skin 油箱上表面蒙皮 425
Fuel tap 油塞 366
Fuel vent pipe 燃油通氣管 422
Fulcrum 支點 320,321
Full back 後衛
Australian rules football 澳大利亞式橄欖球 527
Canadian football 加拿大式橄欖球 526
Football 橄欖球 526
Gaelic football 蓋爾足球 529
Rugby 拉格比足球 530
Full back line 後衛線 529
Full-elliptic leaf spring 橢圓形鋼板彈簧 334,335
Full-elliptic steering spring 橢圓形轉向彈簧 337
Full forward 前前鋒 528,529
Fumaroles 噴氣孔 272,273
Funaria hygrometrica 葫蘆蘚 119
Funaria sp. 葫蘆蘚屬的一個種 119
Functionalism 功能主義 496
Function display 功能顯示 520,521
Fundus 底 258
Fungal filament 眞菌絲狀體 114,115
Fungi 眞菌 112,114,115,133
Fungia fungites 蕈珊瑚 167
Fungiform papilla 蕈狀味蕾 244
Fungoid-structure encrustations 眞菌狀構造的結殼 284
Funicle 珠柄 150
Funnel 煙囪，漏斗，圍食膜
Battleship 戰列艦 395
Frigate 護衛艦 397
Iron paddlesteamer 鐵製明輪船 392,393
Lizard 蜥蜴 185
Octopus 章魚 176,177
Steamboat with paddle wheels 帶有槳輪的汽船 391
Funnel guide 漏斗狀導向結構 126
Funnel stay 煙囪支索 395
Furcula 叉骨 189
Furled forecourse sail 卷起的前桅主帆 375
Furled lateen main sail 卷起的薄銅板主帆 376
Furled lateen mizzen sail 卷起的薄銅片後帆 375,376
Furnerius 弗涅里厄斯 40
Furrow 溝 282
Furud 孫增一 21
Fused carpels 併合心皮 140,144,151
Fused petals 併合花瓣 142,145
Fused receptacles 併合花托 149
Fusee 蝸形繩輪 566
Fusee chain 蝸形繩輪鏈 566
Fuse enclosure 導線圈體 572
Fusee pivot hole 蝸形繩輪導向孔 566
Fusee stop 發條輪止檔 566
Fuselage 機身 401,409,424
Fuselage bottom skin 機身下表面蒙皮 424
Fuselage bracing wire 機身拉線 403,426
Fuselage mid-section 機身中段 412
Fuselage nose-section 機身前段 412
Fuselage skin 機身蒙皮 402
Fuselage spine fairing 機身背脊整流罩 414
Fuselage tail-section 機身尾段 415
Fuselage top skin 機身上表面蒙皮 424

Fusion crust 熔融殼 52
Futtock shroud 複肋材左右支索 378

G

Gabbro 輝長岩 267,274
Gable 山牆
Gothic building 哥德式建築 470-473
Medieval building 中世紀建築 467,469
Nineteenth-century building 19 世紀的建築 492,493
Renaissance building 文藝復興時期建築 476
Gabled arch 有山牆的拱 471
Gacrux 十字架四 21
Gadolium 釓 311
Gaelic football 蓋爾足球 528,529
Gaff 斜桁 380,385
Gagarin 蓋加林 41
Gait 步法 554
Galactic center 銀心 14,18,20
Galactic nucleus 星系核 12,13
Galactic plane 銀道面 14,15
Galaxy 星系 10,11,12,13,14,15
Galena 方鉛礦 268
Galeocerdo cuvier 虎鯊 179
Galilean moons 伽里略衛星 44
Galium aparine 牛筋草 150
Gallbladder 膽囊
Domestic cat 家貓 195
Human 人 248,252
Rabbit 兔 196
Tortoise 陸龜 187
Galle ring 加勒環 50,51
Gallery 走廊；樓座
74-gun ship 裝有 74 門炮的炮船 381
Ancient Roman building 古羅馬建築 465
Baroque church 巴洛克教堂 479, 480
Cathedral dome 大教堂的穹窿 487
Frigate 護衛艦 397
Medieval building 中世紀建築 466-488
Modern building 現代建築 496, 497
Renaissance theatre 文藝復興時期劇院 477
Wooden sailing ship 木帆船 378, 379
Galley 軍艦 372-397
Gallimimus 雞形龍屬 82,84,86,87
Gallium 鎵 311
Gallop 疾馳飛奔 582
Galois 伽洛瓦 41
Galvanized "D" shackle 鍍鋅 D 型鉤環 386
Gambrel roof 斜折線形屋頂 490
Game target shooting 靶射擊 548
Gamete 配子 154
Brown seaweed 褐海藻 116,117
Bryophyte 苔蘚植物 118,119
Fern 蕨類植物 120,121
Fertilization 受精 146,147
Gymnosperm 裸子植物 122
Moss 蘚 112
Pine 松 122
Vegetative reproduction 營養繁殖 154
Yew 紅豆杉 123
Gametophyte 配子體
Bryophyte 苔蘚植物 118,119
Fern 蕨類植物 120,121
Liverwort 地錢 118
Moss 蘚 112,119
Gamma γ 18,21
Gamma Centauri 半人馬座γ 21
Gamma Hydri 水蛇座γ 20
Gamma Mensae 山案座γ 20
Gamma radiation 伽馬輻射 10
Gamma ray 伽馬射線 22,318,319
Gamma ring γ環 48
Ganges plain 恒河平原 63
Ganges River delta 恒河三角洲 288
Ganglion 神經節 173,177
Gangway 出入口，舷門
74-gun ship 裝有 74 門炮的炮船 380
Colosseum 大角鬥場 464
Sailing warship 航行中的軍艦 377
Ganymede 木衛三（蓋尼米德）44
Gape 嘴裂，喙裂
Angling hook 釣鉤 562
Dolphin 海豚 204
Garboard strake 龍骨翼板 393
Gargoyle 滴水嘴 473
Garnet 石榴石 267
Garnet-mica schist 石榴石-雲母片岩 267
Garnierite 暗鎳蛇紋石 270
Garudimimus 擬鵝龍 86
Gas 氣體 306,307
Asteroids, comets, and meteoroids 小行星，彗星和流星體 52,53
Chemical reactions 化學反應 313
Massive stars 大質量恒星 26,27
Mineral resources 礦物資源 280, 281
NGC 2997 (spiral galaxy) NGC 2997（旋渦星系）12
Small stars 小恒星 24,25
Stellar black hole 黑洞星 29
Gas blanket 氣殼 300
Gas cloud 氣雲
Earth's formation 地球形成 56
Milky Way 銀河 14
Nebulae and star clusters 星雲和星團 16,17
Origin and expansion of Universe 宇宙的起源和膨脹 10,11
Gas current 氣流 29
Gas deposit 天然礦床 57,281
Gaseous exchange in alveolus 肺泡裡的氣體交換 255
Gaseous water 氣態水 49
Gas exchange 氣體交換 134
Leaf 葉 138,139
Photosynthesis process 光合作用過程 138
Root 根 132
Sunken stoma 內陷氣孔 156,157
Wetland plants 濕地植物 158
Gas formation 天然氣的形成 280, 281
Gas giants 氣體巨星
Jupiter 木星 44,45
Neptune 海王星 50,51
Saturn 土星 46,47
Solar System 太陽系 30,31
Uranus 天王星 48,49
Gaskin 小腿 198,554
Gas loop 氣體環 32,33
Gas molecule 氣體分子 53
Gassendi 加桑迪 40
Gas shell 氣體殼層 16,17,25
Gas tail 氣體彗尾 52,53
Gastralia 腹膜肋 85,87
Gas traps 天然氣圈閉 281
Gastric artery 胃動脈 253
Gastrocnemius muscle 腓腸肌
Albertosaurus 阿耳伯特龍 84
Euoplocephalus 包頭龍 94
Human 人 226,227
Iguanodon 禽龍屬 97
Gastroepiploic vein 胃網膜靜脈 253
Gastropod mollusc 腹足綱軟體動物 75
Gastropods 腹足綱 176,279
Gastrovascular cavity 腔腸 167
Gas turbine 燃氣輪機 418
Gate 大門
Building 建築 467,490,491
Canoeing 輕舟比賽 560
Downhill skiing 下山滑雪 552
Hydroelectric power station 水電站 314
Gate clamp 選通電路箝位 560
Gate-house 城樓 467
Gateway 門道 460
Gatwick Express "People Mover" 蓋特威克機場特快"旅客運輸車" 328
Gauge 軌距 330,331
Gauge class 玻璃管 325
Gauged arch 軌徑拱 492
Gauntlet 守門員用具 540,557
Gavialis gangeticus 恒河食魚鱷 186
G clef G 調譜號 502
Gear band 齒輪組 336
Gearbox 齒輪箱
ARV light aircraft ARV 輕型飛機 425
Ford Model T 福特牌 T 型汽車 339
Harley-Davidson FLHS Electra Glide 哈利-戴維森牌風掣電動摩托車 363
Motorcycle 摩托車 364,366

Renault Clio 雷諾・克萊奧牌汽車 351
Volkswagen Beetle 金龜車 340
Gearbox bevel drive 齒輪箱錐形齒輪傳動裝置 418
Gearbox case 齒輪箱殼體 410
Gearbox drive spline 齒輪箱傳動花鍵 410
Gearbox fixing stud 變速箱固定螺栓 356
Gearbox mount 齒輪箱支架 413
Gearbox oil scavenge line 齒輪箱滑油回流管 419
Gearbox unit 齒輪減速裝置 413
Gear cable 齒輪拉索 359
Gearcase 齒輪箱 569
Gearcase assembly 齒輪箱組件 580
Gearcase position 齒輪箱位置 568
Gear change 換擋機構 363
Gear-change rod 變速桿 351
Gearing mechanism 齒輪機構 584
Gear lever 變速桿
1906 Renault 1906 年雷諾牌汽車 337
Husqvarna Motocross TC610 赫斯夸瓦納摩托車越野賽 TC610 型競賽摩托車 368
Renault Clio 雷諾・克萊奧牌汽車 350
Two-stroke engine 二衝程引擎 366
Gear lever knob 變速桿球形手把 340
Gear lever surround 變速桿包層 352
Gear ratios 齒輪速比 361
Gear retainer 齒輪護圈 562
Gear shift 換擋機構 359
Gear system 齒輪傳動裝置 358,366
Gears 齒輪
Clock 鐘 566
Drills 鑽 568
Lawnmower 割草機 580
Motorcycle 摩托車 366
Gelatine roller 膠滾 447
Gemini 雙子座 18
Gemma 芽孢 118
Generative nucleus 生殖核 147
Generator 發電機 317
British Rail class 20 diesel engine 英國鐵路局 20 級內燃機 327
Diesel train 內燃機車 326
Electric train 電力機車 326
Nuclear power station 核電站 314
Van de Graaff 凡德格拉夫 316
Generator cooling fan 發電機冷卻風扇 327
Generator housing 發電機殼體 411
Generator rotor 發電機轉子
Hydroelectric power station 水電站 314
Mid West engine 中西引擎 410
Generator unit 發電機組 314
Genioglossus muscle 頦舌肌 245
Geniohyoid muscle 頦舌骨肌 245
Genital plate 生殖板 175
Gentlemen's room 紳士席 477
Geographic pole 地理極 38
Geological time 地質年代 56,57, 279
Geranium pratense 草原老鸛草 144
Gerberette 鑄鋼伸縮梁 497
Gerbil 沙土鼠 196
Germanium 鍺 311
German-style baroque 德國巴洛克風格 482
Germany 德國 326
Germinal epithelium 胚上皮 258
Germination 發芽 152,153
Cabbage seed 甘藍種子 132
Epigeal 出土的 152,153
Fern spore 蕨孢子 121
Hypogeal 不出土的 152,153
Mushroom spore 蘑菇的孢子 115
Pine 松 122
Pollen grain 花粉粒 146,147
Gesso 石膏粉，石膏 432,453
Geyser 間歇泉 272,273,275
Gharial 恒河食魚鱷 186
Ghost anemone 鬼海葵 166
Giant redwood 大紅杉樹 112
Giant slalom 大障礙滑雪 552
Giant stars 巨星 22,23,26
Gibbon 長臂猿 202
Gibson Les Paul guitar 古布森・保爾吉他 513
Gig 輕快小艇 395
Gilded band 鍍金飾帶 490
Gilded cross 鍍金十字架 487
Gilded orb 鍍金球形物 487
Gilded rib 鍍金肋 487
Gilded truck 鍍金的桅桿帽 378,379
Gilding materials 飾金材料，飾金器材 431,432
Gill 鰓
Bivalves 瓣鰓綱 176
Bony fish 硬骨魚 180,181
Dogfish 角鯊 178,179
Fungi 眞菌 114,115
Lamprey 七鰓鰻 178
Newt 水螈 182
Salamander 蠑螈 182
Tadpole 蝌蚪 183
Gill filament 鰓絲 180
Gill opening 鰓孔 178
Gill raker 鰓耙 180
Gill slit 鰓裂 178-180
Gilt ironwork 鍍金鐵花 482,490
Ginger 薑 155
Gingiva 牙齦 247
Ginkgo 銀杏屬植物 68,70,72,122, 123,279
Ginkgo biloba 銀杏 68,123
Ginkgophyta 銀杏門 122
Ginkgo pluripartita 多裂銀杏 72
Giornate 每日板塊 434,435
Giraffa camelopardalis 長頸鹿 199
Giraffe 長頸鹿 198,199
Girder 大梁 493
Girdle 環形帶 116
Girdle scar 環帶痕 123
Girth 肚帶
English saddle 英國鞍 582
Harness racer 輕駕車賽手 555
Showjumper 跳躍障礙騎馬 554
Gizzard 砂囊
Bird 鳥 189
Brachiosaurus 腕恐龍屬 91
Euoplocephalus 包頭龍 94
Gallimimus 雞形龍 86
Glabella 頦
Human skull 人頭顱的 213,221
Trilobite fossil 三葉蟲化石 78
Glacial deposits 冰川沉積 286,287, 292,293
Glacial periods 冰期 56,57,76
Glacial sediments 冰川沉積物 299
Glacial streams 冰河 286
Glacier Bay 冰川灣 286
Glacier features 冰川的特徵 286, 287
Glaciers 冰川 286,287
Prehistoric Earth 史前地球 66,76
River's stages 河流的階段 289
Rock cycle 岩石循環 266,267
Weathering and erosion 風化和侵蝕 282
Glacier snout 冰川鼻 286,289
Gladiolus 唐菖蒲 154,155
Gland 腺
19th century paddlesteamer 19 世紀槳輪汽船 391
Axial 軸的 175
Butterwort 捕蟲堇 161
Cement 黏的 173
Green 綠 173
Monkey cup 豬籠草 161
Mucous 黏液 177
Pedal 足的 177
Poison 毒液 170,176
Rectal 直腸的 179
Salivary 唾液 177
Silk 絲 170
Venus fly trap 捕蠅草 160
Glans penis 陰莖頭 259
Glass 玻璃 307
Buildings 建築 492,494
Tesserae 鑲嵌物，鑲嵌塊 450
Glass bulb 玻璃燈泡 319
Glass curtain 玻璃幕 497
Glass deflector 玻璃反射鏡（後視鏡） 325
Glass enamel 玻璃琺琅 450
Glass envelope 玻璃罩 572
Glass flask 玻璃燒瓶 312
Glass mosaic 玻璃馬賽克 489
Glass muller 玻璃研磨器 436,440
Glass pane 玻璃片 494
Glass paper 玻璃紙 441
Glass prism 玻璃棱鏡 318
Glass slab 玻片 436,440

Glass tube 玻璃管 319
Glass wall 玻璃牆 496,499
Glazing 上釉藥，裝配玻璃
Acrylic paints 丙烯顏料 442
Modern building 現代建築 496-499
Twentieth-century building 20世紀建築 494
Glazing bar 玻璃酒吧 499
Gleba 產孢子組 114,115
Glechoma hederacea 歐亞活血丹 154
Gleditsia triacanthos 三刺皂莢 137
Glenoid cavity 關節盂 80
Gliders 滑翔機 426,427
Global warming 全球變暖 301
Globe 地球 264
Globe Theatre 圓形劇院 477
Globular cluster 球狀星團 12,16,21
Globule 球狀體 24,26
Glomerulus 腎小球 256,257
Gloriosa superba 嘉蘭 143
Glory lily 嘉蘭 143
Gloss finish 最後潤飾
Acrylics 壓克力畫 442
Oil painting 油畫藝術，油畫作品，畫油畫 436
Glossopteris 舌羊齒屬 67
Gloster Meteor fighter 格羅斯特流星戰鬥機 408
Glove box 工具箱 425
Gloves 手套
Baseball fielder 棒球守場員 537
Cricket batsman 板球擊球員 539
Cricket wicket-keeper 板球三柱門守門員 539
Fencing 擊劍 556,557
Football 足球，橄欖球 527
Ice hockey 冰球 551
Lacrosse goalkeeper 長曲棍球守門員 541
Racketball 牆內網球 545
Sailing 帆船運動 560
Skiing 滑雪 552,553
Soccer goalkeeper 足球守門員 525
Glucose 葡萄糖 138
Glue 膠 575,576,586
Glulam wall-plate 膠合層板牆板 499
Gluon 膠子 309
Gluteal fold 臀褶 210
Gluteus maximus muscle 臀大肌 227
Gluteus medius muscle 臀中肌 225
Gluteus minimus muscle 臀小肌 225
Glyph 豎溝 460
Gnathostomata 有頜類 178,180
Gneiss 片麻岩 274
Gnetophytes 實麻藤門 122
Gnome seven-cylinder rotary engine 守護神轉缸式7缸引擎 400
Gnomon 日晷指時針 377
Goal 球門
Australian rules football 澳大利亞式橄欖球 528
Gaelic football 蓋爾橄欖球 529
Hockey 曲棍球 540
Hurling 愛爾蘭曲棍球 541
Ice hockey 冰球 550
Lacrosse 長曲棍球 541
Rugby 拉格比足球 530,531
Soccer 足球 524
Goal area 球門區
Gaelic football 蓋爾橄欖球 529
Handball 手球 535
Soccer 足球 524
Goal attack 球門攻擊手 535
Goal circle 球門圈 535,541
Goal crease 球門線 541,550
Goal defence 球門防守 535
Goal judge 球門裁判員 550
Goalkeeper 守門員
Australian rules football 澳大利亞式橄欖球 528
Football rules 足球規則 524
Gaelic football 蓋爾橄欖球 529
Handball 手球 534,535
Hockey 曲棍球 540
Ice hockey 冰球 550
Lacrosse 長曲棍球 541
Netball 無板籃球 535
Soccer 足球 525
Goalkeeper's equipment 守門員 540
Goalkeeper's gloves 守門員手套 525
Goalkeeper's helmet 守門員頭盔 550,551
Goalkeeper's kicker 曲棍球 540
Goalkeeper's pad 守門員護墊 550
Goalkeeper's shirt 守門員球衫 525,550
Goalkeeper's stick 守門員球桿 550
Goal line 球門線
Australian rules football 澳大利亞式橄欖球 528
Football 足球，橄欖球 526
Handball 手球 535
Hockey 曲棍球 540
Ice hockey 冰球 550
Rugby 拉格比足球 530
Soccer 足球 524
Goal line referee 球門線裁判 535
Goal net 球門網 524,534,550
Goalposts 球門柱
Australian rules football 澳大利亞式橄欖球 528
Football 足球，橄欖球 526
Gaelic football 蓋爾橄欖球 529
Netball 無板籃球 535
Rugby 拉格比足球 530
Goal shooter 球門投手 535
Goal square 球門方框 528
Goal third 第三投手 535
Goal umpire 球門裁判員 528,529
Goat 山羊 198
Goat hair brush 羊毛筆 438,442
Calligraphy 字體，書法 444
Goat hake wash brush 寬刷羊毛筆 438
Gobi Desert 戈壁沙漠 265
Goggles 護目鏡
Harness racing 輕駕車賽 555
Skiing 滑雪 552,553
Swimming 游泳池 558
Gold 金 31,268,280,281,438
Gold chalcopyrite 金色黃銅礦 271
Gold embossing 金凸飾（手工封面燙金）586,587
Golden barrel cactus 仙人球 156
Golden lion tamarin 金獅猬 203
Gold leaf 金箔 432
Fresco 壁畫 435
Illumination 彩飾 444,445
Smalti 玻璃琺琅 450
Vitreous glass 玻璃搪瓷 451
Wood sculpture highlighting 木雕的高光處，木雕的精彩部分 453
Golf 高爾夫球 546,547
Golgi complex 高爾基複合體 217
Gomphoi 榫釘 373
Gonad 性腺
Jellyfish 海蜇 167
Octopus 章魚 176
Sea anemone 海葵 167
Sea urchin 海膽 175
Starfish 海星 174
Gondwanaland 剛地瓦那吉陸
Cretaceous period 白堊紀 72
Jurassic period 侏羅紀 70,71
Late Carboniferous period 石炭紀末期 66,67
Middle Ordovician period 中奧陶紀 64,65
Gong 鑼 504,516
Goniastrea aspera 蜂巢珊瑚 167
Gonopore 生殖孔
Barnacle 藤壺 173
Sea urchin 海膽 175
Snail 蝸牛 177
Starfish 海星 174
Goose-feather quill 鵝毛管筆 444
Goosegrass 牛筋草 150
Goose neck 鵝頸接頭 388
Gopher 一種北美所產的地鼠 196
Gopuram finial 車廂形塔頂收頭 491
Gorge 峽
Cave 洞穴 284,285
River features 河流的特徵 290
Gorilla 大猩猩 202,203
Gothic architecture 哥德式建築 468,470-473
Gothic book script lettering 哥德體文稿書法 445
Gothic stone arch 哥德式石拱 467
Gothic torus 哥德式半圓線腳 470
Gouge 鑿槽，鑿孔
Relief printing 凸版印刷 446,449
Woodcarving 木雕 454,453
Gour 方解石脊組合 284,285
Goya 戈耶 35
Grab handle 扶手 355,362
Graben 地塹 61
Graben lake 地塹 293
Gracilis muscle 股薄肌 226,227

Graded wash 漸層色層 439
Graffian follicle 囊狀濾泡 258
Graffias 房宿四 21
Gran Chaco 大廈谷（大查科）264
Grand Canyon 大峽谷 57,226,227
Grand piano 平台式鋼琴 514,515
"Grand Prix" world championships "國際長途比賽" 世界冠軍賽 368
Grandstand 看台 555
Granite-aggregate slab 花崗石質面磚 499
Granite cladding 花崗石覆面 494
Granular stalk 顆粒狀柄 114
Granum 基粒 139
Grape hyacinth 麝香蘭 155
Graphite 石墨 268,311
Graphite pencil 石墨鉛筆 430
Graphite stick 石墨棒 430
Grapnel-type anchor 多爪錨 376
Grasping tail 握物尾 202
Grass 禾本科植物 113
Grass bag 盛草袋 581
Grate 爐篦 324
Grating 格柵 380,381
Graver 雕刻刀 449
Gravitation (gravity) 重力，地心吸力
    Atmosphere 大氣層 300
    Force and motion 力和運動 320
    Neutron stars and black holes 中子星和黑洞 28
    Oceans and seas 海洋 296,297
    Universe 宇宙 10
Gravitational pull 引力 296,297
Gravity-feed fuel tank 重力供油燃油箱 405
Gray Cliffs 格雷（灰）崖 276
Gray matter 灰質 236,237,238
Gray squirrel 灰松鼠 197
Gray whale 灰鯨 204
Grease 油脂 446
Greaser 黃油杯 339
Great Bear Lake 大熊湖 264
Great cabin 大艙 379,381
Great Dark Spot 大暗斑 50,51
Greater blackbacked gull 大黑背鷗 193
Greater flamingo 大紅鶴 190
Greater omentum 大網膜 214
Greater palatine foramen 大腭孔 220
Greater trochanter of femur 股骨大轉子 224,225
Greater wing coverts 大翼覆羽 188
Greater wing of sphenoid bone 蝶骨大翼 220,221
Great Lakes 大湖 264
Great manual 主鍵盤 514
Great Mosque 大清真寺 484
Great Red Spot 大紅斑 44,45
Great Rift Valley 大裂谷 60
Great saphenous vein 大隱靜脈 253
Great stop 主音栓 514
Greek ship 希臘船隻 372,373

Greek-style fret ornament 希臘風格回紋飾 483
Green (golf) （高爾夫球場）草坪 547
Green alga 綠藻 112,116,117
Green calc-silicate mineral 綠色含鈣矽酸鹽礦物 275
Green chlorophyll pigment 綠色葉綠素色素 116,138
Green earth 土綠 434,435
Green fluorite 綠色氟石 269
Green gland 綠腺 173
Greenhouse effect 溫室效應 36,300,301
"Greenhouse gas" "溫室氣體" 301
Greenland 格陵蘭
    Cretaceous period 白堊紀 73
    Late Carboniferous period 石炭紀末期 66
    Middle Ordovician period 中奧陶紀 64
    Satellite map 衛星圖 264
Green light 綠色光 318,330,331
Green marble 綠色大理岩 275
Green seaweed 綠海藻 117
Green snakelock anemone 綠鏈海葵 166
Green starboard navigation light 右舷綠色航行燈 406
Greenwich Meridian 格林威治子午線
    Satellite map 衛星圖 264,265
    Surface currents 表層洋流 296
Grid lines 格子線 445
Griffon 格里芬 461
Grikes 岩溝 284
Grille 格柵
    MCW Metrobus MCW 城市公共汽車 332
    "Eurostar" warning horn " 東方之星 " 警告喇叭 329
    Roman Mill 羅馬磨坊 464
Grimaldi 格里馬第 40
Grip 柄，夾
    Sailmaker's fid 縫帆工用的硬木釘 384
    Sailmaker's mallet 縫帆工用木槌 384
Gripe 船首柱腳 379
Groin 交叉拱，腹股溝
    Arches and vaults 拱門和拱頂建築 485
    Human body 人體的 211
Groin pad 腹股溝護墊 527
Groin vault 稜拱 479,484,485
Grommet 索環 373,375,384,426
Groove 槽，溝
    Chair 椅 576
    Rope starter 繩索起動器 335
    Serving mallet 卷纏繩索用木製工具 384
Grooving 凹槽 383
Grotesque figure 怪異圖像 476
Ground handling wheel 地面移動用機輪 422

Ground ivy 歐亞活血丹 154
Ground-mapping radar 地面測繪雷達 420
Groundmass 基質 268,269
Ground roller 基底滾筒 447
Ground speed control knob 前進速度控制球柄 581
Groundwater 地下水 273,292,293
Grout 薄膠泥 450,451
Growing point 生長點 153
Growing tip 生長錐 79
Growth line 生長線
    Fossilized jawless fish 石化無顎魚 78
    Snail 蝸牛 177
Groyne 海堤 294
Grundtvig Church 格郎德魏格教堂 495
Gruppo Seven Cubist 七人組立體主義風格 495
Grus 天鶴座 19,20
Gryphon 鷹頭獅身獸 461
Gryposaurus 兀龍屬 96,99
Guanine 鳥嘌呤 216
Guard 防護裝置
    All-terrain vehicles 越野車 354
    Basketball 籃球 532
    Fencing foil 擊劍用花劍 557
    Football 足球，橄欖球 526
Guard cell 保衛細胞 138,139
Guardrail 護欄 391,392,395
Guardstop 保護擋板 541
Gubernator 舵手 373
Gudgeon 舵樞 375
Gudgeon pin 活塞銷 345
Gudgeon strap 舵樞條 378
Guest boat boom 繫艇桿 394
Guiana Highlands 圭亞那高原 264
Guide hair 導向毛 126
Guide mark 導標 535
Guidepost 導向柱 584
Guide wheel 導向輪 328
Guinevere Planitia 歸納薇平原 36,37
Guitars 吉他 510,512,513
Gula Mons 古拉山 37
Gulf of Mexico 墨西哥灣 264
Gulf Stream 灣流 296
Gull 鷗 189,193
Gullet 喉部 582
Gulley 開溝手 538
Gully 沖溝 289
Gum 牙齦 247
Gum arabic 阿拉伯樹脂 438
    Lithographic printing 平版印刷 446,448
    Pastel making 粉彩筆製作 440
Gun 砲，槍
    1.3 kg gun 1.3 公斤的炮 395
    3 pound gun 3 磅的炮 395
    4.5 in gun 4.5 寸的炮 397
    4.7 in gun 47 寸的炮 394
    11 cm gun 11 厘米炮 397
    12 cm gun 12 厘米的炮 394

12 in gun 12 寸的炮 394
30 cm gun 30 厘米的炮 394
Battleship 戰列艦 394
Frigate 護衛艦 397
Measurements 測量 394
Sailing warship 航行中的軍艦 376
Wooden sailing ship 木帆船 378, 379
Gun battery 炮群 395
Gun carriage 炮架 377
Gun deck 火炮甲板 380
Gun loading cage 大炮裝彈殼筴 396
Gunnery control radar dish 射擊操縱雷達盤 397
Gunnery spotting top 射擊彈著觀測桅頂台 394
Gunport 射擊孔 381
Sailing warship 航行中的軍艦 376, 377
Wooden sailing ship 木帆船 379
Gun position 炮位 397
Gun section 炮台部分 392
Gunship 武裝直升飛機 422
Gun turret 炮塔 396,397
Battleship 戰列艦 394
Frigate 護衛艦 397
World War II aircraft 第二次世界大戰中的飛機 408
Gut caecum 盲腸 170
Gutenberg discontinuity 古騰堡不連續面 39
Gutter 雨水槽 486,492
Guyot 海底平頂山 298
Guzmania lingulata 垂花果子曼 162, 163
Gymnosperm 裸子植物 122-125
Gynoecium 雌蕊群 140
Gypsum 石膏 271
Gyroscopic gunsight 陀螺瞄準具 409

H

Habit 晶癖 270,271
Habitat 生存環境 112
Dryland plants 旱地植物 156,157
Wetland plants 濕地植物 158,159
Hackle 頸背豎毛 563
Hackly fracture 鋸齒狀斷口 270
Hadar 馬腹一 21
Hadley cell 哈德里環流圈 300
Hadrosaur 鴨嘴龍 96,98,99
Hadrosaurus 鴨嘴龍屬 96,99
Haemal spine 脈棘 180
Haematite 赤鐵礦 268
Hafnium 鉿 310
Hagfish 盲鰻 178
Hail 冰雹 302
Hair 毛髮 234,235
Cobra lily 達林頓屬的一個種 160
Golden barrel cactus 仙人球 156
Inflorescence 花序 140,142
Insulating 保溫 104,107
Mammal 哺乳動物 104
Marram grass 濱草 113
Monocotyledon 單子葉植物 126
Pitcher plant 瓶子草（豬籠草）113
Root 根 132
Venus fly trap 捕蠅草 160
Water fern leaf 水蕨葉 158
Hair bulb 毛球 235
Hair cell 毛細胞 242,243
Hairdryer 吹風機 315
Hair follicle 毛囊 234,235
Hair gel 髮膠 306
Hair-like sepal 毛狀萼片 142
Hair shaft 毛幹 235
Hakatai shale 哈卡太頁岩 277
Half-back 前衛 526,529
Half-back flank 側前衛 528
Half-bound book 半皮（布）面精裝書 586
Half-column 半柱 464,468,469
Half-court line 半場線 545
Half-forward 後前鋒 529
Half-forward flank 側後前鋒 528
Half-fruit 半果 151
Half hitch 半結 388
Half pulley 皮帶輪 580
Half-shaft 半軸
Ford Model T 福特牌 T 型汽車 338
Formula One racing car 一級方程式賽車 356
Half turn 半轉身 543
Halide 鹵化物 269
Halite crystal 石鹽晶體 277
Hall 廳堂
Asian building 亞洲建築 491
Hypostyle 多柱式建築 458
Medieval building 中世紀建築 466,467
Modern building 現代建築 496, 499
Neoclassical building 新古典主義建築 483
Halleflinta 長英角岩 275
Halley's Comet 哈雷彗星 52
"Hall-keeps" "廳壘" 466
Hallux 拇，大趾
Anchisaurus 安琪龍屬 89
Archaeopteryx 始祖鳥屬 85
Herrerasaurus 赫勒爾龍屬 86
Human 人 232
Tyrannosaurus 霸王龍屬 84
Halo 銀暈 14
Halogen headlamp bulb 鹵素大燈燈泡 352
Halogens 鹵素 311
Halo ring 暈環 44
Halyard 吊索，升降索
Double topsail schooner 雙斜桁上帆斯庫納縱帆船 385
Junk 平底帆船 376
Longboat 大艇 380
Rigging 索具 382
Roman corbita 羅馬商船 372,373
Viking karv 北歐"卡芙"級海盜船 374
Hamada 石漠 282,283
Hamal 蕾電一 19,20
Hamate bone 鉤骨 230
Hammer 錘骨 242,285
Antler 鹿角 109
Athletics 競技運動 542
Concert grand piano 音樂會用平台式大鋼琴 515
Mosaic 鑲嵌畫，馬賽克 450
Target pistol 靶手槍 549
Upright piano 立式鋼琴 514
Hammer actuator 錘致動器 568,569
Hammer-beam roof 托壁梁屋頂 470,473
Hammerhead shark 雙髻鯊 179
Hammer throw 擲鏈球 543
Hand 手
Anchisaurus 安琪龍屬 89
Human 人 210
Iguanodon 禽龍屬 97
Pachycephalosaurus 腫頭龍屬 100
Primate 紅吼猴 203
Stegoceras 頂角龍屬 101
Tyrannosaurus 霸王龍屬 84
Handball 手球 534,535
Hand-bound book 半皮（布）面精裝書 586
Handbrake 手制動器 337,339,340, 350
Handbrake control shaft 手制動器控制軸 338
Handbrake quadrant 手制動器扇形齒輪 339
Hand brake wheel 手制動輪 331
Hand collet 開口內樁 567
Hand drill 手搖鑽 568,569
Hand-held gun 活動機槍 408
Handle 手柄，把手
Belaying pin 繫繩栓 382
Brace-and-bit 手搖曲柄鑽 569
Lawnmower 割草機 581
Handle and traction control assembly 把手和牽引控制裝置 581
Handlebars 把手，操縱柄
Bicycle 自行車 358,359
BMW R/60 寶馬 R/60 型摩托車 362
Cannondale SH 600 hybrid bicycle 坎農達爾 SH600 型混合式自行車 361
Cannondale ST 1000 touring bicycle 坎農達爾 ST1000 型旅行車 361
Eddy Merckx racing bicycle 艾迪·默克斯型競賽自行車 361
Suzuki RGV500 鈴木牌 RGV500 型摩托車 368
Handling 操縱
Motorcycle 摩托車 360
Touring bicycle 旅行自行車 364
Hand protector 護手 368

Hand rail 扶手
  "Ellerman Lines" steam locomotive "艾勒門線號" 蒸汽機車 324
  Modern building 現代建築 498
  Renaissance building 文藝復興時期建築 477
  Sailmaker's mallet 縫帆工用木槌 384
  Serving mallet 卷纏繩索用木製工具 384,388
  Ship's wheel 輪船的舵輪 390
  TGV electric high-speed train TGV 電氣高速列車 329
  Twentieth-century building 20 世紀建築 494
Hands 手 230,231
Handstand 倒立 543
Hand throttle 手動油門 427
Hand winch 手絞起重器 354
Handy Billy 輕便圓筒形容器 382,383
"Handy man" "手巧的人" 108
Hanger 吊架 498
Hang-gliders 滑翔翼 426,427
Hanging valley 冰川懸谷 286,287
Hapteron 附著器 116,117
Hardback book 硬封面書 586
Hard disc drive 硬碟裝置 521
Hard endocarp 硬質果皮 146,147,149
Hard granite 堅硬花崗岩 283
Hard hat 硬安全帽 554
Hard-headed mallet 硬頭槌 516,518,519
Hard metals 質硬的金屬 310
Hardness 硬度 270,271
Hard palate 硬腭 212,245
Hard rock 堅硬岩層 60
  Faults and folds 斷層和褶皺 60
  Glacier 冰川 286
  River features 河流的特徵 290,291
  Weathering and erosion 風化和侵蝕 282
Hard trim 硬裝飾 352
Hardwood implements 硬木工具 452
Hardwood laminate limb 硬木層板弓臂 548
Hardwood panels 硬木板 432
Hardwood sticks 硬木棒 517
Hardy 鑿 450
Hare 野兔 196,197
Harley-Davidson FLHS Electra Glide 哈利-戴維森風掣電動摩托車 362,363
Harmika 格式化方形欄杆 491
Harmon, A.L. A.L · 哈蒙 494
Harmonically-tuned exhaust pipe 防諧振排氣管 356
Harmony 和諧
  Drums 鼓 518
  Percussion instruments 打擊樂器 516
Harness 裝帶,吊帶

Avro triplane IV 阿弗羅 IV 型三翼機 402
Equestrian sports 馬術運動 555
Harness racing 輕駕車賽 554
Harness strap 安全帶 409
Harp 豎琴 504,510,511
Harpoon point 矛尖 109
Harpsichord score 樂器的樂譜 521
Hash mark 混搶標誌 541
Hastate leaf 戟形葉 128
Hatch 艙口
  Cargo 貨物 376
  Iron paddlesteamer 鐵制明輪船 393
  Single scull 單人雙槳賽艇 561
Hatch board 艙口蓋板 372
Hatch coaming 艙口轉板 381
Hatching egg 孵化卵 192,193
Hatchling 孵化 98
Hathor Mons 哈索爾山 37
Haunch 拱背圈 484
Haustoria 吸器 163
Haustration of colon 結腸袋 249
Haversian system 哈弗氏骨板系統 225
Hawker Tempest 霍克暴風式飛行 408,409
Hawksmoor, N. 尼古拉斯·霍克斯穆爾 478,481
Haworthia truncata 霍氏百合 157
Hawse hole 錨鏈孔
  74-gun ship 裝有 74 門炮的炮船 381
  Sailing warship 航行中的軍艦 376
  Wooden sailing ship 木帆船 378
Hawse piece 錨鏈筒 381
Hawse pipe 錨鏈孔 393,395
Hawser 纜索 386,387
Hawser fairlead 導索環 395
Hawthorne 霍桑 35
Haystack boiler 乾草堆式鍋爐 334
Haze 薄霧層 37,47
Head 頭部
  74-gun ship 裝有 74 門炮的炮船 380
  Allosaurus 躍龍屬 85
  Beetle 甲蟲 168
  Brace-and-bit 手搖曲柄鑽 569
  Bumblebee 野蜂 168
  Butterfly 蝴蝶 169
  Caterpillar 蠋 169
  Ceratopsian 角龍屬 100
  Chair 椅 576,577
  Deer hopper dry fly 蚱蜢狀乾蠅餌 563
  Double bass bow 低音提琴琴弓 511
  Double topsail schooner 雙斜桁上帆斯庫納縱帆船 385
  Dunkeld wet fly 浸泡濕蠅餌 563
  Femur 股骨的 224,225
  Frog 蛙 182
  Hammer 鏈球 542
  Human 人 211,212,213

Insect 昆蟲 168
Lacrosse crosse 長曲棍球球棒 541
Lamprey 七鰓鰻 178
Pachycephalosaurus 腫頭龍屬 100
Phalanx 指骨的 230
Prosauropod 蜥蜴亞目 88
Racing bike 賽車 360
Racing saddle 比賽用馬鞍 554
Rattlesnake 響尾蛇 185
Sail 帆 375,384
Sauropodomorph 蜥腳形 88
Serving mallet 卷纏繩索用木槌 388
Snail 蝸牛 177
Sperm 精子的 259
Stegoceras 頂角龍屬 101
Stegosaurus 劍龍屬 92
Tennis racket 網球拍 544
Thyreophoran 盾日蛾亞目 92
Ulna 尺骨的 231
Violin bow 小提琴弓 510
Headband 書脊頭部環帶 544
Head beam 扶手 380
Headboard 護頂木板 381
Head-butting contest 撞頭爭鬥 100
Head crest 頭部突出 96
Head cringle 端索圈 384
Head earing 帆頂緣耳索 375
Headers 丁磚,露頭磚
  Brickwork 磚砌法 485
  Nineteenth-century building 19 世紀建築 492
Head horn 頭角 94
Head joint 上接頭 508
Headlamp 前燈
  Bordino Steam Carriage 波迪諾蒸汽汽車 335
  Bulbs 燈泡 352
  "Eurostar" multi-voltage electric train "歐洲之星" 多電壓電氣列車 329
  Ford Model T 福特牌 T 型汽車 338,339
  Italian State Railways Class 402 義大利國家鐵路局 402 級電力機車 328
  Pinzgauer Turbo D 平茲高爾輪機 D 型越野車 355
  Renault Clio 雷諾·克萊奧牌汽車 349,353
  "Union Pacific" locomotive "聯合太平洋號" 機車 326
  Volkswagen Beetle 金龜車 341
Headland 岬角 294
Head-light 前燈
  BMW R/60 寶馬 R/60 型摩托車 362
  Harley-Davidson FLHS Electra Glide 哈利-戴維森牌風掣電動摩托車 363
  MCW Metrobus MCW 城市公共汽車 332
  Single-decker bus 單層公共汽車 333

Vespa Grand Sport 160 Mark 1 偉士牌大運動160 1型摩托車 363
Head linesman 主巡邊員 526
Head rail 船首護欄 380,381
Headrest 頭墊
ARV light aircraft ARV 輕型飛機 425
Hawker Tempest fighter 霍克暴風式戰鬥機 409
Mazda RX-7 馬自達牌 RX-7 型小汽車 346
Renault Clio 雷諾・克萊奥牌汽車 349,352
TGV electric high-speed train TGV 電氣高速列車 329
Windcheetah racing HPV bicycle 風豹人力驅動賽車 361
Head rope 端繩 387
Headset 車頭定位裝置 361
Headstock 頭座
Acoustic guitar 古典吉他 512,513
Electric guitar 電吉他 513
Honda VF750 本田 VF750 型摩托車 364
Head tube 上管 359-361
Headward erosion 溯源侵蝕 290
Headwaters 源頭 288
Hearing 聽覺 237,242
Heart 心臟
Bird 鳥 189
Bony fish 硬骨魚 181
Branchial 鰓的 176
Butterfly 蝴蝶 169
Chimpanzee 黑猩猩 202
Crayfish 蝲蛄（小龍蝦）173
Dogfish 角鯊 179
Dolphin 海豚 205
Domestic cat 家貓 195
Elephant 象 200
Euoplocephalus 包頭龍 94
Frog 蛙 182
Gallimimus 雞形龍 86
Human 人 214,215,250,251
Lizard 蜥蜴 185
Mammal 哺乳動物 104
Octopus 章魚 176
Rabbit 兔 196
Snail 蝸牛 177
Spider 蜘蛛 170
Systemic 體循環的 176
Tortoise 陸龜 187
Heartbeat sequence 心博順序 250,251
Heart bulge 心隆起 260
Heartwood 心材 125
Heat 熱 314,315
Chemical reactions 化學反應 312
Global warming 全球變暖 300,301
Igneous and metamorphic rocks 火成岩和變質岩 274
Heat absorption 熱吸收 92
Heated filament 加熱燈絲 319
Heater element contacts 加熱元件觸頭 348
Heater unit 加熱器 353
Heat exchanger 熱交換器
Concorde 協和飛機 417
Nuclear power station 核電站 314
Volkswagen Beetle 金龜車 340
Heat exchanger air intake 熱交換器進氣口 421
Heat exchanger exhaust duct 熱交換器排氣管 420
Heat exchanger hot-air exhaust 熱交換器熱空氣排氣管 421
Heat radiation 熱輻射 92
Heat shield 擋熱罩
Formula One racing car 一級方程式賽車 356
Jet engine 噴射引擎 419
Motorcycle 摩托車 363
Heat trapping 熱的捕集 300
Heaver for wire serving 卷線用桿 383
Heaving line 引纜索 389
Heavy chemical elements 重化學元素 27
Hedera colchica 革葉常青藤 137
Hedera helix 洋常春藤 131,137
Heel 踵，腳後跟
Horse 馬 198
Human 人 210
Rudder post 舵柱 392
Shoe 鞋 570,571
Heel grip 後跟縫 570
Heel nail 後跟釘 571
Height adjuster 高度調節器 580
Heine 海涅 35
Heka 參宿八 18
Helen Planitia 海倫平原 36
Helianthus annulus 向日葵 142
Heliconia peruviana 蠍尾蕉 143
Helicoprion bessonowi 別索諾夫旋齒鯊 67
Helicopter landing-pad 直升機降落平台 498
Helicopters 直升機 396,410,422,423
Helium 氦
Jupiter 木星 44,45
Massive stars 大質量恒星 26
Mercury's atmosphere 水星的大氣圈 35
Neptune's atmosphere 海王星的大氣圈 51
Pluto's atmosphere 冥王星的大氣圈 51
Periodic table 元素周期表 311
Saturn 土星 46,47
Small stars 小恒星 24,25
Sun 太陽 32
Uranus' atmosphere 天王星的大氣圈 49
Helium-3 nucleus 氦-3 核 22
Helium-4 nucleus 氦-4 核 22
Helium line 氦線 23
Helix 耳輪 242
Helix Nebula 螺旋星雲 17
Helleborus niger 嚏根草 139
Hellenic plate 希臘板塊 59
Helmet 頭盔
Baseball batter 棒球擊球手 536
Bicycle 自行車 360
Cricket 板球 539
Football 足球，橄欖球 526,527
Hockey goal keeper 曲棍球守門員 540
Hurling 愛爾蘭曲棍球 541
Ice hockey 冰球 550,551
Lacrosse goalkeeper 長曲棍球守門員 541
Skiing 滑雪 542
Helmsman 舵手 372,373
Hemicyclapsis 半環魚屬 56
Hemispherical dome 半球穹窿 477,486,487,490,491
Hen coop 雞籠 395
Hepaticae 苔綱 118
Hepatic artery 肝動脈 248,252,253
Hepatic portal vein 肝門靜脈 253
Heptathlon 七項全能運動 542
Heracleum sp. 獨活 151
Heracleum sphondylium 牛防風 129
Heraldic device 傳聲裝置 372
Herbaceous plants 草本植物 126,128,129
Structure 結構 112,113
Woody 木質的 130,131
Herbaceous stems 草本植物的莖 134
Herbivores 食草動物
Carnivora 食肉動物目 194
Jurassic period 侏羅紀 70
Marginocephalian 有邊頭龍亞目 100
Ornithopodian 鳥腳類的 96
Prosauropods 蜥蜴類爬行動物 88,89
Sauropodomorphian 蜥腳形類動物 88
Triassic period 三疊紀 68
Hercules 武仙座；海克力斯 19,20,40
Herds 群體 88
Hermaphrodite duct 兩性管 177
Hermit shale 赫米特頁岩 276
Herodotus 希羅多德 40
Herrerasaurids 赫勒爾龍類 68,86
Herring-bone pattern 人字形圖案 488
Hertzsprung 赫茲普隆 41
Hertzsprung-Russell diagram 赫羅圖 22,23
Hesperidium 柑果 148
Hestia Rupes 赫斯提峭壁 37
Heterocentrotus mammillatus 石筆海膽 175
Heterodontosaurus 虎鯊龍屬 83
Heteropoda venatoria 瓶子蜘蛛 171
Hexagonal system 六方晶系 270
Hexagon nut 六角螺帽 573
HF radio aerial 高頻無線電天線 408
HF radio aerials fairing 高頻無線電

天線整流裝置 417
Hibiscus 木槿屬 126,127
Hide 獸皮 105
Hide grip 皮柄 384
Hieroglyphs 象形文字 458,459
High altar 主祭壇 470
High-altitude cloud 高空雲 45,50
Highboard diving 跳台跳水 558
High-density minerals 高密度礦物 280
High-energy particle 高能粒子 301
High-energy radiation 高能輻射 22
High-explosive projectile 高能炮彈 396
High-jump 跳高 542
Highland coastline 高地海岸線 295
High-level jet streams 高空急流 300
High-pressure areas 高壓區 302,303
High-pressure bleed venturi connector 高壓抽氣文氏管連接器 419
High-pressure compressor 高壓壓氣機 418
High-pressure cylinder 高壓氣缸 342
High-pressure turbine 高壓渦輪 418
High-pressure zone 高壓帶 300
High-speed trains 高速列車 328,329
High Spring tide 大潮 296,297
High temperature gas 高溫氣體 306
High-tension beam 高抗拉梁 496
High-tension ignition lead 高壓點火線 344
High tension wire 高壓電線 315
High tide 高潮 296,297
High-velocity air duct 高速吹氣管 420
High voltage cable 高壓電纜 314
Hi-hat cymbal 高帽鈸 518
Hilbert 希爾伯特 41
Hillman anti-kink weight 希爾曼防紐結鉛墜 562
Hilum 種臍
Dehiscent fruit seed 裂果種子 151
Epigeal germination 出土發芽 153
Hypogeal germination 不出土發芽 152
Succulent fruit seed 多汁果種子 148,149
Himalayas 喜馬拉雅山脈
Earth's physical features 地球表面的自然特徵 264,265
Geological time 地質年代 56,57
Formation 形成 60,62
Mountain building 造山運動 62,63
Quaternary period 第四紀 77
Tertiary period 第三紀 74
Himeji Castle 姬路城堡 490
Hind foot 後足
Caiman 凱門鱷 187
Stegosaurus 劍龍屬 92
Hindgut 後腸 173
Hind leg 後腿
Amphibian 兩棲動物 182
Beetle 甲蟲 168
Bumblebee 野蜂 168
Butterfly 蝴蝶 169
Caiman 凱門鱷 187
Elephant 象 200
Frog 蛙 182
Hare 野兔 196
Iguanodon 禽龍屬 97
Lizard 蜥蜴 185
Rabbit 兔 196
Terrapin 淡水龜 187
Hind limb 反肢，下肢
Anchisaurus 安琪龍屬 89
Corythosaurus 盔頭龍屬 98
Edmontonia 奧德蒙特龍 95
Frog 蛙 182
Iguanodon 禽龍屬 96
Kangaroo 大袋鼠的 207
Pachycephalosaurus 腫頭龍屬 100
Prosauropod 蜥蜴亞目 88
Psittacosaurus 鸚鵡嘴龍屬 103
Rabbit 兔 197
Rat 大鼠 196
Salamander 蠑螈 182
Stegoceras 頂角龍屬 101
Stegosaurus 劍龍屬 92
Theropods 獸足亞目 84
Thyreophoran 盾日蛾亞目 92
Triceratops 三角龍屬 102
Tyrannosaurus 霸王龍屬 84
Hindlimb bone 後肢骨 105
Hind wing 後翅 168,169
Hinge 鉸鏈 571
ARV light aircraft ARV 輕型飛機 425
BAe-146 components BAe-146 飛機的零件 412-415
Hinge bracket 鉸鏈支架 414
Hinge cell 鉸合細胞 113,160
Hinged brass bezel 鉸接黃銅活動邊圈 567
Hingeless bivalve shell 無鉸合部而有兩瓣的殼 79
Hingeline 樞紐線 60
Hip 髀，髖部
Anchisaurus 安琪龍屬 89
Human 人 211
Kangaroo 大袋鼠的 207
Lion 獅 195
Midway Gardens 米德威公園 495
Stegosaurus 劍龍屬 92
Hip girdle 骨盆帶 80
Hip joint 髖關節 218,224,225
Brachiosaurus 鰓恐龍屬 90
Diplodocus 梁龍屬 90
Gallimimus 雞形龍 86
Parasaurolophus 似棘龍屬 98
Plateosaurus 板龍屬 88
Stegoceras 頂角龍屬 101
Struthiomimus 似鴕鳥龍屬 87
Hip pad 護臀 527
Hippeastrum sp. 孤挺花 155
Hipped roof 四坡頂 476,477
Hippocampus kuda 海馬 180
Hippophae rhamnoides 沙棘 136
Hippopotamus 河馬 198
Hippopotamus amphibus 兩棲河馬 77
Hippuris vulgaris 杉葉藻 135
Hip-rafter 斜脊椽 490
Hispano Mark V 20-mm cannon 希斯班諾 V 型 20 毫米機關炮 409
Historiated boss 圖像浮雕裝飾 469
Historiated keystone 圖像裝飾的拱頂石 469
Hitched hauling end 套結的吊掛端 383
Hitch-kick 剪式騰躍 543
Hitch pin 碼釘
Concert grand piano 音樂會用平台式大鋼琴 515
Upright piano 立式鋼琴 514
Hittorff, J. I. J. I. 希多夫 479
Hobbles 絆索 554
Hock 飛節 195,198
Hockey 曲棍球 540,541
Hock joint 跗關節 554
Hog hair brush 豬鬃筆，豬鬃刷 432,434
Hog's-back 豚脊丘 283
Hog's back jump 豚脊跳躍 554
Hogweed 牛防風 129,150,151
Hohenbuehelia petaloides 花瓣狀亞側耳 115
Hoisting cage 吊機檻 396
Holden 荷登 43
Holdfast 附著器 116,117
Holding 持球 527
Holding timekeeper 固技計時員 556
Hold pillar 貨艙柱 393
Hole 孔 589
Hole and peg joint 孔銷接合 373
Hollow disc wheel 空心盤式車輪 361
Hollow pith cavity 空心髓腔 120
Holmium 鈥 311
Holocene epoch 全新世
Fossil record 化石記錄 279
Geological timescale 地質年代表 57
Holostean fish 全骨目魚 73
Homarus sp. 螯龍蝦屬 73
Home computer system 家用電腦系統 520,521
Homeosaurus pulchellus 喙龍類屬 71
Home plate 本壘 536
Home run 全壘打 536
"Home" signal "停車" 信號 330
Hominid 人科 74,75,108,109,202
Homocephale 扁平龍屬 101
Homo erectus 直立人 108
Homo habilis 能人 108
Homo sapiens 人類 57,76,108,109
Honda CB750 本田牌 CB750 型摩托車 362,363
Honda VF750 本田牌 VF750 型摩托車 364,365
Hone-stone 油石 452
Honesty 緞花屬植物 150,151

Honeycomb coral 蜂巢珊瑚 167
Honey guides 蜜指標 140,141,145
Honey locust 三刺皀莢 137
Hong Kong and Shanghai Bank 香港匯豐銀行 496,498
Honshu 本洲 265
Hood 防護罩；葉盔
Battleship 戰列艦 394
Ford Model T 福特牌 T 型汽車 339
Gun turret 炮塔 396
Jellyfish 海蜇 167
Pitcher plant 瓶子草 160
Hood bag 機罩袋 346
Hood end 木船外殼板末端 374
Hood frame 機罩框架 339
Hood iron 蓬頂拱形支架 334
Hood-mould 滴水罩飾 479,481,486
Hoof 蹄 198,554
Hoofbone 蹄骨 105,198
Hoof-like nail 蹄狀釘 36,37
Hook 鉤，鉤形物
Angling 釣魚 562
Cricket 板球 538
Deer hopper dry fly 蚱蜢狀乾蠅餌 563
Devon minnow 得文假小魚 563
Rigging 索具 383
Sail 帆 384
Hooked beak 鉤喙 190
Hooked pericarps 鉤狀果皮 150
Hooked riffler 勾形來福線銼 454
Hooker 鉤手 530
Hoop 套箍 380,425
Hoover Factory 庫維工廠 495
Hop 單足跳 543
Hopper freight car 底卸車 327
Horizon 地平線 376
Horizontal bed rock 水平岩層 61
Horizontal cleavage 水平解理 270
Horizontal damper 水平減震器 329
Horizontal fissure 水平溝 255
Horizontal frequency adjustment 行頻調整裝置 575
Horizontally opposed engine 臥式對置氣缸引擎 362
Horizontal movement 水平運動 60
Horizontal stabilizer 水平安定面 423
Horn 喇叭，法國號
Ford Model T 福特牌 T 型汽車 339
Glacier 冰川 286,287
Mooring 繫泊 387
Musical instrument 樂器 503,504
"Union Pacific" locomotive "聯合太平洋號"機車 326
Vespa Grand Sport 160 Mark 1 偉士牌大運動 160 1 型摩托車 363
Horn balance 突甬式平衡板 414,415
Horn bulb 氣喇叭皮球 339
"Horned faces" "有角的面部" 100
Horny beak 角質喙 96
Horse 馬 104,105,198,199
Horse chestnut 七葉樹屬 130,137
Horse-drawn vehicle 馬車 332
Horsehair bow 馬尾弓 510,511
Horsehead Nebula 馬頭星雲 16
Horse riding 騎馬 554,555
Horseshoe arch 馬蹄形拱門 484
Horsetail 木賊 120,121
Horsley Church 哈斯勒教堂 473
Horst 地壘 61
Horu Geyser 霍路間歇泉 272
Host plants 寄生植物 162,163
Hot-air de-icing duct 熱空氣防冰導管 414
Hot mineral springs 溫礦泉 272
Hot shoe 閃光燈捕座 589
Hot spot 熱點
Black holes 黑洞 29
CD-ROM 唯讀光碟 584,585
Earth's crust 地殼 58
Ocean floor 洋底 298
Hot water jet 熱水噴射 273
Hound 桅肩 378
Hour hand 時針 567
Hour line 小時線 377
Hour marker 時鐘標誌 567
Hour wheel 時針輪 567
Household appliances 家用電器 315
Housing 罩，殼
Alpine skiing 高山滑雪 552
Electric motor 早期電動機 342
Lawnmower 割草機 580,581
House spider 家蜘蛛 171
Howe 何奧 36
Howea forsteriana 樂園棕櫚 126
Howler monkey 吼猴 202
Hti 尖頂 490
Huang He 黃河 265
Huayangosaurus 華陽龍屬 93
Hub 轂軸，輪軸
1906 Renault 1906 年雷諾牌汽車 336
ARV light aircraft ARV 輕型飛機 424
Benz Motorwagen 朋馳牌小型汽車 335
Bicycle wheels 自行車車輪 358,359
Blackburn monoplane 布萊克本單翼機 400,401
Bordino Steam Carriage 波迪諾蒸汽汽車 334
Eddy Merckx racing bicycle 艾迪・默克斯型競賽自行車 361
Paddle wheel 槳輪 390,391
Pegasus Quasar microlight 柏伽索斯類星號超輕型飛機 427
Propellers 螺旋槳 390
Renault Clio 雷諾・克萊奧牌汽車 351
Wright Flyer 萊特飛行器 399
Hub and brake drum 輪轂與制動鼓 350
Hub bearing 輪轂軸承 351
Hub bolt 輪轂螺栓 338
Hub brake shoe 輪轂制動蹄片 338
Hub cap 輪轂蓋
1906 Renault 1906 年雷諾牌汽車 336
Ford Model T 福特牌 T 型汽車 339
Renault Clio 雷諾・克萊奧牌汽車 350
Hub carrier 輪轂托架 351
Hub nut 輪轂螺母 350
Hub quick release lever 輪轂快速釋放桿 361
Hub seal 輪轂密封 350
Hudson Bay 哈得孫灣 264
Hull 船身
Carvel-built 平接 376,391
Clinker-built 迭接 375
Cross-section 橫斷面 378
Double-ended 雙端頭 375
Greek and Roman ships 希臘和羅馬的船隻 372,373
Iron and wood 鐵和木 392
Hull plank 船體板材 373
Human body 人體 210,211
Human classification 人的分類 108
Human Powered Vehicles(HPV) 人力驅動車(HPV) 358,360
Humans 人 57,76,108,202,315
Humber engine 亨伯引擎（發動機）343
Humboldt current 洪保特涼流 296
Humerus 肱骨
Archaeopteryx 始祖鳥屬 85
Arsinoitherium 重腳獸屬 104
Bird 鳥 189,191
Brachiosaurus 腕恐龍屬 91
Crocodile 鱷 186
Diplodocus 梁龍屬 90
Domestic cat 家貓 195
Elephant 象 201
Eryops 曳螈屬 80
Euoplocephalus 包頭龍 94
Frog 蛙 183
Gallimimus 雞形龍 86
Hare 野兔 197
Horse 馬 199
Human 人 218
Iguanodon 禽龍屬 96
Kangaroo 袋鼠 206
Kentrosaurus 肯氏龍屬 93
Pareiasaur 鉅頰龍 81
Plateosaurus 板龍屬 88
Stegoceras 頂角龍屬 100
Struthiomimus 似鴕鳥龍屬 87
Toxodon 箭齒獸 106
Triceratops 三角龍屬 102
Tyrannosaurus 霸王龍屬 84
Humic acid 腐殖酸 284
Hunter-killer submarine "獵殺者"號潛水艇 396,397
Hunter's bend 獵人索結 388
Hunting 狩獵 108,548
Huntsman spider 瓶子蜘蛛 171
Hurdle races 跳欄賽 554

Hurdling 跨欄跑 542

Hurling 愛爾蘭曲棍球 540,541

Hurricane 颶風 302,303

Husk 外果殼 150

Husqvarna Motocross TC610 赫斯夸瓦納摩托車越野賽 TC610 型摩托車 368

Hyaenodon 鬣齒獸屬 74,107

Hyaline cartilage 透明軟骨 225

Hybrid bicycle 混合型自行車 360, 361

Hydra 長蛇座 18,21

Hydrated copper sulphate 水合硫酸銅 313

Hydraulic actuator attachment 液壓作動筒連接接頭 413,414

Hydraulic brake calliper 液壓制動卡爪 424

Hydraulic brake hose 液壓制動軟管 369

Hydraulic brake pipe 液壓剎車液壓導管 414

Hydraulic fluid 液壓流體
　Disc brake 盤式制動器 365
　Spring/damper unit 彈簧／減震器組件 365

Hydraulic grab 液壓抓斗 396

Hydraulic hand-pump 手動液壓泵 421

Hydraulic hose 液壓軟管 369

Hydrocarbon 碳氫化合物 313

Hydrochloric acid 鹽酸 312

Hydrochoerus hydrochaeris 水豚 197

Hydroelectric power station 水力發電站 314

Hydrogen 氫 308,310
　Candle wax 蠟燭 312,313
　Covalent bonding 共價鍵 309
　Jupiter's atmosphere 木星的大氣圈 45
　Massive stars 大質量恒星 26
　Mercury's atmosphere 水星的大氣 35
　Nebulae and star clusters 星雲和星團 16,17
　Neptune's atmosphere 海王星的大氣圈 51
　Nuclear fusion in Sun 太陽內的核聚變（核熔合） 22
　Salt formation 鹽的生成 312
　Saturn's atmosphere 土星的大氣圈 47
　Small stars 小恒星 24,25
　Sun 太陽 32
　Uranus' atmosphere 天王星的大氣圈 49

Hydrogen alpha line α氫線 23

Hydrogen atom 氫原子 138

Hydrogen beta line β氫線 23

Hydrogen fluoride 氟化氫 308

Hydrogen gamma line γ氫線 23

Hydrogen gas 氫氣 312

Hydrogen nucleus 氫核 22

Hydrogen requirement 氫需要量 138

Hydrogen sulphide 硫化氫 51

Hydroplane 水上飛機，水平舵 396, 397

Hydroxide 氫氧化物 268

Hydrus 水蛇座 20

Hyena 鬣狗 194

Hymenoptera 膜翅目 168

Hyoglossus muscle 舌下肌 244

Hyoid bone 舌骨 244,245,255

Hypacrosaurus 高項龍屬 99

Hypaethral temple 中央無屋頂的神廟 460,461

Hyperesion 划槳手的座墊 373

Hyphae 菌絲
　Fungus 眞菌（複數） 114,115
　Mycorrhizal association 菌根共生體 133

Hypocotyl 下胚軸 152,153

Hypodermis 下皮，皮下組織
　Gynosperm 裸子植物 125
　Human 人 235

Hypogeal germination 不出土發芽 152,153

Hypoglossal nerve 舌下神經 244

Hypogymnia physodes 袋衣 114

Hypostyle hall 多柱廳 458,459

Hypothalamus 下丘腦 236

Hypsilophodon 高脊齒龍屬 72,82

Hypural 尾下骨 180

Hystrix africaeaustralis 冠毛豪豬 197

I

I bar 工字鐵 393

Ice 冰 66,307
　Glacier 冰川 286,287
　Weathering and erosion 風化和侵蝕 282

Ice age 冰期 56

Ice-age mammals 冰期哺乳動物 76

Ice block 冰礫
　Ice-fall 冰瀑 287
　Lake formation 湖的形成 293

Ice-cap 冰帽 287

Ice crystal 冰晶 302

Ice cube 冰塊 307

Ice erosion 冰侵蝕作用 287

Ice-fall 冰瀑 287

Ice hockey 冰球 550,551

Ice margin lake 冰邊湖 286

Ice-plant 冰晶松葉菊 128,129

Ice sheet 冰原 76

Ichthyosaur 魚龍 70,71

Ichthyostega 魚甲龍屬 56,80

Icterus galbula 巴爾的摩擬黃鸝 193

Idle control valve 惰輪控制閥 344

Idocrase 符山石 270

Igneous intrusion 火成侵入體 274

Igneous rock 火成岩 266,267,274, 275

Igniter 點火器 418

Igniter plug 火星塞 419

Ignition amplifier 點火增強器 345

Ignition control 點火控制器 362

Ignition lever 點火操縱桿 338

Ignition lock 點火開關 362

Ignition switch 點火開關 337

Ignition trigger housing 點火觸發器外殼 410

Iguana iguana 鬣蜥 82

Iguanodon 禽龍屬 73,96,97

Ileocaecal fold 回盲皺襞 249

Ileum 回腸
　Bird 鳥 189
　Frog 蛙 182
　Human 人 226,249
　Rabbit 兔 196

Iliac crest 腸骨脊 224,225

Iliac fossa 腸骨窩 224

Iliac spine 腸骨棘 224

Iliacus muscle 腸骨肌 225

Ilio-femoral muscle 髂股間肌 84,97

Ilio-fibular muscle 髂腓肌 84,97

Ilio-ischial joint 髂坐股關節 82

Iliopsoas muscle 髂腰肌 226

Ilio-pubic joint 髂恥關節 82

Ilio-tibial muscle 髂脛肌
　Albertosaurus 阿耳伯特龍 84
　Euoplocephalus 包頭龍 94
　Iguanodon 禽龍屬 97

Ilium 髂骨
　Archaeopteryx 始祖鳥屬 85
　Bird 鳥 189
　Diplodocus 梁龍屬 90
　Eryops 曳螈屬 81
　Euoplocephalus 包頭龍 94
　Frog 蛙 183
　Gallimimus 雞形龍 86
　Human 人 218
　Iguanodon 禽龍屬 96,97
　Kentrosaurus 肯氏龍屬 93
　Ornithischian 鳥臀目 82
　Parasaurolophus 似棘龍屬 98
　Plateosaurus 板龍屬 88
　Saurischian 蜥臀目 82
　Stegoceras 頂角龍屬 100,101
　Stegosaurus 劍龍屬 93
　Struthiomimus 似鴕鳥龍屬 87
　Toxodon 箭齒獸 107
　Tuojiangosaurus 沱江龍屬 93
　Tyrannosaurus 霸王龍屬 84

Illuminated manuscript 彩飾的手抄本書籍 432

Illumination 彩飾 444,445

Imaging the body 人體某些部位的成像 214

Imago 成蟲 168

Immature pitcher 未成熟瓶狀葉 161

Immature spur 未熟花距 141

Impasto 厚塗 436,437,442

Impeller 驅動葉輪 347

Imperial-Metric conversions 英制-公制換標 591

Imperial unit measurements 英制單位測量 590

Impermeable clay 不透水粘土 292

Impermeable mudstone 不透水泥岩 292
Impermeable rock 不透水岩石
Cave 洞穴 284,285
Lake 湖 292
Mineral resources 礦物資源 280,281
River's stages 河流的階段 289
Impermeable salt dome 不透水鹽穹 281
Impermeable shale 不透水頁岩 292
Impost 拱墩
Ancient Roman building 古羅馬建築 465
Cathedral dome 大教堂穹頂 484
Gothic building 哥德式建築 473
Islamic building 伊斯蘭回教建築 488
Medieval building 中世紀建築 466,469
In-board 舷內 561
Inboard elevon 內側升降副翼 417,421
Inboard elevon-jack fairing 內側升降副翼致動器整流罩 416
Inboard end 在船內的一端 387
Inboard engine 內側引擎 415
Inboard lift spoilers 內側機翼減升擾流裝置 413
Inboard trimtab 內側調整片 413
Inbound line 內邊線 526
Incandescent light 白熾燈 318,319
Incident laser light 入射雷射光 319
Incisive canal 切牙管體 245
Incisor teeth 門齒(切牙)
Bear 熊 194
Chimpanzee 黑猩猩 202
Elephant 象 201
Human 人 245,246
Lion 獅 194
Rabbit 兔 196
Rodent 嚙齒動物 196
Toxodon 箭齒獸 106
Incline 傾斜面 468
Incompetent bed rock 弱岩層 61
Incomplete mesentery 不全隔膜 167
Incurrent pore 入口孔 166
Incus 砧骨 242
Indehiscent fruit 閉果 150
Independent portal swing axle 獨立懸架擺動橋 355
Index button 索引(變址)按鈕 585
Index finger 食指 230,231
India 印度
Cretaceous period 白堊紀 72,73
Jurassic period 侏羅紀 70
Himalaya formation 喜馬拉雅山的形成 62,63
Late Carboniferous period 石炭紀末期 66
Middle Ordovician period 中奧陶紀 64
Mountain building 造山運動 62,63
Quaternary period 第四紀 76,77
Railroad track gauge 鐵路軌距 331
Tertiary period 第三紀 74,75
Thyreophorans 盾日蛾類爬行動物 92
Triassic period 三疊紀 68
Indian handmade paper 印度手工紙 445
Indian ocean 印度洋 73,75,77,265
Indian stick insect 印度竹節蟲 192
Indicator 指示器
"Deltic" diesel-electric locomotive "狄爾替克"號柴油電動機車 327
Double-decker tour bus 雙層旅遊客車 333
Harley-Davidson FLHS Electra Glide 哈利-戴維森牌風掣電動摩托車 363
Honda CB750 本田牌 CB750 型摩托車 363
MCW Metrobus MCW 城市公共汽車 332
Pinzgauer Turbo D 平茲高爾輪機 D 型越野車 355
Single-decker bus 單層公共汽車 333
Volkswagen Beetle 金龜車 340
Indicator assembly 指示燈總成 352
Indicator board 指示板 542
Indicator lamp 指示燈 353
Indicator lens 指示燈透鏡 341
Indirect method mosaic creation 間接法鑲嵌畫作品 450,451
Indium 銦 311
Indo-Australian plate 印度-澳大利亞板塊 59
Inducer 導風輪 418
Induction stroke 進氣行程 343
Indus 印第安座 20
Indusium 囊群蓋 121
Industrial Revolution 工業革命 492
Inert gas 惰性氣體 311
Inferior articular process 下關節突 223
Inferior concha 上頜骨 212,241
Inferior extensor retinaculum 伸肌下支持帶 233
Inferior meatus 下鼻道 245
Inferior mesenteric vein 腸系膜下靜脈 253
Inferior nasal concha 下鼻甲 221,241,245
Inferior oblique muscle 下斜肌 241
Inferior orbital fissure 眶下溝 221
Inferior rectus muscle 下直肌 241
Inferior vena cava 下腔靜脈 215,252,253,257
Infertile swamp 貧瘠的澤 288
Infield 內場 536,537
Infilled swamp 沉積物充填的沼澤 291
Inflated petiole 膨大的葉柄 158
Inflation valve 充氣閥 403
Inflorescences 花序 140
Aechmea miniata 附生鳳梨 162
Bromeliad 鳳梨 113
Catkin 柔荑花序 144
Compound 複合 142,143
Couch grass 匍匐冰草 113
Dodder 菟絲子 163
Stem arrangements 莖的排列 143
Inflorescence stalk 花序梗 140-143
Aechmea miniata 附生鳳梨 162
Brassavola nodosa 布拉薩沃拉氏蘭 162
Everlasting pea 宿根香豌豆 129
Indehiscent fruit 閉果 150
Peach 桃 131
Peruvian lily 黃六出花 129
Rowan 花楸 131
Russian vine 俄羅斯藤 131
Succulent fruit 多汁果 148
Vegetative reproduction 營養繁殖 154,155
Wind-pollinated plant 風媒植物 144
Inflorescence types 花序類型
Capitulum 頭狀花序 129,142
Compound umbel 複傘形花序 143
Dichasial cyme 二歧聚傘花序 143
Raceme 總狀花序 129
Single flower 單花 143
Spadix 佛焰花序 143
Spherical umbel 球狀傘形花序 143
Spike 穗狀花序 143,155,162
Infraorbital foramen 眶下孔 221
Infraorbital margin 眼眶下緣 213,221
Infra-red radiation 紅外線輻射 318,319
Energy emission from Sun 太陽發射的能量 22
Infra-red map of our galaxy 銀河系的紅外圖 15
Infraspinatus muscle 網下肌 227
Infratemporal fenestra 顳下窗
Baryonyx 重爪龍 83
Camarasaurus 圓頂龍屬 91
Diplodocus 梁龍屬 90
Heterodontosaurus 虎鯊龍屬 83
Lambeosaurus 賴氏龍屬 99
Panoplosaurus 全結龍 94
Parasaurolophus 似棘龍屬 99
Plateosaurus 板龍屬 88
Protoceratops 原角龍屬 102
Triceratops 三角龍屬 103
Infratemporal foramen 下眼窩孔 106,107
Ingres paper 英格瑞斯紙 441
Initial cave 初始洞穴 285
Ink 墨水 430,444
Ink dabber 上墨器 446
Inked-up copper plate 上了油墨的銅版 447
Ink pad 印台 445
Ink reservoir 貯墨水膽 444
Ink roller 油墨輥 448,449

Ink sac 墨囊 176
Ink stick 墨塊 444
Ink stone 硯台 444
Inlay 鑲嵌畫 488,489
Inlet 入潮口 295
Inlet cone 進氣錐 418
Inlet manifold 進氣歧管
Daimler engine 戴姆勒引擎 343
Jaguar V12 engine 美洲豹牌 V12 型引擎 345
Mid West single-rotor engine 中西單缸引擎 411
Inlet manifold tract 進氣歧管管道 345
Inlet-over-exhaust (IOE) engine 進氣超排氣(IOE)引擎 362
Inlet port 進氣門 343,367
Inlet rotor 進氣轉子 347
Inlet tract 進氣道 410
Inlet valve 進氣門 343,345,362
Inner bud scales 內芽鱗 134
Inner cage assembly 內架裝置 579
Inner clutch drum 離合器內鼓 366
Inner core 內地核 38,39,41
Inner counter 鉛字的內凹進處(筆劃間空白)445
Inner dome 內穹窿 484
Inner floret 內(心)花 129,142
Inner jib downhaul 內三角帆收帆索 385
Inner jib halyard 內三角帆張帆索 385
Inner jib stay 內船首三角帆支索 382
Inner jib tack 內船首三角帆下前角索 382
Inner layer of cortex 皮質內層
Dicotyledon 雙子葉植物 127
Epiphytic orchid 附生蘭 162
Monocotyledon 單子葉植物 127
Wetland plants 濕地植物 158,159
Inner mantle 內木星幔 44-47
Inner martingale stay 內斜桁下支索 383
Inner membrane 內膜 139
Inner planetary orbits 內行星軌道 31
Inner posts 內門柱 528
Inner sock 鞋內襯墊 570,571
Inner tepal 內被片 126,140,143
Inner tube 內胎 359,424,507
Inner vane 內羽片 191
Innings 局 536,538
Inorganic substances 無機質 280
Inscription 銘文 488
Insectivorous plants 食蟲植物 113,160,161
Insects 昆蟲類 168,169,279
Cretaceous 白堊紀的 72,73
Plant food 植物養分 160,161
Pollinators 傳粉者 144,145
Inselberg 島山 283
Insole 內底 570,571
Insoluble solids 不溶解的固體 312
Inspection cover 檢查孔蓋
Avro biplane 阿弗羅雙翼機 403
Lockheed Electra airliner 洛克希德公司伊利克特拉客機 407
Inspection door 檢查口蓋 407
Inspection panel 檢查口蓋 417
Inspiration 吸氣 255
Installing ring 安裝圈 589
Installing ring retainer plate 安裝圈護圈板 588
Instep 足背 211
Instructor's cockpit 教員座艙 403
Instrument console 儀表板 420
Instrument landing system aerial 儀表著陸系統天線 420,421
Instrument panel 儀表板
ARV light aircraft ARV 輕型飛機 425
Bell-47 helicopter 貝爾 47 直升飛機 422
Renault Clio 雷諾・克萊奧牌汽車 353
Schweizer helicopter 施魏澤直升飛機 426
Insulating column 絕緣柱 316,584
Insulating hair 保暖毛髮 104,107
Insulation 絕緣
Atmosphere 大氣層 300
Lamp 燈 572
Insulator 絕緣體
Electric circuit 電路 316
Generating magnetism 產生磁 317
Hydroelectric power station 水電站 314
Intaglio printing 凹版印刷 446,447, 448
Intake manifold 進氣歧管 351
Intake pipe 進氣管 335
Intake port 進氣口 346
Integral ink reservoir 不可拆式貯墨水膽 444
Integrated circuit 集成電路 584
Integrated transport system 綜合運輸系統 332
Integument 被膜
Ovule 胚珠 147
Scots pine 歐洲赤松 122
Intentional foul 故意犯規 533
Interalveolar septum 肺泡間間隔 254
Intercellular leaf space 葉胞間隙 139
Interception 攔截 526
Inter-City travel 城市間運輸 332
Intercolumniation 柱距 461,485
Intercompressor bleed valve 壓氣機抽氣閥 419
Intercompressor diffuser pipe 壓氣機擴散管 419
Intercostal muscle 肋間肌 91,255
Interdental papilla 牙間乳頭 247
Interdental septum 牙槽間隔 247
Interglacial period 間冰期 76
Interior light 車內頂蓬燈 353
Interlobular artery 小葉間動脈 256
Interlobular vein 小葉間靜脈 256
Interlocking spur 連結的山嘴 289
Intermediate frequency coil 中頻線圈 575
Intermediate housing 中間隔板 346
Intermediate lamella 間板 225
Intermediate ring 中間環 563
Internal capsule 內囊 237
Internal carotid artery 頸內動脈 243,252
Internal combustion engine 內燃機
First cars 早期汽車 334
Motorcycle engine 摩托車引擎 366
Pioneers of flight 飛行先驅 398
Internal crust 內殼 28
Internal elastic lamina 彈性內層 252
Internal iliac artery 髂內動脈 215, 253
Internal jugular vein 頸內靜脈 253
Internal skeleton 內骨骼 174
Internal spermatic fascia 精索內筋膜 259
Internal urethral orifice 尿道內孔 257
Internal urethral sphincter muscle 尿道內括約肌 257
International referees signals 國際裁判員的手勢 533
International rules 國際規則 532
International squash 國際壁球 544, 545
International track gauge 國際軌距 331
Internode 吊間
Canadian pond weed 伊樂藻 158, 159
Horsetail 木賊 120
Ice-plant 冰晶松葉菊 129
Live-for-ever 常青植物 129
London plane 英國梧桐 134
Rhizome 根莖 155
Rock stonecrop 黃栄屬的一個種 128
Rose stem 薔薇莖 130
Stem 莖 134
Stolon 匍匐莖 154
Interopercular bone 鰓蓋間骨 181
Interosseous ligament 骨間韌帶 232
Interphalangeal joint 指(趾)關節
Baryonyx 重爪龍 85
Human 人 231,233
Interplane strut 翼間支柱 399,404, 405
Interradicular septum 牙根間間隔 247
Interrupter gear 保險裝置 404
Intertragic notch 耳屏間切跡 242
Intertrochanteric line 轉子間線 225
Intertropical convergence zone 副熱帶輻合區 300
Interventricular septum 心室間中膈

251

Intervertebral diss 椎間盤 212,218, 223,245,261

Intestinal muscle 腸道肌 226

Intestine 腸
　Bony fish 硬骨魚 181
　Butterfly 蝴蝶 169
　Chimpanzee 黑猩猩 202
　Cow 牛 198
　Crayfish 蝲蛄（小龍蝦）173
　Dogfish 角鯊 179
　Dolphin 海豚 205
　Elephant 象 200
　Frog 蛙 182
　Gallimimus 雞形龍 86
　Human 人 214
　Large 大的 195,202
　Lizard 蜥蜴 185
　Sea urchin 海膽 175
　Small 不 182,185,187,195,198,200, 202
　Spider 蜘蛛 170
　Tortoise 陸龜 187

Intrados 拱腹線 469,484

Introitus 陰道口 258

Intrusive rocks 侵入岩 26,275

Invasion stripes 識別條紋 409

Invertebrates 無脊椎動物
　Earth's evolution 地球演化 56
　Fossil record 化石記錄 279
　Insects 昆蟲類 168,169
　Marine 海洋 65

Inverted ovolo 倒凸圓線腳 486

Inward dive 向內跳水 558,559

Io 木衛一（愛娥）44

Iodine 碘 311

Ion 離子 308

Ionic bonding 離子鍵 308

Ionic capital 愛奧尼克柱頭 460
　Baroque church 巴洛克敎堂 481
　French temple 法國神廟 485
　Renaissance building 文藝復興時期建築 476

Ionic column 愛奧尼克柱
　Baroque church 巴洛克敎堂 481
　French temple 法國神廟 485
　Neoclassical building 新古典主義建築 483

Ionic half-column 愛奧尼克半柱 464

Ionic order 愛奧尼克柱式 460

Iota Centauri 半人馬座ι 21

Iota Pegasi 飛馬座V 19

Iota Sagittarii 人馬座ι 21

Ipomeoa batatas 甘薯 154

Ireland 愛爾蘭 331

Iridium 銥 311

Iridocorneal angle 虹膜角膜角 241

Iris 虹膜, 隔膜
　Human 人 213,226,241
　Linear leaf 線形葉 137
　Octopus 章魚 177

Iris lazica 鳶尾 137

Iron 鐵 311

Earth's composition 地球的成分 39

Earth's crust 地殼 58

Golf club 高爾夫球桿 547

Magnetic domains 磁疇 317

Meteorite 隕石 52

Nineteenth-century buildings 19 世紀的建築 492

Structure of Mercury 水星的結構 35

Structure of Venus 金星的結構 37

Iron armature support 鐵加固支架 455

Ironclad 裝甲艦 392,393

Iron club 鐵桿 546,547

Iron filings 鐵屑 317

Iron hull 鐵船體 392,393

Iron oxide 氧化鐵
　Earth pigments 礦物顏料 434
　Flesh-colored pigments 人體膚色顏料 433
　Sanguine crayon 鐵紅色筆 430
　Sedimentary rocks 沉積岩 267, 277

Iron oxide dust 氧化鐵塵埃 42

Iron paddlesteamer 鐵制明輪船 392, 393

Iron pyrite 黃鐵礦 79,270

Iron railing 鐵欄杆 493

Iron roof 鐵屋頂 479

Iron ship 鐵船 392,393

Iron tracery 鐵花櫺 493

Iron tyre 鐵輪胎 334

Iron wire stay 鐵絲支索 392

Ironwork 鐵飾 478,482

Irregular galaxy 不規則星系 10-12, 15

Irreversible reactions 不可逆反應 312

Ischial tuberosity 坐骨結節 224

Ischium 坐骨
　Archaeopteryx 始祖鳥屬 85
　Bird 鳥 189
　Crayfish 蝲蛄（小龍蝦）173
　Diplodocus 梁龍屬 90
　Eryops 曳螈屬 81
　Euoplocephalus 包頭龍 94
　Frog 蛙 183
　Human 人 218,224
　Iguanodon 禽龍屬 96
　Ornithischian 鳥臀目 82
　Parasaurolophus 似棘龍屬 98
　Plateosaurus 板龍屬 88
　Saurischian 蜥臀目 82
　Stegoceras 頂角龍屬 100,101
　Stegosaurus 劍龍屬 93
　Struthiomimus 似鴕鳥龍屬 87
　Triceratops 三角龍屬 102
　Tyrannosaurus 霸王龍屬 84

Ishtar Terra 伊斯塔大陸 36,37

Islamic buildings 伊斯蘭回敎建築 488,489

Islamic mosaic 伊斯蘭馬賽克圖案

489

Islands 島 291,294

Isocline 等斜 61

Isolated single boulders 孤立單個的漂塊 286

Isolated steep-sided hill 孤立陡坡山 283

Isolator valve 隔離閥 325,327

Isoseismal lines 等震線 63

Isotopes 同位素 310

Israel 以色列 293

Isthmus 峽
　Reproductive system 生殖系統的 258,259
　Water hyacinth 鳳眼蘭 158

Italian State Railways Class 402 義大利國家鐵路局 402 級電力機車 328

Italic Roman lettering 斜體羅馬字母書法 445

Itonaco 新鮮潮濕的灰泥層 434

Ivy 常春藤屬 130,131,137

J

Jack 支頭 514

Jacket-wall 套牆 466

Jack-locating hole 鞋砧定位孔 571

Jack-rafter 面坡椽 473

Jack staff 船首旗桿
　Battleship 戰列艦 394
　Frigate 護衛艦 397
　Square-rigged ship 橫帆船 375
　Wooden sailing ship 木帆船 379

Jacob's ladder 木踏板繩梯 378

Jagged fracture 鋸齒狀斷口 270

Jaguar straight six engine 美洲豹直式 6 型引擎 344

Jaguar V12 engine 美洲豹牌 V12 型引擎 345

Jali 格構屏 488,489

Jamb 門窗邊框
　Ancient Roman temple 古羅馬神廟 463
　Baroque church 巴洛克敎堂 479
　Medieval church 中世紀敎堂 468
　Neoclassical building 新古典主義建築 478,482,483
　Nineteenth-century building 19 世紀的建築 492

Jami Masjid 加米·馬斯基德 488

Javelin 標槍 542,543

Jaw 顎, 夾緊裝置
　Brace-and-bit 手搖曲柄鑽 569
　Hand drill 手搖鑽 569
　Human 人 212,220,221
　Power drill 電鑽 569
　Rope 繩索 389

Jawbone 頜骨
　Allosaurus 躍龍屬 85
　Australopithecus 南方古猿 107,108
　Ceratopsian 角龍屬 100
　Dolphin 海豚 204
　Horse 馬 105

652

Human 人 220,247
Ornithopod 鳥腳類 96
Shark 鯊 178
Snake 蛇 184
Theropods 獸足亞目 84
Jawless fish 無顎魚 78,178,179,180
Jeep 吉普車 354
Jeer 桁索 377
Jejunum 空腸 249
Jelly 凝膠 192
Jellyfish 水母 78,166,167
Earth's evolution 地球演化 56
Fossil record 化石記錄 279
Jerrycan 金屬汽油筒 354,355
Jet engine 噴射式引擎(發動機) 412,418,419
Jetliners 噴射客機 412-415
Jet pipe 尾噴管 418,419,423
Jet pipe connection 噴管連接 419
Jetstream 噴射氣流 300,418
Jewel anemone 寶石海葵 166
Jewel Box 寶石盒 11
Jib boom 船帆斜桅 379,382
Jib fairhead 三角帆纜繩調節器 561
Jib halyard 船首三角帆張帆索 380
Jibsail 船首三角帆 378,379,385
Jib sheet 三角帆帆腳索 385
Jib stay 船首三角帆支索 382
Jib tack 船首三角帆下前角索 382,383
Jockey 騎手 554,555
Jockey wheel 導向輪 358
Jodhpurs 馬褲 554
Joint 接合,節理
Cave 洞穴 284,285
Chair 椅 576
Coastline 海岸線 295
Faults and folds 斷層和褶皺 61
Jointed plug 有節插塞 19
Leather-bound book 皮面精裝書 586,587
Weathering and erosion 風化和侵蝕 282
Jointed leg 有關節的腿 79,168
Jointed pincer 有關節的螯 79
Jointed solidified lava 節理發育的固結熔岩 292
Jointed stem 有關節的莖 131
Joints 關節 224,225
Joist 托梁 464,486
Jones, H. H. 喬斯 493
Jordan 約旦 293
Joule 焦耳 314,316
Journal 軸頸 347
Joystick 控制桿 361,520
Judo 柔道 556,557
Jugal bar 軛條 201
Jugal bone 軛骨 96,102,103
Jugal plate 軛骨板 94
Juglans nigra 黑胡桃 137
Jugular vein 頸靜脈 215
Juice sac 汁囊 148
"Jumbo jet" 大型噴射客機 412
Jumps 飛躍 552,554
Jump seat 活動座椅 337
Jump shot 跳投 532,535
Junction 接合點
Electrical circuit 電路 316
Giornata 每日板塊 434,435
Juncus sp. 燈心草 135
Junior ratings' mess 新兵食堂 397
Junk 平底帆船 376
Junk ring 活塞頂(活塞環槽鑲圈) 343
Jupiter 木星 30,31,44,45
Jurassic period 侏羅紀 70,71
Fossil record 化石記錄 279
Geological time 地質年代 57
Jury mast knot 正頭支柱索結 389
Justicia aurea 爵床 144
Juvenile volcano 年輕的活火山 275

K

Kabe 槳的軸 375
Kaibab limestone 凱拔勃石灰岩 276
Kaibab Plateau 凱拔勃高原 277
Kaiparowits formation 凱帕羅維茨層組 276
Kaiparowits Plateau 凱帕羅維茨高原 277
Kalahari Desert 卡拉哈沙漠 265
Kalanchoe daigremontiana 伽藍菜 154
Kalasa finial 卡拉沙塔頂收頭(有球形飾的塔頂收頭) 489
Kalos 卷帆索 372
Kame delta 冰磧三角洲 286
Kame terrace 冰磧階地 286
Kangaroo 袋鼠 206,207
Kappa Pegasi 飛馬座K 19
Kara Kum 卡拉・庫姆沙漠 265
Karv 卡芙級大舢板 374
Kasugado Shrine of Enjoji 圓城寺春日堂神龕 490
Kasuga-style roof 日本春日風格屋頂 490
Katastroma 甲板 373
Kaus Australis 箕宿三 19,20
Sagittarius 人馬座 21
Kaus Borealis 斗宿二 21
Kaus Meridionalis 箕宿二 21
Kawana House 川奈別墅 496
Kayak 皮艇 560
Kayenta formation 卡揚塔層組 276
Kazakstania 哈薩克斯坦 65
Kedrostis africana 肉汁植物之一種 113
Keel 龍骨
Battleship 戰列艦 395
Bird 鳥 189
Frigate 護衛艦 397
Ironclad 裝甲艦 393
Iron paddlesteamer 鐵制明輪船 392
Longboat 大艇 380
Sailing warship 航行中的軍艦 377
Viking ship 北歐(維京)海盜船 374,375
Wooden sailing ship 木帆船 378
Keel boat 龍骨艇 560
Keeled lesene 隆突壁飾帶 486
Keeler 基勒 41
Keelson(Kelson) 內龍骨 560
19th century paddle steamer 19世紀槳輪汽船 391
Ironclad 裝甲艦 393
Keep 城堡主壘 466
Keeper ring 背帶環 562
Kelvin temperature scale 愷氏溫標 590
Kendo 劍道 556
Kentrosaurus 肯氏龍屬 92,93
Kepler 克卜勒 40
Keraia 桅橫桿 372
Keratin 角蛋白 234
Kestrel 紅隼 189
Ketch 一種雙桅船 384,385
Kettle 鍋穴 286
Kettle drum 碗狀鼓 519
Kettle lake 鍋穴湖 293
Post-glacial valley 冰後谷 286
Kevlar 合成纖維 384,388
Key 鍵
Concert grand piano 音樂會用平台式大鋼琴 515
Home keyboard 家用電子琴 520
Motorcycle clutch 摩托車離合器 366
Musical notation 樂譜 502
Steel lock 鋼鎖 360
Synthesizer 合成器 520
Upright piano 立式鋼琴 514
Woodwind instruments 木管樂器 508,509
Keyboard 鍵盤 585
Keyboard instruments 鍵盤樂器 514,515,520
Key guard 鍵護片 509
Key rod 鍵桿 509
Key signature 調號 502
Keystone 拱頂石 484
Ancient Roman building 古羅馬建築 463,465
Baroque church 巴洛克教堂 479,481
French temple 法國神廟 485
Medieval church 中世紀教堂 469
Neoclassical building 新古典主義建築 478,482
Renaissance building 文藝復興時期建築 476,477
Keystone amplifier integrated circuit 梯形畸變放大器集成電路 574
Keyway 鍵槽 390
Kick-stand 腳踏支架 363
Kick-starter 腳踏式起動器 363,366
Kidney 腎
Bird 鳥 189
Bony fish 硬骨魚 181
Brachiosaurus 腕恐龍屬 90

Dogfish 角鯊 179
Dolphin 海豚 205
Domestic cat 家貓 195
Elephant 象 200
Frog 蛙 182
Gallimimus 雞形龍 86
Human 人 215,256,257
Lizard 蜥蜴 185
Octopus 章魚 176
Rabbit 兔 196
Snail 蝸牛 177
Tortoise 陸龜 187
Kidney ore haematite 腎鐵礦 268
Kidney-shaped palette 腎形調色板 436
Killer whale 逆戟鯨 205
Killick 小錨 386
Kiln 窯 452
Kimberlite 慶伯利岩 268,275
Kinetic energy 動能 314,315
Kinetic sculpture 動態雕塑；活動雕塑 452
King pin 轉向節主銷 338
King-post 桁架中柱 473,479
    Early monoplane 早期的單翼機 400,401
    Pegasus Quasar microlight 柏伽索斯類星號超輕型飛機 427
    Pegasus XL SE microlight 柏伽索斯 XL SE 超輕型飛機 426
King-post strut 主柱 401
King spoke handle 舵輪主手柄 390
King strut 中柱 464
King vulture 禿鷲 190
Kirby BSA racing sidecar 柯爾比 BSA 比賽跨鬥摩托車 369
Kittiwake 三趾鷗 190
Kiwis 鷸鴕 188
Kneaded eraser 揉擦 430,440
Knee 膝
    Anchisaurus 安琪龍屬 89
    Corythosaurus 盔頭龍屬 98
    Faering 費雷恩級舢板 375
    Gorilla 大猩猩 203
    Horse 馬 199
    Human 人 211
    Iguanodon 禽龍屬 96
    Kangaroo 大袋鼠的 207
    Lion 獅 195
    Pachycephalosaurus 腫頭龍屬 100
    Psittacosaurus 鸚鵡嘴龍屬 103
    Rabbit 兔 197
    Stegoceras 頂角龍屬 101
    Stegosaurus 劍龍屬 92
    Tyrannosaurus 霸王龍屬 84
    Wooden ships 木船 381
Knee cover 護膝罩 582
Knee joint 膝關節
    Brachiosaurus 鰓恐龍屬 90
    Diplodocus 梁龍屬 90
    Euoplocephalus 包頭龍 94
    Human 人 219
    Parasaurolophus 似棘龍屬 98
    Plateosaurus 板龍屬 88

Stegoceras 頂角龍屬 101
Struthiomimus 似鴕鳥龍屬 87
Toxodon 箭齒獸 107
Triceratops 三角龍屬 102
Tyrannosaurus 霸王龍屬 84
Knee of the head 船頭的助材 378
Knee pad 護膝 527,534
Knee roll 馬鞍擋膝
    Cricket pad 板球墊 539
    Saddle 鞍 554,582
Knife 小刀
    Palette 調色板 436
    Relief printing 凸版印刷 446,449
Knighthead 船首輔助材 380
Knots 繩結 388,389
Knuckle 指節 210
Koala 無尾熊 207
Kochab 北極二 18
Kope 槳 372,373
Korolev 克羅里夫 41
Krypton 氪 311
Kuan Han-ch'ing 關漢卿 35
Kubernetes 舵手 372
Kunzite 紫鋰輝石 271
Kuroshio current 黑潮洋流 297

L

Labellum 唇瓣 126,145
Label mould 滴水石雕飾 481
Labia 陰唇 258
Labial palp 下唇鬚 168
Labrum 上唇 168
Laburnum x watereri 毒豆 137
Laccolith 岩蓋 273-275
Lacerta 蝎虎座 19,20
Lacertilia 蜥蜴亞目 184
Lacing thread 扎絞線 583
Lacrimal apparatus 淚器 241
Lacrimal bone 淚骨
    Bony fish 硬骨魚 181
    Human 人 221
    Protoceratops 原角龍屬 102
Lacrimal canaliculus 淚小管 241
Lacrimal gland 淚腺 241
Lacrimal punctum 淚點 241
Lacrimal sac 淚囊 241
Lacrosse 回力球 540,541
Lacuna 腔隙，空隙
    Bones and joints 骨和關節的 225
    Clubmoss 石松 120
    Mare's tail 杉葉藻 135
    Wetland plants 濕地植物 158,159
Lacustrine terrace 湖成階地 286
Lada Terra 拉達大陸 36,37
Ladder 梯
    74-gun ship 裝有 74 門炮的炮船 381
    Battleship 戰列艦 394
    Frigate 護衛艦 396
    Iron paddlesteamer 鐵制明輪船 392,393
    Roman corbita 羅馬商船 372,373

Train equipment 列車設備 330
Wooden sailing ship 木帆船 378
Ladder way 梯子道 395,396
Lady Chapel, Salisbury Cathedral 索爾茲伯里大教堂聖母堂 470
Lagomorpha 兔形目 196
Lagoon 潟湖
    Atoll development 環礁的發育 299
    Coastline 海岸線 294,295
    River features 河流的特徵 290,291
Lagoon Nebula 礁湖星雲 21
Lagopus lagopus 柳雷鳥 193
Lagostomus maximus 平原鼠 197
Lake Baikal 貝加爾湖 265
Lake Erie 伊利湖 264
Lake Huron 休倫湖 264
Lake Michigan 密西根湖 264
Lake Nyasa 尼亞薩湖 265
Lake Ontario 安大略湖 264
Lakes 湖泊 292,293
    Glacier 冰川 286,287
    Groundwater system 地下水系統 293
    Igneous rock structures 火成岩構造 275
    River features 河流的特徵 290
    River's stages 河流的階段 289
    Rock cycle 岩石循環 266,267
    Weathering and erosion 風化和侵蝕 283
Lake Superior 蘇必略湖 264
Lake Tanganyika 坦噶尼喀湖 265
Lake Victoria 維多利亞湖 265
Lakshmi Planum 拉克斯米平地 37
Lambda Andromedae 仙女座λ 19
Lambda Pegasi 飛馬座λ 19
Lambdoid suture 人字形骨縫 220
Lambeosaurus 賴氏龍屬 96,98,99
Lamb, T. T. 蘭姆 494
Lamella 片層 139
Lamina 葉片 136
    Butterwort 捕蟲菫 161
    Couch grass 匍匐冰草 113
    Dicotyledon leaf 雙子葉植物葉 127
    Human 人 222,223
    Leaf 葉 138
    Monocotyledon leaf 單子葉植物葉 127
    Seaweed 海藻（草）116,117
    Succulent 肉汁植物 113
    Vegetative reproduction 營養繁殖 154
    Water hyacinth leaf 鳳眼蘭葉 158
    Water lily leaf 睡蓮葉 159
Laminaria digitata 掌狀海帶 116,117
Laminated windshield 夾層擋風玻璃窗 355
Laminates 層板 548
Lamium sp. 野芝麻 135
Lamp 燈 572,573
Lamp bracket 燈架 336,342
Lamp cluster 燈組合 341

Lamp guard 車燈護罩 355

Lampland 朗普蘭德 43

Lamprey 七鰓鰻 178

Lampropeltis ruthveni 白環蛇 184

Lampropeltis triangulum annulata 墨西哥山王蛇 184

Lamp shield 燈罩 330

Lanceolate leaf 披針形葉 120,131, 136

Lancet 矢形飾 471

Lancet arch 矢形尖拱 473,484

Lancet window 矢形尖拱窗 470-472

Land 陸地 39
  Amphibians 兩棲動物 80
  Animals 動物 64
  Atmosphere 大氣 301
  Plants 植物 56,64
  Rivers 河流 288
  Vertebrates 脊椎動物 82

Landau body 後部活頁式車身 334

Landau iron 後部活頂 334

Landing 樓梯平台 477

Landing and taxiing light 著陸和滑行燈 414

Landing gear 起落架 406,407,424, 425

Landing-gear damper 起落架減震器 423

Landing gear door 起落架門
  BAe-146 components BAe-146 零件 414
  Concorde 協和飛機 416
  Hawker Tempest components 霍克暴風式戰鬥機零件 409
  Lockheed Electra airliner 洛克希德公司伊利克特拉客機 406,407

Landing gear drag strut 主起落架阻力支柱 401

Landing gear fork 起落架輪叉 407

Landing gear front strut 起落架前支柱 400,404

Landing gear hydraulics 起落架液壓設備 417

Landing gear leg 起落架支柱 424

Landing gear rear cross-member 起落架後橫向構件 400

Landing gear rear strut 起落架後支柱 400,401

Landing light 降落信號燈
  BAe-146 jetliner components BAe-146 噴射客機的零件 414,415
  Bell-47 helicopter 貝爾 47 直升飛機 422
  Lockheed Electra airliner 洛克希德公司伊利克特拉客機 407
  Schweizer helicopter 施魏澤直升飛機 423

Landing skid 起落滑橇
  Avro triplane 阿弗羅三翼機 403
  Blackburn monoplane 布萊克本單翼機 400,401
  Helicopter 直升飛機 422,423
  Wright Flyer 萊特飛行器 399

Land movement 陸地運動 59

Land plants 陸生植物 56,78

Land Rover 陸地漂泊者牌吉普車 354

Landscape features 景觀特徵 290, 291,294

Land surface removal 陸地表面的磨蝕 282

Land turtle 陸龜 186

Lane 跑道，泳道
  Athletic track 徑賽 542
  Swimming pool 游泳池 558

Lane time-keeper 泳道計時員 558

Langrenus 蘭格瑞勒斯 40

Language 語言 108

Langur 葉猴 202

Lantern 塔式天窗 486
  Baroque church 巴洛克教室 480, 481
  French temple 法國神廟 485
  Neoclassical building 新古典主義建築 478,479
  Twentieth-century building 20 世紀建築 494
  Wooden sailing ship 木帆船 379

Lanthanides 鑭繫 310

Lanthanum 鑭 310

Lanyard 小索
  Lifejacket 救生衣 561
  Oar 槳 373
  Rigging 索具 382,383
  Roman corbita 羅馬商船 373

Lap（跑道的）一圈 542

Lapilli 火山岩礫 272

Lap strap 搭接帶
  ARV light aircraft ARV 輕型飛機 425
  Curtiss biplane 寇蒂斯式雙翼機 398
  Lockheed Electra passenger seat 洛克希德公司伊利克特拉客機旅客座椅 407
  Pegasus Quasar microlight 柏伽索斯類星號超輕型飛機 427

Large intestine 大腸
  Brachiosaurus 鰓恐龍屬 90
  Chimpanzee 黑猩猩 202
  Domestic cat 家貓 195
  Euoplocephalus 包頭龍 94
  Human 人 214

Large Magellanic Cloud 大麥哲倫雲
  Hydrus and Mensa 水蛇座和山案座 20
  Our galaxy and nearby galaxies 銀河系和鄰近星系 15
  Stars of southern skies 南天空的恒星 20,21

Large mammals 大型哺乳動物 57

Larkspur 飛燕草 141,151

Larus marinus 黑背鷗 193

Larus ridibundus 鷗屬的一個種 193

Larva 蚴 168

Laryngeal prominenc 喉結 212,244, 245

Larynx 喉頭
  Amphibian 兩棲動物 182

Human 人 214,215,244

Laser 雷射（激光）；雷射器 584

Laser ranger 雷射測距儀 420

Lasso 套索 582

Latch handle 鎖柄 581

Lateen sail 薄銅板帆 375,376,384

Lateral angle 外側角 213

Lateral bracing strut 橫向支柱 402, 403,416

Lateral branch 側枝
  Adventitious roots 不定根 158, 159
  Horsetail 木賊 120
  Vegetative reproduction 營養繁殖 154

Lateral bud 側芽 134
  Begonia 秋海棠屬 129
  Dicotyledon 雙子葉植物 127
  Horse chestnut 七葉樹屬 130
  Leaf scars 葉痕 154
  London plane tree 英國梧桐樹 134
  Rhizome 根莖 155
  Rowan twig 花楸細枝 131
  Stem bulbil 莖生珠芽 155
  Stolon 匍匐莖 154

Lateral canal 旁支管；側溝
  Human 人 247
  Starfish 海星 174

Lateral caudal muscula-ture 側尾肌肉系統 87

Lateral column 側柱 223

Lateral control wheel 橫向操縱盤 401

Lateral control wire 橫向操縱鋼索 404

Lateral dorsal aorta 背側動脈 179

Lateral epicondyle 外上髁 225

Lateral fault 側向斷層 61

Lateral fault lake 側向斷層湖 293

Lateral lacuna 側腔隙 237

Lateral line 側線 181

Lateral malleolus 外踝 233

Lateral mass 側塊 222

Lateral moraine 側磧 286,287

Lateral plantar artery 足底外側動脈 253

Lateral plate 側板 78

Lateral rectus muscle 眼外直肌 240, 241

Lateral root 側根 133
  Broomrape host 列當寄生 163
  Carrot 胡蘿蔔 128
  Dicotyledon 雙子葉植物 127
  Germination 發芽 152,153
  Horse chestnut 七葉樹屬 130
  Seedling 幼苗 152,153
  Strawberry 草莓 128
  Sweet pea 香豌豆 128

Lateral root scar 側根痕 128

Lateral sepal 側萼片 141

Lateral shield 側盾 187

Lateral shoot 側生枝 156

Lateral strike-slip fault 側向走向滑

斷層 61
Lateral sulcus 側溝 237
Lateral tepal 側被片 126
Lateral vein 側脈 136,159
Lateral ventricle 側腦室 237
Lath 板條 464
Lathyrus latifolius 宿根香豌豆 129
Lathyrus odoratus 香豌豆 128
Latissimus dorsi muscle 背闊肌 227
Latrodectus mactans 黑寡婦蜘蛛 171
Lattice-beam 梁 496,497
Latticed screen 格構屏 488,489
Latticed shade 格構遮陽蓬 495
Lattice-truss 格構桁架 499
Lattice window 花格窗 492
Lattice-work 花格件 493
Laurasia 勞亞古陸
　Cretaceous period 白堊紀 62
　Jurassic period 侏羅紀 70,71
　Late Carboniferous period 石炭紀末期 66,67
Laurentia 勞倫古陸 65
Laurentian Library 勞侖齊圖書館 474,475
Lava 熔岩 62
　Igneous and metamorphic rocks 火成岩和變質岩 274,275
　Mountain building 造山運動 62
　Rock cycle 岩石循環 266
　Volcano 火山 272,273
Lava eruptions 熔岩噴發 272
Lava flow 熔岩流 273
　Contact metamorphism 接觸變質 274,275
　Mars 火星 42
　Rock cycle 岩石循環 266
Lava fragments 熔岩碎屑 272
Lavatera arborea 花葵 131
Lava types 熔岩類型 273
Lavinia Planitia 拉維尼亞平原 36,37
Lawnmower 割草機 580,581
Lawrencium 鐒 311
Layering 分層設色
　Fresco 壁畫 434,435
　Pastel colors 粉彩色 440
Lay-up shot 切入投球 532
Leach 方帆的垂直緣 374,384
Lead 鉛
　Mineralization zones 礦化帶 281
　Minerals 礦物 268
　Periodic table 元素週期表 311
Lead covering 包鉛皮 487
Leading block 導向滑輪 394
Leading edge 前緣
　Avro biplane 阿弗羅雙翼機 403
　Avro triplane 阿弗羅三翼機 403
　BAe-146 components BAe-146 零件 413,414,415
　BE 2B tail BE 2B 飛機的尾翼 405
　BE 2B wings BE 2B 飛機的機翼 404
　Blackburn monoplane 布萊克本單翼機 401
　Concorde 協和飛機 416,417

Hawker Tempest components 霍克暴風式戰鬥機零件 409
　Lockheed Electra airliner 洛克希德公司伊利克特拉客機 406
　Northrop B-2 bomber 諾思羅普 B-2 轟炸機 421
　Pegasus Quasar microlight 柏伽索斯類星號超輕型飛機 427
　Wright Flyer 萊特飛行器 399
Leading-edge aerial 前緣天線 421
Leading-edge fairing 前緣整流裝置 425
Lead-in wire 引入線 319
Lead iodide 碘化鉛 313
Lead nitrate 硝酸鉛 313
Lead shot 鉛珠 517
Lead tin yellow 鉛錫黃 433
Lead white 鉛白 433
Lead wire 電動機引線 568
Leaf axis 葉軸 137
Leaf bases 葉莖 128,136,137
　Aechmea miniata 附生鳳梨 162
　Couch grass 匍匐冰草 113
　Dicotyledon 雙子葉植物 127
　Florists' chrysanthemum 菊 129
　Guzmania lingulata 垂花果子曼 162,163
　Hogweed 牛防風 129
　Monocotyledon 單子葉植物 126,127
　Sago palm 蘇鐵 123
　Seedling leaf 幼苗葉 152
　Water hyacinth 鳳眼蘭 158
Leaf blade 葉片
　Butterwort 捕蟲菫 161
　Dicotyledon 雙子葉植物 127
　Leaf surface 葉表面 136,138
　Monocotyledon 單子葉植物 127
　Vegetative reproduction 營養繁殖 154
　Venus fly trap 捕蠅草 160
　Wetland plants 濕地植物 158,159
Leaf insect 葉昆蟲 192
Leaflets 小葉 136,137
　Everlasting pea 宿根香豌豆 129
　Fern 蕨類植物 120,121
　Horse chestnut leaf 七葉樹葉 130
　Mahonia 十大功勞屬 130,131
　Monocotyledon 單子葉植物 126
　Pinna 羽葉 121,136,137
　Rose 薔薇屬 131
　Rowan 花楸 130
　Sago palm 蘇鐵 123
　Tree fern 樹蕨 112,113
Leaflet stalk 小葉柄 137
Leaf-like structures 葉狀結構 141-143
　Dehiscent fruit 裂果 151
　Dicotyledon flower 雙子葉植物花 127
　Guzmania lingulata 垂花果子曼 163
　Ice-plant 冰晶松葉菊 129
　Live-for-ever 常青植物 129

Peruvian lily 黃六出花 129
　Slender thistle 飛廉屬的一個種 129
　Wind pollination 風媒傳粉 144
Leaf margin 葉緣 129
　Aechmea miniata 附生鳳梨 162
　Slender thistle 飛廉屬的一個種 129
　Vegetative reproduction 營養繁殖 154
Leaf notch 凹口 154
Leaf primordium 葉原莖 134
Leaf scar 葉痕
　Begonia 秋海棠屬 129
　Elder 接骨木 130
　Horse chestnut 七葉樹屬 130
　Ice-plant 冰晶松葉菊 128,129
　London plane 英國梧桐 134
　Rock stonecrop 黃榮屬的一個種 128
Leaf shape 葉形 136,137
Leaf sheath 葉鞘 129
Leaf spring 鋼板彈簧 338
Leaf spring suspension 片簧懸架 327
Leaf stalk 葉柄 128,136,137
　Chusan palm 棕櫚 130
　Clematis 鐵線蓮屬 131
　Cobra lily 達林頓屬的一個種（眼鏡蛇百合）160
　Common horse chestnut 歐洲七葉樹 130
　Dicotyledon 雙子葉植物 127
　Everlasting pea 宿根香豌豆 129
　Florists' chrysanthemum 菊 129
　Kedrostis africana 肉汁植物的一種 113
　Maidenhair tree 銀杏 123
　Monocotyledon 單子葉植物 126,127
　Mulberry 桑樹 130
　Oxalis sp. 酢漿草 157
　Passion flower 西番蓮屬 130
　Peach 桃 131
　Seedling 幼苗 153
　Strawberry 草莓 128
　String of hearts 吊燈花 157
　Tree fern 樹蕨 112
　Tree mallow 花葵 131
　Vegetative reproduction 營養繁殖 154,155
　Venus fly trap 捕蠅草 160
　Water lily 睡蓮 159
　Wind pollination 風媒傳粉 144
Leaf succulents 肉葉植物
　Haworthia truncata 霍氏百合 157
　Lithops bromfieldii 里皂波斯屬的一個種 157
　Lithops sp. 里皂波斯屬的一個種 156
Leaf trace 葉痕 127
Leafy liverwort 葉狀地錢 118
Leafy thallus 葉狀地衣體 114
Lean-to roof 單坡頂 468-470,472

Leather 皮革
Books 書籍 586,587
Saddle 馬鞍 582,583
Shoes 鞋 570
Leather ball making 皮球製作 525
Leather belly 皮腹 583
Leather grommet 皮索環 373
Leather hood 皮頂蓬 334
Leather ink dabber 皮質上墨墊 446
Leather pad 皮墊 557
Leather seat 皮鞍座 582,583
Leather upholstery 蒙皮裝飾 337
Leather valance 皮質側板 337
Leathery exocarps 革質外果皮 148
Leaves 葉 136,137
Abaxial surface 葉遠軸表面 123,130
Adaxial surface 葉近軸表面 123,130
Aechmea miniata 附生鳳梨 162
Apex 葉類 136,137
Apical meristem 頂端分生組織 134
Barberry 小蘗屬 130,131
Bishop pine 主教松 124
Brassavola nodosa 布拉薩沃拉氏蘭 162
Bromeliad 鳳梨 112,113
Broomrape 列當 163
Butterwort 捕蟲堇 161
Canadian pond weed 伊樂藻 158,159
Carnivorous plants 食肉植物 160,161
Checkerbloom 歐洲粟 136
Chusan palm 棕櫚 130
Classification 分類 136,137
Clematis 鐵線蓮屬 130,131
Clubmoss 石松 120
Cobra lily 達林頓屬的一個種 160
Couch grass 匍匐冰草 113
Dicotyledon 雙子葉植物 126,127
Dryland plants 旱地植物 156,157
Durmast oak 無梗花櫟 131
Epiphyte 附生植物 162,163
Fern 蕨類植物 120,121
Florists' chrysanthemum 菊 129
Germination 發芽 152,153
Guzmania lingulata 垂花果子曼 162,163
Haworthia truncata 霍氏百合 157
Hinge cell 鉸合細胞 113
Hogweed 牛防風 129
Horsetail 木賊 120
Intercellular space 胞間隙 139
Ivy 常春藤屬 131
Kedrostis africana 肉汁植物的一種 113
Lamina 葉片 136
Lithops bromfieldii 黑皂潑斯 157
Liverwort 地錢 118
London plane tree 英國梧桐樹 134
Maidenhair tree 銀杏 123
Margin 葉緣 136
Marram grass 濱草 113
Midrib 中脈 136
Monkey cup 豬籠草 161
Monocotyledon 單子葉植物 126,127
Moss 蘚 112,119
Mulberry 桑樹 130
Orange lily 百合 154
Oxalis sp. 酢漿草 157
Parasite host 寄生植物的寄生 163
Passion flower 西番蓮屬 130
Peach 桃 131
Photosynthesis 光合作用 134,138,139
Pine 松 122,124,125
Pitcher development 瓶子草的生長發育 161
Pitcher plant 瓶子草 113,160,161
Primordia 原基 134
Rock stonecrop 黃栄屬的一個種 128
Rose 薔薇屬 130,131
Rosettes 蓮座葉 162,163
Rowan 花楸 130
Sago palm 蘇鐵 123
Scots pine 歐洲赤松 122
Seedling 幼苗 152,153
Slender thistle 飛廉屬的一個種 129
Smooth cypress 柏木屬的一個種 123
Stomata 氣孔 139
Strawberry 草莓 128
Tendrils 卷鬚 161
Toadflax 穿柳魚屬的一個種 129
Tree fern 樹蕨 112,113
Tree mallow 花葵 131
Vegetative reproduction 營養繁殖 154,155
Veins 葉脈 136,138,139
Venus fly trap 捕蠅草 160
Water fern 水蕨 158
Water hyacinth 鳳眼蘭 158
Water lily 睡蓮 159
Welwitschia 百歲葉屬 122,123
Xerophyte 旱地植物 156,157
Yew 紅豆杉 123
Le Corbusier 勒・柯布西耶 494
Leda Planitia 利達平原 36,37
Ledge 壁架 381
Leech 方帆的垂直緣 374,384
Leechline 起帆索 375
Leg 腿
Amphibian 兩棲動物 182
Caiman 凱門鱷 186,187
Chair 椅 576,577
Crab 蟹 172
Crayfish 蝲蛄（小龍蝦）172,173
Crocodilian 鱷 186
Elephant 象 200
Frog 蛙 182
Gorilla 大猩猩 203
Human 人 210
Kangaroo 大袋鼠的 207
Lizard 蜥蜴 184,185
Relief-printing press 凸版印刷機 449
Salamander 蠑螈 182
Scorpion 蠍 170
Shrimp 小河蝦 172
Spider 蜘蛛 170,171
Tadpole 蝌蚪 183
Terrapin 淡水龜 187
Tripod congas stand 三腳架 519
"Leg before wicket" 截球違例 538
Leg bud 腿芽 260
Leg pad 護脛 539,551
Leg protector 護腿 551
Leg slip 右後場外場手 538
Legumes 莢果 150
Leibnitz 萊布尼茲 41
Lemercier,J. J. 萊蒙西爾 486
Lemming 旅鼠 196
Lemon 檸檬 148
Lemur 狐猴 202,203
Lemur catta 金獅 203
Lenoir,Etienne 埃蒂安納・勒努瓦
Early engines 早期引擎 342
First cars 早期汽車 334
Lens 透鏡，晶狀體
Camera 照相機 588
Human body 人體的 241
Lens alignment node 鏡頭調節節點 589
Lens barrel assembly 鏡筒組件 588
Lens lock release lever 鏡頭鎖銷脫扣 588,589
Lenticels 皮孔 130,131,134
Lenticular bob 雙凸透鏡形擺錘 566
Lentiform nucleus 豆狀核 237
Leo 獅子座 18,21
Leo Minor 小獅座 18,21
Leonaspsis 三葉蟲 279
Leonid meteor shower 獅子座流星雨 52
Leontopithecus rosalia 金獅猬 203
Lepidodendron 鱗木屬 66,67
Lepidoptera 鱗翅 168
Lepidotes maximus 最大鱗齒魚 73
Leptoceratops 短角龍屬 103
Lepus 天兔座 21
Lesbian leaf pattern 雷斯博斯葉形圖案 460
Lesene 壁飾帶
Ancient Roman building 古羅馬建築 462,465
Baroque church 巴洛克教堂 480,481
Dome 穹窿建築 486
French temple 法國神廟 485
Gothic church 哥德式教堂 473
Renaissance building 文藝復興時期建築 476,477
Lesser trochanter of femur 股骨小轉子 225
Lesser wing covert 小翼覆羽 188
Lesser wing of sphenoid bone 蝶骨

小翼 221
Letronne 雷特尼 40
Lettering 書寫；書法 444,445
Levator anguli oris muscle 口角提肌 229
Levator labii superioris muscle 上唇提肌 229
Levator palpebrae superioris muscle 提上瞼肌 241
Levee 天然堤 289-291
Level-wind system 繞平系統 562
Lever 槓桿 320,321
Le Verrier ring 勒維里爾環 50,51
Liang K'ai 梁楷 35
Libellulium longialatum 一種絕滅的蜻蜓 73
Liberty ship 自由級輪船 392
Libra 天秤座 18,21
Library 圖書館 483,496
Lichens 地衣 114,115
Lid 蓋，罩
　Moss 蘚 119
　Pitchers 瓶狀葉 161
　Ships for war and trade 用於戰爭和商貿的船隻 377
Lierne 枝肋 469
Life 生命 56,78,79,300
Lifeboat 救生艇 394
Lifeboat davit 救生艇吊柱 395
Life buoy 救生圈 395
Life-cycle 生活史
　Brown seaweed 褐海藻 117
　Fern 蕨 121
　Insect 昆蟲 168
　Moss 蘚 119
　Mushroom 蘑菇 115
　Plants 植物 112
　Scots pine 歐洲赤松 122
Lifeguard 排障器 332
Life of massive star 大質量恒星的演化史 26,27
Life of small star 小恒星的演化史 24,25
Life-raft 救生船 416
Liferaft cylinder 充氣救生艇泵筒 397
Lift 升降機
　Double topsail schooner 雙斜桁上帆斯庫納縱帆船 385
　Roman corbita 羅馬商船 372
　Sailing warship 航行中的軍艦 376,377
　Track and field 田徑賽 543
　Wooden sailing ship 木帆船 378
Lift bracing wire 升力張線
　Biplanes and triplanes 雙翼機和三翼機 403
　Early monoplane 早期的單翼機 400,401
　Pegasus Quasar microlight 柏伽索斯類星號超輕型飛機 427
　World War I aircraft 第一次世界大戰中的飛機 404,405
Lifting handle 提升把手 336

Lifting hook 起重鉤 357
Lifting lug 吊環 330
Lift spoiler 減升擾流裝置 413,414
Lift wire 升力張線 399
Ligament 韌帶
　Bifurcate 叉狀的 232
　Cricothyroid 環甲軟骨的 244
　Deltoid 三角的 232
　Falciform 鐮狀的 248
　Foot 足的 232
　Hip joint 髖關節的 224
　Hiofemoral 髖股的 224
　Interosseus 骨間的 232
　Ovarian 卵巢的 258
　Periodontal 牙周組織的 247
　Plantar calcaneonavicular 跟舟足底的 232
　Posterior cuneonavicular 楔舟後的 232
　Posterior tarsometatarsal 跗跖後的 232
　Pubofemoral 恥骨-股骨的 224
　Talonavicular 距舟的 232
　Zonular 睫狀的 241
Ligature 紮帶 508,509
Light 光；採光窗 314,315,318,319
　Chemical reactions 化學反應 312
　Photography 照相 588
　Renaissance building 文藝復興時期建築 474
　Seed germination 種子發芽 152
　Translucent"window" 半透明窗孔 157
　Twentieth-century building 20世紀建築 495
　Ultraviolet 紫外線 145
Light aircraft 輕型飛機 410,424,425
Light bulb 燈泡 572
Light Emitting Diode 光發射二極管 584
Lighterman's hitch 駁船工的活結 389
Light hour 光時 14
Lighting hole 點火孔 393
Lightning 閃電 45,316
Lights 燈
　Bicycle 自行車 360
　MCW Metrobus MCW 城市公共汽車 332
Light screen 遮光板 394
Light switch 燈開關 339
Light-well 採光井 487
Light year 光年 14
Lignite 褐煤 280
Lignum vitae bearing 鐵梨木軸承 387
Ligulate ray floret 舌狀邊花 129
Lilienthal,Otto 奧托·李連塔爾 398
Lilium bulbiferum 百合 154
Lilium sp. 百合屬的一個種 133,138,140,141,155
Lily 百合
　Bulbil 珠芽 154,155

Flower 花 140,141
　Leaf surface 葉表面 138
Limb 肢，翼
　Mammal 哺乳動物 104
　Paddlesteamer 槳輪船 390
　Reptile 爬行動物 80
　Structure of a fold 褶皺結構 60
Limber hole 排水孔 393
Lime 歐椴 143
Lime-resistant pigment 耐石灰顏料 434
Limestone 石灰石
　Cave 洞穴 284
　Contact metamorphism 接觸變質 274
　Faults and folds 斷層和褶皺 60
　Fossilized blue-green alga 石化藍綠藻 78
　Lower Carboniferous 早石炭世 60
Limestone block 石灰石塊 470
Limestone cladding 石灰石覆面 494
Limestone false door 石灰石假門 459
Limestone spring 石灰岩泉 292
Limestone strata 石灰岩層 284
Lime water 石灰水 313
Limonite groundmass 褐鐵礦基質 268,269
Limpet 幅貝 176
Linaria sp. 穿柳魚屬的一個種 129
Line 釣魚線 562
Linea alba 白線 226
Linear dune 線狀砂丘 283
Linear leaf 線形葉 129,137
Linebacker 線衛 526
Line guide 導線箍 563
Line judge 巡邊員 526
Linen thread 亞麻線 583
Line of sight 視線 41
Linesman 球賽工作人員
　Badminton 羽毛球 545
　Gaelic football 蓋爾橄欖球 529
　Ice hockey 冰球 550
　Rugby 拉格比足球 530
　Soccer 足球 524
　Tennis 網球 544
　Volleyball 排球 534
Lingual nerve 舌神經 244
Lingual tonsil 舌扁桃體 245
Lining 襯
　Half-bound book 平皮（布）面精裝書 586
　Leather-bound book 皮面精裝書 587
　Saddle 馬鞍 582
　Shoes 鞋 570
Link 鏈環 386
Linocut 油氈浮雕 446
Linoleum block 油氈塊 446,449
Linseed oil 亞麻仁油 436
Lintel 過梁
　Building 建築 459,494
　Coastline 海岸線 295

Lintel course 過梁層 483
Lion 獅 194,195
Lion crest 獅面飾 395
Lionfish 翻翔鬆魽 180
Lip 唇
　Flower 花 126,145
　Human 人 212,213
　Lamprey 七鰓鰻 178
　Pollination 授粉 145
Lip of trunk 象鼻的唇 200,201
Lip plate 唇片 508
Lip tension 嘴唇的緊張程度 506
Liquidambar styraciflua 膠皮楓香樹 76
Liquid capacity measurements 液體容量測量 590
Liquid helium 液態氦 45
Liquid hydrogen 液態氫 44-47
Liquid ink 墨汁 444
Liquids 液體 306,307
Litchi chinensis 荔枝 148
Lithification 成岩作用 266
Lithium 鋰 308,310
Lithium fluoride molecule 氟化鋰分子 308
Lithographic ink 平版油墨 446
Lithographic printing 平版印刷 446
Lithographic printing equipment 平版印刷設備，平版畫器材 448
Lithops bromfieldii 里皂波斯屬的一個種 157
Lithops sp. 里皂波斯屬的一個種 156
Lithosphere 岩石圈 58,59
Little finger 小指 230,231
Little grebe 小鸊鷉 190
Little toe 小趾 232,233
Live-for-ever 常青植物 128,129
Liver 肝
　Bird 鳥 189
　Bony fish 硬骨魚 181
　Chimpanzee 黑猩猩 202
　Dogfish 角鯊 179
　Dolphin 海豚 205
　Domestic cat 家貓 195
　Euoplocephalus 包頭龍 94
　Frog 蛙 182
　Gallimimus 雞形龍 86
　Human 人 214,248,252
　Lizard 蜥蜴 185
　Rabbit 兔 196
　Tortoise 陸龜 187
Liverworts 地錢 112,118,119
Livestock freight car 牲畜車 327
Living organisms 有生命的有機體 306
Lizard 蜥蜴 184,185,382
"Lizard-feet forms" 蜥腳形 88
Lizard-hipped dinosaurs 有蜥蜴臀恐龍 82,88,89
Llama 美洲駝 198
Load 負荷 320,321
Loading arm 加載臂 396
Loading gauge 載貨限定外形尺寸（載重標準）330,331

Load space 載荷空間 334
Lobby 門廳 498
Lobe 裂片
　Liverwort 地錢 118
　Venus fly trap 捕蠅草 160
Lobed leaf 淺裂葉 129,131
Lobsters 蝦 172
Lobule 耳垂 242
Local Arm 本旋臂 14
Local control cabinet 局部操縱室 396
Lock button 鎖緊按鈕 568
Lock forward 鎖定前鋒 530
Lockheed Electra airliner 洛克希德公司伊利克特拉客機 406,407
Locking differential 差速鎖止器 355
Locking fuel filler cap 燃油加油口鎖蓋 354
Locking nut 鎖緊螺帽 573
Lock nut 鎖緊螺母 351,359
Locks 車鎖 360
Lock washer 鎖緊墊圈 358,359
Locomotion 行動 104
Locomotives 機車（火車頭）324-329
Lodging knee 橫梁助材；斜面角 381
Loft 頂樓層 477
Log basket 木籃 334
Loin 腰部
　Horse 馬 198
　Human 人 210
London Bridge 倫敦橋 466,467
London plane tree 倫敦篠懸木 134
Longboat 大艇 380
Long bridge 長琴馬 515
Long-distance cycling 長途旅程 360
Long-distance running 長跑 542
Longeron 縱梁 403,424
Longitudinal channels 溝下道（縱溝）120
Longitudinal fissure 縱向溝 236,237
Long jump 跳遠 542,543
Long leading-link fork 長前置連接叉 362
Long leg 遠場手 538
Long off 遠左守場手 538
Long on 遠右守場手 538
Long pass 長傳 532
Long radius turns 長半徑回轉 552
Longrod stabilizer 長桿穩定器 549
Longship 槳帆兩用大舢板 374,375
Longshore drift 沿岸漂移 294,295
Long-travel suspension 長途運行懸架 368
Long-wave radio 長波無線電 318
Look out periscope 偵察潛望鏡 396
Loom 槳柄 560
Loop 環 388,389
Looped prominence 環狀日珥 32,33
Loophole 換氣孔，觀察孔
　Medieval building 中世紀建築 466-469

Renaissance building 文藝復興時期建築 477
Loop of Henle 亨利氏袢 256
Loose forward 鬆前鋒 530
Loose-head prop 鬆頭支持前鋒 530
Lopolith 岩盆 274
Lora 帶狀物 127,130
Lorises 懶猴 202
Lost-wax casting method 失蠟澆鑄法 454
Lotus flower 蓮花（荷花）488
Lotus petal 荷花瓣 489
Loudspeaker 揚聲器 520
Lounge 躺椅 392
Louvre 氣窗 493,498
Love-in-a-mist 黑種草 150,151
Lowell 洛威爾 43
Lower Carboniferous Limestone 早石炭世灰岩 60
Lower crankcase 下機匣 410
Lower crux of antihelix 對耳輪下十字 242
Lower deadeye 下部三孔滑車 382,383
Lower deck 下層甲板 393
Lower-energy radiation 低能輻射 22
Lower epidermis 下表皮 139,159
Lower eyelid 下眼瞼 213
Lower fin 下垂直尾翼 423
Lower haze 下部霾層 37
Lower lobe of lung 下肺葉 215,254,255
Lower saloon window 大廳下部窗 33
Lower seed axis 下胚軸 152,153
Lower topsail 下部斜桁上帆 385
Lower-wing attachment 下機翼接頭 404
Lower yard 下帆桁 395
Lowland coastline 低地海岸線 295
Low Neap tide 小潮 297
Low pressure areas 低壓區 300,302,303
Low pressure gases 低壓氣體 306
Low tides 低潮 296,297
Loxodonta africana 非洲象 200
Lozenge 菱形 471,485
Lubricant 潤滑劑 366
Lucarne window 屋頂窗 480,481,486
Lufengosaurus 祿豐龍屬 89
Luff 前緣 384,385
Lug 突耳 382,386
Lugger 斜桁四角帆小帆船 384
Lug sail 斜桁四角帆
　Junk 平底帆船 376
　Sail types 帆的類型 384
Lumbar nerves 腰神經 238
Lumbar vertebrae 腰椎
　Crocodile 鱷 186
　Domestic cat 家貓 195
　Hare 野兔 197
　Horse 馬 199

Human 人 222,223
  Kangaroo 袋鼠 206
  Platypus 鴨嘴獸 206
  Rhesus monkey 彌猴 202
  Seal 海豹 204
Lumbrical muscle 蚓狀肌 231
Lump hammer 手錘 452,453
Lunae Planum 露娜平地 43
Lunaria annua 一年生緞花 151
Lunate bone 半月形骨 230
Lunette 弧形窗 480
Lung 肺
  Amphibian 兩棲動物 182
  Bird 鳥 189
  Brachiosaurus 鰓恐龍屬 91
  Chimpanzee 黑猩猩 202
  Dolphin 海豚 205
  Domestic cat 家貓 195
  Elephant 象 200
  Euoplocephalus 包頭龍 94
  Frog 蛙 182
  Gallimimus 雞形龍 86
  Human 人 214,215,252,254,255
  Lizard 蜥蜴 184,185
  Rabbit 兔 196
  Snail 蝸牛 177
  Snake 蛇 184
  Spider 蜘蛛 170
  Tortoise 陸龜 187
Lungfish 肺魚 80,81
Lunule 弧影 231
Lures 誘餌，魚餌 562,563
Lutetium 鎦（鑥）311
LVG CVI fighter LVG CVI 戰鬥機 405
Lychee 荔枝 148
Lycoming four-cylinder engine 萊康明 4 缸引擎 423
Lycoming six-cylinder engine 萊康明 6 缸引擎 422
Lycopodophyta 石松門 64,120
Lymphocytes 淋巴細胞 253
Lynx 天貓座 18,21
Lynx helicopter "山貓" 直升機 396
Lyra 天琴座 19,20
Lysosome 分解微粒 217

M

M22(globular cluster) M22(球狀星團) 21
Macaques 彌猴 202
Macaws 鸚鵡 190
Mach 馬克 41
Machine-gun 機關槍 404,405
Machine heads 機頭 512,513
Mackenzie-Peace River 馬更些-皮斯河 264
Mackerel angling 鯖魚釣捕 562
Maquette（雕塑，建築等的）初步設計模型 455
Macrobius 馬克羅比厄斯 40
Macrofibril 大纖維 234

Macrospicule 極長針狀體 33
Macula 黃斑 240,241
Madagascar 馬達加斯加 265
Madreporite 篩板 174,175
Mandrillus sphinx 山魈（兇猛狒狒）203
Maenianum summum 廊子 465
Magazine 彈匣 548,549
Magellanic Cloud 麥哲倫雲 15,20
Maginus 麥金納斯 40
Magma 岩漿
  Igneous and metamorphic rocks 火成岩和變質岩 26
  Mountain building 造山運動 63
  Ocean floor 洋底 298,299
  Rock cycle 岩石循環 266
  Volcanoes 火山 272
Magma reservoir 岩漿庫
  Igneous rock structures 火成岩構造 275
  Volcanic structure 火山構造 273
Magnesium 鎂 310
  Earth's composition 地球的成分 39
  Earth's crust 地殼 58
  Seawater salt content 海水含鹽量 296
Magnesium riser 鎂光張弓指示器 548
Magnet 磁鐵
  Mini-television 迷你電視 574
  Toaster 烤麵包機 578
Magnetic axis 磁軸 28
Magnetic compass 磁羅盤 423
Magnetic field 磁場 38
Magnetism 磁 316,317
Magneto 磁電機
  Avro triplane 阿弗羅雙翼機 402
  Hawker Tempest components 霍克暴風式戰鬥機零件 408
  Wright Flyer 萊特飛行器 399
Magneto drive 磁電機驅動機構 367
Magnetosphere 磁層 38
Magnitude 星等 22
Magnolia 木蘭屬植物 57,72
Mahonia 十大功勞屬 130,131
Maidenhair tree 銀杏 122,123
Maillot 緊身衣褲 386
Main-line signalling system 幹線鐵路信號系統 330,331
Mainplane 主平面 356,357
Mainrail head 舷牆扶手前端 379
Main sail 主帆
  Dhow 獨桅三角帆船 376
  Roman corbita 羅馬商船 373
  Sailing rigs 裝備 385
  Square-rigged ship 橫帆船 375
Main sequence star 主序星
  Massive stars 大質量恒星 26
  Objects in Universe 宇宙中的若干天體 11
  Small stars 小恒星 24
  Stars 恒星 22,23
Main sheer strake 主舷弧厚板 393

Main sheet 主帆帆腳索
  Longboat 大艇 380
  Roman corbita 羅馬商船 373
  Sailing dinghy 東印度帆船 561
  Viking karv 北歐的卡芙級大舢板 375
Main shroud 主左右支索 378
Mains lead 電源線 572,573,578
Main spar bridge 主翼梁橋 413
Mainspring 主發條 566
Main stay 主支索 377,379
Main topcastle 主船樓 377
Main topgallant mast 主上桅 377,378
Main topgallant sail 主上桅帆 379
Main topgallant stay 主上桅支索 379
Main topmast 主頂桅 377,379
Main topmast preventer stay 主頂桅保險支索 379
Main topmast topcastle 主頂桅船樓 377
Main topsail 主斜桅上帆 379
Main topsail halyard 主斜桁上帆張帆索 385
Main topsail yard 主斜桅上帆帆桁 379
Main top yard 主頂桅帆桁 377
Main turbine 主渦輪 397
Main wale 主舷上緣 381
Main wheel 主輪 426
Main wing bracing-strut 主翼支柱 401
Main wing-strut 主翼支柱 427
Main yard 主帆桁
  Dhow 獨桅三角帆船 376
  Sailing warship 航行中的軍艦 377
  Wooden sailing ship 木帆船 379
Maize 玉蜀黍 127
Major calyx 腎小盞 256
Major coverts 主翼覆羽 188,191
Malachite 石膏 433
Malacostraca 軟甲亞綱 172
Malaysia 馬來西亞 331
Male 雄性
  Bladder 膀胱 257
  Body 身體的，軀體的 210,211
  Pelvis 骨盆的 259
  Reproductive organs 生殖器官的 259
  Urinary tract 尿道 257
Male apex 雄性頂端 119
Male catkin 雄柔荑花序 144
Male cone 雄球果 122,123,24
Male fern 雄蕨 120,121
Male flower organs 雄花器官 140-143
Male flowers 雄花
  Fertilization 受精 146,147
  Gymnosperms 裸子植物 122
  Painter's palette 畫家的調色板 143
  Seaweed 海藻（草）116,117
  Succulent fruit 多汁果 148
  Wind-pollinated plant 風媒植物

144
'Mallard" express steam locomotive "馬拉德號"特快蒸汽機車 324,325
Mallet 鎚
Drums 鼓 518,519
Marble carving 大理石雕；大理石雕刻術 452
Ships and sailing 船和帆 383, 384,388
Tubular bells 管鐘 516
Malleus 錘骨 242
Malpighian tubule 馬爾皮基氏管
Butterfly 蝴蝶 169
Spider 蜘蛛 170
Malus 桅桿 373
Malus sp. 蘋果屬的一個種 126
Malus sylvestris 蘋果 149
Mammals 哺乳動物 104-107
Carnivora 食肉動物目 194
Cetacea 海豚 204
Cretaceous period 白堊紀 72
Earth's evolution 地球演化 56,57
Fossil record 化石記錄 279
Jurassic period 侏羅紀 70
Lagomorpha 兔形目 196
Large 巨大的 57
Marsupalia 有袋目 206
Monotremata 單孔目 206
Pinnipedia 海豹 204
Primates 靈長目 202
Proboscidea 長鼻目 200
Rodentia 嚙齒目 196
Shrew-like 鼩鼱樣 70
Small 小的 56
Tertiary period 第三紀 74,75
Ungulates 有蹄類動物 198
Mammoth 猛獁象 107
Mammut 美洲乳齒象屬 75
Mammuthus 猛獁屬 76,77,104
Mandapa 柱廳 491
Mandarinfish 連鰭鰤 180
Mandible 下頜骨，上顎
Acanthostega 刺甲龍屬 80
Ankylosaurus 甲龍屬 94
Arsinoitherium 重腳獸屬 104
Baryonyx 重爪龍 83
Bat 蝙蝠 105
Bear 熊 194
Beetle 甲蟲 168
Bird 鳥 188,189
Bony fish 硬骨魚 181
Camarasaurus 圓頂龍屬 91
Chimpanzee 黑猩猩 202
Crayfish 蝲蛄（小龍蝦）173
Crocodile 鱷 186
Diplodocus 梁龍屬 90
Elephant 象 201
Eryops 曳螈屬 80
Euoplocephalus 包頭龍 94
Hare 野兔 197
Heterodontosaurus 虎鯊龍屬 83
Horse 馬 199
Human 人 220,221,244,245
Hyaenodon 鬣齒獸屬 107
Iguanodon 禽龍屬 96
Kangaroo 袋鼠 206
Lambeosaurus 賴氏龍屬 99
Lion 獅 194
Moeritherium 始祖象屬 105
Panoplosaurus 全結龍 94
Parasaurolophus 似棘龍屬 99
Phiomia 始乳齒象屬 105
Plateosaurus 板龍屬 88
Protoceratops 原角龍屬 102
Rattlesnake 響尾蛇 185
Rhesus monkey 獼猴 202
Seal 海豹 204
Stegoceras 頂角龍屬 100,101
Styracosaurus 戟龍屬 102
Toxodon 箭齒獸 106
Triceratops 三角龍屬 103
Turtle 龜 187
Tyrannosaurus 霸王龍屬 84
Mandrills 山魈 202,203
Mane 鬃毛 194,199
Manganese 錳 281,310
Manharness knot 施挽結 389
Manila 馬尼拉紙板 586
Manilla rope 馬尼拉棕繩 389
Man-of-war 戰船 378
Mansard roof 折線形屋頂 490
Mantle 地函
Earth 地球 38,39,58,59,63
Mars 火星 43
Mercury 水星 35
Moon 月球 41
Molluscs 軟體動物類 176,177
Neptune 海王星 51
Pluto 冥王星 51
Regional metamorphism 區域變質 274
Uranus 天王星 49
Venus 金星 37
Maple 槭樹 127
Map projections 地圖投影 264,265
Maracas 砂槌 504,516,517
Marble 大理岩 274
Marble block 大理石塊 453
Marble breaking equipment 大理石切刻器 450
Marbled paper 大理石花紋紙 586, 587
Marble mosaic 大理石馬賽克圖案 489
Marble sculpture 大理石雕塑，大理石雕刻術 452
Marble tessera 大理石鑲嵌塊 450
Marble veneer 大理石貼面 462
Marchantia polymorpha 地錢 118
Mare Crisium 尼海 40
Mare Fecunditatis 豐富海 40
Mare Frigoris 冷海 40
Mare Humorum 濕海 40
Mare Imbrium 雨海 40
Mare Ingenii 智海 41
Mare Moscoviense 莫斯科海 41
Mare Nectaris 酒海 40
Mare Nubium 雲海 40
Mare Orientale 東海 41
Mareotis Fossae 埃及溝槽群 43
Mare Serenitatis 澄海 40
Mare Smithii 史密斯海 41
Mare's tail 杉葉藻 135
Mare Tranquillitatis 靜海 40
Mare Vaporum 汽海 40
Margaritifer Sinus 珍珠凹坑群 43
Margin 緣
Lamina 葉片 116,117,161
Leaf 葉 129,136,137
Needle 針葉 124
Water lily leaf 睡蓮葉 159
Marginal shield 緣盾 187
"Margined heads" "有邊頭" 100
Marginocephalians 有邊頭龍亞目 83,100-103
Maria 月海 40
Marine invertebrates 海洋無脊椎動物 65
Marine plants 海生植物 56
Marine reptiles 海洋爬行動物 57,70
Marine sediments 海洋沉積物 280
Marine turtles 海龜 186
Mariopteris 馬利羊齒屬 66
Markab 室宿一 19,20
Markeb 天社五 21
Marlin 雙股油麻繩 388
Marlinspike 編結桅栓 383,389
Marmosets 狨 202
Marram grass 濱草 113
Mars 火星 30,42,43
Marsh 沼澤 293
Marsupials 有袋動物 104,206,207
Martellange,E. E. 馬特朗奇 479
Martingale 船首斜桁撐桿 382,557
Martingale stay 斜桁下支索 383
Mary Rose 瑪麗・羅斯號 376
Mascaron 怪狀頭像 487
Mask 人面裝飾 460,487,536
Ancient Roman building 古羅馬建築 465
Cathedral dome 大教堂穹窿 484
Neoclassical building 新古典主義建築 482
Masonry apron 砌石豎板 487
Mason's mark 石匠標誌 470
Mason's tools 石匠工具 485
Mass 質量
Atoms and molecules 原子和分子 309,320
Earth 地球 30
Jupiter 木星 26,44
Mars 火星 30
Mercury 水星 30
Neptune 海王星 31
Planets 行星 30,31
Pluto 冥王星 31
Saturn 土星 31
Stars 恒星 22
Uranus 天王星 31
Venus 金星 30
Massive habit 塊狀晶癖 270,271

Massive stars 大質量恒星 26,27
Mass measurements 重量測量 590
Massospondylus 墨龍屬 89
Mass-production 大量生產 338,339,492
Mass transportation 公共交通運輸 332
Mast 桅
  Battleship 戰列艦 394
  Frigate 護衛艦 397
  Greek galley 希臘軍艦 372
  Iron paddlesteamer 鐵制明輪船 392
  Junk 平底帆船 376
  Longboat 大艇 380
  Roman corbita 羅馬商船 373
  Sailing 帆船運動 561
  Sailing warship 航行中的軍艦 376,377
  Submarine 潛水艇 397
  Tea clipper 運茶快速帆船 392
  Three-masted square-rigged ship 三桅横帆船 375
  Viking karv 北歐的卡芙級大舢板 375
  Wooden sailing ship 木帆船 378,379
Mast band 桅桿箍帶 382
Master cylinder 主油缸
  Disc brake 盤式制動器 365
  Harley-Davidson FLHS Electra Glide 哈利-戴維森牌風掣電動摩托車 363
  Honda VF750 本田 VF750 型摩托車 364
Master shipwright 造船木工工長 374
Master's sea cabin 船長緊急艙 381
Masthead 桅頂
  Roman corbita 羅馬商船 373
  Viking karv 北歐的卡芙級大舢板 375
  Wooden sailing ship 木帆船 378
Mast head bend 桅頂索結 389
Masthead pulley for tye halyard 上横桁卷帆索的桅頂滑輪 375
Mast hoop 桅箍 385
Mastoid fontanelle 乳突囟 220
Mastoid process 乳突 220,242
Mast partner 桅孔加強板 381
Mast step 桅座 392
Mast truck 桅桿頂端的滑輪 372
Matar 離宮四 19
Match play 團體賽 546
Maternal blood pool 母血庫 260
Maternal blood vessel 母血管 260
Mathematics symbols 數學符號 591
Mato Grosso 馬托格羅索 264
Matter 物質 306,307
  Electrical charge 電荷 316
  Identification 確認 312
Mature ruptured follicle 成熟裂開的濾泡 258
Mawsonites spriggi 學生澂礦 65
Maxilla 上頜骨
  Ankylosaurus 甲龍屬 94
  Baryonyx 重爪龍 83
  Bear 熊 194
  Bony fish 硬骨魚 181
  Camarasaurus 圓頂龍屬 91
  Chimpanzee 黑猩猩 202
  Diplodocus 梁龍屬 90
  Elephant 象 201
  Eryops 曳螈屬 80
  Euoplocephalus 包頭龍 94
  Frog 蛙 183
  Horse 馬 105
  Human 人 212,220,221,244,245,246,248
  Iguanodon 禽龍屬 96
  Lion 獅 194
  Pachycephalosaurus 腫頭龍屬 100
  Prenocephale 傾頭龍 100
  Stegoceras 頂角龍屬 100
  Toxodon 箭齒獸 106
Maxillary fenestra 下顎孔 90
Maxilliped 顎足 173
Maxwellian diagram 麥斯威廉圖 318
Maxwell Montes 麥斯威爾山脈 36,37
Mazda RX-7 馬自達牌 RX-7 型小汽車 346
MCW Metrobus MCW 城市公共汽車 332,333
ME 262 fighter ME 262 戰鬥機 408
Meadow cranesbill 草原老鸛草 144
Meadow rue 唐松草 137
Meadow sage 草原鼠尾草 145
Meanders 河曲 288,289,290
Measurement units 測量單位 590
Meatus 耳道 242,243
Mechanical semaphore signal 機械式横桿信號 330
Mechanical weathering 機械風化 282
Mechanics 機械零件 350,351
Mechanism of respiration 呼吸機理 255
Medial epicondyle 內上髁 225
Medial malleolus 內踝 233
Medial moraine 中磧
  Glaciers 冰川 286,287
  River's stages 河流的階段 289
Medial rectus muscle 眼內直肌 240,241
Median canal 中央管 243
Median cubital vein 肘正中靜脈 253
Median eye 中眼 170
Median glossoepiglottic fold 舌會厭正中嬖 244
Median nerve 正中神經 238
Median sulcus 中央溝 244
Median wing coverts 中翼覆羽 188
Medieval castles 中世紀城堡 466,467
Medieval churches 中世紀教堂 468,469
Medieval houses 中世紀住宅 466,467
Medinet Habu,Egypt 埃及麥地那提・哈布地方 459
Mediterranean Sea 地中海 74,265
Mediterranean sea anemone 地中海海葵 166
Medium-wave radio 中波無線電 318
Medulla 菌髓 114,234,256
Medulla oblongata 延髓 212,236,237
Medullary cavity 骨髓腔 224
Medullary pyramid 髓錐體 256
Medullary ray 髓射線 125
Medullosa 髓木屬 66
Megaspores 大孢子 122
Megazostrodon 巨帶齒獸 104
Megrez 北斗四;天權 19
Meiolania 厚頂獸 77
Meissner's corpuscle 麥斯納氏觸覺小體 234,235,239
Melanin 黑色素 234
Melanosaurus 黑龍屬 68,88,89
Melon 瓜 149,205
Melting glacier 消融冰川 286,289
Meltwater 溶水 287,289
Meltwater pool 溶水潭 286
Membrane 膜
  Chloroplasts 葉綠體 139
  Chorioallantoic 絨膜尿囊的 192
  Egg 蛋 193
  Shell 殼 192
  Thylakoid 內囊體 139
Mendel 孟德爾 41
Mendeleev 門德列夫 41
Mendelevium 鍆 311
Meninges 腦膜 237
Menkalinan 五車三 21
Menkar 天囷一 19,20
Menkent 庫樓三 21
Mensa 山案座 20,21
Mental foramen 頦骨孔 213,220,221
Mentalis muscle 頦肌 229
Mental protuberance 頦骨隆凸 221
Mental symphysis 頦骨聯合 220
Mentolabial sulcus 頦唇溝 213
Merak 北斗二;天璇 19
Merchants' Exchange,U.S.A 美國交易廳 493
Mercury 水星 30,34,35
Mercury(metal) 汞(金屬)281,311,319
Mericarp 分果爿 151
Meristematic cells 分生細胞 154
Merlon 城齒 466
Mermaid's purses 黑綠色的囊狀卵 192
Mersenius 默賽尼厄斯 40
Merus 長節 172,173
Merycoidodon 鼻岳齒獸屬 75
Mesa 方山 275,277,282
Mesentery 隔膜 167,182
Mesocarp 中果皮 146,147,148,149
Mesoglea 中膠層 167

Mesohyal 中膠層 166
Mesophyll 葉肉 135
Bishop pine needle 主教松松針(葉)124
Dicotyledon leaf 雙子葉植物葉 126
Marram grass 濱草 113
Monocotyledon leaf 單子葉植物葉 126
Palisade layer 柵欄層 139
Spongy layer 海綿層 139
Mesosphere 中間層 300
Mesothorax 中胸 168
Mesozoic era 中生代
Cretaceous period 白堊紀 72
Dinosaurs 恐龍類 82
Fossil record 化石記錄 279
Geological timescale 地質年代表 57
Jurassic period 侏羅紀 70
Reptiles 爬行類動物 80
Triassic period 三疊紀 68
Mess 食堂 397
Metacarpals 掌骨
Archaeopteryx 始祖鳥屬 85
Arsinoitherium 重腳獸屬 104
Baryonyx 重爪龍 85
Bird 鳥 189,91
Brachiosaurus 腕恐龍屬 91
Cow 牛 198
Diplodocus 梁龍屬 90
Domestic cat 家貓 195
Elephant 象 90,201
Eryops 曳螈屬 80
Euoplocephalus 包頭龍 94
Frog 蛙 183
Gallimimus 雞形龍 86
Hare 野兔 197
Horse 馬 198,199
Human 人 218,219,230
Kangaroo 袋鼠 206
Lizard 蜥蜴 184
Parasaurolophus 似棘龍屬 99
Plateosaurus 板龍屬 88
Platypus 鴨嘴獸 206
Rhesus monkey 獮猴 202
Seal 海豹 204
Stegoceras 頂角龍屬 100
Toxodon 箭齒獸 106
Triceratops 三角龍屬 103
Tyrannosaurus 霸王龍屬 84
Metacarpophalangeal joint 掌指關節 85
Metalliferous muds 金屬泥 299
Metalling 金屬包鍍 486
Metal modelling imple-ments 金屬造型工具 452
Metal needle pad 金屬針墊 384
Metal nib 金屬筆尖 444
Metal riser 金屬冒口 455
Metal runner 金屬流道 455
Metals 金屬 310
Metal shade 金屬燈罩 572,573
Metal tyre 金屬輪箍 324
Metal wire conductor 金屬線導體 316,317
Metamorphic aureole 變質圈 26
Metamorphic rocks 變質岩 26,274,275,266,267
Metamorphosis 變態
Amphibian 兩棲動物 182
Frog 蛙 183
Insect 昆蟲 168
Metasoma 後體 170
Metatarsals 跖骨
Albertosaurus 阿耳伯特龍 84
Archaeopteryx 始祖鳥屬 85
Brachiosaurus 腕恐龍屬 90
Crocodile 鱷 186
Domestic cat 家貓 195
Elephant 象 201
Eryops 曳螈屬 81
Euoplocephalus 包頭龍 94
Frog 蛙 183
Gallimimus 雞形龍 87
Hare 野兔 197
Horse 馬 199
Human 人 218,219,232
Iguanodon 禽龍屬 96,97
Kangaroo 袋鼠 206
Lizard 蜥蜴 184
Parasaurolophus 似棘龍屬 98
Plateosaurus 板龍屬 88
Platypus 鴨嘴獸 206
Rhesus monkey 獮猴 202
Scorpion 蠍 170
Seal 海豹 204
Spider 蜘蛛 171
Stegoceras 頂角龍屬 100,101
Struthiomimus 似鴕鳥龍屬 87
Toxodon 箭齒獸 107
Triceratops 三角龍屬 102
Metathorax 後胸 168
Metaxylem 後生木質部 127,132,133
Meteor 流星 52,301
Meteorite 隕星
Asteroids,comets,and meteoroids 小行星,彗星和流星體 52
Earth's atmosphere 地球的大氣 38
Moon 月球 41
Ray crater 具輻射線的坑 34
Meteorite impact 隕石的衝擊 34,40
Meteoroids 流星體 52,53
Solar System 太陽系 30
Methane 甲烷
Jupiter 木星 45
Neptune and Pluto 海王星和冥王星 50,51
Saturn 土星 47
Uranus 天王星 48,49
Methane cirrus clouds 甲烷卷雲 50,51
Metis Regio 美蒂斯區 36
Metope 板壁間飾 460
Metric-Imperial conversions 公制－英制換算 591
Metric unit measurements 公制單位測量 590
Metridium senile 羽狀海葵 166
Metrobus 城市公共汽車 332,333
Metrolink trolley 市際電車 332
Mexican hat plant 伽藍菜 154
Mexican mountain king snake 墨西哥山王蛇 184
Mexican true red-legged tarantula 墨西哥眞紅足午蛛 170
Mexico 墨西哥 331
Mezzanine 夾樓 467,496
Miaplacidus 南船二 21
Mica 雲母 26,270
Mice 小鼠 104,196
Michelangelo 米開朗基羅 35
Micrasterias sp. 微星鼓藻屬的一個種 112
Microfilament 微絲 217
Microlights 微型飛機 410,426,427
Micro-organisms 微生物 38,78
Microsporangium 小孢子囊 122
Microspores 小孢子 122
Microsporophyll 小孢子葉 122
Microtubule 微管 217,239
Microwave oven 微波爐 315
Microwave radiation 微波輻射 10
Microwaves 微波 318
Midbrain 中腦 236
Middle ear ossicles 中耳聽骨 242
Middle finger 中指 230,231
Middle leg 中足
Beetle 甲蟲 168
Bumblebee 野蜂 168
Butterfly 蝴蝶 169
Middle lobe of lung 中肺葉 215,254,255
Middle meatus 中道 241,245
Middle nasal concha 中鼻甲 212,221,241,245
Middle phalanx 中間趾骨 219,230,232
Middle rail 中部欄杆 381
Midfielders 中場員
Gaelic football 蓋爾橄欖球 529
Lacrosse 長曲棍球 541
Soccer 足球 524
Midgut 中腸 173
Mid-latitude band 中緯帶 36
Mid-latitude cyclones 中緯度氣旋 302
Mid-ocean ridge 大洋中脊 281,298,299
Mid-off 左守場手 538
Mid-on 右守場手 538
Midrib 中脈
Dicotyledon leaf 雙子葉植物葉 126,127
Durmast oak leaf 無梗花櫟葉 131
Fern fronds 蕨葉 121
Hogweed leaf 牛防風葉 129
Ice-plant leaf 水晶松葉菊葉 129
Live-for-ever leaf 常青植物 129
Liverwort 地錢 118
Monkey cup 豬籠草 161

Moss leaf 蘚葉 119
Spiral wrack 螺旋形墨角蔡 116
Sweet chestnut leaf 歐洲栗葉 136
Tree fern 樹蕨 113
Venus fly trap 捕蠅草 160
Water lily leaf 睡蓮葉 159
Midships fence 船身中部的柵欄 373
Midships section 船身中部 392
Midwater current 中層洋流 297
Midway Gardens 米德威公園 495
Mid West single-rotor engine 中西單缸引擎 411
Mid West twin-rotor engine 中西雙缸引擎 411
Mid West two-stroke engine 中西兩衝程引擎 410
Mihrab 清眞寺壁龕 488
Milan Cathedral 米蘭大敎堂 473
Milankovic 米蘭科維克 43
Milk snake 白蛇 184
Milk teeth 乳牙 246
Milky quartz 乳狀石英 268,271
Milky Way 銀河 14,15
Northern stars 北天恒星 18
Solar System 太陽系 30
Stars of southern skies 南天空的恒星 20
Mill 磨坊 462,464,492
Millstone grit 磨石粗砂岩 60,61
Milne 米爾恩 41
Milton 米爾頓 35
Mimas 土衛一（米馬斯）46
Mimosa 十字架三 21
Mimulopsis solmsii 類溝酸漿 145
Minaret 尖塔 488,489
Mineral-filled fault 礦物充塡斷層 60,61
Mineral-rich deposits 富含礦物質沉積層 298
Minerals 礦物 268,269
Carnivorous plants 食肉植物 160
Epiphytes 附生植物 162
Fossils 化石 278
Mineral features 礦物特徵 270, 271
Mineral resources 礦物資源 280,281
Photosynthesis 光合作用 138,139
Wetland plants 濕地植物 158
Xylem vessel 木質部導管 134
Mineral spicules 礦物質骨針 166
Mineral spring 礦泉 273
Minim 二分音符 502
Mini-television 迷你電視 574,575
Minmi 敏迷龍 95
Minor calyx 腎小盞 256
Minor coverts 小覆羽 188,191
Mint 薄荷 109
Mintaka 參宿三 18
Minute hand 分針 567
Miocene epoch 中新世
Fossil record 化石記錄 279
Geological timescale 地質年代表 57
Mira 芻藁增二 19,20
Mirach 奎宿九 19,20
Miranda 天衛五（米蘭達）48
Mirfak 天船三 19,20
Mirzam 軍市一 18,21
Missile launcher 導彈發射架 397
Mississipian period 密西西比紀 56
Mississippi Delta 密西西比河三角洲 290,291
Mississippi-Missouri River 密西西比-密蘇里河 264
Mississippi River 密西西比河 291
Mist 霧 306
Mistle thrush 槲鶇 190
Mistletoe 槲寄生 162
Mitochondrial crista 線粒體脊 217
Mitochondrial sheath 線粒體鞘 259
Mitochondrion 線粒體 217,239
Mitral valve 僧帽瓣 251
Mixosaurus 混魚龍屬 57
Mizar 北斗六；瑤光 19
Mizzen backstay 尾部後支索 378
Mizzen bitt 尾部繫纜柱 381
Mizzen course 後桅主帆 379
Mizzen mast 後桅
Dhow 獨桅三角帆船 376
Iron paddlesteamer 鐵制明輪船 392
Junk 平底帆船 376
Sailing warship 航行中的軍艦 377
Square-rigged ship 橫帆船 375
Wooden sailing ship 木帆船 378
Mizzen sail 後帆 375,385
Mizzen shroud 後左右支索 378
Mizzen stay 後支索 378
Mizzen top 後桅桿台 378
Mizzen topcastle 後頂桅船樓 377
Mizzen topgallant sail 後上桅帆 379
Mizzen topmast 後頂桅 377,378
Mizzen topsail 後斜桅上帆 379
Mizzen yard 後帆桁 376,377,378
Moat 城濠 466,467
Mobile sculpture 活動雕塑 452
Modelling 造型 452
Modelling tools 造型工具 454
Moderator 慢化劑 314
Modern buildings 現代建築 496-499
Modern engines 現代發動機（引擎）344,345
Modern humans 現代人 57
Modern jetliners 現代噴射客機 412-415
Modern military aircraft 現代軍用飛機 420,421
Modern piston aero-engines 現代活塞式飛機發動機（引擎）410,411
Modified lateral shoots 變形側生枝 156
Modified leaflets 變態小葉 129
Modified leaves 變形葉
Barberry 小蘗屬 130,131
Cobra lily 達林頓屬的一個種 160
Dryland plants 旱地植物 156,157
Everlasting pea 宿根香豌豆 129
Golden barrel cactus 仙人球 156
Pitcher development 瓶子草的生長發育 161
Spines 刺 156
Strawberry 草莓 128
Modified shoots 變形枝 156
Modified stipules 變態托葉 128,129
Modillion 飛檐下的懸臂石
Baroque church 巴洛克敎堂 479
Neoclassical building 新古典主義建築 478
Renaissance building 文藝復興時期建築 475
Moenave formation 莫納佛層組 276
Moenkopi formation 美恩科皮層組 276
Moeritherium 始祖象屬 104
Mohorovic discontinuity 莫荷不連續面 39
Mohs scale 莫氏硬度表 270,271
Molar tooth 臼齒
Arsinoitherium 重脚獸屬 104
Australopithecus 南方古猿 107
Bear 熊 106,194
Chimpanzee 黑猩猩 202
Elephant 象 201
Horse 馬 105
Human 人 246
Hyaenodon 鬣齒獸屬 107
Moeritherium 始祖象屬 105
Opossum 負鼠 106
Phiomia 始乳齒象屬 105
Toxodon 箭齒獸 106
Molecular orbitals 分子軌道 308
Molecules 分子 306,308,309
Molluscs 軟體動物門 176,177
Belemnite 箭石屬 71
Nautiloid 鸚鵡螺式 69
Molten bronze 熔融青銅 454
Molten core 熔融核 39
Molten rock 熔岩
Igneous and metamorphic rocks 火成岩和變質岩 274
Matter 物質 306
Ocean floor 洋底 298
Plate movements 板塊運動 58
Rock cycle 岩石循環 266
Volcanoes 火山 272
Molting 蛻皮 171
Molybdate 鉬酸鹽 269
Molybdenum 鉬 310
Mongooses 貓鼬 194
Monkey cup 豬籠草 161
Monkeys 猴 202,203
Monoceros 麒麟座 18,21
Monoclinal fold 單斜褶皺 60
Monocline 單斜 61
Monoclinic system 單斜晶系 270
Monocoque chassis 承載式底盤（硬殼式底盤）363
Monocoque shell 單殼體車身 348
Monocotyledonous petals 單子葉植

物花瓣 140,143
Monocotyledonous sepals 單子葉植物的落片 126,140,143
Monocotyledons 單子葉植物 126,127,140,141,143
Monodon monoceros 角鯨 205
Monograptus convolutus 旋繞單筆石 65
Monolithic shaft 巨石柱身 463
Monoplanes 單翼機 400,401,402,406
Monotremes 單孔類動物 206,207
Montes Apenninus 亞平寧山脈 40
Montes Cordillera 科迪勒拉山脈 41
Montes Jura 侏羅山脈 40
Montes Rook 盧克山脈 41
Monteverdi 蒙特維爾德 35
Montgolfier brothers 蒙特戈爾菲兄弟 398
Monument 紀念碑 470
Moon 月球 40,41
Objects in Universe 宇宙中的若干天體 11
Solar eclipse 日食 32
Tides 潮汐 296,297
Moonquake region 月震區 41
Moons 月亮，衛星
Jupiter 木星 44
Mars 火星 42
Neptune 海王星 50
Saturn 土星 46
Solar System 太陽系 30
Uranus 天王星 48
Mooring 繫泊用具 386,387
Moorish arch 摩爾式拱 484
Moraine 冰磧 286,287,292,293
Moray eel 海鱔 180
Mortar 研鉢 432
Mortice 榫眼 373,576,577
Mortise 榫眼 486,492
Morus nigra 黑桑 130
Mosaic 鑲嵌畫，馬賽克 450,451
Islamic building 伊斯蘭回教建築 488,489
Mosque 清眞寺 484,488
Mosquito netting 蚊帳 354
Mosses 蘚類 112,114,118,119
Epiphytic 附生的 162
Life-cycle 生活史 119
Structure 結構 119
Moth 蛾 168
Motion 運動 320,321
Motocross motorcycle racing 摩托車越野賽摩托車比賽 368
Motorcycle chassis 摩托車底盤 362,364,365
Motorcycle engines 摩托車發動機（引擎） 366,367
Motorcycle racing 摩托車比賽 368
Motorcycles 摩托車 362,363
Motorcycle sidecar 摩托車跨門（邊車）362,369
Motor-driven bogie axle 電動轉向軸 326
Motor end plate 運動終板 228,239
Motorized buses 機動公共汽車 332
Motor neuron 運動神經元 228,239
Motor operating signal 電動機操縱信號 330
Motor whaler 機動捕鯨船 397
Motte 樹叢 466
Mouchette 劍形花格 472
Mould 霉；壤土；模型；鑄模 278
Moulded bracket 雕飾托座 484
Moulded corbel 雕飾梁托 493
Moulding 線腳鑄型 485
Ancient Egyptian temple 古埃及神廟 458,459
Asian building 亞洲建築 490
Baroque church 巴洛克教堂 480,481
Dome 穹頂 486,487
Gothic church 哥德式教堂 471,472
Medieval building 中世紀建築 466,469
Neoclassical building 新古典主義建築 479,480,482
Renaissance building 文藝復興時期建築 475-477
Ship's shield 軍艦上的保護鐵板 395
Moulding tool 製模，鑄造的工具 454
Moulds 霉類 114
Moulting 脫毛、皮；蛻換下的毛、皮 171
Mounds 土丘 286
Mount 鏡頭座 588
Mountain bikes 山地自行車 358,360
Mountain building 造山運動 56,58,62,63
Mountain hollows 山中窪陷 286
Mountain lake 山中湖 288
Mountain ranges 山脈
Earth's physical features 地球表面的自然特徵 264
Faults and folds 斷層和褶皺 60
Geological time 地質年代 56
Igneous and metamorphic rocks 火成岩和變質岩 274
Mountain building 造山運動 62
Ocean floor 洋底 298
Plate movements 板塊運動 59
Mountain ridge 山脊 295
Mountain ring 環形山 34
Mountains 山脈 62,63,267
Mountain spring 山泉 288
Mounting bush 安裝襯套 365
Mounting splines 安裝花鍵 366
Mouse 滑鼠 521,584,585
Mouse and collar 纏口結和支索端眼 379
Mouse pad 滑鼠墊 521,584,585
Mouth 口
Barnacle 藤壺 173
Bony fish 硬骨魚 180,181
Cobra fily 達林頓屬的一個種 160
Cow 牛 198
Crayfish 蝲蛄（小龍蝦）173
Dogfish 角鯊 179
Dolphin 海豚 204
Elephant 象 200
Frog 蛙 182
Gorilla 大猩猩 203
Horse 馬 199
Human 人 211,212,244,245,248
Jellyfish 海蜇 167
Kangaroo 鰭腳目 204
Lamprey 七鰓鰻 178
Lizard 蜥蜴 184
Pitcher plant 瓶子草 161
Rabbit 兔 196
Rat 大鼠 196
Sea anemone 海葵 166,167
Seal 海豹 204
Sea urchin 海膽 175
Snail 蝸牛 177
Spider 蜘蛛 170
Starfish 海星 174,175
Mouth diffuser 噴嘴 430,440
Mouthpiece 吹嘴
Brass instruments 銅管樂器 506
Clarinet 單簧管 508
Tenor saxophone 次中音薩克斯風 509
Trumpet 小號 506
Wind synthesizer 管樂合成器 521
Movement 運動
Gas particles 氣體粒子 307
Objects 物體 320
Moving picture 活動圖像 574
MRI scan 磁共振掃描攝影
Head 頭的 214
Brain 腦的 236
Mt. Everest 埃佛勒斯峰（聖母峰）264
Mu Andromedae 仙女座λ 19
Muav limestone 莫孚石灰岩 277
Muccini brush 圓頂式鬃毛筆 434
Mucosa 黏膜 248
Mucosal gland 黏膜腺 254
Mucous gland 黏液腺 177
Mucronate leaf apex 短尖葉端 137
Mucus-secreting duodenal cells 分泌黏液的十二指腸細胞 217
Mud 泥 267,273
Mud crab 泥蟹 279
Mudflap 擋泥板 355
Mud-flat 泥灘 295
Mud pools 泥潭 272,273
Mud river 泥河 298
Muffler 消音器 580
Mulberry 桑 130
Muliphen 天狼增四 21
Mull 紗布 586,587
Mullion 直櫺
Gothic church 哥德式教堂 470,472,473
Modern building 現代建築 497-499
Renaissance building 文藝復興時期建築 476

Small-scale rock formation 小型岩層形成 60,61
Twentieth-century building 20 世紀建築 494
Multicellular animals 多細胞動物 56
Multicellular organisms 多細胞有機體 78
Multicellular soft-bodied animals 多細胞軟體動物 56
Multifoil 多葉飾 472
Multi-gabled roof 多山牆屋頂 492
Multi-layered information 多層次信息 585
Multiplait nylon 多股尼龍 388
Multiplate clutch 多片離合器 364, 366
Multiple fruits 聚花果 148,149
Multiplier reel 增速繞線輪 562
Multi-ply tyre 多線網層輪胎 416
Multipolar neuron 多極神經 239
Mu Orionis 獵戶座μ 18
Mu Pegasi 飛馬座μ 19
Musa "lacatan" 芭蕉 146
Muscari sp. 麝香蘭 155
Musci 蘚綱 118
Muscle 肌肉 226-229
Abductor digiti minimus 小指收肌 231,233
Adductor longus 長收肌的 225
Adductor magnus 大收肌的 227
Adductor pollicis 拇指收肌 231
Abductor pollicis brevis 拇指短收肌 231
Anal sphincter 肛門括約肌的 249
Arrector pili 立毛的 235
Cricothyroid 環甲軟骨的 244,245
Dilator 擴張的 241
Dorsal interosseous 背側骨間的 233
Energy system 能量系統 315
Extensor digitorum brevis 趾短伸肌的 233
Extensor hallucis brevis 拇短伸肌的 233
Flexor digitorum longus 趾長曲肌的 233
Flexor hallucis longus 拇長曲肌的 233
Flexor pollicis brevis 拇指短屈肌的 231
Flexor retinaculum 尺腕掌側韌帶的 231
Genioglossus 頦舌的 245
Geniohyoid 頦舌的 245
Gluteus medius 臀中肌的 225
Gluteus minimus 臀小肌的 225
Hyoglossus 舌下的 244
Hiacus 髂的 225
Inferior oblique 下斜肌的 241
Inferior rectus 下直肌的 241
Intercostal 肋間的 255
Internal urethral sphincter 尿道內括約肌 257
Lateral rectus 眼外的 240,241
Levator palpebrae superioris 眼瞼上提肌的 241
Lumbrical 蚓狀的 231
Medial rectus 眼內的 240,241
Myohyoid 下頜舌骨肌的 245
Opponens digiti minimi 小指對掌肌 231
Opponens pollicis 拇指對掌肌 231
Orbicularis oris 口輪匝肌的 245
Papillary 乳頭狀的 251
Pectineus 恥骨的 225
Peroneus brevis 腓骨短肌的 233
Peroneus longus 腓骨長肌的 233
Psoas major 腰大肌的 225,257
Pyloric sphincter 幽門括約肌的 249
Soleus 比目魚肌的 233
Sphincter 括約肌的 241
Styloglossus 莖突舌骨的 244
Superior longitudinal 舌上縱肌的 245
Superior oblique 上斜肌的 241
Superior rectus 上直肌的 241
Tensor tympani 鼓膜張肌的 243
Thyrohyoid 甲狀舌骨的 244
Tibialis anterior 脛骨前的 233
Tibialis posterior 脛骨後的 233
Urethral sphincter 尿道括約肌 257
Vastus lateralis 股外側的 225
Vastus medialis 股內側的 225
Muscovite 白雲母 269
Muscular septum 肌膈 176
Mushroom anchor 蘑菇錨 386
Mushroom coral 蕈珊瑚 167
Mushrooms 蘑菇 114,115
Music 音樂 514
Musical Instrument Digital Interface(MIDI) system 樂器數位介面系統 520,521
Musical manuscript 樂譜手稿 502, 503
Musical notation 記譜法 502,503
Musical score 總譜 502,503,505
Music gallery 音樂廊 477
Musicians 樂師;音樂家 504
Music sequencing software 音樂定序軟體 521
Music software 音樂軟體 520
Mussels 蚌 176
Mussosaurus 鼠龍 68
Mutes 弱音器 506,507
Muttaburrasaurus 穆塔巴拉龍屬 97
Muzzle 口籠 199,397
Mycelium 菌絲體 114,115
Mycorrhizal association 菌根共生體 133
Myelin sheath 髓磷脂鞘 239
Mylar 聚脂薄膜 384
Myocardium 心肌 250,251
Myofibril 肌原纖維 228
Myohyoid muscle 下頜舌骨肌 245
Myometrium 子宮肌層 260

N

Nail 指甲，趾甲，喙甲
Corythosaurus 盔頭龍屬 98
Edmontonia 埃德蒙頓龍 95
Elephant 象 90
Human 人 231
Iguanodon 禽龍屬 96,97
Shoes 鞋 570
Stegosaurus 劍龍屬 92
Triceratops 三角龍屬 102
Nair Al Zaurak 火鳥六 19,20
Naismath,James 詹姆斯・奈斯瑪特 532
Nameplate 銘牌 583
Namib Desert 納米比沙漠 265
Naos 神殿 461,463,485
Nape 頸 188,210
Napier Sabre 24-cylinder engine 納皮爾軍刀 24 缸引擎 408
Naris 鼻孔
Anchisaurus 安琪龍屬 89
Ankylosaurus 甲龍屬 94
Arsinoitherium 重腳獸屬 104
Australopithecus 南方古猿屬 108
Baryonyx 重爪龍 83
Brachiosaurus 鰓恐龍屬 91
Camarasaurus 圓頂龍屬 91
Corythosaurus 盔頭龍屬 98
Edmontonia 埃德蒙頓龍 95
Eryops 曳螈屬 80
Euoplocephalus 包頭龍 94
Homo erectus 直立人 108
Homo habilis 能人 108
Homo sapiens 能人 108
Hyaenodon 鬣齒獸屬 107
Iguanodon 禽龍屬 96
Lambeosaurus 賴氏龍屬 99
Moeritherium 始祖象屬 105
Opossum 負鼠 106
Panoplosaurus 全結龍 94
Parasaurolophus 似棘龍屬 99
Plateosaurus 板龍屬 88
Protoceratops 原角龍屬 102
Smilodon 美洲劍齒虎 107
Stegoceras 頂角龍屬 100,101
Stegosaurus 劍龍屬 92
Styracosaurus 戟龍屬 102
Triceratops 三角龍屬 102,103
Tyrannosaurus 霸王龍屬 84
Narrow gauge track 窄軌道 331
Narwhal 角鯨 205
Nasal bone 鼻骨
Ankylosaurus 甲龍屬 94
Bear 熊 194
Frog 蛙 183
Human 人 220,221
Lion 獅 194
Panoplosaurus 全結龍 94
Protoceratops 原角龍屬 102
Toxodon 箭齒獸 106
Nasal cavity 鼻腔

Chimpanzee 黑猩猩 202
Domestic cat 家貓 195
Elephant 象 200
Human 人 245,248
Rabbit 兔 196
Nasal horn 鼻骨 104
Nasalis 鼻肌 229
Nasal passage 鼻通道 200
Nasal plug 鼻栓 205
Nasal septum 鼻中隔 213,221,241
Nasal tusk 鼻長牙 105
Nash 箕宿一 21
Nasion 鼻根 221
Nasolacrimal duct 鼻淚管 241
Nasopharynx 鼻咽 245
Natal cleft 臀溝 210
Natal cocoon 天生繭 24,26
Native elements 自然元素 268
Natural bridge 天然橋 290
Natural elements 天然元素 310
Natural fly 眞蒼蠅 562
Natural forces 自然力 314
Natural glass 天然玻璃 306
Natural gut strings 天然腸線 544
Natural lakes 天然湖 292
Natural satellites 天然衛星 40
Natural sponge 天然海綿 438
Nautiloid mollusc 鸚鵡螺式軟體動物 69
Navajo Mountain 納瓦侯山 277
Navajo sandstone 納瓦侯砂岩 276
Nave 中殿；轂
Ancient Egyptian temple 古埃及神廟 458,459
Baroque church 巴洛克教堂 479
Cathedral dome 大教堂穹窿 484
Gothic church 哥德式教堂 470-473
Medieval church 中世紀教堂 468,469
Ship's wheel 輪船的舵輪 390
Navel 臍 211,260
Nave plate 輪轂墊圈 390
Navicular bone 舟骨 232
Navigating bridge 駕駛橋樓 394
Navigational aerial 導航天線 423,424
Navigational panel 導讀盤 584,585
Navigator's cockpit 領航員座艙 420
Navigator's seat 領航員座椅 408
Navka 納夫卡 37
Nazea plate 納斯克板塊 59
Neanderthals 尼安得特人 108
Neap tides 小潮 296,297
Nebulae 星雲 16,17
Galaxies 星系 12,13
Life of massive star 大質量恒星的演化史 26
Milky Way 銀河 14,15
NGC 1566(Seyfert galaxy) NGC 1566（塞佛特星系）13
Small stars 小恒星 24
Structure of nebula 星雲的結構 24
Neck 頸
Acoustic guitar 古典吉他 512,513
Anchisaurus 安琪龍屬 89
Calligraphy character 書法字體 445
Corythosaurus 盔頭龍屬 98
Electric guitar 電吉他 513
Golf club 高爾夫球桿 547
Harp 豎琴 511
Horse 馬 199
Human 人 211,224,225,247,258,259
Iguanodon 禽龍屬 97
Pachycephalosaurus 腫頭龍屬 100
Rat 大鼠 196
Sauropodomorpha 蜥腳形亞目 88
Sculling oar 賽艇的槳 560
Stegoceras 頂角龍屬 101
Stegosaurus 劍龍屬 92
Stringed instruments 弦樂器 510
Tenor saxophone 次中音薩克斯風 509
Theropod 獸足類動物 84
Violin 小提琴 510
Necking 柱頸線腳 381
Nectar 花蜜 142,160,161
Nectaries 蜜腺 141,144,145,160,161
Needles 針，針葉
Bishop pine 主教松 124
Pine 松 124,125
Scots pine 歐洲赤松 122
Yew 紅豆杉 123
Nefertiti Corona 奈夫蒂狄冠狀地 37
Negative electric charge 負電荷 316
Negative fluorine atom 帶負電的氟原子 308
Negative ions 負離子 308,310
Negative pole 負極 574
Neo-Baroque style 新巴洛克風格 492,493
Neo-Byzantine style 新拜占庭風格 492,493
Neoclassical style 新古典主義風格 478-483,496
Neodymium 釹 310
Neo-Gothic style 新哥德式風格 492,493
Neo-Greek style 新希臘風格 492,493
Neon 氖 35,311
Nepenthes mirabilis 豬籠草 161
Nephron 腎單位 256
Neptune 海王星 31,50,51
Neptunides polychromus 多色的錼化物 12
Neptunium 錼（鎿）311
Nerve 神經
Ampullar 壺腹的 242
Bronchial 支氣管的 254
Cervical 頸的 238
Cochlear 耳蝸的 243
Common peroneal 腓總的 238
Cranial 腦的 238
Cutaneous 皮的 238
Deep peroneal 腓深的 238
Digital 指的 231
Femoral 股的，股骨的 238
Hypoglossal 舌下的 244
Lingual 舌的 244
Lumbar 腰的 238
Median 正中的 238
Optic 視力的 240
Posterior tibial 脛後的 238
Pudendal 陰部的 238
Pulp 牙髓的 247
Radial 橈骨的 238
Sacral 骶骨的 238
Sciatic 坐骨的 238
Spinal 脊柱的 223,238
Superficial peroneal 腓淺的 238
Superior laryngeal 喉上的 244
Thoracic 胸的 238
Ulnar 尺骨的 231,238
Vestibular 前庭的 243
Vestibulocochlear 前庭耳蝸的 243
Nerve cell 神經細胞 217,237,239
Nerve cord 神經索 173
Nerve fiber 神經纖維 235
Nerve ring 神經環 175
Nervous system 神經系統 176,238,239
Nervous tissue 神經組織 166
Netball 無板籃球 534,535
Neural spine 神經棘
Arsinoitherium 重腳獸屬 104
Bony fish 硬骨魚 180
Brachiosaurus 腕恐龍屬 90
Eryops 曳螈屬 81
Euoplocephalus 包頭龍 95
Gallimimus 雞形龍 87
Iguanodon 禽龍屬 96
Parasaurolophus 似棘龍屬 98
Plateosaurus 板龍屬 89
Stegoceras 頂角龍屬 100,101
Stegosaurus 劍龍屬 93
Toxodon 箭齒屬 106
Triceratops 三角龍屬 102
Tuojiangosaurus 沱江龍屬 93
Tyrannosaurus 霸王龍屬 85
Neurofilament 神經絲 239
Neuron 神經元 239
Neurotransmitter 神經遞質 239
Neutral fluorine atom 中性氟原子 308
Neutralization 中和 312
Neutral lithium atom 中性鋰原子 308
Neutrino 中微子 22
Neutron 中子 22,28
Neutrons 中子 308,309,310
Neutron stars 中子星 28,29,26,27
New Guinea 新幾內亞 265
New Moon 新月 41
New State Paper Office 新官方資料檔案保存廳 482
Newton(N) 牛頓 320
Newton,Isaac 艾薩克・牛頓 320
Newton meter 牛頓計 320,321
Newton's Motion laws 牛頓運動定律

320,321
Newts 蝾 182
New World monkeys 新大陸猴 202, 203
New Zealand 紐西蘭 265,272
NGC 1566(Seyfert galaxy) NGC 1566(塞佛特星系)13
NGC 2997(spiral galaxy) NGC 2997(漩渦星系)12
NGC 4406(elliptical galaxy) NGC 4406(橢圓星系)11
NGC 4486(elliptical galaxy) NGC 4486(橢圓星系)12
NGC 5236(spiral galaxy) NGC 5236(漩渦星系)11
NGC 5754(colliding galaxies) NGC 5754(正在碰撞的星系)9
NGC 6656(globular cluster) NGC 6656(球狀星團)21
NGC 6822(irregular galaxy) NGC 6822(不規則星系)11
Nib types 筆尖類型 444
Niche 壁龕
Ancient Roman building 古羅馬建築 462
Asian temple 亞洲神廟 491
Baroque church 巴洛克教堂 480
Cathedral dome 大教堂的穹窿 487
Gothic church 哥德式教堂 471, 472
Islamic building 伊斯蘭回教建築 488
Medieval building 中世紀建築 467
Neoclassical building 新古典主義建築 482
Renaissance building 文藝復興時期建築 476
Nickel 鎳 37,49,281,311
Nickel-iron 鎳－鐵 270
Nigella damascena 黑種草 151
Nile crocodile 尼羅河食魚鱷 186
Nimbostratus cloud 雨層雲 302
Nimbus cloud 雨雲 302
Nineteenth-century buildings 十九世紀建築 479,482,492,493,494
Ninth-century building 九世紀建築 490
Niobe Planitia 尼奥比平原 36,37
Niobium 鈮 310
Nippers 鉗子，鑷子 450
Nipple 乳頭，乳頭狀突起
Cathode ray tube 陰極射線管 574
Human 人 211
Marsupials 有袋動物 206
Nissl body 尼斯爾氏體 239
Nitrate ions 硝酸根離子 312
Nitrates 硝酸鹽 160
Nitrogen 氮
Atmospheric composition 大氣成分 301
Helix Nebula 螺旋星雲 17
Mars' atmosphere 火星的大氣 43
Periodic table 元素周期表 311
Pluto's atmosphere 冥王星的大氣圈 51
Venus' atmosphere 金星的大氣 37
Nitrogen dioxide gas 二氧化氮氣體 312
Nobelium 鍩 311
Noble gases 惰性氣體 310,311
Nock 箭尾 548
Noctis Labryrinthus 夜間迷宮 42,43
Nocturnal mammals 夜行哺乳動物 104
Node 結，節
Bamboo 箭竹屬 131
Brassavola nodosa 布拉薩沃拉氏蘭 162
Canadian pond weed 伊樂藻 158, 159
Couch grass 匍匐冰草 113
Dicotyledons 雙子葉植物(類)127
Horsetail 木賊 120
Ice-plant 冰晶松葉菊 129
Live-for-ever 常青植物 129
Modern buildings 現代建築 497
Rhizome 根莖 155
Rock stonecrop 黃菜屬的一個種 128
Rose stem 薔薇莖 130
Stems 莖 134
Stolon 匍匐莖 154
Strawberry 草莓 128
Node of Ranvier 朗維埃氏結 228, 239
Nodule fields 結核礦田 299
Nodules 根瘤 128
Nonconformity 非整合 276
Non-drive end 非驅動端 317
Nonesuch House 獨一無二的房屋(模範屋)467
Non-explosive eruptions 非爆發性噴發 272
Non-flowering plants 無花植物 68
Non-metals 非金屬 310
Non-return valve 止回閥 367
Non-skid tyre 防滑輪胎 337
North America 北美洲
Appalachian Mountains 阿帕拉契山脈 62
Cretaceous period 白堊紀 72,73
Earth's physical features 地球表面的自然特徵 264
Jurassic period 侏羅紀 70
Late Carboniferous period 石炭紀末期 66
Middle Ordivician period 中奥陶紀 64
Quaternary period 第四紀 76,77
Tertiary period 第三紀 74,75
Triassic period 三疊紀 68
North American Cordillera 北美科迪勒拉山脈 71
North American period 北美紀 56
North American plate 北美板塊 59
North Atlantic current 北大西洋暖流 296
North Atlantic Gyre 北大西洋環流 296
North Atlantic Ocean 北大西洋 39, 71,73
North East Africa 東北非洲 64
North-easterly wind 東北風 303
North-east monsoon 東北季風 297
North-east trade winds 東北信風 300
North Equatorial Belt 北赤道帶 45
North Equatorial current 北赤道暖流 296,297
Northern Hemisphere 北半球 296, 297
North Galactic Pole 北銀極 15
North magnetic polar region 北磁極區 28
North Pacific current 北太平洋暖流 296
North Pacific Gyre 北太平洋環流 296
North polar aurora 北極光 45
North polar ice-cap 北極冰帽 43
North Pole 北極
Atmospheric circulation and winds 大氣環流和風 300
Coriolis force 科里奥利力 297
Jupiter 木星 44
Mars 火星 42
Mercury 水星 34
The Moon 月球 40
Neptune 海王星 50
Pluto 冥王星 51
Pulsar 脈衝星 28
Saturn 土星 46
Uranus 天王星 48
Venus 金星 36
North rim 北邊緣 277
North Temperate Zone 北溫區 45
North Tropical Zone 北熱區 45
North-westerly wind 西北風 303
Nose 鼻，機頭
B-17 bomber B-17 轟炸機 408
Concorde 協和飛機 416,417
Horse 馬 198
Human 人 211,212,244,245
Lion 獅 194
Lockheed Electra airliner 洛克希德公司伊利克特拉客機 406
Rabbit 兔 196
Rat 大鼠 196
Noseband 鼻革 554,555
Nose clip 鼻夾 558
Nose cone 頭錐 418,560
Nose cowling 前罩 412
Nose-end bogie 凸頭轉向架 327
Nose-gear 前起落架
ARV light aircraft ARV 輕型飛機 424,425
Concorde 協和飛機 417
Tornado 旋風式飛機 420
Nose horn 鼻角 102,103
Nose-ring 頭部環架
Avro biplane 阿弗羅雙翼機 403
Blackburn monoplane 布萊克本單

翼機 400
Nose-wheel 前輪
ARV light aircraft ARV 輕型飛機 425
Curtiss biplane 寇蒂斯式雙翼機 398
Pegasus XL SE microlight 柏伽索斯 XL SE 超輕型飛機 426
Tornado 旋風式飛機 420
Nostril 鼻孔
Bird 鳥 188
Chick 雛雞 193
Crocodilians 鱷類 186
Dolphin 海豚 205
Domestic cat 家貓 195
Elephant 象 200
Frog 蛙 182
Gorilla 大猩猩 203
Horse 馬 198
Human 人 213
Kangaroo 大袋鼠 207
Lion 獅 194
Lizard 蜥蜴 184
Monkey 猴 202
Rat 大鼠 196
Rattlesnake 響尾蛇 185
Seal 海豹 204
Nostril pocket 鼻孔袋囊 80
Notes 音符 502,506
Nothosaurian reptile 幻龍屬爬行動物 69
Notre Dame de Paris 巴黎聖母院 470,473
Nozzle 噴管
Concorde 協和飛機 416,417
Jet engines 噴射引擎 418,419
Tornado 旋風式飛機 421
NPT 301 turbojet NPT 301 渦輪噴射引擎 418
Nu Andromedae 仙女座 ν 19
Nucellus 珠心 147
Nuchal plate 頸盾 187
Nuchal ring 頸環 95
Nuchal shield 頸盾 187
Nuclear energy 核能 314
Nuclear fusion 核聚度
Massive stars 大質量恒星 26
Small stars 小恒星 24
Stars 恒星 22
Sun 太陽 32
Nuclear "hunter-killer" submarine "獵殺者"號核潛艇 396,397
Nuclear power station 核電站 314
Nuclear reactions 核反應 315
Nucleolus 核仁 216,239
Nucleoplasm 核質 216
Nucleus 核
Asteroids,comets,and meteoroids 小行星，彗星和流星體 52,53
Atoms and molecules 原子和分子 308,309
Chlamydomonas sp. 單胞藻藻屬的一個種 116
Cnidocytes 刺細胞 167
Endosperm 胚乳 147
Fungal cell 眞菌細胞 115
Galaxies 星系 12,13
Generalized human cell 一般化的人體細胞 216
Muscle cell 肌細胞的 228
Neuron 神經元的 239
Overhead view of our galaxy 銀河系的俯視圖 14
Palisade mesophyll cell 柵欄葉肉細胞 139
Pollen 花粉 122
Pollen tube 花粉管 147
Roots 根系 132
Scots pine pollen 歐洲赤松花粉 122
Side view of our galaxy 銀河系的俯視圖 14
Synergid 助細胞 147
Thalassiosira sp. 海鏈藻屬的一個種 116
Nuctenea umbratica 圓蛛蛛 171
Number systems 數字系統 591
Nunki 斗宿四 19,20,21
Nu Orionis 獵戶座 υ 18
Nut 堅果；果核；螺釘帽
Deadeye 三孔滑車 383
Dry fruit 乾果 150
Durmast oak 無梗花櫟 131
Lamp 燈 573
Toaster 烤麵包機 578
Nutcrackers 堅果鉗 321
Nutlets 小堅草 150
Nutrients 營養素
Carnivorous plants 食肉植物 160
Epiphyte supply 附生植物的養分供應 162
Phloem sieve tube 韌皮部篩管 134
Plant transport 植物 139
Nylon and silicon cloth 尼龍和矽布 384
Nylon rope 尼龍繩 582
Nymphaea sp. 睡蓮 159
Nyssa sylvatica 多花藍果樹 137

O

Oak 櫟屬 74
Oar 槳
Greek and Roman ships 希臘和羅馬的船隻 372,373
Junk 平底帆船 376
Longboat 大艇 380
Viking ships 北歐海盜船 374,375
Oarweed 葉片形褐藻 116,117
Oasis 綠洲 283
Oberon 天衛四（奧柏朗）48
Object mass 物體的質量 320
Oblique-slip fault 斜滑斷層 61
Oboe 雙簧管 504,505,508
Obovate leaves 倒明形葉 137
Observer's cockpit 觀察員座艙 405
Observer's windshield 觀察員擋風玻璃 404
Obsidian 黑曜岩 275,306
Obturator canal 閉孔肌管 224
Obturator membrane 閉孔肌膜 224
Occipital bone 枕骨 202,220
Occipital condyle 枕骨踝 107,194, 220
Occipital lobe 枕葉 236,237
Occipital region 後頭區 106
Occluded fronts 錮囚鋒 302,303
Ocean currents 洋流 296,297
Ocean floor 洋底 298,299,266,267
Oceanic crust 大洋地殼
Earth's crust 地殼 58,59
Mineralization zones 礦化帶 281
Mountain building 造山運動 62, 63
Ocean floor 洋底 298
Oceanic seahorse 海馬 180
Ocean ridges 洋脊 58,59
Oceans 海水，海洋，大洋 39,296, 297,301
Ocean trenches 海溝
Ocean floor features 洋底特徵 299
Offshore currents 濱外洋流 296
Plate movements 板塊運動 58
Oceanus Procellarum 風暴洋 40
Ocellus 單眼 176
Octafoil 8 葉形窗櫺 471
Octastyle portico 八柱式門廊 462
Octave 第八勢 557
Octopus 章魚 176,177
Ocular end 目鏡端 377
Oculus 穹頂上的圓洞
Ancient Roman building 古羅馬建築 462,463
Gothic church 哥德式教堂 472, 473
Medieval building 中世紀建築 466,469
Neoclassical building 新古典主義建築 483
Roman corbita 羅馬商船 372
Odd-toed ungulates 奇趾有蹄類動物 198,199
Odontoblast 齒質母細胞 247
Oeil-de-boeuf window Baroque church 巴洛克教堂的牛眼窗 479, 481
Cathedral dome 大教堂的穹窿 487
Oerlikon gun position 厄利肯氏自動高射炮炮位 397
Off-road motorcycle racing 越野摩托車比賽 368
Off-road tyre 越野車輪胎 355
Offshore deposits 濱外沉積 294
Ogee 蔥形飾 395
Ogee arch S 形拱 488
Ogee-arched motif S 形拱式花紋 490
Ogee curve S 形曲線 472
Ogee-curved dome S 形曲線穹窿

486
Ogee-curved roof S形曲線屋頂 489
Ogee moulding S形線腳 475-477, 481
Ogee tracery S形花櫺 493
Ohms 歐姆 316
Oil 油，石油
Clutches 離合器 366
Diesel trains 內燃機車 326
Energy storage 能量的存儲 315
Mineral resources 礦物資源 280, 281
Oil bottle dripfeed 油瓶滴油器 336
Oil cooler 機油冷卻器 347,364
Oil-cooler duct 滑油散熱器風道 415
Oil cooler matrix 機油冷卻器容器 347
Oil damper 油減震器 364
Oil deposit formation 石油礦床形成 57
Oil deposits 油田 281
Oil dipstick 機油標尺 344,580
Oil duct 油道 151
Oil feed 供油器 411
Oil feed pipe 機油供油管 345,366, 367
Oil filter 濾油器
Ford diesel engine 福特牌柴油機 347
Jaguar V12 engine 美洲豹牌 V12 型引擎 345
Turbofan engine 渦輪風扇式噴射引擎 418
Turboprop engine 渦輪螺旋槳噴射引擎 419
Oil-fired power station 燃油發電站 315
Oil formation 石油的形成 280,281
Oil paints（一批）油畫顏料 436,437
Oil pipe banjo 琵琶狀機油管 345
Oil-pressure regulating valve 滑油壓力調節閥 419
Oil pump 油泵
Humber engine 亨伯引擎 343
Mid West single-rotor engine 中西單缸引擎 411
Velocette OHV engine 韋洛西蒂牌頂置式氣門引擎 367
Weslake speedway bike 威斯雷克競賽跑道摩托車 369
Oil rig 鑽油裝置 315
Oil side lamp 旁側煤油燈 336,337
Oil sump 油槽，油底殼
Honda VF750 本田 VF750 型摩托車 364
Humber engine 亨伯引擎 343
Modern engines 現代引擎 344,345
Velocette OHV engine 韋洛西蒂牌頂置式氣門引擎 367
Oil tank 油箱
Bell-47 helicopter components 貝爾 47 直升飛機零件 422
Formula One racing car 一級方程式賽車 356
Harley-Davidson FLHS Electra Glide 哈利－戴維森牌風掣電動摩托車 363
Lockheed Electra airliner 洛克希德公司伊利克特拉客機 406
Turbofan engine 渦輪風扇式噴射引擎 418
Turboprop engine 渦輪螺旋槳噴射引擎 419
Oil traps 石油圈閉 281
Oldsmobile 老爺車 336,337
Old World monkeys 舊大陸猴 202, 203
Olecranon 肘突 85
Olenellus 小油櫛蟲屬 64
Oleo lock-jack 液壓鎖定作動筒 414
Olfactory bulb 嗅球 181
Oligocene epoch 漸新世
Fossil record 化石記錄 279
Geological timescale 地質年代表 57
Olivine 橄欖岩
Igneous rock 火成岩 267
Meteorites 隕石 52
Silicates 矽酸鹽 269
Olivine gabbro 橄欖輝長岩 275
Olympus Mons 奧林帕斯山 42,43
Omasum 瓣胃 198
Omega Centauri 半人馬座ω 21
Omicron Andromedae 仙女座ο 19
Omicron1 Canis Majoris 大犬座ο 1 21
Omicron2 Canis Majoris 大犬座ο 2 21
Omicron Orionis 獵戶座ο 18
Omicron Sagittarii 人馬座ο 21
Omnivores 雜食動物 84
Omohyoid muscle 肩胛舌骨肌 229
One-toed ungulates 單趾有蹄類動物 198
Onion dome 蔥形穹窿 467,486-488
Onion-skin weathering 洋蔥皮狀風化 282
Onyx 瑪瑙 268
Oocyte 卵母細胞 258
Oogonium 藏卵器 117
Oort Cloud 奧爾特雲 52
Oospheres 卵球 116,117
Fern 蕨 121
Moss 蘚 119
Ooze 軟泥 298
Open cluster 疏散星團 16
Open gun mounting 露天炮架 394
Opera House,Paris 巴黎歌劇院 493
Opera House,Sydney 悉尼歌劇院 496,499
Opercula 鰓蓋骨 180
Opercular bone 鰓蓋骨 181
Operculum 蓋
Bony fish 硬骨魚 180,181
Cnidocyte 刺細胞 167
Giant stick insect eggs 格蘭特桿蝻卵 192
Indian stick insect eggs 印度桿蝻卵 192
Leaf insect eggs 葉昆蟲卵 192
Moss 蘚 119
Ophidia 蛇亞目 184
Ophiothix fragilis 普通脆海星 175
Ophiuchus 蛇夫座 19,20
Ophthalmos 孔 372
Opisthodomos 後廳（後門廊）461
Opisthosoma 後體 170,171
Opossums 負鼠 206,207
Opponens digiti minimi muscle 小指對掌肌 231
Opponens pollicis muscle 拇指對掌肌 231
Optical map of our galaxy 銀河系的光學圖 14,15
Optic chiasma 視交叉 236
Optic disc 視神經盤 240,241
Optic nerve 視神經 240
Opus incertum 粗石砌牆 463,465
Opus quadratum 嵌小方塊，方石築牆 465
Opus sectile mosaic 馬賽克圖案 488, 489
Oral arm 口腕 167
Oral cavity 口腔 248
Oral disc 口盤 166,167
Oral surface 口面 175
Orange citrine 橘紅黃晶 271
Orange halite 橘紅石鹽 269,277
Orange light 橙色光 318
Orangutans 馬來猩猩 202
Ora serrata 視網膜鋸齒緣 241
Orb 球形飾 486
Baroque church 巴洛克教堂 480
Cathedral dome 大教堂的穹窿 487
Gothic church 哥德式教堂 471
Neoclassical building 新古典主義建築 479
Nineteenth-century building 十九世紀建築 493
Renaissance building 文藝復興時期建築 477
Orbicularis oculi muscle 眼輪匝肌 226,229
Orbicularis oris muscle 口輪匝肌 228,229,245
Orbicular lamina 圓盤狀葉片 158
Orbicular leaves 圓形葉 137
Orbit 眶
Acanthostega 刺甲龍屬 80
Ankylosaurus 甲龍屬 94
Archaeopteryx 始祖鳥屬 85
Arsinoitherium 重腳獸屬 104
Australopithecus 南方古猿屬 108
Baryonyx 重爪龍 83
Bear 熊 194
Bird 鳥 189
Bony fish 硬骨魚 181
Camarasaurus 圓頂龍屬 91
Chimpanzee 黑猩猩 202
Diplodocus 梁龍屬 90
Elephant 象 201
Eryops 曳螈屬 80

Euoplocephalus 包頭龍 94
Heterodontosaurus 虎鯊龍屬 83
Homo erectus 直立人 108
Homo habilis 能人 108
Homo sapiens 能人 108
Horse 馬 199
Hyaenodon 鬣齒獸屬 107
Iguanodon 禽龍屬 96
Inner planetary 內行星 30
Lambeosaurus 賴氏龍屬 99
Lion 獅 194
Lizard 蜥蜴 184
Opossum 負鼠 106
Outer planetary 外行星 31
Pachycephalosaurus 腫頭龍屬 100
Panoplosaurus 全結龍 94
Parasaurolophus 似棘龍屬 99
Plateosaurus 板龍屬 88
Platypus 鴨嘴獸 206
Prenocephale 傾頭龍 100
Protoceratops 原角龍屬 102
Rattlesnake 響尾蛇 185
Rhesus monkey 獼猴 202
Smilodon 美洲劍齒虎 107
Stars of northern skies 北天空的恒星 18
Stars of southern skies 南天空的恒星 20
Stegoceras 頂角龍屬 100,101
Styracosaurus 戟龍屬 102
Toxodon 箭齒獸 106
Triceratops 三角龍屬 103
Tyrannosaurus 霸王龍屬 84
Orbital artery 眶動脈 179
Orbital cavity 眶腔 220
Orbital motion 軌道運動 31,52
Orbital plane 軌道平面
Earth 地球 38
Jupiter 木星 44
Mars 火星 42
Mercury 水星 34
Neptune 海王星 50
Pluto 冥王星 51
Saturn 土星 46
The Moon 月球 40
Uranus 天王星 48
Venus 金星 36
Orbitals 軌道 308,309,310
Orbital speed(velocity) 軌道速度
Mercury 水星 34
Solar System 太陽系 30,31
Orb spider 圓蜘蛛 171
Orchestra layout 樂隊布置 504,505
Orchestral instruments 管弦樂器 504,505
Musical notation 樂譜 502,503
Orchestras 管弦樂隊 504,505
Orchestra shell 管弦樂隊席薄殼頂 495
Orchids 蝶蘭屬的一個種 126,133,162
Orcinus orca 逆戟鯨 205
Ordovician period 奧陶紀 64,65
Fossil record 化石記錄 279
Geological time 地質年代 56
Primitive life 原始生命 78
Organ 管風琴 514,502,503
Organic compound 有機化合物 313
Organic material deposition 有機質沉積 281
Organic remains 有機質殘體 276,277,280
Organ of Corti 柯替氏器 243
Oriel window 凸肚窗 467
"O Ring" drive chain "O 型環" 傳動鏈 366
Orion 獵戶座 18,21,24
Orion Arm 獵戶臂 14
Orion Nebula 獵戶星雲 15,17,18
Orion's belt 獵戶腰帶 15,16
Ornament 裝飾品
Asian building 亞洲建築 491
Baroque church 巴洛克教堂 479,481
Cathedral dome 大教堂的穹頂 487
Islamic building 伊斯蘭回教建築 488
Neoclassical building 新古典主義建築 483
Ornithischians 鳥龍 68,69,82,83
Marginocephalians 有邊頭龍亞目動物 100
Ornithopods 鳥腳類爬行動物 96
Stegosaurs 劍龍 92,93
Thyreophorans 盾日蛾類爬行動物 92
Ornithomimosaurs 似鳥龍屬 86,87
Ornithopoda 鳥腳亞目 83
Ornithopods 鳥腳類 96,97,98,99
Ornithorhynchus anatinus 鴨嘴獸 207
Orobanche sp. 列當 163
Orogenesis 造山作用 62,63
Oropharynx 口咽部 245
Orpiment 雌黄 270,271
Orthoclase 正長石 269,271
Orthorhombic system 斜方晶系 270
Os 子宮頸口 258,259
Oscillating cylinder 擺動汽缸 390
Oscillating electric field 振蕩電場 318
Oscillating magnetic field 振蕩磁場 318
Oscillating steam engine 擺動式蒸汽機 390,391
Osculum 出水孔 166
Osmium 鋨 311
Ossicles 小骨 79,174
Ossicles of middle ear 中耳聽骨 242
Osteichthyes 硬骨魚系 180
Osteocyte 骨細胞 225
Osteolaemus tetraspis 侏鱷屬的一個種 82
Osteon 骨單位 225
Ostiole 孔口 117
Ostium 口,門,孔
Crayfish 蝲蛄(小龍蝦)173
Sea anemone 海葵 167
Spider 蜘蛛 170
Sponge 海綿 166
Ostrich 駝鳥 188,193
Otters 水獺 194
Otto cycle 奧托循環 342
Otto,Nikolaus 尼古拉斯・奧托 342
Ouranosaurus 勇敢龍屬 97
Outboard ammunition-feed blister 側供彈裝置整流罩 409
Outboard elevon 外側升降副翼 421
Outer bud scale 外芽鱗片 134
Outer core 外地核 38,39,41
Outer ear 外耳
Brachiosaurus 鯉恐龍屬 91
Stegoceras 頂角龍屬 101
Stegosaurus 劍龍屬 92
Outer electrons 外層電子 310,311
Outer envelope 外包層 25,26
Outer fertilized floret 外層受精小花 142
Outer jib downhaul 外三角帆收帆索 385
Outer jib halyard 外三角帆張帆索 385
Outer jib sheet 外三角帆帆腳索 385
Outer jib stay 外船首三角帆支索 382
Outer jib tack 外船首三角帆下前角索 383
Outer lamella 外骨板 225
Outer mantle 上地函
Jupiter 木星 44,45
Saturn 土星 46,47
Outer tepals 外被片
Glory lily 嘉蘭 143
Lily 百合 140
Monocotyledons 單子葉植物(類) 126
Outfield 外場 536
Outlet manifold 出口歧管 411
Outrigger 舷外架 373,377
Outside quarter 外後側幫皮 570,571
Outsole 外底 570,571
Outwash plain 冰水沉積平原 287
Outwash terrace 冰水沉積階地 286
Ovary 卵巢,子房
Barnacle 藤壺 173
Bony fish 硬骨魚 181
Brachiosaurus 鯉恐龍屬 90
Butterfly 蝴蝶 169
Chimpanzee 黑猩猩 202
Crayfish 蝲蛄(小龍蝦)173
Dogfish 角鯊 179
Epigeal germination 出土發芽 153
Fertilization 受精 146,147
Flower 花 140-143
Gallimimus 雞形龍 86
Human 人 258,259
Hypogeal germination 不出土發芽 152
Insect pollination 昆蟲傳粉 144
Lizard 蜥蜴 185
Rose 薔薇屬 131
Spider 蜘蛛 170

Succulent fruit 多汁果 148,149
Tortoise 陸龜 188
Ovate leaf 卵圓形葉
Ice-plant 冰晶松葉菊 129
Live-for-ever 常青植物(珠光香青) 129
Strawberry 草莓 128
Ovda Regio 奧伏塔區 36,37
Overarm pass 肩上傳球 535
Overhand knot 反手結 388
Overhand serve 過頭發球 534
Overhead camshaft engine 頂置凸輪引擎 368
Overhead pass 雙手過頭傳球 532
Overhead valve engine(OHV) 頂上閥引擎 367,369
Overhead view of our galaxy 銀河系的俯視圖 14
Over-reach boot 護蹄 555
Overs 連續投球 538
Oversailing fascia 挑出的扁平飾帶 477,482,486
Overthrust fold 逆掩倒轉褶皺 61
Overturned fold 倒轉褶皺 61
Oviduct 輸卵管
Barnacle 藤壺 173
Brachiosaurus 鰓恐龍屬 90
Butterfly 蝴蝶 169
Crayfish 蝲蛄(小龍蝦) 173
Dogfish 角鯊 179
Lizard 蜥蜴 185
Spider 蜘蛛 170
Tortoise 陸龜 187
Ovolo 凸圓線腳 486
Ovolo moulding 凸圓線腳裝飾
Cathedral dome 大教堂的穹窿 487
Gothic church 哥德式教堂 472
Neoclassical building 新古典主義建築 480
Ovotestis 卵睪 177
Ovules 胚珠 140-143
Bishop pine 主教松 124
Dehiscent fruit 裂果 151
Fertilization 受精 146
Pine 松 122
Scots pine 歐洲赤松 122
Smooth cypress 柏木屬的一個種 123
Yew 紅豆杉 123
Ovuliferous scales
Bishop pine 主教松 124
Pine 松 122
Scots pine 歐洲赤松 122
Smooth cypress 柏木屬的一個種 123
Yew 紅豆杉 123
Ovum 卵,卵形飾
Ancient Roman building 古羅馬建築 462
Fertilization 受精 146,147
Scots pine 歐洲赤松 122
Oxalis sp. 酢漿草 157
Oxbow lake 牛軛湖 293
River features 河流的特徵 290
River's stages 河流的階段 289
"Ox-eye"window 卵形老虎窗
Baroque church 巴洛克教堂 479,481
Cathedral dome 大教堂的穹窿 487
Oxides 氧化物 268
Oxygen 氧
Atmospheric composition 大氣成分 301
Early micro-organisms 早期微生物 78
Earth's composition 地球的成分 39
Earth's crust 地殼 58
Earth's formation 地球的形成 38,64
Helix Nebula 螺旋星雲 17
Mars' atmosphere 火星的大氣 43
Mercury's atmosphere 水星的大氣 35
Periodic table 元素週期表 311
Photosynthesis 光合作用 138
Seed germination 種子發芽 152
Structure of red supergiant 紅超巨星的結構 26
Respiration 呼吸 255
Oxygenated blood 充氧的血液 255
Oxygen bottle 氧氣瓶 408
Oxygen group 氧族 311
Oyashio current 親潮洋流 297
Oyster fungus 肺形側耳 114
Oysters 牡蠣 176
Ozone 臭氧 64
Ozone layer 臭氧層 300

P

Pachycephalosaurus 腫頭龍屬 69,83,100
Pachypteris sp. 厚羊齒屬 68
Pachyrhinosaurus 腫角龍屬 103
Pacific coastline 太平洋海岸線 295
Pacific Ocean 太平洋 264,265,272
Pacific plate 太平洋板塊 59
Pacing races 溜蹄賽 554
Pacing sulky 賽馬用的單座二輪車 554,555
Pacinian corpuscle 帕西尼氏環層小體 234,235
Pack-ice 塊冰 296
Packing tissue 保護組織
Dicotyledon leaf 雙子葉植物葉 126
Fern rachis 蕨葉軸 121
Golden barrel cactus 仙人球 156
Haworthia truncata 霍氏百合 157
Horsetail stem 木賊莖 120
Leaf succulents 肉葉植物 157
Lithops bromfieldii 里皂波斯 157
Monocotyledon leaf 單子葉植物葉 126
Roots 根系 132,133
Stem 莖 134,135
Stem succulents 肉莖植物 156
String of hearts 吊燈花 157
Water lily leaf 睡蓮葉 159
Padded coaming 裝襯墊的艙口圍板
Avro biplane 阿弗羅雙翼機 403
BE 2B bomber BE 2B 轟炸機 404
Paddle 槳,扁跗節
Eurypterid fossil 板足鱟化石 79
Kayak 皮艇 560
Paddlesteamer 明輪船
19th century 19世紀 390,391
Iron 鐵 392,393
Paddle wheels 槳輪 390,391,392
Padmakosa 荷花瓣 489
Page 書頁 586
Pagoda 佛塔 490
Pahoehoe 繩狀熔岩 272
Painted Desert 彩色沙漠 277
Painting knives 油畫刀 436,442
Painting tools 繪畫工具,印刷工具 442
Pair-cast cylinder 氣缸成對鑄造式缸體 343
Paired cylinder 配對氣缸 342
Palace of Westminster 西敏寺 492,493
Palaeocene epoch 古新世
Fossil record 化石記錄 279
Geological timescale 地質年代表 57
Palaeontology 石生物學 278
Palaeozoic era 古生代
Fossil record 化石記錄 279
Geological time 地質年代 56
Palais de Fontainebleau 楓丹白露宮 476
Palais de Versailles 凡爾賽宮 482
Palatine Chapel,Aix-le-Chapelle 愛克斯・拉・查白利・宮廷禮拜堂 484
Palatine tonsil 腭扁桃腺 212,244,245
Palatoglossal arch 舌腭弓 244
Palazzo Stanga 斯坦加別墅 482
Palazzo Strozzi 斯特羅茲別墅 474,475
Pale calcite 方能變文石 26
Pale feldspar 古長石 26
Palette 調色板 143,436
Palette knife 調色刀 436
Paling 木柵欄 466,477
Palisade mesophyll 柵欄葉肉組織 126,159
Palladium 鈀 311
Pallet 擒縱叉 566
Palm 掌
Danforth anchor 熱尾錨 386
Hand 手的 211
Roman anchor 羅馬的錨 372
Sailmaker's 縫帆工的 384
Tertiary plant 第三紀植物 74
Palmar arch 掌弓 253
Palmaris longus tendon 手掌長肌腱 231
Palmar vein 掌靜脈 253

Palmate leaves 掌狀葉 130,136
Palmate venation 掌狀脈型 129
Palmette 棕葉飾 460,461,479,480
Palmoxylon 棕木屬 74
Pamirs 帕米爾高原 265
Pampas 彭巴草原 264
Panavia Tornado GR1A 帕納維亞旋風式 GR1A 型飛機 420,421
Pancreas 胰臟
Bird 鳥 189
Bony fish 硬骨魚 181
Chimpanzee 黑猩猩 202
Dogfish 角鯊 179
Domestic cat 家貓 195
Frog 蛙 182
Human 人 215,249
Rabbit 兔 196
Tortoise 陸龜 187
Pandas 熊貓 194
Panduriform leaves 提琴形葉 136
Pane 窗玻璃片 494
Panel 鑲板 485
Asian building 亞洲建築 491
Baroque church 巴洛克教堂 479-481
Cathedral dome 大教堂的穹窿 487
Gothic building 哥德式建築 473
Islamic building 伊斯蘭回教建築 488
Medieval building 中世紀建築 466,469
Modern building 現代建築 496-498
Neoclassical building 新古典主義建築 478,479
Nineteenth-century building 19 世紀建築 493
Renaissance building 文藝復興時期建築 475
Twentieth-century building 20 世紀建築 494
Pangaea 聯合古陸 66,68,69,70
Panniers 掛箱 360,361,362
Panoplosaurus 全結龍 94
Panicle 複花序 131
Pantheon 萬神廟 462,463
Pantile 波形瓦 464,482
Pantograph 受電弓 328,330
Pan troglodytes 黑猩猩 202
Paper 紙
Acrylic paint 壓克力顏料 442
Books 書籍 586
Calligraphy 字體；書法 444,445
Pastels 粉彩畫，色粉條，粉彩筆（畫），蠟筆（畫），粉畫（法）440
Printing processes 印刷工藝 446,447
Watercolors 水彩畫，水彩畫顏料 438
Paper stumps 紙擦筆 440
Papilla 乳突；味蕾
Flower 花 140
Hair 毛髮的 235
Renal 腎的 256
Tongue 舌的 244
Papillary muscle 乳頭狀肌 251
Pappus 冠毛 142
Papyriform column 紙草花形柱 459
Parabellum machine-gun 帕拉貝倫機槍 405
Parabolic dune 拋物線狀砂丘 283
Paraboloid roof 拋物線屋頂 496,499
Parachute seed dispersal 風散種子的傳播 150
Paradise palm 樂園棕櫚 126
Paragaster 海綿體層 166
Parallel dunes 平行砂丘 283
Parallel river drainage 平行河系 288
Parallel shaft 平行軸 382
Parallel venation 平行葉脈型 126
Parana River 巴拉那河 264
Parapet 女兒牆
Ancient Roman building 古羅馬建築 465
Asian building 亞洲建築 491
Baroque church 巴洛克教堂 481
Dome 穹窿 486
Gothic church 哥德式教堂 470-472
Islamic tomb 伊斯蘭墓 489
Medieval building 中世紀建築 467
Neoclassical building 新古典主義建築 478,483
Nineteenth-century building 19 世紀建築 493
Twentieth-century building 20 世紀建築 494
Parapet rail 女兒牆扶手 483
Paraphysis 側絲 117,119
Parasaurolophus 似棘龍屬 98,99
Parasitic anemone 寄生海葵 166
Parasitic cone 寄生火山錐 272,273
Parasitic plants 寄生植物 162,163
Parasitic volcano 寄生火山 275
Paraxeiresia 舷外加 373
Parcelling 包裹 388
Parchment 羊皮紙
Gilding 飾金，鍍金 432
Imitation 模仿 445
Pareiasaur 鉅頰龍 81
Parenchyma 薄壁組織
Dicotyledon leaf 雙子葉植物葉 126
Dryland plants 旱地植物 156,157
Fern rachis 蕨葉軸 121
Golden barrel cactus 仙人球 156
Horsetail stem 木賊莖 120
Monocotyledon leaf 單子葉植物葉 126
Pine stem 松莖 125
Roots 根系 132
Stems 莖 134,135
Water lily leaf 睡蓮葉 159
Parent plant 親木株 154
Parietal bone 頂骨
Bony fish 硬骨魚 181
Chimpanzee 黑猩猩 202
Human 人 220,221
Parietal fenestra 頂骨孔 102
Parietal lobe 頂葉 236,237
Parieto-occipital sulcus 頂-枕溝 236,237
Parietosquamosal frill 體壁有鱗皮的皺褶 102,103
Paripteris 對生羽葉 66
Paris RATP Metro 巴黎 RATP 地鐵電氣列車 328
Paroccipital process 枕骨旁突起
Iguanodon 禽龍屬 96
Plateosaurus 板龍屬 88
Parrel 桁桅連接用滑環或索箍
Dhow 獨桅三角帆船 376
Longboat 大艇 380
Sailing warship 航行中的軍艦 377
Viking karv 北歐的卡芙級大舢板 375
Parrel beads 繩環固定串珠 384
Parrel tackle 帆桁固定器滑車索具 376
Parthenon 帕提農神廟 461
Partial solar eclipse 日偏食 32
Partial veil 部分菌幕 115
Particle attraction 粒子間的吸引力 307
Particle properties 料子特徵 318
Passiflora caerulea 西番蓮 130
Passing brace 附帶撐臂 473
Passion flower 西番蓮屬 130
Pastels 粉彩畫（法），色粉條 440,441
Pastern 第一趾節骨 198,199,554
Pasteur 巴斯德 41
Patagonia 巴塔哥尼亞 264
Patella 髕骨
Domestic cat 家貓 195
Elephant 象 201
Hare 野兔 197
Horse 馬 199
Human 人 219
Platypus 鴨嘴獸 206
Rhesus monkey 獼猴 202
Scorpion 蠍 170
Spider 蜘蛛 171
Patellar surface 髕骨表面 225
Patera 圓盤飾
Neoclassical building 新古典主義建築 480
Renaissance building 文藝復興時期建築 476
Paved floor 鋪砌地面層 492
Pavilion 亭 489,495
Paving slab 面磚 499
Pavlova 巴夫洛瓦 37
Pavlovia 菊石軟體動物 278
Pavo 孔雀座 20
Pavonis Mons 孔雀山 43
Paw 腳爪 195
Pawl 棘爪 380
Pawl slot 棘爪槽 387
Paxton,J. J. 帕克斯頓 492,493

Pazzi Chapel 巴齊禮拜 475
Pea 豌豆，豌豆點大的東西
Dry fruit 乾果 150
Danforth anchor 熱尾錨 386
Peach 桃 131,148
Peacock 孔雀星 20
Peak halyard 頂桁吊索 380
Peat 泥炭 280
Peccaries 西貒 198
Pecopteris 櫛羊齒屬 66
Pectineus muscle 恥骨肌 225,226
Pectoral fin 胸鰭
Bony fish 硬骨魚 180,181
Lamprey 七鰓鰻 178
Pectoral fin ray 胸鰭條 181
Pectoralis major muscle 胸大肌 226
Pedal board 腳踏板架 514
Pedal cluster 踏板組合 340
Pedal-damper bar mechanism 踏板－制音桿連接結構 516
Pedal disc 基盤 167
Pedal-driven bicycle 踏板驅動自行車 358
Pedal gland 足腺 177
Pedalia 雙舵 372
Pedals 踏板
Bass drum 大軍鼓 518
Bicycle 自行車 320,358,359
Eddy Merckx racing bicycle 艾迪・默克斯型競賽自行車 360
Harp 豎琴 511
Hi-hat cymbal 高帽鈸 518
Piano 鋼琴 514
Rossin Italian time-trial bicycle 義大利羅森牌計時賽自行車 361
Pedal stop 踏板音栓 514
Pedestal 台座，柱腳
Ancient Roman building 古羅馬建築 462
Baroque church 巴洛克教堂 480,481
Dome 穹窿 484,486,487
French temple 法國神廟 485
Harp 豎琴 511
Neoclassical building 新古典主義建築 479
Renaissance building 文藝復興時期建築 476
Pedice 梗節 168
Pedicel 梗節，花梗
Brassavola nodosa 布拉薩沃拉氏蘭 162
Clematis 鐵線蓮屬 131
Dicotyledon flower 雙子葉植物花 127
Dry fruit 乾果 150,151
Fertilization 受精 146,147
Florists' chrysanthemum 菊 129
Flowers 花 140,141,143
Fruit development 果實發育 146,147
Oxalis sp. 酢漿草 157
Pitcher plant 瓶子草 113
Rose 薔薇屬 131
Rowan 花楸 131
Russian vine 俄羅斯藤 131
Succulent fruit 多汁果 148,149
Sycamore 假挪威槭 131
Vegetative reproduction 營養繁殖 154
Water lily 睡蓮 159
Pedicle of vertebra 椎弓根 223
Pedicle valve 蒂殼瓣 278
Pediment 山花；麓原
Ancient Greek building 古希臘建築 460
Ancient Roman building 古羅馬建築 462,463
Baroque church 巴洛克教堂 480,481
Neo-Baroque building 新巴洛克建築 493
Neoclassical building 新古典主義建築 478
Renaissance building 文藝復興時期建築 476
Pedipalp 鬚肢 170,171
Peduncle 花序梗 140,142,143
Aechmea miniata 附生鳳梨 162
Brassavola nodosa 布拉薩沃拉氏蘭 162
Everlasting pea 宿根香豌豆 129
Florists' chrysanthemum 菊 129
Indehiscent fruit 閉果 150
Peach 桃 131
Peruvian lily 黃六出花 129
Rowan 花楸 131
Russian vine 俄羅斯藤 131
Succulent fruit 多汁果 148,149
Toadflax 穿柳魚屬的一個種 129
Vegetative reproduction 營養繁殖 154
Wind-pollinated plant 風媒植物 144
Peephole 觀測孔 412,414
Pegasus 飛馬座 19,20
Pegasus Quasar microlight 柏伽索斯類星號超輕型飛機 426,427
Pegasus XL SE microlight 柏伽索斯 XL SE 超輕型飛機 427
Peg-box 弦軸箱 510,511
Pegmatite 偉晶花崗岩 26
Peg of vertebra 椎骨的軸樁 222
Pelagic clay 遠海黏土 299
Pelecypoda 斧足綱 176
Peloneustes philarcus 培龍 71
Pelota 兒童曲棍球 540
Pelvetia canaliculata 溝鹿角菜 116
Pelvic fin 腹鰭
Bony fish 硬骨魚 180,181
Dogfish 角鯊 179
Pelvis 骨盤
Bird 鳥 189
Bony fish 硬骨魚 181
Dinosaur 恐龍 81
Domestic cat 家貓 195
Elephant 象 201
Hare 野兔 197
Horse 馬 199
Human 人 256,258,259
Kangaroo 袋鼠 206
Lizard 蜥蜴 184
Platypus 鴨嘴獸 206
Rhesus monkey 獼猴 202
Seal 海豹 204
Turtle 龜 187
Penalty area 罰球區 524
Penalty box 罰球區 524
Penalty kick 罰踢 530
Penalty spot 罰球 529,540
Pencils 鉛筆 430
Pencil sharpener 鉛筆刀 430
Pencil slate sea urchin 石筆海膽 175
Pendentive 穹隅 479,484,488
Pendulum 鐘擺 566
Penguins 企鵝 188
Penis 陰莖
Barnacle 藤壺 173
Dolphin 海豚 205
Human 人 211,259
Snail 蝸牛 177
Pennant number 三角旗數字 397
Pennsylvanian period 賓夕法尼亞紀 56
Penny washer 小型洗滌設備 383
Pens 鋼筆 430
Penstock 進水管道 314
Pentaprism 五棱鏡 589
Pentaradiate symmetry 五星狀輻射 174
Pentroof 單坡屋頂 490
Penumbra 半影 32
Pepo 瓠果 149
Pepper-pot lantern 胡椒瓶形塔式天窗 481
Perch 河鱸 180
Percolation 滲透 280
Percussion instruments 打擊樂器 516,517
Drums 鼓 518,519
Electronic 電子的 520
Orchestral arrangement 管弦樂隊排置 504,505
Perennials 多年生 128,130,131
Pereopod 胸足 172,173
Perforated wing cap 穿孔翼形鞋頭皮 570
Perianth 花被 140
Pericardial cavity 心包腔 250
Pericarp 果皮 148
Dry fruit 乾果 150,151
Embryo development 胚發育 147
Fruit development 果實發育 146,147
Succulent fruit 多汁果 148,149
Sycamore 假挪威槭 131
Pericranium 顱骨膜 237
Pericycle 中柱鞘 127,132
Periderm 周邊 125
Peridium 包被 115
Perihelion 近日點 30,31

Perineum 會陰 258
Periodic table 元素週期表 310,311
Periodontal ligament 牙周韌帶 247
Periodontium 齒周膜 247
Periosteum 骨膜 225
Peripheral nervous system 周圍神經系統 238
Peripteral temple 周柱式神廟 460, 461
Periscope 潛望鏡 396,397
Perissodactyla 奇蹄目 104,198,199
Peristome tooth 蒴齒 119
Peristyle 周柱廊 461
Peritoneum 腹膜 249,257
Permeable limestone 透水石灰岩
  Caves 洞穴 284,285
  Lake formation 湖的形成 292
Permeable rock 透水岩 292
Permeable sandstone 透水砂岩 292
Permian period 二疊紀 66,67
  Fossil record 化石記錄 279
  Geological time 地質年代 57
Permit holder 營運公司 332
Peroneal artery 腓動脈 253
Peroneus brevis muscle 腓骨短肌 227,233
Peroneus brevis tendon 腓骨短腱 233
Peroneus longus muscle 腓腳長肌 233
Peroxisome 過氧化物酶體 217
Perseus 飛馬座 19,20
Perseus Arm 英仙臂 14,15
Persian ivy 革葉常青藤 137
Personal flotation device 個人漂浮器件 561
Perspective drawing 透視圖 431
Peru current 秘魯涼流 296
Peruvian lily 黃六出花 129
Petal moulding 花瓣線腳 480
Petals 花瓣 140-143
  Clematis 鐵線蓮屬 131
  Color 顏色 140,144,145
  Dicotyledons 雙子葉植物（類）126,127
  Everlasting pea 宿根香豌豆 129
  Fertilization 受精 146
  Insect pollination 昆蟲傳粉 145
  Monocotyledons 單子葉植物（類）126
  Peruvian lily 黃六出花 129
  Rose 薔薇屬 131
  Water lily 睡蓮 159
Petavius 派特維斯 40
Petiole 葉柄 128,136,137
  Chusan palm 棕櫚 130
  Clematis 鐵線蓮屬 131
  Cobra lily 達林頓葉屬的一個種 160
  Dicotyledons 雙子植物（類）127
  Everlasting pea 宿根香豌豆 129
  Florists' chrysanthemum 菊 129
  Horse chestnut 七葉樹屬 130
  Kedrostis africana 肉汁植物的一種 113
  Maidenhair tree 銀杏 123
  Monocotyledons 單子葉植物（類）126,127
  Mulberry 桑樹 130
  Oxalis sp. 酢漿草 157
  Passion flower 西番蓮屬 130
  Peach 桃 131
  Rock stonecrop 黃菜屬的一個種 128
  Seedling 幼苗 153
  Strawberry 草莓 128
  String of hearts 吊燈花 157
  Tree fern 樹蕨 112
  Tree mallow 花葵 131
  Vegetative reproduction 營養繁殖 154
  Venus fly trap 捕蠅草 160
  Water hyacinth 鳳眼蘭 158
  Water lily 睡蓮 159
  Wind-pollinated plant 風媒植物 144
Petiolule 小葉柄 137
Petrol 汽油 315
Peugeot,Armand 阿曼德・普吉奧 334
Phacops 鏡眼蟲屬 64
Phaeophyta 褐藻門 16
Phaet 丈人一 21
Phalaenopsis sp. 蝶蘭屬的一個種 126
Phalanges 趾骨
  Cow 牛 198
  Crocodile 鱷 186
  Diplodocus 梁龍屬 90
  Domestic cat 家貓 195
  Elephant 象 90
  Eryops 曳螈屬 80,81
  Frog 蛙 183
  Hare 野兔 197
  Horse 馬 198,199
  Kangaroo 袋鼠 206
  Lizard 蜥蜴 184
  Parasaurolophus 似棘龍屬 99
  Plateosaurus 板龍屬 88
  Platypus 鴨嘴獸 206
  Rhesus monkey 獼猴 202
  Seal 海豹 204
  Stegoceras 頂角龍屬 100,101
  Triceratops 三角龍屬 102,103
  Turtle 龜 187
  Tyrannosaurus 霸王龍屬 84
Phalanx 指（趾）骨
  African elephant 非洲象 201
  Archaeopteryx 始祖鳥屬 85
  Arsinoitherium 重腳獸屬 104
  Baryonyx 重爪龍 85
  Gallimimus 雞形龍 87
  Horse 馬 105
  Human 人 219,230
  Plateosaurus 板龍屬 88
  Stegoceras 頂角龍屬 100
  Struthiomimus 似鴕鳥龍屬 87
  Toxodon 箭齒獸 107
Phallus impudicus 白鬼筆 114
Phanerozoic eon 顯生元 279
Pharyngeal tubercle 咽結節 220
Pharynx 咽
  Bony fish 硬骨魚 180,181
  Dogfish 角鯊 179
  Human 人 212,244
  Sea anemone 海葵 167
  Sea urchin 海膽 175
Phascolarctos cinereus 灰色樹袋熊 207
Phaseolus sp. 菜豆 153
Phases of the Moon 月相 41
Phekda 北斗三；天璣 19
Phellem 木栓
  Pine root 松根 125
  Stem 莖 134,135
  Woody dicotyledon 木本雙子葉植物 127
Phi Andromedae 仙女座φ 19
Phidias 菲狄亞斯 35
Philippine plate 菲律賓板塊 59
Phillips,Horatio 霍雷肖・菲利普斯 402
Philoxenus 斐洛希紐斯 35
Philtral ridge 人中脊 213
Philtrum 人中 213
Phiomia 始乳齒象屬 104
Phloem 韌皮部 138
  Bishop pine 主教松 124,125
  Clubmoss stem 石松莖 120
  Dicotyledons 雙子葉植物（類）126,127
  Dodder host 菟絲子寄生植物 163
  Epiphytic orchid 附生蘭 162
  Fern rachis 蕨葉軸 121
  Horsetail stem 木賊莖 120
  Marram grass 濱草 113
  Monocotyledons 單子葉植物（類）126,127
  Parasite host 寄生植物的寄生 163
  Photosynthesis 光合作用 138
  Pine root/stem 松根／莖 125
  Radicle 胚根 152
  Root 根 132,133
  Sieve tube 篩管 134
  Stem 莖 134,135
  Water hyacinth root 鳳眼蘭根 158
  Water lily leaf 睡蓮葉 159
Phloem fibres 韌皮部纖維 134,135
Phobos 火衛一 42
Phoebe Regio 菲碧區 36
Phoenicopterus ruber 大紅鶴 190
Phoenix 鳳凰座 19,20
Phorusrhacus 原恐鳥 74
Phosphates 磷酸鹽 269
Phosphate/sugar band 磷酸鹽／糖帶 216
Phosphor 螢光物質 574
Phosphorus 磷 311
Photographic film 照相膠片 588
Photomicrographs of skin and hair 皮膚和毛髮的顯微照片 235
Photons 光子 318
Photosphere 光球 32,33
Photosynthesis 光合作用 112,116,

134,136,138,139
Carnivorous plants 食肉植物 160, 161
Organelle 細胞器 116,139
Photosynthetic cells 光合作用細胞 139
Bishop pine 主教松 124
Coconut palm stem 椰子莖 135
Water lily leaf 睡蓮葉 159
Photosynthetic region 光合作用區域 157
Photosynthetic tissue 光合組織
Cacti 仙人掌 156
Dicotyledon leaf 雙子葉植物葉 126
Horsetail stem 木賊莖 120
Marram grass 濱草 113
Monocotyledon leaf 單子葉植物葉 126
Rush stem 燈心草莖 135
Phyla 部 116
Phyllode 葉狀柄 160
Phylum 部 116
Physalis peruviana 燈籠果 149
Physeter catodon 抹香鯨 205
Physical weathering 物理風化 282
Physics symbols 物理符號 591
Pi2 Orionis 獵戶座π 2 18
Pi3 Orionis 獵戶座π 3 18
Pi4 Orionis 獵戶座π 4 18
Pi5 Orionis 獵戶座π 5 18
Pi6 Orionis 獵戶座π 6 18
Pia mater 軟腦膜 237,240
Piano 鋼琴；弱 503,514
Piano nobile 主要樓層 474,494
Piano,R. R. 皮安諾 496
Piazza 廣場 474
Pi Canis Majoris 大犬座π 21
Piccolo 短笛 504,508
Picon 圖標 585
Pictor 繪架座 21
Pier 支柱，柱墩 484
Ancient Egyptian temple 古埃及神廟 459
Ancient Roman building 古羅馬建築 465
Baroque church 巴洛克教堂 480
Gothic church 哥德式教堂 470
Medieval building 中世紀建築 467-469
Renaissance building 文藝復興時期建築 476,477
Twentieth-century building 20 世紀建築 494,495
Pier buttress 柱墩，扶壁 469-471, 486
Pietra dura inlay 硬細石鑲嵌畫 489
Pigments 顏料 433,434,436
Pigs 豬 104,198
Pilaster 壁柱
74-gun ship 裝有 74 門炮的炮船 381
Ancient Greek building 古希臘建築 461
Ancient Roman building 古羅馬建築 463-465
Asian temple 亞洲神廟 490,491
Baroque church 巴洛克教堂 479-481
Cathedral dome 大教堂穹窿 484, 487
Gothic church 哥德式教堂 471
Neoclassical building 新古典主義建築 478,483
Renaissance building 文藝復興時期建築 476
Pileus 菌傘（帽，盆）114,115
Pillar 柱，墩
Asian buildings 亞洲建築 490,491
Clock case 鐘箱 566
Domed roof 穹窿屋頂 486
Gothic church 哥德式教堂 472
Ironclad 裝甲艦 393
Renaissance building 文藝復興時期建築 477
Twin bollards 雙繫纜柱 387
Pillow lava 枕狀熔岩 298
Pilotis 樁基 494
Pilot's cockpit 駕駛員艙
LVG CVI fighter LVG CVI 戰鬥機 405
Tornado 旋風式飛機 420
Pilot's cradle 飛行員吊籃 398,399
Pilot's seat 駕駛員座椅
Avro biplane 阿弗羅雙翼機 402
Curtiss-biplane 寇蒂斯式雙翼機 398
Pegasus Quasar microlight 柏伽索斯類星號超輕型飛機 427
Pin 樞軸，針，釘
Capstan 絞盤 387
Clock 鐘 567
Dome timbering 穹窿木骨架 486
Pinacocyte 孔細胞 166
Pineal body 松果體 212,236
Pine hull 松木船體 373
Pines 松 122,124,125
Pinguicula caudata 捕蟲堇 161
Pinion 小齒輪
Benz Motorwagen 朋馳牌小型汽車 335
Clock 鐘 566
Ford Model T 福特牌 T 型汽車 338
Hand drill 手搖鑽 569
Pink Cliffs 品克（粉紅）崖 276
Pinna 外耳殼，羽片
Elephant 象 201
Everlasting pea 宿根香豌豆 129
Fern 蕨 121
Gorilla 大猩猩 203
Human 人 242,243
Kangaroo 大袋鼠 207
Leaves 葉 136,137
Rabbit 兔 196
Rat 大鼠 196
Sago palm 蘇鐵 123
Tree fern 樹蕨 112,113
Pinnacle 小尖塔
Baroque church 巴洛克教堂 479, 481
Gothic church 哥德式教堂 470, 472,473
Medieval church 中世紀教堂 469
Nineteenth-century building 19 世紀建築 493
Renaissance building 文藝復興時期建築 476
Pinnate leaves 羽狀複葉 136,137
Mahonia 十大功勞屬 130,131
Rowan 花楸 130
Sago palm 蘇鐵 123
Pinned sheepshank 栓接縮結 389
Pinnipedia 鰭腳目 204
Pinnule 小羽片 121,137
Pinocytotic vesicle 胞飲小泡 217
Pintle strap 舵栓條 378
Pinus muricata 加州沼松 72,124,125
Pinus sp. 松屬的一個種 122,124,125
Pinus sylvestris 歐洲赤松 122
Pinzgauer Turbo D 平茲高爾輪機 D 型越野車 355,356
Pi Pegasi 飛馬座π 19
Pipette 滴液管 312
Pips 果仁 148,149
Pi Sagittarii 人馬座π 21
Pisanosaurus 繪龍屬 68
Pisces 雙魚座 19,20
Pisces Austrinus 南魚座 19,20
Pisiform bone 豌豆骨 230
Piste 擊劍場 556,557
Pistol shooting 手槍射擊 548
Piston 活塞
Disc brake 盤式制動器 365
Early engines 早期引擎 342,343
"Ellerman Lines" steam locomotive "艾勒門線號" 蒸汽機車 325
Ford diesel engine 福特牌柴油機 347
Mid West two-stroke engine 中西兩衝程引擎 410
Modern engines 現代引擎 344,345
Relief-printing press 凸版印刷機 449
Steam locomotive 蒸汽機車 324
Two-stroke engine 二衝程引擎 366
Velocette OHV engine 韋洛西蒂牌頂置式氣門引擎 367
Volkswagen Beetle 金龜車 340
Piston engines 活塞式引擎（發動機）410,411,424
Piston rod 活塞桿 324,334,390
Piston valves 活塞閥
Brass instruments 銅管樂器 506
Cornet 短號 507
"Ellerman Lines" steam locomotive "艾勒門線號" 蒸汽機車 325
Flugelhorn 粗管短號 507
Stringed instruments 弦樂器 510
Trumpet 小號 506
Tuba 低音號 507

Pisum sativum 豌豆 150
Pitatus 皮塔特斯 40
Pitch 音高
Brass instruments 銅管樂器 506
Drums 鼓 518
Musical notation 樂譜 502
Percussion instruments 打擊樂器 516
Propeller action 螺旋槳的運動 390
Screw thread angle 螺紋角 320
Woodwind instruments 木管樂器 508
Pitched roof 斜屋頂
Ancient Roman building 古羅馬建築 462,464
Gothic church 哥德式教堂 471, 472
Medieval building 中世紀建築 466-468
Nineteenth-century building 19 世紀的建築 492
Renaissance building 文藝復興時期建築 476,477
Twentieth-century building 20 世紀建築 495
Pitcher 投手 536
Pitcher plants 瓶子草 113,160,161
Pitches 投球
Australian rules football 澳大利亞式橄欖球 528
Cricket 板球 538
Gaelic football 蓋爾橄欖球 529
Lacrosse 長曲棍球 540
Pitching wedge 劈起桿 547
Pitfall traps 陷阱 160
Pith 木髓
Apical meristem 頂端分生組織 134
Bishop pine stem 主教松莖 125
Dicotyledon stem 雙子葉植物莖 127
Epiphytic orchid 附生蘭 162
Horsetail stem 木賊莖 120
Monocotyledon root 單子葉植物根 127
Pine stem 松莖 125
Stems 莖 134,135
Pith cavity 髓腔 135
Pitot head 總壓探測頭
ARV light aircraft ARV 輕型飛機 425
BAe-146 jetliner components BAe-146 噴射客機的零件 412
Bell-47 helicopter 貝爾 47 直升飛機 422
Concorde 協和飛機 416,417
Hawker Tempest fighter 霍克暴風式戰鬥機 409
LVG CVI fighter LVG CVI 戰鬥機 405
Schweizer helicopter 施魏澤直升飛機 423
Tornado 旋風式飛機 420
Pitot mast 空速管柱 407
Pituitary gland 腦垂體腺 212,236
Pivot 支樞，樞軸
Astrolabe 星盤 377
BAe-146 jetliner components BAe-146 噴射客機的零件 414
Drum brake 鼓式制動器 365
Lamp 燈 573
Sundial 日晷 377
Viking ships 北歐海盜船 374,375
Pivot plate 支樞板 572,573
Place kick 定位踢 530
Placenta 胎盤，胎座
Dry fruit 乾果 150,151
Fern pinnule 蕨小葉片 121
Human 人 260
Succulent fruit 多汁果 148,149
Placental mammals 有胎盤的哺乳動物 74,104
Placer deposits 砂礦 280
Plagioclase feldspar 斜長石 275
Plains viscacha 平原鼷 197
Planck 蒲朗克 41
Planetary nebula 行星狀星雲
Nebulae and star clusters 星雲和星團 17
Small stars 小恒星 24,25
Planetary orbits 行星軌道 30,31
Planetary rotation 行星自轉 30
Planets 行星
Jupiter 木星 44,45
Mars 火星 42,43
Mercury 水星 34,35
Neptune 海王星 50,51
Pluto 冥王星 50,51
Saturn 土星 46,47
Solar System 太陽系 30,31
Uranus 天王星 48,49
Venus 金星 36,37
Planking 船殼板，甲板舖板
Ironclad 裝甲艦 393
Longboat 大艇 380
Roman corbita 羅馬商船 373
Sailing warship 航行中的軍艦 377
Tea clipper 運茶快速帆船 392
Plantar calcaneonavicular ligament 跟舟足底韌帶 232
Plant bodies 植物體 116
Plant capital 植物花紋柱頭 459
Plant-eating dinosaurs 食草恐龍 68, 70
Plant matter 植物質 280
Plant remains 植物遺跡
Fossils 化石 278,279
Mineral resources 礦物資源 280
Sedimentary rocks 沉積岩 276
Plants 植物 56,66
Electromagnetic radiation 電磁輻射 314
Flowering 顯花的 57,70,72
Fossil record 化石記錄 279
Non-flowering 無花 68
Plant variety 植物變種 112,113
Plasma 等離子體 306
Plaster 石膏，灰泥 452,464,465
Plastic fletch 塑料尾翼 548
Plastic insulator 塑料絕緣體 316,317
Plastic rackets 塑料球拍 544
Plastic sheath 塑料護套 575
Plastid 質體 116
Platanus x acerifolia 思鈴木 134
Platband 方式窗框 481
Plate 盤，板，片
Etching press 凹板壓力機 477
Motorcycle clutch 摩托車離合器 366
"O Ring" drive chain "O 型環" 傳動鏈 366
Plateau 高地
Neptune's rings 海王星的環 50
Structure of Neptune 海王星的結構 51
Plateaus 高原 276,277
Plate boundaries 板塊邊界 62,273
Platelets 血小板 253
Plate movements 板塊運動 58,59
Faults and folds 斷層和褶皺 60
Mountain building 造山運動 62, 63
Platen 壓盤 449
Plateosaurus 板龍屬 69,88,89
Plate tectonics 板塊構造運動 58,59
Platform 台
Cathedral dome 大教堂的穹窿 487
Medieval building 中世紀建築 467,468
Modern building 現代建築 498
Platform diving 跳台跳水 558
Platform stage 平台形舞台 477
Platinum 鉑 311
Plat lesene 平壁飾帶 480
Plato 柏拉圖 40
Platypus 鴨嘴獸 206,207
Platysma 頸闊肌 229
Playa 乾鹽湖 283
Player's bench 球員坐位席
Basketball 籃球 532
Football 足球，橄欖球 526
Handball 手球 535
Ice hockey 冰球 550
Volleyball 排球 534
Plaza 廣場 498
Pleiades 昴星團 14,16,19,20
Pleistocene epoch 更新世
Fossil record 化石記錄 279
Geological timescale 地質年代表 57
Pleistocene period 更新世 76
Plenum chamber 高壓氣室 344,345
Plenum ring 壓力通風環 418
Pleopod 游泳足 172
Plesiochelys latiscutata 寬木盾蛇頸龜 73
Plesiosaurs 蛇頸龍 70,71
Pleurotus pulmonarius 肺形側耳 114
Plica circulare 環狀皺襞 249
Plicate lamina 折疊葉 127
Pliers 鉗子 321
Plinth 底座，柱基

Baroque church 巴洛克教堂 480
French temple 法國神廟 485
Islamic tomb 伊斯蘭墓 489
Modern building 現代建築 499
Neoclassical building 新古典主義建築 479,483
Renaissance building 文藝復興時期建築 476
Twentieth-century building 20 世紀建築 494,495
Pliocene epoch 上新世
Fossil record 化石記錄 279
Geological timescale 地質年代表 57
Plough anchor 犁式錨 386
Plug lead conduit 插塞式導管 337
Plugs 岩頸 272,273
Igneous rock structures 火成岩構造 274
Plumage 羽衣 188
Plume 雲羽 45
Plumose anemone 羽狀海葵 166
Plumule 胚芽 147,152,153
Plunge 傾伏 60
Plunge pool 瀑布水潭 289,291
Plunger contact 捕棒接頭 572
Pluto 冥王星 31,50,51
Plutonium 鈽（鈈）310,311
Plywood skin 層板蒙皮 404
Pneumatic tyres 充氣輪胎 358,555
Podetium 子囊果柄 114
Podium 列柱墩座 463,499
Point 頂端，弓尖，尖鑿
Angling hook 釣鉤 562
Cricket 板球 538
Double bass bow 低音提琴琴弓 511
Sailmaker's fid 縫帆工用的硬木釘 384
Sculpting tool 雕塑工具，雕刻工具 452,453
Violin bow 小提琴弓 510
Point bar 曲流沙壩，曲流內側沙洲
Mississippi Delta 密西西比河三角洲 291
River's stages 河流的階段 289
Point cover 皮尖蓋套 582
Pointed arch 尖拱 466,467,469,472
Pointed bristle brush 尖鬃毛筆 434
Pointed riffler 尖來福線銼 454
Pointed sable brush 細尖貂毛筆 444
Pointing 磨尖 383
Point pocket 尖袋 582
Poison duct 毒管 170
Poison gland 毒腺
Octopus 章魚 176
Spider 蜘蛛 170
Polacanthus 釘背龍 95
Polar band 極帶 36
Polar bottom water 極地洋底水 296
Polar easterlies 極地東風帶 300
Polar fronts 極鋒 302
Polar hood 極蓋 36
Polaris 勾陳一 14,18,19
Polar jet stream 極地噴射氣流 300
Polar nuclei 極核 146
Poles 極 297,300
Pole star 北極星 14,18
Pole vault 撐竿跳高 542
Polian vesicle 波里氏囊 175
Poll 頭頂 199
Pollen 花粉 140,142,144,145
Dicotyledon flower 雙子葉植物花 126
Fertilization 受精 146,147
Pollen-forming structures 產生花粉的結構 122
Pollen grains 花粉粒 144,145
Fertilization 受精 146,147
Pine 松 122
Scots pine 歐洲赤松 122
Pollen sac wall 花粉囊壁 144
Pollen tubes 花粉管
Fertilization 受精 146,147
Scots pine 歐洲赤松 122
Pollination 授粉 144,145,122
Pollution 污染 328
Pollux 北河三 18,21
Polonium 釙 311
Polyester 聚脂 388
Polygala chamaebuxus 革葉遠志 144
Polygnotus 波力諾塔斯 35
Polygonum baldschuanicum 博卡臘溫蓼 131
Polyhedral dome 多面體穹窿 486,487
Polypropylene rope 聚丙烯繩 388
Polythene 聚乙烯 306
Polytrichum commune 大金髮（苔）蘚 119
Pome 梨果（多汁果）131,149
Pommel 前橋 554,582
Pond weeds 昭水莱 158
Pons 橋腦 212,236,237
Poop break 尾樓端部 373
Poop deck 船尾樓甲板
74-gun ship 裝有 74 門炮的炮船 381
Iron paddlesteamer 鐵製明輪船 392
Roman corbita 羅馬商船 373
Poop rail 船尾舵樓欄杆
74-gun ship 裝有 74 門炮的炮船 381
Wooden sailing ship 木帆船 378
Poor metals 貧金屬 310,311
Popchu-Sa Temple 帕克沙廟 490
Popliteal artery 膕動脈 253
Popliteal fossa 膕窩 210
Porch 門廊 470,471
Porcupines 豪豬 196,197
Pore 管孔，孔
Bishop pine needle 主教松松針（葉）124
Blackberry 黑莓 147
Dryland plants 旱地植物 156,157
Elder stem 接骨木莖 130
Epigeal germination 出土發芽 153
False fruit 假果 148
Gas exchange 氣體交換 138,158
Golden barrel cactus 仙人球 156
Haworthia truncata 霍氏百合 157
Leaf 葉 138,139
Liverwort 地錢 118
Monocotyledon leaf 單子葉植物葉 126
Nuclear membrane 核膜的 217
Perennial bark 多年生樹皮 130,131
Pollen grain 花粉粒 144,145
Seed 種子 153
Sponge 海綿 166
Water absorption 水分吸收 150,153
Wetland plants 濕地植物 158
Woody plants 木本植物 130,131
Woody stems 木質莖 134
Porifera 多孔動物門 166
Porocyte 孔細胞 166
Porous limestone 多孔灰岩 284
Porous stipe 多孔菌柄 114
Porphyritic andesite 斑狀安山岩 275
Porpoises 無喙海豚 204
Porrima 東上相 21
Porsche,Ferdinand 費迪南德・波爾舍 340
Port 孔口，艙口
Trojan two-stroke engine 特洛伊引擎 342
Wooden sailing ship 木帆船 379
Portal 門廊 476,480
Portal vein 門靜脈 252
Porta Nigra 尼古拉城門 462,465
Port bower anchor 左舷主錨 377,395
Port foremast 左舷前桅 376
Porthole 觀察孔
Battleship 戰列艦 394
Dome 穹窿 487
Frigate 護衛艦 397
Portico 門廊，柱廊
Ancient Greek building 古希臘建築 460,461
Ancient Roman building 古羅馬建築 462,463
Neoclassical building 新古典主義建築 482,483
Renaissance building 文藝復興時期建築 475
Port-side oar 左舷槳 560
Portugal 葡萄牙 331
Portuguese bowline 葡萄牙結纜結 388
Position guide 定位導塊 447
Positive electric charge 正電荷 316
Positive ions 正離子 308,310
Positive lithium atom 帶正電的鋰原子 308
Positive metal comb 帶正電的金屬流 316
Positive pole 正極 574
Positive terminal 正端 316,317

Positron 正電子 22
Post 柱 481,486
Postabdominal spine 後腹刺 169
Postacetabular process 後髖臼突出 82
Postcentral gyrus 中央後回 237
Post-crural musculature 後腕肌肉系統 90
Posterior antebrachial musculature 前前臂肌肉系統 86,91
Posterior aorta 後動脈 170
Posterior arch 後弓 222
Posterior border of vomer 犁骨後緣 220
Posterior brachial muscle 後臂肌 86,91
Posterior branch of spinal nerve 脊神經後支 223
Posterior cerebral artery 大腦後動脈 252
Posterior chamber 後眼房 241
Posterior chamber of cloaca 後泄殖腔 185
Posterior column 後柱 223
Posterior crural muscle 後腕肌 87
Posterior cuneonavicular ligament 楔舟後韌帶 232
Posterior dorsal fin 後背鰭
Bony fish 硬骨魚 181
Dogfish 角鯊 179
Lamprey 七鰓鰻 178
Posterior horn 後角 223
Posterior nasal aperture 後鼻孔 220
Posterior nasal spine 後鼻棘 220
Posterior part of tongue 舌的後部 245
Posterior petal 後花瓣 141
Posterior root 後神經根 223,238
Posterior semicircular canal 後半規管 243
Posterior sepal 後萼片 141
Posterior tarsometatarsal ligament 跗跖後韌帶 232
Posterior tentacle 後觸手 177
Posterior tibial artery 脛後動脈 253
Posterior tibial nerve 脛後神經 238
Posterior tubercle 後結節 222
Posterior vena cava 後大靜脈 182
Posterior wing of shell 殼後翅 176
Posterolateral horn 後側骨 94
Post-glacial stream 冰後河 286
Post-glacial valley 冰後谷 286
Post-modernism 後現代主義 296,496
Potassium 鉀 35,58,286,310
Potassium chromate solution 鉻酸鉀溶解 312
Potassium dichromate ions 重鉻酸鉀離子 312
Potassium iodide 碘化鉀 312,313
Potassium nitrate 硝酸鉀 313
Potassium permanganate 過錳酸鉀 306
Potato 馬鈴薯 128
Potential energy 位能 314,315
Potholes 鍋穴 284
Pouch 育兒袋 206
Power bar 強力貼條 552
Power drill 電鑽 568,569
Power knob 電源旋鈕 575
Power output 動力輸出 360,366
Power stations 發電站 314,315
Power steering belt 液壓轉向皮帶 351
Power steering pump 液壓轉向泵 344,351
Power stroke 作功行程 343
Power-to-weight ratio 功率重量比 328
Practice projectile 練習炮彈 396
Pradakshina 圍繞壁龕的繞行通道 491
Praesepe 蜂巢星團 18
Prairie style 草原風格 495
Praseodynium 鐠 310
Pratt & Whitney Canada turbofan engine 普拉特－惠尼加拿大渦輪風扇式引擎 418,419
Pratt & Whitney Canada turboprop engine 普拉特－惠尼加拿大渦輪風扇式引擎 419
Pratt & Whitney radial engine 普拉特・惠尼星形引擎 406,407
Praxiteles 蒲拉克西帝利 35
Preacetabular process 前髖臼突出 82
Precambrian period 前寒武紀 56,64,65,279
Precambrian seas 前寒武紀海洋 78
Precentral gyrus 中央前回 237
Precious metals 貴金屬 311
Precipitate 沉澱物 312
Precipitation 降水 288,302,303
Predatory dinosaurs 獵食性恐龍 84
Predatory theropods 獵食性獸足亞目 88
Predentary bone 前齒骨
Arsinoitherium 重腳獸屬 104
Iguanodon 禽龍屬 96
Lambeosaurus 賴氏龍屬 99
Moeritherium 始祖象屬 105
Protoceratops 原角龍屬 102
Triceratops 三角龍屬 103
Prehensile tail 握物尾 202
Prehistoric foods 史前食物 109
Pre-load adjustor 預緊變調節器 365
Premaxilla 前頜
Baryonyx 重爪龍 83
Bony fish 硬骨魚 181
Chimpanzee 黑猩猩 202
Elephant 象 201
Frog 蛙 183
Iguanodon 禽龍屬 96
Lambeosaurus 賴氏龍屬 99
Premolars 前臼齒
Australopithecus 南方古猿 107
Bear 熊 106,194
Chimpanzee 黑猩猩 202
Horse 馬 105
Human 人 246
Lion 獅 194
Prenocephale 傾頭龍 100,101
Preopercular bone 前鰓蓋骨 181
Preparatory drawing 繪畫（基礎）訓練 430,431
Prepubic process 前恥骨突
Iguanodon 禽龍屬 96
Parasaurolophus 似棘龍屬 98
Stegosaurus 劍龍屬 93
Prepubis 前恥骨
Ornithischian 鳥臀目 82
Stegoceras 頂角龍屬 100,101
Prepuce 包皮 259
Preserved remains 保存的生物殘體 278
Press 印刷機
Book 書 586
Etching 蝕刻 447
Lithographic printing 平版印刷 446
Relief-printing 凸版印刷；凸版畫 449
Pressed steel wheel 鋼板衝壓車輪 340
Pressure 壓力
Formation of black hole 黑洞的形成 29
Igneous and metamorphic rocks 火成岩和變質岩 274
Mineral resources 礦物資源 280
Stellar black hole 黑洞星 29
Volcanic features 火山特徵 273
Pressure gauge 壓力表 325,354
Pressure line 增壓管路 418
Pressure plate 壓力板 366
Pressurized cabin 增壓座艙 406
Pressurized keel box 增壓龍骨箱 417
Pressurized strut 加壓支柱 425
Pressurized water reactor 加壓水冷反應堆 314
Presta valve 氣門嘴 361
Presynaptic axon 突觸前軸突 239
Presynaptic membrane 突觸前膜 239
Prickers 刺孔工具 383
Prickle 刺，棘
Blackberry 黑莓 147
Bramble stem 歐洲黑莓莖 130
Rose stem 薔薇莖 130
Slender thistle 飛廉屬的一個種 129
Primary bronchus 主支氣管 215
Primary colors 原色 439
Primary-drive gear 初始傳動齒輪 366
Primary flight feathers 主飛翔羽 188,191
Primary follicle 原始濾泡 258
Primary leaf 初生葉 121
Primary mycelium 初生菌絲體 115
Primary remiges 主飛翔羽 188,191
Primary root 初生根 132,133

Germination 發芽 152,153
Seedling 幼苗 152,153
Primary teeth 乳牙 246
Primary thallus 初生地衣體 114
Primary xylem 初生木質部 125,135
Primates 靈長類 108,202,203,279
Primer 底漆 348,436
Primitive crocodilians 原始鱷 68
Primitive life-forms 原始生命形成 64
Primitive mammals 原始的哺乳動物 206
Principal arteries and veins 主要的動脈和靜脈 253
Principal rafter 主椽
Ancient Roman mill 古羅馬磨坊 464
Dome 穹窿 486
Gothic building 哥德式建築 473
Printed circuit board 印刷電路板 575
Printing block 印刷板 449
Printing papers 印刷紙，版畫紙 447
Print making 手工印刷，版畫 446,447,448,449
Prism 棱鏡 318
Prismatic habit 柱狀晶癖 271
Prism retainer plate 棱鏡護圈板 589
Prism retainer spring 棱鏡護圈彈簧 589
Privy 廁所 380
Probactosaurus 前巴克龍屬 97
Proboscidea 長鼻目 104
Proboscis 腦神經節 169,201
Procambial strand 原形成層束 134
Procerus muscle 眉間降肌 229
Processional path 列隊行進通道 470
Procompsognathus 原始頜龍 87
Procoptodon 原袋鼠 76
Procyon 南河三 8,21
Procyon lotor 浣熊 195
Production line 生產線
Mass-production 批量生產 338
Modern bodywork 現代汽車車身 348
Modern trim 現代裝璜 352
Projectile 炸彈 396
Prokaryotes 原核生物細胞 78
Prolegs 前足 169
Promethium 鉕 311
Prominence 日珥 32,33
Pronaos 前廳 461
Pro-otic bone 前耳骨 183
Propagative structures 繁殖結構 154,155
Propellant 發射火藥 396
Propeller 螺旋槳 390,391
ARV light aircraft ARV 輕型飛機 425
Battleship 戰列艦 395
Biplanes and triplanes 雙翼機和三翼機 402,403
Early monoplanes 早期的單翼機 400,401
Ford diesel engine 福特牌柴油機 347
Frigate 護衛艦 396
Hawker Tempest components 霍克暴風式戰鬥機零件 408
Lockheed Electra airliner 洛克希德公司伊利克特拉客機 406,407
Pegasus Quasar microlight 柏伽索斯類星號超輕型飛機 427
Pioneers of flight 飛行先驅 398,399
Submarine 潛水艇 396
World War I aircraft 第一次世界大戰中的飛機 404,405
Propeller-bolt collar 螺旋槳螺栓卡圈 411
Propeller brake pad 螺旋槳制動器底座 419
Propeller drive flange 螺旋槳主動凸緣
ARV light aircraft ARV 輕型飛機 425
Modern piston aeroengines 現代活塞式飛機引擎 410,411
Propeller drive gearbox 螺旋槳傳動齒輪箱 427
Propeller drive shaft 螺旋槳傳動軸 408
Propeller-hub spinner 螺旋槳槳轂 407
Propeller shaft 螺旋槳軸
Brazilian battleship 巴西戰列艦 395
Wright Flyer 萊特飛行器 399
Propeller shaft boss 螺旋槳軸的轂 395
Propeller-shaft bracing strut 螺旋槳軸支柱 398,399
Propeller shaft rear bearing 槳旋槳軸後軸承 410
Propeller speed probe 螺旋槳轉速探測器 419
Propeller spinner 螺旋槳槳轂 408,409
Propodus 掌節 172,173
Propylaeum 朝門 460
Prosauropoda 原蜥腳龍亞目 83
Prosauropods 蜥蜴亞目 88
Proscapular process 前肩胛骨 187
Prosimians 紅吼猴 203
Prosimii 原猴亞目 202
Prosoma 前體 170,171
Prostate gland 前列腺 257,259
Prostyle colonnade 前柱廊 483
Protactinium 鏷 310
Protective clothing 防護衣
Cricket 板球 539
Football 足球 528
Ice hockey 冰球 550,551
Protective eyewear 護目鏡 544
Protective gaiter 保護套筒 422
Protective outer layer 保護性外層 125
Protective root covering 覆蓋保護根 153
Protective scale 保護性鱗片 134
Protective scale leaf 保護性鱗葉 155
Protein body 蛋白體 112
Protein fibres 蛋白質纖維 166
Protein matrix 蛋白質基質 166
Protein synthesis site 蛋白質合成場所 139
Proterozoic eon 隱生元 279
Proteus 海衛 X(普魯提由斯) 50
Prothallus 原葉體 121
Prothorax 前胸 168
Protista 原生生物界 112,116
Protoceratops 原角龍屬 102,103
Protogalaxies 原星系 10,11
Proton 質子 308,316
Atomic mass 原子質量 310
Atomic number 原子序數 310
Lithium-19 鋰 19 309
Nuclear fusion 核聚變 22
Protonema 原絲體 119
Protostar 原恒星 24,26
Protoxylem 原生木質部
Dicotyledon root 雙子葉植物根 127
Monocotyledon root 單子葉植物根 127
Root 根 132,133
Proventriculus 前胃
Bird 鳥 189
Crayfish 蝲蛄(小龍蝦) 173
Prow 船頭 372,375
Prowhead 船首裝飾 374
Proxima Centauri 半人馬座比鄰座 18
Proximal convoluted tubule 近端腎曲小管 256,257
Proximal interphalangeal joint 近端指節間關節 231
Proximal phalanx 近端指骨 230,232
Prunus persica 桃 131
Psathyrella candolleana 黃蓋小脆柄菇 115
Pseudocarps 假果 148,149
Pseudo-Corinthian capital 假科林斯柱頭 476
Psi Sagittarii 人馬座ψ 21
Psittacosaurus 鸚鵡嘴龍屬 100,103
Psoas major muscle 腰大肌 225,257
Pterapsis 鰭甲魚屬 65
Pterichthyodes 兵魚屬 65
Pteridium aquilinum 歐洲蕨 121
Pterois volitans 翱翔蓑鮋 180
Pteron 神廟側面 460,461,463
Pterosaurs 翼龍 70,71
Pterygoid bone 翼狀骨 183
Pterygoid hamulus 翼突鉤 220
Pterygoid plate 翼狀板 220
Ptolemaeus 托勒麥斯 40
Ptolemaic-Roman period 托勒密－羅馬時期 459
"P" turret "P" 塔 395
Pubic bone 恥骨 261
Pubic ramus 恥骨支 257

Pubic symphysis 恥骨聯合 258
Pubis 恥骨
Archaeopteryx 始祖鳥屬 85
Bird 鳥 189
Diplodocus 梁龍屬 90
Eryops 曳螈屬 81
Gallimimus 雞形龍 86
Human 人 218,224,259
Iguanodon 禽龍屬 96
Ornithischian 鳥臀目 82
Plateosaurus 板龍屬 88
Saurischian 蜥臀目 82
Stegosaurus 劍龍屬 93
Struthiomimus 似駝鳥龍屬 87
Tyrannosaurus 霸王龍屬 84
Pubofemoral ligament 恥骨－股骨韌帶 224
Pudenda 陰部 211
Pudendal nerve 陰部神經 238
Puffballs 馬勃菌 114
Pugin,A.W.N. A.W.N. 蒲金 493
Pulley bolt 張緊輪螺栓 360
Pulley rim rear brake 皮帶輪輪圈後輪制動器 362
Pulley wheel 滑輪
Simple pulleys 簡單滑車 320
Van de Graaff generator 凡德格拉夫（靜電）發電機 316
Pulmonary artery 肺動脈
Frog 蛙 182
Human 人 251,253,254,255
Pulmonary semilunar valve 肺半月瓣 251
Pulmonary trunk 肺幹 251,255
Pulmonary vein 肺靜脈 251,253,254
Pulp artery and vein 牙髓的動脈和靜脈 247
Pulp chamber 牙髓腔 247
Pulp horn 牙髓角 247
Pulp nerve 牙髓神經 247
Pulsar 脈衝星 28
Pumice 浮岩 275
Marble carving 大理石雕，大理石雕術 453
Pump 泵（幫浦）
Nuclear power station 核電站 314
Testing candle wax 試驗蠟燭 313
Pump drive belt 泵傳動皮帶 410
Pump drive shaft 水泵傳動軸 411
Pump piston 泵活塞 391
Punchhole 穿孔 570
Pupa 蛹 168
Pupil 瞳孔
Caiman 凱門鱷 186
Human 人 213,226,241
Pupil's cockpit 學生座艙 403
Puppis 船艫座 18,21
Purchase 滑車 382,383
Purchase wire 滑輪繩 394
Pure substances 純物質 306
Purfling 鑲邊 510,511
Purkinje's cells 普爾金耶氏細胞 237
Purlin 檁 473
Pusher propeller 推進器螺旋槳
Pegasus Quasar microlight 柏伽索斯類星號超輕型飛機 426
Pioneers of flight 飛行先驅 398,399
Push moraine 推磧 286
Push-rod 推桿 365,367
Push-rod adjuster 推桿調節器 357
Push switch 按鈕開關 572
Putter 輕擊桿 547
Putting green 推擊草坪 546
Putto 裸體小兒雕像飾 476
"P" wave P 波 63
Pygal shield 臀盾 187
Pygostyle 尾綜骨 189
Pylon 鐵塔 314
Pylon fairing 吊架整流裝置 427
Pylon strut 吊架支柱 427
Pyloric caecum 幽門盲囊
Bony fish 硬骨魚 181
Starfish 海星 174
Pyloric duct 幽門管 174
Pyloric region of stomach 胃幽門區 179
Pyloric sphincter muscle 幽門括約肌 249
Pyloric stomach 幽門胃 174
Pyramid 金字塔 458
Pyrenees 庇里牛斯山脈 77,265
Pyrenoid 蛋白核 112,116
Pyrites 黃鐵礦 268
Intrusive igneous rocks 侵入火成岩 275
Pyroclasts 火成碎屑 272
Pyromorphite 磷酸氯鉛礦 269
Pyroxene 輝石 52,267
Pyxis 羅盤座 18

Q

Quadrant arch 扇形拱 468
Quadrate bone 方骨 181
Quadratojugal bone 方軛骨
Frog 蛙 183
Heterodontosaurus 虎鯊龍屬 83
Quadrilateral 四邊形 489
Quadripartite vault 四分拱頂 469
Quadrupedal dinosaurs 四足恐龍 88,92,96,100
Quadruplanes 四翼機 402
Quark 夸克 309
Quarter and counter lining 後側幫皮和後幫皮襯料 571
Quarter back 四分衛 526
Quarter backer 後側幫皮襯皮 570, 571
Quarterdeck 後甲板 380,381
Quarterdeck house 後甲板室 376
Quarter gallery 船尾瞭望台 381
Quarter glass 邊角窗玻璃 348
Quarter light 後側角窗 340,341
Quarter lining 後側幫皮襯料 570
Quarter panel moulding 後側鑲板嵌條 352
Quarter tip 後側鞋跟鞋掌 571
Quarter trim panel 後側裝飾襯板 352
Quartz 石英，水晶
Color 顏色 271
Metamorphic rock 變質岩 267
Oxides/hydroxides 氧化物／氫氧化物 268
Quasar(quasi-stellar object) 類星體
Galaxies 星系 12
Objects in Universe 宇宙中的若干天體 11
Origin and expansion of Universe 宇宙的起源和膨脹 10,11
Quasar nucleus 類星核體 13
Quaternary period 第四紀 57,76, 77
Fossil record 化石記錄 279
Quatrefoil 四葉形窗櫺 471-473
Quaver 八分音符 502
Quayside 碼頭區 387
Queen-post 雙立柱 473
Quercus palustris 沼澤櫟 74
Quercus petraea 無梗花櫟 131
Quick-release mechanism 快速解脫機構 425
Quick release strap 快速脫扣帶 360
Quill 羽根，套管軸
Drill 鑽 569
Feather 羽毛 191
Writing tool 書寫工具 444
Quinacridone red 喹吖啶紅 442
Quiver 箭袋 548
Quoin 轉角砌塊
Baroque church 巴洛克教堂 481
Medieval building 中世紀建築 466
Nineteenth-century building 19世紀建築 492
Renaissance building 文藝復興時期建築 476

R

Rabbit line 兔形線 380
Rabbits 兔 196,197
Raccoons 浣熊 194,195
Raceme 總狀花序 129
Rachilla 小葉軸 137
Rachis 葉軸 136,137
Bipinnate leaf 二回羽狀複葉 137
Couch grass 匍匐冰草 113
Everlasting pea 宿根香豌豆 129
Feather 羽毛 191
Fern 蕨 121
Hogweed 牛防風 129
Pinnate leaf 羽葉 136,137
Rowan leaf 花楸葉 130
Tree fern 樹蕨 112
Tripinnate leaf 三回羽狀複葉 137
Racing bike 賽車 360
Racing car 賽車 356,357
Racing chain 賽車鏈條 361
Racing colors 賽衣顏色 554,555

Racing saddle 比賽用的馬鞋 554
Racing sidecar 比賽跨鬥摩托車 368,369
Racing "silks" 賽馬穿的綢服 554,555
Racing tyre 賽車輪胎 365
Formula One racing car 一級方程式賽車 357
Suzuki RGV500 鈴木牌 RGV500 型摩托車 368,369
Racketball 牆內網球 544,545
Racket sports 使用球拍的球類運動 544,545
Radar 雷達
Modern jetliners 現代噴射客機 412
Modern military aircraft 現代軍用飛機 420,421
World War II aircraft 第二次世界大戰中的飛機 408
RADAR antenna 雷達天線 397
RADAR for gunnery and missile control 重炮和導彈控制用雷達 397
Radial artery 橈骨動脈 231,253
Radial canal 輻管
Jellyfish 海蜇 167
Sea urchin 海膽 175
Starfish 海星 174
Radial cartilage 輻式軟骨 180
Radial diffuser 徑向擴散段 418
Radial engine 星形發動機
Curtiss biplane 寇蒂斯式雙翼機 398,399
Lockheed Electra airliner 洛克希德公司伊利克特拉客機 406,407
Radial groove 徑向溝槽 365
Radial nerve 橈神經
Human 人 238
Sea urchin 海膽 175
Radial river drainage 放射河系 288
Radial spoke 放射狀輻條 47
Radial studio easel 工作室畫架 437
Radial wall 徑向壁 465
Radiation 輻射 38
Electromagnetic 電磁 314
Energy emission from Sun 太陽發射的能量 22
Galaxies 星系 12,13
Nebulae and star clusters 星雲和星團 16
Ozone formation 臭氧形成 64
Universe 宇宙 10
Radiative zone 輻射帶
Structure of main sequence star 主序星的結構 24
Structure of Sun 太陽的結構 33
Radiator 散熱器
1906 Renault 1906 年雷諾牌汽車 336,337
ARV light aircraft ARV 輕型飛機 424
Ford Model T 福特牌 T 型汽車 338,339
Formula One racing car 一級方程式賽車 357
Hawker Tempest fighter 霍克暴風式戰鬥機 409
Honda VF750 本田 VF750 型摩托車 364
Kirby BSA 柯爾比 BSA 競賽跨鬥摩托車 369
Renault Clio 雷諾・克萊奧牌汽車 351
Wright Flyer 萊特飛行器 399
Radiator-access cowling 散熱器罩 408
Radiator air vent 散熱器通風孔 368
Radiator apron 散熱器護板 339
Radiator coolant 散熱器冷卻劑 326
Radiator fan 散熱器風扇 326
Radiator filler cap 散熱器加水口蓋 339
Radiator filler neck 散熱器加水口 339
Radiator grille 散熱器護柵板 355
Radiator header tank 散熱器集管箱 408
Radiator hose 散熱器軟管 339
Radiator outlet 散熱器出口 409
Radiator pipe 散熱管 364
Radicle 胚根
Dry fruit 乾果 150
Embryo development 胚發育 147
Epigeal germination 出土發芽 153
Hypogeal germination 不出土發芽 152
Radio 無線電設備
Bell-47 helicopter 貝爾 47 直升飛機 422
Renault Clio 雷諾・克萊奧牌汽車 353
Radio aerial 無線天線
Pinzgauer Turbo D 平茲高爾輪機 D 型越野車 355
Schleicher K23 glider 施萊徹 K23 滑翔機 426
Radio antenna 無線天線 395
Radio galaxies 射電星系 12,13
Radio image 射電圖像 13
Radio lobe 射電瓣 13
Radio map of our galaxy 銀河系射電圖 15
Radio mast 天線桿 494
Radio operator's seat 無線電通信員座椅 408
Radio plugs 無線電台插頭 425
Radio speaker 收音機揚聲器 353
Radio-ulna 橈尺骨 183
Radio wave beam 射電波束 28
Radio-wave emission 射電波輻射 15
Radio waves 無線電波
Electromagnetic spectrum 電磁頻譜 318
Pulsar 脈衝星 28
Radio image of Centaurus A 半人馬 A 的射電圖像 13
Radium 鐳 310
Radius 橈骨
Archaeopteryx 始祖鳥屬 85
Arsinoitherium 重腳獸屬 104
Baryonyx 重爪龍 85
Bird 鳥 189
Bird's wing 鳥的翅 191
Crocodile 鱷 186
Diplodocus 梁龍屬 90
Domestic cat 家貓 195
Elephant 象 90,201
Eryops 曳螈屬 80
Euoplocephalus 包頭龍 94
Hare 野兔 197
Horse 馬 199
Human 人 218,230,231
Iguanodon 禽龍屬 96
Kangaroo 袋鼠 206
Lizard 蜥蜴 184
Parasaurolophus 似棘龍屬 99
Pareiasaur 鉅頰龍 81
Plateosaurus 板龍屬 88
Platypus 鴨嘴獸 206
Rhesus monkey 獼猴 202
Seal 海豹 204
Stegoceras 頂角龍屬 100,101
Struthiomimus 似鴕鳥龍屬 87
Toxodon 箭齒獸 106
Triceratops 三角龍屬 102
Turtle 龜 187
Radius rod 半徑桿
Avro Tutor biplane 阿弗羅教練式雙翼機 403
Ford Model T 福特牌 T 型汽車 338,339
Radome 天線罩
BAe-146 jetliner BAe-146 噴射客機 415
Concorde 協和飛機 416,417
Tornado 旋風式飛機 420
Radon 氡 311
Radula 齒舌 176,177
RAF Central Flying School badge 皇家空軍中央飛行學校校徽 402
RAF roundels 英國皇家空軍的圓形標誌 403,409
Raft 筏式基礎 496
Rafter 椽
Ancient Roman mill 古羅馬磨坊 464
Dome 穹窿建築 486
Gothic building 哥德式建築 473
Modern building 現代建築 499
Nineteenth-century building 19 世紀的建築 492
Raft spider 卵筏蜘蛛 171
Rail 軌道，橫檔
Electric trolley 電車 332
Kayak 皮艇 560
Neoclassical building 新古典主義建築 483
Relief-printing press 凸版印刷機 449
Train 列車 330,331
Wooden sailing ship 木帆船 379
Rail chair（鐵路）軌座 324
Railing 欄柵

Asian building 亞洲建築 490,491
Cathedral dome 大教堂的穹窿 487
Medieval building 中世紀建築 467
Nineteenth-century building 19 世紀建築 493
Renaissance theater 文藝復興時期的戲院 477
Railroad crest 鐵路公司徽章 326
Railroad system 鐵路系統 324
Rain 雨 302
Rain erosion 雨的侵蝕 294
Rain gutter 雨水溝 412,415
Rainwater 雨水
Caves 洞穴 284
Weathering and erosion 風化和侵蝕 282
Raised beach 上升的沙灘 295
Raja clavata 鰩 179
Raked windshield 傾斜擋風玻璃 333
Raking cornice 斜檐口
Ancient Greek building 古希臘建築 460,461
Ancient Roman building 古羅馬建築 462,463
Baroque church 巴洛克教堂 480,481
Neoclassical building 新古典主義建築 478
Raking stempost 斜艏柱 376
Ram 鐵撞錘 372
Ramaria formosa 美麗枝珊瑚菌 114
Ramentum 小鱗片 112,121
Rammer 裝彈機 396
Ramp 斜坡道 467,494
Ram scoop 沖壓進氣口
BE 2B bomber BE 2B 轟炸機 404
Tornado 旋風式飛機 420,421
Rangefinder 測距儀
Battleship 戰列艦 394
Gun turret 炮塔 396
Ranks 音列 514
Ranunculus sp. 毛茛屬的一個種 127,132,133
Raphe 種脊 153
Rapid-fire pistols 速射手槍 548
Rapids 湍流，急灘
River features 河流的特徵 290
River's stages 河流的階段 289
Rare earths 稀土元素 310
Rare gases 稀有氣體 311
Ras Algethi 帝座 20
Ras Alhague 侯 19,20
Rasp 木銼 452
Raspberry 樹莓 149
Rat 老鼠 104,196
Ratchet 棘輪
Brace-and-bit 手搖曲柄鑽 569
Fixed-spool reel 固定線軸繞線輪 562
Ratchet mechanism 棘輪機構 569
Ratchet pawl 棘輪爪 566
Ratchet wheel 棘輪 334
Rating 等級 378
Rating nut 調節螺母 566
Ratings' mess 船員餐室 397
Ratline 桅支索橫穩索 376,379
Rat's tail 尖尾繩 384
Rat tail 鼠尾帶 389
Rattlesnake 響尾蛇 185
Raw sienna 生赭 434
Raw umber 生棕 434
Ray 射線，鰭刺，輻射線
Branchiostegal 鰓蓋 181
Caudal fin 尾鰭 180
Dorsal fin 背鰭 181
Jawless fish 無頜魚 178
Liverwort 地錢 118
Mercury 水星 34
Near side of the Moon 月球的正面 40
Parenchyma cells 薄壁細胞 134
Pectoral fin 胸鰭 181
Ray crater 具輻射線的坑 34
Ray florets 邊花
Florists' chrysanthemum 菊 129
Sunflower 向日葵 142,145
Reactants 反應物 312
Reactive metals 活潑金屬 310,311
Reactor core 反應器核心 314
Reactor space 反應器空間 397
Read Only Memory(ROM) 只讀存儲器 584,585
Rear axle 後橋 338
Rear axle adjustor 後車軸調節器 364,368
Rear bearing 轉子軸承 411
Rear brake 後輪制動器 362
Rearbrake cable 後閘拉索 359,360
Rear brake calliper 後輪制動鉗 368
Rear brake pedal 後輪制動踏板 368
Rear bulkhead 後隔框 417
Rear cabinet 後殼 574
Rear cantilever brake 後懸壁制動器 358
Rear cylinder exhaust pipe 汽缸後排氣管 368
Rear derailleur 後變速齒輪傳動機構 358,360
Rear door 後車門 339
Rear drop-outs 後下落桿 358
Rear hatch 後行李倉 349
Rear hub quick-release spindle 後輪轂快速釋放心軸 358
Rear indicator 車後指示燈 362
Rear lamp 後燈
Oldsmobile trim 老爺車裝璜 337
Volkswagen Beetle 金龜車 340
Rear lamp cluster 後燈組合 355
Rear leaf spring 後鋼板彈簧 338
Rear lens group 後透鏡組 589
Rear light
Bicycle 自行車 360
Italian State Railways Class 義大利國家鐵路等級 402,328
Paris RATP Metro 巴黎 RATP 地下鐵道電氣列車 328
Rear limit line 底線 557
Rear-mounted propeller 後置螺旋槳
Pegasus Quasar microlight 柏伽索斯類星號超輕型飛機 426
Pioneers of flight 飛行先驅 398,399
Rear oil lamp 車後油燈 336
Rear shelf 後擱板 352
Rear shock absorber 後減震器 340
Rear sub-frame 後副車架 364
Rear tail light 後（尾）燈 329
Rear tyre 後輪胎 580
Rear-view mirror 後視鏡
1906 Renault 1906 年雷諾牌汽車 336
Formula One racing car 一級方程式賽車 357
Pinzgauer Turbo D 平茲高爾輪機 D 型越野車 355
Renault Clio 雷諾・克萊奧牌汽車 353
Rebate 槽口（榫頭）576
Receiver 接球人
American squash 美國壁球 545
Badminton 羽毛球 545
International squash 國際壁球 545
Racketball 牆內網球 545
Tennis 網球 544
Receiving line 接球線 545
Receptacles 托，囊
Algae 藻類 116
Dicotyledon flower 雙子葉植物花 127
Dry fruit 乾果 150,151
Fertilization 受精 147
Flower 花 140,36
Rose 薔薇屬 131
Seaweed 海藻（草）116,117
Succulent fruit 多汁果 148,149
Recessed arch 凹進的層疊拱 488
Recessed hinge 暗鉸鏈 414,415
Recharge area 補給區 292
Recoil case 反衝盒 580,581
Recoil cylinder 駐退筒 396
Reconnaissance camera 偵察照相機 420
Record trigger 錄音開關 521
Rectal caecum 直腸盲囊 174
Rectal gland 直腸腺 179
Rectangle measurements 矩形測量 590
Rectangular cross-band 矩形十字箍 374
Rectangular pier 矩形拱支柱 465,467,480
Rectangular river drainage 直角型河系 288
Rectangular window 矩形窗
Ancient Roman building 古羅馬建築 465
Asian building 亞洲建築 490
Baroque church 巴洛克教堂 481
Medieval building 中世紀建築 466
Renaissance building 文藝復興時期建築 474-476

Rectum 直腸
Bird 鳥 189
Butterfly 蝴蝶 169
Chimpanzee 黑猩猩 202
Cow 牛 198
Dogfish 角鯊 179
Dolphin 海豚 205
Elephant 象 200
Frog 蛙 182
Human 人 215,248,249,258,259, 261
Lizard 蜥蜴 185
Rabbit 兔 196
Starfish 海星 174
Tortoise 陸龜 187
Rectus abdominis muscle 腹部直肌 226
Rectus femoris muscle 股直肌 226
Recumbent fold 伏褶皺 61
Red algae 紅藻 116
Red blood cells 紅細胞 217,253
Red-brown crocoite 紅棕色鉻鉛礦 271
Red card 紅牌 524
Red deer 紅鹿 199
Red dwarf 紅矮星 23
Red earth 土紅 433,434,435
Red filter signal light 紅色信號燈 407
Red giant 紅巨星
Small stars 小恒星 24,25
Stars 恒星 22,23
Red howler monkey 環尾狐猴 203
Red light 紅光 318
Main-line signalling system 幹線鐵路信號信統 330,331
Red light photon 紅光的光子 318
Red marble 紅大理石 450
Red port navigation light 紅色左舷行燈 406
Red sandstone 紅色砂岩 277
Red seaweeds 紅海藻 117
Red spot 紅斑 44,45
Red supergiant 紅超巨星
Massive-stars 大質量恒星 26,27
Stars 恒星 22,23
Reduction gearbox 減速齒輪箱
Early piston aeroengines 早期的活塞式飛機引擎 410,411
Jet engines 噴射引擎 419
Turboprop engine 渦輪螺旋槳噴射引擎 419
Redwall limestone 瑞德瓦爾(紅牆)石灰岩 277
Red warning light 紅色警戒燈
Italian State Railways Class 義大利國家鐵路等級 402,328
Paris RATP Metro 巴黎 RATP 地下鐵道電氣列車 328
Redwood trees 紅木樹 70
Reed pen 蘆桿筆 444
Reef knot 平結 388
Reef point 縮帆索尖端 385
Reel 捲線器,卷軸
Angling equipment 釣具 562,563
Fencing piste 擊劍場 557
Frigate 護衛艦 397
Reel foot 繞線輪足 562,563
Reel scoop 繞線輪杓 562,563
Reel seat 繞線輪座 563
Re-entrant angle 凹入角 485
Re-entrant corner 凹入牆角 479
Referee 裁判員
Basketball 籃球 532
Football 足球,橄欖球 526
Gaelic football 蓋爾足球 529
Ice hockey 冰球 550
Judo 柔道 556
Lacrosse 長曲棍球 541
Rugby 拉格比足球 530
Soccer 足球 524
Swimming 游泳池 558
Volleyball 排球 534
Referee's crease 主裁判員線 550
Referee's equipment 裁判員用具 524
Referee's signals 裁判員手勢
Basketball 籃球 533
Football 足球,橄欖球 527
Reflection 反射 318
Reflection nebula 反射星雲 16
Reflector 反射鏡
Ford Model T 福特牌 T 型汽車 339
Oldsmobile trim 老爺車裝璜 337
Refraction 折射 318,319
Refractory(heat-resistant) skin 耐火(抗熱)蒙皮 421
Refrigerator freight car 冷藏車 327
Regency-style carver 十九世紀英國流行軟式扶手椅 576
Regie Autonome des Transports Parisien 巴黎交通運輸管理局 328
Regional metamorphism 區域變質 274
Regional weather 區域天氣 302
Registers 音管組 514
Regolith (soil) 表土(月壤) 41
Regula 三槽板下短條線腳 461
Regulator 調節器
"Mallard" express steam locomotive "馬拉德號"特快蒸汽機車 325
"Rocket" steam locomotive "火箭號"蒸汽機車 324
Regulator valve 調節閥 325
Regulus 軒轅十四 18,21
Rein 韁繩 554
Reinforce 炮膛加厚部分 395
Reinforced concrete 鋼筋混凝土 494,497
Sleepers 軌枕 330
Reinforced plinth 加固勒腳 499
Rein terret 韁繩環 555
Relative atomic mass 相對原子質量 310
Relay baton 接力棒 543
Relay running 接力賽跑 542
Release 鬆手 537,543
Release adjustment screw 放鬆調節螺釘 552
Release button 釋放按鈕 425
Release lever 釋放桿 563
Release spring 釋放彈簧 563
Relief 浮雕 458
Relief printing 凸版印刷 446
Relief printing equipment 凸版印刷設備,凸版畫器材 449
Relieving arch 輔助拱
Ancient Roman building 古羅馬建築 462,465
Medieval building 中世紀建築 466,467
Remiges 飛翔羽 188,191
Removable archery screen 可移動的弓箭手掩護物 377
Renaissance buildings 文藝復興時期建築 474-477
Renal artery 腎動脈 256,257
Renal column 腎柱 256
Renal papilla 腎乳頭 256
Renal pelvis 腎盂 256
Renal sinus 腎竇 256
Renal vein 腎靜脈 256,257
Renault(1906) 雷諾牌汽車(1906 年) 336,337
Renault Clio 雷諾・克萊奧牌汽車 348-353
Renault logo 雷諾牌汽車標識 348
Renault V10 RS1 engine 雷諾牌 V10 RS1 型引擎 356
Renoir 雷諾瓦 35
Repeater indicator 復示燈 333
Repeating pattern 重複的圖案排列 307
Replum 假膜 151
Reproduction 生殖,繁殖
Algae 藻類 116,117
Fertilization 受精 146,147
Flowering plants 顯花植物 140
Liverwort 地錢 118
Moss 蘚 118,119
Vegetative 營養 154,155
Reproductive canal 生殖道 94
Reproductive chamber 生殖腔 116
Reproductive organs 生殖器官 259
Reproductive structures 繁殖結構
Flower 花 140-143
Pollination 授粉 144
Reproductive system 生殖系統 258,259
Reptiles 爬行類動物 80,81,184-187
Carboniferous period 石炭紀 66
Dinosaurs 恐龍類 82,83
Fossil record 化石記錄 279
Jurassic period 侏羅紀 70
Present-day 現在的 82
Rhynchosaurian 喙龍屬 71
Synapsid skull 單弓頭骨 67
Triassic period 三疊紀 68
Reptilia 爬行綱 184,186
Repulsion 相互排斥的力 316,317
"Request identification" aerial "要

求識別"天線 421
Re-radiated heat 二次輻射熱 300, 301
Reredos 供壇背壁 470
Rescue strap 救生帶 561
Reservoir 水庫 314
Resin canal 樹脂道
Bishop pine needle 主教松松針(葉)124
Pine root/stem 松根/莖 125
Resistance 電阻 316
Resonator 共振腔 513
Respiration 呼吸 255
Respiratory system 呼吸系統 254, 255
Rest 靜止,休息
Musical notation 樂譜 502
Newton's first motion law 牛頓第一運動定律 321
Resurgence 再現 284,285
Retainer screw 護圈螺釘 588,589
Retaining bolt hole 螺栓固定孔 366
Retaining screw 固定螺絲 562,563
Reticulum 蜂巢胃,網罟星座
Digestive system of a cow 牛的消化系統 198
Southern stars 南天恒星 20
Retina 視網膜 240,241
Retraction jack 收放作動筒 417
Retractor muscle 牽縮肌 167
Retreating glacier 昏退的冰川 286
Retrices 尾毛 188
Retroarticular process 後關節突起 83
Return 轉折線 486,487
Rev counter 轉數表 369
Reversed bend hook 倒彎鉤 562
Reversed dive piked 反身屈體跳水 559
Reverse dip-slip fault 逆向傾斜滑斷層 61
Reverse dive 反身跳水 558
Reverse-flow combustion chamber 回流式燃燒室 418
Reverse lever 倒擋操縱桿 342
Reverser handle 換向器把手 325
Reverse shock wave 反向激波 27
Reversible reactions 可逆反應 312
Reversing shaft lock control 換向軸鎖閉控制器 325
Reversing wheel 回動輪 392
Revivalist style 復古主義風格 493, 494
Rewind shaft 倒片軸 589
Rewind shaft collar 倒片軸環圈 589
Rhamphodopsis 鉤齒魚屬 65
Rhamphorhynchus sp. 喙嘴龍屬 71
Rheas 鶆䳍 188
Rhenium 錸 310
Rhesus monkey 恒河猴 202
Rhinoceroses 犀牛 198,199
Rhizine 假根 114
Rhizoids 假根 118,119
Alga 藻 116
Fern 蕨 121
Liverwort 地錢 118
Moss 蘚 119
Rhizomes 根莖 154,155
Fern 蕨 121
Herbaceous flowering plants 草本顯花植物 128
Horsetail 木賊 120
Water hyacinth 鳳眼蘭 158
Water lily 睡蓮 159
Rhizophore 根托 120
Rhol Sagittarii 人馬座 P1 21
Rhodium 銠 311
Rhodophyta 紅藻門 116
Rhomboideus major muscle 大菱形肌 227
Rhomboid leaves 菱形葉 137
Rhombus 菱形 471
Rhopalium 感覺器 167
Rhynchosaurian reptile 喙龍屬爬行動物 71
Rhynchosaurs 喙龍屬 68,69,71
Rhyolite 流紋岩 274,275
Rhyolitic lava 流紋熔岩 272
Rhythm 節奏
Drums 鼓 518
Percussion instruments 打擊樂器 516
Rhythm pattern selector 節奏形式選擇器 520
Rib 肋
Acoustic guitar 古典吉他 512
Archaeopteryx 始祖鳥屬 85
Avro triplane 阿弗羅三翼機 403
Baroque church 巴洛克教堂 479
BE 2B tail BE 2B 飛機的尾翼 405
BE 2B wings BE 2B 飛機的機翼 404
Bird 鳥 189
Blackburn monoplane 布萊克本單翼機 401
Bony fish 硬骨魚 181
Brachiosaurus 鰓恐龍屬 90
Concorde 協和飛機 417
Crocodile 鱷 186
Diplodocus 梁龍屬 90
Dome 穹窿 486,487
Domestic cat 家貓 195
Double bass 低音提琴 511
Elephant 象 201
Eryops 曳螈屬 80
Euoplocephalus 包頭龍 94
Gallimimus 雞形龍 86
Hare 野兔 197
Herbaceous flowering plant 草本顯花植物 128
Horse 馬 199
Kangaroo 袋鼠 206
Leather-bound book 皮面精裝書 586,587
Lizard 蜥蜴 184
Medieval church 中世紀教堂 469
Modern building 現代建築 499
Pareiasaur 鉅頰龍 81
Pegasus Quasar microlight 柏伽索斯類星號超輕型飛機 426,427
Pegasus XL SE microlight 柏伽索斯 XL SE 超輕型飛機 426
Plateosaurus 板龍屬 88
Platypus 鴨嘴獸 206
Rhesus monkey 獼猴 202
Seal 海豹 204
Snake 蛇 185
Stegoceras 頂角龍屬 101
Struthiomimus 似鴕鳥龍屬 87
Toxodon 箭齒獸 107
Triceratops 三角龍屬 102
Tyrannosaurus 霸王龍屬 84
Violin 小提琴 510
Westlothiana 西婁甸龍 81
Riband 肋骨牽條 381
Ribbing 肋骨 570
Ribbon 緞帶(書簽)586,587
Ribbon Lake 帶狀湖 287
Ribbon window 帶形窗 499
Rib cage 胸廓
Carnivores 食肉動物類 195
Human 人 218
Ribosome 核蛋白體,核糖體
Chloroplast 葉綠體 139
Human cell 人體細胞的 217
Rib vault 肋骨拱 469,484,485
Gothic building 哥德式建築 470
Medieval building 中世紀建築 467
Renaissance building 文藝復興時期建築 477
Rice paper 宣紙 445
Ride cymbal 騎鈸 519
Ridge 脊
Epigeal germination 出土發芽 153
False septum 假隔膜 151
Gothic building 哥德式建築 473
Modern building 現代建築 499
Nineteenth-century building 19 世紀建築 492
Seed 種子 153
Twentieth-century building 20 世紀建築 495
Ridge and furrow roof 折板屋頂 492
Ridge-board 屋脊板 473
Ridge-rib 脊肋 469,485
Ridges 陡脊 286,287
Ridge tile 脊瓦 464,476
Riding bitt 繫纜柱 372
Riding boot 馬靴 554
Riding jacket 騎手上衣 554
Riffler 來福線銼 452,453,454
Rifle 步槍 548,549
Rift valley 裂谷 58
Lake formation 湖的形成 292,293
Rig 索具 384,385
Riga brush 尖鬃毛筆 434
Rigel 參宿七
Northern stars 北天恒星 18
Orion 獵戶座 18
Southern stars 南天恒星 21
Star magnitudes 星等 22

Rigger 纜索 560
Rigger's gauge 裝配工量規 382
Rigging 索具 382,383
Iron 鐵 392
Sailing dinghy 東印度帆船 561
Wooden sailing ship 木帆船 378, 379
Rigging rail 索具欄杆 376
Rigging tools 安裝工具 382,383
Right whales 露背鯨 204
Rigid rock 剛性岩層 60
Rigol 眉板 381
Rim 輪緣, 邊緣
Bicycle wheel 自行車車輪 358,359
Kayak paddle 皮艇槳 560
Paddle wheel 槳輪 391
Tam-tam 鑼 516
Twin bollards 雙繫纜柱 386
Rim brake 輪緣制動器 330
Rim clamp 輪輞夾頭 337
Rim of pitcher 葉緣 161
Rim plate 輪輞圈 390
Rim section 輪緣弧段 390
Rind 果皮 149
Ring 環, 環形物
74-gun ship 裝有 74 門炮的炮船 380
Mushroom 蘑菇 115
Roman corbita 羅馬商船 372
Ring 1986 U1R 1986 U1R 環 48
Ring 1986 U2R 1986 U2R 環 48
Ring 6 6 環 48
Ring bolt 環首螺栓 373
Ring canal 環管
Sea urchin 海膽 175
Starfish 海星 174
Ring dyke 環狀岩牆 26
Ring finger 無名指 230,231
"Ring of Fire" "火環" 272
Ring of trunk 象鼻環 201
Rings 環
Jupiter 木星 44,45
Neptune 海王星 50,51
Saturn 土星 46,47
Uranus 天王星 48,49
Rings 4 and 5 4 環和 5 環 48
Ring scar 環痕 130,131
Ring-tailed lemur 鯨目 203
Rink corner 球場角 550
Riojasaurus 里奥哈龍屬 89
Ripple finish 有波紋的成品 451
Riser 梯級豎板, 冒口
Bronze casting 青銅澆鑄, 青銅鑄件 454,455
Staircase 樓梯 477
Rising air 上升氣流
Atmospheric circulation and winds 大氣環流和風 300
Precipitation 降水 302
Rising land 陸地上升 294
Risorius muscle 笑肌 229
Rissa tridactyla 三趾鷗 190
Ritchey 瑞奇 43
River Amur 黑龍江 265
River banks 河岸 289,290
River-bed 河床 289
River capture 河系襲奪 288
River cliff 河崖 289,290
River Congo 剛果河 265
River course 河流水道 288
River development 河流發育 289
River drainage patterns 河系類型 288
River features 河流的特徵 290,291
River flow 河流的特徵 290
River Ganges 恒河 288
River Jordan 約旦河 293
River Lena 勒那河 265
River Mekong 湄公河 265
River-mouth 河口 290
River Nile 尼羅河 264,265
River Ob-Irtysh 鄂畢-額爾齊斯河 265
Rivers 河流 288,289
Earth's physical features 地球表面的自然特徵 264
River features 河流的特徵 290,291
River source 河源 288,290
Rock cycle 岩石循環 266,267
Weathering and erosion 風化和侵蝕 282
River's stages 河流的階段 288,289
River terrace 河成階地 290,291
River valley 河谷 288,289,290
Rivet 鉚釘
Saddle 馬鞍 582
Shoes 鞋 570
Rivetted plates 鉚合板 392
Road spring 懸架彈簧 340
Roband 繩索箍帶 372,374
Robie House 羅比住宅 495
Robinia pseudoacacia 洋槐 136
Roche 洛希 41
Roches moutonnees 羊背石 286
Rock compression 岩層擠壓 60
Rock crystal 水晶 271
Rock cycle 岩石循環 266,267
Rock debris 岩屑 295
Rock deformations 岩層變形 60,61
Rocker 搖桿 446
Rocker arm 氣門搖臂 366
Rocker-beam 伸縮梁 496,497
Rocker cover 搖桿蓋 347
Rock erosion 岩石侵蝕 282
"Rocket" steam locomotive "火箭號"蒸汽機車 324
Rocket launcher 火箭發射器 397
Rock fracture 岩層斷裂 60
Rock groundmass 岩石基質 269
Rocking beam 搖桿 334
Rocking elevator arm 升降舵操縱搖臂 424
Rocking lever 搖桿 342
Rock layer 岩層
Caves 洞穴 284
Faults and folds 斷層和褶皺 60
Rock lip 岩石陡坡
Cirque formation 冰斗的形成 287
Tarn lake 冰斗湖 293
Rock mounds 岩石小丘 286
Rock particles 岩石顆粒 266,267
Rock pavement 石漠 282,283
Rock pedestal 岩石基座 282,283
Rock prisms 棱柱岩層 61
Rocks 岩石
Faults and folds 斷層和褶皺 60, 61
Fossils 化石 278,279
Igneous and metamorphic rocks 火成岩和變質岩 274,275
Mineral resources 礦物資源 280
Minerals 礦物 268
Rock cycle 岩石循環 266,267
Sedimentary rocks 沉積岩 276
Weathering and erosion 風化和侵蝕 282
Rock salt 石鹽, 岩鹽
Halides 鹵化物類 269
Sedimentary rocks 沉積岩 276, 277
Rock scar 巉岩 284
Rock stonecrop 黃栄屬的一個種 128
Rock strata 岩層 60,61
Fossils 化石 278
Rock stress 岩石應力 60,61
Rock tension 岩層拉伸 60,61
Rocky Mountains 落磯山脈 73,75, 77,264
Rocky planets 岩石行星
Mars 火星 42,43
Mercury 水星 34,35
Solar System 太陽系 30,31
Venus 金星 36,37
Rococo style 洛可可風格 478
Rod 釣魚竿 562,563
Rodentia 嚙齒目 104,196
Rodents 嚙齒動物 196,197
Rod-shaped structure 棒狀結構 144
Rogers,R. R. 羅杰斯 496
Roll 橫滾 400
Roller 滾柱, 輥
Mid West single-rotor engine 中西單缸引擎 410
"O Ring" drive chain "O 型環" 傳動鏈 366
Painting tool 繪畫工具, 印刷工具 442
Printing equipment 印刷設備, 繪畫器材 447,449
Tenor saxophone 次中音薩克斯風 509
Roller bearing 滾柱軸承 584
Roller-bearing axle box 滾子軸承軸箱 327
Roller-blind 卷開百葉窗 497
Roller path 滾道 396
Rolling hitch 滾套結 388
Roll spoiler 轉動式攏流片 414
Roll-spoiler hydraulic actuator attachment 轉動式攏流片液壓作動筒連接接頭 414
Rolls-Royce Olympus Mark 610

turbojet 羅爾斯-羅伊斯奧林普斯 610 型渦輪噴射引擎 417
Roman anchor 羅馬的錨 372
Roman architecture 古羅馬建築 462-465
Roman corbita 羅馬商船 372,373
Romanesque style 羅馬風風格 468, 470
Roman mill 羅馬磨坊 464
Roman number system 羅馬數字體系 591
Roman numeral 羅馬數字 567
Roman ships 羅馬的船隻 372,373
Roof boss 屋頂浮雕 468
Roof dome 車頂 332,333
Roofed space 屋頂空間 479
Roofing tile 有屋面瓦 482
Roofless temple 無屋頂神廟 460
Roof moulding 車頂嵌條 352
Roof-rack 車頂行李架 354,355
Roofs 屋頂 484
　Ancient Egyptian temple 古埃及神廟 458,459
　Ancient Roman building 古羅馬建築 462
　Asian building 亞洲建築 490
　Baroque church 巴洛克教堂 481
　Dome 穹窿建築 486
　Gothic building 哥德式建築 470-473
　Hammer-beam 錘式 470,473
　Islamic building 伊斯蘭回教建築 488,489
　Medieval building 中世紀建築 467,468
　Modern building 現代建築 496-499
　Neoclassical building 新古典主義建築 479,483
　Nineteenth-century building 19 世紀建築 492
　Renaissance building 文藝復興時期建築 476,477
　Twentieth-century building 20 世紀建築 494,495
Rooftop tent 車頂帳篷 354
Root 根,根部
　BAe-146 jetliner components BAe-146 噴射客機的零件 413,415
　BE 2B wings BE 2B 飛機的機翼 404
　Tooth 牙的 247
Root canal 牙根管 247
Root cap 根冠
　Broad bean 蠶豆 133
　Radicle 胚根 153
Root growth 植物根部生長 282
Root hairs 根毛 132
Root nodule 根瘤 128
Root of tail 尾根 198
Root parasite 根寄生植物 163
Root rib 根部翼肋 413
Roots 根系 132,133
　Adventitious 不定的 112,113

Amaryllis 朱頂蘭 155
Begonia 秋海棠 155
Brassavola nodosa 布拉薩沃拉氏蘭 162
Broomrape host 列當寄生 163
Carrot 胡蘿蔔 128
Cell division 細胞分裂 133
Clubmoss 石松 120
Couch grass 匍匐冰草 113
Dehiscent fruit 裂果 150
Dicotyledons 雙子葉植物（類）127
Elongation region 伸長區 133
Embryo 胚 147
Epigeal germination 出土發芽 153
Epiphytes 附生植物 162,163
Fern 蕨 121
Germination 發芽 152,153
Ginger 姜 155
Gladiolus 唐菖蒲 155
Golden barrel cactus 仙人球 156
Grape hyacinth 麝香蘭 155
Horse chestnut 七葉樹屬 130
Horsetail 木賊 120
Hypogeal germination 不出土發芽 152
Ivy 常春藤屬 131
Kedrostis africana 肉汁植物的一種 113
Lily 百合 155
Monocotyledons 單子葉植物（類）126,127
Mycorrhizal association 菌根共生體 133
Oxalis sp. 酢漿草 157
Pine seedling 松幼苗 122
Potato 馬鈴薯 128
Rock stonecrop 黃苃屬的一個種 128
Seedling 幼苗 152,153
String of hearts 吊燈花 157
Sweet pea 香豌豆 128
Sweet potato 甘薯 155
Vegetative reproduction 營養繁殖 154,155
Water hyacinth 鳳眼蘭 158
Water transport 水分運輸 138
Root scar 根痕 128
Root succulents 肉根植物 157
Root tip 根尖 132,133
　Radicle 胚根 152,153
Root tubers 塊根 154,155,157
Rope and paterae decoration 繩和圓盤飾裝飾 459
Rope band 繩索箍帶 372
Rope hole 繩孔 386
Rope moulding 炮口模鑄件 395
Rope parrel 繩索帆桁固定器 373
Rope preventer 保險索 378
Ropes 繩索 388,389
Rope serving mallet 卷繩用木槌 383
Rope strand 繩綹 384
Rope woolding 卷纏索 379
Ropework 繩索作業 388

Rorquals 長鬚鯨 204
Rosa sp. 薔薇屬的一個種 130,131, 135
Rose 薔薇屬 130,131
Rose quartz 薔薇石英 271
Rosette 蓮座狀,圓花飾
　Epiphytic plants 附生植物 162,163
　Neoclassical building 新古典主義建築 480
Rosette Nebula 玫瑰星雲 11
Rosewood head beater 花梨木槌頭 516
Rossby waves 羅斯貝波 300
Rossin Italian time-trial bicycle 義大利羅森牌計時賽自行車 361
Rostellum 頂突 16
Rostral bone 喙骨 102,103
Rostrum 吻板,吻突（喙）
　Crayfish 蝲蛄（小龍蝦）173
　Dolphin 袋鼠 204
Rotary engine 轉缸式引擎 346,347
　Blackburn monoplane 布萊克本單翼機 400
　Modern piston aeroengines 現代活塞式飛機引擎 410,411
Rotary valves 迴轉式活塞（轉閥）507
Rotating beacon 旋轉燈標 407
Rotating table top 旋轉台頂 455
Rotational period 自轉週期 36
Rotor 轉子
　Mid West rotary engine 中西轉缸式引擎 411
　Rotor and seals 轉子與密封件 347
Rotor blade 旋翼槳葉 423
Rotor chamber 轉子室
　Mid West single-rotor engine 中西單缸引擎 410
　Wankel rotary engine 汪克爾轉缸式引擎 346
Rotor gear 轉子齒輪 346,347
Rotor gear teeth 轉子齒輪齒 411
Rotor house 轉子室 314
Rotor hub 旋翼轂
　Bell-47 helicopter 貝爾 47 直升飛機 422
　Schweizer helicopter 施魏澤直升飛機 423
Rotor journal 轉子軸頸 347
Rotor mast 旋翼支柱 422,423
Rotring pen 羅特林筆 444
Rotunda 圓形大廳 462,463,482
Rough 粗糙地帶 546
Rough endoplasmic reticulum 粗糙型內質網 217
Rough terrain motorcycle racing 崎嶇地帶摩托車比賽 368
Rough-textured paper 粗紋紙 439, 441
Roulette 刻花滾輪 446
Rounce 滾筒 449
Round arch 圓拱
　Ancient Roman building 古羅馬建築 464,465

Baroque church 巴洛克教堂 479, 480
Dome 穹窿建築 484,486,487
French temple 法國神廟 485
Gothic church 哥德式教堂 473
Medieval building 中世紀建築 467-469
Nineteenth-century building 十九世紀建築 493
Renaissance building 文藝復興時期建築 474,475
Round-arched window 圓拱窗
Ancient Roman building 古羅馬建築 465
Baroque church 巴洛克教堂 481
Dome 穹窿建築 486
Medieval building 中世紀建築 466,468,469
Neoclassical building 新古典主義建築 478
Round ball 圓形球 524
Round-corner single limousine coachwork 圓角單座式豪華轎車車身 336
Roundel 圓形物
Avro biplane 阿弗羅雙翼機 403
Hawker Tempest fighter 霍克暴風式戰鬥機 409
Roundhead nib 球形簽字筆尖 444
Roundhouse 圓形房 380
Round pin 圓形銷釘 335
Round shot 圓形炮彈 378
Round thimble 圓套管 384
Route information 線路信息介紹 332
Rover 游動隊員 528
Rowan 花楸 130,131
Rowing 賽艇運動 560,561
Rowing boat 划艇 375
Rowing positions on a Greek trireme 希臘三排划槳戰船上的划槳位置 373
Rowing shoe 賽艇鞋 560
Rubber 橡膠 570
Rubber bungee shock absorber 橡皮減震器 425
Rubber cord suspension 橡膠繩懸架 402,403
Rubber guide wheel 橡膠導向輪 328
Rubber mounting bush 橡膠安裝襯套 365
Rubber puck 橡皮冰球 550,551
Rubber roller 橡膠滾 449
Rubber sealing strip 橡膠密封條 413
Rubber seat 橡膠鞍座 583
Rubber-sprung wheel 彈性橡膠輪 400,401
Rubber tyre 橡膠輪胎 402
Rubber-tyred running wheel 橡膠輪胎運行輪 328
Rubber wheel-guard 橡膠導護罩 328
Rubber wheels 橡膠輪
Paris RATP Metro 巴黎 RATP 地下鐵道電氣列車 328
"People Mover" 旅客運輸車 328
Rubbing 拓本
Charcoal drawing 木炭條畫 431
Relief printing 凸版印刷 446
Rubbing ink 擦墨 448
Rubbing strake 滑動列板
Mazda RX-7 馬自達牌 RX-7 型小汽車 346
Pinzgauer Turbo D 平茲高爾輪機 D 型越野車 354,355
Roman corbita 羅馬商船 372
Rubbing strip 防擦條
Pinzgauer Turbo D 平茲高爾輪機 D 型越野車 354,355
Renault Clio 雷諾・克萊奧牌汽車 353
Rubens 魯賓斯 35
Rubidium 銣 310
Rubus fruticosus 歐洲黑莓 130,146, 147
Rubus idaeus 覆盆子 149
Ruckstell axle 魯克斯泰爾軸 339
Rudder 舵
ARV light aircraft ARV 輕型飛機 424
Avro biplane 阿弗羅雙翼機 402
Avro triplane 阿弗羅三翼機 403
BAe-146 jetliner BAe-146 噴射客機 415
Battleship 戰列艦 395
BE 2B bomber BE 2B 轟炸機 405
Blackburn monoplane 布萊克本單翼機 401
Bleriot XI 布雷里奧 XI 型 401
Concorde 協和飛機 416,417
Curtiss biplane 寇蒂斯的雙翼機 399
Dhow 獨桅三角帆船 376
Frigate 護衛艦 396
Greek and Roman ships 希臘和羅馬的船隻 372,373
Iron paddlesteamer 鐵制明輪船 392
Junk 平底帆船 376
Lockheed Electra airliner 洛克希德公司伊利克特拉客機 407
Longboat 大艇 380
LVG CVI fighter LVG CVI 戰鬥機 405
Northrop B-2 bomber 諾斯洛普 B-2 轟炸機 421
Sailing dinghy 東印度帆船 561
Sailing warship 航行中的軍艦 377
Schleicher glider 施萊徹滑翔機 426
Submarine 潛水艇 396
Tornado 旋風式飛機 421
Viking boats 北歐海盜船 374,375
Wooden sailing ship 木帆船 378
World War II aircraft 第二次世界大戰中的飛機 408,409
Wright Flyer 萊特飛行器 399
Rudder cable 方向舵操縱索
ARV light aircraft ARV 輕型飛機 424
Avro biplane 阿弗羅雙翼機 402
Rudder chain 舵鏈 378
Rudder head 舵頭 376
Rudder hinge 方向舵絞接接頭
Avro biplane 阿弗羅雙翼機 402
Bleriot XI monoplane 布雷里奧 XI 型單翼機 401
Rudder mass balance 方向舵配重 424
Rudder pedal 方向舵腳蹬 425
Rudder post 方向舵柱
BE 2B bomber BE 2B 轟炸機 405
Blackburn monoplane 布萊克本單翼機 401
Iron paddlesteamer 鐵制明輪船 392
Rudder power control unit 方向舵動力操縱裝置 417
Rudder strut 方向舵支柱 399
Rudder tip fairing 方向舵梢部整流罩 424
Rudder trimtab 方向舵調整片 409
Ruden 卷帆索 372
Rudimentary ear 原基耳 260
Rudimentary eye 原基眼 260
Rudimentary liver 原基肝 260
Rudimentary mouth 原基口 260
Rudimentary vertebra 原基脊椎 260
Ruellia grandiflora 蘆莉草 145
Ruffini corpuscle 魯非尼氏小體 235, 239
Ruga 皺褶 248
Rugby 拉格比球 524,530,531
Rugby League 拉格比聯合會 530, 531
Rugby Union 拉格比聯盟 530
Rumen 瘤胃 198
Ruminants 反芻動物 198
Rumpler monoplane 鳥尾式單翼機 400
Run 跑壘 536
Runners 長匐莖，流道
Bronze casting 青銅澆鑄，青銅鑄件 454,455
Rock stonecrop 黃菜屬的一個種 128
Strawberry 草莓 128
Vegetative reproduction 營養繁殖 154
Running 賽跑 542
Running back 奔跑衛 526
Running block 動滑輪 383
Running board 腳踏板
Ford Model T 福特牌 T 型汽車 339
1906 Renault 1906 年雷諾牌汽車 337
Volkswagen Beetle 金龜車 341
Running martingale 皮鞅 554
Running part 活動部分 382

Running rail 運行鋼軌 328
Running rigging 活動索具 382, 383,385
Running shoe 跑鞋 543
Running track 跑道 542
Running wheel 運行輪 328
Runs 跑場 538
Rupes 峭壁 34
Rupes Altai 阿爾泰峭壁 40
Rush 燈心草 135
Russian vine 俄羅斯藤 131
Rustication 粗面石砌
Neoclassical building 新古典主義建築 479,482,483
Renaissance building 文藝復興時期建築 474,475
Rusts 銹病菌 114
Ruthenium 釕 311

S

62 Sagittarii 人馬座62 21
Sabik 宋 20
Sable brush 黑貂毫筆
Acrylics 壓克力畫 442
Calligraphy 字體，書法 444
Oil paints 油畫顏料 436
Tempera 蛋彩畫，蛋膠畫 432
Watercolors 水彩畫，水彩畫顏料 438
Sabres 佩劍 556,557
Sabreur 佩劍運動員 557
Sabre warning line 佩劍警戒線 557
Sacajawea 薩卡賈維亞 37
Saccule 小囊 243
Sacral foramen 骶骨孔 223
Sacral nerves 骶神經 238
Sacral plexus 骶神經叢 238
Sacral promontory 骶甲 223
Sacral vertebra 骶椎 183
Sacral vertebrae 骶椎
Diplodocus 梁龍屬 90
Eryops 曳螈屬 81
Human 人 223
Iguanodon 禽龍屬 96
Parasaurolophus 似棘龍屬 98
Plateosaurus 板龍屬 88
Stegoceras 頂角龍屬 101
Sacristy 聖器收藏室 470
Sacrum 骶骨
Crocodile 鱷 186
Domestic cat 家貓 195
Elephant 象 201
Hare 野兔 197
Horse 馬 199
Human 人 218,223,259
Kangaroo 袋鼠 206
Lizard 蜥蜴 184
Rhesus monkey 獼猴 202
Seal 海豹 204
Saddle 馬鞍 582,583
Acoustic guitar 古典吉他 512
Bicycle 自行車 358,359
Cannondale SH 600 hybrid bicycle 坎農達爾 SH 600 型混合式自行車 361
Eddy Merckx racing bicycle 艾迪・默克斯型競賽自行車 360
Horse racing 賽馬 555
Showjumping 跳越障礙 554
Werner motorcycle 沃納牌摩托車 362
Saddle clamp 鞍座卡箍 360
Saddle lining 馬鞍襯料 582
Safety area 保險區 556
Safety barrier 安全屏障 552
Safety belt 安全帶 356
Safety binding 安全捆綁器 552
Safety harness 安全皮帶 357
Safety valve 安全閥
Bordino steam carriage 波迪諾蒸汽汽車 334
Steamboat 汽船 391
Safe working load mark 安全工作載荷標誌 383
Sagartia elegans 綠海葵 166
Sagitta 天箭座 20
Sagittal crest 矢形脊突 107,194
Sagittal section through brain 腦的矢狀面 236
Sagittarius 人馬座 19-21
Sagittarius Arm 人馬臂 14
Sago palm 蘇鐵 123
Sahara 撒哈拉 39,264,265
Sail 帆
Roman corbita 羅馬商船 372,373
Square-rigged ship 橫帆船 375
Types 類型 384,385
Viking karv 北歐的卡芙級大舢板 374
Sail batten 帆條板 376
Sailcloths 帆布 384
Sail foot control line 帆的下緣的操縱索 375
Sail hook 帆掛鉤 384
Sailing 帆船運動 560,561
Sailing rigs 帆索 384,385
Sailing warship 航行中的軍艦 376, 377
Sailmaker's whipping 帆工式紮繩頭 382
Sailmaking tools 製帆工具 384
Sail patterns 帆圖 379,384
Saiph 參宿六 18
Salamanders 蠑螈 182
Salient 凸出部 466
Salisbury Cathedral 索爾茲伯里大教堂（英國）470,471
Saliva 唾液 244
Salivary gland 唾液腺
Butterfly 蝴蝶 169
Snail 蝸牛 177
Salmon 大馬哈馬 109,180
Salmon angling 鮭魚釣捕 562
Salmon bend gouge 鮭魚狀彎鏟 452
Salmson radial engine 薩姆森星形引擎 398,399
Salt 鹽
Dead Sea 死海 293
Seawater salt content 海水含鹽量 296
Saltasaurus 索他龍 72,91
Salt-dome trap 鹽穹圈閉 281
Salt formation 鹽的生成 312
Salt groundmass 鹽基質 277
Salt lakes 鹽湖 292
Samaras 翅果
Dry fruit 乾果 150
Sycamore 假挪威槭 131,150
Samarium 釤 311
Sambucus nigra 西洋接骨木 130,131, 143
Samotherium 薩摩獸屬 74
San Andreas fault 聖安德里亞斯斷層 58,62,63
Sand-bars 沙壩 290
Sand box 砂箱 326,327
Sand dunes 沙丘
Rock cycle 岩石循環 267
Weathering and erosion 風化和侵蝕 282,283
Sand groundmass 砂基質 277
Sanding pipe 鋪砂管 329
Sand-pits 沙坑 546
Sandstone 砂岩
Marble tomb of Itimad-Ud-Daula 衣托瑪德-伍德-多拉大理石墓 489
Sedimentary rocks 沉積岩 276
Sand wave 砂波線 299
Sand wedge 沙桿 547
Sandy deposits 砂質沉積層 298
Sandy spit 沙嘴 295
Sanguine crayon 鐵紅色筆 430
Sankey diagram 示意圖 314
Sappho Patera 莎孚碗形坑 37
Sapwood 邊材 125
Saratoga Race Course 薩拉托加賽馬場 555
Sarcolemma 肌纖維膜 24
Sarcomere 肌節 24
Sarcophilus harrisii 袋獾屬的一個種 207
Sarcoplasmic reticulum 肌質網 24
Sarcorhamphus papa 禿鷲 190
Sarracenia purpurea 瓶子草 113
Sartorius muscle 縫匠肌 226
Satellite 衛星 264
Satellite map 衛星圖 264,265
Saturated zone 飽水帶 292,293
Saturn 土星 46,47
Solar System 太陽系 31
Saucer dome 碟形穹窿 486,487
Ancient Roman building 古羅馬建築 462
Saurischia 蜥臀目 82,83,84,88
Sauropoda 蜥腳亞目 83
Sauropodomorpha 蜥腳形亞目 83, 88
Sauropodomorphs 蜥腳形爬行動物 88-91

Sauropods 蜥腳亞目恐龍 70,88
Savannah 熱帶稀樹乾草原 74
Saxboard 船沿板 561
Saxophone 薩克斯風 504,508,509
Scala 梯子 372,373
Scale(musical) 音階 502
Scale leaf scar 鱗片痕 124,155
Scale leaves 鱗葉
  Bishop pine 主教松 124
  Bulb 鱗莖 155
  Corm 球莖 155
  Epiphytic orchid 附生蘭 162
  Hypogeal germination 不出土發芽 152
  Pine 松 122,125
  Plumule 胚芽 152
  Rhizome 根莖 155
  Sago palm 蘇鐵 123
  Stem bulbil 莖生珠芽 155
Scalenus medius muscle 中斜角肌 229
Scale of degrees 標度盤 377
Scales 鱗,鱗片
  Asteroxylon 星木屬 79
  Bishop pine 主教松 124
  Bony fish 硬骨魚 180
  Bract 苞葉 122
  Brassavola nodosa 布拉薩沃拉氏蘭 162
  Caiman 凱門鱷 186
  Cartilaginous fish 軟骨魚 178
  Crocodilians 鱷類 186
  Dicotyledons 雙子葉植物(類) 127
  False fruit 假果 148
  Fern fronds 蕨葉 121
  Insects 昆蟲類 168
  Lepidoptera wings 鱗翅目翅 168
  Lizard 蜥蜴 184
  Mushroom 蘑菇 115
  Ovuliferous 具胚珠的 122,124
  Pine cone 松球果 122
  Pine shoot apex 松枝頂端 125
  Rattlesnake 響尾蛇 185
  Sago palm 蘇鐵 122
  Tree fern 樹蕨 112
  Yew 紅豆杉 123
Scallop 扇貝 176
  Fossil 化石 278
Scalloped hammerhead shark 圓齒雙髻鯊 179
Scalp 頭皮 234,236,237
Scaly lichens 鱗片狀地衣 114
Scaly skin 鱗狀皮膚
  Anchisaurus 安琪龍屬 89
  Corythosaurus 盔頭龍屬 98
  Dinosaurs 恐龍類 82
  Edmontonia 埃德蒙頓龍 95
  Gallimimus 雞形龍 87
  Ichthyostega 魚甲龍屬 80
  Iguanodon 禽龍屬 97
  Pachycephalosaurus 腫頭龍屬 100
  Psittacosaurus 鸚鵡嘴龍屬 103
  Reptile 爬行動物 80
  Snake 蛇 184

Stegosaurus 劍龍屬 92
Triceratops 三角龍屬 102
Tyrannosaurus 霸王龍屬 84
Westlothiana 西婁甸龍 81
Scan coil clamp 掃描線圈夾 574
Scan coil deflection yoke 掃描線圈偏轉裝置 574
Scandinavia 斯堪地納維亞 64,69
Scandium 鈧 310
Scapania undulata 波瓣合葉苔 118
Scape 柄節 168
Scaphoid bone 舟骨 230
Scaphoid fossa 舟形窩 242
Scaphonyx fischeri 費歇爾氏堅嘴蜥 69
Scapula 肩胛
  Archaeopteryx 始祖鳥屬 85
  Arsinoitherium 重腳獸屬 104
  Bird 鳥 189
  Bony fish 硬骨魚 181
  Brachiosaurus 鰓恐龍屬 91
  Crocodile 鱷 186
  Diplodocus 梁龍屬 90
  Domestic cat 家貓 195
  Elephant 象 201
  Eryops 曳螈屬 80
  Euoplocephalus 包頭龍 94
  Gallimimus 雞形龍 86
  Hare 野兔 197
  Horse 馬 199
  Human 人 210,218
  Iguanodon 禽龍屬 96
  Kangaroo 袋鼠 206
  Lizard 蜥蜴 184
  Parasaurolophus 似棘龍屬 99
  Pareiasaur 鉅頰龍 81
  Plateosaurus 板龍屬 88
  Platypus 鴨嘴獸 206
  Rhesus monkey 彌猴 202
  Seal 海豹 204
  Stegoceras 頂角龍屬 101
  Struthiomimus 似鴕鳥龍屬 87
  Toxodon 箭齒獸 106
  Triceratops 三角龍屬 102
  Tuojiangosaurus 沱江龍屬 93
  Turtle 龜 187
  Tyrannosaurus 霸王龍屬 84
Scapular muscle 肩胛肌 91
Scarlet star 猩紅色星形物 162,163
Scarph 凹線 395
Scars 瘢痕
  Horse chestnut 七葉樹屬 130
  Leaf 葉 128-130,134
  Rowan twig 花楸細枝 131
Scavenge oil line 滑油回流管 419
Scelidosauridae 踝龍亞目 83
Scelidosaurids 踝龍類 71
Scelidosaurus 踝龍屬 71
Scent 香味 144
Scheat 室宿二 19,20
Schedar 王良四 19
Schickard 西卡爾德 40
Schist 片岩 26
Schizocarpic dry fruits 離果 150,151

Schleicher K23 glider 施萊徹 K-23 滑翔機 426
Schlumbergera truncata 蟹爪蘭 129
Schooner 司庫納帆船 384,385
Schrodinger 席洛丁格 41
Schubert 舒伯特 35
Schwann cell 許旺氏細胞 228,239
Schweizer 300c 施魏澤 300c 直升機 423
Sciatic nerve 坐骨神經 238
Scientific units 科學單位 591
Scintigram 閃爍圖 214
Scissor brace 剪形撐臂 473
Sciuris carolinensis 灰松鼠 197
Sclera 鞏膜 213,240
Sclereid 石細胞 159
Sclerenchyma 厚壁組織
  Fern rachis 蕨葉軸 121
  Horsetail stem 木賊莖 120
  Marram grass 濱草 113
  Monocotyledon leaf 單子葉植物葉 126
  Stems 莖 134,135
Sclerenchyma fibres 厚壁組織纖維 135
Scleroderma citrinum 硬皮馬勃 115
Sclerotic ring 鞏膜環 90,99
Scooter 斯庫特雲 50,51
Score 繩槽 388
Scorecard 記分卡 547
Scorer 記分員
  Basketball 籃球 532
  Fencing contest 擊劍比賽 557
  Judo contest 柔道比賽 556
  Lacrosse 長曲棍球 541
  Netball 無板籃球 535
  Volleyball 排球 534
Scoria 火山渣 273
Scoring 得分,評分
  Australian rules football 澳大利亞式橄欖球 528
  Badminton 羽毛球 544
  Baseball 棒球 536
  Basketball 籃球 532
  Cricket 板球 538
  Gaelic football 蓋爾橄欖球 529
  Hockey 曲棍球 540
  Hurling 愛爾蘭曲棍球 540,541
  Netball 無板籃球 534
  Rugby 橄欖球 530,531
  Tennis 網球 544
  Volleyball 排球 534
Scorper 鏨 449
Scorpion 蠍 170,278
Scorpiones 蠍類 170
Scorpius 天蠍座 19,20
Scotia 凹弧邊飾 463,485
Scots pine 歐洲赤松 122
Scraper 刮土機 46
Scraper ring 刮油環 344
Scratchplate 擦板 513
Scree 岩屑堆 282,283
Screen 屏,隔板,網板
  French baroque building 法國巴

克建築 482
Hydroelectric power station 水電站 314
Islamic building 伊斯蘭回教建築 488,489
Mini television 迷你電視 574
Screen printing 網版印刷, 網版畫 448
Twentieth-century building 20 世紀建築 494
Screen bulkhead 屏風艙壁 381
Screen panel 篩網 581
Screen printing 網版印刷 446,448
Screw 螺釘; 調弦螺絲 320,510
Acoustic guitar 古典吉他 513
Chair 椅 576,577
Double bass bow 低音提琴琴弓 511
Lawnmower 割草機 580,581
Mini-television 迷你電視 574
Power drill 電鑽 568
Saddle 馬鞍 582
Toaster 烤麵包機 578
Violin bow 小提琴的琴弓 510
Screw and lock nut tappet adjustor 螺釘和銷緊螺母挺桿調節器 367
Screw coupling 螺旋聯軸節 325
Screwdown greaser 螺旋壓下式黃油杯 336
Screw fitting 裝配螺旋 319
Screw hole 螺釘孔
Clock 鐘 567
Power drill 電鑽 568
Screw joint 螺釘連接接頭 413
Screw link 螺旋鏈環 386
Screw locking nut 鎖定螺母的螺桿 563
Screw pressure adjustor 螺旋壓力調節器 447
Scriber 畫線器 446
Scroll 渦卷形頭
Cello 大提琴 511
Double bass 低音提琴 511
Viola 中提琴 511
Violin 小提琴 510
Scrolled buttress 渦卷飾扶壁 478
Scrolling button 滾動按鈕 584,585
Scrolling figure 滾動圖 585
Scroll motif 渦卷飾基本花紋 470,491
Scroll moulding 漩渦形線腳 466
Scroll ornament 渦卷形飾 476,479,485
Scroll-shaped corbel 渦卷形托臂 482,487
Scrollwork 渦卷飾 472
Scrotum 陰囊 211,259
Scrum-half 爭球持球前衛 530
Scrummages 爭球 530
Scrums 爭球 530
SCSI 小型電腦系統接口 584
Scull 雙槳賽艇 561
Sculling 雙槳賽艇運動 560
Scull oar 雙槳賽艇的槳 560

Sculptor 玉夫座 19,20
Sculptural decoration 雕刻裝飾 467
Sculpture 雕塑 452-455,493,495
Sculptured testa 刻紋種皮 151
Scumbling 薄塗 440,441
Scupper 甲板排水孔 393
Scute 鱗 186
Scutellum 盾片 168
Scutum 盾牌座 19
Scutum plate 盾板 173
Scyphozoa 鉢水母綱 166
Sea 海
Anticline trap 背斜圈閉 281
Fossils 化石 278
Hurricane structure 颶風結構 303
River features 河流的特徵 290,291
Sea anemone 海葵 166,167
Sea angling 海洋釣捕 562
Seabed 海床
Fossils 化石 278
Ocean floor 洋底 298
River features 河流的特徵 290
Rivers 河流 288
Seabed profile 海床剖面 299
Sea buckthorn 沙棘 136
Seacat missile launcher 海貓導彈發射架 397
Sea-cave 海蝕洞 295
Sea-cliff 海崖 294,295
River features 河流的特徵 291
Sea creature remains 海洋生物殘體 298
Sea cucumber 海參 174
Sea daisies 海菊 174
Sea-dwelling organic structures 海洋有機物結構 78
Sea-floor spread 海底擴張 58
Seahorse 海馬 180
Sea level 海平面 66
Sea-level variations 海平面的升降 294
Sea lilies 海百合 174
Sea lion 海獅 204
Seals 海豹 204,205
Seam 接縫
Rivetted plates 鉚合板 392
Sail 帆 384
Seaming twine 平縫線 384
Seamounts 海底山脈 298
Sea of Japan 日本海 265
Searchlight 探照儀 394,395
Seas 海洋 296,297
Igneous and metamorphic rocks 火成岩和變質岩 275
Rivers 河流 288
Satellite map 衛星圖 265
Seasons 季節 72
Seat 座、座部
1906 Renault 1906 年雷諾牌汽車 337
Driver's 司機的 325,328
Faering 費雷恩級舢板 375
Fireman's 司爐員 325
First cars 早期汽車 334,335

Ford Model T 福特牌 T 型汽車 339
Greek trireme 希臘三排槳戰船 373
Harley-Davidson FLHS Electra Glide 哈利-戴維森牌風掣電動摩托車 363
Honda CB750 本田牌 CB750 型摩托車 363
Honda VF750 本田 VF750 型摩托車 364
Husqvarna Motocross TC610 赫斯夸瓦納摩托車越野賽 TC610 型競賽摩托車 368
Kayak 皮艇 560
Longboat 大艇 380
Motorcycle 摩托車 364
Racing sulky 競賽用單座二輪馬車 555
Renault Clio 雷諾・克萊奧牌汽車 352,353
Showjumping saddle 跳越障礙用的馬鞍 554
Suzuki RGV500 鈴木牌 RGV500 型摩托車 368
TGV electric high-speed train TGV 電氣高速列車 329
Vespa Grand Sport 160 Mark 1 偉士牌大運動 160 1 型摩托車 363
Weslake Speedway motorcycle 威斯雷克競賽跑道摩托車 369
Seat angle 座椅角 360
Seat assembly 座椅組件 425,353
Seat back rest frame 座椅靠背支架 337,352,353
Seat beam 座椅梁 399
Seat belt catch 座椅安全帶卡扣 352
Seat cushion 坐墊 407,425
Sea temperature 海溫 303
Seat frame 座椅框
Chair 椅 577
Renault Clio 雷諾・克萊奧牌汽車 353
Seating 座位 465
Seat lift 後跟墊片 570,571
Seat mount 座椅安裝架 340
Seatpad 座墊 576
Seat pan 座椅托盤 409
Seat post 車座支柱桿 358,360
Seat post quick-release bolt 車座支柱桿快速脫扣螺栓 358
Seat rail 椅面橫檔 577
Seat spring 座椅彈簧 335
Seat squab 座墊座椅軟墊 335,337
Seat stay 座支撐 358,360
Seat support strut 座椅支柱 398
Seat tube 車座管 358,360,361
Seat upholstery 椅座 577
Sea urchins 海膽 174,175
Seawater 海水
River features 河流的特徵 290
Salt content 含鹽量 296
Seaweeds 海藻 116,117
Seaworm 海蠕蟲 78

Sebaceous gland 皮脂腺 234,235
Secondary bronchus 次支氣管 215
Secondary colors 間色 439
Secondary conduit 次通道 272,273
　Rock cycle 岩石循環 266
Secondary crater 次生坑 34
Secondary flight feathers 次飛翔羽 188,191
Secondary follicle 次級濾泡 258
Secondary mycelium 次生菌絲體 115
Secondary phloem 次生韌皮部 134,135
Secondary remiges 次飛翔羽 188,191
Secondary rotor 輔助轉子 317
Secondary suspension 輔助懸架 327
Secondary thallus 次生地衣體 114
Secondary vascular tissue 次生維管組織 134
Secondary xylem 次生木質部 125,134,135
Second-century building 西元 2 世紀建築 462
Second electron shell 第二電子殼層 309
Second mast 第二桅 376
Second-row forward 第二排前鋒 530
Second slip 第二外場手 538
Second toe 第二趾骨 232
Second violins 第二小提琴 503,504,505
Second wheel set 第二輪副 329
Secretory gland 分泌腺 161
Secretory thyroid gland cells 分泌甲狀腺細胞 217
Secretory vesicle 分泌泡 216
Section 書帖 586,587
Secure anchor 保險錨 386
Security chain 安全鏈條 355
Sediment 沉積物
　Coastlines 海岸線 294,295
　Fossils 化石 278
　Glaciers 冰川 286,287
　Lakes 湖 292
　Mineral resources 礦物資源 280
　Mountain building 造山運動 62,63
　Ocean floor 洋底 298,299
　River features 河流的特徵 290,291
　Rivers 河流 288
　Rock cycle 岩石循環 266,267
Sedimentary rocks 沉積岩 276,277
　Igneous and metamorphic rocks 火成岩和變質岩 274
　Rock cycle 岩石循環 266,267
Sedna Planitia 賽德納平原 36,37
Sedum rupestre 黃菜屬的一個種 128
Sedum spectabile 黃菜屬的一個種 128,129
Seed 種子
　Apomixis 無融合生殖 146

Apple 蘋果 149
Cape gooseberry 燈籠果 149
Dehydration 脫水 152
Dispersal 傳播 148,151
Dormancy 休眠 152
Dry fruit 乾果 150,151
Embryo development 胚發育 147
Fig 無花果 148
Germination 發芽 132,152,153
Goosegrass 牛筋草 150
Gymnosperms 裸子植物 122
Hilum 種臍 148,149,151-153
Hogweed 獨活 151
Honesty 緞花屬植物 151
Larkspur 飛燕草 151
Lemon 檸檬 148
Love-in-a-mist 黑種草 151
Lychee 荔枝 148
Melon 瓜 149
Parts 部分 152,153
Pea 豌豆 150
Pine 松 122
Raspberry 樹莓 149
Root development 根發育 132
Scots pine 歐洲赤松 122
Smooth cypress 柏木屬的一個種 123
Strawberry 草莓 150
Succulent fruit 多汁果 148,149
Sweet chestnut 甜栗 150
Sycamore 假挪威槭 131,151
Wind dispersal 風傳播 150
Wings 風 150,151
Yew 紅豆杉 123
Seed axis 種軸 152,153
Seed coat 種皮 132,152,153
　Dry fruit 乾果 150,151
　Embryo development 胚發育 147
　Epigeal Germination 出土發芽 153
　Hypogeal germination 不出土發芽 152
　Succulent fruit 多汁果 148,149
Seed fern 種子蕨 278
Seed leaves 種葉 126,152,153
　Dry fruit 乾果 150,151
　Embryo development 胚發育 147
　Epigeal germination 出土發芽 153
　Hypogeal germination 不出土發芽 152
　Pine 松 122
　Succulent fruit 多汁果 148,149
Seedlings 從種子長成的植物
　Epigeal germination 出土發芽 153
　Hypogeal germination 不出土發芽 152
　Pine 松 122
Seed-producing organs 產生種子的器官 148,149
Seed scar 種子痕 122
Seed stalks 種柄 150
Seed wings 種 151
Segmental arch 弓形拱 492
Segmental pediment 弓形山花 462,

478
Segnosauria 懶龍 83
Seif dune 線狀砂丘 283
Seismic activity 地震活動 58
Seizing 捆紮結 383,384,387,388,389
Selaginella sp. 卷柏屬的一個種 120
Selector fork 換擋撥叉 366
Selector switch 選擇開關 578,579
Selenite 透石膏 270
Selenium 硒 311
Self-pollination 自花授粉 144
Semaphore signal 橫桿信號 330
Semen 精液 217
Semi-arch 半拱 470,471
Semibreve 全音符 502,503
Semi-bulkhead 半隔框 425
Semi-circle 半圓 532
Semicircular barrel vault 半圓筒形拱 493
Semicircular canals 半規管 243
Semicircular tower 半圓形塔樓 465
Semi-conductor 半導體 306
Semi-dome 半圓穹窿 484,482,488
Semi-elliptical arch 半圓 484
Semi-elliptic leaf spring 半橢圓形鋼板彈簧 342
Semilunar fold 半月狀皺襞 249
Semi-metals 半金屬 310,311
Seminal receptacle 受精囊 169
　Spider 蜘蛛 170
Seminal vesicle 精囊 259
Semiquaver 十六分音符 502
Semi-solid core 半固態核 37
Semi-solid outer core 半固態外月核 41
Semi-sprawling stance 半爬臥姿勢 82
Westlothiana 西婁匐龍 81
Semitendinosus muscle 半腱肌 227
Senior ratings' mess 老兵食堂 397
Sensory antenna 感覺觸角 168
Sensory hinge 感覺樞紐 160
Sensory tentacle 感覺觸手 176
Sepal 萼片 140-143
　Clematis 鐵線蓮屬 131
　Dicotyledons 雙子葉植物（類）126,127
　Dry fruit 乾果 150,151
　Everlasting pea 宿根香豌豆 129
　Fertilization 受精 146,147
　Monocotyledons 單子葉植物（類）126
　Peruvian lily 黃六出花 129
　Pitcher plant 瓶子草 113
　Pollination 授粉 145
　Rose 薔薇屬 131
　Succulent fruit 多汁果 149
Sepal remains 萼片殘餘物 146,147
Sepal sheath 萼鞘 141
Separated carpels 離心皮 151
Septime 第七勢 557
Septum 隔膜 115
　False 假的 151
　Interventricular 心室間的 251

Nasal 鼻的 213,241
Placenta 胎盤的 260
Sequoiadendron sp. 親近紅杉木 70
Series electrical circuit 串聯電路 316
Serif 襯線 445
Serous pericardium 漿液性心包 250
Serpens Caput 巨蛇座頭部 18,21
Serpens Cauda 巨蛇座尾部 19,20
Serpentes 蛇類 184
Serpentine neck 蛇頸 374
Serrated tooth 鋸齒 84,85,88
Serrate leaf margins 鋸齒葉緣 129
Serratus anterior muscle 前鋸肌 226
Server 發球員 534,544,545
Service 發球 544
Service area 發球區 534
Service box line 發球範圍線 545
Service court 發球區 544,545
Service door 服務艙門 415
Service judge 發球司線員 544,545
Service line 發球線 544,545
Service shaft 服務豎井 498
Service zone 發球區 545
Serving 卷纏 388
Serving mallet 卷纏繩索用木製工具 383,384,388
Servo control-unit fairing 伺服控制裝置整流罩 417
Servo-tab 伺服調整片 414,415
Sesamoid bone 籽骨 198
Seta 蒴柄 112,119
Set-back buttress 內縮扶壁 481
Set square 可調式角尺 445
Seven Sisters 七姊妹星團 14
Seventeenth century 17 世紀 474
  Building 建築 479-481,488
  Capital 柱頭 490
  Dome 穹窿 486,487
  Roof 屋頂 490
  Style 風格 478
  Tomb 墓 289
Seventh century Building 7 世紀建築 491
Sevier fault 塞維爾斷層 276
Sex cells 性細胞 154
  Fertilization 受精 146,147
  Gametophyte plants 配子體植物 120
  Gymnosperms 裸子植物 122
  Liverwort 地錢 118
  Moss 蘚 118,119
Sextans 六分儀座 21
Sexual reproduction Algae 有性繁殖藻類 116,117
  Bryophytes 苔蘚植物 119
  Flowering plants 顯花植物 140-147
  Mosses 蘚類植物 118,119
  Seaweed 海藻（草）116,117
  Spirogyra sp. 水綿屬的一個種 117
Seyfert 塞佛特 41
Seyfert galaxies 塞佛特星系 12,13

Shackle U 形鉤 382,386
Shackle pin U 形鉤的插栓 382
Shade coupling 燈罩連接器 573
Shaft 軸,柱身
  Ancient Egyptian column 古埃及的柱 459
  Ancient Greek temple 古希臘神廟 461
  Ancient Roman building 古羅馬建築 463,465
  Arrow 箭 548
  Asian building 亞洲建築 490,491
  Badminton racket 羽毛球拍 545
  Electric generator 發電機 317
  Feather 羽毛 191
  Femur 股骨的 225
  French temple 法國神廟 485
  Golf club 高爾夫球桿 547
  Harness racer 輕駕車賽手 555
  Hydroelectric power station 水電站 314
  Javelin 標槍 542
  Kayak paddle 皮艇槳 560
  Medieval church 中世紀教堂 468,469
  Modern building 現代現築 498
  Neoclassical building 新古典主義建築 478,483
  Nineteenth-century building 19 世紀建築 493
  Phalanx 指骨的 230
  Power drill 電鑽 568
  Roman Corbita 羅馬商船 373
  Sculling oar 賽艇的槳 560
  Ski pole 滑雪杖 553
  Squash racket 壁球拍 545
Shaft drive 軸傳動 366
Shale 頁岩
  Contact metamorphism 接觸變質 274
  Grand Canyon 大峽谷 277
Shallow carvel-built hull 淺的平接船身 391
Shallow flats 低窪地 293
Shank 柄,桿,單主底中間狹窄部分
  Anatomy of a hook 釣鉤的結構 562
  Danforth anchor 熱尾錨 386
  Hook 鉤 383
  Roman anchor 羅馬的錨 372
  Sail hook 帆掛鉤 384
  Shackle pin U 形鉤的插栓 382
  Shoes 鞋 570,571
Shannon bone 砲骨 198
Shape 形狀,形態
  Chemical reactants 化學反應 312
  Matter 物質 306,307
  Periodic table 元素週期表 310
Sharks 鯊 178,179,180
  Fossil teeth 牙化石 67
Sharp 升記號 502
Sharpey's fibre 夏皮氏纖維 225
Shaula 尾宿八 19,20
Shave 刨刀 374

Shaving foam 剃鬚用的泡沫膏 306
Shearing 剪切 61
Sheave 滑輪 383
Sheave for cat tackle 起錨滑車的滑輪 380
Sheep 綿羊 198
Sheepskin numnah 羊皮鞍墊 554
Sheer 舷弧 374
Sheerplank 舷側厚板 380
Sheer pole 橫桿 373
Sheer strake 舷弧側板 375,393
Sheet 帆腳索 372,375,382
Sheet anchor 備用大錨 395
Sheet bend 帆腳索結 389
Sheet-iron louvre 鐵片氣窗 493
Sheet lead 帆角索導板 383
Shelf formation 大陸棚的形成 282
Shell 殼
  379 cm shell 379 厘米炮彈 397
  6 in shell 6 英寸的炮 397
  Bicycle helmet 自行車頭盔 360
  Building 建築 464,476
  Chelonians 海龜類 186
  Crab 蟹 172
  Dorsal margin 背緣 176
  Egg 卵 192,193
  Exploding 爆炸 394,396,397
  Fossil 化石 278
  Massive stars 大質量恒星 26
  Mollusc 軟體動物 176,177
  Octopus 章魚 176
  Rib 肋 176
  Rudiment 退化器官 176
  Scallop 扇貝 176
  Small stars 小恒星 24,25
  Snail 蝸牛 177
  Standing block 定滑輪 382
  Terrapin 淡水龜 187
  Ventral margin 腹緣 176
Shell bogie 炮彈轉向架 396
Shell case 彈殼 397
Shelled invertebrates 有殼的無脊椎動物 56
Shelley 雪萊 35
Shell-like fracture 貝殼狀斷口 270
Shell room 炮彈室 396
Shelly limestone 介殼石灰岩 267
"Shiaijo" 試合疊 556
Shield 保護鐵板 394,395
"Shield bearers" 盾式受力體 92
Shield volcano 盾形火山 42
Shin 脛,脛部
  Herrerasaurus 赫勒爾龍屬 86
  Human 人 211
Shinarump member 希拉魯姆普段 276
Shin guard 護脛 525,553
Shinty 射門圈 540
Shinumo quartzite 希奴莫石英岩 277
Ship 船 387
  74-gun ship 裝有 74 門炮的炮船 379,380,381
Ship of the line 艦隊中的船隻

380,381
Ship's cannon 船的炮 376,394
Ships of Greece and Rome 希臘和羅馬的船隻 372,373
Ship's shield 軍艦上的保護鐵板 394,395
Ship's wheel 船輪 378,390,394
Shipwright 造船木工 374
Shiv 彈簧刀 383
Shiver 破片 383
Shock absorber 減震器
1906 Renault 1906 年雷諾牌汽車 336
ARV light aircraft ARV 輕型飛機 425
Football helmet 橄欖球頭盔 527
Honda CB750 本田牌 CB750 型摩托車 363
Honda VF750 本田 VF750 型摩托車 364
Renault Clio 雷諾・克萊奧牌汽車 350
Suzuki RGV500 鈴木牌 RGV500 型摩托車 368
Vespa Grand Sport 160 Mark 1 偉士牌大運動 160 1 型摩托車 363
Volkswagen Beetle 金龜車 340
Shock-absorbing spring 減震彈簧 401,405
Shock-strut 減震支柱 401
Shock waves 激波 27
Path 路徑 63
Shoes 鞋 570,571
Baseball 棒球 537
Basketball 籃球 533
Football 足球，橄欖球 527
Golf 高爾夫球 547
Handball 手球 535
Hurling 愛爾蘭曲棍球 541
Rowing 賽艇運動 560
Rugby 拉格比足球 531
Soccer 足球 525
Track and field 田徑賽 543
Shoot 條，枝
Broomrape 列當 163
Embryo 胚 147
Horsetail 木賊 120
Hypogeal germination 不出土發芽 152
Pine 松 125
Vegetative reproduction 營養繁殖 155
Shoot apex 枝長頂端 125
Shooting 射擊 548,549
Shooting circle 女子長曲棍球球場 540
Shooting positions 射擊姿勢 548
Shoreline 岸線
Coastlines 海岸線 294
Continental-shelf floor 大陸棚底 298
Short line 短線 545
Shorts 游擊手
Australian rules football 澳大利亞式橄欖球 529
Hurling 愛爾蘭曲棍球 541
Soccer 足球 525
Volleyball 排球 534
Short saphenous vein 短隱靜脈 253
Shortstop 游擊手 536
Short-wave radio 短波無線電 318
Shot 鉛球
Field events equipment 田賽用品 542
Gun 大炮 378
Shot garland 艙口圍板 381
Shot put 推鉛球 543
Shot-put circle 鉛球圈 542
Shot-put fan 標槍扇形區 542
Shoulder 肩
Anchisaurus 安琪龍屬 89
Cello 大提琴 511
Corythosaurus 盔頭龍屬 98
Double bass 低音提琴 511
Gorilla 大猩猩 203
Harp 豎琴 511
Horse 馬 199
Human 人 210
Iguanodon 禽龍屬 97
Rabbit 兔 196
Rigging 索具 382,383
Stegoceras 頂角龍屬 101
Stegosaurus 劍龍屬 92
Viola 中提琴 511
Violin 小提琴 510
Shoulderblade 肩胛（肩胛骨）210, 218
Shoulder cowling 肩部罩 412
Shoulder girdle 肩帶 80
Shoulder joint 肩關節
Brachiosaurus 腕恐龍屬 91
Gallimimus 雞形龍 86
Human 人 218
Parasaurolophus 似棘龍屬 99
Plateosaurus 板龍屬 88
Triceratops 三角龍屬 102
Tyrannosaurus 霸王龍屬 84
Shoulder pad 肩墊 426
Shoulder padding 護肩 551
Shoulder pass 肩上傳球 535
Shoulder spikes 肩部突尖
Edmontonia 埃德蒙頓龍 95
Euoplocephalus 包頭龍 94
Shoulder strap 肩帶 426
Shoulder wheel throw 肩輪投摔 556
Showjumping 跳越障礙 554
Shreve,R.H. R.H. 斯利夫 494
Shrew-like mammals 鼩鼱樣哺乳動物 70
Shrimp 小河蝦 172
Fossil 化石 79
Shrine 神龕 490,491
Shroud 側支索
Dhow 獨桅三角帆船 376
Longboat 大艇 380
Rigging 索具 383
Roman corbita 羅馬商船 373
Sailing dinghy 東印度帆船 561
Sailing warship 航行中的軍艦 376
Shrubs 灌木 130,131
Shutter 快門 588
Shutter for gun 大炮的卷簾門 394
Shutter release button 快門按鈕 588,589
Shutter speed dial 調速盤（快門速度盤）588,589
Shuttlecock 羽毛球 544,545
Sickle motif 鐮刀花紋 491
Sidalcea malviflora 北美黃茱稔 136
Side aisle 側廊
Cathedral dome 大教堂穹窿 484
Gothic church 哥德式教堂 472, 473
Medieval church 中世紀教堂 469
Side bench 船側長凳 380
Side brace and retraction jack trunnions 斜撐桿和收放作動筒連接耳軸 414
Sidecar 邊車
BMW R/60 寶馬 R/60 型摩托車 362
Motorcycle racing 摩托車比賽 368,369
Side chapel 側邊小教堂 469,470,479
Side counter timber 尾端邊木 381
Side-cowling 右側罩 408
Side drum 小鼓 504,505
Side fairing 側整流罩
BAe-146 jetliner BAe-146 噴射客機 415
Formula One racing car 一級方程式賽車 357
Side forequarter hold 側身四肢固住 556
Side gear 側齒輪 347
Side housing 端部外殼 346,347
Side lamp 側燈 338,339
Side-light 側燈 332,333,362
Sideline 邊線
Badminton 羽毛球 545
Basketball 籃球 532
Football 足球，橄欖球 526
Handball 手球 535
Hockey 曲棍球 540
Men's lacrosse 男子長曲棍球 540
Netball 無板籃球 535
Tennis 網球 541
Volleyball 排球 534
Side marker lamp 車側示寬燈 346, 349
Side-mounted engine 側裝式引擎 398
Side plate 側板 562
Side reflector 車側反光鏡 362,363
Siderite band 菱鐵礦條帶 277
Side rudder 側舵 375,375
Side-shooting 側射 541
Side vent 側旁通風孔 329
Side view of our galaxy 銀河系的側視圖 14
Side wall 邊牆 545,558

Side-wall line 邊牆線 545
Sideways erosion 向一邊的侵蝕
  River features 河流的特徵 290
  Rivers 河流 288
Sierra Madre 馬德雷山脈 264
Sierra Nevada 內華達山脈 57,75
Sieve tubes 篩管 134
Sieving beak 篩狀喙 188
Sif Mons 西夫山 37
Sight 瞄準器 394
Sight pin 準星針 549
Sight screen 顯示屏 538
Sighting hood 觀察罩
  Battleship 戰列艦 394
  Gun turret 炮塔 396
Sighting rule 瞄準尺 376,377
Sights 瞄準器, 準星 548,549
Sigma Canis Majoris 大犬座σ 21
Sigmoid colon 乙狀結腸 249
Signal 信號 574
Signal flag compartment 信號旗室 397
Signal gear 信號索具 395
Signalling systems 信號系統 330, 331
Signature 書帖 586,587
Sikorsky,Igor 伊戈爾·西科爾斯基 422
Silence 靜止 502
Silencer 消音器
  Harley-Davidson FLHS Electra Glide 哈利-戴維森牌風掣電動摩托車 362
  Renault Clio 雷諾·克萊奧牌汽車 350
  Suzuki RGV500 鈴木牌 RGV500 型摩托車 368
  Vespa Grand Sport 160 Mark 1 偉士牌大運動 160 1 型摩托車 363
  Weslake Speedway motorcycle 威斯雷克競賽跑道摩托車 369
Silencing heat exchanger 消音熱交換器 404
Silicate core 矽酸鹽核 51
Silicate dust 矽酸鹽塵埃 53
Silicate material 矽酸鹽物質 39
Silicate rock 矽酸鹽岩石 39
Silicates 矽酸鹽 269
Siliceous ooze 矽質軟泥 299
Silicon 矽 26
  Earth's composition 地球的成分 39
  Earth's crust 地殼 58
  Periodic table 元素週期表 311
  Variety of matter 物質的多樣性 306
Siliquas 長角果 150,151
Silk gland 絲腺 170
Sill 檻 26
  Ancient Roman mill 古羅馬磨坊 464
  Renaissance building 文藝復興時期建築 475
  Twentieth-century building 20 世

紀建築 494
Sill trim 車門坎內襯 353
Silly mid-off 近門左守場手 538
Silly mid-on 近門右守場手 538
Silurian period 志留紀
  Fossil record 化石記錄 279
  Geological time 地質年代 56
Silver 銀
  Mineral resources 礦物資源 280, 281
  Minerals 礦物 268
  Periodic table 元素週期表 311,312
  Streak 條痕 271
Silver lines 銀線 430,431
Silver molybdenite 銀色輝鉬礦 271
Silver nitrate solution 硝酸銀溶液 312
Silverpoint 銀點 430,431
Silver wire 銀絲 430
Silvery metals 銀色金屬 310
Simple electrical circuit 單電路 316
Simple eye 單眼 170,171
Simple leaves 單葉 136,137
  Entire 全緣 130
  Hastate 戟形的 128
  Herbaceous flowering plants 草本顯花植物 128,129
  Lanceolate 披針形的 131
  Lobed 淺裂的 131
Simple machines 簡單機械 320
Simple Machines Law 簡單機械原理 320
Simple pulleys 簡單滑輪 320
Simple succulent fruits 多汁單果 148,149
Simulated sound 模擬聲 520
Single bass note string 單根低音弦 515
Single-celled microorganisms 單細胞微生物 78
Single clump block 強厚單滑車 373
Single cylinder 單缸發動機（引擎） 335
Single-decker bus 單層公共汽車 332, 333
Single flowers 單花 140,141,143
Single front driving wheel 前單驅動輪 334
Single-leg main landing gear 單柱式主起落架 407
Single overhead cam engine 單-頂置凸輪軸發動機（引擎）363
Single-piece skin 整體蒙皮 413
Single-pulley system 單滑輪系統 320
Single reed 單簧片 508,509
Singles 單打 544
Single scull 單人雙槳賽艇 560,561
Single sheet bend 單帆索結 387
Single-sided trailing-link fork 單面牽引連接叉 363
Single wing hold 單翼固住 556
Singularity 異常性
  Formation of black hole 黑洞的

形成 29
  Stellar black hole 黑洞星 29
Sinistral strike-slip fault 左旋走向滑斷層 61
Sink-holes 落水洞 284,285
Sinking land 陸地下沉 294
Sinopia 計劃；設計；構思 434,435
Sinous venosus sclerae 鞏膜靜脈竇 241
Sinuous cell wall 波狀細胞壁 156
Sinus 竇，彎缺
  Frontal 額的 212,245
  Green alga 綠藻 112
  Renal 腎的 256
  Superior sagittal 上矢狀 212
Sinus Borealis 海灣陸地生物地理帶 69
Sinus Iridum 虹灣 40
Siphon 虹管
  Octopus 章魚 176,177
  Sea urchin 海膽 175
Siphonoglyph 口道溝 167
Sirius 天狼星
  Canis Major 大犬座 21
  Northern stars 北天恒星 18
  Our galaxy and nearby galaxies 銀河系和鄰近星系 15
  Southern stars 南天恒星 21
  Spectral absroption lines 光譜吸收線 23
  Star magnitudes 星等 22
Sirius A 天狼星 A 23
Sirius B 天狼星 B 23
Sixteenth century Building 16 世紀建築 476,477
  Staircase 樓梯 472
  Style 風格 462,470
Size(glue) 膠（膠水）431,432,436
Skarn 矽卡岩 26
Skate 鰩，冰鞋
  Chondrichthyes 軟骨魚系 178
  Ice hockey 冰球 550,551
Skeletal muscle 骨骼肌 228
Skeletal muscle fibre 骨骼肌纖維 228
Skeleton 骨胳，骨架，甲殼
  Archaeopteryx 始祖鳥屬 85
  Arsinoitherium 重腳獸屬 104,105
  Baryonyx hand 重爪龍的前肢 85
  Bat 蝙蝠 105
  Bird 鳥 189
  Bony fish 硬骨魚 180,181
  Cow's foot 牛的蹄 198
  Crocodile 鱷 186
  Diplodocus 梁龍屬 90
  Domestic cat 家貓 195
  Elephant 象 201
  Eryops 曳螈屬 80,81
  Frog 蛙 183
  Hare 野兔 197
  Horse 馬 199
  Human 人 218,219
  Iguanodon 禽龍屬 96
  Kangaroo 袋鼠 206

Kentrosaurus 肯氏龍屬 93
Lizard 蜥蜴 184
Parasaurolophus 似棘龍屬 98,99
Pareiasaur 鉅頰龍 81
Plateosaurus 板龍屬 88,89
Platypus 鴨嘴獸 206
Rhesus monkey 獮猴 202
Seal 海豹 204
Snake 蛇 185
Spider 蜘蛛 171
Sponge 海綿 166
Stegoceras 頂角龍屬 100,101
Stegosaurus 劍龍屬 93
Struthiomimus 似鴕鳥龍屬 87
Toxodon 箭齒獸 106
Triceratops 三角龍屬 102,103
Tuojiangosaurus 沱江龍屬 93
Turtle 龜 187
Tyrannosaurus 霸王龍屬 84,85
Westlothiana 西婁甸龍 81
Sketch book 速寫本 430
Skiboot 滑雪鞋 552
Skid 滑橇 402,404
Skid beam 護舷梁 380
Ski goggles 滑雪用護目風鏡 552,553
Skiing 滑雪 552,553
Skilled movements 技能運動 237
Skin 皮膚，外皮
Amphibian 兩棲動物 80,182
Drumhead 鼓面 518
Lizard 蜥蜴 184
Reptile 爬行動物 80
Snake 蛇 184
Succulent fruits 多汁果 148,149
Waterproof 防水的 81
Skin and hair 皮膚和毛髮 234,235
"Skin-grip" pin 蒙皮固定銷 424,425
Skin lap-joint 蒙皮搭接接縫 413,413,414,415
Skin tones 皮膚色調 441
Ski pole 滑雪杖 552
Skirt 裙邊，皮垂，絕緣套
Lamp 燈 572
Saddle 馬鞍 583
Skis 滑雪板 552
Skull 顱骨
Acanthostega 刺甲龍屬 80
Alligator 鱷，鼉 186
Ankylosaurus 甲龍屬 94
Australopithecus 南方古猿屬 108
Baryonyx 重爪龍 83
Bear 熊 194
Bird 鳥 189
Camarasaurus 圓頂龍屬 91
Chimpanzee 黑猩猩 202
Crocodilians 鱷類 186
Diplodocus 梁龍屬 90
Domestic cat 家貓 195
Elephant 象 201
Euoplocephalus 包頭龍 94
Fetal 胎兒的 220
Gharial 恒河食鱷 186
Hadrosaurs 鴨嘴龍屬 96
Hare 野兔 197
Heterodontosaurus 虎鯊龍屬 83
Homo erectus 直立人 108
Homo habilis 能人 108
Horse 馬 199
Human 人 108,212,218,220,221,222,236,237
Hyaenodon 鬣齒獸屬 107
Iguanodon 禽龍屬 96
Kangaroo 袋鼠 206
Lambeosaurus 賴氏龍屬 99
Lion 獅 194
Lizard 蜥蜴 184
Marginocephalian 有邊頭龍亞目 100
Moeritherium 始祖象屬 105
Octopus 章魚 176
Opossum 負鼠 106
Pachycephalosaurs 腫頭龍 100
Pachycephalosaurus 腫頭龍屬 100
Phiomia 始乳齒象屬 105
Plateosaurus 板龍屬 88
Platypus 鴨嘴獸 206
Prenocephale 傾頭龍 100
Protoceratops 原角龍屬 102
Rattlesnake 響尾蛇 185
Rhesus monkey 獮猴 202
Seal 海豹 204
Smilodon 美洲劍齒虎 107
Stegoceras 頂角龍屬 100
Styracosaurus 戟龍屬 102
Synapsid reptile 單弓爬行動物 67
Tortoise 陸龜 77
Turtle 龜 187
Skull bones 頭蓋骨 81
Skullcap 無沿便帽 555
Skunks 臭鼬 194
Skylight 天窗
Battleship 戰列艦 394
Building 建築 493,494
Iron paddlesteamer 鐵制明輪船 392,393
Skyscraper 摩天大樓 494
Slab 平板，石板
Ancient Egyptian building 古埃及建築 458,459
Modern building 現代建築 499
Twentieth-century building 20 世紀建築 494
Slaked lime 熟石灰 434
Slalom 障礙滑雪，障礙賽
Kayaking 皮艇運動 560
Skiing 滑雪 552
Slalom clothing 障礙滑雪服裝 553
Slalom equipment 障礙滑雪器械 553
Slalom gate 障礙滑雪門 552
Slat 縫翼 421
Slate 板岩 274,275
Sleeper 枕木 324,331
Sleeve port 套閥孔（缸套氣孔）343
Sleeve valve 套筒式滑閥 343
Slender thistle 飛廉屬的一個種 129
Slick racing tyre 光滑賽車輪胎 365
Formula One racing car 一級方程式賽車 357
Kirby BSA 柯爾比 BSA 競賽跨鬥摩托車 369
Suzuki RCV500 鈴木牌 RCV500 型摩托車 369
Slide 滑座 396
Slide bar 滑桿 325
Slide brace 伸縮管支架 507
Slide locking lever 滑座聯鎖桿 396
Slide track 滑軌 561
Slide valve 滑閥 390
Sliding bed 滑動床 447
Sliding curtain 滑動窗簾 329
Sliding seat 滑座 561
Sliding window 滑動窗 333
Sling fixing point 背帶固定點 549
Slip face 滑動面 283
Slip faults 滑斷層 61
Slipher 斯里弗 43
Slope structure 褶皺翼結構 60
Sloping roof 斜面屋頂 486
Slot 槽縫 356
Slug 蛞蝓 176
Slumped cliff 崩塌崖 295
Slur 圓滑線 503
Smallbore rifle shooting 小口徑步槍射擊 548
Smallbore rifle target 小口徑步槍靶紙 549
Small Computer System Interface (SCSI) 小型電腦系統接口 584
Small intestine 小腸
Brachiosaurus 腕恐龍屬 90
Chimpanzee 黑猩猩 202
Cow 牛 198
Domestic cat 家貓 195
Elephant 象 200
Euoplocephalus 包頭龍 94
Frog 蛙 182
Human 人 214,249
Lizard 蜥蜴 185
Tortoise 陸龜 187
Small Magellanic Cloud 小麥哲倫雲
Hydrus and Mensa 水蛇座和山案座 20
Our galaxy and nearby galaxies 銀河系和鄰近星系 15
Stars of southern skies 南天空的恒星 20
Small stars 小恒星 24,25
Small theropods 小獸足亞目恐龍 87
Small-scale rock deformities 岩層小規模變形 61
Smalti 玻璃琺琅 450
Smalti mosaic 玻璃琺琅鑲嵌畫 450
Smash 扣殺 534
Smell 嗅覺，氣味 244
Smilodon 美洲劍齒虎 107
Smokebox 煙箱 324,325
Smoky quartz 煙水晶 268
Smooth cypress 柏木屬的一個種 123
Smooth endoplasmic reticulum 平滑型內質網 216
Smudging 煙霧，模糊不清，霧化 430,431

Smuts 黑穗病菌 114
Snail 蝸牛 176,177
Snake-head ornament 蛇頭狀裝飾物 375
Snakes 蛇類 184,185
Snap head 圓頭鉚釘 392
Snare 響弦 518
Snare drum 響弦小鼓 518
Snort mast 通氣豎管（潛艇）397
Snout 喙
  Anchisaurus 安琪龍屬 89
  Caiman 凱門鱷 186
  Crocodilians 鱷類 186
  Dogfish 角鯊 178
  Edmontonia 埃德蒙頓龍 95
  Herrerasaurus 赫勒爾龍屬 86
  Iguanodonts 禽龍 96
  Jawless fish fossil 無顎魚化石 78
  Pachycephalosaurus 腫頭龍屬 100
  Rat 大鼠 196
Snow 雪，下雪
  Glaciers 冰川 286,287
  Weather 天氣 302
Snowflake moray eel 雲紋蛇鱔 180
Snowflakes 雪片 302
Soane,J. 約翰・孛恩爵士 478,482, 483
Sobkou Planitia 索布口平原 35
Soccer 足球 524,525
Soccer uniform 足球服 525
Socket 插口 573
Socle 台石，柱腳
  Ancient Egyptian temple 古埃及神廟 458
  Baroque church 巴洛克教堂 479
  Cathedral dome 大教堂的穹窿 487
  Gothic church 哥德式教堂 472
  Medieval church 中世紀教堂 469
  Neoclassical building 新古典主義建築 478,479
  Renaissance building 文藝復興時期建築 474
Sodalite 方鈉石 269
Sodium 鈉 35,58
  Periodic table 元素週期表 310
  Seawater salt content 海水含鹽量 296
Sodium hydroxide 氫氧化鈉 312
Sodium lines 鈉線 23
Soffit 檐口底面 464,484,498
Soft eye 軟孔 382
Soft hair brush 軟毛筆 436,438,440
Soft-headed mallet 軟頭槌 516,517, 519
Soft metals 質軟的金屬 310
Soft palate 軟腭 212,245
Soft pastels 軟性色粉條 440
Soft pedal 弱音踏板 514,515
Soft rock 軟岩
  River features 河流的特徵 290
  Weathering and erosion 風化和侵蝕 282
Solanum tuberosum 馬鈴薯 128
Solar day 太陽日 34
Solar eclipse 日食 32
Solar flare 太陽耀斑 32,33
Solar panel 太陽能板 496
Solar radiation 太陽輻射 300,301
Solar system 太陽系 38,30,31
Solar wind 太陽風
  Earth's magnetosphere 地球的磁層 38
  Structure of comet 彗星的結構 53
  Sun 太陽 32
Solarium 日光浴室 494
Solar Wings Pegasus Quasar micro-light 日光翼柏伽索斯類星號超輕型飛機 427
Sole 鞋底 570
Sole of foot 足底皮 234
Soleus muscle 比目魚肌 227,233
Solfataras 硫氣孔 272,273
Solid body 實心琴身 512,513
Solid crystals 固態晶體 306
Solid heart thimble 實心心形套箍 383
Solidified lava 固結熔岩
  Lake formation 湖的形成 292
  Volcanoes 火山 272,273
Solid ink stick 固體墨塊 444
Solid rubber tyre 實心橡膠輪胎 335
Solids 固體 306,307
  Chemical reactions 化學反應 312
Solutions 溶液 306,312,313
Sombrero 草帽星系 12
Somites 體節 79
SONAR bulge 聲納防雷護體 397
SONAR torpedo decoy 聲納魚雷假目標 396
SONAR transducer array 聲納發送器系統 397
Sonic boom 聲爆 416
Sonoran Desert 索諾拉沙漠 264
Soot particles 碳煙灰粒 313
Sophocles 沙孚克理斯 35
Soralium 粉芽堆 114
Sorbus aucuparia 歐洲花楸 130,131
Soredia 粉芽 114
Sori 囊群 120,121
Sostenuto pedal 選擇性延音踏板 514,515
Sound 聲 314,315
  Coastline 海岸線 295
  Electronic instruments 電子樂器 520
  Musical notation 樂譜 502
Soundboard 共鳴板
  Acoustic guitar 古典吉他 513
  Concert grand piano 音樂會用平台式大鋼琴 515
  Harp 豎琴 511
  Upright piano 立式鋼琴 514
  Viola 中提琴 511
  Violin 小提琴 510
Sound-hole 聲孔
  Acoustic guitar 古典吉他 512,513
  Cello 大提琴 511
  Double bass 低音提琴 511
  Viola 中提琴 511
  Violin 小提琴 510
Sound module 伴音模塊 521
Sound selection control 聲音選擇控制 520
South Africa 南部非洲 64
South America 南美洲 264
  Cretaceous period 白堊紀 72,73
  Jurassic period 侏羅紀 70
  Late Carboniferous period 石炭紀末期 66
  Middle Ordivician period 中奧陶紀 64
  Quaternary period 第四紀 76,77
  Tertiary period 第三紀 74,75
  Triassic period 三疊紀 68
South American plate 南美塊板 59
South Asian buildings 南亞建築 490,491
South Atlantic Gyre 南大西洋環流 296
  Satellite map 衛星圖 265
South Atlantic Ocean 南大西洋 39, 73
South-east trade winds 東南信風 300
South-easterly wind 東南風 303
South Equatorial Belt 南赤道帶 45
South equatorial current 南赤道暖流 296,297
Southerly wind 南風 303
Southern Hemisphere 南半球 296, 297
Southern polar region 南極地區 64
South Galactic Pole 南銀極 15
South Indian Gyre 南印度洋環流 297
South magnetic polar region 南磁極區 28
South Pacific Gyre 南太平洋環流 296
South Pacific Ocean 南太平洋 39
South polar ice-cap 南極冰蓋
  Structure of Mars 火星的結構 43
  Surface of Mars 火星的表面 42
South Pole 南極
  Atmospheric circulation and winds 大氣環流和風 300
  Coriolis force 科里奧利力 297
  Earth 地球 38
  Jupiter 木星 44
  Mars 火星 42
  Mercury 水星 34
  The Moon 月球 40
  Neptune 海王星 50
  Pluto 冥王星 51
  Pulsar 脈衝星 28
  Saturn 土星 46
  Uranus 天王星 48,49
  Venus 金星 36
South rim 南邊緣 277
South seeking pole 南取向磁極 317
South Temperate Belt 南溫帶 45
South Temperate Zone 南溫區 45

South Tropical Zone 南熱區 45
Space 宇宙 300,301
Spadix 佛焰花序 143
Span 跨度 484
Spandrel 拱肩
Gothic church 哥德式教堂 471
Islamic building 伊斯蘭回教建築 488,489
Neoclassical building 新古典主義建築 482
Nineteenth-century building 19世紀建築 493
Renaissance building 文藝復興時期建築 474
Spanish bowline 西班牙結纜結 389
Spar 翼梁
BAe-146 jetliner components BAe-146 噴射客機的零件 415
BE 2B tail BE 2B 飛機的尾翼 405
Concorde 協和飛機 417
Pegasus Quasar microlight 柏伽索斯類星號超輕型飛機 427
Spare tyre 備用輪胎 337,339
Spare wheel 備用車輪 355
Spare wheel well 備胎室 341
Spark plug 火星塞 342,343,410
Spark plug cap 火星塞帽 366
Spark plug hole 火星塞孔 346
Spark plug lead 火星塞引線 344
Spar trunnion 梁連接凸耳 409
Spat 罩 426,427
Spathe 佛焰蒼 143
Horsetails 木賊類 120
Spawn 卵 182,183,192
Speaker 揚聲器 521,575,585
Spear 矛 382
Spear head 矛頭 109
Spectral absorption lines 光譜吸收線 22,23
Spectral type 光譜型 22,23
Specular haematite 鏡鐵礦 268
Speech 語言 237
Speed 速率
Forces 力 320
Gearbox 變速器 366
Speedball nib 滾珠筆尖 444
Speedometer 速度計 362
Speedometer drive 速度計驅動裝置 365
Speedway motorcycle racing 競賽跑道摩托車比賽 368
Sperm 精子，精液 258,259
Spermatheca 受精囊
Snail 蝸牛 177
Spider 蜘蛛 170
Sperm cell 精細胞 217
Sperm duct 輸精管 195
Spermoviduct 精卵管 177
Sperm whale 抹香鯨 204,205
Sperry-ball gun turret 斯佩雷球形旋轉炮塔 408
Sphenethmoid bone 蝶篩骨 183
Sphenoidal fontanelle 蝶囟 220
Sphenoidal sinus 蝶竇 212,245
Sphenoid bone 蝶骨 220
Sphenopsids 楔葉類植物 279
Sphenopteris latiloba 寬葉楔羊屬 72
Spherical umbel 球狀傘形花序 143
Sphincter muscle 括約肌
Anal 肛門的 249
Iris 虹膜的 241
Pyloric 幽門的 249
Sea anemone 海葵 167
Urethral 尿道的 257
Sphyrna lewini 雙髻鯊屬的一個種 179
Spica 角宿一 18,21
Spicule 針狀體 32,33
Spicules 骨針 166
Spider 蜘蛛，蜘蛛狀物
Arachnid 蜘蛛 170,171
Bicycle 自行車 358,360
Spigot 插口，套管
Capstan 絞盤 387
Lamp 燈 573
Spike 釘形物，穗狀花序，扣球，頂針
Aechmea miniata 附生鳳梨 162
Dodder 菟絲子 163
Double bass 低音提琴 511
Flower 花 143
Grape hyacinth 麝香蘭 155
Thyreophorans 盾日蜥類爬行動物 92,93
Volleyball 排球 534
Spiked sole 帶釘的鞋底 547,543
Spiky cupule 尖殼斗 150
Spinal column 脊柱 238
Spinal cord 脊髓
Bird 鳥 189
Bony fish 硬骨魚 181
Chimpanzee 黑猩猩 202
Dogfish 角鯊 179
Dolphin 海豚 205
Domestic cat 家貓 195
Elephant 象 200
Human 人 212,217,223,236,238,261
Lizard 蜥蜴 185
Rabbit 兔 196
Spinal ganglion 脊神經節 223,238,243
Spinal nerve 脊神經 223,238
Spindle 主軸 569
Spine 刺，棘，脊柱
Aechmea miniata 附生鳳梨 162
Barberry 小蘗屬 130,131
Book 書 586,587
Bromeliad 鳳梨 113
Calligraphy character 書法字體 445
Cnidocyte 刺細胞 167
Diatom 矽藻 116
Dryland plants 旱地植物 156
Golden barrel cactus 仙人球 156
Haemal 血的 180
Herbaceous flowering plants 草本顯花植物 128,129
Human 人 218,222,223
Mahonia 十大功勞屬 130,131
Modern jetliners 現代噴射客機 413,415
Neural 神經 180
Sea urchin 海膽 174
Starfish 海星 174
Spine end fairing 背脊尾部整流裝置 421
Spinner 機頭整流罩
ARV light aircraft ARV 輕型飛機 424,425
Hawker Tempest components 霍克暴風式戰鬥機零件 408
Hawker Tempest fighter 霍克暴風式戰鬥機 409
Lockheed Electra airliner 洛克希德公司伊利克特拉客機 407
Turbofan engine 渦輪風扇式噴射引擎 418
Spinneret 紡績突 170,171
Spinner mounting disc 螺槳轂蓋安裝盤 406
Spinning lure 旋轉匙形餌 562
Spinose-dentate margin 刺一齒狀葉緣 129
Spinous process 脊突 222,223
Spiny anteaters 帶刺的食蟻動物 206
Spiny leaflets 刺狀小葉 130,131
Spiracle 氣門，呼吸孔
Acanthostega 刺甲龍屬 80
Caterpillar 蠋 169
Spider 蜘蛛 170
Spiral arm 旋臂
Galaxies 星系 12,13
Milky Way 銀河 14
Spiral galaxy 螺旋星系
Galaxies 星系 12,13
Milky Way 銀河 14,15
Objects in Universe 宇宙中的若干天體 11
Origin and expansion of Universe 宇宙的起源和膨脹 10,11
Spiral ganglion 螺旋節 243
Spiralling clouds 螺旋狀雲 302
Spiralling low-pressure cells 螺旋狀低壓單體 302
Spiralling rain 螺旋狀雨 303
Spiralling winds 旋轉風 302,303
Spiral scroll 旋渦飾 460
Spiral spring 盤簧；螺旋彈簧 449
Spiral staircase 螺旋形樓梯 472,476
Spiral tubes 螺旋管 342
Spiral valve 螺旋瓣 179
Spiral wrack 螺旋形墨角藻 116
Spire 尖頂裝飾；尖塔
Asian building 亞洲建築 490,491
Gothic church 哥德式教堂 470,471,473
Medieval building 中世紀建築 466,468
Nineteenth-century building 19世紀建築 493
Renaissance building 文藝復興時期建築 476,477

Spirketting 內部腰板 381
Spirogyra sp. 水綿屬的一個種 117
Spit 沙嘴 291
Splat 縱長背條 576
Splat mortice 背條樺眼 576,577
Splayed window-sill 斜面窗台板 475, 482
Spleen 脾
  Bony fish 硬骨魚 181
  Chimpanzee 黑猩猩 202
  Domestic cat 家貓 195
  Elephant 象 200
  Frog 蛙 182
  Human 人 215,249
Splenicartery 脾動脈 253
Splicing fid 穿索椎 383
Splint bone 贅骨 198
Splinter bar 橫木 335
Splintery fracture 裂片斷口 270
Split flap 分裂式襟翼 406
Split line 裂紋 151
Split-open pollen sac 開裂花粉囊 144
Split rudder 分裂式方向舵 421
Spoiler 阻流板 346,349
Spoiler anchorage 擾流片支撐點 413
Spoiler arm 擾流片搖片 414
Spoke 輪輻，舵輪把柄
  Bicycle wheel 自行車車輪 358,359
  Bordino Steam Carriage 波迪諾蒸汽汽車 335
  Eddy Merckx racing bicycle 艾迪·默克斯型競賽自行車 361
  Etching press 蝕刻壓印機 447
  Paddle wheel 槳輪 391
  Ship's wheel 輪船的舵輪 390
Spoked wheel 輻輪
  Bicycle 自行車 358,359
  Pacing sulky 競賽用單座二輪馬車 555
Spoke guard 輪輻護罩 358
Spoke nipple 輻條接頭 361
Sponge roller 海綿滾 442
Sponges 海綿類 166,167
  Fossils 化石 279
Spongocoel 海綿體層 166
Spongy bone 鬆質（海綿狀）骨 224
Spongy mesophyll 海綿葉肉組織 126,139
Spongy tissues 海綿組織 156
Spool 線軸 562
Spoon 槳杓 560
Spoon-shaped tooth 匙形齒 91
Sporangia 孢子囊 120,121
Sporangiophore 孢囊柄 120
Sporangium 孢子囊 79
Spore-case 孢子殼 79
Spore-producing structures 孢子生殖結構
  Fern 蕨 121
  Fungi 眞菌 114,115
  Lichen 地衣 114
  Moss 蘚 112

Spores 孢子
  Clubmoss 石松 120
  Fern 蕨類植物 120,121
  Fungi 眞菌 114,115
  Horsetail 木賊 120
  Lichen 地衣 114
  Liverworts 苔綱 118
  Mosses 蘚類植物 118,119
  Mushroom 蘑菇 115
Sporophores 孢柄 114,115
Sporophytes 孢子體
  Clubmoss 石松 120
  Fern 蕨類植物 120,121
  Horsetail 木賊 120
  Liverworts 苔綱 118
  Moss 蘚 112,118,119
Sports tyre 運動車輪胎 365
Sports wheel 運動車車輪 340
Sprag clutch 超越離合器 410
Spreader 撐索竿 561
Spring 泉，彈簧
  Lakes and Groundwater 湖泊和地下水 292
  Lawnmower 割草機 580
  Motorcycle 摩托車 366
  Power drill 電鑽 568
  Toaster 烤麵包機 579
Spring and chassis unit 彈簧和底盤（組合）裝置 337
Spring attachment 彈簧固定裝置 573
Spring balance 彈簧秤 320
Springboard diving 跳板跳水 558
Spring/damper unit 彈簧／減震器組件 365
Springing point 起拱點 467,484,485
Spring line 泉線 292
Spring perch 鋼板彈簧座 338
Spring petiole 春季葉柄 160
Spring shock absorber 彈簧減震器 338,339
Spring tides 大潮 296,297
Spring-trap mechanism 春季捕蟲機構 160
Spring tree 彈簧片 582
Spring washer 彈簧墊圈 569
Spring wood xylem 春材木質部 134
Sprint races 短距離比賽 560
Sprinting 短跑 542
Spritsail 斜槓帆 378
Sprit yard 斜帆桁 376
Sprocket 鏈輪 358,366
Spruce 雲杉木 513
Spruce beam 支杉梁 560
Sprung chassis 懸掛底盤 334
Spunyarn 細油麻繩 388
Spun yarn serving 細油麻繩捆紮結 383
Spur 短枝 169
Spurious wing 小翼羽 191
Squadron code 飛行中隊代碼 409
Squamata 有鱗目 184
Squamosal bone 鱗骨 183
Squamous suture 鱗狀骨縫 220

Squamulose lichens 鱗片狀地衣 114
Squamulose thallus 鱗片狀地衣 114
Square 方形，丁字尺 485
Square brass line 方形黃銅線 576
Square cut 直削 538
Square knot 方型紐結 388
Square leg 方場手 538
Square-leg umpire 方場裁判員 538
Square masonry 方形圬工工程 465
Square rib 方截面肋 486
Square-rigged ship 橫帆船 375
Square sail 方帆 374,378,384
Square-section steel tubing 方形斷面鋼管 364
Square-section tyre 方形斷面輪胎 362,369
Squash 壁球 544,545
Squeegee 橡膠輥 448
Squid 魷魚 176
Squinch 牆角拱 466
Squirrel 松鼠 196,197
Squirrel hair brush 松鼠毛筆 438
Squirrel mop wash brush 松鼠毛拖把式刷筆 438
SST 超音速運輸機 416,417
St. John's wort 金絲桃 145
St. Basil's Cathedral 聖巴索大教堂 487
St. Paul's Cathedral 聖保羅大教堂
  Arch 拱 484
  Baroque style 巴洛克風格 478, 480,481
  Dome 穹窿 480,486,487
  Old 老的（年歷久，時間很長的） 470,472
Stabilizer 穩定器 397,548
Stabilizer-bar weight 穩定桿平衡錘 422
Stabilizer fin 穩定鰭 396
Stable elements 穩定的元素 310, 311
Stack 岩柱 295
Staff 支柱 377,396
Stage 舞台 477,495
Stained glass 彩色玻璃 470
Stainless steel cover 不銹鋼蓋 579
Staircase 樓梯
  Ancient Roman building 古羅馬建築 465
  Baroque church 巴洛克教堂 481
  Gothic church 哥德式教堂 470, 472
  Medieval building 中世紀建築 466
  Modern building 現代建築 496, 497,499
  Neoclassical building 新古典主義建築 483
  Renaissance building 文藝復興時期建築 474-477
Staircase turret 樓梯角塔 468
Stairs 樓梯 477
Stairway 階梯 489
Stalactites 鐘乳石 284,285
Stalagmites 石筍 284,285

Stalagmitic boss 石筍瘤 284
Stalagmitic floor 石筍底 284
Stalk 柄，蒂，莖
　Algae 藻類 116
　Barnacle 藤壺 173
　Dicotyledons 雙子葉植物（類）127
　Flower 花 140
　Fungi 真菌 114,115
　Liverwort 地錢 118
　Monocotyledons 單子葉植物（類）128
　Moss 蘚 112,119
　Pitcher plant 瓶子草 113
　Seaweed 海藻 117
　Stem succulent 莖多汁植物 113
　Water lily 睡蓮 159
Stalked barnacle 有肉柄的藤壺 173
Stalked secretory glands 有柄分泌腺 161
Stalk scar 柄痕 123
Stall warning vane 失速警告風標 412
Stamen remains 雄蕊殘餘物 146,147,150
Stamens 雄蕊 140-143
　Anther 花藥 140-143
　Dicotyledon flower 雙子葉植物花 126,127
　Fertilization 受精 146,147
　Filament 花絲 140-143
　Insect-pollination 昆蟲傳粉 144
　Monocotyledon flower 單子葉植物花 126
　Rose 薔薇屬 131
Stamp 印章 445
Stance 姿態
　Dinosaurs 恐龍類 82
　Hominids 人種 108
　Westlothiana 西婁甸龍 81
Stanchion 支柱 373,393
Standard 支架 554
Standardbred horse 標準種馬 554,555
Standard European paper 標準歐洲紙 445
Standard knee 標準肋材 381
Standby pitot head 備用總壓測量頭 416,417
Standing block 定滑輪 382
Standing lug mizzen 固定橫帆的後桅 385
Standing part 固定部分
　Hawser bend 繩索 387
　Knots 紐結 388,389
　Rigging 索具 382,383
　Single sheet bend 繩環結 387
Standing position 立姿 548
Standing rigging 固定索具 382,383
Stand-off half 前衛 530
Stapes 鐙骨 242
Staple 肘；框架 449
Starbirth region 恒星誕生區 16
Starboard side 右舷 374
Starch grains 澱粉粒 139

Chlamydomonas sp. 單胞藻屬的一個種 116
Orchid root 蘭根 133
Star clusters 星團 16,17
　Objects in Universe 宇宙中的若干天體 11
　Our galaxy and nearby galaxies 銀河系和鄰近星系 14
Star coral 星珊瑚 167
Star drag 星形拖曳器 562
Star dune 星狀砂丘 283
Starfish 海星 174,175
　Fossil 化石 79
Star formation in Orion 獵戶座內恒星的形成 24
Starling 橋墩尖端分水樁 467
Star magnitudes 恒星的星等 22
Stars 恒星 22,23
　Massive stars 大質量恒星 26,27
　Milky Way 銀河 14,15
　Neutron stars and black holes 中子星和黑洞 28,29
　Small stars 小恒星 24,25
　Star clusters 星團 16
　Sun 太陽 32,33
Star-shaped parenchyma 星形薄壁組織 135
Star-shaped sclereids 星狀石細胞 159
Stars of northern skies 北天空的恒星 18,19
Stars of southern skies 南天空的恒星 20,21
Starter 起動馬達 339,558
Starter cog 起動機輪齒 336
Starter cup 起動機罩 580
Starter motor 起動馬達（發動機）
　Hawker Tempest components 霍克暴風式戰鬥機零件 408
　Mid West twin-rotor engine 中西雙缸引擎 411
　Renault Clio 雷諾·克萊奧牌汽車 351
　Volkswagen Beetle 金龜車 340
Starter ring 起動機環齒輪 345
Starting block 出發台 558
Starting handle 起動搖把 336,337,338,343
Starting line(100m) 100 米起跑線 542
State room 豪華房間 392
Static air-pressure plate 空氣靜壓板 412
Static discharge wick 靜電放電繩 406
Static electricity 靜電 316
Stationary gear 固定齒輪 346,347,411
Stator 定子 410
Stator electricity generator 靜電發電機 317
Statue 雕像 472,478
Statue creation 雕像創作 455
Statuette 小塑像 476,481

Staurikosaurids 十字龍 69
Staurikosaurus 十字龍 69
Stay 支索 325,392
Staysail 支索帆 378,385
Steady pin hole 定位銷銷孔 566
"Stealth" bomber "隱形" 轟炸機 420,421
Steam 蒸汽；水蒸汽 273,307
　Locomotives 機車（火車頭）324,325
　Nuclear power station 核電站 314
　Oil-fired power station 燃油發電站 315
Steamboat with paddle wheels 帶有槳輪的汽船 391
Steam car 蒸汽車 334,342
Steam chest 蒸汽箱 334
Steam chest pressure gauge 汽室壓力表 325
Steam condenser 蒸汽冷凝器 397
Steam dome 蒸汽包 325
Steam engine 蒸汽機 390,391
Steam generator 蒸汽發生器 314
Steam grating 蒸汽格柵 380
Steam launch 汽艇 394
Steam locomotive 蒸汽機車 324,325
Steam pipe 蒸汽管 334,335
Steam pipework 蒸汽管道系統 397
Steam-powered Cugnot "Fardier" 蒸汽動力居紐 "法迪爾" 汽車 334
Steam whistle 汽笛 392
Steel 鋼 492
Steel and concrete floor 鋼筋和混凝土樓板 498
Steel and titanium skin 鋼材和鈦製蒙皮 416
Steel body 鋼車身 354
Steel brace 鋼撐臂 493
Steel column 鋼柱 497,498
Steel floor-plate 鋼樓板 497
Steel frame 鋼架 360,364
Steel girder framework 鋼梁構架 314
Steel lattice-beam 鋼格構梁 497
Steel lock 鋼鎖 360
Steel mallet 鋼槌 517
Steel mullion 鋼直欞 494
Steel point 鋼釺 452
Steel rails 鋼軌 330
Steel-reinforced concrete 鋼筋混凝土 494
Steel sleeper 鋼軌枕 330
Steel wheel 鋼製車輪 340,350,351
Steeple 尖塔 471,481
Steeplechase 越野障礙賽馬 554
Steep ridge 陡山脊 283
Steerboard side 右舷 374
Steerer tube 轉向柱管 359
Steering 轉向裝置 350,364
Steering actuator 轉向致動器 416
Steering arm 轉向臂 338,339
Steering box assembly 轉向器殼體總成 340

Steering column 轉向柱
Benz Motorwagen 朋馳牌小型汽車 335
Ford Model T 福特牌 T 型汽車 339
Renault Clio 雷諾・克萊奥牌汽車 350
Volkswagen Beetle 金龜車 341
Steering gear 操舵裝置 392
Steering gearbox 轉向齒輪箱 339
Steering head 轉向節叉 335
Steering idler 轉向惰輪 340
Steering knuckle 轉向節 338
Steering link 轉向拉桿 335,357
Steering oar 舵槳 374
Steering pump pulley 轉向泵皮帶輪 344
Steering rack 轉向機齒條 335,350
Steering spindle 轉向盤軸 336
Steering stop 轉向限動器 425
Steering tie-rod 轉向橫拉桿 340
Steering tiller 轉向桿 334,335,337
Steering track-rod 轉向橫拉桿 337
Steering wheel 轉向盤
1906 Renault 1906 年雷諾牌汽車 337
Ford Model T 福特牌 T 型汽車 338,339
Renault Clio 雷諾・克萊奥牌汽車 350,353
White Steam Car 懷特牌蒸汽汽車 342
Steering wiffletree 轉向橫桿 337
Steersman 舵手 560
Stegoceras 頂角龍屬 100,101
Stegosauria 硬鮫 83
Stegosaurus 劍龍 71,92
Steib chair 斯替普座椅 362
Stela 石碑 459
Stele 柱，中柱
Dicotyledons 雙子葉植物（類）127
Monocotyledons 單子葉植物（類）127
Root 根 132,133
Stellar core 星核 17
Stellar spectral absorption lines 恒星光譜吸收線 22,23
Stellate parenchyma 星形薄壁組織 135
Stem 莖 134,135
Aechmea miniata 附生鳳梨 162
Asteroxylon 星木屬 79
Bamboo 箭竹屬 131
Barberry 小蘗屬 130,131
Battleship 戰列艦 394
Begonia 秋海棠屬 129
Bishop pine 主教松 124,125
Brassavola nodosa 布拉薩沃拉氏蘭 162
Bromeliad 鳳梨 113
Broomrape 列當 163
Calligraphy character 書法字體 445
Canadian pond weed 伊樂藻 158,159
Chusan palm 棕櫚 130
Clubmoss 石松 120
Corallina officinalis 珊瑚藻 117
Couch grass 匍匐冰草 113
Crab cactus 蟹爪蘭 129
Dicotyledons 雙子葉植物（類）126,127
Dodder 菟絲子 163
Eddy Merckx racing bicycle 艾迪・默克斯型競賽自行車 361
Epiphytes 附生植物 162,163
Everlasting pea 宿根香豌豆 129
Florists' chrysanthemum 菊 129
Flower arrangements 花的排列 143
Golden barrel cactus 仙人球 156
Guzmania lingulata 垂花果子曼 162,163
Hogweed 牛防風 129
Horsetail 木賊 120
Ice-plant 冰晶松葉菊 128,129
Iron paddlesteamer 鐵製明輪船 393
Ivy 常春藤屬 131
Kedrostis africana 肉汁植物的一種 113
Live-for-ever 常青植物 128,129
Liverwort 地錢 118
Maidenhair tree 銀杏 123
Maple 槭樹 127
Monocotyledons 單子葉植物（類）126,127
Moss 蘚 119
Parasitic plants 寄生植物 163
Passion flower 西番蓮屬 130
Peach 桃 131
Perennials 多年生植物 130,131
Sago palm 蘇鐵 123
Strawberry 草莓 128
String of hearts 吊燈花 157
Vegetative reproduction 營養繁殖 154,155
Water fern 水蕨 158
Welwitschia 百歲葉屬 123
Woody plants 木本植物 130,131
Woody stem 木質莖 134
Yew 紅豆杉 123
Stem bases 莖基
Bulbil 珠芽 155
Gazmania lingulata 垂花果子曼 162,163
Stem branch 莖分枝 129
Stem bulbils 莖生珠芽 155
Stem cambium 莖形成層 126
Stem head 船頭 376
Stempost 船首柱
74-gun ship 裝有 74 門炮的炮船 381
Dhow 獨桅三角帆船 376
Longboat 大艇 380
Sailing warship 航行中的軍艦 376
Viking ships 北歐海盜船 374,375
Stem projections 莖突生物 156
Stem segments 莖節段 129
Stem succulents 莖肉汁植物 113,156,157
Stem tubers 塊莖 128,154
Stencil 模版 446
Step 級，階，梯階
74-gun ship 裝有 74 門炮的炮船 381
ARV light aircraft ARV 輕型飛機 424
BE 2B bomber BE 2B 轟炸機 404
Bleriot XI monoplane 布雷里奥 XI 型單翼機 401
Medieval building 中世紀建築 467
Modern building 現代建築 499
Neoclassical building 新古典主義建築 483
Steam-powered Cugnot 居紐蒸汽動力車 334
Twentieth-century building 20 世紀建築 495
Wooden sailing ship 木帆船 378
Stephenson,Robert 羅伯特・斯蒂芬森 324
Stepped roof 階式屋頂 481
Stepped stempost 階梯形艏柱 375
Stepped sternpost 階梯形艉柱 375
Sterile hairs 不育毛 117,119
Sterile ray 不育射狀線 119
Sterile ray floret 不育過小花 142
Sterile shoot 不育枝 120
Sterile whorl 不育毛輪 116
Stern 船尾
74-gun ship 裝有 74 門炮的炮船 381
Iron paddlesteamer 鐵製明輪船 392
Kayak 皮艇 560
Sailing dinghy 東印度帆船 561
Wooden sailing ship 木帆船 378,379
Sterna hirundo 普通燕鷗 193
Sternal artery 胸動脈 173
Sternal bone 胸骨 96,102
Stern balustrade 船尾欄杆 373
Stern carving 船尾雕刻品 381
Stern framing 船尾框架 392
Stern gallery 艦尾瞭望台 397
Stern lantern 尾部信號燈 379
Sternocleidomastoid muscle 胸鎖乳突肌 226,227,229
Sternohyoid muscle 胸舌骨肌 229
Sternpost 船尾柱
Greek galley 希臘軍艦 372
Roman corbita 羅馬商船 373
Sailing warship 航行中的軍艦 377
Single scull 單人雙槳賽艇 560
Viking ships 北歐海盜船 374,375
Wooden sailing ship 木帆船 378
Stern quarter gallery 船尾瞭望台 379
Stern rope 尾纜 387
Stern section 船尾部分 392
Sternum 胸骨

Bird 鳥 189
Domestic cat 家貓 195
Elephant 象 201
Hare 野兔 197
Horse 馬 199
Human 人 218
Kangaroo 袋鼠 206
Seal 海豹 204
Stern walk 船尾平台 395
Stibnite 輝銻礦 268
Stick insect 竹節蟲 192
Stiff brush 硬毛筆 436
Stifle 後膝 198
Stigma 氣門, 柱頭, 眼點
Damselfly 豆娘 168
Dicotyledon flower 雙子葉植物花 126,127
Fertilization 受精 146,147
Flower 花 140-143
Pollination 授粉 144,145
Stigma remains 柱頭殘餘物 146,147, 150,151
Stilt 支材 494
Stilted arch 提高的拱 468
Sting 螫針 170
Stinging cells 刺細胞 166
Stinkhorn 鬼筆菌 114
Stipe (菌) 柄 114,115,116,117
Stippled effect 點刻 442
Stipule 托葉
Begonia 秋海棠屬 129
Everlasting pea 宿根香豌豆 129
Passion flower 西番蓮屬 130
Rose 花楸 131
Seedling leaf 幼苗葉 152
St. John's wort 金絲桃 145
Strawberry 草莓 128
Stirrup 鐙, 鐙形物
Crossbow 弩 548
Ossicles of middle ear 中骨聽小骨的 242
Saddle 鞍 555,582
Stoa 柱廊 460
Ancient Roman building 古羅馬建築 463,465
Islamic building 伊斯蘭回教建築 488
Stock 船台, 錨杆
74-gun ship 裝有 74 門炮的炮船 380
Danforth anchor 熱尾錨 386
Roman anchor 羅馬的錨 372
Stockless anchor 無桿錨 386
Stofler 史都夫勒 40
Stoker's seat 司爐座椅 334
Stolons 匍匐莖 154
Stomach 胃
Barnacle 藤壺 173
Bird 鳥 189
Bony fish 硬骨魚 181
Chimpanzee 黑猩猩 202
Cow 牛 198
Crayfish 蝲蛄 (小龍蝦) 173
Dogfish 角鯊 179

Dolphin 海豚 205
Domestic cat 家貓 195
Elephant 象 200
Frog 蛙 182
Human 人 214,248
Jellyfish 海蜇 167
Lizard 蜥蜴 185
Octopus 章魚 176
Rabbit 兔 196
Ruminants 反芻動物 198
Snail 蝸牛 177
Starfish 海星 174
Tortoise 陸龜 187
Stomach throw 腹摔 556
Stomata 氣孔
Dryland plants 旱地植物 156,157
Golden barrel cactus 仙人球 156
Haworthia truncata 霍氏百合 157
Monocotyledon leaf 單子葉植物葉 126
Photosynthesis role 光合作用 138, 139
Pine needle 松針葉 124
Wetland plants 濕地植物 158
Stone 核, 石台
Succulent fruits 多汁果 148
Lithographic printing 平版印刷 446,448
Sculpture 雕塑 452
Stone canal 石管 174,175
Stone plate 石板 446,448
Stony-iron meteorite 石鐵隕石 52
Stony meteorite 石隕石 52
Stop lamp assembly 停車燈總成 352
Stopper 塞子 313,560
Stop signal 停車信號 330
Stopwatch 跑表 524
Storage organs 貯藏器官
Bulb 鱗莖 155
Corm 球莖 155
Rhizome 根莖 155
Scale leaf 鱗葉 155
Seed 種子 152
Succulent tissue 多汁組織 156,157
Swollen stem 膨脹莖 113,155
Tubers 塊莖 128,155
Underground 地下 154,155
Store button 存儲鈕 521
Stores pylon 外掛物吊架 420,421
Stork 鸛 188
Storm 風暴 303
Straddle wire 跨線 358,359
Straight 直線跑道 555
Straight four cylinder arrangement 直立式 4 型氣缸排置 345
Straight gouge 直鑿 452
Straight handlebar 直把手 361
Strake 列板, 底板
Concorde 協和飛機 416,417
Ironclad 裝甲艦 393
Roman corbita 羅馬商船 372
Viking ships 北歐維京海盜船 374, 375
Strap bearing 帶座 582

Strap lug 皮帶環 588,589
Strapontin 折疊式加座 337
Strap-shaped leaf 帶狀葉 162
Strata 層 276
Faults and folds 斷層和褶皺 60, 61
Sedimentary rocks 沉積岩 276
Stratocumulus cloud 層積雲 302
Stratosphere 同溫層
Earth's atmosphere 地球大氣 300, 301
Jupiter's atmosphere 木星的大氣圈 45
Mars' atmosphere 火星的大氣 43
Saturn's atmosphere 土星的大氣圈 47
Stratum basale 基底層 235
Stratum corneum 角質層 235
Stratum granulosum 顆粒層 235
Stratum spinosum 棘層 235
Stratus cloud 層雲 302
Strawberry 草莓 128,150
Straw butt 麥秸靶垛 549
Streak 條痕 270,271
Stream 水流
Glaciers 冰川 286,287
Groundwater system 地下水系統 293
Spring examples 泉的示例 292
Streamlined spinner 流線型螺槳轂蓋 407
Strengthening tissue 加固組織
Fern rachis 蕨葉軸 121
Horsetail stem 木賊莖 120
Marram grass 濱草 113
Monocotyledon leaf 單子葉植物葉 126
Stems 莖 134,135
Water lily leaf 睡蓮葉 159
Stress 應力 61
Stressed cylinder block 預應力氣缸體 356
Stretcher 順砌, 撐腳桿
Brickwork 磚砌法 485
Nineteenth-century building 19 世紀的建築 492
Single scull 單人雙槳賽艇 560
Stretches 直線跑道 555
Striated effect 點刻 442
Striation 紋理 46
Strike " 好球", 走向
Baseball 棒球 536
Baseball umpire signal 棒球場裁判手勢 537
Slope structure 褶皺翼結構 60
Striker 前鋒 524
Strike-slip fault 走向滑斷層 61
Strike-slip fault lake 走向滑斷層湖 293
Strike zone 好球區 536
Strindberg 斯特林堡 35
String 弦
Acoustic guitar 古典吉他 512,513
Cello 大提琴 511

Concert grand piano 音樂會用平台式大鋼琴 515
　Double bass 低音提琴 511
　Electric guitar 電吉他 513
　Harp 豎琴 511
　Upright piano 立式鋼琴 514
　Viola 中提琴 511
String arm 弦臂 511
String course 束帶層
　Ancient Roman building 古羅馬建築 465
　Cathedral dome 大教堂的穹窿 487
　Medieval building 中世紀建築 466,467
　Nineteenth-century building 19世紀建築 493
Stringed instruments 弦樂器 510, 511
　Guitar 吉他 512,513
　Orchestral arrangement 管弦樂隊排置 504,505
Strings 弦,細胞
　Guitar 吉他 512,513
　Racket 球拍 544
　Violin 小提琴 510
Strix aluco 灰林鴞 190
Strobili 孢子葉球 120
Stroke judge 泳式檢查員 558
Stroke play 個人賽 546
Stroma 基質 139
Stroma thylakoid 基質內囊體 139
Strongylocentrotus purpuratus 加利福尼亞紫海膽 175
Strontium 鍶 310
Strop 環索 383
Strut 頂撐,支撐,支柱撐桿
　Dome 穹窿 484,486
　Gothic building 哥德式建築 473
　Marble sculpture support 大理石雕支承 453
　Neoclassical building 新古典主義建築 479
　Paddlesteamer 槳輪船 390
　Timpanum 定音鼓 519
Strut insert 撐桿插入物 340
Struthio camelus 鴕鳥 188
　Egg 蛋 193
Struthiolaria 腹足綱軟體動物 279
Struthiomimus 似鴕鳥龍屬 84,87
Stub axle 短軸 424
Stud 板牆柱,樞軸
　Ancient Roman mill 古羅馬磨坊 464
　Gothic building 哥德式建築 473
　Mid West single rotor engine 中西單缸引擎 410
Studding sail boom 輔助帆的下桁 378
Studding sail yard 輔助帆的帆桁 378
Studio Elvira 埃爾維拉工作室 495
Study 演員室 477
Stuffing box 填料盒 390
Stuffing hole 填料孔 582

Stump 短椿,柱
　Coastline 海岸線 295
　Wicket 三柱門 538
Stupa 塔 490,491
Stupica 小印度佛塔 491
Sturgeon 鱘 180
Style 花柱 140-143
　Fertilization 受精 146,147
　Monocotyledon flower 單子葉植物花 126
　Pitcher plant 瓶子草 113
　Pollination 授粉 144,145
　Rowan fruit 花楸細枝 131
Style of the gnomon 日晷指時針的尖 377
Style remains 花柱遺跡
　Dry fruit 乾果 150,151
　Fruit development 果實發育 146, 147
　Succulent fruit 多汁果 148,149
Stylet 倒刺 167
Stylobate 台基 460
Styloglossus muscle 莖突舌肌 244
Styloid process 莖狀突 220,243
Styracosaurus 戟龍屬 102,103
Subacute leaf apex 半尖葉端 136, 137
Subarachnoid space 蛛網膜下腔 237
Subclavian artery 鎖骨下動脈 215, 251,253
Subclavian vein 鎖骨下靜脈 253
Subduction 消失 58
Subduction zone 消減帶 281
Subframe 副車架 351
Subgenital pit 生殖下孔 167
Subglacial stream 冰下河 287
Sublimation 昇華 307
Sublingual fold 舌下褶 245
Sublingual gland 舌下腺 244,245
Submandibular gland 下頜下腺 244
Submarine 潛水艇 396,397
Submarine canyon 海底峽谷 298
Submerged atoll 淹沒的環礁 299
Submerged glacial valleys 沉沒冰蝕谷 294,295
Submerged river valleys 沉沒河谷 294
Subopercular bone 亞鰓蓋骨 181
Substitutions 換人 532,550
Substomatal chamber 氣孔下室 139
Substrate 基質 112
Substratum 基質 115
Subsurface current 次表層洋流 297
Subtropical jet stream 副熱帶噴射氣流 300
Succulent fruits 多汁果 148,149, 150
　Bramble 歐洲黑莓 130
　Development 發育 146,147
　Peach 桃 131
　Rowan 花楸果 131
Succulent leaves 肉質莖 128,157
Succulent plants 多汁植物 156,157
Succulents 肉汁植物 112

Leaf 葉 157
Stem 莖 156,157
Stem and root 莖和根 157
Trailing stem 匐匍莖 157
Succulent stem 肉質莖 129
Sucker 吸盤 176,178
　Lamprey 八目鰻 178
　Octopus 章魚 178
Sucking stomach 吸胃 170
Sudan 蘇丹 331
Sugar 糖
　Fermentation 發酵 312
　Formation 形成 138
　Photosynthesis 光合作用 315
　Transport 運輸 139
Sulcus terminalis 界溝 244
Sulky 單座二輪馬車 554,555
Sulfates 硫酸鹽類 269,296
Sulfides 硫化物 268
Sulfur 硫 39,268
　Periodic table 元素週期表 311
Sulfur dioxide 二氧化硫 37
Sulfuric acid 硫酸 36,37
Sulfurous gases 硫質氣體 273
Sumatra 蘇門答臘 265
Sumigi 角椽 490
Summer petiole 夏季葉柄 160
Summit caldera 頂部破火山口 42
Sump 油盤 343,344,345
Sun 太陽 32,33,38
　Atmosphere 天氣 301
　Comet tails 彗尾 48
　Earth's energy 地球上的能量 314
　Electromagnetic radiation 電磁輻射 314,315
　Energy emission from Sun 太陽發射的能量 22
　Light 光 318
　Milky Way 銀河 14
　Objects in Universe 宇宙中的若干天體 11
　Oceans and seas 海洋 296,297
　Ozone formation 臭氧形成 64
　Solar eclipse 日食 32
　Solar System 太陽系 30,31
　Stars 恒星 22,23
Sundew 茅膏菜 160
Sundial 日晷 376,377
Sunflower 向日葵 140,142,145
Sunken stoma 內陷氣孔 157
Sunlight and photosynthesis 陽光和光合作用 138
Sun roof 遮陽頂蓬 341
Sun scoop 太陽能收集器 498
Sunspots 黑子 32,33
Sun visor 遮陽板 350,353
Supai group 蘇派群 277
Superclusters 超星系團 10
Supercooling 過冷化 307
Supercool liquid 過冷液體 306,307
Superficial peroneal nerve 腓淺神經 238
Superficial skeletal muscles 表面骨骼肌 226,227

Superfluid neutrons 超流態中子 28
Super-giant slalom (Super-G) skiing 超大障礙滑雪 552
Supergiant stars 超巨星
Massive stars 大質量恒星 26
Stars 恒星 22,23
Stellar black hole 黑洞星 29
Supergranule 超米粒 33
Superheater 過熱器 325
Superior articular facet 上關節面 222
Superior articular process 上關節突 222,223
Superior concha 上鼻甲 212
Superior laryngeal nerve 喉上神經 244
Superior longitudinal muscle 舌上縱肌 245
Superior meatus 上鼻道 245
Superior mesenteric artery 腸系膜上動脈 253,256
Superior mesenteric trunk 腸系膜上動脈幹 257
Superior mesenteric vein 腸系膜上靜脈 253
Superior nasal concha 上鼻甲 245
Superior oblique muscle 上斜肌 241
Superior orbital fissure 眶上溝 221
Superior ramus of pubis 恥骨上支 224,257
Superior rectus muscle 上直肌 241
Superior sagittal sinus 上矢狀竇 212,237
Superior thyroid artery 甲狀腺上動脈 244
Superior vena cava 上腔靜脈 215,251,252,253,255
Supernova 超新星
Massive stars 大質量恒星 26,27
Nebulae and star clusters 星雲和星團 16
Neutron stars and black holes 中子星和黑洞 29
Supernova remnant 超新星殘跡
Nebulae and star clusters 星雲和星團 16,17
X-ray image of Crab Nebula 蟹狀星雲的 X 射線圖像 28
Supersonic flight 超音速飛機 416
Supersonic jetliners 超音速噴射客機 416,417
Supersonic transportation 超音速運輸 416,417
Support arm assembly 支臂裝配件 573
Supporter 支持器 381
Supporter ring 卡圈 589
Supporting tissue 支持組織
Bishop pine stem 主教松莖 125
Dicotyledon leaf 雙子葉植物葉 126
Stems 莖 134,135
Supraoccipital bone 上枕骨 181
Supraoccipital crest 上枕脊突 84
Supraoesophageal ganglion 食道上神經節 173
Supraorbital fissure 眶上溝 221
Supraorbital foramen 眶上孔 221
Supraorbital margin 眼眶上緣 213,220,221
Supraorbital notch 眼眶上切跡 213
Supraorbital ridge 眶上脊
Chimpanzee 黑猩猩 202
Stegaceras 頂角龍屬 100
Styracosaurus 戟龍屬 102
Suprarenal gland 腎上腺 257
Suprarenal vein 腎上腺靜脈 257
Suprascapula 上肩胛骨 183
Suprasternal notch 胸骨上切跡 211
Surangular bone 上隅骨 102
Surcingle 腹帶 582,583
Surcingle loop 腹帶環 555
Surface currents 表層洋流 296,297
Surface deposits 地表沉積物 273
Surface layer 表層 293
Surface ocean current 表層洋流 296
Surface streams 地表水流 284
Surface temperature 地表溫度 39
Stars 恒星 22
Structure of main sequence star 主序星的結構 24
Structure of Mars 火星的結構 43
Structure of Mercury 水星的結構 35
Structure of Neptune 海王星的結構 51
Structure of red giant 紅巨星的結構 25
Structure of red supergiant 紅超巨星的結構 26
Structure of Venus 金星的結構 37
Sun 太陽 33
Surface terrain 地表岩體 284
Surface vegetation 地表植被 282
Surface winds 地面風 300
Surveillance RADAR 監視雷達 397
Suspended erratic 懸漂礫 286
Suspension 懸架
"Deltic" diesel-electric locomotive "狄爾替克"號柴油電動機車 327
Microlight 微型飛機 426
Motocross racing 摩托車越野賽 368
Motorcycle 摩托車 364
Suspension arm 懸架臂 350,351
Suspension linkage 獨立懸掛拉桿 362
Suspension spring 懸掛式彈簧
Clock 鐘 566
Renault Clio 雷諾・克萊奧牌汽車 350
Suspension strut 燭式獨立懸架(撐桿式懸架)340,351
Suspension top mount 懸掛頂部固定件 340
Sustaining pedal 強音踏板 514,515
Suture 骨縫 202
Su-wei 第四桅 376
Suzuki RGV 500 鈴木牌 RGV500 型摩托車 368,369
Swab hitch 洗甲板拖把用索結 387,389
Swallow 穿索孔 383
Swallow-hole 石灰坑 284
Swamp 沼澤 290,291
Swan neck ornament 鵝頸裝飾 373
Swash plate 旋轉斜盤 344
Swash zone 沖刷帶 294
S waves S 波 63
Sweat duct 汗管 235
Sweat gland 汗腺 234,235
Sweat pore 汗孔 234,235
Sweep rowing 單槳賽艇比賽 560
Sweep-rowing boat 單槳賽艇 561
Sweeping low throw 掃腿低摔 556
Sweet chestnut 歐洲栗 136,144,150
Sweetgum 楓香屬 76
Sweet pea 香豌豆 128
Sweet potato 甘薯 154
Swell manual 增減音鍵盤 514
Swell of muzzle 炮口隆起外 395
Swell pedal 增減音踏板 514
Swell stop 增減音音栓 514
Swifting tackle 快速滑車索具 377
Swim bladder 鰾 178,180,181
Swimmeret 橈肢;游泳足 172
Swimming 游泳 558,559
Swimming pool 游泳池 558
Swimwear 游泳裝 558
Swingarm fork 搖臂叉 364,368
"Swing-wings" 可變後掠機翼 420
Switch 開關裝置 316
Switchboard room 配電盤室 397
Switch enclosure 開關外殼 572
Switch end casting 開關端鑄件 578,579
Switch gear 開關設備 314
Swivel becket 轉環 382
Swivels 轉節,旋轉接頭
Mooring and anchoring 繫泊和拋錨 386
Angling 釣魚 562,563
Swivel suspension ring 可旋轉的吊環 377
Swollen leaf base 膨大葉莖 154,155
Swollen stem base 膨大莖基
Guzmania lingulata 垂花果子蔓 163
Kedrostis africana 肉汁植物的一種 113
Oxalis sp. 酢漿草 157
Swollen stem 膨大莖 154,155
Sword 劍 556,557
Sycamore 假挪威槭 131,150,151
Sycamore beam 梧桐木梁 560
Syconium 隱頭果 148
Syenite 正長岩 275
Symbiosis 共生
Lichens 地衣 114

Mycorrhizal association 菌根共生體 133

Symbols 符號
　Biology 生物學 591
　Chemistry 化學 591
　Communication 聯繫 108
　Mathematics 數字 591
　Music 音樂 502,503
　Physics 物理學 591
Symphony orchestra 交響樂團 504,505
Synapsid reptile skull 單弓爬行動物的頭骨 67
Synaptic knob 突觸小結 228,239
Synaptic vesicle 突觸囊泡 239
Syncarpous gynoecium 合心皮雄蕊群 140
Synchiropus splendidus 連鰭䲅 180
Synchronized elevator 同步升降舵 423
Syncline 向斜 60,61,62
Synclinorium 向斜處 61
Synergid nucleus 助細胞核 147
Synsacrum 綜荐骨 189
Synthesizer 合成器 520
Synthetic brush 合成材料筆 436,438
Synthetic flax 人造麻 384
Synthetic bristle brush 人造鬃毛筆 442
Synthetic materials 合成材料 306
Synthetic polymer 合成聚合物 306
Synthetic resin 人造樹脂，合成樹脂 442
Synthetic ropes 合成繩 388
Synthetic sable brush 人造貂毛筆 442
Synthetic strings 合成線 544,545
Synthetic wash brush 合成材料刷筆 438,442
Syria Planum 敘利亞平地 42,43
Systems connector 系統連接接頭 413

T

Tabernacle 神龕 463,474,476
Tab hinge 調整片鉸鏈 415
Table clamp 桌夾 573
Tablet flower 薄板花飾 488,491
Tabling 闊邊 372,384
Tabular habit 板狀晶癖 271
Tacan aerial 塔康天線 420
Tachybaptus ruficollis 小鸊鷉 190
Tack 平頭釘，上下角索
　Chair 椅 577
　Saddle 馬鞍 582
　Viking karv 北歐的卡芙級大舢板 375
Tackling 擒抱對方球員或搶球的動作
　Australian rules football 澳大利亞式橄欖球 528,529
　Football 足球，橄欖球 526
　Rugby 拉格比足球 531

Soccer 足球 524
Tactical air navigation (Tacan) aerial 一種無線電戰術導航系統（塔康）天線 420
Tadpoles 蝌蚪 182,183,192
Taenia 束帶飾 460
Taenia colica 結腸帶 249
Taffrail 船尾欄杆 378,381
Tag 鞋帶包頭 571
Tail 尾部
　Amphibian 兩棲動物 182
　Anchisaurus 安琪龍屬 89
　BE 2B bomber BE 2B 轟炸機 404
　Caiman 凱門鱷 187
　Calligraphy character 書法字體 445
　Corythosaurus 盔頭龍屬 98
　Crocodilians 鱷類 186
　Deer hopper dry fly 蚱蜢狀乾蠅餌 563
　Dolphin 海豚 205
　Dunkeld wet fly 浸泡濕蠅餌 563
　Gallimimus 雞形龍 87
　Half-bound book 半皮（布）面精裝書 586
　Hare 野兔 196
　Hawker Tempest components 霍克暴風式戰鬥機零件 409
　Herrerasaurus 赫勒爾龍屬 86
　Horse 馬 198
　Ichthyostega 魚甲龍屬 80
　Iguanodon 禽龍屬 96
　Iguanodonts 禽龍 96
　Kangaroo 袋鼠 206
　Leather-bound book 皮面精裝書 586
　Lion 獅 195
　Lizard 蜥蜴 184,185
　Lungfish 肺魚 81
　Monkey 猴 202
　Ornithopods 鳥腳類爬行動物 96
　Pachycephalosaurus 腫頭龍屬 100
　Prehensile 握屋的 202
　Rabbit 兔 196,197
　Rat 大鼠 196
　Rattlesnake 響尾蛇 185
　Rigging 索具 382,383
　Salamander 蠑螈 182
　Sauropodomorpha 蜥腳形亞目 88
　Schweizer helicopter 施魏澤直升飛機 423
　Scorpion 蠍 170
　Ski 滑雪 552,553
　Stegoceras 頂角龍屬 101
　Stegosaurus 劍龍屬 93
　Tadpole 蝌蚪 183
　Triceratops 三角龍屬 102
　Tyrannosaurus 霸王龍屬 84
　Westlothiana 西婁甸龍 81
Tailband 底部環帶 586,587
Tail boom 尾梁 423
Tail bud 尾芽 260
Tail bumper 尾部減震器 417
Tail club 尾棒 95

Tail cone 尾錐 416,417,418
Tail crest 尾椎 187
Taileron 尾副翼（可同時用作水平尾翼和副翼）420,421
Tail fairing 尾翼整流罩 409
Tail feathers 尾毛 188
Tail fluke 尾鰭 205
Tail-gate 後車門（後行李倉門）348
Tail gunner's compartment 尾部射擊員艙 408
Tail-gun turret 尾部炮塔 408
Tail-light 尾燈
　BMW R/60　寶馬 R/60 型摩托車 362
　Harley-Davidson FLHS Electra Glide 哈利-戴維森牌風掣電動摩托車 362
　Honda CB750 本田牌 CB750 型摩托車 363
　Vespa Grand Sport 160 Mark 1 偉士牌大運動 160 1 型摩托車 363
Tailpiece 繫弦板 510,511
Tail-pin 尾釘 510
Tail pipe 排氣尾管 340,356
Tailplane 水平尾翼
　ARV light aircraft ARV 輕型飛機 424
　BAe-146 jetliner BAe-146 噴射客機 415
　BE 2B tail BE 2B 飛機的尾翼 405
　Biplanes and triplanes 雙翼機和三翼機 402,403
　Blackburn monoplane 布萊克本單翼機 401
　Bleriot XI monoplane 布雷里奧 XI 型單翼機 401
　Curtiss biplane 寇蒂斯的雙翼機 399
　Hawker Tempest components 霍克暴風式戰鬥機零件 409
　Lockheed Electra airliner 洛克希德公司伊利克特拉客機 407
　Schleicher glider 施萊徹滑翔機 426
Tailplane fairing 水平尾翼整流裝置 415
Tailplane root 水平尾翼翼根 409
Tailplane tip 水平尾翼翼尖 407,415
Tailrace 泄水道 314
Tail rod 活塞桿 390
Tail rotor 尾槳 422,423
Tail-rotor drive shaft 尾槳傳動軸 422,423
Tail rotor gearbox 尾槳齒輪箱 423
Tail shield 尾角質板 78
Tailskid 尾橇
　ARV light aircraft ARV 輕型飛機 424
　Avro triplane 阿弗羅三翼機 403
　BE 2B bomber BE 2B 轟炸機 405
　Blackburn monoplane 布萊克本單翼機 400,401
　LVG CVI fighter LVG CVI 戰鬥機 405

Tail spike 尾刺突 92
Tail spine 尾蟹 79
Tail unit 尾翼 (尾部裝置)368
Tailwheel 尾輪
　Avro biplane 阿弗羅雙翼機 402
　B-17 bomber B-17 轟炸機 408
　Hawker Tempest fighter 霍克暴風式戰鬥機 409
　Lockheed Electra airliner 洛克希德公司伊利克特拉客機 407
　Schleicher glider 施萊徹滑翔機 426
Tailwheel leg 尾輪支柱 401
Take-off and landing skid 起落滑橇 398
Takla Makan Desert 塔克拉馬干沙漠 265
Talc 滑石 270,271
Tallow coating 脂塗層 379
Talonavicular ligament 距舟韌帶 232
Talons 爪 188
Talus 岩屑堆 282,283
Talus bone 距骨 232
Tamarins 猬 202,203
Tambourine 手鼓 (鈴鼓) 504,518
Tam-tam 鑼 504,516
Tandem wings 串置式機翼 402
Tank 艙 392
Tank drain tap 油箱排油嘴 407
Tank inspection access 油箱檢查口蓋 417
Tank support 油箱支架 339
Tantalum 鉭 310
Tantalus Fossae 坦塔勒斯溝槽群 43
Tape 帶 , 紙帶 , 磁帶
　Book 書 586,587
　Mini-television 迷你電視 574
Tapeats sandstone 塔北次砂岩 277
Tapir 貘 198
Tappet 挺桿 343
Tappet adjustor 挺桿調節器 367
Tap root 直根 128
Tarantula Nebula 蜘蛛星雲 26,27
　Large Magellanic Cloud 大麥哲倫雲 12
Tarantulas 舞蛛屬 170,171
Target areas 有效部位 556,557
Target hole 目標洞 546
Target pistol 靶手槍 548,549
Target shooting 靶射擊 548,549
Tarn 冰斗湖 293
　U-shaped valley formation "U" 形谷的形成 287
Tarsal bone 跗骨
　Albertosaurus 阿耳伯特龍 84
　Gallimimus 雞形龍 87
　Iguanodon 禽龍屬 97
Tarsals 跗骨
　Crocodile 鱷 186
　Domestic cat 家貓 195
　Elephant 象 201
　Frog 蛙 183
　Hare 野兔 197

Horse 馬 199
Kangaroo 袋鼠 206
Lizard 蜥蜴 184
Platypus 鴨嘴獸 206
Rhesus monkey 獼猴 202
Seal 海豹 204
Tarsiers 跗猴 202
Tarsomere 跗分節 13
Tarsometatarsus 跗跖骨 189
Tarsus 跗骨 , 跗節
　Beetle 甲蟲 168
　Bird 鳥 188
　Human 人 219
　Scorpion 蠍 170
　Spider 蜘蛛 171
Tas-de-charge 拱頂基石 469
Tasmanian devil 袋獾 207
Taste 味覺 244
Taste bud 味蕾 244
Tau Orionis 獵戶座τ 18
Taurus 金牛座 19,20
Taurus mountains 托魯斯山脈 77
Tau Sagittarii 人馬座τ 21
Tawny owl 灰林鴞 190
Taxiing light 滑行燈 414,420
Taxus baccata 歐洲紅豆杉 70,123
Tea clipper 運茶快速帆船 392
Team crest 球隊飾章 531
Team jersey 隊衫 529
Team name 隊名 533
Tear fault 裂斷層 61
Technetium 鍀 (鎝) 310
Technosaurus 技藝龍 69
Tee 高爾夫球座 546
Teeing ground 開球台 546
Tee peg 高爾夫球座 547
Teeth 齒
　Ankylosaurus 甲龍屬 , 92
　Bear 熊 106
　Caiman 凱門鱷 186
　Canine 犬 194,202
　Carnassial 裂齒 194
　Carnivores 食肉動物類 194
　Ceratopsian 角龍屬 100
　Cheek 頰 194
　Chimpanzee 黑猩猩 202
　Crocodilians 鱷類 186
　Extinct shark 滅絕鯊 67
　Hadrosaur 鴨嘴龍 96
　Hominid 人科動物 108
　Horse 馬 105
　Human 人 246,247
　Iguanodont 禽龍 96
　Incisor 切齒 194,196,201,202
　Lamprey 七鰓鰻 178
　Leaf-shaped 葉形 88,89
　Molar 臼齒 194,201,202
　Ornithopod 鳥腳類 96
　Premolar 前臼齒 194,202
　Rabbit 兔 196
　Rodents 嚙齒動物 196
　Theropod 獸腳動物 84
　Thyreophoran 盾日蛾亞目 92
　Venus fly-trap 捕蠅草 160

Teeth development 牙的發育 246
Tegenaria gigantea 家蜘蛛 171
Telescopic damper 伸縮式減震器 326,329
Telescopic fork 可伸縮叉
　Harley-Davidson FLHS Electra Glide 哈利-戴維森牌風掣電動摩托車 363
　Honda CB750 本田牌 CB750 型摩托車 363
　Honda VF750 本田牌 VF750 型摩托車 364
　Husqvarna Motocross TC610 赫斯夸瓦納摩托車越野賽 TC610 型競賽摩托車 368
　Motorcycle 摩托車 364
　Suzuki RGV500 鈴木牌 RGV500 型摩托車 368
　Weslake Speedway motorcycle 威斯雷克競賽跑道摩托車 369
Telescopic sight 望遠鏡瞄準器 548,549
Telescopic strut 套筒式撐桿 416
Television 電視機 315
Television set 電視機 574
Telltale 指示器 545
Tellurium 碲 311
Tellus Regio 泰勒斯區 36,37
Tellus Tessera 泰勒斯鑲嵌區 37
Telson 尾節 172
　Fossil 化石 79
Tempe Fossae 潭碧溝槽群 43
Tempera 蛋彩畫 , 蛋膠畫 432,433
Temperate latitudes 溫帶 302
Temperature 溫度
　Atmosphere 大氣層 300,301
　Chemical reactions 化學反應 312,313
　Formation of black hole 黑洞的形成 29
　Germination 發芽 152
　Matter 物質 306,307
　Mineral resources 礦物資源 280
　Oceans and seas 海洋 296
　Stellar black hole 黑洞星 29
　Weather 天氣 302,303
Temperature and pressure sensor 溫度和壓力傳感器 418
Temperature changes 溫度變化
　Atmosphere 大氣 301
　Oceans and seas 海洋 296
　Weathering and erosion 風化和侵蝕 282
Temperature conversions 溫度換算 590
Temperature scales 溫度刻度 590
Tempered pigment 調合的顏料 432
Temple 神廟 , 神殿 484,485
　Ancient Egyptian 古埃及人的 458
　Ancient Greek 古希臘 460,461
　Ancient Roman 古羅馬 462,463
　Asian 亞洲 490
Temple blocks 木魚 516
Temple Butte limestone 坦普爾標特

石灰岩 277
Temple Cap sandstone 坦普爾開普砂岩 276
Temple of Amon-Re 阿蒙-瑞神廟 458,459
Temple of Aphaia 阿菲拉神廟 461
Temple of Athena Polias 普列安尼雅典娜神廟 460
Temple of Heaven 天壇 490
Temple of Isis 埃西斯神廟 459
Temple of Mallikarjuna 馬里卡祖拉廟 491
Temple of Neptune 海神廟 460,461
Temple of Vesta 維斯坦神廟 462,463
Temple of Virupaksha 維魯帕克沙神廟 490,491
Tempo 節奏 504
Temporal bone 顳骨
Chimpanzee 黑猩猩 202
Human 人 220,221,242
Temporal lobe 顳葉 237
Temporalis muscle 顳肌 226,227,229
Tendon 腱
Achilles 跟的 232,233
Annular 玉石形 241
Calcanean 跟的 232,233
Extensor digitorum longus 趾長伸肌的 233
Extensor digitorum 伸指肌的 231
Extensor hallucis longus 拇長伸肌的 233
Flexor digitorum 屈指肌的 231
Gallimimus 雞形龍 87
Palmaris longus 手掌長肌 231
Peroneus brevis 腓骨短肌的 233
Tendril 卷鬚
Arabesque 阿拉伯式圖案 480
Clematis 鐵線蓮屬 130
Dogfish egg 角鯊卵 192
Everlasting pea 宿根香豌豆 129
Monkey cup 瓶子草 161
Passion flower 西番蓮屬 130
Tennis 網球 544
Tennis racket 網球拍 544
Tenon 雄榫
Chair 椅 576,577
Flax spinning mill 麻紡廠 492
Hull plank fastening 船體板材緊固件 373
Tenon tongue 榫舌 576
Tenor drum 中音鼓 518,519
Tenor joint 次中音接頭 508
Tenor mute 次中音弱音器 507
Tenor note strings 中音弦 515
Tenor saxophone 次中音薩克斯風 509
Tenor voice 男高音 502
Tension 強力
Drums 鼓 518
Faults and folds 斷層和褶皺 60,61
Mountain building 造山運動 62
Tension-column 抗拉柱 497
Tension control 鬆緊調節件 552
Tension key 強度調節鈕 518,519
Tension member 抗拉構件 499
Tension pulley 張緊輪 360
Tension rod 強力調節桿 518,519
Tension screw 強力螺釘 518
Tension spring 拉簧 566
Tensor fasciae latae muscle 闊筋膜張肌 226
Tensor tympani muscle 鼓膜張肌 243
Tentacle 觸手，觸毛
Coelentrates 腔腸動物 166
Jellyfish 海蜇 167
Molluscs 軟體動物類 176,177
Scallop 扇貝 176
Sea anemone 海葵 166,167
Snail 蝸牛 177
Tenth century 10 世紀
Building 建築 490
Style 風格 468
Tepal scar 被片痕 140
Tepal 被片
Flower parts 花 140,143
Monocotyledons 單子葉植物（類）126
Peruvian lily 黃六出花 129
Terbium 鋱 311
Teres major muscle 大圓肌 227
Teres minor muscle 小圓肌 227
Tergum plate 背板 173
Egg 蛋 193
Terminal box 終端箱 317
Terminal bronchiole 終末細支氣管 254
Terminal bud 頂芽
Bishop pine 主教松 124
Horse chestnut 七葉樹屬 130
London plane 英國梧桐 134
Rhizome 根莖 155
Root tuber 塊根 154,155
Stems 莖 134
Stolon 匍匐莖 154
Terminal ileum 末端回腸 249
Terminal lake 末端湖 286
Terminal moraine 終磧 286,289
Glaciers 冰河 286
Rivers 河流 289
Terminal pinna 頂端羽葉 136
Terminal ring 末端環 259
Terminal screw 接線螺釘 572
Terminus 冰川末端 286
Terrace 露台
Asian building 亞洲建築 490,491
Modern building 現代建築 497-499
Twentieth-century building 20 世紀建築 494,495
Terracotta clay 琉璃磚粘土 455
Terrain-following radar 地形跟蹤雷達 420
Terrapin 淡水龜 186,187
Terrestrial animal 陸生動物 74
Terrestrial mammal 陸生哺乳動物 104
Terrigenous sediment 陸源沉積物 299
Tertiary bronchus 第三級支氣管 215
Tertiary period 第三紀 57,74,75
Fossil record 化石記錄 279
Tessellation 嵌石裝飾 489
Tessera 鑲嵌物；鑲嵌塊 450,489
Test 殼 174,175
Testa 種皮 132
Dry fruit 乾果 150,151
Embryo development 胚發育 147
Epigeal germination 出土發芽 153
Hypogeal germination 不出土發芽 152
Succulent fruit seed 多汁果種子 148,149
Testicle 睪丸 259
Testicular artery 睪丸動脈 257
Testicular vein 睪丸靜脈 257
Testis 精巢，睪丸
Barnacle 藤壺 173
Dolphin 海豚 205
Domestic cat 家貓 195
Human 人 259
Rabbit 兔 196
Test tube 試管 313
Tetanurae 強直龍 83
Tethus Regio 提瑟斯區 36
Tethys 土衛三（提西斯）46
Tethys Sea 古地中海
Cretaceous period 白堊紀 73
Jurassic period 侏羅紀 71
Tertiary period 第三紀 74,75
Triassic period 三疊紀 69
Tetragonal system 正方晶系 270
Tetralophodon 四脊齒象屬 75,104
Text 正文，課文，原文 444,584
Textured papers 紋理紙 441
TGV electric high-speed train TGV 電氣高速列車 329
Thalamian 下排划槳手 373
Thalamus 視丘 236,237
Thalassiosira sp. 海鏈藻屬的一個種 116
Thalictrum delavayi 偏翅唐松草 137
Thallium 鉈 311
Thalloid liverwort 葉狀地錢 118
Thallus 葉狀體，原植體
Algae 藻類 116,117
Lichen 地衣 114
Liverwort 地錢 118
Seaweed 海藻（草）116,117
T-handle auger 丁形螺鑽 374
Thar Desert 塔爾沙漠 265
Tharsis Tholus 塔西斯穹丘 43
Thatched roof 茅草屋頂 477
Thaumasia Fossae 陶馬西亞溝槽群 43
Themis Regio 席米斯區 36
Theobroma cacao 可可 148
Therapsids 獸孔類 104
Thermals 上升熱空氣團 426

Thermocouple bus-bar 熱電偶母線 419
Thermogram 溫度記錄 214
Thermosphere 熱氣層
Earth's atmosphere 地球大氣 300
Mars' atmosphere 火星的大氣 43
Venus' atmosphere 金星的大氣 37
Thermostat 水溫自動調節器 411
Theropods 獸足類動物 84-87
Thesium alpinium 百蕊草 145
Theta 1 Sagittarii 人馬座 Q1 21
Theta Andromedae 仙女座 Q 19
Theta Pegasi 飛馬座 Q 19
Thetis Regio 西諦斯區 36
Thick skull 智力遲鈍的人 46
Thigh 大腿，股
Anchisaurus 安琪龍屬 89
Bird 鳥 188
Corythosaurus 盔頭龍屬 98
Gorilla 大猩猩 203
Horse 馬 198
Human 人 211
Iguanodon 禽龍屬 96
Kangaroo 袋鼠 207
Lion 獅 195
Psittacosaurus 鸚鵡嘴龍屬 103
Stegoceras 頂角龍屬 101
Stegosaurus 劍龍屬 92
Triceratops 三角龍屬 102
Tyrannosaurus 霸王龍屬 84
Thigh musculature 大腿肌肉系統 90
Thigh pad 護腿 527
Thimble 套管
Harness racing 輕駕車賽 555
Last 鞋楦頭 571
Rigging 索具 383,384
Third-century building 3 世紀建築 465
Third home 第三本位 541
Third man 第三人 538,541
Third rail 第三軌 328
Third wheel 接輪（三輪）566
Thirteenth century Building 13 世紀建築 467,469-471
Style 風格 470
Thistle funnel 薊形漏斗 313
Thole pin 槳座釘 380
Thoracic cavity 胸腔 255
Thoracic leg 胸足 169
Thoracic nerve 胸神經 238
Thoracic pleurae 胸膜 78
Thoracic segment 胸節 79
Thoracic vertebrae 胸椎
Crocodile 鱷 186
Domestic cat 家貓 195
Hare 野兔 197
Horse 馬 199
Human 人 222
Kangaroo 袋鼠 206
Platypus 鴨嘴獸 206
Rhesus monkey 獼猴 202
Seal 海豹 204
Thoracolumbar vertebrae 胸椎和腰椎
Elephant 象 201
Lizard 蜥蜴 184
Thorax 胸廓
Cirripedia 蔓足綱 172
Human 人 211
Insects 昆蟲類 168,169
Thorium 釷 310
Thornback ray 鰩 179
Thoroughbred horse 良種馬 554
Thranite 上排划槳手 373
Thread 線
Leather-bound book 皮面精裝書 587
Shoes 鞋 571
Structure of a Cnidocyte 刺細胞結構 167
Threaded rod 螺桿 573
Three-blade main rotor 三槳葉主旋翼 423
Three-cylinder Anzani engine 三缸安贊尼引擎 401
Three-cylinder engine 三缸引擎 425
Three-lobed stigma 三淺裂柱頭 143
Three-masted square-rigged ship 三桅橫帆船 375
Three-point line 3 分線 532
Three pounder 3 磅的炮 395
Three-toed ungulates 三趾有蹄類動物 198
Threshold 門檻 463
Throat 喉，喉狀部份
Angling hook 釣鉤 562
Bird 鳥 188
Danforth anchor 熱尾錨 386
Human 人 212,244,245
Lacrosse crosse 長曲棍球球棒 541
Racketball racket 牆內網球球拍 545
Squash racket 壁球拍 545
Tennis racket 網球拍 544
Throatlatch 喉勒 199
Throttle 節流閥
Avro triplane 阿弗羅雙翼機 402
Curtiss biplane 寇蒂斯式雙翼機 398
"Rocket" steam locomotive "火箭號" 蒸汽機車 324
Suzuki RGV500 鈴木牌 RGV500 型摩托車 363
Vespa Grand Sport 160 Mark 1 偉士牌大運動 160 1 型摩托車 363
Weslake Speedway motorcycle 威斯雷克競賽跑道摩托車 369
Throttle butterfly 節流閥蝶板 345
Throttle cable 節流閥拉索 350
Harley-Davidson FLHS Electra Glide 哈利-戴維森牌風掣電動摩托車 363
Husqvarna Motocross TC610 赫斯夸瓦納摩托車越野賽 TC610 型競賽摩托車 368
Kirby BSA racing sidecar 柯爾比 BSA 競賽跨鬥摩托車 369
Suzuki RGV500 鈴木牌 RGV500 型摩托車 369
Weslake Speedway motorcycle 威斯雷克競賽跑道摩托車 369
Throttle control knob 節流閥操縱球柄 581
Throttle guard 節流閥外罩 580
Throttle lever 節流桿 419,425
Throttle linkage 節流聯動機構
Ford Model T 福特牌 T 型汽車 338
Jaguar V12 engine 美洲豹牌 V12 型引擎 345
Oldsmobile trim 老爺車裝璜 337
Renault Clio 雷諾・克萊奧牌汽車 350
Throttle wheel 節流調節輪 342
Throw 摔倒對方之法，落差
Judo 柔道 556
Structure of a fault 斷層結構 60
Thrower 發射器 394
Throw-in 發邊線球 532
Thrushes 鶇 188
Thrust 挺推 543
Thrust fault 逆斷層 61
Thrust plate 止推板 569
Thrust-reverser 推力反向器 421
Thulium 銩 311
Thumb 拇指 211,230,231
Thumb-claw 指爪
Anchisaurus 安琪龍屬 89
Apatosaurus 虛幻龍屬 83
Baryonyx 重爪龍 83,85
Massospondylus 墨龍 83,89
Plateosaurus 板龍屬 88
Thumb knot 反手結 389
Thumb piston 大拇指活塞 514
Thumb-spike 指狀突 96,97
Thwart 座位 373,375,380
Thylakoid 內囊體 139
Thymine 胸腺嘧啶 216
Thyreophora 具甲類 83
Thyreophorans 盾日蛾亞目 92,93, 94,95
Thyristor converter 可控矽整流器 328
Thyrohyoid membrane 甲狀舌骨膜 244
Thyrohyoid muscle 甲狀舌骨肌 229, 244
Thyroid cartilage 甲狀腺軟骨 245, 255
Thyroid gland 甲狀腺 214,215,217, 244,245,255
Tibetan plateau 青藏高原 63
Tibia 脛骨，脛節
Archaeopteryx 始祖鳥屬 85
Beetle 甲蟲 168
Butterfly 蝴蝶 169
Crocodile 鱷 186
Diplodocus 梁龍屬 90
Domestic cat 家貓 195
Elephant 象 201
Eryops 曳螈屬 81
Gallimimus 雞形龍 86

Hare 野兔 197
Horse 馬 199
Human 人 219,232,233
Iguanodon 禽龍屬 96,97
Kangaroo 袋鼠 206
Lizard 蜥蜴 184
Parasaurolophus 似棘龍屬 99
Plateosaurus 板龍屬 88
Platypus 鴨嘴獸 206
Rhesus monkey 獼猴 202
Scorpion 蠍 170
Seal 海豹 204
Spider 蜘蛛 171
Stegoceras 頂角龍屬 101
Stegosaurus 劍龍屬 93
Struthiomimus 似鴕鳥龍屬 87
Toxodon 箭齒獸 107
Triceratops 三角龍屬 102
Turtle 龜 187
Tyrannosaurus 霸王龍屬 84
Tibiale 距骨 183
Tibial flexor muscle 脛屈肌 97
Tibialis anterior muscle 脛骨前肌 226,233
Tibialis posterior muscle 脛骨後肌 233
Tibiofibula 脛腓肌 183
Tibiotarsus 脛跗節 189
Tidal bulge 漲潮 297
Tidal currents 潮流 296,297,298
Tidal flow 潮流 296
Tidal levels 潮水位 295
Tidal river-mouth 潮汐河口 295
Tidal scour 潮流沖刷 298
Tidal waves 海嘯 58
Tides 潮汐 294,297
Tie 拉桿,連音,平局
　Basketball match 籃球比賽 532
　Bordino Steam Carriage 波迪諾蒸汽汽車 334
　Musical notation 記譜法 502,503
　Pinzgauer Turbo D 平茲高爾輪機 D 型越野車 354
Tie-beam 繫梁
　Ancient Roman mill 古羅馬磨坊 464
　Dome 穹窿 486
　Gothic church 哥德式教堂 473
　Neoclassical building 新古典主義建築 479
Tie plate 加強板 393
Tierceron 次肋 485
Tie rod 轉向橫拉桿 334,340
Tiger seat 男僕座椅 334
Tiger shark 虎鯊 178,179
Tight end 緊逼端線跑手 526
Tight-head prop 緊頭支持前鋒 530
Tile 瓦
　Dome 穹窿 486
　Islamic mosque 伊斯蘭清眞寺 488
　Modern building 現代建築 499
　Neoclassical building 新古典主義建築 482
　Renaissance building 文藝復興時

期建築 476,477
Tiled roof 瓦屋頂 495
Tilia sp. 椵樹 134
Tilia x europaea 歐椵 143
Tiller 舵柄
　Dhow 獨桅三角帆船 376
　First cars 早期汽車 334,335
　Longboat 大艇 380
　Oldsmobile trim 老爺車裝璜 337
　Roman corbita 羅馬商船 373
　Sailing dinghy 東印度帆船 561
　Steamboat with paddle wheels 帶有槳輪的汽船 391
　Viking ships 北歐海盜船 374,375
Tilt and rotation 傾斜與自轉
　Jupiter 木星 44
　Mars 火星 42
　Mercury 水星 34
　The Moon 月球 40
　Neptune 海王星 50
　Pluto 冥王星 51
　Saturn 土星 46
　Uranus 天王星 48
　Venus 金星 36
Timber 木材 516
Timber frame 木構架
　Ancient Roman building 古羅馬建築 462,464,465
　Dome 穹窿 486
　Medieval building 中世紀建築 466,467
　Renaissance building 文藝復興時期建築 477
Timber head 助材端頭 380
Timber rafter 木椽 492
Time interval signal 時間間隔信號 330
Timekeeper 計時員
　Basketball 籃球 532
　Fencing contest 擊劍比賽 557
　Handball 手球 535
　Judo contest 柔道比賽 556
　Lacrosse 長曲棍球 541
　Netball 無板籃球 535
　Swimming 游泳池 558
Time signature 拍號 502
Time switch 定時開關 578
Time-trial bike 計時賽車 360
Timing chain 定時鏈 343,345
Timing chest 定時鏈蓋 343
Timing gear 定時齒輪 367
Timpani 定音鼓 503,504,505,518
Timpanum 定音鼓 519
Tin 錫 311
　Mineralization zones 礦化帶 281
　Squash 壁球 545
Tinatin Planitia 蒂納亭平原 37
Tinted paper 淡彩紙 441
Tip of dodder stem 菟絲子莖尖 163
Tip ring 梢端環 563
Tip section（釣竿）梢端部份 563
Titania 天衛三（泰坦尼亞）48
Titanium 鈦 310
Titanohyrax 巨雷鼠 74

Toad 蟾蜍 182
Toadflax 柳穿魚屬植物 129
Toaster 烤麵包機 578,579
Toe 趾
　Albertosaurus 阿耳伯特龍 84
　Anchisaurus 安琪龍屬 89
　Archaeopteryx 始祖鳥屬 85
　Bird 鳥 188
　Caiman 凱門鱷 186,187
　Corythosaurus 盔頭龍屬 98
　Golf club 高爾夫球桿 547
　Gorilla 大猩猩 203
　Herrerasaurus 赫勒爾龍屬 86
　Human 人 211,232,233
　Iguanodon 禽龍屬 96,97
　Lion 獅 194
　Lizard 蜥蜴 184
　Pachycephalosaurus 腫頭龍屬 100
　Psittacosaurus 鸚鵡嘴龍屬 103
　Stegoceras 頂角龍屬 101
　Tyrannosaurus 霸王龍屬 84
Toe clip 鞋頭夾套 360
Toenail 腳趾甲
　Elephant 象 200
　Gorilla 大猩猩 203
　Human 人 233
Toe piston 腳趾活塞 514
Toe puff 鞋尖頂 570
Toe strap 足尖套帶 358,359
Toggle switch 彈簧開關 513
Toilet 盥洗間 416,483
Tolstoj 托爾斯泰 35
Tomb 陵墓 458,459,489
Tomb of Itimad-ud-daula 依托瑪德‧伍德‧多拉墓 489
Tomb of King Tjetji 特吉特吉國王陵墓 459
Tombolo 沙頸岬 294
Tom-toms 手鼓 518,519
Tondo brush 圓鬃毛筆 434
Tone editor control 音調編輯控制 520
Tone hole 音孔 509
Tone pattern selector 音調形式選擇 520
Tongs 夾鉗 321
Tongue 舌,舌狀物
　Allosaurus 躍龍屬 85
　Caiman 凱門鱷 186
　Chimpanzee 黑猩猩 202
　Corythosaurus 盔頭龍屬 98
　Cow 牛 198
　Dolphin 海豚 205
　Domestic cat 家貓 195
　Elephant 象 200
　Human 人 212,226,244,248
　Iguanodon 禽龍屬 97
　Lamprey 七鰓鰻 178
　Lion 獅 194
　Rabbit 兔 196
　Rattlesnake 響尾蛇 185
　Shoe 鞋 570
　Ski boot 滑雪鞋 552
Tongue lining 鞋舌襯料 570

T'on-wei 左舷前桅 376
Tool and battery box 工具和（蓄）電池箱 335
Tools 工具
Rigging 索具 382,383
Sailmaking 縫帆工 384
Viking boatbuilding 北歐海盜船的建造 374
Tooth 齒 80
Acanthostega 刺甲龍屬 80
Anchisaurus 安琪龍屬 89
Ankylosaurus 甲龍屬 94
Arsinoitherium 重腳獸屬 104
Australopithecus 南方古猿屬 108
Baryonyx Baryonyx 重爪龍 83
Camarasaurus 圓頂龍屬 91
Diplodocus 梁龍屬 90
Dragon prowhead 龍形船首 374
Eryops 曳螈屬 80
Euoplocephalus 包頭龍 94
Heterodontosaurus 虎鯊龍屬 83
Homo habilis 能人 108
Human 人 108,246,247,248
Iguanodon 禽龍屬 96
Lambeosaurus 賴氏龍屬 99
Moeritherium 始祖象屬 105
Pastels application 色粉條運用（使用）440
Phiomia 始乳齒象屬 105
Plateosaurus 板龍屬 88
Protoceratops 原角龍屬 102
Smilodon 美洲劍齒虎 107
Triceratops 三角龍屬 103
Tyrannosaurus 霸王龍屬 84
Toothless beak 無齒喙
Ankylosaurs 甲龍 92
Corythosaurus 盔頭龍屬 98
Euoplocephalus 包頭龍 94
Gallimimus 雞形龍 86
Theropods 獸足亞目 84
Triceratops 三角龍屬 102
Topaz 黃玉 271
Topcastle 作戰塔 375,377
Top cover 頂蓋 589
Topgallant mast 上桅
Battleship 戰列艦 395
Sailing warship 航行中的軍艦 377
Wooden sailing ship 木帆船 378,379
Top hose（散熱器）上部輸管 351
Top leather 頂層皮革 582
Topmast 頂桅 377,378
Topping lift 桅端吊索 380
Topping-up valve 充氣閥 561
Top-plate 頂板 464
Top race 頂部座圈 359
Topsail 中帆，斜帆桁上帆
74-gun ship 裝有 74 門炮的炮船 379
Double topsail schooner 雙斜桁上帆斯庫納縱帆船 385
Junk 平底帆船 376
Topset strata 頂積層 283
Topside strake 舷側護牆板 393
Top sliding block 上部滑塊 437
Top splat 頂部縱長背條 576
Tornado GR1A 旋風式飛機 GR1A 型 420,421
Torosaurus 腫角龍屬 73
Toroweap formation 托羅維普層組 276
Torpedo 魚雷 394-397
Torque arm 扭矩桿 364,365
Torquemeter mount 扭矩測量器安裝支架 419
Torque tube 扭力管 338,339
Torque tube assembly 扭力管組件 425
Torrential rain 地形雨 302
Torsional vibration damper 扭轉減震器 410,411
Torsion bar 扭力桿 350
Tortillon 紙擦筆 440,441
Tortoise 陸龜 186
Tortoise skull 龜頭蓋骨 77
Torus 半圓線腳
Ancient Roman building 古羅馬建築 463
Asian building 亞洲建築 490
Dome 穹窿 486
Gothic building 哥德式建築 470
Medieval building 中世紀建築 467-469
Renaissance building 文藝復興時期建築 475,477
Total solar eclipse 日全食 32
Tote board 賭金揭示牌 555
Touch-down 底線得分 526
Touch-in goal line 得分區邊線 530
Touch line 邊線
Rugby 拉格比球 530
Soccer 足球 524
Touchpiece 鈕 509
Tour buses 旅遊客車 332
Tour de Cesar 凱撒城堡 466
Touring bicycle 旅行車 360,361
Tourmaline 電氣石 269
Tower 塔，塔樓
Ancient Roman building 古羅馬建築 465
Asian building 亞洲建築 490,491
Clock 鐘 493
Gothic church 哥德式教堂 472
Islamic building 伊斯蘭回教建築 488
Medieval building 中世紀建築 466,467,468,469
Modern building 現代建築 496,497
Nineteenth-century building 19 世紀建築 492,493
Renaissance building 文藝復興時期建築 476
Twentieth-century building 20 世紀建築 495
Tower Bridge 塔橋 492,493
Tower vault 塔內拱 469
Towing fairlead 牽引導索環 395
Towing hook 拖鉤 335,426
Towing pintle 拖鉤 355
Town Hall 市政廳 495
Tow strap 牽引帶 355
Toxodon 箭齒獸屬 76,106,107
Trabecula 小梁 250,251
Trace fossils 生痕化石 278
Tracery 花窗櫺
Gothic building 哥德式建築 470-473
Nineteenth-century building 19 世紀建築 493
Trachea 氣管
Bird 鳥 189
Brachiosaurus 腕恐龍屬 91
Chimpanzee 黑猩猩 202
Dolphin 海豚 205
Domestic cat 家貓 195
Elephant 象 200
Gallimimus 雞形龍 86
Human 人 212,215,244,245,248,255
Lizard 蜥蜴 185
Rabbit 兔 196
Spider 蜘蛛 170
Tortoise 陸龜 187
Trachelion 柱頸飾 460
Trachycarpus fortunei 棕櫚 127,130
Track 滑軌 413
Track and Field 田徑賽 542,543
Track control arm 轉向控制臂 340
Track events 徑賽項目 542,543
Track gauge 軌距 330,331
Track rod 轉向橫拉桿
Elegance and utility 典雅與實用 336,337
Ford Model T 福特牌 T 型汽車 338,339
Renault Clio 雷諾・克萊奧牌汽車 351
Track shoe 釘鞋 543
Traction cable 牽引索 581
Traction lever 牽引桿 581
Traction motor 牽引電動機 328
Trade winds 信風 300
Traffic congestion 交通擁擠 332
Traffic surveillance 交通監察 422
Tragus 耳屏 242
Trailboard 船首裝飾板 379
Trailing arm 前置定位臂 340
Trailing edge 後緣
BAe-146 jetliner components BAe-146 噴氣式客機的零件 413,414,415
BE 2B tail BE 2B 飛機的尾翼 405
BE 2B wings BE 2B 飛機的機翼 404
Hawker Tempest components 霍克暴風式飛機零件 409
Pegasus Quasar microlight 柏伽索斯類星號超輕型飛機 426,427
Trailing-link arm 絞接的搖臂 414
Trailing wheel 從動輪 324
Train equipment 列車設備 330,331
Training gear 訓練用齒輪 396

Trains 火車
Diesel 柴油機(狄塞爾) 326,327
Electric 電氣 328,329
High-speed 高速 328,329
Steam 蒸氣 324,325
Trams 電車 332,333
Transaxle 驅動橋 340
Transept 橫翼,耳堂
Gothic church 哥德式教堂 470,473
Medieval church 中世紀教堂 468,469
Transfer port 輸氣孔 342
Transformation 變形 168
Transformer 變壓器 314,328
Transform fault 轉換斷層 59
Transistor 晶體管 584
Transitional cell mucosa 過渡型細胞黏膜 257
Transition metals 過渡金屬 310,311
Transit plug 運行疏水塞 397
Translucent crystal 半透明晶體 271
Translucent impasto glaze 半透明的厚塗光滑面 443
Translucent white marble 半透明白大理石 453
Translucent "window" 半透明窗孔 157
Transmission 傳動系 350,351
Transmission adaptor plate 變速箱襯板 344
Transmission system 傳動系統 326,366
Transom 橫梁,船尾構架
74-gun ship 裝有 74 門炮的炮船 381
Junk 平底帆船 376
Longboat 大艇 380
North wing,Chateau de Montal 蒙托別墅兆翼 476
Sailing warship 航行中的軍艦 377
Transparent glassy crystal 玻璃狀透明晶體 271
Transparent lower drumhead 透明的下鼓面 518
Transparent tissue 透明組織 160
Transparent wash 透明塗層 439
Transpiration 蒸騰作用 136
Transponder aerial 應答機天線 423
Transport system 交通運輸系統 332
Transport tissue 運輸組織
Golden barrel cactus 仙人球 156
Monocotyledons 單子葉植物(類) 126
Photosynthesis 光合作用 138,139
Transversary 橫向的 377
Transverse arch 橫向拱 485
Baroque church 巴洛克教堂 479
Medieval church 中世紀教堂 468,469
Transverse colon 橫結腸 249
Transverse dune 橫砂丘 283
Transverse foramen 橫孔 222
Transverse leaf spring 橫向鋼板彈簧 338
Transverse line 橫線 535
Transverse process 橫突
Human 人 222,223
Plateosaurus 板龍屬 89
Tyrannosaurus 霸王龍屬 85
Transverse rib 橫向肋骨 485
Transverse strut 撐桿 512
Trapezium 四邊星團 17
Trapezium bone 大多角骨 230
Trapezius muscle 斜方肌 226,227,229
Trapezoid bone 小多角骨 230
Traps 誘捕,陷阱
Butterwort 捕蟲堇 161
Cobra lily 達林頓屬的一個種,加州瓶子草 — 蛇頭百合 160
Monkey cup 豬籠草 161
Pitcher plant 瓶子草 113,160,161
Sundew 茅膏菜 160
Venus fly trap 捕蠅草 160
Traveller 滑環 380
Travertine shell 石灰華薄殼 464
Tread 樓梯踏板 477
Tread pattern 花紋輪胎 365
Tread plate 踏腳板 355
Treasury of Atreus 阿特魯斯寶庫 461
Treble bridge 高音弦琴馬 514
Treble clef G 調譜號 502
Treble hook 三叉鉤 562,563
Treble note strings 高音弦 515
Treble voice 女高音聲部 502
Tree 喬木 66,67,130,131
Energy storage 能量的存儲 315
English saddle 英國鞍 582
Epiphytes 附生植物 162,163
Gymnosperms 裸子植物 122-125
Tree fern 樹蕨 112,113
Tree mallow 花葵 131
Treenail(trenail) 木栓 387
Trefoil 三葉飾
Gothic church 哥德式教堂 470-473
Nineteenth-century building 19 世紀建築 493
Trefoil arch 三葉飾拱 473,484
Trellis window 直欞窗 459
Trellised river drainage 格狀河系 288
Trembler coil box 蜂鳴器線圈盒 335
Trestle trees 桅頂縱桁 378
Trevithick,Richard 理查・特里維西克 324
Triac device 三端雙向可控矽開關元件裝置 568
Trials tyre 試車輪胎 365
Triangle 三角形,三角鐵
Area measurement 面積測量 590
Musical instrument 樂器 504,517
Steamboat with paddle wheels 帶有槳輪的汽船 391
Triangle mosaic 三角形馬賽克圖案 489
Triangular buttress 三角形扶壁 484
Triangular fossa 三角形窩 242
Triangular horn 三角形小角 85
Triangular lesene 三角截面壁飾帶 481
Triangular pediment 三角形山花 462
Triangular-section fuselage 三角形截面機身
Avro triplane 阿弗羅三翼機 403
Bell-47 helicopter 貝爾 47 直升飛機 423
Blackburn monoplane 布萊克本單翼機 401
Triangulum 三角座 19,20
Triangulum Australe 南三角座 21
Triassic period 三疊紀 68,69
Fossil record 化石記錄 279
Geological time 地質年代 57
Triatic stay 水平支索 385
Tribune 高台 467,468
Tributary 支流
Coastlines 海岸線 295
Rivers 河流 288
Tributary moraine 支冰磧 287
Tributary stream 支流 289
Triceps brachii muscle 肱三頭肌 227
Triceratops 三角龍屬 100,102,103
Trichome 毛狀體 156
Marram grass 濱草 113
Triclinic system 三斜晶系 270
Tricolpate pollen grain 三槽花粉粒 145
Tricuspid valve 三尖瓣 251
Triere 三排槳戰船 373
Trifid Nebula 三葉星雲 16
Trifoliate leaves 具三小葉的葉 128,130
Laburnum 毒豆 137
Oxalis sp. 酢漿草 157
Triforium 拱門上的拱廊 469
Trigger 扳機,觸發器
Air pistol 氣步槍 549
Biathlon smallbore rifle 小口徑滑雪射擊步槍 549
Cnidocyte structure 刺細胞結構 167
Trigger hair 觸髮毛 160
Trigger mechanism 扳機機構 568
Trigger position 扳機開關位置 568
Triglyph 三板淺槽飾 460
Trigon 三角形 488
Trigonal system 三方晶系 270
Trigone 三角區 257
Trike nacelle 車斗式吊艙 426,427
Trilete mark 三射痕 145
Trilobate rotor 三葉轉子 346
Tri-lobed tail 三裂片尾 81
Trilobites 三葉蟲 64,78
Earth's evolution 地球演化 56
Fossil record 化石記錄 279
Trim 裝璜 352,353

1906 Renault 1906 年雷諾牌汽車 336,337

Oldsmobile trim 老爺車裝璜 337

Renault Clio 雷諾・克萊奧牌汽車 350,351

Volkswagen Beetle 金龜車 341

Trimala 三個圓環層系列 491

Trimming 裝飾 586

Trimtab 配平調整片 407,414,415

Trim tank 配平油箱 416,417

Trinity Chapel,Salisbury Cathedral 索爾茲伯里大教堂（三位一體小教堂）470

Tripinnate leaves 三回羽狀複葉 137

Triplanes 三翼機 402,403

Triple bar jump 三連桿跳越 554

Triple jump 三級跳遠 542

Triple spine 三重刺 130,131

Tripod mast 三腳桅 394

Tripod socket hole 三腳架承窩孔 588

Tripod stand 三角架

Congas 康加鼓 519

Drum kit 鼓隊 518

Electronic drums 電子鼓 520

Modelling stand 造型架,造型台 455

Radial studio easel 工作室畫架 437

Tripping palm 輔助錨爪 386

Tripping ring 輕環 372

Triquetral bone 三角骨 230

Trireme 三排槳戰船 372,373

Tri-spoke wheel 三輻條輪 361,368,369

Triton 海衛一（特萊頓）50

Trochanter 轉節

Beetle 甲蟲 168

Scorpion 蠍 170

Spider 蜘蛛 171

Trochlea 滑車;似滑車的軟骨

Baryonyx 重爪龍 85

Human 人 241

Trochoid housing 餘擺線殼體 410

Trojan two-stroke engine 特洛伊二衝程引擎 342

Trolley 電車 332

Trombone 長號（伸縮喇叭）504,505,506,507

Tropeter 皮索環 373

Trophoblast 滋養層 260

Tropical cyclone 熱帶氣旋 302

Tropical orchids 熱帶蘭 162

Tropical rainforest 熱帶雨林 39,66

Tropic formation 特羅皮克（熱帶）層組 276

Tropic of Cancer 北回歸線

Satellite map 衛星圖 265

Surface currents 表層洋流 297

Tropic of Capricorn 南回歸線

Satellite map 衛星圖 265

Surface currents 表層洋流 297

Troposphere 對流層

Earth's atmosphere 地球大氣 300

Jupiter's atmosphere 木星的大氣圈 45

Mars' atmosphere 火星的大氣 43

Saturn's atmosphere 土星的大氣圈 47

Venus' atmosphere 金星的大氣 37

Trout 鱒魚 180

Trout angling 鱒魚釣捕 562

Truck 運貨車,轉向架

Early tram 早期電車 332

Greek galley 希臘軍艦 372

Longboat 大艇 380

Wooden sailing ship 木帆船 378,379

Trumpet 小號 504,506,503

Truncate leaf base 截形葉莖 137

Trunk 胸部,軀幹

Elephant 象 200,201

Mammoth 猛獁象 107

Phiomia 始乳齒象屬 105

Tree fern 樹蕨 112

Woody flowering plant 木本顯花植物 130,131

Trunnion 炮耳 395

Truss 桁架

Gothic church 哥德式教堂 473

Modern building 現代建築 497-499

Steam boat with paddle wheels 帶有槳輪的汽船 391

Truss rod 托桿 513

Try 帶球觸地 530,531

T-section beam T 形截面 492

Tsiolkovsky 齊奧爾可夫斯基 41

T-type cantilevered fin T 型尾翼 426

Tu-144 圖-144 型飛機 416

Tuba 低音號 504,505

Tube feet 管足 174,175

Tubeless sports tyre 無內胎運動車輪胎 365

Tuber 塊莖,結節

Broomrape 列當 143

Dryland plants 旱地植物 157

Horsetail 木賊 120

Potato 馬鈴薯 128

Vegetative reproduction 營養繁殖 155

Tubercle 結,結節,小瘤

Corythosaurus 盔頭龍屬 98

Golden barrel cactus 仙人球 156

Sea urchins 海膽 174

Starfish 海星 174

Stem projections 莖突出物 156

Tubular bells 管鐘 504,516

Tubular chassis 管狀獨梁式車架 335

Tubular drums 管狀鼓 518

Tubular open cradle frame 管狀開式搖架 369

Tubular petioles 管狀葉柄 160

Tuck 船底後端 381

Tudor arch 都鐸式拱 484

Tufted duck 鳳頭潛鴨 188

Tug propeller 拖曳螺旋槳 391

Tulip mount 鐘形支座 563

Tuner 調諧器 574

Tungsten 鎢

Mineralization zones 礦化帶 281

Periodic table 元素週期表 310

Tungsten carbide tip 碳化鎢尖 450

Tungsten filament 鎢燈絲 319

Tunica adventitia 外膜 252

Tunica intima 內膜 252

Tunica media 血管中膜 252

Tuning adjustor 微調器 510,511

Tuning drive gear 調諧傳動齒輪 574

Tuning pedal 調音踏板 519

Tuning peg 調音弦軸 510,511

Tuning pin 調音弦軸 514,515

Tuning printed circuit board 調諧印刷電路板 574

Tuning slide 調音滑管 506

Tunnel 隧道

Cave 洞穴 285

Trains 列車 330

Tunnel vault 隧道拱 485

Tuojiangosaurus 沱江龍屬 92

Tupelo 蘭果樹 137

Turbine 渦輪

Energy 能量 314,315

Jet engines 噴射引擎 418,419

Nuclear"Hunter-Killer" submarine " 獵殺者 " 號核潛艇 397

Turbo-charged diesel engine 渦輪增壓柴油機 327

Turbocharger 渦輪增壓器 356

Turbofan engine 渦輪風扇式噴射引擎 418,419

Landing gear 起落架 412

Turbo impeller 渦輪驅動葉輪 347

Turbojet engine 渦輪噴射引擎 418,419

Landing gear 起落架 412

Supersonic jetliner 超音速噴射客機 416

Turbo propeller 渦輪螺旋槳 347

Turboprop engine 渦輪螺旋槳噴射引擎 418,419

Turdus viscivorus 槲鶇 190

Turgai strait 圖爾蓋海峽 71

Turkish crescent finial 土耳其新月塔頂收頭 488

Turk's head 頭巾似的繩索飾結 383

Turnbuckle 鬆緊螺套

Avro triplane 阿弗羅雙翼機 402

Blackburn monoplane 布萊克本單翼機 401

Curtiss biplane 寇蒂斯式雙翼機 398

LVG CVI fighter LVG CVI 戰鬥機 405

Rigging screw 緊索螺套 383

Turn indicator 轉身指示線 558

Turning force 轉動力 320

Turning indicator 轉向指示燈 332,333

Turning judge 轉身檢查員 558

Turns 彎道 555

Turpentine 松節油，松油，松脂 436

Turret 塔樓 486
  Baroque church 巴洛克教堂 481
  Battleship 戰列艦 394,395
  Gothic church 哥德式教堂 470, 471
  Gun turret 炮塔 396
  Medieval building 中世紀建築 466,468
  Nineteenth-century building 19 世紀建築 493
  Renaissance building 文藝復興時期建築 476,477

Turtle 魚鱉類動物 72,73,186,187

Tuscan capital 托斯卡納柱頭 465

Tuscan pilaster 托斯卡納壁柱 465, 483

Tusche 製版墨 446

Tusche pen 製版墨筆 448

Tusche stick 製版墨塊 448

Tusk 長牙，獠牙
  Elephant 象 200,201
  Mammoth 猛獁象 107
  Phiomia 始乳齒象屬 105

Twelfth century 12 世紀
  Building 建築 466,467
  Church 教堂 469,473
  Roof 屋頂 490
  Style 風格 468,470

Twentieth-century buildings 20 世紀建築 494,495

Twin-blade main rotor 雙槳葉主旋翼 423

Twin carbon-fibre disc brake 雙碳纖維圓盤制動器 369

Twin carburettors 雙汽化器 427

Twin-cylinder engine 雙缸引擎（發動機）
  Harley-Davidson 哈利-戴維森牌摩托車 362
  Pegasus Quasar microlight 柏伽索斯類星號超輕型飛機 427
  Steam-powered Cugnot 居紐蒸汽動力車 334

Twin-domed forehead 兩圓頂狀前額 200

Twine 線 384

Twin-lobed leaf blade 二淺裂葉片 160

Twin nose-wheel 雙輪前輪 420

Twin rate spring 雙剛度彈簧 365

Twin rear axle 後雙輪輪軸 333

Twin rudder 雙舵 372

Twin-wheel main landing gear 雙輪主起落架 414

Twin-wheel nose-gear 雙輪前起落架 417,420

Twist dive 轉體跳水 558,559

Twisted wire habit 扭曲線狀晶癖 271

Two-burner alcohol stove 雙嘴酒精爐 354

Two-lobed stigma 二淺裂柱頭 142

Two-pulley system 雙滑輪系統 320

Two-seater cockpit 雙座駕駛艙 421

Two-stroke combustion engine 二衝程內燃機 366

Two-toed ungulates 二趾有蹄類動物 198

Two-towered gate 雙塔門 467

Tyagaraja 泰亞格瑞賈 35

Tycho 第谷 40

Tye 上橫桁升降索具 377

Tye halyard 上橫桁升降索 374

Tympan 壓紙格 449

Tympanic bulla 鼓泡 194

Tympanic canal 鼓室管 243

Tympanic membrane 鼓膜 243

Tympanum 鼓室，鳴腔
  Frog 蛙 182
  Quail chick 雛鵪鶉 193

Typhoon 颱風 302

Tyrannosaurus 霸王龍屬 73,84,85

Tyre 輪胎
  1906 Renault 1906 年雷諾牌汽車 336,337
  ARV light aircraft ARV 輕型飛機 424
  Avro triplane 阿弗羅雙翼機 402
  BAe-146 jetliner components BAe-146 噴射客機的零件 414
  Bicycle 自行車 358,359
  Bleriot XI monoplane 布雷里奧 XI 型單翼機 401
  BMW R/60 寶馬 R/60 型摩托車 362
  Cannondale SH 600 hybrid bicycle 坎農達爾 SH 600 型混合式自行車 361
  Curtiss biplane 寇蒂斯式雙翼機 398
  Double-decker tour bus 雙層旅遊客車 333
  Eddy Merckx racing bike 艾迪·默克斯型競賽自行車 360
  First cars 早期汽車 334,335
  General use 一般用途（通用） 365
  Lockheed Electra airliner 洛克希德公司伊利克特拉客機 407
  MCW Metrobus MCW 城市公共汽車 333
  Metal 金屬 324
  Motocross racing 摩托車越野賽 368
  Motorcycle 摩托車 365
  Pacing sulky 競賽用單座二輪馬車 555
  Pinzgauer Turbo D 平茲高爾輪機 D 型越野車 355
  Pneumatic 充氣（輪胎） 358,555
  Racing car 賽車 356,357
  Renault Clio 雷諾·克萊奧牌汽車 352,353
  "Rocket" steam locomotive "火箭號" 蒸汽機車 324
  Rossin Italian time-trial bicycle 義大利羅森牌計時賽自行車 361

Single-decker bus 單層公共汽車 333

Slick racing 光滑賽車輪胎 365

Suzuki RGV500 鈴木牌 RGV500 型摩托車 368,369

Trials 試車 365

Tubeless sports 無內胎運動車輪胎 365

Volkswagen Beetle 金龜車 340

Weslake Speedway motorcycle 威斯雷克競賽跑道摩托車 369

World War I aircraft 第一次世界大戰中的飛機 404,405

Tyre carrier 備胎托架 337

Tyre lever 裝胎桿（Tire iron 輪胎撬棒） 354

Tyre tread 輪胎花紋 360,365,368

Tyre wall 胎壁 360

Tyringham House 泰寧漢姆別墅 483

U

UHF aerial 超高頻天線 420

UK loading gauges 英國車輛載重標準 331

Ulmus minor 歐洲田榆 144

Ulna 尺骨
  Archaeopteryx 始祖鳥屬 85
  Arsinoitherium 重腳獸屬 104
  Baryonyx 重爪龍 85
  Bird 鳥 189,191
  Brachiosaurus 鰓恐龍屬 91
  Crocodile 鱷 186
  Diplodocus 梁龍屬 90
  Domestic cat 家貓 195
  Elephant 象 90,201
  Eryops 曳螈屬 80
  Euoplocephalus 包頭龍 94
  Gallimimus 雞形龍 86
  Hare 野兔 197
  Horse 馬 199
  Human 人 218,230
  Iguanodon 禽龍屬 96
  Kangaroo 袋鼠 206
  Kentrosaurus 肯氏龍屬 93
  Lizard 蜥蜴 184
  Parasaurolophus 似棘龍屬 99
  Pareiasaur 鉅頰龍 81
  Plateosaurus 板龍屬 88
  Platypus 鴨嘴獸 206
  Rhesus monkey 獼猴 202
  Seal 海豹 204
  Stegoceras 頂角龍屬 100,101
  Stegosaurus 劍龍屬 93
  Struthiomimus 似鴕鳥龍屬 87
  Toxodon 箭齒獸 106
  Triceratops 三角龍屬 102
  Tuojiangosaurus 沱江龍屬 93
  Turtle 龜 187
  Tyrannosaurus 霸王龍屬 84

Ulnar artery 尺骨動脈 231,253

Ulnar nerve 尺骨神經 231,238

Ultramarine lapis lazuli 佛青雜青金石色 433
Ultrasound scan 超音波掃描圖 214
Ultraviolet light 紫外光 145,319
Ultraviolet radiation 紫外輻射 22, 319
Ultraviolet solar radiation 太陽紫外輻射 300
Umbels 傘形花序 143
Umbilical artery and vein 臍動脈和臍靜脈 260
Umbilical cord 臍帶 260,261
Umbilicus 臍 211,260
Umbo 殼頂 176
Umbra 本影 32
Umbrella 罩蓬 491
Umbriel 天衛二（安布利爾）48
Umpire 裁判員
　Badminton 羽毛球 545
　Baseball 棒球 536
　Cricket 板球 538
　Football 足球，橄欖球 526
　Hockey 曲棍球 540
　Lacrosse 長曲棍球 541
　Netball 無板籃球 535
　Tennis 網球 544
　Volleyball 排球 534
Umpire signals 裁判手勢 537
Una corda pedal 弱音踏板 514,515
Unarmed combat 徒手格鬥 556
Underarm pass 下手傳球 535
Underframe 底盤 332
Underground mycelium 地下菌絲體 115
Underground stem 地下莖 154
Underground storage organs 地下貯藏器官 154,155
Underground stream 地下水流 284,285
Underground water 地下水
　Lake formation 湖的形成 292
　Rivers 河流 288
Underhand serve 低手發球 534
Under plastron 金屬衣裡面的護胸甲 557
Underwater mountains 水下山脈 298
Underwing fairing 機翼翼根下部整流片 425
Ungulates 有蹄類動物 198,199
Unicellular organisms 單細胞有機體 56
Unified leaf pair 一致的對葉 157
Uniform motion 勻速運動狀態 321
Uniform tone 均勻的色調 442
"Union Pacific" diesel train 聯合太平洋號柴油機車 326
Unipolar neuron 單極神經元 239
Unison 齊奏 503
Unit number 列車編號 328
Universal veil 完整菌幕 114,115
Universe 宇宙 10,11
Unmapped region 未經探查和繪圖的區域

Degas and Bronte 脫氣和轟擊 34
Structure of Mercury 水星的結構 35
Unnilennium 鈚（超鈾元素 109）311
Unnilhexium 鉨（超鈾元素 106）310
Unniloctium 鈬（超鈾元素 108）311
Unnilpentium 鉨（超鈾元素 105）310
Unnilquandium 鈤（超鈾元素 104）310
Unnilseptium 鉟（超鈾元素 107）310
Unreactive gas mixture 不活潑混合氣體 319
Unreactive metals 不活潑金屬 311
Unstable elements 不穩定元素 310
Unukalhai 蜀 21
Upcurved edge 上彎緣 191
Upfold 上凸褶曲 60
Upfold trap 隆皺封閉 280
Upholstery 裝飾 336,337
Uplifted block fault mountain 上升斷層山 62
Upper arm 上臂 210
Upper Belvedere 上部觀景樓 482
Upper Carboniferous Coal Measures 晚石炭世含煤層 61
Upper Carboniferous Millstone Grit 晚石炭世磨石粗砂岩 60,61
Upper crankcase 上機匣 410
Upper crux of antihelix 對耳輪上十字 242
Upper deadeye 上部三孔滑車 382,383
Upper deck 上層甲板 380
Upper epidermis 上表皮 159
Upper eyelid 上眼瞼 213
Upper fin 上垂直尾翼 423
Upper finishing 上層飾面 381
Upper Frater 上部寺院食堂 473
Upper gallery 上層瞭望台 379
Upper gear case 上部齒輪箱 580
Upper head 上端頭 387
Upper jaw 上頜骨 212,220,221,244, 245,246,248
Upper joint 上部連接處
　Clarinet 單簧管 508
　Cor Anglais 英國管 508
　Oboe 雙簧管 508
Upper lobe of lung 上肺葉 215, 254,255
Upper octave key 高八度音鍵 509
Upper rudder 上方向舵 416,417
Uppers 皮鞋幫皮 570
Upper seed axis 上胚軸 152,153
Upper sheer strake 上舷弧側板 393
Upper topsail 上部斜桁上帆 385
Upper wireless and telegraphy yard 頂部無線電與電報系統的桅橫桿 395
Upright man 直立人 108
Upright piano 立式鋼琴 514
Upright planks jump 豎板跳越 554
Upright poles jump 豎桿跳越 554
Upsilon Sagittarii 人馬座υ 21

Upstream gates 逆水回旋門 560
Upthrow 升側 60
Urachus 臍尿管 257
Ural mountains 烏拉爾山脈
　Cretaceous period 白堊紀 73
　Earth's physical features 地球表面的自然特徵 265
　Jurassic period 侏羅紀 71
　Late Carboniferous period 石炭紀後期 67
　Triassic period 三疊紀 69
Uranium 鈾 310
Uranium fuel 鈾燃料 314
Uranius Tholus 尤拉尼斯穹丘 43
Uranus 天王星 48,49
　Solar System 太陽系 31
Ureter 輸尿管
　Bird 鳥 189
　Bony fish 硬骨魚 181
　Domestic cat 家貓 195
　Elephant 象 200
　Frog 蛙 182
　Human 人 215,256-259
　Lizard 蜥蜴 185
　Rabbit 兔 196
　Snail 蝸牛 177
Ureteric orifice 輸尿管孔 257
Urethra 尿道
　Chimpanzee 黑猩猩 202
　Domestic cat 家貓 195
　Human 人 256,257,259,261
　Rabbit 兔 196
　Urethral opening 尿道口 259
Urethral sphincter muscle 尿道括約肌 257
Urinary bladder 膀胱 181
Urinary system 泌尿系統 256,257
Urinogenital opening 泌尿生殖孔
　Bony fish 硬骨魚 181
　Dolphin 海豚 205
Urn 甕 478,481,487
Urodela 有尾目 182
Uropod 尾足 172
Urostyle 尾桿骨 183
Ursa Major 大熊座 18,19
Ursa Minor 小熊座 18,21
Ursus americanus 美國黑熊 195
Ursus spelaeus 岩穴洞熊 77,106
U-shaped gouge U 形鑿 449
U-shaped valley "U" 形谷 286,287
Uterine wall 子宮壁 260,261
Uterus 子宮
　Chimpanzee 黑猩猩 202
　Elephant 象 200
　Human 人 258,259
Utricle 橢圓囊 243
U-tube U 形管 313
Utzon, J. J. 伍重設計 499
Uvula 懸雍垂 212,245,248

V

V1 "flying bomb" V1" 飛彈式 " 飛機

408
V12 cylinder arrangement V12 型氣缸布置 345
V4 engine unit V4 發動機組
British Rail Class 20 diesel 英國鐵路局 20 級內燃機 327
Honda VF750 本田 VF750 型摩托車 364
Vacuole 液泡，空泡
Chlamydomonas sp. 單胞藻屬的一個種 116
Diatom 矽藻 116
Human cell 人體細胞 216
Palisade mesophyll 柵欄葉肉 139
Vacuum brake lever 眞空制動桿 325
Vacuum circuit braker 眞空斷路器 328
Vacuum operated inlet valve 眞空驅動進氣門 362
Vacuum reservoir 眞空蓄水器 324
Vagina 陰道，鞘
Chimpanzee 黑猩猩 202
Elephant 象 200
Human 人 258,259,261
Snail 蝸牛 177
Spider 蜘蛛 170
Valance 帷子
1906 Renault 1906 年雷諾牌汽車 337
Ford Model T 福特牌 T 型汽車 339
Volkswagen Beetle 金龜車 341
Valency electrons 價電子 310
Vallate papillae 城廓狀味蕾 244
Vallecular canal 溝下道 120
Valles Marineris 馬林涅里斯谷 43
Valley 谷
Coastline 海岸線 294
Glacier 冰川 286,287
Grand Canyon 大峽谷 277
Mountain 山 62
River features 河流的特徵 290
River 河流 288,289
Rock cycle stages 岩石循環的階段 267
Valley floor erosion 谷底侵蝕 267
Valley head 谷源 289
Valley rafter 溝椽 473
Valley spring 谷泉 292
Valmiki 維爾米基 35
Valve 氣閥 359
Valve chest 閥櫃 324
Valve cusp 瓣膜尖 252
Valve lifter 氣閥挺桿 367
Valve return spring 氣閥回位彈簧 347
Valve rocker 氣閥搖桿 344,402
Valves 瓣，裂片
Bivalves 瓣鰓綱 176
Dehiscent fruit 裂果 151
Indehiscent fruit 閉果 150
Scallop 扇貝 176
Valve slide 活塞滑管 506,507
Valve spring 氣閥彈簧 343,344
Valve system 活塞系統 506
Vamp 鞋面皮 570
Vamp backer 鞋面皮襯皮 571
Vanadium 釩 310
Van Allen radiation belt 范艾倫輻射帶 38
Van de Graaff 凡德・格拉夫 41
Van de Graaff generator 凡德・格拉夫發電機 316
Vane 羽片 191
Van Eyck 范埃克 35
Vang 張索 378
Vanishing point 靈點 431
Variable incidence air intake 可變唇口斜板進氣口 420
Variable incidence gust-alleviator 攻擊角可變的陣風緩和裝置 421
Variable nozzle 可變截面噴口 416,417
Variable pitch aluminium-alloy blade 變距鋁合金槳葉 408
Variable pitch propeller 變距螺旋槳 396
Variable time control knob 可調時間控制旋鈕 578,579
Variegated lamina 斑葉 131,137
Varnish 清漆 348,436
Vasa recta 直管 256
Vascular cambium 維管形成層 134,135
Vascular plants 維管植物 279
Vascular plexus 血管叢 235
Vascular strand 維管束 149
Vascular system 維管系統 162,163
Vascular tissue 維管組織 130
Aerial shoot 地上莖 155
Apical meristem 頂端分生組織 134
Bishop pine 主教松 124
Canadian pond weed 伊樂藻 159
Clubmoss stem 石松莖 120
Corm 球莖 155
Dicotyledon 雙子葉植物 127
Dodder 菟絲子 163
Epiphytic orchid 附生蘭 162
Fern rachis 蕨葉軸 121
Higher plants 高等植物 118,119
Horsetail stem 木賊莖 120
Marram grass 濱草 113
Monocotyledon 單子葉植物 126,127
Parasite host 寄生植物的寄生 163
Perennials 多年生植物 130,131
Pine needle 松針葉 124
Pine root/stem 松根／莖 125
Radicle 胚根 152
Rhizome 根莖 155
Root 根 132,133
Stem 莖 134,135
Water hyacinth root 鳳眼蘭根 158
Water lily leaf 眼蓮葉 159
Woody plants 木本植物 130,131
Vas deferens 輸精管
Domestic cat 家貓 195
Human 人 259
Rabbit 兔 196
Vastitas Borealis 北方荒漠 43
Vastus lateralis muscle 股外側肌 225,226
Vastus medialis muscle 股內側肌 225,226
Vault 拱 484,485,496
Ancient Roman building 古羅馬建築 462-464
Baroque church 巴洛克教堂 479
Gothic building 哥德式建築 470
Medieval building 中世紀建築 467-469
Modern building 現代建築 496,499
Nineteenth-century building 19 世紀的建築 492,493
Renaissance building 文藝復興時期建築 477
Vaulting shaft 拱頂柱身 468,469
V-belt pulley V 形皮帶輪 347
Vedette boat 哨艇 395
Vega 織女星 19,20
Our galaxy and nearby galaxies 銀河系和鄰近星系 15
Vegetable oil 植物油 436
Vegetative reproduction 營養繁殖 154,155
Veil 菌幕 114,115
Vein 脈，靜脈，翅脈，葉脈
Alveolar 牙槽的 247
Anterior median 前臂正中的 253
Axillary 腋的 253
Basilic 基底的 253
Brachiocephalic 頭臂的 253
Bronchial 支氣管的 254
Cardiac 心（臟）的 250
Central retinal 視網膜中央的 240
Cephalic 頭的 176,253
Common iliac 髂總的 215,253,257
Dicotyledon leaf 雙子葉植物葉 126,127
Digital 指的 253
External iliac 髂外的 215,253
Femoral 股的 253
Gastroepiploic 胃網膜的 253
Great saphenous 大靜脈的 253
Hepatic portal 肝門的 253
Hogweed leaf 牛防風葉 129
Inferior mesenteric 腸系膜下的 253
Inferior vena cava 下腔靜脈的 215,252,253,257
Insect 昆蟲 168,169
Interlobular 小葉間的 256
Internal iliac 髂內的 253
Internal jugular 頸內的 253
Jugular 頸的 215
Leaf 葉 136,138,139
Median cubital 肘正中的 253
Monocotyledon leaf 單子葉植物葉

126
Palmar 掌的 253
Portal 門的 252
Pulmonary 肺 251,253,254
Pulp 牙髓的 247
Renal 腎的 256,257
Short saphenous 短隱靜脈的 253
Subclavian 鎖骨下的 253
Superior mesenteric 腸系膜上的 253
Superior vena cava 上腔靜脈的 215,251,252,253,255
Suprarenal 腎上腺的 257
Testicular 睪丸的 257
Tree mallow leaf 花葵葉 131
Umbilical 臍的 260
Water hyacinth leaf 鳳眼蘭葉 158
Water lily leaf 睡蓮葉 159
Vela 船帆座 18,21
Velamen 根被 162
Velarium 遮蓬 464
Velar scale 膜狀鱗片 115
Vela Supernova Remnant 船帆超新星遺跡 17
Vellum 精製犢皮紙；精製羔皮紙 432
Velocette overhead valve (OHV) engine 韋洛西蒂牌頂置氣門引擎 367
Velum 主帆 373
Vena cava 大靜脈，腔靜脈
Frog 蛙 182
Inferior 下的 215,252,253,257
Superior 上的 215,251,252,253,255
Vendelinus 凡德里勒斯 40
Veneer 貼面 462
Venomous snake 毒蛇 184
Vent 排氣口，通風口，大山通道
Frigate 護衛艦 397
Igneous rock structures 火成岩構造 275
Mountain building 造山運動 62
Rock cycle 岩石循環 266
Suzuki RGV500 鈴木牌 RGV500 型摩托車 368
Volcano 火山 272,273
Ventilation 通風 462
Ventilation grille 通風格柵 329
Ventilator 通風裝置 422,423
Ventilator exit 通風裝置出口 406,407
Ventral abdominal artery 腹下動脈 173
Ventral antebrachial muscle 腹前臂肌 94
Ventral aorta 腹主動脈 179
Ventral fin 腹鰭 179
Ventral margin of shell 殼腹緣 176
Ventral nerve cord 腹神經索 169,173
Ventral scale 腹磷 184,186
Ventricle 室，心室
Brain 腦的 236,237
Heart 心的 215,250,251,252
Ventricular diastole 心室舒張 251

Ventricular systole 心室收縮 251
Venturi 文氏管 424
Venus 金星 36,37
Solar System 太陽系 30
Venus fly trap 捕蠅草 160
Verdaccio 膽綠 433
Verge 瓦緣 464,492
Vermiculated rustication 蟲跡狀粗面石砌 482
Vermilion 硃砂 433
Vermilion border of lip 唇紅緣 213
Vermilion Cliffs 維爾米利恩（朱紅）崖 277
Versal lettering 花飾首字母書法 445
Vertebra 脊椎 261
Bony fish 硬骨魚 180
Cervical 頸的 212,222
Frog 蛙 183
Lumbar 腰的 222,223
Rattlesnake 響尾蛇 185
Rudimentary 原基的 260
Thoracic 胸的 222,223
Turtle 龜 187
Westlothiana 西婁甸龍 81
Vertebral artery 椎動脈 223,252
Vertebral body 椎體 223
Vertebral column 脊椎骨 218,222,257
Vertebral foramen 椎孔 222,223
Vertebral shield 中心盾 187
Vertebrates 脊椎動物 56,64,104
Fossil record 化石記錄 279
Vertex 頂點
Building 建築 495
Human body 人體的 212
Vertical air current 垂直氣流 302
Vertical cleavage 垂直解理 270
Vertical damper 垂直減震器 329
Vertical frame ladder 垂直梯 392
Vertical movement 垂直運動
Faults and folds 斷層和褶皺 60
Lake formation 湖的形成 292
Vertical pupil 垂直瞳孔 186
Vertical ridge 墨直脊 129
Vertical spindle 垂直心軸 387
Vertical stroke 豎筆劃 445
Very highfrequency(VHF) radio 超高頻無線電 318
Vesicle 氣泡 148
Vespa Grand Sport 160 Mark 1 偉士牌大運動 160 1 型摩托車 363
Vespa scooter 黃蜂牌小型摩托車 362,363
Vessel 容器
Baroque church 巴洛克教堂 479
Gothic church 哥德式教堂 470
Medieval church 中世紀教堂 468,469
Vesta Rupes 維斯泰峭壁 37
Vestibular canal 前庭管 243
Vestibular membrane 前庭膜 243
Vestibular nerve 前庭神經 243
Vestibule 門廳，前庭
Ancient Greek temple 古希臘神廟

461
Baroque church 巴洛克教堂 481
Human body 人體的 212,245
Medieval church 中世紀教堂 469
Neoclassical building 新古典主義建築 483
Vestibulocochlear nerve 前庭耳蝸神經 243
VHF aerial 超高頻天線
B-17 bomber B-17 轟炸機 408,409
BAe-146 jetliner BAe-146 噴射客機 415
Bell Jetranger helicopter 貝爾徘徊者噴射直升機 423
Concorde 協和飛機 416,417
VHF radio 超高頻無線電 318
VHF omni-range aerial 超高頻全向無線電信標天線
Bell-47 helicopter 貝爾 47 直升飛機 422
Concorde 協和飛機 417
VHF omni-range and instrument-landing-system aerial 超高頻全向無線電信標和儀表著陸系統天線 412
Vibraphone 震音鐵琴 504,516,517
Vibrations 顫動，振動
Brass instruments 銅管樂器 506
Stringed instruments 弦樂器 510
Vibrato arm 顫音臂 513
Vibrato effect 振顫效果 516,517
Vibrissa 鼻毛，觸鬚
Lion 獅 194
Rabbit 兔 196
Rat 大鼠 196
Seal 海豹 204
Vicia faba 胡豆 133,152
Viewfinder eyepiece 取景器目鏡 588,589
Viewing area 觀看區域 584,585
Viking ships 北歐海盜船 374,375
Villa Rotunda 圓廳別墅 475
Villa Savoye 薩伏伊別墅 494
Villi of mucosa 粘膜的絨毛 248
Viola 中提琴 503,504,505,510,511
Violent eruptions 劇烈的噴發 272
Violet light 紫色光 318
Violin 小提琴 503,504,505,510
Violoncello 大提琴 510,511
Virginia opossum 維吉尼亞負鼠 207
Virgo 室女座 18,21
Visceral cartilage 內臟軟骨 254
Visceral hump 內臟隆起 177
Visceral pericardium 心外膜 250
Viscous coupling 粘性藕接頭 344,345
Visible light 可見光 318,319
Vision 視覺 237
Visor 視覺窗 416,417
Visual Display Unit 顯示器 521
Visual recognition 視覺識別 237
Vitreous glass mosaic 玻璃搪瓷鑲嵌畫 451
Vitreous glass tessera 玻璃搪瓷鑲嵌塊 450,451

Vitreous humour 玻璃體 240
Vitta 油道 151
Vivaldi 韋瓦第 35
Vocal cords 聲帶 245
Voices 聲部 503
Volans 飛魚座 21
Volcanic activity 火山活動
Mineralization zones 礦化帶 280
Rock cycle 岩石循環 266
Volcanic eruption 火山噴發 26
Volcanic gases 火山氣體 64
Volcanic island 火山島 58,299
Volcanic lake 火口湖 293
Volcanic lava 火山熔岩
Jupiter 木星 44
Mars 火星 42
The Moon 月球 40
Venus 金星 36
Volcanic mountain 火山 62
Volcanic rock 火山岩 298,306
Volcano 火山 58,63,272,273
Jupiter 木星 44
Locations 位置 273
Mars 火星 42
Mineralization zones 礦化帶 281
Mountain building 造山運動 62,63
Ocean floor 洋底 298
Vent 火山通道 62
Venus 金星 36
Volkmann's canal 佛克曼氏管 247
Volkmann's vessel 佛克曼氏管 225
Volkswagen Beetle 金龜車 340,341
Volleyball 排球 534,535
Voltage 電壓 306,316
Volume 體積 306,307
Volume control 音量控制 520,521
Volume measurements 體積測量 590
Volute 螺旋,渦旋,柱頭螺旋飾
Ancient Greek building 古希臘建築 460,461
Baroque church 巴洛克教堂 479,481
Dome 穹窿 486
Islamic building 伊斯蘭回教建築 488
Neoclassical building 新古典主義建築 478,480
Renaissance building 文藝復興時期建築 476,477
Volva 菌托 114,115
Volvox sp. 團藻蟲屬的一個種 116
Vomer 犁骨 221
Von Karman 馮・喀爾曼 41
Voussoir 楔形拱石 484,485
Ancient Roman building 古羅馬建築 465
Neoclassical building 新古典主義建築 482
Renaissance building 文藝復興時期建築 474
V-shaped gouge V形鑿 449
V-shaped valley V形谷
River features 河流的特徵 290
Rivers 河流 288,289
V-strut V形支柱 404,405
V-twin engine V形雙引擎 362,363
Vulpecula 狐狸座 19
Vulture 禿鷲 190
Vulva 陰門 200
Vyasa 凡薩 35
Vyne 維恩別墅 482

W

Wadi 旱谷 283
Wagner 華格納 35
Wagon 貨車 324
Wagon bogie 貨車轉向架 330
Wagon vault 蓬車拱 485
Wahweap sandstone 瓦維普砂岩 276
Waist 腰部
74-gun ship 裝有74門炮的炮船 380,381
Human 人 210
Stringed instruments 弦樂器 510,511
Waistband 腰帶 548
Waist gun 機身腹側機槍 408
Wale 船舷上緣
74-gun ship 裝有74門炮的炮船 381
Roman corbita 羅馬商船 373
Sailing warship 航行中的軍艦 376,377
Walkway 人行道 497
Wall 牆,壁
Ancient Greek temple 古希臘神廟 461
Ancient Roman building 古羅馬建築 462,465
Baroque building 巴洛克建築 478,479,481
Carpel 心皮 148,151
Cell 細胞 112,117,132,139
Concrete 混凝土 496
Fruit 果實 148,151
Fungal tissue 眞菌組織 115
Glass 玻璃 496
Gothic church 哥德式教堂 470
Islamic building 伊斯蘭回教建築 488
Medieval building 中世紀建築 466,467,469
Modern building 現代建築 498,499
Neoclassical building 新古典主義建築 479,482
Nineteenth-century mill 19世紀工廠 492
Ovary 子房 140,150
Renaissance building 文藝復興時期建築 476,477
Twentieth-century building 20世紀建築 494
Wall anchor 與艙壁固定點 407
Wall panel 艙壁裝飾板 406,407
Wall painting 壁畫,牆上的畫 434
Walrus 海象 204
Wankel,Felix 菲利克斯・汪克爾 346
Wankel rotary engine 汪克爾轉缸式引擎(發動機) 346,347
Wannanosaurus 皖南龍屬 101
Wardrobe 存衣間 416
Wardroom 軍官集會室 381
Warhead 彈頭 394
Warm air 暖空氣 300,302,303
Warm blood 溫血
Mammals 哺乳類動物 104
Theropods 獸足亞目 84
Warm front 暖鋒 302,303
Warm occlusion 暖錮囚鋒 302
Warm periods 暖期 56
Warning horn 警告喇叭 327,329
Warning light 報警燈 328
Warship 艦艇
74-gun ship 裝有74門炮的炮船 379,380,381
Battleship 戰列艦 394,395
Frigate 護衛艦 396,397
Ironclad 裝甲艦 392,393
Man-of-war 戰船 378,379
Sailing warship 航行中的軍艦 376,377
Submarine 潛水艇 396,397
Wasatch fromation 瓦沙奇層組 276
Wash cant 衝擊斜面 378
Wash over dry brush 枯筆技法之上的塗層 439
Washburn twelve-string guitar 十二弦吉他 513
Washer 墊圈 569
Bicycle 自行車 358
Camera 照相機 588,589
Chair 椅 576
Lamp 燈 573
Lawnmower 割草機 581
Power drill 電鑽 568,569
Toaster 烤麵包機 578,579
Washer jet 清洗液噴頭 353
Washes 塗刷,洗滌 438,439
Washing machine 洗衣機 315
Wasp 黃蜂 168
Waste heat 廢熱 314,315
Water 水 38,66
Absorption 吸收作用 150
Amphibian 兩棲動物 80
Changing states 狀態的變化 307
"Deltic" diesel-electric locomotive "狄爾替克"號柴油電動機車 326
Energy generation 能的產生 314,315
Epiphyte supply 附生植物的養分供應 162
Fermentation 發酵 313
Lithographic printing 平版印刷 446
Mars 火星 42
Molecule 分子 138

Oceans and seas 海洋 296
Photosynthesis 光合作用 138
Pollination 授粉 144
Reversible reactions 可逆反應 312
Seed germination 種子發芽 152, 153
Solutions 溶液 306
Storage organs 貯藏器官 156,157
Transport 運輸 134,139
Waterborne sports 水上運動 560, 561
Water-closet 廁所 483
Watercolour 水彩畫 438,439
Watercolour paint pan 水彩顏料盤 438
Watercolour paper 水彩畫紙 439, 441
Watercolour-style acrylic painting 水彩畫風格的壓克力畫 442,443
Water connection 水管接頭 342
Water-cooled engine 水冷式引擎 366
Water cycle 水循環 288
Water density 水的密度 296
Water distribution 水分布 264
Water droplets 水微滴 45
Waterfall 瀑布 291
Glacier 冰川 286
River 河流 289,290
Rock cycle 岩石循環 267
Water fern 水蕨 158
Water float 浮力 324
Water hyacinth 鳳眼蘭 158
Water ice 大塊冰
Jupiter's atmosphere 木星的大氣圈 45
Mercury's atmosphere 水星大氣圈 47
Structure of comet 彗星的結構 53
Structure of Mars 火星的結構 43
Structure of Neptune 海王星的結構 51
Water-ice fog 水冰霧 42
Water-ice permafrost 水冰永久凍土 43
Water jacket 水套
Daimler engine 戴姆勒引擎 343
Ford diesel engine 福特牌柴油機 347
Humber engine 亨伯引擎 343
Jaguar straight six engine 美洲豹牌直立式6型引擎 344
Water key 排水鍵 506,507
Water lily 睡蓮 158,159
Waterline 吃水線 380
Water obstacle 水域障礙 546
Water outlet 出水口 356,425
Water passage 冷卻水通道 346
Water pipe 水管
1906 Renault 1906年雷諾牌汽車 337
Humber engine 亨伯引擎 343
Wright Flyer 萊特飛行器 399
Water pressurizer 水加壓器 314
Waterproof acrylic paint 防水的壓克力顏料 442
Waterproof covering 防水覆蓋物
Bishop pine needles 主教松針葉 124
Golden barrel cactus 仙人球 156
Haworthia truncata 霍氏百合 157
Lithops bromfieldii 里皂波斯 157
Monocotyledon leaf 單子葉植物葉 126
Rush stem 燈心草莖 135
Wetland plants 濕地植物 158
Waterproof shell 防水殼 80
Waterproof ski clothing 防水滑雪服裝 553
Waterproof skin 防水皮膚 81
Waterproof stowage box 防水儲存箱 427
Water pump 水泵
Jaguar V12 engine 美洲豹牌V12型引擎 345
Renault Clio 雷諾・克萊奧牌汽車 351
White Steam Car 懷特牌蒸汽汽車 342
Water pump pulley 水泵皮帶輪 347
Water rail 水冷護欄
Jaguar V12 engine 美洲豹牌V12型引擎 345
Formula One racing car 一級方程式賽車 357
Water reactor 水冷反應堆 314
Water-retaining cuticle 保水表皮 78
Water salinity 水的鹽度 296
Water-saturated permeable rock 飽水透水岩石
Lakes and groundwater 湖泊和地下水 292
Mineral resources 礦物資源 280, 281
Watershed 分水嶺 289
Water shoot 排水槽 560
Water-soluble glue 水溶膠 450
Water storage tank 儲水箱 497
Water-storing parenchyma 貯水薄壁組織 156,157
Water supply 供水
Gun turret 炮塔 396
Steam locomotive 蒸汽機車 324
Water table 地下水面 284,292
Cave system 洞穴系統 284
Lake formation 湖泊形成 292
Water tank 水槽，水罐
Bordino Steam Carriage 波迪諾蒸汽汽車 334
"Ellerman Lines" steam locomotive "艾勒門線號"蒸汽機車 324
White Steam Car 懷特牌蒸汽汽車 342
Water vapour 水汽
Chemical reactions 化學反應 312, 313
Hurricane structure 颶風結構 303
Jupiter's atmosphere 木星的大氣圈 45
Mars' atmosphere 火星的大氣 43
Saturn's atmosphere 土星的大氣圈 47
Venus' atmosphere 金星的大氣 37
Water cycle 水循環 288
Water vascular system 水管系統 174
Waterway 舷側排水溝 380,393
Wattle-and-daub 荊巴抹泥
Ancient Roman building 古羅馬建築 462,464,465
Medieval house 中世紀住宅 466
Wave 波浪 294,298
Erosion 侵蝕 294
Features 特徵 294
Properties 特性 318
Wave-cut platform 浪蝕平台 295
Wavelength 波長 318
Wavellite 放射纖維磷鋁礦 269
Wavering pitch 顫抖的音高 516,517
Wavy foliation 波狀葉理 267
Wax modelling 蠟造型；蠟模 452
Wax riser 蠟冒口 454
Wax runner 蠟流道 454
Waxy cuticle 蠟質表皮 156,157
Waxy fruit skin 蠟質果皮 149
Waxy laminae 蠟質葉片 159
Waxy zone 蠟質區 161
Weapon-bay bulkhead 武器艙隔框 421
Weaponry 武器 375
Weasel 鼬 194
Weather 天氣 302,303
Weathercock 風標翼 486
Weathering 風化 282,283
Gothic church 哥德式教堂 471, 472
Medieval church 中世紀教堂 469
Mineral deposits 礦床 280
Renaissance building 文藝復興時期建築 477
Rock cycle 岩石循環 266
Sedimentary rocks 沉積岩 276
Weather radar 氣象雷達 416
Weather shutter for gun 大炮的防風雨卷簾鐵門 394
Weather-vane 風向標 471,477
Web 蹼
English saddle 英國鞍 582
Frog 蛙 182
Webbed feet 蹼腳 188,190
Webbing 織物帶
Chair 椅 576,577
Saddle 馬鞍 583
Weight 重量
Arch 拱 484
All-purpose bicycle 通用自行車 360
Bolts 弩箭 548
Measurement 測量單位 320,590
Motorcycle engine 摩托車發動機 366
Newton meters 牛頓計 320

Weights 鉛墜 562
Wei-wei 尾纜 376
Weld line 焊接線 392
Welt 貼邊
Saddle 馬鞍 583
Shoes 鞋 570,571
Welwitschia gymnosperm 百歲葉裸子植物 122,123
Welwitschia mirabilis 百歲葉 122,123
Werner motorcycle 沃納牌摩托車 362
Weslake Speedway motorcycle 威斯雷克競賽跑道摩托車 369
West Australian current 西澳大利亞涼流 297
Westerlies 西風帶 300
Western saddle 牧馬鞍 582
Westlothiana 西婁甸龍 67,80,81
Westminster Abbey 西敏寺大教堂 484
Westminster Cathedral 西敏寺大教堂 493
Wet-in-wet wash 濕滲濕塗層 438,439
Wetland plants 濕地植物 158,159
Wet season 雨季 293
Wet wash 濕塗層，濕色層 438
Wezen 弧矢一 18
Canis Major 大犬座 21
Whaler 捕鯨船 395
Whales 鯨 204,205
Wheat 麥 109,150
Wheel 輪
1906 Renault 1906 年雷諾牌汽車 337
Bicycle 自行車 358,359
Diesel motor output 狄塞爾發動機輸出 326
First cars 早期汽車 334,335
Force/motion 力／運動 320
Ford Model T 福特牌 T 型汽車 338,339
Harley-Davidson FLHS Electra Glide 哈利-戴維森牌風掣電動摩托車 363
Mazda RX-7 馬自達牌 RX-7 型小汽車 346
Motorcycle 摩托車 364
Pacing sulky 競賽用單座二輪馬車 555
Paddle 槳輪 390,391
Renault Clio 雷諾・克萊奧牌汽車 350,351
Rossin Italian time-trial bicycle 義大利羅森牌計時賽自行車 361
Ship 船 378,390,394
Single scull 單人雙槳賽艇 561
Volkswagen Beetle 金龜車 340
Weslake Speedway motorcycle 威斯雷克競賽跑道摩托車 369
Wheel axle 輪軸
BAe-146 jetliner BAe-146 噴射客機 414
Touring bicycle 旅行車 360
Wheelbase 輪軸距 360
Wheel bolt 車輪螺栓 580,581
Wheelchair access 輪椅進口 333
Wheel fairing 輪整流裝置
Blackburn monoplane 布萊克本單翼機 400
Pegasus Quasar microlight 柏伽索斯類星號超輕型飛機 427
Pegasus XL SE microlight 柏伽索斯 XL SE 超輕型飛機 426
Wheel fork 輪叉 335
Wheel guard 車輪擋板 324,369
Wheel hub 輪轂 414
Wheel sets 輪副 327,329
Wheel spacer 滑輪墊片 561
Whelp 絞盤凸筋 387
Whetstone 磨刀石 452
Whip 馬鞭 555
Whipping 纏繞物 384,388
Whisker 鬚
Lion 獅 194
Rabbit 兔 196
Rat 大鼠 196
Seal 海豹 204
Whisker boom 螺旋觸簧帆槓 382
"Whispering Gallery" 回音廊 484
Whistle 氣笛，哨子
Iron paddlesteamer 鐵制明輪船 392
Life jacket 救生衣 561
Referee 裁判員 524
Whistle lever 汽笛拉把 325
White belt 白腰帶 556
White blood cells 白細胞 217,253
White Cliffs 懷特（白）崖 276
White diamond 白色金剛石 268
White dwarfs 白矮星
Small stars 小恒星 24,25
Stars 恒星 22,23
White feldspar 白色長石 275
White-grey crystal 白灰色晶體 271
White light 白色光 318
White matter 白質
Cerebrum 大腦的 236,237
Spinal cord 脊髓的 238
White of eye 鞏膜 213
White oval 白卵形星雲
Jupiter 木星 44,45
Saturn 土星 46
White Steam Car 懷特牌蒸汽汽車 342
White stork 白鸛 188
White warning light 白色報警燈 328
White whale 白鯨 204
Whorls 螺環，輪
Flower 花 140
Green alga cell 綠藻細胞 116
Sepals 萼片 144,149
Wick 燈蕊 354
Wicket 三柱門 538
Wicket-keeper 三柱門守門員 538
Wide receiver 寬接球手 526
Wiener 維納爾 41
Williams 1990 Formula One racing car 威廉斯 1990 年一級方程式賽車 356,357
Willow charcoal 柳木炭條 430
Willow grouse 柳雷鳥 193
Wind 風
Atmosphere 大氣層 300
Ekman spiral 埃克曼螺線 297
Energy generation 能的產生 314
Oceans and seas 海洋 296,297
Rock cycle 岩石循環 266,267
Water cycle 水循環 288
Weather 天氣 302
Weathering and erosion 風化和侵蝕 282,283
Windspeed 風速 303
Windcheetah SL Mark VI "Speedy" racing HPV bicycle 風豹 SL VI 型"高速"人力驅動賽車 361
Wind chest 風箱 514
Wind controller 吹奏控制器 521
Wind deflector 導風板 341
Wind-dispersed seeds 風傳播種子 150,151
Wind erosion 風的侵蝕 282,283
Coastline 海岸線 294
Winding cornice 彎曲飾帶 472
Winding hole 上發條孔 567
Winding key 上發條鑰匙 566
Wind instruments 管樂器 508,509
Brass 黃銅 506,507
Electronic 電子的 520
Woodwind 木管 508,509
Windlass 絞盤，起錨機
Buildings 建築 467,477
Roman corbita 羅馬商船 372
Windlass bar 起錨機的桿 380
Wind lever collar 卷片扳手環圈 589
Window 窗
Ancient Egyptian building 古埃及建築 459
Ancient Roman building 古羅馬建築 463,465
Asian building 亞洲建築 490,491
Baroque church 巴洛克教堂 479-481
Dome 穹窿 486,487
Dormer 屋頂窗 495
Double-decker tour bus 雙層旅遊客車 333
"Eurostar" multi-voltage electric train "歐洲之星"多電壓電氣列車 329
Gothic building 哥德式建築 470-473
MCW Metrobus MCW 城市公共汽車 333
Medieval building 中世紀建築 466-469
Modern building 現代建築 498,499
Neoclassical building 新古典主義建築 478,482,483
Nineteenth-century building 19

世紀建築 492,493
Renaissance building 文藝復興時期建築 474,476
Rococo style 洛可可風格 482
Single-decker bus 單層公共汽車 333
TGV electric high-speed train TGV 電氣高速列車 329
Twentieth-century building 20 世紀建築 494,495
Window blind 窗簾 336
Window-frame 窗框 486
Window glass 車窗玻璃 348
Window jamb 窗框 479,482,483
Window-sill 窗盤，窗台板
　Baroque church 巴洛克教堂 479
　Neoclassical building 新古典主義建築 482,483
　Twentieth-century building 20 世紀建築 494
Window stage 窗式舞台 477
Wind-pollinated plants 風媒植物 144
Windshield 擋風
　BAe-146 jetliner components BAe-146 噴射客機的零件 412
　BE 2B bomber BE 2B 轟炸機 404
　BMW R/60 sidecar 寶馬 R/60 型跨鬥摩托車 362
　Concorde 協和飛機 416,417
　"Deltic" diesel-electric locomotive "狄爾替克"號柴油電動機車 327
　Double-decker tour bus 雙層旅遊客車 333
　Ford Model T 福特牌 T 型汽車 339
　Harley-Davidson FLHS Electra Glide 哈利-戴維森牌風掣電動摩托車 363
　Hawker Tempest components 霍克暴風式戰鬥機零件 409
　Kirby BSA racing sidecar 柯爾比 BSA 比賽跨鬥摩托車 362
　Lockheed Electra airliner 洛克希德公司伊利克特拉客機 406,407
　Tornado 旋風式飛機 420
Windshield wiper 擋風雨刷
　"Deltic" diesel-electric locomotive "狄爾替克"號柴油電動機車 327
　"Eurostar" multi-voltage electric train "歐洲之星"多電壓電氣列車 329
　Italian State Railways Class 402 義大利國家鐵路局 402 級電力機車 328
　MCW Metrobus MCW 城市公共汽車 332
　Paris RATP Metro 巴黎 RATP 地下鐵道電氣列車 328
　TGV electric high-speed train TGV 電氣高速列車 329
　"Union Pacific" locomotive "聯合太平洋號"機車 326
　Volkswagen Beetle 金龜車 341

Windsor green 溫莎綠 438
Windspeed 風速 303
Wind synthesizer 管樂合成器 521
Wind-up 揮動手臂 537
Windvane 方向標 375
Windward face 迎風面 283
Wing 翼
　1906 Renault 1906 年雷諾牌汽車 336
　Alula 小翼羽 191
　ARV light aircraft ARV 輕型飛機 424,425
　Australian rules football 澳大利亞式橄欖球 528
　Avro biplane 阿弗羅雙翼機 403
　BAe-146 jetliner components BAe-146 噴射客機的零件 413,414
　BE 2B wings BE 2B 飛機的機翼 404
　Beetle 甲蟲 168
　Biplanes and triplanes 雙翼機和三翼機 402
　Bird 鳥 188,191
　Blackburn monoplane 布萊克本單翼機 401
　Bones 骨 191
　Bumblebee 野蜂 168
　Butterfly 蝴蝶 169
　Cobra lily 160
　Coverts 覆羽 188
　Curtiss biplane 寇蒂斯式雙翼機 398
　Deer hopper dry fly 蚱蜢狀乾蠅餌 563
　Developing 發育 192
　Dry fruit 乾果 150,151
　Early monoplanes 早期的單翼機 400
　Feather 羽毛 188,191
　Ford Model T 福特牌 T 型汽車 338
　Formula One racing car 一級方程式賽車 357
　Gliders,hang-gliders,and microlights 滑翔機，滑翔翼和超輕型飛機 426
　Handball 手球 535
　Hawker Tempest components 霍克暴風式戰鬥機零件 409
　Hockey 曲棍球 540
　Ice hockey 冰球 550
　Lockheed Electra airliner 洛克希德公司伊利克特拉客機 406
　Pine seed 松子 122
　Pitcher plant 瓶子草 113
　Rugby 拉格比足球 530
　Scots pine seed 歐洲赤松種子 122
　Showjumping fence 跳越障礙用的柵欄 554
　Ski boot safety binding 滑雪鞋安全捆綁器 552
　Spurious 翼羽 191
　Sycamore 假挪威槭 131
Wing assembly 機翼 413

Wing attack 側翼攻擊手 535,541
Wing cap 翼形鞋頭皮 570
Wing case 鞘翅 168
Wing defence 側翼防守
　Lacrosse 長曲棍球 541
　Netball 無板籃球 535
Winged seeds 翼狀種子
　Scots pine 歐洲赤松 122
　Sycamore 假挪威槭 131,151
Winged stem 有翅莖 129
Wing end-plate 翼子板端板 357
Wing-feather impression 翅羽壓痕 85
Wing fillet panel 翼根整流片 409
Wingframe 機翼骨架 427
Wing nut 翼形螺帽 572,573
Wing piping 翼子板管系 341
Wing-protecting skid 機翼保護滑橇 398,399
Wing-root glove fairing 機翼根部套狀整流裝置 420,421
Wing-root mount 翼根框架 413
Wing scar 翅痕 122
Wing stay 翼子板支架 339
Wing strut 機翼支柱
　ARV light aircraft ARV 輕型飛機 424,425
　Avro triplane 阿弗羅雙翼機 402,403
　Curtiss biplane 寇蒂斯式雙翼機 398
Wingtip 翼梢，翼尖
　ARV light aircraft ARV 輕型飛機 424
　BE 2B wings BE 2B 飛機的機翼 404
　Hawker Tempest components 霍克暴風式戰鬥機零件 409
　Schleicher glider 施萊徹滑翔機 426
Wingtip aerial fairing 貝爾 47 直升飛機 421
Wing transom 翼艉板 381
Wing warping 機翼扭動 400
Wire armature 鋼絲加強料 454,455
Wire bristle brush 鋼絲刷 519
Wire-ended cutting tool 端頭縛金屬絲的切削工具 454
Wire-end tools 金屬端頭工具 452
Wire gauze pad 絲網襯套 342
Wireless and telegraphy yard 無線電與電報系統的桅橫桿 395
Wireless office 無線電室 397
Wires 鋼絲 518
Wire wheel 輻條式機輪 402
Wishbone 叉形拉臂
　Bird 鳥 189
　Formula One racing car 一級方程式賽車 357
Withdrawal stride 後退一步 543
Withdrawing-room 休息室 483
Withers 鬐甲部 199
Wolf 狼 195
Wolffian duct 沃爾夫管 179

Wolf hair brush 狼毫筆 444
Wollastonite 矽灰石 271
Womb 子宮 258,259
Women's lacrosse field 女子長曲棍球場 540,541
Women's shot 女子鉛球 542
Wood 木材
Golf club 高夫爾球桿 547
Sculpture 雕塑 454
Wood block 木板，木塊 446,449
Wood capstan 木絞盤 387
Woodcarving 木雕，木雕術 452,453
Woodcut 木刻 446
Wooden arrow 木質箭 109
Wooden artillery wheel 木質寬輻條車輪 337
Wooden bar 木質琴板 516
Wooden bezel 木製嵌玻璃凹槽 567
Wooden body 木質琴身 510
Wooden body-shell 木質鼓身 519
Wooden buffer 木質緩衝裝置 324
Wooden case 木製琴殼 514,515
Wooden-domed deck 木質圓拱形上蓋板 403
Wooden driving wheel 驅動水輪 324
Wooden frame 木構架
Chair 椅 576
Harp 豎琴 511
Printing mesh 印刷網目 446,448
Sculpture 雕塑 452
Steam-powered Cugnot "Fardier" 蒸汽動力居紐"法迪爾"汽車 334
Wooden golf clubs 高爾夫球木桿 546,547
Wood engraving 木雕 446,447
Wood engraving print 木刻印刷品，木刻作品，木刻畫 449
Wooden grip 木把 549
Wooden hearth 木質火床 109
Wooden "key" 木楔 331
Wooden mould 木製模型 570
Wooden packing 木質塊 397
Wooden panel 木板 473
Wooden peg 木楔 566,567
Wooden sailing ship 木帆船 378,379
Wooden sleeper 枕木 324,331
Wooden spoke 木輪輻 334
Wooden-spoked wheel 木質輪輻車輪 339
Wooden stands 木台架 554
Wooden wheel 木輪 334
Woodwind instruments 木管樂器 504,505,508,509
Woodwork 細木作（木工）467
Woody flowering plants 木本顯花植物 126,130,131
Woody pericarps 木質果皮 150
Woody plants 木本植物 126
Woody scales 木質鱗 123,124
Woody stem 木質莖 134,135
Woolding 卷纏物 376
Work 功 314
Working chamber 工作室 396
Working saddle 工作馬鞍 582
Worklamp 工作燈 572
World War I aircraft 第一次世界大戰中的飛機 404,405
World War II aircraft 第二次世界大戰中的飛機 408,409
Worming 系繞 388
Worms 蠕蟲類
Earth's evolution 地球演化 56
Fossil record 化石記錄 279
Woven dacron 編織的達克龍織物 384
Wrack 墨角藻 116,117
Wren,C. 克里斯多夫・倫 478
Baroque church 巴洛克教堂 480
Cathedral dome 大教堂穹窿 484,487
Wrest plank 弦軸板
Concert grand piano 音樂會用平台式大鋼琴 515
Upright piano 立式鋼琴 514
Wright brothers 萊特兄弟
Modern piston aeroengines 現代活塞式飛機引擎 410
Pioneers of flight 飛行先驅 398,399
Wright, F. L. F. L. 萊特 495
Wright Flyer 萊特飛行器 398,399
Wrist 腕
Corythosaurus 盔頭龍屬 98
Elephant 象 90
Human 人 211,230,231
Iguanodon 禽龍屬 97
Stegosaurus 劍龍屬 92
Triceratops 三角龍屬 102
Wrist joint 腕關節
Baryonyx 重爪龍 85
Brachiosaurus 腕恐龍屬 91
Diplodocus 梁龍屬 90
Euoplocephalus 包頭龍 94
Human 人 218
Parasaurolophus 似棘龍屬 99
Plateosaurus 板龍屬 88
Stegoceras 頂角龍屬 100,101
Tyrannosaurus 霸王龍屬 84
Wrist pin 肘銷 390
Wrist position 手腕姿勢，手腕位置 444
Wrist protection 護腕 551
Wrist strap 腕帶 552,553
Wrist thong 腕帶 545
Writing surface 書寫面 444
Writing tools 書寫工具 444
Wrought iron boiler 熟鐵鍋爐 324
Wuerhosaurus 烏爾禾龍屬 93
Wulfenite 彩鉬鉛礦 269

X

X-contact 閃光燈 X 觸點 589
Xerophytes 旱地植物 156,157
X-flash sync terminal X 觸點閃光同步裝置接頭 588
Xi2 Sagittarii 人馬座ξ 2 21
Xi Orionis 獵戶座ξ 18
Xi Pegasi 飛馬座ξ 19
X line X 形線 445
X-ray X 射線 318,319
Colon 結腸 214
Gallbladder 膽囊 214
Hand 手的 230
X-ray emission X 射線輻射 28
X-ray image of Crab Nebula 蟹狀星雲的 X 射線圖像 28
"X" turret "X" 塔 395
Xylem 木質部
Bishop pine 主教松 124
Clubmoss stem 石松莖 120
Dicotyledons 雙子葉植物（類）126,127
Dodder host 菟絲子寄生植物 163
Epiphytic orchid 附生蘭 162
Fern rachis 蕨葉軸 121
Higher plants 高等植物 118,119
Horsetail stem 木賊莖 120
Marram grass 濱草 113
Monocotyledons 單子葉植物（類）126,127
Pine needle 松針葉 124
Pine root/stem 松根/莖 125
Radicle 胚根 152
Root 根 132
Stem 莖 134,135
Water hyacinth root 鳳眼蘭根 158
Water lily leaf 睡蓮葉 159
Xylem fibres 木質部纖維 134,135

Y

Yacht racing 賽艇比賽 560
Yangchuanosaurus 永川龍屬 85
Yangtze River 長江 265
Yard 帆桁 382
Battleship 戰列艦 395
Double topsail schooner 雙斜桁上帆斯庫納縱帆船 385
Greek and Roman ships 希臘和羅馬的船隻 372,373
Steel 鋼 392
Tea clipper 運茶快速帆船 392
Viking karv 北歐的卡芙級大舢板 375
Yardang 風蝕土脊 282
Yardarm 帆桁臂 379
Yardsman 計碼員 526
Yasti 尖頂 490,491
Year 年
Earth 地球 30
Jupiter 木星 30
Mars 火星 30
Mercury 水星 26,34
Neptune 海王星 31
Planets 行星 30,31
Pluto 冥王星 31
Saturn 土星 31

Uranus 天王星 31
Venus 金星 30
Yeast 酵母
Fermentation 發酵 313
Fungi 眞菌 114
Yellow card 黃牌 524
Yellow light 黃色光 318,331
Yellow ochre 赭黃 442
Yellow orpiment 黃色雌黃 271
Yellow River 黃河 265
Yellow warning arm 黃色警告燈 330
Yellow-wort 貫葉克勞拉草 144
Yew 紅豆杉 123
Y.M.C.A. 基督教青年會 532
Yoke 偏轉線圈 574
Yolk 卵黃 192
Yolk sac 卵黃囊 192
Ytterbium 鐿 311
Yttrium 釔 310
"Y" turret "Y" 塔 395
Yucca 絲蘭屬 126
Yucca sp. 絲蘭屬的一個種 126

Z

Zagros Mountains 扎格洛斯山脈 75
Zaire 薩伊 265
Zea mays 玉蜀黍 127
Zeami 齊米 35
Zebra 斑馬 198
Zeeman 季曼 41
Zeilleria frenzlii 原始裸蕨 66
Zeta Centauri 半人馬座ξ 21
Zeta Sagittarii 人馬座ξ 21
Zeugen 風蝕壟 282
Ziggurat-style step-back 廟塔風格階式縮進 494
Zinc 鋅 281,312
Zinc phosphating 磷酸鋅處理 348
Zinc plating 鍍鋅 477
Zingiber officinale 薑 155
Zion Canyon 錫安(郇山)峽谷 276
Zipper 拉鏈 354
Zirconium 鋯 310
Zone 帶,區
Jupiter 木星 4,45
Structure of Saturn 土星的結構 47
Zone defences 分區防守 533
Zonular ligament 睫狀韌帶 241
Zooming-in 推進 585
Zoomorphic head 獸形頭 374
Zosteres 防擦側板 372
Zosterophyllum llanoveranum 原始束帶蕨 64
Zubenelgenubi 氐宿增七 18,21
Zubeneschamali 氐宿四 18,21
Zugon 座位 373
Zygian 中排划槳手 373
Zygomatic arch 顴弓
Bear 熊 194
Chimpanzee 黑猩猩 202
Human 人 213,220
Lion 獅 194
Smilodon 美洲劍齒虎 106
Toxodon 箭齒獸 107
Zygomatic bone 顴骨 220,221
Zygomaticus major muscle 顴大肌 228,229
Zygote 合子,受精卵
Bryophyte 苔蘚植物 118,119
Fertilization 受精 146,147
Plant formation 植株形成 146
Primitive land plants 最早的陸生植物 120
Seaweed 海藻(草) 116,117

《圖解百科透視大辭典》
編輯小組

贊助單位：「自然雜誌」編輯部
　　　　　中國科技信息研究所重慶分所
　總編輯：陳國成（自然雜誌創辦人，中興大學環境工程系教授）
審稿召集人：陳源曙（中國科技信息研究所重慶分所所長）
　審稿人員：陳育真（地球科學）‧李天復‧羅忠穩（物理科學）‧江瑞湖（生命科
　　　　　　學）‧饒生忠‧譚顯華（應用科學）‧陳孝徽（醫藥、人體）‧陳紹光
　　　　　　（電腦、生活）‧蕭青（藝術、音樂）‧樊文莊（附錄）

編譯小組：

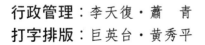

篇名	譯者	校對
一、首頁、目錄、導言	陳育真	閻慶甲
二、宇宙篇	蕭仲洋	郭凱聲
三、史前地球篇	陳錫明	劉松甫
四、植物篇（上）	夏英華	趙裕卿
植物篇（下）	楊瑩	吳心明
五、動物篇	林禎良	黃仲平
六、人體篇	黃仲平	曾紹求
七、地球科學篇	劉松甫	陳育真
八、物理化學篇	李天復	曾曉東
九、鐵路公路篇	趙學慶	楊世東
十、航海航空篇（上）	郭敏	閻慶甲
航海航空篇（下）	彭濟北	張昭祥
十一、觀賞藝術篇	陳正杰	張裕慶‧陳育真
十二、建築篇	李保	張裕慶
十三、音樂篇	王世德	黃仲平
十四、體育運動篇	陳育真	錢勛伯
十五、日常用品篇	趙學慶	王世德
十六、附錄（常用單位和符號）	李天復	樊文莊
十七、索引	吳嘉雯	巨英台‧郭淑芬

行政管理：李天復‧蕭青
打字排版：巨英台‧黃秀平

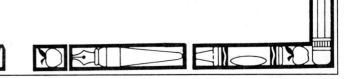

DK

A DORLING KINDERSLEY BOOK

ULTIMATE VISUAL DICTIONARY

Revised Edition ©1996

Copyright © 1994 DORLING KINDERSLEY LIMITED,LONDON

All rights reserved

Chinese text ©1997 by TAIWAN MAC EDUCATIONAL CO., LTD.

中文版授權　臺灣麥克股份有限公司　出版發行

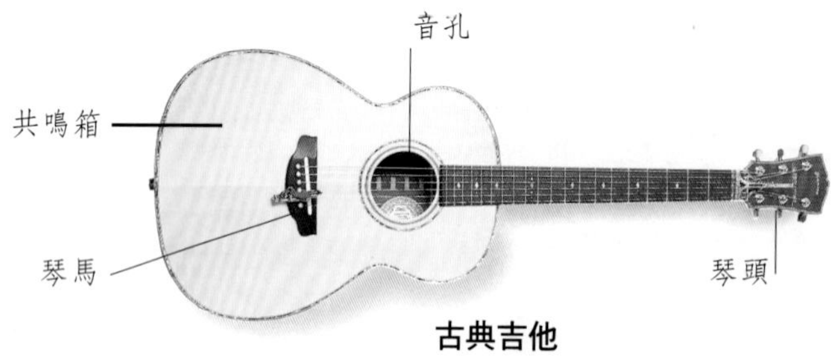

音孔

共鳴箱

琴馬

琴頭

古典吉他

圖解百科透視大辭典

文圖／Dorling Kindersley Ltd

譯／陳國成及其編譯小組（另頁詳列）

總編輯／陳國成

編輯／自然雜誌社編輯部

發行人／黃長發

策劃／賴美伶

協力編輯／關惜玉、張瑩瑩

美編／蔡泉安、前衛設計製作有限公司

出版／臺灣麥克股份有限公司

地址／台北市南京東路四段51-2號7樓　電話／(02)27173523

發行／藝術村書店國際股份有限公司

地址／台北縣中和市中山路二段346號11樓

電話／(02)22477292

1998年3月初版

局版臺業字第5912號

ISBN 957-815-165-9